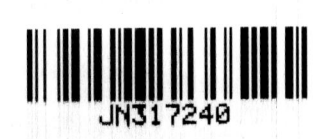

戦後詩歌俳句
人名事典

日外アソシエーツ

A Biographical Dictionary of Japanese Poets

After World War Ⅱ

Compiled by

Nichigai Associates, Inc.

本書はディジタルデータでご利用いただくことができます。詳細はお問い合わせください。

●編集担当● 河原 努
装 丁：赤田 麻衣子

刊行にあたって

詩・短歌・俳句・川柳などのいわゆる「日本の詩歌」は、国語の時間などを通じて親しみがあり、誰もが一度は作った経験を持つ、敷居の高くない文芸である。その人口は老若男女を問わず、また趣味として本業とは別に手がけることができるため、詩歌人といえる人はかなりの数にのぼる。

本書は、戦後に活躍した多くの詩歌人たちが続々と鬼籍に入っていく中で、本年が戦後70年の節目の年であることから、戦後に活躍した物故詩歌人を一望できるレファレンスツールとして製作したものであり、4,501人を収録している。

編集にあたっては、簡にして要を得ること、基礎情報の充実に努めたつもりではあるが、不十分な点や、本来収録されるべき人物が未収録となったこともあるかと思われる。お気づきの点などをご教示いただければ幸いである。

詩・短歌・俳句・川柳などの分野を横断して収録している人名事典はあまり例が無く、戦後の詩歌人を調べる上での基本図書として、多くの方々に使って頂けることを期待している。

2015年8月

日外アソシエーツ

目　次

凡　例……………………………………………………………(6)

人名目次…………………………………………………………(8)

戦後詩歌俳句人名事典……………………………………… 1

没年順人名一覧………………………………………… 563

都道府県別索引………………………………………… 587

凡　例

1．基本方針

1）本書は、戦後に活躍した詩歌人 4,501 人を収録した人名事典である。功績の定まった物故者を収録対象とする。原則実作に関わった人物を対象として「詩人・歌人・俳人・川柳作家・漢詩人」に大別したが、ごく少数ながら評論家や研究者、編集者なども収録した。

2）活躍の定義は、昭和 25 年（1950 年）以降に亡くなった人物で、戦後に業績や受賞などがあることとした。

3）漢字は原則として新字体に統一したが、一部「萬」のような例外もある。

2．人名見出し

1）見出しには、本名・筆名・雅号などのうち、詩歌の分野で使用されている名称を採用した。採用されなかった著名な名前については、折口信夫→釈迢空のように「を見よ」の形で参照見出しを立てた。

2）人名読みの「ぢ」は「じ」、「づ」は「ず」とした。

3．見出し人名の排列

1）見出し人名は、姓・名をそれぞれ一単位とし、姓・名の順に読みの五十音順に排列した。

2）濁音・半濁音は清音扱い、促音・拗音は直音扱いとし、長音符は無視した。

4．記載事項

記載事項及びその順序は以下の通り。

見出し人名／人名読み／職業

生年月日～没年月日／[生]出生地／[出]出身地／[名]本名・旧姓名・別名など／[学]学歴／[資]資格／[歴]経歴／[勲]叙勲・褒章／[賞]受賞／[家]家族・親族

5．没年順人名一覧

収録した人物を没年順に排列し、人名及び該当頁を示した。没年不詳の人物は除外した。

6．都道府県別索引

収録人物の出生地・出身地及び、ゆかりのある都道府県を北から順に排列し、人名及び該当頁を示した。現在の都道府県以外の地名（旧植民地・外国）は「外地」として末尾に排列した。

7．主要参考文献

データベース「who」（日外アソシエーツ）

『現代短歌大事典　普及版』三省堂 2004
『現代俳句大事典』三省堂 2005
『川柳総合大事典〔第一巻人物編〕』雄山閣 2007
『現代詩大事典』三省堂 2008

人 名 目 次

【あ】

相生垣 瓜人（俳人）……3
相生垣 秋津（俳人）……3
相川 紫芥子（俳人）……3
相川 南陽（俳人）……3
相川 やす志（俳人）……3
相沢 一好（歌人）……3
相沢 静思（俳人）……3
相沢 等（詩人）……3
相沢 節（歌人）……3
会津 八一（歌人）……4
会田 綱雄（詩人）……4
相田 みつを（詩人）……4
相野谷 森次（歌人）……4
相葉 有流（俳人）……4
相原 まさを（俳人）……4
青井 史（歌人）……4
青木 綾子（俳人）……5
青木 稲女（俳人）……5
青木 幸一露（俳人）……5
青木 歳生（俳人）……5
青木 此君楼（俳人）……5
青木 重行（俳人）……5
青木 就一郎（俳人）……5
青木 穠子（歌人）……5
青木 辰雄（歌人）……5
青木 千秋（俳人）……5
青木 俊夫（俳人）……6
青木 敏彦（俳人）……6
青木 泰夫（俳人）……6
青木 よしを（俳人）……6
青戸 かいち（詩人）……6
青野 竹紫（俳人）……6
青柳 薫也（俳人）……6
青柳 菁々（俳人）……6
青柳 照葉（俳人）……6
青柳 瑞穂（詩人）……7
青山 鶏一（詩人）……7
青山 ゆき路（歌人）……7
赤井 淳子（俳人）……7
赤石 茂（歌人）……7
赤石 信久（詩人）……7
赤石 憲彦（俳人）……7
赤尾 兜子（俳人）……7
赤木 健介（歌人）……8
赤木 公平（歌人）……8
赤城 さかえ（俳人）……8
明石 長谷雄（詩人）……8
明石 洋子（俳人）……8
県 多須良（俳人）……8
阿片 瓢郎（俳人）……8
赤堀 五百里（俳人）……9
赤堀 秋荷（俳人）……9
赤堀 春江（俳人）……9
赤堀 碧露（俳人）……9
赤松 蕙子（俳人）……9
赤松 月船（詩人）……9
赤松 柳史（俳人）……9
赤山 勇（詩人）……9
秋沢 猛（俳人）……9
秋沢 流火（俳人）……10
秋月 豊文（歌人）……10
秋永 放子（俳人）……10
秋葉 ひさを（俳人）……10
秋光 泉児（俳人）……10
秋元 不死男（俳人）……10
秋谷 豊（詩人）……10
秋山 花笠（俳人）……10
秋山 幹生（俳人）……11
秋山 黄夜（俳人）……11
秋山 清（詩人）……11
秋山 しぐれ（俳人）……11
秋山 秋紅蓼（俳人）……11
秋山 珠樹（俳人）……11
秋山 夏樹（俳人）……11
秋山 牧車（俳人）……11
秋山 未踏（俳人）……12
秋山 巳之流（俳人）……12
秋山 幸野（俳人）……12
芥川 瑠璃子（詩人）……12
阿久津 善治（歌人）……12
阿久根 純（詩人）……12
浅井 あい（歌人）……12
浅井 火扇（俳人）……12
浅井 喜多治（歌人）……12
浅井 十三郎（詩人）……13
浅井 多紀（俳人）……13
浅賀 魚木（俳人）……13
浅賀 渡洋（俳人）……13
浅川 広一（歌人）……13
朝倉 和江（俳人）……13
朝倉 南海男（俳人）……13
浅田 雅一（歌人）……13
浅野 晃（詩人）……13
浅野 英治（歌人）……14
浅野 純一（歌人）……14
浅野 正（俳人）……14
浅野 敏夫（俳人）……14
浅野 美恵子（歌人）……14
浅野 明信（詩人）……14
浅野 右橘（俳人）……14
浅野 梨郷（歌人）……14
浅原 ちちろ（俳人）……14
浅原 六朗（俳人）……15
朝吹 磯子（歌人）……15
浅見 青史（俳人）……15
浅利 良道（歌人）……15
芦田 高子（歌人）……15
あしみね・えいいち（詩人）……15
東 早苗（俳人）……15
安住 敦（俳人）……15
安積 得也（詩人）……16
麻生 磯次（研究）……16
麻生 路郎（川柳）……16
足立 巻一（詩人）……16
足立 公平（歌人）……16
安達 しげを（俳人）……16
足立 重刀士（俳人）……17
足達 清人（俳人）……17
安達 真弓（俳人）……17
足立 八洲路（俳人）……17
安立 恭彦（俳人）……17
足立原 斗南郎（俳人）……17
渥美 芙峰（俳人）……17
渥美 実（俳人）……17
阿藤 伯海（漢詩）……17
阿刀 与棒打（俳人）……17
穴井 太（俳人）……17
阿南 哲朗（詩人）……18
阿比留 ひとし（俳人）……18
阿部 岩夫（詩人）……18
阿部 完市（俳人）……18
阿部 慧月（俳人）……18
阿部 子峡（俳人）……18
阿部 静枝（歌人）……18
阿部 秀一（歌人）……19
阿部 十三（歌人）……19
阿部 小壺（俳人）……19
阿部 脊人（俳人）……19
安倍 正三（俳人）……19
阿部 青鞋（俳人）……19

阿部 太一（歌人）……19
阿部 保（詩人）……19
安部 宙之介（詩人）……19
阿部 襄（詩人）……20
阿部 英雄（俳人）……20
阿部 ひろし（俳人）……20
阿部 太（歌人）……20
阿部 北陬子（俳人）……20
阿部 正路（歌人）……20
阿部 みどり女（俳人）……20
阿部 恭子（俳人）……20
阿部 幽水（俳人）……21
阿部 良雄（詩人）……21
天岡 宇津彦（俳人）……21
天春 梧堂（俳人）……21
天春 又春（俳人）……21
甘田 五彩（俳人）……21
天野 松峨（俳人）……21
天野 宗軒（俳人）……21
天野 忠（詩人）……21
天野 美津子（詩人）……22
天野 隆一（詩人）……22
天彦 五男（詩人）……22
雨宮 昌吉（俳人）……22
雨宮 雅子（歌人）……22
飴山 実（俳人）……22
綾部 仁喜（俳人）……22
綾部 白夜（歌人）……23
綾女 正雄（歌人）……23
鮎貝 久仁子（歌人）……23
鮎川 信夫（詩人）……23
荒 芙蓉女（俳人）……23
新井 章（歌人）……23
新井 佳津子（俳人）……23
新井 旧泉（俳人）……23
新井 均二（詩人）……23
新井 紅石（俳人）……24
新井 声風（俳人）……24
荒井 孝（歌人）……24
新井 豊美（詩人）……24
新井 反哺（俳人）……24
新井 英子（俳人）……24
荒井 文（歌人）……24
荒井 正隆（俳人）……24
新井 盛治（俳人）……24
新井 悠二（俳人）……25
荒垣 外也（歌人）……25
荒川 同楽（俳人）……25
荒川 法勝（詩人）……25
荒川 よしを（俳人）……25
荒木 久典（俳人）……25
荒木 古川（俳人）……25
荒木 忠男（俳人）……25
荒木 利夫（詩人）……25
荒木 暢夫（歌人）……25
荒津 寛子（詩人）……26
有賀 世治（歌人）……26
有川 美亀男（歌人）……26
有坂 赤光車（俳人）……26
有沢 雨石（俳人）……26
有田 静昭（歌人）……26
有田 忠郎（詩人）……26
有冨 光英（俳人）……26
有野 正博（歌人）……27
有馬 いさお（俳人）……27
有馬 籌子（俳人）……27
有馬 草々子（俳人）……27
有本 芳水（詩人）……27
有本 銘仙（俳人）……27
有賀 辰見（俳人）……27
粟津 松彩子（俳人）……28
阿波野 青畝（俳人）……28
安西 均（詩人）……28
安西 冬衛（詩人）……28
安生 長三郎（俳人）……28
安藤 五百枝（俳人）……28
安藤 一郎（詩人）……28
安藤 香風（俳人）……29
安藤 姑洗子（俳人）……29
安藤 佐貴子（歌人）……29
安東 次男（詩人）……29
安藤 寛（歌人）……29
安藤 雅郎（詩人）……29
安藤 まどか（川柳）……29
安藤 美保（歌人）……30
安養 白翠（俳人）……30
安立 スハル（歌人）……30

【い】

井伊 文子（歌人）……30
飯尾 峭木（俳人）……30
飯岡 幸吉（歌人）……30
飯岡 亨（詩人）……30
飯島 鶴城（俳人）……30
飯島 耕一（詩人）……31
飯島 宗一（歌人）……31
飯島 正（詩人）……31
飯島 晴子（俳人）……31
飯島 正治（詩人）……31
飯島 蘭風（俳人）……32
飯塚 秀城（俳人）……32
飯塚 田鶴子（俳人）……32
飯泉 葉子（俳人）……32
飯田 蛇笏（俳人）……32
飯田 棹水（歌人）……32
飯田 藤村子（俳人）……32
飯田 莫哀（歌人）……32
飯田 善国（詩人）……32
飯田 龍太（俳人）……33
飯沼 喜八郎（歌人）……33
飯野 栄儒（俳人）……33
飯村 亀次（詩人）……33
井内 勇（俳人）……33
井内 多津男（俳人）……33
井浦 徹人（俳人）……34
家木 松郎（俳人）……34
井尾 望東（俳人）……34
五百旗頭 欣一（詩人）……34
庵 達雄（俳人）……34
伊賀 ふで（詩人）……34
井垣 北城（俳人）……34
筏井 嘉一（歌人）……34
五十嵐 肇（歌人）……34
五十嵐 播水（俳人）……34
猪狩 哲郎（俳人）……35
碇 登志雄（歌人）……35
生田 和恵（歌人）……35
生田 蝶介（歌人）……35
生田 友也（歌人）……35
生田 花世（詩人）……35
猪口 節子（俳人）……35
井口 荘子（俳人）……35
池上 浩山人（俳人）……36
池上 樵人（俳人）……36
池上 不二子（俳人）……36
池沢 晃子（俳人）……36
池月 一陽子（俳人）……36
池田 可宵（川柳）……36
池田 克己（詩人）……36
池田 耳風（俳人）……36
池田 澄子（歌人）……37
池田 純義（歌人）……37
池田 草舎（俳人）……37
井桁 蒼水（俳人）……37
池田 竹二（俳人）……37
池田 時雄（詩人）……37
池田 富三（歌人）……37
井桁 白陶（俳人）……37
池田 日野（俳人）……37
池田 風信子（俳人）……38
池田 芳生（俳人）……38
池田 まり子（歌人）……38
池永 衛二（歌人）……38
池内 たけし（俳人）……38
池内 友次郎（俳人）……38
池端 秀介　⇒千葉 龍
池原 魚眠洞（俳人）……38
池原 錬昌（俳人）……39
池本 利美（歌人）……39
伊沢 恵（俳人）……39
井沢 子光（俳人）……39
伊沢 秋家（俳人）……39
伊沢 信平（歌人）……39

井沢 唯夫（俳人）……39
井沢 正江（俳人）……39
伊沢 元美（研究）……39
石 昌子（俳人）……39
石井 花紅（俳人）……40
石井 貫木子（俳人）……40
石井 清子（俳人）……40
石井 桐陰（俳人）……40
石井 登喜夫（歌人）……40
石井 とし夫（俳人）……40
石井 柏亭（詩人）……40
石井 光 ⇒大塚 金之助
石井 勉次郎（研究）……41
石岡 雅憲（歌人）……41
石垣 りん（詩人）……41
石川 一成（歌人）……41
石川 きぬ子（歌人）……41
石川 魚子（俳人）……41
石川 銀栄子（俳人）……41
石川 桂郎（俳人）……41
石川 盛亀（歌人）……42
石川 経子（俳人）……42
石川 冬城（俳人）……42
石川 信夫（歌人）……42
石川 白湫（俳人）……42
石川 日出雄（俳人）……42
石川 暮人（歌人）……42
石川 まき子（歌人）……42
石川 昌子（俳人）……42
石川 道雄（詩人）……43
石倉 啓補（俳人）……43
石栗 としお（俳人）……43
石黒 清介（歌人）……43
石黒 白萩（俳人）……43
石毛 郁治（俳人）……43
石崎 素秋（俳人）……43
石沢 三善（川柳）……43
石塚 悦朗（俳人）……44
石塚 郷花（俳人）……44
石塚 正也（歌人）……44
石塚 滴水（俳人）……44
石塚 友二（俳人）……44
石塚 真樹（俳人）……44
石塚 まさを（俳人）……44
石塚 友風子（俳人）……44
石曽根 民郎（川柳）……44
石田 あき子（俳人）……44
石田 いづみ（俳人）……45
石田 勝彦（俳人）……45
石田 耕三（歌人）……45
石田 漣（歌人）……45
石田 三千丈（俳人）……45
石田 波郷（俳人）……45
石田 比呂志（歌人）……45
石田 マツ（歌人）……46
石田 玲水（歌人）……46
石中 象治（詩人）……46
石野 梢（俳人）……46
石橋 槐子（俳人）……46
石原 雁子（俳人）……46
石原 沙人（俳人）……46
石原 舟月（俳人）……46
石原 春嶺（俳人）……47
石原 次郎（俳人）……47
石原 素子（俳人）……47
石原 透（俳人）……47
石原 伯峯（川柳）……47
石原 三起子（俳人）……47
石原 八束（俳人）……47
石原 吉郎（詩人）……47
石本 隆一（歌人）……48
石原 万戸（俳人）……48
伊豆 三郷（俳人）……48
出井 知恵子（俳人）……48
出岡 実（詩人）……48
泉田 秋硯（俳人）……48
和泉 克雄（詩人）……48
出海 溪也（詩人）……48
泉 幸吉（歌人）……49
泉 甲二（歌人）……49
泉 とし（俳人）……49
泉 比呂史（川柳）……49
和泉 風光子（俳人）……49
泉 漾太郎（詩人）……49
泉 芳朗（詩人）……49
泉国 夕照（歌人）……50
井関 冬人（俳人）……50
伊勢田 史郎（詩人）……50
礒 幾造（歌人）……50
磯江 朝子（歌人）……50
磯貝 碧蹄館（俳人）……50
磯崎 藻二（俳人）……50
礒永 秀雄（詩人）……50
磯野 莞人（俳人）……51
石上 露子（歌人）……51
磯辺 芥朗（俳人）……51
磯部 国子（歌人）……51
磯部 尺山子（俳人）……51
磯村 英樹（詩人）……51
板垣 家子夫（歌人）……51
板津 堯（俳人）……51
伊丹 公子（俳人）……52
一円 黒石（俳人）……52
市川 一男（俳人）……52
市川 享（歌人）……52
市川 東子房（俳人）……52
市来 勉（歌人）……52
一条 和一（歌人）……52
一乗 秀峰（俳人）……52
一条 徹（歌人）……52
一瀬 直行（詩人）……53
一瀬 稔（詩人）……53
一戸 謙三（詩人）……53
市橋 鐸（研究）……53
市橋 友月（俳人）……53
市原 克敏（歌人）……53
一原 九糸（俳人）……53
一丸 章（詩人）……53
一見 幸次（俳人）……54
市村 究一郎（俳人）……54
市村 迯水居（歌人）……54
市村 不先（俳人）……54
一叩人（研究）……54
伊津野 永一（俳人）……54
井出 一太郎（歌人）……54
井手 逸郎（俳人）……54
井手 則雄（詩人）……54
井手 文雄（詩人）……55
糸 大八（俳人）……55
伊藤 あかね（俳人）……55
伊藤 明雄（歌人）……55
伊藤 聚（詩人）……55
伊藤 海彦（詩人）……55
伊東 悦子（歌人）……55
伊東 音次郎（歌人）……55
伊藤 勝行（詩人）……55
伊藤 啓山人（俳人）……56
伊藤 源之助（歌人）……56
伊藤 公平（歌人）……56
伊藤 幸也（詩人）……56
伊藤 梧桐（俳人）……56
伊東 静雄（詩人）……56
伊藤 正斉（詩人）……56
伊藤 松風（俳人）……56
伊藤 四郎（俳人）……57
伊藤 信吉（詩人）……57
伊藤 整（詩人）……57
伊藤 鷲平（俳人）……57
伊藤 保（歌人）……58
伊藤 竹外（漢詩）……58
伊東 竹望（俳人）……58
伊藤 てい子（俳人）……58
伊藤 凍魚（俳人）……58
伊藤 登世秋（歌人）……58
伊藤 柏翠（俳人）……58
伊藤 白潮（俳人）……58
伊東 放春（俳人）……59
伊藤 真砂常（俳人）……59
伊藤 毬江（歌人）……59
伊藤 孟峰（俳人）……59
伊藤 康円（詩人）……59
伊藤 和（詩人）……59
伊藤 雪雄（歌人）……59
伊藤 雪女（俳人）……59
伊藤 嘉夫（歌人）……59
井戸川 美和子（歌人）……59
糸屋 鎌吉（詩人）……60
稲垣 きくの（俳人）……60

稲垣 足穂（詩人）……60
稲垣 陶石（俳人）……60
稲垣 法城子（俳人）……60
稲垣 瑞雄（詩人）……60
稲垣 道（歌人）……60
稲田 定雄（歌人）……61
稲月 螢介（俳人）……61
稲葉 直（俳人）……61
稲葉 真弓（詩人）……61
稲葉 峯子（歌人）……61
稲松 錦江（俳人）……61
稲吉 楠甫（俳人）……61
稲荷 島人（俳人）……61
乾 修平（俳人）……62
乾 鉄片子（俳人）……62
乾 直恵（詩人）……62
乾 裕幸（研究）……62
乾 涼月（歌人）……62
犬飼 志げの（歌人）……62
犬塚 堯（詩人）……62
犬塚 春径（俳人）……62
犬丸 秀雄（歌人）……62
伊能 秀記（歌人）……63
井上 岩夫（詩人）……63
井上 かをる（俳人）……63
井上 寛治（詩人）……63
井上 淑子（詩人）……63
井上 草加江（俳人）……63
井上 健太郎（歌人）……63
井上 杉香（俳人）……63
井上 史葉（俳人）……63
井上 たか子（歌人）……63
井上 多喜三郎（詩人）……64
井上 俊夫（詩人）……64
井上 信子（川柳）……64
井上 博（川柳）……64
井上 正一（歌人）……64
井上 光晴（詩人）……64
井上 靖（詩人）……65
井上 康文（詩人）……65
井上 雪（俳人）……65
井上 美子（俳人）……65
猪股 国直（俳人）……65
猪股 静弥（歌人）……65
猪俣 千代子（俳人）……66
井ノ本 勇象（歌人）……66
伊波 南哲（詩人）……66
伊波 冬子（歌人）……66
茨木 のり子（詩人）……66
伊吹 玄果（俳人）……66
伊吹 高吉（歌人）……67
伊吹 夏生（俳人）……67
伊吹 六郎（詩人）……67
伊福部 隆輝（詩人）……67
伊馬 春部（歌人）……67
今井 白水（歌人）……67
今井 杏太郎（俳人）……67
今井 鴻象（詩人）……67
今井 湖峯子（俳人）……68
今井 つる女（俳人）……68
今井 南風子（俳人）……68
今井 久子（俳人）……68
今井 風狂子（俳人）……68
今井 康子（歌人）……68
今泉 宇涯（俳人）……68
今泉 忘機（俳人）……68
今泉 勇一（歌人）……69
今枝 蝶人（俳人）……69
今岡 晃久（歌人）……69
今岡 碧露（俳人）……69
今川 洋（詩人）……69
今川 乱魚（川柳）……69
今関 天彭（漢詩）……69
今辻 和典（詩人）……69
今西 久穂（歌人）……70
今牧 茘枝（俳人）……70
今村 泗水（俳人）……70
今村 俊三（俳人）……70
今村 米夫（俳人）……70
井本 農一（評論）……70
井本 木綿子（詩人）……70
弥冨 栄恒（詩人）……70
伊与 幽峰（俳人）……70
伊良子 正（詩人）……71
入江 湖舟（俳人）……71
入江 昭三（詩人）……71
入江 元彦（詩人）……71
入江 好之（詩人）……71
入沢 白鳥（俳人）……71
入船亭 扇橋 ⇒橋本 光石
岩井 久美恵（俳人）……71
岩井 三窓（川柳）……71
岩井 愁子（俳人）……71
岩泉 晶夫（詩人）……71
岩尾 美義（俳人）……72
岩垣 子鹿（俳人）……72
岩上 とわ子（歌人）……72
岩木 安清（俳人）……72
岩木 躑躅（俳人）……72
磐城 菩提子（俳人）……72
岩城 之徳（研究）……72
岩佐 静堂（俳人）……72
岩佐 東一郎（詩人）……72
岩崎 勝三（歌人）……73
岩崎 孝生（歌人）……73
岩崎 豊市（詩人）……73
岩崎 睦夫（歌人）……73
岩下 ゆう二（俳人）……73
岩瀬 正雄（詩人）……73
岩田 潔（俳人）……73
岩田 昌寿（俳人）……74
岩田 笑酔（川柳）……74
岩田 宏（詩人）……74
岩田 吉人（歌人）……74
岩津 資雄（歌人）……74
岩永 三女（俳人）……74
岩波 香代子（歌人）……74
岩橋 柊花（俳人）……74
岩鼻 笠亥（俳人）……74
岩淵 欽哉（詩人）……75
岩間 正男（歌人）……75
岩松 文弥（歌人）……75
岩見 静々（俳人）……75
岩村 牙童（俳人）……75
岩村 蓬（俳人）……75
岩本 修蔵（詩人）……75
岩本 六宿（俳人）……75
岩谷 孔雀（俳人）……75

【う】

植木 火雪（俳人）……76
植木 正三（歌人）……76
上崎 暮潮（俳人）……76
植地 芳煌（俳人）……76
上田 秋夫（詩人）……76
植田 かおる（歌人）……76
上田 渓水（俳人）……76
上田 幸法（詩人）……76
上田 五千石（俳人）……77
植田 重雄（歌人）……77
上田 静栄（詩人）……77
上田 周二（詩人）……77
植田 青風子（俳人）……77
植田 多喜子（歌人）……77
上田 保（詩人）……77
上田 都史（俳人）……78
上田 敏雄（詩人）……78
上田 麦車（俳人）……78
上田 英夫（歌人）……78
上田 穆（歌人）……78
上田 三四二（歌人）……78
上津原 太希子（俳人）……78
上野 章子（俳人）……79
上野 さち子（俳人）……79
上野 壮夫（詩人）……79
上野 晴夫（歌人）……79
上野 久雄（歌人）……79
上野 泰（俳人）……79
上野 勇一（歌人）……79
上林 白草居（俳人）……79
上原 朝城（俳人）……79
上原 白水（俳人）……80
植原 抱芽（俳人）……80

上藤 京子（俳人）……80
植松 寿樹（歌人）……80
植松 文子（俳人）……80
植村 銀歩（俳人）……80
上村 占魚（俳人）……80
植村 諦（詩人）……80
植村 武（歌人）……81
上村 忠郎（俳人）……81
上村 孫作（歌人）……81
上山 英三（歌人）……81
宇咲 冬男（俳人）……81
宇佐見 英治（詩人）……81
宇佐見 蘇骸（俳人）……81
宇佐美 雪江（歌人）……81
鵜沢 覚（詩人）……81
鵜沢 信子（俳人）……82
鵜沢 宏（歌人）……82
氏家 夕方（俳人）……82
潮田 武雄（詩人）……82
潮田 朝水（俳人）……82
潮原 みつる（俳人）……82
牛山 一庭人（俳人）……82
右城 暮石（俳人）……82
薄井 薫（歌人）……82
臼井 喜之介（詩人）……82
臼田 亜浪（俳人）……83
臼田 九星（俳人）……83
宇田 木瓜庵（歌人）……83
宇田 零雨（俳人）……83
歌見 誠一（詩人）……83
内川 幸雄（歌人）……83
内島 北朗（俳人）……83
内城 道興（俳人）……83
内田 園生（俳人）……84
打田 早苗（詩人）……84
内田 滋子（俳人）……84
内田 歳也（歌人）……84
内田 南草（俳人）……84
内田 百閒（俳人）……84
内田 博（詩人）……84
内田 まきを（俳人）……85
内田 守人（歌人）……85
内野 たくま（俳人）……85
内野 蝶々子（俳人）……85
内山 亜川（俳人）……85
内山 寒雨（俳人）……85
内山 登美子（詩人）……85
撫尾 清明（川柳）……85
宇都木 水晶花（俳人）……85
宇都宮 静男（歌人）……85
内海 繁（歌人）……86
内海 泡沫（詩人）……86
有働 亨（俳人）……86
有働 木母寺（俳人）……86
宇野 渭水（俳人）……86
右原 厖（詩人）……86
生方 たつゑ（歌人）……86
馬詰 柿木（俳人）……87
梅木 嘉人（詩人）……87
梅沢 一栖（俳人）……87
梅沢 糸川（俳人）……87
梅沢 和記男（俳人）……87
梅田 桑弧（俳人）……87
梅田 真男（俳人）……87
梅田 靖夫（歌人）……88
梅田 康人（俳人）……88
梅原 啄朗（俳人）……88
梅本 弥生（俳人）……88
浦井 文江（俳人）……88
浦野 敬（歌人）……88
浦野 芳南（俳人）……88
占部 一孝（俳人）……88
瓜生 敏一（俳人）……88
上窪 清（俳人）……88

【え】

江頭 彦造（詩人）……89
江上 七夫介（俳人）……89
江川 虹村（俳人）……89
江川 千代八（俳人）……89
江口 渙（歌人）……89
江口 喜一（俳人）……89
江口 恭平（歌人）……89
江口 源四郎（歌人）……89
江口 榛一（詩人）……90
江口 季雄（歌人）……90
江口 季好（詩人）……90
江口 竹亭（俳人）……90
江国 滋酔郎（俳人）……90
榎島 沙丘（俳人）……90
江島 寛（詩人）……90
江連 白潮（歌人）……91
纐田島 一二郎（歌人）……91
江戸 さい子（歌人）……91
江藤 暁舟（俳人）……91
衛藤 泰功（俳人）……91
榎田 柳葉女（川柳）……91
榎本 栄一（詩人）……91
榎本 梅谷（俳人）……92
榎本 冬一郎（俳人）……92
江原 光太（詩人）……92
海老沢 粂吉（歌人）……92
海老根 鬼川（俳人）……92
江渕 雲庭（俳人）……92
江間 章子（詩人）……92
江森 盛弥（詩人）……92
江良 碧松（俳人）……93
遠所 佐太夫（俳人）……93
燕石 猷（詩人）……93
遠藤 寛太郎（俳人）……93
遠藤 梧逸（俳人）……93
遠藤 貞巳（歌人）……93
遠藤 はつ（俳人）……93
遠藤 みゆき（川柳）……93
遠藤 睦子（俳人）……93
遠入 たつみ（俳人）……93

【お】

及川 一行（俳人）……94
及川 貞（俳人）……94
及川 均（詩人）……94
御池 恵津（歌人）……94
仰木 実（歌人）……94
扇畑 忠雄（歌人）……94
扇畑 利枝（歌人）……94
扇谷 義男（詩人）……94
逢坂 敏男（歌人）……95
大網 信行（俳人）……95
大井 康暢（詩人）……95
大井 恵夫（歌人）……95
大石 逸策（歌人）……95
大出 蕭々子（俳人）……95
大井戸 辿（俳人）……95
大岩 徳二（歌人）……95
大江 昭太郎（歌人）……95
大江 真一路（俳人）……96
大江 満雄（詩人）……96
大岡 頌司（俳人）……96
大岡 博（歌人）……96
大神 善次郎（歌人）……96
大川 つとむ（俳人）……96
大川 益良（歌人）……96
大河原 皓月（俳人）……96
大木 惇夫（詩人）……96
大木 格次郎（俳人）……97
大木 実（詩人）……97
大櫛 静波（俳人）……97
大久保 巌（俳人）……97
大久保 橙青（俳人）……97
大熊 輝一（俳人）……97
大熊 信行（歌人）……97
大黒 富治（歌人）……97
大越 雪堂（歌人）……98
大越 吾亦紅（俳人）……98
大崎 租（歌人）……98
大沢 春子（歌人）……98
大沢 ひろし（俳人）……98
大鹿 卓（詩人）……98

大信田 つとむ（俳人）…… 98
大島 栄三郎（詩人）…… 98
大島 鋸山（俳人）…… 98
大島 蘇東（俳人）…… 99
大島 たけし（俳人）…… 99
大島 民郎（俳人）…… 99
大島 庸夫（詩人）…… 99
大島 徳丸（歌人）…… 99
大島 博光（詩人）…… 99
大須賀 魚師（俳人）…… 99
大関 不撓（俳人）…… 99
太田 明（詩人）…… 100
太田 絢子（歌人）…… 100
太田 安定（俳人）…… 100
太田 一郎（歌人）…… 100
太田 かをる（俳人）…… 100
太田 雅峯（俳人）…… 100
太田 耕人（俳人）…… 100
太田 鴻村（俳人）…… 100
太田 耳動子（俳人）…… 100
太田 青丘（歌人）…… 100
太田 青舟（俳人）…… 101
太田 浩（詩人）…… 101
太田 水穂（歌人）…… 101
大高 弘達（俳人）…… 101
大高 冨久太郎（歌人）…… 101
大滝 清雄（詩人）…… 101
大滝 修一（詩人）…… 101
大田黒 元雄（詩人）…… 101
大竹 きみ江（俳人）…… 102
大竹 孤悠（俳人）…… 102
大岳 水一路（俳人）…… 102
大谷 畦月（俳人）…… 102
大谷 忠一郎（詩人）…… 102
大津 禅良（俳人）…… 102
大塚 金之助（歌人）…… 102
大塚 茂敏（俳人）…… 103
大塚 白菊（俳人）…… 103
大塚 陽子（歌人）…… 103
大槻 九合草（俳人）…… 103
大坪 孝二（詩人）…… 103
大坪 三郎（歌人）…… 103
大鶴 竣朗（詩人）…… 103
大友 淑江（歌人）…… 103
大伴 道子（歌人）…… 103
大中 祥生（俳人）…… 104
大成 竜雄（歌人）…… 104
大西 柯葉（俳人）…… 104
大西 静城（俳人）…… 104
大西 桑風（俳人）…… 104
大西 民子（歌人）…… 104
大貫 迪子（歌人）…… 104
大野 我羊（俳人）…… 104
多 久麻（歌人）…… 105
大野 恵造（漢詩）…… 105
大野 岬歩（俳人）…… 105
大野 静（歌人）…… 105
大野 紫陽（俳人）…… 105
大野 梢子（俳人）…… 105
大野 新（詩人）…… 105
大野 誠夫（歌人）…… 105
大野 万木（俳人）…… 106
大野 三喜雄（俳人）…… 106
大野 良子（詩人）…… 106
大野 林火（俳人）…… 106
大庭 華洋（川柳）…… 106
大場 寅郎（歌人）…… 106
大場 白水郎（俳人）…… 106
大場 美夜子（俳人）…… 107
大橋 敦子（俳人）…… 107
大橋 一苧（俳人）…… 107
大橋 越央子（俳人）…… 107
大橋 桜坡子（俳人）…… 107
大橋 宵火（俳人）…… 107
大橋 たつを（俳人）…… 107
大橋 松平（歌人）…… 107
大橋 嶺夫（俳人）…… 108
大畑 専（詩人）…… 108
大畑 南海魚（俳人）…… 108
大原 勉（俳人）…… 108
大原 登志男（詩人）…… 108
大原 三八雄（詩人）…… 108
大平 数子（詩人）…… 108
大星 たかし（俳人）…… 108
大堀 昭平（歌人）…… 108
大堀 たかを（俳人）…… 109
大南 テイ子（俳人）…… 109
大村 主計（詩人）…… 109
大村 呉楼（歌人）…… 109
大元 清二郎（詩人）…… 109
大森 久慈夫（俳人）…… 109
大森 葉子（俳人）…… 109
大屋 棋司（俳人）…… 109
大屋 正吉（歌人）…… 109
大家 増三（歌人）…… 109
大谷 従二（詩人）…… 110
大山 澄太（俳人）…… 110
大山 広光（詩人）…… 110
大類 林一（俳人）…… 110
大脇 月甫（歌人）…… 110
岡 雨江（俳人）…… 110
岡 昭雄（詩人）…… 110
岡 麓（歌人）…… 110
岡 みゆき（俳人）…… 110
岡 より子（詩人）…… 111
岡井 省二（俳人）…… 111
岡崎 えん（俳人）…… 111
岡崎 筍林（俳人）…… 111
岡崎 澄衛（詩人）…… 111
岡崎 清一郎（詩人）…… 111
岡崎 北巣子（俳人）…… 111
岡崎 義恵（歌人）…… 112
岡沢 康司（俳人）…… 112
小笠原 二郎（歌人）…… 112
小笠原 文夫（歌人）…… 112
小笠原 洋々（俳人）…… 112
小笠原 龍人（俳人）…… 112
岡田 有年女（俳人）…… 112
岡田 海市（俳人）…… 112
岡田 夏生（俳人）…… 113
岡田 嘻太雄（俳人）…… 113
岡田 銀渓（俳人）…… 113
岡田 鯨洋（歌人）…… 113
岡田 耿陽（俳人）…… 113
緒方 茂夫（歌人）…… 113
岡田 壮三（俳人）…… 113
岡田 隆彦（詩人）…… 113
岡田 武雄（詩人）…… 113
尾形 仂（研究）…… 114
岡田 鉄（俳人）…… 114
岡田 徳次郎（詩人）…… 114
岡田 刀水士（詩人）…… 114
緒方 昇（詩人）…… 114
岡田 平安堂（俳人）…… 114
岡田 萠子（俳人）…… 114
緒方 無元（俳人）…… 114
岡田 芳彦（詩人）…… 115
岡田 利兵衛（研究）…… 115
小勝 亥十（俳人）…… 115
岡野 直七郎（歌人）…… 115
岡野 等（俳人）…… 115
小鹿原 斗筲（俳人）…… 115
岡部 桂一郎（歌人）…… 115
岡部 文夫（歌人）…… 116
岡部 豊（俳人）…… 116
岡部 六弥太（俳人）…… 116
岡村 民（詩人）…… 116
岡村 二一（詩人）…… 116
岡村 嵐舟（川柳）…… 116
丘本 風彦（俳人）…… 116
岡本 圭岳（俳人）…… 116
岡本 高明（俳人）…… 117
岡本 差知子（俳人）…… 117
岡本 潤（詩人）…… 117
岡本 春人（俳人）…… 117
岡本 師走（俳人）…… 117
岡本 大夢（歌人）…… 117
岡本 富子（俳人）…… 117
岡本 丹生庵（俳人）…… 117
岡本 無漏子（俳人）…… 118
岡安 恒武（詩人）…… 118
岡安 迷子（俳人）…… 118
岡山 巌（歌人）…… 118
岡山 六月市（俳人）…… 118
岡山 たづ子（歌人）…… 118
小川 アンナ（詩人）…… 118
小川 斉東語（俳人）…… 118
小川 双々子（俳人）…… 119

小川 素光（俳人）……… 119
小川 太郎（俳人）……… 119
小川 太郎（歌人）……… 119
小川 千賀（俳人）……… 119
小川 博三（歌人）……… 119
小川 安夫（詩人）……… 119
小川原 嘘帥（俳人）……… 119
小河原 志都（俳人）……… 120
沖 青魚（俳人）……… 120
荻野 須美子（歌人）……… 120
荻野 泰成（俳人）……… 120
沖山 智恵子（俳人）……… 120
荻原 映雰（俳人）……… 120
荻原 井泉水（俳人）……… 120
奥 栄一（詩人）……… 120
奥 美智子（俳人）……… 120
小串 歌枝（俳人）……… 120
小串 伸夫（詩人）……… 120
奥田 一峯（俳人）……… 121
奥田 七橋（俳人）……… 121
奥田 雀草（俳人）……… 121
奥田 晴義（詩人）……… 121
奥田 白虎（川柳）……… 121
奥田 博之（詩人）……… 121
小口 幹翁（俳人）……… 121
奥成 達（詩人）……… 121
小国 宗碩（歌人）……… 122
奥野 曼荼羅（俳人）……… 122
小熊 一人（俳人）……… 122
小熊 ときを（俳人）……… 122
奥山 甲子男（俳人）……… 122
小倉 緑村（俳人）……… 122
小黒 恵子（詩人）……… 122
尾崎 昭美（詩人）……… 123
尾崎 喜八（詩人）……… 123
尾崎 孝子（歌人）……… 123
尾崎 迷堂（俳人）……… 123
長田 恒雄（詩人）……… 123
長田 白日夢（俳人）……… 123
長田 等（俳人）……… 123
長田 弘（詩人）……… 124
小山内 時雄（歌人）……… 124
小澤 克己（俳人）……… 124
小沢 謙三（俳人）……… 124
小沢 仙竹（俳人）……… 124
尾沢 紀明（歌人）……… 124
小沢 変哲（俳人）……… 125
小沢 満佐子（俳人）……… 125
小沢 游湖（俳人）……… 125
押切 順三（詩人）……… 125
小瀬 洋喜（歌人）……… 125
尾関 栄一郎（歌人）……… 125
尾添 静由（俳人）……… 126
小田 英（詩人）……… 126
小田 観蛍（歌人）……… 126
織田 枯山楼（俳人）……… 126
小田 保（俳人）……… 126
小田 鳥迷子（俳人）……… 126
小田 尚輝（俳人）……… 126
小田 弘（俳人）……… 126
小田 龍吉（詩人）……… 126
小高 倉之助（歌人）……… 127
小高根 二郎（詩人）……… 127
小田切 野鳩（俳人）……… 127
小竹 由岐子（俳人）……… 127
小田嶋 十黄（俳人）……… 127
小田原 霞堂（俳人）……… 127
落合 京太郎（歌人）……… 127
落合 実子（歌人）……… 127
落合 典子（俳人）……… 127
落合 敏（俳人）……… 127
音喜多 古剣（俳人）……… 128
音成 京子（歌人）……… 128
小椰 精以知（俳人）……… 128
小野 ゑみ（俳人）……… 128
小野 興二郎（歌人）……… 128
小野 茂樹（歌人）……… 128
おの・ちゅうこう（詩人）……… 128
小野 十三郎（詩人）……… 128
小野 房子（俳人）……… 129
小野 昌繁（歌人）……… 129
小野 蒙古風（俳人）……… 129
小野 連司（詩人）……… 129
尾上 柴舟（歌人）……… 129
斧田 千晴（川柳）……… 129
小幡 九龍（俳人）……… 130
小原 俊一（俳人）……… 130
小原 菁々子（俳人）……… 130
小原 牧水（俳人）……… 130
小原 六六庵（漢詩）……… 130
小原 渉（俳人）……… 130
小宅 圭介（歌人）……… 130
小宅 容義（俳人）……… 130
小山 誉美（歌人）……… 130
尾山 篤二郎（歌人）……… 131
小山 正孝（詩人）……… 131
折笠 美秋（俳人）……… 131
折口 信夫 ⇒釈 迢空
折戸 彫夫（詩人）……… 131
織野 健一（俳人）……… 131
尾張 穂草（歌人）……… 131
恩地 孝四郎（詩人）……… 131
恩地 淳一（詩人）……… 132
遠地 輝武（詩人）……… 132

【か】

甲斐 虎童（俳人）……… 132
甲斐 雍人（歌人）……… 132
海城 わたる（俳人）……… 132
開発 秋酔（川柳）……… 132
加賀 聴風子（俳人）……… 133
各務 章（詩人）……… 133
各務 於菟（俳人）……… 133
鏡 愁葉子（俳人）……… 133
加賀美 子麓（俳人）……… 133
加賀谷 凡秋（俳人）……… 133
香川 修一（歌人）……… 133
香川 進（歌人）……… 133
香川 弘夫（詩人）……… 133
加川 文一（詩人）……… 134
鍵岡 勉（俳人）……… 134
鍵岡 正礒（歌人）……… 134
鍵谷 幸信（詩人）……… 134
柿山 陽一（川柳）……… 134
加来 琢磨（詩人）……… 134
角山 勝義（詩人）……… 134
加倉井 秋を（俳人）……… 134
加倉井 只志（歌人）……… 134
筧 槇二（詩人）……… 135
影山 銀四郎（歌人）……… 135
景山 筍吉（俳人）……… 135
影山 正治（歌人）……… 135
栫 路人（川柳）……… 135
鹿児島 寿蔵（歌人）……… 135
鹿児島 やすほ（歌人）……… 136
笠井 栖乙（俳人）……… 136
風木 雲太郎（詩人）……… 136
笠原 和恵（俳人）……… 136
笠原 古畦（俳人）……… 136
笠原 若泉（俳人）……… 136
笠原 てい子（俳人）……… 136
風間 啓二（俳人）……… 136
笠松 久子（俳人）……… 136
梶井 枯骨（俳人）……… 137
梶浦 正之（詩人）……… 137
梶川 雄次郎（川柳）……… 137
鹿島 四潮（俳人）……… 137
鹿島 鳴秋（詩人）……… 137
上代 晧三（歌人）……… 137
柏崎 夢香（俳人）……… 137
柏原 和男（俳人）……… 137
春日 こうじ（俳人）……… 138
春日井 建（歌人）……… 138
春日井 瀇（歌人）……… 138
春日井 政子（歌人）……… 138
鹿住 晋爾（歌人）……… 138
加田 貞夫（俳人）……… 138
片岡 慶三郎（俳人）……… 138
片岡 繁男（詩人）……… 138
片岡 千歳（詩人）……… 138
片岡 つとむ（川柳）……… 139
片岡 恒信（歌人）……… 139
片岡 文雄（詩人）……… 139

潟岡 路人（歌人）……………139
片桐 顕智（歌人）……………139
片桐 庄平（歌人）……………139
片瀬 博子（詩人）……………139
片山 花御史（俳人）…………139
片山 楸江（俳人）……………140
片山 新一郎（歌人）…………140
片山 邁（歌人）………………140
片山 貞美（歌人）……………140
片山 敏彦（詩人）……………140
片山 雲雀（川柳）……………140
勝 承夫（詩人）………………140
勝尾 艸央（俳人）……………140
勝木 新二（俳人）……………140
勝田 香月（詩人）……………141
勝又 一透（俳人）……………141
勝又 水仙（俳人）……………141
勝又 木風雨（俳人）…………141
桂 歌之助（川柳）……………141
桂 樟蹊子（俳人）……………141
桂 信子（俳人）………………141
葛山 たけし（俳人）…………142
角 光雄（俳人）………………142
加藤 愛夫（詩人）……………142
加藤 朝男（俳人）……………142
加藤 郁乎（俳人）……………142
加藤 今四郎（歌人）…………142
加藤 燕雨（俳人）……………142
加藤 覚範（俳人）……………143
加藤 かけい（俳人）…………143
加藤 和美（俳人）……………143
加藤 勝三（歌人）……………143
加藤 克巳（歌人）……………143
加藤 康人（俳人）……………143
加藤 しげる（俳人）…………143
加藤 静代（俳人）……………143
加藤 楸邨（俳人）……………143
加藤 順三（歌人）……………144
加藤 松薫（俳人）……………144
加藤 省吾（詩人）……………144
加藤 水万（俳人）……………144
加藤 仙太郎（俳人）…………144
加藤 草杖（俳人）……………144
加藤 知多雄（歌人）…………144
加藤 知世子（俳人）…………145
加藤 鎮司（俳人）……………145
加藤 凍星（俳人）……………145
加藤 拝星子（俳人）…………145
加藤 温子（詩人）……………145
加藤 春彦（俳人）……………145
加藤 久雄（歌人）……………145
加藤 菲魯子（俳人）…………145
加藤 文男（詩人）……………145
加藤 芳雪（俳人）……………145
加藤 真暉子（俳人）…………145
加藤 まさを（詩人）…………146
加藤 将之（歌人）……………146
加藤 三七子（俳人）…………146
加藤 守雄（研究）……………146
加藤 岳雄（俳人）……………146
角川 源義（俳人）……………146
角川 照子（俳人）……………147
門倉 訣（詩人）………………147
門田 ゆたか（詩人）…………147
香取 佳津見（俳人）…………147
香取 秀真（歌人）……………147
門脇 白風（俳人）……………147
金井 秋彦（歌人）……………147
金井 有為郎（川柳）…………148
金井 直（詩人）………………148
金井 冬雲（俳人）……………148
金井 広（詩人）………………148
金井 充（俳人）………………148
金石 淳彦（歌人）……………148
金尾 梅の門（俳人）…………148
金沢 種美（歌人）……………148
金田 弘（詩人）………………149
金光 洋一郎（詩人）…………149
金森 柑子（俳人）……………149
金谷 信夫（俳人）……………149
可児 敏明（歌人）……………149
金子 阿岐夫（歌人）…………149
金子 伊昔紅（俳人）…………149
金子 きみ（歌人）……………149
金子 麒麟草（俳人）…………150
金子 金治郎（俳人）…………150
金子 薫園（歌人）……………150
金子 生史（俳人）……………150
金子 青銅（俳人）……………150
金子 扇踊子（俳人）…………150
金子 澄峰（俳人）……………150
金子 のぼる（俳人）…………150
金子 不泣（歌人）……………150
金子 光晴（詩人）……………151
金子 皆子（俳人）……………151
金子 無患子（俳人）…………151
金田 紫良（俳人）……………151
金戸 夏楼（俳人）……………151
兼松 蘇南（俳人）……………151
金丸 鉄蕉（俳人）……………151
金丸 桝一（詩人）……………152
狩野 満子（川柳）……………152
加野 靖典（歌人）……………152
加納 一郎（歌人）……………152
かのう・すゝむ（俳人）……152
狩野 登美次（歌人）…………152
加畑 吉男（俳人）……………152
鎌田 敬止（編集）……………152
鎌田 薄氷（俳人）……………152
鎌田 立秋子（俳人）…………153
蒲池 歓一（詩人）……………153
蒲池 正紀（歌人）……………153
蒲池 由之（歌人）……………153
上井 正司（俳人）……………153
神尾 季羊（俳人）……………153
神尾 久美子（俳人）…………153
神生 彩史（俳人）……………154
上釜 守善（歌人）……………154
上川 幸作（歌人）……………154
上村 肇（詩人）………………154
神谷 瓦人（俳人）……………154
神谷 九品（俳人）……………154
神谷 久枝（俳人）……………154
神山 杏雨（俳人）……………154
上山 如山（俳人）……………154
神山 裕一（歌人）……………154
亀井 糸游（俳人）……………155
亀山 恭太（川柳）……………155
蒲生 直英（詩人）……………155
唐川 富夫（詩人）……………155
唐木 倉造（詩人）……………155
仮屋 安吉（歌人）……………155
軽部 烏頭子（俳人）…………155
河 草之介（俳人）……………155
河合 凱夫（俳人）……………155
河合 克徳（川柳）……………156
河井 酔茗（詩人）……………156
川井 玉枝（俳人）……………156
河合 恒治（歌人）……………156
河合 照子（俳人）……………156
河合 俊郎（詩人）……………156
河合 未光（俳人）……………156
河合 木孫（俳人）……………157
川出 宇人（歌人）……………157
川上 小夜子（歌人）…………157
川上 三太郎（川柳）…………157
川上 隆司（歌人）……………157
川上 春雄（詩人）……………157
川上 朴史（俳人）……………157
川上 梨屋（俳人）……………157
河北 斜陽（俳人）……………157
川北 憲央（俳人）……………158
川口 咲子（俳人）……………158
川口 汐子（歌人）……………158
河口 信一郎（俳人）…………158
川口 常孝（歌人）……………158
川口 淀村（俳人）……………158
川口 敏男（詩人）……………158
川口 登（俳人）………………158
川口 比呂之（俳人）…………158
川口 美根子（歌人）…………159
川越 蒼生（俳人）……………159
川崎 彰彦（詩人）……………159
川崎 覚太郎（詩人）…………159
川崎 克（俳人）………………159
川崎 琴愁（俳人）……………159
川崎 三郎（俳人）……………159
川崎 展宏（俳人）……………159

川崎 洋（詩人）……160
川崎 むつを（歌人）……160
川崎 林風（俳人）……160
川路 柳虹（詩人）……160
川島 炬士（俳人）……160
川島 喜由（俳人）……160
川島 喜代詩（歌人）……160
川島 千枝（俳人）……161
川島 つゆ（研究）……161
川島 彷徨子（俳人）……161
川瀬 一貫（俳人）……161
川田 順（歌人）……161
川田 朴子（俳人）……161
河田 忠（詩人）……161
川戸 飛鴻（俳人）……162
川浪 磐根（歌人）……162
河西 新太郎（詩人）……162
川西 白柿（俳人）……162
川野 順（歌人）……162
河野 穣（俳人）……162
河野 裕子（歌人）……162
河野 頼人（俳人）……163
川畑 火川（俳人）……163
川端 弘（歌人）……163
川端 麟太（俳人）……163
川原 寂舎（俳人）……163
川原 利也（歌人）……163
河原 冬蔵（歌人）……163
川辺 古一（歌人）……163
川辺 止水（俳人）……163
河村 静香（俳人）……164
河村 盛明（歌人）……164
川村 たか女（俳人）……164
川村 虫民（俳人）……164
川村 濤人（歌人）……164
川村 ハツエ（歌人）……164
河邨 文一郎（詩人）……164
川村 柳月（俳人）……165
川本 臥風（俳人）……165
川本 けいし（俳人）……165
河原 直一郎（詩人）……165
菅 第六（俳人）……165
神田 工（歌人）……165
神田 南畝（俳人）……165
神田 秀夫（評論）……165
菅野 昭彦（歌人）……165
神庭 松華子（俳人）……166
神林 信一（俳人）……166
上林 猷夫（詩人）……166
蒲原 有明（詩人）……166
神原 栄二（俳人）……166
神原 克重（歌人）……166
神原 泰（詩人）……166
神原 教江（俳人）……166
神辺 鑿々（俳人）……167
神戸 雄一（詩人）……167

【き】

木内 彰志（俳人）……167
木内 進（詩人）……167
木尾 悦子（歌人）……167
菊岡 久利（詩人）……167
菊川 芳秋（俳人）……167
菊島 常二（詩人）……167
菊地 新（歌人）……167
菊池 庫郎（歌人）……168
菊池 剣（歌人）……168
菊池 恒一路（俳人）……168
菊池 光彩波（俳人）……168
菊池 正（詩人）……168
菊池 知勇（歌人）……168
きくち・つねこ（俳人）……168
菊地 貞三（詩人）……168
木口 豊泉（俳人）……169
菊地 凡人（俳人）……169
菊地 磨壮（歌人）……169
菊池 麻風（俳人）……169
菊地 良江（歌人）……169
菊山 当年男（歌人）……169
木佐森 流水（俳人）……169
衣更着 信（詩人）……169
木沢 光捷（俳人）……169
喜志 邦三（詩人）……169
岸 霜蔭（俳人）……170
岸 風三楼（俳人）……170
岸 誠（詩人）……170
岸 麻左（歌人）……170
岸 政男（俳人）……170
岸上 大作（歌人）……170
岸川 鼓虫子（俳人）……170
岸田 有弘（俳人）……170
岸田 衿子（詩人）……171
岸田 隆（歌人）……171
岸田 稚魚（俳人）……171
岸野 不三夫（俳人）……171
岸部 秋燈子（俳人）……171
木島 茂夫（歌人）……171
木島 松穹（俳人）……171
木島 始（詩人）……172
岸本 吟一（川柳）……172
岸本 水府（川柳）……172
岸本 千代（歌人）……172
木津 柳芽（俳人）……172
木曽 晴之（俳人）……172
北 一平（詩人）……172
北 光星（俳人）……172
北 山河（俳人）……173
喜多 牧夫（俳人）……173
北岡 伸夫（歌人）……173
北垣 一柿（俳人）……173
北川 絢一朗（川柳）……173
北川 想子（歌人）……173
北川 冬彦（詩人）……173
北川 わさ子（俳人）……174
北小路 功光（歌人）……174
北沢 瑞史（俳人）……174
北嶋 虚石（俳人）……174
北島 醇酔（川柳）……174
北島 白蜂子（俳人）……174
北島 瑠璃子（歌人）……174
北住 敏夫（研究）……174
北園 克衛（詩人）……174
北中 日輪男（俳人）……175
喜谷 六花（俳人）……175
北野 民夫（俳人）……175
北野 登（俳人）……175
北野 平八（俳人）……175
木田橋 石人（俳人）……175
北畠 八穂（詩人）……175
喜多幅 寿郎（俳人）……176
北原 政吉（詩人）……176
北見 志保子（歌人）……176
北見 恂吉（歌人）……176
北村 開成蛙（俳人）……176
喜多村 鳩子（俳人）……176
北村 青吉（歌人）……176
北村 泰章（川柳）……176
北村 太郎（詩人）……177
北村 南朝（俳人）……177
北村 仁子（俳人）……177
北本 哲三（詩人）……177
木津川 昭夫（詩人）……177
橘高 薫風（川柳）……177
城門 次人（俳人）……177
木戸 白鳥子（俳人）……177
鬼頭 旦（歌人）……178
木戸口 金襖子（俳人）……178
衣川 砂生（俳人）……178
木下 笑風（俳人）……178
木下 子龍（俳人）……178
木下 常太郎（評論）……178
木下 春（俳人）……178
木下 美代子（歌人）……178
木下 友敬（俳人）……178
木下 夕爾（詩人）……178
木原 孝一（詩人）……179
木部 蒼果（俳人）……179
木俣 修（歌人）……179
君島 夜詩（歌人）……179
君本 昌久（詩人）……179
木村 栄次（歌人）……179
木村 臥牛（俳人）……180
木村 玄外（歌人）……180
木村 虹雨（俳人）……180

木村 修康（歌人）…………… 180
木村 捨録（歌人）…………… 180
木村 孝（詩人）…………… 180
木村 葉津（俳人）…………… 180
木村 不二男（詩人）…………… 180
木村 蕪城（俳人）…………… 180
木村 守（歌人）…………… 180
木村 三男（俳人）…………… 180
木村 無想（詩人）…………… 181
木村 好子（詩人）…………… 181
木村 嘉長（詩人）…………… 181
木村 緑平（俳人）…………… 181
肝付 素方（俳人）…………… 181
木山 捷平（詩人）…………… 181
木山 みさを（歌人）…………… 181
京極 杞陽（俳人）…………… 181
京極 杜藻（俳人）…………… 182
杏田 朗平（俳人）…………… 182
清岡 卓行（詩人）…………… 182
清崎 敏郎（俳人）…………… 182
清沢 清志（詩人）…………… 182
清原 麦子（俳人）…………… 183
清原 日出夫（歌人）…………… 183
清部 千鶴子（歌人）…………… 183
吉良 任市（詩人）…………… 183
吉良 蘇月（俳人）…………… 183
桐生 栄（歌人）…………… 183
金原 省吾（歌人）…………… 183

【く】

久下 史石（俳人）…………… 183
草鹿 外吉（詩人）…………… 184
久坂 葉子（詩人）…………… 184
日下部 正治（俳人）…………… 184
草野 戎朗（俳人）…………… 184
草野 心平（詩人）…………… 184
草野 駝王（俳人）…………… 184
草野 天平（詩人）…………… 185
草野 比佐男（詩人）…………… 185
草野 鳴嵒（俳人）…………… 185
草間 時彦（俳人）…………… 185
草村 素子（俳人）…………… 185
串田 孫一（詩人）…………… 185
櫛引 唯治（歌人）…………… 186
久須 耕造（詩人）…………… 186
楠瀬 兵五郎（歌人）…………… 186
葛原 繁（歌人）…………… 186
葛原 しげる（詩人）…………… 186
葛原 妙子（歌人）…………… 186
楠本 憲吉（俳人）…………… 186
楠本 信子（俳人）…………… 187
轡田 進（俳人）…………… 187
工藤 幸一（歌人）…………… 187
工藤 紫蘇（俳人）…………… 187
工藤 汀翠（俳人）…………… 187
国井 淳一（詩人）…………… 187
国木田 虎雄（詩人）…………… 187
国崎 望久太郎（歌人）…………… 188
国武 十六夜（俳人）…………… 188
国松 ゆたか（俳人）…………… 188
国見 純生（歌人）…………… 188
国谷 喜美子（俳人）…………… 188
国吉 有慶（歌人）…………… 188
久芳 木陽子（俳人）…………… 188
久原 喜衛門（歌人）…………… 188
久保 紫雲郷（俳人）…………… 188
久保 草洋（俳人）…………… 188
久保 ともを（俳人）…………… 189
久保 晴（俳人）…………… 189
久保 斉（歌人）…………… 189
久保 実（歌人）…………… 189
久保 陽道（俳人）…………… 189
久保井 信夫（歌人）…………… 189
窪川 鶴次郎（評論）…………… 189
久保島 孝（俳人）…………… 189
窪田 空穂（歌人）…………… 189
久保田 慶子（俳人）…………… 190
久保田 月鈴子（俳人）…………… 190
窪田 章一郎（歌人）…………… 190
窪田 般弥（詩人）…………… 190
久保田 博（俳人）…………… 191
久保田 不二子（歌人）…………… 191
久保田 正文（評論）…………… 191
久保田 万太郎（俳人）…………… 191
隈 治人（俳人）…………… 191
熊谷 詩城（俳人）…………… 191
熊谷 静石（俳人）…………… 191
熊谷 武至（歌人）…………… 192
熊谷 とき子（歌人）…………… 192
熊谷 優利枝（歌人）…………… 192
熊坂 年成（歌人）…………… 192
熊沢 正一（歌人）…………… 192
熊田 精華（詩人）…………… 192
隈元 いさむ（俳人）…………… 192
久米 はじめ（俳人）…………… 192
蔵 月明（俳人）…………… 193
蔵 巨水（俳人）…………… 193
倉片 みなみ（歌人）…………… 193
倉重 鈴夢（俳人）…………… 193
倉田 行人子（俳人）…………… 193
倉田 紘文（俳人）…………… 193
倉田 素香（俳人）…………… 193
倉田 春名（俳人）…………… 194
くらた・ゆかり（詩人）…………… 194
倉地 与年子（歌人）…………… 194
倉橋 弘躬（俳人）…………… 194
倉林 ひでを（俳人）…………… 194
蔵原 伸二郎（詩人）…………… 194
栗生 純夫（俳人）…………… 194
栗田 九霄子（俳人）…………… 194
栗林 一石路（俳人）…………… 195
栗林 種一（詩人）…………… 195
栗林 千津（俳人）…………… 195
栗原 嘉名芽（歌人）…………… 195
栗原 潔子（歌人）…………… 195
栗原 貞子（詩人）…………… 195
栗原 米作（俳人）…………… 195
栗間 耿史（俳人）…………… 196
栗山 渓村（俳人）…………… 196
栗山 理一（評論）…………… 196
車谷 弘（俳人）…………… 196
久礼田 房子（歌人）…………… 196
榑沼 けい一（俳人）…………… 196
黒岩 有径（俳人）…………… 196
黒川 巳喜（俳人）…………… 196
黒川 路子（俳人）…………… 197
黒川 笠子（川柳）…………… 197
黒木 清次（詩人）…………… 197
黒木 野雨（俳人）…………… 197
黒崎 善四郎（歌人）…………… 197
黒沢 武子（歌人）…………… 197
黒須 忠一（歌人）…………… 197
黒瀬 勝巳（詩人）…………… 197
黒田 喜夫（詩人）…………… 197
黒田 恵子（詩人）…………… 198
黒田 桜の園（俳人）…………… 198
黒田 三郎（詩人）…………… 198
黒田 達也（詩人）…………… 198
黒田 忠次郎（俳人）…………… 198
黒田 白夜草（俳人）…………… 198
黒部 草波（俳人）…………… 198
桑門 つた子（詩人）…………… 198
桑島 あい（俳人）…………… 198
桑島 玄二（詩人）…………… 199
桑田 青虎（俳人）…………… 199
桑原 圭介（詩人）…………… 199
桑原 月穂（俳人）…………… 199
桑原 三郎（歌人）…………… 199
桑原 視草（俳人）…………… 199
桑原 志朗（俳人）…………… 199
桑原 武夫（評論）…………… 199
桑原 立生（俳人）…………… 200
桑原 兆堂（俳人）…………… 200
桑原 廉靖（歌人）…………… 200
桑本 春耀（俳人）…………… 200

【け】

慶光院 芙沙子（詩人）…………… 200

敬天 牧童（詩人）……………… 200
芥子沢 新之介（歌人）……… 200
見学 玄（俳人）………………… 200

【こ】

鯉江 一童子（俳人）………… 201
小池 亮夫（詩人）…………… 201
小池 次陶（俳人）…………… 201
小池 文子（俳人）…………… 201
小石沢 克已（歌人）………… 201
小泉 紫峰（川柳）…………… 201
小泉 苳三（歌人）…………… 201
小飯田 弓峰（俳人）………… 201
小市 巳世司（歌人）………… 201
小出 きよみ（俳人）………… 202
小出 秋光（俳人）…………… 202
小出 文子（俳人）…………… 202
小出 ふみ子（詩人）………… 202
小井土 公梨（俳人）………… 202
小岩井 隴人（俳人）………… 202
高 千夏子（俳人）…………… 202
耕 治人（詩人）……………… 202
香西 照雄（俳人）…………… 203
高阪 薫生（歌人）…………… 203
上月 乙彦（評論）…………… 203
甲田 鐘一路（俳人）………… 203
合田 丁字路（俳人）………… 203
古宇田 ふみ（歌人）………… 203
合田 遊月（川柳）…………… 203
河野 愛子（歌人）…………… 203
河野 閑子（俳人）…………… 203
河野 繁子（歌人）…………… 204
河野 春草（俳人）…………… 204
河野 愼吾（歌人）…………… 204
河野 静雲（俳人）…………… 204
河野 南畦（俳人）…………… 204
向野 楠葉（俳人）…………… 204
河野 春三（川柳）…………… 204
河野 仁昭（詩人）…………… 204
河野 友人（俳人）…………… 205
光部 美千代（俳人）………… 205
郡山 弘史（詩人）…………… 205
古賀 忠昭（詩人）…………… 205
古賀 まり子（俳人）………… 205
小金 まさ魚（俳人）………… 205
五喜田 正巳（歌人）………… 205
木暮 剛平（俳人）…………… 205
小暮 政次（歌人）…………… 206
小坂 螢泉（俳人）…………… 206
小坂 順子（俳人）…………… 206
小坂 太郎（詩人）…………… 206
小崎 夏宵（俳人）…………… 206
小崎 碇之介（歌人）………… 206
小佐治 安（歌人）…………… 206
小佐田 哲男（俳人）………… 207
越郷 黙朗（川柳）…………… 207
小島 清（歌人）……………… 207
児島 孝顕（歌人）…………… 207
小島 真一（歌人）…………… 207
小島 宗二（歌人）…………… 207
小島 隆保（俳人）…………… 207
小島 梅雨（俳人）…………… 207
小島 花枝（俳人）…………… 207
小島 啓司（俳人）…………… 208
小島 昌勝（俳人）…………… 208
小島 禄琅（詩人）…………… 208
五所 平之助（俳人）………… 208
小杉 放庵（歌人）…………… 208
小杉 余子（俳人）…………… 208
小菅 三千里（俳人）………… 208
小瀬 渺美（俳人）…………… 209
小関 茂（歌人）……………… 209
小高 賢（歌人）……………… 209
小谷 可和意（俳人）………… 209
小谷 薫風（俳人）…………… 209
小谷 舜花（俳人）…………… 209
小谷 心太郎（歌人）………… 209
児玉 澗松（歌人）…………… 209
児玉 実用（詩人）…………… 210
児玉 輝代（俳人）…………… 210
児玉 南草（俳人）…………… 210
谺 雄二（詩人）……………… 210
小寺 正三（俳人）…………… 210
小寺 比出子（歌人）………… 210
後藤 綾子（俳人）…………… 210
後藤 軒太郎（俳人）………… 211
五島 茂（歌人）……………… 211
後藤 是山（俳人）…………… 211
後藤 利雄（歌人）…………… 211
後藤 弘 ⇒岡野 等
五島 美代子（歌人）………… 211
後藤 安彦（歌人）…………… 211
後藤 安弘（歌人）…………… 212
後藤 夜半（俳人）…………… 212
琴陵 光重（歌人）…………… 212
ことり（俳人）………………… 212
小中 英之（歌人）…………… 212
児仁井 しどみ（俳人）……… 212
小西 甚一（俳人）…………… 212
木庭 克敏（詩人）…………… 213
木庭 俊子（俳人）…………… 213
小林 英三郎（俳人）………… 213
小林 英俊（詩人）…………… 213
小林 きそく（俳人）………… 213
小林 侠子（俳人）…………… 213
小林 金次郎（詩人）………… 213
小林 康治（俳人）…………… 213
小林 郊人（俳人）…………… 213
小林 左近（俳人）…………… 214
小林 嗣幸（俳人）…………… 214
小林 周義（歌人）…………… 214
小林 純一（詩人）…………… 214
小林 春水（俳人）…………… 214
小林 清之介（俳人）………… 214
小林 孝虎（歌人）…………… 214
小林 武雄（詩人）…………… 214
小林 貞一朗（俳人）………… 215
小林 麦洋（俳人）…………… 215
小林 波留（俳人）…………… 215
小林 素三郎（歌人）………… 215
小林 善雄（詩人）…………… 215
小林 義治（俳人）…………… 215
小春 久一郎（詩人）………… 215
小布施 江緋子（俳人）……… 215
小牧 暮潮（詩人）…………… 216
小松 瑛子（詩人）…………… 216
小松 耕一郎（俳人）………… 216
小松 北溟（歌人）…………… 216
小松崎 爽青（俳人）………… 216
駒走 鷹志（俳人）…………… 216
五味 保義（歌人）…………… 216
古宮 三郷（俳人）…………… 216
小宮 良太郎（歌人）………… 217
小村 定吉（詩人）…………… 217
小室 善弘（俳人）…………… 217
古明地 実（歌人）…………… 217
小森 行々子（俳人）………… 217
小森 白芒子（俳人）………… 217
小森 真瑳郎（歌人）………… 217
小柳 透（詩人）……………… 217
小山 和郎（詩人）…………… 217
児山 敬一（歌人）…………… 217
小山 都址（俳人）…………… 218
小山 直嗣（詩人）…………… 218
小山 南史（俳人）…………… 218
小山 白楢（俳人）…………… 218
今 官一（詩人）……………… 218
今田 久（詩人）……………… 218
近藤 東（詩人）……………… 218
近藤 一鴻（俳人）…………… 219
近藤 いぬゐ（俳人）………… 219
近藤 益雄（詩人）…………… 219
近藤 克（俳人）……………… 219
近藤 巨松（俳人）…………… 219
近藤 潤一（俳人）…………… 219
近藤 忠（俳人）……………… 220
近藤 忠義（研究）…………… 220
近藤 冬人（俳人）…………… 220
近藤 とし子（歌人）………… 220
近藤 白亭（俳人）…………… 220
近藤 英男 ⇒南日 耿平
近藤 実（俳人）……………… 220
近藤 芳美（歌人）…………… 220

今野 空白（川柳）…………… 221
紺野 幸子（歌人）…………… 221
権守 桂城（俳人）…………… 221
紺屋 畯作（歌人）…………… 221

【さ】

斎賀 琴子（歌人）…………… 221
西条 嫩子（詩人）…………… 221
西条 八十（詩人）…………… 221
斎藤 勇（歌人）…………… 222
斎藤 梅子（俳人）…………… 222
斎藤 喜博（歌人）…………… 222
斎藤 邦明（歌人）…………… 222
斎藤 玄（俳人）…………… 222
斎藤 香村（俳人）…………… 222
斎藤 小夜（俳人）…………… 222
西東 三鬼（俳人）…………… 222
斉藤 昭（俳人）…………… 223
西塔 松月（俳人）…………… 223
斎藤 宵路（俳人）…………… 223
斎藤 祥郎（歌人）…………… 223
斎藤 大雄（川柳）…………… 223
斎藤 茅輪子（俳人）………… 223
斎藤 俳小星（俳人）………… 223
斎藤 史（歌人）…………… 223
斎藤 豊人（歌人）…………… 224
斎藤 怘（詩人）…………… 224
斉藤 美規（俳人）…………… 224
斎藤 茂吉（歌人）…………… 224
斎藤 湯城（俳人）…………… 225
斎藤 庸一（詩人）…………… 225
斎藤 嘉久（俳人）…………… 225
佐伯 郁郎（詩人）…………… 225
佐伯 昭市（俳人）…………… 225
佐伯 仁三郎（歌人）………… 225
嵯峨 信之（詩人）…………… 225
嵯峨 柚子（俳人）…………… 226
酒井 忠明（歌人）…………… 226
坂井 建（俳人）…………… 226
坂井 徳三（詩人）…………… 226
酒井 友二（歌人）…………… 226
酒井 広治（歌人）…………… 226
酒井 ひろし（歌人）………… 226
酒井 真右（詩人）…………… 226
酒井 鱒吉（俳人）…………… 227
酒井 黙禅（俳人）…………… 227
阪口 涯子（俳人）…………… 227
坂口 春潮（俳人）…………… 227
阪口 穣治（詩人）…………… 227
阪口 保（歌人）…………… 227
坂田 苳子（俳人）…………… 227
坂田 信雄（歌人）…………… 227
阪田 寛夫（詩人）…………… 228
坂田 文子（俳人）…………… 228
坂田 嘉英（詩人）…………… 228
坂戸 淳夫（俳人）…………… 228
坂間 晴子（俳人）…………… 228
坂巻 純子（俳人）…………… 228
坂村 真民（詩人）…………… 228
坂本 明子（詩人）…………… 229
坂本 篤（編集）…………… 229
坂本 梅子（詩人）…………… 229
阪本 越郎（詩人）…………… 229
坂本 一胡（川柳）…………… 229
坂本 小金（歌人）…………… 229
坂本 泰堂（俳人）…………… 229
坂本 俳星（俳人）…………… 230
さかもと・ひさし（詩人）…… 230
坂本 不二子（歌人）………… 230
坂本 碧水（俳人）…………… 230
坂本 遼（詩人）…………… 230
相良 宏（歌人）…………… 230
相良 平八郎（詩人）………… 230
相良 義重（歌人）…………… 230
佐川 雨人（俳人）…………… 230
佐川 英三（詩人）…………… 230
朔多 恭（俳人）…………… 231
佐久間 東城（俳人）………… 231
作間 正雄（俳人）…………… 231
作山 暁村（歌人）…………… 231
桜井 勝美（詩人）…………… 231
桜井 滋人（詩人）…………… 231
桜井 青路（俳人）…………… 231
桜井 琢巳（詩人）…………… 231
桜井 哲夫（詩人）…………… 232
桜井 天留子（俳人）………… 232
桜井 博道（俳人）…………… 232
桜井 増雄（詩人）…………… 232
桜木 俊晃（俳人）…………… 232
桜田 角郎（歌人）…………… 232
笹井 宏之（歌人）…………… 232
佐々木 一止（俳人）………… 232
佐々木 左木（俳人）………… 232
佐々木 妙二（歌人）………… 233
佐々木 伝（俳人）…………… 233
佐佐木 信綱（歌人）………… 233
佐々木 麦童（俳人）………… 233
佐佐木 治綱（歌人）………… 233
佐々木 有風（俳人）………… 233
佐佐木 由幾（歌人）………… 233
笹沢 美明（詩人）…………… 234
笹本 正樹（詩人）…………… 234
佐沢 波弦（歌人）…………… 234
佐沢 寛（歌人）…………… 234
佐竹 弥生（歌人）…………… 234
貞弘 衛（俳人）…………… 234
薩摩 忠（詩人）…………… 234
佐藤 いづみ（歌人）………… 234
佐藤 一英（詩人）…………… 234
佐藤 磐根（俳人）…………… 235
佐藤 鬼房（俳人）…………… 235
佐藤 一夫（川柳）…………… 235
佐藤 和夫（俳人）…………… 235
佐藤 岩峰（俳人）…………… 235
佐藤 杏雨（俳人）…………… 235
佐藤 清（詩人）…………… 235
佐藤 渓（詩人）…………… 236
佐藤 憲吉（俳人）…………… 236
佐藤 紅鳴（俳人）…………… 236
佐藤 朔（詩人）…………… 236
佐藤 佐太郎（歌人）………… 236
佐藤 砂地夫（俳人）………… 236
佐藤 さち子（詩人）………… 237
佐藤 重美（歌人）…………… 237
佐藤 志満（歌人）…………… 237
佐藤 脩一（俳人）…………… 237
佐藤 総右（詩人）…………… 237
佐藤 兎庸（俳人）…………… 237
佐藤 南山寺（俳人）………… 237
佐藤 念腹（俳人）…………… 237
佐藤 野火男（俳人）………… 237
サトウ・ハチロー（詩人）…… 238
佐藤 春夫（詩人）…………… 238
佐藤 英麿（詩人）…………… 238
佐藤 眉峰（俳人）…………… 238
佐藤 百扇（川柳）…………… 238
佐藤 風人（俳人）…………… 238
佐藤 房儀（詩人）…………… 238
佐藤 文男（歌人）…………… 239
佐藤 誠（歌人）…………… 239
佐藤 正敏（川柳）…………… 239
佐藤 真砂良（俳人）………… 239
佐藤 洸世（俳人）…………… 239
佐藤 祐禎（歌人）…………… 239
佐藤 悠々（俳人）…………… 239
佐藤 要人（研究）…………… 239
佐藤 漾人（俳人）…………… 239
佐藤 義美（詩人）…………… 239
佐藤 緑芽（俳人）…………… 240
佐藤 緑葉（詩人）…………… 240
里見 宜愁（俳人）…………… 240
里見 玉兎（俳人）…………… 240
真田 亀久代（詩人）………… 240
真田 喜七（詩人）…………… 240
真田 風来（俳人）…………… 240
佐野 規魚子（俳人）………… 240
佐野 貴美子（歌人）………… 241
佐野 四郎（歌人）…………… 241
佐野 翠坡（歌人）…………… 241
佐野 青城（俳人）…………… 241
佐野 青陽人（俳人）………… 241
佐野 蒼魚（俳人）…………… 241
佐野 岳夫（詩人）…………… 241

佐野 丶石（俳人）…………… 241
佐野 まもる（俳人）………… 241
佐野 美智（俳人）…………… 242
佐野 野生（俳人）…………… 242
鮫島 春潮子（俳人）………… 242
猿山 木魂（俳人）…………… 242
狭山 信乃（歌人）…………… 242
狭山 麓（歌人）……………… 242
更科 源蔵（詩人）…………… 242
猿田 禾風（俳人）…………… 242
猿橋 統流子（俳人）………… 243
猿丸 元（俳人）……………… 243
沢 聡（俳人）………………… 243
沢 ゆき（詩人）……………… 243
沢井 我来（俳人）…………… 243
沢木 欣一（俳人）…………… 243
沢木 隆子（詩人）…………… 243
沢田 五郎（歌人）…………… 244
沢田 早苗（俳人）…………… 244
沢田 清宗（俳人）…………… 244
沢田 はぎ女（俳人）………… 244
沢田 みどり（歌人）………… 244
沢田 緑生（俳人）…………… 244
沢田 蘆月（俳人）…………… 244
沢野 起美子（詩人）………… 244
沢村 芳翠（俳人）…………… 244
沢村 光博（詩人）…………… 245
沢本 知水（俳人）…………… 245
山宮 允（詩人）……………… 245
三宮 たか志（俳人）………… 245

【し】

椎木 嶋舎（俳人）…………… 245
椎名 書子（俳人）…………… 245
椎野 八朔（俳人）…………… 245
椎橋 清翠（俳人）…………… 245
塩入 夢幻子（俳人）………… 246
塩川 三保子（歌人）………… 246
塩沢 沫波（俳人）…………… 246
塩尻 青笳（俳人）…………… 246
塩田 紅果（俳人）…………… 246
塩野崎 宏（歌人）…………… 246
塩野谷 秋風（俳人）………… 246
塩山 三九（俳人）…………… 246
四賀 光子（歌人）…………… 246
時雨 音羽（詩人）…………… 247
重石 正巳（俳人）…………… 247
重清 良吉（詩人）…………… 247
茂野 六花（俳人）…………… 247
繁延 いぶし（俳人）………… 247
重松 紀子（歌人）…………… 247
茂 恵一郎（俳人）…………… 247
志城 柏（俳人）……………… 247
品川 滸堂（俳人）…………… 248
品川 柳之（俳人）…………… 248
品川 良夜（俳人）…………… 248
品田 聖平（歌人）…………… 248
篠崎 圭介（俳人）…………… 248
篠崎 之浪（俳人）…………… 248
篠塚 しげる（俳人）………… 248
篠塚 寛（歌人）……………… 248
篠田 秋星（俳人）…………… 249
篠田 長汀（俳人）…………… 249
篠田 悌二郎（俳人）………… 249
篠田 一士（評論）…………… 249
篠塚 興一郎（詩人）………… 249
篠原 句瑠璃（俳人）………… 249
篠原 樹風（俳人）…………… 249
篠原 清子（俳人）…………… 249
篠原 巴石（俳人）…………… 249
篠原 梵（俳人）……………… 250
信夫 澄子（歌人）…………… 250
柴田 午朗（川柳）…………… 250
柴田 宵曲（俳人）…………… 250
柴田 清風居（俳人）………… 250
柴田 忠夫（詩人）…………… 250
柴田 冬影子（俳人）………… 250
柴田 トヨ（詩人）…………… 250
柴田 白陽（俳人）…………… 251
柴田 白葉女（俳人）………… 251
柴田 茫洋（俳人）…………… 251
柴田 光子（俳人）…………… 251
柴田 元男（詩人）…………… 251
柴田 基孝（詩人）…………… 251
柴谷 武之祐（歌人）………… 251
柴野 民三（詩人）…………… 251
示日 止三（俳人）…………… 251
渋沢 渋亭（俳人）…………… 252
渋沢 孝輔（詩人）…………… 252
渋谷 重夫（詩人）…………… 252
渋谷 定輔（詩人）…………… 252
渋谷 行雄（歌人）…………… 252
柴生田 稔（歌人）…………… 252
島 秋人（歌人）……………… 253
島 朝夫（詩人）……………… 253
志摩 一平（俳人）…………… 253
志摩 海夫（詩人）…………… 253
嶋 杏林子（俳人）…………… 253
島 恒人（俳人）……………… 253
島 匠介（詩人）……………… 253
志摩 聡（俳人）……………… 254
島 東吉（俳人）……………… 254
志摩 直人（詩人）…………… 254
島 みえ（俳人）……………… 254
志摩 みどり（俳人）………… 254
志摩 芳次郎（俳人）………… 254
島内 八郎（歌人）…………… 254
島上 礁波（俳人）…………… 254
島崎 曙海（詩人）…………… 255
島崎 和夫（歌人）…………… 255
嶋崎 専城（俳人）…………… 255
島崎 通夫 ⇒島 朝夫
島崎 光正（詩人）…………… 255
島津 亮（俳人）……………… 255
島田 逸山（俳人）…………… 255
島田 幸造（歌人）…………… 255
島田 さかゑ（俳人）………… 255
島田 修二（歌人）…………… 255
島田 敏子（歌人）…………… 256
島田 ばく（詩人）…………… 256
島田 等（詩人）……………… 256
嶋田 峰生（俳人）…………… 256
嶋田 摩耶子（俳人）………… 256
島田 美須恵（歌人）………… 256
島田 みつ子（俳人）………… 256
嶋田 洋一（俳人）…………… 256
島田 陽子（詩人）…………… 256
嶋西 うたた（俳人）………… 257
嶋野 国夫（俳人）…………… 257
嶋袋 全幸（歌人）…………… 257
島村 茂雄（俳人）…………… 257
島村 久（俳人）……………… 257
島村 野青（俳人）…………… 257
島本 久恵（詩人）…………… 257
島本 正斉（歌人）…………… 257
清水 昶（詩人）……………… 258
清水 ゑみ子（詩人）………… 258
清水 汪夕（川柳）…………… 258
清水 乙女（歌人）…………… 258
清水 かつら（詩人）………… 258
清水 衣子（俳人）…………… 258
清水 杏芽（俳人）…………… 258
清水 径子（俳人）…………… 258
志水 圭志（俳人）…………… 259
清水 賢一（歌人）…………… 259
志水 賢太郎（歌人）………… 259
清水 正一（詩人）…………… 259
清水 昇子（俳人）…………… 259
清水 信（歌人）……………… 259
清水 水車（俳人）…………… 259
清水 清山（俳人）…………… 259
清水 素生（俳人）…………… 259
清水 たみ子（詩人）………… 260
清水 千代（歌人）…………… 260
清水 恒子（歌人）…………… 260
清水 はじめ（俳人）………… 260
清水 比庵（歌人）…………… 260
清水 房之丞（詩人）………… 260
清水 凡亭（俳人）…………… 260
清水 みつる（俳人）………… 261
清水 峯雄（詩人）…………… 261
清水 基吉（俳人）…………… 261
清水 康雄（詩人）…………… 261

清水 八束（歌人）…… 261
清水 寥人（俳人）…… 261
下川 儀太郎（詩人）…… 261
下川 まさじ（俳人）…… 262
下郡 峯生（歌人）…… 262
下田 閑声子（俳人）…… 262
下田 実花（俳人）…… 262
下田 稔（俳人）…… 262
下村 梅子（俳人）…… 262
下村 槐太（俳人）…… 262
下村 海南（歌人）…… 262
下村 和子（詩人）…… 262
下村 照路（歌人）…… 263
下村 非文（俳人）…… 263
下村 ひろし（俳人）…… 263
下村 梵（川柳）…… 263
下村 保太郎（詩人）…… 263
釈 迢空（歌人）…… 263
秋艸道人 ⇒会津 八一
首藤 三郎（詩人）…… 263
首藤 基澄（俳人）…… 264
春秋庵 準一（俳人）…… 264
城 一峯（俳人）…… 264
城 左門（詩人）…… 264
城 佑三（俳人）…… 264
上甲 平谷（俳人）…… 264
庄司 圭吾（俳人）…… 264
正田 篠枝（歌人）…… 265
正田 稲洋（俳人）…… 265
上西 重演（詩人）…… 265
生野 幸吉（詩人）…… 265
菖蒲 あや（俳人）…… 265
城米 彦造（詩人）…… 265
城美 貞介（詩人）…… 265
白井 青野（俳人）…… 265
白井 麦生（俳人）…… 266
白井 真貫（俳人）…… 266
白井 洋三（歌人）…… 266
白石 哲（俳人）…… 266
白石 昂（歌人）…… 266
白木 英尾（歌人）…… 266
白木 豊（歌人）…… 266
白鳥 省吾（詩人）…… 266
白山 友正（歌人）…… 267
支路遺 耕治（詩人）…… 267
城谷 文城（俳人）…… 267
神 瓶子（俳人）…… 267
真行寺 四郎（歌人）…… 267
新家 杏香（俳人）…… 267
新城 太石（俳人）…… 267
進藤 一考（俳人）…… 267
進藤 忠治（俳人）…… 267
神保 光太郎（詩人）…… 268
新明 紫明（俳人）…… 268
新免 忠（歌人）…… 268
新屋敷 幸繁（詩人）…… 268
森羅 泰一 ⇒明石 長谷雄

【す】

葉 紀甫（詩人）…… 268
末次 雨城（俳人）…… 268
須賀 是美（歌人）…… 268
菅 裸馬（俳人）…… 268
菅井 冨佐子（俳人）…… 269
菅生 沼畔（川柳）…… 269
菅沼 五十一（詩人）…… 269
菅沼 宗四郎（歌人）…… 269
菅野 春虹（俳人）…… 269
菅谷 規矩雄（詩人）…… 269
菅原 一宇（川柳）…… 269
菅原 克己（詩人）…… 269
菅原 多つを（俳人）…… 269
須ケ原 樗子（俳人）…… 270
菅原 友太郎（歌人）…… 270
杉 敦夫（歌人）…… 270
杉浦 伊作（詩人）…… 270
杉浦 舟山（俳人）…… 270
杉浦 翠子（歌人）…… 270
杉浦 明平（歌人）…… 270
杉浦 冷石（俳人）…… 271
杉江 重英（詩人）…… 271
すぎき・あつしろ（歌人）…… 271
杉田 作郎（俳人）…… 271
杉田 鶴子（歌人）…… 271
杉田 俊夫（詩人）…… 271
杉田 嘉次（歌人）…… 271
杉野 紫筍（俳人）…… 271
杉野 草兵（川柳）…… 271
杉原 竹女（俳人）…… 272
杉原 裕介（詩人）…… 272
杉原 幸子（歌人）…… 272
杉村 彩雨（俳人）…… 272
杉村 聖林子（俳人）…… 272
杉本 寛一（歌人）…… 272
杉本 清子（歌人）…… 272
杉本 恒星（俳人）…… 273
杉本 修羅（俳人）…… 273
杉本 零（俳人）…… 273
杉本 春生（詩人）…… 273
杉本 寛（俳人）…… 273
杉本 北柿（俳人）…… 273
杉本 三木雄（歌人）…… 273
椙本 紋太（川柳）…… 273
杉本 雷造（俳人）…… 274
杉山 市五郎（詩人）…… 274
杉山 岳陽（俳人）…… 274
杉山 参緑（詩人）…… 274
杉山 葱子（俳人）…… 274
杉山 十四男（俳人）…… 274
杉山 平一（詩人）…… 274
杉山 羚羊（俳人）…… 275
菅田 賢治（俳人）…… 275
助信 保（詩人）…… 275
須沢 天剣草（俳人）…… 275
逗子 八郎（歌人）…… 275
鈴江 幸太郎（歌人）…… 275
鈴鹿 俊子（歌人）…… 275
鈴鹿 野風呂（俳人）…… 275
鈴木 晶（俳人）…… 276
鈴木 飛鳥女（俳人）…… 276
鈴木 石夫（俳人）…… 276
鈴木 一念（歌人）…… 276
鈴木 梅子（詩人）…… 276
鈴木 煙浪（俳人）…… 276
鈴木 蚊都夫（俳人）…… 276
鈴木 貫介（歌人）…… 276
鈴木 頑石（俳人）…… 276
鈴木 京三（俳人）…… 276
鈴木 杏村（歌人）…… 277
鈴木 国郭（歌人）…… 277
鈴木 啓蔵（歌人）…… 277
鈴木 幸輔（歌人）…… 277
鈴木 康文（歌人）…… 277
鈴木 穀雨（俳人）…… 277
鈴木 繁雄（詩人）…… 277
鈴木 しげを（俳人）…… 277
鈴木 静夫（詩人）…… 277
鈴木 十郎（歌人）…… 277
鈴木 鶉衣（俳人）…… 277
鈴木 昌平（俳人）…… 278
鈴木 助次郎（歌人）…… 278
鈴木 詮子（俳人）…… 278
鈴木 鷹夫（俳人）…… 278
鈴木 孝（詩人）…… 278
鐸木 孝（歌人）…… 278
薄 多久雄（俳人）…… 278
鈴木 只夫（俳人）…… 279
鈴木 貞二（俳人）…… 279
鈴木 亨（詩人）…… 279
薄 敏男（俳人）…… 279
鈴木 敏子（俳人）…… 279
鈴木 寿郎（詩人）…… 279
鈴木 信夫（詩人）…… 279
鈴木 白祇（俳人）…… 279
鈴木 初江（詩人）…… 279
鈴木 春江（歌人）…… 280
鈴木 半風子（俳人）…… 280
鈴木 英夫（歌人）…… 280
鈴木 豹軒（漢詩）…… 280
鈴木 敏幸（詩人）…… 280
鈴木 富来（俳人）…… 280
鈴木 丙午郎（川柳）…… 280
スズキ・ヘキ（詩人）…… 280

鈴木 芳如（俳人）…… 281
鈴木 凡哉（俳人）…… 281
鈴木 正和（詩人）…… 281
鈴木 真砂女（俳人）…… 281
鈴木 勝（詩人）…… 281
鈴木 六林男（俳人）…… 281
鈴木 無肋（俳人）…… 282
鈴木 保彦（俳人）…… 282
鈴木 ゆき子（俳人）…… 282
鈴木 ゆりほ（俳人）…… 282
鈴木 柳太郎（川柳）…… 282
鈴間 斗史（俳人）…… 282
進 一男（詩人）…… 282
須知 立子（俳人）…… 282
須藤 徹（俳人）…… 282
砂井 斗志男（俳人）…… 283
砂長 かほる（俳人）…… 283
須永 義夫（歌人）…… 283
砂川 長城子（俳人）…… 283
砂見 爽（詩人）…… 283
角南 星燈（俳人）…… 283
須磨 直俊（俳人）…… 283
角 鴎東（歌人）…… 283
角 直指（俳人）…… 283
角 青果（俳人）…… 284
住田 栄次郎（俳人）…… 284
角田 拾翠（俳人）…… 284
隅田 葉吉（歌人）…… 284
住宅 顕信（俳人）…… 284
純多摩 良樹（歌人）…… 284
住友 吉左衛門　⇒泉 幸吉
住吉 青秋（俳人）…… 284
駿河 白灯（俳人）…… 284
諏訪 優（詩人）…… 284

【せ】

瀬川 芹子（俳人）…… 285
関 圭草（俳人）…… 285
瀬木 慎一（詩人）…… 285
関 水華（川柳）…… 285
関 登久也（歌人）…… 285
関 久子（歌人）…… 285
関 みさを（歌人）…… 285
関川 喜八郎（歌人）…… 286
関川 竹四（俳人）…… 286
関口 火竿（俳人）…… 286
関口 青稲（俳人）…… 286
関口 比良男（俳人）…… 286
関戸 靖子（俳人）…… 286
関根 黄鶴亭（俳人）…… 286
関根 弘（詩人）…… 286
関根 牧草（俳人）…… 287
関谷 忠雄（俳人）…… 287
瀬在 苹果（俳人）…… 287
瀬底 月城（俳人）…… 287
摂津 幸彦（俳人）…… 287
瀬戸 青天城（俳人）…… 287
瀬戸 哲郎（詩人）…… 287
瀬戸 白魚子（俳人）…… 287
瀬戸内 艶（歌人）…… 287
千賀 一鵠（俳人）…… 287
千川 あゆ子（詩人）…… 288
仙波 龍英（歌人）…… 288

【そ】

宋 岳人（俳人）…… 288
宗 左近（詩人）…… 288
宗 秋月（詩人）…… 288
宗 武志（詩人）…… 288
曽袛 もと子（俳人）…… 288
相馬 遷子（俳人）…… 289
相馬 信子（歌人）…… 289
相馬 蓬村（俳人）…… 289
添田 博彬（歌人）…… 289
曽我 六郎（研究）…… 289
曽田 勝（俳人）…… 289
曽谷 素也（俳人）…… 289
曽根崎 保太郎（詩人）…… 289
園田 夢蒼花（俳人）…… 290
園部 雨汀（俳人）…… 290
曽宮 一念（歌人）…… 290
染谷 十蒙（俳人）…… 290
そや・やすこ（詩人）…… 290
岨 静児（俳人）…… 290

【た】

田井 安曇（歌人）…… 290
醍醐 志万子（歌人）…… 291
醍醐 育宏（俳人）…… 291
大悟法 進（歌人）…… 291
大悟法 利雄（歌人）…… 291
平 赤絵（俳人）…… 291
田岡 雁来紅（歌人）…… 291
高井 対月（俳人）…… 291
高井 北杜（俳人）…… 291
高内 壮介（詩人）…… 292
高折 妙子（歌人）…… 292
高木 一夫（歌人）…… 292
高木 恭造（詩人）…… 292
高木 貞治（俳人）…… 292
高木 智（俳人）…… 292
高木 秀吉（詩人）…… 292
高木 すみれ（俳人）…… 292
高木 青二郎（俳人）…… 292
高木 石子（俳人）…… 293
高木 蒼梧（研究）…… 293
高木 晴子（俳人）…… 293
高木 斐瑳雄（詩人）…… 293
高木 餅花（俳人）…… 293
高木 善胤（歌人）…… 293
高草木 暮風（歌人）…… 293
高久田 橙子（俳人）…… 293
高桑 義生（俳人）…… 294
高崎 小雨城（俳人）…… 294
高崎 正秀（歌人）…… 294
高嶋 健一（歌人）…… 294
高島 茂（俳人）…… 294
高島 順吾（詩人）…… 294
高島 筍雄（俳人）…… 295
高島 高（詩人）…… 295
鷹島 牧二（俳人）…… 295
高島 征夫（俳人）…… 295
高瀬 一誌（歌人）…… 295
高瀬 隆和（歌人）…… 295
高瀬 武治郎（俳人）…… 295
高瀬 善夫（歌人）…… 295
高田 堅舟（俳人）…… 295
高田 三坊子（俳人）…… 296
高田 新（詩人）…… 296
高田 高（俳人）…… 296
高田 敏子（詩人）…… 296
高田 浪吉（歌人）…… 296
高田 文利（詩人）…… 296
高田 保馬（歌人）…… 296
高藤 馬山人（俳人）…… 296
高仲 不墨子（俳人）…… 297
高野 悦子（詩人）…… 297
高野 寒甫（俳人）…… 297
高野 喜久雄（詩人）…… 297
鷹野 清子（俳人）…… 297
高野 邦夫（詩人）…… 297
高野 素十（俳人）…… 297
鷹野 青鳥（川柳）…… 297
高野 はま（歌人）…… 298
高野 美智雄（歌人）…… 298
高野 六七八（川柳）…… 298
高橋 麻男（俳人）…… 298
高橋 淡路女（俳人）…… 298
高橋 延児（俳人）…… 298
高橋 克郎（俳人）…… 298
高橋 掬太郎（詩人）…… 298
高橋 喜久晴（詩人）…… 298
高橋 奇子（俳人）…… 299
高橋 鏡太郎（俳人）…… 299

高橋 銀次（俳人）……………299
高橋 金窗（俳人）……………299
高橋 啓秋（俳人）……………299
高橋 玄一郎（詩人）…………299
高橋 謙次郎（俳人）…………299
高橋 耕雲（俳人）……………299
高橋 貞俊（俳人）……………299
高橋 柿花（俳人）……………300
高橋 紫光（俳人）……………300
高橋 秀一郎（詩人）…………300
高橋 潤（俳人）………………300
高橋 春燈（俳人）……………300
高橋 爾郎（歌人）……………300
高橋 新吉（詩人）……………300
高橋 伸張子（俳人）…………300
高橋 鈴之助（歌人）…………300
高橋 荘吉（歌人）……………300
高橋 宗伸（歌人）……………301
高橋 素水（俳人）……………301
高橋 大造（歌人）……………301
高橋 たか子（詩人）…………301
高橋 千之（俳人）……………301
高橋 徳衛（歌人）……………301
高橋 俊人（歌人）……………301
高橋 晩甘（俳人）……………301
高橋 畔舟（俳人）……………301
高橋 英子（歌人）……………302
高橋 北斗（俳人）……………302
高橋 希人（歌人）……………302
高橋 沐石（俳人）……………302
高橋 元吉（詩人）……………302
高橋 友鳳子（俳人）…………302
高橋 藍川（漢詩）……………302
高橋 柳畝（俳人）……………302
高橋 喨吉（歌人）……………303
高橋 良太郎（俳人）…………303
高橋 渡（詩人）………………303
高浜 きみ子（俳人）…………303
高浜 虚子（俳人）……………303
高浜 天我（詩人）……………303
高浜 年尾（俳人）……………303
高原 博（歌人）………………304
高松 文樹（詩人）……………304
高松 光代（歌人）……………304
高見 順（詩人）………………304
田上 石情（俳人）……………304
高峯 離葉（俳人）……………304
高村 光太郎（詩人）…………304
高村 豊周（歌人）……………305
高群 逸枝（詩人）……………305
高室 呉龍（俳人）……………305
高森 文夫（詩人）……………305
高屋 窓秋（俳人）……………306
高安 国世（歌人）……………306
高柳 重信（俳人）……………306
高山 雍子（俳人）……………306
田川 速水（俳人）……………306
田川 飛旅子（俳人）…………306
滝 佳杖（俳人）………………306
滝 けん輔（俳人）……………307
田木 繁（詩人）………………307
滝 春一（俳人）………………307
滝 峻石（俳人）………………307
滝 仙杖（俳人）………………307
滝井 折柴（俳人）……………307
滝川 名末（俳人）……………307
滝口 修造（詩人）……………307
滝口 武士（詩人）……………308
滝口 雅子（詩人）……………308
滝沢 伊代次（俳人）…………308
滝沢 秋暁（詩人）……………308
滝沢 亘（歌人）………………308
田鎖 雷峰（俳人）……………308
田口 一穂（俳人）……………309
田口 孝太郎（歌人）…………309
田口 省悟（俳人）……………309
田口 白汀（歌人）……………309
田口 雅生（俳人）……………309
田口 三千代子（俳人）………309
田口 由美（歌人）……………309
田熊 健（詩人）………………309
嶽 一灯（俳人）………………309
武井 京（詩人）………………309
武井 久雄（俳人）……………310
武石 佐海（俳人）……………310
竹内 温（歌人）………………310
竹内 一笑（俳人）……………310
竹内 邦雄（歌人）……………310
竹内 てるよ（詩人）…………310
竹内 武城（俳人）……………310
武内 夕彦（俳人）……………310
武内 利栄（詩人）……………310
竹内 隆二（詩人）……………311
竹尾 忠吉（歌人）……………311
竹岡 範男（詩人）……………311
竹腰 八柏（俳人）……………311
竹下 翠風（歌人）……………311
武島 羽衣（歌人）……………311
武田 亜公（詩人）……………311
武田 灝二郎（俳人）…………311
竹田 小時（俳人）……………312
武田 全（歌人）………………312
竹田 善四郎（歌人）…………312
武田 隆子（詩人）……………312
武田 太郎（詩人）……………312
竹田 凍光（俳人）……………312
武田 年弘（俳人）……………312
武田 寅雄（歌人）……………312
武田 無涯子（俳人）…………312
竹田 琅玕（俳人）……………312
竹中 郁（詩人）………………313
竹中 皆二（歌人）……………313
竹中 久七（詩人）……………313
竹中 九十九樹（俳人）………313
竹中 碧水史（俳人）…………313
竹貫 せき女（俳人）…………313
竹ノ谷 ただし（俳人）………313
武原 はん女（俳人）…………313
武久 和世（俳人）……………314
竹久 昌夫（詩人）……………314
竹村 晃太郎（詩人）…………314
武村 志保（詩人）……………314
竹村 温夫（川柳）……………314
竹村 文一（俳人）……………314
竹村 まや（歌人）……………314
竹本 青苑（俳人）……………315
竹本 白飛（俳人）……………315
竹谷 しげる（俳人）…………315
竹山 広（歌人）………………315
田子 水鴨（俳人）……………315
多胡 羊歯（詩人）……………315
田坂 光甫（俳人）……………315
田崎 秀（歌人）………………315
田崎 賜恵（俳人）……………316
田島 柏葉（俳人）……………316
但馬 美作（俳人）……………316
田代 俊夫（歌人）……………316
多田 一荘（俳人）……………316
多田 梅子（歌人）……………316
多田 智満子（詩人）…………316
多田 薙石（俳人）……………316
多田 鉄雄（詩人）……………317
多田 不二（詩人）……………317
多田 裕計（俳人）……………317
多田隈 卓雄（歌人）…………317
忠地 虚骨（俳人）……………317
只野 柯舟（俳人）……………317
只野 幸雄（歌人）……………317
立花 豊子（俳人）……………317
立花 春子（俳人）……………317
橘 宗利（歌人）………………317
龍岡 晋（俳人）………………318
立木 大泉（俳人）……………318
龍野 咲人（詩人）……………318
巽 巨詠子（俳人）……………318
辰巳 秋冬（俳人）……………318
巽 聖歌（詩人）………………318
辰巳 利文（歌人）……………318
伊達 得夫（編集）……………318
立岩 利夫（俳人）……………319
舘野 翔鶴（俳人）……………319
舘野 たみを（俳人）…………319
舘野 烈風（俳人）……………319
館山 一子（歌人）……………319
田所 妙子（歌人）……………319
田中 午次郎（俳人）…………319
田中 恵理（俳人）……………319
田中 収（歌人）………………319

田中 芥子（俳人）…………… 320
田中 克己（詩人）…………… 320
田中 規久雄（詩人）………… 320
田中 鬼骨（俳人）…………… 320
田中 喜四郎（詩人）………… 320
田中 極光（俳人）…………… 320
田中 けい子（俳人）………… 320
田中 光峰（俳人）…………… 320
田中 佐知（詩人）…………… 320
田中 三水（俳人）…………… 321
田中 茂哉（俳人）…………… 321
田中 七草（俳人）…………… 321
田中 順二（歌人）…………… 321
田中 菅子（俳人）…………… 321
田中 清太郎（俳人）………… 321
田中 善徳（詩人）…………… 321
田中 大治郎（歌人）………… 321
田中 波月（俳人）…………… 322
田中 裕明（俳人）…………… 322
田中 不及（歌人）…………… 322
田中 不鳴（俳人）…………… 322
田中 冬二（詩人）…………… 322
田中 北斗（俳人）…………… 322
田中 茗児（俳人）…………… 322
田中 佳宏（歌人）…………… 322
田中 螺石（俳人）…………… 323
田中 隆尚（歌人）…………… 323
田中 令三（詩人）…………… 323
田中 朗々（俳人）…………… 323
田辺 香代子（俳人）………… 323
田辺 正人（俳人）…………… 323
田辺 杜詩花（歌人）………… 323
田辺 ひで女（俳人）………… 323
田辺 若男（歌人）…………… 323
谷 馨（歌人）……………… 324
谷 鼎（歌人）……………… 324
谷 邦夫（歌人）…………… 324
谷 迪子（俳人）…………… 324
谷川 雁（詩人）…………… 324
谷川 水車（俳人）…………… 324
谷口 亜岐夫（俳人）………… 324
谷口 雲崖（俳人）…………… 325
谷口 小糸（俳人）…………… 325
谷口 古杏（俳人）…………… 325
谷沢 辿（詩人）…………… 325
谷野 予志（俳人）…………… 325
谷村 博武（詩人）…………… 325
田沼 文雄（俳人）…………… 325
田畑 比古（俳人）…………… 325
田畑 美穂女（俳人）………… 325
田林 義信（歌人）…………… 325
田原 古巌（漢詩）…………… 326
田原 千暉（俳人）…………… 326
田吹 かすみ（歌人）………… 326
田吹 繁子（歌人）…………… 326
田淵 十風子（俳人）………… 326
玉出 雁梓幸（俳人）………… 326
玉置 石松子（俳人）………… 326
玉木 愛子（俳人）…………… 326
玉貫 寛（俳人）…………… 326
玉城 澄子（歌人）…………… 327
玉城 徹（歌人）…………… 327
玉置 保巳（詩人）…………… 327
玉手 北肇（俳人）…………… 327
玉利 浮葉（俳人）…………… 327
田丸 夢学（俳人）…………… 327
民井 とほる（俳人）………… 327
田村 九路（俳人）…………… 327
田村 哲三（歌人）…………… 327
田村 奈津子（詩人）………… 328
田村 昌由（詩人）…………… 328
田村 木国（俳人）…………… 328
田村 隆一（詩人）…………… 328
田村 了咲（俳人）…………… 328
田室 澄江（俳人）…………… 328
為成 菖蒲園（俳人）………… 328
田谷 鋭（歌人）…………… 329
丹沢 豊子（歌人）…………… 329
檀上 春清（詩人）…………… 329
丹野 正（詩人）…………… 329

【ち】

千賀 浩一（歌人）…………… 329
近木 圭之介（俳人）………… 329
千勝 重次（歌人）…………… 329
筑網 臥年（俳人）…………… 329
千種 ミチ（歌人）…………… 330
竹馬 規雄（俳人）…………… 330
千曲 山人（俳人）…………… 330
知念 栄喜（詩人）…………… 330
千葉 艸坪子（俳人）………… 330
ちば 東北子（川柳）………… 330
千葉 仁（俳人）…………… 330
千葉 龍（詩人）…………… 330
千原 草之（俳人）…………… 331
茶木 滋（詩人）…………… 331
忠海 光朔（詩人）…………… 331
中条 雅二（詩人）…………… 331
千代 国一（歌人）…………… 331
長 光太（詩人）…………… 331
千代田 葛彦（俳人）………… 331
鎮西 春江（歌人）…………… 331

【つ】

築地 正子（歌人）…………… 332
塚腰 杜尚（俳人）…………… 332
塚原 巨矢（俳人）…………… 332
塚原 麦生（俳人）…………… 332
塚本 烏城（俳人）…………… 332
塚本 邦雄（歌人）…………… 332
塚本 武史（俳人）…………… 333
塚本 久子（俳人）…………… 333
塚山 勇三（詩人）…………… 333
津軽 照子（歌人）…………… 333
津川 五然夢（俳人）………… 333
築地 藤子（歌人）…………… 333
月原 橙一郎（詩人）………… 333
津久井 理一（俳人）………… 333
筑波 杏明（歌人）…………… 333
柘植 芳朗（俳人）…………… 334
辻 まこと（詩人）…………… 334
辻 征夫（詩人）…………… 334
辻 淑子（俳人）…………… 334
辻井 喬（詩人）…………… 334
辻田 東造（詩人）…………… 335
辻野 準一（歌人）…………… 335
対馬 完治（歌人）…………… 335
辻本 斐山（俳人）…………… 335
都筑 省吾（歌人）…………… 335
都築 益世（詩人）…………… 335
津田 清子（俳人）…………… 335
津田 汀々子（俳人）………… 335
津田 治子（歌人）…………… 336
津田 八重子（歌人）………… 336
津田 嘉信（歌人）…………… 336
土田 杏仙（俳人）…………… 336
土橋 義信（詩人）…………… 336
土屋 克夫（歌人）…………… 336
土屋 サダ（歌人）…………… 336
土屋 竹雨（漢詩）…………… 336
土屋 巴浪（俳人）…………… 336
土屋 二三男（詩人）………… 336
土屋 文明（歌人）…………… 337
土屋 正夫（歌人）…………… 337
土家 由岐雄（俳人）………… 337
土山 紫牛（俳人）…………… 337
筒井 松籟史（俳人）………… 337
筒井 富栄（歌人）…………… 337
筒井 義明（歌人）…………… 337
塘 柊風（俳人）…………… 338
堤 清二　⇒辻井 喬
堤 高嶺（俳人）…………… 338
堤 俳一佳（俳人）…………… 338
堤 平五（俳人）…………… 338

堤 操　⇒大伴 道子
綱田 酔雨（俳人）……………… 338
常石 芝青（俳人）……………… 338
ツネコ（歌人）……………… 338
常見 千香夫（歌人）……………… 338
津根元 潮（俳人）……………… 339
角田 独峰（俳人）……………… 339
角田 一（歌人）……………… 339
坪井 かね子（俳人）……………… 339
壺井 繁治（詩人）……………… 339
坪内 美佐尾（俳人）……………… 339
壺田 花子（詩人）……………… 339
坪田 正夫（俳人）……………… 339
坪野 哲久（歌人）……………… 340
津村 草吉（俳人）……………… 340
津村 典見（俳人）……………… 340
露木 陽子（詩人）……………… 340
鶴岡 冬一（詩人）……………… 340
鶴田 栄秋（俳人）……………… 340
鶴田 正義（歌人）……………… 340
鶴田 義直（歌人）……………… 340
鶴丸 白路（俳人）……………… 340
鶴見 和子（歌人）……………… 341
鶴見 正夫（詩人）……………… 341

【て】

出牛 青朗（俳人）……………… 341
出口 舒規（歌人）……………… 341
手島 一路（歌人）……………… 341
手嶋 双峰（俳人）……………… 341
手代木 啞々子（俳人）……………… 341
手塚 武（詩人）……………… 342
手塚 久子（詩人）……………… 342
手塚 七木（俳人）……………… 342
寺井 文子（俳人）……………… 342
寺尾 俊平（川柳）……………… 342
寺尾 道元（詩人）……………… 342
寺門 一郎（歌人）……………… 342
寺門 仁（詩人）……………… 342
寺崎 玄兎（俳人）……………… 342
寺崎 浩（詩人）……………… 342
寺師 治人（歌人）……………… 343
寺下 辰夫（詩人）……………… 343
寺島 栄一（詩人）……………… 343
寺島 珠雄（詩人）……………… 343
寺田 京子（俳人）……………… 343
寺田 弘（詩人）……………… 343
寺本 知（詩人）……………… 343
寺元 岑詩（俳人）……………… 343
寺山 修司（歌人）……………… 343
暉峻 桐雨（俳人）……………… 344

【と】

土居 南国城（俳人）……………… 344
土井 晩翠（詩人）……………… 344
土居 不可止（俳人）……………… 344
戸井田 慶太（川柳）……………… 344
戸板 康二（俳人）……………… 344
塔 和子（詩人）……………… 345
洞外 石杖（俳人）……………… 345
唐笠 何蝶（俳人）……………… 345
峠 三吉（詩人）……………… 345
藤後 左右（俳人）……………… 345
東郷 喜久子（俳人）……………… 346
東郷 久義（歌人）……………… 346
東条 源四郎（歌人）……………… 346
東城 士郎（歌人）……………… 346
東条 素香（俳人）……………… 346
東野 大八（川柳）……………… 346
東福寺 薫（俳人）……………… 346
堂山 芳野人（俳人）……………… 346
遠丸 立（詩人）……………… 346
遠山 繁夫（歌人）……………… 347
遠山 英子　⇒橋本 比禎子
遠山 光栄（歌人）……………… 347
融 湖山（俳人）……………… 347
戸叶 木耳（俳人）……………… 347
外川 飼虎（俳人）……………… 347
戸川 稲村（俳人）……………… 347
戸川 晴子（歌人）……………… 347
土岐 善麿（歌人）……………… 347
土岐 錬太郎（俳人）……………… 348
時実 新子（川柳）……………… 348
徳永 夏川女（俳人）……………… 348
徳永 山冬子（俳人）……………… 348
徳永 寿（詩人）……………… 348
徳永 民平（詩人）……………… 348
徳丸 峻二（俳人）……………… 348
徳本 和子（詩人）……………… 348
徳山 暁美（俳人）……………… 349
土蔵 培人（歌人）……………… 349
豊島 年魚（俳人）……………… 349
戸田 和子（俳人）……………… 349
戸田 禾年（俳人）……………… 349
戸恒 恒男（歌人）……………… 349
十時 延子（詩人）……………… 349
轟 蘆火（俳人）……………… 349
利根川 保男（歌人）……………… 349
殿内 芳樹（詩人）……………… 350
殿岡 辰雄（詩人）……………… 350
外塚 杜詩浦（歌人）……………… 350
殿村 菟絲子（俳人）……………… 350
鳥羽 とほる（俳人）……………… 350
土橋 治重（詩人）……………… 350
戸張 みち子（詩人）……………… 350
飛松 実（歌人）……………… 350
とべ・しゅん（詩人）……………… 351
鳥見 迅彦（詩人）……………… 351
富岡 掬池路（俳人）……………… 351
富岡 犀川（俳人）……………… 351
富沢 赤黄男（俳人）……………… 351
富重 かずま（俳人）……………… 351
富田 砕花（歌人）……………… 351
富田 住子（歌人）……………… 351
富田 涼子（俳人）……………… 351
富田 潮児（俳人）……………… 352
富田 野守（俳人）……………… 352
冨田 みのる（俳人）……………… 352
富田 ゆかり（歌人）……………… 352
富田 狸通（俳人）……………… 352
冨長 蝶如（漢詩）……………… 352
富永 眉峰（俳人）……………… 352
富永 貢（歌人）……………… 352
富小路 禎子（歌人）……………… 352
富松 良夫（詩人）……………… 353
冨谷 春雷（俳人）……………… 353
富安 風生（俳人）……………… 353
冨山 俊雄（俳人）……………… 353
友竹 辰（詩人）……………… 353
友常 玲泉子（俳人）……………… 353
伴野 渓水（俳人）……………… 353
伴野 龍（俳人）……………… 354
外山 卯三郎（詩人）……………… 354
豊田 君仙子（俳人）……………… 354
豊田 清史（歌人）……………… 354
豊田 村雀（俳人）……………… 354
豊田 次雄（俳人）……………… 354
豊田 都峰（俳人）……………… 354
豊田 まこと（俳人）……………… 354
豊永 ひさゑ（俳人）……………… 355
豊増 幸子（歌人）……………… 355
豊山 千蔭（俳人）……………… 355
鳥居 雨路子（俳人）……………… 355
鳥居 おさむ（俳人）……………… 355
鳥海 昭子（歌人）……………… 355
飛田 辛子（川柳）……………… 355
ドンパック　⇒山田 秀人

【な】

内藤 鋠策（歌人）……………… 355
内藤 吐天（俳人）……………… 356
内藤 まさを（俳人）……………… 356
直井 烏生（俳人）……………… 356
直江 武骨（川柳）……………… 356

猪野 耕一郎（歌人）…… 356
中 火臣（俳人）…… 356
中 寒二（詩人）…… 356
中 勘助（詩人）…… 356
奈加 敬三（詩人）…… 357
中 拓夫（俳人）…… 357
那珂 太郎（詩人）…… 357
中井 克比古（歌人）…… 357
長井 通保（俳人）…… 357
永井 東門居（俳人）…… 357
長井 貝泡（俳人）…… 358
中井 英夫（編集）…… 358
永井 博文（俳人）…… 358
永井 ふさ子（歌人）…… 358
中井 正義（歌人）…… 358
長井 盛之（詩人）…… 358
永井 陽子（歌人）…… 358
永井 叔（詩人）…… 358
永井 由清（俳人）…… 359
永石 三男（歌人）…… 359
永海 兼人（俳人）…… 359
長江 道太郎（詩人）…… 359
長尾 和男（詩人）…… 359
中尾 杏子（俳人）…… 359
中尾 彰（詩人）…… 359
中尾 寿美子（俳人）…… 359
長尾 辰夫（詩人）…… 360
中尾 無涯（俳人）…… 360
長岡 弘芳（詩人）…… 360
中川 薫（歌人）…… 360
中川 一政（詩人）…… 360
中川 菊司（歌人）…… 360
中川 きよし（俳人）…… 360
中川 鼓朗（俳人）…… 360
中川 静村（詩人）…… 361
中川 石野（俳人）…… 361
中川 宋淵（俳人）…… 361
中川 浩文（俳人）…… 361
中川 未央（俳人）…… 361
中河 幹子（歌人）…… 361
仲川 幸男（川柳）…… 361
中川 龍（歌人）…… 361
中桐 雅夫（詩人）…… 361
長倉 閑山（俳人）…… 362
長倉 義光（俳人）…… 362
中込 純次（詩人）…… 362
永坂 田津子（詩人）…… 362
長迫 貞女（俳人）…… 362
長沢 一作（歌人）…… 362
長沢 ふさ（俳人）…… 362
中沢 文次郎（俳人）…… 362
長沢 美津（歌人）…… 362
中島 哀浪（歌人）…… 363
中島 栄一（歌人）…… 363
中島 可一郎（詩人）…… 363
中島 杏子（俳人）…… 363
中島 月笠（俳人）…… 363
中島 玄一郎（俳人）…… 363
中島 蕉園（俳人）…… 363
長島 正雅（俳人）…… 363
中島 双風（俳人）…… 363
中島 大三郎（俳人）…… 364
中島 斌雄（俳人）…… 364
中嶋 信太郎（歌人）…… 364
中島 彦治郎（歌人）…… 364
長島 弘（俳人）…… 364
中島 大（歌人）…… 364
長島 三芳（詩人）…… 364
長島 蠣（歌人）…… 364
中城 ふみ子（歌人）…… 365
永瀬 清子（詩人）…… 365
仲田 喜三郎（俳人）…… 365
永田 耕衣（俳人）…… 365
永田 耕一郎（俳人）…… 365
永田 紫暁子（俳人）…… 365
中田 重夫（歌人）…… 365
永田 春峰（俳人）…… 366
中田 樵杖（俳人）…… 366
永田 蘇水（俳人）…… 366
永田 竹の春（俳人）…… 366
永田 東一郎（詩人）…… 366
仲田 二青子（俳人）…… 366
中田 みづほ（俳人）…… 366
中台 春嶺（俳人）…… 366
中台 泰史（俳人）…… 366
中谷 五秋（俳人）…… 367
中谷 朔風（俳人）…… 367
中谷 寛章（俳人）…… 367
中津 賢吉（歌人）…… 367
中津 泰人（川柳）…… 367
永塚 幸司（詩人）…… 367
中塚 たづ子（俳人）…… 367
中塚 檀（俳人）…… 367
中戸川 朝人（俳人）…… 367
中西 悟堂（歌人）…… 367
中西 二月堂（俳人）…… 368
仲西 白渓（俳人）…… 368
中西 舗土（俳人）…… 368
中西 弥太郎（俳人）…… 368
中根 昔巳（俳人）…… 368
中野 嘉一（詩人）…… 368
中野 菊夫（歌人）…… 369
中野 喜代子（俳人）…… 369
中野 弘一（俳人）…… 369
中野 三允（俳人）…… 369
中野 杉生人（歌人）…… 369
中野 重治（詩人）…… 369
中野 詩紅（俳人）…… 369
長野 秋月子（俳人）…… 369
中野 鈴子（詩人）…… 370
永野 孫柳（俳人）…… 370
長野 規（詩人）…… 370
中野 秀人（詩人）…… 370
中野 陽路（俳人）…… 370
中野 立城（俳人）…… 370
中原 綾子（歌人）…… 371
中原 勇夫（歌人）…… 371
中原 海豹（俳人）…… 371
中原 忍冬（詩人）…… 371
仲俣 新一（川柳）…… 371
中道 風迅洞（詩人）…… 371
仲嶺 真武（詩人）…… 371
中村 明子（俳人）…… 371
中村 雨紅（詩人）…… 371
中村 漁波林（詩人）…… 372
中村 公子（俳人）…… 372
中村 欣治朗（川柳）…… 372
中村 草田男（俳人）…… 372
中村 月三（俳人）…… 372
中村 孝一（俳人）…… 372
中村 耿人（歌人）…… 372
中村 孝助（歌人）…… 373
中村 古松（俳人）…… 373
中村 三山（俳人）…… 373
中村 若沙（俳人）…… 373
中村 柊花（歌人）…… 373
中村 純一（歌人）…… 373
中村 春逸（俳人）…… 373
中村 春芳（俳人）…… 373
中村 正爾（歌人）…… 373
中村 笙川（俳人）…… 374
中村 舒雲（漢詩）…… 374
中村 信一（俳人）…… 374
中村 真一郎（詩人）…… 374
中村 翠湖（俳人）…… 374
中村 清四郎（歌人）…… 374
中村 草哉（俳人）…… 374
中村 苑子（俳人）…… 374
中村 隆（詩人）…… 375
中村 千尾（詩人）…… 375
中村 忠二（詩人）…… 375
中村 汀女（俳人）…… 375
中村 田人（俳人）…… 375
中村 知秋（歌人）…… 375
中村 抜刀子（俳人）…… 375
中村 房舟（俳人）…… 375
中村 正子（詩人）…… 376
中村 将晴（俳人）…… 376
中村 路子（俳人）…… 376
仲村 八鬼（詩人）…… 376
中村 やよい（俳人）…… 376
中村 嘉良（歌人）…… 376
中村 柳風（俳人）…… 376
中本 幸子（歌人）…… 376
中本 紫公（俳人）…… 376
中本 庄市（歌人）…… 377
中本 恕堂（俳人）…… 377
中本 苳子（俳人）…… 377

長森 光代（歌人）…… 377
長谷 岳（俳人）…… 377
中矢 荻風（俳人）…… 377
長安 周一（詩人）…… 377
中山 秋夫（詩人）…… 377
永山 一郎（詩人）…… 378
中山 梟月（俳人）…… 378
中山 周三（歌人）…… 378
中山 純子（俳人）…… 378
中山 伸（詩人）…… 378
中山 輝（詩人）…… 378
中山 知子（詩人）…… 378
永山 富士（詩人）…… 378
中山 勝（歌人）…… 378
中山 幹雄（詩人）…… 379
永山 嘉之（歌人）…… 379
中山 礼治（歌人）…… 379
奈切 哲夫（詩人）…… 379
名倉 八重子（俳人）…… 379
那須 乙郎（俳人）…… 379
夏堀 茂（詩人）…… 379
夏目 漠（詩人）…… 379
名取 思郷（俳人）…… 379
ナナオサカキ（詩人）…… 380
鍋島 幹夫（詩人）…… 380
鍋谷 慎人（俳人）…… 380
生井 武司（歌人）…… 380
行方 寅次郎（俳人）…… 380
並木 秋人（歌人）…… 380
行方 沼東（歌人）…… 380
なや・けんのすけ ⇒曽我 六郎
楢崎 泥華（俳人）…… 380
楢崎 六花（俳人）…… 380
奈良橋 善司（評論）…… 380
成田 敦（詩人）…… 381
成田 嘉一郎（歌人）…… 381
成田 小五郎（歌人）…… 381
成田 駿太郎（俳人）…… 381
成田 千空（俳人）…… 381
成嶋 瓢雨（俳人）…… 381
成瀬 桜桃子（俳人）…… 381
成瀬 正俊（俳人）…… 382
成瀬 有（歌人）…… 382
鳴戸 海峡（俳人）…… 382
鳴海 英吉（詩人）…… 382
鳴海 要吉（歌人）…… 382
名和 三幹竹（俳人）…… 382
縄田 林蔵（詩人）…… 382
南江 治郎（詩人）…… 382
南日 耿平（詩人）…… 383
南原 繁（歌人）…… 383
南部 憲吉（俳人）…… 383

【に】

新国 誠一（詩人）…… 383
新倉 美紀子（俳人）…… 383
新島 栄治（詩人）…… 383
新関 一杜（俳人）…… 383
新村 青幹（俳人）…… 383
仁尾 正文（俳人）…… 384
丹生石 隆司（俳人）…… 384
二唐 空々（俳人）…… 384
西 一知（詩人）…… 384
西池 涼雨（俳人）…… 384
西尾 栞（川柳）…… 384
西尾 桃支（俳人）…… 384
西岡 十四王（俳人）…… 384
西岡 正保（俳人）…… 384
西垣 脩（詩人）…… 384
西垣 卍禅子（俳人）…… 385
西方 国雄（歌人）…… 385
西片 征風（俳人）…… 385
西川 青濤（歌人）…… 385
西川 満（詩人）…… 385
西川 林之助（詩人）…… 385
錦 三郎（歌人）…… 385
錦 米次郎（詩人）…… 385
西沢 隆二 ⇒ぬやま・ひろし
西島 麦南（俳人）…… 386
西塚 俊一 ⇒糸屋 鎌吉
西田 春作（詩人）…… 386
西田 忠次郎（歌人）…… 386
西谷 しづ子（俳人）…… 386
西角井 正慶 ⇒見沼 冬男
西出 うつ木（歌人）…… 386
西野 信明（歌人）…… 386
西野 理郎（俳人）…… 386
西村 一平（歌人）…… 386
西村 燕々（俳人）…… 387
西村 数（俳人）…… 387
西村 公鳳（俳人）…… 387
西村 哲也（歌人）…… 387
西村 直次（歌人）…… 387
西村 白雲郷（俳人）…… 387
西村 尚（歌人）…… 387
西銘 順二郎（俳人）…… 387
西本 秋夫（歌人）…… 387
西本 一都（俳人）…… 388
西矢 籟史（俳人）…… 388
西山 春潮（俳人）…… 388
西山 小鼓子（俳人）…… 388
西山 禎一（俳人）…… 388
西山 冬青（俳人）…… 388
西山 寿（詩人）…… 388
西山 誠（俳人）…… 388
西脇 順三郎（詩人）…… 388
仁智 栄坊（俳人）…… 389
新田 充穂（俳人）…… 389
新田 千鶴子（俳人）…… 389
新田 祐久（俳人）…… 389
日塔 聡（詩人）…… 389
二宮 冬鳥（歌人）…… 389
楡井 秀孝（俳人）…… 389
丹羽 洋岳（歌人）…… 389
庭田 竹堂（俳人）…… 390

【ぬ】

額賀 誠志（詩人）…… 390
沼波 美代子（歌人）…… 390
沼口 蓬風（俳人）…… 390
沼田 一老（俳人）…… 390
ぬやま・ひろし（詩人）…… 390

【ね】

根来 塔外（俳人）…… 390
根津 蘆丈（俳人）…… 391
根本 喜代子（俳人）…… 391

【の】

能美 丹詠（俳人）…… 391
野上 彰（詩人）…… 391
野上 荻泉（俳人）…… 391
野上 久人（歌人）…… 391
野上 柳子（歌人）…… 391
野川 秋汀（俳人）…… 392
野木 径草（俳人）…… 392
野北 和義（歌人）…… 392
野口 定雄（歌人）…… 392
野口 里井（俳人）…… 392
野口 立甫（俳人）…… 392
野沢 節子（俳人）…… 392
野地 曠二（歌人）…… 392
野島 真一郎（歌人）…… 392
野尻 遊星（俳人）…… 392
野田 宇太郎（詩人）…… 393
野田 詠子（俳人）…… 393

野田 節子（俳人）……………393
野田 寿子（詩人）……………393
野田 理一（詩人）……………393
野竹 雨城（俳人）……………393
能登 秀夫（詩人）……………393
野中 木立（俳人）……………393
野中 丈義（俳人）……………393
野長瀬 正夫（詩人）…………393
野場 鉱太郎（歌人）…………394
野原 水嶺（歌人）……………394
延平 いくと（俳人）…………394
野辺 堅太郎（歌人）…………394
野間 郁史（俳人）……………394
野間 宏（詩人）………………394
野見山 朱鳥（俳人）…………395
野村 梅子（俳人）……………395
野村 花鐘（俳人）……………395
野村 喜舟（俳人）……………395
野村 牛耳（俳人）……………395
能村 潔（詩人）………………395
野村 清（歌人）………………395
野村 慧二（俳人）……………395
野村 泰三（歌人）……………396
野村 玉枝（歌人）……………396
野村 冬陽（俳人）……………396
能村 登四郎（俳人）…………396
野村 久雄（俳人）……………396
野村 洛美（俳人）……………396
野谷 竹路（川柳）……………396
則武 三雄（詩人）……………396
野呂 春眠（俳人）……………397

【は】

榛原 駿吉（歌人）……………397
芳賀 秀次郎（詩人）…………397
芳賀 檀（詩人）………………397
萩野 卓司（詩人）……………397
萩原 季葉（俳人）……………397
萩原 麦草（俳人）……………397
萩原 康次郎（歌人）…………397
萩原 蘿月（俳人）……………398
波止 影夫（俳人）……………398
橋 閒石（俳人）………………398
橋川 敏孝（俳人）……………398
橋詰 一郎（歌人）……………398
橋爪 健（詩人）………………398
橋詰 沙尋（俳人）……………398
橋田 一青（俳人）……………398
橋田 一夫（詩人）……………398
羽柴 雪彦（俳人）……………399
橋本 花風（俳人）……………399
橋本 鶏二（俳人）……………399
橋本 光石（俳人）……………399
橋本 住夫（俳人）……………399
橋本 草郎（俳人）……………399
橋本 多佳子（俳人）…………399
橋本 武子（歌人）……………400
橋本 徳寿（歌人）……………400
橋本 比禎子（歌人）…………400
橋本 風車（俳人）……………400
橋本 夢道（俳人）……………400
長谷 草夢（歌人）……………400
長谷川 秋子（俳人）…………400
長谷川 泉（詩人）……………400
長谷川 かな女（俳人）………401
長谷川 銀作（歌人）…………401
長谷川 建（俳人）……………401
長谷川 耿子（俳人）…………401
長谷川 湖代（俳人）…………401
長谷川 史郊（俳人）…………401
長谷川 四郎（詩人）…………401
長谷川 双魚（俳人）…………402
長谷川 草々（俳人）…………402
長谷川 朝風（俳人）…………402
長谷川 博和（俳人）…………402
長谷川 冬樹（川柳）…………402
長谷川 ゆりえ（歌人）………402
長谷川 良市（俳人）…………402
長谷川 浪々子（俳人）………402
長谷部 虎杖子（俳人）………403
長谷部 俊一郎（詩人）………403
支部 沈黙（詩人）……………403
羽田 岳水（俳人）……………403
畑 和子（歌人）………………403
秦 美穂（歌人）………………403
畠山 弧道（歌人）……………403
畠山 譲二（俳人）……………403
畠山 千代子（詩人）…………404
畠山 義郎（詩人）……………404
畑崎 果実（俳人）……………404
畑中 秋穂（俳人）……………404
畠中 哲夫（詩人）……………404
畑中 不来坊（俳人）…………404
波多野 晋平（俳人）…………404
波多野 爽波（俳人）…………404
畑村 春子（俳人）……………405
幡谷 東吾（俳人）……………405
初井 しづ枝（歌人）…………405
八田 木枯（俳人）……………405
服部 菰舟（俳人）……………405
服部 伸六（詩人）……………405
服部 翠生（俳人）……………405
服部 大渓（俳人）……………405
服部 忠志（歌人）……………406
服部 担風（漢詩）……………406
服部 直人（歌人）……………406
服部 八重女（俳人）…………406
服部 嘉香（詩人）……………406
服部 嵐翠（俳人）……………406
花井 千穂（歌人）……………406
花岡 謙二（歌人）……………406
花田 いそ子（俳人）…………407
花田 英三（詩人）……………407
花田 哲行（俳人）……………407
花田 比露思（歌人）…………407
英 美子（詩人）………………407
塙 毅比古（俳人）……………407
埴谷 雄高（詩人）……………407
羽根田 薫風（俳人）…………408
馬場 移公子（俳人）…………408
馬場 邦夫（詩人）……………408
馬場 園枝（歌人）……………408
土生 暁帝（俳人）……………408
土生 重次（俳人）……………408
浜 明史（俳人）………………408
浜 喜久夫（歌人）……………408
浜 梨花枝（歌人）……………408
浜川 宏（歌人）………………408
浜口 国雄（詩人）……………409
浜口 忍翁（歌人）……………409
浜坂 星々（俳人）……………409
浜田 到（歌人）………………409
浜田 知章（詩人）……………409
浜田 蝶二郎（歌人）…………409
浜田 十四郎（川柳）…………409
浜田 美泉（歌人）……………409
浜田 陽子（歌人）……………409
浜名 志松（歌人）……………410
浜中 柑児（俳人）……………410
浜本 千寿（川柳）……………410
早川 幾忠（歌人）……………410
早川 邦夫（俳人）……………410
早川 亮（歌人）………………410
早崎 明（俳人）………………410
林 霞舟（歌人）………………410
林 鶯水城（俳人）……………410
林 一夫（歌人）………………410
林 加寸美（俳人）……………410
林 かつみ（俳人）……………411
林 圭子（歌人）………………411
林 荒介（川柳）………………411
林 秋石（詩人）………………411
林 翔（俳人）…………………411
林 昌華（俳人）………………411
林 鮪児（俳人）………………411
林 紫楊桐（俳人）……………412
林 信一（詩人）………………412
林 徹（俳人）…………………412
林 桐人（漢詩）………………412
林 秀子（歌人）………………412
林 富士馬（詩人）……………412
林 みち子（歌人）……………412
林 光雄（歌人）………………412

林 安一（歌人）……412
林 容一郎（詩人）……413
林 夜寒楼（俳人）……413
林 善衛（歌人）……413
林 柳波（詩人）……413
林田 紀音夫（俳人）……413
林田 恒利（歌人）……413
林原 耒井（俳人）……413
林谷 広（歌人）……413
早瀬 信夫（俳人）……414
早瀬 譲（歌人）……414
葉山 耕三郎（歌人）……414
原 阿佐緒（歌人）……414
原 柯城（俳人）……414
原 一雄（歌人）……414
原 コウ子（俳人）……414
原 三郎（歌人）……414
原 三猿子（俳人）……414
原 石鼎（俳人）……415
原 民喜（詩人）……415
原 汀歩（俳人）……415
原 通（俳人）……415
原 三千代（歌人）……415
原 裕（俳人）……415
原口 喜久也（詩人）……415
原口 枇榔子（俳人）……415
原子 公平（俳人）……416
原条 あき子（詩人）……416
原田 郁（歌人）……416
原田 樹一（俳人）……416
原田 譲二（詩人）……416
原田 青児（俳人）……416
原田 喬（俳人）……416
原田 種夫（詩人）……416
原田 種茅（俳人）……417
原田 種良（詩人）……417
原田 浜人（俳人）……417
春山 他石（俳人）……417
春山 行夫（詩人）……417
榛谷 美枝子（俳人）……417
半崎 墨縄子（俳人）……417
半田 信子（俳人）……418
半藤 弦（俳人）……418

【ひ】

稗田 菫平（詩人）……418
樋笠 文（俳人）……418
東 明雅（俳人）……418
東川 紀志男（俳人）……418
東淵 修（詩人）……418
東山 圭（俳人）……418
疋田 寛吉（詩人）……419
引地 冬樹（俳人）……419
引野 收（歌人）……419
引間 たかし（俳人）……419
樋口 賢治（歌人）……419
樋口 清紫（俳人）……419
樋口 游魚（俳人）……419
髭野 無々（俳人）……419
久方 寿満子（歌人）……419
久松 潜一（研究）……420
久松 酉子（俳人）……420
菱川 善夫（歌人）……420
菱山 修三（詩人）……420
日高 紅椿（詩人）……420
日高 正好（詩人）……420
肥田埜 勝美（俳人）……420
尾藤 静風（俳人）……420
一ツ橋 美江（歌人）……421
人見 勇（詩人）……421
人見 東明（詩人）……421
日夏 耿之介（詩人）……421
日沼 よしゑ（歌人）……421
檜野 子草（俳人）……421
日野 草城（俳人）……421
日野 晏子（俳人）……422
日美 井雪（俳人）……422
火村 卓造（俳人）……422
冷水 茂太（歌人）……422
日向 あき子（詩人）……422
兵頭 まもる（川柳）……422
日吉 登美女（俳人）……422
比良 暮雪（俳人）……423
平井 乙麿（歌人）……423
平井 梢（俳人）……423
平井 照敏（俳人）……423
平井 光典（詩人）……423
平井 三恭（歌人）……423
平岩 米吉（歌人）……423
平尾 静夫（歌人）……424
平川 巴竹（俳人）……424
平川 雅也（俳人）……424
平木 二六（詩人）……424
平沢 貞二郎（詩人）……424
平島 準（歌人）……424
平田 羨魚（俳人）……424
平田 春一（歌人）……424
平出 吾邦（俳人）……424
平中 歳子（歌人）……424
平野 威馬雄（詩人）……425
平野 直（詩人）……425
平野 長英（歌人）……425
平野 宣紀（歌人）……425
平畑 静塔（俳人）……425
平間 真木子（俳人）……426
平松 竃馬（俳人）……426
平松 草山（俳人）……426
平松 措大（俳人）……426
平光 善久（詩人）……426
平本 くらら（俳人）……426
昼間 槐秋（俳人）……426
広岡 可村（俳人）……426
広川 義郎（歌人）……426
広瀬 一朗（俳人）……426
広瀬 操吉（詩人）……427
広瀬 反省（川柳）……427
広瀬 ひろし（俳人）……427
弘田 義定（歌人）……427
広津 里香（詩人）……427
広野 三郎（歌人）……427
広部 英一（詩人）……427
樋渡 瓦風（俳人）……427

【ふ】

深井 いづみ（俳人）……428
深尾 須磨子（詩人）……428
深川 正一郎（俳人）……428
深川 宗俊（歌人）……428
深作 光貞（歌人）……428
深野 庫之介（歌人）……428
深谷 昌彦（俳人）……428
深谷 光重（俳人）……429
吹田 朝児（川柳）……429
蕗谷 虹児（詩人）……429
福井 桂子（詩人）……429
福井 圭児（俳人）……429
福井 研介（詩人）……429
福岡 竜雄（川柳）……429
福岡 南枝女（俳人）……429
福沢 武一（歌人）……430
福島 和男（詩人）……430
福島 閑子（俳人）……430
福島 小蕾（俳人）……430
福島 直球（川柳）……430
福田 栄一（歌人）……430
福田 紀伊（俳人）……430
福田 甲子雄（俳人）……430
福田 恭子（俳人）……431
福田 清人（俳人）……431
福田 須磨子（詩人）……431
福田 晴介（俳人）……431
福田 たの子（歌人）……431
福田 白影（川柳）……431
福田 基（俳人）……431
福田 陸太郎（詩人）……431
福田 律郎（詩人）……432
福田 柳太郎（歌人）……432
福田 蓼汀（俳人）……432

福地 愛翠（俳人）……………… 432
福戸 国人（歌人）……………… 432
福永 耕二（俳人）……………… 432
福永 清造（川柳）……………… 432
福永 武彦（詩人）……………… 433
福中 都生子（詩人）…………… 433
福永 鳴風（俳人）……………… 433
福原 十王（俳人）……………… 433
福本 鯨洋（俳人）……………… 433
福本 木犀子（俳人）…………… 433
福森 柊園（俳人）……………… 433
房内 幸成（歌人）……………… 433
富士 正晴（詩人）……………… 434
藤井 逸郎（詩人）……………… 434
藤居 教恵（歌人）……………… 434
藤井 清（歌人）………………… 434
藤井 樹郎（詩人）……………… 434
藤井 艸眉子（俳人）…………… 434
藤井 孝子（俳人）……………… 434
藤井 常世（歌人）……………… 434
藤井 緑水（俳人）……………… 435
藤井 亘（俳人）………………… 435
藤浦 洸（詩人）………………… 435
藤江 韮菁（俳人）……………… 435
藤岡 玉骨（俳人）……………… 435
藤川 幸助（歌人）……………… 435
藤川 忠治（歌人）……………… 435
藤川 碧魚（俳人）……………… 435
藤崎 久を（俳人）……………… 436
藤崎 美枝子（俳人）…………… 436
藤沢 典子（俳人）……………… 436
藤沢 古実（歌人）……………… 436
藤島 宇内（詩人）……………… 436
藤島 茶六（川柳）……………… 436
藤田 あけ烏（俳人）…………… 437
藤田 旭山（俳人）……………… 437
藤田 三郎（詩人）……………… 437
藤田 湘子（俳人）……………… 437
藤田 伸草（歌人）……………… 437
藤田 武（歌人）………………… 437
藤田 圭雄（詩人）……………… 437
藤田 枕流（俳人）……………… 438
藤田 直友（詩人）……………… 438
藤田 福夫（歌人）……………… 438
冨士田 元彦（歌人）…………… 438
藤田 露紅（俳人）……………… 438
藤谷 多喜雄（歌人）…………… 438
藤波 銀影（俳人）……………… 438
藤波 孝堂（俳人）……………… 438
藤範 恭子（歌人）……………… 439
藤林 山人（俳人）……………… 439
藤原 杏池（俳人）……………… 439
藤平 芳雄（歌人）……………… 439
藤松 遊子（俳人）……………… 439
伏見 契草（俳人）……………… 439
藤村 青一（詩人）……………… 439
藤村 雅光（詩人）……………… 439
藤村 多加夫（俳人）…………… 439
藤本 安騎生（俳人）…………… 440
藤本 阿南（俳人）……………… 440
藤本 映湖（俳人）……………… 440
藤本 春秋子（俳人）…………… 440
藤本 新松子（俳人）…………… 440
藤本 草四郎（俳人）…………… 440
藤森 朋夫（歌人）……………… 440
藤森 秀夫（詩人）……………… 440
藤原 定（詩人）………………… 440
藤原 東川（歌人）……………… 441
二俣 沈魚子（俳人）…………… 441
二松 葦水（俳人）……………… 441
淵上 毛銭（詩人）……………… 441
淵田 寛一（川柳）……………… 441
舟方 一（詩人）………………… 441
船越 義彰（詩人）……………… 441
船迫 たか（俳人）……………… 442
舟橋 精盛（歌人）……………… 442
船平 晩紅（俳人）……………… 442
船水 清（詩人）………………… 442
船山 順吉（俳人）……………… 442
文挟 夫佐恵（俳人）…………… 442
冬園 節（詩人）………………… 442
冬野 清張（歌人）……………… 442
冬野 虹（俳人）………………… 442
古川 克巳（俳人）……………… 443
古川 清彦（詩人）……………… 443
古川 沛雨亭（俳人）…………… 443
古沢 太穂（俳人）……………… 443
古島 哲朗（歌人）……………… 443
古住 蛇骨（俳人）……………… 443
古舘 曹人（俳人）……………… 443
古舘 麦青（俳人）……………… 444
古橋 千江子（俳人）…………… 444
古屋 秀雄（俳人）……………… 444
不破 博（俳人）………………… 444
不破 幸夫（俳人）……………… 444

【へ】

別所 直樹（詩人）……………… 444
逸見 茶風（俳人）……………… 444
辺見 じゅん（歌人）…………… 444

【ほ】

芒 博（詩人）…………………… 445
保木 春翠（俳人）……………… 445
坊城 としあつ（俳人）………… 445
方等 みゆき（詩人）…………… 445
保坂 加津夫（俳人）…………… 445
保坂 耕人（歌人）……………… 445
保坂 春苺（俳人）……………… 445
保坂 知加子（俳人）…………… 446
保坂 文虹（俳人）……………… 446
星 迷鳥（詩人）………………… 446
星島 千歳（俳人）……………… 446
星野 明世（俳人）……………… 446
星野 丑三（歌人）……………… 446
星野 吉朗（歌人）……………… 446
星野 暁村（俳人）……………… 446
星野 紗一（俳人）……………… 446
星野 慎一（詩人）……………… 447
星野 立子（俳人）……………… 447
星野 徹（詩人）………………… 447
星野 麦丘人（俳人）…………… 447
星野 麦人（俳人）……………… 447
星野 茅村（俳人）……………… 447
法師浜 桜白（俳人）…………… 447
穂積 忠（歌人）………………… 448
細井 魚袋（歌人）……………… 448
細川 加賀（俳人）……………… 448
細川 蛍火（俳人）……………… 448
細川 謙三（歌人）……………… 448
細川 基（詩人）………………… 448
細川 雄太郎（詩人）…………… 448
細木 芒角星（俳人）…………… 448
細田 寿郎（俳人）……………… 449
細見 綾子（俳人）……………… 449
細見 しゅこう（俳人）………… 449
細谷 鳩舎（俳人）……………… 449
細谷 源二（俳人）……………… 449
穂曽谷 秀雄（歌人）…………… 449
細谷 不句（俳人）……………… 449
帆田 春樹（詩人）……………… 449
堀田 ひさ江（俳人）…………… 450
堀田 稔（歌人）………………… 450
堀田 善衛（詩人）……………… 450
堀 葦男（俳人）………………… 450
堀 古蝶（俳人）………………… 450
堀井 春一郎（俳人）…………… 450
堀池 郁男（詩人）……………… 450
堀内 薫（俳人）………………… 451
堀内 助三郎（詩人）…………… 451
堀内 民一（歌人）……………… 451
堀内 通孝（歌人）……………… 451
堀内 雄之（俳人）……………… 451
堀内 豊（詩人）………………… 451
堀内 羊城（俳人）……………… 451
堀江 伸二（歌人）……………… 451
堀川 喜八郎（詩人）…………… 451
堀口 定義（詩人）……………… 451
堀口 星眠（俳人）……………… 452

堀口 大学（詩人）…………… 452
堀越 義三（詩人）…………… 452
本郷 隆（詩人）……………… 452
本庄 快哉（川柳）…………… 452
本庄 登志彦（俳人）………… 452
本田 真一（詩人）…………… 453
本多 静江（俳人）…………… 453
本多 利通（詩人）…………… 453
本多 柳芳（俳人）…………… 453
本保 与吉（歌人）…………… 453
本間 香都男（俳人）………… 453

【ま】

米田 一穂（俳人）…………… 453
前 登志夫（歌人）…………… 454
前川 佐美雄（歌人）………… 454
前川 菁道（俳人）…………… 454
前川 知賢（詩人）…………… 454
前川 緑（歌人）……………… 454
前川 む一（詩人）…………… 454
前田 鬼子（俳人）…………… 454
前田 圭史（俳人）…………… 455
前田 伍健（川柳）…………… 455
前田 雀郎（川柳）…………… 455
前田 禅路（俳人）…………… 455
前田 鉄之助（詩人）………… 455
前田 透（歌人）……………… 455
前田 普羅（俳人）…………… 455
前田 正治（俳人）…………… 456
前田 夕暮（歌人）…………… 456
前田 芳彦（歌人）…………… 456
前田 嵐窓（俳人）…………… 456
前田 律子（俳人）…………… 456
前野 博（歌人）……………… 456
前野 雅生（俳人）…………… 456
前原 東作（俳人）…………… 456
前原 利男（歌人）…………… 456
前原 弘（歌人）……………… 457
前原 誠（俳人）……………… 457
前山 巨峰（俳人）…………… 457
真壁 仁（詩人）……………… 457
槇 晧志（詩人）……………… 457
槇 さわ子（詩人）…………… 457
牧 章造（詩人）……………… 457
牧 ひでを（俳人）…………… 457
槇 弥生子（歌人）…………… 458
牧 羊子（詩人）……………… 458
牧石 剛明（俳人）…………… 458
牧野 愛子（俳人）…………… 458
牧野 径太郎（詩人）………… 458
牧野 文子（詩人）…………… 458
牧野 まこと（俳人）………… 458
牧野 寥々（俳人）…………… 458
牧港 篤三（詩人）…………… 458
槇本 楠郎（歌人）…………… 459
真久田 正（詩人）…………… 459
正岡 陽炎女（俳人）………… 459
正木 不如丘（俳人）………… 459
政田 岑生（詩人）…………… 459
正田 涼園子（俳人）………… 459
正富 汪洋（詩人）…………… 460
真下 喜太郎（俳人）………… 460
桝岡 泊露（俳人）…………… 460
増田 恵美子（歌人）………… 460
増田 晴天楼（俳人）………… 460
増田 達治（俳人）…………… 460
増田 手古奈（俳人）………… 460
増田 八風（歌人）…………… 460
増田 文子（歌人）…………… 460
増田 美恵女（俳人）………… 461
増田 雄一（俳人）…………… 461
増谷 龍三（歌人）…………… 461
増渕 一穂（俳人）…………… 461
町 春草（俳人）……………… 461
町垣 鳴海（俳人）…………… 461
町田 しげき（俳人）………… 461
町田 志津子（詩人）………… 461
松井 如流（歌人）…………… 461
松井 青雨（俳人）…………… 462
松井 利彦（俳人）…………… 462
松井 満沙志（俳人）………… 462
松浦 桜貝子（俳人）………… 462
松浦 篤男（歌人）…………… 462
松尾 あつゆき（俳人）……… 462
松尾 いはほ（俳人）………… 462
松尾 宇邨（俳人）…………… 463
松尾 春光（俳人）…………… 463
松尾 馬奮（川柳）…………… 463
松尾 ふみを（俳人）………… 463
松尾 まさの（歌人）………… 463
松岡 貞総（歌人）…………… 463
松岡 繁雄（詩人）…………… 463
松岡 辰雄（歌人）…………… 463
松岡 凡草（俳人）…………… 464
松岡 六花女（俳人）………… 464
松垣 昧々（俳人）…………… 464
松木 利次（俳人）…………… 464
松倉 正枝（俳人）…………… 464
松崎 鉄之介（俳人）………… 464
松崎 豊（俳人）……………… 464
松沢 昭（俳人）……………… 464
松沢 鍬江（俳人）…………… 464
松下 次郎（詩人）…………… 465
松下 千里（詩人）…………… 465
松下 千代（俳人）…………… 465
松下 昇（詩人）……………… 465
松田 常憲（歌人）…………… 465
松田 解子（詩人）…………… 465
松田 福枝（俳人）…………… 465
松田 みさ子（歌人）………… 465
松田 毛鶴（俳人）…………… 465
松田 幸雄（詩人）…………… 466
松田 淑（俳人）……………… 466
松谷 繁次（歌人）…………… 466
松永 伍一（詩人）…………… 466
松永 涼暮草（俳人）………… 466
松根 東洋城（俳人）………… 466
松野 加寿女（俳人）………… 466
松野 自得（俳人）…………… 467
松野 谷夫（歌人）…………… 467
松葉 直助（歌人）…………… 467
松橋 英三（俳人）…………… 467
松原 地蔵尊（俳人）………… 467
松原 信孝（歌人）…………… 467
松原 敏（詩人）……………… 467
松原 文子（俳人）…………… 467
松原 三夫（歌人）…………… 468
松原 良輝（詩人）…………… 468
松村 英一（歌人）…………… 468
松村 巨湫（俳人）…………… 468
松村 蒼石（俳人）…………… 468
松村 武雄（俳人）…………… 468
松村 ひさき（俳人）………… 468
松村 又一（詩人）…………… 468
松村 みね子（歌人）………… 468
松村 黙庵（俳人）…………… 469
松村 茂平（詩人）…………… 469
松本 雨生（俳人）…………… 469
松本 光生（俳人）…………… 469
松本 三余（俳人）…………… 469
松本 穣葉子（俳人）………… 469
松本 真一郎（俳人）………… 469
松本 翠影（俳人）…………… 469
松本 澄江（俳人）…………… 470
松本 正気（俳人）…………… 470
松本 泰二（俳人）…………… 470
松本 たかし（俳人）………… 470
松本 秩陵（俳人）…………… 470
松本 千代二（歌人）………… 470
松本 常太郎（歌人）………… 470
松本 つや女（俳人）………… 470
松本 利昭（詩人）…………… 470
松本 帆平（詩人）…………… 471
松本 昌夫（歌人）…………… 471
松本 豊（歌人）……………… 471
松本 門次郎（歌人）………… 471
松本 木綿子（俳人）………… 471
松本 陽平（俳人）…………… 471
松本 亮太郎（歌人）………… 471
松山 敦（詩人）……………… 471
松山 白洋（歌人）…………… 471
まど・みちお（詩人）……… 472
真殿 皎（詩人）……………… 472

真鍋 蟻十（俳人）…… 472
真鍋 呉夫（俳人）…… 472
間部 隆 ⇒佐伯 昭市
真鍋 美恵子（歌人）…… 473
間野 捷魯（詩人）…… 473
馬淵 美意子（詩人）…… 473
丸谷 才一（俳人）…… 473
丸山 一松（歌人）…… 473
丸山 海道（俳人）…… 473
丸山 薫（詩人）…… 474
丸山 しげる（俳人）…… 474
丸山 修三（歌人）…… 474
丸山 昌兵（歌人）…… 474
丸山 忠治（歌人）…… 474
丸山 日出夫（歌人）…… 474
丸山 豊（詩人）…… 474
丸山 佳子（俳人）…… 475
丸山 良治（歌人）…… 475
万造寺 斉（歌人）…… 475

【み】

見市 六冬（俳人）…… 475
三浦 義一（歌人）…… 475
三浦 紀水（俳人）…… 475
三浦 孝之助（詩人）…… 475
三浦 恒礼子（俳人）…… 476
三浦 秋葉（俳人）…… 476
三浦 秋無草（川柳）…… 476
三浦 忠雄（歌人）…… 476
三浦 美知子（俳人）…… 476
三浦 光世（歌人）…… 476
みえの・ふみあき（詩人）…… 476
三ケ尻 湘風（俳人）…… 477
三木 アヤ（歌人）…… 477
三木 朱城（俳人）…… 477
三鬼 実（歌人）…… 477
三木 露風（詩人）…… 477
三国 玲子（歌人）…… 477
三沢 浩二（詩人）…… 477
三沢 たき（俳人）…… 477
三品 千鶴（歌人）…… 477
三島 素耳（俳人）…… 478
三嶋 隆英（俳人）…… 478
御庄 博実（詩人）…… 478
水上 章（俳人）…… 478
水上 多世（詩人）…… 478
水上 赤鳥（歌人）…… 478
水上 正直（歌人）…… 478
水城 孝（歌人）…… 478
水城 春房（歌人）…… 479
水口 郁子（俳人）…… 479
水口 幾代（歌人）…… 479
水口 孤雁（俳人）…… 479
水口 千杖（俳人）…… 479
水口 洋治（詩人）…… 479
水田 清子（俳人）…… 479
水谷 一楓（歌人）…… 479
水谷 砕壺（俳人）…… 479
水谷 晴光（俳人）…… 480
水谷 春江（歌人）…… 480
水谷 福堂（歌人）…… 480
水納 あきら（詩人）…… 480
水野 源三（詩人）…… 480
水野 吐紫（俳人）…… 480
水野 波陣洞（俳人）…… 480
水野 蓮江（俳人）…… 480
水野 美知（歌人）…… 480
水橋 晋（詩人）…… 481
水原 秋桜子（俳人）…… 481
水町 京子（歌人）…… 481
溝口 章（詩人）…… 481
溝部 節子（俳人）…… 481
三田 忠夫（詩人）…… 481
三田 澪人（歌人）…… 481
三谷 昭（俳人）…… 481
三谷 晃一（詩人）…… 482
道菅 三峡（俳人）…… 482
道部 臥牛（俳人）…… 482
道山 草太郎（俳人）…… 482
三井 菁一（俳人）…… 482
三井 葉子（詩人）…… 482
三石 勝五郎（詩人）…… 482
光岡 一芽（俳人）…… 482
満岡 照子（歌人）…… 483
光岡 良二（歌人）…… 483
三越 左千夫（詩人）…… 483
密田 靖夫（俳人）…… 483
光永 峡関（俳人）…… 483
三橋 鷹女（俳人）…… 483
三橋 敏雄（俳人）…… 483
三星 山彦（俳人）…… 483
三ツ谷 平治（歌人）…… 484
御津 磯夫（歌人）…… 484
見留 貞夫（俳人）…… 484
皆川 白陀（俳人）…… 484
皆川 盤水（俳人）…… 484
湊 八枝（歌人）…… 484
湊 楊一郎（俳人）…… 484
港野 喜代子（詩人）…… 484
南 典二（俳人）…… 485
南 信雄（詩人）…… 485
南 ふじゑ（俳人）…… 485
南 るり女（俳人）…… 485
南川 周三（詩人）…… 485
南出 陽一（川柳）…… 485
皆吉 爽雨（俳人）…… 485
見沼 冬男（歌人）…… 485
岑 清光（歌人）…… 486
嶺 治雄（俳人）…… 486
嶺 百世（俳人）…… 486
峰尾 北兎（俳人）…… 486
峯村 国一（歌人）…… 486
峰村 香山子（俳人）…… 486
峯村 英薫（歌人）…… 486
三野 虚舟（俳人）…… 486
三野 混沌（詩人）…… 486
蓑部 哲三（歌人）…… 487
美馬 風史（俳人）…… 487
宮 静枝（詩人）…… 487
宮 柊二（歌人）…… 487
宮 英子（歌人）…… 487
宮井 港青（俳人）…… 487
宮内 林童（俳人）…… 487
宮岡 計次（俳人）…… 488
宮岡 昇（歌人）…… 488
宮川 鶴杜子（俳人）…… 488
宮川 翠雨（俳人）…… 488
宮川 久子（歌人）…… 488
宮城 亜亭（川柳）…… 488
宮城 謙一（歌人）…… 488
宮城 白路（俳人）…… 488
宮口 笛生（川柳）…… 488
三宅 酒壺洞（俳人）…… 488
三宅 萩女（俳人）…… 488
宮坂 斗南房（川柳）…… 489
宮崎 安汀（俳人）…… 489
宮崎 郁雨（歌人）…… 489
宮崎 甲子衛（歌人）…… 489
宮崎 華蒐（俳人）…… 489
宮崎 健三（詩人）…… 489
宮崎 康平（詩人）…… 489
宮崎 重作（俳人）…… 489
宮崎 丈二（詩人）…… 489
宮崎 孝政（詩人）…… 490
宮崎 東明（漢詩）…… 490
宮崎 信義（歌人）…… 490
宮崎 安右衛門（詩人）…… 490
宮崎 譲（詩人）…… 490
宮崎 芳男（歌人）…… 490
宮沢 章二（詩人）…… 490
宮地 佐一郎（詩人）…… 490
宮下 歌梯（俳人）…… 491
宮下 翠舟（俳人）…… 491
宮下 麗葉（俳人）…… 491
宮田 要（俳人）…… 491
宮田 春童（俳人）…… 491
宮田 思洋（俳人）…… 491
宮田 隆（詩人）…… 491
宮田 蕪春（俳人）…… 491
宮田 戊子（俳人）…… 491
宮田 益子（歌人）…… 492
宮田 美乃里（歌人）…… 492
宮地 伸一（歌人）…… 492

宮地 数千木（歌人）………… 492
宮津 昭彦（俳人）……………… 492
宮永 真弓（歌人）……………… 492
宮野 小提灯（俳人）………… 492
宮原 阿つ子（歌人）………… 493
宮原 包治（歌人）……………… 493
宮原 双馨（俳人）……………… 493
宮部 鱒太（俳人）……………… 493
宮前 蕗青（俳人）……………… 493
宮本 栄一郎（歌人）………… 493
宮本 道（詩人）………………… 493
宮本 修伍（俳人）……………… 493
宮本 鈴（俳人）………………… 493
宮本 善一（詩人）……………… 493
宮本 時彦（川柳）……………… 494
宮本 白土（俳人）……………… 494
宮本 由太加（俳人）………… 494
宮脇 臻之介（歌人）………… 494
宮脇 白夜（俳人）……………… 494
明神 健太郎（歌人）………… 494
明珍 昇（詩人）………………… 494
三次 をさむ（歌人）………… 494
三好 潤子（俳人）……………… 495
三好 達治（詩人）……………… 495
三由 淡紅（俳人）……………… 495
三好 豊一郎（詩人）………… 495
三輪 青舟（俳人）……………… 495

【む】

向井 泉石（俳人）……………… 495
向井 太圭司（俳人）………… 495
向井 毬夫（歌人）……………… 495
武川 忠一（歌人）……………… 496
麦田 穣（詩人）………………… 496
六車 井耳（俳人）……………… 496
向山 隆峰（俳人）……………… 496
武者小路 実篤（詩人）……… 496
牟田口 義郎（詩人）………… 496
武藤 元之（俳人）……………… 497
宗田 千燈（俳人）……………… 497
宗政 五十緒（歌人）………… 497
武良 山生（俳人）……………… 497
村 次郎（詩人）………………… 497
村井 和一（俳人）……………… 497
村井 憲太郎（歌人）………… 497
村磯 象外人（歌人）………… 497
村尾 香苗（俳人）……………… 498
村岡 空（詩人）………………… 498
村上 昭夫（詩人）……………… 498
村上 一郎（歌人）……………… 498
村上 可卿（歌人）……………… 498
村上 菊一郎（詩人）………… 498
村上 杏史（俳人）……………… 498
村上 賢三（歌人）……………… 498
村上 耕雨（俳人）……………… 499
村上 三良（俳人）……………… 499
村上 しゅら（俳人）………… 499
村上 新太郎（歌人）………… 499
村上 冬燕（俳人）……………… 499
村上 博子（詩人）……………… 499
村上 甫水（俳人）……………… 499
村上 美枝（俳人）……………… 499
村木 雄一（詩人）……………… 499
村越 化石（俳人）……………… 500
村崎 凡人（歌人）……………… 500
村沢 夏風（俳人）……………… 500
村瀬 さつき女（俳人）……… 500
村田 脩（俳人）………………… 500
村田 邦夫（歌人）……………… 500
村田 敬次（歌人）……………… 500
村田 周魚（川柳）……………… 501
村田 とう女（俳人）………… 501
村田 春雄（詩人）……………… 501
村田 芳水（俳人）……………… 501
村田 正夫（詩人）……………… 501
村田 利明（歌人）……………… 501
村野 芝石（俳人）……………… 501
村野 四郎（詩人）……………… 501
村野 次郎（歌人）……………… 501
村松 喜恵子（俳人）………… 502
村松 武司（詩人）……………… 502
村松 友次（俳人）……………… 502
村松 ひろし（俳人）………… 502
村松 正俊（詩人）……………… 502
村山 一棹（俳人）……………… 502
村山 葵郷（俳人）……………… 502
村山 古郷（俳人）……………… 502
村山 白雲（川柳）……………… 503
村山 秀雄（俳人）……………… 503
村山 道雄（歌人）……………… 503
牟礼 慶子（詩人）……………… 503
室生 犀星（詩人）……………… 503
室生 とみ子（俳人）………… 504
室賀 杜桂（俳人）……………… 504
室積 純夫（歌人）……………… 504
室積 徂春（俳人）……………… 504
室積 波那女（俳人）………… 504

【め】

目迫 秩父（俳人）……………… 504

【も】

望月 こりん ⇒安藤 まどか
持田 勝穂（歌人）……………… 504
茂木 岳彦（俳人）……………… 504
本岡 歌子（俳人）……………… 504
本木 紀久代（俳人）………… 505
本島 高弓（俳人）……………… 505
本橋 定晴（俳人）……………… 505
本橋 仁（俳人）………………… 505
本宮 鼎三（俳人）……………… 505
本宮 哲郎（俳人）……………… 505
本山 卓日子（俳人）………… 505
物種 鴻両（俳人）……………… 505
百崎 つゆ子（俳人）………… 505
百瀬 博教（詩人）……………… 506
桃谷 容子（詩人）……………… 506
桃原 邑子（歌人）……………… 506
森 一郎（俳人）………………… 506
森 英介（詩人）………………… 506
森 菊蔵（詩人）………………… 506
森 句城子（俳人）……………… 506
森 薫花壇（俳人）……………… 507
森 恒生（俳人）………………… 507
森 笑山（俳人）………………… 507
森 澄雄（俳人）………………… 507
森 清松（俳人）………………… 507
森 荘已池（詩人）……………… 507
森 楢栄（俳人）………………… 508
森 白象（俳人）………………… 508
森 洋（俳人）…………………… 508
森 総彦（俳人）………………… 508
森 三重雄（俳人）……………… 508
森 道之輔（詩人）……………… 508
森 三千代（詩人）……………… 508
森 みつ（詩人）………………… 508
森 有一（俳人）………………… 509
森岡 貞香（歌人）……………… 509
森川 暁水（俳人）……………… 509
森川 邇朗（歌人）……………… 509
森川 平八（歌人）……………… 509
森川 芳一（俳人）……………… 509
森口 茶山（俳人）……………… 509
森定 南楽（俳人）……………… 509
森田 和夫（詩人）……………… 509
森田 かずや（俳人）………… 510
森田 宗人（俳人）……………… 510
森田 峠（俳人）………………… 510
森田 透石（俳人）……………… 510
森田 ヤエ子（詩人）………… 510
守田 椰子夫（俳人）………… 510
森田 良正（歌人）……………… 511

森竹 竹市（詩人）…… 511
森野 ゆり（歌人）…… 511
森原 智子（詩人）…… 511
森村 浅香（歌人）…… 511
森本 治吉（歌人）…… 511
森本 之棗（俳人）…… 511
森谷 均（編集）…… 511
森屋 けいじ（俳人）…… 512
守屋 青桐（俳人）…… 512
守屋 霜甫（俳人）…… 512
森山 啓（詩人）…… 512
森山 耕平（歌人）…… 512
森山 一（詩人）…… 512
森山 夕樹（俳人）…… 512
森脇 一夫（歌人）…… 512
森脇 善夫（歌人）…… 512
毛呂 清春（歌人）…… 513
諸橋 和子（俳人）…… 513

【や】

矢ケ崎 千枝（俳人）…… 513
矢川 澄子（詩人）…… 513
八木 偲月女（俳人）…… 513
八木 蔦雨（俳人）…… 513
八木 浩子（俳人）…… 513
八木 摩天郎（川柳）…… 513
八木 三日女（俳人）…… 513
八木 林之助（俳人）…… 514
八木沢 高原（俳人）…… 514
八木沢 光子（俳人）…… 514
八木橋 雄次郎（詩人）…… 514
八木原 祐計（俳人）…… 514
矢沢 宰（詩人）…… 514
矢沢 孝子（歌人）…… 514
矢嶋 歓一（歌人）…… 514
矢代 東村（歌人）…… 514
安江 不空（歌人）…… 515
安江 緑翠（俳人）…… 515
安岡 正隆（歌人）…… 515
安田 章生（歌人）…… 515
安田 青風（歌人）…… 515
安田 杜峰（俳人）…… 515
安田 尚義（歌人）…… 515
安田 蚊杖（俳人）…… 515
安武 九馬（川柳）…… 516
保永 貞夫（詩人）…… 516
安永 信一郎（歌人）…… 516
安永 蕗子（歌人）…… 516
安楽岡 萍川（俳人）…… 516
八十島 稔（詩人）…… 516
矢田 枯柏（俳人）…… 517
矢田 未知郎（俳人）…… 517
八森 虎太郎（詩人）…… 517
柳沢 健（詩人）…… 517
柳沢 子零女（俳人）…… 517
柳田 暹暎（歌人）…… 517
柳田 知常（俳人）…… 517
柳原 極堂（俳人）…… 517
柳本 城西（歌人）…… 517
柳原 白蓮（歌人）…… 518
柳瀬 茂樹（俳人）…… 518
やなせ・たかし（詩人）…… 518
柳瀬 留治（歌人）…… 518
矢野 克子（詩人）…… 518
矢野 絢（俳人）…… 518
矢野 聖峰（俳人）…… 519
矢野 滴水（俳人）…… 519
矢野 文夫（詩人）…… 519
矢野 蓬矢（俳人）…… 519
矢野 峰人（詩人）…… 519
八幡 城太郎（俳人）…… 519
藪内 柴火（俳人）…… 519
藪田 義雄（詩人）…… 519
藪本 三牛子（俳人）…… 520
矢部 榾郎（俳人）…… 520
山内 栄二（詩人）…… 520
山内 照夫（歌人）…… 520
山内 方舟（俳人）…… 520
山内 令南 ⇒斧田 千晴
山尾 三省（詩人）…… 520
山岡 直子（俳人）…… 520
山上 樹実雄（俳人）…… 520
山上 次郎（歌人）…… 521
山上 丶泉（歌人）…… 521
山川 朱実 ⇒北見 志保子
山川 瑞明（詩人）…… 521
山川 柳子（歌人）…… 521
山岸 巨狼（俳人）…… 521
山岸 澄子（俳人）…… 521
山岸 珠樹（俳人）…… 521
山口 一秋（俳人）…… 521
山口 英二（俳人）…… 521
山口 華村（俳人）…… 522
山口 寒甫（俳人）…… 522
山口 季玉（俳人）…… 522
山口 笙堂（俳人）…… 522
山口 水青（俳人）…… 522
山口 聖二（俳人）…… 522
山口 誓子（俳人）…… 522
山口 青邨（俳人）…… 523
山口 草堂（俳人）…… 523
山口 素人閑（俳人）…… 523
山口 茶梅（俳人）…… 523
山口 超心鬼（俳人）…… 523
山口 哲夫（詩人）…… 523
山口 俊雄（俳人）…… 523
山口 白甫（俳人）…… 523
山口 波津女（俳人）…… 524
山口 風車（俳人）…… 524
山口 峰玉（俳人）…… 524
山口 茂吉（歌人）…… 524
山崎 一象（俳人）…… 524
山崎 一郎（歌人）…… 524
山崎 栄治（詩人）…… 524
山崎 剛平（歌人）…… 524
山崎 蒼平（川柳）…… 524
山碕 多比良（歌人）…… 525
山崎 敏夫（歌人）…… 525
山崎 央（詩人）…… 525
山崎 美白（俳人）…… 525
山崎 方代（歌人）…… 525
山崎 真言（歌人）…… 525
山崎 みのる（俳人）…… 525
山崎 雪子（歌人）…… 525
山崎 百合子（俳人）…… 525
山崎 寥村（俳人）…… 525
山崎 和賀流（俳人）…… 526
山沢 英雄（研究）…… 526
山路 閑古（研究）…… 526
山地 曙子（俳人）…… 526
山下 喜美子（歌人）…… 526
山下 源蔵（歌人）…… 526
山下 寿美（俳人）…… 526
山下 清三（詩人）…… 526
山下 竹揺（俳人）…… 526
山下 敏郎（歌人）…… 526
山下 秀之助（歌人）…… 527
山下 富美（歌人）…… 527
山下 碧水（俳人）…… 527
山下 陸奥（歌人）…… 527
山城 寒旦（俳人）…… 527
山城 賢孝（歌人）…… 527
山田 あき（歌人）…… 527
山田 今次（詩人）…… 527
山田 恵美子（俳人）…… 527
山田 牙城（詩人）…… 528
山田 かまち（詩人）…… 528
山田 かん（詩人）…… 528
山田 月家（俳人）…… 528
山田 賢二（詩人）…… 528
山田 穣二（俳人）…… 528
山田 清三郎（詩人）…… 528
山田 千城（俳人）…… 529
山田 喆（俳人）…… 529
山田 土偶（俳人）…… 529
山田 具代（俳人）…… 529
山田 野理夫（詩人）…… 529
山田 秀人（詩人）…… 529
山田 弘子（俳人）…… 529
山田 不染（俳人）…… 529
山田 文男（俳人）…… 530
山田 文鳥（俳人）…… 530
山田 碧江（俳人）…… 530

山田 蒲公英（俳人）…………530
山田 正弘（詩人）……………530
山田 みづえ（俳人）…………530
やまだ 紫（詩人）……………530
山田 百合子（歌人）…………530
山田 諒子（俳人）……………530
山田 良行（川柳）……………531
山田 麗眺子（俳人）…………531
大和 雨春（俳人）……………531
大和 克子（歌人）……………531
山名 康郎（歌人）……………531
山中 暁月（俳人）……………531
山中 たから（俳人）…………531
山中 智恵子（歌人）…………531
山中 散生（詩人）……………532
山中 鉄三（歌人）……………532
山中 不艸（俳人）……………532
山之口 貘（詩人）……………532
山畑 禄郎（俳人）……………532
山村 金三郎（歌人）…………532
山村 公治（歌人）……………532
山村 湖四郎（歌人）…………533
山村 順（詩人）………………533
山室 静（詩人）………………533
山本 いさ翁（俳人）…………533
山本 遺太郎（詩人）…………533
山本 格郎（詩人）……………533
山本 嘉将（歌人）……………533
山本 和夫（詩人）……………534
山本 柑子（俳人）……………534
山本 悍右（詩人）……………534
山本 寛太（歌人）……………534
山本 紅童（俳人）……………534
山本 古瓢（俳人）……………534
山本 嵯迷（俳人）……………534
山本 詩翠（俳人）……………534
山本 修之助（俳人）…………534
山本 千之（俳人）……………535
山本 武雄（歌人）……………535
山本 太郎（詩人）……………535
山本 哲也（詩人）……………535
山本 友一（歌人）……………535
山本 肇（俳人）………………536
山本 治子（歌人）……………536
山本 ひでや（俳人）…………536
山本 広治（歌人）……………536
山本 藤枝 ⇒露木 陽子
山本 歩禅（俳人）……………536
山本 真畝（俳人）……………536
山本 牧彦（歌人）……………536
山本 道生（俳人）……………536
山本 康夫（歌人）……………536
山本 雄一（歌人）……………537
山本 悠水（俳人）……………537
山本 陽子（詩人）……………537
山森 三平（詩人）……………537
やまや・のぎく（俳人）……537
山家 竹石（俳人）……………537

【ゆ】

湯浅 桃邑（俳人）……………537
結城 哀草果（歌人）…………537
結城 健三（歌人）……………538
結城 昌治（俳人）……………538
結城 晋作（歌人）……………538
結城 青龍子（俳人）…………538
結城 ふじを（詩人）…………538
結城 美津女（俳人）…………538
湯川 達典（詩人）……………538
湯木 風乃子（俳人）…………538
柚木 衆三（詩人）……………538
柚木 治郎（俳人）……………539
行沢 雨晴（俳人）……………539
行広 清美（俳人）……………539
由比 晋（歌人）………………539
油布 五線（俳人）……………539
湯室 月村（俳人）……………539
湯本 喜作（歌人）……………539
百合山 羽公（俳人）…………539

【よ】

横内 菊枝（歌人）……………539
横尾 登米雄（歌人）…………540
横瀬 末数（歌人）……………540
横田 茂（俳人）………………540
横田 専一（歌人）……………540
横田 操（俳人）………………540
横谷 清芳（俳人）……………540
横溝 養三（俳人）……………540
横道 秀川（俳人）……………540
横山 うさぎ（俳人）…………540
横山 左知子（俳人）…………540
横山 信吾（歌人）……………541
横山 青娥（詩人）……………541
横山 たかし（俳人）…………541
横山 武夫（歌人）……………541
横山 白虹（俳人）……………541
横山 仁子（俳人）……………541
横山 房子（俳人）……………541
横山 林二（俳人）……………541
吉井 勇（歌人）………………542
吉井 忠男（歌人）……………542
吉井 莫生（俳人）……………542
吉植 庄亮（歌人）……………542
吉浦 豊久（詩人）……………542
吉江 冬一郎（詩人）…………542
吉岡 一作（俳人）……………542
吉岡 恵一（俳人）……………542
吉岡 禅寺洞（俳人）…………543
吉岡 富士洞（俳人）…………543
吉岡 実（詩人）………………543
吉岡 龍城（川柳）……………543
吉川 堯甫（俳人）……………543
吉川 清江（俳人）……………543
吉川 金一郎（歌人）…………543
吉川 静夫（詩人）……………543
吉川 翠風（俳人）……………543
吉川 禎祐（歌人）……………544
吉川 道子（詩人）……………544
吉川 陽子（俳人）……………544
吉崎 志保子（歌人）…………544
吉沢 一葎（俳人）……………544
吉沢 卯一（俳人）……………544
吉沢 ひさ子（俳人）…………544
吉塚 勤治（詩人）……………544
吉田 蛙石（俳人）……………544
吉田 一穂（詩人）……………544
吉田 一穂（俳人）……………545
吉田 えいじ（俳人）…………545
吉田 慶治（詩人）……………545
吉田 鴻司（俳人）……………545
吉田 好太（俳人）……………545
吉田 朔夏（俳人）……………545
吉田 静子（俳人）……………545
吉田 次郎（歌人）……………545
吉田 漱（歌人）………………545
吉田 寸草（俳人）……………546
吉田 靖治（詩人）……………546
吉田 草風（俳人）……………546
吉田 速水（俳人）……………546
吉田 隆雄（俳人）……………546
吉田 忠一（俳人）……………546
吉田 哲星子（俳人）…………546
吉田 冬葉（俳人）……………546
吉田 なかこ（俳人）…………546
吉田 ひで女（俳人）…………546
吉田 宏（歌人）………………547
吉田 北舟子（俳人）…………547
吉田 正俊（歌人）……………547
吉田 松四郎（歌人）…………547
吉田 瑞穂（詩人）……………547
吉田 朗（詩人）………………547
吉田 露文（俳人）……………547
吉永 素乃（詩人）……………547
吉永 淡草（俳人）……………548
吉野 重雄（詩人）……………548
吉野 鉦二（歌人）……………548
芳野 年茂恵（俳人）…………548
吉野 秀雄（歌人）……………548

吉野 弘（詩人）………548
吉野 昌夫（歌人）………548
吉野 義子（俳人）………549
吉原 幸子（詩人）………549
吉原 赤城子（俳人）………549
吉村 草閣（歌人）………549
吉村 信子（俳人）………549
吉村 馬洗（俳人）………549
吉村 ひさ志（俳人）………549
吉村 英夫（詩人）………549
吉本 青司（詩人）………550
吉本 和子（俳人）………550
吉本 隆明（詩人）………550
吉屋 信子（俳人）………550
愿山 紫乃（俳人）………550
吉行 理恵（詩人）………550
与田 準一（詩人）………551
依田 由基人（俳人）………551
米口 実（歌人）………551
米沢 弓雄（俳人）………551
米沢 吾亦紅（俳人）………551
米住 小丘子（俳人）………552
米田 栄作（詩人）………552
米田 双葉子（俳人）………552
米田 利昭（研究）………552
米田 登（歌人）………552
米田 雄郎（歌人）………552
米谷 静二（俳人）………552
米満 英男（歌人）………552
米本 重信（歌人）………552
米谷 祐司（詩人）………553
米山 敏雄（歌人）………553
米山 久（歌人）………553
米納 三雄（歌人）………553
四方 章夫（詩人）………553

【ら】

蘭 繁之（詩人）………553

【り】

立仙 啓一（詩人）………553

【ろ】

六本 和子（俳人）………554
六角 文夫（俳人）………554

【わ】

若井 三青（歌人）………554
若色 如月（俳人）………554
若木 一朗（俳人）………554
若浜 汐子（歌人）………554
若林 南山（俳人）………554
若林 牧春（歌人）………554
若山 いく子（歌人）………555
若山 喜志子（歌人）………555
若山 旅人（歌人）………555
若山 富士人（歌人）………555
脇野 素粒（俳人）………555
脇本 星浪（俳人）………555
脇山 夜誌夫（俳人）………555
和光 歯公（俳人）………555
若生 真佐江（詩人）………555
鷲巣 繁男（詩人）………555
鷲野 蘭生（俳人）………556
和田 光利（俳人）………556
和田 英子（詩人）………556
和田 御雲（俳人）………556
和田 悟朗（俳人）………556
和田 山蘭（歌人）………556
和田 茂樹（研究）………556
和田 周三（歌人）………557
和田 祥子（俳人）………557
和田 暖泡（俳人）………557
和田 徹三（詩人）………557
和田 敏子（俳人）………557
和田 博雄（俳人）………557
渡瀬 満茂留（俳人）………557
渡辺 昭（俳人）………557
渡辺 朝次（歌人）………557
渡辺 伊志（俳人）………558
渡辺 於兎男（歌人）………558
渡辺 久二郎（歌人）………558
渡辺 桂子（俳人）………558
渡辺 砂吐流（俳人）………558
渡辺 志水（俳人）………558
渡辺 修三（詩人）………558
渡辺 順三（歌人）………558
渡辺 春天子（俳人）………558
渡辺 信一（俳人）………559
渡辺 信一郎（研究）………559
渡辺 苔波（俳人）………559
渡辺 鶴来（俳人）………559
渡辺 堂匠（俳人）………559
渡辺 とめ子（詩人）………559
渡部 信義（詩人）………559
渡辺 梅郷（俳人）………559
渡辺 白水（俳人）………559
渡辺 白泉（俳人）………559
渡辺 蓮夫（川柳）………560
渡辺 春輔（俳人）………560
渡辺 宏（詩人）………560
渡辺 風来子（俳人）………560
渡辺 文雄（俳人）………560
渡辺 浮美竹（俳人）………560
渡部 抱朴子（俳人）………560
渡辺 勝（俳人）………560
渡辺 未灰（俳人）………560
渡辺 みかげ（俳人）………561
渡辺 幹雄（歌人）………561
渡辺 幸子（俳人）………561
渡辺 嘉子（俳人）………561
渡辺 よしたか（歌人）………561
渡部 柳春（俳人）………561
渡辺 倫太（俳人）………561
渡辺 れいすけ（俳人）………561
和知 喜八（俳人）………561
和智 美佐枝（詩人）………561

戦後詩歌俳句人名事典

【あ】

相生垣 瓜人　あいおいがき・かじん　俳人
明治31年（1898年）8月14日～昭和60年（1985年）2月7日　生兵庫県加古郡高砂町（高砂市）　名本名＝相生垣貫二　学東京美術学校製版科卒　歴大正9年～昭和30年浜松工高教師。5年「ホトトギス」に投句し、8年「馬酔木」同人となる。25年「海坂」を創刊し、36年には馬酔木賞を受賞。また51年には「明治草」で蛇笏賞を受賞した。他に句集「微茫集」がある。　賞馬酔木賞〔昭和36年〕，蛇笏賞（第10回）〔昭和51年〕「明治草」　家兄＝相生垣秋津（俳人）

相生垣 秋津　あいおいがき・しゅうしん　俳人
明治29年（1896年）4月29日～昭和42年（1967年）4月27日　生兵庫県加古郡高砂町（高砂市）　名本名＝相生垣三次（あいおいがき・さんじ）　学高小卒　歴大正10年上京、川端画学校に入る。川合玉堂門下として本格的に絵画を学ぶが、関東大震災により挫折、帰郷して家業をつぐ傍ら、俳人、俳画家として活動。昭和2年永田耕衣と「桃源」を創刊したが3号で廃刊。「ホトトギス」「玉藻」「かつらぎ」「九年母」に所属、各同人。句集に「白毫帖」「山野抄」「砂上」がある。　家弟＝相生垣瓜人（俳人）

相川 紫芥子　あいかわ・しげし　俳人
明治37年（1904年）2月4日～昭和60年（1985年）12月10日　生福岡県　名本名＝相川繁枝（あいかわ・しげし）　学旧制中卒　歴昭和14年富安風生に師事。33年「若葉」同人。「冬草」「糸瓜」同人。

相川 南陽　あいかわ・なんよう　俳人
大正3年（1914年）6月10日～平成14年（2002年）5月12日　生千葉県四街道市　名本名＝相川行雄（あいかわ・ゆきお）　学千葉師範二部卒　歴昭和10～50年小・中学校教師を務める。23年「初雁」入門。27年「好日」同人。44年「秋」同人、石原八束に師事。句集に「薄氷」「残り鴨」など。　賞好日賞〔昭和45年〕

相川 やす志　あいかわ・やすし　俳人
大正11年（1922年）3月21日～平成17年（2005年）9月7日　生東京都　出石川県金沢市　名本名＝相川泰夫（あいかわ・やすお）　学大蔵省高財卒　歴父は詩人の相川俊孝、母は室生犀星の小説「告ぐるうた」のモデル。昭和22年「若葉」に入会、富安風生に師事。33年「若葉」編集部員、34年「冬草」同人編集長、36年「若葉」同人。51年より「童心」選者、54年「若葉」同人会幹事、56年「冬草」同人会常任幹事。句集に「筥」がある。　賞冬草功労賞〔昭和44年〕，加倉井秋を賞〔平成5年〕　家父＝相川俊孝（詩人）

相沢 一好　あいざわ・かずよし　歌人
昭和4年（1929年）8月28日～平成10年（1998年）9月9日　生東京都　学東京教育大学文学部史学科卒　歴在学中「一路」に入会、昭和27年大学歌人会創設に参加する。50年同人誌「面」を起し編集同人となる。歌集に「西游」ほか数冊の合同歌集、大学時代の掌判歌集「夜のうた」がある。「一路」編集人。東京都教育委員会指導主事、高校校長を務めた。　家妻＝相沢東洋子（歌人）

相沢 静思　あいざわ・せいし　俳人
明治39年（1906年）10月11日～昭和62年（1987年）10月26日　生埼玉県幸手町（幸手市）　名本名＝相沢信行（あいざわ・のぶゆき）　歴大正14年「枯野」に入会。昭和52年「浮野」創刊で同人会会長となる。句集に「銀婚」「撒華」。

相沢 等　あいざわ・ひとし　詩人
明治39年（1906年）9月11日～平成12年（2000年）1月10日　生神奈川県横浜市　名本名＝五木田等（ごきた・ひとし）　学京都市立絵画専門学校卒　歴通商産業省を経て、財団法人商工会館常務理事、のち専務理事。旧制中学1年ごろから詩作を始め、萩原朔太郎の強い影響を受ける。詩誌「風」同人。のち「独楽」同人。詩集に「公爵と渚」（共著）「雲の生殖」「道具館周遊」、童謡集に「カズノヱホン」がある。

相沢 節　あいざわ・みさお　歌人
明治35年（1902年）2月2日～昭和59年（1984年）7月21日　生埼玉県　学埼玉師範卒，立正大学高師卒　歴愛国学園高校教諭を務めた。埼玉師範学校在学中より作歌をはじめ、昭和2年「詩歌」に在籍、5年草創期「一路」に同人として加わる。45年より46年まで日本歌人クラブ幹事。38年に「さみどり会」を始める。歌集に「極限」「露崖」、合同歌集に「高樹」などがある。

会津 八一　あいず・やいち　歌人

明治14年（1881年）8月1日 ～ 昭和31年（1956年）11月21日　生新潟県新潟市古町通　名別号＝秋艸道人，渾斎　学早稲田大学文科英文科〔明治39年〕卒　歴中学時代から作歌・作句をし、早大では英文学を学ぶ。明治39年新潟県の有恒学舎英語教員となり、43年早稲田中学に移り、大正14年早稲田高等学院教授に就任。15年から早大講師を兼ね、昭和6～20年教授。傍ら、大正13年歌集「南京新唱」を刊行、以後「鹿鳴集」「山光集」「寒燈集」などを刊行し、昭和25年「会津八一全歌集」で読売文学賞を受賞。また、美術史でも学位論文となった「法隆寺、法起寺、法輪寺建立年代の研究」を8年に刊行、東洋美術史、奈良美術史の研究で活躍した。書家としても優れ、書跡集に「渾斎近墨」「遊神帖」などがある。早大退任後は夕刊ニイガタ社長なども務め、新潟市名誉市民に推され、文化人として幅広く活躍した。大和や新潟に歌碑も多い。「会津八一全集」（全10巻，中央公論社）がある。賞読売文学賞（第2回・詩歌賞）〔昭和25年〕「会津八一全歌集」

会田 綱雄　あいだ・つなお　詩人

大正3年（1914年）3月17日～平成2年（1990年）2月22日　生東京市本所区（東京都墨田区）　学第一早稲田高等学院文科中退　歴昭和15年志願して軍属として中国に渡り、南京特務機関嘱託、文化科勤務。21年帰国、「歴程」再刊とともに同人として参加。33年第一詩集「鹹湖」で第1回高村光太郎賞を受賞した。ほかに「狂言」「汝」「会田綱雄詩集」「遺言」「人物詩」などの詩集がある。　賞高村光太郎賞（第1回）〔昭和33年〕「鹹湖」，読売文学賞（第29回）〔昭和52年〕「遺言」

相田 みつを　あいだ・みつお　詩人

大正13年（1924年）5月20日 ～ 平成3年（1991年）12月17日　生栃木県足利市　名本名＝相田光男　学足利中〔昭和17年〕卒　歴昭和17年歌人の山下陸奥に師事し、「一路」に参加。同年歌会で曹洞宗高福寺の禅僧・武井哲応と出会い、在家のまま師事した。18年書家の岩沢渓石に師事。仏教学者の紀野一義にも教えを受けた。29年第1回個展を開催。同年より35年まで毎日書道展に7回連続で入選した。商業デザイナーの傍ら、人生訓のような平易な詩を、独特の書体と闊達な筆の運びで表現した書作品を制作。59年作品集「にんげんだもの」を刊行。1990年代以降、その作品が多くの人々の心をとらえ、広く知られるようになった。没後の平成8年、相田みつを美術館が開館。他の著書に「おかげさん」「一生感動 一生青春」「いのちいっぱい」「雨の日には…」「しあわせはいつも」などがある。

相野谷 森次　あいのや・もりじ　歌人

明治43年（1910年）5月18日 ～ 平成21年（2009年）8月23日　生茨城県猿島郡長須村（坂東市）　歴大正14年東京堂に入社、出版部に勤務。日本出版配給を経て、昭和24年東京出版販売に入社。取締役書店相談部長、東販商事専務、ブックス・トキワ社長などを歴任した。一方、昭和5年大脇月甫に師事し、「青虹」に参加。32年「新炎」を創刊・主宰。日本歌人クラブ名誉会長を務めた。歌集「風の塔」「誘致林」「仙人掌の花」などがある。

相葉 有流　あいば・うりゅう　俳人

明治40年（1907年）7月29日 ～ 平成5年（1993年）6月6日　生千葉県千葉市　名本名＝相葉伸（あいば・しん）　学東京文理科大学国史学科〔昭和11年〕卒，東京文理科大学大学院〔昭和13年〕修了　歴昭和17年群馬師範教諭、24年群馬大学教授、学芸学部長、学長代理。48年退官して上武大学学長となり、54年名誉学長。俳句は「ぬかご」同人を経て「寒雷」同人。32年「石人」を創刊し、主宰。著書に「日本仏教史話」「不受不施的思想の展開」「俳句と民俗」、句集に「滄浪」「化転」「水月」「宝珠」など。　勲勲二等瑞宝章〔昭和53年〕　賞群馬県文化功労者〔昭和46年〕，暖響評論賞（第3回）

相原 まさを　あいはら・まさお　俳人

明治39年（1906年）2月21日 ～ 平成8年（1996年）3月1日　生愛媛県　名本名＝相原正雄　歴「糸瓜」「愛媛若葉」同人。句集に「柿の花」。勲勲五等双光旭日章〔昭和56年〕

青井 史　あおい・ふみ　歌人

昭和15年（1940年）10月15日～平成18年（2006年）12月20日　生福岡県北九州市小倉　学瑞陵高卒　歴小学校に入ってすぐ小児結核と診断され自宅療養。病弱でもあり大学進学を断念、その後洋裁学校に通うが、昭和52年馬場あき子の歌集を読んで歌人への道を決意。53年「かりん」に入会。平成7年「かりうど」創刊・主宰。歌集に「花の未来説」「鳥雲」「月の食卓」、評論集に「現代歌人論」「与謝野鉄幹」、共著に「現代歌人の十二人」がある。 賞日本歌人クラブ評論賞(第4回)〔平成18年〕「与謝野鉄幹」

青木 綾子　あおき・あやこ　俳人
明治41年(1908年)6月23日～昭和63年(1988年)10月14日 生新潟県南魚沼郡塩沢町 名本名＝青木綾 学日本女子大学家政科中退 歴昭和36年「鶴」に入り、俳句の手ほどきを石田波郷に受ける。52年「琅玕」創刊に参加。句集に「花紋」「日向道」。

青木 稲女　あおき・いなじょ　俳人
明治31年(1898年)9月9日～昭和33年(1958年)3月24日 生東京市浅草区(東京都台東区) 名本名＝青木ひさ, 旧姓・旧名＝吉田ひさ 歴青木再来と結婚後、大阪市西区九条通日英学館内に住む。俳句は桝岡泊露に学び、大正10年頃に高浜虚子に入門。のち天理市に住み、俳誌「麦秋」を主宰。句集「田舎」「俳句の味」がある。

青木 幸一露　あおき・こういちろう　俳人
明治27年(1894年)6月30日～昭和43年(1968年)1月10日 生栃木県都賀郡 名本名＝青木幸一郎 歴明治41年頃、沼波瓊音に師事する。のち松根東洋城に師事して「渋柿」同人。昭和5年「二桐」を経て、35年「枯山」を創刊・主宰。菓子商を営んだ。句集に「花柘榴」「石蕗」など。

青木 歳生　あおき・さいせい　俳人
明治42年(1909年)2月5日～昭和63年(1988年)10月28日 生新潟県南魚沼郡六日町 名本名＝青木利雄 歴60歳で俳句を志し、「風」に入会。53年「かまつか」入会、続いて「新緑」「うの花」に投句。56年句文集「雑俳の記」上梓。句集に「らしきもの」「風の私語」。

青木 此君楼　あおき・しくんろう　俳人
明治20年(1887年)4月13日～昭和43年(1968年)2月20日 生福井県福井市 名本名＝青木茂雄 学福井中卒 歴福井中学卒業後、内務省、京都市役所などに勤め、以後各地を転々とし職を変えた。大正4年「層雲」に参加し、短律俳句全盛時代の代表的作家として活躍、以後も短律運動を貫いた。昭和12年「此君楼」を刊行し、以後「柊の花」「流れ木」「せきれい」などの句集を刊行した。

青木 重行　あおき・しげゆき　俳人
大正3年(1914年)12月19日～平成19年(2007年)3月27日 生神奈川県横浜市 学逗子開成中〔昭和8年〕卒 歴昭和11年より横須賀海軍工廠に勤務。23年からは横浜市に勤め、48年定年退職。18年より作句を始め、「獺祭」「懸葵」「みどり」「野の声」などに投句。21年皆川白陀、宮崎一梢と「野火」を創刊、28年「末黒野」と改名。平成5年主宰を継承したが、11年名誉主宰に退く。句集に「京ケ坂」「坐忘」「花ごよみ」「続花ごよみ」などがある。

青木 就一郎　あおき・しゅういちろう　俳人
大正11年(1922年)11月22日～平成3年(1991年)5月26日 生東京都青梅市 学吉野小学校高等科卒 歴山口青邨に師事し、昭和44年「馬酔木」入会、48年同人。59年「橡刊」同人。句集に「茶青花」。 賞馬酔木新人賞〔昭和46年〕, 馬酔木新樹賞〔昭和47年〕

青木 穠子　あおき・じょうこ　歌人
明治17年(1884年)10月22日～昭和46年(1971年)1月20日 生愛知県名古屋市中区 名本名＝青木志やう 歴女流漢詩人として知られた青木琴水の二女として生まれる。明治30年国風社に入り冷泉流披講を修め、34年御歌所歌人の大口鯛二に師事。42年短歌革新を志して“めさまし会”を結成。45年青鞜社に入社。大正9年女性短歌会である“このはな会”を主宰。12年中部短歌会同人。昭和22年明鏡短歌会を設立、「明鏡」を刊行。23年中日歌人会副会長。のち都心芳舎と名づけた自宅を名古屋市に寄付し、名古屋短歌会館を建設した。短歌の他に香道、書道、礼法なども教授した。歌集に「木霊」「このはな集」「青木穠子遺歌集」などがある。 賞愛知県教育文化賞 家母＝青木琴水(漢詩人)

青木 辰雄　あおき・たつお　歌人
明治42年(1909年)9月4日～昭和63年(1988年)7月4日 生茨城県 学甲府商卒 歴在学中より作歌。中村美穂の「みづがき」を経て昭和3年「アララギ」に入会。土屋文明に師事。21年8月「山梨歌人」を創刊、編集。翌年山梨アララギ会の単独誌となる。山梨日日新聞歌壇選者、山梨県芸術祭短歌審査員を務めた。

青木 千秋　あおき・ちあき　俳人
昭和4年(1929年)3月18日～平成18年(2006

年）12月31日　生茨城県　名本名＝青木真吾　歴昭和18年頃より句作を始める。「若草」「鹿火屋」を経て、29年「風鈴」に入会。33年同人、のち編集長を経て、主宰。全国俳誌協会副会長、俳句作家連盟副委員長などを歴任。句集に「冬苺」など。

青木 俊夫　あおき・としお　俳人

明治37年（1904年）10月19日～昭和62年（1987年）8月11日　生大阪府　学旧制高商卒　歴昭和28年「同人」に入門。46年選者に推薦される。　賞横浜市民文芸祭市長賞〔昭和29年〕，同人600号記念特別作品優秀賞〔昭和48年〕

青木 敏彦　あおき・としひこ　俳人

明治32年（1899年）1月23日～昭和31年（1956年）11月9日　生長野県上水内郡牟礼村　名本名＝青木敏　歴臼田亜浪に師事し「石楠」同人。戦後、栗生純夫に私淑し「科野」同人となる。昭和21年「夏炉」を刊行。他に編著「信濃」があるが、31年に自殺した。　賞石楠賞〔昭和18年〕

青木 泰夫　あおき・やすお　俳人

昭和3年（1928年）6月30日～昭和63年（1988年）3月11日　生新潟県北蒲原郡水原町　学日本大学経済学科卒　歴「石楠」系俳人小林孤舟の勧めで作句を始める。39年「鷹」創刊に参加。51年「波」を創刊して選者となり、のち主宰。句集に「同刻」「天酒」「草暦」「鯰念」。

青木 よしを　あおき・よしお　俳人

明治29年（1896年）9月28日～昭和60年（1985年）1月26日　生東京市下谷区仲御徒町（東京都台東区）　名本名＝青木幸太郎（あおき・こうたろう）　学専修大学専門部経済科卒　歴第一生命保険、健康保険組合連合会に勤める。大正5年渡辺水巴に師事し、同年「曲水」創刊の際に入会。昭和44～58年編集長を務めた。句集に「青木よしを句集」がある。

青戸 かいち　あおと・かいち　詩人

昭和3年（1928年）3月30日～平成27年（2015年）4月23日　生北海道石狩郡当別村（当別町）　名本名＝青戸可一（あおと・かいち）　学福島県教員養成所　歴中学3年生の時に福島県双葉郡へ疎開。福島県教員養成所に学んで小学校教師となり、川内第二小学校、富岡第二小学校の校長を務めた。傍ら、昭和24年より小林純一に師事して詩作を続け、詩人として活動。36年同人誌「風」を創刊、18号から「宇宙船」に誌名変更した。平成23年東日本大震災に伴う東京電力福島第一原子力発電所の事故でいわき市に避難し、同地で亡くなった。詩集に「小さなさようなら」、童謡集「ぞうの子だって」などがある。　賞福島県文学賞詩部門奨励賞（第29回）〔昭和51年〕「少年詩集 双葉と風」，日本の子どもふるさと大賞（第2回）〔平成8年〕「サナエとんぼ」，ふるさと音楽賞日本創作童謡コンクール優秀賞（第9回, 平成9年度）「嬉しいパーティー」，三越左千夫少年詩賞特別賞（第4回）〔平成12年〕「小さなさようなら」，福島県文化功労賞〔平成19年〕

青野 竹紫　あおの・ちくし　俳人

明治41年（1908年）11月30日～平成3年（1991年）11月3日　生岡山県　名本名＝青野猛　歴大正12年「倦鳥」入会。昭和10年「雁来紅」入会、野田別天楼の指導を受ける。22年「七曜」、25年「群蜂」同人。28年「薊」創刊・主宰。51年現代俳句協会入会。52年大阪俳人クラブ理事、56年俳句作家連盟常任委員。句集に「白光」。

青柳 薫也　あおやぎ・くんや　俳人

明治45年（1912年）4月29日～平成7年（1995年）9月7日　生新潟県長岡市　名本名＝青柳幸吉　学東京慈恵会医科大学卒　歴昭和13年俳句を始める。36年「若葉」「岬」入会。50年共に同人。長岡柏若葉会主宰。農協ながおか俳句欄選者。句集に「毛毬」「越路抄」「雪のかほり」「日陰の花」。　賞読売俳壇賞〔昭和15年〕

青柳 菁々　あおやぎ・せいせい　俳人

明治34年（1901年）7月16日～昭和32年（1957年）1月1日　生福井県　名本名＝青柳正二　歴大正時代から「石楠」「海紅」「層雲」などに投句し、後に「石楠」同人となり、その中心人物となった。昭和8年小松砂丘との共著「加賀二人集」を刊行。23年柳田湘江らと「春暁」を創刊。臼田亜浪の主張を受けた記述的俳句の作家として知られている。

青柳 照葉　あおやぎ・てるは　俳人

大正15年（1926年）5月12日～平成13年（2001年）9月26日　出熊本県人吉市　学同志社女専〔昭和23年〕卒　歴俳人・青柳志解樹と結婚後俳句を始め、「みそさざい」「鹿火屋」を経て、昭和54年志解樹の主宰する「山暦」創刊とともに入会。55年同人。句集に「肥後信濃」「冬の花」、エッセイ集に「春夏秋冬めしあがれ」「お照さんの食い道楽」などがある。 賞山暦賞(第2回)〔昭和56年〕, 新樹賞(第2回)〔昭和56年〕 家夫＝青柳志解樹(俳人)

青柳 瑞穂　あおやぎ・みずほ　詩人
明治32年(1899年)5月29日～昭和46年(1971年)12月15日 生山梨県市川大門町高田 学慶応義塾大学仏文科〔大正15年〕卒 歴堀口大学に師事し「三田文学」「パンテオン」などに抒情詩を発表し、昭和6年「睡眠」を刊行。またラクルテル「反逆児」などの多くの作品を翻訳し、24年ルソーの「孤独なる散歩者の夢想」で戸川秋骨賞を受賞。評論面でも、35年に「ささやかな日本発掘」で読売文学賞を受賞するなど、詩、翻訳、評論、美術面で幅広く活躍。12年に発見した光琳の「藤原信盈」はのちに重要美術品となった。25年慶応義塾大学文学部講師。 賞戸川秋骨賞(第1回)〔昭和24年〕「孤独なる散歩者の夢想」(ルソー著・翻訳), 読売文学賞(第12回・評論・伝記賞)〔昭和35年〕「ささやかな日本発掘」 家孫＝青柳いづみこ(ピアニスト)

青山 鶏一　あおやま・けいいち　詩人
明治39年(1906年)12月2日～昭和61年(1986年) 生埼玉県上尾町 名本名＝小川富五郎 歴大学卒業後、画家を志したが、昭和9年従兄の千家元麿が編集した「詩篇」に「仏の歌」「春」を発表し、詩作に転じる。以後「文芸汎論」「新領土」などに詩を発表し、15年「近世頌歌」を発表。戦後は「詩学」などに発表し、「白の僻地」「悲歌」を刊行。「歴程」同人。一方、終戦直後、自宅に出版社・白鳥書院を設立。21年子ども向け雑誌「こども雑誌」を創刊。全国に配送されるが、社会の復興とともに大手出版社に読者を奪われ、23年廃刊。

青山 ゆき路　あおやま・ゆきじ　歌人
明治40年(1907年)8月11日～平成5年(1993年)4月22日 生石川県 名本名＝青山定次郎 歴大正末期、並木凡平に師事し「新短歌時代」の同人となる。昭和6年同誌廃刊の後、新短歌誌「青空」を発行。歌集に「せゝらぎ」「ダリヤ咲く窓」「青空に描く」「海峡」がある。

赤井 淳子　あかい・じゅんこ　俳人
大正11年(1922年)8月9日～平成19年(2007年)2月18日 生兵庫県 学佐世保高女卒 歴昭和42年杉並区俳句講座を受け、作句を始める。43年「麻」に入会して菊池麻風に師事。47年「曲水」に入会。 賞麻俳句賞〔昭和52年〕

赤石 茂　あかいし・しげる　歌人
明治39年(1906年)11月22日～昭和58年(1983年)2月11日 生京都府淀 名本名＝仲茂一 歴一時正則英語学校に学んだが、家業の農業を手伝ったり、土方などをしながら「戦旗」に投稿、プロレタリア歌人同盟に参加。のち「短歌評論」や「短歌時代」に拠った。昭和5年以降「プロレタリア歌集」など合同歌集に加わった。戦後は新日本歌人協会に所属。歌集「生活の旗」がある。 賞渡辺順三賞(第4回)〔昭和58年〕

赤石 信久　あかいし・のぶひさ　詩人
大正14年(1925年)3月27日～平成4年(1992年)3月8日 生青森県 出大阪府 学慶応義塾大学経済学部〔昭和23年〕卒 歴昭和23年昭和電工入社。52年大阪支店長、55年物流管理部長、同年昭和物流常務を経て、58～63年大成ポリマー常勤監査役。詩人でもあり、「暦象」同人を経て、「日本未来派」同人として詩作活動を続けた。詩集に「犀の野郎」「蛞蝓綺譚」などがある。

赤石 憲彦　あかいし・のりひこ　俳人
昭和6年(1931年)8月16日～平成25年(2013年)1月26日 生北海道函館市 歴昭和42年広告代理業及び調査業務を目的としたアドエージを設立。機関誌「広告人連邦」、「日本の出版人」「東京アドエージ」など刊行。56年東京タイムズに入社、総合促進室長、営業本部長を経て、57年常務。俳人としては、「夜明け」「四季」「風濤」などを経て、「俳句未来同人」を創刊、代表を務めた。句集に「鬼廬」がある。

赤尾 兜子　あかお・とうし　俳人
大正14年(1925年)2月28日～昭和56年(1981年)3月17日 生兵庫県揖保郡網干町(姫路市) 名本名＝赤尾俊郎(あかお・としろう) 学京都大学文学部中国文学科〔昭和24年〕卒 歴昭和25年毎日新聞社に入社。学芸部員、編集委員を務め、55年定年退職。この間、大阪外国語学校在学中から俳句に傾倒、「馬酔木」「火星」に投句。戦後は「太陽系」同人。34年第一句集「蛇」を刊行、35年「渦」を創刊・主宰。36年現代俳句協会賞を受賞。"第三イメージ論"を提唱して前衛俳句の代表的作家の一人となった。他の句集に「虚像」「歳華集」「稚年記」などがある。 賞現代俳句協会賞(第9回)〔昭和36年〕 家妻＝赤尾恵以(俳人)

赤木 健介　あかぎ・けんすけ　歌人　詩人
明治40年（1907年）3月2日～平成1年（1989年）11月7日　生青森県青森市　名本名＝赤羽寿（あかばね・ひさし），別筆名＝伊豆公夫（いず・きみお）　学姫路高文科甲類〔大正15年〕中退　歴姫路高校在学中から川端康成や芥川龍之介の知遇を得る。昭和3年五・一五事件で検挙され九州帝国大学を放校処分となる。7年日本共産党に入党して地下活動に入り、8年検挙された。10年出獄し日本古代史の研究に従事する傍ら、「短歌評論」に参加。15年赤木健介名義で出した「在りし日の東洋詩人たち」で透谷賞次席。17年歌集「意欲」を刊行。19年下獄、20年10月釈放。戦後は日本民主主義文化連盟（文連）の機関紙「民主の友」編集長、24年アカハタ編集部文化部長、26年「人民文学」編集長。この間、24年参院選兵庫県地方区補選、27年衆院選兵庫4区に立候補した。31年春秋社に入社、「日本秀歌」（全13巻）、「窪田空穂文学選集」（全8巻）、「石川啄木選集」（全7巻）などの企画編集に携わった。55年退社。歌人としては新日本歌人協会に属し、口語表現を主張して行分け自由律作品を発表。詩人としては詩サークルの育成に努め、「詩運動」編集長、詩人会議運営委員などをし、24年「叙事詩集」を刊行した。賞透谷賞次席（第4回）〔昭和15年〕「在りし日の東洋詩人たち」，埼玉県歌人会賞〔昭和54年〕

赤木 公平　あかぎ・こうへい　歌人
明治44年（1911年）9月21日～昭和55年（1980年）8月25日　生岡山県　歴印刷所や地方公務員として勤めながら作歌活動をする。昭和10年「啄木研究」に参加したが、すぐに「短歌評論」に参加。戦後は「鍛冶」の創刊と同時に同人となったが、後に「航海者」、さらに「アララギ」に転じた。

赤城 さかえ　あかぎ・さかえ　俳人
明治41年（1908年）6月3日～昭和42年（1967年）5月16日　生広島県広島市　名本名＝藤村昌（ふじむら・さかえ）　学東京帝国大学文学部教育学科中退　歴東京帝大在学中に共産党活動をし、3年で退学。以後、一時的な転向はあったが共産党員として活躍。昭和16年以降、結核とガンの闘病生活に入る。18年「寒雷」誌友となって加藤楸邨に師事し、24年同人となる。また「道標」「沙羅」「短詩型文学」などにも関係し、29年句集「浅蜊の唄」を刊行。現代俳句協会幹事、新俳句人連盟幹事も務めた。その他の著書に「赤城さかえ句集」「戦後俳句論争史」がある。

明石 長谷雄　あかし・はせお　詩人　俳人
大正14年（1925年）5月23日～平成14年（2002年）7月28日　生大阪府大阪市　名本名＝亀山太一（かめやま・たいち），号＝森羅泰一（俳句）　学同志社工専〔昭和22年〕卒　歴昭和23年三洋電機に入り、54年専務、56年監査役を歴任して、平成3年退任。一方、詩人・伊東静雄に師事。昭和19年第一詩集「神々に捧げる歌」を自家出版。平成元年、40年ぶりに第二詩集「冬たんぽぽ」を出版、作品のうち「母の夢」「祈り」の2編がCBSソニー・酒井政利のプロデュース、琢磨仁の作曲で歌になった。詩集「すずめの宿」「白い靴」、句集「月下美人」もある。

明石 洋子　あかし・ようこ　俳人
大正15年（1926年）1月30日～平成14年（2002年）8月22日　生静岡県　名本名＝早瀬スマ子（はやせ・すまこ）　学旧専中退　歴昭和41年「若葉」に入会。43年「岬」再投句、富安風生、勝又一透に師事。風生没後は清崎敏郎に師事。46年「岬」、48年「若葉」同人。　賞若葉艸魚賞新人賞（昭和46年度），岬賞（昭和50年度）

県 多須良　あがた・たすら　俳人
明治39年（1906年）12月19日～平成5年（1993年）8月1日　生静岡県引佐郡三ケ日町　名本名＝県有（あがた・たすら）　学東京高等工芸学校工芸図案科卒　歴昭和4年瀬戸の山茶（つばき）窯で小森忍らに師事。名古屋の輸出向陶器会社でデザイナーを10年務めた後、16年招かれて佐賀県技師となり、有田窯業試験場技師、同指導部長、「幸楽」銘の徳永陶磁器会社で技師長を務める。36年退職。この間27年以来、日展、現代工芸展の常連。布や和紙による模様付け、古城をモチーフにした作品など独創に富む。また、中学生の頃から叔父・富安風生の指導を受け、「若葉」同人の俳人でもある。　家叔父＝富安風生（俳人）

阿片 瓢郎　あがた・ひょうろう　俳人
明治39年（1906年）4月28日～平成7年（1995年）7月25日　生東京市浅草区（東京都台東区）　名本名＝阿片久五郎（あがた・ひさごろう）　学東京商科大学〔昭和3年〕卒　歴昭和3年満鉄入社。日満商事、満州国政府・経済企画庁を経て、21年引揚げ。この間6年谷川静村を通じ「渋柿」に入門。50年連句研究会を、56年には連句懇話会を創立。63年には連句協会に改組し、初代会長に就任。また個人誌「連句研究」を刊行。句集に「泰山木」「君子蘭」「栃の花」など。

赤堀 五百里　あかほり・いおり　俳人
大正11年（1922年）9月25日 ～ 平成5年（1993年）5月28日　生神奈川県横浜市　名本名＝赤堀文吉　学国学院大学国文学部卒　歴昭和16年斎藤香村に師事。24年「春夏秋冬」同人。32年「裸子」同人。「春潮」同人を経て、51年「夏草」同人となる。平成2年「天為」参加。句集に「赤堀五百里句集」がある。　賞裸子社賞〔昭和33年〕, 毎日俳壇賞〔昭和42年〕, 夏草功労賞〔昭和61年〕

赤堀 秋荷　あかぼり・しゅうか　俳人
大正1年（1912年）11月3日～平成9年（1997年）8月6日　生三重県　名本名＝赤堀光良（あかぼり・みつお）　学大阪製図学校卒　歴昭和10年「趣味」、23年「山茶花」、28年「かつらぎ」に入会。「かつらぎ」全国同人会事務局長理事。「私の植物誌」絵と文を「かつらぎ」に2年連載。

赤堀 春江　あかほり・はるえ　俳人
大正9年（1920年）6月1日～平成15年（2003年）7月15日　生神奈川県　学小田原高女卒　歴昭和14年句作を始め、16年ホトトギスに入会して斎藤香村に師事。24年「春夏秋冬」、32年「裸子」、42年「春潮」、55年「夏草」各同人。　賞裸子年度賞〔昭和38年〕

赤堀 碧露　あかほり・へきろ　俳人
昭和2年（1927年）11月10日 ～ 平成19年（2007年）10月6日　生静岡県　名本名＝赤堀碧露　歴小・中・高校の国語科教員を務め、「主流」主要同人。静岡県俳句協会会報「俳句しずおか」編集長を26年間務めた。また、島田市立図書館に口語俳句文庫を創設、文庫報編集に16年間携わった。口語俳句の普及と幅広く俳人の顕彰に尽くした。　賞口語俳句協会賞

赤松 蕙子　あかまつ・けいこ　俳人
昭和6年（1931年）1月18日 ～ 平成24年（2012年）5月7日　生広島県能美島　名本名＝赤松蕙（あかまつ・けい）　学広島県立第一高女〔昭和23年〕卒　歴昭和22年加来金鈴子指導により、皆吉爽雨門に入る。23年保母として保育園に勤めるが、28年結婚を機に退職。同年「雪解」同人となる。50年「白毫」で俳人協会賞。他の句集に「子菩薩」「天衣」「散華」「月幽」などがある。　賞俳人協会賞（第15回）〔昭和50年〕「白毫」, 山口県芸術文化振興奨励賞〔昭和52年〕, 山口県選奨〔平成6年〕

赤松 月船　あかまつ・げっせん　詩人
明治30年（1897年）3月22日 ～ 平成9年（1997年）8月5日　生岡山県浅口郡鴨方町　名旧姓・旧名＝藤井卯七郎　学東洋大学国漢文科, 日本大学宗教科　歴9歳で小僧に出されるが、小学校を終える頃住職赤松家の養子となり修行する。大正7年上京し、日本大学、東洋大学で学びながら生田長江に師事し、詩、小説、評論を発表。14年詩集「秋冷」を刊行し、以後「花粉の日」などを刊行。昭和11年帰郷して洞松寺住職となり、16～20年平川村（岡山県）村長も務めた。

赤松 柳史　あかまつ・りゅうし　俳人
明治34年（1901年）3月21日 ～ 昭和49年（1974年）9月15日　生香川県小豆島土庄　名本名＝赤松正次　学北京大学卒　歴俳句を「倦鳥」の松瀬青々に、日本画を森二鳳に学ぶ。古今の俳画を研究して「柳史俳画」を樹立。昭和23年句画誌「砂丘」を創刊。「砂丘会」を主宰し句・画の普及指導に尽くした。現代俳画協会成立までの理事長を3期。著書は、句集「巣立」「山居」、「柳史俳画教室」（全10巻）「俳画入門」「古今俳句俳画」「旅雑記」など多数。

赤山 勇　あかやま・いさむ　詩人
昭和11年（1936年）9月20日 ～ 平成24年（2012年）7月5日　生香川県高松市　学四国電気通信学園〔昭和27年〕卒　歴昭和20年高松空襲で被災。47年高松空襲を記録する会を結成し、世話人を務めた。著書に「一三五本の棘」、詩集に「血債の地方」「リマ海域」「人質」などがある。賞国民文化会議10周年記念文学賞, 壺井繁治賞（第14回）〔昭和61年〕「アウシュビッツトレイン」, 高松市文化奨励賞（第12回）〔平成1年〕, 現代詩・平和賞〔平成15年〕

秋沢 猛　あきざわ・たけし　俳人
明治39年（1906年）2月26日 ～ 昭和63年（1988年）8月21日　生高知県高知市　学名古屋高商卒　歴昭和2年から「ホトトギス」「馬酔木」などに投句。27年「氷海」に入り、29年「氷海」、53年「狩」同人、54年評議員。のち「氷壁」を主宰。句集に「寒雀」「海猫」。　賞高山樗牛賞〔昭和37年〕, 山形県芸文会議賞〔昭和54年〕, 斎藤茂吉文化賞〔昭和55年〕

秋沢 流火　あきざわ・りゅうか　俳人
大正2年（1913年）8月8日～平成13年（2001年）2月4日　生高知県　名本名＝秋沢薫　学高知工卒　歴昭和5年作句を始め「曲水」に参加、渡辺水巴に師事する。10年の後半から休詠するが16年末復活。翌年「曲水」同人。43年「麻」の創刊に参加し、47年「貝の会」の創刊にも参加。翌年俳人協会会員、55年「貝の会」同人会副会長となる。関西俳誌連盟常任委員を務めた。　賞水巴賞（昭和47年度）

秋月 豊文　あきずき・とよふみ　歌人
明治45年（1912年）6月4日～平成13年（2001年）8月29日　生台湾台中　学台湾高校文科甲類卒，台湾帝国大学文政学部文学科卒　歴昭和21年敗戦により熊本県に引き揚げ。甲佐高等女学校、甲佐高校、熊本高校に勤め、50年定年退職。歌集に「明樹」「丹花集」「花」「病臥閑日」などがある。　賞熊本県芸術功労者〔平成5年〕

秋永 放子　あきなが・ほうし　俳人
大正3年（1914年）12月1日～平成14年（2002年）12月27日　生茨城県　名本名＝秋永佐久　学東京豊島師範卒　歴昭和23年「玉虫」で長谷川朝風・松村蒼石に学ぶ。25年「雲母」に入会以来、飯田蛇笏・龍太に師事。37年「雲母」同人。平成5年「白露」に所属。句集に「随処の雪」がある。　賞雲母賞〔昭和37年〕

秋葉 ひさを　あきば・ひさお　俳人
大正10年（1921年）6月8日～平成5年（1993年）7月23日　生千葉県夷隅郡大原町　名本名＝秋葉久雄　歴昭和48年「雲母」「好日」に入会。50年「南総」が発刊され、55年より主宰する。賞好日賞〔昭和55年〕，全国俳誌協会賞〔昭和57年〕

秋光 泉児　あきみつ・せんじ　俳人
明治42年（1909年）11月15日～平成4年（1992年）1月29日　生広島県豊田郡　名本名＝秋光闡二（あきみつ・せんじ）　学東京帝国大学医学部〔昭和12年〕卒　歴昭和23年水原秋桜子の手ほどきを受け、以来「馬酔木」に拠る。「早苗」主宰。句集に「青芭蕉」「仕手鴫」。　賞馬酔木新人賞〔昭和30年〕，馬酔木賞〔昭和53年〕

秋元 不死男　あきもと・ふじお　俳人
明治34年（1901年）11月3日～昭和52年（1977年）7月25日　生神奈川県横浜市元町　名本名＝秋元不二雄（あきもと・ふじお），別号＝秋元地平線，東京三　学高小〔大正5年〕卒　歴大正5年横浜火災海上保険に入り、昭和16年まで勤務する。会社勤めの傍ら夜学に通い、また文学書を耽読した。松根東洋城らに俳句の指導を受けたが、昭和5年嶋田青峰の「土上」を知り、以後「土上」に秋元地平線の筆名で句作を発表。東京三と筆名を変えて以後振興俳句の俳人として活躍、西東三鬼と交友。15年「街」を刊行、また「天香」を創刊した。15年に生じた京大俳句事件で16年検挙され、18年まで拘留される。戦後は新俳句人連盟に参加したが、23年「天狼」同人となり、24年「氷海」を創刊した。25年「瘤」を刊行、42年刊行の「万座」では蛇笏賞を受賞し、46年には横浜文化賞を受賞した。著書に「プロレタリア俳句の理解」「現代俳句の出発」「俳句入門」など。他に「秋元不死男全集」がある。　賞蛇笏賞（第2回）〔昭和43年〕「万座」，横浜文化賞〔昭和46年〕　家妹＝秋元松代（劇作家），義妹＝清水径子（俳人）

秋谷 豊　あきや・ゆたか　詩人
大正11年（1922年）11月2日～平成20年（2008年）11月18日　生埼玉県鴻巣市　学日本大学予科中退　歴昭和10年代から四季派の影響で詩作を始め、13年詩誌「千草」を創刊、18年「地球」と改名。同年海軍予備学生として出征し、敗戦時は海軍中尉。21年福田律郎と「純粋詩」を刊行、また城左門と「ゆうとぴあ」を創刊・編集。22年「遍歴の手紙」を刊行。同年第二次「地球」を創刊したが病気で休刊し、25年第三次「地球」を創刊。ネオ・ロマンチシズムを唱え、戦後の抒情詩誌の中核を担った。日本現代詩人会会長も務めた。他の詩集に「葦の閲歴」「登攀」「降誕祭前夜」「冬の音楽」「ヒマラヤの狐」などがある。また登山家としても、ヒマラヤ登頂、アラスカ紀行などに参加し、「穂高」「文学の旅」など山と旅の著書も多い。没後の平成21年、「地球」が終刊した。　賞日本詩人クラブ賞（第21回）〔昭和63年〕「砂漠のミイラ」，丸山薫賞（第2回）〔平成7年〕「詩集 時代の明け方」

秋山 花笠　あきやま・かりゅう　俳人
大正3年（1914年）2月11日～平成7年（1995年）2月14日　生東京市日本橋区（東京都中央区）　名本名＝秋山秀雄（あきやま・ひでお）　学早稲田大学中学科卒　歴逓信省、郵政省に勤務し、各地郵便局長を歴任後、民間建築会社に就職。昭和3年「獺祭」吉田冬葉に師事。6年「ホトトギス」「若葉」を経て、15年「夏草」に入会、山口青邨に師事。27年「夏草」、36年「春郊」同人。43年「春郊」編集長。59年「夏野」を創刊し、主宰。句集に「くるみの花」「諏訪の森」。　賞春郊功労賞〔昭和45年〕, 夏草功労賞〔昭和48年〕

秋山 幹生　あきやま・かんせい　俳人

昭和5年（1930年）12月14日 ～ 平成20年（2008年）1月26日　生山口県下関市　名本名＝秋山幹夫　学山口大学経済学部卒　歴昭和43年「同人」に入会し、有馬籌子主宰に師事、52年選者。平成15年「同人」7代目主宰を継承。この間、昭和45年創刊の「杉」主宰・森澄雄にも師事して、49年「杉」同人。平成18年9月「同人」1000号記念、11月には記念大会を開催した。句集に「春容」がある。富士通ゼネラルに勤務した。

秋山 黄夜　あきやま・きよ　俳人

昭和3年（1928年）4月28日 ～ 昭和62年（1987年）1月1日　生東京都　名本名＝秋山清子（あきやま・きよこ）　学東京都立第一高女卒　歴昭和38年「冬草」入会、のち同人。42年「風土」入会、百合丘句会で石川桂郎の指導を受ける。45年同人。49年「風土」15周年記念特別作品3位。50年「竹間集」同人。「風土」編集委員を務めた。

秋山 清　あきやま・きよし　詩人

明治38年（1905年）4月20日 ～ 昭和63年（1988年）11月14日　生福岡県北九州市門司区　名別名＝局清　学日本大学社会学科中退　歴大正13年からアナキズム系の詩誌「詩戦行」「黒色戦線」「弾道」などに同人として作品を発表。昭和10年共産党の全国的検挙で逮捕される。戦時中は「詩文化」などに抵抗詩を発表。戦後、21年金子光晴らと詩誌「コスモス」を創刊し編集を担当。詩集に「豚と鶏」「白い花」「象のはなし」「ある孤独」「秋山清詩集」、評論集に「文学の自己批判―民主主義文学への証言」「日本の反逆思想」などがある。また竹久夢二の研究やアナキズムの研究・詩史などの著作も多数ある。

秋山 しぐれ　あきやま・しぐれ　俳人

大正14年（1925年）11月15日～平成10年（1998年）11月18日　生北海道岩見沢市　名本名＝秋山幸枝　学帝国女子理学専〔昭和20年〕卒　歴昭和24年より作句。39年岩見沢女子高校勤務を経て、49年市立岩見沢図書館に勤務。平成3年退職。「道」俳句会編集同人。句集に「花鋏」「花栞」がある。　賞岩見沢文化連盟表彰〔昭和60年〕, 札幌市長賞〔平成10年〕

秋山 秋紅蓼　あきやま・しゅうこうりょう　俳人

明治18年（1885年）12月24日～昭和41年（1966年）1月19日　生山梨県鰍沢　名本名＝秋山鉄雄, 旧号＝紅蓼　学高小卒　歴高等小学校卒業後、勉学を志して上京したが、病に倒れて闘病生活をし、後に旅館業を営む。明治30年代から「新声」「ホトトギス」など多くの新聞雑誌に詩歌俳句などを投稿し、44年創刊の「層雲」に参加。のち「層雲」選者、昭和35年より編集者となり主宰の荻原井泉水を補佐した。3年句集「夜の富士」を刊行し、以後「兵隊と桜」「梅花無限」、俳論「俳句表現論」を刊行した。

秋山 珠樹　あきやま・たまき　俳人

明治39年（1906年）3月16日 ～ 平成3年（1991年）11月21日　生大分県大分市　名本名＝秋山環　学旧制高商卒　歴昭和16年「馬酔木」に投句。17年滝春一に師事、「暖流」入会、24年同人。句集に「帰林薄暮」「枯苑」。　賞暖流賞〔昭和50年〕

秋山 夏樹　あきやま・なつき　俳人

明治45年（1912年）1月3日～平成5年（1993年）10月10日　生東京都　名本名＝秋山正二　学錦城中学中退　歴昭和27年「鶴」、石田波郷門。石川桂郎・村沢夏風に兄事。「風土」、「琅玕」を経て、下町俳句主宰。63年「河」同人。台東区俳句人連盟会長を務め、のち顧問。句集に「菖蒲縮」、著書に「浅草百人一句」がある。　賞朝日新聞社下町文化賞〔昭和54年〕

秋山 牧車　あきやま・ぼくしゃ　俳人

明治32年（1899年）4月27日 ～ 平成7年（1995年）8月26日　生熊本県熊本市薬園町　名本名＝秋山邦雄　歴大正9年陸軍少尉に任官され、陸軍省、大本営、内閣情報局、上海、南方総軍、比島方面等、軍の報道に携わった。俳句は13年頃「層雲」に加わったが一時中絶し、昭和17年「寒雷」に参加。加藤楸邨に師事して句作を再開し、25年まで「寒雷」の編集経営に携わる。23年「寒雷」暖響作家に推され、44年より暖響会長。句集に「山岳州」がある。　賞清山賞（第5回）〔昭和48年〕

秋山 未踏　あきやま・みとう　俳人
大正12年（1923年）12月26日～平成24年（2012年）3月18日　生旧満州　名本名＝秋山二郎　学拓殖大学卒　歴「南柯」を主宰した。句画集に「未踏白書」がある。

秋山 巳之流　あきやま・みのる　俳人
昭和16年（1941年）2月1日～平成19年（2007年）11月7日　生岡山県倉敷市　名本名＝秋山実（あきやま・みのる）　学国学院大学文学部国文科卒　歴昭和40年折口博士記念古代研究所副手時代、岡野弘彦に短歌を学び、岡野主宰「天若彦」、香川進主宰「地中海」に参加。44年小学館「週刊ポスト」編集部を経て、45年学灯社に移り雑誌「短歌手帳」の創刊に参加。46年角川書店に転じて総合誌「短歌」「俳句」の編集長を務め、文芸誌「野生時代」の編集にも携わった。平成8年退社して学習研究社編集顧問、9年朝日新聞社「短歌朝日」創刊顧問、13年北溟社「俳句界」編集顧問、15年文学の森「俳句界」編集顧問。一方、昭和47年第一詩集「心臓形式の象」を刊行。また、角川書店時代に角川照子主宰「河」で作句を始め、62年河賞を受賞。「河」同人。平成13年第一句集「萬歳」を刊行した。他の著書に句集「うたげ」「花西行」、評論集「魂に季語をまとった日本人」「わが夢は聖人君子の夢にあらず」「利休伝」などがある。　賞河賞〔昭和62年〕，北溟社評論賞（第3回）〔平成12年〕

秋山 幸野　あきやま・ゆきの　俳人
明治42年（1909年）3月27日～平成8年（1996年）1月1日　生香川県　名本名＝秋山ユキノ（あきやま・ゆきの）　歴小学・中学校教師を務める。昭和34年「雲海」に投句、鈴木白祇に師事。46年「雲海」同人。　賞雲海賞〔昭和46年〕

芥川 瑠璃子　あくたがわ・るりこ　詩人
大正5年（1916年）9月21日～平成19年（2007年）8月1日　生東京都　学山脇高女中退，栗山高女卒　歴北海道の高女を卒業して、昭和11年上京。約1年間文芸春秋社に勤務し、12年いとこの芥川比呂志と結婚。「山の樹」同人。詩集に「薔薇」。夫の死後「芥川比呂志書簡集」「芥川比呂志写真集」を出版。他に「双影―芥川龍之介と夫比呂志」「影燈籠―芥川家の人々」を執筆。　家夫＝芥川比呂志（俳優），叔父＝芥川龍之介（小説家），いとこ＝芥川也寸志（作曲家）

阿久津 善治　あくつ・ぜんじ　歌人
大正11年（1922年）8月24日～昭和63年（1988年）2月1日　生福島県　歴昭和19年白日社入社、前田夕暮に師事。21年7月より23年9月まで郡山市で夕暮の「詩歌」発行実務に携わる。31年「ケルン」創刊、37年「地中海」に入り、のち編集委員。福島歌人会顧問を務めた。歌集に「廻転木馬」「内聴現象」「郡山白日社覚社」がある。　賞福島県文学賞

阿久根 純　あくね・じゅん　詩人
昭和10年（1935年）11月～平成11年（1999年）5月20日　生鹿児島県　歴現代英米詩の訳詩と批評中心の詩誌「オーロラ」を主宰した。詩集に「荒寥たる風のなかで」「夜を訳して」「風の棲む街」などがある。

浅井 あい　あさい・あい　歌人
大正9年（1920年）～平成17年（2005年）8月3日　生石川県金沢市　歴石川県立女子師範学校附属尋常高小2年の昭和9年、ハンセン病と診断され退学。11年群馬県内の国立療養所栗生楽泉園に入園し、同年園内結婚。24年両眼失明。25年「高原」短歌会に入会。27年不自由舎へ転居。42年新婦人の会"草津石楠花班"結成に参加。47年第一歌集「白い視界」を出版。平成3年新日本歌人、群馬歌人の会入会。11年ハンセン病国家賠償訴訟原告となり東京地裁で第1回原告陳述を行う。13年療園内で出張東京地裁第2回原告陳述、熊本地裁において全面勝訴となる。同年金沢大学教育学部附属中学校より尋常高小の卒業証書が授与された。他の歌集に「五十年」「今日を生きる」「心ひたすら」がある。

浅井 火扇　あさい・かせん　俳人
大正13年（1924年）12月5日～昭和63年（1988年）11月6日　生東京都　名本名＝浅井富彦（あさい・とみひこ）　学慶応義塾大学経済学部〔昭和22年〕卒　歴家業の新扇堂をつぎ、昭和33年社長に就任。一方38年大野林火、川島彷徨子に師事、俳句の手ほどきを受ける。「河原」編集長を経て、「嵯峨野」同人会長。句集に「日暦」「青岬」。

浅井 喜多治　あさい・きたじ　歌人
大正9年（1920年）11月25日～平成8年（1996年）9月6日　生島根県益田市　歴昭和15年満州時代に「短歌中原」に入会、八木沼丈夫に師事

する。26年「歩道」入会。佐藤佐太郎に師事。また、21年に弟が創刊した短歌誌「緑野」を弟が亡くなった22年に復刊、以後、発行兼編集人を務める。歌集に「製材音」「還往」「白塔」「砂ノ渚」「樟の木」、歌文集に「北欧紀行」など。他の著書に「斎藤茂吉秀歌鑑賞」「緑野五十年史—島根県石見地方歌壇史」「茂吉・佐太郎私記」「写実短歌作法」がある。 家弟＝浅井正（歌人）

浅井 十三郎　あさい・じゅうざぶろう　詩人

明治41年（1908年）10月28日〜昭和31年（1956年）10月24日　生新潟県守門村　名本名＝関矢与三郎　学逓信省講習所卒　歴郷里の新潟で教員や官吏をしていたが、ストライキに関係して上京し、新聞記者、工場労働者などを務める。その間、大正14年詩誌「無果樹」発行、のち「黒旗」「戦旗」などに寄稿、アナキズム詩人として活躍し、昭和6年「其一族」を、13年「断層」を刊行。14年に郷里に帰り、以後農民運動に従事。戦後の31年、詩と詩人社を設立し、詩誌「詩と詩人」「現代詩」を編集発行。ほかの詩集に「越後山脈」「火刑台の眼」などがある。

浅井 多紀　あさい・たき　俳人

昭和8年（1933年）3月12日〜平成24年（2012年）4月10日　生神奈川県藤沢市　名本名＝浅井多喜子　歴昭和48年「鷹」入会、52年同人。句集に「一帆」「竹の節（よ）」がある。

浅賀 魚木　あさが・ぎょぼく　俳人

大正9年（1920年）4月7日〜平成20年（2008年）10月6日　生東京都　名本名＝浅賀唱一（あさが・しょういち）　学中央商卒　歴昭和21年「欅」主宰の池内たけしに師事。26年ホトトギスもの芽会で高浜虚子の指導を受け、高浜年尾、稲畑汀子に師事。53年「ホトトギス」同人。

浅賀 渡洋　あさが・とよう　俳人

明治44年（1911年）12月14日〜平成11年（1999年）3月24日　出京都府　名本名＝浅賀豊一　学高津中卒　歴海上保安庁に入庁。昭和13年から俳句を始め、30年運輸省職場俳誌「草紅葉」を創刊時に入会、景山筍吉、今井湖峯に師事。61年から主宰。60年俳人協会会員、62年評議員。著書に「寄木細工」「俳句の手引書」がある。

浅川 広一　あさかわ・こういち　歌人

昭和4年（1929年）8月6日〜平成20年（2008年）7月16日　生東京都　学日本大学工学部機械工学科卒，日本大学大学院工学研究科機械工学専攻修士課程修了　歴日本大学助教授を務める傍ら、歌人としても活躍。昭和30年森脇一夫に師事し、「街路樹」創刊とともに入会。53年森脇の没後、同誌代表を務めた。

朝倉 和江　あさくら・かずえ　俳人

昭和9年（1934年）10月27日〜平成13年（2001年）6月12日　生大阪府池田市　名本名＝朝倉一（あさくら・かずえ）　学片渕中卒　歴小学生の時脊椎カリエスとなり、療養中に俳句を始め、林かつみに師事。昭和26年「棕梠」、27年「馬酔木」へ入会。32年「棕梠」、44年「馬酔木」同人。54年第一句集「花鋏」で俳人協会新人賞、馬酔木賞を受賞。35年「棕梠」終刊を機に「曙」を創刊、代表。他の句集に「おぼろ橋」「朝倉和江句集」などがある。　賞棕梠賞（第2回）〔昭和33年〕，俳人協会新人賞（第3回）〔昭和54年〕「花鋏」，馬酔木賞「花鋏」

朝倉 南海男　あさくら・なみお　俳人

大正7年（1918年）5月25日〜平成4年（1992年）1月13日　生鹿児島県鹿児島市　名本名＝朝倉金三（あさくら・かねみ）　学早稲田大学文学部哲学科〔昭和18年〕卒　歴東京新聞社を経て、日刊工業新聞社に入り、取締役、監査役を歴任。一方、鹿児島一中時代に俳句を始め、「溶岩」「仙人掌」を経て、「傘火」同人となる。句集に「坂」がある。

浅田 雅一　あさだ・まさいち　歌人

大正7年（1918年）3月18日〜平成19年（2007年）11月26日　生長野県松本市　名本名＝浅田早苗　学村田簿記会計学校卒　歴矢ケ崎雄太郎らと短歌雑誌「響」を創刊。昭和38年「次元」編集委員。40年「からたち」を創刊・主宰。歌集に「花の音」「栄光の日日」「天の笛」「多感な樹」「過剰な季」「裸陽」、また「初学者のための短歌実作教室」などがある。

浅野 晃　あさの・あきら　詩人

明治34年（1901年）8月15日〜平成2年（1990年）1月29日　生石川県金沢市　名別名＝刀田八九郎（とだ・はちくろう），浜田徹造　学東京帝国大学法学部仏法学科卒　歴小学生時代から「文章世界」などに詩を投稿し、東大時代は「新思潮」に参加。後にプロレタリア運動に参加し、日本共産党中央委員候補になったが3.15事件で検挙される。獄中転向し、のち日本浪漫派に属した。昭和14年「岡倉天心論攷」「浪曼派以後」を刊行。戦後は沈黙していたが、38年「寒色」で読売文学賞を受賞。以後「忘却詩集」「流転詩集」「幻想詩集」「定本浅野晃詩集」などを刊行した。 賞読売文学賞（第15回・詩歌俳句賞）〔昭和38年〕「寒色」

浅野 英治　あさの・えいじ　歌人
昭和4年（1929年）2月14日～平成16年（2004年）1月12日 生三重県四日市市 歴昭和18～27年まで「創作」「多磨」「コスモス」などに所属、主に「鈴鹿嶺」により片山邁の指導を受ける。のち四日市歌の会を結成し「あかね」を編集発行。上京後、「層」に所属。47年「ポエトピア」を創刊。のち倚子の会を主宰、歌誌「倚子」を編集・発行した。インターネットのホームページでの短歌の添削にも取り組んだ。歌集に「翔べない翼」「共鳴関係」などがある。口語歌の歌人。 賞新短歌賞〔昭和50年〕

浅野 純一　あさの・じゅんいち　歌人
明治35年（1902年）6月20日～昭和51年（1976年）3月28日 生京都府京都市 名本名＝浅野喜一 学高小卒 歴高等小学校卒業後、機械工として働く。その間「文芸戦線」「新進歌人」などに寄稿し、「芸術と自由」を経て新興歌人連盟、無産者歌人連盟、プロレタリア歌人同盟に参加し、昭和4年「戦の唄」を刊行。短歌のほか歌論も多く発表し、戦後は新日本歌人協会に所属した。

浅野 正　あさの・ただし　俳人
大正1年（1912年）11月26日～平成24年（2012年）6月12日 生大阪府 学旧制高商卒 歴昭和21年「若葉」の富安風生に師事。28年「春嶺」創刊に参加して岸風三楼についた。句集に「習志野」「月の鴨」「年々歳々」などがある。

浅野 敏夫　あさの・としお　俳人
大正2年（1913年）12月13日～平成17年（2005年）1月7日 生石川県 学早稲田大学理工学部電気工学科卒 歴昭和47年頃より富安風生、岸風三楼に師事。「若葉」「春嶺」に拠る。50年「春嶺」同人。

浅野 美恵子　あさの・みえこ　歌人
昭和6年（1931年）6月25日～平成17年（2005年）11月17日 生千葉県 学東洋大学文学部国文科〔昭和29年〕卒 歴昭和24年高校時代「一路」に入会。大学卒業後「花実」を経て、47年「草地」創刊に参加し、同人。「素描短歌会」代表。歌集に「北へ向く頃」「糸遊」「雪夜」「花冷え」「緑の上」などがある。

浅野 明信　あさの・めいしん　詩人
昭和8年（1933年）8月5日～平成17年（2005年）10月1日 生北海道室蘭市 学北海道学芸大学岩見沢分校〔昭和33年〕卒, 玉川大学卒 歴小学校教師を24年間務め、傍ら詩作を続ける。昭和35年第一詩集「追憶の烙印」を刊行。36年詩誌「明暗」主宰をはじめとして「ペルシャ」「文学会議」「童話と小説」などを次々と刊行。43年から北海詩人社を主宰。また「日本未来派」に参加するなど活躍。詩集に「ツヤとライオン」「狸のいくさ」「北風の角度」「柔らかき墓」「世紀末・黄昏のジャズ」など。児童劇や童話も書き、脚本集「とばされた分校の屋根」、小説集「宮子の掟」などもある。 賞北海道詩人協会賞〔昭和57年〕

浅野 右橘　あさの・ゆうきつ　俳人
大正4年（1915年）11月18日～平成16年（2004年）11月19日 生愛知県小牧市 名本名＝浅野悠吉 学名古屋高商卒 歴昭和10年名古屋高商在学中に同校俳句会の野茨会で「牡丹」主宰の加藤霞村の手ほどきを受ける。22年大橋桜坡子、国松ゆたかの指導を受け、「雨月」「遊魚」同人。44年「ホトトギス」同人。「遊魚」課題句選者を務める。62年「牡丹」を復刊し主宰。句集「花すすき」「花火師」「心富める日々」や「私の好きな京都の散歩道」がある。

浅野 梨郷　あさの・りきょう　歌人
明治22年（1889年）11月1日～昭和54年（1979年）8月31日 生愛知県名古屋市 名本名＝浅野利郷（あさの・としさと） 学東京外国語学校卒 歴明治42年上京して伊藤左千夫に師事し、「アララギ」の創刊に参加。大正10年「歌集日本」を創刊し、以後「日光」「橄欖」に参加。昭和6年「武都紀」を創刊して主宰し、「梨郷歌集」を刊行。中部日本歌人会初代会長。戦後は日本交通公社主事、名古屋市観光課長などを歴任した。歌集に「豊旗雲」、随筆集に「糸ぐるま」など。平成3年中部日本歌人会により梨郷賞（22年中日短歌大賞に改称）が創設された。 勲勲五等瑞宝章〔昭和44年〕

浅原 ちちろ　あさはら・ちちろ　俳人
明治42年（1909年）3月1日～平成3年（1991年）5月17日 生山口県阿武郡阿武町 名本名＝浅

原吉良　学商工中退　歴逓信省に入り、地方貯金局長を務める。昭和7年西本一都の手ほどきを受け、「若葉」「白魚火」「春郊」に所属し、何れも同人。54年岡山県俳人協会設立に参画し、常任幹事。句集に「飾羽子」。　賞白魚火賞〔昭和48年〕

浅原 六朗　あさはら・ろくろう　俳人

明治28年（1895年）2月22日～昭和52年（1977年）10月22日　生長野県北安曇郡池田町　名別名＝浅原鏡村（あさはら・きょうそん）　学早稲田大学英文科〔大正8年〕卒　歴大正8年から昭和3年まで実業の日本社に勤務し「少女之友」などを編集。自作の童謡「てるてる坊主」などの他、詩も掲載する。大正14年創刊の「不同調」に同人として参加、「ある鳥瞰図」などを発表。昭和4年「近代生活」同人となり、また十三人倶楽部に参加。5年結成の新興芸術派倶楽部では有力な働き手として、モダニズム文学運動をする。5年「女群行進」を刊行し、6年「混血児ジヨオヂ」を発表。7年には久野豊彦との共著「新社会派文学」を刊行した。俳句は戦時中横光利一に奨められて始め、戦後俳句と人間の会の中心になって活躍。代表作に「或る自殺階級者」「H子との交渉」、句集に「紅鱒」「定本浅原六朗句集」、詩集に「春ぞらのとり」などがある。

朝吹 磯子　あさぶき・いそこ　歌人

明治22年（1889年）10月8日～昭和60年（1985年）2月15日　出宮城県　歴長岡外史陸軍中将の長女。佐佐木信綱の竹柏会に入門して歌人として出発。藤波会会員、「心の花」同人、十一日会会長として活躍。歌集に「環流」「蒼樹」「蒼坤」や「八十年を生きる」などがある。大正15年に全関東庭球選手権大会の女子シングルス、同ダブルスに優勝するなど、日本女子テニス界の草分け的存在としても活躍した。　家父＝長岡外史（陸軍中将），夫＝朝吹常吉（三越社長），長男＝朝吹英一（木琴奏者），三男＝朝吹三吉（仏文学者），四男＝朝吹四郎（建築家），長女＝朝吹登水子（仏文学者）

浅見 青史　あさみ・せいし　俳人

大正9年（1920年）1月17日～平成4年（1992年）2月15日　生埼玉県秩父郡荒川村　名本名＝浅見佐代治　学高小卒　歴昭和13年地方先輩の手ほどきを受け、「夏草」「ホトトギス」誌友。27年「麦」入会。43年「河」に入会、48年同人。49年「やまびこ」同人会長。句集に「牛のあゆみ」。　賞埼玉県文学賞〔昭和51年〕

浅利 良道　あさり・りょうどう　歌人

明治30年（1897年）12月7日～昭和52年（1977年）4月5日　生大分県　学大分中学中退　歴20歳で中学を病気中退、療養生活に入り「アララギ」入会、岡麓に私淑。大正12年「覇王樹」入社、昭和12年退社。9年大分合同新聞歌壇選者。22年「現象」を発刊。歌集に「浅利良道短歌集」、遺著に「良道長歌集」がある。　賞大分合同新聞文化賞〔昭和25年〕

芦田 高子　あしだ・たかこ　歌人

明治40年（1907年）10月1日～昭和54年（1979年）3月13日　生岡山県勝田郡新野村（津山市）　学梅花女専国文科〔昭和5年〕卒　歴教師、出版社員などを経て結婚。大正末年から作歌を始め、昭和22年「新歌人」を創刊・主宰。歌集に「流檜」「内灘」。

あしみね・えいいち　詩人

大正13年（1924年）3月24日～平成17年（2005年）10月4日　生沖縄県那覇市若狭　名本名＝安次嶺栄一，俳名＝峰一華　学東京外語学校中退，ニュー・メキシコ大学卒　歴琉球政府行政主席専属秘書などを経て、南洋相互銀行に入行。昭和48～59年沖縄銀行監査役。この間、52年より沖縄証券監査役を務めた。一方、27年戦後沖縄で初めて結成された「珊瑚礁」同人に参加。40年より「琉球詩壇」の選者となり、53年～平成12年山之口貘賞選考委員を務めた。詩集に「光の筏」「あしみね・えいいち詩集」「美意識のいそぎんちゃく」などがある。　賞沖縄タイムス芸術選賞大賞〔昭和59年〕

東 早苗　あずま・さなえ　俳人

明治38年（1905年）5月3日～昭和59年（1984年）7月28日　生岡山県岡山市　名本名＝村田顕枝（むらた・あきえ）　学東京女子大学〔大正15年〕卒　歴昭和7年荻原井泉水の「層雲」を経て、10年長谷川かな女に師事し「水明」に入会。26年同人。37年俳句と随筆誌「七彩」を創刊し主宰。句集に「飛火野」「星炎」「花氷」など。語学力を生かして俳句の国際化に努めた。　賞水明大会賞〔昭和28年〕

安住 敦　あずみ・あつし　俳人

明治40年（1907年）7月1日～昭和63年（1988年）7月8日　生東京市芝区二本榎西町（東京都港区）　学立教中〔大正15年〕卒，逓信官吏練

習所〔昭和3年〕卒　歴昭和3年逓信省に勤務。戦時中同省を辞め日本演劇連盟に転じるが間もなく応召。復員後、職を転々としたのち官業労働研究所に勤務、41年退職。俳句は逓信省在職中から作句し、10年日野草城の「旗艦」創刊に参加、新興俳句運動に携わる。16年「旗艦」は「琥珀」と改題、19年「琥珀」を脱退。戦後の21年万太郎主宰の「春燈」創刊に参加し、38年その逝去後継承。47年俳人協会理事長、53年副会長、57年会長を歴任、また59〜61年朝日俳壇選者も務めた。主な句集に「貧しき饗宴」「古暦」「午前午後」、随筆集に「春夏秋冬帖」「東京歳時記」「市井暦日」などがある。　勲紫綬褒章〔昭和54年〕，勲四等旭日小綬章〔昭和60年〕　賞日本エッセイストクラブ賞（第15回）〔昭和41年〕「春夏秋冬帖」，蛇笏賞（第6回）〔昭和47年〕「午前午後」

安積 得也　あずみ・とくや　詩人
明治33年（1900年）2月17日 〜 平成6年（1994年）7月27日　生東京都　学東京帝国大学英法科〔大正13年〕卒　歴戦前は内務省官僚、戦時中の昭和18年栃木県知事、敗戦直後の20年から岡山県知事を務めた。戦後は公職追放解除後、中央大学、自治大学などで社会政策学を講義する傍ら文筆活動を始める。また社会教育審議会や国民生活審議会委員としても活躍した。著書に「われら地球市民」「人間讃歌」など社会教育的なものの他、詩集に隠れたベストセラー「一人のために」や「底を叩く時」がある。

麻生 磯次　あそう・いそじ　国文学者
明治29年（1896年）7月21日 〜 昭和54年（1979年）9月9日　生千葉県武射郡睦岡村（山武市）　学東京帝国大学文学部国文科〔大正9年〕卒　資日本学士院会員〔昭和41年〕　歴大正14年六高教授、昭和3年京城帝国大学助教授、14年同教授、17年一高教授、23年同校長、24年東京大学教授などを経て、32年学習院大学教授、38年同大学長、41年学習院院長兼理事長となる。近世文学を専門として中国文学との関連を追求し、21年「江戸文学と支那文学」を刊行。また「近世生活と国文学」「滝沢馬琴」「笑の研究」「江戸文学と中国文学」「芭蕉物語」（全3巻）などの著書もあり、西鶴の現代語訳（「対訳西鶴全集」）もこころみた。芭蕉など俳諧にも独自の見解を持つ。　賞文化功労者〔昭和45年〕

麻生 路郎　あそう・じろう　川柳作家
明治21年（1888年）7月10日 〜 昭和40年（1965年）7月7日　生広島県尾道市　名本名＝麻生幸二郎，別号＝不朽洞，不死鳥，江戸堀幸兵衛，柳一郎　学大阪高等商業学校〔明治43年〕卒　歴文筆を好み、明治37年春から川柳の道に入った。大正日日経済部長、大阪毎日新聞神戸支局員を経て大正13年「川柳雑誌」を設立、主宰。その間、柳誌「雪」「土団子」「後の葉柳」などを編集、発行した。昭和9年「きやり」創刊15周年記念号に「川柳作家十五戒」を書いた。22年大阪府文化賞受賞。大阪府文芸懇談会員、関西短詩文学連盟理事長、毎日新聞毎日柳壇選者。著書に「川柳ふところ手」「累卵の遊び」「川柳漫談」「新川柳講座」、句集「旅人」「旅人とその後の作」などがある。　賞大阪府文化賞〔昭和22年〕

足立 巻一　あだち・けんいち　詩人
大正2年（1913年）6月29日 〜 昭和60年（1985年）8月14日　生東京都　学神宮皇学館国漢科〔昭和13年〕卒　歴国語教師、新大阪新聞社勤務を経て、神戸女子大学教授。傍ら、昭和23年児童詩誌「きりん」の編集に参加。49年本居春庭の評伝「やちまた」で第25回芸術選奨文部大臣賞、57年には「虹滅記」で日本エッセイストクラブ賞を受賞。一方、立川文庫の研究も多年つづけた。ほかに「戦死ヤアワレ」「立川文庫の英雄たち」、詩集「夕刊流星号」「石を訪ねる旅」「雑歌」、小説集「鏡」などがある。　賞芸術選奨文部大臣賞（第25回）〔昭和49年〕「やちまた」，日本エッセイストクラブ賞（第30回）〔昭和57年〕「虹滅記」，日本詩人クラブ賞（第17回）〔昭和59年〕「雑歌」

足立 公平　あだち・こうへい　歌人
明治41年（1908年）2月22日 〜 昭和60年（1985年）8月25日　生大阪府　名本名＝足立孝平　学大阪商大高商部卒　歴大阪商大高商在学中に「芸術と自由」を知り、後に「短歌戦線」「郷愁」に参加。戦後も「新日本歌人」「新短歌」「芸術と自由」などに所属し、昭和40年刊行の「飛行絵本」で41年に第10回現代歌人協会賞を受賞した。　賞現代歌人協会賞（第10回）〔昭和41年〕「飛行絵本」

安達 しげを　あだち・しげお　俳人
大正3年（1914年）3月25日 〜 平成23年（2011年）11月16日　生北海道　名本名＝安達茂雄　学広島文理科大学卒　歴昭和15年石田雨圃子、佐々木あきらの指導を受ける。19〜46年作句を中断するが、47年「白扇」に入会、51年同人。

54～59年「白扇」編集長を務めた。句集に「耕馬」「滝」「酔ひ候」がある。 [賞]大阪府知事賞〔昭和54年〕

足立 重刀士　あだち・しげとし　俳人

明治36年(1903年)12月24日～昭和57年(1982年)6月4日 [生]兵庫県氷上郡足立村(丹波市) [名]本名＝足立清一 [学]同志社大学卒 [歴]青木月斗、会沢秋邨に師事。昭和22年より「雷鳥」を創刊・主宰した。京都よみうり文芸選者。句集に「陸橋」「剝落列島」の他、「足立重刀士句文集」がある。

足達 清人　あだち・せいじん　俳人

明治40年(1907年)1月4日～平成1年(1989年)4月17日 [生]熊本県玉名郡有明村 [名]本名＝足達清人(あだち・きよと) [学]高小卒 [歴]昭和13年「春光」主宰天野雨山に師事、22年同人。句集に「菓子司吾れ」。 [賞]春光賞〔昭和54年〕

安達 真弓　あだち・まゆみ　俳人

大正2年(1913年)6月7日～平成4年(1992年)10月25日 [生]福島県二本松市 [名]本名＝加藤丈七 [学]福島商〔昭和5年〕中退 [歴]酒類販売、食品店経営。昭和6年「玫瑰」に投句。満州で「瑠璃」同人となり、帰国後、25年「山河」、32年「氷海」、52年「海程」同人。福島民友新聞の選者も務める。句集に「百霊」「黄沙」など。

足立 八洲路　あだち・やすじ　俳人

明治28年(1895年)10月11日～昭和62年(1987年)4月1日 [生]神奈川県平塚市大神 [名]本名＝足立康治(あだち・やすじ) [学]厚木中卒 [歴]大正7年「石楠」に入り、臼田亜浪に師事。「石楠」幹事を経て、「河原」同人会長。句集に「羊の園」「さび鮎」「青柚子」がある。 [賞]厚木市民文化賞〔昭和53年〕

安立 恭彦　あだち・やすひこ　俳人

大正9年(1920年)2月25日～平成7年(1995年)6月25日 [生]岐阜県岐阜市 [学]東京外大英語部卒 [歴]昭和26年「萬緑」所属。中村草田男に師事、同人となる。 [賞]萬緑賞〔昭和29年〕，角川俳句賞〔昭和34年〕

足立原 斗南郎　あだちはら・となんろう　俳人

明治23年(1890年)8月～昭和34年(1959年)12月3日 [生]神奈川県 [名]本名＝足立原文儀(あだちはら・ふみよし) [歴]「石楠」創刊以来の同人で、「さがみ俳句」を創刊・主宰。脳溢血で急逝。昭和35年8月の「河原」追悼号で彷徨子は"個性の強い作家"と評している。著書に句集「鴨」がある。

渥美 芙峰　あつみ・ふほう　俳人

明治26年(1893年)3月17日～昭和48年(1973年)8月27日 [生]山梨県 [名]本名＝渥美守雄(あつみ・もりお)，旧姓・旧名＝中村 [学]東京商科大学卒 [歴]昭和26年日本橋三越本店で個展を開催。また、俳人として東京商大同窓の京極杜藻らと南琴吟社を起こす。原石鼎に師事。「鹿火屋」同人。俳句俳画誌「文は人なり」を刊行。印刷会社を経営した。

渥美 実　あつみ・みのる　俳人

明治38年(1905年)10月16日～昭和58年(1983年)3月4日 [生]静岡県浜松市三組 [学]浜松中卒 [歴]浜松市史編纂室長、浜松史談会長を歴任。この間、昭和25年「若葉」に投句、富安風生に師事。のち浜松若葉会を結成。33年「若葉」、46年「岬」同人。編著に「浜松市史」全9巻がある。

阿藤 伯海　あとう・はくみ　漢詩人

明治27年(1894年)2月17日～昭和40年(1965年)4月4日 [生]岡山県浅口郡六条院村 [名]本名＝阿藤簡，字＝大簡，別号＝虚白堂 [学]一高卒，東京帝国大学文学部西洋哲学科〔大正13年〕卒 [歴]東京帝大卒業後、京都帝大大学院で狩野直喜に師事して中国哲学を修める。大正15年東京に帰り、法政大学教授を経て一高教授に就任し、漢文を講じた。昭和19年帰郷して、以後は詩作に務めた。岡山県教員委員も務めている。没後「大簡詩草」が刊行された。

阿刀 与棒打　あとう・よぼうだ　俳人

明治36年(1903年)1月19日～平成4年(1992年)10月18日 [生]東京都 [名]本名＝山口賢俊(やまぐち・けんしゅん) [学]東京帝国大学工学部機械工学科卒 [歴]大正12年頃山口青邨の手ほどきを受ける。「夏草」同人。句集に「探訪の季節」、句文集「赤いネクタイの自画像」がある。 [賞]夏草功労賞(第1回)〔昭和34年〕

穴井 太　あない・ふとし　俳人

昭和1年(1926年)12月28日～平成9年(1997年)12月29日 [生]大分県玖珠郡九重町 [学]中央大学専門部経済学科〔昭和26年〕卒 [歴]昭和29～60年中学校教諭を務める。この間、横山白紅主宰の「自鳴鐘」に入会し作句を始める。38

年「海程」に参加。「未来派」を経て、40年「天籟通信」を創刊。平明で武骨な作風で知られ俳句界のリーダーとして活躍。句集に「鶏と鳩と夕焼と」「土語」「ゆうひ領」「天籟雑唱」など。 賞北九州市民文化賞（第4回）〔昭和46年〕, 現代俳句協会賞（第20回）〔昭和49年〕

阿南 哲朗　あなん・てつろう　詩人

明治36年（1903年）1月10日～昭和54年（1979年）8月2日　生大分県　名本名＝阿南竹千代（あなん・たけちよ）　歴若くして小倉で三萩野詩社を興し詩誌「揺藍」を発行。北九州市到津遊園園長時代、夏季学校を開校、久留島武彦を招くなどして口演童話を盛んにし、児童文化運動に尽力。九州童話連盟会長も務めた。詩集に「石に響く」「寄せてかへして」、童話集に「よるの動物園〈1～4〉」などがある。　賞フクニチ児童文化賞（第1回）, 久留島武彦文化賞（第5回）

阿比留 ひとし　あびる・ひとし　俳人

明治40年（1907年）6月17日～昭和57年（1982年）11月4日　生長崎県下県郡豊玉町貝鮒（対馬）　名本名＝阿比留斉（あびる・ひとし）　学大村中卒　歴戦時中大政翼賛会に勤務。昭和23年後藤夜半の手ほどきを受け、没後は後藤比奈夫に師事して「諷詠」同人となる。のち「梔子」「吾亦紅」を主宰。句集に「貝鮒崎」「島言葉」「鰤正月」など。

阿部 岩夫　あべ・いわお　詩人

昭和9年（1934年）1月20日～平成21年（2009年）6月12日　生山形県鶴岡市　名本名＝阿部岩男（あべ・いわお）　学法政大学文学部日本文学科〔昭和35年〕卒　歴昭和45年から一時中断していた詩を再び書き始め、50年第一詩集「朝の伝説」を刊行。詩誌「四」「壱拾壱」「森」を経て、平成元年「飾粽」に参加。同年詩集「ベーゲェット氏」で高見順賞を受賞した。他の詩集に「眼の伝説」「月の山」などがある。　賞小熊秀雄賞（第15回）〔昭和57年〕「不覊者」, 地球賞（第11回）〔昭和61年〕, 高見順賞（第19回）〔平成1年〕「ベーゲェット氏」

阿部 完市　あべ・かんいち　俳人

昭和3年（1928年）1月25日～平成21年（2009年）2月19日　生東京市牛込区（東京都新宿区）　学金沢医科大学附属医学専門部〔昭和24年〕卒　歴精神科医を務める傍ら、昭和25年から作句を始める。27年「未完現実」、37年「海程」に参加。49年「海程」編集長。朝日新聞「埼玉文化」俳句選者も務めた。句集に「無帽」「絵本の空」「にもつは絵馬」「軽のやまめ」「阿部完市全句集」、評論集に「俳句幻形」「俳句心景」「絶対本質の俳句論」などがある。　賞現代俳句協会賞（第17回）〔昭和45年〕, 埼玉文化賞（第42回）〔平成12年〕, 現代俳句大賞（第9回）〔平成21年〕

阿部 慧月　あべ・けいげつ　俳人

明治38年（1905年）12月25日～平成17年（2005年）12月31日　出北海道中川郡豊頃町　名本名＝阿部富勇（あべ・とみお）　学札幌通信講習所〔大正9年〕卒　歴大正11年から句作を始め、石田雨圃子、高浜虚子の指導を受ける。昭和15年「ホトトギス」に入会、24年同人。一方、「かつらぎ」にも投句して阿波野青畝に師事。62年日本伝統俳句協会北海道支部長。句集に「芍薬」「晩涼」「遼遠」「牡丹焚く」「花野星」などがある。　賞北海道新聞俳句賞（第2回）〔昭和62年〕「花野星」

阿部 子峡　あべ・しきょう　俳人

昭和2年（1927年）8月11日～平成23年（2011年）12月13日　生山形県米沢市　名本名＝阿部豊　学高小卒　歴昭和21年磯崎夏樹に手ほどきを受け、中川糸遊の下で句作。32年「氷海」に加入、39年同人。32年長井俳句会結成に参画、会誌「流氷群」を編集。53年鷹羽狩行主宰「狩」に同人参加。句集「流雪集」「雪の国」「小鳥来て」の他、「わたしの俳人交遊録」がある。賞星恋賞〔昭和52年〕

阿部 静枝　あべ・しずえ　歌人

明治32年（1899年）2月28日～昭和49年（1974年）8月31日　生宮城県登米郡　名本名＝阿部志つゑ, 旧姓・旧名＝二木　学東京女高師文科〔大正9年〕卒　歴在学中尾上柴舟に学ぶ。大正11年「ポトナム」創刊以来の同人で、昭和31年主宰・小泉苳三没後は編集委員となり、結社の代表的存在として活躍。この間、24年「女人短歌」創刊と同時に委員となり、発行人も務めた。一方、大正11年阿部温知と結婚して以来政治運動、婦人運動に加わり社会民衆党婦人部を組織。戦後は民社党区会議員を務めた。歌集に「秋草」「霜の道」「冬季」「野道」「地中」がある他、「女性教養」「若き女性の倫理」など著書多数。　賞日本歌人クラブ推薦歌集（第3回）〔昭和32年〕「冬季」　家夫＝阿部温知（衆院議員）

阿部 秀一　あべ・しゅういち　歌人
生年不詳～平成1年(1989年)10月22日　歴歌人の木俣修に教えを受け、木俣が主宰する短歌結社「形成」の宮城支部が昭和48年にできると同時に、支部長に。木俣の歌碑建設に奔走し、63年末に石巻文化センター前に完成させた。石巻小、門脇中などの校長を歴任。

阿部 十三　あべ・じゅうぞう　歌人
大正13年(1924年)5月4日～平成6年(1994年)4月12日　生長野県諏訪市　学三重師範学校卒　歴旧制中学3年より作歌。昭和20～22年「鈴鹿嶺」同人。28年「創作」に入社、長谷川銀作に師事。41年第3回牧水賞受賞。47年「長流」創設に参加、編集委員を務めた。52～56年「土」同人。歌集に「断層」「夜思」「凌雨」「柊花」「蒼杉」がある。　賞若山牧水賞(第3回)〔昭和41年〕

阿部 小壺　あべ・しょうこ　俳人
明治42年(1909年)10月22日～昭和56年(1981年)10月26日　生熊本県　名本名＝阿部次郎(あべ・じろう)　学済々黌中〔大正15年〕卒　歴昭和12年阿部商店常務、24年熊本県味噌工協組常務理事、25年熊本信用金庫理事、43年理事長を歴任。この間、22年から熊本市議に4期当選、38年と42年の2回議長を務めた。またホトトギス派の俳人としても知られ、俳誌「阿蘇」を主宰。句集に「肥後住」がある。

阿部 筲人　あべ・しょうじん　俳人
明治33年(1900年)1月16日～昭和43年(1968年)8月9日　生東京市麴町区(東京都千代田区)　名本名＝阿部亨　学京都帝国大学経済学部〔昭和2年〕卒　歴昭和2年三省堂に入社。出版部長や東京書籍役員などを務め、俳句関係の図書刊行に力を注ぐ。傍ら、道部臥牛に師事して「初雁」に加わり、戦後は新俳句人連盟に参加し、27年「好日」を創刊・主宰。32年句集「戦前戦後」を刊行。他の著書に「俳句―四合目からの出発」がある。

安倍 正三　あべ・しょうぞう　俳人
大正3年(1914年)12月18日～平成1年(1989年)7月6日　生北海道　学東京帝国大学文学部心理学科〔昭和12年〕卒, 京都帝国大学法学部〔昭和18年〕卒　歴昭和11年「さへづり」主宰尾崎足の手ほどきを受ける。30年より「ホトトギス」「冬野」に投句。32年「法曹俳句」で富安風生の指導を受ける。47年「若葉」に投句。この間、昭和18年高文司法科合格、京都家裁所長を経て、53年東京高裁判事、55年弁護士登録。勲勲二等瑞宝章〔昭和60年〕　家弟＝安倍治夫(弁護士)

阿部 青鞋　あべ・せいあい　俳人
大正3年(1914年)11月7日～平成1年(1989年)2月5日　生東京都渋谷区　名本名＝阿部弘照, 別号＝阿部羽音(あべ・うおん)　学高輪学園〔昭和8年〕卒　歴昭和10年ごろより、句作。初心時代、東京移住の内田暮情を擁して幡谷東吾らと「螺旋」を発行、また俳誌「車」、詩誌「詩」を創刊したが、16年応召のため「車」を終刊。18年岡山県に疎開中は詩誌「漏斗」、文芸誌「香積」などを発行、19年美作町に移って俳誌「女像」、「瓶」(のち「壜」に改題)を主宰。「花実」「俳句評論」同人を経て「八幡船」「羊歯」同人。編著に「現代名俳句集」(1・2巻)、句集に「樹皮」「火門集」「阿部青鞋篇」「続火門集」「霞ケ浦春秋」「火門私抄」などがある。　賞現代俳句協会賞(第30回)〔昭和58年〕

阿部 太一　あべ・たいち　歌人
明治40年(1907年)9月13日～平成13年(2001年)7月25日　生山形県　歴農業の傍ら大正15年橋田東声に師事。結城健三の歌誌「えにしだ」の選者を務める。昭和50年高山樗牛賞受賞。歌集に「歩刈帖」「萌黄の山」がある。　賞高山樗牛賞〔昭和50年〕

阿部 保　あべ・たもつ　詩人
明治43年(1910年)5月30日～平成19年(2007年)1月10日　生山形県東田川郡藤島町(鶴岡市)　学東京帝国大学文学部美術史学科〔昭和8年〕卒　歴東京経済大学教授を経て、昭和26年北海道大学文学部教授、49年名誉教授。成蹊高校存学中に詩作を始め、大学2年の時に阪本越郎に連れられて百田宗治の門人となった。7年百田主宰の第三次「椎の木」創刊に同人参加。「詩と詩論」「文芸汎論」などに投稿した。詩集に「紫夫人」「冬薔薇」「薔薇一輪」「流水」などがある。訳詩集も多い。

安部 宙之介　あべ・ちゅうのすけ　詩人
明治37年(1904年)3月3日～昭和58年(1983年)11月8日　生島根県三成町　名本名＝安部忠之助(あべ・ちゅうのすけ)　学島根師範〔大正12年〕卒, 大東文化学院専門学校卒　歴「新進詩人」同人となり、詩集「稲妻」刊行、教職の傍ら詩集「白き頁と影」や創作集「水の声」などを発表。「三木露風研究」「続三木露風研究」の執筆や「三木露風全集」の編纂などで師を顕彰。作品に「冬の花々」「屋上森林」「詩人北村初雄」など。日本詩人クラブ会長を務めた。

阿部 襄　あべ・のぼる　詩人
明治40年(1907年)6月10日～昭和55年(1980年)4月22日　生山形県飽海郡松嶺町(酒田市)　学東北帝国大学理学部卒　歴大学卒業後、南洋パラオ熱帯生物研究所に派遣され、珊瑚礁の研究に従事。のち旧満州・吉林省師道大学教授、山形大学農学部教授を歴任。著書に「珊瑚礁と貝」「南洋の驚異」(共著)など。一方、童話や詩作も手がけ、作品に「キツツキ」「杉の頭」「冬の貝」他がある。　家おじ＝阿部次郎(哲学者)

阿部 英雄　あべ・ひでお　俳人
大正11年(1922年)7月20日～平成19年(2007年)7月10日　生静岡県沼津市　学明治大学文学部史学科〔昭和26年〕卒　歴上京し、長谷川万治商店に入る。昭和37年マーケティングリサーチに着目して、富士経済を設立し、社長に就任。のち会長。教育評論社社長を兼務。一方、少年時代から俳句に親しみ、「萬緑」「東京四季」「丁卯」同人。詩集に「丁卯集」がある。

阿部 ひろし　あべ・ひろし　俳人
大正8年(1919年)7月19日～平成23年(2011年)8月15日　生東京都八王子市　名本名＝阿部弘　学相原農蚕蚕業科〔昭和12年〕卒　歴神奈川や八王子の公立小学校、中学校の教師、校長を務めた。俳句は昭和25年「馬酔木」に入会し、水原秋桜子に師事。31年馬酔木横山会設立。40年「馬酔木」同人。50年より酸漿会指導。53年「酸漿」を創刊・主宰。59年「馬酔木」から「橡」に移り幹事長となるが、平成4年退会。句集に「霜の畦」「浦島草」「木・草・鳥」「阿部ひろし集」「続木・草・鳥」「南割」「二の杉」、著書に「俳句鑑賞」「明け暮れ—随想」などがある。　賞馬酔木新人賞〔昭和37年〕

阿部 太　あべ・ふとし　歌人
明治37年(1904年)10月6日～昭和59年(1984年)2月7日　生大分県北海部郡　歴大正13年若山牧水が結成した創作社に入り、昭和43年「創作」の選者となって活躍。35年多摩歌話会を創設し、会長、39年から41年まで日本歌人クラブ幹事を務めた。歌集に「青榛原」「小庭」「阿部太歌集」「ヨーロッパ歌日記」がある。また、11年から4年間ブラジルに渡り、日系2世のための教育に尽くした。

阿部 北陬子　あべ・ほくすうし　俳人
明治43年(1910年)1月12日～平成15年(2003年)1月26日　生秋田県　名本名＝阿部義直　学専修大学経済専科修了　歴大正13年頃から句作を始める。昭和10年上京、「あけび」発行に参画。42年「馬酔木」投句、52年会員。句集に「春泥」「蚊火」「狩の宿」「堅香子」「古都の春」などがある。

阿部 正路　あべ・まさみち　歌人
昭和6年(1931年)9月20日～平成13年(2001年)6月27日　生秋田県秋田市　学国学院大学文学部文学科卒, 国学院大学大学院文学研究科日本文学専攻〔昭和34年〕博士課程修了　歴昭和36年国学院大学講師、42年助教授を経て、49年教授に就任。平成11年の国旗・国歌法制定に際し、衆議院内閣委員会に参考人として出席、法制化に賛成の意見を述べた。歌集「太陽の舟」「葡萄園まで」「天山離離」があり、「短歌史」「疎外者の文学」「日本の神様を知る事典」「和歌文学発生史論」「口訳・利根川図志」などの著作がある。　賞芸能学会特別賞(第1回)「和歌文学発生史論」, 日本歌人クラブ賞(第3回)〔昭和51年〕「飛び立つ鳥の季節に」「神居古潭」

阿部 みどり女　あべ・みどりじょ　俳人
明治19年(1886年)10月26日～昭和55年(1980年)9月10日　生北海道札幌市　名本名＝阿部ミツ　学札幌北星女学校中退　歴明治43年に結婚したが、その前後に肺結核を患い、療養中に俳句を始める。高浜虚子に師事し、大正時代の「ホトトギス」における代表的女流俳人として活躍し、昭和7年「駒草」を創刊して主宰。22年「笹鳴」を、30年「微風」を刊行し、53年「月下美人」で蛇笏賞を受賞した。　勲勲五等宝冠章〔昭和45年〕　賞河北新報賞〔昭和31年〕, 蛇笏賞(第12回)〔昭和53年〕「月下美人」　家父＝永山武四郎(陸軍中将), 甥＝永山武臣(松竹会長)

阿部 恭子　あべ・やすこ　俳人
大正4年(1915年)3月31日～平成3年(1991年)4月30日　生鹿児島県　名本名＝阿部スマ　学日本女子歯科医専卒　歴昭和37年「笛」の松本つや女の指導を受ける。「笛」「夏炉」同人。賞日本随筆家協会賞(第15回)〔昭和62年〕「壺」

阿部 幽水　あべ・ゆうすい　俳人
大正12年（1923年）12月4日～平成16年（2004年）7月14日　生北海道有珠郡大滝村　名本名＝阿部保　学尋高小卒　歴昭和21年句作を開始。28年「山火」に入会、福田蓼汀に師事。39年同人。大滝俳句会会長、大滝村社会教育委員長などを務めた。句集に「昆虫馬車」「蝦夷大地」などがある。　賞山火新人賞〔昭和41年〕，蓼汀賞〔平成7年〕

阿部 良雄　あべ・よしお　詩人
昭和7年（1932年）5月23日～平成19年（2007年）1月17日　生東京都杉並区荻窪　出岡山県英田郡美作町　学東京大学文学部仏文学科〔昭和30年〕卒，東京大学大学院人文科学研究科仏語仏文学専攻〔昭和38年〕博士課程修了　歴小説家、英文学者として知られた阿部知二の長男。昭和33年より3年間、パリ高等師範学校に留学。38年中央大学文学部専任講師、39年助教授、51年フランス国立科学研究所勤務、53年フランス国立東洋語学校講師、55年東京大学教養学部助教授を経て、61年教授。退官後、上智大学教授、帝京平成大学教授を歴任。フランスの詩人・ボードレールの研究で名高く、10年をかけて「ボードレール全集」（全6巻，筑摩書房）を初めて個人完訳した。昭和40年私家版の詩集「夢の展開」を出した。　勲フランス芸術文化勲章シュバリエ章〔昭和60年〕　賞日仏翻訳文学賞（第1回）〔平成5年〕「ボードレール全集」，和辻哲郎文化賞（学術部門，第8回）〔平成8年〕「シャルル・ボードレール 現代性（モデルニテ）の成立」　家妻＝与謝野文子（詩人），父＝阿部知二（作家）

天岡 宇津彦　あまおか・うつひこ　俳人
昭和8年（1933年）10月7日～平成20年（2008年）1月21日　生岐阜県大垣市　名本名＝天岡幸一（あまおか・こういち）　学大垣北高〔昭和27年〕卒　歴イビデンに36年間勤めて退職し、イビデン樹脂常務。この間、昭和28年薄多久雄の手ほどきを受け、「天狼」に入会。32年「水煙」創刊編集。のち「狩」に拠った。句集に「噴井」がある。　賞新俳句新聞社俳句文学賞〔昭和29年〕，岐阜県俳句最高賞〔昭和32年〕

天春 梧堂　あまがす・ごどう　俳人
明治27年（1894年）11月21日～昭和45年（1970年）5月6日　生三重県三重郡保々村　名本名＝天春元太郎　歴明治40年12歳の時に従兄の天春静堂に従い満州に渡り、帰国後も静堂の事業を手伝う。静堂の俳句の師であった青木月斗に師事してその主宰誌「同人」に拠り、月斗の書生を務めた。昭和12年から三重県議を約30年間務めた。　家従兄＝天春静堂（俳人）

天春 又春　あまがす・ゆうしゅん　俳人
大正12年（1923年）3月8日～平成12年（2000年）12月11日　生三重県　名本名＝天春謙一郎　学四日市商卒　歴昭和21年青木月斗より授号。23年「天狼」同人、杉本幽烏に師事、25年入会。33年「環礁」同人。中部日本俳句作家会入会。50年「樅」創刊同人、52年編集同人。53年「天狼」会友。　賞樅功労賞

甘田 五彩　あまだ・ごさい　俳人
明治20年（1887年）1月3日～昭和32年（1957年）12月12日　生東京都　名本名＝甘田誠三郎　学高崎中卒　歴味の素の重役を経て、ますや商事社長を務めた。一方、青木月斗に師事し作句に励む。「同人」創刊時から参加し、のち選者となる。句集に「十六夜」、他の著書に「俳句の作り方」がある。

天野 松峨　あまの・しょうが　俳人
明治39年（1906年）9月3日～昭和62年（1987年）9月14日　生鳥取県東伯郡　名本名＝天野勝嘉（あまの・かつよし）　学神戸高工電気科卒　歴昭和8年「山茶花」「うまや」入会、のち同人。22年「雪解」入門、のち同人。一貫して皆吉爽雨に師事。句集に「松露」「暦日」。

天野 宗軒　あまの・そうけん　俳人
明治18年（1885年）11月3日～昭和48年（1973年）9月30日　生島根県松江市　名本名＝天野銀市，旧姓・旧名＝矢野　歴松江市立一成中学を経て松江の法律研修舎に学ぶ。明治37年奈良梧月に俳句を師事。大正2年「美津宇見」、昭和9年「水声」を創刊。「ホトトギス」「石楠」「俳星」にも参加した。句集に「双思樒」などがある。

天野 忠　あまの・ただし　詩人
明治42年（1909年）6月18日～平成5年（1993年）10月28日　生京都府京都市新町御池　学京都市立一商〔昭和3年〕卒　歴大丸に入社し、昭和18年まで勤務。26年から46年まで奈良女子大学図書館事務長。この他、軍需会社、出版社、学校講師など種々の職業を転々とする。昭和初期から詩を書きはじめ、7年処女詩集「石と

豹の傍にて」を発表。平成6～10年遺稿集「耳たぶに吹く風」「草のそよぎ」「うぐいすの練習」が刊行された。他に「古い動物」「天野忠詩集」「私有地」「夫婦の肖像」、随筆集「そよかぜの中」「草のそよぎ」などがある。 賞無限賞(第2回)〔昭和49年〕「天野忠詩集」,読売文学賞(第33回)〔昭和57年〕「私有地」

天野 美津子　あまの・みつこ　詩人
大正8年(1919年)12月9日～昭和40年(1965年)2月24日 歴昭和21年創刊になる臼井喜之介主宰の詩誌「詩風土」を詩的出発点とし、28年ごろは前登志夫の「望郷」グループにもいた。30年右原厖らの創刊になる詩誌「ブラックパン」では中核的詩人として活躍した。のちに「日本未来派」や京都の「骨」の同人にもなる。詩集に「車輪」「赤い時間」「零のうた」がある。

天野 隆一　あまの・りゅういち　詩人
明治38年(1905年)11月12日～平成11年(1999年)1月27日 生兵庫県西宮市 学京都市立芸術大学卒 歴詩集に「公爵と港」「八坂通」「手摺のある石段」「天野大虹作品集」などがある。賞先進詩人顕影,京都市芸術功労賞,京都府文化功労賞

天彦 五男　あまひこ・いつお　詩人
昭和12年(1937年)2月20日～平成21年(2009年)8月23日 出東京都 名本名＝堀田寛(ほった・ひろし) 学法政大学卒 歴日本詩人クラブ会長を務めた。「あいなめ」「鴉」に所属。詩集「鴉とレモン」「風針」「天彦五男詩集」「ピエロ群像」などがある。

雨宮 昌吉　あめみや・しょうきち　俳人
大正8年(1919年)7月10日～昭和57年(1982年)10月13日 生東京都新宿区荒木町 学中央大学商学科専門部卒 歴安藤建設取締役総務部長、監査役を歴任。昭和17年頃より見学玄の手ほどきを受け、作句を開始。応召中に瀬田貞二を識り、その機縁で21年「萬緑」創刊と同時に入会、中村草田男に師事。33年同人。句集に「泉の央」、遺句集に「白き歳月」。 賞萬緑賞(第8回)〔昭和36年〕

雨宮 雅子　あめみや・まさこ　歌人
昭和4年(1929年)3月28日～平成26年(2014年)10月25日 生東京市麹町区永田町(東京都千代田区) 名本名＝中川雅子(なかがわ・まさこ) 学昭和女子大学文学部国文科卒 歴在学中から川上小夜子に師事し、「林間」創刊に参加、のち同人となるが退会。一時作歌を中断したのち、昭和47年夫の竹田善四郎とともに個人季刊誌「鴟尾」を発行。同年「地中海」に入会し、同人。平成5年退会。6年「雅歌」を創刊した。歌集に「鶴の夜明けぬ」「悲神」「熱月」「昼顔の譜」「水の花」、著書に「斎藤史論」などがある。 賞短歌公論処女歌集賞〔昭和51年〕「鶴の夜明けぬ」,平林たい子文学賞(第16回)〔昭和63年〕「斎藤史論」,短歌研究賞(第37回)〔平成13年〕,日本歌人クラブ賞(第30回)〔平成15年〕「昼顔の譜」,詩歌文学館賞(短歌部門,第28回)〔平成25年〕「水の花」 家夫＝竹田善四郎(歌人)

飴山 実　あめやま・みのる　俳人
昭和1年(1926年)12月29日～平成12年(2000年)3月16日 生石川県小松市 学京都大学農学部農芸化学科〔昭和25年〕卒 歴昭和25年大阪府立大学農学部助手、37年静岡大学農学部助教授を経て、44年山口大学農学部教授に就任。のち関西大学工学部教授。一方、四高在学中より作句を始め、21年「風」に投句、23年「楕円律」創刊に参加。25年「風」同人。以降、5年間に渡って俳句から遠ざかるが、29年再び「風」に投句し、31年同人に復帰。34年第一句集「おりいぶ」を刊行。のち無所属。芝不器男の研究に取り組み、37年より「俳句」に「芝不器男伝」を連載した。平成5年より「朝日俳壇」選者を務めた。著書に「酢の科学」「定本芝不器男句集」、句集に「少長集」「辛酉小雪」「次の花」「花浴び」、評論集「季語の散歩道」などがある。 賞風作品賞〔昭和32年〕,風文章賞〔昭和33年〕,中国文化賞(第45回)〔昭和63年〕

綾部 仁喜　あやべ・じんき　俳人
昭和4年(1929年)3月26日～平成27年(2015年)1月10日 生東京都八王子市 学国学院大学文学部卒 歴昭和28年「鶴」に入会して石田波郷、石塚友二に師事。31年詩誌「新市街」を発刊、詩作と句作を併行する。41年「鶴」同人。49年小林康治の「泉」創刊に伴い同人参加し、52年編集長。平成2～26年同誌を主宰した。6年「樸簡」で俳人協会賞を受賞。他の句集に「山王」「寒木」「沈黙」がある。 賞俳人協会賞(第34回)〔平成6年〕「樸簡」,俳人協会評論賞(第23回)〔平成21年〕「山王林だより」,俳句四季大賞(第9回)〔平成21年〕「沈黙」

綾部 白夜　あやべ・びゃくや　歌人
明治35年（1902年）1月5日 ～ 昭和53年（1978年）5月　生埼玉県入間郡　歴昭和36年11月「ささ短歌会」を創立。合同歌集に「ささ」「ささ'70」、歌集に「室生寺の塔」「西成の塔」「藍の色」がある。

綾女 正雄　あやめ・まさお　歌人
明治37年（1904年）～平成4年（1992年）　生鳥取県東伯郡北条町　歴教職の傍ら写真を愛好し、昭和6年頃から鳥取県のアマチュア写真団体ベストクラブに参加。同会の主宰者・塩谷定好に師事し、第4回全山陰アマチュアー芸術写真展で第3部準特選を受賞した。また窪田空穂・松村英一門下の歌人としても知られ、8年からはまなす短歌会を主宰。鳥取県の短歌史にも精通し、歌集に「浜の道」「浜井戸」「浜の残照」などの他、「伯耆の昭和短歌史」「鳥取の短歌あれこれ」などの著書もある。

鮎貝 久仁子　あゆかい・くにこ　歌人
明治39年（1906年）7月21日 ～ 平成8年（1996年）6月19日　生東京都　学女子美専卒　歴敗戦直後に村田利明に師事。昭和26年「白珠」に入社、安田青風に師事、同人。30年から44年まで東京支社復活継続。45年4月に「交響」創刊。歌集に「薔薇」「孤」「音」「交響第一楽章」、他に歌文集「おどろき」「風化」「輪」「女ひとり旅」などがある。平成4年96歳の姉へ毎日送り続けたはがきをまとめた「41円の贈りもの」を出版。

鮎川 信夫　あゆかわ・のぶお　詩人
大正9年（1920年）8月23日 ～ 昭和61年（1986年）10月17日　生東京市小石川（東京都文京区）　名本名＝上村隆一　学早稲田大学英文科〔昭和17年〕中退　歴昭和17年近衛歩兵四連隊に入隊、スマトラ作戦に参加。19年傷病兵として帰還。詩作は中学時代から始め、詩誌「LUNA」「新領土」「ル・バル」などに参加。20年福井の傷病軍人療養所で「戦時手記」（40年に公刊）を執筆。21年福井より上京。22年詩誌「純粋詩」に「死んだ男」を発表。戦後現代詩の出発点とされる。同年詩誌「荒地」の創刊に参加し、26年アンソロジー「荒地詩集」を創刊、戦後詩の発展に力があった。評論家としても活躍した。主な著書に「鮎川信夫詩集」「現代詩作法」「歴史におけるイロニー」「一人のオフィス」「私のなかのアメリカ」などの他、「鮎川信夫著作集」（全10巻, 思潮社）がある。平成22年鮎川信夫賞が制定された。

荒 芙蓉女　あら・ふようめ　俳人
大正10年（1921年）7月8日 ～ 昭和62年（1987年）7月28日　生北海道　名本名＝荒美智子（あら・みちこ）　学旧制高女卒　歴昭和14年「曲水」入会、渡辺桂子に学び、15年同人。50年俳人協会入会。「水巴会」幹事、「曲水」東北・北海道支社長、「芙蓉」主宰、福島県俳句作家懇話会常任幹事、福島県文化活動指導員を歴任。賞相馬市文化功労賞, 水巴賞, 曲水大作賞

新井 章　あらい・あきら　歌人
大正13年（1924年）10月12日～平成13年（2001年）6月11日　生長野県上伊那郡長谷村　学国学院大学文学部日本文学科卒　歴「アララギ」を経て、歌誌「水門」発行人。島木赤彦の研究者として知られ、島木赤彦研究会会長を務めた。著書に「島木赤彦」「土田耕平論」「伊那谷の自然と文学」「信濃の文学風土記」、歌集に「雨の音」「寒き朝」「戸倉山」がある。

新井 佳津子　あらい・かずこ　俳人
昭和2年（1927年）1月19日 ～ 平成17年（2005年）4月25日　出東京都　名本名＝新井和子　学横浜市立女子専修卒　歴昭和42年句作を始める。46年「かびれ」入会、大竹孤悠に師事。孤悠の没後は小松崎爽青に師事し、49年「かびれ」同人。句集に「和光」「観音微笑」「歳華」「碧霄」「無量寿」がある。　賞かびれ賞〔昭和56年〕, 白絞賞〔平成10年〕

新井 旧泉　あらい・きゅうせん　俳人
明治34年（1901年）3月11日 ～ 平成5年（1993年）9月5日　生埼玉県秩父郡皆野町　名本名＝新井鹿之助（あらい・しかのすけ）　学逓信官吏練習所技術科卒　歴専検、高文合格。逓信省官吏、電電公社理事、日本通信建設常務、電気通信共済会東北支部長などを歴任。俳句は昭和31年「若葉」、32年「みちのく」入会に始まり、37年「みちのく」同人、60年「風の道」同人。51年俳人協会会員。句集に「通草」がある。

新井 均二　あらい・きんじ　詩人
大正10年（1921年）～平成9年（1997年）9月13日　生群馬県新田郡世良田村（伊勢崎市）　歴昭和13年上京、西条八十主宰の「蠟人形」に投稿を始める。「花蔭」「白壁」などに作品を発表、17年「文芸汎論」に「神話の春」「征く日」が

掲載される。19年3月水戸工兵連隊員として出征、インパール作戦に参加して左手を負傷、21年復員。23年河合幸男と「薔薇」を創刊。25年「プレイアド」同人。のち「焰」編集同人。ビルマ戦線をテーマにした現代詩を多く書き、63年合同詩集「里程」を出版。他の詩集に「風と光と小さな旅と」がある。

新井 紅石　あらい・こうせき　俳人
明治40年（1907年）4月12日～昭和62年（1987年）1月18日　生埼玉県鴻巣市　名本名＝新井基次（あらい・もとつぐ）　学旧制高等科補習中卒　歴昭和10年「土上」に投句。戦後、俳句人連盟中央委員、県俳連創立常任理事。30年「あらつち」を発行。「季節」「河」「人」同人。句集に「野火」「桐下駄」など。

新井 声風　あらい・せいふう　俳人
明治30年（1897年）12月3日～昭和47年（1972年）8月27日　生東京市浅草区山之宿町（東京都台東区）　名本名＝新井義武　学慶応義塾大学卒　歴慶大在学中に臼田亜浪を知り、以後師事して「石楠」に参加し、大正7年同人となる。10年「石楠」同人を退き、「茜」を創刊して主宰。また13年には松竹キネマに入社。「石楠」で富田木歩を知り、後に「木歩句集」「木歩文集」を編集した。著書に「現代俳人鈔」、句集に「すみだ川」などがある。

荒井 孝　あらい・たかし　歌人
明治43年（1910年）12月29日～平成16年（2004年）11月27日　生長野県　歴大正14年「アララギ」入会。歌集に「野乾草」「霜ぐもり」「寒暮」などがある。「ヒムロ」の選歌を担当した。家長男＝荒井雅至（バイオリニスト）

新井 豊美　あらい・とよみ　詩人
昭和10年（1935年）10月17日～平成24年（2012年）1月21日　生広島県尾道市　名本名＝新井豊実（あらい・とよみ），旧姓・旧名＝山路豊実（やまじ・とよみ）　学上野学園大学音楽科中退　歴平成5年「夜のくだもの」で高見順賞、19年「草花丘陵」で晩翠賞を受賞。この間、9～12年早稲田大学文学部非常勤講師。19年より高見順文学振興会監事、21～23年日本現代詩人会会長。菅谷規矩雄らと詩誌「Zodiac」を創刊。他の詩集に「波動」「河口まで」「いすろまにあ」「半島を吹く風の歌」「滞空時間」「現代詩文庫新井豊美詩集」「切断と接続」、評論に「苦海浄土の世界」「〔女性詩〕事情」「近代女性詩を読む」「女性詩史再考」、他に民謡採譜も手がけた。　賞地球賞（第7回）〔昭和57年〕「河口まで」，高見順賞（第23回）〔平成5年〕「夜のくだもの」，晩翠賞（第48回）〔平成19年〕「草花丘陵」　家夫＝新井久爾夫（尚美学園大学名誉教授）

新井 反哺　あらい・はんぽ　俳人
明治44年（1911年）11月4日～昭和63年（1988年）9月4日　生東京都　名本名＝新井茂男　学旧専卒　歴昭和12年飯田蛇笏に師事、「雲母」に入会。この間佐々木有風主宰の「雲」編集。また、池芹泉主宰の「金剛」（55年終刊まで）同人。句集に「香炉」。

新井 英子　あらい・ひでこ　俳人
大正8年（1919年）5月3日～平成17年（2005年）12月6日　生東京都八王子市　学東京女高師理科卒　歴昭和22年より作句を始め、25年「馬酔木」に投句。40年同人。句集に「光あるうちに」「春蟬」。

荒井 文　あらい・ふみ　歌人
大正5年（1916年）3月7日～平成12年（2000年）9月6日　生神奈川県横浜市　名本名＝荒井富美子　歴昭和14年並木秋人主宰「走火」入会。戦中同誌は休刊し、戦後「短歌個性」として復刊。31年並木死去により自然退会。34年箱根短歌会結成「はこね草」発行。48年歌誌「木牙（ぼくが）」創刊、発行人となる。平成2年同誌終刊。のち「木牙通信」と誌名変更し、編集発行人。

荒井 正隆　あらい・まさたか　俳人
大正12年（1923年）3月5日～平成23年（2011年）12月30日　生埼玉県川越市　学東京高等工芸工芸図案科〔昭和17年〕卒　歴東京田辺製薬勤務を経て、昭和35年独立してレタリングスタジオを開設。俳句は、26年「石楠」系の友人に誘われ、27年より「浜」に投句。以後、大野林火に師事。36年同人。句集に「父嶽」「欅」がある。　賞浜賞〔昭和34年〕，埼玉文芸賞（第2回）〔昭和46年〕「幣」，浜同人賞〔昭和50年〕

新井 盛治　あらい・もりじ　俳人
大正15年（1926年）9月23日～平成20年（2008年）10月2日　生群馬県　学桐生高専附属中退　歴昭和19年佐藤寒山寺に俳句の手ほどきを受ける。20年高柳樫子に学び、両毛馬酔木会に入会。35年三人会を結成。44年「馬酔木」同人。

賞馬酔木新人賞〔昭和42年〕

新井 悠二　あらい・ゆうじ　俳人
昭和4年（1929年）8月2日〜平成21年（2009年）4月10日　生山形県山形市　名本名＝新井雄市　歴昭和30年より中村汀女に師事。「風花」同人。「汀女俳句歳時記」「汀女選後評集成」、句集「薔薇に粧ふ」「芽木威あり」などを編集した。

荒垣 外也　あらがき・そとや　歌人
明治42年（1909年）1月14日 〜 平成2年（1990年）7月14日　生新潟県　名本名＝三井田清弥　歴昭和18年「アララギ」入会。20年鹿児島寿蔵主宰の「潮汐」創刊に参加、51年まで編集責任者を務めた。31年より国立療養所栗生楽泉園内「高原短歌会」選者。歌集「人参礁」「虎つぐみの歌」がある。

荒川 同楽　あらかわ・どうらく　俳人
文久3年（1863年）7月20日 〜 昭和32年（1957年）11月29日　生三河国成岩（愛知県半田市）名本名＝荒川鼎　歴豊橋市東田町で医師開業。俳句は正岡子規を訪ねて指導を受け、後「ホトトギス」に投句、三河鳴雪といわれた。米寿になった昭和25年、旧友で喜寿となった浅井意外と共著で「双寿句鈔」（同楽88句、意外77句）を刊行、他に句集「稲香」がある。

荒川 法勝　あらかわ・ほうしょう　詩人
大正10年（1921年）9月7日 〜 平成10年（1998年）5月6日　生岩手県下閉伊郡崎山村　出岩手県下閉伊郡釜石町　名本名＝荒川法勝（あらかわ・のりかつ）　学慶応義塾大学文学部哲学科卒　歴昭和26年佐原一高教論、34年成東高教論。40年第三次千葉県詩人クラブ初代会長に就任。52年日本現代詩人会常任理事。平成元年多摩美術大学教授。著書に「天開山」「宮沢賢治詩がたみ・野の師父」「伊藤左千夫の生涯」「波のうえの国」「泉鏡花」「長宗我部元親」、詩集に「生物祭」「鯨」「宇宙の旅」「奇説・慶安太平記」「花は花でも」「荒川法勝詩集」（土曜美術社）などがある。

荒川 よしを　あらかわ・よしお　俳人
大正2年（1913年）1月19日〜平成6年（1994年）1月21日　生東京都　名本名＝荒川芳夫　学実業学校中退　歴昭和8年富田うしほに師事。18年「若竹」同人。48年「さいかち」同人。54年俳人協会会員。

荒木 久典　あらき・きゅうてん　俳人
明治36年（1903年）1月10日 〜 昭和61年（1986年）3月29日　生京都府　名本名＝荒木正太郎（あらき・まさたろう）　歴昭和17年富安風生に師事し、「若葉」に投句。33年「若葉」同人。同年京都若葉句会を結成。

荒木 古川　あらき・こせん　俳人
明治45年（1912年）1月5日 〜 平成12年（2000年）4月14日　生島根県平田市　名本名＝荒木清（あらき・きよし）　学平田実業学校〔昭和2年〕卒　歴昭和21年松江地方貯金局に勤務、47年退職。この間、21年佐川雨人の手ほどきを受けて俳句を始める。27年「若葉」に入会、富安風生に師事。45年同人。また30年西本一都を主宰として「白魚火」を創刊、編集長に就任。平成7年主宰を継承。この間、昭和47年島根俳句協会を設立、幹事長となり、59年〜平成4年副会長を務めた。句集に「湯谷川」がある。

荒木 忠男　あらき・ただお　俳人
昭和7年（1932年）5月10日 〜 平成12年（2000年）2月11日　生福島県　学東京大学教養学部教養学科フランス科〔昭和31年〕卒　歴昭和31年外務省に入省。55年在デュッセルドルフ総領事、59年文化交流部長、61年在フランクフルト総領事、平成2年駐西ドイツ特命全権公使を経て、5年10月駐バチカン大使に就任。8年8月退官、聖学院大学人文学部教授、同大総合研究所教授を歴任した。また昭和47年より「馬酔木」に投句し、外務省の霞吟社句会や「夏草」東京散歩会にも参加。その後、一時作句を中断するが在フランクフルト総領事時代に再開し、平成元年「きたごち」同人。2年駐ドイツ特命全権公使として日独俳句交流を、6年駐バチカン大使として日伊俳句交流を推進した。著書に「フランクフルトのほそ道」、句集「荒木忠男集」「心の旅」、詩集「サン・クルーの日曜日」、共著に「デュッセルドルフのほそ道」「経済統合の鼓動」、共訳に「国際共産主義運動」などがある。

荒木 利夫　あらき・としお　詩人
明治44年（1911年）5月13日 〜 平成9年（1997年）5月12日　出京都府京都市　歴昭和26年から32年間、関西繊維機器工業会専務理事。詩誌「骨」の創立同人。　勲藍綬褒章

荒木 暢夫　あらき・のぶお　歌人
明治26年（1893年）3月28日〜昭和41年（1966

年）2月27日　[生]香川県香川郡宮脇村（高松市）　[名]本名＝荒木喬　[学]香川師範卒　[歴]北原白秋に師事して、大正4年巡礼詩社に入り、「ARS」に詩作を発表。後「煙草の花」「曼陀羅」「ザンボア」「香蘭」「短歌民族」を経て、昭和10年創刊の「多磨」に参加し、28年には「形成」の創刊に参加した。没後遺歌集「白塩集」が刊行された。

荒津 寛子　あらつ・ひろこ　詩人

昭和3年（1928年）11月8日 ～ 昭和32年（1957年）3月24日　[生]福岡県福岡市唐人町　[学]福岡女専国文科卒　[歴]福岡女専在学中から詩作を始め、上原和に師事。詩誌「椅子」「詩科」「ALMEE」などに作品を発表。また九州地方の詩人による「九州詩集」にも毎年作品を寄せ、将来を期待された。一方、昭和26年から金融事業を行い、多くの詩人や画家を世話した。32年喘息の発作のため28歳の若さで逝去した。「荒津寛子遺稿集」がある。

有賀 世治　ありが・としじ　歌人

大正6年（1917年）12月25日 ～ 平成10年（1998年）8月31日　[生]東京府下谷区下根岸（東京都台東区）　[学]東京帝国大学工学部土木工学科〔昭和16年〕卒　[歴]昭和17年内務省技術官。同年陸軍兵技学校卒業後、陸軍兵技中尉として満州関東軍築城部に赴任。戦後、シベリア抑留を経て、23年復員。24年建設省に復職。38年科学技術庁に出向、国立防災科学技術センター第一研究部長、41年武蔵工業大学工学部講師を兼任。46年東海大学工学部土木工学科教授。平成2年東海大学を退職。この間、昭和30年頃から歌作を始め、59年「青天」に入会。同誌同人。歌集に「日々過ぐ」「愛する者」がある。　[勲]勲四等旭日小綬章〔昭和63年〕

有川 美亀男　ありかわ・みきお　歌人

大正4年（1915年）1月9日～平成20年（2008年）11月2日　[生]東京都　[学]東京帝国大学国文科卒　[歴]東京帝国大学在学中から細井魚袋主宰「真人」に入会。昭和25年より群馬大学で講義し、中世文学を専門として怪異話、説話、御伽草子などの研究で知られた。55年群馬県立女子大学に移る。半世紀に及ぶ歌業は歌集「あかがね」（59年）にまとめられている。長く群馬県文学賞短歌部門の選考委員を務めるなど、群馬県歌壇で重きをなした。　[賞]高橋元吉文化賞（第17回）〔平成1年〕

有坂 赤光車　ありさか・せっこうしゃ　俳人

明治33年（1900年）1月1日 ～ 昭和61年（1986年）5月7日　[生]北海道札幌市　[名]本名＝有坂正巳　[学]明治大学中退　[歴]北海道斜里町役場職員、農協参事などを経て、司法書士。明大在学中、俳誌「層雲」に投稿して以来俳句を始め、帰郷後は「河」「人」などの同人として活躍。自らも昭和20年斜里砂丘吟社を創立し、「砂丘」を発行、主宰した。48年俳人協会会員。　[賞]斜里町文化功労賞（昭和52年度）

有沢 雨石　ありさわ・うせき　俳人

明治43年（1910年）9月30日 ～ 平成9年（1997年）12月12日　[生]山形県　[名]本名＝有沢秀次（ありさわ・ひでじ）　[学]東京帝国大学農学部実科卒　[歴]昭和26年「若葉」に投句し富安風生に師事。43年「みちのく」に投句、遠藤梧逸に師事、45年同人。47年宮城県芸術協会員。51年宮城県俳句クラブ入会、常任幹事を務めた。[賞]みちのく功労賞〔昭和50年〕

有田 静昭　ありた・しずあき　歌人

大正3年（1914年）9月4日～昭和62年（1987年）11月7日　[出]大阪府大阪市　[歴]大正15年「アララギ」に入会し、斎藤茂吉に師事。昭和28年「林泉」創刊に参加、56年代表となる。金蘭短期大学講師も務めた。歌集に「彷徨」「索須」「藤波」、著書に「子規歌論の展開」など。

有田 忠郎　ありた・ただお　詩人

昭和3年（1928年）6月19日 ～ 平成24年（2012年）3月11日　[生]長崎県佐世保市　[学]五高〔昭和25年〕卒, 九州大学文学部フランス文学科〔昭和28年〕卒　[歴]北九州大学教授を経て、昭和50年西南学院大学文学部教授。フランス近現代詩を専門とした。一方、九州大学文学部在学中から詩作を始め、丸山豊主宰の「母音」に参加。「ALM'EE」に所属。平成22年詩集「光は灰のように」で詩歌文学館賞を受賞。他の詩集に「セヴラックの夏」「蟬」、評論集に「異質のもの」「夢と秘儀」、訳書に「J.Pリシャール詩と深さ」などがある。　[賞]福岡市文学賞〔昭和59年〕「セヴラックの夏」, 詩歌文学館賞（詩部門, 第25回）〔平成22年〕「光は灰のように」

有冨 光英　ありとみ・こうえい　俳人

大正14年（1925年）10月18日～平成13年（2001年）9月27日　[生]東京府豊多摩郡（東京都）　[名]

本名＝有冨孝二郎　学陸士卒, 日本大学工学部中退　歴昭和24年「草くき」入会、宇田零雨に師事。43年宇咲冬男の「梨の芯の会」(50年「あした」に改称) に入会、編集同人。48年「四季」入会、理事・同人。53年「あいうえお」創刊代表。のち「白」に改題。句集に「市井倥偬」「日輪」「琥珀」「方行」「華景」「自解150句選」、著書に「草田男・波郷・楸邨」、共著に「俳句辞典・鑑賞」などがある。

有野 正博　ありの・まさひろ　歌人

大正3年 (1914年) 8月3日～平成16年 (2004年) 6月7日　生福岡県　歴昭和11年北原白秋の「多磨」に入会し作歌をはじめる。解散後、28年木俣修に師事して「形成」創刊に参加。53年「地脈の会」を創設し「地脈」を創刊。58年豊洋歌人協会会長。歌集「系譜」がある。

有馬 いさお　ありま・いさお　俳人

昭和9年 (1934年) 9月18日 ～ 平成13年 (2001年) 3月14日　生京都府　名本名＝有馬伊佐男　学和歌山大学経済学部卒　歴昭和32年「天狼」入会、山口誓子の門に入る。36年「運河」入会、右城暮石の指導を受ける。38年「運河」同人。その後「天狼」会友となる。

有馬 籌子　ありま・かずこ　俳人

明治43年 (1910年) 7月18日 ～ 平成17年 (2005年) 1月9日　生三重県津市　学津高女卒　歴昭和4年高浜虚子門下の有馬石丈と結婚。7年より虚子の手ほどきを受け、10年頃より「ホトトギス」に投句。21年夫を亡くし作句を中断するが、長男の朗人の影響により30年から山口青邨に学び、34年「夏草」同人。38年菅裸馬の「同人」に参加。44年「同人」雑詠選者、62年主宰。平成14年主宰を退く。句集に「冬牡丹」「日々は旅」「ひとりの鍵」。　賞夏草新人賞〔昭和33年〕, 夏草功労賞〔昭和48年〕　家夫＝有馬石丈 (俳人), 長男＝有馬朗人 (俳人)

有馬 草々子　ありま・そうそうし　俳人

明治30年 (1897年) 10月14日～昭和44年 (1969年) 12月5日　生山口県熊毛郡三丘村 (周南市)　名本名＝有馬貢, 別名＝有馬光城 (ありま・みつぎ)　歴旧常陸宍戸藩の門閥の家に生まれ、美濃派俳諧の宗匠の家で育ち、幼少の頃から俳句を嗜む。徳山中在学中から油絵に没頭し、上京後は美術学校に入学。この間、岸田劉生から油絵を、北原白秋から詩歌を学んだ。間もなく同校を退学して帰郷。大正年間は新興俳句に惹かれ自由律俳句や片仮名俳句に傾倒する一方、芸術写真にも興味を示す。昭和10年代後半には次第に写真から離れて俳句に打ち込むようになり、飯田蛇笏主宰の「雲母」を中心に活躍。24年同誌同人。また郷里の三丘村長も務め、31年初代熊毛町長となった。句集に「野鶴頌」「草の中」がある。　賞雲母寒夜句三昧個人賞〔昭和24年〕

有本 芳水　ありもと・ほうすい　詩人

明治19年 (1886年) 3月3日 ～ 昭和51年 (1976年) 1月21日　生兵庫県姫路市　名本名＝有本歓之助, 別号＝芳波　学早大高等師範部国文科〔明治42年〕卒　歴関西中学時代から芳波、芳水と号して同人雑誌「血汐」(のち「白虹」に改題) に短歌や詩を発表。次いで「新潮」「文庫」「新声」などにも新体詩を寄稿。明治38年早大高等師範部に進んだ後は若山牧水、正富汪洋、前田夕暮らと車前草社 (おおばこしゃ) を結成、河井酔茗の詩草社にも参加した。42年実業之日本社に入社。雑誌「婦人世界」から「日本少年」記者となり、45年同誌主筆に就任。少年向けの詩や小説を次々と発表して読者から絶大な支持を受け、一時は20万部を発行するに至った。大正3年同誌に掲載された詩を集めて刊行された「芳水詩集」は300版近く版を重ねるベストセラーとなる。8年「実業之日本」編集長。昭和4年実業之日本社取締役となるが、19年同社を退職。20年妻の郷里である岡山に帰住し、同地の高校、短大、大学で明治を中心とした日本近代文学を講じた。他の詩集に「ふる郷」「悲しき笛」「海の国」、回想録「笛鳴りやまず」などがある。　勲勲四等瑞宝章〔昭和40年〕　賞日本児童文芸家協会児童文化功労者 (第2回)〔昭和35年〕, 岡山県文化賞〔昭和44年〕

有本 銘仙　ありもと・めいせん　俳人

明治32年 (1899年) 1月20日 ～ 昭和41年 (1966年) 7月3日　生兵庫県姫路市　名本名＝有本義雄　歴昭和9年頃から斎藤俳小星の指導を受け、「ホトトギス」「若葉」「夏草」に投句。のち、「夏草」同人となる。秩父で織物仲買業を営み、俳号は秩父銘仙に拠った。

有賀 辰見　あるが・たつみ　俳人

大正9年 (1920年) 6月30日 ～ 平成15年 (2003年) 5月5日　生長野県辰野町　名本名＝山寺辰見　学伊北農商卒　歴昭和22年木村蕪城に師事。25年には山口青邨に師事し、同年「夏炉」入会。26年「夏草」入会、31年同人となる。52

年「夏炉」同人。句集に「鳳仙花」「町」がある。 賞夏草新人賞〔昭和30年〕, 夏草功労賞〔昭和52年〕, 夏炉彩雲賞〔平成7年〕

粟津 松彩子　あわず・しょうさいし　俳人
明治45年(1912年)3月19日〜平成17年(2005年)2月18日 生京都府京都市 名本名=粟津菊雄(あわず・きくお) 歴昭和5年「ホトトギス」初入選。田中王城につき、14年王城没後は高浜虚子、年尾についた。24年「ホトトギス」同人。年尾病臥後は稲畑汀子に師事。句集に「松彩子句集」「月牙」「あめつち」など。

阿波野 青畝　あわの・せいほ　俳人
明治32年(1899年)2月10日〜平成4年(1992年)12月22日 生奈良県高市郡高取町 名本名=阿波野敏雄(あわの・としお), 旧姓・旧名=橋本 学畝傍中〔大正7年〕卒 歴大正6年高浜虚子の門に入り師事。昭和4年主宰誌「かつらぎ」創刊。同年「ホトトギス」同人となり、秋桜子・素十・誓子とともに四Sと称せられ、昭和俳句の輝かしい出発点となった。作風は暖かい人間味とそこから生れるユーモアとに特徴がある。38年俳人協会顧問、50年同会関西支部長。同年〜52年大阪俳人クラブ初代会長。この間44年より「よみうり俳壇」選者。平成2年「かつらぎ」主宰を森田峠に譲る。句集に「万両」「花下微笑」「国原」「春の鳶」「紅葉の賀」「甲子園」「除夜」など10冊、俳論集に「俳句のこころ」がある。11年「阿波野青畝全句集」(花神社)が刊行される。 勲勲四等瑞宝章〔昭和50年〕 賞蛇笏賞(第7回)〔昭和48年〕「甲子園」, 西宮市民文化賞〔昭和48年〕, 大阪府芸術賞〔昭和49年〕, 兵庫県文化賞〔昭和60年〕, 詩歌文学館賞(第7回)〔平成4年〕 家妻=曽祇もと子(俳人)

安西 均　あんざい・ひとし　詩人
大正8年(1919年)3月15日〜平成6年(1994年)2月8日 生福岡県筑紫郡筑紫村(筑紫野市) 名本名=安西均(やすにし・ひとし) 学福岡師範本科〔昭和12年〕中退 歴出版社勤務を経て、昭和19年朝日新聞西部本社入社。24年東京へ転勤。35年日本デザインセンターに入社し、営業を担当。45年頃から文筆生活に入る。詩作は昭和12、3年頃から始め、戦時中、東京で伊藤圭一らと「山河」を創刊。戦後谷川雁らの「母音」や「地球」などを経て、「山の樹」「歴程」同人。56〜57年日本現代詩人会会長を務めた。平成5年日本キリスト教詩人会を結成、会長となる。詩集に「花の店」「美男」「葉の桜」「夜の驟雨」「金閣」「暗喩の夏」「詩歌粒々」「チェーホフの猟銃」「晩夏光」などがあり、評論集に「私の日本詩史ノート」「やさしい詩学」などがある。 勲勲四等瑞宝章〔平成5年〕 賞現代詩花椿賞(第1回)〔昭和58年〕「暗喩の夏」, 現代詩人賞(第7回)〔平成1年〕「チェーホフの猟銃」

安西 冬衛　あんざい・ふゆえ　詩人
明治31年(1898年)3月9日〜昭和40年(1965年)8月24日 生奈良県奈良市水門町 名本名=安西勝 学堺中卒 歴中学卒業後、大正8年から昭和8年まで満州に渡り、帰国後の10年堺市吏員となる。在満中の大正10年右脚を切断、その頃から詩作を始める。13年北川冬彦らと「亜」を創刊。昭和3年「詩と詩論」の創刊に参加し、4年第一詩集「軍艦茉莉」を刊行。新散文詩運動の推進者として活躍し、他の詩集に「亜細亜の鹹湖」「大学の留守」「韃靼海峡と蝶」「座せる闘牛士」など。死後の41年生前の詩業に対して歴程賞が与えられた。「安西冬衛全集」(全10巻・別1巻, 宝文館)がある。 賞歴程賞(第4回)〔昭和41年〕 家息子=安西二郎(追手門学院大学教授)

安生 長三郎　あんじょう・ちょうさぶろう　俳人
明治41年(1908年)11月23日〜平成1年(1989年)3月14日 生栃木県上都賀郡 学旧制中学卒 歴昭和22年「木太刀」に入り、星野麦人の手ほどきを受ける。36年富安風生主宰「若葉」、38年上野泰主宰「春潮」入会。のち菊の香会主宰。

安藤 五百枝　あんどう・いおえ　俳人
大正5年(1916年)8月30日〜平成13年(2001年)12月23日 生秋田県 学秋田商卒 歴少年時代、父和風に俳句の手ほどきを受ける。昭和22年「ほむら」創刊し、代表同人となる。翌年全県の連合体、秋田県俳句懇話会を興し代表幹事を務めた。また秋田魁新報社文化部長、社会部長、編集局次長、常務・主筆を歴任した。 賞秋田県文化功労章 家父=安藤和風(ジャーナリスト)

安藤 一郎　あんどう・いちろう　詩人
明治40年(1907年)8月10日〜昭和47年(1972年)11月23日 生東京市芝区南佐久間町(東京都港区) 学東京外国語学校英語部卒 歴中学時代から詩作し「太平洋詩人」「近代風景」など

に投稿する。東京外語卒業後、府立六中教諭となり、米山高工を経て、昭和16年東京外語助教授に就任。その間、5年に「思想以前」を刊行して詩壇に登場し、また英文学者として「ダブリン市民」などを翻訳する。戦後も「ポジション」「経験」「遠い旅」などの詩集を刊行。またロレンスなどの詩を翻訳する一方、「二〇世紀の英米詩人」などの研究書を刊行するなどして、38年現代詩人会会長に就任。英米モダニズム系の詩人、英米文学研究者として活躍した。

安藤 香風　あんどう・こうふう　俳人

大正3年（1914年）2月21日～平成3年（1991年）5月14日　生愛知県東加茂郡阿摺村　名本名＝安藤正豊　学高小卒　歴昭和22年俳句を始める。26年「ホトトギス」虚子選入選。「年輪」「竹島」を経て、36年村井三豆主宰「淡青」に入り、のち同人。伊藤観魚の教えを最も深く受ける。46年「天狼」誌友、51年村上冬燕主宰「樅」同人。句集に「銀屛」。

安藤 姑洗子　あんどう・こせんし　俳人

明治13年（1880年）12月1日～昭和42年（1967年）10月19日　生茨城県　名本名＝安藤俊雄，号＝鷗洲，枕翠廬　歴警部、市役所吏員、政友会役員などを勤めたが、明治38年頃から俳句を始め、松根東洋城の国民俳壇に投句する。大正4年「石楠」に、14年「枯野」に参加し、昭和3年から34年まで「枯野」改題の「ぬかご」を主宰した。句集に「草林」「露滴」がある。

安藤 佐貴子　あんどう・さきこ　歌人

明治43年（1910年）10月25日～平成11年（1999年）9月16日　生神奈川県　名本名＝尾関佐貴　学東洋大学文学部中退　歴昭和6年「歌と観照」創刊とともに入社。21年夫・尾関栄一郎の「遠天」に加盟。32年代替誌「地表」の編集代表者となる。50年「遠天」復刊により移籍。61年夫の死により同誌を主宰。歌集に「山径」「樹林」「木魂」「歳月」がある。39年より栃木刑務所女子収容者の作歌指導。その作品集「ともしび」「あすなろ」を刊行。　家夫＝尾関栄一郎（歌人）

安東 次男　あんどう・つぐお　詩人　俳人

大正8年（1919年）7月7日～平成14年（2002年）4月9日　生岡山県苫田郡東苫田村沼（津山市）　名号＝流火　学東京帝国大学経済学科〔昭和17年9月〕卒　歴東京帝大在学中、加藤楸邨について俳句を学び、「寒雷」に投句。昭和21年金子兜太らと句誌「風」を創刊。24年詩誌第二次「コスモス」に参加し、25年第一詩集「六月のみどりの夜わ」を刊行。以来、詩人として卓越した資質を広く認められる。41～57年東京外国語大学教授。フランス文学の翻訳・紹介を手がけるが、37年頃から古典和歌ならびに俳諧の評釈に力を注ぎ、比較文化及び解釈学に新境地を開いた。詩集に「蘭」「CALENDRIER」「人それを呼んで反歌という」「死者の書」、句集に「裏山」「昨（きそ）」「花筧」「流」、詩批評・研究書に「澱河歌の周辺」「芭蕉」「百人一首」「風狂余韻」「与謝蕪村」「藤原定家」「花づとめ」「時分の花」「連句入門―蕉風誹諧の構造」「芭蕉七部集評釈」「風狂始末〈正続〉」「芭蕉百五十句」、古美術随筆に「拾遺亦楽」「骨董流転」、翻訳に「エリュアール詩集」など。他に「安東次男著作集」（全8巻，青土社）がある。　勲勲四等旭日小綬章〔平成13年〕　賞芸術選奨文部大臣賞（第41回）〔平成3年〕「風狂余韻」，読売文学賞（評論・伝記賞，第14回）〔昭和37年〕「澱河歌の周辺」，歴程賞（第14回）〔昭和51年〕「安東次男著作集」，詩歌文学館賞（第12回）〔平成9年〕「流」

安藤 寛　あんどう・ひろし　歌人

明治25年（1892年）10月24日～平成5年（1993年）1月19日　生佐賀県多久市　学長崎高商卒　歴大正8年佐佐木信綱の竹柏会に入会、新井洸の指導を受ける。「心の花」同人として同誌編集委員も務めた。歌集に「山郷」「千林」「二水」「二水以後」がある。

安藤 雅郎　あんどう・まさろう　詩人

大正14年（1925年）1月15日～平成9年（1997年）1月10日　生香川県三豊郡詫間町（三豊市）　名本名＝安藤雅実（あんどう・まさみ）　歴昭和21年四国鉄道局内で四鉄詩話会を結成、28年より「四鉄詩人」を発行。49年国鉄を退職。平成6年四国詩人の会代表、高松市文芸協会会長。8年香川県詩人協会会長に就任した。詩集に「道」「春が来る」がある。

安藤 まどか　あんどう・まどか　川柳作家

昭和22年（1947年）12月25日～平成26年（2014年）1月25日　出兵庫県姫路市　名本名＝安藤久美子（あんどう・くみこ），号＝望月こりん　歴川柳作家・エッセイストの時実新子の長女。母主宰の「月刊川柳大学」発行人や、母のオフィシャルウェブサイト「時実新子の川柳大学」管理人を務めた。自身も“望月こりん”の号で川

柳を発表した。著書に「わが母 時実新子―母からのラブレター」がある。 家母＝時実新子（川柳作家・エッセイスト）

安藤 美保　あんどう・みほ　歌人
昭和42年（1967年）1月1日～平成3年（1991年）8月28日 生愛知県 学お茶の水女子大学文教育学部国文科卒, お茶の水女子大学大学院中世日本文学専攻修士課程 歴湘南高時代に歌作を始める。大学入学後の昭和61年頃から新聞、雑誌、テレビなどに短歌を投稿。62年「心の花」を通して佐佐木幸綱に師事。平成2年「歌壇」5月号で佐佐木から'90年代のホープに推薦された。3年修士論文のため京都への研修旅行中転落事故で死去。4年両親により遺歌集「水の粒子」が出版された。 賞ながらみ現代短歌賞特別賞（第1回）〔平成5年〕「水の粒子」

安養 白翠　あんよう・はくすい　俳人
明治43年（1910年）8月7日～平成11年（1999年）8月28日 生富山県高岡市 名本名＝安養甚蔵（あんよう・じんぞう） 歴昭和4年山口花笠の「水声」に入る。7年「馬酔木」に投句。10年「草上」に入り、伊東月草に師事。22年幹部同人として「古志」発刊を企画。44年「河」に同人として参加。句集に「夏天」「玄髪抄」「山坂」。 賞河賞〔昭和50年〕, 秋燕賞〔昭和55年〕

安立 スハル　あんりゅう・すはる　歌人
大正12年（1923年）1月28日～平成18年（2006年）2月26日 生京都府京都市山科 学桃山高女卒 歴胸部疾患のため療養生活に入り、昭和14年作歌を始める。16年「多磨」に入会、28年「コスモス」創刊に参加。歌集に「この梅生ずべし」。 賞コスモス賞（第3回）〔昭和31年〕, 日本歌人クラブ推薦歌集（第11回）〔昭和40年〕「この梅生ずべし」

【い】

井伊 文子　いい・ふみこ　歌人
大正6年（1917年）5月20日～平成16年（2004年）11月22日 生東京市麴町区（東京都千代田区） 出沖縄県 名旧姓・旧名＝尚 学女子学習院本科〔昭和9年〕卒 歴旧琉球王家に生まれ、曽祖父は最後の琉球王である尚泰。大正12年佐佐木信綱に師事し、竹柏会入会。昭和24年「新日光」会員となり、日本歌人クラブ入会。27年より新短歌に転向し、表現社に入会。28年新短歌社に入社し、同人として活躍。一方、12年井伊直弼の曽孫にあたる直愛と結婚。47年本土と沖縄をつなぐ人材の育成をめざす仏桑華の会を結成、会長を務めた。歌集に「浄命」「鷺ゆく空」「春の吹雪」「環礁」「孤心抄」「鉢あわせ」、随筆集に「樹草と共に」「翠柳居随想」「井伊家の猫たち」などがある。 賞琉球新報賞（第24回）〔昭和63年〕, 彦根市功労者賞 家夫＝井伊直愛（彦根市長・井伊家第16代当主）, 父＝尚昌（式部官）

飯尾 峭木　いいお・しょうぼく　俳人
明治19年（1886年）7月21日～昭和46年（1971年）11月1日 生大阪府 名本名＝飯尾昌穆, 別号＝飯尾朮々亭 学大阪商業卒 歴戦後、参議院参事、青山学院大学講師などを務めた。俳句は永尾宋斤に師事して「早春」に拠ったが、のち同誌をはなれ、昭和7年「俳句春秋」を創刊、没年まで主宰した。著書に「現代俳句の構成」がある。

飯岡 幸吉　いいおか・こうきち　歌人
明治31年（1898年）6月29日～昭和48年（1973年）7月17日 生神奈川県 学横浜商業学校卒 歴昭和3年「アララギ」に入会し、「アララギ」同人。28年広野三郎等と「久木」を創刊、のち同誌代表。歌集に「港の風」「港の丘」「港の空」がある。 賞横浜文化賞〔昭和42年〕

飯岡 亨　いいおか・とおる　詩人
昭和6年（1931年）9月5日～平成10年（1998年）7月24日 出東京都 学豊南高卒 歴昭和26年前田鉄之助の詩洋社に入社し、27年習志野療養所で詩誌「海底」を創刊。28年TAPに入会、29年編集責任者となるが、翌年退く。これよりさき20年に「輪の会」を創刊、編集にあたり、61年廃刊した。「山脈」に所属。詩集に「飯岡亨詩集」「秩父」「伝説」「支那事変」など。

飯島 鶴城　いいじま・かくじょう　俳人
明治35年（1902年）1月16日～昭和61年（1986年）12月13日 生埼玉県 名本名＝飯島治平（いいじま・じへい） 学養蚕専卒 歴昭和6年「上武俳句会」入会。13年「樫吟社」、49年「やまびこ」入会。56年「想思樹」編集同人。埼玉俳句連盟常任理事運営委員も務めた。 賞やまびこ俳句作家賞〔昭和53年〕

飯島 耕一　いいじま・こういち　詩人

昭和5年（1930年）2月25日～平成25年（2013年）10月14日　生岡山県岡山市門田　学東京大学文学部仏文学科〔昭和27年〕卒　資日本芸術院会員〔平成20年〕　歴昭和31年国学院大学講師、44年同教授、48年明治大学教授を歴任。45年、57年在外研究員として在パリ。一方、旧制六高在学中から詩作を始め、東大在学中、詩誌「カイエ」を創刊。シュペルヴィエルに影響を受け、28年第一詩集「他人の空」を刊行。その後、「今日」「鰐」に参加。平成12年明治大学教授を退職。20年日本芸術院会員。著書に、詩集「ゴヤのファースト・ネームは」「虹の喜劇」「浦伝い、詩型を旅する」、小説「暗殺百美人」「小説平賀源内」、評論集「シュルリアリスムの彼方へ」「萩原朔太郎」「北原白秋ノート」「シュルレアリスムという伝説」「定型論争」など多数。著作集成「飯島耕一・詩と散文」（全5巻, みすず書房）がある。　賞高見順賞〔昭和49年〕「ゴヤのファースト・ネームは」, 歴程賞〔昭和53年〕「飯島耕一詩集」「北原白秋ノート」, 現代詩人賞〔昭和58年〕「夜を夢想する小太陽の独言」, Bunkamuraドゥマゴ文学賞（第6回）〔平成8年〕「暗殺百美人」, 読売文学賞（詩歌俳句賞, 第56回, 平成16年度）〔平成17年〕「アメリカ」, 詩歌文学館賞（現代詩部門, 第20回）〔平成17年〕「アメリカ」　家長男＝飯島洋一（建築評論家）

飯島 宗一　いいじま・そういち　歌人

大正11年（1922年）11月28日～平成16年（2004年）3月1日　生長野県岡谷市　出長野県上田市　学名古屋帝国大学医学部医学科〔昭和21年〕卒, 名古屋大学大学院医学研究科病理学専攻特別研究生博士課程修了　歴昭和27年名古屋大学医学部講師、36年広島大学教授を経て、44年46歳で同大学長に就任。53年名古屋大学医学部教授に転じ、55年医学部長、56年学長。62年退任。被爆病理学の第一人者で原爆傷害の病理学的研究で世界的に知られ、米陸軍に接収されていた被爆直後の解剖資料を日本に返還させ、各地に散らばっていた研究資料を広島大学、長崎大学の資料館に収集・整理した。傍ら、平和運動にも力を注いだ。また、アララギ派の歌人で歌集「水鷹苅（みこもかり）」があり、歌会始の召人にも選ばれた。　勲勲一等瑞宝章〔平成8年〕　賞中日文化賞（第50回）〔平成9年〕

飯島 正　いいじま・ただし　詩人

明治35年（1902年）3月5日～平成8年（1996年）1月5日　生東京都　学東京帝国大学文学部仏文科〔昭和4年〕卒　歴東京帝国大学文学部仏文科在学中から映画批評を書きはじめ、大正11年より「キネマ旬報」同人となる。傍ら大宅壮一、手塚富雄らの第七次「新思潮」や、梶井基次郎、外村繁、中谷孝雄らの「青空」などにも参加し、小説や詩、戯曲も含めた幅広い文筆活動を進めた。特に詩に関しては「詩と詩論」「詩・現実」などに映画美学の研究と関わらせた作品を発表。昭和3年処女評論集「シネマのABC」を刊行、それまで感想文の域を脱しなかった映画評論を大成させた第一人者として知られる。またフランス文学にも精通し、当時日本において外国映画といえば米国映画に偏りがちだった中で、フランス前衛映画の紹介に努めた。32年早稲田大学演劇科教授の教授に就任し、映画論を講じた。45年「前衛映画理論と前衛芸術」で文学博士号を取得するとともに芸術選奨文部大臣賞を受けた。　勲イタリア文化勲章〔昭和28年〕　賞芸術選奨文部大臣賞〔昭和46年〕「前衛映画理論と前衛芸術」

飯島 晴子　いいじま・はるこ　俳人

大正10年（1921年）1月9日～平成12年（2000年）6月6日　生京都府久世郡富野庄村（城陽市）　学京都府立第一高女〔昭和13年〕卒, 田中千代服装学院〔昭和15年〕卒　歴昭和34年能村登四郎に師事。39年「鷹」創刊に参加、のち同人。60年1～6月朝日新聞俳句時評担当、61年から1年間共同通信の俳句時評担当。叙情的な句や、言葉の組み合わせで非日常の世界を作り出す俳風で知られ、評論活動も行う。句集に「蕨手」「朱田」「春の蔵」「花木集」「八頭」「寒晴」「儚々」、俳論集に「葦の中で」「俳句発見」の他、「飯島晴子全句集」などがある。平成12年6月老人性うつ病のため遺書を残し自殺。　賞馬酔木新樹賞佳作入選（3回）〔昭和37年〕, 鷹賞（第1回）〔昭和41年〕, 蛇笏賞（第31回）〔平成9年〕「儚々」

飯島 正治　いいじま・まさはる　詩人

昭和16年（1941年）9月～平成22年（2010年）9月7日　出長野県中野市　学日本大学芸術学部卒　歴埼玉新聞社に入社。編集局次長兼文化部長を務めた。詩人としても活動し、詩誌「風」同人。詩集「無限軌道」で埼玉文芸賞を受賞。他の詩集に「帰還伝説」がある。　賞埼玉文芸賞（第23回）〔平成4年〕「無限軌道」

飯島 蘭風　いいじま・らんぷう　俳人
大正2年（1913年）4月4日～平成10年（1998年）3月14日　生神奈川県川崎市　名本名＝飯島敏郎（いいじま・としろう）　学生田尋常高小卒　歴昭和39年石川桂郎に師事。40年「風土」同人。44年俳人協会会員。51年「風土」同人会会長、平成7年名誉会長。昭和61年俳人協会川崎会会長。句集に「寒茜」「宵闇魔」。　賞風土功労賞〔平成1年〕

飯塚 秀城　いいずか・しゅうじょう　俳人
大正8年（1919年）6月29日～昭和60年（1985年）9月19日　生群馬県　名本名＝飯塚城司（いいずか・じょうじ）　学前川英学院卒　歴昭和24年労働基準監督官となり、53年退職。この間、17年「馬酔木」入会、42年「鯱」入会、同人。42年より札幌馬酔木会幹事。　賞鯱賞〔昭和53年〕

飯塚 田鶴子　いいずか・たずこ　俳人
大正6年（1917年）9月20日～平成9年（1997年）9月5日　生東京都文京区　学大妻専卒　歴昭和41年「山火」入会、福田蓼汀の指導を受け、45年同人。句集に「田鶴」「風切羽」「自註 飯塚田鶴子句集」。　賞山火賞〔昭和47年〕，蓼汀賞（第9回）〔平成9年〕

飯泉 葉子　いいずみ・ようこ　俳人
昭和11年（1936年）4月15日～平成19年（2007年）12月6日　生茨城県　歴昭和50年大竹孤悠に師事し、「かびれ」入会、同編集同人。著書に「句集冬の虹」「花月夜―飯泉葉子句集」がある。　賞かびれ新人賞（第34回）〔昭和61年〕，かびれ賞（第40回）〔平成2年〕

飯田 蛇笏　いいだ・だこつ　俳人
明治18年（1885年）4月26日～昭和37年（1962年）10月3日　生山梨県東八代郡五成村小黒坂（笛吹市）　名本名＝飯田武治，別号＝山廬　学早稲田大学英文科〔明治42年〕中退　歴幼い頃から父の主宰する句会に出席し、句作を始める。17歳で上京し、早大入学後は小説にも手をそめたが、早稲田吟社に参加し、明治40年からその中心人物となり、「国民新聞」「ホトトギス」などに投句、新進の俳人として認められる。大正4年「キララ」が創刊され、2号より雑詠選を担当。6年主宰を引き受け「雲母」と改題し、以後、生涯孤高の俳人として活躍。「山廬集」「山響集」「雪峡」「家郷の霧」「椿花集」など10句集の他、「穢土寂光」「美と田園」「田園の霧」「山廬随筆」などの随筆集、「俳句道を行く」「現代俳句の批判と鑑賞」などの評論・評釈集と著書は数多い。没後、「飯田蛇笏全句集」（角川書店）が刊行され、また、42年蛇笏賞が角川書店により設定された。　家四男＝飯田龍太（俳人）

飯田 棹水　いいだ・とうすい　歌人
明治40年（1907年）8月12日～平成13年（2001年）12月17日　生滋賀県　名本名＝飯田菅次郎　歴中学時代より作歌を始め、神戸高商歌会に属した。昭和31年渡辺朝次に師事し、「覇王樹」に入会・同人。45年「関西覇王樹」を創設して、編集同人・発行所。49年大阪歌人クラブを創立し常任理事・事務局長を務めた。「大阪万葉集」の刊行により、57年大阪府文化芸術団体賞を受賞。歌集に「華」「清泉」、小説に「暖簾」などがある。

飯田 藤村子　いいだ・とうそんし　俳人
大正3年（1914年）1月4日～平成7年（1995年）7月14日　生千葉県東葛飾郡　名本名＝飯田新次　学八木小3年修了　歴昭和7年矢田挿雲の「千鳥」に入る。以後吉田冬葉の「獺祭」、中村素山の「虎落笛」同人。32年流山俳句会誌「黄楊」主宰。49年「河」、54年「人」同人。句集に「和円」「弘法麦」「知足」がある。

飯田 莫哀　いいだ・ばくあい　歌人
明治29年（1896年）10月27日～昭和56年（1981年）6月2日　生神奈川県高座郡海老名町　名本名＝飯田昇　学日本大学社会学科〔大正10年〕中退　歴大正4年白日社に入社し「詩歌」同人となり、以後「あさひこ」「覇王樹」に参加し、昭和7年「山火」を、19年「海原」を刊行。大正15年帝国水難救済会に勤め、のち八雲書店、天弦社に勤めた。

飯田 善国　いいだ・よしくに　詩人
大正12年（1923年）7月10日～平成18年（2006年）4月19日　生栃木県足利郡（足利市）　学慶応義塾大学文学部美学専攻〔昭和24年〕卒，東京芸術大学油絵科〔昭和28年〕卒　歴戦後、慶応義塾大学文学部で美学美術史を学んだのち、東京芸術大学油画科で梅原龍三郎に師事。個展やグループ展での発表を続け、昭和31年本格的に油絵を修業するため渡欧。33年現代画家ヴォイスの回顧展に衝撃を受け、筆を折って彫刻に転向した。47年詩人・西脇順三郎との詩画集「クロマトポイエマ」を刊行したのを機に、アルファベットと色彩を結びつけた独自の構想を展開。その後、多面体を多色のナイロンロープで結ぶ〈多面体〉シリーズを連作。晩年は再び木を用いた彫刻に取り組んだ。詩作も10代から続け、詩集や評論を発表。著書に「ピカソ」「見えない彫刻」「震える空間」「円盤の五月」「妖精の距離」、詩集「ナンシーの鎧」「見知らぬ町で」などがある。

飯田 龍太　いいだ・りゅうた　俳人
大正9年（1920年）7月10日 ～ 平成19年（2007年）2月25日　生山梨県東八代郡境川村小黒坂（笛吹市）　学国学院大学文学部国文科〔昭和22年〕卒　資日本芸術院会員〔昭和59年〕　歴俳人・飯田蛇笏の四男。昭和15年折口信夫に惹かれ国学院大学に入学したが、肺浸潤を患い、22年卒業。この間、次兄を病で、長兄と三兄を戦争で失い、郷里に帰って家を継ぐことになった。句作は大学休学中にはじめ、22年より父の主宰する「雲母」の編集に携わる一方、「俳句」「俳句研究」などに作品及び評論を発表。26年から山梨県立図書館に勤めたが、3年後に退職して俳句に専念。29年第一句集「百戸の谿」を刊行。37年父が亡くなり「雲母」を継承・主宰。全国に4000人の会員を擁する一大結社に育て、福田甲子雄、広瀬直人らを輩出したが、平成4年900号を以て廃刊、自らも第一線を退き、大きな話題となった。その後は16年まで蛇笏賞の選考を続けた他は、一切の作品発表や活動を止めた。56年日本芸術院賞恩賜賞を受賞。59年日本芸術院会員。毎日俳壇選者も務めた。他の句集に「童眸」「麓の人」「春の道」「山の木」「涼夜」「今昔」「山の影」「遅速」があり、随筆・評論集に「無数の目」「俳句の魅力」「思い浮ぶこと」「山居四望」「秀句の風姿」「紺の記憶」「鑑賞歳時記」（全4巻）などがある。　勲紫綬褒章〔昭和58年〕　賞日本芸術院賞恩賜賞〔昭和55年〕，山梨文学賞（第2回）〔昭和24年〕，山日文学賞（第1回）〔昭和31年〕，現代俳句協会賞（第6回）〔昭和32年〕，読売文学賞（詩歌俳句賞，第20回）〔昭和43年〕「忘音」　家父＝飯田蛇笏（俳人）

飯沼 喜八郎　いいぬま・きはちろう　歌人
大正3年（1914年）1月15日 ～ 平成11年（1999年）2月28日　生茨城県水海道市　学大東文化学院卒　歴旧制中学時代より作歌を始め、昭和9年大東文化学院在学中に「歌と観照」に参加、岡山巌の指導を受ける。13年同人。教員生活の傍ら、創作活動を続け、21年「遠天（おんてん）」の創刊に同人参加、尾関栄一郎に師事。32年7月より「地表」と改題、編集責任者を務める。49年群馬県立中央高校校長を最後に退職。歌集に「斧の音」「樹影」「無方の空」、論集に「短歌の周辺」「小倉百人一首の鑑賞と文法的考察」などがある。　賞風雷文学賞（第15回，短詩形部門）〔平成5年〕，高橋元吉文化賞

飯野 栄儒　いいの・えいじゅ　俳人
昭和8年（1933年）3月9日～平成23年（2011年）2月25日　生山形県山形市　学上山農中退　歴中学卒業後、句作に没頭。「楽浪」の佐藤南山寺の手ほどきを受ける。「河」同人。角川源義亡きあとは進藤一考の「人」同人。山形県内では「胡桃」「青茱萸」「花径」「地下水」などに出句。句集に「稲妻」「出羽路」がある。一方、昭和54年以来山形県議に4選。平成7年引退。　勲勲五等双光旭日章〔平成15年〕

飯村 亀次　いいむら・かめじ　詩人
大正14年（1925年）1月2日 ～ 昭和52年（1977年）2月17日　生千葉県　歴昭和15年国鉄に入社。新宿駅・品川駅・巣鴨駅などに勤務する傍ら、国鉄詩人連盟に所属して詩作活動を展開。連盟の機関誌「国鉄詩人」をはじめ、連盟編集の「鉄道労働詩集」「鉄路のうたごえ」それ以後に刊行の「国鉄詩集」に詩を発表。また、遠地輝武らの「新日本詩人」（第一次・第二次）にも参加した。詩集に「制服」がある。

井内 勇　いうち・いさむ　俳人
明治36年（1903年）1月5日～平成6年（1994年）8月11日　生長野県　学東京帝国大学経済学部卒　歴昭和26年旭電化工業の俳句会が篠田悌二郎の指導を受けることとなり「野火」入会、44年同人。　賞野火賞〔昭和56年〕

井内 多津男　いうち・たつお　俳人
大正10年（1921年）7月20日 ～ 平成24年（2012年）8月1日　生東京都　名本名＝井内一（いうち・はじめ）　学札幌商工学校卒　歴「鳴子」「緑野」を経て、昭和38年「天狼」に入会して山口誓子に師事。56年同人。のち「天伯」入会。賞大阪文化祭賞（大阪市長賞）〔昭和38年〕，関西俳句大会朝日新聞社賞〔昭和44年〕，天狼コロナ賞〔昭和54年〕，天狼賞〔昭和56年〕

井浦 徹人　いうら・てつじん　俳人
明治28年（1895年）～昭和46年（1971年）　歴新聞記者を経て著述業に専念。一方、高浜虚子門として作句に励み昭和8年「峠」創刊。29年からは「あきあじ」を創刊・主宰した。著書に「おびひろ今と昔」など。　賞帯広市文化賞

家木 松郎　いえき・まつろう　俳人
明治28年（1895年）2月6日～昭和63年（1988年）8月10日　生富山県富山市　名本名＝家城秀哲　学金沢医専卒　歴スイスのベルン大学に留学後、富山市で医院を経営、戦後立山町に移った。俳句では昭和36年に層雲賞を受賞、40年に「海程」同人となり、42年から現代俳句協会会員。　賞層雲賞〔昭和36年〕

井尾 望東　いお・ぼうとう　俳人
大正2年（1913年）8月7日～平成10年（1998年）3月7日　出福岡県福岡市　名本名＝井尾正隆　学長崎医大附属薬学専門部卒　歴福岡県警察本部犯罪科学研究所長、久留米大学医学部講師などを歴任。俳句は昭和12年から河野静雲に学ぶ。16年「ホトトギス」に入門、高浜虚子・年尾、稲畑汀子に師事。48年同人。39年江口竹亭の「万灯」に入り、平成6年竹亭没後の主宰を継承した。日本伝統俳句協会幹事、九州支部副部長などを務めた。　賞福岡市文学賞〔昭和59年〕

五百旗頭 欣一　いおきべ・きんいち　詩人
大正2年（1913年）7月5日～昭和53年（1978年）10月15日　生兵庫県姫路市　学本郷中卒　歴初め俳句を書いていたが、昭和15年ごろより詩に転じ、「詩叢」「新詩論」「日本詩壇」「四季」「詩季」などに作品を発表した。詩集に「かへり花」「郷里」「旅路」などがある。

庵 達雄　いおり・たつお　俳人
昭和3年（1928年）12月5日～平成22年（2010年）10月15日　生埼玉県　歴昭和47年「萬緑」入会。52年「萬緑」同人。句集に「絡子」がある。　賞俳人協会大会賞〔昭和49年〕，萬緑新人賞〔昭和51年〕

伊賀 ふで　いが・ふで　詩人
大正2年（1913年）～昭和42年（1967年）4月8日　生北海道釧路市春採　名号＝秋月　歴アイヌとして生まれ、アイヌ民族学校を卒業。農家に3年間奉公した後、昭和10年結婚するが、34年夫が事故死。6人の子どもを育てながら、39年詩や物語の執筆を始め、また秋月の号で俳句を作った。他に彫刻、刺繍、習字、油絵、イラストにも取り組んだ。没後、平成13年長女でアイヌ解放運動家のチカップ美恵子の手により、創作ノートや日記の一部が出版された。　家長男＝伊賀久幸（北海道ウタリ協会釧路支部長），長女＝チカップ美恵子（アイヌ解放運動家），兄＝山本多助（北海道ウタリ協会初代理事長）

井垣 北城　いがき・ほくじょう　俳人
明治45年（1912年）3月11日～昭和59年（1984年）4月30日　生東京府南足立郡千住町千住（東京都足立区）　名本名＝井垣春太郎（いがき・はるたろう）　学東京府立七中卒　歴南足立郡役所などを経て、昭和21年三越本店入社。42年に退職後は書家として活躍。また「若竹」同人の俳人でもあり、「北城句集」がある。

筏井 嘉一　いかだい・かいち　歌人
明治32年（1899年）12月28日～昭和46年（1971年）4月21日　生富山県高岡市桐木町　歴大正3年巡礼詩社に入り、以後白秋門下生の歌人として活躍。10年上京して、小学校教師となる。後「日光」「多磨」などに参加し、昭和5年「エスプリ」を、15年「蒼生」を創刊。同年「新風十人」の一人に選ばれ、「荒栲」を刊行。20年北見志保子とともに「定型律」を創刊、28年「創生」を復刊し、主宰した。40年刊行の「籬雨荘雑歌」は日本歌人クラブ推薦歌集となった。　賞木下利玄賞（第1回）〔昭和14年〕，大日本歌人協会賞〔昭和15年〕，日本歌人クラブ推薦歌集（第12回）〔昭和41年〕「籬雨荘雑歌」　家父＝筏井竹の門（俳人）

五十嵐 肇　いがらし・はじめ　歌人
明治43年（1910年）12月1日～平成9年（1997年）11月17日　生東京都　歴昭和3年「覇王樹」に入会。13年から終戦時まで「あさひこ」同人。23年森園天涙の第二次「珊瑚礁」発刊に参画。同誌終刊後の33年「花冠」を創刊し、35年より主宰。歌集に「火蛾」がある。

五十嵐 播水　いがらし・ばんすい　俳人
明治32年（1899年）1月10日～平成12年（2000年）4月23日　生兵庫県姫路市鍛冶町　名本名＝五十嵐久雄（いがらし・ひさお）　学京都帝国大学医学部〔大正12年〕卒　歴大正14年神戸市立診療所に勤務し、後に院長となり、昭和34年

退職。36年より五十嵐内科を開業するが、平成7年阪神・淡路大震災で家屋が倒壊し医業を廃した。大正9年高浜虚子に師事して「ホトトギス」に参加。昭和5年より山本梅史の後を受け「九年母」選者となり、9年より主宰。関西ホトトギス同人会会長を務め、「ホトトギス」最長老として100歳を超えるまで活躍した。著書に「播水句集」「石蕗の花」「一頁の俳話」「句作雑話」「句作春秋」「老鶯」などがある。 賞兵庫県文化賞〔昭和43年〕, 神戸市文化賞〔昭和48年〕

猪狩 哲郎　いがり・てつろう　俳人
大正15年（1926年）6月18日～昭和58年（1983年）9月17日　生福島県双葉郡富岡町　学興亜工学院土木卒　歴昭和17年猪狩透子の指導を受け、「馬酔木」「鶴」「初鴨」へ入会。36年「鶴」同人。49年「双葉」を創刊。52年「琅玕」同人。句集に「磐城」。

碇 登志雄　いかり・としお　歌人
明治41年（1908年）8月12日～平成6年（1994年）8月29日　生佐賀県　名本名＝碇敏雄　学佐賀県師範卒　歴師範学校在学中に作歌を始め、昭和8年「姫由理」を創刊・主宰。17年「潮音」に入会、太田水穂に師事。歌集に「疎林の若鳥」「朝光」「夕光」「神幸」「杵島」「松浦」「メナムの民」「ルソンの民」「ロシヤの民」「カタールの民」「母仏」「ビルマの竪琴」がある。

生田 和恵　いくた・かずえ　歌人
昭和5年（1930年）7月5日～平成25年（2013年）10月18日　生東京都　学ドレスメーカー女学院卒　歴昭和27年「未来」に参加。31年「吾妹」に入会。のち、編集同人となる。歌集に「湖底村落」「液晶家族」がある。 賞ミューズ女流文学賞（第7回）〔昭和61年〕「湖底村落」

生田 蝶介　いくた・ちょうすけ　歌人
明治22年（1889年）5月26日～昭和51年（1976年）5月3日　生山口県豊浦郡長府村（下関市）　名本名＝生田調介, 旧姓・旧名＝田島　学早稲田大学英文科中退　歴代々毛利家に仕える家に生まれ、明治35年13歳で京都に出て叔父の養子となる。40年早稲田大学英文科に入学、41年同級の坪田譲治と回覧雑誌「黒煙」を出した。42年浅田江村の勧めで臨時雇として博文館に入社、44年より正社員。大正10年雑誌「講談雑誌」の編集責任者となり、雑誌に初めて歌壇欄を設け、多くの短歌愛好者を育てた。昭和2年編集次長で退職。一方、中学時代から「中学文壇」などに投稿し、大学中退後は小説や短歌、詩、戯曲、小説評、劇評などを次々と発表。大正5年第一歌集「長旅」を刊行。13年より歌誌「吾妹」を創刊・主宰。短歌と大衆小説を手がけたが、のち短歌に専念した。著書に歌集「宝玉」「白鳥座」、「日本和歌史」「大鳥の羽具の山考」などがある。 家長男＝生田友也（歌人）

生田 友也　いくた・ともや　歌人
昭和2年（1927年）7月25日～平成14年（2002年）9月22日　生東京都　学中央大学法学部卒　歴中学時代より作歌。中大在学中の昭和25年「中大ペンクラブ」を創立。「白門文学」と歌誌「あしかび」を発行。父・蝶介没後、51年より「吾妹」を主宰。歌集に「芙氿泉」「びるしやな」がある。 家父＝生田蝶介（歌人）

生田 花世　いくた・はなよ　詩人
明治21年（1888年）10月15日～昭和45年（1970年）12月8日　生徳島県板野郡松島村泉谷　名旧姓・旧名＝西崎花世, 筆名＝長曽我部菊子　学徳島県立高女卒　歴小学校教師の傍ら、「女子文壇」に長曾我部菊子の名で寄稿。明治43年上京し、教師、訪問記者を経て、大正2年「青鞜」同人。翌年生田春月と共同生活をはじめ、「ビアトリス」「処女地」等へ詩・小説を発表。また、長谷川時雨の「女人芸術」創刊に尽力し、春月死後は「詩と人生」を主宰。昭和29年「源氏物語」の講義を始め、生田源氏の会と称せられた。詩集に「春の土」、小説集に「燃ゆる頭」などがある。 家夫＝生田春月（詩人）

猪口 節子　いぐち・せつこ　俳人
昭和25年（1950年）6月9日～平成8年（1996年）11月10日　生愛知県　名本名＝藤田節子　歴昭和55年「河」に入会。句集に「花虻の」「能管」。 賞角川春樹新人賞入選〔昭和57年〕, 角川春樹新人賞〔昭和62年〕, 角川俳句賞候補（第35回）〔平成1年〕, 角川春樹賞〔平成2年〕, 深吉野賞（第1回）〔平成5年〕, 俳句研究賞（第11回）〔平成8年〕「能管」 家夫＝藤田六郎兵衛（能楽笛方）

井口 莊子　いぐち・とし　俳人
大正4年（1915年）1月15日～平成4年（1992年）5月18日　生福岡県田川郡採銅所町　名本名＝井口敏包（いぐち・としかね）, 旧号＝兎詩　学日本歯科専〔昭和24年〕卒　歴昭和13年応召、中支満州から千島列島に転進。シベリアで俘虜生活を経て、22年復員。26年武蔵野市で歯科医開業。また中学卒業後の7年から伊東月草に師事して「草上」編集同人。戦後は金尾梅の門に私淑して「古志」(改題「季節」)の同人。同人会長、運営委員長などを経て、55年12月梅の門の死に伴い主宰を継承。句集に「ロマンの残党」「杏」、随想集に「俳句幻化」がある。

池上 浩山人　いけがみ・こうさんじん　俳人
明治41年(1908年)1月17日～昭和60年(1985年)9月10日　生千葉県山武郡丘山村(東金市)　名本名＝池上幸二郎(いけがみ・こうじろう)　学成東中学中退　歴はじめ徳富蘇峰の門に入りその秘書となり、著作の助手を務めた。のち池上氏を嗣ぎ、国立博物館内文化財研究所内国宝修理室で文化財の修理事業に従事。俳句は父の田中蛇湖に学び、大正10年より作句。「ホトトギス」、「若葉」同人。「天鼓」「河鼓」を経て、昭和32年「ももすもも」を創刊。句集に「雁門集」、随筆集に「夢の如しの記」がある。　勲勲四等瑞宝章〔昭和54年〕　家妻＝池上不二子(俳人), 父＝田中蛇湖(俳人)

池上 樵人　いけがみ・しょうじん　俳人
大正14年(1925年)4月28日～平成17年(2005年)12月6日　生長野県駒ケ根市　名本名＝池上勇司(いけがみ・ゆうじ)　学早稲田大学理工学部卒, 慶応義塾大学法学部卒　歴昭和22年「萬緑」に入会、中村草田男に師事。47年俳人協会幹事。句集に「山垣濤垣」がある。　賞萬緑新人賞〔昭和39年〕, 俳人協会全国大会賞第1位〔昭和40年〕, 萬緑賞〔昭和44年〕

池上 不二子　いけがみ・ふじこ　俳人
明治42年(1909年)2月28日～平成11年(1999年)12月5日　生東京市神田区(東京都千代田区)　名本名＝池上婦志子　学神田実科女学校卒　歴父は和本製本の名匠・池上梅吉。自らも和本などの虫食い部分やバラバラになった装丁などを丹念に裏打ち修理する装潢師(そうこうし)で、国宝と重要文化財の修理を文化庁から委ねられていた。また夫・池上浩山人主宰の俳誌「ももすもも」の同人としても活躍、句集に「七夕竹」「織女」「青糸」、著書に「近世女流俳人伝」などがある。　勲黄綬褒章〔昭和55年〕　家夫＝池上浩山人(俳人), 父＝池上梅吉(装潢師)

池沢 晃子　いけざわ・てるこ　俳人
大正3年(1914年)10月11日～平成14年(2002年)1月1日　生東京都　学三輪田高女卒　歴昭和38年柴田白葉女に師事、「俳句女園」に入会。のち「好日」所属。　賞千葉市民俳句賞〔昭和48年〕, 俳句女園大会賞〔昭和52年〕

池月 一陽子　いけずき・いちようし　俳人
明治44年(1911年)12月20日～平成4年(1992年)6月1日　生東京都江東区亀戸　名本名＝池月孝文　学大正大学英文学科卒　歴小学6年の頃父より其角派の手ほどきを受け、昭和25年「東風」「ちきり」参加。28年「花実」、34年「鶴」、45年「風土」入会。「東風」「花実」「鶴」同人。句集に「傘蓋」がある。

池田 可宵　いけだ・かしょう　川柳作家
明治34年(1901年)11月10日～平成8年(1996年)3月17日　出山口県防府市　名本名＝池田正雄　歴戦後、俳句でもなく川柳でもない諧句を提唱、その形式を完成させた。昭和26年～平成6年西日本新聞長崎県版で西日本諧句の選者を務めた。　勲藍綬褒章〔昭和60年〕

池田 克己　いけだ・かつみ　詩人
明治45年(1912年)5月27日～昭和28年(1953年)2月13日　生奈良県　学吉野工業学校建築科〔昭和2年〕卒　歴昭和6年小学校の恩師植村諦に初めて詩を見てもらい、詩作に励む。9年処女詩集「芥は風に吹かれてゐる」を発刊。11年上林猷夫、佐川英三らと詩誌「豚」を創刊、後「現代詩精神」と改めた。14年徴用令で中国に渡り、16年解除、上海で大陸新報社の記者となり、「上海文学」を創刊、また草野心平らと詩誌「亜細亜」を出した。戦後20年帰国。21年上林、佐川らと「花」を創刊、22年6月小野十三郎、高見順らを編集に加え「日本未来派」を創刊し、編集人となった。詩集に「原始」「上海雑草原」「中華民国居留」「法隆寺土塀」「池田克己詩集」などがある。

池田 耳風　いけだ・じふう　俳人
明治44年(1911年)12月17日～平成14年(2002年)5月7日　生長崎県　名本名＝池田康一　学大阪今宮中卒　歴昭和22年「かつらぎ」投句、40年同人。50年俳人協会会員。他に「諷詠」「黄鐘」に投句した。　賞俳人協会関西俳句大会賞〔昭和51年〕

池田 澄子　いけだ・すみこ　歌人

大正11年（1922年）5月6日～平成8年（1996年）10月10日　生東京都千代田区　歴10代から「少女画報」や「少女の友」などに詩や童話を投稿するなど文学に熱中する。戦争で同人誌が解体し、戦後結婚、育児などで文学から遠ざかる。昭和40年頃、短歌の同人誌に入会。同年会社を経営していた夫が網膜はく離で闘病生活に入り、のち失明。夫の会社への送迎の他、社長秘書、会計、経理監査などを務め、57年退職。平成元年乳がんの手術を受ける。その時のガン告知の問題や夫との日々の思いをつづり、2年歌集「透きとほる窓」を出版。「白路」所属。児童文学作家としても「波の子チャップ」などがあり、「立川のむかし話」の編集も手がける。他の著書に「愛の点字図書館長」。9年立川公園に歌碑が建立された。

池田 純義　いけだ・すみよし　歌人

大正14年（1925年）7月15日～平成8年（1996年）11月11日　生宮崎県日南市　学東京大学文学部卒　歴朝日新聞社に入社。昭和21年「一路」入会。50年同人誌「面」を創刊し、「一路」を退会。52年「未来」に入会。同年第一歌集「黄沙」を刊行。56年「風響む」刊行。　賞現代歌人協会賞〔昭和53年〕「黄砂」

池田 草舎　いけだ・そうしゃ　俳人

大正10年（1921年）12月4日～平成12年（2000年）5月24日　生東京市日比谷（東京都千代田区）　名本名＝池田貞男　学東洋大学文学部〔昭和17年〕卒　歴東京都立京橋工業学校、埼玉県立浦和第一女子高校教諭を務めた。一方、昭和8年美濃派宗匠の指導を受け、笹川臨風、勝峯晋風の知遇で古俳句を研究。21年「春汀」、25年関口比良男主宰の「紫」同人、「薔薇」「氷点」「俳句評論」同人を経て、24年「青ぶどう」を創刊・主宰。また、俳句作家連盟副会長、全国俳誌協会副会長、口語俳句協会幹事を歴任した。句集に「春雁」「春草紅」「傾斜都市」「無絃琴」「池田草舎句集」「交叉曲線」などがある。賞紫評論賞, 紫作品賞

井桁 蒼水　いげた・そうすい　俳人

明治42年（1909年）5月15日～平成9年（1997年）8月16日　生福島県福島市　名本名＝井桁倉吉（いげた・くらきち）　学立教大学経済学部商学科〔昭和9年〕卒　歴昭和24年新興産業入社。33年取締役、36年常務、45年専務を歴任。また「ホトトギス」の俳人として知られ、15年深川正一郎に師事し、高浜虚子の指導を受ける。戦後は26年に阿波野青畝に師事。28年「かつらぎ」、34年「ホトトギス」同人。句集に「鷹」がある。

池田 竹二　いけだ・たけじ　俳人

明治40年（1907年）4月3日～平成18年（2006年）7月30日　生神奈川県　名本名＝池田武治（いけだ・たけじ）　学愛甲農中退　歴昭和30年川島彷徨子に師事、「河原」創刊に第二同人として参加。35年同人となる。51年「河原」同人会副会長。　賞河原賞〔昭和35年〕

池田 時雄　いけだ・ときお　詩人

大正8年（1919年）8月21日～平成11年（1999年）3月13日　生東京市本所区（東京都墨田区）　学東京府立四中中退　歴昭和15年より約4年間、満州・北支に従軍、定年まで日本生命に勤務。幼年時、西条八十宅の近くに住み、八十に接したのが詩との出会いであった。春山行夫の影響を受ける。「新領土」「京浜詩」同人。「文芸汎論」「蠟人形」「若草」などにも作品を発表した。詩集に「恋とポエジイ」「オルドスの土」「青春」「THE THREE CORNERED MOON」「海辺の貝殻」などがある。

池田 富三　いけだ・とみぞう　歌人

明治44年（1911年）11月12日～平成8年（1996年）4月27日　生福岡県築上郡椎田町　名本名＝池田富蔵（いけだ・とみぞう）　学東洋大学文学部国文科〔昭和9年〕卒　歴福岡教育大学教授、梅光女学院大学教授を歴任。「標土短歌会」を主宰し、歌集に「単色の季」「防風林」、著書に「源俊頼の研究」などがある。

井桁 白陶　いげた・はくとう　俳人

大正13年（1924年）3月2日～平成20年（2008年）6月19日　生東京都　名本名＝井桁敏彦　学小卒　歴昭和18年「さつき」の黒岩漁郎に師事。37年角川源義主宰の「河」に入会、40年同人となる。「年の花」委員、幹事を務めた。句集に「阿僧祇」などがある。　賞河新人賞〔昭和40年〕, 河賞〔昭和49年〕

池田 日野　いけだ・ひの　俳人

明治39年（1906年）9月10日～昭和63年（1988年）6月10日　生茨城県岩間町　名本名＝池田英雄（いけだ・ひでお）　学逓信官吏練習所卒　歴大正15年臼田亜浪に師事。昭和49年「蘭」入

会、51年同人。句集に「日野」「日月」。

池田 風信子　いけだ・ふうしんし　俳人

大正2年（1913年）1月8日～平成1年（1989年）10月27日　生青森県八戸市　名本名＝池田稡（いけだ・おくて）　学旧中卒　歴昭和7年南蛮社に加入、玫瑰社を経て34年「北鈴」、59年「青嶺」同人。八戸俳諧倶楽部会長も務めた。句集に「スバルの鍵」、文集に「長者山界隈」。編著に「八戸俳句歳時記」がある。　賞八戸市文化賞〔昭和44年〕, 八戸市文化功労賞〔昭和56年〕

池田 芳生　いけだ・ほうせい　俳人

明治30年（1897年）7月13日～昭和63年（1988年）1月20日　生大阪府　名本名＝池田広治（いけだ・ひろじ）　学早稲田大学高師部英語科卒　歴大正12年より渡辺水巴の指導を受ける。昭和45年「曲水」同人。51年三田慶応通信ビルで俳画個展を開く。

池田 まり子　いけだ・まりこ　歌人

大正14年（1925年）5月28日～平成19年（2007年）4月25日　生東京都　名本名＝池田鞠子, 旧姓・旧名＝中河　学三輪田高女卒　歴小説家の中河与一と歌人の中河幹子の二女として生まれ、少女の頃から短歌に親しむ。国学院大学で折口信夫・金田一京助の講義を聴講。「をだまき」同人となり、昭和55年母の没後は「をだまき」を継承。歌集に「ヒースの丘」「飛天」（をだまき十人集）などがある。　家父＝中河与一（小説家）, 母＝中河幹子（歌人）

池永 衛二　いけなが・えいじ　歌人

大正11年（1922年）9月9日～平成12年（2000年）11月10日　生大分県　学中央大学予科　歴日田林工学校時代に俳句を始め、中央大学予科在学中に「和歌文学」「朝鳥」会員。昭和25年大野誠夫の「鶏苑」、32年「砂金」創刊への協力を経て、42年第三次復刊「詩歌」に参加。43年から3年間同人誌「石」の編集委員も務めた。歌集に「石斧」「冬の風船」「山河ありき」などがある。

池内 たけし　いけのうち・たけし　俳人

明治22年（1889年）1月21日～昭和49年（1974年）12月25日　生愛媛県松山市　名本名＝池内洸（いけのうち・たけし）　学東洋協会専門学校中退　歴東洋協会専門学校を中退して宝生流の門に入り、能楽師を志したがそれを断念し、叔父高浜虚子に就いて俳句を志す。「ホトトギス」の編集に携わり、昭和7年「欅」を創刊し、8年「たけし句集」を刊行、以後「赤のまんま」「玉葛」「春霞」「その後」「散紅葉」などの句集や随筆集「叔父虚子」などを刊行した。　家父＝池内信嘉（能楽師）, 叔父＝高浜虚子（俳人）

池内 友次郎　いけのうち・ともじろう　俳人

明治39年（1906年）10月21日～平成3年（1991年）3月9日　生東京市麹町区富士見町（東京都千代田区）　学慶応義塾大学予科中退, パリ音楽院〔昭和12年〕修了　歴俳人・高浜虚子の二男に生まれ、虚子生家の養嗣子となる。慶大を中退し、昭和2年渡仏、日本人として初めてパリ国立音楽院（コンセルヴァトワール）に入学。ビュッセルらに師事し、理論・作曲を学ぶ。帰国後、日大芸術科教授を経て、戦後は22年東京芸大作曲科教授となり、数多くの作曲家を育て、また優れた門下生をパリ音楽院に送りこみ大成させた。作品に弦楽四重奏曲「熊野」などの3曲をはじめ、ピアノ曲・歌曲があるが、「和音構成音」「和音外音」「学習追走曲」など理論書の著作、ダンディーの「作曲法講義」などの優れた訳書で知られる。37年レジオン・ド・ヌール勲章受章、61年文化功労者。著書に「父高浜虚子」があり、パリ留学中は虚子の句の仏訳をしたこともある。俳句は「ホトトギス」に拠ったが、句集に「調布まで」「池内友次郎句集」「池内友次郎全句集」などがある。　勲レジオン・ド・ヌール勲章シュバリエ章〔昭和37年〕, 勲三等旭日中綬章〔昭和52年〕　賞文化功労者〔昭和61年〕　家父＝高浜虚子（俳人）, 兄＝高浜年尾（俳人）, 姉＝星野立子（俳人）, 妹＝高木晴子（俳人）, 上野章子（俳人）, 妻＝遠藤郁子（ピアニスト）

池端 秀介　いけばた・ひでお

⇒千葉 龍（ちば・りょう）を見よ

池原 魚眠洞　いけはら・ぎょみんどう　俳人

明治26年（1893年）12月3日～昭和62年（1987年）2月12日　生鳥取県気高郡鹿野町鹿野　名本名＝池原茂二（いけはら・しげじ）　学東京高師専攻科卒　歴愛知県下の旧制中学教員、校長を歴任し、後に金城学院大学教授に就任。大正7年荻原井泉水に師事し、昭和23年「層雲」選者となるが、43年「層雲」を去り「視界」を創刊した。　賞層雲賞〔昭和15年〕, 層雲文化賞

〔昭和32年〕

池原 錬昌　いけはら・れんしょう　俳人
大正2年（1913年）6月30日～平成22年（2010年）4月29日　生愛知県名古屋市　学祖山学院卒　歴昭和37年多田裕計に師事。同年「れもん」編集に携わり、40年同人。46年俳文学会に入会。師亡きあと「春雷」発行所となった。著書に「甲斐俳壇と芭蕉の研究」、編著書に「可都里と蟹守―五味家蔵五味可都里・蟹守資料集」がある。

池本 利美　いけもと・としみ　歌人
明治24年（1891年）2月24日～昭和52年（1977年）4月5日　生鳥取県　歴「明星」「心の花」を経て、昭和4年「一路」に入会。鳥取を中心とする地方歌壇の育成に尽力した。歌集に「防風林」「砂丘」など。没後の54年「風の光」が刊行された。　賞鳥取市文化賞（第1回）〔昭和51年〕

伊沢 恵　いざわ・けい　俳人
昭和11年（1936年）2月20日～平成19年（2007年）1月10日　生東京都　名本名＝伊沢薫　歴昭和52年「鷹」に入会、55年同人。句集に「歌留多」がある。　賞鷹春秋賞（第7回）〔昭和59年〕

井沢 子光　いざわ・しこう　俳人
明治44年（1911年）6月25日～平成9年（1997年）3月3日　生東京市本郷区（東京都文京区）　名本名＝井沢喜代志　歴昭和2年「ホトトギス」で作句を始め、のち「馬酔木」「鹿火屋」「鶏頭陣」「寒雷」と遍歴。21年「麦」創刊に参加し、同人。第1回麦作家賞を受賞。句集に「蓼科」がある。　賞麦作家賞（第1回）

伊沢 秋家　いざわ・しゅうか　俳人
大正14年（1925年）11月23日～平成21年（2009年）4月29日　生愛知県　名本名＝伊沢勇（いざわ・いさむ）　歴昭和17年「牡丹」主宰の加藤霞村の手ほどきを受け、22年橋本鶏二に師事。32年鶏二主宰「年輪」創刊より参加、34年同人。賞年輪新人賞〔昭和44年〕，年輪賞〔昭和51年〕

伊沢 信平　いざわ・しんぺい　歌人
明治40年（1907年）9月1日～昭和64年（1989年）1月4日　生宮城県仙台市　学東京帝国大学経済学部卒　歴大学卒業後、銀行員となる。大正14年「アララギ」に入会して結城哀草果に師事し、昭和3年新興歌人連盟の創立に参加。プロレタリア歌人として「短歌戦線」で活躍し、以後「詩歌」「短歌評論」などに作品を発表した。戦後は「山塊」「赤光」「山麓」選者を務めた。歌集に「山街道」「平安の空」、著書「わが作歌道中記」などがある。

井沢 唯夫　いざわ・ただお　俳人
大正8年（1919年）3月17日～昭和63年（1988年）12月29日　生大阪府大阪市　名本名＝井沢忠男，旧号＝井沢青幽子　学大阪市立西区商業学校〔昭和12年〕卒　歴在学中の昭和11年、初めて「鹿火屋」に投句。「紺」に拠って、鈴木六林男を知る。21年「青天」参加。多くの同人誌を経て36年「頂点」に参加、西東三鬼に師事。55年「聚」創刊代表同人。句集に「野に葬る」「杭」「点滅」「紅型」がある。　賞頂点賞（第3回），現代俳句協会賞（第23回）〔昭和51年〕「紅型」

井沢 正江　いざわ・まさえ　俳人
大正10年（1921年）6月29日～平成20年（2008年）5月28日　生台湾台南　名本名＝井沢喜美子（いざわ・きみこ）　学台南第一高女〔昭和13年〕卒　歴台湾で生まれ、昭和15年帰国。戦後、東京・日本橋の石油問屋、島商に入社。代表取締役を務め、63年退任。この間、22年「雪解」入門して皆吉爽雨に師事。30年より「雪解」編集・発行業務を担当、58年の爽雨没後は「雪解」発行人を皆吉志郎とし、主宰を継承。平成2年発行所を皆吉家から移し、自宅を発行所とした。11年主宰を退いた。句集に「火襷」「一身」「晩蟬」「以後」など、編著に「皆吉爽雨の世界」などがある。　賞雪解賞〔昭和33年・41年〕

伊沢 元美　いざわ・もとよし　国文学者
明治42年（1909年）4月8日～平成16年（2004年）10月31日　出東京都　学東京帝国大学国文学科〔昭和8年〕卒　歴島根大学文理学部教授、鶴見大学女子短期大学部教授を歴任。著書に「現代俳句の流れ」「尾崎放哉」「採芳巡礼」などがある。

石 昌子　いし・まさこ　俳人
明治44年（1911年）8月22日～平成19年（2007年）1月29日　生愛知県小原村（豊田市）　名本名＝石昌　学同志社女子専門学校中退　歴俳人・杉田久女の長女として生まれる。横浜税関勤務後、作家の石一郎と結婚。母の没後、その遺志を継いで高浜虚子より序文をもらい、昭和27年「杉田久女句集」刊行。これ機に自身も虚子に師事、虚子没後は星野立子の「玉藻」に拠った。59年より個人誌「うつぎ」を発行。句集に「橿鳥」「風車」「榠樝」「実梅」、著作に「杉田久女」、編著に「久女文集」「杉田久女遺墨」などがある。　家夫＝石一郎（作家），母＝杉田久女（俳人）

石井 花紅　いしい・かこう　俳人
明治40年（1907年）10月4日～昭和62年（1987年）6月1日　生神奈川県　名本名＝石井芳松（いしい・よしまつ）　学青年学校卒　歴昭和6年「渋柿」同人、松根東洋城の指導を受ける。56年「渋柿」代表同人。

石井 貫木子　いしい・かんぼくし　俳人
明治44年（1911年）5月20日～平成10年（1998年）7月30日　生群馬県　名本名＝周東謙三（しゅうとう・けんぞう）　学小卒　歴昭和4年作句を始める。7年「さつき」に入会し、黒岩漁郎に師事。8年「春泥」入会、大場白水郎に師事する。11年「春蘭」が創刊され入会。23年「春燈」入会、久保田万太郎に師事、没後、は安住敦に師事した。　賞さつき賞

石井 清子　いしい・きよこ　俳人
大正7年（1918年）3月15日～平成2年（1990年）4月30日　生神奈川県　学県立大津高校卒　歴昭和24年「末黒野」（当時「いずみ」）に入会、皆川白陀に師事。28年同人。　賞末黒野年度賞〔昭和29年〕

石井 桐陰　いしい・とういん　俳人
明治33年（1900年）7月15日～平成12年（2000年）10月5日　生奈良県生駒郡　名本名＝石井庄司（いしい・しょうじ）　学東京高師卒，京都帝国大学文学部卒　歴戦前は東京女高師、東京高師、戦後は東京教育大学、東海大学（昭和57年退職）と長い教授生活を送った万葉集の権威。俳句は、大正7年郡山中在学中に英語教師の原田浜人の手ほどきで始め、原石鼎に師事して「鹿火屋」「ホトトギス」に投句。9年「ホトトギス」雑詠に初入選。京大進学後は、京大三高俳句会で鈴鹿野風呂の指導を受け、15年「京鹿子」同人。戦後は「若葉」「春嶺」「橘」の同人として活躍した。句集「石井桐陰集」「高安城址」「大和路」、評論「近代名家俳句鑑賞」「俳句の文法論議」、「芭蕉の歩み〈正続〉」などがある。　勲勲三等旭日中綬章〔昭和45年〕　家長男＝石井進（東京大学名誉教授），兄＝石井政一（福島県知事）

石井 登喜夫　いしい・ときお　歌人
大正14年（1925年）12月15日～平成21年（2009年）1月30日　出愛媛県川之江市　名筆名＝泉夏彦　学広島高師〔昭和22年〕中退　歴昭和24年愛媛県の川之江中教諭となる。46年丸住製紙に入社し、61年丸住ラインを経て、平成6年退職。歌人としても活動し、歌誌「新アララギ」編集委員・選者、「愛媛アララギ」選者を務めた。歌集に「東新集」「東予集」「東窓集」などがある。泉夏彦の筆名でエッセイも執筆した。

石井 とし夫　いしい・としお　俳人
大正12年（1923年）8月9日～平成23年（2011年）7月27日　出千葉県印旛郡栄町　名本名＝石井敏夫（いしい・としお）　学千葉大学園芸学部卒　歴「ホトトギス」同人。句集に「かいつぶり」「印旛沼素描」「石井とし夫句集」など。　賞日本伝統俳句協会賞（第1回）〔平成2年〕「印旛沼素描」

石井 柏亭　いしい・はくてい　詩人
明治15年（1882年）3月28日～昭和33年（1958年）12月29日　生東京府下谷区仲御徒町（東京都台東区）　名本名＝石井満吉　学東京美術学校西洋画科選科〔明治38年〕中退　資帝国芸術院会員〔昭和12年〕，日本芸術院会員〔昭和24年〕　歴10歳頃から父・鼎湖に日本画を学ぶ。水彩画を独習し、明治31年浅井忠に入門して明治美術会、太平洋画会に出品。37年中央新聞に挿絵画家として入社、同年東京美術学校に入学するが、翌38年眼病のために新聞社も学校も辞め療養。40年第1回文展に「姉妹」「千曲川」を出品。43～45年渡欧。大正2年日本水彩画会を創立、3年の二科会創立に参加した。昭和11年一水会を創立し、12年帝国芸術院会員となる。戦後、日展常務理事、日本芸術院会員。また、詩人としては「明星」に作品発表したのが出発で、明治40年画友山本鼎らと美術雑誌「方寸」を創刊。詩や小品文、評論を旺盛に発表。木下杢太郎をはじめ、多くの詩人、画家に影響を与えた。　家父＝石井鼎湖（日本画家），弟＝石井鶴三（彫刻家・画家），祖父＝鈴木鵞湖（日本画家）

石井 光　いしい・ひかる
⇒大塚 金之助（おおつか・きんのすけ）を見よ

石井 勉次郎　いしい・べんじろう
国文学者
明治44年（1911年）3月27日～平成10年（1998年）11月7日　[出]広島県豊田郡安芸津町　[学]早稲田大学文学部国分学科卒　[歴]石川啄木の研究で知られ、著書に「私伝石川啄木」などがある。

石岡 雅憲　いしおか・まさのり　歌人
大正15年（1926年）1月2日～平成14年（2002年）6月21日　[生]神奈川県横浜市　[学]南カリフォルニア大学経営学部卒　[歴]千葉敬愛経済大学で経営学を講じる。歌人としては、昭和21年「花実」に入会。平野宣紀、植木正三に師事。のち「十月会」を経て、27年「草地」創刊に参加、同人。59年「ちぐさ」創刊・主宰。平成4年「歌縁」と改称、13年「石門」と改称。歌集に「武州越谷」「随縁」「望年」「雲の翳」、著書に「現代短歌の解説」「千草亭歌話・歌縁舎通意」がある。

石垣 りん　いしがき・りん　詩人
大正9年（1920年）2月21日～平成16年（2004年）12月26日　[生]東京都港区赤坂　[学]赤坂高小〔昭和9年〕卒　[歴]薪炭商の長女として生まれる。4歳で生母を失い、2人目、3人目の母も早く亡くし、4人目の母を迎えるという複雑な家庭で育つ。小学校時代から詩作を始め、少女雑誌に投稿。赤坂高小卒業後、早く社会に出て自立したいと昭和9年日本興業銀行に入り、以後50年の定年まで勤務した。生涯独身。18年「断層」を創刊し、福田正夫に師事。戦後は伊藤信吉に師事する傍ら、職場で労働運動や文化運動に携わり、働く女性の立場から社会をとらえた詩を発表。34年前年に患った椎間板ヘルニアの快気祝いとして第一詩集「私の前にある鍋とお釜と燃える火と」を出版。44年第二詩集「表札など」でH氏賞を受賞し、46年「石垣りん詩集」で田村俊子賞を、54年「略歴」で地球賞を受賞。他に詩集「やさしい言葉」、小説・随筆集「ユーモアの鎖国」がある。鋭い社会意識を持ちながらも、日常の言葉を使い、温かみをたたえた作品は多くの読者を得、多数の教科書にも採用された。　[賞]H氏賞（第19回）〔昭和44年〕「表札など」，田村俊子賞（第12回）〔昭和46年〕「石垣りん詩集」，地球賞（第4回）〔昭和54年〕「略歴」

石川 一成　いしかわ・かずしげ　歌人
昭和4年（1929年）9月8日～昭和59年（1984年）10月23日　[生]千葉県佐原市　[学]東京文理科大学漢文科卒　[歴]在学当時から歌人佐佐木信綱に師事。昭和25年竹柏会「心の花」入会、のち編集委員。神奈川教育センター国語研究室を経て、中国重慶の四川外語学院で2年間日本人として初めて日本語教師を務めた。帰国後高校教諭。歌集に「麦門冬」「沈黙の火」、共著に「私の短歌入門」「わが愛する歌人」がある。

石川 きぬ子　いしかわ・きぬこ　歌人
大正4年（1915年）3月11日～昭和42年（1967年）4月21日　[生]北海道釧路市　[名]本名＝熊谷きぬ子　[歴]看護婦や店員、保険外交員と職を転々とする傍ら、短歌を作る。昭和20年より池田勝亮主宰の「飛鳥」で作品を発表し、21年には短歌雑誌「あさひね」の創刊に参画。27年に創刊された歌誌「かぎろい」でも活躍した。34年北海道紋別郡の西興部村村議に当選。37年から病気のため療養生活に入るが、創作力は衰えず、39年に「かぎろい」創刊十周年を記念して作られた第1回青玄賞を受賞した。歌集に「綾」などがある。　[賞]青玄賞（第1回）〔昭和39年〕

石川 魚子　いしかわ・ぎょし　俳人
明治43年（1910年）3月4日～平成6年（1994年）6月13日　[生]京都府　[名]本名＝石川喜一　[学]京都豊園小卒　[歴]昭和20年「海坂」、21年「馬酔木」入門。水原秋桜子・百合山羽公・相生垣瓜人の指導を受ける。「馬酔木」同人、「海坂」同人、同人会会長・発行人。句集「わきまへて」がある。

石川 銀栄子　いしかわ・ぎんえいし　俳人
明治34年（1901年）10月10日～昭和51年（1976年）9月11日　[生]福井県福井市　[名]本名＝石川一栄　[学]鉄道教習所卒　[歴]大須賀乙字に師事して大正14年より「獺祭」に投句。昭和2年「青柿」を創刊・主宰。戦後「古志」同人を経て、28年「幹」を創刊・主宰。越前俳句史研究にも力を注ぐ。句集に「牛歩抄」、研究書に「越前俳諧提要」「越前俳諧史」などがある。

石川 桂郎　いしかわ・けいろう　俳人
明治42年（1909年）8月6日～昭和50年（1975年）11月6日　[生]東京市芝区（東京都港区）　[名]本名＝石川一雄　[学]高小卒　[歴]高小卒業後、家業の理髪業を継ぐ。昭和9年杉田久女の門に入り、12年石田波郷らの「鶴」に参加し、14年同人。23年「馬酔木」同人となる。31年第一句集「含羞」を刊行し、以後「竹取」「高蘆」「四温」

などを刊行。35年神山杏雨が創刊した「風土」編集長、39年より主宰。また「俳句」「俳句研究」などの編集長を歴任。36年第1回俳人協会賞、48年読売文学賞を受け、50年には蛇笏賞を受賞した。横光利一門下の小説家でもあり、「剃刀日記」「妻の温泉」「残照」などの小説集もある。 賞俳人協会賞（第1回）〔昭和36年〕，読売文学賞（随筆紀行賞，第25回）〔昭和48年〕「俳人風狂列伝」，蛇笏賞（第9回）〔昭和50年〕 家妻＝手塚美佐（俳人）

石川 盛亀　いしかわ・せいき　歌人

大正3年（1914年）～平成18年（2006年）6月18日 出沖縄県那覇市 歴琉球新報「揃りてぃ詠まな」の初代選者を務めるなど、和歌とは異なり音律を文字ではなく音で数え、謡う歌として親しまれてきた“琉歌”の普及に尽力した。著書に「初心者のための『琉歌入門』」がある。

石川 経子　いしかわ・つねこ　俳人

昭和3年（1928年）5月4日～平成20年（2008年）12月12日 生大阪府堺市 歴平成2年「陸」に入会。6年「百鳥」創立と同時に入会。8年「陸」、10年「百鳥」同人。14年第一句集「春隣」を刊行。 家夫＝石川夜蛍（俳人）

石川 冬城　いしかわ・とうじょう　俳人

大正3年（1914年）10月19日～平成11年（1999年）2月25日 生神奈川県小田原市 名本名＝石川敬造 学横浜商卒 歴昭和5年Y校俳句会を興す。7年「はこね」を通じ原石鼎に師事するが、12年応召。戦陣俳句会を通じ「石楠」系作家と交流。22年復員後「鹿火屋」同人。37年郷土俳句「音」主宰。「鹿火屋」同人副会長、小田原俳句協会長を務めた。句集に「五黄」「音」がある。

石川 信夫　いしかわ・のぶお　歌人

明治41年（1908年）6月16日～昭和39年（1964年）7月9日 生埼玉県 名本名＝石川信雄 学早稲田大学政経学部中退 歴大学在学中より前川佐美雄・筏井嘉一等と作歌活動を始める。昭和5年「エスプリ」を創刊。6年「短歌作品」、9年「日本歌人」創刊に参加。11年歌集「シネマ」出版。復員の後、前川佐美雄の「オレンジ」創刊に参加。25年「日本歌人」復刊と同時に東京地方の同人を中心に「短歌作品」を創刊。39年「宇宙風」を創刊。他の歌集に「太白光」がある。

石川 白湫　いしかわ・はくしゅう　俳人

明治44年（1911年）6月29日～昭和60年（1985年）4月1日 生島根県大田市大田町 名本名＝石川一正 学小学校高等科卒 歴卒業後、家業の印刷業を継ぐ。昭和6年「石楠」系俳人松井立浪の手ほどきを受ける。7年臼田亜浪の「石楠」に入会、福島小蕾に師事。「地帯」同人。48年角川源義の「河」に入会。49年松井立浪と「石見」を創刊編集。53年「河」同人。

石川 日出雄　いしかわ・ひでお　俳人

明治43年（1910年）5月23日～平成6年（1994年）6月12日 生福島県 学福島師範卒 歴小学校長を務めた。昭和8年「水明」の長谷川かな女に師事。16年関東州俳協機関誌「鶉」編集委員となる。31年「かまつか」入会。福島県文学賞企画委員、福島市俳句協会会長を歴任。句集に「死火山」「連翹」「式部の実」がある。 賞かまつか賞〔昭和43年〕

石川 暮人　いしかわ・ぼじん　歌人

明治27年（1894年）7月5日～昭和41年（1966年）3月22日 生栃木県那須郡須賀川村（大田原市） 名本名＝石川俊雄，道号＝英宗 学臨済宗大学〔大正3年〕卒 歴在学中から若山牧水主宰の短歌雑誌「創作」に参加し、さかんに歌を作る。大正3年に同卒業後、父の跡を嗣いで宇都宮市の興禅寺住職となった。その後も歌作を続け、10年より郷土雑誌的な側面を持った短歌雑誌「下野草」を発行。昭和3年には「下野短歌」を創刊し、以来その中心作家として栃木県の歌壇を牽引した。歌集に「菩提樹の若葉」「空華」「愛染抄」、著書に「雲と水」などがある。 賞栃木県文化功労者〔昭和27年〕

石川 まき子　いしかわ・まきこ　歌人

明治43年（1910年）2月27日～昭和61年（1986年）11月1日 生島根県 歴昭和11年村野次郎選により歌集「君影草」を刊行。24年「女人短歌」創刊に参加し長く幹事を務める。28年「形成」創刊に同人として参加し、木俣修に師事。その他の歌集に「竜胆」「天の砂」「不在」「ゆふべを花に」「微塵の種子」「風を聴く」があり、他に詩集「漁火」などがある。

石川 昌子　いしかわ・まさこ　俳人

昭和3年（1928年）7月12日～平成1年（1989年）1月17日 生東京市荏原区戸越町（東京都品川区） 学愛知県第一高女卒 歴昭和21年松本たかし主宰の「笛」創刊と同時に投句を始め、25

〜31年まで松本の直接指導のもとに作句。結婚その他の事情により約7年間中断ののち、39年再び「笛」に復帰、同人。句集に「紅裏」。 賞角川俳句賞次席（第1回）

石川 道雄　いしかわ・みちお　詩人
明治33年（1900年）10月23日〜昭和34年（1959年）2月25日 生大阪府 名号＝道游山人，羊仙道人 学東京帝国大学文学部独文学科〔大正14年〕卒 歴大正10年鈴蘭社同人となり、14年「緑泉集」を刊行。以後「ゆふされの唄」「半仙戯」などの詩集を刊行。独文学者で、昭和4〜18年東京府立高等学校教授、戦後は国学院大学教授、山梨大学教授を経て、32年より北海道大学文学部教授。ドイツ・ロマン派のホフマンなどの翻訳もした。

石倉 啓補　いしくら・けいほ　俳人
大正2年（1913年）10月17日〜平成10年（1998年）1月24日 生岡山県岡山市 名本名＝石倉鎮夫 学大阪府天王寺師範卒 歴昭和6年山本梅史の門に入り「泉」に投句。9年「ホトトギス」初入選。13年「すずしろ」創刊。のち「柳絮」を経て、22年より田村木国の「山茶花」に拠り、木国没後は「山茶花」代表。大阪俳人クラブ理事などを務める。55年「ホトトギス」同人。句集に「花菜漬」「冬扇」、俳話集に「花鳥抄」がある。 勲勲五等瑞宝章〔平成10年〕

石栗 としお　いしくり・としお　俳人
明治43年（1910年）3月15日〜平成8年（1996年）3月11日 生大阪府 名本名＝石栗利雄（いしくり・としお） 学関西大学卒 歴昭和40年「うぐいす」入会、作句を始める。43年「同人」に入会。「うぐいす」同人。 賞俳人協会関西俳句大会賞（第17回）

石黒 清介　いしぐろ・せいすけ　歌人
大正5年（1916年）3月17日〜平成25年（2013年）1月27日 生新潟県三条市 出新潟県栃尾市（長岡市） 名本名＝石黒清作（いしぐろ・せいさく） 歴昭和3年遠山夕雲により作歌の手ほどきを受け、内藤鋠策の第三次「抒情詩」創刊に参加。18年「越後短歌」（後「にひわら」と改題）創刊。復員後、栃尾市の生家で桐材業をしていたが、上京。杉並短歌会を作り、28年短歌新聞社を創業して月刊紙「短歌新聞」を、52年には月刊総合誌「短歌現代」を創刊したが、平成23年末にともに終刊。9年歌集「雪ふりいでぬ」で日本歌人クラブ賞を受賞。他の歌集に「西安」「樹根」「平明」「人間の小屋以前」「栃尾」「樹下」「谷野」「中国小吟」「午後」「夜のいろ」などがある。 賞柴舟会賞〔昭和60年〕，日本歌人クラブ賞（第24回）〔平成9年〕「雪ふりいでぬ」，現代短歌大賞（特別賞，第32回）〔平成21年〕，日本歌人クラブ大賞（第3回）〔平成24年〕

石黒 白萩　いしぐろ・はくしゅう　俳人
明治42年（1909年）2月1日〜平成7年（1995年）3月22日 生北海道滝川町 名本名＝石黒貞一（いしぐろ・さだかず） 学高小卒 歴店員、会社員などを経て、戦後釣具商。昭和30年滝川市議に当選。44年市会議長、46年引退。初め短歌誌にも関係、6年牛島滕六主宰の「時雨」に所属。21年俳誌「アカシヤ」に転向、日野草城に師事する。45年土岐錬太郎推薦で俳人協会入会。「アカシヤ毬藻集」選者を務める。53年白萩句碑受贈。句集に「朱塗の箸」。 賞しろがね賞〔昭和63年〕

石毛 郁治　いしげ・いくじ　俳人
明治28年（1895年）5月18日〜昭和56年（1981年）9月1日 生千葉県飯岡町 学東京高工応用化学科〔大正6年〕卒 歴三井鉱山に入社、コークス製造の研究に従事し、昭和2年東洋高圧工業に移る。22年社長になり、折からの食糧難の要請に応えて、肥料用尿素の大量生産に踏み切った。38年会長、41年三井化学工業社長に就任し、43年に東洋高圧工業と三井化学工業を合併させ、三井東圧化学の相談役に就任した。46年退任。俳人としても有名で俳句月刊誌「同人」を主宰。 勲勲二等瑞宝章〔昭和48年〕

石崎 素秋　いしざき・そしゅう　俳人
大正10年（1921年）3月26日〜平成20年（2008年）1月14日 生宮城県塩釜市 名本名＝石崎正彦（いしざき・まさひこ） 歴平成7年より「俳句饗宴」を主宰し、5〜11年宮城県俳句協会会長を務めた。句集に「まぼろしの塔」「まぼろしの塔II」がある。

石沢 三善　いしざわ・さんぜん　川柳作家
生年不詳〜平成13年（2001年）10月11日 名本名＝石沢三善（いしざわ・みよし） 歴青森市の川柳結社津可呂川柳結社同人として戦前から活躍。昭和48年八甲田川柳社の創立にかかわり、平成8年から2年間会長を務めた。青森県川柳大会の選者も務め、県柳壇の発展に貢献した。

石塚 悦朗　いしずか・えつろう　俳人
明治42年（1909年）4月22日～昭和61年（1986年）3月12日　生秋田県横堀町（湯沢市）　名本名＝石塚悦郎，別号＝石塚古城　学小樽高商卒　歴東京で教師を務めたのち、昭和8年講談社に入社、「少年倶楽部」の編集に携わる。12年ライオン歯磨に転じ、本社総務部長などを務めて、定年後はライオン不動産取締役。40年帰郷して俳句に取り組み、「鶴」同人。48年俳人協会会員。句集に「雪晴」、歌集に「花に葉に」がある。

石塚 郷花　いしずか・きょうか　俳人
大正12年（1923年）6月27日～平成22年（2010年）10月15日　生香川県　名本名＝石塚甲一（いしずか・こういち）　学尋常高小卒　歴昭和32年「雪解」系の「椿」に入門。三浦恒礼子の指導を受けた。33年「雪解」入門、38年「雪解」同人。　賞椿賞〔昭和42年〕

石塚 正也　いしずか・せいや　歌人
大正7年（1918年）8月13日～平成10年（1998年）2月12日　生新潟県　歴昭和25年「一路」に参加。26年生田蝶介に師事して「吾妹」に入会、のち幹部同人。27年「石菖」を創設、主宰。54年朝日新聞新潟版歌壇選者となる。歌集に「孤独の雪渓」「雪陽炎」「輝く落暉」「彩雲」がある。

石塚 滴水　いしずか・てきすい　俳人
昭和4年（1929年）～平成21年（2009年）10月19日　生宮城県　名本名＝石塚信雄　歴昭和55年「木語」に入会。平成7年、10年、12年「木語」競詠に入賞。14年「木語」競詠第一席・新人賞を受賞。のち「木語」同人となった。句集に「船形山」「暁の川」がある。　賞木語競詠第一席〔平成14年〕，木語新人賞〔平成14年〕

石塚 友二　いしずか・ともじ　俳人
明治39年（1906年）9月20日～昭和61年（1986年）2月8日　生新潟県西蒲原郡笹岡村（阿賀野市）　名本名＝石塚友次　学笹岡高等小学校〔大正10年〕卒　歴大正13年上京。神田の東京堂書店に勤める傍ら横光利一に文学を、水原秋桜子に俳句を学ぶ。昭和8年より書物展望社で随筆雑誌「文体」の編集に従事。10年沙羅書店を創業、横光の「日輪」「覚書」をはじめ、秋桜子、石橋辰之助、石田波郷らの句集などを出版した。12年波郷を選者として「鶴」を創刊、発行編集者となる。15年「俳句研究」に大作「方寸虚実」「心塵半歳」を発表、話題を呼んだ。17年短編小説「松風」が芥川賞候補作になり、18年同作で池谷信三郎賞を受賞。28年「鶴」を復刊、44年に波郷が亡くなると主宰を継承した。句集に「百萬」「磯風」「光塵」「曠日」「玉縄抄」、随筆集「とぼけ旅人」「日遺番匠」などがある。　賞神奈川文化賞（第29回）〔昭和55年〕

石塚 真樹　いしずか・まき　俳人
大正7年（1918年）9月7日～平成9年（1997年）9月19日　生茨城県猿島町　名本名＝木村桂二　歴「展」「俳句人」代表。ほかに「道標」同人。句集「狭島」「耳目はつらつ」などがある。

石塚 まさを　いしずか・まさお　俳人
大正3年（1914年）10月12日～平成1年（1989年）3月13日　生東京都　名本名＝石塚政雄　学中央大学法学科卒　歴昭和25年「水明」入会。37～46年「水明」編集長。浦和文芸家協会理事。句集に「途上小景」。　賞水明賞〔昭和35年〕，零余子賞〔昭和46年〕，埼玉文芸賞（第1回）〔昭和45年〕「途上小景」

石塚 友風子　いしずか・ゆうふうし　俳人
大正2年（1913年）10月11日～昭和62年（1987年）3月2日　生茨城県　名本名＝石塚文雄（いしずか・ふみお）　学明治学院大学卒　歴昭和22年「ぬかご」主宰野竹雨城の句詩に共感、「仝入社」同人。28年「故郷」入社、幹部同人となる。

石曽根 民郎　いしぞね・たみろう　川柳作家
明治43年（1910年）8月16日～平成17年（2005年）9月21日　生長野県松本市　学彦根高商別科卒　歴昭和3年18歳で大阪の「川柳雑誌」に投句し、麻生路郎に師事。12年「川柳しなの」を創刊。27年～平成13年「信毎柳壇」選者。句集に「大空」「山彦」「道草」の他、著書に「住めばわが街」「川柳を知る心」などがある。　賞松本市芸術文化功労表彰（第1回）〔昭和40年〕

石田 あき子　いしだ・あきこ　俳人
大正4年（1915年）11月28日～昭和50年（1975年）10月21日　生埼玉県　名本名＝石田せん　学大妻高等女学校卒　歴昭和17年俳人・石田波郷と結婚。戦後は殆ど手術、療養の繰り返しであった夫のよき支えとなり、献身的な看護に明け暮れる日々を送る。34年頃より「鶴」に投句、「鶴」同人。夫没後は「馬酔木」同人。句集「見舞籠」(44年)は長い間の看護に感謝する夫の心尽くしの句集であったが、波郷はその刊行直前に逝去した。この句集により俳人協会賞、馬酔木賞を受賞。随筆集に夫婦愛の記録として評判が高かった「夫還り来よ」があり、没後に「石田あき子全句集」が編まれた。 賞馬酔木賞, 俳人協会賞(第10回)〔昭和45年〕「見舞籠」 家夫＝石田波郷(俳人)

石田 いづみ　いしだ・いずみ　俳人

昭和4年(1929年)1月29日～昭和61年(1986年)9月12日 生茨城県下館市 名本名＝石田澄子(いしだ・すみこ) 学旧高女卒 歴昭和26年勤務先の世田谷区役所の句会で宇田零雨の指導を受け、「草茎」投句、31年「鶴」同人。49年小林康治主宰「泉」創刊に参加し、同人となる。句集に「合歓」がある。

石田 勝彦　いしだ・かつひこ　俳人

大正9年(1920年)10月3日～平成16年(2004年)7月9日 生北海道札幌市 名本名＝石田和郎(いしだ・かずろう) 学日大一中〔昭和18年〕卒 歴結核治療中の昭和27年、清瀬東京療養所の俳句サークル誌「松濤」で加藤楸邨選を受け、「寒雷」に投句。28年より「鶴」に投句し、石田波郷に師事、31年同人。49年波郷没後、小林康治主宰の「泉」創刊に参加し編集長。51年「泉」同人、「鶴」同人辞退。55年「泉」雑詠選者。句集に「双杵」「百千」「秋興」など。 賞俳人協会賞(第39回)〔平成11年〕「秋興」 家長女＝石田郷子(俳人)

石田 耕三　いしだ・こうぞう　歌人

昭和6年(1931年)10月27日～平成14年(2002年)10月27日 生鹿児島県串木野市 歴川内中学時代より作歌、色紙玲人主宰の「火山脈」会員となる。昭和26年「創作」に入会、長谷川銀作に師事。31年短歌研究第4回五十首詠で推薦作品となる。33年「創作」に入会。47年「創作」を退会し、「長流」創設に参画、編集委員、のち代表。歌集に「火立ケ岡」「吹上浜」「照島満潮」などがある。 賞短歌公論処女歌集賞(第6回)「火立ケ岡」

石田 漣　いしだ・さざなみ　歌人

明治40年(1907年)11月5日～昭和62年(1987年)12月1日 生岐阜県郡上郡奥明方村 名本名＝石田連(いしだ・むらじ) 歴大正12年「氾濫」同人。15年名古屋市の印刷会社に文選・植字工として勤務。25年肺結核を患い、翌年入院。33年「短詩形文学」同人。62年80才で没。歌集に「石より重く」「辛夷の花」「栃の実」「石田漣遺歌集」。

石田 三千丈　いしだ・さんぜんじょう

俳人

明治21年(1888年)2月12日～昭和49年(1974年)8月26日 生秋田県 名本名＝石田春輝 学東京慈恵会医科大学卒 歴明治36年頃から石井露月・島田五空、次いで戸沢撲天鵬等に師事して句を学ぶ。医家を志して上京し、慈恵医大在学中句会に出席して鳴雪・東洋城・虚子等を知る。大正14年より能代大町で病院を営み、五空晩年の主治医を務める。昭和36年小笠原洋々のあとを継ぎ、「俳星」主幹に推された。句集に「路草」「翠嵐」「辛夷」がある。

石田 波郷　いしだ・はきょう　俳人

大正2年(1913年)3月18日～昭和44年(1969年)11月21日 生愛媛県温泉郡垣生村(松山市西垣生町) 名本名＝石田哲大(いしだ・てつお) 学明治大学文芸科〔昭和11年〕中退 歴小学生の頃から句作を始め、中学卒業後も家業の農業を手伝いながら五十崎古郷の指導を受け「馬酔木」などに投句。昭和7年上京し、水原秋桜子の庇護を受け、8年最年少の「馬酔木」同人となり、9年より編集を担当。10年「石田波郷句集」を刊行し、12年「鶴」を創刊・主宰する。18年応召し、華北に渡ったが胸膜炎を病み、20年内地送還となる。21年「鶴」を復刊、また「現代俳句」を創刊。23年病気再発し、以後病と闘って句作した。25年療養俳句の金字塔ともいうべき句集「惜命」を刊行。29年「石田波郷全句集」で読売文学賞を、43年「酒中花」で芸術選奨を受賞。34年朝日新聞俳句欄選者。また36年には俳人協会を設立した。中村草田男、加藤楸邨とともに“人生探究派”と称された、昭和の代表的俳人。他の句集に「鶴の眼」「風切」「雨覆」「酒中花以後」などがあり、「清瀬村」などの随筆集、歳時記など著書多数。 賞芸術選奨文部大臣賞(第19回)〔昭和43年〕「酒中花」, 葛飾賞(第1回)〔昭和32年〕, 読売文学賞(詩歌・俳句賞, 第6回)〔昭和29年〕「石田波郷全句集」 家長男＝石田修大(日本経済新聞論説委員)

石田 比呂志　いしだ・ひろし　歌人

昭和5年(1930年)10月27日～平成23年(2011年)2月24日 生福岡県京都郡小波瀬村(苅田

町）名本名＝石田裕志（いしだ・ひろし）学豊津中〔昭和19年〕中退　歴17歳で石川啄木の歌集「悲しき玩具」を読み、短歌を志す。昭和34年「未来」に入会。37年1月「牙」を創刊したが、10月上京のため休刊。49年「牙」を復刊。61年「手花火」30首で短歌研究賞を受賞。奔放な私生活と天衣無縫な歌風で知られた。歌集に「無用の歌」「琅玕」「鶏肋」「長酣集」「滴滴」、評論集に「夢違庵雑記」「無名の群像」「短歌の中心と周辺」、散文集に「短歌真随」「長酣居雑録」などがある。　賞未来賞〔昭和40年〕，熊日文学賞（第20回）〔昭和53年〕「琅玕」，短歌研究賞（第22回）〔昭和61年〕「手花火」

石田 マツ　いしだ・まつ　歌人
昭和9年（1934年）1月19日～昭和32年（1957年）9月5日　生群馬県利根郡月夜野町　歴家は貧しく、四人の弟妹を養うために季節労働や農作業手伝・土木工事などに従事。その逆境の中で貧しさを詠んだ短歌を作り、「葦」「人生手帳」「新日本歌人」などの雑誌に投稿して女流歌人信夫澄子に認められた。しかし、生活は楽にならず、昭和31年9月5日に家を出て群馬県高崎で自殺した。歌集に「春なお浅く」「道なくて」がある。

石田 玲水　いしだ・れいすい　歌人
明治41年（1908年）9月25日～昭和54年（1979年）7月14日　生秋田県南秋田郡　学玉川学園大学教育学部卒　歴小学校教員を経て、秋田魁新報社校正部長を最後に退職。秋田県総合短歌誌「寒流」を主宰するほか、地方文化興隆のため幅広く活躍した。歌集に「幾朝」「冬影」「湖畔」があり、ほかに編著「秋田県短歌史」、随筆集「八郎潟風土記」など多数がある。

石中 象治　いしなか・しょうじ　詩人
明治33年（1900年）4月28日～昭和56年（1981年）11月12日　生熊本県　学東京帝国大学独文科〔昭和4年〕卒　歴東京帝大卒業後、文部省嘱託となる。その後、独文学者として徳島高工、山口高、六高、九州大、千葉商大教授を歴任。この間同人誌「日暦」「日本浪曼派」などに詩を発表。昭和14年詩集「海の歌」を刊行した。ニーチェ「人間的なあまりに人間的な」、リルケ「ロダン」、ヘッセ「車輪の下」などの翻訳をはじめ、「ドイツ戦争文学」「私の文芸ノート」などの著書がある。

石野 梢　いしの・こずえ　俳人
大正12年（1923年）8月22日～平成8年（1996年）1月10日　生東京都台東区　名本名＝石野静江　学高等女学校卒　歴昭和28年比良河其城主宰「虹」入会。32年西東三鬼主宰「断崖」入会、33年同人。三鬼亡き後「面」に拠る。52年岸田稚魚主宰「琅玕」入会。56年「鷹」に入会し、同人。句集に「辿り来し」。　賞虹賞〔昭和38年〕

石橋 槐子　いしばし・かいし　俳人
昭和2年（1927年）5月15日～平成10年（1998年）5月15日　生和歌山県　名本名＝石橋健作（いしばし・けんさく）学法政大学文学部卒　歴昭和29年「鶴」に入会、二十日会句会入会。31年「文芸広場」に投句。47年「鶴」同人、53年「日矢」同人。55年新「文芸広場」創刊同人。賞文芸広場（中村草田男選）俳句年度賞〔昭和33年〕

石原 雁子　いしはら・がんし　俳人
明治23年（1890年）12月～昭和33年（1958年）10月12日　生鳥取県鳥取市東大路　名本名＝石原巌，別号＝雁　学金沢医専卒　歴鳥取県保健医、智頭保健所長などを経て開業。俳句は「ホトトギス」に投句、のち俳誌「野火」を主宰した。句集「八ツ手の花」がある。

石原 沙人　いしはら・さじん　俳人
川柳作家
明治31年（1898年）11月7日～昭和54年（1979年）9月5日　生広島県　名本名＝石原秋朗，前号＝血涙堂，別号＝厳徹，柳号＝青龍刀　学拓殖大学〔大正9年〕卒　歴在天津外務書記生、満鉄・華北交通を経て戦後文芸春秋に勤めた。俳句は武田鶯塘の「南柯」、次いで臼田亜浪に師事し、「石楠」に投句。のち幹部同人。戦後新俳句人連盟に参加、昭和26年から委員長。「山河」「俳句人」同人。また川柳の諷詩人同盟主幹でもある。句集「青龍刀句集」「龍沙句帖」「諷詩龍沙吟」がある。

石原 舟月　いしはら・しゅうげつ　俳人
明治25年（1892年）3月7日～昭和59年（1984年）10月13日　生山梨県東八代郡錦村二之宮　名本名＝石原起之郎（いしはら・きしろう）学慶応義塾大学経済学部理財科卒　歴昭和20年東広を設立し社長となり、47年会長に就任。俳句は大正10年飯田蛇笏、その後龍太に師事。「雲

母」同人。55年俳人協会名誉会員。句集に「雨情」「仮泊」「奔流」などがある。 勲勲五等瑞宝章〔昭和51年〕 賞雲母賞〔昭和24年〕，山廬賞（第3回）〔昭和42年〕，東京都知事賞〔昭和49年〕，蛇笏賞（第15回）〔昭和56年〕「雨情」 家長男＝石原八束（俳人），息子＝石原次郎（俳人）

石原 春嶺　いしはら・しゅんれい　俳人
明治33年（1900年）8月18日～昭和62年（1987年）5月19日 生岡山県 名本名＝石原専一（いしはら・せんいち） 学東京大学法学部政治学科卒 歴内務省官吏。大正8年六高在学時代より作句を始める。志田素琴に師事。「懸葵」「東炎」「早蕨」等を経て、昭和45年富安風生に入門、「若葉」に所属。のち清崎敏郎に師事。

石原 次郎　いしはら・じろう　俳人
大正12年（1923年）2月20日～平成15年（2003年）9月8日 生山梨県御坂町 学東京物理学校卒 歴父は石原舟月、兄は石原八束という俳人一家で育つ。昭和18年「雲母」に投句、飯田蛇笏に師事。36年同人。平成4年「雲母」終刊により5年創刊の「白露」に所属。句集に「北卯浪」「双手の母」「高西風」がある。広告代理店・東広の会長も務めた。 家父＝石原舟月（俳人），兄＝石原八束（俳人）

石原 素子　いしはら・そし　俳人
明治43年（1910年）5月29日～平成16年（2004年）5月2日 生福島県 名本名＝石原正三 学旧制商高卒 歴昭和50年作句を始める。53年「青樹」に入会し、長谷川双魚に師事。55年同人。56年「青樹」東京支部上野の森句会を主宰。句集に「漉舟」がある。

石原 透　いしはら・とおる　俳人
大正13年（1924年）8月1日～平成19年（2007年）7月28日 生東京都 学東京大学工学部鉱山科〔昭和24年〕卒 歴昭和27年通商産業省工業技術院資源技術試験所に入所、58年公害資源研究所所長で退官。59年三菱マテリアル、大手開発顧問、平成6年日本規格協会参与。一方、昭和24年山口青邨の「夏草」入門、のち同人。31～35年「夏草」編集。著書に「地球環境と国際規格―ビジネスマンのためのISO14000」、句集に「結晶となる」などがある。 賞夏草新人賞〔昭和31年〕，夏草賞（第3回）〔昭和41年〕，夏草功労賞〔昭和48年〕

石原 伯峯　いしはら・はくほう　川柳作家
大正9年（1920年）7月16日～平成14年（2002年）4月17日 出鳥取県米子市 名本名＝石原健一 学松江中卒 歴国鉄勤務の傍ら、昭和13年から広島川柳会に所属。42年会長。平成11年広島県川柳協会会長、毎日新聞地方版の川柳選者も務めた。

石原 三起子　いしはら・みきこ　俳人
明治42年（1909年）3月3日～平成11年（1999年）1月19日 生岐阜県 名旧姓・旧名＝井上 学東京府立第三高女国文科卒 歴昭和36年藤村多加夫に手ほどきを受け、「河」に所属して角川源義に師事。50～54年「河」同人会長を務めた。 賞福島県文学準賞 家夫＝石原幹市郎（参院議員），長男＝石原健太郎（衆院議員），父＝井上孝哉（政治家）

石原 八束　いしはら・やつか　俳人
大正8年（1919年）11月20日～平成10年（1998年）7月16日 生山梨県東八代郡錦生村 名本名＝石原登 学中央大学法学部卒，中央大学大学院法学研究科修了 歴旧制中の時結核を患い、俳句に親しむ。昭和12年飯田蛇笏に師事、「雲母」に投句。戦後、同人として飯田龍太と「雲母」を編集。三好達治の知遇を受け、傾倒する。30年第一句集「秋風琴」を刊行。単なる写生にとどまらず、心の内面を見つめる“内観造型”を唱え、現代俳句に新しい抒情の領域をもたらした。35年主宰誌「秋」を創刊。50年「黒凍みの道」で芸術選奨文部大臣賞を受賞。63年から日本経済新聞社俳壇選者、平成2年から東京新聞俳壇選者を務めた。主要著書に句集「空の渚」「雪稜線」「操守」「高野谿」「雁の目隠し」、評論集「現代俳句の幻想者たち」「現代俳句の世界」「飯田蛇笏」、三好達治伝「駱駝の瘤にまたがって」「風信帖」などがある。 勲紫綬褒章〔昭和59年〕，勲四等旭日小綬章〔平成4年〕 賞芸術選奨文部大臣賞（文学評論部門，第26回）〔昭和50年〕「黒凍みの道」，中村星湖文学賞（第2回）〔昭和63年〕「駱駝の瘤にまたがって」，現代俳句協会大賞（第9回）〔平成8年〕，俳人協会評論賞（第12回）〔平成10年〕「飯田蛇笏」 家父＝石原舟月（俳人），弟＝石原次郎（俳人）

石原 吉郎　いしはら・よしろう　詩人
大正4年（1915年）11月11日～昭和52年（1977年）11月13日 生静岡県伊豆 学東京外国語学校ドイツ語部〔昭和13年〕卒 歴大阪ガス

に勤めるうち昭和14年に召集となり、やがて関東軍特務機関に配属されたが、召集解除後は満州電々調査局に徴用された。このため20年12月ソ連に抑留され、4年後に重労働25年の判決。このシベリア体験がのちに終生のテーマとなる。スターリン死後の28年12月に特赦で帰国し詩作を始める。雑誌「文章クラブ」に投稿して鮎川信夫に認められ、30年に好川誠一、勝野睦人らと同人誌「ロシナンテ」を創刊。39年「サンチョ・パンサの帰郷」でH氏賞受賞。他の詩集に「礼節」「水準原点」、エッセイ集に「望郷と海」「海を流れる河」などがあるほか、「石原吉郎全集」(全3巻, 花神社)がある。 賞H氏賞(第14回)〔昭和39年〕「サンチョ・パンサの帰郷」, 歴程賞(第11回)〔昭和48年〕「望郷と海」

石本 隆一　いしもと・りゅういち　歌人
昭和5年(1930年)12月10日～平成22年(2010年)3月31日 生東京市芝区(東京都港区) 学早稲田大学文学部英文科〔昭和31年〕卒 歴早大短歌会を経て、「地中海」へ加入。香川進に師事。昭和47年「氷原」を創刊、氷原短歌会を主宰。歌集「初期歌篇ナルキソス断章」「木馬騎士」「星気流」「鼓笛」「海の砦」「天狼篇」「つばさの香水瓶」「水馬」「流灯」「やじろべえ」などがある。他に入門書「短歌実作セミナー」「石本隆一評論集」(全9巻)など。 賞日本歌人クラブ推薦歌集(第17回)〔昭和46年〕「星気流」, 短歌研究賞(第12回)〔昭和51年〕「蓖麻の記憶」, 短歌新聞社賞(第5回)〔平成10年〕「流灯」

石原 万戸　いしわら・ばんこ　俳人
明治23年(1890年)10月27日～昭和51年(1976年)11月25日 生大阪府大阪市 名本名＝石原武雄, 別号＝健生 学早稲田大学卒 歴夏目漱石最後の門人で、漱石没後「漱石全集」の校正に当った。大正15年俳誌「かへで」を創刊、独力でその経営にあたる。俳論集に「閑さ」「芭蕉と其の芸術」などがあり、没後に「石原万戸句集」が編まれた。

伊豆 三郷　いず・さんきょう　俳人
明治42年(1909年)2月5日～昭和63年(1988年)8月16日 生神奈川県横須賀市 名本名＝高橋与四郎(たかはし・よしろう) 学旧制実業工卒 歴大正14年独学で俳句を始める。その後「土上」「馬酔木」を経て、昭和12年「鶴」入会。22年「鶴」同人。33年「河」創刊発起同人。句集に「影絵」。 賞河賞〔昭和34年〕

出井 知恵子　いずい・ちえこ　俳人
昭和4年(1929年)9月2日～昭和61年(1986年)10月18日 生広島県比婆郡山内北村(庄原市川北町) 名旧姓・旧名＝亀井 歴昭和24年「松籟」に入会。38年からは「渦」の赤尾兜子に師事。59年から俳誌「茜」を主宰。句集に「命華」「蒼華」などがある。 家弟＝亀井静香(衆院議員)

出岡 実　いずおか・みのる　詩人
昭和4年(1929年)1月17日～平成13年(2001年)5月16日 生東京都 学日本橋商卒 歴東京・日本橋での空襲と疎開先での伊勢湾台風被災体験により、詩集「仏像」「伊勢湾台風」「台風孤児」などを生んだ。「暦象」同人。ほかの詩集に「抒情詩」「精神の四季」など。一方、絵画制作にも精力的に取り組み、名古屋画廊、上野・松坂屋などで数多くの個展を開催。一貫して“花”と“仏像”をテーマに描いた。

泉田 秋硯　いずた・しゅうけん　俳人
大正15年(1926年)3月30日～平成26年(2014年)5月27日 生島根県松江市 名本名＝泉田春樹, 旧姓・旧名＝浜田 学京都大学工学部冶金科〔昭和23年〕卒 歴昭和20年京大俳句会結成後、21年幹事。22年学生俳句連盟を結成、編集主幹として俳誌「学苑」に創刊編集人として参加。26年同人誌「霜林」と改題、同人。平成6年「苑」創刊・主宰(26年3月終刊)。句集に「春の輪舞」「梨の球形」「薔薇の緊張」「バラの星座」など、他に「俳句に親しむ」の著書がある。 賞霜林賞〔平成4年〕

和泉 克雄　いずみ・かつお　詩人
大正5年(1916年)7月3日～平成22年(2010年)2月1日 生東京都 学中央大学商業学校卒 歴サラリーマンを経て、水草園芸業。昭和25年から和泉熱帯魚研究所を経営。主にグッピー、卵生および卵胎生メダカを研究・繁殖。一方、北村初雄「正午の果実」、金子光晴「こがね虫」などを読み、昭和10年頃から詩作を始める。「GALA」「日本未来派」同人。詩集に「幻想曲」「前奏曲」「練習曲」「短い旅」などがある。

出海 溪也　いずみ・けいや　詩人
昭和3年(1928年)～平成19年(2007年)3月12日 生福岡県三池郡 学法政大学日本文学科〔昭和26年〕卒 歴日蓮宗の寺の二男に生まれる。昭和23年「Pioneer」発行。24年岡田芳彦らと「芸術前衛」、27年井手則雄、関根弘らと

「列島」、平成11年「月刊Eポエム」を創刊。他の詩集に「東京詩集」「日本前衛詩集」「レアリテ」「アンダルシアの犬」、詩論集に「アレゴリーの卵」などがある。

泉 幸吉　いずみ・こうきち　歌人
明治42年（1909年）2月20日 ～ 平成5年（1993年）6月14日　出大阪府大阪市　名本名＝住友吉左衛門（16代目）（すみとも・きちざえもん），別名＝住友友成（すみとも・ともなり）　学京都帝国大学文学部史学科〔昭和8年〕卒　歴大正15年3月17歳で16代吉左衛門を継ぎ、住友家当主となり、住友合資会社代表社員・社長に就任。昭和12年株式会社に改組し、戦後の財閥解体まで住友本社社長を務めた。戦前から日常業務は総理事が執っていたが、戦後は一切の役職につかず、“象徴”として住友グループを束ねた。21年には長女が誘拐され大きな話題となった。また、3年より斎藤茂吉に短歌を師事、泉幸吉の筆名でアララギ派に所属。自然を題材にした歌が多く、歌集に「雲光」「途上」「急雪」「岬」などがある。　家父＝住友吉左衛門（15代目），義兄＝西園寺公一（政治家・公爵）

泉 甲二　いずみ・こうじ　歌人
明治27年（1894年）8月31日 ～ 昭和55年（1980年）11月10日　生福岡県福岡市　名本名＝山田邦祐　学早稲田大学英文科卒　歴大正6年北原白秋に師事、昭和10年白秋の「多磨」創刊に参加、のち編集に従事。28年中村正爾の「中央線」創刊に参加。歌集「白き秋」、編著「名歌鑑賞二十人集」「日本伝承童謡集成」の他、美術書「世界名画物語」「世界名画巡礼」などがある。

泉 とし　いずみ・とし　俳人
明治43年（1910年）3月18日 ～ 平成15年（2003年）7月1日　生兵庫県　名本名＝泉寿賀子（いずみ・すがこ）　学同志社女子専門学校英文科〔昭和6年〕卒　歴昭和43年「諷詠」入門、後藤夜半に師事。夜半没後は後藤比奈夫に師事。「諷詠」同人。句集に「宵山」「柚子の里」「遠花火」などがある。

泉 比呂史　いずみ・ひろし　川柳作家
昭和7年（1932年）1月2日～平成18年（2006年）1月6日　出大阪府大阪市　歴川柳作家の母・泉梨花女の影響で15歳から川柳を始める。昭和26年「ふあうすと」同人となり、62年副主幹、平成11年主幹。12年兵庫県川柳協会理事長。兵庫県内各地の公民館での川柳講座や高齢者大学・兵庫県いなみの学園の講師を務めた他、長く神戸の刑務所で受刑者に川柳指導を続けた。平成元年からはふれあいの祭典・川柳祭の開催にも尽力し、兵庫県の川柳の発展に寄与した。　賞兵庫県功労者表彰〔平成13年〕　家母＝泉梨花女（川柳作家）

和泉 風光子　いずみ・ふうこうし　俳人
昭和7年（1932年）11月 ～ 平成12年（2000年）2月2日　生香川県　出兵庫県神戸市　名本名＝和泉正人　学神戸医科大学〔昭和32年〕卒，神戸医科大学大学院〔昭和37年〕博士課程修了　歴昭和18年から俳句をはじめる。父、祖父とも俳人。水原秋桜子に師事。43年「馬酔木」所属。58年俳人協会会員。著書に「杜鵑花」（編著）、句集に「紫陽花」など。

泉 漾太郎　いずみ・ようたろう　詩人
明治41年（1908年）1月5日～平成8年（1996年）10月23日　出栃木県　名本名＝田代太平（たしろ・たへい）　学旧制大田原中卒　歴栃木県を代表する詩人の一人。生家は塩原町のしにせ・和泉屋旅館。十代のときに、野口雨情に詩の才能を認められ、詩作の道に入り、旅館経営の傍ら、民謡集「こんばんは」などの著作を生んだ。筆致は素朴で叙情性に富む。昭和27年に県文化功労者となり、60年から4年間、県文化協会会長を務めた。　賞栃木県文化功労者〔昭和27年〕

泉 芳朗　いずみ・よしろう　詩人
明治38年（1905年）3月18日 ～ 昭和34年（1959年）4月9日　出鹿児島県大島郡伊仙町　学鹿児島第二師範卒　歴奄美大島で教師を務めながら詩集2冊を出版。昭和3年上京し、9年に「詩律」を創刊（のち「モラル」，13年「詩生活」と改題）。14年病気のため帰郷し同誌は廃刊となるが、通刊50冊を出版した。戦後奄美文芸家協会を創立、月刊誌「自由」を刊行。また、名瀬市長や奄美大島日本復帰協議会議長としても活躍。26年8月日本復帰を祈願して120時間にわたる断食祈願を行い、詩「断食悲願」を朗詠した。27年名瀬市長に当選。29年日本社会党に入党し、2回衆議院議員に立候補したが敗れた。奄美群島の復帰運動のリーダーで、“奄美復帰の父”“奄美のガンジー”とも呼ばれる。詩集に「泉芳朗詩集」などがある。

泉国 夕照　いずみくに・ゆうしょう　歌人
明治39年（1906年）5月12日～平成18年（2006年）3月28日　㊥沖縄県那覇市首里　㊔本名＝久高友章（くだか・ゆうしょう）　㊫沖縄県立一中〔大正14年〕卒　㊧旧制沖縄県立一中時代から作歌を始める。昭和3年首里市立女子工芸学校国語教諭。戦後は首里郵便局などの局長を歴任。一方、梯梧の花短歌会、武都紀歌会に入り、依田秋圃、浅野梨郷に師事。31～42年「琉球歌壇」選者。作曲家・宮良長包の歌曲「コイナユンタ」「稲刈歌」「唐船」など9曲を作詞した。歌集に「竜潭池畔」「翠麗風韻」がある。

井関 冬人　いせき・とうじん　俳人
明治39年（1906年）12月2日～平成3年（1991年）1月21日　㊡和歌山県和歌山市　㊫慶応義塾大学経済学部卒　㊧昭和9年「層雲」に入門。18年「木槿」を創刊。32年「白嶺」を創刊。著書に「大阪の俳人たち〈2〉」（分担執筆）、句集に「キリストの絵」他。

伊勢田 史郎　いせだ・しろう　詩人
昭和4年（1929年）3月19日～平成27年（2015年）7月20日　㊡兵庫県神戸市　㊫興亜専中退　㊧昭和22年神戸新聞社に入社。23年神戸春秋社、25年重要産業新聞社に移る。27年大阪ガスに入社、平成11年大阪ガスエネルギー文化研究所顧問を退任した。詩人としては小林武雄を師と仰ぎ、昭和22年詩誌「クラルテ」に参加。27年第一詩集「エリヤ抄」を刊行。30年仲間と「輪」を創刊。平成7年阪神・淡路大震災で自宅が全壊したが、芸術を通じた被災地再生を目指す“アート・エイド・神戸”の運動で実行委員長を務めた。15～17年兵庫県現代詩協会会長。郷土史家としても活動した。詩集「幻影とともに」「錯綜とした道」「山の遠近」「よく肖たひと」「熊野詩集」「低山あるき」や評伝集「神戸の詩人たち」、「船場物語」「日本人の原郷・熊野を歩く」などがある。　㊫神戸市文化賞〔平成4年〕，兵庫県文化賞〔平成13年〕

礒 幾造　いそ・いくぞう　歌人
大正6年（1917年）3月15日～平成22年（2010年）11月8日　㊡東京市麹町区（東京都千代田区麹町）　㊫中央大学法学部卒　㊧中央大学在学中「アララギ」に入会し、山口茂吉に師事。昭和23年「アザミ」発刊に参画。36年「表現」を創刊・主宰した。歌集に「反照」「海潮」「黄琉璃」「人工渚」「寡黙なる日々」「坂多き街」「夕茜雲」、著書に「一座建立」「短歌の現在」などがある。　㊫短歌研究賞（第9回）〔昭和48年〕「反照」，日本歌人クラブ推薦歌集（第16回）〔昭和45年〕「寡黙なる日々」

磯江 朝子　いそえ・あさこ　歌人
明治36年（1903年）3月20日～平成5年（1993年）4月27日　㊡岡山県　㊧昭和2年「橄欖」に入り、吉植庄亮に師事。7年「短歌民族」、28年「形成」創刊に参加、44年「神戸形成」を創刊・主宰。51年神戸市文化賞を受賞。歌集に「銀の重み」「黄の存在」「巻雲」「孤情」がある。　㊫神戸市文化賞〔昭和51年〕

磯貝 碧蹄館　いそがい・へきていかん　俳人
大正13年（1924年）3月19日～平成25年（2013年）3月24日　㊡東京府北豊島郡西巣鴨町（東京都豊島区）　㊔本名＝磯貝甚吉（いそがい・じんきち）　㊫豊南商中退　㊧10代の頃から川柳を村田周魚、俳句を萩原蘿月、内田南草に学ぶ。昭和29年中村草田男に入門。35年「与へられたる現在に」で角川俳句賞を受賞。41年第一句集「握手」を刊行。49年「握手」を創刊・主宰。また、書を金子鷗亭に師事した。他の句集に「花粉童子」「道化」「絶海」「眼奥」「馬頭琴」「未哭微笑」、著書に「俳句の基礎知識」「秀句誕生の鍵」などがある。　㊫角川俳句賞（第6回）〔昭和35年〕「与へられたる現在に」，俳人協会賞（第6回）〔昭和41年〕「握手」，萬緑賞（第15回）〔昭和43年〕

磯崎 藻二　いそざき・そうじ　俳人
明治34年（1901年）4月13日～昭和26年（1951年）5月7日　㊡大分県大分市大道町　㊔本名＝磯崎操次　㊫東亜同文書院〔大正11年〕卒　㊧東亜同文書院卒業後、数年にして長兄の死に遇い、そのため家業の大分港回漕会社を継ぎ、大正13年大分合同トラックを設立し、戦後に社長となる。昭和6年吉岡禅寺洞に師事して「天の川」に参加して俳句を始め、11年同誌の幹部となる。句集に私家版遺句集「牡丹」がある。　㊦長男＝磯崎新（建築家），いとこ＝幸松春浦（日本画家）

礒永 秀雄　いそなが・ひでお　詩人
大正10年（1921年）1月17日～昭和51年（1976年）7月27日　㊡旧朝鮮仁川府　㊫東京帝国大学文学部美学科卒　㊧昭和18年兵役でハルマヘラ島へ、21年復員。以後「ゆうとぴあ」「詩学」

に詩を発表。25年磯村英樹らと詩誌「駱駝」を創刊。26年上田敏雄らと「現代山口県詩選」を編集するなど中国地方の文化振興に尽力した。詩集に「浮灯台」「角笛」「別れの時」「降る星の歌」など。また詩劇、ラジオドラマ、童話なども書いた。没後「礒永秀雄選集」が出された。賞山口県芸術文化振興奨励賞(第1回)〔昭和26年〕「浮灯台」

磯野 莞人　いその・かんじん　俳人
明治43年(1910年)9月12日〜昭和58年(1983年)10月31日　出京都府相楽郡木津町梅谷　名本名＝磯野留吉(いその・りゅうきち)　学実業補習学校卒　歴高浜虚子に師事、昭和25年「ホトトギス」系の俳誌「河鹿」を創刊し、主宰。句集に「笹鳴」「山彦」「佐保」「佐保残照」などがある。　勲勲六等瑞宝章〔昭和58年〕　賞奈良県文化賞〔昭和42年〕

石上 露子　いそのかみ・つゆこ　歌人
明治15年(1882年)6月11日〜昭和34年(1959年)10月8日　生大阪府富田林市　名本名＝杉山孝子(すぎやま・たかこ)(戸籍＝タカ),筆名＝夕ちどり,ゆふちどり　歴明治34年頃から夕ちどりの名で「婦女新聞」に投書し、36年東京新詩社の社友に。石上露子、ゆふちどりの名で短歌、美文を発表し、明星派歌人として知られた。40年に結婚後は夫の反対で筆を絶っていたが、昭和6年夫と別居して「冬柏」に参加して復活した。晩年は息子の不幸などで孤独の生活をすごした。その著作は、松村緑編「石上露子集」(中央公論社)として34年に集大成された。

磯辺 芥朗　いそべ・かいろう　俳人
大正14年(1925年)5月1日〜平成17年(2005年)3月2日　生福岡県　名本名＝磯辺哲英(いそべ・てつえい)　学仏教大学卒　歴昭和21年一田牛畝の勧めで作句。河野静雲に師事し「ホトトギス」及び「冬野」に投句。42年江口竹亭に師事。「万燈」同人。「秋爽」会員。49年から観音寺句会を始める。　賞福岡市民芸術祭賞(俳句部門)〔昭和54年〕

磯部 国子　いそべ・くにこ　歌人
明治39年(1906年)4月20日〜平成5年(1993年)6月25日　生奈良県奈良市　歴昭和33年より生方たつゑに師事。「浅紅」創刊当初より浅紅短歌会事務所を担当、運営委員。歌集に「冬の楽章」「残花抄」がある。　家夫＝磯部巌(秋田県知事)

磯部 尺山子　いそべ・しゃくざんし　俳人
明治30年(1897年)3月24日〜昭和42年(1967年)1月9日　生群馬県佐波郡宮郷村　名本名＝磯部覚太,画号＝磯部草丘(いそべ・そうきゅう)　学前橋中〔大正4年〕卒　歴大正8年川合玉堂に師事。13年「冬ざれ」で帝展に初入選。翌14年南房総で療養生活を送り、句作を始める。昭和3年帝展に再び入選し、以後、特選、無鑑査、日展招待出品を重ねた。田園や山水の風景画を得意とし、とくに郷里・群馬の風景画を多く描いた。代表作に「夏の山」「秋立つ浦」「国敗れて山河あり」など。俳句は昭和4年「渋柿」に入会し、のち選者となり後進を指導した。句集に「氷炭」「続氷炭」などがある。　賞群馬県功労賞〔昭和38年〕

磯村 英樹　いそむら・ひでき　詩人
大正11年(1922年)6月8日〜平成22年(2010年)10月29日　生東京市芝区新銭座町(東京都港区)　出山口県下松市　名本名＝磯村英樹(いそむら・ひでき)　学下松工応用化学科〔昭和16年〕卒　歴昭和16年日本石油に入社。下松製油所、本社勤務などを経て、52年定年退職。一方、24年より郷土文芸誌「あけぼの」に俳句・短歌・詩を投稿。25年詩誌「駱駝」を創刊(51年終刊)。33年「地球」同人、35年日本現代詩人会に入会、57年「地球」退会、「歴程」同人となる。平成5〜6年日本現代詩人会会長。詩集に「天の花屑」「生きものの歌」「したたる太陽」「水の女」「いちもんじせせり」「おんなひと」「ツタンカーメンのエンドウ豆」「ギリシャの夏」「朝奏楽」など。ほかの著書に「文壇資料・城下町金沢」がある。　賞室生犀星詩人賞(第3回)〔昭和38年〕「したたる太陽」

板垣 家子夫　いたがき・かねお　歌人
明治37年(1904年)2月22日〜昭和57年(1982年)5月18日　生山形県　名本名＝板垣金雄　歴大正10年作歌を始め、14年アララギ派に加わって、斎藤茂吉の門人になる。太平洋戦争中、大石田町に疎開していた茂吉の世話をした。代表作に歌集「礫底」がある。　賞斎藤茂吉文化賞〔昭和43年〕

板津 堯　いたつ・たかし　俳人
昭和4年(1929年)3月4日〜平成26年(2014年)1月20日　生新潟県新潟市　学新潟中〔昭和20年〕卒　歴昭和20年新潟日報社に入社。上越支

社報道部長、整理部第一部長、編集局次長などを経て、56年制作局長、63年取締役、平成4年常務。6年退任。作句は昭和21年より始め、22年「鶴」に入会、石田波郷、石塚友二に師事。35年同人、54年より地方代表幹事。「琅玕」所属。俳人協会新潟県支部の初代支部長を務めた。句集に「年輪」「花信」「みゆき」などがある。

伊丹 公子　いたみ・きみこ　俳人　詩人
大正14年(1925年)4月22日～平成26年(2014年)12月15日　生高知県高知市　名本名＝岩田きみ子(いわた・きみこ),旧姓・旧名＝伊東　学伊丹高女卒　歴昭和21年日野草城、伊丹三樹彦に師事し、「まるめろ」に拠り作句。22年伊丹と結婚。24年「青玄」創刊により同誌に拠る。51年草城没後、夫が同誌を継承。口語による現代俳句で、明るく透明感のある作風。17～23年神戸新聞投稿欄「神戸新聞文芸」選者を務めた。また、村野四郎、伊藤信吉に師事し、詩も書く。61年には尼崎市歌「ああ尼崎市民家族」を作詞した。句集に「メキシコ貝」「陶器天使」「沿海」「時間紀行」「パースの秋」、詩集に「通過儀礼」「空間彩色」「赤道都市」などがある。　賞青玄賞(昭和35年度),現代俳句協会賞(第19回)〔昭和47年〕　家夫＝伊丹三樹彦(俳人),長女＝伊丹啓子(俳人)

一円 黒石　いちえん・こくせき　俳人
大正15年(1926年)1月3日～昭和60年(1985年)10月10日　生滋賀県犬上郡多賀町一円　名本名＝一円外司三　学関西大学経済学部卒　歴一円商店を自営。昭和28年より俳句を始め、「葦牙」「河」同人。自らも41年5月～45年10月まで「麗峰」を主宰。　賞倶知安町文化賞(昭和59年度)

市川 一男　いちかわ・かずお　俳人
明治34年(1901年)12月19日～昭和60年(1985年)5月12日　生広島県安芸郡和生町　名旧号＝かづを　学東京高等工業学校機械科卒　歴大正12年から昭和15年まで特許局に勤める。戦後、21年弁理士となり、協和特許事務所長。俳句は大正9年から原石鼎に師事、「鹿火屋」同人となる。戦後、文語定型への疑問をもち、23年水谷六子らと口語俳句研究会を結成し「口語俳句」を主宰。25年から27年まで「新日本俳句」を発行。36年2代目口語俳句協会長に就任。句集に「朝の星」「定本・市川一男俳句集」など、俳論集に「口語俳句」「俳句百年」などがある。

市川 享　いちかわ・すすむ　歌人
大正4年(1915年)6月17日～昭和61年(1986年)10月19日　出埼玉県　歴昭和15年「水甕」に入り、47年から選者。歌集に「夏実」「風の輪」「真弓」。

市川 東子房　いちかわ・とうしぼう　俳人
明治31年(1898年)1月11日～昭和55年(1980年)4月17日　生東京市日本橋区南茅場町(東京都中央区)　名本名＝市川作造　歴大正10年頃、青木紅酔に従って句作を始める。昭和5年「ホトトギス」発行所に勤務、20年「ホトトギス」同人。37年「大桜」を創刊・主宰。句集に「東子房句抄」「涅槃以後」がある。　家妻＝酒井小蔦(俳人)

市来 勉　いちき・つとむ　歌人
明治42年(1909年)9月21日～平成11年(1999年)3月9日　生東京都　学高知商卒　歴昭和4年「相聞」に参加し、後に「立春」「蒼生」に参加。32年横田専一らと「橋」を創刊して発行人となる。歌集に「激流」「阿修羅」「楚歌」「天使と花」「桧扇の花」などがある。

一条 和一　いちじょう・かずいち　歌人
明治37年(1904年)7月11日～平成3年(1991年)12月23日　生宮城県　学宮城県立吏員養成所卒　歴昭和23年「アララギ」入会。斎藤茂吉、土屋文明に師事。43年宮中歌会始入選。歌集に「一路」「求道者」「みづなら」「冬林」「月明」など。　賞福島県文学賞(短歌,第4回)〔昭和26年〕「一路」,福島県文化功労章〔昭和43年〕

一乗 秀峰　いちじょう・しゅうほう　俳人
明治39年(1906年)5月18日～昭和58年(1983年)4月29日　生東京都　名本名＝一乗秀夫(いちじょう・ひでお)　学法政大学法科卒　歴昭和40年「若葉」富安風生の手ほどきを受ける。53年「若葉」同人。50年北海道俳句協会事務局長。

一条 徹　いちじょう・とおる　歌人
明治42年(1909年)3月19日～昭和57年(1982年)10月8日　生東京市日本橋区(東京都中央区)　名本名＝藤原春雄(ふじわら・はるお)　学日本大学法商学部中退　歴戦前、プロレタリア短歌運動に参加。昭和17年検挙・投獄される。戦後は日本共産党に入党。「アカハタ」編集委員となり短歌部門を担当、のち同編集局長。36年党を除名された。

一瀬 直行　いちのせ・なおゆき　詩人
明治37年（1904年）2月17日～昭和53年（1978年）11月14日　生東京市浅草区（東京都台東区）　名本名＝一瀬沢竜（いちのせ・たくりゅう）　学大正大学中退　歴大正大学予科在学中から詩作を始め、川路柳虹主宰の「炬火」に発表し、大正15年詩集「都会の雲」を刊行。その後小説に転じ、昭和13年「隣家の人々」が第7回芥川賞候補作品となる。東京・下町に住み、下町に材をとった作品を多く発表、「浅草物語」「ゲイボーイ」「山谷の女たち」などを刊行。「随筆東京・下町」の著書もある。

一瀬 稔　いちのせ・みのる　詩人
明治42年（1909年）11月19日～平成16年（2004年）8月2日　生山梨県西八代郡市川大門町（市川三郷町）　名本名＝宿沢稔（しゅくざわ・みのる）　歴20歳前後まで病弱で療養生活を送る。昭和15年同郷の小説家・石原文雄らとともに甲府を拠点とする「中部文学」を創刊。16年処女詩集「山鶏」を発表、四季賞（現・中原中也賞）の候補作となる。戦時中、甲府に疎開していた井伏鱒二や太宰治らの小説家と交流。戦後は、会社勤務や旅館経営などに一時携わったほかは、詩人として活動。61年太宰治らとの交友を回想した随筆「忘れ得ぬ人びと」を出版。他の詩集に「明日の糧」「草の栖」などがある。　賞文化功労実賞〔昭和53年〕

一戸 謙三　いちのへ・けんぞう　詩人
明治32年（1899年）2月10日～昭和54年（1979年）10月1日　生青森県弘前市　歴大正8年パストラル詩社結成に参加、同年第一詩集「田園の秋」を刊行。福士幸次郎の韻律学の実践を貫き、津軽の風景や風物を平明で澄んだ感性で表現した詩作で知られ、津軽の象徴詩人、抒情詩人と呼ばれた。また幸次郎の地方主義運動に共鳴し、優れた方言詩も数多く残した。詩集に「歴年」、方言詩集に「茨の花（ばらのはなこ）」、方言詩誌「芝生（ながわら）集」などがある。

市橋 鐸　いちはし・たく　国文学者
明治26年（1893年）3月19日～昭和58年（1983年）9月28日　生愛知県犬山市　名本名＝市橋鐸麿（いちはし・たくまろ）　学国学院大学国文科〔大正7年〕卒　歴中学校教師だった昭和16年、名古屋市の委嘱を受け、「名古屋叢書」の編纂主任として、8年がかりで全47巻を完成。戦後、愛知県立女子専門学校、愛知県立女子大学教授として39年まで務めた。著書に「丈艸伝記考説」「俳諧史諸論」「俳文学遺蹟探究」などがある。　勲勲三等瑞宝章〔昭和48年〕　賞愛知県文化功労章〔昭和42年〕

市橋 友月　いちはし・ゆうげつ　俳人
明治45年（1912年）7月2日～平成5年（1993年）2月20日　生徳島県　名本名＝市橋研一（いちはし・けんいち）　学徳島師範教員養成科卒　歴昭和20年「安芸莒宇」入門。「正風」入会。41年「航標」創刊入会。50年「なると」入会。53年「狩」入会、55年会友。　賞徳島県俳連徳島新聞賞〔昭和56年〕

市原 克敏　いちはら・かつとし　歌人
昭和13年（1938年）5月5日～平成14年（2002年）5月3日　生東京都杉並区　学早稲田大学文学部中退　歴昭和45年林間短歌会に入会、「林間」編集人を務めた。また、平成9年の「短歌朝日」創刊以来、企画・編集に携わった。共著に「飯田深雪の世界」「ぽあ総集編I」がある。

一原 九糸　いちはら・きゅうし　俳人
明治43年（1910年）8月23日～平成22年（2010年）10月1日　生徳島県那賀郡平島村（阿南市）　出北海道　名本名＝一原有徳（いちはら・ありのり）　学小樽高等実修商科卒　歴大正2年一家で北海道真狩別村に入植。12年小樽に移る。26年40歳を過ぎて油絵を始め、32年から版画に取り組む。土方定一に認められ、35年の東京個展で評価を得る。石版にインクを塗って金具で一部をそぎ取り、紙に刷り取る“モノタイプ”の手法を確立。俳人、登山家としても活動し、小樽の赤岩山の岩壁に多くのルートを開拓した。また、60歳で発表した小説「乙部岳」は太宰治賞候補になった。「粒」「氷原帯」同人。著書に「一原有徳物語」、俳句集「岳」「坂」、版画集「霧のネガ」、ガイドブック「北海道の山」などがある。　勲紺綬褒章〔平成1年〕

一丸 章　いちまる・あきら　詩人
大正9年（1920年）7月27日～平成14年（2002年）6月12日　生福岡県福岡市博多　学福岡中〔昭和12年〕卒　歴花街の娼家に生まれる。大学を中退し、結核と闘い、のち筆一筋の自由業に。戦後、詩人の丸山豊らとともに「母音」を創刊。久留米大学、香蘭女子短期大学、精華女子短期大学各講師の他、福岡文化連盟理事なども務めた。詩人としては昭和48年に処女詩集

「天鼓」でH氏賞受賞。「こをろ」同人。ほかに「呪いの木」など。 賞H氏賞（第23回）〔昭和48年〕「天鼓」，福岡市文化賞〔昭和59年〕 家妻＝一丸文子（俳人）

一見 幸次　いちみ・こうじ　俳人
昭和16年（1941年）8月15日～平成23年（2011年）10月5日 生愛知県名古屋市 学日本通信美術学園デザイン専攻科卒 歴百貨店、デザイン事務所を経て、フリーのグラフィックデザイナーとして活動。傍ら、昭和39年に俳句誌「菜の花」創刊に参加、41年文芸同人誌「海」創刊に参加、平成15年より同誌主宰。著書に小説集「背高泡立草」「屋台の驟雨」「みえない月」「保夜」、俳句集「花のグラフィックデザイナー」「工房日記」などがある。 賞三重県文学新人賞（小説部門，昭和52年度），三重県文化奨励賞（文学部門，昭和60年度）

市村 究一郎　いちむら・きゅういちろう　俳人
昭和2年（1927年）11月23日～平成23年（2011年）11月26日 生東京府北多摩郡府中町（東京都府中市） 名本名＝市村和雄（いちむら・かずお） 学奉天陸軍飛行学校卒，帝京商〔昭和21年〕卒 歴昭和25年「ホトトギス」系の榎本野影に手ほどきを受ける。27年「馬酔木」に投句し、40年同人、49年馬酔木同人会幹事長。59年「橡」創刊に編集同人として参加。平成2年「カリヨン」を創刊・主宰。句集に「東皐」「榠櫨」「庭つ鳥」「土」などがある。 賞馬酔木新人賞〔昭和35年〕，馬酔木賞〔昭和50年〕

市村 迯水居　いちむら・とうすいきょ　歌人
明治37年（1904年）5月6日～平成1年（1989年）11月10日 生長野県 名本名＝市村宏（いちむら・ひろし） 学東洋大学国文科〔昭和16年〕卒 歴国文学者として東洋大学教授を務めた。歌人としては「アララギ」「覇王樹」を経て「花実」同人となり、昭和48年「迯水」を創刊し主宰。研究書「万葉集新講」の他、歌集「憂の花」「東遊」「雁田山」「千曲川」、随筆集「迯水居漫筆」などがある。

市村 不先　いちむら・ふせん　俳人
明治31年（1898年）5月6日～昭和63年（1988年）12月4日 生栃木県宇都宮市 名本名＝市村房吉（いちむら・ふさきち） 学専修大学経済学科卒 歴高浜虚子、年尾に師事。昭和36年「ホトトギス」同人。47年「桑海」を創刊し、主宰。

一叩人　いっこうじん　川柳研究家
明治45年（1912年）1月16日～平成11年（1999年）4月9日 出東京都 名本名＝命尾小太郎 学法政大学卒 歴プロレタリア川柳作家の鶴彬の作品、関係資料などを収集し、昭和52年「鶴彬全集」を刊行した。編著に「新興川柳選集」など。

伊津野 永一　いつの・えいいち　俳人
昭和2年（1927年）4月23日～平成4年（1992年）8月12日 生東京都世田谷区 名本名＝伊津野崇 学日本大学法学部卒 歴東京新聞を経て、昭和42年万求パブリシティ設立。俳句は10年頃より祖母の手ほどきを受ける。25年「春光」入門、31年同人、52年編集発行人。53年「あすか」同人。句集に「勤め人」「はは」「洒洒落落」。 賞春光賞〔昭和53年〕

井出 一太郎　いで・いちたろう　歌人
明治45年（1912年）1月4日～平成8年（1996年）6月2日 生長野県南佐久郡臼田町 学京都帝国大学農学部農業経済科〔昭和18年〕卒 歴昭和21年衆院議員に当選、以来16期連続当選。31年農相、45年郵政相、49年三木内閣の官房長官を歴任。国民協同党の結成以来、一貫して三木派（河本派）に属す。61年6月引退。歌人としては吉植庄亮に師事、53年の新年歌会始の召人を務め、歌集に「政塵抄」「政餘集」「明暗」などがある。 勲勲一等旭日大綬章〔昭和61年〕 家姉＝丸岡秀子（評論家），弟＝井出孫六（作家），息子＝井出正一（衆院議員）

井手 逸郎　いで・いつろう　俳人
明治35年（1902年）1月17日～昭和58年（1983年）5月17日 生岡山県玉島町 学東洋大学〔昭和6年〕卒 歴台湾、愛知、兵庫などの学校教師を歴任。一方、大学在学中「層雲」に参加し、荻原井泉水に師事。のち「白嶺」に参加。句作の傍ら俳句評論を執筆し、著書に「明治大正俳句史」「俳句論考」「正岡子規」「青木此君楼新考」。

井手 則雄　いで・のりお　詩人
大正5年（1916年）8月25日～昭和61年（1986年）1月3日 出長崎県 学東京美術学校彫刻科〔昭和14年〕卒，東京美術学校研究科〔昭和16年〕修了 歴東京美術学校在学中から二科

展などに出品、昭和12年第24回二科展に「窄き門」を出品し初入選。17年美術文化協会に参加。18年には銀座で個展を開く。戦後の22年前衛美術会結成に参加。47年12月宮城教育大学教授に就任。56年3月退官後は、福島県の会津短期大学の非常勤講師などを務めた。詩人としても知られ、「純粋詩」「造型文学」「新日本詩人」「列島」などに詩や評論を発表、27年に詩集「葦を焚く夜」を刊行。美術関係の著書に「マイヨオル」「美術のみかた」「美術入門」などがある。61年1月小浜海岸を散歩中に転落死し、8月詩碑が建てられた。　家妻＝井手文子(女性史研究家)

井手 文雄　いで・ふみお　詩人
明治41年(1908年)10月18日～平成3年(1991年)2月12日　生佐賀県神埼郡三田川町　名筆名＝佐倉流, 一木哲二　学九州帝国大学法文学部経済学科〔昭和6年〕卒　歴九州帝大助手、東京高師講師を経て、昭和16年横浜高商教授、25年横浜国大教授を歴任し、49年退官。同年東洋大教授、50年日大教授、53年大東文化大教授を歴任。また20歳の頃より詩作を始め、「詩と散文」「磁場」「日本未来派」などに拠り、戦後、「薬脈」「詩作」を主宰。日本詩人クラブ会長も務めた。「風」同人。詩集に「樹海」「井手文雄詩集」「増補井手文雄詩集」「ガラスの魚」などがあり、ほかに「古典学派の財政論」「新稿・近代財政学」などの専門書が多数ある。　勲勲三等旭日中綬章〔昭和55年〕

糸 大八　いと・だいはち　俳人
昭和12年(1937年)10月1日～平成24年(2012年)3月9日　出北海道札幌市　名本名＝伊藤邦男　学札幌北高卒　歴昭和49年礒貝碧蹄館に師事。「握手」創刊に同人として参加。句集に「蛮朱」がある。　賞握手同人賞〔昭和52年〕

伊藤 あかね　いとう・あかね　俳人
大正15年(1926年)5月9日～平成12年(2000年)8月5日　生岐阜県　名本名＝伊藤アサヱ　学瑞浪尋常高小高等科卒　歴昭和42年太田嵯の手ほどきを受ける。「ひこばえ」(現「恵那」)入会、同年「夏爐」入会。54年「夏爐」同人、55年「恵那」同人。　賞ひこばえ努力賞〔昭和47年〕

伊藤 明雄　いとう・あきお　歌人
明治41年(1908年)5月20日～昭和60年(1985年)11月　生三重県四日市市中野町　学高小卒　歴高小卒業後、准教員検定に合格して教員となる。19歳で遠縁の伊藤家を嗣ぎ、やがて正教員の資格も取得。昭和24年校長に進む。同時期から短歌を始め、34年頃より「朝日歌壇」「毎日歌壇」に投稿、入選を重ねた。同年古茂野歌会結成に参加したが、37年同歌会を離れて宮柊二主宰の「コスモス」会員となった。41年教職を退く。42年町議に当選、のち議長も務めた。歌集に「富士見の里」がある。

伊藤 聚　いとう・あつむ　詩人
昭和10年(1935年)6月30日～平成11年(1999年)1月6日　出東京都　学早稲田大学文学部独文科卒　歴松竹に入社し、大島渚、吉田喜重、田村孟らの助監督を経て、松竹シナリオ研究所長。詩集に「世界の終りのまえに」「気球乗りの庭」「目盛りある日」「公会堂の階段に坐って」「ZZZ…世界の終りのあとで」などがある。

伊藤 海彦　いとう・うみひこ　詩人
大正14年(1925年)1月1日～平成7年(1995年)10月20日　生東京都渋谷区　学日本大学芸術科〔昭和22年〕卒　歴中学教諭、出版社勤務を経て、放送作家となる。昭和24年NHK専属、32年フリー。一方、17歳ごろから詩作を始め、「高原」「アルビレオ」を経て、「同時代」「地球」同人。放送詩劇の分野で活躍、新しいタイプのラジオ・ドラマを創造した。代表作に「夜が生まれるとき」「吹いてくる記憶」「この青きもの」「こどもとことば」「遠い横顔」「銃声」などがあり、詩集に「黒い微笑」「影の変奏」、童謡集「風と花粉」などがある。

伊東 悦子　いとう・えつこ　歌人
昭和19年(1944年)8月6日～平成19年(2007年)7月4日　生長野県伊那市美篶　歴「潮音」編集委員、「白夜」幹部同人。歌集に「年ごとに薔薇を」「綾瀬川春秋」などがある。

伊東 音次郎　いとう・おとじろう　歌人
明治27年(1894年)5月17日～昭和28年(1953年)2月6日　生北海道石狩国江別村　学札幌中学4年修了　歴明治44年純正詩社に入社し、45年上京する。大正5年北海道に帰り、北海道口語歌連盟を結成。後、芸術と自由会員、新短歌協会員として活躍。没後「音次郎歌集」が刊行された。

伊藤 勝行　いとう・かつゆき　詩人
大正14年(1925年)1月28日～平成17年(2005

年）12月19日　生岐阜県可児郡上之郷村　学上之郷尋常高小〔昭和14年〕卒　歴昭和15年高等小学校の代用教員となり、18年国民学校初等科訓導資格検定に合格。19年12月入営、中国へ。21年復員。可児郡上之郷中学校、多治見市立南が丘中学校、小泉中学校、滝呂小学校などに勤務し、音楽クラブ、詩作の指導などに熱意を傾けた。59年多治見中学校教師を定年退職、62年笠原町町史編纂室嘱託。一方、戦後間もなくより詩作し、詩誌、文芸誌に投稿。28年第一詩集「白い花びらのために」を刊行。中日新聞などにエッセイも執筆。平成3～7年中日詩人会会長を務めた。他の詩集に「卵を抱く眼」「未完の領分」「ラの音」「わが家族」などがある。賞中部日本詩人（努力賞）〔昭和32年〕，中日詩賞（第13回）〔昭和48年〕，岐阜県芸術文化奨励賞〔昭和50年〕　家長男＝伊藤芳博（詩人）

伊藤 啓山人　いとう・けいさんじん　俳人
明治40年（1907年）5月17日～昭和59年（1984年）6月9日　生愛知県丹羽郡大口町替地　名本名＝伊藤弥城（いとう・やしろ）　学早稲田大学政経科中退　歴昭和5年星野麦人に師事。10年吉田冬葉、47年細木芒角星に師事し、48年「獺祭」同人。

伊藤 源之助　いとう・げんのすけ　歌人
明治42年（1909年）6月24日～昭和61年（1986年）12月20日　生千葉県　歴「常春」「現代短歌」を経て、昭和21年創刊の「人民短歌」に加入。22年3月東海歌話会に加盟し「短歌文学」の編集を担当。24年3月歌誌「暦象」創刊の発起人。37年「冬雷」創刊に参加。歌集に「生活の河」「続生活の河」「続々生活の河」「山王下」ほか多数、著作に「土屋文明論」「宮柊二人と作品」がある。

伊藤 公平　いとう・こうへい　歌人
明治34年（1901年）7月28日～昭和59年（1984年）3月9日　出千葉県　学国学院大学卒　歴吉植庄亮に師事。千葉女子師範などで教鞭を執る傍ら、大正11年歌誌「橄欖」の刊行に参加。賞千葉県文化功労者

伊藤 幸也　いとう・こうや　詩人
昭和3年（1928年）12月20日～平成16年（2004年）12月19日　生宮城県加美郡小野田町（加美町）　名本名＝伊藤幸也（いとう・ゆきや）　学東北大学経済学部〔昭和26年〕卒　歴損害保険会社に勤める傍ら、詩作を続ける。昭和26年から詩誌「時間」同人となり、46年「ピアノと女」で北川冬彦賞。平成3年より「竜骨」を創刊・主宰。詩集に「被災地」「茫茫」「からすの顚末」、作品集に「北の稲妻」がある。　賞北川冬彦賞（第6回）〔昭和46年〕「ピアノと女」

伊藤 梧桐　いとう・ごどう　俳人
大正1年（1912年）10月22日～昭和61年（1986年）11月6日　生長野県　名本名＝伊藤五郎（いとう・ごろう）　学昭和医専卒　歴昭和20年「科野」栗生純夫の手ほどきを受ける。48年「黒姫」入会、53年同人会長。55年長野県俳人協会理事。勲勲五等双光旭日章〔昭和60年〕

伊東 静雄　いとう・しずお　詩人
明治39年（1906年）12月10日～昭和28年（1953年）3月12日　生長崎県北高来郡諫早町船越（諫早市）　学京都帝国大学文学部国文科〔昭和4年〕卒　歴京都帝大在学中の昭和3年、御大礼記念児童映画脚本募集に「美しい朋輩達」で一等入選する。翌年大学卒業後、大阪府立住吉中学校に就職。ドイツ語で詩を読み、特にケストナーとリルケに関心を示した。教員生活をしながら詩を書き、同人雑誌「呂」に発表する。昭和8年保田与重郎、田中克己にさそわれ「コギト」に参加し、萩原朔太郎らに認められる。10年「日本浪漫派」同人となる。同年第一詩集「わがひとに与ふる哀歌」を刊行し、文芸汎論詩集賞を受賞。15年第二詩集「夏花」を刊行し、透谷文学賞を受賞。以後、18年「春のいそぎ」、22年「反響」と4冊の詩集を刊行した。戦後は阿倍野高校に転勤となったが、24年に肺結核となり、闘病生活を送った。「伊東静雄詩集」（創元社版）「伊東静雄全集」（人文書院）がある。　賞文芸汎論詩集賞（第2回）〔昭和10年〕「わがひとに与ふる哀歌」，透谷文学賞（第5回）〔昭和16年〕「夏花」

伊藤 正斉　いとう・しょうさい　詩人
大正2年（1913年）8月15日～平成6年（1994年）3月16日　生愛知県東春日井郡品野村（瀬戸市）　学小卒　歴家業を継ぎ陶工となるが、独学で詩作を始め、「詩精神」に投稿。戦後、「列島」を経て、「コスモス」所属。詩集に「冬の日」「粘土」など。

伊藤 松風　いとう・しょうふう　俳人
大正9年（1920年）5月15日～平成25年（2013年）3月19日　出福島県福島市　名本名＝伊藤富雄（いとう・とみお）　歴「寒雷」同人。俳句

結社「曠野」を主宰。福島県俳句作家懇話会に発足当初から関わり、同会長や福島県現代俳句連盟会長を歴任した。

伊藤 四郎　いとう・しろう　俳人

明治45年（1912年）3月21日～平成2年（1990年）9月20日　生宮城県宮城郡利府町　名本名＝伊藤孫四郎　学宮城県農中退　歴昭和16年「駒草」入会、18年同人。19年応召。45年「駒草」編集。50年「琴座」、51年「鷹」、53年「暖鳥」に入会し、各同人。同年「北斗」選者。句集に「こほろぎ」「木賊」「仙翁花」。　賞駒草賞〔昭和31年〕，宮城県芸術協会賞〔昭和47年〕

伊藤 信吉　いとう・しんきち　詩人

明治39年（1906年）11月30日～平成14年（2002年）8月3日　生群馬県群馬郡元総社村（前橋市）　学高小卒　歴前橋市の農家に生まれ、小卒後、群馬県庁へ勤めながら詩作し、同郷の詩人・萩原朔太郎に師事。昭和3年草野心平と共にアナキズム系の詩人を抱括して「学校詩集」を編集刊行。4年上京、プロレタリア詩人会に参加。6年全日本無産者芸術連盟（ナップ）に加盟し、雑誌「ナップ」「プロレタリア詩」等に作品を発表。7年治安維持法違反容疑で逮捕され、プロレタリア文学運動から退く。8年第一詩集「故郷」を刊行後、長い間詩作を断った。14年吉田健一らと「批評」を創刊、「歴程」同人にもなり、各種の評論を発表し、「現代詩人論」「作家論」など刊行。戦後は詩評論、研究が中心となり、「現代詩の鑑賞」「近代詩の系譜」などを著す。51年に第二詩集「上州」を出してから、盛んに詩作。萩原朔太郎の研究家としても知られ、著書「萩原朔太郎研究」「萩原朔太郎」があるほか、「萩原朔太郎全集」など萩原の全集の編纂に4度携わった。また「室生犀星全集」「現代日本詩人全集」の編集・解説も行った。49年日本現代詩人会長、平成8年群馬県立土屋文明記念文学館の初代館長に就任。11年には92歳の史上最高齢で日本芸術院賞を受賞。飄々とした佇まいで詩壇の長老として信望を集めた。他に評論・随筆「島村藤村の文学」「高村光太郎」「監獄裏の詩人たち」「逆流の中の歌―詩的アナキズムの回想」「ユートピア紀行」、詩集「天下末年」「望郷蛮歌・風や天」「上州おたくら・私の方言詩集」「老世紀界隈で」など。「伊藤信吉著作集」（全7巻，沖積舎）がある。　賞芸術選奨文部大臣賞（第30回）〔昭和55年〕「望郷蛮歌・風や天」，日本芸術院賞恩賜賞（平成10年度）〔平成11年〕，平林たい子文学賞（第2回）〔昭和49年〕「ユートピア紀行」，読売文学賞（評論・伝記賞，第28回）〔昭和51年〕「萩原朔太郎」，多喜二百合子賞（第9回）〔昭和52年〕「天下末年一庶民考」，高橋元吉文化賞（第20回），丸山豊記念現代詩賞（第2回）〔平成5年〕「上州おたくら・私の方言詩集」，読売文学賞（随筆・紀行部門，第48回）〔平成9年〕「監獄裏の詩人たち」，詩歌文学館賞（現代詩部門，第17回）〔平成14年〕「老世紀界隈で」

伊藤 整　いとう・せい　詩人

明治38年（1905年）1月16日～昭和44年（1969年）11月15日　生北海道松前郡　名本名＝伊藤整（いとう・ひとし）　学小樽高商卒，東京商科大学〔昭和6年〕中退　資日本芸術院会員〔昭和43年〕　歴小樽高商在学中から短歌や詩の習作を試み、「椎の木」同人となって、大正15年詩集「雪明りの路」を刊行。東京商大在学中に北川冬彦、春山行夫、瀬沼茂樹らを知り、後に詩集「冬夜」として、この当時の詩作品をまとめた。昭和4年「文芸レビュー」を創刊、新心理主義的な小説や評論を発表。また「ユリシイズ」などの翻訳も刊行する。7年小説集「生物祭」、評論集「新心理主義文学」を刊行し、以後、小説、評論、翻訳などの分野で幅広く活躍。戦争中は「得能五郎の生活と意見」「得能物語」などを発表。25年ロレンスの「チャタレイ夫人の恋人」を翻訳刊行したが、猥褻文書とされ、“チャタレイ裁判”の被告人となる。27年より「日本文壇史」を連載し、没年の44年まで続けられ、全18巻で中絶した。この「日本文壇史」で38年に菊池寛賞を受賞、また41年には日本芸術院賞を受賞。33年から東京工業大学教授を務めた。晩年は日本近代文学館の設立に尽力し、高見順亡き後、第2代理事長として活躍した。他の著書に「若い詩人の肖像」や定本「伊藤整詩集」、「文学入門」「伊藤整氏の生活と意見」「女性に関する十二章」などがある。平成2年伊藤整文学賞が創設された。　賞日本芸術院賞（第23回）〔昭和41年〕，菊池寛賞（第11回）〔昭和38年〕　家長男＝伊藤滋（建築家），二男＝伊藤礼（英文学者）

伊藤 鏈平　いとう・たいへい　俳人　歌人

明治41年（1908年）～昭和47年（1972年）　出三重県香取村　名本名＝伊藤太平，別筆名＝香取泰　学四日市商卒　歴四日市商卒業後、大阪の薬屋に奉公するが病を得て帰郷。自宅療養を経て、尋常高等小学校で教鞭を執り、昭和25年からは家業のカトリ百貨を経営した。一方、

8年より「かいつむり」に投句。大阪の「倦鳥」にも投句し、両誌に精力的に俳句や随筆、俳論を発表。戦後、師である梶島一藻、吉川夏晶を相次いで失った後は高橋俊人に師事して短歌に転向し、長谷川銀作主宰の「創作」に入会。佐藤佐太郎の「歩道」、近藤芳美の「未来」を経て、30年名を香取泰と改め、高橋俊人「まゆみ」、小宮良太郎「短歌人」に出詠。38年橋本武子「青潮」、39年水谷洋「形象」同人。最晩年は宮柊二「コスモス」に出詠した。

伊藤 保　いとう・たもつ　歌人

大正2年（1913年）11月25日～昭和38年（1963年）11月16日　生大分県　歴昭和8年ハンセン病により菊池恵楓園入所、病と闘いながら作歌。斎藤茂吉、土屋文明に師事する。「アララギ」「未来」に参加。15年結婚、16年結核併発、19年右下腿切除。25年歌集「仰日」（私家版刊）、翌年第二版定本刊。他に「白き檜の山」「定本伊藤保歌集」がある。

伊藤 竹外　いとう・ちくがい　漢詩人

大正10年（1921年）11月5日～平成27年（2015年）3月27日　生愛媛県松山市　名本名＝伊藤泰博（いとう・やすひろ）　学松山高小〔昭和10年〕卒　歴早くから歌に親しみ「にぎたつ」編集同人、「潮音」同人。岳父の小原六六庵に指導を受け、昭和22年六六庵吟詠会総本部会長、50年六六庵吟社主宰、58年六六庵書道塾主宰。愛媛漢詩連盟会長、愛媛県吟詠剣詩舞総連盟理事長、四国漢詩連盟会長、全日本漢詩連盟副会長などを歴任した。　家岳父＝小原六六庵（漢詩人）

伊東 竹望　いとう・ちくぼう　俳人

昭和3年（1928年）10月6日～平成2年（1990年）1月18日　生千葉県　名本名＝伊東辰夫（いとう・たつお）　学明治大学新聞科卒, 法政大学法科中退　歴昭和16年富安風生より添削指導を受ける。20年「初雁」入会。21年「ちまき」入会。「軸」「響焰」同人。　賞ちまき作家賞〔昭和29年〕

伊藤 てい子　いとう・ていこ　俳人

大正4年（1915年）9月27日～平成21年（2009年）2月20日　生福岡県　学日本女子大学国文科卒　歴昭和32年作句を始める。36年より「菜殻火」投句を始め、野見山朱鳥に師事。40年「菜殻火」同人。42年「円」創刊に参加。句集に「飛天」がある。　賞円作家賞〔昭和50年〕，福岡市文学賞〔昭和51年〕

伊藤 凍魚　いとう・とうぎょ　俳人

明治31年（1898年）7月1日～昭和38年（1963年）1月22日　生福島県若松市　名本名＝伊藤義蔵　学専修大学専門部卒　歴16歳ころから句作を始め、大学時代に鳴雪・虚子・鬼城・零余子・冬城らの指導を受ける。大正13年勤務の関係で樺太へ渡り、ここで「氷下魚吟社」を興し「氷下魚」を創刊。昭和6年「鹿火屋」同人。20年北海道に引き揚げ、22年「花樺社」を興す。25年飯田蛇笏の来道を機に妻雪女とともに「雲母」に入門、同人に推される。29年12月休刊中の「氷下魚」を復刊。著書に句集「花樺」、遺句集「氷下魚」ほかがある。　家妻＝伊藤雪女（俳人）

伊藤 登世秋　いとう・とよあき　歌人

大正6年（1917年）7月2日～平成11年（1999年）7月5日　生千葉県　歴昭和10年頃より作歌を始め、15年「多磨」に入会。以後「形成」「地平線」に拠る。57年「万象」創刊に参加、編集委員。のち「青藍」同人。42年第2回地平線賞受賞。41年合同歌集「新選十二人」に参加。歌集に「孤燈」「伊藤登世秋歌集」「雷木」がある。賞地平線賞（第2回）〔昭和42年〕

伊藤 柏翠　いとう・はくすい　俳人

明治44年（1911年）5月15日～平成11年（1999年）9月1日　生東京都台東区　名本名＝伊藤勇（いとう・いさむ），別号＝梅庵　学東京府立三中卒　歴昭和7年「ホトトギス」初入選。8年「句と評論」同人。11年高浜虚子に師事。20年「ホトトギス」同人。平成7年「ホトトギス」同人会長。昭和21年～平成11年俳誌「花鳥」主宰。日本伝統俳句協会常任理事、副会長を歴任。句集に「虹」「永平寺」「えちぜんわかさ」、随筆に「花鳥禅」など。また国際俳句交流協会副会長、北陸テレビ社長も務めた。　勲勲五等双光旭日章〔平成1年〕　賞福井県文化賞〔昭和56年〕

伊藤 白潮　いとう・はくちょう　俳人

大正15年（1926年）3月29日～平成20年（2008年）8月12日　生千葉県山武郡上堺村（横芝光町）　名本名＝伊藤和雄（いとう・かずお）　学千葉青年師範卒　歴昭和23年田中午次郎創刊の「鴫」に入会、25年同人。40年「余白」主宰。50年「鴫」を復刊し、主宰。句集に「在家」「夢幻能」「游」「生きめやも」「ちろりに過ぐる」「卍」

などがある。 [賞]鳴賞（第1回）〔昭和25年〕

伊東 放春　いとう・ほうしゅん　俳人
大正2年（1913年）10月12日 ～ 平成8年（1996年）4月2日 [生]島根県益田市 [名]本名＝伊東武 [学]大阪歯科医学専門学校卒 [歴]昭和39年「菜殼火」に入会、野見山朱鳥に師事。引き続き野見山ひふみの指導を受ける。51年「帆」同人。53年「菜殼火」同人。句集に「あしたなき」「雑木山」。 [賞]菜殼火新人賞〔昭和52年〕

伊藤 真砂常　いとう・まさつね　俳人
大正1年（1912年）10月8日～平成5年（1993年）3月5日 [生]福島県 [名]本名＝伊藤正恒（いとう・まさつね） [学]高小卒 [歴]昭和19年石塚友二に指導を受ける。38年「若葉」入門、富安風生に師事。44年「みちのく」入門、遠藤梧逸に師事。50年「若葉」「みちのく」同人。

伊藤 毬江　いとう・まりえ　歌人
明治44年（1911年）3月9日～平成1年（1989年）6月1日 [生]愛知県名古屋市中区 [名]筆名＝松本直 [学]帝国女子医薬専薬学部卒 [歴]帝国女子医学薬学専門学校薬化学教室を経て、昭和12年長野県富士見高原療養所薬局に勤務。一方、短歌同人雑誌「潮音」同人、小説同人雑誌「鉱石」、「樹林」同人としても活動。歌集に「紅玉」がある。

伊藤 孟峰　いとう・もうほう　俳人
大正5年（1916年）3月31日 ～ 平成24年（2012年）3月24日 [生]島根県 [名]本名＝伊藤猛（いとう・たけし） [学]商業専修中退 [歴]昭和15年「獺祭」に投句。23年「廻廊」杉山赤富士に師事。48年「浜」に入り、大野林火に師事。54年「星」同人。50年「廻廊」副主幹。句集に「夕鶴」がある。 [賞]廻廊賞〔昭和55年〕

伊藤 康円　いとう・やすまろ　詩人
大正11年（1922年）11月8日 ～ 平成16年（2004年）7月17日 [生]東京都品川区 [学]早稲田大学文学部国文科卒 [歴]父は仏教学者の伊藤康安。萩原朔太郎の詩と詩論に感銘し、昭和17年頃「詩洋」同人となり、前田鉄之助に師事。25年から服部嘉香主宰の「詩世紀」編集同人となった。文教大学女子短期大学教授も務めた。詩集に「伊藤康円詩集」、著書に「詩と音楽」などがある。 [家]父＝伊藤康安（仏教学者）

伊藤 和　いとう・やわら　詩人
明治37年（1904年）3月1日 ～ 昭和40年（1965年）4月4日 [生]千葉県匝瑳郡栄村（匝瑳市） [学]匝瑳普通学校中退 [歴]農家に生まれる。大正11年頃から詩作をはじめ、12年頃から農民運動に参加し、アナキズムに傾斜する。「学校」「弾道」「クロポトキンを中心にした芸術の研究」「詩行動」などに詩作を発表。昭和5年ガリ版雑誌「馬」を創刊、掲載された詩が不敬罪、治安維持法、出版法違反に問われる。同年刊行のガリ版詩集「泥」は発禁となる。戦後は「コスモス」「新日本文学」「新日本詩人」等に詩作を発表。没後「伊藤和詩集」が刊行された。

伊藤 雪雄　いとう・ゆきお　歌人
大正4年（1915年）2月28日 ～ 平成11年（1999年）1月30日 [生]滋賀県大津市膳所 [名]本名＝伊藤行雄 [歴]昭和7年「詩歌」に入会し、前田夕暮、米田雄郎に師事。滋賀文学会会長、大津短歌連盟会長などを務めた。27年「好日」の創刊に参加、31年編集委員。京都新聞に「京都文芸・四季折々」を執筆。歌集に「微笑」「草原の道」「雪後青天」「湖のほとり」「宇佐山の風」「相生の道」などがある。

伊藤 雪女　いとう・ゆきじょ　俳人
明治31年（1898年）2月12日 ～ 昭和62年（1987年）5月 [生]北海道上川郡 [名]本名＝伊藤ユキ [学]東京女子薬学校卒 [歴]大正14年樺太の伊藤凍魚に嫁し、終戦直後北海道に引き揚げる。昭和25年渡道中の飯田蛇笏を識り、凍魚と共に入門、蛇笏亡き後は龍太に師事。「氷下魚」の中心的作家だったが38年凍魚の死と共に廃刊。「雲母」同人。句集に「夫の郷」がある。平成2年遺句集「雪岬」刊行。 [家]夫＝伊藤凍魚（俳人）

伊藤 嘉夫　いとう・よしお　歌人
明治37年（1904年）7月20日 ～ 平成4年（1992年）8月14日 [生]岐阜県加茂郡八百津町 [学]立正大学国語漢文科〔昭和4年〕卒 [歴]早くから林古溪に学び、大学卒業後は竹柏会に入門し、佐佐木信綱の秘書として活躍。後に跡見学園女子大学教授などを務める。昭和17年歌集「新土」を刊行。西行研究家としても、22年「山家集」を刊行。また「和歌文学大辞典」の編集にも尽力した。 [勲]勲三等瑞宝章〔昭和49年〕

井戸川 美和子　いどがわ・みわこ　歌人
明治41年（1908年）12月23日～昭和56年（1981

年）10月18日　生東京都　学東京府立第一高女卒　歴府立高女で四賀光子に歌を教わり、大正14年「潮音」に入会、太田水穂に師事する。昭和24年「潮音」選者。歌集に「旅雁」「冬虹」「緑羅」「碧」「豊後梅」がある。

糸屋 鎌吉　いとや・けんきち　詩人
明治44年（1911年）4月8日 ～ 平成15年（2003年）7月27日　出青森県八戸市　名本名＝西塚俊一（にしずか・しゅんいち）　学日本大学芸術学科〔昭和10年〕卒　歴カワイ音楽振興会事務局長を経て、顧問。日本ショパン協会副会長、日本シマノフスキ協会常務理事などを歴任。音楽事業分野での活動の傍ら、糸屋鎌吉の筆名で詩作でも知られた。昭和61年「尺骨」で土井晩翠賞を受賞。他の詩集に「首の蔭」「烏兎」「此方」「糸屋鎌吉詩集」などがある。　勲ポーランド政府文化功労金勲章〔昭和58年〕　賞土井晩翠賞〔昭和61年〕「尺骨」

稲垣 きくの　いながき・きくの　俳人
明治39年（1906年）7月26日 ～ 昭和62年（1987年）10月30日　生神奈川県厚木市　名本名＝野口キクノ（のぐち・きくの），旧芸名＝若葉信子（わかば・のぶこ），露原桔梗（つゆはら・ききょう）　学横浜女子商卒　歴大正13年同志座に入り初舞台を踏む。14年東亜キネマ甲陽撮影所に入社、露原桔梗の芸名で「運命の小鳩」でデビュー。15年松竹蒲田撮影所に転じ若葉信子に改名。主な出演作に「六号室」「鼠小僧」「殺陣時代」「弱き人々」「佐渡情話」などがある。昭和11年退社。12年大場白水郎主宰「春蘭」に入り句作を始める。21年久保田万太郎主宰「春燈」創刊に参加した。句集に「榧の実」「冬濤」「冬濤以後」などがある。　賞俳人協会賞（第6回）〔昭和41年〕「冬濤」

稲垣 足穂　いながき・たるほ　詩人
明治33年（1900年）12月26日 ～ 昭和52年（1977年）10月25日　生大阪府大阪市船場　学関西学院普通部〔大正8年〕卒　歴少年時代、航海家を夢み、光学器械に興味を抱く。関西学院卒業後、複葉機の製作に携わり、「ヒコーキ」も一つのテーマとなる。次いで絵画に興味を持ち、未来派美術協会展、三科インディペンデント展に出品する一方、佐藤春夫の知遇を得て、大正12年「一千一秒物語」を刊行。昭和6年アルコールとニコチンの中毒にかかり、創作不能となる。10年代は無頼的な生活をし、21年少年愛をあつかった「彼等」および自己を認識論的にみた「弥勒」で復帰。25年結婚を機に京都に移住、文壇から遠ざかる。44年「少年愛の美学」で日本文学大賞を受賞し、以後、反伝統的なエロスの世界が見直される。また、詩人としても「稲垣足穂詩集」「稲垣足穂全詩集―1900‐1977」があり、他の代表作に「第三半球物語」「天体嗜好症」「明石」「キタ・マキニカリス」「A感覚とV感覚」「東京遁走曲」「僕の“ユリーカ”」「ヴァニラとマニラ」「タルホ・コスモロジー」「ライト兄弟に始まる」など。

稲垣 陶石　いながき・とうせき　俳人
明治45年（1912年）1月15日 ～ 平成7年（1995年）2月21日　生長野県飯田市　名本名＝稲垣盛雄　学京都商工専修校製陶科卒　歴家業の製陶に従事。昭和21年栗生純夫主宰の「科野」創刊に参加、同人。翌年太田鴻村の「林苑」入会同人。42年角川源義の「河」入会、翌年同人。54年進藤一考の「人」創刊に参画し、「人当月集」同人となる。61年長野県俳人協会会長、のち顧問。句集に「瀬音」「山・川・人間」がある。

稲垣 法城子　いながき・ほうじょうし　俳人
大正6年（1917年）5月15日 ～ 平成6年（1994年）10月3日　生愛知県　名本名＝稲垣仁蔵　歴昭和15年作句をはじめ、22年「林苑」に所属。同年「浜」入会、同人。49年「円」を創刊し主宰。句集に「磐井」「鷹柱」がある。　賞林苑賞〔昭和23年〕，浜賞〔昭和24年〕

稲垣 瑞雄　いながき・みずお　詩人
昭和7年（1932年）2月3日 ～ 平成25年（2013年）2月23日　生愛知県豊橋市　学東京大学文学部仏文科卒　歴都立高校で英語とフランス語を教える一方、昭和37年同人誌「ドン」に創刊から参加、48年短編集「残り鮎」を自費出版。49年からは職場結婚した楢信子と二人誌「双鷲」を年2回出し続けた。60年「曇る時」で作家賞を受賞。他の著書に「石の証言」「月と蛘蝣」「風の匠」「半裸の日々」「銀しゃり抄」などがある。　賞作家賞（第21回）〔昭和60年〕「曇る時」　家妻＝楢信子（小説家）

稲垣 道　いながき・みち　歌人
昭和6年（1931年）10月5日 ～ 平成26年（2014年）12月24日　出青森県八戸市　学弘前大学教育学部2年修了　歴八戸市の短歌結社「国原」を長年に渡って主宰、後進の指導に当たった。東奥日報「東奥歌壇」選者や青森県歌人懇話会副会長を務めた。歌集に「黒き葡萄」「春のバリトン」「天の梯子」などがある。 賞青森県歌人賞〔平成3年〕, 青森県歌人功労賞〔平成6年〕, 八戸市文化賞〔平成8年〕

稲田 定雄 いなだ・さだお 歌人
明治42年(1909年)7月1日〜平成5年(1993年)12月17日 生福岡県八幡市 出大分県 学大阪外国語学校露語部〔昭和9年〕卒 歴昭和3年「創作社」入会。訳書に「プーシキン抒情詩」、歌集に「危ふき均衡」、小説集に「妻の体温」など。 家妻＝稲田エミ(歌人)

稲月 螢介 いなつき・けいすけ 俳人
昭和6年(1931年)12月5日〜平成16年(2004年)2月27日 生北海道 名本名＝稲月吉夫(いなつき・よしお) 学室蘭高卒 歴昭和26年「アカシヤ」に入会、土岐錬太郎、八幡城太郎に師事。28年「青芝」創刊に参加。 賞青芝賞〔昭和31年〕, アカシヤ賞〔昭和36年〕

稲葉 直 いなば・ちょく 俳人
明治45年(1912年)6月2日〜平成11年(1999年)4月23日 生奈良県生駒市 名本名＝稲葉直一(いなば・なおかず) 学郡山園芸学校卒 歴西村白雲郷に師事して「倦鳥」「浦垣」に投句。戦前は「断層」、戦後は「翌檜」「青垣」などの同人。白雲郷主宰「未完」の編集に携わったが、白雲郷没後は「未完現実」を創刊・主宰。また「俳句評論」などを経て、「海程」幹部同人。句集に「寒崖」「裸天の彷徨」「稲葉直句集」「喪章」「嘴」「稲葉直全句集」、評論集に「俳句環境」「私記・西村白雲郷」がある。

稲葉 真弓 いなば・まゆみ 詩人
昭和25年(1950年)3月8日〜平成26年(2014年)8月30日 生愛知県海部郡佐屋町(愛西市) 名本名＝稲葉真弓(いなば・まゆみ) 学津島高卒, 東京デザイナー学院卒 歴同人誌「作家」に拠り小説を書きはじめ、また詩人としても活動。昭和48年「蒼い影の傷みを」で婦人公論女流新人賞を受賞、51年上京。デザイナーを経て、編集プロダクションに勤務。平成4年「エンドレス・ワルツ」で女流文学賞を受け、同作は若松孝二監督により映画化もされた。1990年代の半ばに三重県志摩半島に別荘を建て、そこでの生活をモチーフとした「海松(みる)」で川端康成文学賞と芸術選奨文部科学大臣賞を、「半島へ」で谷崎潤一郎賞と親鸞賞を受賞した。他の著書に「ホテル・ザンビア」「琥珀の町」「抱かれる」「声の娼婦」「花響」「風変りな魚たちへの晩歌」「午後の密箱」「私がそこに還るまで」「環流」「藍の満干」、詩集に「ほろびの音」「夜明けの桃」「母音の川」などがある。 勲紫綬褒章〔平成26年〕 賞芸術選奨文部科学大臣賞(第60回)〔平成22年〕「海松」, 中日文化賞(第64回)〔平成23年〕

稲葉 峯子 いなば・みねこ 歌人
昭和5年(1930年)4月14日〜平成25年(2013年)12月19日 生香川県三豊郡大野原町(観音寺市) 学香川大学学芸学部卒 歴大学在学中に短歌に触れ、昭和27年「未来」に参加。近藤芳美の選を受け、のち運営委員、選者。歌集に「杉並まで」「夕麗」などがある。

稲松 錦江 いなまつ・きんこう 俳人
明治40年(1907年)1月10日〜平成20年(2008年)6月25日 生鹿児島県 名本名＝稲松五郎(いなまつ・ごろう) 学早稲田大学商学部卒 歴昭和14年「ホトトギス」「牡丹」に投句。加藤霞村に師事、「牡丹」同人。のち「獺祭」「青樹」に入会、「獺祭」同人。53年俳人協会員。 賞俳人協会全国俳句大会大会賞〔昭和54年〕

稲吉 楠甫 いなよし・なんぽ 俳人
大正5年(1916年)2月19日〜平成10年(1998年)7月1日 生愛知県岡崎市 名本名＝稲吉良介 歴昭和3年から俳句を始め、11年「ホトトギス」入会、高浜虚子に師事。15年「夏草」入会、山口青邨に師事。のち同人。57年「笠寺歳時記」を編集し刊行。58年「ホトトギス」同人。句集に「水鶏」「狐罠(きつねわな)」「汐騒」など。名古屋市で薬局を経営し、同市学校薬剤師会長も務めた。 賞村上鬼城賞(佳作賞, 第6回)〔平成5年〕「狐罠(きつねわな)」

稲荷 島人 いなり・しまと 俳人
明治43年(1910年)1月3日〜平成23年(2011年)7月19日 生愛媛県伊予郡砥部村(砥部町) 名本名＝稲荷又一 学東洋大学専門部倫理学東洋文学科〔昭和8年〕卒 歴昭和8年教員となるが、13年松山連隊応召により転戦。戦後、家業のミカン園を経営しながら愛媛県砥部町議、28年教育長、34年助役などを歴任。俳句は、10年森薫花壇の勧めで「糸瓜」に入会、富安風生に師事。同時に「ホトトギス」にも投句。一時、松本たかしにも師事。戦後、「若葉」に復帰、33年同人となる。また、30年森主宰の「糸瓜」再復刊から3年間編集長、松山の俳句雑誌統合の「柿」編集長を務めた。愛媛県若葉同人会長を経て、60年「愛媛若葉」創刊・主宰。平成11年「若葉」無鑑査同人。17年俳人協会名誉会員。句集に「砥部」「夏雲」「続夏雲」「白寿」がある。 勲勲六等単光旭日章 賞糸瓜功労賞, 若葉功労賞

乾 修平　いぬい・しゅうへい　俳人
大正15年（1926年）2月28日～平成12年（2000年）10月18日 生茨城県土浦市 学土浦中〔昭和18年〕卒 歴昭和35年「青玄」に参加、39年同人となる。ほかに「旗」同人、「城」主宰。45年茨城県俳句協会事務局長、57年同会長、のち土浦市文化協会理事などを務めた。句集に「さむがり家族」「葦枯れ村」「稲架部落」、「私の歳時記」などがある。 賞茨城県俳句作家協会新人賞（第4回）〔昭和38年〕, 茨城県俳句作家協会賞（第7回）〔昭和40年〕, 全国俳誌協会賞（第2回）〔昭和49年〕, 常陽新聞文化顕賞（第11回）〔平成11年〕

乾 鉄片子　いぬい・てっぺんし　俳人
大正7年（1918年）3月23日～平成11年（1999年）1月31日 生東京市浅草区（東京都台東区） 名本名＝池田俊之助 歴昭和10年代から独学で俳句を始め、戦後「駒草」に拠ったが、26年「あざみ」入会、同人。長く編集長を務めた。「群落」同人。句集に「浮輪」「火の構図」「気球の唄」がある。 賞あざみ賞（第5回・7回）〔昭和35年・37年〕

乾 直恵　いぬい・なおえ　詩人
明治34年（1901年）6月19日～昭和33年（1958年）1月13日 生高知県高知市潮江町 学東洋大国文科卒 歴「椎の木」「文芸レビュー」「新作家」などに関係し、また「詩と詩論」「四季」などに詩を発表し、昭和7年「肋骨と蝶」を刊行。以後「花卉」「海岸線」を刊行。没後、全詩集「朝の結滞」が刊行された。

乾 裕幸　いぬい・ひろゆき　国文学者
昭和7年（1932年）1月19日～平成12年（2000年）9月22日 生和歌山県那賀郡池田村大字中三谷 学高野山大学文学部国文学科卒 歴帝塚山学院大学教授を経て、昭和63年関西大学教授に就任。著書に「初期俳諧の展開」「俳諧師西鶴」「ことばの内なる芭蕉」「周縁の歌学史」などがある。

乾 涼月　いぬい・りょうげつ　歌人
明治35年（1902年）9月23日～平成15年（2003年）2月15日 生岐阜県 学国学院 歴国学院で釈迢空に師事。「くぐひ」「橄欖」同人、「木苺」主宰。「砂金」発行と共に同人となり、のち顧問。昭和57年岐阜県芸術文化選奨を受ける。歌集に「木苺」「新樫」がある。 賞岐阜県芸術文化選奨〔昭和57年〕

犬飼 志げの　いぬかい・しげの　歌人
大正15年（1926年）5月7日～昭和52年（1977年）6月25日 生滋賀県 歴昭和27年「好日」に入会し米田雄郎に師事、雄郎没後は米田登に師事。34年「新歌人会」に入会。同人誌「水源地」「層」を経て、45年「あしかびの会」創刊発起人。47年「好日」編集委員。歌集「青き木の沓」（37年）で新歌人会歌集賞を受賞。ほかの歌集に「鎮花祭」「天涯の雲」がある。 賞新歌人会歌集賞「青き木の沓」

犬塚 堯　いぬずか・ぎょう　詩人
大正13年（1924年）2月16日～平成11年（1999年）1月11日 生旧満州長春 出佐賀県 学東京大学法学部政治学科〔昭和25年〕卒 歴一高在学中から詩作をはじめる。昭和25年朝日新聞社入社。記者として南極観測隊調査に同行し、その見聞体験を中心にして、詩集「南極」を書く。総務局次長、大阪本社印刷局長などを経て、53年役員待遇、59年常勤監査役、60年九州朝日放送専務を歴任した。その他の詩集に「河畔の書」がある。「歴程」「地球」同人。 賞H氏賞（第19回）〔昭和44年〕「南極」, 現代詩人賞（第2回）〔昭和59年〕「河畔の書」

犬塚 春径　いぬずか・しゅんけい　俳人
明治31年（1898年）12月1日～昭和47年（1972年）11月15日 生佐賀県 名本名＝犬塚穣（いぬずか・ゆたか） 学熊本医専卒 歴20歳頃から句作をはじめる。青木月斗に師事。のち「同人」代理選者を務める。昭和26年「榾火」を創刊・主宰。「春径句集」がある。

犬丸 秀雄　いぬまる・ひでお　歌人
明治37年（1904年）1月21日～平成2年（1990年）4月25日 生岡山県 学東京帝国大学法学部政治学科〔昭和3年〕卒 歴東北大学教授、共立女子大家政学部長を経て、国際商科大学教授に就任。著書に「憲法要説」「法学概論」、歌集に「海表」「海彼」など。「アララギ」同人。 勲勲三等旭日中綬章〔昭和49年〕 家弟＝犬丸

実（行政管理事務次官）, 従弟＝犬丸直（日本芸術院院長）

伊能 秀記　いのう・ひでき　歌人
大正5年（1916年）3月10日～平成3年（1991年）5月1日　生東京都　学東京医専卒　歴昭和10年原三郎の「青い蛙」を経て、前田夕暮の「詩歌」に入会し、15年同人。戦後復刊に際し、前田透・香川進と実務委員を担当。42年1月第三期「詩歌」の復刊を計り、以後運営委員。歌集に「冬靄」「超高層群」がある。

井上 岩夫　いのうえ・いわお　詩人
大正6年（1917年）9月19日～平成5年（1993年）1月3日　出鹿児島県揖宿郡頴娃村（頴娃町）　学頴娃青年学校〔昭和9年〕卒　歴復員後の昭和21年九州電力を退職。以後、郷里の鹿児島市で印刷所を開き、「抒情精神」「不明街」などの詩誌を出した。詩集に「素描」「荒天用意」「しょぼくれ熊襲」などがある。

井上 かをる　いのうえ・かおる　俳人
昭和6年（1931年）5月24日～昭和61年（1986年）2月24日　生千葉県野田市上町　名本名＝井上馨　学千葉県立野田工業高校卒　歴高校卒業以来、足袋工業のめうがやに勤務。小張病院結核療養所で療養していた昭和27年より俳句を始める。佐藤雀仙人に師事、「雑草」同人となり、40年からは同誌の編集を担当。　賞雑草賞（第2回）〔昭和59年〕

井上 寛治　いのうえ・かんじ　詩人
昭和11年（1936年）3月28日～平成17年（2005年）10月25日　生旧朝鮮京城　出福岡県福岡市　名本名＝井上寛治（いのうえ・ひろはる）　学戸畑三中〔昭和26年〕卒　歴15歳から24歳まで、結核で9年間の療養所生活を送る。この間、文学に親しみ、ラジオドラマの脚本を数多く執筆。昭和39年「3分44秒」で芸術祭賞奨励賞。42年より電通でコピーライターとして活動した。詩集に「四季のプロムナード」「兄」、小説に「白い椅子」「さらばアリヨール」などがある。　賞福岡市文学賞（第4回, 昭和48年度）

井上 淑子　いのうえ・きよこ　詩人
明治36年（1903年）5月28日～平成1年（1989年）7月18日　生愛知県名古屋市　名本名＝井上淑　学名古屋市立第一女補習科卒　歴「詩佳人」「自由詩」を主宰。詩集に「航海」「アダムの首」「むらさきのほのお」など。昭和46年「井上淑子詩集」を刊行した。

井上 草加江　いのうえ・くさかえ　俳人
明治45年（1912年）2月8日～昭和48年（1973年）3月8日　生大阪府　名本名＝井上音一, 別号＝鯉屋伊兵衛　学都島第二工業卒　歴山口誓子の指導を受け「京鹿子」「山茶花」に参加したが、後に日野草城の門下生となる。昭和9年水谷砕壺らと「青嶺」を創刊、のち「はんざき」の創刊に参加して、新興俳句運動を推進する。戦後は「太陽系」「火山系」に拠るが、31年草城没後休俳。31年鯉屋伊兵衛の名で「天狼」に参加し、44年天狼賞を受賞した。遺句集に「遍在」がある。　賞天狼賞〔昭和44年〕

井上 健太郎　いのうえ・けんたろう　歌人
明治34年（1901年）10月19日～昭和46年（1971年）5月4日　生台湾　学小卒　歴三井銀行に入社、昭和31年定年退職。その間、大正8年「国民文学」に入り、松村英一に師事する。また「暦象」にも参加し、昭和17年「岩座」を刊行。没後の47年「鴉そして街」が刊行された。

井上 杉香　いのうえ・さんこう　俳人
大正3年（1914年）4月1日～平成10年（1998年）9月15日　生兵庫県神戸市　名本名＝井上勲　学岡山医科大学卒　歴岡山医科大学副手、助教授、同大内科医師、三井造船玉野三井病院内科医長を経て、玉野市に井上内科医院を開業。俳句は昭和18年「山茶花」に投句、皆吉爽雨に師事。21年「雪解」創刊と共に投句。26年「雪解」同人。54年岡山県俳人協会が結成され副会長。55年玉野市俳句連盟会長を務めた。

井上 史葉　いのうえ・しよう　俳人
大正3年（1914年）11月2日～平成6年（1994年）11月11日　出山梨県　名本名＝井上勝　歴高浜虚子の高弟・高野素十の句に共感し、俳句の世界に。「ホトトギス」の同人だった堤俳一佳が主催した俳誌「裸子」の同人会長をしながら、後進の育成にも尽力した。朝日新聞山梨版で俳壇が始まった昭和49年から平成6年までの20年間、選者として俳句に携わった。その間、句集「早梅」「苗代寒」を出した。六郷町では、52年から教育長を4年半、57年からは文化財審議会委員も務めた。

井上 たか子　いのうえ・たかこ　歌人
明治44年（1911年）～平成16年（2004年）10月7日　生山梨県甲府市　学東京女高師文科卒　歴

昭和5年東京女高師在学中に短歌誌「からまつ」の同人となる。50年歌集「天の水煙」を出版し、57年短歌誌「すいえん」を創刊、水煙短歌会を主宰。61年には武田信玄の和歌を集め、評価・解釈をした「信玄和歌の世界」を出版。この間、49年～平成16年の30年間に渡り、朝日新聞山梨版の歌壇選者として後進の指導に尽力した。

井上 多喜三郎　いのうえ・たきさぶろう
詩人
明治35年（1902年）3月23日～昭和41年（1966年）4月1日　生滋賀県蒲生郡老蘇村（安土町）　学高小卒　歴呉服店の長男に生まれ、高小卒業後すぐに家業を継ぐ。小学校時代から詩を習作するなど早熟な少年で、20代から本格的に詩作を始める。大正10年ごろ「新詩人」に加わるが、やがて堀口大学に師事し、モダニズムへ傾倒。11年第一詩集「華笛」出版。14年詩誌「東邦詩人」を、また昭和7年個人編集の詩誌「月曜」を創刊して注目を集める。戦前に出版した詩集は大小あわせて5冊を数える。22年シベリア抑留から帰り「浦塩詩集」を出版。25年「コルボウ」に参加、また近江詩人会を結成し、テキスト「詩人学校」を創刊。28年「骨」創刊。37年詩集「栖」出版。やわらかい江州弁で土着のモダニズム詩とでもいうべき作品を生み続けた。

井上 俊夫　いのうえ・としお　詩人
大正11年（1922年）5月11日～平成20年（2008年）10月16日　生大阪府寝屋川市　名本名＝中村俊夫（なかむら・としお）　学旧制工業学校中退　歴昭和17～21年足かけ5年間、日中戦争に従軍。飛行師団の気象部隊に所属した。戦後、農業に従事しつつ詩作を行う。社会派詩誌「列島」に参加。大阪文学学校、帝塚山学院短期大学講師を経て、朝日カルチャーセンター、NHK大阪文化センターの講師を務めた。著書に「淀川」「積淀川」「井上俊夫詩集」「農民文学論」「わが淀川」「風よ、わが菊水旗に」「蜆川の蛍」「葦を刈る女」「エッセー・随筆の本格的な書き方」「従軍慰安婦だったあなたへ」「八十歳の戦争論」などがある。　賞H氏賞（第7回）〔昭和32年〕「野にかかる虹」，関西文学選奨（第15回，昭和58年度）「葦を刈る女」

井上 信子　いのうえ・のぶこ　川柳作家
明治2年（1869年）10月～昭和33年（1958年）4月16日　生山口県萩市　歴川柳中興の祖といわれる川柳作家・井上剣花坊と再婚後上京。日露戦争中看護婦として従軍。40代後半から本格的に川柳作句を始め、女性川柳作家として初の句集を刊行。傍ら、昭和4年川柳女性の会を結成し、女性柳人の育成にも努めた。9年夫亡き後、柳樽寺川柳会と、その機関紙「川柳人」を引き継ぎ、主宰。太平洋戦争では戦時色強まる中、反戦川柳作家・鶴彬を支持し、同機関紙に作品を掲載、68歳の時検挙された経験も持つ。傍ら同年から15年まで「福岡日日新聞」（現・西日本新聞）の川柳欄選者も務めた。88歳で亡くなるまで現役で活躍した。二女・大石鶴子が同機関紙を主宰。平成10年熊本市の大学講師・谷口絹枝により「蒼空の人・井上信子」が刊行された。　家夫＝井上剣花坊（川柳作家），二女＝大石鶴子（川柳作家）

井上 博　いのうえ・ひろし　川柳作家
昭和4年（1929年）10月4日～平成27年（2015年）4月5日　生徳島県小松島市　歴徳島県内の紡績会社を定年退社後に川柳を始め、川柳結社の番傘と徳島県川柳作家連盟発行の月刊誌「川柳阿波」に入会。平成13年徳島県川柳作家連盟会長、徳島新聞「徳島柳壇」選者。16年小中学生を対象とした「ジュニア川柳」を創設した他、とくしま文学賞川柳部門の選者を務めるなど、川柳の普及と後進の育成に力を注いだ。

井上 正一　いのうえ・まさかず　歌人
昭和14年（1939年）12月10日～昭和60年（1985年）1月19日　生香川県　歴昭和33年「形成」に入会し、木俣修に師事。37年「冬の稜線」50首で第8回角川短歌賞受賞。41年「香川歌人」創刊に参加、主要同人だった。53年第一歌集「冬の稜線」を刊行。　賞角川短歌賞（第8回）〔昭和37年〕「冬の稜線」

井上 光晴　いのうえ・みつはる　詩人
大正15年（1926年）5月15日～平成4年（1992年）5月30日　生旧満州旅順　出長崎県西彼杵郡崎戸町（西海市）　学電波兵器技術養成所卒　歴幼くして両親を中国で失い、佐世保、伊万里、崎戸を転々とする。高小中退後、長崎県の海底炭鉱で働きながら専検合格。昭和20年共産党に入党。22年ガリ版詩集「むぎ」を刊行、次いで23年大場康二郎との共著詩集「すばらしき人間群」を刊行した。新日本文学会にも参加したが、44年退会。25年に「書かれざる一章」「病める部分」が党内所感派より批判を浴び、28年に離党。日本のスターリン主義批判の先駆者となる。31年上京、「週刊新潮」記者などを経て文筆活動に入り、33年吉本隆明・奥野健男らと「現代批評」を創刊、同誌に「虚構のクレーン」(35年刊)を発表。38年「地の群れ」で作家としての地位を確立、天皇、原爆、炭鉱、朝鮮戦争をテーマとした作品を書き続けた。45年個人誌「辺境」を、54年野間宏らと「使者」を創刊。52年から各地で文学伝習所を開講した。他の代表作に「ガダルカナル戦詩集」「死者の時」「他国の死」「黒い森林」「心優しき叛逆者たち」「憑かれた人」などがある。 家長女＝井上荒野(小説家)

井上 靖　いのうえ・やすし　詩人
明治40年(1907年)5月6日～平成3年(1991年)1月29日 生北海道上川郡旭川町(旭川市) 出静岡県田方郡上狩野村湯ケ島(伊豆市) 学京都帝国大学文学部哲学科〔昭和11年〕卒 資日本芸術院会員〔昭和39年〕 歴中学生の時はじめて詩に関心を持ち、高校時代「日本海詩人」に詩を発表、大学時代「焔」の同人となる。のち「サンデー毎日」の懸賞小説に「初恋物語」などが入選し、昭和11年大阪毎日新聞社に入社。同年「流転」で千葉亀雄賞を受賞。「サンデー毎日」編集部を経て、学芸部記者を務める。戦後の21～23年の間は、詩作に力を注ぎ、後の小説のモティーフ、主人公の原型となる作品を多く書く。24年以降再び小説を書き始め、同年「闘牛」で芥川賞を受賞。26年毎日新聞社を退職し、以後作家として幅広く活躍した。33年第一詩集「北国」を刊行。他の詩集に「地中海」「運河」「季節」「遠征路」「乾河道」「傍観者」「井上靖シルクロード詩集」などがある。39年日本芸術院会員となり、51年文化勲章を受章した。 勲文化勲章〔昭和51年〕 賞芥川賞(第22回)〔昭和24年〕「闘牛」,芸術選奨文部大臣賞(第8回)〔昭和32年〕「天平の甍」,日本芸術院賞(第15回)〔昭和33年〕「氷壁」,菊池寛賞〔昭和55年〕 家妻＝井上ふみ(井上靖記念文化財団理事長),長男＝井上修一(ドイツ文学者),二男＝井上卓也(作家),二女＝黒田佳子(詩人),岳父＝足立文太郎(解剖学者)

井上 康文　いのうえ・やすぶみ　詩人
明治30年(1897年)6月20日～昭和48年(1973年)4月18日 生神奈川県小田原市 名本名＝井上康治 学東京薬学校卒 歴職工、技手、新聞記者などをし、その傍ら「表現」「詩と評論」などに詩作を発表。大正7年創刊の「民衆」で編集校正に従事しながら多くの詩を発表し、以後民衆詩派の詩人として活躍。9年「愛する者へ」を刊行したほか「愛の翼」「愛子詩集」「梅」「天の糸」などを刊行。評論集としても「現代の詩史と詩講和」などがある。

井上 雪　いのうえ・ゆき　俳人
昭和6年(1931年)2月9日～平成11年(1999年)4月2日 生石川県金沢市 名本名＝井上幸子(いのうえ・ゆきこ),旧姓・旧名＝長井 学金沢女専文科卒 歴昭和22年「風」に入会。47年「雪垣」創刊に参加し、編集長を務める。ねばり強い取材でノンフィクションを書き、56年「廓のおんな」が大宅壮一ノンフィクション賞佳作となる。57年京都本願寺で得度し、光徳寺坊守。平成元年小説同人誌「雪嶺文学」発刊、編集長。他の著書に「おととの海」「加賀の田舎料理」「北陸に生きる」、句集に「素顔」「白絣」「自註・井上雪集」などがある。 賞泉鏡花記念金沢市民文学賞〔平成3年〕「紙の真鯉」 家夫＝井上珀雲(書家)

井上 美子　いのうえ・よしこ　俳人
大正3年(1914年)9月10日～平成23年(2011年)12月20日 生兵庫県 学成城高女卒 歴昭和22年中村汀女に入門。「風花」同人。共著に「私たちの成城物語」がある。

猪股 国直　いのまた・くになお　俳人
大正14年(1925年)1月23日～平成21年(2009年)12月24日 生大分県 名本名＝猪股麟太郎(いのまた・りんたろう) 学大分師範卒 歴昭和16年から父・猪股国東郎に俳句の手ほどきを受ける。戦後「ホトトギス」同人となり、河野静雲、小池森閑、岡島田比良主宰の各誌に投句。25年より約20年作句を中断したが、50年「天狼」会友となり、「春日野」編集長も務めた。句集に「峯入千吟」「くにさき吟行集」がある。

猪股 静弥　いのまた・しずや　歌人
大正13年(1924年)8月12日～平成21年(2009年)9月8日 生大分県 学法政大学文学部国文科〔昭和26年〕卒 歴18歳でアララギに入会、土屋文明に師事。奈良市立一条高校教諭、愛知女子短期大学講師、帝塚山短期大学教授を歴任。「万葉集」を生涯の研究テーマとし、昭和61年絵本作家・辰己雅章との共作で、絵本「万葉集 恋の歌」を出版。他の著書に「歌の大和路」「万葉集―草木と鳥と生活の歌」「万葉風土記・大和編」、歌集に「寧楽」「竜在峠」「無明の酒」など。「アララギ」「柊」会員。

猪俣 千代子　いのまた・ちよこ　俳人
大正11年（1922年）8月20日～平成26年（2014年）12月8日　出埼玉県熊谷市　学妻沼実修女学校卒　歴昭和26年「槐」に入会。加藤楸邨に師事し、45年「杉」創刊に参加。「寒雷」「杉」同人。俳句朝日賞の選考委員を務めた。句集に「堆朱」「秘色」「螺鈿」などがある。　賞埼玉文芸賞（第8回）〔昭和52年〕「堆朱」，蕨市けやき文化賞，埼玉県文化選奨

井ノ本 勇象　いのもと・ゆうしょう　歌人
明治30年（1897年）3月12日～平成3年（1991年）9月6日　出京都府亀岡市　名本名＝井ノ本勇蔵（いのもと・ゆうぞう）　歴大正7年「洛陽」に入る。昭和7年に「曼陀羅」発刊に参加するが、戦時の歌誌統合により廃刊。25年木村捨録の「林間」創刊に参加し、さらに48年第二次「群落」発足と共に編集を担当。歌集に「屈折」「現」「黄なるすもも」がある。

伊波 南哲　いば・なんてつ　詩人
明治35年（1902年）9月8日～昭和51年（1976年）12月28日　生沖縄県八重山大浜間切登野城（石垣市）　名本名＝伊波興英　学登野城尋常高小卒　歴大正12年近衛兵として上京し、除退後警視庁に入り、昭和16年迄勤務。その傍ら、佐藤惣之助に師事し、「詩之家」同人となって2年「南国の白百合」を刊行。その後、郷土に密着した「沖縄の民族」「沖縄風土記」「沖縄風物詩集」などを発表し、11年長編叙事詩「オヤケ・アカハチ」を刊行、映画化された。16年には小説「交番日記」を刊行。戦後21年八重山に帰り、22～28年石垣市教育厚生課長を務める傍ら、八重山童話協会を設立し、「八重山文化」などに詩を発表。その後上京し、各雑誌に詩や随筆を発表し、「虹」を主宰した。他の著書に詩集「銅羅の憂鬱」「伊波南哲詩集」「近衛兵物語」などがある。

伊波 冬子　いは・ふゆこ　歌人
明治30年（1897年）6月10日～昭和50年（1975年）11月22日　生沖縄県久米村（那覇市）　名筆名＝真栄田忍冬　学沖縄第一高等学校卒　歴民俗学者伊波普猷が館長を務めていた県立沖縄図書館の書記となる。その傍らで短歌を作り、「沖縄朝日新聞」の歌壇などにたびたび投稿した。大正13年に上京し、東京女子師範学校付属図書館に就職。のち上京してきた普猷と結婚し、貧窮に耐えながら夫の沖縄学研究を助けた。22年夫と死別したのちは信用金庫に勤務。また、この間も歌作を続け、民俗学者・歌人の折口信夫より指導を受けた。34年に帰郷、親類の援助を受けながら亡夫の全集編纂に力を注ぎ、37年「伊波普猷選集」を刊行。さらに49年には「伊波普猷全集」の刊行に着手したが、完成前の50年に没した。　家夫＝伊波普猷（民俗学者）

茨木 のり子　いばらぎ・のりこ　詩人
大正15年（1926年）6月12日～平成18年（2006年）2月　生大阪府大阪市　名本名＝三浦のり子（みうら・のりこ）　学帝国女子薬専〔昭和21年〕卒　歴医師の長女として大阪で生まれ、父の仕事の関係で京都、愛知と移り、西尾高女から帝国女子薬専を卒業。学生時代は劇作を志すが、結婚前後の昭和23年頃から詩作を始め、詩誌「詩学」に投稿。28年投稿仲間だった川崎洋と「櫂」を創刊、32年11号で終刊するまで谷川俊太郎、吉野弘、水尾比呂志、大岡信らが集い、“荒地派”の観念的な言語表現とは違う、みずみずしい詩を生み出した。30年第一詩集「対話」を刊行。以後、「見えない配達夫」「鎮魂歌」「人名詩集」「自分の感受性くらい」「食卓に珈琲の匂い流れ」などの詩集を発表、平成11年に刊行した「倚りかからず」は詩集としては異例のベストセラーとなった。凛とした批評精神と人間性あふれる社会意識で、戦後女性の希望や感じ方を、明るく歯切れの良いテンポと誰にでもわかる言葉でうたいあげた。中でも、戦時下に青春を奪われた同世代の女性の思いを代弁した「わたしが一番きれいだったとき」、「自分の感受性くらい」などの詩で知られる。また50歳を過ぎてから朝鮮語を学び、3年には12人の韓国詩人の作品を翻訳した訳詩集「韓国現代詩選」で読売文学賞を受賞。夫を失ってからは一人暮らしを続けたが、18年自宅で亡くなっているのが発見された。他に随筆集「うたの心に生きた人々」「言の葉さやげ」、詩論集「詩のこころを読む」などがある。　賞読売文学賞（研究・翻訳賞，第42回）〔平成3年〕「韓国現代詩選」

伊吹 玄果　いぶき・げんか　俳人
昭和5年（1930年）4月12日～昭和61年（1986年）6月5日　生北海道釧路市　名本名＝伊吹一（いぶき・はじめ）　学国学院大学大学院〔昭和34年〕博士課程修了　歴昭和31年日本基督教短期大学講師、36年国学院大学文学部講師、46年日本現代語研究センター所長、46年東京能力開発教育研究所所長、49年放送表現研究・教育

センター副学長、51年日本ホテル教育センター教授、同年学際教育センター理事長を歴任。俳句は飯田蛇笏に師事、のち「四季」同人。「あかね」主宰。昭和世代俳人の会会長などをも務めた。著書に「伊吹玄果集」「俳句博覧」などがある。

伊吹 高吉　いぶき・たかきち　歌人
明治31年（1898年）4月27日～昭和56年（1981年）11月11日　生福岡県　名本名＝太田弁次郎　歴大正9年森本治吉らと「白路」を創刊、4年目に休刊し同年「アララギ」に入会、島木赤彦に師事する。昭和21年森本治吉・若浜汐子らと「白路」を復刊。歌集に「朝川」「保険百歌」「その白き花を」「日本の空」「いちばん長い歌」がある。

伊吹 夏生　いぶき・なつお　俳人
昭和10年（1935年）8月26日～平成22年（2010年）11月9日　生岐阜県岐阜市　名本名＝井川一郎　学華陽高卒　歴中学2年の時から俳句を始め、長じて「俳句研究」全国大会高柳重信特選を得る。小川双々子主宰の「地表」に所属し、同誌終刊まで編集長を務めた。「地表」終刊後、つばさ俳句会（翼座）代表。長年東海地区現代俳句協会副会長を務めた。他に「海程」「木」同人。岩田組に勤務した。　賞地表賞，中部日本俳句作家会賞（昭和50年度）

伊吹 六郎　いぶき・ろくろう　詩人
明治41年（1908年）2月24日～平成5年（1993年）2月4日　生熊本県　名本名＝富永彦十郎　学早稲田大学文学部英文科卒　歴昭和23年熊本市で「詩と真実」を創刊、初代編集発行人を務めた。その後上京し、脚本家としても活躍。著書に「鳥虫戯詩」がある。　家父＝富永猿雄（貴院議員）

伊福部 隆輝　いふくべ・たかてる　詩人
明治31年（1898年）5月21日～昭和43年（1968年）1月10日　生鳥取県　名別名＝伊福部隆彦（いふくべ・たかひこ），無為隆彦（むい・たかひこ）　学教員養成所　歴小学校教員、講談社社員などをしながら生田長江に師事し、大正10年代に文芸評論家として活躍する一方、12年同人雑誌「感覚革命」を創刊して自由詩運動を展開する。さらにプロレタリア詩、アバンギャルド詩運動にも参加するが、後に老子思想の探求にむかい人生道場無為修道会を主宰する。評論集「現代芸術の破産」「現代社会相と文学論の問題」「日本詩歌音韻律論」詩集「老鶴」や「老子眼蔵」「老子道徳研究」などの著書がある。

伊馬 春部　いま・はるべ　歌人
明治41年（1908年）5月30日～昭和59年（1984年）3月17日　生福岡県　名本名＝高崎英雄，別名＝伊馬鵜平　学国学院大学文学部卒　歴昭和7年東京・新宿のムーラン・ルージュ文芸部に入り、ユーモアとペーソスあふれるレビューや喜劇を書いて、草創期のムーラン・ルージュを支えた。戦後はラジオドラマで活躍し、7年間人気を呼んだ「向う三軒両隣り」の作家の一人。またNHKの実験作として日本初のテレビドラマの台本「夕餉前」（15年）を執筆。歌人でもあり、51年には歌会始の召人にも選ばれている。太宰治との交友でも知られ、著書に「桜桃の記・もう一人の太宰治」「伊馬春部ラジオドラマ選集」など。　勲紫綬褒章〔昭和48年〕，勲四等旭日小綬章〔昭和54年〕

今井 白水　いまい・はくすい　歌人
明治34年（1901年）7月2日～昭和43年（1968年）1月23日　生山梨県甲府市　名本名＝今井福治郎（いまい・ふくじろう）　学国学院大学国文科〔昭和10年〕卒　歴昭和3年頃から作歌を始める。「万葉集」の研究者として和洋女子大学教授、国学院大講師などを務めたが、22年「東国万葉紀行」を刊行、30年には「桐の花研究」を刊行した。また25年には「東炎」を創刊。没後「万葉の春」が刊行された。

今井 杏太郎　いまい・きょうたろう　俳人
昭和3年（1928年）3月27日～平成24年（2012年）6月27日　生千葉県船橋市　名本名＝今井昭正（いまい・あきまさ）　学千葉医専卒　歴昭和44年「鶴」に入会、石塚友二に師事、50年同人。平成9年「魚座」を創刊・主宰、19年終刊。12年「海鳴り星」で俳人協会賞を受けた。他の句集に「麦稈帽子」「海の岬」「風の吹くころ」などがある。　賞鶴風切賞〔昭和52年〕，鶴賞〔昭和58年〕，俳人協会賞（第40回）〔平成12年〕「海鳴り星」

今井 鴻象　いまい・こうしょう　詩人
明治37年（1904年）9月5日～昭和63年（1988年）11月15日　生茨城県　名本名＝山口斌　学旧制中学3年修了　歴詩集に「老いたる愛の詩」、児童絵本に「くじらのなみだ」など。

今井 湖峯子　いまい・こほうし　俳人
明治44年（1911年）4月16日～昭和59年（1984年）11月19日　生山梨県富士吉田市吉田　名本名＝今井栄文（いまい・よしふみ）　学東京帝国大学法学部法律学科卒　歴逓信省に入り、昭和29年海上保安庁に移る。31年第5管区保安部長、33年航空局監理部長、35年航空局長、38年運輸省官房長、39年海上保安長長官を歴任して、40年退官。以後、新東京国際空港公団総裁、日本空港ビル取締役相談役を務めた。また景山筍吉に師事し、師没後そのあとを継いで俳誌「草紅葉」を主宰した。　勲勲二等旭日重光章〔昭和56年〕

今井 つる女　いまい・つるじょ　俳人
明治30年（1897年）6月16日～平成4年（1992年）8月19日　生愛媛県松山市　名本名＝今井鶴（いまい・つる），旧姓・旧名＝池内　学松山高女〔大正3年〕卒　歴池内たけしに手ほどきを受け、続いて高浜虚子・星野立子に師事。昭和3年「ホトトギス」に投句し、15年「ホトトギス」同人となる。20～30年まで愛媛県波止浜町（現・今治市）に住み、愛媛新聞婦人俳壇を創設するなど後進の育成に努める。38年横浜産経学園俳句講師に就任。62年日本伝統俳句協会設立、顧問。句集に「姪の宿」「花野」「かへりみる」「今井つる女集」、随筆集に「生い立ち」がある。　家長女＝今井千鶴子（俳人），叔父＝高浜虚子（俳人）

今井 南風子　いまい・なんぷうし　俳人
大正4年（1915年）1月25日～昭和58年（1983年）1月30日　生広島県高田郡　名本名＝今井末三（いまい・すえぞう）　学三次中卒　歴昭和22年宮原双馨の指導により俳句入門。24年「馬酔木」投句。25年「早苗」同人。句集に「白牡丹」。　賞早苗功労賞〔昭和42年〕，早苗賞〔昭和43年，49年〕

今井 久子　いまい・ひさこ　俳人
明治30年（1897年）7月20日～昭和63年（1988年）8月17日　生静岡県　名本名＝今井ヒサ　学女子職業学校師範科卒　歴小学校教師、青年学校教諭。昭和35年富安風生主宰の「若葉」入門。37年「七彩」入門、40年同人。　賞風生米寿祝賀大会第2位〔昭和48年〕，七彩賞〔昭和45年〕，七彩功労賞〔昭和52年〕

今井 風狂子　いまい・ふうきょうし　俳人
大正10年（1921年）11月21日～平成19年（2007年）12月7日　生和歌山県　名本名＝今井弘　学大阪東商卒　歴昭和18年白浜軍療で福本鯨洋の手ほどきを受ける。22年高浜年尾、24年高浜虚子に師事。「ホトトギス」同人。「山茶花」運営委員。48年俳人協会員となり幹事、関西支部常任委員。句集に「風狂子句集」がある。

今井 康子　いまい・やすこ　歌人
明治25年（1892年）11月8日～昭和53年（1978年）3月25日　生鳥取県米子市　名号＝葵明　学米子高等女学校卒　歴鳥取県米子の書店今井郁文堂の店主・今井兼文の長女。米子高等女学校を卒業後、竹柏会を主宰する歌人・佐々木信綱に入門し、「心の花」の同人として活躍。のち、斎藤瀏の「短歌人」や斎藤史の「原型」といった短歌雑誌に拠り、作歌を続けた。また、岡村葵園や上村松園といった日本画家に師事して絵画を嗜み、茶道や謡曲にも通じるなど多趣味で知られた。歌集に「麓」「裾野原」などがある。　家父＝今井兼文（2代目），夫＝今井兼文（3代目）

今泉 宇涯　いまいずみ・うがい　俳人
大正2年（1913年）4月24日～平成10年（1998年）6月28日　生愛知県豊橋市　名本名＝今泉正雄（いまいずみ・まさお）　学東京医科大学卒　歴昭和21年宇田零雨主宰「草茎」に入門、俳句と連句を学ぶ。35年「浜」を経て45年「沖」入会、46年同人に。52年「沖」同人会副会長、のち名誉会長。連句協会副会長も務める。句集に「跡」「高階」「温掌」「遊心」「雑木林」「今泉宇涯俳句選集」、「連句実作への道」「現代連句のすすめ」など。　賞沖賞〔昭和51年〕，沖功労賞

今泉 忘機　いまいずみ・ぼうき　俳人
大正8年（1919年）6月29日～平成11年（1999年）7月30日　生東京都　名本名＝今泉準一（いまいずみ・じゅんいち）　学国学院大学文学部文学科〔昭和25年〕卒　歴都立向島商業高校教諭、淑徳大学講師、和洋女子大学助教授を経て、明治大学教授。この間、昭和16年「火焔」主宰の上甲平谷に俳句の手ほどきを受ける。42年清水瓢左に連句の手ほどきを受ける。48年第六天連句主宰。著書に「元禄江戸俳書集」「元禄俳人宝井其角」「五元集の研究」「枯尾華」「芭蕉・其角論」「其角と芭蕉と」「注解

芭蕉翁終焉記」、共著に「連句読本」など。

今泉 勇一　いまいずみ・ゆういち　歌人
昭和2年（1927年）3月25日 〜 平成17年（2005年）7月9日　生青森県　歴昭和28年須永義夫に師事し「短歌文学」に入会。32年同人となり、のち編集同人。32年度の短歌文学賞を受賞。また結社内の若手と計り、研究グループ「二十日会」を結成した。群馬県歌人クラブ委員。歌集に「裸木」「清陰集」「母の月」「流離」がある。賞短歌文学賞（昭和32年度）

今枝 蝶人　いまえだ・ちょうじん　俳人
明治27年（1894年）10月22日〜昭和57年（1982年）9月17日　生徳島県徳島市　名本名＝今枝尚春（いまえだ・なおはる）　学徳島師範〔大正4年〕卒　歴大正6年「石楠」に入り、臼田亜浪に師事。9年「鳴門」を創刊。昭和10年「海音」、21年「向日葵」をそれぞれ創刊・主宰。40年「航標」を創刊し、主宰。句集に「草樹」「幹」「沙羅」、遺稿集に「定本今枝蝶人句文集」（航標俳句会）がある。　賞徳島県民表彰〔昭和49年〕　家三男＝今枝立青（俳人）

今岡 晃久　いまおか・あきひさ　歌人
生年不詳〜昭和56年（1981年）12月4日　出三重県上野市大野大　歴鎌倉・円覚寺で毎年作陶展を開催したほか、短歌でも活躍した。同人雑誌「炎」の主宰者。

今岡 碧露　いまおか・へきろ　俳人
明治37年（1904年）11月3日〜昭和58年（1983年）3月10日　生奈良県山辺郡都祁村小倉　名本名＝今岡太郎（いまおか・たろう）　学旧制中卒　歴昭和10年俳句を始め、「ホトトギス」「山茶花」を経て、31年「年輪」の創刊に参加し、同人。句集に「葛の花」「晩菊」。　賞俳人協会主催全国俳句大会賞（第5回）〔昭和41年〕，年輪努力賞，年輪松囃子賞〔昭和48年〕

今川 洋　いまがわ・よう　詩人
大正11年（1922年）1月27日 〜 平成26年（2014年）4月5日　生秋田県由利郡由利町（由利本荘市）　名本名＝今川ヤウ（いまがわ・やう）　歴小学校教師を経て、昭和50年より象潟町の小砂川保育園長を務める。一方、29年「時間」同人。「時間」終刊後、「竜骨」同人。他に48年「海図」同人、「空」発行編集同人。平成12〜19年秋田魁新聞のさきがけ詩壇選者を務めた。詩集に「橋」「潮騒」「無心に」「薔薇は知っている」などがある。　賞北川冬彦賞（第5回）〔昭和45年〕「ボタン」，秋田県芸術選奨〔昭和59年〕「潮騒」

今川 乱魚　いまがわ・らんぎょ　川柳作家
昭和10年（1935年）2月22日 〜 平成22年（2010年）4月15日　生東京都足立区　出千葉県松戸市　名本名＝今川充（いまがわ・みつる）　学早稲田大学〔昭和34年〕卒　歴父は金沢市の出身で、小学生時代に金沢で過ごした経験を持つ。大阪で岸本水府選の新聞川柳欄に投稿して川柳を始める。番傘川柳北斗会同人、東京みなと番傘川柳会同人（平成7〜10年会長）を経て、番傘本社同人。昭和62年柏市に東葛川柳会を創設、代表を務め、平成14年最高顧問。また、11年999番傘川柳会を創設、会長。つくばね川柳会常任顧問、日本川柳ペンクラブ常任理事、全日本川柳協会理事長、千葉県川柳作家連盟副会長、Science&Technology Journal、北国新聞川柳欄選者などを歴任。流山市、我孫子市などで川柳講座も行う。4年には乱魚ユーモア川柳賞を創設した。著書に「乱魚川柳句文集」「ユーモア川柳乱魚句集」、編著に「川柳贈る言葉」がある。世界経済情報サービスに勤め、調査部長を務めた。

今関 天彭　いまぜき・てんぽう　漢詩人
明治15年（1882年）6月19日 〜 昭和45年（1970年）10月19日　生千葉県東金　名本名＝今関寿麿（いまぜき・ひさまろ）　歴幼時祖父から経学を学び、17歳の時東京に移り、石川鴻斎に漢詩文を習い、明治40年森槐南、国分青厓から清、明の詩風を学んだ。43年国民新聞、44年国民雑誌社に入り、「訳文大日本史」の訳業に従事。大正5年朝鮮総督府嘱託、7年北京に今関研究室を設け、中国事情を研究。この頃、斎藤実朝鮮総督（後の首相）顧問、南京政府首席汪兆銘の文事顧問、南京大学講師を兼ねた。昭和6年日本に帰ったが、17年重光葵南京駐在大使の招きで顧問を務めた。戦後帰国し25年新木栄吉日銀総裁に招かれ同行の漢詩講話会を開き、興銀に受け継がれた。26年雑誌「雅友」を発行。39年から「漢詩大系」（全24巻）の編集委員となり宋詩選を分担執筆した。著書に「天彭詩集」（全12巻）「支那戯曲集」「東京先儒墓田録」「法帖叢話」「宋元明清儒学年表」「東洋画論集成」「中国文化入門」など多数。

今辻 和典　いまつじ・かずのり　詩人
昭和4年（1929年）1月19日 〜 平成18年（2006年）7月15日　出鹿児島県大隅町　学慶応義塾

大学通信教育部卒，熊本語学専門学校卒 歴横浜市の公立中学校教師、市養護教育総合センターのカウンセラーを経て、神奈川県教育文化研究所相談員。平成9年横浜詩人会会長に就任。詩集に「鳥葬の子どもたち」「欠けた語らい」「非」「西夏文字」など。「山脈」「解纜」「詩芸術」に所属。 賞日教祖文学賞（第2回）〔昭和42年〕「コカ・コーラの歌」，横浜詩人会賞（第2回）〔昭和44年〕「鳥葬の子どもたち」，地球賞（第24回）〔平成11年〕「西夏文字」

今西 久穂　いまにし・ひさほ　歌人
昭和3年（1928年）2月24日～平成9年（1997年）6月9日 生岐阜県 出愛知県名古屋市 歴昭和26年「未来」創刊に参加。編集、運営委員を務め、「青幡」編集代表も務めた。歌集に「冬こそ阿修羅」「冬の光」「冬の旅歌篇」「湾岸冬歌」、エッセイに「子規のことなど」がある。

今牧 茘枝　いままき・れいし　俳人
明治40年（1907年）2月10日 ～ 平成1年（1989年）1月18日 生東京都 名本名＝今牧勝 学お茶の水女子大学専攻科英語部卒 歴昭和17年より句作を始め24年「風花」に入会、のち同人となる。33年「河」創刊と同時に同人として参加。「女性俳句」編集同人。句集に「火祭」「夢幻」「夢」。

今村 泗水　いまむら・しすい　俳人
大正11年（1922年）10月23日～平成17年（2005年）9月2日 生三重県四日市市 名本名＝今村寿夫 学天王寺商〔昭和15年〕卒 歴昭和16年「山茶花」に投句、皆吉爽雨に師事。21年爽雨主宰の「雪解」に入会、58年雪解賞を受賞。一方、26年「雪解」僚誌である亀井糸游主宰「うまや」に入会。平成4年同誌副主宰となり、10～15年主宰。16年名誉主宰。句集に「初山」「青金剛」「白露」などがある。 賞雪解賞〔昭和58年〕

今村 俊三　いまむら・しゅんぞう　俳人
昭和3年（1928年）1月25日～平成2年（1990年）12月24日 生大分県大分市 学福岡中〔昭和21年〕卒 歴昭和25年から作句、28年「鶴」に入り、35年同人。学生時代がら結核を患い、腎摘出、肋骨切除など闘病生活の傍ら、54年から句誌「桃滴舎」を主宰。句文集「鶴の頸」「桃摘記」や「桃滴コラム」などの著書がある。 賞福岡市文学賞（第3回，昭和47年度）

今村 米夫　いまむら・よねお　俳人
昭和3年（1928年）11月19日 ～ 昭和63年（1988年）9月4日 生東京都 名本名＝今村米蔵 学旧制工業卒 歴昭和27年「夏炉」、32年「夏草」入会、山口青邨、木村蕪城に師事。「夏草」「夏炉」同人。句集に「寒夕焼」。 賞夏草新人賞〔昭和47年〕

井本 農一　いもと・のういち　評論家
大正2年（1913年）3月30日 ～ 平成10年（1998年）10月10日 生千葉県成田市 出山口県新南陽市 学東京帝国大学文学部国文学科〔昭和11年〕卒 歴文部省図書監修官補、山口高校、東京女高師、お茶の水女子大学、聖心女子大学各教授を経て、実践女子大学教授。昭和59年学長となり、63年退任。とくに芭蕉の研究家として有名。俳句評論では俳句の本質は一種のイローニッシュな対象把握にあるとする説（俳句イロニー説）が昭和20年代後半の俳壇に影響を与えた。著書に「奥の細道をたどる〈上下〉」「良寛〈上下〉」「季語の研究」「芭蕉の文学の研究」「芭蕉と俳諧史の研究」など。句集に「遅日の街」がある。 勲勲二等瑞宝章〔昭和63年〕 賞現代俳句協会大賞（第5回）〔平成4年〕 家父＝青木健作（作家）

井本 木綿子　いもと・ゆうこ　詩人
大正15年（1926年）9月28日 ～ 平成22年（2010年）7月26日 生大阪府大阪市 名本名＝井本澄子（いもと・すみこ） 学大阪経済大学卒 歴主な詩集に「人あかり」「雨蛙色のマント」「最果」など。個人雑誌「馬」を発行。昭和61年還暦を記念して詩集「月光のプログラム」を出版。

弥冨 栄恒　いやどみ・ひでつね　詩人
大正9年（1920年）10月21日 ～ 平成20年（2008年）3月22日 生東京府豊多摩郡千駄ケ谷（東京都渋谷区） 出佐賀県 学慶応義塾大学予科〔昭和18年〕除籍 歴昭和27年第一詩集「南国雪」を書肆ユリイカより刊行。51年第二詩集「服喪」を自費出版。詩誌「水脈」同人。

伊与 幽峰　いよ・ゆうほう　俳人
大正11年（1922年）10月5日 ～ 昭和62年（1987年）11月23日 生福井県 名本名＝伊予雄二（いよ・ゆうじ） 学東京医専卒 歴昭和39年「馬酔木」及び「燕巣」入門。43年「燕巣」同人。59年「橡」創刊に同人参加。句集に「杜父魚」、随筆集に「越前讃歌」。 賞馬酔木新樹賞〔昭和56年〕

伊良子 正　いらこ・ただし　詩人
大正10年（1921年）3月7日 ～ 平成20年（2008年）4月30日　生京都府京都市　学国学院大学中退　歴詩人・伊良子清白の二男。「火牛」所属。詩集に「十二月の蟬」「補完される風景」「近代文学等についての論考」などがある。　賞鳥取市文化賞（平成12年度）　家父＝伊良子清白（詩人）

入江 湖舟　いりえ・こしゅう　俳人
大正3年（1914年）1月15日～平成2年（1990年）10月21日　生愛媛県　名本名＝入江正治　学小卒　歴昭和10年富安風生に師事し、「糸瓜」に投句、15年同人。同年「若葉」入門。26年作句を中断するが、46年「若葉」に復帰。「白魚火」に入会、49年同人。50年「若葉」同人。

入江 昭三　いりえ・しょうぞう　詩人
昭和8年（1933年）12月7日 ～ 昭和62年（1987年）12月4日　出長崎県福江市　歴中国からの引き揚げ孤児。日中戦争、太平洋戦争下の中国を放浪した揚げ句、母親と妹2人を病気で亡くした。21歳ごろから詩を本格的に書き始めたが、その主調音は、少年時代の過酷きわまる中国体験から戦争を告発する難民詩、反戦詩だった。詩誌「子午線」主宰。主な著書は詩集「呪縛」「不帰河」「飢餓とナイフ」「入江昭三詩集」など。

入江 元彦　いりえ・もとひこ　詩人
大正12年（1923年）8月10日 ～ 平成5年（1993年）11月27日　生東京都　歴坂口安吾に師事。「獣」同人。詩集「百眼巨人」「千糸の海」「入江元彦詩集」などがある。

入江 好之　いりえ・よしゆき　詩人
明治40年（1907年）9月4日～平成1年（1989年）8月8日　生北海道小樽市　名本名＝入江好行（いりえ・よしゆき）　学旭川師範学校卒　歴在学中の大正11年詩誌「北斗星」を創刊。13年旭川師範出身者と詩誌「青光」を創刊。昭和11年第一詩集「あしかび」を刊行。教師として綴方教育に力を入れたが、弾圧を受け、教職を追われて18年満州へ渡る。シベリア抑留を経て、24年帰国。31年北海道詩人協会を創立し、20年間事務局長を務めた。日本児童文学者協会北海道支部長。戦後の詩集に「凍る季節」「花と鳥と少年」がある。一方、北書房を経営し道内詩人の詩集などを数多く出版した。　賞北海道文化賞〔昭和53年〕

入沢 白鳥　いりさわ・はくちょう　俳人
昭和8年（1933年）1月25日～平成3年（1991年）6月12日　生東京都大田区　名本名＝入沢光雄　学東京実業高卒　歴昭和29年「春燈」入門、久保田万太郎、安住敦に師事。句集に「遠虹」「時計草」。　賞春燈賞（第11回）〔昭和57年〕

入船亭 扇橋（9代目）　いりふねてい・せんきょう
⇒橋本 光石（はしもと・こうせき）を見よ

岩井 久美恵　いわい・くみえ　俳人
昭和14年（1939年）8月4日 ～ 平成22年（2010年）7月26日　生神奈川県　学学習院大学国文学科卒　歴昭和37年日本航空に入社。国内・国際線で4年間スチュワーデスとして勤務した後、結婚。46年から秘書室に勤務。傍ら、小学5年の時から俳句を始め、大学時代に山口青邨主宰の「夏草」同人となる。のち「藍生」同人、「天為」所属。59年第一句集「貝雛」を出版した。他の句集に「神々の島」などがある。　賞夏草新人賞〔昭和52年〕

岩井 三窓　いわい・さんそう　川柳作家
大正10年（1921年）10月29日～平成23年（2011年）9月22日　生大阪府大阪市西区北堀江　名本名＝岩井光夫（いわい・みつお）　歴岸本水府が選者を務める健康雑誌「通俗医学」の川柳欄に投句し、水府が“人間諷詠”を掲げて興した川柳誌「番傘」を購読。昭和22年番傘本社同人となり、51～60年「番傘」編集長。この間、34年第一句集「三文オペラ」を出版。ユーモアと人情味のある作風で、大阪弁川柳コンテストの選者も務めた。

岩井 愁子　いわい・しゅうし　俳人
大正6年（1917年）11月4日～平成7年（1995年）4月17日　生三重県松阪市　名本名＝岩井勝（いわい・まさる）　学早稲田大商学部卒　歴日産自動車販売、三重県自動車配給などを経て、三重日産自動車社長。昭和15年富安風生に東京において手ほどきを受ける。17年より長谷川素逝に指導を受け没後中断。42年「年輪」入会、同人。句集に「方円」「東音西風」。　賞年輪作品賞〔昭和51年〕，年輪賞〔昭和61年〕

岩泉 晶夫　いわいずみ・あきお　詩人
昭和6年（1931年）3月12日 ～ 昭和63年（1988年）11月　生愛知県名古屋市　学盛岡農専獣医

科卒　歴岩手新報の記者を約1年務めたあと、中学の理科教師となる。岩手県、玉山村、盛岡市の学校の教壇に立ち、昭和63年遠野市立土淵中学の校長在職中に心筋梗塞で死去。一方、30年ころ詩壇に登場し、37年処女詩集「失われたザイル」を出版、以後44年「遠い馬」、46年「亀裂からの風」、48年「闇へのサイクロイド」など次々と詩集を出し、一周忌の平成元年に遺稿集「旅の意味」が刊行された。　賞土井晩翠賞〔昭和44年〕「遠い馬」, 岩手県芸術奨励賞

岩尾 美義　いわお・みよし　俳人

大正15年（1926年）11月5日～昭和60年（1985年）7月19日　生鹿児島県鹿児島市高麗町　学鹿児島医専〔昭和24年〕卒　歴昭和54年「むらさきばるつうしん」を創刊・主宰した。句集に「液体らんぷ」「微笑仏」「母音」などがある。賞九州俳句賞（第2回）〔昭和45年〕, 現代俳句賞（第26回）〔昭和54年〕

岩垣 子鹿　いわがき・しろく　俳人

昭和4年（1929年）3月18日～平成22年（2010年）4月3日　生奈良県高市郡　名本名＝岩垣正典（いわがき・まさのり）　学奈良医科大学　歴奈良医科大学在学中、緒方氷菓に俳句の指導を受ける。昭和54年「さぎり」主宰の平松措大、55年「いそな」（のち「未央」に改題）主宰の高木石子に師事。平成18年「未央」を継承・主宰。また、昭和56年「ホトトギス」に入会、60年同人。句集に「初日」「やまと」がある。　賞朝日俳壇賞（第15回）〔平成10年〕

岩上 とわ子　いわがみ・とわこ　歌人

明治41年（1908年）3月30日～昭和58年（1983年）8月16日　生千葉県　名本名＝岩上図和（いわがみ・とわ）　学日本女子大学家政学部卒　歴在学中に茅野雅子の手ほどきで作歌をはじめ、昭和5年から岡麓に師事、「草の実」に作品を発表する。戦後は木俣修の知遇を得、その指導の下に「朱扇」を主宰したが、28年「形成」創刊とともにこれに合流、その編集を助けた。歌集に「ながき虹」「冬の潮」がある。

岩木 安清　いわき・あんせい　俳人

昭和9年（1934年）2月24日～昭和61年（1986年）3月19日　生富山県射水郡下村白石　名本名＝岩木昭夫（いわき・あきお）　学富山大学教育学部第一初等科卒　歴大門中、小杉中の教諭を務める。昭和28年俳誌「暖流」に入会、33年「季節」同人となる。43年には「寒潮」を創刊した。富山県俳句連盟幹事も務める。北日本新聞夕刊一面で昭和59年6月から60年12月まで連載した「とやま季寄せ抄」をはじめ、文化面に「俳壇手帳」を執筆。句集に「藁」（58年）がある。　賞暖流新人賞〔昭和32年〕, 季節賞〔昭和43年〕

岩木 躑躅　いわき・つつじ　俳人

明治14年（1881年）7月26日～昭和46年（1971年）11月4日　生兵庫県津名郡生穂町　名本名＝岩木喜市, 別号＝つつじ　歴明治36年高浜虚子に師事し、大正10年「ホトトギス」同人となる。昭和7年から13年にかけて「摩耶」を主宰。句集に「躑躅句集」がある。　賞兵庫県文化賞〔昭和26年〕

磐城 菩提子　いわき・ぼだいし　俳人

大正5年（1916年）1月21日～平成16年（2004年）9月29日　生三重県　名本名＝磐城龍英（いわき・りゅうえい）　学高田専門学校卒　歴小・中学校教員、校長を経て、僧侶となる。昭和18年「馬酔木」時代の山口誓子に入門。23年「天狼」創刊に際して入会、53年同誌鈴鹿支部長。23～25年「冬木」を編集・発行した。

岩城 之徳　いわき・ゆきのり　国文学者

大正12年（1923年）11月3日～平成7年（1995年）8月3日　生愛媛県松山市　学日本大学文学部国文科〔昭和23年〕卒, 北海道大学大学院文学研究科〔昭和30年〕博士課程修了　歴北海道立岩見沢女子高教諭、滝川女子高教諭、北星女子短期大学助教授を経て、昭和33年日本大学文理学部専任講師、45年教授。平成5年退任。啄木研究の第一人者。三島市教育委員会長も務める。「石川啄木伝」「啄木評伝」「啄木歌集全歌評釈」「石川啄木とその時代」「石川啄木と幸徳秋水事件」など著書多数。　賞岩手日報文学賞啄木賞（第1回）〔昭和61年〕

岩佐 静堂　いわさ・せいどう　俳人

明治39年（1906年）9月21日～平成9年（1997年）7月1日　生岡山県　名本名＝岩佐康司（いわさ・やすし）　学旧高商中退　歴昭和12年皆吉爽雨に師事、「山茶花」入会。21年海外より引揚後、自由作句。51年「くれなゐ」に入会、編集委員。　賞関西俳句連盟協会年度賞〔昭和53年・54年〕, くれなゐ年度賞〔昭和55年〕

岩佐 東一郎　いわさ・とういちろう　詩人

明治38年（1905年）3月8日～昭和49年（1974

年）5月31日　生東京市日本橋区（東京都中央区）　学法政大学仏文科〔昭和4年〕卒　歴少年時代から詩作をし、堀口大学、日夏耿之介に師事。大正12年第一詩集「ぷろむなあど」を刊行。13年城左門らと「東邦芸術」（のち「奢灞都」）を創刊、昭和3年城、西山文雄らと「ドノゴトンカ」、6年「文芸汎論」などを創刊し、「パンテオン」などにも参加。戦後も21年「近代詩苑」を創刊し、「裸婦詩集」などを刊行した。他に詩集「祭日」「航空術」「神話」「三十歳」「春秋」「二十四時」「幻燈画」、句集「昼花火」、随筆集「くりくり坊主」「書痴半代記」などがある。

岩崎 勝三　いわさき・かつぞう　歌人
大正2年（1913年）12月3日 ～ 平成12年（2000年）10月3日　生東京都　歴昭和6年「短歌草原」入会。9年同人、60年選者を務める。63年柳瀬留治没後、平成元年「心象」創刊に参加、編集委員、選者となる。この間、昭和24年宮城県歌人協会の創立に参加。歌集に「風の道」「芳樹」「多賀雀」「無限琴」、遺歌集「季の花びら」、随想集「春秋夢幻」、「草風居雑記」などがある。

岩崎 孝生　いわさき・こうせい　歌人
大正4年（1915年）8月18日～平成6年（1994年）7月7日　生東京都　歴昭和6年より作歌を始め、戦前「冬青」「短歌鑑賞」「エラン」創刊に同人として参加。12年11月から統制による歌誌統合まで「短歌鑑賞」を編集発行。25年「次元」創刊に参加し、31年より35年までその発行人、のち顧問。

岩崎 豊市　いわさき・とよいち　詩人
昭和8年（1933年）11月19日 ～ 平成26年（2014年）10月29日　出静岡県焼津市　学焼津水産高〔昭和27年〕卒　歴昭和28年国際缶詰に入社、59年取締役。詩人として活動し、静岡県詩人会会長、藤枝文学舎会長、静岡県文学連盟顧問を務め、県内の詩作を牽引。平成19～25年静岡新聞「文化・芸術」面の県文芸年間回顧で詩部門を担当した。詩集に「聖家族」「L氏への別れうた」「湾頭」などがある。　賞静岡県芸術祭知事賞〔昭和37年〕

岩崎 睦夫　いわさき・むつお　歌人
明治45年（1912年）6月24日 ～ 平成8年（1996年）3月2日　生長野県　歴昭和4年「国民文学」に入る。18年「槇の木」を創刊、戦時休刊を経て、24年に復刊。31年日本歌人クラブ地区委員、長野県歌人連盟理事。52年松本市芸術文化功労章。歌集「遠やまなみ」の他に、「近代短歌のふるさと」「松本平の文学碑林」「信濃短冊集」などの著書がある。　賞松本市芸術文化功労章〔昭和52年〕

岩下 ゆう二　いわした・ゆうじ　俳人
明治44年（1911年）3月2日 ～ 平成10年（1998年）11月26日　生旧朝鮮平壌　出熊本県熊本市　名本名＝岩下雄二（いわした・ゆうじ）　学広島高師〔昭和7年〕卒　歴鎮西中、済々黌教諭、東洋語学専教授を経て、昭和21年熊本日日新聞入社。論説委員、編集局次長兼社会部長、取締役、常務、論説委員長、52年会長を歴任し、54年論説顧問。俳人としては、23年「風花」入門、中村汀女に師事。のち「風花」同人会長。句集に「踏切」。　勲勲七等双光旭日章〔昭和56年〕

岩瀬 正雄　いわせ・まさお　詩人
明治40年（1907年）11月27日～平成15年（2003年）5月18日　生愛知県豊橋市　学名古屋電気学校中退　歴昭和37年に市教委社会教育課長を最後に定年退職するまで17年間、社会教育一筋に打ち込んだ。一方、17歳から詩作を行い、昭和初期に高村光太郎の知偶を得、4年草野心平らと新詩人会を結成。「日本未来派」を経て、「オルフェ」同人。中日詩人会会長も務めた。平成12年詩集「空」で歴代最高齢で現代詩人賞を受賞。他の詩集「炎天の楽器」「火の地方」「石の花」「荒野」「風」「わが罪 わが謝罪」「斑鳩行」、エッセイ「枳殻」などの他、「岩瀬正雄詩集」がある。　賞中部日本詩人賞（第3回）〔昭和29年〕「炎天の楽器」，中日社会功労賞〔昭和58年〕，地球賞（第17回）〔平成4年〕「わが罪 わが謝罪」，現代詩人賞（第18回）〔平成12年〕「空」

岩田 潔　いわた・きよし　俳人
明治44年（1911年）7月3日 ～ 昭和37年（1962年）2月24日　生北海道函館市　名旧号＝雨谷　学市岡中卒　歴中学卒業後、大阪、伊勢、名古屋の税関に勤め、昭和14年郷里の碧南市で煉炭会社役員となる。「青垣」「詩風土」などの詩誌の同人を経て、昭和初期の山本梅史主宰の俳誌「泉」に投句し、以後「天の川」「雲母」などに参加。15年句集「東風の枝」を、16年評論集「俳句の宿命」「現代の俳句」を刊行。戦後は無所属。著書は他に「現代俳句講座」「俳句浪漫」など。

岩田 昌寿　いわた・しょうじゅ　俳人
大正9年（1920年）4月1日～昭和40年（1965年）1月30日　生宮城県　名本名＝岩田昌寿（いわた・あきひさ）　歴9歳で母を失い、小学校を出てすぐ上京、靴工場などで働く。昭和13年肺結核で清瀬の療養所に入院、「療養知識」の俳句欄で石田波郷の選を受け、15年「鶴」に入会。そのころ思想と信教、身辺愛欲の葛藤などから極度の神経衰弱に陥り、多摩にある精神病院に移される。その独房から詠い出された作品「秋夜変」が第2回茅舎賞の次点となった。その後一時退院したが、日雇など窮乏の生活のうちに再発、南多摩の狂院で死亡。石川桂郎著の「俳人風狂列伝」中の1人である。句集に「地の塩」がある。

岩田 笑酔　いわた・しょうすい　川柳作家
生年不詳～平成24年（2012年）5月4日　出静岡県静岡市清水区　名本名＝岩田広夫（いわた・ひろお）　歴平成23年まで静岡県川柳協会会長を務めた。

岩田 宏　いわた・ひろし　詩人
昭和7年（1932年）3月3日～平成26年（2014年）12月2日　生北海道虻田郡東倶知安　名本名＝小笠原豊樹（おがさわら・とよき）　学東京外国語大学ロシア語科中退　歴昭和30年青木書店に勤務。詩作は「詩学研究会」への投稿から始まり、詩誌「今日」「鰐」同人として活躍。31年第一詩集「独裁」を刊行。「マヤコフスキー選集」（1～3）や、ソルジェニーツィン「ガン病棟」（2巻・新潮社）の翻訳者としても知られ、ブラッドベリ「火星年代記」、バローズ「火星のプリンセス」、クリスティ「無実はさいなむ」などSFやミステリーの訳業でも大きな役割を果たした。他の作品に詩集「いやな唄」「頭脳の戦争」「グァンタナモ」「岩田宏詩集」、小説「踊ろうぜ」「ぬるい風」「なりななむ」、エッセイ集「同志たち、ごはんですよ」など。また、「マヤコフスキー事件」など評論も多い。　賞歴程賞（第5回）〔昭和42年〕「岩田宏全詩集」，読売文学賞（評論・伝記賞，第65回，平成25年度）〔平成26年〕「マヤコフスキー事件」

岩田 吉人　いわた・よしと　歌人
明治43年（1910年）1月1日～平成5年（1993年）2月16日　生福岡県大牟田市　学東京帝国大学農学部〔昭和12年〕卒　歴昭和14年三重高等農林学校教授として赴任、約15年間勤務。29年東京の農林省農業技術研究所に転勤、45年同研究所病理昆虫部長として定年退職。日本植物病理学会会長を務めたのち日本植物防疫協会参与に。短歌に関しては、昭和9年アララギに入会。他に三重アララギ、相武アララギに所属。歌集に「ユーカリの木の下で」「潮騒」他。

岩津 資雄　いわつ・もとお　歌人
明治35年（1902年）10月16日～平成4年（1992年）3月13日　生三重県宇治山田　名号＝不言舎　学早稲田大学国文科卒　歴早稲田在学中、窪田空穂に作歌の指導を受け、大正15年「槻の木」の創刊に参加して、短歌、評論、随筆などを発表。昭和8年第二早稲田高等学院講師となり、24年早大文学部教授に就任。その間の14年、歌集「事に触れて」を刊行。他に歌集「遠白」「暗天」「丹の穂集」や「歌合せの歌論史研究」「短歌―古典と近代」「会津八一―人と作品」などの著書がある。

岩永 三女　いわなが・さんじょ　俳人
大正1年（1912年）9月11日～平成13年（2001年）6月15日　生静岡県　名本名＝岩永ミツ　学浜松高女卒　歴昭和4年「ホトトギス」「玉藻」入会。28年「冬野」入会、河野静雲に師事。34年「夏草」入会、山口青邨に師事。「夏草」「ホトトギス」同人。

岩波 香代子　いわなみ・かよこ　歌人
大正1年（1912年）9月18日～平成16年（2004年）9月　生長野県　歴昭和7年「アララギ」入会。9年同退会。11年今井邦子の内弟子となり「明日香」に入会。邦子没後、「明日香」の中心的存在となり、編集責任者を務めた。歌集「潮路」「都わすれ」「冬の虹」がある。

岩橋 柊花　いわはし・しゅうか　俳人
明治45年（1912年）1月30日～平成12年（2000年）2月26日　生神奈川県　名本名＝岩橋源継（いわはし・もとつぐ）　学横須賀中卒　歴昭和14年哈爾浜渋柿会で村田炎子の手ほどきを受ける。戦後は作句を中断。41年復活して不破博の指導を受け、「渋柿」同人。

岩鼻 笠亥　いわはな・りゅうがい　俳人
明治44年（1911年）8月31日～平成12年（2000年）12月5日　生大阪府　名本名＝岩鼻恒一　学中卒　歴昭和12年「雁来紅」入門、野田別天楼に師事。26年「雪解」入門、皆吉爽雨に師事。33年「雪解」同人。のち「うまや」同人。句集に「艸」がある。

岩淵 欽哉　いわぶち・きんや　詩人
昭和11年（1936年）8月21日～平成10年（1998年）4月10日　[出]兵庫県　[学]兵庫高中退　[歴]旧満州からの引き揚げをはさむ戦中・戦後の体験を通して、厳しい時代を生き抜いた思いを描いた詩集「サバイバルゲーム」で、昭和62年小熊秀雄賞受賞。ほかに詩集「見えない工場」など。[賞]小熊秀雄賞（第20回）〔昭和62年〕「サバイバルゲーム」

岩間 正男　いわま・まさお　歌人
明治38年（1905年）11月1日～平成1年（1989年）11月1日　[生]宮城県村田町　[学]宮城師範学校〔昭和2年〕卒　[歴]大正14年から昭和22年まで宮城県、東京都で教員を歴任。戦後、教員組合運動に入り、全日本教員組合協議会（全教協）の指導者となり、日教組の結成に尽力。22年参院全国区に当選し共産党に入党。以来引退するまで議員生活27年、本会議や委員会で質問に立つこと1380回、参院共産党議員団長も務めた。また、北原白秋に短歌を学び、白秋没年前後「多磨」編集に従事。歌集に「炎群」「母子像」「風雪のなか」「春塵孤影」、歌論集に「追憶の白秋・わが歌論」などがある。　[賞]多喜二百合子賞（第11回）〔昭和54年〕「風雪のなか―戦後30年」

岩松 文弥　いわまつ・ぶんや　歌人
明治31年（1898年）12月18日～昭和29年（1954年）1月7日　[出]山形県　[学]国学院大学卒　[歴]群馬、福島の中学で教鞭を執る傍ら、「くぐひ」を編集。昭和12年山口県の長府高女に赴任。戦後、宇部市の中学・高校の校長を歴任した。25年「あらつち」を創刊。著書に「岩松文弥歌集」がある。

岩見 静々　いわみ・せいせい　俳人
大正3年（1914年）3月30日～昭和48年（1973年）5月19日　[生]東京都　[名]本名＝岩見鉱一　[学]東京帝国大学法学部卒　[歴]三井信託銀行取締役、監査役などを歴任。戦前は南仙臥に学び「馬酔木」「あら野」に投句、戦後は松本たかしに師事、「笛」同人となる。「笛」にたかし句集「石魂」の全句鑑賞「石魂脚注」を連載した。句集に「やさしき雲」がある。

岩村 牙童　いわむら・がどう　俳人
大正11年（1922年）5月25日～平成22年（2010年）2月24日　[出]高知県吾川郡吾北村（いの町）　[名]本名＝岩村共繁（いわむら・ともしげ）　[学]警察大学校卒　[歴]昭和20年高知県警に入り、53年に退職するまで窪川警察署、南国警察署、高知南警察署の各署長を歴任。傍ら、俳人として「夏爐」を主宰。高知県俳句連盟会長も務めた。平成16年「岩村牙童俳句集成」を刊行。[賞]高知県出版文化賞（平成10年度）「土佐俳句歳時記」

岩村 蓬　いわむら・よもぎ　俳人
大正11年（1922年）6月8日～平成12年（2000年）11月4日　[生]東京市牛込区（東京都新宿区）　[名]本名＝岩村光介（いわむら・みつすけ），別号＝岩村明河（いわむら・めいか），別名＝岩村光介（いわむら・こうすけ）　[学]東京大学経済学部〔昭和25年〕卒　[歴]昭和16年台北帝国大学予科に入学。松村一雄教授に師事し、俳句と連句の実作を学ぶ。戦後講談社に入り、児童書の編集に携わる。児童局長を最後に定年退職。またこの間、37年に「麦」の同人となり、「氷海」「狩」を経て、62年「草苑」同人。著書に「半眼」「遠望」「鮎と蜉蝣の時」「草の絮」など。

岩本 修蔵　いわもと・しゅうぞう　詩人
明治41年（1908年）9月1日～昭和54年（1979年）3月9日　[生]三重県宇治山田市　[学]東洋大学卒　[歴]昭和初年代から「白紙」「マダム・ブランシュ」「VOU」などでシュールレアリスム系の詩を発表する。昭和8年「青の秘密」を刊行。以後も「喪くした真珠」などを刊行。14～22年満州ですごし、戦後は24年「PAN POESIE」を創刊。戦後の詩集に「はげしい回顧」「マホルカ」などがあり、ほかに童話集や随筆集もある。32年「岩本修蔵詩集」を刊行。　[家]息子＝岩本隼（詩人）

岩本 六宿　いわもと・むしゅく　俳人
明治36年（1903年）3月23日～平成7年（1995年）3月3日　[生]島根県益田市　[名]本名＝岩本進（いわもと・すすむ）　[学]東京大学工学部卒　[歴]満州紘業開発、東北大学教授を経て、昭和39～48年トキワ松学園非常勤講師。俳句は大正13年山口青邨の指導を受ける。昭和5年「夏草」投句。28年「夏草」同人。「夏草」終刊後、「天為」に参加。句文集に「残鶯」。　[賞]夏草功労賞〔昭和40年〕

岩谷 孔雀　いわや・くじゃく　俳人
明治21年（1888年）3月6日～昭和51年（1976

年）8月20日　[生]島根県大田市　[名]本名＝岩谷貫二　[学]慶応義塾大学卒　[歴]大学在学中の明治36年頃から作句を始め、42年頃から「ホトトギス」に投句、虚子・鳴雪等に師事。大正8年岩木躑躅らと「相樹」を発刊、選者。10年長谷川零余子の「枯野」創刊に参画。昭和2年「春暁」を創刊・主宰。戦後は「木立鳥」「稲穂」「極光」等を主宰した。句集に「虎尾草」（大15）がある。

【う】

植木 火雪　うえき・かせつ　俳人
明治40年（1907年）10月15日～平成8年（1996年）3月2日　[生]栃木県佐野市　[名]本名＝植木亀造　[学]栃木県師範学校専攻科卒　[歴]中学校教師を務めた。昭和35年「凧」入会、44年同人。佐野市俳句連盟代表を務める。句集に「風林」がある。　[賞]下野新聞俳句文芸賞〔昭和33年〕，栃木県俳句芸術祭賞〔昭和48年〕，栃木県俳句作家協会顕彰作家年度賞〔昭和52年〕

植木 正三　うえき・しょうぞう　歌人
大正3年（1914年）7月20日～平成12年（2000年）11月10日　[生]神奈川県伊勢原市　[学]横浜市立商卒　[歴]昭和7年「石蕗」に入会、のち「国民文学」、13年「ポトナム」を経て、15年「花実」創刊に参加。47年「草地」創刊、編集発行人となる。作風は写実主義を核とし“生命・主体性・絶対個”を唱えた。歌集に「二俣川」「草地」「天無風」「丘陵晩年」（遺歌集）がある。　[賞]日本歌人クラブ賞（第7回）〔昭和55年〕「草地」

上崎 暮潮　うえさき・ぼちょう　俳人
大正11年（1922年）3月19日～平成25年（2013年）11月6日　[出]徳島県徳島市　[名]本名＝上崎孝一（うえさき・こういち）　[学]名古屋帝国大学工学部〔昭和22年〕卒　[歴]昭和22年徳島工業高校教諭、38年徳島大学文部教官、41年阿南工業高等専門学校助教授を経て、43年教授。60年退官、62年愛知技術短期大学教授、平成元年徳島工業短期大学教授。俳人としては、昭和16年高浜虚子主宰「ホトトギス」に初入選、40年「ホトトギス」同人。徳島県内では「祖谷」創刊に携わり、63年～平成25年同誌主宰。昭和62年～平成3年徳島新聞「徳島俳壇」選者。句集「花鳥阿波」「眉山」や、著書「俳句のヒント」などがある。　[賞]徳島県出版文化賞〔平成7年〕「花鳥阿波」，芦屋国際俳句祭文部科学大臣賞〔平成14年〕，徳島県文化賞〔平成21年〕

植地 芳煌　うえじ・ほうこう　俳人
明治43年（1910年）2月16日～平成10年（1998年）8月16日　[生]三重県　[歴]昭和7年句作を始める。「ホトトギス」投句。21年「かつらぎ」入会、28年同人。50年三重俳句協会入会、同協会理事を務めた。

上田 秋夫　うえた・あきお　詩人
明治32年（1899年）1月23日～平成7年（1995年）3月22日　[生]高知県土佐郡森村（土佐町）　[学]東京美術学校彫刻科卒　[歴]倉田百三主宰の「生活者」に参加し、大正15年「彫刻」を発表。ロマン・ロランの影響を受けて渡仏もする。昭和2年刊行の「自存」や「五月桂」などの詩集があり、ロマン・ロラン「ミケランジェロ」などの翻訳もある。

植田 かおる　うえた・かおる　歌人
大正14年（1925年）8月2日～平成26年（2014年）4月18日　[生]高知県幡多郡大方町（黒潮町）　[名]本名＝植田馨（うえた・かおる）　[学]高知大学教育学部臨教科卒　[歴]高知県幡多郡内の小学校に38年間勤務、昭和59年大方町立田ノ口小学校長を最後に退職。小学校教師の傍ら、アララギ派の歌人として活動。同郷の私小説作家・上林暁と親交が深く、平成元年上林暁顕彰会を結成した。13～19年高知新聞「高新文芸歌壇」選者。歌集に「海想譜」「猿飼川」、著書に「絵のない絵日記」、子ども詩集「はだかのにんじゃ」などがある。　[賞]高知県短詩型文学賞（第7回，昭和56年度）「歳月」

上田 渓水　うえだ・けいすい　俳人
大正15年（1926年）2月20日～平成26年（2014年）1月18日　[生]東京都　[名]本名＝上田多成　[歴]高校教師を務め、昭和61年校長で定年退職。一方、俳句は、大竹孤悠に師事、23年「かびれ」入会、26年同人。のち「かびれ」編集委員、選者、平成9年同人会長。「かびれ」一筋だったが、体力の衰えにより25年退会。この間、5年俳人協会幹事、12年評議員を経て、名誉会員。また俳人協会の千葉県支部設立の組織づくりに専念し、8年支部長。連句協会会長も務めた。

上田 幸法　うえだ・こうぼう　詩人
大正5年（1916年）8月3日～平成10年（1998年）

6月18日　生熊本県八代郡太田郷村（八代市）　名本名＝上田幸法（うえだ・ゆきのり）　学八代商〔昭和8年〕卒　歴昭和27年産業経済新聞社に入社。35～50年熊本県広報課に勤務。傍ら、詩作を行う。また刑務所の篤志面接委員を長く務め、平成2年八代市文化協議会誌に死刑囚の俳句を掲載した。詩誌「知性と感性」代表。詩集に「鉛の鈴」「太平橋」「柿提灯」「冬の神さま」「戦争・笑った」「ある戦争の話」「満月」「上田幸法詩集」などがある。　賞熊日文学賞（第5回）〔昭和38年〕「太平橋」

上田 五千石　うえだ・ごせんごく　俳人
昭和8年（1933年）10月24日 ～ 平成9年（1997年）9月2日　生東京都渋谷区　名本名＝上田明男（うえだ・あきお）　学上智大学文学部新聞学科卒　歴幼時から父・古笠に俳句を師事。昭和29年秋元不死男に入門。31年「氷海」同人、43年第一句集「田園」で俳人協会賞。48年「畦」を創刊・主宰。他の句集に「森林」「風景」「琥珀」「自註上田五千石集」、エッセイに「俳句塾」など。62年4月～平成元年3月NHKテレビ「俳句入門」の講師も務めた。　賞俳人協会賞（第8回）〔昭和43年〕「田園」，静岡県文化奨励賞（第8回）〔昭和43年〕「田園」　家娘＝上田日差子（俳人）

植田 重雄　うえだ・しげお　歌人
大正11年（1922年）12月24日～平成18年（2006年）5月14日　生静岡県榛原郡相良町（牧之原市）　学早稲田大学文学部哲学科〔昭和19年〕卒　歴歌誌「淵」「槻の木」に所属。著書に、ドイツの民間行事に残るゲルマン原始信仰の影を描いた「ヨーロッパ歳時記」や、「ヨーロッパの祭と伝承」「会津八一とその芸術」「宗教現象における人格性・非人格性の研究」、訳書にブーバー「我と汝・対話」、ボーマン「ヘブライ人とギリシア人の思惟」、歌集に「鎮魂歌」「存在の岸辺」「六曜星」などがある。　勲勲三等瑞宝章〔平成11年〕

上田 静栄　うえだ・しずえ　詩人
明治31年（1898年）1月2日～平成3年（1991年）1月21日　生大阪府　名本名＝上田シヅヱ，旧姓・旧名＝友谷　学京城公立女学校卒　歴京城公立女学校を卒業後、田村俊子宅に寄寓、桜井英学塾に通う。大正13年7月から「ダムダム」同人神戸雄一の出資で林芙美子と詩誌「二人」を出す。個人雑誌「三角旗」、詩とエッセイの雑誌「ゆり」を主宰。夫・上田保の編集する「新領土」同人でもあった。詩集に「海に投げた花」「暁天」「青い翼」「花と鉄塔」など、エッセイ集に「こころの押花」がある。　家夫＝上田保（詩人）

上田 周二　うえだ・しゅうじ　詩人
大正15年（1926年）2月1日 ～ 平成23年（2011年）1月29日　生東京市下谷区（東京都台東区）　名本名＝上田修司（うえだ・しゅうじ）　学慶応義塾大学文学部英文科〔昭和25年〕卒　歴慶応義塾大学在学中に西脇順三郎教授から文学概論などの講義を受ける。卒業後、昭和25年都立町田高校定時制教諭を経て、59年都立明正高校定時制教頭を定年より2年早く退職。この間に小説集「闇の扉」「闇・女」、評伝「詩人乾直恵」を刊行。退職後は執筆に専念した。48年から文芸同人誌「時間と空間」発行人。著書に小説集「深夜のビルディング」、エッセイ集「深夜亭交遊録」「幼少夢譚」、評伝「私の竹久夢二」、詩集「華甲からの出発、または…」「死霊の憂鬱」、評論「闇と光（自筆年譜入り）」などがある。

植田 青風子　うえだ・せいふうし　俳人
大正3年（1914年）6月30日～平成1年（1989年）7月18日　生奈良県　名本名＝植田篤治（うえだ・とくじ）　学県立奈良商業卒　歴野田別天楼に師事。終戦後、長谷川素逝と俳誌「青垣」発行。素逝早世後橋本多佳子と交流。昭和42年より「うぐいす」編集運営委員。

植田 多喜子　うえだ・たきこ　歌人
明治29年（1896年）6月11日 ～ 昭和63年（1988年）8月1日　出山口県山口市　名本名＝植田タキ　学東京女高師卒　歴在学中から短歌を始める。昭和11年植松寿樹に師事し、「沃野」の創刊に参加し、編集同人。万葉調の歌人として知られ、歌集に「久遠の塔」「落葉の日記」「山家小情」など。ベストセラーとなった私小説「うづみ火」などの著作もある。

上田 保　うえだ・たもつ　詩人
明治39年（1906年）1月19日 ～ 昭和48年（1973年）4月11日　生山口県　学慶応義塾大学英文科〔昭和4年〕卒　歴慶応義塾大学在学中から詩や評論を書き、昭和3年「詩と詩論」創刊に加わる。9年「詩法」に参加。同年第一書房に入社、春山行夫編集長の下で雑誌「セルパン」の編集に従事。12年「新領土」創刊から編集を担当。戦後は24年慶大教授となる。特にエリオットの翻訳者として著名で「エリオット詩集」をはじめ、多くの訳書がある。著書に「概説世界文学」「現代ヨーロッパ文学の系譜」「ヨーロッパ文学入門」などがある。 家妻＝上田静栄(詩人)，兄＝上田敏雄(詩人)

上田 都史　うえだ・とし　俳人
明治39年(1906年)9月23日～平成4年(1992年)8月30日 生京都府京都市 出岐阜県 名本名＝上田馮介(うえだ・としすけ) 学東京中中退 歴昭和9年個人誌「純粋」を創刊。戦後、「俳句評論」などを経て、54年「海程」同人となる。61年～平成3年「波の会」主宰。句集に「純粋」「喪失」「証言」「参加」、著書に「心の俳句・趣味の俳句」「御馳走さまの歳時記」「自由律俳句文学史」「人間尾崎放哉」「放哉の秀句」「俳人山頭火」「山頭火の虚像と実像」「近代俳人列伝」(全3巻)など。

上田 敏雄　うえだ・としお　詩人
明治33年(1900年)7月21日～昭和57年(1982年)3月30日 生山口県吉敷郡 学慶応義塾大学英文科卒 歴昭和4年に詩集「仮説の運動」を出しハイポスイシス(仮説)の詩観に支えられた純粋主義で独特なイメージを展開した。戦後はカトリック思想にも接近、詩集「薔薇物語」、詩論「神の喜劇」などを刊行した。 家弟＝上田保(詩人)

上田 麦車　うえだ・ばくしゃ　俳人
明治31年(1898年)10月16日～昭和61年(1986年)12月7日 生東京都 名本名＝上田直俊(うえだ・なおとし) 学東京外語専卒 歴元高校教師。昭和12年嶋田青峰主宰「土上」入会。16年同人後、勤労動員により中断。40年石田波郷主宰「鶴」入会、53年同人。 賞全国俳句大会賞

上田 英夫　うえだ・ひでお　歌人
明治27年(1894年)1月5日～昭和53年(1978年)6月20日 生兵庫県氷上郡大路村 学東京帝国大学文学部国文学科〔大正9年〕卒 歴明治43年前田夕暮の白日社に入るが、六高在学中「水甕」に参加する。大正15年国文学者として五高教授となり、のちに熊本大学教授に就任。国文学者としては万葉研究で文学博士となり、昭和31年「万葉集訓点の史的研究」を刊行。歌集に「早春」などがある。

上田 穆　うえだ・ぼく　歌人
明治35年(1902年)5月16日～昭和49年(1974年)6月4日 生京都府 名本名＝上田行夫 学京都府師範学校卒 歴青山霞村のカラスキに入社し、口語歌を学ぶ。師範学校卒業後は上京して日本大学、アテネ・フランセで学び、卒業後は学習社などに勤務する。短歌の面では、のちに自由律に転じて「立像」「新短歌」などに所属する。歌集に「街の放射線」がある。

上田 三四二　うえだ・みよじ　歌人
大正12年(1923年)7月21日～平成1年(1989年)1月8日 生兵庫県小野市 学京都帝国大学医学部〔昭和23年〕卒 歴昭和23年医師となり、36年国立東京病院、のち清瀬上宮病院に勤務。一方、20年より歌作を始め、「新月」同人を経て、49年より無所属。28年処女歌集「黙契」以後、短歌評論の面でも活動を始め、「アララギの病歌人」「斎藤茂吉論」などを発表。50年歌集「湧井」で迢空賞、評論集「眩暈を鎮めるもの」で亀井勝一郎賞、58年歌集「遊行」で日本歌人クラブ賞、63年小説「祝婚」で川端康成文学賞を受賞。宮中歌会始選者も務めた。他の著書に歌集「照径」「上田三四二全歌集」、評論・エッセイ「うつしみ」「俗と無常」「この世この生」「島木赤彦」、創作集「深んど」「惜身命」などがある。平成元年その業績をしのぶ短歌賞"上田三四二賞"が創設され、翌年より開催。以来毎年継続し、17回目の21年"上田三四二記念小野市短歌フォーラム"と改称された。 勲紫綬褒章〔昭和62年〕 賞芸術選奨文部大臣賞(第35回)〔昭和59年〕「惜身命」，日本芸術院賞(第43回)〔昭和62年〕，群像新人文学賞(第4回)〔昭和36年〕「斎藤茂吉論」，短歌研究賞(第6回)〔昭和43年〕「佐渡玄冬」，迢空賞(第9回)〔昭和50年〕「湧井」，亀井勝一郎賞(第7回)〔昭和50年〕「眩暈を鎮めるもの」，「短歌」愛読者賞(第5回)〔昭和53年〕「島木赤彦」，平林たい子賞(第7回)〔昭和54年〕「うつしみ」，日本歌人クラブ賞(第10回)〔昭和58年〕「遊行」，読売文学賞(第36回・評論・伝記賞)〔昭和59年〕「この世この生」，野間文芸賞(第39回)〔昭和61年〕「島木赤彦」，川端康成文学賞(第15回)〔昭和63年〕「祝婚」

上津原 太希子　うえつはら・たけし　俳人
大正4年(1915年)2月11日～平成24年(2012年)8月16日 生福岡県 名本名＝上津原猛(うえつはら・たけし) 学高小卒 歴昭和22

年より松尾竹後の直接指導により作句に入る。37年「菜殼火」、38年「冬野」に入会。56年「菜殼火」同人。

上野 章子　うえの・あきこ　俳人
大正8年（1919年）6月17日 ～ 平成11年（1999年）1月15日　生神奈川県鎌倉市　学フェリス和英女学校卒　歴高浜虚子の六女。俳句は昭和11年頃から手を染める。17年俳人・上野泰と結婚。26年「春潮」発刊。48年夫の没後、「春潮」を継承し、主宰。句集に「六女」「桜草」、エッセイ集「佐介此頃」などがある。　家父＝高浜虚子（俳人）, 夫＝上野泰（俳人）, 兄＝高浜年尾（俳人）, 池内友次郎（作曲家）, 姉＝星野立子（俳人）, 高木晴子（俳人）

上野 さち子　うえの・さちこ　俳人
大正14年（1925年）2月11日 ～ 平成13年（2001年）9月22日　生山口県山口市大内　名本名＝上野サチ子　学山口女専国文科〔昭和19年〕卒　歴昭和17年荒瀬泪楊の手ほどきを受ける。26年「浜」入会。大野林火らに師事。35年「浜」、43年「風」同人。40年夫・燎とすばる俳句会結成。のち「百鳥」同人。平成元年山口女子大学を退官。また朝日新聞山口俳壇の選者を務めた。句集に「はしる紅」「二藍」「水の上」、著書に「近代の女流俳句」「俳文芸の研究」「女流俳句の世界」など。　賞山口県芸術文化振興奨励賞〔昭和53年〕　家夫＝上野燎（俳人）

上野 壮夫　うえの・たけお　詩人
明治38年（1905年）6月2日 ～ 昭和54年（1979年）6月5日　生茨城県　学早稲田高等学院露文学科中退　歴アナキズム系の「黒嵐時代」などの同人を経て、昭和4年「文芸戦線」に参加する。一方、2年に労農芸術家連盟の書記長となるが、間もなく前衛芸術家同盟の結成に加わり、その後日本プロレタリア作家同盟に加入する。プロレタリア運動解体後は「人民文庫」に参加し、16年日本青年文学会委員長に就任。その後、花王石鹼奉天支店に勤務。主な作品に小説「跳弾」「日華製粉工場」や、詩「戦争へ」などがあるほか、詩集「黒の時代」、随筆集「老けてゆく革命」がある。

上野 晴夫　うえの・はるお　歌人
昭和7年（1932年）1月17日 ～ 平成11年（1999年）11月10日　生岡山県　歴昭和36年「ポトナム」に入会。頴田島一二郎に師事。48年兵庫県歌人クラブ新人賞を受賞。52年同クラブ理事。歌集「木魂祭」がある。　賞兵庫県歌人クラブ新人賞〔昭和48年〕

上野 久雄　うえの・ひさお　歌人
昭和2年（1927年）2月22日 ～ 平成20年（2008年）9月17日　生山梨県東八代郡御坂町（笛吹市）　歴少年時代から自由律俳句に親しむ。肺結核療養中の昭和23年、近藤芳美を知り短歌に転向。25年歌誌「アララギ」に入会し、26年近藤や岡井隆を中心とする「未来」創刊に参加。58年より「みぎわ」を主宰。61年～平成20年山梨日日新聞の山日文芸短歌選者を務めた。歌集「炎涼の星」「夕鮎」「喫水線」「バラ園と鼻」「冬の旅」などがある。

上野 泰　うえの・やすし　俳人
大正7年（1918年）6月25日 ～ 昭和48年（1973年）2月21日　生神奈川県横浜市　学立教大学経済学部卒　歴昭和17年高浜虚子の六女・章子と結婚。戦後「ホトトギス」の新鋭として作句に励む。26年「春潮」主宰。句集に「佐介」「春潮」「泉」「一輪」「城」などがある。　家妻＝上野章子（俳人）

上野 勇一　うえの・ゆういち　歌人
明治44年（1911年）9月15日 ～ 平成21年（2009年）2月28日　生栃木県　歴17歳で下野新聞の文芸欄に短歌の投稿を始め、頭角を現す。昭和3年「国民文学」に加わり、半田良平に師事。60年から栃木県歌人クラブ委員長を4期務めた。歌集に「遠嶺呂」「風と翳」「時の旅びと」などがある。　賞下野文学大賞（第3回）〔平成1年〕「時の旅びと」

上林 白草居　うえばやし・はくそうきょ　俳人
明治14年（1881年）6月14日 ～ 昭和46年（1971年）1月9日　生東京府北多摩郡府中（東京都府中市）　名本名＝上林晋, 旧号＝煤六　学慶応義塾商業卒　歴東京興信所、安田銀行に勤務。俳句は大正2年より「ホトトギス」に投句をはじめ、9年高浜虚子門に加わり、昭和9年「ホトトギス」同人となる。この間、大正5年「草」を創刊し、昭和5年より選者となり、没年まで主宰した。句集に10年刊行の「野川」をはじめ「草園」「旅恋」「一期抄」などがある。

上原 朝城　うえはら・ちょうじょう　俳人
大正7年（1918年）1月2日 ～ 平成9年（1997年）12月12日　生福岡県福岡市　名本名＝上原有

城　学九州医学専門学校卒　歴昭和14年九州医専俳句会に参加。清原枴童、河野静雲の指導を受け、25年「雪解」主宰。皆吉爽雨に師事。27年「雪解」同人。55年西日本新聞婦人文化サークル俳句教室講師、58年雪解賞を受賞。のち若松俳句協会会長。句集に「花織」「彩亭」など。

上原 白水　うえはら・はくすい　俳人
昭和2年（1927年）3月21日 ～ 平成26年（2014年）8月22日　生愛媛県東宇和郡城川町（西予市）　名本名＝上原勲（うえはら・いさお）　学愛媛師範〔昭和22年〕卒　歴昭和22年教職に就き、松山市教育委員会学校教育課長、同立東中学校長などを歴任。一方、21年「石楠」系俳人の小川太朗に拠り、「石楠」へ投句して篠原梵・八木絵馬に師事。25年川本臥風主宰「いたどり」の編集担当となる。28～53年作句を中断するが、54年吉野義子主宰の「星」に参加。のち「泉」主宰。句集に「蜷の道」「思冬期」などがある。　賞星賞〔昭和55年〕

植原 抱芽　うえはら・ほうが　俳人
明治43年（1910年）3月1日 ～ 昭和60年（1985年）3月30日　生大阪府大阪市平野区喜連　名本名＝植原信造（うえはら・のぶぞう）　学天王寺師範学校卒　歴大正11年「ホトトギス」系俳人奥野伎人堤の手ほどきを受ける。昭和5年旧「山茶花」編集援助。21年「雪解」に拠る。22年「懸巣」主宰。現代俳句協会会員を経て、37年俳人協会入会。句集に「顔」「巷」「洒」「朝」などがある。

上藤 京子　うえふじ・きょうこ　俳人
大正15年（1926年）6月19日 ～ 平成10年（1998年）2月22日　生大阪府大阪市　歴昭和43年「青玄」入会。46年同人。63年第一句集「あさひるよる」を刊行した。

植松 寿樹　うえまつ・ひさき　歌人
明治23年（1890年）2月16日 ～ 昭和39年（1964年）3月26日　生東京市四谷区舟町（東京都新宿区）　学慶応義塾大学理財科〔大正6年〕卒　歴中学時代から短歌を発表し、慶大卒業後は加島銀行、大倉商事を経て、大正12年から芝中学の国語教師となる。この間の3年「国民文学」創刊に参加。10年「庭燎」を刊行。以後「光化門」「枯山水」「渦若葉」「白玉の木」を刊行。昭和21年「沃野」を創刊した。歌集以外の著書に「近世万葉調短歌集成」「江戸秀歌」などがある。　賞日本歌人クラブ推薦歌集（第11回）〔昭和40年〕「白玉の木」

植松 文子　うえまつ・ふみこ　俳人
大正15年（1926年）3月12日 ～ 平成24年（2012年）9月17日　生大阪府　学広島師範本科卒　歴昭和28年「さいかち」に入会して松野自得に師事。42年「さいかち」同人。平成7年「柚」同人。句集に「花櫛」「証」などがある。　賞さいかち新人賞〔昭和37年・41年〕，さいかち賞〔昭和43年〕，広島俳協俳句大会県知事賞・広島市長賞〔昭和44年〕

植村 銀歩　うえむら・ぎんぽ　俳人
大正3年（1914年）1月5日～平成7年（1995年）4月25日　生兵庫県神戸市　名本名＝植村正夫　学兵庫県立商卒　歴第一銀行に入行。昭和43年定年退職後に日好商事、第一銀心友会常務理事、事務局次長。俳句は昭和5年室積徂春主宰「ゆく春」に入会。のち見学玄を助け「東風」「虚実」を経て、31年「胴」発刊に編集同人として参加。「麦」同人。句集に「朱塗の箸」、長女へのレクイエムとして「夏代」がある。　賞麦作家賞

上村 占魚　うえむら・せんぎょ　俳人
大正9年（1920年）9月5日～平成8年（1996年）2月29日　生熊本県人吉市　名本名＝上村武喜（うえむら・たけき）　学東京美術学校工芸技術〔昭和19年〕卒　歴昭和12年後藤是山の「かはがらし」で俳句を始め、18年から高浜虚子、松本たかしに師事。24年俳誌「みそさざい」を創刊・主宰。「ホトトギス」同人。句集に「鮎」「三十三人集」「天上の宴」、随筆集に「愚の一念」「遊びをせんとや」「自問」など。　家弟＝上村てる緒（童話作家）

植村 諦　うえむら・たい　詩人
明治36年（1903年）8月6日 ～ 昭和34年（1959年）7月1日　生奈良県磯城郡多村（田原本町）　名本名＝植村諦聞（うえむら・たいもん），別名＝真木泉　学京都府仏教専門学校卒　歴小学校で代用教員をしながら詩誌「大和山脈」を発行したが、水平社運動に参加して教職を追われる。その後京城で雑誌記者をしたが、独立運動に加わって退鮮される。昭和5年上京し「弾道」「詩行動」などでアナキスト詩人として活躍。10年日本無政府共産党事件で検挙される。戦後は日本アナキスト連盟の結成に参加。7年刊行の詩集「異邦人」や「愛と憎しみの中で」、評論「詩とアナキズム」などの著書がある。

植村 武　うえむら・たけし　歌人

明治43年（1910年）1月15日～昭和53年（1978年）7月23日　生京都府　歴17歳で主宰歌誌「夜光珠」を創刊。戦後「定型律」「花宴」「橋」の編集委員を務め、「大和歌人協会」を設立。43年に歌誌「巻雲」を創刊・主宰。歌集に「凌霄」「青波」「渓流」がある。

上村 忠郎　うえむら・ちゅうろう　俳人

昭和9年（1934年）4月9日～平成10年（1998年）9月10日　生青森県八戸市　名本名＝上村忠雄　学八戸高卒　歴昭和29年同人雑誌「青年俳句」を編集発行。34年八戸俳句会創立に参画、機関誌「北鈴」の編集を担当。55年創刊の「林」に参加、林間集作家に推された。のち藤木倶子の「たかんな」創刊に参加。句集に「草の花」「貌」がある。

上村 孫作　うえむら・まごさく　歌人

明治28年（1895年）3月4日～昭和63年（1988年）11月27日　出奈良県奈良市　学郡山中〔大正3年〕卒　歴大正4年「アララギ」に入会。土屋文明に師事。昭和30年「佐紀」を創刊。36～38年奈良市教育委員長。歌集に「夏蔭」「高野原」「疋田の道」などがある。

上山 英三　うえやま・えいぞう　歌人

明治26年（1893年）3月1日～昭和56年（1981年）11月29日　生和歌山県　学東京帝国大学法学部〔大正6年〕卒　歴大蔵省為替局長、台湾銀行頭取、全国相互銀行協会会長などを歴任。歌人としても知られ、「樹木園」などの歌集がある。　勲勲二等瑞宝章〔昭和41年〕

宇咲 冬男　うさき・ふゆお　俳人

昭和6年（1931年）12月5日～平成25年（2013年）1月31日　生埼玉県熊谷市　名本名＝小久保誠（こくぼ・まこと）　学大正大学文学部哲学科〔昭和28年〕卒　歴産経新聞東京本社社会部記者などを経て、昭和55年から文筆生活に入る。俳句は24年「草茎」主宰の宇田零雨に師事。43年「梨の芯の会」主宰。のち50年誌名を「あした」と改める。一方、国際俳句交流協会評議員として平成2年以来、ドイツとの俳句交流に努める。6年にはフランクフルト近郊のバート・ナウハイムにある薔薇博物館で催された松尾芭蕉没後300年記念の日独共同詩作に参加。その時に詠んだ句がきっかけとなり、10年句碑が建てられた。著書に句集「乾坤」、「連句の楽しみ」「4Bと自転車とお寺」などがある。　賞連句懇話会賞佳作〔昭和58年〕

宇佐見 英治　うさみ・えいじ　詩人

大正7年（1918年）1月13日～平成14年（2002年）9月14日　生大阪府大阪市　学東京帝国大学文学部倫理学科〔昭和16年〕卒　歴第一次、第二次の「同時代」同人として活躍。「歴程」にも参加し、また昭和63年まで明治大学教授を務め、評論、小説、詩、エッセイ、翻訳など多方面で活躍。明澄な文体で現代作曲家や美術家にも影響を与えた。33年刊行の短編小説集「ピエールはどこにいる」をはじめ、「空と夢」「縄文の幻想」「迷路の奥」「石を聴く」「雲と天人」「芸術家の眼」「石の夢」「辻まことの思い出」などの著書がある。　賞歴程賞（第20回）〔昭和57年〕「雲と天人」，宮沢賢治賞（第7回）〔平成9年〕

宇佐見 蘇骸　うさみ・そがい　俳人

大正3年（1914年）8月18日～平成18年（2006年）1月16日　生岡山県苫田郡芳野村（鏡野町）　名本名＝宇佐見陳正　歴18歳頃より句作を始め、昭和37年「季節」に入り金尾梅の門に師事したが、師の没後退会。44年「サルビア」を創刊・主宰。「花曜」「国」同人。俳句作家連盟岡山地区協議会長、作州俳人協会長などを務めた。句集「仏桑花」「花菜漬」、詩集「ダリアの花粉に」「宇佐見陳正随筆集」などがある。　賞鏡野町文化功労賞〔昭和57年〕

宇佐美 雪江　うさみ・ゆきえ　歌人

明治43年（1910年）2月16日～平成8年（1996年）5月31日　生東京都　歴16歳で竹久夢二のモデルになり、夢二と生活を共にした最後の女性。昭和47年に回想記「夢二追憶」を出版。歌集に「眉」「草の声」「すぎゆきの」など。

鵜沢 覚　うざわ・さとる　詩人

明治38年（1905年）4月20日～平成4年（1992年）3月7日　生千葉県山武郡大網白里町　学東京高師研究科卒　歴大正10年代、雑誌に詩を投稿、詩誌「炬火」を創刊する。のち「意向的象徴詩派」「草」、昭和3年から7年まで「詩之家」の同人。戦後は第二次「時間」に創刊時から50年まで加わる。詩集に「磁気嵐」「幼年」「ガラスの生理」、習作期の詩と新作とを収めた「鵜沢覚詩集」「冷紅」がある。第1回北川冬彦賞を受け、中世・近世の古典に関する編著もある。　賞時間賞（第1回）〔昭和29年〕「磁気嵐」，北川冬彦賞（第1回，昭和40年度）

鵜沢 信子　うざわ・のぶこ　俳人
大正12年（1923年）7月3日 ～ 平成14年（2002年）1月24日　生神奈川県　学フェリス女学院卒　歴昭和40年柴田白葉女に師事。「女園」同人。60年歴史の勉強会サークル・紫友会を設立し、中国史・日本史などの講義を行った。　賞女園15周年記念女園賞1席〔昭和52年〕

鵜沢 宏　うざわ・ひろし　歌人
昭和6年（1931年）1月～昭和62年（1987年）2月19日　生神奈川県　歴昭和28年福田栄一主宰の「古今」に入会。中央大学法学部在籍中「大学歌人会」に所属。32年5月刊の合同歌集「列島」に参加。47年第一歌集「鳩と雀」を刊行した。

氏家 夕方　うじいえ・ゆうがた　俳人
明治40年（1907年）12月12日 ～ 平成5年（1993年）12月12日　生北海道樺戸郡　名本名＝氏家武　学尋小高卒　歴昭和4年伊東月草の「草上」入門。6年「時雨」（のち「葦牙」と改題）に参加。43年角川源義に師事し、「河」幹部人。「葦牙」金剛同人となり北方季題選者を務める。30年北海道俳句協会員、50年俳人協会会員。旭川市俳句連盟理事を務める。「雪垣」代表。句集に「駅時計」「神楽岡」がある。

潮田 武雄　うしおだ・たけお　詩人
明治38年（1905年）3月17日 ～ 昭和58年（1983年）8月22日　生東京府荏原郡羽田村（東京都大田区）　学高輪中〔大正11年〕卒　歴佐藤惣之助に師事し、「詩之家」同人を経て、前衛詩人連盟を組織。渡辺修三、久保田彦保、竹中久七と「リアン」の中心メンバーとなり、前衛詩、評論を著す。詩集に「Q氏の世界」「新樹」「朧ろげな使命の路で」などがある。

潮田 朝水　うしおだ・ちょうすい　俳人
明治39年（1906年）3月26日 ～ 昭和60年（1985年）3月22日　生茨城県　名本名＝潮田尚（うしおだ・ひさし）　学高小卒　歴昭和4年より管又天麓の指導を受ける。初め「獺祭」に入会したが冬葉没後退会。47年「河原」入会、49年「ひたち野」、53年「河原」同人。　賞ひたち野賞〔昭和52年〕

潮原 みつる　うしおばら・みつる　俳人
明治38年（1905年）10月1日 ～ 平成1年（1989年）3月13日　生北海道　名本名＝家倉ミツル（いえくら・みつる）　学日本女子大学文学部国文科卒　歴高浜虚子に師事し、昭和25年娘山会メンバー、28年「若葉」同人。句集に「花野」「銀河」。第一事業社創立社長。　賞毎日新聞日本百景賞

牛山 一庭人　うしやま・いっていじん　俳人
明治38年（1905年）3月19日 ～ 昭和52年（1977年）10月15日　生埼玉県　名本名＝牛山平八郎　歴昭和2年「馬酔木」に入会、水原秋桜子に師事して同人。晩年は「鶴」同人として活躍した。句文集に「耳袋」散文集に「わが徒然草」がある。

右城 暮石　うしろ・ぼせき　俳人
明治32年（1899年）7月16日 ～ 平成7年（1995年）8月9日　生高知県長岡郡本山町古田　名本名＝右城斎（うしろ・いつき）　学本山高小中退　歴大正9年大阪電燈会社に入り、昭和29年関西電力を退職。俳句は大正9年松瀬青々に師事。昭和21年「風」同人、24年「天狼」同人。31年「運河」発行、主宰する。朝日新聞大和俳壇選者。55年俳人協会名誉会員。句集に「声と声」「上下」など。　賞天狼スバル賞，蛇笏賞（第5回）〔昭和46年〕「上下」

薄井 薫　うすい・かおる　歌人
明治35年（1902年）2月5日 ～ 昭和62年（1987年）5月20日　出東京都町田市　学鳩川実〔大正8年〕中退　歴大正11年東京府忠生村の書記となり、昭和5年収入役、9年助役を経て、10～14年、21～22年村長を務めた。一方、13歳の頃より作歌を始め、大正12年村野次郎主宰の「香蘭」、並木秋人主宰の「常春」に入会。その後、松岡貞総と「醍醐」を創刊した。歌集に「小山田」「高原の路」がある。　勲勲五等双光旭日章〔昭和50年〕

臼井 喜之介　うすい・きのすけ　詩人
大正2年（1913年）4月15日 ～ 昭和49年（1974年）2月22日　生京都府京都市　名本名＝臼井喜之助　学京都市立二商卒　歴昭和10年詩誌「新生」を創刊。17年同人誌の統合により「詩想」「岩壁」となり、戦後は「詩風土」を経て、40年から「詩季」と改題して主宰。この間、ウスヰ書房を起こして第一詩集「ともしびの歌」を出版。同書房は戦時の企業整備で消滅したが、21年営業を再開。25年白川書院に改称して月刊誌「京都」を編集発行。自著「京都文学散歩」「京都味覚散歩」など、主に京都にまつわる出版物を刊行した。他の詩集に「望南記」「童

説」「海の抒情」「愛と孤独」などがある。

臼田 亜浪　うすだ・あろう　俳人
明治12年(1879年)2月1日 ～ 昭和26年(1951年)11月11日　生長野県北佐久郡小諸町新町　名本名＝臼田卯一郎, 別号＝一兎, 石楠, 北山南水楼　学和仏法律学校〔明治37年〕卒　歴「信濃青年」「向上主義」などの編集を経て、明治39年電報新聞社に入社し、41年「横浜貿易新報」編集長、42年「やまと新聞」編集長になる。一方、16歳頃から俳句を作りはじめ、子規を知って「国民新聞」などに投句する。大正3年石楠社を創立、4年「石楠」を創刊し、6年「炬火」を刊行。以後、俳人として幅広く活躍。句集「亜浪句鈔」「旅人」「白道」「定本亜浪句集」「臼田亜浪全句集」や「評釈正岡子規」「形式としての一章論」「道としての俳句」などの著書がある。　家女婿＝臼田九星(俳人)

臼田 九星　うすだ・きゅうせい　俳人
明治39年(1906年)1月7日 ～ 昭和63年(1988年)4月22日　生愛知県名古屋市北区　名本名＝臼田鉦作(うすだ・しょうさく)　学名古屋高商本科卒　歴大正13年「石楠」に入門。臼田亜浪を終生の師と仰ぎ、「石楠」最高幹部となる。昭和32年「かまつか」入会。　家岳父＝臼田亜浪(俳人)

宇田 木瓜庵　うだ・もくかあん　歌人
明治38年(1905年)1月13日 ～ 昭和57年(1982年)5月10日　生高知県土佐郡小高坂村(高知市)　名本名＝宇田道隆(うだ・みちたか)　学東京帝国大学理学部物理学科〔昭和2年〕卒　歴父はジャーナリスト・漢詩人の宇田滄溟。昭和2年農林省水産講習所技手、4年水産試験場技師、17年神戸海洋気象台長、22年長崎海洋気象台長、24年東海区水産研究所長を歴任。26～43年東京水産大学教授、43年東海大学海洋学部教授、53年海中公園センター研究所長。海の生物と海洋物理学を一体とした水産海洋学を樹立。黒潮の測流の権威で、12年異常冷水塊出現に伴う黒潮蛇行を初めて報告した。歌人としても知られ、52年には「海」を勅題とした歌会始の召人を務めた。歌句集「海の心」などがある。
勲勲二等瑞宝章〔昭和50年〕　家父＝宇田滄溟(漢詩人)

宇田 零雨　うだ・れいう　俳人
明治39年(1906年)10月27日 ～ 平成8年(1996年)6月22日　生福島県二本松市　名本名＝宇田久　学慶応義塾大学文学部卒　歴藤井紫影の門に学び、昭和10年「草茎」を創刊して主宰。9年「鯨」を刊行、以後「枯野行」「出門」「零雨句集」「酒興」「秋草」などの句集を刊行。また、「青郊連句会」を興すなど現代連句の復興を実践し、連句集「花屋」や「連句作法」などの著書もある。古典俳句研究の面での著書も多く、「冬の日定本」から「続猿蓑定本」にいたる「芭蕉七部集定本」「作者別俳諧七部集」「其角七部集」「去来抄新講」などがあり、17年「無黄遺稿」全4巻を編纂刊行した。

歌見 誠一　うたみ・せいいち　詩人
明治44年(1911年)3月23日 ～ 昭和49年(1974年)3月1日　生愛知県蒲郡町小江(蒲郡市)　学名古屋電気学校〔昭和4年〕卒　歴蒲郡市職員を務める傍ら詩作に励み、鈴木三重吉が創刊した「赤い鳥」に童謡の詩を投稿、詩人の北原白秋に認められた。のち童謡同人誌「昆虫列車」に加わり、44編の童謡を制作。昭和49年62歳で死去。のち蒲郡市で第九の会の理事を務める伊藤健司により44編の詩に作曲され「おぼろ夜」「コスモスの花のそばで」など4集の童謡楽譜集にまとめられた。

内川 幸雄　うちかわ・ゆきお　歌人
昭和11年(1936年)4月3日 ～ 平成18年(2006年)3月2日　出長野県　歴歌誌「炸」に所属。歌集に「人間萬歳」「病」「長歌」がある。

内島 北朗　うちじま・ほくろう　俳人
明治26年(1893年)8月1日 ～ 昭和53年(1978年)3月28日　生富山県高岡市　名本名＝内島喜太郎, 別号＝北楼, 北琅　歴明治43年「日本俳句」に拠って河東碧梧桐、筏井竹の門に学び、大正3年荻原井泉水の「層雲」に参加し、自由律の俳人となる。のち「層雲」作家として指導的地位を確立し、井泉水没後、「層雲」発行人となる。昭和3年句文集「壺屋草紙」を刊行、以後句集「光芒」「陶房」などを刊行し、29年層雲文化賞を受賞。また陶芸家としても活躍し、帝展にも3回入選した。　賞層雲文化賞〔昭和29年〕

内城 道興　うちじょう・みちおき　俳人
昭和15年(1940年)～平成14年(2002年)11月17日　生岩手県紫波町　学日本大学芸術学部放送学科〔昭和38年〕卒　歴山梨県長坂町で国蝶オオムラサキを守る会に設立時より参加。どんぐり山を守る会を設立。多摩市緑化推進委員なども務める。一方、俳人としては滝沢無人に師事。「広軌」「東京広軌」同人。著書に「多摩市の野草」、共著に「翔べ、オオムラサキ」、共編著に「雑木林をつくる―人の手と自然の対話・里山作業入門」、句集に「次男坊」などがある。

内田 園生　うちだ・えんせい　俳人
大正13年（1924年）3月28日～平成21年（2009年）9月26日　生シンガポール　出兵庫県　名本名＝内田園生（うちだ・そのお）　学東京大学法学部政治学科〔昭和22年〕卒，テキサス・クリスチャン大学大学院（政治学・美術）〔昭和26年〕中退　歴昭和22年外務省に入省。駐アルゼンチン公使、在シアトル総領事、52年駐セネガル大使、56年駐モロッコ大使、衆院渉外部長、60年駐バチカン大使などを歴任して、63年退官。一方、俳句の紹介に務め、セネガル、モロッコ、バチカン、イタリアの各国で「ハイク・コンクール」を主催、バチカンでイタリア語の句集を出版、58年仏語の俳句解説書「HAÏKU」を出版。名句を翻訳し日本人の感性や文化的、宗教的伝統をわかりやすく説明。また、平成8年まで国際俳句交流協会初代会長を務めた。俳誌「さち」同人。句集に「モロッコの月」「萬天星」「老鶯」などがある。美術評論家としても活躍した。　勲勲二等瑞宝章〔平成6年〕　賞正岡子規国際俳句賞スウェーデン賞（第4回）〔平成20年〕

打田 早苗　うちだ・さなえ　詩人
昭和5年（1930年）6月18日～平成14年（2002年）3月27日　生山形県西置賜郡白鷹町　学山形大学教育学部卒　歴山形県立荒砥高校教諭、教育庁主任社会教育主事、朝日少年自然の家、天童青年の家所長、山形県総務部生涯教育振興局長を経て、山形県生涯学習人材育成樹構専務理事。平成6年公職を退任。のち山形新聞客員論説委員、北方自然と文化の会代表、東北芸術工科大学常務理事などを務めた。詩集に「山狼の歌」、詩画集に「草笛の丘から」、絵本に「童歳時記」、絵担当に五十嵐フミ・著「山形のわらべ歳時記」などがある。

内田 滋子　うちだ・しげこ　俳人
大正12年（1923年）3月1日～昭和60年（1985年）1月15日　生宮城県名取郡押分村（岩沼市）　名本名＝内田マツヨ　学旧制高女卒　歴昭和34年「日矢」、37年「天狼」入会。42年「天狼」会友。53年「狩」参加。54年会友。句集に「福笹」。　賞栃木県俳句作家協会賞〔昭和53年〕

内田 歳也　うちだ・としや　歌人
昭和7年（1932年）11月5日～平成11年（1999年）8月15日　生三重県　歴阿児町立安乗中学校、伊勢市立大湊小学校校長を歴任。安乗中学校校長の時、安乗文楽の後継者育成に尽力。平成7年から朝日新聞三重版カルチャー欄短歌選者を務める。「表現」同人。角川短歌賞候補となったこともある。歌集に「光れる水脈」「砂の襞」「斑汐」などがある。

内田 南草　うちだ・なんそう　俳人
明治39年（1906年）9月27日～平成16年（2004年）11月19日　生三重県南牟婁郡荒坂村（熊野市）　名本名＝内田寛治（うちだ・かんじ）　学明治学院高等商業部卒　歴句作を始め、長谷川零余子の「枯野」に投句。昭和2年明治学院高等商業部在学中に萩原蘿月に師事、終生師と仰いだ。4年「唐檜葉」を創刊、14年「多羅葉樹下」と改題するが、19年戦時下統制のため「俳句日本」に統合された。22年「梨の花」を創刊、26年「感動律」と改題。感動主義を口語で表す自由律俳句を実践した。33年口語俳句協会設立に当り、吉岡禅寺洞会長を援けて市川一男とともに副会長。39年現代俳句協会に入り、61年顧問、平成14年名誉会員。句集に「鳶の巣」「光と影」「たてがみ」「遠雷」「黒潮」「春の岬」がある。

内田 百閒　うちだ・ひゃっけん　俳人
明治22年（1889年）5月29日～昭和46年（1971年）4月20日　生岡山県岡山市古京町　名本名＝内田栄造，初号＝流石，別号＝百鬼園　学東京帝国大学文科大学独文科〔大正3年〕卒　歴中学時代から「文章世界」などに投稿し、大学入学後漱石に師事。大正5年から陸軍士官学校、海軍機関学校、法政大学などでドイツ語を教える。9年法政大学を退職後、文筆活動に専念。10年短編集「冥土」を刊行して文学的出発をし、昭和8年に「百鬼園随筆」によって一躍文名があがる。以来、ユーモラスな味をもつ随筆家として活躍。42年日本芸術院会員に推されたが、辞退して話題となった。一方、早くから俳句に親しみ、学生時代に六高俳句会を結成。のち志田素琴主宰「東炎」同人、戦後は村山古郷主宰「べんがら」同人。句集に「百鬼園俳句」がある。

内田 博　うちだ・ひろし　詩人
明治42年（1909年）～昭和57年（1982年）2月25

日　生福岡県大牟田市　名本名＝内田弘喜智　歴昭和7年日本プロレタリア作家同盟に参加。9年以降「詩精神」「短歌評論」などの同人となり、戦時下「九州文学」「詩と詩人」などに関係。戦後、「煙」同人、「コスモス」同人、「耕」主宰。詩集に「夜の踏切で」「悲しい矜恃」「父子問答」「にがい河」「三池の冬」「三里船津」「暗河」などがある。　家長男＝内田太郎（童話作家）

内田 まきを　うちだ・まきお　俳人

明治45年（1912年）4月20日～平成15年（2003年）1月27日　生埼玉県羽生市　名本名＝内田巻雄　学埼玉師範卒　歴昭和29年「鶴」入会、37年同人となる。のち「相思樹」にも所属。小学校勤務を経て、文部省検定試験に合格、高校教員となるが56年退職。埼玉県俳句連盟会長を務めた。句集に「田舎教師」がある。　賞埼玉文芸賞（第5回）〔昭和49年〕「百日紅」，熊谷市文化功労賞〔昭和59年〕，埼玉県文化ともしび賞〔昭和62年〕

内田 守人　うちだ・もりと　歌人

明治33年（1900年）6月10日～昭和57年（1982年）1月17日　生熊本県菊池郡　名本名＝内田守（うちだ・まもる）　学熊本医専卒　歴昭和2年「水甕」に入る。のち「人間的」主宰。歌集に「一本の道」、著書に「珠を掘りつつ」「わが実存」など。

内野 たくま　うちの・たくま　俳人

明治42年（1909年）1月4日～平成1年（1989年）4月11日　生埼玉県　名本名＝内野琢磨　学小卒　歴昭和4年斉藤俳小星の指導を受ける。5年「夏草」誌友、40年同人。句集に「榾火」「青胡桃」。

内野 蝶々子　うちの・ちょうちょうし　俳人

大正2年（1913年）6月12日～平成12年（2000年）7月20日　生埼玉県　名本名＝内野左右輔　学吾妻高卒　歴昭和17年「夏草」に投句、山口青邨の指導を受ける。43年同人。のち「天為」「花鳥来」同人。　賞夏草新人賞〔昭和30年〕，夏草功労賞〔昭和52年〕

内山 亜川　うちやま・あせん　俳人

明治36年（1903年）7月17日～昭和60年（1985年）11月21日　生東京都　名本名＝内山勇之助（うちやま・ゆうのすけ）　学高小卒　歴昭和22年より水原秋桜子に師事し、「馬酔木」に投句。46年同人。　賞馬酔木鍛錬会賞〔昭和41年〕，新樹賞佳作〔昭和44年〕

内山 寒雨　うちやま・かんう　俳人

大正2年（1913年）12月10日～平成6年（1994年）12月9日　生愛知県　名本名＝内山功　学豊橋市立商卒　歴昭和22年「石楠」同人・太田鴻村主宰「林苑」の創刊に参加、同人。35年角川源義主宰「河」同人。54年「人」創刊より同人。句集に「柚子」「花を遠目に」、画文集「民具歳時記百章」など。　賞精文館文学賞〔昭和36年〕，林苑特別協力賞，林苑評論賞

内山 登美子　うちやま・とみこ　詩人

大正12年（1923年）7月29日～平成24年（2012年）9月10日　生神奈川県　学横須賀高女卒　歴在学中から詩を作り「文芸汎論」に投稿した。「日本未来派」編集同人。詩集「炎える時間」「ひとりの夏」「アランの鼻は冷たい」「天の秤に」、評論集「堀辰雄 文がたみ 高原」などがある。

撫尾 清明　うつお・きよあき　川柳作家

昭和4年（1929年）2月16日～平成23年（2011年）3月4日　出佐賀県佐賀市　学福岡外事専門学校英文科卒，福岡大学商学部卒　歴九州龍谷短期大学助教授、教授を歴任。中島哀浪主宰「ひのくに」に入会、短歌と短歌英訳研究に取り組む。やがて番傘川柳本社同人となり、川柳作句と英訳川柳の普及にも尽くした。川柳句集「輪廻」や、著書「人生は回転ずしでござ候」などがある。　賞佐賀県芸術文化賞〔平成8年〕

宇都木 水晶花　うつぎ・すいしょうか　俳人

大正12年（1923年）2月2日～平成22年（2010年）6月30日　生東京都　名本名＝宇都木春男（うつぎ・はるお）　学中央大学専門部法学科卒　歴昭和13年巣鴨商業3年在学中、漢文教師・佐藤徳四郎の勧めにより吉田冬葉に師事、「獺祭」に入会。同人、編集長、顧問を歴任。16年巣鴨獺祭俳句会の機関誌として「浮巣」を創刊したが、22年終刊。52年天休翼主宰の「浮巣」を再刊、同顧問。53年「俳星」に入会、平成16年主幹を継承。句集に「蓑虫」「華厳」「寒椿」がある。

宇都宮 静男　うつのみや・しずお　歌人

明治41年（1908年）4月28日～昭和63年（1988

年）9月3日　出大分県宇佐市　学京都帝国大学法学部〔昭和9年〕卒　歴神戸大助教授、防衛大教授を歴任。退官後、駒沢大教授、大学院教授、法学研究所長を務め、昭和59年定年退職。また歌人の岡野直七郎に師事し、以来うづき短歌会を主宰。歌集に「波濤万里」があるほか、著書に「美しい歌こころよい歌」など。

内海 繁　うつみ・しげる　歌人
明治42年（1909年）3月29日～昭和61年（1986年）5月1日　生兵庫県竜野市（たつの市）　名筆名＝南龍夫（みなみ・たつお）　学京都帝国大学　歴父は詩人の内海泡沫。戦前、大学で学生運動のリーダーとして活動、2度検挙される。のち郷里に帰り、作歌に専念。昭和63年父と同じく竜野公園に歌碑が建立された。歌集に「北を指す針〈正続〉」がある。　家父＝内海泡沫（詩人）

内海 泡沫　うつみ・ほうまつ　詩人
明治17年（1884年）8月30日～昭和43年（1968年）6月14日　生兵庫県揖西郡桑原村（たつの市）　名本名＝内海信之（うつみ・のぶゆき）　歴病弱のため独学で小学校の代用教員となる。新聞記者を目指すが結核などで挫折。傍ら作詩を始め、「明星」などの雑誌を購読、島崎藤村やトルストイの作品に影響を受けた。与謝野鉄幹主宰の「明星」同人となり、また日露戦争の戦中から戦後にかけて児玉花外主宰の「新声」に非戦をうたった作品を発表。明治39年には戦地で病死した友人を悼んだ詩が掲載された。同年「明星」に「花ちる日」という共通題で石川啄木、北原白秋とともに作品が掲載されるが、反戦詩も黙々と作り続け、次第に詩壇の本流から外れていく。43年三木露風の斡旋でロマン調の「淡影」を刊行、大正期に入ってからは立憲国民党に入り、詩壇から遠ざかった。戦時には揖西村村長を務めたが、戦後公職追放。昭和36年76歳の時に日露戦争期の反戦詩を収めた「硝煙」が刊行され、“反戦詩人”として再評価を受けた。　家息子＝内海繁（歌人）

有働 亨　うどう・とおる　俳人
大正9年（1920年）9月3日～平成22年（2010年）6月30日　生熊本県熊本市　学五高文科甲類〔昭和15年〕卒，京都帝国大学経済学部〔昭和17年〕卒　歴昭和17年商工省に入省。海軍主計科短期現役第9期。在カナダ、在英大使館参事官、通産省通商審議官などを歴任して、44年退官。一方、兄の俳人・有働木母寺の影響で作句を始め、京大馬酔木会で水内鬼灯の指導を受ける。29年「馬酔木」同人。57年～平成16年熊本日日新聞「熊日読者文芸」の俳壇選者を務めた。句集に「汐路」「冬美」「七男」「妻燦々」「卒哭」などがある。　賞馬酔木賞〔昭和18年・46年〕，馬酔木新人賞〔昭和28年〕，馬酔木功労賞〔昭和63年〕　家兄＝有働木母寺（俳人）

有働 木母寺　うどう・もっぽじ　俳人
明治34年（1901年）11月29日～平成6年（1994年）8月4日　生熊本県熊本市　名本名＝有働虎喜（うどう・とらき）　学熊本商卒　歴昭和10年吉岡禅寺洞に師事。23年「水葱」を創刊し、のち「ホトトギス」「かつらぎ」「欅」同人。44年俳人協会入会。句集に「草尉」。

宇野 渭水　うの・いすい　俳人
大正7年（1918年）11月9日～平成3年（1991年）10月19日　生北海道網走郡女満別町　名本名＝宇野甫　学豊住小中〔昭和6年〕卒　歴昭和6年農業に従事。14年召集入隊。20年復員、農業を営む。43年「葦牙」「アカシヤ」同人、51年「氷原帯」同人。45年より女満別町文化連盟文芸部長を務める。句集に「暖流」がある。　賞女満別町文化奨励賞〔昭和53年〕，葦牙賞〔昭和58年〕，女満別町文化連盟功労賞〔昭和58年〕

右原 厖　うはら・ぼう　詩人
明治45年（1912年）5月19日～平成13年（2001年）10月1日　生奈良県磯城郡多村（橿原市）　名本名＝中井愛吉　学奈良師範卒　歴昭和9年から48年まで小学校教師。詩作は15年頃から始め、冬木康、飛鳥敬らと「フェニックス」を創刊、38号より「爐」に改題。同郷の植村諦、池江克己の知遇を得る。戦後は小野十三郎、北川冬彦、大江満雄などに傾倒、社会的関心の深い作品を書く。30年「ブラックパン」、52年「反架亜」を創刊。詩集に「砦」「それとは別に」などがある。　賞地球賞（第8回）〔昭和58年〕

生方 たつゑ　うぶかた・たつえ　歌人
明治38年（1905年）2月23日～平成12年（2000年）1月18日　生三重県宇治山田市（伊勢市）　学日本女子大学家政科〔大正15年〕卒　歴日本女子大家政科卒業後、東大哲学科の聴講生とし美学を専攻。のち群馬の旧家へ嫁ぐ。昭和7年頃から作歌を始め、アララギ派の今井邦子に師事し、10年処女歌集「山花集」を上梓。11年「明日香」創刊に参加。戦後は22年「女人短歌」創刊に参加、23年「国民文学」に参加。38

年以来「浅紅」を主宰。39年から26年間毎日新聞「毎日歌壇」選者、他にサンケイ新聞などの歌壇選者としても活躍し、日本歌人クラブ代表幹事、女人短歌会常任理事などを歴任。作歌、作歌指導の他、随筆、評論に幅広く活躍した戦後女流歌人の第一人者。61年沼田市の自宅を一部改造し、歌集や蔵書1万冊余からなる短歌専門図書館“生方記念文庫”を設立し、のち同市に運営を移管した。歌集に「山花集」「雪明」「春尽きず」「浅紅」「白い風の中で」「火の系譜」「春禱」「野分のやうに」「生方たつゑ全歌集」ほか、評論に「王朝の恋歌」「万葉歌抄」「額田姫王」「細川ガラシャ」「新・短歌作法」など多数。　賞日本歌人クラブ推薦歌集(第2回)〔昭和31年〕「青粧」, 読売文学賞(第9回, 詩歌俳句賞)〔昭和32年〕「白い風の中で」, 迢空賞(第14回)〔昭和55年〕「野分のやうに」　家長女＝生方美智子(料理研究家)

馬詰 柿木　うまずめ・しぼく　俳人

明治28年(1895年)12月7日～昭和56年(1981年)12月1日　生徳島県勝浦郡福原村　名本名＝馬詰嘉吉(うまずめ・かきち)　学東京医学専門学校〔大正9年〕卒　歴昭和5年東京医学専門学校助教授を経て、7年教授。27年附属病院長、39年学長。眼科学の権威として色感の研究で知られ、色覚異常判定の東京医大式検査表を考案した。一方、同大教授だった道部臥牛に師事して俳句を始め、臥牛主宰の「初雁」に入会。42年同誌を継承・主宰。38年「秋」同人。著書に「島木赤彦と篠原志都児」、句集「蓼科」「蓼科高原」などがある。　勲フランス文化教育功労章〔昭和38年〕

梅木 嘉人　うめき・よしと　詩人

大正15年(1926年)1月31日～平成13年(2001年)10月27日　出宮崎県佐土原町　名本名＝梅木成敏　歴「龍舌蘭」「地球」同人。戦後青年詩人集団「DON」同人として金丸桝一、黒木淳吉らと一時代を築いた。土俗的な主題を飄逸な詩法で表現、「火山帯」などの詩誌の中心同人としても活躍。詩集に「がらんとした空」「隠れん坊の鬼」などがある。

梅沢 一栖　うめざわ・いっせい　俳人

明治43年(1910年)11月27日～平成1年(1989年)10月6日　生埼玉県　出宮城県仙台市　名本名＝梅沢伊勢三(うめざわ・いせぞう)　学東北帝国大学法文学部日本思想史学科〔昭和18年〕卒　歴昭和20年東北帝国大学助手、27年宮城県立仙台図南高校教諭、38～51年宮城工業高等専門学校教授、53～58年東北福祉大学教授を歴任。また俳人としても知られ、8年「馬酔木」所属、34年「河」同人。42年「澪」を創刊し、52年には俳人協会図書調査委員。53年「河」を退会し「澪」を主宰。句集に「亜麻の花」「秋ひとつ」など。　勲勲四等旭日小綬章〔昭和60年〕

梅沢 糸川　うめざわ・しせん　俳人

明治45年(1912年)7月18日～昭和61年(1986年)2月4日　生埼玉県比企郡大河村　名本名＝梅沢知治(うめざわ・ともじ)　学松山中卒　歴昭和37年俳誌「鶴」に入り、42年同人。54年俳人協会会員。小原療養所に松籟句会を開き、のち鶴冬蝶会を経て鶴上武支部に所属。句集に「ささら獅子」がある。　家弟＝梅沢和記男(俳人)

梅沢 和記男　うめざわ・わきお　俳人

大正2年(1913年)12月14日～平成9年(1997年)12月29日　生埼玉県比企郡　名本名＝梅沢治正　学旧制中学卒　歴昭和28年作句を始める。33年角川源義に師事し「河」創刊と共に入会。34年「河」同人。50年角川源義没後「河」を継承した進藤一考に師事。54年進藤主宰の「人」創刊に参加。「人」同人、東京支社長。当月集作家、秩父鉄道俳句会講師となり、俳誌「曙」指導。句集に「霜の枕木」「一日」など。家兄＝梅沢糸川(俳人)

梅田 桑弧　うめだ・そうこ　俳人

大正1年(1912年)12月27日～平成6年(1994年)6月4日　生東京市深川区(東京都江東区)　名本名＝梅田勝, 別号＝梅田桜外, 梅田桜太郎　歴昭和8年から25年室積徂春主宰「ゆく春」に拠る。18年から28年「白鷺」を主宰。28年から30年「虚実」を見学玄から継承主宰。31年2月「胴」を創刊。句集に「醜草」「双眸」(朔多恭共著)「石蕗の季節」、随筆に「河童の唄」、編著に「胴合同句集〈1～2〉」がある。

梅田 真男　うめだ・まさお　俳人

大正12年(1923年)1月23日～平成18年(2006年)8月2日　生東京都　学東京薬科大学卒　歴昭和20年「にぎたま」同人。「放射光」「破片」「俳句評論」を経て、40年超結社の「風炎」を創刊、編集代表となる。句集に「極点」「活点」「炎点」など。他の著書に「食品歳時記」がある。

梅田 靖夫　うめだ・やすお　歌人
昭和8年(1933年)3月7日～昭和60年(1985年)1月19日　生東京市小石川区(東京都文京区)　学明治学院大学経済学部卒　歴昭和30年「潮音」に入社、四賀光子に師事。のち同人、編集委員。33年、藤田武らの同人誌「環」創刊に参加。56年葛原妙子主宰季刊誌「をがたま」創刊に参加、編集にあたる。歌集に「相模野」。

梅田 康人　うめだ・やすと　俳人
明治38年(1905年)9月10日～平成6年(1994年)10月10日　生広島県　学山口高商卒　歴昭和33年木下夕爾の手ほどきを受ける。33年久保田万太郎の「春燈」に入門、引続き安住敦の指導を受ける。　賞俳人協会全国俳句大会賞〔昭和46年・51年〕

梅原 啄朗　うめはら・たくろう　俳人
明治42年(1909年)2月20日～昭和57年(1982年)3月28日　生長崎県　名本名＝梅原獅太郎　学高小卒　歴三菱重工長崎造船所定年退職。鍬先蘭花に師事、宮下翠舟の教えを受ける。昭和40年「水明」入会。41年同人。52年「季音」同人。　賞水明新樹賞〔昭和45年〕

梅本 弥生　うめもと・やよい　俳人
大正3年(1914年)1月12日～平成1年(1989年)6月29日　生島根県　学高職専和裁科卒　歴昭和27年「ホトトギス」系河野静雲の手ほどきを受ける。29年「木賊」に投句。38年野見山朱鳥に師事し、「菜殻火」入会。45年野見山朱鳥逝去後、49年岡部六弥太主宰「円」入門。のち同人。　賞円賞〔昭和51年〕

浦井 文江　うらい・ふみえ　俳人
昭和16年(1941年)5月25日～平成4年(1992年)12月7日　生茨城県北茨城市　学茨城キリスト教学園〔昭和34年〕卒　歴昭和63年熱田の森文化センター俳句の手ほどき教室を受講、「耕」に入会。耕3周年記念20句第1席。平成元年「耕」編集同人、俳人協会入会。句集に「知命」がある。　賞名古屋市教育委員会賞〔平成2年〕,俳句芸術賞〔平成2年〕,耕五周年記念大会文部大臣賞〔平成3年〕

浦野 敬　うらの・けい　歌人
明治26年(1893年)11月15日～昭和49年(1974年)　生栃木県安蘇郡佐野町(佐野市)　学東京高商〔大正5年〕卒　歴昭和2年創刊の「まるめら」同人となる。無産者歌人連盟に所属し、5年東京高商同窓の短歌同好者の合同歌集「抛物線(ラ・パラボール)」を刊行。戦後は新日本歌人協会に参加した。

浦野 芳南　うらの・ほうなん　俳人
大正2年(1913年)3月16日～平成15年(2003年)10月5日　生奈良県吉野郡下市町貝原　名本名＝浦野三郎(うらの・さぶろう)　学天王寺師範専攻科〔昭和8年〕卒　歴昭和6年皆吉爽雨に師事。旧「山茶花」同人を経て、21年「雪解」創刊に参加し、23年同人。56年大阪俳人クラブ副会長。句集に「瀬音」「双塔」「青絵」「名水」「吉野」、俳論集に「俳句の門」「爽雨清唱」などがある。　勲勲五等双光旭日章〔平成2年〕　賞雪解賞〔昭和38年〕,大阪府文化芸術功労賞〔昭和58年〕,八尾市文化賞〔平成8年〕

占部 一孝　うらべ・かずたか　俳人
大正4年(1915年)8月27日～平成14年(2002年)4月6日　生福岡県八幡市(北九州市)　歴昭和53年俳句を始める。54年戸畑俳句協会入会。56年「自鳴鐘」同人、58年現代俳句協会員となる。63年「風炎」同人参加。のち「天籟通信」同人。句集に「烏瓜」「楢林」「日本全国俳人叢書〈第7集〉占部一孝集」、「燦―『俳句空間』新鋭作家集」(共著)など。

瓜生 敏一　うりゅう・としかず　俳人
明治44年(1911年)2月20日～平成6年(1994年)8月3日　生福岡県田川郡赤村　学早稲田大学文学部国文科〔昭和10年〕卒　歴初期に定形句を作ったが、昭和7年河東碧梧桐に師事し自由律俳句に転じ「三昧」「紀元」に投句。また近代俳句の研究を続ける。大学卒業後、中国の放送局に勤務し、21年帰国。戦後、福岡県田川を中心に高校教師を務める一方、郷土史の研究にも取りくむ。退職後、愛知淑徳短期大学講師を務めた。「層雲」同人。荻原井泉水ら俳人の研究で知られ、著書に「中塚一碧楼」「森有一翁の思い出」「妙好俳人 緑平さん」、句集に「稚心」などがある。

上窪 清　うわくぼ・きよし　俳人
大正11年(1922年)3月10日～昭和49年(1974年)3月20日　生岐阜県　学佳木斯医大卒　歴俳句は「馬酔木」により「貝寄風」「野の声」同人。ほかに「海紅」「俳藪」にも関わった。詩、短歌、川柳などもよくし、句集「寒卯」などがある。

【え】

江頭 彦造　えがしら・ひこぞう　詩人
大正2年(1913年)10月4日〜平成7年(1995年)10月7日　生佐賀県杵島郡白石町　学東京帝国大学国文科〔昭和12年〕卒　歴静岡大学、上智大学などの教授を歴任。昭和9年「偽画」を、10年「未成年」を創刊し、のちに「コギト」「四季」などに詩作を発表。詩集に「早春」「江頭彦造詩集」、小説集「リボンのついた氷島」、評論集「現代詩の研究」「抒情詩論考」などの著書がある。　賞時間賞(第2回)〔昭和30年〕「田村隆一の立場」

江上 七夫介　えがみ・なおすけ　俳人
大正10年(1921年)1月1日〜平成14年(2002年)11月9日　生福岡県　学明治大学法学部卒　歴参議院事務局に入り、秘書室長を経て、昭和47年警務部長、50年記録部長、54年庶務部長。56年退官し大正製薬取締役、58年常勤監査役、60年監査役、のち名誉会長秘書役を歴任。平成2年退職。一方、幼少時より俳句を嗜み、参院在職中句誌「寒凪」を創刊・主宰。「俳句春秋」同人。　家父＝江上巨川(俳人)

江川 虹村　えがわ・こうそん　俳人
昭和4年(1929年)7月28日〜平成21年(2009年)9月4日　生兵庫県伊丹市　名本名＝江川良一(えがわ・りょういち)　学京都大学文学部〔昭和29年〕卒　歴昭和22年後藤夜半に入門、「花鳥会」(現・「諷詠」)会員となる。一貫して同会に所属するが、51年夜半没後は後継者・後藤比奈夫に師事。平成8年に俳人協会評議員となり、12年同監事を経て、14年理事。「諷詠」同人を経て、発行兼編集人。句集に「冬月」「水浴美人」などがある。

江川 千代八　えがわ・ちよはち　俳人
明治44年(1911年)4月20日〜平成7年(1995年)4月26日　生福島県南会津郡　学福島師範〔昭和6年〕卒　歴小学校教師を経て会津若松市商工部長、会計監査局長。昭和29年俳句を始める。45年俳人協会会員となり、福島県俳句作家懇話会幹事、会津俳句連盟顧問。「狩」「冬草」「握手」「響焔」「沙羅」等の同人。句集に「落鮎」「間引仏」。　賞毎日俳壇賞〔昭和34年〕，福島県文学賞〔昭和43年〕

江口 渙　えぐち・かん　歌人
明治20年(1887年)7月20日〜昭和50年(1975年)1月18日　生東京府麴町区(東京都千代田区)　名旧訓＝江口渙(えぐち・きよし)　学東京帝国大学英文科〔大正5年〕中退　歴中学時代から短歌や詩を投稿する。大正5年東大を卒業直前に退学し、東京日日新聞社会部記者となるが、すぐに退社、「帝国文学」編集委員となる。在学中から小説や評論を発表したが、6年に創刊した「星座」に「貴様は国賊だ」を発表、また「帝国文学」に「児を殺す話」を発表して注目され、7年「労働者誘拐」を発表。9年創立された日本社会主義同盟の執行委員となり、昭和に入ってマルクス主義に接近し、日本プロレタリア作家同盟中央委員となるなど、プロレタリア文学の分野で活躍。その間、武蔵野町会議員に当選、また検挙、投獄をくり返す。昭和20年日本共産党に入党し、新日本文学会幹事に選任され、40年創立された日本民主主義文学同盟では幹事会議長になる。45年歌集「わけしいのちの歌」で多喜二百合子賞を受賞。他の主な作品に「赤い矢帆」「性格破産者」「恋と牢獄」「彼と彼の内臓」「三つの死」「花嫁と馬一匹」、評論「新芸術と新人」、自伝「わが文学半生記」、「江口渙自選作品集」(全3巻)などがある。　賞多喜二百合子賞(第2回)〔昭和45年〕「わけしいのちの歌」

江口 喜一　えぐち・きいち　俳人
明治28年(1895年)8月5日〜昭和54年(1979年)7月27日　生京都府京都市　歴大正13年青木月斗門に入り作句を始める。以後「同人」に所属して青木月斗、菅裸馬に師事。昭和28年「同人」の姉妹誌として大阪市より湯室月村を主宰に「うぐいす」の創刊に尽力。44年月村没後主宰となる。死後「喜一句集」が刊行された。

江口 恭平　えぐち・きょうへい　歌人
大正7年(1918年)6月19日〜平成10年(1998年)9月9日　出広島県広島市　名本名＝江口行雄　学京北高等歯科医学校卒　歴群馬女子短期大学講師を務める。歌集に「相貌」、著者に「晩年の坂口安吾」「二十世紀小説の技法」「文芸学概説」などがある。　賞高崎市文化賞〔平成8年〕

江口 源四郎　えぐち・げんしろう　歌人
大正6年(1917年)10月17日〜平成11年(1999

年）3月9日　生新潟県　歴昭和11年短歌を始める。16年「香蘭」に入会。21年「あさひね（旭川）」に入会、30年終刊後、その後継誌「北方短歌」編集同人。24年「多磨」に入会し、終刊後の28年「コスモス」に参加、同人。31年から「北方短歌」にも所属。歌集「扇形車庫」、随筆集「万葉ひとりある記」がある。

江口 榛一　えぐち・しんいち　詩人　歌人

大正3年（1914年）3月24日～昭和54年（1979年）4月18日　生大分県耶馬渓　名本名＝江口新一　学明治大学文芸科〔昭和12年〕卒　歴大学卒業後渡満し、新聞記者をする。その間の昭和15年に歌集「三寒集」を刊行。復員後は赤坂書店に勤務しながら、詩作をする。一時期共産党に入党、30年には受洗する。31年無償の精神で助けあう"地の塩の箱運動"を提唱し、機関誌「地の塩の箱」を発行したが、資金繰りが行きづまったことなども原因となって54年自殺した。著書に、自作少年詩解説「あかつきの星」、ルポルタージュ「地の塩の箱」、詩集「荒野への招待」、歌集「故山雪」、エッセイ「幸福論ノート」「地の塩の箱―ある幸福論」や、全集（全4巻, 武蔵野書房）などがある。　家娘＝江口木綿子（詩人）

江口 季雄　えぐち・すえお　歌人

明治30年（1897年）10月13日～昭和59年（1984年）3月1日　出愛知県江南市　学愛知県立医学専門学校医学部医学科卒　歴昭和13年名古屋の中部短歌会に同人として参加、春日井瀇に師事する。戦後数年は、作歌を中絶したが間もなく復活。中部短歌会名誉会員、中日歌人会顧問を務めた。歌集「万年青」「天台烏薬」などがある。

江口 季好　えぐち・すえよし　詩人

大正14年（1925年）10月9日～平成26年（2014年）6月4日　生佐賀県佐賀郡諸富町（佐賀市）　学佐賀師範卒, 早稲田大学文学部日本文学科卒　歴東京都大田区立池上小学校で17年間心身障害学級を担任。東京都立大学講師、横浜国立大学講師、大田区教育委員会社会教育課主事などを務めた。著書に「児童詩教育入門」「児童詩の授業」「児童詩の探求」「児童詩教育のすすめ」「ことばの力を生きる力に」「障害児学級の国語（ことば）の授業」、詩集「チューリップのうた」「風風吹くな」「生きるちからに」などがある。また、昭和61年には日本作文の会編「日本の子どもの詩」（全47巻）の編集委員長として産経児童出版文化賞を受けた。　賞産経児童出版文化賞〔昭和61年〕「日本の子どもの詩」

江口 竹亭　えぐち・ちくてい　俳人

明治33年（1900年）1月1日～平成5年（1993年）12月3日　生佐賀県佐賀郡本庄村　名本名＝江口文治（えぐち・ぶんじ）　学早稲田大学中退　歴大正13年から「ホトトギス」に投句し、昭和24年同人。高浜年尾、河野静雲に師事。44年「万燈」を創刊し、主宰。52年俳人協会入会、54年評議員。62年日本伝統俳句協会会員。句集に「万燈」「自註江口竹亭集」。

江国 滋酔郎　えくに・じすいろう　俳人

昭和9年（1934年）8月14日～平成9年（1997年）8月10日　生東京市赤坂区（東京都港区）　名本名＝江国滋（えくに・しげる）　学慶応義塾大学法学部政治学科〔昭和32年〕卒　歴出版社勤務を経て、昭和40年文筆に転じ、随筆、紀行文、評論の分野で活躍する傍ら、スケッチ、俳句、カード・マジックなど趣味の世界でもプロ級の腕をふるう。俳句は早くから親しみ、44年結成の東京やなぎ句会に同人参加。59年に出版した「俳句とあそぶ法」は"俳句ブームの火つけ役"となり、同じくベストセラー「日本語八ツ当たり」（平成元年）で"日本語のご意見番"といわれた。2年の「慶弔俳句日録」も新機軸の人物史・現代史として話題を集める。9年食道がんの告知を受け、俳句と日録で闘病生活を綴ったが、同年死去。没後、句集「癌め」と闘病日記「おい癌め酌みかはさうぜ秋の酒」が刊行された。他の句集に「神の御意」がある。家妻＝東条勢津子（童謡歌手）, 長女＝江国香織（児童文学作家）

榎島 沙丘　えじま・さきゅう　俳人

明治40年（1907年）6月12日～平成3年（1991年）9月30日　生鹿児島県鹿児島市　名本名＝指宿俊徳　学京都帝国大学法学部〔昭和5年〕卒　歴昭和6年神戸市役所勤務。8年日野草城に師事。「ひよどり」「旗艦」「琥珀」と一貫して新興俳句運動に参加。のち「太陽系」「俳句評論」を経て、37年「街路樹」発刊、主宰。句集に「港都」「秋径」など。

江島 寛　えじま・ひろし　詩人

昭和8年（1933年）3月13日～昭和29年（1954年）8月19日　生旧朝鮮全羅北道群山　名本名＝星野秀樹　学東京都立小山台高校夜間部卒　歴戦後、朝鮮から山梨県に帰り、身延高校

に入学。学生運動に身を投じ放校され、働きながら小山台高校夜間部で学び、昭和26年郵便局に勤めた。同時に下丸子文化集団の結成に参加。この集団は28年には南部文化集団となり、かべ詩、ビラ詩などで反米抵抗運動を続ける半非合法組織。野間宏や安部公房らも参加した。江島は詩作や機関紙発行に従事したが29年8月19日、栄養失調による紫斑病で死亡した。江島の遺作は50年、同志の井之川巨編集で「鋼鉄の火花は散らないか」(社会評論社)として刊行された。

江連 白潮　えずれ・はくちょう　歌人
明治40年(1907年)9月9日～平成9年(1997年)11月6日　生栃木県　名本名＝江連亀吉　学栃木師範卒　歴昭和3年清水比庵に師事し、4年「二荒」創刊に参加、戦時中「下野短歌」と合併、19年まで編集を担当。21年復刊、43年「窓日」と改題、50年から主宰。平成6年米寿を機に引退。栃木県歌人クラブ委員長も務めた。歌集に「早蕨」「桧原」「真鳥」「江連白潮選集」がある。　賞栃木県文化功労賞

頴田島 一二郎　えたじま・いちじろう　歌人
明治34年(1901年)4月23日～平成5年(1993年)1月19日　生東京都中央区　名本名＝内田虎之助　学京城中〔大正7年〕卒　歴大正10年小泉苳三に師事し、歌誌「ポトナム」創刊と同時に参加。昭和6年文芸時報社に入り、「芸術新聞」の編集に携わる。同年第一歌集「仙魚集」を発表。のち、同社理事及び「芸術新聞」編集長。32年から「ポトナム」発行及び編集代表となる。そのほか、大阪歌人クラブ会長、「大阪万葉集」編纂代表、大阪阿倍野産経学園、大阪梅田第一産経学園各短歌部講師を務める。著書に「流民」「この冬の壁」、歌集に「ここも紅」「祭は昨日」「いのちの器」などがある。　勲藍綬褒章〔昭和56年〕　賞尼崎市民芸術賞〔昭和48年〕,大阪府文化芸術功労者表彰,大阪市民文化功労者表彰　家妻＝佐野喜美子(歌人)

江戸 さい子　えど・さいこ　歌人
明治17年(1884年)4月8日～昭和36年(1961年)1月3日　生大阪府堺市　学堺女学校卒　歴在学中から歌人の大口鯛二に師事。のち大日本歌道奨励会に入会し、武島羽衣から短歌の指導を受けた。明治42年に「金沢毎夕新聞」記者の江口肇と結婚して以来、石川県金沢市を活動の拠点とし、大正5年同会の石川支部を創設。さらに8年には金沢第一高等女学校の歌道講師となったのをはじめ、金城・藤花など石川県下の各女学校でも和歌を教えた。昭和5年より新詩社同人となり、同社の中心作家で同窓の与謝野晶子と親交。14年には短歌結社・彩雲社を結成した。戦後は新日本歌道会石川支部などに拠って作歌を続け、25年金沢市文化賞を受賞した。歌集に「にひしほ」などがある。　賞金沢市文化賞〔昭和25年〕

江藤 暁舟　えとう・ぎょうしゅう　俳人
大正11年(1922年)1月20日～平成23年(2011年)2月10日　生福岡県　名本名＝江藤正人(えとう・まさと)　歴旧制中学卒。昭和17年独学で俳句を始める。33年「若葉」に投句、富安風生に師事。のち「若葉」同人。他に「朝」に所属。書籍外商を務めた。　賞艸魚賞〔昭和42年〕

衛藤 泰功　えとう・たいこう　俳人
大正2年(1913年)11月9日～平成13年(2001年)12月6日　出熊本県熊本市　名本名＝衛藤義行(えとう・よしゆき)　学熊本商〔昭和7年〕卒　歴昭和7年熊本県保健課、13年厚生省人事課勤務を経て、23年公立診療所霧島病院、熊本南病院、三角病院、南福岡病院などの事務長を歴任した。45～51年熊本西社会保険事務所嘱託。傍ら俳人として活躍、俳誌「阿蘇」「水葱」同人、著書に「句文集・橋」などがある。　賞熊本県芸術功労者〔平成6年〕

榎田 柳葉女　えのきだ・りゅうようじょ　川柳作家
明治31年(1898年)7月2日～昭和62年(1987年)5月28日　生静岡県静岡市　名本名＝榎田はま　歴大正15年夫・榎田竹林と月刊誌「静岡川柳」を創刊。昭和49年夫が亡くなり主幹を継承した。"おしどり川柳作家"として知られた。句集に「鎹」がある。　家夫＝榎田竹林(川柳作家),弟＝畔柳楽水(川柳作家)

榎本 栄一　えのもと・えいいち　詩人
明治36年(1903年)10月～平成10年(1998年)10月12日　生兵庫県三原郡阿万村(淡路島)　歴5歳のとき、小間物化粧品店を始める両親に従って大阪へ。高等小卒後、病弱のため数年療養。父が死去し、19歳で母と共に家業を継ぐが、大阪大空襲で焼失。戦後、無一物から東大阪市の私設市場に化粧品店を開業。昭和54年閉店廃業。独学独修で、いろいろな宗教を学んだが、最終的に念仏に帰依。自在な境地で念仏

の詩をうたい“現代の妙好人”と呼ばれた。詩集に「難度海」「光明土」「念仏常照我」「尽十方」、詩文集「いのち萌えいずるままに」など。

榎本 梅谷　えのもと・ばいこく　俳人
明治43年(1910年)10月15日～昭和58年(1983年)3月21日　生北海道　学高小卒　歴昭和7年父の榎本鳴海より俳句の手ほどきを受け、「石楠」に拠る。47年「樺の芽」創刊編集委員、55年編集長。　家父＝榎本鳴海(俳人)

榎本 冬一郎　えのもと・ふゆいちろう　俳人
明治40年(1907年)6月1日～昭和57年(1982年)3月25日　生和歌山県田辺市　名本名＝榎本羊三　歴昭和4年頃より句作を始め、「倦鳥」「漁火」などに投句。10年「青潮」を創刊、11年から「馬酔木」に投句する。13年警察官となり、14年連作「派出所日記」で馬酔木賞を受賞。戦後は「天狼」同人となり、また24年「星恋」(のち「群蜂」)を創刊。30年警視を最後に大阪府警を退職し、大阪府立大学経済学部図書館に勤務した。句集に「銀光」「鋳像」「背骨」「尻無湖畔」「時の軸」「榎本冬一郎全句集」などがある。　賞馬酔木賞〔昭和14年〕「派出所日記」

江原 光太　えばら・こうた　詩人
大正12年(1923年)2月22日～平成24年(2012年)9月14日　生北海道旭川市　名本名＝江原孝次郎(えばら・こうじろう)　学旭川中夜間部中退　歴戦前は旭川新聞、道新旭川支社編集部に勤務、戦後は札幌で業界紙・誌を編集する。昭和23年新日本文学会会員。のち療養生活に入り、各病院で文学サークルを組織。第三次「北方文芸」編集人。同人誌「面」「妖」などを主宰した。平成15年詩集「北極の一角獣」で北海道新聞文学賞を受賞。反戦・反原発活動家としても活動した。他の詩集に「氷山」「移民の孫たち」「狼・五月祭」「吃りの鼻唄」「貧民詩集」「オルガンの響き」などがある。　賞小熊秀雄賞佳作(第8回)〔昭和50年〕「吃りの鼻唄」, 北海道新聞文学賞(詩部門, 第37回)〔平成15年〕「北極の一角獣」

海老沢 粂吉　えびさわ・くめきち　歌人
明治37年(1904年)12月12日～平成2年(1990年)7月1日　生東京都　歴昭和4年「常春」に入会。9年田口白汀の「現実短歌」創刊に参加。38年「冬雷」発刊により参加。歌集「淀川」「帰京」「赤冢集」などがある。

海老根 鬼川　えびね・きせん　俳人
大正15年(1926年)11月29日～平成9年(1997年)9月13日　生茨城県下館市　名本名＝海老根英義(えびね・えいぎ)　歴「俳句ポエム」を経て、昭和27年「青玄」入会、伊丹三樹彦に師事し47年無鑑査同人。38年「系」創刊に参加。佐藤豹一郎没後「系」を52年4月の終刊まで主幹継承。句集に「日暮の使者」「海老根鬼川句集」。　賞青玄賞(昭和47年度), 青玄評論賞(昭和55年度), 茨城県俳句作家協会賞, 系賞

江渕 雲庭　えぶち・うんてい　俳人
明治38年(1905年)6月15日～昭和63年(1988年)10月24日　生大分県宇佐市　名本名＝江渕久樹　学大分高商卒　歴高校長、短大教授を歴任。昭和27年より能村登四郎に師事し、「馬酔木」を経て、45年「沖」に入会。47年「沖」同人。句集に「奥耶馬」「由布」。

江間 章子　えま・しょうこ　詩人
大正2年(1913年)3月13日～平成17年(2005年)3月12日　生新潟県上越市　出岩手県岩手郡西根町　学YMCA駿河台女学院専門部卒　歴詩誌「椎の木」の同人となり、昭和11年第一詩集「春への招待」を発表。その後「詩法」「新領土」の同人、戦後は「現代詩」「日本未来派」に参加、また日本女詩人会の機関誌「女性詩」の編集にあたった。「夏がくれば 思い出す」という歌い出しで尾瀬の風景を歌った「夏の思い出」の作詞者として知られ、24年NHKラジオで放送されると広く人々に愛唱された。他の詩集に「花の四季」「イラク紀行」「タンポポの呪詛」「ハナコ」、詩論集に「詩へのいざない」「埋もれ詩の焔ら」、訳書に「エミリー・ディッキンソンの生涯」、歌曲の詩として「花の街」「ながさき」、エッセイ「〈夏の思い出〉その想いのゆくえ」などがある。平成10年岩手県西根町により“少年少女の詩 江間章子賞”が制定された。

江森 盛弥　えもり・もりや　詩人
明治36年(1903年)8月18日～昭和35年(1960年)4月5日　生東京市小石川区(東京都文京区)　学逗子開成中学中退　歴「文芸解放」「左翼芸術」などの創刊に参加し、アナキスト系詩人として出発するが、のちに「戦旗」などに参加する。戦後は人民新聞編集長、アカハタ文化部長などを歴任し、政治論、文化論なども発表。著書に詩集「わたしは風に向って歌う」、評論集「詩人の生と死について」などがある。

江良 碧松　えら・へきしょう　俳人
明治21年（1888年）4月11日～昭和52年（1977年）2月　出山口県熊毛郡麻郷村（田布施町）　名本名＝江良松蔵　歴少年時代から文学を好み、俳句に没頭。明治45年荻原井泉水に自由律俳句に共鳴して「層雲」に入会、農業の傍ら田園俳人として活躍した。同門の種田山頭火、久保白船と並んで“周防三羽ガラス”と称される。賞井泉水賞〔昭和43年〕，山口県芸術文化功労賞〔昭和47年〕

遠所 佐太夫　えんじょ・さだお　俳人
大正10年（1921年）1月12日～昭和61年（1986年）8月4日　生島根県　名本名＝遠所定雄（えんじょ・さだお）　学東京美術学校鋳金科卒　歴昭和21年「城」「東山」に入会。40年より毎日俳壇に投句。47年島根俳句協会員、52年「夏草」同人。　賞毎日俳壇賞（昭和44年度），夏草新人賞〔昭和55年〕

燕石 猷　えんせき・ゆう　詩人
明治34年（1901年）12月22日～昭和49年（1974年）11月9日　生東京市本所区（東京都墨田区）　名本名＝岸野知雄　学東京商科大学本科2年修了　歴在学中から日夏耿之介に師事し、詩作を「パンテオン」などに発表。またアイルランド文学や英米詩の翻訳もある。卒業後は長らく三省堂に勤務し、また日大、東海大、国士舘大などの講師も務めた。詩集に「光塵」、著書に「詩人日夏耿之介」、編著に「日夏耿之介詩集」などがある。

遠藤 寛太郎　えんどう・かんたろう　俳人
大正14年（1925年）7月18日～平成21年（2009年）8月31日　生神奈川県　歴昭和33年進藤一考の手ほどきで俳句を始める。33年「浜」に入会、37年「河」に入会、40年「河」同人。54年「人」創刊発起人同人。句集に「檣頭」「浮桟橋」がある。

遠藤 梧逸　えんどう・ごいつ　俳人
明治26年（1893年）12月30日～平成1年（1989年）12月7日　生岩手県胆沢郡前沢町　名本名＝遠藤後一（えんどう・ごいち）　学東京帝国大学法学部独法科〔大正10年〕卒　歴大正10年逓信省入省。札幌、大阪各逓信局長、郵務局長を歴任し、昭和17年退官。東北配電（現・東北電力）社長、NHK経営委員を歴任。俳句は富安風生に師事、写生に徹した句風。9年「若葉」「ホトトギス」入門。16年「ホトトギス」、23年「若葉」同人。26年「みちのく」を創刊し、60年まで主宰、その後名誉主宰。句集に「六十前後」「帰家穏坐」「青木の実」「老後」、随筆集に「売られぬ車」「俳句鑑賞」など。　賞宮城県教育文化功労賞〔昭和50年〕，若葉賞〔昭和51年〕，富安風生賞〔昭和60年〕

遠藤 貞巳　えんどう・ていじ　歌人
大正6年（1917年）6月21日～昭和47年（1972年）2月17日　生千葉県　歴消防吏員の傍ら、作歌をはじめ、「国民文学」同人。堤青燕の手解きを受けて作歌、昭和15年半田良平に師事。良平の歿後松村英一に師事。歌集に「竹逕集」「棗花村」がある。

遠藤 はつ　えんどう・はつ　俳人
明治19年（1886年）7月14日～昭和58年（1983年）11月18日　生東京都　学日本女子大学国文科卒　歴昭和24年「馬酔木」に投句、水原秋桜子に師事。40年「馬酔木」同人。句集に「初明り」。　賞馬酔木賞〔昭和50年〕

遠藤 みゆき　えんどう・みゆき　川柳作家
大正14年（1925年）1月10日～平成26年（2014年）5月1日　出山形県山形市　名本名＝遠藤雪江（えんどう・ゆきえ）　学山形県立第二高女卒　歴川柳べに花クラブ主幹で、平成5～25年山形新聞「やましん川柳」選者を務めた。川柳句集に「雪しずく」がある。

遠藤 睦子　えんどう・むつこ　俳人
昭和7年（1932年）4月24日～平成24年（2012年）4月1日　生東京市（東京都）　学東京学芸大学国語国文学科〔昭和30年〕卒　歴昭和30年東京都内の公立小学校に勤務する傍ら、53年「諷詠」に入り、後藤比奈夫に師事。平成7年第一句集「午後の夢」、13年第二句集「水の目差」を刊行。他の著書に「今日の俳句入門―私解 後藤比奈夫」「後藤比奈夫春夏秋冬」がある。

遠入 たつみ　えんにゅう・たつみ　俳人
明治29年（1896年）3月29日～昭和60年（1985年）11月5日　生大分県下毛郡本耶馬渓町青　名本名＝遠入巽　学大分県立中津中学校卒　歴間組に入社、のち取締役。昭和10年頃より俳句を始め、「ホトトギス」の高浜虚子に師事。虚子没後は「芹」「蕗」両誌同人となり、自らも「新樹」を主宰した。著書に自らの字・句を自ら刀刻した和綴句集「ふるさと」など。　賞大分合同新聞文化賞〔昭和58年〕

【お】

及川 一行　おいかわ・いっこう　俳人

大正15年（1926年）1月27日～昭和61年（1986年）4月30日　出宮城県栗原郡志波姫町　名本名＝及川一行（おいかわ・かずゆき）　学東北大学経済学部卒　歴昭和27年河北新報社入社、盛岡支社編集部長、広告局外務部次長、製作庶務部長などを歴任、59年退社して社友となる。また俳人でもあり、45年から「鶴」に投句を始め、54年同人となる。55年「琅玕」同人。

及川 貞　おいかわ・てい　俳人

明治32年（1899年）5月30日～平成5年（1993年）11月13日　生東京市麹町区富士見町（東京都千代田区）　名旧姓・旧名＝野並　学東京府立第三高女卒　歴女学校時代、御歌所寄人の大口鯛二について和歌を学ぶ。大正5年海軍士官と結婚し、夫の任地の佐世保や呉で暮した後、昭和8年上京、馬酔木俳句会に参加、水原秋桜子の指導を受ける。13年「馬酔木」同人。馬酔木婦人会を興しその育成に尽力。茶道師範で終生主宰誌を持たず自由な句風で女流の最長老と目された。句集に「野道」「榧の実」「夕焼」「自註・及川貞集」ほか。　賞馬酔木賞〔昭和11年, 54年〕, 俳人協会賞（第7回）〔昭和42年〕「夕焼」

及川 均　おいかわ・ひとし　詩人

大正2年（1913年）2月1日～平成8年（1996年）1月16日　生岩手県胆沢郡姉体村（奥州市）　学岩手師範専攻科〔昭和8年〕卒　歴水沢小学校、北京東城第一小学校などで教員生活をし、その間詩作をし、「北方」「岩手詩壇」などに発表。昭和13年「横田家の鬼」を、15年「燕京草」を刊行。戦後は「日本未来派」「歴程」に所属し、24年上京。小学館、集英社に勤務し、25年「第十九等官」を刊行。以後「夢幻詩集」「焼酎詩集」「海の花火」などを刊行。他に童話集「北京の旗」や評論「石川啄木」などがある。　家二男＝及川知也（カメラマン）

御池 恵津　おいけ・えつ　歌人

大正15年（1926年）～平成3年（1991年）7月17日　歴八代市内の学校を歴任、昭和42年退職。労働省婦人少年室熊本県協助員、八代市家庭裁判所調停員、八代市退職女教師会長等を務める。51年「あかしや」短歌会に入会。57年「水甕」会員、平成元年同人。歌集に「韜晦の唇―御池恵津集」がある。

仰木 実　おうぎ・みのる　歌人

明治32年（1899年）11月8日～昭和52年（1977年）3月7日　生福岡県　歴「抒情詩」「青杉」「短歌巡礼」などを経て、昭和6年「歌と観照」創刊と同時に岡山巌に師事。28年「群炎」を創刊。著書に「流民のうた」「風紋の章」がある。

扇畑 忠雄　おうぎはた・ただお　歌人

明治44年（1911年）2月15日～平成17年（2005年）7月16日　生旧満州旅順　出広島県賀茂郡志和町　学京都帝国大学文学部国文学科〔昭和10年〕卒　歴昭和17年旧制二高教授となり、のち東北福祉大学教授を歴任。一方、歌人としては、旧制広島高校時代に短歌を始め、5年「アララギ」入会。初め中村憲吉に師事、没後、土屋文明に師事。21年東北アララギ会誌「群山」を創刊。平成元年日本現代詩歌文学館初代館長に就任。13年歌会始の儀の召人に選ばれた。また、昭和23年より宮城刑務所の受刑者への作歌指導を続けた。歌集に合同歌集「自生地」「北西風」、選歌集「野葡萄」、評伝「中村憲吉」、評論に「近代写実短歌考」「万葉集の発想と表現」など。　賞河北文化賞（昭和54年度）, 短歌研究賞（第29回）〔平成5年〕「冬の海その他」, 現代短歌大賞（第19回）〔平成8年〕　家妻＝扇畑利枝（歌人）

扇畑 利枝　おうぎはた・としえ　歌人

大正5年（1916年）3月17日～平成23年（2011年）8月29日　生宮城県志田郡古川町（大崎市）　学朴沢松操学校師範科卒　歴昭和15年「氾濫」に入会。21年「群山」創刊に参加、扇畑忠雄に師事。24年「女人短歌」に参加、32年女人短歌会東北支部長。29年「アララギ」に入会、平成10年「新アララギ」創刊に参加。歌集に「遠い道」「欅の花」「雪兎」「小さな滝」などがある。　賞新歌人会賞（第6回）〔昭和34年〕, 宮城県芸術選奨〔昭和48年〕, 宮城県教育文化功労章〔昭和57年〕, 河北文化賞（第53回, 平成15年度）〔平成16年〕　家夫＝扇畑忠雄（歌人）

扇谷 義男　おうぎや・よしお　詩人

明治43年（1910年）4月10日～平成4年（1992年）11月7日　生神奈川県横浜市　学日本大学芸術学科卒　歴昭和3年頃から「新興文学」「創作月刊」「若草」などに詩作を投稿し、4年個人誌「賭博師」を創刊。戦後「第一書」「植物派」を創刊。また「日本未来派」「花粉」などにも所属し、24年「願望」を刊行。他に「潜水夫」「仮睡の人」などの詩集がある。

逢坂 敏男　おうさか・としお　歌人
昭和3年（1928年）5月30日～平成5年（1993年）5月21日　生富山県富山市　学国学院大学文学部卒　歴昭和21年「古今」に入り福田栄一に師事。34年特別同人。38年「富山古今」編集発行人。44年編集同人、のち運営委員。歌集に「人ひとり」がある。　家妻＝逢坂定子（歌人）

大網 信行　おおあみ・のぶゆき　俳人
大正7年（1918年）1月4日～平成12年（2000年）9月2日　生東京都　学法政大学卒　歴昭和15年頃弩弓の号で水原産婆学校の句会に1年ほど出たが、応召。復員後の22年より水原秋桜子の指導を受けて以来「馬酔木」に拠る。46年「馬酔木」同人。59年退会し、「橡」に参加。俳人協会幹事、現代俳句選集編集委員などを務めた。句集に「海境」がある。

大井 康暢　おおい・こうよう　詩人
昭和4年（1929年）8月21日～平成24年（2012年）5月6日　生静岡県三島市　名本名＝大井康暢（おおい・やすのぶ）　学日本大学文学部英文学科〔昭和27年〕卒　歴少年時を満州（長春）、蒙彊（張家口）、華北（北京）で過ごす。昭和27年日大英文学科を卒業して本郷文京学園女子高校に勤務。以後、幾つかの学校に勤務。43年詩集「滅び行くもの」を出版。49年日本詩人クラブ、53年日本現代詩人会に入会。詩誌「岩礁」主宰。詩集に「非在」「現代」「哲学的断片ノ秋」「遠く呼ぶ声」「象さんのお耳」、小説に「虚無の海」、著書に「芸術と政治、そして人間」「本郷追分物語」「中原中也論」「黒田三郎の死―静岡県詩史の片隅から」などがある。　賞静岡県文化奨励賞〔平成4年〕

大井 恵夫　おおい・しげお　歌人
昭和4年（1929年）5月19日～平成17年（2005年）3月23日　生群馬県前橋市　学法政大学日本文学科卒　歴高校教師の傍ら、歌人として活躍。昭和23年長谷川銀作に師事し「創作」に入会。27年「遠天」に移り、同人を経て、32年「地表」を創刊、編集同人となる。群馬歌人クラブ委員。歌集に「海礁」「冬空」、評論集に「土屋文明」などがある。　賞群馬県文学賞〔昭和41年〕「土屋文明覚え書」，上毛出版文化賞〔平成2年〕「土屋文明」，日本歌人クラブ優良歌集賞〔平成10年〕「冬空」

大石 逸策　おおいし・いっさく　歌人
明治44年（1911年）8月25日～平成8年（1996年）6月13日　生山梨県　学山梨師範学校国文科卒　歴昭和21年森本治吉に師事。26年「歩道」入会。著書に「校注源氏物語」「源氏物語の表現技法」「近代秀歌鑑賞」「わたしの伊勢物語」「危機に立つ日本の教育」、随筆に「コブシの花」「茜雲」、歌集に「春嵐」「遠丘」など。

大出 蕭々子　おおいで・しょうしょうし　俳人
大正14年（1925年）5月28日～平成23年（2011年）2月21日　生栃木県　名本名＝大出光威（おおいで・てるたけ）　学早稲田大学文学科卒，東洋大学倫理国漢科卒　歴昭和22年「春水」に入会し、篠原栖青に師事。25年同人。28年「天狼」入会、山口誓子に師事。37年会友。39年俳人協会に入会。この間、栃木県芸術祭審査員、「産経新聞」栃木俳壇選者。平成6年「天佰」同人。他に「煌星」に所属。合同句集「火山脈」「青旗」がある。地方公務員を務めた。　賞俳人協会第12回全国俳句大会特選〔昭和48年〕，天狼賞〔平成1年〕

大井戸 辿　おおいど・たどる　俳人
昭和2年（1927年）2月20日～平成22年（2010年）1月6日　生神奈川県横浜市　名本名＝大井戸昭治　歴昭和39年「鶴」に入会、石田波郷、石塚友二に師事。「鶴」同人を経て、51年岸田稚魚に師事、「琅玕」創刊同人。稚魚没後の平成元年「欅」を創刊・代表。句集に「旦過」がある。

大岩 徳二　おおいわ・とくじ　歌人
明治42年（1909年）4月22日～平成15年（2003年）1月31日　生岡山県倉敷市　歴和気、玉島、西大寺、岡山南、玉野など岡山県の公立高校長を歴任。昭和44～56年山陽学園短期大学教授。57年名誉教授。一方、歌人としても活躍し、5年「蒼穹」に入り、33年「炎々」を創刊・主宰。歌集に「南風」「嵐」「春を呼ぶ」「真金吹く」「黒潮」、歌論集に「短歌美の遍歴」「和歌文学における美意識の発生と展開」がある。

大江 昭太郎　おおえ・しょうたろう　歌人
昭和4年（1929年）1月16日～平成1年（1989年）4月29日　出愛媛県喜多郡内子町　学松山商〔昭

和20年〕卒　歴昭和44年内子町教育委員、50年同委員長、愛媛文化懇談会委員。愛媛新聞夕刊歌壇選者を務め、歌集に「永劫の水」がある。家弟＝大江健三郎（作家）

大江 真一路　おおえ・しんいちろ　俳人
大正4年（1915年）3月28日 ～ 平成21年（2009年）10月5日　生京都府　名本名＝大江慎一郎　学警察大学校卒　歴警察署長等を歴任後、京都警察病院事務局長。一方、昭和26年「馬酔木」入門。馬酔木雪芦会を経て、「橡」に所属。句集に「菖蒲太刀」「仏桑華」がある。　賞馬酔木新樹賞佳作（2回）

大江 満雄　おおえ・みつお　詩人
明治39年（1906年）7月24日 ～ 平成3年（1991年）10月12日　生高知県幡多郡宿毛町（宿毛市）学東京市立労働学院卒　歴大正9年上京。13年「詩と人生」、15年「文芸世紀」の創刊に参画し、表現主義風の戯曲と詩を発表。次第にプロレタリア詩に傾倒して昭和3年処女詩集「血の花が開く時」を発表。11年コムアカデミー事件で検挙。戦後「至上律」「現代詩」などに拠りユニークな人生派詩人として活躍、ユネスコ運動にも参加した。他の著書に、詩集「日本海流」「海峡」、童話集「うたものがたり」「イエス伝」、評論集「日本詩語の研究」など。平成8年詩と評論の「大江満雄集」が刊行された。

大岡 頌司　おおおか・こうじ　俳人
昭和12年（1937年）3月30日 ～ 平成15年（2003年）2月15日　生広島県呉市　歴中学時代より作句、昭和29年寺山修司編集の「牧羊神」に参加。33年高柳重信に師事して「俳句評論」に同人参加。56年に個人誌「鷭」を創刊。句集に「遠船脚」「臼処」「花見干潟」「抱艫長女」「利根川志図」「宝珠花街道」「犀翻」「称郷遁花」、俳論集「攀登棒風景」などがある。

大岡 博　おおおか・ひろし　歌人
明治40年（1907年）3月9日 ～ 昭和56年（1981年）10月1日　生静岡県三島市　学沼津中学校〔大正13年〕卒　歴少年期より静岡県三島に定住。中学卒以後晩年まで教員生活。静岡県教職員組合委員長、県立児童会館長を務めた。俳句は昭和9年「菩提樹」（旧称「ふじばら」）を創刊し主宰。11年窪田空穂に入門。静岡県歌人協会を設立し初代会長。歌集に「渓流」ほか3冊、評論集に「日本抒情詩の発生とその周辺」「歌林提唱」がある。　家長男＝大岡信（詩人），孫＝大岡玲（小説家）

大神 善次郎　おおがみ・ぜんじろう　歌人
大正7年（1918年）7月14日 ～ 平成11年（1999年）5月1日　生福岡県福岡市　歴独学で短歌の基礎を習得。昭和27年木村捨録の「林間」に加入、編集委員を経て、40年退会。41年「光雲」を創刊。歌集に「向日性」「溶明集」「火焔樹」「清道」「被写体」、著書に「短歌手ほどき」などがある。

大川 つとむ　おおかわ・つとむ　俳人
大正15年（1926年）3月16日 ～ 平成2年（1990年）4月7日　生東京都　名本名＝大川勉　学東京府立一商卒　歴昭和21年「石楠」系俳人江口土公の手ほどきを受ける。22年頃より「石楠」「浜」に投句。26年作句停止。38年「浜」に再入会。句集に「日々の幸」「天の川」。　賞浜賞〔昭和38年〕

大川 益良　おおかわ・ますよし　歌人
大正3年（1914年）3月1日～昭和62年（1987年）12月9日　生長崎県南高来郡有明町　学中央大学専門部法学科〔昭和15年〕卒　歴19歳のとき上京し、斎藤茂吉に師事して短歌を始める。旧国鉄に勤めながら夜は大学に通い、開戦と同時にビルマ戦線に従軍。その間も短歌を詠み続け、戦後は長崎に戻り、昭和28年「長崎アララギ」を創刊、41年同編集発行人。37年長崎歌人会会長。西日本新聞長崎歌壇の選者も務めた。「アララギ」「歩道」「やまなみ」に所属し、平成元年遺稿集「白き道」が刊行された。　賞やまなみ賞〔昭和62年〕

大河原 皓月　おおかわら・こうげつ　俳人
大正10年（1921年）3月24日 ～ 平成1年（1989年）11月28日　生宮城県亘理郡　名本名＝大河原松寿　学宮城師範卒　歴小学校長、町教委職員を務める。昭和22年「駒草」に入会して阿部みどり女に師事。28年春星句会を興す。30年「駒草」同人。句集に「露白光」。　賞駒草賞（第10回）〔昭和40年〕

大木 惇夫　おおき・あつお　詩人
明治28年（1895年）4月18日 ～ 昭和52年（1977年）7月19日　生広島県広島市　名本名＝大木軍一，旧筆名＝大木篤夫　学広島商卒　歴3年間銀行に務めたのち博文館に勤務。この頃、植村正久から受洗する。大正10年「大阪朝日新聞」の懸賞に小説が当選する。11年「詩と音楽」に詩作を発表し、以後北原白秋門下の詩人として活躍。14年「風・光・木の葉」を刊行。以後「危険信号」「カミツレ之花」などを刊行し、昭和18年「海原にありて」で大東亜文学賞を受賞。戦後も「山の消息」「風の詩集」などを刊行。ほかに小説集、童話集、歌謡集などもある。 賞大東亜文学賞〔昭和18年〕「海原にありて」 家長女＝藤井康栄（編集者），二女＝宮田毬栄（エッセイスト），三女＝大木あまり（俳人），孫＝宮田浩介（詩人）

大木 格次郎　おおき・かくじろう　俳人

昭和3年（1928年）10月8日～平成2年（1990年）1月2日 生東京都台東区向柳原町 名本名＝大木格次 学東洋大学大学院修士課程修了 歴昭和23年松本たかしの門に入り、26年「笛」同人。53年「浮巣」を創刊し、主宰。句集に「水源」、著作に「四季散策」がある。

大木 実　おおき・みのる　詩人

大正2年（1913年）12月10日～平成8年（1996年）4月17日 生東京市本所区（東京都墨田区） 学電機学校中退 歴電機学校中退後、工員、出版社員、兵役を経て大宮市役所に勤務。昭和初期から詩作をはじめ「牧神」「冬の日」を経て「四季」同人となる。「文学館」同人。昭和14年「場末の子」を刊行。以後「屋根」「故郷」「遠雷」「初雪」「天の河」「夜半の声」「屋根」「大木実全詩集」などの詩集、「詩人の歩み」「詩を作ろう」などを刊行。 賞現代詩人賞（第10回）〔平成4年〕「柴の木戸」

大櫛 静波　おおくし・せいは　俳人

大正5年（1916年）5月5日～平成19年（2007年）12月26日 生徳島県板野郡吉野町（阿波市） 名本名＝大櫛正（おおくし・ただし） 学陸大卒 歴昭和21年「松苗」に入会。59年同誌主宰。平成16年主宰を退く。この間、昭和61年～平成16年徳島新聞で徳島俳壇選者も務めた。句集に「故郷」がある。

大久保 巌　おおくぼ・いわお　俳人

昭和3年（1928年）1月16日～平成5年（1993年）2月15日 生青森県 歴嶽一灯とともに火山群俳句会を発足させ、東北地方の句会の発展に尽くしたほか、青森県内各地の句会で選者として活躍した。

大久保 橙青　おおくぼ・とうせい　俳人

明治36年（1903年）11月24日～平成8年（1996年）10月14日 生熊本県熊本市 名本名＝大久保武雄（おおくぼ・たけお） 学東京帝国大学法学部〔昭和3年〕卒 歴運輸省船員局長、初代海上保安庁長官を経て、昭和28年以来衆院議員に7選。49年第二次田中内閣の労相を務めた。また橙青の号で俳人としても知られ、「ホトトギス」同人でもある。句集に「霧笛」「海鳴りの日」など。 勲勲一等瑞宝章〔昭和52年〕

大熊 輝一　おおくま・きいち　俳人

大正13年（1924年）1月11日～昭和63年（1988年）6月27日 生埼玉県浦和市 学中学卒 歴昭和20年復員後、長谷川かな女の指導を受け、「水明」に入会。28年「浜」に入会、大野林火に師事。33年「浜」同人となる。句集に「土の香」。 賞浜賞〔昭和32年〕

大熊 信行　おおくま・のぶゆき　歌人

明治26年（1893年）2月18日～昭和52年（1977年）6月20日 生山形県米沢市元籠町 学東京高商専攻科〔大正10年〕卒 歴小樽高商、高岡高商、富山大学、神奈川大学、創価大学各教授を歴任。経済学者としては、昭和4年の「マルクスのロビンソン物語」で世に知られ、以後“配分理論”を中心に研究を続けた。また米沢中学時代より文学を愛好し、大正2年土岐哀果の「生活と芸術」に参加する。昭和2年歌誌「まるめら」を創刊し、プロレタリア短歌運動に先駆的役割を務め、次いで非定型和歌運動をおし進める。戦後は、教育・文化・社会評論と多方面に論陣を張り、“論壇の一匹狼”と呼ばれた。主な著書に「戦争責任論」「経済本質論」「国家悪」「結婚論と主婦論」「現代福祉国家論」「家庭論」「生命再生産の理論」「資源配分の理論」、歌論集「昭和の和歌問題」、全歌集「母の手」がある。

大黒 富治　おおぐろ・とみじ　歌人

明治26年（1893年）11月15日～昭和40年（1965年）12月18日 生秋田県大曲市 名旧姓・旧名＝丹波 学秋田県立農業学校本科卒 歴大正4年より農林省農事試験場陸羽支場に勤務。稲の品種改良に従事し、陸羽132号・秋田1号・秋田7号などの育成を手がけた。昭和17年中国の華北で稲作の研究を行い、戦後は秋田市の農林農産課長を務めた。アララギ派の歌人としても知られ、戦前期の「アララギ」や太平洋戦争後の「寒流」で活躍したのち、30年「秋田アララギ」を創刊。その農事や文化への功績により、秋田県の文化功労賞や農事功労章などを受

けた。歌集に「雄物川」などがある。 賞秋田県文化功労賞

大越 雪堂　おおこし・せつどう　歌人
大正11年(1922年)11月14日～平成20年(2008年)7月21日 生茨城県稲敷郡牛久村(牛久市) 名本名＝大越一男(おおこし・かずお) 学法政大学文学部日本文学科〔昭和26年〕卒 歴中学教師の傍ら、昭和25年尾上柴舟に師事、「水甕」入会。31年服部直人の「自画像短歌会」創立に参加。54年服部の死去に伴う「自画像」解散後、「きさらぎ」を創刊し、発行人となる。歌集に「歩度」「花眠」「湖岸」「冬の湖」などがある。また、書家としても活動。この間、47～55年三鷹市立第三中学校長を務めた。

大越 吾亦紅　おおこし・われもこう　俳人
明治22年(1889年)4月5日～昭和40年(1965年)2月28日 生秋田県仙北郡角館町 名本名＝大越利一郎 学秋田師範卒 歴秋田師範卒業後、秋田県下数校の教員となる。荻原井泉水に師事して、「層雲」に句作を発表。また同誌の幹部同人として活躍する。戦後は秋田県下の図書館長を務めた。

大崎 租　おおさき・みつぎ　歌人
明治38年(1905年)1月15日～昭和58年(1983年)6月27日 生鹿児島県 歴昭和30年「黒潮」を創刊・主宰。35年から鹿児島県歌人協会運営委員。歌集「黒潮歌人群像」がある。

大沢 春子　おおさわ・はるこ　歌人
明治26年(1893年)5月2日～昭和46年(1971年)10月30日 生東京都 歴昭和5年国民新聞社主催の椰の葉歌話会に入会、今井邦子の講義を聞く。11年「明日香」創刊と同時に幹部同人として入会。23年より没年まで「明日香」代表。歌集に「竹陰集」がある。

大沢 ひろし　おおさわ・ひろし　俳人
大正8年(1919年)7月1日～平成18年(2006年)1月23日 生静岡県磐田市 名本名＝大沢博 学早稲田大学専門部商科卒 歴昭和25年静岡地家裁判事補に任官。51年横浜地家裁総括判事、53年横浜地家裁小田原支部長、54年福島家裁所長を経て、56年千葉家裁所長。57年退官し、公証人。俳人としてはソ連抑留中に収容所内の句会で作句を始め、28年「鶴」に入会、石田波郷、石塚友二に師事。37年同人。49年「泉」創刊に同人として参加。「泉」「鶴」「子午線」同人。句集に「晩禱」「雪原」「端居」、随筆集に「金木犀」、評論集に「現代俳句の四十七人」など。 勲勲二等瑞宝章〔平成1年〕 賞風切賞〔昭和37年〕, 泉俳句賞〔昭和53年〕

大鹿 卓　おおしか・たく　詩人
明治31年(1898年)8月25日～昭和34年(1959年)2月1日 生愛知県海東郡津島町 名本名＝大鹿秀三(おおしか・ひでぞう) 学秋田鉱山専門学校冶金科〔大正10年〕卒, 京都帝国大学経済学部中退 歴大学中退後東京に戻り、大正11年東京府立第八高女の化学教師となる。この頃から詩作をはじめ、15年「兵隊」を刊行。昭和に入って小説に転じ、10年に教員をやめて作家生活に入り、佐藤春夫に師事する。14年「文芸日本」を創刊。16年足尾銅山鉱毒事件を扱った「渡良瀬川」を刊行、17年に新潮賞を受賞。他の作品に「都塵」「谷中村事件」などがある。 家兄＝金子光晴(詩人)

大信田 つとむ　おおしだ・つとむ　俳人
昭和15年(1940年)～平成22年(2010年)7月8日 生岩手県盛岡市 名本名＝大信田努(おおしだ・つとむ) 学岩手大学学芸学部〔昭和38年〕卒 歴朝日新聞等に投句。「草笛」同人を経て、「樹氷」同人、「陸」所属。句集に「桃源郷」「ベルリンの壁」がある。岩手事務用品販売五六堂に勤務した。

大島 栄三郎　おおしま・えいざぶろう　詩人
昭和3年(1928年)10月20日～昭和48年(1973年)4月20日 生秋田県田沢湖町 歴「世紀」「造形文学」などの詩誌に関係し、郷里で「塑像」を創刊する。昭和32年渡道、33年興国印刷に勤め、鷲巣繁男を知る。22年刊行の「美しい死への憧憬」をはじめ「いびつな球体のしめっぽい一部分」「魔女を狩る仮面」「北方抒情」などの詩集がある。

大島 鋸山　おおしま・きょざん　俳人
大正8年(1919年)3月29日～平成7年(1995年)1月8日 生福島県原町市 名本名＝大島守夫 学相馬農卒 歴昭和27年「若葉」「みちのく」に投句。富安風生、遠藤梧逸に師事。31年「みちのく」同人。原町市梧桐俳句会幹事。句集に「鍛冶」。 賞みちのく賞〔昭和33年〕, 福島県文学賞〔昭和44年〕

大島 蘇東　おおしま・そとう　俳人
明治31年（1898年）5月1日 ～ 昭和59年（1984年）5月6日　生愛知県　名本名＝大島亀一（おおしま・かめいち）　歴昭和10年「麦笛」吉本冬男に入門、俳句を始める。同年「ホトトギス」に入会し、高浜虚子、高浜年尾、稲畑汀子に師事。「山茶花」「桐の葉」「芹」等に入会、51年「ホトトギス」同人。

大島 たけし　おおしま・たけし　俳人
昭和2年（1927年）3月14日 ～ 平成15年（2003年）9月25日　生東京都　名本名＝大島健　学東京大学法学部政治学科〔昭和24年〕卒　歴昭和25年電気通信省に入省、57年日本電信電話公社を退職、同年共同印刷に入社。62年同社を退社。この間、37年「白魚火」に入会して西本一都に師事。39年同人。一時句作を中断するが、58年「白魚火」に投句再開。60年以降は「春郊」の轡田進に師事。平成2年草樹会に入会、3年正会員。11年「笹」同人。句集に「信濃」「南風」「芙蓉」。

大島 民郎　おおしま・たみろう　俳人
大正10年（1921年）5月5日 ～ 平成19年（2007年）3月1日　生東京都　出神奈川県　学慶応義塾大学法学部〔昭和22年〕卒　歴昭和22年住友銀行に入行。関西・九州の各支店次長ならびに支店長を経て、47年より住友病院勤務。一方、在学中句作の道に入り、18年「馬酔木」に投句。28年「馬酔木」同人。39年俳人協会員。51年より「馬酔木」副会長。54年より俳人協会監事。59年「橡」創刊と同時に「馬酔木」を辞し、「橡」同人。句集に「薔薇挿して」、共著に「自然讃歌」など。　賞馬酔木新人賞〔昭和27年〕，馬酔木新樹賞〔昭和28年〕，馬酔木賞〔昭和51年〕

大島 庸夫　おおしま・つねお　詩人
明治35年（1902年）12月21日～昭和28年（1953年）5月26日　生福島県　名本名＝大島虎雄　学早稲田大学政経学部卒　歴生田春月に師事し、「詩と人生」「宣言」「詩文学」「思想批評」「デイナミック」などに作品を発表。詩集に「羊草」「烈風風景」「裸身」「宣戦以後」「真珠頌」などがあり、編詩集・評論・小説作品などもある。春月没後、その研究詩誌「海図」（昭和6年5月～10年1月）を主宰し、また「春月会」を組織・運営した。

大島 徳丸　おおしま・とくまる　歌人
大正2年（1913年）2月23日～平成5年（1993年）9月16日　生群馬県　名本名＝大嶋三郎　歴昭和6年「あしかび」に入り、土屋静男に師事。28年「風景」を創刊・主宰するが、34年休刊、作歌を中断した。41年「新炎」、43年「花冠」に入会。歌集「路傍」、評論「茂吉・光太郎の戦後」などがある。

大島 博光　おおしま・はっこう　詩人
明治43年（1910年）11月18日～平成18年（2006年）1月9日　生長野県長野市松代町西寺尾　名本名＝大島博光（おおしま・ひろみつ）　学早稲田大学文学部フランス文学科〔昭和9年〕卒　歴昭和10～18年西条八十主宰の詩誌「蠟人形」を編集。21年日本共産党に入党。26年アラゴン「フランスの起床ラッパ」を訳出、主にフランスの抵抗詩の翻訳・紹介に努めた。60年75歳にして発表した処女詩集「ひとを愛するものは」で多喜二百合子賞を受けた。主な著書に「抵抗と愛の讃歌」「大島博光全詩集」。訳書「エリュアール選集」「ネルーダ詩集」「アラゴン詩集」などがある。　賞多喜二百合子賞〔昭和60年〕「ひとを愛するものは」（詩集）

大須賀 魚師　おおすか・ぎょし　俳人
明治43年（1910年）9月25日 ～ 平成19年（2007年）8月10日　生静岡県磐田郡豊岡村（磐田市）　名本名＝大須賀謙一（おおすか・けんいち）　学日本医科大学〔昭和10年〕卒　歴昭和16年日本医科大学講師、臨床検査室主任、18年5月助教授を経て、同年9月臨時医専教授に就任。22年退職。23～25年山形県の酒田病院臨床検査部長。25年退職し、31年父の医院を継承。一方、10年日本医科大学教授・田宮貞亮（俳号・更幽子）に俳句を師事。その後、各誌に投句。50年「万蕾」同人、のち「絵硝子」創刊同人。平成10年「遠江山畑農耕と山焼考」で文章部門の賞を受賞。著書に「芥川龍之介の俳句に学ぶ」がある。

大関 不撓　おおぜき・ふとう　俳人
明治42年（1909年）6月15日 ～ 平成6年（1994年）2月7日　生福島県　名本名＝大関民雄　学日本通信大学法制学会卒　歴昭和28年警備隊俳句「青潮」に入会、富安風生の選を受ける。33年自衛隊俳句「栃の芽」と改称。44年「辛夷」、45年「若葉」「玉藻」「ホトトギス」及び「俳句」に投句。46年「辛夷」同人、52年「栃の芽」同人。54年俳人協会会員。「みなみ」主宰。

太田 明　おおた・あきら　詩人

明治43年（1910年）2月19日～昭和63年（1988年）4月23日　生徳島県　名別名＝御手洗漠（みたらい・ばく）　学早稲田大学中退　歴「四海」同人。著書に「修二と半弓場」「太田明詩集」など。

太田 絢子　おおた・あやこ　歌人

大正5年（1916年）3月17日～平成21年（2009年）10月31日　生北海道小樽市　学実践女子専門学校国文科卒　歴実践女子専門学校時代に高崎正秀に短歌の手ほどきを受け、昭和25年高校教師時代に小田観蛍の「新墾」に拠り、同人選者となる。32年太田青丘と結婚、「潮音」編集、選者。平成8年夫没後に同誌を継承・主宰。歌集に「南北」「飛梅千里」、歌論集に「春江花月」などがある。　家夫＝太田青丘（歌人）

太田 安定　おおた・あんてい　俳人

大正11年（1922年）10月15日～平成10年（1998年）7月3日　生長崎県南高来郡加津佐町　名本名＝太田安定（おおた・やすさだ）　学九州大学農学部農芸化学科卒　歴東京教育大学農学部教授を経て、筑波大学名誉教授。関東学院女子短期大学教授も務めた。一方、俳人としては昭和23年横山白虹に師事し、「自鳴鐘」入会。27年同人。句集に「藍」「嬰児」、合同句集に「矢車」がある。　賞自鳴鐘賞〔平成8年〕

太田 一郎　おおた・いちろう　歌人

大正13年（1924年）5月27日～平成20年（2008年）4月1日　生東京都新宿区四谷　学東京大学法学部政治学科〔昭和27年〕卒　歴昭和52年国民金融公庫に入り、調査部長、総務部長、理事を歴任。58年帝京大学教授。著書に「人間の顔を持つ小企業」「現代の中小企業」などがある。一方、歌人としては戦後、同人誌「世代」に参加。著書に「現代短歌ノート」「斎藤茂吉覚え書」、歌集に「墳」「秋の章」「花の骸」他。

太田 かをる　おおた・かおる　俳人

明治41年（1908年）3月12日～平成2年（1990年）8月27日　生東京都　名本名＝太田文子（おおた・ぶんこ）　学旧女学校卒　歴昭和30年大竹孤悠の「かびれ」入門。紫会を主宰す。35年「かびれ」同人。　賞かびれ功労賞〔昭和45年〕，かびれ光音賞〔昭和54年〕

太田 雅峯　おおた・がほう　俳人

明治45年（1912年）6月20日～平成2年（1990年）12月26日　生長野県　名本名＝太田峯治　学高小卒　歴昭和18年「山茶花」の俳人田村萱山の手ほどきを受け、また「山茶花」を通じて皆吉爽雨の指導を受ける。44年「雪解」、55年「いてふ」「懸巣」同人。句集に「福枡」。

太田 耕人　おおた・こうじん　俳人

明治25年（1892年）5月12日～昭和52年（1977年）1月29日　出佐賀県　名本名＝太田二也　学熊本医専卒　歴佐賀市で外科医を開業。佐賀市教育委員長、科学捜査研究会長を歴任。一方、青木月斗に師事し、佐賀同人俳句会を主宰。句集に「多布施川」「惜春」「泡盛」などがある。

太田 鴻村　おおた・こうそん　俳人

明治36年（1903年）6月2日～平成3年（1991年）3月12日　生愛知県豊川市　名本名＝太田幸一　学国学院大学高師部国語漢文科〔大正14年〕卒　歴大正8年亡兄穂村の師・臼田亜浪に師事。在学中石楠社に出入りし、生涯の朋友・大野林火を知る。昭和10年「石楠」最高幹部となり、“林火・鴻村”時代を作った。22年「林苑」創刊・主宰。44年俳人協会入会、49年顧問を経て評議員。句集に「穂国」「潮騒」「群青」「天平の風鐸」「樹頭の華」、評論集に「明治俳句史論」など。　賞豊橋文化賞〔平成3年〕　家兄＝太田穂村（俳人）

太田 耳動子　おおた・じどうし　俳人

明治31年（1898年）3月15日～昭和41年（1966年）8月21日　生青森県青森市　名本名＝太田清吉　学成蹊学院卒　歴三菱銀行などに勤め、戦後は画商を営む。大正7年原石鼎に師事し、のちに「鹿火屋」同人となる。15年「睦月」を創刊。昭和36年「耳動子句集」を刊行、また編著「睦月句集」などがある。

太田 青丘　おおた・せいきゅう　歌人

明治42年（1909年）8月28日～平成8年（1996年）11月15日　生長野県東筑摩郡広丘村（塩尻市）　名本名＝太田兵三郎（おおた・ひょうざぶろう）　学東京帝国大学文学部中国文学科〔昭和9年〕卒　歴東大大学院を経て、文部省国民精神文化研究所所員となる。昭和24年法政大学教授。一方、歌人・太田水穂の養嗣子となり、3年「潮音」入社、水穂・四賀光子に師事。30年水穂没後、編集、発行人を経て、40年より主宰。宮中歌会始の選者も務めた。著書に、歌集

「国歩のなかに」「アジアの顔」「太田青丘全歌集」、研究・評論「唐詩入門」「日本歌学と中国詩学」「太田水穂研究」「短歌開眼」、「太田青丘著作選集」などがある。 賞神奈川文化賞（第32回） 家養父＝太田水穂（歌人），妻＝太田絢子（歌人）

太田 青舟　おおた・せいしゅう　俳人
大正2年（1913年）8月20日 ～ 平成20年（2008年）9月6日 生青森県 名本名＝太田正二（おおた・まさじ） 学東京府立一商中退 歴昭和16～19年加藤楸邨主宰の「黎明」会員。40年川島彷徨子主宰「河原」に入会、46年同人。49年山口英二を選者とする「堤月」に参加、同人。賞河原賞〔昭和46年〕

太田 浩　おおた・ひろし　詩人
大正13年（1924年）1月1日～平成2年（1990年）8月7日 生愛知県 名本名＝太田博 学日本医科大学卒 歴詩誌「薔薇」編集。詩集に「室内旅行」「対岸」、句集に「極楽鳥花」、評論に「わが戦後抒情詩の周辺」「航海と素描」、著書に「北国歌集」など。

太田 水穂　おおた・みずほ　歌人
明治9年（1876年）12月9日 ～ 昭和30年（1955年）1月1日 生長野県東筑摩郡原新田村（塩尻市） 名本名＝太田貞一，別号＝みづほのや 学長野師範〔明治31年〕卒 資日本芸術院会員〔昭和23年〕 歴師範学校時代から詩歌を作り、卒業後は長野県内の高小、高女などに勤め、明治41年上京し、日本歯科医学校倫理科教授に就任。35年処女歌集「つゆ艸」を刊行、38年には島木赤彦との合著「山上湖上」を刊行して注目され、以後歌人、評論家として活躍する一方、小説、随筆も記した。大正4年「潮音」を主宰して創刊。以後、歌論、古典研究にも多くの業績をのこした。他の歌集として「雲鳥」「冬菜」「鷺・鵜」「螺鈿（らでん）」「流鶯」「老蘇の森」などがあり、評論・研究の分野でも「万葉百首選評釈」「日本和歌史論」などの他、芭蕉研究でも多くの著書がある。昭和23年日本芸術院会員となった。「太田水穂全集」（全10巻，近藤書店）が刊行されている。 家妻＝四賀光子（歌人）

大高 弘達　おおたか・こうたつ　俳人
昭和3年（1928年）1月7日～平成22年（2010年）5月5日 生茨城県水戸市 名本名＝大高弘達（おおたか・ひろみち） 学明治学院専門部卒 歴昭和29年「断崖」に参加して、西東三鬼に師事。31年同誌同人・編集長。三鬼没後、三谷昭、清水昇子らと「面」創刊、発行人。「俳句評論」にも同人参加し、終刊まで在籍した。聖文舎プロダクション代表も務めた。編著書に「西東三鬼の世界」がある。

大高 冨久太郎　おおたか・ふくたろう　歌人
明治35年（1902年）12月2日 ～ 昭和62年（1987年）3月31日 生茨城県 歴15歳より作歌。大正13年「日光」に参加、吉植庄亮に師事、北原白秋の指導を受ける。14年「橄欖」同人。昭和14年作歌中絶、38年「橄欖」に復活、運営委員となる。56年「茨城歌人」編集発行人となる。歌集に「仏母」「海の呼ぶこゑ」「音のなき風」がある。

大滝 清雄　おおたき・きよお　詩人
大正3年（1914年）5月20日 ～ 平成10年（1998年）9月16日 生福島県西白河郡矢吹町 名本名＝大滝徳海 学日本大学芸術学部〔昭和9年〕卒 歴昭和38年栃木県教委指導主事、40年足利市公立中学校長、40年足利市立教育研究所長などを経て、50年退職。その後文筆活動に専念。詩作は学生時代から始め、戦前は「詩と方法」「新詩学」に発表、戦後は23年詩誌「龍」を相田謙三らと創刊、編集。詩集に「黄風抄」「黒い水晶体」「定本大滝清雄詩集」「ラインの神話」、評伝に「草野心平の世界」「川端康成の肖像」など。 賞日本詩壇詩集賞〔昭和17年〕「黄風抄」，福島県文学賞（詩，第3回）〔昭和25年〕「三光鳥の歌」，足利市民文化賞（第1回）〔昭和56年〕，栃木県芸術文化功労者表彰〔昭和58年〕，日本詩人クラブ賞（第16回）〔昭和58年〕「ラインの神話」

大滝 修一　おおたき・しゅういち　詩人
明治44年（1911年）11月22日～平成16年（2004年）11月17日 出東京都 学東洋大学専門部〔昭和10年〕卒 歴昭和10年日産火災海上に入社。船舶部長、41年取締役、46年常務などを経て、副社長に就任。退任後は詩作に専念。「紙碑」「森」「泥舟」「虫」同人。詩集に「黒砂海岸」「生きている化石」「傘寿可逆」などがある。

大田黒 元雄　おおたぐろ・もとお　詩人
明治26年（1893年）1月11日 ～ 昭和54年（1979年）1月23日 生東京都 学ロンドン大学中退 歴神奈川県立第二中学を卒業後、大正元年英国に留学。ロンドン大学で経済学を専攻する傍ら、熱心に音楽会や演劇を観賞した。帰国後、4年「バッハよりシェーンベルヒ」を刊行し、日本に初めてストラヴィンスキーやドビュッシーを紹介。次いで5年には堀内敬三や小林愛雄らと「音楽と文学」を創刊した。以来、著述や翻訳を通じて近代西洋音楽の普及と紹介に努め、日本における音楽評論の確立に大きく寄与した。戦後はその博識とユーモアのセンスを買われてNHKのラジオ番組「話の泉」でレギュラー解答者を務めた。詩集に「日輪」「春の円舞」がある。 賞文化功労者〔昭和52年〕 家父＝大田黒重五郎（実業家）

大竹 きみ江　おおたけ・きみえ　俳人
明治41年（1908年）3月17日～平成6年（1994年）3月20日 生東京都 名本名＝大竹喜美江 学大手前高女卒 歴昭和10年旧「山茶花」以来、皆吉爽雨に師事。21年「雪解」創刊に参加し、同人。俳人協会関西支部常任委員。句集に「眉掃」「草矢」「往くさ帰るさ」など。

大竹 孤悠　おおたけ・こゆう　俳人
明治29年（1896年）3月26日～昭和53年（1978年）11月18日 生山形県米沢市 名本名＝大竹虎雄 歴明治43年以後、松本蔦斎、寒川鼠骨、矢田挿雲に師事、昭和6年3月「かびれ」を創刊・主宰。俳人協会評議員を務めた。句集に「爽籟」「歓喜」「凡人浄土」「望郷」「孤悠二百句」「父象母心」「愛語無限」「孤悠連句集」などがある。

大岳 水一路　おおたけ・すいいちろ　俳人
昭和1年（1926年）12月29日～平成26年（2014年）9月11日 生鹿児島県鹿児島市 名本名＝大岳守一郎（おおたけ・しゅいちろう） 学鹿児島実卒 歴結核療養中に句作を始め、昭和20年より「ホトトギス」に投句。24年西村数らと「郁子」創刊に参加。同年橋本鶏二の「年輪」、26年野見山朱鳥の「菜殻火」に参加。45年「湾」を創刊・主宰。37年の鹿児島県俳人協会の設立に尽力、61～62年、平成20～21年同会長。鹿児島市読売新聞（鹿児島版）俳壇選者。句集に「壁画」「嶺の数」「氷室の桜」などがある。 賞南日本文化賞〔平成16年〕

大谷 畦月　おおたに・けいげつ　俳人
明治36年（1903年）10月10日～平成8年（1996年）9月29日 生栃木県矢板市 名本名＝大谷福次郎 学日本大学商科卒 歴昭和15年より句作を始める。かつら会で富安風生に師事。25年「若葉」、39年「冬草」に投句。「若葉」「冬草」同人。かつら会・杉並俳句会代表。56年郷里矢板市に喜寿記念句碑建立。句集に「八重桜」「糸桜」など。

大谷 忠一郎　おおたに・ちゅういちろう
詩人
明治35年（1902年）11月29日～昭和38年（1963年）4月12日 生福島県白河 名本名＝大谷忠吉 学下野中卒 歴中学卒業後「北方詩人」「日本詩人」に参加し、大正13年詩集「沙原を歩む」を刊行。以後「北方の曲」「村」「牡鹿半島の人々」「空色のポスト」などを刊行した。賞福島県文学賞（小説，第1回）〔昭和23年〕「月宮殿」

大津 禅良　おおつ・ぜんりょう　俳人
明治29年（1896年）7月22日～昭和63年（1988年）3月3日 生茨城県常陸太田市 学水戸中学中退 歴大正2年土井秀月に師事。昭和3年北海道暁吟社設立。6年「かびれ」、24年「蟻乃塔」、36年「葦牙」同人。45年顕彰句碑建立。47年「道」同人。句集に「妙土」「黄衣」。 勲勲五等瑞宝章〔昭和43年〕

大塚 金之助　おおつか・きんのすけ　歌人
明治25年（1892年）5月15日～昭和52年（1977年）5月9日 生東京市神田区（東京都千代田区） 名別名＝遠見一郎，石井光（いしい・ひかる） 学東京高商専攻部〔大正5年〕卒 資日本学士院会員〔昭和25年〕 歴大正5年母校・東京高等商業学校講師、6年助教授となり、8～11年コロンビア大学、ロンドン大学、ベルリン大学へ留学。帰国後、東京商科大学教授。昭和2年東京社会学研究所創立に参加。6年から野呂栄太郎を中心とする「日本資本主義発達史講座」の共同編集に加わり、7年唯物論研究会に参加。8年1月「講座」の経済思想史を執筆中、治安維持法違反容疑で検挙され懲役2年、執行猶予3年の有罪判決を受け教職を辞した。戦後、20年東京商大に復職、22～23年経済研究所長も務めた。31年定年退官、明治学院大学教授となる。41年勲二等瑞宝章を辞退。アララギ派の歌人としても著名であり、歌集に「朝あけ」「人民」がある、没後「大塚金之助著作集」（全10巻，岩波書店）が編まれた。37年東ドイツ国立図書館に多数の蔵書を寄贈、「大塚文庫」が設立された。

大塚 茂敏　おおつか・しげとし　俳人
昭和7年（1932年）11月29日 ～ 平成5年（1993年）7月19日　生東京都北区赤羽　学早稲田大学理工学部卒　歴昭和26年「馬酔木」に投句、水原秋桜子に師事し、篠田悌二郎門下に学ぶ。32年「馬酔木」同人。39年「鷹」創刊に同人参加。また52年には「地底」創刊に同人参加する。58年「飛天」創刊に参加し、副主宰。句集に「軌跡」がある。　賞馬酔木新人賞〔昭和29年〕

大塚 白菊　おおつか・しらぎく　俳人
大正8年（1919年）1月1日 ～平成2年（1990年）12月27日　生岐阜県　名本名＝大塚俊朗　学高小卒　歴昭和23年「青樹」入会、編集同人。51年犬山俳句会主宰。　賞青樹精励賞〔昭和29年〕，青樹賞〔昭和30年〕

大塚 陽子　おおつか・ようこ　歌人
昭和5年（1930年）7月12日 ～ 平成19年（2007年）8月18日　生旧樺太敷香　名本名＝野原陽子（のはら・ようこ）　学豊原高女卒　歴昭和23年旧樺太から引き揚げる。恵庭市の小・中学校の助教諭となるが結核で療養。50歳まで国立十勝療養所にタイピストとして勤務。一方、療養中に作歌を始め、26年「新墾（にいはり）」に入会、野原水嶺に師事。同年「潮音」入社、のち幹部同人。29年「短歌研究」の第1回「五十首詠応募作品」に入選し、歌壇に登場。30年「新墾」を脱会して「辛夷」に入り、31年帯広に転居、水嶺と結婚。58年水嶺没後は「辛夷」編集発行人を務め、平成4年退任。歌集に「遠花火」「酔芙蓉」がある。　賞現代短歌女流賞（第7回）〔昭和58年〕「遠花火」，十勝文化賞〔平成1年〕，北海道新聞短歌賞（第7回）〔平成4年〕「酔芙蓉」　家夫＝野原水嶺（歌人）

大槻 九合草　おおつき・くごうそう　俳人
明治39年（1906年）9月23日 ～ 平成12年（2000年）7月26日　生群馬県太田市　名本名＝大槻正作（おおつき・しょうさく）　学東京府立工芸学校本科金属科卒　歴昭和7年滝野川俳句会入会。10年「馬酔木」、39年「鶴」に入会。41年「櫟」主宰。句集に「地縛」「柏葉集」がある。

大坪 孝二　おおつぼ・こうじ　詩人
大正15年（1926年）3月15日 ～ 平成19年（2007年）11月19日　生北海道根室市　学盛岡中卒　歴国鉄盛岡鉄道管理局文書課に勤務した。詩集に「地図」「椅子」などがある。

大坪 三郎　おおつぼ・さぶろう　歌人
明治45年（1912年）3月1日 ～ 平成10年（1998年）4月23日　生長崎県　歴昭和21年より作歌を始め、大坪草二郎主宰「あさひこ」に入会、3年後退会。31年「形成」に入会、木俣修に師事、のち第一同人。55年同人歌誌「形成草炎」を創刊した。歌集に「蒼き潮騒」「冬青草」「草炎」がある。　賞短歌研究新人賞（第9回）〔昭和41年〕「海浜」

大鶴 竣朗　おおつる・しゅんろう　詩人
昭和3年（1928年）～昭和58年（1983年）　生福岡県福岡市　学修猷館中卒　歴学徒動員中結核に侵され戦後福岡市で療養所生活を送る。一方、詩作に取り組み「九州文学」に処女詩「途上序唱」と「虜囚伝説」を発表。昭和29年に発足した詩誌「詩科」の同人に。退院後タウン雑誌「オール読物」の編集者を経て、32年から東京・飯田橋の雑誌社に勤務。52年20年間添れ添った女性を亡くし急性睡眠不可能者となって福岡に帰郷。のち「記録と芸術」に詩「還らざる歌」を発表。晩年詩集「闇のなかに」を出版後東京に移り、57年死去。

大友 淑江　おおとも・しくえ　歌人
生年不詳～平成7年（1995年）1月31日　出福岡県北九州市小倉南区　歴昭和32年私財を投じて全国初の精神薄弱児のための全寮制私立養護学校を設立、知的障害児の福祉教育に取り組んだ。歌人としても知られ、歌集「あすなろの四季」「再生」「ひらく音」などがある。

大伴 道子　おおとも・みちこ　歌人
明治40年（1907年）11月23日～昭和59年（1984年）11月17日　生東京市本所区向島小梅町（東京都墨田区）　名本名＝堤操（つつみ・みさお），旧姓・旧名＝青山操　歴銀行頭取の四女として生まれ、15歳で父を亡くす。大正15年久原鉱業に入社。やがて西武鉄道創立者・堤康次郎との間に堤清二と堤邦子をもうけた。大伴道子の筆名で歌人としても知られ、昭和4年「スバル」社友となり、吉井勇に師事。23年「日本歌人」に参加。28年第一歌集「静夜」を出版。「紫珠」を主宰した。没後、「大伴道子文藻集成」（全6巻）が編まれた。　家夫＝堤康次郎（実業家・政治家），息子＝堤清二（西武セゾングループ総帥），父＝青山芳三（七十八銀行頭取）

大中 祥生　おおなか・しょうせい　俳人
大正12年（1923年）1月1日 ～ 昭和60年（1985年）11月11日　生山口県玖珂郡周東町川越（周南市）　名本名＝大中祥生（おおなか・よしお），前号＝青塔子　学福知山高商〔昭和18年〕中退　歴16歳より句作を始め、昭和17年あらくさ吟社創立。19年俳誌「草の塔」創刊、21年同人雑誌「銀漠」創刊。23年光市で三島書房開業。24年から俳誌「草炎」を主宰し評論にも活躍。39年現代俳句協会幹事、47年山口県俳句協会副会長、57年現代俳句協会中国地区協議会会長などを歴任。句集に「暖丘」「領海」「群猿」「花候」「根白草」、評論集に「現代俳句の共感」「現代俳句の眺め」など。　賞青玄評論賞〔昭和34年〕，徳山市芳堂文学賞〔昭和44年〕，山口県芸術文化振興奨励賞〔昭和46年〕，山口県芸術文化功労賞〔昭和53年〕，徳山市文化功労賞〔昭和56年〕，現代俳句協会功労賞〔昭和57年〕

大成 竜雄　おおなり・たつお　歌人
明治35年（1902年）5月22日 ～ 昭和49年（1974年）10月2日　生広島県　学東京帝国大学文学部美学美術史科〔昭和3年〕卒　歴斎藤茂吉に師事。作品を「アララギ」に発表、戦後は「アザミ」「童牛」にも発表した。また、「西欧遊記」を「童牛」に、続編を「茨城歌人」に連載した。昭和13年東京経済大学教授。のち、多摩歌話会委員長を務めた。歌集に「石響」「皴法」など。
勲勲三等瑞宝章〔昭和47年〕

大西 柯葉　おおにし・かよう　俳人
大正7年（1918年）2月22日～平成3年（1991年）5月31日　生徳島県徳島市　名本名＝大西正義　学徳島中卒　歴昭和11年「蕉風」入門。終戦後無所属のまま作句継続。47年徳島ひまわり俳句会入会、同人。52年「河」、54年「人」入会。56年「人」同人。句集に「写楽顔」、随筆集に「馬齢歳時記」。

大西 静城　おおにし・せいじょう　俳人
大正10年（1921年）5月18日 ～ 平成24年（2012年）10月25日　生香川県丸亀市　名本名＝大西義松（おおにし・よしまつ）　歴句集に「軍鶏」「倶会一処」などがある。　勲藍綬褒章〔平成19年〕　賞草苑賞（第5回）〔昭和50年〕，現代俳句全国大会賞〔平成14年〕，丸亀市文化功労賞〔平成15年〕

大西 桑風　おおにし・そうふう　俳人
大正5年（1916年）12月6日 ～ 平成14年（2002年）5月20日　生埼玉県　名本名＝大西好明　学早稲田大学法学部卒　歴昭和16年「馬酔木」に入会、水原秋桜子に師事。17年「馬酔木」初投句。39年千葉県馬酔木会副会長、馬酔木地方幹事、60年同人。千葉県生涯大学校南房学園俳句教室講師など務めた。句集に「布良」「与田蒲」「海女の笛」など。

大西 民子　おおにし・たみこ　歌人
大正13年（1924年）5月8日～平成6年（1994年）1月5日　生岩手県盛岡市　名本名＝菅野民子（かんの・たみこ）　学奈良女高師文科第一部卒　歴昭和19年釜石高等女学校教諭を経て、24年大宮市に移住。埼玉県教育局職員となり、57年退職。一方、奈良女高師在学中に前川佐美雄の指導を受ける。21年関登久也「歌と随筆」、同年前川「オレンヂ」の創刊に参加。24年木俣修に師事。28年「形成」創刊に加わり、以来一貫してその主要同人として編集に従事、師の没後は吉野昌夫と同誌を継承した。平成5年「形成」終刊に伴い、「波濤」を創刊。この間、昭和57年「風水」で迢空賞。他の歌集に「まぼろしの椅子」「不文の掟」「無数の耳」「花溢れゐき」「雲の地図」「野分の章」「印度の果実」「風の曼陀羅」などがある。　勲紫綬褒章〔平成4年〕　賞日本歌人クラブ推薦歌集（第7回）〔昭和36年〕「不文の掟」，短歌研究賞（第3回）〔昭和40年〕「季冬日々」，埼玉県文学賞〔昭和58年〕，ミューズ女流文学賞（第2回）〔昭和56年〕，迢空賞（第16回）〔昭和57年〕「風水」，詩歌文学館賞（第7回）〔平成4年〕「風の曼陀羅」

大貫 迪子　おおぬき・みちこ　歌人
明治42年（1909年）1月1日～平成6年（1994年）7月26日　生神奈川県海老名市　名本名＝鈴木迪子　学女子美術日本画科卒　歴伊東深水画塾を経て、山村耕花に師事。昭和2年「香蘭」に入会、北原白秋・村野次郎に師事、のち選者となる。神奈川県歌人会委員。歌誌「群」を発行。歌集に「香蘭女流歌集」「風歌林」「林径集」がある。

大野 我羊　おおの・がよう　俳人
明治36年（1903年）3月12日 ～ 昭和47年（1972年）1月26日　生茨城県　名本名＝大野正義　学東洋大学卒　歴大正13年より句作に入り、長谷川零余子に師事して「枯野」「ホトトギス」等に拠る。昭和7年2月「芝火」(のち「東虹」と改題)を創刊して没年まで主宰。新興俳句隆盛期には「句と評論」「天の川」等の同人を兼ね、戦後は進歩派俳人の総合誌「俳句世紀」を発行した。句集に「河線」「藤蔵」、編者に「青い野原」がある。

多 久麻　おおの・きゅうま　歌人
大正14年(1925年)3月9日～平成23年(2011年)11月20日　生東京都　名本名＝田熊庄三郎　歴昭和24年1月第二次「珊瑚礁」発刊と同時に会員、4月同人となる。29年10月「十月会」発足会員。54年「短歌人」同人、56年より編集委員。歌集に「ベニヒモの木」「蕾状期」などがある。

大野 恵造　おおの・けいぞう　漢詩人
明治34年(1901年)11月19日～平成5年(1993年)1月26日　生群馬県高崎市　歴昭和14年から音楽詩、舞踊詩を書き、音数律学について研究。戦後は現代詩、漢体詩の普及に貢献。また28年から東京放送に勤務、邦楽担当プロデューサーを務めた。33年小唄若葉会を結成した。東京吟詠連盟顧問。著書に「大野恵造和漢詩集」「漢体詩集成」「吟詠の扉」「詩吟の栞」「大野恵造邦楽邦舞作品控」「劇詩集・竜虎」などがある。

大野 岬歩　おおの・こうほ　俳人
明治39年(1906年)1月25日～平成12年(2000年)2月12日　出愛媛県久万町　名本名＝大野盛直(おおの・もりなお)　学京都帝国大学法学部〔昭和9年〕卒　歴昭和22年旧制松山高教授を経て、24年愛媛大学教授に就任。文理学部長、法文学部長を歴任。定年退官後、46年西南学院大学教授、52年松山東雲短期大学教授を務めた。一方、俳人としても活躍し、「虎杖」主宰。愛媛地区現代俳句協会会長、愛媛県俳句協会会長、松山俳句協会会長なども務めた。著書に「アメリカ憲法原理の展開」「旧制松山高校と俳句」、句集「壺中天」「杉」「杉以後」「西遊記」などがある。　勲勲三等旭日中綬章〔昭和51年〕

大野 静　おおの・しずか　歌人
明治25年(1892年)8月18日～昭和59年(1984年)11月8日　生愛媛県　歴昭和4年「あけび」に入会。戦後伊与木南海の「にぎたづ」刊行に協力、30年より主宰。34年「潮音」に入会、幹部同人。愛媛歌人クラブ会長を経て顧問。歌集に「証」その他「古径遍歴」「短歌随想」などがある。

大野 紫陽　おおの・しよう　俳人
大正5年(1916年)5月5日～平成11年(1999年)2月13日　生愛知県　名本名＝大野岩夫　学名古屋高工機械科卒　歴昭和5年山口夢人の手ほどきを受ける。46年「風土」同人、翌年には「風濤」編集同人となる。49年「貝」創刊・主宰。句集に「海蔵」「愛句二百抄」、写真俳句集「昇龍」、編著に「凪」「礒」などがある。

大野 梢子　おおの・しょうし　俳人
大正10年(1921年)3月12日～平成3年(1991年)5月19日　生大阪府大阪市西区　名本名＝津川茂理(つがわ・しげり)　学早稲田専門学校商科卒　歴昭和17年俳句を始め、18年「曲水」入門、渡辺水巴に師事。19年同人。21年「篝火」創刊。水巴没後句作殆んど中断。36年「河」に投句、37年同人。43年「麻」創刊に参加。句集に「老海賊」。　賞座標賞〔昭和39年〕,壁賞〔昭和39年〕,曲水水巴賞〔昭和42年〕,麻評論賞

大野 新　おおの・しん　詩人
昭和3年(1928年)1月1日～平成22年(2010年)4月4日　生旧朝鮮群山　名本名＝大野新(おおの・あらた)　学高知高文科甲類〔昭和24年〕卒,京都大学法学部除籍　歴旧朝鮮・群山に生まれ、父は写真業を営む。群山中学を卒業した昭和20年に敗戦を迎え、滋賀県に引き揚げる。高知高校在学中から詩や小説を書く。24年京都大学法学部へ進むが腸結核に罹り、大学を除籍。療養所で死を直視しながら詩人の魂を育てた。30年詩誌「鬼」同人。33年第一詩集「階段」を刊行。37年清水哲男、河野仁昭らと詩誌「ノッポとチビ」を創刊し、編集を担当。53年第四詩集「家」でH氏賞を受賞。他の詩集に「藁のひかり」「乾季のおわり」、詩人・石原吉郎論などを収めた評論集「沙漠の椅子」などがある。　賞H氏賞(第28回)〔昭和53年〕「家」

大野 誠夫　おおの・のぶお　歌人
大正3年(1914年)3月25日～昭和59年(1984年)2月7日　生茨城県稲敷郡生板村　学竜ケ崎中卒　歴中外商業新報等に勤め、歌人として昭和6年「ささがに」、9年「短歌至上主義」、21年「鶏苑」創立に参画。22年「新歌人集団」創立に参加。28年「砂廊」(のち「作風」と改題)創刊・主宰。「大野誠夫全歌集」の他歌集8冊。

自伝、評論に「或る無頼派の独白」「実験短歌論」など。 賞日本歌人クラブ推薦歌集（第12回）〔昭和41年〕「象形文字」「山鳴」, 短歌研究賞（第4回）〔昭和41年〕「積雪」, 「短歌」愛読者賞（第3回）〔昭和51年〕「或る無頼派の独白」, 現代短歌大賞（第7回）〔昭和59年〕「水幻記」

大野 万木　おおの・ばんぼく　俳人
明治23年（1890年）9月20日～昭和39年（1964年）5月29日 生岐阜県山県郡美山町 名本名＝大野伴睦（おおの・ばんぼく） 学明治大学政経学部〔大正2年〕中退 歴政友会院外団に入り東京市議を経て、昭和5年岐阜1区から衆院議員に当選、以来12回当選。戦後、鳩山一郎の日本自由党に入り、21年内務政務次官、党幹事長、27年衆院議長、28年第五次吉田内閣の国務相、北海道開発長官などを歴任した。30年三木武吉と保守合同を図り自由民主党を結成、32年同党副総裁。戦前戦後を通じ、生粋の政党人で、義理人情に厚い明治型の政治家。新幹線岐阜羽島駅を設置して話題を呼んだ。その一方で、少年時代より美濃派俳諧に親しみ、「ホトトギス」投句を経て、富安風生の指導を受ける。文壇句会で活躍、句集に「大野万木句集」がある。 家息子＝大野明（衆院議員）, 孫＝大野泰正（参院議員）

大野 三喜雄　おおの・みきお　俳人
昭和7年（1932年）1月9日～昭和57年（1982年）1月6日 生茨城県 学国学院大中退 歴昭和24年「鹿火屋」入会。その後「氷海」「麦」等を経て42年「鹿火屋」再入会。同誌同人。 賞鹿火屋新人賞〔昭和43年〕, 鹿火屋賞〔昭和47年〕

大野 良子　おおの・りょうこ　詩人
明治33年（1900年）9月25日～平成9年（1997年）1月8日 生長崎県長崎市 名本名＝苔口千里（こけぐち・ちさと） 学二松学舎卒 歴大正末頃から詩作を始め、河井酔茗に師事。「塔影」「詩界」同人で、「無」を主宰した。詩集に「月来香」「馬頭琴」「北館」「駅路」「道は遠く」などがある。

大野 林火　おおの・りんか　俳人
明治37年（1904年）3月25日～昭和57年（1982年）8月21日 生神奈川県横浜市日ノ出町 名本名＝大野正（おおの・まさし） 学東京帝国大学経済学部商業科〔昭和2年〕卒 歴昭和2年日本工機工業に入社したが、5年神奈川県立商工実習学校に移り、23年まで教師を務めた。俳句は横浜一中時代より始め、大正10年四高時代に臼田亜浪の門に入り、「石楠」に俳句、評論を発表し、早くから注目をあびる。昭和14年第一句集「海門」を、16年「現代の秀句」を刊行し、三十代にして作家としての声価を確立した。戦後は俳句に専念し、21年「浜」を創刊して主宰する。また、20年代「俳句研究」「俳句」など総合誌の編集長を務め、大きな業績を残す。44年「潺潺集」で蛇笏賞を受賞した他、横浜文化賞、神奈川文化賞などを受賞。また53年には俳人協会会長に就任した。他の句集に「冬青集」「早桃」「冬雁」「白幡南町」「雪華」「方円集」、「大野林火全句集」などがあり、「高浜虚子」「戦後秀句」「近代俳句の鑑賞と批評」など、秀句鑑賞や研究書も多くある。平成5年「大野林火全集」（全8巻, 梅里書房）が刊行される。 賞横浜市文化賞〔昭和39年〕, 蛇笏賞（第3回）〔昭和44年〕「潺潺集」, 神奈川文化賞〔昭和48年〕

大庭 華洋　おおば・かよう　川柳作家
大正3年（1914年）1月1日～平成18年（2006年）9月27日 出山口県萩市 名本名＝大庭政雄（おおば・まさお） 学南満州工専建築科〔昭和10年〕卒 歴昭和10年南満州鉄道に入社。21年日産建設に転じ、45年九州支店長、48年名古屋支店長、50年日産住宅常務、58年萩土建顧問。傍ら川柳をたしなみ、全日本川柳協会常任幹事を務めるなど、川柳の普及に尽力。萩出身で川柳中興の祖といわれる井上剣花坊顕彰会会長として、句碑建立活動を萩市内で進めた。また、萩の名所・菊ケ浜を日本一美しくする会会長として海岸清掃でも活躍した。 賞萩市文化奨励賞〔平成8年〕, 山口県文化功労賞（文芸部門）〔平成10年〕

大場 寅郎　おおば・とらお　歌人
明治35年（1902年）1月2日～昭和58年（1983年）6月11日 生新潟県 名本名＝大場寅太郎 歴大正13年「国民文学」に入会、松村英一に師事。編集委員、選者。英一の晩年は編集実務を担当。歌集に「凍谷」「遊雪抄」「辛夷の白く」、他に「はまなすの丘」がある。

大場 白水郎　おおば・はくすいろう　俳人
明治23年（1890年）1月19日～昭和37年（1962年）10月10日 生東京市日本橋区南茅場町（東京都中央区） 名本名＝大場惣太郎（おおば・そうたろう）, 別号＝縷紅亭 学慶応義塾普通部卒, 早稲田大学商科中退 歴府立三中時代、同級生の久保田万太郎の勧めで俳句をはじめ、大学時代には秋声会、三田俳句会に参加する。「俳諧草紙」「喪の花」「縷紅」「春泥」「春蘭」などの俳誌に関係する。昭和3年刊行の「白水郎句集」をはじめ「縷紅抄」「早春」「散木集」などの句集がある。9年いとう句会を創設した。また、実業家として宮田製作所社長などを務めた。　勲藍綬褒章

大場 美夜子　おおば・みやこ　俳人
明治41年（1908年）1月14日 ～ 昭和63年（1988年）5月11日　生栃木県宇都宮市　名本名＝大場春江（おおば・はるえ）　学東邦医科大学中退　歴昭和27年松野自得、29年富安風生、45年岸風三楼に師事。「若葉」「春嶺」同人。52年「雪解川」を創刊し主宰。句集に「この花」「泉の都」「歳月」、随筆に「ローマの桃太郎」「残照の中で」「かく生きて」など。

大橋 敦子　おおはし・あつこ　俳人
大正13年（1924年）4月18日 ～ 平成26年（2014年）2月21日　生福井県敦賀市　学清水谷高女〔昭和17年〕卒　歴昭和20年父・大橋桜坡子の手ほどきを受ける。22年「ホトトギス」に初入選。24年「雨月」創刊編集。29年「雨月新人会」の発足により本格的に句作に取り組む。46年桜坡子没後、「雨月」を継承主宰。平成22年名誉主宰。また、昭和40年俳人協会に入会、52年評議員。56年「勾玉」で現代俳句女流賞を受けた。他の句集に「手鞠」「龍の落し子」、随筆集に「ペンの四季」などがある。　賞雨月推薦作家賞〔昭和38年〕，現代俳句女流賞（第5回）〔昭和56年〕「勾玉」，大阪府文化功労賞〔昭和62年〕　家父＝大橋桜坡子（俳人），母＝大橋こと枝（俳人），姉妹＝竹腰朋子（俳人）

大橋 一苧　おおはし・いちお　俳人
大正8年（1919年）12月21日 ～ 平成5年（1993年）8月12日　生千葉県　名本名＝大橋一雄　学東葛農商卒　歴昭和14年渡辺水巴選「中外俳壇」に初投句。15年中村素山主宰「虎落笛」入会、22年同人。62年主宰。

大橋 越央子　おおはし・えつおうし　俳人
明治18年（1885年）12月19日～昭和43年（1968年）6月4日　生富山県射水郡高岡町（高岡市）　名本名＝大橋八郎（おおはし・はちろう）　学東京帝国大学法科大学政治科〔明治43年〕卒　歴明治43年逓信省に入り、郵務局長、経理局長を経て、逓信次官となる。昭和11年1月岡田内閣の法制局長官となったが、2.26事件により辞職。次いで翌12年2月林内閣の書記官長兼内閣調査局長官となり、同年6月辞職。その後、日本無線電信社長、国際電気通信社長を歴任。この間、11年9月貴族院議員に勅選され、21年6月までその任にあった。20年日本放送協会会長となり、天皇陛下の終戦詔勅の録音盤を死守した。21年公職追放、26年解除。33～40年日本電電公社総裁。傍ら4年頃から高浜虚子、富安風生に師事し、9年「ホトトギス」同人、23年「若葉」同人となり、両誌の同人会長を長く務めた。句集に「野梅」「市谷台」などがあり、没後「大橋越央子句集」が刊行された。

大橋 桜坡子　おおはし・おうはし　俳人
明治28年（1895年）6月29日 ～ 昭和46年（1971年）10月31日　生滋賀県伊香郡木之本町　名本名＝大橋英次　学敦賀商卒　歴住友電線製造所に勤務。大正2年頃から俳句をはじめ、5年から「ホトトギス」に投句。11年「山茶花」創刊同人、昭和7年「ホトトギス」同人となり、24年には「雨月」を創刊・主宰した。句集に「雨月」「引鶴」「龍の玉」「鶴唳」「大橋桜波子全句集」、随筆「双千鳥」などがある。　家妻＝大橋こと枝（俳人），娘＝大橋敦子（俳人），竹腰朋子（俳人），女婿＝竹腰八柏（俳人）

大橋 宵火　おおはし・しょうか　俳人
明治41年（1908年）12月1日 ～ 平成14年（2002年）9月25日　生滋賀県伊香郡木之本町　名本名＝大橋信次（おおはし・しんじ）　学成器商卒　歴大正12年叔父大橋桜茗子の手ほどきを受け、「ホトトギス」「山茶花」に投句。昭和4年より19年の終刊まで「山茶花」の編集発行に参与。戦後一時句作中断。37年「ホトトギス」同人。句文集に「円」などがある。

大橋 たつを　おおはし・たつお　俳人
昭和11年（1936年）1月18日 ～ 平成10年（1998年）10月29日　生青森県八戸市　名本名＝大橋達雄　学八戸工卒　歴昭和38年富安風生に師事し「若葉」に投句。風生亡きあと、53年鷹羽狩行の「狩」創刊と同時に参加。八戸俳句会「北鈴」同人。51年「八戸俳諧倶楽部」に入門、理事、理事長、副会長を歴任。59年「青嶺」の創刊に参加、同人、のち同会副会長。　賞北鈴新人賞〔昭和49年〕，八戸俳句会北鈴賞〔昭和55年〕，青嶺賞〔平成9年〕

大橋 松平　おおはし・まつへい　歌人
明治26年（1893年）9月5日 ～ 昭和27年（1952

年) 4月28日 生大分県日田町 歴23歳の頃から作歌をはじめ、大正5年白日社に入り、のちに創作社に入る。昭和6年上京して改造社に入り「短歌研究」編集長に就任。出版部長を務め、戦後「短歌往来」を共同編集、のち「短歌声調」を発行。11年歌集「門川」を刊行。戦後は「都麻手」を主宰した。他の著書に「幼学」「淡墨」などがある。

大橋 嶺夫　おおはし・みねお　俳人
昭和9年(1934年) 3月8日～平成11年(1999年) 1月15日 生大阪府大阪市 歴昭和29年西東三鬼に師事。30年「断崖」同人、「天狼」に投句。33年前並素文らと「アプリオリ」を創刊するが、2号で終る。「夜盗派」「縄」「ユニコーン」同人を経て、39年八木三日女らと「花」創刊。評論にも活躍。「海程」同人。句集に「異神」「聖喜劇」「わが死海」「大橋嶺夫句集」がある。 賞現代俳句評論賞(第1回)〔昭和57年〕

大畑 専　おおはた・せん　詩人
大正6年(1917年)～昭和57年(1982年) 12月25日 生静岡県静岡市 名本名＝大畑専太郎 歴静岡大学に文部事務官として勤務する傍ら、詩人として活動。静岡県詩人会会長も務めた。詩集に「砂の墓地」「風説」「遠い存在」「狐の森」などがある。

大畑 南海魚　おおはた・なんかいぎょ　俳人
明治41年(1908年) 3月12日～昭和63年(1988年) 11月10日 生埼玉県浦和市根岸 名本名＝大畑仁男(おおはた・ひとお) 学東北大学医学部卒 歴昭和25年長谷川かな女に師事、かな女主治医となる。31年より「水明」編集3年余。「水明」運営同人。句集に「火喰鳥」「愛河」。賞水明賞〔昭和30年, 33年〕, 零余子賞〔昭和42年〕, かな女賞〔昭和59年〕

大原 勉　おおはら・つとむ　俳人
大正10年(1921年) 8月20日～平成14年(2002年) 11月24日 生米国カリフォルニア州 学九州高等医専卒 歴昭和34年「鶴」入会、45年同人。49年「泉」同人、55年退会。56年「林」同人。産婦人科病院院長を務めた。

大原 登志男　おおはら・としお　詩人
大正11年(1922年) 9月26日～平成17年(2005年) 10月15日 生北海道小樽市 学札幌師範卒 歴教師を経て、昭和18年南方の最前線ラバウルで軍務に就く。21年復員し、小樽で教師に復職。北教組に入り、26年～平成7年共産党の小樽市議。また小樽詩話会会員で、12年吟遊詩人大賞コンテストで大賞を受賞した。 賞吟遊詩人大賞コンテスト大賞(第5回)〔平成12年〕

大原 三八雄　おおはら・みやお　詩人
明治38年(1905年) 1月23日～平成4年(1992年) 7月6日 生広島県 学広島文理科大学卒 歴昭和20年両親を原爆で失い、自らも二次被爆者となる。41～56年の間、妻・恒子の協力の下にミニコミ誌「広島通信」を編集発行し、ヒロシマの声を全国に届けた。広島県詩人協会が被爆20周年に出した「広島詩集」の反響をまとめたのが第1号で、67号まで続いたが、肺炎を再発して終刊に到る。平成元年読者の一人で詩人の石川逸子の手で復刻版として一冊の本にまとめられた。広島工業大学教授も務めた。編著に「世界原爆詩集」、共編著に「日本原爆詩集」がある。

大平 数子　おおひら・かずこ　詩人
大正12年(1923年)～昭和61年(1986年) 4月21日 生広島県広島市中区榎町 歴戦争が終わってから、数百編に上る詩を書き、昭和30年原爆の後遺症で生後間もなく死んだ二男に寄せる詩集「慟哭(どうこく)」を発表、英語・仏語にも翻訳された。56年被爆体験を詠んだ44編の詩「少年のひろしま」をまとめ、出版した。児童館館長も務めた。

大星 たかし　おおぼし・たかし　俳人
昭和4年(1929年) 2月16日～平成7年(1995年) 1月12日 生兵庫県(淡路島) 名本名＝大星貴資(おおぼし・たかし) 学兵庫師範卒 歴岩屋中、北淡東中で教師を務め、昭和60年退職。この間23年米満英男の手ほどきで句作。28年「九年母」入会。33年「かつらぎ」入門、阿波野青畝に師事、38年同人、39年より推薦作家、55年首位。句集に「傀儡(くぐつ)の眼」「檣燈(しょうとう)」。また20年12月の明石～淡路間連絡線・せきれい丸沈没事故の生存者として、62年せきれい丸遭難者慰霊碑を建立した。

大堀 昭平　おおぼり・しょうへい　歌人
昭和5年(1930年) 12月10日～昭和36年(1961年) 7月13日 生東京都 歴作歌は入獄中の7年間に限られ、昭和33年から「橋」に属した。36年に刑死。歌集に「小鳥と手錠」「いのち重たき」、他に句集「獄壁」がある。

大堀 たかを　おおほり・たかお　俳人
明治39年（1906年）3月31日～昭和61年（1986年）3月20日　生福岡県　名本名＝大堀孝生（おおほり・たかお）　学大正大学高師部卒　歴昭和20年「冬野」河野静雲、「菜殻火」野見山朱鳥に師事。30年「菜殻火」同人。35年「ひこばえ」主宰。50年朝日新聞地方版俳壇選者となる。　勲勲四等瑞宝章〔昭和54年〕　賞毎日新聞俳壇賞〔昭和31年〕

大南 テイ子　おおみなみ・ていこ　俳人
大正8年（1919年）10月3日～平成19年（2007年）2月6日　生神奈川県　学小田原高女卒　歴昭和30年「鹿火屋」に入会、39年同人。　賞鹿火屋努力賞〔昭和49年〕, 鹿火屋賞〔昭和50年〕

大村 主計　おおむら・かずえ　詩人
明治37年（1904年）11月19日～昭和55年（1980年）10月17日　生山梨県東山梨郡諏訪村（山梨市）　学東洋大学卒　歴テイチク学芸部、同盟通信を経て、東京タイムス編集局長、スポーツタイムス社長など歴任。学生時代から童謡を作り、西条八十に師事。代表作に「ばあやのお里」「麦笛」「花かげ」などがある。戦後は日本音楽著作権協会理事として著作権の保護・普及に努め、53年に第1回著作権文化賞を受賞した。家三男＝大村益夫（早稲田大学名誉教授）

大村 呉楼　おおむら・ごろう　歌人
明治28年（1895年）7月1日～昭和43年（1968年）8月1日　生大阪府池田市　学関西大学法学部〔大正6年〕卒　歴毎日新聞大阪本社に勤務する傍ら、大正11年「アララギ」に入会し、中村憲吉、土屋文明に師事する。昭和21年「高槻」を創刊し、27年「関西アララギ」と改題する。歌集に16年刊行の「花薮」などがある。

大元 清二郎　おおもと・せいじろう　詩人
大正3年（1914年）4月～昭和49年（1974年）10月1日　生奈良県　名本名＝大元弥五郎　歴義務教育終了後、店員・工員などを転々としながら「プロレタリア文学」「文学評論」「詩精神」などに詩や小説を発表。昭和12年日本共産主義者団に加わって逮捕・投獄され、戦後は新日本文学会に参加、詩集「愛のために愛のうたを」を出す。41年失明し、友人たちによって「大元清二郎詩集」が編まれた。

大森 久慈夫　おおもり・くじお　俳人
大正10年（1921年）11月18日～平成7年（1995年）9月7日　生福島県東白川郡　名本名＝大森喜安　学会津工応用科卒　歴保土谷化学に勤務。昭和26年闘病中句作を始め、31年「馬酔木」「野火」へ投句、黒木野雨、篠田悌二郎の指導を受ける。「青雲」所属。福原十王に師事。「青雲」編集同人。句集に「山ふぐ」。　賞福島県文学賞, 青運賞（2回）, 福島県俳句賞（第9回）〔昭和62年〕「廻転木馬」

大森 葉子　おおもり・ようこ　俳人
昭和6年（1931年）9月15日～平成9年（1997年）7月25日　生佐賀県佐賀市　学飯田風越高〔昭和25年〕卒　歴昭和48年「青玄」同人、内山草子に師事。俳誌「風花」、「沖」を経て、61年「響」に創刊から入会。のち同人に。句集に「和蘭陀ふうろ」。

大屋 棋司　おおや・きし　俳人
明治42年（1909年）2月15日～平成10年（1998年）3月4日　生奈良県　名本名＝大屋高由　学三重高等農林卒　歴大阪府に奉職。吹田児童相談所長などを務めた。昭和15年ホトトギス同人・森川暁水の門に入る。「風土」同人、「群蜂」同人、「赤楊の木」同人を経て、43年「薊」代表同人、のち主宰。46年俳人協会会員。俳人協会年の花委員会講師。句集に「口笛」「虹」「靴音」など。

大屋 正吉　おおや・しょうきち　歌人
明治41年（1908年）4月4日～平成7年（1995年）12月29日　生神奈川県　学高小卒　歴大正13年「日光」第二同人を経て、「橄欖」入社。吉植庄亮に師事。庄亮没後、昭和33年より同誌を編集発行。日本歌人クラブ幹事、52～56年日本短歌雑誌連盟幹事長を務めた。歌集に「氷雪」「白桃季」「川鷺」「斧（タボール）」「古丘」などがある。　賞日本歌人クラブ推薦歌集（第13回）〔昭和42年〕「川鷺」

大家 増三　おおや・ますぞう　歌人
明治34年（1901年）12月25日～昭和52年（1977年）　生京都府京都市　歴昭和24年ごろより作歌を始める。25年「アララギ」に入会。のち「未来」創刊に参加。歌集「アジアの砂」で47年現代歌人協会賞を受賞。　賞現代歌人協会賞（第16回）〔昭和47年〕「アジアの砂」

大谷 従二　おおや・よりじ　詩人
大正4年（1915年）～平成2年（1990年）2月2日　生島根県簸川郡大社町（出雲市）　名筆名＝工屋戦二　学大社中卒　歴昭和8年、9年頃工屋戦二の筆名で「文化集団」「詩精神」に作品を発表。11年詩集「夜の色」を出版。「森」「詩・研究」同人となり、「コトギ」「詩人」などに作品を発表したが、18年より出雲の古代文化研究に従事。45年詩作を再開、59年「朽ちゆく花々」で小熊秀雄賞を受賞した。「山陰詩人」同人。　賞小熊秀雄賞（第17回）〔昭和59年〕「朽ちゆく花々」

大山 澄太　おおやま・すみた　俳人
明治32年（1899年）10月21日～平成6年（1994年）9月26日　生岡山県井原市　学大阪貿易語学校英語科卒　歴逓信省に入り、逓信講習所教官、逓信事務官、内閣情報局嘱託、満州国郵政局講師などを歴任。傍ら荻原井泉水に師事し「層雲」に参加。また座禅も修め、昭和22年「大耕」を創刊。種田山頭火の顕彰に努め、47～48年「定本山頭火全集」（全7巻）を編集。著書に「青空を載く」「俳人山頭火の生涯」「般若心経の話」、句集に「五十年」がある。

大山 広光　おおやま・ひろみつ　詩人
明治31年（1898年）9月1日～昭和45年（1970年）1月10日　生大阪府大阪市　学早稲田大学文学部仏文科〔大正12年〕卒　歴早大在学中から民衆座に出演する。中村吉蔵の門下生として「演劇研究」同人となる。昭和8年発表の「頼山陽」をはじめ多くの戯曲があり、劇作家、演劇評論家、雑誌編集者として幅広く活動。「現代日本画壇史」などの著書の他、訳書に「アルフレッド・ドゥ・ミュッセ詩集」がある。また大正末期に「楽園」「謝肉祭」「日本詩人」「早稲田文学」などに詩や訳詩、詩論を発表、詩人としても活躍した。

大類 林一　おおるい・りんいち　俳人
大正13年（1924年）7月15日～平成8年（1996年）2月28日　生山形県尾花沢市　名俳号＝寒雷　歴加藤楸邨について俳句を学ぶ。芭蕉・清風歴史資料館長などを経て、山形県現代俳句協会長。本業はかっぽう料理店の4代目。昭和63年松尾芭蕉直筆の「月見の献立」の記録に基づく料理を再現した。

大脇 月甫　おおわき・げっぽ　歌人
明治35年（1902年）4月4日～昭和55年（1980年）10月19日　生岐阜県　名本名＝大脇舗郎（おおわき・しきろう）　学国学院大学卒　歴14歳より作歌し「覇王樹」「水甕」「吾妹」などを経て、大学在学中の大正4年9月「青虹」を創刊・主宰。歌集に「春扇」「千梅」、他に註釈書「万葉集抄訳」「新古今抄訳」などがある。

岡 雨江　おか・うこう　俳人
大正3年（1914年）1月26日～昭和57年（1982年）9月15日　生東京都　名本名＝佐藤正三（さとう・まさぞう）　学小卒　歴昭和8年大谷碧雲居に俳句を学び、10年「曲水」に入会。渡辺水巴の指導を受け、21年没後は渡辺桂子に指導を受ける。44年「岡雨江句集」を刊行。水巴会常任幹事。　賞水巴賞〔昭和44年〕

岡 昭雄　おか・てるお　詩人
昭和5年（1930年）～平成21年（2009年）9月6日　生福岡県北九州市小倉南区下曽根　名本名＝岡昭男（おか・てるお）　学明治大学文科文芸科中退　歴仕事の傍ら、詩や小説を書き、昭和44年福岡県詩人賞を受賞。47年から平成16年までの32年間、"T""岡"の筆名で西日本新聞夕刊のコラム「まちかど」「四季」を執筆。21年コラムから約700編を収録した「岡の四季」を出版した。　賞福岡県詩人賞（第5回）〔昭和44年〕「精神について」

岡 麓　おか・ふもと　歌人
明治10年（1877年）3月3日～昭和26年（1951年）9月7日　生東京府本郷（東京都文京区）　名本名＝岡三郎，別号＝三谷，傘谷　学大八洲学校　資日本芸術院会員〔昭和24年〕　歴高小時代から作歌をはじめ、のちに佐佐木信綱に和歌の添削を受ける。明治29年「うた」を創刊。34年大日本歌道会幹事に就任。36年「馬酔木」を創刊。大正2年聖心女子学院教師に就任したほか、東洋英和女学校教員などを歴任し、昭和24年日本芸術院会員となった。「アララギ」に多数作品を発表し、著書に大正15年刊行の「庭苔」をはじめ「小笹生」「朝雲」「宿墨詠草」「涌井」「冬空」「雪間草」の歌集や「古事記灯」「入木道三部集」「岡麓全歌集」（中央公論社）などがある。

岡 みゆき　おか・みゆき　俳人
明治42年（1909年）4月2日～平成9年（1997年）11月10日　生長野県東筑摩郡今井村（松本市）　名本名＝岡幸　歴日本キリスト教団横浜菊名愛児園理事長などを務めた。昭和28年「さくら」に投句、29年「春蘭」に入門し、大場白水郎に師事。37年「七彩」に入会、同人を経て、46年「ぬかご」入会、同人。59年フィリピン大学及び文化交流でマニラに渡り俳画の指導にあたった。句集に「恩寵」「落ち穂」。 賞七彩賞〔昭和41年〕, 寒行賞〔昭和46年〕

岡 より子　おか・よりこ　詩人

明治30年（1897年）1月25日 ～ 平成8年（1996年） 生島根県簸川郡伊波野村（斐川町） 名本名＝岡ヨリ 学島根県女子師範学校〔大正3年〕卒 歴師範学校卒業後、約30年間にわたり小学校教師を務めた。戦後退職し、簸川郡連合婦人会会長、斐川町会議員などを歴任。一方、昭和7年前田鉄之助主宰「詩洋」の同人となり、詩の創作活動を行う。50年女性総合誌「山陰の女」を創刊した。主な詩集に「出雲」「斐伊川」「宍道湖のほとりで」など。また、61年自叙伝「若い日」を出版した。 賞山陰中央新報社地域開発賞・文化賞〔昭和58年〕

岡井 省二　おかい・しょうじ　俳人

大正14年（1925年）11月26日～平成13年（2001年）9月23日 生三重県 名本名＝岡井省二（おかい・せいじ） 学大阪帝国大学医学部卒 歴昭和43年「寒雷」に入り、45年「杉」創刊に参加。「杉」「寒雷」同人。59年「晨」同人発行人。平成4年「晨」を辞退し、「槐」を主宰。句集に「明野」「鹿野」「山色」「有時」「鯨と犀」、評論集に「俳句の風景」「俳句の波動」など。 賞杉賞（第1回）〔昭和46年〕

岡崎 えん　おかざき・えん　俳人

明治26年（1893年）7月10日 ～ 昭和38年（1963年）11月26日 生東京都 名本名＝岡崎ゑ以, 号＝艶栄, つやえ, つやゑ女, えん女 歴実父は政治家の大木喬任で、母は大木の寵愛を受けた芸妓であった。母の嫁ぎ先である東京・三十間堀河岸通りの船宿・寿々本で育ち、長じて銀座裏通りに和風の居酒屋・岡崎を開業。気が強くて個性がある名物女将で、その店は久保田万太郎・永井荷風・泉鏡花・水上滝太郎・中島健蔵・堀口大学ら数多くの文人に愛された。また、自身も俳句を嗜み、「俳句雑誌」「文明」「花月」などに投句した。戦後は病気療養の傍ら、小唄の師匠や芸妓置屋の女中などをするが、いずれも長続きせず。晩年は老人ホームに住み、昭和38年11月交通事故でなくなった。 家父＝大木喬任（政治家）

岡崎 筍林　おかざき・じゅんりん　俳人

昭和4年（1929年）7月31日 ～ 平成19年（2007年）10月2日 出高知県南国市 名本名＝岡崎健一（おかざき・けんいち） 歴平成16年から2年間、高知県俳句連盟会長。一宮小学校校長も務めた。句集に「樫の篦」がある。

岡崎 澄衛　おかざき・すみえ　詩人

明治44年（1911年）11月24日～平成20年（2008年）6月13日 生島根県美濃郡小野村（益田市） 学岩手医学専〔昭和10年〕卒 歴昭和10年島根県立松江病院内科、新潟県直江津町麓病院を経て、13年島根県小野村で岡崎医院を開業。一方、6年詩誌「天才人」同人となり、10年「詩研究」同人、30年詩誌「河」同人、32～36年「誌帖」同人を経て、「日本未来派」同人。43年「風祭」同人。詩集に「遠望」「わが鳶色の瞳は」「カトマンズの星の空」「いっぴきの鬼」、歌集「揚子江」「いのち守りて」などがある。 賞地上空穂賞〔昭和44年・52年・61年〕「開業医30年」「業余詠」「黒き砂」, 益田市文化功労者表彰〔昭和57年〕

岡崎 清一郎　おかざき・せいいちろう　詩人

明治33年（1900年）9月19日 ～ 昭和61年（1986年）1月28日 生栃木県足利市大町 学佐野中中退 歴太平洋画会研究所で学ぶが、15、6歳ころから詩を書き始め、大正12年ころ北原白秋に詩才を認められる。のち村野四郎らの「旗魚」に参加し、昭和4年第一詩集「四月の遊行」を発表して詩壇に登場。10年詩誌「歴程」同人となる。11年より足利市に定住。「近代詩猟」「世界像」も主宰した。日常の背景にある不安や恐怖を幻想としてイメージする詩風で、著書は、詩集「神様と鉄砲」「火宅」「肉体輝耀」「夏館」「韜晦の書」「新世界交響楽」「岡崎清一郎詩集」「春鶯囀」、句集「花鳥品隲」「日中鈔」ほか。 勲勲四等瑞宝章〔昭和47年〕 賞文芸汎論詩集賞（第7回）〔昭和15年〕「肉体輝耀」, 高村光太郎賞（第3回）〔昭和35年〕「新世界交響楽」, 歴程賞（第9回）〔昭和46年〕「岡崎清一郎詩集」, 読売文学賞（第24回・詩歌俳句賞）〔昭和47年〕「春鶯囀」, 栃木県文化功労賞, 足利市文化功労賞

岡崎 北巣子　おかざき・ほくそうし　俳人

明治25年（1892年） ～ 昭和40年（1965年）8月2日 名本名＝岡崎秀善, 別号＝北走子, 柚吉 学龍谷大学中退 歴福岡日々新聞記者などを

経て、日本糧穀社長となる。明治末頃より俳句をはじめ、「天の川」「基地」などに参加。「海程」同人。「斜陽」を発行した。

岡崎 義恵　おかざき・よしえ　歌人
明治25年（1892年）12月27日～昭和57年（1982年）8月6日　生高知県高知市帯屋町　学東京帝国大学文科大学国文科〔大正6年〕卒　資日本学士院会員〔昭和40年〕　歴大正12年東北帝国大学助教授を経て、昭和2年より教授、30年名誉教授となる。その後共立女子大学教授も務めた。9年以来、日本文芸学を主唱し、24年日本文芸研究会を創立、独創的な学説、体系を築き上げた。また、和歌をたしなみ書画をもよくした。著書に「日本文芸学」「日本文芸の様式」「日本芸術思潮」（全3巻）「岡崎義恵著作集」（全10巻, 宝文館）などがあり、歌集に「泉声」「碧潮」、随筆集に「雑草集」がある。　賞透谷文学賞〔昭和14年〕「日本文芸の様式」

岡沢 康司　おかざわ・こうし　俳人
大正11年（1922年）5月31日～平成18年（2006年）7月15日　生北海道雨竜郡妹背牛町　名本名＝岡沢彰（おかざわ・あきら）　学北海道大学農学部農芸化学科卒　歴昭和28年阪本四季夫により「アカシヤ」に入会、土岐錬太郎に師事。52年「アカシヤ」を主宰を継承。平成9年名誉主宰。この間、平成元年俳人協会北海道支部長。句集「寒夕焼」「盆の月」などがある。賞アカシヤ賞〔昭和37年〕, 北海道新聞俳句賞（第6回）〔平成3年〕「風の音」

小笠原 二郎　おがさわら・じろう　歌人
大正2年（1913年）～昭和51年（1976年）　生青森県青森市　学青森商卒　歴昭和2年より短歌を始め、27年「アスナロ」同人、33年「東奥歌壇」選者になる。36年青森県立図書館整理課長、42年同資料課長。この間、受刑者への短歌指導にも携わり、法務大臣感謝状を受けた。図書館在職中から古文書解読講座の講師となり、多くの古文書解読者を育成。また、青森郷土会機関誌「うとう」、県文化財保護協会機関誌「東奥文化」に寄稿し、郷土史研究に貢献した。主な著書に「歌集みちのく」「歌を志す人のために」「青森県史百話」「県林業顕彰者事蹟集」がある。

小笠原 文夫　おがさわら・ふみお　歌人
明治36年（1903年）7月10日～昭和37年（1962年）2月28日　生神奈川県横浜市　名本名＝小笠原文雄　学横浜商業卒　歴冨山房勤務時代「覇王樹」に参加し、大正11年「橄欖」創刊と同時に同人となり、吉植庄亮に師事する。昭和6年「橄欖」同人との共著「交響」を刊行。戦後は青葉書房に勤めた。歌集に「二月尽」「きさらぎ」。

小笠原 洋々　おがさわら・ようよう　俳人
明治13年（1880年）3月8日～昭和36年（1961年）2月13日　生秋田県　名本名＝小笠原栄治　歴明治33年「俳星」創刊時より句作に入り、石井露月、島田五空に師事。一時「海紅」に拠り、また「獺祭」に属したこともある。戦後「俳星」を主宰した。句集に「新涼」「窗」がある。

小笠原 龍人　おがさわら・りゅうじん　俳人
明治44年（1911年）11月7日～平成12年（2000年）1月30日　生静岡県　名本名＝小笠原正身（おがさわら・まさみ）　学早稲田大学文学部国文科中退　歴初め短歌を詠み、窪田空穂の「国民文学」同人。昭和16年小学校時代の校長であった古見豆人に師事して「大富士」に入会。33年師の逝去により「塔」を創刊・主宰。埼玉県俳句連盟副理事長を務めた。句集に「孤灯」「古色」。　賞埼玉県俳句連盟賞〔昭和58年〕　家息子＝小笠原正勝（グラフィックデザイナー）

岡田 有年女　おかだ・うねじょ　俳人
明治35年（1902年）3月17日～昭和58年（1983年）3月13日　生和歌山県新宮市磐楯町　名本名＝岡田有年（おかだ・うね）　学新宮高女卒　歴北京より引揚後、昭和28年平松いとどに手ほどきを受け、阿波野青畝に師事。30年上京し、鈴木芳如の「こよろぎ」編集員となる。「熊野」「かつらぎ」「黄鐘」同人。句集に「滝しぶき」。

岡田 海市　おかだ・かいし　俳人
大正3年（1914年）11月17日～昭和61年（1986年）6月25日　生神奈川県横浜市　名本名＝岡田任雄（おかだ・ただお）　学東京帝国大学法学部〔昭和15年〕卒　歴朝日新聞論説委員、「朝日ジャーナル」編集長、政治部長、東京本社編集局次長、出版局長、出版担当などを歴任。また、昭和21年「萬緑」創刊と同時に入会、海市の号を持ち、朝日新聞茨城版「茨城俳句」の選者を務めた。句集に「瀑声」がある。　賞萬緑賞（第20回）〔昭和48年〕

岡田 夏生　おかだ・かせい　俳人
大正2年（1913年）8月17日 ～ 平成22年（2010年）12月21日　生秋田県　名本名＝岡田哲太郎（おかだ・てつたろう）　学高小卒　歴昭和5年柴田紫陽花の指導を受け、「俳星」会員。12年吉田冬葉の指導を受け、「獺祭」会員。のち同人。後継主宰の細木芒角星逝去により「獺祭」を退会。「俳星」同人、名誉主幹。　賞秋田県文化功労者〔平成9年〕

岡田 禧太雄　おかだ・きたお　俳人
明治44年（1911年）3月8日 ～ 平成13年（2001年）5月16日　生三重県　名本名＝岡田稔　学愛知国学院専攻科卒　歴厳島神社、熱田神宮に奉職。終後、名古屋西区区役所に勤めた。一方、昭和6年加藤霞村に入門、9年富安風生に師事、15年高浜虚子の指導を受ける。「年輪」「雨月」同人。若葉通巻600号記念特別作品に入賞。名古屋雨月句会の重鎮だった。　賞雨月賞

岡田 銀渓　おかだ・ぎんけい　俳人
明治28年（1895年）2月9日 ～ 昭和60年（1985年）11月18日　生島根県大田市大森町　名本名＝岡田正二（おかだ・しょうじ）　学関西大学中退　歴東京電灯を経て、昭和2年わかもとに入社。15年常務に就任。21年「水明」復刊時より長谷川かな女の指導を受け、埼玉県俳句連盟会長、浦和市俳句連盟会長などを歴任した。句集に「しろがね」(17年)、「渓泉」(42年)、「米寿抄」(58年)がある。　賞水明賞〔昭和31年〕，零余子賞〔昭和44年〕，かな女賞〔昭和58年〕

岡田 鯨洋　おかだ・げいよう　歌人
明治22年（1889年）10月3日 ～ 昭和55年（1980年）7月12日　生和歌山県　名本名＝岡田道一（おかだ・みちかず）　学京都帝国大学医学部卒　歴美人画家、竹久夢二の友人で、「夢二会」会長となり回顧展を開いたりした。また、公衆衛生の普及に努め、東京市衛生技師当時の昭和3年、麹町区内の全小学校に衛生婦を初めて設置、現在の養護教員制度の基礎を作った。歌人としては「十月会」「春草会」に参加、歌集に「花ざくら」「麦踏」などがある。

岡田 耿陽　おかだ・こうよう　俳人
明治30年（1897年）4月11日 ～ 昭和60年（1985年）5月9日　生愛知県宝飯郡三谷町　名本名＝岡田孝助（おかだ・こうすけ）　歴高浜虚子の門に入り、大正14年秋より「ホトトギス」に拠り句作、昭和5年課題選者となり、同7年同人に推される。同13年より「竹島」を主宰。著書に「汐木」「三つ句碑」「句生涯」がある。

緒方 茂夫　おがた・しげお　歌人
明治43年（1910年）2月3日 ～ 昭和61年（1986年）12月27日　生熊本県熊本市　学東京帝国大学経済学部〔昭和8年〕卒　歴昭和32年「花冠」創刊と同時に入会。歌集に「かすむ水脈」。勲藍綬褒章〔昭和50年〕，勲三等瑞宝章〔昭和56年〕

岡田 壮三　おかだ・そうぞう　俳人
大正2年（1913年）10月11日 ～ 平成7年（1995年）11月21日　生埼玉県小鹿野町　名本名＝岡田元利　学埼玉師範〔昭和8年〕卒　歴昭和8年「ホトトギス」に投句。24年「麦」に入会、28年同人。40年退会。42年「河」に入会し、44年同人。54年埼玉俳句連盟副理事長。句集に「奔流」「渓流」「源流」「湧水」。　賞埼玉文芸賞（第4回）〔昭和48年〕「山国の四季」，埼玉県文化ともしび賞

岡田 隆彦　おかだ・たかひこ　詩人
昭和14年（1939年）9月4日～平成9年（1997年）2月26日　生東京市麻布区材木町（東京都港区）　学慶応義塾大学文学部仏文学科卒　歴美術出版社勤務を経て、東京造形大学教授、平成2年慶応義塾大学環境情報学部教授。高校時代から詩作を始め、慶大在学中、同人詩誌「三田詩人」を復刊し、吉増剛造らと「ドラムカン」の創刊。いわゆる'60年代を代表する詩人の一人として活躍。「三田文学」編集長なども務めた。詩集に「われわれのちから19」「史乃命」「生きる歓び」「時に岸なし」などがある。また、近現代美術を中心とした評論も手がけ、著書に「危機の結晶」「日本の世紀末」「かたちの発見」「眼の至福—絵画とポエジー」など多数。　賞芸術評論賞〔昭和40年〕「はんらんするタマシイの邦」，高見順賞（第16回）〔昭和61年〕「時に岸なし」

岡田 武雄　おかだ・たけお　詩人
大正3年（1914年）1月11日 ～ 平成19年（2007年）6月6日　出福岡県三潴郡三潴町（久留米市）　歴北九州市を拠点に詩や小説の創作に携わり、昭和52年「婦命伝承」で福岡県詩人賞を受賞。他に詩集「詩・そして・旅」などがある。　賞福岡県詩人賞（第10回）〔昭和52年〕「婦命伝承」，北九州市民文化賞〔昭和57年〕，福岡県先達詩

人〔平成5年〕

尾形 仂　おがた・つとむ　国文学者
大正9年（1920年）1月28日 ～ 平成21年（2009年）3月26日　生東京市神田区（東京都千代田区）　出東京市下谷区（東京都台東区）　学東京文理科大学国語国文学科〔昭和18年〕卒　歴東京文理科大学で潁原退蔵に師事。海軍予備学生となり、敗戦時は海軍中尉として海軍兵学校で教官を務めた。昭和30年東京教育大学助教授、教授を経て、52年～平成2年成城大学教授。緻密な実証的研究による近世俳諧研究の第一人者で、本間美術館の「蕪村自筆句稿貼交屛風」を手がかりに与謝蕪村の自筆句帳を復元した「蕪村自筆句帳」は蕪村研究の画期的業績とされる。「蕪村全集」編集委員代表も務めた。古希を迎えた後、岳父でもある潁原が遺した江戸時代語辞典の原稿を引き継ぎ、教え子たちの協力も得、20年「江戸時代語辞典」を完成させた。編著書に「森鷗外の歴史小説」「歌仙の世界」「俳句の周辺」「松尾芭蕉」「おくのほそ道評釈」などがある。　賞読売文学賞（研究・翻訳賞, 第26回）〔昭和49年〕「蕪村自筆句帳」, 毎日出版文化賞（企画部門, 第63回）〔平成21年〕「江戸時代語辞典」　家岳父＝潁原退蔵（国文学者）

岡田 鉄　おかだ・てつ　俳人
大正8年（1919年）11月4日 ～ 平成24年（2012年）8月14日　生東京都　名本名＝小俣鉄雄（こまた・てつお）　歴昭和23年シベリア抑留から復員。印刷所勤務を経て、篠原梵が社長を務めていた中央公論事業出版に入社。俳句は8年「石楠」に入会。31年同誌休刊により休詠したが、41年「浜」に入会して大野林火に師事。句集に「卆心」がある。　賞浜同人賞〔昭和59年〕

岡田 徳次郎　おかだ・とくじろう　詩人
明治39年（1906年）～昭和55年（1980年）　生兵庫県明石市魚町　学高小卒　歴独学で英語、珠算、簿記などを修め、大阪鉄道管理局に勤務、この頃から川柳を始め、麻生路郎に師事。同時期、同郷の作家稲垣足穂の知遇を得る。昭和20～29年大分県の日田市役所に勤務、「九州文学」「作家」「詩文化」などに詩、小説を発表。30年「銀杏物語」で芥川賞候補となる。同年妻と離婚、一子を連れて放浪、のちに大阪の株式業界紙の編集者となる。この頃懸命に創作に打ち込むが、「銀杏物語」以後、再び脚光を浴びることはなかった。生涯一冊の本も上梓していない。代表作は、詩では「旅情」「石」「黄昏」「星の砂」など、小説では「木立」「虎」「不動」「しらゆき抄」など。

岡田 刀水士　おかだ・とみじ　詩人
明治35年（1902年）11月6日 ～昭和45年（1970年）9月30日　生群馬県前橋　学群馬師範卒　歴萩原朔太郎の影響を受け大正末期から詩作、多田不二主宰の「帆船」に中西悟堂らと参加、次いで「日本詩人」、草野心平の「銅鑼」、佐藤惣之助の「詩之家」などに作品を発表、詩話会会員となり、詩話会編「日本詩集1926版」に田中清一、大鹿卓らとともに新人として推された。戦後は草野心平の「歴程」に拠り、高崎で「青猫」を発行。詩集に私家版「興隆期」「桃李の路」「谷間」「幻影哀歌」などがある。

緒方 昇　おがた・のぼる　詩人
明治40年（1907年）10月3日 ～昭和60年（1985年）11月19日　生熊本県熊本市　名釣号＝魚仏居士　学早大専門部政経科卒　歴昭和16年毎日新聞新京支局長、台北支局長、東京本社校閲部長、同写真部長、毎日グラフ編集長を歴任。在勤時代から「日本未来派」の詩人としても活躍。又魚仏居士の釣号をもつ釣りの大家で、釣りだけをうたう詩を書き続けた。著書に「天下」「折れた竿」「支那探訪」「支那裸像」など。
賞読売文学賞〔昭和45年〕「魚仏詩集」

岡田 平安堂　おかだ・へいあんどう　俳人
明治19年（1886年）10月～昭和35年（1960年）8月28日　生京都府京都市　名本名＝岡田久次郎, 旧号＝葵雨城　歴六朝の書道研究会「龍眠会」を興したのち、明治41年平安堂を創立。以後没年まで社長を務める。一方、碧梧桐門に入り、明治末から大正中期にかけて自由律俳句界で活躍。「海紅」を後援する。碧梧桐の墨跡を多く所蔵した。　勲黄綬褒章〔昭和31年〕

岡田 萠子　おかだ・ほうし　俳人
明治43年（1910年）12月12日～平成10年（1998年）10月16日　生石川県金沢市　名本名＝岡田成正（おかだ・しげまさ）　学東京慈恵会医科大学卒　歴昭和21年「かびれ」入会、大竹孤悠に師事。22年同人。句集に「蓑虫」がある。
賞かびれ賞〔昭和37年〕

緒方 無元　おがた・むげん　俳人
明治34年（1901年）1月10日 ～ 昭和63年（1988

年）3月10日 生福岡県夜須郡甘木町 名本名＝緒方久一郎（おがた・きゅういちろう） 学中学卒 歴甘木市教育委員長、甘木市文化会長、甘木連合文化会顧問などを歴任。また昭和34年「ホトトギス」同人となった俳人でもあり、句文集に「あさくら」がある。

岡田 芳彦　おかだ・よしひこ　詩人
大正10年（1921年）1月3日～平成3年（1991年）4月21日 生福岡県八幡市（北九州市） 学八幡中卒 歴八幡製鉄所、小学校代用教員を経て、北九州市役所に勤務。中学3年頃から詩作を始め、「若草」「蠟人形」「文芸汎論」に投稿。戦前の「新領土」同人などを経て、戦後の昭和20年11月「鵬」（7号より「FOU」）を創刊。詩集に「海へつづく道」「お祭りの広場にて」などがある。

岡田 利兵衛　おかだ・りへえ　国文学者
明治25年（1892年）8月27日～昭和57年（1982年）6月5日 生兵庫県伊丹市 名幼名＝岡田真三（おかだ・しんぞう），別名＝岡田柿衛（おかだ・かきもり） 学三高文科乙類〔大正4年〕卒，京都帝国大学文学部国文科〔大正7年〕卒 歴代々鹿島屋利兵衛を名のった兵庫県伊丹の酒造家に、長男として生まれる。大正8年第22代当主となり、利兵衛を襲名。昭和12年伊丹町長、20年伊丹市長に就任。21年退任。この間、大正15年梅花女子専門学校教授、昭和6年小林聖心女子学院講師を経て、26年聖心女子大学教授。44～56年橘女子大学教授。34年逸翁美術館長。日本の俳諧三大文庫の一つといわれる柿衛文庫の当主。俳文学研究、特に芭蕉研究で知られ、43年芭蕉の筆跡の1年ごとの変化を克明に調べあげた労作「芭蕉の筆蹟」で文部大臣賞を受賞。芭蕉の筆蹟鑑定では第一人者。 勲勲四等瑞宝章〔昭和45年〕，グレゴリオ・ナイト章〔昭和48年〕 賞兵庫県文化賞〔昭和35年〕，伊丹市民文化賞〔昭和55年〕 家二男＝岡田節人（生物学者），孫＝岡田暁生（音楽学者）

小勝 亥十　おかつ・いじゅう　俳人
明治32年（1899年）1月15日～昭和62年（1987年）3月3日 生東京都 名本名＝小勝猪重（おかつ・いじゅう） 学都立農卒 歴昭和28年石原八束の手ほどきを受け、「雲母」に投句。以後も石原八束の指導を受けつつ、36年「秋」創刊と同時に入会、同人。

岡野 直七郎　おかの・なおしちろう　歌人
明治29年（1896年）2月16日～昭和61年（1986年）4月27日 生岡山県赤坂郡西山村 学東京帝国大学法学部政治学科〔大正10年〕卒 歴中学時代から「日本少年」などに投稿。大正元年「詩歌」に入り夕暮に師事。6年「水甕」に移り柴舟に師事。15年「水甕」を離れ「蒼穹」を創刊・主宰する。歌集に「谷川」「太陽の愛」など9冊、歌論集に「短歌新論」「歌壇展望」などがある。昭和32年現代歌人協会理事、39年日本歌人クラブ幹事を歴任。41年には宮中歌会始選者を務める。なお、東京都民銀行監査役も務めた。 賞歌人協会賞〔昭和14年〕「短歌新論」

岡野 等　おかの・ひとし　俳人
大正8年（1919年）6月6日～平成13年（2001年）6月26日 生秋田県秋田市 名本名＝後藤弘（ごとう・ひろし） 学東北大学法文学部文科〔昭和24年〕卒 歴日本興業銀行ほか数社を経て、昭和32年日本能率協会に入り、経理部長、常務理事を経て、監事、のち顧問。55年文教大学情報学部教授に就任、平成4年定年退職。長年、日本能率協会の経営コンサルタントとして数100社に及ぶ一流企業のバランスシートを分析、その正確さで、厚い信頼を得た。また学生時代、東北学生俳句連盟の「赤外線」の創刊に参加、昭和20年新俳句人連盟に入り投句。大学卒業と同時に俳句をやめるが46年より再び作句を開始、「蘭」同人の俳人としても活躍した。句集に「海猫」などがある。

小鹿原 斗筲　おがはら・としょう　俳人
大正12年（1923年）11月27日～平成13年（2001年）7月3日 生東京都 名本名＝小鹿原一郎 学中央大学法学部中退 歴昭和28年石田波郷主宰の「鶴」入門。36年「鶴」同人。40年「鶴」辞退後、作句中断。50年小林康治主宰の「泉」に参加、のち同人。

岡部 桂一郎　おかべ・けいいちろう　歌人
大正4年（1915年）4月3日～平成24年（2012年）11月28日 生兵庫県神戸市 学熊本薬専卒 歴昭和12年作歌を開始し、山下陸奥の「一路」に入会。23年退会し「工人」を創刊。26年「泥」に、46年「寒暑」に拠る。その後、無所属。平成15年「一点鐘」で迢空賞と詩歌文学館賞を、20年「竹叢」で読売文学賞を受賞。他の歌集「緑の墓」「木星」「鳴滝」「戸塚閑吟集」などがある。 勲旭日小綬章〔平成16年〕 賞短歌研究賞（第

30回)〔平成6年〕「冬」, 詩歌文学館賞(短歌部門, 第18回)〔平成15年〕「一点鐘」, 迢空賞(第37回)〔平成15年〕「一点鐘」, 読売文学賞(詩歌俳句賞, 第59回, 平成19年度)「歌集『竹叢』」

岡部 文夫　おかべ・ふみお　歌人

明治41年(1908年)4月25日 ～ 平成2年(1990年)8月9日 生石川県羽咋郡高浜町(志賀町) 学二松学舎専門学校〔昭和5年〕中退 歴旧制羽咋中学からアララギ派の短歌に親しむ。坪野哲久に兄事。昭和2年「ポトナム」に入会。無産者歌人連盟に加わってプロレタリア短歌に傾倒、3年「短歌戦線」、4年「短歌前衛」に参加。5年第一歌集「どん底の叫び」を刊行。同年帰郷して橋本徳寿に師事、「青垣」会員。専売公社に勤めた。23年「海潮」を創刊・主宰。44年「青垣」を退会。62年「雪天」で迢空賞を受けた。他の歌集に「鑿岩夫」「青柚集」「晩冬」「雪代」などがある。富山新聞、朝日・毎日新聞富山版ほかの選者を歴任。 賞日本歌人クラブ賞(第8回)〔昭和56年〕「晩冬」, 短歌研究賞(第19回)〔昭和58年〕「雪」「鯉」, 迢空賞(第21回)〔昭和62年〕「雪天」

岡部 豊　おかべ・ゆたか　俳人

昭和9年(1934年)10月23日 ～ 平成6年(1994年)10月4日 生神奈川県 学有馬中卒 歴昭和37年神奈川新聞で秋元不死男を知る。38年「氷海」入会。40年「氷海」同人。53年「氷海」終刊、53年「狩」創刊と同時に同人参加。 賞氷海賞〔昭和40年〕

岡部 六弥太　おかべ・ろくやた　俳人

大正15年(1926年)5月12日 ～ 平成21年(2009年)11月23日 生福岡県朝倉郡夜須町(筑前町) 名本名＝岡部喜幸(おかべ・よしゆき) 学日本大学専門部〔昭和24年〕中退 歴昭和19年特別幹部候補生に志願、水戸陸軍航空通信学校に入校。卒業後、軍務、満州派遣。20年旧満州で少年兵として敗戦を迎え、シベリア抑留前に俘虜収容所から脱走した。22年復員。同年～24年文部省勤務、同年～60年福岡県勤務。高浜虚子、野見山朱鳥を経て、福田蓼汀に師事。42年「円」を創刊し、のち主宰。平成20年新年号を最後に終刊。「山火」同人。また、福岡県俳句協会副会長を経て、8年会長。句集に「道化師」「土漠」「神の竪琴」「鰤雑煮」「夜須野」「松囃子」「厚朴」「鷹柱」「自註・岡部六弥太」、自解句集「金印」「季語別・岡部六弥太全句集」、合同句集に「歳華悠悠」、編著に「福岡県吟行歳時記」などがある。 賞菜殻火賞(第3回)〔昭和33年〕, 福岡市文学賞〔昭和49年〕, 蓼汀賞(第8回)〔平成8年〕, 福岡市文化賞〔平成11年〕

岡村 民　おかむら・たみ　詩人

明治34年(1901年)3月22日 ～ 昭和59年(1984年)4月18日 生長野県上高井郡川田村(長野市若穂町川田) 学日本大学国文科中退 歴プロレタリア詩人会に所属したが、昭和23年「ポエム」を創刊。新詩人同人、新日本文学会会員。戦時中は童話を執筆し、15年「ヒヨコノハイキング」を、17年「竹馬」を刊行。詩集としては24年刊行の「ごろすけほう」、童謡詩集に39年刊行の「窓」などがある。長く私立みのる幼稚園を経営し、没年まで園長を務めた。 賞詩人タイムズ賞(第1回)〔昭和57年〕「光に向って」

岡村 二一　おかむら・にいち　詩人

明治34年(1901年)7月4日 ～ 昭和53年(1978年)7月9日 生長野県下伊那郡竜丘村 学東洋大学文学部〔大正15年〕卒 歴詩人を志したが、新聞記者に転じ、昭和16年同盟通信社記者として松岡洋右外相に随行、ドイツを訪問、その帰途、日ソ中立条約をスクープした。戦後、東京タイムズを創刊して社長となり、再び詩作を始めた。詩集に「人間経」「告別」、また「岡村二一全集」(全2巻・永田書房)がある。

岡村 嵐舟　おかむら・らんしゅう　川柳作家

大正5年(1916年)8月13日 ～ 平成14年(2002年)2月9日 出高知県土佐山田町 名本名＝岡村健一 歴昭和25～40年高知新聞柳壇選者を務めた。著書に句集「素顔」などがある。 賞高知ペンクラブ賞(第4回)

丘本 風彦　おかもと・かざひこ　俳人

大正3年(1914年)12月2日 ～ 平成16年(2004年)1月26日 生奈良県添上郡大安寺村(奈良市) 名本名＝岡本信彦 歴昭和16年頃から句作を始め、21年長谷川素逝の「青垣」所属。23年小山都址と橋本多佳子主宰「七曜」編集に携わる。のち、鈴木六林男、島津亮、佐藤鬼房らの「夜盗派」に属したが、「断崖」編集発行人となり夜盗派を辞す。27年「天狼」同人、37年同誌編集長。57年「瑠璃」創刊・主宰。句集に「唾」「礫礫」がある。

岡本 圭岳　おかもと・けいがく　俳人

明治17年(1884年)4月1日 ～ 昭和45年(1970

年）12月15日　生大阪府大阪市北船場　名本名＝岡本鹿太郎　歴青木月斗に師事し「日本俳句」「ホトトギス」に投句する。のちに月斗と別れ、昭和11年「火星」を創刊。句集に「大江」「太白星」「定本岡本圭岳句集」がある。　家妻＝岡本差知子（俳人），長女＝岡本玉藻（俳人）

岡本 高明　おかもと・こうめい　俳人
昭和19年（1944年）7月3日 ～ 平成24年（2012年）7月19日　生岡山県　名本名＝岡本高明（おかもと・たかあき）　学佐用高卒　歴昭和40年母校の繁延猪伏に俳句の手ほどきを受けるも以後中断。52年作句を再開し、「琅玕」入会、54年同人。その後「槐」同人となる。「雷魚」に拠った。句集に「風の縁」がある。　賞俳人協会新人賞（第12回）〔平成1年〕「風の縁」　家妻＝山尾玉藻（俳人）

岡本 差知子　おかもと・さちこ　俳人
明治41年（1908年）3月29日 ～ 平成15年（2003年）2月23日　生大阪府大阪市　名本名＝岡本勝（おかもと・かつ），旧姓・旧名＝横溝，旧筆名＝横溝勝子　学清水谷高女〔昭和3年〕卒　歴昭和11年「火星」創刊と同時に入会、岡本圭岳に師事。17年圭岳と結婚。圭岳没後の46年「火星」主宰を継承。書道教授も務めた。句集に「花筐」「岡本差知子句集」がある。　賞近畿俳句作家協会近畿俳句賞（第2回）〔昭和24年〕　家夫＝岡本圭岳（俳人），長女＝岡本玉藻（俳人）

岡本 潤　おかもと・じゅん　詩人
明治34年（1901年）7月5日 ～ 昭和53年（1978年）2月16日　生埼玉県本庄市　名本名＝岡本保太郎　学東洋大学中退，中央大学中退　歴学生時代からアナキズムに近付き「シムーン」などを経て、大正12年萩原恭次郎らと「赤と黒」を創刊、アナキスト詩人として注目される。その後「ダムダム」「マヴォ」などに参加。プロレタリア文学運動下においては「文芸解放」の創刊に参加する。昭和3年「夜から朝へ」を刊行し、8年「罰当りは生きてゐる」を刊行。10年無政府共産党事件で検挙され、11年釈放。釈放後はマキノ・トーキー企画部に勤め、脚本を書く。戦後は「コスモス」の創刊に参加し、民主主義文学運動に参加、アナキズムからコミュニズムに転換し、日本共産党に入党するが、35年除名。他の著書に「夜の機関車」「襤褸の旗」「笑う死者」や自伝「詩人の運命」などがある。死後、「岡本潤全詩集」（本郷出版社）が刊行された。

岡本 春人　おかもと・しゅんじん　俳人
明治43年（1910年）4月1日～平成4年（1992年）10月11日　生大阪府大阪市　名本名＝岡本隆（おかもと・たかし）　学大阪東商〔昭和3年〕卒　歴昭和3年父・松浜の「寒菊」で俳句及び連句をはじめ、のち阿波野青畝に師事。23年「連句かつらぎ」創刊・主宰を経て、俳句「かつらぎ」特別同人、連句俳句誌「俳萬接心」主宰。この間三和銀行各地支店長、調査役、日本ケース専務を務めた。句集に「四月馬鹿」「連句集ばれんたいん」、著書に「連句の魅力」「大阪の俳人たち」（共著）「定本岡本浜句文集」。　賞連句懇話会特別賞（第6回）　家父＝岡本松浜（俳人）

岡本 師走　おかもと・しわす　俳人
大正6年（1917年）12月5日 ～ 平成11年（1999年）9月7日　生三重県　名本名＝岡本八倉雄（おかもと・やそお）　学旧制青年学校卒　歴三重県菰野町役場に勤務する傍ら、昭和23年から作句を開始。46年「京鹿子」に入会、52年同人。句集に「鈴鹿」がある。　賞芭蕉祭全国大会特選，名古屋短詩型文学祭入賞，三重県知事賞（三重県俳協大会）〔昭和56年〕

岡本 大夢　おかもと・たいむ　歌人
明治10年（1877年）2月17日 ～ 昭和38年（1963年）7月22日　生京都府　名本名＝岡本経厚，別号＝大無　学明治法律学校卒　歴正岡子規に傾倒し、上京して根岸短歌会に参加。「馬酔木」「アカネ」を経て、大正13年以降「あけび」に参加する。昭和13年「深淵の魚」を、23年「断虹」を刊行した。

岡本 富子　おかもと・とみこ　俳人
大正10年（1921年）12月13日 ～ 平成3年（1991年）12月1日　生兵庫県西宮市　学西宮高女卒　歴昭和45年能村登四郎につき、47年「沖」同人。句集に「雨後新秋」。　賞沖同人賞〔昭和54年〕，沖賞〔昭和56年〕

岡本 丹生庵　おかもと・にふあん　俳人
明治38年（1905年）3月1日 ～ 平成11年（1999年）6月19日　生大分県　名本名＝岡本新一（おかもと・しんいち）　学京都帝国大学医学部卒　歴昭和52年「俳句とエッセイ」購読、投句。「狩」創刊と共に入会し、鷹羽狩行に師事。54年同人。

岡本 無漏子　おかもと・むろうし　俳人
明治42年（1909年）7月16日～昭和62年（1987年）4月18日　生和歌山県御坊市名田町柿　名本名＝岡本鳳堂（おかもと・ほうどう）　学仏教大学卒　歴昭和7年より作句をはじめ、野島無量子、阿波野青畝に師事。「ホトトギス」「かつらぎ」に拠り、39年から「藻の花」を主宰。62年4月278号を数えるまで続けた。句集に「有漏無漏」「徳本行者」「日ノ御埼」「四季選集百句」がある。

岡安 恒武　おかやす・つねたけ　詩人
大正4年（1915年）3月20日～平成12年（2000年）2月17日　生栃木県下都賀郡栃木町（栃木市）　学前橋医専卒　歴昭和16年第一詩集「発光路」を私家版で発行。新潟の詩誌「詩と詩人」に参加、25年「歴程」同人となる。詩集に「GOLGOTHA」「湿原」「場についての異言 十章」「青いデニムのズボン」「故郷」「水晶の夜」などがあり、著作に「八木重吉ノート」がある。無医村で医療に携わった経歴を持つ。

岡安 迷子　おかやす・めいし　俳人
明治35年（1902年）7月19日～昭和58年（1983年）5月17日　生埼玉県不動岡村（加須市）　名本名＝岡安明寿（おかやす・あきとし）　学法政大学中退　歴昭和17年不動岡町長となり、28年再び町長に就任。29年合併して加須市となったのちは不動岡支所長を務めた。一方、昭和3年より川島奇北の指導を受け、6年池内たけし、7年高浜虚子に師事。戦時中は小諸に疎開した虚子より「ホトトギス」発行所を自宅に預かった。20年「ホトトギス」同人。21年「藍」を創刊・主宰。28年埼玉県俳句連盟理事長、32年副会長、36年会長。句集に「藍甕」、随筆集に「藍花亭日記」などがある。　賞文化庁長官表彰〔昭和53年〕

岡山 巌　おかやま・いわお　歌人
明治27年（1894年）10月19日～昭和44年（1969年）6月14日　生広島県広島市　学東京帝国大学医学部〔大正10年〕卒　歴六高在学中から作歌し、「水甕」「連作」「自然」を経て、昭和6年「歌と観照」を創刊。13年「短歌革新の説」で歌壇を震憾させた。歌書に「現代歌人論」「短歌文学論」ほか、歌集に「思想と感情」「体質」など6冊。東京鉄道病院勤務、三菱製鋼診療所長、八幡製鉄本社診療所顧問などを歴任した。　家妻＝岡山たづ子（歌人）

岡山 六月市　おかやま・じゅんいち　俳人
昭和4年（1929年）6月1日～平成16年（2004年）3月16日　生福井県　名本名＝岡山侃（おかやま・すなお）　学日本大学中退　歴昭和40年東京病院入院中に作句を始める。一時、「幹」に投句した以外は無所属であったが、49年角川源義を識り「河」に入会、51年同人。53年進藤一考の「人」創刊に参加。

岡山 たづ子　おかやま・たずこ　歌人
大正5年（1916年）4月30日～平成7年（1995年）5月8日　生新潟県南魚沼郡六日町（南魚沼市）　名本名＝岡山タヅ　学東京看護婦学校卒，助産婦学校卒　歴昭和10年「歌と観照」入社、岡山巌に師事。17年巌と結婚。歌集に「木の根」「一直心」「雪つばき」「虹の輪」「ゆき鴉」など。「歌と観照」編集同人、日本歌人クラブ幹事。　賞日本歌人クラブ賞（第2回）〔昭和50年〕「一直心」　家夫＝岡山巌（歌人）

小川 アンナ　おがわ・あんな　詩人
大正8年（1919年）10月4日～平成27年（2015年）7月24日　生静岡県庵原郡富士川町（富士市）　名本名＝芦川照江（あしかわ・てるえ）　学静岡高女〔昭和12年〕卒　歴昭和12年静岡県の興津小学校教諭となり、15年退職。結婚し主婦業に専念するが、“日常的な住民の行動こそ民主主義の保証”として農村青年らの運動を指導、住民の世話役を務める。44年富士川町いのちと生活を守る会副会長として東京電力富士川火力発電所の建設計画に反対、町ぐるみの住民運動を展開、近隣市町にも呼びかけ、同年3月28日から翌未明にかけて富士市議会を包囲、火電建設承認を阻止した“富士公害闘争”の立役者。一方、30年頃より詩作を始め、小川アンナの筆名で詩集「民話の涙」「にょしんらいはい」「富士川右岸河川敷地図」「沙中の金」「小川アンナ詩集」「晩夏光幻視」、随筆集「きんかんの花」「源流の村」などがある。「鹿」同人。　賞静岡県芸術祭賞〔昭和43年〕，静岡県詩人賞〔昭和54年〕，中日詩賞（第35回）〔平成7年〕「晩夏光幻視」

小川 斉東語　おがわ・せいとうご　俳人
大正5年（1916年）7月1日～平成14年（2002年）11月29日　生千葉県千葉市　名本名＝小川雅一郎　学東京外国語学校中国語科〔昭和13年〕卒　歴昭和21年福田蓼汀に師事する。23年「蓼汀」「山火」創刊と同時に参加、30年同人、63

年副主宰。51年俳人協会幹事を務める。句集に「孤鴻」「花明」「飛瀑」「白雨」がある。 賞山火賞〔昭和30年〕

小川 双々子　おがわ・そうそうし　俳人
大正11年（1922年）9月13日～平成18年（2006年）1月17日 生岐阜県揖斐郡養基村（池田町） 名本名＝小川二郎 学滝実業高〔昭和15年〕卒 歴昭和16年「馬酔木」に入門して加藤かけいに学び、23年山口誓子に師事。30年「天狼」同人、38年「地表」を創刊・主宰。50～62年現代俳句協会賞選考委員、58年東海地区現代俳句協会長。57年から現代俳句協会副会長、中部日本俳句作家会会長を務めた。また63年黎明書房を退社し、非常勤役員。句集に「幹々の聲」「囁囁記」などの他、「小川双々子全句集」がある。 賞天狼賞（第4回）〔昭和28年〕，現代俳句大賞〔平成17年〕 家妻＝小川法子（俳人）

小川 素光　おがわ・そこう　俳人
明治33年（1900年）2月18日～昭和57年（1982年）7月2日 生福岡県豊前市大字吉木 名本名＝小川政次郎 歴旧制築上高女、築上農高各教諭、東筑紫短期大学付属高講師を歴任。俳人としては素光の俳号で、「天の川」同人として新興俳句運動に活躍。昭和29年口語非定型誌「新墾」を創刊し、主宰。現代俳句の西日本大会、全国大会選者として活躍し、50余年間に北九州、京築、大分県下に門人約2千人を育てた。句集に「郷」「紺」「谺」がある。

小川 太郎　おがわ・たろう　俳人
明治40年（1907年）11月16日～昭和49年（1974年）1月31日 生台湾台北 学東京帝国大学文学部哲学科〔昭和7年〕卒 歴台北第一師範、済美女学校、愛媛県男子師範、松山中学校などの教師から戦後、愛媛県教育研究所長を経て、昭和25年名古屋大学学生課長、27年助教授、29年教授。35年神戸大学教授、46年日本福祉大学教授。民間教育運動、同和教育問題を研究、部落問題研究所理事を務めた。また、昭和初期に川本臥風、八木絵馬らと俳句の手ほどきを受け、「石楠」に入会して臼田亜浪に師事。のち「石楠」同人。21年臥風らと「俳句」を創刊した。遺句集の他、没後の55年「小川太郎教育学著作集」（全6巻）が刊行された。

小川 太郎　おがわ・たろう　歌人
昭和17年（1942年）7月10日～平成13年（2001年）8月16日 生東京都 名本名＝小亀富男 学早稲田大学商学部〔昭和41年〕卒 歴昭和41年小学館に入社。主に週刊誌編集に携わる。平成7年退社し、フリーライターとして活動。傍ら、歌人としても活躍。大学在学中の昭和37年「まひる野」入会。39年退会。57年「音」入会、63年「月光の会」入会。平成3年風馬の会（のち風馬団と改称）を結成、寺山修司を語る会を隔月で開催。13年1月「風馬」創刊。著書に「ドキュメント中城ふみ子 聞かせてよ愛の言葉を」「血と雨の墓標」「寺山修司 その知られざる青春」、歌集に「路地裏の怪人」などがある。

小川 千賀　おがわ・ちかし　俳人
明治40年（1907年）3月11日～平成11年（1999年）1月18日 生東京都豊島区駒込 名本名＝小川蔵吉 学大学卒 歴昭和10年「馬酔木」投句。15年「鶴」投句、石田波郷、石塚友二に師事。のち「鶴」同人。戦時中は“聖戦作家”として知られた。句集に「駒込」「小川千賀全句集」がある。

小川 博三　おがわ・ひろぞう　歌人
大正2年（1913年）10月3日～昭和51年（1976年）1月17日 学北海道帝国大学卒 歴北海道大学教授の傍ら、歌人としても活躍。昭和50年「カルル橋」で短歌研究賞を受賞した。著書に「鉱山土木学」「都市計画」「日本土木史概説」、歌集に「月下の山」「半球」「蒼きふるさと」などがある。 賞短歌研究賞（第11回）〔昭和50年〕「カルル橋」

小川 安夫　おがわ・やすお　詩人
昭和9年（1934年）2月～昭和61年（1986年）7月21日 生群馬県高崎市 歴高校時代、八ケ岳登山中事故に遭い、手足・口に障害が残り19歳で放浪を始める。東京・数寄屋橋の青空ギャラリーを作品発表の場とした。著書に「遠い空の詩」「青空までとどけよ祈り」などがある。

小川原 嘘帥　おがわはら・きょすい　俳人
大正15年（1926年）8月28日～平成18年（2006年）10月11日 生東京府北豊島郡（東京都） 名本名＝小川原泰久 学豊島商〔昭和18年〕卒 歴昭和18年「曲水」に入会、渡辺水巴に師事。21年同人。23年岡安迷子にも写生俳句の指導を受けた。24年「曲水」の関東会を設立。平成7年「泰山木」主宰。13年埼玉県俳句連盟会長。句集に「夜明」「日輪」「愛」がある。 賞水巴賞〔昭和43年〕，文化奨励賞〔昭和56年〕

小河原 志都　おがわら・しず　俳人
明治43年(1910年)12月14日～平成12年(2000年)11月13日　生千葉県　学高小卒　歴昭和36年「雲海」に入門、鈴木白祇に師事。43年「雲海」同人。　賞雲海賞〔昭和48年〕

沖 青魚　おき・せいぎょ　俳人
明治44年(1911年)8月15日～昭和58年(1983年)6月1日　生静岡県天竜市二俣町二俣　名本名＝沖次郎　学二俣高小卒　歴昭和9年百合山羽公の指導を受け、「馬酔木」に投句。21年「あやめ」創刊に参加し、編集発行人。50年「海坂」同人。句集に「故郷」。　賞海坂故園賞〔昭和53年〕

荻野 須美子　おぎの・すみこ　歌人
大正6年(1917年)8月31日～平成14年(2002年)1月10日　生埼玉県　名本名＝荻野すみ子　歴昭和21年「鶏苑」創刊に参加。28年加藤克巳に師事して「近代」創刊に参加、引き続き「個性」創刊に参加。編集同人。歌集に「太陽とつぼと鴉」「不意に秋」、随筆集に「火をあびる鴉」「雲と水のこころ」などがある。　賞埼玉文芸賞(第1回)〔昭和45年〕「不意に秋」

荻野 泰成　おぎの・たいせい　俳人
大正12年(1923年)2月4日～平成14年(2002年)6月8日　生群馬県　名本名＝荻野末三　学本所甲種工卒　歴昭和22年「山彦」に拠り、29年「若葉」「春嶺」に入会。のち同人。　賞若葉功労賞〔昭和53年〕

沖山 智恵子　おきやま・ちえこ　俳人
大正3年(1914年)1月17日～平成17年(2005年)3月4日　生千葉県　名本名＝沖山智恵(おきやま・ちえ)　学青山家政学校師範科卒　歴昭和31年「鹿火屋」に入会、41年同人。　賞鹿火屋新人賞〔昭和41年〕

荻原 映雱　おぎわら・えいほう　俳人
明治44年(1911年)6月5日～平成12年(2000年)3月22日　生秋田県　名本名＝荻原栄二郎　学秋田師範卒　歴大正14年独学で俳句を始め、15年梟会に入会。昭和5年「玫瑰」同人。11年「石蕗」を創刊・主宰。「天為」同人でもあった。句集に「これにくる日」「後日」「映雱句文帖」がある。　賞秋田市文化団体連盟賞〔昭和51年〕, 秋田県文化功労章

荻原 井泉水　おぎわら・せいせんすい　俳人
明治17年(1884年)6月16日～昭和51年(1976年)5月20日　生東京府芝区神明町(東京都港区)　名本名＝荻原藤吉(おぎわら・とうきち), 幼名＝幾太郎, 別名＝愛桜, 愛桜子, 随翁　学東京帝国大学文科大学言語学科〔明治41年〕卒　資日本芸術院会員〔昭和40年〕　歴中学時代から句作をはじめ、明治39年頃から河東碧梧桐の新傾向運動に参加する。43年「ゲエテ言行録」を翻訳刊行。44年碧梧桐と「層雲」を創刊し、大正2年に碧梧桐らと別れ、主宰するようになった。以後、自由律俳句の中心作家として活躍。自然―自己―自由の三位一体の東洋風哲学を自由律の基盤とし、句集「湧き出るもの」「流転しつつ」「海潮音」「原泉」「長流」「大江」「四海」の他、「俳句提唱」「新俳句研究」「奥の細道評論」など数多くの俳論や紀行感想集を刊行した。昭和30年昭和女子大学教授に就任。40年日本芸術院会員。　勲勲三等瑞宝章〔昭和41年〕

奥 栄一　おく・えいいち　詩人　歌人
明治24年(1891年)3月27日～昭和44年(1969年)9月4日　生和歌山県　学早稲田大学英文科中退　歴新詩社門下の「はまゆふ」の同人となって短歌を発表する。大正7年には「民衆の芸術」を創刊。詩、小説、評論、翻訳もてがけた。没後の昭和47年、夫人浜子との共著詩歌集「蓼の花」が刊行された。

奥 美智子　おく・みちこ　俳人
昭和5年(1930年)10月6日～平成21年(2009年)2月8日　生大阪府大阪市　学京都府立女専〔昭和26年〕卒　歴昭和55年「青玄」入会、59年同人。句集に「黄心樹」。　賞青玄新人賞〔昭和59年〕

小串 歌枝　おぐし・かえ　俳人
大正8年(1919年)11月19日～平成16年(2004年)11月18日　生埼玉県　学跡見高等女学校卒　歴昭和34年「冬草」入会、40年同人。　賞冬草賞〔昭和44年〕

小串 伸夫　おぐし・のぶお　詩人　俳人
明治41年(1908年)4月23日～平成1年(1989年)4月3日　生神奈川県横浜市　名俳号＝小串伸を(おぐし・のぶお)　学慶応義塾大学独文科卒　歴社長業の傍ら詩作や句作に励む。詩は

草野心平、西脇順三郎に師事。詩集に「赤い曼陀羅華をみたのはその刻であった」「花のメランコリア」「河童のひとりごと」がある。俳句は石田波郷、大野林火、富安風生、加倉井秋をに師事し、「稲」「冬華」同人。句集に「木椅子」。

奥田 一峯　おくだ・いっぽう　俳人
大正3年(1914年)9月26日～平成8年(1996年)9月4日　[生]大阪府泉南市　[名]本名＝奥田和良　[学]天王寺師範専攻科〔昭和10年〕修了　[歴]貝塚市北小学校教頭、泉佐野市教育課長、同市第二中学校長、同市教育長などを歴任。裁判所調停協和会名誉委員も務めた。一方、俳句は昭和5年白井明水の指導を受け、「泉」「かつらぎ」「ホトトギス」等に出句。40年「葱林」創刊に参加し、同人。52年俳人協会会員。大阪府教育者クラブ、泉南市文化協会などで句会指導を行った。句集に「夫婦旅」「新空港」。　[勲]勲五等双光旭日章〔昭和62年〕

奥田 七橋　おくだ・しちきょう　俳人
明治39年(1906年)4月25日～昭和63年(1988年)1月6日　[生]宮城県仙台市　[名]本名＝奥田慶三郎(おくだ・けいざぶろう)　[歴]昭和10年より「ホトトギス」「若葉」に投句。26年「みちのく」創刊に参加、遠藤梧逸に師事。46～53年「みちのく」編集長。宮城県俳句クラブ副会長も務めた。句集に「天声」。　[賞]みちのく賞〔昭和54年〕, みちのく功労賞, 宮城県文芸賞

奥田 雀草　おくだ・じゃくそう　俳人
明治32年(1899年)7月29日～昭和63年(1988年)12月13日　[生]兵庫県津名郡　[名]本名＝奥田哲良　[歴]初め秋田雨雀の影響を受け、のちに現代語俳句、俳画に独自の世界を作る。昭和初期から各地で作品展を開催。「高原」「関西俳画院」「こころの会」「抵抗短詩の会」などを主宰。原爆忌全国俳句大会では長年委員長を務めた。句集に「自像」「望郷」「嵯峨野」「原爆忌」。

奥田 晴義　おくだ・はるよし　詩人
大正11年(1922年)1月5日～平成24年(2012年)12月1日　[生]愛媛県松山市　[学]中央大学法学部〔昭和22年〕卒, 中央大学大学院〔昭和24年〕中退　[歴]中央大学に進んだが、在学中に学徒出陣。戦後、復学して大学院に籍をおくと共に、昭和23年教授に勧められて事務局入りし、「法学新報」復刊を担当。その後、各学部機関誌の刊行事務なども併せてその室長を務め、さらに教養を中心とした総合誌「中央評論」刊行の音頭をとった。36年日ソ翻訳出版懇話会の一員として訪ソ、ソビエト各地を1ケ月旅した感動は第一詩集「わがロシア抄」に結実した。第一次石油ショック直後に務めた就職部長時代は私大連盟学生就職問題協議会委員長も兼任し、私大を代表して就職内定取り消しなどを行う産業界の安易な姿勢を批判、マスコミで警鐘を鳴らし、一躍“時の人”となった。一方、30年頃より詩作を始め、63年「槐」創刊・主宰。平成14年日本詩人会永年会員。他の詩集に「滔滔」「奥田晴義詩集」「風霜」、共著に「和田芳恵」などがある。

奥田 白虎　おくだ・びゃっこ　川柳作家
大正5年(1916年)10月3日～平成1年(1989年)1月17日　[生]京都府京都市　[名]本名＝奥田裕(おくだ・ひろし)　[学]大阪工業大学卒　[歴]国鉄技師を退職後、測量会社のコンサルタント、不動産管理会社役員などを務める。一方、昭和初期より岸本水府に川柳を師事。昭和50年「番傘」編集長、58年同誌一般近詠選者、57年～平成元年番傘川柳本社幹事長。句集に「五風十雨」、共著に「今日の川柳」、編著に「川柳歳事記」がある。　[家]妻＝市川かよ子(川柳作家)

奥田 博之　おくだ・ひろし　詩人
昭和11年(1936年)～平成17年(2005年)5月13日　[生]三重県　[歴]昭和39年渡印。ラーマクリシュナ僧院に入り、52年帰国。「柵」同人。詩集に「ガラスのうさぎ」「自画像A」「ヒマーラヤの星」「顔の移転」、著書に「般若心経論考」、訳書にシュリーマ「ラーマクリシュナの福音〈1～3〉」など。

小口 幹翁　おぐち・かんおう　俳人
明治39年(1906年)6月28日～昭和61年(1986年)3月18日　[生]長野県岡谷市　[名]本名＝小口幹夫(おぐち・みきお)　[学]名古屋通信講習所卒　[歴]長野県庁に入り、諏訪教育事務次長で退職。昭和39年「河」入会、角川源義の指導を受ける。45年「河」同人。47年諏訪俳句連盟会長、49年諏訪市文化協会副会長を歴任した。句集に「風煙」(59年)がある。

奥成 達　おくなり・たつ　詩人
昭和17年(1942年)6月30日～平成27年(2015年)8月16日　[生]東京都品川区　[名]本名＝奥成達(おくなり・さとる)　[学]都立城南高卒, 日本デザインスクール卒　[歴]エスエス製薬宣伝課、主婦と生活社勤務を経て、昭和43年フリー。63

年以来アーティスト・イン・レジデンスとして米国ミネソタ大学、アムハースト・カレッジなどに学ぶ。青山学院大学講師も務め、詩人の傍ら、ジャズ評論家としても知られた。詩集「サボテン男」「帽子の海」「Small Change」「夢の空気」、音楽評論集「定本・ジャズ三度笠」「深夜酒場でフリーセッション」「みんながジャズに明け暮れた」、他の著書に「ドラッグに関する正しい読み方」「怪談のいたずら」「通勤電車は英語でひまつぶし」「遊び図鑑」「昭和こども図鑑」「宮沢賢治、ジャズに出会う」などがある。 家妻＝ながたはるみ（イラストレーター）

小国 宗碩　おぐに・そうせき　歌人
生年不詳～昭和62年（1987年）12月5日 出長崎県壱岐郡 名本名＝福森宗碩（ふくもり・そうせき） 歴昭和5年12月から57年3月まで臨済宗大徳寺派来光寺住職。この間、大徳寺本山執事、京都府仏教会理事長、全日本仏教会理事などを歴任。一方、アララギ派歌人で斎藤茂吉の門下生として知られ、京都歌人協会評議員を務めた。著書に「槐安集」「白馬芦花に入る」がある。

奥野 曼荼羅　おくの・まんだら　俳人
大正1年（1912年）11月23日～昭和63年（1988年）10月25日 生三重県 名本名＝奥野正良（おくの・まさよし） 学大阪高等医学専門学校卒 歴昭和21年「萬緑」創刊と共に入会。32年「萬緑」支部誌「火の島」発行。35年「萬緑」同人。 賞萬緑賞〔昭和39年〕

小熊 一人　おぐま・かずんど　俳人
昭和3年（1928年）5月1日～昭和63年（1988年）2月14日 生千葉県我孫子市 学東京電機大学工学部卒 歴戦後杉村楚人冠創立の湖畔吟社入門。「冬扇」「ホトトギス」「馬酔木」に投句。昭和37年「浜」に入門し、43年同人となる。著書に「沖縄俳句歳時記」「季語深耕風」、句集に「海漂林」など。また52年9月から琉球新報俳壇選者を務めた。 賞角川俳句賞（第23回）〔昭和52年〕「海漂林」

小熊 ときを　おぐま・ときお　俳人
大正10年（1921年）6月8日～平成13年（2001年）1月12日 生東京都 名本名＝小熊辰夫（おぐま・ときお） 学慶応義塾大学工学部機械工学科〔昭和20年〕卒, 東京大学経済学部経済学科〔昭和24年〕卒 歴富士アイス、弘済食品、明治チーズサロンの店長、工場長、事務所長、常務を歴任。昭和37年よりフードサービスコンサルタント。東京文化短期大学教授を経て、OGMコンサルティング会長。一方、19年より俳句を始め、20年久米三汀の鎌倉文庫（句会）に入門。「ホトトギス」「玉藻」同人。句集に「菖蒲の芽」がある。 家父＝小熊虎之助（異常心理学者）

奥山 甲子男　おくやま・きねお　俳人
昭和4年（1929年）2月4日～平成10年（1998年）5月25日 生三重県度会郡 学松阪工卒 歴農業に従事。昭和36年地元の俳句会に参加。37年「寒雷」に投句、38年「海程」に入会、39年同人。「未来現実」「営」「俳句思考」「橋」の各同人を経て、54年「木」創刊、編集同人。句集に「山中」「飯」「水」「野後」「奥山甲子男句集」などがある。 賞営努力賞〔昭和42年〕, 中日俳句作家会賞（昭和44年度）, 営賞〔昭和45年〕, 海程賞（第8回）〔昭和47年〕, 三重県俳句協会年間賞（第1回）〔昭和51年〕, 赫賞（第5回）〔昭和52年〕, 現代俳句協会賞（第38回）〔平成3年〕

小倉 緑村　おぐら・りょくそん　俳人
明治45年（1912年）2月2日～平成13年（2001年）8月28日 生神奈川県川崎市 名本名＝小倉進, 別号＝小倉果流 学早稲田大学専門部政経科卒 歴昭和4年より句作、自由詩・俳句を佐藤惣之助に師事し、翌年より「あけぼの」を主宰。11年召集、除隊後北京で成紀俳句会に参加、石原沙人、瓜生敏一、半田畔子、安達真弓らと「成紀」発刊。戦後は東京・世田谷で大志堂書店を経営する一方、24年「山河」を創刊し代表同人。句集に「隊列」「灯の街」「青峡」「山河随唱」ほか共著句集「成紀」などがある。

小黒 恵子　おぐろ・けいこ　詩人
昭和3年（1928年）8月27日～平成26年（2014年）4月1日 生神奈川県川崎市 学中央大学法学部〔昭和26年〕卒 歴商事会社に就職するが倒産、東京・渋谷で深夜営業のシャンソン喫茶セーヌを開店。常連の画家・谷内六郎の勧めで作詩を始め、のちサトウハチローに師事。「木曜手帖」「まつぼっくり」などの同人誌で詩・童謡を発表。昭和45年第一詩集（童謡集）「シツレイシマス」を出版。その後NHK「おかあさんといっしょ」「みんなのうた」などを中心に発表。代表作に「ドラキュラのうた」「モンキーパズル」「大きなリンゴの木の下で」など。他の著書に「ホラ耳をすまして」（49年）「飛べしま馬」（56年）などがある。平成3年自宅に作曲・作詞家の資料や同人誌を展示する小黒恵子童謡記念館を開館。 勲勲四等瑞宝章〔平成13年〕 賞日本作詩大賞新人奨励賞（第5回）〔昭和47年〕，日本作詞大賞童謡賞（第6回）〔昭和48年〕，日本詩人連盟賞（入賞，第9回・12回）〔昭和49年・52年〕「もうすぐ春」「けずりたての鉛筆のように」，日本童謡賞（第12回）〔昭和57年〕「飛べしま馬」，赤い靴児童文化大賞（第3回）〔昭和57年〕，川崎市文化賞（第19回）〔平成2年〕

尾崎 昭美　おざき・あきみ　詩人
昭和8年（1933年）8月22日 ～ 平成26年（2014年）10月13日　生東京都　学東京教育大学文学部〔昭和34年〕卒，東京教育大学大学院文学研究科仏語仏文学専攻〔昭和41年〕博士課程修了　歴昭和42年愛知大学講師、43年助教授を経て、54年教授。63年文学部長に就任し、全国初の自己推薦入試を実施した。文芸同人誌「VIKING」同人。著書に「セーヌ左岸」「セーヌ右岸」、詩集「季節」「異土」「巴里」などがある。　勲瑞宝中綬章〔平成25年〕

尾崎 喜八　おざき・きはち　詩人
明治25年（1892年）1月31日 ～ 昭和49年（1974年）2月4日　生東京市京橋区鉄砲州（東京都中央区）　学京華商〔明治42年〕卒　歴明治42年中井銀行に就職。この頃から文学に親しみ、高村光太郎の知遇を得て、千家元麿ら白樺派の詩人に接近し、人道主義、理想主義的立場から詩作を始める。大正9年朝鮮銀行に入行。11年処女詩集「空と樹木」を発表して詩壇に登場し、13年「高層雲の下」、昭和2年「曠野の火」などで詩人としての地歩を固めた。“山と高原の詩人”と称され、山に関する随筆も多い。また植物学者・武田久吉の手ほどきで写真にも目を開き、動植物生態写真研究会に所属して盛んに風景や植物、気象学的被写体を撮影した。詩集に「旅と滞在」「行人の歌」「花咲ける孤独」、随筆集に「山の絵本」、訳書にヘッセ「画と随想の本」の他、「尾崎喜八詩文集」（全10巻）がある。

尾崎 孝子　おざき・こうこ　歌人
明治30年（1897年）3月25日 ～ 昭和45年（1970年）4月22日　生福島県福島市　名本名＝尾崎カウ　歴「あらたま」「ポトナム」経て、吉植庄亮に師事し「橄欖」同人となる。大正15年「ねむの花」を刊行。昭和6年「歌壇新報」を継承して6年間主宰し、22年には「新日光」を創刊。他の歌集に「女人秘抄」「草木と共に」などがあり、「万華鏡」などの随筆集もある。

尾崎 迷堂　おざき・めいどう　俳人
明治24年（1891年）8月19日 ～ 昭和45年（1970年）3月13日　生山口県山口市　出神奈川県横須賀市　名本名＝尾崎光三郎（おざき・こうざぶろう），法名＝暢光　歴大正14年鎌倉の杉本寺住職、昭和17年逗子の神武寺住職を経て、戦後、大磯の高麗寺慶覚院住職を務める。俳句は明治44年頃から「国民俳壇」で活躍し、「渋柿」同人となる。昭和10年「あらの」に参加、戦後は「えがら」（のち「ぬなは」と改題）を編集した。句集に「孤輪」「雨滴」「芙渠」がある。

長田 恒雄　おさだ・つねお　詩人
明治35年（1902年）12月17日～昭和52年（1977年）3月30日　出静岡県清水市　学東洋大学中退　歴大正14年「詩洋」同人となり、同年処女詩集「青魚集」を刊行。15年三省堂に勤務、その傍ら詩作を続け「朝の椅子」「朱塔」などを刊行。戦後は「現代詩研究」の主幹となって活躍した。他の詩集に「天の蚕」「東京」などがあり、随筆集に「美しい倫理」「愛情のスタイル」などがある。

長田 白日夢　おさだ・はくじつむ　俳人
昭和7年（1932年）6月25日 ～ 平成23年（2011年）1月24日　生千葉県　名本名＝長田力太郎（おさだ・りきたろう）　学高卒　歴昭和25年「天狼」に入会し、以来山口誓子に師事。41年「天狼」会友、53年同人。他に「七曜」に所属した。句集に「野馬」がある。　賞コロナ賞〔昭和52年〕

長田 等　おさだ・ひとし　俳人
昭和10年（1935年）8月26日 ～ 平成26年（2014年）8月6日　生岐阜県岐阜市　学厚八中卒　歴昭和26年胸部疾患のため闘病生活。28年俳句を始め、「天狼」「七曜」「流域」「環礁」などに投句。29年キリスト教に入信。41年「氷海」入会。46年俳人協会会員となる。53年「狩」創刊同人。俳人協会評議員、同岐阜県支部長を務めた。句集に「傷痕」「寒析」「草矢」など。グランド印刷経営。　賞俳人協会全国大会入賞〔昭和40年〕，氷海賞〔昭和43年〕，氷海星恋賞〔昭和48年〕，巻狩賞〔昭和59年〕，岐阜県芸術文化奨励賞〔平成2年〕，俳人協会俳句大賞〔平成7年〕

長田 弘　おさだ・ひろし　詩人

昭和14年（1939年）11月10日～平成27年（2015年）5月3日　生福島県福島市　学早稲田大学第一文学部独文専修〔昭和38年〕卒　歴在学中、詩誌「鳥」を創刊。「現代詩」「現代詩手帖」に拠り、昭和40年詩集「われら新鮮な旅人」でデビュー。瑞瑞しい感性と颯爽とした語法で若い読者に人気を得る。46～47年米国アイオワ州立大学国際創作プログラムの客員詩人。評論や随筆の分野でも活躍、57年エッセイ「私の二十世紀書店」で毎日出版文化賞を受賞した。代表的詩集に「深呼吸の必要」「食卓一期一会」「世界は一冊の本」「黙されたことば」「記憶のつくり方」「一日の終わりの詩集」「奇跡―ミラクル―」など。他の著書に「詩と時代1960-1972」「詩人であること」「失われた時代」「散歩する精神」「詩は友人を数える方法」「記憶のつくり方」「幸いなるかな本を読む人」、絵本に「森の絵本」などがある。　賞毎日出版文化賞〔昭和57年〕「私の二十世紀書店」，富田砕花賞（第1回）〔平成2年〕「心の中にもっている問題」，路傍の石文学賞（第13回）〔平成3年〕，桑原武夫学芸賞（第1回）〔平成10年〕「記憶のつくり方」，講談社出版文化賞絵本賞（第31回）〔平成12年〕「森の絵本」，詩歌文学館賞（第24回）〔平成21年〕「幸いなるかな本を読む人」，三好達治賞〔平成22年〕「世界はうつくしいと」，毎日芸術賞（文学II部門，第55回，平成25年度）〔平成26年〕「奇跡―ミラクル―」

小山内 時雄　おさない・ときお　歌人

大正4年（1915年）10月21日～平成18年（2006年）3月27日　生青森県弘前市　学東京帝国大学国文科〔昭和16年〕卒，東京大学大学院文学研究科〔昭和22年〕修了　歴昭和22年東北女子専門学校助教授、25年弘前大学助教授を経て、37年教授。42年附属図書館長、46年附属幼稚園長、52年附属中学校長を歴任し、56年名誉教授。退官後は八戸大学教授を務め、60年～平成2年学長。6年開館の青森県近代文学館の初代館長。一方、中学時代から「水甕」「ポトナム」に参加。日本近代文学を専攻し、作家の葛西善蔵の研究に従事した。34年青森県郷土作家研究会を設立し、青森県の地方文学史研究に先鞭をつけた。著書に「近代諸作家追蹟の基礎」、歌集に「若き日の巡礼」など。　勲勲三等旭日中綬章〔平成2年〕　賞青森県文化賞〔昭和58年〕，青森県褒賞〔昭和61年〕

小澤 克己　おざわ・かつみ　俳人　詩人

昭和24年（1949年）8月1日～平成22年（2010年）4月19日　生埼玉県川越市　学学習院大学経済学部経済学科〔昭和48年〕卒　歴昭和52年能村登四郎主宰「沖」に入会。55年同人。60年俳人協会会員。平成4年「遠嶺」を創刊・主宰。句集に「青鷹」「爽樹」「オリオン」「花狩女」「春の庵」「現代俳句文庫〈51〉小沢克己」、アンソロジー「歳華悠悠」「俳句の杜3」、合同句集「遠嶺」、詩集に「虚空の水域」「遅滞」「裸形の嵐」、評論集に「俳句の未来」「俳句の行方」「艶の美学」「新・艶の美学」「処女句集と現在」「俳句と詩の交差点」などがある。川越市立図書館資料係長を務め、定年まで9年余りを残し川越市総務部情報統計課課長で退職。13年より俳人及び文芸評論家として、各誌（「俳壇」「俳句四季」「俳句」等の総合誌や俳句結社誌にて評論・実作品を発表）で活動し、俳句（芭蕉，俳諧の歴史・俳句の成立）や文芸の講演活動も行った。賞埼玉文芸賞詩部門準賞（第12回）〔昭和56年〕「遅滞」，埼玉文芸賞俳句部門準賞（第19回）〔昭和63年〕「青鷹」

小沢 謙三　おざわ・けんぞう　俳人

昭和8年（1933年）3月7日～平成22年（2010年）5月31日　生神奈川県逗子市　学早稲田大学第二政経学部中退　歴昭和37年「鶴」に投句を始め、石田波郷・石塚友二に師事。44年「鶴」同人。46年「鶴」神奈川支部横浜句会幹事、翌年「鶴」会報・地方支部担当幹事となった。53年「飛鳥集」同人。　賞鶴賞（昭和50年度）

小沢 仙竹　おざわ・せんちく　俳人

大正12年（1923年）3月30日～昭和61年（1986年）5月3日　生長野県日向村上井堀　名本名＝小沢袈裟義　学日向村尋常高小卒　歴昭和17年芝浦タービンに勤務。19年応召。復員後結婚し、妻の実家の大工業を継ぐ。この頃より俳句を始め、「岳」「鷹」同人。句集に「玉鋼」がある。　賞岳俳句会雪嶺賞（第4回）〔昭和61年〕

尾沢 紀明　おざわ・のりあき　歌人

昭和4年（1929年）8月2日～平成20年（2008年）5月17日　生山梨県　歴昭和30年父の勧めで「国民文学」に入会。松村英一、千代国一に師事。42年職場短歌俳句誌「けやき」創刊に参加。56年「樹海」に入会。歌集に「土台工」「堰のある町」などがある。

小沢 変哲　おざわ・へんてつ　俳人

昭和4年（1929年）4月6日～平成24年（2012年）12月10日　生東京府豊多摩郡和田堀町大字和泉（東京都杉並区）　名本名＝小沢昭一（おざわ・しょういち）　学早稲田大学文学部仏文科〔昭和27年〕卒，俳優座養成所（第2期生）〔昭和28年〕卒　歴昭和に生まれた長男ということで“昭一”と名付けられる。母方の祖先には江戸時代の僧侶・良寛がいる。早大在学中から演劇活動を行い、昭和24年俳優座養成所に入所。28年早野寿郎らと劇団新人会を結成。35年俳優小劇場を旗揚げしたが、46年脱退。この間、28年に「広場の孤独」で映画デビュー。以後、個性派俳優として日活を中心に、特に川島雄三監督や春原政久監督の作品で活躍。「幕末太陽伝」「にあんちゃん」「にっぽん昆虫記」「“エロ事師たち”より 人類学入門」「黒い雨」などに出演。57年より、しゃぼん玉座を主宰、井上ひさし作品や一人芝居「唐来参和」を上演。一方、個人的関心から、ほろびゆく“放浪芸”の中に日本芸能の原点を見出し、各地に点在するそれらの芸を探究した。また、変哲の号で俳句をよくし、9代目入船亭扇橋（橋本光石）を宗匠とした東京やなぎ句会のメンバーとしても知られた。句集「変哲」や「俳句武者修行」「川柳うきよ鏡」「俳句で綴る変哲半生記」などの著書がある。　勲紫綬褒章〔平成6年〕，勲四等旭日小綬章〔平成13年〕　賞大衆文学研究賞（研究・考証部門，第18回）〔平成17年〕「日本の放浪芸」，朝日賞（平成17年度）〔平成18年〕，菊池寛賞（第55回）〔平成19年〕　家祖父＝小沢錦十郎（教育家），安田泰堂（漢学者），伯父＝安田傘契（日本画家）

小沢 満佐子　おざわ・まさこ　俳人

大正5年（1916年）1月18日～平成10年（1998年）5月14日　生群馬県　名本名＝小沢志ゲ（おざわ・しげ）　歴昭和19年より「馬酔木」に投句。一時中断したが23年草間時光の紹介で水原秋桜子に師事。初期に山口草堂、次いで米沢吾亦紅に学び、「燕巣」同人。32年「馬酔木」同人。句集に「飛鳥川」「小紋」。　賞馬酔木賞〔昭和62年〕

小沢 游湖　おざわ・ゆうこ　俳人

明治41年（1908年）8月10日～平成4年（1992年）3月4日　生東京市日本橋区（東京都中央区）　名本名＝小沢常男　学旧制中卒　歴祖父の影響で俳句を始め、昭和8年志田素琴主宰「東炎」に入会、13年同人。20年村山古郷主宰「べんがら」入会。のち「鶴」「初蝶」「嵯峨野」同人。句集に「猿酒」。

押切 順三　おしきり・じゅんぞう　詩人

大正7年（1918年）10月27日～平成11年（1999年）7月3日　生秋田県雄勝郡雄勝町　学産業組合学校〔昭和12年〕卒　歴農業団体に勤め、農協の農村医療医学業務に携わる。昭和15～17年農民文学系の雑誌「記録」に参加。復員後は北方自由詩人集団代表として第二次「処女地帯」を主宰。秋田県内における民衆詩運動の中心的存在として理論的支柱となった。のち「コスモス」と第三次「処女地帯」同人。「さきがけ詩壇」選者。詩集に「大監獄」「斜坑」「沈丁花」「押切順三全詩集」がある。

小瀬 洋喜　おせ・ようき　歌人

大正15年（1926年）4月13日～平成19年（2007年）8月12日　生岐阜県岐阜市大宮町　出秋田県秋田市川友　名本名＝小瀬洋喜（おせ・ようき）　学岐阜薬科大学製造薬学科〔昭和28年〕卒，岐阜薬科大学大学院〔昭和30年〕博士課程修了　歴昭和24年岐阜女子専門学校助教授、30年岐阜薬科大学助手、35年助教授、41年教授・学生部長。附属図書館長も務めた。平成元年～5年岐阜市立女子短期大学学長、のち大垣女子短期大学学長。昭和40年頃より長良川に流れ込む生活排水や工場排水の水質調査に取り組み、水質改善に尽くした。中央公害審議会、中央環境審議会などの委員も歴任。また歌人としても知られ、昭和27年「桃林」創立に参加。32年「短歌」同人。35年「斧」創立同人、同年、全国青年歌人合同研究会を運営する。39年「じゅうにんの会」同人。5年岐阜県歌人クラブ代表委員、16年同会長。著書に「水と公害」「薬事公衆衛生学」、歌集に「秋天」「木斧」「地球遺跡」「地神」「水都二十選」、他に「回帰と脱出」などがある。　勲勲三等旭日中綬章〔平成14年〕　賞中部短歌会短歌文学賞〔昭和33年〕，岐阜県芸術文化奨励賞〔昭和50年〕，岐阜県芸術文化顕彰〔昭和60年〕，梨郷賞（中部日本歌人会）（第4回）〔平成7年〕，岐阜市文芸祭功労賞〔平成8年〕，岐阜市民栄誉賞〔平成10年〕

尾関 栄一郎　おぜき・えいいちろう　歌人

明治34年（1901年）11月21日～昭和61年（1986年）11月21日　学早稲田大学卒　歴大正6年「珊瑚礁」創刊により歌作を始める。同誌解散後「水甕」同人。後「ポトナム」同人。森園天涙の招きにより「あさひこ」同人。昭和21年「遠天」を創刊・主宰。歌集に「北溟」「冬の記憶」「流日」、評論集に「短歌文学論考」、研究書に「万葉集東歌論稿」がある。 家妻＝安藤佐貴子（歌人）

尾添 静由　おぞえ・せいゆう　俳人
明治39年（1906年）12月13日～昭和58年（1983年）11月4日　生島根県　名本名＝尾添正夫（おぞえ・まさお）　学広島逓講技術科卒　歴大正12年松江郵便局勤務。昭和はじめより「ホトトギス」同人山本村家の手ほどきを受ける。30年「白魚火」創刊より入会。　賞白魚火賞〔昭和43年〕

小田 英　おだ・えい　詩人
明治43年（1910年）～昭和55年（1980年）　生長野県小県郡神川村（上田市）　名本名＝尾崎英次，筆名＝郷利基　学小県養蚕学校卒　歴小県養蚕学校を卒業後、養蚕教師として農家の巡回指導を行う中で貧しさにあえぐ農村の実態を目の当たりにし、それらを題材とした詩や評論を新聞に投稿。プロレタリア詩人として弾圧を受け、昭和16年太平洋戦争の開戦翌日にも治安維持法違反容疑で検挙された。

小田 観蛍　おだ・かんけい　歌人
明治19年（1886年）11月7日～昭和48年（1973年）1月1日　生岩手県久慈市　名本名＝小田哲弥　歴大正8年処女歌集「隠り沼」を刊行し、昭和5年「新墾」を創刊して主宰する。札幌短期大学教授も務め、38年「小田観蛍全歌集」が刊行された。

織田 枯山楼　おだ・こさんろう　俳人
明治23年（1890年）3月11日～昭和42年（1967年）8月29日　生愛媛県　名本名＝織田小三郎（おだ・こさぶろう）　歴印刷出版業を経て、愛媛女子商業校長、愛国学園理事長、竜ケ崎高校長などを歴任。一方大正初期頃から俳句をはじめ、「渋柿」「白楊」に参加。「俳諧文学」「文明」などを発行した。　勲勲四等旭日小綬章〔昭和42年〕

小田 保　おだ・たもつ　俳人
大正10年（1921年）2月11日～平成7年（1995年）9月27日　生広島県尾道市　歴戦後、北千島からシベリアに送られ、3年間の抑留生活を送る。この間極限の生活の中で仲間とともに句作を続けた。「風」同人を経て、昭和37年「海程」創刊に参加。56年戦友会に出席したのがきっかけで、60年抑留俳句選集「シベリア俘虜記」を刊行。平成元年抑留俳句集「続シベリア俘虜記」を完成した。他の句集に「望郷」「八月」「黒雨以後」「夏光極光」など。　賞海程賞〔昭和42年〕

小田 鳥迷子　おだ・ちょうめいし　俳人
明治33年（1900年）10月10日～昭和62年（1987年）2月11日　生長崎県長崎市宝町　名本名＝小田太熊（おだ・だいくま）　学中大法学部卒　歴大正2年「芦風」代表。9年「枯野」、「水明」同人。戦後、昭和29年長崎県俳句協会初代会長に就任。句集に「被爆の井」。　勲勲五等瑞宝章〔昭和49年〕　賞長崎県功労者表彰〔昭和36年〕

小田 尚輝　おだ・なおてる　俳人
大正7年（1918年）4月15日～平成16年（2004年）12月22日　生富山県　学大阪大学理学部物理学科〔昭和16年〕卒　歴昭和17年住友金属工業に入社。50年取締役、54年常務、55年住友溶接工業社長、61年会長。一方、22年岳父・後藤夜半の手ほどきを受け作句を始める。「諷詠」「ホトトギス」同人。句集に「絵馬」「千里の馬」「祭馬」、随筆集に「創造性草案」がある。　家岳父＝後藤夜半（俳人），義兄＝後藤比奈夫（俳人）

小田 弘　おだ・ひろし　俳人
大正6年（1917年）～平成5年（1993年）2月10日　生静岡県静岡市七間町　学静岡商〔昭和10年〕卒　歴昭和26年入浴中に高血圧症で倒れ、半身不随となる。37年仮性球麻痺の為身体、言語の自由を失い、各地病院を転院。41年静岡救護所に収容。この頃から俳句に興味を持つ。51年富士宮市特別養護老人ホーム富士宮荘に入所、キリスト教に入信。52年「鬼灯」主宰の佐野鬼人に師事。54年「鬼灯」同人。59年洗礼を受ける。句集に「洗礼—小田弘集」がある。　賞鬼灯新人賞〔昭和55年〕，鬼灯賞（第10回）〔昭和60年〕

小田 龍吉　おだ・りゅうきち　詩人
大正3年（1914年）10月16日～平成18年（2006年）12月　出新潟県　歴昭和12、20年と2度応召。21年朝鮮半島からの避難民団責任者として帰国。以後、新潟県で農業に携わって水稲、根菜、花卉などを作り、特にチューリップの球根栽培では県内の先覚者。60歳近くになって詩作を始め、53年第一詩集「土の慟哭」を発表。日本農民文学会運営委員も務めた。詩集「雲よ大地よ」「百姓の心に穴があく」「畔に立つ人」「ぬかるみの足跡」、小説「農地の墓標」などがある。

小高 倉之助　おだか・くらのすけ　歌人
明治40年（1907年）12月16日 ～ 平成4年（1992年）5月26日　生千葉県　歴短歌結社橄欖（かんらん）の農民歌人として活躍。千葉県信用農協組合連合会理事、県農業会議農地部会長、長生郡市農協組合長会長などを務めた。歌集に「頸木」「零余子」がある。

小高根 二郎　おだかね・じろう　詩人
明治44年（1911年）3月10日 ～ 平成2年（1990年）4月14日　生東京都　学東北帝国大学法文学部〔昭和9年〕卒　歴日本レイヨン勤務の傍ら「四季」同人となり、昭和30年「果樹園」を創刊。40年「詩人・その生涯と運命―書簡と作品から見た伊東静雄」を刊行。詩集に「はぐれたる春の日の歌」、小説集に「浜木綿の歌」、評伝に「蓮田善明とその死」「棟方志功」「吉井勇」などがある。

小田切 野鳩　おだぎり・やきゅう　俳人
明治41年（1908年）3月10日 ～ 平成4年（1992年）5月9日　生福岡県遠賀郡　名本名＝小田切平爾（おだぎり・へいじ）　学大阪英語学校卒　歴昭和14年「同人」入門、青木月斗に師事。19年海軍へ応召、20年終戦と同時に帰還。その後空白時代、俳句遍歴時代を経て「同人」に復帰。姉妹誌「うぐいす」選者、のち同人。句集に「恕濤音」。

小竹 由岐子　おだけ・ゆきこ　俳人
昭和6年（1931年）7月16日 ～ 平成22年（2010年）4月20日　生石川県小松市　名本名＝小竹幸子　学小松高女卒　歴昭和25年結婚し金沢に住む。32年あらうみ会に入会して俳句を始める。33年より「ホトトギス」「玉藻」「芹」などへも投句、53年「ホトトギス」同人に推挙される。北国新聞文化センター俳句教室講師などを務めた。句集に「雛の家」がある。　勲藍綬褒章〔平成5年〕　賞犀星俳文学賞（第3回）〔昭和42年〕

小田嶋 十黄　おだじま・じゅっこう　俳人
明治20年（1887年）～ 昭和53年（1978年）2月5日　生東京府本郷区春木町（東京都文京区）　名本名＝小田嶋義（おだじま・よし）　歴大正7年パイロット万年筆に入社。商業美術部に勤務。昭和8年太平洋画会展に出品以来、俳画家として活躍するように。11年から二科会美術展に入選20回。42年現代俳画協会顧問。俳句は渡辺水巴に師事。著書に「俳画入門」「俳画への道」、句集に「ほそ道」など。　勲藍綬褒章〔昭和46年〕

小田原 霞堂　おだわら・かどう　俳人
明治39年（1906年）6月17日 ～ 昭和58年（1983年）5月13日　生広島県　名本名＝小田原俊一（おだわら・しゅんいち）　学尾道商卒　歴昭和33年「諷詠」主宰の後藤夜半の手ほどきを受ける。　賞関西俳句大会特選賞〔昭和40年〕，全国俳句大会特選賞〔昭和46年〕

落合 京太郎　おちあい・きょうたろう　歌人
明治38年（1905年）9月26日 ～ 平成3年（1991年）4月6日　出静岡県伊東市　名本名＝鈴木忠一（すずき・ちゅういち）　学東京帝国大学法学部卒　歴各地地裁判事、最高裁人事局長、司法研修所所長などを経て弁護士となる。その傍ら、大正14年アララギ会に入会し、土屋文明に師事する。歌集はないが、随筆集「菴没羅の花」がある。

落合 実子　おちあい・じつこ　歌人
明治42年（1909年）2月14日 ～ 平成2年（1990年）9月13日　生岐阜県　歴昭和6年「ポトナム」に入会し、のち同人。歌集に「海の雪」「遠き山なみ」「アザレアの揺れ」。

落合 典子　おちあい・つねこ　俳人
昭和3年（1928年）11月19日 ～ 平成2年（1990年）9月1日　生愛知県岡崎市　学安城高女卒　歴昭和50年紀林秀子に手ほどきを受ける。58年「狩」入会、61年同人。NHK学園俳句センター講師。句集に「風の実」。　賞毎日俳壇賞〔昭和59年〕，日中冬ぼたん大賞茅誠司賞〔平成1年〕

落合 敏　おちあい・びん　俳人
大正13年（1924年）4月14日 ～ 平成14年（2002年）7月26日　生東京都　名本名＝落合敏行（おちあい・としゆき）　学埼玉師範〔昭和19年〕卒，日本大学法文学部〔昭和24年〕卒　歴林昌華の手ほどきを受けて中村草田男に惹かれ、昭和43年「萬緑」に入会。52年同人。この間、59

年まで高校教師を務める。句集に「鳥瞰」がある。 賞萬緑新人賞〔昭和51年〕

音喜多 古剣　おときた・こけん　俳人
明治38年（1905年）1月5日 ～ 昭和50年（1975年）8月26日　生青森県三戸郡小中野町（八戸市）　名本名＝音喜多富寿（おときた・とみじゅ），別号＝百錬舎　学法政大学〔昭和4年〕卒　歴青森県立水産学校教諭の傍ら考古学に関心を持ち、昭和25年八戸市の鮫町林通遺跡で発見した人骨は東京大学人類学教室の鈴木尚の鑑定によって近世アイヌ人のものであると断定され、当時の学界に影響を与えた。昭和30年代以降には慶応義塾大学の江坂輝弥らと白浜遺跡、赤御堂遺跡、鹿島沢古墳などといった青森県下の遺跡を発掘調査した。また、八戸俳壇の重鎮・北村益に師事し百錬舎、古剣と号した俳人としても知られ、水墨画や神道無念流居合もよくした。著書に「音喜多富寿随想集」「南部くらし今昔」「青森県の土偶」「処々折々帖 音喜多古剣遺稿集」などがある。 賞東奥賞（第18回）〔昭和40年〕，青森文化賞〔昭和42年〕

音成 京子　おとなり・きょうこ　歌人
大正3年（1914年）1月25日 ～ 昭和60年（1985年）9月4日　生福岡県　歴20歳頃より作歌し、「ポトナム」に入会。結婚で中断、引揚げ後再び作歌。昭和26年「ポトナム」同人。28年女人短歌会員。29年日本歌人クラブ会員。56年福岡市文学賞受賞。歌集に「博多抄」「彩る季節」がある。 賞福岡市文学賞〔昭和56年〕

小椰 精以知　おなぎ・せいいち　俳人
明治44年（1911年）7月31日 ～ 平成4年（1992年）4月2日　生千葉県山武郡　学図書館講習所〔昭和6年〕卒　歴「木語」創刊に参加し、同人。俳人で俳書の蒐集家として有名な幡谷東吾、神谷瓦人の遺した膨大な蒐集書、幡谷文庫、神谷瓦人文庫の整理を両家の遺族から一任され、完成させた。句集に「寸楮」、著書に「人脈覚え書」「続人脈覚え書」がある。

小野 ゑみ　おの・えみ　俳人
大正5年（1916年）1月17日 ～ 平成23年（2011年）6月22日　出徳島県徳島市　名別名＝三島篁子　学徳島県立女子師範二部〔昭和9年〕卒　歴昭和49年ひまわり俳句会に入門。徳島子ども俳句を育てる会会長を16年間務め、全国学生俳句大会で多くの入賞者を出した他、平成5年に「子ども俳句歳時記」を発行するなど、子ども俳句の振興に尽くした。また、日本研究家ヴェンセスラウ・デ・モラエスの生前を知り、エッセイストとしても活躍。徳島大空襲の語り部としても知られた。 賞徳島県芸術祭優秀賞〔平成3年〕

小野 興二郎　おの・こうじろう　歌人
昭和10年（1935年）6月22日 ～ 平成19年（2007年）10月28日　生愛媛県上浮穴郡面河村（久万高原町）　学明治大学文学部日本文学科卒　歴昭和32年「形成」に参加、40年同人となる。48年昭和新世代合同歌集「騎」、50年「騎2」に加わる。のち「泰山木」主宰。歌集に「てのひらの闇」「天の辛夷」「森林木語」「今ひとたびの」などがある。

小野 茂樹　おの・しげき　歌人
昭和11年（1936年）12月15日～昭和45年（1970年）5月7日　生東京都渋谷区　学早稲田大学国文科中退　歴昭和30年に「早稲田短歌会」と「地中海」に入会、香川進に師事。大学中退後、32年栗原彬らと同人誌「パロ」を刊行。歌集に「羊雲離散」、遺歌集に「黄金記憶」の他、両集を収めた「小野茂樹歌集」（国文社）がある。 賞現代歌人協会賞〔昭和44年〕「羊雲離散」

おの・ちゅうこう　詩人
明治41年（1908年）2月2日～平成2年（1990年）6月25日　生群馬県利根郡白沢村　名本名＝小野忠孝（おの・ただよし）　学群馬師範卒　歴小学校教師となり、詩人の河井酔茗に師事。昭和9年上京し、高等小学校教師の傍ら、詩作を続ける。13年「幼年倶楽部」に童話・童謡を発表したことが児童文学への転機となった。著書に「氏神さま」（のち「ふるさと物語」と改題）「定本・おの・ちゅうこう詩集」などがある。 賞全線詩人賞〔昭和42年〕，児童文化功労者表彰〔昭和54年〕，日本児童文芸家協会賞（第6回）〔昭和56年〕「風にゆれる雑草」，群馬文化賞

小野 十三郎　おの・とおざぶろう　詩人
明治36年（1903年）7月27日 ～ 平成8年（1996年）10月8日　生大阪府大阪市浪速区新川町　名本名＝小野藤三郎（おの・とうざぶろう）　学天王寺中卒，東洋大学文化学科中退　歴大正10年上京し東洋大に入学。11年同人誌「黒猫」「大象の哄笑」を創刊。13年「赤と黒」に同人として参加。15年第一詩集「半分開いた窓」を出版。その後詩誌「弾道」を刊行し、アナキズム

詩運動の理論的支柱の一人となる。昭和8年大阪へ戻り、以後自己の詩的方法を探り、「大阪」「風景詩抄」を刊行して独自の詩風を確立した。戦後は「コスモス」創刊に参加、また29年に大阪文学学校を創設して校長を務め、詩の大衆化や市民平和運動に指導的役割を果した。帝塚山学院短期大学教授も務めた。著書はほかに、詩集「大海辺」「抒情詩集」「重油富士」「拒絶の木」「定本・小野十三郎全詩集1926〜1974」、評論「詩論」「多頭の蛇」、「自伝空想旅行」「小野十三郎著作集」(全3巻) などがある。 賞大阪市民文化賞, 大阪府民文化賞, 読売文学賞 (第26回・詩歌俳句賞)〔昭和49年〕「拒絶の木」

小野 房子　おの・ふさこ　俳人

明治31年 (1898年) 9月21日〜昭和34年 (1959年) 6月12日　生東京府北多摩郡 (東京都)　歴福岡県朝倉郡の神職・小野直世と結婚し、同地に移る。昭和6年頃から俳句を始め、ホトトギス派の俳人・川端茅舎に師事。はじめは主に「ホトトギス」に投句するが、13年には師の指導で俳誌「鬼打木」を創刊し、その選者として初心者を指導した。また、13年から14年には「ホトトギス」の総帥・高浜虚子の選によって女流作家全国一となり、その名を知られるようになった。句集に「しのび草」がある。

小野 昌繁　おの・まさしげ　歌人

明治40年 (1907年) 1月3日 〜 昭和51年 (1976年) 7月19日　生山梨県塩山市　学日大法学部卒　歴16歳で「創作」入社。昭和21年同誌の戦後復刊に参画、編集委員。31年「新宿短歌」(後の「武羅佐岐」) を創刊・主宰する。37年「短歌研究」を譲受け編集発行者となる。歌集「途上」以下9冊。

小野 蒙古風　おの・もうこふう　俳人

大正2年 (1913年) 7月1日〜昭和55年 (1980年) 5月1日　生香川県三豊郡上高瀬村 (三豊市)　名本名＝小野寛一　学西条農卒　歴18歳頃から作句を始める。「京鹿子」「馬酔木」などに投句。昭和15年「寒雷」創刊とともに参加、のち同人。以降、「杉」同人を経て、53年「草」を創刊・主宰した。

小野 連司　おの・れんじ　詩人

大正7年 (1918年) 7月17日 〜 昭和53年 (1978年) 6月13日　生北海道函館市　学函館商業学校卒　歴昭和14年「日本詩壇」、15年に「詩文学研究」に参加。戦後は「純粋詩」同人として、詩論や詩を発表、23年に純粋詩功労賞を受賞した。その後、結核が悪化、以後、死に至るまで療養生活が続くが、25年には「地球」に加わり、盛んな活動を展開した。46年小熊秀雄賞、48年函館市文化賞受賞。第20詩集「箸屋供養記」が遺稿集となった。　賞小熊秀雄賞〔昭和46年〕, 函館市文化賞〔昭和48年〕

尾上 柴舟　おのえ・さいしゅう　歌人

明治9年 (1876年) 8月20日 〜 昭和32年 (1957年) 1月13日　生岡山県苫田郡津山町 (津山市)　名本名＝尾上八郎　学東京帝国大学文科大学国文科〔明治34年〕卒　資帝国芸術院会員〔昭和12年〕　歴一高在学中、落合直文の教えを受け、浅香社に参加。東京帝大卒業後、哲学館、東京女高師、早大を経て、明治41年女子学習院教授に就任。34年訳詩集「ハイネの詩」を刊行。35年金子薫園との合著「叙景詩」を刊行し、「明星」の浪漫主義に対抗して、いわゆる“叙景詩運動”を推進した。以後、「銀鈴」「金帆」「静夜」「日記の端より」などの歌集、詩集を刊行。36年、夕暮、牧水らと車前草社を結成。42年「短歌滅亡私論」を発表。大正3年「水甕」を創刊し、没年まで主宰した。戦後歌集として「晴川」、遺歌集「ひとつの火」がある。国文学者としても「日本文学新史」「短歌新講」「平安朝草仮名の研究」などの著書がある。書家としても有名で、昭和12年、書道によって帝国芸術院会員となった。戦後は21年に東京女高師名誉教授となり、24年以降歌会始の選者を務めた。

斧田 千晴　おのだ・ちはる　川柳作家

昭和33年 (1958年) 12月〜平成23年 (2011年) 5月19日　生岐阜県大垣市　名本名＝種田千里 (おいだ・ちさと), 別筆名＝山内令南 (やまうち・れいなん)　学岐阜大学医療技術短期大学部看護学科卒　歴大垣市の寺に生まれる。昭和52年19歳の時から小説を書き始める。岐阜大学医療技術短期大学部看護学科を卒業後、病院や老人ホームに勤めた。両親や兄もがんで亡くしており、平成22年中部学院大学人間福祉学科3年に編入したが、食道がんと判明して退学。一方、大垣市文芸祭小説部門賞の常連受賞者であり、斧田千晴名義で母の介護を綴った短編を含む「欣求浄土」や「ん」などの小説集を出版。自宅療養中に小説「癌だましい」を執筆、初めて応募した文学界新人賞を受賞したが、受賞第1作「癌ふるい」を脱稿直後に亡くなった。岐阜県の川柳みどり会幹事としても活躍し、作品集「バラ色の過去」や短歌集「子禍」もある。

小幡 九龍　おばた・くりゅう　俳人
明治38年（1905年）1月2日～平成10年（1998年）7月29日　生東京都　名本名＝小幡治和（おばた・はるかず）　学東京帝国大学法学部〔昭和3年〕卒　歴内務省に入り、大阪府経済・内務各部長、近畿地方行政事務局次長を経て、21年福井県知事（官選）、次いで同公選知事（2期）。30年より参院議員に2選。この間、自民党副幹事長、第二次岸内閣の防衛政務次官などを歴任した。傍ら九龍と号して俳句を伊藤柏翠・高浜虚子に師事、「ホトトギス」同人となる。「若葉」「夏草」「花鳥」に投句。著書に「素顔の欧米」、句集「欧米百句」「臥龍梅」がある。勲勲二等旭日重光章〔昭和50年〕

小原 俊一　おはら・しゅんいち　俳人
大正11年（1922年）1月30日～平成15年（2003年）6月5日　生長野県　学旧制中卒　歴昭和35年「浜」に入会、39年同人。49年「握手」創刊同人。50年「鷹」に入会、52年同人。56年「岳」同人会長。平成2年「やまなみ」を創刊・主宰。長野県歳時記委員会副委員長、中信地区俳句協会会長などを務めた。句集に「渓流」「木曽」「安曇野」がある。　賞浜賞〔昭和36年〕，握手同人賞〔昭和51年〕，長野県俳人協会賞〔昭和53年〕

小原 菁々子　おはら・せいせいし　俳人
明治41年（1908年）12月25日～平成12年（2000年）11月30日　生福岡県福岡市廿家町　名本名＝小原宗太郎（おはら・そうたろう）　学高小〔大正12年〕卒　歴家業の繊維卸会社を経営したが、倒産。のち貸しビル業を営む。昭和2年より河野静雲の手ほどきを受け、24年「ホトトギス」同人。49年から「冬野」を主宰。また30年以上にわたり、福岡少年院や筑紫少女苑で俳句の指導にあたる。福岡県俳句協会会長も務めた。句集に「海女」、編著に「西日本歳時記」。　勲勲五等瑞宝章〔昭和61年〕　賞福岡市文化賞〔昭和55年〕，福岡県文化功労賞〔昭和58年〕，西日本文化賞〔昭和59年〕

小原 牧水　おはら・ぼくすい　俳人
明治45年（1912年）5月11日～昭和60年（1985年）5月7日　生愛知県名古屋市　名本名＝小原清　学名古屋CA卒　歴昭和12年「ホトトギス」系の「牡丹」編集同人。加藤霞村没後「ホトトギス」、「春潮」、「年輪」各同人、「玉藻」会員。54年「むさし野」主宰。　賞年輪賞〔昭和30年〕

小原 六六庵　おはら・ろくろくあん　漢詩人
明治34年（1901年）4月16日～昭和50年（1975年）10月15日　生愛媛県温泉郡垣生村西垣　名本名＝小原清次郎　歴大正3年から中村翠涛に書道を学び、13年書道教授となり「六六庵」を創立。昭和21年吟詠を提唱、25年愛媛吟詠連盟を創立、会長となった。高橋藍川・太刀掛呂山に詩を学び、六六庵吟社を主宰した。黒潮、山陽、言詠、癸丑各吟社会員。また日本漢詩文学連盟参与、独立書人団参与のほか愛媛県吟剣詩舞総連盟名誉会長を務め、短歌「にぎたつ」同人。著書に「六六庵吟詠詩集」「六六庵詩書碑」（全4巻）などがある。　家女婿＝伊藤竹外（漢詩人）

小原 渉　おはら・わたる　俳人
大正7年（1918年）3月1日～昭和57年（1982年）8月20日　生愛知県　名本名＝小原健三郎（おはら・けんさぶろう）　学小樽高等実習商科卒　歴昭和7年中山碧城に手ほどきを受ける。16年「牡丹」、24年「雪」に入会。32年「年輪」創刊編集同人。51年「年輪」を退会、以後無所属。

小宅 圭介　おやけ・けいすけ　歌人
明治37年（1904年）3月23日～昭和45年（1970年）3月5日　生大分県津久見　学早稲田大学高等師範部国漢科〔昭和5年〕卒　歴早大在学中に窪田空穂の門下生となり、「槻の木」に短歌を発表する。教員生活をしていたが、戦後横浜の進駐軍に勤め、その後PL教団短歌芸術社の歌誌「短歌芸術」の編集にあたる。歌集に「黄土」、遺稿集「青江」がある。

小宅 容義　おやけ・やすよし　俳人
大正15年（1926年）9月21日～平成26年（2014年）5月17日　生東京府豊多摩郡（東京都渋谷区）　名本名＝小宅力（おやけ・つとむ）　歴昭和22年大竹孤愁に師事して「かびれ」に入会。47年辞して「麦明」を創刊、発行編集を担当。100号で解散後、「玄火」に移行。62年「雷魚」創刊に参加、同代表を務めた。現代俳句協会副会長や俳句朝日賞の選考委員なども歴任。句集に「立木集」「半円」「火男」「牙門」などがある。

小山 誉美　おやま・たかみ　歌人
明治31年（1898年）1月16日～平成1年（1989

年）9月5日　生熊本県　出長崎県　歴大正6年「アララギ」入会、島木赤彦に師事。赤彦没後退会。昭和7年「吾妹」に同人として参加。同年「青い港」を創刊・主宰。戦後「短歌長崎」と改題した。20年被爆後は反戦・反核短歌を詠み、42年原爆合同歌集「長崎」を出版。57年まで45年間長崎新聞歌壇選者。34年県社会文化功労者表彰、48年長崎新聞文化章を受賞。賞長崎新聞文化章〔昭和48年〕

尾山 篤二郎　おやま・とくじろう　歌人

明治22年（1889年）12月15日～昭和38年（1963年）6月23日　生石川県金沢市　名別号＝刈萱，秋人，無柯亭主人　学金沢商中退　歴在学中、右膝関節結核で大腿部より切断して中退。21歳で上京し、明治44年前田夕暮の「詩歌」に、大正2年若山牧水の「創作」復刊に加わり、また窪田空穂の「国民文学」の同人となる。昭和13年「芸林」主宰。歌集に「さすらひ」「明子妙」「平明調」「草籠」「とふのすがごも」「雪客」。また、研究書に「柿本人麿」「万葉集物語」「西行法師評伝」「大伴家持の研究」がある。57年「尾山篤二郎全歌集」が刊行された。賞日本芸術院賞（第7回）〔昭和25年〕

小山 正孝　おやま・まさたか　詩人

大正5年（1916年）6月29日～平成14年（2002年）11月13日　生東京都港区青山　学東京帝国大学支那文学科卒　歴昭和17年日本出版会、21年中教出版に勤務し教科書の編集に従事。43年関東短期大学講師となり、44年助教授を経て、53年教授。62年定年退職。一方、高校時代から詩作を始め、14年「山の樹」同人となる。「四季」にも寄稿し、21年「胡桃」を創刊。同年詩集「雪つぶて」を刊行。ほかに「逃げ水」「散ル木ノ葉」「風毛と雨皿」「山居乱信」「小山正孝詩集」「十二月感泣集」などがある。42年再刊「四季」の同人に参加。他に「文学館」同人。詩の他、専攻の唐詩の研究もある。賞丸山薫賞（第7回）〔平成12年〕「十二月感泣集」

折笠 美秋　おりかさ・びしゅう　俳人

昭和9年（1934年）12月23日～平成2年（1990年）3月17日　生神奈川県横須賀市　名本名＝折笠美昭（おりかさ・よしあき）　学早稲田大学文学部国文科〔昭和32年〕卒　歴昭和33年東京新聞入社。編集局社会部遊軍、警視庁記者、特別報道部次長等を歴任。傍ら俳人としても活躍。早大俳句研究会、「断層」「俳句評論」同人を経て、「騎」同人。42年「否とよ、陛下！」で第3回俳句評論賞を受賞。56年筋萎縮性側索硬化症を発病、休職し闘病生活を送りながら句作に打ちこむ。60年第32回現代俳句協会賞受賞。著書に「サンゴ礁の仲間たち」「美香は十六歳」、句集に「虎嘯記」「君なら蝶に」がある。賞俳句評論賞（第3回）〔昭和42年〕「否とよ、陛下！」，現代俳句協会賞（第32回）〔昭和60年〕

折口 信夫　おりくち・しのぶ

⇒釈 迢空（しゃく・ちょうくう）を見よ

折戸 彫夫　おりと・ほりお　詩人

明治36年（1903年）～平成2年（1990年）9月14日　歴18歳から詩を書き始め、「ウルトラ」「シネ」「旗魚」「日本詩壇」などで活動。昭和初期に詩集「虚無と白鳥」「化粧室と潜航艇」を出版、シネポエムの実験を試みた代表的な詩人の一人。戦後の詩集に「雲に戯れるメフィストフェレス」「現代の人間忘却」「折戸彫夫詩集」などがある。

織野 健一　おりの・けんいち　俳人

昭和4年（1929年）1月24日～平成24年（2012年）7月29日　生京都府　学広島大学政経学部中退　歴昭和36年「馬酔木」系の「早苗」に入門、秋光泉児・宮原双声の指導を受ける。51年「馬酔木」新樹賞佳作1席。

尾張 穂草　おわり・すいそう　歌人

明治25年（1892年）1月2日～昭和48年（1973年）4月20日　生千葉県銚子市　名本名＝尾張真之介（おわり・しんのすけ），筆名＝紙魚子　学東洋大学〔明治45年〕卒　歴大正2年講談社に入り、3年11月に創刊された「少年倶楽部」初代編集主任となる。5年退社したが、昭和6年復帰。20年取締役を経て、21年専務。28年退職して顧問となった。24～25年東京出版販売会長、全国出版協会常務理事、日本出版団体連合会会長などを歴任。また、歌人として知られ、40年「潮光」を創刊・主宰。紙魚子の筆名で「出版クラブだより」などに出版評論も執筆した。歌集に「白砂集」「松かさ」「くろはえ」「潮光」「犬吠」などがある。勲勲四等瑞宝章〔昭和43年〕　賞日本児童文芸家協会児童文化功労者（第4回）〔昭和37年〕

恩地 孝四郎　おんち・こうしろう　詩人

明治24年（1891年）7月2日～昭和30年（1955年）6月3日　生東京府南豊島郡淀橋町（東京都新宿区）　学東京美術学校西洋画科〔大正4年〕

中退　[歴]判事・式部官の恩地轍の四男。父の希望で医者を目指し、独逸学協会中学から一高に受験するが失敗。この間、竹久夢二の知遇を得て画家志望に転じ、白馬会洋画研究所、東京美術学校西洋画科に学ぶ。大正3年田中恭吉、藤森静雄と、詩と版画の同人誌「月映（つくばえ）」を創刊。5年「感情」同人となり、表紙デザインを担当するとともに詩を寄稿。7年山本鼎らと日本創作版画協会を結成。以来、同協会展や帝展、国画会などに出品して創作版画運動を推進し、抽象的かつ超現実的な木版画で知られた。9年野島康三経営の兜屋画堂で初の個展を開催。11年より創作版画協会誌「詩と版画」編集に従事。12年夢二とどんたく図案社を設立したが、関東大震災のため短命に終わった。昭和3年日本版画協会に参加、常任委員。一方で、美校在学中に西川光二郎「悪人研究」を手がけて以来、萩原朔太郎「月に吠える」、室生犀星「抒情小曲集」、北原白秋「白秋小唄集」など単行本の装本・装幀にも優れた手腕を示す。24年博報堂主宰で装幀相談所を開設し、副所長、所長を歴任。28年日本アブストラクト・アート・クラブを設立し、世界各国の国際版画展にも出品、好評を博した。版画の代表作に「リリック」連作や「フォルム」連作があり、新興写真の影響を受けた写真やフォトグラムも数多く制作した。著書に「工房雑記」「本の美術」「日本の現代版画」、詩集に「季節標」「虫・魚・介」などがある。　[家]娘＝恩地三保子（翻訳家），長男＝恩地邦郎（画家），父＝恩地轍（式部官）

恩地 淳一　おんち・じゅんいち　詩人
明治39年（1906年）7月15日～昭和59年（1984年）6月14日　[生]鳥取県倉吉市　[歴]15歳の頃より「金の星」「赤い鳥」などに童謡を投稿する。昭和10年小春久一郎、木坂俊平らと大阪童謡芸術協会を創立、「童謡芸術」を刊行する。38年関西歌謡芸術協会を創立、理事長に就任。「歌謡列車」を主宰した。童謡詩集に「風ぐるま」「春はどこまで」など。詩謡集、民謡集もある。

遠地 輝武　おんち・てるたけ　詩人
明治34年（1901年）4月21日～昭和42年（1967年）6月14日　[生]兵庫県飾磨郡八幡村（姫路市）[名]本名＝木村重夫（きむら・しげお），別筆名＝本地輝武，本地正輝　[学]日本美術学校卒　[歴]大正14年「DaDais」を創刊し、同年「夢と白骨との接吻」を刊行するが即日発禁となる。詩、小説、評論を「赤と黒」などに発表し、プロレタリア詩人として昭和4年「人間病患者」を刊行。9年には「石川啄木の研究」「近代日本詩の史的展望」を刊行。戦争中は美術活動をし、戦後は21年に共産党に入党し、新日本文学会に参加。戦後の詩集に「挿木と雲」「心象詩集」「癌」などがあり、評論集に「現代詩の体験」などがある。また美術評論家としても活躍し「日本近代美術史」「現代絵画の四季」などの著書がある。[家]妻＝木村好子（詩人）

【か】

甲斐 虎童　かい・こどう　俳人
大正1年（1912年）12月17日～昭和61年（1986年）11月21日　[生]熊本県熊本市　[名]本名＝甲斐弘道（かい・ひろみち）　[学]東京帝国大学電気工学科〔昭和11年〕卒　[歴]富士電機製造に入社、昭和39年千葉工場長、42年取締役、45年常務を歴任。この間、39年「浜」入会、大野林火に師事。44年「浜」同人となり、のち「浜」同人会副幹事長を務めた。句集に「緑蔭にて」がある。　[賞]浜賞〔昭和44年〕，浜同人賞〔昭和52年〕

甲斐 雍人　かい・ようじん　歌人
大正2年（1913年）5月10日～平成10年（1998年）3月18日　[生]旧満州大連　[名]本名＝甲斐慧　[歴]昭和7年「水甕」「あかしや」に入会。母の甲斐水棹に師事。14年母の死により主宰を継ぐ。44年「あかしや」を復刊・主宰。歌集に「あかしや」「連雲」、著書に「短歌の芽生え」。　[賞]熊本県芸術功労者賞〔平成5年〕　[家]母＝甲斐水棹（歌人）

海城 わたる　かいじょう・わたる　俳人
明治44年（1911年）9月29日～平成14年（2002年）11月6日　[生]広島県　[名]本名＝海城済（かいじょう・わたる）　[学]大阪大学医学部卒　[歴]広島陸軍病院勤務、開業医を経て、船医となる。昭和16年緒方氷果の指導を受け、戦後は阿波野青畝に師事。「かつらぎ」に入会。のち同人。「花蜜柑」「熊野」「黄鐘」「雨月」各誌同人を務めた。句集に「航路」などがある。

開発 秋酔　かいほつ・しゅうすい
川柳作家
昭和2年（1927年）7月10日～平成14年（2002

年）8月18日　出石川県金沢市　歴昭和21年に結成された川柳結社・川柳甘茶くらぶの中心人物として活躍した。平成4年石川県川柳協会事務局長、10年副会長。15年遺句集「冷や奴」が編まれた。他の句集に「娘」がある。　家長女＝花郁悠紀子（漫画家），娘＝波津彬子（漫画家）

加賀 聴風子　かが・ちょうふうし　俳人
大正9年（1920年）2月25日～平成4年（1992年）1月9日　生岩手県一関市　名本名＝加賀正蔵　学横浜専門学校中退　歴昭和39年準同人として「青芝」入門。40年無鑑査同人。句集に「祇園精舎」「慈顔無量」など。　賞青芝全国大会最高賞〔昭和54年〕，気仙沼市文化功労者，俳句文学賞（第10回，22回）

各務 章　かがみ・あきら　詩人
大正14年（1925年）6月1日～平成24年（2012年）2月7日　出福岡県福岡市　学福岡高〔昭和20年〕卒，九州帝国大学法文学部〔昭和23年〕卒　歴昭和27年鞍手高校教諭、53年福岡県教育庁主任指導主事、54年筑紫中央高校、61年九州女子高校の各校長を歴任。黒田奨学会理事長も務めた。一方、詩人として「異神」を主宰。福岡県詩人会代表幹事。詩集に「水晶の季節」「愛の地平」「樹間黙思抄」「四季風信帖」「遠い声、近い声」「片方の手袋」などがある。

各務 於莵　かがみ・おと　俳人
明治33年（1900年）1月6日～昭和59年（1984年）2月28日　生岐阜県山県郡山県村三輪　名本名＝各務虎雄（かがみ・とらお）　学東京帝国大学国文科〔大正12年〕卒　歴東洋大学教授、陸軍司政官、岐阜師範教授、岐阜大学教授を経て、昭和31年から51年まで市立岐阜女子短期大学学長を務めた。また芭蕉の弟子、各務支考の末裔にあたり、美濃派俳諧の学問的研究を進めた。25年「初音」を創刊、48年からは「獅子吼」を主宰した。著書は「於莵句抄」「俳文学研究」「俳文学雑記」の他、「書道教育」「日本語教科書論」「日本の神さま」など多数。　勲勲二等瑞宝章〔昭和48年〕

鏡 愁葉子　かがみ・しゅうようし　俳人
昭和3年（1928年）9月15日～平成23年（2011年）6月11日　生山形県上山市　名本名＝鏡郁雄　学山形師範卒　歴昭和23年楽浪会の佐藤南山寺に手ほどきを受ける。45年「河」に入会し、角川源義に師事、49年同人。54年進藤一考主宰「人」創刊に際し、発起人となり同人として参加。「人」山形支社長を務めた。句集に「雉子尾羽」。

加賀美 子麓　かがみ・しろく　俳人
明治45年（1912年）1月3日～平成4年（1992年）10月14日　生山梨県甲府市　名本名＝加賀美一三男（かがみ・いさお）　学甲府商卒　歴昭和9年犬塚楚江、16年高浜虚子に師事。21年「萬緑」に入り、22年山梨日日新聞俳句選者となる。48年麓会を主宰、平成元年俳誌「麓」を創刊・主宰。昭和27年ボンテ加賀美を設立し社長に就任。句集に「雪は天から降って来る」「火度」「目鼻口」。　勲勲五等瑞宝章〔平成1年〕　賞萬緑賞〔昭和46年〕，山梨県文化功労者〔昭和58年〕

加賀谷 凡秋　かがや・ぼんしゅう　俳人
明治28年（1895年）1月5日～昭和45年（1970年）6月30日　生秋田県　名本名＝加賀谷勇之助　歴高浜虚子に師事、昭和9年「ホトトギス」同人となる。7年より45年まで毎日新聞千葉支局「房総文園」俳句欄選者。「やはぎ」を主宰した。句集に「紺朝顔」がある。

香川 修一　かがわ・しゅういち　歌人
明治33年（1900年）4月15日～昭和59年（1984年）1月9日　生大阪府大阪市　学東京帝国大学独法科〔大正13年〕卒　歴歌集に「紫竹」「続紫竹」。　勲勲三等瑞宝章〔昭和47年〕

香川 進　かがわ・すすむ　歌人
明治43年（1910年）7月15日～平成10年（1998年）10月13日　生香川県多度津　学神戸高商卒　歴在学中、白日社に入り、前田夕暮に師事。昭和10年応召。戦後、新歌人集団を結成。28年「地中海」創刊、のち代表。30年代は商社員として世界各地に出張。主な歌集に「太陽のある風景」「氷原」「湾」「甲虫村落」「山麓にて」、評論に「現代歌人論」（4巻）、「香川進全歌集」などがある。50～63年宮中歌会始選者を務めた。　賞日本歌人クラブ推薦歌集（第4回）〔昭和33年〕「湾」，迢空賞（第7回）〔昭和48年〕「甲虫村落」，現代短歌大賞（第15回）〔平成4年〕

香川 弘夫　かがわ・ひろお　詩人
昭和8年（1933年）4月2日～平成6年（1994年）4月29日　生岩手県二戸郡安代町　名本名＝香川嘉弘　学高小卒　歴「歴程」「東北詩人」に所属。詩集に「白い蛭のいる室」「猫の墓」「香川弘夫詩集」などがある。 [賞]岩手詩人クラブ賞(第1回)〔昭和34年〕, 晩翠賞(第18回)〔昭和52年〕「わが津軽街道」

加川 文一　かがわ・ぶんいち　詩人
明治37年(1904年)～昭和56年(1981年) [生]山口県 [歴]14歳の時に父に呼び寄せられて米国に渡り、農園労働者や庭師として働きながら、カリフォルニア州の文芸同人誌創刊に関わる。昭和5年英語で出版した詩集が注目を浴びた。太平洋戦争中はツールレーク強制収容所に収容され、所内で同人誌「鉄柵」を出版。戦後は不動産業を営みながら、亡くなる直前まで詩作を続けた。 [家]妻＝桐田しづ(歌人)

鍵岡 勉　かぎおか・べん　俳人
大正11年(1922年)4月3日～平成19年(2007年)3月21日 [生]京都府 [学]大卒 [歴]昭和33年「河」創刊とともに入会、34年同人。 [賞]河賞〔昭和46年〕

鍵岡 正礒　かぎおか・まさよし　歌人
大正14年(1925年)10月22日～平成20年(2008年)5月6日 [出]奈良県 [名]本名＝鍵岡正義 [学]関西学院大学経済学部卒 [歴]「日本歌人」編集委員・選者を務めた。著書に歌集「たらちね抄」、合同歌集「空の鳥」などがある。

鍵谷 幸信　かぎや・ゆきのぶ　詩人
昭和5年(1930年)7月26日～平成1年(1989年)1月16日 [生]北海道旭川市 [学]慶応義塾大学英文科〔昭和28年〕卒, 慶応義塾大学大学院修了 [歴]T.S.エリオットとW.C.ウィリアムズの研究家として知られる一方、在学中から西脇順三郎に師事して詩人としても活躍。また現代音楽、ジャズ評論も執筆した。著書に「西脇順三郎」「西脇順三郎論」「サティ ケージ デュシャン─反芸術の透視図」、訳書に「エリオット詩集」「ウィリアムズ詩集」などがある。

柿山 陽一　かきやま・よういち　川柳作家
昭和9年(1934年)2月17日～平成25年(2013年)3月7日 [出]熊本県熊本市 [学]熊本県立商併設中〔昭和23年〕卒 [歴]昭和54～62年熊本日日新聞で「川柳壁新聞」を連載。選者を務めた同紙夕刊連載「世相川柳」は650回続いた。 [賞]熊日川柳大会優勝(第31回)

加来 琢磨　かく・たくま　詩人
明治39年(1906年)～昭和50年(1975年) [出]大分県 [名]別名＝幸田敏, 立野勇, 吉野朝風 [歴]幼くして山口県の曹洞宗の寺に入る。東洋大学東洋文学科、央音楽学校舞踊科に学び昭和4年東京にタンダバハ舞踊研究所を設立する。仏教精神を基底とした児童舞踊の創作と普及に取り組んだ。その一方、キングレコードの専属として幸田敏などの名で大衆的な童謡も手がけた。振付集に「新選幼児舞踊」(全6集)、童謡集に「加来琢磨遺稿集」など。

角山 勝義　かくやま・かつよし　詩人
明治44年(1911年)1月2日～昭和57年(1982年)3月8日 [生]新潟県大和町 [歴]帝国石油、労働基準局、熊谷組に勤務。与田準一の「チチノキ」同人となり、のち「子どもの詩研究」に詩を発表。創作童話を志し小川未明に師事する。「風と裸」同人。著書に小説「雲の子供」、郷土の民話集「民話の四季」(全4巻)、童謡集「みぞれ」などがある。

加倉井 秋を　かくらい・あきお　俳人
明治42年(1909年)8月26日～昭和63年(1988年)6月2日 [生]茨城県東茨城郡山根村(水戸市) [出]神奈川県 [名]本名＝加倉井昭夫(かくらい・あきお) [学]東京美術学校建築科〔昭和7年〕卒 [歴]銀行員の二男で、日本画家の加倉井和夫は弟。茨城県で生まれ、大正3年父の転勤で神奈川県に移る。昭和7年大倉土木建築部に入社。10年社内句会で句作を始め、13年「若葉」主宰の富安風生に入門。16～17年「若葉」編集長。戦後の22年、安住敦らと俳句作家懇話会を結成、23年同人誌「諷詠派」を創刊。同年第一句集「胡桃」を刊行。同年「若葉」同人。34年より「冬草」を主宰。47年武蔵大学人文学部教授となり、日本美術工芸史を担当。55年定年退職。句集に「午後の窓」「真名井」「欸乃(ふなうた)」「隠愛(なびはし)」「風祝(かざはふり)」がある。 [賞]若葉功労賞〔昭和38年〕, 東京都文化功労者〔昭和55年〕, 俳人協会賞(第24回)〔昭和59年〕「風祝」, 富安風生賞〔昭和61年〕 [家]弟＝加倉井和夫(日本画家)

加倉井 只志　かくらい・ただし　歌人
大正1年(1912年)8月31日～平成9年(1997年)10月26日 [生]茨城県水戸市 [名]本名＝加倉井正 [歴]昭和18年から「アララギ」に投稿、21年より竹尾忠吉に師事。23年「やちまた」創刊に参加。35年「やちまた」を復刊、編集発行人となる。39年「千葉」を創刊・主宰。千葉県歌人クラブ代表幹事。歌集に「拓土」「三椏の花咲く頃」「東西紀遊」「幻想」「韻」がある。

筧 槇二　かけい・しんじ　詩人
昭和5年（1930年）7月28日 〜 平成20年（2008年）4月10日　生神奈川県川崎市東　出神奈川県横浜市　名本名＝渡辺真次（わたなべ・しんじ）　学横浜国立大学学芸学部国文科〔昭和28年〕卒　歴昭和21年詩作を始め、のち由利浩と「山脈」を主宰。54〜57年日本現代詩人会理事、60〜61年日本詩人クラブ理事長を務めた。「青宋」「鴉」同人。詩集に「筧槇二詩集」「逃亡の研究」「怖い瞳」、評論集に「鴃舌の部屋」、随筆集に「外人嫌ひ」「詩人たち」「続・ポポ」などがある。　賞日本詩人クラブ賞（第22回）〔平成1年〕「怖い瞳」, 壺井繁治賞（第18回）〔平成2年〕「ビルマ戦記」, 更科源蔵文学賞〔平成19年〕「一字の夏」

影山 銀四郎　かげやま・ぎんしろう　歌人
明治41年（1908年）11月22日〜昭和53年（1978年）2月9日　生栃木県安蘇郡野上村（佐野市）　学日本大学専門部修了　歴少年時代から詩歌に親しむ。日本大学専門部を2年で修了したのち、昭和8年「読売新聞」佐野通信部記者。次いで「都新聞」に移り、足利支局長・宇都宮支局長を経て32年に本社記事審査委員となった。その傍ら、さかんに歌作を行い、太平洋戦争前に「蒼空樹」「短歌風景」を発刊したほか、「日輪」「下野短歌」などの同人。昭和15年歌人中河与一の協力を得て「新典」を創刊し、戦後は「民草」「浪漫派」「白木綿」「不二」の中心作家として活躍した。万葉浪漫主義や民族主義に基づく孤高の歌風で知られ、音韻と声調を重んじた。また、栃木県芸術祭の創始者として知られる。没後、栃木県文化功労者。歌集に「秋風抄」「鶉居洞歌集」など、著書に「和歌の精神」「下野の防人歌」などがある。　賞栃木県文化功労者

景山 筍吉　かげやま・じゅんきち　俳人
明治32年（1899年）3月15日 〜 昭和54年（1979年）7月23日　生京都府京都市　名本名＝景山準吉　学東京帝国大学卒　歴昭和4年富安風生、松藤夏山に師事。5年東大俳句会に入り、高浜虚子に師事。「ホトトギス」「若葉」同人で、30年「草紅葉」を創刊・主宰した。句集に「熱燗」「萩叢」「虹」「マリア讃歌」などがある。

影山 正治　かげやま・まさはる　歌人
明治43年（1910年）6月12日 〜 昭和54年（1979年）5月25日　生愛知県豊橋市　学国学院大哲学科中退　歴大学在学中の昭和8年、斎藤実首相ら重臣襲撃未遂の神兵隊事件に参画して入獄。以来一貫して反共、民族主義者として行動した。15年の7.5事件では主謀者となり、16年東条批判文書事件、19年古賀元帥仏式海軍葬阻止事件などを起こした。その間、11年に維新寮を開き14年大東塾に改めた。また日本主義文化同盟にも参加。19年応召、中国で終戦を迎え、21年復員。この間20年8月には大東塾の留守を預った父庄平と塾生13名が集団自決した。戦後は不二奉仕団、不二出版社、代々木農園を組織。29年大東塾を再建し、塾長に。35年の安保改定では岸首相に辞職勧告したり、紀元節復活、靖国法案成立に熱意を燃やしたが54年自決した。一方、15歳頃から作歌し、11年第一歌集「悲願集」を刊行。16年「ひながし」を創刊、21年にその後継誌として「不二」を創刊した。著書に「影山正治全集」（全32巻, 大東塾出版部）、歌集「みたみわれ」「民草の祈り」「日本と共に」の他、「歌道維新論」「日本民族派の運動」などがある。　家長女＝福永真由美（童話作家）

栫 路人　かこい・ろじん　川柳作家
生年不詳〜平成22年（2010年）10月6日　出鹿児島県日置郡吹上町（日置市）　名本名＝栫勲（かこい・いさお）　歴平成18年三条風雲児の後を継ぎ、薩摩狂句渋柿会会長に就任。21年1月より南日本新聞の「南日狂壇」選者を務めた。

鹿児島 寿蔵　かごしま・じゅぞう　歌人
明治31年（1898年）12月10日〜昭和57年（1982年）8月22日　生福岡県福岡市　学福岡高小卒　資重要無形文化財保持者（紙塑人形）〔昭和36年〕　歴高小卒とともに博多人形づくりに従事。初めテラコッタ（素焼き）人形を作っていたが、昭和7年、人形づくりの材料として楮（こうぞ）、フノリなどを原料とした粘土状の可塑物"紙塑"を開発、これを材料に彩色をほどこした"紙塑人形"を創造。11年第1回改組帝展で入選。以降、新文展などに出品。13年"ぬき"と称していた人形材料のおが屑練物を"桐塑"と命名。36年に重要無形文化財保持者（人間国宝）に認定された。37年には"胡桐塑"を開発し公開する。代表作に「志賀島幻想箕立事」「竹の響」「卑彌呼」など。アララギ派の長老歌人としても知られ、歌誌「潮汐」（ちょうせき）を主宰、宮中歌会始の選者も務めた。歌集は「故郷の灯」（第2回迢空賞）「潮汐」「新冬」「花白波」

など多数にのぼる。 勲紫綬褒章〔昭和42年〕，勲三等瑞宝章〔昭和48年〕 賞日本歌人クラブ推薦歌集（第10回）〔昭和39年〕「とよたま」，迢空賞（第2回）〔昭和43年〕「故郷の灯」 家妻＝鹿児島やすほ（歌人），娘＝鹿児島成恵（紙塑人形作家）

鹿児島 やすほ　かごしま・やすほ　歌人
明治32年（1899年）9月4日 ～ 昭和50年（1975年）1月14日 生福岡県 名本名＝鹿児島ヤスオ 歴大正13年「アララギ」に参加し、島木赤彦、岡麓に師事して歌作する。歌集に「ひとりしづか」「しらかば」がある。 家夫＝鹿児島寿蔵（歌人），娘＝鹿児島成恵（紙塑人形作家）

笠井 栖乙　かさい・せいおつ　俳人
明治21年（1888年）5月23日 ～ 昭和50年（1975年）8月13日 生岡山県賀陽郡和井本村（岡山市） 名本名＝笠井誠一 学国学院大学卒 歴教員となり、岐阜中学校・岡山中学校・三次高等女学校などで教鞭を執る。この間、俳人・志田素琴の指導を受けて本格的に俳句を始め、内藤吐天・大森桐明らと共に岡山県俳壇の新進として注目された。昭和5年西村燕々主宰の俳句雑誌「唐辛子」の選者となり、7年からは素琴の「東炎」同人。24年関西高校の校長に就任。29年に教職を退いた後は句作三昧の生活に入り、俳誌「光芒」の選者などを務めた。句集に「陣山抄」「松籟」などがある。

風木 雲太郎　かざき・くもたろう　詩人
大正2年（1913年）10月25日 ～ 平成19年（2007年）12月23日 出長崎県長崎市 名本名＝貞島米親（さだしま・よねちか） 学青山学院大学卒 歴昭和15年火野葦平の推薦で「九州文学」に参加。24年文芸誌「岬」創刊に参加し、以来発行を続けた。平成8年日本現代詩人会より「先達詩人の顕彰」を受けた。戦後、“戦争作家”として批判された火野を支え続けた友人の一人。作品に「紫の笛」「長崎詩篇」などがある。

笠原 和恵　かさはら・かずえ　俳人
昭和5年（1930年）11月14日 ～ 平成10年（1998年）4月25日 生旧朝鮮 学仏教大学文学部史学科卒 歴昭和34年山口草堂主宰「南風」同人である大月芳雨の手ほどきを受ける。45年「南風」同人。 賞南風新人賞〔昭和44年〕

笠原 古畦　かさはら・こけい　俳人
大正7年（1918年）8月19日 ～ 平成18年（2006年）12月5日 生神奈川県橘樹郡生田村（川崎市） 名本名＝笠原盛 学海軍工機学校卒 歴昭和5年双渓亭漣月に師事。13年には「浪」編集に関わる。20年「春夏秋冬」に参加。39年笠原湖舟創刊の「さざなみ」を編集。41年「風土」の石川桂郎に師事。57年「さざなみ」主宰を継承。句集に「朶来」「師恋」「奉仕」「羽黒まうで」などがある。 賞漣賞〔昭和51年〕

笠原 若泉　かさはら・じゃくせん　俳人
明治38年（1905年）1月3日 ～ 昭和59年（1984年）8月4日 生埼玉県 名本名＝笠原寛寿（かさはら・かんじゅ） 学高小卒 歴昭和15年村上鬼城五日会入会。23年文化協会俳句部門担当、俳誌「千曲野」創刊・主宰。永尾宗斤長野支社句会入会、24年「馬酔木」会員。51年長野馬酔木会入会。

笠原 てい子　かさはら・ていこ　俳人
明治44年（1911年）2月27日 ～ 昭和60年（1985年）9月2日 生東京市麻布区（東京都港区） 名本名＝笠原貞（かさはら・てい） 学東京女高師附属高女専攻科国語部卒 歴昭和32年三菱句会で山口青邨の指導を受け、「夏草」入会。46年「夏草」同人。句集に「冬すみれ」（54年）、「三鈷の松」（57年）がある。 賞夏草新人賞〔昭和43年〕

風間 啓二　かざま・けいじ　俳人
大正11年（1922年）3月6日 ～ 平成8年（1996年）6月26日 生東京都 名本名＝風間啓治 学高小卒 歴昭和17年「鶴」に入会するが、戦争で中退。31年安住敦の門に入り、久保田万太郎の選を受ける。「春燈」俳句教室の指導を担当する。句集に「恩田川」がある。

笠松 久子　かさまつ・ひさこ　俳人
大正9年（1920年）1月29日 ～ 平成5年（1993年）8月17日 生北海道上磯郡上磯町 学函館白百合高女卒 歴昭和16年頃から斎藤玄に師事、「壷」の同人となる。石川桂郎、相馬遷子らと共に課題句選者を務め、厳選峻烈な句評で知られる。渡辺直子とともに「壷」の女流俳人の双璧として活躍したが、28年より句作を休止。43年斎藤玄の個人誌「丹精」に作品を発表、句作を再開する。48年「壷」復刊に編集同人として参加。また55年には「壷」素玄集（無鑑査）同人に。平成3年北海道新聞日曜版俳句選者を務

めた。句集に「百夜」「樫」。 賞壺中賞〔昭和51年〕, 北海道俳句協会鮫島賞(第3回)〔昭和59年〕「百夜」, 北海道新聞俳句賞(第4回)〔平成1年〕「樫」

梶井 枯骨　かじい・ここつ　俳人

明治42年(1909年)9月4日〜平成4年(1992年)6月26日 生岡山県真庭郡 名本名＝梶井格(かじい・ただし) 学関西中〔昭和3年〕卒 歴昭和3年大阪海運に入社。5年「ホトトギス」同人本田一杉に師事し、12年「鴫野」創刊に参加。20年岡山に戻る。28年飯田蛇笏に入門し、30年「雲母」同人。32年「風紋」を創刊し、主宰。句集に「晴眼」「棗の実」。

梶浦 正之　かじうら・まさゆき　詩人

明治36年(1903年)5月20日〜昭和41年(1966年)12月12日 生愛知県 学法政大学経済学部卒 歴早くから象徴詩を「明星」などに発表し、大正10年「飢え悩む群れ」を刊行。他の詩集に「砂丘の夢」「鳶色の月」「春鶯」「青嵐」など。詩論集に「詩の原理と実験」がある。

梶川 雄次郎　かじかわ・ゆうじろう

川柳作家

大正14年(1925年)7月1日〜平成19年(2007年)3月25日 出大阪府堺市 名本名＝梶川武男(かじかわ・たけお) 歴昭和36年番傘川柳本社同人。副幹事長、境番傘川柳会長などを歴任、全国川柳協会常任幹事。句集に「友情」がある。平成9〜18年山陽新聞「山陽柳壇」選者を務めた。

鹿島 四潮　かしま・しちょう　俳人

大正5年(1916年)6月12日〜平成19年(2007年)1月18日 生富山県 名本名＝鹿島吉夫(かしま・よしお) 学砺波中卒 歴昭和32年「馬酔木」に投句。34年馬酔木燕巣会に入会、41年同会同人。のち「橡」に拠る。 賞関西俳句大会特選賞〔昭和53年〕

鹿島 鳴秋　かしま・めいしゅう　詩人

明治24年(1891年)5月9日〜昭和29年(1954年)6月7日 生東京市深川区(東京都江東区) 名本名＝鹿島佐太郎 歴大正初期に小学新報社をおこして「少年号」「少女号」などを発刊し、そこに多くの童謡や童話を発表する。童謡の代表作に「浜千鳥」「金魚の昼寝」「お山のお猿」などがある。昭和期に入って事業に失敗し、満州に渡る。戦時中は「満州日日新聞」学芸部に勤め、戦後は日本コロムビア専属となった。その後は学校劇の創作が多かった。著書に「鹿島鳴秋童謡小曲集」の他、童話集「キャベツのお家」「魔法のなしの木」「なまけものと神さま」、学校劇集「学校童謡劇集」「学校歌劇脚本集」などがある。

上代 晧三　かじろ・こうぞう　歌人

明治30年(1897年)2月2日〜昭和59年(1984年)5月22日 生兵庫県佐用郡久崎村(佐用町) 名旧姓・旧名＝片岡, 筆名＝石黒醇 学六高卒, 九州帝国大学医学部〔大正11年〕卒, ミュンヘン大学〔昭和6年〕卒 歴六高在学中に女子教育家・上代淑の養子となる。大正12年岡山医科大学助手、昭和2年助教授、6〜9年ドイツに留学、11年日本医科大学教授、40年定年退職。40〜54年山陽女子高・女子中校長、44年山陽学園短期大学学長、54年山陽学園長を歴任。日本生化学会会長も務めた。ヘモグロビンの研究家。著書に「生化学実習」、編著に「生化学」「近代の生化学」などがある。一方、大正7年「アララギ」に入会。中村憲吉、土屋文明に師事した。歌集に「石神井」「石黒醇歌集」「上代晧三遺歌集」などがある。 勲勲三等瑞宝章〔昭和45年〕 家養母＝上代淑(女子教育家), 二男＝上代淑人(生化学者)

柏崎 夢香　かしわざき・むこう　俳人

明治19年(1886年)8月29日〜昭和42年(1967年)12月25日 生栃木県 名本名＝柏崎豪 歴明治45年文官試験に合格、終戦時は工業組合書記長の職にあった。大正12年より高浜虚子に師事、昭和12年「ホトトギス」同人。7年野口一陽らと「山彦」を創刊、9年より主宰した。著書に「虚子の俳句を解く」、句集に「杜若」などがある。

柏原 和男　かしわばら・かずお　俳人

昭和6年(1931年)〜昭和38年(1963年) 生宮崎県東諸県郡高岡町 名本名＝柏原和夫 学高岡小高等科卒 歴16歳から澱粉工場で働く傍ら、俳句を作りNHKラジオなどに応募。昭和25年19歳の時から本格的に俳人として活躍し、句誌「菜殻火」同人に。主宰者の田原千暉のもとで生活、句作に励んだ。29年以降東京、大阪などで放浪生活を送り、職を転々としながら、労働句を制作。肺結核で一時古里で療養生活を送ったのち、35年再び大阪・釜ケ崎に移り住み、底辺労働者の苦しみの歌を作り続けた。同人誌「裸の会」にも入会し、釜ケ崎の文化リーダーの一人として注目されたが、38年暴漢に刺され、大阪市西成区の路上で死亡。遺稿は「悔いはなし」。46年遺作集「播州路」が刊行された。

春日 こうじ　かすが・こうじ　俳人
大正12年（1923年）9月28日～昭和57年（1982年）11月22日 生宮城県牡鹿郡荻浜村家前 名本名＝春日静輝（かすが・せいき） 学関城中卒 歴昭和30年「夏草」、31年「みちのく」入会。36年「みちのく」、48年「夏草」同人。のち「ひゝらぎ」を創刊。 賞毎日俳壇賞〔昭和35年〕，みちのく賞〔昭和48年〕

春日井 建　かすがい・けん　歌人
昭和13年（1938年）12月20日～平成16年（2004年）5月22日 生愛知県江南市 学南山大学中退 歴父・春日井瀇主宰の「短歌」に17歳頃から作品を発表。昭和33年「短歌」に「未青年」50首を発表し、前衛歌人として注目を集める。35年処女歌集「未青年」を刊行、三島由紀夫から絶賛された。同年塚本邦雄、岡井隆、寺山修司らと同人誌「極」を創刊。後に歌壇から遠ざかるが、54年父の死により中部短歌会と会誌「短歌」を継承。平成12年15年ぶりに発表した歌集「白雨」「友の書」で迢空賞を受賞。愛知女子短期大学教授も務めた。他の歌集に「行け帰ることなく」「夢の法則」「青葦」「水の蔵」「井泉」、評訳に「東海詞華集」などがある。 賞愛知県芸術文化選奨（平成4年度）〔平成5年〕，短歌研究賞（第34回）〔平成10年〕「白雨」「高原抄」，迢空賞（第34回）〔平成12年〕「友の書」「白雨」，日本歌人クラブ賞（第27回）〔平成12年〕「白雨」「友の書」，中日文化賞（第57回）〔平成16年〕 家父＝春日井瀇（歌人），母＝春日井政子（歌人）

春日井 瀇　かすがい・こう　歌人
明治29年（1896年）5月28日～昭和54年（1979年）4月30日 生愛知県名古屋市 名旧姓・旧名＝佐藤，号＝行歌，筆名＝釈慈阿 学神宮皇学館本科卒 歴大正4年「潮音」の創刊に参加。「珊瑚礁」「覇王樹」などの創刊にも参加。大正12年中部短歌会を創立し「短歌」を創刊した。また皇学館女子短期大学教授も務めた。歌集に「吉祥悔過」「海石榴」。 家妻＝春日井政子（歌人），長男＝春日井建（歌人）

春日井 政子　かすがい・まさこ　歌人
明治40年（1907年）1月18日～平成13年（2001年）12月23日 生東京都 歴昭和2年「青垣」に入会。4年名古屋に転居し「短歌」に入会。11年「短歌」同人春日井瀇と結婚。37年夫が中部短歌会主幹となり編集を手伝う。54年夫没後引きつづき長男・建の編集を手伝い、庶務を担当。歌集に「丘の季」「山茱萸」「蒼明」がある。 家夫＝春日井瀇（歌人），長男＝春日井建（歌人）

鹿住 晋爾　かずみ・しんじ　歌人
大正9年（1920年）4月11日～平成6年（1994年）11月5日 生新潟県 歴昭和15年「ポトナム」を経て、17年「多磨」に入会、27年終刊まで所属。中村正爾に師事して28年「中央線」創刊に加わり、同人。29年「短歌研究」第1回50首詠に入選。この間23年地域の同志と上越歌人会を興し「北潮」を創刊編集にあたり、のち編集発行人を経て、52年主宰。平成5年より「朝日新潟歌壇」選者。歌集に「風騒」がある。

加田 貞夫　かだ・さだお　俳人
大正5年（1916年）3月7日～平成2年（1990年）11月16日 生和歌山県 学田辺商中退 歴昭和37年作句を始め、「天狼」「運河」に投句、山口誓子、右城暮石に師事。40年「運河」同人。55年田辺市俳句連盟会長。

片岡 慶三郎　かたおか・けいざぶろう　俳人
大正5年（1916年）3月15日～平成12年（2000年）5月2日 生神奈川県 学横浜工専修（夜間）卒 歴昭和21年職場俳句会で大野林火の指導を受け、同年「浜」入会。37年同人。

片岡 繁男　かたおか・しげお　詩人
大正4年（1915年）5月13日～平成22年（2010年）4月22日 生佐賀県 学九州大学医学部専攻科卒 歴著書に「神寄せ」、詩集「川の子・太郎の歌」などがある。

片岡 千歳　かたおか・ちとせ　詩人
昭和10年（1935年）～平成20年（2008年）1月24日 生山形県最上郡舟形町 歴昭和38年高知市に古書店・タンポポ書店を開業。平成17年その記録を綴った「古本屋タンポポのあけくれ」で高知県出版文化賞を、19年詩集「最上川」で椋庵文学賞を受けた。 賞高知県出版文化賞〔平成17年〕「古本屋タンポポのあけくれ」，椋庵文学賞（第40回）〔平成19年〕「最上川」

片岡 つとむ　かたおか・つとむ　川柳作家
大正11年（1922年）6月6日 ～ 平成10年（1998年）12月14日　出奈良県磯城郡田原本町　名本名＝片岡勉（かたおか・つとむ）　歴昭和23年奈良柳茶屋川柳会を創立。初代会長として、川柳誌「柳茶屋」を発行、平成6年番傘川柳本社幹事長。昭和50年～平成10年朝日新聞奈良版「大和柳壇」選者、昭和55年～平成10年大阪版「なにわ柳壇」選者、また昭和55年から朝日カルチャーセンター講師も務め、川柳の普及に尽くす。全日本川柳協会常任幹事。句集に「沓の音」「風鐸」などがある。

片岡 恒信　かたおか・つねのぶ　歌人
明治38年（1905年）7月5日 ～ 昭和60年（1985年）2月18日　生香川県高松市　学慶応義塾大学法学部〔昭和4年〕卒　歴大正13年「とねりこ」に入会、河野慎吾に師事。昭和10年「多磨」に参加、北原白秋に師事。27年「コスモス」創刊の発起人の一人となり、のち選者の一員として活躍する。歌集に「山木魂」「沙なぎさ」がある。

片岡 文雄　かたおか・ふみお　詩人
昭和8年（1933年）9月12日 ～ 平成26年（2014年）1月9日　出高知県吾川郡伊野町　学明治大学文学部〔昭和32年〕卒　歴高知工時代から文学活動を開始。明治大学在学中に詩作を始め、嶋岡晨らの「貘」に参加、中心的存在として健筆をふるい、ネオ・ファンテジズムを推進。「開花期」などの同人誌を運営編集した。「地球」の同人としても活躍。のち帰郷し、主に定時制高校教員として、詩教育を実践。奥深い叙情性、哲学性を含んだ作品で知られ、また随筆や文芸評論、詩史研究など幅広い分野で活動した。詩集に「地の表情」「帰巣」「眼の叫び」「帰郷手帖」「漂う岸」、方言詩集「いごっそうの唄」などがある。　賞福島県文学賞（詩, 第21回）〔昭和43年〕「地の表情」, 椋庵文学賞（第3回）〔昭和44年〕「悪霊」, 小熊秀雄賞（第9回）〔昭和51年〕「帰郷手帖」, 高知県出版文化賞（第21回）〔昭和51年〕「帰郷手帖」, 地球賞（第13回）〔昭和63年〕「漂う岸」, 現代詩人賞（第16回）〔平成10年〕「流れる家」　家弟＝片岡幹雄（詩人）

潟岡 路人　かたおか・ろじん　歌人
明治37年（1904年）4月3日 ～ 昭和61年（1986年）11月10日　生福井県　名本名＝潟岡登　学日本大学文学部芸術科卒　歴中学3年頃から作歌を始め、大正10年から4年余「国民文学」で半田良平の指導を受ける。昭和14年斎藤瀏主宰の「短歌人」に入り、18年から編集に参加。21年4月戦後第一号を復刊、以後編集委員として参画した。

片桐 顕智　かたぎり・あきのり　歌人
明治42年（1909年）8月23日 ～ 昭和45年（1970年）1月29日　生長野県野沢温泉村豊郷　学東京帝国大学文学部国文科〔昭和10年〕卒　歴NHKに勤務し、芸能局次長、総合放送文化研究所所長などを歴任して昭和40年退職。41年跡見学園女子大学教授に就任。その間の27年「NHK短歌」を創刊して主宰し、また落合直文を研究した。著書に「明治短歌史論」「斎藤茂吉」「ラジオと国語教育」などがある。

片桐 庄平　かたぎり・しょうへい　歌人
大正7年（1918年）8月27日 ～ 昭和58年（1983年）11月13日　生新潟県　歴「抒情詩」「にひわら」「一路」に参加した後「歌と観照」同人、「十月会」会員となる。警察官の立場としての作品が注目をあつめた。「杉並歌話会」「杉並短歌連盟」の運営に尽力した。歌集に「黒い系譜」「六月の雨」など。

片瀬 博子　かたせ・ひろこ　詩人
昭和4年（1929年）9月18日 ～ 平成18年（2006年）7月9日　生福岡県福岡市　学東京女子大学英米文学科卒　歴「想像」「地球」を経て、「アルメ」同人。詩集に「この眠りの果実を」「お前の破れは海のように」「わがよわいの日の」「やなぎにわれらの琴を」「メメント・モリ」など。また「ラド・ヒューズ詩集」「現代イスラエル詩選集」などの訳詩集もある。　賞福岡市文学賞（第5回, 昭和49年度）, 福岡県詩人賞（第16回）〔昭和55年〕

片山 花御史　かたやま・かぎょし　俳人
明治40年（1907年）10月5日 ～ 平成17年（2005年）8月8日　生兵庫県　名本名＝片山武司　歴北九州の日立研究所に勤めた。俳句は大正12年より吉岡禅寺洞に師事して「天の川」に拠り、昭和10年同誌同人。戦後は口語非定型に転じ、木下友敬と「舵輪」を創刊。43年「銀河系」を創刊・主宰。禅寺洞研究の第一人者で、著書「禅寺洞研究」、句集に「工人」「運命」「白い葦」「河口湖」「黒曜石」などがある。

片山 楸江　かたやま・しゅうこう　俳人
明治40年（1907年）3月15日～昭和61年（1986年）5月21日　生神奈川県　名本名＝片山信平（かたやま・しんぺい）　学旧高専卒　歴昭和2年「土上」投句。12年より一時中断。23年福田蓼汀、24年山口青邨に師事。28年「夏草」同人。　賞夏草功労賞〔昭和43年〕

片山 新一郎　かたやま・しんいちろう　歌人
大正13年（1924年）7月10日～平成22年（2010年）12月18日　生岩手県盛岡市　学岩手医専〔昭和25年〕卒　歴宮城県金成町に内科医院を開業。一方、昭和17年より作歌を始める。岩手医専在学中の21年佐藤佐太郎に師事し、「歩道」の同人となる。歌集に「石階」「梨の花」「雪峡」「緑地」など。著書に「佐藤佐太郎論」「佐藤佐太郎随考」がある。

片山 邁　かたやま・すすむ　歌人
大正7年（1918年）11月30日～昭和26年（1951年）3月9日　生三重県桑名市矢田磧　学東洋大学卒　歴桑名中在学中に教師の高橋俊人の手ほどきを受け作歌を開始。高橋主宰の「菁藻」に拠る。大学卒業後は教師となり、多気実業学校、四日市市立商業学校、県立四日市商業学校などに勤務。四日市市立商業学校時代の教え子に浅野英治らがおり、戦後、鈴鹿嶺短歌社を結成して「鈴鹿嶺」（のち「すゞかね」）を創刊。23年病のために同社を解散、療養生活に入った。26年32歳で早世した。歌集に「潮騒」「春暁」がある。

片山 貞美　かたやま・ていび　歌人
大正11年（1922年）3月20日～平成20年（2008年）10月27日　生千葉県旭市　学国学院大学文学部卒　歴少年の時には家業の商家に従うが、のち教職に就く。10代より作歌、「ポトナム」「古今」を経て、「地中海」編集。総合誌「短歌」の編集。歌集「つりかはの歌」「汫丘歌篇」「すもも咲く」、「吉野秀雄の秀歌」。　賞短歌愛読者賞（作品部門, 第2回）〔昭和50年〕「汫丘歌篇」, 日本歌人クラブ賞（第15回）〔昭和63年〕「鳶鳴けり」

片山 敏彦　かたやま・としひこ　詩人
明治31年（1898年）11月5日～昭和36年（1961年）10月11日　生高知県高知市　学東京帝国大学文学部独文科〔大正13年〕卒　歴法政大学予科教授となり、昭和4年渡欧、フランス、ドイツで文学者たちと交わる。7～20年旧制一高、法政大学教授。22年東京大学文学部で「独仏文学の交流」を講じた後、著作と翻訳に専念、詩人、独・仏文学者として活躍した。とくにロマン・ロランの紹介で知られ、大正15年にはロマン・ロラン友の会を設立、会長となる。また文化論、芸術論なども執筆した。詩集に「朝の林」「片山敏彦詩集」「詩心の風光」、評伝に「ロマン・ロラン」、訳書に「カロッサ詩集」など。「片山敏彦著作集」（みすず書房, 全10巻）がある。

片山 雲雀　かたやま・ひばり　川柳作家
明治26年（1893年）2月8日～昭和57年（1982年）2月26日　生福井県勝山市　名本名＝片山忠次郎（かたやま・ちゅうじろう）　学京都帝国大学卒　歴弁護士の傍ら、雲雀の号で川柳作家として活躍。大正8年「番傘」同人。昭和41年「川柳瓦版」を創刊。49～54年日本川柳協会の初代理事長。読売新聞「よみうり時事川柳」選者も務めた。

勝 承夫　かつ・よしお　詩人
明治35年（1902年）1月29日～昭和56年（1981年）8月3日　生東京市四谷区（東京都新宿区）　学東洋大学卒　歴学生時代「新進詩人」に参加。昭和のはじめから芸術至上主義派の「詩人会」のメンバーとして活躍。のちビクター専属作詞家として「歌の町」「灯台守」などの作品を残した。52年日本音楽著作権協会の会長に就任、55年まで務めた。詩集に「惑星」「朝の微風」「白い馬」など。

勝尾 艸央　かつお・そうおう　俳人
明治45年（1912年）3月17日～平成17年（2005年）1月4日　出石川県七尾市　名本名＝勝尾英一（かつお・えいいち）　歴「ホトトギス」「田鶴」「玉藻」「あらうみ」に投句。「ホトトギス」同人で石川県ホトトギス同人会会長、石川県俳文学協会顧問などを務め、石川県の俳壇振興に尽くした。句集に「海鳴り」がある。

勝木 新二　かつき・しんじ　俳人
明治36年（1903年）9月19日～昭和61年（1986年）1月27日　生石川県小松市竜助町　名本名＝勝木新次（かつき・しんじ）　学東京帝国大学医学部〔昭和2年〕卒　歴昭和5年労働科学研究所に入り、24年所長に就任。また21年松本たかしに師事して「笛」に拠る。のち「笛」及び「夏爐」同人。句集に「露」（38年）、「風雪」（47

年）がある。 勲藍綬褒章〔昭和34年〕，勲二等旭日重光章〔昭和48年〕 家弟＝勝木保次（生理学者）

勝田 香月 かつた・こうげつ 詩人
明治32年（1899年）3月3日 ～ 昭和41年（1966年）11月5日 生静岡県沼津市本町 名本名＝勝田穂策 学日本大学 歴20歳で「国民中学会」の編集者となり、苦学して日大で学ぶ。在学中、「日本大学新聞」を創刊する。その傍ら詩作をし、大正8年「旅と涙」を刊行。以後「どん底の微笑」「心のほころび」「哀別」などを刊行。また「独学者の手記」や評論「逆境征服」などの著書もある。

勝又 一透 かつまた・いっとう 俳人
明治40年（1907年）8月4日 ～ 平成11年（1999年）2月22日 生静岡県駿東郡深良村 名本名＝勝又輔弼（かつまた・すけのり） 学沼津商卒 歴昭和4年から「山彦」に投句し、14年「若葉」により富安風生に師事。23年「若葉」同人。30年「岬」を創刊し、主宰。自衛隊俳誌「栃の芽」選者。句集に「青富士」「菊名抄」「古径」「至恩」。 賞若葉賞〔昭和40年〕

勝又 水仙 かつまた・すいせん 俳人
大正10年（1921年）6月15日 ～ 平成13年（2001年）1月14日 生新潟県 名本名＝勝又三郎 学小千谷中卒 歴卒業と同時に国鉄勤務、昭和54年退職。一方、22年「みのむし」入会。29年「鶴」入会。30年「花守」入会、同人。志城柏に師事。39年「風」入会、45年同人。 賞花守賞〔昭和41年〕

勝又 木風雨 かつまた・もくふうう 俳人
大正3年（1914年）11月8日～平成9年（1997年）1月22日 生千葉県 名本名＝勝又誠 学札幌簿記学校卒 歴昭和8年室積徂春の手ほどきを受ける。戦後、呉服商を開業。23年「氷下魚」に投句し、伊藤凍魚に師事。28年「雲母」入会、50年同人。45年「北の雲」創刊・主宰。平成5年「白露」同人。この間、昭和46年俳人協会会員、のち評議員。NHK学園講師なども務めた。句集に「雲の放浪」「二月の橋」。

桂 歌之助 かつら・うたのすけ 川柳作家
昭和21年（1946年）7月30日 ～ 平成14年（2002年）1月2日 生岡山県岡山市 名本名＝北村和喜 歴もとは建築家志望だったが、深夜放送で3代目桂米朝の落語を聞き、落語にはまる。昭和42年米朝に入門。独立後は各地で定期的に独演会を開催。古典落語だけにとらわれず、話芸としての対談、フリートークにも活躍。川柳結社代表でもあり、没後、遺稿集「桂歌之助 飲む前は律儀と遠慮の人なのに」が編まれた。

桂 樟蹊子 かつら・しょうけいし 俳人
明治42年（1909年）4月28日 ～ 平成5年（1993年）10月24日 生京都府京都市 名本名＝桂琦一（かつら・きいち） 学京都帝国大学農学部農林生物学科〔昭和11年〕卒 歴京都農林専門学校教授、京都府立大学教授などを歴任し、植物疫病菌の研究に従事。傍ら七高時代に作句を始め、昭和6年水原秋桜子に師事、「馬酔木」に投句。10年京都馬酔木会を結成し、12年「馬酔木」同人。22年指導していた京大学生俳句会を中心に「学苑」を創刊、26年「霜林」と改題して主宰。京都新聞、読売新聞京都版、毎日新聞滋賀版の俳壇選者を歴任。著書に「植物の疫病」、句集に「放射路」「朱雀門」「安良居」などがある。平成6年1月「霜林」は550号で廃刊した。 勲勲三等瑞宝章 賞馬酔木賞〔昭和11年〕，京都市芸術文化協会賞〔平成4年〕

桂 信子 かつら・のぶこ 俳人
大正3年（1914年）11月1日 ～ 平成16年（2004年）12月16日 生大阪府大阪市東区八軒町 名本名＝丹羽信子（にわ・のぶこ） 学大手前高女〔昭和8年〕卒 歴昭和10年俳句を始め、13年「旗艦」に投句、日野草城に師事。14年結婚するが、2年後に死別。16年「旗艦」同人。21年近畿車両に勤務の傍ら、新興俳句系誌「太陽系」（23年「火山系」に改名）創刊に参加。また草城主宰「アカシア」同人。同年「まるめろ」創刊に加わり、山口誓子の句集「激浪」に感激したことから同誌に「『激浪』ノート」を連載した。24年草城主宰の「青玄」創刊に参加。同年処女句集「月光抄」を刊行。29年結社を超えた女流誌「女性俳句」創刊に尽力、鈴木真砂女、中村苑子らと今日の女性俳句ブームにつながる土壌を作った。45年には「青玄」同人を辞して「草苑」を創刊、女性主宰者の先駆けとなった。同年近畿車両を退職し、以後句作に専念。この間、27年現代俳句協会会員となり、60年副会長に就任。女性の心情を柔軟に表現し、詩性をたたえた句風は“信子俳句”とも呼ばれ、最晩年まで旺盛な句作を行い、女性俳人の第一人者として活躍した。他の句集に「女身」「新緑」「緑夜」「草樹」「樹影」「花影」「草影」、散文集に「草花集」「信子十二ケ月」「草よ風よ」など

がある。平成22年伊丹市の柿衛文庫が開館25周年を記念して桂信子賞を創設した。 勲勲四等瑞宝章〔平成6年〕 賞現代俳句女流賞（第1回）〔昭和52年〕「新緑」, 大阪府文化芸術功労賞〔昭和56年〕, 現代俳句協会功労賞〔昭和57年〕, 大阪市民文化功労賞〔平成2年〕, 蛇笏賞（第26回）〔平成4年〕「樹影」, 現代俳句協会大賞（第11回）〔平成11年〕, 毎日芸術賞（第45回）〔平成16年〕「草影」, 大阪芸術賞〔平成16年〕

葛山 たけし　かつらやま・たけし　俳人
大正3年（1914年）10月20日～平成13年（2001年）7月5日 生三重県桑名市 名本名＝葛山武 学名古屋市立工芸建築科卒 歴昭和20年山口誓子に師事し、「馬酔木」に投句。23年「天狼」発刊と同時に入会、42年同人。句集に「木場」がある。 賞天狼賞〔昭和42年〕

角 光雄　かど・みつお　俳人
昭和6年（1931年）7月1日～平成26年（2014年）7月27日 生広島県三原市 歴県立三原中学時代から俳句を始め、俳句会を結成。昭和20年松本正気の「春星」に拠り、青木月斗の添削を受ける。大学時代や桃谷順天館宣伝部勤務時代は中断。35年「うぐいす」「同人」に投句。45年「同人」選者、「うぐいす」編集者となる。63年「あじろ」創刊・主宰。「晨」同人、「淀の会」会員。平成22年6月号から体調不良のため「あじろ」休刊。句集に「菊しぐれ」「薫風」「栗ごはん」、評論に「俳人青木月斗」など。 賞うぐいす功労賞, 同人700号記念論文優秀賞, 俳人協会評論賞（第24回, 平成21年度）「俳人青木月斗」

加藤 愛夫　かとう・あいお　詩人
明治35年（1902年）4月19日～昭和54年（1979年）10月23日 生北海道雨竜郡北竜町 名本名＝加藤松一郎 学早稲田実中退 歴ワーズワース、ホイットマンの影響を受けて詩作を始め、「文章倶楽部」「日本詩人」などへ投稿する。昭和24年から28年の終刊まで「詩人種」を主宰。「情緒」「共悦」同人。生田春月、尾崎喜八、室生犀星に師事。詩集に「従軍」「進軍」「幻虹」「夕陽無根」などがある。

加藤 朝男　かとう・あさお　俳人
明治42年（1909年）3月20日～昭和60年（1985年）7月17日 生埼玉県 学熊谷商卒 歴昭和23年福田蓼汀「山火」創巻号より入会。29年埼玉県俳連常任理事、「山火」同人、48年熊谷市俳連会長。 賞熊谷市文化功労者〔昭和49年〕

加藤 郁乎　かとう・いくや　俳人　詩人
昭和4年（1929年）1月3日～平成24年（2012年）5月16日 生東京都 名本名＝加藤郁乎（かとう・いくや），号＝郁山人 学早稲田大学文学部演劇科〔昭和26年〕卒 歴俳人だった父の影響を受け、少年時代より句作をはじめる。父が遺した俳誌「黎明」の新鋭として、新芸術俳句を作るが、のち詩の世界に入る。無所属。江戸趣味の研究でも知られた。平成11年加藤郁乎賞が創設される。17年高山市の光記念館館長に就任。句集「球体感覚」「牧歌メロン」「定本加藤郁乎句集」「江戸桜」「初昔」「加藤郁乎俳句集成」「晩節」、詩集「形而情学」「荒れるや」「エジプト詩篇」「加藤郁乎詩集成」、考証評論集に「近世滑稽俳句大全」「日本は俳句の国か」などがある。 賞室生犀星詩人賞（第6回）〔昭和41年〕「形而情学」, 日本文芸大賞（俳句賞, 第18回）〔平成10年〕「初昔」, 21世紀えひめ俳句賞（富沢赤黄男賞, 第1回）〔平成14年〕「加藤郁乎俳句集成」, 山本健吉文学賞（評論部門, 第5回）〔平成17年〕「市井風流 俳林随筆」, 文化庁長官表彰〔平成19年〕, 山本健吉文学賞（俳句部門, 第11回）〔平成23年〕「晩節」 家父＝加藤紫舟（俳人）

加藤 今四郎　かとう・いましろう　歌人
明治24年（1891年）～昭和53年（1978年）4月 生愛知県東加茂郡下山村 学足助高小高等科卒 歴足助町内の高小の教員の傍ら、大正8年から「潮音」の太田水穂に師事し短歌を学ぶ。昭和初期名古屋の東邦商の教諭となり、学生短歌を主唱、短歌誌「東邦」も創刊。戦後教職を辞し帰郷。昭和29年町の文芸愛好家らと短歌グループ足助歌の会を発足、指導者に。歌誌「灯（ともしび）」を発刊したほか、30年代初めから香嵐渓紅葉祭短歌大会を開くなど活動を続けた。53年9月米寿の記念に、「灯」の同人らにより、同町・香積寺に歌碑が建てられたが、それを見ることもなく、同年4月他界。50年に発足した足助短歌の会や、死の前後に名古屋に拠点を移した「灯」によって活動が受け継がれる。

加藤 燕雨　かとう・えんう　俳人
大正9年（1920年）2月20日～平成15年（2003年）1月13日 生愛知県豊田市 名本名＝加藤鉦司（かとう・しょうじ） 学愛知県立青年学校教員養成所〔昭和14年〕卒 歴教員生活の傍ら句作を始め、昭和12年市川丁子、14年臼田亜浪、22年太田鴻村に師事。23年長兄・加藤芳雪主宰の「高嶺」編集担当。36年「松籟」を創刊し主宰。55年教職を辞し、句作に専念。句集に「梅韻」「竹韻」「松韻」「日々風韻」がある。賞岡崎市教育文化賞〔昭和55年〕　家兄＝加藤芳雪（俳人）

加藤 覚範　かとう・かくはん　俳人
大正9年（1920年）1月23日～平成14年（2002年）6月29日　生埼玉県　学大正大学卒　歴戦前は「旗艦」に所属、日野草城の選を受ける。昭和20年以降「春燈」誌上で久保田万太郎の選を受け、万太郎没後は安住敦の選を受けた。「橘」同人。句集に「早春」「風の音」がある。

加藤 かけい　かとう・かけい　俳人
明治33年（1900年）1月15日～昭和58年（1983年）3月4日　生愛知県名古屋市　名本名＝加藤亮造（かとう・りょうぞう）　学名古屋商卒　歴昭和2年加藤霞村と名古屋ホトトギス会を結成したが、6年「馬酔木」に転じ、俳句革新運動に参加。戦後は山口誓子主宰の「天狼」に加わり、26年「環礁」を創刊。独自の表現から、反骨の作家、怒りの俳人といわれ、中部俳壇の指導的立場にあった。句集に「夕焼」「浄瑠璃寺」「淡彩」「生涯」「捨身」「甕」などの他、「定本加藤かけい俳句集」「加藤かけい添削教室」がある。　家兄＝加藤霞村（俳人）

加藤 和美　かとう・かずみ　俳人
大正2年（1913年）8月22日～平成14年（2002年）12月26日　生埼玉県　名本名＝加藤和夫（かとう・かずお）　学早稲田大学専門部中退　歴昭和35年「曲水」入会、渡辺桂子の指導を受ける。46年水巴会参加、48年特別水巴会参加、48年水巴会幹事。句集に「十三夜」。

加藤 勝三　かとう・かつぞう　歌人
大正6年（1917年）3月14日～平成10年（1998年）10月6日　生東京都　歴昭和12年より大岡博に師事。29年堀正三・渡辺於兎男らと「あかしや」を創刊。56年博逝去後、「菩提樹」の編集・発行人。歌集に「雁の来る頃」「有心」「草つげ」「石の渚」等がある。

加藤 克巳　かとう・かつみ　歌人
大正4年（1915年）6月30日～平成22年（2010年）5月16日　生京都府綾部市　学国学院大学文学部国文科〔昭和13年〕卒　歴昭和4年作歌開始。8年国学院大学に入り、新芸術派短歌運動の一環として早崎夏衛、岡松雄らと「短歌精神」を創刊。在学中の12年、第一歌集「螺旋階段」を刊行。超現実的な手法を初めて短歌に取り入れ、高い評価を受けた。戦後、満30歳で復員、21年「鶏苑」創刊に参加。さらに宮柊二、近藤芳美らと「新歌人集団」を結成して、論・作に精力的な活動を開始。28年歌誌「近代」を創刊、のち「個性」と改め主宰。45年「球体」で迢空賞、61年「加藤克巳全歌集」で現代短歌大賞。平成3～7年現代歌人協会理事長。埼玉県文芸懇話会会長、埼玉県文化団体連合会顧問も歴任した。8年歌会始の召人を務めた。他の歌集に「宇宙塵」「心庭晩夏」「ルドンのまなこ」、評論集に「意志と美」「邂逅の美学」「熟成と展開」などがある。　勲藍綬褒章〔昭和54年〕，勲四等瑞宝章〔昭和61年〕　賞迢空賞（第4回）〔昭和45年〕「球体」，埼玉県文化賞〔昭和50年〕，埼玉県文化功労賞〔昭和51年〕，現代短歌大賞（第9回）〔昭和61年〕「加藤克巳全歌集」

加藤 康人　かとう・こうじん　俳人
明治39年（1906年）8月24日～平成11年（1999年）4月29日　生愛知県　名本名＝加藤功　学実業補習学校卒　歴大正13年より酪農業を営む。一方、同年俳句吟社に入り作句を始める。昭和11年皆吉爽雨に師事、「山茶花」「雪解」に投句。13年富安風生に師事、「若葉」に投句。27年「雪解」同人。33年「若葉」同人。句集に「牧歌」「馬柵」がある。

加藤 しげる　かとう・しげる　俳人
明治25年（1892年）7月2日～昭和47年（1972年）3月26日　生広島県広島市　名本名＝加藤滋　学慶応義塾大学経済学部卒　歴「草汁」（「鹿火屋」の前身）創刊時より原石鼎に師事し、石鼎発病の時期は代って「鹿火屋」雑詠選者を担当した。みずからも「紺」「平野」「杉の花」などを主宰。句集に「無明」「加藤しげる句集」がある。

加藤 静代　かとう・しずよ　俳人
昭和4年（1929年）12月19日～昭和57年（1982年）9月29日　生台湾台北　学台北第二高女卒　歴昭和49年「環礁」入会、加藤かけいに師事。51年同人。　賞環礁賞〔昭和53年〕

加藤 楸邨　かとう・しゅうそん　俳人
明治38年（1905年）5月26日～平成5年（1993年）7月3日　生山梨県大月市　出東京都　名本名＝加藤健雄（かとう・たけお）　学東京文理科大学国文科〔昭和15年〕卒　資日本芸術

院会員〔昭和60年〕 歴父を早く失い、旧制金沢中学を卒業して代用教員となる。昭和4年東京高等師範第一臨時教員養成所を卒業、春日部中学の教員となる。6年水原秋桜子の弟子となり、「馬酔木（あしび）」に投句。晩学を志し、32歳で旧制中学の教師の職を捨て東京文理大国文科に入学、15年に卒業した。同年俳誌「寒雷」を創刊、17年「馬酔木」を離れる。19年大本営報道部嘱託で満蒙を旅行、戦後その姿勢を問われる。30～50年青山女子短期大学教授、45年からは朝日俳壇選者を務める。60年芸術院会員となる。金子兜太、森澄雄、安東次男といった後進を育成、また芭蕉研究でも知られる。句集に「寒雷」「穂高」「雪後の天」「野哭」「起伏」「山脈」他、紀行句文集「死の塔」、研究書「芭蕉秀句」、「加藤楸邨全集」（全14巻, 講談社）がある。平成4年アートネイチャーにより山梨県小淵沢町に“加藤楸邨記念館”が設立された。13年閉館。 勲紫綬褒章〔昭和49年〕, 勲三等瑞宝章〔昭和63年〕 賞蛇笏賞（第2回）〔昭和43年〕「まぼろしの鹿」, 詩歌文学館賞（第2回・現代俳句部門）〔昭和62年〕「怒濤」, 現代俳句協会大賞（第1回）〔昭和63年〕, 朝日賞（平成3年度）

加藤 順三　かとう・じゅんぞう　歌人

明治18年（1885年）9月29日 ～ 昭和36年（1961年）11月10日 生大阪府大阪市 学京都帝国大学国文科卒 歴教員生活をしながら歌人として作歌活動に入る。「心の花」を経て、昭和5年創刊の「帚木」に参加して短歌を発表し、のちに同誌を主宰。歌集に「葦火」「ながれ藻」「ながれ藻以後」があり、他に「万葉集」などの研究書がある。

加藤 松薫　かとう・しょうくん　俳人

大正4年（1915年）11月25日 ～ 平成11年（1999年）5月31日 生東京都 名本名＝加藤勲 学東京府立工芸卒 歴昭和4年黒岩漁郎選「現代文芸」、金子杜鵑花選「俳句月刊」、原石鼎選「東京日日新聞」俳句欄、久保田万太郎選「若草」を経て、30年「春燈」入会、安住敦の指導を受けた。句集に「夏祭」「朝顔」がある。

加藤 省吾　かとう・しょうご　詩人

大正3年（1914年）7月30日 ～ 平成12年（2000年）5月1日 生静岡県富士市 歴昭和13年「可愛い魚屋さん」を発表し、同年音楽新聞社入社。16年音楽之友社創立発起人、日本音楽文化協会「音楽文化新聞」編集長となる。21年「ミュージックライフ」を創刊し編集長。同年「みかんの花咲く丘」を発表、川田正子が歌って大ヒットする。33年頃から40年にかけてヒットしたテレビ映画「快傑ハリマオ」「笛吹童子」「ジャガーの眼」などの主題歌の創作を手がけた。他に「りんどうの唄」「やさしい和尚さん」などの作品を発表し、詩集「みかんの花咲く丘」、「日本童謡百曲集」（全5巻）などの著書がある。また61年71歳で演歌歌手としてデビューし、話題を呼んだ。 勲勲四等瑞宝章〔平成1年〕 賞日本レコード大賞童謡賞（第1回）〔昭和34年〕「やさしい和尚さん」

加藤 水万　かとう・すいまん　俳人

昭和5年（1930年）12月8日 ～ 平成26年（2014年）11月24日 出岐阜県多治見市 名本名＝加藤茂（かとう・しげる） 学名古屋経専〔昭和24年〕卒, 名古屋大学経済学部〔昭和28年〕卒 歴薄多久雄に師事。昭和41年「日輪」同人、のち2代目主宰。岐阜県俳句作家協会会長などを歴任。岐阜新聞「岐阜文芸」欄選者を2回17年間務めた。一方、28年岐阜県の公立高校教師となり、岐阜商業高校に勤務。硬式野球部の副部長として同部の黄金期を支えた。同校校長時代には岐阜県高野連会長も務めた。著書に「電子計算機一般」「プログラミング」「情報処理教育の進め方」（共著）「関発」などがある。 賞岐阜県芸術文化顕彰

加藤 仙太郎　かとう・せんたろう　俳人

大正14年（1925年）1月29日 ～ 平成20年（2008年）11月29日 生埼玉県 学青年学校本科五年卒 歴昭和25年「杉の芽」編集同人。同年福田蓼汀に師事、「山火」に入会。31年「山火」同人。 賞山火新人賞〔昭和52年〕

加藤 草杖　かとう・そうじょう　俳人

大正5年（1916年）9月8日～平成12年（2000年）1月23日 生静岡県 名本名＝加藤平太郎 学青年学校卒 歴昭和22年「馬酔木」入門、水原秋桜子に師事。25年「伊吹」に入会。47年「鯱」同人となる。 賞鯱賞〔昭和55年〕

加藤 知多雄　かとう・ちたお　歌人

大正2年（1913年）1月25日～平成2年（1990年）7月13日 生東京都台東区 学日本大学文学部中退 歴府立三中時代より作歌、日大在学中より同人「青芦」（後に「短歌文化」）を中心に活動。戦後京都に移り、昭和26年「新月」に入会、36年から編集を全面担当し、56年主宰。この間、「現代短歌」に編集委員として終刊まで

参加。また57年からは京都新聞歌壇選者を務めた。歌集に「海嘯」「古代の相聞」「白雁」など。一方、13年から48年まで日本エヌ・シー・アールに勤務した。 賞関西短歌文学賞（第24回）〔昭和56年〕「海嘯」, 大津市民文化賞〔昭和59年〕「古代の相聞」

加藤 知世子　かとう・ちよこ　俳人

明治42年（1909年）11月20日～昭和61年（1986年）1月3日　生新潟県東頸城郡安塚町樽田川　名本名＝加藤チヨセ（かとう・ちよせ）, 旧姓・旧名＝矢野　学菱里小卒　歴昭和4年加藤楸邨と結婚して門下となり、「若竹」「馬酔木」を経て、15年に楸邨が創刊した「寒雷」の同人となる。29年殿村菟絲子らと「女性俳句」を創刊。東京タイムズ俳壇選者も務めた。句集に「冬萠」「飛燕草」「朱鷺」など。　賞清山賞（第4回）〔昭和47年〕　家夫＝加藤楸邨（俳人）

加藤 鎮司　かとう・ちんじ　俳人

大正13年（1924年）8月5日～昭和63年（1988年）11月11日　生愛知県東加茂郡　学和歌山経済専門学校卒　歴中日新聞論説委員などを務める。俳句は中学時代より始め、「早蕨」に拠った。昭和23年「早蕨」賞受賞。同年総合誌「俳句春秋」を創刊。33年「俳句評論」同人参加。52年同人誌「橋」を創刊、編集する。句集に「日照雨」、一般書に「マス・コミュニケーション」などがある。　賞早蕨賞〔昭和23年〕

加藤 凍星　かとう・とうせい　俳人

昭和10年（1935年）9月17日～昭和56年（1981年）12月30日　生青森県　名本名＝加藤粕美　学中央大学商学部卒　歴昭和34年職場句会入会。40年「氷海」、53年「狩」入会。55年同人。賞狩座賞〔昭和55年〕

加藤 拝星子　かとう・はいせいし　俳人

明治42年（1909年）11月4日～平成5年（1993年）7月23日　生神奈川県横浜市　名本名＝加藤清司　学日本大学工学部中退　歴昭和5年「石楠」系「石鳥」に入り、20年同誌最高幹部。29年俳誌「水鳥」を創刊し、主宰。句集に「海の音」「指」、句文集に「俳句とその周辺」「続・俳句とその周辺」がある。

加藤 温子　かとう・はるこ　詩人

昭和7年（1932年）4月13日～平成12年（2000年）12月22日　生東京都　学お茶の水女子大学英米文学科卒　歴「飾粽」同人。詩集に「少女時代」「転校生」「オシャマンベのイカメシ」「時禱集」「春の声」などがある。

加藤 春彦　かとう・はるひこ　俳人

大正2年（1913年）3月8日～平成5年（1993年）6月12日　生愛知県　学旧制中学卒　歴昭和16年「馬酔木」入会、35年同人。44年「年の花」講師となる。のち「鯱」同人。俳句会合同月報誌「帯」の指導にあたる。句集に「雁の頃」「寮長日記」「流氷祭」がある。

加藤 久雄　かとう・ひさお　歌人

大正11年（1922年）5月24日～平成13年（2001年）2月27日　生愛知県名古屋市　名本名＝加藤普久雄　学青山学院文学部英語科卒　歴愛知県立松蔭高校講師を務める傍ら、昭和49年「灯」入会、50年同人に。60年竹田水明没後から事務局長を務め、平成12年代表。歌集に「自燈明」「一念三千」「白き道」「峠道」。

加藤 菲魯子　かとう・ひろし　俳人

明治23年（1890年）12月～昭和33年（1958年）4月10日　出大阪府　名本名＝加藤博　歴青年時代に劇界に入り、のち経営者となった。一方、俳句は「赤壁」「みどり」に参加。「無暦」を刊行編集した。

加藤 文男　かとう・ふみお　詩人

大正8年（1919年）1月1日～平成10年（1998年）7月27日　生宮城県飯野川町（石巻市）　学盛岡中卒　歴川崎製鉄勤務を経て、川鉄鋼板常務、川鉄不動産取締役を歴任。詩集に「加藤文男詩集」「余白」「南部のくら暦」「労使関係論」などがある。　賞小熊秀雄賞（第21回）〔昭和63年〕「南部めくら暦」, 晩翠賞（第29回）〔昭和63年〕「労使関係論」

加藤 芳雪　かとう・ほうせつ　俳人

明治40年（1907年）5月26日～平成2年（1990年）4月9日　生愛知県豊田市福受町　名本名＝加藤明治　学安城農林学校卒　歴昭和3年小学校訓導。12年「石楠」に入門し、臼田亜浪に師事。23年「高嶺」創刊・主宰。31年休刊。44年豊田市民俳句会常任講師及び公民館講師。句集に「青世界」。　賞豊田文化功労賞〔昭和56年〕　家弟＝加藤燕雨（俳人）

加藤 真暉子　かとう・まきこ　俳人

明治36年（1903年）6月6日～昭和61年（1986年）4月1日　生東京市深川区（東京都江東区）

名本名＝加藤真暉　学山脇高等学校本科・家事専攻科卒　歴本科四年国語科の時俳句の手ほどきを受け、昭和28年「かびれ」入会。主宰大竹孤悠没後、小松崎爽青に指導を受ける。句集に「浅間」がある。　賞かびれ賞〔昭和48年〕

加藤 まさを　かとう・まさお　詩人
明治30年（1897年）4月10日～昭和52年（1977年）11月1日　生静岡県藤枝市　名本名＝加藤正男，別名＝藤枝春彦，蓬芳夫　学立教大学英文科卒　歴学生時代から抒情画風の挿絵を描き、「少女画報」「少女倶楽部」「令女界」に抒情画と抒情詩、童話を発表、小説も書いて、少女たちの人気を得、ジャーナリズムにもてはやされた。作品に童謡画集「かなりやの墓」「合歓の揺籃」、詩集「まさを抒情詩」、少女小説「遠い薔薇」「消えゆく虹」など。また死の直前「加藤まさを抒情画集」を出版した。大学時代静養のため千葉県御宿町をしばしば訪れ、海岸に広がる砂丘を朧月に照らされながら散歩した頃をイメージして作詞した童謡「月の沙漠」は、大正12年3月号の「少女倶楽部」に発表され、佐々木すぐる作曲で全国に広まり、今なお愛唱されている。

加藤 将之　かとう・まさゆき　歌人
明治34年（1901年）7月3日～昭和50年（1975年）6月9日　生愛知県名古屋市下之一色町　学東京大学哲学科卒　歴八高在校中石井直三郎の指導を受け「水甕」入社。昭和15年「新風十人」に参加、16年歌集「対象」評論集「斎藤茂吉論」出版。34年より「水甕」主幹を務める。著書多数。歌会始選者。平成3年「加藤将之全歌集」（水甕社）が刊行された。

加藤 三七子　かとう・みなこ　俳人
大正14年（1925年）4月27日～平成17年（2005年）4月5日　生兵庫県揖保郡竜野町（たつの市）　名旧姓・旧名＝森川　学龍野高女卒　歴昭和21年歌誌「水甕」に入会。31年相生垣秋津との出会いから俳句に転向し、「九年母」「ホトトギス」に投句。34年「かつらぎ」入会、阿波野青畝に師事。42年同人。52年「黄鐘」創刊・主宰。句集に「万華鏡」「華鬘」「浜籠」「朧銀集」、随想集に「雪女郎」「かげろひにけり」などがある。
賞兵庫県半どんの会文化賞〔昭和59年〕，高砂市文化賞（第1回）〔昭和60年〕，俳人協会賞（第38回）〔平成10年〕「朧銀集」

加藤 守雄　かとう・もりお　短歌研究家
大正2年（1913年）11月2日～平成1年（1989年）12月26日　生愛知県名古屋市　学慶応義塾大学国文科卒，慶應義塾大学大学院修了　歴国学院大学講師、慶應義塾大学新聞研究所講師、文化学院講師、「短歌」編集長などを務めた。慶応義塾大学在学中から折口信夫に師事、師の没後、「折口信夫全集」（全31巻）や「ノート編」編纂に尽力した。ほかに「わが師折口信夫」「迢空・折口信夫研究」（共著）がある。

加藤 岳雄　かとう・やまお　俳人
大正9年（1920年）6月6日～平成3年（1991年）4月21日　生岐阜県高山市　名本名＝加藤正　学名古屋帝国大学医学部卒　歴松山高時代の昭和14年「いたどり」主宰川本臥風、名古屋帝国大学では「環礁」主宰加藤かけいに師事。42年「馬酔木」に入会し、水原秋桜子の指導を受ける。59年同人。句集に「樹氷」「雲橋」。

角川 源義　かどかわ・げんよし　俳人
大正6年（1917年）10月9日～昭和50年（1975年）10月27日　生富山県新川郡水橋町（富山市水橋）　学国学院大学国文学科〔昭和16年〕卒
歴神通中学時代の昭和5年頃より句作を始め、俳誌「白山」「草上」などに投稿。国学院大学在学中には折口信夫、柳田国男に師事した。卒業後は東亜学院教授の傍ら著作に従事し、17年第一作「悲劇文学の発生」を刊行。19年城北中学教諭に転じ、20年応召して富山野戦部隊に配属。戦後教職に復帰するが短期間で辞し、20年11月角川書店を創業。21年佐藤佐太郎の歌集「歩道」を皮切りに国文学関係書籍の出版を開始し、堀辰雄「絵はがき」、阿部次郎「合本・三太郎の日記」などで社業の基礎を確立。24年「角川文庫」を発刊して戦後の文庫本時代の先端を切り、27年「昭和文学全集」（全60巻）の刊行を開始し、全集物ブームの火付け役となった。一方で雑誌「俳句」「短歌」の創刊、角川俳句賞・短歌賞、蛇笏賞、迢空賞の創設、俳人協会・俳句文学館の設立などを通じて戦後の俳句・短歌ジャーナリズムの活性化に貢献。33年俳誌「河」を創刊し、自ら主宰となった。著書に句集「ロダンの首」「秋燕」「神との宴」「冬の虹」「西行の日」、文芸評論集「近代文学の孤独」「源義経」「飯田蛇笏」「語り物文芸の発生」、随想集「雉子の声」などがある。　賞日本エッセイストクラブ賞（第20回）〔昭和47年〕「雉子の声」，読売文学賞（詩歌・俳句賞，第27回）〔昭

和50年〕「西行の日」 家妻＝角川照子（俳人），長女＝辺見じゅん（歌人），長男＝角川春樹（俳人・出版人），二男＝角川歴彦（出版人）

角川 照子　かどかわ・てるこ　俳人
昭和3年（1928年）12月14日～平成16年（2004年）8月9日 生東京都 学目黒女子商卒 歴角川書店に勤務し、昭和24年同社創業者である角川源義と結婚。夫の死後、俳句を勉強し、54年より「河」主宰。多摩文庫社長。角川春樹ら姉弟の継母にあたる。句集に「幻戯微笑」「阿呍」「自註現代俳句シリーズ 角川照子集」「花行脚」など。 賞現代俳句女流賞（第11回）〔昭和62年〕「花行脚」 家夫＝角川源義（俳人・出版人）

門倉 訣　かどくら・さとし　詩人
昭和9年（1934年）8月5日～平成21年（2009年）12月1日 生群馬県高崎市 学中央大学卒 歴戦後の混乱期に詩を書きはじめ、出版社、雑誌編集長を経て、文筆活動に入る。昭和39年日中友好協会の招待で中国各地で交流。著書に「いのちの輝き」「サークル活動への招待」「雪とふきのとう」、詩集「12月の鬼火」「裸のひまわり」「出発のあさの歌」「恐竜の伝言」などがある。また、現代の民謡・わらべ唄を志して作詩活動も行い、「たんぽぽ」「桑畑」は教科書にも取り上げられた。 賞三木露風賞〔昭和42年〕，北原白秋生誕百年記念童謡作詩賞〔昭和43年〕，毎日童謡賞優良賞（第3回）〔平成1年〕「けやき」

門田 ゆたか　かどた・ゆたか　詩人
明治40年（1907年）1月6日～昭和50年（1975年）6月25日 生福島県 名本名＝門田穣 学早稲田大学仏文科中退 歴西条八十門下で詩作。昭和10年頃から歌謡も作り、「東京ラプソディー」を始め、多くのヒットソングを出す。「蠟人形」を編集し、のち「プレイアド」を創刊。テイチク、ビクターを経て、コロムビアに専属。日本訳詩家協会創設者のひとりで、理事長を務めた。詩集「歴程」や詩謡集「東京ラプソディー」などの著書がある。

香取 佳津見　かとり・かつみ　俳人
大正7年（1918年）1月1日～平成1年（1989年）9月27日 生千葉県香取郡香取町香取 名本名＝香取和美 学佐原中卒 歴昭和15年「文芸首都」俳句欄で中村草田男選を受ける。21年「萬緑」創刊に参加、31年同人。句集に「谷懐」「素顔」。 賞萬緑賞〔昭和31年〕

香取 秀真　かとり・ほつま　歌人
明治7年（1874年）1月1日～昭和29年（1954年）1月31日 生千葉県印旛郡船穂村（印西市） 名本名＝香取秀治郎，別号＝六斎，梅花翁 学東京美術学校鋳金科〔明治30年〕卒 資帝国美術院会員〔昭和4年〕，帝室技芸員〔昭和9年〕，帝国芸術院会員〔昭和12年〕 歴宗像神社の神主の子に生まれ、5歳の時に佐倉の麻賀多神神社宮司・郡司秀綱の養子となる。東京美術学校に首席で合格し、明治30年鋳金科を卒業。31年日本美術協会展で「獅子置物」が一等受賞。36年から昭和16年まで東京美術学校（8年教授）で鋳金史、彫金史を講ずる。この間、明治40年東京彫金会を創立し幹事となったほか、日本工業美術会、日本美術協会、東京彫工会などの幹事も務め、自ら多くの作品を発表した。昭和2年帝展審査員、4年帝国美術院会員、9年には帝室技芸員となった。28年文化勲章受章。また、アララギ派歌人としても知られ、大八洲学校時代「うた」を岡麓らと創刊し、明治32年根岸短歌会に参加。35年子規没後の翌36年に岡麓・長塚節らと歌誌「馬酔木」を刊行。41年「アララギ」創刊に参加し、のち佐々木信綱主宰歌誌「心の花」の会員となる。昭和29年歌会始の召人に選ばれた。主な学術書に「日本鋳工史稿」「日本金工史」「金工史叢談」「茶の湯釜」、歌集に「天之真榊」「還暦以後」「ふいで祭」「香取秀真全歌集」がある。 勲文化勲章〔昭和28年〕 家長男＝香取正彦（鋳金家）

門脇 白風　かどわき・はくふう　俳人
明治25年（1892年）6月30日～平成1年（1989年）4月4日 生宮城県栗原郡 名本名＝門脇喜惣治 歴大正3年楠目橙黄子の指導を受ける。昭和25年「みちのく」創刊に参画。29年みちのく同人会長。句集に「説夢の詩」「殉教」「同上再版」。 賞みちのく賞〔昭和29年〕

金井 秋彦　かない・あきひこ　歌人
大正12年（1923年）3月7日～平成21年（2009年）2月16日 生静岡県磐田郡中泉町（磐田市） 名本名＝池田得治 学見付中〔昭和15年〕卒 歴昭和20年磐田市役所に入る。23年「アララギ」に入会し、近藤芳美に師事。「九州アララギ」「未来」などの結成に参画、「未来」選者。この間、27～59年横須賀商工会議所に勤務。歌集に「禾本草原」「掌のごとき雲」「捲毛の雲」、評論集「枝々の目覚めのために」などがある。 家妻＝山田はま子（歌人）

金井 有為郎　かない・ういろう　川柳作家
明治44年（1911年）5月3日 ～ 昭和55年（1980年）11月26日　生長野県中野市　名本名＝金井明夫　歴尋常小学校6年生の頃から川柳に関心を持ち、産業組合に勤務する傍ら、昭和5年川柳界に入り、中島紫痴郎に師事。師に嘱望されて、7年から川柳雑誌「湯の村」の編集を任され、名編集長と謳われるが、15年に終刊。21年組合を退職し、自宅に貸本屋を開いた。31年川柳雑誌「奥しなの」を創刊し、43年廃刊するまでに94号を発行。清新味あふれる詩性に貫かれた作風で知られ、常に長野県内の川柳大会に出席し、温和な人柄も相まって多くの同好者から親しまれた。また古文書や長野県中野の郷土史にも通じ、「中野騒動」「中野陣屋と百姓」「むらの歴史」といった研究書の労作を刊行した。没後、現代川柳詩集「有為郎句集」及び遺文集「詩と死と」が編まれた。

金井 直　かない・ちょく　詩人
大正15年（1926年）3月18日 ～ 平成9年（1997年）6月10日　生東京都北区　名本名＝金井直寿　学東京育英実業〔昭和18年〕卒　歴昭和22年「詩学」投稿欄で村野四郎に出会って影響を受ける。24年、山本太郎らの「零度」に参加。同誌解散後は「現代詩評論」を創刊。28年「金井直詩集」、30年「非望」を刊行し、31年刊行の「飢渇」でH氏賞を受賞。37年刊行の「無実の歌」では高村光太郎賞を受賞した。他の詩集に「疑惑」「Ego」「薔薇色の夜の唄」「〈幽〉といふ女」「言葉の影」などがあり、他に散文詩集「埋もれた手記」、随筆集「乏しき時代の抒情」「失われた心を求めて」など。　賞H氏賞（第7回）〔昭和31年〕「飢渇」, 高村光太郎賞（第6回）〔昭和38年〕「無実の歌」

金井 冬雲　かない・とううん　俳人
大正3年（1914年）2月6日～昭和61年（1986年）6月11日　生福岡県　名本名＝金井利生　学大分高商卒　歴金本百貨店、旅館「金本」などを経営する傍ら俳句に親しみ、「獺祭」同人。　賞福岡県教育文化賞〔昭和56年〕

金井 広　かない・ひろし　詩人
明治40年（1907年）～平成14年（2002年）3月13日　生静岡県沼津市　学日本大学専門部医学科〔昭和6年〕卒　歴昭和8年大崎無産者診療所勤務。12年より静岡県富士市で開業。著書に「林山たけ年譜抄」、詩集に「人間でよかった」。　賞壺井繁治賞（第23回）〔平成7年〕「人間でよかった」

金井 充　かない・みつる　俳人
大正9年（1920年）10月28日 ～ 平成22年（2010年）10月27日　生埼玉県　名本名＝金井充次（かない・みつじ）　歴昭和26年「暖流」入会、滝春一の指導を受ける。28年「暖流」同人。43年「滋泉」同人。他に「海程」に所属。句集に「霜紅」「車前草」がある。　賞暖流光陰賞〔昭和51年〕, 埼玉文芸賞奨励賞（第7回）〔昭和51年〕「寧日」, 暖流光陰賞〔昭和52年〕

金石 淳彦　かないし・あつひこ　歌人
明治44年（1911年）9月27日 ～ 昭和34年（1959年）8月23日　生広島県呉市　学京都大学経済学部卒　歴19歳頃から作歌をはじめ、昭和7年22歳で「アララギ」に入会。京大入学の年に喀血、以後結核の療養に務め、一時作歌から遠ざかる。戦後各種の「アララギ」地方誌に参加しつつ、29年から再び文明選歌欄に作品を発表しはじめる。没後の35年に「金石淳彦歌集」が刊行された。　賞日本歌人クラブ推薦歌集（第7回）〔昭和36年〕「金石淳彦歌集」

金尾 梅の門　かなお・うめのかど　俳人
明治33年（1900年）7月27日 ～ 昭和55年（1980年）12月9日　生富山県中新川郡西水橋町（富山市）　名本名＝金尾嘉八（かなお・かはち）, 旧姓・旧名＝金尾嘉一　歴少年時代から俳句を作り師範学校進学を志すが、大正4年失火により家財を失い進学を断念、家業の家庭薬配置業に従事。10年富山薬専事務官。傍ら、「懸葵」「獺祭」などに投句し、大須賀乙字に師事。昭和3年「草上」創刊に参加。22年「古志」を創刊、27年「草原」と合併して「季節」と改題し、主宰。この間、「古志」幹部同人だった角川源義に誘われ角川書店総務部長に就任。30年小学館に移り、さらに尚学図書常務となった。句集に「古志の歌」「鳶」「鴉」「鷗」など。

金沢 種美　かなざわ・たねとみ　歌人
明治22年（1889年）7月5日 ～ 昭和36年（1961年）11月8日　生大阪府池田市　名本名＝金沢宥信, 別号＝金沢美巌（かなざわ・びがん）　学東洋大学漢哲学科卒　歴学生時代尾上柴舟に師事し、第二次「車前草」の創刊に参加。卒業後は新聞記者をする傍ら作歌し「水甕」同人となり、自ら「黄鐘」を主宰する。歌集に「密林」「ぽんたると」などがあり、他に「短歌への認識」などの著書がある。新聞記者、住職を務めた。

金田 弘　かなだ・ひろし　詩人
大正10年（1921年）～平成25年（2013年）8月17日　生兵庫県龍野市（たつの市）　学早稲田大学文学部卒　歴早稲田大学文学部で会津八一に師事、東洋美術史を専攻。帰郷していた昭和23年西脇順三郎の詩集に出会い再び上京、西脇や高橋新吉と親交を結び、本格的な詩作活動に入る。25年詩誌「天蓋」を創刊し、西脇を同人に迎えた。詩集に「ナラ」「かるそん」「邪鬼（まがつみ）」「このいろをみよ」「旅人は待てよ」「青衣の女人」「虎擲龍拏」、著書に「高橋新吉 五億年の旅」、回想記「旅人つひにかへらず」「会津八一の眼光」がある。　賞兵庫県文化賞〔平成7年〕，富田砕花賞（第20回）〔平成21年〕

金光 洋一郎　かなみつ・よういちろう　詩人
大正13年（1924年）11月26日～平成18年（2006年）6月22日　生岡山県岡山市　学多賀工専金属工業科卒　歴柔道家の父から柔道の手ほどきを受けたが、父とは別の道を選び、救護院の岡山県立成徳学校に就職、戦災孤児らの教育にあたった。退職後、自殺防止のためにボランティアらが開設した岡山いのちの電話の事務局長を務め、岡山県青少年育成県民会議常任理事、岡山カウンセリング研究会会長を歴任。一方、詩誌「火片」同人として社会に対する批判のまなざしをたたえた詩を発表、岡山県詩人協会会長も務めた。詩集に「少年の丘」「跨線橋」「黄道」「弥一兵衛」など。　家父＝金光弥一兵衛（柔道家）

金森 柑子　かなもり・こうじ　俳人
大正2年（1913年）2月2日～平成24年（2012年）9月23日　生島根県平田市（出雲市）　名本名＝金森栄一（かなもり・えいいち）　学松江商工専修了　歴昭和6年頃より「城」「ホトトギス」に投句、13年「城」同人。21年より佐川雨人の十梅会（高浜虚子選句）の指導を受ける。47年島根県俳句協会常任幹事。55年「ホトトギス」同人。句集に「国引」などがある。　賞城雨人賞〔昭和53年〕

金谷 信夫　かなや・のぶお　俳人
大正3年（1914年）1月2日～平成3年（1991年）5月25日　生北海道寿都町　学高小卒　歴昭和7年泉天郎に師事。15年斎藤玄の「壺」に参加。「壺」休刊中「鶴」「風土」同人。48年「壺」復刊に当たり同人参加。同人会長。55年玄没後は「壺」代表。北海道新聞俳壇選者も務めた。句集に「稚児」「人後」「悪友」。　賞北海道新聞俳句賞（第1回）〔昭和61年〕「悪友」，鮫島賞（第7回）

可児 敏明　かに・としあき　歌人
明治36年（1903年）10月29日～昭和58年（1983年）4月11日　生岐阜県　学東洋大学卒　歴昭和22年創刊の「沃野」に参加。49年「四季」を創刊・主宰となる。歌集に「木曽河畔」「葛飾抄」「水脈」「四季朝夕」がある。

金子 阿岐夫　かねこ・あきお　歌人
昭和2年（1927年）9月6日～平成25年（2013年）8月31日　出山形県北村山郡大石田町　名本名＝金子昭雄　学東北大学医学部卒　歴昭和21年斎藤茂吉と出会い短歌を始める。以後作家活動の傍ら、地域の歌会の指導に当たる。山形県アララギ会代表。南陽市芸術文化協会会長。朝日新聞山形版「やまがた歌壇」選者も務めた。歌集に「黄の光」「路地の坂」などがある。　賞山形県歌人クラブ賞〔昭和57年〕「黄の光」，斎藤茂吉文化賞（第40回）〔平成6年〕

金子 伊昔紅　かねこ・いせきこう　俳人
明治22年（1889年）1月1日～昭和52年（1977年）9月30日　生埼玉県秩父郡皆野町　名本名＝金子元春　学京都府立医専〔大正4年〕卒　歴東亜同文書院の校医を経て皆野町に壺春堂医院を開き、農山林医を40年、昭和38年金子病院を創立した。上海時代から俳句を作り始め20年「雁坂」を創刊、「馬酔木」同人。秩父音頭の再興に尽力し、歌詞、舞踊に新風を吹き込んだ。皆野町名誉町民第1号。句集に「秩父ばやし」「秩父音頭」。　家息子＝金子兜太（俳人）

金子 きみ　かねこ・きみ　歌人
大正4年（1915年）2月16日～平成21年（2009年）6月23日　生北海道紋別郡湧別町　名本名＝金子キミ（かねこ・きみ）　学上芭露高小〔昭和5年〕卒　歴多感な若い日を北海道の開拓地で農業に従事。昭和15年上京し、16年歌集「草」を出版。戦後は小説にも進出、「裏山」などの作品を発表。40年北海道の原野を舞台にした作品「薮踏み鳴らし」は農民文学賞候補となった。戦時中の体験から、56年に「一粒の自負」というタイトルで「軍縮への提言」論文に応募、一席に。58年独り暮らしの女性をモデルにした小説「東京のロビンソン」で平林たい子文学賞を受賞。 家夫＝金子智一(日本ウォーキング協会会長), 義兄＝中山正男(小説家)

金子 麒麟草　かねこ・きりんそう　俳人
明治19年(1886年)5月10日～昭和52年(1977年)9月10日 生東京府下谷区(東京都台東区) 名本名＝金子麟 学千葉医専卒 歴少年時代其雪庵素蘭宗匠に句を学び、大正9年より臼田亜浪に師事して「石楠」同人となる。大連日赤病院副院長として渡満、俳誌「山楂子」を主宰した。終戦後は大連在住の「石楠」系俳人を中心に「きりんそう」を発刊、引揚後の昭和28年同誌を「かまつか」と改題。50年主宰を同人直井烏生に委譲した。著書に「南北」「蘭馨」がある。

金子 金治郎　かねこ・きんじろう　俳人
明治40年(1907年)2月2日～平成11年(1999年)5月31日 出長野県諏訪市 学広島文理科大学〔昭和8年〕卒 歴広島大学教授を経て、東海大学教授。早くから「ホトトギス」系の句友と句作を始め、のち須賀田蝋桂の指導を受ける。合同句集「たから木」を刊行。以降は連歌研究に力を入れた。主な著書に「連歌師兼載伝考」「宗祇旅の記」「心敬の生活と作品」など。勲勲三等旭日中綬章〔昭和52年〕 賞日本学士院賞〔昭和43年〕「菟久波集の研究」

金子 薫園　かねこ・くんえん　歌人
明治9年(1876年)11月30日～昭和26年(1951年)3月30日 生東京府神田区(東京都千代田区) 名本名＝金子雄太郎, 旧姓・旧名＝武山 学東京府立一中〔明治25年〕中退 資日本芸術院会員〔昭和23年〕 歴早くから漢文、短歌を習い「少年園」などに投稿する。明治26年浅香社社員となり、34年処女歌集「片われ月」を刊行。36年白菊会を結成し、以後「小詩園」「わがおもひ」「覚めたる歌」などを刊行。大正7年「光」を創刊するなど、歌人として幅広く活躍。昭和23年日本芸術院会員となった。他に「山河」「静まれる樹」「白鷺集」など多くの歌集がある。

金子 生史　かねこ・せいし　俳人
明治31年(1898年)12月17日～平成4年(1992年)2月6日 生新潟県南蒲原郡 名本名＝金子篤治 学旧制中卒 歴大正8年頃から俳句を始め、昭和10年「早春」に入会。永尾宋斤に師事し、15年同人。21～24年疎開地で「胡桃」を発刊主宰。30年川島彷徨子主宰「河原」に同人参加、編集運営を担当。句集に「牡丹雪」「秋雨寒む」「春爛漫」など。

金子 青銅　かねこ・せいどう　俳人
昭和20年(1945年)3月21日～平成22年(2010年)8月8日 生岐阜県関市 名本名＝金子満 歴17歳で父を亡くし、高校卒業してすぐ家業の米穀商を継ぐ。昭和42年「青樹」に入会、木下青嶂らに俳句の指導を受ける。44年「雲母」に入会、飯田龍太に師事。54年「雲母」同人。59年第一句集「満月の蟹」を出版。平成5年「白露」創刊同人。

金子 扇踊子　かねこ・せんようし　俳人
大正10年(1921年)5月15日～昭和61年(1986年)8月7日 生埼玉県 名本名＝金子実(かねこ・みのる) 学中央大学法科夜間部卒 歴昭和24年斉藤俳小星に指導を受ける。28年「武蔵野文学」編集委員。46年「青樹」入会、49年同人。55年「若葉」編集委員。所沢俳壇選者。

金子 澄峰　かねこ・ちょうほう　俳人
大正3年(1914年)5月19日～平成5年(1993年)9月7日 生東京都 名本名＝金子純雄 学千葉医科大学医学部卒 歴昭和29年「大富士」入会、古見豆人に師事。35年「ぬかご」所属。40年「大富士」の改題「塔」同人となる。42年「ぬかご」社同人。45年「故郷」同人。49年「ぬかご」社幹部同人となる。医家芸術俳句部に入会。30年以来身障者老人福祉施設の俳句普及に努める。

金子 のぼる　かねこ・のぼる　俳人
大正11年(1922年)3月28日～昭和58年(1983年)2月27日 生新潟県佐渡郡真野町四日町 名本名＝金子昇, 別号＝瓢宇 学高小卒 歴昭和18年応召し、喜多吾山に手ほどきを受ける。復員後安達いくやに師事し、31年「鶴」入会、41年同人。52年「琅玕」創刊と同時に入会し、同人。句集に「佐渡」「佐渡の冬」。 賞角川俳句賞(第25回)〔昭和54年〕「佐渡の冬」

金子 不泣　かねこ・ふきゅう　歌人
明治25年(1892年)12月20日～昭和45年(1970年)3月10日 生新潟県佐渡郡畑野村(佐渡市) 名本名＝金子太津平 学早稲田大学英文科中退 歴若山牧水の「創作」から出発し、早大在学中の明治44年前田夕暮の「詩歌」創刊に参加すると同時に白日社に入る。大正2年病気のため中退して家業の呉服店を継いだ。以後も「詩歌」の主要同人として活躍、佐渡歌壇で指導的な役割を果たした。歌集に「波の上」「独居」「風雪」などがある。

金子 光晴　かねこ・みつはる　詩人
明治28年（1895年）12月25日～昭和50年（1975年）6月30日　生愛知県海東郡越治村（津島市下切町）　名本名＝森保和（もり・やすかず），旧姓・旧名＝大鹿，金子　学早稲田大学予科〔大正4年〕中退，東京美術学校〔大正4年〕中退，慶応義塾大学予科〔大正5年〕中退　歴3歳の時、金子家の養子となり東京に移る。大正4年肺炎カタルを患い、詩作を始める。8年詩集「赤土の家」を出版し、美術商につれられて渡欧。10年帰国。12年フランス象徴詩の影響を受けた「こがね虫」で詩壇にデビューする。以後「水の流浪」「鱶沈む」などを発表。昭和3年から7年にかけて、妻の森三千代と共に東南アジアからヨーロッパを放浪し、12年に「鮫」を、15年に紀行文「マレー蘭印紀行」を刊行。戦時中は主として“抵抗と反戦の詩”を書きつづける。19年山中湖に疎開。戦後は「落下傘」「蛾」「鬼の児の唄」を次々に発表し、28年「人間の悲劇」で読売文学賞を受賞。その一方で、ボードレール「悪の華」やランボオ、アラゴンの詩集を翻訳する。「非情」「水勢」のあと、詩作はしばらく休止して自伝「詩人」などを発表し、40年「IL（イル）」を刊行し藤村記念歴程賞を受賞。その後も「若葉のうた」「愛情69」を発表し、46年小説「風流戸解記」で芸術選奨を受賞するなど幅広く活躍した。他に評論「日本人について」「絶望の精神史」「日本人の悲劇」、自伝小説「どくろ杯」、「金子光晴全集」（全15巻，中央公論社）がある。　賞芸術選奨文部大臣賞（第22回・文学評論部門）〔昭和46年〕「風流戸解記」，読売文学賞（詩歌俳句賞，第5回）〔昭和28年〕「人間の悲劇」，歴程賞（第3回）〔昭和40年〕「IL」　家妻＝森三千代（詩人），長男＝森乾（フランス文学者），弟＝大鹿卓（詩人）

金子 皆子　かねこ・みなこ　俳人
大正14年（1925年）1月8日～平成18年（2006年）3月2日　生埼玉県秩父郡野上村（長瀞町）名本名＝金子みな子　学熊谷女学校専攻科〔昭和18年〕卒　歴昭和21年金子兜太と出会い、22年結婚。28年「風」に投句、30年第1回風賞を受賞。37年夫の主宰する「海程」創刊に参加。63年現代俳句協会賞、平成17年第1回日本詩歌句大賞を受賞。句集に「むしかりの花」「黒猫」「さんざし」「花恋」がある。　賞風賞（第1回）〔昭和30年〕，海程賞（第7回）〔昭和46年〕，現代俳句協会賞（第35回）〔昭和63年〕，日本詩歌句大賞（俳句部門，第1回）〔平成17年〕「花恋」　家夫＝金子兜太（俳人）

金子 無患子　かねこ・むかんし　俳人
大正14年（1925年）1月18日～昭和51年（1976年）8月31日　名本名＝金子章　歴昭和21年「浜」入会、24年同人となる。大野林火に師事。没後の52年、遺句集「水源」が刊行された。　賞浜同人賞（昭和50年度）

金田 紫良　かねだ・しろう　俳人
明治34年（1901年）3月1日～平成5年（1993年）1月30日　生千葉県木更津市　名本名＝金田三一郎　学慶応義塾理財科・経済学部卒　歴大正11年俳句を志し渡辺水巴門に入り、12年「曲水」同人。15年～昭和7年「曲水」編集担当。句集に「紫良句帖」「むらさき」。　勲藍綬褒章〔昭和49年〕　賞曲水特別功労賞〔昭和51年〕

金戸 夏楼　かねと・かろう　俳人
明治36年（1903年）～昭和44年（1969年）1月20日　生石川県　名本名＝金戸嘉七　学早稲田大学卒　歴「山茶花」「ホトトギス」に投句して俳句を始める。戦後「俳句作家」を創刊・主宰。また、近畿俳句作家会を設立した。句集に「四天」がある。

兼松 蘇南　かねまつ・そなん　俳人
明治16年（1883年）5月30日～昭和42年（1967年）5月9日　生愛知県名古屋市　名本名＝兼松久道　学明治大学卒　歴大正10年、山本孕江を援けて台北から「ゆうかり」を創刊。のち「雲母」を経て昭和9年牡丹会の同人となり、高浜虚子に師事。名古屋の地でホトトギス俳人として活動した。「牡丹」（のち「雪」）の編集発行人。

金丸 鉄蕉　かねまる・てっしょう　俳人
大正14年（1925年）4月15日～平成23年（2011年）11月30日　生福島県原町市（南相馬市）　名本名＝金丸安広　学鉄道教習所卒　歴昭和21年国鉄に入社。56年退職。21年「浜」に入会、大野林火に師事。38年「浜」同人。42年水戸市へ移り住み、茨城県俳句作家協会会長を務めた。平成17年2月より茨城新聞「茨城俳壇」選者。句集に「動輪」「千波」がある。　賞福島県文学準賞〔昭和55年〕

金丸 桝一　かねまる・ますかず　詩人

昭和2年(1927年)8月7日～平成12年(2000年)5月12日　生宮崎県宮崎郡佐土原町　名本名＝金丸枡一(かねまる・ますかず)　学宮崎工専機械科〔昭和22年〕卒　歴昭和22年宮崎県公立学校教員に採用され、鵜戸中学校、西都商業高校、宮崎工業高校などの数学教師として勤務。63年定年退職後、佐土原通所福祉作業所を開設。一方、在学中から詩作を始め、「赤道」「龍下蘭」同人。詩集「零時」「日の歌」「黙契」「日触」、詩論集「〈わける〉思想に向きあって」「詩の魅力/詩への道」「宮崎の詩・戦後篇」などがある。　賞山中卓郎賞(第3回)〔昭和38年〕「日の歌」,地球賞(第3回)〔昭和53年〕「日の浦曲・抄」,宮崎県文化賞〔昭和54年〕

狩野 満子　かの・みつこ　川柳作家

生年不詳～平成16年(2004年)3月30日　出宮城県大郷町　歴昭和63年から河北新報夕刊「課題川柳」、平成14年から朝刊「河北川柳」選者。川柳宮城野社顧問を務めた。

加野 靖典　かの・やすのり　歌人

昭和8年(1933年)5月1日～昭和63年(1988年)9月1日　生福岡県太宰府市　学西日本短期大学法科〔昭和43年〕卒,中央大学法学部〔昭和45年〕卒　歴結核で高校を中退。民間企業を経て、40歳の時司法試験に合格。この間昭和28年「ゆり」入会。61年胸部の悪性腫瘍に冒された後も作句を続け、没後歌集「冬の構図」歌論集「羅針盤」が刊行された。

加納 一郎　かのう・いちろう　歌人

大正9年(1920年)1月1日～平成14年(2002年)6月20日　生愛媛県　学中央工卒　歴15歳頃より作歌を始め、昭和21年「潮汐」に入会、鹿児島寿蔵に師事。55年「潮汐」選者。58年「求青」創刊に参画し、編集同人、選者。平成元年「群緑」創刊に参画、編集発行人。歌集に「満ち来る潮」「銀漢」がある。　賞潮汐賞〔昭和34年〕,潮汐大賞〔昭和55年〕

かのう・すゝむ　俳人

明治43年(1910年)8月7日～平成4年(1992年)11月13日　生千葉県夷隅郡　名本名＝狩野進　学目白商業学校卒　歴昭和29年上京し、酒肆「河童亭」を開業。31年「前後」に参加。38年「さいかち」、63年「港」同人。句集に「夷隅川」。

狩野 登美次　かのう・とみじ　歌人

明治43年(1910年)6月25日～平成8年(1996年)1月31日　生群馬県　歴昭和10年「アララギ」に入会し、土屋文明に師事する。庶民生活を敏感にとらえた作風で認められる。アララギ新人合同歌集「自生地」がある。16年日本出版文化協会、26年全国教科書供給協会に勤め、主事も務めた。48年より短歌新聞社に勤務。歌集に「小紅集」がある。

加畑 吉男　かばた・よしお　俳人

大正15年(1926年)9月7日～昭和46年(1971年)7月1日　生千葉県　名前号＝余史　学巣鴨経専卒　歴昭和18年富安風生の指導を受け、23年「若葉」同人。編集長岸風三楼を慕い、28年風三楼主宰「春嶺」創刊同人、のち編集長。32年「火の会」に参加、現代俳句協会会員、俳人協会会員、幹事となった。塔の会会員でもある。句集「而立」「而立以後」、合同句集「塔」がある。

鎌田 敬止　かまた・けいし　編集者

明治26年(1893年)8月5日～昭和55年(1980年)5月19日　生千葉県君津郡小糸(君津市)　名別号＝虚焼　学三高卒,東京帝国大学医科大学中退　歴生家は醸造業を営む。三高を経て、東京帝国大学医学部に進むが中退。大正5年岩波書店に入り、「漱石全集」の編纂に従事。10年アルスを経て、昭和5年頃に平凡社で地名辞典編纂に協力。この間、歌誌「水甕」「アララギ」「珊瑚礁」同人となり、大正8年「行人」「日光」の創刊に参加。北原白秋に師事。昭和14年八雲書林を設立。筏井嘉一、加藤将之、五島美代子、斎藤史、佐藤佐太郎、館山一子、常見千香夫、坪野哲久、福田栄一、前川佐美雄の合同歌集「新風十人」や佐藤の第一歌集「歩道」といった近代短歌史における重要歌集や、同居していた小説家・野溝七生子の小説「女獣心理」などを送り出したが、19年戦時の企業整備により青磁社に統合され同社編集長。戦後の23年、白玉書房を創業。寺山修司「田園に死す」を始め、近藤芳美、葛原妙子、岡井隆、塚本邦雄らの歌集を次々と刊行し、戦後を代表する短歌出版社となった。

鎌田 薄氷　かまた・はくひょう　俳人

明治43年(1910年)2月5日～昭和60年(1985年)10月30日　生北海道　名本名＝鎌田昌文(かまた・まさふみ)　学岩手県師範卒　歴教師

を務めたのち、北海道庁に勤務。昭和5年「ホトトギス」に拠り虚子の直接指導を受ける。「俳諧」「玉藻」「冬野」「山茶花」「京鹿子」「夏草」「草」の各誌に投句。虚子没後「夏草」に拠る。41年「青原」創刊・主宰。56年国定公園大沼湖畔に句碑が建つ。

鎌田 立秋子　かまだ・りっしゅうし　俳人
大正6年(1917年)8月8日～平成12年(2000年)8月29日　生秋田県秋田市　名本名＝鎌田宏(かまだ・ひろし)　学秋田師範〔昭和13年〕卒　歴昭和15年文部省中等教員免許。44年鷹巣高校長、47年生涯教育推進本部事務局長、49年能代高校長、50～59年能代市教育長などを歴任して、51～56年秋田県立農業短期大学講師、59年退任。俳人としても活躍。「ほむら」「あかね」同人。著書に随想「古草新草」「一番桜」「海鳴り」などがある。　勲勲四等旭日小綬章〔平成2年〕　賞能代市特別功労表彰〔昭和62年〕，秋田市文化選奨〔平成1年〕

蒲池 歓一　かまち・かんいち　詩人
明治38年(1905年)7月28日～昭和42年(1967年)9月25日　生長崎県諫早市　名筆名＝蒔田廉(まきた・れん)　学国学院大学高等師範部〔昭和4年〕卒　歴国学院在学中福田清人らと「明暗」を創刊する。卒業後は中文館書店編集部に勤め、昭和14年八弘書店を創立。戦後は文筆生活に入り、また奥州大学教授などを歴任。詩集に「石のいのち」、評伝に「伊藤整」、訳書に「高青邱」などがある。

蒲池 正紀　かまち・まさのり　歌人
明治32年(1899年)7月16日～昭和57年(1982年)4月23日　生熊本県　学広島文理科大学英文科卒　歴徳島大、熊本商科大学教授などを務めた。また歌誌「南風」を主宰し歌人として知られる。著書に「技術と精神」「蝗日記」「阿波狸合戦」など、歌集に「綺羅」「蒲池正紀全歌集」がある。

蒲池 由之　かまち・よしゆき　歌人
大正12年(1923年)8月7日～昭和55年(1980年)10月8日　生広島県広島市　学広島高師文科卒　歴昭和16年「言霊」、24年「多磨」、30年「コスモス」に入会。33年「近代短歌におけるリアリズム」を書き、作歌・評論の両方で活動。50年個人誌「晩紅」を創刊。歌集「氷心」「蒲池由之全歌集」、評論集「深と面」などがある。　賞コスモス賞(昭和40年度)　家父＝蒲池白萍(歌人)

上井 正司　かみい・まさし　俳人
昭和7年(1932年)9月10日～平成22年(2010年)6月30日　生神奈川県藤沢市　学東京大学法学部〔昭和30年〕卒　歴行政管理庁に入り、昭和56年東北管区、57年九州管区、58年関東管区各行政監察局長を歴任。59年退官して医薬品副作用被害救済・研究振興基金監事、平成2年10月国民生活センター監事。一方、昭和21年より作句を始め、26年伊皿子句会で深川正一郎、東大ホトトギス会で山口青邨に師事。同年「夏草」入会。28年「子午線」創刊に参画、同人。34年「夏草」同人。平成9年「外光」を創刊・主宰。句集に「外光」「荒神輿」「師訓」がある。　勲瑞宝中綬章〔平成16年〕　賞夏草新人賞〔昭和31年〕，夏草功労賞〔昭和52年〕

神尾 季羊　かみお・きよう　俳人
大正10年(1921年)1月2日～平成9年(1997年)6月16日　生愛媛県松山市　名本名＝神尾匡(かみお・ただし)　学宮崎商卒　歴昭和20年から「ホトトギス」へ投句。21年高浜虚子、25年野見山朱鳥、48年藤田湘子に師事、「鷹」に参加。24年「椎の実」に選者として招かれ、29年から主宰。句集に「石室」「暖流」「権」「同席」。　賞宮崎県文化賞〔昭和46年〕，宮崎市文化功労賞〔昭和46年〕　家妻＝神尾久美子(俳人)

神尾 久美子　かみお・くみこ　俳人
大正12年(1923年)1月28日～平成26年(2014年)10月26日　生福岡県京都郡　名本名＝神尾洋子(かみお・ひろこ)，旧姓・旧名＝有馬　学京都高女〔昭和14年〕卒　歴戦時下より句作を始める。昭和21年「飛蝗」創刊に参加、同人となる。26年野見山朱鳥に師事し、28年「菜殻火」同人。31年「椎の実」主宰の神尾季羊と結婚して同誌同人となり、宮崎県に移住。朱鳥の没後は、46年飯田龍太に師事し、50年「雲母」同人。平成5年「白露」同人。夫の没後、「椎の実」を継承・主宰した。句集に「掌」「桐の木」「中啓」などがある。　賞菜殻火賞(第8回)〔昭和37年〕，四誌連合会賞〔昭和38年〕，現代俳句女流賞(第3回)〔昭和53年〕「桐の木」，宮崎市芸術文化功労章(昭和53年度)〔昭和54年〕，椎の実賞(第1回)〔昭和54年〕，宮崎県文化賞(芸術部門)〔昭和55年〕，雲母選賞(第5回)〔昭和56年〕　家夫＝神尾季羊(俳人)

神生 彩史　かみお・さいし　俳人
明治44年（1911年）5月10日～昭和41年（1966年）4月17日　生東京都　名本名＝村林秀郎, 旧号＝神生硯生子　学第三神港商業卒　歴神栄生糸を経て大林組に勤務。俳句は昭和2年、永尾牢斤について始め、9年から日野草城に師事。戦前「ひよどり」「旗艦」「琥珀」、戦後は「太陽系」「青玄」に拠り、23年「白堊」を創刊・主宰した。句集に「深淵」「故園」「神生彩史定本句集」がある。　賞青玄賞（昭和25年度）

上釜 守善　かみがま・もりよし　歌人
大正14年（1925年）2月2日～平成14年（2002年）1月7日　生鹿児島県加世田市　学鹿児島第一中卒　歴中学時代、安田尚義に手ほどきを受け、昭和22年復刊の「山茶花」に入会。40年編集委員、48年木島冷明の亡きあと編集発行人を務めた。この間、25年「潮音」に入会し、55年より選者。長年、短歌指導を行い、鹿児島県歌人協会設立に尽力した。　賞南日本文化賞（第49回）〔平成10年〕

上川 幸作　かみかわ・こうさく　歌人
大正2年（1913年）8月5日～昭和58年（1983年）9月17日　生石川県　歴昭和25年「新歌人」に入会、芦田高子の指導を受ける。50年7月病臥中の芦田を継ぎ「新歌人」主宰となる。石川県歌人協会副会長を務めた。歌集に「冬雲」がある。

上村 肇　かみむら・はじめ　詩人
明治43年（1910年）1月1日～平成18年（2006年）9月24日　生長崎県佐世保市　学佐世保商卒　歴昭和初期、文学を志して上京するが病のため断念し、佐世保に帰郷。商売の傍ら詩作を続け、投稿した詩を北原白秋が佳作に採り上げ、伊東静雄らの目にもとまる。昭和16年第一詩集「地上の歌」を出版。20年諫早に移り古本屋・紀元書房を開業。28年に亡くなった詩人の伊東静雄を追悼し、同年詩誌「河」を創刊するが、32年諫早大水害により全てを失う。37年同人誌「河」を復刊し主宰。平成13年まで代表を務めた。17年自選詩集「わが海鳥の歌」を出版。他の詩集に「みずうみ」がある。　賞諫早市文化功労賞浜基金文化賞（第6回）〔平成1年〕

神谷 瓦人　かみや・がじん　俳人
明治33年（1900年）8月1日～平成1年（1989年）3月7日　生愛知県西尾市　名本名＝神谷忠一（かみや・ちゅういち）　学高小卒　歴早くから俳句に親しみ、昭和27年阿部筲人に師事して、「好日」同人。「秋」「海程」同人として両誌の発行に協力した。46年豊島区高田に永年蒐集した俳句資料を収蔵する「俳史苑」を創設、俳壇の研究者に公開。没後「神谷瓦人文庫」として東京都近代文学博物館に収められた。

神谷 九品　かみや・くほん　俳人
明治45年（1912年）7月15日～平成21年（2009年）10月2日　生東京都　名本名＝神谷正夫（かみや・まさお）　学法政大学経済学部卒　歴昭和16年富安風生の門に入り、「若葉」に所属。のち「若葉」同人。みやこ若葉会、水無月若葉会を主宰し、大阪若葉会幹事、近畿若葉同人会幹事長を務めた。

神谷 久枝　かみや・ひさえ　俳人
昭和2年（1927年）7月5日～平成16年（2004年）1月2日　生静岡県　学清水女子商卒　歴昭和31年「海坂」に入会、百合山羽公、相生垣瓜人に師事。のち同人、54年「木語」に入会。　賞海坂故園賞〔昭和55年〕

神山 杏雨　かみやま・きょうう　俳人
明治43年（1910年）10月4日～昭和42年（1967年）11月27日　生群馬県　名本名＝神山雄二　歴昭和2年より荻原井泉水の「層雲」に学び、俳詩誌「草蔭」（後「心臓」と改題）を創刊。10年からは同郷の先輩松野自得の「さいかち」に拠るが、29年季刊誌「風土」を創刊。35年より月刊誌として主宰したが、38年12月号をもって主宰を石川桂郎にゆずる。句集に「第一の墓標」「夜の虹」、合同句集に「銃後の四季」がある。

上山 如山　かみやま・じょざん　俳人
明治30年（1897年）4月19日～平成4年（1992年）10月27日　生石川県金沢市　名本名＝太左久　学逓信官吏練習所行政科卒　歴昭和18年札幌逓信局業務部長、24年仙台地方簡易保険局長を経て、31年退官、弁護士となる。この間、8年「若葉」、26年「みちのく」に入会。60年「風の道」入会、創刊同人に。その後同人会長を務める。句集に「桐の花」「榠樝の実」。

神山 裕一　かみやま・ゆういち　歌人
明治42年（1909年）4月11日～平成13年（2001年）4月11日　生埼玉県　歴実業之日本社に入社、30代で女性教養雑誌「新女苑」の編集長を務める。戦後、出版部長、編集局長、常務、実業之日本事業出版部代表取締役を歴任。昭和

18〜19年陸軍報道部臨時嘱託として徴用され南方占領地に送られた。歌誌「香蘭」所属。59年現代歌人協会入会。歌集に「黒姫」「影」「流れの岸」などがある。

亀井 糸游　かめい・しゆう　俳人

明治40年（1907年）9月22日〜平成10年（1998年）12月31日　生兵庫県三田市　名本名＝亀井則雄（かめい・のりお）　学育英商卒　歴昭和37年国鉄を退職し、民間会社役員を務め、45年退任。俳句は6年皆吉爽雨に師事。8年爽雨を選者とする「うまや」を創刊。23年復刻「うまや」主宰選者となり、平成10年名誉主宰。この間、昭和21年「雪解」編集同人。句集に「山鉾」「彩雲」「羽曳野」「芒種」など。　賞雪解俳句賞〔昭和37年・46年〕

亀山 恭太　かめやま・きょうた　川柳作家

昭和3年（1928年）8月27日〜平成5年（1993年）10月6日　生大阪府大阪市　名本名＝亀山恭三　歴理科（化学）教諭として大阪市・住吉一中、生野工で教え、平成元年退職。一方、小学生頃から俳句が好きで、新聞に投稿。昭和36年から川柳にのめり込み、堀口塊人、木幡村雲の指導を受ける。教育現場や世相を題材にした軽妙かつ鋭い句を詠み続け、56年句集「出会い」を出版。59年番傘わかくさ川柳会会長、平成元年番傘川柳本社幹事長に就任。また、妻が63年頃から川柳を始め、おしどり作家として知られた。2年動脈りゅうの手術で車いす生活となる。「川柳番傘」の「詩友近詠」の選者を続けたほか、4年「朝日新聞」の「天声人語」に、国会の証人喚問を受けた竹下登を詠んだ「晩年の暦が悪い元総理」が採用された。　家妻＝亀山緑（川柳作家）

蒲生 直英　がもう・なおひで　詩人

大正9年（1920年）1月19日〜平成22年（2010年）4月5日　生山形県　歴山形県詩人会会長、山形県教組委員長を務めた。「石笛」「焰」同人。詩集に「雲鎖の山」「遠い灯」「山のある町」などがある。　賞福田正夫賞特別賞（第3回）〔平成1年〕「山のある町」

唐川 富夫　からかわ・とみお　詩人

大正10年（1921年）6月1日〜平成14年（2002年）7月10日　生広島県芦品郡新市町　名本名＝唐川富雄　学京都帝国大学法学部政治学科卒　歴昭和25年第三次「地球」の創刊に参加、同人。詩集に「荒れる夜の海の方へ」「海の挽歌」、評論集に「抒情詩の運命」「現代の黄昏」などがある。

唐木 倉造　からき・くらぞう　詩人

生年不詳〜平成3年（1991年）8月4日　学早稲田大学英文科卒　歴大学時代は、詩人・西条八十、歌人・会津八一らに師事。長野県立上伊那農業高校教諭を35年間務めた後、農業に従事。一方、日本語の味を生かして世相を鋭く読み取る独自の「言葉遊び歌」を作り、昭和61年には、作品をまとめた「やぶうぐひす」を自費出版。

仮屋 安吉　かりや・あんきつ　歌人

明治29年（1896年）7月1日〜昭和58年（1983年）7月11日　生和歌山県和歌山市　名本名＝仮屋安吉（かりや・やすきち）　学東京高等工業学校卒　歴大正6年「国民文学」に入会し、窪田空穂・松村英一に師事。昭和45年から選者。歌集に「彩層」があり、他に合同歌集「高樹」「高樹 二」「高樹 三」「高樹 四」に参加した。

軽部 烏頭子　かるべ・うとうし　俳人

明治24年（1891年）3月7日〜昭和38年（1963年）9月20日　生茨城県筑波郡久賀村浜田　名本名＝軽部久喜　学東京帝国大学医学部卒　歴朝鮮慶尚北道金泉病院長などを経て、土浦市で内科医を開業する。俳句は「ホトトギス」に投句したが、昭和6年「馬酔木」に移り、10年「樝子の花」を刊行。他の句集に「灯虫」などがある。

河 草之介　かわ・そうのすけ　俳人

昭和8年（1933年）1月17日〜平成17年（2005年）1月3日　生北海道浦河郡浦河町　名本名＝木田恒夫（きだ・つねお）　歴昭和25年より句作を始め、27年「緋衣」に入会、34年同人。同誌廃刊後の40年「氷原帯」同人。主宰者・細谷源二の影響を強く受け無季俳句を実践、41年より深沢伸二、谷口亜岐夫とともに編集にあたった。51年「広軌」同人。のち無所属。平成8年北海道俳句協会事務局長を務めた。句集に「円周率」。　賞風餐賞（新人賞）〔昭和41年〕，氷原帯賞〔昭和44年〕，現代俳句協会新人賞（第12回）（平成6年度），北海道新聞俳句賞（第10回）〔平成7年〕

河合 凱夫　かわい・がいふ　俳人

大正10年（1921年）3月8日〜平成11年（1999年）7月29日　生埼玉県吉川町　名本名＝河合由男，雅号＝宮野潦　歴小学生時代から作句を

始め、岡安迷子「桜草」に拠り、のち「南柯」に移る。戦後「花俳句」「東虹」の編集にも携わり、昭和40年「寿」同人。42年「軸」を創刊、52年主宰。千葉県俳句作家協会会長なども務めた。水を主題とした作品が多く“水の詩人”ともいわれた。句集に「藤の実」「対峠」「飛礫」「河合凱夫句集」「草の罠」、随筆集に「くすのき春秋」ほかがある。　賞花俳句作家賞，東虹作家賞　家息子＝秋尾敏（俳人）

河合 克徳　かわい・かつのり　川柳作家

生年不詳～平成19年（2007年）12月15日　歴平成8年第1回オール川柳新人賞、9年オール川柳新人奨励賞を受賞。12年から朝日新聞香川版で柳壇の選者を務めた。　賞オール川柳新人賞（第1回）〔平成8年〕，オール川柳新人奨励賞〔平成9年〕

河井 酔茗　かわい・すいめい　詩人

明治7年（1874年）5月7日～昭和40年（1965年）1月17日　生大阪府堺市北旅籠町　名本名＝河井又平，幼名＝幸三郎　学東京専門学校中退　資帝国芸術院会員〔昭和12年〕　歴少年時より物語や新体詩に親しみ、明治24年頃から「少年文庫」「いらつめ」などに詩歌や小説を投稿。28年上京して「文庫」（「少年文庫」の後身）の記者となり、同誌を中心に詩を発表した。その後一旦帰郷し、30年小林天眠、高須梅渓、中村吉蔵ら大阪在住の文学者たちと浪華青年文学会を結成。また「よしあし草」（のち「関西文学」に改題）の詩歌欄を担当した。34年処女詩集「無弦弓」を刊行。同年再び上京。36年山県悌三郎の紹介で「電報新聞」に入社し、のち同主任。39年退社後は女子文壇社に勤務し、「女子文壇」の編集に当たった。40年「文庫」を離れ、有本芳水、川路柳虹らと詩草社を興して「詩人」を発刊し、口語自由詩運動を推進するが、41年同誌は10号で休刊。以後は「女子文壇」のほか「少年世界」「学生」などで詩の選評を務めた。大正2年婦人之友社に移り、「子供之友」「新少女」の編集に従事。12年退社後はアルス出版部嘱託を経て、昭和5年女性時代社を設立、「女性時代」を創刊して女流詩人の育成指導に尽力。12年帝国芸術院会員。戦後の23年、女性時代社を塔影詩社に改称し、機関紙「塔影」を発行した。詩集に「塔影」「花鎮抄」「酔茗詩集」、評論に「明治代表詩人」、随筆集に「生ける風景」「酔茗随筆」などがある。

川井 玉枝　かわい・たまえ　俳人

大正1年（1912年）8月15日 ～ 平成15年（2003年）2月1日　生東京市日本橋区横山町（東京都中央区）　学日本橋女学館卒　歴昭和34年頃句作を始める。35年河府雪於の双葉句会に入会。同年「山火」に投句、福田蓼汀に師事。38年同人。58年「山暦」に入会、のち同人。句集に「月日貝」「おろろん鳥」「霧の扉」「ゆりかもめ」「淋しい貘」。　賞山火新人賞（第10回）〔昭和38年〕，山暦新樹賞〔昭和60年〕，山暦賞〔平成6年〕

河合 恒治　かわい・つねはる　歌人

明治44年（1911年）1月31日 ～ 平成17年（2005年）9月17日　生愛知県豊橋市　名本名＝埴渕恒治（はにぶち・つねじ）　学海軍兵学校専修科卒　歴昭和15年頃に「水甕」に入会。21年「水甕」徳島支社を創立し、39年季刊誌「四国水甕」を主宰。34年より「水甕」幹事、選歌編集を担当。58～61年徳島県歌人クラブ会長、平成8～13年徳島ペンクラブ会長。また20年以上にわたって徳島新聞歌壇選者を務めるなど徳島歌壇の振興に尽くした。歌集に「抒情の一隅」「透視図」「曇り日の橋」「海霊」「斜光の海」、他の著作に「戦後の短歌」などがある。　賞徳島県文化賞〔平成12年〕

河合 照子　かわい・てるこ　俳人

大正10年（1921年）7月7日 ～ 平成17年（2005年）3月24日　生兵庫県　学篠山高女卒　歴昭和34年「南風」に入会、山口草堂に師事。38年同人。現代俳句協会員を経て、55年俳人協会入会。句集に「朱の木」「遠明」「望」がある。　賞南風新人賞〔昭和38年〕，南風賞〔昭和51年〕，俳句研究賞（第3回）〔昭和63年〕「日向」

河合 俊郎　かわい・としろう　詩人

大正3年（1914年）1月2日～平成4年（1992年）9月19日　生愛知県渥美郡渥美町　学名古屋大学英文科卒　歴昭和7年頃から詩作を始め、「コスモス」「幻野」に参加。また「海郷」を主宰。50～54年中日詩人会会長を務めた。詩集に「遺言」「ぼくのなかの海」「朝鮮半島」「伊良湖抄」など。　賞詩人界コンクール賞〔昭和13年〕，中部日本詩人賞〔昭和32年〕

河合 未光　かわい・びこう　俳人

明治30年（1897年）11月13日～平成12年（2000年）9月11日　生東京市本所区（東京都墨田区）　名本名＝河合富士雄　学大倉商卒　歴大正6年

「曲水」例会に出席し渡辺水巴を知る。14年に入門し、水巴没後は桂子、恭子に師事し「曲水」同人として編集を担当。のち同理事を経て、参与を務めるなど中島月笠の盟友として尽力した。句集に「光」「河合未光集」、著書に「選句に学ぶ」がある。

河合 木孫　かわい・もくそん　俳人

明治45年(1912年)7月12日～平成10年(1998年)4月11日　生和歌山県有田市　名本名＝河合英一　学箕島商卒　歴昭和40年天狼俳句会に入会、山口誓子に師事。52年「天狼」会友、俳人協会入会。60年天狼賞、のち「天狼」同人。「天狼」終刊後は、「岬」「天伯」同人。句集に「有田蜜柑」「紀州蜜柑」、詩・句集「敗残兵の商人・海外旅行俳句」がある。　賞天狼コロナ賞〔昭和56年〕, 天狼賞〔昭和60年〕

川出 宇人　かわいで・うじん　歌人

明治33年(1900年)10月12日～平成5年(1993年)1月4日　出岐阜県　名本名＝川出島三郎, 旧姓・旧名＝後藤　歴名古屋毎日新聞、名古屋新聞などを経て、昭和20年岐阜合同新聞に入社。25年岐阜県歌人クラブを設立、代表委員となった。歌集に「水底の石」がある。

川上 小夜子　かわかみ・さよこ　歌人

明治31年(1898年)4月27日～昭和26年(1951年)4月24日　生福岡県八女郡三河村　名本名＝久城慶子　学熊本尚絅女学校卒　歴大正5年前田夕暮の白日社に参加。「詩歌」を経て「覇王樹」に移り、14年「草の実」を創刊。のち「多磨」に参加し、また「月光」「望郷」を主宰した。歌集に「朝ごころ」「光る樹木」などがある。

川上 三太郎　かわかみ・さんたろう　川柳作家

明治24年(1891年)1月3日～昭和43年(1968年)12月26日　生東京市日本橋区蠣殻町(東京都中央区)　名本名＝川上幾次郎　学大倉商〔明治44年〕卒　歴大正9年東京毎夕新聞社に入り、学芸部長などを務め、昭和2年退社。一方、13歳から川柳を作り、新川柳運動を起こした柳樽寺川柳会・井上剣花坊の門に入った。5年国民川柳会を結成、のち雑誌「川柳研究」を発刊して川柳の文学的地位向上をはかり、新聞・ラジオなどで川柳の社会普及に尽力した。41年第1回川柳文化賞を受賞。著書に「風」「孤独地蔵」「新川柳一万句集」「川柳滑稽句集」「おんな殿下」「川柳200年」など。評伝に「川柳人川上三太郎」(河出書房新社)がある。　勲紫綬褒章〔昭和41年〕　賞川柳文化賞(第1回)〔昭和41年〕

川上 隆司　かわかみ・たかし　歌人

昭和9年(1934年)11月～平成22年(2010年)12月12日　生旧満州ハルビン　歴昭和29年福島県庁に入る。平成5年統計調査課長で退職。福島県歌人会副会長、福島県芸術文化団体連合会事務局長を歴任した。歌集「瀬音」「風花」などがある。　賞福島県文学賞短歌部門奨励賞〔昭和51年〕

川上 春雄　かわかみ・はるお　詩人

大正12年(1923年)6月2日～平成13年(2001年)9月9日　生福島県山都町　名本名＝折笠義治郎(おりかさ・よしじろう)　学拓殖大学農業経済科卒　歴はじめに短歌を作り、昭和15年頃北原白秋の多磨短歌会に入会。終戦直後から詩作に励む。「四次元」創刊後上京して長田恒雄に師事。詩集に「水と空」がある。「吉本隆明著作集」の編集者としても知られ、年譜、書誌を作成した。

川上 朴史　かわかみ・ぼくし　俳人

生年不詳～平成1年(1989年)7月8日　出福岡県大牟田市　名本名＝川上覚(かわかみ・さとる)　歴「ホトトギス」同人で、「さわらび」を主宰した。昭和53年から西日本新聞TNC文化サークル伝統俳句講師、62年から日本伝統俳句協会九州支部副支部長。

川上 梨屋　かわかみ・りおく　俳人

明治34年(1901年)12月4日～昭和49年(1974年)2月20日　生東京市四谷区(東京都新宿区)　出群馬県　名本名＝川上八三郎　歴17歳の頃に増田龍雨門に入り「花火吟社」に拠った。「俳諧雑誌」に投句し、籾山梓月・久保田万太郎の知遇を得て、昭和21年より「春燈」に所属。万太郎の小説・戯曲に題材を提供したことでも知られる。

河北 斜陽　かわきた・しゃよう　俳人

大正3年(1914年)5月1日～平成5年(1993年)3月17日　生石川県山中温泉　名本名＝河北栄一(かわきた・えいいち)　学明治大学専門部卒　歴昭和11年「馬酔木」に初投句。26年金沢馬酔木会、32年富山馬酔会を結成し、35年「馬酔木」同人。59年「橡」創刊に参加し、同人。句集に「岩桔梗」「山巓」。　賞改造社俳句研究

賞〔昭和12年〕, 北国文芸賞俳句賞（第1回）〔昭和28〕, 馬酔木新人賞〔昭和34年〕, 馬酔木新樹賞〔昭和36年〕, 橡賞〔昭和61年〕

川北 憲央　かわきた・のりお　俳人
昭和6年（1931年）2月15日 ～ 平成26年（2014年）5月24日　生奈良県天理市　名本名＝川北憲夫（かわきた・のりお）　学大阪市立大学文学部英文科〔昭和29年〕卒　歴昭和27年橋本多佳子「七曜」、山口誓子「天狼」に入会。一時中断後、46年「沙羅」創刊に編集同人として参加。平成4年「沙羅」改称の「圭」を退会して「七曜」に復帰、副主宰兼編集長を務めた。句集「国栖」「笛吹」がある。

川口 咲子　かわぐち・さきこ　俳人
昭和11年（1936年）3月30日 ～ 平成14年（2002年）1月26日　生東京都　学白百合学園短期大学国文科卒　歴俳人・深川正一郎の長女として生まれる。幼時より父母の影響で俳句に親しみ、虚子をはじめ「ホトトギス」の俳人の知遇を得る。昭和49年より本格的に作句を開始。60年「ホトトギス」同人。平成元年「山会」の一員として写生文学を学ぶ。日本伝統俳句協会参事を務めた。句文集に「花日和」、編著に「深川正一郎句集」「深川正一郎の世界」がある。　家父＝深川正一郎（俳人）

川口 汐子　かわぐち・しほこ　歌人
大正13年（1924年）3月20日 ～ 平成23年（2011年）7月11日　生岡山県岡山市　出京都府　名本名＝川口志ほ子, 別名＝川口志保子（かわぐち・しおこ）　学奈良女高師文科〔昭和19年〕卒　歴昭和38年処女作「ロクの赤い馬」がモービル児童文学賞に佳作入選。以後童話をかく一方、45年から神戸常盤短期大学で児童文学の講義を受け持つ。のち兵庫女子短期大学教授。姫路市教育委員長も務めた。代表作に「十日間のお客」「三太の杉」「二つのハーモニカ」「よもたの扇」などがある。また、短歌は昭和16年「ごぎゃう」に入会し中河幹子に師事、のち「をだまき」同人。「螺旋階段」「冬の壺」「たゆらきの山」などの歌集、「花道遙」などの随筆がある。　賞「童話」作品ベスト3賞（第5回・8回, 昭和43年・46年度）, 兵庫県文化賞〔昭和58年〕

河口 信一郎　かわぐち・しんいちろう　俳人
大正1年（1912年）9月5日～平成4年（1992年）1月26日　生愛知県岡崎市　学岡崎師範学校本科専攻科卒　歴昭和36年「石楠」系俳誌「松籟」に入会し、加藤燕雨に師事。46年「沖」入会。48年「松籟」同人並びに会長。句集に「冷奴」。

川口 常孝　かわぐち・つねたか　歌人
大正8年（1919年）7月6日～平成13年（2001年）1月26日　出三重県津市　学日本大学法文学部文学科国文学専攻〔昭和18年〕卒　歴窪田空穂に師事し、戦前上り作家、昭和24年「まひる野」に入会、のち編集同人となる。帝京大学文学部教授を経て、名誉教授。歌集に「裸像」「落日」「月明抄」「命の風」、著書に「万葉作家の世界」「万葉歌人の美学と構造」など。　勲勲四等旭日小綬章〔平成11年〕

川口 淀村　かわぐち・ていそん　俳人
明治41年（1908年）1月12日 ～ 平成14年（2002年）2月16日　生愛媛県松山市　名本名＝川口善一　歴昭和7年「馬酔木」系五十崎古郷に師事。「馬酔木」の愛媛地方幹事、松山馬酔木会幹事、松山俳句協会理事を務めた。

川口 敏男　かわぐち・としお　詩人
明治43年（1910年）5月3日～平成1年（1989年）7月16日　生兵庫県　学法政大学英文科〔昭和17年〕卒　歴17歳ごろ詩作を始め、後に百田宗治に師事して「椎の木」同人となる。「木欒」主宰。また昭和12年に阪本越郎らと「純粋詩」を創刊。「風」同人。詩集に「花にながれる水」「飛行雲」「アケビの掌」「はるかな球」「砂の行方」「川口敏男詩集」がある。

川口 登　かわぐち・のぼる　俳人
大正7年（1918年）2月7日～平成4年（1992年）8月17日　生兵庫県飾磨郡　学町立青年学校修了　歴入院中の昭和28年「若草」俳句会入会、手ほどきを受ける。36年「七曜」入会、42年同人。55年兵庫県西播俳人協会創立、副会長。句集に「書写」。

川口 比呂之　かわぐち・ひろし　俳人
昭和5年（1930年）6月23日 ～ 平成15年（2003年）6月14日　生東京市浅草区（東京都台東区）　名本名＝川口洋（かわぐち・ひろし）　学青山学院大学英米文学科卒　歴昭和22年「樹海」に投句、松村巨湫の指導を受ける。27年作句中断。50年伊藤白潮の「鳴」再刊に際して入会、同誌同人。句集に「近景」「ずっころばし」がある。　賞鳴賞（第7回）〔昭和52年〕

川口 美根子　かわぐち・みねこ　歌人
昭和4年（1929年）1月23日～平成27年（2015年）1月20日　生旧朝鮮京城（韓国ソウル）　名本名＝平田美根子（ひらた・みねこ）　学京都府立女専国語科〔昭和24年〕卒　歴京都府立女子専門学校在学中の昭和22年、「アララギ」に入会。26年「未来」創刊に加わり、58年同選者。平成6年より朝日新聞埼玉版歌壇選者。この間、青の会、青年歌人会議、東京歌人集会に参加した。一方、24年江商に入社。27年浦和第一女子高教諭、28年埼玉県教育局学務課に転勤、30年浦和高校教諭、31年上尾中学教諭、37年与野西中学教諭、43年退職。その後、目白学院女子短期大学国文科講師、青山学院大学女子短期大学国文科講師などを務めた。歌集に「空に拡がる」「紅塵の賦」「双翔」「ゆめの浮橋」「風の歳華」「光る川」「天馬流雲」などがある。　賞埼玉文芸賞（第13回）〔昭和57年〕「紅塵の賦」，埼玉県歌人会賞〔昭和61年〕，ミューズ女流文学賞（第8回）〔昭和62年〕

川越 蒼生　かわごえ・そうせい　俳人
明治39年（1906年）1月26日～平成11年（1999年）7月12日　生静岡県　名本名＝川越研二（かわごえ・けんじ）　学盛岡高等農林学校卒　歴昭和16年「曲水」に投句。21年小杉余子に師事。22年より「春燈」に投句、久保田万太郎、安住敦に師事。

川崎 彰彦　かわさき・あきひこ　詩人
昭和8年（1933年）9月27日～平成22年（2010年）2月4日　生群馬県　学早稲田大学文学部露文学科卒　歴北海道新聞記者を経て、昭和42年からフリーの作家として活動。44年以降、大阪文学学校で後輩の指導にあたる傍ら、小説や詩を発表。56年と平成元年の2度の脳卒中発作を乗り越え、5年私塾・西大寺文学ひろばを開設、受講者たちの散文・詩・連句の作品の批評を手がけた。「燃える河馬」「雑記」同人。著書に「まるい世界」「わが風土抄」「私の函館地図」「虫魚図」「夜がらすの記」「冬晴れ」「くぬぎ丘雑記」「ぼくの早稲田時代」、詩集に「二束三文詩集」「合図」などがある。

川崎 覚太郎　かわさき・かくたろう　詩人
大正15年（1926年）1月1日～平成13年（2001年）1月10日　生台湾台北　学早稲田大学文学部中退　歴詩誌「鱒」「詩行動」同人。「文学者」にも作品を発表した。詩集に「島の章」がある。

川崎 克　かわさき・かつ　俳人
大正12年（1923年）～平成11年（1999年）6月2日　出三重県上野市　歴上野電報電話局に勤務の傍ら、ホトトギス同人・宮城きよなみに師事。昭和54年退職後、三重県ホトトギス会を設立、初代会頭に就任。また同時に発足した伊賀ホトトギス会会長も兼務。長年、俳句の指導に力を入れ、11の俳句会の講師を務めた。一方、42年から32年間芭蕉祭で献詠俳句学童部門の選者を務めた。また平成11年ホトトギス主宰・稲畑汀子の句碑を、上田市“ふるさと芭蕉の森”に私費を投じて建立した。句集に「年魚」「年魚第二句集」などがある。

川崎 琴愁　かわさき・きんしゅう　俳人
昭和4年（1929年）1月2日～平成2年（1990年）7月17日　生茨城県　名本名＝川崎松寿　学多賀工業専門学校機械科中退　歴昭和20年「かびれ」入会、大竹孤悠に師事、「かびれ」の俳句理念「生活即俳道」の実践に励む。「かびれ」同人。54年編集同人。　賞かびれ新人賞〔昭和32年〕

川崎 三郎　かわさき・さぶろう　俳人
昭和10年（1935年）9月26日～昭和59年（1984年）5月1日　生山形県西置賜郡小国町朝篠　学東北大学経済学科卒　歴昭和32年榎本冬一郎に師事し、のち「群蜂」同人。「現代俳句」編集担当も務めた。句集に「北の笛」。

川崎 展宏　かわさき・てんこう　俳人
昭和2年（1927年）1月16日～平成21年（2009年）11月29日　生広島県呉市　出岡山県　名本名＝川崎展宏（かわさき・のぶひろ）　学東京大学文学部国文科卒，東京大学大学院修了　歴父は海軍軍人。東京府立第八中学時代に、同校の教師であった加藤楸邨に師事。米沢女子短期大学、共立女子短期大学を経て、明治大学教授を務めた。「寒雷」同人。昭和55年「豹」創刊、代表を経て、平成16年より名誉代表。高浜虚子研究を主要テーマとした。6～18年朝日新聞「朝日俳壇」選者。句集に「葛の葉」「義仲」「観音」「夏」「秋」、評論集に「高浜虚子」「虚子から虚子へ」「俳句初心」などがある。　賞読売文学賞（詩歌俳句賞，第42回）〔平成3年〕「夏」，詩歌文学館賞（第13回）〔平成10年〕「秋」，俳人協会評論賞（第13回）〔平成11年〕「俳句初心」

川崎 洋　かわさき・ひろし　詩人
昭和5年（1930年）1月26日 ～ 平成16年（2004年）10月21日 生東京都大田区馬込 学八女中卒, 西南学院専門学校英文科中退 歴昭和19年福岡に疎開、父が急死した26年に大学を中退して上京、横須賀の米軍キャンプなどに勤務。23年頃より詩作を始め、28年茨木のり子らと詩誌「櫂」を創刊。30年詩集「はくちょう」を刊行。32年から文筆生活に入る。日本語の美しさを表現することをライフワークとし、全国各地の方言採集にも力を注いだ。また57年からは読売新聞紙上で「こどもの詩」の選者を務め、寄せられた詩にユーモラスであたたかな選評を加え人気を博した。主な著書に、詩集「木の考え方」「川崎洋詩集」「ビスケットの空カン」「ゴイサギが来た」、「方言の息づかい」「サイパンと呼ばれた男」「わたしは軍国少年だった」「方言再考」「日本語探検」「日本の遊び歌」「大人のための教科書の歌」「かがやく日本語の悪態」など。ラジオ脚本に「魚と走る時」「ジャンボアフリカ」「人力飛行機から蚊帳の中まで」などがある。 勲紫綬褒章〔平成9年〕 賞芸術選奨文部大臣賞（放送部門, 第21回）〔昭和45年〕「ジャンボアフリカ」（脚本）, 芸術祭賞奨励賞〔昭和32年・41年〕「魚と走る時」ほか, 旺文社児童文学賞（第2回）〔昭和54年〕「ぼうしをかぶったオニの子」, 無限賞（第8回）〔昭和55年〕「食物小屋」, 高見順賞（第17回）〔昭和62年〕「ビスケットの空カン」, 歴程賞（第36回）〔平成10年〕, 神奈川文化賞〔平成12年〕

川崎 むつを　かわさき・むつお　歌人
明治39年（1906年）10月3日 ～ 平成17年（2005年）9月8日 生青森県青森市 名本名＝川崎陸奥男 学函館商船学校卒 歴大正14年青森県初の口語歌誌「オリオン」創刊に参加。青森県の文芸誌のほとんどを総合して昭和5年に創刊された「座標」の編集委員を務め、まだ無名だった太宰治と知り合う。6年上京、プロレタリア歌人同盟に参加。東奥日報勤務の後、旧満州に渡る。大連では治安維持法違反で投獄された。戦後は赤旗青森支局長などを務めた。石川啄木や鳴海要吉の研究をライフワークとし、24年青森啄木会を設立。31年「青森文学」を創刊、34年青森市文化団体協議会を設立するなど、青森の文芸振興に功績を残した。歌集に「出版旗」などがある。 賞青森市民褒賞〔昭和47年〕, 新日本歌人協会功労者賞〔昭和55年〕, 青森文化振興功労賞〔平成8年〕 家妻＝原三千代（歌人）

川崎 林風　かわさき・りんぷう　俳人
明治41年（1908年）3月23日 ～ 昭和59年（1984年）2月3日 生長崎県西彼杵郡西海町 名本名＝川崎林作（かわさき・りんさく） 学長崎瀬川実業補習学校卒 歴昭和33年伊集院俳句会入会。35年「年輪」に入会、のち同人。 賞年輪新人賞〔昭和50年〕

川路 柳虹　かわじ・りゅうこう　詩人
明治21年（1888年）7月9日 ～ 昭和34年（1959年）4月17日 生東京府芝区（東京都港区） 名本名＝川路誠 学東京美術学校日本画科〔大正2年〕卒 歴早くから「文庫」「詩人」などに寄稿し、大正6年詩話会に参加し、10年「日本詩人」を創刊する一方で年間詩集「日本詩集」の育成に尽力する。明治43年刊行の「路傍の花」をはじめ「曙の声」「歩む人」「明るい風」「無為の設計」「波」「石」など多くの詩集がある。ほかに詩論、美術評論、随筆も多く、「近代芸術の傾向」「現代美術の鑑賞」「作詩の新研究」「マチス以後」「日本の情操」「南上古代文化と美術」などがある。 賞日本芸術院賞〔昭和32年〕

川島 炬士　かわしま・きょし　俳人
明治26年（1893年）4月10日 ～ 平成1年（1989年）12月29日 生千葉県 名本名＝川島清（かわしま・きよし） 学千葉医専卒 歴大正14年「石楠」臼田亜浪の手ほどきを受ける。昭和32年かまつか俳句会に入会、同人。 賞かまつか賞〔昭和54年〕

川島 喜由　かわしま・きよし　俳人
大正11年（1922年）3月26日 ～ 平成22年（2010年）9月14日 生群馬県 名本名＝野本喜由（のもと・きよし） 歴幼少時に伯父・長谷川零余子の「枯野」に触れ、昭和21年神崎正石の手ほどきを受ける。22年「水明」入会、桐生水明会を結成。他に「石人」所属。桐生俳句親交会長、群馬県俳句作家協会理事を務めた。句集に「峡光」がある。 家伯父＝長谷川零余子（俳人）

川島 喜代詩　かわしま・きよし　歌人
大正15年（1926年）10月29日 ～ 平成19年（2007年）4月24日 生東京都台東区浅草 学明治大学専門部政治経済学科〔昭和25年〕卒 歴昭和22年朝倉書店、31年誠信書房を経て、39年川島書店を設立、社長。この間、19年佐藤佐太郎

歌集「しろたへ」に接し、強く傾倒する。26年発刊間もない「歩道」に入会。58年長沢一作らと「運河」を創刊、同人。歌集に「波動」「層灯」「星雲」などがある。　賞現代歌人協会賞〔昭和45年〕「波動」, 短歌研究賞(第17回)〔昭和56年〕「冬街」

川島 千枝　かわしま・ちえ　俳人
大正15年(1926年)4月10日～平成22年(2010年)11月6日　生北海道函館市　名本名＝川嶋チヱ　学高女技芸科卒　歴昭和35年大野林火の手ほどきを受ける。47年「蘭」入会、同人。「虹」所属。句集に「実生」「天露」「風の盆」「深禱」。　賞蘭同人賞「天露」

川島 つゆ　かわしま・つゆ　国文学者
明治25年(1892年)1月10日～昭和47年(1972年)7月24日　生埼玉県行田　名旧姓・旧名＝沼田, 別名＝沼田露石　学三輪田高女〔明治42年〕卒　歴早くから俳句を学び、昭和36年別府女子大学教授に就任。のち別府大学教授、梅光女学院教授を務めた。俳諧の研究に専念し「一茶の種々相」など、一茶、芭蕉に関する著書が多い。女流の俳文学者として草分け的存在であり、句・歌・詩集「玫瑰」、歌集「銀の壺」がある。

川島 彷徨子　かわしま・ほうこうし　俳人
明治43年(1910年)8月28日～平成6年(1994年)7月15日　生神奈川県厚木市　名本名＝川島晋(かわしま・すすむ)　学早稲田大学文学部英文科中退　歴昭和3年「石楠」入会。臼田亜浪の直接指導を受け、18年最高幹部。「浜」同人を経て、30年「河原」創刊・主宰。現代俳句協会会員を経て、45年俳人協会会員となり、評議員、のち名誉会員。句集に「榛の木」「晩夏」など。　賞石楠賞〔昭和16年〕

川瀬 一貫　かわせ・いっかん　俳人
明治27年(1894年)11月29日～昭和56年(1981年)9月1日　生奈良県奈良市　名本名＝川瀬一貫(かわせ・かずつら)　学山口高商〔大正4年〕卒　歴大正4年古河合名会社に入社。10年横浜ゴムに転じ、大阪支店副長になる。戦後は日中友好商社の東工物産を設立するなど日中貿易の草分け的存在だった。昭和49年から日本国際貿易促進協会副会長。48年、日中友好に貢献したことで勲二等瑞宝章を受章。俳句は横浜ゴム勤務の時より青木月斗に師事し、46年「同人」の3代目主宰となる。　勲勲二等瑞宝章〔昭和48年〕

川田 順　かわだ・じゅん　歌人
明治15年(1882年)1月15日～昭和41年(1966年)1月22日　生東京府下谷区三味線堀(東京都台東区)　学東京帝国大学法学部政治学科〔明治40年〕卒　資日本芸術院会員〔昭和38年〕　歴父は漢学者で宮中顧問官を務めた川田甕江。明治30年佐佐木信綱に入門、31年「心の花」創刊に同人参加。40年東京帝大を卒業して大阪の住友本店に入社、昭和11年筆頭重役で引退するまで実業界にあったが、この間歌人としても活躍。大正13年北原白秋、木下利玄らと「日光」を創刊。昭和17年第1回帝国芸術院賞を受けた。戦後は皇太子の作歌指導や歌会始選者を務めたが、24年元京大教授夫人・鈴鹿俊子との恋愛事件が発覚、自殺を図った。同年鈴鹿と再婚。一連の事件は“老いらくの恋”と呼ばれ、世間を騒がせた。38年日本芸術院会員。他の歌集に「伎芸天」「山海経」「鷲」「東帰」「定本川田順全歌集」、研究書に「利玄と憲吉」「吉野朝の悲歌」「幕末愛国歌」「戦国時代和歌集」などがある。　賞帝国芸術院賞(第1回)〔昭和17年〕「鷲」「国初聖蹟歌」, 朝日文化賞〔昭和19年〕　家妻＝鈴鹿俊子(歌人), 父＝川田甕江(漢学者・宮中顧問官)

川田 朴子　かわだ・ぼくし　俳人
大正15年(1926年)3月18日～平成14年(2002年)1月20日　出高知県吾川郡春野町　名本名＝川田長孝　学法政大学卒　歴教師を務める傍ら俳句を詠み、「勾玉」主宰。平成12年から高知県俳句連盟会長。日本伝統俳句協会評議員、県短詩型文学賞選考委員。5～11年高新文芸の俳句の選者を務めた。句集に「雪遍路」などがある。

河田 忠　かわだ・まこと　詩人
昭和10年(1935年)4月26日～平成22年(2010年)1月28日　生岐阜県各務原市　学岐阜大学〔昭和33年〕卒　歴岩手小、鵜沼第二小、鵜沼中、長良中などで国語や英語を教え、鵜沼中教頭を経て、平成3年より岐阜市立三輪南小校長を務めた。一方、高校3年の時に詩誌「新詩人」に作品が掲載されたことから、本格的に詩作を開始。昭和33年より詩誌「存在」の編集に携わり、のち編集責任者。平成19年中日詩人会会長。詩集に「灰色のムード」「波」「乱反射」「暗愁の時」などがある。　賞中日詩賞(第32回)〔平成4年〕「負の領域」

川戸 飛鴻　かわと・ひこう　俳人
明治31年（1898年）3月5日 ～ 昭和58年（1983年）8月9日　[生]神奈川県伊勢原市　[名]本名＝川戸正男，通称＝川戸壮介　[歴]明治45年14歳の時に右下腿を切断、17歳頃に右肺を患う。大正5年俳句を知り、7年臼田亜浪に師事して「石楠」に入会。8年足立八洲路らと「麓」を創刊するが、関東大震災のため廃刊した。昭和27年「白魚」を創刊・主宰。句集に「麓」「冬木の瘤」「老杉集」「天地庭上」がある。

川浪 磐根　かわなみ・いわね　歌人
明治16年（1883年）6月20日 ～ 昭和44年（1969年）4月8日　[生]佐賀県　[名]本名＝川浪道三　[歴]郵便局給仕などを経て22歳で上京し、「文章世界」「実業之世界」などの記者を歴任。昭和12年窪田空穂に師事し「槻の木」会員となる。29年「山さんご」を、40年「数知れぬ樹枝」を刊行し、没後小説「山童記」が発表された。

河西 新太郎　かわにし・しんたろう　詩人
明治45年（1912年）5月2日～平成2年（1990年）9月8日　[出]香川県　[学]東洋大学文学部中退　[歴]日本詩人社を主宰。詩集に「傀儡の人類史」「世紀の風」などがある。　[賞]詩人タイムズ賞（第4回）〔昭和60年〕

川西 白柿　かわにし・はくし　俳人
明治43年（1910年）9月24日 ～ 平成12年（2000年）1月12日　[生]石川県松任市（白山市）　[名]本名＝川西米作（かわにし・よねさく）　[学]千葉高等園芸学校卒　[歴]内務省勤務後、台中高女、同農学校、千葉高等園芸学校助教授、岩田造園を経て、川西造園を開業。一方、昭和39年病気をきっかけに作句を始め、40年「萬緑」入会、45年同人。「萬緑」市原支部長を務めた。句集に「夏大地」「寒鮮」がある。　[賞]萬緑新人賞〔昭和44年〕，萬緑賞〔昭和60年〕

川野 順　かわの・じゅん　歌人
大正4年（1915年）～平成2年（1990年）12月8日　[生]旧朝鮮慶尚北道月城郡　[名]本名＝兪順凡（ゆ・すんぼむ）　[歴]昭和8年福岡の叔父を頼って来日。音楽家を志しながら職業を転々とする。12年ハンセン病を発病、14年身延深敬園福岡分園に入園。15年菊池恵楓園に転園。アララギ短歌会に入会、キリスト教の洗礼を受ける。17年星塚敬愛園に転園、30年未来短歌会に入会。著書に「莿」「狂いたる磁石盤」がある。

河野 穣　かわの・みのる　俳人
昭和3年（1928年）9月13日～平成4年（1992年）1月24日　[生]徳島県　[学]旧中卒　[歴]昭和38年水原秋桜子の手ほどきを受ける。佐野まもるに師事。「群青」に拠る。　[賞]徳島県芸術祭俳句部門最優秀賞〔昭和49年・53年〕

河野 裕子　かわの・ゆうこ　歌人
昭和21年（1946年）7月24日 ～ 平成22年（2010年）8月12日　[生]熊本県上益城郡御船町　[名]本名＝永田裕子（ながた・ゆうこ）　[学]京都女子大学文学部国文学科〔昭和45年〕卒　[歴]昭和39年「コスモス」入会、41年「幻想派」に参加。京都女子大学在学中の44年、23歳で戦後生まれとして初めて角川短歌賞を受賞、デビュー。47年第一歌集「森のやうに獣のやうに」を出版。女性の身体や感性をしなやかに詠み上げ、現代の女性歌人の第一人者として知られた。平成2年「コスモス」を退会、以降は夫・永田和宏が編集発行人を務める「塔」で活躍した。この間、昭和52年「ひるがほ」で現代歌人協会賞、平成14年に「歩く」で紫式部文学賞、若山牧水賞、21年に「母系」で斎藤茂吉賞、迢空賞をダブル受賞。毎日歌壇選者、NHK歌壇選者を務め、21年からは宮中歌会始の選者を務めた。12年左乳房に乳がんがみつかり、20年がんの転移・再発が判明。抗がん治療を続けながら新聞歌壇や各種文学賞の選歌、執筆活動を行ったが、22年64歳で亡くなった。他の歌集に「桜森」「はやりを」「体力」「家」「日付のある歌」「葦舟」などがあり、エッセイ集「みどりの家の窓から」、評論集「体あたり現代短歌」などもある。長男の淳、長女の紅も歌人として活躍する。　[賞]角川短歌賞（第15回）〔昭和44年〕「桜花の記憶」，現代歌人協会賞（第21回）〔昭和52年〕「ひるがほ」，現代短歌女流賞（第5回）〔昭和55年〕「桜森」，京都市芸術新人賞〔昭和56年〕，ミューズ女流文学賞（第4回）〔昭和58年〕，コスモス賞〔昭和62年〕，短歌研究賞（第33回）〔平成9年〕「耳掻き」，京都あけぼの賞〔平成9年〕，河野愛子賞（第8回）〔平成10年〕「体力」，京都府文化賞（功労賞，第19回）〔平成13年〕，若山牧水賞（第6回）〔平成13年〕「歩く」，紫式部文学賞（第12回）〔平成14年〕「歩く」，迢空賞（第43回）〔平成21年〕「母系」，斎藤茂吉短歌文学賞（第20回）〔平成21年〕「母系」，京都市文化功労者〔平成21年〕，小野市詩歌文学賞（第2回）〔平成22年〕「葦舟」　[家]夫＝永田和宏（歌人），長男＝永田

淳（歌人），長女＝永田紅（歌人），母＝河野君江（歌人）

河野 頼人　かわの・らいじん　俳人
昭和7年（1932年）9月25日 ～ 平成25年（2013年）6月20日　出山口県防府市　名本名＝河野よりと（かわの・よりと），別号＝濃龍膽　学広島大学文学部〔昭和30年〕卒，広島大学大学院文学研究科国語国文学専攻〔昭和35年〕博士課程修了　歴昭和35年宇部短期大学専任講師を経て、41年北九州大学に転じ、49年教授。平成10年名誉教授。一方、昭和27年俳句を田中菊坡に師事、「をがたま」創刊に参加。「雪解」「夏爐」同人。54年より「木の実」編集担当、平成6年より主宰。19年終刊。著書に「万葉学研究・近世」「上代文学研究史の研究」「万葉研究史の周辺」「言葉を読む―爽雨・蕪城俳句研究」、句集に「紙魚の宿」「アカシヤの大連」などがある。　勲瑞宝中綬章〔平成24年〕　賞雪解新人賞〔昭和53年〕，夏爐佳日賞〔昭和57年〕，夏爐彩雲賞〔平成15年〕

川畑 火川　かわばた・かせん　俳人
大正1年（1912年）8月2日～平成22年（2010年）8月12日　生鹿児島県　名本名＝川畑安彦　学日本大学医学科卒　歴中学生のころ俳句を始め、昭和7年水原秋桜子の「馬酔木」に入会。戦後、江戸川保健所長時代に結核患者としての石田波郷を知り、波郷の「風切」に依って俳句開眼。「鶴」復刊の28年には発行所をも引き受けた。第1回鶴賞を小林康治と共に受賞。句集に「凡医の歌」「石蕗集」「霧峠」がある。　賞鶴賞（第1回）

川端 弘　かわばた・ひろし　歌人
大正13年（1924年）1月7日 ～ 平成23年（2011年）10月18日　生東京市四谷区（東京都新宿区）学中央大学法学部卒　歴検察官として勤務し、昭和58年退官。この間、26年林間短歌会に入会、木村捨録に師事。39年「層」創刊に参加。44年横須賀短歌会に入会。歌集に「夜想曲」「月のほとり」「空」「白と緑」などがある。

川端 麟太　かわばた・りんた　俳人
大正8年（1919年）1月16日 ～ 昭和62年（1987年）6月21日　生北海道札幌市北1条東　名本名＝川端末泰（かわばた・すえやす）　学北海中卒　歴昭和23年俳誌「氷原帯」の前身の「北方俳句人」の創刊に加わり、45年から「氷原帯」主宰。現代俳句協会員、細谷源二賞選考委員、北海道新聞日曜文芸俳壇選者、道俳句協会常任委員。句集は「川端麟太集」「さっぽろ砂漠」など。

川原 寂舎　かわはら・じゃくしゃ　俳人
大正6年（1917年）11月14日 ～ 平成24年（2012年）2月25日　出宮城県気仙沼市　名本名＝川原悟（かわはら・さとる）　学東北帝国大学法文学部〔昭和16年〕卒　歴昭和30年司法試験に合格、33年弁護士登録。59年仙台弁護士会会長、60年日本弁護士連合会副会長。この間、19年「雲母」系俳人の佐々木有風に私淑。20年敗戦の混乱の中に作句を始め、寂舎と号した。52年「曲水」同人。　賞曲水社賞〔昭和52年〕

川原 利也　かわはら・としや　歌人
大正10年（1921年）11月27日～昭和59年（1984年）11月8日　出北海道　歴歌人前田夕暮、透父子に師事。旧歌誌「詩歌」の主要同人で歌集に「海光る町」などのほか合同歌集「回帰線」「南湖院と高田畊安」などの著書がある。

河原 冬蔵　かわはら・ふゆぞう　歌人
明治42年（1909年）12月7日 ～ 平成4年（1992年）3月30日　生東京都　名本名＝河原勉一　歴昭和17年佐藤佐太郎を知り、26年歩道短歌会に入会。36年歌集「離谷」で現代歌人協会奨励賞を受賞。ほかの歌集に「昼夜」「石火」がある。

川辺 古一　かわべ・こいち　歌人
大正15年（1926年）3月17日 ～ 平成18年（2006年）4月5日　生神奈川県　名本名＝川辺彦作　学明治大学卒　歴昭和20年「多磨」に入会。24年宮柊二に師事し、28年「コスモス」創刊に参加、のち編集委員、選者。歌集に「円沙」「終冬」「駅家」「北枝」などの他、評論集「柊二周辺」「感情という花」などがある。　賞コスモス賞（作品賞，第4回）〔昭和32年〕，神奈川県歌人会賞（第1回）〔昭和57年〕，コスモス賞（評論賞）〔昭和58年〕

川辺 止水　かわべ・しすい　俳人
大正9年（1920年）2月15日 ～ 昭和62年（1987年）12月27日　生京都府　名本名＝川辺英生（かわべ・ひでお）　学青年学校卒　歴昭和18年浜中柑児に手ほどきを受ける。23年鈴鹿野風呂に師事。47年「京鹿子」、49年「風呂吹」同人。　賞風呂吹50号記念大会入賞〔昭和54年〕，京鹿子祭双滴賞〔昭和56年〕

河村 静香　かわむら・しずか　俳人

昭和9年（1934年）3月18日 〜 平成17年（2005年）4月3日　生青森県　名本名＝河村ゆき子　歴療養所に入院中の昭和28年、加藤憲曠に俳句の指導を受け、29年上村忠郎の「青年俳句」創刊に参加。30年「寒雷」に入会。38年寒雷暖響賞受賞。51年「杉」入会、森澄雄に師事。59年加藤憲曠主宰の「薫風」創刊に同人参加、同誌編集長を務めた。61年「海鳴り」で第32回角川俳句賞を受賞。ほかに青森県芸術文化報奨、八戸文化奨励賞などを受賞。　賞寒雷暖響賞〔昭和38年〕, 青森俳句賞（第1回）〔昭和39年〕, 角川俳句賞（第32回）〔昭和61年〕「海鳴り」, 八戸文化奨励賞, 青森県芸術文化褒奨

河村 盛明　かわむら・せいめい　歌人

大正11年（1922年）11月17日 〜 平成7年（1995年）7月8日　生富山県高岡市　学京都大学文学部〔昭和24年〕卒　歴召集され、小倉の陸軍病院で終戦。戦後、毎日新聞勤務を経て、48年中国放送入社。取締役、のち顧問。また広島平和センター理事長を務めた。この間、21年「アララギ」に入会、歌人として活躍し、戦争体験などを詠んだ歌が多数ある。著作に「未来歌集」「六甲山系」「原爆25年」「この炎は消えず」、歌集「視界」「一つ灯」など。

川村 たか女　かわむら・たかじょ　俳人

明治33年（1900年）2月25日 〜 平成3年（1991年）10月20日　生神奈川県横浜市　名本名＝川村たか　学桜井女塾卒　歴昭和24年「雪解」に入会し、29年同人となる。句集に「総の野」。賞雪解賞〔昭和39年〕

川村 虫民　かわむら・ちゅうみん　俳人

大正4年（1915年）11月25日 〜 平成7年（1995年）5月22日　生台湾新竹　出山口県　名本名＝川村忠民　学山口高商卒　歴満州での銀行勤務中に応召。戦後運輸会社に勤務し、のち社長。俳句は昭和19年に始め、22年「若葉」に入会。44年岸風三楼に師事し、47年「春嶺」同人。句集「雲雀野」がある。　賞春嶺功労賞〔昭和63年〕

川村 濤人　かわむら・とうじん　歌人

明治37年（1904年）11月27日 〜 平成2年（1990年）11月6日　生北海道滝川市　名本名＝川村武夫　学札幌師範本科一部卒　歴教職に携わり、昭和40年札幌発寒小校長を最後に退職。一方短歌を作り、大正14年「潮音」入会、太田水穂の指導を受ける。「新墾」を経て、「潮音」顧問、柏会主宰、北海道歌人会顧問。歌集に「不凍湖」「北の眉」「川村濤人全歌集」など。昭和48〜61年北海道新聞歌壇選者、61年から北海道新聞短歌賞選考委員を務めた。

川村 ハツエ　かわむら・はつえ　歌人

昭和6年（1931年）11月24日 〜 平成24年（2012年）2月11日　生茨城県　学茨城大学文理学部英文科〔昭和29年〕卒　歴昭和57年頃から短歌に親しみ歌人の馬場あき子に師事。短歌会かりんに入会。傍ら、学生時代学んだ英語を活用しチェンバレンの「日本人古典詩歌」、アストンの「日本文学史」、A.ウエリーの「日本の詩歌」など米英学者の日本の古典文学研究書の翻訳に取り組んだ他、与謝野晶子から俵万智まで短歌の英訳史をたどる著書「Tankaの魅力」を自費刊行。平成4年日本英学史学会の賞を受賞。同年日本歌人クラブから刊行される英文の「短歌ジャーナル」の中心スタッフとして創刊に尽力。流通経済大学非常勤講師を務めた。歌集・歌論に「ノアの虹」「花を啣む」「能のジャポニズム」「孔雀青（ピーコックブルー）」「地虫怯まず」などがある。

河邨 文一郎　かわむら・ぶんいちろう　詩人

大正6年（1917年）4月15日 〜 平成16年（2004年）3月30日　生北海道小樽市入船町　学北海道帝国大学医学部〔昭和15年〕卒　歴昭和27〜58年札幌医科大学教授。この間、28年から16年間北海道立札幌整肢学院長を兼務。日本整形外科学会長、国際整形災害外科学会副会長、日本学術会議会員も歴任。小児まひ（ポリオ）の後遺症治療の権威として知られ、肢体不自由児の療育と教育に尽くした。傍ら北海道大学在学時代から金子光晴に師事し、9年頃から「北大文芸」などに作品を発表。49年詩集「天地交驩」で北海道文化奨励賞を受賞。詩誌「核」を主宰し、北海道詩人協会会長を務めて後進の育成にもあたった。47年には札幌五輪の愛唱歌「虹と雪のバラード」を作詞した。他の詩集に「天地交驩」「湖上の薔薇」「物質の真昼」「河邨文一郎詩集」「シベリア」などがある。　勲勲三等旭日中綬章〔平成2年〕　賞札幌市民芸術賞（第1回）〔昭和47年〕, 北海道文化奨励賞〔昭和49年〕「天地交驩」, 北海道文化賞〔昭和56年〕, 日本詩人クラブ賞（第31回）〔平成10年〕「シベリア」, 小野十三郎記念特別賞（第1回）〔平成11年〕

川村 柳月　かわむら・りゅうげつ　俳人
明治32年（1899年）4月18日～昭和49年（1974年）3月12日　生東京市四谷区（東京都新宿区）　名本名＝川村健三　歴大正8年佐々木濤月に入門、大波会同人。11年長谷川零余子の「枯野」に入会、13年より編集。昭和3年「ちまき」を創刊・主宰し、没年まで続いた。句集に「冬の芽」「くさおか」「白い影」、編著に「自然の微笑」などがある。

川本 臥風　かわもと・がふう　俳人
明治32年（1899年）1月16日～昭和57年（1982年）12月6日　生岡山県岡山市西隆寺　名本名＝川本正良（かわもと・まさよし）　学京都帝国大学文学部独文学科〔大正12年〕卒　歴大正12年松山高校教授、昭和24年愛媛大学教授を務め、39年定年退官。臥風の号で俳句を詠み、大正3年藤田山夢の手ほどきを受け、11年より臼田亜浪に師事。亜浪主宰「石楠」の最高幹部で、同誌廃刊後は昭和25年「いたどり」を創刊・主宰。また松山高俳句会を指導し、8～19年機関誌「星丘」を主宰した。句集に「樹心」「城下」「持田」「雪嶺」など。　勲勲二等瑞宝章〔昭和46年〕　賞愛媛県教育文化賞〔昭和45年〕，愛媛新聞賞〔昭和53年〕

川本 けいし　かわもと・けいし　俳人
明治31年（1898年）12月8日～昭和62年（1987年）3月2日　生東京都　名本名＝川本慶之助（かわもと・けいのすけ）　学麻布中卒　歴国立国会図書館に入り、昭和23年から俳句を始める。26年「萬緑」に入会し、中村草田男に師事。43年「萬緑」同人。句集に「桐影」。　賞俳人協会全国大会賞〔昭和40年〕，萬緑新人賞〔昭和42年〕

河原 直一郎　かわら・なおいちろう　詩人
明治38年（1905年）9月1日～昭和49年（1974年）12月12日　生北海道小樽区　学京都一中中退　歴小樽高商の図書館に勤めたが、大正15年退職し、英、露人について英・仏語を修める。昭和3年「信天翁」を創刊し、詩集「春・影・集」を刊行。同年フランスに渡り、帰国後は北海タイムスに勤務した。

菅 第六　かん・だいろく　俳人
明治43年（1910年）3月11日～平成10年（1998年）2月13日　生熊本県阿蘇郡一の宮町　学京都帝国大学理学部化学科卒　歴古河電工理化研究所を経て、日本ゼオンに勤務。昭和52年退社。大東文化大学、東海大学各講師も務めた。一方、昭和3年「枯野」投句。「ぬかご」「層雲」「馬酔木」を経て、山口誓子、秋元不死男に師事。23年「天狼」「氷海」発刊と同時に参加。24年「氷海」同人。のち「狩」同人、鷹羽狩行に師事。句集に「火の尾」「一会」がある。

神田 工　かんだ・たくみ　歌人
大正10年（1921年）～平成25年（2013年）6月26日　生大分県臼杵市　歴昭和16年「瀬音」、25年「山茶花」に入る。48～59年宮崎日日新聞「宮日歌壇」選者を務めた。平成3年宮崎県歌人協会会長。歌集に「望洋」「耳順」がある。　賞宮崎市芸術文化連盟文化功労賞〔昭和59年〕

神田 南畝　かんだ・なんぽ　俳人
明治25年（1892年）11月24日～昭和58年（1983年）2月15日　生大阪府大阪市浪速区難波元町　名本名＝神田能之（かんだ・よしゆき）　歴明治38年頃より作句を始め、新聞や雑誌に投句。大正3年皐月吟社に入会、4年「光雲」を創刊するが、5年廃刊。7年永尾白花蛇（宗斤）に師事し、また青木月斗の「カラタチ」に参加。14年宗斤と月斗主宰「同人」を離脱、15年宗斤を主宰として「早春」を創刊した。昭和19年休刊するが、21年復刊。宋斤没後、後継主宰となった。句集に「故郷」、句文集に「南畝言志」がある。

神田 秀夫　かんだ・ひでお　評論家
大正2年（1913年）12月20日～平成5年（1993年）9月18日　生東京都　学東京帝国大学文学部国文科卒　歴東大在学中に応召して中国山省立師範などで教職を務める。昭和21年帰国し、1年間「俳句研究」の編集をし、現代俳句協会を設立。共立女子大学教授、武蔵大学名誉教授を歴任。「天狼」「風」などの同人となり、「現代俳句入門」「古事記の構造」「神田秀夫論稿集」（全5巻）などの著書がある。　賞現代俳句協会大賞（第6回）〔平成5年〕

菅野 昭彦　かんの・てるひこ　歌人
昭和5年（1930年）12月7日～昭和49年（1974年）12月12日　生宮城県仙台市　学東京大学国文科卒　歴松竹入社。昭和41年フリーとなり、シナリオ作家となる。短歌は20年「ぬはり」に入会し、菊池知勇に師事。知勇没後「ぬはり」を編集。49年「印象短歌会」を結成し「印象」創刊発行。歌集に歌集「夜の机」「感傷風景」「午後の風」がある。

神庭 松華子　かんば・しょうかし　俳人
明治38年（1905年）9月30日～昭和62年（1987年）9月18日　生島根県　名本名＝神庭勇一郎　歴昭和のはじめから終刊まで「石楠」に拠る。昭和23年「俳句地帯」（のち「地帯」と改号）の創刊に参画。46年「獺祭」に加盟、のち同人。

神林 信一　かんばやし・しんいち　俳人
大正13年（1924年）8月13日～平成2年（1990年）3月6日　生長野県須坂市　学日本大学法学部卒　歴昭和22年「萬緑」に入会、38年同人。53年以来サンプラザ学園俳句講師を務めた。句集に「千曲」「山比古」「雪炎」。　賞全国俳句大会俳人協会賞〔昭和37年〕，萬緑賞〔昭和42年〕

上林 猷夫　かんばやし・みちお　詩人
大正3年（1914年）2月21日～平成13年（2001年）9月10日　生北海道札幌市　学同志社高商〔昭和9年〕卒　歴昭和9年大蔵省大阪地方専売局に勤務し、後に国策会社台湾有機合成に勤務。9年に同人となった「日本詩壇」で本格的に詩を作る。10年「魂」（のち「関西詩人」と改題）を編集発行する。11年「豚」を創刊（のち「現代詩精神」と改題）。17年「音楽に就て」を刊行。21年「花」を創刊したが、22年「日本未来派」へ発展解消。同年高砂香料に入社。27年「都市幻想」でH氏賞を受賞。37年現代詩人会理事長、62年会長を歴任。のち帯状疱疹で失明寸前になるが、回復。57年薩摩琵琶による、詩の朗読運動を始める。他に「機械と女」「遠い行列」「拾遺詩集」「詩人高見順―その生と死」などがあり、平成元年には「上林猷夫詩集」（自選）が刊行された。　賞H氏賞（第3回）〔昭和27年〕「都市幻想」

蒲原 有明　かんばら・ありあけ　詩人
明治9年（1876年）3月15日～昭和27年（1952年）2月3日　生東京府麹町（東京都千代田区）　名本名＝蒲原隼雄（かんばら・はやお）　学東京府立尋常中卒　資日本芸術院会員〔昭和23年〕　歴父の出身地・佐賀県の有明海にちなんで有明と号す。小学校時代から文学に関心を抱き、明治27年「落穂双紙」を創刊し、詩作を発表する。31年「大慈悲」が読売新聞の懸賞小説に入選する。35年第一詩集「草わかば」、36年第二詩集「独絃哀歌」、38年第三詩集「春鳥集」、41年第四詩集「有明集」を刊行。明治期の文語定型詩の完成者として薄田泣菫と並び称されたが、以後詩壇の第一線を退く。昭和22年自伝的小説「夢は呼び交わす」を刊行。23年には日本芸術院会員に選ばれた。他に随筆集「飛雲抄」や「定本蒲原有明全詩集」などがある。　家父＝蒲原忠蔵（建築家）

神原 栄二　かんばら・えいじ　俳人
昭和7年（1932年）7月12日～平成24年（2012年）2月8日　生茨城県下館市（筑西市）　名本名＝神原栄次　学下館一高電気通信科卒　歴2級建築士、2級土木施工管理技士の資格を持ち、神原組代表取締役を務めた。俳句は、昭和24年「鹿火屋」に入会。52年「にいばり」を創刊・主宰。句集に「棟上」「人日」などがある。　賞鹿火屋賞〔昭和47年〕，茨城県俳句作家協会賞〔昭和48年〕，茨城文学賞〔平成14年〕，茨城県芸術文化功労賞〔平成14年〕

神原 克重　かんばら・かつしげ　歌人
明治25年（1892年）1月25日～昭和41年（1966年）10月28日　生千葉県飯岡町　名別号＝河脇萍花　学東京高師国漢科卒　歴旧制中学教員、校長、短大教授などを歴任。大正6年若山牧水に師事して創作社に入り、昭和33年「玉樟」を主宰する。3年の「棚雲」をはじめ「玉樟」「ふゆすげ」などの歌集がある。

神原 泰　かんばら・たい　詩人
明治31年（1898年）2月23日～平成9年（1997年）3月28日　生東京都　学中央大学商科卒，東京外国語学校専科卒　歴大正9年以来石油業界に入り、世界石油会議日本国内事務局長、鉱工業統計協力委員会委員長などを務めた。一方、大正6年第9回二科展に先駆的な抽象画を発表、10年個展を開き、日本初のアバンギャルデストの宣言「第1回神原泰宣言書」を発表。11年アクションを結成、13年三科造型美術協会創立に参加、のち造型に参加し、昭和2年脱退。次第に絵画制作から離れ、前衛美術紹介、評論、詩作を手がける。3年「詩と詩論」を創刊、のち脱退し、「詩・現実」を創刊。著書に「ピカソ礼讃」などがある。　賞大内賞（第1回）〔昭和28年〕

神原 教江　かんばら・のりえ　俳人
昭和8年（1933年）12月14日～平成23年（2011年）7月6日　生茨城県　名本名＝神原スミ子　学下館二高卒　歴昭和21年より作句を始め、「さいかち」、「鹿火屋」（同人）に投句。52年「にいばり」創刊と共に同人参加。53年「山暦」入会、55年同人。句集に「月光十字」「結城紬」「歌

垣」。 賞鹿火屋新人賞(第2回)〔昭和32年〕,山暦賞〔昭和57年〕

神辺 鼕々　かんべ・とうとう　俳人
明治35年(1902年)4月1日～昭和60年(1985年)7月12日　生東京市本所区横綱町(東京都墨田区)　名本名=神辺金太郎　学小卒　歴大正11年増田龍雨の手ほどきを受ける。龍雨没後、上川井梨葉の俳諧雑誌・「初蟬」、「愛吟」同人。戦時中中断。昭和46年「新川」発刊。句集に「みちぐさ」(50年)がある。　勲勲五等双光旭日章〔昭和49年〕

神戸 雄一　かんべ・ゆういち　詩人
明治35年(1902年)6月22日～昭和29年(1954年)2月25日　生宮崎県　学東洋大学中退　歴大正12年処女詩集「空と木橋との秋」を刊行。「ダムダム」などの同人になり、昭和に入って小説も書く。他の詩集に「岬・一点の僕」「新たなる日」などがあり、小説集に「番人」などがある。

【き】

木内 彰志　きうち・しょうし　俳人
昭和10年(1935年)5月4日～平成18年(2006年)12月7日　生千葉県木更津市　名本名=木内和応(きうち・かずお)　学木更津高卒　歴昭和28年「曲水」系高橋采和に手ほどきを受け、33年「氷海」に入会し、秋元不死男に師事。53年「狩」創刊に同人参加、鷹羽狩行に師事。平成7年「海原」を創刊・主宰。句集に「春の雁」「仏の座」「人界」。　賞氷海賞〔昭和38年〕,星恋賞(同人賞)〔昭和45年〕,角川俳句賞(第30回)〔昭和59年〕　家妻=木内怜子(俳人)

木内 進　きうち・すすむ　詩人
明治41年(1908年)12月20日～平成2年(1990年)1月9日　出北海道旭川市　学駒沢大学中退　歴昭和21年北海タイムス社に入社。論説委員などを経て、33年論説委員長、のち旭川支社長を経て、38年本社工務局長、43年退社。詩集に「幼年歳時」「流離」などがある。

木尾 悦子　きお・えつこ　歌人
明治44年(1911年)4月22日～平成2年(1990年)10月4日　生熊本県熊本市　学奈良女高師卒　歴昭和6年竹柏会に入会して佐佐木信綱に師事。「心の花」の編集委員を経て、選歌委員。「個性」同人。歌は感覚的に鋭い作品が多い。歌集に「ルッソーの絵のように」「驟雨の中の噴水」などがある。

菊岡 久利　きくおか・くり　詩人
明治42年(1909年)3月8日～昭和45年(1970年)4月22日　生青森県弘前市　名本名=高木陸奥男(たかぎ・みちのくお),別号=鷹樹寿之介　学海城中学〔大正14年〕中退,第一外国語学校ロシア語科卒　歴中学在学中、尾崎喜八らの「海」創刊に参加、昭和2年新居格らと「リベルテール」を創刊した。千家元麿に師事、アナーキストグループに加わり、秋田鉱山争議などに活躍、自ら「豚箱生活30回」と称する生活を送った。社会正義に燃える詩を叙事的発想で書き、11年詩集「貧時交」、13年「時の玩具」を、また詩文集「見える天使」などで才能を示した。のちムーラン・ルージュ脚本部の時、戯曲「野鴨は野鴨」を書き上演された。画家としても知られる。戦後23年高見順らと「日本未来派」を創刊、小説も書き「銀座八丁」「ノンコのころ」などを刊行、のちラジオ東京、大映に勤めた。菊岡久利の筆名は横光利一にもらった。

菊川 芳秋　きくがわ・よしあき　俳人
大正15年(1926年)6月14日～平成1年(1989年)5月8日　生中国青島　名本名=菊川信一　学南満州高専〔昭和20年〕中退　歴昭和22年大連より引揚。23年野見山朱鳥に師事、「菜殻火」入会、25年より5年間編集部員、のち「菜殻火」同人。46年大野林火に師事して、「浜」入会、48年「浜」同人。句集に「十年」「寸時烏影」「見色」。　賞福岡文学賞〔昭和53年〕

菊島 常二　きくしま・つねじ　詩人
大正5年(1916年)～平成1年(1989年)3月15日　生東京都　名本名=菊島恒二　学東京府立一商卒　歴在学中、同級生たちとモダニズム詩誌「オメガ」を創刊。「マダム・ブランシュ」(北園克衛の「VOU」前身)同人。のち「20世紀」「新領土」に参加。「詩法」「文芸汎論」などにも作品を発表した。32年復刊した「新領土」に参加。62年「BOHEMIAN」同人。

菊地 新　きくち・あらた　歌人
大正5年(1916年)11月15日～平成9年(1997年)8月20日　出宮城県栗原郡瀬峰町　学宮城師範　歴昭和35年、43歳で宮城県の迫町新田

第二小学校校長。40年同町北方小学校などを経て、51年仙台市の小松島小学校校長の時に退職。52年校長仲間らと“すばる教育研究所”を設立、副所長を務め、執筆活動の傍ら、東北、北海道などで講演する。一方、北原白秋門下で、短歌誌「北炎」主宰。著書に歌集「風樹抄」がある。

菊池 庫郎　きくち・くらろう　歌人
明治14年（1881年）5月26日～昭和39年（1964年）3月7日　生東京都　名本名＝菊地金次郎　学早稲田大学商学部卒　歴早大在学中から作歌をし、窪田空穂を知る。大正4年「国民文学」に入会、昭和5年選者となる。大学卒業後は関西大附属商業などの教師を務めた。32年「短歌春秋」の創刊に参加。38年には「菊池庫郎全歌集」が日本歌人クラブ推薦歌集に選ばれた。他の歌集に「上福島の家」「地下道と松原」などがある。　賞日本歌人クラブ推薦歌集（第9回）〔昭和38年〕「菊池庫郎全歌集」

菊池 剣　きくち・けん　歌人
明治26年（1893年）1月25日～昭和52年（1977年）9月29日　生福岡県　名本名＝松尾謙三　学陸士卒　歴大正5年竹柏会に参加、7年「国民文学」に入って半田良平に師事。昭和10年「やまなみ」を創刊する。歌集に「道芝」「白芙蓉」「芥火」などがある。

菊池 恒一路　きくち・こういちろう　俳人
明治36年（1903年）4月26日～平成1年（1989年）7月20日　生岩手県　名本名＝菊池伝助（きくち・でんすけ）　学東京電機学校卒　歴昭和初年より工藤俳痴の指導を受け、その後「夏草」「鶏頭陣」「鹿火屋」「ホトトギス」に投句。　賞夏草功労賞〔昭和52年〕

菊池 光彩波　きくち・こうさいは　俳人
明治31年（1898年）9月25日～平成2年（1990年）2月14日　生長野県諏訪郡　名本名＝菊池清俊　学高小卒　歴昭和12年「石楠」、22年「科野」を経て、31年「萬緑」に入り、44年同人。長野県俳人協会常任委員、信濃歳時記編纂委員を務めた。句集に「神符」。

菊池 正　きくち・ただし　詩人
大正5年（1916年）3月19日～平成13年（2001年）3月12日　生岩手県和賀郡立花村（北上市立花）　出旧樺太　名筆名＝佐賀連　学慶応義塾大学文学部〔昭和16年〕中退　歴旧樺太に育ち、戦後の昭和22年に引き揚げ。戦前より教員の傍ら詩人としての活動を続け、退職後は郷土誌などに著作を発表。詩集に「自らを戒むる歌」「陸橋」「葦」「果樹園」「幻燈画」「忍冬詩鈔」「玄冬」、小説集に「鎮魂曲」「解氷期」「黄昏のララバイ」「山川の音」など。

菊池 知勇　きくち・ちゆう　歌人
明治22年（1889年）4月7日～昭和47年（1972年）5月8日　生岩手県東磐井郡渋民村　学岩手師範〔明治43年〕卒　歴盛岡市城南小、東京市牛島小訓導を経て、大正8年慶応義塾大学幼稚舎に勤務。15年日本最初の綴方専門誌「綴方教育」「綴方研究」を創刊、綴方教育の研究と実践に尽くした。一方、明治43年若山牧水の「創作」に参加し、昭和2年「ぬはり」を創刊。歌集に「落葉樹」「山霧」などがある。

きくち・つねこ　俳人
大正11年（1922年）12月10日～平成21年（2009年）12月9日　生茨城県多賀郡関本村（北茨城市）　名本名＝菊池常（きくち・つね）　学磐城高女中退　歴昭和14年腰椎カリエスのため磐城高等女学校を中退、療養生活を送る。19年より兄の影響で自由律俳句を作り始め、23年「浜」に入会して大野林火に師事。29年同人。46年「蘭」創刊とともに同人参加、49年副主宰。平成7年野沢節子主宰の死去により主宰を継承。21年名誉主宰。句集に「あこめ」「雪輪」「一人舞」「花晨」などがある。　賞蘭同人賞（第1回）〔昭和51年〕，茨城県俳句作家協会賞（第15回）〔昭和54年〕，茨城文学賞（第5回）〔昭和55年〕，山本健吉文学賞（俳句部門，第3回）〔平成15年〕「花晨」

菊地 貞三　きくち・ていぞう　詩人
大正14年（1925年）7月19日～平成21年（2009年）6月4日　生福島県郡山市　学日本大学文学部中退　歴昭和23年福島県内の中学校教師を経て、37年朝日新聞社に入社。学芸部記者として放送を担当し、60年退社。ひき続き同紙に執筆した他、フリーでライター活動も行った。一方、詩人としては昭和18年「木星」同人、22年「銀河系」、23年「龍」創刊に参加、25～44年「地球」同人。以後、約10年間詩作活動から離れ、54年「山の樹」（のち「桃花鳥」）同人となり、平成2年「木々」創刊に参加。平成元年よりNHK文化センター詩の教室講師、6年より福島県文学賞審査員。詩集に「ここに薔薇あらば」「五時の影」「奇妙な果実」「金いろのけもの」「いつものように」などがある。 賞土井晩翠賞(第26回)〔昭和60年〕「ここに薔薇あらば」,日本詩人クラブ賞(第28回)〔平成7年〕「いつものように」

木口 豊泉　きぐち・ほうせん　俳人
大正12年(1923年)8月5日～昭和61年(1986年)3月23日 生新潟県蒲原郡加治川村 名本名＝木口保 歴戦後、日本鋼管に勤務。昭和40年退社し、雪印乳業専門販売店・木口商店を自営。昭和21年中支抑留中に「灯俳句会」を結成して以来俳句を始め、復員後「若竹」同人。この間地域各団体の俳句会の指導に尽くした。句集に「紫陽花」。

菊地 凡人　きくち・ぼんじん　俳人
大正6年(1917年)8月2日～平成12年(2000年)7月5日 生山形県西村山郡 名本名＝菊地四郎 学陸士中退 歴同盟通信社、時事通信社を経て、科学技術広報財団常務理事、事務局長、電波タイムス取締役編集局長、内外ニュース取締役主事などを歴任し、平成6年退社。一方、昭和22年鈴木杏一に勧められ作句。以後富安風生、岸風三楼の指導を受ける。29年ロサンゼルス特派員時代、羅府若葉会を結成。「若葉」「春嶺」「青山」各同人。句集に「遊軍記者」「富士子抄」「自註・菊地凡人集」など。

菊地 磨壮　きくち・まそう　歌人
明治40年(1907年)1月9日～平成7年(1995年)12月9日 出栃木県 名本名＝菊地正夫(きくち・まさお) 学烏山尋常小〔大正8年〕卒 歴昭和22～46年烏山町議。短歌誌「こだち」を主宰して短歌の普及に貢献し、55年～平成3年朝日新聞栃木歌壇の選者を務めた。 賞烏山町民栄誉賞〔平成5年〕

菊池 麻風　きくち・まふう　俳人
明治35年(1902年)4月15日～昭和57年(1982年)6月4日 生栃木県 名本名＝菊地新一(きくち・しんいち) 学栃木県立宇都宮商業卒 歴昭和3年「曲水」に参加、渡辺水巴に師事、4年「曲水」同人。43年「麻」を創刊し、主宰。句集に「春風」「冬灯」。

菊地 良江　きくち・よしえ　歌人
大正4年(1915年)1月1日～平成26年(2014年)8月14日 生京都府宇治市 学東京女高師附属高女専攻科卒 歴在学中に尾上柴舟に学び、昭和7年「水甕」に入会。松田常憲、加藤将之、熊谷武至に師事し、のち運営委員、選者。31年水甕努力賞、47年水甕賞を受賞。歌集に「佳季」がある。 賞水甕努力賞〔昭和31年〕,水甕賞〔昭和47年〕

菊山 当年男　きくやま・たねお　歌人
明治17年(1884年)11月2日～昭和35年(1960年)11月7日 生三重県上野市 名本名＝菊山種男 歴明治42年大阪朝日新聞に入社するが、大正3年帰郷して印刷業などを営み、「アララギ」に入会して斎藤茂吉に師事。また古伊賀焼の復興に尽力した。郷土の俳聖芭蕉を研究し、著書に「芭蕉亡命の一考察」「はせを」「芭蕉雑纂」「芭蕉研究」がある。

木佐森 流水　きさもり・るすい　俳人
明治44年(1911年)11月11日～昭和63年(1988年)10月11日 生和歌山県 名本名＝木佐森庸利 学美術学校中退 歴昭和4年「ホトトギス」に投句、日野草城の指導を受ける。41年群馬に隠棲、地元誌「あさを」に参画。50年「春燈」に入会、安住敦に師事。句集に「行く雲」「流るる水」。 賞あさを賞〔昭和47年〕,群馬県文学賞〔昭和53年〕

衣更着 信　きさらぎ・しん　詩人
大正9年(1920年)2月22日～平成16年(2004年)9月18日 生香川県 名本名＝鎌田進(かまだ・すすむ) 学明治学院高商部卒 歴昭和10年頃から詩作をはじめ「若草」に投稿。後に「LUNA」に参加し、戦後「荒地」に参加。43年「衣更着信詩集」を刊行し、51年刊行の「庚申その他の詩」で第1回地球賞を受賞した。著書に「孤独な泳ぎ手」、訳書にM.ヴォネガット「エデン特急」などがある。 賞地球賞(第1回)〔昭和51年〕「庚申その他の詩」

木沢 光捷　きざわ・こうしょう　俳人
明治37年(1904年)1月7日～平成2年(1990年)2月28日 生石川県松任市 学石川師範卒 歴昭和5年森本之棗に勧められ松瀬青々の「倦鳥」に投句。7年之棗の「越船」創刊に参加。44年選者。50年之棗の没後主宰。石川県俳文学協会監事を務め、「越船句集〈1～4〉」を編纂。

喜志 邦三　きし・くにぞう　詩人
明治31年(1898年)3月1日～昭和58年(1983年)5月2日 生大阪府堺市 名号＝麦雨 学早稲田大学英文科〔大正8年〕卒 歴新聞記者を経て、大正14年から神戸女学院大学で詩学などを講じる。傍ら三木露風に師事し、第三次「未来」に参加。昭和8年「雪をふむ跫音」を刊行。他の詩集に「堕天馬」「交替の時」「花珊瑚」などがあり、評論集に「現実詩派」「新詩の門」などがある。戦後は、24年以降「交替詩派」「灌木」を主宰し、新進詩人の育成にも務めた。また「お百度こいさん」「踊子」などのヒット歌謡曲の作詞でも知られる。

岸 霜蔭　きし・そういん　俳人
明治43年（1910年）6月26日～平成16年（2004年）4月2日　生愛知県丹羽郡千秋村　名本名＝岸敏雄（きし・としお）　歴昭和12年村井三豆に俳句の手ほどきを受ける。32年「年輪」創刊に参加し、橋本鶏二に師事。句集に「桑」「風浄土」「木曽川百句」。　賞年輪賞〔昭和34年〕，年輪汝鷹賞〔昭和52年〕，年輪雑詠賞〔昭和54年〕

岸 風三楼　きし・ふうさんろう　俳人
明治43年（1910年）7月9日～昭和57年（1982年）7月2日　生岡山県津高郡馬屋下村　名本名＝周藤二三男（すどう・ふみお）　学関西大学法科卒　歴逓信省で放送行政に携わり、京都駐在放送監督官、東京逓信局海外放送検閲官、内閣情報局放送検閲官などを歴任。昭和42年関東電波監理局監理部長で定年退官。一方、中学時代から山陽新聞に俳句を投稿し、山口誓子、皆吉爽雨に学ぶ。6年「若葉」を知り、富安風生に師事。8年「京大俳句」同人となるが、15年官憲による新興俳句弾圧である京大俳句事件に巻き込まれ、拘引された。18～33年「若葉」編集に携わり、同編集長。28年「春嶺」を創刊・主宰。36年俳人協会が発足すると事務局長を務め、のち副会長。句集に「往来」「往来以後」がある。

岸 誠　きし・まこと　詩人
昭和4年（1929年）～平成7年（1995年）12月　生北海道小樽市　学小樽経済専門学校卒　歴昭和海運に入社。シンガポール、コロンボなど海外勤務を経て、昭和62年退職。のち日本太平洋運賃同盟の議長も務めた。また語学堪能で、和文、英文の詩作をたしなんだ。著書に「試練に立つ北米航路」「気まぐれ歳時記」「実戦・ビジネスマン英語」（共著）、詩集に「海峡」「北風の港」など。平成9年5月小樽市日光院の境内に詩碑が建てられる。

岸 麻左　きし・まさ　歌人
大正6年（1917年）2月1日～平成6年（1994年）11月6日　生山口県　名本名＝岡田マサ　歴昭和29年「一路」入会。福田栄一に師事する。38年「古今」に入会、のち特別同人となる。「十月会」会員でもある。歌集に「雪おぼろ」「舞舞」「最上川」など。

岸 政男　きし・まさお　俳人
大正11年（1922年）7月24日～平成8年（1996年）7月23日　生愛知県一宮市　歴昭和12年頃から作句し、「南風」に参加。のち会長。38年「地表」創刊に参加。句集に「断層」「鉄風鈴」「すすき原」など。

岸上 大作　きしがみ・だいさく　歌人
昭和14年（1939年）10月21日～昭和35年（1960年）12月5日　生兵庫県神埼郡福崎町　学国学院大学文学部国文学科〔昭和33年〕入学　歴高一の時「まひる野」入会。33年国学院大学国文学科入学。「国学院短歌」「汎」「具象」等に関る。35年短歌研究新人賞に「意志表示」推薦。安保闘争を闘い新鋭として注目を集めはじめた矢先同年12月5日自殺。「岸上大作全集」他。

岸川 鼓虫子　きしかわ・こちゅうし　俳人
明治43年（1910年）8月10日～平成11年（1999年）12月7日　生佐賀県西松浦郡　名本名＝岸川博輝　学長崎高商〔昭和7年〕卒　歴青年時代から50年間、陶芸の町・佐賀県有田町の香蘭社の事務、営業畑で働き、常務まで務め、昭和57年退職。一方、俳句歴も長く、9年素焼吟社を結成、14年「ホトトギス」に初入選。31年「窯」発行。42年「ホトトギス」同人。51年佐賀県俳句協会を設立し、会長。また有田ホトトギス会長を務めた。平成2年同ホトトギス会では、故人を含め約50人の会員たちがそれまでの20年間に「ホトトギス」に投句、掲載されたものの中から窯場諷詠に限った1240句余りを選び、新年から大みそかまで約380の季題ごとに分けて収録した「窯歳時記」を刊行した。他の著書に句集「窯」など。　賞有田町文化功労賞〔昭和46年〕，佐賀県芸術文化賞〔昭和46年〕

岸田 有弘　きしだ・ありひろ　俳人
大正2年（1913年）5月29日～昭和61年（1986年）4月25日　生山口県玖珂郡本郷城君寺　名本名＝岸田文雄　歴地方公務員を経て獣医に。昭和10年頃より俳誌「ホトトギス」に投句し、のち「草炎」同人。同誌の同人会会長、主宰者を務めた。

岸田 衿子　きしだ・えりこ　詩人
昭和4年（1929年）1月5日～平成23年（2011年）4月7日　生東京都　学東京芸術大学油絵科卒　歴劇作家・岸田国士の長女で、女優の岸田今日子の姉。俳優の岸田森はいとこ。戦時中は妹と2人で長野県に疎開。戦後、油絵の勉強を始めるが結核に罹患。その治療法である気胸の副作用で肩や背中が凝り、腕があがらないほどだるくなったことから、油絵を諦めた。昭和30年第一詩集「忘れた秋」を発表。40年復刊した詩誌「櫂」に参加。また、童話作家としても活躍、親友の画家・中谷千代子とコンビを組んだ「かばくん」や「ジオジオのかんむり」はロングセラーとなり、49年絵本「かえってきたきつね」でサンケイ児童出版文化賞大賞を受賞。アニメ「アルプスの少女ハイジ」「フランダースの犬」「あらいぐまラスカル」などの主題歌を作詞したことでも知られる。主な著書に、詩集「あかるい日の歌」「ソナチネの木」、エッセイ集「風にいろをつけたひとだれ」、絵本に「だれもいそがない村」「おにまるとももこうみへ」などがある。詩人の谷川俊太郎、田村隆一は元夫。　家父＝岸田国士（劇作家），妹＝岸田今日子（女優），いとこ＝岸田森（俳優）

岸田 隆　きしだ・たかし　歌人
大正3年（1914年）12月15日～平成6年（1994年）2月12日　生鳥取県気高郡青谷町亀尻　学日本医科大学医学部〔昭和16年〕卒　歴昭和16年日本医科大学附属第一病院赤木内科入局。17年傷痍軍人徳島療養所医官として派遣される。20年同療養所を退職、日本医科大学附属第一病院内科に復帰。23年山形県酒田市公立酒田病院勤務、34年社会保険酒田病院長を経て、35年内科開業。その間12年「アララギ」入会。戦後「新泉」「羊蹄」に入会。廃刊後「群山」「潮汐」「放水路」に入会。「潮汐」廃刊後、「北斗」創刊に参加。61年「砂防林」を創刊・主宰。歌集に「温床」「砂防林の空」「岸田隆集」、評論集「『槐の花』と文明短歌」他。　賞高山樗牛賞（第22回）〔昭和54年〕

岸田 稚魚　きしだ・ちぎょ　俳人
大正7年（1918年）1月19日～昭和63年（1988年）11月24日　生東京都北区滝野川　名本名＝岸田順三郎（きしだ・じゅんさぶろう）　学巣鴨商〔昭和11年〕卒　歴昭和12年頃より句作を始め、「馬酔木」に投句。18年「鶴」の石田波郷に師事。47年「鶴」同人。44年俳人協会幹事。52年「琅玕」を創刊・主宰。句集に「雁渡し」「負け犬」「筍流し」「雪涅槃」「萩供養」「花盗人」など。　賞風切賞（第1回）〔昭和31年〕，角川俳句賞（第3回）〔昭和32年〕「佐渡行」，俳人協会賞（第12回）〔昭和47年〕「筍流し」　家従姉＝椎名書子（俳人）

岸野 不三夫　きしの・ふみお　俳人
大正14年（1925年）5月20日～平成5年（1993年）8月11日　生東京都　名本名＝岸野二三雄　学中央大学法学部卒　歴「蘭」の創刊を知り昭和47年入会、野沢節子に師事。50年同人。「蘭」運営委員などを務めた。句集に「空也の脛」がある。

岸部 秋燈子　きしべ・しゅうとうし　俳人
大正13年（1924年）4月16日～平成15年（2003年）11月6日　生山口県　名本名＝岸辺義彦（きしべ・よしひこ）　学松山経専卒　歴本業は税理士。俳句は戦後、尾道で中井正一、岩国で高橋金窗、東京月曜会で石田波郷らに師事。昭和32年「獺祭」に入会、細木芒角星、桜木俊晃に師事。34年同人。平成8年俳人協会山口県支部幹事。

木島 茂夫　きじま・しげお　歌人
大正4年（1915年）2月7日～平成11年（1999年）12月9日　生北海道帯広市　学高小卒　歴小学生の頃より作歌し、昭和5年10代で兄の秀夫と同人誌「裸木」を創刊。6年「覇王樹」を経て、9年田口白汀の「現実短歌」創刊に参加、編集委員となる。22年「抜錨」に入会。25年白汀の奨めにより「覇王樹」に復帰。「林間」創刊参加を経て、37年「冬雷」を創刊、代表となる。歌集に「みちのく」「花鳥風月」「死と足る」「花と尻」「放浪時代」「青い葉を喰べる獣」「老顔」などがある。

木島 松穹　きじま・しょうきゅう　俳人
昭和6年（1931年）4月5日～平成26年（2014年）10月25日　生東京都　出栃木県那須郡南那須町（那須烏山市）　名本名＝木島博（きじま・ひろし）　学法政大学卒　歴太平洋戦争中、13歳で母の実家のある栃木県南那須町に疎開し、同町で育つ。平成4年荒川小学校校長を退職。一方、18歳から作句し、手塚七木に師事。昭和38年「こだち」創刊に参画、のち代表。栃木県俳句作家協会会長、栃木県文芸家協会副会長を務めた他、平成19年から下野新聞「しもつけ文芸」選者。

木島 始　きじま・はじめ　詩人
昭和3年（1928年）2月4日〜平成16年（2004年）8月14日　生京都府京都市　名本名＝小島昭三（こじま・しょうぞう）　学東京大学文学部英文科〔昭和26年〕卒　歴東京都立大学附属高教諭を経て、法政大学教授。平成3年退職。在学中から詩誌「列島」などに加わり、昭和28年「木島始詩集」を刊行。ほかに、詩集「私の探照灯」「双飛のうた」、小説「ともかく道づれ」、童話「考えろ丹太！」、童謡集「もぐらのうた」「あわていきもののうた」、絵本「やせたいぶた」、評論集「詩・黒人・ジャズ〈正続〉」「日本語のなかの日本」「もう一つの世界文学」など著書多数。詩作品は多くの作曲家により合唱曲となって楽譜出版されている。またアメリカ文学の優れた翻訳・紹介者としても知られ、ラングストン・ヒューズらの黒人文学研究の草分けとして高い評価を得た。　賞日本童謡賞（第2回）〔昭和47年〕「もぐらのうた」，芸術祭賞大賞（音楽部門・合唱曲の作詩）〔昭和57年〕「鳥のうた」，想原秋記念日本私家本図書館賞特別賞（第2回）〔平成2年〕「空のとおりみち」

岸本 吟一　きしもと・ぎんいち　川柳作家
大正9年（1920年）4月29日〜平成19年（2007年）2月22日　生大阪府大阪市　学同志社大学〔昭和12年〕中退　歴父は川柳作家の岸本水府。昭和14年NHK大阪放送局を経て、24年松竹京都撮影所に入所。44年独立プロ・東京フィルムを設立。劇場映画「大江戸五人男」「切腹」「三匹の侍」、テレビ映画「化石」「白い滑走路」などを製作。傍ら川柳文芸誌「番傘」を主宰し、のち顧問。西日本新聞の西日本読者文芸・川柳選者も務めた。　家父＝岸本水府（川柳作家）

岸本 水府　きしもと・すいふ　川柳作家
明治25年（1892年）2月29日〜昭和40年（1965年）8月6日　生三重県鳥羽　名本名＝岸本竜郎（きしもと・たつお），別号＝三可洞，寸松亭，水野蓼太郎　学大阪成器商〔明治42年〕卒　歴大阪貯金局に務めた後、桃谷順天館、福助足袋、寿屋、グリコ本舗などの宣伝部長、支配人を歴任。明治42年9月関西川柳社（後の番傘川柳社）西田当百に師事、大正2年当百を中心の「番傘」を創刊、編集者兼選者を務めた。伝統川柳を超えた近代的川柳を提唱、後に番傘川柳社会長となり、主宰した。昭和21年日本学士会特別会員、日本文芸家協会員となり、22年大阪文化賞を受賞した。趣味は浮世絵の収集。著書に「川柳手引」「川柳つくり方問答」「川柳文学雑稿」「川柳の書」「番傘川柳一万句集」「川柳読本」「人間手帳」「岸本水府川柳集」「母百句」「定本岸本水府句集」などがある。　賞大阪府文化賞〔昭和22年〕　家息子＝岸本吟一（川柳作家）

岸本 千代　きしもと・ちよ　歌人
大正4年（1915年）7月13日〜平成5年（1993年）12月30日　生熊本県　歴昭和23年「白珠」に入会し、のち選者。歌集に「玻璃なき窓」「花火」がある。

木津 柳芽　きず・りゅうが　俳人
明治25年（1892年）11月10日〜昭和53年（1978年）3月9日　生東京市本所区（東京都墨田区）　名本名＝木津立之助　学明治大学簡易商業学校卒　歴当初川柳作家として出発するが、大正の末俳句に転向して「ホトトギス」に投句。昭和4年秋桜子に師事し、10年「馬酔木」同人。16年馬酔木発行所に入り、業務に当る。句集に「白鷺抄」「芦生」「あさゆふ」「青葉抄」「朝夕集」がある。

木曽 晴之　きそ・せいし　俳人
昭和2年（1927年）8月6日〜平成1年（1989年）12月20日　生愛知県　学国学院大学〔昭和22年〕卒　歴昭和21年マッカーサー指令により神宮皇学館大学廃学のため、国学院大学に転入学し22年卒業。24年「みその」「氷海」「天狼」に同時投句を始める。のち「天狼」会友、「狩」「畦」「沙羅」同人。　賞氷海賞〔昭和42年〕

北 一平　きた・いっぺい　詩人
大正10年（1921年）8月30日〜昭和62年（1987年）10月8日　出佐賀県藤津郡嬉野町　名本名＝朝日進（あさひ・すすむ）　歴昭和60年4月〜62年5月日本詩人クラブ理事を務めた。詩集に「魚」など。　賞日本詩人クラブ賞（第2回）〔昭和44年〕「魚」

北 光星　きた・こうせい　俳人
大正12年（1923年）3月5日〜平成13年（2001年）3月17日　生北海道雨竜郡北竜町和　出北海道北見市　名本名＝北孝義　学真竜高小卒　歴昭和24年細谷源二に師事し、「氷原帯」に編集同人として参加、大工の仕事を詠み“大工俳人”として脚光を浴びた。30年道内初の同人誌「礫」を創刊、前衛俳句の道へ。やがて伝統に回帰、俳句の格調を重んじて41年「扉」を発刊。

47年「道」と改題して主宰。俳人協会評議員、北海道俳句協会常任委員や、北海道新聞日曜版俳句選者、61年～平成3年同新聞俳句賞審査員を務め、道内の俳句普及に努めた。句集に「一月の川」「道遠」「遠景」「伐り株」「頬杖」など。賞北海道文化奨励賞〔昭和58年〕, 鮫島賞（第13回）〔平成5年〕「遠景」, 北海道文化賞〔平成11年〕

北 山河　きた・さんが　俳人

明治26年（1893年）7月28日～昭和33年（1958年）12月5日　生京都府相楽郡東和東村　名本名＝北楢太郎　歴芦田秋窓に俳句を学び、昭和11年秋窓没後「大樹」を主宰。大阪司法保護司を長く務め、24年から大阪拘置所の極刑囚に俳句を指導、のち大阪刑務所、神戸少年院での指導も兼ねた。編著「大樹作家句集」があり、没後「処刑前夜」、句集「山河」「山河五百句抄」が出された。

喜多 牧夫　きた・まきお　俳人

明治42年（1909年）7月18日～平成5年（1993年）5月12日　生長野県須坂市　名本名＝北村政太（きたむら・まさた）　学上高井農学校中退　歴名古屋逓信局員をしていた17歳の頃、句作を始める。肺病のため帰郷し家業の製糸業に携わる。須坂町役場勤務ののち上京するが、東京大空襲で焼けだされて帰郷。メリヤス工場を設立するが倒産。昭和34年頃から10年間小布施町で豆腐屋を営む。この間景山筍吉・栗生純夫の手ほどきで4年「石楠」入会。22年「科野」創刊同人。36年「河」入会。58年から3年間長野県俳人協会会長。長野刑務所の篤志面接委員として、受刑者に俳句を指導。句集に「豆腐笛」「栗の音」。　賞河賞〔昭和43年〕, 河秋燕賞〔昭和51年〕

北岡 伸夫　きたおか・のぶお　歌人

生年不詳～平成2年（1990年）7月8日　名本名＝喜多岡伸夫　歴大正時代からの長い歌歴をもち、長崎歌壇の長老として貢献。平成2年「あすなろ」夏季号で「長崎原爆百八首」を発表。

北垣 一柿　きたがき・いっし　俳人

明治42年（1909年）4月10日～昭和57年（1982年）1月25日　生島根県　名本名＝馬場駿二　学九州帝国大学医学部〔昭和9年〕卒　歴三井鉱山田川鉱業所病院長などを歴任。吉岡禅寺洞に師事。昭和7年から「天の川」の編集に従事し、新興俳句運動に参加。戦後は「俳句基地」に参加し、のちに「鋭角」に参加。句集に「藻」「雲」「炭都祭」などがある。

北川 絢一朗　きたがわ・けんいちろう　川柳作家

大正5年（1916年）10月3日～平成11年（1999年）1月13日　出滋賀県　歴川柳作家紀二山に師事。平安川柳社設立、運営にかかわり、昭和53年川柳新京都社を結成、主宰。31年から京都新聞京都文芸・柳壇設立と同時に選者となり、生前まで担当。また京都消防ほか柳壇選者を務めた。句集に「泰山木」、著書に「川柳の味」などがある。

北川 想子　きたがわ・そうこ　歌人

昭和45年（1970年）1月20日～平成12年（2000年）4月10日　出岐阜県　歴学生時代から、おはなしを書いたり、歌を詠んだり、ポストカードを描いたりと多方面にわたってものづくりに携わる。平成12年4月30歳で死去。のち遺歌集「シチュー鍋の天使」が出版された。他の著書に「天使のジョン」がある。

北川 冬彦　きたがわ・ふゆひこ　詩人

明治33年（1900年）6月3日～平成2年（1990年）4月12日　生滋賀県大津市　名本名＝田畔忠彦（たぐろ・ただひこ）　学三高文科丙類卒, 東京帝国大学法学部フランス法律科〔大正14年〕卒, 東京帝国大学文学部フランス文学科中退　歴旅順中学時代には腎臓炎のため一年休学したが、その間に文学に親しんだ。三高、東京帝国大学仏法科に学び、大正13年安西冬衛と知り合って詩誌「亜」を創刊。14年には処女詩集「三半規管喪失」を自費出版した。同年からは城戸又一らの「面」に拠って本格的に短詩運動を進め、さらに当時台頭しつつあったシュールレアリスムやキュビズムに共鳴し、昭和3年には春山行夫と「詩と詩論」を発刊して新散文詩運動を提唱するなど、徐々に詩壇で注目を集める存在となった。やがて左翼的活動にも共鳴し、6年日本プロレタリア作家同盟に参加。その後も長編叙事詩運動、モンタージュ詩法、新定型詩運動と常に現代詩革新の風を起こした。詩作と並行して映画批評も手がけ、独自の散文映画論を展開する一方、12年シナリオ研究会を結成してシナリオ文学運動を進めた。戦後は25年1月日本現代詩人会初代幹事長に就任、5月第二次「時間」を創刊・主宰してネオ・リアリズム詩運動を推進。その詩業は国際的に評価も高く、英語、仏語、独語、露語、ノルウエー語など各国語に翻訳されている。他の詩集に「検温器と花」「いやらしい神」「夜半の目覚めと机の位置」「戦争」「大蕩尽の結果」「北京郊外にて」や訳詩集「骰子筒」、映画評論集に「純粋映画記」「シナリオ文学論」「現代映画論」「散文映画論」「映画への誘い」などがある。 勲勲四等旭日小綬章〔昭和49年〕 賞文芸汎論詩集賞(第3回)〔昭和11年〕「いやらしい神」

北川 わさ子 きたかわ・わさこ 俳人
大正3年(1914年)1月1日～平成5年(1993年)5月6日 生京都府 名本名＝北川ワサ子(きたかわ・わさこ) 学京都府立第二高女卒 歴昭和39年「向日葵」に入門、那須乙郎に師事。46年「向日葵」同人。42年より「馬酔木」投句。53年大島民郎門雪芦会に入会。 賞馬酔木新樹賞〔昭和51年〕

北小路 功光 きたこうじ・いさみつ 歌人
明治34年(1901年)4月23日～平成1年(1989年)2月27日 生東京都 学東京帝国大学美術科中退 歴歌人の柳原白蓮を母に、北小路子爵家に生まれる。東京帝大中退後、シドニー大学で能、狂言を講義する。短歌、小説、戯曲、芝居の翻訳をしていたが、後に美術研究に専念。著書に「香道への招待」「花の行く方―後水尾天皇の時代」「修学院と桂離宮―後水尾天皇の生涯」「説庵歌集」などがある。 家母＝柳原白蓮(歌人)

北沢 瑞史 きたざわ・みずふみ 俳人
昭和12年(1937年)3月29日～平成10年(1998年)6月4日 生北海道函館市 学国学院大学文学部卒 歴昭和37年俳句を始める。50年「鹿火屋」編集同人。52年俳人協会会員となる。53年俳人協会国語研修講座実行委員。のち現代俳句選集編集委員、俳人協会幹事などを務めた。平成5年「季」創刊・主宰。句集に「五風十雨」の他、著書に「藤沢の文学」、共編著に「遊行寺歳時記」「俳句指導の方法」「入門歳時記」など。 賞鹿火屋賞〔昭和53年〕

北嶋 虚石 きたじま・きょせき 俳人
大正13年(1924年)3月20日～平成2年(1990年)9月13日 生旧樺太 名本名＝北嶋信男(きたじま・のぶお) 学北海道大学医学部卒 歴昭和23年「かすみ」により山口青邨の選を受ける。26年「夏草」に入会、43年同人。 賞夏草功労賞〔昭和52年〕

北島 醇酔 きたじま・じゅんすい
川柳作家
大正3年(1914年)3月20日～昭和63年(1988年)7月17日 生佐賀県佐賀市 名本名＝北島常一(きたじま・つねいち) 学東京帝国大学農芸化学科卒 歴代々酒造と水あめ製造を生業とする家に生まれ、大学で発酵学を専攻。傍ら、川柳作家として活躍して古沢蘇雨子とともに佐賀県下の川柳界で指導的地位を果たした。のち佐賀県文化団体協議会長。句集に「酒倉」「〆縄」などがある。

北島 白蜂子 きたじま・はくほうし 俳人
昭和3年(1928年)1月3日～平成19年(2007年)12月26日 生山形県 名本名＝北嶋博邦(きたじま・ひろくに) 学仙台工専化学工業科卒 歴昭和18年より作句を始める。戦後、「寒雷」「萬緑」「風」に投句。31年「俳句饗宴」編集同人。38年「萬緑」同人。

北島 瑠璃子 きたじま・るりこ 歌人
昭和4年(1929年)1月22日～平成13年(2001年)7月30日 生京都府京都市 歴昭和25年より「女人短歌」に参加。29年吉井勇、吉沢義則、新村出らの協力を得て、京都蹴上華頂山に与謝野晶子の歌碑を建立。「くさふじ」「ポトナム」を経て、平成元年「古今」に所属。歌集に「緑の椅子」「夏椿」「花原」「春の雪」など。

北住 敏夫 きたずみ・としお 国文学者
大正1年(1912年)9月18日～昭和63年(1988年)5月26日 生三重県津市 学東北帝国大学国文学科〔昭和10年〕卒 歴宮城県女専教授、東北大助教授を経て、昭和34年教授に就任。51年退官して名誉教授となる。著書に「万葉の世界」(15年)、「日本文芸の理論」(19年)など。勲勲二等瑞宝章〔昭和58年〕 賞日本学士院賞〔昭和50年〕, 阿部次郎文化賞〔昭和61年〕 家長男＝北住炯一(政治学者)

北園 克衛 きたぞの・かつえ 詩人
明治35年(1902年)10月29日～昭和53年(1978年)6月6日 生三重県度会郡四郷村 名本名＝橋本健吉 学中央大学経済学部卒 歴大正12年頃から詩や絵画をはじめる。13年「GE・GJMGJGAM・PRRR・GJMGEM(ゲエ・ギムギガム・プルルル・ギムゲム)」を創刊、編集同人。次いで「MAVO」や「文芸耽美」「薔薇・魔術・学説」「衣装の太陽」などに関係し、詩や評論などを寄稿した。昭和4年には第一詩集「白のアルバム」を刊行。以来、言葉のもつ意味や論理性などを廃し、ただ純粋に語それだけで絶対的な詩的空間を構築し、西脇順三郎や滝口修造、上田敏雄らとともに日本におけるシュールレアリスム運動を主導した。10年VOUクラブを結成し、機関紙「VOU」を発行。戦後も復刊した「VOU」に拠り、文字の配列に拠って視覚に訴えるコンクリートポエムを生み出すなど、詩的世界をより先鋭化させた。また写真に詩の可能性を見出し、紙くずやボール紙などを使って作られたダダ的なオブジェを撮影することによってポエジーを演出するという“プラスチック・ポエム”を創案。これらは北園自身「ラインやスタンザを必要としない詩そのものの形態」であると位置付けており、写真詩集「Moonlight in A bag」(41年)「Study of man by man」(53年)にまとめられた。その他、小説や俳句、絵画、美術評論の分野でも一家を成した。詩集は他に「若いコロニイ」「円錐詩集」「固い卵」「砂の鶯」があり、没後、「北園克衛全詩集」「北園克衛全写真集」が刊行された。 賞文芸汎論詩集賞(第8回)〔昭和16年〕「固い卵」 家兄＝橋本平八(彫刻家)

北中 日輪男　きたなか・ひわお　俳人

大正3年(1914年)12月7日～昭和62年(1987年)12月11日 生奈良県 名本名＝北中忠男(きたなか・ただお) 学旧制中学卒 歴昭和10年山口誓子に師事。23年「天狼」創刊と共に入会。47年「天狼」同人。 賞天狼賞〔昭和46年〕

喜谷 六花　きたに・りっか　俳人

明治10年(1877年)7月12日～昭和43年(1968年)12月20日 生東京府浅草(東京都台東区) 名本名＝喜谷良哉, 初号＝古欄 学哲学館卒 歴明治30年東京三ノ輪の梅林寺住職となった。34年河東碧梧桐に師事、日本派に参加、師に従って定型を捨て自由律に進んだ。「海紅」や「俳三昧」の同人となったが、碧梧桐らがルビ句に転じたのに同調できず、昭和7年秋から再び「海紅」で活躍した。「寒烟」「梅林句屑」「虚白」などの句集に、編著「碧梧桐句集」、滝井孝作との共著「碧梧桐句集」がある。

北野 民夫　きたの・たみお　俳人

大正2年(1913年)4月5日～昭和63年(1988年)10月31日 生東京府北豊島郡王子町(東京都北区) 名号＝青山三郎 学中央大学専門部法学科〔昭和11年〕卒 歴旅館業の三男。昭和3年三省堂に入社。11年中央大学専門部法科二部を卒業、三省堂を退社して病気療養に努める。その後、友田製薬を経て、18年旭倉庫に入社。49年社長。26年請われてみすず書房社長に就任、長く務めた。この間、16年同人誌「文芸首都」の中村草田男選に投句、21年草田男主宰の「萬緑」創刊に参加。30年第2回萬緑賞を受賞。53年第一句集「私暦」を出版。58年師の没後、「萬緑」代表となり、みすず書房刊行の「中村草田男全集」(全19巻)編纂の中心を担った。他の句集「夢殿」がある。 勲勲四等旭日小綬章〔昭和63年〕 賞萬緑賞(第2回)〔昭和29年〕, 萬緑功労者表彰〔昭和41年〕 家義兄＝平塚正雄(北海タイムス代表取締役)

北野 登　きたの・のぼる　俳人

大正15年(1926年)9月9日～昭和62年(1987年)10月14日 生東京都 学足利工卒 歴昭和22年富岡出版社に入社。28年有信堂を経て、32年東京・目黒区で学文社を創業。社会科学・自然科学のテキストや辞書を発行した。俳人としては、21年「葛飾」に入会。28年「鶴」復刊と同時に入会、29年同人。49年「泉」を創刊し、発行。句集に「早蟬」「遠鴨」などがある。 賞潺湲賞〔昭和53年〕

北野 平八　きたの・へいはち　俳人

大正8年(1919年)1月9日～昭和61年(1986年)11月3日 生兵庫県尼崎市 歴少年時より句作を始め、戦後、俳誌「同人」に加盟。その後数誌を経て、昭和45年創刊の「草苑」に加入、翌年同人。48年草苑賞受賞。句集に「夏芝居」「北野平八句集」。 賞草苑賞〔昭和48年〕, 俳句研究賞(第1回)〔昭和61年〕

木田橋 石人　きだばし・せきじん　俳人

明治45年(1912年)3月3日～平成13年(2001年)6月13日 生東京都 名本名＝木田橋重美 学慶応義塾大学経済学部卒 歴大戦直後、滝春一に学び、次いで京極杜藻に師事し、「鹿火屋」入門。のち同人。古巣郵船句会で村山古郷の指導も受けた。 賞鹿火屋賞〔昭和25年〕

北畠 八穂　きたばたけ・やほ　詩人

明治36年(1903年)10月5日～昭和57年(1982年)3月18日 生青森県青森市莨町 名本名＝北畠美代 学実践女学校高等女学部国文専攻科〔大正12年〕中退 歴高等女学校時代から文学に関心を抱き、実践女子大学に進んだが、カリエスのため退学する。20歳頃から詩作を始め、堀辰雄らとの交友の中で「歴程」「四季」などに作品を発表。病床生活中に川端康成らを知り、深田久弥と結婚するが、敗戦直後に離婚。昭和20年「自在人」を発表し、23年「もう一つの光を」を刊行。21年「十二歳の半年」で童話を発表し、47年「鬼を飼うゴロ」で野間児童文芸賞およびサンケイ児童出版文化賞を受賞。童話集として「ジロウ・ブーチン日記」「りんご一つ」「耳のそこのさかな」などがあり、その多くは郷里の津軽地方に題材を求めた。「北畠八穂児童文学全集」(講談社)がある。

喜多幅 寿郎　きたはば・ひさお　俳人
大正12年(1923年)12月23日～平成13年(2001年)10月8日　生和歌山県　学京都大学工学部卒　歴昭和34年「天狼」入会。41年「七曜」入会。「天狼」会友、「七曜」同人。　賞全国俳句大会賞〔昭和45年〕

北原 政吉　きたはら・まさよし　詩人
明治41年(1908年)5月19日～平成17年(2005年)4月7日　生岐阜県恵那郡付知町　学台北師範〔昭和4年〕卒, 日本大学芸術科専門部〔昭和18年〕卒　歴台北市寿小学校勤務の傍ら、「台湾日日新報」「台湾新聞」などに詩・小説を発表。昭和16年帰国。18年日本文学報国会、21年苦楽社に勤務。25年より市原市立市原中学校教師となり、のち教頭を務めた。詩集に「影」「天草遊吟抄」「はんぐりいの歌」などがある。

北見 志保子　きたみ・しおこ　歌人
明治18年(1885年)1月9日～昭和30年(1955年)5月4日　生高知県宿毛　名本名＝浜あさ子, 別名＝山川朱実(やまかわ・あけみ)　学中国派遣教員養成所卒　歴大正14年小泉千樫に師事し、昭和2年「青垣」同人となる。また女流俳誌「草の実」にも参加。10年北原白秋に師事し「多磨」同人となる。歌集に「月光」をはじめ「花のかげ」「珊瑚」などがあり、初期の新体詩や小説に「朱実作品集」「国境まで」がある。

北見 恂吉　きたみ・じゅんきち　歌人
明治35年(1902年)2月7日～平成2年(1990年)11月13日　生北海道稚内市　名本名＝鈴木重道　学神宮皇学館本科卒　歴中学より作歌を始め、神宮皇学館在学中に子規の弟子・岡麓に師事。機関誌「五更」を100号まで編集する。神宮文庫勤務を経て、埼玉の久喜高等女学校に6年勤め、昭和9年余市へ帰郷。12年官幣大社朝鮮神宮主典に補せられ京城に赴任、朝鮮総督府祭務官に。敗戦後、再度帰郷。24年北海道立小樽高校から余市高校に転じ、余市文芸協会短歌部会に加入。再び作歌活動を始め、「落葉松」「海鳴」を主宰発行。57年には余市ペンの会を設立、代表に。小樽中学生だったとき貸した「藤村詩集」が伊藤整を文学の道に進ませることになった話は有名で、以来親交を続けた。44年には小樽市の伊藤整文学碑の題字を揮毫した。「北見恂吉歌集」がある。　賞余市町文化功労賞〔昭和51年〕, 北海道歌人会顕彰〔昭和63年〕

北村 開成蛙　きたむら・かいせいあ　俳人
昭和2年(1927年)12月3日～平成2年(1990年)3月13日　生東京都　名本名＝北村久治(きたむら・ひさじ)　学早稲田大学政経学部卒　歴毎日新聞社に入り、仙台支局長などを歴任。俳句は昭和18年開成中学在学中に級友と句会を始め、22年大野林火の門をたたき初歩から学ぶ。同年「浜」入会。44年「浜」同人。毎日新聞多摩・武蔵野版の俳句選者を務めた。

喜多村 鳩子　きたむら・きゅうし　俳人
大正6年(1917年)2月21日～平成6年(1994年)12月15日　生東京都　名本名＝喜多村富雄　学旧制商専卒　歴逓信省官吏・皮革画工を務める。昭和14～22年「若葉」に投句。その後作句中断するが、39年「鶴」入会。石田波郷、石塚友二に師事し、42年同人。「鶴」同人会副会長、俳人協会経理部長、評議員などを務めた。句集に「関宿」がある。

北村 青吉　きたむら・せいきち　歌人
明治35年(1902年)2月14日～昭和59年(1984年)5月2日　生兵庫県美方郡　名本名＝北村清造　歴大正14年「アララギ」入会、土屋文明に師事。昭和38年「放水路」創刊に参加。歌集に「フェニックスの砂」「続フェニックスの砂」など。

北村 泰章　きたむら・たいしょう
川柳作家
昭和18年(1943年)10月26日～平成19年(2007年)8月19日　出高知県高知市　名本名＝北村泰章(きたむら・よしあき)　学関西大学文学部史学科二部卒　歴高知商業教諭を務め、川柳木馬ぐるーぷを主宰。平成12年から高知新聞で「高新文芸」の川柳選者となる。「北村泰章句集」「鵬程万里」「川柳の楽しさ 笑い そして感動！」「現代川柳の群像」(編著) などの著書がある。日本川柳ペンクラブ常任理事、高知県芸術祭文芸賞審査員、高知県短詩型文学賞選考委員なども務めた。

北村 太郎　きたむら・たろう　詩人
大正11年 (1922年) 11月17日 ～ 平成4年 (1992年) 10月26日　生東京都荒川区日暮里　名本名＝松村文雄 (まつむら・ふみお)　学東京大学文学部仏文学科〔昭和24年〕卒　歴昭和13年同人誌「ル・バル」に参加。16年東京外語仏語部入学。21年海軍入隊。24年東大仏文科卒業後、通信社の記者、保険外交などを経て、26年以降は朝日新聞社校閲部に勤務。41年第一詩集「北村太郎詩集」を出版。51年に退社し以後文筆に専念。「荒地」派の詩人として活躍し、詩誌「純粋詩」の詩壇時評を担当。作品に詩集「冬の当直」「悪の花」「犬の時代」「路上の影」、詩劇「われらの心の駅」など。60年10冊目の詩集「笑いの成功」で歴程賞を受賞した。　賞芸術選奨文部大臣賞〔昭和58年〕「犬の時代」, 歴程賞 (第24回)〔昭和61年〕「笑いの成功」, 読売文学賞 (第40回, 詩歌俳句賞)〔平成1年〕「港の人」　家弟＝松村武雄 (俳人)

北村 南朝　きたむら・なんちょう　俳人
明治30年 (1897年) 3月21日 ～ 平成2年 (1990年) 5月13日　生兵庫県養父郡関宮村中瀬　名本名＝北村澄 (きたむら・きよし)　学京都一中卒　歴19歳で父が死亡、製糸工場の家業を継ぐが、終戦後、代々続いた地主の家は没落、製糸工場も手放す。関宮村助役、関宮農協組合長、全国養蚕連常任理事、兵庫県養蚕農協連合会会長を歴任。俳人としては大正14年「漁火」創刊に同人参加。長く但馬各地の句会指導に当たり、多くの俳人を育てた。著書に「北村南朝俳句選集」「俳句随想—風韻水韻」。　勲藍綬褒章〔昭和43年〕, 勲五等双光旭日章〔昭和50年〕　賞ともしび賞〔昭和54年〕

北村 仁子　きたむら・ひとこ　俳人
昭和9年 (1934年) 11月23日 ～ 平成8年 (1996年) 3月18日　生東京都大田区　学大森高卒　歴昭和48年「沖」入会、51年同人。53年同人会幹事。句集に「木綿」「花支度」「木沓」など。賞沖新人賞〔昭和51年〕, 沖同人賞〔昭和53年〕, 沖賞〔昭和58年〕

北本 哲三　きたもと・てつぞう　詩人
大正2年 (1913年) 1月9日～平成7年 (1995年) 7月5日　生秋田県秋田市大平　名本名＝鎌田喜右衛門　学大平尋常高小卒　歴北方農民詩運動の母体となった戦前の詩誌「処女地帯」の創刊者の一人。昭和42年から秋田市議に4選し、議長を務めたこともあり、水田と畑5ヘクタールの耕作者。戦後も耕作者の目で詩を描き続けた。詩集に「健康なやつだけを」。

木津川 昭夫　きつかわ・あきお　詩人
昭和4年 (1929年) 10月28日 ～ 平成24年 (2012年) 5月22日　生北海道滝川市　学滝川中〔昭和22年〕卒　歴昭和22年北海道拓殖銀行に入行。28年日本長期信用銀行創立と同時に転じ、57年企画調査部長、58年企画調査室長を歴任して、59年東芝総合リース取締役。一方、滝川中学3年から詩作を始める。平成9年「迷路の闇」で小熊秀雄賞、11年「竹の異界」で日本詩人クラブ賞を受賞。13～14年日本現代詩人会会長。日本文芸家協会理事も務めた。「曠野」主宰。他の詩集に「夢の構造」「鳥たちの祭り」「凩と鳥語の男」「セントエルモの火」「禁猟区」などがある。　賞小熊秀雄賞 (第30回)〔平成9年〕「迷路の闇」, 日本詩人クラブ賞 (第32回)〔平成11年〕「竹の異界」

橘高 薫風　きったか・くんぷう　川柳作家
大正15年 (1926年) 7月11日 ～ 平成17年 (2005年) 4月24日　名本名＝橘高薫 (きったか・かおる)　歴麻生路郎に師事。師譲りの格調高い句風で知られた。全日本川柳協会常務理事などを務めた。句集に「有情」「檸檬」「肉眼」「愛染」「古希薫風」「喜寿薫風」。

城門 次人　きど・つぎと　俳人
大正9年 (1920年) 4月7日～平成13年 (2001年) 1月17日　生熊本県玉名郡南関町　学三池中卒　歴昭和20年代に俳句を始め、「未来派」「白鳴鐘」を経て、40年から「天籟通信」同人。43年「海程」同人。62年から西日本新聞「俳句月評」を担当した。

木戸 白鳥子　きど・はくちょうし　俳人
大正12年 (1923年) 7月24日 ～ 平成9年 (1997年) 7月8日　生岐阜県　名本名＝木戸孝一　学旧制中卒　歴昭和20年太田如水に俳句の指導を受ける。同年「ホトトギス」入会、26年「笛」に入会、30年「恵那」に入会、31年「年輪」に入会、橋本鶏二に師事。「笛」「恵那」「年輪」同

人。 賞恵那賞

鬼頭 旦　きとう・あきら　歌人
大正2年（1913年）1月15日 ～ 平成11年（1999年）1月14日　生東京都　名本名＝鬼頭皎雲　歴昭和12年「香蘭」に入会、村野次郎に師事。25年9月松岡貞総に師事し「醍醐」に入会、50年編集委員・選歌担当者、平成9年相談役。多摩歌話会委員。歌集に「影法師」「草堂の日々」がある。

木戸口 金襖子　きどぐち・きんおうし　俳人
明治44年（1911年）8月24日 ～ 平成11年（1999年）7月6日　生三重県　名本名＝木戸口幸助（きどぐち・こうすけ）　歴三重県明和町長、三重県議を歴任。俳句は長谷川素逝の手ほどきを受け、高浜虚子、橋本鶏二、高野素十の指導を得る。「紅海」主宰。　家長男＝木戸口真澄（明和町長）

衣川 砂生　きぬかわ・すなお　俳人
昭和7年（1932年）8月15日 ～ 平成22年（2010年）10月27日　生愛知県　名本名＝衣川満　学愛知大学法経学部卒　歴昭和40年沢田緑生に手ほどきを受け、「鯱」入会、47年同人。この間、41年「馬酔木」入会。句集に「賤ケ岳」。　賞毎日俳壇賞〔昭和44年〕，鯱賞〔昭和51年〕

木下 笑風　きのした・しょうふう　俳人
明治18年（1885年）10月6日 ～ 昭和41年（1966年）2月19日　生東京府日本橋区蠣殻町（東京都中央区）　名本名＝木下荘　歴明治精糖に勤めて台湾に赴任し、帰国後は川崎の本社に勤務。18歳頃から高浜虚子、内藤鳴雪に師事して句作をする。のち河東碧梧桐に学んで「三昧」同人となった。

木下 子龍　きのした・しりゅう　俳人
明治38年（1905年）1月19日 ～ 平成15年（2003年）1月8日　生群馬県鬼石町　名本名＝木下千十郎　学上田中中退　歴大正11年上京。昭和5年「愛吟」創刊より参加、同人となり上川井梨葉に師事。16年同誌終刊後、「円画」の発行人となり活躍。戦後は「新川」を断続的に発行、48年隔月復刊し、63年主宰。句集に「帰り花」「忍土」「都愁」「前通り」などがある。

木下 常太郎　きのした・つねたろう　評論家
明治40年（1907年）11月16日～昭和61年（1986年）12月6日　生東京都　学慶応義塾大学英文学科〔昭和7年〕卒　歴昭和初期から「三田文学」「詩と詩論」「文芸汎論」などに詩論を発表。戦後は詩人論や時評なども発表し、昭和29年村野四郎との共著「現代の詩論」を刊行。ほかにロレンス「処女とジプシー」やエズラ・パウンド「文学精神の源泉」などの翻訳がある。慶応義塾大学講師、日本出版協会事務局長、独協大学講師を務めた。

木下 春　きのした・はる　俳人
明治25年（1892年）1月19日 ～ 昭和48年（1973年）6月27日　生福島県　学福島高女卒　歴大正8年前田青邨に師事して日本画家となり、翌9年に院展初入選。以後、院展入選26回、無鑑査7回。俳句は昭和15年頃から富安風生に師事し、23年「若葉」の第1期同人となる。句集に「木下春句集」がある。

木下 美代子　きのした・みよこ　歌人
明治42年（1909年）9月20日 ～ 平成19年（2007年）9月18日　生和歌山県　名旧姓・旧名＝保田　学東京女子高等師範学校文科卒　歴東京女子高等師範学校で尾上柴舟の指導を受け「水甕」に入会、のち同人、評議員、和歌山支社長。歌誌「冬芽」を主宰。毎日新聞紀州歌壇選者も務めた。歌集に「雛飾る家」「裸木と三日月」「ふたたび死なず」、著作に「佐藤春夫の短歌」「女性のための短歌案内」「時空遠近」などがある。
家養子＝小関洋治（和歌山県教育長）

木下 友敬　きのした・ゆうけい　俳人
明治28年（1895年）10月24日～昭和43年（1968年）11月14日　生佐賀県　名旧姓・旧名＝平川　学九州帝国大学医学部卒　歴昭和2年下関市で内科医開業。山口県医師会会長、参院議員、下関市長などを歴任。俳句は九大在学中から吉岡禅寺洞に師事し、「天の川」に入会。24年「舵輪」を創刊し主宰。口語俳句の育成にも努めた。句集「聴診器」、遺文集「長い道」がある。

木下 夕爾　きのした・ゆうじ　詩人　俳人
大正3年（1914年）10月27日 ～ 昭和40年（1965年）8月4日　生広島県深安郡上岩成村（福山市御幸町）　名本名＝木下優二　学早稲田高等学

院文科〔大正10年〕卒, 名古屋薬専〔大正13年〕卒　歴中学時代「若草」に投稿した詩が、堀口大学選で特選となる。早稲田高等学院、名古屋薬専時代は同人雑誌に詩を発表。昭和13年、名古屋薬専を卒業して帰郷、薬局店を経営する。14年「田舎の食卓」を刊行し、15年文芸汎論詩集賞を受賞。戦争中、句作を始め、21年「春燈」同人となる。24年雑誌「木靴」を、36年句誌「春雷」を創刊して主宰。詩、句と両分野で活躍し、詩集に「生れた家」「晩夏」「笛を吹くひと」などが、句集に「南風抄」「遠雷」がある。没後「定本木下夕爾詩集」「定本木下夕爾句集」が刊行され、句集は41年度の読売文学賞を受賞した。　賞文芸汎論詩集賞（第6回）〔昭和14年〕「田舎の食卓」, 読売文学賞（第18回）〔昭和41年〕「定本木下夕爾詩集」

木原 孝一　きはら・こういち　詩人

大正11年（1922年）2月13日～昭和54年（1979年）9月7日　生東京都八王子市　名本名＝太田忠　学東京府立実科工業建築本科〔昭和13年〕卒　歴昭和11年「VOU」に参加し、アバンギャルドの新鋭として注目される。戦争中は中国戦線に従軍し、のち内地勤務となる。16年ルポルタージュ「戦争の中の建設」を刊行。戦後は「荒地」に参加し、31年「100人の詩人」を刊行。32年放送詩劇「いちばん高い場所」で放送芸術祭文部大臣賞を受賞。他の詩集に「木原孝一詩集」「ある時ある場所」などがあり、評論集に「近代詩から現代詩へ」などがある。

木部 蒼果　きべ・そうか　俳人

大正4年（1915年）4月12日～平成6年（1994年）12月14日　生静岡県伊東市　名本名＝木部卓　学日立工専中退　歴家業の大謀網網元を継ぐ。俳句は昭和16年「大富士」入会、19年同人。20年高木蒼梧に師事。27年俳文学会会員。43年「塔」同人。44年より伊東市教育委員会俳句講座講師4回。56年「風土」入会、同人。「青芝」会員。静岡県俳句協会常任理事、伊東市文化協会参与、伊東市作句連盟会長。句集に「箱ふぐ」がある。　賞蟻の塔蟻塔賞〔昭和36年〕

木俣 修　きまた・おさむ　歌人

明治39年（1906年）7月28日～昭和58年（1983年）4月4日　生滋賀県愛知郡愛知川町（愛荘町）　名本名＝木俣修二（きまた・しゅうじ）　学滋賀県師範卒, 東京高師文科〔昭和6年〕卒　歴滋賀県師範学校時代に作歌を始め、大正13年「日光」誌友となる。昭和3年北原白秋を訪ねて「香蘭」に参加、同誌の編集に従事。白秋に傾倒し、10年「多磨」創刊に参加。17年第一歌集「高志」を刊行。27年「多磨」を解散し、28年「形成」を創刊・主宰。34年より歌会始選者。昭和女子大学教授、実践女子大学教授も務めた。芸術選奨文部大臣賞、日本芸術院賞恩賜賞、現代短歌大賞を受けるなど、戦後を代表する歌人の一人として知られる。他の歌集に「みちのく」「冬暦」「落葉の章」「呼べば谺」「雪前雪後」、歌書に「明治秀歌」「昭和短歌史」「大正短歌史」などがある。　勲紫綬褒章〔昭和48年〕, 勲三等瑞宝章〔昭和54年〕　賞芸術選奨文部大臣賞〔昭和48年〕「木俣修歌集」, 日本芸術院賞恩賜賞〔昭和57年〕, 現代短歌大賞（第5回）〔昭和57年〕「雪前雪後」

君島 夜詩　きみしま・よし　歌人

明治36年（1903年）7月15日～平成3年（1991年）12月12日　生旧朝鮮京城　名本名＝遠山芳　学京城第一高女卒　歴大正9年高女在学中、文芸誌「赤土」創刊・主宰。11年小泉苳三に師事、「ポトナム」に入会、同人となる。戦後一時「ポトナム」編集。24年「女人短歌」創刊に参加、編集に携わる。歌集に「韓草」「黄昏草」「生きの足跡」など。　賞日本歌人クラブ賞（第12回）〔昭和60年〕「生きの足跡」

君本 昌久　きみもと・まさひさ　詩人

昭和3年（1928年）10月12日～平成9年（1997年）3月22日　生大阪府　学立命館大学卒　歴昭和46年神戸空襲を記録する会を設立、代表となり、証言の収集や出版などの活動を続けた。また、戦災の記録から遊女の存在が抹殺されていることに疑問を抱き、58年福原遊郭の戦災記録を掘りおこし「いろまち燃えた」を著した。また神戸の戦後文化を支えた市民同友会の創設に参加、のち理事長に就任。詩人として活躍し、H氏賞の選考委員も務めた。詩集「デッサンまで」、詩論集「詩人をめぐる旅」、編著に「神戸の詩人たち」「兵庫の詩人たち」などがある。

木村 栄次　きむら・えいじ　歌人

明治37年（1904年）9月27日～平成4年（1992年）1月10日　生兵庫県　歴大正11年「とねりこ」に入会。昭和6年「水甕」に入り、松田常憲に師事。師の没後、選者、相談役。兵庫県歌人クラブ代表を務めた。歌集に「軽塵」「推移」、他の著作に「兵庫県いしぶみ文学紀行」がある。

木村 臥牛　きむら・がぎゅう　俳人
大正6年（1917年）11月29日～平成16年（2004年）10月20日　出岩手県前沢町（奥州市）　名本名＝木村順一（きむら・じゅんいち）　学水沢農　歴昭和36年岩手県前沢町社会教育主事、45年前沢公民館長、47年総務課長、50年助役を経て、58年より町長に3選。特産の前沢牛を生かした地域振興に力を注いだ。一方、戦前より句作を始め、「みちのく」主宰の遠藤梧逸に師事。俳句の里づくりにも取り組んだ。

木村 玄外　きむら・げんがい　歌人
大正6年（1917年）4月12日～平成21年（2009年）6月1日　生旧朝鮮京城　出富山県　学富山県立工芸学校漆工芸科卒　歴漆芸家・木村天紅の二男。父が朝鮮総督府中央工業試験所技師を務めていたことから旧朝鮮・京城で生まれ、玄界灘の外で生まれたからと“玄外”と命名された。富山県立工芸学校在学中の16歳から作歌。昭和10年歌誌「国民文学」に入会。21年植松寿樹主宰「沃野」に移る。23年「北陸沃野」を創刊、40年まで編集に従事。歌集に「漆木」がある。　家父＝木村天紅（漆芸家）

木村 虹雨　きむら・こうう　俳人
大正13年（1924年）7月31日～平成3年（1991年）11月16日　生福島県石城郡　名本名＝木村保之　学千葉医科大学専門部〔昭和23年〕卒　歴昭和27年「原人」入会、同人。49年「握手」で磯貝碧蹄館に師事、50年同人。握手同人会長、千葉県俳句作家協会副会長。句集に「象の齢」「山背」。　賞握手円陣賞〔昭和52年〕

木村 修康　きむら・しゅうこう　歌人
昭和9年（1934年）11月1日～平成6年（1994年）3月16日　生茨城県　学茨城大学卒　歴竜ケ崎一高教諭を務める。一方大学在学中に作歌を始め、「茨城歌人」に入会、のち運営委員。昭和50年「氷原」に同人として参加。歌集に「湖の四季」「わが西行の曠野」、歌論集に「焦燥の現代短歌」「茨城歌人列伝」3巻などがある。

木村 捨録　きむら・すてろく　歌人
明治30年（1897年）11月2日～平成4年（1992年）8月19日　生福井県福井市　学中央大学法学部〔昭和7年〕卒　歴大正7年「覇王樹」入会、橋田東声に師事。昭和7年「日本短歌」創刊。19年改造社から「短歌研究」を譲り受けて発行。25年「林間」を創刊・主宰する。歌集「地下水」「旅情」、評論集「短歌造型論」など多数。

木村 孝　きむら・たかし　詩人
大正15年（1926年）6月21日～平成10年（1998年）12月20日　出神奈川県小田原市　学明治大学文芸学科卒　歴昭和43年詩集「五月の夜」で第1回日本詩人クラブ賞を受賞。他の詩集に「夜の滝」「思弁の窓」「晩夏炎上」などがある。賞日本詩人クラブ賞（第1回）〔昭和43年〕「五月の夜」

木村 葉津　きむら・はつ　俳人
明治31年（1898年）4月13日～昭和62年（1987年）4月24日　生京都府　名本名＝木村ハツ（きむら・はつ）　学京都市立高女3年病気中退　歴大正10年「石楠」系村上蘭田の手ほどきを受け、「石楠」に入会、後一時中断。昭和29年「かまつか」入会、39年同人。　賞かまつか同人賞〔昭和49年〕

木村 不二男　きむら・ふじお　詩人
明治39年（1906年）3月28日～昭和51年（1976年）12月12日　生秋田県大館市　学玉川大学卒　歴函館師範、文化学院を経て玉川大学に学ぶ。小学校教師として綴方教育運動に参加、傍ら「赤い鳥」に投稿する。昭和20年北海道に帰り小説、評論を発表。「童話」に評論「鈴木三重吉」を57回にわたって連載、ライフワークとなった。著書に「綴方の書」、童謡集「ニシパの祭」など。

木村 蕪城　きむら・ぶじょう　俳人
大正2年（1913年）6月20日～平成16年（2004年）3月3日　生鳥取県境港市　名本名＝木村茂（きむら・しげる）　歴昭和9年上京して高浜虚子の指導を受ける。17年「夏炉」創刊に参加、編集に従事。40年同誌主宰。この間、24年「ホトトギス」、28年「夏草」同人。句集に「一位」「寒泉」「山容」「走り穂」などがある。

木村 守　きむら・まもる　歌人
大正8年（1919年）1月1日～平成12年（2000年）4月15日　生熊本県鹿本郡植木町　学山鹿小〔昭和6年〕卒　歴岩本宗二郎の指導で作歌を始める。昭和22年「竜灯」、26年「水甕」に入社。36年「水甕」同人。39～45年作歌を中断するが、46年より再開。17～48年三井三池炭鉱に勤務。歌集に「鉄帽」「大正生れ」がある。

木村 三男　きむら・みつお　俳人
明治41年（1908年）8月4日～昭和53年（1978年）10月21日　生茨城県　学千葉大学医学部卒

歴栃木県石橋町に木村医院を開業。戦後「かびれ」を経て、昭和30年「風」に入会、33年同人となる。句集に「藁」「下毛野」など。　賞栃木県俳句作家協会賞

木村 無想　きむら・むそう　詩人
生年不詳～昭和59年（1984年）1月6日　出熊本県　歴天涯孤独で、国内をはじめ朝鮮半島、旧満州を遍歴。放浪の中で宗教詩を書き続け、昭和48年330編の詩を収録した「念仏詩抄」を出版。

木村 好子　きむら・よしこ　詩人
明治37年（1904年）1月10日～昭和34年（1959年）10月24日　生愛媛県　名旧姓・旧名＝白河　歴大正11年上京し、昭和2年詩人・遠地輝武（本名・木村重雄）と結婚。赤松月船に詩を学んでいたが、5年プロレタリア詩人会、6年日本プロレタリア作家同盟に参加し、詩「洗濯デー」「落葉」などを発表。戦後は21年に共産党に入党し、23年「新日本詩人」結成に参加。34年詩集「極めて家庭的に」を刊行した。　家夫＝遠地輝武（詩人）

木村 嘉長　きむら・よしなが　詩人
明治44年（1911年）1月22日～平成3年（1991年）1月19日　歴戦後は評論や放送作品などを執筆し、特に詩劇の分野では国際的な評価を受ける。昭和34年ラジオ「人形ガ呼ンデイル」（芸術祭入賞・イタリア賞参加）、50年テレビ「魚が消えたとき…」（イタリア賞大賞）ほか、海外において数多くの作品を発表した。詩集「幻想詩集」「夜の挨拶」「事故」「鳥おとこ」や著書「三島由紀夫のなかの魅死魔幽鬼夫」などがある。

木村 緑平　きむら・りょくへい　俳人
明治21年（1888年）10月22日～昭和43年（1968年）1月14日　生福岡県柳川市　名本名＝木村好栄（きむら・よしまさ）　学長崎医専卒　歴昭和2年糸田村の明治鉱業豊国炭鉱中央病院、13年赤池炭鉱病院、のち田川で炭坑医を務める。大正5年頃知り合った種田山頭火の親友として物心両面でよく援助した。昭和25年妻ツネを亡くし、翌年フイと再婚。“すずめの俳人”として知られ、句集に「雀のゐる窓」「雀の言葉」や遺句集「雀の生涯」などがある。他にフイが脳いっ血で倒れた後の「看護日記（十柿舎日記の改題）」がある。

肝付 素方　きもつき・そほう　俳人
明治28年（1895年）4月21日～昭和57年（1982年）1月13日　生鹿児島県　名本名＝肝付了介　学旧私立大専門部卒　歴吉岡禅寺洞に師事。正一郎・虚子にも師事。「ホトトギス」「菜殻火」同人。　賞菜殻火賞〔昭和34年〕，南日本文化賞〔昭和37年〕

木山 捷平　きやま・しょうへい　詩人
明治37年（1904年）3月26日～昭和43年（1968年）8月23日　生岡山県小田郡新山村（笠岡市山口）　学東洋大学文科中退　歴小地主の家に生まれる。中学時代から「文章倶楽部」などに詩などを投稿する。姫路師範第二部に入学、出石小学校で教鞭をとり、大正14年東洋大学に入学し、「朝」の同人となる。昭和4年第一詩集「野」を刊行し、6年には「メクラとチンバ」を刊行、以後小説に進む。8年「海豹」を創刊し、小説「出石」を発表、14年「抑制の日」を刊行した。満州で終戦を迎え、21年に帰国し、22年長編「大陸の細道」の第1章「海の細道」を発表、「大陸の細道」は完結した37年に芸術選奨文部大臣賞を受賞。ユーモラスな私小説作家として、特に31年以降活躍し、「耳学問」「苦いお茶」「茶の木」などの作品の他、「木山捷平詩集」や「木山捷平全集」（全8巻）がある。のち木山捷平文学賞が創設される。　賞芸術選奨文部大臣賞（第13回）〔昭和37年〕「大陸の細道」　家妻＝木山みさを（歌人）

木山 みさを　きやま・みさお　歌人
明治41年（1908年）7月12日～平成14年（2002年）12月8日　生山口県大津郡　名本名＝木山ミサオ　学山口県立女子師範〔昭和2年〕卒　歴昭和6年作家の木山捷平と結婚、上京。43年夫が死去、45年から歌誌「水甕」同人。歌集に「貧苦菩薩」「あさきゆめ見て」、歌文集「台所から見た文壇」、随筆集に「生と死の詩」「生きてしあれば」などがある。　家夫＝木山捷平（作家）

京極 杞陽　きょうごく・きよう　俳人
明治41年（1908年）2月20日～昭和56年（1981年）11月8日　生東京市本所区（東京都墨田区）名本名＝京極高光（きょうごく・たかみつ）　学東京帝国大学文学部〔昭和9年〕卒　歴但馬豊岡藩主を務めた京極家の第14代当主として生まれる。関東大震災では九死に一生を得たが、祖母、両親、弟妹らを失う。昭和12～21年宮内庁式部官を務め、20年最後の貴院議員。一方、

10〜11年のヨーロッパ遊学中、ベルリンで高浜虚子と出会い、生涯の師弟関係となる。12年11月「ホトトギス」初巻頭。戦後は豊岡に住み、句誌「木兎」を主宰。句集には「但馬住み」「くくたち」「花の日に」などがある。 家祖父＝京極高厚（但馬豊岡藩主），息子＝京極高晴（靖国神社宮司）

京極 杜藻　きょうごく・とそう　俳人
明治27年（1894年）4月1日 〜 昭和60年（1985年）11月7日 生鳥取県米子市 名本名＝京極友助（きょうごく・ともすけ），旧姓・旧名＝樋谷 学東京高商本科〔大正6年〕卒 歴大正7年家業を継ぎ、昭和22年株式に改組し、社長となる。また大正4年原石鼎に入門、10年「鹿火屋」発刊と共に幹部として参画。昭和16年〜23年病師石鼎に代って主選した。同人会会長。41年俳人協会評議員。句集に「艸冠」「眉雪」「桃寿」、句文集に「門」「米欧ところどころ」などがある。 勲藍綬褒章〔昭和36年〕，勲四等瑞宝章〔昭和40年〕，勲四等旭日小綬章〔昭和52年〕 賞東京都知事表彰〔昭和33年〕

杏田 朗平　きょうだ・ろうへい　俳人
大正8年（1919年）3月10日〜平成5年（1993年）11月28日 生神奈川県横浜市 名本名＝竹本安太郎 学神奈川県師範〔昭和15年〕卒 歴教員となり横浜市内の小学校に勤務。昭和54年京浜小学校長を定年退職。17年「かびれ」入会、21年同人。32年「氷海」に同人として入会。32年横浜俳話会会員となる。34年「種」を創刊。37年俳人協会会員。53年「河」同人、翌年「峰」特別同人となる。句集に「真顔」「而再」「理路の歴程」がある。 賞かびれ賞（第6回）〔昭和30年〕

清岡 卓行　きよおか・たかゆき　詩人
大正11年（1922年）6月29日 〜 平成18年（2006年）6月3日 生旧満州大連 出高知県 学一高卒，東京大学文学部仏文科〔昭和26年〕卒 資日本芸術院会員〔平成8年〕 歴旧満州の大連で育つ。昭和16年一高に進み、同校教授を務めていた漢詩人・阿藤伯海に大きな影響を受けた。19年東京帝大仏文科に進み、20年帰郷した大連で敗戦を迎える。22年同地で結婚し、23年日本に引き揚げて大学に復学。24年在学のままプロ野球の日本野球連盟に就職、26年セ・リーグに移り試合日程の編成を担当し、また猛打賞を発案した。20年代末から斬新な詩を次々に発表し、34年第一詩集「氷った焔」を刊行。39年退社して法政大学講師となり、のち教授。40年代からは小説にも手を染め、44年第1作「朝の悲しみ」を「群像」に発表。同年敗戦により失われた故郷と亡き妻への想いを叙情的に綴った第2作「アカシヤの大連」で第62回芥川賞を受賞した。46年には自殺した親友・原口統三との交遊を綴った長編「海の瞳」を発表。他の作品に詩集「日常」「四季のスケッチ」「西へ」「円き広場」「ふしぎな鏡の店」「パリの五月にて」「通り過ぎる女たち」「一瞬」、評論「手の変幻」「抒情の前線」「萩原朔太郎『猫町』試論」などがある。 勲紫綬褒章〔平成3年〕，勲三等瑞宝章〔平成10年〕 賞芥川賞（第62回）〔昭和44年〕「アカシヤの大連」，芸術選奨文部大臣賞（第39回，昭和63年度）〔平成1年〕「円き広場」，日本芸術院賞（平成6年度）〔平成7年〕「詩・小説・評論にわたる作家としての業績」，読売文学賞（随筆紀行賞，第30回）〔昭和53年〕「芸術的な握手」，現代詩人賞（第3回）〔昭和60年〕「初冬の中国で」，読売文学賞（詩歌俳句賞，第41回）〔平成2年〕「ふしぎな鏡の店」，詩歌文学館賞（第7回）〔平成4年〕「パリの五月に」，藤村記念歴程賞（第34回）〔平成8年〕「通り過ぎる女たち」，野間文芸賞（第52回）〔平成11年〕「マロニエの花が言った」，現代詩花椿賞（第20回）〔平成14年〕「一瞬」，毎日芸術賞（第44回）〔平成15年〕「一瞬」「太陽に酔う」 家妻＝岩阪恵子（作家）

清崎 敏郎　きよさき・としお　俳人
大正11年（1922年）2月5日 〜 平成11年（1999年）5月12日 生東京市赤坂区（東京都港区） 名本名＝星野敏郎（ほしの・としろう） 学慶応義塾大学文学部国文科〔昭和23年〕卒 歴昭和15年病気療養中に俳句を始め、高浜虚子、富安風生に学ぶ。のち、「ホトトギス」同人、53年風生の後継者として「若葉」主宰。55年以降読売新聞の「読売俳壇」選者を務めた。56年俳人協会理事、平成5年副会長。9年「凡」で俳人協会賞。独自の写生的な俳句を確立し、花鳥諷詠派の第一人者として活躍した。慶応義塾大学講師も務めた。他の句集に「安房上総」「東葛飾」「系譜」「島人」、著書に「高浜虚子」、編著に「富安風生の世界」など。 賞俳人協会賞（第37回）〔平成9年〕「凡」

清沢 清志　きよさわ・きよし　詩人
明治38年（1905年）8月18日 〜 昭和34年（1959年）8月10日 生長野県南安曇郡東穂高村（安曇野市） 学松本商業学校中退，青山専門学校

歴松本商業学校を中退して上京、青山専門学校に学ぶ。在学中から吉行エイスケ、辻潤、津田光造らと交流を持ち、大正13年妻・貞を発行名義人としてダダイズム的なモダニズム雑誌「売恥醜文」を発行。また穂高演劇協会を設立してチェーホフらの作品を上演するなど、演劇にも携わった。昭和14年穂高町で島崎藤村を顕彰する藤村会を作り、「藤村会誌」を刊行。信州詩人連盟、長野県詩人協会にも生涯を通じて参加、地域文化の育成に努めた。平成17年「清沢清志関係資料集」が編まれた。

清原 麦子　きよはら・ばくし　俳人
明治40年（1907年）6月29日 ～ 平成3年（1991年）8月13日　生熊本県宇土郡三角町　名本名＝清原正一　歴大正12年上京。昭和6年俳句を始め、7年「さいかち」入会、松野自得の指導を受ける。その後「天の川」「傘火」に参加。戦時中十年間空白、戦後「さいかち」に復帰。52年「あざみ」に参加。熱海俳句人協会初代会長を務めた。句集に「白環」。　賞さいかち・あざみ賞

清原 日出夫　きよはら・ひでお　歌人
昭和12年（1937年）1月1日 ～ 平成16年（2004年）6月6日　出北海道標津郡中標津町　名本名＝佐藤日出夫（さとう・ひでお）　学立命館大学法学部卒　歴北海道の酪農家に生まれる。昭和33年「塔」に入会。立命館大在学中は安保闘争のデモに参加、学生歌人としてデモを詠んだ歌集「流氷の季」を刊行し、同じく安保を歌った国学院大の岸上大作と共に“東の岸上、西の清原”として注目を集めた。卒業後は長野県庁に勤めた。退職後の平成11年より歌誌「五〇番地」を主宰。長野朝日放送常勤監査役、顧問も歴任した。没後、第二歌集「実生の檜」が刊行された。

清部 千鶴子　きよべ・ちずこ　歌人
大正4年（1915年）9月30日 ～ 平成21年（2009年）3月7日　生静岡県静岡市　学日本女子大学家政学科卒　歴昭和39年女人短歌会、54年「層」に入会。歌集に「花芽」「年々の花」、著書に「片山広子―孤高の歌人」などがある。

吉良 任市　きら・じんいち　詩人
大正15年（1926年）8月3日 ～ 平成21年（2009年）4月2日　出静岡県浜松市　学愛知大学文学部英文科〔昭和29年〕卒　歴昭和19年中島飛行機小泉製作所に入社。22年五島小学校助教諭に転じ、29年浜松女子商業高校教諭、59年教頭を歴任。平成2年退職。この間、36年「乾いた日々」で静岡県芸術祭教委賞を受賞。38年妻の吉田知子と反リアリズムの作風を志向する同人誌「ゴム」を創刊。著書に「馬鹿墓」「遠州っ子」「骨喰鳥」、詩集「休暇」「祭り」などがある。　家妻＝吉田知子（小説家）

吉良 蘇月　きら・そげつ　俳人
明治41年（1908年）8月28日 ～ 平成4年（1992年）12月14日　生熊本県阿蘇郡　名本名＝吉良憲夫　学日本大学歯科医学校卒　歴昭和21年水原秋桜子の手ほどきを受け、「馬酔木」入門。28年石田波郷「鶴」復刊入門。36年「馬酔木」、39年「鶴」、55年「万蕾」同人。句集に「名栗川」「山毛欅峠」「天覧山」。　勲勲五等双光旭日章〔平成1年〕

桐生 栄　きりゅう・えい　歌人
大正15年（1926年）2月4日 ～ 平成14年（2002年）7月20日　生新潟県北蒲原郡佐々木村（新発田市）　学日本女子高等学院国文科　歴新潟県に地主の長女として生まれる。戦後、地元で教職に就く傍ら、作歌を始める。昭和26年「新潟短歌」、30年「歩道」に入会。43年「日本海」創刊に参加、編集に携わり、54年代表となる。52年からは「新日本歌人」にも所属。新潟県歌人クラブ副会長も務めた。歌集に「鎮花祭」「稚き白鳥」「冬韻」などがある。

金原 省吾　きんばら・せいご　歌人
明治21年（1888年）9月1日 ～ 昭和33年（1958年）8月2日　生長野県諏訪郡　名旧姓・旧名＝河西　学早稲田大学哲学科〔大正6年〕卒　歴東洋美学、東洋美術史を専攻し、昭和4年より帝国美術学校教授。著書に「支那上代画論研究」などがある。また、アララギ派の歌人としても活躍した。

【く】

久下 史石　くげ・しせき　俳人
大正1年（1912年）11月9日 ～ 昭和61年（1986年）8月23日　生兵庫県氷上郡久下村玉巻（丹波市）　名本名＝久下武夫（くげ・たけお）　学大阪逓信講習所卒　歴戦前「山茶花」その他により俳句入門。一時中断後復活し昭和27年「雪

解」に投句。皆吉爽雨に師事。29年「雪解」同人。句集に「石上」(45年)、「索道」(58年)がある。 賞雪解賞(第22回)〔昭和54年〕, うまや賞〔昭和57年〕

草鹿 外吉　くさか・そときち　詩人
昭和3年(1928年)8月28日～平成5年(1993年)7月25日 生神奈川県鎌倉市 学早稲田大学文学部露文科卒, 早稲田大学大学院文学研究科露文学専攻〔昭和34年〕博士課程修了 歴昭和48年早稲田大学非常勤講師を経て、49年日本福祉大学教授。60年同附属図書館長、のち副学長を歴任。マヤコフスキーはじめ現代ソビエト文学に精通。日本民主主義文学同盟に属し、評論活動も行う。著書に「ソルジェニーツィンの文学と自由」「プーシキン」、詩集に「さまざまな年の歌」「海と太陽」、訳書に「エフトゥシェンコ詩集」やスターリン主義に抵抗してきた詩人たちを紹介した「現代ロシア詩集」などがある。賞多喜二百合子賞(第15回)〔昭和58年〕「灰色の海」

久坂 葉子　くさか・ようこ　詩人
昭和6年(1931年)3月27日～昭和27年(1952年)12月31日 生兵庫県神戸市 名本名＝川崎澄子(かわさき・すみこ) 学山手高女卒, 相愛女専音楽部〔昭和22年〕中退 歴父方の曽祖父は川崎造船の創立者・川崎正蔵、母方の曽祖父は加賀藩藩主の前田斉泰という名門に生まれる。16歳から詩作を始め「文章倶楽部」に投稿。昭和24年18歳の時に、島尾敏雄の紹介で同人雑誌「VIKING」に参加、富士正晴に師事。「入梅」でデビュー。19歳の時、25年に発表した「ドミノのお告げ」が芥川賞候補作品となり、一躍脚光を浴びる。その後、新日本放送の嘱託となってシナリオライターとしても活躍。27年現代演劇研究所の創立に参加し、戯曲「女たち」を上演。同年大晦日に遺書的作品「幾度目かの最期」を書き上げて、自ら命を絶った。没後、作品集「女」、「久坂葉子詩集」「久坂葉子の手紙」「新編久坂葉子作品集」が刊行された。

日下部 正治　くさかべ・まさはる　俳人
昭和6年(1931年)8月14日～平成22年(2010年)3月10日 生京都府京都市 学山城高(定時制)〔昭和24年〕卒 歴昭和22年松井千代吉に師事、「海紅」「芦火」を経て、36年「青い地球」創刊に編集委員として参加。50年岡涓二没後、同誌編集発行人となる。句集に「晩霜」「予後の灯」、「青い地球句集〈1～4〉」(合同句集)、「日下部正治句集」(遺句集)がある。

草野 戎朗　くさの・じゅうろう　俳人
明治36年(1903年)4月20日～平成13年(2001年)3月1日 生福島県相馬市 名本名＝草野重節 学福島県師範卒 歴昭和2年長谷川零余子の「枯野」に投句。零余子没後は「ぬかご」に投句、安藤姑洗子に師事。50年「ぬかご」同人会長。ほかに「青雲」「故郷」同人。福島県俳句懇話会運営委員、相馬市俳句連盟会長などを務め、地元俳壇のリーダー的存在だった。 勲勲五等瑞宝章〔昭和55年〕 賞ぬかご花明賞〔昭和45年〕

草野 心平　くさの・しんぺい　詩人
明治36年(1903年)5月12日～昭和63年(1988年)11月12日 生福島県石城郡上小川村(いわき市小川町) 学慶応普通部中退, 嶺南大学(中国)中退 資日本芸術院会員〔昭和50年〕 歴大正10年中国広州に渡り嶺南大学に学んだ頃から詩作を始め、14年同人誌「銅鑼」を創刊。帰国後も「銅鑼」を続け、やがて「学校」を創刊。昭和3年第一詩集「第百階級」を刊行。生活のため焼き鳥屋などの職を転々とし、10年詩誌「歴程」を創刊。13年詩集「蛙」を刊行。15年中国南京に赴き、21年帰国。22年「歴程」を復刊する。23年には生命力の讃美とアナーキスティックな庶民感情を蛙に託した詩を集大成した「定本蛙」を刊行し、第1回読売文学賞を受賞。モリアオガエルについての文章が機縁となり、35年には福島県川内村の名誉村民に推され、43年同村に「天山文庫」が建設された。数多くの詩集の他に童話集「三つの虹」「ばあばらぶう」、評論「わが光太郎」「わが賢治」「村山槐多」などもある。また宮沢賢治の紹介者としての功績も大きい。平成10年生地のいわき市小川町に同市立草野心平記念館が開館した。勲勲三等瑞宝章〔昭和52年〕, 文化勲章〔昭和62年〕 賞文化功労者〔昭和58年〕, 読売文学賞(詩歌賞, 第1回)〔昭和24年〕「定本蛙」, 読売文学賞(評論・伝記賞, 第21回)〔昭和44年〕「わが光太郎」 家弟＝草野天平(詩人)

草野 駝王　くさの・だおう　俳人
明治34年(1901年)3月30日～昭和52年(1977年)8月6日 生熊本県熊本市 名本名＝草野唯雄 歴大正6年広瀬楚雨に句を学び、8年吉岡禅寺洞の「天の川」に投句、同年「ホトトギス」初入選、高浜虚子・年尾の指導を受けた。13年阿波野青畝選「蜜柑樹」に投句。昭和3年朝鮮に渡り、4年青畝の「かつらぎ」創刊に参加、6年「釜山日報」俳壇選者。20年引き揚げて久留米に住み、23年「草の花」選者、24年「水葱」選者。49年博多に転居。句集に「春燈」。

草野 天平　くさの・てんぺい　詩人

明治43年（1910年）2月28日～昭和27年（1952年）4月25日　生東京市小石川区（東京都文京区）　学平安中学〔大正12年〕中退　歴中学中退後、書店、映画館、喫茶店などに勤務し、昭和8年喫茶店羅甸区を始め、その後も出版関係の仕事などをする。16年頃から詩作を始め、22年「ひとつの道」を刊行。25年比叡山に赴き、僧庵松禅院に入居を許される。没後の33年「定本草野天平詩集」が刊行され、34年高村光太郎賞を受賞した。　賞高村光太郎賞（第2回）〔昭和34年〕「定本草野天平詩集」　家兄＝草野心平（詩人）

草野 比佐男　くさの・ひさお　詩人　歌人

昭和2年（1927年）7月1日～平成17年（2005年）9月22日　生福島県石城郡永戸村（いわき市）　学相馬農蚕学校〔昭和20年〕卒　歴昭和20年農学校を出て農業を継ぐ。苦しい農作業のはけ口を短歌の道に求め、36年処女歌集「就眠儀式」を刊行。しかし、次第に短歌ではあきたらなくなり小説、詩、評論の道へ進む。生活が苦しくとも出稼ぎは百姓の誇りにもとる、と農作業を続けた。46年“出稼ぎ—離農”のあやまちを告発した詩作「村の女は眠れない」はテレビ化され、全国的な反響を呼んだ。評論に「わが攘夷」「沈黙の国生み」、草野心平を批判した「詩人の故郷」などがある。　賞農民文学賞（第6回）〔昭和36年〕「就眠儀式」，福島県文学賞（短歌，第14回）〔昭和36年〕「就眠儀式」，地上文学賞（第10回）〔昭和37年〕「新種」，福島県自由詩人賞（第1回）〔昭和41年〕，福島県文学賞（小説，第20回）〔昭和42年〕「懲りない男」

草野 鳴嵒　くさの・めいがん　俳人

明治39年（1906年）1月5日～昭和48年（1973年）11月22日　出滋賀県　名本名＝草野一郎平（くさの・いちろうべい）　学大谷大学文学部中退　歴近江新報編集長、大津新聞社長、滋賀新聞取締役主筆兼、編集局長などを務め大津市議を3期務める。中野正剛が主宰する東方会に属し、戦後公職追放。日本民主党滋賀県連会長の後、昭和30年衆院議員に初当選。以来通算6回当選。38年第三次池田内閣で内閣官房副長官。一方、祖父・草野山海から俳句の手ほどきを受け、「宿雲」創刊・主宰を経て、「歩道」を創刊・主宰。滋賀俳壇に重きをなした。

草間 時彦　くさま・ときひこ　俳人

大正9年（1920年）5月1日～平成15年（2003年）5月26日　生東京都　出神奈川県鎌倉市　学武蔵高中退　歴昭和24年水原秋桜子、石田波郷に師事。「鶴」同人。会社勤めの経験を生かした、サラリーマンの哀歓を詠んだ作品が認められ、29年に鶴俳句賞受賞。37年俳人協会員、46年同理事。50年「鶴」を脱退して無所属。主宰誌を持たなかったが、56年～平成5年俳人協会理事長を務め、俳句文学館建設運動に力を注いだ。晩年は人工透析を受けながら句作を続け、11年「盆点前」で詩歌文学館賞、15年「滝の音」で蛇笏賞を受賞した。昭和62年神奈川県大磯町にある俳諧道場・鴫立庵の第21世庵主に選ばれた。他の句集に「中年」「淡酒」「朝粥」「典座」、評論集に「伝統の終末」「俳句十二か月」、著書に「私説・現代俳句」などがある。　賞鶴俳句賞〔昭和29年〕，詩歌文学館賞（第14回）〔平成11年〕「盆点前」，蛇笏賞（第37回）〔平成15年〕「滝の音」

草村 素子　くさむら・もとこ　俳人

大正8年（1919年）12月1日～昭和49年（1974年）8月3日　生京都府綾部市　名本名＝草村幸枝（くさむら・ゆきえ）　学舞鶴高女卒　歴在学中、短歌誌「あすなろ」に入会。昭和17年結婚し、上京、五島美代子に師事。20年郷里に疎開、23年再上京、25年角川書店勤務。26年角川源義に俳句を学び、金尾梅の門の「季節」に拠った。33年源義が俳誌「河」を創刊、編集・発行業務を自宅で引き受け46年入院するまで続けた。句集「家族」「星まつり」がある。　賞河賞〔昭和38年〕

串田 孫一　くしだ・まごいち　詩人

大正4年（1915年）11月12日～平成17年（2005年）7月8日　生東京市芝区（東京都港区）　名旧筆名＝初見靖一（はつみ・せいいち）（昭和16年まで）　学東京帝国大学文学部哲学科〔昭和14年〕卒　歴父は三菱銀行会長を務めた串田万蔵。暁星中時代に山登りを始め、東京高文科では山岳部に所属。東京帝大哲学科在学中の昭和13年、短編集「白椿」を出版。15年からは福永武彦、矢内原伊作らと同人誌「冬夏」を出した。戦後は草野心平に誘われ、詩誌「歴程」の同人になり、33年には尾崎喜八と山の芸術誌「アルプ」を創刊、58年300号で廃刊するまで編集責任者を務めた。傍ら、上智大学、国学院大学などで教鞭を執り、40年東京外国語大学教授を最後に退官、以後は執筆活動に専念。パスカルやモンテーニュなどフランスのモラリストに関心を持ち、自らも登山や植物との交わりを通じて自然との深い対話・思索を重ねた。散文詩的なエッセイという独自のスタイルを確立し、詩、小説、人生論、博物誌、哲学書、画集など著作は400冊を超え、主な作品は「串田孫一随想集」「串田孫一著作集」「串田孫一哲学散歩」などにまとめられている。また40年から始まったラジオの音楽番組「音楽の絵本」は平成6年まで1500回続く長寿番組となった。他の作品に「山のパンセ」「博物誌」「永遠の沈黙 パスカル小論」「パスカル冥想録評釈」「モンテーニュ素描」「羊飼の時計」「旅人の悦び」「夜の扉」「若き日の山」「雲」などがある。 勲紫綬褒章〔昭和55年〕 家父＝串田万蔵(実業家)，長男＝串田和美(演出家)，二男＝串田光弘(グラフィックデザイナー)

櫛引 唯治　くしびき・ただはる　歌人
大正10年(1921年)～平成15年(2003年)1月10日 出青森県青森市 歴アララギ系短歌の道を歩み、群緑短歌会同人。昭和57年～平成14年青森市短歌連盟会長、元年～13年青森県歌人懇話会副会長などを歴任。後進の育成にも力を入れ、東奥日報社主催の青森県短歌大会の選者も務めた。 賞青森県芸術文化振興功労章〔平成12年〕

久須 耕造　くす・こうぞう　詩人
大正3年(1914年)2月1日～昭和63年(1988年)9月22日 出三重県 名本名＝古川幸三(ふるかわ・こうぞう) 歴詩集に「久須耕造詩集」「戦塵」「久須耕造選集」などがある。「泉」「日本未来派」に所属した。

楠瀬 兵五郎　くすのせ・ひょうごろう　歌人
大正11年(1922年)10月28日～平成25年(2013年)8月18日 出高知県安芸市 歴斎藤茂吉の作品に刺激を受け、戦前から短歌を詠む。戦後すぐに歌誌を創刊、「アララギ」の土屋文明らに師事。愛媛銀行に勤めながら、昭和29年「高知アララギ」を創刊して長く発行人を務めた。平成5～13年高知新聞「高新文芸」選者。10～24年高知県歌人連盟会長。歌集に「海紅集」「乱礁」がある。

葛原 繁　くずはら・しげる　歌人
大正8年(1919年)8月25日～平成5年(1993年)1月7日 生広島県呉市 学東京工業大学電気工学科卒 歴昭和13年「多磨」に入り戦時中は技術将官となる。戦後「一叢会」「泥の会」を経て28年「コスモス」創刊に参加、以来同誌編集に携わる。歌集「蟬」「玄」(三部作)「運河・周辺」。「コスモス」選者。 賞読売文学賞(第32回・詩歌・俳句賞)〔昭和55年〕「玄」

葛原 しげる　くずはら・しげる　詩人
明治19年(1886年)6月25日～昭和36年(1961年)12月7日 生広島県深安郡八尋(福山市) 名本名＝葛原𦍏(くずはら・しげる)，別名＝八尋一麿 学東京高師英語部〔明治42年〕卒 歴明治42年精華学校初等科訓導、43年日本女子音楽学校講師、のち跡見高女、精華高女、中央音楽学校などで教鞭をとった。戦後は広島の至誠女子高校長を務めた。その間、児童雑誌「小学生」などに新作童謡や童話を発表、3000余編が残されている。童謡の代表作に「夕日」「けんけん子きじ」「羽衣」などがあるほか、童謡集「かねがなる」「葛原しげる童謡集」「雀よこい」、評論「童謡の作り方」「童謡教育の理論と実際」がある。 家祖父＝葛原勾当(箏曲家)

葛原 妙子　くずはら・たえこ　歌人
明治40年(1907年)2月5日～昭和60年(1985年)9月2日 生東京都文京区 名旧姓・旧名＝山村 学東京府立第一高女卒 歴昭和14年「潮音」に入り太田水穂・四賀光子に師事。24年女人短歌会の創立に参加、25年第一歌集「橙黄」を刊行。33年「灰皿」参加。56年「潮音」退社、季刊「をがたま」を創刊し、58年まで主宰。前衛短歌の初期に“難解派”と呼ばれたが、反写実の世界を開き、女流歌人の代表者の一人として戦後の歌壇に大きな影響を与えた。他の歌集に「飛行」「原牛」「葡萄木立」「朱霊」「葛原妙子歌集」、随筆集「孤宴」などがある。 賞日本歌人クラブ推薦歌集(第10回)〔昭和39年〕「葡萄木立」，迢空賞(第5回)〔昭和46年〕「朱霊」

楠本 憲吉　くすもと・けんきち　俳人
大正11年(1922年)12月19日～昭和63年(1988年)12月17日 生大阪府大阪市船場 学慶応義塾大学法学部政治学科〔昭和24年〕卒，慶応義塾大学文学部仏文科卒，国学院大学大学院文学研究科日本文学専攻〔昭和39年〕博士課程修了 歴料亭灘万の長男で、入隊中に上官であっ

た伊丹三樹彦の勧めで俳句の道へ進む。戦後、日野草城のもとで伊丹や桂信子らと「まるめろ」を、また大島民郎、清崎敏郎らと「慶大俳句」を創刊。「群」「太陽系」「火山系」などを経て、昭和27年草城主宰の「青玄」に参加。44年「野の会」を創刊・主宰。現代的な感覚の句風。読売新聞「時事川柳」選者、日本近代文学館常任理事などを務めた。著書に句集「陰花植物」「自選自解 楠本憲吉句集」や「近代俳句の成立」「置酒歓語」「たべもの草紙」「石田波郷」などがある。　家姉＝楠本純子（灘万社長）

楠本 信子　くすもと・しんこ　俳人

大正12年（1923年）12月9日～平成12年（2000年）1月20日　生鳥取県米子市　名本名＝楠本信子（くすもと・のぶこ）　学宮崎高女卒　歴カテイ堂ビル代表取締役。一方、昭和41年竹内一笑に師事。44年「椎の実」入会、神尾季羊の手ほどきを受ける。47年「蘭」入会、48年同人。49年「椎の実」「琴座」同人。53年俳人協会入会。61年「水星」代表。平成11年「圭」同人。句集に「香句」「土蛍」「夕東風」など。　賞九州俳句大会賞（第14回）〔昭和52年〕，椎の実作家賞〔昭和53年〕，全国俳句研究大会賞（第12回）〔昭和55年〕，宮崎市芸術文化賞〔昭和56年〕

轡田 進　くつわだ・すすむ　俳人

大正12年（1923年）6月8日～平成11年（1999年）12月8日　生東京市麻布区（東京都港区）　学明治大学専門部卒　歴郵政省貯金局に入り、小伝馬町郵便局長を務めた。昭和58年定年退職。一方、17年貯金局俳句会で富安風生に師事。23年「若葉」同人となり、41～58年編集長を務めた。58年「春郊」主宰を継承。主宰者ながら個人句集を出さなかったが、平成10年風生の選を受けた50歳前半までの句のみを選び、第一句集「知命」を刊行した。　賞若葉賞（第14回・37回）〔昭和42年・平成2年〕，若葉功労賞〔昭和43年〕，富安風生賞（第2回）〔昭和60年〕，俳句協会功労者表彰〔平成3年〕

工藤 幸一　くどう・こういち　歌人

大正6年（1917年）6月20日～平成17年（2005年）3月3日　出宮城県小野田町（加美町）　学仙台図南中卒　歴昭和13年河北新報社に入社。編集局政経部長、工務局長などを経て、42年開発局長。48年退職。一方、8年吉植庄亮宅に約1年寄宿、同門で作歌を始め、9年「橄欖」に入る。のち選者、運営委員。他に「北東風」、仙台文学の会を主宰。歌集に「蓬萊山」「雪生誕」「桜前線」「揚羽のくる川」「穂の祭り」、ほかの著作に「評伝歌人吉植庄亮」「吉植庄亮の秀歌」「素顔の歌論」などがある。

工藤 紫蘇　くどう・しそ　俳人

大正2年（1913年）8月18日～平成7年（1995年）9月16日　生北海道利尻町　名本名＝工藤豊一　学札幌工建築科卒　歴江別市助役、札幌市議を歴任。昭和17年「暁雲」入会。「雲母」所属、「青樹」「葦牙」「北の雲」「にれ」各同人を経て、平成5年「白露」所属。句集に「煉瓦の村」。　賞葦牙準賞〔昭和53年〕

工藤 汀翠　くどう・ていすい　俳人

明治32年（1899年）3月17日～昭和61年（1986年）3月11日　生青森県南津軽郡大鰐町　名本名＝工藤哲郎（くどう・てつろう）　学青森中〔大正7年〕卒　歴山下汽船を経て、昭和5年東奥日報社に入社。広告部長、監査取締役、事務局長などを経て、26年社長。36年最高顧問。ラジオ東奥の設立、新社屋建設、専売制実施など同社発展の基礎を築いた。青森県公安委員長なども務めた。また原石鼎の「鹿火屋」同人の俳人としても活躍、47年青森市俳句連盟を設立して会長に就任。句集に「雪嶺」「静かな齢」「玫瑰」がある。　勲青森県褒章〔昭和40年〕，勲三等瑞宝章〔昭和45年〕　賞青森県文化賞〔昭和38年〕　家長男＝北津青介（演劇プロデューサー）

国井 淳一　くにい・じゅんいち　詩人

明治35年（1902年）～昭和49年（1974年）10月29日　生栃木県那須郡親園　学東洋大学文化学科卒，上智大学哲学科中退　歴同地舎同人として詩誌「地上楽園」に所属し、多くの農民詩を発表。農民詩人連盟を結成し主宰。また、農民青年運動を指導し、参院議員（1期）も務めた。詩集に「痩せ枯れたる」がある。

国木田 虎雄　くにきだ・とらお　詩人

明治35年（1902年）1月5日～昭和45年（1970年）　生東京市赤坂区（東京都港区）　学京北中学校中退　歴中学でサトウハチローと同級。「日本詩人」「楽園」に詩を発表、詩話会編「日本詩集」に「渚」「樹蔭」「櫟林」などの詩があり、詩集「鷗」、作品「世相読本」など。プロキノ映画運動に参加、独歩の「号外」を脚色、前進座で上演された。独歩関係本の解説や小説もある。　家父＝国木田独歩（小説家），長男＝三田隆（俳優）

国崎 望久太郎　くにさき・もくたろう
歌人
明治43年（1910年）4月21日 ～ 平成1年（1989年）11月1日　生福岡県福岡市山門大和村皿垣　学東洋大学国文科〔昭和11年〕卒, 九州大学法文学部中退　歴立命館大文学部講師、教授、園田女子大学教授を歴任。歌人としては「ポトナム」に所属し、のち編集同人。著書に「正岡子規」「日本文学の古典的構造」「近代短歌史研究」「啄木論序説」など。　賞京都府文化賞功労賞（第7回）〔平成1年〕

国武 十六夜　くにたけ・いざよい　俳人
大正4年（1915年）3月28日 ～ 平成24年（2012年）6月15日　出鹿児島県鹿児島市西千石町　名本名＝国武勲（くにたけ・いさお）　学関西大学経済学部卒　歴昭和26年戦争中に上官であった藤後左右、中尾良也と「天街」を創刊、創刊同人となる。45年「天籟通信」同人。平成2年現代俳句協会賞を受賞。鹿児島県現代俳句協会会長、鹿児島県俳人協会会長を歴任。句集「薩摩切子」「立葵」、評伝「私説・藤後左右」などがある。　賞現代俳句協会賞（第37回）〔平成2年〕, 南日本文化賞〔平成6年〕

国松 ゆたか　くにまつ・ゆたか　俳人
明治13年（1880年）11月10日～昭和39年（1964年）12月31日　生愛媛県　名本名＝国松豊（くにまつ・ゆたか）　歴小樽高商教授、名古屋高商校長、名古屋経専校長、愛知学院大学商学部長などを歴任。一方俳句を高浜虚子に師事し、「ホトトギス」に投句。「牡丹」同人。のち「游魚」を主宰。句集に「喜寿花鳥」がある。

国見 純生　くにみ・すみお　歌人
大正13年（1924年）6月27日 ～ 平成19年（2007年）12月5日　生高知県中村市（四万十市）　名本名＝国見純夫（くにみ・すみお）　学東京大学農学部卒　歴10代の頃、同郷の歌人・橋田秋声の作品に感動して短歌の道に入り、東京大学在学中に斎藤茂吉と出会って「アララギ」に入会。また上林暁に文学を学んだ。戦後は「青年歌人会議」「うた」などに所属。東京都内の高校教師を36年間務め、昭和60年退職して郷里・高知へ戻る。61年「日月」を創刊、のち編集発行人。歌集に「化石のごとく」「日ざかりの道」「懐南集」「蜻蜓のごとく」などがある。　賞高知県出版文化賞（第32回）〔昭和63年〕「せんだんと多羅葉」, 椋庵文学賞〔平成14年〕「蜻蜓のごとく」

国谷 喜美子　くにや・きみこ　俳人
明治43年（1910年）5月21日 ～ 平成12年（2000年）12月12日　生静岡県袋井　学東京女子医専卒　歴昭和38年「風鈴」に入会、原田樹一に師事。42年同人、46年編集同人となる。句集に「野牡丹」「遍路」がある。　賞風鈴賞〔昭和45年〕, 風鈴年間作品賞〔昭和47年〕

国吉 有慶　くによし・ゆうけい　歌人
明治38年（1905年）9月25日 ～ 昭和64年（1989年）1月7日　生沖縄県　歴那覇市立商業高校教諭、那覇市議会議員、琉球政府中央教育委員会委員長、社団法人久米崇聖会理事長などを務めた。「夢」短歌会同人の他、短歌雑誌「梯梧の花」の編集・発行人。

久芳 木陽子　くば・もくようし　俳人
大正3年（1914年）6月25日 ～ 平成15年（2003年）9月29日　生山口県　名本名＝久芳二市　学青年学校卒　歴昭和9年井上剣花坊派の川柳に入門。22年柳俳無差別を提唱し隙間風句会を創設。29年「其桃」に入門。34年「早鞆」創刊に参加、36年同人。53年同誌終刊に伴い「吟行はやとも」を主宰。54年「青樹」に入会し、特待同人となる。句集に「出合ひ」。

久原 喜衛門　くはら・きえもん　歌人
明治35年（1902年）6月15日 ～ 昭和62年（1987年）6月13日　生佐賀県　歴八幡製鉄所に勤め、同教習所を卒業。少年時代より作歌し、大正8年末に「創作」に入り若山牧水に師事する。同誌選者。職務の傍ら同製鉄所発行「くろがね新聞」歌壇の選歌も担当。北九州歌人協会会長も務めた。

久保 紫雲郷　くぼ・しうんきょう　俳人
明治44年（1911年）11月5日 ～ 平成7年（1995年）2月16日　生岩手県岩手郡　名本名＝久保芳男（くぼ・よしお）　歴日立電線に勤務し、定年退職。10歳頃より作句。大正11年から大竹孤悠に師事。昭和6年「かびれ」創刊と同時に編集同人となる。14年課題選者となる。「かびれ」名誉同人。句集に「雲」「木苺」（合同句集）「久保紫雲郷集」などがある。　賞かびれ賞〔昭和53年〕

久保 草洋　くぼ・そうよう　俳人
大正13年（1924年）6月6日 ～ 平成21年（2009

年）10月3日 生鹿児島県 名本名＝久保四雄（くぼ・よつお） 学日向学院短期大学卒 歴昭和27年より作句を始める。28年「椎の実」に入会し、32年同人。51年より宮崎県俳句協会会長を務めた。52年朝日新聞宮崎版俳句選者。54年「人」創刊同人。句集に「鴨大河」がある。賞宮崎市芸術文化連盟芸術文化功労賞〔昭和55年〕

久保 ともを くぼ・ともお 俳人

昭和4年（1929年）1月1日～平成8年（1996年）7月31日 生東京都 名本名＝久保友男 歴昭和22年富安風生主宰の「若葉」に投句。38年「若葉」編集部員となり、翌年同人。また33年には勝又一透主宰の「岬」編集発行担当となり、46年同人となる。句集に「雪林」「道すがら」がある。 賞岬賞〔昭和37年〕, 若葉賞〔昭和55年〕

久保 晴 くぼ・はれ 俳人

明治31年（1898年）2月2日 ～ 昭和59年（1984年）3月21日 生福岡県 名本名＝久恒貞吉（ひさつね・ていきち） 歴高浜虚子、加倉井秋をに師事。昭和21～25年熊本中央放送局俳壇選者。 賞サンケイ新聞文部大臣賞〔昭和47年〕

久保 斉 くぼ・ひとし 歌人

昭和14年（1939年）～平成5年（1993年）2月17日 生愛媛県喜多郡内子町 学中央大学文学部卒 歴愛媛新聞社に勤務。大学在学中、処女作「獅子のくち」を書き、のち小説「妄」が第2回太宰治賞候補になる。大江昭太郎の後を受けて歌誌「にぎたづ」を主宰。短歌同人誌「水夫（かこ）」代表。著書に「たるにゆ犀」、小説集「求める鳥」「声」、父子歌集「スエルテ」がある。

久保 実 くぼ・みのる 歌人

生年不詳～昭和63年（1988年）10月10日 学坂出商業学校〔昭和12年〕卒 歴四国水力電気会社多度津本社に入社。仕事の傍ら、昭和15年北原白秋主宰の結社「多磨」に入会。戦後労働運動に身を投じたため、25年レッドパージで免職となり、書店を経営。28年木俣修が主宰する「形成」の同人となり、短歌の創作と後進の育成に尽力した。歌集に「デイゴの花」「白薔薇」。

久保 陽道 くぼ・ようどう 俳人

昭和2年（1927年）3月28日 ～ 平成14年（2002年）11月10日 生埼玉県秩父郡吉田町 名本名＝久保陽道（くぼ・はるみち） 学秩父農林卒 歴昭和50年作句を始め、53年「泉」同人。55年「泉」同人を辞退し、「林」創刊に参加。56年「山暦」入会、青柳志解樹に師事。57年山暦新樹賞受賞、「山暦」同人となる。句集に「男神女神」「文殊堂」がある。

久保井 信夫 くぼい・のぶお 歌人

明治39年（1906年）5月10日 ～ 昭和50年（1975年）7月24日 生香川県多度郡琴平町 歴「香蘭」「短歌民族」「多磨」「形成」などに参加、昭和11年「短歌研究」新人50首詠に入選、44年には第一歌集「薔薇園」が日本歌人クラブ賞を受賞。他に「孔雀座」がある。 賞日本歌人クラブ推薦歌集（第15回）〔昭和44年〕「薔薇園」

窪川 鶴次郎 くぼかわ・つるじろう 評論家

明治36年（1903年）2月25日 ～ 昭和49年（1974年）6月15日 生静岡県 学四高〔大正12年〕中退 歴大正13年四高を中退、上京して貯金局に勤務。15年中野重治、堀辰雄らと同人誌「驢馬」を創刊、詩や小説を書く。昭和2年田島いね子（佐多稲子）と知り結婚した。政治運動に参加したが過労で倒れ、療養生活の後、日本無産者芸術団体協議会の機関誌「ナップ」の編集責任者となり、プロレタリア文学の評論家として活動。7年検挙され、8年転向出所。9年転向小説「風雪」を発表後、評論活動に入った。20年いね子と離婚、戦後は新日本文学会のメンバーとして活躍した。29～46年日本大学講師。評論に「〈真空地帯〉論」「石川啄木」「芥川龍之介」など。著書に「現代文学論」「近代短歌史展望」ほか。 家長男＝窪川健造（映画監督），二女＝佐多達枝（舞踊家）

久保島 孝 くぼしま・たかし 俳人

大正3年（1914年）9月3日～昭和59年（1984年）10月20日 生東京都台東区上野 学旧制中卒 歴昭和43年「馬酔木」投句。44年「風土」に入り石川桂郎に師事、47年「風土」同人、49年運営委員長。桂郎没後、52年「風土」編集長となる。

窪田 空穂 くぼた・うつぼ 歌人

明治10年（1877年）6月8日 ～ 昭和42年（1967年）4月12日 生長野県東筑摩郡和田村町区（松本市） 名本名＝窪田通治（くぼた・つうじ） 学東京専門学校〔明治37年〕卒 資帝国芸術院会員〔昭和16年〕 歴東京専門学校を約1年で

中退し、大阪の米穀仲買い商に勤務したが、明治30年生家に戻り、小学校の代用教員となる。このころ、同じ学校の太田水穂を知り、「文庫」に短歌を投じ、与謝野鉄幹に認められ新詩社社友となる。33年東京専門学校に復学し、文学活動を本格的に始める。36年「電報新聞」和歌欄選者となり、37年東京専門学校卒業と同時に社会部記者となる。この年受洗し、38年処女詩歌集「まひる野」を刊行。39年独歩社に入社。44年短編集「炉辺」を刊行。同年女子美術学校講師に就任。大正3年文芸雑誌「国民文学」を創刊。9年早大文学部講師、15年教授となり、昭和23年の定年退職まで務めた。この間、国文学者として研究を進める一方、作歌活動も盛んにし、多くの歌集を刊行した。「まひる野」のほか「濁れる河」「土を眺めて」「鏡葉」「冬日ざし」「冬木原」「老槻の下」などの歌集、「歌話と随筆」「明日の短歌」などの歌論、「新古今和歌集評釈」「万葉集評釈」「古典文学論」などの国文学の研究や小説など、著作は数多い。「窪田空穂全集」(全28巻・別1巻, 角川書店)及び「窪田空穂全歌集」がある。平成5年生家のある松本市和田に窪田空穂記念館が開館。 [賞]文化功労者〔昭和33年〕 [家]長男＝窪田章一郎(歌人), 妻＝林圭子(歌人)

久保田 慶子　くぼた・けいこ　俳人

大正14年(1925年)1月1日 ～ 平成16年(2004年)5月8日 [生]東京市淀橋区柏木(東京都新宿区) [学]恵泉女学園高等部卒 [歴]終戦直前に柏崎市に疎開し、俳句を知る。昭和21年帝国石油の社内句会で久保田月鈴子と知り合い、22年結婚、同時に夫が属する俳誌「寒雷」に入会。寒雷暖響同人、暖響会副会長。平成6～12年「笙」主宰。句集に「不思議」「九月」「笙」がある。 [賞]サンケイ俳句賞(第2回), 寒雷清山賞(昭和55年度), 現代俳句協会賞(第30回)〔昭和58年〕 [家]夫＝久保田月鈴子(俳人)

久保田 月鈴子　くぼた・げつれいし　俳人

大正5年(1916年)5月27日～平成4年(1992年)9月3日 [生]東京都 [名]本名＝久保田正英(くぼた・まさひで) [学]東京帝国大学経済学部〔昭和16年〕卒 [歴]静岡高時代より俳句をはじめ、東大に在学中「馬酔木」に投句、加藤楸邨を知り、「寒雷」創刊と同時に入会。また職場俳句に力を入れ、昭和25年石油人俳句会を起す。26年より「寒雷」同人。49年から小檜山繁子、石寒太と共に「寒雷」の編集を担当、編集長を務めた。現代俳句協会幹事長、「富士ばら」「現代俳句」主宰。句風は「寒雷」生え抜きの人間主義の上に、優しさをたたえる。句集に「月鈴児」「天井棧敷」「敗戦忌饒舌ならぬ若者ら」。 [家]妻＝久保田慶子(俳人), 父＝久保田抱琴(立教大学教授)

窪田 章一郎　くぼた・しょういちろう

歌人

明治41年(1908年)8月1日 ～ 平成13年(2001年)4月15日 [生]東京都 [学]早稲田大学文学部国文科〔昭和8年〕卒 [歴]国文学者で歌人の窪田空穂の長男。昭和14年早稲田大学講師、24年教授を歴任し、54年退任。この間、父に師事し、21年歌誌「まひる野」を創刊、以来同誌を主宰。武川忠一、篠弘、馬場あき子ら多くの歌人を育てた。また42年～平成9年空穂の後を継ぎ、約30年間「毎日歌壇」の選者を務めた。昭和55年迢空賞、57年勲三等瑞宝章、平成7年詩歌文学館賞を受賞。一方、西行の研究家として知られ、著書に「西行の研究」がある。他の著書に「窪田空穂」「短歌入門」、歌集に「雪解の土」「硝子戸の外」「素心臘梅(そしんろうばい)」「槻嫩葉」「紅海集」「窪田章一郎全歌集」「定型の土俵」などがある。 [勲]勲三等瑞宝章〔昭和57年〕 [賞]日本歌人クラブ推薦歌集(第19回)〔昭和48年〕「薔薇の苗」, 迢空賞(第14回)〔昭和55年〕「素心臘梅」, 現代短歌大賞(第11回)〔昭和63年〕「窪田章一郎全歌集」, 短歌新聞社賞(第2回)〔平成7年〕「定型の土俵」, 詩歌文学館賞(第10回)〔平成7年〕「定型の土俵」 [家]父＝窪田空穂(歌人), 母＝林圭子(歌人)

窪田 般弥　くぼた・はんや　詩人

大正15年(1926年)1月6日 ～ 平成15年(2003年)1月22日 [生]英国領北ボルネオ(インドネシア) [出]東京都 [学]早稲田大学文学部フランス文学科〔昭和25年〕卒 [歴]昭和26年早大高等学院教諭、36年早稲田大学文学部講師、39年助教授、44年教授。平成8年退職。カザノヴァ主義に共感し、膨大な「カザノヴァ回想録」を全訳、昭和58年には評伝「カザノヴァ」を刊行。詩人としては「日本未来派」「秩序」「同時代」「半世界」などに拠る。他に詩集「影の猟人」「詩篇二十九」「円環話法」「老梅に寄せて」、評論「日本の象徴詩人」「幻想の海辺」「詩と象徴」、エッセイ「一切合財みな煙」、訳書にレニエ「生きている過去」、ローデンバック「死都ブリュージュ」など著訳書多数。平成元年「フランス詩大系」を責任編集し、出版した。 [家]兄＝窪田

啓作（翻訳家）

久保田 博　くぼた・ひろし　俳人
大正14年（1925年）9月5日～平成2年（1990年）8月30日　生東京市下谷区竜泉寺町（東京都台東区）　学中卒　歴昭和24年「馬酔木」入会、水原秋桜子の添削指導を受ける。28年「鶴」入会、34年同人。45年「沖」創刊とともに入会、46年同人となる。50年「塔の会」会員。句集に「絵葉書」「雨傘」。　賞沖賞（第6回）〔昭和52年〕

久保田 不二子　くぼた・ふじこ　歌人
明治19年（1886年）5月19日～昭和40年（1965年）12月17日　生長野県諏訪郡下諏訪町高木　名本名＝久保田ふじの　歴明治35年島木赤彦と結婚し、44年「アララギ」に入会。歌集に「苔桃」「庭雀」がある。　家夫＝島木赤彦（歌人）

久保田 正文　くぼた・まさふみ　評論家
大正1年（1912年）9月28日～平成13年（2001年）6月6日　生長野県飯田市　名筆名＝永田啓介　学東京帝国大学文学部美学美術史科〔昭和13年〕卒　歴中学校教師、出版社員・雑誌編集委員を経て、文筆活動に入る。短歌を中心とする短詩形文学について社会的な視点を持った鋭い批評活動を展開した。この方面の著書に「昭和文学史論」「評伝石川啄木」「百人一首の世界」「正岡子規」などがある。また、昭和32年から小松伸六、駒田信二らと共に「文学界」の同人誌評を担当。新人の発掘に力を注いだ仕事に対して、54年菊池寛賞が授けられた。この間、法政大学講師、日本大学芸術学部教授、大正大学教授を歴任。総評文学賞選考委員を務めるなど、職場作家評も行い、「労働者文学の条件」はこの方面での仕事を結実させた労作として知られる。　賞菊池寛賞〔昭和54年〕

久保田 万太郎　くぼた・まんたろう　俳人
明治22年（1889年）11月7日～昭和38年（1963年）5月6日　生東京市浅草区田原町（東京都台東区）　名俳号＝暮雨，傘雨，甘亭　学慶応義塾大学文学部〔大正3年〕卒　資日本芸術院会員〔昭和22年〕　歴東京府立三中時代から文学に親しみ、暮雨の号で俳句を詠む。松根東洋城に師事し、東洋城選の「国民俳壇」に投句。明治44年小説「朝顔」、戯曲「遊戯」が「三田文学」に発表され、また「太陽」に応募した戯曲「Prologue」が当選し、作家として出発する。45年「浅草」を刊行、以後小説、戯曲、俳句の面で幅広く活躍。大正期の代表作として「末枯」「寂しければ」などがあり、昭和初年代の作品として「大寺学校」「春泥」、10年代の作品として「釣堀にて」「花冷え」、戦後の作品として「市井人」「三の酉」などがある。また、昭和7年築地座が結成されて演出も手がけるようになり、12年には岸田国士、岩田豊雄らと文学座を結成、亡くなるまで幹事を務めた。俳句の面では、2年第一句集「道芝」を刊行、9年には水原秋桜子、富安風生といとう句会を発足させた。21年「春燈」を創刊・主宰。22年日本芸術院会員に選ばれ、32年文化勲章を受章。38年梅原龍三郎邸での宴席で倒れ、急逝した。他の句集に「もゝちどり」「わかれじも」「ゆきげがわ」「これやこの」「春燈抄」「冬三日月」「草の丈」「流寓抄」「流寓抄以後」「青みどろ」などがある。　勲文化勲章〔昭和32年〕　賞菊池寛賞（第4回）〔昭和17年〕

隈 治人　くま・はると　俳人
大正4年（1915年）12月8日～平成1年（1989年）11月23日　生長崎県　学長崎医大薬専〔昭和11年〕卒　歴昭和26年「かびれ」に入会。36年「海程」の創刊に同人参加。46年「土曜」を創刊・主宰し、その他「石」「麦明」同人。29年以来、長崎原爆忌俳句大会の開催に尽くす。句集に「隈治人句集」「原爆百句」がある。　賞現代俳句協会賞（第12回）〔昭和40年〕，長崎県文芸協会賞（第3回）〔昭和40年〕，長崎新聞文化章〔平成2年〕

熊谷 詩城　くまがい・しじょう　俳人
大正14年（1925年）2月18日～平成13年（2001年）6月24日　生秋田県秋田市　名本名＝熊谷真一郎　学秋田鉱山専卒　歴秋田工業学校に勤務し、昭和57年退職。秋田市ウエイトリフティング協会会長、日本ウエイトリフティング協会特級審査員など務めた。俳句は21年「新雪」創刊に参画。編集同人を経て、49年主宰。秋田県俳句懇話会幹事、日本現代詩歌文学館振興会評議員を務めた。句集に「古城」「山河微笑」、評論に「俳句随想」がある。

熊谷 静石　くまがい・せいせき　俳人
大正9年（1920年）2月22日～平成12年（2000年）4月6日　生岩手県水沢市　名本名＝熊谷哲郎　学金沢医科大学〔昭和20年〕卒　歴昭和21年静岡市立西病院、25年済生会病院、41年附属看護学校講師、医師会高等看護学校講師を務め、48年静岡市立安東小学校医となる。のち熊谷医院を開業。傍ら俳句誌「寒雷」同人、「海

廊」発行人を務める。句集に「棟」「水尾」などがある。　賞海廊賞　家妻＝熊谷愛子（俳人）

熊谷 武至　くまがい・たけし　歌人

明治40年（1907年）10月9日～昭和58年（1983年）7月24日　生愛知県宝飯郡御油町（豊川市）　学国学院大学卒　歴大学在学中折口信夫の指導を受けたが、昭和6年松田常憲を知るに及んで「水甕」入社、のち主幹。17年歌集「抒情点綴」上梓。その他の歌集に「羇旅百首」「歳次餘執抄」「疏懐集」など。愛知県内の女学校、旧制中学の国語教師を務め、県立岡崎高校を42年に定年退職。その後、東海学園女子短期大学国文科教授に。国文学者として「三河歌壇考證」「尾三歌人交籍記」はじめ厖大な研究がある。

熊谷 とき子　くまがい・ときこ　歌人

明治39年（1906年）10月1日～平成12年（2000年）7月16日　生新潟県糸魚川市　名本名＝熊谷トキ　学日本女子大学国文科卒　歴大学在学中より茅野雅子に師事し、茅花会に参加。昭和11年「ごぎやう」（「をだまき」の前身）に入会し中河幹子に師事、のち編集同人。23年「女人短歌会」の創立に参加し、編集・常任委員。24年「新歌人会」発会に参加。歌集に「草」「かよひ路」「をだまき十人集」がある。　賞日本歌人クラブ推薦歌集（第11回）〔昭和40年〕「草」

熊谷 優利枝　くまがい・ゆりえ　歌人

明治44年（1911年）1月2日～平成7年（1995年）10月16日　生石川県　名本名＝熊谷美津子　学東京女子医学専門学校〔昭和14年〕卒　歴クマガイ医院院長を務める。一方歌人として昭和29年「歩道」に入会。63年「紅霞」を創刊して主宰。歌集に「春蟬」「造形」「泰山木の花」など。

熊坂 年成　くまさか・としなり　歌人

大正8年（1919年）5月7日～平成18年（2006年）9月26日　出長野県長野市　学千葉医科大学卒　歴昭和15年「歌と評論」に入会し、藤川忠治に師事、田崎秀の指導を受ける。52年より編集委員。43年龍堀忠次と「うえだ歌と評論」を創刊。歌集に「深夜往診」「白い軌跡」がある。

熊沢 正一　くまざわ・しょういち　歌人

大正2年（1913年）3月20日～平成13年（2001年）2月12日　生愛知県名古屋市　学横浜工業専修校電気科中等部卒　歴昭和6年から「アララギ」に投稿、7年入会し茂吉、文明に師事、横浜アララギ歌会に参加、のち同人。28年広野三郎・飯岡幸吉等と「久木」を創刊、のちに同誌代表となる。60年「相武アララギ」を創刊・主宰。神奈川新聞歌壇選者、神奈川県歌人会常任委員などを務めた。召集された軍隊、30年近く勤めた神奈川県警、結核治療のための闘病生活などの中で、“自分の生活に発した歌”“素直に自分を見つめた歌”を作り続けた。歌集に「彩層」「鱗芽」「翅果」「砂の上の胡桃」「小摘集」などがある。　賞横浜文化賞〔平成2年〕

熊田 精華　くまだ・せいか　詩人

明治31年（1898年）4月18日～昭和52年（1977年）4月27日　生栃木県宇都宮市　出神奈川県横浜市　学上智大学哲学科〔大正15年〕卒　歴父は耳鼻咽喉科医。7人弟妹の長兄で、“日本のプチ・ファーブル”と呼ばれる細密画家・熊田千佳慕は五弟。宇都宮市の母の実家で生まれ、生後間もなく横浜に移る。同人誌「詩王」に参加。大学卒業後、「パンテオン」「オルフェオン」に詩を発表。昭和18年日本化学研究会嘱託を経て、19年長野県に疎開して飯山高等女学校で教鞭を執った。29年退職。34年昭森社より第一詩集「仿西小韻」を刊行。45年「仿西小韻続二十四首」、51年「仿西小韻 後二十四首」を出版した。　家弟＝熊田千佳慕（細密画家）

隈元 いさむ　くまもと・いさむ　俳人

大正14年（1925年）10月30日～平成12年（2000年）1月25日　生台湾基隆　名本名＝隈元勇　歴昭和16年阿川燕城の「竹鶏」に投句。戦後は句作をやめていたが、38年「ざぼん」に同人参加し、米谷静二に師事。39年「馬酔木」に投句、水原秋桜子に師事する。59年「馬酔木」同人。60年鹿児島県馬酔木会誌「満天星」を創刊・主宰。ほかに「曙」に所属。句集に「大灘」「火焔木」がある。　賞ざぼん賞, 霧島賞, 馬酔木新樹賞

久米 はじめ　くめ・はじめ　俳人

大正1年（1912年）11月27日～平成11年（1999年）4月25日　生京都府　名本名＝久米太一（くめ・たいち）　学京都一商卒　歴京都一商卒業後、家業に従事するが、戦争拡大により廃業。昭和18年寿重工業に入社、42年定年。一方、32年「馬酔木」入門、34年「向日葵」創刊に参画し同人。38年より京都俳句作家協会幹事、同代表幹事を歴任した。　賞京都俳句作家協会年度賞〔昭和45年〕

蔵 月明　くら・げつめい　俳人
明治13年（1880年）2月9日 ～ 昭和43年（1968年）11月18日　生石川県金沢市　名本名＝蔵尚太郎　学第四高等学校医学部卒　歴直野碧玲瓏、藤井紫影に俳句を学ぶ。昭和25年「俳道」（のち「くらげ」）を創刊・主宰し、以後後進の指導にあたる。また古俳書（月明文庫）の収集家として知られた。著書に「俳諧古跡考」「俳諧史伝随筆」「白楽天と芭蕉」「和漢俳諧史考」「俳籛譜」など多数。　賞金沢市文化賞〔昭和24年〕

蔵 巨水　くら・こすい　俳人
大正3年（1914年）1月11日 ～ 平成23年（2011年）7月23日　出石川県金沢市　名本名＝蔵尚之（くら・ひさゆき）　学金沢医科大学卒　歴昭和8年蔵月明主宰の「月華」に拠り句作を始める。25年月明と協力し「俳道」を創刊。30年「くらげ」と改題、43年より主宰。俳諧史の研究を継承。句集に「竿の林」「粥草」「有磯海」「雄神川」「如意桜」「月華林」などがある。

倉片 みなみ　くらかた・みなみ　歌人
大正3年（1914年）12月28日 ～ 平成13年（2001年）5月29日　生東京都　名本名＝中島みなみ　学実践女子専門学校卒　歴実践在学中より作歌を始め、昭和9年「青垣」に入会。28年退会。51年9月「野稗」創刊と同時に同人となり、夫・中島治太郎と共に編集に当る。56年三ケ島葭子の唯一の遺児として「三ケ島葭子日記〈上下〉」「三ケ島葭子往復書簡抄」を刊行。歌集に「酔芙蓉」、著書に「家族の中の古泉千樫と三ケ島葭子の歌」がある。　家夫＝中島治太郎（歌人），母＝三ケ島葭子（歌人）

倉重 鈴夢　くらしげ・れいむ　俳人
明治42年（1909年）5月2日 ～ 昭和59年（1984年）1月12日　生山口県防府市　名本名＝倉重晋（くらしげ・すすむ）　学岡山医科大学卒　歴昭和23年「ホトトギス」入門、高浜虚子、のち年尾に師事。「駒草」「かつらぎ」「柿」同人。　賞毎日俳壇賞, 上野芭蕉祭特選

倉田 行人子　くらた・こうじんし　俳人
明治26年（1893年）4月1日 ～ 昭和57年（1982年）2月25日　生三重県鈴鹿市　名本名＝倉田新松（くらた・しんまつ）　学三田英語学校（夜間部）　歴神戸尋常高小を卒業し、17歳の時上京。2年間放浪したのち、俳人・井上日石の知遇を得て東芝に入社。傍ら三田英語学校の夜間部に通学。井上の影響で俳句を始め、臼田亜浪主宰の「石楠」に参加、同人として俳句や俳論を多数発表。大正12年関東大震災を機に課長職を捨て、帰郷。以来定職を持たず、木田草堂と名付けた小庵に住み、句作と清貧に徹した生活を送る。草木国土すべてに生命を感じ、仏性を見い出して行く句境は、大乗仏教の悉有仏性に通じるものがあったといわれる。昭和30年村田治男により句集「丘に立ちて」が上梓された。

倉田 紘文　くらた・こうぶん　俳人
昭和15年（1940年）1月5日 ～ 平成26年（2014年）6月11日　生大分県速見郡山香町（杵築市）　名本名＝倉田紘文（くらた・ひろふみ）　学大分大学教育学部〔昭和37年〕卒　歴父・倉田直は中塚一碧楼に師事した俳人で、父の影響で早くから俳句に親しむ。大分大学在学中の昭和34年、高野素十と出会い師事。「芹」に属する一方、大分合同新聞読者文芸に投句し、41年年間賞を受賞。47年師の勧めにより「蕗」を創刊・主宰、会員から寄付金を一切受けない作品主義で、最盛期には国内外に会員約2000人を擁する全国でも指折りの俳誌に育てあげた。平成3年創刊20周年を記念して「『蕗』雑詠選集」を発刊。25年8月号で通巻500号に達したが、26年逝去に合わせて42年間の歴史に幕を下ろした。一方、昭和47年別府大学文学部講師、54年助教授を経て、58年教授。53年～平成26年4月大分合同新聞読者文芸選者、4年から山陽新聞の俳壇選者を務め、20年より大分県俳句連盟会長。また、10年より2年間、NHK教育テレビ「NHK俳壇」に主宰の一人として出演。NHK-BS「俳句王国」にも選者として出演した。句集「慈父悲母」「光陰」「無量」「帰郷」「都忘れ」「水輪」、著書「高野素十研究」「紘文さんといっしょに遊ぼう 至福の俳句」「高野素十『初鴉』全評釈」などがある。　賞大分合同新聞文化賞〔平成5年〕，久留島武彦文化賞（個人賞, 第39回）〔平成11年〕　家父＝倉田直（俳人）

倉田 素香　くらた・そこう　俳人
昭和4年（1929年）6月18日～平成7年（1995年）9月26日　生東京都　名本名＝倉田康子（くらた・やすこ）　学成城学園専攻科人文科卒　歴昭和48年より「春燈」に参加、安住敦の薫陶を受ける。のち同人。句集に「風の声」、遺句集に「転生」。　賞全国俳句大会俳人協会賞〔昭和51年, 平成2年〕，春燈賞〔昭和56年〕　家父＝

田中義一（陸軍大将・首相），夫＝倉田春名（俳人）

倉田 春名　くらた・はるな　俳人
大正15年（1926年）4月23日～平成17年（2005年）7月15日　[生]東京都　[名]本名＝倉田治那　[学]昭和医科大学卒，慶応義塾大学経済学部卒　[歴]昭和18年「ホトトギス」「玉藻」に投句、祖父・萩郎、父・素商と3代続く虚子門下となる。29年父に続き「春燈」に参加、のち同人。句集に「花時計」「三思」「倉田春名集」がある。　[家]妻＝倉田素香（俳人），父＝倉田素商（俳人），祖父＝倉田萩郎（俳人），岳父＝田中義一（陸軍大将・首相）

くらた・ゆかり　詩人
大正2年（1913年）5月30日～平成18年（2006年）9月30日　[生]富山県高岡市桐木町　[名]本名＝長谷川由加里（はせがわ・ゆかり），旧姓・旧名＝倉田　[学]高岡高女卒　[歴]父は高岡新報の写真部長を務めた倉田新太郎で、同紙主筆の井上江花により由加里と命名される。高岡高女2年の頃に書いた詩が、同校教諭を務めていた詩人・方等みゆきに認められ、詩作を始める。昭和5年処女作「墓場」が「日本海詩人」に掲載され、6年方等主宰の「女子詩」に参加。9年処女詩集「きりのはな」を発表。11年結婚。32年「詩と民謡」「日本詩人」「唄う詩人」同人。43年現代詩サークル「ある」同人。詩集に「美しき流れ」「あじさい」「私の月」「旅」などがある。

倉地 与年子　くらち・よねこ　歌人
明治43年（1910年）7月31日～平成20年（2008年）8月24日　[生]兵庫県神戸市　[名]本名＝倉地与年（くらち・よね）　[学]兵庫県立第一高女卒　[歴]昭和5年「潮音」に入り、のち選者。歌集に「白き征矢」「乾燥季」「生きなむ」「素心蘭」などがある。　[賞]現代歌人協会賞〔昭和36年〕「乾燥季」，日本歌人クラブ賞（第18回）〔平成3年〕「素心蘭」，神戸市文化賞〔平成6年〕

倉橋 弘躬　くらはし・ひろみ　俳人
明治43年（1910年）3月19日～平成14年（2002年）11月1日　[生]兵庫県神戸市　[学]法政大学経済学部〔昭和11年〕卒　[歴]昭和5年「雲母」に入会、飯田蛇笏に師事。11年同人となる。平成5年「白露」所属。昭和27～34年ラジオ神戸JOCR俳壇選者を務めた。兵庫県俳句協会常任理事、神戸市民芸術文化推進会議会員。句集に「有為」「流潮」「銀鱗」「歳月」「林檎」などがある。　[賞]神戸市あじさい賞〔昭和40年〕

倉林 ひでを　くらばやし・ひでお　俳人
大正14年（1925年）3月15日～平成23年（2011年）2月12日　[生]群馬県高崎市　[名]本名＝倉林秀夫　[学]法政大学文学部卒　[歴]月刊俳誌「麻苧」編集長の傍ら、村上鬼城顕彰会理事なども務める。著書に「萩原朔太郎の俳句と俳句観」がある。　[賞]上毛文学賞（詩部門）〔昭和47年〕，群馬県文学賞（俳句部門）〔平成4年〕

蔵原 伸二郎　くらはら・しんじろう　詩人
明治32年（1899年）9月4日～昭和40年（1965年）3月16日　[生]熊本県阿蘇郡黒川村（阿蘇市）　[名]本名＝蔵原惟賢（くらはら・これかた）　[学]慶應義塾大学仏文科卒　[歴]早くから詩作をはじめ「三田文学」や「コギト」に発表し、昭和14年「東洋の満月」を刊行。のち「四季」同人となり、18年刊行の「戦闘機」で日本詩人賞を受賞。その後「乾いた道」「岩魚」などを刊行。ほかに初期の小説集「猫のゐる風景」「目白師」や評論集「東洋の詩魂」「蔵原伸二郎選集」などの著書がある。　[賞]詩人懇話会賞（第4回）〔昭和18年〕「戦闘機」，日本詩人賞（第3回）〔昭和19年〕「戦闘機」「天日の子ら」，読売文学賞（第16回・詩歌・俳句賞）〔昭和39年〕「岩魚」　[家]従弟＝蔵原惟人（文芸評論家），伯父＝北里柴三郎（細菌学者・男爵）

栗生 純夫　くりう・すみお　俳人
明治37年（1904年）4月20日～昭和36年（1961年）1月17日　[生]長野県須坂市東横町　[名]本名＝神林新治　[歴]大正9年16歳で「石楠」に入会、臼田亜浪に師事。昭和21年俳誌「科野」を創刊・主宰した。句集に「大陸諷詠」「山帰来」「科野路」など。また、11年「一茶雑記」を発表して以来、新資料「まん六の春」などの発見や論文など一茶研究家として多くの功績を残した。　[賞]長野県文化功労者（第1号）〔昭和35年〕

栗田 九霄子　くりた・きゅうしょうし　俳人
明治41年（1908年）9月6日～昭和52年（1977年）11月25日　[生]山形県　[名]本名＝栗田稲雄　[学]明治大学卒　[歴]昭和4年大学在学中、畑耕一教授により俳句を知る。7年「南柯」に入り、翌8年同人。「石楠」「馬酔木」「ホトトギス」などを経て、28年「鶴」復刊に参加。29年同人。「胡桃」を主宰するほか、山形県俳人懇話会長として山形俳壇の重鎮であった。句集「青胡桃」、遺句集「石蕗の花」がある。

栗林 一石路　くりばやし・いっせきろ　俳人
明治27年（1894年）10月14日～昭和36年（1961年）5月25日　生長野県小県郡青木村　名本名＝栗林農夫, 旧姓・旧名＝上野　歴少年時代から俳句に親しみ「層雲」に投句する。大正12年改造社に入り、昭和2年新聞連合社に移る。プロレタリア文学の俳人として、4年「シャツと雑草」を刊行。後に新興俳句運動に参加し、16年検挙される。戦後は21年創立された新俳句人連盟の初代委員長になり、職場俳句運動をする。他の著書に、句集「行路」、評論集「俳句芸術論」などがある。　家長男＝栗林一路（登山家）

栗林 種一　くりばやし・たねかず　詩人
大正3年（1914年）12月9日～平成16年（2004年）12月26日　生新潟県新潟市東堀通　学東京帝国大学独文科〔昭和13年〕卒　歴茨城大学人文学部教授を経て、常磐学園短期大学教授。詩人としては「批評」「構想」「晩夏」「花粉」「オルフェ」などに参加。戦前戦後を通じて「近代文学」の同人の近くにあり、詩集に「深夜のオルゴール」「深夜の阿呆船」がある。　勲勲三等瑞宝章〔平成3年〕

栗林 千津　くりばやし・ちず　俳人
明治43年（1910年）4月10日～平成14年（2002年）5月5日　生栃木県河内郡上河内村　名本名＝栗林チヅ　学宇都宮第一高女卒　歴昭和32年「みちのく」に入会、句作をはじめる。39年「鶴」に入会。42年「鶴」を退会して「鷹」に入会。52年「鷹」を退会。62年「小熊座」に入会、同人。「船団」会員。句集に「のうぜん花」「命独楽」「水の午後」「祈り」「幌」「羅紗」など。　賞みちのく賞〔昭和40年〕, 現代俳句協会賞（第33回）〔昭和61年〕「羅紗」　家息子＝栗林卓司（参院議員）

栗原 嘉名芽　くりはら・かなめ　歌人
明治32年（1899年）2月16日～平成2年（1990年）5月1日　生東京都　学東京帝国大学物理学科〔大正12年〕卒　歴東京学芸大学教授、聖徳学園短期大学教授を歴任。また歌人でもあり、「青影」同人。著書に「音響楽序説」、歌集に「路」など。　家長男＝栗原嘉一郎（建築家）

栗原 潔子　くりはら・きよこ　歌人
明治31年（1898年）2月5日～昭和40年（1965年）2月16日　生鳥取県　名旧姓・旧名＝中原　学跡見女学校中退　歴女学校時代「心の花」に参加し、昭和15年には「鶯」に参加。戦後は「短歌風光」を主宰。歌集に「潔子集」「寂寥の眼」などがある。

栗原 貞子　くりはら・さだこ　詩人
大正2年（1913年）3月4日～平成17年（2005年）3月6日　生広島県広島市可部町　学可部高女〔昭和5年〕卒　歴広島市近郊の農家に生まれ、女学校時代から短歌や詩を作り始める。昭和6年アナーキストの栗原唯一と思想的に共鳴して結婚。松山、高松を転々とし、広島で雑貨屋を営む。戦時中は「人間の尊厳」などの反戦詩を作った。20年8月32歳の時に広島の爆心地から北に4キロ離れた自宅で被爆。21年3月GHQの言論統制下で初めて原爆の惨禍を告発した雑誌「中国文化」（原子爆弾特集号）創刊に携わり、同誌に原爆投下翌日の未明に被爆者たちが群れ重なる旧広島貯金支局の地下室で被爆した母親から赤ん坊が生まれ、取り上げた後に重傷の産婆が息絶えたという実話を題材にした詩「生ましめんかな」を発表。同年8月詩歌集「黒い卵」を出版したが、検閲により3編の詩と11首の短歌が削除され、提出したゲラ刷りも行方不明となった。50年袖井林二郎により米国の図書館で発見され、58年完全版が刊行された。35年歌人の正田篠枝らと原水禁広島母の会を設立。反核・反戦運動などに積極的に取り組み、「にんげんをかえせ」で知られる峠三吉らと並んで“原爆詩人”として知られた。詩集「私は広島を証言する」「ヒロシマというとき」「核時代の童話」「The Songs of Hiroshima」などの他、「ヒロシマの原風景を抱いて」「核、天皇、被爆者」「核時代に生きる」などがある。　家夫＝栗原唯一（広島県議）

栗原 米作　くりはら・よねさく　俳人
大正5年（1916年）7月8日～平成10年（1998年）3月29日　生神奈川県横浜市　名本名＝栗原米吉　歴逓信省に入り簡易保険業務に従事、昭和51年退官。職場に「若葉」の誌友が多く、15年「若葉」入会。戦後職場俳句会を再興し、機関誌「草の花」を発行。富安風生に師事し、24年「若葉」同人。句集に「坂」がある。

栗間 耿史　くりま・こうし　俳人
明治38年（1905年）10月15日〜平成11年（1999年）1月23日　生島根県大原郡　名本名＝栗間久　学島根師範専攻科卒　歴元教員。大正9年より作句を始め、「枯野」「天の川」「玉藻」「城」等に投句。昭和40年「白魚火」同人、のち会長となる。47年「若葉」同人、同年島根県俳句協会に入会したのち会長も務めた。毎日新聞島根俳壇選者。句集に「雲の彩」、詩集に「虚空盃」、著書に「心の時差」などがある。

栗山 渓村　くりやま・けいそん　俳人
大正5年（1916年）1月1日〜平成4年（1992年）8月14日　生和歌山県田辺市　名本名＝栗山幸一　学旧制法専卒　歴昭和12年より「ほととぎす」他数誌に投句。23年阿波野青畝に師事し「かつらぎ」に投句。52年「黄鏡」創刊に参加。53年よりひきつづき「かつらぎ」推薦作家。「かつらぎ」「黄鏡」「熊野」「年輪」各同人。句集に「万象」「鞦韆」。

栗山 理一　くりやま・りいち　評論家
明治42年（1909年）1月14日〜平成1年（1989年）8月19日　生佐賀県鹿島市　名別号＝栗山草春（くりやま・そうしゅん）　学広島文理科大学国語国文学科〔昭和8年〕卒　歴大阪府立堺中学教諭となり、のち興亜工業大学教授、立華高女校長などを経て、昭和29年成城大学教授に就任。13年「文芸文化」を創刊し、17年「現代の俳句」を刊行。国文学者、俳句評論家として活躍し、「近代俳句」「風流論」「古典的感覚」「俳句批判」「俳諧史」「芭蕉の俳諧美論」「芭蕉の芸術観」などの著書がある。

車谷 弘　くるまだに・ひろし　俳人
明治39年（1906年）8月28日〜昭和53年（1978年）4月16日　生静岡県下田市　学東京薬専〔昭和4年〕卒　歴生家は伊豆下田の薬種問屋で、家業を継ぐために東京薬学専門学校に学ぶ。昭和4年卒業後は製薬会社に勤務する傍ら、文学への志望を持ち、5年「サンデー毎日」の懸賞小説に投稿して入選。その後、文芸春秋社代理部の管理薬剤師となるが、文学好きであることが菅忠雄に知られ、12年その勧めで同社に入社。一時は嘱託として連合通信社文芸部に身を置いたこともあった。戦後、佐佐木茂索の下で文芸春秋新社の創立に参画し、26年「文芸春秋」編集長、29年編集局長兼出版局長などを経て、46年専務に就任。銀座のPR誌「銀座百点」の編集にも関与した。俳句は久保田万太郎に師事して句集「佗助」「花野」があり、51年「わが俳句交遊記」で芸術選奨文部大臣賞を受賞。永井龍男とは若い頃に同じ下宿で、共に小説修業に励んだ仲。他に小説集「算盤の歌」、随筆集「銀座の柳」がある。　賞芸術選奨文部大臣賞（文学・評論部門, 第27回）〔昭和51年〕「わが俳句交遊記」

久礼田 房子　くれだ・ふさこ　歌人
明治43年（1910年）10月2日〜平成22年（2010年）9月14日　生東京都　名旧姓・旧名＝森　学千代田女学校卒　歴昭和7年頃中河幹子主宰「ごぎゃう」（「をだまき」の前身）に入会、のち編集同人。旧十月会会員。歌集に「炎道」「滝」「多羅」「蒼林」「夢幻空花」などがある。

榑沼 けいー　くれぬま・けいいち　俳人
大正13年（1924年）2月29日〜平成6年（1994年）9月22日　生東京都　名本名＝榑沼圭一　学慶応義塾大学経済学部卒　歴昭和21年慶大俳句現役時代、「馬酔木」、「野火」等に投句後、24年「萬緑」入会、中村草田男に師事。32年同人。44年俳人協会会員となり、俳句選集や会員名鑑などの編集委員、カレンダー委員などを務め、63年幹事。「萬緑」の支部誌「群星」を発行。句集に「遠目差」がある。　賞萬緑賞〔昭和45年〕

黒岩 有径　くろいわ・ゆうけい　俳人
大正5年（1916年）10月27日〜平成6年（1994年）11月5日　生群馬県　歴昭和13年「ぬかご」に入会、安藤姑洗子に師事。24年「東虹」創刊に参画、47年大野我羊急逝後主宰。34年「葦」創刊・主宰。句集に「わが戦後」「砂上の塔」ほかがある。

黒川 巳喜　くろかわ・みき　俳人
明治38年（1905年）3月25日〜平成6年（1994年）1月2日　生愛知県海部郡蟹江町　学名古屋高工建築科〔昭和2年〕卒　歴愛知県建築技手、同営繕技師を経て、昭和19年高野精密工業参事営繕課長。21年黒川建築事務所を開設。48年株式に改組、代表、のち会長。また、45年から俳句の会であるねんげ句会の世話人も務める。自宅の海部郡蟹江町一帯の、失われゆく水郷の面影をせめて句碑の形で残そうと、近くの鹿島神社内にこの地をうたった句碑を建て、“鹿島文学苑”と名づけた。「拈華」「ホトトギス」「夏草」同人。句集に「ありつたけ」「松ぼくり」が

ある。 勲黄綬褒章〔昭和46年〕, 藍綬褒章〔昭和49年〕 家長男＝黒川紀章（建築家）, 二男＝黒川雅之（建築家）

黒川 路子　くろかわ・みちこ　俳人

大正11年（1922年）7月3日～平成6年（1994年）8月24日 生岐阜県 名本名＝黒川道子 歴昭和37年「寒雷」入門。45年「杉」創刊参加。のち、「杉」同人。句集に「自解100句選 黒川路子集」、「沙羅」「漣」他。

黒川 笠子　くろかわ・りゅうし　川柳作家

大正12年（1923年）2月5日 ～ 平成12年（2000年）6月9日 生東京都 名本名＝黒川慧（くろかわ・さとし） 学東京大学法律学科卒 歴国立国会図書館専門調査員、立法考査局長を務める傍ら、昭和31年川柳きやり吟社誌友、32年新東京川柳研究会に入会、33年同人。38年国立国会図書館川柳会を結成、代表。老人ホーム、視覚障害者の川柳会講師などを務めた。 勲勲三等旭日中綬章〔平成5年〕

黒木 清次　くろき・せいじ　詩人

大正4年（1915年）5月2日～昭和63年（1988年）8月22日 出宮崎県西諸県郡須木村 学宮崎師範〔昭和12年〕卒 歴昭和13年谷村博武らと同人誌「龍舌蘭」を創刊。14年中国に渡り、18年小説「棉花記」で上海文学賞を受賞、芥川賞候補となる。戦後、出版社を経て、25年宮崎日日新聞社入社。37年取締役、43年常務、48年専務、52年社長を歴任し、59年エフエム宮崎社長となる。この間38年「乾いた街」がH氏賞候補になった。著書に「黒木清次小説集」、「蘇州の賦」、詩集「麦と短韃」「風景」がある。平成2年未刊詩を収めた「黒木清次詩集」が刊行された。 賞上海文学賞（第1回）「棉花記」, 宮崎県文化賞〔昭和41年〕

黒木 野雨　くろき・やう　俳人

明治32年（1899年）2月22日 ～ 昭和52年（1977年）8月31日 生長野県松本市 名本名＝藤沢和夫 学東京帝国大学法学部卒 歴鉄道省に入り、後私鉄の重役。昭和12年「馬酔木」に投句、水原秋桜子に師事する。32年「馬酔木」同人。44年度馬酔木賞、作品「北陲覊旅」により50年第21回角川俳句賞受賞。随筆集に「巴里の散歩」句集に「赤岳」がある。 賞福島県文学賞（俳句, 第3回）〔昭和25年〕「青胡桃」, 馬酔木賞（昭和44年度）, 角川俳句賞（第21回）〔昭和50年〕「北陲覊旅」

黒崎 善四郎　くろさき・ぜんしろう　歌人

昭和9年（1934年）9月11日 ～ 平成22年（2010年）9月10日 生群馬県 歴19歳の頃から作歌し、昭和30年「蒼穹」に入会。31年「蒼穹」桐生支部の若い仲間と同人誌「霧生」を創刊する。35年「砂金」、43年「詩歌」に入会。44年より浪人、作詞の世界に入るが、51年「砂金」に復帰。53年より玉城徹に師事し「うた」に入会、のち編集委員。歌集に「霧生るる町」「介護五妻の青春」などがある。

黒沢 武子　くろさわ・たけこ　歌人

大正6年（1917年）4月3日～平成13年（2001年）4月23日 生東京都 学実践女学校国文科 歴在学中、高崎正秀の指導を受け「青角髪」の会員となる。戦後、佐佐木信綱に師事。のち大岡博の懇請により「菩提樹」入社。同誌の充実に努める中で窪田空穂と出逢い、師事した。歌集に「冬の虹」「白鷺抄」「光の滴」など。 賞菩提樹賞〔昭和36年〕

黒須 忠一　くろす・ちゅういち　歌人

明治41年（1908年）11月9日 ～ 平成5年（1993年）2月4日 生福島県福島市 学福島県立蚕業学校卒 歴昭和2年岡野直七郎に師事して「蒼穹」に入会、3年以来同人。29年青環短歌会を創設。32年より35年まで福島県歌人会長。福島民友新聞、毎日新聞福島版歌壇選者を務める。歌集に「吾妻嶺」「草屋根」がある。 賞福島県文学賞（短歌, 第17回）〔昭和39年〕「草屋根」

黒瀬 勝巳　くろせ・かつみ　詩人

昭和20年（1945年）3月25日 ～ 昭和56年（1981年）5月 生京都府京都市 学同志社大学法学部法律学科〔昭和42年〕卒 歴昭和42年教学社に入社、併設の世界思想社で編集業務に携わる。55年しあんぶる・だあるに転職。この間、50年友人たちと詩誌「櫓」を創刊。52年「ノッポとチビ」に参加、53年第一詩集「ラムネの日から」を刊行。54年個人詩誌「紙芝居」を創刊したが、56年36歳で自殺。没後、遺稿詩集「幻燈機のなかで」が刊行された。

黒田 喜夫　くろだ・きお　詩人

大正15年（1926年）2月28日 ～ 昭和59年（1984年）7月10日 生山形県米沢市 出山形県寒河江市 歴工場・農業労働者を経て戦後共産党員として農民運動に従事。「詩炉」を経て「列島」「新日本文学」に加わり、「空想のゲリラ」「毒虫飼育」「ハンガリヤの笑い」などを発表。昭和35年離党。「地中の武器」「不帰郷」などの詩集、「死に至る飢餓」「彼岸と主体」「一人の彼方へ」などの評論集を刊行。 賞H氏賞（第10回）〔昭和35年〕「不安と遊撃」

黒田 恵子　くろだ・けいこ　詩人
大正11年（1922年）5月25日 ～ 平成6年（1994年）3月13日 生神奈川県横須賀市 学鎌倉高女〔昭和16年〕卒 歴昭和16年横須賀海軍経理部に勤め、18年結婚。「夜明」同人、「風炎」同人。著書に「ボクのすきなおばあちゃん―黒田恵子詩集」がある。

黒田 桜の園　くろだ・さくらのその　俳人
明治36年（1903年）7月20日 ～ 平成10年（1998年）7月4日 生石川県金沢市 名本名＝黒田尚文（くろだ・なおぶみ） 学日本大学専門部歯科卒 歴昭和2年「枯野」「ホトトギス」「馬酔木」「寒雷」に投句。「風」創刊より同人、100号で退会。再び「馬酔木」に拠り、32年「馬酔木」同人。39年俳人協会入会。句集に「金沢新唱」「三面鏡」「黒忌抄」「自註黒田桜の園集」。賞泉鏡花記念金沢市民文学賞〔昭和56年〕「三面鏡」，馬酔木賞〔昭和63年〕

黒田 三郎　くろだ・さぶろう　詩人
大正8年（1919年）2月26日 ～ 昭和55年（1980年）1月8日 生広島県呉市 学東京帝国大学経済学部〔昭和17年〕卒 歴昭和11年「VOU」に参加して詩作を始める。戦後は「荒地」創刊に参加、同人として小市民の生活感情を平明な言葉でえぐり出した。29年詩集「ひとりの女に」でH氏賞を受賞。35年日本現代詩人会理事長。44年NHKを退職、文筆活動に専念した。他の詩集「失われた墓碑銘」「渇いた心」「小さなユリと」「死後の世界」、評論集「内部と外部の世界」、随筆集「死と死のあいだ」などがある。賞H氏賞（第5回）〔昭和29年〕「ひとりの女に」家妻＝多菊有芳（書家）

黒田 達也　くろだ・たつや　詩人
大正13年（1924年）2月9日 ～ 平成20年（2008年）1月17日 出福岡県大牟田市 学三池中〔昭和16年〕卒 歴九州電力に勤務する傍ら、詩作を続ける。昭和22年「九州文学」同人、31年「ALMÉE」創刊・主宰。詩集に「硝子の宿」「ル・ブラン・ノアール」「北極上空」「ホモ・サピエンスの嗤い」など。また「現代九州詩史」「西日本戦後詩史」などの著書がある。

黒田 忠次郎　くろだ・ちゅうじろう　俳人
明治26年（1893年）2月27日 ～昭和46年（1971年）8月4日 生東京都豊島区巣鴨 名本名＝黒田忠治郎，旧号＝光湖 学大倉高商卒 歴三井銀行に勤務しながら句作をし「鉄心」「射手」「生活派」などを主宰。著書に「現俳壇の人々」「生活俳句提唱」などがある。

黒田 白夜草　くろだ・びゃくやそう　俳人
大正4年（1915年）1月1日～平成11年（1999年）8月18日 生福岡県 名本名＝黒田一之（くろだ・かずゆき） 学京都師範卒 歴昭和12年「石楠」に入り臼田亜浪、村上蘭田に師事。亜浪没後は句作を中断するが、その後亜浪門下の金子麒麟草主宰「かまつか」に同人として参加。賞かまつか賞〔昭和53年〕

黒部 草波　くろべ・そうは　俳人
明治38年（1905年）8月10日 ～ 平成3年（1991年）5月21日 生三重県 名本名＝黒部竹雄 学東京美術学校卒 歴戦前、伊賀で木津蕉蔭の手ほどきを受ける。間もなく休詠。昭和34年「馬酔木」に投句。36年より毎日俳壇秋桜子選に投句。40年「風雪」に投句、原柯城に師事。41年「風雪」同人。53年三重県俳句協会会員。賞風雪賞〔昭和41年〕

桑門 つた子　くわかど・つたこ　詩人
大正3年（1914年）～平成9年（1997年）1月6日 生東京都 名本名＝能仁つた子 学女子美術学校洋画部卒 歴女学校卒業後、絵を描きながら詩も書きはじめる。昭和15年頃より「日本詩壇」「馬車」「詩文学研究」「蠟人形」などに作品を発表、のち女詩人会の会員として詩の朗読会、また合同詩集を持つ。35年頃より「沙羅」で作品発表をはじめ、「しろたえ」「柵」「こうべ芸文」などに発表。絵は光風会のち二元会会員として神戸で2回の個展を開く。詩集に「庭園詩」「ギリシアの鳩」「樹々」「鳥の歌」「日蝕」などがある。

桑島 あい　くわしま・あい　俳人
昭和4年（1929年）3月14日 ～ 平成12年（2000年）5月23日 生岐阜県 名本名＝桑島愛子（くわしま・あいこ） 歴母親の影響で女学生の頃より短歌に親しむ。昭和50年「鹿火屋」に入会、54年同人。句集に「夜咄」。 賞鹿火屋大賞〔昭和57年〕，鹿火屋奨励賞〔昭和60年〕

桑島 玄二　くわしま・げんじ　詩人
大正13年（1924年）5月1日～平成4年（1992年）5月31日　生香川県　名本名＝丸山玄二（まるやま・げんじ）　学高松高商卒　歴代表作に「白鳥さん」「つばめの教室」「戦争と子ども詩」などがある。　賞兵庫詩人賞（第6回）〔昭和59年〕

桑田 青虎　くわた・せいこ　俳人
大正3年（1914年）3月15日 ～ 平成18年（2006年）11月2日　生広島県福山市　名本名＝桑田善一郎（くわた・ぜんいちろう）　学尾道商〔昭和6年〕卒　歴明石市のマッチ会社勤務を経て、昭和14年旧朝鮮の清津にわたる。終戦後、引き揚げ。一方、昭和3年義兄・塚原夜潮の手ほどきを受け、「ホトトギス」に投句。6年「馬酔木」、15年「寒雷」に転じた。戦後、後藤夜半に師事。34年より「ホトトギス」に再投句し、高浜年尾に師事。41年同人。46年より「田鶴」主宰。平成11年同誌主宰を長女・水田むつみに譲った。句集に「桑田青虎句集」「桑田青虎句集II」「桑田青虎句集III」がある。　賞馬酔木賞〔昭和15年〕, 姫路市芸術文化賞（芸術賞）〔平成5年〕　家長女＝水田むつみ（俳人）

桑原 圭介　くわはら・けいすけ　詩人
大正2年（1913年）12月18日 ～ 昭和56年（1981年）1月26日　生山口県下関市　学早稲田大学商学部卒　歴中学時代に三好達治の「測量船」に感動して詩作を始める。昭和7年に上京後、詩誌「果樹園」を主宰。また北園克衛・岩本修蔵編集の「マダム・ブランシュ」に参加。のち「文芸汎論」「詩学」などに投稿、戦後は「NOTOS」「主題」「遠近法」を主宰する。詩集に「悲しき都邑」がある。

桑原 月穂　くわばら・げっすい　俳人
明治42年（1909年）9月11日 ～ 平成3年（1991年）2月13日　生栃木県栃木市　名本名＝桑原倉吉　歴大正15年臼田亜浪に師事し、「石楠」に拠る。15年「にぎたま」を創刊・主宰。29年「地層」を創刊・主宰。36年「河」に参加。52年「紺」を創刊・主宰。54年「人」創刊に参加、同人会副会長を務めたが、59年退会。句集に「雪原」「山火」。

桑原 三郎　くわはら・さぶろう　歌人
明治40年（1907年）12月28日 ～ 平成8年（1996年）7月21日　生徳島県　学国学院大学卒　歴大学在学中の昭和3年「ぬはり」に入会、菊池知勇に師事。応召などの事情で19年から39年まで作歌から遠ざかったが、40年「ぬはり」に復帰。のち「野榛」編集委員、選者。歌集に「生活の音」「坤」がある。

桑原 視草　くわばら・しそう　俳人
明治41年（1908年）10月9日 ～ 平成6年（1994年）9月12日　生島根県　名本名＝桑原一雄（くわばら・かずお）　学島根師範本科二部卒　歴昭和初年より大須賀乙字門の太田柿葉に就く。のちに「草上」を経て、22年「古志」創刊に同人参加。42年「河」に同人参加。その間、39年から自ら「出雲」を創刊し、59年まで主宰。句集に「湖畔」、著書に「出雲俳句史」など。　賞古志賞〔昭和24年〕, 河賞〔昭和44年〕, 俳人協会評論賞（第2回）〔昭和57年〕「出雲俳壇の人々」, 山陰中央新報社文化賞

桑原 志朗　くわはら・しろう　俳人
明治45年（1912年）3月15日 ～ 平成10年（1998年）3月25日　生香川県高松市　名本名＝桑原四郎　学岡山医科大学卒　歴昭和14年「馬酔木」に初投句。16年より佐野まもるの指導を受ける。33年「燕巣」同人。36年「馬酔木」同人となり、のちに岡山馬酔木会で指導した。59年「橡」創刊同人。句集に「春暁」「雲の量」「妻恋」がある。　賞馬酔木新樹賞努力賞〔昭和34年〕, 馬酔木新樹賞〔昭和35年〕

桑原 武夫　くわばら・たけお　評論家
明治37年（1904年）5月10日 ～ 昭和63年（1988年）4月10日　生福井県敦賀市　学京都帝国大学文学部仏文学科〔昭和3年〕卒　資日本芸術院会員〔昭和52年〕　歴東北帝国大学助教授を経て、昭和23～43年京都大学人文科学研究所教授。34～38年同所長を務め、「ルソー研究」「フランス革命の研究」「中江兆民の研究」などの共同研究を組織、若手研究者を育成し、新京都学派の中心として活躍した。この間、21年“第二芸術論”を発表、俳壇・歌壇の論争をまきおこす。主著に「現代日本文化の反省」「現代フランス文学の諸相」「文学入門」「第二芸術論」「ソ連中国の旅」「伝統と近代」などの他、「桑原武夫全集」（全10巻, 岩波書店）がある。スタンダール「赤と黒」、アラン「芸術論集」など翻訳も多い。62年文化勲章受章。平成10年桑原武夫学芸賞が創設された。　勲レジオン・ド・ヌール勲章, 勲二等瑞宝章〔昭和49年〕, 文化勲章〔昭和62年〕　賞文化功労者〔昭和54年〕, 毎日出版文化賞〔昭和26年〕「ルソー研究」, 朝日賞〔昭和49年〕　家父＝桑原隲蔵（東洋史学

者)

桑原 立生　くわはら・たつお　俳人
昭和21年(1946年)12月6日～平成26年(2014年)2月16日　生静岡県　名本名＝桑原龍雄　歴中学3年から富安風生に師事。その後、住宅産業の営業マンとなり俳句から離れるが、平成9年父を亡くし、追慕の句を詠んだことから作句を再開。「春野」に入会し、13年角川俳句賞を受賞。14年「椎」を経て、15年「若葉」に復帰。16年「あかとき」俳句会代表。19年「十七音樹」に入会。句集に「寒の水」がある。　賞角川俳句賞(第47回)〔平成13年〕

桑原 兆堂　くわはら・ちょうどう　俳人
明治36年(1903年)10月10日～昭和63年(1988年)7月4日　生福島県耶麻郡磐梯町　名本名＝桑原啓(くわはら・けい)　学会津中卒　歴昭和3年から俳句を始め、8年「馬酔木」に入会。11年「初鴨」創刊に参加し、編集発行人。19年「初鴨」休刊。41年「野火」に参加、43年同人。この間、30～50年磐梯町長を務めた。句集に「寒造」がある。　賞野火賞〔昭和46年〕

桑原 廉靖　くわはら・れんせい　歌人
大正4年(1915年)2月12日～平成13年(2001年)11月29日　生福岡県筑紫郡那珂村那珂(福岡市博多区東那珂)　出福岡県太宰府市　学九州帝国大学医学部〔昭和16年〕卒　歴九州大学内科教室における研究を経て、昭和20年内科医院を開業。傍ら、郷土の歌人・大隈言道の研究に情熱を注ぎ、大隈言道研究ささのや会世話人。歌誌「かささぎ」主幹、福岡市歌人会会長なども務めた。また馬好きとしても知られ、福岡県馬術連盟を創設して初代会長となり、58年には国体にも出場した。歌集に「象牙の聴診器」「黄落」「川下る蟹」、著書に「大隈言道と博多」「大隈言道の桜」、エッセイに「往診は馬に乗って」などがある。「歌と評論」同人。　賞福岡市文学賞(第12回)〔昭和57年〕

桑本 春耀　くわもと・しゅんよう　俳人
明治39年(1906年)4月14日～平成2年(1990年)5月4日　生徳島県撫養　名本名＝桑本茂晴　学高小卒　歴大正11年青少年俳句教室に入り、鳴門青葉吟社、雁来紅を経て、14年「同人」に入り、青木月斗の薫陶を享ける。28年「うぐいす」創刊発起人。33年選者。50年「同人」選者。

【け】

慶光院 芙沙子　けいこういん・ふさこ　詩人
大正3年(1914年)7月1日～昭和59年(1984年)6月27日　生東京都世田谷区　名本名＝安山三枝(やすやま・みえ)　学山脇高女卒　歴昭和34年から詩誌「無限」を主宰。詩集に「私」、評論集に「無用の人・萩原朔太郎研究」「詩・永遠の実存」など。

敬天 牧童　けいてん・ぼくどう　詩人 俳人
明治8年(1875年)11月10日～昭和43年(1968年)6月23日　生京都府何鹿郡　名本名＝野田良治(のだ・りょうじ),旧姓・旧名＝今村　学東京専門学校中退　歴明治30年公使館及び領事館書記生試験に合格し、外務省に入る。マニラ、メキシコ、ペルー、チリ、ブラジルなどの大使館勤務を経て、昭和10年退官。詩風は宗教的な敬虔さがあり、人の心や外国の自然美を歌にあげている。詩集に「短笛長鞭」「青春の詩」、訳詩集に「イスパノアメリカ名家詩集 舶来すみれ」、俳句・詩の合併集に「爪の蔓」など。またポルトガル語関係の語学面の業績として、「日葡辞典」の編纂がある。

芥子沢 新之介　けしざわ・しんのすけ　歌人
明治27年(1894年)3月29日～昭和41年(1966年)11月9日　生新潟県　名本名＝田中弥藤次　歴大正6年「アララギ」に入会し、昭和2年「吾が嶺」を創刊・主宰。10年「多磨」創刊に参加し、28年「コスモス」会員。31年1月「いしかり」を創刊する。歌集に「早春」「雪国の絵本」「芥子沢新之介歌集」、没後の随想集に「赤鉛筆」がある。　家妻＝水口幾代(歌人)

見学 玄　けんがく・げん　俳人 歌人
明治41年(1908年)11月15日～平成4年(1992年)8月13日　生東京都新宿区　名本名＝見学玄(けんがく・ひろし),旧号＝見学地龍子　学東京府立一商卒　歴昭和4年頃より作句、佐藤紅緑・飯野哲二に師事。「ぬかご」「ゆく春」「渋柿」等を経て14年「東風」を主宰。21年「虚実」を発行のち「胴」と改題、編集を梅田桑弧に委譲。「俳句文学」「秋」を経て48年「五季」創刊。「胴」「海程」「山河」同人。全国俳誌協会会長を務める。また歌人としても活動し、福田栄一の指導を受けて「古今」同人。「新歌人会」を経て「地中海」「層」に参加し、昭和35年「古今」に復帰した。句集に「莫逆」、共著に「十年」「新鋭十二人」がある。

【こ】

鯉江 一童子　こいえ・いちどうし　俳人
大正14年(1925年)1月10日～平成20年(2008年)5月30日　生愛知県　名本名＝鯉江一利(こいえ・かずとし)　学高小卒　歴昭和22年「笛」「ホトトギス」に投句。「笛」入門欄俳句に拠り、木村蕪城の人間像・作品に感激。「夏爐」一筋に学び、54年同人。句集に「目刺」がある。　賞夏爐佳日賞〔昭和55年〕

小池 亮夫　こいけ・あきお　詩人
明治40年(1907年)10月30日～昭和35年(1960年)10月31日　生岐阜県可児郡帷子村　学早稲田大学英文科卒　歴満鉄に勤め、昭和9年詩誌「満州詩人」同人となる。終戦後は名古屋に引揚げ、詩誌「日本未来派」に参加。詩集に「平田橋」がある。　賞中日詩賞(第6回)〔昭和41年〕「小池亮夫詩集」

小池 次陶　こいけ・じとう　俳人
明治43年(1910年)11月10日～平成8年(1996年)5月19日　生岐阜県可児郡　名本名＝小池平一　学高小卒　歴昭和10年石田雨圃子の「石狩」を経て「ホトトギス」に投句。48年「若葉」「かつらぎ」同人となる。北海道俳句協会常任委員、かつらぎ推薦作家となる。句集に「牧秋」「阿寒の月」「時計台」がある。

小池 文子　こいけ・ふみこ　俳人
大正9年(1920年)11月22日～平成13年(2001年)10月24日　生東京市牛込区(東京都新宿区)　名本名＝PERONNY, FUMIKO, 別名＝鬼頭文子　学実践女専国文科卒　歴昭和17年「鶴」に投句、22年同人。32年渡仏、以後パリに永住。フランス高等学院で日本古典文学を聴講ののち、パリ大学文学部東アジア科講師となる。44年「鶴」を辞退し、「杉」同人。48年「巴里俳句会」を発足し、パリ近郊に住む日本人の俳句を指導。平成5年同句会20周年記念会員句集「パリに生きる」を刊行した。他の句集に「木靴」「巴里蕭条」。　賞角川俳句賞(第1回)〔昭和30年〕「つばな野」

小石沢 克巳　こいしざわ・かつみ　歌人
昭和2年(1927年)1月1日～平成17年(2005年)9月30日　生山梨県　歴山梨県参事、都留市助役などを歴任。傍ら須曽乃短歌会を継承し、平成3年歌誌「歌苑」を創刊。山梨県の郡内から県内外へ歌を通じた輪を広める活動を続けた。歌集に「去来抄」「うたがき」「拾遺抄」などがある。

小泉 紫峰　こいずみ・しほう　川柳作家
明治41年(1908年)2月16日～平成15年(2003年)6月18日　生青森県三戸郡福地村(南部町)　名本名＝小泉林之助　歴昭和8年八戸川柳社を創設。27年から青森県川柳大会の選者を務めるなど柳檀の振興と若手の育成に尽力した。川柳研究社幹事、青森県川柳社顧問、はちのへ川柳社顧問も務めた。また種苗店・パセリー菜を経営、長年八戸市内の小中学校に花の種を寄贈した。　勲青森県褒章〔平成9年〕　賞八戸市文化賞(第1回)〔昭和38年〕, 八戸市特別功労者賞〔平成13年〕

小泉 苳三　こいずみ・とうぞう　歌人
明治27年(1894年)4月4日～昭和31年(1956年)11月27日　生神奈川県横浜市　名本名＝小泉藤造, 別号＝小泉藤三　学東洋大学国文学科〔大正6年〕卒　歴大正3年「水甕」同人となり、11年「ポトナム」を創刊。同年第一歌集「夕潮」を刊行。立命館大学、関西学院大学教授を歴任し、「明治大正短歌資料大成」(全3巻)などの研究書がある。他の歌集に「くさふぢ」「山西前線」など。

小飯田 弓峰　こいだ・きゅうほう　俳人
昭和9年(1934年)10月10日～平成1年(1989年)4月18日　生北海道　名本名＝小飯田益幸　学新制中学卒　歴13歳頃俳句を知る。昭和30年上京、山口青邨に師事し「夏草」に入会。33年帰道。51年「夏草」同人。　賞夏草新人賞〔昭和45年〕

小市 巳世司　こいち・みよし　歌人
大正6年(1917年)4月18日～平成21年(2009年)11月23日　生東京都墨田区　学一高卒, 東京帝国大学文学部国文科〔昭和15年〕卒　歴昭

和12年土屋文明に面会し、「アララギ」に入会。15年大学を卒業すると盛岡中学に勤めた。17年上京、開成館嘱託となり土屋文明の助手として「万葉集古義」の刊行業務に従事した。18年召集、中国へ渡る。21年復員。中教出版編集部を経て、25年東京書籍編集部勤務。同年アララギ新人歌集「自生地」に参加したが、間もなく歌から遠ざかる。28〜57年小石川高校定時制に勤務。47年「アララギ」編集委員を経て、平成5〜9年発行人。9年歌誌「アララギ」は「新アララギ」「21世紀」「青南」の3つに分裂、10年より「青南」発行人を務めた。昭和60年〜平成17年愛媛歌壇選者。歌集に「ほやの実」「一つ灯を」「狭き蔭に」「今あれば」などがある。 賞短歌研究賞(第27回)〔平成3年〕「四月歌」，短歌新聞社賞(第11回)〔平成16年〕「狭き蔭に」

小出 きよみ　こいで・きよみ　俳人

大正9年(1920年)8月1日〜平成21年(2009年)8月9日　生長野県松本市　歴40歳半ばより俳句・連句に親しむ。「りんどう」「寒雷」に所属。「屋上」同人。句集に「もの言ふ鳥」「恋句曼陀羅」「あかつめくさの蜜」「ぴっころ吹く蛙」「あさって」「廻れかざぐるま」「いさぎよき」「御かみゆひ所 その字」、著書にノンフィクションノベル「みさ乃覚え書」など。長野ソーマ社長を務めた。

小出 秋光　こいで・しゅうこう　俳人

大正15年(1926年)7月11日〜平成18年(2006年)1月1日　生千葉県　名本名＝小出清久　学熊谷陸軍飛行学校〔昭和19年〕卒　歴戦中、陸軍少年飛行兵として双発複座戦闘機「屠龍」を操縦。沖縄作戦に参加し、誠特別攻撃隊に編成され出撃。昭和21年道部臥牛主宰の「初雁」に入会。27年阿部筲人主宰の「好日」創刊に参加。44年石原八束主宰の「秋」入会、同人。53年「好日」主宰を継承。60年千葉県俳句作家協会会長。59年より10年間朝日新聞千葉版俳壇選者担当。平成16年NHK千葉文化センター俳句講座講師。句集に「土くれ」「忘れ鍬」「一日仕切り」「天地返し」「晩節」「背水」「バンザイ」「続・バンザイ」の他、「現代俳句鑑賞全集」など。　賞初雁・臥牛賞〔昭和23年〕，好日賞〔昭和38年〕，秋賞(第11回)〔昭和50年〕

小出 文子　こいで・ふみこ　俳人

昭和11年(1936年)4月2日〜平成15年(2003年)10月30日　生東京市本所区(東京都墨田区)　名旧姓・旧名＝五十嵐文子　歴昭和44年国立伊東温泉病院内俳句会に入会。44年「あざみ」、49年「暖鳥」に入会。51年「暖鳥」、54年「あざみ」同人。61年俳人の丸山嵐人と結婚。平成6年夫と「海丘」を創刊、編集に従事。句集に「水族館」「手石海丘」「船歌」がある。　賞暖鳥新人賞〔昭和51年〕，あざみ賞〔昭和61年〕，暖鳥賞〔昭和62年・平成2年〕　家夫＝丸山嵐人(俳人)

小出 ふみ子　こいで・ふみこ　詩人

大正2年(1913年)5月28日〜平成6年(1994年)4月8日　生長野県上水内郡三輪村(長野市)　学長野高女卒　歴長野県蚕業試験場、京都太秦発声映画会社に勤める。昭和14年夫を亡くした後、信濃毎日新聞記者として娘を育てた。21年「新詩人」創刊に参加、38年より主宰。詩集に「花影抄」「都会への絶望」「花詩集」「レナとリナのための童話」などがある。　賞中部日本詩人賞(第4回)〔昭和30年〕「花詩集」

小井土 公梨　こいど・くり　俳人

昭和11年(1936年)12月1日〜平成9年(1997年)12月11日　生長野県　出佐賀県　名本名＝田代弘子　歴高校時代に文学サークルで俳句に興味を持ち、数結社を経て、昭和59年「青」に入会。のち同人。「青」終刊により辻田克巳の「幡」所属。現代俳句協会会員を経て、平成7年俳人協会会員。句集に「絹の靴下」「カーテンコール」がある。　賞青賞〔昭和63年〕

小岩井 隴人　こいわい・ろうじん　俳人

明治43年(1910年)1月2日〜平成7年(1995年)2月23日　生長野県松本市　名本名＝小岩井道雄　学松本中卒　歴昭和3年「南柯」入会、武田鶯塘に師事。13年「南柯」同人。「さいかち」「科野」に投句。長野県俳人協会会長、中信俳句会長を歴任。句集に「虚空蔵」「白夜」がある。

高 千夏子　こう・ちかこ　俳人

昭和20年(1945年)7月6日〜平成19年(2007年)9月23日　生東京都　歴「白桃」所属。平成9年「真中」で角川俳句賞を受賞。　賞角川俳句賞(第43回)〔平成9年〕「真中」

耕 治人　こう・はると　詩人

明治39年(1906年)8月1日〜昭和63年(1988年)1月6日　生熊本県八代郡八代町　学明治学院高等部英文科〔昭和3年〕卒　歴当初、画家を志し中川一政に教えを受けていたが、明治学院在学中に詩作に転じ、千家元麿に師事する。

昭和3～7年主婦之友社に勤務。5年「耕治人詩集」、13年「水中の桑」を刊行。11年頃から小説も書き始める。私小説が多く「結婚」「指紋」「懐胎」などの作品がある。44年「一条の光」で読売文学賞、48年「この世に招かれて来た客」で平林たい子文学賞、55年「耕治人全詩集」で芸術選奨を受賞した。 賞芸術選奨文部大臣賞（第31回）〔昭和55年〕「耕治人全詩集」, 読売文学賞（第21回）〔昭和44年〕「一条の光」, 熊本県近代文化功労者〔平成9年〕

香西 照雄　こうざい・てるお　俳人
大正6年（1917年）10月30日～昭和62年（1987年）6月25日 生香川県木田郡庵治村湯谷 学東京帝国大学文学部国文学科〔昭和16年〕卒 歴昭和22年木田農、27年高松一高、31年成蹊高教諭を経て、40年成蹊大講師。俳人としては、竹下しづの女の「成層圏」を経て、15年より中村草田男に師事。「萬緑」創刊に参加、同人。俳人協会理事。句集に「対話」、著書に「中村草田男」などがある。 賞萬緑賞〔昭和32年〕, 現代俳句協会賞（第8回）〔昭和34年〕

高阪 薫生　こうさか・しげお　歌人
大正14年（1925年）2月15日～平成14年（2002年）8月15日 生愛知県 歴昭和22年山下陸奥に師事し「一路」に入会、33年から51年まで愛知支部長を務めた。歌集に「草萌」「紺色の石」などがあり、編著歌集に「清風」がある。

上月 乙彦　こうずき・おとひこ　評論家
明治43年（1910年）5月11日～昭和54年（1979年）9月20日 生兵庫県姫路市 名本名＝上月宗夫 学早稲田大学西洋哲学科卒 歴明石市立教育研究所長、同天文科学館長などを歴任。俳句は野田別天楼に師事したが、のちに俳論に転じ「芭蕉俳論の周辺」「明石と芭蕉」などの著書がある。

甲田 鐘一路　こうだ・しょういちろ　俳人
明治37年（1904年）9月5日～昭和55年（1980年）8月14日 生千葉県鴨川市 名本名＝甲田正一, 旧姓・旧名＝粕谷 学日本大学専門部中退 歴早くから句作をはじめ、大正13年上京して臼田亜浪に師事し「石楠」に入会。農商務省から東京市吏員となるが、軍需工場に転じ、戦後は中央公論事業出版に入社。句集に「家」「汗以前」、遺句集に「パナマ帽」がある。

合田 丁字路　ごうだ・ちょうじろう　俳人
明治39年（1906年）10月29日～平成4年（1992年）10月28日 生香川県仲多度郡琴平町 名本名＝合田久男 歴昭和3年「ホトトギス」初入選。21年白川朝帆より「紫苑」を継承し、主宰。62年日本伝統俳句協会に入会し、常任理事となる。四国新聞俳壇選者も務めた。 賞四国新聞文化賞〔昭和57年〕, 香川県文化功労者〔昭和61年〕

古宇田 ふみ　こうだ・ふみ　歌人
明治30年（1897年）2月7日～昭和50年（1975年）11月29日 出茨城県 学高山養蚕学校卒 歴夫に先立たれ、3人の子を育てる。大正13年短歌結社吾妹に入り、生田蝶介に学ぶ。歌集に「巣守り鳥」「埋み火」がある。

合田 遊月　ごうだ・ゆうげつ　川柳作家
大正12年（1923年）9月21日～平成21年（2009年）12月12日 出愛媛県四国中央市 名本名＝合田高雄（ごうだ・たかお） 学宇摩農卒 歴全日本川柳協会常任幹事、愛媛県川柳文化連盟副会長などを歴任し、平成17～21年愛媛新聞の「愛媛柳壇」選者も務めた。句集に「風の彩」がある。

河野 愛子　こうの・あいこ　歌人
大正11年（1922年）10月8日～平成1年（1989年）8月9日 生栃木県宇都宮市 学広島女学院卒 歴昭和21年「アララギ」入会。その後、結核のため千葉郊外の療養所に入る。26年、近藤芳美を中心とする「未来」創刊に参加。28年「未来歌集」刊行に加わる。歌集は「木の間の道」「魚文光」「鳥眉」「黒羅」「河野愛子歌集1940—1977」など。のち河野愛子賞が創設された。 賞短歌研究賞（第18回）〔昭和57年〕「リリヤンの笠飾」, 現代短歌女流賞（第8回）〔昭和58年〕「黒羅」

河野 閑子　こうの・かんし　俳人
大正5年（1916年）8月4日～昭和60年（1985年）1月13日 生兵庫県尼崎市 名本名＝河野政治（こうの・せいじ） 学大阪府立都島工業機械科卒 歴昭和8年ごろ、工業学校在学中より句作し、「泉」を経て「天の川」に参加。「螺旋」にも席を置いた。13年以後、北海道、台湾、満州、朝鮮に長期赴任。23年「旗」（のち「年輪」と改題）を創刊発行。28年、日野草城の「青玄」に参加、39年「春燈」に参加し、以後、安住敦に師事。句集に「貝やぐら」「候鳥抄」「五月の

琴」「晩帰」「鶴髪」がある。 賞青玄賞〔昭和34年〕

河野 繁子　こうの・しげこ　歌人
明治37年(1904年)4月22日 ～ 平成5年(1993年)10月24日 生和歌山県 名本名＝河野志げ 歴10代より作歌を始め、昭和10～20年「竹垣」に入会して中村具嗣に師事。戦後は大野誠夫に師事し、28年より数年間「作風」に所属。30年「夢殿」を創刊・主宰。歌集に「雪の翳」「鯛釣草」「市松模様」「二十六号線」「地の星天の星」「鏡石山」がある。

河野 春草　こうの・しゅんそう　俳人
大正6年(1917年)8月27日 ～ 昭和63年(1988年)11月10日 生徳島県阿波郡市場町 名本名＝河野徳三郎 学旅順師範卒 歴小中学校教師を経て、鴨島町教育委員会社会教育指導員。昭和39年「ひまわり」入会。同会幹部同人・編集委員。 賞準ひまわり賞〔昭和49年〕, ひまわり賞〔昭和51年〕

河野 慎吾　こうの・しんご　歌人
明治26年(1893年)4月11日 ～ 昭和34年(1959年)1月21日 生兵庫県赤穂郡赤松村 学早稲田大学〔大正3年〕卒 歴大正3年北原白秋の「地上巡礼」創刊に参加。7年「ザムボア」を創刊、のち「春皮」を主宰し、歌集に「雲泉」がある。

河野 静雲　こうの・せいうん　俳人
明治20年(1887年)11月6日 ～ 昭和49年(1974年)1月24日 生福岡県福岡市宮内町 名本名＝河野定運(こうの・じょううん) 学時宗宗学校〔明治38年〕卒 歴明治25年称名寺住職の河野智眼の養子となる。大正3年高浜虚子に師事して俳句を始め、昭和5年「木犀」を継承。9年「ホトトギス」同人。16年から「冬野」を主宰した。句集に「閻魔」「閻魔以後」。 賞西日本文化賞(第23回)〔昭和39年〕

河野 南畦　こうの・なんけい　俳人
大正2年(1913年)5月2日～平成7年(1995年)1月18日 生東京都品川区 出神奈川県川崎市 名本名＝河野亨彦(こうの・みちひこ) 学横浜商〔昭和7年〕卒 歴大正15年学校の先生から俳句の手ほどきを受ける。昭和10年「獺祭」に入り、吉田冬葉に師事。21年「あざみ」を創刊し、主宰。また、横浜俳話会会長、神奈川新聞俳壇選者などを務める。句集に「花と流氷」「黒い夏」「試走車」「硝子の船」「自解100句選河野南畦集」「河野南畦全句集」、評論に「大須賀乙字の俳句」など。 家妻＝河野多希女(俳人)

向野 楠葉　こうの・なんよう　俳人
明治44年(1911年)5月21日 ～ 平成6年(1994年)2月5日 生福岡県直方市 名本名＝向野利夫(こうの・としお) 学九州医専〔昭和8年〕卒 歴昭和10年八幡製鉄病院勤務の傍ら、俳句の道に入る。13年に軍医として応召され、中国大陸を転戦しながら、第一句集「柳絮」を漢口で出版。戦後の21年眼科医院を開業。42年から離島の無料診療に参加、58年6月その体験を俳句でつづった第三句集「先島」を出版した。俳誌「木の実」主宰し、俳人協会評議員を務めた。

河野 春三　こうの・はるぞう　川柳作家
明治35年(1902年)3月10日 ～ 昭和59年(1984年)6月3日 生大阪府大阪市 歴住友銀行、大日本火災、福助足袋に勤める一方、川柳をはじめて岸本水府に師事。昭和初期より革新川柳に傾斜。古書籍商を営みながら「私」「人間派」「天馬」「匹」などの雑誌を出した。昭和35年「現代川柳への理解」を刊行。他に句集「無限階段」「河野春三集」(私版・短詩型文学全書川柳扁1)や「河野春三詩集」がある。

河野 仁昭　こうの・ひとあき　詩人
昭和4年(1929年)5月3日～平成24年(2012年)2月20日 生愛媛県周桑郡丹原町来見(西条市) 学立命館大学文学部哲学科〔昭和29年〕 歴昭和28年より同志社大学に勤務、学生課長を経て、58年～平成7年同志社社史資料センター室長。昭和52年から10年間、文学部嘱託講師として教壇にも立った。詩誌「ノッポとチビ」「すてっぷ」編集同人。のち、「すてっぷ」代表。京都の近現代文学史の研究でも知られ、平成19年より「京都の明治文学」「京都の大正文学」「京都の昭和文学」を刊行。続編を執筆していたが、死去により中断した。他の著書に「現代詩への愛」「四季派の軌跡」「蘆花の青春―その京都時代」「詩のある日々京都」「京都・現代文学の舞台」「谷崎潤一郎―京都への愛着」「中村栄助と明治の京都」「京の川」「京都文学紀行」「京おんなの肖像」「京ことばの知恵」「天野忠さんの歩み」、共編著に「同志社百年史」「新島襄全集」「ふるさと文学館」「京都文学全集」、詩集に「村」「風蘭」「小庭記」などがある。

河野 友人　こうの・ゆうじん　俳人
大正14年（1925年）4月1日 ～ 平成15年（2003年）5月3日　生山梨県東八代郡石和町上平井（笛吹市）　名本名＝河野友太　学早稲田実卒　歴昭和22年「雲母」入会、飯田蛇笏・龍太に師事。「雲母」同人。「雲母」廃刊後は「白露」同人。NHK学園俳句センター講師、日本現代詩歌文学館振興会評議員、産経新聞山梨版俳壇選者。句集に「鉢の木」「寒暮」「乱雲」「観音の胸」などがある。

光部 美千代　こうべ・みちよ　俳人
昭和32年（1957年）12月13日～平成24年（2012年）5月18日　生福井県福井市　学信州大学人文学部卒　歴昭和51年より約10年間学生オーケストラ、市民交響楽団などに所属。平成3年「鷹」に入会。5年鷹新人賞、7年鷹俳句賞を受賞。23年「汀」入会。句集に「色無限」「流砂」がある。　賞鷹新人賞（第21回）〔平成5年〕，鷹俳句賞（第30回）〔平成7年〕，福井県文化功労賞〔平成14年〕

郡山 弘史　こおりやま・ひろし　詩人
明治35年（1902年）7月11日～昭和41年（1966年）5月4日　生神奈川県横浜市　名本名＝郡山博，別名＝中原龍吉　学東北学院英文科卒　歴朝鮮・京城で高校教師を務める傍ら、新井徹らと「亜細亜詩脈」を創刊。昭和5年プロレタリア詩人会に入会。8年遠地輝武らと「詩精神」を創刊。戦後は共産党に入党、新日本文学会に加入した。詩集に「歪める月」がある。

古賀 忠昭　こが・ただあき　詩人
昭和19年（1944年）～平成20年（2008年）4月14日　生福岡県柳川市　歴20代前半の頃、久留米市の現代詩研究会に参加したのを機に創作活動を始める。研究会で詩人・丸山豊と知り合い、一時運転手も務めた。昭和50年出版した3冊目の詩集を最後に活動を中止するも、平成18年重い病気を患い余命が短いことを告げられて詩作を再開。19年詩集「血のたらちね」を出版、20年2月同詩集で丸山豊記念現代詩賞を受けたが、4月病死した。　賞丸山豊記念現代詩賞（第17回）〔平成20年〕「血のたらちね」

古賀 まり子　こが・まりこ　俳人
大正13年（1924年）4月9日 ～ 平成26年（2014年）2月12日　生神奈川県横浜市磯子　名本名＝古賀マリ子　学帝国女子医薬学専門学校薬学科〔昭和20年〕中退　歴帝国女子医薬学専門学校在学中の昭和20年、結核を病み中退。その療養の中で俳句と出会い、水原秋桜子の添削指導を受け「馬酔木」に入会。24～31年清瀬病院で療養。27年馬酔木新人賞を受け、29年「馬酔木」同人。42年馬酔木賞を受賞。39年俳人協会員、のち幹事。56年「竪琴」で俳人協会賞を受けた。59年堀口星眠主宰「橡」創刊同人となった。他の句集に「洗礼」「降誕歌」「緑の野」などがある。　賞馬酔木新人賞〔昭和27年〕，馬酔木賞〔昭和42年〕，俳人協会賞（第21回）〔昭和56年〕「竪琴」

小金 まさ魚　こがね・まさお　俳人
明治34年（1901年）11月20日～昭和55年（1980年）6月3日　生大阪府大阪市　名本名＝小金正義　歴34歳から作句し「水府」に拠る。のち「火星」に昭和16年まで在籍。14年以後は下村槐太に師事し、21年の「金剛」創刊に参画。27年「金剛」廃刊後に「赤楊の木」を創刊、55年まで主宰した。句集に「夕凪」「街坂」があり、没後に「定本小金まさ魚句集」が編まれた。

五喜田 正巳　ごきた・まさみ　歌人　詩人
昭和2年（1927年）5月10日 ～ 平成20年（2008年）11月2日　生千葉県　学久留浜通信学校卒　歴昭和21年吉植庄亮に師事して「橄欖」に入会、34～38年編集所を自宅に置く。のち運営委員、選者。この間、「新歌人会」「新鋭12人」などに参加。40年「麦」を創刊、43年「層」に参加。歌集に「稚き思惟」「砂漠の虹」「冬を撃つ」などがある。

木暮 剛平　こぐれ・ごうへい　俳人
大正13年（1924年）9月19日 ～ 平成20年（2008年）12月14日　生群馬県勢多郡赤城村（渋川市）　学東京大学経済学部〔昭和23年〕卒　歴電通でアルバイトをしていたところ、吉田秀雄社長に認められ、昭和22年入社。主に営業畑を歩み、40年営業局長、46年取締役、48年常務、54年専務を経て、60年社長に就任。平成5年会長、9年相談役、20年名誉相談役。昭和56年米国の広告最大手ヤング・アンド・ルビカムと国際共同事業推進の基本契約を取りまとめて電通の国際化に道を拓いた他、平成元年には国内の広告会社で初めて売上高1兆円超を達成した。また、趣味の俳句では、52年「風」に入会して沢木欣一、細見綾子に師事。平成8年句集「飛天」を出版。11年国際俳句交流協会会長、19年名誉会長。　勲勲一等瑞宝章〔平成13年〕

小暮 政次　こぐれ・まさじ　歌人
明治41年（1908年）2月2日～平成13年（2001年）2月13日　生東京市京橋区（東京都中央区）　学東京府立一中〔大正14年〕卒　歴大正15年三越に入社。一時大阪に赴いたが昭和9年より三越東京本店に勤務。一方、6年「アララギ」に入会し、土屋文明の指導を受ける。22年関東アララギ会「新泉」を鹿児島寿蔵らと創刊、選歌を担当。のち「アララギ」選者・編集委員。「アララギ」解散後は、「短歌21世紀」を主宰。のち読売新聞地方版短歌選者も務めた。歌集に「新しき丘」「春望」「花」「春天の樹」「雨色」「青條集」「薄舌集」「暫紅新集」など。　賞日本歌人クラブ推薦歌集（第5回）〔昭和34年〕「春天の樹」，短歌新聞社賞（第3回）〔平成8年〕「暫紅新集」，斎藤茂吉短歌文学賞（第7回）〔平成8年〕「暫紅新集」

小坂 螢泉　こさか・けいせん　俳人
明治42年（1909年）12月10日～平成12年（2000年）12月23日　生長崎県松浦市　名本名＝小坂平三郎　学九州医専〔昭和9年〕卒　歴昭和9年九州大学産婦人科に入局。外来医長を経て、25年開業。一方、9年大学時代の助教授だった下村ひろしに俳句の手ほどきを受け、同年「ホトトギス」に投句。25年「菜殻火」同人、37年「ホトトギス」同人。44年「万燈」創刊に参画、婦人俳句選者となる。田川文化連盟会長、田川市教育委員長などを務め、地域文化の向上に尽力した。句集に「医ごころ」「沖を見る」、評論に「俳句の世界」「俳句の在り方」がある。　賞万燈賞〔昭和44年〕，田川市教育文化賞〔昭和52年〕

小坂 順子　こさか・じゅんこ　俳人
大正7年（1918年）4月28日～平成5年（1993年）10月26日　生東京市京橋区（東京都中央区）　学小樽高女卒，東京家政学院大学中退　歴離婚後、新橋芸妓、旅館経営を経て、宗教普及家、会社役員。俳句は疎開先の那須で「鶴」俳句会に出席し、昭和21年「鶴」に入会して石田波郷、石塚友二に師事し、28年同人。36年俳人協会会員。白光真宏会会誌「白光」俳句欄選者。句集に「野分」「はしり梅」「蘭若」、小説に「女の橋」がある。

小坂 太郎　こさか・たろう　詩人
昭和3年（1928年）5月30日～平成22年（2010年）11月8日　生秋田県雄勝郡羽後町　名本名＝小坂芳太郎（こさか・よしたろう）　学横手中〔昭和20年〕卒　歴昭和26年～平成元年中学教師を務める傍ら、詩作に取り組む。昭和25年詩誌「処女地帯」に参加、第三次「コスモス」、「潮流詩派」同人を経て、「海流」「雪国」などの編集にあたる。49年「北の儀式」で小熊秀雄賞を受賞。また、著書「北方農民詩の系譜」によって、「処女地帯」の発刊（昭和8年）から現代までの農民詩の流れを跡づけた。平成10年5月から朝日新聞日曜版に連作詩を掲載、同年詩集「北の民話」として出版された。地元の秋田県羽後町で詩のサークル運動を続けた他、西馬音内盆踊り保存会顧問、民話伝承館名誉館長も務めた。他の著書に「首を捜す」「西馬音内盆踊り」「村の子たちの詩」「雪国昭和少年記」、詩集「北方家族」などがある。　賞総評文学賞（第13回）〔昭和48年〕，小熊秀雄賞（第7回）〔昭和49年〕「北の儀式」，秋田県芸術選奨「北の鷹匠」，秋田県芸術文化章〔平成17年〕

小崎 夏宵　こざき・かしょう　俳人
明治43年（1910年）12月25日～平成10年（1998年）8月17日　生三重県三重郡鵜川原村（菰野町）　学三重農学校〔昭和2年〕卒　歴昭和7年応召。16年京都憲兵隊本部に召集され外地を転戦、20年ビルマ（現・ミャンマー）で終戦を迎える。22年復員。小学校から俳句の手ほどきを受け、27年冬日句会を結成。「雨月」の大橋桜坡子・敦子父子に師事し、同誌同人。平成2年79歳で第一句集「冬日」を刊行した。他の句集に「鵜の里」「去年今年」がある。

小崎 碇之介　こさき・ていのすけ　歌人　俳人
大正7年（1918年）3月10日～平成7年（1995年）7月9日　生和歌山県和歌山市　名本名＝小崎貞一，俳号＝小崎碇人（こさき・ていじん）　学海技専門学院〔昭和20年〕卒　歴昭和14年頃より作歌にはいり、23年「ポトナム」に入会、頴田島一二郎に師事、のち同人。28年「子午線短歌会」を創立する。31年短歌研究50首詠に入選。歌集に「海流」「海図と花」。また俳人でもあり、句集に「舷門」がある。他に「詩・短歌・俳句＝鑑賞とつくり方」などの著作がある。

小佐治 安　こさじ・やすし　歌人
大正13年（1924年）3月27日～昭和62年（1987年）4月12日　生秋田県　学東京帝国大学文学部　歴旧制弘前高時代より作歌を始め、大学進

学後は福田栄一に師事。「くくみら」「古今」同人となる。昭和21年東大短歌会を創設し、「新風十人」の作家と交流。その後、作歌を中断するが、師の死去に遭い、その一年後に作歌を再開した。歌集に「万雷」がある。

小佐田 哲男　こさだ・てつお　俳人
大正14年（1925年）1月21日 ～ 平成22年（2010年）3月23日　生和歌山県　学東京大学工学部船舶工学科卒　歴昭和28年東京大学ホトトギス会で、山口青邨に師事。29年東京大学に任官。44年同大教養学部に作句演習を開講、岡本志陽らと東大学生俳句会結成、会誌「原生林」を創刊した。48年「夏草」同人、のち「天為」に所属した。60年東大を定年退官。句集に「美貌の兵」がある。　賞夏草新人賞〔昭和46年〕

越郷 黙朗　こしごう・もくろう　川柳作家
明治45年（1912年）7月18日 ～ 平成8年（1996年）5月20日　生北海道函館市　名本名＝越郷喜三郎　歴長く毎日新聞社北海道支社で営業を担当。一方、昭和7年川柳をはじめる。43年川柳あきあじ吟社を創立して代表。北海道川柳連盟事務局長、会長を務めた。54年小樽で開かれた全道川柳大会にドゥルベン・ドイツ国際文化会議会長が出席して以来、ドイツ川柳センターの活動などを支援。これらの仕事が認められ、60年川柳人として初めて西ドイツのメダルを受けた。句集に「ふるさと」がある。

小島 清　こじま・きよし　歌人
明治38年（1905年）5月21日 ～ 昭和54年（1979年）4月20日　生東京都　歴「ポトナム」編集委員、選者の他、28年「群落」創刊に参加、編集同人となる。日本歌人クラブ委員、京都歌人協会委員も務めた。33年歌集出版・初音書房を継承。また一時期神戸山手女専で近世和歌史を講じたことがある。歌集「青冥集」と遺歌集「対篁居」がある。

児島 孝顕　こじま・こうけん　歌人
大正10年（1921年）1月1日 ～ 平成20年（2008年）7月10日　出鹿児島県出水郡長島町（出水市）　学拓殖大学予科露西亜語学科卒　歴昭和32年鹿児島県長島町役場に入り、退職後、同町議を3期を務めた。歌人として活躍し、長島町文化協会会長などを歴任。歌集に「長島」などがある。　賞南日歌壇賞〔昭和33年〕, 短歌研究全国新人賞〔昭和39年〕, 南日本文化賞（地域文化部門, 第48回）〔平成9年〕

小島 真一　こじま・しんいち　歌人
大正13年（1924年）7月8日 ～ 平成14年（2002年）2月9日　生新潟県　歴「表現」同人。歌集に「薄明の歌」「流氓の民」など。

小島 宗二　こじま・そうじ　歌人
大正11年（1922年）3月15日 ～ 平成23年（2011年）2月12日　生神奈川県　歴昭和15年「創作」に入会し、大橋松平、長谷川銀作に師事。また22年「都麻手」にも加わった。24年詩と短歌との融合を期し「韻律」を、42年「みなかみ」を創刊、編集する。53年創作社より牧水賞を受賞。58年「創作」を離れて同志と「声調」を興こし、常任編集委員となった。歌集に「余響」「余滴」「楢の木立ち」、編著に「大橋松平全歌集」がある。　賞牧水賞〔昭和53年〕

小島 隆保　こじま・たかやす　俳人
大正9年（1920年）7月17日 ～ 平成19年（2007年）4月4日　生福岡県福岡市　学長崎医科大学〔昭和21年〕卒　歴昭和22年九州大学助手を経て、29年医院を開業。一方、21年高浜虚子、河野静雲に師事。「ホトトギス」同人。52年俳人協会員、福岡俳人協会事務局長。平成6年俳誌「玄海」を創刊。句集に「月日を得つゝ」、俳論集に「一点の芳草」などがある。　賞万燈賞, 福岡市長賞, 北九州市長賞, 福岡市文学賞〔昭和57年〕

小島 梅雨　こじま・ばいう　俳人
明治40年（1907年）6月1日 ～ 平成13年（2001年）12月30日　生大阪府岸和田市　名本名＝小島政保, 旧姓・旧名＝橋本　学大阪教育大学卒　歴大正15年「山茶花」、昭和2年「ホトトギス」に初入選。12年教職を辞し織物業に従事。34年「ホトトギス」同人。57年高木石子主宰の「未央」発行人となる。句集に「瑟」、著書に「古俳句と古俳画の黒蹟集」がある。

小島 花枝　こじま・はなえ　俳人
大正11年（1922年）8月1日 ～ 平成12年（2000年）4月17日　生山梨県身延町　学東洋女子歯科医専〔昭和20年〕卒　歴歯科医院開業。傍ら、昭和16年江森茂十二の手ほどきを受ける。45年「同人」入会、のち「海程」同人。56年「帆船」主宰。句集に「花ごよみ」「ガラスの馬車」「踏まれ邪鬼」「雪山河」「潮音」「鳴動」など。賞全国俳誌協会作品賞〔昭和50年〕

小島 啓司　こじま・ひろし　俳人

大正9年（1920年）10月24日～平成21年（2009年）12月　生長野県　歴昭和25年「石楠」系俳人・栗生純夫の手ほどきを受け、栗生の死後、「林苑」の太田鴻村に師事し、同人。53年長野県俳人協会常任委員。年刊句集委員、飯田下伊那俳人連盟事務局長、公民館俳句教室講師も務めた。

小島 昌勝　こじま・まさかつ　俳人

大正4年（1915年）9月15日～平成2年（1990年）12月5日　生愛知県　学愛知商卒　歴昭和12年「馬酔木」に投句、加藤かけいに師事。18年「馬酔木」同人。39年「鯱」同人。　賞馬酔木賞〔昭和15年〕

小島 禄琅　こじま・ろくろう　詩人

大正6年（1917年）1月25日～平成20年（2008年）10月21日　生愛知県東春日井郡小牧町（小牧市）　名本名＝小島録郎　歴青年時代は詩・創作を書いて同人雑誌を遍歴。文芸誌「不同調」に「出産」、「作家」に「生命の課題」「朝鮮飴」「雪と塩鱒」などを発表。昭和48年愛知県職員を定年退職し、民間団体に就職。59年退職し、文学活動を再開、詩と童謡を執筆。著書に「海を越えた蝶―小島禄琅詩集」「運河沿いの道」「地球が好きだ」「指」「新・日本現代詩文庫〈7〉/小島禄琅詩集」などがある。

五所 平之助　ごしょ・へいのすけ　俳人

明治35年（1902年）2月1日～昭和56年（1981年）5月1日　生東京市神田区鍋町（東京都千代田区）　名本名＝五所平右衛門，号＝五所亭　学慶応義塾商工学校〔大正10年〕卒　歴大正12年松竹蒲田撮影所に入社。島津保次郎監督に師事し、14年師の監修のもと、自作の脚本で「南島の春」を監督しデビュー。昭和6年日本初の本格的トーキー映画「マダムと女房」を撮り、7年実際の心中事件を扱った「天国に結ぶ恋」がヒット。8年にはサイレントで川端康成の名作「伊豆の踊子」を映画化し、代表作となった。戦時中は国策映画を作らず、戦争末期になって兵器生産に当たる少女たちを描いた「伊豆の娘たち」を製作したが途中で終戦を迎え、これを人情喜劇に仕立て直して、20年8月30日に公開、戦後初の封切り映画となった。22年東宝を経て、豊田四郎らとスタジオ8を設立。28年椎名麟三原作の「煙突の見える場所」でベルリン国際映画祭国際平和賞を受賞した。39年から16年間、日本映画監督協会理事長。五所亭と号して俳句も嗜み、句集に「五所亭俳句集」「生きる」がある。晩年は松尾芭蕉の「奥の細道」を映画化しようとし、シナリオも出来ていたが実現できなかった。

小杉 放庵　こすぎ・ほうあん　歌人

明治14年（1881年）12月30日～昭和39年（1964年）4月16日　生栃木県日光町（日光市）　名本名＝小杉国太郎（こすぎ・くにたろう），旧号＝小杉未醒（こすぎ・みせい），小杉放菴　学宇都宮中〔明治28年〕中退　資帝国美術院会員〔昭和10年〕，日本芸術院会員〔昭和12年〕（33年辞退）　歴二荒山神社宮司の六男として生まれ、16歳の時、洋画家五百城文哉の内弟子となる。明治33年吉田博に感化され上京、小山正太郎の不同舎に入る。未醒と号し、35年太平洋画会会員、40年「方寸」同人。41年文展初入選。のち受賞を重ねる。大正2～3年渡欧。3年日本美術院を再興、洋画部同人となるが、9年院展を脱退、11年春陽会を結成し、以後、日本画の制作が中心となる。この間、大正6年から放菴、昭和4年から放庵を名乗る。10年帝国美術院会員。20年戦災のため新潟県赤倉に移住。作品に「水郷」「豆の秋」「湧水」など、著書に「放庵画論」「東洋画総論」など。また歌人、随筆家としても知られ、歌集に「山居」「石」「炉」「放庵歌集」、反戦詩画集「陣中詩篇」、随筆に「帰去来」「故郷」など多くの著作がある。装丁家としても知られた。平成9年出身地である日光市に小杉放菴記念日光美術館が開館。　家息子＝小杉一雄（美術史家），小杉二郎（デザイナー）

小杉 余子　こすぎ・よし　俳人

明治21年（1888年）1月16日～昭和36年（1961年）8月3日　生神奈川県藤沢市　名本名＝小杉義三　歴明治37年上京して中井銀行に勤務。18歳頃から俳句をはじめ「渋柿」同人となる。昭和10年「あら野」を創刊。著書に「余子句集」などがある。

小菅 三千里　こすげ・さんぜんり　俳人

大正5年（1916年）7月18日～平成8年（1996年）3月13日　生栃木県塩谷郡氏家町　名本名＝小菅間一（こすげ・ぶんいち）　学東京慈恵医科大学〔昭和16年〕卒　歴医師を務めた。一方、昭和13年から作句を始め、「馬酔木」「曲水」等に投句する。戦後、「みづうみ」「椎」に拠り、同人に。49年安住敦著「俳句への招待」に共鳴して「春燈」入門。句集に「敏子」「不孤」、句文集に「木狐庵句日記」がある。

小瀬 渺美　こせ・ひろみ　俳人
昭和6年(1931年)9月23日～平成16年(2004年)7月20日　出岐阜県高山市　学岐阜大学学芸学部国語国文学科〔昭和29年〕卒　歴昭和29年岐阜県の公立中学校教師、教頭を経て、51年聖徳学園女子短期大学講師となり、53年聖徳学園岐阜教育大学講師、56年助教授、62年教授。一方、29年より松井利彦に俳句の指導を受け、30年「流域」同人。46年「凧」に入会、50年同人。平成5年「天伯」同人。著書に「岐阜県芭蕉句碑」「俳文学諸考」、句集に「三分粥」「合掌村」「下々の国」がある。　賞岐阜県芸術文化奨励賞〔昭和61年〕　家妻＝小瀬千恵子(俳人)

小関 茂　こせき・しげる　歌人
明治41年(1908年)4月25日～昭和47年(1972年)7月11日　生北海道旭川　学東京電機校〔昭和6年〕卒　歴大正12年単身上京。数十の職を転々。昭和4年「詩歌」に入り前田夕暮に師事。戦後「人民短歌(新日本歌人)」のち、「地中海」創刊に加わり晩年に至る。歌集2冊、自伝小説「大雪山」、科学小説・論説多数。

小高 賢　こだか・けん　歌人
昭和19年(1944年)7月13日～平成26年(2014年)2月11日　生東京都本所区(墨田区)　名本名＝鷲尾賢也(わしお・けんや)　学慶応義塾大学経済学部卒　歴講談社に入社。昭和56年「講談社現代新書」編集長に就任。平成6年学術局長、選書出版部長を兼務。13年取締役、15年顧問。学術・教養書を数多く手がけ、6年「講談社選書メチエ」を創刊した。一方、編集者として出会った馬場あき子らと、昭和53年「かりん」創刊に参加。同誌編集委員も務めた。平成13年歌集「本所両国」で若山牧水賞を受けた。著書に「鑑賞・現代短歌〈6〉/近藤芳美」、評論集に「批評への意志」「宮柊二とその時代」「この一身は努めたり―上田三四二の生と文学」「老いの歌」、歌集に「耳の伝説」「家長」「太郎坂」「怪鳥の尾」「液状化」「眼中のひと」などがある。　賞若山牧水賞(第5回)〔平成13年〕「本所両国」　家兄＝鷲尾悦也(連合会長)

小谷 可和意　こたに・かわい　俳人
大正9年(1920年)8月30日～平成2年(1990年)12月31日　生高知県　学東京文化服装学院卒　歴昭和32年「年輪」入会、橋本鶏二に師事。のち「年輪」同人。　賞年輪年間努力賞〔昭和45年〕,年輪新人賞〔昭和48年〕

小谷 薫風　こたに・くんぷう　俳人
大正13年(1924年)9月5日～平成21年(2009年)11月21日　生和歌山県　名本名＝小谷篤郎(こたに・あつろう)　学和歌山師範本科卒　歴昭和23年「葭の花」に投句、前川十寸据に師事。42年「河」に入会し、角川源義に師事。47年「河」同人。那智勝浦俳句会代表。句集に「玉の浦」「那智源流」がある。中学校校長を務めた。

小谷 舜花　こたに・しゅんか　俳人
大正3年(1914年)6月12日～平成10年(1998年)2月10日　生石川県能登　名本名＝小谷勝次　学尋高卒　歴昭和4年頃から俳句を始め、12年「あら野」に入会、南仙臥に師事。19年「あら野」終刊。32年「氷海」に入会、37年同人。53年秋元不死男没後、「氷海」終刊。49年「握手」、53年「狩」入会。56年「河」同人。句集に「岩」「能登」「神鈴」「芭蕉の辻」「南へ北へ」「小谷舜花集」がある。　賞氷海賞〔昭和51年〕,握手賞(第1回)〔昭和56年〕,足立文化功労賞

小谷 心太郎　こたに・しんたろう　歌人
明治42年(1909年)1月18日～昭和60年(1985年)6月18日　生大阪府大阪市北区　歴昭和7年「アララギ」入会。斎藤茂吉に心酔する。11年サイパン島へ赴任。大戦中は海軍に従軍し戦場詠を詠む。戦後は「アザミ」を経て「童牛」を創刊。評論集「短歌覚書」と歌集「宝珠」などがある。　賞日本歌人クラブ賞(第4回)〔昭和51年〕「宝珠」

児玉 澗松　こだま・かんしょう　歌人
明治42年(1909年)4月22日～平成15年(2003年)1月30日　出秋田県男鹿市　名本名＝児玉武(こだま・たけし)　学秋田商〔昭和3年〕卒　歴昭和3年名古屋明治銀行、4年秋田市第四十八銀行を経て、16年秋田銀行に入行。預金課長、大町支店長などを務め、39年定年退職。42年太田産業代表取締役、43年秋田プライウッドを設立、代表取締役、47年相談役。傍ら、書家として活躍し、39年秋田県書道連盟の創立に参画、平成元年～6年理事長。また歌を詠み、「覇王樹」同人だった。歌集「二つの終り」「雲のごとく」、随想集「笑」などがある。　賞秋田

魁県短歌会功労賞〔昭和44年〕, 秋田市文化団体連盟賞〔昭和45年〕, 秋田市文化章〔昭和45年〕, 秋田県芸術文化章〔昭和58年〕, 秋田県文化功労者〔昭和62年〕

児玉 実用　こだま・さねちか　詩人
明治38年(1905年)8月13日～平成5年(1993年)8月2日　出鹿児島県日置郡　学同志社大学文学部〔昭和5年〕卒, 同志社大学大学院修了　歴同志社大学予科長、文学部長、学長代理を歴任。また、新聞雑誌などに随筆も多く執筆。「児玉実用詩集」「カンパニーレ」「冬の旅」「ああ貿易風」など詩集、訳詩集多数。平成9年遺稿集「児玉実用著作集」が出版された。　勲勲三等瑞宝章　家長男＝児玉実英(同志社女子大学学長)

児玉 輝代　こだま・てるよ　俳人
大正15年(1926年)7月23日～平成23年(2011年)9月23日　出愛知県豊田市　学愛知第一師範女子部本科卒　歴昭和50年「杉」に入会して森澄雄に師事。52年「段戸山村」で角川俳句賞を受賞。平成3年岡井省二の「槐」創刊に同人参加。13年「家」を創刊、代表を務めた。句集に「出小袖」「白栲」「山容」「天穹」などがある。　賞角川俳句賞(第23回)〔昭和52年〕「段戸山村」, 豊田市芸術選奨〔昭和54年〕

児玉 南草　こだま・なんそう　俳人
大正11年(1922年)11月5日～平成12年(2000年)12月24日　出大分県宇佐市　名本名＝児玉寿夫(こだま・としお)　学哈爾浜中卒　歴昭和23年作句を始め、24年「菜殻火」入会、31年同人となる。39年「海音」を創刊、44年「地平」と改称して主宰。47年「河」、54年「人」同人。句集に「遠き帆」「路傍」「楡の木」「流域」。
賞河賞〔昭和51年〕

谺 雄二　こだま・ゆうじ　詩人
昭和7年(1932年)～平成26年(2014年)5月11日　生東京都　歴東京の下町に生まれる。昭和14年7歳の時にハンセン病を発病、前後して発症した母や兄と国立療養所多磨全生園に入所。母は終戦間際の食糧不足の中で亡くなり、兄も園内の強制労働で病状が悪化して19歳で早世した。26年群馬県草津町の国立療養所栗生楽泉園に転所。療養所入所者への待遇改善に尽力し、国会での座り込みにも参加。ハンセン病患者の隔離を定めた、らい予防法(平成8年)の見直しを求める運動にも取り組み、ハンセン病国家賠償請求訴訟でも先頭に立った。13年熊本地裁は患者・元患者らの主張を認め国に損害賠償を命じる判決を下し、政府は控訴を断念して勝訴が確定した。16年ハンセン病国家賠償請求訴訟全国原告団協議会会長に就任、ハンセン病問題基本法(21年施行)の制定に奔走した。晩年は楽泉園にあった患者の監禁施設で、反抗的とされた入所者23人が命を落とした「重監房」の復元を国に求める運動に取り組み、26年4月重監房資料館を開館させたが、5月に亡くなった。14年草津町議補選に立候補した。一方、若い頃から詩を書き続け、詩集に「鬼の顔」「ライは長い旅だから」「わすれられた命の詩」などがある。

小寺 正三　こてら・しょうぞう　俳人
大正3年(1914年)1月16日～平成7年(1995年)2月12日　生大阪府豊中市　学早稲田大学中退　歴新聞記者、神戸製鋼勤務を経て、大阪で閑古堂を自営。社会党推薦で豊中市議を務めた。俳句は、昭和7年早大俳句会に入部。戦後日野草城に師事し、「まるめろ」創刊に参加。49年総合俳誌「俳句公論」を編集発行(のちに「俳句芸術」と改称)。傍ら作家活動を続け、句集「月の村」「枯色」「熊野田」の他、伝記「五代友厚伝」、随筆集「北摂の地」などを著す。　賞青玄三賞(昭和28年度・評論)

小寺 比出子　こでら・ひでこ　歌人
明治42年(1909年)4月11日～平成13年(2001年)2月24日　出京都府京都市　歴藤原定家の孫を祖先とする和歌の家柄・冷泉家に、第22代当主・冷泉為系の二女として生まれる。冷泉家時雨亭文庫評議員を務めた。著書に「冷泉家の歳時記」、歌集「なてしこ」などがある。　家父＝冷泉為系(御歌所参候), 妹＝冷泉布美子(冷泉家時雨亭文庫理事長)

後藤 綾子　ごとう・あやこ　俳人
大正2年(1913年)6月29日～平成6年(1994年)5月8日　生大阪府　名本名＝後藤有　学東洋女子歯科医学専門学校卒　歴昭和35年「雨月」に入門、「菜殻火」を経て、「鷹」同人。雨月賞、菜殻火賞、鷹俳句賞、角川俳句賞を受賞。句集に「綾」「青衣」、生理学書に「唾液アミラーゼの科学物質及び薬物に及ぼす影響」がある。　賞雨月賞, 菜殻火賞, 鷹俳句賞(第22回), 角川俳句賞(第26回)〔昭和55年〕「片々」

後藤 軒太郎　ごとう・けんたろう　俳人
大正8年（1919年）2月8日～平成20年（2008年）3月11日　出北海道旭川市　名本名＝後藤憲太郎（ごとう・けんたろう）　学京都薬学専門学校卒　歴四条調剤薬局経営の傍ら、旭川市の教育委員を長く務める。平成7年12月発足した三浦綾子記念文学館設立実行委員会代表委員7人のまとめ役となる。三浦綾子とは20代のころ俳句と短歌の集まりで知り合い、互いにクリスチャンとして教会に通った。昭和62年より俳誌「舷燈」を主宰した。　賞北海道新聞俳句賞（第18回）〔平成15年〕

五島 茂　ごとう・しげる　歌人
明治33年（1900年）12月5日～平成15年（2003年）12月19日　生東京市京橋区（東京都中央区）　名旧姓・旧名＝石榑茂（いしぐれ・しげる）　学東京帝国大学経済学部〔大正14年〕卒　歴歌人・石榑千亦の三男として生まれ、父の手ほどきにより小学生の頃から作歌を始める。大正14年歌人・五島美代子と結婚、五島姓となる。「心の花」「アララギ」に出詠するが、島木赤彦の没後は「アララギ」を離れる。昭和3年「短歌雑誌」に「短歌革命の進展」を連載、プロレタリア短歌の立場から既成歌壇を批判し、斎藤茂吉と論争した。同年新興歌人連盟結成に参加し、4年前川佐美雄、妻の美代子らと「尖端」を創刊。この後、一時作歌から離れたが、13年美代子と共に「立春」を創刊・主宰。23年日本歌人クラブを創立。31年現代歌人協会を創立、初代理事長を務めた。また天皇陛下が14歳だった23年から46年間にわたり作歌の指導を続けた。平成7年歌会始の召人に選ばれた。一方、経済学者としても活躍し、18世紀英国の社会経済学者ロバート・オーエンの研究で知られた。大阪商科大学教授、日本繊維新聞主幹、専修大学教授、東京外国語大学教授、明治大学教授、亜細亜大学教授を歴任。歌集に「石榑茂歌集」「海図」「展く」「遠き日の霧」「無明長夜」「定本五島茂全歌集」など、経済学関係の著書に「イギリス産業革命社会史研究」「ロバート・オウエン自叙伝」「経済史」などがある。　賞現代短歌大賞（第4回）〔昭和56年〕「展く」「遠き日の霧」「無明長夜」　家妻＝五島美代子（歌人），父＝石榑千亦（歌人），岳父＝五島清太郎（動物学者）

後藤 是山　ごとう・ぜざん　俳人
明治19年（1886年）6月8日～昭和61年（1986年）6月4日　生大分県直入郡久住町　名本名＝後藤祐太郎（ごとう・ゆうたろう）　学早稲田大学中退　歴早稲田大学中退後、九州日日新聞社に入社、主筆兼編集長を務め、九州の新聞で初の文化欄を創設。傍ら俳誌「かはがらし」（のち「東火」）を主宰。著書に「肥後の勤王」、編書に「肥後国誌」（2巻）がある。俳人・中村汀女が俳句の手ほどきを受けた。　賞熊本県芸術功労者，熊本県近代文化功労者

後藤 利雄　ごとう・としお　歌人
大正11年（1922年）2月25日～平成13年（2001年）6月27日　生山形県最上郡最上町　学東京大学文学部国文科〔昭和23年〕卒　歴山形大学助手を経て、昭和49年教授。62年退官し、山形女子短期大学教授。歌人でもあり、歌誌「波濤」選者、山形県歌人クラブ名誉会長を務めた。著書に「人麿の歌集とその成立」「万葉集成立論」「邪馬台国と秦王国」、歌集に「笹生の径」、戦記に「ルソンの山々を這って」、随筆集に「馬の骨」など。　勲勲三等旭日中綬章〔平成10年〕

後藤 弘　ごとう・ひろし
⇒岡野 等（おかの・ひとし）を見よ

五島 美代子　ごとう・みよこ　歌人
明治31年（1898年）7月12日～昭和53年（1978年）4月15日　生東京市本郷区曙町（東京都文京区）　名本名＝五島美代（ごとう・みよ）　歴動物学者・五島清太郎の長女。幼少より礼法など特殊教育を受ける。国学院、東大の聴講生として国文学を学ぶ。一方、大正4年佐佐木信綱に入門し、「心の花」に出詠。14年経済学者・石榑茂と結婚。昭和3年新興歌人連盟に加盟。8年「心の花」に復帰。13年夫・茂と共に歌誌「立春」を創刊。歌集に「暖流」から遺歌集「花激つ」まで8冊の他、自選歌集、合著集、「定本五島美代子全歌集」がある。昭和30年よりその死去時まで、朝日新聞歌壇選者を務めた。他に晩香女学校校長、専修大学教授を歴任。　勲紫綬褒章〔昭和36年〕　賞読売文学賞〔昭和33年〕「新輯母の歌集」　家夫＝五島茂（経済学者・歌人），父＝五島清太郎（動物学者）

後藤 安彦　ごとう・やすひこ　歌人
昭和4年（1929年）5月28日～平成20年（2008年）2月16日　生兵庫県西宮市　名本名＝二日市安（ふつかいち・やすし），別筆名＝足利光彦　学国立身体障害者センター〔昭和35年〕修

了　歴脳性小児マヒで体が不自由。昭和28年頃より作歌を始める。のち自宅療養中に英語、フランス語、ドイツ語など数ケ国語を習得し、技術翻訳を手がけた。37年推理作家の仁木悦子と結婚したが、61年死別。障害児を普通学級へ・全国連絡会議運営委員を務めるなど障害者問題にも取り組み、平成5年には全国の障害者に必要な情報を提供する障害者総合情報ネットワークを設立した。歌集に「沈め夕陽」「逆光の中の障害者たち」、著書に「猫と車イス―思い出の仁木悦子」、訳書にレン・デイトン「爆撃機」、トマス・チャステイン「パンドラの匣」、ジョン・ガードナー「裏切りのノストラダムス」「独立戦争ゲーム」他多数。本名では「私的障害者運動史」がある。　家妻＝仁木悦子（推理作家）

後藤 安弘　ごとう・やすひろ　歌人
昭和4年（1929年）3月7日～平成12年（2000年）11月29日　出福井県　学名古屋鉄道教習所卒　歴昭和27年「アララギ」、「新アララギ」を経て、北陸アララキ会「柊」に所属。44年より編集事務に携わり、のち発行人。吉田正俊、熊谷太三郎の亡後、同誌の運営や後進の指導に尽力した。平成7年より若い世代の短歌離れを防ぎたいと新仮名、口語の採用を提唱し自ら実践した。歌集に「橘」など。

後藤 夜半　ごとう・やはん　俳人
明治28年（1895年）1月30日～昭和51年（1976年）8月29日　生大阪府大阪市　名本名＝後藤潤（ごとう・じゅん）　学泊園書院卒　歴能楽喜多流15世宗家の喜多実、同流の人間国宝・後藤得三の実兄。大正7年より大阪の証券会社・長門商店に勤務する傍ら句作をし、12年「ホトトギス」に投句。昭和3年同誌課題句選者、7年同人となった。6年「蘆火」を創刊・主宰したが、病気のために3年で終刊。15年第一句集「翠黛」を刊行。23年「花鳥集」を創刊、28年「諷詠」と改題・主宰した。他の句集に「青き獅子」「彩色」「底紅」「後藤夜半全句集」などがある。　家弟＝後藤得三（能楽師），喜多実（能楽師），長男＝後藤比奈夫（俳人），女婿＝小田尚輝（俳人）

琴陵 光重　ことおか・みつしげ　歌人
大正3年（1914年）8月21日～平成6年（1994年）8月14日　出東京都　学国学院大学卒　歴宮崎神宮に勤めた後、昭和23年琴平の金刀比羅宮宮司となる。香川県神社庁長在任中、平成の御大典、伊勢神宮式年遷宮に携わる。著書に「金比羅信仰」、歌集に「春潮」「稚葉」など。

ことり　俳人
昭和51年（1976年）～平成23年（2011年）10月12日　生兵庫県　名本名＝鳥川昌実（とりかわ・まさみ）　歴山田六甲に師事、「六花」編集長を務めた。平成18年芝不器男俳句新人賞の大石悦子奨励賞を受けたが、23年35歳で早世した。　賞芝不器男俳句新人賞（大石悦子奨励賞，第2回）〔平成18年〕

小中 英之　こなか・ひでゆき　歌人
昭和12年（1937年）9月12日～平成13年（2001年）11月21日　生京都府　出北海道（戸籍）　学文化学院文科中退　歴10代後半から短歌に親しみ、昭和36年より「短歌人」に所属、のち編集同人。著書に合同歌集「騎」、歌集「わがからんどりえ」（54年）、「翼鏡」（56年）などがある。　賞短歌公論処女歌集賞

児仁井 しどみ　こにい・しどみ　俳人
大正12年（1923年）3月1日～平成13年（2001年）3月11日　生岡山県　名本名＝児仁井正夫　学岡山商卒　歴昭和17年俳句を始める。21年より「きび」「旭川」に投句。27年「馬酔木」投句。「南風」「鶴」「早苗」等を経て、35年「風雪」創刊に参加、翌年同人となる。39年「鷹」に投句。49年「泉」入会、翌年同人。54年岡山県俳人協会設立に参画、常任幹事となる。句集に「地桃」がある。

小西 甚一　こにし・じんいち　俳人
大正4年（1915年）8月22日～平成19年（2007年）5月26日　生三重県宇治山田市（伊勢市）　学東京文理科大学文学科〔昭和15年〕卒　歴東京高等師範学校助教授、東京教育大学教授を経て、筑波大学教授。同大副学長も務めた。昭和54年退官。またスタンフォード大学客員教授、ハワイ大学高等研究員、プリンストン大学高等研究員、米国議会図書館常任学術審議員も歴任。一貫して比較文学を研究し、26年空海の手による文学理論書「文鏡秘府論」を研究した「文鏡秘府論考」により、35歳の若さで日本学士院賞を受賞。また古代から三島由紀夫まで約2000年にわたる日本の文芸を国際的な視野で分析・批評した「日本文芸史」（全5巻，別巻2）を著し、英訳もされた。平成4年同作で大仏次郎賞。11年文化功労者。高校生の受験参考書「古文研究法」はロングセラーとなった。一方、加藤楸邨

主宰の「寒雷」創刊に参加、同人。他の著書に「梁塵秘抄考」「能楽論研究」などがある。 勲勲二等瑞宝章〔昭和62年〕 賞日本学士院賞〔昭和26年〕「文鏡秘府論考」，文化功労者〔平成11年〕，大仏次郎賞（第19回）〔平成4年〕「日本文芸史」（全5巻）

木庭 克敏　こば・かつとし　詩人
昭和10年（1935年）9月14日〜平成17年（2005年）1月12日 出熊本県熊本市 学九州大学文学部英文学科〔昭和34年〕卒 歴昭和32年詩の創作活動に入る。34年ラジオ熊本テレビに入局、勤務の傍ら詩作を続け、57年熊本県民文芸賞現代詩部門で2席、59年には1席に入った。詩集に「僕の航路」、詩画集に「黒土の地」。 賞熊本県民文芸賞（現代詩部門2席，第4回）〔昭和57年〕，熊本県民文芸賞（現代詩部門1席，第6回）〔昭和59年〕

木庭 俊子　こば・としこ　俳人
明治41年（1908年）11月19日〜平成5年（1993年）3月1日 生福岡県大牟田市 学大牟田北高卒 歴昭和12年「同人」入門、青木月斗、菅裸馬に学ぶ。40年選者。句集に「郁子の花」。 賞同人賞（第3回）〔昭和54年〕

小林 英三郎　こばやし・えいざぶろう　俳人
明治43年（1910年）7月1日〜平成8年（1996年）10月3日 生滋賀県坂田郡長浜町（長浜市） 学東京帝国大学文学部社会学科〔昭和8年〕卒 歴在学中、社会運動家として活躍し、昭和8年文芸春秋社に入社。戦後は日本ジャーナリスト連盟事務局長を経て、恒文社、ランゲージサービス社に勤務。一方、48年社内職場句会に参加、同年「河」会員、その後同人。54年「人」創刊に応じ、同人として参加した。

小林 英俊　こばやし・えいしゅん　詩人
明治39年（1906年）3月11日〜昭和34年（1959年）5月13日 生滋賀県彦根市 学彦根中卒 歴中学卒業後、一時上京、西条八十の内弟子となる。「蠟人形」「愛誦」「むらさき」などに作品を発表し、戦前の詩集に「抒情小曲集」がある。戦後、井上多喜三郎・田中克己らと近江詩人会を結成、そのテキスト「詩人学校」に作品を発表した。晩年結核を患い、遺稿詩集の思いで刊行した「黄昏の歌」がある。

小林 きそく　こばやし・きそく　俳人
明治34年（1901年）4月5日〜昭和61年（1986年）4月16日 生山梨県八代郡中道町 名本名＝小林喜則（こばやし・よしのり） 学甲府市立甲府商業卒 歴大正8年本州製紙に入社し、昭和16年名古屋化学工場長。また大正13年原石鼎指導の王子句会に入会し、句作を始める。同年「鹿火屋」に入会、戦後同人となる。句集に「転住」がある。 賞鹿火屋賞〔昭和39年〕

小林 侠子　こばやし・きょうし　俳人
明治44年（1911年）10月14日〜平成3年（1991年）8月24日 生長野県長野市 名本名＝小林武雄（こばやし・たけお） 学長野商卒 歴昭和7年臼田亜浪に師事、「石楠」に拠る。21年「科野」の発刊にあたり筆頭同人として参画。37年「火燿」を創刊し主宰。句集に「雉子」「烈日」「葛嵐」「暮雪」「濁世」。 賞石楠年度賞〔昭和16年〕

小林 金次郎　こばやし・きんじろう　詩人
明治43年（1910年）10月7日〜平成14年（2002年）5月30日 生福島県福島市 学福島師範〔昭和8年〕卒 歴福島県内の小学校教師を務め、飯舘村立臼石小学校校長、福島市立大波小学校校長を歴任。退職後は県立保育専門学院講師。傍ら、「赤い鳥」に童謡を投稿。北原白秋に師事して「日本伝承童謡集成」に協力。のち、からまつ詩社を主宰。本宮一中の校歌をはじめ、県内を中心に多くの校歌の作詞を手がけた。代表作に「福島県スポーツの歌」（古関裕而作曲）がある。また、ふくしま郷土文化研究会会長として、郷土史の編纂に尽力した。著書に「安寿姫と厨子王」「ふくしまの玩具」「北原白秋と福島」などがある。 勲勲五等双光旭日章〔平成1年〕

小林 康治　こばやし・こうじ　俳人
大正1年（1912年）11月12日〜平成4年（1992年）2月3日 生東京都渋谷区 名本名＝小林康治（こばやし・やすはる） 学青山学院中等部卒 歴昭和16年より石田波郷に師事し、「鶴」同人。49年「泉」を創刊し、主宰。55年「林」を創刊し、主宰。句集に「四季貧窮」「玄霜」「華髪」「叢林」「存念」など。 賞鶴俳句賞〔昭和28年〕，俳人協会賞（第3回）〔昭和38年〕「玄霜」

小林 郊人　こばやし・こうじん　俳人
明治24年（1891年）5月5日〜昭和44年（1969

年）5月4日　生長野県　名本名＝小林保一　歴少年時代より句作を始め、大正11年臼田亜浪に師事して「石楠」に投句。一方郷土史の研究を志し、伊那地方の民俗・産業・農民運動等の沿革や歴史を調査。編著に「伊那の俳人」「八巣蕉雨」「伊那俳句集」「蛛柄何頼」「西沢枯風」「信濃之俳人」「信濃俳壇史」「蓼太と一茶」「一茶とその前後」「矢高矢暮」「北原痴山」などがある。

小林 左近　こばやし・さこん　俳人
大正10年（1921年）12月7日 ～ 平成2年（1990年）4月20日　生千葉県　学中央大学法科卒　歴昭和16年杉村楚人冠に師事し、湖畔吟社に出句。戦後東京、千葉の句会に研修参加。50年世田谷に虹泉俳句会設立、55年船橋市に北総俳句会設立主幹。

小林 嗣幸　こばやし・しこう　俳人
大正4年（1915年）4月13日～平成2年（1990年）7月11日　生埼玉県　名本名＝小林玄　学日本大学芸術学部卒　歴昭和48年殿村菟絲子主宰「万蕾」入会、51年同人。　賞万蕾5周年記念論文賞〔昭和52年〕，万蕾10周年記念論文賞〔昭和56年〕

小林 周義　こばやし・しゅうぎ　歌人
大正3年（1914年）7月15日 ～ 平成12年（2000年）3月21日　生山梨県北巨摩郡高根町（北杜市）　名本名＝小林周義（こばやし・ちかよし）　学高小卒　歴昭和7年上京、臼井大翼に師事し「覇王樹」に入会、29年編集同人となる。55年6月主宰松井如流の病気のため編集室を自宅に設置。如流没後に「覇王樹」代表となったが、のち退会した。歌集に「轡」「孀」などがある。

小林 純一　こばやし・じゅんいち　詩人
明治44年（1911年）11月28日～昭和57年（1982年）3月5日　生東京都新宿区　名本名＝小林純一郎　学中央大学経済学科中退　歴北原白秋に師事。東京市、日本出版文化協会、日本少国民文化協会などに勤務の傍ら、第二次「赤い鳥」「チクタク」などに童謡の投稿を続けた。戦後は文筆に専念。また日本童謡協会、日本児童文学者協会設立に尽力し、理事長、常任理事を務めた。昭和54年少年詩集「茂作じいさん」で第9回「赤い鳥文学賞」受賞。ほかに作品集「太鼓が鳴る鳴る」「銀の触角」、童謡集「あひるのぎょうれつ」「みつばちぶんぶん」などがある。　賞日本童謡賞（第9回）〔昭和54年〕「少年詩集・茂作じいさん」「レコード・みつばちぶんぶん」，赤い鳥文学賞（第9回）〔昭和54年〕「茂作じいさん」，日本童謡賞特別賞（第25回）〔平成7年〕「小林純一・芥川也寸志遺作集 こどものうた」

小林 春水　こばやし・しゅんすい　俳人
大正15年（1926年）9月28日 ～ 平成5年（1993年）7月15日　生愛知県　名本名＝小林俊輔（こばやし・しゅんすけ）　歴昭和21年より数年間ホトトギス俳人・小原牧水の指導を受ける。「牡丹」「ホトトギス」「諷詠」に拠る。後藤夜半、後藤比奈夫に師事、36年「諷詠」同人。賞俳人協会全国俳句大会特選（第18回・19回）

小林 清之介　こばやし・せいのすけ　俳人
大正9年（1920年）11月12日 ～ 平成25年（2013年）12月22日　生東京都新宿区　名本名＝小林清之助　学東京YMCA英語専門学校卒　歴中央公論社、河出書房の編集者を経て、作家活動に入る。俳句は、文人同志の道楽句会を経て、昭和39年角川源義に師事。同じ町田市内に住む石川桂郎と交友を深める。「河」「風土」同人。56年俳人協会幹事。また昆虫、鳥などの飼育観察をもとに、エッセイ風な作品や創作童話を書き、代表作に「スズメの四季」「鳥の歳時記」「日本野鳥記」「季語深耕・虫」「季語深耕・鳥」などがある。　賞小学館文学賞（第23回）〔昭和49年〕「野鳥の四季」，児童文化功労者（第30回）〔平成3年〕

小林 孝虎　こばやし・たかとら　歌人
大正12年（1923年）5月3日 ～ 平成16年（2004年）12月19日　生北海道深川市　学北海道第三師範学校本科卒　歴室蘭、旭川、富良野の教諭を歴任し、旭川市立常盤中学校長で昭和59年に退職。一方、旧制中学時代より作歌を始め、師範学校在学中に学生作歌集団を結成。21年歌誌「あさひね」に所属し、酒井広治に師事。28年「コスモス」に入会し宮柊二に師事。31年旭川で「北方短歌」を創刊し主宰。40年から35年間朝日新聞北海道版歌壇選者を務めた。歌集に「ビルの上の塔」「アンモナイト」「砂と風と空」、評論に「酒井広治の世界」がある。　賞旭川市文化奨励賞〔昭和58年〕，旭川市文化賞〔昭和58年〕

小林 武雄　こばやし・たけお　詩人
明治45年（1912年）2月 ～ 平成14年（2002年）5月6日　生兵庫県神戸市　学姫路中中退　歴昭

和12年第四次「神戸詩人」を創刊するが、15年神戸詩人事件で検挙され、懲役3年の実刑判決を受けた。戦後は「火の鳥」を発行。また、芸術文化団体・半どんの会代表を務めた。詩集に「否の自動的記述と一箇の料理人」「若い蛇」などがある。

小林 貞一朗　こばやし・ていいちろう
俳人
明治44年（1911年）1月25日 ～ 昭和63年（1988年）12月14日　生東京都　名本名＝小林禎一郎　学東京大学経済学部卒　歴河野静雲に手ほどきを受け、のち高野素十に師事。素十没後は「雪」に拠り、村松紅花の指導を受ける。「夏木」主宰。句集に「百句」「二百五十句」。

小林 麦洋　こばやし・ばくよう　俳人
大正12年（1923年）1月19日 ～ 平成1年（1989年）8月31日　生岐阜県　名本名＝小林義徳　学国立哈爾賓学院卒　歴高校教頭を経て、東海女子短期大学助教授を務めた。一方、昭和16年「韃靼」に入会、同人。以来佐々木有風に師事。有風没後34年「萬緑」に入会。43年「嶺」を創刊し、主宰。句集に「学校区」「定時制校」「境川」など。

小林 波留　こばやし・はる　俳人
昭和4年（1929年）4月24日 ～ 平成23年（2011年）5月17日　生山梨県　名本名＝小林春利（こばやし・はるとし）　学東京繊維専門学校卒　歴堤俳一佳の手ほどきを受け、昭和25年より山口青邨に師事し、「夏草」に入会。48年甲府刑務所篤志面接委員俳句指導担当。月刊俳誌「幹」主宰。57年に刊行した随想集「山住雑記」の続編となる「続山住雑記」で、平成17年第6回私の物語・山梨自分史大賞最優秀賞を受賞。他に「夏炉」「天為」にも所属した。句集に「銀漢」「天上」などがある。　賞夏草新人賞〔昭和36年〕，毎日新聞俳壇賞〔昭和37年〕，夏草功労賞〔昭和52年〕，私の物語山梨自分史大賞（最優秀賞，第6回）〔平成17年〕「続山住雑記」

小林 素三郎　こばやし・もとさぶろう
歌人
大正4年（1915年）5月3日～平成8年（1996年）2月28日　生愛知県名古屋市千種区　学早稲田大学文学部国文科〔昭和13年〕卒　歴昭和31年愛知淑徳高校校長、34年愛知淑徳学園理事長、50年愛知淑徳大学長を歴任。平成3年理事長を退き、学園長のみ務める。一方、戦後作歌活動を始め、処女歌集「たまゆら」を皮切りに6冊の歌集を刊行。作った歌は3000首に上るが、妻を亡くしたことなどをきっかけに歌の生活にピリオドを打つことを決め、4年最後の歌集「まほろば」を出版。著書に「欧米の旅」「有情の旅」、歌集に「たまゆら」などがある。　勲藍綬褒章〔昭和47年〕，勲二等瑞宝章〔昭和61年〕　家父＝小林清作（愛知淑徳学園創設者），長男＝小林素文（愛知淑徳大学理事長）

小林 善雄　こばやし・よしお　詩人
明治44年（1911年）3月14日 ～ 平成14年（2002年）12月28日　生東京市牛込区（東京都新宿区）　学慶応義塾大学英文科卒　歴三省堂、東方社、埼玉新聞社、医学書院などに勤務。昭和6年慶大予科在学中に「詩と詩論」の影響で詩作を始め、西脇順三郎、春山行夫に師事、また北園克衛の影響を受けた。7年「貝殻」を創刊、8年「マダム・ブランシュ」に参加。主に「暦象」に投稿、「20世紀」「詩法」「新領土」「文芸汎論」「三田文学」などにも発表した。収録詩集に「現代日本年刊詩集」「新領土詩集」「現代詩代表選集」などがある。

小林 義治　こばやし・よしはる　俳人
昭和9年（1934年）12月31日 ～ 平成4年（1992年）3月15日　生茨城県　学下妻一高卒　歴「しほさゐ」「河」などに入会。昭和50年「ひたち野」、55年「人」、56年「陸」各同人。　賞ひたち野賞〔昭和56年〕

小春 久一郎　こはる・ひさいちろう　詩人
大正1年（1912年）～平成3年（1991年）7月8日　出大阪府大阪市　名本名＝今北正一　歴昭和10年木坂俊平らと大阪童謡芸術協会を設立。詩、曲、踊り一体の童謡運動を起こし、雑誌「童謡芸術」を19年まで発行。20年から雑誌「ひかりのくに」に童謡、童話を多数発表。49年こどものうたの会を結成、のち雑誌「こどものうた」発行。童謡集に「動物園」「おほしさまとんだ」などがある。　賞毎日童謡賞優秀賞（第1回）〔昭和62年〕「かばさん」，三木露風賞新しい童謡コンクール優秀賞（第1回，昭和60年度）「ぼくはおばけ」　家妻＝飯島敏子（児童文学作家）

小布施 江緋子　こぶせ・えひこ　俳人
大正12年（1923年）1月3日～平成8年（1996年）11月6日　生兵庫県　名本名＝小布施緋　学神

戸女学院卒　歴昭和34年「萬緑」に入会、49年同人。　賞萬緑新人賞〔昭和48年〕

小牧 暮潮　こまき・ぼちょう　詩人
明治15年（1882年）11月29日～昭和35年（1960年）7月15日　生東京都　名本名＝小牧健夫（こまき・たけお），初号＝小牧楚水　学東京帝国大学〔明治40年〕卒　歴愛媛県知事や内閣書記官長を務めた漢学者・小牧昌業の長男。四高、三高、学習院、水戸高校、武蔵高校各教授を経て、昭和7～18年九州帝国大学教授。26年から明治大学、学習院大学教授。ドイツ・ロマン派文学研究を進め「ノヴァーリス」「ヘルダーリーン」「独逸文学鑑賞」「ドイツ浪漫派の人々」「ゲーテ雑考」などの著書のほかゲーテ「詩と真実」などの翻訳がある。一方河井酔茗の「文庫」同人で、小牧暮潮の名で叙情詩を発表、詩集「暮潮詩抄」、随筆「影ぼうし」「珊瑚樹」などがある。　家父＝小牧昌業（官僚・漢学者）

小松 瑛子　こまつ・えいこ　詩人
昭和4年（1929年）5月26日～平成12年（2000年）5月30日　生東京都杉並区阿佐ケ谷　学天使女子短期大学卒　歴詩集「朱の棺」で第6回北海道詩人賞、同「私がブーツをはく理由について」で北海道新聞文学賞を受賞。「札幌の詩」などの共著がある。同人誌「核」に所属。随筆家としても知られる。北海道文学館常務理事、北海道詩人協会常務理事を歴任。　賞北海道詩人賞（第6回）〔昭和43年〕「朱の館」，北海道新聞文学賞〔昭和57年〕「私がブーツをはく理由について」

小松 耕一郎　こまつ・こういちろう　俳人
大正2年（1913年）2月12日～平成12年（2000年）1月5日　生高知県　学高小卒　歴昭和22年「馬酔木」に入会、46年以降は「沖」会員となり、48年同人。　賞沖新人賞〔昭和48年〕

小松 北溟　こまつ・ほくめい　歌人
大正3年（1914年）1月20日～平成10年（1998年）5月3日　生青森県　名本名＝小松正吉　学中央大学卒　歴大学在学中より作歌を始め、卒業後入営。召集解除後の昭和22年「下野短歌」に入会、石川暮人、清水比庵に師事して編集委員。43年「窓日」と改題して全国誌となり、以来その編集委員長を務めた。栃木新聞歌壇選者。歌集に「青陽」「層炎」、他の著作に「清水比庵の世界」「ふたつなき」（共著）などがある。

小松崎 爽青　こまつざき・そうせい　俳人
大正4年（1915年）2月15日～平成15年（2003年）1月10日　生茨城県西茨城郡岩間町　名本名＝小松崎武男　学成城中卒　歴昭和7年大竹孤悠に師事し、「かびれ」入会。13年「かびれ」同人となり、編集に従事。55年孤悠の死去に伴い、「かびれ」主宰となる。清新な句風で知られ、評論などの執筆も多く、連句もよくする。句集に「羅漢松」「赤鴉」「槇の花」など。他に、紀行句文集「赭い地図」、評論集「現代俳句の視点」、俳話集「風姿雑談」など。　賞かびれ賞（第8回）〔昭和31年〕，茨城県俳句作家協会協会賞（第1回）〔昭和35年〕

駒走 鷹志　こまばしり・たかし　俳人
昭和10年（1935年）12月25日～平成24年（2012年）4月4日　生宮城県本吉郡唐桑町（気仙沼市）　名本名＝駒走留七　歴19歳のとき、家業の漁師を嫌って上京、様々な職業を転々とした。昭和38年「海程」を主宰する金子兜太の俳句に感激し、句作を始める。42年「海程」同人。61年「青い蝦夷」で角川俳句賞を受賞した。　賞角川俳句賞〔昭和61年〕「青い蝦夷」

五味 保義　ごみ・やすよし　歌人
明治34年（1901年）8月31日～昭和57年（1982年）5月27日　生長野県諏訪郡下諏訪町小湯　学京都帝国大学国文科〔昭和3年〕卒　歴海軍機関学校教官、東京府大泉師範教諭、中等教科書役員、日本女子大学講師など歴任。短歌は東京高師在学中、島木赤彦に作歌指導を受け、大正12年「アララギ」に入会。15年赤彦没後は土屋文明に師事。戦後の20年「アララギ」編集・選者となり、27年から発行名儀人。著書は、歌集「清峡」「島山」「此岸集」「一つ石」「小さき岬」「病間」の他、「万葉集作家の系列」「アララギの人々」、歌論集「短歌の表現」「短歌写生独語」などがある。　賞若山牧水短歌文学大賞〔昭和46年〕

古宮 三郷　こみや・さんきょう　俳人
大正13年（1924年）9月25日～平成8年（1996年）9月15日　生神奈川県横浜市　名本名＝古宮正雄（こみや・まさお）　学高小卒　歴東京電力に勤務の傍ら、昭和23年より作句を始める。27年「末黒野」に入会、皆川白陀の指導を受けた。30年同人。62年「方円」創刊に伴い、同人。この間、51年俳人協会会員。横浜俳話会会計幹事を経て、副会長。　賞末黒野年度賞

〔昭和30年〕

小宮 良太郎　こみや・りょうたろう　歌人
明治33年(1900年)11月23日～昭和41年(1966年)5月7日　生神奈川県横浜市　学横浜商卒　歴石榑千亦に師事し、昭和14年斎藤瀏の「短歌人」に参加。歌集に「草」「山稜」「ひなた」「雨」などがある。

小村 定吉　こむら・さだよし　詩人
明治44年(1911年)10月5日～平成1年(1989年)4月16日　生新潟県南蒲原郡栄町帯織　名筆名＝如雲同人, 郁定吉　歴雅語、童語、仏教語をちりばめた短詩形式に特色がある。詩集に「春宮美学」「魔法」「続魔法」「紫貝宮」があるほか、「邦訳支那古詩2巻」「少年漢詩読本」「唐詩余韻」「新訳漱石詩選」「随筆春夏秋冬」など著訳書多数。

小室 善弘　こむろ・ぜんこう　俳人
昭和11年(1936年)9月2日～平成14年(2002年)9月21日　生埼玉県比企郡　名本名＝小室善弘(こむろ・よしひろ)　学埼玉大学教育学部〔昭和36年〕卒, 東京教育大学文学部研究生　歴大学在学中に原裕と出会い、昭和37年「鹿火屋」に参加。同誌編集同人を務める傍ら、執筆活動に力を注いだ。句集「滝坂」「風祭」「西行桜」の他、著書に「俳人原石鼎」「漱石俳句評釈」「川端茅舎・鑑賞と批評」「歌帳句帳」など。賞鹿火屋特別賞〔昭和48年〕「俳人原石鼎」, 鹿火屋新人賞〔昭和52年〕, 俳人協会評論賞(第3回)〔昭和60年〕「漱石俳句評釈」

古明地 実　こめいじ・みのる　歌人
昭和9年(1934年)4月23日～平成7年(1995年)5月4日　生山梨県甲府市　歴15歳の時朝岡次郎(アララギ)に、短歌の手ほどきを受け、「アララギ」「山梨歌人」(青木辰雄)を経て、昭和29年「未来」に入会。上野久雄らと「甲府未来」を創刊する。「未来」「ぱにあ」会員。歌集に「谷鳴り」「吹帽抄」「點」「チャムセ・ノレ」、合同歌集「風炎」があり、評論集「土屋文明研究」に参加した。

小森 行々子　こもり・ぎょうぎょうし　俳人
大正2年(1913年)9月23日～平成21年(2009年)4月13日　生岐阜県　名本名＝小森政男(こもり・まさお)　学北海道第二師範研究科卒　歴昭和35年「あきあじ」に入門。「ホトトギス」「花鳥」「玉藻」「柏林」に投句、「ホトトギス」「花鳥」同人。

小森 白芒子　こもり・はくぼうし　俳人
明治40年(1907年)1月17日～平成4年(1992年)11月5日　生福岡県　名本名＝小森政治　学東京帝国大学中国文学科卒　歴戦時中よりNHK俳句会で岸風三楼、遠藤梧逸の指導を受ける。昭和38年石川桂郎門に入り、「風土」同人を経て、「さざなみ」同人。句集に「鳩笛」「壺中の天」。

小森 真瑳郎　こもり・まさお　歌人
明治28年(1895年)5月20日～昭和63年(1988年)2月13日　生栃木県　学青山師範, 日本大学法律科卒　歴大正9年「地上」創刊に同人として参加する。窪田空穂に師事。昭和30年「えんじゅ」創刊・主宰。50年対馬完治没後「地上」主宰となる。合同歌集「ゑんじゅ」第4集、「ゑんじゅ」第5集、「ゑんじゅ」第6集がある。

小柳 透　こやなぎ・とおる　詩人
大正2年(1913年)1月1日～昭和56年(1981年)4月24日　生北海道札幌市　名本名＝小梁川重彦　学小樽高商〔昭和10年〕卒　歴札幌光星商、函館商業の教諭を務めてから、戦後札幌市役所へ。昭和35年から市立図書館長を10年務めた。詩人としては詩誌「木星」を17年に創刊。日本未来派で活躍し、47年から道新詩壇選者。道詩人協会、道文学館、道文化財保護協会の常任理事。著書に「琴似屯田百年史」、詩集に「旅の手帖」など。

小山 和郎　こやま・かずろう　詩人
昭和7年(1932年)～平成23年(2011年)4月7日　生群馬県伊勢崎市　歴昭和62年の5月3日(憲法記念日)に起きた朝日新聞阪神支局襲撃事件後、同支局に掲げられている自由律俳句「明日も喋ろう 弔旗が風に鳴るように」の作者。詩集に「冬の肖像たち」「いもうと」などがある。

児山 敬一　こやま・けいいち　歌人
明治35年(1902年)3月1日～昭和47年(1972年)4月22日　生静岡県浜松市　学東京帝国大学哲学科〔昭和3年〕卒　歴昭和27年東洋大学教授、同東洋学研究所長を経て名誉教授。歌人としては、「心の花」に属したが、昭和5年「短歌表現」を創刊。6年「短歌芸術論」を刊行。以後口語自由律に移り「動かれる青ぞら」「絵のように」「発願のころ」などを刊行した。戦後、

歌誌「文芸心」を創刊・主宰。【家】兄＝児山信一（歌人）

小山 都址　こやま・とし　俳人

明治44年（1911年）3月31日～昭和60年（1985年）8月23日　【生】奈良県奈良市油阪町　【名】本名＝小山信一（こやま・のぶかず），旧号＝朱呂城　【学】奈良県立郡山中卒　【歴】大正13年から独学で作句、朱呂城と号す。昭和3年「ホトトギス」雑詠初入選。21年「鳴子」同人。22年「七曜」に転じて橋本多佳子に師事し編集を担当。23年山口誓子に師事、「天狼」へ投句、40年同人となる。この間24年「都址」と改号。38年より「春日野」主宰。句集に「朱呂城」「虫玉」「松寿」など。【賞】天狼賞〔昭和39年〕

小山 直嗣　こやま・なおつぐ　詩人

明治45年（1912年）1月19日～平成18年（2006年）9月29日　【生】新潟県中頸城郡清里村（上越市）　【名】本名＝小山直治（こやま・なおじ）　【学】早稲田大学中退　【歴】新聞記者を経て、詩人として活動。著書に「越後佐渡の伝説」「新潟県伝説集成―上越編」などがある。

小山 南史　こやま・なんし　俳人

明治37年（1904年）10月13日～平成11年（1999年）2月5日　【生】愛知県豊橋市　【名】本名＝小山歌三郎　【学】尋常高小卒　【歴】昭和8年「ホトトギス」丸山瓢舟の手ほどきを受ける。「山茶花」投句を経て、13年「若葉」に投句、富安風生に師事。28年「若葉」同人。句集に「小春」「寒椿」がある。

小山 白楢　こやま・はくゆう　俳人

明治28年（1895年）12月3日～昭和56年（1981年）1月11日　【生】新潟県中頸城郡柿崎町（上越市）　【名】本名＝小山順治（こやま・じゅんじ）　【学】大阪医科大学〔大正10年〕卒　【歴】昭和3年徳島市立診療所長に就任。同市立病院長、徳島医科大学内科教授兼附属病院長を経て、24年退官。その後、徳島市で開業し、徳島市医師会会長、徳島県医師会代議員会議長も務めた。一方では、俳句を大正6年より高浜虚子に師事。15年「ホトトギス」同人。21～49年「祖谷」を主宰した。句集に「祖谷」「白楢第二句集」「白楢第三句集」「金婚」「鳥雲に」などがある。

今 官一　こん・かんいち　詩人

明治42年（1909年）12月8日～昭和58年（1983年）3月1日　【生】青森県弘前市　【学】早稲田第一高等学院露文科〔昭和5年〕中退　【歴】東奥義塾中学3年の時、詩人・福士幸次郎が教師として赴任。その影響を受けて詩作を始める。早稲田中退後、一時帰郷するが、昭和6年再び上京し、横光利一に師事。8年古谷綱武らと「海豹」を、9年太宰治らと「青い花」を創刊。編集発行人となったが1号で終刊。翌10年「日本浪曼派」に合流。以降戦後にかけて「日本未来派」「歴程」などにも参加。13年「旅雁の章」など3部作で芥川賞候補となり注目を集める。文壇に独自の位置を占めた。19年応召、戦艦・長門に乗船、レイテ沖海戦に参加、このときの体験を「幻花行」「不沈戦艦長門」に作品化した。30年「銀簪」が直木賞候補となり、31年短編集「壁の花」で第35回直木賞受賞。「現代人」主宰。54年脳卒中で入院、翌年弘前市に帰郷、車イスの生活で口述筆記による作家活動を続けた。他の主な著書に「海鷗の章」「龍の章」「巨いなる樹々の落葉」、詩集に「隅田川」などがある。【賞】直木賞（第35回）〔昭和31年〕「壁の花」

今田 久　こんた・ひさし　詩人

明治41年（1908年）3月14日～昭和43年（1968年）5月2日　【生】福岡県　【出】山口県　【学】下関中卒　【歴】「詩と詩論」の運動と「超現実主義詩論」（西脇順三郎）の啓蒙を受け、第三次「椎の木」から出発。「手紙」「20世紀」「新領土」に参加。戦後は「核」を創刊、「MENU」「主題」「火」「輪」などにも作品を発表した。戦前の詩集に「喜劇役者」があるが、多くの未刊作品が残された。

近藤 東　こんどう・あずま　詩人

明治37年（1904年）6月24日～昭和63年（1988年）10月23日　【生】東京市京橋区南鍛冶町（東京都中央区）　【出】岐阜県岐阜市　【学】明治大学法学部〔昭和3年〕卒　【歴】中学時代から北原白秋の影響を受け、明大在学中に「謝肉祭」を創刊。明大卒業後、鉄道省に入り、その一方で詩作をし、昭和4年「レエニンの月夜」が「改造」の懸賞詩に一等入選する。「詩と詩論」で活躍し、7年「抒情詩娘」を刊行。16年刊行の第二詩集「万国旗」で文芸汎論詩集賞を受賞。その間「詩法」を創刊し、また「新領土」にも参加。戦後は国鉄を中心に勤労詩を興し、35年から日本詩人会理事長、会長を務め、48年横浜文化賞を受賞。他の詩集に「紙の薔薇」「えぴつく・とぴつく」「婦人帽子の下の水蜜桃」などがあり、童話「鉄道の旗」「ハイジ物語」などの著書もある。【賞】改造詩賞（第1回）〔昭和4年〕「レエニ

ンの月夜」, 文芸汎論詩集賞〔昭和16年〕「万国旗」, 横浜文化賞〔昭和48年〕, 神奈川文化賞〔昭和56年〕

近藤 一鴻　こんどう・いっこう　俳人
明治45年（1912年）3月10日 ～ 平成8年（1996年）1月24日　生神奈川県横浜市　名本名＝近藤博俊　学神奈川商工卒　歴昭和5年神奈川商工で大野林火に師事。「石楠」臼田亜浪門に入る。21年「浜」創刊同人。22年「貝寄風」主宰。37年俳人協会会員。48年岐阜県俳人協会長、56年朝日新聞岐阜俳壇選者。句集に「扉」「輪」「鵜」。この間7年朝鮮総督府に赴任、21年岐阜県職員、39年県東京事務所長、43年民生部長を歴任。墨俣町文化協会長も務めた。　勲勲四等瑞宝章〔昭和57年〕　賞浜同人賞（第13回）〔昭和52年〕, 岐阜県芸術文化奨励賞〔昭和53年〕

近藤 いぬゐ　こんどう・いぬい　俳人
明治23年（1890年）11月3日 ～昭和63年（1988年）10月1日　生東京市下谷区（東京都台東区）　名本名＝近藤乾三（こんどう・けんぞう）　学下谷高小卒　資重要無形文化財保持者（能シテ方）〔昭和41年〕, 日本芸術院会員〔昭和51年〕　歴父・近藤敦吉について6歳から謡曲を学び、明治32年「鞍馬天狗」子方で初舞台。34年16代宗家宝生九郎知栄の内弟子となり、39年「草薙」で初シテを務める。昭和23年能楽協会常務理事、宝生会常務理事に就任。32年より日本能楽会会員。35年日本芸術院賞を受賞、41年人間国宝に認定される。46年病を得、以後は独吟、一調などで舞台に立った。重厚、堅実さに加えて華やかさを併せもつ芸風で知られ、晩年は謡に独自の境地をひらいた。代表的な舞台に「稜鼓」「藤戸」「俊寛」「景清」「実盛」「隅田川」などがある。また俳人として「ホトトギス」同人でもある。51年日本芸術院会員、60年文化功労者。著書に「さるをがせ」「こしかた」「能―わが生涯」「芸の道・人の道」がある。　勲勲三等瑞宝章〔昭和52年〕　賞日本芸術院賞（昭和34年度）〔昭和35年〕, 文化功労者〔昭和60年〕, 東京都名誉都民〔昭和61年〕　家父＝近藤敦吉（能楽師）, 長男＝近藤乾之助（能楽師）

近藤 益雄　こんどう・えきお　詩人
明治40年（1907年）3月19日 ～昭和39年（1964年）5月17日　出長崎県佐世保市　学国学院大学高等師範部〔昭和2年〕卒　歴昭和3年帰郷し、長崎県北部の辺地・離島の児童教育に従事、児童詩や生活綴方教育に専念。昭和16年「子どもと生きる」を刊行。23年田平小学校長。25年自ら校長をやめ、佐々町口石小学校に特殊学級を開設、その担任となる。傍ら28年には生活施設・のぎく寮（後に、のぎく学園）を創設、家族ぐるみで精神薄弱児の指導にあたる。37年口石小学校を退職し、寮を学園と改めその経営に専念。同年秋には精神薄弱成人ホーム・なずな寮（後の、なずな園）を創設、その経営を二男の原理夫婦にまかす。「のんき、こんき、げんき」を合言葉に障害児教育運動を推進した。著書に「近藤益雄著作集」（全7巻, 別巻1）、詩集に「この子をひざに」などがある。　賞西日本文化賞

近藤 克　こんどう・かつ　俳人
大正6年（1917年）2月10日 ～ 平成20年（2008年）3月7日　名本名＝近藤正敏　歴昭和9年住友化学に入社。12年日本発送電に転じる。のち四国電力新居浜支店、松山支店、高松本店に勤務し、52年定年退職。一方、20年篠原梵、谷野予士に師事し、「俳句」「炎昼」に拠る。25年「虎杖」創刊より参加、川本臥風、大野岬歩、中矢荻風、相原左義長らの指導を受ける。42年香川県俳句作家集団同人誌「城」参加。62年現代俳句協会、「海程」に入会して金子兜太に師事。同人となる。句集に「真住野」「続真住野」がある。　賞虎杖賞

近藤 巨松　こんどう・きょしょう　俳人
大正2年（1913年）10月4日～平成7年（1995年）3月19日　生愛知県岡崎市　名本名＝近藤喜代松（こんどう・きよまつ）　学蒲郡農卒　歴出版業、宮内庁勤務を経て、製材製函業経営。俳句は昭和7年臼田亜浪の「石楠」に入門。同誌準幹部に推される。22年太田鴻村発刊の「林苑」に参画、発行所を自宅に置き、編集同人。林苑同人会を結成し会長を務め、平成3年鴻村没後は推され、主宰。この間、昭和47年俳人協会会員。句集に「無音界」「無垢の天」。　賞林苑功労賞

近藤 潤一　こんどう・じゅんいち　俳人
昭和6年（1931年）2月1日～平成6年（1994年）9月16日　生北海道函館市　学北海道大学文学部国文学科〔昭和28年〕卒, 北海道大学大学院文学研究科国文学専攻博士課程修了　歴昭和42年北海道大学助教授、52年教授、62年1月教養部長を歴任。平成6年退官し、北海学園大学教授。俳句は21年「壺」入会、斎藤玄の薫陶を

受け、23年同人。「壺」休刊による中断を経て43年「丹精」、48年「壺」により句作再開、「壺」編集同人、54年編集長。句集に「雪然」「秋雪」、評釈に「玄のいる風景」がある。 賞鮫島賞（第12回）〔平成4年〕「秋雪」

近藤 忠　こんどう・ただし　俳人
大正12年（1923年）1月6日～平成5年（1993年）5月20日 生三重県貝弁郡 名本名＝近藤友忠 学桑名中卒 歴昭和13年本田一杉に師事して「鴫野」同人。一杉没後25年「雲海」を創刊・主宰する。句集に「紅情」、文集に「一杉俳句鑑賞」、創作に「ふたりだけの旅」「青崩峠」などがある。

近藤 忠義　こんどう・ただよし　国文学者
明治34年（1901年）11月10日～昭和51年（1976年）4月30日 生兵庫県神戸市 学東京帝国大学国文科〔昭和2年〕卒 歴東京府立六中、智山専門学校、東京音楽学校、東京女子大、長野女専などを経て、昭和9年から42年まで法政大学教授。その後和光大学教授。その間、12年「日本文学原論」を、13年「近世小説」を刊行。近世文学を専門とし、戦後は日本文学協会初代委員長として組織化に努める。他の著書に「西鶴」「近世文学論」「日本文学の進路」などがある。

近藤 冬人　こんどう・とうじん　俳人
大正3年（1914年）3月12日～昭和57年（1982年）11月4日 生福島県会津若松市 名本名＝近藤登壽（こんどう・とうじゅ） 学福島師範学校本科二部卒 歴昭和49年「青雲」入会、51年同人。遺句集に「故山」。 賞青雲年度賞2回

近藤 とし子　こんどう・としこ　歌人
大正7年（1918年）3月26日～平成22年（2010年）11月2日 生台湾台北 名本名＝近藤年子（こんどう・としこ） 学愛知県第一高女卒 歴昭和12年「アララギ」に入会、結城哀草果の選を受けた。15年近藤芳美と結婚し、26年「未来」創刊に参加。歌集に「小鳥たちの来る日」「溢れゆく泉」「夕月」などがある。 家夫＝近藤芳美（歌人）

近藤 白亭　こんどう・はくてい　俳人
明治42年（1909年）4月19日～昭和63年（1988年）2月1日 生東京市本所区（東京都墨田区） 名本名＝近藤三郎（こんどう・さぶろう） 学東京府立三中中退 歴大正14年房州に転地療養中大川丹沙郎に俳句の手ほどきを受け、昭和5年川井梨葉主宰の「愛吟」創刊とともに参加、14年まで編輯発行人。45年「新川」創刊に参加。のち代表となる。

近藤 英男　こんどう・ひでお
⇒南日 耿平（なんにち・こうへい）を見よ

近藤 実　こんどう・みのる　俳人
昭和7年（1932年）10月4日～平成19年（2007年）4月14日 生東京都 学東京学芸大学卒 歴昭和26年「馬酔木」に投句、青の会で藤田湘子の指導を受ける。29年学生俳句をもって新人賞。32年同人。「鷹」「地底」同人を経て、「飛天」主宰。句集に「断章」「転生」がある。

近藤 芳美　こんどう・よしみ　歌人
大正2年（1913年）5月5日～平成18年（2006年）6月21日 生旧朝鮮馬山 出広島県世羅郡西太田村（世羅町） 名本名＝近藤芽美（こんどう・よしみ） 学東京工業大学建築学科〔昭和13年〕卒 歴広島高在学中の昭和7年、中村憲吉を訪ねて「アララギ」に入会し、憲吉没後は上京して土屋文明に師事。戦後の21年鹿児島寿蔵らと関東アララギ会誌「新泉」を創刊。22年には超結社の若手歌人グループ・新歌人集団を結成、戦後派歌人として活発な活動を始める。23年妻との相聞歌や一兵士としての従軍体験など、終戦に至るまでの10年間の作品を集めた第一歌集「早春歌」と、戦後2年間に詠んだ歌からなる第二歌集「埃吹く街」をほぼ同時に刊行、戦争の暗い青春の中に生み出された相聞歌の清潔な叙情性と、知識人として戦後風俗を凝視した社会詠・思想詠で注目を集め、歌壇的な地位を確立。26年岡井隆らと「未来」を創刊、平成13年まで主宰を務め、道浦母都子、大島史洋ら多くの歌人を育てた。一方、昭和30年から朝日新聞「朝日歌壇」選者となり、平成17年まで約50年にわたって庶民による“無名者の歌”を積極的に評価した。昭和52年～平成3年現代歌人協会理事長を務め、歌壇で指導者的な役割を果たした。8年文化功労者。他の歌集に「静かなる意志」「歴史」「冬の銀河」「喚声」「黒豹」「異邦者」「遠く夏めぐりて」「アカンサス月光」「聖夜の列」「祈念に」「磔刑」「風のとよみ」「希求」「メタセコイアの庭」「未明」「岐路」、評論集に「新しき短歌の規定」「土屋文明」「短歌思考」「短歌と思想」などがある。 賞文化功労者〔平成8年〕，迢空賞（第3回）〔昭和44年〕「黒豹」，詩歌文学館賞（第1回）〔昭和61年〕「祈念に」，現代短歌大賞（第14回）〔平成3年〕「営為」，

斎藤茂吉短歌文学賞（第6回）〔平成7年〕「希求」 家妻＝近藤とし子（歌人）

今野 空白　こんの・くうはく　川柳作家
大正12年（1923年）4月23日 ～ 平成9年（1997年）10月　生台湾　名本名＝今野宏　学東北大学医学部〔昭和23年〕卒　歴福島県小高町立病院長を経て、同町で開業。傍ら、川柳作家として活動し、「北斗」「川柳研究」「杜人」などに拠る。句集「迷子の影」、評論集「現代川柳のサムシング」がある。

紺野 幸子　こんの・こうこ　歌人
大正3年（1914年）9月2日～平成17年（2005年）7月3日　生東京都　名本名＝中村幸子（なかむら・ゆきこ）　歴昭和11年「多磨」に入会し、北原白秋に師事。白秋没後は中村正爾の「中央線」に創刊時より参加したが、正爾没後退会した。36年「さきたま」を創刊。47年改題誌「鐶」を主宰。歌集に「さきたま」「秩父詠集」「十夏」がある。

権守 桂城　ごんのかみ・けいじょう　俳人
明治44年（1911年）9月5日 ～ 昭和60年（1985年）10月15日　生神奈川県　名本名＝権守福造（ごんのかみ・ふくぞう）　学立正大高師卒　歴日野草城、臼田亜浪、大野林火、松村巨湫らに俳句を学ぶ。昭和12年「樹海」同人編集補佐。30年「河原」同人。第二次「樹海」筆頭同人。55年俳句作家連盟常任委員。

紺屋 畯作　こんや・しゅんさく　歌人
明治44年（1911年）3月6日～平成1年（1989年）1月9日　生岡山県児島郡山田村（玉野市）　名本名＝伊東勇夫　学天城中中退　歴天城中を自主退学後、農民運動や反戦運動に携わる。のち日本共産党に入り、同党岡山県委員長などを務めたが、離党した。一方、「アララギ」「短歌詩人」「青垣」などに拠り歌人として活躍。戦中戦後は作歌を中絶するが、昭和40年「龍」に参加、同人として重きをなした。歌集に「秋霖」「固窮鈔」「枝川のほとり」「閑窓記」、著書に「平賀元義論考」などがある。

【さ】

斎賀 琴子　さいが・ことこ　歌人
明治25年（1892年）12月5日 ～ 昭和48年（1973年）9月24日　生千葉県五井　名本名＝原田琴子（はらだ・ことこ），旧姓・旧名＝斎賀　学日本女子大学中退　歴青鞜社に入り機関誌「青鞜」に私小説、短歌などを発表、「潮音」「創作」にも書いた。大正7年結婚、原田姓で万朝報、国民新聞などに執筆した。代表作は「をとめの頃」「許されぬ者」、歌集「さざ波」もある。 家夫＝原田実（教育学者）

西条 嫩子　さいじょう・ふたばこ　詩人
大正8年（1919年）5月3日 ～ 平成2年（1990年）10月29日　生東京都　名本名＝三井嫩子（みつい・ふたばこ）　学日本女子大学英文科卒，アテネ・フランセ卒　歴西条八十の長女として生まれ、幼時から詩の世界になじむ。長じては、父八十とともに詩誌「ポエトロア」を編集発行。詩は洗練された抒情詩が多く、詩集に「後半球」「空気の痣」など。ほかに童謡、童話集、翻訳詩の他、評伝「父西条八十」、エッセイ集「父西条八十は私の白鳥だった」などの著書もある。昭和49年国際詩人会議に日本代表で出席。58年10月日本詩人クラブの5代目会長に就任。　家父＝西条八十（詩人），兄＝西条八束（陸水学者）

西条 八十　さいじょう・やそ　詩人
明治25年（1892年）1月15日 ～ 昭和45年（1970年）8月12日　生東京市牛込区払方町（東京都新宿区）　学早稲田大学英文科〔大正4年〕卒 資日本芸術院会員〔昭和37年〕　歴早大在学中から「早稲田文学」などに作品を発表、三木露風「未来」同人となり、日夏耿之介らと「聖盃」「仮面」を創刊。大正7年鈴木三重吉の「赤い鳥」創刊に参加、童謡「かなりあ」を発表。以後、北原白秋、野口雨情とならぶ大正期の代表的童謡詩人として、多くの童謡を発表した。8年第一詩集「砂金」、9年訳詩集「白孔雀」、同年抒情詩集「静かなる眉」を刊行。10年早大英文科講師となり、13年フランスへ留学、帰国後は早大仏文科助教授、昭和6～20年教授を務めた。流行歌から軍歌まで幅広い分野で作詞家としても活躍し、「東京行進曲」「東京音頭」をはじめ数多くのヒット曲を持つ。戦後は早大を辞し、ランボーの研究に打ち込んだ。日本詩人クラブ初代理事長、日本音楽著作権協会会長など歴任。他の詩集に「見知らぬ愛人」「蠟人形」「西条八十詩集」「美しき喪失」「黄菊の館」「一握の玻璃」、「西条八十童謡全集」、評論集に「アルチュール・ランボオ研究」など。 勲勲三等瑞宝章〔昭和43年〕 家長男＝西条八東（陸水学者）, 長女＝西条嫩子（詩人）

斎藤 勇　さいとう・いさむ　歌人
明治37年（1904年）7月27日～昭和62年（1987年）2月3日 生山形県 学法政大学卒 歴中学時代より作歌し、「ミルラ」創刊。法政大学在学中に大学短歌会を結成。大正14年「覇王樹」入社、橋田東声に師事。7年より「日本短歌」編集。22年「黄雞」創刊・主宰。山形県内の小中学校校歌の作詞も多数手がけた。歌集「母川回帰」、歌論集「見えざる人」「受胎告知」などの著書がある。 賞高山樗牛賞（第8回）

斎藤 梅子　さいとう・うめこ　俳人
昭和4年（1929年）2月14日～平成25年（2013年）5月27日 出徳島県那賀郡羽ノ浦町（阿南市） 学富岡高女〔昭和20年〕卒 歴昭和49年45歳で「航標」に入会、今枝蝶人に師事して本格的に俳句を始める。52年「草苑」に入り、のち同人。61年第一句集「藍甕」で現代俳句女流賞を受賞して注目を集める。平成4年「青海波」創刊・主宰。24年主宰を退いた。3～23年徳島新聞「徳島俳壇」選者を務め、13～20年同紙に「とくしま季語探訪」を執筆した。句集に「朱夏」「八葉」「藍の構図」などがある。 賞現代俳句女流賞（第10回）〔昭和61年〕「藍甕」, 徳島県出版文化賞〔昭和61年〕

斎藤 喜博　さいとう・きはく　歌人
明治44年（1911年）3月20日～昭和56年（1981年）7月24日 生群馬県 学群馬師範〔昭和5年〕卒 歴小・中学校教師、群馬県教組文化部長を経て、昭和27年から11年間群馬県島村の島小学校長を務める。この間、新しい学校づくりを推し進め、毎年開いた公開研究会には全国から教育関係者が集まった。44年境町境小学校長を最後に退職。49～50年宮城教育大学教授。また、アララギ派の歌人で、歌誌「ケノクニ」を主宰。歌集に「羊歯」「証」、著書に「学校づくりの記」「島小物語」「授業入門」「私の教師論」「君の可能性」などの他、「斎藤喜博全集」（全18巻, 国土社）がある。 賞毎日出版文化賞（第25回）〔昭和46年〕「斎藤喜博全集」

斎藤 邦明　さいとう・くにあき　歌人
大正10年（1921年）9月26日～平成16年（2004年）3月18日 生山形県松山町 出山形県酒田市 学大正大学文学部国文学科〔昭和19年〕卒 歴昭和22年酒田天真高女、24年酒田家政高、30年酒田女子高各教諭を経て、36年酒田南高校長。37年淑徳短期大学講師、44年助教授、47年教授、51年学長。また25年瑞相寺、60年林昌寺の住職。歌人としては「山麓」「アララギ」に所属。歌集に「海原」「波濤」、歌書に「斎藤茂吉と荘内」などがある。

斎藤 玄　さいとう・げん　俳人
大正3年（1914年）8月22日～昭和55年（1980年）5月8日 生北海道函館市 名本名＝斎藤俊彦（さいとう・としひこ） 学早稲田大学商学部卒 歴昭和15年「壺」を創刊し、主宰。句集に「舎木」「飛雪」「玄」「狩眼」「雁道」「無畔」。「斎藤玄全句集」がある。 賞蛇笏賞（第14回）〔昭和55年〕「雁道」

斎藤 香村　さいとう・こうそん　俳人
明治15年（1882年）2月27日～昭和29年（1954年）6月22日 生山形県鶴岡市 名本名＝斎藤芳之助 歴明治35年上京、高浜虚子の知遇を得てホトトギス社に入社。その後、松根東洋城選の「国民俳壇」に拠る。また、宝生九郎の愛顧を受けて毎日新聞の能楽・演芸記者を務め、42年能楽通信社を設立して「能楽画報」を発行した。能楽古典籍の収集でも知られる。昭和23年「春夏秋冬」を主宰、24年「ホトトギス」同人。「斎藤香村句集」がある。

斎藤 小夜　さいとう・さよ　俳人
大正15年（1926年）4月1日～平成22年（2010年）4月9日 生東京都 学日本女子大附属高女卒 歴昭和44年「風土」に入会、石川桂郎の指導を受ける。47年師の勧めにより三土会支部を設立。支部長となり、翌年同人。52年「竹間集」同人。「風土」編集委員も務めた。句集に「袖隠」がある。 賞桂郎賞準賞〔昭和53年〕

西東 三鬼　さいとう・さんき　俳人
明治33年（1900年）5月15日～昭和37年（1962年）4月1日 生岡山県津山市南新座 名本名＝斎藤敬直（さいとう・けいちょく） 学日本歯科医専〔大正14年〕卒 歴大正14年シンガポールで歯科医を開業するが、昭和3年帰国。以後、東京・大森で開業し、8年神田共立病院歯科部長に就任。この頃から俳句を始め、9年新俳話会を設立、10年「京大俳句」に加入。新興俳句運動の旗手として活躍し、15年第一句集「旗」を刊行、同年「天香」を創刊した。京大俳句事件で検挙された後(起訴猶予)、17年神戸に移住。22年現代俳句協会を創設。23年には山口誓子を擁して「天狼」発刊に尽力、初代編集長。また、大阪女子医大附属香里病院歯科部長となり、大阪へ転居。27年「断崖」を創刊・主宰し、32年角川書店「俳句」編集長を務めた。36年俳人協会設立に奔走するも、病に倒れた。他の句集に「夜の桃」「変身」などがある。 賞俳人協会賞(第2回)〔昭和37年〕「変身」

斉藤 昭　さいとう・しょう　俳人

昭和5年（1930年）3月22日 ～ 平成24年（2012年）1月23日　生福島県　名本名＝斉藤正（さいとう・ただし）　歴昭和28年「浜」に投句、大野林火に師事。39年休詠。49年「蘭」に投句して野沢節子に師事。53年「蘭」同人。　賞蘭賞〔昭和53年〕

西塔 松月　さいとう・しょうげつ　俳人

明治39年（1906年）3月14日 ～ 平成7年（1995年）10月4日　生福井県鯖江市　名本名＝斉藤作松（さいとう・さくまつ）　学大樋農業補習学校卒　歴昭和15年「山茶花」に入り、皆吉爽雨に師事。24年「雪解」創刊と同時に同人。のち「花鳥」同人。句集に「煤湯」「種井」「穭」「旅」「雑草」「三寒四温」。　賞鯖江市民文化賞

斎藤 宵路　さいとう・しょうじ　俳人

大正2年（1913年）1月9日～平成11年（1999年）7月22日　生栃木県鹿沼市　名本名＝斉藤正二（さいとう・しょうじ）　学日本大学法文学部社会学科〔昭和16年〕卒　歴昭和18年日本大学予科専任講師、24年助教授、32年教授、58年1月定年退職。同年4月帝京大学教授、のち帝京短期大学教授。俳人としては、27年「曲水」同人、38年「四季」同人、43年「麻」創刊と共に同人参加。著書に「日本社会学成立史の研究」「近代社会思想の研究」など。

斎藤 祥郎　さいとう・しょうろう　歌人

昭和2年（1927年）6月13日 ～ 平成21年（2009年）11月5日　生大阪府大阪市　名本名＝斎藤武通（さいとう・たけみち）　学広島高師文科一部〔昭和23年〕卒　歴徳島県で高校の国語教師を務める傍ら、昭和42年より「徳島歌人」を主宰。62年徳島県歌人クラブ会長。平成5年より徳島中・高生短歌の会を組織して後進の指導に当たった。また、昭和54年より徳島歌壇選者。歌集に「雅笛」「海境」、随筆集「言葉の海を泳ぐ」などがある。　賞徳島県出版文化賞〔平成5年〕「海境」, 徳島県文化賞〔平成15年〕

斎藤 大雄　さいとう・だいゆう　川柳作家

昭和8年（1933年）2月18日 ～ 平成20年（2008年）6月29日　生北海道札幌市　名本名＝斎藤大雄（さいとう・ひろお）　学小樽千秋高化学科卒　歴18歳頃から新聞などに川柳の投稿を始める。昭和33年札幌川柳社に参画、42年主幹。44年古川柳研究会を結成。北海タイムス紙の「タイムス川柳」や苫小牧民報、北方ジャーナルなどに川柳欄を新設、選者を務めた。また、全日本川柳協会常務理事。著書に「川柳入門 はじめのはじめのまたはじめ」、句集に「根」(共著)、「喜怒哀楽」「逃げ水」、柳文集に「雪やなぎ」「北の座標」「川柳の世界」などがある。　勲旭日双光章〔平成16年〕　賞北海道川柳年度賞(第3回)〔昭和40年〕, 北海道川柳功労賞〔昭和57年〕, 東洋樹川柳賞〔昭和63年〕, 北海道文化賞〔平成18年〕

斎藤 茅輪子　さいとう・ちりんし　俳人

大正10年（1921年）1月28日 ～ 昭和61年（1986年）4月25日　生東京都　名本名＝斎藤倉吉（さいとう・くらきち）　学桃園高小卒　歴昭和15年「曲水」入会。渡辺水巴、佐野青陽人に師事。17年同人。水巴会幹事を務めた。　賞水巴賞〔昭和31年〕

斎藤 俳小星　さいとう・はいしょうせい　俳人

明治16年（1883年）2月20日 ～ 昭和39年（1964年）11月16日　生埼玉県　名本名＝斎藤徳蔵, 別号＝夜鏡庵梅仙　歴家業は米屋兼業の農家。17歳頃から俳句を始め、夜鏡庵梅仙と号した。虚子の俳壇復帰と共に「ホトトギス」に拠り、大正9年「ホトトギス」同人。昭和30年「若葉」同人。農民俳句作家として知られた。句集に「俳小星句集」「第2俳小星句集」「径草」がある。

斎藤 史　さいとう・ふみ　歌人

明治42年（1909年）2月14日 ～ 平成14年（2002年）4月26日　生東京都　学小倉高女〔大正14年〕卒　資日本芸術院会員〔平成5年〕　歴2.26事件に連座した陸軍少将で歌人の斎藤瀏の長女として東京に生まれ、父の任地の北海道・

旭川、津、熊本などを転々とする。大正末から作歌を始め、歌誌「心の花」「短歌作品」「短歌人」などに発表。昭和15年五島美代子、佐藤佐太郎、前川佐美雄らとの合同歌集「新風十人」に参加。同年、11年に起きた2.26事件の影響が色濃い第一歌集「魚歌」で注目を集めた。戦後は疎開先の長野県に落ち着き、「うたのゆくへ」「密閉部落」などを次々と発表。37年から「原型」を主宰。生活苦や介護といった日常を詠む実験的な異色の作風で現代歌壇を先導した。52年「ひたくれなゐ」で迢空賞、61年「渉りかゆかむ」で読売文学賞を受賞。平成5年女流歌人として初の日本芸術院会員となり、9年の歌会始の儀では召人として皇居に招かれるなど戦後を代表する女性歌人として知られた。他の歌集に「魚類」「秋天瑠璃」「風翩翻」、小説に「過ぎて行く歌」、対談集「ひたくれなゐに生きて」、「斎藤史全歌集」(大和書房)など多数。平成14年斎藤史文学賞が創設された。 勲勲三等瑞宝章〔平成9年〕 賞日本歌人クラブ推薦歌集(第1回)〔昭和30年〕「うたのゆくへ」, 長野県文化功労賞〔昭和35年〕, 迢空賞(第11回)〔昭和52年〕「ひたくれなゐ」, 読売文学賞(詩歌俳句賞)〔昭和61年〕「渉りかゆかむ」, 詩歌文学館賞(第9回)〔平成6年〕「秋天瑠璃」, 斎藤茂吉短歌文学賞(第5回)〔平成6年〕「秋天瑠璃」, 現代短歌大賞(第20回)〔平成9年〕「斎藤史全歌集」, 紫式部文学賞(第8回)〔平成10年〕「斎藤史全歌集1928-1993」 家父＝斎藤瀏(歌人), 長男＝斎藤宣彦(聖マリアンナ医科大学教授)

斎藤 豊人　さいとう・ほうじん　歌人

明治35年(1902年)2月15日～昭和58年(1983年)10月25日 生福岡県 名本名＝斎藤豊人(さいとう・とよひと) 歴昭和27年毎日工業デザイン賞を創設し、日本の工業デザイン界の発展に寄与した。また、歌人としては、3年岡野直七郎主宰の「蒼穹」に入門。55年「短歌周辺」創刊に参画。明治生まれ歌人の会「高樹会」を結成し、合同歌集「高樹」の発行責任者となる。戦前はモダンな作品で知られた。歌集に「斎藤豊人歌集」がある。

斎藤 忠　さいとう・まもる　詩人

大正13年(1924年)5月15日～平成18年(2006年)6月21日 生旧朝鮮京城 学京城帝国大学卒 歴報農会常務理事、日本現代詩人会常任理事を経て、昭和62年理事長となる。詩集に「葬列」「暗い海」、評論集に「植民地と祖国分断を生きた詩人たち」など。

斉藤 美規　さいとう・みき　俳人

大正12年(1923年)12月6日～平成24年(2012年)12月26日 生新潟県糸魚川市 名本名＝斉藤克忠(さいとう・まさなお) 学高岡高商〔昭和18年〕卒 歴在学中の昭和16年、山口花笠の指導を受け、17年「寒雷」に投句し、加藤楸邨に師事。戦後句作を中断するが、高校教師の傍ら、34年「寒雷」に復帰し、39年同人となる。56年「麓」を創刊し、主宰。風土性の濃い句作を続けた。句集に「花菱紋」「地の人」「路上集」「海道」「桜かくし」「白寿」「百年」「六花集」「春の舞」などがある。 賞現代俳句協会賞(第28回)〔昭和56年〕, 現代俳句大賞(第6回)〔平成18年〕

斎藤 茂吉　さいとう・もきち　歌人

明治15年(1882年)5月14日～昭和28年(1953年)2月25日 生山形県南村山郡金瓶村(上山市金瓶) 名旧姓・旧名＝守谷, 別号＝童馬山房主人, 水上守暁 学一高理科第三部〔明治38年〕, 東京帝国大学医科大学〔明治43年〕卒 資帝国芸術院会員〔昭和12年〕 歴中学時代から作歌を志し、東京帝大医科入学後、伊藤左千夫を訪ね、本格的に歌を始める。医科大学卒業後は副手として精神病学を専攻し、大正6年長崎医専教授となり、11～13年ドイツに留学。昭和2年養父の青山脳病院院長として継ぎ、20年まで務めた。一方、明治41年創刊の「アララギ」に参加し、活発な作歌、評論活動を始め、大正2年「赤光」を、5年には「短歌私鈔」を、8年には歌論集「童馬漫語」などを刊行。以後幅広く活躍し、昭和9年から15年にかけて「柿本人麿」(全5巻)を刊行し、15年に帝国学士院賞を受賞。25年刊行の「ともしび」は第1回読売文学賞を受賞し、26年文化勲章を受章した。他の歌集に「あらたま」「寒雲」「白桃」「遍歴」「白き山」「ともしび」などがあり、他に多くの歌論書、随筆集「念珠集」などがある。「斎藤茂吉全集」(全56巻, 第二次全36巻, 岩波書店)がある。没後、斎藤茂吉文化賞、斎藤茂吉短歌文学賞が創設された。 勲文化勲章〔昭和26年〕 賞帝国学士院賞〔昭和15年〕「柿本人麿」, 文化功労者〔昭和27年〕, 読売文学賞(第1回・詩歌賞)〔昭和24年〕「ともしび」 家妻＝斎藤輝子(旅行家), 長男＝斎藤茂太(精神科医), 二男＝北杜夫(小説家), 孫＝斎藤茂一(精神科医), 斎藤章二(精神科医), 斎藤由香(エッセイスト)

斎藤 湯城　さいとう・ゆじょう　俳人
明治36年（1903年）12月～昭和57年（1982年）4月3日　生秋田県湯沢市　名本名＝斎藤政太郎，別号＝斎藤希韻　歴大正15年東洋紡績浜松工場に入社。太平洋戦争による徴兵を経て、昭和21年復職、四日市市の富田工場に勤務。33年定年退職するが、技術を見込まれて46年まで関連会社の嘱託を務めた。一方、7年俳誌「すその」に入会して原田浜人に師事。14年浜人が「みづうみ」を創刊するとこれに参加。46年「菜の花」に入会、48年同人。句集に「籾筵」「枯野星」がある。　賞菜の花同人賞〔昭和52年〕

斎藤 庸一　さいとう・よういち　詩人
大正12年（1923年）3月30日～平成22年（2010年）5月7日　生福島県白河市　学白河商〔昭和14年〕卒　歴家業の斎藤印刷所代表取締役を務める傍ら、詩作に励む。同人誌「黒」を主宰し、「龍」「地球」などに所属。福島県詩壇の中心的存在として活躍した。詩集に「防風林」「雪のはての火」「ゲンの馬鹿」「青女一人」などがある。　賞福島県文学賞（詩，第9回）〔昭和31年〕「防風林」，晩翠賞（第3回）〔昭和37年〕「雪のはての火」，福島民報出版文化賞〔昭和56年〕，福島県文化振興基金顕彰〔平成5年〕，福島県文化功労賞〔平成18年〕

斎藤 嘉久　さいとう・よしひさ　俳人
大正13年（1924年）2月10日～平成23年（2011年）1月16日　生茨城県　名本名＝斎藤芳之助　学高専中退　歴昭和40年仲間と俳句を始める。師系は特に無し。46年「暖流」「麦」入会。49年「握手」創立に参加。他に「萱」「雷魚」に所属した。　賞暖流太田義治賞〔昭和51年〕，握手円陣賞〔昭和51年〕，暖流賞〔昭和56年〕

佐伯 郁郎　さえき・いくろう　詩人
明治34年（1901年）1月9日～平成4年（1992年）4月19日　生岩手県江刺郡米里村（奥州市）　名本名＝佐伯慎一　学早稲田大学仏文科〔大正14年〕卒　歴大正15年内務省に入省。同省図書課、検閲課など一貫して出版検閲行政に関わり、特に昭和13年10月の「児童読物改善ニ関スル内務省指示要綱」の策定に重要な役割を果たした。戦時期には情報局文芸課で情報官も務め、児童雑誌の統廃合、日本少国民文化協会の設立などに活躍。児童文化運動の理論的指導者でもあった。戦後は郷里に帰り、48～60年生活学園短期大学教授として児童文学を講じた。一方、大学在学中から詩作を始め、6年詩集「北の貌」を刊行。「詩洋」「文学表現」「風」同人。他の著書に詩集「極圏」「高原の歌」や「少国民文化をめぐって」などがある。　勲勲四等瑞宝章〔昭和50年〕

佐伯 昭市　さえき・しょういち　俳人
昭和2年（1927年）7月8日～平成10年（1998年）10月16日　生宮城県仙台市　名旧俳号＝間部隆　学東京大学〔昭和27年〕卒，東京大学大学院文学研究科国文学専攻〔昭和32年〕満期退学　歴高校教師、明治大学講師、和光大学助教授を経て、昭和46年人文学部教授。63年退任し、名誉教授。一方、二高在学中より作句に熱中し、戦後、無季容認の「暖流」に投句、24年「暖流」の編集を担当。俳号は間部隆。のち退会し、30年同人誌「炎群」を創刊、同人代表。35年「麦」同人。俳号を本名の佐伯昭市とした。43年「炎群」を終刊、45年「檣頭」を創刊し、主宰。講演、執筆に活躍。現代俳句協会評議員、俳句作家連盟副会長などを務めた。「現代日本文学講座・短歌俳句」「百人一句」などの共著がある。

佐伯 仁三郎　さえき・じんざぶろう　歌人
明治33年（1900年）9月27日～昭和49年（1974年）7月31日　生鳥取県倉吉町　学早稲田大学文学部卒　歴窪田空穂に師事し「国民文学」などに歌や評論を発表し、のち「花冠」を主宰する。昭和13年「群竹」を刊行。また和歌文学会においても活躍し、「短歌文学の近代圏」の著書がある。

嵯峨 信之　さが・のぶゆき　詩人
明治35年（1902年）4月18日～平成9年（1997年）12月28日　生宮崎県北諸県郡都城町（都城市）　名本名＝大草実（おおぐさ・みのる），筆名＝諏訪沙吉　学高輪中中退　歴7人弟妹の長男。大正10年頃より詩作に熱中。12年萩原朔太郎に師事し、高橋元吉宅の食客となる。14年より「文芸春秋」編集の手伝いを始め、同社に正式入社。初期の同誌を事実上統括した。昭和12年退社。13年今村信吉の援助を受けて東京・牛込で矢の倉書店を創業。20年大阪市で敗戦を迎える。戦後は嵯峨信之の筆名で詩人として活動、32年第一詩集「愛と死の数え唄」を刊行。また、25年より「詩学」編集に参加、26年より木原孝一と設立した詩学社で発行を継承。40年代からは長く編集に携わり、新人投稿欄「詩学研究会」からは吉野弘、川崎洋、茨木のり子らを送り出した。他の詩集に「魂の中の死」「開かれる日、閉ざされる日」「土地の名～人間の名」などがある。 [賞]芸術選奨文部大臣賞（第46回, 平成7年度）〔平成8年〕「小詩無辺」, 現代詩花椿賞（第4回）〔昭和61年〕「土地の名～人間の名」, 現代詩人賞（第13回）〔平成7年〕「小詩無辺」

嵯峨 柚子　さが・ゆうし　俳人
明治39年（1906年）3月29日～昭和60年（1985年）11月10日 [生]福井県福井市 [名]本名＝岡本祐世 [学]金沢真宗学院卒 [歴]昭和9年武生市の円徳寺20代住職となる。俳人としても活躍し、16年「しどみ」創刊。戦後21年「雪しろ」と改題。高浜虚子に師事し、24年「ホトトギス」同人。ほかに「海程」同人。同誌の福井県支部会長、福井県俳句作家協会顧問などを務めた。 [賞]武生市文化功労賞（昭和29年度）, 武生市特別文化功労賞〔昭和49年〕

酒井 忠明　さかい・ただあきら　歌人
大正6年（1917年）1月30日～平成16年（2004年）2月28日 [出]山形県 [学]鶴岡中卒 [歴]出羽庄内藩最後の藩主・酒井忠篤の孫で、元伯爵。歌人・佐佐木信綱に師事して短歌を研究、短歌結社・黄鶏社運営委員長。昭和29年の歌会始で入選するなど計3回歌会始に出席、平成15年には天皇陛下から特別に招かれて歌を詠む召人に選ばれた。また趣味の写真では写真集も多く出版し、“殿様カメラマン”と慕われた。松岡機業社長、庄内銀行相談役を務め、昭和61年～平成9年山形県公安委員。11年鶴岡市名誉市民に選ばれた。 [家]祖父＝酒井忠篤（出羽庄内藩主）

坂井 建　さかい・たつ　俳人
昭和22年（1947年）3月31日～平成14年（2002年）11月24日 [生]北海道釧路市 [出]東京都 [学]中央大学法学部〔昭和45年〕卒, 東京大学大学院法学政治学研究科中退 [歴]昭和46年大蔵省に入省。在インド大使館書記官、大蔵省関東財務局総務部長、国税庁会計課長、平成8年7月広島国税局長、10年名古屋国税局長、11年7月税務大学校校長。12年6月退官、日本鉄道建設公団理事となる。一方、昭和49年かすみ句会に入会、篠塚しげるに師事。平成4年「ホトトギス」に投句、6年同人。虚子記念文学館理事、「山茱萸会」代表。句集に「乾坤」、合同句集に「かすみ」「野分会」など。 [賞]朝日俳壇賞〔平成8年〕

坂井 徳三　さかい・とくぞう　詩人
明治34年（1901年）10月26日～昭和48年（1973年）1月28日 [生]広島県尾道 [名]本名＝坂井徳三郎, 別名＝世田三郎 [学]早稲田大学英文科卒 [歴]国民新聞記者となり、「アクション」「左翼芸術」から「ナップ」に参加。「ナップ」解散後、壺井繁治らとサンチョ・クラブを設立、昭和11年諷刺詩集「百万人の哄笑」を刊行した。中国で敗戦、帰国後新日本文学会会員を経て人民文学に転じ、「新日本詩人」「詩運動」「詩人会議」など詩サークル運動に活躍した。

酒井 友二　さかい・ともじ　歌人
昭和5年（1930年）～平成24年（2012年）1月6日 [出]新潟県佐渡郡金井町（佐渡市） [歴]平成3年から新潟日報佐渡版「島の文芸」の短歌選者を務めた。歌と評論社代表、佐渡短歌懇話会顧問。著書に「佐渡のうたびとたち」「金井町のいしぶみ」「萬葉集雑感」などがある。

酒井 広治　さかい・ひろじ　歌人
明治27年（1894年）4月27日～昭和31年（1956年）1月30日 [生]福井県今村郡岡本村 [学]東京歯科医専卒 [歴]歯科医をしていたが、大正初年より北原白秋に師事し「地上巡礼」「ARS」「煙草の花」「多磨」などに参加し、昭和21年「あさひね」を主宰。28年「コスモス」創刊に参加。29年歌集「雪来る前」を刊行した。

酒井 ひろし　さかい・ひろし　歌人
明治36年（1903年）1月2日～平成2年（1990年）1月2日 [生]福井県 [出]東京都 [名]本名＝酒井衍（さかい・ひろし） [学]東京帝国大学法学部〔昭和4年〕卒 [歴]昭和4年毎日新聞社入社。東京本社経理部長、営業局次長、財務部長、経理局次長、監査役、常勤監査役を経て、57年顧問。歌人としては、6年蒼穹社入門、岡野直七郎に師事。歌誌「白虹」、「彩光」顧問。歌集に「霞む山脈」「山の暁」「慟哭の海」「米寿前」。 [賞]柴舟会賞〔昭和63年〕「米寿前」

酒井 真右　さかい・まさう　詩人
大正7年（1918年）11月18日～平成1年（1989年）3月6日 [生]埼玉県 [学]宮城師範初等科〔昭和17年〕卒 [歴]昭和12年志願して満州で飛行第16連隊に入隊。15年除隊。戦前から組織活動をし、16年仙台憲兵隊に治安維持法違反容疑で検挙される。戦後は、教師生活を送るが、24年にレッドパージにあい、内灘・砂川などの基地反対闘争や地域文化サークル誌運動などに打ち込む。文筆活動も始め、33年共産党を脱党してからは小説、詩作に専念する。詩集に「日本部落冬物語」「十年」、小説に「寒冷前線」「高崎五万石騒動」、一茶を書いた「百舌ばっつけの青春」などがある。

酒井 鱒吉　さかい・ますきち　俳人
大正3年（1914年）10月26日～昭和61年（1986年）1月4日　[生]東京市下谷区竹町（東京都台東区）　[名]本名＝酒井満寿吉, 旧号＝酒井欣生　[学]高小卒　[歴]職を転々としたのち、晩年は紙芝居、互助会に勤務した。父（号＝芦舟）が俳句を作っていた影響で少年時代より俳句を始め、ガリ版刷の小俳誌「ひこばえ」を発行したこともある。昭和39年「鷹」創刊同人として参画し、42年には第2回鷹俳句賞を受賞。句集に「鱒吉句集」「続鱒吉句集」「酒井鱒吉句文集」がある。[賞]鷹俳句賞（第2回）〔昭和42年〕

酒井 黙禅　さかい・もくぜん　俳人
明治16年（1883年）3月15日～昭和47年（1972年）1月8日　[生]福岡県八女郡水田村　[名]本名＝酒井和太郎, 別号＝良曙, 雪山　[学]東京帝国大学医学部卒　[歴]大正9年松山赤十字病院に赴任、長く同病院長を務めた。俳句は高浜虚子に師事、「ホトトギス」に拠り、同課題選者。昭和21年愛媛ホトトギス会機関誌「柿」の雑詠選者、24年上甲明石の「峠」創刊で雑詠選者となった。また虚子に次いで愛媛図書館内「俳諧文庫」会長となり、長老として敬愛された。句集「後の月」「一日花」「続後の月」、文集に「医人寄語」。

阪口 涯子　さかぐち・がいし　俳人
明治34年（1901年）11月11日～平成1年（1989年）9月20日　[生]長崎県佐世保市　[名]本名＝阪口秀二郎　[学]九州帝国大学医学部〔大正15年〕卒　[歴]大連通信医院長などを経て、佐世保西海病院に勤務。俳句は「天の川」を経て、昭和37年「海程」同人。この間、28～42年「俳句基地」、43年から「鋭角」を主宰。句集に「北風列車」「阪口涯子句集」など。　[賞]長崎新聞文化賞〔昭和54年〕, 佐世保文学賞〔昭和60年〕

坂口 春潮　さかぐち・しゅんちょう　俳人
明治35年（1902年）1月27日～昭和63年（1988年）5月8日　[生]愛知県　[名]本名＝坂口勝（さかぐち・まさる）　[学]日本大学高等師範部卒　[歴]昭和46年太田鴻村に師事し、「林苑」に入会。52年同人。句集に「合掌」。　[賞]林苑賞〔昭和52年〕

阪口 穣治　さかぐち・じょうじ　詩人
昭和35年（1960年）9月23日～平成4年（1992年）8月7日　[生]広島県広島市　[学]友生養護学校高等部〔昭和55年〕卒　[歴]昭和37年1種1級の脳性小児麻痺と診断される。中学1年の時、電動タイプライターを知る。高等部1年の時から詩を書き出し、「友生の夢」がボニージャックス西脇久夫の作曲によりボニージャックスに歌われ、友生養護学校の愛唱歌になる。57年同人誌「姫路文学人会議」に入会。58年日本基督教団ナザレン神戸平野教会で洗礼を受ける。60年NHK第二放送「心身障害者とともに」で「いのちのふるえ」が放送される。63年長崎「コスモス文学の会」詩友。平成4年死去。三枝成彰により「混声組曲いのちのふるえ」が作曲される。詩集に「いのちのふるえ」「ささやかな木」「へばりついた器」「阪口穣治詩集」がある。

阪口 保　さかぐち・たもつ　歌人
明治30年（1897年）3月14日～平成1年（1989年）2月2日　[生]三重県　[名]別名＝阪口多藻津　[学]京都府立一中〔大正3年〕卒　[歴]大正3年「白日社」に入社、以来、前田夕暮に師事。「地中海」にも加わり、昭和42年「詩歌」復刊で再入会。歌集に「羇旅発思」「琉球抄」「羇旅陳思」、その他の歌書に「相聞の展開」「挽歌の本質」「万葉兵庫」「短歌の文法」などがある。　[勲]勲三等瑞宝章〔昭和52年〕

坂田 苳子　さかた・とうし　俳人
大正3年（1914年）4月19日～平成15年（2003年）12月10日　[生]岡山県　[名]本名＝坂田勝茂　[学]東京物理学校卒　[歴]東京物理学校卒業後、中央気象台に入る。のち岡山中央気象台長を最後に定年退官。一方、昭和31年から運輸省の職場俳誌「草紅葉」に投句、37年「菜殻火」に入会して野見山朱鳥に師事。42年「円」創刊に参加、49年同人。岡山県俳人協会常任幹事、副会長も務めた。句集に「布良句抄」「帰雁」「青饅」がある。　[賞]円賞〔昭和43年〕, 円作家賞〔昭和55年〕, 草紅葉賞〔昭和58年〕, 景山筍吉賞〔平成5年〕

坂田 信雄　さかた・のぶお　歌人
明治44年（1911年）3月14日～平成6年（1994年）9月13日　[生]栃木県　[名]本名＝坂田定雄　[歴]昭和9年「潮音」に入会。40年「木曜」入会、編集発行人を務める。49年「地中海」に入会、同人。歌集に「閑蟬」「寒峭」。　[賞]日本歌人クラブ賞（第16回）〔平成1年〕「寒峭」

阪田 寛夫　さかた・ひろお　詩人

大正14年（1925年）10月18日～平成17年（2005年）3月22日　生大阪府大阪市　学東京大学文学部国史学科〔昭和26年〕卒　資日本芸術院会員〔平成2年〕　歴東京帝大在学中に応召して中国に渡り、病気療養中に終戦を迎える。復学後の昭和25年、三浦朱門らと第五次「新思潮」を興す。26年大阪朝日放送に入社、上司に庄野潤三がいた。子ども番組のプロデューサーや編成局ラジオ製作部次長などを務める傍ら、数多くの放送脚本を執筆。38年退社、以後文筆業に専念。詩、小説、童謡、絵本、ミュージカルと活動分野は多岐にわたり、中でもわかりやすい言葉で子どもの世界を歌った童謡「サッちゃん」「おなかのへるうた」は多くの人々に親しまれた。50年小説「土の器」で芥川賞を受賞。毎日出版文化賞を受賞した「わが小林一三」や詩人まど・みちおを描いた「まどさん」など、評伝にも優れた作品が多い。他の代表作に詩集「わたしの動物園」「夕方のにおい」、小説「わが町」「背教」「花陵」「海道東征」、童謡「うたえバンバン」、児童書「トラジイちゃんの冒険」「ちさとじいたん」、ミュージカル「さよならTYO」などがある。二女は宝塚歌劇団花組トップスターを務めた大浦みずき。　勲勲三等瑞宝章〔平成7年〕　賞芥川賞（第72回）〔昭和50年〕「土の器」，日本芸術院賞恩賜賞（第45回）〔平成1年〕，日本童謡賞〔昭和48年〕「うたえバンバン」，赤い鳥文学賞特別賞〔昭和51年〕，野間児童文芸賞（第18回）〔昭和55年〕「トラジイちゃんの冒険」，赤い靴児童文化大賞（第1回）〔昭和55年〕「夕方のにおい」（詩集），赤い鳥文学賞特別賞（第20回）〔平成2年〕「まどさんのうた」，産経児童出版文化賞美術賞（第40回）〔平成5年〕「まどさんとさかたさんのことばあそび」　家二女＝大浦みずき（宝塚スター），兄＝阪田一夫（阪田商会社長），おじ＝大中寅二（作曲家）

坂田 文子　さかた・ふみこ　俳人

大正5年（1916年）7月24日～平成11年（1999年）8月10日　生北海道　名本名＝坂田フミ　学東邦医科大学卒　歴昭和27年「ゆく春」の室積徂春に師事。30年「アカシヤ」主宰の土岐錬太郎に師事。句集に「啓蟄」「薔薇」「花冷え」がある。　賞徂春賞〔昭和47年〕，名寄市文化奨励賞〔昭和51年〕

坂田 嘉英　さかた・よしひで　詩人

大正13年（1924年）5月19日～平成1年（1989年）5月22日　生富山県富山市　歴長く北日本放送の美術室に勤めた。昭和21年沖野栄祐の「消遙」に参加して詩作を始め、高島高に師事。28年「泡」を創刊。「日本詩」「新富山文学」「野の声」などに作品を発表した。詩集に「蜃気楼」「斜視的風景」「明眸皓歯」などがある。

坂戸 淳夫　さかと・あつお　俳人

大正13年（1924年）3月4日～平成22年（2010年）1月3日　生長野県　歴中日新聞社友。昭和59年「騎」を創刊、編集兼発行人。句集に「冬樹」「束刑」「苦艾」「艸衣集」「異界」「影異聞」などがある。　賞中日俳句賞〔昭和59年〕

坂間 晴子　さかま・はるこ　俳人

昭和3年（1928年）1月31日～平成19年（2007年）1月28日　生神奈川県　学横浜市立女高専卒　歴昭和33年「春燈」に拠り、久保田万太郎の選を受ける。38年師の逝去後、安住敦に師事。「春燈」同人。長く図書館司書を務めた。句集に「和音」がある。　賞春燈賞〔昭和48年〕

坂巻 純子　さかまき・すみこ　俳人

昭和11年（1936年）3月8日～平成8年（1996年）10月31日　生千葉県　学共立女子短期大学卒　歴昭和45年「沖」創刊に参加し、46年同人。句集に「新絹」「花呪文」「夕髪」。　賞沖賞（第13回）「花呪文」，俳人協会新人賞（第8回）「花呪文」

坂村 真民　さかむら・しんみん　詩人

明治42年（1909年）1月6日～平成18年（2006年）12月11日　出熊本県玉名市　名本名＝坂村昂（さかむら・たかし）　学神宮皇学館本科〔昭和6年〕卒　歴昭和9年朝鮮へ渡り、20年全州師範勤務中に終戦を迎える。21年帰国して愛媛県の三瓶高校などで教鞭をとり、49年退職。以来、詩作一筋に生きる。この間、26年詩誌「ペルソナ」を創刊、のち「詩国」「鳩寿」と改題。仏教を土台にした詩で知られ、31年に発表した「念ずれば花ひらく」などの作品で名高い。著書に「坂村真民全詩集」（全7巻）などがある。　賞愛媛新聞賞〔昭和49年〕，愛媛県教育文化賞〔平成1年〕，愛媛県功労賞〔平成11年〕，熊本県近代文化功労者〔平成15年〕

坂本 明子　さかもと・あきこ　詩人
大正11年（1922年）7月13日 ～平成19年（2007年）12月29日　生兵庫県神戸市　出岡山県赤磐郡吉井町（赤磐市）　名本名＝坂本智恵子（さかもと・ちえこ）　歴1歳の時に小児マヒに罹って下半身の自由を奪われ、就学できなかったため小学校と女学校の課程を自宅学習した。一方、13歳の時に「北原白秋詩集」を読んで詩を書き始め、少女雑誌などに投稿。昭和20年より本格的に詩作を開始。24年「日本未来派」同人。31年より詩誌「裸足」を主宰した。詩集「善意の流域」「湧いてくる音を」「水と炎の宴」「吉備野咲き継じ」などの他、詩史「岡山の現代詩」がある。　賞岡山市文化奨励賞, 岡山県文化奨励賞, 岡山県文化賞（芸術部門, 平成18年度）

坂本 篤　さかもと・あつし　編集者
明治34年（1901年）9月6日 ～ 昭和52年（1977年）12月17日　生山梨県　歴子どもの頃「末摘花」を読んで以来、江戸軟文学の探究に入る。印刷業を経て、大正末期に民俗雑誌「人文」や「共古随筆」（昭和3年）などを刊行。その後、艶本出版を続け、再三にわたって警視庁に摘発される。戦後は有光書房を興し、岡田甫「川柳末摘花」などを刊行したが、35年「艶本研究シリーズ・国貞」により、わいせつ文書販売の容疑で起訴され、46年最高裁で有罪が確定（国貞裁判）。以後も江戸文化を後世に伝える仕事に情熱を燃やし続けた。　家祖父＝内藤伝右衛門（出版人）

坂本 梅子　さかもと・うめこ　詩人
明治44年（1911年）2月24日 ～平成24年（2012年）3月13日　出秋田県仙北郡田沢湖町（仙北市）　学湯沢高女卒　歴詩人として、人と自然、生と死などをテーマに詩作を続けた。詩集に「わがままな春」「風葬のむら」「すすきの幻想」「崩れゆく地（続風葬のむら）」「星座へ向う列車」「いろはにほへどちりぬるを」「土蔵ものがたり」などがある。　賞秋田県芸術選奨〔平成3年〕, 秋田県文化功労者〔平成14年〕　家弟＝千葉治平（小説家）

阪本 越郎　さかもと・えつろう　詩人
明治39年（1906年）1月21日 ～昭和44年（1969年）6月10日　生福井県福井市宝永町　名本名＝坂本越郎　学東京帝国大学心理学科〔昭和5年〕卒　歴ドイツ文学者としてお茶の水女子大学教授などを歴任する一方で「椎の木」「四季」などに参加、詩人としても活躍。一方、少年詩や児童文化評論を書き、アンデルセン童話の翻訳も手がけた。昭和30年日本児童文芸家協会の創立にともない理事として尽力。詩集に「雲の衣裳」「暮春詩集」「夜の構図」「定本 阪本越郎全詩集」などがあり、独文学者としても「今日の独逸文学」などの著書がある。　家父＝阪本蘋園（漢詩人・貴院議員）, 異母弟＝高見順（詩人・小説家）, 従兄＝永井荷風（小説家・随筆家）

坂本 一胡　さかもと・かずこ　川柳作家
大正6年（1917年）3月28日 ～ 平成15年（2003年）12月31日　生東京市神田区（東京都千代田区）　名本名＝坂本朝一（さかもと・ともかず）　学早稲田大学文学部英文科〔昭和14年〕卒　歴昭和14年NHKに入局。主に演芸やドラマなどのラジオ番組を担当。15年テレビ実験放送で日本初のテレビドラマ「夕餉前」（脚本・伊馬春部）の演出を手がけた。戦後は「二十の扉」「私は誰でしょう」「向う三軒両隣り」などの番組を担当してラジオ全盛を支え、テレビ放送開始後は「バス通り裏」「事件記者」などを手がけ連続ドラマという手法を確立。36年朝の連続テレビ小説の第一作「娘と私」を送り出し、41年「おはなはん」が大ヒット、“朝ドラ”の基礎を築いた。専務理事、芸能局長、放送総局長、副会長などを経て、51年NHK生え抜きとして始めて会長に就任。57年顧問。60年国家公安委員会委員、62年国語審議会会長、平成9年横綱審議委員会委員長なども歴任した。また、川柳作家・坂本柿亭の長男で、中学の頃から川柳に親しむ。一胡と号し、父主宰の「柿」同人や「川柳研究」幹事も務めた。著書に「放送よもやま話」「放送つれづれ草」「坂本一胡川柳集」などがある。　勲勲一等瑞宝章〔平成2年〕　家父＝坂本柿亭（川柳作家）

坂本 小金　さかもと・しょうきん　歌人
明治41年（1908年）10月12日～昭和51年（1976年）12月25日　生千葉県　名本名＝志鎌正雄　学東洋大学文学部国文学科卒　歴昭和4年9月「歌と評論」に入会。藤川忠治に師事。49年4月藤川死去のあと編集代表。歌集に「魚族」「地虫」「坂本小金歌集」、他に「必須勅撰和歌集」がある。

坂本 泰堂　さかもと・たいどう　俳人
明治37年（1904年）10月13日 ～ 平成5年（1993年）1月9日　生広島県　名本名＝坂本忠　学広

島師範卒　歴小学校校長、福山市教育委員会学校教育課長、中央公民館長を歴任。昭和32年作句を始め、「馬酔木」の原柯城の指導を受ける。35年「風雪」創刊と共に入会、38年同人。句集に「白木蓮」。　勲勲五等瑞宝章〔昭和56年〕

坂本 俳星　さかもと・はいせい　俳人
大正6年（1917年）12月1日 ～ 昭和61年（1986年）10月5日　生栃木県　名本名＝坂本仲（さかもと・なか）　学栃木県立宇都宮工業学校卒　歴昭和23年「夏草」入会、34年同人。31年「若楓」を有志と発行、幹事及編集等を行う。　賞夏草功労賞〔昭和48年〕

さかもと・ひさし　詩人
生年不詳 ～ 昭和55年（1980年）1月8日　名本名＝坂本寿　歴昭和40年詩集「瀬戸内海詩集」で第1回大木惇夫賞を受賞。詩集「火の国」などがある。　賞大木惇夫賞（第1回）〔昭和40年〕「瀬戸内海詩集」

坂本 不二子　さかもと・ふじこ　歌人
大正4年（1915年）3月30日 ～ 平成19年（2007年）4月2日　生東京都　学実践女子専門学校　歴実践女子専門学校在学中の昭和8年、「潮音」に入会して太田水穂、四賀光子に師事。徳島市民病院副院長などを務めた夫の転勤により徳島県に移り、24年「徳島短歌」に参加、32年～平成6年主宰。徳島歌壇選者や徳島県歌人クラブ会長も務めたが、夫の死去により徳島県を去った。歌集に「藍白地」「われの湖」がある。

坂本 碧水　さかもと・へきすい　俳人
明治39年（1906年）7月10日 ～ 昭和63年（1988年）11月29日　生愛媛県南宇和郡　名本名＝坂本操　学愛媛県師範卒　歴大正15年田所鏡水の手ほどきを受ける。昭和2年「石楠」、25年「虎杖」、40年「航標」同人。句集に「すぎこしかた」「一路」「土に還る」「酌むや自愛」「踏み跡」。　賞虎杖作家賞〔昭和32年〕

坂本 遼　さかもと・りょう　詩人
明治37年（1904年）9月1日 ～ 昭和45年（1970年）5月27日　生兵庫県加東郡東条町横谷　学関西学院英文科〔昭和2年〕卒　歴大阪朝日新聞記者としての仕事をしながら詩作を続け、「銅鑼」同人となり、昭和2年詩集「たんぽぽ」を刊行。戦後は竹中郁と共に関西で戦後の児童詩運動を展開して「きりん」を主宰、児童自由詩を広めた。その主張をまとめた著書に「子どもの綴方・詩」がある。代表作は長編「きょうも生きて」「虹 まっ白いハト」など。没後「坂本遼作品集」「かきおきびより―坂本遼児童文学集」が刊行された。

相良 宏　さがら・ひろし　歌人
大正14年（1925年）4月14日 ～ 昭和30年（1955年）8月23日　生東京都　学中央工専航空機科〔昭和20年〕中退　歴昭和19年中央工業専門学校航空機科に入学したが、翌年秋退学。数ケ月後喀血し、以後療養生活に入る。23年から「新泉」で近藤芳美の選を受け、26年「未来」創刊に参加。31年「相良宏歌集」を刊行。

相良 平八郎　さがら・へいはちろう　詩人
昭和6年（1931年）1月1日 ～ 平成7年（1995年）1月9日　生旧朝鮮平壌　学呉竹高卒　歴詩誌「砂嘴」編集発行、詩誌「燕雀」同人。昭和58年～平成3年広島県詩人協会会長。詩集に「地霊遊行」「相続放棄」「博物誌拾」がある。　賞日本詩人クラブ賞（第25回）〔平成4年〕「地霊遊行」

相良 義重　さがら・よししげ　歌人
明治35年（1902年）9月3日 ～ 昭和58年（1983年）4月12日　生福島県相馬郡金房村　学札幌鉄道教習所〔大正9年〕卒　歴4歳の時北海道に移る。大正6年金子薫園に師事し、作歌を始める。昭和13年第一次「原始林」創刊に参加、戦後は選者を務めた。29年北海道歌人会創立で事務局長となり、また北海道文学館副理事長も務めた。歌集に「防雪林」「低地帯」「喜望峰」などがある。　勲藍綬褒章〔昭和51年〕　賞北海道文化奨励賞〔昭和42年〕

佐川 雨人　さがわ・うじん　俳人
明治11年（1878年）12月29日 ～ 昭和43年（1968年）1月26日　生島根県松江市　名本名＝佐川春水　学東京高師卒　歴日大・法政・専修大各大学講師を経て明大教授となり、のち日進英語学校を創立、校長に就任。戦後は島根大学講師などを務めた。句作は松江中学時代より始め、大谷繞石の指導のもとで奈倉梧月らと碧雲会を結成。東京・市川時代虚子に学び、戦後帰郷し「城」選者となる。「ホトトギス」同人。句集「梅」がある。

佐川 英三　さがわ・えいぞう　詩人
大正2年（1913年）9月4日 ～ 平成4年（1992年）11月22日　生奈良県　名本名＝大田行雄　学大阪鍼灸学校卒　歴第一書房、北斗書院に勤

務。17歳の頃から詩作を始め「日本詩壇」に投稿。「豚」「現代詩精神」「花」を経て「日本未来派」同人となる。昭和14年「戦場下」を、16年「野戦詩集」を刊行し、戦後も「若い湖」「絃楽器」「現代紀行」「佐川英三詩集」などを刊行。

朔多 恭　さくた・きょう　俳人
大正7年（1918年）1月8日～平成19年（2007年）12月3日　生広島県尾道市　名本名＝作田実夫（さくた・じつお）　学尾道中卒　歴昭和13年上京して藤田組に入社。45年東京支店副支店長、47年朝日電設常務、51年専務、55年社長を歴任、60年相談役。また、俳人として知られ、11年室積徂春主宰「ゆく春」、大野林火主宰「浜」を経て、31年梅田桑弧、見学玄らと「胴」を創刊。50年野沢節子主宰「蘭」に入会、51年同人。句集「流離」「海と白桃」「薔薇園にて」「夕べの櫂」、著書に「木下夕爾の俳句」などがある。

佐久間 東城　さくま・とうじょう　俳人
明治38年（1905年）10月10日～平成7年（1995年）12月5日　生福島県須賀川市　名本名＝佐久間安三郎　学東京高師理科第一部（数学）卒　歴北海道・埼玉県の旧制中学校に勤務、戦後は越谷・春日部・熊谷の高校長を歴任。俳句は、昭和11年当時同僚であった加藤楸邨を知って「寒雷」に入会、29年「寒雷」同人に推された。埼玉俳句連盟会長、同地区現代俳句協会会長を務める。句集に「蟻の刻」「白桔梗」「大榧」「飛天」がある。　賞寒雷清山賞〔昭和60年〕

作間 正雄　さくま・まさお　俳人
大正6年（1917年）5月21日～昭和62年（1987年）9月2日　生東京市神田区（東京都千代田区）学東京帝国大学法学部卒　歴昭和14年「成層圏」に入会、中村草田男に就く。21年「萬緑」入会。24年「萬緑」同人。句集に「枯野富士」。賞萬緑賞（第12回）〔昭和40年〕

作山 暁村　さくやま・ぎょうそん　歌人
明治41年（1908年）3月4日～昭和58年（1983年）6月18日　生福島県　名本名＝作山佐助　歴昭和17年「歌と観照」に入社、岡山巌に師事。30年11月「構図」で福島県文学賞受賞。32年「歌と観照」福島支社長、「きびたき短歌会」を創立主宰。42年福島県歌人会長。48年岡山巌賞受賞。歌集に「構図」「巷音」「行人無涯」「雲の上の雲」がある。　賞福島県文学賞（短歌，第8回）〔昭和30年〕「構図」，岡山巌賞〔昭和48年〕

桜井 勝美　さくらい・かつみ　詩人
明治41年（1908年）2月20日～平成7年（1995年）7月24日　生北海道岩見沢市　学日本大学文学部卒　歴日大卒業後、小・中学校の教員となり、昭和43年杉並区立松渓中学校長として退職。少年時代から詩や俳句を「文章倶楽部」などに投稿し、昭和3年私家版の詩集「天塩」を刊行。6年上京し「麵麭」「昆侖」同人となり、戦後は「時間」同人となる。28年刊行の「ボタンについて」でH氏賞を受賞。30年時間賞を受賞し、41年「葱の精神性」で第1回北川冬彦賞を受賞。ほかに「泥炭」や評論「現代詩の魅力」「志賀直哉の原像」「志賀直哉随聞記」などの著書がある。　勲勲五等双光旭日章〔平成5年〕　賞H氏賞（第4回）〔昭和29年〕「ボタンについて」，時間賞（第2回・評論賞）〔昭和30年〕，北川冬彦賞（第1回）〔昭和41年〕「葱の精神性」

桜井 滋人　さくらい・しげと　詩人
昭和8年（1933年）7月21日～平成20年（2008年）9月21日　生埼玉県　名本名＝桜井茂（さくらい・しげる），筆名＝桜井左方人（さくらい・さほと）　学中央大学法学部法律科〔昭和32年〕卒　歴昭和32年チェイスマンハッタン銀行勤務、40年より文筆業。

桜井 青路　さくらい・せいじ　俳人
明治40年（1907年）11月28日～平成13年（2001年）8月23日　生長野県　名本名＝桜井鐘一　学高小卒　歴昭和10年頃「さいかち」に入会、松野自得の手ほどきを受ける。23年「さいかち」同人。　賞さいかち賞〔昭和26年〕

桜井 琢巳　さくらい・たくみ　詩人
大正15年（1926年）11月30日～平成15年（2003年）4月29日　生茨城県南山内村（笠間市）　歴昭和24年頃サナトリウムで療養中に石川啄木、金子光晴などを読み、文学を志す。多数の詩集や評論集等を上梓し、現代詩人、文芸評論家として孤高の地位を確立。晩年は特に西川徹郎の実存俳句に感銘を受け、療養生活を続けながらヨーロッパの世界的詩人たちと西川文学を比較検証した西川徹郎論を展開した。著書に、詩集「コロナの歌」「夏が終わるとき」「桜井琢巳初期詩集」「遠い火」「まぼろし」、評論集「地平と喪失」「サナトリウムの青春」「太陽にまじわる海」「地平線の羊たち」「夕暮れから曙へ」「喪の中の虹」「西川徹郎全句集」「世界詩としての俳句―西川徹郎論」など。　賞茨城文学賞

〔昭和58年〕, 茨城新聞社賞〔昭和62年〕

桜井 哲夫　さくらい・てつお　詩人
大正13年（1924年）7月10日 ～ 平成23年（2011年）12月28日　生青森県北津軽郡鶴田町妙堂崎　名本名＝長峰利造（ながみね・としぞう）　学水元村立水元尋常高小高等科〔昭和14年〕卒　歴青森のリンゴ農家に生まれる。13歳でハンセン病を発病し、昭和16年群馬県草津のハンセン病療養所栗生楽泉園に入園。28年失明。60歳近くになって詩作に出会い、58年栗生詩話会に入会。平成20年83歳にして初めて本名による詩集「鶴田橋賛歌」を出版した。カトリック信者であり、19年バチカンでローマ法王・ベネディクト16世の一般謁見に参加、法王から直接に祝福を受けた。他の詩集に「津軽の子守唄」「ぎんよう」「無窮花（むくげ）抄—桜井哲夫詩集」「タイの蝶々」「鵲の家」、散文集に「盲目の王将物語」などがある。

桜井 天留子　さくらい・てるこ　俳人
明治40年（1907年）10月6日 ～ 平成7年（1995年）1月25日　生三重県四日市市　名本名＝桜井てる　学東京女高師文科〔昭和4年〕卒　歴四日市高女、東京女子師範附属小、府立第十高女などで13年間教員を務める。俳句は昭和15年「草茎」に入会。26年「寒雷」に入会、のち同人。28年「女性俳句」に入会。57年現代俳句協会会員。句集に「泉」「二人静」「桜井天留子集」。　賞季刊連句武翁賞（第3回）〔昭和61年〕

桜井 博道　さくらい・はくどう　俳人
昭和6年（1931年）1月2日 ～ 平成3年（1991年）6月3日　生東京都品川区　名本名＝桜井博道（さくらい・ひろみち）　学早稲田大学商学部卒　歴昭和24年「寒雷」入会、45年森澄雄の「杉」創刊参加。「寒雷」「杉」同人。句集に「海上」「文鎮」がある。　賞現代俳句協会賞（第17回）〔昭和45年〕, 清山賞（第12回）〔昭和55年〕

桜井 増雄　さくらい・ますお　詩人
大正5年（1916年）9月2日 ～ 平成7年（1995年）11月1日　生愛知県　学太平洋美術学校卒　歴「新生日本文学」（昭和21年創刊）や「全線」（昭和35年創刊）を主宰し、自らも小説、評論、随筆、詩など幅広く発表する。昭和40年小説「処女」を刊行したのをはじめ、「大地の塔」「百家文苑録」「曲線列島」「武蔵野」「文芸随想感想集」、詩集「高嶺薔薇」などの多くの著書がある。

桜木 俊晃　さくらぎ・しゅんこう　俳人
明治27年（1894年）11月20日 ～ 平成2年（1990年）2月4日　生愛知県名古屋市　名本名＝桜木俊晃（さくらぎ・としあき）　学早稲田大学政治経済学部卒　歴東京朝日新聞に入社、「週刊朝日」などの編集を経て校閲部長で退社。早くから俳句をたしなみ、大正13年吉田冬葉の手ほどきを受ける。14年「獺祭」創刊に関与、以来同人。昭和54年より「獺祭」主宰。句集に「歳月」「金婚」、随筆集に「俳浄土」などがある。

桜田 角郎　さくらだ・かくろう　歌人
明治38年（1905年）～昭和29年（1954年）　生北海道函館市　学神宮皇学館卒　歴出版社勤務などを経て、旧制函館中学などで教職に就く。太平洋戦争中一時神職になったため公職追放なども経験。昭和25年追放解除後根室支庁に勤務。一方中学時代から短歌に親しみ、教職時代から短歌誌「アララギ」に投稿を続けアララギ派の新進歌人として嘱望された。29年処女歌集出版の打合わせのため上京する際、洞爺丸沈没に遭遇して亡くなった。平成3年遺族の手により「定本桜田角郎全歌集」が刊行された。

笹井 宏之　ささい・ひろゆき　歌人
昭和57年（1982年）8月1日 ～ 平成21年（2009年）1月24日　生佐賀県西松浦郡有田町　名本名＝筒井宏之（つつい・ひろゆき）　歴生家は曽祖父の代に興った窯元。小学3年頃から原因不明の吐き気や眼痛に襲われ、睡眠障害や自律神経失調などのため、やむなく高校を中退。療養生活を送る中で、平成16年より短歌を詠み始める。19年「未来」に入会し、20年第一歌集「ひとさらい」を刊行。21年26歳で急逝した。　賞歌葉新人賞（第4回）〔平成17年〕, 未来賞〔平成19年〕, 石川啄木賞（佳作）〔平成20年〕

佐々木 一止　ささき・いっし　俳人
明治40年（1907年）6月28日 ～ 昭和57年（1982年）6月30日　生宮城県　名本名＝佐々木正　学鉄道教習所専門部卒, 高文合格　歴国鉄局部長、出張所長を経て、日本食堂東北支部長、取締役支部長。昭和28年「夏草」入会、41年同人。　賞夏草功労賞〔昭和52年〕

佐々木 左木　ささき・さぼく　俳人
明治36年（1903年）2月10日 ～ 平成4年（1992年）6月24日　出秋田県能代市　名本名＝佐々木卯吉　歴大正7年から「俳星」に所属して石

井露月らに師事。同編集長、主幹を務めた。昭和60年に刊行した「俳星句集」では子規、露月らの俳論を収集し、秋田県の俳句史を明らかにした。能代市議も務めた。 賞秋田県芸術文化章〔昭和59年〕, 秋田県文化功労者〔平成1年〕

佐々木 妙二　ささき・たえじ　歌人

明治36年（1903年）3月15日 ～ 平成9年（1997年）2月14日 生秋田県大館市 名本名＝佐々木重臣 学東京医学専卒 歴産婦人科医院長を務めるの傍ら、昭和4年「まるめら」同人となり、「短歌時代」にも参加。戦後、渡辺順三の「新日本歌人協会」結成に参加。歌集に「診療室」「かぎりなく」「生」などがある。 賞渡辺順三賞（第5回）〔昭和59年〕 家息子＝佐々木潤之介（歴史学者）

佐々木 伝　ささき・でん　俳人

明治42年（1909年）4月17日 ～ 平成5年（1993年）1月17日 生茨城県 名本名＝佐々木伝之亟（ささき・でんのじょう） 学高小卒 歴昭和26年むらさき吟社・宮本公道の門に入る。28年小神野藤花の「ふもと」へ入会、同人。のち野竹雨城主宰の「故郷」同人。54年「河」に入会、同人。

佐佐木 信綱　ささき・のぶつな　歌人

明治5年（1872年）6月3日～昭和38年（1963年）12月2日 生安濃津県鈴鹿郡石薬師村（三重県鈴鹿市薬師町） 名旧姓・旧名＝佐々木, 号＝岳柏園 学帝国大学文科大学古典科〔明治21年〕卒 資帝国学士院会員〔昭和9年〕, 帝国芸術院会員〔昭和12年〕 歴明治16年11歳で「文章作例集」を刊行。23年18歳から父・弘綱と共著で「日本歌学全書」（全12巻）の刊行に従事。24年弘綱没後、竹柏会を主宰し、31年「心の花」を創刊、和歌革新運動をおこす。36年第一歌集「思草」を刊行、以後、歌人、万葉学者、国文学者として幅広く活躍。昭和12年第1回の文化勲章を受章。歌人としては歌集「思草」「新月」「常盤木」「天地人」「山と水と」などを刊行、万葉学者としては「新訓万葉集」「評釈万葉集」などのほか「校本万葉集」（全25巻）を武田祐吉らと完成させた。歌学史研究としても「歌学論叢」「日本歌学史」「和歌史の研究」「近世和歌史」などを刊行。「佐佐木信綱全集」（全16巻）がある。また唱歌「夏は来ぬ」の作詞も担当した。昭和45年亀山市へ移築されていた生家が元の鈴鹿市石薬師町に再移築され、佐佐木信綱記念館が開館、61年資料館も併設される。 勲文化勲章（第1回）〔昭和12年〕 賞帝国学士院恩賜賞〔大正6年〕, 文化功労者〔昭和26年〕, 朝日文化賞（昭和5年度）〔昭和6年〕 家父＝佐々木弘綱（国学者）, 三男＝佐佐木治綱（歌人）, 孫＝佐佐木幸綱（歌人）, 女婿＝朝永研一郎（機械工学者）, 久松潜一（国文学者）

佐々木 麦童　ささき・ばくどう　俳人

明治33年（1900年）5月25日 ～ 昭和63年（1988年）5月30日 生岩手県釜石市 名本名＝佐々木二郎（ささき・じろう） 学東京工科学校卒 歴昭和5年「夏草」創刊に参加し、山口青邨に師事。のち「夏草」同人。句集に「多気」。 賞夏草功労賞

佐佐木 治綱　ささき・はるつな　歌人

明治42年（1909年）2月20日 ～ 昭和34年（1959年）10月8日 生東京都 学東京帝国大学文学部心理学科・国文科卒 歴歌人で万葉学者の佐佐木信綱の三男。昭和15年「鶯」創刊、19年「心の花」に合併。28年以降「心の花」編集。歌集に「秋を聴く」、研究書に「伏見天皇御製集の研究」「永福門院」などがある。白百合女子短期大学教授を務めた。 家父＝佐佐木信綱（歌人）, 妻＝佐佐木由幾（歌人）, 長男＝佐佐木幸綱（歌人）

佐々木 有風　ささき・ゆうふう　俳人

明治24年（1891年）4月12日 ～ 昭和34年（1959年）4月13日 生新潟県新発田市 学東京帝国大学政治学科〔大正6年〕卒 歴昭和2年「雲母」に拠り、飯田蛇笏に師事。28年「雲」を主宰。「牡蛎の宿」「一縷の路」「杖として」などの句集がある。

佐佐木 由幾　ささき・ゆき　歌人

大正3年（1914年）11月10日 ～ 平成23年（2011年）2月2日 生旧満州大連 名本名＝佐々木由幾 学桜蔭高女〔昭和7年〕卒, 東京女子大学高等部〔昭和10年〕中退 歴旧満州・大連で生まれ、大正12年帰国。昭和12年歌人・佐佐木信綱の三男である佐佐木治綱と結婚し、治綱の編集する「鶯」に参加。34年夫が事故により急逝、35年より「心の花」を継承・主宰した。歌集に「半窓の淡月」「一茎の草」がある。 家夫＝佐佐木治綱（歌人）, 長男＝佐佐木幸綱（歌人）, 父＝鈴木庸生（化学者）, 祖父＝桜井錠二（化学者）, 義父＝佐佐木信綱（歌人）

笹沢 美明　ささざわ・よしあき　詩人
明治31年（1898年）2月6日 ～ 昭和59年（1984年）3月29日　生神奈川県横浜市　名別名＝左々美明（ささ・びめい）　学東京外国語学校独語文科〔大正9年〕卒　歴大正12年林野四郎と「新即物性文学」を創刊。昭和10年横浜の詩誌「海市」同人。18年「海市帖」で文芸汎論詩集賞を受賞し、詩人としての地位を確立。またドイツの詩・詩論の紹介者として昭和期の第一人で者あり、とくにリルケの紹介者として知られる。詩集に「密蜂の道」「海市帖」「形体詩集おるがん調」、翻訳にリルケ「愛と死の歌」などがある。　賞文芸汎論詩集賞（第10回）〔昭和18年〕「海市帖」　家三男＝笹沢左保（小説家）

笹本 正樹　ささもと・まさき　詩人　歌人
昭和6年（1931年）5月10日 ～ 平成25年（2013年）12月3日　生静岡県下田市　名本名＝笹本正樹（ささもと・まさき）　学東京教育大学大学院教育学研究科〔昭和34年〕博士課程修了　歴昭和34年香川大学助手、37年講師、40年助教授を経て、49年教授、62年附属小学校校長。平成7年退官後、14年まで高松短期大学教授。9～15年香川県詩人協会会長、池原昭治童画館館長も務めた。詩集「愛のシスコ」、歌集「爪木崎」「オリーブ岬」、評論「北原白秋論」などがある。　勲瑞宝中綬章〔平成24年〕　賞現代詩人アンソロジー最優秀賞（第10回）〔平成12年〕「ドルフィンの愛」, たかむら賞, 四国新聞文化賞, 香川県文化功労者

佐沢 波弦　さざわ・はげん　歌人
明治22年（1889年）11月7日 ～ 昭和58年（1983年）1月13日　生徳島県小松島市　名本名＝佐沢儀平　学徳島師範〔明治44年〕卒　歴帝塚山学院を昭和40年定年退職。明治末年より作歌に親しみ、「南海の子」主筆となる。大正14年「覇王樹」に参加。昭和21年に「あめつち」を創刊。49年大阪歌人クラブ設立に尽力し、初代会長となる。52年大阪文化芸術功労賞受賞。歌集に「佐沢波弦歌集」がある。　賞大阪芸術功労賞〔昭和52年〕

佐沢 寛　さざわ・ひろし　歌人　俳人
大正4年（1915年）9月17日～平成4年（1992年）2月7日　生徳島県　学九州大学法科卒　歴昭和2年中筋味左夫に作句の手ほどきを受け、白井明水、山本梅史に師事。昭和7年ホトトギス雑詠初入選。28年「雪解」「うまや」入会、その後同人。56年短歌誌「あめつち」に入社、佐沢波弦に師事。波弦逝去後、「あめつち」主宰。賞うまや賞〔昭和46年・54年〕

佐竹 弥生　さたけ・やよい　歌人
昭和8年（1933年）3月5日～昭和58年（1983年）4月4日　生鳥取県　歴昭和26年「青炎」創刊と同時に入会。田中大治郎に師事。42年から56年「鴉」会員。歌集に「雁の書」「天の蛍」「なるはた」がある。

貞弘 衛　さだひろ・まもる　俳人
明治39年（1906年）11月10日～平成11年（1999年）2月7日　生兵庫県神戸市　学東京商科大学卒　歴キリンビール役員。一方、昭和11年中島斌雄らと同人誌「季節風」発行。21年中村草田男主宰の「萬緑」創刊に参加。31年同人。同運営委員、中村草田男全集編集委員、俳人協会評議員などを務めた。句集に「聖樹」「盛林」「行路」「松籟」「自註・貞弘衛集」。　賞萬緑賞〔昭和33年〕

薩摩 忠　さつま・ただし　詩人
昭和6年（1931年）1月29日 ～ 平成12年（2000年）3月24日　生東京都　学慶応義塾大学文学部フランス文学科〔昭和27年〕卒　歴藤浦洸、堀口大学らに師事して詩作を学ぶ。「風」「新詩潮」を経て、「詩帖」同人。日本詩人クラブ会長を務めた。シャンソンなどの訳詩も多く手がける。主な詩集に「蝶の道」「海の誘惑」「愛するものたちへ」「日曜日の夜」「詩文集昆虫のうた」など、エッセイ集に近代日本の童謡や唱歌の名作を論評した「うたの博物誌」、少年少女向きの詩集に「まっ赤な秋」がある。　賞室生犀星詩人賞（第4回）〔昭和39年〕「海の誘惑」

佐藤 いづみ　さとう・いずみ　歌人
大正5年（1916年）3月15日 ～ 平成27年（2015年）3月14日　出高知県高知市　歴高知の県立高校で国語教師を務め、教え子である作家の宮尾登美子とは晩年まで親交が深かった。高知県歌壇の第一人者で、歌誌「短歌芸術」代表を務めた。著書に「うた 人 こころ」などがある。

佐藤 一英　さとう・いちえい　詩人
明治32年（1899年）10月13日～昭和54年（1979年）8月24日　生愛知県中島郡萩原町（一宮市）　学早稲田大学英文科予科〔大正8年〕中退　歴ポーや三富朽葉に傾倒して詩を志す。大正11年「楽園」同人。また春山行夫らと名古屋で「青

騎士」を創刊、詩集「晴天」「故園の森」を刊行。昭和3年上京し、雑誌に詩論を発表。7年「新詩論」を創刊。9年以降日本詩の韻律を研究、10年「聯」という五七調の定型詩を創作、「新韻律詩抄」を発行、13年聯詩社を設立。この頃から内容の上でも古典志向が見られ、古事記に取材した「大和し美し」や祖神崇拝をうたった「魂の楯」を発表。戦時中には戦争詩集「剣とともに」「みいくさの日」がある。25年「樫の葉」創刊、34年中部日本詩人連盟委員長、43年「韻律」主宰。ほかに詩集「終戦の歌―ヒロシマの瓦」「カシヲフの笑ひ」、訳詩「ポオ全詩集」など。一方、無名時代の宮沢賢治の才能を見い出し、長編童話を書くことを勧め、自ら編集・発行していた雑誌「児童文学」に「グスコーブドリの伝記」などを掲載したことでも知られる。生誕100年の平成11年肖像画が郵政省のふるさと切手に使用される。 賞詩人懇話会賞〔昭和14年〕

佐藤 磐根　さとう・いわね　俳人
昭和5年（1930年）6月22日 ～ 平成15年（2003年）4月20日　生東京都　学東京都立大学工学部中退　歴昭和29年「雲母」同人・鈴木白祇の俳句教室を受講。31年「雲海」創刊により入会、同年同人。 賞雲海賞〔昭和34年〕

佐藤 鬼房　さとう・おにふさ　俳人
大正8年（1919年）3月20日 ～ 平成14年（2002年）1月19日　生岩手県釜石市　出宮城県塩釜市　名本名＝佐藤喜太郎（さとう・きたろう），別号＝巍太郎　学塩釜高小〔昭和8年〕卒　歴昭和10年から「句と評論」に投句。戦後、新俳句人連盟に加入、西東三鬼に師事。鈴木六林男と共に“社会性俳句”の代表者となる。30年「天狼」同人。60年より「小熊座」主宰。句集に「名もなき日夜」「夜の崖」「海溝」「佐藤鬼房句集」「何処へ」「半跏座」「瀬頭（せがしら）」「枯峠」「愛痛きまで」などがある。 賞現代俳句協会賞（第3回）〔昭和29年〕，宮城県芸術選奨〔昭和46年〕，詩歌文学館賞（第5回）〔平成2年〕「半跏坐」，蛇笏賞（第27回）〔平成5年〕「瀬頭」，山本健吉文学賞（俳句部門，第2回）〔平成14年〕「愛痛きまで」

佐藤 一夫　さとう・かずお　川柳作家
大正9年（1920年）3月1日～平成17年（2005年）10月26日　生長野県　名別号＝佐藤風詩人（さとう・ふうしじん）　歴昭和22年第一工芸社を設立。50年時事川柳研究会に入会、57年会長。長く本名・一夫で活躍、風詩人とも名のった。日本川柳ペンクラブ常任理事、読売新聞千葉・群馬版「よみうり文芸」川柳選者などを務めた。句集に「風詩春秋」がある。

佐藤 和夫　さとう・かずお　俳人
昭和2年（1927年）2月16日 ～ 平成17年（2005年）2月20日　生東京都豊島区　学早稲田大学政経学部〔昭和28年〕卒，早稲田大学大学院英文学〔昭和34年〕修士課程修了　歴カリフォルニア大学バークレー校特別研究員、ハワイ東西文化センター・フェロー、交換教授などを歴任し、早稲田大学社会科学部教授。海外における俳句、外国人の“ハイク”を研究し、英語俳句の第一人者として活躍、日米俳句の比較研究にも取り組んだ。俳人としては昭和49年「れもん」入会、多田裕計に師事。52年同人。「れもん」の解散後は「貂」同人、58年より「風」「春雷」同人。62年俳人協会国際部長。著書に「菜の花は移植できるか」、「俳句からHAIKUへ」「海を越えた俳句」などがある。 賞れもん賞〔昭和53年〕，正岡子規国際俳句賞EIJS特別賞（第1回）〔平成12年〕

佐藤 岩峰　さとう・がんぽう　俳人
大正10年（1921年）11月15日 ～ 平成3年（1991年）1月9日　生茨城県久慈郡金砂郷村　名本名＝佐藤貫一　学高小卒　歴昭和32年小松崎爽青の手ほどきを受け、33年「かびれ」主宰大竹孤悠に師事。38年同人。47年「麦明」創刊に参加。「佐藤岩峰作品集」がある。 賞茨城県俳句作家協会賞〔昭和46年〕

佐藤 杏雨　さとう・きょうう　俳人
明治9年（1876年）～昭和37年（1962年）6月26日　出京都府　名本名＝佐藤総吉　学京都府立医学校卒　歴軍医などを務めたのち、京都・福知山に病院を設立する。一方、俳人として石井露月に師事。福知山に俳星会を結成。昭和4年「芝蘭」、9年「芳草」、23年「余花」などの句誌を創刊・主宰した。著書に「昭和菜根譚」、句集に「杏雨句集」がある。

佐藤 清　さとう・きよし　詩人
明治18年（1885年）1月11日 ～ 昭和35年（1960年）8月15日　生宮城県仙台市　名号＝澱橋　学東京帝国大学英文科〔明治43年〕卒　歴早くから「文庫」などに詩を投稿し、明治38年刊行の詞華集「青海波」にその一部がおさめられる。のち「詩声」を主宰。大正3年「西灘より」を刊行。以後「愛と音楽」「海の詩集」「雲に鳥」などの人道主義的なおだやかな詩風の詩集がある。英文学者として関西学院、東京女高師各教授を経て、大正15年から昭和20年まで京城帝大教授、24年青山学院大教授を歴任した。「佐藤清全集」(全3巻) がある。

佐藤 溪　さとう・けい　詩人
大正7年 (1918年) ～昭和35年 (1960年) 12月30日　生広島県安芸郡熊野村　名本名＝佐藤忠義, 画号＝佐藤正石　学小石川工卒　歴熊野筆の製造元の家に生まれ、父は釣り竿作りの名人としても知られた。川端画学校に学ぶが、昭和14年21歳の時に兵役に就いて中支、満州、南方を転戦、20代の大半を戦場で過ごすことになった。その後、戦争の傷を癒やすため放浪生活に入り、洋傘の骨直しや鋳掛屋などで働きながら全国各地を放浪。傍ら画家、詩人として活動を続け、街や村の情景や自然の風景など心象画を描き続けた。昭和34年旅先の沼津市で脳卒中で倒れると、大分県由布院に移り住んでいた両親の下で療養生活を送り、35年42歳で死去。残された作品は四散していたが、平成3年に開館した由布院美術館に初期の油絵などがおさめられたほか、別府市の主婦・高橋鴿子により私設の美術館も建てられた。　家父＝佐藤義清 (竿師)

佐藤 憲吉　さとう・けんきち　俳人
大正13年 (1924年) 8月7日～平成5年 (1993年) 6月27日　生山形県　学市立山形商卒　歴昭和21年シベリア抑留中に白夜俳句会の米田一穂より俳句の手ほどきを受ける。複員後、間もなく休詠するが、48年胡桃俳句会に入会して、栗田九霄子に師事。「鶴」入会、53年同人。　賞胡桃年度賞〔昭和50年・53年〕

佐藤 紅鳴　さとう・こうめい　俳人
明治40年 (1907年) ～昭和33年 (1958年)　生新潟県東頸城郡松之山町　歴昭和21年高浜虚子の弟子となる。農業の傍ら俳句を楽しみ、1000首あまりの作品を発表した。没後の平成16年「写真俳句 ふるさと松之山—棚田の詩」が出版された。

佐藤 朔　さとう・さく　詩人
明治38年 (1905年) 11月1日 ～ 平成8年 (1996年) 3月25日　生東京都　名旧姓・旧名＝佐藤勝熊 (さとう・かつくま)　学慶応義塾大学文学部フランス文学科〔昭和5年〕卒　資日本芸術院会員〔平成3年〕　歴慶応義塾大学文学部助手、同大予科教授を経て、昭和24年教授となる。47年退職し名誉教授。この間、文学部長、44年慶応義塾塾長、45年私立大学連盟会長、47年私立大学審議会長、53年日本私学振興財団理事長を歴任。和歌をたしなみ、55年には歌会始召人に選ばれた。主著に「ボードレール」や詩集「反レクイエム」「小詩集・大学 (限定版)」、訳書にコクトー「芸術論」、ボードレール「悪の華」、サルトル「自由への道」、カミュ「不条理と反抗」など。　勲フランス学術文化勲章オフィシェ章 (フランス)〔昭和51年〕, 勲一等瑞宝章〔昭和52年〕　賞日本芸術院恩賜賞 (第47回)〔平成3年〕, 日本翻訳文化賞 (第24回)〔昭和62年〕「ジャン・コクトー全集」

佐藤 佐太郎　さとう・さたろう　歌人
明治42年 (1909年) 11月13日～昭和62年 (1987年) 8月8日　生宮城県柴田郡大河原町大字福田　出茨城県多賀郡平潟町　学平潟高小〔大正13年〕卒　資日本芸術院会員〔昭和52年〕　歴大正14年岩波書店に入店。15年「アララギ」に入会、斎藤茂吉に師事。昭和15年合同歌集「新風十人」にアララギ派から唯一参加、また同年第一歌集「歩道」を刊行して評判を呼び、歌人としての地歩を固めた。20年「歩道」を創刊・主宰。岩波書店を辞した後は出版や養鶏を営んだが、のち作歌に専念。日本芸術院会員に選ばれ、芸術選奨文部大臣賞、日本芸術院賞、迢空賞を受けるなど、戦後を代表する歌人の一人として活躍。現代歌人協会の創立にも参画し、53年「佐藤佐太郎全歌集」で第1回現代短歌大賞を受けた。他の歌集に「軽風」「帰潮」「地表」「開冬」「天眼」「星宿」などがある。　勲紫綬褒章〔昭和50年〕, 勲四等旭日小綬章〔昭和58年〕　賞芸術選奨文部大臣賞 (第26回)〔昭和50年〕「開冬」, 日本芸術院賞 (第36回)〔昭和54年〕, 読売文学賞 (第3回)〔昭和26年〕「帰潮」, 現代短歌大賞 (第1回)〔昭和53年〕「佐藤佐太郎全歌集」, 迢空賞 (第18回)〔昭和59年〕「星宿」　家妻＝佐藤志満 (歌人)

佐藤 砂地夫　さとう・さちお　俳人
大正9年 (1920年) 1月29日 ～ 平成11年 (1999年) 4月22日　生静岡県熱海市　名本名＝佐藤幸男　学早稲田専商中退　歴昭和23年「さいかち」に入会。31年より「馬酔木」に入門。59年「橡」創刊に参加し、62年同人。句集に「艫綱」がある。　賞馬酔木鍛練会賞受賞〔昭和52年〕

佐藤 さち子　さとう・さちこ　詩人
明治44年（1911年）4月26日～平成10年（1998年）6月1日　[生]宮城県　[名]旧姓・旧名＝伊東，筆名＝北山雅子（きたやま・まさこ）　[学]佐沼実科女学校中退　[歴]熱心なクリスチャンの一家に育ったが、肺病で次々と家族を失う。自身も体が弱く、佐沼実科女学校を中退。この頃から詩作を始め、「若草」「女人芸術」に寄稿。昭和4年上京。「プロレタリア詩」に参加し、北山雅子の筆名で活躍。のちプロレタリア作家同盟に入り、「ナップ」に作品を発表。戦後は新日本文学会、児童文学者協会に所属し、週刊「婦人民主新聞」編集長も務めた。著書に「ナイチンゲール」、詩集に「石群」などがある。

佐藤 重美　さとう・しげみ　歌人
大正12年（1923年）2月28日～平成5年（1993年）7月31日　[生]新潟県　[歴]昭和32年「ポトナム」入会。41年「八重雲」を創刊・主宰する。51年から神戸刑務所篤志面接委員として短歌指導にあたった。歌集に「哀燈」「佐藤重美歌集」など。　[賞]兵庫県歌人クラブ新人賞〔昭和40年〕，白楊賞

佐藤 志満　さとう・しま　歌人
大正2年（1913年）12月11日～平成21年（2009年）7月23日　[生]鹿児島県鹿児島市　[名]筆名＝水上よし　[学]東京女子大学国語専攻部〔昭和10年〕卒　[歴]東京女子大学大在学中から森本治吉の指導で作歌を始める。昭和8年「アララギ」に入会して斎藤茂吉に師事。13年佐藤佐太郎と結婚。20年夫と歌誌「歩道」を創刊。43年編集発行人、62年夫が亡くなり主宰を継承した。歌集に「草の上」「水辺」「渚花」「白夜」「花影」「立秋」「身辺」「小庭」、自選歌集「淡き影」などがある。　[賞]短歌研究賞（第1回）〔昭和38年〕「鹿島海岸」，日本歌人クラブ推薦歌集（第10回）〔昭和39年〕「水辺」，短歌新聞社賞（第1回）〔平成6年〕「身辺」　[家]夫＝佐藤佐太郎（歌人）

佐藤 脩一　さとう・しゅういち　俳人
大正13年（1924年）5月30日～平成12年（2000年）5月9日　[生]静岡県御殿場市　[学]慶応義塾大学経済学部卒　[歴]富士紡績勤務を経て、家業に従事。一方、父・十雲の手ほどきで、戦前は「ホトトギス」に投句。「風花」創刊と共に中村汀女に師事。のち同誌副編集長、同人会副会長。俳人協会アンソロジー委員を務めた。句集に「緑蔭」、分担執筆に「汀女俳句365日」がある。[家]父＝佐藤十雲（俳人）

佐藤 総右　さとう・そうすけ　詩人
大正3年（1914年）6月24日～昭和57年（1982年）5月6日　[生]山形県山形市　[名]本名＝佐藤総右エ門　[学]山形中中退　[歴]昭和初期から詩作を始め、戦前は「日本詩壇」、戦後は「日本未来派」同人。のち季刊「恒星」を主宰。詩集に「狼人」「神の指紋」などがある。　[賞]斎藤茂吉文化賞（第20回）〔昭和49年〕

佐藤 兎庸　さとう・とよう　俳人
大正10年（1921年）4月5日～平成9年（1997年）1月14日　[生]愛知県　[名]本名＝佐藤豊治郎　[学]尋高小卒　[歴]昭和18年「牡丹」に投句、加藤霞村と兼松蘇南に師事。22年「ホトトギス」に投句。24年「雪」に投句、橋本鶏二に師事。32年「年輪」創刊に参画、同人。56年「年輪」発行所事務に専従、平成2年編集担当。　[賞]年輪新人賞〔昭和39年〕，年輪松囃子賞〔昭和52年〕

佐藤 南山寺　さとう・なんざんじ　俳人
大正4年（1915年）1月21日～昭和49年（1974年）4月17日　[生]福島県郡山市　[名]本名＝佐藤健太郎　[歴]昭和10年頃作句を始め、「千鳥」「獺祭」「虎落笛」などに参加。23年には「楽浪」を創刊・主宰となる。41年「河」に参加同人。45年に角川俳句賞、48年に河賞を受賞。句集に「飛砂の邑」「虹仰ぐ」がある。　[賞]角川俳句賞（第16回）〔昭和45年〕「虹仰ぐ」，河賞〔昭和48年〕

佐藤 念腹　さとう・ねんぷく　俳人
明治31年（1898年）5月28日～昭和54年（1979年）10月22日　[生]新潟県北蒲原郡笹岡村（阿賀野市）　[名]本名＝佐藤謙二郎　[歴]昭和2年移民としてブラジルに渡り、農業に従事。俳句は高浜虚子に師事、高野素十に兄事して「ホトトギス」に拠り、9年同人に推された。移民後も現地における俳句普及に努力。6年ブラジルの日系社会初の文芸誌「おかぼ」創刊に参画。23年「木陰」を創刊・主宰。著書に「ブラジル俳句集」「念腹句集」などがある。

佐藤 野火男　さとう・のびお　俳人
大正10年（1921年）7月9日～平成7年（1995年）6月10日　[出]新潟県　[名]本名＝佐藤英雄　[歴]朝日新聞新潟版俳壇選者を務めた。

サトウ・ハチロー　詩人
明治36年（1903年）5月23日～昭和48年（1973年）11月13日　生東京市牛込区（東京都新宿区）　名本名＝佐藤八郎, 筆名＝陸奥速男, 清水七郎, 山野三郎, 玉川映二, 星野貞志, 清水操六, 並木せんざ　学立教中中退　歴小説家・佐藤紅緑の長男。早稲田、立教など8つの中学を転々、自由奔放な生活を送りながら詩を作り、大正8年西条八十に師事。15年処女詩集「爪色の雨」で詩人としての地位を確立。同時にユーモア小説作家、軽演劇作者、童謡・歌謡曲の作詞家としても活躍。昭和29年童謡集「叱られ坊主」で芸術選奨文部大臣賞を受賞。32年野上彰らと木曜会を主宰して童謡復興運動に尽くし、雑誌「木曜手帖」を通じて後進の育成に努める。また、NHKラジオ番組「話の泉」のレギュラーとしても知られた。33年からTBS系で放送されたテレビドラマ「おかあさん」に毎回挿入された詩は評判となり3冊の詩集「おかあさん」にまとめられ、ベストセラーとなった。日本童謡協会会長、日本作詞家協会会長、日本音楽著作権協会会長を歴任。他の詩集に「僕等の詩集」、童謡に「うれしいひなまつり」「お山の杉の子」「ちいさい秋みつけた」、歌謡曲「麗人の唄」「二人は若い」「目ン無い千鳥」「リンゴの唄」「長崎の鐘」「悲しくてやりきれない」などがある。勲紫綬褒章〔昭和41年〕, 勲三等瑞宝章〔昭和48年〕　賞芸術選奨文部大臣賞〔昭和29年〕「叱られ坊主」, 日本レコード大賞童謡賞（第4回）〔昭和37年〕　家父＝佐藤紅緑（俳人）, 異母妹＝佐藤愛子（小説家）, 妻＝佐藤房枝（女優）

佐藤 春夫　さとう・はるお　詩人
明治25年（1892年）4月9日～昭和39年（1964年）5月6日　生和歌山県東牟婁郡新宮町（新宮市船町）　学慶応義塾大学予科文学部〔大正2年〕中退　資日本芸術院会員〔昭和23年〕　歴中学時代から「明星」「趣味」などに歌を投稿。中学卒業後、上京して生田長江に師事し、新詩社に入る。明治43年頃より堀口大学と交わる。大正2年慶応義塾を中退、6年「西班牙犬の家」「病める薔薇」を発表して作家として出発、「田園の憂鬱」「お絹とその兄弟」「都会の憂鬱」などでその地位を固める一方、10年第一詩集「殉情詩集」、昭和4年には中国翻訳詩集「車塵集」を出すなど詩人としても活躍。昭和11年文化学院文学部長に就任。14年「戦線詩集」、18年「大東亜戦争」といった戦意高揚の詩集を発表。23年日本芸術院会員となり、27年「佐藤春夫全詩集」で、29年「晶子曼陀羅」でそれぞれ読売文学賞を受賞し、35年には文化勲章を受けた。小説、詩、評論、随筆と幅広く活躍、内弟子3000人といわれる文壇の重鎮であった。　勲文化勲章〔昭和35年〕　賞菊池寛賞（第5回）〔昭和17年〕「芬夷行」, 読売文学賞（第4回, 詩歌俳句賞）〔昭和27年〕「佐藤春夫全詩集」, 読売文学賞（第6回, 小説賞）〔昭和29年〕「晶子曼陀羅」　家長男＝佐藤方哉（慶応義塾大学名誉教授）

佐藤 英麿　さとう・ひでまろ　詩人
明治33年（1900年）1月7日～昭和61年（1986年）10月17日　生秋田県雄勝郡西馬音内町（羽後町）　学法政大学専門部中退　歴少年時代に有本芳水の詩に親しんで詩に興味を持つ。初め「途上に現はれるもの」に参加、その後、金子光晴、吉田一穂と「羅甸区」を創刊。また、草野心平の「学校」にも作品を寄せた。詩集に「光」「佐藤英麿小詩集」「かげろう」「蝶々トンボ」がある。

佐藤 眉峰　さとう・びほう　俳人
明治28年（1895年）10月17日～昭和33年（1958年）7月1日　生長野県　名本名＝佐藤武雄（さとう・たけお）　学東京帝国大学医学部〔大正11年〕卒　歴大正15年東京医専教授、昭和4年京城帝国大学教授、15～19年医学部長、22年松本医専教授、23年松本医科大学教授、24年信州大学教授、25年医学部長、29年学長を歴任した。眉峰の号で俳人としても知られ、高浜虚子に師事し「ホトトギス」同人。京城時代「水砧」を主宰した。句集に「ほたる火」がある。

佐藤 百扇　さとう・ひゃくせん　川柳作家
生年不詳～平成14年（2002年）2月28日　名本名＝佐藤良一（さとう・りょういち）　歴昭和24年秋田川柳社に入会、35年代表。秋田県川柳懇話会副会長を経て、56～59年会長も務めた。

佐藤 風人　さとう・ふうじん　俳人
大正5年（1916年）1月10日～平成15年（2003年）11月10日　出群馬県吾妻郡中之条町　名本名＝佐藤義弘　歴昭和16年警視庁に入り、のち東京都に勤務。著書に「源実朝の生涯」「句碑物語抄」がある。

佐藤 房儀　さとう・ふさよし　詩人
昭和14年（1939年）9月24日～平成17年（2005年）10月29日　生東京都北区　学早稲田大学文学部日本文学科卒, 早稲田大学大学院日本文学

専攻〔昭和43年〕修士課程修了　歴中京大学講師を経て、教授。東海近代文学会会長なども務めた。著書に「詩人萩原朔太郎」「それぞれの旅 それぞれの歌」など。一方、詩人としても活躍し、詩集に「くずれゆく現実」などがある。「騒」同人。

佐藤 文男　さとう・ふみお　歌人
明治41年（1908年）4月3日〜平成9年（1997年）6月23日　生東京都　学昭和医専卒　歴17歳より短歌を詠む。昭和46年歌誌「堅香子」を創刊。歌集に「父」「小仏峠」「旅路」がある。

佐藤 誠　さとう・まこと　歌人
明治41年（1908年）1月1日〜平成1年（1989年）10月27日　生茨城県日立市　学東京工学校電気科高等科卒　歴昭和25年の強盗殺人事件（牟礼事件）の犯人として、27年逮捕され、33年死刑が確定。しかし一貫して無実を主張、35年以来8回再審を請求したが、認められないまま平成元年死去した。死刑囚としての37年の獄中生活は帝銀事件の平沢被告に次ぐ。この間、獄中で短歌を学び、新潟県内の歌誌「石菖（せきしょう）」などに投稿、冤罪を訴える10冊の歌集を出版。また52年から同人誌「スズラン」の編集主幹を務めた。平成元年「スズラン」同人の滝田アキノと獄中結婚。2年通算123号で「スズラン」は廃刊した。

佐藤 正敏　さとう・まさとし　川柳作家
大正2年（1913年）7月6日〜平成11年（1999年）10月5日　生東京都　学中央商夜間部卒　歴昭和5年17歳の頃より楽天坊、悌明、夏輔、冬輔などの名前で新聞などに川柳を投書。7年「川柳紅座」、9年「川柳芥子粒」同人。22年川柳研究社幹事となり、44年師・川上三太郎没後は同社幹事長に就任。51年退任。この間、40年処女句集「ひとりの道」を出版した。新聞の川柳選者やカルチャースクール講師として後進の育成に努めた。　賞川柳文化賞〔昭和54年〕，全日本川柳協会功労賞〔平成4年〕

佐藤 真砂良　さとう・まさよし　俳人
大正12年（1923年）11月18日〜平成1年（1989年）1月17日　生神奈川県　名本名＝佐藤政義　学仙台工専卒　歴公務員を経て会社員。昭和26年療養中阿部みどり女に師事。31年「駒草」同人。　賞松島芭蕉祭入賞

佐藤 洸世　さとう・みつよ　俳人
明治44年（1911年）2月28日〜昭和61年（1986年）7月20日　出北海道営呂郡置戸町　歴「ホトトギス」同人の傍ら、戦時中は陸軍湯川病院長、戦後は昭和57年までの30年間、北海道警本部の警察医を務めた。

佐藤 祐禎　さとう・ゆうてい　歌人
昭和4年（1929年）3月31日〜平成25年（2013年）3月12日　生福島県双葉郡熊町村（大熊町）　学双葉中〔昭和20年〕卒　歴昭和55年頃より短歌を学び、平成7年朝日歌壇に初入選。16年第一歌集「青白き光」を刊行。17〜21年福島県歌人会会長。23年東日本大震災による福島第一原子力発電所事故により大熊町からの避難を余儀なくされ、25年避難先のいわき市で亡くなった。他の歌集に「残滴集」（私家版）がある。「未来」「新アララギ」同人。　賞福島県文化振興基金顕彰〔平成22年〕

佐藤 悠々　さとう・ゆうゆう　俳人
明治33年（1900年）10月7日〜昭和63年（1988年）12月1日　生茨城県　名本名＝佐藤誠（さとう・あきら）　学新潟医科大学卒　歴東京帝国大学副手を経て、開業。昭和5年より太田百日紅、水原秋桜子、木津柳芽の指導を受ける。「馬酔木」「鶴」に投句。「鶴」同人。句集に「華甲」「ふたりづれ」。

佐藤 要人　さとう・ようじん　川柳研究家
大正7年（1918年）10月12日〜平成19年（2007年）　生茨城県水戸市　名本名＝佐藤要（さとう・よう）　学早稲田大学専門部政経学科〔昭和16年〕卒，早稲田大学高等師範部国漢科〔昭和22年〕中退　歴著書に「絵本水茶屋風俗考」「江戸深川遊里志」「川柳江戸四宿考」「誹風 柳多留/篇」「江戸水茶屋風俗考」他がある。

佐藤 漾人　さとう・ようじん　俳人
明治18年（1885年）12月19日〜昭和41年（1966年）1月29日　生山形県　名本名＝佐藤要人　学東京帝国大学医学部〔大正2年〕卒　歴大正10年頃より作句、はじめ原石鼎の「鹿火屋」に拠ったが、のち高浜虚子に師事して「ホトトギス」同人。草樹会（東大俳句会OB）の主要メンバーであった。句文集に「漾」「人」「傘」があり、没後「漾人三百五十六句」が刊行された。

佐藤 義美　さとう・よしみ　詩人
明治38年（1905年）1月20日〜昭和43年（1968

年）12月16日　生大分県竹田市　学早稲田大学文学部国文科卒, 早稲田大学大学院修了　歴戦時中日本出版文化協会児童出版課の仕事に携わり、戦後日本児童文学者協会創立に参加。早くから童謡を「赤い鳥」などに投稿し、児童文学作家として活躍。「いぬのおまわりさん」「アイスクリームのうた」といった「ABCこどものうた」や「NHKうたのえほん」などラジオ・テレビ放送のための童謡も多数つくる。童謡集に「雀の木」、童話集に「あるいた 雪だるま」など、著書多数。「佐藤義美全集」（全6巻）がある。大分県竹田市には佐藤義美記念館がある。

佐藤 緑芽　さとう・りょくが　俳人
大正10年（1921年）10月24日～平成13年（2001年）11月15日　生北海道　名本名＝佐藤正　歴昭和13年正岡陽炎女の手ほどきを受け「水明」に入会。のち長谷川かな女に師事。54年「雪嶺」同人。　賞水明賞〔昭和33年〕

佐藤 緑葉　さとう・りょくよう　詩人
明治19年（1886年）7月1日 ～ 昭和35年（1960年）9月2日　生群馬県吾妻郡東村　名本名＝佐藤利吉　学早稲田大学英文科〔明治42年〕卒　歴早大時代北斗会に参加し、明治40年「秋」を発表して文壇に出る。大正3年散文詩と小品集「塑像」を刊行。10年長編「黎明」を出版するが、以後は法大の教職にもつき、学究生活に入り、戦後は東洋大学教授となる。他の著書に評伝「若山牧水」や翻訳「ジキル博士とハイド氏」などがある。

里見 宜愁　さとみ・ぎしゅう　俳人
大正6年（1917年）3月31日 ～ 平成10年（1998年）6月19日　生東京市四谷区（東京都新宿区）　名本名＝里見義周　学大阪商科大学〔昭和12年〕卒　歴共同火災海上保険に入社。昭和16年海南島に渡り、大日洋行海口本店に勤務。23年日本火災海上保険に入社し、定年まで勤めた。俳句は、20年俘虜収容所内の句会への出席がきっかけとなり、句作を始める。金戸夏楼を中心に「俳句作家」を創刊。44年夏楼死去ののち平成5年まで主宰。句集に「吊皮」「机」、著書に「俳句を作りましょう」がある。

里見 玉兎　さとみ・ぎょくと　俳人
明治42年（1909年）12月30日 ～平成5年（1993年）9月5日　生東京都　名本名＝里見恭一郎　学高等医専（大阪医科大学）卒　歴大阪市技師を経て、復員後三重県、大阪市、奈良県、八尾市などで診療所を開業。昭和61年廃業。俳句は10年から始め阿波野青畝、山口誓子に私淑。15年村上鬼城系「青嵐」同人。23年「青嵐」合同句集「芦笛」に参加し、空白18年の後43年大阪市港区医師会句会「港晴」主宰。48年やまもと俳句教室創設に参画。51年俳人協会会員。58年「砂丘」、62年「燕巣」に入会、のち同人。句集に「木の実独楽」「象溜」「蓮枕」。

真田 亀久代　さなだ・きくよ　詩人
明治43年（1910年）1月5日 ～ 平成18年（2006年）3月21日　生旧朝鮮　名筆名＝真田頌　学京城師範卒　歴尾道高等女学校を卒業後、旧朝鮮に戻って京城師範に学び、小学校教師となる。教師となると童謡童話雑誌「赤い鳥」、幼児雑誌「コドモノクニ」に投稿し、昭和12年投稿仲間であったまど・みちお、水上不二、高麗弥助らと童謡・童曲の同人誌「昆虫列車」を創刊、同人となる。また、投稿仲間の新美南吉とも交友を深め、同人誌「チチノキ」「風媒花」にも参加した。敗戦後、引き揚げて宮崎県都城市に住み、57年京都に移住するまで40年近くを同地で過ごした。都城時代は詩誌「詩学」や地元同人誌「竜舌蘭」「絨毯」などに参加。童謡の代表作に「えのころぐさ」、詩集に「安座」「まいごのひと」などがある。　賞日本童謡賞（第23回）〔平成5年〕, 新美南吉児童文学賞（第11回）〔平成5年〕「まいごのひと、真田亀久代詩集」

真田 喜七　さなだ・きしち　詩人
明治35年（1902年）10月1日 ～ 昭和34年（1959年）6月17日　生神奈川県寒川町　名本名＝真田喜一　学青山学院高等学部英文科中退　歴一之宮寒川神社に近い素封家に生まれる。福田正夫の「焰」の同人。詩集に「楽章」「雲の時計」「誕生と死」「夜雨す」「白檀」がある。

真田 風来　さなだ・ふうらい　俳人
大正14年（1925年）11月5日 ～ 平成14年（2002年）9月13日　生東京都　名本名＝真田奎介　学工学院大学卒　歴昭和31年俳句入門。33年「響焰」入会、のち同人。句集に「龍骨の詩」がある。　賞響焰賞

佐野 規魚子　さの・きぎょし　俳人
明治21年（1888年）8月2日 ～ 昭和46年（1971年）4月15日　生栃木県那須郡黒羽町（大田原市）　名本名＝佐野秀俊（さの・ひでとし）　学国学院大学高等師範部卒　歴京都の府立中学教諭を経て、大正9年～昭和10年栃木県立大田原

中学教諭。19年今市中学校長に就任。21年退職。この間、大正年間に辻冬史庵、長谷川零余子の「枯野」に拠る。零余子没後は昭和3年長谷川かな女の「水明」同人。18〜20年栃木県俳人会会長。29〜40年下野新聞の俳壇選者を務めた。生前は一冊の句集も出版せず、没後の57年、遺族により句集「飛蝶」が編まれた。 [賞]栃木県文化功労者〔昭和38年〕

佐野 貴美子　さの・きみこ　歌人
明治41年(1908年)8月27日〜昭和63年(1988年)3月21日 [生]神奈川県 [名]本名＝内田喜美子(うちだ・きみこ) [歴]昭和7年「ポトナム」に入会。48年「眼花」が日本歌人クラブ推薦歌集に選ばれた。他の歌集に「方寸」「歌華鬘」などがある。 [賞]日本歌人クラブ推薦歌集(第19回)〔昭和48年〕「眼花」, 関西短歌文学賞 [家]夫＝頴田島一二郎(歌人)

佐野 四郎　さの・しろう　歌人
明治31年(1898年)10月23日〜昭和63年(1988年)8月13日 [生]山梨県 [歴]20歳頃より作歌し、「多磨」第一部同人となる。昭和28年宮柊二の「コスモス」創刊に参加し、56年まで選者を務める。歌集に「杉の花粉」「峡嵐集」「白雲集」「湖畔の薄」「富士と篁」がある。

佐野 翠坡　さの・すいは　歌人
明治21年(1888年)4月27日〜昭和61年(1986年) [生]青森県弘前市 [名]本名＝佐野光雄 [歴]歌誌「白鷺」を主宰。元国鉄職員。歌集には「橄欖」時代の合著「交響」と「自選歌集」とがある。

佐野 青城　さの・せいじょう　俳人
大正1年(1912年)8月22日〜平成8年(1996年)3月11日 [生]埼玉県 [名]本名＝佐野健治(さの・けんじ) [学]高小卒 [歴]昭和5年如意庵其人に入門し、旧派に学ぶ。6〜10年「鹿火屋」に拠る。その後、作句中止。48年「春燈」に投句。50年「畦」に入会し、「畝傍集」同人。49年富士宮俳句協会を創立し、その運営に当った。

佐野 青陽人　さの・せいようじん　俳人
明治27年(1894年)2月19日〜昭和38年(1963年)9月21日 [生]富山県高岡市 [名]本名＝佐野治吉, 旧姓・旧名＝広瀬 [学]高岡中卒 [歴]会社員の傍ら俳句をつくり、大正6年「曲水」に参加、渡辺水巴に師事する。昭和21年水巴の没後は「曲水」の選者を務めた。句集に「天の川」「青陽人句集」などがある。謡曲も玄人はだしだった。

佐野 蒼魚　さの・そうぎょ　俳人
昭和4年(1929年)10月30日〜平成22年(2010年)1月28日 [出]静岡県富士市 [名]本名＝佐野稔(さの・みのる) [学]東海大学予科文科〔昭和24年〕卒, 武蔵野美術学校油絵科中退 [歴]昭和24年原田小学校、25年富士中学校、27年岩松中学校、37年再び富士中学校を経て、47年沼津聾学校に教師として勤務。平成2年退職。俳句や油絵をよくし、昭和31年俳誌「浜」に入会、大野林火の指導を受ける。55年絵画の光風会会員。句集に「イブの世」がある。 [賞]静岡県芸術祭奨励賞(3回), 富士市民文芸努力賞・奨励賞

佐野 岳夫　さの・たけお　詩人
明治39年(1906年)2月20日〜昭和57年(1982年)10月 [生]静岡県富士宮市 [名]本名＝佐野太作(さの・たさく) [学]東洋大学中退 [歴]「新興詩人」を経て、昭和5年遠地輝武らとプロレタリア詩人会を結成、6年「プロレタリア詩」を創刊。8年プロレタリア作家同盟書記長。戦後は新日本文学会に参加。詩集に「棕櫚の木」「太陽へ送る手紙」などがある。 [家]息子＝佐野真樹夫(プロ野球選手), 孫＝佐野心(プロ野球選手)

佐野 丶石　さの・ちゅうせき　俳人
明治31年(1898年)3月28日〜昭和41年(1966年)11月2日 [生]石川県金沢市 [名]本名＝佐野巌(さの・いわお) [資]重要無形文化財保持者(能) [歴]大正8年上京、宝生九郎に師事。家元の片腕として宝生流の振興に尽力。雑誌会報などの編集にも携わった。また俳句に親しみ、10年七宝会を作り、池内たけしの指導を受けた。「ホトトギス」同人。 [家]長男＝佐野萌(能楽師)

佐野 まもる　さの・まもる　俳人
明治34年(1901年)5月15日〜昭和59年(1984年)7月14日 [生]徳島県徳島市徳島町 [名]本名＝佐野英明, 通称＝佐野守(さの・まもる) [学]徳島中卒 [歴]日本専売公社高松支局長などを務めた。昭和2年頃より水原秋桜子に師事。6年「馬酔木」独立とともに同人となる。31年より「海郷」主宰。現代俳句協会会員を経て38年俳人協会入会。句集に「佐野まもる句集」「海郷」「無絢絵」「恩掌」「天明抄」など。 [賞]馬酔木賞

〔昭和36年〕, 馬酔木功労賞〔昭和46年〕, 徳島県出版文化賞

佐野 美智　さの・みち　俳人
大正9年（1920年）7月29日 ～ 平成25年（2013年）8月22日　生神奈川県横浜市　歴昭和22年大野林火に師事、「浜」入会。36年「浜」同人。62年「方円」創刊同人。句集に「起居」「阿久和」「棹歌」「加良能」などがある。　賞浜同人賞〔昭和43年〕, 現代俳句女流賞（第9回）〔昭和60年〕

佐野 野生　さの・やせい　俳人
明治37年（1904年）3月30日 ～ 平成3年（1991年）8月27日　生千葉県　名本名＝佐野和人　学東京外国語大学仏文科卒, 東北大学法文学部中退　歴昭和18年富安風生に師事。句作7年で会社経営の為に中断するが、44年作句を再開。「雲母」「獺祭」入会。49年「獺祭」同人。55年句会「黛」代表。

鮫島 春潮子　さめしま・しゅんちょうし　俳人
大正2年（1913年）2月16日 ～ 平成12年（2000年）12月14日　生鹿児島県　出福岡県　名本名＝鮫島貞雄　学福商卒　歴昭和11年「ホトトギス」系の河野静雲に師事。18年応召従軍により中断。45年「冬野」「かつらぎ」に投句。47年「冬野」編集長。48年「かつらぎ」同人。53年「ホトトギス」同人。句集に、マニラの収容所で詠んだ句をまとめた「こほろぎ」がある。　賞福岡市民文学賞（第10回）〔昭和54年〕　家妻＝鮫島ミエ（俳人）

猿山 木魂　さやま・こだま　俳人
大正4年（1915年）10月8日 ～ 平成15年（2003年）4月18日　生東京府荏原郡大井町（東京都品川区）　名本名＝猿山政光（さやま・まさみつ）　歴昭和12年より作句。新興俳句を経て、17年「雲母」に入会。22年石原八束の「青潮会」に拠る。36年「秋」創刊に編集同人として参加。37～48年現代俳句協会幹事を務めた。句集に「黍」「伏眼」、評論に「俳句冗語」がある。

狭山 信乃　さやま・しの　歌人
明治18年（1885年）12月21日～昭和51年（1976年）12月25日　生福井県　名本名＝前田繁子　学東京女子師範卒　歴在学中に歌人・前田夕暮と出会い、明治43年結婚。翌年夕暮の「詩歌」創刊とともに同人となり、夫を助けてその経営にあたり、新人の育成に努めた。　家夫＝前田夕暮（歌人）, 長男＝前田透（歌人）

狭山 麓　さやま・ふもと　歌人
明治41年（1908年）4月3日 ～ 平成11年（1999年）3月7日　生岩手県　名本名＝高橋錬太郎　歴小学校6年ではじめて作歌。新聞記者の傍ら、小田島孤舟に師事し、昭和3年菊池知勇の「ぬはり」に入会。49年同志と「印象短歌会」をおこし、50年から編集発行代表を務めた。編著に「小田島孤舟全歌集」がある。岩手県歌人クラブ顧問。

更科 源蔵　さらしな・げんぞう　詩人
明治37年（1904年）2月15日 ～昭和60年（1985年）9月25日　生北海道川上郡弟子屈町熊牛　学麻布獣医畜産学校中退　歴獣医を目ざして上京したが、体をこわして帰郷。大正末期、高村光太郎らに私淑しながら詩作を進め、昭和5年には開拓農民とアイヌの現実をうたった詩集「種薯」を出版。また、同年農民詩運動として「北緯五十度」を創刊したが、治安当局の圧力で10年に廃刊した。その後、13年6月「大熊座」を創刊、高村光太郎や草野心平らが詩を寄せた。この間代用教員をしながらアイヌ文化の現地調査を進め、戦後は、詩作とともに数多くのアイヌ関係の研究を発表、少数民族問題を訴えてきた。41年北海学園大学教授、のち北海道文学館理事長となる。没後半世紀を経て、平成9年「大熊座」が復刻された。代表作に詩集「凍原の歌」、散文「熊牛原野」、小説「青春の原野」、アイヌ研究「コタン生物記」「アイヌの神話」「アイヌと日本人」「更科源蔵アイヌ関係著作集」（全6巻）。　賞北海道文化賞〔昭和25年〕, 北海道新聞文化賞〔昭和43年〕

猿田 禾風　さるた・かふう　俳人
明治44年（1911年）10月29日 ～ 平成6年（1994年）11月23日　生茨城県久慈郡　名本名＝猿田禎　学太田中卒　歴茨城銀行に入行。退社後、工芸物産関係の会社を経営。俳句は中学時代に始め、昭和7年「鹿火屋」に入会。34年産経新聞いばらき俳壇選者となる。37年「河」同人。38年茨城県俳句連盟会長、41年から茨城県芸術祭審査員等を務める。46年より「梅香」主宰。句集に「あぶくま」「梅香秀句集」がある。

猿橋 統流子　さるはし・とうりゅうし　俳人
明治45年（1912年）7月15日～平成8年（1996年）3月16日　生京都府何鹿郡中上林村（綾部市）　名本名＝猿橋逸治（さるはし・いつじ）　歴師範学校中退。舞鶴海軍工廠会計部に入り、戦後大蔵省に転籍。各税務署に勤務の後、45年退職、税理士に。俳人としては昭和12年星野麦人主宰「木太刀」に投句。13年井上日石主宰「石鳥」に投句。16年大野林火に師事、「石楠」入会。21年「浜」創刊と同時に入会し、22年「浜」第一期同人となる。57年大野林火の死後、62年主宰誌「海門」を創刊。句集に「丹波太郎」「浦西風」「鬼嶽」「舞鶴草」など。浜同人会副会長。

猿丸 元　さるまる・はじめ　俳人
明治37年（1904年）9月7日～昭和59年（1984年）5月1日　生兵庫県芦屋市月若町　学同志社大学文学部〔昭和4年〕卒　歴昭和4年毎日新聞入社。12年箱根強羅ホテルを創立。専務支配人、箱根登山鉄道支配人を兼ねる。17年東急フライヤーズ社長、29年日本プロセス社長、32年三映印刷社長を歴任。この間太平洋野球連盟理事長を務めた。また、百人一首の猿丸大夫の末裔といわれ、俳誌「鶴」「冬草」の同人で、句集に「夫唱婦随」がある。

沢 聡　さわ・あきら　俳人
大正4年（1915年）9月9日～平成22年（2010年）10月12日　生福島県　学中央大学専門部卒　歴昭和13年「馬酔木」に投句をはじめ、28年「馬酔木」同人となる。この間、25年に「新編歳時記」冬の部を担当。その後、一時句作を中断するが54年より再開。句集に「橇道」、著書に「四季の山」がある。

沢 ゆき　さわ・ゆき　詩人
明治27年（1894年）2月15日～昭和47年（1972年）11月29日　生茨城県稲敷郡茎崎村　名本名＝飯野ゆき　歴川路柳虹に師事、大正7年創刊の「現代詩歌」、詩話会編「日本詩集」などで詩を発表、10年詩集「孤独の愛」を出版して女流詩人の座を確立した。その後、「新詩人」「炬火」「日本詩人」「詩聖」などで活躍し、晩年は「日本詩」に拠った。詩集は他に「沼」「浮草」がある。

沢井 我来　さわい・がらい　俳人
明治39年（1906年）3月7日～平成22年（2010年）7月13日　生東京都　名本名＝沢井敬太郎　歴昭和4年「曲水」に入会し、渡辺水巴に師事。47年「貝の会」を創刊・主宰。平成12年名誉顧問。7年より兵庫県俳句協会会長を務めた。句集に「鶴」「直面」がある。

沢木 欣一　さわき・きんいち　俳人
大正8年（1919年）10月6日～平成13年（2001年）11月5日　生富山県富山市　学東京帝国大学文学部国文科〔昭和19年〕卒　歴四高在学中に作句を始め、東大時代に加藤楸邨、中村草田男に師事。卒業後、金沢大学講師、助教授を経て、昭和31年文部省教科書調査官、41年東京芸術大学教授を歴任し、62年退官、のち名誉教授。この間、21年金沢市で「風」を創刊し、主宰。戦後の荒廃した社会の中で俳句の文芸性確立を目指した。29年社会への関心を問う、同人アンケート「俳句と社会性」を特集。30年「能登塩田」を発表するなど俳句の社会性論議の中心となった。31年から東京に移り、写実中心に転向。62年～平成5年俳人協会会長を務めた。12年、9年に死去した妻で昭和の代表的女性俳人・細見綾子をしのんだ句集「綾子の手」を刊行。他の句集に「雪白」「地声」「赤富士」「二上挽歌」「往還」「眼前」「昭和俳句の青春」「白鳥」など。　勲勲三等旭日中綬章〔平成5年〕　賞詩歌文学館賞（第10回）〔平成7年〕「眼前」，俳人協会評論賞（第10回，平成7年度）〔平成8年〕「昭和俳句の青春」，蛇笏賞（第30回）〔平成8年〕「白鳥」　家妻＝細見綾子（俳人），父＝沢木茂正（歌人），母＝沢木園（俳人）

沢木 隆子　さわき・たかこ　詩人
明治40年（1907年）9月6日～平成5年（1993年）1月24日　生秋田県男鹿市　名本名＝坂崎タカ　学東洋大学卒　歴少女期「赤い鳥」や「白鳩」によって詩を知り、東洋大学の「白山詩人」に参加して本格的となる。「ハンイ」「序」「七人の会」「密造者」などに拠り、「詩学」「若草」などにも寄稿。また、佐藤惣之助に師事して「詩之家」同人となる一方「詩と詩論」に拠り北園克衛・阪本越郎らにも教導される。詩集に「ROM」「石の頬」「迂魚の池」「今いるところで」「三角幻想」「風の声」があり、詩と写真集「交響男鹿」、随筆集「男鹿物語」「男鹿だより」「G線上のマリア」などもある。　賞秋田県文化功労者

沢田 五郎　さわだ・ごろう　歌人
昭和5年（1930年）4月29日 ～ 平成20年（2008年）10月23日　生群馬県　歴昭和15年ハンセン病症状が現れる。16年群馬県草津町の国立療養所栗生楽泉園へ入園。27年園の機関誌「高原」に作歌を始める。のち「潮汐」「アララギ」に入会。歌集に「その木は這わず」「まなうらの銀河」「夜のほととぎす」、著書に「とがなくてしす」などがある。　賞渡辺順三賞〔平成2年〕「その木は這わず」

沢田 早苗　さわだ・さなえ　俳人
大正7年（1918年）6月5日～平成19年（2007年）10月12日　生岐阜県　学岐阜県女子師範本科一部卒　歴昭和16年富安風生に師事、24年「若葉」同人。「白魚火」同人。　賞白魚火賞

沢田 清宗　さわだ・せいそう　俳人
明治40年（1907年）4月25日 ～ 平成14年（2002年）8月1日　出宮崎県　名俳号＝春光寺花屑　学東洋大学倫理学部東洋文学科〔昭和6年〕卒　歴昭和6年久留米梅林寺専門道場と、7年佐伯市養賢寺専門道場で坐禅を修行。9年成道寺住職を経て、19年八代市の春光寺住職に。60年同名誉住職。一方、俳句や禅画、漢詩、郷土史研究などに取り組み、八代史談会顧問の他、俳誌「阿蘇」「椎の実」の同人などとして活躍。同史談会誌に「肥後を通った木喰五行上人の遍路跡」や「宮本武蔵と八代」「一茶と文暁」などを執筆、著書に「俳聖西山宗因」がある。50年から朝日俳壇に投稿を続け、平成7年共選3句を含む、100句入選を達成。8年その記念として弟子たちにより入選の句を収めた手作りの句集「花の屑」が贈られた。　賞熊本県芸術功労者〔平成2年〕

沢田 はぎ女　さわだ・はぎじょ　俳人
明治23年（1890年）6月14日 ～ 昭和57年（1982年）12月25日　生富山県西砺波郡西五位村　名本名＝沢田初枝　歴夫岳楼、次いで寺野守水老に師事して句作をする。明治40年から45年まで「国民新聞」俳句欄に投句、全国に名を知られた。42年夫と「菜の花」（のち「黒百合」と改題）を創刊。句集に「はぎ女句集」（昭38）がある。　家夫＝沢田岳楼（俳人）

沢田 みどり　さわだ・みどり　歌人
大正2年（1913年）6月23日 ～ 平成14年（2002年）11月7日　生東京都　学早稲田大学中退　歴昭和11年「遠つびと」に入会。58年「翠韻」を創刊・主宰。歌集に「花の韻き」「沢田みどり歌集」などがある。

沢田 緑生　さわだ・りょくせい　俳人
大正7年（1918年）5月30日 ～ 平成22年（2010年）2月9日　生愛知県名古屋市　名本名＝沢田富三（さわだ・とみぞう）　学名古屋商卒　歴2歳で父を亡くし、昭和の初めに祖父母、兄が死去。中学より作句を開始、昭和8年「俳諧大要」により俳句に親しむ。10年「馬酔木」に入会して水原秋桜子に師事。21年加藤かけいらと「干潟」を創刊するが、23年加藤の「馬酔木」退会により、名古屋馬酔木研究会を発足させる。24年「馬酔木」同人。25～31年「伊吹」発刊。39年「鯱」を創刊し、編集発行人を経て、主宰した。平成13年俳人協会名誉会員。句集に「雪線」「女神」「極光」「緑標」「遺跡」「雀百まで」、著書に「東海吟行必携」などがある。この間、昭和23年に貿易会社の三河屋を設立し、56年社長に就任した。

沢田 蘆月　さわだ・ろげつ　俳人
明治39年（1906年）9月1日～平成4年（1992年）10月17日　生岐阜県　名本名＝沢田政義　学岐阜県実教卒　歴中学校長、美山町史編纂委員などを歴任。昭和9年獅子門山田三秋の門下となるが、後に同門恩田憲和・各努於菟の指導を受ける。56年獅子門道統を継承、「獅子吼」を主宰した。61年国島十雨に譲る。句集に「残る柿」がある。

沢野 起美子　さわの・きみこ　詩人
明治29年（1896年）1月20日 ～ 昭和63年（1988年）4月4日　生岩手県和賀郡東和町　学岩手師範〔大正5年〕卒　歴夫ががんでなくなり、その淋しさを忘れるため、70歳からサンケイ学園作詩教室に入学し詩作を始める。詩集に「花の城」「モジリアニの箱」「冬の桜」。指導者の村野四郎の死を期に、家を売却した金を資金に「現代詩人賞」を設立した。　賞土井晩翠賞（第14回）〔昭和48年〕「冬の桜」

沢村 芳翠　さわむら・ほうすい　俳人
大正3年（1914年）12月1日 ～ 平成15年（2003年）3月2日　生高知県高知市水通町　名本名＝沢村良高（さわむら・よしたか）　学大阪帝国大学医学部卒　歴先祖は代々、土佐藩主・山内家の典医を務めた。高知赤十字病院副院長を経て、沢村眼科院長を開業。高知県眼科医会会長も務めた。また「ホトトギス」同人として高浜

虚子、高野素十に師事。昭和50年から俳誌「龍巻」を主宰した。句集に「雪月花」がある。

沢村 光博　さわむら・みつひろ　詩人
大正10年(1921年)9月2日～平成1年(1989年)10月27日　生高知県高知市　学高知工中退　歴戦後、胸部疾患による長い療養生活のなかで詩作を始め、「時間」創刊と同時に同人となる。昭和28年「逸見猶吉論」「北川冬彦論」などで第1回時間賞を受賞。38年第一詩集「AL FILO DE LA MEDIA-NOCHE」をスペインで刊行。31年「世界のどこかで天使がなく」で時間賞を、40年「火の分析」でH氏賞を受賞。他に「詩と言語と実存」「性と信仰と国家」などの評論集がある。　賞時間賞評論賞(第1回)〔昭和29年〕,時間賞作品賞(第3回)〔昭和31年〕「世界のどこかで天使がなく」, H氏賞(第15回)〔昭和40年〕「火の分析」

沢本 知水　さわもと・ちすい　俳人
明治21年(1888年)7月6日～昭和27年(1952年)8月17日　生福井県鳥羽村　名本名＝沢本和夫　歴長谷川零余子に師事、「枯野」に投句。のち長谷川かな女主宰「水明」の創刊に尽力、発行所を自宅におく。句集に「夏炉」がある。家息子＝山本嵯迷(俳人), 娘＝長谷川秋子(俳人)

山宮 允　さんぐう・まこと　詩人
明治25年(1892年)4月19日～昭和42年(1967年)1月22日　生山形県山形市　名別号＝虚実庵主人　学一高卒, 東京帝国大学文科大学英文科〔大正4年〕卒　歴一高時代からアララギの歌会に参加する。東大在学中は未来社に参加。大正6年詩話会をおこし、7年「詩文研究」を刊行。8年六高教授。11年「ブレイク選集」を刊行し、また「近代詩書綜覧」を刊行。14年から15年にかけて文部省在外研究員として渡欧。昭和4年東京府立高校教授に就任、のち図書館長となり17年まで勤務。その間訳詩集「紅雀」「明治大正詩書綜覧」などを刊行。22年法政大学教授。25年日本詩人クラブの創立に参加。29年「近代詩の史的展望」が刊行された。「山宮允著作選集」(全3巻)がある。

三宮 たか志　さんのみや・たかし　俳人
大正15年(1926年)7月15日～平成11年(1999年)3月31日　生高知県　名本名＝三宮卓(さんのみや・たかし)　学日本通信美術学園デザイン科修了　歴昭和24年「天狼」、38年「氷海」に入会。53年「狩」に入会、同人。47年高知県俳句連盟発足より常任委員を務めた。　賞俳人協会九州俳句大会賞〔昭和47年〕, 高知県俳句大会賞〔昭和49年〕

【し】

椎木 嶋舎　しいき・とうしゃ　俳人
明治34年(1901年)12月21日～昭和55年(1980年)12月21日　生茨城県　名本名＝椎木島吉(しいき・しまきち)　歴大正13年「ホトトギス」の一適素香に師事して同誌に投句。のち原石鼎に師事。戦後は石田波郷の影響を受ける。昭和24年「風」同人。31年「稲」を創刊。句集に「穂麦風」「燕泥」「昨日今日」「白桃」がある。

椎名 書子　しいな・ふみこ　俳人
明治41年(1908年)3月30日～平成12年(2000年)9月1日　生茨城県水戸市　名本名＝椎名文江　学東洋高女卒　歴昭和6年「若葉」に投句。以後、23年の空白を経て、33年北区俳句連盟に入会し再開。34年「みちのく」に入会。その後、「女性俳句」「氷海」を経て、52年従弟の岸田稚魚が主宰する「琅玕」創刊号より編集同人となり、発行事務に当る。63年稚魚逝去により退会。のち「小熊座」「槐」所属。句集に「猫目石」。　賞みちのく賞(第12回)〔昭和34年〕　家従弟＝岸田稚魚(俳人)

椎野 八朔　しいの・はっさく　俳人
明治40年(1907年)9月8日～昭和61年(1986年)2月21日　生福岡県　名本名＝椎野明　学早稲田大学理工学部建築学科卒　歴昭和26年富安風生に師事し、「若葉」に入会。34年加倉井秋をに師事、「冬草」に入る。のち、「若葉」、「冬草」同人。句集に「八朔」がある。

椎橋 清翠　しいはし・せいすい　俳人
大正9年(1920年)9月14日～平成20年(2008年)2月20日　生東京都千代田区神田神保町　名本名＝椎橋清(しいはし・きよし)　学旧制中学卒　歴初め父・松亭に手ほどきを受ける。昭和12年「木太刀」に投句、星野麦人に師事。13年「鹿火屋」入会し、原石鼎に師事。22年同人。54年「山暦」創刊に参加し、編集長を務めた。平成14年「山暦」を退会。句集に「水声」「和名集」などがある。　賞鹿火屋努力賞〔昭和29

年〕，鹿火屋賞〔昭和34年〕

塩入 夢幻子　しおいり・むげんし　俳人
大正15年（1926年）2月7日 ～ 昭和26年（1951年）9月19日　生鹿児島県日置郡伊集院町（日置市）　歴昭和21年結核を病んで国立帖佐療養所に入り、俳句を始める。22年高浜虚子主宰「ホトトギス」に初入選。26年鹿児島測候所に復職したが、同年9月アルコール缶爆発による全身火傷で殉職した。27年遺句集「秋雲」が編まれた。

塩川 三保子　しおかわ・みほこ　歌人
大正1年（1912年）8月20日～平成6年（1994年）3月1日　生愛知県岡崎市　学日本高女卒　歴昭和8年「覇王樹」に入社。9年退社するが、17年復帰。戦後は松井如流に師事。編集同人。また「女人短歌」結成後に入会。新歌人会、十月会創立と同時に会員。「女人短歌」幹事、編集委員も務めた。歌集に「葉脈」「冬果」がある。

塩沢 沫波　しおざわ・まつは　俳人
大正2年（1913年）4月19日 ～ 昭和60年（1985年）12月14日　生東京都中央区日本橋　名本名＝塩沢敬祐　学府立実科工業卒　歴昭和25年高速ヂーゼルを設立、社長に就任。一方30年頃より俳句に親しみ、「花日」「秋」同人。句集「鞴祭」、随想集「浅草おぼえ帖」がある。

塩尻 青笳　しおじり・せいか　俳人
明治42年（1909年）4月17日～昭和55年（1980年）11月5日　生岡山県吉備郡箭田村（倉敷市）名本名＝塩尻幾一（しおじり・いくいち）　学神宮皇学館本科〔昭和6年〕卒　歴神宮皇学館本科在学中より飯田蛇笏に師事。昭和14年「雲母」同人。太平洋戦争敗戦によりソ連に抑留され、22年帰国。47年俳誌「天山」を主宰。句集に「天山」「石階」、著作に「岡山の俳句」などがある。

塩田 紅果　しおた・こうか　俳人
明治27年（1894年）9月26日 ～ 昭和63年（1988年）11月17日　生三重県上野市　名本名＝塩田親雄（しおた・ちかお）　学早稲田大学法学部〔大正11年〕卒　歴東京、金沢などで判事を務めたのち、昭和8年金沢で弁護士を開業、金沢弁護士会会長、日本弁護士連合会理事などを歴任。昭和31年参院選石川地方区から社会党候補として立候補。一方、俳人としても知られ、8年に「蟻乃塔」を創刊、21年に石川県俳文学協会会長、50年に現代俳句協会北陸支部長を務めた。　勲勲四等瑞宝章〔昭和47年〕　家長男＝塩田親文（俳人）

塩野崎 宏　しおのざき・ひろし　歌人
昭和4年（1929年）4月13日 ～ 平成27年（2015年）8月7日　生北海道函館市末広町　学東京外国語大学〔昭和26年〕卒　歴NHK国際局渉外部長などを経て、ABU（アジア太平洋放送連合）東京事務所長に就任。退職後、明星大学教授。一方、昭和21年「一路」に入会、27年同人。50～52年日本短歌雑誌連盟事務局長。53～56年日本歌人クラブ中央幹事。平成10～14年2度目の中央幹事。10年以後、短歌雑誌「純林」編集発行。神奈川県歌人会会長、横浜歌人会会長も歴任。6～25年神奈川新聞「かながわの歌壇時評」を担当。英語が堪能で、短歌の国際化にも努めた。著書に歌集「書き込みのある地図」「空白の多い地球儀」「流木海図」「海馬輯冊」「時間の距離」、「塩野崎宏集 自解150歌選」「歌人山下陸奥伝」「中米の素顔」「パナマ地峡秘史」などがある。

塩野谷 秋風　しおのや・しゅうふう　俳人
明治42年（1909年）10月5日 ～ 昭和61年（1986年）2月27日　生北海道旭川市東旭川町　名本名＝塩野谷貞雄　学旭川中卒　歴昭和3年頃より「ホトトギス」系の地方俳誌に投句。のち「あざみ」「季節」同人。自らも21年「霧華」（49年「樹氷」と改題）を創刊・主宰した。句集「花野」、句文集「遍歴」、小説「小林一茶」など。

塩山 三九　しおやま・さんきゅう　俳人
明治34年（1901年）9月22日 ～ 昭和57年（1982年）8月17日　生東京市牛込区（東京都新宿区）名本名＝塩山策一（しおやま・さくいち）　学東京帝国大学工学部船舶工学科卒　歴海軍大佐となり、戦艦武蔵の造船に携わる。昭和22年「ホトトギス」同人池上浩山人の手ほどきを受け、のち「ももすもも」同人。句集に「桜山」「続桜山」。

四賀 光子　しが・みつこ　歌人
明治18年（1885年）4月21日 ～ 昭和51年（1976年）3月23日　生長野県長野市　名本名＝太田みつ，旧姓・旧名＝有賀　学長野師範女子部〔明治36年〕卒，東京女高師文科〔明治42年〕卒　歴長野県に教師の二女として生まれる。明治36年長野師範女子部を卒業して小学校教師となる。この頃、歌人の太田水穂と知り合い、作歌の道に入る。42年東京女高師を卒業すると、水穂と結婚。会津高女、成女高女、東京府立第一高女に務め、昭和7年退職した。この間、大正4年「潮音」創刊に参加、昭和30年夫の没後は主幹を継承。大正13年には第一歌集「藤の実」を刊行した。昭和9年鎌倉に居を構えた。他の歌集に「遠汐騒」までの6冊と「定本四賀光子全歌集」、研究書に「伝統と和歌」など8冊がある。 賞日本歌人クラブ推薦歌集(第8回)〔昭和37年〕「四賀光子全歌集」 家夫＝太田水穂(歌人)

時雨 音羽　しぐれ・おとは　詩人
明治32年(1899年)3月19日～昭和55年(1980年)7月25日 生北海道利尻島 名本名＝池野音吉 学日本大学法学部卒 歴大蔵省主税局織物課に勤務の傍ら詩を書く。のち日本ビクター専属作詞家として数多くの歌謡曲を作詞した。代表作は「出船の港」「鉾をおさめて」「高瀬船」「浪花小唄」「神田小唄」など。戦前大ヒットした「君恋し」は、昭和36年リバイバルブームでフランク永井が歌ってレコード大賞を受けた。勲紫綬褒章〔昭和44年〕 賞日本レコード大賞(第3回)〔昭和36年〕

重石 正巳　しげいし・まさみ　俳人
大正6年(1917年)7月31日～平成9年(1997年)2月2日 生大分県大野郡 名筆名＝志解井司(しげい・つかさ) 学東京外国語学校露文科〔昭和16年〕卒 歴昭和18年善隣協会蒙古研究所に入る。26年退所、以後翻訳業に専念。のち日本証券新聞社に勤務。退職後はハイテクノロジー関連の論文、著作を執筆。一方、中学時代から作詩作歌をする。59年から本格的に俳句を始め、俳句総合諸誌に投句。「馬酔木」「万蕾」「沖」の誌友、「炎環」「河」会員。句集に「練馬野」、随筆集に「焼酎讃歌」の他、訳書にドブロリューボブ「今日という日はいつくるか」「打ちのめされた人々」など。

重清 良吉　しげきよ・りょうきち　詩人
昭和3年(1928年)1月26日～平成7年(1995年)7月12日 出宮崎県宮崎市 学宮崎師範卒 歴宮崎市内で中学校教師を3年務め、昭和26年から横浜で小学校教師を務めたのち、私塾を経営。詩集に「村・夢みる子」「街・かくれんぼ」「おしっこの神さま」、著書に「詩のあるエッセイ」、「0点をとった日に読む本」「三振をした日に読む本」(以上共著)などがある。 賞三越左千夫少年詩賞(特別賞)〔平成9年〕「草の上」

茂野 六花　しげの・ろっか　俳人
大正15年(1926年)7月1日～昭和60年(1985年)11月24日 出新潟県新潟市 名本名＝茂野録良(しげの・ろくろう) 学新潟医科大学〔昭和25年〕卒 歴昭和26年新潟大学医学部助手、29年講師、31年助教授、43年教授、56年医学部長を経て、60年学長に就任。水中死体の個人識別に関する業績を残した。一方、六花の俳号を持ち、高野素十の指導のもと「ホトトギス」で活躍した。句集に「茂野六花全句集」がある。

繁延 いぶし　しげのぶ・いぶし　俳人
明治45年(1912年)1月20日～昭和61年(1986年)4月15日 生兵庫県佐用郡佐用町 名本名＝繁延照夫 歴終戦直後、俳誌「太陽系」に加わり、のち「青玄」無鑑査同人。句集に「みちおしえ」がある。 賞青玄評論賞

重松 紀子　しげまつ・のりこ　歌人
昭和11年(1936年)7月22日～平成8年(1996年)5月8日 生熊本県 学国学院大学文学部中退 歴高校時代より作歌、「絃」会員。38年「香蘭」に入会。常任運営委員。45年「群」創刊に参加。歌集に「貘の喰ふ草」「家族の四季」。

茂 恵一郎　しげり・けいいちろう　俳人
昭和6年(1931年)7月20日～平成23年(2011年)7月28日 生東京市神田区(東京都千代田区神田) 歴旧制中学中退。昭年25年臼田投扇子の「口笛」に拠り作句を始める。27年「ホトトギス」「玉藻」に入会。28年成瀬正俊に推薦されて高浜虚子、星野立子の「笹子会」に入会、皆吉爽雨と出会う。38年爽雨に師事し、「雪解」に投句。44年「雪解」同人となった。平成11年3代目主宰を継承し、22年5月名誉主宰となった。この間、21年俳人協会名誉会員。句集に「朔」「六白金星」「雪座」「二乃座」「参乃座」がある。賞雪解賞〔昭和55年〕

志城 柏　しじょう・はく　俳人
大正10年(1921年)2月19日～平成12年(2000年)6月13日 生新潟県小千谷市 名本名＝目崎徳衛(めざき・とくえ) 学東京帝国大学文学部国史学科〔昭和20年〕卒 歴昭和37年長岡高専講師、39年助教授、40年文部省教科書調査官を経て、48年聖心女子大学教授に就任。平成元年定年退職。俳句は昭和21年「風」同人、のち「花守」を主宰。45年間刊行を続けたが、平成9年脳出血で倒れたため、10年535号で廃刊となった。著書に「紀貫之」「平安文化史論」

「漂泊―日本思想史の底流」「王朝のみやび」「西行の思想史的研究」「南城三餘集私抄」、句文集「散木抄」などがある。 賞角川源義賞（第1回）〔昭和54年〕「西行の思想史的研究」，やまなし文学賞（評論研究部門，第3回）〔平成7年〕「南城三餘集私抄」

品川 滸堂　しながわ・こどう　俳人
明治37年（1904年）11月25日～昭和62年（1987年） 生群馬県美九里村（藤岡市） 名本名＝品川貞雄（しながわ・さだお） 学電機学校本科卒 歴昭和22年「馬酔木」「野火」に入会、33年「野火」同人。37年「河」に入会、40年同人。54年「人」創刊に同人として参加。埼玉県俳連参与、熊谷市俳連副会長も務めた。句集に「桑海」。 賞埼玉県文芸奨励賞，埼玉県文化ともしび賞

品川 柳之　しながわ・りゅうし　俳人
明治34年（1901年）10月15日～昭和56年（1981年）6月16日 生愛媛県宇和郡吉田町 名本名＝品川柳之助 学東北帝国大学法文学部卒 歴松山中学校に勤めた。大学在学中より俳句をはじめ、「若葉」「ホトトギス」に投句。高浜虚子、富安風生に手ほどきを受け「若葉」同人。昭和21年「雲雀」を創刊・主宰した。ほかに毎日新聞愛媛版俳壇選者を永く務めた。句集に「雲雀」がある。 家息子＝品川嘉也（生理学者・俳人）

品川 良夜　しながわ・りょうや　俳人
昭和7年（1932年）9月15日～平成4年（1992年）10月24日 生愛媛県松山市 名本名＝品川嘉也（しながわ・よしや） 学京都大学医学部医学科〔昭和32年〕卒，京都大学大学院医学研究科〔昭和35年〕修了 歴昭和35年京都大学助手、37年講師を経て、43年助教授、58年日本医科大学教授。48～49年ニューヨーク州立大学客員教授、平成2～3年日本バイオレオロジー学会会長。現代人の頭脳活用に積極的発言を続け、右脳ブームを巻き起こした。また、俳人としても知られ、父・品川柳之が創刊した俳誌「雲雀」を主宰。著書に「脳とコンピューター」「頭脳管理」「意識と脳」「右脳の使い方・鍛え方」「医学・生物系の物理学」「バイオコンピュータ」「右脳俳句」「奥の細道の知恵」など。 家父＝品川柳之（俳人）

品田 聖平　しなだ・しょうへい　歌人
明治33年（1900年）7月26日～平成4年（1992年）10月12日 出新潟県 学国学院大学高師〔大正12年〕卒 歴短歌誌「心の友」を主宰。歌集に「法悦」「祖道」「武道魂」など。

篠崎 圭介　しのざき・けいすけ　俳人
昭和9年（1934年）3月7日～平成16年（2004年）2月9日 生愛媛県松山市 学松山商科大学卒，立教大学文学部日本文学科卒 歴父・篠崎可志久の手ほどきを受け、昭和27年富安風生に師事、「若葉」に入会。31年上京して日本近代文学の研究に専念し、33～42年句作を中断。43年帰郷、49年「糸瓜」編集長となり、51年森薫花壇の死去により同誌主宰を継承。平成3年から愛媛県俳句協会会長を務めた。句集に「彼方へ」「知命」「旅信」「花」がある。 賞若葉賞（第2回）〔昭和30年〕，愛媛出版文化賞〔平成6年〕「知命」，愛媛県教育文化賞〔平成15年〕，愛媛新聞賞〔平成16年〕 家父＝篠崎可志久（俳人）

篠崎 之浪　しのざき・しろう　俳人
大正8年（1919年）10月24日～昭和60年（1985年）5月15日 生愛知県 名本名＝篠崎四郎（しのざき・しろう） 歴昭和20年頃より作句、「ホトトギス」「雪」に投句。一時中断を経て、44年「若葉」入門。50年「春嶺」入門、52年同人、53年「若葉」同人。 賞全国俳句大会全国大会賞〔昭和54年〕

篠塚 しげる　しのずか・しげる　俳人
明治43年（1910年）2月20日～平成8年（1996年）8月10日 生富山県砺波郡福野町 名本名＝篠塚繁 学東京帝国大学経済学科卒 歴大蔵省に入り、国税庁次長を最後に昭和32年退職。公営企業金融公庫理事、日本銀行監事などを歴任。俳句は父の手ほどきで始め、24年虚子の直接指導を受ける。34年「ホトトギス」同人。37年「大桜」編集。55年同誌主宰。句集に「曼陀羅」「続曼陀羅」「夕牡丹」、句文集に「欧米かけある記」などがある。

篠塚 寛　しのずか・ひろし　歌人
明治38年（1905年）3月2日～昭和63年（1988年）3月13日 生茨城県 学日本大学高等師範部英語科卒 歴在学中に独学で作歌。昭和9年末「橄欖」に入会、吉植庄亮に師事。戦後作歌を中断したが40年復帰、運営委員。52年6月より56年7月まで日本短歌雑誌連盟主事。歌集に「生活の海」「潮騒」「遙かな虹の景」がある。

篠田 秋星　しのだ・しゅうせい　俳人
大正1年(1912年)10月13日 ～ 平成3年(1991年)6月20日　生新潟県　名本名＝篠田仁三次　学高小卒　歴昭和45年「河」入会、48年同人。54年「人」創刊と同時に同人。49年児玉南草主宰「地平」入会、53年同人。　賞地平賞〔昭和56年〕

篠田 長汀　しのだ・ちょうてい　俳人
明治44年(1911年)9月1日 ～ 平成15年(2003年)1月30日　生岐阜県　名本名＝篠田長之助(しのだ・ちょうのすけ)　学岐阜商卒　歴昭和2年句作を始める。27年「花藻」に入会、中本紫公に師事。「花藻」編集同人。　賞滋賀県芸術祭文学俳句部門特選滋賀県知事賞, 大津市長賞

篠田 悌二郎　しのだ・ていじろう　俳人
明治32年(1899年)7月27日 ～ 昭和61年(1986年)4月21日　生東京市小石川区諏訪町(東京都文京区)　名本名＝篠田悌次郎(しのだ・ていじろう), 旧号＝春蟬　学京北中卒　歴三越在職中、店員笹原史歌に手ほどきを受け、大正15年水原秋桜子に師事、「馬酔木」同人。昭和21年「野火」を創刊し、主宰。42年俳人協会評議員。主な句集に「四季薔薇」「風雪前」「青霧」「深海魚」「桔梗濃し」など。　賞馬酔木賞(第1回)〔昭和7年〕　家長男＝篠田浩一郎(文芸評論家)

篠田 一士　しのだ・はじめ　評論家
昭和2年(1927年)1月23日 ～ 平成1年(1989年)4月13日　生岐阜県岐阜市　学東京大学英文科〔昭和26年〕卒, 東京大学大学院英文学専攻修了　歴昭和32年東京都立大学人文学部英文科講師、48年教授。この間、27年丸谷才一、菅野昭正らと同人雑誌「秩序」を創刊し、評論活動に入る。34年「邯鄲にて―現代ヨーロッパ文学論」を発表し、注目された。以後、文学的博識と精緻な分析に基づく評論活動を続け、私小説的伝記批評が主流の日本の文芸評論の中で特異な存在を占める。とりわけ、日本の現代詩の批評家としては他の追随を許さず、「詩的言語」(43年)でその極点を示した。主な評論集に「現代イギリス文学」「伝統と文学」「作品について」「日本の近代小説〈正続〉」「音楽の合間に」「日本の現代小説」「吉田健一論」「現代詩髄脳」「二十世紀の十大小説」など。　賞毎日芸術賞(第22回)〔昭和55年〕「日本の現代小説」

篠塚 興一郎　しのつか・こういちろう　詩人
昭和15年(1940年)7月1日 ～ 平成18年(2006年)6月13日　歴昭和45年から精神薄弱児の教育に従事する傍ら、剣道場・青雲館を創設、地域青少年の剣道指導に当たる。また、48年より奉仕里親として里子の養育活動に従事、宮崎県里親連合会理事、同北地区里親会会長を務める。詩誌「蒼」同人。詩集に「この五十の魂たち」「母ちゃんのうた」などがある。

篠原 句瑠璃　しのはら・くるり　俳人
明治28年(1895年)3月7日 ～ 昭和31年(1956年)3月24日　生富山県富山市　歴大須賀乙字系の俳誌「濤」「中心」「懸葵」などに投句し、「草上」同人を経て、志田素琴主宰「東炎」同人となる。戦後は内藤吐天主宰の「早蕨」同人。

篠原 樹風　しのはら・じゅふう　俳人
大正9年(1920年)11月1日 ～ 平成18年(2006年)6月15日　生東京都港区青山　出大分県　名本名＝篠原虎太(しのはら・とらた)　学旅順工科大学応用化学科〔昭和19年〕卒　歴戦後、高校教師となり、昭和49年佐賀関高、53年鶴崎工各校長。一方、14年より句作を始め、18年より高浜年尾、のち稲畑汀子に師事。47年大分県ホトトギス会を創設し、48年「ホトトギス」同人。平成3年より「由布」を主宰した。句集に「由布路」がある。

篠原 清子　しのはら・せいこ　俳人
明治40年(1907年)10月5日 ～ 平成1年(1989年)12月19日　生神奈川県　学旧制高女卒　歴昭和17年桃家家元太白堂に入門、桃月に手ほどきを受ける。21年立机、29年元老格。32年「萬緑」に入会、42年同人。　賞萬緑新人賞〔昭和41年〕

篠原 巴石　しのはら・はせき　俳人
明治39年(1906年)1月6日 ～ 昭和61年(1986年)2月14日　生栃木県　名本名＝篠原友右衛門(しのはら・ともえもん)　学明治大学商学部卒　歴昭和21年宇都宮信用金庫理事、25年不二倉庫取締役などを経て、41年下興商事社長に就任。中学生の頃より俳句を作り、「中心」「汐木」などに投句。のち「獺祭」幹部同人。46年俳人協会会員。

篠原 梵　しのはら・ぼん　俳人
明治43年（1910年）4月15日～昭和50年（1975年）10月17日　生愛媛県伊予郡南伊予村（伊予市）　名本名＝篠原敏之（しのはら・としゆき），別号＝小日向梵　学松山高文科乙類〔昭和6年〕卒，東京帝国大学文学部国文学科〔昭和9年〕卒　歴小学校時代、担任であった俳人の立石白虹の薫陶を受ける。松山高校から東京帝国大学文学部国文科に入り、同級に杉森久英がいた。昭和13年中央公論社に入社。19年1月出版部次長となったが、4月退社して愛媛青年師範教授。23年東京で再会した嶋中雄作社長に誘われ「中央公論」編集部次長として復帰。同年「少年少女」編集長、24年「中央公論」編集長、28年出版部長、32年取締役を経て、常務。中央公論事業出版社長、丸之内出版社長も務めた。俳句は松山高時代から川本臥風に師事し、在学中の5年臼田亜浪主宰「石楠」に投句して初掲載。「石楠」を代表する俳人の一人で、ユニークな音律の駆使を特色とした。句集「皿」「雨」「年々去来の花」がある。

信夫 澄子　しのぶ・すみこ　歌人
大正5年（1916年）5月23日～平成11年（1999年）6月28日　生東京都　歴昭和17年「アララギ」に入会、19年退会。戦後創刊の「人民短歌」に入会、45年に退会。46年に「人間詩歌」を創刊、編集を担当。歌集に「風祭」、著書に「民衆短歌のあゆみ」「歌に見る日本の労働者」などがある。

柴田 午朗　しばた・ごろう　川柳作家
明治39年（1906年）4月28日～平成22年（2010年）12月8日　生島根県能義郡伯太町（安来市）　名本名＝柴田午郎（しばた・ごろう）　学松江高〔昭和2年〕卒，京都帝国大学経済学部〔昭和5年〕卒　歴昭和21年島根県農業会長、25～33年一畑電鉄専務を経て、37～54年松江信用金庫理事長。また、学生時代から川柳に親しみ、島根県川柳協会理事長、全日本川柳協会顧問を務めた。句集に「母里」「痩せた虹」「空鉄砲」などがある。

柴田 宵曲　しばた・しょうきょく　俳人
明治30年（1897年）9月2日～昭和41年（1966年）8月23日　生東京市日本橋区久松町（東京都中央区）　名本名＝柴田泰助　学開成中〔明治43年〕中退　歴上野図書館で文学書を読み、俳句、短歌を学ぶ。大正7年ホトトギス社に入社して編集に従事。寒川鼠骨が発起人となった宝井其角の句集「五元集」の輪講会で筆記を手がけたことから鼠骨に傾倒、その後ホトトギス社を離れて「子規全集」編纂に尽力した。また、江戸文化風俗研究家の三田村鳶魚の知遇を得、その下で筆記役として才能を発揮、数々の記録を残した。昭和10年「谺」を創刊・主宰。生前は句集を作らず、没後に「宵曲句集」が刊行された。著書に「俳諧随筆 蕉門の人々」「古句を観る」「子規居士」「明治の話題」「漱石覚え書」などがあり、平成2年には小沢書店から「柴田宵曲文集」（全8巻）が刊行された。　家岳父＝篠原温亭（俳人）

柴田 清風居　しばた・せいふうきょ　俳人
明治36年（1903年）8月25日～平成3年（1991年）11月11日　生静岡県榛原郡金谷町　名本名＝柴田孝雄　学名古屋高等工業学校建築科卒　歴元国鉄技師。15歳の頃から俳句を始め、「林苑」「つばき」同人となる。句文集「鰯雲」「茜雲」がある。　賞静岡県芸術祭賞

柴田 忠夫　しばた・ただお　詩人
大正7年（1918年）1月1日～平成14年（2002年）3月8日　生香川県　名本名＝柴田忠男，別名＝津村卓　学早稲田大学文学部英文科卒　歴ニッポン放送のプロデューサーとしてラジオドラマを制作。津村卓の名で作詞家としても活躍した。「風」同人を経て、「日本未来派」同人。詩集に「幻想飛行」「迷宮のバラード」「ラジオドラマ入門」「音への頌歌」「サハロフの舟」など。　賞日本詩人連盟賞（第24回）〔平成1年〕「浜辺の歌」

柴田 冬影子　しばた・とうえいし　俳人
昭和2年（1927年）7月5日～平成4年（1992年）11月19日　生岩手県盛岡市　名本名＝柴田光夫　学岩手青年師範卒　歴昭和22年「夏草」系田村了咲の指導を受ける。46年「夏草」同人。のち「屋根」所属。句集に「青胡桃」。　賞夏草新人賞〔昭和40年〕，夏草功労賞〔昭和57年〕

柴田 トヨ　しばた・とよ　詩人
明治44年（1911年）6月26日～平成25年（2013年）1月20日　生栃木県栃木市　歴10代の頃、奉公に出る。33歳で調理師の夫と結婚。翌年一人息子をさずかる。平成4年夫と死別した後は、宇都宮市内で一人暮らし。90歳を過ぎて足腰が不自由になった頃、息子から勧められて詩作を始める。平成16年の初採用以来、産経新

聞1面「朝の詩」の常連投稿者となり、最も多くファンレターを寄せられる。20年掲載された「くじけないで」に21年シャンソン歌手・久保東亜子が作曲してCDを自費製作し、ラジオ番組で取り上げられた。21年処女詩集「くじけないで」を自費出版、98歳の市井のおばあさんが出した詩集という話題性と、飾らない言葉が人々の共感を呼び、詩集としては異例の150万部を超えるベストセラーになり、韓国やオランダなどでも翻訳が発刊された。100歳の23年、第二詩集「百歳」を出版。25年101歳で亡くなった。賞新風特別賞（第46回）〔平成24年〕「百歳」

柴田 白陽　しばた・はくよう　俳人
大正2年（1913年）7月30日 ～ 平成18年（2006年）11月8日　出埼玉県大里郡江南町（熊谷市）　名本名＝柴田栄作（しばた・えいさく）　歴昭和6年より友人の勧めで作句を始める。戦時中は吉岡禅寺洞の「天の川」に入会。その後、松原地蔵尊に指導を受けた。32年俳誌「相思樹」を創刊、のち主宰。句集に「銀木犀」「金木犀」「河畔の寿」などがある。現代俳句協会会員で埼玉県俳句連盟会長などを歴任。平成18年2月まで朝日新聞埼玉版の「埼玉文化」俳壇の選者を務めた。　勲勲五等双光旭日章〔昭和62年〕　賞熊谷市文化功労賞〔昭和57年〕

柴田 白葉女　しばた・はくようじょ　俳人
明治39年（1906年）9月25日 ～ 昭和59年（1984年）6月25日　生兵庫県神戸市　出東京都　名本名＝柴田初子（しばた・はつこ）　学東北帝国大学法文学部国文科卒　歴少女時代から父親に俳句の手ほどきを受け、のち飯田蛇笏に師事。昭和23年「雲母」同人。37年「俳句女園」を創刊し、主宰。俳人協会評議員、千葉県俳句作家協会副会長も務め、句集に「冬椿」「夕浪」「冬泉」「遠い橋」、随筆集に「ともしび」などがある。　勲勲五等瑞宝章〔昭和54年〕　賞蛇笏賞（第17回）〔昭和58年〕「月の笛」　家父＝井上白嶺（俳人）

柴田 茫洋　しばた・ぼうよう　俳人
昭和2年（1927年）3月18日 ～ 平成24年（2012年）4月21日　生東京都　名本名＝柴田洋一（しばた・よういち）　学一高理科乙類卒　歴昭和41年大同商運を設立して社長、62年会長。一方、48年より水原秋桜子の指導を受け、「馬酔木」に拠る。53年「馬酔木」同人。のち「橡」に拠る。　賞馬酔木新人賞〔昭和52年〕

柴田 光子　しばた・みつこ　俳人
明治40年（1907年）2月15日 ～ 平成4年（1992年）10月29日　生宮城県　学石巻女高卒　歴昭和25年「駒草」入門、阿部みどり女に師事。35年「駒草」同人。　賞駒草賞〔昭和43年〕

柴田 元男　しばた・もとお　詩人
大正12年（1923年）3月10日 ～ 昭和37年（1962年）4月4日　生東京都品川区　学日本大学国文科中退　歴詩誌「新詩派」「詩行動」同人。詩集に「天使望見」がある。

柴田 基孝　しばた・もとのり　詩人
昭和3年（1928年）11月24日 ～ 平成15年（2003年）7月7日　出福岡県飯塚市　名本名＝柴田基典（しばた・もとのり）　学山口経専〔昭和24年〕卒　歴モダニズム詩人として活躍し、第31回、第37回のH氏賞候補となった。「ALMÉE」同人。詩集に「その都市は縮んでいる」「キリン論」「耳の生活」「水音楽」、評論集に「想像力の流域」などがある。　賞福岡市文学賞（第4回）〔昭和49年〕，福岡県詩人賞（第17回）〔昭和56年〕

柴谷 武之祐　しばたに・たけのすけ　歌人
明治41年（1908年）1月1日 ～ 昭和59年（1984年）5月9日　生大阪府堺市　歴大正15年「アララギ」に入会。歌集に「水底」「さびさび唄」「遠き影」などがある。　賞日本歌人クラブ推薦歌集（第4回）〔昭和33年〕「さびさび唄」

柴野 民三　しばの・たみぞう　詩人
明治42年（1909年）11月4日 ～ 平成4年（1992年）4月11日　生東京市京橋区（東京都中央区）　学錦城商卒　歴昭和4年私立大橋図書館に勤務し、児童図書室を担当。北原白秋に師事し、童謡誌「チチノキ」同人として詩作する。7年有賀連らと「チクタク」を創刊。10年大橋図書館を退職し、「お話の木」「コドモノヒカリ」を編集。14年「童話精神」を、22年「こどもペン」「少年ペン」を創刊し、24年から児童文学者として著述生活に入る。童謡の代表作に「秋」「冬空」「そら」などがあり、著書は童話集「まいごのありさん」「ねずみ花火」「コロのぼうけん」「ひまわり川の大くじら」、童謡集「かまきりおばさん」などがある。　賞芸術祭賞奨励賞〔昭和36年〕「東京のうた」（共作）

示日 止三　しび・とめぞう　俳人
大正9年（1920年）2月1日 ～ 平成5年（1993年）

10月21日　生兵庫県　名本名＝福田須正（ふくだ・よしまさ）　学京都大学医学部卒　歴昭和34年国鉄に入社。各地の鉄道病院に勤務。俳句は36年頃より始め、38年「凧」入会。45年「楓」入会。51年「凧」同人。55年句集「畝」出版。60年「雉」同人。52年俳人協会会員。句集に「畝」。

渋沢 渋亭　しぶさわ・しぶてい　俳人
明治25年（1892年）10月5日～昭和59年（1984年）2月15日　生東京市日本橋区（東京都中央区）　名本名＝渋沢秀雄（しぶさわ・ひでお）　学東京帝国大学法科大学仏法科〔大正6年〕卒　歴父は実業家の渋沢栄一。田園都市株式会社取締役となり、東京の田園調布を高級住宅地として開発。昭和13～22年東宝会長を務めたほか、帝劇、東急、後楽園スタヂアムなどの重役を歴任。戦後の追放解除後は実業界から離れ、40年より放送番組向上委員会初代委員長、電波監理審議会会長を務めた。明治の粋人として随筆、俳句、油絵、三味線、長唄、小唄と風流三昧の人生を歩み、中でも随筆家としては軽妙洒脱な筆致で知られた。俳句は渋亭と号し、昭和11年以来いとう句会同人として作句した。没後に「句集渋沢渋亭」が出版された。　勲勲二等瑞宝章〔昭和46年〕　家父＝渋沢栄一（実業家）

渋沢 孝輔　しぶさわ・たかすけ　詩人
昭和5年（1930年）10月22日～平成10年（1998年）2月8日　生長野県小県郡真田町　学東京外国語大学仏語科〔昭和28年〕卒，東京大学大学院仏語仏文学専攻〔昭和31年〕修士課程修了　歴昭和31年武蔵大学非常勤講師、32年明治大学政経学部非常勤講師、36年専任講師、44年教授、52年文学部教授。この間、33年に宮本徳三らと「XXX」を創刊、「花粉」を経て、43年「歴程」同人。55年詩集「廻廊」で第10回高見順賞を受賞。ほかに詩集「漆あるいは水晶狂い」「淡水魚」「渋沢孝輔詩集」「啼鳴四季」「行き方知れず抄」など、また評論集「詩の根源を求めて」「蒲原有明論」、エッセイ集「花後の想い」などがある。　勲紫綬褒章〔平成7年〕　賞芸術選奨文部大臣賞（第42回，平成3年度）〔平成4年〕「啼鳴四季」，歴程賞（第12回）〔昭和49年〕「われアルカディアにもあり」，亀井勝一郎賞（第12回）〔昭和55年〕「蒲原有明論」，高見順賞（第10回）〔昭和55年〕「廻廊」，読売文学賞詩歌俳句賞（第43回）〔平成4年〕「啼鳴四季」，萩原朔太郎賞（第5回）〔平成9年〕「行き方知れず抄」

渋谷 重夫　しぶや・しげお　詩人
大正15年（1926年）10月26日～平成7年（1995年）12月11日　生神奈川県横浜市　学神奈川師範卒　歴神奈川県内の公立学校長を歴任。傍ら、日本児童文学者協会などに所属し童話を発表。作品に童話「空とぶ大どろぼう」「事件だ！それいけ忍者部隊」、詩集「ねむりのけんきゅう」「きいろい木馬」「海からのおくりもの」「卒業生に贈る詩集〈1～7〉」など。

渋谷 定輔　しぶや・ていすけ　詩人
明治38年（1905年）10月12日～昭和64年（1989年）1月3日　生埼玉県入間郡南畑村（富士見市）　学南畑高小〔大正9年〕卒　歴小作農の長男として生まれ、小学生時代から農業に従事。農民運動をする一方で、大正15年に詩集「野良に叫ぶ」を刊行。昭和3年日本非政党同盟を結成したが、間もなく全国農民組合に参加し、埼玉県連書記長になる。5年中央委員に就任。12年サハリンからソ連に越境を計画して逮捕され、5年の実刑を受ける。14年出獄。戦後、新日本文学会に参加し、30年日本農民文学会の結成に参加し、理事に就任。37年以後は東京と南畑を舞台に地域の市民運動に活躍した。45年記録文学「農民哀史」を刊行、ロングセラーとなる。57年より思想の科学研究会長。ほかの著書に「大地に刻む」「この風の音を聞かないか」など。　家妻＝渋谷黎子（社会運動家）

渋谷 行雄　しぶや・ゆきお　歌人
大正12年（1923年）12月18日～平成15年（2003年）10月20日　生栃木県宇都宮市　学宇都宮中卒　歴旧制中学時代「下野短歌」に入社。復員後、影山銀四郎に師事、「民草」「浪漫派」の編集同人を経て、「白木綿」に所属。48年より編集発行人。55年から主宰。栃木県歌人クラブ事務局長を経て、委員長。歌集に「細流抄」「浪漫派」、他に「栃木県歌壇史」「毛野の歌びと」などがある。　勲勲五等瑞宝章〔平成11年〕　賞栃木県文化功労者〔平成5年〕

柴生田 稔　しぼうた・みのる　歌人
明治37年（1904年）6月26日～平成3年（1991年）8月20日　生埼玉県　出三重県鈴鹿市　学東京帝国大学文学部国文科〔昭和5年〕卒　歴東京帝大に入学した昭和2年、「アララギ」に入会して斎藤茂吉に師事。のち同誌選者となり、「アララギ」の発行に力を注いだ。16年第一歌集「春山」を刊行。明治大学教授、文学部長、駒沢大学教授を歴任した。他の歌集に「麦の庭」「入野」「冬の林に」、評論に「斎藤茂吉伝」「続斎藤茂吉伝」などがある。 賞日本歌人クラブ推薦歌集(第6回)〔昭和35年〕「麦の庭」，読売文学賞(詩歌・俳句賞，第17回)〔昭和40年〕「入野」，読売文学賞(研究・翻訳賞，第33回)〔昭和56年〕「斎藤茂吉伝」「続斎藤茂吉伝」

島 秋人　しま・あきと　歌人
昭和9年(1934年)6月28日 ～ 昭和42年(1967年)11月2日 出新潟県柏崎市 名本名＝千葉覚，旧姓・旧名＝中村 歴幼児期を旧朝鮮、満州で過ごす。戦後、柏崎市に引き揚げるが、不遇な少年時代を送り、中学卒業後は放浪生活に入る。成人になってから放火事件を起こし服役。出所後の昭和34年、24歳の時に強盗殺人を犯し、35年一審で死刑を受けた。一度だけ中学時代に絵を褒められたことが忘れられず、獄中からその恩師に絵と手紙を出したところ、返信に添えられていた恩師夫人の短歌に感銘を受け、36年より作歌を始める。歌人の窪田空穂と往復書簡を交わして指導を受け、38年毎日歌壇賞を受賞。37年最高裁で上告が棄却され、死刑が確定。その後、キリスト教の洗礼を受ける。42年33歳で刑死した。死後、「遺愛集」が刊行された。 賞毎日歌壇賞〔昭和38年〕

島 朝夫　しま・あさお　詩人
大正9年(1920年)10月7日 ～ 平成23年(2011年)2月2日 生東京都町田市 名本名＝島崎通夫(しまざき・みちお) 学東京帝国大学農学部農芸化学科〔昭和19年〕卒 歴青山学院女子短期大学学長、星美学園短期大学学長を務めた。また、島朝夫の筆名で詩人として知られ、「時間」「山の樹」「詩学」などに詩や詩人論を発表。詩集に「何僂の微笑」「供物」、訳書にシャルル・ペギー「ジャンヌ＝ダルクの愛の神秘」などがある。

志摩 一平　しま・いっぺい　俳人
明治44年(1911年)1月20日 ～ 平成5年(1993年)6月11日 生宮崎県日南市 名本名＝川越博志 歴元・西日本新聞記者。昭和33年本格的に句作を始め、現代俳句会「自鳴鐘」同人、37年「海程」に参加、金子兜太の指導を受けた。40年現代俳句協会員、45年「天籟通信」同人。句集に「肉親の塔」「鳥の手紙」。 賞九州俳句賞(第1回)〔昭和44年〕，福岡市文学賞(第19回)〔平成1年〕

志摩 海夫　しま・うみお　詩人
明治41年(1908年)3月10日 ～ 平成5年(1993年)1月24日 出福岡県朝倉郡杷木町 名本名＝市川二獅雄 学小倉工業学校〔大正15年〕卒 歴詩誌「未来樹」を主宰する一方、北九州詩人協会会長を務めた。

嶋 杏林子　しま・きょうりんし　俳人
大正15年(1926年)11月28日 ～ 平成6年(1994年)5月8日 生和歌山県和歌山市 名本名＝嶋孝 学大阪大学医学部卒 歴昭和21年本田一杉の「鴫野」同人。32年岩根冬青らと「和歌山天狼」会誌発行、編集発行人。37年右城暮石の「運河」同人、編集長。31年山口誓子に師事。49年「天狼」同人。読売新聞、産経新聞の和歌山俳壇選者も務めた。句集に「縦横」。 賞俳人協会全国俳句大会賞〔昭和41年〕，天狼コロナ賞(第6回)〔昭和45年〕

島 恒人　しま・こうじん　俳人
大正13年(1924年)2月13日 ～ 平成12年(2000年)3月16日 生北海道釧路市 名本名＝島安(しま・やすし) 学帯広中〔昭和16年〕卒 歴昭和16年国鉄に入り、54年まで釧路局、札幌局に勤務。この間肺結核で闘病生活を送ったのを機に21年から本格的に俳句に取り組む。伊藤凍魚に師事。「氷下魚」の同人となり「雲母」へも投稿。36年から「秋」同人。その後の在職中は、国鉄文学会北海道支部を設け、初代支部長として活動を支えた。この功績に対し52年国鉄文化功労賞を受賞。57年初の個人句集「風騒集」を刊行。 賞国鉄文化功労賞〔昭和52年〕，北海道新聞文学賞(第17回)〔昭和58年〕「風騒集」

島 匠介　しま・しょうすけ　詩人
明治44年(1911年)10月16日～平成22年(2010年)2月3日 生広島県庄原市 名本名＝国利義勇(くにとし・ぎゆう) 学福山師範卒 歴幼稚園や小・中学校などで50年以上にわたって教育に携わる。「KAITUBURI」を主宰し、「杏」にも所属。平成10年には総合文芸誌「備北文学」を創刊、広島県北部の文化振興に貢献。広島県詩人協会会長を務めた。また、広島県文化団体連合会の設立に参画、理事、副会長を経て、7年会長。詩集に「海に見る夢」「雪の果樹園」「流沙」などがある。 賞庄原市民栄誉賞〔平成21年〕

志摩 聡　しま・そう　俳人

昭和3年（1928年）2月22日 ～ 平成15年（2003年）1月24日　生岐阜県岐阜市　名本名＝原聡一（はら・そういち）　歴加藤かけいの「環礁」に拠ったのち、高柳重信に師事。「薔薇」「俳句評論」に所属。同誌終刊後は「騎」同人。その後、本名の原聡一で活動した後、平成元年退隠。句集に「奇数」「黄体説」「黄落」「志摩聡全句集」などがある。

島 東吉　しま・とうきち　俳人

明治25年（1892年）4月26日 ～ 昭和39年（1964年）1月25日　生東京市麴町区（東京都千代田区）　歴大正期から昭和初期にかけての大衆小説家。俳句は少年時代から父親の2世規矩庵梅秀について学ぶ。はじめ主として秋声会派の諸誌に関係して葉月吟社等を興し、「俳壇風景」を主宰した。のち、昭和6年2月創刊の「俳句月刊」の編集に参画、「曲水」「天の川」等にも寄稿。また戦後は西垣卍禅子の自由律誌「新俳句」にも関係をもった。句集に「東吉句集」、編著に「むさしの句集」、俳文集に「新版俳文読本」などがある。　家父＝規矩庵梅秀（2世）

志摩 直人　しま・なおと　詩人

大正13年（1924年）11月10日 ～ 平成18年（2006年）9月14日　出徳島県　学関西学院大学文学部英文学科卒，関西学院大学大学院美学研究科修了　歴競馬を題材とした詩を多く発表し、詩集「風はその背にたてがみに」は競馬関連書としては異例のベストセラーとなる。昭和59年東京競馬場に大型映像スクリーン・ターフビジョンが初めて導入されると、G1レース後に優勝馬を讃える自作詩が流された。また日本初の競馬テレビ中継のレギュラー解説者として、杉本清アナウンサーとの掛け合いが好評を呼んだ。著書に「競馬道楽」「名馬の故郷」「テンポイント」「ある放蕩詩人の競馬三昧」などがある。

島 みえ　しま・みえ　俳人

大正2年（1913年）1月3日 ～ 平成10年（1998年）12月17日　生栃木県栃木市　名本名＝飯島美江　学山脇高女卒　歴昭和20年郷土俳誌「にぎたま」より作句。23年「古志」（のち「季節」）に入会。金尾梅の門、井口荘子に師事。28年同人。長年編集員として尽力。後年「頂点」同人にもなったが、晩年は無所属。46年～平成6年現代俳句協会会員。句集に「糸車」「林の火」「水際」など。他の著書に随筆集「青岬」がある。　賞季節賞〔昭和39年〕

志摩 みどり　しま・みどり　俳人

昭和4年（1929年）4月4日 ～ 平成1年（1989年）9月21日　生福島県石城郡平字南町（いわき市平）　名本名＝坂本とみ子　学平高女〔昭和21年〕卒　歴昭和24年「かびれ」同人。36年「秋」創刊より参加し、翌年同人となる。44年福島県浜通り俳句協会を結成、48年現代俳句協会会員となる。句集に「夕ひぐらし」。　賞福島県俳句賞（準賞，第4回）〔昭和57年〕「花万朶」，山河賞〔昭和62年〕

志摩 芳次郎　しま・よしじろう　俳人

明治41年（1908年）1月13日 ～ 平成1年（1989年）5月29日　生鹿児島県　学巣鴨高商中退　歴水原秋桜子、石田波郷に師事し、昭和13年「鶴」同人。28年角川書店に入り、歳時記編纂に従事し、33年退社。その後「秋」同人として俳句を発表する一方、文芸評論家としても活躍。著書に「カラー版俳句歳時記―四季の魚」「現代俳人伝〈1～3〉」など。

島内 八郎　しまうち・はちろう　歌人

明治30年（1897年）2月16日 ～ 昭和58年（1983年）10月16日　生佐賀県佐賀市　歴大正4年長崎県立長崎図書館出納手を振り出しに、長崎市立博物館学芸員として昭和54年まで勤務。この間、長崎県・長崎市の文化財保護審議会委員、長崎市原爆資料協議会副会長、長崎国際文化協会副会長などを務めた。長崎県の代表的歌人で、大正8年中村三郎門下となり、「とねりこ」「香蘭」「中央線」に入会し、戦後は被爆者として原爆にちなんだ短歌を作った。「平和は長崎から」の作詞者としても知られる。著書に歌集「靄（もや）」「あさもや」、随筆「秋日和」などがある。

島上 礁波　しまがみ・しょうは　俳人

大正11年（1922年）2月5日 ～ 平成11年（1999年）5月8日　生愛媛県　名本名＝島上正義（しまがみ・まさよし），旧号＝港秋子　学高小卒　歴昭和17年「若葉」系俳人の父・島上肱舟より俳句の手ほどきを受ける。18年「若葉」に初投句、当初は港秋子と号す。終戦後の中断を経て、30年「若葉」再入門。「岬」「糸瓜」にも拠った。　賞四国若葉大会総合一位〔昭和30年〕　家父＝島上肱舟（俳人）

島崎 曙海 しまざき・あけみ 詩人
明治40年（1907年）1月17日 ～ 昭和38年（1963年）3月11日 生高知県 学高知師範専攻科卒 歴昭和11年満鉄に入り敗戦直前まで勤め、戦後高知市役所、高知社会福祉協議会勤務。満州では「露西亜墓地」を主宰、「二〇三高地」「満州詩人」「豚」などに作品を発表。引き揚げ後「蘇鉄」を発行、日本現代詩人会に属し、日本未来派同人。詩集「地貌」「十億一体」「落日」「熱帯」「牛車」、詩文集「ビルマ通信」など。

島崎 和夫 しまざき・かずお 歌人
大正1年（1912年）11月5日 ～ 昭和61年（1986年）12月10日 生長野県 歴松下英麿に師事し作歌の手ほどきを受ける。昭和2年「ポトナム」に入会。11年同人、50年より選者となる。46年短歌誌「朱」を創刊・主宰。歌集に「無の季節」、歌文集に「歌ごころ」がある。

嶋崎 専城 しまざき・せんじょう 俳人
大正4年（1915年）11月1日 ～ 平成19年（2007年）7月10日 生茨城県 名本名＝嶋崎千城（しまざき・かんじょう） 学水戸中卒 歴昭和23年「鹿火屋」系俳人・滝けん輔主宰「朝霧」に入会、25年同人。47年「ひたち野」同人、50年同主宰。54年「人」同人。 賞朝霧賞〔昭和26年〕

島崎 通夫 しまざき・みちお
⇒島 朝夫（しま・あさお）を見よ

島崎 光正 しまざき・みつまさ 詩人
大正8年（1919年）11月2日 ～ 平成12年（2000年）11月23日 生福岡県 出長野県塩尻市片丘 学松本商中退 歴生後間もなく両親との別れ、また先天性二分せきつい症のため下半身が不自由ななかで詩作を行う。身体障害者キリスト教伝道協力会会長を務めた。晩年は胎児の出生前診断に反対する運動を行った。詩集に「故園・冬の旅抄」「憩いのみぎわに」、随筆集に「傷める葦を折ることなく」「からたちの小さな刺」、自伝「星の宿り」などがある。 賞浅野順一賞（第9回）〔平成3年〕

島津 亮 しまず・りょう 俳人
大正7年（1918年）7月18日 ～ 平成12年（2000年）3月1日 生香川県高松市 名本名＝嶋津亮（しまず・あきら） 学大阪外国語大学〔昭和14年〕卒 歴終戦直後「青天」に参加して西東三鬼を知り、師事。のち「雷光」「天狼」「梟」「縄」「ユニコーン」を経て、「夜盗派」「海程」同人。句集に「紅葉寺境内」「記録」「島津亮句集」「唱歌」がある。

島田 逸山 しまだ・いつざん 俳人
明治30年（1897年）3月29日 ～ 昭和34年（1959年）8月27日 生石川県金沢市 名本名＝島田憲吉 歴大正12年石川県小松に写真館を開き、昭和2年大正天皇の御大喪に際して宮内省に奉仕し、当日の写真撮影に携わった。この間、芸術写真の制作にも意欲を示し、北陸地方における芸術写真の先駆者として活躍した。12年金沢市味噌蔵に島田逸山写真場を開設。石川県写真師会会長や金沢市写真師会会長を歴任した。俳人としても知られ、沢光社を興し、俳句雑誌「沢の光」を主宰した。 賞金沢市文化賞〔昭和25年〕，北国文化賞〔昭和26年〕

島田 幸造 しまだ・こうぞう 歌人
大正12年（1923年）4月1日 ～ 平成14年（2002年）11月19日 生宮城県 歴7年間の療養生活を送った後、昭和18年「多磨」に入会。28年「コスモス」の創刊に参加。平成5年同誌選者。歌集に「風鶴」がある。 賞コスモス賞（第29回）〔昭和57年〕，宮城県教育文化功労賞〔平成8年〕

島田 さかゑ しまだ・さかえ 俳人
明治41年（1908年）3月1日～平成8年（1996年）2月9日 生栃木県 名本名＝島田栄（しまだ・さかえ） 学早稲田大学卒 歴昭和28年より「馬酔木」に投句。のち三ケ尻湘風を介して角川源義に師事。51年「河」同人、武蔵野俳句研究会会長。

島田 修二 しまだ・しゅうじ 歌人
昭和3年（1928年）8月19日 ～ 平成16年（2004年）9月12日 生神奈川県横須賀市 学海兵，東京大学文学部社会学科〔昭和28年〕卒 歴旧制高校時代から宮柊二に師事し、昭和22年「多磨」入会。28年読売新聞社に入社。同年「コスモス」創刊に参加。38年処女作「花火の星」を刊行。54年読売新聞文化部次長をやめて「昭和万葉集」の編集に参加。61年から朝日歌壇選者。62年「コスモス」を退会し、63年「青藍」を創刊。のち「草木」主宰。平成16年宮中歌会始選者を務めた。他の歌集に「青夏」「冬音」「渚の日日」「東国黄昏」「草木国土」「朝の階段」「行路」、評論集に「抒情の空間」「宮柊二の歌」「現代短歌入門」など。 賞日本歌人クラブ推薦歌集（第10回）〔昭和39年〕「花火の星」，短歌愛読

者賞（第6回）〔昭和54年〕「渚の日々」，迢空賞（第18回）〔昭和59年〕「渚の日日」，詩歌文学館賞（第11回）〔平成8年〕「草木国土」　家母＝島田敏子（歌人），弟＝島田章三（洋画家）

島田 敏子　しまだ・としこ　歌人
生年不詳～平成13年（2001年）3月21日　出長野県　名本名＝島田敏　歴斎藤茂吉に師事、アララギ会員。歌集に「藜の枝」がある。　家息子＝島田修二（歌人），島田章三（洋画家）

島田 ばく　しまだ・ばく　詩人
大正12年（1923年）9月28日～平成16年（2004年）9月3日　出東京都　名本名＝島田守明（しまだ・もりあき）　学大森高小〔昭和14年〕卒　歴東京・大森を舞台に詩や童話を発表。著書に「日溜り中に」「なぎさの天使」「父の音」「リボンの小箱」など。　賞児童文化功労賞（第34回）〔平成7年〕

島田 等　しまだ・ひとし　詩人
大正15年（1926年）～平成7年（1995年）10月20日　歴昭和22年21歳のときにハンセン病患者として岡山県邑久町の国立ハンセン病療養所長島愛生園に収容され、文芸活動を始める。39年かららい詩人集団を主宰、ハンセン病患者を強制隔離した国を“病棄て”と批判し、差別解消を訴える詩を残した。

嶋田 峰生　しまだ・ほうせい　俳人
大正6年（1917年）8月7日～平成11年（1999年）8月4日　生兵庫県神戸市　名本名＝嶋田影章　学慶応義塾大学法学部卒　歴富士紡績に入社。のち取締役を経て、コットンカンパニーオブエチオピアに転じ、役員として10年間ほどエチオピアで暮らす。日本エチオピア協会理事、事務局長を務めた。一方、昭和21年職場句会で為成菖蒲園に師事。25年「夏草」所属。29年後藤夜半に師事、「諷詠」入会。「諷詠」同人。「玉藻」投句。この間大阪、静岡、エチオピアで職場句会の育成に当る。夜半没後、後藤比奈夫に師事。句集に「エチオピアソング」がある。

嶋田 摩耶子　しまだ・まやこ　俳人
昭和3年（1928年）6月20日～平成24年（2012年）7月16日　生宮城県　出千葉県千葉市　学恵泉女学園専攻科〔昭和23年〕卒，アメリカンフローラルアートスクール卒　歴唐笠何蝶の長女。昭和24年より父主宰の「阿寒」で作句を始め、「ホトトギス」「玉藻」に投句。25年嶋田一歩と結婚。28年から3年間上京、高浜虚子、高浜年尾、星野立子に直接指導を受け、36年夫とともに「ホトトギス」同人。年尾に“天衣無縫な摩耶子俳句”と評された斬新で奔放な句風で、「ホトトギス」巻頭を21回飾った。平成元年熱海に転居。句集に「月見草」「更衣」「花と雪」などがある。　家夫＝嶋田一歩（俳人），父＝唐笠何蝶（俳人）

島田 美須恵　しまだ・みすえ　歌人
大正5年（1916年）9月30日～平成3年（1991年）11月2日　生熊本県玉名市　学高瀬高女〔昭和8年〕卒　歴昭和15年浄土真宗本願寺派で得度、教師となる。24年短歌「真樹」社友となる（のち一時休詠）。27年広島市古江の福蔵寺に入寺。49年下関市に単立宗教法人八葉院を創建。50年短歌「真樹」に再出詠。57年本願寺派布教使となる。平成3年国立下関病院で病死。歌集に「氷上燃火—島田美須恵集」がある。

島田 みつ子　しまだ・みつこ　俳人
明治45年（1912年）1月1日～平成2年（1990年）3月27日　生東京都　名本名＝島田光子　学文化学院中学部　歴学院在学中より高浜虚子の指導を受け俳句を始める。「ホトトギス」「玉藻」に投句して句作に励み、のち「蔵王」当季雑詠選者となる。昭和19年「こでまり」を創刊・主宰。句集に「青宵」「ふさのくに」など。

嶋田 洋一　しまだ・よういち　俳人
大正2年（1913年）11月7日～昭和54年（1979年）10月26日　生三重県志摩郡磯部町的矢　学早稲田大学国文科〔昭和11年〕卒　歴昭和8年父の主宰する「土上」の同人となり、新興俳句運動に参加。中外新報社、家の光協会などに勤務し、21年より「俳句人」編集に従事する。46年三協社（広告代理店）を創立、また「東虹」同人となった。著書に「俳句入門」、句集に「洋一句集」がある。　家父＝嶋田青峰（俳人）

島田 陽子　しまだ・ようこ　詩人
昭和4年（1929年）6月7日～平成23年（2011年）4月18日　生東京都　学豊中高女卒　歴東京で生まれ、11歳の時に父の仕事の都合で大阪に移る。戦後、投稿雑誌「文章倶楽部」に詩や小説を発表したのがきっかけで詩人の道へ進む。こどものうたの会、詩誌「叢生」各同人。多くの大阪弁を詩作に取り入れた。昭和41年大阪万博のテーマソング公募に応募、1万3000通の中から選ばれた「世界の国からこんにちは」は中村八大が曲をつけ、三波春夫の歌唱で国民的な流行歌となった。著書に「金子みすゞへの旅」「うたと遊べば」「方言詩の世界」、詩集に「ゆれる花」「北摂のうた」「共犯者たち」「大阪ことばあそびうた」「童謡」「帯に恨みは」「わたしが失ったのは」などがある。

嶋西 うたた　しまにし・うたた　俳人
大正13年（1924年）9月12日～平成15年（2003年）1月6日　生和歌山県　名本名＝嶋西貞蔵　学御坊商卒　歴戦争で右足を負傷、闘病・入院生活中に俳句を始める。昭和38年二十日会、39年南風俳句会に入会、山口草堂に師事。43年南風同人。花鳥諷詠から脱皮を図った水原秋桜子の「馬酔木」の流れを組み、自然との関わりを通して日々の生活をうたう人間臭い作品が持ち味。63年より二十日会会長に就任し、俳句愛好者を指導育成するなど日高地方の俳句文化向上に貢献した。　賞南風賞〔昭和55年〕，御坊市文化賞〔平成11年〕

嶋野 国夫　しまの・くにお　俳人
大正11年（1922年）11月5日～平成20年（2008年）6月22日　生千葉県　歴大竹孤悠に師事し、「かびれ」「麦明」（同人誌）を経て、昭和56年東京で「玄火」創刊・主宰。門下から小宅容義、伊達甲女らが活躍。千葉県俳句作家協会顧問、千葉県現代俳句協会顧問も務めた。句集に「痛棒」「乱声」がある。

嶋袋 全幸　しまぶくろ・ぜんこう　歌人
明治41年（1908年）10月9日～昭和64年（1989年）1月5日　出沖縄県那覇市　名本名＝島幸太　学国学院大学高等師範部卒　歴戦前は沖縄県立三高女、同二中各教諭。戦後、名護高校教頭、宜野座高校長を経て、琉球育英会東京事務所長となり、15年間東京在勤。のち名護高校長を最後に退職。傍ら、歌人として活躍。昭和38年歌誌「くぐひ」会員、のち同人。53年頃から「琉球歌壇」選者となり、同じ琉球新報の短歌講座講師を務めるなど、歌人の育成に力を尽くした。著書に「昔の那覇と私」「歌集・明澪」など。　賞沖縄タイムス芸術選賞文学大賞

島村 茂雄　しまむら・しげお　俳人
明治39年（1906年）8月19日～平成6年（1994年）3月18日　生北海道旭川市　学札幌商卒　歴昭和19年松本たかしに師事。21年松本たかしを主宰として迎え、俳誌「笛」を創刊、編集経営に当る。31年たかし没後「笛」を主宰。現代俳句協会会員を経て、42年俳人協会に入会。40年「たかし全集」を刊行。

島村 久　しまむら・ひさし　俳人
大正11年（1922年）1月1日～平成7年（1995年）11月19日　生静岡県静岡市　学鉄道学校卒　歴昭和46年「馬酔木」入会。48年「海坂」入会、百合山羽公に師事。52年「海坂」、59年「橡」同人。句集に「風信」。　賞全国俳句大会賞（第26回）〔昭和62年〕

島村 野青　しまむら・やせい　俳人
大正4年（1915年）2月10日～平成19年（2007年）3月17日　生埼玉県　名本名＝島村森蔵（しまむら・もりぞう）　学旧制中学中退　歴日本電信電話公社に勤め、昭和26年職場句会で作句を始める。「春嶺」を経て、46年「みちのく」に入会し遠藤梧逸の指導を受ける。48年「みちのく」同人、55年編集委員。　賞みちのく賞〔昭和51年〕

島本 久恵　しまもと・ひさえ　詩人
明治26年（1893年）2月2日～昭和60年（1985年）6月27日　生大阪府大阪市　歴詩人・河井酔茗に見いだされ、大正2年婦人之友社に入り、創作の道に。12年酔茗と結婚、13年処女小説「失明」を発表。昭和8年から36年まで、28年をかけて6000枚の自伝小説「長流」を完成。41年評伝「明治の女性たち」で芸術選奨文部大臣賞を受賞をするなど評論・評伝にも健筆を振るった。酔茗が創刊した雑誌「女性時代」「塔影」の編集に携わり、40年に酔茗が亡くなると「塔影」を主宰した。他の著書に「貴族」「俚譜薔薇来歌」「母の証言」「明治詩人伝」などがある。　賞芸術選奨文部大臣賞（文学評論部門，第17回）〔昭和41年〕「明治の女性たち」　家夫＝河井酔茗（詩人）

島本 正斉　しまもと・まさなり　歌人
大正11年（1922年）11月19日～平成21年（2009年）5月5日　生奈良県　歴昭和16年より作歌を始め、25年「白珠」に入社、安田青風、安田章生に師事。29年同人となり、のち選者、編集委員。53年関西歌人集団を創設、事務局を担当。55年より大阪歌人クラブ理事。歌集に「北をさす星」「銀杏樹の下」などがある。　賞関西短歌文学賞「北をさす星」

清水 昶　しみず・あきら　詩人

昭和15年(1940年)11月3日～平成23年(2011年)5月30日　生東京市中野区鷺宮(東京都)　出山口県阿武郡高俣村(萩市)　学同志社大学法学部政治学科卒　歴陸軍中佐・清水武夫の二男で、兄は詩人の清水哲男。昭和20年一家で山口県高俣村に転居、父は開拓農民となった。同志社大学法学部政治学科在学中に政治運動から文学に転じ、39年第一詩集「暗視の中を疾走する朝」を刊行。47年藤井貞和、倉橋健一らと「白鯨」を創刊。他の詩集に「少年」「新しい記憶の果実」「詩人の死」「荒城の月」など。また、「詩の荒野より」「詩人・石原吉郎」などの評論集もある。　賞現代詩手帖賞(第7回)〔昭和41年〕　家兄＝清水哲男(詩人)

清水 ゑみ子　しみず・えみこ　詩人

大正13年(1924年)5月15日～平成12年(2000年)10月14日　生旧朝鮮慶尚南道鎮海　出福岡県山門郡　学帝国女専国文科中退　歴朝鮮で生まれ、戦後本土に引き揚げる。10代から始めた自由律俳句から、昭和30年頃に詩作に移る。「層雲」から「Jeu」「時間」を経て「暦象」「蘭」「ポリタイア」などの同人。41年第一詩集「黒い使者」を刊行。他の詩集に「主題と変奏曲」「動いている帯」「環」「青の世界」「赤い闇」などがある。　賞福岡市文学賞(第12回, 昭和56年度)

清水 汪夕　しみず・おうせき　川柳作家

大正12年(1923年)10月16日～平成15年(2003年)2月7日　出岐阜県大垣市　名本名＝清水隆(しみず・たかし), 別号＝冬視　学日本歯科医専〔昭和20年〕卒　歴昭和26年清水歯科医院を開業。平成9年まで朝日新聞岐阜版「ぎふ柳檀」の選者を務めた。「花火」編集同人。句集に「偽冬」「寒い林」「七冬」がある。

清水 乙女　しみず・おとめ　歌人

明治33年(1900年)1月15日～昭和60年(1985年)6月24日　生三重県桑名市　名本名＝清水とめ　学津田英学塾英文科卒　歴大正11年中河幹子らと「ごぎやう」を創刊、次いで北原白秋に師事、「多磨」創刊に参加。昭和17年五島美代子、合田艶子とともに「現代女流新鋭集」に参加。28年「篁」を創刊・主宰する。歌集に「薫染」「寂光」「低徊」、著書に「新古今女人秀歌」「万葉女人秀歌」など。

清水 かつら　しみず・かつら　詩人

明治31年(1898年)7月1日～昭和26年(1951年)7月4日　生東京都　名本名＝清水桂　学京華商卒, 青年会館英語学校卒　歴はじめ東京・神田の中西屋に勤めていたが、小学新報が中西屋から独立した際同社に転じ、雑誌「少女号」「小学画報」の編集に従事。編集主任鹿島鳴秋の勧めで童謡を作り始め、大正8年頃から「少女号」を中心に作品を発表。作品の「靴が鳴る」「あした」「叱られて」「雀の学校」などはすべて弘田龍太郎によって作曲され、鳴秋らの童謡とともにレコード化され流布した。当時「赤い鳥」の創刊によって芸術童謡が勃興していたが、平明なかつらの童謡は大衆に広く親しまれた。関東大震災後、埼玉県和光市白子に移り住み、死去するまで創作活動をつづけた。

清水 衣子　しみず・きぬこ　俳人

昭和4年(1929年)1月10日～平成17年(2005年)5月4日　生東京都　学向丘高女卒, 東京YMCA英語学校卒　歴昭和45年上田五千石の手ほどきを受け「氷海」入会、あわせて秋元不死男の指導を受ける。49年同人。48年「畦」創刊に同人参加。「畦」終刊後は本宮鼎三「かなえ」に入り、同人。また「甘藍」同人。句集に「さくらんぼ」「しんかいぎょ」がある。　賞畦賞(第1回)〔昭和54年〕

清水 杏芽　しみず・きょうが　俳人

大正2年(1913年)12月15日～平成14年(2002年)7月7日　生埼玉県　名本名＝清水久明　学東京医専〔昭和11年〕卒　歴昭和22年沼津に清水内科を開業。その以前から句作を始め、21年草茎社の宇田零雨に入門。26年双葉会を創立、月刊俳誌「双葉」創刊。56年には和香文庫(俳句図書館)を開設し無料開放、62年沼津市日枝神社に芭蕉句碑を建立。著書に「現代俳句鑑賞の誤謬」「間違いだらけの俳句鑑賞」「沼津歳時記」「俳句工房」「俳句原論」「芭蕉探訪―近畿編」、句集に「沼津抄」「残心」など。　勲勲六等旭日章〔昭和50年〕

清水 径子　しみず・けいこ　俳人

明治44年(1911年)2月11日～平成17年(2005年)10月18日　生東京市下谷区車坂(東京都台東区上野)　名本名＝清水経子(しみず・つねこ)　学東京府立第一高女卒　歴昭和23年山口誓子主宰「天狼」の創刊に加わり、24年義兄の秋元不死男主宰「氷海」創刊に参加。25年「氷海」同人。39年俳人協会事務局に入り、47年まで勤める。48年第一句集「鷭」を出す。53年「氷海」終刊後は、54年より私淑していた永田耕衣主宰の「琴座」に投句、同人。耕衣没後は平成10年同人誌「らん」を創刊に参加した。他に句集「哀湖」「夢殻」「雨の樹」、「清水径子全句集」などがある。 賞詩歌文学館賞（俳句部門, 第17回）〔平成14年〕「雨の樹」 家義兄＝秋元不死男（俳人）

志水 圭志　しみず・けいし　俳人
明治45年（1912年）3月18日 ～ 平成7年（1995年）7月3日 生愛知県犬山市 名本名＝清水圭二 学東京慈恵会医科大学卒 歴内科医院を開業。俳句は昭和21年「春燈」入門、久保田万太郎に師事。師没後安住敦に師事、春燈燈下集作家。また連句を「かつらぎ」岡本春人に学ぶ。「丹想」同人。句集に「銀」「黄道光」「流星郡」。

清水 賢一　しみず・けんいち　歌人
昭和3年（1928年）8月11日 ～ 平成15年（2003年）3月9日 生山梨県 学早稲田大学卒 歴早大在学中、「早稲田短歌」復刊に参加。昭和25年「まひる野」に入会、窪田章一郎に師事。29年「樹海」を創刊、編集委員となり、54年選者、平成7年編集人、11年発行人を歴任。山梨県芸術祭、やまなし県民文化祭専門委員、甲府湯田高校「現代中学生百人一首」選者、短期大学講師も務めた。著書に「歌論全注釈集成」、歌集「四季断簡」「如月の天」「化石」などがある。

志水 賢太郎　しみず・けんたろう　歌人
明治40年（1907年）8月10日 ～ 平成9年（1997年）5月14日 生愛知県日進市 歴昭和2年10月「蒼穹」に入会、岡野直七郎に師事。4年6月同人となる。復員後の21年11月「双魚」を創刊・主宰、25年6月号で休刊。55年4月復刊、病気療養のため平成8年廃刊。昭和59年から4年間、中部日本歌人会委員長を務めた。他に、柴舟会理事、熱田神宮献詠祭選者などを歴任。歌集に「松韻」「天の一角」がある。

清水 正一　しみず・しょういち　詩人
大正2年（1913年）2月6日～昭和60年（1985年）1月15日 出三重県上野市 歴「解氷期」同人、「関西文学」編集同人。詩集に「清水正一 1946～1979」がある。

清水 昇子　しみず・しょうし　俳人
明治33年（1900年）9月19日～昭和59年（1984年）5月28日 生長野県上水内郡柳原村小島 名本名＝清水巌, 別号＝清水山家 学築地工学院卒 歴昭和8年幡谷梢閑居（東吾）を知ったことからの縁で作句を始め、「走馬灯」の創刊に参加。10年同誌の「旗艦」への合流とともに旗艦同人、同時に「京大俳句」に加盟。15年の京大俳句弾圧事件後は無所属のまま戦中を過ごす。戦後は「青玄」「天狼」「俳句評論」「面」に拠り、没時は「天狼」「面」同人だった。句集に「走馬灯」「千曲川」「石を抱く」「生国」「拝日」「亡羊」があり、ほかに短詩型文学全書19「清水昇子」、文集「作句の窓＝随筆風に」などの著がある。

清水 信　しみず・しん　歌人
明治33年（1900年）5月18日 ～ 昭和35年（1960年）7月30日 生奈良県奈良市郊外郡山 名本名＝清水信義 学大阪工応用化学科卒 歴会津若松市の製鋼所に勤め、前田夕暮門の佐藤嘲花を知って歌を作り始めた。大正11年「短歌雑誌」に投稿、吉植庄亮の選を受け「橄欖」に参加。12年奈良の麗日詩社から「郷愁」を創刊、口語歌壇に新感覚派的技巧を導入。15年新短歌協会に加わり自由律に傾いた。昭和5年土田杏村らと「短歌建設」創刊、次いで「短歌科」「作家」創刊。歌集「黎明を行く」「新陽」「煙突」「都市計画」「首都」、評論集「新短歌はどう動く」がある。

清水 水車　しみず・すいしゃ　俳人
明治37年（1904年）3月13日 ～ 昭和60年（1985年）12月19日 生長野県 名本名＝清水広司（しみず・ひろし） 学電機学校高等科卒 歴昭和22年昭和電線俳句会設立、幹事。23年矢沢東風主宰「桃李」同人。24年飯田蛇笏に師事し「雲母」会員。蛇笏物故後、野竹雨城主宰「故郷」へ入会し、のち同人。

清水 清山　しみず・せいざん　俳人
明治22年（1889年）11月25日～昭和44年（1969年）1月1日 生長野県 名本名＝清水菊二 学陸軍経理学校卒 歴少年時代から俳句に親しみ、中年から本格的に「ホトトギス」「馬酔木」に投句。昭和15年「寒雷」創刊に同人参加。戦後は寒雷暖響会長を務めた。句集に「旗薄」がある。

清水 素生　しみず・そせい　俳人
明治36年（1903年）1月30日 ～ 平成4年（1992年）3月9日 生群馬県高崎市 名本名＝清水元

寿（しみず・もとじゅ）　学早稲田大学政治経済学部〔大正14年〕卒　歴都新聞経済部長、中部電力取締役、電源開発監事を歴任。一方、昭和12年から「若葉」に投句し、25年同人。句集に「すばえ」「星祭る」がある。　勲勲四等瑞宝章〔昭和39年〕

清水 たみ子　しみず・たみこ　詩人
大正4年（1915年）3月6日～平成22年（2010年）4月30日　生埼玉県　名本名＝清水民　学東京府立第五高女〔昭和7年〕卒　歴両親とも小学校教師で、長女として生まれる。1歳半で生母と死別した。小学2年の時に父に買ってもらった童話雑誌「赤い鳥」を愛読、昭和6年同誌が復刊すると児童自由詩や童謡を投稿し、入選を重ねた。同年童謡同人誌「チチノキ」に参加。14年帝国教育会出版部に入社し、与田準一、関英雄の下で児童図書の編集に従事。戦後は21年児童文学者協会設立に参加し、事務局員も兼任。新世界社で絵雑誌「コドモノハタ」の編集に携わった。27年より執筆に専念。50年詩集「あまのじゃく」で赤い鳥文学賞特別賞、日本童謡賞特別賞を、平成2年選詩集「かたつむりの詩」で赤い鳥文学賞、日本童謡賞を受けた。童謡に「雀の卵」「雨ふりアパート」「戦争とかぼちゃ」など、童謡集に「ぞうおばさんのお店」などがある。　賞赤い鳥文学賞（特別賞, 第6回）〔昭和50年〕「あまのじゃく」, 日本童謡賞特別賞（第6回）〔昭和50年〕「あまのじゃく」, 日本児童文芸家協会児童文化功労者〔昭和60年〕, 赤い鳥文学賞（第21回）〔平成2年〕「かたつむりの詩」, 日本童謡賞（第21回）〔平成2年〕「かたつむりの詩」, 下総皖一音楽賞（第5回）〔平成8年〕

清水 千代　しみず・ちよ　歌人
明治26年（1893年）2月21日～昭和61年（1986年）3月26日　生長野県　歴古泉千樫に師事したが、逝去後、大正11年中河幹子の「ごぎやう」に参加。昭和11年「どうだん」を創刊・主宰。女人短歌会員。歌集に「岬」「光のなかを」「砂の音」がある。

清水 恒子　しみず・つねこ　歌人
大正3年（1914年）8月4日～平成5年（1993年）2月23日　生奈良県　学文化学院　歴学院在学中より、与謝野晶子に師事するが、後に五島茂に師事し「心の花」に入会する。その後山下陸奥の「一路」に入会。陸奥没後、山下喜美子に師事。のち「個性」「女人短歌」に所属。歌集に「麻の花」「微風走る」「陶製の花」「朱粒花」「短日の家」など。　賞個性賞〔昭和63年〕　家夫＝清水崑（漫画家）

清水 はじめ　しみず・はじめ　俳人
明治35年（1902年）3月13日～昭和47年（1972年）3月17日　生東京市神田区（東京都千代田区）　名本名＝清水一（しみず・はじめ）　学東京帝国大学工学部建築学科〔大正15年〕卒　歴大正15年大倉土木に入社。昭和25年技師長、28年取締役、34年常務、38年退社し、顧問。40年日本大学生産工学部教授兼任。43年設計事務所を開設。住宅建築論の開拓者であると同時に、名エッセイストとして知られた。一方俳句に親しみ、12年頃より大島三平に師事、とんぼ会をつくる。23年「若葉」第1期同人。加倉井秋をらと共にとんぼ調と称する口語調俳句で活躍した。著書に句集「匙」、随筆集「人の子にねぐらあり」など。

清水 比庵　しみず・ひあん　歌人
明治16年（1883年）2月8日～昭和50年（1975年）10月24日　生岡山県上房郡荒神村　名本名＝清水秀　学六高卒, 京都帝国大学法学部卒　歴司法官、銀行支店長を経て、昭和5年から日光町長を務めた。傍ら「二荒」を創刊・主宰し、「下野短歌」「あけび」に参加。41年宮中歌会始召人。43年「下野短歌」を改題し「窓日」主宰となる。歌集に「窓日」「窓日第二」「比庵晴れ」の他、「紅をもて」「比庵いろは帖」などがある。また、書画にも優れ作品集「比庵 歌集画」などがある。

清水 房之丞　しみず・ふさのじょう　詩人
明治36年（1903年）3月6日～昭和39年（1964年）4月14日　生群馬県新田郡沢野村（太田市大字牛沢）　学群馬師範二部卒　歴小学校教師を務め、佐藤惣之助の「詩之家」に参加。詩集に昭和5年刊行の「霜害警報」をはじめ「青い花」「炎天下」などがある。戦後は「詩人会議」に所属。

清水 凡亭　しみず・ぼんてい　俳人
大正2年（1913年）10月22日～平成4年（1992年）12月28日　生東京市日本橋区（東京都中央区）　名本名＝清水達夫（しみず・たつお）, 筆名＝夏目咲太郎　学立教大学予科〔昭和10年〕卒　歴昭和20年10月岩堀喜之助と凡人社を創立、月刊「平凡」を発刊して編集長を任され、即日で3万部を売り上げて戦後雑誌ブームの火付け役となった。当初は総合雑誌的な性格の強い文芸誌であったが、23年頃から“歌と映画の娯楽雑誌”をキャッチフレーズに美空ひばりや岡晴夫などといった歌謡界・映画界のスターを取り上げる方針に転換し、若年層を中心に幅広い読者の支持を獲得。27年には売上げ100万部を突破した。39年米誌「プレイボーイ」などを参考に、若年男性向け週刊誌「平凡パンチ」を創刊して初代編集長となり、当時の若者文化に大きな影響を与えた。同年社長に就任。45年には欧米スタイルの女性ファッション誌「an・an」を創刊。58年マガジンハウスに社名変更。63年会長。凡亭と号し俳人としても知られ、51年から句誌「淡淡」を主宰、平成3年私設俳句美術館・淡淡美術館を開設した。著書に「絵のある俳句作品集」「帽子」「二人で一人の物語」、句集に「ネクタイ」などがある。

清水 みつる　しみず・みつる　俳人
昭和4年（1929年）10月1日～平成16年（2004年）10月21日　生茨城県　名本名＝清水康雄（しみず・やすお）　学工業専修卒　歴昭和28年「かびれ」主宰の大竹孤悠に師事。35年「河」入会。40年同人。　賞茨城県芸術祭文芸俳句部門最優秀賞〔昭和45年〕

清水 峯雄　しみず・みねお　詩人
昭和6年（1931年）1月5日～平成18年（2006年）10月15日　生高知県高知市　学高知工卒　歴高知市役所建設部営繕課、高知市立中央公民館館長、企画部自治活動課長を経て、昭和57年高知市役所三里支所長。その後、高知県民文化ホール副館長。この間、19歳から詩に取り組み始め、詩誌「蘇鉄」や「塩岩」に作品を発表。中心メンバーの一人として活動し、55年朝日新聞高知版の詩壇選者となる。平成17年猪野睦らと共に「花粉帯」を創刊。16年初の詩集「清水峯雄第一全詩篇集」を出版。一方、社会事業家で高知市教育委員長などを務めた大野武夫の勧めで、土佐の近代詩の流れを紹介する「選集・土佐の詩」「土佐・百人の詩人」の編集に当たった。

清水 基吉　しみず・もとよし　俳人
大正7年（1918年）8月31日～平成20年（2008年）3月30日　生東京都　名本名＝清水基嘉（しみず・もとよし）　学東京市立一中中退，英語専門学校卒　歴胸部疾患で療養中の昭和16年「鶴」に参加し、石田波郷を知る。この頃から小説も書き始め、横光利一の門に入る。19年「雁立」で芥川賞を受賞。小説家としては「白河」「去年の雪」「夫婦万歳」などの作品がある。21年「鶴」同人となり、次いで「馬酔木」同人になる。33年「日矢」を創刊・主宰。34～50年電通に勤務ののち、平成3～16年鎌倉文学館館長。句集に「寒蕭々」「宿命」「冥府」「遊行」、著書に「虚空の歌」「俳諧師芭蕉」「俗中の真」「意中の俳人たち」などがある。　賞芥川賞（第20回）〔昭和19年〕「雁立」

清水 康雄　しみず・やすお　詩人
昭和7年（1932年）2月4日～平成11年（1999年）2月21日　生東京都　名本名＝清水康　学早稲田大学文学部卒，早稲田大学大学院哲学専攻修了　歴昭和25年18歳のとき詩集「詩集」を刊行し、天才詩人として注目を浴びる。以後、翻訳や評論などでも幅広く活躍。36年河出書房に入社。「ユリイカ」「現代詩手帖」の編集に携わる。同社倒産で退社、44年青土社を設立し、第二次「ユリイカ」を創刊。47年「現代思想」を創刊。のち「イマーゴ」を創刊。

清水 八束　しみず・やつか　歌人
明治43年（1910年）8月27日～昭和56年（1981年）10月26日　生山梨県　学東京慈恵会医科大学卒　歴昭和13年1月「国民文学」に入社、松村英一に師事し、21年6月同人となる。29年7月歌誌「樹海」創刊に参加、編集同人となり、52年1月より主宰。歌集に「青夜の風」「松の樹の影」「続松の樹の影」がある。

清水 寥人　しみず・りょうじん　俳人
大正9年（1920年）11月27日～平成6年（1994年）11月21日　生群馬県碓氷郡松井田町（安中市）　名本名＝清水良信　学鉄道教習所卒　歴昭和11年国鉄に入る。16年鉄道兵として入隊、仏領インドシナや東南アジアを転戦して21年復員。28年俳誌「麻苧（あさを）」を、37年萩原博志、小野里良治らと同人誌「上州文学」を創刊した。39年小説「機関士ナポレオンの退職」が第50回芥川賞候補となった。48年国鉄を退職すると、48年関口ふさのとあさを社を創業、処女出版は「村上鬼城全集」（全2巻，別巻1）。著書に「小説泰緬鉄道」「石の床」「レムパン島」「上州讃歌」「火焔木燃ゆ」、句集に「風樹」「墨痕」「耳順抄」「春信抄」などがある。

下川 儀太郎　しもかわ・ぎたろう　詩人
明治37年（1904年）2月1日～昭和36年（1961年）2月6日　生静岡県静岡市太田町　学日本大

学芸術科中退　歴早くから文学に親しみ、昭和4年日本プロレタリア作家同盟に加入。その一方で母子ホーム、託児所を経営した。戦後は社会党に入って県議を務め、また27年から33年まで衆院議員を3期務めた。詩集に「富士と河と人間と」がある。

下川 まさじ　しもかわ・まさじ　俳人
大正4年（1915年）8月10日～平成3年（1991年）9月6日　生東京都　名本名＝下川政治（しもかわ・まさはる）　学旧制中卒　歴昭和33年「河」創刊と共に入会、角川源義に師事。34年「河」同人。55年浦和市俳句連盟副理事長、同年埼玉県俳句連盟常任理事。　賞河賞〔昭和56年〕

下郡 峯生　しもごおり・みねお　歌人
大正7年（1918年）9月15日～平成16年（2004年）9月5日　生大分県大分市横尾　名本名＝山本峯生　学広島高等師範卒　歴師範学校入学と同時に岡本明主宰「言霊」に入会。21年「臼陽歌人」を創設主宰、2年で廃刊。25年葉山耕三郎主宰「歌帖」に入会、45年葉山没後主宰となる。45年より大分合同新聞短歌欄選者。48年県歌人クラブ副会長、57年会長。大分県教育長も務めた。歌集に「心猿」「寒暖」「遠景」がある。

下田 閑声子　しもだ・かんせいし　俳人
明治29年（1896年）1月5日～昭和63年（1988年）5月11日　生東京都西多摩郡羽村町　名本名＝下田信太郎（しもだ・のぶたろう）　学実業補習校卒　歴昭和14年都立農林高校に奉職、26年間務める。17年「夏草」会員となり、山口青邨の指導を受ける。31年「夏草」同人。51年「野彦」を創刊し、主宰。句集に「落葉」「菊枕」。賞夏草功労賞〔昭和52年〕

下田 実花　しもだ・じつか　俳人
明治40年（1907年）3月10日～昭和59年（1984年）11月24日　生大阪府　名本名＝下田レツ　学三河台小卒　歴13歳で花街に入り、昭和10年から高浜虚子主宰の俳誌「ホトトギス」に寄稿。東京で60年間、新橋芸者をしながら俳句を続け、"俳諧芸者"として知られた。著書に「実花句帖」「手鏡」「ふみつづり」。　家兄＝山口誓子（俳人）

下田 稔　しもだ・みのる　俳人
大正13年（1924年）11月23日～平成11年（1999年）3月5日　生神奈川県横須賀市　学横須賀工卒　歴昭和26年大野林火に入門。35年「浜」同人となり、40～51年編集員。48年塔の会会員。俳人協会幹事、評議員も務めた。句集に「葭地」「温習」「朝花」「自註・下田稔集」がある。　賞浜賞〔昭和36年〕，浜同人賞〔昭和50年〕

下村 梅子　しもむら・うめこ　俳人
明治45年（1912年）5月7日～平成24年（2012年）5月10日　生福岡県福岡市　学別府高女〔昭和4年〕卒　歴昭和9年より台湾銀行に勤務。21年台湾より引き揚げ。25年「かつらぎ」に入会、阿波野青畝に師事。28年同人。40年「ホトトギス」同人。「かつらぎ」同人会長を務めた。句集に「紅梅」「沙漠」「長恨歌」などがある。家夫＝下村非文（俳人）

下村 槐太　しもむら・かいた　俳人
明治43年（1910年）3月10日～昭和41年（1966年）12月25日　生大阪府　名本名＝下村太郎，旧号＝古代嵯　学大阪府立八尾中中退　歴軽印刷業を営みながら、大正15年岡本松浜に師事して句作。昭和11年から新興俳句運動に参加し、14年「鞭」、18年「海此岸」、21年「金剛」を創刊。27年「金剛」廃刊と同時に筆を折った。句集に「光背」「天涯」がある。52年「下村槐太全句集」（全1巻）が出版された。

下村 海南　しもむら・かいなん　歌人
明治8年（1875年）5月11日～昭和32年（1957年）12月9日　生和歌山県和歌山市　名本名＝下村宏（しもむら・ひろし）　学東京帝国大学法学部政治学科〔明治31年〕卒　歴逓信省に入省。貯金局長などを経て、大正4年台湾総督府民政長官。10年朝日新聞社に入社、11年専務、昭和5年副社長を歴任。緒方竹虎と共に同社の近代化を推進した。11年退社。12年勅選貴院議員となり、20年4月鈴木貫太郎内閣の国務相兼情報局総裁に就任。この間、18年から日本放送協会会長を務め、終戦時に玉音放送の成功を導いた。戦後、参院選に出馬したが落選。平成2年昭和20年当時の手帳が見つかった。著書に「終戦秘史」「財政読本」など。また歌人でもあり、歌集に「芭蕉の葉蔭」「天地」「白雲集」「蘇鉄」などがある。　家息子＝下村正夫（演出家）

下村 和子　しもむら・かずこ　詩人
昭和7年（1932年）3月5日～平成26年（2014年）5月14日　生兵庫県西宮市　出滋賀県野洲郡野洲町（野洲市）　学神戸市外国語大学卒　歴詩

集に「海の夜」「鳥になる」「鄙道」「耳石」「縄文の森へ」「弱さという特性」、エッセイに「神はお急ぎにならない」などがある。

下村 照路　しもむら・てるじ　歌人
明治27年（1894年）12月23日～平成4年（1992年）6月17日　[生]茨城県稲敷郡　[名]本名＝下村栄安　[歴]大成中学在学中「創作」会員となり、若山牧水に師事。昭和3年牧水の死後、雑誌「ぬはり」に転じ、9年まで同人。10年6月北原白秋の「多磨」短歌会に入会。42年短歌雑誌「かかりび」を発刊。歌集に「鳥貝」「桃花鳥」など。また、著書に「郷土町田町の歴史」など。

下村 非文　しもむら・ひぶん　俳人
明治35年（1902年）2月2日～昭和62年（1987年）8月13日　[生]福岡県築上郡千束村　[名]本名＝下村利雄（しもむら・としお）　[学]東京帝国大学経済学部卒　[歴]大正15年台湾銀行に入行し、「ホトトギス」系江上零々の手ほどきを受ける。昭和24年「ホトトギス」同人、39年から「山茶花」主宰。句集に「莫愁」「猪名野」など。

下村 ひろし　しもむら・ひろし　俳人
明治37年（1904年）6月16日～昭和61年（1986年）4月21日　[生]長崎県長崎市古川町　[名]本名＝下村宏（しもむら・ひろし）　[学]長崎医科大学卒　[歴]医業の傍ら、俳人としても活動。昭和8年「馬酔木」入門、水原秋桜子に師事。18年「馬酔木」同人。22年「棕梠」主宰発刊。37年俳人協会入会のち評議員となる。この間、読売新聞西部版俳壇選者を務め、また長崎市俳人会会長、長崎県文芸協会理事などを歴任した。句集に「石階聖母」「西陲集」「現代俳句シリーズ・下村ひろし集」などがある。　[勲]勲五等瑞宝章　[賞]長崎県社会文化功労賞〔昭和34年〕，馬酔木賞〔昭和40年〕，長崎市文化功労者〔昭和41年〕，長崎新聞文化賞〔昭和46年〕，俳人協会賞（第17回）〔昭和52年〕「西陲集」，葛飾賞〔昭和57年〕

下村 梵　しもむら・ぼん　川柳作家
昭和2年（1927年）7月12日～平成20年（2008年）7月7日　[出]新潟県新潟市　[名]本名＝下村徹也（しもむら・てつや）　[歴]幼い頃より父の書庫にあった「柳多留」「飴ン坊句集」に親しみ、小島政二郎、阿達義雄に師事。テレビ出演により川柳の社会化に貢献した。昭和44年季刊誌「武玉川」を創刊し、「武玉川」を研究した。産経新聞新潟地方版選者、49～50年新潟日報夕刊コラム「晴雨計」を執筆。

下村 保太郎　しもむら・やすたろう　詩人
明治42年（1909年）8月15日～昭和60年（1985年）12月4日　[生]北海道旭川市　[名]別名（短歌）＝韮崎音吉　[歴]旭川市詩人クラブ会長、詩誌「情緒」代表、日本民芸協団理事（旭川支部長）、北海道文学館理事などを務めた。詩集「風の歌」「無言な冬」などの他、エッセー集、歌集もある。　[賞]旭川市文化賞〔昭和55年〕

釈 迢空　しゃく・ちょうくう　歌人　詩人
明治20年（1887年）2月11日～昭和28年（1953年）9月3日　[生]大阪府西成郡木津村（大阪市浪速区鷗町）　[名]本名＝折口信夫（おりくち・しのぶ）　[学]国学院大学国文科〔明治43年〕卒　[歴]明治43年大阪府立今宮中学の教員となり、後に、大正8年国学院大学講師、11年教授、12年慶応義塾大学講師兼任、昭和3年教授となり、多くの門弟を育成した。この間、大正2年柳田国男主宰の雑誌「郷土研究」に「三郷巷談」を発表。以来、柳田国男の薫陶を受け、7年民俗学雑誌「土俗と伝説」を編集発行し、国文学研究への民俗学導入という独自の学を形成。他にも雑誌「日本民俗」「民間伝承」を創刊し、大日本芸能学会会長として「芸能」の監修を務めた。10年、12年、昭和10年と3度沖縄県を訪れ、沖縄の民俗研究でも重要な功績を残した。歌人・詩人としても活躍し、6年「アララギ」同人、13年「日光」同人。14年第一歌集「海やまのあひだ」を、昭和5年「春のことぶれ」を刊行。以降くがたち社、くぐひ社、高日社、鳥船社で指導にあたる。14年小説「死者の書」を発表。戦後も詩集「古代感愛集」「近代悲傷集」「現代襤褸集」などを刊行し、22年「古代感愛集」で日本芸術院賞を受賞。31年には日本芸術院恩賜賞を受賞。没後の30年に遺歌集「倭をぐな」が刊行された。　[賞]日本芸術院賞（文芸部門，第4回）〔昭和22年〕「古代感愛集」，日本芸術院賞恩賜賞（文芸部門，第13回）〔昭和31年〕「折口信夫全集」

秋艸道人　しゅうそうどうじん
⇒会津 八一（あいず・やいち）を見よ

首藤 三郎　しゅとう・さぶろう　詩人
大正12年（1923年）1月4日～平成24年（2012年）12月9日　[出]大分県　[学]大分中卒　[歴]大分中学時代から詩作を始め、昭和23年同人誌「心象」を創刊。26年から大分合同新聞社文化部などに勤める傍ら、詩作に励む。45年大分県詩人協会結成に参画、同事務局長や会長を歴任した。　賞大分合同新聞文化賞〔昭和63年〕

首藤 基澄　しゅとう・もとすみ　俳人
昭和12年（1937年）1月17日～平成23年（2011年）10月16日　生大分県大野郡大野町（豊後大野市）　学熊本大学法文学部文学科〔昭和34年〕卒，東京都立大学大学院国文学専攻〔昭和42年〕博士課程中退　歴昭和43年別府大学講師、45年熊本大学助教授を経て、50年教授。平成14年名誉教授。退官後、平成音楽大学教授。4～20年熊日文学賞選考委員。著書に「高村光太郎」「金子光晴研究」「福永武彦・魂の音楽」「近代文学と熊本―水脈の広がり」、句集に「己身」「火芯」などがある。　賞未来図賞〔平成3年〕，熊本県文化懇話会賞〔平成6年〕

春秋庵 準一　しゅんじゅうあん・じゅんいち　俳人
明治14年（1881年）1月20日～昭和41年（1966年）2月22日　生東京府日本橋区（東京都中央区）　名本名＝三森準一　歴父に俳句を学び、雑誌編集を手伝い、明治41年春秋庵12代を継ぎ、父没後古池教会長、明倫社を主宰した。編著に「俳諧要訣」「俳諧独稽古」「春秋庵準一家集」がある。　家父＝春秋庵幹雄（俳人）

城 一峯　じょう・いっぽう　俳人
昭和9年（1934年）6月20日～平成12年（2000年）4月7日　生秋田県北秋田　名本名＝山城勇幸　学秋田大学学芸学部〔昭和32年〕卒　歴大学在学中「秋大文学」「奥羽文学」「羽後文学」同人として、小説、評論を発表。大学卒業後、小学校、中学校（国語）教員。昭和60年「谺」俳句会入会、61年「萬緑」入会、平成2年現代俳句協会会員。7年阿仁町立大阿仁小学校校長を最後に定年退職。句集に「山麓―城一峯集」「小猿部」「湖景」などがある。　賞谺俳句賞〔平成4年〕，俳句研究読者俳句年間賞，鷹巣町芸術文化奨励賞〔平成5年〕

城 左門　じょう・さもん　詩人
明治37年（1904年）6月10日～昭和51年（1976年）11月27日　生東京市神田区駿河台（東京都千代田区）　名本名＝稲並昌幸（いなみ・まさゆき），作家名＝城昌幸（じょう・まさゆき）　学日本大学芸術科中退　歴詩人としては城左門、作家としては城昌幸を名のる。平井功を通じて日夏耿之介、西条八十の門下となり、堀口大学の知遇も得る。大正13年岩佐東一郎らと「東邦芸術」（のち「奢灞都」）を創刊、昭和3年岩佐、西山文雄らと「ドノゴトンカ」、6年「文芸汎論」などを創刊し、「パンテオン」などにも参加。5年第一詩集「近世無頼」を刊行。戦後は21年詩誌「ゆうとぴあ」（のち「詩学」に改題）を創刊した。詩集「槿花戯書」「二なき生命」「恩寵」などの他、矢野目源一との共訳「ヴィヨン詩抄」もある。作家としては、大正14年「その暴風雨」を発表し「殺人婬楽」「死者の殺人」などの他、「若さま侍捕物手帖」などの捕物帖がある。昭和21年からは探偵雑誌「宝石」編集長としても活躍し、宝石賞を設けるなど新人養成に努めた。

城 佑三　じょう・ゆうぞう　俳人
大正10年（1921年）6月16日～昭和61年（1986年）1月27日　生和歌山県西牟婁郡江住村　名本名＝城佑蔵　学神戸商船学校　歴神戸商船学校に入るが結核にかかり療養生活を送る。在学中より俳句に親しみ、のち「葭の花」「浜」などで活躍。昭和48年「陸」創刊に際し同人。「紀伊半島」「枯木灘」などの著書がある。　賞浜賞〔昭和35年〕

上甲 平谷　じょうこう・へいこく　俳人
明治25年（1892年）4月10日～昭和61年（1986年）8月29日　生愛媛県東宇和郡宇和町卯之町　名本名＝上甲保一郎，別号＝九九庵，世北老人　学早稲田大学文学部哲学科卒　歴評論誌「新時代」記者、早大出版部員を経て、東京女子商業学校講師となり、昭和19年同校校長。15歳の頃より俳句を始め、松根東洋城に師事して「渋柿」に拠ったのち、小杉余子らと「あら野」を創刊。13年自らも「俳諧芸術」を創刊、27年「火焔」と改題した。句集に「冬将軍」「泥多仏」「天地阿吽（あうん）」、評論集に「芭蕉俳諧」「俳諧提唱」、紀行文集「無明一杖」、「馬齢燦々―九九庵随想」など。

庄司 圭吾　しょうじ・けいご　俳人
大正14年（1925年）11月10日～平成10年（1998年）3月17日　生神奈川県横浜市　学東京大学農学部農芸化学科〔昭和23年〕卒　歴昭和29年飯田蛇笏の五男・五夫と同じ会社に勤めていた縁で蛇笏に師事し、「雲母」に入会。36年「雲母」同人。蛇笏の没後は飯田龍太に師事。のち「白露」同人。俳人協会評議員、横浜俳話会幹事、NHK学園俳句講座講師、朝日カルチャーセンター講師などを務めた。句集に「古図」「春暁」「響灘」「夏野」など。

正田 篠枝　しょうだ・しのえ　歌人
明治43年（1910年）12月22日～昭和40年（1965年）6月15日　生広島県　学安芸高女〔昭和3年〕卒　歴家業は製粉業。昭和20年8月6日の原爆で、爆心地から1キロの自宅で被爆、家は壊れ火傷を負った。小舟で宮島口に逃れた。悲惨極まりない地獄図絵を三十一文字の短歌にまとめ、「さんげ」と題し出版を考えたが、21年夏占領軍の検閲のため許可が取れず、私家版「さんげ」を秘密裡に出した。その後37年に「耳鳴り―原爆歌人の手記」として平凡社から出版された。

正田 稲洋　しょうだ・とうよう　俳人
大正2年（1913年）11月2日～平成15年（2003年）3月7日　生群馬県佐波郡境町　名本名＝正田豊作　学新潟医科大学卒　歴熱心な俳人であった祖父・父と共に少年時代から俳句に親しむ。大学入学と同時に高野素十に師事。昭和49年素十の勧めにより「辛夷」を創刊・主宰。52年「辛夷」を「桑弦」と改題。主な編著に「風と桑」がある。　家祖父＝正田虎城（俳人），父＝正田古銭子（俳人）

上西 重演　じょうにし・しげのぶ　詩人
昭和13年（1938年）2月27日～平成9年（1997年）12月21日　生旧朝鮮釜山　学大津西高〔昭和31年〕卒　歴昭和31年より「文芸首都」に投稿を始める。45年「中央文学」同人。49年「日本詩人」に参加。平成7年「コスモス」に参加。同年3月闘病生活に入り、9年12月に亡くなった。

生野 幸吉　しょうの・こうきち　詩人
大正13年（1924年）5月13日～平成3年（1991年）3月31日　生東京都杉並区高円寺　学東京帝国大学法学部政治科〔昭和22年〕卒，東京大学文学部独文科〔昭和26年〕卒　歴昭和26年東京大学文学部助手、29年東京水産大学講師、36年東京大学教養学部講師、39年東京大学文学部助教授、48年教授。60年定年退官し、大阪経済法科大学教授、61年千葉大学教授。詩人としては、「歴程」同人で、「生野幸吉詩集」「浸礼」、詩論集「抒情の造型」などがある。ほかの著書に、小説集「私たち神のまま子は」「徒刑地」、エッセイ「闇の子午線パウル・ツェラン」、訳書リルケ「マルテの手記」「リルケ詩集」、キャロル「ふしぎの国のアリス」など。　賞高村光太郎賞（第9回）〔昭和41年〕「生野幸吉詩集」

菖蒲 あや　しょうぶ・あや　俳人
大正13年（1924年）1月20日～平成17年（2005年）3月7日　生東京都墨田区吾嬬町　学第三吾嬬尋常高小〔昭和13年〕卒　歴昭和13年日立製作所亀戸工場に入社。22年職場句会により岸風三楼に師事。23年「若葉」に拠り富安風生の指導を受ける。28年「春嶺」創刊に参加。33年「若葉」同人。平成9年「春嶺」を継承、3代目主宰となる。句集に「路地」「あや」「鶴の天」。　賞若葉賞（第3回），俳人協会賞（第7回）〔昭和43年〕「路地」，往来賞〔昭和56年〕

城米 彦造　じょうまい・ひこぞう　詩人
明治37年（1904年）5月4日～平成18年（2006年）5月8日　生京都府京都市　名本名＝田中彦造（たなか・ひこぞう）　学京都市立第一商予科2年中退　歴東京の神田区役所に勤務するが、文学を志して武者小路実篤に師事、昭和4年新しき村の村外会員となる。8年「城米彦造詩集」を刊行（自費出版）。戦後、武者小路が公職追放され収入がなくなると、23年から自作月刊詩集「月刊城米彦造詩集」を刊行。毎晩東京・有楽町駅のガード下に立ち、シルクハットにあごひげ姿で首からプラカードをさげてガリ版刷りの詩集を売り“街頭詩人”として有名になった。33年街頭販売を中止。平成18年102歳で没した。他の詩集に「望郷」「遍歴」や詩画集「東海道五十三次」などがある。

城美 貞介　じょうみ・ていすけ　詩人
昭和4年（1929年）5月31日～平成18年（2006年）11月6日　出北海道帯広市　名本名＝福島運二（ふくしま・うんじ）　学帯広中卒　歴北海道・帯広を拠点に昭和23年池田保郎らと、詩誌「イデー」を創刊。25年「新詩人」同人として活躍。27年「OMEGA」を創刊、「ATOM」同人となる。30年「眼年刊詩集」に参加、「影絵」を発表。34年「氷柱」を創刊、城美貞介を名乗る。のち「あいどす」、平成13年「草茅（そうぼう）」を主宰。詩集に「貧しい甲羅」がある。6年4月から北海道新聞日曜文芸の詩の選者を務めた。後進の育成に力を注いだ他、ラジオ・ドラマや詩劇を発表。「サイロ」の児童詩運動の発展にも貢献。愛の形而上学を思索する戦闘的ヒューマニズムの詩風で独自の詩的宇宙を構築した。

白井 青野　しらい・せいや　俳人
大正9年（1920年）2月14日～平成15年（2003

年）10月17日 生大阪府岸和田市 名本名＝白井房夫（しらい・ふさお） 学岸和田中〔昭和12年〕卒 歴昭和20年「狐火」、29年「群峰」に入会。34年鈴木六林男を代表同人とする「頂点」に同人参加、46年鈴木主宰の「花曜」にも同人参加する。句集に「夜疑」がある。 賞大阪府芸術文化功労表彰〔平成5年〕

白井 麦生　しらい・ばくせい　俳人
明治40年（1907年）5月4日～平成16年（2004年）1月12日 生愛知県豊橋市 名本名＝白井一二 学東洋大学専門部倫理学東洋文学科〔昭和4年〕卒 歴大学では、詩誌「白山詩人」を主宰。その後帰郷して教員に。昭和24年職を辞して自宅を店舗に古本屋・白文堂を開業。傍ら、愛好家らに俳句を指導する。「とくさ」「豊橋九年母会」を主宰。55年詩集「美童子」と句集「三河木綿」を処女出版。他に句集「朝露夕露」。 賞豊橋文化賞, ちぎり文学賞（平成11年度）〔平成12年〕「朝露夕露」

白井 真貫　しらい・まつら　俳人
昭和14年（1939年）8月16日～平成21年（2009年）11月24日 生兵庫県神戸市 名本名＝高橋正（たかはし・ただし） 学関西大学法学部〔昭和39年〕卒 歴昭和36年「秋」の創刊より石原八束に師事、俳句と文章を学ぶ。40年「秋」同人。平成12年「瀚海」を創刊・主宰。兵庫県俳句協会理事を務めた。句集に「太山抄」「飛天の道」「沈黙の塔—私のシルクロード〈I〉」、「天葬の鷹—私のシルクロード〈II〉」、散文集「海市をみつめて」などがある。

白井 洋三　しらい・ようぞう　歌人
大正11年（1922年）8月27日～平成19年（2007年）12月30日 生北海道 学東京商科大学予科 歴昭和15年東京商科大学予科在学中に「創作」に入社。若山喜志子の指導を受けた後、大橋松平に師事、21年「都麻手」創刊に参加。「創作」編集委員を経て、58年退社し「声調」創刊、常任編集委員、顧問を務めた。50～55年十月会会員。歌集に「戦の後の長き日」「青き入江」などがある。

白石 哲　しらいし・さとし　俳人
大正13年（1924年）9月1日～平成24年（2012年）2月27日 生岡山県苫田郡津山町下紺屋町（津山市） 学津山中〔昭和17年〕卒 歴昭和23年西東三鬼に師事、「激浪」「断崖」に参加。平成5年に創設された西東三鬼賞の副委員長を務めるなど、三鬼の顕彰に努めた。句集「作州」がある。 賞津山市文化功労者（平成18年度）

白石 昂　しらいし・たかし　歌人
大正10年（1921年）4月22日～平成12年（2000年）10月10日 生佐賀県唐津市 出長崎県平戸 学大蔵省高等財務講習所卒 歴長谷川銀作に師事し、昭和22年創作社に入社。46年十月会入会。47年創作社を退会し「長流」を創刊、編集委員となる。多磨歌話会委員。57年俳句文学館で「絵と歌書」の個展。歌集に「蟹の眼」「平居」「風道」「沢水」「清暑」「冬山」「西海」「无形」がある。 賞日本歌人クラブ賞（第18回）〔平成3年〕「冬山」

白木 英尾　しらき・ひでお　歌人
明治44年（1911年）4月9日～平成9年（1997年）1月21日 生福島県 名本名＝柏原英夫 歴15、6歳より作歌。昭和13年前田夕暮に師事して白日社に入社、「詩歌」同人。42年前田透の「詩歌」復刊に協力、編集委員。59年「詩歌」廃刊に伴う「青天」創刊後は、副代表。歌集に「急坂」がある。福島民報歌壇選者、福島県文化賞、短歌賞選考委員などを務めた。 賞福島県文化振興基金顕彰, いわき市文化功労者賞, 福島民放社出版文化賞「崖樹」

白木 豊　しらき・ゆたか　歌人
明治27年（1894年）～昭和55年（1980年） 生愛媛県宇摩郡土居町藤原 学大東文化学院高等科卒 歴愛媛県土居町に生まれ、少年時代から読書に親しむ。24歳の時に教員免許を取得、松山城北高女などで教鞭を執る。37歳の時に岡山県立閑谷中に赴任、同校に保管されている膨大な古書を調査して、儒学の祖である孔子をしのぶ祭典“釈菜”の方式を厳正な形に整えた他、漢学推進団体“岡山県聖学会”の創設に参画。41歳の時に広島高等師範学校に転じるが、昭和20年8月被爆、妻と2人の娘を失う。のち上京して実践女子大学教授などを務めた。最晩年は江戸時代の朱子学者で“寛政の三博士”の一人として知られる尾藤二洲の研究に力を注いだ。著書に「尾藤二洲伝」など。また歌人の斎藤茂吉の直弟子でもあり、歌集に「炎」「物象」「象外」がある。

白鳥 省吾　しらとり・しょうご　詩人
明治23年（1890年）2月27日～昭和48年（1973年）8月27日 生宮城県栗原郡築館町（栗原市） 名本名＝白鳥省吾（しろとり・せいご） 学早

稲田大学英文科〔大正2年〕卒　歴築館中在学中から「秀才文壇」に投稿を始める。大正3年処女詩集「世界の一人」を刊行、口語自由詩創成期を代表する作品といわれる。この頃からホイットマンに傾倒し、7年大正デモクラシーの流れをくむ民衆詩運動に参加。15年「地上楽園」を創刊し後進を育てた。昭和36年日本農民文学会会長。主な詩集に「大地の愛」「楽園の途上」「共生の旗」「灼熱の氷河」「北斗の花環」、訳詩集「ホイットマン詩集」、評論集に「民主的文芸の先駆」「現代詩の研究」などがある。また民謡・童謡・校歌なども数多く作った。61年出身地の築館町から「白鳥省吾の詩とその生涯」が出版された。

白山 友正　しらやま・ともまさ　歌人
明治34年（1901年）9月21日～昭和52年（1977年）11月23日　生北海道雨竜郡一巳村（深川市）　学札幌師範本科第二部〔大正13年〕卒，小樽高商〔昭和7年〕卒　歴函館師範教諭、北海道第二師範教諭を経て、昭和25年北海道学芸大学助教授、32年教授。40年定年退官し、40～50年函館大学商学部教授。著書に「松前蝦夷地場所請負制度の研究」「中世北海道商業史」など。一方、歌人としても知られ、「短歌紀元」を主宰。

支路遺 耕治　しろい・こうじ　詩人
昭和20年（1945年）8月10日～平成10年（1998年）11月30日　生石川県珠洲市　名本名＝川井清澄，別名＝柳沢清　学市岡高定時制卒　歴昭和38年「三文会議」同人。39年「漂泊」、41年「他人の街」を創刊。44年第一詩集「疾走の終り」を刊行。ビート詩人として評価を得た。他の詩集に「巨影なる断章」などがある。

城谷 文城　しろたに・ぶんじょう　俳人
明治32年（1899年）3月2日～平成7年（1995年）8月12日　生長崎県南高来郡北有馬町　名本名＝城谷文四郎（しろたに・ぶんしろう）　学長崎医専〔大正12年〕卒　歴下関市立病院を経て、昭和15年福岡市立西新病院、20年市立第一病院の各院長を歴任。25年から開業医を務め、50年引退。傍ら、10年から「ホトトギス」「山茶花」に投句、高浜虚子・皆吉爽雨の指導を受ける。36年「ホトトギス」同人。38年「雪解」同人。43年「万燈四温集」選者、44年俳人協会会員、62年日本伝統俳句協会会員。句集に「遍路」「防塁」「旅」などがある。　賞福岡市文学賞〔昭和50年〕

神 瓶子　じん・へいし　俳人
大正7年（1918年）10月7日～平成16年（2004年）8月22日　出青森県鰺ケ沢町　名本名＝神四平（じん・しへい）　学木造中〔昭和11年〕卒　歴昭和28年鵜沢村長、39年鰺ケ沢町助役を経て、54年より青森県議に4選。56年副議長を務めた。俳人でもあり、外海吟社会長として長く活躍した。　勲勲五等双光旭日章

真行寺 四郎　しんぎょうじ・しろう　歌人
昭和12年（1937年）11月20日～平成16年（2004年）7月16日　生千葉県山武郡芝山町　歴遠藤貞巳の手ほどきを受け作歌。昭和33年「国民文学」に入会、松村英一に師事。歌集に「風葉」「時ありて」がある。

新家 杏香　しんけ・ようこう　俳人
昭和2年（1927年）1月4日～平成22年（2010年）2月17日　生大阪府　名本名＝新家芳次（しんけ・よしつぐ）　学浪高卒　歴昭和30年今西葵向に師事。36年「うぐいす」の湯室月村に師事。41年同人の菅裸馬に師事。42年「うぐいす」選者。52年同人選者となった。中学校教師。　賞うぐいす月村賞

新城 太石　しんじょう・たせき　俳人
大正15年（1926年）9月14日～昭和60年（1985年）1月17日　生沖縄県　名本名＝新城米夫（しんじょう・よねお）　学旧制高農卒　歴昭和37年琉球新報俳壇に投句、遠藤石村の手ほどきを受ける。43年沢木欣一に師事し、「風」入会。45年「風」同人。48年沖縄俳句協会会長。郷土月刊誌「青い海」俳句評担当。

進藤 一考　しんどう・いっこう　俳人
昭和4年（1929年）8月1日～平成11年（1999年）3月17日　生神奈川県横須賀市　名本名＝進藤一孝（しんどう・かずたか）　学横須賀中卒　歴昭和33年12月の「河」創刊に参加し、51～53年主宰。54年「人」を創刊し、主宰。読売新聞の神奈川、茨城、群馬の地方版「よみうり文芸」の俳句選者を務めた。句集に「斧のごとく」「黄檗山」「太陽石」など。　賞河新人賞〔昭和35年〕，河賞〔昭和40年〕

進藤 忠治　しんどう・ちゅうじ　俳人
昭和4年（1929年）12月12日～昭和57年（1982年）5月10日　生秋田県　学秋田師範卒　歴昭和27年安藤五百枝に師事。傍ら「寒雷」に投

句。48〜56年秋田俳誌「ほむら」編集担当。52年「琅玕」同人。

神保 光太郎　じんぼ・こうたろう　詩人
明治38年（1905年）11月29日 〜 平成2年（1990年）10月24日　生山形県山形市　学京都帝国大学文学部独文科〔昭和5年〕卒　歴高校時代から文学を志し「橇音」「至上律」「詩と散文」「磁場」「麺麭」などに関係し、昭和10年「日本浪漫派」、11年「四季」同人となる。14年「鳥」「雪崩」を刊行し、以後「幼年絵帖」「冬の太郎」「南方詩集」「曙光の時」を刊行。戦後も第二次「至上律」などの同人となり、「青の童話」「陳述」などを刊行。ほかに「神保光太郎全詩集」、詩論集「詩の鑑賞と研究」を始め、多くの随筆集や翻訳書がある。24〜50年日本大学教授を務めた。

新明 紫明　しんみょう・しめい　俳人
昭和3年（1928年）8月13日 〜 平成18年（2006年）4月3日　生北海道室蘭市　名本名＝新明美仁（しんみょう・よしひと）　学北海道大学医学部卒　歴昭和21年より作句。富安風生に師事。33年「若葉」同人。旭川市で勤務医を務め、38年「青女」を創刊・主宰。句集に「初霜」「机辺」などがある。　賞若葉賞〔昭和33年・59年〕，旭川市文化奨励賞〔昭和50年〕，旭川市文化賞〔平成5年〕，鮫島賞（第16回）〔平成8年〕「初霜」

新免 忠　しんめん・ただし　歌人
明治35年（1902年）4月30日 〜 昭和58年（1983年）1月8日　生東京都　学東京高等工業学校電気科卒　歴大正10年在学中に作歌をはじめ、翌年「国民文学」に入社。逓信省電気試験所などに勤務の傍ら同社で作歌選歌評論活動を行う。昭和50年末退社。没年まで多磨仁作創刊の「短歌春秋」の選者を務める。

新屋敷 幸繁　しんやしき・こうはん　詩人
明治32年（1899年）4月15日 〜 昭和60年（1985年）7月15日　生沖縄県中頭郡与那城村　学沖縄師範学校本科卒　歴戦前は旧制鹿児島二中や七高造志館教授をしながら詩誌「南方楽園」を主宰し、戦後は沖縄大学長、国際大副学長などを務め、沖縄の教育・文化の向上に大きな功績を残した。著書は「新講・沖縄一千年史」「沖縄の笑いばなし」「現代詩の理論と評釈」や長篇叙事詩「子牛になったミチハル」などがある。

森羅 泰一　しんら・たいいち
⇒明石 長谷雄（あかし・はせお）を見よ

【す】

葉 紀甫　すえ・のりほ　詩人
昭和4年（1929年）〜平成5年（1993年）2月　生旧朝鮮京城　出島根県　名本名＝早川彰美　歴終戦後帰国し、母の故郷・松江の中学に転入。のち詩作の道に入る。作品の発表もまれで、名も世に知られることはなかったが、昭和42年刊行の口語自由詩の作品集「わが砦」は、限られた人々に絶賛され、58年頃から詩誌「歴程」の同人に名を連ねた。また同年頃から伝統的な漢詩の定式と日本現代詩をあわせ持つ独自の漢詩形の詩作に没頭し、私家版の「葉紀甫漢詩詞集〈上下〉」を制作。　賞藤村記念歴程賞〔平成5年〕「葉記甫漢詩詞集〈上下〉」

末次 雨城　すえつぐ・うじょう　俳人
大正1年（1912年）8月1日〜昭和48年（1973年）5月4日　生鳥取県　名本名＝末次博文　歴昭和17年から石田波郷に師事して、「鶴」同人。戦後「松」を創刊・主宰。長く郷里中山町の町長を務める一方、俳句の面でも後進の育成に当った。句集に「農我武者羅」「鯛の目」がある。

須賀 是美　すが・これみ　歌人
大正3年（1914年）5月21日 〜 昭和44年（1969年）　生東京都　歴昭和12年「青藻」入社。16年「歌と観照」に入社。44年「豹文」創刊。歌集に「思惟の炎」「認識の足音」、評論集「現代短歌と思想」がある。

菅 裸馬　すが・らば　俳人
明治16年（1883年）11月25日〜昭和46年（1971年）2月18日　生秋田県秋田市　名本名＝菅礼之助（すが・れいのすけ）　学東京高商〔明治38年〕卒　歴明治38年古河合名会社に入り、大阪、門司支店長、本部販売部長を経て、大正7年古河商事取締役。昭和6年古河合名理事。14年帝国鉱業社長、次いで同和鉱業会長、全国鉱山会長を歴任。戦後21年石炭庁長官、22年配炭公団総裁に就任。公職追放となったが、解除後の27年東京電力会長、28年電気事業連合会会長。日本原子力産業会議会長、経団連評議会議長などを歴任。日本相撲協会運営審議会長も務め、横綱双葉山の後援者でもあった。一方、大正9年青木月斗主宰の「同人」創刊に加わり、昭和24年月斗の没後に主宰を継承した。句集「玄酒」「自註菅裸馬集」「裸馬翁五千句」、随筆「うしろむき」などがある。

菅井 冨佐子　すがい・ふさこ　俳人
大正7年（1918年）11月17日 ～ 平成6年（1994年）5月22日　生神奈川県　学青山学院専門部卒　歴昭和33年「野火」入会、40年同人となる。年の花講師。句集に「牡丹の芽」「曼珠沙華」がある。　賞青霧賞〔昭和43年〕，野火賞〔昭和44年〕，結社記念賞〔昭和46年〕

菅生 沼畔　すがお・しょうはん　川柳作家 歌人
明治43年（1910年）3月12日 ～ 昭和60年（1985年）11月14日　生広島県加茂郡郷田村（東広島市）　名本名＝菅生尚範　歴酒造会社を営む。昭和7年短歌結社・真樹社の同人。38年から川柳を詠み、広島川柳会を主宰して「ひろしま」主幹となった。

菅沼 五十一　すがぬま・いそいち　詩人
明治44年（1911年）10月14日 ～ 平成7年（1995年）8月30日　出静岡県　学二松学舎専門部〔昭和4年〕中退　歴戦前は詩誌「日本詩壇」「詩文学研究」、戦後は「文芸開放」「詩火」「時間」などの同人。また「響」「独立文学」「未遂」などの同人誌を主宰した。詩集に「春幾春」「餓鬼」「霧の森」などがある。　賞浜松市教育委員会文化功労賞〔昭和50年〕

菅沼 宗四郎　すがぬま・そうしろう　歌人
明治17年（1884年）10月5日 ～ 昭和35年（1960年）　生茨城県　歴明治39年税関に入り35年間勤めたが、その間44年与謝野鉄幹が洋行の際、税関手続きなどで世話をした。また各地で晶子らの新詩社同人を声援、短歌会を開いた。「冬柏」創刊と同時に同人となり、作品を発表、歌誌「雲珠」にも発表した。昭和17年晶子が死去した後、関西で「与謝野晶子展」を開いた。33年与謝野夫妻からの書簡を「鉄幹と晶子」にまとめて出版した。

菅野 春虹　すがの・しゅんこう　俳人
明治33年（1900年）8月11日 ～ 昭和58年（1983年）1月30日　生福島県　名本名＝菅野忠六　歴陸軍航空本部関東信越地方軍需整理部監督官補。昭和5年「夏草」創刊時より参加、以後一貫して山口青邨に師事。多摩・所沢地方の句会において俳人育成にあたる一方、「夏草」同人として編集にも携わった。写生を基として風景句が特色で、武蔵野の風物を詠んだ。句集に「阿武隈」がある。　賞夏草功労賞

菅谷 規矩雄　すがや・きくお　詩人
昭和11年（1936年）5月9日 ～ 平成1年（1989年）12月30日　生東京都北区　学東京教育大学文学部卒，東京大学大学院独語独文専攻〔昭和39年〕修士課程修了　歴昭和36年「暴走」に参加し、39年「凶区」を創刊。38年「六月のオブセッション」を刊行。安保闘争後の詩的ラディカリズムの中心となる。名古屋大学を経て、東京都立大学助教授となるが、大学紛争に関わって45年退職し、以後文筆生活に専念。同年「菅谷規矩雄詩集1960-69」を刊行。評論家としても「無言の現在」「ブレヒト論―反抗と亡命」「埴谷雄高」「詩的リズム」などがあり、翻訳にユンガー「言葉の秘密」、ブロッホ「未知への痕跡」などがある。

菅原 一宇　すがわら・いちう　川柳作家
明治43年（1910年）6月21日 ～ 平成12年（2000年）7月28日　生宮城県仙台市　名本名＝菅原武治　学仙台工業専修学校卒　歴昭和10年勤務先の七十七銀行の先輩に誘われ句会に参加したのがきっかけで川柳と出会う。18年満州へ渡り、建設会社勤務、応召、ソ連抑留を経て、22年帰国し七十七銀行に復職。「川柳北斗」同人となり、副主幹、55年主幹、63年会長。東北川柳連盟理事長、宮城県川柳連盟理事長などを歴任。35～55年河北新報「課題川柳」、55年～平成9年「河北川柳」の選者を担当。著書に句集「足おと」がある。　賞宮城県芸術選奨（昭和53年度），河北文化賞（第48回）〔平成11年〕

菅原 克己　すがわら・かつみ　詩人
明治44年（1911年）1月22日 ～ 昭和63年（1988年）3月31日　生宮城県亘理郡亘理町　学日本美術学校図案科中退　歴伊東屋のデザイナーの傍ら昭和3年頃から詩作を始め、また共産党に属し、検挙される。戦後は「新日本文学」「コスモス」などを経て、「P」を主宰。詩集に「手」「日の底」「陽の扉」「遠くと近くで」などがある。　家姉＝高橋たか子（詩人）

菅原 多つを　すがわら・たつお　俳人
昭和4年（1929年）9月16日 ～ 平成23年（2011年）4月26日　出岩手県北上市　名本名＝菅原

達夫　学岩手青年師範卒　歴岩手青年師範学校卒業後、中学教師となる。俳句は、昭和30年山口青邨門下の及川あまきと出会い、その指導の下、「夏草」に投句。43年「夏草」同人。53年小原啄葉の「樹氷」に創刊同人として参加。平成21年主宰継承。他に「屋根」「天為」「藍生」にも参加。この間、6年俳人協会幹事、12年評議員となり、岩手県支部長も務めた。その後、岩手県俳句連盟会長にも就任。句集に「岳神楽」がある。　賞夏草新人賞〔昭和39年〕, 夏草功労賞〔昭和52年〕

須ケ原 樗子　すがわら・ちょし　俳人
明治43年（1910年）4月21日 ～ 平成4年（1992年）5月19日　名本名＝菅原陸三　歴俳誌「雲母」同人。宮城県俳句協会顧問。昭和56年～平成2年朝日新聞宮城版「俳壇」選者を務めた。句集に「風の暦」「歩哨」。　賞雲母寒夜句三昧個人賞〔昭和14年〕, 宮城県芸術祭文芸賞〔昭和52年・54年〕

菅原 友太郎　すがわら・ゆうたろう　歌人
昭和3年（1928年）6月29日～平成3年（1991年）10月6日　生宮城県　歴昭和20年11月より作歌を始める。「ぬはり」に入社するが23年退社。同年「鶏苑」に入会。加藤克巳に師事し、28年「近代」創刊に参加した後「個性」の同人となる。歌集に「海季」「海風園」、評伝に「詩人水上不二」など。　賞宮城県芸術選奨（昭和50年度）

杉 敦夫　すぎ・あつお　歌人
明治41年（1908年）～昭和60年（1985年）5月　生愛知県幡豆郡三和村（西尾市）　名本名＝杉浦敦太郎　学岡崎師範卒　歴国語と社会科の教師として勤務。当初教師としてエリートコースを歩んでいたが、校長との確執がもとで退職するまで平教員のまま過ごした。一方、アララギの会員として土屋文明に短歌を学ぶ。東海各地の歌人とともに葦の会を結成、歌集「葦」などを発行。傍ら郷土史の研究でも知られ、43年から編集委員長として「西尾市史」の編集も手がけた。平成8年ともに西尾市史の編集に携わった神谷和正により、「考える葦（あし）―先生のあしあと杉浦敦太郎の『国語』と『社会科』」が自費出版された。

杉浦 伊作　すぎうら・いさく　詩人
明治35年（1902年）8月28日～昭和28年（1953年）5月14日　生愛知県　歴大正5年頃から詩作をし、昭和5年「豌豆になった女」を刊行。引き続き「半島の歴史」を14年に刊行。浅井十三郎、北川冬彦と21年第一次「現代詩」、29年第二次「現代詩」を刊行、詩壇の復興に尽した。ほかに「あやめ物語」や詩文集「人生旅情」などの著書がある。

杉浦 舟山　すぎうら・しゅうざん　俳人
大正2年（1913年）3月3日 ～ 平成1年（1989年）11月15日　生山口県　名本名＝杉浦勝正（すぎうら・かつまさ）　学中央大学経済学科卒　歴昭和25年東京医科歯科大俳句会、43年「小鹿」入会。46年「小鹿」、50年「響焰」同人。　賞小鹿功労賞〔昭和54年〕

杉浦 翠子　すぎうら・すいこ　歌人
明治18年（1885年）5月27日 ～ 昭和35年（1960年）2月16日　生埼玉県川越市　名本名＝杉浦翠（すぎうら・みどり）, 旧姓・旧名＝岩崎翠（いわさき・みどり）　学女子美術学校卒　歴13歳で上京、兄福沢桃介方に身を寄せ、女子美術学校、国語伝習所に学んだ。大正5年北原白秋についたが、「アララギ」「香蘭」を経て、昭和8年「短歌至上主義」を創刊・主宰した。歌集に「寒紅集」「藤浪」「生命の波動」、小説集「かなしき歌人の群」などがある。　家夫＝杉浦非水（図案家）, 兄＝福沢桃介（実業家）

杉浦 明平　すぎうら・みんぺい　歌人
大正2年（1913年）6月9日～平成13年（2001年）3月14日　生愛知県渥美郡福江町（田原市）　学東京帝国大学国文科〔昭和11年〕卒　歴雑貨商の長男に生まれ、旧制高校在学中に歌誌「アララギ」に属し、歌人として出発。大学在学中、寺田透らと同人雑誌「未成年」を創刊した。卒業後は原典によるイタリア・ルネサンスの研究を志し、東京外国語学校夜間部でイタリア語を習得。戦時中は日伊文化協会などに勤務しながらルネサンス研究に力を入れる。昭和20年以後、郷里の愛知県渥美町に定住し、農業をしながら作家・評論活動を続けた。24年日本共産党入党、37年離党。また住民運動の相談にのり、30年前後には渥美町議を2期、町教育委員も務めた。この間、地方政治を扱った記録文学「ノリソダ騒動記」「村の選挙」「台風十三号始末記」「町会議員一年生」などを執筆。短歌評論集に「戦後短歌論」「斎藤茂吉」「現代アララギ歌人論」「現代短歌・茂吉文明以後」などがある。

杉浦 冷石　すぎうら・れいせき　俳人
明治29年(1896年)12月11日～昭和52年(1977年)4月21日　生愛知県　名本名＝杉浦𡊢(すぎうら・たけし)　歴準教員検定試験に合格、教職を経て新聞記者となる。創刊当時の「キララ」に投句。大正14年加藤霞村・兼松蘇南と「野火」を創刊。昭和初め小酒井不木を中心に拈華句会を創設。戦後の23年4月「白桃」を創刊、没するまで主宰した。37年「ホトトギス」同人。句集に「白魚火」「狐火」「榊鬼」がある。

杉江 重英　すぎえ・しげひで　詩人
明治30年(1897年)5月9日～昭和31年(1956年)6月4日　生富山県富山市　学早稲田大学英文科卒　歴大正9年瀬川重礼、宮崎孝政らと詩誌「森林」を創刊、編集代表者として活躍。その後「冬の日」も編集発行。詩集に「夢の中の街」「骨」「雲と人」「新世界」などがある。初期の詩には萩原朔太郎の投影が見られるが、第二詩集の「骨」には乾いたニヒリズムが底流にある。

すぎき・あつしろ　歌人
昭和2年(1927年)3月2日～平成18年(2006年)2月26日　生富山県中新川郡音杉村(上市町)　名本名＝杉木重夫　学音杉尋常高小卒　歴昭和20年頃から作歌を始め、22年「短歌時代」に入会、26年同人。大坪晶一、広川親義に師事。40年歌集「蘭」を刊行した。山河や野の花を、古語を交えて格調高く歌った。　賞短歌時代新人賞(昭和36年度)，短歌時代賞(昭和50年度)，短歌時代I氏賞

杉田 作郎　すぎた・さくろう　俳人
明治2年(1869年)1月2日～昭和35年(1960年)12月7日　出宮崎県　名本名＝杉田直　学東京帝国大学　歴独学で医術開業試験に合格。東京帝国大学医局に学び、明治31年宮崎市で眼科医を開業。傍ら、俳誌「つくし」を主宰。荻原井泉水の「層雲」同人となり、また宮崎俳句会を結成した。著書に「日向俳壇史」がある。　家息子＝瑛九(洋画家)

杉田 鶴子　すぎた・つるこ　歌人
明治15年(1882年)12月6日～昭和32年(1957年)4月20日　生兵庫県神戸市　名本名＝杉田つる　学日本医学校卒　歴杉田玄白の後継として医学を学び、小児科医として本郷に開業。また、内村鑑三の洗礼を受けたキリスト教徒。歌人としては大正9年「朝の光」創刊と共に参加し、窪田空穂らの指導を受ける。昭和15年歌集「菩提樹」を刊行した。33年遺歌集「杉田鶴子歌集」が編まれた。

杉田 俊夫　すぎた・としお　詩人　俳人
明治42年(1909年)～昭和60年(1985年)　生東京都五日市　名俳号＝暮平　学東京農業大学卒　歴多摩川温室村の国分園の主任を3年間務め、昭和12年アルゼンチンに移住。カーネーションとランの栽培を高市茂園で研修、独立後花卉農園コロニア・シエラ・パドレで成功を収めた。一方若い頃から民謡創作を始め、俳人の萩原蘿月に師事。自由律句の詩を創り続け、日本人会の協力で民謡詩集「アルゼンチンの歌」を発表するなど民衆詩人として親しまれた。「杉田暮平句集」もある。60年破傷風で死去。59年タンゴ・フォルクローレ歌手の高野太郎により「ペペレイの夢」に曲がつけられ、61年ブエノスアイレスで開かれた日本物産展の会場で流され反響を呼んだ。

杉田 嘉次　すぎた・よしじ　歌人
明治34年(1901年)2月22日～昭和45年(1970年)2月16日　生東京市神田区(東京都千代田区)　名旧姓・旧名＝渋谷　歴大正15年岡麓に師事し、書と短歌を学ぶ。昭和2年「アララギ」に参加。10年「アララギ」「国民文学」模倣論争の口火を切る。歌集に「遠望集」がある。

杉野 紫筍　すぎの・しじゅん　俳人
昭和6年(1931年)～昭和26年(1951年)8月10日　生東京都渋谷区代々木初台　名本名＝杉野順二(すぎの・じゅんじ)　学名古屋大学　歴昭和20年東京都立第一中から、三重県・富田中に疎開。終戦後都立一中に復学したが、父の死で四日市市に移住し、富田中に転校。23年四日市高に俳句部を結成し、会誌「あけび」を発行。傍ら同年山口誓子の高弟・磐城菩提子編集の「冬木」誌に参加し、紫筍の俳号で句作に励んだ。25年名古屋大学に入学したが腹膜炎を発病し、26年20歳で死去。死の前日キリスト教(カトリック)に改宗。28年友人らにより遺句集「梅雨の山」が出版された。

杉野 草兵　すぎの・そうへい　川柳作家
昭和7年(1932年)6月28日～平成19年(2007年)7月12日　生青森県　名本名＝杉野宗平　学東京薬科大学卒　歴昭和30年日水製薬に入社。34年青森県に帰郷して薬店を開き、37年川内病院、41年大湊病院、47年国際医療セン

ター、49年山形病院、51年国立療養所松丘保養園などで薬剤師を務めた。一方、32年から川柳を始め、57年かもしか川柳社代表。青森県初の研究句会Cの会の中心を担い、58年には川柳Z賞を制定して全国最高の川柳作家賞に育て上げた。句集に「学生日記」「C」がある。

杉原 竹女　すぎはら・ちくじょ　俳人
明治33年（1900年）4月7日 ～ 昭和53年（1978年）8月2日　生石川県金沢市　名本名＝杉原斉, 別号＝杉原梅亭　学金沢第一高女卒　歴昭和10年小松月尚に入門、24年「ホトトギス」同人。32年より「あらうみ」を主宰。句集に「山吹」、句文集に「母子草」などがある。

杉原 裕介　すぎはら・ゆうすけ　詩人
昭和11年（1936年）11月18日～昭和63年（1988年）4月11日　出広島県広島市　学防衛大学校卒　歴幼いころ原爆で肉親を失う。海上自衛隊任官後、航空機整備畑を歩む。同期生の殉職を契機に“制服”のまま、昭和57年から1年間築地本願寺内の東京仏教学院夜間部に学ぶ。修了後、胃の全摘手術を受けたが、職場復帰を果たし、ほどなく京都の西本願寺で得度。また、高校時代から詩に興味を持ち、海上自衛官になってから詩作を始めた。55年詩集「海、そして山」を処女出版、野呂邦暢の高い評価を受けた。62年がんが再発、63年になってから弟らの協力で詩画集の編集が進められ、死後「朝はくもりなく」が出版された。　賞広島市短詩型文芸大会広島市長賞〔昭和61年〕「何んバしょッと」　家弟＝杉原誠四郎（教育学者）

杉原 幸子　すぎはら・ゆきこ　歌人
大正2年（1913年）12月17日 ～ 平成20年（2008年）10月8日　生静岡県沼津市　名旧姓・旧名＝菊池　学高松高女〔昭和6年〕卒　歴教師の長女。昭和10年兄の友人である外交官の杉原千畝と結婚。12年渡欧。夫・千畝は第二次大戦初期の14～15年リトアニアの在カナウス領事代理時代に、ナチスの圧政を逃れ国外脱出をはかるユダヤ人難民に日本政府の命令に背きビザを発給し続け、6500人のユダヤ人を救った。ぎりぎりの決断を迫られた夫と行動を共にし、のちベルリンを経て、プラハ、ケーニヒスベルクからブカレストへ移る。敗戦後ソ連の収容所を転々とし、22年帰国。のち夫が貿易会社に勤務し、15年間モスクワに駐在。60年から鎌倉市に住み、61年夫が病死。平成元年ニューヨークのユダヤ人権擁護団体の招待で渡米、表彰状を贈られた。夫亡き後も各国のユダヤ人協会を訪れる。5年当時の記録を綴った「六千人の命のビザ―ひとりの日本人外交官がユダヤ人を救った」を出版、日本でもその業績が知られるようになった。13年千畝の生誕百年にちなんでリトアニアで行われた記念植樹に出席。一方、歌人としても活動。藤沢市民短歌会会長、湘南朝日新聞歌壇選者、神奈川県歌人会委員も務めた。短歌同人誌「層」同人・編集委員。歌集に「白夜」がある。　家夫＝杉原千畝（外交官）

杉村 彩雨　すぎむら・さいう　俳人
明治37年（1904年）5月26日 ～ 平成11年（1999年）6月11日　出東京都　名本名＝杉村顕道（すぎむら・けんどう）　学国学院大学高師卒　歴明治学院大学と国学院大学で佐々木邦、折口信夫、金田一京助に師事した。長野県、秋田県などで教壇に立つ傍ら、小説を執筆。1930年代から仙台市で暮らし、昭和29年同市に宮城県精神障害者救護会国見台病院を設立。俳人としても活躍し、39年の宮城県芸術協会設立に際して中心的な役割を担い、初代理事長兼副会長を務めた。著書に「孔子はこう言った 誰にもわかる論語」「杉村顕道怪談全集 彩雨亭鬼談」などがある。　賞宮城県教育文化功労者〔昭和54年〕　家弟＝杉村惇（洋画家）, 甥＝杉村隆（生化学者）, 杉村豊（行動療法家）

杉村 聖林子　すぎむら・せいりんし　俳人
明治45年（1912年）4月19日 ～ 平成2年（1990年）5月27日　生山口県下関市田中町　名本名＝杉村猛　歴昭和10年「馬酔木」に投句をはじめ、11年馬酔木賞を受賞。12年石橋辰之助と「荒男」を創刊、13年「京大俳句」同人、15年「天香」編集同人。京大俳句事件で検挙された。戦後は「壺」「芭蕉」「三角点」に作品を発表した。　賞馬酔木賞〔昭和11年〕

杉本 寛一　すぎもと・かんいち　歌人
明治21年（1888年）10月1日 ～ 昭和34年（1959年）6月11日　生東京都　歴明治44年歌誌「創作」に加わり、若山牧水に師事した。一時「創作」を離れたが、昭和7年に復帰、同人として活躍した。歌集「梢の雲」「時は流るる」があり、没後、遺稿集「伏流水」が刊行された。

杉本 清子　すぎもと・きよこ　歌人
大正12年（1923年）11月16日～平成19年（2007年）6月20日　生埼玉県春日部市　名旧姓・旧名＝塚田　学帝国女子専門学校国文科〔昭和

17年〕中退 歴昭和16年「多磨」に入会。18年鈴木幸輔と出会い、師事する。22年師の編集する詩歌同人誌「万歴」に加わり、32年師主宰の「長風」に創刊に参加。師の没後は「長風」編集委員編者を務めた。この間、38年第一歌集「銀と葡萄」を刊行。他の歌集に「緋水晶」「風のつばさ」「旅笛」「邂逅」「恩寵」「揺祭」「憧憬」「憧憬以後」がある。 家夫＝杉本善男（洋画家）

杉本 恒星　すぎもと・こうせい　俳人
大正9年（1920年）4月24日 ～ 平成24年（2012年）8月7日 生高知県宿毛市 名本名＝杉本恒雄（すぎもと・つねお） 学宮崎高農農学科〔昭和18年〕卒 歴昭和18年農林省に入省。24年教員に転じ、高知県内各地の高校で理科農業を教えた。48年南国市長に当選したが、1期目途中の50年に市議会の不信任決議を受けて失職。また、杉本恒星の号で俳人としても知られ、36年第一句集「真顔の石」で高知県出版文化賞、47年第二句集「巌の径」で椋庵文学賞を受賞。43年より俳誌「壺」を創刊・主宰した。 賞高知県出版文化賞〔昭和36年〕「真顔の石」, 椋庵文学賞〔昭和47年〕「巌の径」

杉本 修羅　すぎもと・しゅら　俳人
大正5年（1916年）8月5日～昭和61年（1986年）1月14日 生福岡県 名本名＝杉本修（すぎもと・おさむ） 学福岡農学産組科卒 歴台湾から引揚げ、福岡県主幹に。俳句は河野静雲に師事し「木犀」に投句。昭和15年台湾に渡った後は山本孕江の「ゆうかり」で編集に携わる。21年引揚後、小原菁々子の「冬野」に拠り、55年俳人協会会員。句集に「邪馬台の歌」。

杉本 零　すぎもと・ぜろ　俳人
昭和7年（1932年）11月22日 ～ 昭和63年（1988年）2月21日 生東京都 名本名＝杉本隆信 学慶応義塾大学法学部卒 歴大学在学中の昭和25年ごろから「慶大俳句」に参加。のち「ホトトギス」「玉藻」に投句をはじめるとともに、星野立子を囲む笹子会に参加。一方、京極杞陽にも師事し、その主宰誌「木莵」の主要同人でもある。一時、「俳句研究」の編集に携わり評論にも鋭い才能を示した。また山会のメンバーとして写生文も書く。

杉本 春生　すぎもと・はるお　詩人
大正15年（1926年）3月21日 ～ 平成2年（1990年）7月6日 生山口県岩国市 学官立京城法学専門学校〔昭和20年〕卒 歴詩誌「日本未来派」「地球」の論客として活躍し、昭和30年「抒情の周辺」を刊行。32年札幌短期大学教授、47年広島大学文学部講師、のち岩国短期大学教授、広島文教女子短期大学教授。他の著書に「現代詩の方法」「森有正論」「廃墟と結晶」などがある。 家娘＝杉本史子（歴史学者）

杉本 寛　すぎもと・ひろし　俳人
大正7年（1918年）1月25日 ～ 平成14年（2002年）8月13日 生京都府舞鶴市 学興亜工学院機械科〔昭和17年〕卒 歴昭和44年大江工業社長に就任。平成10年会長。俳人としても知られ、昭和23年「浜」に入会し大野林火に師事。29年「浜」同人。句集に「杉の実」「自註・杉本寛集」などがある。 勲藍綬褒章〔昭和59年〕, 勲四等瑞宝章〔平成2年〕 賞浜同人賞〔昭和57年〕

杉本 北柿　すぎもと・ほくし　俳人
明治35年（1902年）1月7日～平成1年（1989年）4月26日 生京都府京都市 名本名＝杉本郁太郎（すぎもと・いくたろう） 学大阪市立高商〔大正13年〕卒 歴5年間三越に勤務したのち、昭和12年奈良屋社長を継ぐ。47年三越と提携して会長に就任。傍ら、33年当時の千葉県医師会長とともに全国に先がけて民間の千葉県対がん協会を設立し、副会長を務めた。また、「原人」を主宰する俳人でもあり、句集に「好文木」「青丹」「寧楽」「咲く花」「匂ふが如く」など。 勲藍綬褒章〔昭和43年〕, 勲四等瑞宝章〔昭和49年〕

杉本 三木雄　すぎもと・みきお　歌人
大正4年（1915年）7月22日～平成2年（1990年）6月22日 生静岡県庵原郡富士川町 歴昭和7～39年神奈川県庁に勤務。歌人としては11年「香蘭」に入会して村野次郎に師事。16年「蒼生」（のち「創生」）に入り、筏井嘉一に師事した。54年より代表同人。歌集に「小流」「冬虫夏草」「盛装」「天上地上」など。 賞創生賞（第4回）〔昭和41年〕

椙本 紋太　すぎもと・もんた　川柳作家
明治23年（1890年）12月6日 ～ 昭和45年（1970年）4月11日 生兵庫県神戸市 名本名＝椙本文之助 学神戸小卒 歴生家は菓子商で徒弟に出され、のち菓子製造業甘源堂主人となる。17歳頃から川柳に惹かれ、昭和4年ふあうすと川柳社を創立し、川柳誌「ふあうすと」を創刊。

珍しく地方都市からの発行誌で全国からの誌友を持っていた。著書に「わだち」「相元紋太句集」「茶の間」など。

杉本 雷造　すぎもと・らいぞう　俳人
大正15年（1926年）8月6日 ～ 平成15年（2003年）12月4日　生大阪府大阪市　名本名＝杉本総治（すぎもと・そうじ），初号＝杉本呆太　学大阪専門学校法科〔昭和22年〕卒　歴戦前「琥珀」に投句。戦後は鈴木六林男に兄事して「青天」に投句、西東三鬼に師事。当初は杉本呆太と名のったが、三鬼の命名により雷造と改号。のち「雷光」「断崖」「風」の同人となり、昭和34年鈴木を代表同人に迎え「頂点」を創刊。鈴木脱退後の52年から代表同人を務めた。句集に「軍艦と林檎」「火祭」「昨日の翳」などがある。有限会社万惣代表取締役。　賞三洋新人文化賞〔昭和44年〕，現代俳句協会賞（第18回）〔昭和46年〕

杉山 市五郎　すぎやま・いちごろう　詩人
明治39年（1906年）5月24日 ～ 昭和53年（1978年）7月4日　生静岡県長田村　歴大正末期より詩作を始め、昭和初期「手旗」を発行。「弾道」「金蝙蝠」などの同人となり、草野心平の「第百階級」を印刷。詩集に「芋畑の詩」と「飛魚の子」があり、「学校詩集」にも参加。戦後は一時「時間」に参加、「日時計」などの同人になる。「日本詩人全集」第11巻に収載され、「官能の十字架」を刊行。

杉山 岳陽　すぎやま・がくよう　俳人
大正3年（1914年）2月23日 ～ 平成7年（1995年）7月14日　生静岡県沼津市　名本名＝杉山正男　歴戦前は三越に勤務し、戦後は公証人役場に67歳まで勤務。俳句は昭和5年「馬酔木」に投句、水原秋桜子門に入る。12年石田波郷の「鶴」創刊に同人として参加。24年「馬酔木」同人。句集に「晩婚」「愛憎」がある。　賞新樹賞（第1回）〔昭和26年〕

杉山 参緑　すぎやま・さんろく　詩人
大正15年（1926年）11月14日 ～ 平成2年（1990年）4月14日　学西南学院専高等商業科〔昭和24年〕卒　歴昭和初期に活躍した作家・夢野久作の三男で、生涯独身を通し、久作が住んでいた香椎農園の跡に一人で暮らした。詩集に「一匹の羊」「鉄骨」など。　家父＝夢野久作（小説家），兄＝杉山龍丸（緑化事業家），祖父＝杉山茂丸（政治家）

杉山 葱子　すぎやま・そうし　俳人
明治45年（1912年）5月2日 ～ 平成10年（1998年）3月31日　生静岡県伊東　名本名＝杉山嘉一　学早稲田商科中退　歴家業の水産物問屋業に従事。傍ら、大木実、木戸逸郎、関谷忠雄等と作詩交遊。復員後、伊東市役所に勤務、37年助役。57年退職。22年「馬酔木」に入会。28年「鶴」参加、石田波郷、石塚友二に師事、同人。46年「万蕾」創刊同人参加。句集に「海の音」「幻影」、詩集に「魔女」など。　賞群青賞〔昭和56年〕

杉山 十四男　すぎやま・としお　俳人
大正14年（1925年）2月2日 ～ 平成21年（2009年）9月1日　生静岡県　歴昭和28年萩原麦草の「壁」創刊と同時に参加。38年「河」に投句し、角川源義に師事。54年進藤一考の「人」創刊に際し、同人として入会した。　賞壁賞〔昭和35年〕

杉山 平一　すぎやま・へいいち　詩人
大正3年（1914年）11月2日 ～ 平成24年（2012年）5月19日　生福島県会津若松市　学松江高卒，東京帝国大学文学部美学美術史学科〔昭和12年〕卒　歴福島県会津若松市で生まれ、神戸・大阪で育つ。松江高校時代の一学年上に花森安治がおり、花森を追う形で東京帝国大学へ進む。昭和14年父が経営していた尼崎精工に入社、父の没後は代表を務めた。41年帝塚山短期大学教授となり、62年退職。この間、9年田所太郎らと「貨物列車」を創刊、編集発行人を務め、小説「インテリゲンチャと百姓の子供達」を発表。「キネマ旬報」などに投稿を重ねる一方、10年三好達治に認められ「四季」に参加、同人となる。モンタージュや反復、逆回転といった映画の手法を詩作に持ち込み、平易な表現の中に人間存在の暗部を示す。10年「映画集団」創刊に参加、帰阪後は織田作之助らと「海風」「大阪文学」を発行。16年初の著作である「映画評論集」を刊行、また同年中原中也賞を受賞するなど、映画評論と詩作・散文を両立させた文学活動を続け、晩年は関西詩壇の最長老として遇された。97歳の平成24年3月、東日本大震災の被災地への祈りを書名に込めた詩集「希望」で現代詩人賞に選ばれ、最年長受賞者となったが、5月授賞式を前に急逝した。他に詩集「ミラボー橋」「声を限りに」「ぜぴゆろす」「青をめざして」などの他、著書「わが敗走」「三好達治 風景と音楽」「戦後関西詩壇回

想」「詩と生きるかたち」などがある。 賞中原中也賞（第2回）〔昭和16年〕「夜学生」, 文芸汎論詩集賞（第10回）〔昭和18年〕「夜学生」, 大阪芸術賞〔昭和62年〕, 兵庫県文化賞〔平成1年〕, 神戸新聞平和賞〔平成10年〕, 神戸市文化賞〔平成10年〕, 小野十三郎賞特別賞（第5回）〔平成15年〕「戦後関西詩壇回想」, 現代詩人賞（第30回）〔平成24年〕「希望」

杉山 羚羊　すぎやま・れいよう　俳人
明治41年（1908年）1月2日 ～ 昭和63年（1988年）2月9日　生神奈川県　名本名＝杉山敏美（すぎやま・としみ）　学神奈川県師範学校卒　歴中学校長を25年務める。昭和4年「石楠」の臼田亜浪に師事。22年「浜」に入会し、24年同人。46年野沢節子の「蘭」創刊に参加、同人となる。句集に「欅」「雲と鷹」、随筆集に「山荘雑記」。　勲勲五等双光旭日章〔昭和54年〕

菅田 賢治　すげた・けんじ　俳人
昭和10年（1935年）6月28日 ～ 平成6年（1994年）4月1日　生広島県安芸郡　学広島大学文学部卒　歴高校教諭。昭和25年頃ホトトギス同人竹中草亭に手ほどきを受ける。29年頃より「廻廊」主宰杉山赤富士の指導を受ける。34年「浜」入会。55年「浜」同人。54年「星」創刊と共に同人として参加。35年頃より約10年間文芸広場俳句蘭（中村草田男選）に投句。52年俳人協会同人。句集に「鳳凰堂」がある。

助信 保　すけのぶ・たもつ　詩人
昭和4年（1929年）5月9日～昭和61年（1986年）12月17日　出広島県　学広島文理科大卒　歴広島農業短期大学教授、広島大学講師として英語を講ずるとともに、昭和59年まで広島県詩人協会の役員、61年度は日本現代詩歌文学館評議員、広島市文化振興事業団の市民文芸の審査員などを務め幅広く活躍していた。専門とするワーズ・ワースの研究とともにおう盛に創作活動を続け、「助信保詩集」（現代日本詩人叢書第9集・東京芸風書院）などを刊行した。

須沢 天剣草　すざわ・てんけんそう　俳人
明治27年（1894年）3月25日 ～ 昭和51年（1976年）12月9日　生広島県三次市　名本名＝須沢早登, 別号＝須沢紫水　学高等小学高等科3年卒　歴臼田亜浪選の中国新聞俳壇から「石楠」に入り、巴峡石楠会、江の川俳句会を指導。「河千鳥」「路上」を発行主宰。中国新聞、山陽新聞の俳壇を担当した。句集に「山河」がある。

逗子 八郎　ずし・はちろう　歌人
明治36年（1903年）2月23日 ～ 平成3年（1991年）7月7日　生東京都　名本名＝井上司朗（いのうえ・しろう）　学東京帝国大学政治学科〔昭和3年〕卒　歴安田銀行から昭和14年内閣情報部に移って情報局第五部第三課長となり、19年大蔵省監督官に転じる。のち後楽園スタヂアム取締役。この間、7年「短歌と方法」を発行し、新短歌運動を積極的に推進する。12年の新短歌クラブ結成にあたっては委員長となる。歌集に「雲烟」「八十氏川」、歌論集「主知的短歌論」の他、「証言・戦時文壇史」がある。

鈴江 幸太郎　すずえ・こうたろう　歌人
明治33年（1900年）12月21日～昭和56年（1981年）11月4日　生徳島県徳島市　学徳島中卒　歴大正10年アララギに入会して中村憲吉に師事。昭和28年「林泉」を創刊し、主宰。歌集に「海風」「白夜」「屋上泉」。　賞日本歌人クラブ推薦歌集（第16回）〔昭和45年〕「夜の岬」

鈴鹿 俊子　すずか・としこ　歌人
明治42年（1909年）9月18日 ～ 平成18年（2006年）2月20日　生京都府京都市　名本名＝川田俊子（かわだ・としこ）　学同志社女専中退　歴京都市の東陽院住職の娘として生まれる。同寺に下宿していた京都帝国大学の大学院生・中川与之助と結婚、3児を授かった。昭和17年「帚木」会員となり岡本大蕪に師事。「女人短歌」創刊より会員。31年第一歌集「虫」を出版。他の歌集に「寒梅未明」「素香集」、随筆集「黄昏記」「女の心」「死と愛と」「夢候よ」などがある。19年島文次郎宅で行われた古典講義に講師として招かれた歌人の川田順と出会い、師事する内に恋愛関係に進む。23年中川と離婚して、24年39歳の時に、67歳だった川田と再婚。皇太子の作歌指導を行うほどの老大家と、元京大教授の妻の恋愛騒動は、川田の詩の一節から“老いらくの恋”として大きな話題となり、後年辻井喬の小説「虹の岬」のモデルとなった。再婚後は小田原市国府津で暮らし、27年藤沢市に転居した。　勲紺綬褒章　家夫＝川田順（歌人）

鈴鹿 野風呂　すずか・のぶろ　俳人
明治20年（1887年）4月5日 ～ 昭和46年（1971年）3月10日　生京都府　名本名＝鈴鹿登　学京都帝国大学国文科〔大正5年〕卒　歴大学卒業後、鹿児島の川内中学教諭となり、大正9年京都に帰り武道専門学校教授となる。のち西山専門学校、大阪成蹊女子大学教授を歴任する。早くから「ホトトギス」に投句し、大正9年日野草城らと「京鹿子」を創刊。「野風呂句集」をはじめ「浜木綿」「白露」「さすらひ」など多くの句集がある。 家二男＝丸山海道（詩人）

鈴木 晶　すずき・あきら　俳人
明治43年（1910年）10月5日～平成10年（1998年）11月6日 生静岡県 学彦根高商卒 歴昭和15年「馬酔木」に投句、水原秋桜子に師事。23年「あやめ」に投句、25年「海坂」と改題、主宰百合山羽公、相生垣瓜人に師事。32～35年「海坂」編集、同人となる。 賞海坂故園賞〔昭和33年〕

鈴木 飛鳥女　すずき・あすかじょ　俳人
昭和2年（1927年）12月14日～平成25年（2013年）5月17日 出愛知県名古屋市 名本名＝鈴木俊子（すずき・としこ） 歴「日輪」を創刊・主宰した薄多久雄の妻。45年「日輪」同人を経て、3代目主宰。岐阜新聞「岐阜文芸」欄俳句選者を務めた。 賞日輪赤道賞〔平成7年〕，日輪黄道賞〔平成9年〕 家夫＝薄多久雄（俳人）

鈴木 石夫　すずき・いしお　俳人
大正14年（1925年）6月29日～平成18年（2006年）5月31日 生長野県 名本名＝鈴木実 学長野師範〔昭和20年〕卒，国学院大学文学部〔昭和29年〕卒 歴昭和21年「科野」創刊と同時に栗生純夫に師事。24年「暖流」に加入し、31年「暖流」自選同人。33年「歯車」代表。埼玉俳句連盟理事、現代俳句協会常任幹事・副幹事長・広報部長を歴任。句集に「煙」「東京時雨」「風峠」「蛙（KAWAZU）」、他にエッセイ集「耳順鈔」がある。

鈴木 一念　すずき・いちねん　歌人
明治34年（1901年）1月13日～昭和32年（1957年）10月20日 生東京都八王子市 名本名＝鈴木金二 学東京府立織染学校補習夜学校卒 歴生糸商人の家に生まれ、学校を出てからは魚の行商生活に。大正10年「アララギ」に入会し、その歌才を斎藤茂吉らに見い出されるが、生活苦からノイローゼとなり、父子心中に走る。青山脳病院で治療ののち、昭和15年から多摩脳病院看護人となる。63年八王子市民の寄付を基に、初の全歌集が出版された。

鈴木 梅子　すずき・うめこ　詩人
明治31年（1898年）～昭和48年（1973年）11月 生福島県 歴大正3年宮城県に嫁ぐ。昭和2年より堀口大学に師事して、「パンテオン」「オルフェオン」などに詩を発表。31年第一詩集「殻」、34年第二詩集「をんな」を出版した。

鈴木 煙浪　すずき・えんろう　俳人
明治33年（1900年）9月24日～昭和61年（1986年）3月28日 生愛知県岡崎市桑谷町小田ノ入 名本名＝鈴木友吉 学宝飯郡立西部実業高校卒 歴蒲郡農学校、竜谷青年学校、額田郡形埜青年学校などに勤め、昭和22年退職、農業に従事。傍ら大正5年より俳句を始め、市川丁子、臼田亜浪に師事。27年12月俳誌「三河」を継承し、61年2月まで主宰した。句集に「浪」「時鳥」など。

鈴木 蚊都夫　すずき・かつお　俳人
昭和2年（1927年）4月11日～平成9年（1997年）8月23日 生東京都荒川区町屋 名本名＝鈴木和男 歴昭和21年「あざみ」に入会、同人。沼津市に転居後、渡辺白泉の知遇を得る。59年「対話と寓意がある風景」で第3回現代俳句評論賞を受賞。現代俳句協会幹事、静岡現代俳句協会事務局長、日本現代詩歌文学館振興会評議員などを務めた。句集に「午前」「猟銃音」「一顧」「寧日」「火柱の夢」「一昔」、評論集に「現代俳句の流域」「対話と寓意がある風景」「俳壇真空の時代」など。 賞あざみ賞〔昭和50年・57年〕，現代俳句評論賞（第3回）〔昭和59年〕「対話と寓意がある風景」

鈴木 貫介　すずき・かんすけ　歌人
大正7年（1918年）3月3日～平成13年（2001年）3月18日 生神奈川県 歴著書に「小果集」「南畝集」「鈴木貫介全歌集」などがある。

鈴木 頑石　すずき・がんせき　俳人
明治21年（1888年）11月1日～昭和47年（1972年）7月19日 生神奈川県横浜市 名本名＝鈴木角蔵 学横浜商業卒 歴明治41年「俳諧草紙」創刊以来渡辺水巴に師事し、「曲水」同人。「曲水」横浜支社の指導者だった。句集に「頑石句集」、同名の第二句集「頑石句集」がある。

鈴木 京三　すずき・きょうぞう　俳人
大正2年（1913年）3月17日～平成7年（1995年）6月8日 生東京都 名本名＝鈴木角三郎 学明治大学商科卒 歴大正15年雪中庵増田龍雨より手ほどきを受ける。昭和5年自由律に転向「層雲」に入会。10年中村来外と「一行詩研究」

を発刊。12年定型に転向、「句と評論」に参加、廃刊後句活動を中止。25年「かがり火」を創刊・主宰。37年廃刊。50年「河」に参加。54年「人」創刊に同人参加。のち無所属。

鈴木 杏村　すずき・きょうそん　歌人
明治32年（1899年）1月27日 ～ 昭和34年（1959年）5月31日　生東京都　名本名＝鈴木又七　歴古泉千樫、北原白秋につき「日光」「多磨」で活動。昭和20年「定型律」創刊に参加同人となる。22年より「銀杏」を主宰。28年「創生」復刊に協力、選歌・編集を担当。遺歌集「冬の琴」「古泉千樫聞書」がある。

鈴木 国郭　すずき・くにひろ　歌人
大正5年（1916年）5月5日～平成4年（1992年）8月9日　生千葉県　学国学院大学卒　歴大学在学中「こもり沼」を編集。「歌像集団」「復刊・こもり沼」「いぶき」「フテイキ」を経て、昭和40年「地平線」編集同人。57年2月「万象」編集同人、平成2年発行人。歌集に「沖縄」「那覇・八重山幻化」、他に「近代戦争文学」などがある。

鈴木 啓蔵　すずき・けいぞう　歌人
明治43年（1910年）8月20日 ～ 平成5年（1993年）5月8日　出山形県上山市　学早稲田大学卒　歴昭和23年鹿児島寿蔵に師事し「潮汐」会員となる。57年まで同人。寿蔵没後の58年1月「求青」に参加、編集同人となる。歌集に「上ノ山」、歌文集に「北欧の秋」「天壇の秋」、他に「茂吉と上ノ山」「茂吉の足あと」「出羽獄文治郎」などがある。一方、46年7月～58年7月上山市長を3期務めた。

鈴木 幸輔　すずき・こうすけ　歌人
明治44年（1911年）1月9日 ～ 昭和55年（1980年）4月1日　生秋田県　歴昭和10年「多磨」創刊と共に北原白秋に師事。「新樹」「万歴」「コスモス」を経て、32年「長風」を創刊。歌集に「谿」「長風」「禽獣」「幻影」「みずうみ」、遺歌集「花酔」、歌論集「詞華万朶」がある。　賞日本歌人クラブ推薦歌集（第1回）〔昭和30年〕「長風」

鈴木 康文　すずき・こうぶん　歌人
明治29年（1896年）3月5日～平成9年（1997年）1月27日　生千葉県　歴農業を営む傍ら、町教育委員長などを歴任。大正5年「水甕」入社。「心の花」を経て、11年「橄欖」創刊とともに同人となり、のち同誌発行者。歌集に「青萱」「冬田」「九十九里」「新九十九里」など。　賞日本歌人クラブ賞（第11回）〔昭和59年〕「米寿」

鈴木 穀雨　すずき・こくう　俳人
大正10年（1921年）4月5日 ～ 平成10年（1998年）5月7日　生愛知県幡豆郡吉良町　名本名＝鈴木太郎　学名古屋逓信講習所卒　歴郵政省に45年間勤め、名古屋舞鶴郵便局長で退職。昭和15年句作を始め、主に「ホトトギス」「年輪」に投句、高浜虚子、高浜年尾、橋本鶏二の指導を受け、「年輪」同人。篆刻も手がける。句集に「墨守」「葦蟹」「別れ鷹」など。　賞年輪賞

鈴木 繁雄　すずき・しげお　詩人
大正15年（1926年）2月23日 ～ 平成4年（1992年）3月11日　生東京都　名筆名＝いくた淳　学文化学院卒　歴詩集に「路上」「鳥の証人」「帰路」、「鈴木繁雄詩集—4冊の詩集から」（日本現代詩人叢書第35集）がある。「獣」「風」に所属。いくた淳の筆名で作詞も手がけた。

鈴木 しげを　すずき・しげお　俳人
明治45年（1912年）3月4日 ～ 昭和63年（1988年）12月6日　生静岡県浜松市　名本名＝鈴木重雄　学東京大学経済学部卒　歴昭和10年「馬酔木」に投句をはじめ、22年「ホトトギス」初入選。25年松本たかしに師事。のち「笛」同人会長。また「みそさざい」同人。句集に「礒草」「喜寿清閑」。

鈴木 静夫　すずき・しずお　詩人
昭和28年（1953年）1月8日～平成2年（1990年）10月3日　生東京都立川市　学明治大学法学部〔昭和50年〕卒　歴詩集に「いい風、こっちむき。」がある。

鈴木 十郎　すずき・じゅうろう　歌人
明治29年（1896年）4月8日 ～ 昭和50年（1975年）5月4日　生神奈川県小田原市　学早稲田大学英文科中退　歴早大時代、同人誌「金と銀」「象徴」などを主宰し、牧野信一とは終生の友。卒業後、読売新聞、朝日新聞の記者を経て歌舞伎座支配人となり、松竹系の役員を歴任。昭和24年郷里の小田原市長となり44年まで務めた。著書に訪米時の記録をまとめた「102回通信」のほか「私の人生劇場」などがある。

鈴木 鶉衣　すずき・じゅんい　俳人
明治23年（1890年）12月1日 ～ 昭和47年（1972年）4月5日　生千葉県　名本名＝鈴木醇一，別号＝鈴木梅谿，鈴木鶉衣子　学東京高等商業学

校卒　歴銀座天賞堂の経営にあずかる。昭和9年青木月斗に師事して「同人」に所属。戦後「同人」復刊に尽力し編集を担当。「月斗翁句抄」「時雨」「地表」「同人女流句集」の句集を編纂した。35年10月号より「同人」雑詠選者となる。句集に「遠花火」がある。

鈴木 昌平　すずき・しょうへい　俳人
昭和10年（1935年）8月2日 ～ 平成17年（2005年）7月11日　生沖縄県石垣市　歴昭和29年「椎の実」に加わり句作を始める。30年興味が現代詩に移り、「DON」「南方手帳」に詩を書きはじめる。42年再び句作を始め、「軸」「麦」に俳句と評論を発表。59年「椎の実」に復帰し、神尾季羊に師事。平成8年俳誌「交響」を創刊・主宰。句集に「くらやみ」「麦秋」「素顔」、評論に「古俳林私歩」「非在と非情と」「慈眼温心―ひむかの俳人 神尾季羊の世界」などがある。　賞軸作家賞, 椎の実作家賞, 全国俳誌協会評論賞

鈴木 助次郎　すずき・すけじろう　歌人
大正15年（1926年）12月7日 ～ 平成15年（2003年）12月8日　生東京都港区　学京都大学文学部〔昭和25年〕卒, 京都大学大学院〔昭和30年〕修士課程修了　歴昭和25年静岡県立島田高校教諭、28年大阪勝山高校教諭を経て、31年昭和女子大学文学部講師、45年助教授、50年教授を歴任。短歌は田中常憲、吉井勇に師事。著書に「駿河大納言」「青春」、歌集に「銀泥」などがある。

鈴木 詮子　すずき・せんし　俳人
大正13年（1924年）1月1日～平成9年（1997年）10月6日　生東京都足立区千住　名本名＝鈴木信一　学東京大学経済学部卒　歴昭和28年「雲母」に入会、石原八束に師事。36年「秋」創刊に編集同人として参加。のち、「秋」同人。句集に「鈴木詮子句集」「海の記憶」「玄猿」「当麻」「厳門」など。俳句の他、評論、小説も執筆。　賞現代俳句協会賞（第18回）〔昭和46年〕

鈴木 鷹夫　すずき・たかお　俳人
昭和3年（1928年）9月13日 ～ 平成25年（2013年）4月10日　生東京市浅草区（東京都台東区）　名本名＝鈴木昭介（すずき・しょうすけ）　学旧制商専卒　歴昭和23年から俳句を始め、29年「鶴」入会して石田波郷に師事。36年同人。波郷没後の46年、「沖」へ移って能村登四郎に師事した。47年同人。62年「門」を創刊・主宰。平成16年「千年」で俳人協会賞を受賞。他の句集に「渚通り」「大津絵」「春の門」「風の祭」などがある。　賞沖賞（第8回）〔昭和55年〕「渚通り」, 俳人協会賞（第44回）〔平成16年〕「千年」

鈴木 孝　すずき・たかし　詩人
昭和12年（1937年）1月26日 ～ 平成25年（2013年）8月22日　生愛知県高浜市　名本名＝鈴木孝（すずき・たかし）　学南山大学文学部仏文科〔昭和38年〕卒　歴名古屋造形芸術大学教授を務め、平成19年退職。南山大学仏文科在学中から、フランスの女流詩人ドニーズ・ジャレと文通を始める。ジャレの“存在感の問いかけ”に共鳴し、昭和36年に訳詩集「鳥籠」、58年に「私の野生の馬たちのために」を訳した「おおブル・ミッシュ・ウィーク・エンド」を出版。平成8年3冊目の訳詩集「悲しい朝」、9年「海の色彩」を出版。愛知県の一宮市立千秋中学校、一宮市立北方小学校、東浦町立石浜西小学校の校歌なども手がける。詩集に「まつわり」「nadaの乳房」「あるのうた」「泥の光」、他の訳にマリエラ・リギーニのエッセイ「あなたは男、私は女」（共訳）などがある。　賞中日詩賞（次賞, 昭和47年度）「あるのうた」, ポメリー中部文化賞（第2回）〔平成7年〕, 中部ペンクラブ文学賞特別賞〔平成12年〕「泥の光」, ユーロ・ポエジーコンクール奨励賞（Euro-Poésie concour prix d'encouragement, フランス）〔平成20年〕「Il ya là toi et moi comme non-être（おまえとぼくは非在としてそこにある）」, ユーロ・ポエジーコンクール栄誉賞（Euro-Poésie concour prix d'encouragement, フランス）〔平成23年〕「rouge neige（赤い雪）」

鐸木 孝　すずき・たかし　歌人
明治33年（1900年）2月20日 ～ 昭和42年（1967年）11月4日　生茨城県　名本名＝鈴木幸一　歴「心の花」に拠っていたが、大正13年「日光」に参加。北原白秋の門下生となり、昭和10年「多磨」の創刊に参加。歌集に「氷炎」「香神」や民謡集「影祭」などがある。

薄 多久雄　すすき・たくお　俳人
大正14年（1925年）1月27日 ～ 平成8年（1996年）10月23日　生岐阜県岐阜市今小町　名本名＝鈴木博信, 旧号＝鵜城　学立命館大学中退　歴昭和27年岐阜日日新聞社に入社。57年退社。一方、俳人としては17年「馬酔木」、23年「天狼」、33年「萬緑」に入会。36年「萬緑」同人。37年「日輪」を創刊・主宰。句集に「動輪」「追

憶」「愛別」「輪中」、句文集に「廃墟」、文集に「芭蕉ノート」など。 賞天狼賞(第1回)〔昭和25年〕, 岐阜県芸術文化奨励賞〔昭和55年〕, 岐阜県芸術文化顕彰〔平成1年〕 家妻＝鈴木飛鳥女(俳人)

鈴木 只夫　すずき・ただお　俳人
昭和7年(1932年)1月1日～平成22年(2010年)2月13日 生静岡県 名本名＝鈴木侃男(鈴木タダオ) 学富士宮北高卒 歴昭和29年高野寒甫により俳句を知る。30年石田波郷門に入る傍ら萩原麦草の指導を受ける。39年「鶴」同人。波郷没後、「泉」「畦」を経て、55年「林」創刊同人。のち「阿吽」所属。

鈴木 貞二　すずき・ていじ　俳人
大正5年(1916年)8月29日～平成6年(1994年)12月10日 生宮城県 学明治大学卒 歴昭和10年父綾園につき作句。上京後は松本たかしに師事。「蔵王」の編集長を務める傍ら、「ホトトギス」同人。宮城県ホトトギス会幹事長、宮城県芸術協会会員、宮城県俳句クラブ常任委員等を務める。句集に「まんさく」がある。

鈴木 亨　すずき・とおる　詩人
大正7年(1918年)9月29日～平成18年(2006年)12月9日 生神奈川県横浜市 学慶応義塾大学文学部国文学科〔昭和17年〕卒, 慶応義塾大学大学院文学研究科博士課程修了 歴明治大学教授を経て、跡見学園女子大学教授。のち宇都宮文星短期大学教授兼図書館長を務めた。詩人としては第一次「四季」に寄稿、編集も担当。昭和14年詩誌「山の樹」を創刊し主宰。平成2年より雑誌「木々」の編集に携わる。四季派学会代表理事。詩集に「鈴木亨詩集」「遊行」「歳月」、評論集に「少年聖歌隊」「夢想者の系譜」「火の家」など。 賞丸山薫賞(第5回)〔平成10年〕「火の家」

薄 敏男　すすき・としお　俳人
大正9年(1920年)3月1日～平成5年(1993年)5月16日 生旧朝鮮咸鏡南道 学関西大学商科卒 歴戦後教職に就き、中学校長を務める。昭和13年京大俳句に拠り井上白文地の指導を受け作句を始める。15年京大俳句弾圧事件後、「原始林」創刊編集。「琥珀」「多麻」「火山系」「芭蕉」同人を経て「裸足」編集、「運河」同人。56年太郎丸句会を創設、主宰。「白桃」「三角点」にも所属。56年俳人協会会員。句集に「黄貌」がある。

鈴木 敏子　すずき・としこ　俳人
大正4年(1915年)10月28日～昭和63年(1988年)5月15日 生福島県 学高小卒 歴昭和38年石川日出雄に師事。40年「かまつか」入会、55年同人。 賞かまつか新人賞〔昭和46年〕, かまつか同人賞〔昭和55年〕

鈴木 寿郎　すずき・としろう　詩人
昭和14年(1939年)～平成11年(1999年)12月7日 出岩手県一関市 名筆名＝賤上純(しずがみ・じゅん) 学日本社会事業大学専修科〔昭和44年〕卒, 早稲田大学中退 歴高校2年の時、村野四郎に見出され日報詩壇にデビュー。一方、同人詩誌「浪漫残党」を創刊。大学中退後、独学で建築士の資格を取得。昭和47年小児療育教育相談センター勤務。49年“土と愛子供の家保育所”を共同設立し、理事長兼園長に就任。54年辞任。詩集に「浪漫残党」がある。

鈴木 信夫　すずき・のぶお　詩人
昭和46年(1971年)1月16日～平成23年(2011年)5月2日 生兵庫県 出神奈川県横浜市 学和光大学経済学部〔平成5年〕卒 歴7歳の時に難病の筋ジストロフィーと診断される。中学から車椅子で生活し、大学では3年間で単位を取り終え、自活に向けてプログラミングなどの学校に通って在宅勤務の出来る企業に就職した。平成20年退職。また、11年より詩を作り始め、詩集に「マイナスからのスタート」「君にいい風吹きますように」「生命いっぱい—筋ジスと向き合って36年」などがある。 賞かなしん自費出版大賞(優秀賞, 第3回)〔平成21年〕「生命いっぱい—筋ジスと向き合って36年」

鈴木 白祇　すずき・はくぎ　俳人
大正3年(1914年)4月22日～平成9年(1997年)10月21日 生東京都 名本名＝鈴木正敏(すずき・まさとし) 学早稲田大学文学部国文学科卒 歴昭和9年飯田蛇笏に師事し、16年「雲母」同人。29～42年読売新聞城北俳壇選者。31年「雲海」を創刊し、平成9年まで主宰。句集に「雲海抄」「師を神と」などがある。 賞改造社俳句研究賞〔昭和13年, 15年〕

鈴木 初江　すずき・はつえ　詩人
明治43年(1912年)12月11日～平成14年(2002年)6月22日 生福島県福島市 学日本女子高等学院 歴出版社勤務を経て、戦後は昭和23年婦人民主クラブ事務局、27年日本合成化学労

働組合連合に勤務。一方、16年日本女詩人会結成に参加し、機関誌「女性詩」の編集に当たった。20年第一詩集「女身」を刊行。55年狛江詩の教室を主宰。56年稜線の会、57年戦争に反対する詩人の会を結成した。他の詩集に「わが愛の詩」「夜明けの青の空間に」「雪はわがうちに」などがある。

鈴木 春江　すずき・はるえ　歌人
大正11年（1922年）3月6日〜平成7年（1995年）3月16日　生東京都　歴12歳頃より短歌に馴染む。昭和24年生田蝶介に師事し、「吾妹」から28年「短歌人」に移り同人。33年「砂金」創刊に参加、幹部同人。後に編集長となり、平成6年主宰・渡辺於兎男の没後発行人を務めた。歌集に「歩まむ」「身めぐりのうた」などがある。

鈴木 半風子　すずき・はんぷうし　俳人
明治42年（1909年）4月15日〜平成14年（2002年）3月21日　生愛知県岡崎市　名本名＝鈴木七郎（すずき・しちろう）　学岡崎商卒　歴昭和16年東海銀行勤務の傍ら俳句を始める。野村泊月、岡田耿陽、松本たかし、橋本鶏二、高浜年尾、高浜虚子の指導を受ける。「年輪」創刊以来同人。随筆集「春花秋月」などがある。賞年輪松囃子賞〔昭和41年〕

鈴木 英夫　すずき・ひでお　歌人
明治45年（1912年）2月9日〜平成22年（2010年）10月18日　生神奈川県座間市　学千葉医科大学〔昭和11年〕卒　歴軍医大尉で復員。大学研究室に入り、昭和23年学位を得る。その後、沼津市立病院副院長を経て、24年開業。一方、在学中の7年より北原白秋に師事し、28年「コスモス」創刊に発起人として参加。神奈川県歌人会会長も務めた。歌集に「おりえんたりか」「えとるりあ」「忍冬文」「壁画」「寂寥の苔」「古代楽園」、著書に「趙君瑛の日記」「絹の街道」「北原白秋の思想」「稲の道・歌の道」「狛犬のきた道」などがある。賞日本歌人クラブ賞（第5回）〔昭和53年〕「忍冬文」，短歌研究賞（第24回）〔昭和63年〕「柊二よ」

鈴木 豹軒　すずき・ひょうけん　漢詩人　歌人
明治11年（1878年）1月18日〜昭和38年（1963年）1月20日　生新潟県西蒲原郡粟生津村（燕市）　名本名＝鈴木虎雄（すずき・とらお），別号＝鈴木葯房（すずき・やくぼう）　学東京帝国大学文科大学漢文科〔明治33年〕卒　資帝国学士院会員〔昭和14年〕　歴幼少から漢詩、漢文を学び、東京で根岸短歌会に参加。早大講師から明治36年台湾日日新聞社に赴き、38年東京に戻り東京高師講師、教授を経て、41年京大助教授、大正8年教授となり、昭和13年名誉教授。中国文学者として活躍し、学位論文「支那詩論史」をはじめ「支那文学研究」「陶淵明詩解」など多くの著書がある。数千首にのぼる漢詩は「豹軒詩鈔」「豹軒退休集」に収められ、和歌集には「葯房主人歌草」がある。　勲文化勲章〔昭和36年〕　賞文化功労者〔昭和23年〕　家岳父＝陸羯南（ジャーナリスト・評論家）

鈴木 敏幸　すずき・びんこう　詩人
昭和17年（1942年）6月26日〜平成23年（2011年）3月5日　生愛媛県伊予三島市（四国中央市）　名本名＝鈴木敏幸（すずき・としゆき）　学立正大学大学院修士課程修了　歴詩誌「倭寇」主宰。詩集に「拾芥詩集」「僕の好きな酒と女そして挽歌」、評論に「修善寺以後の漱石」「憂愁の十二の詩人」、共著に「漱石研究のある空白部」などがある。

鈴木 富来　すずき・ふらい　俳人
明治33年（1900年）1月15日〜昭和60年（1985年）12月13日　生千葉県　名本名＝鈴木富来（すずき・とみき）　学内務省警察講習所本科卒　歴昭和3年「ちまき」主宰川村柳月の門に入る。5年「ちまき」同人。12年中支へ渡り、17年南方戦線へ従軍。57年「河」同人。　賞ちまき賞

鈴木 丙午郎　すずき・へいごろう　川柳作家
明治39年（1906年）〜平成9年（1997年）5月11日　生北海道札幌市　名本名＝鈴木景三　歴昭和28年川柳結社・大阪番傘川柳本社の同人となり、35年呉市に呉川柳会を創設し、会誌「呉柳」を発行。42年呉番傘川柳会を結成し、会長。48年中国柳壇の選者となり、平成8年まで担当した。

スズキ・ヘキ　詩人
明治32年（1899年）7月3日〜昭和48年（1973年）7月23日　生宮城県仙台市　名本名＝鈴木栄吉，旧筆名＝錫木碧　学高小卒　歴宮城農工銀行、保険会社などに勤務しながら、童謡を執筆。大正10年天江富弥と共におてんとさん社を設立、同年〜11年童謡専門誌「おてんとさん」を刊行。12年仙台児童倶楽部を発足し、方言を

生かした素朴な表現を追求した。昭和2年頃からはカタカナ詩を作る。50年「スズキヘキ＝童謡集」が出版された。 家弟＝鈴木幸四郎（児童文化研究家）

鈴木 芳如　すずき・ほうじょ　俳人
明治17年（1884年）6月16日～昭和47年（1972年）11月15日 生東京府麴町区（東京都千代田区） 名本名＝鈴木よ志，旧姓・旧名＝俵よ志，別号＝鈴木よし女 歴神田小川町の鈴木写真館の息子と結婚。しかし夫の事業失敗により自ら文具商を始め、今日の文具店オカモトヤを築く。俳句を始めたのは昭和8年50歳から。初め竹原泉園の指導を受け、原石鼎に師事して「鹿火屋」に加わる。18年大磯町鴫立庵第18世庵主となり、戦後22年「こよろぎ」を創刊、門下の育成にあたる。37年鴫立庵を山路閑古に譲り、47年350号を以て「こよろぎ」を廃刊。自伝に「あの頃」、文集に「串柿」「子露柿」があり没後句文集「さゝら波」2冊、「芳如家集」が刊行された。

鈴木 凡哉　すずき・ぼんさい　俳人
大正3年（1914年）1月2日～昭和61年（1986年）6月30日 生東京都中央区日本橋 名本名＝鈴木一郎 学横浜専門学校中退 歴大正14年頃より原田凡午に師事し、俳句を始める。「獺祭」「あざみ」「薔薇」「俳句ポエム」同人を経て、「感動律」同人。句集に「水中花」「青鴉」など。 賞俳句ポエム賞（第3回）〔昭和55年〕

鈴木 正和　すずき・まさかず　詩人
昭和6年（1931年）10月15日～平成9年（1997年）11月8日 生千葉県 学明治学院大学文学部英文科卒 歴詩集に「卦など五十二篇」「呪標を失ったTという小村」など。

鈴木 真砂女　すずき・まさじょ　俳人
明治39年（1906年）11月24日～平成15年（2003年）3月14日 生千葉県鴨川市 名本名＝鈴木まさ 学日本女子商〔大正13年〕卒 歴鴨川市の旅館・吉田屋の三女として生まれる。東京・日本橋の雑貨問屋に嫁ぎ、一人娘（女優の本山可久子）を授かるが、夫が借金のため失跡。昭和10年姉・梨雨女の急逝により義兄と再婚して生家を継ぐ。やがて、客として訪れた7歳下の海軍将校と運命的な出会いをし、離婚して上京。32年銀座に小料理屋・卯波を開店、俳人や作家、実業家らが集い、名物女将として店を切り盛りした。俳句は、11年大場白水郎の手ほどきを受け、「春蘭」に投稿。23年から「春燈」に所属、久保田万太郎に師事。没後、安住敦の薫陶を受けた。平成11年史上最高齢の92歳で蛇笏賞を受賞して注目を集めた。自らの人生や日常の風景を技巧を凝らさずに素直に詠む作風で知られた。句集に「生簀籠」「卯浪」「夏帯」「夕螢」「都鳥」「紫木蓮」、著書に「銀座に生きる」「銀座・女将のグルメ歳時記」など。波乱の人生は瀬戸内寂聴の小説「いよよ華やぐ」などのモデルとなった。また、生家の鴨川市グランドホテル内に遺品などを展示した、俳人 鈴木真砂女 ミュージアムがある。 賞俳人協会賞（第16回）〔昭和51年〕「夕螢」，読売文学賞（詩歌俳句賞，第46回，平成6年度）〔平成7年〕「都鳥」，蛇笏賞（第33回）〔平成11年〕「紫木蓮」 家長女＝本山可久子（女優）

鈴木 勝　すずき・まさる　詩人
明治38年（1905年）6月28日～平成12年（2000年）8月25日 生千葉県山武郡豊成村二又（東金市） 学山武農卒 歴昭和8年千葉県豊成村議となり千葉農民自治連盟を結成。15年解散し、翼賛壮年団長。29年市政施行に伴い東金市助役に就任。34年より千葉県議に6選、議長、副議長も務めた。48年東金市史編纂委員長。また、早くから詩作をし、4年千葉詩人会を結成、全国農民芸術連盟にも参加。「地上楽園」「潤葉樹」を経て、「詩と民謡」「告天子」などに関わる。のち「ふるさと詩人」を主宰。詩集に「平らな頂上」「余生にあらず」など。他に伝記「関寛斎の人間像」「県議十年」「街道往来」などがある。

鈴木 六林男　すずき・むりお　俳人
大正8年（1919年）9月28日～平成16年（2004年）12月12日 生大阪府泉北郡山滝村（岸和田市） 名本名＝鈴木次郎（すずき・じろう） 学山口高商〔昭和20年〕中退 歴昭和11年「串柿」に投句。やがて新興俳句運動の拠点であった「京大俳句」「自鳴鐘」に投句。15年学徒兵として出征、中国、フィリピンを転戦し、17年フィリピンのバターン半島で戦傷を負う。復員後の21年「青天」を創刊、23年山口誓子を代表に迎えて「天狼」と改題。また西東三鬼指導の「雷光」創刊に参加、編集を担当。26年「梟」、27年「夜盗派」を創刊。28年「風」、30年「天狼」同人。34年「頂点」を創刊、代表同人。46年「花曜」を創刊・主宰。無季俳句を積極的に取り入れ、1950年代に盛んだった社会性俳句の代表的作家として活躍、戦争体験を通して鋭い視点で社会を洞察した俳句世界を構築した。32年には大作「吹田操車場」で現代俳句協会賞を受賞。55年三鬼が新興俳句運動弾圧事件で仲間を特高警察に売り渡したスパイとして描かれた小説に対し異議を唱え、出版社と著者を相手取り謝罪広告掲載などを求めて提訴。58年勝訴した。58年大阪芸術大学助教授、59年教授。句集に「荒天」「谷間の旗」「第三突堤」「桜島」「悪霊」「雨の時代」「1999年9月」などがある。 [勲]勲四等瑞宝章〔平成13年〕 [賞]現代俳句協会賞〔昭和32年〕「吹田操車場」60句, 大阪府文化芸術功労賞〔昭和57年〕, 蛇笏賞(第29回)〔平成7年〕「雨の時代」, 現代俳句大賞(第2回)〔平成14年〕

鈴木 無肋　すずき・むろく　俳人

大正5年(1916年)7月1日～平成3年(1991年)2月7日 [生]香川県仲多度郡仲南町 [名]本名＝鈴木義照 [学]香川青年学校教員養成所卒 [歴]昭和19年作句を始める。31年「若葉」入門、専ら富安風生に師事。33年より「岬」にも投句、勝又一透の指導をける。39年「若葉」、46年「岬」同人。句集に「申々帖」。 [賞]岬賞〔昭和35年〕

鈴木 保彦　すずき・やすひこ　俳人

大正8年(1919年)11月21日～平成26年(2014年)4月6日 [生]静岡県磐田郡水窪町(浜松市) [学]青山学院英文科〔昭和16年〕卒, 北海道大学文学部〔昭和27年〕卒 [歴]昭和16～21年情報将校として南方各地を転戦。21～24年浜松一中教諭、27年浜松北高教諭を経て、38年静岡大学講師、40年助教授、42年静岡女子短期大学助教授、46年教授。60～63年常葉学園大学教授。また、俳句は11年原田浜人に師事。復員後、「みづうみ」に入会、43年大橋葉蘭に師事。46年「みづうみ」同人。63年～平成3年同誌を主宰した。著書に「大正琴」「山わらべ」などがある。[家]長男＝鈴木国文(名古屋大学教授)

鈴木 ゆき子　すずき・ゆきこ　俳人

大正14年(1925年)～平成15年(2003年)8月15日 [生]北海道 [名]本名＝鈴木幸子 [歴]昭和57年「風土」入会。62年同人。平成5年俳人協会会員。 [賞]風土新人賞〔昭和62年〕, 桂郎賞(俳句部門佳作)〔昭和62年・63年・平成7年・9年・12年〕, 風土賞〔平成8年〕

鈴木 ゆりほ　すずき・ゆりほ　俳人

明治43年(1910年)2月10日～平成6年(1994年)3月13日 [生]愛知県碧南郡 [名]本名＝鈴木文雄 [学]高小卒 [歴]大正14年頃作句始める。永井賓水主幹の「アヲミ」に投句。昭和23年皆吉爽雨の「雪解」に入門指導を受け、のち「雪解」同人となる。句集「南縁」「東屋敷」がある。

鈴木 柳太郎　すずき・りゅうたろう

川柳作家

昭和10年(1935年)11月19日～平成15年(2003年)12月24日 [出]東京都 [名]本名＝鈴木隆太郎(すずき・りゅうたろう) [歴]昭和53年川柳きやり吟社社人。平成4年神奈川県川柳協会設立に参画、事務局長を務め、14年会長。全日本川柳協会常任幹事も務めた。句集に「流れI」がある。 [賞]全日本川柳大会文部大臣奨励賞〔昭和60年〕, 川柳文化賞(平成11年度)

鈴間 斗史　すずま・とし　俳人

大正4年(1915年)9月28日～平成12年(2000年)8月3日 [生]鳥取県西伯郡 [名]本名＝鈴間敏久 [学]逓信講習所卒 [歴]昭和12年岸風三楼の勧誘により大阪逓信局柊句会に入会、富安風生、田村木国の指導を受ける。同年「若葉」入門、24年同人。23年「山茶花」同人。63年奈良俳句協会会長。句集に「養花天」「緑蔭」「曼珠沙華」など。

進 一男　すすむ・かずお　詩人

大正15年(1926年)3月27日～平成27年(2015年)1月22日 [生]鹿児島県 [学]明治大学卒 [歴]昭和29年第一詩集「危機の時代」を刊行。41年奄美で唯一の詩誌「地点」を創刊、40年近くに渡って奄美に根ざした多くの詩人を輩出。50号で同人誌形式を終了し、個人誌として発行を続けた。平成元年「童女記」で山之口貘賞を受賞。17年「地点」を70号で終刊した。他の詩集に「日常の眼」「私の内なる島へ」「ジーザス彷徨」などがある。 [賞]南日本文学賞(第10回)〔昭和57年〕「日常の眼」, 山之口貘賞(第12回)〔平成1年〕「童女記」

須知 立子　すち・りつこ　俳人

大正5年(1916年)10月28日～平成11年(1999年)7月14日 [生]愛知県 [学]帝国女子医専卒 [歴]昭和45年林徹に作句の手ほどきを受け、「風」入会。51年同人。 [賞]風賞〔昭和55年〕

須藤 徹　すどう・とおる　俳人

昭和21年(1946年)10月1日～平成25年(2013年)6月29日 [生]東京都 [学]上智大学ドイツ哲学科卒 [歴]昭和48年「れもん」主宰の多田裕

計、58年「地表」主宰の小川双々子に師事。平成16年「ぶるうまりん」を創刊。「地表」「豈」同人。句集に「宙の家」「幻奏録」「荒野抄」がある。 賞現代俳句協会賞(第52回)〔平成10年〕

砂井 斗志男　すない・としお　俳人
昭和6年(1931年)3月6日～平成24年(2012年)3月14日　生香川県大川郡長尾町(さぬき市)　名本名＝砂井敏夫(すない・としお)　学大川中〔昭和24年〕卒　歴昭和35年俳句を知る。37年「萬緑」に入会、43年同人。句作の傍ら、種田山頭火の研究に取り組み、香川県内各地に顕彰の句碑を建立した。句集に「蛍籠」などがある。 賞萬緑新人賞〔昭和42年〕

砂長 かほる　すなが・かおる　俳人
大正3年(1914年)2月16日～昭和58年(1983年)2月18日　生群馬県群馬郡群馬町国府　名本名＝砂長薫　学前橋商卒　歴明治製糖、明治製菓に勤務し、昭和44年定年退職。一方、21年「ホトトギス」同人の林周平に手ほどきを受け、高浜年尾に師事。29年「ホトトギス」同人。47年「福寿草」を創刊・主宰した。

須永 義夫　すなが・よしお　歌人
大正3年(1914年)1月5日～平成11年(1999年)2月22日　生群馬県佐波郡境町　学高小卒　歴昭和14年「ポトナム」入会、頴田島一二郎、福田栄一に師事。17年内藤鋠策の第三次「抒情詩」復刊に参加。18年「和歌文学」に参加、同年海軍に応召。31年1月「短歌文学」創刊、発行責任者となり、平成10年まで主宰した。歌集に「山上集」「一枚の榛」「東方の人」「栴の木の下に」、他に「土屋文明の植物歌」などがある。 賞高橋亀吉文化賞(第21回)〔平成5年〕，群馬県教育文化功労賞〔平成6年〕

砂川 長城子　すながわ・ちょうじょうし　俳人
明治35年(1902年)10月22日～昭和61年(1986年)6月5日　生高知県高知市大川筋　名本名＝砂川万里，旧号＝砂川沙汀　学東京帝国大学卒　歴戦後浅野物産、日本可鍛鋳鉄を経て、昭和35年より砂川事務所を経営。また「海流」「新暦」同人の俳人としても活躍した。著書に「新島襄 本田庸一/日本の代表的キリスト者〈1〉」「海老名弾正 植村正久/同〈2〉」「内村鑑三 新渡戸稲造/同〈3〉」がある。

砂見 爽　すなみ・あきら　詩人　歌人
明治44年(1911年)11月17日～平成5年(1993年)1月28日　生旧満州大連　名本名＝藤飯強　学早稲田大学法学部卒　歴昭和2年少年雑誌で若山牧水の選を受けたのをきっかけに本格的に作歌を始め、5年「新緑」に入会して鳴海要吉に師事。のち「新短歌」「芸術と自由」に所属。歌集に「街の印象」「指向」「希求」「孤愁」「想望」、詩集に「未踏の誘い」「砂塵」などがある。

角南 星燈　すなみ・せいとう　俳人
大正14年(1925年)11月9日～平成6年(1994年)10月29日　生岡山県　名本名＝角南英四郎　学岡山東商卒　歴岡山県庁を退職。昭和22年「馬酔木」に所属。35年原柯城主宰「風雪」創刊に参画し、同人。42年角川源義主宰「河」に所属。45年同人。54年進藤一考主宰「人」創刊により同人。54年岡山県俳人協会設立に参画し、常任幹事。句集に「友情」「満願」。

須磨 直俊　すま・なおとし　俳人
大正15年(1926年)1月1日～平成7年(1995年)12月4日　生広島県　学大田師範講習科修了　歴昭和39年「かつらぎ」に投句、阿波野青畝に師事する。46年「かつらぎ」500号記念論文「現代性をさぐる」入選する。48年「かつらぎ」同人。61年「ひいらぎ」に参加。句集に「牡蠣の海」がある。

角 鷗東　すみ・おうとう　歌人
明治15年(1882年)6月29日～昭和40年(1965年)4月10日　生三重県鳥羽町　名本名＝角利一(すみ・りいち)　歴明治44年竹柏会に入会。太平洋戦争中から戦後の約7年間を、主要同人として「心の花」の編集を担当する。大正15年から昭和14年まで「青玉」を個人雑誌として刊行。また「かもめ通信」をも主宰する。歌集に大正13年刊行の「いしずゑ」がある。

角 直指　すみ・じきし　俳人
大正6年(1917年)1月28日～平成20年(2008年)10月7日　出福岡県大牟田市　名本名＝角利男(すみ・としお)　学三池中〔昭和10年〕卒，大日本武徳会武道専門学校柔道科〔昭和15年〕卒　歴昭和11年「京鹿子」主宰の鈴鹿野風呂に師事。32年同人。また、24年「菜殻火」主宰の野見山朱鳥にも師事して30年同人。この間、29年「銀」の創刊に際して編集を手がけ、31年主宰を継承。平成20年「銀」を終刊。句集に「石人」「石馬」「一兎得ず」がある。

角 青果　すみ・せいか　俳人
明治28年(1895年)8月21日～昭和55年(1980年)1月3日　生福岡県浮羽郡吉井町　名本名＝角暢　歴大正11年「ホトトギス」に初入選。高浜虚子に師事し、24年「ホトトギス」同人。俳誌「さわらび」の雑詠選者を務める。句集に「杏子」、句文集に「那の津」がある。

住田 栄次郎　すみだ・えいじろう　俳人
大正12年(1923年)1月26日～平成10年(1998年)9月18日　生大阪府大阪市　学神戸高工卒　歴東畑建築事務所に勤務。一方、昭和40年から作句。44年「鶴」に入会、47年同人。平成8年退会し、9年今井杏太郎主宰「魚座」が創刊と同時に同人。句集に「帰路」がある。　賞魚座賞(第1回)〔平成10年〕

角田 拾翠　すみた・じゅうすい　俳人
明治42年(1909年)6月15日～平成4年(1992年)12月28日　生大阪府枚方市　名本名＝角田吾一(すみた・ごいち)　学天王寺師範卒　歴昭和8年融通念仏宗長泉寺住職。6年皆吉爽雨に師事し、21年「雪解」創刊と同時に編集同人。43年「いてふ」を創刊し主宰。句集に「淡菜」「上弦」「喫泉」。　賞雪解賞〔昭和47年〕

隅田 葉吉　すみだ・ようきち　歌人
明治31年(1898年)7月24日～昭和39年(1964年)1月9日　生兵庫県神戸市　学攻玉社工業卒　歴東京市土木局に勤務するかたわら、大正8年窪田空穂に師事し、9年国民文学に入会する。昭和18年歌集「野鳥詠草」を刊行。没後の44年「隅田葉吉歌集」が刊行された。

住宅 顕信　すみたく・けんしん　俳人
昭和36年(1961年)3月21日～昭和62年(1987年)2月7日　生岡山県岡山市　名本名＝住宅春美　学岡山市立石井中卒　歴調理師学校卒業後、岡山市内の飲食店店員などの勤めを経て、昭和54年岡山市役所に業務員として勤務。傍ら仏教書に親しみ、通信教育を受け、58年京都西本願寺で出家得度。59年2月急性骨髄性白血病のため入院。病室で句作を始め、同年10月自由律俳誌「層雲」に入門、投句を始めた。60年処女句集「試作帳」を発表。61年藤本一幸の「海市」に参加、その編集同人として活躍した。62年病没。死後、第二句集「未完成」が刊行され、岡山市内でベストセラーとなった。平成14年精神科医の香山リカらによって再評価され、「住宅顕信読本」や版画句集「ずぶぬれて犬ころ」などが刊行された。

純多摩 良樹　すみたま・よしき　歌人
昭和18年(1943年)8月10日～昭和50年(1975年)12月5日　生山形県　名本名＝若松善紀　歴幼い頃に父が戦死。昭和43年失恋の痛手から横須賀線電車爆破事件を起こし、50年東京拘置所で刑死。一方、獄中で短歌を始め、キリスト教にも入信し、純多摩良樹の名で父母への思いや罪への意識などを詠み続ける。46年短歌結社「潮音」に参加、同誌の推薦歌の欄に作品も掲載された。作家・加家乙彦とも交流し、小説「宣告」のモデルになる。平成7年死の直前加賀のもとに送られた歌稿をもとに、死後20年ぶりに遺歌集「死に至る罪」が出版された。

住友 吉左衛門(16代目)　すみとも・きちざえもん
⇒泉 幸吉(いずみ・こうきち)を見よ

住吉 青秋　すみよし・せいしゅう　俳人
明治43年(1910年)9月22日～昭和63年(1988年)4月9日　生長野県木曽郡　名本名＝住吉一(すみよし・はじめ)　学岐阜県立中津商業卒　歴昭和21年作句を始め、皆吉爽雨に師事、「雪解」入門。38年「雪解」、44年「いてふ」、45年「うまや」同人。句集に「大桑」。　賞いてふ賞〔昭和46年〕

駿河 白灯　するが・はくとう　俳人
昭和2年(1927年)2月14日～平成12年(2000年)4月21日　生京都府福知山市　名本名＝駿河武(するが・たけし)　学岐阜農専卒　歴京都府に入庁。職員、所長、団体役員などを務めた。一方、昭和27年「山茶花」所属。30年丸山海道に師事。49年「京鹿子」同人。京都俳句作家協会会員。丹波京鹿子事務局担当。福知山市俳句連盟理事。句集に「耕暦」がある。

諏訪 優　すわ・ゆう　詩人
昭和4年(1929年)4月29日～平成4年(1992年)12月26日　生東京都練馬区　学明治大学文芸科卒　歴在学中、吉本隆明らと詩誌「聖家族」を創刊。のち「VOU」「オルフェ」同人。1960年代に入って、米国のビート文学の紹介者として活動し、新世代の詩人に多大の影響を与えた。詩集に「YORUを待つ」「精霊の森」「田端事情」「谷中草紙」「諏訪優詩集」、評論集に「ビート・ジェネレーション」、小説「猫もまた夢をみる」など。また、ジャズやロックの評論も雑誌に執筆した。

【せ】

瀬川 芹子　せがわ・きんし　俳人
昭和3年（1928年）4月18日 ～ 平成16年（2004年）11月21日　生滋賀県　名本名＝瀬川欣一（せがわ・きんいち）　学水口中卒　歴昭和27年から日野町役場に勤務。日野町教育委員会教育長、滋賀会館文化サロン室長などを務め、昭和63年～平成3年滋賀文化体育振興事業団発行の文化誌「湖国と文化」編集長。俳誌「雪解」「銀杏」「懸巣」同人。文学同人誌「滋賀作家」代表編集人。郷土史家として蒲生氏郷や日野商人などを研究した。著書に「蒲生家盛衰録」「ある被差別部落の五百年」「ふるさとの昔話」、共著に「蒲生氏郷のすべて」などがある。　賞滋賀県文化功労賞（平成13年度）

関 圭草　せき・けいそう　俳人
明治17年（1884年）1月3日 ～ 昭和38年（1963年）5月2日　生奈良県山辺郡丹波市町（天理市）　出奈良県　名本名＝関桂三（せき・けいぞう），旧姓・旧名＝森田　学東京帝国大学法科大学独法科〔明治41年〕卒　歴大阪紡績に入社し、常務、専務、副社長を歴任し、昭和18年退社。戦時中は繊維統制会会長を務め、戦後25年東洋紡績に復帰し、会長。32年相談役となる。俳人としても知られ、5年より高浜虚子に師事し、9年「ホトトギス」同人となる。同年俳誌「桐の葉」を創刊、のち主宰し、句集に「春日野」がある。

瀬木 慎一　せぎ・しんいち　詩人
昭和6年（1931年）1月6日～平成23年（2011年）3月15日　生東京都　学中央大学法学部中退　歴戦後、岡本太郎や花田清輝らの前衛芸術運動・夜の会に参加。昭和28年美術評論家となり、32年以降は国際会議や国際展の審査に参加。公私の美術館の運営にも携わった。49年から総合美術研究所を主宰。多摩美術大学、慶応義塾大学、東京芸術大学講師や、テレビ東京系のバラエティ番組「開運！ なんでも鑑定団」の鑑定士も務めた。主著に「写楽実像」「日本美術の流出」「東京美術市場史」「美術経済白書」「様式の喪失」「アヴァンギャルド芸術」「西洋名画の値段」「日本の前衛」「日本美術事件簿」「日本美術読みとき事典」「西洋美術事件簿」「日本美術の社会史」「国際/日本美術市場総観」など。また、詩集「夜から夜へ」「子供の情景」「愁」がある。

関 水華　せき・すいか　川柳作家
大正2年（1913年）10月12日 ～ 平成15年（2003年）6月8日　出山梨県東山梨郡　名本名＝関晶（せき・あきら）　学日本大学高等師範部卒　歴神奈川県職員として主に教育畑を歩き、金沢文庫長を最後に定年退職。社会派の硬質な川柳で知られ、「路」吟社を主宰した。川柳の地位向上に力を注ぎ、教科書に現代川柳を載せる運動などを行った。句集に「0の発見」「映画抄」、他の著書に「視聴覚ライブラリー」「川柳レベルアップ」などがある。

関 登久也　せき・とくや　歌人
明治32年（1899年）3月28日 ～昭和32年（1957年）2月15日　生岩手県花巻町　名本名＝関徳弥　歴大正8年尾山篤二郎に師事する。また、早くから宮沢賢治と親交を結ぶ。「歌と随筆」「農民芸術」などを創刊し、著書に歌集「寒峡」「観菩提」や随筆集「北国小記」、伝記「宮沢賢治素描」「賢治随筆聞」などがある。

関 久子　せき・ひさこ　歌人
明治34年（1901年）～平成8年（1996年）9月18日　生和歌山県御坊町（御坊市）　名本名＝尾崎くに　学小卒　歴大正8～10年母校で教鞭をとり、このころマルクス主義・新カント派哲学に出会う。のち神戸の児童相談所に勤め、11年同所の医師と結婚。婦人公論グループの活動を通しプロレタリア文化運動に投じた。戦後は大阪婦人民主クラブを結成、豊中で学習塾を開く傍ら各地で反安保、反核、反原発、基地反対闘争に携わる。歌集に「艸炎」「裸木」、ほかの著書に「身近な薬草12カ月」などがある。

関 みさを　せき・みさお　歌人
明治26年（1893年）3月1日 ～ 昭和48年（1973年）2月10日　生山形県上山市　学東京女高師卒　歴東京女子高等師範学校卒業後は東京府立第一女学校教諭を務める。日本の古典文学を専門とし、中でも「万葉集」「源氏物語」「枕草子」に通暁。また、歌人としても活躍し、「関みさを歌集」「五月野」などの歌集があるほか、明治大正期の女流歌人与謝野晶子の研究でも知られる。著書は他に「源氏物語女性考」「源氏物語の精神史的研究」などがある。　家父＝関

時発（教育者），夫＝関泰祐（ドイツ文学者）

関川 喜八郎　せきがわ・きはちろう　歌人
昭和7年（1932年）11月14日～平成19年（2007年）5月4日　生長野県長野市　学長野高〔昭和26年〕卒　歴農業の傍ら郷土史研究や短歌に親しみ、全国でも珍しい新聞歌壇の投稿者の会・信毎歌壇愛好会の設立に尽力し、昭和60年～平成16年初代会長を務めた。

関川 竹四　せきかわ・たけし　俳人
大正14年（1925年）1月20日～平成15年（2003年）6月21日　生青森県　名本名＝関川竹三　学京北実業学校卒　歴昭和42年木附沢麦青に俳句の手ほどきを受ける。44年「浜」入会、大野林火に師事。52年「浜」同人。59年「青嶺」創刊に参加、同人。平成2年八戸俳諧倶楽部会長。句集に「青やませ」「北辺」がある。　賞八戸市文化賞〔昭和57年〕

関口 火竿　せきぐち・かかん　俳人
明治44年（1911年）8月1日～昭和61年（1986年）4月14日　生埼玉県深谷町田所町（深谷市）名本名＝関口久雄　学埼玉県立商業学校卒　歴陸軍造兵廠火工廠に勤めていた昭和10年頃より俳句を作り始め、のち「樹氷」「鶴」を経て「鳴」編集同人。自らも42年9月～61年2月まで「木の芽」を主宰した。句集に「螺旋」、編著に「鈴木多代句集」など。　賞寒麦賞（第2回）〔昭和58年〕

関口 青稲　せきぐち・せいとう　俳人
昭和2年（1927年）6月26日～平成23年（2011年）1月6日　生新潟県　名本名＝関口昭二（せきぐち・しょうじ）　学水原青年学校本科卒　歴父・宝稲の感化を享け、昭和20年頃より句作。36年「日報俳檀」に投句。加藤楸邨、細見綾子の選を受ける。46年「花守」、47年「凧」に入会。志城柏、沢木欣一に師事。他に「万象」同人。新聞社に勤務した。　賞花守賞〔昭和52年〕

関口 比良男　せきぐち・ひらお　俳人
明治41年（1908年）12月15日～平成10年（1998年）11月17日　生埼玉県浦和市　名本名＝関口貞雄，旧号＝関口桜士　学国学院大学高師〔昭和6年〕卒　歴中学校長、女子高校長などを歴任し、昭和44年定年退職。2年上林白草居に師事して「草」に投句。16年「花野」を創刊、21年「俳句建設」と改題、さらに23年浦和市に移り「紫」と再改題。一方、28年より「薔薇」「俳句評論」同人。ほかに「八幡船」同人。句集に「冬紅葉」「湖畔」「芍薬」「梅ひらく」「風雅祭」「愛染」「関口比良男句集」「婆娑羅」「蓬萊」、文集に「現代俳句、このXなるもの」「現代俳句必携」などがある。

関戸 靖子　せきど・やすこ　俳人
昭和6年（1931年）3月29日～平成21年（2009年）8月17日　生滋賀県長浜市　名旧姓・旧名＝野口　学長浜高女卒　歴昭和23年「新樹」に入会、坂本春甕、下村槐太の手ほどきを受ける。28年「鶴」に入会、石田波郷に師事。43年同人。49年「泉」に同人参加。59年民井とほるの死去により「七種」主宰を継承。平成7年「聲」を創刊・主宰し、9年「七種」を「聲」に統合した。句集に「湖北」「結葉」「春の舟」「紺」などがある。　賞鶴風切賞〔昭和46年〕，泉飛石賞（第1回）〔昭和61年〕

関根 黄鶴亭　せきね・こうかくてい　俳人　詩人
大正3年（1914年）5月9日～平成13年（2001年）4月28日　生東京都　名本名＝関根芳男，別名＝関根九雀　学東京府立高等工芸本科〔昭和8年〕卒　歴昭和19年関根興機創立。のち電子工起社長を経て、関根工起社長となる。著書に、詩集「雨のやうに寂しい瞳の鳶」「寂しい猫」、「関根黄鶴亭句集」（全3巻）、歌曲集「榛名やま唄」など。

関根 弘　せきね・ひろし　詩人
大正9年（1920年）1月31日～平成6年（1994年）8月3日　生東京市浅草区（東京都台東区）　学向島区第二寺島小〔昭和7年〕卒　歴メリヤス工場の工員、業界紙記者などを務める一方、戦前から詩作を開始。戦後の芸術・文化綜合運動の拠点である「綜合文化」の編集の傍ら、アヴァンギャルド芸術運動の母胎となった「夜の会」に参加。また詩運動「列島」「現代詩」のリーダーとしても活躍し、プロレタリア詩と前衛的芸術の統一を主張した。作家・野間宏との“狼論争”では戦前のプロレタリア詩批判を含め、パターン化された抵抗詩を批判。昭和58年腹部大動脈瘤が破裂し、以降人工透析を受けながら詩作を続けた。詩集に「絵の宿題」「死んだ鼠」「約束したひと」「阿部定」「関根弘詩集」、評論に「狼が来た」「戯話、乱世のヒーロー」「水先案内人の眼」などがあるほか、多くのルポルタージュ作品も残した。

関根 牧草　せきね・ぼくそう　俳人
明治45年（1912年）7月27日 ～ 平成2年（1990年）8月24日　生神奈川県　名本名＝関根正三（せきね・しょうぞう）　学県立厚木高校卒　歴昭和28年職場句会より出発し、34年「氷海」入門、秋元不死男の指導を受ける。41年「氷海」同人。「氷海」廃刊に伴い、53年「狩」に同人参加。　賞氷海賞〔昭和41年〕

関谷 忠雄　せきや・ただお　俳人　詩人
明治42年（1909年）3月19日 ～ 平成4年（1992年）6月22日　生東京都千駄谷　学明治大学卒　歴昭和41年作句を始め、43～44年「曲水」編集同人。のち「鹿火屋」「麻」同人。句集に「龍骨」「白孔雀」「童子仏」「青鷹」、詩集に「経歴」「鯱」「花意無情」など。また、「日本酒樽変遷史」「日本兵食史考」の著書もある。

瀬在 苹果　せざい・へいか　俳人
大正4年（1915年）8月21日 ～ 平成16年（2004年）10月1日　生長野県　名本名＝瀬在光義（せざい・みつよし）　学実業補習学校卒　歴昭和19年長野県に疎開中だった高浜虚子に師事。「ホトトギス」「花鳥」「桑海」同人。句集に「青篝」「小春日」。

瀬底 月城　せそこ・げつじょう　俳人
大正10年（1921年）6月30日 ～ 平成20年（2008年）8月21日　生沖縄県島尻郡佐敷町（南城市）　名本名＝瀬底正俊（せそこ・せいしゅん）　学大阪歯科医学専門学校卒　歴瀬底歯科医院を開業。一方、昭和35年「若葉」に投句。37年「河」に入会、角川源義に師事し、43年同人。また、40年「砂丘」入会、44年同人。54年進藤一考主宰の「人」に参加、同誌「当月集」同人。沖縄県俳句協会の初代会長も務めた。句集に「若夏」。　賞砂丘賞〔昭和45年〕，沖縄タイムス芸術選賞大賞

摂津 幸彦　せっつ・ゆきひこ　俳人
昭和22年（1947年）1月28日 ～ 平成8年（1996年）10月13日　生兵庫県養父郡八鹿町（養父市）　学関西学院大学卒　歴母は俳人の摂津よしこ。昭和43年伊丹啓子と「あばんせ」を創刊。44年坪内稔典らと「日時計」の創刊に参加、同誌分裂後の47年には「黄金海岸」に参加した。55年「豈」を創刊、亡くなるまで発行責任者を務め、同誌から仁平勝、大井恒行、高山れおな等を世に送り出した。前衛的な俳句作家として知られたが、平成8年49歳で早世。忌日は代表句にちなみ南国忌と名づけられた。句集に「姉にアネモネ」「鳥子」「与野情話」「鳥屋」「鸚母集」「陸々集」「鹿々集」「摂津幸彦全句集」などがある。　家母＝摂津よしこ（俳人）

瀬戸 青天城　せと・せいてんじょう　俳人
大正3年（1914年）10月15日 ～ 平成12年（2000年）7月7日　生長野県伊那市　名本名＝瀬戸貞（せと・ただし）　学駒込中〔昭和7年〕卒　歴昭和13年内田南草の勧めで作句を始め、萩原麦草の指導を受ける。22年内田南草「梨の花」（26年「感動律」と改称）の創刊同人。48年現代俳句協会会員となり、50年幹事、のち副幹事長、副会長を経て、平成12年顧問。同協会の発展に寄与した。句集に「葉牡丹」「積乱雲」「暴れ梅雨」がある。

瀬戸 哲郎　せと・てつろう　詩人
大正8年（1919年）1月21日 ～ 昭和60年（1985年）10月22日　出北海道札幌市　学東京高師卒　歴札幌市教委指導室長、札幌市立旭丘高校長、静修短期大学教授などを歴任。詩集に「雪虫」「蛍を放つ」「露とこたえて」がある。

瀬戸 白魚子　せと・はくぎょし　俳人
昭和4年（1929年）12月2日 ～ 昭和57年（1982年）12月14日　生福井県　名本名＝瀬戸勝彦（せと・かつひこ）　学北陸中卒　歴昭和39年阿波野青畝に師事して、「かつらぎ」に入門。「かつらぎ」「花蜜柑」同人。俳人書画筆蹟研究会員として古今俳人の書画を蒐集した。

瀬戸内 艶　せとうち・つや　歌人
大正6年（1917年）11月21日 ～ 昭和59年（1984年）2月28日　生徳島県　歴徳島市内で神仏具商を営む傍ら昭和25年から短歌を始め「水甕」同人、「四国水甕」編集委員。歌集に「風の象」「流紋更紗」。　家妹＝瀬戸内寂聴（小説家）

千賀 一鵠　せんが・いっこう　俳人
明治32年（1899年）6月10日 ～ 昭和60年（1985年）1月18日　生愛知県渥美郡渥美町泉　名本名＝千賀幸一（せんが・こういち）　学釜山嶺南高等簿記学校修了　歴大正6年韓国釜山府山内支店就職、釜山嶺南高等簿記学校修了。昭和27年「石楠」入会、臼田亜浪に師事。亜浪没後は「天狼」に拠る。35年静岡県俳句協会設立世話人。

千川 あゆ子　せんかわ・あゆこ　詩人

大正5年（1916年）10月～平成14年（2002年）7月　生千葉県木更津市　歴少女時代は文学少女で「令女界」「若草」などに投稿。昭和22年日本女詩人会に入会、同時に「自由詩」の同人となる。40年日本児童文学者協会、日本童話会に入会する。56年詩誌「稜線」同人となる。詩集に「夜明けの音」「砥切りの音は消えても」「みやこわすれ」などがある。

仙波 龍英　せんば・りゅうえい　歌人

昭和27年（1952年）3月30日～平成12年（2000年）4月10日　生東京都　名別名＝夢原龍一（ゆめはら・りゅういち）　学早稲田大学法学部卒　歴歌誌「短歌人」同人。著書に「吸血鬼は金曜日がお好き」「赤すぎる糸」「ホーンテッド・マンション」、歌集「わたしは可愛い三月兎」「墓地裏の花屋」など。

【そ】

宋 岳人　そう・がくじん　俳人

昭和9年（1934年）8月25日～平成26年（2014年）4月19日　生栃木県今市市（日光市）　名本名＝池田学（いけだ・まなぶ）　学東北大学医学部卒　歴昭和45年宇都宮市で池田耳鼻咽喉科医院を開業。42歳の時に平畑静塔の作品に感銘を受け、51年静塔主宰の吟行句会・北の会、53年鷹羽狩行主宰「狩」に入会して研鑽を積む。平畑静塔記念全国俳句大会で静塔賞を4回受賞。平成4年第一句集「味蕾」、18年第二句集「町医者」を刊行。24年から下野新聞文芸選者。俳人協会栃木県支部長も務めた。　賞下野文学大賞〔平成5年〕「味蕾」，西東三鬼賞秀逸賞〔平成12年〕

宗 左近　そう・さこん　詩人

大正8年（1919年）5月1日～平成18年（2006年）6月20日　生福岡県戸畑市（北九州市戸畑区）　名本名＝古賀照一（こが・しょういち）　学一高卒，東京帝国大学文学部哲学科〔昭和20年〕卒　歴一高時代からフランス文学に親しみ、詩作を始める。昭和20年4月応召したが、精神錯乱を装って一週間で除隊。5月25日の東京大空襲で母と手を取り合って逃げる中で母の手を離してしまい、母を失う。戦後、大学を卒業して法政大学などで教鞭を執った。一方、雑誌「同時代」に加わって詩や小説を発表し、また草野心平の「歴程」に参加。43年空襲下で母を見失い焼死させてしまった罪の意識を追及した長編詩集「炎える母」で歴程賞を受賞。61年には「ドキュメント・わが母 絆」を出版。また「縄文」「縄文連禱」などの一連の“縄文”シリーズで、戦火により非業の死を遂げた人々と文明により滅ぼされた縄文人のイメージを重ね合わせた作品を発表した。晩年は俳句に近い一行詩に取り組むなど、精力的な活動を行い、平成16年スウェーデンが日本の詩人を対象に制定したチカダ賞の第1回受賞者となった。他の詩集に「大河童」「お化け」「風文」「断文」「藤の花」などがあり、「芸術の条件」「美のイメエジ」「私の縄文美術鑑賞」「日本美縄文の系譜」「小林一茶」など芸術・美術評論・解説書や小説も多い。ロラン・バルト「表徴の帝国」、アラン「幸福論」の訳者としても知られる。作曲家の三善晃とのコンビで校歌などの作詞も手がけた。　賞歴程賞（第6回）〔昭和43年〕「炎える母」，詩歌文学館賞（第10回）〔平成7年〕「藤の花」，チカダ賞（第1回）〔平成16年〕，市川市民文化賞（第10回）〔平成18年〕　家妻＝宗香（帽子作家）

宗 秋月　そう・しゅうげつ　詩人

昭和19年（1944年）8月23日～平成23年（2011年）4月23日　生佐賀県小城郡小城町（小城市）　名本名＝宋秋子（そん・ちゅじゃ）　学小城中〔昭和34年〕卒　歴在日韓国人2世。16歳で大阪に出て、縫製、製靴、化粧品セールス、屋台など様々な職業を転々としながら詩作を続ける。小野十三郎に師事。昭和61年からパブ・緑峠を経営。在日文芸誌「民濤」編集委員を務めた。著書に「宗秋月詩集」「猪飼野タリョン」「サランへ―愛してます」、共著に「天皇踊り、天女舞う」などがある。

宗 武志　そう・たけゆき　詩人

明治41年（1908年）2月16日～昭和60年（1985年）4月22日　生長崎県厳原町（対馬）　出東京都目黒区　学東京帝国大学英文科〔昭和6年〕卒　歴鎌倉時代から対馬を統治していた宗家の36代目で、旧伯爵。英文学をはじめ詩人、洋画家としても知られる。詩誌「詩田」を主宰し、詩集「海郷」「日の雫」「シーランド」（英文）の他、「対馬民謡集」などの著書もある。昭和21年には貴族院議員に選ばれた。

曽祇 もと子　そうぎ・もとこ　俳人

明治42年（1909年）8月5日～平成5年（1993年）

2月2日　生栃木県那須　名本名＝阿波野トイ，旧姓・旧名＝田代　学白河高女卒　歴昭和30年紅梅会に拠り句作を志す。「かつらぎ」同人。句集に「六花撰」（共著）がある。　家夫＝阿波野青畝（俳人）

相馬 遷子　そうま・せんし　俳人
明治41年（1908年）10月15日～昭和51年（1976年）1月19日　生長野県佐久市　名本名＝相馬富雄　学東京帝国大学医学部〔昭和7年〕卒　歴昭和10年卯月会に入り、水原秋桜子の指導を受け、13年「鶴」同人となる。14年「馬酔木」新人賞を受賞し、15年「馬酔木」同人となる。15年応召するが18年戦病のため除隊し、同年市立函館病院内科医長に赴任。21年句集「草枕」を刊行。22年医院を開院。他の句集に「山国」「雪嶺」「山河」や共同句文集「自然讃歌」、「相馬遷子全句集」（相馬遷子記念刊行会）などがある。　賞馬酔木新人賞〔昭和14年〕，馬酔木賞〔昭和32年〕，馬酔木功労賞〔昭和40年〕，俳人協会賞（第9回）〔昭和44年〕「雪嶺」，葛飾賞〔昭和50年〕

相馬 信子　そうま・のぶこ　歌人
大正3年（1914年）6月12日～平成5年（1993年）9月22日　生長野県　学東京女高師家事科〔昭和11年〕修了　歴昭和11年山口高女教諭・舎監、横浜第二高女教諭、神奈川県女子師範教諭・舎監などを経て、24～55年横浜国立大学で教鞭を執る。家庭における貯蓄、生活経済、高齢化社会問題などをテーマとする。一方、歌人としても知られ、吉野秀雄に師事し「遠つびと」に入会。のち編集同人。歌集に「水声」「拇印」など。

相馬 蓬村　そうま・ほうそん　俳人
明治40年（1907年）10月10日～平成12年（2000年）12月15日　生栃木県喜連川　名本名＝相馬邦三郎　学日本大学法文学部卒　歴国税庁に入り、日本橋税務署長を最後に退官。のち税理士に。一方、昭和33年「獺祭」同人、56年編集同人。65年獺祭全国大会実行委員長を務めた。

添田 博彬　そえだ・ひろあきら　歌人
昭和3年（1928年）10月10日～平成21年（2009年）8月18日　出福岡県北九州市門司区　学九州大学医学部〔昭和28年〕卒　歴昭和29年九州大学医学部助手、36年講師を経て、37年国立福岡東病院に勤務。43年退職し、49年添田クリニックを開業。傍ら、学生時代に友人に誘われて短歌をはじめ、25年「アララギ」に入会。26年戦争のため10年間中断されていた九州大学医学部刊歌集「春峡」を出版。28年アララギ系会員による福岡県内唯一の歌誌「リゲル」を創刊・主宰。平成20年第一歌集「企救小詠」を刊行した。他の著書に「夜郎自大の記録」「短歌随想集」などがある。　賞福岡市文化賞〔平成15年〕

曽我 六郎　そが・ろくろう　川柳研究家
昭和6年（1931年）～平成23年（2011年）8月24日　出秋田県雄勝郡羽後町　名本名＝大野進（おおの・しん），別名＝曽我碌郎，筆名＝なやけんのすけ　歴新聞記者、東京での出版社経営を経て、神戸に移る。昭和62年川柳作家の時実新子と結婚。平成8年より月刊誌「川柳大学」編集長を務めた。20年川柳総合誌「現代川柳」を創刊。川柳研究家として「鶴彬全集」「新興川柳選集」「時実新子一万句集」などを手がけ、古川柳から現代川柳に至る川柳史を研究した。句集に「掌紋」（筆名・なやけんのすけ）、編書に「川柳集 わが阪神大震災―悲苦を超えて」などがある。　家妻＝時実新子（川柳作家）

曽田 勝　そた・まさる　俳人
大正2年（1913年）6月24日～平成10年（1998年）7月27日　出島根県大社町　学大社中卒　歴昭和10年頃より「鹿火屋」へ投句するが戦争により中断。戦後「万緑」へ投句。数年で中断。45年「鹿火屋」に復帰し、49年同人。　賞鹿火屋新人賞〔昭和47年〕，鹿火屋賞〔昭和52年〕

曽谷 素也　そたに・そや　俳人
大正12年（1923年）10月6日～平成7年（1995年）6月25日　生大阪府　名本名＝曽谷浩一　学大阪専卒　歴昭和16年亀井糸游に師事し、「うまや」入門。21年「雪解」入門、皆吉爽雨の指導を受ける。「雪解」同人、「うまや」同人。　賞うまや賞〔昭和53年〕

曽根崎 保太郎　そねざき・やすたろう　詩人
大正3年（1914年）3月19日～平成9年（1997年）4月16日　生山梨県東八代郡祝村（甲州市）　名本名＝鈴木保　学日川中卒　歴戦前は小学校代用教員、役場吏員、農業会役員などを経て、戦後は葡萄園を経営。12、3歳頃から詩作。昭和15年中国戦線での経験を綴った詩集「戦場通信」を出版。「新領土」「日本未来派」に所属、「中部文学」同人。山梨県詩人懇話会会長を務めた。他の詩集に「曽根崎保太郎詩集」、アルバム詩集「ぶどうの四季」などがある。

園田 夢蒼花　そのだ・むそうか　俳人
大正2年（1913年）12月15日～平成13年（2001年）6月1日　生北海道網走郡美瑛町　名本名＝園田喜武　学和寒高小卒　歴昭和7年上川支庁教育課に入り、函館労働基準監督署長を経て、46年退職。一方、大正12年尋常高小のころより句作を始め、新聞、俳誌に投句。「天の川」同人を経て、「海賊」「氷原帯」などの俳句誌の編集に携わる。昭和60年～平成9年北海道俳句協会代表。「広軌」「杉」所属。句集に「こほろぎ馬車」「木犀館」など。　賞北海道文化賞〔平成5年〕

園部 雨汀　そのべ・うてい　俳人
大正14年（1925年）2月11日～平成18年（2006年）7月19日　生静岡県伊東市　名本名＝園部凱夫（そのべ・よしお）　学豊島商夜間部〔昭和17年〕卒　歴昭和26年から伊東市役所に勤務。56年退職し、珠算学校を経営。伊東市ボランティア協会会長。この間、44年より森米城らに俳句を学び、48年「風土」に入会して石川桂郎に師事。51年同人。63年退会、平成元年より「伊豆」を創刊・主宰した。海と魚に関する随筆も書き、句集「漁火」「宣告」の他、「伊豆の魚たち」などの著書がある。

曽宮 一念　そみや・いちねん　歌人
明治26年（1893年）9月9日～平成6年（1994年）12月21日　生東京市日本橋区浜町（東京都中央区日本橋浜町）　名本名＝曽宮喜七，旧姓・旧名＝下田　学東京美術学校西洋画科〔大正5年〕卒　歴美校在学中の大正2年光風会展に「桑畑」が入選、3年文展初入選。10年より二科展に出品し、14年「冬日」「荒園」「晩秋風景」で樗牛賞受賞。昭和6年二科会会員。10～12年独立美術協会会員、12年国画会入会。戦後21年日展審査員となり、第2回日展に「麦」出品。32年国画会展に「南岳爆発」出品。34年緑内障により右眼失明、40年視力障害により国画会退会、以後無所属となり孤高を保つ。「トレド城山」など風景画で知られる。「紅と灰色」「火の山」など画集は4冊。文筆をよくし、23年随筆「すそ野」以降、平成元年「にせ家常茶飯」までエッセイ集を計16冊出し、昭和33年の「海辺の熔岩」で日本エッセイストクラブ賞受賞。46年両眼失明以後は絵筆を絶ち、かつて訪れた日本各地を思い出しながら歌を詠む。58年歌集「へなぶり火の山」、60年「武蔵野挽歌」を刊行。他に詩集「風紋」など。晩年は不自由な身ながら清新自在な書や陶板を発表、個展も開いた。　家娘＝曽宮夕見（画家）

染谷 十蒙　そめや・ともう　俳人
明治28年（1895年）2月10日～昭和46年（1971年）12月2日　生埼玉県　名本名＝染谷友次郎　学東京帝国大学卒　歴静岡県富士市に医院を開業し、のち狛江市に移る。俳句は昭和13年より独学し、戦中の中断を経て、22年大野林火に師事。24年「浜」同人となる。岳麓句友連盟の発足と発展に功績を残した。句集に「泉」がある。

そや・やすこ　詩人
昭和9年（1934年）6月11日～平成4年（1992年）11月28日　生京都府京都市　名本名＝征矢泰子，筆名＝三村章子，高村章子　学京都大学仏文科〔昭和32年〕卒　歴昭和34年三村章子の筆名で小説「人形の歌」を発表、映画化される。童話に「とべ、ぼくのつばくろ・さんぼ」「おばあさんのナムクシャかぼちゃ」、ジュニア・ロマンに「さよなら初恋」（高村章子名義）、詩集に「砂時計」「網引き」「てのひら」「すこしゆっくり」などがある。　賞現代詩女流賞（第9回）〔昭和59年〕「すこしゆっくり」　家夫＝征矢清（児童文学作家）

岨 静児　そわ・せいじ　俳人
昭和2年（1927年）11月5日～平成25年（2013年）4月29日　生奈良県吉野郡東吉野村　名本名＝岨清二（そわ・せいじ）　歴原石鼎ゆかりの奈良県東吉野村で生まれ育ち、小学校時代よりその影響を受ける。戦後は「鹿火屋」鍵谷芳春の指導を受け、昭和23年「天狼」に入会。46年「嵯峨野」同人。平成11～25年奈良新聞「奈良俳壇」選者。

【た】

田井 安曇　たい・あずみ　歌人
昭和5年（1930年）2月19日～平成26年（2014年）11月2日　生長野県飯山市　名本名＝我妻泰（わがつま・とおる）　学岡崎高師〔昭和27年〕卒　歴「花実」「アララギ」を経て、昭和26年「未来」創刊に参加、以後編集人等。63年

「綱手」創刊、発行人となる。尖鋭なリアリズムの立場から重厚な活動を展開した。13～24年朝日新聞長野版で歌壇選者を務めた。歌集に「我妻泰歌集」「木や旗や魚らの夜に歌った歌」「天」「弥勒」「水のほとり」「田井安曇歌集」「右辺のマリア」「父、信濃」「経過一束」「山口村相聞」「千年紀地上」など、評論集に「現代短歌考」「近藤芳美」「ある歌人の生涯」などがある。　賞未来エッセイスト賞〔昭和35年・47年〕, 埼玉県文芸賞(第7回)〔昭和51年〕「天・乱調篇」, N氏賞〔昭和55年〕, 短歌研究賞(第20回)〔昭和59年〕「経過一束」, 短歌ふおーらむ賞(第6回)〔平成3年〕「経過一束」, 島木赤彦文学賞(第2回)〔平成12年〕「田井安曇著作集」, 埼玉歌人会大賞(第3回)〔平成13年〕「田井安曇著作集」, 詩歌文学館賞(短歌部門, 第25回)〔平成22年〕「千年紀地上」

醍醐 志万子　だいご・しまこ　歌人
大正15年(1926年)3月13日～平成20年(2008年)9月7日　生兵庫県多紀郡岡野村(篠山市)　名本名＝醍醐シマ子　学篠山高女〔昭和17年〕卒　歴昭和22年小島清に師事し、毎日短歌会に参加。のち「女人短歌会」「現代短歌」に加わり、33年第一歌集「花文」を出版。40年「ポトナム合同歌集」の編纂に携わる一方、自宅で書塾を開く。46年より「ポトナム」選者、57年より毎日小学生新聞短歌選者。57年「風景」を創刊、平成17年まで編集発行人を務めた。他の歌集に「木草」「花信」「霜天の星」などがある。賞関西短歌文学賞(第2回)〔昭和34年〕「花文」, 篠山町文化賞〔昭和52年〕「花信」, 兵庫県ともしび賞　家弟＝醍醐聡(東京大学名誉教授)

醍醐 育宏　だいご・やすひろ　俳人
大正13年(1924年)1月26日～平成19年(2007年)2月27日　生東京都　学東京第二師範卒　歴昭和25年中村草田男門下となる。32年「萬緑」同人。句集に「感傷教師」「意地張神」。　賞萬緑賞〔昭和44年〕

大悟法 進　だいごぼう・すすむ　歌人
明治41年(1908年)1月3日～平成6年(1994年)7月29日　生大分県下毛郡大幡村(中津市)　学中津中卒　歴昭和3年「創作」に参加し、同人として永く編集に携わる。13年改造社に入社。その後、平凡社勤務を経て、昭和58年「創作」の後継誌「声調」を発刊、主宰した。平成5年より同誌顧問。歌集に「樹梢」「続樹梢」「薔薇と病院」など。　家兄＝大悟法利雄(歌人)

大悟法 利雄　だいごぼう・としお　歌人
明治31年(1898年)12月23日～平成2年(1990年)11月26日　生大分県中津市　学中津中〔大正6年〕卒　歴大正6年より作歌を始める。7年「創作」に入り、12年若山牧水の助手を務める。出版社勤務等を経て昭和17年から著述に専念。21年「新道」創刊、のち復刊の「創作」に合流し、59年退会まで選者を務めた。歌集に「第一歌集」「父母」「伊豆」「尾瀬と九十九里」「飛魚とぶ」、研究書「若山牧水伝」等多数。62年若山牧水記念館開館以来館長を務めた。　家弟＝大悟法進(歌人)

平 赤絵　たいら・あかえ　俳人
大正2年(1913年)11月2日～平成16年(2004年)2月13日　生宮城県仙台市　名本名＝平定一(たいら・ていいち)　歴昭和8年「夏草」に拠り山口青邨に師事。18年ビルマに出征、21年復員。28年「夏草」同人。平成2年「夏草」終刊に伴い有馬朗人主宰の「天為」創刊に参加、同人。句集に「野の泉」「冬日の珠」「花の闇」「暑往寒来」。　賞夏草功労賞〔昭和38年〕

田岡 雁来紅　たおか・がんらいこう　歌人
明治27年(1894年)7月27日～昭和60年(1985年)7月21日　生香川県　名本名＝田岡嘉寿彦(たおか・かずひこ)　学京都帝国大学法律科〔大正7年〕卒　歴大正9年大阪地裁判事を経て、11年大分高商教授に転じ、のち彦根高商教授、同校長、山口高商校長を歴任。昭和22年弁護士登録。のち近畿大学教授、大阪経済大学理事長を務めた。著書に「約束手形法講座」「民法総則」など。歌人としても知られ、41年「夢」短歌会を創立、歌集に「大閒集」「風塵抄」がある。

高井 対月　たかい・ついげつ　俳人
明治37年(1904年)2月10日～昭和61年(1986年)3月17日　生神奈川県横須賀市　名本名＝高井治朗　学早稲田大学付属早稲田工手学校卒　歴浦賀船渠、東京機械に勤務。俳句は昭和3年より臼田亜浪に師事。浦賀船渠青島工場時代は山東毎日新聞の俳壇選者を務めた。帰国後は「花実」同人。句集に「たかすな」がある。

高井 北杜　たかい・ほくと　俳人
明治45年(1912年)5月6日～平成21年(2009年)7月12日　生徳島県徳島市大岡本町　出北海道北見市　名本名＝高井久雄(たかい・ひさお), 旧姓・旧名＝井筒　学徳島師範〔昭和7年〕卒　歴昭和8年「石楠」に入り、臼田亜浪に師事。18年「石楠」幹部同人。亜浪没後は角川源義に師事した。21年「向日葵」(現・「ひまわり」)創刊に参画、43年より主宰。平成4年長男・高井去私に主宰を委譲して会長となり、19年名誉会長。また、昭和54年～平成3年「徳島俳壇」選者。昭和62年～平成7年徳島ペンクラブ会長も務めた。句集に「冬木」「革手套」などがある。この間、昭和45年教師を退職。46年徳島県教育印刷を創設、53年まで常務を務めた。 勲勲五等瑞宝章〔平成12年〕 家長男＝高井去私(俳人)

高内 壮介　たかうち・そうすけ　詩人
大正9年(1920年)11月5日～平成9年(1997年)12月31日 生栃木県鹿沼市 学武蔵工業大学卒 歴佐野屋建設社長の傍ら、詩人として活躍。「魔法」「クリティック」「世界像」などを経て、詩誌「歴程」「同時代」同人。詩集に「美貌の河童」「可動律」「螢火」、評論集「暴力のロゴス」「湯川秀樹論」「遊びの時代」「詩人の科学論」など著書多数。 賞歴程賞(第12回)〔昭和49年〕「湯川秀樹論」

高折 妙子　たかおり・たえこ　歌人
明治43年(1910年)1月1日～昭和63年(1988年)11月30日 生東京都 歴「をだまき」同人京都支部代表を経て、昭和45年退会。のち「群落」編集委員、「女人短歌」幹事。歌集に「仏桑花」「遠雨亭歌集」、随筆集に「覚えある風」などがある。

高木 一夫　たかぎ・かずお　歌人
明治36年(1903年)7月3日～昭和54年(1979年)7月28日 生東京市日本橋区(東京都中央区) 学慶応義塾商工学校〔大正14年〕卒 歴大正8年「覇王樹」入社。昭和4年「栗生歌集」刊。12年「博物」を創刊・主宰。著書に「細道随記」「沙門良寛」「良寛の歌」「高木一夫短歌集」などがある。

高木 恭造　たかぎ・きょうぞう　詩人
明治36年(1903年)10月12日～昭和62年(1987年)10月23日 生青森県青森市 学弘前高校理科卒 歴大正15年青森日報社に入社。のち、満州医大に学び、眼科医を開業。満鉄病院勤務中終戦を迎える。青森日報時代、詩人・福士幸次郎の勧めで津軽弁で詩を書き始める。方言詩集「まるめろ」は昭和6年以来、4版を重ねる人気で自ら朗読もし、若者にも支持を得た。ほかに「高木恭造詩文集」(3巻)、自伝的回想「幻の蝶」、J・カーカップ英訳「高木恭造詩選集」などがある。命日にちなんで“津軽弁の日”が制定された。 賞日本現代詩人会先達詩人〔昭和62年〕

高木 貞治　たかぎ・さだじ　俳人　歌人
大正2年(1913年)9月1日～昭和62年(1987年)11月18日 歴日本公認会計士会常務理事、北陸税理士会長を務めた。また、16歳から俳句や短歌を新聞や雑誌に投稿し、昭和35年に句誌「吾亦紅」を創刊。43年からは句誌「視界」に投稿。48年には歌集「むらさき野」を出版。没後の63年句集「蝶」が夫人の手によって刊行された。 勲藍綬褒章〔昭和53年〕, 紺綬褒章〔昭和55年〕

高木 智　たかぎ・さとし　俳人
昭和10年(1935年)6月10日～平成23年(2011年)8月6日 生京都府京都市 学京都大学教育学部卒 歴テレビ、新聞、雑誌などでおりがみの普及に尽力。月刊誌、単行本の執筆も手がける。月刊誌「おりがみ通信」を編集。一方、昭和31年より俳誌「京鹿子」に投句、のち同人となる。35年竹中宏らと京大俳句会を結成した。著書に「日本のおりがみ百選」「やさしい折り紙入門」「たのしいおりがみ」、共著に「秘伝千羽鶴折形解説」、句集に「ベレー」「姫始」「菖蒲湯」などがある。

高木 秀吉　たかぎ・しゅうきち　詩人
明治35年(1902年)4月19日～昭和55年(1980年)9月6日 生鹿児島県曽於郡末吉町 学日本大学文学部中退 歴都城中学在学中から詩作を始め、上京して日本大学文学部に入学。兄の死にあい中退帰郷。小学校教員ののち、末吉町役場に入り、末吉町助役、公民館長を歴任。その間、大正12年正富汪洋の「新進詩人」に参加、「窓」「寂静」「詩道」を発行、戦後は「詩雑筆」に続き「詩芸術」を主宰・発行した。詩集に「月と樹木」「端麗」「辺陬」「高木秀吉詩集」がある。

高木 すみれ　たかぎ・すみれ　俳人
大正12年(1923年)3月17日～平成12年(2000年)6月13日 出秋田県 名本名＝高木セツ 学仙台第一高女卒 歴俳誌「狩」同人代表。句集に「最上川河口」などがある。 賞山形県芸文会議賞, 山形県俳人協会賞「最上川河口」

高木 青二郎　たかぎ・せいじろう　俳人
大正9年(1920年)6月20日～平成23年(2011

年）12月19日　生北海道函館市　名本名＝高木二郎（たかぎ・じろう）　学神戸商業大学〔昭和17年〕卒　歴昭和17年陸軍特殊情報部に入る。26年マルホ社長、63年会長。この間、俳句を「倦鳥」の松瀬青々に師事。54年父・高木浪華から俳誌「青門」を継承・主宰。61年に、太平洋戦争敗戦の日・20年8月15日を詠んだ俳句を全国から募集、海外邦人を含め1万人の句として「昭和万葉俳句集」を編集、自費出版した。句集に「平成」がある。　賞木染賞〔昭和40年〕　家父＝高木浪華（俳人）

高木 石子　たかぎ・せきし　俳人
大正5年（1916年）5月22日～平成5年（1993年）6月29日　生岡山県倉敷市　名本名＝高木茂雄（たかぎ・しげお）　学倉敷商卒　歴大阪商船本社勤務中、上司の奈良鹿郎に指導を受け、俳句を始める。昭和14年「ホトトギス」初入選。戦前は「山茶花」「九年母」同人。戦後、中村若沙の「いそな」編集発行に携わり、後藤夜半の「諷詠」にも関係。36年「ホトトギス」同人。57年から「未史」主宰。

高木 蒼梧　たかぎ・そうご　俳句研究家
明治21年（1888年）10月13日～昭和45年（1970年）7月13日　生愛知県犬山市　名本名＝高木錠吉，通称＝高木譲　歴万朝報、東京朝日新聞の記者生活を送り、その傍ら「石楠」などに句作を発表。関東大震災後は俳諧専門に転じ、古俳書、古俳人の研究に没頭。「俳諧史上の人々」「俳諧人名辞典」をはじめ「蒼悟俳句集」「望岳窓俳漫筆」など数多くの著書がある。　賞文部大臣賞〔昭和35年〕「俳諧人名辞典」

高木 晴子　たかぎ・はるこ　俳人
大正4年（1915年）1月9日～平成12年（2000年）10月22日　生神奈川県鎌倉市　名旧姓・旧名＝高浜　学フェリス高女卒　歴高浜虚子の五女。昭和9年俳人・高木餅花と結婚。7年ごろから父虚子に師事し句作を始める。24年「ホトトギス」同人。46～57年、姉・星野立子主宰「玉藻」の雑詠選者。53年俳人協会入会。59年「晴居」を創刊し主宰。著書に句集「晴子句集」「晴居」「みほとり」、「遙かなる父虚子」など。　家父＝高浜虚子（俳人），夫＝高木餅花（俳人），兄＝高浜年尾（俳人），池内友次郎（作曲家），姉＝星野立子（俳人），妹＝上野章子（俳人）

高木 斐瑳雄　たかぎ・ひさお　詩人
明治32年（1899年）10月1日～昭和28年（1953年）9月24日　出愛知県名古屋市　名本名＝高木久一郎　学同志社大学中退　歴家は薬種商。詩集に「青い嵐」「味爽の花」「天道祭」「黄い扇」、遺稿詩集「寒ざらし」がある。大正12年名古屋詩人連盟、15年東海詩人協会、昭和26年中部日本詩人連盟の結成に尽力し名古屋地方詩壇の発展に貢献した。

高木 餅花　たかぎ・へいか　俳人
明治41年（1908年）8月1日～昭和63年（1988年）1月24日　生愛知県名古屋市　名本名＝高木良一（たかぎ・りょういち）　学東京商科大学卒　歴昭和9年高浜虚子の五女・晴子と結婚。高浜虚子に師事し、24年「ホトトギス」同人。59年以来「晴居」の編集を担当。句文集に「異国のベンチ」「冬木張り」。　家妻＝高木晴子（俳人），岳父＝高浜虚子（俳人）

高木 善胤　たかぎ・よしたね　歌人
大正9年（1920年）8月28日～平成18年（2006年）10月25日　生大阪府大阪市南区天王寺（天王寺区）　学大阪帝国大学医学部〔昭和18年〕卒　歴昭和18年今村内科入局。19年大阪福泉療養所に赴任。20年軍医として応召、終戦をむかえ復員、元の勤務に戻る。25年国立愛媛療養所副院長、45年近畿中央病院副院長を経て、56年院長に就任。61年退官。一方、歌人としても著名で、昭和21年「関西アララギ」と「アララギ」に入会。27年「愛媛アララギ」編集人ののち、「関西アララギ」主宰。63年大阪歌人クラブ会長に就任。著書に「官有地年華」、歌集「黄金樹」「閑忙」などがある。　勲勲二等瑞宝章〔平成4年〕

高草木 暮風　たかくさき・ぼふう　歌人
明治26年（1893年）5月14日～昭和40年（1965年）6月12日　生群馬県山田郡相生村　名本名＝高木正治　学小学校高等科卒　歴大正7年京都で、草野牛郎（谷川徹三）、虫明申太郎らと歌誌「露台」を創刊、短歌に初めて自由律を標ぼうした。昭和5年清水信の「短歌建設」に加わり、10年には「詩園」を創刊・主宰した。終刊後は「新日本短歌」「国風」などに短歌を発表した。

高久田 橙子　たかくだ・とうし　俳人
大正1年（1912年）11月20日～平成8年（1996年）6月7日　生福島県須賀川市　名本名＝高久田大一郎　学仙台商卒　歴昭和7年「馬酔木」に投句。11年「野火」創刊同人となり、篠田悌

二郎に師事。23年「桔槹」復刊、編集同人。46年「鹿火屋」入会、翌年同人となり原裕に師事。のち「桔槹」雑詠選者となる。句集に「春の神」「高久田橙子集」がある。

高桑 義生　たかくわ・ぎせい　俳人

明治27年（1894年）8月29日 ～ 昭和56年（1981年）7月1日　生東京市牛込区（東京都新宿区）　名本名＝高桑義孝（たかくわ・よしたか），旧号＝士心，筆名＝加住松花　学京北中卒　歴読売新聞校正係、「秀才文壇」「新小説」などの編集者を経て、大衆作家となり、代表作に「黒髪地獄」「快侠七人組」「白蝶秘門」などがある。昭和12年日活（後の大映）に入社、京都撮影所脚本部長として長谷川一夫の「鳴門秘帖」や「無法松の一生」などを手がけた。また、京都に移って以来、京都の古寺・庭園を歩いて京都旧蹟研究の権威となる。俳句は48年から「嵯峨野」を主宰、広く嵯峨野一帯を愛し、その自然の美しさを詠んだ。句集「嵯峨の土」や「新・京都歳時記」など、多数の著作がある。

高崎 小雨城　たかさき・しょうじょう　俳人

明治41年（1908年）3月2日 ～ 昭和63年（1988年）5月19日　出福岡県北九州市　名本名＝高崎浩（たかさき・ひろし）　学岡山医科大学医学部〔昭和13年〕卒，京都大学大学院〔昭和24年〕修了　歴昭和24年三重県立医大助教授、30年教授、44年附属病院長、47年学長を歴任し、50年名誉教授となる。54年上野市民病院院長を務めた。また、高浜虚子に師事した俳人でもあり、32年「輪」、40年「ホトトギス」同人となる。三重県俳句協会会長も務めた。句集に「笹粽」。　勲勲三等旭日中綬章〔昭和55年〕　賞年輪松囃子賞〔昭和34年〕，年輪汝鷹賞〔昭和56年〕

高崎 正秀　たかさき・まさひで　歌人

明治34年（1901年）10月19日～昭和57年（1982年）3月2日　生富山県富山市　学国学院大学国文学科〔大正14年〕卒　歴折口信夫に師事し、民俗学を研究。大正9年実践女子専門学校教授、国学院大学講師、昭和17年同大学教授を歴任。38年には熊野地方の民俗文化研究で朝日新聞社の「学術奨励金」を受けた。一方、歌人としては、在学中より「アララギ」に所属。47年歌会始の召人にも選ばれる。「源氏物語論」「万葉集叢考」「古典と民俗学」「高崎正秀著作集」（全8巻）など著書多数。

高嶋 健一　たかしま・けんいち　歌人

昭和4年（1929年）4月14日 ～ 平成15年（2003年）5月18日　生兵庫県神戸市　学広島文理科大学教育学科〔昭和28年〕卒　歴昭和21年「水甕」入社。26年同人、52年選者、のち運営委員長。「短歌個性」「埀」同人。写実に現代性を加えた独自の歌体を確立、58年「草の快楽」で日本歌人クラブ賞を受賞。晩年は人工透析を受けながら自らの生を見つめ、歌集3部作を発表した。傍ら、教育心理学を講じ、29年大阪府池田市教育研究所員、31年兵庫県立湊川高教諭、32年静岡女子短期大学講師、38年助教授、42年静岡女子大学助教授を経て、45年教授。専門の著作に「探求学習における発問と応答」「青年心理学入門」、歌集に「甲南五人」「方嚮」「中游」「日常」「存命」など。　賞水甕賞〔昭和51年〕，静岡県文化奨励賞〔昭和54年〕，日本歌人クラブ賞（第10回）〔昭和58年〕「草の快楽」，短歌研究賞（第36回）〔平成12年〕「日常」，短歌新聞社賞（第10回）〔平成15年〕「存命」

高島 茂　たかしま・しげる　俳人

大正9年（1920年）1月15日 ～ 平成11年（1999年）8月3日　生東京市芝区（東京都港区）　学小卒　歴昭和24年東京新宿駅西口に酒場“ぼるが”を開店。映画人や文学者、画家のたまり場として知られた。経営の傍ら俳句を作り、62年現代俳句協会賞を受賞。「暖流」同人、「俳句人」顧問。のち「獐（のろ）」主宰。句集に「冬日」「草の花」「鯨座」「高島茂集」などがある。　賞暖流賞（昭和62年度），現代俳句協会賞（第34回）〔昭和62年〕　家養子＝高島征夫（俳人）

高島 順吾　たかしま・じゅんご　詩人

大正10年（1921年）9月15日 ～ 平成21年（2009年）9月21日　生富山県下新川郡魚津町（魚津市）　学四高文科卒，東京帝国大学文学部〔昭和20年〕中退　歴四高進学時から詩に熱中。西脇順三郎に傾倒し、昭和16年初めて詩集を自費出版。18年東京帝国大学在学中、学徒出陣。戦後は高校教師を務める傍ら、前衛詩人の同人会に参加。42年北日本新聞「北日本文芸」の詩壇選者、富山現代詩人会会長。一方、平和の貴さや憲法擁護を訴え、市民懇談会を結成。代表世話人になり、全国の米騒動の発祥の地となった魚津市の米蔵跡に初めて碑を建立した。著書に詩集「原籍地大万歳！」、随筆集「大波小波」などがある。　家女婿＝田原八郎（ボクシング指導者）

高島 筍雄　たかしま・じゅんゆう　俳人
明治43年（1910年）12月11日～平成17年（2005年）4月4日　生石川県金沢市　名本名＝高島実（たかしま・みのり）　学金沢医科大学卒　歴刑務医官、陸軍軍医を務めたのち、昭和24年内科小児科医院を開業。傍ら、俳人として活動し、「馬酔木」「寒雷」を経て、昭和21年「風」入会、沢木欣一に師事。26年同人、52年同人会長。53年より石川県俳文学協会長も務め、北陸の俳壇の重鎮として活躍した。句集に「往診」「噴泉」などがあり、平成15年最後の句集「桐の花」で泉鏡花記念金沢市民文学賞を受賞した。賞石川県文化功労賞〔平成9年〕，泉鏡花記念金沢市民文学賞〔平成15年〕「桐の花」

高島 高　たかしま・たかし　詩人
明治43年（1910年）7月1日～昭和30年（1955年）5月12日　生富山県滑川町（滑川市）　学日本大学文科，昭和医専卒　歴文学を志して日大文科に進むが、父の医院を継ぐために昭和医専を卒業。昭和8年頃より「麺麭」「崑崙」の同人として詩作を発表。戦後南方より復員し「文学国土」「北方」を編集。詩集に13年刊行の「北方の詩」や「山脈地帯」「北の貌」がある。平成17年未完詩集の「久遠の自像」「人生記銘」が発見された。

鷹島 牧二　たかしま・ぼくじ　俳人
昭和7年（1932年）2月7日～平成25年（2013年）9月20日　生北海道芦別市　名本名＝鷹島喜代治　学東京経済大学卒　歴昭和30年代に三菱芦別炭鉱で働き、のち東京経済大学に学ぶ。37年住友生命に入社。一方、10代より俳句を学び、「氷原帯」の細谷源二に師事。のち同人誌「胴の会」代表。句集に「帽燈」「鎖の音」「冬の貌」「父の旗」がある。　賞細谷源二賞（第5回）

高島 征夫　たかしま・ゆきお　俳人
昭和19年（1944年）1月5日～平成21年（2009年）6月30日　生岐阜県　歴昭和26年7歳の時に母が俳人の高島茂と再婚、その養子となる。平成2年「獐（のろ）」創刊に参加。11年養父の没後、主宰を継承した。　家養父＝高島茂（俳人）

高瀬 一誌　たかせ・かずし　歌人
昭和4年（1929年）12月7日～平成13年（2001年）5月12日　生東京都　名本名＝高瀬公一郎　学東京経済大学卒　歴中外製薬宣伝部副部長、「短歌現代」編集長を経て、「東京経済」編集長。大学在学中「をだまき」入会、作歌をはじめる。昭和27年「短歌人」に移る。29年編集委員、41年同誌発行人。ユニークな結社誌運動を推進する。歌集に「喝采」「レセプション」「スミレ幼稚園」など。　家妻＝三井ゆき（歌人）

高瀬 隆和　たかせ・たかかず　歌人
昭和14年（1939年）2月5日～平成20年（2008年）4月15日　生兵庫県神戸市　学国学院大学卒　歴長く姫路市で中学教師を務めた。高校時代より一時「まひる野」に所属。「国学院短歌」、「汎」、大学歌人会委員を経て、昭和35年「具象」を創刊。「炸」同人。編著に「意志表示」「岸上大作全集」などがある。

高瀬 武治郎　たかせ・たけじろう　俳人
大正5年（1916年）2月8日～平成22年（2010年）10月2日　出秋田県秋田市　学秋田商〔昭和9年〕卒　歴俳人・石井露月の甥でもあり、昭和17年「俳星」の近藤白及に師事、添削を受けながら、東北電力の職場俳誌「紫星」を創刊・主宰。一方で中央の俳誌を遍歴。22年安藤五百枝と「ほむら」を創刊、編集同人。23年秋田県俳句懇話会の設立に参画。48年より秋田魁新報「さきがけ俳壇」選者を務めた。平成4年あかね句会を結成。また元年創立の俳人協会秋田県支部に尽力、13年から3年間支部長を務めた。21年俳句歴67年の集大成として句集「ところどころ」を刊行した。　賞秋田県文学祭賞〔昭和44年〕，秋田県俳句懇話会作家賞〔昭和53年〕，秋田県文化功労者〔平成12年〕　家おじ＝石井露月（俳人）

高瀬 善夫　たかせ・よしお　歌人
昭和5年（1930年）5月20日～平成11年（1999年）1月28日　生福島県会津若松市　学東京大学社会学科〔昭和28年〕卒　歴昭和28年毎日新聞社入社。東京本社学芸部副部長、特別報道部編集委員を経て、50年学芸部編集委員、のち退職。ルポルタージュ、評論で活躍。著書に「一路白頭ニ至ル—留岡幸助の生涯」「鎌倉アカデミア壇升」「生命の暗号を解く」、歌集に「さつきやみ抄」「水の器」など。

高田 堅舟　たかだ・けんしゅう　俳人
大正4年（1915年）1月22日～平成7年（1995年）8月18日　生東京都　名本名＝高田栄三　学中央大学卒　歴「総合日本史」10巻を編纂出版。昭和25年石川桂郎を識り、俳句自学自習。44年「風土」入会、その指導を受ける。46年同人。

50年「竹間集」同人。「風土」の運営、編集に参画する。風土竹の会（同人会）副会長。

高田 三坊子　たかだ・さんぼうし　俳人
明治35年（1902年）3月～平成9年（1997年）5月 [出]三重県三重郡朝日町 [名]本名＝高田正延 [歴]三重県在住時代の山口誓子宅で開かれた糸遊句会に参加。昭和45年より里見宜愁主宰の「俳句作家」に投句、47年同人。同年「月と太陽」を創刊、後進の育成に尽くした。句集に「白髪」「続白髪」「月と太陽」「点と線」「花に酔い仏好き」「米寿」がある。

高田 新　たかだ・しん　詩人
明治44年（1911年）5月23日～昭和58年（1983年）11月24日 [生]東京都 [名]別名＝堀利世 [学]日本大学経済学部中退 [歴]新聞記者、文学・歴史・映画雑誌編集記者などを遍歴。中学時代からプロレタリア文学・演劇に接し、昭和9年ごろより同人詩誌「次元」に参加、堀利世の筆名で作品を発表。12年同人グループが検挙されたため解散。その後、21年平林敏彦らと「新詩派」結成。「現代詩」「新日本詩人」に寄稿。新日本文学会会員。

高田 高　たかだ・たかし　俳人
大正2年（1913年）7月5日～平成9年（1997年）10月20日 [生]栃木県 [名]本名＝高田哲太郎（たかだ・てつたろう） [歴]池内たけしに師事。戦後、ソ連に抑留され、昭和24年復員。25年飯田蛇笏に師事、「雲母」に専念。「波響」主宰。 [賞]雲母賞〔昭和30年〕，小樽市文化団体賞

高田 敏子　たかだ・としこ　詩人
大正3年（1914年）9月16日～平成1年（1989年）5月28日 [生]東京市日本橋区（東京都中央区） [名]旧姓・旧名＝塩田敏子 [学]跡見高女〔昭和8年〕卒 [歴]戦後ハルビンより引揚げ、長田恒雄の「コットン・クラブ」、「日本未来派」同人を経て、第一詩集「雪花石膏」を刊行。昭和35年から朝日新聞家庭欄に詩を掲載、好評を博し、“お母さん詩人”“主婦詩人”と呼ばれる。41年一般読者の支持で、詩雑誌「野火」創刊・主宰。「山の樹」同人。37年「月曜日の詩集」で武内俊子賞、42年「藤」で室生犀星賞受賞。他に「人体聖堂」「むらさきの花」「夢の手」など著書多数。平成元年「高田敏子全詩集」（花神社）を刊行。 [賞]武内俊子賞（第1回）〔昭和37年〕「月曜日の詩集」，芸術祭賞奨励賞（第1回）〔昭和38年〕，室生犀星詩人賞（第7回）〔昭和42年〕「藤」，現代詩女流賞（第10回）〔昭和61年〕「夢の手」，ダイヤモンドレディー賞（第3回） [家]二女＝高田喜佐（靴デザイナー）

高田 浪吉　たかだ・なみきち　歌人
明治31年（1898年）5月27日～昭和37年（1962年）9月19日 [生]東京市本所区（東京都墨田区） [学]小卒 [歴]小学校卒業後、家業の下駄塗装に従事する。早くから短歌を作り、大正5年アララギに入会し、島木赤彦に師事して「アララギ」の編集を手伝う。昭和4年歌集「川波」を刊行。5年アララギ発行所を去り著述に専念し、歌論「作家余録」や「現代短歌の鑑賞」「歌人中村憲吉」「島木赤彦の研究」などの著書がある。昭和21年「桧」を、24年「川波」を創刊し、晩年はPL教団教養部に勤務した。他の歌集に「砂浜」「家並」「生存」などがある。

高田 文利　たかだ・ふみとし　詩人
昭和6年（1931年）8月17日～平成26年（2014年）5月9日 [生]佐賀県伊万里市 [名]本名＝高田保彦（たかだ・ふみとし） [学]伊万里高卒 [歴]伊万里の「白磁」、熊本の「詩と真実」「九州詩山脈」などの同人を経て、「白磁」に戻り、のちに併せて佐賀の「城」の同人となる。詩集に「独りの歌」「斬られが辻」などがある。

高田 保馬　たかた・やすま　歌人
明治16年（1883年）12月27日～昭和47年（1972年）2月2日 [生]佐賀県小城郡三日月村（小城市） [学]京都帝国大学文科大学哲学科社会学専攻〔明治43年〕卒 [歴]大正3年京都帝大講師、10年東京商大教授、14年九州帝大教授を経て、昭和4年京都帝大兼任教授、5年専任教授。18年に設立された民族研究所初代所長を務め、20年終戦により廃官。21年名誉教授。戦後は26年大阪大学教授、30年大阪府立大学教授、38年龍谷大学教授を務めた。人間結合の研究を対象とする社会学の体系化を企て、日本の社会科学界に社会学の市民権を確立した。主な著書に「分業論」「社会学原理」「社会学概論」「社会関係の研究」「経済学新講」（5巻）など。明星派の歌人で数冊の歌集、随筆集もあり、母校、佐賀中学の玄関前には、京大ゼミの門下生一同が建てた歌碑がある。 [勲]勲二等旭日重光章〔昭和40年〕 [賞]文化功労者〔昭和39年〕

高藤 馬山人　たかとう・ばさんじん　俳人
明治39年（1906年）2月15日～平成2年（1990年）8月19日 [生]広島県広島市 [名]本名＝高藤

武馬(たかとう・たけま), 別名＝南蛮寺万造(なんばんじ・まんぞう)　学東京帝国大学国文科〔昭和6年〕卒　歴旧制広島高校在学中、大谷繞石に俳句を学ぶ。昭和6年雑誌「方言」を創刊、柳田国男に師事。のち法政大学で講義。句集「紅梅」「花筵」「走馬燈」、連句集「朴亭独唱」、研究書「奥の細道歌仙評釈」「芭蕉連句鑑賞」、随筆集「門の中」「馬の柵」などがある。

高仲 不墨子　たかなか・ふぼくし　俳人
明治39年(1906年)7月17日～昭和60年(1985年)10月25日　生長野県伊那市　学熊本大学医学部卒　歴北満州の野戦病院長を務めたのち、引揚げて伊那市で小児科医を開業。また俳人としては中村六花、金尾梅に師事して「みすゞ」「季節」同人。昭和41年から59年まで「みすゞ」を主宰した。47年俳人協会会員。

高野 悦子　たかの・えつこ　詩人
昭和24年(1949年)1月2日～昭和44年(1969年)6月24日　生栃木県那須郡西那須野町　学立命館大学文学部史学科　歴昭和42年立命館大学に入学、全共闘運動に参加する。43年には機動隊の学内導入に対して闘うが、闘争の中で悩み、44年6月24日睡眠薬を飲んで山陰線に身を投じ、20歳の生涯を終えた。その間に大学ノート十数冊に書いた多くの詩を含む日記が遺稿集「二十歳の原点」として出版され、ベストセラーとなった。他に「二十歳の原点序章」「二十歳の原点ノート」がある。

高野 寒甫　たかの・かんぽ　俳人
大正14年(1925年)8月27日～平成22年(2010年)1月31日　出静岡県富士市　名本名＝高野栄(たかの・さかえ)　学富士中〔昭和18年〕卒　歴昭和22年「鶴」に入会、石田波郷の指導を受ける。傍ら、鶴鎌倉句会で石塚友二の指導を受けた。34年「鶴」同人。56年岸田稚魚の作風に共鳴、「琅玕」入会。のち「泉」入会。俳句結社・沙羅の会を主宰した。平成7～15年静岡県俳句協会会長。句集に「朔日」「沙羅」などがある。

高野 喜久雄　たかの・きくお　詩人
昭和2年(1927年)11月20日～平成18年(2006年)5月1日　生新潟県佐渡市　学宇都宮農専土木科〔昭和23年〕卒　歴昭和20年頃から詩作を始め、25年「VOU」に、28年「荒地」に参加。32年「独楽」を刊行し、以後「存在」「闇を闇として」「高野喜久雄詩集」「出会うため」などを刊行。合唱曲「水のいのち」、賛美歌の作詞でも知られた。その後、詩作を断っていたが、平成に入りイタリアから「Lánima delláqua」「Secchio senza fond」「Nel cielo alto」が、また米国から「Toward Meaning」が刊行された。特にイタリアで高い評価を受け、17年ラクイラ国際文学賞、ベルトルッチ国際詩人賞を受けた。　賞ラクイラ国際文学賞〔平成17年〕, ベルトルッチ国際詩人賞〔平成17年〕　家長男＝高野明彦(国立情報学研究所教授)

鷹野 清子　たかの・きよこ　俳人
明治40年(1907年)3月8日～平成3年(1991年)12月31日　生岡山県玉野市　学岡山県立第一高女高等科英文中退　歴昭和31年「馬酔木」に入会、以来水原秋桜子に師事。46年同人、49年当月集同人。句集に「はなれ雲」。　賞俳人協会第10回全国大会賞〔昭和46年〕

高野 邦夫　たかの・くにお　詩人　俳人
昭和3年(1928年)5月13日～平成9年(1997年)4月14日　生神奈川県　学日本大学卒　歴俳句は「渋柿」に所属。詩集に「氷湖」「燦爛の天」「定時制高校」「川崎」「修羅」「曠野」「銀猫」「敗亡記」、句集に「多摩丘陵」などがある。

高野 素十　たかの・すじゅう　俳人
明治26年(1893年)3月3日～昭和51年(1976年)10月4日　生茨城県北相馬郡山王村大字神住(取手市)　名本名＝高野与巳(たかの・よしみ)　学東京帝国大学医科大学〔大正7年〕卒　歴東京帝国大学法医学部教室に入局、同僚の水原秋桜子らと俳句を始める。高浜虚子に師事し、昭和2年以降急速に頭角を現し、秋桜子、山口誓子、阿波野青畝と"四S"と称された。7年新潟医科大学助教授となり、同年ドイツへ留学し、9年帰国して教授に就任。24年学長、改組して新潟大学医学部教授・学部長、28年奈良医科大学教授を歴任し、35年以降は俳句に専念。この間、28年より「桐の葉」雑詠選を担当、32年より「芹」を創刊・主宰。虚子の客観写生を忠実に継承した純写生派。句集「初鴉」「雪片」「野花集」と「素十全集」(全5巻, 明治書院)がある。　家妻＝高野富士子(俳人)

鷹野 青鳥　たかの・せいちょう　川柳作家
大正10年(1921年)～平成21年(2009年)1月27日　生福岡県福岡市博多区　名本名＝鷹野弘(たかの・ひろし)　学南満州工業専門学校卒　歴「番傘川柳社」を経て、「ふあうすと川柳社」同人。平成元年から福岡川柳作家協会会長。13〜19年西日本新聞「ニュース川柳」の選者を務めた。 賞福岡市民文化活動功労賞〔平成19年〕

高野 はま　たかの・はま　歌人
明治26年（1893年）〜昭和45年（1970年） 生神奈川県川崎市 名本名＝高野ハマ, 旧姓・旧名＝田中 学三田私立高女卒 歴小学校教師を経て、僧侶の高野照宝と結婚。大正12年大田原市の成田山遍照院に赴任。金子薫園、吉植庄亮に師事し、昭和6年「下野短歌」、9年岸良雄主宰「立春」同人。12年「短歌星雲」を創刊。栃木県の女流歌人の先駆で、那北地方に短歌を普及させた。36年栃木県文化功労者に選ばれた。唯一の歌集に「白雲木」がある。 賞栃木県文化功労者〔昭和36年〕 家夫＝高野照宝（僧侶）

高野 美智雄　たかの・みちお　歌人
生年不詳〜平成21年（2009年）12月9日 出福岡県 歴昭和34年第1回宮日文芸歌壇賞を受賞。平成16年まで12年間、宮日歌壇選者。宮崎県芸術文化協会副会長なども歴任した。 賞宮日文芸歌壇賞（第1回）〔昭和34年〕

高野 六七八　たかの・むなはち　川柳作家
大正4年（1915年）4月1日〜平成5年（1993年）10月10日 名本名＝高野光一（たかの・こういち） 学天津華語専門学校卒 歴天津の電信電話会社勤務時代に川柳を始める。帰国後、昭和30年いわき川柳会を設立。平成元年から福島県川柳連盟会長。句集に「あらなみ」「海鳴り」「波濤」がある。

高橋 麻男　たかはし・あさお　俳人
大正10年（1921年）6月16日〜昭和59年（1984年）5月27日 生茨城県北茨城市磯原町 名本名＝高橋和夫（たかはし・かずお） 歴昭和15年「かびれ」入会、大竹孤悠に師事。のち「かびれ」同人。36年「秋」入会、石原八束に師事。のち「秋」同人。句集に「鷹」「青波座」。 賞かびれ作家賞, 茨城県俳協作家賞

高橋 淡路女　たかはし・あわじじょ　俳人
明治23年（1890年）9月19日〜昭和30年（1955年）3月13日 生兵庫県和田岬 名本名＝高橋すみ, 旧号＝すみ女 学上野女学校卒 歴早くから句作をはじめ、結婚後「ホトトギス」婦人句会の一員となる。結婚後1年で夫を亡くす。大正14年から飯田蛇笏に師事して「雲母」同人となる。昭和7年「駒草」を創刊。句集に「梶の葉」「淡路女百句」がある。

高橋 延児　たかはし・えんじ　俳人
大正10年（1921年）1月24日〜平成18年（2006年）7月10日 生大阪府 名本名＝高橋延禎（たかはし・のぶよし） 学堺市高小卒 歴昭和36年「蘇鉄」に入会、山本古瓢に師事した。 賞蘇鉄同人賞〔昭和42年〕, 蘇鉄年度賞〔昭和49年〕

高橋 克郎　たかはし・かつろう　俳人
昭和7年（1932年）5月28日〜平成23年（2011年）4月20日 生愛知県豊田市 名本名＝加藤健（かとう・つよし） 学愛知学芸大学国語科〔昭和30年〕卒 歴昭和25年父・加藤芳雪に俳句を学び、「高嶺」「暖濤」を経て、36年から叔父・加藤燕雨主宰の「松籟」に拠る。44年「河」主宰の角川源義に師事し入会、48年同人。平成15年叔父の死去により「松籟」主宰継承。句集に「月と雲」「釈迦の日」「塞翁が馬」がある。 賞暖濤賞〔昭和29年〕, 松籟賞〔昭和45年〕 家父＝加藤芳雪（俳人）, 叔父＝加藤燕雨（俳人）

高橋 掬太郎　たかはし・きくたろう　詩人
明治34年（1901年）4月6日〜昭和45年（1970年）4月9日 生岩手県 出北海道根室市 学根室商中退 歴函館日日新聞社に勤務、その間、歌謡「酒は涙か溜息か」がヒットし、昭和8年上京。9年からコロムビアに勤め、作詞家として活躍。22年キングに転社。代表作として「船頭可愛いや」「啼くな小鳩よ」「古城」などがある。著書に「流行歌三代物語」「日本民謡の旅」など。 勲紫綬褒章〔昭和43年〕

高橋 喜久晴　たかはし・きくはる　詩人
大正15年（1926年）2月18日〜平成20年（2008年）5月27日 生静岡県磐田市中泉 名本名＝高橋喜久晴（たかはし・きくはる） 学専修大学予科〔昭和20年〕修了 歴昭和35年静岡県立図書館、42年県教育委員会事務局に勤務。54年焼津青少年の家所長、57年天竜養護学校校長となり、59年退職。一方、21年詩誌「蒼茫」に参加。34年江頭彦造、町田志津子、大畑専らと静岡県詩人会を発足させ、事務局長、会長を歴任。アジア各国の代表的詩人の作品を日・中・韓・英の4ケ国語に翻訳収録する「アジア現代詩集」日本編集委員も務めた。「言葉」「地球」同人、「幻」「嶺」編集発行人。詩集「日常」「ひそかに

狼火」「高橋喜久晴詩集」「流謫の思想」、評論集「詩の幻影」「宗教と文学」、エッセイ集「詩の中の愛のかたち」などの著書がある。 賞静岡県芸術祭賞（詩部門）〔昭和36年〕，静岡県文化奨励賞〔昭和60年〕，アジア詩人功績賞〔昭和63年〕，中日詩賞（第43回）〔平成15年〕「流謫の思想」

高橋 奇子　たかはし・きし　俳人
昭和3年（1928年）11月8日 ～ 昭和63年（1988年）4月28日 生静岡県 名本名＝高橋日出雄（たかはし・ひでお） 学教員養成所卒 歴昭和29年「若葉」「海坂」への投句を経て、33年「石浜」主宰。34年加倉井秋をに師事、「冬草」に同人参加。35年静岡県芸術祭文学部門俳句審査員となる。 賞静岡県芸術祭俳句奨励賞（第1回）

高橋 鏡太郎　たかはし・きょうたろう　俳人
大正2年（1913年）3月24日 ～ 昭和37年（1962年）6月22日 生東京都早稲田 名本名＝高橋一 学高津中学〔昭和6年〕卒 歴昭和9年佐藤春夫に師事、同家の書生となる。10年石田波郷の俳句を知り傾倒する。15年俳誌「琥珀」に参加するが、19年脱退して「多麻」を創刊、編集発行人となる。21年「春燈」創刊と共に編集に携わる。22年安住敦らと「諷詠派」を結成。著書は句集「空蟬」「高橋鏡太郎の俳句」、詩集「ピエタ」、評論「リルケ評伝」「リルケ論」などがある。

高橋 銀次　たかはし・ぎんじ　俳人
昭和8年（1933年）3月22日 ～ 平成13年（2001年）3月3日 生神奈川県湯河原町 名本名＝高橋昌訓 学東北大学文学部国文科卒 歴昭和47年「風土」に入会、石川桂郎に師事する。翌年同人、のち主宰。句集に「春の海」がある。 賞風土新人賞〔昭和49年〕，風土賞〔昭和56年〕，桂郎賞〔昭和57年〕

高橋 金窗　たかはし・きんそう　俳人
明治35年（1902年）1月5日 ～ 昭和62年（1987年）3月31日 生和歌山県和歌山市 名本名＝高橋政夫（たかはし・まさお），前号＝まさを 学大分高商卒 歴大正6年青木月斗に師事。昭和4年大垣で「新樹」を創刊。8年「同人」選者。23年「石人形」を創刊し主宰。34年「同人」雑詠選者となる。48年より没年まで山口県俳句作家協会会長を務めた。句集に「新樹第一句集」「五軒谷」など。 賞岩国市文化功労賞〔昭和36年〕，山口県芸術文化功労賞〔昭和45年〕

高橋 啓秋　たかはし・けいしゅう　俳人
大正13年（1924年）10月7日 ～ 平成10年（1998年）10月10日 生岐阜県 名本名＝高橋俊太（たかはし・しゅんた） 学岐阜師範卒 歴昭和25年「初音」で各務於菟の指導を受ける。50年「獅子吼」同人、編集委員。

高橋 玄一郎　たかはし・げんいちろう　詩人
明治37年（1904年）3月31日 ～ 昭和53年（1978年）1月31日 生石川県輪島市 出長野県東筑摩郡本郷村（松本市） 学松本中〔大正10年〕中退 歴8歳の時長野に移る。戦前、「詩之家」「リアン」「新詩論」に発表、戦後は「新詩人」「深志文学」「作家」などで活躍。詩集に「思想詩鈔」がある。

高橋 謙次郎　たかはし・けんじろう　俳人
大正14年（1925年）4月19日 ～ 平成19年（2007年）3月1日 生千葉県市川市 名本名＝高橋肖次（たかはし・しょうじ） 学東京農業大学〔昭和22年〕卒 歴昭和37年「若葉」に入会。38年加倉井秋をに師事して「冬草」に入会。63年師が没すると「冬草」選者となり、平成2年主宰を継承。句集に「あとの月日」がある。

高橋 耕雲　たかはし・こううん　俳人
大正5年（1916年）1月9日～昭和57年（1982年）11月12日 生北海道雨竜郡沼田町真布沢 名本名＝高橋喜作（たかはし・きさく） 学高小卒 歴昭和24年土岐錬太郎に師事。「アカシヤ」「道」編集同人。52年俳画個展開催。句集に「吊橋」。

高橋 貞俊　たかはし・さだとし　俳人
大正2年（1913年）5月15日 ～ 平成11年（1999年）12月31日 生北海道旭川市 名本名＝木村貞俊 歴昭和初期に荒谷松葉子、藤田旭山らに学び、昭和12年垣川酉水、園田夢蒼花らと「海賊」「プリズム」などを発刊。その間、吉岡禅寺洞の「天の川」の同人、「俳句会館」を経て、21年「水輪」を刊行。44年同人誌「広軌」発刊。戦前戦後を通じて北海日日新聞、北海道新聞、北海タイムスなどの俳句欄の選者を務め、北海道の俳句革新運動に取り組んだ。句集に「新穀祭」「風貌」など。 賞旭川市文化奨励賞〔昭和44年〕，北海道文化賞〔平成10年〕，北北海道現代俳句協会特別賞〔平成13年〕 家妻＝木

村照子（俳人）

高橋 柿花　たかはし・しか　俳人
大正10年（1921年）7月20日 ～ 平成6年（1994年）7月6日　生高知県土佐郡鏡村　名本名＝高橋健彦（たかはし・たけひこ）　学日本歯科医専卒　歴昭和14年父三冬子に手ほどきを受ける。26年「夏炉」を創刊し主宰。虚子没年まで直接指導を受ける。のち「鶴」に入会し、波郷、友二に師事。46年俳人協会入会、54年評議員。句集に「磨瓶第一」「磨瓶第二」。

高橋 紫光　たかはし・しこう　俳人
明治40年（1907年）10月7日 ～ 平成5年（1993年）12月29日　生福島県　名本名＝高橋丑三　学高小卒　歴写真業を営む傍ら、公民館館長、町議などを歴任。俳句は昭和14年「馬酔木」水原秋桜子に師事。53年「鯱」同人。福島市俳句協会幹事、選者、県俳句作者懇話会幹事。福島馬酔木会所属。句集に「柚子ひとつ」「春の虹」がある。　賞福島県俳句芸術祭賞〔昭和52年〕

高橋 秀一郎　たかはし・しゅういちろう　詩人
昭和12年（1937年）3月16日 ～ 平成4年（1992年）　生埼玉県　学千葉大学工学部　歴高校時代は寺山修司や天沢退二郎らの呼びかけによって、同人詩誌「魚類の薔薇」に所属。大学入学以降は「長帽子」に所属した。詩集に「岬の風景」「鬼灯が…」がある。

高橋 潤　たかはし・じゅん　俳人
明治28年（1895年）2月7日 ～ 昭和42年（1967年）12月4日　生広島県　名本名＝高橋尚　学早稲田大学文科卒　歴生家は代々の医者尚古堂医院。俳優として宝塚研究生、舞台協会、新文芸協会、芸術座などを経て新派に入り、昭和42年11月公演が最後の舞台。「春燈」に創刊とともに参加。句集「萍」がある。

高橋 春燈　たかはし・しゅんちょう　俳人
明治38年（1905年）4月10日 ～昭和57年（1982年）7月29日　生埼玉県　名本名＝高橋春雄　歴高浜虚子に師事し、昭和24年「ホトトギス」同人。29年池内たけし主宰「欅」復刊に当り発行責任者、のち編集。49年たけし逝去により「欅」主宰となる。

高橋 爾郎　たかはし・じろう　歌人
昭和4年（1929年）8月10日 ～ 平成26年（2014年）9月18日　出岩手県盛岡市　名本名＝高橋次郎（たかはし・じろう）　学鉄道教習所　歴昭和30年歌誌「北宴」編集人となり、35年第1回岩手県歌人クラブ賞を受賞。平成5～10年同クラブ会長、6～14年北上市の日本現代詩歌文学館理事を務めた。　賞岩手県歌人クラブ賞（第1回）〔昭和35年〕

高橋 新吉　たかはし・しんきち　詩人
明治34年（1901年）1月28日 ～昭和62年（1987年）6月5日　生愛媛県西宇和郡伊方町　学八幡浜商〔大正7年〕中退　歴若い頃から放浪生活を送るが、挫折して故郷に帰る。大正9年「万朝報」の懸賞短編小説に「焔をかかぐ」が入選。同年ダダイスム思想に強い衝撃を受け、「ダダ仏問答」「断言はダダイスト」などを発表。12年「ダダイスト新吉の詩」を刊行、ダダイスムの先駆者となる。13年小説「ダダ」を刊行。昭和3年頃から禅の道にも入り、9年詩集「戯言集」を発表以後は東洋精神や仏教への傾倒を深める。戦後も「歴程」や「日本未来派」同人として旺盛な創作活動を展開。「定本高橋新吉詩集」など多くの詩集の他、「無門関解説」「道元」「禅に参ず」の研究書や、小説「ダガバジジンギヂ物語」、美術論集「すずめ」など、著作は広い分野にわたる。57年「高橋新吉全集」（全4巻・青土社）刊行。　賞芸術選奨文部大臣賞（第23回・文学・評論部門）〔昭和48年〕「定本高橋新吉詩集」, 日本詩人クラブ賞（第15回）〔昭和57年〕「空洞」, 歴程賞（第23回）〔昭和60年〕

高橋 伸張子　たかはし・しんちょうし　俳人
大正5年（1916年）9月12日 ～ 昭和63年（1988年）4月27日　生新潟県高田市　名本名＝高橋秀雄（たかはし・ひでお）　学旧中学中退　歴昭和27年「科野」、29年「鶴」へ入会。33年「鶴」同人。句集に「雪椿」。　賞鶴賞〔昭和42年〕

高橋 鈴之助　たかはし・すずのすけ　歌人
明治43年（1910年）11月3日 ～昭和60年（1985年）9月27日　生東京都　歴昭和初年、原石鼎の俳誌「鹿火屋」に拠り、のち短歌に移る。戦時中から「ポトナム」に加わり、福田栄一の「古今」創刊に参加。古書籍業。歌集に「草は光れど」「美しく似て」「鳥雲に」がある。

高橋 荘吉　たかはし・そうきち　歌人
明治38年（1905年）8月4日～平成2年（1990年）

5月1日 生愛知県 名本名＝高橋次郎 歴大正14年玉川短歌会入会。昭和2年「国民文学」入会。21年「沃野」創刊に参加し、同人。のち「沃野」運営委員長を務めた。歌集に「二河の道」「石庭」など。

高橋 宗伸　たかはし・そうしん　歌人
昭和3年（1928年）2月15日 ～ 平成26年（2014年）8月22日 生山形県村山市 学国学院大学文学部卒 歴在学中より作歌。結城哀草果に師事し、「山塊」会員となる。また、疎開中の斎藤茂吉から指導を受けた。昭和23年「アララギ」に入会、54年山形県アララギ会結成時に参加し、東北アララギ会「群山」選者も務めた。平成2～20年山形新聞「やましん歌壇」選者。歌集に「噴泉」「乱山集」「遊水池」「櫟亭集」「返照」「源流泉」、著書に「茂吉短歌の諸相」「茂吉短歌表現考」などがある。 賞斎藤茂吉文化賞（第43回）〔平成9年〕，島木赤彦文学賞（第5回）〔平成15年〕「櫟亭」

高橋 素水　たかはし・そすい　俳人
明治36年（1903年）3月26日 ～ 平成7年（1995年）9月29日 生長野県東筑摩郡 名本名＝高橋恵 学日本大学専門部中退 歴長野県民政部長を最後に退職ののち、会社非常勤役員等を勤める。短歌を牧水に学ぶが戦争により中断。昭和40年「風土」、42年「萬緑」入会。特別作品一席2回入選。のち「萬緑」長野支部長。句集に「美和湖」「青嶺」がある。 賞萬緑新人賞〔昭和50年〕，萬緑賞〔昭和55年〕

高橋 大造　たかはし・だいぞう　歌人
大正14年（1925年）3月20日 ～ 平成11年（1999年）5月18日 生宮城県蔵王町 名本名＝高橋大蔵 学早稲田大学理工学部教育学部中退 歴大学在学中19歳で徴兵され陸軍工兵隊に入隊、旧満州・図們で終戦。ハバロフスク北部のコムソモリスクに抑留され、昭和24年に帰国。以後、業界紙記者、印刷屋、学習塾経営など職を転々とし、のち多麻河伯（たまがわ）の短歌会「艸炎」を主宰する。歌集に「空を呼ぶ野の声」「蒼氓」「まぼろしならず」など。一方、かつての捕虜仲間に呼びかけて、57年にソ連における日本人捕虜の生活体験を記録する会を組織、代表となる。以後、体験手記や資料の収集、現地墓参などの活動を続けた。著書に「四十六年目の弔辞」、旧ソ連抑留者326人の手記を収録した「捕虜体験記」（同会, 全8巻）がある。 賞菊地寛賞（第46回）〔平成10年〕「捕虜体験記」

高橋 たか子　たかはし・たかこ　詩人
明治37年（1904年）9月4日 ～ 平成12年（2000年）9月11日 生宮城県栗原郡金成町（栗原市） 名本名＝高橋たか 学宮城県立第一高女卒 歴学校卒業後、小学校教員となる。大正15年から同郷の詩人・白鳥省吾が主宰する「地上楽園」に詩を寄せ、同人。白鳥と深尾須磨子に師事。また、同人として「ごろっちょ」「東北文学」「東北作家」「仙台文学」などで活躍。詩集に「夕空を飛翔する」「夕暮れの散歩」「秋の蝶」などがある。 家弟＝菅原克己（詩人）

高橋 千之　たかはし・ちゆき　俳人
昭和4年（1929年）10月26日 ～ 平成21年（2009年）11月26日 生岐阜県 学大垣工業機械科卒 歴昭和25年「ホトトギス」系俳人・久米幸叢の手ほどきを受ける。同じ頃「雪」により橋本鶏二を知り「年輪」に参加、同人。大垣芥子の実句会代表幹事を務めた。 賞年輪松囃子賞〔昭和57年〕

高橋 徳衛　たかはし・とくえ　歌人
大正10年（1921年）5月5日 ～ 平成18年（2006年）1月12日 生千葉県 歴昭和23年「定型律」、28年「創生」復刊に参画、32年より編集委員。51年より「あらたえ」を創刊・主宰。歌集に「欅の木の瘤」など。

高橋 俊人　たかはし・としんど　歌人
明治31年（1898年）8月4日 ～ 昭和51年（1976年）1月13日 生神奈川県藤沢市 学東洋大学卒 歴国漢教諭として各地を歴任。大正末年「創作」に参加し、昭和3年「青藻」を創刊し、27年「まゆみ」を創刊。歌集に「寒色」「杖家集」「壺中天」などがある。

高橋 晩甘　たかはし・ばんかん　俳人
明治21年（1888年）9月17日 ～ 昭和41年（1966年）3月23日 生広島県竹原町 名本名＝高橋仰之（たかはし・ぎょうし） 学六高 歴六高在学中から俳句を学び、のち河東碧梧桐に師事して「海紅」に参加。三井物産勤務の傍ら、自由律俳句に励む。昭和37年個人誌「小径」を発刊。句集に「心遠」がある。

高橋 畔舟　たかはし・はんしゅう　俳人
明治45年（1912年）7月17日 ～ 平成12年（2000年）7月4日 生北海道 名本名＝高橋道夫（たかはし・みちお） 学九州帝国大学医学部卒 歴昭和30年「ホトトギス」同人・水田のぶほの手

ほどきを受け、「九年母」に投句。36年「馬酔木」、41年「早苗」に入会。45年「早苗」同人。賞早苗賞〔昭和45年・52年〕

高橋 英子　たかはし・ひでこ　歌人
明治33年（1900年）8月21日～昭和57年（1982年）4月4日　生奈良県宇智郡北宇智村（五条市）　学奈良女高師附属高女〔大正6年〕卒　歴藤岡家に生まれ、大正9年農芸化学者の高橋克己と結婚。13年夫が帝国学士院賞を受賞したが、14年夫と死別。昭和2年頃より与謝野鉄幹・晶子夫妻に短歌を学び、8年「花房」を創刊・主宰。12年第一歌集「橘」を刊行。他の歌集に「高橋英子歌集」「つきせぬ」「つきせぬ以後」がある。家夫＝高橋克己（農芸化学者），兄＝藤岡玉骨（俳人）

高橋 北斗　たかはし・ほくと　俳人
大正11年（1922年）6月10日～平成1年（1989年）9月27日　生宮城県　名本名＝高橋正　学中央大学専門部中退　歴昭和23年「馬酔木」入門、水原秋桜子に師事。46年「馬酔木」同人。50年俳人協会幹事。

高橋 希人　たかはし・まれんど　歌人
明治34年（1901年）12月3日～昭和62年（1987年）5月5日　生神奈川県藤沢市　学京都帝国大学医学部〔昭和6年〕卒　歴内科医となり、野村証券診療所長、野村証券健康管理センター所長、同顧問など歴任。短歌は大正6年「創作」に入り、若山牧水に師事。のち「創作」選者となる。歌集に「淡彩」「比黒」「白花文」「黒つぐみ」など。

高橋 沐石　たかはし・もくせき　俳人
大正5年（1916年）7月11日～平成13年（2001年）4月1日　生三重県多気郡勢和村　名本名＝高橋務（たかはし・つとむ）　学東京帝国大学医学部〔昭和17年〕卒　歴海軍軍医、東大病院勤務を経て、昭和29年国立静岡病院内科医長となり、56年院長に就任。61年退官。また俳人としても知られ、「夏草」「萬緑」「子午線」を経て、41年「小鹿」を創刊し、主宰。「萬緑」同人。句集に「彷徨」「樹齢」など。

高橋 元吉　たかはし・もときち　詩人
明治26年（1893年）3月6日～昭和40年（1965年）1月28日　生群馬県前橋市　学前橋中〔明治43年〕卒　歴父は地方取次・出版業・書店業の煥乎堂を創業した高橋常蔵で、6人きょうだい（3男3女）の5番目の二男。明治43年前橋中学を卒業すると、父から一高志望を断念させられ東京・神田の三省堂機械標本部で修業。45年より煥乎堂で働く一方、文学に励み、中学の先輩である萩原朔太郎に親炙。大正5年「生命の川」同人となり、11年第一詩集「遠望」、12年第二詩集「耽視」を刊行。13年「大街道」を創刊し、15年「生活者」同人となった。昭和6年第三詩集「耶律」を刊行。38年第四詩集「高橋元吉詩集」で高村光太郎賞を受けた。この間、17年兄の死により煥乎堂の3代目社長に就任。経営難や店舗罹災を乗り越え、社の復興に尽くした。39年会長。戦後は群馬県の文化運動の中心的存在を担い、没後に高橋元吉賞（現・高橋元吉文化賞）が設置された。　賞高村光太郎賞（第8回）〔昭和38年〕「高橋元吉詩集」　家長男＝高橋徹（煥乎堂社長），父＝高橋常蔵（煥乎堂創業者），兄＝高橋清七（煥乎堂社長）

高橋 友鳳子　たかはし・ゆうほうし　俳人
明治32年（1899年）2月1日～平成8年（1996年）9月24日　生秋田県雄勝郡西成瀬村　名本名＝高橋友蔵（たかはし・ともぞう）　学西成瀬小卒　歴大正4年大日本鉱業勤務を経て、昭和22年西成瀬村長を2期務めた。30年町村合併により平鹿郡増田町西成瀬支所長、31年増田町教育長。一方、俳句は大正4年より安藤和風に師事。12年石井露月に師事。「雲蹤」「青雲」「俳星」に出句。12年吉田冬葉に師事、「獺祭」に出句。のち「俳星」「獺祭」同人。句集に「落穂」「秋田富士」「成瀬路」、「友鳳子定本句集」など。　賞秋田県芸術文化賞（第13回）

高橋 藍川　たかはし・らんせん　漢詩人
明治39年（1906年）9月19日～昭和61年（1986年）2月24日　生和歌山県上富田町　名本名＝高橋宗雄，道号＝高橋泰道（たかはし・たいどう），別号＝夢笛山人　歴和歌山県上富田町の臨済宗成道寺住職。昭和15年、和歌山・鮎川に漢詩同人の黒潮吟社を設立し月刊誌「黒潮集」を創刊。門下生は400名を越え、太刀掛呂山とともに関西詩界の双璧といわれた。著書に「漢詩講座〈上下〉」「藍川百絶」「藍川百律」「南溟慰霊集」などがある。

高橋 柳畝　たかはし・りゅうほ　俳人
明治39年（1906年）3月2日～昭和63年（1988年）6月1日　生富山県中新川郡北加積村（滑川市）　名本名＝高橋政二（たかはし・まさじ）　歴「層雲」同人で、滑川市文化財保護調査委員長も務めた。自由律による句集「でっかい月」「花の雫」「羅漢」、定型律句集「虚空の骨」がある。

高橋 喨吉　たかはし・りょうきち　歌人
明治32年(1899年)11月20日～昭和56年(1981年)7月7日　生秋田県由利郡鳥海町　名本名＝高橋了吉　歴詩、短歌、小説等を「秋田魁新報」に発表。昭和21年より山下陸奥に師事、「一路」に入会。47年第二歌集「四照花」が日本歌人クラブ推薦歌集に選ばれた。他の歌集に「地霊」「四照花以後」がある。　賞日本歌人クラブ推薦歌集(第18回)〔昭和47年〕「四照花」

高橋 良太郎　たかはし・りょうたろう　俳人
明治35年(1902年)4月20日～昭和52年(1977年)3月29日　生富山県中新川郡北加積村(滑川市)　歴富山地方鉄道社長、立山開発鉄道社長などを歴任する傍ら、自由律の俳人として活躍。荻原井泉水主宰の俳句誌「層雲」幹部同人を務めた。句集に「水雪」「月夜の蛍」「鰤おこし」「日没」など。没後の昭和54年、滑川市文化センター完成に合わせて遺族が句集や俳論などを中心とした蔵書を寄贈、書斎の名にちなんだ「青陽亭文庫」として収蔵されている。　賞井泉水賞〔昭和28年〕

高橋 渡　たかはし・わたる　詩人
大正11年(1922年)11月23日～平成11年(1999年)11月14日　出長野県大町市　名本名＝中山渡(なかやま・わたる)　学国学院大学高師卒　歴上田女子短期大学国文科教授を経て、調布学園女子短期大学教授。詩集に「高橋渡詩集」「犬の声」「見据える人」「雑誌コギトと伊東静雄」、著書に「風土と詩人たち〈上下〉」「詩人研究・抒情の鐘」など。　賞日本詩人クラブ賞(第8回)〔昭和50年〕「冬の蝶」

高浜 きみ子　たかはま・きみこ　俳人
明治40年(1907年)2月16日～平成15年(2003年)2月20日　名本名＝高浜喜美(たかはま・きみ)　歴昭和2年俳人高浜虚子の長男・年尾と結婚。60年「ホトトギス」同人となり、同社社長を務めた。　家夫＝高浜年尾(俳人),長女＝坊城中子(俳人),二女＝稲畑汀子(俳人),義父＝高浜虚子(俳人)

高浜 虚子　たかはま・きょし　俳人
明治7年(1874年)2月22日～昭和34年(1959年)4月8日　生愛媛県松山市長町新丁　名本名＝高浜清,旧姓・旧名＝池内,初号＝放子　学二高〔明治27年〕中退　資帝国芸術院会員〔昭和12年〕　歴中学時代から回覧雑誌を出し、碧梧桐を知り、やがて子規を知り、俳句を学ぶ。明治30年松山で「ホトトギス」が創刊され、31年東京へ移ると共に編集に従事。31年から32年にかけて写生文のはじめとされる「浅草寺のくさぐさ」を発表。41年国民新聞社に入社し「国民文学欄」を編集。43年「ホトトギス」の編集に専念するため国民新聞社を退職。以後、俳句、小説と幅広く活躍。俳句は碧梧桐の新傾向に反対し、定型と季語を伝統として尊重した。昭和2年花鳥諷詠を提唱、多くの俳人を育てた。29年文化勲章を受章。「虚子句集」「五百句」「虚子秀句」などの句集、「鶏頭」「俳諧師」「柿二つ」「虹」などの小説の他、「漱石氏と私」「定本高浜虚子全集」(毎日新聞社)など著書多数。　勲文化勲章〔昭和29年〕　家長男＝高浜年尾(俳人),二男＝池内友次郎(作曲家),二女＝星野立子(俳人),五女＝高木晴子(俳人),六女＝上野章子(俳人),兄＝池内信嘉(能楽師),孫＝坊城中子(俳人),稲畑汀子(俳人)

高浜 天我　たかはま・てんが　詩人
明治17年(1884年)9月～昭和41年(1966年)12月10日　生兵庫県姫路市　名本名＝高浜二郎　学姫路中中退　歴主に「鷺城新聞」記者として活躍。明治38年文芸誌「みかしほ」を創刊、内海泡沫、有本芳水、入沢凉月らを知り、「新声」「心の花」等に投稿。韓満の記者生活を経て、40年12月上京。「成蹊」編集に参加、また児玉花外、高浜長江の「火柱」発刊に協力。晩年、蒲生君平研究により栃木県より文化功労賞を受ける。　賞栃木県文化功労賞

高浜 年尾　たかはま・としお　俳人
明治33年(1900年)12月16日～昭和54年(1979年)10月26日　生東京市神田区(東京都千代田区)　学小樽高商〔大正13年〕卒　歴高浜虚子の長男で、"年尾"は正岡子規の命名による。父の影響で早くから俳句に親しむ。小樽高商卒業後、横浜の生糸商松文商店に入社し、のち旭シルクに勤務。昭和12年以降は俳句に専念し、13年より「俳諧」を主宰。連句の実作にも励んだ。15年「鹿笛」を主宰。22年ホトトギス社代表社員となり、26年父より「ホトトギス」雑詠選者を継承。34年父が亡くなり、朝日新聞「朝日俳壇」選者。52年二女の稲畑汀子に「ホトト

ギス」雑詠選を譲った。句集「年尾句集」「年尾全句集」や、「父虚子とともに」「俳諧手引」などがある。　勲勲四等旭日小綬章〔昭和51年〕　家父＝高浜虚子（俳人），妻＝高浜きみ子（俳人），長女＝坊城中子（俳人），二女＝稲畑汀子（俳人），妹＝星野立子（俳人），高木晴子（俳人），上野章子（俳人），弟＝池内友次郎（作曲家）

高原 博　たかはら・ひろし　歌人

明治40年（1907年）10月25日～昭和62年（1987年）9月5日　生広島県　学広島文理科大学〔昭和10年〕卒　歴昭和4年並木秋人に師事。31年から「短歌個性」主宰。歌集に「染浄」がある。また平成元年「高原博遺稿集」が出版された。

高松 文樹　たかまつ・ふみき　詩人

大正15年（1926年）1月3日～平成25年（2013年）1月7日　出和歌山県和歌山市　名本名＝高松謙吉（たかまつ・けんきち）　学陸軍経理学校卒　歴昭和28年ラジオ九州に入社。勤務の傍ら、45年より詩誌「PARNASSIUS（パルナシウス）」を主宰。詩集に「予感」「虚栄」「空無」「時計」、評論集に「こころと霊」などがある。

高松 光代　たかまつ・みつよ　歌人

明治42年（1909年）6月20日～平成18年（2006年）7月27日　生京都府綾部市　歴昭和4年自由社に入社。前田夕暮に師事し「詩歌」に自由律短歌を発表。15年「詩歌」同人。17年定型短歌に転向。21年以後、20年間短歌を離れるが、42年「詩歌」復刊とともに復帰。57年より季刊「港」を主宰（通巻42号で休刊）。62年現代歌人協会に入会。港短歌会運営、「青天」同人。歌集に「埋没林」「夏のひかり」「月光揺籃」「百子千子」「サナギ・サナギ」「あくる日」、随筆集に「港に灯のともる頃」がある。

高見 順　たかみ・じゅん　詩人

明治40年（1907年）1月30日～昭和40年（1965年）8月17日　生福井県坂井郡三国町　名本名＝高間芳雄，旧姓・旧名＝高間義雄　学東京帝国大学文学部英文学科〔昭和5年〕卒　歴日本プロレタリア作家同盟の一員として活躍した後、昭和10年「故旧忘れ得べき」で作家として認められ、10年代の代表的作家となる。戦時中は「如何なる星の下に」を発表。戦後も数多くの作品を発表。他の代表作に「今ひとたびの」「わが胸のここには」「生命の樹」「いやな感じ」などがある。詩人としては、武田麟太郎らと「人民文庫」を創刊し一時、詩を敵視した事もあったが、22年池田克己らと「日本未来派」を創刊、詩作を再開する。以後旺盛な詩作活動を展開し、「高見順詩集」「わが埋葬」「死の淵より」などの詩集に結実する。評論の部門でも活躍、「文芸時評」「昭和文学盛衰史」などがある。また日本ペンクラブ専務理事を務め、晩年は日本近代文学館の創立に参加、初代理事長として活躍。「高見順日記」は文学史のみならず、昭和史の資料としても貴重。平成元年草加市で未発表の私家版詩画集「重量喪失」が見つかった。　賞文化功労者（死後追贈）〔昭和40年〕，菊池寛賞〔昭和39年〕　家父＝阪本蘋園（漢詩人・貴院議員），異母兄＝阪本越郎（詩人・ドイツ文学者），従兄＝永井荷風（小説家・随筆家）

田上 石情　たがみ・せきじょう　俳人

大正4年（1915年）10月3日～平成9年（1997年）1月8日　生三重県飯南郡　名本名＝田上文太郎（たかみ・ぶんたろう）　学高小卒　歴昭和10年頃に青木山栗子らの指導を受けて俳句を始め、「谺俳句」「暖流」などに投句。海軍召集ののち、26年「天狼」入会、山口誓子に師事。38年「運河」に参加、編集同人。53年「天狼」同人。のち星河俳句会を主宰。他に松阪市民俳句協会会長、三重県俳句協会会長、鈴屋遺蹟保存会評議員などを務めた。句集に「樹下」「城下」がある。　賞天狼コロナ賞〔昭和49年〕

高峯 離葉　たかみね・りよう　俳人

明治39年（1906年）4月16日～平成17年（2005年）1月18日　生富山県氷見市論田　名本名＝高峯一愚（たかみね・いちぐ）　学東京帝国大学文学部哲学科卒　歴明治専門学校、台北高校、東京都立高校、東京都立大学、帝京大学教授を歴任。昭和57年から日本カント協会会長を務めた。著書に「存在と論理」「純粋理性批判入門」「カント講義」「断思断想」、訳書にカント「純粋理性批判」、ヘーゲル「法の哲学」などがある。俳人としても活躍し、句集に「離葉片々—高峯離葉集」がある。

高村 光太郎　たかむら・こうたろう　詩人

明治16年（1883年）3月13日～昭和31年（1956年）4月2日　生東京府下谷区西町（東京都台東区）　名本名＝高村光太郎（たかむら・みつたろう），筆名＝篁砕雨　学東京美術学校彫刻科〔明治35年〕卒　歴彫刻家・高村光雲の長男。鋳金家・歌人の高村豊周は弟。家業を継ぐため、明治30年東京美術学校に進む一方、文学にも目を開き、篁砕雨の筆名で「明星」に短歌や戯曲、詩を発表。35年美校を卒業、卒業制作は「獅子吼」。38年洋画科に再入学するが、39年海外へ留学。米国で荻原守衛と知り合い親交を深めた。40年英国、41年よりフランスに滞在し、ロダンに大きな影響を受けた。42年帰国後は文芸活動を活発に行い、「スバル」に発表した芸術論「緑色の太陽」などで注目を集め、パンの会やヒュウザン会（フュウザン会）にも参加。大正3年格調高い口語自由詩の詩集「道程」を刊行。同年画家・長沼智恵子と結婚。4年から彫刻に力を入れ、5年精神的な父といえるロダンの言葉を抜粋訳した「ロダンの言葉」を発表。多くの芸術志望の若者たちに影響を与えた。やがて日本の彫刻の見直しを進める中で肖像彫刻に可能性を見いだした。昭和6年頃から智恵子が精神を病み始め、13年病死した。16年亡き智恵子にまつわる詩を集めた第二詩集「智恵子抄」を発表、2人の愛の軌跡を綴ったこの詩集は多くの読者を獲得し、代表作の一つとなった。日中戦争が始まった頃から国粋主義に傾斜した言論活動を行い、愛国詩を多く発表。17年には日本文学報国会詩部会会長に就任した。20年4月の空襲でアトリエを焼失、宮沢賢治の縁を頼って、岩手県花巻の賢治の弟・宮沢清六方へ疎開。同地で敗戦を迎えた。10月には戦時中の言論活動に対する自責の念から同県太田村にこもり、27年まで農耕自炊生活を続けた。この間、22年帝国芸術院会員、28年日本芸術院会員に推されたが辞退した。没後、高村光太郎賞が設けられ、命日には連翹忌が営まれている。 賞帝国芸術院賞（文芸部門, 第1回）〔昭和16年〕「道程」, 読売文学賞（詩歌賞, 第2回）〔昭和25年〕「典型」　家妻＝高村智恵子（洋画家）, 父＝高村光雲（彫刻家）, 姉＝高村素月（日本画家）, 弟＝高村豊周（鋳金家・歌人）, 甥＝高村規（写真家）

高村 豊周　たかむら・とよちか　歌人

明治23年（1890年）7月1日 ～ 昭和47年（1972年）6月2日　生東京市（東京都）　学東京美術学校鋳造科〔大正4年〕卒　資日本芸術院会員〔昭和25年〕, 重要無形文化財保持者（鋳金）〔昭和39年〕　歴木彫家・高村光雲の三男で、詩人の高村光太郎は兄。明治41年鋳金家・津田信夫に入門。大正15年主観的表現を重視する工芸団体・无型（むけい）を組織。近代工芸運動を展開し、制作や評論を通してその中心人物となる。昭和2年より帝展に3回連続特選。8年より東京美術学校教授を務め、10年実在工芸美術会を組織、"用即美"を唱えた。戦後は25年日本芸術院会員、33年日展理事、39年人間国宝となった。代表作に「鼎」「朧銀花入 落水賦」「朱銅みすぢ花入」「藤村詩碑」など。また、短歌を好み「露光集」「歌ぶくろ」「おきなぐさ」「清虚集」の4歌集があり、「光太郎回想」「自画像」などの著書もある。39年には新年歌会始の召人として招かれた。　家父＝高村光雲（彫刻家）, 姉＝高村素月（日本画家）, 兄＝高村光太郎（詩人）, 息子＝高村規（写真家）

高群 逸枝　たかむれ・いつえ　詩人

明治27年（1894年）1月18日 ～ 昭和39年（1964年）6月7日　生熊本県下益城郡豊川村（宇城市）　名本名＝橋本イツエ　学熊本師範女子部〔明治43年〕退学, 熊本女学校〔大正2年〕修了　歴小学校代用教員となり、大正7年「娘巡礼記」で文名をあげる。8年橋本憲三と結婚。9年上京し、女流詩人として文壇に登場、詩集「日月の上に」「放浪者の詩」を発表。女性史研究を志し、15年論文「恋愛創生」を執筆、新女性主義を提唱。昭和5年平塚らいてう等と無産婦人芸術連盟を結成、雑誌「婦人戦線」を主宰し評論活動を行う。6年「婦人戦線」廃刊後は夫の積極的な協力を得て、終生研究に専念した。著書に「大日本女性人名辞書」「母系制の研究」「招婿婚の研究」「女性の歴史」（4巻）「日本婚姻史」、随筆集「愛と孤独と―学びの細道」、自叙伝「火の国の女の日記」などがある。死後、夫の編集により「高群逸枝全集」（全10巻, 理論社）が刊行された。

高室 呉龍　たかむろ・ごりゅう　俳人

明治32年（1899年）6月15日 ～ 昭和58年（1983年）2月17日　生山梨県中巨摩郡大鎌田村高室（甲府市高室町）　名本名＝高室五郎（たかむろ・ごろう）　学甲府中卒, 早稲田大学中退　歴大正9年飯田蛇笏の門下に入り「雲母」の初期からの同人。句集に「朝の雪」「惜春」「鳥影」などがある。　賞雲母賞〔昭和35年〕, 山廬賞〔昭和46年〕　家息子＝高室陽二郎（山梨放送社長）

高森 文夫　たかもり・ふみお　詩人

明治43年（1910年）1月20日 ～ 平成10年（1998年）6月2日　生宮崎県東臼杵郡　学東京帝国大学仏文科卒　歴昭和3年上京。成城高校のとき日夏耿之介門下に入り、詩作を始める。6年中原中也と知り合い、大学1年の時には3ケ月程寝起きを共にし影響を受ける。10年頃より「四季」に投稿、17年同人となる。その間、16年に処女詩集「浚渫船（しゅんせつせん）」で第2回中原中也賞を受賞。戦後は43年に復刊された「四季」に参加、詩集「昨日の空」を刊行。一方、英語教師を振り出しに、宮崎県延岡市と東郷町の教育長を務めるなど、教育畑を歩む。60年東郷町長選挙に当選、1期務めた。　賞中原中也賞（第2回）〔昭和16年〕「浚渫船」

高屋 窓秋　たかや・そうしゅう　俳人
明治43年（1910年）2月14日 〜 平成11年（1999年）1月1日　生愛知県名古屋市　名本名＝高屋正国　学法政大学文学部英文科卒　歴昭和5年水原秋桜子に師事、独自の詩的な句風を確立。のち「馬酔木」編集に携わる。10年「馬酔木」退会、13年「京大俳句」に参加。同年満州に渡り、以後殆ど沈黙する。21年帰国。22年「天狼」創刊、同人。33年「俳句評論」同人。句集に「白い夏野」「河」「石の門」「高屋窓秋全句集」がある。　賞現代俳句協会大賞（第4回）〔平成3年〕

高安 国世　たかやす・くによ　歌人
大正2年（1913年）8月11日 〜 昭和59年（1984年）7月30日　生大阪府大阪市　学京都帝国大学独文科〔昭和12年〕卒　歴旧制三高、京大、関西学院大教授を経て昭和57年から梅花女子大教授。昭和9年に「アララギ」に入り、土屋文明に師事。戦後「新歌人集団」に参加、「関西アララギ」選者を経て、29年に「塔」を創刊・主宰。45年現代歌人集会を結成し理事長。毎日新聞歌壇選者。また、ドイツ文学、とくにゲーテ、カロッサ、トーマス・マン、リルケの研究者としても知られ、リルケ「ロダン」の訳書は名高い。歌集に「真実」「砂の上の卓」「年輪」「街上」「高安国世短歌作品集」「光の春」など、その他の著作に「抒情と現実」「カスタニエンの木陰」「リルケ」などがある。　賞日本歌人クラブ推薦歌集（第9回）〔昭和38年〕「街上」，京都府文化賞（功労賞）〔昭和58年〕，現代短歌大賞（第7回）〔昭和59年〕「光の春」　家母＝高安やす子（歌人）

高柳 重信　たかやなぎ・じゅうしん　俳人
大正12年（1923年）1月9日 〜 昭和58年（1983年）7月8日　生東京市小石川区大塚仲町（東京都文京区）　名本名＝高柳重信（たかやなぎ・しげのぶ），筆名＝山川蟬夫（やまかわ・せみお），前号＝恵幻子　学早稲田大学専門部法科〔昭和17年〕卒　歴昭和15年早大俳句研究会に入り、同年第一次「群」を、17年「早大俳句」を創刊。18年「琥珀」に参加。戦後は富沢赤黄男に師事し、27年「薔薇」を、33年には「俳句評論」を創刊し編集に従事。42年からは総合誌「俳句研究」の編集に携わる。43年編集長に就任。戦後に多行形式の俳句を数多く手がけ、その開拓者となる。また、「俳句研究」編集長としても俳句史と俳人の検証、新人の発掘などに足跡を残した。句集に「蕗子」「伯爵領」「高柳重信全句集」「山海集」「日本海軍」など、評論集に「バベルの塔」「現代俳句の軌跡」などがある。　家妻＝中村苑子（俳人）

高山 雍子　たかやま・やすこ　俳人
大正6年（1917年）8月14日 〜 平成15年（2003年）1月15日　生広島県沼隈郡沼隈町　学尾道高女卒　歴戦前から青木月斗の「同人」に属し、戦後は高柳重信の「俳句評論」を舞台に活躍。昭和57年から3年間、中国新聞の「ゆうかん文化」面で「俳句入門」を担当。平成11年作句生活60年にして初めての句集「現在帖」を発表。随筆に「感情草紙」がある。「水晶体」代表も務めた。

田川 速水　たがわ・はやみ　俳人
明治38年（1905年）10月31日 〜 平成1年（1989年）7月26日　生長野県下高井郡　学高小卒　歴昭和28年栗生純夫の門に入る。純夫没後「火燿」「河」に入会、同人。句集に「妙高」。

田川 飛旅子　たがわ・ひりょし　俳人
大正3年（1914年）8月28日 〜 平成11年（1999年）4月25日　生東京都渋谷区　名本名＝田川博（たがわ・ひろし）　学東京帝国大学工学部応用化学科〔昭和15年〕卒　歴永く古河電池に勤務し、技師長や専務などを務めた。俳人としては、昭和15年「寒雷」の創刊に参加し、以後加藤秋邨に師事。戦後「風」同人となる。48年「陸」を創刊し、主宰。現代俳句協会副会長なども務めた。句集に30年刊行の「花文字」をはじめ「外套」「植樹祭」「邯鄲」「薄荷」「山法師」「使徒の眼」などがある。伝記に「加藤楸邨」。賞寒雷清山賞〔昭和46年〕，現代俳句協会評論賞（第17回）〔平成9年〕，現代俳句協会大賞〔平成10年〕　家妻＝田川信子（俳人）

滝 佳杖　たき・かじょう　俳人
明治45年（1912年）4月1日 〜 平成24年（2012年）3月28日　出徳島県板野郡北島町　名本名＝滝義保（たき・よしやす）　学日本大学歯学部〔昭和18年〕卒　歴昭和20年より歯科医院

を営む傍ら、40年佐野まもるの「海郷」、42年秋元不死男の「氷海」、53年鷹羽狩行の「狩」にそれぞれ入会。59年佐野の死去により「海郷」が廃刊となると、60年「群青」を創刊・主宰。平成14年高齢化などを理由に11・12月合併号を最後に廃刊した。句集に「大綿」「草の絮」「撫子」などがある。 賞関西俳句大会俳人協会賞〔昭和42年〕

滝 けん輔　たき・けんすけ　俳人
明治35年（1902年）5月27日～昭和46年（1971年）6月11日 生茨城県 名本名＝滝宇三郎，旧号＝印刀子 歴「鹿火屋」同人。「朝霧」の雑詠選を昭和21年から担当、24年から主宰。編書に朝霧作家選集「霧氷林」がある。

田木 繁　たき・しげる　詩人
明治40年（1907年）11月13日～平成7年（1995年）9月9日 生和歌山県有田市 名本名＝笠松一夫（かさまつ・かずお） 学京都帝国大学文学部独文科〔昭和5年〕卒 歴大学在学中からプロレタリア文学運動に関係し、昭和4年詩「拷問を耐える歌」を発表し、9年「松ケ鼻渡しを渡る」を刊行。のちに「詩精神」に参加し、戦後も「コスモス」などで活躍。また、戦後和歌山女子専門学校教授や大阪府立大学教授を務めた。杜甫研究家としても知られる。他の詩集に「機械詩集」「妻を思い出さぬ為に」「田木繁詩集」などがあり、ほかに小説集「私一人は別物だ」、評論「リルケへの対決」「杜甫」、「田木繁全集」（3巻，青滋社）などがある。 賞関西作家クラブ賞（第20回），海南市文化賞〔平成4年〕

滝 春一　たき・しゅんいち　俳人
明治34年（1901年）10月15日～平成8年（1996年）4月28日 生神奈川県横浜市 名本名＝滝粂太郎（たき・くめたろう） 学高小卒 歴大正15年水原秋桜子の門に入り、昭和8年「馬酔木」同人。11年「菱の花」選者となり、15年「暖流」と改題、主宰。句集に「常念」「瓦礫」「深林」「滝春一句集」「花石榴」など。 賞蛇笏賞（第16回）〔昭和57年〕「花石榴」

滝 峻石　たき・しゅんせき　俳人
明治37年（1904年）11月27日～平成16年（2004年）1月30日 生愛知県 名本名＝滝恒男（たき・つねお） 歴大正12年星野麦人の手ほどきを受ける。14年吉田冬葉の門に入り、のち「獺祭」同人。昭和46年高桑義生の嵯峨野にも加盟、「嵯峨野」同人も務める。江南市俳句作家会会長なども務めた。

滝 仙杖　たき・せんじょう　俳人
明治43年（1910年）1月29日～昭和58年（1983年）8月28日 生静岡県御殿場市中畑 名本名＝滝静雄（たき・しずお） 学御殿場実卒 歴昭和21年百合山羽公、相生垣瓜人に師事し、「海坂」に拠る。29年より「海坂」編集長。 賞微茫賞（第1回），海坂故園賞（第16回）〔昭和47年〕

滝井 折柴　たきい・せっさい　俳人
明治27年（1894年）4月4日～昭和59年（1984年）11月21日 生岐阜県高山町（高山市） 名本名＝滝井孝作（たきい・こうさく） 資日本芸術院会員〔昭和35年〕 歴郷里の高山市の魚問屋で働きながら河東碧梧桐に師事。大正3年に上京後も新傾向の俳句を学び句作に専念したが、8年時事新聞記者、次いで「改造」の編集者となり、芥川龍之介や“生涯の師”志賀直哉に接してから作家を志し、9年に「弟」で文壇デビュー。10年から4年がかりで書いた「無限抱擁」（昭和2年刊行）は妻との恋の軌跡をさらけ出したもので、私小説の一つの典型とされ、川端康成からは日本一の恋愛小説と激賞された。10年の芥川賞創設以来、その銓衡委員を務める。35年日本芸術院会員、49年文化功労者に選ばれた。他の代表作に「欲呆け」「俳人仲間」「山茶花」、句集「折柴句集」「定本滝井孝作全句集」、随筆集「折柴随筆」「野草の花」「志賀さんの生活など」など。「滝井孝作全集」（全12巻・別巻1，中央公論社）がある。 勲勲二等瑞宝章〔昭和50年〕 賞文化功労者〔昭和49年〕，読売文学賞〔昭和43年〕「野趣」，日本文学大賞〔昭和49年〕「俳人仲間」 家二女＝小町谷新子（版画家），女婿＝小町谷照彦（東京学芸大学名誉教授）

滝川 名末　たきかわ・めいまつ　俳人
大正4年（1915年）5月31日～平成16年（2004年）12月11日 生埼玉県 名本名＝滝川隆二（たきかわ・りゅうじ） 学中央大学法科卒 歴昭和12年「馬酔木」に投句。25年柳沢白川に師事。39年細木芒角星に師事、「獺祭」入会。54年「獺祭」同人。 賞文芸出版俳句文学賞（第11回）〔昭和55年〕

滝口 修造　たきぐち・しゅうぞう　詩人
明治36年（1903年）12月7日～昭和54年（1979年）7月1日 生富山県婦負郡寒江村大塚（富山市） 学慶応義塾大学英文科〔昭和6年〕卒 歴

幼少より絵画を愛好。慶応義塾大学在学中から西脇順三郎やランボー、ブルトンの影響を受けて詩作を始め、同人誌「山繭」「衣裳の太陽」などに詩や評論を寄稿。昭和7年PCL映画に入社。14年からは2年間にわたって日本大学講師を務めた。この間、さかんにダダイスムやシュールレアリスムの紹介と評論を行い、日本における前衛芸術運動の高揚に貢献。また写真に関する評論も執筆し、「フォトタイムス」誌上に掲載された「写真と超現実主義」「写真と絵画の交流」は写真表現の本質に迫ろうとする名文として名高い。13年永田一脩や阿部展也らと写真の理論研究を主とした前衛写真協会を設立。戦後、22年日本アヴァンギャルド美術家クラブを結成。「読売新聞」などでの美術評論を執筆の他、線描デッサンやデカルコマニーなどの実作などを行い、評論と実作の両面において前衛芸術運動を牽引した。また東京・神田のタケミヤ画廊で新人の個展を企画し、石元泰博らが世に出るきっかけを作った。31年阿部展也、三瀬幸一、本庄光郎らと日本主観主義写真連盟を創立。34〜37年美術評論家連盟会長。著書に「近代芸術」「新しい写真の考え方」(渡辺勉、金丸重嶺との共著)「幻想画家論」「シュルレアリスムのために」、詩集「妖精の距離」「滝口修造の詩的実験1927〜1937」、訳書にブルトン「超現実主義と絵画」などがある。全集に「コレクション・滝口修造」(全13巻・別巻)がある。　[家]妻＝滝口綾子(詩人), いとこ＝宮英子(歌人)

滝口 武士　たきぐち・たけし　詩人
明治37年(1904年)5月23日〜昭和57年(1982年)5月15日　[生]大分県東国東郡武蔵町　[学]大分師範卒　[歴]大正13年旧満州(中国東北部)へ渡って教員となり、安西冬衛らと共に詩誌「亜」の同人として活躍。短詩形式で大正末期の日本詩壇に新風を起こし、現代詩発展のきっかけとなった「詩と詩論」誌の創刊に中心的役割を果たした。詩集に「園」「滝口武士詩集」など。

滝口 雅子　たきぐち・まさこ　詩人
大正7年(1918年)9月20日〜平成14年(2002年)11月2日　[生]旧朝鮮京城　[学]京城第一高女〔昭和11年〕卒　[歴]出版社勤務の後、約30年間国立国会図書館の司書を務める。昭和18年「詩と詩人」に参加し、戦後は「時間」「詩行動」に参加。35年「鋼鉄の足」で第1回室生犀星新人賞を受賞。他の詩集に「蒼い馬」「窓ひらく」「見る」「白い夜」などがあり、随想集に「わがころの詩人たち」などがある。　[賞]室生犀星詩人賞(第1回)〔昭和35年〕「青い馬」「鋼鉄の足」

滝沢 伊代次　たきざわ・いよじ　俳人
大正13年(1924年)12月4日〜平成22年(2010年)10月5日　[生]長野県松本市三才山　[名]本名＝滝沢伊代次, 旧姓・旧名＝柳沢　[学]金沢医専〔昭和24年〕卒　[歴]松本中学から金沢医専に進み、昭和27年横浜で洪福寺診療所を開業。俳句は、21年金沢医専在学中に「風」創刊と同時に入会、沢木欣一に師事。24年「風」同人、のち同人会会長。平成14年沢木死去のため「風」は終刊となり、「万象」を創刊・主宰。20年春より体調を崩し、8月名誉主宰となった。また、16年俳人協会名誉会員。著書に「写生俳句入門」、句集に「大年」「塩市」「冬柏」「開豆」「信濃」などがある。

滝沢 秋暁　たきざわ・しゅうぎょう　詩人
明治8年(1875年)3月3日〜昭和32年(1957年)2月27日　[生]長野県上田市秋和　[名]本名＝滝沢彦太郎, 別号＝残星, 読不書生　[歴]早くから「少年文庫」などに投稿し、明治20年代から小説「田毎姫」、詩「亡友の病時」、評論「勧懲小説と其作者」「地方文学の過去未来」などを発表。28年「田舎小景」を創刊するが画道を志して上京、「少年文庫」の記者となる。29年病を得て帰郷し、家業の蚕種製造に従事する傍ら「寄書家月旦」や小説「手術室の二時間」などを発表。著書に「有明月」「愛の解剖」や「通俗養蚕講話」などがある。昭和46年「滝沢秋暁著作集」が刊行された。

滝沢 亘　たきざわ・わたる　歌人
大正14年(1925年)8月21日〜昭和41年(1966年)5月8日　[生]群馬県太田市　[歴]少年時より胸を患う。昭和17年「多磨」入会、28年「形成」創刊に参加。38年第一歌集「白鳥の歌」を刊行。同年「形成」退会。39年詩歌を綜合する雑誌「日本抒情派」を創刊。41年第二歌集「断腸歌集」刊行。他に「滝沢亘歌集」などがある。　[賞]日本歌人クラブ推薦歌集(第9回)〔昭和38年〕「白鳥の歌」

田鎖 雷峰　たくさり・らいほう　俳人
大正8年(1919年)10月3日〜平成8年(1996年)2月25日　[生]東京都　[名]本名＝田鎖源一(たくさり・げんいち)　[歴]満州国官吏を経て、昭和23年田鎖速記研究所に勤務、31年YWCA学院秘書科講師を経て、32年より田鎖速記研究所長、ソレイユ学園専門学校講師に。また日本速記社社長を務める。この間に、43年日本速記協会常務理事、47年富士タイピスト専門学校講師、52年国際速記タイプライティング連盟中央委員を歴任。41年から国際速記タイプライティング連盟の大会に参加。この間、28年から俳句を始め、50年「夏爐」同人。著書に「ワープロビジネス文書のつくり方」、句集に「ゴッホの眼」。 家祖父＝田鎖綱紀（日本速記術の創始者）

田口 一穂　たぐち・かずほ　俳人
大正12年（1923年）3月2日 ～ 平成14年（2002年）3月20日　生北海道大正村　名本名＝田口和美　学法政大学法学部法律学科〔昭和24年〕中退, 明治大学法律高等研究科修了　歴昭和39年松沢昭主宰「四季」に入会し、42年同人を経て、編集同人。のち「秋」同人。49年「花林」創刊。句集に「褶曲」「繁霜」「白商」「泡影」、句文集に「野守の鏡」、評論集に「俳句とつきあふ法」、随想集に「時空の風音」「雲流れ人は去る」など。　賞四季賞（第6回）〔昭和46年〕

田口 孝太郎　たぐち・こうたろう　歌人
昭和4年（1929年）10月21日 ～ 平成15年（2003年）5月2日　生北海道森町　学北海道教育大学函館分校卒　歴昭和24年森中学校教諭となり、51～57年滝川高校教諭を務めた。高文連草創期の中心者。57年教員退職後、滝川演劇鑑賞協会を組織、青年・婦人の演劇指導などにあたった。「ゆうべおっと雪の夜話」など30本以上の脚本を残した。一方、歌人としても活躍し、41年「新墾」、56年「砂金」に入会。「りとむ」「野火」にも所属。歌集に「田口孝太郎歌集」がある。

田口 省悟　たぐち・しょうご　俳人
昭和9年（1934年）12月9日～平成3年（1991年）2月2日　生岐阜県加茂郡白川町　名本名＝田口省吾　歴昭和31年「野の声」入会。41年「青樹」、43年「日輪」入会。62年「日輪」同人をやめて、「風樹」に入会。62年編集同人となる。句集に「露しぐれ」。　賞日輪賞（第2回）〔昭和51年〕

田口 白汀　たぐち・はくてい　歌人
明治32年（1899年）3月15日 ～昭和58年（1983年）5月13日　生茨城県水戸市　名本名＝田口元夫　歴「常春」編集委員を経て、昭和9年「現実短歌」を創刊、歌集「岩魚」「瓦の音」がある。　賞日本短詩文芸家協会賞（昭和49年度）

田口 雅生　たぐち・まさお　俳人
明治32年（1899年）12月26日 ～ 平成2年（1990年）8月14日　生東京都　名本名＝田口友雄（たぐち・ともお）　学慶応義塾大学中退　歴昭和19年「ホトトギス」に投句、高浜虚子、富安風生、池内たけし、深川正一郎の指導を受ける。45年安住敦に師事、「春燈」入門。

田口 三千代子　たぐち・みちよこ　俳人
大正15年（1926年）～平成21年（2009年）12月28日　生旧満州大連　歴昭和53年「泉」に入会、63年退会。平成元年「みちのく」に入会、2年「阿吽」に入会。のち「みちのく」「阿吽」各同人。句集に「そして父と」「聖五月」がある。　賞泉新人賞〔昭和57年〕

田口 由美　たぐち・よしみ　歌人
明治40年（1907年）5月6日 ～ 平成11年（1999年）7月25日　生岐阜県加茂郡東白川村　学神土尋常高小〔大正10年〕　歴昭和6年「水甕」に入会、上田英夫に師事。24年「暦象」に参加、38年「林間」に所属。48年～平成5年岐阜県歌人クラブ代表者を務めた。この間、大正12年～昭和13年小学校訓導、14～37年高校教師を経て、38～44年岐阜県立高校校長を務めた。歌集「生きの証」「城を仰ぎて」「人は愛しき」がある。　勲勲四等瑞宝章〔昭和55年〕　賞岐阜県芸術文化顕彰〔昭和52年〕

田熊 健　たくま・たけし　詩人
大正12年（1923年）～平成14年（2002年）9月11日　生鳥取県　歴「日本未来派」同人。昭和52年詩集「夏の声」を刊行。他の詩集に「田熊健詩集」がある。

嶽 一灯　だけ・いっとう　俳人
昭和3年（1928年）11月10日 ～ 平成3年（1991年）9月27日　生岩手県　名本名＝神喜蔵（じん・きぞう）　学高小卒　歴時計商の傍ら作句し、昭和20年「ホトトギス」同人宮野小提灯の手ほどきを受ける。23年「日本俳句」入会。31年「火山群」代表。　賞十和田市文化顕彰〔昭和58年〕, 十和田市文化奨励賞〔昭和61年〕

武井 京　たけい・きょう　詩人
明治40年（1907年）10月7日 ～ 平成12年（2000年）6月28日　出長野県　学商業高卒　歴大正13年生田春月の「詩と人生」同人となり、のち高村光太郎に師事。昭和12年日本詩人会優勝詩人となる。15年第一詩集「馬蝿」を刊行。「青宗」「原原」に所属。他の詩集に「野蒜」「山の芋」「雑草の息吹きは聴こえない」「武井京詩集」「御神渡り」などがある。

武井 久雄　たけい・ひさお　俳人
昭和2年（1927年）6月20日～平成10年（1998年）6月21日　生山梨県山梨市　学昭和医科大学卒　歴昭和30年滝春一の「暖流」入門。38年「滋泉」同人。のち「春耕」「風土」同人。句集に「桃花村」、随筆集に「桃酔亭往来記」など。賞滋泉賞〔昭和45年〕, 暖流賞〔昭和51年〕

武石 佐海　たけいし・さかい　俳人
明治36年（1903年）3月2日～昭和59年（1984年）3月15日　生茨城県勝田市　名本名＝武石栄　歴大正7年より「ホトトギス」「鹿火屋」「雲母」「曲水」に投句。昭和初年、朝日新聞社社員をメンバーとする「朝日俳句」に入会し、のちに会長となった。句集に「佐海句集」「鹿翳集」「水翳集」「月翳集」など。

竹内 温　たけうち・あつし　歌人
大正9年（1920年）11月16日～平成2年（1990年）10月11日　生愛知県　歴昭和14年「あゆみ」に入会し、大橋松平に師事。18年「創作」社友となり、25年「新歌人会」に参加。39年大坂泰らと「樅」を創刊。選者を務める。歌集に「蟹」「氷の鷹」がある。

竹内 一笑　たけうち・いっしょう　俳人
明治36年（1903年）6月4日～平成3年（1991年）12月26日　生京都府京都市　名本名＝竹内勲　学夜間商業卒　歴昭和13年頃から俳句を始め、15年「石楠」に入会し、臼田亜浪に師事。42年「椎の実」「冬草」同人。句集に「父と娘の句集」「空間」「祝者」「阿波岐」。　賞火野葦平賞〔昭和18年〕, 宮崎県文化賞〔昭和48年〕, 宮崎市文化功労者〔昭和48年〕, 冬草功労賞〔昭和54年〕

竹内 邦雄　たけうち・くにお　歌人
大正10年（1921年）4月26日～平成18年（2006年）6月27日　生香川県丸亀市　学京都帝国大学文学部〔昭和19年〕卒, 京都大学大学院修了　歴昭和23年香川大学講師、45年教授。60年退官。「ぎしぎし」を経て、「林泉」に入会、鈴江幸太郎に師事。46年角川短歌賞を受賞。平成11年香川県歌人会に竹内邦雄賞が創設された。歌集に「幻としてわが冬の旅」がある。「四国新聞」歌壇選者も務めた。　賞角川短歌賞〔昭和46年〕「幻としてわが冬の旅」, 現代歌人協会賞〔昭和49年〕, 香川県文化功労者〔平成7年〕

竹内 てるよ　たけうち・てるよ　詩人
明治37年（1904年）12月21日～平成13年（2001年）2月4日　生北海道札幌市　名本名＝竹内照代　学日本高女中退　歴結婚後脊椎カリエスのため婚家を追われて東京へ出る。3年間の婦人記者生活を経て結婚するが、結核のため25歳で離婚。以後、病苦と貧困に耐えながら詩作を続け、主としてアナキズム系の詩誌に発表。その間、神谷暢と協力して、昭和4年渓文社を創設。戦後は人生をテーマにした詩や童話などを執筆した。詩集に「叛く」「静かなる愛」「生命の歌」など。自叙伝「海のオルゴール」はテレビドラマ化された。また自らの数奇な人生を語るビデオ「生きて書く―てるよおばあちゃんの話」がある。平成14年皇后美智子さまが国際児童図書評議会（IBBY）創立50周年記念大会で“子どもを育てている時に読み忘れられない詩”として竹内の詩「頬」を朗読されたことから再び注目を集め、「海のオルゴール」が25年ぶりに復刻された。　賞文芸汎論詩集賞（第7回）〔昭和15年〕「静かなる愛」

竹内 武城　たけうち・ぶじょう　俳人
大正12年（1923年）6月8日～平成1年（1989年）7月7日　生旧朝鮮　名本名＝竹内武城（たけうち・たけき）　学松山高商〔昭和18年〕卒　歴昭和21年「若葉」入門、富安風生に師事。33年「若葉」同人。34年「糸瓜」編集長、37年「冬草」同人。42年愛媛新聞夕刊俳壇選者。句集に「瑠璃午後も」。

武内 夕彦　たけうち・ゆうひこ　俳人
昭和5年（1930年）12月16日～平成9年（1997年）2月15日　生北海道雨竜郡　名本名＝武内敏彦　学日本歯科大学卒　歴15歳頃から俳句を始め、昭和22年「緋衣」に投句。42年北光星らの「扉」創刊に参画、編集同人。47年斉藤玄の「壺」復刊に発行人、編集同人として参加。のち同人会長。句集に「藷の傘」がある。　賞壺中賞〔昭和52年〕, 俳人協会全国大会特選〔昭和54年〕

武内 利栄　たけうち・りえ　詩人
明治34年（1901年）9月21日～昭和33年（1958年）7月2日　生香川県高松市　学パルミヤ英語学院卒　歴文化誌「ヲミナ」編集後、新聞社等に勤め、「詩人」「婦人サロン」「文芸春秋」「詩神」「女人芸術」「婦人戦線」などに作品を発表。童謡「かもめ」「かぐや姫」などが何曲かレコードになる。戦後は「若草」「令女界」「勤労者文学」「新日本文学」「新日本詩人」「現代詩」を初め、児童雑誌、放送、新聞等にも作品を発表した。著書に「山風のうた」「武内利栄作品集」（オリジン出版センター）がある。新日本文学会、児童文学者協会会員。

竹内 隆二　たけうち・りゅうじ　詩人
明治33年（1900年）3月9日 ～ 昭和57年（1982年）3月7日　生神奈川県藤沢市城南　歴大正9年ごろより詩作をはじめる。「詩と音楽」「近代風景」「青騎士」「詩と詩論」などに作品を発表。戦後も「詩学」「日本未来派」などに投稿。「竹内隆二詩集」がある。

竹尾 忠吉　たけお・ちゅうきち　歌人
明治30年（1897年）7月19日 ～ 昭和53年（1978年）11月12日　生山形県山形市　学慶応義塾大学理財科〔大正10年〕卒　歴千代田生命保険会社に勤務し各地支店を転々としたが、昭和23年退職し、以後高校教師を務める。大正3年「アララギ」に入会し、島木赤彦に師事。昭和23年「やちまた」を創刊。歌集に「八衢（やちまた）」「平路集」「朝雨」「転住」などがある。

竹岡 範男　たけおか・のりお　詩人
大正3年（1914年）7月23日 ～ 平成15年（2003年）9月23日　生静岡県　名筆名＝竹岡光哉，法名＝釈大雲（しゃく・だいうん）　学早稲田大学教育学部〔昭和13年〕卒　歴"唐人お吉"の菩提寺である宝福寺の第17世住職を務める傍ら、文筆活動を行う。NHK児童音楽コンクール課題曲の「森の小鳩よ教えておくれ」「樹氷の街」の作詞者として知られ、芥川賞候補にもなった。著書に「血は長江の空を染めて」「唐人お吉物語」「竹岡範男詩集」などがある。

竹腰 八柏　たけこし・はちはく　俳人
大正11年（1922年）4月2日 ～ 平成15年（2003年）8月13日　生大阪府　名本名＝竹腰敏男（たけこし・としお）　学八尾中卒　歴昭和17年大橋桜坡子に師事。「ホトトギス」「山茶花」に投句。24年「雨月」創刊以後、同誌に拠る。25年桜坡子の二女・朋子と結婚。43年頃から同誌編集に参画。46年大橋敦子が主宰を継承するとこれを援け、同誌編集長、副主宰を歴任。平成8年「星苑」創刊・主宰。句集に「土曜日の朝」「冬日和」。　賞雨月賞　家妻＝竹腰朋子（俳人），岳父＝大橋桜坡子（俳人）

竹下 翠風　たけした・すいふう　歌人
明治38年（1905年）6月26日 ～ 平成2年（1990年）5月26日　生東京都　名本名＝竹下光子　学高女〔大正8年〕中退　歴明治43年父竹下富四郎に筑前琵琶を師事。昭和7年翠琵琶を創立。また13年には歌誌「あさひこ」を主宰。

武島 羽衣　たけしま・はごろも　歌人 詩人
明治5年（1872年）11月2日 ～ 昭和42年（1967年）2月3日　生東京都日本橋（東京都中央区）名本名＝武島又次郎（たけしま・またじろう）学帝国大学文科大学国文科〔明治29年〕卒　歴一高時代新体詩を交友会誌に発表。東大在学中の明治28年「帝国文学」の創刊に参加し、編集委員となって「小夜砧」などを発表。大学院で上田万年の指導を受け、30年東京音楽学校教員、43年～昭和36年日本女子大学教授を務める。その間、東京高師、国学院大学、聖心女子大学、実践女子大学などの講師、教授を歴任。詩人としては明治29年大町桂月との共著「花紅葉」を刊行し、以後も「霓裳微吟」などを刊行。他に「修辞学」「賀茂真淵」「国歌評釈」「文学概論」など国文学関係の著書がある。また唱歌の詩に「花」「美しき天然」があり愛唱されている。　家息子＝武島達夫（有機化学者）

武田 亜公　たけだ・あこう　詩人
明治39年（1906年）4月10日 ～ 平成4年（1992年）1月3日　生秋田県仙北郡協和村　名本名＝武田義雄　学小学校高等科卒　歴製材工出身で、昭和の初め労働運動に参加しながら、プロレタリア童謡詩人として活躍。戦後郷里で農業を営み、文化運動に携わる。童謡集「小さい同志」童話集「山の上の町」「武田亜公童話全集」などがある。

武田 潁二郎　たけだ・えいじろう　俳人
生年不詳 ～ 平成17年（2005年）3月24日　出高知県高知市　名本名＝武田次郎（たけだ・じろう）　歴昭和25年高知市役所に入所、主に社会教育畑を歩む。36～48年高知市立中央公民館長を務め、夏期大学の発展に尽力したほか、高知県芸術祭執行委員、RKC高知放送番組審議会委員などを歴任。傍ら俳人としても活躍し、潁二郎の俳号で句作を発表。高知新聞俳壇の選者も務めた。

竹田 小時　たけだ・ことき　俳人
明治38年(1905年)1月2日～昭和42年(1967年)6月28日　生青森県弘前市　名本名＝竹田妃見子　歴新橋の芸妓で常磐津三味線の名手。高浜虚子に師事。江戸前芸妓で、戦争中も新橋に踏みとどまった。「ホトトギス」同人。著書に「絲竹集」がある。　家従兄＝今東光(作家), 今日出海(作家)

武田 全　たけだ・ぜん　歌人
明治33年(1900年)12月27日～平成2年(1990年)8月21日　生熊本県　歴大正12年「氾濫」を創刊・主宰。同年「創作」、15年「水甕」に入る。昭和20年終戦により朝鮮より引き揚げる。「創作」「水甕」を継続する。45年主宰誌「氾濫」を復刊。歌集に「行雲」、歌文集「訪韓記」がある。　賞熊本県芸術功労者〔昭和56年〕

竹田 善四郎　たけだ・ぜんしろう　歌人
昭和3年(1928年)5月28日～平成13年(2001年)5月27日　生東京都　名本名＝中川善四郎　歴昭和47年妻の雨宮雅子と共に季刊誌「鴟尾」を創刊。著書に「大手拓次論」がある。小説家のヴィリエ・ドゥ・リラダンの研究家としても知られた。　家妻＝雨宮雅子(歌人)

武田 隆子　たけだ・たかこ　詩人
明治42年(1909年)1月14日～平成20年(2008年)5月25日　生北海道旭川市　名筆名＝村上郁美　学富士見丘学園高女卒　歴少女時代より文学を志し、同人誌「独活」に入る。昭和6年22歳で第一詩集「拾ひ集めたもの」を出版。20歳で札幌に嫁ぎ、戦時中は旧満州に在住。戦後は札幌に引き揚げ、25年東京に移り住む。48年詩誌「幻視者」創刊。同誌は平成13年100号で終刊した。他の詩集に「雨の海」「木の葉祭り」「雪まつり」「重粘土地帯」「流氷」「あの雪よ」「薔薇咲くころ」、随筆集に「夕陽が零れていた」「深尾須磨子ノート」などがある。　賞日本詩人クラブ賞(第3回)〔昭和45年〕「小鳥のかげ」

武田 太郎　たけだ・たろう　詩人
昭和6年(1931年)6月27日～昭和57年(1982年)11月26日　出長野県　名本名＝小林秀雄　学早稲田大学仏文科卒, 早稲田大学大学院中退　歴一陽会会員。著書に「谷の思想」などがある。

竹田 凍光　たけだ・とうこう　俳人
明治25年(1892年)7月11日～昭和49年(1974年)4月17日　生兵庫県　名本名＝竹田輝二, 別号＝芦月, 雪天楼　歴北海道各地の役場に勤め、戦後、農業に従事。明治43年万朝報俳壇に投句、「鴨東新誌」に拠る。のち「石楠」同人となる。「凍海」「ふもと」「北光」等を次々発刊主宰。著書に「青木郭公句集」「北海道俳檀系分類概要」がある。

武田 年弘　たけだ・としひろ　俳人
明治44年(1911年)8月28日～平成10年(1998年)11月2日　生愛知県名古屋市　名本名＝武田信一(たけだ・しんいち), 旧号＝陵青　学名古屋高商卒　歴大日本紡績に定年まで勤めた後、高校教諭として13年教鞭をとる。一方、昭和5年陵青と号し「倦鳥」に投句。戦時中の中断を経て、27年大阪に転勤、年弘と改号し「ホトトギス」などに投句。36年犬山市に転勤し「游魚」に投句、同人となる。37「年輪」の橋本鶏二に師事、40年同人。選句集に「柚子黄なり」がある。　賞年輪松囃子賞〔昭和48年〕, 年輪賞〔昭和56年〕

武田 寅雄　たけだ・とらお　歌人
明治40年(1907年)3月24日～平成4年(1992年)3月30日　生愛媛県宇和島市　学早稲田大学文学部国文学科卒　歴松蔭短期大学、神戸女学院大学、園田学園女子大学などの教授を歴任。著書に「白樺群像」「谷崎潤一郎小論」、歌集に「地の瞳」「笹むらの風」「武田寅雄生涯歌集」など。　勲勲四等瑞宝章〔平成2年〕

武田 無涯子　たけだ・むがいし　俳人
明治38年(1905年)3月31日～昭和58年(1983年)11月27日　生大阪府大阪市天満　名本名＝武田隆巌(たけだ・りゅうがん)　学浄土宗宗学院卒　歴昭和17年阿波野青畝門下に入る。25年月刊誌「たまき」を創刊、51年まで続ける。句集に「句作務」「寝正月」「火を焚きながら」など。

竹田 琅玕　たけだ・ろうかん　俳人
大正7年(1918年)5月26日～昭和56年(1981年)8月5日　生大阪府大阪市　出鹿児島県鹿児島市　名本名＝竹田寿夫　歴青木稲女に師事し、昭和13年「麦秋」創刊に同人参加。34年「河」同人。39年より薩摩よみうり俳壇選者。56年第一句集「琅玕」を刊行した。　賞河賞〔昭和50年〕

竹中 郁　たけなか・いく　詩人
明治37年（1904年）4月1日 ～ 昭和57年（1982年）3月7日　生兵庫県神戸市兵庫区永沢町　名本名＝竹中育三郎　学関西学院英文科〔昭和2年〕卒　歴関西学院在学中の大正13年、福原清、山村順らと海港詩人倶楽部を結成、詩誌「羅針」を創刊。14年処女詩集「黄蜂と花粉」でデビュー。昭和3年小磯良平と渡欧、本場のモダニズムを吸収し5年帰国。その間「明星」同人、「詩と詩論」の創刊同人となり、海外から寄稿。帰国後も「詩と詩論」の他、「文学」「詩法」「新領土」などに詩を発表。7年に出版した詩集「一匙の雲」、「象牙海岸」は当時の新詩精神運動の輝かしい成果の一つといわれた。8年創刊された「四季」に参加、同人となり、11年詩集「署名」、19年「竜骨」を刊行。21年神港新聞嘱託となる。23年井上靖とともに児童詩の月刊誌「きりん」を創刊・主宰し、以後20余年継続刊行して子供たちの指導に力を尽した。ほかの詩集に「動物磁気」「そのほか」「子どもの言いぶん」「ポルカマズルカ」「竹中郁全詩集」がある。　勲紫綬褒章〔昭和48年〕　賞兵庫県文化賞〔昭和31年〕，神戸市民文化賞〔昭和48年〕，読売文学賞（第31回・詩歌俳句賞）〔昭和54年〕「ポルカマズルカ」，日本児童文学者協会賞特別賞（第25回）〔昭和60年〕「子ども闘牛士」

竹中 皆二　たけなか・かいじ　歌人
明治35年（1902年）6月1日～平成6年（1994年）11月19日　生福井県小浜市　歴八高時代、石井直三郎の教えを受ける。大正11年末、若山牧水が創刊した「創作」に入社、昭和52年選者となる。この間病気療養などを経て、31年まで全国を放浪し、のち小浜市に茶屋・いるかやを開いて短歌にうち込んだ。32年より短歌雑誌「風」を主宰した他、朝日新聞福井版短歌欄選者を務めるなど、短歌指導者としても活躍。歌集に「しらぎの鐘」、板画歌集「朱」がある。

竹中 久七　たけなか・きゅうしち　詩人
明治40年（1907年）8月4日 ～ 昭和37年（1962年）1月17日　生東京都　学慶応義塾大学経済学部卒　歴大正末、佐藤惣之助主宰の「詩之家」同人となり、慶大ボート部選手の体験から、15年詩之家詩冊第1編「端艇詩集」を出した。昭和4年同誌の渡辺修三らと「リアン」創刊、形式主義詩運動を起こしたが、その後、超現実主義とマルクス主義の批判的結合を試み、科学的超現実主義を唱えた。戦後は「詩人会議」を興したが、主として復刊された「詩の家」に拠った。詩集に第二端艇詩集「中世紀」、同第三「ソコル」、「余技」「記録」がある。経済評論家としても活躍。

竹中 九十九樹　たけなか・つくもぎ　俳人
明治34年（1901年）2月18日 ～ 昭和30年（1955年）2月4日　生大阪府大阪市　名本名＝竹中善一　学今宮中卒　歴証券会社に勤務したが、25歳のとき結核に罹り、洛北富田病院を経て鳴滝宇多野療養所に移り、この地に没す。昭和10年頃より俳句をはじめ、療養所で俳句会を結成。26年「馬酔木」同人となる。

竹中 碧水史　たけなか・へきすいし　俳人
昭和4年（1929年）4月11日 ～ 平成24年（2012年）12月18日　生大阪府大阪市　名本名＝竹中俊雄（たけなか・としお）　学大阪工業大学建築科卒　歴昭和23年赤松柳史創刊の俳句俳画誌「砂丘」に参加。24年阿波野青畝主宰の「かつらぎ」に参加。29年「砂丘」同人、34年編集長となり、「かつらぎ」を辞す。43年関西俳誌連盟「関西俳句」編集長。48年小豆島に句碑。49年「砂丘」代表同人、平成11年主宰。昭和61年俳画竹冠会主宰。句集に「若駒」「父祖の国」「基壇」「自転」「無重力」、他の著書に「ひとりで学べる俳画の描き方」「碧水史俳画集」などがある。　賞砂丘賞〔昭和35年〕

竹貫 せき女　たけぬき・せきじょ　俳人
明治37年（1904年）1月29日 ～ 平成4年（1992年）1月18日　生秋田県秋田市　名本名＝竹貫鉐子　学女子師範裁縫科〔大正9年〕卒　歴大正14年島田五空の手ほどきを受ける。石井露月、加藤蒓江に師事。秋田俳句懇話会幹事。　賞秋田市文化団体連盟賞〔昭和52年〕

竹ノ谷 ただし　たけのや・ただし　俳人
大正12年（1923年）9月30日 ～ 平成19年（2007年）12月14日　名本名＝竹ノ谷正　歴中村素山に師事。昭和29年数名で「七曜」を創刊。句集に「壮年の河」、詩集に「遠い菊」「竹ノ谷ただし小文集」がある。

武原 はん女　たけはら・はんじょ　俳人
明治36年（1903年）2月4日 ～ 平成10年（1998年）2月5日　生徳島県徳島市籠屋町　名本名＝武原幸子（たけはら・ゆきこ），通称＝武原はん（たけはら・はん）　資日本芸術院会員〔昭和60

年〕 歴11歳で一家と共に大阪へ出て大和屋芸妓学校に入り芸事を修業、山村流の上方舞も習う。のち芸者として独立。28歳で上京し料亭・灘萬の若女将になる。7代目坂東三津五郎、6代目藤間勘十郎の支持を得て、昭和7年米川文子の地唄舞研究会で「雪」を舞い、絶賛される。15年より2代西川鯉三郎に師事。戦後、27年50歳で第1回武原はん舞の会を新橋演舞場で開催、舞踊家として本格的にスタートする。優れた容姿と高い技芸で、“はんの世界”といわれる独自の舞台芸術を作り上げ地唄舞の花とうたわれた。60年芸術院会員、63年文化功労者。代表作に「深川八景」「黒髪」「葵の上」など。一方、昭和14年より俳句と写生文を高浜虚子に師事、30年「ホトトギス」同人。著書に句集「はん寿」「武原はん一代句集」、随筆集「おはん」「はん葉集」、随筆・俳句・年表アルバムなどを集大成した「武原はん一代」などがある。六本木で料亭・はん居を経営した。 勲紫綬褒章〔昭和44年〕, 勲四等宝冠章〔昭和50年〕 賞芸術選奨文部大臣賞〔昭和41年〕「一代さらい会」, 文化功労者〔昭和63年〕, 菊池寛賞〔昭和47年〕

武久 和世　たけひさ・かずよ　俳人

明治41年（1908年）1月24日～平成12年（2000年）10月9日 生徳島県 名本名＝武久ツネ 学徳島高女卒 歴昭和39年「ひまわり」入会。40年退会し、「航標」同人。 賞航標新人賞〔昭和43年〕, 航標年度賞〔昭和47年〕

竹久 昌夫　たけひさ・まさお　詩人

昭和14年（1939年）～平成13年（2001年）7月25日 名本名＝姜晶中（かん・じょんじゅん） 学カトリック医科大学卒, 高麗大学英文科卒 歴昭和46年来日、以来日本に滞在。高級仕立て服を縫う職人の傍ら、竹久昌夫の筆名で日本語と韓国語で詩を創作。56年第一詩集「針子の唄」を発表。平成12年にはメールマガジンを創刊。他の作品に日本語詩集「月の足」、韓国語詩集「星座」。日本語訳書に「韓国現代詩集」、金南祚「風の洗礼」、趙炳華「詩集 雲の笛」、韓国語訳書に鶴見俊輔「戦時期日本の精神史」、「新川和江詩集」、「日本女性詩人代表選集」などがある。 賞大韓民国文学賞（昭和62年度）「韓国現代詩集」

竹村 晃太郎　たけむら・こうたろう　詩人

大正5年（1916年）12月10日～平成9年（1997年）1月5日 生東京市神田区（東京都千代田区） 名本名＝小出博 学早稲田大学〔昭和17年〕卒 歴在学中より窪田空穂に師事、「槻の木」会員として昭和25年まで作歌。早大大学院の時、演劇博物館の嘱託となり、歌舞伎俳優史を研究。本名・小出博では本間久雄門下の近代文学研究家、竹村は詩名。25年服部嘉香「詩世紀」創刊に参加して作品を寄せ、終刊まで編集に当たり、詩集「新雨月物語」を刊行。谷崎潤一郎・萩原朔太郎研究家としても著名。54年から喜志邦三の「灌木」同人となり詩作再開。詩集に「時間」「定本・竹村晃太郎詩集」「続 時間」などがある。

武村 志保　たけむら・しほ　詩人

大正12年（1923年）11月3日～昭和53年（1978年）8月6日 生長野県下伊那郡上郷村 名本名＝土橋志保子 学飯田高女卒 歴初め「日本未来派」に属し、昭和36年土橋治重ともに詩誌「風」を創刊。詩集に「白い魚」「十一年」「竹の音」。 賞埼玉文芸賞（第9回）〔昭和53年〕「竹の音」 家夫＝土橋治重（詩人・歴史作家）

竹村 温夫　たけむら・はるお　川柳作家

生年不詳～平成19年（2007年）3月6日 出高知県高知市 名本名＝竹村温雄（たけむら・はるお） 歴高知県詩型文学賞選考委員、平成5～11年高新柳壇選者を務めた。

竹村 文一　たけむら・ぶんいち　俳人

大正10年（1921年）3月25日～平成24年（2012年）6月30日 生滋賀県 歴昭和33年京都俳句作家協会の設立に参加、事務局長として運営に尽力。52年「雷鳥」主宰を継承。句集に「眼鏡の顔」などがある。 賞京都市芸術文化協会賞〔平成6年〕

竹村 まや　たけむら・まや　歌人

明治32年（1899年）11月20日～昭和54年（1979年）12月7日 生北海道旭川永山屯田兵村 名旧姓・旧名＝若井 学実科女学校〔大正4年〕卒, 日本産婆看護婦学校〔大正6年〕卒 歴大正6～7年頃北海道音江村の医師・竹村顕一と結婚し、夫は内科、自らは産婆（助産婦）を開業する。12年東京に移転したが関東大震災に遭遇し、13年北海道に戻り、夫が黒松内、稚内の鉄道診療所に勤務となり、自身も同地で産婆を開業。昭和3年札幌で竹村内科医院を開業し夫婦で仕事を続けた。この間、札幌助産婦会会長、北海道助産婦会会長を歴任。札幌市議、北海道議も務めた。42年竹村福祉事業団を設立し理事長に就任。歌人としては、3年から山下秀之助に師事し、「橄欖」などに属した。27年「あかしやの花」、44年「歳旦」、50年「飛翔の像」、54年「武華川」などの歌集を出版、札幌市内に歌碑が建立された。　勲勲五等宝冠章〔昭和46年〕

竹本 青苑　たけもと・せいえん　俳人

明治38年（1905年）3月16日 ～ 平成3年（1991年）3月14日　生埼玉県比企郡亀井村　名本名＝竹本礼三　学埼玉師範卒　歴昭和17年「夏草」有本銘仙より手ほどきを受け、のち田子水鴨の指導を受ける。18年「夏草」入会、48年同人。句集に「黄楊の花」。　賞夏草功労賞〔昭和52年〕

竹本 白飛　たけもと・はくひ　俳人

明治45年（1912年）2月17日 ～ 平成19年（2007年）3月23日　生岡山県　名本名＝竹本貞之　学東北帝国大学法文学部卒　歴昭和39年より田村了咲の指導を受け、「夏草」に入会。43年「夏草」同人。その後、「雪解」「十和田」「樹氷」各同人。52年「一人旅―俳句・随想・哲学」を刊行。　賞夏草功労賞〔昭和61年〕

竹谷 しげる　たけや・しげる　俳人

大正11年（1922年）2月14日 ～ 昭和63年（1988年）5月15日　生福島県会津若松市　名本名＝竹谷滋　学若松商卒　歴「七草」「水明」「みちのく」を経て、昭和41年会津俳句連盟事務局長、49年福島県俳句作家懇話会副会長を歴任。56年「鷺草」を創刊して主宰。句集に「冬草」「壁厚き部屋」「鷺草」、著書に「会津の俳句」「会津俳句歳時記」。　賞寒雷賞〔昭和29年〕

竹山 広　たけやま・ひろし　歌人

大正9年（1920年）2月29日 ～ 平成22年（2010年）3月30日　生長崎県北松浦郡南田平村（平戸市田平町）　学海星中〔昭和14年〕卒　歴生家は禁教時代からのキリシタン。海星中学では野球部で活躍する傍ら、短歌に心を寄せる。昭和20年結核療養のために長崎市の浦上第一病院に入院中、爆心地から1.4キロの同病院で被爆。61年長年続けた印刷業を閉店した。一方、16年「心の花」に入会。「鶯」「短歌風光」を経て、33年「心の花」に復帰。自らの被爆体験をもとに歌を詠み続け、56年第一歌集「とこしへの川」を出版。平成14年「竹山広全歌集」で詩歌文学館賞、斎藤茂吉短歌文学賞、迢空賞をトリプル受賞。他の歌集に「葉桜の丘」「一脚の椅子」「千日千夜」「射禱」「遐年」「眠ってよいか」などがある。　勲勲四等瑞宝章〔平成15年〕　賞ながらみ現代短歌賞（第4回）〔平成8年〕「一脚の椅子」，詩歌文学館賞（短歌部門，第17回）〔平成14年〕「竹山広全歌集」，斎藤茂吉短歌文学賞（第13回）〔平成14年〕「竹山広全歌集」，迢空賞（第36回）〔平成14年〕「射禱」，現代短歌大賞（第32回）〔平成21年〕「眠ってよいか」

田子 水鴨　たご・すいおう　俳人

大正10年（1921年）12月7日 ～ 昭和62年（1987年）1月9日　生埼玉県　名本名＝田子藤市（たご・とういち）　学商業学校卒　歴昭和13年川島奇北の指導を受け、「ホトトギス」へ投句。15年山口青邨に師事し、「夏草」入会、29年同人。「夏草」埼玉県支部長、熊谷俳人協会会長を務めた。　賞夏草功労賞〔昭和30年〕，埼玉文芸賞（第16回）〔昭和60年〕「吾子の墓」

多胡 羊歯　たご・ようし　詩人

明治33年（1900年）1月25日 ～ 昭和54年（1979年）12月23日　生富山県氷見郡八代村（氷見市）　名本名＝多胡義喜（たこ・よしひさ）　学富山師範〔大正8年〕卒　歴小学校教師、校長を務めた後、農業に従事。大正12年11月以来、「赤い鳥」に童謡を投稿、45編の作品を発表。昭和3年「赤い鳥童謡会」メンバーとなり、5年「チチノキ」同人。童謡集には白秋が序文を書いた「くらら咲く頃」があり、10年より児童自由詩雑誌「タンタリキ」を主宰。戦後は「ら・て・れ」にも加わった。

田坂 光甫　たさか・こうほ　俳人

明治42年（1909年）12月16日～平成15年（2003年）9月8日　出愛媛県新居浜市　名本名＝田坂行保　学愛媛師範卒　歴昭和15～19年「まつやま」誌友、21～23年篠原梵に師事、「俳句」誌友。22～25年谷野予志、川本臥風に師事。25年「虎杖」会員。48～50年新居浜市俳句連盟会長。平成3年「海程」に入会、同人。句集に「浮島」「道前」。

田崎 秀　たさき・しゅう　歌人

大正6年（1917年）4月28日 ～ 昭和56年（1981年）6月15日　生茨城県協和町　学千葉医科大学卒　歴在学中「歌と評論」入社、藤川忠治に師事。昭和25年「アザミ」入社、山口茂吉に師事。33年廃刊後「童牛」入会。この間30年「茨城歌人」創刊、編集発行人となる。歌集に「雫」「大洗」「清瀬」「献血車」など。　賞茨城文学賞（第2回）〔昭和52年〕「大洗」

田崎 賜恵　たさき・たまえ　俳人

明治45年（1912年）3月15日～平成17年（2005年）3月4日　生旧朝鮮平壌　名本名＝田崎松代　学大連弥生高女〔昭和3年〕卒　歴昭和38年中村汀女の「風花」に入門、40年同人。「冬」「山茶花」に投句した。56年女性ばかりの句会「白鷺」俳句会を結成。62年「地平」入会、63年同人。岸原清行が「地平」を継承して「青嶺」を主宰すると同人として参加。平成3年村田脩「萩」に同人参加。宮崎県俳句界の指導者的存在として活躍した。　賞九州俳句大会賞（第2回）〔昭和48年〕, 関西俳句大会賞（第11回）〔昭和51年〕, 全国俳句大会賞〔昭和52年〕, 宮崎県文化賞文化功労賞〔平成4年〕　家夫＝田崎茶山（俳人）

田島 柏葉　たじま・はくよう　俳人

明治33年（1900年）4月7日～昭和30年（1955年）1月7日　生東京市京橋区（東京都中央区）　名本名＝田島三千秋, 僧名＝田島明賢　学日本大学法文学部〔大正15年〕卒　歴明治44年中野宝仙寺に入り、得度して明賢。大正10年根岸世尊寺に寄寓、日本大学予科に通学。12年多摩是政宝性院住職。昭和3年から住職の傍ら、東京都立農業高校に英語教師として勤務。俳句は大正13年から増田龍雨に師事、「俳諧雑誌」の選を受ける。昭和5年「春泥」に投句。11年白水郎の後援により「春蘭」創刊号から雑詠選者、翌年辞し、梓月を顧問に。「不易」創刊。18年休刊。24年から「春燈」に所属。著書に「花もみじ」、句集に「多摩川」がある。

但馬 美作　たじま・みまさか　俳人

明治36年（1903年）9月11日～平成7年（1995年）10月15日　生群馬県桐生市　名本名＝田島弥一（たじま・やいち）, 旧名＝田島曳白（たじま・えいはく）　学旧制工業機織科中退　歴大正11年より京都西陣の織物意匠図案業に従事。俳句は昭和10年より「ホトトギス」に投句。27年「萬緑」に入会し、中村草田男に師事。32年「萬緑」同人。35年から47年まで句誌「五葉秀」を発行。句集に「美作句集」「枯木立」「妖」「うたかた」がある。　賞萬緑賞〔昭和35年〕

田代 俊夫　たしろ・としお　歌人

明治41年（1908年）11月10日～平成7年（1995年）4月5日　出福岡県直方市　歴昭和8年「橄欖」入社。21年「九州短歌」、24年「西日本歌人」、26年「群萌」各編集発行。28年「形成」「樹木」に入会。この間に北九州歌人協会会長就任。47年7月渦短歌会を結成。47年に日本歌人クラブ福岡県委員となる。合同歌集に「森林・樹木」「水煙・渦」がある。

多田 一荘　ただ・いっそう　俳人

明治36年（1903年）10月5日～昭和61年（1986年）10月9日　生岩手県　名本名＝多田啓三（ただ・けいぞう）　学岩手県立師範卒　歴昭和23年「夏草」会員となり、山口青邨並びに田村了咲に師事。34年「夏草」同人。35年「花桐」句会主宰。　賞夏草功労賞〔昭和52年〕

多田 梅子　ただ・うめこ　歌人

明治40年（1907年）12月25日～平成10年（1998年）8月30日　生東京都　歴「いづかし」「スバル」を通して与謝野晶子の流れを汲む中原綾子に師事。昭和44年から「スバル」主宰。歌集に「紫微垣」「山河は遠く」「澪の果て」など。

多田 智満子　ただ・ちまこ　詩人

昭和5年（1930年）4月1日～平成15年（2003年）1月23日　生福岡県福岡市博多区　出東京都　名本名＝加藤智満子（かとう・ちまこ）　学慶応義塾大学文学部英文学科〔昭和30年〕卒　歴詩人、評論家として活躍したほか、フランス語を中心に翻訳の仕事も手がけた。主著に、詩集「花火」「贋の年代記」「多田智満子詩集」「蓮喰いびと」「祝火」「川のほとりに」「長い川のある国」、エッセイ「花の神話学」「夢の神話学」「森の世界爺」「十五歳の桃源郷」、評論「鏡のテオーリア」「宇遊自在ことばめくり」、訳書にユルスナール「ハドリアヌス帝の回想」「東方綺譚」、ケッセル「ライオン」、「サン・ジョン・ペルス詩集」など多数。　賞現代詩女流賞（第5回）〔昭和55年〕「蓮喰いびと」, 井植文化賞（文芸部門）〔昭和56年〕, 現代詩花椿賞（第16回）〔平成10年〕「川のほとりに」, 読売文学賞（詩歌俳句賞, 第52回）〔平成13年〕「長い川のある国」

多田 薙石　ただ・ていせき　俳人

大正10年（1921年）9月29日～平成15年（2003年）10月17日　生広島県　名本名＝多田圭次郎　学岡山医科大学〔昭和29年〕卒　歴岡山大学講師、松山赤十字病院小児科長を経て、保谷市で開業。一方、昭和18年兄の原田冬水の勧誘で「金沢蟻乃塔」に投句。その後、作句を中断するが、35年保谷町俳句会に参加。37年石田波郷を訪問して即入門し、「鶴」入会。38年同人と

なり、平成5～12年同人会長。句集「潮華」「水楢」、随筆集「句帳と犬と聴診器」がある。 賞鶴俳句賞〔昭和41年〕

多田 鉄雄　ただ・てつお　詩人
明治20年（1887年）8月16日～昭和45年（1970年）12月11日 生佐賀県唐津 学早稲田大学政治経済科〔大正3年〕卒 歴「明星」に「対花集」「追憶」などの詩を発表、「明星」廃刊後「新潮」に拠った。大正9年から「歴史写真」「演芸と映画」など月刊誌を編集、のち武野藤介らと同人誌「作品主義」を出し、昭和9年三上秀吉らと同人誌「制作」を創刊した。創作集「河豚」「モデルと氷菓」などがある。

多田 不二　ただ・ふじ　詩人
明治26年（1893年）12月15日～昭和43年（1968年）12月17日 生茨城県結城町 学東京帝国大学哲学科〔大正8年〕卒 歴大正3年頃から詩作をはじめ「帝国文学」に発表。「卓上噴水」「感情」などに訳詩を発表する。9年「悩める森林」を刊行。同年から13年にかけて時事新報記者を務める。11年詩誌「帆船」を創刊し新神秘主義を提唱。15年「夜の一部」を刊行。同年東京中央放送局に入り、昭和19年日本放送協会理事松山放送局長となり、21年に退職した。

多田 裕計　ただ・ゆうけい　俳人
大正1年（1912年）8月18日～昭和55年（1980年）7月8日 生福井県福井市江戸上町 学早稲田大学仏文科卒 歴横光利一に師事し、同人雑誌「黙示」に参加。昭和15年上海中華映画に入社し上海へ。16年「長江デルタ」で第13回芥川賞を受賞。その後の作品に「アジアの砂」「叙事詩」「小説芭蕉」などがある。俳句は28年「鶴」に参加、37年俳誌「れもん」を創刊・主宰し、句集に「浪漫抄」「多田裕計句集」、評論集に「芭蕉・その生活と美学」などがある。 賞芥川賞（第13回）〔昭和16年〕「長江デルタ」

多田隈 卓雄　ただくま・たくお　歌人
明治45年（1912年）6月27日～平成2年（1990年）3月23日 生熊本県 学東京帝国大学 歴昭和8年大学入学と同時に「蒼穹」に入社、岡野直七郎に師事。12年同人。55年同誌廃刊により「白虹」を創刊・主宰。61年より柴舟会幹事代表。歌集に「熱帯樹林」「天の命」がある。

忠地 虚骨　ただち・きょこつ　俳人
明治41年（1908年）4月1日～平成7年（1995年）1月17日 生群馬県 名本名＝忠地賢太郎 歴昭和3年「ぬかご」入会、安藤姑洗子の指導を受ける。10年運営面の意見相違から脱会、作家・山本周五郎の知遇を得て文学修行を続けた。44年「ぬかご」復帰。 賞ぬかご年度賞〔昭和53年〕

只野 柯舟　ただの・かしゅう　俳人
大正6年（1917年）11月20日～平成23年（2011年）11月3日 生福島県相馬市 名本名＝只野家弘（ただの・いえひろ） 学相馬中卒 歴昭和20年仙台に疎開中、阿部みどり女に師事し、「駒草」入門。38～46年同誌編集人を務めた。句集に「瞳孔」がある。 賞駒草賞〔昭和33年〕

只野 幸雄　ただの・ゆきお　歌人
明治44年（1911年）1月5日～平成9年（1997年）2月16日 生兵庫県神戸市 学関西学院大学英文科〔昭和10年〕卒 歴公務員、教員を歴任。昭和7年「ポトナム」入会。21年「古今」創刊に参加、福田栄一に師事。34年「ポトナム」に復帰。43年歌壇新聞「短歌公論」を創刊、編集発行。同人誌「渾」にも所属。歌集に「不信の時」「漆黒」「闘花」、評論に「阿部静枝論」など。 賞新歌人会賞〔昭和31年〕「不信の時」，柴舟会賞〔昭和54年〕「闘花」，日本歌人クラブ賞（第19回）〔平成4年〕「黄楊の花」 家妻＝只野綾子（歌人）

立花 豊子　たちばな・とよこ　俳人
明治37年（1904年）1月20日～平成2年（1990年）1月8日 生愛媛県松山市湊町 名本名＝立花トヨ子 学女子美術大学日本画科卒 歴昭和12年「馬酔木」入会、40年同人。46年「万蕾」創刊同人。句集に「黄帷」「素描」、文集に「菊坂」など。

立花 春子　たちばな・はるこ　俳人
大正10年（1921年）4月1日～平成4年（1992年）3月28日 生茨城県 名本名＝立花ハル 学私立高校卒 歴昭和42年大竹孤悠主宰「かびれ」入会、45年同人。54年日立市俳句連盟会長。 賞俳人協会全国大会特選賞〔昭和52年〕

橘 宗利　たちばな・むねとし　歌人
明治25年（1892年）3月3日～昭和34年（1959年）7月30日 生長崎県 名別名＝橘小華 学国学院大学卒 歴東京府立三中、開成高校教諭を歴任。大正6年「珊瑚礁」を創刊し、のち「あさひこ」に参加。歌集に昭和29年刊行の「萩壺」がある。

龍岡 晋　たつおか・しん　俳人

明治37年(1904年)12月16日～昭和58年(1983年)10月15日　生東京市日本橋区(東京都中央区)　名本名＝岩岡龍治(いわおか・たつじ)　学中央商卒　歴戦前、劇団築地座を経て、昭和12年文学座の創立に参加。25年文学座を株式会社とし、新劇の劇団を会社組織に近代化する先鞭をつけた。同時に社長となり、杉村春子とともに同劇団の屋台骨を支えた。俳優としては名脇役で活躍。久保田万太郎戯曲を掘り起こし、独特の舞台を演出してきた。主な演出は「蛍」「雨空」など。また俳句を、万太郎に師事し「春燈」創刊から参加。句集に「龍岡晋句抄」「龍岡晋集」がある。

立木 大泉　たつぎ・だいせん　俳人

明治35年(1902年)9月9日～昭和63年(1988年)12月29日　生長野県泉野村　名本名＝立木新一　学日本大学卒　歴昭和6年池内たけしに師事したが戦時中中止。24年高浜虚子、星野立子に師事。26年「若葉」に参加し富安風生に師事。29年「欅」、43年「若葉」同人。句集に「泉野」「科野」。

龍野 咲人　たつの・さきと　詩人

明治44年(1911年)9月15日～昭和59年(1984年)6月12日　生長野県上田市　名本名＝大久保幸雄　学長野師範卒　歴昭和5年頃から詩作を行い「星林」に詩作を発表。詩集に「香響」「蒼める雪」「水仙の名に」などがある。他に小説「火山灰の道」、随筆集「信州の詩情」などがある。

巽 巨詠子　たつみ・きょえいし　俳人

大正4年(1915年)10月30日～平成7年(1995年)1月15日　出秋田県　名本名＝大川港司　歴15歳のころから「俳星」などで俳句を詠み、昭和21年に「高秋」を創刊、「幻魚」へと発展させた。その後、「幻魚の会」を創設し、60年には秋田地区現代俳句協会を創設して初代会長に。叙情的で詩的要素が強い作風で知られ、秋田県内の俳句の指導や育成に尽くす。61年から朝日新聞秋田版の俳壇の選者を務めた。　賞秋田県文化功労者〔平成3年〕

辰巳 秋冬　たつみ・しゅうとう　俳人

大正3年(1914年)2月17日～昭和61年(1986年)11月6日　生大阪府　名本名＝辰巳茂夫(たつみ・しげお)　学高小卒　歴昭和8年泊月選「山茶花」投句、大橋桜坡子の指導を受ける。34年山口誓子に師事、「天狼」に投句。36年「天狼」会友。46年同人。56年「天狼」編集顧問。　賞天狼賞〔昭和45年〕

巽 聖歌　たつみ・せいか　詩人　歌人

明治38年(1905年)2月12日～昭和48年(1973年)4月24日　生岩手県紫波郡日詰町　名本名＝野村七蔵　歴家業の鍛冶屋で働きながら文学を志し、大正12年から「赤い鳥」に童謡を発表する。13年から14年にかけて時事新報社に勤務し、昭和4年にアルスに入社。5年「チチノキ」を、15年には「新児童文化」を創刊、童謡詩人として活躍する。代表作に「たきび」がある。童謡集に「雪と驢馬」「春の神様」「おもちゃの鍋」などがあり、他に「今日の児童詩」などの評論もある。　賞児童文化賞(第3回)〔昭和16年〕,赤い鳥文学賞特別賞(第8回)〔昭和53年〕「巽聖歌作品集〈上下〉」　家妻＝野村千春(洋画家)

辰巳 利文　たつみ・としふみ　歌人

明治31年(1898年)8月25日～昭和58年(1983年)7月8日　出奈良県　歴大正4年「竹柏会」に入会、佐佐木信綱に師事する。昭和6年「厳橿」を創刊・主宰する。万葉集研究で知られ、飛鳥保存にも協力。飛鳥古京を守る会副会長を務める。42年には「あけび」に入会、選者として活躍した。歌集に「残花百首抄」、著書に「万葉地理研究」「万葉染色の研究」などがある。

伊達 得夫　だて・とくお　編集者

大正9年(1920年)9月10日～昭和36年(1961年)1月16日　生旧朝鮮釜山　学福岡高卒,京都帝国大学経済学部〔昭和18年〕卒　歴朝鮮総督府に勤務していた父の任地・釜山で生まれる。間もなく京城(現・ソウル)へ移り、中学卒業までを同地で過ごす。福岡高校から京都帝国大学経済学部に進み、昭和18年卒業して応召、北支や内蒙古で従軍。戦後、上京して前田出版社に入社し、23年夭折の詩人・原口統三の遺稿詩集「二十歳のエチュード」を出版、ベストセラーとなった。同年同社倒産により書肆ユリイカを創業、社名は稲垣足穂の命名による。当初、足穂の「ヰタ・マキニカリス」など小説集や戯曲などを手がけていたが、25年頃から詩書の出版に専念し、「戦後詩人全集」(全5巻)、「現代フランス詩人全集」(全2巻)、「現代詩全集」(全6巻)などを刊行。31年には詩誌「ユリイカ」を創刊し、没する36年2月までに通号53号を数えた。補助者数人の小出版社であったが、詩集・詩論集・同人誌の発行などを通じて戦後詩の最も活発な活動の場を提供し、大岡信、清岡卓行、那珂太郎、飯島耕一、吉岡実ら多くの現代詩人を世に送り出した。没後、遺稿文集「ユリイカ抄」が刊行され、38年同書が第1回歴程賞を受けた。　賞歴程賞（第1回）〔昭和38年〕「ユリイカ抄」

立岩 利夫　たていわ・としお　俳人

大正9年（1920年）11月3日 ～ 平成22年（2010年）7月22日　生大阪府　学大阪市立西区商卒　歴「夜盗派」「海程」同人。句集に「時間」「有色」「象牙」「山河言行」「切切」「野紺菊」などがある。

舘野 翔鶴　たての・しょうかく　俳人

大正5年（1916年）11月3日～平成9年（1997年）12月5日　出東京市浅草区（東京都台東区）　名本名＝舘野秋蔵　学西野田高卒　歴昭和15年「山茶花」に投句。16年大橋桜坡子門下となる。17年「ホトトギス」に投句、44年同人。24年「雨月」創刊に参加。25年「かつらぎ」参加。42年山内豊水の「河内野」創刊に参画。53年同誌主宰、「引鶴」主宰。俳人協会評議員、日本伝統俳句協会参与なども務めた。句集に「梅春」「祭篝」「秋峰」「峻峡の鷹」「初富士」がある。

舘野 たみを　たての・たみお　俳人

大正11年（1922年）9月2日 ～ 平成10年（1998年）2月16日　生栃木県　名本名＝舘野民男（たての・たみお）　学旧制中卒　歴昭和18年頃より作句を始め、「風」、「河」を経て、45年「沖」創刊と共に入会。能村登四郎に師事、49年同人、及び「紺」編集同人。

舘野 烈風　たての・れっぷう　俳人

大正14年（1925年）1月15日 ～ 平成13年（2001年）10月12日　生茨城県東海村　名本名＝舘野大二郎　学旧制工専卒　歴昭和23年国立療養所俳句研究会に入会し、作句を始める。32年「天狼」入会、山口誓子に師事。61年同人。平成6年「天狼」終刊のあと、山口超心鬼主宰の「鉾」創刊に同人参加。同年平畑静塔の天馬句会幹事長も務めた。　賞天狼コロナ賞〔昭和58年〕, 天狼賞〔昭和61年〕, 栃木県俳句作家協会賞〔昭和62年〕

館山 一子　たてやま・かずこ　歌人

明治29年（1896年）3月21日 ～ 昭和42年（1967年）11月14日　生千葉県東葛郡土村逆井（柏市）　名本名＝日暮いち（ひぐらし・いち）　学土村・増尾尋常高等小学校高等科卒　歴大正6年頃から8年頃にかけて「詩歌」に所属。のち窪田空穂に師事し「国民文学」に参加。昭和2年夫の田辺駿一と「黎明」を創刊。合同歌集「新風十人」に加わり脚光を浴びる。22年「郷土」を創刊し、主宰。後進の育成にも当たる。歌集に「プロレタリヤ意識の下に」「彩」「李花」「李花以後」「館山一子全歌集」などがある。　家夫＝田辺駿一（歌人）

田所 妙子　たどころ・たえこ　歌人

明治43年（1910年）11月4日 ～ 平成6年（1994年）2月6日　生高知県土佐市宇佐町　名本名＝田所末美（たどころ・まつみ）　学高知県立第一高女卒　歴昭和4年「真人」に入会、細井魚袋に師事。9年渡鮮。戦後引揚げ高知に帰り、24年「高知歌人」に入会、26年編集発行人となる。28年「女人短歌」、39年「彩光」に入会。46年「高知歌人」を500余名の会員を擁する超結社誌に育てあげた功績によって高知県文化賞を受けた。歌集に「暖簾のかげ〈正続〉」「造礁珊瑚」「双眸」「螺旋階段」など。　賞高知県文化賞（昭和46年度）

田中 午次郎　たなか・うまじろう　俳人

明治40年（1907年）11月18日～昭和48年（1973年）2月26日　生東京都板橋区成増　歴年少にして旧派に学び、昭和9年より「馬酔木」に参加。石橋辰之助らと「樹氷林」を創刊。12年石田波郷らの馬酔木新人会の「馬」と合併し「鶴」を創刊、同人となる。23年波郷の「馬酔木」復帰と共に「馬酔木」同人となり、同年「鴫」を創刊・主宰。戦後、千葉の大和田で料亭を営んだ。句集に「さいねりや」「羅漢」「大道」がある。

田中 恵理　たなか・えり　俳人

昭和3年（1928年）1月20日 ～ 平成17年（2005年）5月15日　生大分県　名本名＝田中千津子（たなか・ちずこ）　学高女卒　歴昭和49年俳誌「同人」投句、55年選者に推される。句集に「青葉木菟」など。　賞同人新人賞（第5回）〔昭和54年〕, うぐいす月村賞（第9回）〔昭和55年〕

田中 収　たなか・おさむ　歌人

大正14年（1925年）11月2日 ～ 平成26年（2014

年）1月7日　生東京都中野区　出愛知県豊橋市　学東京大学法学部政治学科〔昭和24年〕卒，名古屋大学大学院法学研究科政治学専攻〔昭和39年〕博士課程中退　歴名古屋経済大学教授、法学部長、図書館長を経て、名誉教授。旧制八高時代から梅原猛らと作歌を始め、昭和24年「人民短歌」に参加。新日本歌人に所属。歌集に「扉」「夜の泉」「窓は新緑」、評論「東三河歌人論」「口語短歌の研究」「短歌の伝統と現代」、著書に「現代日本とキリスト教」「内村鑑三とその継承者」「内村鑑三の研究」などがある。

田中 芥子　たなか・かいし　俳人
大正12年（1923年）2月3日 ～ 平成20年（2008年）11月2日　生長野県　名本名＝田中安男（たなか・やすお）　歴高浜虚子に師事。昭和19年山口青邨に入門。「夏草」同人。　賞夏草新人賞（第4回），夏草功労賞

田中 克己　たなか・かつみ　詩人
明治44年（1911年）8月31日 ～ 平成4年（1992年）1月15日　生大阪府　学東京帝国大学文学部東洋史学科〔昭和9年〕卒　歴高校時代「炫火（かぎろい）」を創刊する。大学卒業後は大阪の浪速中学に昭和14年まで勤める。その間「コギト」「四季」同人となる。また11年にノヴァリス「青い花」を翻訳刊行し、13年処女詩集「西康省」を、15年「大陸遠望」を刊行。16年刊行の評論集「楊貴妃とクレオパトラ」で透谷文学賞を受賞。17年応召。以後「神軍」「南の星」を刊行。戦後は31年詩誌「果樹園」を創刊し、詩集「悲歌」などを刊行。「李太白」「白楽天」などの研究書もあり、34年成城大学教授。のち名誉教授。　賞透谷文学賞（第5回）〔昭和16年〕「楊貴妃とクレオパトラ」

田中 規久雄　たなか・きくお　詩人
大正4年（1915年）10月4日～平成4年（1992年）9月8日　生愛知県　名本名＝田中正太　歴「詩洋」「詩季」に所属。詩集に「ななかまど」「花」「慟哭」「田中規久雄詩集」などがある。

田中 鬼骨　たなか・きこつ　俳人
明治44年（1911年）1月25日 ～ 平成10年（1998年）6月5日　生山梨県　名本名＝田中武雄　学山梨師範卒　歴昭和10年より飯田蛇笏、龍太に師事、「雲母」に拠る。34年「雲母」同人。平成5年「白露」に入会。句集に「望郷」「辛夷集」「時雨集」「櫟山」。　賞雲母賞（第3回）〔昭和32年〕

田中 喜四郎　たなか・きしろう　詩人
明治33年（1900年）9月24日 ～ 昭和50年（1975年）4月26日　生広島県広島市　名別名＝田中清一　学明治大学法科，東洋大学哲学科，早稲田大学英文科　歴家は地主。大正14年詩誌「詩神」（昭7年終刊）を発刊、経営・編集を担当。エシェーニン・ランボー研究等を特集、福士幸次郎、金子光晴、三好十郎らが積極的に寄稿。戦前の詩集に田中清一の名で「永遠への思慕」「悲しき生存」「夢みてはいけないか」「青蛙」など、戦後は広島に居住して、原爆への怒りを歌った「苦悶の花」「悪魔の神話」「ここは寂しき処」などを出版、随筆誌「雲雀笛」を編集発行した。

田中 極光　たなか・きょくこう　俳人
明治40年（1907年）7月11日 ～ 平成11年（1999年）8月8日　生愛媛県　名本名＝田中正博（たなか・まさひろ）　学松山高商卒　歴昭和27年若菜句会結成、「ホトトギス」系の「柿」入会。28年「ホトトギス」入会。48年俳人協会全国大会初入選、50～56年特選2回を含み7年間連続入選、56年俳人協会九州大会特選。「柿」同人。

田中 けい子　たなか・けいこ　俳人
明治38年（1905年）～昭和60年（1985年）9月23日　生新潟県三島郡出雲崎町　出北海道小樽市　学高女中退　歴長谷部虎杖子、山岸巨狼に師事し、俳誌「葦牙」等で活躍。

田中 光峰　たなか・こうほう　俳人
大正5年（1916年）9月23日 ～ 昭和62年（1987年）3月13日　生岐阜県大垣市代官町　名本名＝田中仁（たなか・まさし）　学岐阜県立大垣商業学校卒　歴昭和6年より作句。「ホトトギス」「山茶花」等に投句。一時作句中断を経て、18年富安風生に師事し、「若葉」に投句。23年同人。　賞若葉功労賞〔昭和53年〕

田中 佐知　たなか・さち　詩人
昭和19年（1944年）4月11日 ～ 平成16年（2004年）2月4日　生東京都目黒区　名本名＝田中保子（たなか・やすこ）　学明治大学文学部英文科〔昭和42年〕卒　歴小説家・田中志津の長女。三菱商事退社後、詩人として活躍する一方、新聞・同人誌や雑誌にエッセイなどを執筆。詩誌「ハリー」同人、「ラ・メール」会員。詩集「さまよえる愛」「見つめることは愛」「砂の記憶」「樹詩林」、エッセイ集「詩人の言魂」、絵本「木とわたし」などがある。没後の平成19年には、「見つめることは愛」「砂の記憶」が韓国で

翻訳・出版される。21年遺稿集「二十一世紀の私」、23年絵本詩集「田中佐知絵本詩集」、同年全集「田中佐知全作品集」が刊行された。 賞現代詩代表詩選〔平成16年・18年〕「砂のフォルムI」(『砂の記憶』)「たとえば/1本の木が…」(『樹詩林』) 家母＝田中志津（小説家），弟＝田中行明（写真家）

田中 三水　たなか・さんすい　俳人
大正2年（1913年）7月17日～平成8年（1996年）2月5日 生愛知県西春日井郡 名本名＝田中三郎 学旧制実業学校卒 歴昭和21年橋本鶏二の指導を受ける。のち「年輪」同人。句集に「今年絹」。 賞年輪松囃子賞〔昭和51年〕，年輪賞〔昭和57年〕

田中 茂哉　たなか・しげや　俳人
明治41年（1908年）3月30日 ～ 平成5年（1993年）2月25日 生長野県長野市中御所 名本名＝田中重弥（たなか・しげや） 学長野商〔大正15年〕卒 歴大日本法令出版に入り、昭和14年常務、18年大日本法令印刷、第一法規出版各社長に就任。のち各会長となる。一方、21年以来衆院議員に2選。43年長野放送取締役相談役、会長、56年代表取締役会長となる。長野県印刷業組合理事長、長野県経営者協会会長も務めた。また俳人としても有名で、10年臼田亜浪、父の田中弥助（田中美穂）に師事。「科野」「火燿」同人。 勲藍綬褒章〔昭和45年〕，勲二等瑞宝章〔昭和53年〕 家父＝田中弥助（衆院議員），弟＝田中富弥（第一法規出版社長）

田中 七草　たなか・しちそう　俳人
明治32年（1899年）8月8日 ～ 昭和62年（1987年）6月26日 生三重県四日市市桜町 名本名＝田中雄吉（たなか・ゆうきち） 学東京大学医学部卒 歴昭和4年より水原秋桜子に師事し、「ホトトギス」に投句、のち「馬酔木」に所属。四日市馬酔木会を結成し俳句白魚展を主催する。「馬酔木」「霜林」同人。句集に「浜木綿」がある。

田中 順二　たなか・じゅんじ　歌人
明治45年（1912年）2月14日 ～ 平成9年（1997年）1月16日 生東京市深川区（東京都江東区） 学京都帝国大学文学部国文学科〔昭和11年〕卒 歴同志社女子大学、奈良大学教授を歴任。「短歌草原」「香蘭」を経て、昭和8年「ハハキギ」（帚木）同人。37年創立者吉沢義則没後、発行責任者となる。歌集「某日」「二つの踏切」「小半日」「ただよふ雲」「青き山」のほか「近代短歌鑑賞集」「短歌百論」「短歌文法入門」などの著書がある。

田中 菅子　たなか・すがこ　俳人
昭和12年（1937年）2月25日 ～ 平成10年（1998年）2月8日 生大阪府大阪市北区紅梅町 学東商卒 歴昭和42年「浜」入門、大野林火に師事。49年「浜」同人。平成6年「百鳥」創刊に参加、大阪百鳥の会会長。俳人協会幹事も務めた。句集に「紅梅町」「青流」がある。 賞浜賞（昭和48年度），俳人協会新人賞〔昭和60年〕 家父＝田中螺石（俳人）

田中 清太郎　たなか・せいたろう　俳人
大正2年（1913年）3月30日 ～ 平成12年（2000年）6月3日 生東京都麹町区 学東京帝国大学英文学科〔昭和11年〕卒 歴県立横浜第二中学、府立第十一中学、福岡高校、武蔵高校の英語教師を経て、武蔵大学教授、昭和26～58年学習院大学教授。一方、俳句は45年川島彷徨子主宰「河原」に同人として入会。54年俳人協会会員。著書に「金子光晴の詩を読む」「よい文章を書くために」「ディラン・トマス研究」、句集「見知らぬ顔」「硝子絵」「虚空の骨」、詩集「明滅」、訳書に「D.H.ロレンス詩集」、共訳に「ディラン・トマス全詩集」「ディラン・トマス全集」など。 勲勲三等瑞宝章〔昭和62年〕 賞日本翻訳文化賞〔昭和41年〕「D.H.ロレンス詩集」，河原同人賞〔昭和62年〕

田中 善徳　たなか・ぜんとく　詩人
明治36年（1903年）1月2日 ～ 昭和38年（1963年） 生福岡県福岡市 学福岡師範学校卒 歴福岡師範学校卒業後に教師となり、福岡や横浜の尋常小学校で教鞭をとる。早くから写真に興味を持ち、大正11年福岡白光会の設立に参画。文芸や絵画・美術にも才能を発揮し、昭和2年から「コドモノクニ」や「赤い鳥」に詩や童謡を投稿、「赤い鳥童話集」にも「お帰り」をはじめ4作品が収録された。「赤い鳥」休刊後は5年に創刊された「乳樹」にカタカナ童謡や詩を寄せた。その後、写真家として活躍し、14年高橋渡らと前衛写真家集団ソシエテ・イルフを結成。18年には詩歌の師である北原白秋の遺著となった詩歌写真集「水の構図」（アルス）で写真を担当した。

田中 大治郎　たなか・だいじろう　歌人
大正1年（1912年）12月22日 ～ 平成13年（2001

年）7月1日　生旧朝鮮　学広島高師卒　歴愛知女子師範に奉職。昭和10年「言霊」入会。18年応召、戦後、北方抑留。26年「青炎」を創刊し主宰。会員平等の同人誌的結社誌として注目された。鳥取県歌人会副会長、日本海歌壇選者など歴任した。歌集に「白鷺抄」「雪国」「凍虹」他。　賞鳥取市文化賞〔昭和54年〕

田中 波月　たなか・はげつ　俳人
明治30年（1897年）10月11日～昭和41年（1966年）9月22日　生静岡県島田市　名本名＝田中伊市　歴造園・盆栽業を営んだ。大正11年長谷川零余子の「枯野」に参加。のち新興俳句運動に転じ「天の川」同人となる。戦後は口語俳句運動に加わり、「しろそう」改題「主流」を没年まで主宰した。句集に「相貌」「野」がある。

田中 裕明　たなか・ひろあき　俳人
昭和34年（1959年）10月11日～平成16年（2004年）12月30日　生大阪府大阪市　学京都大学工学部電子工学科卒　歴高校時代、雑誌「獏」に詩を投稿したことがきっかけとなり、俳誌「青」に入会して波多野爽波に師事。昭和57年「童子の夢」50句で角川俳句賞を、同賞開始以来最年少の23歳で受賞。「晨」同人を経て、平成12年「ゆう」主宰。16年白血病に倒れ、同年末句集「夜の客人」の出版直前に急逝した。句集に「山信」「花間一壺」「桜姫譚」「先生からの手紙」。22年若手俳人育成のために、ふらんす堂主催の田中裕明賞が創設された。　賞青新人賞〔昭和54年〕，青賞〔昭和56年〕，角川俳句賞（第28回）〔昭和57年〕　家妻＝森賀まり（俳人）

田中 不及　たなか・ふきゅう　歌人
明治22年（1889年）8月10日～昭和33年（1958年）8月12日　生三重県菰野村（菰野町）　名本名＝田中長三郎　歴15歳の頃から隣家の畑田一畝庵が創設した花友会に入会して華道を習う。一方、短歌や俳句を稲垣日砂に師事。明治40年四日市区裁判所雇員となり、42年裁判所書記試験に合格。のち弁護士となり、戦前は北海道名寄市、戦後は三重県四日市市を拠点に活動した。

田中 不鳴　たなか・ふめい　俳人
昭和8年（1933年）2月14日～平成26年（2014年）9月9日　生東京都荒川区　名本名＝田中博正（たなか・ひろまさ）　歴昭和30年読売広告社に入社、職場の俳句会に入る。48年「五季」創刊に参加、52～60年編集長。平成2年同誌廃刊後は無所属。現代俳句協会常任幹事、副会長を務めた。句集に「傘寿」がある。

田中 冬二　たなか・ふゆじ　詩人
明治27年（1894年）10月13日～昭和55年（1980年）4月9日　生福島県福島市栄町　名本名＝田中吉之助（たなか・きちのすけ）　学立教中〔昭和2年〕卒　歴中学時代から文学に関心を抱く。大正2年第三銀行に勤務し、昭和24年の停年退職まで、出雲を振り出しに各地の支店長を務めながら詩作を続け、田園の風物や生活を謳う。昭和4年「青い夜道」、5年「海の見える石段」を刊行して、代表的抒情詩人となり、10年代は四季派同人として活躍する。15年「故園の歌」を刊行、18年「橡の黄葉」で文芸汎論詩集賞を受賞。富士銀行停年退職後は新太陽社、高砂ゴムの役員となりながら詩作を続け、37年「晩春の日に」で高村光太郎賞を受賞。詩集の他「麦ほこり」などの句集、散文集、詩文集もあり、著書は多い。「田中冬二全集」（全3巻，筑摩書房）がある。　賞文芸汎論詩集賞（名誉賞・第10回）〔昭和18年〕「橡の黄葉」，高村光太郎賞（第5回）〔昭和37年〕「晩春の日に」

田中 北斗　たなか・ほくと　俳人
大正11年（1922年）3月15日～平成17年（2005年）2月27日　生北海道雨竜郡北竜町　名本名＝田中保　歴同郷の北光星の勧めにより作句を始める。昭和25年「氷原帯」同人。31年北と「礫」を創刊。41年「扉」、47年「道」創刊に参加。「道」同人会長を務めた。句集に「空知」「一炉の奥」「雪卍」。　賞鮫島賞（第15回）〔平成7年〕「雪卍」

田中 茗児　たなか・めいじ　俳人
明治33年（1900年）1月2日～昭和62年（1987年）8月19日　生大阪府大阪市　名本名＝田中明治（たなか・あきはる）　歴昭和10年皆吉爽雨に師事。21年「雪解」同人。句集に「母像」がある。　賞雪解賞

田中 佳宏　たなか・よしひろ　歌人
昭和18年（1943年）12月2日～平成20年（2008年）1月20日　出埼玉県大里郡妻沼町（熊谷市）　学熊谷農卒，東京都立放射線技師学校卒　歴放射線技師を経て、昭和53年から農業に従事。62年食糧自給可能都市宣言を提唱する。一方、43年より「個性」同人。のち「牙」会員。60～63年埼玉新聞に「百姓の一筆」を連載し、単行本

にまとめた。同紙には「埼玉新聞を読んで」も連載。歌集に「黙って墓場へ降りてゆくわけにいかない」「天然の粒」などがある。 賞個性賞, 埼玉文学賞（第4回）〔昭和47年〕, 埼玉文芸賞（第16回）〔昭和60年〕「天然の粒」

田中 螺石　たなか・らせき　俳人
明治44年（1911年）1月1日 ～ 昭和62年（1987年）4月15日 生大阪府大阪市北区菅南町 名本名＝田中猛（たなか・たけし） 学日新商卒 歴昭和42年大野林火に師事、「浜」入門、44年同人幹事大阪支部担当。43年南部憲吉「ひこばえ」に入り、44年同人。51年顧問。句集に「青螺」がある。 賞ひこばえ年度賞〔昭和46年〕 家娘＝田中菅子（俳人）

田中 隆尚　たなか・りゅうしょう　歌人
大正7年（1918年）12月7日 ～ 平成14年（2002年）10月21日 生山口県 名本名＝田中隆尚（たなか・たかひさ） 学東京帝国大学文学部独文学科卒 歴群馬大学でドイツ語を指導。平成3年ギリシャ語で日本文化を伝えた功績などでフェニックス勲章を受章。一方、旧制一高時代から斎藤茂吉に師事し、歌人としても活躍。「ももんが」主宰。著書に「茂吉随聞〈上下〉」「へらす巡歴」など。 勲ギリシャ政府フェニックス勲章〔平成3年〕, 勲三等旭日中綬章〔平成4年〕

田中 令三　たなか・れいぞう　詩人
明治40年（1907年）3月15日 ～ 昭和57年（1982年）1月23日 生岐阜県大垣市 学東洋大学卒 歴大正15年前田鉄之助の「詩洋」に参加、のち編集に携わる。昭和7年佐伯郁郎らと「文学表現」を創刊。戦後も詩作をつづけるが、感ずるところあって発表せず。詩集に「秋衣集」「野晒」「祈禱歌」「海戦と花」「赴戦歌」など。

田中 朗々　たなか・ろうろう　俳人
明治41年（1908年）9月7日 ～ 平成11年（1999年）12月31日 生東京都麴町区 名本名＝田中二郎 学早稲田工手建築高等科卒 歴昭和22年夏草会入門、28年「夏草」同人。54年現代俳句選集編集委員。夏草会所属、平成元年顧問を務め、のち退会。9年「外光」に創刊参加。昭和46年俳人協会会員、63年評議員となる。句集に「懸魚」がある。 賞夏草功労賞〔昭和38年〕

田辺 香代子　たなべ・かよこ　俳人
昭和6年（1931年）8月19日 ～ 平成20年（2008年）8月16日 生東京都 名本名＝田辺かよ 歴昭和17年頃より詩を作り始め、25年井上康文に師事して「自由詩」同人となる。28年長谷岳に俳句を学び、金尾梅の門主宰「季節」に入会、29年同人。平成5年「季節」主宰を継承。20年病気療養のため休刊。同人誌「風象」「季刊俳句」に参加。句集に「浪費」「深爪」「破綻の雲」などがある。

田辺 正人　たなべ・しょうじん　俳人
明治30年（1897年）11月22日 ～ 平成5年（1993年）9月17日 生岡山県小田郡美星町 名本名＝田辺政吉 歴大正7年河東碧悟桐の「海紅」及び荻原井泉水の「層雲」に参加し、自由律派の俳人として出発。その後、大正末年、関東大震災を機に郷里岡山に帰り、俳誌「石蕗」を創刊。大正14年再び上京、「石蕗」廃刊。朝日新聞社に入社、記者となり、一時は俳句を中断したのち、犬塚楚江の「俳句と旅」に参加し、昭和23年楚江の没後、休刊した同誌を26年「旅と俳句」と改題して主宰。

田辺 杜詩花　たなべ・としか　歌人
明治29年（1896年）3月24日 ～ 昭和28年（1953年）10月11日 生愛媛県 名本名＝田辺稔香 学新潟医専卒 歴「ポトナム」を経て昭和21年「原始林」創刊に参加、発行責任者となり、選歌も担当。日本歌人クラブ地方幹事、北海タイムス歌壇選者を務めた。歌集に「緑日」「青雪」がある。31年その業績を讃え田辺賞が設定された。

田辺 ひで女　たなべ・ひでじょ　俳人
明治36年（1903年）7月21日 ～ 平成4年（1992年）7月28日 生東京都 名本名＝田辺英子（たなべ・ひでこ） 学京華高女卒 歴昭和9年丸ビルの大崎会、次いで笹鳴会に入会。共に高浜虚子に師事。星野立子の「玉藻」に入会。松本たかしを識ると新涼会を起し、戦後「たかし笛」創刊に参加。「夏草」同人。

田辺 若男　たなべ・わかお　歌人　詩人
明治22年（1889年）5月28日 ～ 昭和41年（1966年）8月30日 生新潟県刈羽郡野田村 名本名＝田辺富蔵 歴鉄道駅員から新派の木下吉之助門下生となり、川上音二郎一座、新社会劇団、新時代劇協会、土曜劇場を経て、大正2年芸術座の創立に参加。以後、新芸術座、新国劇、第二次芸術座、築地座、文学座、瑞穂劇団などの俳優を務めた。傍ら、歌作・詩作にはげみ、大正13年に詩集「自然児の出発」を刊行。戦後は「新日本歌人」同人となる。自伝に「舞台生活五十年 俳優」がある。

谷 馨　たに・かおる　歌人

明治39年（1906年）8月15日～昭和45年（1970年）7月13日　生高知県　学早稲田大学国文科〔昭和5年〕卒　歴昭和5年以降、拓殖大学教授、早稲田大学、立正大学各講師を歴任した。橋田東声、窪田空穂に歌を学び、14年「和歌文学」を創刊、後「朝鳥」と改題して主宰した。歌集に「年輪」「妙高」「歳月」「正述心緒」、著書に「山上憶良」「和歌文学論攷」「万葉武蔵野紀行」「額田王」などがある。

谷 鼎　たに・かなえ　歌人

明治29年（1896年）9月16日～昭和35年（1960年）7月15日　生神奈川県小田原市　名前号＝新見はるを　学京都帝国大学国文科卒　歴東京府立五中の教諭となり、戦後大東文化大学教授を務めた。大正3年「国民文学」創刊2号から、窪田空穂に師事した。歌集「伏流」「青あらし」「冬びより」などの他、著書に「定家歌集評釈」「短歌鑑賞の論理」「藤原定家」「古今和歌集評釈」「新古今和歌集評釈」などがある。

谷 邦夫　たに・くにお　歌人

明治37年（1904年）5月12日～平成3年（1991年）11月23日　生栃木県湯津上村　名本名＝谷国夫　学宇都宮商業〔大正9年〕卒　歴大正9年「創作」入会、若山牧水に師事。14年「橄欖」入会、吉植庄亮に師事。37年「当道」を創刊し、主宰。51年「下野歌人」創刊、会長となる。盲人短歌に造詣が深い。歌集に「彩裳」「青き起伏」「つがの木」「村長室周辺」「野の風韻」、歌書「光なき世界の光」「評伝若山牧水」ほか。　賞日本短歌雑誌連盟賞〔昭和41年〕，栃木県文化功労賞，牧水賞〔昭和60年〕「評伝若山牧水」，日本歌人クラブ賞（第14回）〔昭和62年〕「野の風韻」

谷 迪子　たに・みちこ　俳人

大正8年（1919年）2月13日～平成20年（2008年）3月20日　生兵庫県　学第二神戸高女卒　歴昭和15年「馬酔木」に投句を始める。「馬酔木」「燕巣」同人となるが、その後「橡」に所属。句集に「海光」「はりま野」がある。　賞馬酔木新人賞〔昭和41年〕

谷川 雁　たにがわ・がん　詩人

大正12年（1923年）12月25日～平成7年（1995年）2月2日　生熊本県水俣市　名本名＝谷川巌（たにがわ・いわお）　学東京帝国大学文学部社会学科〔昭和20年〕卒　歴戦時中、8ケ月軍隊生活を送り、3度営倉に入れられる。戦後、西日本新聞社に勤務。「九州詩人」「母音」に詩を発表。昭和22年共産党に入党し、労働争議で解雇される。29年第一詩集「大地の商人」を刊行。31年第二詩集「天山」、35年「定本谷川雁詩集」を刊行、その“あとがき”で以後詩作しないことを宣言する。33年福岡県中間市に移住。雑誌「サークル村」を創刊、評論集「原点が存在する」「工作者宣言」などを発表。35年安保闘争を機に共産党を離党。36年吉本隆明らと思想・文学・運動の雑誌「試行」を創刊したが8号を最後に脱退。38年評論集「影の越境をめぐって」を刊行。40年上京するが、53年長野県柏原へ移住。56年から“十代の会”、57年から“ものがたり文化の会”を主宰し、宮沢賢治を中心に児童文化活動にとりくむ。他の評論集に「意識の海のものがたりへ」「賢治初期童話考」「ものがたり交響」「極楽ですか」、詩集「海としての信濃」など。平成21年「谷川雁セレクション〈I・II〉」（日本経済評論社）が刊行された。　家兄＝谷川健一（評論家）

谷川 水車　たにかわ・すいしゃ　俳人

大正5年（1916年）10月31日～平成18年（2006年）4月5日　生東京都港区赤坂　名本名＝谷川清　学青山師範本科二部〔昭和11年〕卒　歴小学校教師を務め、昭和52年校長を最後に定年退職。一方、30年「曲水」に入り、渡辺桂子に師事。33年立川市民俳句会創立幹事代表。59年立川市文化連盟会長。句集「天上の花」「しらかばの夏」、評論集「ひわ色とき色」「詩歌の道」がある。　家妻＝やまやのぎく（俳人）

谷口 亜岐夫　たにぐち・あきお　俳人

昭和5年（1930年）9月25日～平成26年（2014年）1月2日　出北海道美唄市　名本名＝谷口明雄（たにぐち・あきお）　学空知農卒　歴細谷源二に師事、主として「緋衣」「氷原帯」に拠る。「氷原帯」俳句会企画同人会長を経て、平成24年まで同誌を主宰。北海道俳句協会事務局長も務めた。句集に「砦」「燈」「道」がある。　賞氷原帯賞（第17回）〔昭和45年〕，鮫島賞（第11回，平成2年度）「砦」，札幌芸術賞〔平成20年〕，北海道新聞俳句賞〔平成22年〕「道」

谷口 雲崖　たにぐち・うんがい　俳人
明治36年（1903年）11月25日～平成14年（2002年）5月22日　生鳥取県　名本名＝谷口秋治（たにぐち・しゅうじ），別号＝乃木楚人　学高卒　歴鳥取大学の教師を務めた後、日本海文化学園教師。高浜虚子、高野素十、中村草田男に師事。昭和22年「踏青」を創刊・主宰。「萬緑」同人。平成3年自宅から有島武郎が自殺する直前に描いたスケッチが見つかって話題になった。

谷口 小糸　たにぐち・こいと　俳人
明治31年（1898年）3月26日～平成4年（1992年）10月4日　生大阪府南河内郡　名本名＝谷口コイト　学堺市立女子手芸学校卒　歴昭和17年皆吉爽雨に師事。21年「雪解」創刊同人。句集に「添水」。　賞雪解俳句賞〔昭和33年〕，雪解功労賞〔昭和41年〕

谷口 古杏　たにぐち・こきょう　俳人
明治22年（1889年）12月1日～昭和43年（1968年）11月2日　生岡山県津山市　名本名＝谷口久吉（たにぐち・ひさきち）　学大阪泰西学館中学部〔明治41年〕卒　歴昭和21年中国銀行副頭取となり、22年合同新聞社（現・山陽新聞社）社長、26年会長。戦後の混迷期に文化面へ多くの事跡を残した。俳句への造詣が深く、7年臼田亜浪門に入ってから本格化、「石楠」の重鎮として知られた。長尾蟬水・越智幸雄らと俳誌「白道」の同人となり、合同新聞社時代は復刊した「白道」を「合同俳句」と改題して各流派に解放した。句集に「萩の塚句集」「杏」「白百合」「吉備国源」などがある。　家養子＝谷口澄夫（岡山大学学長）

谷沢 辿　たにさわ・たどる　詩人
昭和6年（1931年）6月19日～没年不詳　歴会社勤めの傍ら、昭和29年頃から詩を作りはじめる。詩集に「華骨牌」「時の栞」など。　賞東海現代詩人賞〔昭和52年〕「華骨牌」，中日詩賞〔昭和59年〕「時の栞」　家子＝久綱さざれ（小説家）

谷野 予志　たにの・よし　俳人
明治40年（1907年）3月22日～平成8年（1996年）3月21日　生大阪府大阪市　名本名＝谷野芳輝（たにの・よしてる）　学京都帝国大学文学部英文科卒　歴松山で教師生活に入り、愛媛大学、松山商科大学などで教鞭を執る。昭和11年作句を始め、「馬酔木」に投句。15年「馬酔木」同人となる。その頃より山口誓子に師事し、23年「天狼」に参加。24年「炎昼」を創刊し、主宰。46年俳人協会に入会し、47年評議員。朝日新聞愛媛版の「伊予俳句」の選者を40年間務めた。

谷村 博武　たにむら・ひろたけ　詩人
明治41年（1908年）6月6日～昭和52年（1977年）1月24日　生千葉県幕張　学早稲田大学高等師範部中退　歴詩誌「新進詩人」「九州芸術」「日本詩壇」「竜舌蘭」「九州文学」「日本未来派」同人。詩集に「復員悲歌」「痛苦と回復」「南国の市民」「炎天」など。　賞宮崎県文化賞芸術部門〔昭和39年〕，宮崎市文化功労者〔昭和39年〕

田沼 文雄　たぬま・ふみお　俳人
大正12年（1923年）3月23日～平成18年（2006年）9月30日　生群馬県太田市　名本名＝田沼文夫（たぬま・ふみお）　歴昭和22年「麦」同人の前田城雄に手ほどきを受け、中島斌雄に師事。27年「麦」編集同人、のち編集長、同人会長。63年中島斌雄死去の後「麦の会」会長として雑誌を継承。平成16年会長を退く。句集「菫色」「呼気」「即自」などがある。

田畑 比古　たばた・ひこ　俳人
明治31年（1898年）4月6日～平成4年（1992年）10月5日　生京都府京都市　名本名＝田畑彦一　歴妻の三千女は高浜虚子の小説「風流懺法」の三千歳のモデルとされる。三千女と共に虚子に句を学び、「緋蕪」「裏日本」「大毎俳句」の選者を経て、31年「東山」創刊・主宰。平成4年8月447号で終刊。句集に「遍路」がある。　家妻＝田畑三千女（俳人）

田畑 美穂女　たばた・みほじょ　俳人
明治42年（1909年）9月22日～平成13年（2001年）5月28日　生大阪府大阪市道修町　名本名＝田畑秋子　学清水谷高女中退　歴昭和11年より句作。「ホトトギス」「玉藻」「晴居」に拠る。24年「ホトトギス」同人。26年同誌初巻頭を飾る。句集に「美穂女抄」「吉兆」「なにわ住」がある。　賞大阪府文化芸術功労賞〔平成1年〕

田林 義信　たばやし・よしのぶ　歌人
明治39年（1906年）4月28日～昭和62年（1987年）10月20日　生和歌山県那賀郡粉河町　学広島文理科大学国語国文科卒　歴昭和25年歌誌「垣穂」を創刊。著書に「賀茂真淵歌集研究」「校証古今和歌六帖」、歌集に「祈りの季節」など。

田原 古巌　たはら・こがん　漢詩人
生年不詳～平成11年（1999年）1月28日　出福井県福井市　名本名＝田原周仁（たはら・しゅうじん）　歴昭和45年から15年間臨済宗天竜寺派宗務本院宗務総長を務めた。平成10年京都市の弘源寺住職を引退。一方、20代の頃岐阜県・虎渓山専門道場で修行した時、師匠の僧侶の影響で漢詩を始め、古巌の雅号で活躍。のち花園大学で漢詩概説も教えた。平成10年日記代わりに綴ってきた漢詩や法要の際に唱える偈（げ）など約200首をまとめ、私家版「古巌詩偈集―縁に随い、機に応ず」を刊行。

田原 千暉　たはら・ちあき　俳人
大正12年（1923年）1月31日～平成22年（2010年）5月28日　出大分県由布市　名本名＝田原千秋　歴昭和17年歩行不能となる。21年「飛蝗」を創刊して編集発行を担当、24年「菜殻火」と改題。27年「石」を創刊・編集発行、29年より同誌主幹。平成6年まで発行。大分県現代俳句協会設立者の一人で、13年まで大分合同新聞「読者文芸」の俳句選者も務めた。元「鶴」同人。リアリズムに立脚した、社会性俳句を遺した。句集に「車椅子」「合図」「石の華」などがある。

田吹 かすみ　たぶき・かすみ　歌人
昭和25年（1950年）8月1日～昭和60年（1985年）8月12日　生大分県東国東郡国東町（国東市）　歴昭和37年12歳の時に小児糖尿病を発病。衛生検査技師となるが、糖尿病性網膜症のため23歳で両眼を失明した。50年盲学校へ入学、鍼灸師を目指す。また、田吹繁子の指導で短歌を詠み、53年歌集「失明の灯」を刊行。やがて腎臓も病み、55年から入院透析を開始。60年35歳で亡くなった。没後の62年、生前に声の便りを交換していた小木曽和久との交換テープの記録が「いのちの交換テープ」として出版された。

田吹 繁子　たぶき・しげこ　歌人
明治35年（1902年）1月13日～昭和63年（1988年）4月22日　出大分県大野郡朝地町　学日本女子大学国文科卒　歴昭和13年短歌誌「八雲」を創刊。大分県歌人クラブ会長を務めた。歌集に「桜」「白菊」などがある。

田淵 十風子　たぶち・じっぷうし　俳人
明治42年（1909年）1月25日～平成3年（1991年）3月8日　生広島県三次市　名本名＝田淵実夫（したぶち・じつお）　学関西大学文学部卒，京都大学大学院修了　歴大正12年「石楠」に入会、廃刊まで在籍。昭和24～26年「斧」創刊・主宰。46年再刊。中国新聞俳壇選者の他、広島市立図書館館長、広島女学院大学教授も務めた。句集に「天牛水馬」「古里かなし」。

玉出 雁梓幸　たまいで・かりしこ　俳人
大正8年（1919年）8月22日～平成12年（2000年）1月18日　出兵庫県神戸市　名本名＝玉出勝（たまいで・まさる）　学法政大学専門部政治経済学科卒　歴戦時中に俳句を始め、昭和18年「琥珀」に参加。20年久保田万太郎、安住敦に師事。21年「春燈」創刊より投句。「春燈」同人。38年俳人協会会員。句集に「演歌」「浄瑠璃」「自註・玉出雁梓幸集」など。

玉置 石松子　たまおき・せきしょうし　俳人
明治40年（1907年）1月5日～平成8年（1996年）2月14日　生東京市日本橋区（東京都中央区）　名本名＝玉置新治　学東京薬科大学卒　歴昭和23年長谷川かな女に師事し、「水明」に入会。句集に「手品師」「水晶婚」。　賞新珠賞〔昭和32年〕

玉木 愛子　たまき・あいこ　俳人
明治20年（1887年）12月28日～昭和44年（1969年）　生大阪府島ノ内　歴幼少にしてハンセン病に感染し、両手両足の自由のみか49歳には両眼も失なう。苦難と悲哀をのりこえて、作句をつづけ、昭和33年俳誌「駒草」一力五郎賞を受賞。41年「駒草」同人に推され、44年81歳の生涯を閉じた。句集に「わがいのち わがうた―絶望から感謝へ」。　賞一力五郎賞〔昭和33年〕

玉貫 寛　たまき・かん　俳人
大正5年（1916年）2月20日～昭和60年（1985年）5月20日　生愛媛県松山市　名本名＝玉貫真幸（たまき・まさき）　学京都大学医学部卒　歴昭和28年から松山市で外科医院を開院する傍ら小説を書き、54年「蘭の跡」で第81回芥川賞候補となった。そのほか医師としての知識から自らのがんを知り、その闘病生活を小説化、雑誌「海燕」の60年2、4、5月号に連作の形で掲載、5月15日「交響」と題して出版された。また俳人としても活躍し、25年「炎昼」同人。「天狼」同人。　賞天狼コロナ賞〔昭和42年〕，天狼賞〔昭和43年〕

玉城 澄子　たまき・すみこ　歌人
大正11年（1922年）～平成22年（2010年）9月16日　歴昭和51年翠麗短歌会に入り泉国夕照に師事。同年武都紀歌会に入会。60年琉球歌壇賞を受賞。平成元年第一歌集「せせらぎ」を刊行した。　賞琉球歌壇賞（第6回）〔昭和60年〕

玉城 徹　たまき・とおる　歌人　詩人
大正13年（1924年）5月26日～平成22年（2010年）7月13日　生宮城県仙台市　学二高卒，東京帝国大学文学部美術史学科〔昭和23年〕卒　歴昭和15年「多磨」に入会して北原白秋に師事したが、17年師を亡くし、巽聖歌の指導を受ける。二高から東京帝国大学美術史科に進み、20年3月学徒出陣して陸軍船舶機関砲部隊に入隊。9月復員。23年大学を卒業し、都立高校の国語教師を務める。27年「多磨」解散後は、30年「野の花」、37年「実体」、46年「寒暑」をそれぞれ創刊。この間、37年第一歌集「馬の首」を刊行。47年「樛木」で読売文学賞、54年「われら地上に」で迢空賞。52年季刊「うた」を創刊して主宰、平成15年解散。昭和59年～平成20年毎日歌壇選者。他に歌集「汝窯」「徒行」「蒼耳」「香貫」、詩集「春の氷雪」、評論集「石川啄木の秀歌」「北原白秋」「近代短歌の様式」「万葉を溯る」「芭蕉の狂」などがある。　賞読売文学賞（詩歌俳句賞，第24回）〔昭和47年〕「樛木」，短歌愛読者賞（第4回）〔昭和52年〕「人麻呂」，迢空賞（第13回）〔昭和54年〕「われら地上に」，五島美代子賞（第2回）〔昭和57年〕「玉城徹作品集」，短歌新聞社賞（第8回）〔平成13年〕「香貫」，現代短歌大賞（第24回）〔平成13年〕「香貫」　家長女＝花山多佳子（歌人），孫＝花山周子（歌人）

玉置 保巳　たまき・やすみ　詩人
昭和4年（1929年）4月18日～平成9年（1997年）3月19日　生和歌山県新宮市　出京都府京都市　名筆名＝大石康生　学東京教育大学文学部独文学科〔昭和28年〕卒，京都大学大学院文学研究科独文学専攻〔昭和35年〕博士課程中退　歴昭和35年愛知大学教養部専任講師、39年助教授。45～46年ミュンヘン大学留学。48年同志社女子大学助教授、53年教授。のち名誉教授。また、49年～平成4年京都大学非常勤講師を務めた。著書に「海へ」「ぼくの博物誌」「玉置保巳詩集」、共訳詩集「ハンス・カロッサ全集」他がある。

玉手 北肇　たまて・ほくちょう　俳人
大正9年（1920年）11月6日～昭和63年（1988年）8月30日　生北海道夕張郡　名本名＝玉手肇（たまて・はじめ）　学日鋼室蘭青年学校卒　歴昭和19年中国に従軍中、陸軍病院での慰問句会がきっかけで作句。31年「若葉」入門。39年「青女」、40年「冬草」、43年「若葉」同人。句集に「枯さびた」。　賞北海道俳句協会賞〔昭和48年〕

玉利 浮葉　たまり・ふよう　俳人
明治37年（1904年）1月2日～平成10年（1998年）12月31日　生鹿児島県　名本名＝玉利勇（たまり・いさむ）　学明治大学商科卒　歴昭和4年嶋田青峰主宰「土上」に投句。營口・鉄嶺・大連通信俳句会に所属。11年以降作句中断。47年橋本鶏二に師事。「年輪」同人。

田丸 夢学　たまる・むがく　俳人
大正2年（1913年）1月2日～昭和60年（1985年）8月3日　生三重県　名本名＝田丸芳雄（たまる・よしお）　学電子医学専門学院卒　歴昭和4年宇仁田蝸牛の手ほどきを受ける。「鷹」「雪」「年輪」により、橋本鶏二に師事。「年輪」同人。　賞年輪松囃子賞〔昭和51年〕

民井 とほる　たみい・とおる　俳人
大正6年（1917年）4月5日～昭和58年（1983年）3月22日　生大阪府　名本名＝民井亨　学今宮工卒　歴昭和11年「かつらぎ」へ投句。20年中断。39年「馬酔木」、44年「鶴」を経て、49年「泉」創刊同人。のち「七種」主宰。句集に「大和れんぞ」。　賞俳人協会関西俳句大会朝日新聞社賞（第2回）〔昭和41年〕，角川俳句賞（第20回）〔昭和49年〕

田村 九路　たむら・くろ　俳人
大正7年（1918年）3月14日～平成7年（1995年）3月26日　生山形県飽海郡　名本名＝田村正美　学攻玉社高工土木科卒　歴鉄道省に就職。国鉄、日本鉄道建設公団を経て、東鉄工業盛岡営業所長。俳句は昭和5年松村巨湫の手ほどきを受ける。16年「水明」入会。30～40年休俳後「水明」復帰、46年同人。48年「季音」同人。「草笛」同人、「樹氷」同人。60年岩手地区現代俳句協会設立後、副会長。句集「碾臼」がある。　賞水明賞〔昭和47年〕

田村 哲三　たむら・てつみ　歌人
昭和5年（1930年）4月10日～平成12年（2000

年）7月26日　生北海道滝川市　学早稲田大学第二文学部国文科卒　歴高校時代、中山周三の指導を受ける。昭和23年「原始林」に入会、早大在学中に近藤芳美を知り、「未来」の創刊に参加。28年北海道放送に入り、札幌、函館、苫小牧、北見の各放送局に勤務、事業部長などを務めた。歌人として、39年に再び活動に入り、40年原始林賞、田辺賞を相つぎ受賞。のち原始林社代表。歌集に「扇状地」、共著に「札幌歳時記」がある。　賞原始林賞（第16回）〔昭和40年〕，田辺賞（第10回）〔昭和40年〕，北海道新聞短歌賞（第1回）〔昭和61年〕

田村 奈津子　たむら・なつこ　詩人
生年不詳～平成13年（2001年）10月11日　歴詩集に「みんなが遠ざかったあとで」「野性のスープが煮えるまで」「地図からこぼれた庭」「虹を飲む日」「人体望遠鏡」「楽園」などがある。

田村 昌由　たむら・まさよし　詩人
大正2年（1913年）5月17日～平成6年（1994年）5月29日　生北海道江別市　名本名＝田村政由　学日本大学専門部法科〔昭和12年〕卒　歴昭和6年渡満、21年帰国、国鉄中央教習所に勤務。はじめ「黎明調」などに関係、兼松信夫らと「詩律」に拠ったが、戦後「日本未来派」同人となって活躍、42年編集長。詩誌「泉」も発行。詩集に「戒具」「蘭の国にて」「風」「下界」「武蔵国分寺」「続・武蔵国分寺」「八月十五日」など。

田村 木国　たむら・もっこく　俳人
明治22年（1889年）1月1日～昭和39年（1964年）6月6日　生和歌山県笠田町　名本名＝田村省三　学北野中卒　歴大阪朝日新聞に勤め、明治43年全国中等学校野球大会（現・全国高等学校野球大会）を企画、創始した。その後大阪毎日新聞社整理部長。少年時代から俳句を作り、行友李風らと洗堰吟社を創立、河東碧梧桐の影響を受けた。大正6年虚子の門に入り「ホトトギス」同人、11年俳誌「山茶花」同人、戦後同名の「山茶花」創刊・主宰。句集に「秋郊」「大月夜」「山行」、随筆集「龍の髯」などがある。

田村 隆一　たむら・りゅういち　詩人
大正12年（1923年）3月18日～平成10年（1998年）8月26日　生東京府北豊島郡巣鴨村字（東京都豊島区）　学明治大学文芸科〔昭和18年〕卒　歴生家は割烹旅館を営む。東京府立三商時代からモダニズム系の同人雑誌「新領土」「ル・バル」などに参加。昭和19年海軍予備学生として出征、航空隊に配属され内地で敗戦を迎えた。復員後、鮎川信夫らと「荒地」を創刊し、26年からの年刊「荒地詩集」を舞台に活躍。31年第一詩集「四千の日と夜」を刊行。38年第二詩集「言葉のない世界」で高村光太郎賞を受賞。48年文明批評的な一貫した主題の追求と体験的に身につけた自然観とを一体化した「新年の手紙」を刊行。戦後の現代詩を代表する詩人の一人で、他の詩集「緑の思想」「スコットランドの水車小屋」「奴隷の歓び」「ハミングバード」「帰ってきた旅人」、著書「若い荒地」「青いライオンと金色のウイスキー」「詩人の旅」「ぼくのピクニック」「退屈無想庵」などがある。また、早川書房に勤務してアガサ・クリスティーやロアルド・ダールなど数多くの翻訳も手がけた。　賞日本芸術院賞（文芸部門，第54回，平成9年度）〔平成10年〕，高村光太郎賞（第6回）〔昭和38年〕「言葉のない世界」，無限賞（第5回）〔昭和52年〕「詩集1946～1976」，読売文学賞（第36回・詩歌・俳句賞）〔昭和59年〕「奴隷の歓び」，現代詩人賞（第11回）〔平成5年〕「ハミングバード」

田村 了咲　たむら・りょうさく　俳人
明治40年（1907年）9月21日～昭和55年（1980年）5月1日　生岩手県盛岡市　名本名＝田村好三　歴航空技術官、岩手大学農学部事務長補佐、盛岡短期大学講師を歴任。大正末、所沢で句作を始め、「ホトトギス」「馬酔木」に投句、昭和5年「夏草」創刊以来、山口青邨に師事。のち盛岡に在住、「草原句会」主宰。夏草賞、夏草功労賞受賞。「ホトトギス」「夏草」同人。句集に「楡の杜」「中尊寺馬車」「淋代秋浪」、自註現代俳句シリーズ「山村了咲集」がある。

田室 澄江　たむろ・ちょうこう　俳人
大正9年（1920年）11月28日～平成5年（1993年）7月13日　出島根県江津市　名本名＝田室敏治（たむろ・としはる）　学常滑工製陶科〔昭和13年〕卒　歴昭和13年高崎こちの手ほどきを受ける。のち大場活刀、佐川雨人、橋本鶏二の指導を受ける。「年輪」「白魚火」「城」同人。ひまわり句会所属。島根県俳句協会副会長を務めた。　賞年輪会新人努力賞〔昭和47年〕，白魚火賞，城推薦作家賞

為成 菖蒲園　ためなり・しょうぶえん　俳人
明治40年（1907年）7月16日～昭和48年（1973年）7月23日　名本名＝為成善太郎，旧号＝天舟

子　歴青果卸商を営む。はじめ「枯野」に属し、昭和2年頃から高浜虚子、池内たけしに師事して「ホトトギス」に拠る。7年たけしの「欅」創刊と同時に参加、この頃より菖蒲園を号した。「ホトトギス」「欅」同人。やっちゃば句会を起こし、また読売新聞江東俳檀選者となった。句集に「為成菖蒲園句集」がある。

田谷 鋭　たや・えい　歌人
大正6年（1917年）12月15日～平成25年（2013年）11月6日　生千葉県千葉市寒川町　学千葉関東商〔昭和11年〕卒　歴早くに両親を亡くし、苦学して千葉関東商業学校を卒業。昭和13年国鉄に入り、14年応召して陸軍の衛生兵となった。国鉄復帰後、派遣されて京都の放射線技術学校に学び、診療放射線技師となる。48年国鉄を退職、54年まで交通医療協会千葉診療所に勤めた。この間、北原白秋の作品に感動し、9年白秋が顧問を務める「香蘭」に入会。10年白秋創刊の「多磨」に移る。戦後は宮柊二に師事し、28年宮の「コスモス」創刊に参加、長く編集人を務めた。32年第一歌集「乳鏡」を刊行、33年現代歌人協会賞を受賞。49年「水晶の座」で迢空賞、54年「母恋」で読売文学賞を受けた。また、44年から土屋文明と交互に「読売新聞」短歌欄の選者を担当、54年～平成19年は毎週かかさず選者を務めた。他の歌集に「波濤望遠集」「乳と密」「ミモザの季」や、著書「白秋周辺」「歌のいぶき」などがある。　勲紫綬褒章〔昭和59年〕，勲四等旭日小綬章〔平成2年〕　賞現代歌人協会賞（第2回）〔昭和33年〕「乳鏡」，角川短歌賞（第18回）〔昭和47年〕「紺匂ふ」，迢空賞（第8回）〔昭和49年〕「水晶の座」，日本歌人クラブ賞（第1回）〔昭和49年〕「水晶の座」，読売文学賞（詩歌・俳句賞，第30回）〔昭和54年〕「母恋」

丹沢 豊子　たんざわ・とよこ　歌人
明治33年（1900年）4月12日～昭和60年（1985年）4月3日　生山梨県巨摩郡龍王寺村　学東京府立第三高女卒　歴大正9年窪田空穂に師事。対馬完治創刊の「地上」同人となり、のち編集委員。東京地裁調停員。歌集に「短檠」などがある。

檀上 春清　だんじょう・はるきよ　詩人
明治42年（1909年）～昭和54年（1979年）　生和歌山県田辺市　名本名＝檀上春之助，筆名＝芳花，青華　学同志社高商卒　歴15歳の頃より童謡を書き始め、「赤い鳥」「童話」「金の星」などに作品を発表、民謡も手がけた。また金子みすゞや島田忠夫など埋もれていた童謡詩人の童謡集出版にも尽力した。昭和49年まで外務省に勤務。童謡集に「月と天使」などがある。

丹野 正　たんの・ただし　詩人
明治43年（1910年）3月16日～平成11年（1999年）12月9日　生山形県　名本名＝栗原広夫　学早稲田大学文学部仏文科卒　歴早大在学中、第三次「椎の木」に参加。西条八十に師事。「20世紀」「VOU」「蠟人形」などに参加。戦後は久しく詩作を中断、神奈川県庁に勤務。後に偕恵学園長となり退職。詩集「雨は両頬に」がある。

【ち】

千賀 浩一　ちが・こういち　歌人
明治40年（1907年）6月27日～平成3年（1991年）9月20日　生鳥取県　歴戦前より前田夕暮の「詩歌」で自由律短歌の活動を続けるが、戦争で中断。戦後、衰退した自由律短歌の復興を志し、24年2月「新短歌」の創刊に参画、その後自由律短歌に拠る。「芸術と自由」にも参加している。歌集に「対立」「翔」「颯」など多数。
賞新短歌人連盟賞

近木 圭之介　ちかき・けいのすけ　俳人
明治45年（1912年）1月22日～平成21年（2009年）3月9日　出山口県下関市　名本名＝近木正（ちかき・まさし）　歴昭和7年無季自由律の俳誌「層雲」に参加。種田山頭火と親交が深く、書簡を多く保管し、托鉢をする山頭火の後ろ姿を収めた写真を撮影した。著書に「近木圭之介句抄」「近木圭之介詩画集」などがある。

千勝 重次　ちかつ・しげつぐ　歌人
大正5年（1916年）5月13日～昭和47年（1972年）1月31日　生埼玉県川越市　学国学院予科
歴折口信夫に師事。折口の没後「鳥船社」解散まで同社に拠る。28年「地中海」創刊に参加し、22年「短歌研究」編集に携わる。折口信夫・近代文学等に関する論説を各誌に発表。遺歌集「丘よりの風景」がある。

筑網 臥年　ちくあみ・がねん　俳人
大正11年（1922年）2月23日～昭和35年（1960年）11月6日　生山口県下関市　名本名＝筑網

富士雄　歴内藤吐天の「早蕨」に加わり、昭和23年早蕨賞を受賞。句集に「善きことを」「地平へのうた」がある。　賞早蕨賞〔昭和23年〕

千種 ミチ　ちくさ・みち　歌人
明治38年（1905年）10月2日 ～ 平成4年（1992年）4月23日　生兵庫県　歴昭和48年短歌誌「あゆみ」に入り、宇佐美雪江に師事。歌集に「ともしび」「のこりび」。　家長男＝千種秀夫（最高裁判事）

竹馬 規雄　ちくば・のりお　俳人
昭和6年（1931年）1月2日～平成23年（2011年）2月18日　生千葉県　名本名＝竹馬喬（ちくば・たかし）　学大多喜中卒　歴昭和21年中村草田男門に入る。「萬緑」同人。会社社長を務めた。　賞萬緑新人賞〔昭和40年〕

千曲 山人　ちくま・さんじん　俳人
昭和3年（1928年）2月9日～平成23年（2011年）8月　生長野県塩尻市北小野　名本名＝神戸今朝人　学高小卒　歴昭和62年「蘭」会員となり俳句を始める。「道標」同人。新俳句人連盟幹事。他に「俳句人」「野かぜ」に所属した。句集に「信濃」「栗笑むや」「雪えくぼ」、著書に「一茶を訪ねて」「一茶に惹かれて」「一茶を探りて」「一茶に魅せられて」などがある。27年長野県辰野町の警察署などが襲撃された辰野事件の首謀者として逮捕され、東京高裁で逆転無罪を勝ち取った経験を持つ。　賞道標賞，同人賞

知念 栄喜　ちねん・えいき　詩人
大正9年（1920年）5月25日 ～ 平成17年（2005年）8月9日　生沖縄県国頭郡国頭村安田　学明治大学文芸科中退　歴創元社、講談社第一出版センター勤務の傍ら20歳頃から詩作を始め、「帰郷者」「まほろば」などの同人となる。昭和44年「みやらび」を刊行し、45年にH氏賞を受賞。他の詩集に「加那よ」「滂沱」がある。　賞H氏賞（第20回）〔昭和45年〕「みやらび」，沖縄タイムス芸術選賞〔昭和56年〕，地球賞（第16回）〔平成3年〕「滂沱」

千葉 艸坪子　ちば・そうへいし　俳人
大正7年（1918年）10月9日 ～ 平成16年（2004年）5月14日　生神奈川県横須賀市　名本名＝千葉正　学米沢高工電気科卒　歴満州電信電話、東北電力に勤務。一方、昭和25年宮野小提灯に師事して作句開始。26年遠藤梧逸の「みちのく」入会、31年同人となる。他に岩手県内俳誌「草笛」「樹氷」同人。江刺市俳句協会長、岩手県俳人協会副会長を務めた。句集に「牧五月」がある。

ちば 東北子　ちば・とうほくし　川柳作家
大正12年（1923年）10月20日～平成17年（2005年）12月14日　生宮城県桃生郡雄勝町（石巻市）　名本名＝千葉定男（ちば・さだお）　学青年学校卒　歴昭和21年川柳北斗会に入り、22年川柳宮城野社創刊で同人となって浜夢助に師事。東北川柳連盟事務局長を経て、理事長。また仙台市民川柳文芸協会会長、川柳宮城野主幹。55年～平成8年河北新報「課題川柳」、9～14年同「河北川柳」選者を務めた。　賞宮城県芸術選奨〔昭和48年〕，全日本川柳大会大臣賞〔昭和57年〕

千葉 仁　ちば・ひとし　俳人
大正7年（1918年）10月2日 ～ 平成15年（2003年）4月13日　生北海道亀田郡七飯町　学旧制中卒　歴昭和16年「鶴」入会、石田波郷、石塚友二に師事。戦後、職場で「みつうま」を発足。44年「鶴」に復帰。45年「さるるん」発行。54年より小樽俳句協会長。句集に「大椴」「尾白鷲」がある。

千葉 龍　ちば・りょう　詩人
昭和8年（1933年）2月10日 ～ 平成20年（2008年）11月27日　生石川県輪島市　名本名＝池端秀生（いけばた・ひでお），旧筆名＝池端秀介（いけばた・ひでお）　学金沢泉丘高中退　歴北陸新聞社に入社。社会部次長、文化部長代行を経て、合併後の中日新聞北陸本社記者となり、編集委員、論説委員を歴任。傍ら、韻・散文の創作を重ね、のち主として詩と小説に専心。「関西文学」「作家」などの同人を経て、「金沢文学」主宰。詩集に「雑草の鼻唄」「炎群はわが魂を包み」「無告の詩」などがあり、昭和57年刊行の「池端秀介詩集」を最後に、筆名を千葉龍に変更。ほくりく中日詩壇選者、日本海文学大賞選考委員兼幹事。他の詩集に「玄」「無告の詩」「夜のつぎは、朝」「まだ まだ」「死を創るまで」「新・日本現代詩文庫/千葉龍詩集」、エッセイ集に「無告、されど」、共著に「歴史と文学の回廊」「小百科・前田利家」、小説に「『志野』恋歌」「愛炎の海に」などがある。　賞大阪詩賞（特別賞，第4回）「無告の詩」

千原 草之　ちはら・そうし　俳人
大正14年（1925年）1月18日 ～ 平成8年（1996年）2月7日　生富山県高岡市　名本名＝千原卓也　歴神戸市立西市民病院の外科医長を務める。昭和29年千原叡子と結婚。高浜虚子に師事して36年「ホトトギス」同人。ほかに「かつらぎ」所属。句集に「垂水」「風薫る」がある。家妻＝千原叡子（俳人）

茶木 滋　ちゃき・しげる　詩人
明治43年（1910年）1月5日 ～ 平成10年（1998年）11月1日　生神奈川県横須賀市　名本名＝茶木七郎　学明治薬専〔昭和6年〕卒　歴製楽会社に勤務の傍ら、「赤い鳥」「金の星」「童話」などに童謡や童話を投稿。昭和3年平林武雄らと同人誌「羊歯」を作り、14年には関英雄らと「童話精神」を創刊。中田喜直作曲の童謡「めだかの学校」は有名。童謡集に「鮒のお祭」「とんぼのおつかい」がある。　賞芸術選奨文部大臣賞〔昭和29年〕「めだかの学校」

忠海 光朔　ちゅうかい・こうさく　詩人
昭和21年（1946年）～ 平成16年（2004年）9月27日　生北海道札幌市　学札幌経済高　歴札幌経済高時代に音楽と詩作に目覚める。16歳の時に事故により左目を失明。家出、上京を経て、平成元年札幌で生ラム居酒屋・仔羊亭を開業。自作の詩を北海道内の各地で朗読した他、ミュージカルや詩劇の作・演出も手がけた。詩集に「ひじょうにかすかなもの」。

中条 雅二　ちゅうじょう・まさじ　詩人
明治40年（1907年）3月8日 ～ 平成13年（2001年）10月29日　出富山県高岡市　名本名＝中条正一　学中ノ町商業　歴昭和7年童謡「狐の嫁入り」を書き、8年雑誌「風車」に参加。名古屋での童謡運動の中心となる。25年より文筆業に専念し、NHKラジオ「民謡風土記午後のロータリー」などの脚本や児童雑誌への執筆を続けた。この間38年より童謡詩の同人誌「えんじゅ」を主宰。他の代表作に童謡詩「一茶さん」「夜更けのオルゴール」、詩集「舗道のボタン」などがある。　賞放送記念日特別番組佳作〔昭和38年〕「放送詩集・風」

千代 国一　ちよ・くにいち　歌人
大正5年（1916年）1月30日 ～ 平成23年（2011年）8月29日　生新潟県中蒲原郡村松町（五泉市）　学大倉高商〔昭和12年〕卒　歴横浜正金銀行を経て、昭和15年大倉組に入社。21年大倉製糸取締役、35年常務。53年同社取締役を辞し顧問、以降著述に専念。この間、15年「国民文学」に入会して松村英一に師事。33年編集委員、52年選者、56年より編集人。27年第一歌集「鳥の棲む樹」を刊行、同書で第1回新歌人会賞を受けた。写実に徹した堅実な歌風。平成元年、3～9年宮中歌会始選者。他の歌集に「陰のある道」「冷気湖」「冬の沙」「暮春」「花天」「風日」「花光」「水草の川」「師の花吾が花」、歌論に「批評と表現」「態度と表現」「松村英一の秀歌」などがある。　賞新歌人会賞（第1回）〔昭和27年〕「鳥の棲む樹」，日本歌人クラブ推薦歌集（第12回）〔昭和41年〕「冷気湖」，短歌新聞社賞（第7回）〔平成12年〕「水草の川」

長 光太　ちょう・こうた　詩人
明治40年（1907年）4月8日 ～ 平成11年（1999年）7月10日　生京都府　出広島県　名本名＝末田信夫，旧姓・旧名＝勝浦　学早稲田大学仏文科中退　歴京都の呉服商の家に生まれ、大阪の菓子製造業の養子となる。広島で少年時代を過ごし、原民喜らと同人詩誌「少年詩人」「春鶯囀」を出す。のち労働運動やプロレタリア詩運動に参加。雑誌社に勤め、「テアトロ」「文化映画研究」などの編集に携わった。この間、昭和11年詩劇「昨日今日明日明日」、13年喜劇「陽気な土曜日」などを発表。21年「近代文学」創刊号に執筆者として名を連ね、2編の詩を発表した。24年結婚。25年札幌市の北日本映画社に勤務、26～29年HBC放送劇団で演出家として指導に当たった。日本近代詩における韻律の研究をライフワークとした。「歴程」同人。没後の平成19年、初の詩集「登高」が編まれた。

千代田 葛彦　ちよだ・くずひこ　俳人
大正6年（1917年）10月16日 ～ 平成15年（2003年）11月22日　生台湾胡蘆墩　出埼玉県　名本名＝千代田次郎（ちよだ・じろう）　学中央大学法学部卒　歴昭和11年「竹鶏吟社」入会。引揚後、25年「馬酔木」入門、29年同人。のち顧問。馬酔木会副会長、馬酔木友の会会長も歴任。句集に「旅人木」「瀝々集」「自註千代田葛彦集」。　賞馬酔木新人賞〔昭和28年〕，馬酔木新樹賞〔昭和28年〕，馬酔木賞〔昭和37年〕，俳人協会賞（第4回）〔昭和39年〕「旅人木」

鎮西 春江　ちんぜい・はるえ　歌人
明治45年（1912年）3月9日 ～ 平成26年（2014年）7月16日　出山口県徳山市　学台北第一師範女子演習科卒　歴童謡詩人まど・みちおの妹

で、幼い頃に台湾に渡る。歌集に「紺碧の海」「アセロラの実」がある。 賞沖縄タイムス芸術選奨奨励賞(第22回)〔昭和53年〕 家兄＝まど・みちお(詩人)

【つ】

築地 正子　ついじ・まさこ　歌人

大正9年(1920年)1月1日～平成18年(2006年)1月27日 生東京都千代田区一ツ橋 名本名＝築地正 学実践女子専門学校国文科卒 歴歌好きの母の影響で、昭和16年頃から歌誌「鶯」に投稿を開始。合併により「心の花」会員となる。終戦直後、熊本県長洲町に移住。畑仕事をしながら、自然と人間の調和を詠み続けた。歌集に「花綵列島」「菜切川」「みどりなりけり」などがある。 賞現代歌人協会賞(第24回)〔昭和55年〕「花綵列島」,熊日文学賞(第27回)〔昭和60年〕「菜切川」,現代短歌女流賞(第10回)〔昭和61年〕「菜切川」,詩歌文学館賞(第13回)〔平成10年〕「みどりなりけり」

塚腰 杜尚　つかこし・としょう　俳人

大正11年(1922年)1月5日～平成25年(2013年)7月9日 生岐阜県高山市 名本名＝塚腰盛尚(つかこし・もりなお) 学逓信官吏練習所行政科〔昭和18年〕卒 歴昭和15年「ホトトギス」に投句。25年「天狼」に入会して山口誓子に師事、併せて「環礁」に入って加藤かけいの指導を受けた。平成5年天狼賞を受け、「天狼」同人。10年「森」を創刊・主宰。句集に「都会派」がある。 賞天狼賞〔平成5年〕

塚原 巨矢　つかはら・きょや　俳人

明治44年(1911年)3月28日～昭和61年(1986年)6月20日 生東京都文京区本郷 出長野県東筑摩郡麻積村 名本名＝塚原嘉矩 学東北帝国大学法文学科卒 歴三菱重工を経て、菱重社長を務めた。俳人としても知られ、「自鳴鐘」「草樹」同人。昭和37年自鳴鐘好日集選者に推され、50年自鳴鐘同人会賞を受賞。句集に「晩成」「転生」がある。 賞自鳴賞(昭和39年度),自鳴鐘同人会賞〔昭和50年〕

塚原 麦生　つかはら・ばくせい　俳人

明治39年(1906年)6月22日～平成15年(2003年)11月8日 出山梨県中巨摩郡昭和町 名本名＝塚原国雄(つかはら・くにお) 学東京帝国大学医学部〔昭和4年〕卒 歴杉並保健所所長、東京都立飯田橋病院院長を経て、昭和32年東京大学医学部教授。退官後、東京農業大学教授、北里大学教授、静岡東部健康管理室顧問などを務めた。一方、旧制二高在学中に芝不器男を知り、14年「雲母」に入会して飯田蛇笏に師事。のち飯田龍太に師事。「雲母」同人。平成5年「白露」に入会。句集に「風光る」「林鐘」「松韻」、他に医著多数。

塚本 烏城　つかもと・うじょう　俳人

大正5年(1916年)12月14日～平成8年(1996年)9月15日 生旧朝鮮 名本名＝塚本恒温(つかもと・つねはる) 学同志社大学法学部経済学科卒 歴昭和26年「馬酔木」に初投句。「向日葵」に所属し、那須乙郎に師事。同人及び編集長。句集に「琴坂」がある。 賞向日葵年度賞(第2回)

塚本 邦雄　つかもと・くにお　歌人

大正9年(1920年)8月7日～平成17年(2005年)6月9日 生滋賀県神崎郡五個荘村字川並 学神崎商〔昭和13年〕卒 歴戦時中に「木槿」「青樫」に入会。昭和22年前川佐美雄に師事、「日本歌人」に参加。24年「日本短歌」で知り合った杉原一司と「メトード」を創刊するが、杉原の急逝により7号で終刊した。26年第一歌集「水葬物語」を刊行、従来の歌壇からはほとんど無視されたが、「短歌研究」の編集長だった中井英夫や三島由紀夫らの絶賛を受けた。31年第二歌集「装飾楽句(カデンツア)」を発表、同年の大岡信との前衛短歌の方法論争では反写実の立場を明確にし、岡井隆、寺山修司らと呼応して前衛短歌の定着に主導的な役割を担った。33年に刊行した第三歌集「日本人霊歌」で現代歌人協会賞を受賞。35年寺山らと同人誌「極」を創刊。38年頃から短歌のみにとどまらない多方面な活動を始め、47年小説「紺青のわかれ」を、62年には10年がかりでまとめた「茂吉秀歌」(全5巻,文芸春秋)を出版するなど、小説・俳句・詩作・評論・古典研究にわたる幅広い文学活動を展開した。60年より選歌誌「玲瓏」を主宰。平成元年～11年近畿大学文芸学部教授を務めた。聖書をはじめ古今東西の文学・文化に深い造詣を持ち、隠喩や寓意などの手法や、句またがり、多行形式、初句七音化など自在な韻律を駆使して、幻想・絢爛の美の世界を構築、“言葉の魔術師”の異名をとり、それまでの写実を中心とした近代短歌に対峙して虚構の世界を大々的に歌い上げた。その反写実の手法は後進の歌人たちに絶大な影響を与え、現代短歌の起点となった。他の歌集に「水銀伝説」「緑色研究」「感幻楽」「豹変」「詩歌変」「不変律」「波瀾」「黄金律」「魔王」「定本・塚本邦雄湊合歌集」、小説「藤原定家」「獅子流離譚」「荊冠伝説」、評論「定型幻視論」「序破急急」「詞華栄頌」「夕暮の諧調」「麒麟騎手」「定家百首」などがあり、著作では常に旧仮名遣いと正字漢字を使用した。　勲紫綬褒章〔平成2年〕, 勲四等旭日小綬章〔平成9年〕　賞現代歌人協会賞（第3回）〔昭和34年〕「日本人霊歌」, 詩歌文学館賞（現代短歌部門, 第2回）〔昭和62年〕「詩歌変」, 迢空賞（第23回）〔平成1年〕「不変律」, 斎藤茂吉短歌文学賞（第3回）〔平成4年〕「黄金律」, 現代短歌大賞（第16回）〔平成5年〕「魔王」　家長男＝塚本青史（小説家）

塚本 武史　つかもと・たけし　俳人
大正2年（1913年）3月30日～平成11年（1999年）3月29日　生茨城県　名本名＝塚本武（つかもと・たけし）　学青山師範卒　歴昭和43年「かびれ」の俳人大林唐子郎より手ほどきを受ける。46年「かびれ」入門、大竹孤悠に師事。48年同人。　賞かびれ新人賞〔昭和54年〕, かびれ賞〔昭和55年〕

塚本 久子　つかもと・ひさこ　俳人
大正8年（1919年）4月22日～平成7年（1995年）10月25日　生大分県　学旧制県立女学校　歴昭和27年「馬酔木」入門。大分馬酔木坂の会所属。川崎草子との共著句集に「交響」がある。　賞馬酔木新樹賞〔昭和53年〕

塚山 勇三　つかやま・ゆうぞう　詩人
明治45年（1912年）1月21日～昭和46年（1971年）5月19日　生東京都　学明治学院高等部英文科卒　歴外国人商館、日語文化協会などに勤務、戦後は静岡県立工業高校、同裾野高校教諭。「四季」に拠って詩作を始め、同誌の昭和17年10月号から同人に。丸山薫、杉山平一らの影響を受ける。生前に詩集はなく、56年に「塚山勇三詩集」が刊行された。

津軽 照子　つがる・てるこ　歌人
明治20年（1887年）2月5日～昭和47年（1972年）11月28日　生東京都　名旧姓・旧名＝小笠原　学華族女学校卒　歴大正11年夫に死別し、竹柏会に参加。昭和5年「短歌表現」を創刊し、口語、自由律短歌運動につくす。歌集に「野の道」「秋・現実」「花の忌日」などがある。　家父＝小笠原長忱（伯爵）

津川 五然夢　つがわ・いさむ　俳人
明治44年（1911年）2月28日～昭和61年（1986年）12月12日　生北海道　名本名＝津川勇（つがわ・いさむ）　学苫小牧工電気科卒　歴昭和11年「ホトトギス」系俳人高柳草舵の手ほどきを受ける。53年「狩」俳句会会員。56年「狩」同人。　賞毎日俳壇賞〔昭和52年〕

築地 藤子　つきじ・ふじこ　歌人
明治29年（1896年）9月2日～平成5年（1993年）6月6日　生神奈川県横浜市　名本名＝別所仲子　学神奈川県立第一高女卒　歴大正4年「アララギ」入会、島木赤彦、斎藤茂吉に師事。7年結婚し、夫の任地ボルネオなどに転住、20年満州・新京に移住し翌年帰国。歌集に「椰子の葉」など。　家息子＝別所直樹（詩人）

月原 橙一郎　つきはら・とういちろう　詩人　歌人
明治35年（1902年）2月8日～平成1年（1989年）9月30日　生香川県　名本名＝原嘉章（はら・よしあき）　学早稲田大学専門部政経科〔大正12年〕卒　歴逓信省、陸軍省、理研映画などに勤務。詩は白鳥省吾の「地上楽園」を中心に活動した他、「日本詩壇」や「短歌創造」「立像」「文芸心」に拠った。詩集に「冬扇」「残紅」、共著の民謡集「三角洲」などがある。

津久井 理一　つくい・りいち　俳人
明治43年（1910年）12月17日～昭和63年（1988年）8月25日　生栃木県足利市　名本名＝津久井理市　学桐生工補習科卒　歴昭和元年「枯野」に投句。5年青木幸一露と「二桐」を発行、戦後まで継続した。プロレタリア作家として2度の検挙を体験。33年「俳句評論」創刊に参加、38年「八幡船」創刊。句集「蟬の唄」「毛野惨景」がある。

筑波 杏明　つくば・きょうめい　歌人
大正13年（1924年）6月22日～平成25年（2013年）4月25日　生茨城県猿島郡森戸村（境町）　名本名＝柿沼要平　学立正大学文学部国文科卒　歴昭和16年北原白秋の「多磨」、21年窪田章一郎の「まひる野」に入会。36年第一歌集「海と手錠」を刊行した。

柘植 芳朗　つげ・よしろう　俳人
明治35年（1902年）10月14日～平成13年（2001年）12月20日　生東京都　出三重県津市　名本名＝柘植芳男（つげ・よしお）　学東京帝国大学工学部建築学科卒　歴東京帝国大学教授、東京理科大学教授、理化学研究所顧問を歴任。日本の近代的集合住宅の先駆けとなった東京・渋谷の「同潤会アパート」の設計に携わった。一方、俳人としても知られ、昭和22年「夏草」に入会し山口青邨に師事。28年「夏草」同人。53年草樹会入会。句集に「椿山」「造形」など。賞夏草功労賞〔昭和38年〕

辻 まこと　つじ・まこと　詩人
大正2年（1913年）9月20日～昭和50年（1975年）12月19日　生東京都　名本名＝辻一（つじ・まこと），筆名＝津島琴　学静岡中中退，法政工業学校夜間部〔昭和8年〕中退　歴昭和4年静岡中を2年で中退、父・潤と共に渡仏。2年で帰国、広告宣伝会社など様々な仕事を転々とする。戦時中は中国で従軍記者となり兵役につく。22年「平民新聞」に画文を寄稿。23年「歴程」同人となり、機知と詩情に富んだ絵や文を書く。39年「歴程」に掲載した作品を集めた「虫類図譜」で第2回歴程賞を受賞。他に画文集「山からの絵本」、「山の声」「すぎゆくアダモ」などもあり、自由な批評精神を持った特異な作家として知られる。　賞歴程賞（第2回）〔昭和39年〕「虫類図譜」　家父＝辻潤（詩人），母＝伊藤野枝（婦人運動家）

辻 征夫　つじ・ゆきお　詩人
昭和14年（1939年）8月14日～平成12年（2000年）1月14日　生東京都　学明治大学文学部仏文科卒　歴15歳頃から詩作を「人生と文芸」に投稿し、のちに「現代詩手帖」などに発表する。昭和34年「銛」の創刊に参加し、のち「牧神」に加わる。37年詩集「学校の思い出」を刊行。以後「いまは吟遊詩人」「隅田川まで」「落日」「辻征夫詩集」「天使・蝶・白い雲などいくつかの瞑想」「かぜのひきかた」「ロビンソン、この詩はなに？」「鶯」「ヴェルーヌの余白に」「河口眺望」「俳諧辻詩集」、評論集では「かんたんな混沌」などを刊行。平成11年小説「ぼくたちの（俎板のような）拳銃」を出版し、三島由紀夫賞候補となる。10年秋頃から運動機能に障害が起こる難病にかかり療養中だったが、12年1月死去。　賞芸術選奨文部大臣賞（第44回，平成5年度）「河口眺望」，歴程賞（第25回）〔昭和62年〕「かぜのひきかた」，高見順賞（第21回）〔平成3年〕「ヴェルレーヌの余白に」，詩歌文学館賞（第9回）〔平成6年〕「河口眺望」，萩原朔太郎賞（第4回）〔平成8年〕「俳諧辻詩集」，現代詩花椿賞（第14回）〔平成8年〕

辻 淑子　つじ・よしこ　俳人
大正10年（1921年）2月16日～平成2年（1990年）8月13日　生広島県　学日本女子大学卒　歴昭和42年東早苗に師事、「七彩」入会。45年同人。　賞七彩賞〔昭和46年〕

辻井 喬　つじい・たかし　詩人
昭和2年（1927年）3月30日～平成25年（2013年）11月25日　生東京都　名本名＝堤清二（つつみ・せいじ）　学東京大学経済学部〔昭和26年〕卒　資日本芸術院会員〔平成19年〕　歴東京大学卒業後、衆議院議長だった父・康次郎の秘書を務める。昭和29年西武百貨店入社。以後、西友ストアー（現・西友）を創業するなど積極策を展開。41年西武百貨店社長に就任。西洋フードシステムズ、パルコ、西武百貨店、西友などの代表取締役を兼ねるセゾングループ代表となる。リベラル派財界人のリーダー的存在で、その柔軟な思考は常に注目を集める。平成3年セゾングループ代表を辞任、グループ企業の役職を順次退く。一方、辻井喬のペンネームで詩人・小説家としても知られ、昭和30年に詩集「不確かな朝」を出版。以来、小説「暗夜遍歴」「終りなき祝祭」、詩集「誘導体」、随筆「深夜の読書」、自叙伝「本のある自伝」「叙情と闘争 辻井喬+堤清二回顧録」など、数多くの作品を世に送り出した。受賞作品に、36年の詩集「異邦人」、58年の小説「いつもと同じ春」、平成元年の詩集「ようなき人の」、4年の詩集「群青、わが黙示」、6年の小説「虹の岬」、13年の詩集3部作「群青、わが黙示」「南冥・旅の終わり」「わたつみ・しあわせな日日」、10年の小説「沈める城」、12年の小説「風の生涯」、16年の小説「父の肖像」がある。他の詩集に「呼び声の彼方」「鷲がいて」「自伝詩のためのエスキース」などがある。19年日本芸術院会員、24年文化功労者に選ばれた。　勲レジオン・ド・ヌール勲章シュバリエ章〔昭和45年〕，レジオン・ド・ヌール勲章オフィシエ章〔昭和62年〕，オーストリア功労勲章大金章〔平成1年〕　賞芸術選奨文部科学大臣賞（第51回，平成12年度）〔平成13年〕「風の生涯」，日本芸術院賞・恩賜賞〔平成18年〕，文化功労者〔平成24年〕，室生犀星詩人賞（第2回）〔昭和36年〕「異邦人」，平林たい子文学賞（第12回）〔昭和59年〕「いつもと同じ春」, 地球賞（第15回）〔平成2年〕「ようなき人の」, 高見順賞（第23回）〔平成5年〕「群青、わが黙示」, モスクワ大学名誉博士号〔平成5年〕, 谷崎潤一郎賞（第30回）〔平成6年〕「虹の岬」, 藤村記念歴程賞（第38回）〔平成12年〕「群青、わが黙示」「南冥・旅の終り」「わたつみ・しあわせな日日」, 親鸞賞（第1回）〔平成12年〕「沈める城」, 加藤郁乎賞（第3回）〔平成13年〕「命あまさず」, 野間文芸賞（第57回）〔平成16年〕「父の肖像」, 現代詩花椿賞（第24回）〔平成18年〕「鷲がいて」, 読売文学賞（詩歌俳句賞, 第58回）〔平成19年〕「鷲がいて」, 現代詩人賞（第27回）〔平成21年〕「自伝詩のためのエスキース」 家父＝堤康次郎（実業家・政治家）

辻田 東造　つじた・とうぞう　詩人
明治38年（1905年）～昭和42年（1967年） 学東京大学文学部卒 歴学生の頃から「解放」「時代文化」などに小説や詩、翻訳を発表する。昭和5年「万朝報」に「故郷」を連載。これは日本で最初の魯迅文学の紹介であった。高校教師を務める傍ら、詩や童話の創作に励む。30年山本和夫らと児童文学同人誌「トナカイ村」を創刊。詩集に「河畔抄」など。少年詩も多数。

辻野 準一　つじの・じゅんいち　歌人
明治44年（1911年）4月3日～平成6年（1994年）3月15日 生大阪府 歴昭和6年植村武の「夜光珠」に入会し作歌。16年筏井嘉一主宰の「創生」に入会。21年「定型律」、26年「花宴」を経て、32年「橋」の創刊に参加。大阪歌人クラブ理事も務めた。歌集に「帰路」「楡の蔭」など。

対馬 完治　つしま・かんじ　歌人
明治23年（1890年）1月16日～昭和50年（1975年）9月18日 生新潟県高田市（上越市） 学京都府立医大〔明治45年〕卒 歴医大卒業後東京市で内科医を開業。中学時代から窪田空穂に師事し「国民文学」創刊と同時に同人となる。大正9年「地上」を創刊。14年パリに赴き、フロイト研究をする。著書に歌集「蜂の巣」をはじめ「フロイド派と文芸」、訳書「快不快原則を超えて」などがある。

辻本 斐山　つじもと・ひざん　俳人
大正5年（1916年）11月14日～平成17年（2005年）5月18日 生大阪府堺市 名本名＝辻本嘉一郎（つじもと・かいちろう） 学堺商卒 歴昭和10年父母に習って作句。11年山本梅史主宰の「泉」と「ホトトギス」に投句。29年「山茶花」に投句。40年龍泉婦人俳句会を起こす。54年「山茶花」発行人。55年「ホトトギス」同人。

都筑 省吾　つずき・しょうご　歌人
明治33年（1900年）2月19日～平成9年（1997年）1月12日 生愛知県名古屋市俵町 学早稲田大学国文科〔昭和4年〕卒 歴在学中から窪田空穂に師事、大正15年稲森宗太郎・染谷進・山崎剛平らと「槻の木」を創刊・主宰。傍ら、早稲田大学講師を務めた。歌集に「夜風」「入日」「黒潮」「蛍橋」「都筑省吾全歌集」、研究書に「万葉集十三人」「石見の人麻呂」等がある。

都築 益世　つずき・ますよ　詩人
明治31年（1898年）6月29日～昭和58年（1983年）7月16日 生大阪府 名別名＝葉室金泥, 君島茂 学慶応義塾大学医学部卒 歴大正9年「赤い鳥」に「てんとう虫」が推奨され、童謡詩人として出発。10年「とんぼ」創刊。のち、「詩篇時代」「炬火」に参加したが、昭和15年「童謡集」を発表して童謡詩人に復帰。32年「ら・て・れ」創刊。ほかに「幼児のうた」がある。

津田 清子　つだ・きよこ　俳人
大正9年（1920年）6月25日～平成27年（2015年）5月5日 生奈良県生駒郡富雄村（奈良市） 学奈良県女子師範学校〔昭和14年〕卒 歴昭和13年小学校教師となり、51年に退職するまで奈良県と大阪市の学校に勤める。一方、24歳の時に結核を患ったことがきっかけで、短歌を始める。23年橋本多佳子の句会に出席し、以後俳句に転向。「七曜」に同人参加。続いて「天狼」にも投句して山口誓子の指導を受け、26年天狼賞を受賞。30年「天狼」同人。46～61年「沙羅」を創刊・主宰。61年橋本美代子らと「圭」を創刊、会員代表。平成12年「無方」で蛇笏賞を受けた。他の句集に「礼拝」「二人称」「縦走」「七重」などがある。 賞天狼賞〔昭和26年〕, 天狼スバル賞〔昭和44年・47年・49年〕, 蛇笏賞（第34回）〔平成12年〕「無方」

津田 汀々子　つだ・ていていし　俳人
明治41年（1908年）1月14日～昭和60年（1985年）2月17日 生宮城県石巻市田代 名本名＝津田輝夫（つだ・てるお） 学東京帝国大学工学部建築学科卒 歴昭和45年俳人西島麦南に師事、46年「鶴」に入会。49年「泉」創刊と共に参加、59年同人会長となる。句集に「石鼓」（59年）がある。 賞泉同人賞〔昭和53年〕

津田 治子　つだ・はるこ　歌人
明治45年（1912年）3月5日 ～ 昭和38年（1963年）9月30日　生佐賀県　出福岡県飯塚　名本名＝鶴田ハルコ　歴昭和4年18歳でハンセン病となり、9年熊本の回春病院入院、カトリックの洗礼を受けた。11年作歌を始め、「アララギ」に入会、土屋文明の選を、のち菊池恵楓園に移り「檜の影」で五味保義の選を受けた。古川敏夫と死別後、27年谷幸三と再婚。歌集に「津田治子歌集」「雪ふる音」がある。　賞日本歌人クラブ推薦歌集（第2回）〔昭和31年〕「津田治子歌集」

津田 八重子　つだ・やえこ　歌人
明治45年（1912年）5月23日 ～ 平成12年（2000年）1月1日　生東京都　歴太平洋戦争後、朝鮮より引き揚げ。昭和23年山下陸奥に師事。「一路」入会。歌集「黒き断面」で36年新歌人会賞受賞。他に歌集「ゆりの樹」がある。　賞新歌人会賞〔昭和36年〕「黒き断面」

津田 嘉信　つだ・よしのぶ　歌人
大正14年（1925年）9月12日 ～ 平成25年（2013年）9月25日　出石川県金沢市　学金沢高師理科卒　歴昭和25年桜丘高校教諭、41年石川県教育委員会指導主事、小松高校教頭を経て、桜丘高校、松任高校、向陽高校、二水高校の各校長を歴任。61年定年退職後、金城短期大学教授。また、歌人として「新雪」編集同人を務めた他、平成5～17年北国新聞朝刊文化面に「月評 短歌・歌論」を執筆した。歌集に「春のくれなゐ」「限りなき碧」「偏西風」「時間空間」などがある。　賞石川県文化功労賞〔平成18年〕

土田 杏仙　つちだ・きょうせん　俳人
明治45年（1912年）2月28日 ～ 昭和57年（1982年）12月15日　生和歌山県海南市船尾　名本名＝土田清（つちだ・きよし）　学海南中学中退　歴昭和8年永尾宗斤に師事、「早春」誌友。22年「早春」同人。28年「おおなみ」同人参加。31年山崎布丈と「双壁」創刊編集。55年「双壁」代表。　賞双壁作家賞〔昭和45年〕, 双壁大賞〔昭和50年〕

土橋 義信　つちはし・よしのぶ　詩人
大正7年（1918年）1月10日 ～ 平成8年（1996年）3月9日　出和歌山県　学旧制商卒　歴著書に詩集「流離」「海峡」、評伝「林芙美子伝に真実を求めて」などがある。

土屋 克夫　つちや・かつお　歌人
明治43年（1910年）3月18日 ～ 平成13年（2001年）9月3日　生長野県　学中央大学経済科卒　歴八幡製鉄所東京勤務を経て関西に転住した。大正15年「潮音」に入り太田水穂に師事、その後同誌の幹部となり選者となった。戦後は同誌の改革に尽力した。「白夜」顧問。歌集「焔」「暗き流れ」「冬暖」「終宴」「あかさび」「土屋克夫歌集」「亦楳荘雑記」などがある。　家父＝土屋残星（歌人）

土屋 サダ　つちや・さだ　歌人
明治42年（1909年）～ 平成3年（1991年）　学宇都宮高小〔大正13年〕卒　歴昭和7年より栃木県大沢尋常小学校、乙畑尋常小学校などに勤務。34年金沢小学校教諭を最後に退職。一方、26年頃アララギ会員に、47年はしばみ会員となり作歌を続ける。歌集に「紫陽花」がある。

土屋 竹雨　つちや・ちくう　漢詩人
明治20年（1887年）4月10日 ～ 昭和33年（1958年）11月5日　生山形県鶴岡市　名本名＝土屋久泰, 字＝子健　学東京帝国大学政治科〔大正3年〕卒　資日本芸術院会員〔昭和24年〕　歴幼時より漢詩を作り、東京帝大時代、大須賀筠軒、岩渓裳川の指導を受ける。卒業後は伊那鉄道会社、帝国蓄電池社などに勤め、また大東文化協会の幹事となり、昭和3年芸文社を創立して「東華」を創刊・主宰した。6年大東文化学院講師となり、唐詩、古詩源を講じ、10年教授に就任、後に学院総長、学長となる。著書に「大正五百家絶句」「昭和七百家絶句」「日本百人一詩」などがある。

土屋 巴浪　つちや・はろう　俳人
大正9年（1920年）3月6日～平成24年（2012年）7月31日　生山形県山形市　名本名＝土屋春雄（つちや・はるお）　学昭和医専〔昭和17年〕卒　歴東京や山形などの病院で眼科医長を務めた後、昭和39年郷里の山形市で開業。俳句は22年「馬酔木」に入会し、「野火」「鷹」にも入会。48年山形馬酔木会報を「紅花」に改題・主宰。52年「馬酔木」同人。59年堀口星眠主宰「橡」創刊に参加。平成13年「紅花」主宰を退く。句集に「君子蘭」「雪国のまつり」がある。

土屋 二三男　つちや・ふみお　詩人
大正2年（1913年）3月11日～平成4年（1992年）3月23日　出長野県須坂市　学須坂中卒　歴詩

集に「天のごとく」「赤土になる妹」「土屋二三男詩集」など。

土屋 文明　つちや・ぶんめい　歌人

明治23年（1890年）9月18日 ～ 平成2年（1990年）12月8日　生群馬県西群馬郡上郊村保渡田（高崎市）　名号＝蛇床子, 榛南大生　学東京帝国大学文科大学哲学科心理学専攻〔大正5年〕卒　資日本芸術院会員〔昭和37年〕　歴中学時代から短歌を作り、明治41年伊藤左千夫を頼って上京。42年「アララギ」に初めて歌が掲載される。大正6年「アララギ」選者、昭和5年より編集兼発行人。大正14年第一歌集「ふゆくさ」を出版。一方で教壇にも立ち、法政大学予科教授、明治大学文学部教授を務めた。戦後は「アララギ」の選歌を一人で担当、多くの歌人を輩出した。その作風は短歌の精神主義にとどまらず、客観的な現実凝視を特質とし、「山谷集」で歌壇に確固とした地位を確立。以後、「韮菁集」「山下水」「青南集」「続青南集」「続々青南集」など刊行。その歌論は「短歌入門」に詳しく、「万葉集私注」（全20巻）にみられる万葉研究の業績も大きい。昭和37年日本芸術院会員、59年文化功労者に選ばれ、61年文化勲章を受章。平成2年100歳で長逝した。　勲文化勲章〔昭和61年〕　賞日本芸術院賞（文芸部門, 第9回）〔昭和27年〕「万葉集私注」, 文化功労者〔昭和59年〕, 日本歌人クラブ推薦歌集（第1回）〔昭和30年〕「自流泉」, 読売文学賞（詩歌俳句賞, 第19回）〔昭和42年〕「青南集」「続青南集」, 現代短歌大賞（第8回）〔昭和60年〕「青南後集」　家妻＝土屋テル子（歌人）

土屋 正夫　つちや・まさお　歌人

大正4年（1915年）7月26日 ～ 平成19年（2007年）7月27日　出千葉県市原市　歴昭和8年「国民文学」に入社、のち編集委員。21年「沃野」創刊に参加、34年「軽雪」創刊。歌集に「軽雪」「氾濫原」「真菰の馬」「鳴泉居」など。　勲勲五等瑞宝章〔平成10年〕　賞日本歌人クラブ賞（第26回）〔平成11年〕「鳴泉居」

土家 由岐雄　つちや・ゆきお　俳人

明治37年（1904年）6月10日 ～ 平成11年（1999年）7月3日　生東京都文京区　名本名＝土屋由岐雄　学東京工科学校採鉱冶金科卒　歴小卒後三菱の給仕として働くが、大正11年三菱の給費で東京工科学校採鉱冶金科を卒業、シンガポール支店勤務。その間にも童話や詩を発表。子供の世界を子供の心でうたう俳句“童句”という新しいジャンルを開く。代表作の「東京っ子物語」で野間児童文芸賞受賞。実話に基づき創作した「かわいそうなぞう」は英訳もされ、100万部を超えるベストセラーとなった。他の作品に「三びきのこねこ」「人形天使」など多数。61年5月埼玉県狭山市の子供動物園に童句碑が建立された。

土山 紫牛　つちやま・しぎゅう　俳人

明治38年（1905年）9月15日 ～ 平成12年（2000年）3月24日　生和歌山県和歌山市　名本名＝土山正雄（つちやま・まさお）　学京城高商卒　歴大正11年「ホトトギス」に投句、高浜虚子に師事。昭和20年10月朝鮮より引揚後、「かつらぎ」で阿波野青畝に師事。40年俳人協会に入会。句集に「連翹」「明日ありて」、入門書に「俳句の手びき」。

筒井 松籟史　つつい・しょうらいし　俳人

大正1年（1912年）12月7日 ～ 昭和60年（1985年）11月12日　生新潟県白根市白根　名本名＝筒井健三郎　学新潟師範卒　歴新潟県内の各小学校教諭、小学校長などを歴任。また俳人としても活躍し、「海峡」「海程」同人。新潟県俳句作家協会幹事を務めた。句集に「藍の風景」。賞新潟県俳句作家協会賞（昭和54年度）

筒井 富栄　つつい・とみえ　歌人

昭和5年（1930年）6月22日 ～ 平成12年（2000年）7月23日　生東京都豊島区東池袋　名本名＝村田富栄　学浦和市立高女卒　歴昭和23年住友銀行東京支店入社。のち病気のため退職し、療養をつづけながら作歌をはじめる。31年「近代」に入会し、加藤克巳に師事。34年「近代」会員、38年「個性」会員。44年第一歌集「未明の街」を出版。61年よりNHK学園の講師も務めた。以後の歌集に「森ざわめくは」「冬のダ・ヴィンチ」「風の構図」、評論集に「十人の歌人たち」などがある。　賞個性賞〔昭和45年〕

筒井 義明　つつい・よしあき　歌人

大正9年（1920年）3月3日～平成18年（2006年）6月21日　生山梨県東山梨郡大藤村（甲州市）　歴昭和20年「アララギ」に入会。解散後は「新アララギ」に所属。21年「山梨歌人」の創刊に参加し、編集発行人。53年から山日文芸短歌選者を務めたほか、山梨文化学園講師として県内の短歌愛好者のすそ野を広げた。山梨県庁に30年勤務、53年退職後は農業に従事し、生命への愛情と賛歌に満ちた作歌を貫いた。歌集に「葱の花」「土の花」がある。

塘 柊風　つつみ・しゅうふう　俳人
明治41年（1908年）5月7日 ～ 平成14年（2002年）9月29日　生岡山県津山市　名本名＝塘良三（つつみ・りょうぞう）　学大阪外国語学校卒　歴昭和19年より俳句を始め、30年「南風」主宰の山口草堂に師事。のち編集同人。44年現代俳画協会に入会。47年現代俳画「柊風会」（のち「柊美会」）を設立・主宰。61年俳画誌「風信」を創刊・主宰。句集に「真葛」「秋篠通信」「豆腐と蝶」がある。　賞南風賞（第1回）〔昭和31年〕

堤 清二　つつみ・せいじ
⇒辻井 喬（つじい・たかし）を見よ

堤 高嶺　つつみ・たかね　俳人
昭和4年（1929年）5月6日～平成26年（2014年）2月8日　生長野県茅野市　学旧制中学卒，諏訪商業学校〔昭和21年〕卒　歴長野県茅野市に生まれ、その後山梨県甲府市に在住。日本画家志望だったが、昭和25年甲府商工信用金庫に入り、専務理事で退職。一方、父の俳一佳が創刊した「裸子」に入会して作句を開始。36年「夏草」にも入会。平成6年父死去により「裸子」を主宰継承し、23年会長。この間、9年俳人協会評議員、14年同山梨県支部長、23年顧問。句集に「五風十雨」「朝涼」。　賞夏草新人賞〔昭和49年〕，山梨県文化賞奨励賞〔平成19年〕　家父＝堤俳一佳（俳人）

堤 俳一佳　つつみ・はいいっか　俳人
明治37年（1904年）9月20日 ～ 平成6年（1994年）6月25日　生山梨県　名本名＝堤一佳（つつみ・いっか）　学鉄道省中央教習所高等部卒　歴大正8年国鉄に入り、駅長、保健事務所長を歴任。昭和初頭高浜虚子に師事。24年「ホトトギス」同人となり、俳誌「裸子」を創刊。句集「俳一佳句集」「赤い実」「古亀」「喜寿前」などの他、「俳一佳宛書簡集」がある。　賞岳南朝日新聞文学賞　家息子＝堤高嶺（俳人）

堤 平五　つつみ・へいご　俳人
大正8年（1919年）12月27日 ～ 平成4年（1992年）7月1日　生東京市麹町区（東京都千代田区）　学京都帝国大学経済学部卒　歴昭和25年清韻会で水原秋桜子に師事。26年「馬酔木」「万蕾」に入会し、のち「万蕾」同人。句集に「帰去来兮」「浮寝鳥」。　家父＝小川平吉（政治家），兄＝小川一平（衆院議員），小川平二（政治家），小川平四郎（外交官），甥＝宮沢喜一（首相）

堤 操　つつみ・みさお
⇒大伴 道子（おおとも・みちこ）を見よ

綱田 酔雨　つなだ・すいう　俳人
大正9年（1920年）10月17日 ～ 平成8年（1996年）11月13日　生広島県　名本名＝綱田一徳　学高小卒　歴昭和18年「ホトトギス」同人に作句の手ほどきを受ける。20年郷里でかわせみ会主宰。52年より水墨俳画展開催。「鹿火屋」、「雷斧」各同人。

常石 芝青　つねいし・しせい　俳人
明治21年（1888年）～昭和62年（1987年）10月1日　出高知県香美郡野市町　名本名＝常石覚（つねいし・さとる）　歴明治40年、19歳で渡米し、農業の傍ら南カリフォルニア大に学ぶ。大正10年ロサンゼルスに俳句を興し、11年現地に橘吟社を創立。俳誌「たちばな」を発刊。戦後は日系人を教えるだけでなく、米国の小学校へも英語で俳句を指導に回った。数千に上る句を英短詩に翻訳。句集に「菊の塵」。俳論や「北米俳壇の推移」という日系人文芸評論など多数。「元日や我に始まる一家系」という句碑がロスにある。　勲勲六等単光旭日章〔昭和52年〕

ツネコ　歌人　詩人
大正15年（1926年）～平成15年（2003年）8月5日　生米国ハワイ州　歴生後すぐハワイから帰国、神戸で暮らす。代議士秘書との内縁関係、主婦、付添婦などさまざまな生活の後、67歳の時に大阪でホームレスとなる。梅田の阪急高架下で生活し、路上で自作の歌を売り“ホームレス歌人”として知られた。平成6年に発表した「ホームレスの詩」は10万部のベストセラーとなった。2冊目の著書に「ホームレスの詩〈2〉—ツネコ詩の世界」がある。

常見 千香夫　つねみ・ちかお　歌人
明治41年（1908年）10月31日～昭和63年（1988年）1月5日　生埼玉県浦和市（さいたま市）　学東京薬学専門学校卒　歴昭和2年「香蘭」に入社。8年「短歌至上主義」創刊に参加。戦後、「鶏苑」を創刊するが、28年廃刊。以後作家生活を断った。歌集に「智と余韻」。

津根元 潮　つねもと・うしお　俳人
大正14年（1925年）1月7日 ～ 平成18年（2006年）1月22日　[生]大阪府大阪市　[名]本名＝常本有志男（つねもと・うしお）　[学]関西大学中退　[歴]昭和18年より句作を始める。24年日野草城「青玄」に参加、草城逝去後、伊丹三樹彦に師事。37年同人、47年無鑑査同人。52年「橋」創刊同人。平成13年「潮」を創刊、代表。句集に「見色」「時中」「春霞抄」「両志」「有余」、評論集「現代俳句への志向」がある。　[賞]青玄評論賞, 青玄特別賞, 現代俳句協会賞（第48回）〔平成8年〕

角田 独峰　つのだ・どっぽう　俳人
明治38年（1905年）4月25日 ～ 平成6年（1994年）2月18日　[生]秋田県能代市　[名]本名＝角田孝助（つのだ・こうすけ）　[学]工学院専門学校卒　[歴]昭和4年「ぬかご」入会、水野六山人、安藤姑洗子に師事。9年「ぬかご」課題句選者となり、47年～平成2年主宰。東京都及び足立区俳句連盟顧問。句集に「独峰句集」「歩み」「凍み谿」「発祥」など。　[賞]ぬかご年度賞〔昭和42年〕

角田 一　つのだ・はじめ　歌人
大正11年（1922年）4月1日 ～ 平成17年（2005年）4月20日　[生]栃木県　[歴]台湾より復員と同時に「下野短歌」に入会。その後「短歌十字路」「工人」「途上」などを経て「創生」に入会、選者及び編集委員を務める。歌集に「腟の砂」「うくすつぬ」、合同歌集「街灯」がある。

坪井 かね子　つぼい・かねこ　俳人
大正6年（1917年）12月30日 ～ 平成6年（1994年）7月23日　[生]香川県木田郡　[名]本名＝坪井金子　[学]香川女子師範卒　[歴]牟礼小学校に勤務。のち病気のため退職。昭和51年やしま学園を設立、52年やしま幼稚園を創設し、園長。俳句は昭和13年に始め。14年「ホトトギス」、26年「椿」、33年「雪解」に入会、のち同人。48年「馬酔木」「燕巣」に入会、米沢吾亦紅の指導を受ける。49年「燕巣」同人、50年高松燕巣会結成、「馬酔木」同人。53年俳人協会会員。句集に「屋島」がある。

壺井 繁治　つぼい・しげじ　詩人
明治30年（1897年）10月18日～昭和50年（1975年）9月4日　[生]香川県小豆郡苗羽村（小豆島町）　[学]早稲田大学文学部英文科中退　[歴]大学在学中から中央郵便局や出版社などに勤務し、大正13年萩原恭次郎、岡本潤らと「赤と黒」を創刊。アナーキスト詩人として活躍したが、その後プロレタリア運動の進展と共にマルキシズムに転向。三好十郎らと左翼芸術同盟を組織し、昭和3年全日本無産者芸術連盟（ナップ）に参加、「戦旗」の編集に当たった。治安維持法違反などで、数回にわたって検挙、投獄。9年転向出獄し、10年サンチョ・クラブを結成、“村長”として風刺文学運動を続けた。戦後は新日本文学会に参加。37年詩人会議グループを結成し、「詩人会議」創刊。「壺井繁治全詩集」（全1巻, 国文社）の他、散文詩集「奇妙な洪水」、評論集「抵抗の精神」「現代詩の精神」などがある。53年、48年制定の詩人会議賞が名称変更し、壺井繁治賞となった。　[家]妻＝壺井栄（小説家）

坪内 美佐尾　つぼうち・みさお　俳人
大正3年（1914年）～平成19年（2007年）9月18日　[生]福井県坂井郡三国町（坂井市）　[名]旧姓・旧名＝田中　[歴]父は福井県三国町長。昭和29年～平成元年保護司を務める傍ら、俳句を詠む。最晩年に「ホトトギス」同人となった。同郷の俳人・森田愛子と交友があった。

壺田 花子　つぼた・はなこ　詩人
明治38年（1905年）3月25日 ～ 平成2年（1990年）2月18日　[生]神奈川県小田原市　[名]本名＝塩川花子, 旧姓・旧名＝坪田　[歴]佐藤惣之助に師事し、詩誌「詩之家」同人となる。戦後は日本女詩人会の世話役となり、「女性詩」の論集にも参加。詩集に「喪服に挿す薔薇」「蹠の神」など。

坪田 正夫　つぼた・まさお　俳人　詩人
大正13年（1924年）1月16日 ～ 平成3年（1991年）7月18日　[生]広島県広島市　[歴]昭和13年大阪の捺染会社でデザイン・彫刻をする。のち伸銅会社に転職。20年広島県立尾道保健所に勤務。原爆投下後1ケ月近く救護活動にあたり、二次放射能により被爆。26年瀬戸内海大三島の病院に勤務。同年放射線技師国家試験合格。31年大阪市生野区の診療所に勤務。44年原爆症と認定され、生野区原爆被害者の会会長となる。46年大阪府放射線技師会理事、のち副会長。この間、17年頃より短歌・俳句・詩の創作を始め、句誌「青空」「通草」を編集・発行。24年新日本文学会尾道支部を結成。同年「新日本詩人」編集同人。45年関西美術家平和会議会員となる。著書に「かの一ぱつの原爆に」がある。

坪野 哲久　つぼの・てつきゅう　歌人
明治39年（1906年）9月1日～昭和63年（1988年）11月9日　生石川県羽咋郡高浜町（志賀町）　名本名＝坪野久作（つぼの・きゅうさく）　学東洋大学〔昭和4年〕卒　歴大正14年東洋大学在学中に島木赤彦に師事し「アララギ」に入会。赤彦没後は「ポトナム」に参加。昭和3年新興歌人連盟に加わる。11年山田あき等と「鍛冶」創刊。15年合同歌集「新風十人」に参加。17年検挙される。戦後、39年「航海者」と改題、53年「氷河」主宰。歌集に「一樹」「百花」「桜」「北の人」「碧巌」「胡蝶夢」「人間旦暮」「坪野哲久全歌集」など。　賞読売文学賞（第23回）〔昭和46年〕「碧巌」　家妻＝山田あき（歌人）

津村 草吉　つむら・そうきち　俳人
明治31年（1898年）4月4日～昭和61年（1986年）5月21日　生大阪府寝屋川市　名本名＝津村宗吉（つむら・そうきち）　学同志社大学文科卒　歴昭和12年岡本圭岳の「火星」創刊と同時に同人として入会。51年俳人協会会員。

津村 典見　つむら・のりみ　俳人
昭和7年（1932年）10月17日～平成16年（2004年）6月2日　生鳥取県　名本名＝津村憲美　学専門学校卒　歴昭和45年「ホトトギス」「桑海」「藍」に所属。53年「ホトトギス」同人。句集に「行雲」「行雲2」がある。　賞全国俳句大会選者特選賞〔昭和48年〕，朝日俳壇賞（第10回，平成5年度）〔平成6年〕

露木 陽子　つゆき・ようこ　詩人
明治43年（1910年）12月7日～平成15年（2003年）7月7日　生和歌山県伊都郡かつらぎ町　名本名＝山本藤枝（やまもと・ふじえ）　学東京女高師文科〔昭和6年〕卒　歴尾上柴舟の歌誌「水甕」に参加。18歳ごろより詩作を始め、「詩集」「詩佳人」に参加。戦中から戦後にかけては露木陽子の筆名で少女小説や伝記などを執筆。昭和35年ごろから女性史の研究に取り組んだ。著書に「日本の女性史」（全4巻・共著）「黄金の釘を打ったひと―歌人・与謝野晶子の生涯」、詩集「近代の眸」、児童文学「雪割草」「手風琴の物語」「飛鳥はふぶき」「細川ガラシャ夫人」などがある。　家夫＝山本和夫（詩人）

鶴岡 冬一　つるおか・ふゆいち　詩人
大正6年（1917年）7月20日～平成7年（1995年）2月12日　生北海道函館市　名本名＝松山福太郎　学三高卒　歴三高時代から詩作をはじめ、卒業後は教師、翻訳官、国家公務員などを務める。戦後「現代詩」などに詩作を発表し、昭和30年「蜂の会新詩集」を主宰。32年処女詩集「花盗人」を刊行、同年C.D.ルイス「詩をどう読むか」を翻訳刊行。ほかに詩集「残酷な季節」や評論「不安の克服」「小説の現実と理想」などがある。

鶴田 栄秋　つるた・えいしゅう　俳人
大正10年（1921年）10月26日～平成15年（2003年）8月18日　生山梨県　名本名＝鶴田栄秋（つるた・よしあき）　学旧高専卒　歴昭和56年郵政省を退官。一方、25年堤俳一佳に師事、「裸子」に入会。28年同人。35年山口青邨に師事、「夏草」入会。　賞裸子年度賞〔昭和47年〕

鶴田 正義　つるだ・まさよし　歌人
大正3年（1914年）12月15日～平成22年（2010年）6月4日　生鹿児島県鹿児島市　学鹿児島一中〔昭和8年〕卒　歴昭和7年鹿児島一中4年生の17歳で、父が創刊した「にしき江」を継承。同誌主幹として学業の傍らで作歌に励み、1990年代には会員1300人を擁する全国でも屈指の短歌結社に育て上げた。また、30年以上にわたって鹿児島刑務所の受刑者の作歌指導に努めた。この間、9年より南洲神社の社掌を務め、21年宮司に就任。戦災に見舞われた同神社の復興にも力を注いだ。歌集に「遍歴」「虚心」「鶴田正義全歌集」などがある。　勲藍綬褒章〔昭和51年〕　賞南日本文化賞〔昭和59年〕

鶴田 義直　つるだ・よしなお　歌人
昭和3年（1928年）1月3日～平成18年（2006年）4月28日　出鹿児島県鹿児島市下竜尾町　歴大正3年創刊の全国有数の地方歌誌「にしき江」の編集長を、昭和61年から務める。歌集「炎天に」「漂う日々」の他、鹿児島県の歌の歴史などをまとめた「鹿児島歌壇史」を執筆。平成15年から南日本新聞に「かごしま短歌時評」を連載した。

鶴丸 白路　つるまる・はくろ　俳人
大正6年（1917年）4月1日～平成9年（1997年）12月28日　生佐賀県　名本名＝鶴丸一男　歴昭和21年「雲母」に投句。のち「ホトトギス」「芹」「かつらぎ」「鶴」にも投句。40年「かつらぎ」同人。51年「鶴」同人。53年より佐賀新聞俳壇選者を務めるなど地元での俳句活動に尽力。　賞佐賀県芸術文化功労賞〔平成2年〕，鶴功労賞〔平成7年〕，佐賀県俳句協会功労賞

〔平成8年〕

鶴見 和子　つるみ・かずこ　歌人
大正7年(1918年)6月10日～平成18年(2006年)7月31日　生東京市麻布狸穴(東京都港区)　学津田英学塾〔昭和14年〕卒,バッサール女子大学大学院〔昭和16年〕修士号取得,プリンストン大学大学院社会学専攻〔昭和39年〕博士号取得　歴政治家・評論家の鶴見祐輔の長女で、祖父は東京市長を務めた後藤新平。評論家・哲学者の鶴見俊輔は弟。昭和14年津田英学塾を卒業して米国へ留学したが、太平洋戦争が始まると、17年日米捕虜交換船で帰国。21年弟や丸山真男らと雑誌「思想の科学」を創刊、同研究会に拠り、生活記録運動を通じて女性の意識改革を模索する中で社会学に傾斜。39年ブリティッシュ・コロンビア大学助教授、41年成蹊大学助教授を経て、44年～平成元年上智大学教授。民俗学者の柳田国男、南方熊楠、折口信夫の研究を通じて独自の社会学の立場から比較常民学の研究を続け、社会変動論・近代化論を探究。特に南方の研究から、異なるものを認め、互いに補い合って共生する曼陀羅の思想に到達した。また水俣病などの社会問題にも積極的に関わり、地域住民の創造性に着目した内発的発展論を唱えた。平成7年に脳出血で倒れ左半身が不随になったのちは、少女時代に佐佐木信綱に師事した作歌を再開し、リハビリテーションの過程を詠んだ歌集「回生」を刊行した。　賞南方熊楠賞(人文の部,第5回)〔平成7年〕,朝日賞(第70回,平成11年度)〔平成12年〕　家父＝鶴見祐輔(政治家・評論家),弟＝鶴見俊輔(評論家),祖父＝後藤新平(政治家)

鶴見 正夫　つるみ・まさお　詩人
大正15年(1926年)3月19日～平成7年(1995年)9月7日　生新潟県村上市　学早稲田大学政治経済学部〔昭和23年〕卒　歴大学時代から童謡を作り始め、のち童話、児童文学も手がける。小学館、国会図書館勤務を経て、昭和35年から文筆に専念。38年から11年間阪田寛夫らと「6の会」を結成、「あめふりくまのこ」「おうむ」などの名曲を生み出す。創作に「最後のサムライ」「日本海の詩」「鮭のくる川」「長い冬の物語」など。　賞童謡コンクール文部大臣奨励賞〔昭和26年〕,日本童謡賞(第6回)〔昭和51年〕「あめふりくまのこ」,赤い鳥文学賞〔昭和51年〕,サトウハチロー賞(第3回)〔平成3年〕

【て】

出牛 青朗　でうし・せいろう　俳人
明治40年(1907年)7月1日～昭和62年(1987年)12月30日　生埼玉県　名本名＝出牛清次郎　学高専卒　歴昭和12年から俳句を始める。21年「雪解」同人。26年「山垣」を創刊して主宰、のち「鯉」と改題。句集に「桑海」「装林」「冬麗」「指扇」。

出口 舒規　でぐち・のぶのり　歌人
明治44年(1911年)11月28日～平成6年(1994年)3月6日　生和歌山県　名本名＝出口正男　歴昭和の初め今井規清に師事し「多磨」に入会するが、同誌終刊後は中村正爾の「中央線」発刊に参加。歌集に「基地となる島」「還らざる大野」「承水溝」など。

手島 一路　てじま・いちろ　歌人
明治25年(1892年)2月27日～昭和54年(1979年)11月3日　生福岡県朝倉郡朝倉町　名本名＝手島勇次郎　歴昭和22年「ゆり短歌会」本部創立主宰、月刊歌誌「ゆり」創刊。由利貞三門下。歌集に「跫音」「博多百首」「菅函相」「全人的」のほか「歌集四人の死刑囚」がある。この間、21年に福岡市立第二工業学校長を退任。賞福岡市文化賞〔昭和52年〕

手嶋 双峰　てしま・そうほう　俳人
明治43年(1910年)12月12日～平成7年(1995年)1月28日　生山口県玖珂郡　名本名＝手嶋治　学山口師範専攻科卒　歴小学校教諭、市教育課長、市教委次長、中学校長、山口県学校給食会常務理事を歴任。昭和26年「同人」入会、菅裸馬、高橋金窗の指導を受ける。50年「同人」選者。53年山口県俳句作家協会常任理事及び選者。句集に「葛の花」。

手代木 啞々子　てしろぎ・ああし　俳人
明治37年(1904年)2月9日～昭和57年(1982年)12月5日　生北海道伊達市　名本名＝手代木茂守　学大倉高商卒　歴大正10年句作をはじめ福原雨六、星野麦人に師事した。12年上京、「石楠」「南柯」などに拠る。昭和4年より渡辺水巴主宰「曲水」に転じて、7年同人。11年西村月杖と同誌を離脱して「句帖」を創刊、15年分れて「合歓」を創刊、没時まで主宰した。22年秋田県稲沢村に入殖。39年「海程」に同人参加した。句集「緑層」「天歩」がある。 家妻＝胆振かよ（俳人）

手塚 武　てずか・たけし　詩人
明治38年（1905年）～昭和61年（1986年）4月4日　出栃木県那須郡烏山町　歴詩のサークル「橋」を主宰。終戦直後から昭和61年2月まで、下野新聞の詩部門の選者を務めた。詩集に「月夜の傘（こうもり）」などがある。

手塚 久子　てずか・ひさこ　詩人
昭和4年（1929年）7月28日～平成1年（1989年）8月31日　生広島県江田島　名本名＝小谷久子　学神奈川県立横須賀高女〔昭和21年〕卒　歴カトリックの信仰にささえられた詩作、エッセイ活動で知られた。詩集に「誕生」「手塚久子詩集」「聖年」ほか10数冊、随筆集に「詩をめぐる随想」などがある。

手塚 七木　てつか・しちぼく　俳人
明治43年（1910年）8月17日～平成12年（2000年）4月4日　生栃木県宇都宮市　名本名＝手塚一　学早稲田大学商学部卒　歴昭和10年「石楠」入会、戦後「石楠」「皿」「蜜」に拠る。のち「西北の森」「鬼怒」に所属。栃木県俳句作家協会会長を務め、“S賞”を創設、県内俳句功労者を顕彰するなど地域の俳句発展に貢献した。また下野新聞選者を務めた。著書に句集「男体」「男体以後」「ほとけロード」「風埃記」「雪月花」、「栃木県俳句史」「七木雑記帖」などがある。 賞栃木県文化功労賞

寺井 文子　てらい・ふみこ　俳人
大正12年（1923年）1月5日～平成12年（2000年）2月20日　生兵庫県神戸市　名本名＝田畑文子　学神戸成徳高女卒　歴昭和21年より日野草城、神生彩史に師事。「太陽系」「火山系」を経て、24年草城主宰誌「青玄」入会、彩史主宰誌「白堊」にも拠る。45年桂信子主宰「草苑」に同人参加、同年永田耕衣主宰誌「琴座」にも所属。平成11年まで20年余にわたり、朝日新聞三重版の俳句選者を務めた。句集に「密輸船」「弥勒」などがある。 家夫＝田畑耕作（俳人）

寺尾 俊平　てらお・しゅんぺい　川柳作家
大正14年（1925年）5月20日～平成11年（1999年）10月19日　生東京都　出岡山県岡山市　学西大寺町立高小卒　歴父親の仕事の関係で岡山市に移り住む。大蔵省印刷局勤務の傍ら、昭和30年頃から川柳を始める。のち「川柳岡山社」同人、選者。句集に「葦川」「風の中」などがある。 賞東洋樹川柳賞（第14回）〔昭和57年〕

寺尾 道元　てらお・どうげん　詩人
大正3年（1914年）10月13日～平成5年（1993年）7月13日　出奈良県　歴奈良県吉野郡黒滝村の光照寺住職（第14世）、のち浄土真宗本願寺布教師を務めた。傍ら詩人としても活動、「日本詩壇」「豚」「花」「現代詩精神」を経て、「日本未来派」所属。著書に「染香人のその身には」「煩悩の林に遊んで」「思惟抄―寺尾道元詩集」がある。

寺門 一郎　てらかど・いちろう　歌人
大正11年（1922年）2月11日～昭和53年（1978年）4月10日　生東京都　歴昭和21年復員後、「桧」に入会、高田浪吉に師事する。「桧」廃刊後「川波」同人となり、40年には「青梅歌話会」を創立、指導者として活躍した。歌集に「光流」「揺流」など。

寺門 仁　てらかど・じん　詩人
大正15年（1926年）10月13日～平成9年（1997年）6月27日　生茨城県　名本名＝砂尾仁　学東京高師国漢科〔昭和24年〕卒　歴京都、東京で高校教員生活を送る傍ら、「青い花」「地球」「日本未来派」「風」などに寄稿。詩集に「石の額橡」「遊女」「続遊女」「遊女十一」「羽衣」「華魁」など。 賞室生犀星詩人賞（第5回）〔昭和40年〕「遊女」

寺崎 玄兎　てらさき・げんと　俳人
大正12年（1923年）8月1日～平成17年（2005年）3月5日　生富山県富山市　名本名＝寺崎義寛（てらさき・よしひろ），旧号＝緑舟　学同志社大学法学部〔昭和20年〕卒　歴同志社大学時代は陸上のハイジャンプで全国大会に出場。戦後、富山県で中学校の英語教師となり、昭和59年入善西中学校校長を最後に退職。一方、30年「泉」創刊に参加、富山県俳句連盟では幹事として長く合同句集のとりまとめ役を務めた。句集に「壺」「道化師」がある。

寺崎 浩　てらさき・ひろし　詩人
明治37年（1904年）3月22日～昭和55年（1980年）12月10日　生岩手県盛岡市　出秋田県秋田市　学早稲田大学文学部仏文科中退　歴早大在学中、火野葦平らと同人誌「街」を創刊。ま

た西条八十に師事し、同人詩誌「棕櫚」「パンテオン」などに小曲風の象徴詩を発表。昭和3年頃から横光利一に師事。10年文壇にデビュー。以後は小説に専念。11年徳田秋声の娘喜代と結婚。代表作に短編集「祝典」、長編「女の港」、「情熱」、詩集「落葉に描いた組曲」など。 家岳父＝徳田秋声（小説家）

寺師 治人　てらし・はるひと　歌人
大正5年（1916年）9月14日 ～ 平成15年（2003年）5月21日　生北海道帯広市　名本名＝寺師豊治　学高小卒　歴昭和8年頃から独学で作歌を始める。21年銀の壷短歌会結成に参加。25年「山脈」創刊に加わり、29年舟橋精盛・新田寛らと「鴉族」を創刊、のち編集発行人。歌集に「凍雲」、合同歌集に「鴉族20人集」「あらくさ」がある。　賞帯広市文化奨励賞〔昭和40年〕

寺下 辰夫　てらした・たつお　詩人
明治36年（1903年）8月20日 ～昭和61年（1986年）10月19日　生鹿児島県　名本名＝寺下辰雄　学早稲田大学文学部仏文科卒　歴西条八十に師事し、「愛誦」同人となる。詩集「緑の挨拶」の他に、「ヨーロッパ味覚旅行」など料理についての著作がある。

寺島 栄一　てらしま・えいいち　詩人
大正3年（1914年）4月13日 ～ 平成13年（2001年）8月5日　生東京都　学日本大学文学部国文学科　歴「日本未来派」同人。詩集に「花の時間」「燃える風景」がある。

寺島 珠雄　てらしま・たまお　詩人
大正14年（1925年）8月5日 ～ 平成11年（1999年）7月22日　生東京都　名本名＝大木一治　学東金小卒　歴中学3年で中退、放浪生活を送り、仙台少年院から横須賀海兵団に入る。昭和19年戦時逃亡罪で横須賀海軍刑務所に入れられ、敗戦で釈放。千葉県の私鉄に勤め、労組を結成、委員長となった。その後は私鉄、繊維、鉄鋼などの労働運動に従事。一方、アナーキスト詩人として知られ「コスモス」などに詩を発表。25年から再び放浪し、新聞記者、土工、飲食店などを転々、40年大阪釜ケ崎に流れ着いた。45年「どぶねずみの歌」を刊行。月刊「労務者渡世」編集委員、新日本文学会会員。詩集に「ぼうふらの歌」「まだ生きている」「わがテロル考」、向井孝と共著「反政治詩集」、編著に「私の大阪地図」、「小野十三郎著作集」。

寺田 京子　てらだ・きょうこ　俳人
大正14年（1925年）1月11日 ～ 昭和51年（1976年）6月22日　生北海道札幌市　出旧満州　名本名＝寺田キョウ　学鞍山女学校中退　歴女学校時代に呼吸器疾患となり、以来20年間闘病。戦後はシナリオライターとなる傍ら、俳句を加藤楸邨に師事。29年「寒雷」同人。句集に「冬の匙」「日の鷹」「鷺の巣」など。　賞現代俳句協会賞（第15回）〔昭和43年〕「日の鷹」

寺田 弘　てらだ・ひろし　詩人
大正3年（1914年）4月29日 ～ 平成25年（2013年）3月7日　生福島県郡山市　学明治大学専門部史学科〔昭和12年〕卒　歴中学時代に「中堅詩人」を創刊、昭和6年第一詩集「骨」を出す。卒業後、「北方詩人」を復刊。15年「虎座」を創刊、18年「傷痍軍人詩集」を編んだ。戦後の21年、「虎座」を復刊。56年「独楽」を創刊。平成3年から2年間、日本詩人クラブ会長。詩の朗読運動を推進した。他の詩集に「音のない墓地」「三虎飛天」などがあり、「詩に翼を―詩の朗読運動史」もある。

寺本 知　てらもと・さとる　詩人
大正2年（1913年）9月13日～平成8年（1996年）2月7日　出大阪府　歴戦前から部落解放運動や同和行政に取り組み、部落解放同盟中央本部文化対策部長、同顧問、大阪府同和対策審議会委員などを務めた。また、部落解放のための文化運動の重要性を説き、自らも詩作。文学誌「豊中文学」主宰。詩集に「焦心疾走」「にんげん」などがある。

寺元 岑詩　てらもと・みねし　俳人
大正4年（1915年）11月1日～平成2年（1990年）1月8日　生大阪府南河内郡狭山町（大阪狭山市）　名本名＝寺元清　学大阪府立富田林中学校卒　歴皆吉爽雨に師事し、昭和11年より句作を始め、「山茶花」「ホトトギス」に投句。戦後「雪解」に所属、のち「雪解」「うまや」「いてふ」同人。句集に「茱萸」。　賞関西俳句大会俳人協会賞〔昭和56年〕

寺山 修司　てらやま・しゅうじ　歌人　詩人
昭和10年（1935年）12月10日～昭和58年（1983年）5月4日　生青森県弘前市紺屋町　学早稲田大学教育学部〔昭和31年〕中退　歴早大在学中から前衛歌人として注目を集め、昭和29年

「チェホフ祭」50首で短歌研究新人賞を受賞。32年詩歌集「われに五月を」、33年歌集「空には本」を刊行。34年頃から谷川俊太郎の勧めでラジオドラマを書き始め、放送詩劇「山姥」でイタリア賞グランプリ、「大礼服」で芸術祭賞奨励賞を受賞。既成の価値観や常識に反逆して“書を捨てよ町へ出よう”と呼びかけ、42年には演劇実験室・天井桟敷を設立、作家兼演出家として多彩な前衛活動を展開して時代の寵児となった。著書「家出のすすめ」は多くの家出少年を天井桟敷に惹きつける一方、世間の反発を呼んだ。また競馬やボクシングの解説者としても活躍し、人気漫画「あしたのジョー」の登場人物・力石徹の葬儀委員長を務めた他、同作のテレビアニメ主題歌の作詞も手がけた。他の歌集「血と麦」「田園に死す」、詩集「はだしの恋唄」「長編叙事詩 地獄篇」、「寺山修司全歌集」「寺山修司全詩歌句」などがある。 賞短歌研究新人賞（第2回）〔昭和29年〕「チェホフ祭」,

暉峻 桐雨　てるおか・とうう　俳人
明治41年（1908年）2月1日 ～ 平成13年（2001年）4月2日 生鹿児島県曽於郡志布志町金剛寺 名本名＝暉峻康隆（てるおか・やすたか） 学早稲田大学文学部国文科〔昭和5年〕卒 歴大学在学中に井伏鱒二、石川達三らと作家を志すが、江戸文学に引かれ国文学者に。早稲田大学講師、助教授を経て、昭和23年文学部教授。53年名誉教授。井原西鶴研究の第一人者で、西鶴を近代小説の原点として捉えるなど大きな業績を残し、近年の江戸文化ブームの礎を築いた。主著に「西鶴・評論と研究」「西鶴新論」、国文学者の野間光辰と校訂した「定本西鶴全集」などがある。また、くのいち連句会を主宰し、句集「桐雨句集」がある。一方、35年頃、目的もなく大学に進学する女子学生を皮肉った“女子学生亡国論”でジャーナリズムをにぎわせたほか、NHK「お達者くらぶ」などテレビやラジオに出演し、率直で軽妙な語り口で人気を集めた。 賞東京都文化賞（第1回）〔昭和60年〕, 現代俳句協会大賞（第8回）〔平成8年〕

【と】

土居 南国城　どい・なんごくじょう　俳人
明治31年（1898年）9月3日 ～ 昭和55年（1980年） 生愛媛県宇和島市 名本名＝土居光顕 学京都帝国大学文学部英文科〔昭和4年〕卒 歴10代の終わりに「ホトトギス」に入選、室積徂春主宰「ゆく春」に参加。昭和24年俳誌「寒虹」を主宰、33年句集「土塊」出版。

土井 晩翠　どい・ばんすい　詩人
明治4年（1871年）10月23日 ～ 昭和27年（1952年）10月19日 生宮城県仙台市北鍛冶町 名本名＝土井林吉（つちい・りんきち） 学東京帝国大学文科大学英文科〔明治30年〕卒 資日本芸術院会員〔昭和22年〕 歴質商を営む旧家に生まれ、幼時より「八犬伝」「太閤記」「日本外史」等に親しむ。立町小学校教師佐藤時彦に漢籍を教わった後、家業に従事しつつ書籍を耽読、「新体詩抄」や自由民権思想の影響を受ける。21年、仙台英語塾から第二高等中学校に編入卒業、27年上京。帝大在学中の29年、「帝国文学」第二次編集委員として漢語を用いた叙事詩を発表、藤村と併び称される詩人となった。30年郁文館中学の教師。31年「荒城の月」を作詞。32年処女詩集「天地有情」を出版。外遊後、37年二高教授となり、大正13年には東北大講師を兼任し、英語・英文学を講じ、昭和9年退官。一方、カーライルやバイロンの翻訳を発表、またギリシャ文学に興味を持ち、15年ホメーロスの「イーリアス」「オヂュッセーア」を全訳出版。この間家族を次々に失い、心霊科学に興味を持つ。20年7月空襲で蔵書3万冊余を焼失した。ほかの代表作に「星落秋風五丈原」「万里長城の歌」、詩集に「暁鐘」「東海遊子吟」「曙光」「天馬の道に」がある。25年文化勲章受章。 勲文化勲章〔昭和25年〕

土居 不可止　どい・ふかし　俳人
大正8年（1919年）4月29日 ～ 昭和60年（1985年）3月16日 生愛媛県 名本名＝土居義一（どい・よしかず） 学青年師範学校卒 歴昭和33年「若葉」同人篠崎可志久に師事。同年富安風生門下に入る。35年「糸瓜」、47年「若葉」同人。 賞艸木賞〔昭和39年〕, 糸瓜賞〔昭和40年〕

戸井田 慶太　といだ・けいた　川柳作家
生年不詳～平成14年（2002年）1月27日 名本名＝戸井田慶三郎 歴平成6～13年朝日新聞京都版の京都川柳選者を務めた。

戸板 康二　といた・やすじ　俳人
大正4年（1915年）12月14日 ～ 平成5年（1993年）1月23日 生東京市芝区（東京都港区） 学

慶応義塾大学文学部国文科〔昭和13年〕卒 資日本芸術院会員〔平成3年〕 歴明治製菓に勤務後、久保田万太郎の勧めで日本演劇社に入り、「日本演劇」編集長となる。昭和25年演劇評論家として独立。江戸川乱歩の勧めにより33年「車引殺人事件」を発表、推理小説作家に。34年には「団十郎切腹事件」で第42回直木賞を受賞。著書は他に「今日の歌舞伎」「忠臣蔵」「尾上菊五郎」「グリーン車の子供」「ちょっといい話」など多数。歌舞伎を一般大衆のものとしたことで51年に菊池寛賞、52年評論活動で日本芸術院賞を受賞。一方で、俳句は14年頃から内田水中亭の句会に出席して作句。句集に「花すこし」「袖机」「良夜」、ほかに「久保田万太郎」「句会で会った人」がある。 賞芸術選奨文部大臣賞(文学評論部門, 第3回)〔昭和28年〕「劇場の椅子」「今日の歌舞伎」, 直木賞(第42回)〔昭和34年〕「団十郎切腹事件」, 日本芸術院賞(文芸部門, 第33回)〔昭和52年〕, 菊池寛賞(第24回)〔昭和51年〕, 東京都文化賞(第3回)〔昭和62年〕

塔 和子　とう・かずこ　詩人

昭和4年(1929年)8月31日 ～ 平成25年(2013年)8月28日 生愛媛県東宇和郡明浜町(西予市) 名本名＝井土ヤス子(いずち・やすこ) 歴ハンセン病を発症し、昭和18年瀬戸内海の国立療養所大島青松園に入る。27年治癒するも、後遺症のため園にとどまった。当初は短歌を詠んだが、20代後半から詩作に転向。文通相手の女子高生に詩を送っていたところ、印刷業を営んでいた彼女の父がその価値を認め、36年第一詩集「はだか木」が刊行された。以来、たびたびH氏賞候補となり、平成11年第十五詩集「記憶の川で」で高見順賞を受賞した。15年半生を描いたドキュメンタリー映画「風の舞」が完成、全国で上映され反響を呼んだ。他の詩集に「未知なる知者よ」「不明の花」「時間の外から」「日常」などがある。 賞高見順賞(第29回)〔平成11年〕「記憶の川で」

洞外 石杖　どうがい・せきじょう　俳人

明治35年(1902年)9月22日 ～ 昭和56年(1981年)12月13日 生神奈川県 名本名＝洞外文雄 学駒沢大学仏教学科卒 歴昭和10年より作句。11年松本たかしに師事「ホトトギス」に投句。21年「笛」創刊と共に参加、21年同人、52年同人会長。

唐笠 何蝶　とうがさ・かちょう　俳人

明治35年(1902年)5月25日 ～ 昭和46年(1971年)8月17日 出千葉県 名本名＝唐笠学 学千葉大学医学部卒 歴医師仲間の高野素十、水原秋桜子らに俳句を学び、昭和3年「ホトトギス」に初入選する。北見市に産婦人科病院を開院し、のち札幌に移転する。「阿寒」を主宰し、没後の47年「何蝶句集」が刊行された。 賞北海道文化奨励賞 家長女＝嶋田摩耶子(俳人), 兄＝安藤蟹兵(俳人), 弟＝青葉三角草(俳人), 伯母＝国松松葉女(俳人), 従兄＝国松青夜(俳人)

峠 三吉　とうげ・さんきち　詩人

大正6年(1917年)2月19日 ～ 昭和28年(1953年)3月10日 生大阪府豊能郡豊中村(豊中市) 名本名＝峠三吉(とうげ・みつよし) 学広島商〔昭和10年〕卒 歴大阪で生まれ、生後間もなく広島に転居。広島商在学中から詩作を始め、卒業後の昭和10年広島ガスに入るが結核となり、療養生活をする。17年キリスト教に入信。療養中の20年8月6日、爆心地から約3キロの自宅で被爆。療養の身に原爆症状が加わったが、率先して被爆者救援運動をはじめ広く平和運動を展開。傍ら、広島青年文化連盟の運動に加わり、委員長に選ばれ、各種サークル運動を指導し、また新日本文学会に参加、共産党に加わる。25年“われらの詩の会”を組織し、26年ガリ版の「原爆詩集」を刊行し、27年青木文庫として公刊する。27年「原子雲の下より」を編集したが、28年原爆症のため死去した。45年全詩集「にんげんをかえせ」が刊行された。

藤後 左右　とうご・さゆう　俳人

明治41年(1908年)1月21日 ～ 平成3年(1991年)6月11日 生鹿児島県曽於郡志布志町 名本名＝藤後惣兵衛(とうご・そうべえ) 学京都帝国大学医学部〔昭和7年〕卒 歴昭和8年「京大俳句」創刊に加わり、新興無季俳句運動にも参加。その後南方諸島に出征して復員、郷里で病院を経営する。46年からは志布志湾開発反対の住民運動推進者としても活躍。中央俳壇とは無縁に口語調への試み、五七五への挑戦など独自の句作に励み、前衛俳句の雄、金子兜太から“現代で最も注目すべき俳人”と評された。晩年は公害問題と取り組んだ連作も多い。「天涯」代表。句集に「熊襲ソング」「藤後左右句集」。

東郷 喜久子　とうごう・きくこ　俳人
昭和2年（1927年）11月3日 ～ 平成19年（2007年）12月3日　生北海道　歴昭和22年「萬緑」入会。30年以後作句中断、42年投句再開、51年同人。57年萬緑賞を受賞。句集に「大悲」がある。　賞萬緑賞〔昭和57年〕

東郷 久義　とうごう・ひさよし　歌人
明治39年（1906年）12月5日 ～ 平成7年（1995年）12月8日　生鹿児島県　歴大正15年から白水吉次郎の指導を受け、昭和4年「水甕」に入社、松田常憲に師事。23年鹿児島の「水甕」同人を中心とした「南船」を創刊・主宰。常憲の没後「水甕」退社。鹿児島新報歌壇選者。歌集に「海紅」「万里の砂」「白き仏」「かげろふ一基」、追悼歌集「白き仏」などがある。

東条 源四郎　とうじょう・げんしろう　歌人
生年不詳～平成13年（2001年）11月14日　歴昭和2年「アララギ」に入会。21年北陸アララギ会創立に参画した。32年福井県短歌人連盟初代委員長、のち顧問。36年から福井刑務所で受刑者の短歌指導、54年から朝日新聞福井版「若越花壇」の選者を務めた。　賞福井県文化賞〔昭和55年〕

東城 士郎　とうじょう・しろう　歌人
明治42年（1909年）12月11日～平成3年（1991年）1月6日　生長野県　学野沢北高　歴斎藤茂吉に師事する。昭和2年から4年にかけて「アララギ」に所属。のち、45年「短歌創造」を創刊・主宰した。歌集に「塵労記」「写生帖」「冬扇記」など。他の著書に「茶の間の歌話」「士郎箴言」がある。

東条 素香　とうじょう・そこう　俳人
昭和3年（1928年）7月24日 ～ 平成12年（2000年）5月24日　生長野県長野市　名本名＝東条且董　歴昭和54年まで善光寺山内常行院住職を襲ぎ、善光寺堂奉行などを歴任。24年から句作を始める。はじめ、栗生純夫の「科野」に拠り、純夫没後は小林俠子主宰「火耀」の編集発行に携わるとともに、石田波郷の「鶴」に入会。39年「鶴」同人。「火耀」終刊後、「白炎」主宰。句集に「暮雲」など。　賞鶴賞（昭和46年度）

東野 大八　とうの・だいはち　川柳作家
大正3年（1914年）6月1日～平成13年（2001年）7月20日　生愛媛県　名本名＝古藤義男　歴昭和10年旧満州の現役兵で現地除隊。雑誌「月刊満州」「新京日日新聞」の記者の傍ら「満州浪曼」、華文文芸誌「明明」の編集に当たる。一方趣味の川柳で「川柳大陸」「東亜川柳」誌の創立同人。21年北京から引き揚げ、のち「日刊新愛媛」編集局長。岐阜に移住し、「日刊岐阜民友」創立により、編集局長。同社解散で経済誌「中部財界」編集長。陶芸新聞も手がけた。その後、全日本川柳協会顧問を務めた。著書に「人間横丁」「没法子（メイファーズ）北京」がある。

東福寺 薫　とうふくじ・かおる　俳人
明治41年（1908年）3月10日 ～ 平成6年（1994年）4月22日　生長野県長野市　名本名＝東福寺董　学日本女子大学国文科卒　歴昭和35年まで民生委員、児童委員、保護司として尽力。38年俳句を始め、「黒姫」「萬緑」を経て、44年「風」に入会。49年「風」同人。57年俳人協会会員。長野県俳人協会常任理事、長野市俳句連盟評議員。43年より長野市特別養護老人ホームで俳句指導にあたり、平成5年市長より感謝状を受ける。句集に「葦の花」、句文集に「遙なる花」、句碑建立記念遺句集「春眠」がある。

堂山 芳野人　どうやま・ほうやじん　俳人
明治36年（1903年）3月19日～昭和60年（1985年）2月22日　生山口県長門市深川湯本　名本名＝堂山平助（どうやま・へいすけ）　学鉄道教習所卒　歴昭和33年国鉄退職後、「ホトトギス」同人森永杉洞に教えを受ける。39年「馬酔木」に投句。40年「早苗」入会、42年「早苗」同人。著書に「古案山子」がある。　賞早苗賞〔昭和47年〕

遠丸 立　とおまる・りゅう　詩人
大正15年（1926年）9月6日 ～ 平成21年（2009年）12月30日　生福岡県北九州市門司　名本名＝進隆（すすむ・たかし）　学九州大学文学部〔昭和27年〕卒, 東京大学経済学部〔昭和30年〕卒, 明治大学大学院文学研究科〔昭和32年〕修士課程修了　歴高校教師、明治大学、中央大学各講師を経て、「未知と無知のあいだ」編集人。「近代文学」「試行」「方向感覚」などに多くの論考を発表し、「吉本隆明論」「死者もまた夢をみる」「恐怖考」「呪詛はどこからくるか」「死の文化史」「未知と無知のあいだ」「無知とドストエフスキー」「永遠と不老不死」、詩集「遠丸立詩集」「海の記憶」「一瞬天国」などの著書

がある。　家妻＝貞松瑩子（詩人）

遠山 繁夫　とおやま・しげお　歌人
明治42年（1909年）2月27日 ～ 平成6年（1994年）7月14日　生岐阜県岐阜市　学府立第一商業卒　歴大正14年「日光」「短歌雑誌」に投稿。昭和2年「国民文学」に入会し、松村英一に師事。33年編集委員、45年選者、56年発行人、日本歌人クラブ幹事など歴任。35年「雨の洗へる」が日本歌人クラブ推薦歌集に選ばれた。他の歌集に「石打てり」「瓔珞経」「芳樹の下」などがある。　賞日本歌人クラブ推薦歌集（第6回）〔昭和35年〕「雨の洗へる」

遠山 英子　とおやま・ひでこ
⇒橋本 比禎子（はしもと・ひでこ）を見よ

遠山 光栄　とおやま・みつえ　歌人
明治43年（1910年）1月18日 ～ 平成5年（1993年）1月16日　生東京市浅草区（東京都台東区）　学跡見女学校卒　歴昭和9年竹柏会「心の花」入会、佐佐木信綱に師事。編集委員を経て選歌委員。「短歌風光」「女人短歌」編集委員。サンケイ短歌教室講師。歌集に「杉生」「彩羽」「褐色の実」「青螺」「陶印」など。　賞現代歌人協会賞（第1回）〔昭和32年〕「褐色の実」

融 湖山　とおる・こざん　俳人
明治40年（1907年）2月11日 ～昭和63年（1988年）5月15日　生東京市小石川区（東京都文京区）　名本名＝融紀一（とおる・きいち）　学慶応義塾大学医学部卒　歴昭和22年「海坂」の前身「あやめ」に投句、百合山羽公、相生垣瓜人に師事。26年融医院を開業。52年「海坂」同人。句集に「遊魚」。

戸叶 木耳　とかのう・もくじ　俳人
昭和3年（1928年）11月18日 ～平成13年（2001年）6月2日　生東京都　名本名＝戸叶尤介　学東京医科大学医学部卒　歴昭和28年句作を始める。37年「野火」入会、篠田悌二郎に師事。42年編集部員兼同人を経て、編集長。58年顧問となり、特別功労賞を受賞。句集に「麦鶉」「尾白鷲」がある。　賞野火賞〔昭和43年〕, 青霧賞（競詠賞）〔昭和45年〕, 鍛錬会賞〔昭和52年〕, 野火特別功労賞〔昭和58年〕

外川 飼虎　とがわ・しこ　俳人
大正13年（1924年）4月7日 ～ 平成22年（2010年）10月19日　生東京都荒川区日暮里　名本名＝外川力蔵（とがわ・りきぞう）　学専修大学法科中退　歴昭和17年駒場会館に石田波郷を訪ね指導を受ける。21年「鶴」復刊時の編集を担当。「鶴」同人、のち無所属。句集に「金雀枝」「花座集」、著書に「わが波郷の周辺」「俳諧左眄」がある。　賞鶴俳句賞〔昭和40年〕

戸川 稲村　とがわ・とうそん　俳人
大正1年（1912年）11月25日 ～ 平成7年（1995年）3月28日　生東京市牛込区若松町（東京都新宿区）　名本名＝戸川力雄（とがわ・りきお）　学慶応義塾大学文学部国文学科〔昭和11年〕卒　歴印刷業自営の後、神奈川銀行に勤め、常任監査役。昭和2年「ホトトギス」入門、高浜虚子に師事。この間松本たかしに写生の指導を受ける。28年「鶴」復刊と同時に石塚友二の紹介で石田波郷に師事、同人となる。句集に「砂の塔」「涅槃西風」。

戸川 晴子　とがわ・はるこ　歌人
大正7年（1918年）12月2日 ～ 平成15年（2003年）7月26日　生三重県河芸郡神戸町地子町（鈴鹿市）　名本名＝垣内温子, 旧姓・旧名＝清水　学四日市高女〔昭和11年〕卒　歴四日市高女に学び、同級に名坂八千子がいた。昭和13年結婚。戦後、尾上柴舟主宰の「抒情派」に参加。25年三田澪人主宰の暦象短歌会に所属、以来最晩年まで「暦象」に拠った。歌集に「歳月」「四季曼陀羅」「半夏生」「拈華微笑」「葩」「サフラン峠」、エッセイ集「三月の風と四月の雨」がある。　賞四日市市文化功労賞〔平成1年〕

土岐 善麿　とき・ぜんまろ　歌人
明治18年（1885年）6月8日 ～ 昭和55年（1980年）4月15日　生東京府浅草区松清町（東京都台東区）　名号＝土岐哀果（とき・あいか）　学早稲田大学英文科〔明治41年〕卒　資日本芸術院会員〔昭和29年〕　歴明治41年読売新聞社に入社。社会部記者、社会部長を歴任後、大正7年朝日新聞社に移り、昭和15年論説委員で定年退職。また、父から作歌の手ほどきを受け、金子薫園選の「新声」歌壇に投稿。薫園が結成した白菊会にも参加した。早大時代は若山牧水らと北斗会を結成。明治43年哀果の号で出した処女歌集「NAKIWARAI（泣き笑い）」はヘボン式ローマ字3行わかち書きの新体裁と社会性の濃い内容で当時の歌壇、特にに石川啄木に衝撃を与え、社会派短歌の先駆的役割を果たした。啄木とは親しく交わり、没後も遺歌集「悲しき玩具」や「啄木遺稿」「啄木全集」刊行に関わるなど、その顕彰に努めた。昭和11年大日本歌人協会創立に参加。22年戦中の研究の成果である「田安宗武」(全4巻)で帝国学士院賞を受賞。24〜36年国語審議会会長、26年東京都立日比谷図書館長を務めた。戦後の歌集に「秋晴」「夏草」「冬凪」「春野」「遠隣集」「歴史の中の生活者」などがある。 賞帝国学士院賞〔昭和22年〕「田安宗武」(全4巻) 家姪＝藤崎美枝子(俳人)

土岐 錬太郎　とき・れんたろう　俳人
大正9年(1920年)10月1日〜昭和52年(1977年)7月14日 生北海道樺戸郡新十津川町 名本名＝金龍慶法 学龍谷大学卒 歴昭和15年頃、大学在学中、俳句を始め、日野草城に師事。「旗艦」に投句。18年「琥珀」(「旗艦」改題)同人。復員後、新十津川村の田満寺僧侶となり、20年草城主宰誌「アカシヤ」を創刊、27年主宰。句集に「秋風帖」「冬木の唄」ほか合同句集「アカシヤの花」など。没後、「アカシヤ俳句同人会」によって、遺句集「北溟抄」が刊行された。賞北海道文化奨励賞〔昭和51年〕

時実 新子　ときざね・しんこ　川柳作家
昭和4年(1929年)1月23日〜平成19年(2007年)3月10日 生岡山県岡山市 名本名＝大野恵美子(おおの・えみこ) 学西大寺高女卒 歴25歳の時に神戸新聞の川柳欄に投句して川柳を始める。昭和38年内面的独白の句集「新子」を自費出版して柳檀にデビュー、評判を呼ぶ。62年の句集「有夫恋」はベストセラーとなり、個人の川柳句集が一般読者に迎えられる先駆けとなった。「月刊川柳大学」主宰。56年姫路市民文化賞、平成7年神戸新聞文化賞、13年神戸市文化賞をそれぞれ受賞。主な著書に「花の結び目」「じんとくる手紙」「時実新子全句集1955-1998」など。各雑誌の川柳投稿欄の選者を務め、広く川柳の普及に力を注いだ。 賞三条東洋樹賞〔昭和51年〕,姫路市民文化賞〔昭和56年〕,神戸新聞社文化賞〔平成7年〕,神戸市文化賞〔平成13年〕 家夫＝曽我六郎(川柳研究家),長女＝安藤まどか(川柳作家)

徳永 夏川女　とくなが・かせんじょ　俳人
明治39年(1906年)4月15日〜昭和39年(1964年)3月8日 生大阪府 名本名＝徳永善枝,旧姓・旧名＝清水 学福岡女子専門学校卒 歴小学生の時宇和島に移る。大塚刀魚、岡田燕子等の滑床会に出席し、結婚後の昭和4年「渋柿」に入門。東洋城の指導を受けた。27年夫山冬子が「渋柿」の編集引受以来その運営に協力。また、東京周辺の女性中心に土筆会を経成、その指導にあたる。句集に「花径」「心月抄」など。 家夫＝徳永山冬子(俳人)

徳永 山冬子　とくなが・さんとうし　俳人
明治40年(1907年)6月1日〜平成10年(1998年)12月7日 生愛媛県 名本名＝徳永智(とくなが・さとし),前号＝木患子,炬火 学日本大学卒 歴昭和4年「渋柿」に入る。初め木患子、次いで炬火と号し、14年上京後山冬子と改める。27〜41年「渋柿」の編集担当。以後代表同人兼課題句選者。52年野村喜舟のあとを受け、主宰。のち最高顧問・編集長。42年俳人協会評議員。句集に「寒暁」「失明の天」など。家妻＝徳永夏川女(俳人)

徳永 寿　とくなが・ひさし　詩人
大正7年(1918年)〜昭和34年(1959年)9月21日 生佐賀県 学佐賀高校中退 歴旧制佐賀高時代、軍事教練反対のスト首謀者として放校処分を受ける。特高警察の監視から逃れるため満州に渡るが、郷愁やみ難く帰国。伯父の努力で小倉造兵廠の職員となり、詩作活動に励む。昭和18年版「日本詩人」には堀口大学らとともに有名詩人の1人として掲載される。21年、「建設詩人」を創刊、書店「兄弟書房」も設立したが、短期間で終刊。23年肺結核で入院し、数年後に退院するが、兄弟書房は縮小され、妻とも離婚した。

徳永 民平　とくなが・みんぺい　詩人
大正14年(1925年)2月20日〜平成24年(2012年)3月28日 出愛媛県松山市 名本名＝徳永弥生(とくなが・やよい) 学松山逓信青年訓練所〔昭和19年〕卒 歴昭和50年社会福祉法人コイノニア協会が運営する児童養護施設・あすなろ学園の園長に就任。詩集に「霧の中で指さす方へ」「死屍十六」「夢の舟唄」などがある。賞愛媛新聞賞〔平成14年〕

徳丸 峻二　とくまる・しゅんじ　俳人
大正12年(1923年)1月2日〜平成24年(2012年)6月23日 生台湾 学台南高工電気工学科卒 歴昭和45年「風土」入会し、石川桂郎に師事。47年同人となり、48〜51年編集に当った。52年「竹間集」同人。

徳本 和子　とくもと・かずこ　詩人
昭和17年(1942年)8月1日〜昭和59年(1984

年）3月23日　生長崎県島原市　学鹿島高〔昭和37年〕卒　歴昭和33年16歳で童話集「つゆ草」発行。40年「翔」同人、45年「鳳文学」同人、49年「わが仲間」同人、55年「れもん」同人、56年「火の鳥」同人、57年「この手」同人。詩集に「夏草」「求羅のように」「星々の湖」がある。

徳山 暁美　とくやま・あけみ　俳人

昭和7年（1932年）11月3日～平成9年（1997年）12月20日　生東京都台東区下谷　歴昭和45年国立伊東温泉病院内の俳句会に入会。48年「あざみ」に入会。52年「暖鳥」に入会、53年同人に。56年「あざみ」同人。句集に「紀の山」。賞暖鳥新人賞（第13回）〔昭和53年〕，あざみ青蘆会賞〔昭和54年〕，暖鳥賞（第27回・34回）〔昭和60年・平成5年〕，あざみ賞〔昭和63年〕

土蔵 培人　とくら・ばいじん　歌人

明治44年（1911年）9月22日～平成12年（2000年）8月15日　生福井県　名本名＝土蔵勇（とくら・いさむ）　歴少年時代より開墾に携わる傍ら作歌。昭和8年「橄欖」入会、吉植庄亮・山下秀之助に師事。21年「原始林」創刊に参加し、29年より選歌担当。一方、42～56年北海道本別町教育委員長を務めた。歌集に「谷地坊主」「幹」「孤峰」がある。　勲勲五等双光旭日章〔昭和62年〕

豊島 年魚　としま・ねんぎょ　俳人

大正11年（1922年）4月21日～平成11年（1999年）3月20日　生東京都　名本名＝豊嶋俊夫　歴昭和14年「大富士」で句作開始。渡辺水巴、古見豆人の指導を受ける。22年「麦」へ参加、中島斌雄に師事。45年より「麦」編集担当、51年から麦発行所を引き受けた。句集「豊島年魚集」「独楽」など。ほかに共著多数。

戸田 和子　とだ・かずこ　俳人

昭和8年（1933年）3月13日～平成21年（2009年）1月3日　生東京都文京区　歴昭和63年「鴫」入会。平成3年鴫新人賞、5年鴫賞を受賞。句集に「もつと遠くへ」がある。　賞鴫新人賞〔平成3年〕，鴫賞〔平成5年〕

戸田 禾年　とだ・かねん　俳人

大正14年（1925年）10月31日～平成13年（2001年）4月23日　生大阪府　名本名＝戸田稔（とだ・みのる）　学旧制中学卒　歴中学時代、校内文芸紙を自ら発行。戦後、芦田秋窓門下、素漁に本格的に手ほどきを受け、昭和24年「俳道」（31年「くらげ」に改題）発刊と同時に入会、地元の山内恭城の指導を受ける。60年同誌同人会長。また、27年「同人」に入会、40年同選者。福井県俳句作家協会幹事を務めた。句集「大阪しぐれ」、俳論集「俳句とは何か」がある。

戸恒 恒男　とつね・つねお　歌人

大正1年（1912年）9月15日～平成1年（1989年）2月22日　生茨城県　歴斎藤慎吾、森田麦秋の「山柿」「潮汐」に10年在社、大野誠夫の「作風」に昭和40年から参加。「双峰」を主宰。歌集「悲風帖」がある。

十時 延子　ととき・のぶこ　詩人

大正2年（1913年）～平成3年（1991年）1月25日　生福岡県山門郡柳河町（柳川市）　名本名＝渡部延子　学東京女学館卒　歴5人きょうだいの長女で、福岡県で生まれる。父は炭鉱に勤務しており、筑豊や福島県常磐などに転居し、小学校の時に東京に定住。東京女学館に学び、河井酔茗主宰の文芸誌「女性時代」に投稿。酔茗に師事した。昭和14年結婚し、15年第一詩集「花季」を出版。17年藤沢市鵠沼に転居。25年夫が亡くなると2児を抱えて働き、一家を支えた。61年第二詩集「草の茎」を刊行。平成元年京都の詩誌「都大路」同人となった。

轟 蘆火　とどろき・ろか　俳人

明治40年（1907年）9月11日～平成7年（1995年）5月10日　生長野県長野市　名本名＝轟綾太　学長野師範専攻科卒　歴小中学校教師を38年間務めて、昭和40年退職。以後、農業に従事。俳句は昭和21年小諸在住中の高浜虚子に手ほどきを受ける。「ホトトギス」「玉藻」「夏爐」「桑海」投句。41年「ホトトギス」同人、「夏爐」同人、「桑海」同人。一時俳人協会に所属したが、62年日本伝統俳句協会会員となり、参与。句集「春燈」がある。　賞信濃俳壇第2回期間賞〔昭和40年〕

利根川 保男　とねがわ・やすお　歌人

明治43年（1910年）4月27日～昭和59年（1984年）12月28日　生東京都　歴昭和11年「アララギ」入会、斎藤茂吉に師事。21年鹿児島寿蔵の「潮汐」に入会、同人、選者。潮汐廃刊後、58年1月より後継誌「求青」の発行人となる。歌集に「冬木立」がある。

殿内 芳樹　とのうち・よしき　詩人
大正3年（1914年）10月21日 ～ 平成5年（1993年）6月23日　生長野県上伊那郡　名本名＝殿内芳文　学東洋大学文学部国文学科〔昭和12年〕卒　歴「時間」の同人として活躍し、昭和25年刊行の「断層」で第1回H氏賞を受賞。他の詩集に「裸鳥」「ラ・マンチアから終点まで」「シジフォスの手帖」「殿内芳樹詩集」や詩劇集「砂の説話」、詩論集「あたらしい詩史」「歌謡史考」などがある。「極」を主宰。　賞H氏賞（第1回）〔昭和26年〕「断層」

殿岡 辰雄　とのおか・たつお　詩人
明治37年（1904年）1月23日 ～ 昭和52年（1977年）12月29日　生高知県高知市　学関西学院英文科卒　歴岐阜県で英語教師を務める傍ら詩作をし「文章倶楽部」に投稿、また「文芸汎論」などに詩作を発表。昭和2年詩集「月光室」を刊行。23年より「詩宴」を創刊・主宰した。また、長く中部日本詩人連盟副委員長を務めた。他の詩集に「緑の左右」「黒い帽子」「異花受胎」などがあり、「毛信」「青春発色」などの小説もある。　賞文芸汎論賞（第8回）〔昭和16年〕「黒い帽子」, 中日詩賞（第5回）〔昭和40年〕「重い虹」

外塚 杜詩浦　とのつか・としお　歌人
明治43年（1910年）2月11日 ～ 昭和57年（1982年）8月15日　生栃木県下都賀郡瑞穂村（栃木市）　名本名＝外塚敏夫　学栃木師範卒　歴昭和4年から11年まで「二荒」同人。12年から27年まで「多磨」に所属。28年「形成」創刊に同人参加。木俣修に師事。歌集に「蒼空樹」「心庭」がある。また、47年より栃木県議を務めた。

殿村 菟絲子　とのむら・としこ　俳人
明治40年（1907年）4月25日 ～ 平成12年（2000年）2月9日　生東京市深川区（東京都江東区）　名本名＝殿村寿（とのむら・とし）　学東京府立第一高女卒　歴昭和13年「馬酔木」入会、26年同人。29年加藤知世子らと女性俳句会を興し、「新女性俳句」を創刊。30年「鶴」同人。37年俳人協会会員。47年1月「万蕾」を創刊し主宰、平成7年解散。句集に「絵硝子」「路傍」「牡丹」「晩緑」「菟絲」、随筆に「季節の雑記」などがある。　賞馬酔木賞〔昭和25年・53年〕, 俳人協会賞（第18回）〔昭和53年〕「晩緑」

鳥羽 とほる　とば・とおる　俳人
大正6年（1917年）12月8日 ～ 平成15年（2003年）5月9日　生長野県松本市　名本名＝鳥羽増人（とば・ますと）　学東京帝国大学医学部〔昭和17年〕卒　歴昭和14年東大ホトトギス会で山口青邨に師事。15年「夏草」入会し、28年同人。同年「子午線」にも入会。60年「草の実」を創刊、青邨死後の平成元年から主宰。句集に「白八ツ岳」、随筆に「中央線」「花野の雨」などがある。医師としては長野県立岡谷病院内科医長、大町市立大町総合病院院長などを歴任した。青邨の研究家としても知られた。　賞夏草功労賞〔昭和43年〕, 夏草賞〔昭和48年〕

土橋 治重　どばし・じじゅう　詩人
明治42年（1909年）4月25日 ～ 平成5年（1993年）6月20日　生山梨県東山梨郡日下部村下井尻（山梨市）　名本名＝土橋治重（どばし・はるしげ）　学サンフランシスコ・リテラリイカレッジ〔昭和5年〕修了　歴大正13年、旧制日川中学3年のとき父親のいるサンフランシスコへ渡る。昭和8年帰国、14年上京して朝日新聞に入社。横須賀、鎌倉、新潟、鎌倉、東京本社と25年間新聞記者生活を送る。鎌倉に赴任の時、鎌倉文士とのつき合いがきっかけで、24年「日本未来派」に詩を発表、詩人としてのスタートを切る。33年現代詩人会副幹事長。36年詩誌「風」を創刊、61年100号を出した。この間、有望な詩人を多く詩壇に送り出した。主な詩集に「花」「異聞詩集」、著書に「武田信玄」「斎藤道三」、詩集「サンフランシスコ日本人町」「甲陽軍艦」など。　賞日本詩人クラブ賞（第25回）〔平成4年〕「根」　家妻＝武村志保（詩人）

戸張 みち子　とばり・みちこ　詩人
大正5年（1916年）5月8日 ～ 平成17年（2005年）1月20日　生東京都　名本名＝戸張利根（とばり・とね）　学高女卒　歴昭和8年より福田正夫に師事。詩誌「焔」「断層」「鳥」「浮標」同人で、「五菜」を創刊。詩集に「曲り角のない道」「春夏秋冬」「雨との対話」「渡る世間」、随筆集に「横丁が好き」「遠之助横丁」などがある。

飛松 実　とびまつ・みのる　歌人
明治40年（1907年）12月24日 ～ 平成15年（2003年）10月24日　生兵庫県　歴大正14年「光短歌会」入会。昭和3年「高嶺」創刊に参加、早川幾忠に師事。歌集に「山斎集」「西須磨」「餘年の齢」、歌文集に「浮船渠」、評伝に「金山平三」など。

とべ・しゅん　詩人
生年不詳～平成15年（2003年）6月25日　[出]神奈川県横浜市　[名]本名＝深野利雄　[歴]庶民の立場から戦争や権力の内部を告発し続けた。詩集に「細菌詩集」「滅亡海峡」などがある。

鳥見 迅彦　とみ・はやひこ　詩人
明治43年（1910年）2月5日～平成2年（1990年）5月25日　[生]神奈川県横浜市戸部　[名]本名＝橋本金太郎　[学]横浜商専〔昭和7年〕卒　[歴]戦前は非合法活動で何度か入獄。新聞社などに勤務する傍ら詩作をし、戦後「歴程」同人となる。昭和30年刊行の処女詩集「けものみち」でH氏賞を受賞。以後「なだれみち」「かくれみち」を刊行。他に編著「山の詩集」「友に贈る山の詩集」などがある。　[賞]H氏賞（第6回）〔昭和31年〕「けものみち」

富岡 掬池路　とみおか・きくちろ　俳人
明治40年（1907年）10月21日～平成5年（1993年）2月21日　[生]東京都　[名]本名＝富岡菊次郎（とみおか・きくじろう）　[学]旧制実業学校卒　[歴]昭和6年水原秋桜子に師事。24年「馬酔木」同人。32～37年仙台在住中東北地方鉱山関係俳句会選者。47～49年「馬酔木」同人会幹事長。句集に「葛衣」。

富岡 犀川　とみおか・さいせん　俳人
明治12年（1879年）9月18日～昭和34年（1959年）10月26日　[生]長野県戸隠　[名]本名＝富岡朝太　[学]長野師範卒，広島高師卒　[歴]滋賀、鹿児島、富山の師範学校教師、青島中学校長を経て昭和3年大阪市視学。俳句は高浜虚子に師事、4年「かつらぎ」創刊に参加、16年から編集を担当。動植物の季題解説「花鳥」、句集「戸隠」、妻砧女との夫婦句集「琴瑟」などがある。専攻が博物学で、世界的な珍草戸隠升麻を発見、大正天皇の東宮時代、台覧に供した。

富沢 赤黄男　とみざわ・かきお　俳人
明治35年（1902年）7月14日～昭和37年（1962年）3月7日　[生]愛媛県西宇和郡川之石村（八幡浜市）　[名]本名＝富沢正三，旧号＝蕉左右　[学]早稲田大学政経学部〔大正15年〕卒　[歴]学生時代から蕉左右の号で作句し、「ホトトギス」「泉」に投句。新興俳句運動の勃興期には「青峰」に拠り、日野草城に兄事。昭和10年草城の「旗艦」創刊に参加、16年第一句集「天の狼」を刊行。戦後は「太陽系」「火山系」を経て、27年「薔薇」を創刊した。33年「俳句評論」創刊同人。他の句集に「蛇の笛」「黙示」などがある。　[家]女婿＝三好正也（経済団体連合会事務総長）

富重 かずま　とみしげ・かずま　俳人
大正9年（1920年）10月27日～平成17年（2005年）12月16日　[生]山口県玖珂郡周東町中山　[名]本名＝冨重計馬　[学]釜山第一公立商〔昭和14年〕卒　[歴]昭和21年中支より復員、郷里の山口県で農業に従事。34年ブラジルに移住、パラナ州各地で写真館、旅館、レストランなどを経営し、56年サンパウロに移転。一方、復員直後から句作を始め、28年「菜殻火」に拠り野見山朱鳥に師事。ブラジル移住後は「木蔭」に拠り佐藤念腹に師事。61年「蜂鳥」を創刊・主宰。平成3年「菜殻火」を退会して「耕」に入会、加藤耕子に師事した。句集に「相聞歌」「蜂鳥」がある。

富田 砕花　とみた・さいか　歌人　詩人
明治23年（1890年）11月15日～昭和59年（1984年）10月17日　[生]岩手県盛岡市　[名]本名＝富田戒治郎（とみた・かいじろう）　[学]日本大学植民学科卒　[歴]明治44年与謝野鉄幹の門下に入り、清新な短歌で歌壇の俊英として注目をあびた。後詩作に移り、戦前の全国中等学校野球大会の行進歌や、全国各地の小、中、高校校歌を多数作詞。米国の詩人ホイットマンを、我が国に紹介した一人でもある。詩集「登高行」「手招く者」「富田砕花全詩集」、歌集「白樺」「悲しき愛」などがある。平成2年生誕100年を記念し、芦屋市より富田砕花賞が創設される。

富田 住子　とみた・すみこ　歌人
明治38年（1905年）3月16日～昭和62年（1987年）4月24日　[生]三重県　[名]本名＝富田住　[学]四日市高等女学校専修科卒　[歴]昭和3年「創作」に入社。35年「女人短歌」に入会。また47年からは「創作」選者となる。歌集に「燔祭」「紫霜天」「冬日輪」がある。

富田 淙子　とみた・そうこ　俳人
昭和2年（1927年）2月27日～平成18年（2006年）10月24日　[生]東京都　[名]本名＝富田弘（とみた・ひろ）　[学]旧制高等家政卒　[歴]昭和22年松原としほの手ほどきを受ける。「多摩」「玉藻」に投句したが、27年頃より中断。37年都庁俳句会に入会。38年「曲水」に入会。43年「麻」創刊号より同人。菊池麻風に師事。　[賞]麻賞

〔昭和51年〕

富田 潮児　とみた・ちょうじ　俳人
明治43年（1910年）8月22日～平成23年（2011年）8月29日　生愛知県名古屋市　名本名＝富田良二（とみた・りょうじ）　学東京府立工芸学校専科中退　歴俳人・富田うしほの長男で、父の手ほどきで俳句を始める。大正8年頃に村上鬼城に師事。昭和3年東京府立工芸学校在学中に病に倒れ、失明した。同年西尾市で「若竹」を創刊、編集発行人となる。52年父の没後、同誌主宰。平成2年名誉主宰。東海俳句作家協会会長も務めた。　家父＝富田うしほ（俳人）

富田 野守　とみた・のもり　俳人
明治35年（1902年）10月11日～昭和47年（1972年）12月5日　生島根県松江市末次本町　名本名＝富田昇　学京都帝国大学経済学部卒　歴大阪市役所勤務の後、松江市に帰り経理士開業。のち島根県商工経済会、同県経営協会などの役職を歴任。俳句は大正6年より「石楠」に投句、のち同誌幹部となり、地方誌「白日」「地帯」等でも活躍。福島小蕾の後を受けて、「地帯」を主宰。遺著に句集「人参方」がある。

冨田 みのる　とみた・みのる　俳人
大正4年（1915年）1月2日～平成24年（2012年）3月10日　生旧朝鮮　出石川県　名本名＝冨田実　学京都繊維専〔昭和11年〕卒　歴昭和12年「石楠」に入会して臼田亜浪に師事。31年「浜」に入会して大野林火、松崎鉄之介に師事。51年「浜」同人。59年「馬越」を創刊・主宰。21年朝鮮から引き揚げ後、25年より今治工で教鞭を執る。48年定年退職して今治明徳短期大学講師。愛媛県俳句協会常任理事などを務めた。句集に「馬越」「雲雀野」「復活祭」などがある。　賞浜同人賞〔平成16年〕

富田 ゆかり　とみた・ゆかり　歌人
明治29年（1896年）12月1日～平成2年（1990年）3月13日　出奈良県　名本名＝富田貞子（とみた・さだこ）　学奈良女子高師卒　歴大正10年に夫婦で渡米。ワシントン州で農園経営の傍ら、本格的な歌の道に入る。太平洋戦争中カリフォルニア州ツールレイク、ワイオミング州ハートマウンテンなど日系人収容所を転々とし、苦しい収容所体験や子供を亡くした悲しみを歌に託した。昭和25年「潮音」に入社。東京で出版された「昭和万葉集」に当時の歌を発表、平成元年のワシントン州百年記念祭でも代表的な日系女性として取り上げられた。シアトル短歌協会会員。

富田 狸通　とみた・りつう　俳人
明治34年（1901年）2月1日～昭和52年（1977年）4月24日　生愛媛県温泉郡川上村（東温市）　名本名＝寺田寿久　学明治大学政治学科〔大正13年〕卒　歴愛国生命保険、伊予鉄道電気に勤務し、昭和31年定年退職。愛媛県道後町議1期。傍ら、大正15年より句作を始め「渋柿」に拠ったが、7年後に離れ、以来無所属。狸の研究家・収集家として知られ、愛申会会長を務めた。著書に「たぬきざんまい」、遺稿集「狸のれん―俳画と句文」などがある。

冨長 蝶如　とみなが・ちょうじょ　漢詩人
明治28年（1895年）9月1日～昭和63年（1988年）12月31日　生岐阜県養老郡養老町　名本名＝冨長覚夢（とみなが・かくむ）　学真宗中卒　歴長願寺住職。同朋大学教授、大谷大学講師を務めた。服部担風に師事、漢学を内藤湖南に学んだ。湘川、藍水、氷心、阜山などの吟社の主盟として詩壇に活躍。著書に「美濃大垣の先賢」、編著に「担風詩集」などがある。　賞岐阜県文化賞〔昭和36年〕　家息子＝冨長覚梁（僧侶・詩人）

富永 眉峰　とみなが・びほう　俳人
明治38年（1905年）1月3日～昭和62年（1987年）9月14日　生徳島県徳島市新南福島　名本名＝富永三喜男（とみなが・みきお）　学徳島師範卒　歴昭和18年菅原佑音の手ほどきを受ける。のち今枝蝶人に師事、「航標」同人となる。句集に「細流」「河海」。

富永 貢　とみなが・みつぎ　歌人
明治36年（1903年）4月28日～平成7年（1995年）7月14日　生滋賀県　学京都帝国大学医学部卒　歴高知日赤外科医長、東京造幣局病院長を務めた。歌は八高在学中に増田八風、石井直三郎に師事、昭和3年「詩歌」、13～20年「立春」に参加。22年鹿児島寿蔵の「潮汐」に参加、主要同人となる。57年「北斗」を創刊・主宰。歌集に「遠雷」「春の潮」「山の砂」「湖山石」など。　賞木下利玄賞（第6回）〔昭和19年〕，短歌研究賞（第5回）〔昭和42年〕「沼の葦むら」

富小路 禎子　とみのこうじ・よしこ　歌人
大正15年（1926年）8月1日～平成14年（2002年）1月2日　生東京都　学女子学習院高等科

〔昭和21年〕卒 歴華族の家に生まれ、在学中に学科として尾上柴舟の指導を受け、昭和20年植松寿樹に師事。翌年の「沃野」創刊に参加、のち編集委員・選者。この間、青年歌人会議等に参加。戦後の混乱のなかで苦難と孤独の青春を詠嘆した歌で知られた。歌集「未明のしらべ」「白暁」「透明界」「柘榴の宿」「花をうつ雷」「泥眼」「不穏の華」など。平成13年評伝「富小路禎子」(高橋順子著)が出版され、話題となった。賞沃野賞〔昭和29年〕, 新歌人会作品賞〔昭和30年〕, 日本歌人クラブ推薦歌集(第17回)〔昭和46年〕「白暁」, 短歌研究賞(第28回)〔平成4年〕「泥眼」, 迢空賞(第31回)〔平成9年〕「不穏の華」 家父＝富小路敬直(子爵)

富松 良夫　とみまつ・よしお　詩人
明治36年(1903年)3月6日～昭和29年(1954年)11月9日 生宮崎県都城市姫城町 歴6歳の時、脊髄病にかかり、身体が不自由に。大正6年小学校を卒業。以来独学で文芸を学び、訳詩、文学論、画家論、宗教論などを書き、終世詩作を続けた。8年キリスト教に入信。14年坂元彦太郎らと文芸誌「盆地」を出す。昭和4年詩誌「白」、翌5年処女詩集「寂しき候鳥」を上梓。24年自選詩集「微かなる花譜」、没後の33年には代表作集「黙示」が刊行されている。「竜舌蘭」創刊時からの同人。音楽を好み、フランス語にも通じ、清澄で象徴的な詩風で"南の宮沢賢治"ともいわれる。周囲に集まる青年たちに強い影響を与えながら、晩年には図書館協議会委員なども務めた。

冨谷 春雷　とみや・しゅんらい　俳人
大正3年(1914年)11月10日～昭和57年(1982年)12月15日 生岡山県新見市 名本名＝冨谷理雄(とみや・ただお) 学平壌師範卒 歴昭和11年竹野静幹の手ほどきを受ける。24年「曲水」会員。28年「壁」同人、33年「風」会員、46年「風」同人。句集に「蔦の細道」、著書に「私の静岡歳時記」「一教師の記録」。 賞壁賞〔昭和32年〕

富安 風生　とみやす・ふうせい　俳人
明治18年(1885年)4月16日～昭和54年(1979年)2月22日 生愛知県八名郡金沢村(一宮市) 名本名＝富安謙次 学東京帝国大学法科大学独法科〔明治43年〕卒 資日本芸術院会員〔昭和49年〕 歴逓信省に入って、大正7年福岡為替貯金支局長時代に俳句を知り、9年「ホトトギス」に初入選する。11年「土上」に参加し、また東大俳句会に参加などして、昭和3年「若葉」主宰。4年「ホトトギス」同人。8年第一句集「草の花」を刊行。12年「十三夜」を刊行し、逓信次官を最後に官界を退職。17年日本文学報国会俳句部幹事長。戦後は25年から1年間、電波監理委員会委員長に就任した。他の句集に「松籟」「村住」「古稀春風」「喜寿以後」「傘寿以後」「米寿前」「年の花」「季題別富安風生全句集」などがあり、随筆集に「艸魚集」「淡水魚」「野菊晴」などがある。45年日本芸術院賞を受賞した。「富安風生集」(全10巻, 講談社)がある。 賞日本芸術院賞〔昭和45年〕 家甥＝県多須良(俳人)

冨山 俊雄　とみやま・としお　俳人
大正13年(1924年)12月15日～平成23年(2011年)8月23日 生三重県 学鉄道教習所卒 歴昭和24年から「芦笛」「東虹」に投句。27年「青玄」入会、同人となるも日野草城没後は次第に句作を絶つ。49年「春燈」に入会し、安住敦に師事した。句集に「山居抄」がある。印刷業を自営した。 賞春燈賞〔昭和52年〕

友竹 辰　ともたけ・たつ　詩人
昭和6年(1931年)10月9日～平成5年(1993年)3月23日 生広島県福山市 名本名＝友竹正則(ともたけ・まさのり) 学国立音楽大学声楽科〔昭和29年〕卒 歴昭和30年「カルメン」のモラレスでオペラ界にデビュー。以来、オペレッタ、商業演劇、放送の世界などで幅広く活躍。友竹辰の筆名で詩人としても活動、グループ「櫂」に参加。「友竹辰詩集」「声の歌」などの詩集を出版。また、54～57年フジテレビ「くいしん坊! 万才」のリポーターを務めるなど、料理番組にも出演した。主著に「オトコの料理」「いい味いい旅あまたたび」など。 賞日本童謡賞特別賞〔平成4年〕

友常 玲泉子　ともつね・れいせんし　俳人
明治38年(1905年)～平成13年(2001年)2月7日 生茨城県 名本名＝友常耕 学高小卒 歴茨城県岩瀬町議2期、教育委員を6期務めた。一方、昭和30年「いづみ」「草茎」を経て、「河」同人。49年俳句道場開設。

伴野 渓水　ともの・けいすい　俳人
明治29年(1896年)5月9日～平成2年(1990年)12月1日 生東京都新宿区市谷加賀町 名本名＝伴野清(ともの・きよし) 学東京帝国大学法学部卒 歴大蔵省に入り、中支那振興副総裁、華北塩業整理人を歴任。昭和32年「街騒」主幹小笠原樹々より俳句及び連句の指導を受ける。同誌廃刊後、「渋柿」入会。50年「連句研究」創刊同人。

伴野 龍　ともの・たつ　俳人

明治37年（1904年）1月9日 ～ 昭和61年（1986年）6月8日　生愛知県東海市架屋町柿畑　学愛知県立工業学校色染料科卒　歴染色技術を生かし、名古屋染織、満蒙毛織、日本ハイモなどに勤めた。俳人としても初めは名古屋句会、「海紅」で活躍。のち「碧雲」編集同人を経て、戦後は「新俳句」「青い地球」などの同人。

外山 卯三郎　とやま・うさぶろう　詩人

明治36年（1903年）1月25日 ～ 昭和55年（1980年）3月21日　生和歌山県日高郡南部　学北海道帝国大学予科卒, 京都帝国大学文学部美学美術史学科〔昭和3年〕卒　歴在学中から詩壇で活躍、詩論も発表。「詩と詩論」同人。昭和4年芸術研究会を結成、季刊誌「芸術学研究」を発行。美術評論活動をつづけ、13年美術工芸学院院長、21年造形美術協会理事長となる。傍ら、28年女子美術大学講師、41年武蔵野音楽大学講師、44～46年同教授を歴任。著書に「詩の形態学的研究」「情念詩集」「詩学概論」「純粋詩歌論」、「ヤミ族の原始芸術」「徳川時代の洋風美術」（全3巻）「原始芸術論」「原始キリスト教の美術」「日本洋画史」（全4巻）、「ヨネ・ノグチ研究」（全2巻, 編書）などがある。　家岳父＝野口半次郎（詩人）

豊田 君仙子　とよだ・くんせんし　俳人

明治27年（1894年）1月20日 ～ 昭和47年（1972年）10月29日　生福島県　学福島師範卒　歴教員生活ののち教育委員長を務めた。渡辺水巴門に入り「曲水」同人。ほかに「警世」「ホトトギス」にも関った。また、福島民友新聞俳壇選者として活躍。句集に「柚の花」がある。

豊田 清史　とよた・せいし　歌人

大正10年（1921年）11月10日～平成23年（2011年）11月24日　生広島県神石郡神石町（神石高原町）　学広島文理科大学国体学科〔昭和19年〕卒　歴昭和23年広島県庁文化課主事。傍ら、梶山季之らと「広島文学」を編集。また、広島県歌人協会を結成、幹事長、副会長を務める。29年被爆者220名の合同原爆歌集「広島」を刊行。33年広島市の児童や生徒会を指導して平和公園に「原爆の子の像」を建立、千羽鶴運動を起こした。同年11月短歌と評論誌「火幻」を創刊。55年県庁を退職。平成2年渡辺直己の会代表理事に就任。会報の発行、全集刊行、記念館設立などに取り組んだ。著書に「原水爆秀歌」「姫谷」「原水爆文献誌」「はばたけ千羽鶴」「広島の遺書」「知られざる井伏鱒二」、歌集「火の幻」「炎の証」「心眼」「生霊」「幽魂」などがある。　賞日本歌人クラブ推薦歌集（第1回）〔昭和30年〕「広島」, 下中科学賞〔昭和41年〕「姫谷」, 広島県歌人会賞〔昭和53年〕「心眼」, サンケイ児童出版文化賞〔昭和56年〕「はばたけ千羽鶴」, 広島文化賞〔昭和57年〕「広島県短歌史」, 広島市文化功労賞〔昭和60年〕「反核秀歌百絶」

豊田 村雀　とよだ・そんじゃく　俳人

明治37年（1904年）6月4日 ～ 昭和61年（1986年）1月24日　生東京都板橋区板橋　名本名＝豊田勇（とよだ・いさむ）　学慶応義塾大学卒　歴大正・昭和にかけて10年程作句。昭和22年吉田冬葉に師事、26年「獺祭」同人。46年「嵯峨野」参加、同人。「年の花」講師、板橋俳句連盟会長も務めた。句集に「玄関」（58年）がある。

豊田 次雄　とよた・つぎお　俳人

明治37年（1904年）10月5日 ～ 昭和56年（1981年）12月20日　出三重県　歴昭和21年より幼児向け月刊絵本「ひかりのくに」の創刊編集長を務め、41年退任。傍ら、童話作家として活躍。その後、俳人として南大阪を中心に「銀泥俳句社」を主宰した。

豊田 都峰　とよだ・とほう　俳人

昭和6年（1931年）1月13日 ～ 平成27年（2015年）7月25日　生京都府　名本名＝豊田充男（とよだ・あつお）　学立命館大学文学部〔昭和27年〕卒　歴昭和23年「京鹿子」に入会、鈴鹿野風呂、丸山海道に師事。48年同誌編集長、平成5年副主宰を経て、11年より主宰。同年より京都新聞「京都文芸」欄で俳壇選者を務めた。句集「野の唄」「川の唄」「山の唄」「木の唄」「雲の唄」「土の唄」「水の唄」や、著書「芭蕉京近江を往く」などがある。　賞京鹿子大作賞, 春嶺賞, 評論賞「素逝ノート」

豊田 まこと　とよだ・まこと　俳人

大正3年（1914年）2月3日～昭和61年（1986年）5月10日　生和歌山県　名本名＝豊田誠（とよだ・まこと）　学京都大学医学部卒　歴昭和9年「馬酔木」投句、水原秋桜子、桂樟蹊子に師事。28年「霜林」、53年「馬酔木」同人。和歌山馬酔木俳句会あさも句会指導。

豊永 ひさゑ　とよなが・ひさえ　俳人
明治44年(1911年)10月24日～平成12年(2000年)1月4日　生兵庫県　学神戸市立第一高女卒　歴昭和39年「馬酔木」、「風雪」に投句、原柯城に指導を受ける。52年「風雪」同人。　賞風雪賞〔昭和52年〕

豊増 幸子　とよます・ゆきこ　歌人
大正4年(1915年)8月4日～平成17年(2005年)5月27日　生兵庫県明石市　学明石高女卒　歴40歳を過ぎて、婦人会や文学活動を始める。「城」を経て、「水甕」「麦の芽」同人。のち「麦の芽」主宰、佐賀県歌人協会会長。歌集に「青い封筒」、著書に「佐賀の冠婚葬祭」「肥前おんな風土記」など。　賞佐賀県芸術文化賞，佐賀市文化功労賞

豊山 千蔭　とよやま・ちかげ　俳人
大正3年(1914年)3月19日～平成15年(2003年)12月22日　生福岡県柏屋郡箱崎町　学北海道帝国大学農学部林学科卒　歴外地に就職し、昭和20年インド洋のアンダマン島で終戦を迎える。引き揚げ後は本籍地の八戸に住み、南部藩の祈禱寺住職であった先祖からの山林、田畑を守って林業に従事。八戸市森林組合長、青森県林業改良普及協会副会長などを歴任。一方、岳父の島守静翠居に俳句の手ほどきを受け、26年「寒雷」に入会して加藤楸邨に師事。35年同人。42年「氷結音」で現代俳句協会賞を受賞。「海程」「暖鳥」にも所属。40代から目を患い、57年完全に失明。以後は盲人図書館への点字句集寄贈など、福祉活動にも力を注いだ。他の句集に「蟹の鋏」「唐辛子真赤」「風化の観音」「心空なり」。　勲勲五等瑞宝章〔昭和60年〕　賞現代俳句協会賞〔昭和42年〕，青森県文化賞〔昭和56年〕，青森県褒賞〔昭和58年〕　家岳父＝島守静翠居(俳人)

鳥居 雨路子　とりい・うろし　俳人
大正7年(1918年)6月7日～平成16年(2004年)9月6日　生東京都　名本名＝鳥居直(とりい・つよし)　学旧制商業卒　歴昭和15年「馬酔木」に投句、木津柳芽、中村金鈴の手ほどきを受ける。17年より「鶴」会員となり、石田波郷、石塚友二の指導を受けた。29年「鶴」同人。

鳥居 おさむ　とりい・おさむ　俳人
大正15年(1926年)5月19日～平成16年(2004年)12月18日　生東京都　名本名＝鳥居脩　学東京大学経済学部卒　歴昭和34年「河」に投句、角川源義に師事するが、50年師の死去により51年より進藤一考に師事。54年新藤の「人」創刊に参加、編集長や同人会副会長を歴任。平成4年「ろんど」を創刊・主宰。句集に「体内時計」「草清水」「なみなみと」「風のかたち」がある。　賞人賞〔昭和54年〕

鳥海 昭子　とりのうみ・あきこ　歌人
昭和4年(1929年)4月6日～平成17年(2005年)10月9日　生山形県　名本名＝中込昭子(なかごめ・あきこ)　学国学院大学文学部卒　歴小学校卒業後、地元の村役場で働く。敗戦後上京して花火工場、朝鮮人小学校、ガリバン屋、消防署のホース修理、時計工場など、さまざまな職業に携わりながら、高校、大学を卒業。昭和40年より保母として養護施設へ勤務。60年歌集「花いちもんめ」で現代歌人協会賞受賞。他に「花かんむりの子どもたち」「種をにぎる子供たち」がある。短歌誌「黄雞」「短詩形文学」所属。　賞現代歌人協会賞(第29回)〔昭和60年〕「花いちもんめ」

飛田 辛子　とんだ・からし　川柳作家
生年不詳～平成11年(1999年)11月21日　出香川県坂出市　名本名＝飛谷俊雄　歴戦後、川柳社「案山子川柳社」の顧問につき、月刊誌「川柳案山子」を復刊させた。昭和55年から朝日新聞香川版「柳壇」の選者を務めた。また、昭和26年ハンセン病患者の療養施設・大島青松園の人たちの川柳や詩を取りあげた文芸誌「大島の冬」を自費出版した。

ドンパック
⇒山田 秀人(やまだ・ひでと)を見よ

【な】

内藤 鋠策　ないとう・しんさく　歌人　詩人
明治21年(1888年)8月24日～昭和32年(1957年)1月4日　生新潟県古志郡長岡上田町(長岡市)　名別名＝晨露，晨朔　歴高等小学校卒業後、母校の代用教員となる。7、8歳で作歌を始

め、17歳で上京。夕暮・牧水らと白日社を結成。大正元年「抒情詩」創刊。歌集に「旅愁」「世界地図」「武蔵埜頌」(未刊)。著書多数。

内藤 吐天　ないとう・とてん　俳人
明治33年(1900年)2月5日～昭和51年(1976年)5月12日　生岐阜県大垣市　名本名＝内藤多喜夫(ないとう・たきお),別号＝萱雨亭　学東京帝国大学薬学科〔大正13年〕卒　歴朝比奈泰彦門下。東京薬専教授、鳴海薬専校長、名古屋市立大学薬学部教授、同薬学部長を経て、名城大学薬学部教授。一方俳句を志田素琴、のち大須賀乙字に師事、詩を日夏耿之介、堀口大学に学んだ。「草上」を経て素琴主宰の「東炎」同人、昭和21年「早蕨」を創刊・主宰した。句集に「落葉松」「早蕨」「鳴海抄」「点心」「臘八」、著書に「古俳句評釈」などがある。

内藤 まさを　ないとう・まさお　俳人
明治34年(1901年)4月5日～平成8年(1996年)3月12日　生石川県羽咋郡富来町　名本名＝内藤正雄　学早稲田大学高師部英語科卒　歴四日市商業高などで教鞭を執る傍ら、昭和15年「鹿火屋」系俳人・伊藤真葛につく。23年「三重俳句」創刊・主宰。30年日野草城の門に入り「青玄」同人、31年退会。現代俳句協会員を経て、56年俳人協会入会。句集に「冬紅葉」「春雪嶺」「沼」「青山河」など。

直井 烏生　なおい・うせい　俳人
明治45年(1912年)3月21日～平成10年(1998年)3月5日　生東京都新宿区　名本名＝直井正武　学国士舘商卒　歴京王帝都電鉄、京王観光を経て、京王百貨店勤務。俳句は、昭和14年より鈴木花蓑の手ほどきを受ける。30年「かまつか」入会、金子麒麟草に師事。編集長を経て、50年「かまつか」を主宰した。句集に「湖の心音」「紅欅」。他にシンガポール攻略戦・パラオ島防衛戦の戦記「戦魂」がある。　賞かまつか新人賞,かまつか同人賞,かまつか賞〔昭和40年〕

直江 武骨　なおえ・ぶこつ　川柳作家
明治32年(1899年)4月13日～昭和57年(1982年)6月30日　出北海道小樽市　名本名＝直江清次　歴北海道川柳界の草分けとして半世紀以上にわたって活躍。昭和23年川柳粉雪吟社(のち小樽川柳社)創立同人となり、のち主幹を継承。月刊機関誌「こなゆき」は通算300号に達した。句集「歩み」がある。　賞小樽市教育文化功労賞〔昭和49年〕,北海道文化団体協議会賞

猶野 耕一郎　なおの・こういちろう　歌人
大正3年(1914年)11月8日～平成20年(2008年)12月1日　生鹿児島県鹿児島市平之町　学七高造士館卒,東京大学文学部英文学科卒　歴昭和22～24年米軍軍政部文書課翻訳室主任を経て、ラ・サール学園の創設に携わり、英語教師を務めた。「アララギ」の土屋文明に師事し、24年「鹿児島アララギ」の創刊に携わった。歌集に「石榴」「くろがねもち」などがある。　賞南日本文化賞〔昭和61年〕

中 火臣　なか・かしん　俳人
大正1年(1912年)8月23日～平成9年(1997年)10月8日　生東京市芝区(東京都港区)　名本名＝中正雄(なか・まさお)　学明治大学政経学部卒　歴毎日新聞論説委員を経て、昭和42年定年退職し著述業。俳句は、17年「若葉」、45年「春嶺」入会。のち両誌同人。句集に「色種」「市井」。　賞若葉賞(第17回)〔昭和45年〕

中 寒二　なか・かんじ　詩人
昭和5年(1930年)9月30日～平成15年(2003年)11月16日　生青森県八戸市　名本名＝中村福治(なかむら・ふくじ)　歴詩誌「表現派」主宰、「木々」同人。詩集に「あこがれ」「対話の要素」「発生」「南方巡礼」「のろまな牛」など。ほかに詩論集「海を見に行く」「表現の行為」がある。　賞晩翠賞(第12回)〔昭和46年〕「尻取遊び」

中 勘助　なか・かんすけ　詩人
明治18年(1885年)5月22日～昭和40年(1965年)5月3日　生東京府神田区東松下町(東京都千代田区)　学一高卒,東京帝国大学文科大学国文科〔明治42年〕卒　歴一高を経て、東京帝国大学英文科に入学するが、2年の時に国文科に転じ、夏目漱石の教えを受け、以後師事する。大正元年「夢の日記」で文筆生活に入り、2年漱石の推薦で自らの幼少年期を描いた小説「銀の匙」が「東京朝日新聞」に連載され、認められる。10年「提婆達多」、11年「犬」を発表。以後は主に随筆や詩を書いた。文壇とは一線を画し、生涯孤高を保った。他の作品に、童話集「鳥の物語」、詩集「琅玕」「飛鳥」、随筆「しづかな流」「街路樹」「蜜蜂」「余生」などがある。昭和40年「中勘助全集」の完結と長年にわたる業績により朝日文化賞を受賞した。

賞朝日文化賞（昭和39年度）〔昭和40年〕「中勘助全集」

奈加 敬三　なか・けいぞう　詩人
明治35年（1902年）7月15日～昭和58年（1983年）9月6日　生大阪府東大阪市今米　名本名＝中敬三　学早稲田大学文学部英文学科卒　歴主に「中央文学」に投稿。大学卒業後は、旧制中学の教師の傍ら、大正13年天野康夫らと「近代詩文」を創刊。また「新詩人」「詩集」「日本詩壇」「詩界」などに詩を投稿。詩集に「月光と人魚」「家族」、編著に「天野康夫詩集」がある。

中 拓夫　なか・たくお　俳人
昭和5年（1930年）1月29日～平成20年（2008年）5月8日　生神奈川県小田原市石橋　名本名＝中村勝四郎（なかむら・かつしろう）　学早稲田大学教育学部国語国文科卒　歴在学中、早大俳句研究会に入り作句、「鶴」「寒雷」に投句。専攻は芭蕉俳諧。卒業後は「寒雷」に入会、加藤楸邨に師事。昭和46年第3回寒雷集賞受賞。45年森澄雄主宰「杉」創刊とともに参加。「寒雷」「杉」同人。「西北の森」会員。神奈川学園高校国語教師。句集に「愛鷹」「浦波」、著書に「俳句の本」「名句鑑賞事典」（以上共著）「楸邨俳句365日」（分担執筆）などがある。　賞寒雷集賞（第3回）〔昭和46年〕

那珂 太郎　なか・たろう　詩人
大正11年（1922年）1月23日～平成26年（2014年）6月1日　生福岡県福岡市博多区麴屋町　名本名＝福田正次郎（ふくだ・しょうじろう），俳号＝黙魚　学福岡高卒，東京帝国大学文学部国文科〔昭和18年〕卒　資日本芸術院会員（詩歌）〔平成6年〕　歴福岡高校3年の時、処女短編「らららん」を発表。昭和14年矢山哲治、阿川弘之、島尾敏雄、真鍋呉夫らと同人誌「こおろ」（のち「こをろ」と改称）を創刊。戦争中は海軍兵学校の国語科教官となる。戦後上京、都立豊島高校、新宿高校教諭を務める傍ら詩作を行う。48年玉川大学教授に就任。萩原朔太郎研究の第一人者。「歴程」同人。詩集「ETUDES」「音楽」「はかた」「空我山房日乗 其他」「定本 那珂太郎詩集」「幽明過客抄」「鎮魂歌」、評論「萩原朔太郎その他」「詩のことば」「萩原朔太郎詩私解」、随筆集「鬱の音楽」「はかた幻像」「時の庭」「木洩れ日抄」などがある。　勲紫綬褒章〔昭和62年〕，勲三等瑞宝章〔平成7年〕　賞芸術選奨文部大臣賞（第36回）〔昭和60年〕「空我山房日乗 其他」，日本芸術院賞・恩賜賞（第50回，平成5年度）〔平成6年〕，室生犀星詩人賞（第5回）〔昭和40年〕「音楽」，読売文学賞（詩歌・俳句部門，第17回）〔昭和40年〕「音楽」，現代詩人賞（第9回）〔平成3年〕「幽明過客抄」，藤村記念歴程賞（第33回）〔平成7年〕「鎮魂歌」　家祖父＝藤井孫次郎（新聞人）

中井 克比古　なかい・かつひこ　歌人
明治35年（1902年）4月21日～昭和53年（1978年）3月31日　生東京都　名本名＝中井半三郎　学慶応義塾大学中退　歴北原白秋、斎藤茂吉らに師事し、河野慎吾主宰の「秦皮」に参加。昭和14年「東襴李子」を、21年「余情」を創刊した。歌集に15年刊の「遅日」がある。

長井 通保　ながい・つうほ　俳人
昭和11年（1936年）2月11日～平成22年（2010年）11月18日　生愛媛県　名本名＝長井通保（ながい・みちやす）　歴昭和28年中村草田男の「萬緑」に入門。43年角川源義を知り、一誌友として「河」に参加。のち同人。54年進藤一考の「人」が創刊され同人。高井北杜の「ひまわり」客員。　賞ひまわり賞〔昭和55年〕，人賞〔昭和56年〕

永井 東門居　ながい・とうもんきょ　俳人
明治37年（1904年）5月20日～平成2年（1990年）10月12日　生東京市神田区猿楽町（東京都千代田区）　名本名＝永井龍男（ながい・たつお）　学一ツ橋高小〔大正8年〕卒　資日本芸術院会員〔昭和43年〕　歴大正8年高等小学校を卒業して米穀取引所仲買店へ奉公に出たが、病弱なため3ケ月で退職し、文学に親しむ。9年文芸誌「サンエス」に短編「活版屋の話」が当選、12年短編「黒い御飯」で菊池寛に認められ、小林秀雄と親交を結ぶ。昭和2年文芸春秋社に入社。7年「オール読物」編集長。10年「文芸春秋」に芥川賞・直木賞制定宣言が掲載されると銓衡の下準備から事務一切を担当。後年には直木賞・芥川賞両賞の銓衡委員を務め、「回想の芥川・直木賞」をまとめた。20年文芸春秋社専務。21年同社解散により社を離れ、22年公職追放に遭い文筆活動に専念。23年追放解除により日比谷出版社社長となったが、25年解散。小説家としては格調高い文章で短編の名手と名高く、43年日本芸術院会員、48年文化功労者に選ばれ、56年文化勲章を受章。また、文壇句会やいとう句会などを中心に句作を続け、特に日常生活を題材とする秀句が多い。9年より神奈川県鎌倉で暮らし“鎌倉文士”の一人に数えられ、鎌倉文学館館長も務めた。著書に「朝霧」「一個その他」「カレンダーの余白」「石版東京図絵」「わが切抜帖より」「コチャバンバ行き」などがある。 勲勲二等瑞宝章〔昭和49年〕，文化勲章〔昭和56年〕 賞日本芸術院賞〔昭和40年〕「一個その他」，文化功労者〔昭和48年〕，菊池寛賞（第20回）〔昭和47年〕

長井 貝泡　ながい・ばいほう　俳人
大正5年（1916年）12月4日～平成7年（1995年）9月18日 生和歌山県 名本名＝長井辰二 学関西大学商学部卒・同哲学中修了 歴昭和15年「ホトトギス」入門。29年阿波野青畝に師事、36年「かつらぎ」同人。40年俳人協会入会、俳人協会関西支部常任委員も務めた。平成5年「花林檎」創刊に参加。句集に「土用波」。

中井 英夫　なかい・ひでお　編集者
大正11年（1922年）9月17日～平成5年（1993年）12月10日 生東京府北豊島郡滝野川町田端（東京都北区） 名別名＝塔晶夫（とう・あきお） 学東京大学文学部言語学科〔昭和24年〕中退 歴昭和24年日本短歌社に入り、雑誌「短歌研究」「日本短歌」編集長を務める。在任中、短歌研究新人賞から中城ふみ子、寺山修司らを発掘した他、塚本邦雄、葛原妙子らを世に送り出した。31年角川書店「短歌」編集長に転じ、ここでも春日井建や浜田到らを発掘、歌壇の名伯楽と評される。36年退社。39年塔晶夫の筆名で発表した推理小説「虚無への供物」で耽美的な幻想文学者としてのスタイルを確立、本格的に文筆の世界に移行した。他の代表作に「幻想博物館」「悪夢の骨牌」「人外境通信」「真珠母の匣」からなる「とらんぷ譚」、連作長編「人形たちの夜」、短編集「見知らぬ旗」「黒鳥の囁き」「薔薇への供物」など、評論・エッセイ集に「黒衣の短歌史」「月蝕領宣言」などがある。幻想性とロマンチシズムを兼ね備えた、不思議で妖美な作品群を多く発表した。 賞泉鏡花文学賞（第2回）〔昭和49年〕「悪夢の骨牌」 家父＝中井猛之進（植物学者）

永井 博文　ながい・ひろゆき　俳人
大正5年（1916年）4月20日～平成21年（2009年）1月9日 生岐阜県 名本名＝永井博文（ながい・ひろふみ） 学旧制中学卒 歴昭和13年従軍中より作句。28年「枯野」「焚火」に所属したが、48年主宰死去により離脱。34年「曲水」所属、同人。 賞焚火賞（3回）

永井 ふさ子　ながい・ふさこ　歌人
明治42年（1909年）9月3日～平成5年（1993年）6月8日 生愛媛県松山市 歴昭和9年斎藤茂吉に入門、「アララギ」会員となる。茂吉歌集「暁紅」の中にある歌のヒロインともいうべき人で、没後の平成5年11月、当時の恋の思いを詠んだ歌集「あんずの花」が刊行された。7年茂吉に宛てた手紙が発見される。

中井 正義　なかい・まさよし　歌人
大正15年（1926年）5月19日～平成17年（2005年）2月28日 生三重県津市 学陸士（第60期）卒，三重農専〔昭和21年〕卒 歴教員生活の傍ら作歌。昭和62年三重県楠小学校校長を最後に退職してからは、農業に従事。一方、23年「国民文学」に入会し、松村英一に師事。また37年より短歌同人誌「文宴」を主宰。著書に歌集「麦の歴史」「陌上塵」「白塚村」「春の草」「伊勢平野」、評論集「戦後農民文学論」「三重・歌の旅」「現代短歌論考」「梅崎春生論」「大岡昇平ノート」「素逝秀句」「短歌と小説の周辺」がある。 賞三重県文化奨励賞（昭和47年度）

長井 盛之　ながい・もりゆき　詩人
明治38年（1905年）5月19日～平成9年（1997年）1月17日 出福岡県嘉穂郡筑穂町 学福岡師範専攻科〔昭和7年〕卒 歴福岡教育大学附属小学校教諭、福岡市社会教育課長などの傍ら、自由律の詩文の創作に取り組み、昭和25年から「日本短詩派」を創設。詩集に「風にあたえる」などがある。 賞福岡市民文化活動功労賞〔平成6年〕

永井 陽子　ながい・ようこ　歌人
昭和26年（1951年）4月11日～平成12年（2000年）1月26日 生愛知県瀬戸市 学愛知県立女子短期大学国文科卒，東洋大学卒 歴愛知県立芸術大音楽学部、県立愛知図書館、愛知県立女子短期大学勤務を経て、愛知文教女子短期大学助教授。昭和44年「短歌人」に入会、編集委員を務めた。50年より同人誌「詩線」発行。歌集に「葦牙」「なよたけ拾遺」「樟の木のうた」「ふしぎな楽器」「モーツァルトの電話帳」「てまり唄」など。 賞現代歌人集会賞（第4回）「なよたけ拾遺」，短歌人新人賞，河野愛子賞（第6回）〔平成8年〕「てまり唄」

永井 叔　ながい・よし　詩人
明治29年（1896年）～昭和51年（1976年）11月30日 生愛媛県松山市 歴関西学院、青山学

院、同志社大神学部など転々とするうちに、マンドリンを弾きながら詩をよむ全国行脚を思い立つ。昭和初め、東京の裏町をさまよう“大空詩人”と呼ばれた。昭和40年自伝「或るヒョンな児の記録」を発表。49年持病の神経痛と行脚の過労が重なって倒れ、以降、入退院をくり返しながらも、街頭や療養所などを回って慰問していた。

永井 由清　ながい・よしきよ　俳人
大正13年(1924年)6月1日～平成14年(2002年)11月15日　出京都府　学研数国漢科修了　歴昭和29年から俳誌「七曜」を主宰、発行。朝日新聞埼玉版の埼玉文化俳壇の選者を40年ほど担当、平成元年～2年埼玉県俳句連盟会長を務めた。また、狭山市の特別養護老人ホーム・さやま苑の役員兼施設長を14年まで務めるなど福祉にも尽力した。

永石 三男　ながいし・みつお　歌人
明治37年(1904年)10月15日～昭和33年(1958年)11月29日　生佐賀県　学熊本逓信講習所卒, 日本大学専門部美術科中退　歴大正元年佐世保に移住。北原白秋に傾倒し、「とねりこ」などを経て、昭和10年白秋の「多磨」創刊に参加。13年改造社から刊行された「新万葉集」に短歌27首が収録される。28年には「形成」に参加。また17年には白秋の死をみとった。歌集に32年刊の「低い天井」がある。

永海 兼人　ながうみ・かねと　俳人
明治32年(1899年)2月～昭和57年(1982年)10月11日　生島根県隠岐島　名旧姓・旧名＝忌部　学九州帝国大学医学部卒　歴島根県隠岐島の水若酢神社宮司の家に生まれ、13歳で永海家を継ぐ。九州帝国大学卒業後、三井鉱業所病院に勤め、内科部長を務めた。昭和13年福岡市に診療所を開業。一方、7年より「天の川」に入会して吉岡禅寺洞に師事。29年同誌復刊に伴い発行編集人。37年禅寺洞死去により同誌が廃刊すると継承誌として「あまのがわ」を創刊・主宰した。43年から4年間、口語俳句協会幹事長。句集に「夜明け」がある。

長江 道太郎　ながえ・みちたろう　詩人
明治38年(1905年)10月7日～昭和59年(1984年)12月12日　生福井県福井市　学京都帝国大学国文科〔昭和6年〕卒　歴松竹京都撮影所、東和映画などに勤務し、昭和25年から41年まで映倫審査委員を務めた。一方、「近代風景」「改造」「詩と詩論」「河畔」などに詩を発表し、のち「歴程」同人。詩集に「舗道」、評論集に「映画・表現・形成」など。

長尾 和男　ながお・かずお　詩人
明治35年(1902年)8月3日～昭和57年(1982年)8月17日　生岐阜県美濃加茂市　学東洋大学文学部〔昭和2年〕卒　歴金城学院大学講師を経て、大阪経済法科大学教授に就任。また大正6年頃から詩作を始め、昭和21年「SATYA」を創刊。詩集に「異端者之詩」「隠沼」「半人植物」「地球脱出」「空間祭」「叙情詩・泥」と6冊の詩集を集めた「長尾和男全詩集」(昭和44年)がある。　賞中日詩人賞〔昭和29年〕　家息子＝長尾喜久男(中部経済新聞社長)

中尾 杏子　なかお・きょうこ　俳人
大正14年(1925年)10月25日～平成22年(2010年)12月18日　生長崎県　名本名＝中尾恭子　学東京女高師理科卒　歴昭和26年「棕梠」に入会、下村ひろしに師事。28年「馬酔木」に投句。40年棕梠賞を受賞し、その後、8年間「棕梠」編集長。47年「沖」に入会、50年同人。「沖長崎」主宰。長崎新聞俳壇選者も務めた。句集に「朱蠟燭」「青き海図」「冬の陽炎」「風媒花」などがある。　賞棕梠賞〔昭和40年〕, 沖新人賞〔昭和56年〕

中尾 彰　なかお・しょう　詩人
明治37年(1904年)5月21日～平成6年(1994年)10月6日　生島根県鹿足郡津和野町　学満鉄育成学校〔大正11年〕卒　歴独学で絵画を学ぶ。昭和6年独立美術協会第1回展に入選。以後毎年出品し、12年協会賞、14年同会会友、26年会員となる。この間、10年より文芸誌「日暦」表紙絵を毎号担当。また、16年に童心美術協会を設立し、21年には日本童画会を結成。48年以降、数度にわたり渡欧。54年済生会熊本病院の壁画を制作した。著書に詩集「愛の別れ」、随筆集「蓼科の花束」など。児童書の作品に「子どもの四季」「美しき津和野」などがある。　家妻＝吉浦摩耶(画家)

中尾 寿美子　なかお・すみこ　俳人
大正3年(1914年)3月7日～平成1年(1989年)10月3日　生佐賀県　学仙台尚絅女学院卒　歴昭和30年「水明」入会。34年「氷海」同人、53年秋元不死男が亡くなり「氷海」が終刊になると、「狩」同人となる。54年より「琴座」同人。句集に「天沼」「狩立」「草の花」「舞童台」「老虎

灘」。樹木派と呼ばれる。 賞星恋賞（第1回）〔昭和42年〕

長尾 辰夫　ながお・たつお　詩人
明治37年（1904年）4月11日～昭和45年（1970年）3月3日 生宮崎県都城市 学早稲田大学高師部国文科卒 歴東京・静岡で小・中学校に勤め、昭和17年満州吉林中学校へ転出。20年7月現地召集、8月終戦とともにシベリアに抑留。23年復員。北川冬彦の「麺麭」「昆崙」「時間」同人。詩集に「シベリヤ詩集」「花と不滅」など。

中尾 無涯　なかお・むがい　俳人
大正4年（1915年）12月11日～平成14年（2002年）3月24日 生長崎県 名本名＝中尾保彦 学三菱青年学校卒 歴昭和11年作句を始め「労力新聞」に投句。21年「深堀戸八会」に入会。39年「長崎新聞」「毎日俳壇」に投句。40年「馬酔木」「棕梠」入会以来、下村ひろしに師事。のち「棕梠」同人。 賞棕梠新人賞〔昭和42年〕，毎日俳壇賞（後期）〔昭和43年〕，棕梠賞〔昭和56年〕

長岡 弘芳　ながおか・ひろよし　詩人
昭和7年（1932年）1月1日～平成1年（1989年）8月14日 生東京都 名本名＝奥村弘芳 学東京都立大学人文学部〔昭和32年〕卒，東京都立大学大学院心理学修了 歴高卒後、2年間工場勤務ののち上京。出版社勤務を経て、千葉ベ平連の活動に参加。原爆関係資料の収集に尽力し、原爆文献を読む会、原爆体験を伝える会の運営の中心となって活躍。著書に「原爆文学史」（編著）、詩集「すながの」など。

中川 薫　なかがわ・かおる　歌人
明治39年（1906年）9月28日～平成2年（1990年）12月28日 生山口県 学東京大学法学部卒 歴旧制高校時代から作歌。大学在学中は中止に近かったが、昭和8年就職で復活。9年報知新聞社企画の「昭和百人一首」に当選。それが機縁で、10年「歌と評論」に入会、編集委員。23年「ゆり」創刊と同時に入会。

中川 一政　なかがわ・かずまさ　詩人　歌人
明治26年（1893年）2月14日～平成3年（1991年）2月5日 生東京市本郷区西方町（東京都文京区） 学錦城中〔明治45年〕卒 歴大正3年油彩の初めての作品「酒倉」が巽画会に入選。4年岸田劉生らと草土社を結成。12年春陽会結成と共に客員となる。文展審査員を務め、のちに二科会を経て春陽会の顧問的存在となる。油絵具、岩絵具、水墨を自由に駆使して独特な文人画の世界を描き、枯れた味わいが高く評価される。代表作に「春花図」「漁村凱風」「野娘」など。新聞小説「人生劇場」（尾崎士郎）「天皇の世紀」（大仏次郎）などの挿絵を担当。また文章も巧みで、10代で懸賞小説に当選、「早稲田文学」に詩、短歌を発表。絵画制作の傍ら、文芸誌を創刊したり、「美術の眺め」「うちには猛犬がいる」など多くの随筆を書いたりし、「中川一政文集」（全5巻）がある。昭和36年宮中歌会始の召人を務める。ほかに詩集「見なれざる人」、歌集「向ふ山」、画文集「中川一政画集」など。晩年は造形的な書にも独特の境地を開いた。61年「墨蹟一休宗純」を出版。 勲文化勲章〔昭和50年〕 家息子＝中川鋭之助（舞踊評論家），中川晴之助（テレビディレクター），孫＝中川安奈（女優），義弟＝千田是也（俳優）

中川 菊司　なかがわ・きくじ　歌人
昭和2年（1927年）11月9日～平成22年（2010年）4月9日 生東京都 学東京大学第一工学部〔昭和25年〕卒 歴昭和27年竹柏会（「心の花」）、東京歌会に入会。30年「心の花」合同歌集「小さな存在」を刊行。32年竹柏会を退会後、職場の短歌会・三井物産短歌部のみに参加。50年泉短歌会創設に参加。平成4年桜狩短歌会に入会。7年砦の会発足に参加。「泉」編集発行人を務めた。歌集に「孤霞」「無知領域」「パスタイム」などがある。

中川 きよし　なかがわ・きよし　俳人
大正13年（1924年）2月28日～平成21年（2009年）4月25日 生愛媛県北条市 学松山商〔昭和16年〕卒 歴昭和16年満州生活必需品丹江支店勤務。19年関東軍に現地入隊。23年シベリアより復員し、31年タクシー会社を経営。同年より高浜年尾主宰「ホトトギス」に入門。36年「柿」同人。平成4年「ホトトギス」同人。句集に「よき事ハ」などがある。

中川 鼓朗　なかがわ・ころう　俳人
大正13年（1924年）9月25日～平成22年（2010年）5月26日 生三重県 名本名＝中川銀治（なかがわ・ぎんじ） 歴昭和16年頃より「ホトトギス」同人の植松冬嶺星に俳句の手ほどきを受ける。22年頃より橋本鶏二に師事。「桐の花」を経て、「年輪」同人。三重県俳句協会常任理事を務めた。 賞年輪松囃子賞〔昭和57年〕

中川 静村　なかがわ・せいそん　詩人
明治38年(1905年)3月27日～昭和48年(1973年)7月16日 生奈良県橿原市新堂町 名本名＝中川至誠 学奈良師範第二部卒 歴師範学校卒業後、浄念寺住職となる。昭和3年「奈良県児童自由詩選」を編集。以後、童話や童謡の創作を続け、日本児童文芸家協会や詩童謡詩人協会などに参加、童謡集「麦の穂」および「詩帖」を刊行。また、「ブディスト・マガジン」に2年間にわたって仏典物語を執筆し、「大乗」「本願寺新報」などに宗教随想を寄稿した。作品は、詩集に「根の詩」「そよかぜの念仏」、童話集に「一ばんつよいのはだれだ」「お月さまにだすてがみ」など。

中川 石野　なかがわ・せきや　俳人
大正8年(1919年)10月7日～平成9年(1997年)9月17日 生大阪府 名本名＝中川東三 学京都大学理学部卒 歴徳島大学教授を経て、仁田ソイロック常任顧問を務める。昭和18年「馬酔木」同人の水内鬼灯の手ほどきを受け、鬼灯死後、一時作句中絶。31年より佐野まもるの指導を受け、「海郷」の編集長となる。63年「馬酔木」同人。句集に「鳥弧」がある。 賞海郷賞

中川 宋淵　なかがわ・そうえん　俳人
明治40年(1907年)3月19日～昭和59年(1984年)3月11日 生山口県岩国市錦見 名本名＝中川基(なかがわ・もとし),号＝密多窟 学東京帝国大学文学部〔昭和24年〕卒 歴旧満州、蒙古、中国を放浪して修行、帰国後の昭和25年から円通山龍沢寺10世住職。高見順など文学界をはじめ政財界人と広く交流。横綱大鵬も現役時代に参禅した。大学在学中から芭蕉に傾倒し、飯田蛇笏に師事、優れた俳人でもある。句詩文集「詩龕」がある。

中川 浩文　なかがわ・ひろふみ　俳人
大正12年(1923年)5月4日～昭和58年(1983年)3月27日 生奈良県大和高田市奥田 学龍谷大学文学部国語科卒 歴京都女子大学助教授を経て、昭和43年龍谷大学教授に就任。万葉集や源氏物語の文法的研究で知られる。また「青玄」同人の俳人で著書「変体かな字類」「全釈源氏物語I・II」の他、句集に「貝殻祭」などがある。 賞青玄賞〔昭和37年〕

中川 未央　なかがわ・みおう　俳人
大正13年(1924年)3月5日～平成6年(1994年)11月28日 生大阪府 名本名＝中川宏(なかがわ・ひろ) 学相愛学園卒 歴昭和45年角川源義主宰「河」入会。54年「人」創刊に参加。進藤一考の指導を受ける。同年「人」第一回新人賞受賞、「人」同人。句集に「若狭彦」がある。 賞人新人賞(第1回)〔昭和54年〕,人賞(第7回)〔昭和60年〕

中河 幹子　なかがわ・みきこ　歌人
明治28年(1895年)7月30日～昭和55年(1980年)10月26日 生香川県坂出町(坂出市) 名旧姓・旧名＝林幹子 学津田英学塾卒 歴大正9年中河与一と結婚。17歳の頃から作歌し、11年「ごぎゃう」創刊・主宰。昭和19年雑誌統合により「をだまき」と改題。共立女子大学教授を務め、和歌、古典を講じた。現代歌人協会、日本歌人クラブ理事名誉会員。歌集に「夕波」、「悲母」、「水天無辺」、著書に「イバニエズ傑作集」などがある。 家夫＝中河与一(小説家),二男＝中河原理(音楽評論家),二女＝池田まり子(歌人)

仲川 幸男　なかがわ・ゆきお　川柳作家
大正5年(1916年)9月15日～平成20年(2008年)10月18日 生愛媛県伊予市 学伊予農〔昭和8年〕卒 歴昭和26年松山市議2期、34年愛媛県議6期を経て、55年から参院議員に2選。党副幹事長、農水政務次官、文教委員長など歴任。竹下派。川柳の愛好家としても知られ、日本川柳協会(現・全日本川柳協会)の初代会長も務めた。平成元年にはリクルート事件や消費税導入などで揺れる政界を題材にした川柳集「続・国会の換気扇」を出版。4年引退。 勲勲二等瑞宝章〔平成5年〕

中川 龍　なかがわ・りゅう　歌人
明治38年(1905年)2月23日～昭和60年(1985年)9月30日 生長崎県 歴師範学校在学中、大橋公平の指導により作歌。「国民文学」「香蘭」を経て、昭和10年「多磨」に創刊より入会。「多磨」解散後は「中央線」会員。長崎新聞歌壇選者を務める。歌集に「港人手記」「竜の落子」がある。

中桐 雅夫　なかぎり・まさお　詩人
大正8年(1919年)10月11日～昭和58年(1983年)8月11日 生福岡県 出岡山県倉敷市 名本名＝白神鉱一(しらかみ・こういち) 学日本大学芸術科〔昭和16年〕卒 歴昭和12年神戸高商に入学の頃、詩誌「LUNA」を編集発行する。同誌はのちに「ル・バル」、「詩集」と改

題。16年日大卒業後、国民新聞社に入社。17年報知新聞を経て、20年読売新聞政治部記者となり43年に退社。戦後は「荒地」「歴程」の結社に属し、14行詩型の平明な詩風で知られる。現代詩人会会員。詩集に「中桐雅夫詩集」「夢に夢みて」「会社の人事」、評論集に「危機の詩人—1930年代のイギリス詩人」がある。また、英文学者として、法政大、青山学院大などの非常勤講師も務めた。 賞高村光太郎賞（第8回）〔昭和40年〕「中桐雅夫詩集」, 歴程賞（第18回）〔昭和55年〕「会社の人事」

長倉 閑山　ながくら・かんざん　俳人
大正2年（1913年）8月3日～平成13年（2001年）3月1日　生東京市本所区（東京都墨田区）　名本名＝長倉一雄　学工学院〔昭和8年〕卒　歴海軍技術研究所を経て、昭和飛行機工業設計技師となる。俳句は、昭和飛行機句会で安住敦の指導を受け開眼。昭和24年「春燈」入門。発送事務および校正の手伝を経て、47年燈下集作家、発行所主務者。句集に「俯仰」「桃苑」「長倉閑山集」がある。

長倉 義光　ながくら・ぎこう　俳人
明治32年（1899年）4月25日～昭和62年（1987年）6月1日　生茨城県　名本名＝長倉義光（ながくら・よしみつ）　学中央工学校電気工学科〔大正8年〕卒　歴昭和16年「若葉」同人小林一泉の手ほどきを受け、富安風生の「若葉」入会。26年「みちのく」創刊同時入会し、28年同人。

中込 純次　なかごめ・じゅんじ　詩人
明治37年（1904年）12月22日～平成13年（2001年）5月27日　生山梨県南巨摩郡　学文化学院本科卒　歴フランス留学を経て、外国映画の輸入・配給を取扱う会社に勤務したのち、文化学院教授、別府大学教授を歴任。詩歌は「明星」に感化を受け、与謝野鉄幹・晶子夫婦と堀口大学に師事。詩集に「映像」「あほうどり」、翻訳に「ヴェルレーヌ詩集」「文学に現れたパリ」、エッセイ・評論に「晶子の世界」「文学に現れたパリ」「パリの詩人ボードレール」などがある。

永坂 田津子　ながさか・たずこ　詩人
昭和10年（1935年）3月10日～平成13年（2001年）1月24日　出愛知県刈谷市　名本名＝山田田津子（やまだ・たずこ）　学南山大学文学部卒, 早稲田大学大学院文学研究科修士課程修了　歴詩集に「城」「隠喩の消滅」がある。

長迫 貞女　ながさこ・さだめ　俳人
明治37年（1904年）6月9日～平成2年（1990年）11月18日　生福岡県　名本名＝長迫貞子　学大牟田実践女卒　歴昭和18年「鹿火屋」系俳人加藤しげるに指導を受け、のち同人となる。賞鹿火屋賞〔昭和40年〕

長沢 一作　ながさわ・いっさく　歌人
大正15年（1926年）3月1日～平成25年（2013年）10月23日　生静岡県安倍郡有度村（静岡市）　名本名＝長沢賀寿作（ながさわ・かずさく）　学慶応義塾商業中退　歴昭和18年「アララギ」に入会、佐藤佐太郎に師事。20年「歩道」創刊に参加し、36年上京後は同編集委員。58年「歩道」を脱会、「運河」を創刊・主宰。この間、35年第一歌集「松心火」で現代短歌協会賞、45年「首夏」30首で短歌研究賞を受賞した。他の歌集に「条雲」「雪境」「歴年」「冬の暁」「秋雷」、評論に「佐藤佐太郎の短歌」「鑑賞斎藤茂吉の秀歌」などがある。 賞現代歌人協会賞（第4回）〔昭和35年〕「松心火」, 短歌研究賞（第8回）〔昭和45年〕「首夏」30首

長沢 ふさ　ながさわ・ふさ　俳人
明治44年（1911年）4月24日～平成19年（2007年）6月30日　生長野県　学日本女子大学高等学部英文科卒　歴昭和29～51年共同通信社に勤務。勤務中より「今日の献立」を執筆。退社後も「献立のヒント」を全国地方新聞に連載。一方、俳人として25年「鴫」に入会し、26年同人。共同通信社に入った後は作句から遠ざかったが、50年「風」に入会、53年同人。「万象」に拠った。著書に「いつでもどこでも使える380種料理ハンドブック」がある。

中沢 文次郎　なかざわ・ぶんじろう　俳人
大正9年（1920年）12月26日～平成23年（2011年）7月25日　生群馬県　学高小卒　歴昭和23年「浜」入会、大野林火に師事。36年「浜」同人。句集に「山座」がある。 賞浜賞〔昭和35年〕

長沢 美津　ながさわ・みつ　歌人
明治38年（1905年）11月14日～平成17年（2005年）4月26日　生石川県金沢市　名旧姓・旧名＝津田　学日本女子大学文学部国文科〔大正15年〕卒　歴日本女子大学在学中に古泉千樫に短歌を師事し、「青垣」に参加。昭和16年第一歌集「花芯」を刊行。24年女人短歌会を結成し、25年「女人短歌」を創刊、編集責任者となる。

平成4年の歌会始の召人に、女性としては113年ぶりに選ばれた。他の歌集に「氾青」「垂氷影」「雪」「天上風」「部類・長沢美津家集」など。他に研究書として「女人和歌大系」(全6巻)がある。　賞日本歌人クラブ推薦歌集(第2回)〔昭和31年〕「雪」, 現代短歌大賞〔昭和54年〕「女人和歌大系」

中島 哀浪　なかじま・あいろう　歌人
明治16年(1883年)7月30日～昭和41年(1966年)10月29日　生佐賀県佐賀郡久保泉村(佐賀市)　名本名＝中島秀連(なかじま・ひでつら)　学早稲田大学中退　歴清和高女、福岡女専、龍谷高校などの教員を歴任。中学時代から「明星」などに歌を発表。大正2年「詩歌」に参加し、11年「ひのくに」を創刊・主宰。歌集に「勝鳥」「背振」「早春」「堤防」「雪の言葉」などがあるほか、「中島哀浪全集」(全2巻)「中島哀浪全歌集」がある。　賞西日本文化賞〔昭和27年〕　家二男＝草市潤(歌人)

中島 栄一　なかじま・えいいち　歌人
明治42年(1909年)3月17日～平成4年(1992年)9月18日　生奈良県高市郡今井町　歴昭和4年「アララギ」に入会、以来土屋文明に師事。38年1月歌誌「放水路」を創刊。歌集に「自生地」「指紋」「花がたみ」「青い城」があり、現代歌人叢書として自選歌集「風の色」がある。

中島 可一郎　なかじま・かいちろう　詩人
大正8年(1919年)11月16日～平成22年(2010年)9月19日　生神奈川県横浜市　名本名＝中島嘉一郎　学明治大学専門部政治科卒, 慶応外語ドイツ語科修了　歴鱒書房、春秋社、勁草書房を経て、勁草出版サービスセンター役員となる。一方、20歳頃から詩作を始め、「日本詩壇」などに投稿。「新詩派」「針品」「詩行動」を経て、「今日」編集同人。37年「文芸箚記」を創刊・主宰。金子光晴の会では中心となって研究に携わった。詩集に「子供の恐怖」「被写体へ」「明るい川端」などがある。

中島 杏子　なかしま・きょうし　俳人
明治31年(1898年)10月20日～昭和55年(1980年)4月2日　生富山県西砺波郡津沢町(小矢部市津沢)　名本名＝中島正文(なかしま・まさぶみ)　学関西大学中退　歴特定郵便局長を務める。大正14年前田普羅に俳句を学び「辛夷」同人となる。「ホトトギス」に投句し、普羅没後の「辛夷」を主宰。没後「杏子句稿 花杏」「親不知」が刊行された。

中島 月笠　なかじま・げつりゅう　俳人
明治32年(1899年)10月19日～昭和62年(1987年)10月31日　生東京市京橋区(東京都中央区)　名本名＝中島鍵太郎(なかじま・けんたろう)　学京華商卒　歴大正4年庄司瓦全の手ほどきを受ける。6年渡辺水巴に師事。水巴の主催する「生命の俳句」を信奉。句集に「月笠句集」がある。

中島 玄一郎　なかじま・げんいちろう　俳人
昭和7年(1932年)4月14日～平成24年(2012年)9月7日　生佐賀県　名本名＝中島一也　学明治大学商学部中退　歴「白燕」同人。平成10～12年世界一周クルーズ船にっぽん丸の俳句講師を務めた。句集「玄武」「メビウスの帯」、評論「海の旅」、エッセイ「『露人ワシコフ』のこと」などがある。

中島 蕉園　なかじま・しょうえん　俳人
大正3年(1914年)11月7日～昭和60年(1985年)9月6日　生沖縄県那覇市松山町　名本名＝渡口真清　学九州帝国大学医学部卒　歴祖先は沖縄農業界の恩人と今も敬われる名門・麻氏儀間真常。大久保病院院長、沖縄県赤十字血液センター所長のほか那覇市編集委員などを務めた。俳人としても知られ、昭和60年には第3回東恩納寛惇賞を受賞。著書に「麻氏兄弟たち」「近世の琉球」がある。俳誌「天の川」同人。　賞伊波普猷賞(第2回)〔昭和50年〕, 東恩納寛惇賞(第3回)〔昭和60年〕

長島 正雅　ながしま・せいが　俳人
大正7年(1918年)1月1日～平成18年(2006年)12月1日　生徳島県　名本名＝長島正行(ながしま・まさゆき)　学青年学校研究科卒　歴昭和21年宮下歌梯に師事。23年「松苗」同人。賞徳島県俳句連盟大会優秀賞〔昭和52年〕, 徳島県芸術祭短歌部門優秀賞〔昭和54年〕

中島 双風　なかじま・そうふう　俳人
明治45年(1912年)2月1日～平成21年(2009年)11月16日　生兵庫県川西市　名本名＝中島正之助(なかじま・しょうのすけ)　学高小卒　歴昭和13年兵庫県警察学校に入学。その後、20年まで警察に勤務。21～42年尼崎市役所勤務。一方、小学校時代から担任の影響で作句を始め、7年「倦鳥」に入会、松瀬青々・入江来布の指導を受ける。43年「四季」を創刊し主宰。尼崎俳句協会設立や市内での俳句講座講師など、尼崎市の俳句普及に貢献し、56年子弟により阪急線武庫之荘駅前公園に句碑が建立された。句集に「銀婚」「断層」「響」「晨」「来し方」「対角線」などがある。 賞尼崎市文化功労賞〔昭和49年〕, 尼崎市芸術賞〔昭和63年〕

中島 大三郎　なかじま・だいざぶろう　俳人

大正2年(1913年)2月28日 ～ 平成13年(2001年)6月24日 生栃木県足利市 名本名＝中島豊三郎 学中央大学中退 歴昭和7年「水明」系の岩崎楽石の「七夕」で俳句を始める。のち「水明」「馬酔木」を経て12年より「菱の花」(のち「暖流」)に所属、滝春一に師事する。15年「暖流」同人。33年「火屋」創刊・主宰。句集に「大三郎句集」がある。 賞武笠賞〔昭和16年〕, 栃木俳句作家S賞, 足利市民文化賞, 足利市文化功労者表彰

中島 斌雄　なかじま・たけお　俳人

明治41年(1908年)10月4日 ～昭和63年(1988年)3月4日 生東京市芝区(東京都港区) 名本名＝中島武雄, 旧号＝月士 学東京帝国大学国文科〔昭和8年〕卒 歴相模女子大、日本女子大教授を歴任。俳句は中学時代から始め、大学時代は東大俳句会に入り虚子の直接指導を受ける。その後「鶏頭陣」「ホトトギス」「季節風」などを経て、昭和21年「麦」を創刊し主宰。58年サンケイ俳壇選者。句集に「樹氷群」「光炎」「火口壁」「わが噴煙」「牛後」、著書に「現代俳句全講」「現代俳句の創造」など。

中嶋 信太郎　なかじま・のぶたろう　歌人

明治37年(1904年)4月9日 ～ 平成19年(2007年)1月23日 出兵庫県 歴高校の国語教師を定年退職後、昭和52年より「芽花」を主宰し、文化誌「印南野文華」を発行。歌集に「をがたま」「印南野」「浅芽の日」、随筆集に「無用の用」、共著に「万葉植物事典」などがある。 勲瑞宝双光章〔平成17年〕

中島 彦治郎　なかじま・ひこじろう　歌人

明治38年(1905年)5月19日 ～ 平成4年(1992年)1月20日 生群馬県 歴昭和7年より作歌を始める。「綜合詩歌」「阿迦雲」同人を経て、14年「芸林」に入会、尾山篤二郎に師事。39年主要同人。歌集に「月光集」「草露集」「閑吟集」など。

長島 弘　ながしま・ひろし　俳人

大正9年(1920年)7月14日 ～ 平成10年(1998年)10月12日 生北海道 学旧制中学卒 歴昭和41年「青女」、50年「若葉」に入門。51年「青女」同人。 賞青女年度優秀作家賞〔昭和50年〕, 国鉄文芸年度賞(俳句部門)〔昭和50年〕

中島 大　なかじま・まさる　歌人

大正9年(1920年)11月15日 ～ 平成5年(1993年)8月7日 生神奈川県 歴昭和11年16歳で俳句を作りはじめ「俳童」会員。15年「歌と観照」会員となり岡山巌に師事。20年「かぎろひ」を創刊するが、2年で廃刊した。24年「歌と観照」編集同人、50～60年編集長。63年「海原」を創刊。歌集「写植」「白い塔」、論評集「人間岡山巌」がある。

長島 三芳　ながしま・みよし　詩人

大正6年(1917年)9月14日 ～ 平成23年(2011年)9月7日 生神奈川県三浦郡浦賀町(横須賀市) 学横浜専門学校〔昭和10年〕卒 歴日中戦争に従軍し、中支戦線で負傷して帰国。14年詩集「精鋭部隊」を刊行。モダニズム詩人として出発し、戦前は「VOU」、戦後は「日本未来派」に属した。また、詩誌「植物派」を主宰。27年「黒い果実」で第2回H氏賞を受賞。横浜詩人会の創立メンバーの一人で、会長も務めた。他の詩集に「音楽の時」「終末記」「黄金文明」「肖像」などがある。 賞H氏賞(第2回)〔昭和27年〕「黒い果実」, 横浜文学賞〔平成17年〕「肖像」

長島 蠣　ながしま・れい　歌人

昭和19年(1944年)9月25日 ～昭和44年(1969年)1月7日 生静岡県 学東洋大学文学部国文科二部中退 歴静岡県・西伊豆の禅寺の二男に生まれる。中学3年の時上京。禅寺の小僧として修業しながら苦学して高校、昭和39年東洋大学文学部国文科二部に入学。高校在学中、父の死を機に還俗を決意。また、共闘会に参加し、学園闘争に取り組む中、中退して43年国鉄に就職。44年正月から埼玉県大宮保線区蕨保線支区に勤務。その初勤務からわずか1週間目の1月7日、駅構内の保線作業中、鉄道事故に遭い24歳で殉職。生前、短歌に親しみ、青春時代の苦悩を詠み続けた。大学入学後1年間に200首以上の歌を発表し、「寡黙な鳥」10首が39年度角川短歌読者年度賞に入選。44年亡き後、兄により遺歌集「寡黙な鳥」が刊行された。

中城 ふみ子　なかじょう・ふみこ　歌人
大正11年(1922年) 11月25日～昭和29年(1954年) 8月3日　生北海道帯広市　名本名＝中城富美子　学東京家政学院卒　歴在学中、池田亀鑑に作歌指導を受ける。昭和17年結婚、26年離婚。この間、22年「新墾」「辛夷」に入会。「女人短歌」「潮音」会員。26年「山脈」創刊とともに同人。27年乳がんの手術を受け、その心情を率直に歌った短歌「乳房喪失」が29年「短歌研究」第1回五十首詠に1位入選し一躍注目される。歌集に、中井英夫によって編まれた「乳房喪失」「花の原型」がある。渡辺淳一の小説「冬の花火」のモデルにもなった。　家妹＝野江敦子(歌人)

永瀬 清子　ながせ・きよこ　詩人
明治39年(1906年) 2月17日～平成7年(1995年) 2月17日　生岡山県赤磐郡豊田村(赤磐市)　名本名＝永瀬清　学愛知県立第一高女高等部英語科〔昭和2年〕卒　歴昭和3年佐藤惣之助の「詩之家」同人となり、5年処女詩集「グレンデルの母親」を刊行。その後、東京で深尾須磨子らと交流しながら詩作。15年詩集「諸国の天女」を刊行。20年郷里岡山に疎開し、農業の傍ら詩活動を続け、27年から同人誌「黄薔薇」「女人随筆」を主宰する。天女や卑弥呼など伝説上独りで生きた女を多くモチーフとする。他の著書に「大いなる樹木」「永瀬清子詩集」「蝶のめいてい」「流れる髪」「かく逢った」「あけがたにくる人よ」や自伝「すぎ去ればすべてなつかしい日々」など。　賞岡山県文化賞(第1回)〔昭和23年〕, 中国文化賞〔昭和52年〕, 山陽文化賞〔昭和54年〕, 地球賞(第12回)〔昭和62年〕「あけがたにくる人よ」, 現代詩女流賞(第12回)〔昭和63年〕「あけがたにくる人よ」

仲田 喜三郎　なかた・きさぶろう　俳人
大正15年(1926年) 2月13日～昭和63年(1988年) 1月21日　生東京都　学早稲田大学国語国文学科卒　歴昭和39年大野林火に師事、「浜」入会。55年「浜」同人。随筆集に「東京風土記」「豊島史跡散歩」。

永田 耕衣　ながた・こうい　俳人
明治33年(1900年) 2月21日～平成9年(1997年) 8月25日　生兵庫県加古郡尾上村(加古川市)　名本名＝永田軍二(ながた・ぐんじ)　学兵庫県立工業学校機械科〔大正6年〕卒　歴兵庫工卒業後、三菱製紙高砂工場に入社、昭和30年製造部長兼研究部長で退社。一方、15歳の時から作句を始め、「山茶花」「鹿火屋」などへ投句。昭和2年「桃源」を創刊するが6号で休刊。以後、原石鼎主宰「鹿火屋」、石田波郷主宰「鶴」、山口誓子主宰「天狼」などを転々とする。24年に「琴座(リラザ)」を創刊、のち主宰。33年「俳句評論」創刊とともに同人となる。平成8年12月「琴座」は503号で終刊、同時に句会も解散した。書画もよくし、交遊は芸術の多方面にまたがった。句集に「加古」「傲霜」「驢鳴集」「吹上集」「悪霊」「闌位」「冷位」「殺仏」などがあり、昭和60年秋には2万句に及ぶといわれる句の中から自選集成した「永田耕衣句集成 而今」を刊行。平成7年の阪神・淡路大震災で神戸市須磨区の自宅が全壊したが、半年後、震災をテーマにした句集「自人」を発表。ほかに自選全文集「濁」、書画集「錯」、エッセイ集「山林的人間」「陸沈条条」などもある。　賞神戸市文化賞〔昭和49年〕, 兵庫県文化賞〔昭和52年〕, 神戸新聞社平和賞〔昭和56年〕, 現代俳句協会大賞(第2回)〔平成1年〕, 詩歌文学館賞(第6回)〔平成3年〕「泥ん」

永田 耕一郎　ながた・こういちろう　俳人
大正7年(1918年) 9月20日～平成18年(2006年) 8月20日　生旧朝鮮全羅南道木浦　出長崎県　学木浦商〔昭和11年〕卒　歴昭和22年引揚げ後、北海道に居住。「寒雷」に入会し、加藤楸邨に師事。34年「寒雷」同人。55年「梓」を創刊・主宰。平成10年終刊。北海道新聞俳句選者。句集に「氷紋」「海絣」「方途」「雪明」「遙か」「いのち」、著書に「北ぐに歳時記」がある。賞寒雷清山賞〔昭和49年〕, 北海道俳句協会鮫島賞〔昭和56年〕, 鮫島賞〔昭和57年〕, 北海道新聞俳句賞〔平成2年〕「遙か」

永田 紫暁子　ながた・しぎょうし　俳人
明治44年(1911年) 2月7日～平成4年(1992年) 7月4日　生長崎県長崎市　名本名＝永田重吉　学逓信講習所卒　歴昭和2年「太白」主宰田中田士英に師事。「若葉」「棕梠」「水葱」同人。「水葱」課題句選者。句集に「定年」「牡丹雪」。賞棕梠賞〔昭和53年〕

中田 重夫　なかだ・しげお　歌人
昭和6年(1931年) 6月25日～平成8年(1996年) 3月12日　出三重県　歴高校時代から短歌を作り始め、大学在学中に歌誌「コスモス」短歌会に入会。38年間教職につき、上野市立友生小学校長を最後に退職した。昭和49年に発会した伊賀短歌会会長として約100人の会員の指導などで活躍。作品に歌集「朱き雲」「復円の月」などがある。

永田 春峰　ながた・しゅんぽう　俳人
明治38年（1905年）12月6日～昭和61年（1986年）3月31日　生鹿児島県　名本名＝永田岩吉（ながた・いわきち）　学旧制中卒　歴元県教委主事、高校職員。大正14年「ホトトギス」、昭和41年「若葉」、のち「冬草」、「岬」に投句。53年俳人協会入会。「岬」、「冬草」、「人」同人。鹿児島県俳協幹事も務めた。句集に「春月」（56年）がある。

中田 樵杖　なかだ・しょうじょう　俳人
大正6年（1917年）12月22日～平成12年（2000年）3月3日　生東京都杉並区荻窪　名本名＝中田勅治（なかだ・ときはる）　学日本大学高師部国漢科〔昭和13年〕卒　歴昭和13年東京市立杉並工業学校教諭。戦後、都立八王子工業高校教諭となり、60年定年退職。大学2年から作句を始め、21年「馬酔木」所属、秋桜子の直接指導を受ける。36年同人。同人会、馬酔木会幹事、添削会担当を歴任。51年同人辞退。52年俳誌「地底」創刊したが、のち一過性脳こうそくとなり休刊した。句集に「行程」がある。

永田 蘇水　ながた・そすい　俳人
昭和2年（1927年）11月12日～平成8年（1996年）9月29日　生佐賀県杵島郡　名本名＝永田昭二（ながた・てるじ）　学大連鉄道学校中等部卒　歴昭和22～58年国鉄に勤務。一方、俳句は、19年佐々木蘇風、24年河野静雲、34年小原菁々子に師事。「ホトトギス」「山茶花」同人。句集に「動輪」がある。　賞国鉄文芸年度賞〔昭和51年〕，福岡市民芸術祭賞〔昭和52年〕

永田 竹の春　ながた・たけのはる　俳人
明治31年（1898年）3月5日～平成3年（1991年）11月20日　生神奈川県小田原市　名本名＝永田三郎　学東京高商中退　歴南琴吟社により原石鼎の手ほどきを受け、「東日俳壇」「草汁」を経て「鹿火屋」による。鹿火屋青雲抄選者の1人。昭和35年より「須磨千鳥」を主宰。句集に「緑野」。

永田 東一郎　ながた・とういちろう　詩人
明治38年（1905年）4月8日～平成4年（1992年）9月11日　生東京都　学国学院大学卒　歴「焔」同人。詩集に「詩集朝の切り通しで」「永田東一郎詩集」、著書に「随筆・回想の折口信夫」など。　賞福田正夫賞（第1回）〔昭和62年〕

仲田 二青子　なかた・にせいし　俳人
明治29年（1896年）3月31日～昭和63年（1988年）11月12日　生徳島県　名本名＝仲田愛四郎（なかた・あいしろう）　学徳島師範講習科卒　歴大正14年「木太刀」の俳人木下眉城に師事。22年「向日葵」に入会。40年「航標」創立と同時に入会。句集に「昴」。　賞向日葵賞〔昭和38年〕，脇町文化功労賞〔昭和61年〕

中田 みづほ　なかた・みずほ　俳人
明治26年（1893年）4月24日～昭和50年（1975年）8月18日　生島根県鹿足郡津和野町　名本名＝中田瑞穂（なかた・みずほ）　学六高卒，東京帝国大学医科大学〔大正6年〕卒　資日本学士院会員〔昭和43年〕　歴東京帝国大学近藤外科教室に入局。大正11年新潟医科大学助教授となり、14年から2年間欧米へ留学。昭和2年教授、31年定年退官。脳外科学の権威で、我が国で初めて大脳半球切除手術（いわゆるロボトミー手術）を行い、28年には新潟大に我が国初の脳神経外科を開設した。日本外科学会会長、日本脳神経学会会長を歴任。42年文化功労者、43年日本学士院会員に選ばれた。俳句は、大正5年以来高浜虚子に師事。富安風生、山口青邨、水原秋桜子らと東大俳句会を再興。「ホトトギス」同人。昭和4年「まはぎ」を創刊・主宰。句集に「春の日」「刈上」、著書に「脳腫瘍」「脳手術」「脳腫瘍の診断と治療」などがある。　勲紫綬褒章　賞文化功労者〔昭和42年〕

中台 春嶺　なかだい・しゅんれい　俳人
明治41年（1908年）1月5日～平成19年（2007年）7月16日　生千葉県印旛郡佐倉町（佐倉市）　名本名＝中台満男　学小卒　歴大正9年小学校を卒業して三菱重工業で働く。昭和12年退職して鉄工所を自営。一方、8年「句と評論」に初投句、11年同人。細谷源二と“工場俳句”を提唱、16年「広場」に改題された同誌に対する弾圧事件で検挙され（新興俳句弾圧事件）、句作を中断。戦後は新俳句人連盟の発足に参加、「俳句人」「俳句世紀」に所属。44年「羊歯」創刊同人。句集に「花はこべ」「赤き日に」「杭」などがある。

中台 泰史　なかだい・たいし　俳人
大正12年（1923年）5月26日～平成6年（1994年）6月27日　生奈良県　出兵庫県伊丹市　名

本名＝中台泰士 学大阪大学医専部卒 歴戦後、北海道に渡り医院を開業。俳句は学生時代から始め、昭和40年「浜」入会、大野林火に師事。47年「浜」同人。同年「壺」復刊により編集同人として参加。48年俳人協会会員。55年「壺」同人会副会長。句集に「流氷の町」がある。

中谷 五秋　なかたに・ごしゅう　俳人
昭和2年（1927年）8月19日 ～ 平成24年（2012年）6月16日 生神奈川県川崎市 名本名＝中谷晃（なかたに・あきら） 学慶応義塾大学文学部国文学科〔昭和25年〕卒 歴昭和26年白洋舎に入社。48年取締役を経て、常務。一方、五秋の号で俳人としても活動し、「慶大俳句」、鎌倉文庫俳句会に拠り石田波郷に師事。一時作句を中断したが、33年波郷主宰「鶴」に復帰。句集に「ごんずゐの木」「蚊母樹」がある。

中谷 朔風　なかたに・さくふう　俳人
明治36年（1903年）4月2日～平成4年（1992年）10月13日 生福井県 名本名＝中谷一雄（なかたに・かずお） 学福井中卒 歴昭和20年関西の荒尾五山に師事。戦後上京、28年「季節」入会。30年「季節」、33年「河」、38年「秋」、39年「鶴」同人。句集に「所縁」、著書に「一女優の死」。 賞サンケイ全国俳句大会サンケイ新聞社賞〔昭和50年〕

中谷 寛章　なかたに・ひろあき　俳人
昭和17年（1942年）4月25日～昭和48年（1973年）12月16日 生奈良県 名本名＝中谷宏文 学京都大学経済学部卒 歴昭和37年「青」「京大俳句」入会、40年赤尾兜子を知り「渦」に参加。大学時代から没年までの約10年間、戦後俳句史や社会性俳句などに関する評論を発表。遺稿集「眩さへの挑戦」がある。

中津 賢吉　なかつ・けんきち　歌人
明治42年（1909年）1月25日 ～ 平成2年（1990年）1月13日 生埼玉県 名本名＝宮崎西之亟 歴昭和6年「歌と観照」創刊より同人として参加、岡山巌に師事。運営委員、選者を務める。22年より支社報「短歌開眼」（のち「武蔵野」）を発行。歌集に「銀杏の譜」「地球の窓」「飛龍」「若御子」「奥荒川」がある。

中津 泰人　なかつ・やすと　川柳作家
生年不詳～昭和59年（1984年）1月15日 出広島県 歴被爆者で昭和48年の「友の会」設立に中心的役割を果たし、会長の傍ら50年から被爆者相談員として援護活動と反核、平和運動に尽力。「串かつ川柳会」を主宰。

永塚 幸司　ながつか・こうじ　詩人
昭和30年（1955年）1月17日 ～ 平成6年（1994年）1月24日 生埼玉県 学日本大学法学部〔昭和52年〕卒 歴中学時代から詩作をはじめ、「埼玉文化」に投稿を重ねる。昭和55年第一詩集「階段」、58年第二詩集「果糖架橋」を刊行。62年第三詩集「梁塵」でH氏賞を受賞。平成6年自ら命を絶った。7年「永塚幸司全詩集」が刊行された。 賞H氏賞（第37回）〔昭和62年〕「梁塵」

中塚 たづ子　なかつか・たずこ　俳人
明治27年（1894年）4月25日 ～昭和40年（1965年）4月25日 生愛媛県松山市 歴実家は士族神谷家で、碧梧桐の遠縁に当たるという。大正2年中塚一碧楼と結婚し、伴侶として「海紅」の発展に尽くし、一碧楼没後は、「海紅」を復刊、海紅結社の主導者となった。作家としても知られ、句集に「天から来た雀」がある。 家夫＝中塚一碧楼（俳人）

中塚 檀　なかつか・まゆみ　俳人
大正11年（1922年）3月12日 ～ 平成5年（1993年）4月9日 生東京都新宿区高田馬場 名本名＝中塚真弓 学早稲田大学専門部卒 歴父は俳人の中塚一碧楼。父が主宰した「海紅」を継承した。句集に「黄土高原」がある。 家父＝中塚一碧楼（俳人）

中戸川 朝人　なかとがわ・ちょうじん　俳人
昭和2年（1927年）7月7日～平成23年（2011年）11月12日 生神奈川県横浜市 名本名＝中戸川良蔵（なかとがわ・りょうぞう） 学神奈川工卒 歴昭和20年大野林火に師事。21年「浜」創刊とともに入会、32年同人。40年より「浜」編集に参画。62年「方円」を創刊。平成20年より神奈川新聞「神奈川俳壇」選者を務めた。句集に「残心」「星辰」「一陽来復」などがある。 賞浜賞（第10回）〔昭和31年〕，浜同人賞（第7回）〔昭和47年〕

中西 悟堂　なかにし・ごどう　歌人　詩人
明治28年（1895年）11月16日～昭和59年（1984年）12月11日 生石川県金沢市長町 名幼名＝富嗣，旧筆名＝中西赤吉（なかにし・しゃくきち）　学天台宗学林修了，曹洞宗学林〔大正6年〕修了　歴明治44年16歳の時、東京都下深大寺で得度し天台宗僧徒となり悟堂と改名。昭和42年権僧正となる。一方、大正4年内藤鋠作の抒情詩社に入社。詩や小説を手がけたが、15年思想状況への懐疑から山中にこもる。昭和3年頃より野鳥と昆虫の生態を研究し始め、9年柳田国男らと日本野鳥の会を創設。以来50年間、“かごの鳥”追放はじめ愛鳥運動と自然保護一筋の人生で、鳥類保護法の制定にも一役買い、晩年は“野鳥のサンクチュアリ（聖域）”造成に情熱を燃やした。永年務めた日本野鳥の会の会長は55年に辞任、翌年名誉会長となったが、この間、国際鳥類保護会議日本代表、日本鳥類保護連盟専務理事なども務めた。詩人、歌人としても知られ、詩集に「東京市」「花巡礼」「山岳詩集」「叢林の歌」、歌集に「唱名」「悟堂歌集」などがある。ほかに「野鳥と生きて」「定本野鳥記」（全16巻）「野鳥と共に」など野鳥や自然に関する著書が数多くある。　勲紫綬褒章〔昭和36年〕，勲三等旭日中綬章〔昭和47年〕　賞文化功労者〔昭和52年〕，日本エッセイストクラブ賞（第5回）〔昭和32年〕「野鳥と生きて」，読売文学賞（第17回・研究翻訳賞）〔昭和40年〕「定本野鳥記」，日本歌人クラブ推薦歌集（第14回）〔昭和43年〕「悟堂詩集」

中西 二月堂　なかにし・にがつどう　俳人
明治42年（1909年）8月12日～昭和61年（1986年）12月11日　生京都府京都市　名本名＝中西幸造（なかにし・こうぞう）　学旧制中学卒　歴昭和3年篠崎水青の手びきにより青木月斗に師事。月斗没後、28年湯室月村を主宰として、俳誌「うぐいす」を創刊、その編集に当る。54年推されて主宰となる。

仲西 白渓　なかにし・はくけい　俳人
明治40年（1907年）12月15日～昭和61年（1986年）1月14日　生三重県熊野市神川町　名本名＝仲西克巳（なかにし・かつみ）　学法政大学法律学科〔昭和11年〕卒　歴通信省に入省。戦後、横浜海上保安本部次長、第八管区海上保安本部長を歴任して退官。昭和43年日本海洋少年団連盟常務理事に就任。また景山筍吉に師事して、俳誌「草紅葉」に拠り、のち同人となる。59年からは同誌を主宰した。句集に「雁」（43年）、「踏青」（56年）がある。　勲勲三等瑞宝章〔昭和53年〕

中西 舗土　なかにし・ほど　俳人
明治41年（1908年）7月4日～平成15年（2003年）12月16日　生石川県河北郡小坂町（金沢市）　名本名＝中西政勝（なかにし・まさかつ）　学金沢商卒　歴北陸銀行、石川新聞社取締役を経て、昭和28年ナカニシ書店を設立。この間、4年前田普羅に師事。13年「鶴」同人。21年「風」、47年「雪垣」を創刊し、主宰。中央の俳壇とは一線を画し、北陸の季感に立脚した句風で知られた。石川県俳文学協会会長も務めた。句集に「白服」「風垣」「北国」「八稜鏡」「黎明」、著書に「鑑賞前田普羅」「評伝前田普羅」などがある。　賞馬酔木賞〔昭和12年〕，北国文化賞〔昭和51年〕，金沢市文化活動賞〔昭和56年〕，泉鏡花記念金沢市民文化賞〔昭和59年〕「俳句自画像」，石川県文化功労賞〔昭和63年〕

中西 弥太郎　なかにし・やたろう　俳人
大正10年（1921年）3月27日～平成4年（1992年）9月6日　生東京都北区王子　学京橋商卒　歴昭和20年池内たけし門に入り、以来「欅」による。「欅」同人（課題句選者）。62年「飛雲」主宰。

中根 昔巳　なかね・せきみ　俳人
明治38年（1905年）10月10日～平成1年（1989年）9月14日　生福島県　学高小卒　歴内藤鳴雪門の俳人大平一郎の手ほどきを受ける。昭和15年富安風生に師事。38年俳句友人と「ひこばえ」句会創立、会長を務める。

中野 嘉一　なかの・かいち　詩人　歌人
明治40年（1907年）4月21日～平成10年（1998年）7月23日　生愛知県碧海郡（豊田市）　学慶応義塾大学医学部〔昭和6年〕卒　歴昭和3年「詩歌」復刊号に参加。5年「ポエジイ」を創刊、新短歌運動を推進する。26年「暦象」を創刊・主宰。傍ら10年より東京武蔵野病院に勤務。太宰治が慢性パビナール中毒で入院した際の主治医となり、太宰の小説「人間失格」に登場する医師のモデルともいわれる。13年豊橋岩屋病院院長。19年応召、軍医としてメレヨン島療養所に勤務。22年三重県立宮川病院院長を経て、23年松阪市で開業。36年三重県より帰住、中野区に精神科医院を開業。著書に「パーキンソン氏病の病理」などの専門書の他、「古賀春江―芸術と病理」「太宰治―主治医の記録」「稲垣足穂の世界」「モダニズム詩の時代」「前衛詩運動史の研究」「新短歌の歴史」などがある。また詩集「春の病歴」「メレヨン島詩集」「記憶の負担」「哲学堂公園」、歌集「秩序」などもある。賞中部日本詩人賞（第1回）〔昭和27年〕「春の病歴」，日本詩人クラブ賞（第9回）〔昭和51年〕「前衛詩運動史の研究」

中野 菊夫　なかの・きくお　歌人
明治44年（1911年）11月3日～平成13年（2001年）10月10日　生東京都　学多摩美術学校図案科〔昭和11年〕卒　歴中学時代より作歌、昭和7年鈴木北渓らと「短歌街」を創刊するも9年脱退、独立して「七葉樹」創刊。21年渡辺順三を助けて「人民短歌」編集、22年新歌人集団結成、26年「樹木」創刊・主宰。歌集に「丹青」「噴煙」「朱雀抄」「風の日に」「水色の皿」「鷹とリス」「集団」「陶の鈴」「西南」「九曜星」および「中野菊夫全歌集」がある。　賞現代短歌大賞（第9回）〔昭和61年〕「中野菊夫全歌集」，短歌新聞社賞（第6回）〔平成11年〕「西南」

中野 喜代子　なかの・きよこ　俳人
大正11年（1922年）3月13日～昭和62年（1987年）5月26日　生東京都　学東京都立第六高女補習科国文科卒　歴昭和39年「末黒野」へ入会、皆川白陀の教えを受ける。44年同人。　賞末黒野年度賞〔昭和55年〕

中野 弘一　なかの・こういち　俳人
大正10年（1921年）2月28日～昭和46年（1971年）3月2日　生新潟県　歴新潟日報に勤めた。昭和15年頃から句作を始め、「寒雷」に投句。加藤楸邨に師事して、28年同人。ほかに沢木欣一の指導も受け「風」同人となる。29年「海峡」を創刊・主宰。また新潟俳句作家協会の設立に加わり、同協会理事長を務め、地域の俳壇育成に尽力した。句集に「歴史」がある。

中野 三允　なかの・さんいん　俳人
明治12年（1879年）7月23日～昭和30年（1955年）9月24日　生埼玉県北葛飾郡幸手町　名本名＝中野準三郎　学早稲田大学政治科卒　歴東京帝大薬局に学んで薬剤師となり、家業の薬局を経営する。正岡子規に俳句を学び、明治32年早稲田俳句会を創立し、35年「アラレ」を創刊。没後「仲野三允句集」「三允句集拾遺 俳遍路」が刊行された。

中野 杉生人　なかの・さんせいじん　歌人
明治19年（1886年）1月26日～昭和42年（1967年）12月　生三重県朝明郡杉谷村（菰野町）　名本名＝中野宗太郎　学三重師範〔明治43年〕卒　歴朝上小学校准教員を務めていた明治38年、校長として赴任してきた俳人の藤井鬼白と出会い、終生の親交を結ぶ。藤井の影響により俳句をはじめ、杉生の号で「蓑と笠」などに投句。大正6年竹永小学校校長となり、昭和19年に教職を退くまで川越、朝上、富洲原、桑名第二、桑名第三の各小学校校長を歴任。引退後は竹永村村長となったが、21年公職追放により退任。32年頃から作歌に進み、「毎日歌壇」「朝日歌壇」などに投稿、入選を重ねた。34年古茂野歌会結成に参加した。著書に「短歌と生涯」がある。

中野 重治　なかの・しげはる　詩人
明治35年（1902年）1月25日～昭和54年（1979年）8月24日　生福井県坂井郡高椋村（坂井市）　名筆名＝日下部鉄（くさかべ・てつ）　学東京帝国大学独文科〔昭和2年〕卒　歴四高時代から創作活動をし、東京帝大入学後は大正14年「裸像」を創刊。新人会に参加し、林房雄らと社会文芸研究会を結成、15年マルクス主義芸術研究会へと発展した。同年「驢馬」を創刊し「夜明け前のさよなら」「機関車」などの詩を発表。昭和2年「プロレタリア芸術」を創刊、3年蔵原惟人らと全日本無産者芸術連盟（ナップ）を結成し、プロレタリア文学運動の中心人物となった。6年日本共産党に入党。7年弾圧で逮捕され、2年余りの獄中生活を送る。転向出所後は「村の家」「汽車の罐焚き」「歌のわかれ」「空想家とシナリオ」などを発表。戦後は新日本文学会の結成に参加し、荒正人らと“政治と文学論争”を展開。また、共産党に復党して参院議員も務めた。戦前、発禁と削除に遭った「中野重治詩集」は、22年小山書店から無削除版が出版された。　賞朝日賞〔昭和52年〕「中野重治全集・全28巻」　家妻＝原泉（女優），妹＝中野鈴子（詩人）

中野 詩紅　なかの・しこう　俳人
明治43年（1910年）11月25日～平成13年（2001年）7月5日　生福岡県　名本名＝中野満　学高小卒　歴昭和4年作句を始める。22年「かつらぎ」に投句、阿波野青畝に師事。28年「かつらぎ」同人。49年俳人協会会員。50年「かつらぎ」推薦作家。　賞俳人協会関西俳句大会俳人協会賞・朝日新聞社賞〔昭和52年〕

長野 秋月子　ながの・しゅうげつし　俳人
明治44年（1911年）9月24日～平成5年（1993年）10月3日　生東京都　名本名＝長野孝延

学順天中卒　歴昭和8年「ホトトギス」誌友。10年富安風生門下、「若葉」誌友。16〜18年「若葉」発行担当。22〜25年「多摩深緑」主宰。24年「若葉」同人。41年「冬草」同人。55年「ももすもも」同人。句集に「花不断」。　賞若葉功労賞〔昭和46年〕

中野 鈴子　なかの・すずこ　詩人
明治39年（1906年）1月24日〜昭和33年（1958年）1月5日　生福井県坂井郡高椋村（坂井市）　名筆名＝一田アキ　学坂井郡立女子実業卒　歴昭和4年上京、兄・中野重治と生活を共にし、詩、小説を「戦旗」に発表。また全日本無産者芸術連盟（ナップ）に参加し「働く婦人」を編集する。11年結核療養のため帰省し、以後農業に従事しながら詩作。戦後、新日本文学会福井支部を結成し「ゆきのした」を創刊。また共産党員としても活躍。30年詩集「花もわたしを知らない」を刊行した。「中野鈴子全著作集」（全2巻，ゆきのした文学会）「中野鈴子全詩集」（フェニックス出版）がある。　家兄＝中野重治（詩人）

永野 孫柳　ながの・そんりゅう　俳人
明治43年（1910年）12月12日〜平成6年（1994年）12月14日　生愛媛県松山市　名本名＝永野為武（ながの・ためたけ），筆名＝小名木滋　学東北帝国大学理学部生物学科卒　歴東北大学理学部講師、農学部助教授を経て、昭和25年教授に就任。49年退官して名誉教授となり、50年宮城県教育委員長に就任。また祖父・野間叟柳の影響で俳句を始め、「雲母」「石楠」を経て、27年「俳句饗宴」を創刊し主宰する。著書は「科学の衣裳」「本能の研究」「生物科学概論」、句集「樹齢」「百葉箱」「砂時計」「琳琅館」「花筐」など多数。　勲勲三等旭日中綬章〔昭和58年〕　賞雲母寒夜句三昧個人賞〔昭和12年〕，河北文化賞〔昭和56年〕

長野 規　ながの・ただす　詩人
大正15年（1926年）1月13日〜平成13年（2001年）11月24日　出東京都　学早稲田大学政治経済学部〔昭和25年〕卒　歴集英社入社後、児童雑誌の編集に携わり、29歳で少女漫画雑誌「りぼん」の初代編集長に。昭和43年“友情・努力・勝利”をキーワードにした「週刊少年ジャンプ」の創刊に携わり、編集長。作家専属制度、読者アンケートはがきによる投票などを発案、「ハレンチ学園」「男一匹ガキ大将」の二大ヒットで親や教育界に物議をかもしつつ、部数を伸ばす。48年にはライバル誌「少年マガジン」の発行部数を抜き、少年誌日本一に。49年退任。傍ら、7冊の詩集を出版し、平成5年刊行の「大伴家持」は現代詩花椿賞の候補になった。

中野 秀人　なかの・ひでと　詩人
明治31年（1898年）5月17日〜昭和41年（1966年）5月13日　生福岡県福岡市　学慶応義塾大学高等予科中退，早稲田大学政経学部中退　歴大正9年プロレタリア文学を論じた「第四階級の文学」が「文章世界」の懸賞論文に当選する。早大中退後は国民新聞を経て、大正11年朝日新聞記者となり、その傍ら詩などを発表。記者生活を退め、15年英、仏に渡る。帰国後は詩人、評論家として活躍、昭和13年処女詩集「聖歌隊」を刊行し、文芸汎論詩集賞を受賞。14年には童話集「黄色い虹」を刊行。15年花田清輝らと「文化組織」を創刊。戦後は新日本文学会などに参加し、共産党にも入党するが、36年脱退する。23年には長編「聖霊の家」を刊行した。他の著書に「中野秀人散文自選集」「中野秀人画集・画論」などがあり、没後「中野秀人全詩集」（思潮社）が刊行された。　賞文芸汎論詩集賞（第5回）〔昭和13年〕「聖歌隊」　家兄＝中野正剛（政治家）

中野 陽路　なかの・ようじ　俳人
大正10年（1921年）7月31日〜平成12年（2000年）5月14日　生山口県下関市　名本名＝中野大八郎（なかの・だいはちろう）　学都島工機械科卒　歴昭和21年古見豆人の手ほどきを受ける。24年「黒野」に入会、皆川白陀に師事。28年「黒野」同人。56年同人会長、平成4年副主宰を務め、11年から主宰。昭和53年俳人協会会員。61年〜平成2年横浜俳話会幹事長を務めた。句集に「治療薬」、随筆集に「忘却の前に」など。

中野 立城　なかの・りつじょう　俳人
明治39年（1906年）7月31日〜昭和60年（1985年）8月14日　生愛媛県松山市下伊台　名本名＝中野甚三郎（なかの・じんざぶろう）　学松山工建築科卒　歴銭高組に入社。昭和9〜18年樺太敷香、北鮮、秋田、満州に出張。帰国後課長、仙台所長、戦後部長を務める。26年から3年間闘病生活を送り、29年独立。同年会社を創立。俳句は松山工業学校時代に始める。18年「みづうみ」投句。29年「若葉」、同年「春嶺」に拠り岸風三楼に師事。「春嶺」同人。47年葛飾俳句連盟会長となる。句集に「欧州旅行」「神の意一中野立城集」など。

中原 綾子　なかはら・あやこ　歌人　詩人
明治31年（1898年）2月17日～昭和44年（1969年）8月24日　生長崎県　学東洋高女卒　歴大正7年与謝野晶子に師事し、第2期「明星」で活躍。10年刊行の「真珠貝」で歌壇に登場し、さらに「みをつくし」「刈株」を刊行。詩集「悪魔の貞操」「灰の死」なども ある。「明星」廃刊後は「相聞」に参加し、6年「いづかし」を創刊。戦後刊行の「明星」「すばる」にも参加した。

中原 勇夫　なかはら・いさお　歌人
明治40年（1907年）4月1日～昭和56年（1981年）4月25日　生佐賀県佐賀市　学京都帝国大学文学部国文科卒　歴佐賀大学教授を務め、国文学を専攻。歌人としても知られ、歌誌「ひのくに」を主宰。結社を超えた佐賀県歌人協会を結成、会長としても活躍した。歌集に「年輪の序」「常歌」「続常歌」など。

中原 海豹　なかはら・かいひょう　俳人
大正14年（1925年）10月2日～昭和59年（1984年）1月20日　生東京市京橋区（東京都中央区）　名本名＝中原晃（なかはら・あきら）　学東京大学法学部〔昭和23年〕卒　歴昭和23年労働省入省。48年労働省官房審議官、50年職業訓練局長、55年雇用促進事業団副理事長を歴任。57年3月産業医科大理事長を務めた。また東大俳句会で山口青邨に師事して俳句を始め、戦後、「氷海」「狩」同人。句集に「薔薇王国」がある。

中原 忍冬　なかはら・にんとう　詩人
昭和4年（1929年）3月31日～平成15年（2003年）8月27日　生長野県上伊那郡高遠町（伊那市）　名本名＝中原蔦右衛門（8代目）（なかはら・つたえもん）　歴旧制中学を卒業後、長野県内の小学校で教える。平成元年退職。この間、昭和27年頃に短歌から詩に転向。44年「伊那文学」を創刊・主宰。詩集に「炎」「予感」「幻花」「風の記憶」、評論集「原点を探る」などがある。

仲俣 新一　なかまた・しんいち　川柳作家
昭和2年（1927年）3月18日～平成23年（2011年）7月19日　出富山県魚津市　学新潟工電気科〔昭和18年〕卒　歴昭和38年魚津市立図書館長代理を経て、46～62年同館長。62年～平成4年魚津歴史民俗博物館館長。川柳作家としても活躍し、昭和50年頃に川柳結社がなかった富山県新川地域で初めて川柳講座を開設。平成7年富山県川柳協会を設立して事務局長、13年副会長を経て、会長に就任した。また、若い頃は登山を愛し、昭和37年小説「劔岳 点の記」を著した新田次郎を劔岳に案内した。　家弟＝仲俣申喜男（作曲家）

中道 風迅洞　なかみち・ふうじんどう　詩人
大正8年（1919年）2月11日～平成23年（2011年）4月15日　生青森県八戸市　名本名＝中道定雄（なかみち・さだお），通称＝中道了丈　学早稲田大学文学部〔昭和16年〕卒　歴昭和16年NHKに入局。36年テレビ文芸部長、40年番組技術システム推進本部長、43年名古屋中央放送局長、45年芸能局長、46年中央研修所長を歴任。49年NHKサービスセンター専務、55年NHKインターナショナル副理事長。戦後、NHKラジオ「とんち教室」を担当したのをきっかけに都々逸の手ほどきをはじめ、55年～平成21年NHKラジオ「文芸選評」で「おりこみどどいつ」選者を務めた。昭和61年「二十六字詩・どどいつ入門」を刊行、他に類書のない総合解説書として注目された。他の著書に「ひとり和讃」「四十年目の約束」などがある。

仲嶺 真武　なかみね・しんぶ　詩人
大正9年（1920年）1月20日～平成25年（2013年）5月8日　生沖縄県島尻郡与那原町　学拓殖大学専門部卒　歴若い頃に小説を書くが、中断。還暦を過ぎてから再び筆を取り、詩作に専念。平成8年「再会」で山之口貘賞を受賞した。著書に四行詩集「風景」「屋根の上のシーサー」「ネヴァモア」「時間が牛になって草を食べている」「どのような劇になるだろうか？」「九十歳の産声」などがある。　賞山之口貘賞（第9回）〔平成8年〕「再会」

中村 明子　なかむら・あきこ　俳人
昭和2年（1927年）1月1日～平成26年（2014年）8月14日　生東京都渋谷区　学東京府立第六高女卒　歴昭和29年「萬緑」に入会、41年「萬緑」同人。45年俳人協会会員、63年幹事、平成15年評議員。句集に「天恵」「透音」「神鏡」「納戸色」など。　賞萬緑新人賞〔昭和40年〕，萬緑賞〔昭和45年〕

中村 雨紅　なかむら・うこう　詩人
明治30年（1897年）2月6日～昭和47年（1972年）5月8日　生東京府南多摩郡恩方村（東京都

八王子市）　名本名＝高井宮吉　学青山師範〔大正5年〕卒, 日本大学国語漢文科卒　歴宮司の家に生まれる。東京の第二日暮里小学校、大正7〜13年第三日暮里小学校で教師をした後、厚木市に移住。その年より、24年に定年退職するまで厚木実科高女教諭を務めた。傍ら、児童の情操教育のため同僚らと回覧文集を始め、童話歌謡を発表。「蛙のドタ靴」「ねんねのお里」「かくれんぼ」などの作品がある。著書に「もぐらもち」などがある。「夕焼小焼」の童謡作詞はとくに有名。

中村 漁波林　なかむら・ぎょはりん　詩人
明治38年（1905年）8月28日〜昭和60年（1985年）5月14日　生広島県広島市　名本名＝中村勝一（なかむら・かついち）　学早稲田大学中退　歴「小さい芽生」「生命と意志」「墓標」「漁波林詩集」などの詩集があり、自由詩を重んじて詩作、思想的にはニヒリスティックな傾向にあった。また詩誌「詩文学」「現代詩人」を主宰し、「詩人連邦」「人間連邦」「連峰」を共同編集した。一方、書肆東北書院を経営し、出版界でも活躍した。著書はほかに評論集「抹殺詩論」「現代文学の諸問題」「今日の言葉」などがある。

中村 公子　なかむら・きんこ　俳人
大正6年（1917年）2月5日〜昭和63年（1988年）6月25日　生群馬県桐生市　名本名＝中村錦子（なかむら・きんこ）　学東京整容学院卒　歴昭和33年丸山海道に師事し、「京鹿子」に入会。50年同人。句集に「桃韻」。　賞京鹿子東京支部年間賞〔昭和54年〕, 京鹿子東京支部創設功労賞〔昭和56年〕, 京鹿子大賞〔昭和62年〕

中村 欣治朗　なかむら・きんじろう　川柳作家
明治37年（1904年）10月〜昭和53年（1978年）6月　生福岡県福岡市上対馬小路（博多区）　名本名＝中村金次郎　歴昭和10〜16年「番傘」「昭和川柳」に所属、「番傘」同人。句集に「父子凧—中村欣治朗・中村史集」がある。　家長男＝中村史（川柳作家）

中村 草田男　なかむら・くさたお　俳人
明治34年（1901年）7月24日〜昭和58年（1983年）8月5日　生中国福建省廈門　出愛媛県松山市　名本名＝中村清一郎（なかむら・せいいちろう）　学東京帝国大学国文科〔昭和8年〕卒　歴大学卒業後、成蹊学園に就職。高校・成蹊大学政経学部教授として33年間務め、昭和42年定年退職し、44年名誉教授。俳句は、4年高浜虚子に入門。「ホトトギス」に投句する傍ら、東大俳句会に参加。9年「ホトトギス」同人。この頃より新興俳句運動に批判的で、加藤楸邨、石田波郷らとともに“人間探求派”と呼ばれた。21年「萬緑」を創刊・主宰。以後、伝統の固有性を継承しつつ堅実な近代化を推進し、現代俳句の中心的存在となり、現代俳句協会幹事長、俳人協会初代会長を歴任。日野草城のエロティックな連作「ミヤコ・ホテル」を批判した他、桑原武夫の「第二芸術論」批判、「天狼」の根源俳句論批判、金子兜太との前衛俳句論争など、昭和の俳句論争史においても主要な役割を果たした。31年より東京新聞俳壇選者、34年より朝日新聞俳壇選者。句集「長子」「火の島」「萬緑」「来し方行方」「銀河依然」「母郷行」「美田」などの他、「俳句入門」、メルヘン集「風船の使者」など著書多数。「中村草田男全集」（全18巻・別巻1, みすず書房）がある。　勲紫綬褒章〔昭和47年〕, 勲三等瑞宝章〔昭和49年〕　賞芸術選奨文部大臣賞〔昭和53年〕「風船の使者」, 日本芸術院賞恩賜賞〔昭和59年〕

中村 月三　なかむら・げつぞう　俳人
大正2年（1913年）3月26日〜平成8年（1996年）9月19日　生福岡県　名本名＝中村芳男　学小倉師範二部〔昭和8年〕卒　歴昭和13年「石楠」の臼田亜浪に師事、作句をはじめる。46年「林苑」に入会、太田鴻村に師事。48年「林苑」同人、49年「地帯」同人。54年北九州市で同地の同人と共に林苑全国大会を開催。句集に「露山河」がある。　賞林苑賞〔昭和50年〕

中村 孝一　なかむら・こういち　俳人
大正12年（1923年）5月15日〜平成20年（2008年）3月29日　生長崎県南高来郡千々石町（雲仙市）　学長崎市立第二商卒　歴昭和32年作句を始め、長崎天狼会「烽火」に入会。36年「天狼」、39年「氷海」に入会、46年「氷海」同人。47年俳人協会会員。53年「狩」創刊に同人として参加、鷹羽狩行に師事、長崎支部長。59年〜平成8年長崎俳人会会長。8年「狩」長崎支部長を退く。句集に「西国」がある。

中村 耿人　なかむら・こうじん　歌人
俳人
明治30年（1897年）8月23日〜昭和49年（1974年）4月15日　生岡山県　名本名＝中村喜久夫

歴「アララギ」系歌人として「潮風短歌会」「楽浪短歌会」で活躍する。一方、俳句も大正10年「海紅」に参加して励み、のち「なぎさ同好会」(後「赤壺詩社」)を結成する。歌集に「植物林」がある。

中村 孝助　なかむら・こうすけ　歌人
明治34年(1901年)11月11日～昭和49年(1974年)4月1日　生千葉県千葉郡誉田村　学誉田村小高等科2年卒　歴大正14年から「土の歌」と題する行分け口語歌を発表し、15年に刊行。農民歌人として、昭和期に入ってプロレタリア短歌運動に参加した。歌集「野良に戦ふ」は発禁処分に。他に「日本は歌ふ」など。

中村 古松　なかむら・こしょう　俳人
明治34年(1901年)5月13日～昭和54年(1979年)9月13日　生三重県三重郡朝日町縄生　名本名＝中村喜三郎　学朝日村立実業補習学校　歴大正10年より四日市銀行、三重相互無尽、日本絹網、東海商事などの役職を歴任した。傍ら若年より俳句を始め、高橋其光、川口仙秋らに師事。大正8年17歳の時に俳句結社・不老会を設立、無所属・無派閥の俳誌「松の栞」を主宰。以後亡くなるまで独力で刊行を続け、全国に幅広い交友を持った。

中村 三山　なかむら・さんざん　俳人
明治35年(1902年)11月14日～昭和42年(1967年)9月22日　生奈良県橿原市　名本名＝中村修次郎　学東京大学法科卒　歴三高時代、三高京大俳句会に入り作句を始める。「ホトトギス」「馬酔木」を経て、「京大俳句」創刊に参画、同人となる。一方、「牟婁」を主宰した。学生時代より長らく胸を患っていたが、回復後に明和工業、明和印刷の代表取締役となった。

中村 若沙　なかむら・じゃくさ　俳人
明治27年(1894年)2月15日～昭和53年(1978年)2月28日　生愛知県岡崎市　名本名＝本名＝中村一郎　学大阪医科大学卒　歴在学中から句作を始め、大正11年「山茶花」創刊に参加、のち選者となる。21年「磯菜」(のち「いそな」)を創刊し、主宰。句集に「螢火」「待春」「銀漢」「春掛」「貝寄風」。

中村 柊花　なかむら・しゅうか　歌人
明治21年(1888年)9月7日～昭和45年(1970年)12月18日　生長野県長野市松代町　名本名＝中村端(なかむら・はじめ)　学長野県立小県蚕業学校卒　歴県の蚕業技術を指導しながら歌作し、明治40年同人社友となり、43年創作社に入社。若山牧水に師事し、牧水没後は選者として活躍。歌集に「清春」「山彦」「土よりの声」などがある。

中村 純一　なかむら・じゅんいち　歌人
大正14年(1925年)2月28日～平成16年(2004年)4月4日　生新潟県新潟市　学早稲田大学文学部国文科〔昭和24年〕卒　歴日本書籍、創元社、河出書房に勤務して編集活動に従事する。昭和45年千葉明徳短期大学専任講師となり、のち教授。日本近代文学館理事長も務めた。歌人としては、18年白秋没後の「多磨」に入会。28年父・正爾主宰の「中央線」創刊に参画、39年より主宰。著書は歌集「精神家族」「揺曳美学」「日本海色」があるほか、研究書に「北原白秋研究」や児童文学研究書が多数ある。　家父＝中村正爾(歌人)

中村 春逸　なかむら・しゅんいつ　俳人
明治36年(1903年)4月1日～昭和49年(1974年)6月28日　生福岡県小倉市　名本名＝中村俊一(なかむら・しゅんいち)　学京都帝国大学法学部〔昭和3年〕卒　歴広島通信局長、郵政省経理局長などを歴任したあと、昭和29年2月から30年8月まで郵政事務次官を務めた。また俳句をたしなみ、富安風生に師事し、24年「若葉」同人となり、34年俳誌「春郊」を創刊・主宰。句集に「蓼の花」「花菖蒲」、随筆集に「遠眼鏡」がある。

中村 春芳　なかむら・しゅんぽう　俳人
大正4年(1915年)7月1日～平成4年(1992年)11月9日　生東京都　名本名＝中村春吉(なかむら・はるよし)　学旧中卒　歴昭和14年「樹海」入会、応召により中断、24年「樹海」同人。この頃、同じ療養所で石田波郷に師事。28年「鶴」復刊に際して入会、32年同人。49年「河」同人を経て、54年「人」創刊により幹部同人。

中村 正爾　なかむら・しょうじ　歌人
明治30年(1897年)6月1日～昭和39年(1964年)4月5日　生新潟県新潟市　学明治大学専門部予科中退,新潟師範卒　歴明治大学専門部予科に進むが、父の死により郷里の新潟に戻り、新潟師範を卒業。小学校教師の傍ら短歌を作り、相馬御風や北原白秋の指導を受け、歌誌「路人」を刊行。大正11年白秋を招いて“白秋童謡の夕べ”を開催。白秋はこの時の印象をもとに「海は荒海 向こうは佐渡よ」で知られる童謡「砂山」を作り、新潟の子どもたちに贈った。同年上京、白秋の実弟・鉄雄が経営する出版社・アルスに入社。白秋と山田耕筰が主宰する「詩と音楽」の創刊に携わった他、「日本児童文庫」「白秋全集」などを手がけた。昭和29年退社。この間、10年白秋主宰の「多磨」創刊に参画、白秋没後の27年に終刊となるまで他の同人と協力して編集にあたった。28年「中央線」を創刊・主宰。歌集に「中村正爾歌集」がある。 家息子＝中村純一（歌人）

中村 笙川　なかむら・しょうせん　俳人
明治35年（1902年）2月1日～平成8年（1996年）9月9日　生石川県　名本名＝中村庄真　歴大正11年小松砂丘に指導を受け、12年「石楠」に入会、臼田亜浪に直接指導を受ける。昭和11年「石楠」同人。12年応召、14年除隊。「浜」会員。47年中西舗土主宰の「雪垣」創刊に参加、同人。「貝寄風」同人。石川県俳文学協会理事なども務めた。句集に「手取扇状地」がある。

中村 舒雲　なかむら・じょうん　漢詩人
昭和3年（1928年）～昭和57年（1982年）10月15日　名本名＝中村宏（なかむら・ひろし）　歴漢詩社「琢社」などを主宰。「夏目漱石の詩」「筆墨の詩」（共著）などの著書がある。昭和57年3月まで朝日新聞東京本社校閲部次長を務めた。

中村 信一　なかむら・しんいち　俳人
大正15年（1926年）3月23日～昭和60年（1985年）11月3日　生東京都　学旧制中卒　歴昭和19年「石楠」に入会、臼田亜浪の添削を受ける。28年「馬酔木」、29年「野火」に投句。33年「野火」、40年「馬酔木」同人。 賞野火青霧賞〔昭和32年〕，野火賞〔昭和34年〕

中村 真一郎　なかむら・しんいちろう　詩人
大正7年（1918年）3月5日～平成9年（1997年）12月25日　生東京市日本橋区箱崎町（東京都中央区）　名雅号＝暗泉，海星巣漁老，仙渓草堂，色後庵逸叟，俳号＝村樹　学東京帝国大学仏文科〔昭和16年〕卒　資日本芸術院会員〔平成3年〕　歴大学在学中に「山の樹」同人となり、昭和16年ネルヴァルの「火の娘」を翻訳して刊行。17年福永武彦、加藤周一らとマチネポエティックを結成し、22年「1946文学的考察」を刊行。また「死の影の下に」を刊行。以後、小説、詩、評論、古典、演劇、翻訳と多分野で活躍し、46年「頼山陽とその時代」で芸術選奨を、53年「四季」四部作の「夏」で谷崎潤一郎賞を、60年「冬」で日本文学大賞を受賞。平成5年日本近代文学館理事長に就任。6年全国文学館協議会の初代会長となった。他に「空中庭園」「雲のゆき来」「蛎崎波響の生涯」「眼の快楽」「王朝物語」などがある。 勲勲三等瑞宝章〔平成6年〕　賞芸術選奨文部大臣賞（文学・評論部門・第22回）〔昭和46年〕「頼山陽とその時代」，日本芸術院賞（平成1年度）〔平成2年〕，歴程賞（第27回）〔平成1年〕「蛎崎波響の生涯」，読売文学賞（評論・伝記賞，第41回）〔平成2年〕「蛎崎波響の生涯」　家妻＝佐岐えりぬ（詩人）

中村 翠湖　なかむら・すいこ　俳人
大正15年（1926年）3月23日～平成24年（2012年）10月4日　生滋賀県　名本名＝中村喜久蔵（なかむら・きくぞう）　学立命館大学法学部卒　歴昭和30年「霜林」に入会、桂樟蹊子に師事。36年「霜林」同人。33年「馬酔木」に入会、水原秋桜子に師事。63年「馬酔木」同人。句集に「菜殻火」「花山葵」などがある。 賞霜林賞〔昭和54年〕，馬酔木白暁賞〔昭和55年〕，霜林・新雪賞〔昭和56年〕

中村 清四郎　なかむら・せいしろう　歌人
明治40年（1907年）12月24日～平成7年（1995年）8月3日　生静岡県　学国学院大学卒　歴在学中の昭和元年「水甕」に入社、「青虹」を経て、21年森本治吉の「白路」復刊に参加。編集同人。28年神奈川県歌人会委員。29年平塚短歌会結成。43年より日本歌人クラブ神奈川県委員。歌集に「相模川」「阿夫利嶺」「淘綾」がある。

中村 草哉　なかむら・そうさい　俳人
明治40年（1907年）8月16日～平成4年（1992年）1月13日　生奈良県大和高田市　名本名＝中村茂　学旧制工業学校卒　歴大正9年より作句し、昭和初年より阿波野青畝に師事。28年「かつらぎ」第1回推薦同人。かつらぎ全国同人会監査。かつらぎ奈良県同人会副会長も務める。句集に「双塔集」がある。

中村 苑子　なかむら・そのこ　俳人
大正2年（1913年）3月25日～平成13年（2001年）1月5日　生静岡県田方郡大仁　学日本女子大学中退　歴戦前、三橋鷹女について俳句を学び、昭和19年「馬酔木」「鶴」に投句。24年に「春燈」に入会、久保田万太郎に師事。33年「俳句評論」創刊に参加、発行人となり、58年終刊。日常的な生活を作品化するのではなく生の意識を硬質な文体で表現し、戦後の女性俳人としては独自の地位を固めた。平成9年俳壇から事実上引退する花隠れの会を開催。以降はエッセイや評論で活躍した。句集に「水妖詞館」「花狩」「四季物語」「中村苑子句集」「吟遊」「花隠れ」、著書に「現代俳句案内」(共著)、「高柳重信の世界」(編著)など。　賞現代俳句協会賞(第22回)〔昭和50年〕，現代俳句女流賞(第4回)〔昭和54年〕「中村苑子句集」，詩歌文学館賞(第9回)〔平成6年〕「吟遊」，蛇笏賞(第28回)〔平成6年〕「吟遊」　家夫＝高柳重信(俳人)

中村 隆　なかむら・たかし　詩人

昭和2年(1927年)11月20日～平成1年(1989年)10月31日　出兵庫県神戸市　学東京農業大学〔昭和21年〕中退　歴日本現代詩人会会員で「輪」に所属。詩集に「不在の証」「金物店にて」「向日葵」「詩人の商売」、共編に「100年の詩集」がある。　賞兵庫詩人賞(第3回)〔昭和56年〕，神戸市文化賞〔昭和57年〕，日本詩人クラブ賞(第18回)〔昭和60年〕「詩人の商売」

中村 千尾　なかむら・ちお　詩人

大正2年(1913年)12月10日～昭和57年(1982年)3月31日　生東京市麻布区(東京都港区)　名本名＝嶋田千代　学山脇高女卒　歴同人誌「新領土」を経て「VOU」同人に。日本現代詩人会会員。詩集に「薔薇夫人」「美しい季節」「日付のない日記」「中村千尾詩集」など。句集に「掬水集」。

中村 忠二　なかむら・ちゅうじ　詩人

明治31年(1898年)～昭和50年(1975年)2月28日　生兵庫県　学日本美術学校　歴大正7年上京。日本美術学校で絵を学んだ後、船乗りとなるが、昭和5年船員を辞め、無線技術で警視庁に勤務しながら絵を描く。6年白日会展、光風会展、11年国画会展、文展鑑査展に入選。26年日本水彩連盟会員。画文集に「花と虫とピエロ」がある。人生のすべてを絵と詩にかけ、絵を売ることをせず、花と虫をこよなく愛した。50年没後、兵庫県立近代美術館、高岡市立美術館で個展が開かれた。

中村 汀女　なかむら・ていじょ　俳人

明治33年(1900年)4月11日～昭和63年(1988年)9月20日　生熊本県飽託郡画津村(熊本市)　名本名＝中村破魔子(なかむら・はまこ)，旧姓・旧名＝斎藤　学熊本高女補習科〔大正7年〕卒　歴大正7年頃から句作を始め、8年から「ホトトギス」に投句。9年結婚、以後句作を中断、育児と家事に専念する。昭和7年句作を復活し、「ホトトギス」「玉藻」に投句。高浜虚子に師事し、9年「ホトトギス」同人となる。15年「春雪」を刊行。22年主宰誌「風花」を創刊。31年中国文化訪問団の副団長として訪中、この頃から女流文化人としてラジオ・テレビ・新聞雑誌などで活動を始め、俳句の普及・大衆化に貢献した。55年文化功労者。主な句集に「汀女句集」「花影」「都鳥」「紅白梅」「薔薇粧ふ」、「中村汀女全句集」(毎日新聞社)などがあり、俳句の手引き書「今日の俳句」「俳句をたのしく」、随筆集「をんなの四季」「母のこころ」などもある。　勲勲四等宝冠章〔昭和47年〕　賞文化功労者〔昭和55年〕，日本芸術院賞(文芸部門・第40回)〔昭和58年〕，熊本県近代文化功労者〔昭和45年〕　家長男＝中村湊一郎(テレビプロデューサー)

中村 田人　なかむら・でんじん　俳人

大正12年(1923年)～平成22年(2010年)8月2日　出福岡県大川市　名本名＝中村勝(なかむら・まさる)　歴句誌「高牟礼」を主宰。「ホトトギス」所属。日本伝統俳句協会九州支部長を務めた。句集に「日向ぼこ」がある。

中村 知秋　なかむら・ともあき　歌人

明治39年(1906年)12月6日～昭和60年(1985年)12月30日　生和歌山県　名本名＝中村具嗣(なかむら・ともあき)　歴大正12年より新聞の歌壇に投稿。その後「香蘭」「蒼穹」などを経て、昭和12年「竹垣詩社」を結成、その主宰となり「竹垣」を創刊。戦争末期に指令により休刊、戦後復刊する。歌集に「青桐」「赤き雪片」がある。

中村 抜刀子　なかむら・ばっとうし　俳人

大正11年(1922年)1月1日～平成13年(2001年)6月12日　生東京都青梅市　名本名＝中村新平，旧姓・旧名＝石川　学拓殖大学卒　歴昭和36年「天狼」に入会、山口誓子に師事。41年会友、53年同人。平成6年「天狼」終刊により、8年より「天伯」に同人参加。句集に「天も地も」がある。　賞天狼コロナ賞〔昭和51年〕

中村 房舟　なかむら・ぼうしゅう　俳人

大正4年(1915年)8月8日～平成7年(1995年)2月25日　生千葉県館山市　名本名＝中村憲治

学安房中卒　歴那古観音の門前町で雑貨店・大和屋商店を経営。俳句は昭和27年「若葉」に拠り富安風生に師事。30年「春嶺」に入門、岸風三楼の教示を受け、46年同人。翌47年「若葉」同人。俳人協会年の花委員会の委嘱講師として舘山市老人クラブ俳句会の指導を担当する。60年「岬」にも入会、同人。平成4年「若葉」同人を辞退。句集に「五十集・樽」がある。

中村 正子　なかむら・まさこ　詩人
昭和3年（1928年）1月20日 ～ 昭和35年（1960年）3月9日　生滋賀県伊香郡高時村（長浜市木之本町）　学滋賀師範女子部本科〔昭和23年〕卒　歴昭和23年20歳の時から滋賀県内で小学校の教壇に立つが、22歳の時に肺結核とわかり、26年国立療養所紫香楽園に入園。31年療養所の仲間たちと同人誌「いしころ」を作り、詩の創作活動に取り組む。35年6回目の手術を受けた後に32歳で亡くなり、同年遺稿詩集「胸の底の川原で」が編まれた。平成26年教え子らにより「中村正子の詩と人生」が刊行され、注目を集める。

中村 将晴　なかむら・まさはる　俳人
大正11年（1922年）7月11日 ～ 平成16年（2004年）12月11日　生東京都　学早稲田大学附属工手学校機械科卒　歴昭和18年頃に結核療養中より作句。22年「口笛」に入会、臼田投扇子に師事して編集を担当。27年「雪解」に入会し皆吉爽雨に師事。33年同人。調布市社会教育部長を務めた。句集に「山塊」「涅槃変」「電子辞書」がある。　賞雪解新人賞〔昭和38年〕，雪解賞〔昭和48年〕

中村 路子　なかむら・みちこ　俳人
大正6年（1917年）1月26日 ～ 平成11年（1999年）2月24日　生北海道小樽市　学東京府立第二高女〔昭和10年〕卒　歴昭和37年「風」、44年「寒雷」、48年「陸」にそれぞれ参加。50年「寒雷」同人、「女性俳句」編集長。句会ノート「水位」編集。句集に「簪」「露」「渚」「澪」などがある。　賞風賞（第9回）〔昭和39年〕，現代俳句協会賞（第30回）〔昭和58年〕

仲村 八鬼　なかむら・やき　詩人
生年不詳 ～ 昭和60年（1985年）2月6日　名本名＝高橋徳有（たかはし・とくゆう）　歴戦後、同人誌「日本海溝」を主宰し、「貧しきものの歌」や「おもちゃ風土記」などの著書がある。

中村 やよい　なかむら・やよい　俳人
大正14年（1925年）3月1日 ～ 平成13年（2001年）4月18日　生静岡県沼津市　名本名＝中村弥生　歴昭和26年「双葉」入会、43年「海程」入会。のち「双葉」「海程」各同人。静岡地区現代俳句協会幹事、静岡県俳句協会常任委員を務めた。句集に「月明の魚」。　賞静岡県芸術祭奨励賞（第7回）

中村 嘉良　なかむら・よしろう　歌人
昭和2年（1927年）7月10日 ～ 平成10年（1998年）12月6日　出山形県　歴歌誌「樹木」同人。作品に「機械」「万灯」などがある。

中村 柳風　なかむら・りゅうふう　俳人
大正4年（1915年）12月25日 ～ 平成2年（1990年）4月16日　生滋賀県　名本名＝中村孝治　学力行高等海外学校ブラジル科卒　歴昭和6年浜中柑児に手ほどきを受ける。11年伊東月草の「草上」に投句。14年吉田冬葉・中村素山・松本翠影に師事、「獺祭」「虎落笛」「みどり」に入会。16年「虎落笛」同人、53年同人副会長。賞虎落笛賞〔昭和54年〕

中本 幸子　なかもと・さちこ　歌人
大正3年（1914年）3月1日～平成17年（2005年）11月9日　生鳥取県鳥取市　学奈良女高師文科〔昭和10年〕卒　歴昭和8年「アララギ」会員となり、土屋文明らに師事。10年奈良女高師を卒業し、同年札幌市立高女教諭、11年鳥取高女教諭を務めた。27年夫の赴任先である愛媛県松山市に移り住む。写実主義、現実主義を土台とし、優しい作風の短歌を作った。愛媛歌人クラブ、62年～平成6年松山歌人会、昭和62年～平成10年愛媛アララギ会、11～12年愛媛青南の会長を歴任。12年に脳こうそくで倒れるまで約30年間朝日新聞愛媛版伊予短歌の選者を務めた。14年歌集「十六日桜」を出版。　勲藍綬褒章〔昭和56年〕　賞愛媛県教育文化賞〔平成3年〕

中本 紫公　なかもと・しこう　俳人
明治42年（1909年）1月6日 ～ 昭和48年（1973年）11月2日　生京都府京都市　名本名＝中本研一　学滋賀師範卒　歴教員を経て戦後滋賀県主事。師範在学中に俳句を始め、「灯」を発行。その後「獺祭」「草上」を経て、「桃季」に移り、転じて松瀬青々に就き「倦鳥」に所属。昭和21年4月大津市で「花藻」を創刊、没時まで主宰。句集に「細道」「日本の眉」、文集に「作品と人間像」の他、評論集「俳句の眼」、季寄せ「花藻四季帖」「滋賀県俳人名鑑」等。

中本 庄市　なかもと・しょういち　歌人
大正2年（1913年）3月26日 ～ 昭和61年（1986年）2月1日　生広島県　歴昭和14年「むくげ」に入会、幸野羊三・幸田幸太郎に師事。51年から編集発行人となる。19年「潮音」に入会、のち同幹部。45年より54年まで呉歌人協会会長。55年より57年まで広島県歌人協会会長。昭和39年「短歌研究」中四国地方新人特集二席入賞。

中本 恕堂　なかもと・じょどう　俳人
明治32年（1899年）9月7日 ～ 昭和48年（1973年）3月11日　出石川県　名本名＝中本二三，別号＝四万窓　学石川師範卒　歴石川県で教職を務める傍ら、句作を行う。昭和8年「白山」を発行。郷里の女流俳人・加賀千代女研究でも知られ、「加賀の千代全集」「加賀の千代研究」などを刊行した。

中本 苳子　なかもと・とうし　俳人
大正4年（1915年）12月10日 ～ 平成9年（1997年）6月21日　生千葉県　名本名＝中本正明（なかもと・まさあき）　学鉄道教習所修了　歴昭和23年田中午次郎主宰の「鴫」に参加、26年同人。50年伊藤白潮を主宰に擁して「鴫」を復刊、同人。

長森 光代　ながもり・みつよ　歌人
大正11年（1922年）2月27日 ～ 平成16年（2004年）10月2日　生東京都　名筆名＝森屋耀子（もりや・ようこ）　学東京第三高女卒，アリアンス・フランセーズ　歴昭和38年渡仏し、ソルボンヌ、ルーブル美術史学校などで学び、41年に帰国。46年再び渡仏し、1年間パリに滞在後、ブルゴーニュ地方クールトワ村で8年間過ごす。53年に帰国。「アララギ」「文芸生活」同人。平成11年父で2.26事件の関係者を裁いた陸軍法務官・小川関治郎の回想録を執筆、愛知県美和町歴史資料館から「美和町史人物編」として出版された。著書に随筆集「ブルゴーニュの村便り」、歌集「野のマリア」「幻日」、小説集「イヨンヌの深き霧」などがある。　家父＝小川関治郎（陸軍法務官），夫＝長森聡（洋画家）

長谷 岳　ながや・がく　俳人
大正1年（1912年）9月11日～平成4年（1992年）1月1日　生岡山県岡山市　名本名＝長谷岳（ながや・たかし）　学早稲田大学法学部〔昭和10年〕卒　歴昭和13年検事となり、27年東京地検検事、33年東京高検検事を歴任。同年退官して弁護士となる。一方、中学在学中の2年から俳句を松村巨湫に師事。「清渟集」「あけび」に投句、のち「樹海」同人。29年巨湫の「きのうみ」発刊に合わせ同誌を離脱、金尾梅の門の「季節」に拠って同人、のち同誌編集長、同人会長。他に「八幡船」「風象」同人。句集「民族の谷間」「空蟬のうた」がある。

中矢 荻風　なかや・てきふう　俳人
大正6年（1917年）1月8日～平成9年（1997年）2月18日　出愛媛県松山市　名本名＝中矢貞義　学関西大学専門部法律学科〔昭和12年〕卒　歴昭和51年松山市伊台中校長を最後に定年退職。一方、俳句は30年川本臥風に学び、「虎杖」所属、3人目の選者を務めた。句集に「錆自転車」「無冠」「踏青」「愛語」など。　賞虎杖賞〔昭和35年〕

長安 周一　ながやす・しゅういち　詩人
明治42年（1909年）1月1日～平成2年（1990年）8月20日　生東京市牛込区（東京都新宿区）　学慶応義塾大学医学部卒　歴慶大で型取り法を学ぶ。法医学に携わり、東大に10年余勤務した後、科学警察研究所主任研究官に。また中学生のころから詩に関心をもち、北園克衛と親交を結んで本格的な詩作を始めた。「文芸汎論」「三田文学」「窓」「GALA」の他、外国の雑誌「ニュー・ダイレクション」「クライテリオン」「タウンズマン」「テセオ」などにも投稿、VOUクラブ会員となる。のち「荻」グループに加わる。専門の著書に「ミイラは語る」「顔の蘇生学」など。

中山 秋夫　なかやま・あきお　詩人
大正9年（1920年）～平成19年（2007年）12月4日　生静岡県　歴幼い頃に父がハンセン病を発症、隔離され各地を転々とした。自身も昭和14年19歳で国立療養所邑久光明園に強制収容される。園内では300人以上の患者の死を看取った他、断種手術を施され、妻となる人も看病疲れから肺炎を病んで亡くなった。40代で手足がまひし、失明。平成10年原告の一人として強制隔離政策の国家責任を問う国家賠償訴訟を熊本地裁に提訴し、11年には同園と長島愛生園の入所者らが原告となったハンセン病国家賠償瀬戸内訴訟の原告団代表となり、13年5月前者で全面勝訴、7月後者の訴訟でも“勝利和解”を勝ち取った。一方、「黄薔薇」同人で、詩により隔離政策の実態を伝え、亡くなった仲間の鎮魂のため詩作を続けた。詩集「囲みの中の歳月」、句集「父子独楽」「一代樹の四季」、散文集「鎮魂の花火」がある。 賞壺井繁治賞（第31回）「囲みの中の歳月」

永山 一郎　ながやま・いちろう　詩人
昭和9年（1934年）8月11日～昭和39年（1964年）3月26日 生山形県最上郡金山町 名筆名＝青沢永 学山形大学教育学部二部〔昭和30年〕修了 歴山形県下の小学校、分校などの教員をし、そのなかで組合活動をする。昭和31年詩集「地の中の異国」を刊行。他に小説「夢の男」「配達人No.7に関する日記」などがある。辺地の分校に帰任の途中モーターバイク事故で死去した。

中山 梟月　なかやま・きょうげつ　俳人
大正9年（1920年）5月22日～平成5年（1993年）12月8日 生愛媛県松山市 名本名＝中山重武 学愛媛師範〔昭和15年〕卒 歴昭和15年愛媛県教職員として西宇和に勤める。53年退職し、教育事務所を経て、55年二神塾に勤務。一方、俳句は36年「柿」主宰の村上杏史に師事し、翌年より「ホトトギス」に投句する。38年「柿」同人、56年「ホトトギス」同人。38年より「柿」編集に携わり、のち主宰。また松山俳句協会評議員を経て、副会長を務めた。句集に「福耳」がある。 賞愛媛新聞俳壇年間賞〔昭和51年〕，柿賞〔昭和54年〕

中山 周三　なかやま・しゅうぞう　歌人
大正5年（1916年）8月13日～平成11年（1999年）9月22日 生北海道札幌市 学国学院大学高師部卒 歴大学時代、釈迢空の歌との出会いで作歌。昭和12年「歌と観照」入会。21年「原始林」創刊に参加、山下秀之助に師事。28年以降同誌編集発行。33年から北海道新聞歌壇選者、また62年まで藤女子大学教授を務めた。初期の心理主義的詠風から、のちに平たんな日常・自然詠と変遷。北海道歌人会の創立にも尽力。歌集に「天際」「陸橋」。 賞北海道文化賞〔昭和63年〕

中山 純子　なかやま・じゅんこ　俳人
昭和2年（1927年）7月15日～平成26年（2014年）7月28日 生石川県金沢市 名本名＝木村純子（きむら・じゅんこ） 学石川県立第一高女卒 歴昭和23年「風」に入会して沢木欣一、細見綾子に師事。26年「風」同人。40年俳人協会会員。50年「沙羅」で俳人協会賞を受けた。他の句集に「茜」「瑤珞」などがある。 賞俳人協会賞（第15回）〔昭和50年〕「沙羅」，泉鏡花記念金沢市民文学賞（第17回）〔平成1年〕「瑤珞」

中山 伸　なかやま・しん　詩人
明治36年（1903年）～平成3年（1991年）1月3日 生愛知県名古屋市西区 名本名＝中山伸二（なかやま・しんじ） 歴名古屋地方の現代詩の草分け的存在の一人。大正8年柳亮、伴野憲と感動詩社を結成、「曼珠沙華」（のち独立詩文学と改題）を創刊。以後「風と家と岬」「新生」「友情」に参加。新日本詩人懇話会（請話会）、中部詩人サロン、名古屋短詩型文学連盟で活躍。詩誌「サロン・デ・ポエート」を発行。詩集に「北の窓」「座標」がある。

中山 輝　なかやま・てる　詩人
明治38年（1905年）4月15日～昭和52年（1977年）11月2日 生富山県中新川郡上段村（立山町） 学早稲田大学法学部中退 歴大正15年北陸タイムス社に入社。富山日報社会部長、北日本新聞編集局長を経て、代表取締役。一方、昭和2年新潟・富山・石川・福井の有力詩人を集めて日本海詩人連盟を結成して「日本海詩人」を創刊。5年「詩と民謡」を創刊・主宰。詩集に「石」「木になった魚」、民謡集「虹」、童謡集「石段」などがある。

中山 知子　なかやま・ともこ　詩人
大正15年（1926年）2月25日～平成20年（2008年）5月24日 生東京都新宿区 学日本女子大学〔昭和22年〕卒 歴川端康成に師事。童謡詩人として、NHK「みんなのうた」で放送された「ピエロのトランペット」「月の光」「峠のわが家」や、「おんまはみんな」などの歌詞も手がけた。創作に「星の木の葉」「夜ふけの四人」など。また欧米児童文学の研究紹介に努め、「O・ヘンリー少女名作全集」「若草物語」「ふしぎの国のアリス」など訳書も多い。

永山 富士　ながやま・ふじ　詩人
生年不詳～平成1年（1989年）12月3日 歴詩集に「ヨーロッパの旅」「緑あふるる日」などがある。

中山 勝　なかやま・まさる　歌人
明治39年（1906年）3月24日～平成1年（1989年）8月19日 生北海道 歴昭和3年「アララギ」に入会。以後「五更」「香蘭」「あさひね」

「作風」などに拠り、23年「かぎろひ」を創刊に参加。歌集に「環状路」「野馬」「玄穹」「逍遙神」「天の容花」「秋津羽」「離れ雲」がある。

中山 幹雄　なかやま・みきお　詩人
昭和24年（1949年）5月8日 ～ 平成14年（2002年）12月26日　生東京都江東区深川　学立正大学大学院〔昭和50年〕修了　歴昭和42年詩を書き始める。55年鶴屋南北研究会を結成。平成8年江戸深川文学会を結成。江戸歌舞伎や語り物の研究を続ける一方、近松座文芸部として、また戸部銀作の助手として、歌舞伎の舞台づくりの現場にも参加。3年から“矢車会”文芸部長として歌舞伎の上演に携わった。作品に「白鷺城異聞」、補作に「上意討ち」、著書に「南北序説」「絵本・歌舞伎」「浮世絵かぶきシリーズ〈全5巻〉」「言葉とまなざし—現代の画家23人」他。

永山 嘉之　ながやま・よしゆき　歌人
明治41年（1908年）8月1日～平成9年（1997年）12月30日　生福島県　学立正大学　歴大正13年より作歌を始め、「アララギ」の新田寛に師事。のち高田浪吉、大坪草二郎に師事。昭和27年「あさひこ」同人を経て、29年「あさかげ」創立に参加、編集長となる。歌集に「石神井川」「丘」「潮騒」「無患子」がある。

中山 礼治　なかやま・れいじ　歌人
明治45年（1912年）3月11日 ～ 平成10年（1998年）3月27日　生新潟県新潟市　学国学院大学〔昭和16年〕卒　歴小千谷中学卒業後、六十九銀行に勤務したが、国学院大学高師部に入学。在学中の昭和11年北原白秋主宰の「多磨」に入会。21年復員後、引き続き「多磨」に所属。28年「コスモス」発起人の一人に加わり、以後同誌の中心的歌人として活躍した。60年～平成4年新潟県歌人クラブ会長も務めた。歌集に「風霜の丘」「黄蜀葵」「夏草の白い花」、ほかの著作に「万葉大和の旅」「戦場の鶏」などがある。

奈切 哲夫　なきり・てつお　詩人
明治45年（1912年）6月29日 ～昭和40年（1965年）7月26日　生長崎県五島　学早稲田大学英文科卒　歴在学中より詩作、前衛詩誌「20世紀」「新領土」同人。「文芸汎論」「蠟人形」その他にも作品発表。敗戦後訳詩集「ルバイヤット」を刊行。没後の昭和42年、遺稿詩集「奈切哲夫詩集」が、刊行された。

名倉 八重子　なぐら・やえこ　俳人
大正4年（1915年）7月29日 ～ 平成17年（2005年）2月5日　生愛知県西尾市　学日本女子大学家政科卒　歴昭和26年「若竹」主宰の富田うしほに学ぶ。「若竹」編集同人、東海俳句作家会会員、同会編集委員。55年邸内に句碑建立。西尾文化協会文芸部委員長、同理事。句集に「馬止の門」がある。　賞東海俳句作家会愛知県知事賞〔昭和54年〕

那須 乙郎　なす・いつろう　俳人
明治41年（1908年）5月17日 ～ 平成1年（1989年）6月16日　生滋賀県　名本名＝那須政男（なす・まさお）　学京都薬学専門学校〔昭和4年〕卒　歴昭和9年「馬酔木」投句、24年同人。34年「向日葵」を創刊・主宰。33年毎日新聞京都文芸選者、34年京都市芸術文化協会常任理事、53年俳人協会評議員を歴任。句集に「ふるさと湖北」「旅の残像」。　賞京都市芸術文化協会賞〔昭和60年〕，京都市文化功労者〔昭和61年〕

夏堀 茂　なつぼり・しげる　詩人
昭和4年（1929年）3月24日 ～ 平成18年（2006年）6月2日　出青森県八戸市　名筆名＝須川洸　学第一早稲田高等学院文科中退　歴昭和42年八戸市でタウン誌「月刊ぷれいがいど東北」を創刊。詩人である自身の美意識と周囲の熱心な協力により発行を続け、同市草分けのタウン誌として知られた。詩集「晩夏の蝶」「星あかりの庭」「遠雷」、随想集「一市井人として」などがある。

夏目 漠　なつめ・ばく　詩人
明治43年（1910年）3月28日 ～ 平成5年（1993年）2月21日　出鹿児島県鹿児島市　名本名＝北原三男（きたはら・かずお）　学東京帝国大学法学部卒　歴台湾総督府、厚生省などを経て、昭和21年鹿児島県職員。41年県文化センター初代館長に就任。この間、30年より詩作など文学活動を行う。「九州文学」同人、詩誌「火山灰」同人。詩集に「火の中の眼」「含羞曠野」「悲愁参百日」、小説集に「霰の如く乱れ来る」がある。　家妻＝北原智恵子（小説家）

名取 思郷　なとり・しきょう　俳人
大正13年（1924年）1月19日 ～ 平成6年（1994年）4月13日　生東京都　名本名＝名取勇　学明治大学政経学部卒　歴ゴム会社社長。昭和15年吉田冬葉に師事、巣鴨獺祭俳句会の機関誌

「浮巣」で勉強。戦後、「あざみ」に拠り、同人。39年「あすか」を創刊し主宰。句集「花柊」「花擬宝珠」がある。

ナナオサカキ　詩人
大正12年（1923年）～平成20年（2008年）12月23日　生鹿児島県　名本名＝榊七夫（さかき・ななお）　歴詩集に「犬も歩けば」「地球B」がある。

鍋島 幹夫　なべしま・みきお　詩人
生年不詳～平成23年（2011年）7月20日　生福岡県八女郡黒木町（八女市）　学四国学院大学卒　歴大学卒業後、小学校教師となる。29歳の時に郷里の福岡県へ戻り、上陽町立上横山小学校校長などを務めたのち、平成19年梅光学院大学子ども学部准教授、22年教授。一方、「西日本新聞」の読書文芸欄がきっかけで本格的に詩作を始め、選評を書いていた丸山豊に師事。その後、地元の同人誌や詩誌「ユリイカ」などにシュールな味わいを持つ作品を発表。昭和57年「あぶりだし」で福岡県詩人賞、平成11年詩集「七月の鏡」でH氏賞を受賞。他の詩集に「三月」がある。　賞福岡県詩人賞〔昭和57年〕「あぶりだし」，H氏賞（第49回）〔平成11年〕「七月の鏡」

鍋谷 慎人　なべたに・しんじん　俳人
大正7年（1918年）3月4日～昭和63年（1988年）2月17日　生富山県高岡市　名本名＝鍋谷慎之助（なべたに・しんのすけ）　学高岡高商卒　歴昭和47年「顔」創刊に参加し、48年「あざみ」同人。句集に「残身」「峠の木」。　賞水鳥賞，顔賞

生井 武司　なまい・たけし　歌人
大正4年（1915年）8月4日～平成1年（1989年）11月10日　生栃木県下都賀郡大平村（栃木市）　学東京高師卒　歴昭和11年「アララギ」に入会、土屋文明に師事。21年「新泉」に参加。24年「はしばみ」を創刊・主宰。27年以来下野新聞短歌欄選者を務めた。歌集に「青山」「緑水」「北の窓」「円き虹」などがある。　賞下野文学大賞（第1回）〔昭和62年〕

行方 寅次郎　なみかた・とらじろう　俳人
大正9年（1920年）4月20日～平成7年（1995年）1月13日　生山形県　学旧高工卒　歴昭和20年「駒草」入会。26年「寒雷」入会。28年「鶴」「胡桃」入会。45年「鶴」同人。53年「胡桃」主宰、のち名誉主幹。山形県俳人協会会長を務めた。句集に「四十雀」「まんさく」、随筆集に「さようならキュウロク」。

並木 秋人　なみき・あきひと　歌人
明治26年（1893年）6月27日～昭和31年（1956年）6月9日　生福島県安達郡石井村　名本名＝三島一　歴「詩歌」「アララギ」を経て、大正10年「常春」を、昭和3年「ひこばえ」を創刊。以来改題しつつ27年「短歌個性」を創刊。歌集に「穂明」「巣藁の卵」「並木秋人短歌作品集」、著作に「現代短歌表現辞典」等がある。

行方 沼東　なめかた・しょうとう　歌人
明治29年（1896年）10月10日～昭和45年（1970年）3月26日　出千葉県　名本名＝行方富太郎（なめかた・とみたろう）　歴下総植物同好会を主宰し、シダ植物の分類・分布を調査・研究した。昭和27年日本シダの会を創設。また前田夕暮主宰の「詩歌」同人としても活躍した。著書に「シダの採集と培養」、歌集に「シダ帯」などがある。

なや・けんのすけ
⇒曽我 六郎（そが・ろくろう）を見よ

楢崎 泥華　ならさき・でいか　俳人
明治40年（1907年）1月3日～昭和62年（1987年）6月15日　生広島県　名本名＝楢崎幹雄（ならさき・みきお）　歴昭和15年皆吉爽雨に師事。「雪解」「いてふ」同人。　賞いてふ賞（第11回）

楢崎 六花　ならざき・ろくか　俳人
大正10年（1921年）2月6日～平成15年（2003年）1月3日　生福岡県福岡市　名本名＝楢崎秀夫（ならざき・ひでお）　学福岡商〔昭和13年〕卒　歴昭和16年句作を始める。20～22年シベリアに抑留。45年三菱自動車販売九州総合センター所長。平成元年その間の記憶を句にした「冬将軍」を刊行。句誌「冬野」「ホトトギス」同人。　賞福岡市文学賞（第21回）〔平成3年〕

奈良橋 善司　ならはし・ぜんじ　評論家
昭和12年（1937年）5月15日～平成12年（2000年）11月24日　生新潟県岩船郡　学国学院大学大学院日本文学専攻〔昭和44年〕博士課程修了　歴「地中海」「短歌手帖」を経て、「人」創刊に参加。また、明治大学教授を務め、万葉集や和

歌史を研究。著書に「釈迢空 折口信夫論」「短歌論 古典と現代」などがある。

成田 敦　なりた・あつし　詩人
昭和8年（1933年）12月4日～平成12年（2000年）9月10日　生岐阜県大垣市　学岐阜薬科大学〔昭和31年〕卒　歴岐阜薬科大学時代、同人誌に参加。卒業後は大垣市で薬局を経営。傍ら、40代になってから本格的に詩作を始め、詩誌「存在」「撃竹」「地球」「Blackpen」に所属。歌集に「水囀」、詩集に「紙の椅子」「水の年輪」「ゆめ雪の繭」「水の発芽」などがある。　賞中日詩賞（第33回）〔平成5年〕「水の発芽」

成田 嘉一郎　なりた・かいちろう　歌人
昭和2年（1927年）5月10日～平成8年（1996年）3月18日　生秋田県　歴昭和20年以降国労機関誌により順三・哲久・芳美の選を受ける。32年「まひる野」に入会、窪田章一郎に師事。56年善麿追尋の「短歌周辺」創刊に参加。日本歌人クラブ県委員、秋田歌人社主幹を務める。歌集に「北狄」「鷹」などがある。　賞国労文芸年度賞（第17回・21回）〔昭和52年・56年〕

成田 小五郎　なりた・こごろう　歌人
大正2年（1913年）11月7日～平成19年（2007年）2月15日　出青森県青森市　学青森商業学校卒　歴昭和10年青森県警察部健康保険課、25～33年青森県、栃木県民生部保険課長、33～49年岩手県、山形県、新潟県、神奈川県の各社会保険診療報酬支払基金幹事長を務めた。傍ら、歌人として11年短歌結社・青森アララギ会を創立、代表。17年に創刊した機関誌「青森アララギ」の編集発行人を平成18年まで続けた他、青森県歌人懇話会の設立に尽力するなど、県歌壇を牽引。また戦前から長年にわたり、青森市のハンセン病療養所松丘保養園で短歌を指導した。　勲勲五等瑞宝章　賞青森県文化賞〔平成14年〕

成田 駿太郎　なりた・しんたろう　俳人
明治40年（1907年）10月18日～平成4年（1992年）2月3日　生東京都渋谷区　学日本大学哲学科（夜間部）卒　歴辻永に洋画、平塚運一に創作版画を学ぶ。帝展、国画会展、日本版画協会展に洋画、版画出品。一方、昭和7年「駒草」に参加し、同人となる。句集に「流燈」。　賞駒草賞（第16回）

成田 千空　なりた・せんくう　俳人
大正10年（1921年）3月31日～平成19年（2007年）11月17日　生青森県青森市　名本名＝成田力（なりた・ちから）　学青森工機械科〔昭和14年〕卒　歴生家は農園兼よろづや。昭和14年東京の富士航空計器に入社するが、16年病気のため青森県に帰郷。4年間の療養生活中に俳句を始める。21年中村草田男の「萬緑」創刊に参加、28年第1回萬緑賞を受賞し、同誌同人。また21年「暖鳥」創刊に同人参加。25年五所川原市に書店を開業し、26年五所川原俳句会を結成。平成13年より「萬緑」代表。10年蛇笏賞を、6年「萬緑」刊行の中村草田男の句集「大虚鳥」と講演集「俳句と人生」でみなづき賞を受賞。句集に「地霊」「人日」「天門」「白光」「忘年」などがある。　賞萬緑賞（第1回）〔昭和28年〕，青森県文化賞〔昭和62年〕，俳人協会賞（第28回）〔昭和63年〕「人日」，蛇笏賞（第32回）〔平成10年〕「白光」，詩歌文学館賞（俳句部門，第16回）〔平成13年〕「忘年」，みなづき賞（第1回）〔平成16年〕

成嶋 瓢雨　なるしま・ひょうう　俳人
大正15年（1926年）1月18日～平成12年（2000年）12月19日　生茨城県竜ケ崎市　名本名＝成嶋恒治　学茨城師範卒　歴竜ケ崎小学校教諭を経て、叔父の設備機器会社に勤務。入院中の昭和29年句会の仲間入り。大野審雨、高浜年尾に師事、「りんどう」入会。30年「ホトトギス」会員、47年同人。56年茨城ホトトギス発足、57年同誌雑詠初巻頭入選。この間、55年茨城俳句協会会長、茨城県俳句作家協会長、日本伝統俳句協会創立監事、評議員を歴任。平成2年句集「歳月」を出版した。

成瀬 桜桃子　なるせ・おうとうし　俳人
大正14年（1925年）11月25日～平成16年（2004年）12月14日　生岐阜県恵那郡岩村町　名本名＝成瀬冨造（なるせ・とみぞう）　学横浜国立大学工学部機械科〔昭和22年〕卒　歴昭和15年より作句を始め、「馬酔木」「寒雷」に投句。21年久保田万太郎主宰「春燈」の創刊に参加。万太郎の没後は安住敦に師事。63年「春燈」を継承して3代目主宰となり、平成15年名誉顧問に退く。昭和58年俳人協会理事、平成8年副会長。句集「風色」「素心」の他、著書に「近代俳句大観」「現代俳人」「わが愛する俳人」「久保田万太郎の俳句」などがある。　賞俳人協会賞（第13回）〔昭和48年〕「風色」，俳人協会評論賞

（第10回, 平成7年度）〔平成8年〕「久保田万太郎の俳句」

成瀬 正俊　なるせ・まさとし　俳人

昭和5年（1930年）9月3日～平成20年（2008年）4月4日 生東京市麹町区（東京都千代田区） 学学習院大学国文科卒 歴昭和31年角川書店を経て、33年NET（現・テレビ朝日）に入社。教育番組のディレクターなどを経て、退社。48年父没後、国宝犬山城の12代目城主となり、国宝の城としては唯一の個人所有者として知られたが、平成16年財団法人・犬山城白帝文庫に寄付した。俳人として知られ、昭和20年より作句を開始。高浜虚子、高浜年尾、星野立子に師事、その早熟と才気でもって話題を呼んだ。36年「ホトトギス」同人、47年より「遠山」主宰。句集に「星月夜」「院殿」「侘助抄」、俳句随想に「とのさま俳話」などの他、写生文もよくし、句文集に「帰城」「生悲し」などがある。 家父＝成瀬正勝（文芸評論家）

成瀬 有　なるせ・ゆう　歌人

昭和17年（1942年）6月2日～平成24年（2012年）11月18日 生愛知県額田郡形埜村（岡崎市） 名本名＝成瀬有（なるせ・たもつ） 学国学院大学文学部国文科卒 歴国学院大学在学中、岡野弘彦と出会い作歌を始める。高校教師の傍ら、「地中海」を経て、昭和46年「短歌手帖」に参加。48年岡野主宰の「人」創刊に参加、主要同人として活躍した。平成6年より「白鳥」を主宰、発行編集人。15年「流離伝」で山本健吉文学賞を受けた。他の歌集に「游べ、桜の園へ」「流されスワン」「海やまの祀り」「真旅」などがある。 賞山本健吉文学賞（短歌部門, 第3回）〔平成15年〕「流離伝」

鳴戸 海峡　なると・かいきょう　俳人

大正10年（1921年）1月15日～昭和56年（1981年）4月30日 生和歌山県東牟婁郡那智勝浦町 歴昭和38年「浜」に入会、大野林火に師事。45年「浜」同人。遺句集に「滝音」がある。 賞浜賞〔昭和45年〕, 浜同人賞〔昭和50年〕

鳴海 英吉　なるみ・えいきち　詩人

大正12年（1923年）3月14日～平成12年（2000年）8月31日 出東京都 名本名＝加川治良（かがわ・はるよし） 歴シベリア抑留の経験を持つ。「開花期」「冊」同人。詩集に「風呂場で浪曲を」「ナホトカ集結地にて」など。他に日蓮宗不受布施派に関する著述がある。 賞壺井繁治賞〔昭和53年〕「ナホトカ集結地にて」

鳴海 要吉　なるみ・ようきち　歌人

明治16年（1883年）6月29日～昭和34年（1959年）12月17日 生青森県黒石町（黒石市） 名号＝帆羊, 漂羊, うらぶる, 浦春 学青森師範第二講習所〔明治40年〕卒 歴明治37年処女詩集「乳涙集」を自費出版。翌年島崎藤村を頼って上京するが、神経衰弱が高じ帰郷。下北郡下高等小学校に赴任し、結婚する。42年口語歌「半島の旅情」を発表。同年渡道するが、のちに再上京し、大正3年ローマ字歌集「TUTINI KAERE」を刊行。口語歌運動の先覚者として15年口語歌雑誌「新緑」を創刊し、昭和7年「やさしい空」を刊行した。他に歌集「歌を作る人」、童話集「芽生をうゑる」がある。

名和 三幹竹　なわ・さんかんちく　俳人

明治25年（1892年）3月4日～昭和50年（1975年）5月31日 生山形県 名本名＝名和香宝 学大谷大学〔大正7年〕卒 歴中学時代より作詞し、明治末年ごろ「日本」「層雲」に投句、のち「アカネ」「懸葵」同人となる。東本願寺内事出仕として大谷句仏法主遷化までの20数年間勤務し、句仏の仏弟子、俳弟子として京都俳壇の長老格となる。晩年は郷里の安楽寺住職となり、山形俳壇に寄与。句集に「三幹竹句集」、著書に「乙字句集」などがある。 賞斎藤茂吉文化賞（第13回, 昭和42年度）

縄田 林蔵　なわた・りんぞう　詩人

明治33年（1900年）2月21日～昭和57年（1982年）10月5日 生兵庫県神戸市 学高小卒 歴高等小学校卒業後の大正5年、上京。印刷所などで働きながら詩作を行い、昭和2年処女詩集「けがれた王座」を自費出版、日本最初の売娼詩集といわれた。19年茨城県の守谷町に疎開、そこで農業と詩作の生活を続け、“農民詩人”と呼ばれた。他の詩集に「天皇と麦踏」「迎春」「緑の法律」、「縄田林蔵詩集三部作」などがある。

南江 治郎　なんえ・じろう　詩人

明治35年（1902年）4月3日～昭和57年（1982年）5月26日 生京都府亀岡市 名筆名＝南江二郎 学早稲田大学中退 歴坪内逍遙、小山内薫らに学び、大正10年処女詩集「異端者の恋」を出版、13年「新詩潮」を主宰。以来、昭和8年まで南江二郎の筆名で、詩作を行う。一方、この間日本で初めての現代人形劇雑誌「マリオネット」（5～6年）、「人形芝居」（7～8年）を編集、発行した。9年NHKに入局、企画部長、編成局長、理事を歴任し、28年顧問となる。著書に「世界の人形劇」を始め、詩集に「南枝の花」「壺」「観自在」、訳書に「イェーツ舞踊詩劇集」、評論に「レミード・グウルモンの研究」などがある。

南日 耿平　なんにち・こうへい　詩人
大正2年（1913年）～平成20年（2008年）3月15日　生京都府相楽郡木津町　名本名＝近藤英男（こんどう・ひでお）　学東京高師体育科〔昭和10年〕卒　歴在学中陸上競技で活躍。第1回文慶戦400メートル障害で優勝、日本10傑に選ばれた。奈良教育大学教授、奈良県スケート連盟会長などを歴任。共著に「体育の哲学」「体育原理」「体育通論」などがある。また、南日耿平の筆名で詩を書き、「時間」「七面鳥」「黒弥撒」同人。

南原 繁　なんばら・しげる　歌人
明治22年（1889年）9月5日～昭和49年（1974年）5月19日　生香川県大川郡引田町　名号＝白童　学東京帝国大学法科大学政治学科〔大正3年〕卒　資帝国学士院会員〔昭和21年〕　歴内務省に入るが、大正9年東大に戻り、10年助教授となる。3年間のヨーロッパ留学を経て、14年教授に就任。自由主義的立場を守り、戦時中も軍部に迎合しなかった。20年3月法学部長、同年12月戦後最初の東大総長に就任。占領下において学問の独立を主張、その訓示は警世の言として注目を浴びた。21年には貴院議員となって憲法改正の審議に加わった。22年教育刷新委員会委員長。25年のサンフランシスコ講和条約の締結に際しては、全面講和を唱えて政府と対立、吉田茂首相から“曲学阿世の徒”と非難されても屈しなかった。26年東大総長退任、27年東大名誉教授となる。45年より日本学士院院長を務めた。主な著書に「国家と宗教」「大学の自由」「人間と政治」「フィヒテの政治哲学」「政治理論史」「政治哲学序説」の他、「南原繁著作集」（全10巻，岩波書店）がある。また歌人でもあり、歌集に「形相」がある。　家息子＝南原晃（日本輸出入銀行副総裁）

南部 憲吉　なんぶ・けんきち　俳人
明治40年（1907年）3月3日～平成2年（1990年）4月4日　生東京市麻布区（東京都港区）　学慶応義塾理財科〔大正15年〕中退　歴大正9年作句を始め、長谷川零余子没後、昭和12年飯田蛇笏に師事。「雲母」「蘇鉄」同人、「ひこばえ」主宰。句集に「脈博」「林」「ひょんの笛」、随筆集に「ひとりごと」がある。　賞改造社俳句研究賞〔昭和13年〕，雲母寒夜句三昧個人賞〔昭和14年・23年〕

【に】

新国 誠一　にいくに・せいいち　詩人
大正14年（1925年）～昭和52年（1977年）　出宮城県仙台市　歴1950年代から郷里・仙台で詩の前衛的実験を押し進め、視覚・聴覚を重視した“視る詩”“聴く詩”を制作。また、国際前衛詩運動“コンクリート・ポエトリー（具体詩）”の我が国における主導者で、自ら組織した芸術研究協会（ASA）の機関誌や世界各地の展覧会で作品を発表した。詩集に「0音」がある。

新倉 美紀子　にいくら・みきこ　俳人
大正8年（1919年）1月1日～平成22年（2010年）6月22日　生長野県　名本名＝新倉美キ子（にいくら・みきこ）　学日本女子大学家政学部中退　歴昭和24年福田蓼汀主宰の「山火」に入会、33年同人。句集に「瑠璃潮」「落花霏々」がある。　賞蓼汀賞（第2回）〔平成3年〕

新島 栄治　にいじま・えいじ　詩人
明治22年（1889年）4月1日～昭和54年（1979年）1月11日　生群馬県山田郡矢場川村　学尋常小中退　歴明治40年上京後、車夫、監獄看守、職工などさまざまな職歴をもつ。大正11年「シムーン」に参加、「種蒔く人」「新興文学」「文芸戦線」などに作品を発表。著書に「湿地の火」「隣人」「三匹の狼」など。

新関 一杜　にいぜき・いっと　俳人
大正3年（1914年）3月30日～平成21年（2009年）7月22日　生東京都　名本名＝新関淑郎（にいぜき・としお）　学早稲田大政治経済学部卒　歴昭和10年「黎明」主宰の加藤紫舟に師事。35年「京鹿子」同人。　賞京鹿子評論賞〔昭和42年〕

新村 青幹　にいむら・せいかん　俳人
明治43年（1910年）11月18日～昭和60年（1985年）2月3日　生栃木県栃木市湊町　名本名＝新村四郎　学栃木商卒　歴大正13年水上夜視桜に兄事し、14年その紹介で臼田亜浪に師事、

「石楠」入会。昭和30年大野林火に師事、「浜」入会。34年「浜」に同人参加。栃木県俳句作家協会創立より副会長を務めた。句集に「足場」(42年)がある。

仁尾 正文　にお・まさふみ　俳人
昭和3年(1928年)4月11日～平成27年(2015年)2月21日　生徳島県　学海兵, 新居浜工専卒　歴昭和36年「白魚火」編集長・荒木古川の手ほどきで俳句を始め、同誌に入会して西本一都に師事。また、同年より社内報俳壇で石田波郷の指導を受ける。63年「白魚火」雑詠選者、平成7年同誌同人集・雑詠選者、9年副主宰を経て、主宰。句集に「山泉」「歳々」「晴朗」などがある。　賞白魚火賞〔昭和47年〕

丹生石 隆司　におい し・りゅうじ　俳人
明治40年(1907年)6月23日～昭和61年(1986年)3月18日　生奈良県吉野郡下市町善城　名本名＝丹生石正司　学下市尋常小学校高等科卒　歴昭和5年頃より俳誌「石鳥」「ふみづき」に入会。のち新興俳句運動に加わり、「あまのがわ」「主流」同人。「ぎんが」同人代表も務めた。

二唐 空々　にから・くうくう　俳人
明治43年(1910年)2月12日～昭和57年(1982年)　生青森県弘前市　名本名＝二唐唯七(にから・ただしち)　学青森師範専攻科卒　歴昭和10年「ホトトギス」同人・増田手古奈へ入門。「十和田」同人となり、同誌編集に携わる。36年「鶴」に投句。のち「鶴」同人、「満天星」代表。また青森俳句懇話会副会長、青森市民俳句連盟会長を務めた。

西 一知　にし・かずとも　詩人
昭和4年(1929年)2月7日～平成22年(2010年)5月4日　出高知県高岡郡越知町　名本名＝大坪一知　学高知大学卒　歴9歳から29歳までを高知県で過ごした後、上京。平成2年から高知市に住んだ。詩集に「乾いた種子」「ひびきあるもの」「瞬間とたわむれ」などがある。　賞高知県出版文化賞(第48回)「詩の発見」

西池 涼雨　にしいけ・りょうう　俳人
明治41年(1908年)9月30日～平成9年(1997年)4月22日　生香川県　名本名＝西池篤士(にしいけ・とくお)　学浪華商卒　歴昭和16年堺化学社内俳句選者・妙立菱歌の手ほどきを受ける。21年俳誌「山茶花」を経て、24年「雪解」入門、34年「雪解」同人。50年大阪俳人クラブ入会。関西雪解会幹事。雪解雪しろ会。

西尾 栞　にしお・しおり　川柳作家
明治42年(1909年)3月6日～平成7年(1995年)5月15日　名本名＝西尾巌　歴全日本川柳協会常務理事を務めた。句集に「定本西尾栞句集」がある。

西尾 桃支　にしお・とうし　俳人
明治28年(1895年)10月25日～昭和53年(1978年)3月14日　生兵庫県明石市　名本名＝西尾栄治　学九州大学医学部卒　歴下関市で病院を開設。先考三千堂其桃没後, そのあとを継ぎ、昭和7年俳誌「其桃」を下関より創刊・主宰し、中国・九州方面に多くの俳人を育成。句集に「桃支句集」「凡」「無縁」、随筆集に「花径百題」「暗水」がある。

西岡 十四王　にしおか・じゅうしおう　俳人
明治19年(1886年)2月17日～昭和48年(1973年)8月5日　生愛媛県　名本名＝西岡敏雄　歴大正7年仙波花叟に俳句を学び、10年「渋柿」の松根東洋城に指導を受ける。15年松山商業に就職。昭和17年選者となり松山同人の指導に専念した。句集に「此一筋」「続此一筋」がある。

西岡 正保　にしおか・せいほ　俳人
大正7年(1918年)12月1日～平成23年(2011年)9月15日　生神奈川県　名本名＝西岡輝男　学東京市立商卒　歴昭和9年「獺祭」に入り、吉田冬葉に師事。その後、外地に2度従軍して作句を中断。戦後の23年「獺祭」に復帰、34年同人、56年編集長兼発行人となり、平成2年5代目主宰を継承。20年名誉主宰。

西垣 脩　にしがき・おさむ　詩人　俳人
大正8年(1919年)5月19日～昭和53年(1978年)8月1日　生大阪府大阪市　名俳号＝西垣脩(にしがき・しゅう)　学東京帝国大学文学部国文科〔昭和17年〕卒　歴帝塚山学院や武蔵丘高校の教諭を経て、昭和29年明治大学助教授、35年教授。中学時代、詩人の伊東静雄に国語を習い、強い影響を受けた。14年鈴木亨らと同人誌「山の樹」を創刊。37年詩集「一角獣」を刊行。俳人でもあり、松山高校時代「石楠」に参加し、同誌廃刊後は「風」に参加。著書に「西垣脩句集」「西垣脩詩集」「風狂の先達」「現代俳人」(編著)がある。　家長男＝西垣通(東京

大学名誉教授)

西垣 卍禅子　にしがき・まんぜんじ　俳人
明治30年(1897年)10月7日～昭和62年(1987年)11月18日　生東京市浅草区(東京都 台東区)　名本名＝西垣隆満, 別号＝睡鶯老人　学東京美術学校日本画科〔大正9年〕卒　歴東京・浅草の東陽寺に生まれる。大正11年帝展初入選。俳句は15年より河東碧梧桐に師事。戦時中は「新日本俳句」「俳句日本」、戦後は「俳句と文学」などを発行または主宰した。著書に句集「手向野」「記念品と杉の実生」などの他、評論「新日本俳句論」、小説「木人方歌」「残照の寺」、編著「新俳句講座」(全5巻)などがある。

西方 国雄　にしかた・くにお　歌人
大正5年(1916年)5月17日～昭和43年(1968年)1月21日　生新潟県新潟市　歴高等小学校卒業後、家業の屋根葺き職を継ぐ。傍ら、歌人として活躍、昭和11年「ポトナム」、16年「アララギ」に入会。天理教の布教師でもあり、ユーモラスで生活に根ざした歌を詠んだ。著書に「西方国雄歌集」がある。

西片 征風　にしかた・せいふう　俳人
大正11年(1922年)2月25日～平成14年(2002年)2月12日　出東京都　名本名＝西片征夫(にしかた・せいふ)　学早稲田大学大学院〔昭和22年〕修了　歴昭和25年朝日生命保険に入社。企業保険部長を経て、51年取締役名古屋営業局長、のち常務を務めた。一方、18年「あけぼの会」主宰。のち「高原人」「馬酔木」「曲水」に投句。平成元年「朝風」主宰。

西川 青濤　にしかわ・せいとう　歌人
明治38年(1905年)3月22日～平成6年(1994年)3月12日　出徳島県那賀郡上那賀町　名本名＝西川仁之進(にしかわ・にのしん)　学国学院大学卒　歴昭和21年富良野神社宮司となり、24年神社本庁評議員に当選。平成3年神社本庁長老の称号を受ける。一方、15歳の時、小田観蛍に勧められて短歌作りを始め、以来富良野の自然をテーマに5千首を超す歌を作る。昭和57年には歌会始の陪聴者に選ばれた。「潮音」「新墾」同人、「樹氷」代表。歌集に「活火山」「雲の輪唱」。

西川 満　にしかわ・みつる　詩人
明治41年(1908年)2月12日～平成11年(1999年)2月24日　生福島県会津若松市　学早稲田大学文学部仏文科〔昭和8年〕卒　歴昭和9年から17年まで台湾日日新報に勤務し、文化欄を担当する。その傍ら9年「媽祖」を、15年「台湾文芸」を創刊。10年処女詩集「媽祖祭」を刊行し、12年刊行の「亜片」で文芸汎論詩集賞の詩業功労賞を受賞。17年刊行の小説「赤嵌記」で台湾文化賞を受賞。戦後は21年「会真記」が夏目漱石賞佳作となる。天上聖母算命学を創唱して、台湾に魁星桜文庫を設立し、44年「生命の塔」阿佐谷大聖堂を建立した。他の著書に「中国小説集〈上下〉」、「西川満全詩集」などがある。　賞文芸汎論詩集賞・詩業功労賞(第4回)〔昭和12年〕, 台湾文化賞〔昭和18年〕「赤嵌記」, 夏目漱石賞佳作(第1回)〔昭和21年〕「会真記」　家長男＝西川潤(評論家)

西川 林之助　にしかわ・りんのすけ　詩人
明治36年(1903年)～昭和51年(1976年)　生奈良県　学吉野農林学校卒　歴短歌や詩、民謡を書きながら童謡の創作に励む。昭和9年「童謡の作り方」を発表して注目される。その後は民謡の作詞に力を注いだ。童謡集に「蛍と提灯」、民謡集に「河原よもぎ」など。

錦 三郎　にしき・さぶろう　歌人
大正3年(1914年)11月20日～平成9年(1997年)5月8日　生山形県山形市大字前明石　学山形県師範専攻科〔昭和11年〕卒　歴小・中学校の教師となり、昭和48年退職。傍ら、歌人としても活躍。「アララギ」を経て、21年「群山」に入会。31年「山麓」に入会し、編集委員、選者を務める。またクモ研究家として活躍。著書に「雪迎え」「雪霏霏」「クモの超能力」、歌集に「白銀時代」他。　賞斎藤茂吉文化賞(第21回)〔昭和50年〕

錦 米次郎　にしき・よねじろう　詩人
大正3年(1914年)6月28日～平成12年(2000年)2月12日　生三重県飯南郡伊勢寺村(松阪市)　学高小卒　歴高小卒業後、京都・西陣織帯地問屋店員となり、のち農業に従事する。昭和12年召集、21年復員。この間、7年頃から詩作をはじめ、24年「三重詩人」を創刊して主宰。「コスモス」などにも参加し、農民詩人として注目される。21年「日録」を刊行し、37年「百姓の死」で中日詩賞を受賞。明治初期の農民暴動「伊勢暴動」を書いた長編叙事詩「野火」をはじめ、四日市公害や芦浜原発、長良川河口堰など社会問題を風刺した作品を数多く発表。他に「旅宿帳」や随筆集「百姓の死」などがある。

賞中日詩賞（第2回）〔昭和37年〕「百姓の死」

西沢 隆二　にしざわ・たかじ
⇒ぬやま・ひろしを見よ

西島 麦南　にしじま・ばくなん　俳人
明治28年（1895年）1月10日～昭和56年（1981年）10月11日　生熊本県鹿本郡植木町（熊本市）　名本名＝西島九州男（にしじま・くすお）　学済々黌中退　歴熊本県の商家の長男。大正5年上京して出版社の警眼社に入社。7年武者小路実篤の新しき村建設に参加後、12年出版の仕事を志して大鐙閣に校正主任として入社。解散まで勤め、一時写真画報の仕事に携わった後、13年第三次「漱石全集」刊行に際しての校正係募集に応じて岩波書店に入店。以来、校正主任、初代校正課長を歴任し、定年後も特別嘱託として勤務、昭和45年75歳まで勤め上げた。校正の仕事の体系化や後進の育成にも大きく貢献、“校正の神様”ともいわれた。没後の57年、著書「校正夜話」が刊行された。また、大正4年から俳句を始めて麦南と号し、吉武月二郎、勇巨人と火の国吟社を起こす。飯田蛇笏に師事して俳誌「雲母」発刊に参加、師に傾倒して“生涯山廬門弟子”を称した。句集に「金剛纂」「人音」などがある。

西塚 俊一　にしずか・しゅんいち
⇒糸屋 鎌吉（いとや・けんきち）を見よ

西田 春作　にしだ・しゅんさく　詩人
大正6年（1917年）3月2日～平成10年（1998年）12月1日　生福岡県久留米市　名本名＝西田実　学工学校卒　歴昭和7年より詩作を始め、「蠟人形」「若草」「文芸汎論」に投稿。16年詩集「春卵」を刊行。同年小倉市を拠点に森道之輔らと「祝祭」「詩座」を創刊。戦後は「鵬」に参加、「アルメ」「柵」同人であった。他の詩集「海のほおずき」「青いみちしるべ」などがある。

西田 忠次郎　にしだ・ちゅうじろう　歌人
昭和5年（1930年）7月14日～平成11年（1999年）8月28日　生山形県　歴昭和22年結城健三主宰「えにしだ」に入会、のち編集委員及び選者。47年に病気のため両眼を失明したが、針灸師をしながら作歌活動を続けた。50年第18回短歌研究新人賞受賞。55年第2回えにしだ賞受賞。また、各地の短歌愛好家の指導にも尽力した。歌集に「かは舟」「光と翳と」「草木遙かに」、著作に「短歌の表現と文法」「短歌の語法」がある。　賞短歌研究新人賞（第18回）〔昭和50年〕，えにしだ賞（第2回）〔昭和55年〕，斎藤茂吉文化賞〔平成2年〕

西谷 しづ子　にしたに・しずこ　俳人
大正13年（1924年）9月7日～平成9年（1997年）6月30日　生長崎県　名本名＝西谷静子（にしたに・しずこ）　学長崎高女卒　歴昭和26年より「馬酔木」ならびに「棕梠」に投句。33年「棕梠」同人。　賞棕梠賞〔昭和47年〕

西角井 正慶　にしつのい・まさよし
⇒見沼 冬男（みぬま・ふゆお）を見よ

西出 うつ木　にしで・うつぎ　歌人
明治16年（1883年）4月16日～昭和47年（1972年）12月29日　生埼玉県深谷町　名本名＝西出きち　歴明治44年西出朝風、伊東音次郎、山田禎一らと朝風社（のち純正詩社）を結成、口語歌普及に尽力。「新短歌と新俳句」「純正詩社雑誌」などに作品を発表した。　家夫＝西出朝風（歌人）

西野 信明　にしの・のぶあき　歌人
明治41年（1908年）～昭和61年（1986年）3月12日　生京都府　歴昭和45年京都府立宮津高校退職、45～52年歌誌「吻土」編集代表。このほか「丹後歌人」編集委員、また「一歩短歌会」「ミセス短歌会」を主宰、「京鹿子」同人でもあった。著書に歌集「光彩」「いつまでも冬」、「女たちの長谷みち」（編著）など。

西野 理郎　にしの・りろう　俳人
大正10年（1921年）7月18日～平成12年（2000年）5月18日　生京都府福知山市　出山口県宇部市　名本名＝西野正哲（にしの・まさとし）　学明治大学政経学部　歴昭和12年ごろから俳句に親しみ、戦後は炭鉱会社の労務課長を務める傍ら、句作を続ける。「俳句評論」などを経て、「国」「葦」「椽」「天籟通信」などの同人。中国地区現代俳句連絡協議会会長、山口県現代俳句協会会長も務めた。句集に「海炎集」「冬日向」など。　賞現代俳句協会賞（第40回）〔平成4年〕

西村 一平　にしむら・いっぺい　歌人
明治44年（1911年）12月10日～平成13年（2001年）9月21日　生石川県金沢市　歴昭和6年与謝野鉄幹・晶子夫妻に師事、以来新詩社同人。35年六花書房を経営、のち医院事務長。大正8年

〜平成12年芦別市内に在住。昭和46年芦別市旭丘公園に歌碑が建立された。平成7年与謝野夫妻からの私信など所蔵の短歌関連資料2938点を芦別市に寄贈した。「冬柏」同人、歌誌「はしどい」発行人。歌集に「橇の鈴」「石狩びと」「長く相おもふ」などがある。

西村 燕々　にしむら・えんえん　俳人
明治8年（1875年）8月31日 〜 昭和31年（1956年）10月30日　生滋賀県志賀郡大津町　名本名＝西村繁次郎　歴明治35年岡野知十に入門、あふみ吟社を結成、俳誌「近江かぶら」を発行。43年西胡桃太の「裂帛」を編集。大正元年中国民報に入社、15年夕刊編集長となる。昭和5年より「唐辛子」を編集、のち主宰。地方俳史研究家として有名。著書に「森々庵松後」「千那」「近江・北陸俳諧史」など。

西村 数　にしむら・かず　俳人
明治44年（1911年）8月24日 〜 平成18年（2006年）7月1日　出鹿児島県鹿児島市谷山　名本名＝西村一意（にしむら・かずおき）　学神宮皇学館卒　歴鶴丸高などで国語教師を務め、同高教頭、加世田高校長、鹿児島商校長、鹿児島経済大学事務局長を歴任。一方、結核療養中に俳句を始め、昭和6年「ホトトギス」に初入選。24年「郁子」を創刊・主宰。平成5年脳梗塞により左半身が不自由になったが、16年に終刊するまで主宰を続けた。鹿児島県俳人協会創設にも尽くした。　賞南日本文化賞〔昭和57年〕

西村 公鳳　にしむら・こうほう　俳人
明治28年（1895年）8月20日 〜 平成1年（1989年）1月10日　生石川県石川郡出城村（白山市）　名本名＝西村省吾（にしむら・しょうご）　学東京農業大学卒　歴大正5年服部耕石に就き、13年臼田亜浪に師事、「石楠」に拠る。昭和10年「石楠」最高幹部。朝鮮石楠連盟機関誌「長性」主宰。のち「浜」「風」同人。42年俳人協会評議員。句集に「雑像」「雪浪」「長性」「歳華集」など。　賞浜同人賞（第5回）〔昭和45年〕　家長男＝西村奎吾（物理学者）

西村 哲也　にしむら・てつや　歌人
明治39年（1906年）2月22日 〜 昭和57年（1982年）1月21日　生秋田県能代市　学京都大学卒　歴昭和4年大学在学中に、第二期「詩歌」に参加、前田夕暮に師事。13年尾崎孝子の「歌壇新報」編集に協力。20年戦災による自宅焼失などにより短歌から離れる。20年の中断後、42年第三期「詩歌」に参加。歌集に「神々の耳」、遺著に「遺文集冬の坂」がある。

西村 直次　にしむら・なおじ　歌人
明治39年（1906年）12月15日 〜 平成10年（1998年）6月4日　出山形県山形市　学山形師範卒　歴昭和4年「アララギ」に入会、結城哀草果に師事。24年「山塊」会員、30年「赤光」会員、50年「山麓」同人、編集委員、選者。山形新聞歌壇選者、茂吉忌合同歌会選者、山形県歌人クラブ会長などを務めた。歌集に「空港の灯」「青い太陽」、評論集に「結城哀草果」などがある。

西村 白雲郷　にしむら・はくうんきょう　俳人
明治18年（1885年）3月26日 〜 昭和33年（1958年）3月30日　生大阪府　名本名＝西村善太郎　学東雲高　歴農業に従事する傍ら松瀬青々に師事し「倦鳥」同人となる。のち「断層」「翌桧」を主宰し、昭和24年「未完」を創刊。句集に「爪燈篭」「四門」などがある。

西村 尚　にしむら・ひさし　歌人
昭和10年（1935年）10月29日 〜 平成26年（2014年）11月1日　生京都府舞鶴市　学国学院大学文学部卒，国学院大学大学院〔昭和39年〕博士課程修了　歴「花宴」「鶴」を経て、昭和32年福田栄一に師事し「古今」に入会、編集同人となり、のち特別同人。この間、大学歌人会・十月会などにも関わる。平成元年より京都新聞「京都文芸」欄で歌壇選者を務める。7年飛声短歌会を発足。京都短期大学助教授を経て、教授。12年京都創成大学教授。歌集に「裸足の季節」「少し近き風」「故園断簡」「飛声」「帯香」「天蛙」「瑞歯」などがある。　家岳父＝福田栄一（歌人），義母＝福田たの子（歌人）

西銘 順二郎　にしめ・じゅんじろう　俳人
昭和8年（1933年）10月16日 〜 平成26年（2014年）10月8日　生パラオ　出沖縄県南城市　歴昭和61年俳句を始め、大嶺清子に師事。63年「風」に入会して沢木欣一に師事。平成4年「風」同人。13年「山繭」に同人参加。25年まで琉球新報「琉球俳壇賞」の選考委員を務めた。　賞琉球俳壇賞（第22回）〔平成13年〕，遠藤石村賞（第29回）〔平成20年〕

西本 秋夫　にしもと・あきお　歌人
明治40年（1907年）9月11日 〜 昭和60年（1985年）9月1日　生三重県名賀郡青山町　学東洋大

学卒 [歴]大正15年洛陽詩社（京都）に入り、中西松琴に師事。上京後、「花房」「錦木」「月集」に拠り作歌。のち「風炎」主宰。北原白秋の研究家としても知られ、著書に「白秋論資料考」「北原白秋の研究」などがある。

西本 一都　にしもと・いっと　俳人
明治38年（1905年）3月13日～平成3年（1991年）8月15日 [生]大阪府西成郡豊崎町本庄 [名]本名＝西本忠孝（にしもと・ただたか） [学]小卒 [歴]初め松瀬青々に学び「倦鳥」に拠る。大正13年板東稲村と大阪で「若葉」創刊、昭和3年東京創刊。34年「白魚火」主宰。現代俳句協会を経て、俳人協会評議員。句集に「神涼」「秋草」「風景」「旅愁」「夫婦図」「信濃抄」「高嶺草」「高田瞽女」など。 [賞]若葉賞〔昭和43年〕

西矢 籟史　にしや・らいし　俳人
明治45年（1912年）4月17日～平成1年（1989年）6月6日 [生]大阪府 [名]本名＝西矢嘉一 [学]今宮工卒 [歴]昭和7年「ホトトギス」同人皿井旭川の手ほどきを受ける。9年「かつらぎ」入会、第1回同人。33年「河」創刊同人。37年現代俳句協会員を経て、俳人協会入会。53年俳人協会幹事。句集に「花拓」。

西山 春潮　にしやま・しゅんちょう　俳人
大正6年（1917年）6月7日～昭和57年（1982年）9月10日 [生]福島県 [名]本名＝西山新造（にしやま・しんぞう） [歴]昭和21年木奴美会入会と同時に豊田君仙子の指導を受ける。50年「青雲」入会、同人。53年「狩」入会、55年「狩」福島支部監査。56年福島県俳句作家懇話会常任幹事。 [賞]福島県文学賞奨励賞〔昭和55年〕

西山 小鼓子　にしやま・しょうこし　俳人
明治42年（1909年）1月27日～平成12年（2000年）11月18日 [生]兵庫県 [名]本名＝西山謙三（にしやま・けんぞう） [歴]三菱地所勤務を経て、家業の酒造業に就き代表に就任。この間、兵庫県竹田村村長、兵庫県酒造組合副会長を務めた。一方、俳人としても活躍。高浜虚子に師事、昭和24年「ホトトギス」同人に推される。俳誌「草紅葉」を主宰。兵庫県俳人協会理事を務めた。

西山 禎一　にしやま・ていいち　俳人
大正2年（1913年）2月20日～平成9年（1997年）5月28日 [生]京都府天田郡 [名]本名＝西山定文 [学]立命館大学文学部中退 [歴]昭和34年「向日葵」に入会。37年「沖」入会、49年同人。51年俳人協会入会。句集に「花洛」「嵯峨御室」がある。 [賞]沖5周年記念コンクール1位〔昭和50年〕，俳人協会関西俳句大会賞〔昭和56年〕，沖結社賞〔昭和56年〕，京都市民俳句大会市長賞

西山 冬青　にしやま・とうせい　俳人
大正10年（1921年）9月3日～平成6年（1994年）4月5日 [生]長野県 [名]本名＝西山清繁（にしやま・きよしげ） [歴]車いす生活を送りながら作句。昭和17年信濃毎日新聞に投句、18年「俳句と旅」に所属。21年仲間と月刊の句誌「穂高」を創刊し、主宰。48年顧問。編集を担当、のち選評担当に。「穂高」の印刷、製本がキッカケで、23～63年タイプ印刷を営業。平成元年初の句集「常念快晴」を出版。安曇野の自然や生活心情を詠み込む。

西山 寿　にしやま・ひさし　詩人
明治45年（1912年）5月28日～平成16年（2004年）10月21日 [生]大阪府 [学]札幌高女卒 [歴]昭和44年詩誌「時間」会員、45年同人となり、本格的に詩作を始める。50年「時間」同人賞を受賞、55年同誌編集部委員。平成3年より「竜骨」編集部委員。詩集に「ガラスのいたずら」「眺望」がある。

西山 誠　にしやま・まこと　俳人
明治40年（1907年）4月13日～平成7年（1995年）3月10日 [生]東京市下谷区（東京都台東区） [名]本名＝西山誠二郎（にしやま・せいじろう） [学]日大高工卒 [歴]理化学研究所に勤務。俳句は中学上級の頃からしばらく「枯野」に投句したが、長谷川零余子没後中断。昭和21年「春燈」創刊とともに参加。久保田万太郎、安住敦の指導を受ける。燈火会会長を務めた。句集に「形代」「掌」。

西脇 順三郎　にしわき・じゅんざぶろう　詩人
明治27年（1894年）1月20日～昭和57年（1982年）6月5日 [生]新潟県北魚沼郡小千谷町（小千谷市） [学]慶応義塾大学理財科〔大正6年〕卒，オックスフォード大学〔大正14年〕中退 [資]日本芸術院会員〔昭和36年〕，米国芸術科学アカデミー外国名誉会員〔昭和48年〕 [歴]大正9年慶大予科教員となり、11年留学生として渡英。14年英文詩集「Spectrum」をロンドンで刊行。同年帰国し、翌年慶大文学部教授に就任。以降、英文学を講じる傍ら、「詩と詩論」「文学」

などに数々の詩論を発表、ダダ、シュールレアリスムなど日本での新しい新詩運動の中心的存在となる。昭和8年詩集「Ambarvalia」を刊行、詩人としての評価を確立する。10年以降はほとんど詩作をしないが、戦後、22年に「旅人かへらず」を刊行後は、旺盛活発な詩作を展開し、晩年まで詩魂は衰えなかった。37年慶大名誉教授、明治学院大教授、41年日本女子大教授を歴任。他に日本学術会議会員、日本現代詩会長など歴任し、36年日本芸術院会員、46年文化功労者となる。著作は他の詩集に「近代の寓話」「第三の神話」「失われた時」「壌歌」など、詩論に「超現実主義詩論」「シュルレアリスム文学論」、など、文学論に「ヨーロッパ文学」「古代文学序説」「T.S.エリオット」など、翻訳に「ヂオイス詩集」「荒地」などがある。また「西脇順三郎 詩と詩論」(全6巻)、「定本西脇順三郎全詩集」、「西脇順三郎全集」(全11巻・別1巻, 筑摩書房)が刊行されている。 勲勲三等瑞宝章〔昭和43年〕, 勲二等瑞宝章〔昭和49年〕 賞文化功労者〔昭和46年〕, 読売文学賞(第8回)〔昭和31年〕「第三の神話」

仁智 栄坊　にち・えいぼう　俳人

明治43年(1910年)7月8日～平成5年(1993年)3月31日 生高知県高知市 名本名＝北尾一水(きたお・かずみ) 学大阪外語露語科卒 歴昭和8年大阪逓信局に入り、露語放送に従事。9年岸風三楼らに誘われて京大俳句会会員となり、諷刺風の自由奔放な俳句を多く発表した。15年京大俳句弾圧事件に連座、投獄される。16年渡満し、満州電信電話ハルビン放送局に勤務。敗戦でシベリアに長く抑留され、24年引揚げ。戦後、「芭蕉」同人、「三角点」同人投句したが、やがて俳壇とは無縁となる。39～45年石川島播磨造船所に勤務し、のちに神戸で通訳業に就く。

新田 充穂　にった・あつお　俳人

大正15年(1926年)4月24日～昭和57年(1982年)11月23日 生北海道 学国鉄教習所卒 歴昭和18年から作句を開始。21年「ホトトギス」に投句。高浜年尾に師事、「玉藻」に投句。46年「ホトトギス」同人。54年「緋蕪」編集及びライラック集の選者。

新田 千鶴子　にった・ちずこ　俳人

大正3年(1914年)1月12日～平成13年(2001年)1月26日 生岡山県 学親和高女卒 歴昭和12年五十嵐播水に師事。14年「ホトトギス」に投句、のち同人。35年「九年母」第1回推薦作家。39年「九年母」婦人俳句選者。高砂野路菊句会指導、九年母加古川支部指導。

新田 祐久　にった・ゆきひさ　俳人

昭和9年(1934年)2月18日～平成15年(2003年)12月22日 生石川県寺井町 学金沢大学法文学部国文科卒 歴昭和28年大学入学と同時に沢木欣一に師事。33年「風」同人。56年「風俳句歳時記」編集委員。平成12年石川県俳文学協会会長。13年「白山」創刊・主宰。句集「白峰」「白山」「鰤起し」の他、「北陸俳句歳時記」「俳句とエッセイ」などがある。 賞風賞〔昭和42年〕, 俳人協会新人賞(第6回)〔昭和57年〕「白山」, 石川県文化功労賞〔平成14年〕

日塔 聡　にっとう・さとし　詩人

大正8年(1919年)7月18日～昭和57年(1982年)6月16日 生山形県西村山郡河北町 学東京大学文学部仏文科卒 歴戦前、「四季」に寄稿活躍した。詩集「鶴の舞」の他、「雄武町の歴史」「枝幸町史・上巻」などがある。

二宮 冬鳥　にのみや・とうちょう　歌人

大正2年(1913年)10月9日～平成8年(1996年)8月19日 生愛媛県大洲市 名本名＝二宮秀夫 学九州帝国大学医学部〔昭和17年〕卒 歴昭和6年早川幾忠の門に入り「高嶺」会員。19年20年と召集。長崎被爆のあと軍医として調査する。21年久留米医科大学助教授。23年「高嶺」主宰。久留米医科大学教授、大牟田市立病院長を経て、43年佐賀家政大学教授。50年福岡女子短期大学教授。美術批評、キリシタン灯籠の研究、刀剣鑑定と幅広く活躍。歌集に「黄眠集」「西笑集」「壺中詠草」「忘路集」など。随筆集「睡眠の書」、評論集「坂本繁二郎画談」がある。賞日本短歌雑誌連盟賞〔昭和39年〕「高嶺」

楡井 秀孝　にれい・しゅうこう　俳人

大正10年(1921年)5月26日～平成3年(1991年)9月23日 生東京都 名本名＝楡井秀孝(にれい・ひでたか) 学同志社大学経済学部〔昭和23年〕卒 歴旧満州国建国大学在学中応召。昭和24年「馬酔木」入門、「鯱」同人。56年有働亨指導「港の見える句会」の世話人。 賞馬酔木鍛錬会賞〔昭和29年〕

丹羽 洋岳　にわ・ようがく　歌人

明治22年(1889年)3月9日～昭和48年(1973年)3月9日 生青森県黒石市 名本名＝丹羽

繁太郎, 別号＝駒一, 草一　[歴]神経性疾患のために高等小学校を中退。のち短歌に打ち込み、「明星」「スバル」「新潮」などの文芸誌に投稿して石川啄木や金子薫園らの添削を受けた。また、大正5年には青森県黒石にある彼の自宅を歌人・若山牧水が訪れ、朗詠を伝授されている。昭和6年同地の青荷温泉に移住し、ランプの宿を開業。その宿には親交のあった劇作家・秋田雨雀や版画家・棟方志功をはじめとする数多くの文人墨客が訪れた。一方で作歌も続け、和田山蘭・加藤東籬とともに大正・昭和期の青森県歌壇を主導。戦後は津軽短歌社に加わり、昭和34年第1回青森県文化賞を受賞した。歌集に「山上静観」「氷紋」「山霊」、詩文集に「峡谷断章」などがある。　[賞]青森県文化賞（第1回）〔昭和34年〕, 青森県褒賞

庭田 竹堂　にわた・ちくどう　俳人
明治36年（1903年）2月1日 ～ 昭和63年（1988年）12月29日　[生]北海道亀田郡　[名]本名＝庭田竹千代　[学]札幌鉄道教習所　[歴]昭和3年長万俳句会、8年大野町錦風会、9年小島健岳主宰「かがり火」入会。9年「松影」発行。10年「赤壁」「さいかち」、35年「葦牙」、41年「河」入会。51年「河」函館支部長、のち同人。

【ぬ】

額賀 誠志　ぬかが・せいし　詩人
明治33年（1900年）9月30日 ～ 昭和39年（1964年）2月11日　[出]福島県　[名]本名＝額賀誠（ぬかが・まこと）　[歴]昭和12年から亡くなるまで福島県広野町で開業医として山村医療に尽くす。傍ら、鈴木三重吉主宰の児童雑誌「赤い鳥」同人となり、童謡詩人としても活躍。戦時中は執筆活動から遠ざかったが、戦後の23年創作活動を再開。24年山間の集落を往診した折に見たトンボと戯れる子供に着想を得て、童謡「とんぼのめがね」を作詞、今日まで広く愛唱されている。

沼波 美代子　ぬなみ・みよこ　歌人
明治41年（1908年）4月1日 ～ 平成15年（2003年）7月14日　[生]東京都　[名]本名＝鈴木美代子　[歴]幼い頃から父の沼波瓊音に俳句を習う。父の死後は俳句を捨て、昭和6年父の親友である太田水穂主宰の「潮音」に入社、のち選者。歌集に「山彦」「塵にまみれて」「鏡面」「命」「果」、随筆集に「私の生きた東京」などがある。　[家]父＝沼波瓊音（俳人）

沼口 蓬風　ぬまぐち・ほうふう　俳人
大正6年（1917年）3月31日 ～ 平成19年（2007年）10月29日　[生]鹿児島県　[名]本名＝沼口龍幸（ぬまぐち・たつゆき）　[学]東京高師文科卒　[歴]公立高校校長を務めた。一方、中学時代より作句を始め、昭和12年より台湾教育文芸欄に投句。24年「郁子」、32年「ホトトギス」、33年「若葉」に入会。35年「河」に入会して角川源義・竹田琅玕に師事。38年「河」同人。50年俳人協会会員。56年鹿児島県俳人協会幹事。

沼田 一老　ぬまた・いちろう　俳人
大正2年（1913年）2月15日 ～ 平成22年（2010年）6月17日　[生]茨城県　[名]本名＝沼田勇（ぬまた・いさむ）　[学]昭和医専卒　[歴]昭和2年美濃真澄の指導を受ける。27年「壁」同人。37年大井泰子句集「冬麗」に序文を執筆。43年「鶴」同人。50年常石芝青句集「菊の塵」を編集。52年「琅玕」同人。53松沢陶子句集「お偏路」を編集した。

ぬやま・ひろし　詩人
明治36年（1903年）11月18日～昭和51年（1976年）9月18日　[生]兵庫県　[出]東京都　[名]本名＝西沢隆二（にしざわ・たかじ）　[学]二高〔大正12年〕中退　[歴]大正15年中野重治、堀辰雄らとともに「驢馬」を創刊。のち政治運動に入り、昭和3年「戦旗」の創刊に参加。5年日本プロレタリア作家同盟書記長。6年共産党に入党、「赤旗」地下印刷を担当。9年治安維持法違反で検挙され、終戦まで獄中生活を送る。戦後は徳田球一の女婿となり、共産党中央委員、統制委員を歴任、文化活動を指導したが、宮本体制移行後の41年除名された。その後、毛沢東思想研究会を結成し、雑誌「無産階級」を主宰した。詩集「編笠」「ひろしぬやま詩集」の他、「ぬやまひろし選集」（全10巻）がある。　[家]岳父＝徳田球一（日本共産党書記長・衆院議員）

【ね】

根来 塔外　ねごろ・とうがい　俳人
大正2年（1913年）2月15日～平成4年（1992年）

7月31日 生大阪府岸和田市 名本名＝根来正二 学大阪歯科医専定時卒 歴大阪陸軍病院、阿武野赤十字病院に勤務し、戦後、歯科医を開業。俳句は昭和23年「雪解」の皆吉爽雨門に入り、28年「雪解」同人。43年「貝よせ」顧問、51年俳人協会会長、53年岸和田雪解会会長を務めた。句集に「鯱」がある。

根津 蘆丈　ねず・ろじょう　俳人
明治7年（1874年）12月27日～昭和43年（1968年）2月14日 生長野県 名本名＝根津九市 学山園学校中等科〔明治18年〕卒 歴明治26年伊那郵便電話局、37年諏訪郡宇野村林製糸所を経て、42年諏訪倉庫に勤め、昭和7年退職。連句を明治27年馬場凌冬に入門、その後円熟社正社員となる。大正7年静岡の松永蝸堂の抱虚庵を継ぎ五世となる。のち下平可都美、贄川他石、茂木秋香にも師事。昭和7年円熟社社長に就任、12年「下蔭三吟」を刊行。雑誌「山襖」隔月版創刊、円熟社社長を42年辞任。連句完成数三千巻に及ぶ。

根本 喜代子　ねもと・きよこ　俳人
明治40年（1907年）10月27日～平成12年（2000年）2月21日 生千葉県 名本名＝野口喜代 学八日市場敬愛高卒 歴昭和31年柴田白葉女に師事し「雲母」入会。37年「俳句女園」創刊。合同句集に「うすらひ」がある。

【の】

能美 丹詠　のうみ・たんえい　俳人
大正4年（1915年）1月15日～平成14年（2002年）10月30日 生島根県江津市 名本名＝能見温月 学龍谷大学文学部卒 歴昭和3年作句を始める。9年田中王城に師事、「ホトトギス」に投句。49年同人。51年「夕焼」創刊・主宰。

野上 彰　のがみ・あきら　詩人
明治41年（1908年）11月28日～昭和42年（1967年）11月4日 生徳島県徳島市新内町 名本名＝藤本登, 筆名＝長谷川俊 学七高造士館〔昭和4年〕卒, 東京帝国大学文学部美学科〔昭和4年〕中退, 京都帝国大学法学部〔昭和8年〕中退 歴京都帝国大学時代から囲碁に熱中し、仙台で学生相手の碁会所を開いた後、昭和11年上京。雑誌「囲碁春秋」の編集に携わり、15年日本棋院入りして「囲碁クラブ」「棋道」の編集に従事。18年退職。21年大地書房に企画責任者として参加、文芸誌「プロメテ」、少女誌「白鳥」などを出したが、22年解散。この頃、中島健蔵、豊島与志雄らと芸術前衛運動団体・火の会を結成。戦後は児童文学、放送劇、作詞・訳詞の分野で優れた仕事を遺し、児童文学分野では、東京創元社から英国の詩人・民俗学者であるアンドルー・ラングの童話全集の全訳である「ラング世界童話集」（全13巻, 川端康成と共訳）を刊行。放送劇では野上彰と長谷川俊の筆名を使い分け数々の作品を執筆、訳詞でも東京五輪の合唱曲「オリンピック讃歌」などを手がけ、41年には“正しい日本語と美しい歌を”をスローガンにした波の会結成に参画、副会長を務めた。オペラとオペレッタの訳にも取り組み、「こうもり」「メリー・ウィドウ」「パリアッチ」「カルメン」などの訳がある。童謡集「子どもの唄」、詩集「前奏曲」「幼き歌」、童話「ジル・マーチンものがたり」、随筆集「囲碁太平記」などがある。

野上 萩泉　のがみ・しゅうせん　俳人
大正7年（1918年）12月8日～平成15年（2003年）12月20日 出山口県美祢郡 名本名＝野上信彰 学東京体専卒 歴昭和24年より作句を始め、「萬緑」「風」「菜殻火」「玉藻」に投句。42年「地平」入会、52年同人。56年「人」同人。賞地平賞〔昭和54年〕

野上 久人　のがみ・ひさと　歌人
明治43年（1910年）3月19日～平成14年（2002年）2月12日 生島根県益田市 学高等師範卒 歴高等師範時代より作歌を始め、「言霊」に入会、岡本明に師事。昭和26年創刊の「青炎」を経て、36年「世紀」を創刊。広島県歌人協会初代会長・顧問を務めた。31年日本短歌社の50首詠に入選、36年短歌新聞社の「新鋭十二人」に参加。また福山大学教授、尾道短期大学教授を歴任した。歌集に「冬の意志」「青き氾濫」がある。

野上 柳子　のがみ・りゅうこ　歌人
大正4年（1915年）1月6日～平成13年（2001年）7月24日 生千葉県安房郡三芳村 学昭和女子大学英文研究科〔昭和11年〕卒 歴昭和11年昭和女子大附属高女教諭となる。17年退職。その間11年「青垣」に入会。終戦後一時歌作を中断するが、32年より再開。歌集に「交野ケ原」「淡墨の桜」などがある。

野川 秋汀　のがわ・しゅうてい　俳人
大正12年（1923年）1月23日～昭和57年（1982年）8月29日 生福島県郡山市熱海町安子島 名本名＝野川三郎（のがわ・さぶろう） 学安積中中退 歴戦後、「馬酔木」の復刊と同時に投句を始め、水原秋桜子に師事。また同誌同人・篠田悌二郎の指導を受け、その主宰誌「野火」に拠った。のち「野火」同人となり、同人会副会長を務めた。 賞野火賞〔昭和54年〕

野木 径草　のぎ・けいそう　俳人
昭和2年（1927年）4月10日～平成22年（2010年）2月3日 生静岡県駿東郡北郷村（小山町） 歴昭和43年三島市民俳句会設立に参加。以来同会幹事および機関誌「天城」編集長を務めた。この間、44年「鷹」に入会、47年同人、58年退会。のち「海廊」「子午線」「小鹿」同人、「方円」「春野」所属。静岡県職員。

野北 和義　のぎた・かずよし　歌人
大正3年（1914年）6月1日～平成16年（2004年）8月17日 生福岡県田川郡彦山 名本名＝野北正澂 学慶応義塾外国語学校卒 歴17歳頃より作歌。昭和10年「多磨」創刊を知り入会。12年上京して北原白秋に没年まで師事。戦後、24年「心象」創刊。42年「中央線」に入会し、のち同人。歌集「亭午集」「庭柯集」「山鶏」など。 賞日本歌人クラブ賞（第14回）〔昭和62年〕「野雞」

野口 定雄　のぐち・さだお　歌人
大正13年（1924年）9月10日～平成12年（2000年）8月15日 生神奈川県 歴昭和22年「一路」に入会して山下陸奥に師事。「一路京浜支部」支部長、横浜YWCA短歌講師を務めた。平成5年より「純林」に拠る。歌集に「玉鋼」、中里久雄との共著歌集「闘心」がある。

野口 里井　のぐち・りせい　俳人
明治37年（1904年）9月16日～平成13年（2001年）10月18日 生茨城県古河市 名本名＝野口定吉（のぐち・さだきち） 学東京商業卒 歴昭和9年「渋柿」に入門、松根東洋城の指導を受ける。続いて野村喜舟、徳永冬子に師事。53年より「渋柿」編集委員。

野口 立甫　のぐち・りっぽ　俳人
大正3年（1914年）3月10日～平成3年（1991年）7月21日 生埼玉県熊谷市 名本名＝野口武治 歴昭和13年「句と評論」「ばら」同人。50年「俳句サロン」発刊主幹。56年「季節」同人。「野口立甫句集」がある。 賞上尾市文化功労章

野沢 節子　のざわ・せつこ　俳人
大正9年（1920年）3月23日～平成7年（1995年）4月9日 生神奈川県横浜市 学フェリス女学校〔昭和8年〕中退 歴横浜フェリス女学校2年の折カリエスを病み中退。昭和17年「石楠」に入会するが、21年「浜」創刊とともに参加。46年12月「蘭」を創刊・主宰。現代俳句女流賞、蛇笏賞選考委員を務める。句集に「未明音」「花季」「鳳蝶」「飛泉」「存身」、文集に「花の旅水の旅」など。 賞浜賞（第1回）〔昭和22年〕，浜同人賞（第1回）〔昭和25年〕，現代俳句協会賞（第4回）〔昭和30年〕「未明音」，読売文学賞（第22回）〔昭和46年〕「鳳蝶」

野地 曠二　のじ・こうじ　歌人
明治36年（1903年）2月19日～昭和60年（1985年）2月12日 生福島県会津若松市 名本名＝湊又三郎，旧姓・旧名＝渡部 学東京美術学校卒 歴大正10年総合誌「短歌雑誌」の雑詠で認められる。11年吉植庄亮に師事。庄亮主宰の「橄欖」創刊同人となる。昭和6年「防風」を創刊。宮城県や福島県で教員を務め、21年同門の歌人・湊八枝との結婚を機に新潟県に移住。同年「新潟短歌」を創刊・主宰。戦後10年間NHK新潟放送局ラジオ短歌の選者を務めた。59年新潟県歌人クラブ初代会長に就任。歌集に「平野」がある。 家妻＝湊八枝（歌人）

野島 真一郎　のじま・しんいちろう　歌人
大正4年（1915年）1月26日～平成1年（1989年）1月27日 生高知県高知市 歴中国に出征していたころから短歌を始める。戦後高知に帰ってからも短歌を続け、昭和43年「創幻社」を結成、翌44年「創幻」を創刊。51年から高知新聞の文化教室講師も担当。他に評論、詩、小説なども手がける。歌集に「白い炎」、評論に「内面の美学」、詩集に「無我の花」などがある。 賞高知ペンクラブ賞（第3回）〔昭和62年〕

野尻 遊星　のじり・ゆうせい　俳人
明治40年（1907年）5月14日～昭和60年（1985年）7月29日 生京都府北桑田郡京北町周山 名本名＝野尻清（のじり・きよし） 学神戸商業大学卒 歴昭和10年より山口誓子の指導を受ける。「天狼」、「七曜」所属。35年「天狼」同人となり運営委員。「天狼」の中心メンバーとして知られた。

野田 宇太郎　のだ・うたろう　詩人

明治42年（1909年）10月28日～昭和59年（1984年）7月20日　生福岡県三井郡立石村（小郡市）　学第一早稲田高等学院中退　歴新聞記者などを経て、昭和15年小山書店に入り、雑誌「新風土」の編集に従事。16年第一書房、19年河出書房に転じ、同年12月から「文芸」の編集に携わる。東京空襲下、命がけで唯一の文芸誌の余命を保った。21年高踏芸術誌「芸林閒歩」を発行。一方早くから詩作をし、「夜の蜩」など多くの詩集を刊行。また“文学散歩”の生みの親として知られ、36～41年「九州文学散歩」「関西文学散歩」「四国文学散歩」など全28巻の「文学散歩」を編纂した。文芸評論としては「日本耽美派文学の誕生」「木下杢太郎の生涯と芸術」「天皇陛下に願い奉る」などで明治末期の浪漫主義研究に新生面を開いた。62年福岡県小郡市に野田宇太郎文学資料館が開館した。　勲紫綬褒章〔昭和52年〕　賞芸術選奨文部大臣賞〔昭和51年〕「日本耽美派文学の誕生」，九州文学賞〔昭和16年〕，久留米市文化賞〔昭和57年〕

野田 詠子　のだ・えいこ　俳人

昭和5年（1930年）11月13日～平成12年（2000年）4月8日　生静岡県　学旧制中卒　歴昭和38年「曲水」熱海支社に入会。のち「白露」に拠る。　賞曲水新人賞〔昭和50年〕

野田 節子　のだ・せつこ　俳人

昭和3年（1928年）2月22日～平成2年（1990年）12月15日　生京都府京都市　学同志社女専家政科卒　歴昭和44年桂樟蹊子に師事し「霜林」に入門。47年新人賞、48年同人。句集に「糸車」「折紙」。　賞新雪賞〔昭和48年，49年〕，霜林賞〔昭和50年〕

野田 寿子　のだ・ひさこ　詩人

昭和2年（1927年）8月2日～平成24年（2012年）12月13日　生佐賀県三養基郡旭村（鳥栖市）　名本名＝上尾寿子（かみお・ひさこ）　学日本女子大学国文科〔昭和23年〕卒　歴昭和23年八王子女子高校教諭を経て、28年明善高校を皮切りに福岡県の県立高校に勤めた。58年退職。詩誌「アルメ」同人。詩集「台風圏」「五月の祭」「母の耳」や散文集「若い教師への手紙」などがある。　賞福岡県詩人賞（第2回）〔昭和41年〕，福岡市文学賞〔昭和56年〕，丸山豊記念現代詩賞（第8回）〔平成11年〕「母の耳」，福岡市文化賞〔平成11年〕　家夫＝上尾龍介（九州大学名誉教授）

野田 理一　のだ・りいち　詩人

明治40年（1907年）11月10日～昭和62年（1987年）（？）　生滋賀県日野町　学関西学院英文科卒　歴戦中から一貫して、モダニズムを支持し、戦後は「荒地詩集」に昭和27年版から参加。「非亡命者」「アマの共同体」「ドラマはいつも日没から1978-82」などの私家版の詩集がある。

野竹 雨城　のたけ・うじょう　俳人

明治40年（1907年）3月16日～平成4年（1992年）11月27日　生東京市本郷区（東京都文京区）　名本名＝野竹一男　学旧制高専修了　歴昭和4年「ぬかご」に入門、安藤姑洗子に師事。戦後「ぬかご」復刊運営。28年「故郷」創刊。NHK第2放送俳句選者、茨城県俳協会長を務める。句文集に「竹の季節」「筑波野」。

能登 秀夫　のと・ひでお　詩人

明治40年（1907年）2月8日～昭和56年（1981年）1月9日　生兵庫県神戸市　学兵庫県立工業学校卒　歴福田正夫に師事、「焰」に参加。昭和4年処女詩集「街の性格」。次いで「文学表現」に拠り、「都会の眼」を出したが、反戦詩集として発禁、以降終戦まで沈黙を守る。戦後「火の鳥」や国鉄詩人連盟結成（21年）に尽力、勤労詩運動を推進。傍ら「交替」「三重詩人」「さんたん」「鷺」「浮標」など任地毎に詩誌を発行。詩集に「街の表情」「生活の河」「明治の青年ここにあり」「年輪」などがある。

野中 木立　のなか・こだち　俳人

明治34年（1901年）6月13日～昭和43年（1968年）7月23日　生高知県　歴会社役員を経て紙卸商を営む。大正11年「ホトトギス」に入選以来、虚子に師事。のち同人となった。土佐新聞俳壇選者を務める。句集に「土佐」がある。

野中 丈義　のなか・じょうぎ　俳人

明治41年（1908年）1月1日～平成13年（2001年）4月18日　生広島県　名本名＝野中武祥　歴昭和11年「ホトトギス」、12年「玉藻」、15年「若葉」、22年「萬緑」、23年「かつらぎ」、32年「芹」、42年「春星」、52年「雪」にそれぞれ投句。「かつらぎ」同人。

野長瀬 正夫　のながせ・まさお　詩人

明治39年（1906年）2月8日～昭和59年（1984

年）4月22日　生奈良県　学旧制中学卒　歴中学時代から詩作をはじめ、教員、編集者の傍ら詩や児童向け小説を書き、詩集「小さなぼくの家」で野間児童文芸賞と赤い鳥文学賞を、又「あの日の空は青かった」でサンケイ児童出版文化賞を受賞。その他の詩集に「故園の詩」「日本叙情」「晩年叙情」「大和吉野」「夕日の老人ブルース」等がある。　賞文芸汎論詩集賞（第10回）〔昭和18年〕「大和吉野」，サンケイ児童出版文化賞（第17回）〔昭和45年〕「あの日の空は青かった」，野間児童文芸賞（第14回）〔昭和51年〕「小さなぼくの家」，赤い鳥文学賞（第6回）〔昭和51年〕「小さなぼくの家」，日本児童文芸家協会賞（第4回）〔昭和54年〕「小さな愛のうた」

野場 鉱太郎　のば・こうたろう　歌人
大正9年（1920年）9月6日～昭和52年（1977年）2月25日　出愛知県豊田市吉原町　学京都大学大学院中退　歴昭和22年農林省に入り、奈良県・多武峯村の倉橋池築造の工事課長として平野東南部水利改良事業所に赴任、5ケ月後退職。のち愛知県下の農林教育に携わったが病を得て西尾実業高の校長補佐を最後に教育の現場を退いた。一方在学中からアララギ派の歌人として活動し、京大アララギ会のリーダーも務め、22年小冊子「ぎしぎし会報」を発行するなど短歌の革新運動に取り組む。晩年、近藤芳美主宰の「未来」に入会後、歌論の発表を続けた。遺歌集に「白雲草」がある。　賞未来エッセイ賞〔昭和56年〕

野原 水嶺　のはら・すいれい　歌人
明治33年（1900年）11月23日～昭和58年（1983年）10月21日　生岐阜県揖斐郡小島村　出北海道　名本名＝野原輝一　学棚橋私塾〔大正9年〕修了　歴一家で北海道河西郡芽室村久山に入植、開墾に従事。大正11年上帯広小学校を振り出しに教師生活を送る傍ら、15年「潮音」に入社。昭和5年「新墾」創刊に参画。20年帯広で「辛夷」を創刊。30年新墾を脱会。幕別古舞小学校長などを経て、31年「辛夷」同人と結婚、34年教職を終える。歌集に「花序」、随筆集に「散石集」など。帯広鈴蘭公園など道内3カ所に歌碑もある。　賞帯広市文化奨励賞〔昭和41年〕，帯広市文化賞〔昭和48年〕

延平 いくと　のぶひら・いくと　俳人
大正11年（1922年）5月2日～平成20年（2008年）5月13日　生広島県　名本名＝延平郁人（のぶひら・いくと）　学東北帝国大学法文学部〔昭和21年〕卒　歴昭和24年岩崎通信機に入社。38年企画室長、同年取締役、44年常務を経て、51年専務。60年より東京電子技研社長も務めた。一方、俳人としても活動し、38年「笛」に投句。46年加倉井秋をに師事。「冬草」に入会、50年同人。　賞武蔵野賞〔昭和55年〕

野辺 堅太郎　のべ・けんたろう　歌人
大正15年（1926年）3月1日～平成15年（2003年）8月5日　出宮崎県都城市　歴小児科の開業医の傍ら長年短歌に取り組み、昭和31年「にしき江」、40年「形成」に入社。59年～平成2年宮日歌壇選者を務めた。歌集に「医師の周辺」「霧のふる街」「冬の航跡」「夜の天気図」「野辺堅太郎全歌集」などがある。　賞宮日文化賞，宮崎県文化賞，都城市文化賞，宮崎県芸術文化協会芸術文化賞

野間 郁史　のま・いくし　俳人
明治43年（1910年）10月27日～昭和51年（1976年）8月19日　生愛知県名古屋市　名本名＝野間郁夫　学東京高師〔昭和11年〕卒，東京文理科大学に学ぶ　歴埼玉師範学校勤務を経て、埼玉大学教授、付属小中学校長、教育学部長、評議員等を歴任。俳句ははじめ「馬酔木」に投句。その後「寒雷」創刊、主要同人となる。「杉」「陸」同人でもあった。

野間 宏　のま・ひろし　詩人
大正4年（1915年）2月23日～平成3年（1991年）1月2日　生兵庫県神戸市長田区　学京都帝国大学文学部仏文科〔昭和13年〕卒　歴父は在家真宗一派の教祖。三高時代、竹内勝太郎を知り傾倒。同人誌「三人」を創刊し、詩、小説などを発表。京大時代は「人民戦線」グループに参画。昭和13年大阪市役所に勤務し、被差別部落関係の仕事を担当。16年応召、北支、バターン、コレヒドールなど転戦するが、マラリアに罹り帰還。18年思想犯として大阪陸軍刑務所に入所。戦後、日本共産党に入党。21年「暗い絵」を発表し、作家生活に入る。27年「真空地帯」で毎日出版文化賞を、46年代表作「青年の環」（全6部5巻）で谷崎潤一郎賞を受賞。他に「さいころの空」「わが塔はそこに立つ」などの長編、「サルトル論」「親鸞」「文学の探求」などの評論・エッセイ、「山繭」「星座の痛み」「野間宏全詩集」などの詩集がある。また、差別問題などの社会問題でも幅広く活躍し、52年に第1回の松本治一郎賞を受賞した。この方面の著書に「差

別・その根源を問う」「狭山裁判」などがあるほか、没後の平成9年月刊誌「世界」に長期連載した未完の「完本 狭山事件」が刊行される。また「野間宏全集」(全22巻・別巻1巻, 筑摩書房)などもある。 賞朝日賞〔昭和64年〕 家義兄＝富士正晴(詩人)

野見山 朱鳥　のみやま・あすか　俳人
大正6年(1917年)4月30日～昭和45年(1970年)2月26日 生福岡県鞍手郡直方新町(直方市) 名本名＝野見山正男 学鞍手中学〔昭和10年〕卒 歴中学卒業後、胸を病んで療養生活に入り、文学・絵画に親しむ。昭和17年頃から作句を始め、20年から高浜虚子に師事し、「ホトトギス」に投句、42年同人となる。この間、24年に第1著作「純粋俳句」を刊行、25年第一句集「曼珠沙華」を上梓。27年新生「菜殻火」を創刊し、主宰。33年、波多野爽波、橋本鶏二、福田蓼汀と四誌連合会を結成。他の著書に句集「天馬」「荊冠」「運命」「野見山朱鳥全句集」、評論集「忘れ得ぬ俳句」「助言抄」「川端茅舎」、小説「死の湖」、板画集「大和」がある。また、「野見山朱鳥全集」(全4巻, 梅里書房)も刊行されている。 家妻＝野見山ひふみ(俳人)

野村 梅子　のむら・うめこ　俳人
明治39年(1906年)6月18日～平成5年(1993年)12月26日 生東京都 学東京女高師附属高女実科〔大正12年〕卒 歴昭和25年「欅」により作句。以後「ホトトギス」「玉藻」「春潮」「十和田」により作句。「ホトトギス」「欅」「十和田」同人。55年俳人協会会員。 家夫＝野村万蔵(狂言師)

野村 花鐘　のむら・かしょう　俳人
明治44年(1911年)12月18日～平成7年(1995年)7月1日 生京都府竹野郡 名本名＝野村善一郎 学高小卒 歴昭和30年「霜林」に入会、42年同人。60年「霜林」丹後支部長。「梧」同人。45年、48年、54年あみの郷土句集1・2・3集を編集発行。52年視力障害者のための音声テープの月刊句誌「木の芽」選者。55年声の合同句集「木の芽」を編集(丹後視力障害者センター刊)。月刊「点字京都」俳壇選者。

野村 喜舟　のむら・きしゅう　俳人
明治19年(1886年)5月13日～昭和58年(1983年)1月12日 生石川県金沢市 名本名＝野村喜久二(のむら・きくじ) 歴幼時浅草鳥越に住み、のち、小石川内を転々とし金富町に定住する。陸軍造兵工廠に勤務し、昭和8年小倉へ転勤。20年退職し下富野に住む。明治40年ごろより作句を始め、句誌「渋柿」を主宰していた松根東洋城に師事。昭和27年から51年まで同誌を主宰。句集に「小石川」「紫川」「喜舟千句集」などがある。 勲紫綬褒章〔昭和42年〕, 勲四等旭日小綬章〔昭和48年〕

野村 牛耳　のむら・ぎゅうじ　俳人
明治24年(1891年)8月21日～昭和49年(1974年)7月6日 生鳥取県 名本名＝野村愛正(のむら・あいせい) 学鳥取中卒 歴鳥取新報社に入社するが、大正3年上京し、5年「土の霊」を発表。6年「大阪朝日新聞」の懸賞小説に「明ゆく路」が1等入選する。以後作家生活に入り、昭和に入って児童文学も手がけた。また連句師としては、伊東月草の手ほどきを受け、さらに根津蘆丈に学ぶ。35年都心連句会を結成、46年義仲寺連句会を主宰するなど昭和後期の蕉風連句を支えた。著書に「カムチャッカの鬼」「土の霊」「虹の冠」「ヒマラヤの牙」、連句集「摩天楼」「むれ鯨」などがある。

能村 潔　のむら・きよし　詩人
明治33年(1900年)1月21日～昭和53年(1978年)7月25日 生福井県 学国学院大学国文科卒 歴在学中は折口信夫に学ぶ。大正13年「詩篇時代」を創刊、また「炬火」「日本詩人」などにも詩作を発表。詩集に「はるそだつ」「反骨」などがある。

野村 清　のむら・きよし　歌人
明治40年(1907年)5月25日～平成9年(1997年)8月24日 生静岡県清水市 学慶応義塾大学経済学部卒 歴「とねりこ」「三田短歌」を経て北原白秋に師事、昭和10年短歌雑誌「多磨」創刊に加わる。28年「コスモス」創刊発起人となり、同選者。現代歌人協会監事も務めた。歌集に「木犀湖」「緑蕚」「老年」「皐月号」、エッセイ集「緩なるべし」。 賞日本歌人クラブ賞(第12回)〔昭和60年〕「皐月号」

野村 慧二　のむら・けいじ　俳人
大正13年(1924年)10月15日～平成8年(1996年)9月12日 生大阪府大阪市島之内 名本名＝野村慶治 学旧制中卒 歴昭和24年「雨月」に入門し、大橋桜坡子に師事。29年「雨月」編集委員、運営委員を務め、30年同人。のち雨月推薦作家。平成7年「雨月」同人会長。大阪市立都島区老人福祉センター俳句会講師なども務め

た。句集に「甍」がある。 賞雨月努力賞〔昭和30年・31年〕

野村 泰三　のむら・たいぞう　歌人
大正4年（1915年）2月21日～平成9年（1997年）12月8日　生滋賀県愛知郡日枝村（犬上郡豊郷町）　歴昭和5年「香蘭」に入会。18年「綜合詩歌」を継承発行。19年「とねりこ」「博物」との統合誌「春秋」を発刊。戦後は無所属で土岐善麿の指導を受けた。また、56年以降、冷水茂太の「短歌周辺」発刊に協力。62年「菁菁」を創刊、代表を務めた。戦前は蒙古政府最高顧問秘書官を経て、同中日代表文化部に勤務。22年野村書店を創業し、「不死鳥文庫」を出した。歌集に「星月夜」「笹竜胆」「遊心抄」「花心抄」や、随筆集「蒙古の感覚」などがある。

野村 玉枝　のむら・たまえ　歌人
明治44年（1911年）6月21日～平成20年（2008年）12月20日　生富山県西礪波郡東太美村（南砺市）　名旧姓・旧名＝吉井玉枝　学富山高女高等科〔昭和7年〕卒　歴農家の四女として生まれる。母の影響で10歳から短歌を作り始め、昭和8年上京して佐佐木信綱に師事。10年結婚のため富山県に帰郷、1男1女に恵まれたが、夫は日中戦争で戦死。15年より東京女子高等師範学校の特設中等学校教員養成所に入り、17年富山県に戻って高校の教職に就いた。同年亡き夫への思いや母としての決意をありのままに綴った歌文集「御羽車」を佐佐木、吉川英治の序文を得て出版、ベストセラーとなる。戦後の23年、富山県高校文芸連盟を設立し、機関誌「紫苑」を発行。37年よりアカンサス短歌会を主宰した。歌集「雪華」「ひとすじの道」、随筆集「石楠花の記」などがある。

野村 冬陽　のむら・とうよう　俳人
明治40年（1907年）1月30日～昭和63年（1988年）8月7日　生長野県埴科郡松代町（長野市）　名本名＝野村正（のむら・ただし）　学第一臨教英語科卒　歴大正14年「石楠」に入会。昭和21年「科野」に同人参加。廃刊後37年「河」に同人参加。50年から長野県俳人協会長を務めた。句集に「高燕」「珊瑚婚」「嬬恋」など。賞河賞〔昭和42年〕

能村 登四郎　のむら・としろう　俳人
明治44年（1911年）1月5日～平成13年（2001年）5月24日　生東京都台東区谷中清水町　学国学院大学〔昭和11年〕卒　歴国学院在学中は折口信夫指導の短歌雑誌「総塡」同人となる。昭和13～53年市川中学に勤務。俳句は14年より水原秋桜子に師事し、「馬酔木」に投句。24年同人となる。45年「沖」を創刊し、主宰。56年「馬酔木」を脱退。54年～平成13年読売俳壇選者。教師生活に材を採った作品が出色。句集に「咀嚼音」「合掌部落」「枯野の沖」「幻山水」「有為の山」「天上華」「寒九」など、評論集に「伝統の流れの端に立って」「短かい葦」などがある。 勲勲四等瑞宝章〔平成2年〕 賞新樹賞（第1回・2回）〔昭和26年・27年〕，馬酔木賞（第3回）〔昭和31年〕，現代俳句協会賞（第5回）〔昭和31年〕，蛇笏賞（第19回）〔昭和60年〕「天上華」，詩歌文学館賞（第8回）〔平成5年〕「長嘯」

野村 久雄　のむら・ひさお　俳人
昭和2年（1927年）3月30日～平成9年（1997年）11月12日　生千葉県我孫子市　歴昭和21年俳句を始め、深川正一郎に師事。七曜社に勤務。29年より虚子、立子に師事。その後、30年間「玉藻」を編集。59年「晴居」を経て、「籐椅子」主宰。「ホトトギス」同人。句集に「籐椅子」「ヨーロッパ俳句の旅」など。

野村 洛美　のむら・らくび　俳人
大正8年（1919年）9月19日～平成6年（1994年）8月13日　生東京都　名本名＝野村素六（のむら・そろく）　学三重大学農学部（旧高専）卒　歴昭和23年福田蓼汀に師事、25年「山火」同人。句集に「峡」など。 賞山火賞〔昭和33年〕，山火300号記念作品30句首席〔昭和48年〕

野谷 竹路　のや・たけじ　川柳作家
大正10年（1921年）9月18日～平成15年（2003年）2月8日　生東京都豊島区巣鴨　名本名＝野谷武　学法政大学文学部国文学科卒　歴昭和14年川上三太郎主宰「川柳研究」の誌友となり、16年同誌幹事。21年同誌復刊に参加、50年から同誌新人教室を担当して多くの新人を育てた。平成9年日本川柳ペンクラブ会長、10年川柳研究社代表。足立川柳会会長、日本川柳協会常任理事、川柳人協会副会長も歴任した。著書に「川柳の作り方」「野谷竹路句集」がある。

則武 三雄　のりたけ・みつお　詩人
明治42年（1909年）2月11日～平成2年（1990年）11月21日　生鳥取県米子市　名本名＝則武一雄（のりたけ・かずお）　学大阪高等工業学校中退　歴朝鮮総督府嘱託となり、昭和20年帰国。三好達治に師事、福井県立図書館に勤務しながら、詩人として活動。26年福井の文学拠点となった「北荘文庫」をつくり、詩集「浪曼中隊」「紙の本」「三雄詩集」、評伝「三好達治と私」、小説「わたしの鴨緑江」などを発表。「日本海作家」同人。

野呂 春眠　のろ・しゅんみん　俳人
明治36年（1903年）3月4日～平成4年（1992年）8月8日　生台湾　名本名＝野呂元　学東京帝国大学農学部卒　歴昭和3年東京帝大在学中より作句。東大俳句会を通じ、秋桜子の指導下にホトトギスに投句。戦後「千本」「新雪」等に関係してのち、「海廊」を主宰。句集に「紺とグレー」。37年に藤枝東高校校長を退職するまで、静岡県内の学校教諭を務めた。

【は】

榛原 駿吉　はいばら・しゅんきち　歌人
大正5年（1916年）10月14日～没年不詳　生静岡県　学東京逓信講習所卒　歴18歳ころより作歌。昭和26年「歩道」に入会し、佐藤佐太郎に師事する。50年「歩道年度賞」を受賞。木島茂夫の「冬雷」にも加盟、37年の創刊以来、作品批評を担当。歌集に「遠雲」「北馬南船」など。

芳賀 秀次郎　はが・ひでじろう　詩人
大正4年（1915年）1月1日～平成5年（1993年）5月9日　出山形県西置賜郡白鷹町　学山形師範卒　歴国民歌「我ら愛す」の作詞者。　賞斎藤茂吉文化賞〔昭和59年〕

芳賀 檀　はが・まゆみ　詩人
明治36年（1903年）6月7日～平成3年（1991年）8月15日　生東京都　学東京帝国大学文学部独文科〔昭和3年〕卒　歴ドイツに留学し、帰国後三高教授に就任。昭和17年退官。33年関西学院大学教授のち創価大学教授。「日本浪曼派」「四季」同人としてドイツ文学に関する評論を発表。12年の「古典の親衛隊」が代表作。以後「民族と友情」「祝祭と法則」などを刊行し、次第にナチス礼賛に傾いた。他の著書に「リルケ」「芳賀檀戯曲集 レオナルド・ダ・ヴィンチ」「千利休と秀吉」、詩集「背徳の花束」、訳書にヘッセ「帰郷」「青春時代」、フルトヴェングラー「音と言葉」など。　家父＝芳賀矢一（国文学者）

萩野 卓司　はぎの・たかし　詩人
大正8年（1919年）10月24日～昭和61年（1986年）11月28日　生東京都　学大阪帝国大学医学部〔昭和19年〕卒　歴昭和10年頃から詩作を始め、代表作「北国郷愁」「熱い冬」などの詩集がある。季刊詩誌「抒情詩」を21年より10年間発行。富山現代詩人会の結成に尽力、26年から15年間会長、その後顧問を務めた。39年「萩野賞」を設定、新人詩人の育成を図る。萩野医院院長のほか富山県芸術文化協会理事、富山アカデミー女声合唱団顧問なども歴任。　家兄＝萩野昇（医師）

萩原 季葉　はぎわら・きよう　俳人
大正12年（1923年）6月12日～平成18年（2006年）7月4日　生東京都　名本名＝萩原弥四郎（はぎはら・やしろう）　学千葉医科大学〔昭和23年〕卒　歴千葉大学助手を経て、昭和35年助教授、41年教授。退官後、城西国際大学学長。千葉県公安委員長も務めた。この間、21年「やはぎ」に入会、加賀谷凡秋に手ほどきを受ける。40年「萬緑」入会、中村草田男に師事する。45年「子午線」に参加。51年「萬緑」同人となり56年より句会幹事。作品に「智に働きて」がある。　勲勲二等瑞宝章〔平成11年〕　賞萬緑新人賞〔昭和50年〕，萬緑賞〔昭和55年〕

萩原 麦草　はぎわら・ばくそう　俳人
明治27年（1894年）6月29日～昭和40年（1965年）1月3日　生静岡県伊豆長岡町　名本名＝萩原三郎　学小学校高等科卒　歴大正14年上京、日本通運に勤め、昭和20年疎開で帰郷。年少より句作をし、「ホトトギス」「鹿火屋」などに投句。大正5年渡辺水巴に師事し「曲水」に参加、のち同人。戦後野呂春眠らと「千本」「新雪」などを発行。中断後28年「壁」を創刊・主宰した。静岡県俳句協会委員長。句集「麦嵐」「枯山仏」がある。

萩原 康次郎　はぎわら・やすじろう　歌人
大正15年（1926年）3月30日～平成22年（2010年）8月6日　生群馬県　歴「林間」同人、「新歌人会」会員を経て、昭和46年より「風人」編集発行人。群馬県歌人クラブ常任委員、群馬県文学賞選考委員を務めた。歌集に「風昏」「つばなの丘」などがある。　賞群馬県文学賞（短歌部門，第4回，昭和41年度）「常凡」

萩原 蘿月　はぎわら・らげつ　俳人
明治17年（1884年）5月5日 ～ 昭和36年（1961年）2月17日　生神奈川県横浜市　名本名＝萩原芳之助　学東京帝国大学国文科〔明治43年〕卒　歴弘前高女をはじめ各地の中学校、女学校の教諭をし、傍ら明治学院、東京農大、慶大講師を歴任し、大正4年二松学舎専門学校教授。この間、俳誌「冬木」を創刊し、昭和3年「唐桧葉」を創刊。感激主義を唱導し、非定型、口語調の作品を多く作る。戦後は内田南草の「梨の花」「感動律」に拠った。句集に「雪線」があり、他に「詩人芭蕉」「史論俳句選釈」などの著書がある。

波止 影夫　はし・かげお　俳人
明治43年（1910年）2月15日 ～ 昭和60年（1985年）1月24日　生愛媛県越智郡満浦村椋名（今治市）　名本名＝福永和夫（ふくなが・かずお）　学京都帝国大学医学部卒　歴昭和15年新興俳句運動弾圧事件の京大俳句事件に連座、起訴された。23年山口誓子、西東三鬼、平畑静塔らと「天狼」を創刊。「天狼」同人会長を務めた。一貫して無季俳句運動の先頭に立った。「波止影夫全句集」がある。

橋 閒石　はし・かんせき　俳人
明治36年（1903年）2月3日～平成4年（1992年）11月26日　生石川県金沢市　名本名＝橋泰来（はし・やすき）　学京都帝国大学文学部英文科〔昭和3年〕卒　歴神戸商大教授、親和女子大学学長を歴任。19世紀はじめの英随筆文学を研究。傍ら、昭和7年ごろから俳諧文学の研究に取り組み、創作も続けた。主に連句の研究と実作に傾注。24年「白燕」を創刊し主宰。のち同人誌に改組し代表同人。著書は「俳句史大要」、句集「雪」「朱明」「無刻」「荒栲」「和栲」などのほか英文学関係のもの多数。　勲勲三等旭日中綬章〔昭和48年〕　賞兵庫県文化賞〔昭和53年〕, 神戸市文化賞〔昭和54年〕, 蛇笏賞（第18回）〔昭和59年〕「和栲」, 詩歌文学館賞（第3回）〔昭和63年〕「橋閒石俳句選集」

橋川 敏孝　はしかわ・としたか　俳人
明治43年（1910年）2月24日 ～ 平成4年（1992年）4月9日　生大阪府大阪市西淀川区　学西野田工卒　歴昭和13年「倦鳥」に入会。同系「越船」主宰森本之棗に拠り、作句。24年第二次「鳥」編集同人。「新風」の委員を経て、40年「双壁」編集同人。55年「愛栖」を創刊・主宰。句集に「有情点情」「此処に幸あり」。

橋詰 一郎　はしずめ・いちろう　歌人
明治40年（1907年）1月31日 ～ 昭和48年（1973年）1月10日　生茨城県　歴18歳より「橄欖」に投稿し、のち古泉千樫に師事。昭和28年「創生」に参加、34年に田崎秀らと「茨城歌人」を創刊。茨城放送歌壇選者、茨城文化団体理事等を務めた。歌集に「冬から春へ」「日照雨」「橋詰一郎遺歌集」がある。

橋爪 健　はしずめ・けん　詩人
明治33年（1900年）2月20日 ～ 昭和39年（1964年）8月20日　生長野県松本市　学東京帝国大学文科大学中退　歴一高時代から詩作をし、大正11年「合掌の春」「午前の愛撫」を刊行。のちアナキズム、ダダイズムの影響を受け、13年「ダムダム」に参加。昭和2年「文芸公論」を創刊し「陣痛期の文学」を刊行。他の著書に「貝殻幻想」「多喜二虐殺」「文壇残酷物語」などがある。

橋詰 沙尋　はしずめ・さじん　俳人
大正2年（1913年）1月7日～昭和61年（1986年）6月11日　生兵庫県神戸市　出滋賀県彦根市　名本名＝橋詰勇（はしずめ・いさむ）　歴昭和6年より作句、同人誌「鶺鴒」に據る。戦後21年「青垣」同人。また「激狼」「断崖」同人でもあり、36年には「天狼」同人となった。句集に「豹つかひ」（36年）、「後官」（52年）がある。
賞スバル賞〔昭和36年〕

橋田 一青　はしだ・いっせい　俳人
大正7年（1918年）9月5日～平成13年（2001年）5月15日　生栃木県　名本名＝橋田清　学東京文理科大学卒　歴昭和33年「白魚火」主宰の西本一都に師事。のち「白魚火」同人。栃木県白魚火俳句会会長を務めた。　賞白魚火賞〔昭和55年〕

橋田 一夫　はしだ・かずお　詩人
大正7年（1918年）6月3日～昭和42年（1967年）4月24日　生高知県香美郡野市村東野（香南市）　名筆名＝深谷茂　学高知工建築科〔昭和11年〕卒　歴高知工業学校1年の頃から詩作を始め、父の親友であった岡本弥太に師事。昭和10年「南海文芸」に深谷茂の筆名で詩を発表し、「樹木」創刊号には本名の橋田一夫で詩を発表した。11年「南方文学」同人となり、13年には「呉詩人」「日本詩壇」に同人参加。23年詩誌「蘇鉄」

同人に参加し、島崎曙海とともに詩作に励む。25年処女詩集「瀬戸内海」を蘇鉄社より出版。27年から「日本未来派」同人になり、30年頃まで同誌上で詩を発表。29年「蘇鉄」と袂を分かち、詩誌「零」を主宰・創刊。31年11号をもって終刊し、同年「BLACKPAN」に同人参加。以後、40年まで同誌上で活躍した。没後の47年「橋田一夫全詩集」が発行された。

羽柴 雪彦　はしば・ゆきひこ　俳人
昭和3年（1928年）6月25日 ～ 平成22年（2010年）12月16日　出新潟県佐渡郡羽茂町（佐渡市）　名本名＝羽生嘉寿男（はにう・かずお）　学羽茂農中退　歴昭和18年臼田亜浪の「石楠」に入会。21年栗生純夫に師事して「科野」に、純夫没後の36年には太田鴻村の「林苑」に入門。37年「科野」の後継誌である「火燿」に入り、小林俠子に師事。「林苑」「火燿」同人。句集に「朱鷺幻想図」「怪力」「朝焼夕焼」などがある。賞林苑賞〔昭和44年〕

橋本 花風　はしもと・かふう　俳人
明治35年（1902年）4月22日 ～昭和49年（1974年）8月19日　生富山県富山市　名本名＝橋本芳蔵　学早稲田大学政経科〔昭和3年〕卒　歴都新聞、大政翼賛会、日本放送協会監事を経て、北陸電気工業監査役。俳句は早稲田大学在学中に加藤紫舟と共に「黎明」発刊。昭和14年頃から富安風生に師事し「若葉」に拠り、19年から32年までの関係。句歌集に「香炉峰」、句集に「疎林」「比翼」がある。　賞若葉賞（第20回），若葉功労者表彰

橋本 鶏二　はしもと・けいじ　俳人
明治40年（1907年）11月25日 ～平成2年（1990年）10月2日　生三重県上野市小田　名本名＝橋本英生（はしもと・ひでお）　学高小　歴病弱であったため学校にはほとんど行かず、15～16歳頃、近所の子供を集め謄写版で俳句冊子を作る。昭和17年頃、高浜虚子に師事し、19年長谷川素逝に兄事する。21年「桐の葉」を復刊、のち「桐の花」つづいて「鷹」と改題。24年「牡丹」と合併して「雪」を主宰。このころより1年の半分近くを旅で暮らし、32年名古屋で「年輪」を創刊し、主宰。33年波多野爽波、野見山朱鳥、福田蓼汀と四誌連合会を結成。55年郷里の上野市に転居。「ホトトギス」同人。「年輪」「松囃子」「山旅波旅」「花袱紗」「鳥襷」「汝鷹」「鷹の胸」などの句集の他、「俳句実作者の言葉」「素逝研究・砲車篇」「随筆歳時記」などの著書がある。鷹の秀句が多く、“鷹の鶏二”と呼ばれた。没後「橋本鶏二全句集」が刊行された。賞俳人協会賞（第21回）〔昭和56年〕「鷹の胸」

橋本 光石　はしもと・こうせき　俳人
昭和6年（1931年）5月29日 ～ 平成27年（2015年）7月10日　生東京府西多摩郡成木村字下成木上分字中里（東京都青梅市）　名本名＝橋本光永（はしもと・みつなが），芸名＝入船亭扇橋（9代目）（いりふねてい・せんきょう）　学飯能高中退　歴昭和32年3代目桂三木助に弟子入り、木久八。師の没後は5代目柳家小さん門下に移り、二ツ目でさん八。45年真打ちに昇進し、9代目入船亭扇橋を襲名。間に色物がわりに弦楽四重奏をはさんだのが好評で、56年芸術祭賞優秀賞を受賞。古典落語を磨き、「文七元結」「鰍沢」などを得意とした。また、少年時代から俳句に親しみ、24年から「馬酔木」に投句。44年小沢昭一らと東京やなぎ句会を設立し、宗匠を務めた。著書に自伝「噺家渡世」や、「扇橋歳時記」「五・七・五 句宴四十年」などがある。

橋本 住夫　はしもと・すみお　俳人
大正14年（1925年）3月31日 ～ 平成4年（1992年）7月5日　生香川県　学坂出商卒　歴昭和19年「鹿火屋」俳人河井臥龍の手ほどきを受ける。19年「鹿火屋」に入会、37年同人。　賞鹿火屋賞〔昭和48年〕

橋本 草郎　はしもと・そうろう　俳人
昭和4年（1929年）12月20日 ～ 平成21年（2009年）6月5日　生宮崎県都城市　名本名＝橋本次雄　学都城商卒　歴昭和27年職場句会で俳句を始める。28年「椎の実」に入会、同人となる。35年加倉井秋をに師事し「冬草」に入会、同人。宮崎県俳句協会会長を務めた。句集に「対岸」「上流」などがある。　賞俳人協会全国俳句大会賞〔昭和39年〕，冬草賞〔昭和51年〕

橋本 多佳子　はしもと・たかこ　俳人
明治32年（1899年）1月15日 ～ 昭和38年（1963年）5月29日　生東京市本郷区龍岡町（東京都文京区）　名本名＝橋本多満（はしもと・たま），旧姓・旧名＝山谷　学菊坂女子美術学校中退　歴大正11年小倉で杉田久女を知り、以後俳句の手ほどきを受け、14年「ホトトギス」に投句する。昭和4年大阪に移り、以後山口誓子に師事し、10年「馬酔木」に参加。16年第一句集「海燕」を刊行。23年誓子主宰の「天狼」が創刊され、同人として参加。25年榎本冬一郎と「七曜」

を創刊し、25年から主宰。33年からは読売新聞俳壇選者を務めた。他に「信濃」「紅糸」「海彦」「命終」「橋本多佳子全句集」などの句集がある。 賞奈良県文化賞〔昭和34年〕 家四女＝橋本美代子（俳人）

橋本 武子　はしもと・たけこ　歌人

大正2年（1913年）6月12日～平成4年（1992年）3月13日 生山口県 歴昭和14年「短歌人」の創刊と同時に入会し、斎藤瀏に師事。21年山口県で「青潮」を創刊。歌集に「黒髪抄」「黒衣」「ゆく水」がある。 賞斎藤瀏賞（第1回）〔昭和30年〕，山口県文化功労賞〔昭和54年〕

橋本 徳寿　はしもと・とくじゅ　歌人

明治27年（1894年）9月15日～平成1年（1989年）1月15日 生神奈川県横浜市外南太田 出千葉県習志野市 学工学院造船科〔大正2年〕卒 歴幼時より千葉県習志野で育つ。水産講習所助手となり、のち大日本水産会技師として木造船の技術指導に生涯をかけた。通産省中小企業近代化審議会中小造船業分科会長。短歌は、大正14年古泉千樫の門人となり、昭和2年千樫没後、その追悼号をもって「青垣」を創刊、編集に当たる。現代歌人協会創立時より理事、41年、42年歌会始選者を務めた。歌集に「船大工」から「黒」まで11冊、他の著書に戦記もの「素馨の花」、「古泉千樫とその歌」「わが歌論」、「土屋文明私稿」「アララギ交遊編年考」がある。 賞大日本歌人協会賞〔昭和14年〕「台湾行・樺太行」，日本歌人クラブ推薦歌集（第2回）〔昭和31年〕「ララン草房」，若山牧水短歌文学大賞（第2回）〔昭和50年〕

橋本 比禎子　はしもと・ひでこ　歌人

明治36年（1903年）7月12日～平成3年（1991年）12月5日 生長野県小県郡長門町 名本名＝橋本英，旧筆名＝遠山英子 歴昭和3年「潮音」入社、太田水穂に師事。5年秋田青雨と結婚、12年青雨とともに「青樫」創刊。青雨没後、22年同誌を復刊して主宰。27年橋本比禎子と改名。歌集に「二人静」「絮の冠」、他に合同歌集などがある。

橋本 風車　はしもと・ふうしゃ　俳人

大正3年（1914年）1月1日～平成13年（2001年）7月23日 生兵庫県明石市 名本名＝橋本寛 学東京帝国大学法学部卒 歴昭和11年天野雨山の「蕉風」（のち「春光」と改題）に参加。12年東大ホトトギス会で中村草田男、山口青邨の指導を受ける。14年「成層圏」、15年「夏草」、21年「萬緑」、29年「子午線」に参加。43年「春光」主選。句集に「私道明暗」、随筆に「ボルネオ博物館」がある。 賞萬緑賞〔昭和40年〕

橋本 夢道　はしもと・むどう　俳人

明治36年（1903年）4月11日～昭和49年（1974年）10月9日 生徳島県板野郡北方藍園村 名本名＝橋本淳一 学高小卒 歴大正7年上京し肥料問屋などに勤め、のち銀座の月ケ瀬創業に参加。昭和38年に“あんみつ”を考案。一方、荻原井泉水に師事、5年プロレタリア俳句運動をおこし「旗」を創刊。16年俳句事件で検挙され、18年まで投獄される。戦後新俳句人連盟に参加。現代俳句協会顧問を務めた。句集に「無礼なる妻」「良妻愚母」「無類の妻」などがある。没後に「橋本夢道全句集」が刊行された。平成6年没後20年を記念した展覧会が開催された。 賞多喜二百合子賞（第7回）〔昭和50年〕「無類の妻」

長谷 草夢　はせ・そうむ　歌人

生年不詳～昭和57年（1982年） 生鹿児島県種子島 名本名＝鮫島宗美 学種子島農林〔昭和2年〕卒 歴戦争中宮崎県立中学校で教鞭を執る。戦後種子島に帰り、種子島高、種子島実業に勤務。一方、昭和25年から歌誌「熊毛文学」を出し続け、南日本文化賞の受賞や100号記念大会を機にマスコミに盛大に取り上げられた。また同誌の歌会から多くの歌人も輩出し、種子島の文化の発掘にも努めた。歌集に「水鶏」がある。 賞南日本文化賞

長谷川 秋子　はせがわ・あきこ　俳人

大正15年（1926年）8月28日～昭和48年（1973年）2月2日 生東京都雑司ケ谷 学立教高女卒 歴昭和14年長谷川かな女に師事。21年嗣子博と結婚し（45年離婚）、「水明」の編集を担当、44年からは主宰。句集に「菊凪ぎ」「鳩吹き」「長谷川秋子全句集」がある。 家父＝沢本知水（俳人），兄＝山本嵯迷（俳人），養母＝長谷川かな女（俳人）

長谷川 泉　はせがわ・いずみ　詩人

大正7年（1918年）2月25日～平成16年（2004年）12月10日 生千葉県 名筆名＝谷山徹（たにやま・てつ） 学一高文科甲類卒，東京帝国大学文学部国文学科〔昭和17年〕卒，東京大学大学院〔昭和24年〕修了 歴父は小学校教師で、4人弟妹（3男1女）の長男。一高時代は白井

健三郎らと文芸部委員となり、谷山徹の筆名で創作を発表。東京帝大では「帝国大学新聞」の編集に携わり、編集長も務めた。戦後間もなく医学書院に入社。編集者の仕事の傍ら、清泉女子大学教授、東京大学講師として近代日本文学論を講じた。昭和53年社長に就任。62年相談役に退く。近代日本文学、特に森鷗外、川端康成、三島由紀夫の研究家で、森鷗外記念会理事長、津和野森鷗外記念館名誉館長、川端文学研究会会長、三島由紀夫研究会最高顧問などを歴任。詩人としても知られた。著書に「近代への架橋」「近代日本文学評論史」「森鷗外論考」「川端康成論考」、詩集に「心象風景」「不惑彷徨」「長谷川泉詩集」などがある。 勲勲四等旭日小綬章〔昭和63年〕 賞久松潜一賞〔昭和34年〕

長谷川 かな女　はせがわ・かなじょ　俳人

明治20年（1887年）10月22日～昭和44年（1969年）9月22日 生東京府日本橋区本石町（東京都中央区） 名本名＝長谷川かな 学小松原小学校高等科卒 歴明治42年東洋城選の「東京日日新聞」俳壇に投句して入選する。43年俳人・長谷川零余子と結婚。大正2年夫・零余子と共に東洋城門下から虚子門下に移り、大正初期「ホトトギス」女流俳句隆盛の一翼となる。10年零余子が「枯野」を創刊すると共に移り、昭和5年に「水明」を創刊、没年まで主宰した。3年以後、埼玉県浦和市に住む。30年浦和市名誉市民になり、41年紫綬褒章を受章。句集に「龍胆」「雨月」「胡笛」「川の灯」「定本かな女句集」「牟良佐伎」などがあり、文集に「雨月抄」「小雪」などがある。 勲紫綬褒章〔昭和41年〕 家夫＝長谷川零余子（俳人）

長谷川 銀作　はせがわ・ぎんさく　歌人

明治27年（1894年）2月11日～昭和45年（1970年）10月13日 生静岡県静岡市 学東京商卒 歴若山牧水に師事し、大正6年「創作」入社、8年牧水夫人喜志子の妹潮みどりと結婚、翌9年より11年まで「創作」の経営にあたる。昭和2年みどり死去、3年再婚。戦後「創作」の復刊発行に尽力。歌集に「桑の葉」「烟景」「木原」「寸土」「長谷川銀作歌集」、他に「牧水襍記」がある。 賞日本歌人クラブ推薦歌集（第7回）〔昭和36年〕「夜の庭」 家妻＝潮みどり（歌人），義兄＝若山牧水（歌人），義姉＝若山喜志子（歌人）

長谷川 建　はせがわ・けん　俳人

明治31年（1898年）5月10日～昭和61年（1986年）6月26日 生茨城県行方郡玉造町 名別号＝長谷川武岳 学尋常高等学校卒 歴昭和初期より俳句を作り始め、昭和48年より「春澄」同人、俳人協会会員。また藤井寿秋とともに小鍛冶俳句会を指導し、通巻258号まで会報を発行。句集に「正午牡丹」「念々歳々」など。 賞かびれ賞〔昭和30年〕

長谷川 耿子　はせがわ・こうし　俳人

昭和3年（1928年）3月1日～平成9年（1997年）4月10日 生山形県上山市 名本名＝長谷川正 学山形工卒 歴昭和44年俳句を初めるとともに「寒雷」入会。47年「胡桃」俳句会で栗田九霄子の指導を受ける。翌年「鶴」入会、53年同人。59年「初蝶」創刊に参加して、60年同人。俳誌「胡桃」編集長を経て、平成5年主宰。作品に句集「十年」「月山」の他、「石田波郷の手紙」がある。

長谷川 湖代　はせがわ・こよ　俳人

明治34年（1901年）2月26日～平成11年（1999年）11月25日 生東京市浅草区（東京都台東区） 名本名＝長谷川貞（はせがわ・さだ） 歴大正13年俳人長谷川春草と結婚。昭和5年東京・銀座に料理店「はせ川」を開店。52年画廊に改装。俳句を春草に師事し、没後は渡辺水巴・桂子の指導を受ける。「春燈」の久保田万太郎、安住敦、成瀬桜桃子の指導を受ける。54年俳人協会会員。句集に「長谷川湖代句集」がある。 家夫＝長谷川春草（俳人）

長谷川 史郊　はせがわ・しこう　俳人

大正15年（1926年）7月25日～平成22年（2010年）12月28日 生広島県 名本名＝長谷川恒夫（はせがわ・つねお） 学京都府立農専卒 歴昭和22年「霜林」の前身「学苑」の創刊と同時に作句を始め、桂樟蹊子に師事。23年「馬酔木」に投句、水原秋桜子に師事。25年「霜林」同人。36年「馬酔木」同人。句集に「流灯」「流氷」がある。日本専売公社に勤務した。 賞霜林賞〔昭和38年〕

長谷川 四郎　はせがわ・しろう　詩人

明治42年（1909年）6月7日～昭和62年（1987年）4月19日 生北海道函館市 学法政大学独文科〔昭和11年〕卒 歴昭和12年満鉄調査部に勤務、16年アルセーニエフの探検記「デルスウ・ウザーラ」を翻訳。翌年満州帝国協和会調査部に入る。19年応召、敗戦でソ連軍の捕虜となり、5年間のシベリア収容所経験を経て、25年

2月帰国。27年処女創作集「シベリヤ物語」を発表。前期の代表作に「鶴」がある。作家生活の傍ら、28年から法政大学教授を務める。「ブレヒト詩集」、ジョルジュ・デュアメル「パスキエ家の記録」(全10巻)の翻訳など訳業も多い。40年創作詩と訳詩を収録した「さまざまな歌」を刊行するなど、詩人としても活動した。 賞毎日出版文化賞〔昭和44年〕「長谷川四郎作品集」 家父＝長谷川淑夫(函館新聞社長), 兄＝林不忘(作家), 長谷川潾二郎(洋画家), 長谷川濬(ロシア文学者), 長男＝長谷川元吉(映画撮影監督)

長谷川 双魚　はせがわ・そうぎょ　俳人
明治30年(1897年)11月19日～昭和62年(1987年)11月8日 生岐阜県安八郡墨俣町 名本名＝長谷川謙三(はせがわ・けんぞう) 学文部省高等教員英語科検定合格 歴昭和17年朝鮮の新義州東中学校校長在職中、弟の長谷川朝風に勧められて作句を始め、同年「雲母」に入会、26年同人。46年から「青樹」を主宰し、62年名誉主宰。句集「風形」「ひとつとや」「自註・長谷川双魚集」、評論集「秀句鑑賞」、「ことばの世界」を刊行。また、岐阜薬大、東海女子短期大学の教授を務め、多数の英文学関係の著作もある。 勲勲三等瑞宝章〔昭和55年〕 賞寒夜句三昧賞〔昭和26年〕, 山廬賞〔昭和45年〕, 蛇笏賞(第20回)〔昭和61年〕「ひとつとや」 家弟＝長谷川朝風(俳人), 妻＝長谷川久々子(俳人)

長谷川 草々　はせがわ・そうそう　俳人
大正10年(1921年)3月7日～平成12年(2000年)7月6日 生大阪府大阪市西鴻池 名本名＝長谷川正男 歴昭和10年ごろ「若草」に投句。西垣蘭山居、田村木国、本田一杉に師事。30年坂本春甕の「新樹」参加、藤枝青苔と「宿り木」を創刊。45年「投影」を創刊・主宰。「頂点」同人。句集に「雪山間思」「餓鬼の田」「餓鬼の田以後」などがある。

長谷川 朝風　はせがわ・ちょうふう　俳人
明治34年(1901年)11月29日～昭和52年(1977年)8月31日 生岐阜県安八郡墨俣町 名本名＝長谷川慎一 学京都市立絵画専門学校別科〔昭和2年〕卒 歴安田靫彦門下。昭和6年帝展初入選。14年には院展に初入選し、以後殆ど毎回出品。31年「紘」で大観賞を受賞し翌年無鑑査となる。39年より日本美術院特待。一方、俳句は11年飯田蛇笏に師事し、「雲母」同人。「雲母」岐阜支社を設立、戦後岐阜県俳句作家協会設立にも尽力した。22年松村蒼石と「玉虫」を創刊・主宰、28年廃刊。句集「木偶微笑」、「長谷川朝風画集」がある。 家兄＝長谷川双魚(俳人)

長谷川 博和　はせがわ・ひろかず　俳人
昭和2年(1927年)3月11日～平成6年(1994年)7月6日 生東京市芝区(東京都港区) 学東京大学農学部林学科〔昭和23年〕卒 歴長谷川商店に入り、社長を経て、会長。俳句は昭和15年中村草田男に師事。21年草田男主宰「萬緑」創刊に参加し編集に従事、第一次同人となる。48年俳人協会会員。 賞萬緑賞(平成4年度)

長谷川 冬樹　はせがわ・ふゆき　川柳作家
昭和4年(1929年)6月19日～平成22年(2010年)8月8日 出新潟県上越市 名本名＝長谷川和巳(はせがわ・かずみ) 歴平成19年より新潟日報ジュニア文芸欄の川柳選者を務めた。句集に「猫の忘れもの」がある。

長谷川 ゆりえ　はせがわ・ゆりえ　歌人
明治34年(1901年)1月21日～昭和61年(1986年)2月5日 生山形県長井市 名旧姓・旧名＝目黒 歴若山牧水に師事し、大正11年牧水主宰誌「創作」に入会、編集者となる。昭和3年長谷川銀作と結婚。47年「創作」退社。銀作門下による「長流」創刊に参加。歌集に「素顔」「木綿」がある。 賞日本歌人クラブ推薦歌集(第4回)〔昭和33年〕「素顔」 家夫＝長谷川銀作(歌人)

長谷川 良市　はせがわ・りょういち　俳人
昭和3年(1928年)～平成12年(2000年)4月15日 生愛知県春日井市勝川町 学愛知県立工業専門学校〔昭和23年〕卒 歴昭和23年尾張時計に入社。取締役、顧問を経て、平成7年退職。傍ら、句作を始め、10年句集「稲車」を上梓。「南風」「陸」「寒雷」同人。没後の15年「勝川今昔ものがたり」が出版された。

長谷川 浪々子　はせがわ・ろうろうし　俳人
明治39年(1906年)8月26日～平成8年(1996年)7月26日 生栃木県宇都宮市 名本名＝長谷川巌(はせがわ・いわお) 学東京外語仏文科〔昭和3年〕卒 歴昭和16年「ホトトギス」初入選。18年「若葉」入門、富安風生に師事。27年「若葉」同人。33～41年「若葉」編集長。のち「若葉」無鑑査同人。句集に「知更鳥」「風樹林」などがある。 賞若葉功労賞〔昭和38年〕, 若葉賞（第22回）〔昭和50年〕

長谷部 虎杖子　はせべ・こじょうし　俳人

明治20年（1887年）10月28日～昭和47年（1972年）12月26日 生宮城県亘理郡亘理町 出北海道 名本名＝長谷部栄二郎 歴明治36年帝国製麻入社。昭和6年より札幌神社神官。同年より牛島滕六の「時雨」編集。12年「時雨」が「葦牙」と改題後、没年まで主宰。句集に「木槿」「虎杖子句集」など。 賞北海道文化奨励賞〔昭和39年〕

長谷部 俊一郎　はせべ・しゅんいちろう　詩人

明治37年（1904年）3月10日 ～ 平成8年（1996年）12月13日 生福島県伊達郡月舘町（伊達市） 学東北学院神学部予科〔昭和4年〕卒 歴大正9年家督を継ぎ農耕。昭和4年東北学院神学部卒業と同時に仙台市長町日本基督教会に就職。6年牧師。同年第一詩集「朝のいのり」を刊行、以後詩作を続ける。17年牧師を辞し仙台少年院補導に就職。20年郷里の福島県に帰って農耕生活に入った。他の詩集に「光る月」「生と死のはざま」「山に生む月日」「くもかげ」「虹の山に住む」、著書に「光と闇」「漂泊と祈り」などがある。 賞福島県文学賞（詩, 第15回）〔昭和37年〕「山に生きる」, 福島県芸術賞〔昭和50年〕, 月舘町教育文化功労賞〔昭和53年〕, 福島県芸術文化功労賞〔昭和62年〕

支部 沈黙　はせべ・ちんもく　詩人

明治25年（1892年）～昭和44年（1969年） 生宮城県 名本名＝支部貞助 学札幌師範中退 歴小学校教師を務め、三木露風の手引きで渡島当別近辺の小学校にも勤めた。昭和3年童謡集「ありのお城」を刊行。生活綴方の指導や児童文集発行にも業績を残す。詩集に「路草」がある。没後の50年に「支部沈黙選集〈上下〉」が刊行された。

羽田 岳水　はだ・がくすい　俳人

大正7年（1918年）1月14日 ～ 平成23年（2011年）12月21日 生山梨県 名本名＝羽田岡造（はねだ・おかぞう） 学台中師範卒, 日本大学法文学部卒 歴昭和11年阿川燕城の「竹鶏」に拠るが中断。26年「馬酔木」に入会して水原秋桜子に師事、40年同人。また、31年米沢吾亦紅主宰「燕巣」発刊に参画して同人となり、61年主宰を継承。平成22年病により同誌終刊。句集に「空鳥」「和光」「胡笳」「寂光」などがある。 賞大阪府文化芸術功労賞〔平成10年〕

畑 和子　はた・かずこ　歌人

大正3年（1914年）11月23日 ～ 平成4年（1992年）1月15日 生東京市本所区林町（東京都墨田区） 名本名＝岡田和子（おかだ・かずこ） 学実践女子専門学校国文科中退 歴昭和18年中河幹子に師事し「ごぎゃう」（現「をだまき」）に入会、のち選者、編集同人。平成2年より横浜歌人会代表。歌集に「彩層」「がらす絵」「白磁かへらず」「緑釉の玉」他がある。 賞新歌人会賞〔昭和36年〕「がらす絵」, 日本歌人クラブ推薦歌集（第19回）〔昭和48年〕「白磁かへらず」

秦 美穂　はた・よしほ　歌人

明治31年（1898年）7月4日～平成5年（1993年）6月8日 生福岡県 歴中学時代に作歌を始め、「ミナト」に入会。大正8年旅順工大在学中「アララギ」に入会、島木赤彦に師事。昭和4年九州大学在学中、「能古」を創刊。編集同人。12年菊池剣主宰の「やまなみ」に参加。師の没後、「やまなみ」の代表・選者。歌集に「十二番館」「葡萄の枝にとほく」「日本の島山が見ゆ」がある。

畠山 弧道　はたけやま・こどう　歌人

大正9年（1920年）1月18日 ～ 昭和63年（1988年）7月3日 生東京都 名本名＝畠山正義 歴旧制中学時代より谷鼎に師事し、昭和12年「国民文学」に入会、のち杉浦翠子の知遇を得て「短歌至上主義」に所属。このころ話言葉短歌を提唱する枯野迅一郎を知り、加藤克巳の「近代」を経て、「個性」同人。歌集に「貝殻の光る道」「流れ藻」「碧い暮色」「うたごえのきえた湖」「白い航跡」「雁わたる湖」がある。

畠山 譲二　はたけやま・じょうじ　俳人

昭和5年（1930年）1月13日 ～ 平成12年（2000年）5月9日 生東京市日本橋区久松町（東京都中央区） 名本名＝畠山穣二 学長狭中〔昭和21年〕卒 歴昭和26年「若葉」に投句、富安風生に師事。30年「春嶺」に投句、岸風三楼に師事。48年「春嶺」同人となり、以来20年間編集長を務めた。50年より俳人協会幹事。平成5年「海嶺」を創刊・主宰した。句集に「海」「海嶺」「朝の蟬」「海の日」などがある。 賞春嶺賞

〔昭和48年〕, 春嶺功労者賞〔昭和59年〕

畠山 千代子　はたけやま・ちよこ　詩人
明治35年（1902年）〜昭和57年（1982年）　生宮城県登米郡宝江（登米市）　学宮城女学校英文専攻科〔大正12年〕卒　歴宮城県の養蚕農家に生まれ、8歳の時に大けがにより右腕を失う。宮城女学校英文専攻科を卒業後、大正15年〜昭和10年弘前女学校で英語教師を務める。この間、東京文理科大学で外国人教師を務めていた英国の詩人ウィリアム・エンプソンに英詩の添削を依頼、交流を持った。中でも3編の英詩がエンプソンの激賞を受け、彼の手で添削されて英国に紹介された。その後、2人の連絡は途絶え、英国では謎の天才詩人とされていたが、平成15年東北大学の齋藤智香子助手と外国人教師のピーター・ロビンソンによりその生涯が判明した。

畠山 義郎　はたけやま・よしろう　詩人
大正13年（1924年）8月12日〜平成25年（2013年）8月7日　生秋田県北秋田郡下大野村（北秋田市）　学鷹巣農林業科〔昭和15年〕中退　歴昭和25年秋田県下大野村議、26年同村長を経て、30年町村合併により合川町が誕生すると町長に当選、以後連続10期。41年全国で初めて“社会福祉の町”を宣言した。平成7年引退。一方、昭和16年から詩作を行い、同年創刊の詩誌「詩叢」は特高警察の指示により18年に廃刊した。63年詩集「赫い日輪」で秋田県芸術選奨を受賞。36〜60年秋田魁新聞「さきがけ詩壇」選者、平成3〜7年秋田県現代詩人協会会長を務めた。詩誌「密造者」発行人。他の詩集「別離と愛と」「晩秋初冬」「雪の模様」「無限のひとり旅」、著書「まさひでもあぐら」「地平のこころ」「町長日記」などがある。　勲藍綬褒章〔昭和57年〕, 勲三等瑞宝章〔平成7年〕　賞秋田県芸術選奨〔昭和63年〕「赫い日輪」, 秋田県現代詩人賞〔平成16年〕, 秋田県文化功労者〔平成21年〕

畑崎 果実　はたざき・かじつ　俳人
大正14年（1925年）3月10日〜平成23年（2011年）11月8日　生奈良県　名本名＝畑崎実（はたざき・みのる）　学奈良商卒　歴昭和14年作句を始める。戦後は一時、自由律俳句や新興俳句に興味を持ったが、その後作句を中断。30年橋本鶏二に師事、34年「年輪」同人。　賞年輪新人賞〔昭和51年〕

畑中 秋穂　はたなか・しゅうすい　俳人
明治42年（1909年）6月17日〜昭和28年（1953年）9月28日　生岩手県九戸郡種市村（洋野町）　名本名＝畑中浜蔵, 旧姓・旧名＝斎藤　学岩手師範第二種講習科〔大正15年〕修了, 青森師範本科二部〔昭和4年〕卒　歴青森県で小学校教師を務め、畑中家に婿入り。昭和5年「ぬかご」誌友となり、21年同誌再刊に際して同人。22年第一句集「秋穂」を刊行。同年東奥日報俳句選者。25年「あしかげ」創刊に参加、選者となった。下北半島に俳句を根付かせる活動を続けたが、28年脳溢血のため44歳で急逝した。歌集「釜臥の山」もある。

畠中 哲夫　はたなか・てつお　詩人
大正9年（1920年）10月19日〜平成19年（2007年）3月5日　生福井県三国町　歴評論集「三好達治」、詩文集「若き日の詩歌」、詩集「風を聴く」「青空からの無限旋律」、句集「冬日燦」、エッセイ「詩人三好達治」「清瀬村」「森田愛子」「俳人 伊藤柏翠」など。　家兄＝平沢貞二郎（詩人）

畑中 不来坊　はたなか・ふらいぼう　俳人
大正11年（1922年）10月4日〜平成15年（2003年）3月25日　生京都府　名本名＝畑中聖（はたなか・しょう）　学三重大学卒　歴昭和18年海軍予備学生入隊と同時に作句を始める。46年「嵯峨野」創刊と共に入会、高桑義生と村山古郷に師事。47年同人。　賞嵯峨野大賞〔昭和48年〕

波多野 晋平　はたの・しんぺい　俳人
明治17年（1884年）7月3日〜昭和40年（1965年）5月3日　生山口県萩市　歴大阪商船高浜支店在勤中の大正14年から酒井黙禅に師事、翌15年には「ホトトギス」に投句。昭和7年伊予商運設立、31年まで重役を歴任。20年「ホトトギス」同人、23年黙禅から「柿」を継承主宰。36年引退。句集に「初凪」。

波多野 爽波　はたの・そうは　俳人
大正12年（1923年）1月21日〜平成3年（1991年）10月18日　生東京都　名本名＝波多野敬栄（はたの・よしひで）　学京都帝国大学経済学部〔昭和22年〕卒　歴昭和23年三和銀行に入行、41年芦屋支店長、44年四条大宮支店長、45年徳島支店長、49年経営相談所長を歴任して、52年藤沢薬品工業に転じ、監査役となる。58年退任。また、学習院中等科より高浜虚子に師事して、21年「木兎」創刊に参加。24年「ホトトギス」同人となり、28年より俳誌「青」を主宰。33年福田蓼汀、橋本鶏二、野見山朱鳥と四誌連合会を結成。句集に「舗道の花」「湯呑」「骰子」「一筆」、「波多野爽波全集」(全3巻, 邑書林)など。元華族の出身。 家祖父＝波多野敬直(宮内相), 弟＝波多野敬雄(外交官)

畑村 春子　はたむら・はるこ　俳人
大正2年(1913年)5月6日～平成12年(2000年)6月11日　生東京都　学お茶の水高女専攻科国語部卒　歴昭和41年俳句女園に入会、柴田白葉女に師事。のち「風土」同人。 賞女園賞準入賞〔昭和52年〕

幡谷 東吾　はたや・とうご　俳人
大正3年(1914年)6月21日～昭和62年(1987年)11月14日　生茨城県行方郡　名本名＝幡谷藤吾(はたや・とうご), 旧号＝梢閑居　学土浦中学中退　歴昭和4年上京し、日刊東京新聞、素人社、交蘭社などに勤務。14年中国に渡り、青島の山東毎日新聞学芸部長となり、20年引揚げ後、挑蹊書房編集長。俳句は大正14年ころから始め、「ホトトギス」を経て、昭和8年九州の新興俳句雑誌「天の川」に参加し10年同人。15年青島で「基地」創刊。戦後は「幻像」を経て、28年「花実」を創刊し、主宰。また俳句書誌家としても著名で、没後「幡谷文庫」として山梨県立文学館に収められた。句集に「風致木」「過客」「即離集」がある。

初井 しづ枝　はつい・しずえ　歌人
明治33年(1900年)10月29日～昭和51年(1976年)2月15日　生兵庫県姫路市大黒町　名本名＝初井しづ江, 旧姓・旧名＝井上　学私立大阪道修薬学校卒　歴大正15年「日光」入社、北原白秋に師事。昭和2年「短歌民族」所属。11年「多磨」入会。24年「女人短歌」に参加。28年「コスモス」創刊に参加。歌集に「花麒麟」「藍の紋」「白露虫」「冬至梅」「初井しづ枝全歌集」、文集に「白萩小径」がある。 賞日本歌人クラブ推薦歌集(第3回)〔昭和32年〕「藍の紋」, 読売文学賞(第22回・詩歌俳句賞)〔昭和45年〕「冬至梅」

八田 木枯　はった・こがらし　俳人
大正14年(1925年)1月1日～平成24年(2012年)3月19日　生三重県津市　名本名＝八田光(はった・ひかる)　歴昭和16年「ホトトギス」同人の長谷川素逝に師事。20年「ウキグサ」を主宰、素逝の死去後は橋本鶏二に選を受ける。22年山口誓子の門を叩き、23年「天狼」創刊に参加。32年以降、ほぼ20年間俳句より遠ざかったが、52年うさみとしおと二人誌「晩紅」を創刊。62年「雷魚」創刊同人。平成8年寺沢一雄、中村裕らと晩紅塾を開く。15年新同人を迎えて「晩紅」を復刊した。17年現代俳句協会賞、23年「鏡騒」で小野市詩歌文学賞を受けた。他の句集に「汗馬楽鈔」「あらくれし日月の鈔」「夜さり」などがある。 賞現代俳句協会賞〔平成17年〕, 小野市詩歌文学賞〔平成23年〕「鏡騒」

服部 菰舟　はっとり・こしゅう　俳人
生年不詳～平成22年(2010年)8月1日　名本名＝服部英夫, 旧号＝服部ひで緒　歴昭和28年冬日句会に参加。「青」「雨月」「年輪」に投句。「雨月」同人となり、平成14年同人会副会長。15年古希を記念して句集「故山の子守唄」を刊行した。

服部 伸六　はっとり・しんろく　詩人
大正2年(1913年)12月8日～平成10年(1998年)3月24日　生宮崎県串間市西今町　出宮崎県宮崎市東江平町　名本名＝大和田政輔(おおわだ・まさすけ)　学慶応義塾大学文学部フランス文学科〔昭和14年〕卒　歴昭和14年外務省入省。57年から大東文化大学講師も務めた。著書に「カルタゴ」「黒人売買の歴史」「服部伸六詩集」「パリの夢」「アフリカの夢」「カイエ・ド・コニャック」、訳書にルネ・デュモン「飢餓の証人」、ギュヴィック「詩を生きる」、共訳に「アラゴン詩集」(全3巻)がある。

服部 翠生　はっとり・すいせい　俳人
明治35年(1902年)3月8日～平成5年(1993年)12月18日　生愛知県　名本名＝服部隆義　学愛知薬学卒　歴東京で就職するが昭和8年病気のため帰郷し、自営業。俳句は10年から始め、14年松本たかしに師事。40年「若葉」入門。富安風生、西本一都の指導を受ける。46年「若葉」「白魚火」「岬」同人。47年俳人協会会員。句集に「花神楽」。 賞白魚火賞〔昭和50年〕, 碧南文化賞〔昭和60年〕, 長野県俳人協会賞〔昭和63年〕

服部 大渓　はっとり・たいけい　俳人
明治43年(1910年)～平成7年(1995年)　生三重県四日市市桜町　名本名＝服部寅三　学桜尋常高小卒　歴農業の傍ら、青年団の仲間たちと作句を始める。俳誌「かいつむり」同人となり、昭和6年「倦鳥」に入会、両誌で活躍。傍ら、5年からみざくら会を設立して各地で句会を行う。戦後は「壁画」に投句。句集に「返り花」がある。

服部 忠志　はっとり・ただし　歌人
明治42年（1909年）5月4日～平成9年（1997年）12月13日　生岡山県岡山市　学国学院大学高等師範部卒　歴高等学校長を経て、岡山商科大学講師、のち教授。短歌は昭和2年「蒼穹」に入り、岡野直七郎に師事。3年国学院に入学し折口信夫（釈迢空）の講義を聞く。以後、迢空に傾倒。7年平井弘志の「短歌詩人」に入り、弘志没後同誌主宰。21年「龍」と改題。歌集に「常世波」「四季の海山」「童貞抄」「幡多の里」、評論に「折口信夫論」「釈迢空短歌私抄」、随筆集「短歌をめぐって」他がある。

服部 担風　はっとり・たんぷう　漢詩人
慶応3年（1867年）11月16日～昭和39年（1964年）5月27日　生愛知県海部郡弥富町（弥富市）　名名＝轍, 字＝子雲, 通称＝粂之丞　学愛知師範〔明治17年〕卒　歴詩はもとより、書・画にも秀れ、昭和詩壇の最高峰とたたえられた。明治42年髄鷗吟社の客員となり、大正10年「雅声社」をおこし「雅声」を発行し、没年まで漢詩の指導にあたる。著書に「担風詩集」7冊などがある。　賞日本芸術院賞〔昭和28年〕

服部 直人　はっとり・なおと　歌人
明治40年（1907年）4月20日～昭和54年（1979年）1月9日　生東京市小石川区（東京都文京区）　学国学院大学国文科〔昭和5年〕卒　歴折口信夫に師事。昭和10年「水甕」入社。31年「自画像」を創刊・主宰する。現代歌人協会会員。歌集「みどり木」「動物聚落」「服部直人全歌集」の他、「愛情の古典」「賀歌」「青春の古典」「源氏物語論究」等の著書がある。　家父＝服部躬治（歌人）, 母＝服部浜子（歌人）

服部 八重女　はっとり・やえじょ　俳人
明治41年（1908年）7月1日～平成15年（2003年）5月17日　生東京都　名本名＝服部八重子（はっとり・やえこ）　学嘉悦学園卒　歴昭和33年「さいかち」松野自得の手ほどきを受ける。40年同人。　賞さいかち新人賞第2位〔昭和39年〕

服部 嘉香　はっとり・よしか　詩人　歌人
明治19年（1886年）4月4日～昭和50年（1975年）5月10日　生東京府日本橋区浜町（東京都中央区）　名筆名＝服部嘉香（はっとり・かこう）, 初期別号＝楠山, 幼名＝浜二郎　学早稲田大学英文科〔明治41年〕卒　歴在学中早稲田文学社に関係し、卒業後関西大学講師となるが、昭和12年早大教授に就任。中学時代から詩歌を作り、明治38年「口語詩小史」を刊行。40年詩草社を創立し、45年詩歌研究会を結成、大正2年「現代詩文」を創刊。昭和25年には「詩世紀」を創刊。28年「幻影の花びら」を刊行し、以後「銹朱の影」「星雲分裂史」「バレーへの招宴」などを刊行。歌人としては窪田空穂に師事し「まひる野」会員となる。35年歌集「夜鹿集」を刊行した。また国語問題協議会理事、日本詩人クラブ理事長なども歴任した。　勲勲四等旭日小綬章〔昭和42年〕

服部 嵐翠　はっとり・らんすい　俳人
明治38年（1905年）4月1日～平成5年（1993年）8月16日　生兵庫県三原郡三原町（淡路島）　名本名＝服部秀夫（はっとり・ひでお）　学御影師範卒　歴昭和33年淡路島の西淡町立湊小学校校長を最後に退職。中学時代から句作を始め、大正13年高田蝶衣に師事。「懸葵」「獺祭」「草上」に投句し、昭和22年「古志」同人として参加。同年から「雲母」に投句し、30年同人。34年「潮騒」を創刊し、37年主宰、平成5年3月206号で終刊。この間、昭和52年兵庫県俳句協会常任理事に就任。句集に「絵馬」「乙御前」。　賞ともしびの賞〔昭和52年〕

花井 千穂　はない・ちほ　歌人
大正10年（1921年）12月5日～平成19年（2007年）9月20日　生静岡県　名本名＝花井禎子（はない・ていこ）　学三島高女〔昭和13年〕卒　歴三島高女在学中より作歌を始め、昭和15年「月光」に入会。21年より大岡博に師事し「菩提樹」に入会、同人となり、のち編集発行、会計の事務に携わる。58年創刊の「あるご」にも参加。31年菩提樹賞を受賞。歌集に「銀の旋律」「春雪譜」「青玉集」「秋灯」「冬かぎろひ」などがある。　賞菩提樹賞〔昭和31年〕, 静岡県歌人協会賞〔昭和61年〕

花岡 謙二　はなおか・けんじ　歌人　詩人
明治20年（1887年）2月9日～昭和43年（1968年）5月7日　生東京府麴町区（東京都千代田区）

名筆名＝夏野謙二　学東京薬学校中退　歴明治44年前田夕暮に師事して「詩歌」社友となり、短歌を作る。大正3年山村暮鳥と知り合い、「民衆」に詩を発表。昭和5年石原純と新短歌協会を結成して「短歌創造」を創刊。詩歌集「母子像」、歌集「歪められた顔」「草の葉はゆれる」、詩集「落葉樹」などがある。没後、「遺稿・花岡謙二叢書」が刊行されている。

花田 いそ子　はなだ・いそこ　俳人
明治35年（1902年）9月27日 ～ 昭和61年（1986年）1月4日　生東京市麻布区鳥居坂（東京都港区）　名本名＝花田文代（はなだ・ふみよ）　学長野県立松本高女卒　歴昭和38年「萬緑」入会。48年「萬緑」同人。句集に「古稀の汗」（48年）がある。　賞萬緑賞（第25回）〔昭和53年〕　家二男＝花田春兆（俳人）

花田 英三　はなだ・えいぞう　詩人
昭和4年（1929年）8月16日 ～ 平成26年（2014年）5月2日　出東京都　学東北大学法学部卒　歴電通でコピーライターを務めた。平成元年那覇市に移住、3年詩集「ピエロタへの手紙」で山之口貘賞を受賞。13～17年同賞の選考委員。詩誌「歴程」「EKE」で活躍した。他の詩集に「あまだれのおとは…」「風葬墓からの眺め」「島」「坊主」などがある。　賞山之口貘賞（第14回）〔平成3年〕「ピエロタへの手紙」

花田 哲行　はなだ・てっこう　俳人
明治38年（1905年）9月2日～平成2年（1990年）2月17日　生青森県　名本名＝花田哲幸（はなだ・てつゆき）　学法政大学文学部卒　歴昭和3年頃に「石楠」臼田亜浪より指導を受ける。また青森で「ほそみち」を刊行、福島小蕾・大野林火に師事。16年頃「石楠」派幹部となる。「野蒜」主宰。

花田 比露思　はなだ・ひろし　歌人
明治15年（1882年）3月11日 ～ 昭和42年（1967年）7月26日　生福岡県朝倉郡安川村（朝倉市）　名本名＝花田大五郎（はなだ・だいごろう）　学京都帝国大学法科大学〔明治41年〕卒　歴大阪朝日新聞に入り調査部長兼論説委員として、時の寺内内閣を攻撃したが、大正7年の米騒動にからんだ白虹筆禍事件で連帯責任を取って辞任。のち大正日日新聞、読売新聞などに勤め、13年京都帝国大学学生監に招かれた。その後、和歌山高商校長をはじめ、福岡商科大学、大分大学、別府大学各学長を歴任、教育界に貢献した。大正4年には歌誌「潮騒」（10年に「あけび」と改題）を主宰し歌人として活躍。歌集に「さんげ」、歌論集に「歌に就ての考察」「万葉集私解」など。

英 美子　はなぶさ・よしこ　詩人
明治25年（1892年）7月1日 ～ 昭和58年（1983年）3月15日　生静岡県静岡市　名本名＝中林文子（なかばやし・ふみこ）　学静岡高女卒, 和仏英女子高等学校仏文専科卒, アテネ・フランセ中退　歴昭和初期、読売新聞社の社会部、婦人部記者として勤務。詩は大正10年西条八十の「白孔雀」同人としてスタート。のち「日本詩人」「詩神」「詩之家」に寄稿、同人誌「角笛」主宰。戦後は「日本未来派」同人、「詩と音楽の会」会員として活躍。女流現代詩人の最長老として知られ、主な作品に「春の顔」「東洋の春」「英美子詩集」「授乳考」など。代表的詩集「アンドロメダの牧場」は、56年マドリードでスペイン語版が出版された。　家息子＝中林淳真（ギタリスト）

塙 毅比古　はなわ・たけひこ　俳人
大正3年（1914年）12月4日～平成3年（1991年）9月7日　生茨城県笠間市　学東京帝国大学経済学部〔昭和14年〕卒　歴日本鉱業、東邦亜鉛、富士経済などの会社に勤務。学生時代に俳句を始め、「俳句研究」で選者の中村草田男から推薦を受けたのがきっかけで、昭和21年草田男に入門し「萬緑」創刊に参加。一時休詠。のち「萬緑」茨城支部選者に。61年～平成3年「朝日新聞 茨城俳句」の選者を務めた。妻・義子との共著の句集に「鴛鴦双進」がある。　賞萬緑新人賞〔昭和45年〕, 萬緑賞〔昭和52年〕　家兄＝塙瑞比古（神官）

埴谷 雄高　はにや・ゆたか　詩人
明治42年（1909年）12月19日 ～ 平成9年（1997年）2月19日　生台湾新竹　出福島県相馬郡小高町（南相馬市）　名本名＝般若豊（はんにゃ・ゆたか）　学日本大学予科〔昭和3年〕中退　歴中学1年の時、東京に転居。日大入学後、アナキズムの影響を受け、昭和6年共産党に入党。農民運動に従事したが、7年に検挙され、8年に転向出獄。20年文芸評論家の平野謙らと「近代文学」を創刊し、形而上学的な主題を繰広げた「死霊」を連載。45年「闇の中の黒い馬」で谷崎潤一郎賞を受賞、その後「死霊」の執筆を再開し、51年日本文学大賞を受賞、第一次戦後派作家としての活動を続けた。評論家としてはスターリニズム批判の先駆的存在として'60年安保世代に大きな影響を与え、「永久革命者の悲哀」などの政治的考察を多く発表した。アフォリズム集「不合理ゆえに吾信ず」がある他、54年「埴谷雄高準詩集」を刊行、平成2年には歴程賞を受けた。　賞歴程賞（第28回）〔平成2年〕

羽根田 薫風　はねだ・くんぷう　俳人
明治43年（1910年）3月21日 ～ 平成2年（1990年）2月23日　生長野県　名本名＝羽根田薫（はねだ・かおる）　学長野県師範学校専攻科卒　歴昭和20年肺結核の療養中に俳句を始める。栗生純夫、藤岡筑邨に師事。「科野」「りんどう」同人。20年角川源義の「河」入会、同人。54年進藤一考に師事。

馬場 移公子　ばば・いくこ　俳人
大正7年（1918年）12月15日 ～ 平成6年（1994年）2月17日　生埼玉県秩父市　名本名＝新井マサ子（あらい・まさこ）　学秩父高女卒　歴昭和21年金子伊昔紅の門に入り、「馬酔木」に入会。水原秋桜子に師事。26年同人。句集に「峡の音」「峡の雲」。　賞馬酔木賞〔昭和35年〕，福島県俳句賞（第3回）〔昭和56年〕「月出づ」，俳人協会賞（第25回）〔昭和60年〕「峡の雲」

馬場 邦夫　ばば・くにお　詩人
昭和9年（1934年）7月24日 ～ 昭和61年（1986年）8月9日　出兵庫県　学慶応義塾大学卒　歴「日本未来派」同人。主著に詩集「屋上の亀」がある。

馬場 園枝　ばば・そのえ　歌人
大正11年（1922年）1月28日 ～ 平成8年（1996年）7月22日　生千葉県佐倉市　歴昭和15年「多磨」に入会。「多磨」解散後の28年の「中央線」創刊に参加、以後編集同人。41年「中央線」支部誌「ちば中央」を発刊。歌集に「十字路のない街」「庭彩う」「百花茫茫」がある。

土生 暁帝　はぶ・ぎょうてい　俳人
明治35年（1902年）2月25日 ～ 平成1年（1989年）3月13日　生三重県度会郡大宮町　名本名＝土生逡（はぶ・すすむ）　歴教員時代に句作を開始、「落霜紅」「鶏頭陣」に入会。昭和23年「天狼」創刊に参加、27年「三重俳句」同人となり、両誌を中心に活躍。34年伊勢湾台風に遭い、家屋流出寸前に階上で詠みつづけた連作「有季流失」で一躍注目を集めた。46年「揖斐」を創刊。句集に「伊勢路」がある。　賞旧文芸新聞社文学賞〔昭和27年〕

土生 重次　はぶ・じゅうじ　俳人
昭和10年（1935年）6月13日 ～ 平成13年（2001年）3月22日　生大阪府堺市　名本名＝土生重次（はぶ・しげつぐ）　学早稲田大学第一政治経済学部経済学科卒　歴昭和49年「蘭」に入会し、野沢節子の指導を受ける。55年同人となり、56年編集委員。句集に「歴巡」「扉」がある。　賞蘭賞〔昭和55年〕

浜 明史　はま・あけし　俳人
昭和3年（1928年）12月5日 ～ 平成20年（2008年）4月4日　生京都府　名本名＝神社良明（かんじゃ・よしあき）　学山陰短期大学卒　歴舞鶴市の小・中学校教師を務め、昭和58年退職。その後は京都府精神薄弱者相談員として養護施設みずなき学園の更生部長などを歴任。一方、俳句は23年工藤雄仙の手ほどきを受ける。25年「学苑」に参加して桂樟蹊子に師事。28年「鶴」に入会。42年石川桂郎に師事して「風土」入会、44年同人となる。46年「鶴」同人。51年「龍」を創刊・主宰。句集に「水平線」「烏瓜」「游」などがある。

浜 喜久夫　はま・きくお　歌人
明治39年（1906年）3月9日～平成4年（1992年）2月22日　生新潟県　名本名＝中村喜一郎（なかむら・きいちろう）　学東京高等工業学校応用化学科〔昭和2年〕卒　歴大正13年「アララギ」、昭和5年「国民文学」を経て、24年「白路」入会、森本治吉らに師事。また、22年神奈川県立川崎工業学校長を経て、横浜商工高等学校長を歴任。共著に「やさしい化学英語」、歌集に「芝茱萸」。

浜 梨花枝　はま・りかえ　歌人
大正1年（1912年）8月4日～平成10年（1998年）3月8日　生埼玉県埼玉村　名本名＝榎本美佐夫　学東京家政学院卒　歴昭和15年師池田亀鑑により与謝野晶子と引き合わされ「冬柏」に入会。後に「浅間嶺」「長風」「女人短歌」を経て、41年「青遠」を創刊・主宰。歌集に「風紋」、著書に「短歌俳句入門」などがある。　賞埼玉文化賞（第23回），埼玉文化功労者知事賞　家夫＝榎本善兵衛（久喜市長）

浜川 宏　はまかわ・ひろし　歌人
大正10年（1921年）3月26日 ～ 昭和61年（1986年）8月24日　生徳島県徳島市　歴昭和28年「創

作」入社、長谷川銀作に師事。43年角川短歌賞候補。44年「十月会」に入会。47年「長流」を創刊、編集委員となる。歌集に「桜狩」がある。

浜口 国雄　はまぐち・くにお　詩人
大正9年（1920年）6月10日 ～ 昭和51年（1976年）1月20日　生福井県　出旧朝鮮　歴福井県に生まれるが、3歳の頃に起こった村の大火により、一家で旧朝鮮に移住。昭和11年16歳で南満州鉄道（満鉄）に入社。15年応召して中国、フィリピン、インドシナ、ニューギニアを転戦。21年復員。戦後は国鉄に勤務する傍ら、国鉄詩人連盟に参加して詩作に励んだ。28年金沢車掌区に転勤、29年「北陸文学」に参加。36年「笛」を創刊した。国鉄での労働と戦争の内実を詩に結実させ、中でも「便所掃除」の詩は第5回国鉄詩人賞を受賞し、広く教科書にも採用された。詩集に「最後の箱」がある。　賞国鉄詩人賞（第5回）〔昭和31年〕

浜口 忍翁　はまぐち・にんおう　歌人
明治44年（1911年）7月11日 ～ 平成6年（1994年）9月17日　生岐阜県　学東京美術学校〔昭和10年〕卒　歴昭和22年「白珠」へ同人として入社、安田青風、章生に師事する。54年より選者・編集委員を務めた。55年日本歌人クラブ大阪府委員。歌集に「緑色の円」「航海者」「黒暉」「火の華」「月蝕の指」、評論集「斜面上の芸術」「斜面の上の作家」がある。　賞関西短歌文学賞「緑色の円」

浜坂 星々　はまさか・せいせい　俳人
昭和10年（1935年）10月8日 ～ 昭和63年（1988年）8月25日　生大阪府　名本名＝浜坂繁（はまさか・しげる）　学新制中学中退　歴昭和35年「新樹」入会、36年「河」入会。54年「人」、56年「晨」創刊に同人参加。句集に「仰」。　賞河新人賞〔昭和42年〕，人賞〔昭和56年〕

浜田 到　はまだ・いたる　歌人
大正7年（1918年）6月19日 ～ 昭和43年（1968年）4月30日　生米国カリフォルニア州ロサンゼルス　出鹿児島県　名筆名＝浜田遺太郎　歴米国ロサンゼルスで生まれ、大正11年4歳で鹿児島県に帰国。医者となり、また中井英夫に歌人としての才能を見いだされた。昭和22年東田喜隆、岡元健一郎、宮原正徳らと「歌宴」を創刊。「工人」にも参加。浜田遺太郎の筆名で詩も作った。43年往診の帰途に事故死した。没後、歌集「架橋」、「現代歌人文庫浜田到」、詩集「浜田遺太郎詩集」が刊行された。

浜田 知章　はまだ・ちしょう　詩人
大正9年（1920年）4月27日 ～ 平成20年（2008年）5月16日　生石川県河北郡内灘村　名本名＝浜田施一（はまだ・せいち）　歴戦後、詩を書き始め、昭和23年プロレタリア系詩誌の「山河」を創刊。26年長谷川龍生らと山河グループを結成。27年「列島」に参加、のち「火牛」同人。被爆者ではない詩人こそが核兵器廃絶のために原爆詩を書くべきだと訴えた。詩集に「浜田知章詩集」「浜田知章第二詩集」「浜田知章第三詩集」「幻花行」、他に「リアリズム詩論のための覚書」などがある。

浜田 蝶二郎　はまだ・ちょうじろう　歌人
大正8年（1919年）2月4日 ～ 平成14年（2002年）2月26日　生神奈川県愛甲郡厚木町　名本名＝浜田長次郎　学神奈川師範卒　歴小中校教員、指導主事、教育研究所主幹を歴任。「相模野」「創作」を経て、昭和27年「醍醐」入社。松岡貞総に師事し、44年より編集委員長。歌集に「隙間の霊たち」「星のなかの顔」「眠りの天球」など。

浜田 十四郎　はまだ・としろう　川柳作家
生年不詳 ～ 平成26年（2014年）4月26日　出鳥取県　名本名＝浜田俊郎（はまだ・としろう）　歴航空管制官として松山空港に勤務した際、川柳を始める。昭和54年から平成6年まで那覇空港の管制塔に勤務し、退職後も沖縄に定住。21年から浜田十四郎の号で琉球新報「新報川柳」選者を務めた。

浜田 美泉　はまだ・びせん　歌人
大正14年（1925年）10月31日 ～ 平成21年（2009年）11月19日　生愛知県津島市　名本名＝浜田富美雄（はまだ・とみお）　歴昭和34年津島電報電話局を退職して書家となる。毎日書道展参与会員。中部日本書道会常任理事を務めた。一方、20代頃から短歌を始める。蓮を課題にした作品が多く、歌集に「冬芽〈1～3〉」「蓮」などがある。

浜田 陽子　はまだ・ようこ　歌人
大正8年（1919年）1月2日 ～ 平成4年（1992年）12月9日　出兵庫県神戸市　歴夫・引野収と共に「短歌世代」を主宰。歌集に「冬のひびき」「時間のない窓」。　賞現代歌人集会賞（第5回）〔昭和54年〕　家夫＝引野収（歌人）

浜名 志松　はまな・しまつ　歌人
大正1年（1912年）10月12日～平成21年（2009年）1月9日　生熊本県天草郡天草町大江（天草市）　学熊本青年師範〔昭和14年〕卒　歴熊本県天草島内の小・中学教師・校長、本渡高女教諭、県教育庁指導主事、昭和44年天草教育研究所長、47年天草町教育長などを歴任し、55年退職。歌人として活動する傍ら、天草の郷土史を研究。歌誌「創作」同人。「岬」主宰。著書に「天草の民話」「天草伝説集」「九州キリシタン新風土記」「熊本の伝説」（共著）などがある。　賞天草文化賞〔昭和34年〕，信有社賞〔昭和62年〕，熊本県近代文化功労者（平成20年度）

浜中 柑児　はまなか・かんじ　俳人
明治18年（1885年）5月13日～昭和39年（1964年）8月28日　生和歌山県　名本名＝浜中貫始　学二松学舎卒，国語伝習所卒　歴高校国漢教諭、滋賀県嘱託、京都中央仏教学院講師等を務めた。俳句は大正5年より始め虚子に師事、「ホトトギス」同人。のち「かやの」を主宰した。著書に「虚子五百句鑑賞」「俳句を作るには」、ほか国文学に関する注釈書がある。

浜本 千寿　はまもと・せんじゅ　川柳作家
大正11年（1922年）8月5日～平成23年（2011年）9月12日　出新潟県佐渡郡相川町（佐渡市）　名本名＝浜本千代吉　歴柳都川柳社、札幌川柳社などの同人で、平成3～19年新潟日報佐渡版で川柳選者を務めた。句集に「しおのはな」「わたしの波」「波その後」がある。

早川 幾忠　はやかわ・いくただ　歌人
明治30年（1897年）3月10日～昭和58年（1983年）4月22日　生東京市深川区（東京都江東区）　名筆名＝早川雛彦　歴「アララギ」の島木赤彦らの指導を受け、歌壇にデビュー。大正3年松倉米吉らと「行路詩社」を結成、昭和3年「高嶺」を創刊し主宰。23年「高嶺」を二宮冬鳥にゆずる。25年から京都に移った。短歌と同時に絵、書、篆刻もよくした。錦心流琵琶も免許皆伝で、多才な文人として知られた。国語問題協議理事。著書に歌集「紫塵集」のほか「頭註古今和歌集」「中院歌論」「実感的国語論」「七十有七年」「八十有八年」などがある。

早川 邦夫　はやかわ・くにお　俳人
大正6年（1917年）2月5日～平成16年（2004年）9月1日　生熊本県熊本市　名旧号＝有一子　学大阪外語卒　歴初め有一子と号したが、本名に戻る。昭和26年日野草城の「青玄」に入会、31年草城没後は伊丹三樹彦に師事。戦後は神戸の育英高校で長く国文の教鞭を執った。　賞青玄賞〔昭和33年〕，青玄評論賞〔昭和42年〕

早川 亮　はやかわ・りょう　歌人
明治43年（1910年）8月12日～平成2年（1990年）1月13日　生京都府　名本名＝須原康一　学早大高師卒　歴昭和24年「アララギ」「あらくさ」に入会。29年「塔」に拠り、高安国世に師事。33年「丹波歌人」を創刊、35年編集責任者。歌集に「山梔子」「樹」「寒林」などがある。

早崎 明　はやざき・あきら　俳人
大正12年（1923年）2月1日～平成16年（2004年）11月15日　生岐阜県　歴昭和23年「鷹」に投句を始め、橋本鶏二に師事。「雪」を経て、32年鶏二主宰の「年輪」創刊に参画、編集長となる。平成2年同誌主宰。　賞年輪賞（第1回）〔昭和35年〕，汝鷹賞〔昭和53年〕

林 霞舟　はやし・かしゅう　歌人
明治38年（1905年）12月15日～昭和63年（1988年）3月16日　生福岡県　名本名＝林藤丸　歴大正13年「吾妹」入社、生田蝶介に師事。昭和2年大脇月甫「青虹」創刊と共に同人となり、24年12月より「湖笛」を創刊・主宰。月甫逝去後の58年「青虹」を退社。日本歌人クラブ島根県委員を務めた。歌集に「疎竹」「銀燭」「波濤」「朱盃」「白鷺荘短歌雑記」などがある。　勲勲二等瑞宝章〔昭和51年〕

林 鷺水城　はやし・がすいじょう　俳人
明治25年（1892年）～昭和61年（1986年）5月29日　生長野県諏訪郡下諏訪町　名本名＝林重義　歴15歳の頃より俳句に親しみ、俳誌「層雲」に入会、のち「海紅」同人に。戦後は「海紅同人句録」「青い地球」同人として活躍。句集に「梶の葉」がある。

林 一夫　はやし・かずお　歌人
明治43年（1910年）6月12日～昭和62年（1987年）11月21日　学東京帝国大学文学部国文学科卒　歴昭和7年細井魚袋に師事。「林一夫全歌集」がある。

林 加寸美　はやし・かすみ　俳人
昭和4年（1929年）10月21日～昭和62年（1987年）10月17日　生佐賀県　名本名＝林シヅエ

（はやし・しずえ）　学広島女子高等師範学校卒　歴昭和48年作句を始め、「万燈」に投句、江口竹亭に師事。49年「万燈」、55年「ホトトギス」同人。　賞万燈新人賞〔昭和51年〕

林 かつみ　はやし・かつみ　俳人
大正14年（1925年）1月5日～平成16年（2004年）4月15日　生旧朝鮮平壌　名本名＝林勝巳（はやし・かつみ）　学長崎高商中退　歴昭和19年下村ひろしの棕梠句会に入り、「馬酔木」に投句。22年「棕梠」創刊同人。30年からは「鶴」にも投句を始め、51年同人。平成元年郷土誌「西陲」創刊に参加、編集を担当した。のち、同誌筆頭同人。　賞棕梠賞〔昭和35年〕

林 圭子　はやし・けいこ　歌人
明治29年（1896年）9月4日～平成1年（1989年）7月3日　生東京都　名本名＝窪田銈子，旧姓・旧名＝中島　学跡見女学校卒　歴大正9年「朝の光」創刊に参加。昭和5年歌人の窪田空穂と結婚し、「槻の木」同人となる。歌集に「棕梠の花」「厨のあたり」「ひくきみどり」など。　家夫＝窪田空穂（歌人），長男＝窪田章一郎（歌人）

林 荒介　はやし・こうすけ　川柳作家
生年不詳～平成12年（2000年）5月10日　名本名＝林省三　歴30代半ばから川柳を作り始め、林食品会社を経営する傍ら、平成7～12年朝日新聞「とっとり柳壇」の選者を務めた。9年から鳥取県川柳作家協会専務理事も務めた。

林 秋石　はやし・しゅうせき　詩人
明治34年（1901年）6月3日～平成6年（1994年）10月2日　生米国コネティカット州　名旧姓・旧名＝ハベル，リンドレー・ウィリアムズ〈Hubbell, Lindley Williams〉　学ハートフォード高卒　歴明治34年米国コネティカット州に生まれ、8歳の頃からシェイクスピアに親しむ。昭和28年来日。同年～45年同志社大学、46～62年武庫川女子大学で教鞭を執り、シェイクスピア文学や英米現代詩などを講義した。この間、35年日本国籍を取得、林秋石を名乗る。また詩人として日本文化にちなんだ英詩を多数発表、東洋と西洋の舞台芸術に深い造詣を持つことでも知られた。平成14年教え子らの手により詩と論文をまとめた著作集が刊行された。

林 翔　はやし・しょう　俳人
大正3年（1914年）1月24日～平成21年（2009年）11月9日　生長野県長野市　名本名＝林昭（はやし・しょう）　学国学院大学高等師範部〔昭和10年〕卒　歴昭和15年「馬酔木」に入門、25年同人を経て、顧問同人。また、45年「沖」編集主幹、のち副主宰、名誉顧問。俳人協会顧問、NHK文化センター講師、読売日本テレビ文化センター講師なども務めた。句集に「和紙」「寸前」「石笛」「幻化」「春菩薩」「あるがまま」「光年」「林翔集」、評論集に「新しきもの、伝統」、入門書に「初学俳句教室」などがある。　賞馬酔木賞〔昭和40年〕，俳人協会賞（第10回）〔昭和45年〕「和紙」，市川市民文化賞〔平成13年〕，詩歌文学館賞（第20回）〔平成17年〕「光年」

林 昌華　はやし・しょうか　俳人
大正12年（1923年）8月10日～平成26年（2014年）1月25日　生埼玉県深谷市　名本名＝林昌次（はやし・まさつぐ）　学小樽高商〔昭和18年〕卒　歴桜ケ丘高校校長、埼玉工大経理局長、埼玉工大深谷高理事長を歴任。一方、昭和23年「萬緑」に入会。31年同人。36年から5年間編集長を務める。38年実行委員。58年「練雲雀」創刊。俳人協会評議員、埼玉県俳句連盟参与、深谷市俳句会名誉会長を務めた。句集に「風鐸」「養花天」など。　賞萬緑賞〔昭和35年〕，埼玉文芸賞奨励賞（第8回）〔昭和52年〕「風鐸」

林 鰌児　はやし・じょうじ　俳人
明治22年（1889年）3月24日～昭和35年（1960年）4月5日　生高知県宿毛市　名本名＝林譲治（はやし・じょうじ），別号＝林寿雲　学京都帝国大学独法科〔大正7年〕卒　歴父は第一次大隈内閣の逓相を務めた林有造。三菱倉庫に入社したが、高知県議を経て、昭和5年の総選挙に出馬、当選、以来当選11回。6年犬養内閣の文相・鳩山一郎の秘書官となってから鳩山派幹部。戦後は第一次吉田内閣で内閣書記官長を務め、大野伴睦幹事長と内政に暗い吉田を助けた。第二次吉田内閣には副総理兼厚相として入閣。以来、益谷秀次も加えて“党人派御三家”を称す。25年同改造内閣の経済安定本部長官、副総理、26年衆院議長。その後、自由党幹事長、総務を経て、引退。鰌児の号で俳人としても知られ、政治家と新聞記者を中心にした東嶺会を主宰。富安風生に師事し、句集に「古袷」がある。　家父＝林有造（政治家），長男＝林迶（参院議員），二男＝林迶（宿毛市長）

林 紫楊桐　はやし・しようどう　俳人
明治44年（1911年）8月24日 ～ 平成4年（1992年）3月30日　生広島県五日市町　名本名＝林孝　学広島二中卒　歴昭和3年俳句を始め、5年村上鬼城系「若竹」入会。10年同人。14年「ホトトギス」、21年「雪解」入門。25年「雪解」、55年「ホトトギス」同人。句集に「種浸し」「亥の子」。

林 信一　はやし・しんいち　詩人　歌人
明治27年（1894年）12月5日 ～ 昭和39年（1964年）10月26日　生大阪府大阪市西区京町　学早稲田大学英文科卒　歴少年時代から詩作を投稿し「日本詩人」などにも詩作を発表。大正11年詩集「鬱憂の都市」を刊行し、歌集に「栗の花」「梁園の竹」などがある。昭和20年から39年まで旺文社に勤めた。

林 徹　はやし・てつ　俳人
大正15年（1926年）3月4日 ～ 平成20年（2008年）3月20日　生中国山東省青島　出石川県金沢市　名本名＝林哲夫（はやし・てつお）　学金沢医専〔昭和24年〕卒　歴大正15年中国・青島で生まれ、12月に帰国。昭和4年父が金沢で耳鼻咽喉科医院を開業し、同地で育つ。24年金沢医科大学附属医学専門部を卒業して耳鼻科医となり、27年より国鉄に勤務。金沢鉄道病院を皮切りに、浜松、広島と転じて、61年退職。平成6年まで広島県民生部保健課指導医療官。一方、医局時代に俳句を始め、昭和26年「風」入会、沢木欣一に師事。28年同人。現代俳句協会会員を経て、43年俳人協会会員。60年「雉」を創刊・主宰。平成12年「飛花」により俳人協会賞。他の句集に「架橋」「直路」「群青」などがある。　賞風賞（第5回）〔昭和35年〕，俳人協会賞（第40回）〔平成12年〕「飛花」

林 桐人　はやし・どうじん　漢詩人
明治24年（1891年）1月21日 ～ 昭和44年（1969年）9月14日　生愛媛県松山　名本名＝林庄次郎，別号＝正策　学陸軍経理学校卒，東京高師国漢科卒　歴陸軍に20年勤務、主計大尉。のち中学教諭を経て、久松伯爵家に仕え、戦後農業に従事。小学時代から詩を作り、のち近藤小南、新野斜村に師事、高橋藍川に学んだ。松山、大阪の吟社に入り、志山流顧問。著書に「探花集」「続探花集」（全3巻）、「月ケ瀬探梅紀行」などがある。

林 秀子　はやし・ひでこ　歌人
大正7年（1918年）8月28日～平成3年（1991年）10月23日　生兵庫県　歴短歌結社「水甕（みずかめ）」のロマン派の第一人者。

林 富士馬　はやし・ふじま　詩人
大正3年（1914年）7月15日 ～ 平成13年（2001年）9月4日　生東京都　出長崎県　学日本医科大学卒　歴小児科医。日本医科大学在学中から佐藤春夫に師事。昭和14年第一詩文集「誕生日」を出版。戦争中は「文芸文化」に関係し、三島由紀夫の才能にいち早く注目した。21年三島、詩人の伊東静雄、小説家の島尾敏雄らとともに同人雑誌「光耀」を創刊。33～55年「文学界」の同人雑誌評を担当、直感的な批評で多くの作家を発掘した。その功績で54年に雑誌評グループの駒田信二らと共に菊池寛賞を受賞。詩集「受胎告知」「千歳の杖」「化粧と衣裳」「夕映え」、詩文集「鴛鴦行」や「林富士馬評論文学全集」などがある。　賞菊池寛賞（第27回）〔昭和54年〕

林 みち子　はやし・みちこ　歌人
明治41年（1908年）1月1日～平成6年（1994年）12月13日　出福井県武生市　歴歌集に「もがりぶえ」「落とし文」などがある。

林 光雄　はやし・みつお　歌人
明治36年（1903年）1月9日～平成9年（1997年）8月6日　生福井県　学京都大学法学部卒　歴大学時代に花田比露思の門に入り、「あけび」に入会。昭和27年1月「あけび」復刊と同時に編集発行人となり、42年7月花田没後、主幹となる。歌集「にぎたま」「幾山河」「白梅譜」、他に合同歌集「高樹」などがある。また小西六写真工業専務、東映化学工業社長などを務めた。　賞短歌研究賞（第10回）〔昭和49年〕「大和の旅」「幾山河」，日本歌人クラブ賞（第19回）〔平成4年〕「無碍光」

林 安一　はやし・やすいち　歌人
昭和10年（1935年）7月3日 ～ 平成16年（2004年）12月4日　生長野県下伊那郡高森町　学東京教育大学国文科卒　歴昭和28年「古今」、29年「ポトナム」に入会。大学在学中、岸上大作らと「具象」を創刊。「閃」「騎の会」発足に関係する。「うた」所属。歌集「風の刑」「斑猫」「山上有林」「忘れ物」など。札幌テレビ勤務を経て、都立高校教諭。

林 容一郎　はやし・よういちろう　詩人
明治35年（1902年）11月20日～昭和37年（1962年）3月23日　生北海道小樽市新地町　名本名＝平沢哲男，別筆名＝林良応　歴「クラルテ」同人として小林多喜二らと詩を書いた。上京して西条八十、野口米次郎に師事。昭和7年「三田文学」に小説「ジンタ・サーカス」などを発表したが、病気で札幌に帰った。戦後は童話を書いた。「札幌文学」同人。小説「阿寒族」「函館戦争」、創作集「阿寒族」、林みや発行、平沢秀和編「林容一郎全集」がある。

林 夜寒楼　はやし・よさぶろう　俳人
明治38年（1905年）2月20日～平成2年（1990年）12月18日　生千葉県市原市　名本名＝林与三郎　学豊島師範卒　歴昭和33年鈴木白祇に師事し、「雲海」に拠る。35年同人。54年雲海同人会結成に当り、初代会長となる。　賞雲海賞〔昭和36年〕，年鑑賞〔昭和39年〕

林 善衛　はやし・よしえ　歌人
大正9年（1920年）9月7日～平成22年（2010年）12月19日　生和歌山県　歴昭和23年「人民短歌」に参加し、24年「源流」を創刊。29年「短歌研究」第1回50首入選。41年以後「源流」改題「かぐのみ」を主宰。33年より愛農歌壇選者、52年より朝日新聞和歌山版短歌選者を務めた。歌集に「等高線」「霜の降る枝」「歴年抄」「八雲立つ」「紀伊水道」などがある。

林 柳波　はやし・りゅうは　詩人
明治25年（1892年）3月18日～昭和49年（1974年）3月27日　生群馬県沼田市　名本名＝林照寿（はやし・てるひさ）　学明治薬科大学卒　歴在学中より詩や俳句に手を染め、大正12年頃野口雨情と出会い童謡や民謡も書くようになる。童謡誌「しゃぼん玉」に寄稿。「うみ」「おうま」「うぐいす」などで知られる。一方、明治薬科大学の講師となり学校の運営にも参画して、母校の発展に寄与。国民学校音楽教科書編集委員、日本詩人連盟相談役、図書館長などを歴任。著書は「木蓮華」「山彦」などのほか薬学研究書なども多数。平成11年柳波賞が創設される。　勲勲四等瑞宝章〔昭和47年〕　家妻＝林きむ子（日本舞踊家）

林田 紀音夫　はやしだ・きねお　俳人
大正13年（1924年）8月14日～平成10年（1998年）6月14日　生旧朝鮮京城　出熊本県玉名市　名本名＝林田甲子男（はやしだ・きねお）　学今宮工卒　歴昭和16年「山茶花」に投句。戦後下村槐太に師事し、「金剛」同人となる。無季俳句運動を推進し、38年現代俳句協会賞を受賞。のち「青玄」「風」を経て、「海程」「花曜」同人。句集に「風蝕」「林田紀音夫句集」「幻燈」など。　賞青玄賞（昭和28年度），現代俳句協会賞（第11回）〔昭和38年〕

林田 恒利　はやしだ・つねとし　歌人
大正3年（1914年）3月1日～平成5年（1993年）1月9日　生静岡県　学北海道帝国大学　歴旭川東校時代より作歌し、北海道帝大在学中の昭和7年「香蘭」会員となる。10年「多磨」創刊と同時に入会、終刊後「形成」創刊に参加、木俣修に師事する。同誌選者を務め、支部誌「形成南苑」を発行。歌集に「火山島群」「木香」「歴洋」がある。

林原 耒井　はやしばら・らいせい　俳人
明治20年（1887年）12月6日～昭和50年（1975年）4月23日　生福井県坂井郡丸岡村（坂井市）　名本名＝林原耕三（はやしばら・こうぞう），旧姓・旧名＝岡田　学東京帝国大学英文科〔大正7年〕卒　歴明治40年夏目漱石門下となり木曜会に参加、漱石の本の校正、全集刊行にも参画。大正9年松山高校、14年台北高校、昭和3年欧州留学、法政大学を経て、15年明治大学教授、東京理科大学教授、明大人文科学研究所長を歴任。この間、句作は続け、大正13年臼田亜浪に師事、「石楠」同人として活躍。句集「蜩」「梅雨の虹」「蘭鋳」「一朶の藤」の他、評論「俳句形式論」「芭蕉を越ゆるもの」、随筆「漱石山房の人々」などがある。

林谷 広　はやしや・ひろし　歌人
明治44年（1911年）10月22日～平成13年（2001年）9月23日　生山形県　歴小学校、中学校、高等学校勤務の傍ら、昭和4年頃から短歌。8年「覇王樹」、10年同人誌「鈴蘭」主宰。11年廃刊。22年「えにしだ」創刊に参加。52年「アララギ」会員を経て、53年斎藤茂吉研究会を主宰、機関誌「おきなぐさ」を発行。この間、48年から7年間、斎藤茂吉記念館事務長を務めた。著書に「幼の花翁草」「茂吉追慕」、句集「銀杏笛」、歌集「年輪」「緯度零度」「翁草」「中国三華」、研究書「文献茂吉と鰻」「茂吉研究随稿」などがある。　賞上山市芸術文化功労者（第1回・2回）〔昭和38年・39年〕

早瀬 信夫　はやせ・のぶお　俳人
明治42年（1909年）6月23日 ～ 平成1年（1989年）6月15日　生愛知県　学彦根高商卒　歴昭和28年「雪」、32年「輪」入会。橋本鶏二に師事、「年輪」同人。　賞年輪松囃子賞〔昭和46年〕

早瀬 譲　はやせ・ゆずる　歌人
明治40年（1907年）10月12日 ～昭和53年（1978年）5月10日　生岡山県　学京都大学卒　歴昭和3年「橄欖」に入会。吉植庄亮に師事。のち同誌運営委員。歌集に「非常」「相貌」「妻よ安らかなれ」など。

葉山 耕三郎　はやま・こうざぶろう　歌人
明治28年（1895年）7月2日 ～ 昭和45年（1970年）5月7日　生大分県東国東郡伊美村　名本名＝鹿島覚　歴前田夕暮短歌講義録で作歌を始め「詩歌」に参加。昭和7年歌誌「韻律」を創刊、23年「歌帖」に改め創刊・主宰。「大分県歌人協会」「九州歌人協会」「西日本歌人協会」を設立。日本歌人クラブ大分県委員を務める。歌集に「世紀の顔」「園林」「さすらひ」「歌学要言訳解」がある。　賞大分県文化賞

原 阿佐緒　はら・あさお　歌人
明治21年（1888年）6月1日 ～ 昭和44年（1969年）2月21日　生宮城県黒川郡宮床村宮床（大和町宮床）　名本名＝原浅尾　学宮城県立高女中退　歴庄屋に生まれて英才教育を受け、16歳頃から短歌に関心を持つ。のち上京して日本画を学ぶ。明治42年新詩社に入り「スバル」等に作品を発表、三ケ島葭子と共に将来を嘱望されたが、大正5年「アララギ」に転じた。同年処女歌集「涙痕」を出版したのをはじめ、昭和4年までに4つの歌集を出す。大正10年東北帝大教授・石原純との恋愛事件で一世を風靡したが、新聞などで非難されアララギを除名になる。しかし7年で破局を迎え、昭和3年故郷に戻る。その後上京し、銀座で酒場を開いたり、映画に出演するなどし、自由奔放な生き方を貫いて44年没。「原阿佐緒全歌集」がある。平成2年生家が原阿佐緒記念館として公開される。12年同館設立10周年を記念して原阿佐緒賞が創設された。　家息子＝原千秋（映画監督），原保美（俳優）

原 柯城　はら・かじょう　俳人
明治41年（1908年）12月16日 ～ 平成6年（1994年）10月14日　生大阪府　名本名＝原文吉郎（はら・ぶんきちろう）　学同志社大学法学部経済学科卒　歴昭和9年「馬酔木」に投句し、18年同人。24年「早苗」、35年「風雪」を創刊し、主宰。現代俳句協会会員を経て37年俳人協会入会。59年「馬酔木」同人会長となり、秋桜子生誕100年、「馬酔木」創立70周年記念大会を成功させた。句集に「旅」「道」。　賞馬酔木賞〔昭和15年〕

原 一雄　はら・かずお　歌人
大正1年（1912年）12月7日 ～ 平成19年（2007年）9月5日　生群馬県　歴昭和11年「青垣」に入会、橋本徳寿に師事。群馬ペンクラブ会長、群馬芸術文化協会副会長などを務めた。著書に歌集「青き焔」「雪天」「阿修羅」「黄花山房」「紅昏」、歌文集「黄花山房独語」「永遠の歌」、「土屋文明私観」などがある。

原 コウ子　はら・こうこ　俳人
明治29年（1896年）1月15日 ～ 昭和63年（1988年）6月25日　生大阪府貝塚市　名本名＝原コウ，旧姓・旧名＝志賀，旧号＝原早茅子（はら・さちこ）　学大阪府立泉南高女補習科〔大正5年〕卒　歴大正5年「ホトトギス」俳句入門欄で原石鼎の指導を受ける。7年石鼎に嫁す。10年「鹿火屋」発刊と共に編集、婦人俳句欄担当。昭和26年石鼎死去のあと主宰。49年原家の養子となった原裕に主宰を譲る。句集「昼顔」「胡色」「原コウ子全句集」の他、「石鼎とともに」などがある。　家夫＝原石鼎（俳人），養子＝原裕（俳人）

原 三郎　はら・さぶろう　歌人
明治30年（1897年）6月28日 ～ 昭和59年（1984年）6月19日　生群馬県佐波郡芝根村（玉村町）　学東京医専〔大正9年〕卒　歴大正9年順天堂内科に入局、10～13年欧米に留学、13年東京医専教授、昭和22年東京医科大学専門部教授、24年東京医科大学教授、43年定年退職。日本薬理学会会長、日本学術会議会員、東京医科大学がん研究事業団理事長などを歴任。我が国の精神薬理学の先駆的研究者として知られ「薬理学入門」などの著書がある。他の著書に「簡明薬理学」「薬の知識」「東京医大五十年の歩み」など。一方、歌人としても知られ、歌集に「朝の実験室」「牧草地帯」などがある。日本医家芸術クラブ委員長も務めた。

原 三猿子　はら・さんえんし　俳人
大正3年（1914年）9月18日 ～ 平成19年（2007年）8月6日　出福岡県　名本名＝原徹　歴16歳

で句作を始め、「ホトトギス」の高浜虚子・年尾、稲畑汀子に師事。「夏萩」を主宰した。

原 石鼎　はら・せきてい　俳人
明治19年（1886年）3月19日～昭和26年（1951年）12月20日　生島根県簸川郡塩冶村（出雲市）　名本名＝原鼎, 別号＝鉄鼎　学京都医専中退　歴高等小学校時代より句作を始める。京都医専中退後、貯金局に勤めたり電気局の図工などをし、大正元年～2年吉野の次兄の医療を手伝う。その間「ホトトギス」などに句作を発表、"深吉野（みよしの）時代"の俳風を開花。放浪生活を送ったのち、4年に上京、ホトトギス社に入社し、編集に従事。6年東京日日新聞社に入社、俳句欄を担当。10年「鹿火屋（かびや）」を創刊する。昭和12年句集「花影」を刊行。ほかに評論「俳句の考へ方」「言語学への出発」、句集「深吉野」「原石鼎全句集」（沖積舎）などの著書がある。平成5年奈良県吉野村によって深吉野賞が創設された。　家妻＝原コウ子（俳人）, 養子＝原裕（俳人）

原 民喜　はら・たみき　詩人
明治38年（1905年）11月15日～昭和26年（1951年）3月13日　生広島県広島市　学慶応義塾大学文学部英文科〔昭和7年〕卒　歴中学時代から詩作を始め、大正13年広島で同人誌「少年詩人」を出す。慶大時代は同人誌に詩や小説を発表する一方で、ダダイズムからマルキシズムへと関心を深める。昭和10年掌編小説集「焔」を刊行。11年から16年にかけて「三田文学」に「貂」などの多くの作品を発表する。17年から19年にかけて船橋中学の英語教師を務め、退職後は朝日映画社の嘱託となるが、19年愛妻が病没、20年郷里・広島に疎開し、8月被爆する。被爆の体験を22年「夏の花」として発表、第1回水上滝太郎賞を受賞。26年西荻窪―吉祥寺間の国鉄線路で飛込み自殺した。「夏の花」のほか「廃墟から」「壊滅の序曲」「鎮魂歌」などの作品があり、詩集に「原民喜詩集」がある。また「定本原民喜全集」（全3巻・別1巻, 青土社）などが刊行されている。

原 汀歩　はら・ていほ　俳人
昭和4年（1929年）5月13日～平成14年（2002年）1月4日　生北海道　名本名＝原一正　学青年学校卒　歴昭和23年伊藤凍魚に師事して句作。25年「雲母」に所属。同年～29年「山魚」創刊編集。のち「氷下魚」に参加、36年同人。46年「北の雲」同人。55年「山魚吟社」創立主宰。のち「響」所属。

原 通　はら・とおる　俳人
大正3年（1914年）7月20日～昭和63年（1988年）9月17日　生鳥取県　名本名＝原健一　学旧制商工学校卒　歴昭和16年皆吉爽雨に師事。23年「雪解」同人。句集に「風紋」。　賞雪解賞〔昭和48年〕

原 三千代　はら・みちよ　歌人
大正3年（1914年）9月13日～平成21年（2009年）2月20日　出山梨県北巨摩郡武川村（北杜市）　名本名＝川崎ミツエ　歴小・中・高校の教師を務める一方、短歌の創作を通じて詩人・川崎むつをと知り合い、昭和12年結婚。戦時中は満州の大連で過ごし、22年青森市に引き揚げる。以来2人で口語短歌を中心に、青森県内の歌壇で活躍した。　家夫＝川崎むつを（詩人）

原 裕　はら・ゆたか　俳人
昭和5年（1930年）10月11日～平成11年（1999年）10月2日　生茨城県下館市　名本名＝原昇（はら・のぼる）, 旧姓・旧名＝堀込　学埼玉大学文理学部文学科〔昭和35年〕卒　歴昭和22年高校在学中「鹿火屋」に入会し、原石鼎に師事。24年編集部員。26年石鼎没後、後継者として原家の養子となる。現代俳句協会会員を経て、41年俳人協会入会。49年「鹿火屋」主宰を継承、53年俳人協会理事。著書に「原石鼎ノオト」「季の思想」、句集「葦牙」「青垣」「父の日」「新治」「出雲」「原裕作品集」など。　賞鹿火屋賞〔昭和26年〕　家養母＝原コウ子（俳人）

原口 喜久也　はらぐち・きくや　詩人
大正12年（1923年）2月～昭和38年（1963年）3月14日　生長崎県　学日大芸術科卒　歴昭和18年入隊し、沖縄へ転戦。20年8月長崎で原爆に遭う。36年3月、思潮社から詩集「ふにくり・ふにくら」を出版、同年10月には詩誌「橋」を創刊。しかし、原爆症である骨髄細胞腫で37年に長崎医大附属病院に入院。晩年の詩は天性的な明るさは消え、暗い死の影がつきまとっている。39年11月には遺稿詩集「現代のカルテ」が出版されている。

原口 枇榔子　はらぐち・びろうし　俳人
昭和5年（1930年）11月20日～平成15年（2003年）12月9日　生鹿児島県　名本名＝原口義人（はらぐち・よしと）　学広島高等師範生物学科卒　歴昭和29年長女誕生を機に作句を始め

る。31年「馬酔木」入会。40年「鶴」入会、石田波郷、石塚友二に師事。52年同人。56年子規記念博物館開館記念全国俳句大会で中村草田男選の特選に入賞。

原子 公平　はらこ・こうへい　俳人
大正8年（1919年）9月14日 ～ 平成16年（2004年）7月18日　生北海道小樽市　出青森県青森市　学東京帝国大学文学部仏文科〔昭和19年〕卒　歴生後しばらくして小児マヒを患い、生涯松葉杖、車椅子の生活を送る。大正11年一家で朝鮮に渡り、昭和7年元山中に進学。ここで生涯の友となる沢木欣一と出会う。14年三高に進み、「馬酔木」に投句。15「寒雷」に参加し、加藤楸邨に師事。東京帝大仏文科時代は金子兜太、安藤次男と親交を結び、成層圏句会に参加したことがきっかけで中村草田男に傾倒、「萬緑」に参加。卒業後は岩波書店、小学館に勤務。21年沢木の「風」創刊に参加。28年「萬緑」同人となるが、37年退会して金子主宰の「海程」同人となり、48年より「風濤」を主宰。この間、27年現代俳句協会幹事、36年幹事長。平成2年顧問。句集「浚渫船」「良酔」「海は恋人」「酔歌」、俳論集「俳句変革の視点」などがある。賞現代俳句協会大賞（第12回）〔平成12年〕

原条 あき子　はらじょう・あきこ　詩人
大正12年（1923年）3月9日 ～ 平成15年（2003年）6月9日　生兵庫県神戸市　名本名＝池沢澄　学日本女子大学英文科〔昭和19年〕卒　歴中村真一郎、加藤周一らの「マチネ・ポエティク」に参加。中村、加藤らが小説や評論に移った後も、詩を書き続けた。詩集に「マチネ・ポエティク詩集」「原条あき子詩集」などがある。

原田 郁　はらだ・いく　歌人
大正14年（1925年）7月16日 ～ 平成16年（2004年）3月23日　生旧朝鮮全羅南道光州　学公州女子師範卒　歴旧朝鮮の官立小学校教師となり、敗戦後は千葉県公立小・中学校教師を38年間務め退職。昭和40年「中央線」に入会、同人。「白南風」同人。歌集に「栗林」「朱の太鼓」「いづれがいづれに」「げんげの花食べた」などがある。

原田 樹一　はらだ・じゅいち　俳人
明治43年（1910年）5月25日 ～ 昭和58年（1983年）8月4日　生山形県鶴岡市本町　名本名＝原田寿市（はらだ・じゅいち）　学慶応義塾大学医学部卒　歴胸部疾患の為、療養生活の中で俳句を始める。慶応義塾大学医学部内科教室、寄生虫学教室を経て、横浜市鶴見区の真田病院で内科医を務めた。昭和10年頃より「丹頂」「句と評論」に投句。21年「風鈴」を創刊・主宰。句集に「坂」「原田樹一集」。

原田 譲二　はらだ・じょうじ　詩人
明治18年（1885年）3月26日 ～ 昭和39年（1964年）2月10日　生岡山県後月郡西江原村（井原市）　名筆名＝原田ゆづる　学早稲田大学英文科〔明治41年〕卒　歴読売新聞社を経て、大正3年報知新聞社に入社。4年東京朝日新聞社に移り、昭和5年論説委員、9年編集局長、15年西部本社代表を歴任。21年岡山から衆院選に立候補したが落選、同年貴院議員に勅撰された。詩人としては、「新声」派を経て、のち「文庫」派として活躍。作家としては、「文庫」「早稲田文学」「新古文林」などに小説を発表した。

原田 青児　はらだ・せいじ　俳人
大正8年（1919年）1月17日 ～ 平成25年（2013年）1月10日　生旧朝鮮羅南　出山口県　名本名＝原田光治（はらだ・みつはる）　学新義州商卒　歴昭和25年只見川産業を設立し、30年双洋物産と改称。俳人としては13年「ホトトギス」初入選。25年仙台ホトトギス会を結成し、26年遠藤梧逸を主宰として「みちのく」を創刊。61年主宰。句集に「北京」「リラの家」「晩夏」「薔薇園にて」「ある晴れた日に」、随筆に「太郎物語」などがある。

原田 喬　はらだ・たかし　俳人
大正2年（1913年）3月5日 ～ 平成11年（1999年）3月26日　生福岡県小倉（北九州市）　学横浜高商〔昭和8年〕卒　歴昭和14年父原田浜人の主宰する「みずうみ」によって俳句を学ぶ。16年満州に渡り、20年応召。シベリア抑留の後、23年復員。32年「寒雷」に入会、39年同人。50年「椎」を創刊・主宰。句集に「落葉松」「伏流」「灘」「長流」、随筆集に「笛」「曳馬野雑記」などがある。　賞寒雷青山賞（平成3年度），静岡県功労者賞〔平成8年〕　家父＝原田浜人（俳人）

原田 種夫　はらだ・たねお　詩人
明治34年（1901年）2月16日 ～ 平成1年（1989年）8月15日　生福岡県福岡市　名本名＝原田種雄　学法政大学予科英文科〔大正13年〕中退　歴大正14年福岡詩社に参加し、加藤介春に師事。昭和3年芸術家協会を結成し「瘋癲病院」

を創刊。4年には全九州詩人協会を結成。「九州詩壇」や「九州芸術」で活躍し、13年に創刊された「九州文学」の主要同人となる。福岡文化連盟理事長も務めた。「風塵」「家系」「南蛮絵師」などの作品の他、「原田種夫全詩集」「西日本文壇史」「萩の抄」「実説・火野葦平」「原田種夫全集」(全5巻)「九州文壇日記」(昭和4年〜平成元年)などの著書がある。平成5年遺贈された蔵書を元に、福岡市民図書館内に原田文庫が開設された。 [勲]勲五等双光旭日章〔昭和48年〕 [賞]九州文学賞(小説,第1回)〔昭和16年〕「闘銭記」,西日本文化賞〔昭和48年〕,福岡市文化賞〔昭和51年〕

原田 種茅　はらだ・たねじ　俳人
明治30年(1897年)1月1日〜昭和61年(1986年)3月1日 [生]東京市本郷区森川町(東京都文京区) [名]本名＝原田種治(はらだ・たねはる) [学]慶応義塾大学理財科〔大正8年〕中退 [歴]大正8年父の死で大学を中退し、家業の三等郵便局を継ぐ。俳句は、大正6年「石楠」に入会し臼田亜浪に師事、12年同人となり、のち編集に携わる。亜浪没後、27年復刊し主宰するが31年廃刊した。のち「河」所属。句集に「径」(25年)がある。

原田 種良　はらだ・たねよし　詩人
生年不詳〜平成13年(2001年)10月4日 [出]佐賀県佐賀市 [歴]平成元年公募で選ばれたプロ野球・福岡ダイエーホークス応援歌「いざゆけ若鷹軍団」を作詩した。「城」同人。詩集に「白南風のうた」がある。

原田 浜人　はらだ・ひんじん　俳人
明治17年(1884年)1月1日〜昭和47年(1972年)8月4日 [生]静岡県浜名郡長上村 [名]本名＝原田八郎 [学]広島高師英語科〔明治39年〕卒 [歴]愛媛師範教諭時代に俳句をはじめ、「ホトトギス」に投句する。のち小倉中学、郡山中学、沼津中学等を歴任。大正11年「すその」の選者となり、その後編集に専念する。14年「みずうみ」を創刊し、主宰。句集に「浜人句集」「巌滴」などがある。 [家]息子＝原田喬(俳人)

春山 他石　はるやま・たせき　俳人
明治35年(1902年)3月11日〜昭和63年(1988年)9月4日 [生]新潟県 [名]本名＝春山虎一郎 [学]高田中卒 [歴]昭和4年松野自得、6年高浜虚子に師事。21年より俳誌「みゆき」刊行。37年「ホトトギス」同人。句集に「雁木」「みゆき」「喜齢」「蜘蛛の囲」。

春山 行夫　はるやま・ゆきお　詩人
明治35年(1902年)7月1日〜平成6年(1994年)10月10日 [生]愛知県名古屋市東区主税町 [名]本名＝市橋渉 [学]名古屋市立商〔大正6年〕中退 [歴]独学で英語・仏語を修得。大正13年24歳のとき詩集「月の出る町」でデビュー。同年上京し、15年個人誌「謝肉祭」を創刊。昭和3年厚生閣に入り、季刊誌「詩と詩論」(のち「文学」に改題)の編集に携わる。9年第一書房に移り、10年「セルパン」編集長、13年同書房総務を兼ね、のち雄鶏社編集局長、文化雑誌「雄鶏通信」編集長などを歴任。戦後はもっぱらエッセイストとして活躍。著書は、詩集に「植物の断面」「シルク&ミルク」「花花」、詩論・エッセイに「詩の研究」「新しき詩論」「海外文学散歩」「花の文化史」(全3巻)「花の文化史」「西洋雑学案内」「春山行夫の博物誌シリーズ」、英文学に「ジョイス中心の文学運動」などがある。また21年よりNHKラジオ「話の泉」のレギュラー回答者として出演した。

榛谷 美枝子　はんがい・みえこ　俳人
大正5年(1916年)7月22日〜平成25年(2013年)1月26日 [生]北海道空知郡江部乙村(滝川市) [学]庁立高女卒 [歴]昭和8年石田雨圃子より高浜虚子を紹介され、11年松本たかしに、13年中田みづほに、24年山口青邨にそれぞれ師事。35年北海道俳句協会常任委員。40年「夏草」同人。53年「壺」同人。平成10年俳人協会北海道支部長に就任。はしばみ俳句会などを主宰。1960年代初めに「リラ冷えや睡眠剤はまだ効きて」の句を作り、リラ(ライラック)の花が咲く5月末頃の北海道の冷え込みを“リラ冷え”と表現。46年渡辺淳一の小説「リラ冷えの街」で広く知られるようになり、春の季語として定着した。句集に「雪礫」「冷夏」「山湖晩秋」「春風愁雨」「冬花火」「夕牡丹」がある。 [賞]夏草功労賞〔昭和48年〕 [家]夫＝一木万寿三(洋画家)

半崎 墨縄子　はんざき・ぼくじょうし
俳人
大正9年(1920年)3月1日〜平成12年(2000年)10月12日 [生]宮城県 [名]本名＝半崎正記 [学]明治大学専門部政経科中退 [歴]大学生時代より作句を始める。昭和30年「ぬかご」に入会、安藤姑洗子に師事し、33年同人、43年経営同人となる。55年ぬかご60周年表彰(ぬかご功労賞)

を受ける。同年俳人協会会員、のち宮城支部事務局長、年の花講師、宮城県芸術会員、日本現代詩歌文学館評議員も務めた。句集に「男雲」がある。 賞ぬかご功労賞〔昭和55年〕, ぬかご賞〔昭和61年〕

半田 信子　はんだ・のぶこ　俳人
大正4年（1915年）3月9日～平成1年（1989年）6月1日 生長崎県 学県立佐世保高女卒 歴昭和33年「春燈」入会。47年秋元不死男に師事し、「氷海」に入会。52年上田五千石に師事、「畦」入会、53年同人。句集に「ながれ」。 賞畦賞（第2回）〔昭和55年〕

半藤 弦　はんどう・げん　俳人
大正7年（1918年）9月2日～昭和59年（1984年）8月31日 生東京都荒川区町屋 名本名＝半藤幸司 学大東文化学院東亜政経科卒 歴昭和18年満州で「鶴」に入会し、石田波郷に師事。25年田中午次郎の「鴫」に参加し同人となる。賞角川俳句賞佳篇〔昭和30年〕, 鴫賞（第2回）〔昭和31年〕

【ひ】

稗田 菫平　ひえだ・きんぺい　詩人
大正15年（1926年）4月8日 ～ 平成26年（2014年）12月18日 生富山県西礪波郡子撫村（小矢部市） 名本名＝稗田金治 学氷見中卒 歴農家の長男。昭和18年虹の会を結成して詩歌集「初笛」を発行。20年秋に小学校の教職に就いて創作活動を再開、22年「野薔薇」を創刊、23年処女詩集「花」を出版。郷土文芸誌「牧人」を主宰。富山近代文学研究会代表、富山現代詩人会会長、富山県児童文学協会会長を歴任、「富山県文学事典」の編集委員代表を務めるなど、富山県の文芸界に大きな足跡を残した。詩集「白鳥」「氷河の爪」「泉の嵐」などの他、著書多数。 賞富山新聞文化賞〔昭和58年〕, 小矢部市文化功労表彰〔平成4年〕, 富山県文化功労表彰〔平成5年〕

樋笠 文　ひかさ・ふみ　俳人
大正13年（1924年）2月3日 ～ 平成23年（2011年）6月23日 生香川県高松市 学旅順師範女子部〔昭和19年〕卒 歴昭和9年満州に渡り、21年帰国。25年から小学校教師を務める。38年向原小時代に校長・丹所石蕁の勧めで句作を始める。同年「春燈」に属し、安住敦に師事。50年同人。小・中学生に俳句を指導した。句集に「夏千鳥」「水の華」「自註 樋笠文集」。

東 明雅　ひがし・めいが　俳人
大正4年（1915年）3月15日 ～ 平成15年（2003年）10月20日 生熊本県 名本名＝東明雅（ひがし・あきまさ） 学東京帝国大学文学部国文学科〔昭和14年〕卒 歴信州大学人文学部教授を経て、名誉教授。一方、連句を根津芦丈に学び、「槃道」同人。のち連句会の猫蓑会を主宰。連句集に「猫蓑」、著書に「夏の日」「連句入門」「芭蕉の恋句」、共編に「連句辞典」などがある。自らを俳諧師と名のった。 勲勲三等旭日中綬章〔昭和62年〕

東川 紀志男　ひがしがわ・きしお　俳人　詩人
昭和2年（1927年）2月16日～平成3年（1991年）6月22日 生大阪府大阪市 名本名＝外池松治 学立命館大学法科卒 歴戦後、鈴木六林男らの「青天」に投句、のち「雷光」に参加。六林男を通じて西東三鬼に師事。同人誌「梟」「夜盗派」「縄」を経て、立岩利夫と第二次「夜盗派」を編集発行。詩集に「藁塚」、句集に「陸橋」「東川紀志男集」「東線紀志男句集」がある。

東淵 修　ひがしぶち・おさむ　詩人
昭和5年（1930年）6月21日 ～ 平成20年（2008年）2月24日 生大阪府大阪市浪速区 学恵美小卒 歴バンドボーイを経て、喫茶店を経営。傍ら昭和41年詩誌「地帯」を創刊。43年古本屋・銀河書房を開業。銀河詩教室を開設し、「銀河詩手帖」を主宰。大阪市西区のあいりん地区（釜ケ崎）で暮らす人々の哀歓を平易な大阪弁で表現した。著書に「釜ケ崎愛染詩集」「カンカン人生」「おれ・ひと・釜ケ崎」「陸続きの孤島」などがある。

東山 圭　ひがしやま・あきら　俳人
明治28年（1895年）9月20日 ～ 平成1年（1989年）10月11日 生山梨県中巨摩郡 名本名＝窪田益太郎（くぼた・ますたろう） 学高小卒 歴昭和7年「ホトトギス」初入選以来36年まで高浜虚子、年尾に師事。その後「夏草」で山口青邨、「氷海」で秋元不死男の指導を受ける。53年「狩」創刊により同人参加、鷹羽狩行に師事する。句集に「沙中金」「土間」。 賞氷海賞〔昭和51年〕

疋田 寛吉　ひきた・かんきち　詩人
大正12年（1923年）7月27日～平成10年（1998年）5月17日　生東京都　歴昭和20年鎌倉文庫に入社。世界文化社などで出版の仕事を長く続け、「家庭画報」編集長なども務める。一方、「荒地」に加わって詩作も試みる。また書を独習し、個展やグループ展を開催。昭和58年在野の書人である会津八一、高村光太郎、北大路魯山人の3人を扱った「書人外書伝」を著わす。ほかに「詩画集・漏刻」「我流毛筆のすすめ」「川端康成魔界の書」などがある。

引地 冬樹　ひきち・とうじゅ　俳人
昭和6年（1931年）2月13日～平成22年（2010年）2月11日　生福島県伊達市　名本名＝引地藤蔵（ひきち・とうぞう）　学東北大学経済学部〔昭和29年〕卒　歴日立製作所勤務を経て、日立情報ネットワーク勤務。俳句は昭和39年大竹孤悠に師事し、「かびれ」に入会、40年同人となる。48年かびれ500号記念論文入選。53年「かびれ」選者。平成4年今泉宇涯に連句を師事。9年「筑波」創刊・主宰、17年名誉主宰。15年連句協会副会長。句集に「月航路」「風花」「拈華」、著書に「季節のアルバム」、エッセイ「季節と遊ぶ」などがある。　勲藍綬褒章〔平成16年〕　賞かびれ賞〔昭和49年〕

引野 收　ひきの・おさむ　歌人
大正7年（1918年）3月27日～昭和63年（1988年）4月11日　生兵庫県神戸市　名本名＝浜田弘収（はまだ・こうしゅう）　学高野山大学　歴昭和10年「短歌月刊」に参加、楠田敏郎に師事。高校教師となるが、23年肺結核にかかり、以後病床で作歌。また、33年浜田陽子らと「短歌世代」を創刊、その編集発行人を亡くなるまで続けた。歌集に「マダムとポエム」「冷紅」など。賞現代歌人集会賞〔昭和57年〕「冷紅—そして冬」，渡辺順三賞（第5回）〔昭和59年〕　家妻＝浜田陽子（歌人）

引間 たかし　ひきま・たかし　俳人
大正14年（1925年）11月28日～平成4年（1992年）12月7日　生埼玉県　名本名＝引間敬（ひきま・たかし）　学秩父商卒　歴昭和18年「ホトトギス」同人・有本銘仙の手ほどきを受ける。48年「河」入会、角川源義に師事。49年「河」同人。49年岡田壮三主宰の「やまびこ」同人編集長。　賞やまびこ作家賞〔昭和50年〕，埼俳賞準賞〔昭和54年〕

樋口 賢治　ひぐち・けんじ　歌人
明治41年（1908年）7月15日～昭和58年（1983年）3月6日　生北海道滝川町　学早稲田大学国文科卒　歴日本出版協会、東京書籍などを経て光村教育図書に入る。昭和3年「アララギ」に入会、土屋文明に師事。歌集に「自生地」「春の氷」「鰊ぐもり」がある。

樋口 清紫　ひぐち・せいし　俳人
大正7年（1918年）6月21日～平成8年（1996年）3月12日　生新潟県栃尾町　名本名＝樋口清　歴教科書出版社勤務を経て、地方公務員。昭和53年退職。10年から「俳句世界」等に投句。12年「曲水」に入会、渡辺水巴に師事。22年「波」創刊。29年「鶴」に入会、石田波郷に師事。36年「鶴」同人。のち「麻」同人。句集に「噴煙」「激流」など。　賞全日本俳句新人賞〔昭和24年〕，鶴賞〔昭和38年〕

樋口 游魚　ひぐち・ゆうぎょ　俳人
昭和3年（1928年）4月1日～平成25年（2013年）1月30日　生北海道室蘭市　名本名＝樋口昭七郎（ひぐち・しょうしちろう）　学室蘭第二工　歴10代で親を失い、兄も戦死。昭和22年北海道配電（現・北海道電力）に入社。63年退職。この間、肺結核を患って俳句と出会い、24年アカシア俳句会に入会。游魚と号し、29年から地元の直線俳句グループに参加、毎月投句を続けた。63年～平成12年市立室蘭図書館附属文学資料館（愛称・港の文学館）の運営ボランティア組織である室蘭文学館の会会長を務め、16年図書館から独立した室蘭市港の文学館の初代館長に就任。19年退任。　賞室蘭文化連盟功労賞（第14回）〔昭和57年〕，平林記念賞（第1回）〔昭和63年〕

髭野 無々　ひげの・むむ　俳人
大正11年（1922年）3月19日～平成22年（2010年）10月8日　生兵庫県　名本名＝髭野昇（ひげの・のぼる）　学関西甲種商卒　歴昭和36年橋本鶏二に師事し、「年輪」に所属。のち「年輪」同人。年輪会幹事、西宮俳句協会相談役も務めた。　賞年輪年間努力賞〔昭和52年〕

久方 寿満子　ひさかた・すまこ　歌人
明治45年（1912年）2月28日～平成25年（2013年）9月11日　生東京都渋谷区　歴昭和3年金子薫園の「光」に入会、定型・自由律・定型と移行。戦時中歌誌統合により「橄欖」へ、吉植庄亮の没後は「地中海」入会。のち同選者。29年第一歌集「光雲」を刊行。他の歌集に「火山系」「海炎」「天涯」「彩雲」「源流」「天青」「流雲」「梅花凜凜」などがある。 賞新歌人会歌集賞「光雲」，日本歌人クラブ推薦歌集（第18回）〔昭和47年〕「天涯」

久松 潜一　ひさまつ・せんいち　国文学者
明治27年（1894年）12月16日～昭和51年（1976年）3月2日　生愛知県知多郡藤江村（東浦町）　学東京帝国大学文学部国文学科〔大正8年〕卒　資日本学士院会員〔昭和22年〕　歴一高教授などを経て、大正13年東京帝国大学助教授、昭和11年教授に。30年退官後も、慶応義塾大学教授、鶴見女子大学教授などを歴任し、多くの優れた国文学者を育てた。研究者としてはアカデミックな国文学研究の大成者とされ、幅広い視野から和歌史や文学評論史に数多くの業績を残した。主著「日本文学評論史」で14年学士院賞を受賞。41年には文化功労者にも選ばれた。ほかの著書に「万葉集の新研究」「万葉集考説」「契沖伝」「和歌史総論・古代篇」「久松潜一著作集」（全12巻・別巻1，至文堂）などがある。　賞帝国学士院賞〔昭和14年〕「日本文学評論史」，文化功労者〔昭和41年〕　家孫＝久松洋一（歌人），岳父＝佐佐木信綱（歌人）

久松 酉子　ひさまつ・ゆうし　俳人
明治36年（1903年）5月11日～昭和61年（1986年）3月9日　生高知県吾川郡伊野町　名本名＝久松弥太郎　歴大正11年頃より作句を始める。俳誌「曲水」を経て、昭和46年「あざみ」同人。自らも「光渦」を主宰し、高知県俳句協会常任理事を務めた。

菱川 善夫　ひしかわ・よしお　歌人
昭和4年（1929年）6月3日～平成19年（2007年）12月15日　生北海道小樽市　学北海道大学文学部国文科卒，北海道大学大学院文学研究科国文学専攻〔昭和33年〕博士課程修了　歴北海道大学で風巻景次郎に学ぶ。昭和22年「新墾」、24年「潮音」に入り、28年同人誌「涯」創刊とともに退社。29年「敗北の抒情」で第1回「短歌研究」新人評論賞を受け、前衛短歌運動の理論的リーダーとして活躍。38年北海道青年歌人会を、50年現代短歌・北の会を設立。55年より「花づな」刊行。評論集に「敗北の抒情」「現代短歌・美と思想」「戦後短歌の光源」「歌のありか」や「菱川善夫評論集成」などがある。北海道工業大学教授を経て、北海学園大学教授。同大図書館長も務めた。　賞「短歌研究」新人評論賞（第1回）〔昭和29年〕，札幌市民文化奨励賞〔昭和54年〕

菱山 修三　ひしやま・しゅうぞう　詩人
明治42年（1909年）8月28日～昭和42年（1967年）8月7日　生東京都　名本名＝本居雷章　学東京外国語学校仏語科〔昭和7年〕卒　歴早くから詩作をはじめ、堀口大学に師事する。昭和6年処女詩集「懸崖」を刊行。批評精神も旺盛で、17年「文芸管見」を刊行。以後「荒地」「望郷」「豊年」など多くの詩集を刊行し、戦後も「夢の女」「恐怖の時代」「不信の時代」などを刊行した。またフランス文学の翻訳も多く、ヴァレリーの詩集を多く翻訳した。没後「菱山修三全詩集」（全2巻，思潮社）が刊行された。　賞文芸汎論詩論賞（第4回）〔昭和14年〕「荒地」　家兄＝菱山辰一（ジャーナリスト）

日高 紅椿　ひだか・こうちん　詩人
明治37年（1904年）～昭和61年（1986年）　生鹿児島県　名本名＝日高捷一　学台北商卒　歴台中市で日高児童楽園を組織して、童謡劇の研究、実演に活躍。大正12年頃から野口雨情に私淑して童謡の創作に励む。童謡誌「しゃぼん玉」に参加。童謡集に「厩のお馬」「アローハ」「ひとつ星」など。

日高 正好　ひだか・まさよし　詩人
昭和16年（1941年）4月7日～平成9年（1997年）5月14日　学立命館大学大学院修了　歴詩集に「アメリカ詩集」「父のコンパス」、著書に「私記三好達治」などがある。

肥田埜 勝美　ひだの・かつみ　俳人
大正12年（1923年）6月4日～平成18年（2006年）4月2日　生埼玉県入間郡小手指村（所沢市）　学東京高師理科卒　歴昭和21年山口青邨に入門。23年東京療養所で石田波郷と同病棟に入り、以来師事。28年「鶴」復刊後同人。49年「泉」創刊に参加。63年「阿吽」を創刊・主宰。句集に「太郎冠者」「有楽」など。　賞泉俳句賞（第1回），俳人協会全国大会賞〔昭和48年〕　家妻＝肥田埜恵子（俳人）

尾藤 静風　びとう・せいふう　俳人　歌人
大正4年（1915年）2月6日～平成14年（2002年）6月5日　生岐阜県岐阜市西部神清寺　名本名＝尾藤忠旦（びとう・ただあき）　学岐阜薬専〔昭和10年〕卒　歴名古屋工業大学教授、聖徳学園女子短期大学教授を務めた。一方、父の指導で俳句を始め「獅子吼」に投句。「清泉」主宰を経て、「獅子吼」所属。句集に「金と銀」「花鳥山水」「金例句一人歳時記」「山旅湯旅」など。短歌は中学生の時「日本短歌」に初投句、のち「香蘭」を経て戦後、藤居教恵の「短歌雑誌」「松の花」に拠る。藤居没後は系列の「松乃華」に所属。歌集に「鬼の卵」などがある。

一ツ橋 美江　ひとつばし・よしえ　歌人
明治40年（1907年）8月2日 ～ 昭和62年（1987年）7月21日　生東京都　名本名＝田中美子　歴昭和2年「草の実」に入会、10年「遠つびと」創刊と共に同人となる。水町京子に師事するが、師病いのため宗教誌「地上天国」の歌壇を代選、49年師没後選者として57年12月まで引き継いだ。歌集に「海の鳥」「近きむかし」など。

人見 勇　ひとみ・いさむ　詩人
大正11年（1922年）～昭和28年（1953年）8月4日　生神奈川県横浜市　名別名＝南江伸　学神奈川県立一中卒　歴日産自動車に入ったが胸を病み2年で退社。武蔵野療養所に入って南江伸の名で「文芸汎論」に詩を投稿。岩佐東一郎に師事し、戦後「近代詩苑」に拠る。21年扇谷義男らと「浮標」を創刊、また「第一書」にも参加した。病後、扇谷の編集で遺稿詩集「襤褸聖母」が刊行された。

人見 東明　ひとみ・とうめい　詩人
明治16年（1883年）1月16日 ～ 昭和49年（1974年）2月4日　生岡山県上道郡宇野村　名本名＝人見円吉（ひとみ・えんきち）　学早稲田大学高等師範部英文科卒　歴在学中に相馬御風、三木露風らと早稲田詩社を結成。明治42年には読売新聞社に入社して、山村暮鳥らと自由詩社を設立した。44年「夜の舞踏」を、大正3年には「恋ごころ」を刊行。9年日本女子高等学院を創立する。10年「愛のゆくへ」を出してからは教育に重点をおき、昭和5年日本女子高等学院理事長となる。戦後は、26年に昭和女子大学理事長に就任、また日本詩人クラブの理事をも務め、その後の詩集に「学園の歌」「東明詩集」などがある。　勲藍綬褒章〔昭和26年〕　賞菊池寛賞〔昭和33年〕　家妻＝人見緑（教育家）

日夏 耿之介　ひなつ・こうのすけ　詩人
明治23年（1890年）2月22日 ～ 昭和46年（1971年）6月13日　生長野県下伊那郡飯田町（飯田市）　名本名＝樋口圀登，別号＝黄眠，溝五位　学早稲田大学英文科〔大正3年〕卒　歴早大在学中の大正元年、西条八十らと「聖杯」を創刊、詩作を発表し、6年「転身の頌」を刊行。9年「ワイルド詩集」を翻訳し、10年「黒衣聖母」を刊行。11年早大文学部講師に就任。昭和14年「美の司祭」で文学博士となる。その間「大鴉」「海表集」「院曲サロメ」などを翻訳刊行する。象徴詩人として活躍する一方、翻訳、評論と幅が広く、15年頃から研究評論の仕事が多くなり、16年「輓近三代文学品題」を、19年「鷗外文学」などを刊行する一方、「英吉利浪曼象徴詩風」なども刊行。24年「改訂増補明治大正詩史」で読売文学賞を、27年「明治浪曼文学史」「日夏耿之介全詩集」で日本芸術院賞を受賞したほか、三好達治らと共同監修の「日本現代詩大系」で毎日出版文化賞を受賞している。27年から36年まで、青山学院大学教授。28年には第1回の飯田市名誉市民に選ばれ、31年より飯田市に居住。幅広い活躍で、著書も数多く、「日夏耿之介全集」（全8巻，河出書房新社）がある。　賞日本芸術院賞（文芸部門・第8回）〔昭和27年〕「明治浪曼文学史」「日夏耿之介全詩集」，読売文学賞（文学研究賞・第1回）〔昭和24年〕「改定増補明治大正詩史」

日沼 よしゑ　ひぬま・よしえ　歌人
生年不詳～平成15年（2003年）1月16日　出北海道枝幸郡枝幸町　歴19歳の時に勤労奉仕先の工場の事故により両目の視力を失う。21歳の時に結婚。昭和58年夫を失い、同年から平成6年まで盲導犬・ケイと生活。この間、昭和55年から当時枝幸高で国語教師を務めていた斉藤与博に師事して、点字で短歌を詠み始め、平成15年に亡くなるまで4000首の短歌に盲目の生活を刻み続けた。

檜野 子草　ひの・しそう　俳人
大正3年（1914年）6月23日 ～ 昭和59年（1984年）11月20日　生東京市本郷区駒込浅嘉町（東京都文京区）　名本名＝檜野直（ひの・ただす）　学東京帝国大学文学部倫理学科卒　歴東京学芸大助教授を経て、東京家裁調査官を務めた。昭和13年頃短期間ながら「曲水」系「句帖」で西村月杖の手ほどきを受け、戦後青木よしをの指導で「曲水」入会。編集委員も務める。　賞水巴賞〔昭和39年〕

日野 草城　ひの・そうじょう　俳人
明治34年（1901年）7月18日 ～ 昭和31年（1956年）1月29日　生東京市下谷区山下町（東京都

台東区）　名本名＝日野克修（ひの・よしのぶ）　学京都帝国大学法律学科〔大正13年〕卒　歴大正7年「ホトトギス」雑詠に入選し、9年鈴鹿野風呂と「京鹿子」を創刊。13年「ホトトギス」の課題句選者となり、昭和2年第一句集「草城句集 花氷」を刊行。4年「ホトトギス」同人となる。新興俳句運動を主導した一人で、9年新婚初夜をテーマとしたエロティックな連作「ミヤコ・ホテル」10句を発表、話題を呼ぶ。10年「旗艦」を創刊・主宰。11年連作俳句、無季俳句を主張したため「ホトトギス」を除名された。15年の京大俳句事件で「旗艦」を廃刊し、俳壇を去るが、戦後復帰して21年「春」を刊行。24年より「青玄」を主宰。晩年は病臥し、それまでとは違う静謐な句境に至った。30年「ホトトギス」同人に復帰。他の句集に「青芝」「昨日の花」「人生の午後」などがある。　賞大阪府知事賞（第1回・文芸）〔昭和24年〕　家妻＝日野晏子（俳人），女婿＝室生幸太郎（俳人）

日野 晏子　ひの・やすこ　俳人

明治39年（1906年）3月10日 ～ 昭和62年（1987年）10月28日　生大阪府大阪市　名本名＝日野政江（ひの・まさえ），旧姓・旧名＝甲川政江（こうがわ・まさえ），初号＝真冴　歴昭和6年日野草城と結婚。戦後作句を始め、「太陽系」に投句。24年草城主宰の「青玄」に投句、27年同人となる。草城が31年に没するまでの10年間、ほとんど寝たきりだった草城の看病だけでなく口述筆記も行なった。31年「青玄」無鑑査同人。　賞サンケイ俳句賞　家夫＝日野草城（俳人），女婿＝室生幸太郎（俳人）

日美 井雪　ひみ・せいせつ　俳人

明治38年（1905年）1月7日 ～ 平成10年（1998年）7月7日　生三重県員弁郡　名本名＝日美重郎（ひみ・しげお）　学愛知県立窯業学校卒　歴昭和3年子規門に入り、島道素石に師事。32年山口草堂に師事、「南風」同人。37年飯田龍太に師事するが、2年後石原八束に師事、「秋」同人。45年超結社句会本牧会を興す。49年「群落」に参加。平成5年「南風」名誉同人。句集に「帰燕」「冬泉」がある。　賞角川俳句賞佳作〔昭和37年〕　家息子＝日美清史（俳人）

火村 卓造　ひむら・たくぞう　俳人

昭和2年（1927年）1月18日 ～ 平成19年（2007年）8月16日　生栃木県　名本名＝早乙女祥（そうとめ・あきらか）　学陸士，早稲田大学文学部卒　歴戦前は陸軍士官学校に学び、戦後は早稲田大学文学部を卒業。昭和46年「蘭」創刊に参加し、野沢節子に師事。47年同人、49年編集長、のち同人会長。平成8年「耀」を創刊・主宰。18年終刊。句集に「長堤」「奔り火」、詩集に「少年寺院」、評論集に「俳句の現景」「野沢節子論」「尾崎放哉」など。　賞蘭同人評論賞〔昭和53年〕，下野文学大賞（第2回）〔昭和63年〕「俳句の現景」

冷水 茂太　ひやみず・しげた　歌人

明治44年（1911年）10月8日 ～ 昭和61年（1986年）10月3日　生東京都　学早稲田大学専門部法科〔昭和9年〕卒　歴昭和7年「短歌街」創刊に参加。32年横田専一らと「橋」創刊。47年土岐善麿を中心とする文芸誌「周辺」の編集者となる。56年「短歌周辺」創刊。歌集に「薫猶」「むらぎも」他、評論に「土岐善麿の歌」など。

日向 あき子　ひゅうが・あきこ　詩人

昭和5年（1930年）2月3日～平成14年（2002年）6月25日　生岐阜県　名本名＝坪井富美子　学大阪女子大学国文国史学科卒　歴詩、翻訳を経て、昭和40年前後から美術評論を手がける。女性美術評論家の草分け的存在で、特にポップアートの評論で知られた。主な著書に「ニュー・エロティシズム宣言」「視覚文化」「アンディ・ウォーホル」「ポップ文化論」「ヴィーナス変貌」「ウイルスと他者の世紀」、訳書にR.ゴールドウォーター「二十世紀美術におけるプリミティヴィズム」など。

兵頭 まもる　ひょうどう・まもる　川柳作家

大正11年（1922年）1月7日 ～ 平成24年（2012年）6月16日　出愛媛県東宇和郡野村町（西予市）　名本名＝兵頭戍（ひょうどう・まもる）　学愛媛師範〔昭和17年〕卒　歴昭和47年大野ケ原小学校、54年野村小学校の各校長。傍ら、川柳作家として活動し、平成12～16年愛媛新聞の「愛媛柳壇」選者を務めた。全日本川柳協会常任幹事、愛媛県川柳文化連盟副会長を歴任。著書に「川柳ふたりづれ」がある。

日吉 登美女　ひよし・とみじょ　俳人

大正14年（1925年）11月5日 ～ 平成4年（1992年）1月27日　生神奈川県川崎市　名本名＝日吉登美　学川崎市高女卒　歴昭和22年「水明」に入会して、長谷川かな女に師事、29年同人。句集に「蒲公英」。　賞水明新珠賞〔昭和36年〕

比良 暮雪　ひら・ぼせつ　俳人
明治31年（1898年）9月27日～昭和44年（1969年）2月12日　生北海道小樽市　名本名＝比良吉治　学小樽高商卒　歴大正11年より中学、高校の教員。昭和15年からは北海製紙に勤務。取締役、監査役を歴任。高商時代に先輩や同期生と小樽高商俳句会の緑丘吟社を創立、同期に松原地蔵尊がいた。「ホトトギス」には大正8年より約20年、「雲母」には大正9年より没年まで、「氷下魚」にも没年まで参加。「雲母」同人。句集に「雪祭」「ななかまど」「比良暮雪句集」の他、著書に「北海道樺太新季題句集」「北海道俳壇史」「小樽俳壇史」がある。　家息子＝比良晴男（俳人）

平井 乙麿　ひらい・おとまろ　歌人
明治34年（1901年）4月11日～平成9年（1997年）4月14日　生岡山県　学国学院大学〔大正13年〕卒　歴大学在学中「萌ゆる廃址」を発刊。京都女子大学講師、京都市教育研究所所長、堀川高校校長などを歴任。傍ら昭和4年前田夕暮に師事、「詩歌」に入会。のち尾上柴舟の門に入り「水甕」所属。京都支社を設立し最高顧問、選者として多くの歌人を育てた。のち柴舟会幹事。また27年～平成7年京都新聞の京都文芸歌壇選者を務めた。歌集に「五線の章」「ひとりあるき短歌集」「夜明けの序章」「美の祭典」などがある。

平井 梢　ひらい・こずえ　俳人
大正10年（1921年）7月17日～平成19年（2007年）12月1日　生東京都　名本名＝平井美智子（ひらい・みちこ）　学日本大学心理学科卒　歴昭和39年「夏草」に入会、山口青邨に師事。48年同人。「屋根」「天為」に拠った。　賞夏草新人賞〔昭和43年〕

平井 照敏　ひらい・しょうびん　俳人　詩人
昭和6年（1931年）3月31日～平成15年（2003年）9月13日　生東京都大田区　名本名＝平井照敏（ひらい・てるとし）　学東京大学文学部仏文科〔昭和29年〕卒, 東京大学大学院人文科学研究科比較文学〔昭和34年〕博士課程修了　歴昭和41年青山学院女子短期大学助教授を経て、48年教授。平成11年定年退職。この間、昭和45年より1年間パリ大学に留学。34年詩集「エヴァの家族」を刊行して詩人としてスタート。42年青山学院の同僚であった加藤楸邨に出会い、「寒雷」に入会。45年同人、46年同誌編集長。49年「槇」を創刊して主宰となる。著書に句集「猫町」「天上大風」「枯野」「牡丹焚火」「春空」「夏の雨」、評論集「白の芸術 戦後詩の展開」「俳句沈黙の塔」「俳句開眼」「蛇笏と楸邨」、訳書にバシュラール「ロートレアモンの世界」、レイモン「ボードレールからシュールレアリスムまで」などがある。　賞寒雷賞〔昭和45年〕, 俳人協会賞評論賞（第27回）〔昭和63年〕「かな書きの詩」, 山本健吉文学賞（評論部門, 第2回）〔平成14年〕「蛇笏と楸邨」

平井 光典　ひらい・みつのり　詩人
大正7年（1918年）2月12日～平成7年（1995年）6月2日　生福岡県筑後市　学九州医専〔昭和14年〕卒　歴昭和23年開業。「九州文学」同人として文学活動。詩集に「絵本」「花」、句集に「匈奴」がある。

平井 三恭　ひらい・みつやす　歌人
明治44年（1911年）9月7日～昭和59年（1984年）5月23日　生熊本県　歴中学時代より作歌。昭和6年台湾で「あぢさゐの会」に入会、27年選者となる。30年「薫風社」を創立し主幹。歌集「焰の中の美学」「神典地獄篇」「水のこころ」「生きていてこそ」「銜青爼」、歌論集「短歌へのアプローチI」「短歌へのアプローチII」などの著書がある。

平岩 米吉　ひらいわ・よねきち　歌人
明治31年（1898年）2月4日～昭和61年（1986年）6月27日　生東京府南葛飾郡亀戸（東京都江東区）　歴商家・竹問屋に生まれ、川端五章に日本画を学ぶが、動物学、心理学、国文学、仏教などは全て独学した。昭和3年日本犬保存会の設立に参加。4年目黒区自由ケ丘で朝鮮、満州産など9頭のオオカミを飼育したのを始めとして、多数の野生動物の生態、心理を研究する。9年より動物文学会を主宰し、会誌「動物文学」を発行、シートンを初めて日本に紹介した。12年平岩犬科生態研究所を創設、17年フィラリア研究会を作り、犬の難病克服にも力を尽くした。一方、幻の日本オオカミ研究にも携わり、56年研究の集大成である「狼―その生態と歴史」を出版した。他の著書に「犬の行動と心理」「犬の生態」「猫の歴史と奇話」など。また、育てた70余頭の犬の誕生から死亡までを詠んだ約半世紀の歌を収めた歌集「犬の歌」がある。

平尾 静夫　ひらお・しずお　歌人
生年不詳～昭和35年（1960年）10月14日　歴生後間もなく養子に出され、半年後に実母を亡くす。その後、養母を殺し、尊属殺人で死刑宣告を受けた。昭和33年宮城拘置所に移される。獄中で短歌を詠み始め、34年より歌誌「高知歌人」に投稿を開始。35年28歳で刑死した。37年「高知歌人」主宰の田所妙子により遺歌集「蟲になりても」が編まれ、全国紙に紹介記事が載り反響を呼んだ。平成18年田所の長男により「蟲になりても」が再刊された。

平川 巴竹　ひらかわ・はちく　俳人
明治34年（1901年）3月28日 ～ 平成2年（1990年）1月16日　生佐賀県唐津市　名本名＝平川巴（ひらかわ・ともえ）　学佐賀師範卒　歴昭和5年「ゆく春」に入門、室積徂春に師事。42年積波那女のあとを継いで主宰。句集に「巴竹俳句集」「醜草」ほかがある。　勲勲三等旭日中綬章〔昭和46年〕

平川 雅也　ひらかわ・まさや　俳人
大正8年（1919年）3月4日～平成20年（2008年）4月29日　生群馬県桐生市　名本名＝平川正弥（ひらかわ・まさや）　歴昭和20年より句作を始め、39年「あざみ」に入会して河野南畦に師事。42年同人。名取思郷主宰「あすか」の編集同人でもあった。句集に「鶏肋集」がある。

平木 二六　ひらき・じろう　詩人
明治36年（1903年）11月26日～昭和59年（1984年）7月23日　生東京市日本橋区横山町（東京都中央区）　名本名＝平木二六（ひらき・にろく），別筆名＝平木じろう　学東京府立三中卒　歴詩集「若冠」（大正15年）で室生犀星らに注目され「驢馬」の同人となった。その後「藻汐帖」「春雁」の他、戦後、「日本未来派」に加わり「鳥葬」「日月帖」などの詩集を出版。他に童謡、童話も多い。

平沢 貞二郎　ひらさわ・ていじろう　詩人
明治37年（1904年）1月5日～平成3年（1991年）8月20日　出福井県坂井郡三国町　学東京市立商業〔大正10年〕卒　歴報知新聞などを経て、昭和12年三国商会設立。16年三国電気を設立し社長、のち三国商事と改称、39年会長に。一方22年三和工業を設立、社長、48年会長、56年相談役に。また昭和初期、萩原朔太郎らの「感情」派に拠った詩人で、のちにマルキシズムに転じプロレタリア詩人会結成。戦後、現代詩人会に基金を投じ、H氏賞を設定した。平成5年蔵書約660冊が出身地の三国町立図書館に寄贈され、"平沢貞二郎記念文庫"として公開された。　家弟＝畠中哲夫（詩人）

平島 準　ひらしま・じゅん　歌人
大正5年（1916年）10月4日 ～ 昭和62年（1987年）3月12日　生栃木県　学東京帝国大学医学部〔昭和16年〕卒　歴大宮赤十字病院外科に勤務。副院長を経て、院長。短歌は昭和30年ころより始め、34年「長風」に入り、鈴木幸輔に師事。55年幸輔没後代表となる。埼玉歌人会幹事、現代歌人協会会員。歌集に「色淡き虹」「高萱」「花晨」など。　賞埼玉文芸賞（第2回）〔昭和46年〕「窯場」

平田 羨魚　ひらた・せんぎょ　俳人
明治44年（1911年）4月29日 ～ 平成4年（1992年）4月5日　生福岡県朝倉郡三輪町　名本名＝平田盛行　学東京高師文科〔昭和10年〕卒　歴昭和27年同好者の句会入会。41年「菜殻火」投句。42年「円」創刊に参加、同人。49年「山火」投句。50年「菜殻火」、52年「山火」同人。句集に「黄砂」。　賞山火エッセー賞〔昭和53年〕，円作家賞〔昭和56年〕，福岡市文学賞（第12回，昭和56年度）〔昭和57年〕

平田 春一　ひらた・はるいち　歌人
明治27年（1894年）11月28日～昭和48年（1973年）12月7日　生岡山県吉野郡讃甘村（美作市）　名旧姓・旧名＝井波　歴日本ペンクラブ会員で再建当初から尽力し、業界、歌壇、文壇で敬愛された。「創作」復刊後から選者として活躍、関西で「みなかみ会」「三土会」を主宰。歌集「象刻集」「留年」など12冊。　賞日本歌人クラブ推薦歌集（第3回）〔昭和32年〕「象刻集」

平出 吾邦　ひらで・ごほう　俳人
明治30年（1897年）5月8日 ～ 昭和48年（1973年）6月16日　生長野県　名本名＝平出吾朗　歴大正4年頃から俳句を始める。会社勤めであったが、昭和15年頃失明して以後俳句に専念。「枯野」「水明」「黄橙」同人。21年「焚火」を創刊・主宰する。句集に「大和」がある。

平中 歳子　ひらなか・としこ　歌人
明治43年（1910年）5月14日 ～ 昭和63年（1988年）1月2日　生京都府京都市　名本名＝平中敏子（ひらなか・としこ）　学京都府立第一高等

女学校〔昭和3年〕卒　歴「多磨」「定型律」「花宴」「女人短歌」「潮汐」などを通じ歌人として活躍する一方、戦後は人形師・面屋庄三に師事して人形作家の道へ。昭和34年の第6回日本伝統工芸展で受賞、翌年、日本工芸会正会員となる。奈良・天平時代の美人や雷公・童女などの創作人形に、伝統の御所人形とは一味違った、素朴なリアリティー漂う作風を確立した。歌集に「瓔珞」「青蓮」がある。　賞京都市文化功労者〔昭和58年〕, 京都府文化賞(功労賞)〔昭和60年〕　家夫＝平中苓次(東洋史学者)

平野 威馬雄　ひらの・いまお　詩人

明治33年(1900年)5月5日～昭和61年(1986年)11月11日　生東京都青山北町　名筆名＝ひらのいまを(ひらの・いまお)　学上智大学文学部ドイツ哲学科〔昭和3年〕卒　歴父がフランス系米国人、母が日本人。18歳でモーパッサン選集の翻訳を手がけ、金子光晴により"早熟の天才少年"と評される。フランス文学の翻訳を手がけ、詩人としても活躍。ハーフとして差別に苦しんだため、昭和28年から"レミの会"を主宰して混血児救済運動に尽力。他に競輪廃止、麻薬追放運動も行い、"空飛ぶ円盤"の研究や"お化けを守る会"など幅広い活動を行う。自伝「混血人生記」や翻訳「ファーブル昆虫記」、詩集「青火事」、研究書「フランス象徴詩の研究」、伝記「くまぐす外伝」「平賀源内の生涯」の他、少年文学、フランス自然主義文学、UFOに関して300余冊の著書がある。　賞サンケイ児童出版文化賞(第6回)〔昭和34年〕「レミは生きている」　家長女＝平野レミ(シャンソン歌手・料理評論家), 父＝ブイ, ヘンリー・パイク(美術史家・法律家)

平野 直　ひらの・ただし　詩人

明治35年(1902年)3月28日～昭和61年(1986年)4月23日　生岩手県北上市　名別名＝冬木憑　歴昭和5年童謡同人誌「チチノキ」同人となり、11年私家版童謡集「ぼたんの子守唄」を刊行。一方、柳田国男に師事し8年頃より昔話に魅せられ岩手県の民話の採集に尽力。18年民話集「すねこたんぱこ」を刊行。戦後は童話、小説、ノンフィクションなど幅広い分野に活躍し、主な著書に「ゆめみわらし」「岩手の伝説」「やまなしもぎ」「残ったのは二人」「わらしっこ・遊びっこ」など。

平野 長英　ひらの・ちょうえい　歌人

明治36年(1903年)5月12日～昭和63年(1988年)1月18日　生福島県南会津郡檜枝岐村　学尋常高等小学校〔大正7年〕卒　歴父親・長蔵について、大正7年15歳で尾瀬に入山。昭和5年病死した父の跡を継いで長蔵小屋2代目に。小屋・ロッジの経営の傍ら、ハイカーのマナー向上や尾瀬ケ原電源開発計画、自動車道建設計画への反対など、自然保護と観光の調和に力を尽くした。また歌人としても知られ、遭難死した長男・長靖への思いなどを詠んだ歌集「尾瀬沼のほとり」を54年に出版した。　家父＝平野長蔵(長蔵小屋初代主人), 長男＝平野長靖(長蔵小屋3代目主人)

平野 宣紀　ひらの・のぶのり　歌人

明治37年(1904年)2月12日～平成13年(2001年)5月6日　生岡山県勝田郡飯岡村　名旧姓・旧名＝青山　学東洋大学文学部国文学科〔昭和7年〕卒　歴代用教員・新聞記者等を経て、昭和3年ポトナム叢書「玉葱畑春景」刊行。14年「花実」を創刊。19年東洋大学教授。以後の歌集に「遠蔵」「岬山」「山行抄」「富津」などがある。

平畑 静塔　ひらはた・せいとう　俳人

明治38年(1905年)7月5日～平成9年(1997年)9月11日　生和歌山県海草郡和歌浦町(和歌山市)　名本名＝平畑富次郎(ひらはた・とみじろう)　学京都帝国大学医学部〔昭和6年〕卒　歴精神科医として、京都大学病院助手、兵庫県立病院、京都川越病院に勤務。京大在学中より「ホトトギス」「京鹿子」「馬酔木」に投句し、秋桜子、山口誓子の影響を受ける。昭和8年井上白文地、長谷川素逝らと「京大俳句」を創刊。新興俳句運動に身を投じる。15年京大俳句事件で京都府特高に検挙、治安維持法による刑2年(執行猶予3年)の判決を受ける。戦後は布施阪本病院長、大阪京阪病院長などを経て、38年宇都宮病院副院長、のち院長、顧問を歴任。59年無資格診療事件後、再び院長に。平成5年名誉院長。傍ら誓子を中心とする「天狼」創刊に参加、"俳人格"説の標榜など戦後俳壇に大きな影響を与える。また「北の会」を主宰、毎月山野へ吟行する。句集に「月下の俘虜」「旅鶴」「栃木集」「矢素」、評論集に「誓子秀句鑑賞」「俳人格」「山口誓子」「俳論集」「対談俳句史」など。　賞蛇笏賞(第5回)〔昭和46年〕「壺国」, 詩歌文学館賞(第1回), 現代俳句協会大賞(第7回)〔平成7年〕　家妻＝平畑那木(俳人)

平間 真木子　ひらま・まきこ　俳人
大正14年（1925年）9月18日～平成19年（2007年）3月7日　生東京都　歴中村汀女に師事後、昭和28年読売新聞都民俳壇を通じ岸風三楼に師事、「春嶺」入会、同人となる。のち「青山」に所属。句集に「珠」「絆」などがある。　賞春嶺賞〔昭和32年〕，俳人協会主催全国俳句大会賞〔昭和37年〕

平松 竃馬　ひらまつ・いとど　俳人
明治21年（1888年）9月9日～昭和53年（1978年）7月31日　生和歌山県新宮市　名本名＝平松義彦，別号＝いとゞ　歴大正6年「ホトトギス」に参加、10年「熊野」を創刊、昭和48年1月号まで主宰した。17年頃「かつらぎ」に参加。「ホトトギス」同人。句集に「熊野路」「友情園」がある。　賞和歌山県文化功労賞〔昭和52年〕

平松 草山　ひらまつ・そうざん　俳人
明治44年（1911年）5月23日～平成15年（2003年）3月2日　生岡山県　名本名＝平松九郎（ひらまつ・くろう）　学旧制工業卒　歴昭和18年清原枴童に師事俳句を始める。23年「若葉」に入門以来富安風生に師事。33年「冬草」、36年「欅」、47年「若葉」同人。岡山県俳人協会幹事を務めた。

平松 措大　ひらまつ・そだい　俳人
明治31年（1898年）7月7日～昭和61年（1986年）11月18日　生岡山県岡山市内山下　名本名＝平松芳夫（ひらまつ・よしお）　学六高卒，京都帝国大学法学部卒　歴京都帝大在学中に高浜虚子に師事。大正14年俳誌「さぎり」を創刊、「狭霧会」を創設。以後、中国地方で1万数千人の門弟を育成した。昭和20年「ホトトギス」同人。句集に「措大句集」「第二措大句集」「第三措大句集」など。　賞中国文化賞（第35回）〔昭和53年〕，岡山県文化賞，三木記念賞

平光 善久　ひらみつ・ぜんきゅう　詩人
大正13年（1924年）8月14日～平成11年（1999年）11月19日　生岐阜県岐阜市　名本名＝平光善久（ひらみつ・よしひさ）　学国鉄名古屋鉄道教習所専修部修了　歴国鉄職員となり、鉄道兵として大陸に従軍中戦傷を受ける。昭和24年戦争体験をつづった処女作「案山子の歌」でデビュー。印刷会社・不動工房を経営する傍ら、岐阜の「詩宴」、東京の「風」に参加し、52年季刊「壺」を創刊。中部詩壇の育成に尽力した。日本現代詩人会理事、中日詩人会会長、60年第36回H氏賞の選考委員、のち委員長を歴任。他の詩集に「伽羅雲」「東洋の裸身」「化石になる」「骨の遺書」「インド」「黙座」「葡萄前進」など。　賞中日詩賞（第10回）〔昭和45年〕，岐阜新聞大賞（第36回）〔平成1年〕

平本 くらら　ひらもと・くらら　俳人
明治39年（1906年）2月24日～平成7年（1995年）11月8日　生茨城県土浦市　名本名＝平本義典（ひらもと・よしふみ）　学千葉医科大学〔昭和9年〕卒　歴昭和21年句作を始め、23年軽部烏頭子の門に入り「馬酔木」に投句。44年「風土」同人。50年「風土」主宰。54年主宰辞退、同年同人会名誉会長となる。句集に「万燈」「篝火」「円座」「石火」「河童」など。　賞茨城文学賞（第10回）〔昭和60年〕

昼間 槐秋　ひるま・かいしゅう　俳人
明治43年（1910年）3月11日～平成5年（1993年）2月26日　生東京都江戸川区　名本名＝昼間種　歴山梨県法務局長、千葉県法務局長を歴任して退官、公証人を務めた。一方、昭和4年原石鼎門に入り「鹿火屋」に拠る。以来戦中戦後の激動期に同誌の編集を担当するなどした後、「かびや」同人会副会長を務める。56年千葉県君津市の古刹鹿野山神野寺境内に句碑を建立。句集に「夢殿」「昼間槐秋集」がある。　勲勲四等瑞宝章〔昭和55年〕

広岡 可村　ひろおか・かそん　俳人
明治35年（1902年）10月21日～平成4年（1992年）7月31日　生三重県上野市　名本名＝広岡忠夫　学高小卒　歴組紐業を自営。昭和42年「ホトトギス」系菊山九園の手ほどきを受ける。43年「年輪」に入会、橋本鶏二に師事。「年輪」同人。三重県俳句協会会員。55年俳人協会会員。句集に「鮠」がある。

広川 義郎　ひろかわ・よしろう　歌人
大正9年（1920年）7月7日～平成21年（2009年）7月27日　生新潟県　歴小学校時代、綴方の時間に短歌を知る。昭和15年吉植庄亮の「橄欖」に入り、社友選者の山下秀之助に師事。22年「原始林」に入社。「橄欖」運営委員、選者、代表を歴任した。歌集に「海祭」「汽車が好き」などがある。　賞原始林賞（第19回）〔昭和43年〕

広瀬 一朗　ひろせ・いちろう　俳人
昭和2年（1927年）8月19日～平成6年（1994年）

9月6日　生愛知県名古屋市　名本名＝広瀬一郎（ひろせ・いちろう）　学名古屋経専卒　歴昭和26年中日新聞社に入社。ニューヨーク特派員、東京本社論説委員、編集局次長を経て、54年東京本社（東京新聞）論説主幹、60年取締役論説担当、62年名古屋本社論説主幹兼務。俳人としても有名で、34年沢木欣一主宰「風」に入会し、46年「風」同人。東京新聞句会百花会長でもある。政府の税制調査会委員、国語審議会委員を歴任。著書に「へそまがり特派員」「日々の歳時記」「週のはじめに考える」、句集に「初刷」他。

広瀬 操吉　ひろせ・そうきち　詩人
明治28年（1895年）10月30日～昭和43年（1968年）12月17日　生兵庫県印南郡　学姫路師範卒　歴師範を出て関西芸術院、本郷洋画研究所に学んだ。はじめ千家元麿の「詩」同人となり、大正10年4月からその後継誌「詩の家」の編集に従事した。牧歌的な詩風で詩集「雲雀」「空色の国」のほか美術評論書がある。

広瀬 反省　ひろせ・はんせい　川柳作家
大正5年（1916年）12月10日～平成7年（1995年）12月26日　出大阪府大阪市　名本名＝広瀬省吾　歴昭和37年番傘本社同人。56年「川柳瓦版」主幹。読売新聞「よみうり時事川柳」選者も務めた。

広瀬 ひろし　ひろせ・ひろし　俳人
大正11年（1922年）10月7日～平成11年（1999年）7月30日　生大阪府　名本名＝広瀬博　学京都高等工芸学校機織科卒　歴昭和23年後藤夜半、のち後藤比奈夫に師事。「諷詠」「ホトトギス」に拠る。27年「花鳥集」同人。50年「ホトトギス」同人。大阪俳人クラブ理事。句集に「宮廷料理」「自註句集・広瀬ひろし集」がある。

弘田 義定　ひろた・よしさだ　歌人
明治37年（1904年）6月26日～昭和62年（1987年）6月20日　生愛媛県　学宇和島商業卒　歴23歳の頃より作歌、その後土屋文明の指導を受けて昭和26年「アララギ」に入会。「愛媛アララギ」の編集責任者となる。愛媛歌人クラブ会長を務める。歌集に「くさむら」、共著に「子規と周辺の人々」「松山城」「道後温泉」がある。

広津 里香　ひろつ・りか　詩人
昭和13年（1938年）～昭和42年（1967年）12月12日　生東京都渋谷区富ケ谷　名本名＝広津啓子　学東京大学教育学部〔昭和37年〕・新聞研究所〔昭和38年〕卒，早稲田大学大学院文学研究科英文学〔昭和40年〕修士課程修了　歴東京で生まれ、昭和26年父の転勤のために金沢へ移り、5年間を過ごす。東京の大学を卒業後、詩作の他に絵画にも取り組んだが、42年29歳で夭折した。詩画集に「黒いミサ」「量られた太陽」の他、「広津里香詩集・蝶の町」がある。

広野 三郎　ひろの・さぶろう　歌人
明治30年（1897年）4月10日～昭和43年（1968年）4月4日　生東京都　学国学院大学国文科〔大正7年〕卒　歴東大史料編纂所に勤務し、「大日本史料」第12編、「梅津政景日記」などの編集に従事。著書に「徳川家光公伝」「中野区史」などがある。一方、歌人としても活躍。大正4年アララギに入会し島木赤彦、斎藤茂吉に師事。昭和25年「白埴」を創刊し、28年「久木」を創刊。歌集に「白埴」「あかつき」「泉」などがある。

広部 英一　ひろべ・えいいち　詩人
昭和6年（1931年）11月18日～平成16年（2004年）5月4日　生福井県福井市　学福井大学学芸学部卒　歴福井県立図書館振興課長、福井県清水町立図書館長を歴任。傍ら、詩作を続け、28歳の時「木の舟」でデビュー。他の詩集に「鷺」「邂逅」「愛染」「苜蓿」などがある。　賞地球賞（第2回）〔昭和52年〕「邂逅」，中日詩賞（第31回）〔平成3年〕「愛染」，福井県文化賞〔平成5年〕，富田砕花賞（第9回）〔平成10年〕「苜蓿」

樋渡 瓦風　ひわたし・がふう　俳人
昭和2年（1927年）1月25日～平成11年（1999年）12月24日　生秋田県横手市　名本名＝樋渡昭太（ひわたし・しょうた）　学秋田師範横手準備場卒，海運通信学校普通科電信術（第66期）卒　歴復員後、家業の中山人形製作に従事し、昭和62年4代目を継承。傍ら、25年俳誌「あざみ」、26年「幻魚」入会。33年「あざみ」同人。47年巽巨詠子より「幻魚」主宰を継承した。平成8年より朝日新聞秋田版の俳句選者を務めた。　賞あざみ賞（昭和34年度），秋田県芸術文化賞（昭和63年度）

【ふ】

深井 いづみ　ふかい・いずみ　俳人
大正6年（1917年）4月27日 ～ 平成19年（2007年）7月14日　生奈良県　名本名＝深井京子（ふかい・きょうこ）　学高女中退　歴昭和32年中島斌雄の選を受ける。41年「雪解」に投句。「貝よせ」発刊と同時に参加、宮中港青の選を受ける。「雪解」「貝よせ」「うまや」同人。　賞貝よせ賞〔昭和50年〕

深尾 須磨子　ふかお・すまこ　詩人
明治21年（1888年）11月18日～昭和49年（1974年）3月31日　生兵庫県氷上郡大路村（丹波市）　学京都菊花高等女学校卒　歴大正10年夫贇之丞の遺稿詩集「天の鍵」に自作詩54編を加えて出版し、詩の世界に入る。与謝野晶子に師事して詩作し、大正11年「真紅の溜息」を刊行。大正14年～昭和3年渡欧し、コレットらを知り、コントなども書くようになる。昭和5～7年再度渡欧し、パリ性科学協会に入り生物学の研究に熱中。以後も3度渡欧し、社会批判、文明批判などの詩を発表した。他に「呪咀」「焦躁」「牝鶏の視野」「永遠の郷愁」「深尾須磨子詩集」などの詩集があり、また小説、評論、翻訳などの著書も数多くある。　家夫＝深尾贇之丞（詩人）

深川 正一郎　ふかがわ・しょういちろう　俳人
明治35年（1902年）3月6日 ～ 昭和62年（1987年）8月12日　生愛媛県宇摩郡上山村（四国中央市）　学川之江二洲学舎〔大正10年〕卒　歴大正13年文芸春秋社に入社し昭和5年まで「文芸春秋」などの編集に従事。9年コロムビア会社に入り宣伝を担当、16年宣伝部長となり、20年退社。その間句作を続け、14年「ホトトギス」同人に推挙され、以後高浜虚子に師事。23年「正一郎句集」を刊行、24年「冬扇」を創刊して主宰、48年終刊。62年「ホトトギス」会長、同年伝統俳句協会創立にあたり、副会長に就任。「定本川端茅舎句集」「定本高浜虚子全集」などの編集委員も務めた。　家娘＝川口咲子（俳人）

深川 宗俊　ふかがわ・むねとし　歌人
大正10年（1921年）3月8日 ～ 平成20年（2008年）4月24日　生広島県広島市　名本名＝前畠雅俊（まえはた・まさとし）　学法政大学通信教育文学部中退　歴昭和20年8月三菱重工業広島機械製作所で朝鮮人徴用工の指導員として勤務していた時に被爆。戦後、広島文学サークル協議会、峠三吉を中心とする「われらの詩の会」の創刊に参加。25年反戦詩歌人集団を結成、責任者となる。広島胎内被爆・被爆二世問題対策会代表、広島平和教育研究所研究員。30年「青史」創刊。「新日本歌人」に所属。歌集に「群列」「広島」「連禱」。他の著書に「1950年8月6日」「被爆二世」「海に消えた被爆朝鮮人徴用工」などがある。

深作 光貞　ふかさく・みつさだ　歌人
大正14年（1925年）9月27日 ～ 平成3年（1991年）10月24日　生東京都　学京都大学文学部フランス文学科〔昭和25年〕卒, 東京大学大学院〔昭和27年〕修了　歴昭和27年パリのソルボンヌ大学へ留学。28年NHK欧州総局、32年毎日新聞パリ支局などに勤務し33年帰国。35年より東南アジアへ留学。34年日南貿易取締役を務めながらアンコール・ワットを研究。40年帰国し、専門をフランス文学から文化人類学に変更。38年成城大学講師、47年ワシントン州立大学客員教授、48年京都精華大学学長を経て、55年奈良女子大学教授、62年明治学院大学教授、平成3年京都精華大学に復帰。一方、前田夕暮の白日社に入り、「詩歌」会員となる。歌誌「泥」「律」に関わり、39年フェスティバル律を開催した。著書は「アンコール・ワット」「メキシコのすべて」「新宿考現学」「反文明の世界―現代カンボジヤ考」「呪術のすすめ」「ミイラ文化誌」「日本人の笑い」「衣の文化人類学」など多数。

深野 庫之介　ふかの・くらのすけ　歌人
明治30年（1897年）10月6日 ～ 昭和47年（1972年）6月30日　生埼玉県　歴中学時代より作歌を始め、北原白秋に師事、巡礼詩社に加わる。曼陀羅詩社、紫烟草舎等を経て大正12年香蘭詩社創立に参加。昭和29年より「香蘭」選者となる。44年に隕石詩社を創立主宰。歌集に「流氓」「深野庫之介短歌集」「北に流るる」がある。

深谷 昌彦　ふかや・まさひこ　俳人
昭和5年（1930年）8月28日～平成9年（1997年）

3月9日　生埼玉県浦和市　学日本歯科大学歯学部卒　歴昭和51年から本格的に俳句を始める。俳誌「南風」に入会し、56年度新人賞受賞。58年第一句集「銀婚」を出版する。他の句集に「初幟」など。また、口腔外科の研究でも活躍、愛知学院大学教授の他、顎変形症研究会長、日本口腔外科学会理事なども務めた。　賞南風新人賞（昭和56年度）

深谷 光重　ふかや・みつしげ　俳人
大正2年（1913年）2月～平成2年（1990年）4月　生福井県福井市　学福井工専〔昭和8年〕卒　歴昭和8年勝山機業兄弟合資会社に入社。19年応召。49年ケーテー常務退任。この間、22年「青門勝山分会かしどり」同人、38年「れもん」同人、55年「れもん」終刊。56年同人誌「春雷」創刊に参加。著書に「花野行く」がある。

吹田 朝児　ふきた・ちょうじ　川柳作家
大正14年（1925年）2月25日～平成26年（2014年）8月13日　出香川県大川郡長尾町（さぬき市）　名本名＝吹田明義（ふきた・あきよし）　学旧制中学〔昭和17年〕卒　歴昭和50年雇用促進事業団香川総合高等職業訓練校庶務課長。香川県川柳協会会長、全日本川柳協会常任幹事、番傘川柳本社同人幹事を歴任、平成3～24年四国新聞読者文芸柳壇の常任選者を務めた。著書に「吹田朝児句集」「朝児編安来節」「玉雪川柳集」などがある。

蕗谷 虹児　ふきや・こうじ　詩人
明治31年（1898年）12月2日～昭和54年（1979年）5月6日　生新潟県　名本名＝蕗谷一男　学グラン・ショミエール（パリ）卒　歴大正4年上京し、尾竹竹坡に師事。竹久夢二の紹介で9年「少女画報」に挿絵画家としてデビュー。14年渡仏してグラン・ショミエールに学び、以後昭和4年までパリで活躍。抒情的な挿絵を描き、その詩画集は多くの女学生に愛された。自作挿絵入り詩集に「孤り星」「睡蓮の夢」「悲しき微笑」などがある。戦後は東映動画撮影所に入り、映画製作にも携わった。昭和62年新潟県新発田市に蕗谷虹児記念館が開館。また、童謡「花嫁人形」は広く愛誦され、自伝小説に「花嫁人形」がある。

福井 桂子　ふくい・けいこ　詩人
昭和10年（1935年）1月1日～平成19年（2007年）9月26日　生青森県八戸市　名本名＝冨田桂子（とみた・けいこ）　学東京女子大学文学部西洋史学科卒　歴昭和32年福音館書店に入社。この頃より詩作を始め、のち菅原克己主宰の「P」同人となる。35年三木卓と結婚。44年第一詩集「優しい大工」を刊行。他の詩集に「月の車」「少年伝令」「艀」「浦へ」「荒屋敷」「風攫いと月」「福井桂子全詩集」がある。　家夫＝三木卓（作家）

福井 圭児　ふくい・けいじ　俳人
明治33年（1900年）10月1日～昭和62年（1987年）12月24日　生兵庫県　名本名＝福井慶三（ふくい・けいぞう）　学神戸高商〔大正11年〕卒　歴日本綿花に入社。22年取締役、26年常務、31年専務、35年社長、41年会長を歴任。42年中小企業振興事業団を創設し理事長。日中経済貿易センター監事も務めた。また、俳人としても知られ、ホトトギス関西同人会長、日本伝統俳句協会副会長などを務めた。句集に「常夏」、句文集に「火焔樹」、随筆に「わが俳句半世紀」などがある。　勲勲二等瑞宝章〔昭和45年〕

福井 研介　ふくい・けんすけ　詩人
明治41年（1908年）11月1日～平成12年（2000年）1月17日　生岡山県赤坂町　学東京外国語学校専修科露語科〔昭和14年〕卒　歴昭和14年外務省勤務、22年同省辞職。以後著述に専念。戦前、赤い鳥童謡会「チチノキ」に参加、白秋に認められたが、戦後はロシア児童文学の紹介、翻訳に努めた。訳書に「ヴィーチャと学校友だち」「黒海の白帆」などの他、「マカレンコ全集」もある。　賞日ソ翻訳文化賞〔昭和31年〕

福岡 竜雄　ふくおか・たつお　川柳作家
昭和3年（1928年）1月27日～平成20年（2008年）2月20日　出石川県金沢市　名本名＝福岡龍雄（ふくおか・たつお）　学京畿道立商卒　歴昭和20年旧朝鮮から引き揚げ。21年北国新聞社に入社。製作局第三部長、製作委員を経て、63年定年退職。一方、33年より川柳を始め山田良行に師事。北国川柳社主幹を務めた。句集に「照る日曇る日」がある。

福岡 南枝女　ふくおか・なんしじょ　俳人
明治37年（1904年）6月25日～平成4年（1992年）9月16日　生旧朝鮮釜山　名本名＝福岡津多　学旧制高女卒　歴昭和16年清原枴童の手ほどきを受け、「ホトトギス」に入会。22年「さいかち」に入会、松野自得の指導を受ける。45年ひかり俳句会会長、54年光俳句連盟代表となる。前田律子との合同句集「双龍譜」がある。

福沢 武一　ふくざわ・ぶいち　歌人
大正3年（1914年）1月12日 ～ 平成15年（2003年）5月15日　生長野県伊那市　学東京大学文学部卒　歴昭和48年まで長野県下の高校に勤務。のち上田女子短期大学教授を務めた。万葉集研究で知られた。著書に「信州方言風物誌」「信濃太郎」「信州の歌人たち」「解読額田王」などがある。

福島 和男　ふくしま・かずお　詩人
大正14年（1925年）～昭和51年（1976年）2月　生旧朝鮮全羅北道　出宮崎県東諸県郡国富町　名本名＝福島富雄　歴旧朝鮮に生まれ育ち、戦後に宮崎県に引き揚げる。九州電力に勤務する傍ら、昭和24年設立の青年詩人集団DONや、30年創刊の詩誌「絨緞」の中心的な同人として活躍。また宮崎創作家協会や宮崎県芸術文化団体連合会でも牽引車的な役割を担い、文化振興基金の提唱や宮崎県立美術館建設運動などに尽くし、宮崎県の文化振興に足跡を残した。詩集に「オリオンの見える位置」「石の眼」「海と太陽と人間」「デルタへの郷愁」「南方庭園」「ビニールの城」などがある。

福島 閑子　ふくしま・かんし　俳人
明治25年（1892年）4月1日 ～ 昭和47年（1972年）12月16日　生大阪府　名本名＝福島寛四（ふくしま・かんし），旧姓・旧名＝広田　学大阪府立高等医学校〔大正5年〕卒　歴大阪府立高等医学校助教授を経て、昭和11～14年欧米に留学、14年大阪帝国大学医学部内科教授、25年附属病院長、29年停年退官。29～37年大阪逓信病院長を務めた。日本内科学会会頭。俳句は3年頃から始め青畝、虚子に師事する。「かつらぎ」「ホトトギス」同人。日本画もよくした。著書に「腹痛の診断及処置」「最新内科学」、句集「福寿草」「閑雲」などがある。　勲勲二等瑞宝章〔明治42年〕

福島 小蕾　ふくしま・しょうらい　俳人
明治24年（1891年）7月15日 ～昭和44年（1969年）2月2日　生島根県出雲市　名本名＝福島亮　学広島高師中退　歴旧制中学校長を歴任し、のち神職となる。明治38年広江八重桜門下生となり「ホトトギス」に投句。大正5年「石楠」に入会し、10年地方誌「礼讃」を創刊。戦後は「俳句地帯」主宰、「石楠」最高幹部。著書に「俳句の第一門」、句集に「狭田長田」「日々」「静日」「雫」などがある。

福島 直球　ふくしま・ちょっきゅう
川柳作家
大正15年（1926年）8月6日 ～ 平成19年（2007年）6月27日　出兵庫県神戸市　名本名＝福島孝二（ふくしま・こうじ）　歴全日本川柳協会常任幹事、兵庫県川柳協会副理事長なども務めた。

福田 栄一　ふくだ・えいいち　歌人
明治42年（1909年）4月30日 ～ 昭和50年（1975年）2月9日　生東京市京橋区（東京都中央区）　学東京府立第一商業〔昭和2年〕卒，東洋大学中退　歴東京府立第一商業時代に小泉苳三に師事、「ポトナム」に参加。東洋大学に学び18歳で同人。昭和15年「ポトナム」編集発行人となるが、21年「古今」創刊。この間、「中央公論」編集次長、日本出版会主事、「ユネスコ新聞」編集長を歴任。歌集は「冬艶曲」から「ひとりあそび」に至る7冊で「福田栄一全歌集」全1巻がある。　賞短歌研究賞（第2回）〔昭和39年〕「囚れ人の手のごとく」，日本歌人クラブ推薦歌集（第15回）〔昭和44年〕「きさらぎやよひ」　家妻＝福田たの子（歌人），女婿＝西村尚（歌人）

福田 紀伊　ふくだ・きい　俳人
明治39年（1906年）8月29日 ～ 昭和56年（1981年）3月5日　生東京市小石川区（東京都文京区）　名本名＝福田希平（ふくだ・きへい）　学東京帝国大学法学部卒　歴朝日生命常務、朝日生命厚生事業団理事長などを歴任。日本実業団バレーボール連盟副会長、日本ユネスコ協会連盟理事なども務めた。俳句をたしなみ、句集に「銀婚」「冬鷗」「秋茄子」「晩春」「金婚」などがある。

福田 甲子雄　ふくだ・きねお　俳人
昭和2年（1927年）8月25日 ～ 平成17年（2005年）4月25日　生山梨県中巨摩郡飯野村（南アルプス市）　学山梨県立農林校〔昭和20年〕卒　歴昭和22年「雲母」に入会して飯田蛇笏に、35年からは飯田龍太に師事。38年「雲母」編集部に入り、同人として平成4年の同誌終刊まで関わった。5年「白露」創刊同人。郷里・甲斐の風土を重厚に詠んだ作品で知られた。句集に「藁火」「青蟬」「白根山麓」「山の風」「盆地の灯」「草虱」、評論・鑑賞集に「飯田龍太」「飯田龍太の四季」「龍太俳句365日」「蛇笏・龍太の山河」、入門書「肌を通して覚える俳句」などが

ある。 賞山廬賞（第5回）〔昭和44年〕，野口賞（第25回）〔平成14年〕，蛇笏賞（第38回）〔平成16年〕「草虱」，山梨県文化賞特別賞〔平成16年〕

福田 恭子　ふくだ・きょうこ　俳人
明治44年（1911年）5月22日～昭和61年（1986年）2月6日 生広島県総社町 名本名＝福田恭子（ふくだ・やすこ） 学広島市立高等女学校卒 歴池ノ坊華道教授として多数の門弟を指導。俳句は昭和39年「野火」に入会し、篠田悌二郎に師事。51年同誌同人、53年俳人協会会員。句集に「紫木蓮」。

福田 清人　ふくだ・きよと　俳人
明治37年（1904年）11月29日～平成7年（1995年）6月13日 生長崎県上波佐見村 学東京帝国大学国文学科〔昭和4年〕卒 歴東京帝大在学中から小説を発表し、昭和4年第一書房に入社、「セルパン」などの編集長を務める。「新思潮」「文芸レビュー」などの同人雑誌に参加し、8年第一短編集「河童の巣」を刊行。戦後は児童文学に転じ、30年日本児童文芸家協会を結成、37年には滑川道夫らと日本児童文学学会を設立した。代表作に「岬の少年たち」「天平の少年」、自伝的3部作「春の目玉」「秋の目玉」「暁の目玉」、「長崎キリシタン物語」「咸臨丸物語」など。俳句は中学時代に作句した後、しばらく中断。戦後再開し、句集に「麦笛」「坂鳥」「水脈」「月影」などがある。近代文学研究者としても活躍し、日本大学、実践女子大学、立教大学などの教授を務め、「硯友社の文学運動」「国木田独歩」「俳人石井露月の生涯」「近代の日本文学史」「写生文派の研究」などを刊行した。 勲勲四等旭日小綬章〔昭和50年〕

福田 須磨子　ふくだ・すまこ　詩人
大正11年（1922年）3月23日～昭和49年（1974年）4月2日 生長崎県長崎市浜口町 学長崎高女〔昭和13年〕卒 歴長崎市で被爆、昭和30年ごろ被爆による紅斑症の症状があらわれる。以来入退院を繰り返すなかで、被爆者の苦しみを詩にうたいつづけ、原水爆に対する鋭い告発をした。詩集に「ひとりごと」「烙印」「原子野」など。「われなお生きてあり」で第9回田村俊子賞を受賞した。 賞田村俊子賞（第9回，昭和43年度）「われなお生きてあり」

福田 晴介　ふくだ・せいすけ　俳人
昭和7年（1932年）5月1日～平成12年（2000年）10月21日 生兵庫県 名本名＝福田健彦 学桐蔭高卒 歴昭和35年「馬酔木」入会。45年「燕巣」同人、のち「橡」同人。 賞燕巣努力賞〔昭和53年〕

福田 たの子　ふくだ・たのこ　歌人
明治38年（1905年）7月20日～平成7年（1995年）2月5日 生鹿児島県 名本名＝福田タノ 学東洋英和師範科卒 歴在学中阿部静枝に師事し大正14年「ポトナム」に参加。昭和5年福田栄一と結婚。21年栄一創刊の「古今」に参加、一時休詠するが50年栄一没後復帰して編集発行人となる。歌集に「霧の中」「桐壺」「遅日集」など。 賞柴舟賞「桐壺」 家夫＝福田栄一（歌人），女婿＝西村尚（歌人）

福田 白影　ふくだ・はくえい　川柳作家
大正5年（1916年）3月3日～平成15年（2003年）4月21日 生徳島県石井町 名本名＝福田聖治 学農業高等学校中退 歴20歳で俳句を始め、大阪の会社に勤めていた26歳の時川柳に転向、大阪の柳誌「番傘」に投句。戦後は帰郷し農業の傍ら、昭和21年藍畑川柳会を発足。32年徳島県川柳作家連盟を結成、会長に就任。月刊誌「川柳阿波」を発行し、多くの後進を育てた。48年～平成12年徳島新聞「徳島柳檀」の選者を務め、川柳の普及にも貢献した。13年県川柳作家連盟会長を退任、名誉会長。日本川柳協会常任幹事、徳島番傘川柳会会長も務めた。

福田 基　ふくだ・もとい　俳人
昭和8年（1933年）4月15日～平成25年（2013年）1月15日 生徳島県海部郡由岐町（美波町） 歴昭和31年より作句を始める。39年「ひこばえ」創刊同人。「花」「海程」「白燕」「風来」に所属。「林田紀音夫全句集」編纂に力を注ぎ、平成18年に刊行した。句集に「負け蜘蛛」「孵化の海」「澪の拾遺」などがある。

福田 陸太郎　ふくだ・りくたろう　詩人
大正5年（1916年）2月9日～平成18年（2006年）2月4日 生石川県羽咋市 学東京文理科大学文学部英語学英文学科〔昭和15年〕卒 歴母校・東京高等師範学校及び東京教育大学に永く勤め、東京教育大学名誉教授。この間、パリ大学で比較文学専攻、フランス国立東洋語学校講師。またフルブライト交換教授としてマカレスター大学、シラキュース大学、インディアナ大学で講義。カリフォルニア大学アーバイン校講師。次いで日本女子大学教授・図書館長、大妻女子大学教授、共栄学園短期大学学長を経て、東京成徳短期大学教授。また日本学術会議会員、日本比較文学会長、語学教育研究所長、近代語学文学国際連合(FILLM)会長、日豪ニュージーランド教師連盟(JANTA)理事長、日本ホイットマン協会会長などの他、国際比較文学会(ICLA)及び日本ペンクラブの副会長、日本英文学会理事、日本旅行作家協会顧問理事などを歴任した。詩人としては「日本未来派」に中心に活動。詩集に「欧州風光」「海泡石」「ある晴れた日に」などがある。昭和61年には宮中講書した。始の儀で昭和天皇に比較文学を講じた。 勲紫綬褒章〔昭和56年〕, 勲三等旭日中綬章〔昭和63年〕 賞日本翻訳出版文化賞〔昭和44年・49年・57年〕

福田 律郎　ふくだ・りつろう　詩人

大正11年(1922年)2月11日～昭和40年(1965年)6月30日 生東京市浅草区(東京都台東区) 名本名＝福田佃八郎 学東京府立七中卒, 文化学院 歴「日本詩壇」に投稿していたが、戦後は秋谷豊らと「純粋詩」を創刊し、戦後詩人の出発を助けた。同誌終刊後は「造型文学」「列島」の創刊に参加。思想的にはコミュニズムへの傾斜を深め、23年日本共産党に入党した。18年「立体図法」を刊行したのをはじめ「終と始」「細胞の指」の詩集がある。

福田 柳太郎　ふくだ・りゅうたろう　歌人

昭和9年(1934年)10月20日～昭和56年(1981年)12月5日 生埼玉県 名本名＝福田宏 歴高校卒業後、山口茂吉主宰の「アザミ」会員となる。31年佐藤佐太郎に師事し「歩道」入会、編集委員を務める。歌集「断雲」、遺歌集「光束」がある。

福田 蓼汀　ふくだ・りょうてい　俳人

明治38年(1905年)9月10日～昭和63年(1988年)1月18日 生山口県萩市 名本名＝福田幹雄(ふくだ・みきお) 学東北帝国大学法学部〔昭和6年〕卒 歴日産コンツェルンの諸会社に勤務。昭和6年小宮豊隆を介して高浜虚子に師事し、山口青邨、中村草田男の指導を受け15年「ホトトギス」同人となる。23年「山火」を創刊して主宰。33年橋本鶏二、野見山朱鳥、波多野爽波と四誌連合会を結成。また、14年の八ケ岳登山をきっかけに登山活動を始め、日本各地の山を踏破し、山岳と自然の純粋美を讃える山岳俳句を多く詠んだ。句集に「山火」「碧落」「暁光」「源流」などがあり、45年「秋風挽歌」で蛇笏賞を受賞。46年俳人協会設立の際は理事を、のち会長を務めた。 勲勲四等瑞宝章〔昭和59年〕 賞蛇笏賞(第4回)〔昭和45年〕「秋風挽歌」

福地 愛翠　ふくち・あいすい　俳人

大正4年(1915年)8月20日～平成11年(1999年)10月28日 生茨城県日立市 名本名＝福地実(ふくち・みのる) 学太田中〔昭和9年〕卒 歴昭和10年日立製作所に入社。日立工場、39年水戸工場資材管理課長、40年資材課長、43年日立物流茨城営業本部次長、48年日立物流サービス取締役、56～61年高場産業取締役。一方、中学在学中に句作を始め、10年「かびれ」に入門、大竹孤悠に師事。17～19年日立製作所日立工場日立会俳句部長、39年水戸工場日立会文芸部長兼俳句部長。同年「文芸水戸」(後の「あかまつ」)創刊、編集長。43～45年茨城県俳句作家協会会長。句集に「翠嵐の郷」など。

福戸 国人　ふくど・くにと　歌人

明治42年(1909年)1月23日～昭和33年(1958年)5月13日 生岐阜県高山市 歴昭和11年朝日新聞社に入社、病気のため退社後「婦人朝日」副編集長。戦前杉浦翠子に師事。「青垣」を経て、戦後、新歌人集団に加入。歌誌は「鶏苑」「あかしあ」、後「冬炎」を渡辺於兎男らと創刊・主宰する。歌集に「冬炎集」「福戸国人遺歌集」がある。

福永 耕二　ふくなが・こうじ　俳人

昭和13年(1938年)1月4日～昭和55年(1980年)12月4日 出鹿児島県川辺郡川辺町(南九州市) 学鹿児島大学国文学科卒 歴ラ・サール高校在学中に米谷静二の指導を受け、その主宰誌「ざぼん」の編集を担当しつつ「馬酔木」に投句。鹿児島大学卒業後、鹿児島市の純心女子高校に赴任。昭和40年能村登四郎、林翔の勤務する千葉県の市川学園へ転任、秋桜子指導の喜雨亭での文章会に加わった。44年同誌同人。45年登四郎の「沖」創刊に参加、47年第一句集「鳥語」を刊行、馬酔木賞を受賞。45年より「馬酔木」の編集を担当。第二句集「踏歌」により俳人協会新人賞に決定したが、授賞式を待たずに急逝した。 賞馬酔木賞〔昭和47年〕「鳥語」, 俳人協会新人賞(第4回)〔昭和55年〕「踏歌」

福永 清造　ふくなが・せいぞう　川柳作家

明治39年(1906年)8月21日～昭和56年(1981年)5月23日 生京都府京都市 歴京都市立商業学校在学中から俳句を作り、昭和4年頃に川柳に転向。5年京都番傘同人、7年番傘本社同人。32年平安川柳社創立同人、45年同理事長。同社解散後は川柳京かがみの会で活動した。京都新聞、朝日新聞の柳壇選者も務めた。

福永 武彦　ふくなが・たけひこ　詩人
大正7年（1918年）3月19日 ～ 昭和54年（1979年）8月13日　生福岡県筑紫郡二日市町（筑紫野市大字二日市）　名別名＝加田怜太郎（かだ・れいたろう），船田学　学東京帝国大学文学部仏文科〔昭和16年〕卒　歴旧制一高在学中からフランス象徴詩を学び始め、昭和17年加藤周一、中村真一郎らとマチネ・ポエティクを結成、詩、小説、評論を書く。21年処女作「塔」を発表。23年処女詩集「ある青春」、次いで「マチネ・ポエティク詩集」を刊行。作家としては寡作で、32年に発表した処女長編「風土」には約10年を費やしている。愛と孤独の作家とも云われ、挫折した芸術家を主人公にとりあげる場合が多い。加田伶太郎の筆名で探偵小説、船田学の筆名でSFを書いている。36年より学習院大学教授を務めた。詩集「福永武彦詩集」「櫟の木に寄せて」、訳詩集「象牙集」、歌集「夢百首雑百首」がある。　家息子＝池沢夏樹（小説家），いとこ＝秋吉光雄（牧師）

福中 都生子　ふくなか・ともこ　詩人
昭和3年（1928年）1月5日～平成20年（2008年）1月13日　生東京都品川区大井町　出石川県　学津幡高女卒，日赤高看学院〔昭和21年〕卒　歴小村十三郎に師事し、昭和34年「詩炎」を創刊。のち「地球」同人。平成11～14年関西詩人協会事務局長を務めた。著書に、詩集「灰色の壁に」「雲の劇場」「南大阪」「女ざかり」「ちいさな旅人」「福中都生子全詩集」「大田という町」、詩論集「女ざかりの詩がきこえる」、随想集に「医者の女房」などがある。　賞小熊秀雄賞（第11回）〔昭和53年〕「福中都生子全詩集」

福永 鳴風　ふくなが・めいふう　俳人
大正12年（1923年）2月27日 ～ 平成19年（2007年）6月25日　生富山県富山市稲荷町　名本名＝福永利雄（ふくなが・としお）　学神通中卒，逓信官吏練習所第三部行政科〔昭和17年〕卒　歴昭和17年北九州若松郵便局に勤務。52年富山電報電話局長、56年電気通信共済会北陸支部長。若松郵便局勤務中の17年、「ホトトギス」に初投句初入選。20年富山に戻り、21年「辛夷」に拠り、中島杏子を通じ前田普羅に師事。30年編集長となり、55年杏子より「辛夷」を継承・主宰。平成15年富山県俳句連盟名誉会長。句集に「杉と泰山木」「続・杉と泰山木」「松と泰山木」がある。　勲勲四等瑞宝章〔平成6年〕　賞北日本新聞文化功労賞〔平成6年〕，富山県芸術文化功労賞〔平成7年〕

福原 十王　ふくはら・じゅうおう　俳人
明治36年（1903年）4月30日 ～ 平成6年（1994年）8月6日　生福島県白河市　名本名＝福原幹一郎（ふくはら・かんいちろう）　学安積中中退　歴昭和4年「ぬかご」に参加、経営同人。42年「青雲」を創刊し、主宰、59年まで務めた。安藤姑洗子門。福島県南俳句協会会長、県文学賞審査員、県俳句作家懇話会顧問などを歴任。句集「風白」「自註・福原十王集」「透明な魚」の他、編著「安藤姑洗子作品集」、文集「南枝北枝の梅」やエッセイ集などがある。　賞ぬかご評論賞〔昭和33年〕

福本 鯨洋　ふくもと・げいよう　俳人
明治33年（1900年）7月5日 ～ 昭和58年（1983年）12月26日　生和歌山県田辺市神子浜　名本名＝福本清一郎（ふくもと・せいいちろう）　歴大正12年「ホトトギス」に投句し、13年田辺で「密柑樹」を創刊。昭和4年「かつらぎ」創刊に参加。21年「花蜜柑」創刊。句集に「美しき波」「浜昼顔」「葉月潮」「秀衡桜」。　賞田辺市文化賞〔昭和49年〕

福本 木犀子　ふくもと・もくせいし　俳人
大正7年（1918年）2月28日 ～ 昭和63年（1988年）4月20日　生長野県飯田市　名本名＝福本義明（ふくもと・よしあき）　学金沢医大卒　歴昭和17年「雲母」「かびれ」入会。21年「かびれ」同人。23年「蟻」を創刊し、主宰。47年「表明」を創刊し同人会長。53年季刊誌「原」主宰。句集に「蟻」「秋光」。

福森 柊園　ふくもり・しゅうえん　俳人
明治39年（1906年）5月19日 ～昭和59年（1984年）6月14日　生三重県　名本名＝福森信雄（ふくもり・のぶお）　学三重師範専攻科卒　歴小中学校教員、校長を務め、昭和33年退職。同年上野市菊山九園に俳句の手ほどきを受け、「京鹿子」に入会、鈴鹿野風呂、丸山海道に師事。49年同人。54年三重県俳句協会理事。

房内 幸成　ふさうち・ゆきなり　歌人
明治40年（1907年）7月26日 ～昭和61年（1986年）3月16日　生鹿児島県出水市　学東京帝国

大学独文科〔昭和6年〕卒 歴昭和9年八高教授となり、精神科学研究所員を経て、18年以後文芸評論、歌作に活躍。25年群馬大学教授、のち専修大学教授、長岡技術科学大学教授を歴任。ゲーテの研究者、歌人としても知られた。著書に「民族の慟哭」「天朝の御学風」「歴代御製謹解」、歌集に「不知火」など。

富士 正晴　ふじ・まさはる　詩人

大正2年（1913年）10月30日～昭和62年（1987年）7月15日 生徳島県三好郡山城谷村 名本名＝富士正明 学三高文科〔昭和10年〕中退 歴三高在学中に竹内勝太郎を知り、また野間宏らと「三人」を創刊。退学後、大阪府庁や出版社などに勤め、昭和19年に中国へ出征し、21年復員。22年島尾敏雄らと「VIKING」を創刊。のち文筆生活に入る。代表作に「贋・久坂葉子伝」「小詩集」「帝国軍隊における学習・序」「たんぽぽの歌」「大河内伝次郎」「富士正晴詩集1932～1978」などがある。水墨、彩画を趣味とする一方で、伊東静雄、竹内勝太郎、久坂葉子の研究をし、その紹介者としての功績もある。晩年は竹林に囲まれた自宅から殆ど外出せず、“竹林の仙人”と呼ばれた。 賞大阪芸術賞〔昭和46年〕 家義弟＝野間宏（作家）

藤井 逸郎　ふじい・いつろう　詩人

大正12年（1923年）4月27日～平成8年（1996年）10月11日 生岩手県 学岩手師範卒 歴昭和21年「新樹」に入会し巽聖歌に師事するが、24年解散。詩集に「菊花信」「ざしきわらし」「馬の家系」など。

藤居 教恵　ふじい・きょうえ　歌人

明治28年（1895年）4月13日～昭和51年（1976年）11月3日 生滋賀県犬上郡日夏村（彦根市） 歴大正7年「国民文学」に入社。歌は窪田空穂に師事し歌誌「水松樹」「葉蘭」「径」などを創刊し、昭和23年「短歌雑誌」を創刊。「短歌雑誌」はのちに「松の花」と改題された。大正15年刊行の「松の花」や「椎の木」などの句集がある。

藤井 清　ふじい・きよし　歌人

明治42年（1909年）4月17日～平成10年（1998年）10月6日 生福井県鯖江市 学広島文理科大学史学科〔昭和14年〕卒 歴仙台の宮城県立第一高女を振り出しに宇都宮、福井など各地の高校、大学で教鞭をとり、昭和44年退職、以後文筆活動に入る。一方、7年「国民文学」に入会、松村英一に師事。52年から「国民文学」編集委員、選者を務め、平成10年選者を退く。昭和53年「高樹会」会員となり、合同歌集「高樹」に参加。歌集に「笹の隈」「時の移りに」「新燕」「半山」、著書に「万葉異国風物誌」「長安明月記」「旅人と憶良」「松村英一・短歌と人生」などがある。

藤井 樹郎　ふじい・じゅろう　詩人

明治39年（1906年）2月7日～昭和40年（1965年）3月11日 出山梨県大月市富浜町鳥沢 名本名＝井上明雄（いのうえ・あきお） 学山梨県都留教員養成所 歴昭和6年頃から東京で教職につき、のち江東区白河小学校の校長を務めた。北原白秋に私淑して「赤い鳥」「近代風景」に童謡を投稿。童謡集に「喇叭と枇杷」「はるの光を待ちわびて」、童話集に「ふしぎなピアノ」などがある。

藤井 艸眉子　ふじい・そうびし　俳人

大正4年（1915年）11月14日～平成15年（2003年）10月28日 生広島県庄原市 名本名＝藤井美典 学立命館大学文学科〔昭和12年〕卒 歴艸三の号を持つ父の影響で中学時代から作句。昭和10年「京大俳句」に入会、17年同人となる。23年山口誓子が「天狼」創刊すると同誌に入会、46年同人。広島県天狼俳句会長、庄原俳句会主宰。句集に「羅漢」「自註・藤井艸眉子集」などがある。 勲勲五等瑞宝章 賞天狼コロナ賞〔昭和46年〕，庄原市文化功労賞，広島文化功労賞

藤井 孝子　ふじい・たかこ　俳人

大正2年（1913年）3月6日～平成5年（1993年）4月2日 生東京都 学東京府立第三高女卒 歴昭和29年「雪解」入門、皆吉爽雨の指導を受ける。44年「雪解」同人。他に「うまや」「いてふ」同人。 賞うまや賞〔昭和47年・52年〕，いてふ賞〔昭和56年〕

藤井 常世　ふじい・とこよ　歌人

昭和15年（1940年）12月3日～平成25年（2013年）10月30日 生東京都文京区 学国学院大学文学部〔昭和38年〕卒 歴父は折口信夫門下の日本史学者・藤井貞文で、詩人の藤井貞和は実弟。在学中「国学院短歌」に加わり作歌。昭和51年第一歌集「紫苑幻野」を刊行。また、48年岡野弘彦の「人」創刊に参画、主要同人となる。平成5年笛の会を結成、「笛」代表。他の歌集に「草のたてがみ」「氷の貌」「繭の歳月」

「画布」「九十九夜」、歌書に「現代短歌の十二人」(共著)「鑑賞現代短歌〈9〉前登志夫」「歌の明日へ」などがある。 家父＝藤井貞文(日本史学者), 弟＝藤井貞和(詩人)

藤井 緑水　ふじい・りょくすい　俳人
明治43年(1910年)6月12日～平成16年(2004年)7月23日 生山口県 名本名＝藤井康男 学山口高卒 歴昭和49年山口大学を定年退官。この間、25年森永杉洞に師事、「冬野」に投句。55年俳人協会に入会。西日本俳句会・俳画会主宰。山口市俳句協会会長。句集に「待春日記」「俳画と俳句」「新樹」など。

藤井 亘　ふじい・わたる　俳人
大正2年(1913年)6月27日～平成7年(1995年)6月29日 生広島県福山市 名本名＝藤井武雄(ふじい・たけお) 学尾道商卒 歴毛糸販売業を経て、インテリア会社経営。在学中に句作を始め、昭和22年佐野まもる主宰「青潮」に参加、24年同人。23年「天狼」創刊と共に参加し、36年同人。35年「氷海」に同人参加し秋元不死男の指導を指導を受ける。53年鷹羽狩行「狩」創刊同人となる。また43年広島県天狼俳句会を結成し、機関誌「天耕」を発刊。句集に「壮年」「海戸」「晩晴」。 勲藍綬褒章 賞広島文化賞

藤浦 洸　ふじうら・こう　詩人
明治31年(1898年)9月1日～昭和54年(1979年)3月13日 生京都府 出長崎県平戸町 名本名＝藤浦洸(ふじうら・たかし) 学同志社大学神学部中退, 慶応義塾大学文学部〔昭和2年〕卒 歴若いころは小説家を志し、尾崎士郎らと交際して雑誌「令女界」や「若草」に少女小説、音楽物語などを執筆。その間、音楽評論家の伊庭孝に師事し、浅草オペラの舞台に立つ。昭和5年からコロムビア文芸部のエドワード氏の私設秘書になり、ジャズソングの訳詩を手がける。12年作詞した「別れのブルース」(作曲・服部良一, 歌・淡谷のり子)が大ヒットし、一躍名声を博した。13年コロムビアに入社。以後「一杯のコーヒーから」「南の花嫁さん」「懐しのブルース」「別れても」「水色のワルツ」など多くのヒット曲を作詩。また美空ひばりの初期のヒット曲「悲しき口笛」「東京キッド」「私は街の子」など多くを手がけた。戦後はNHK「二十の扉」「私の秘密」などのラジオ、テレビ番組回答者としても活躍、39年NHK放送文化賞を受けた。著書に「なつめろの人々」など。 勲勲三等瑞宝章〔昭和51年〕

藤江 韮菁　ふじえ・きゅうせい　俳人
大正3年(1914年)5月27日～平成10年(1998年)2月15日 生山口県 名本名＝藤江在史(ふじえ・ありと) 学天理外国語学校卒 歴昭和22年首藤素文の「飛鳥」、24年草野鳴嵒の「宿雲」に入り、27年「蘇鉄」に所属、編集同人。

藤岡 玉骨　ふじおか・ぎょっこつ　俳人
明治21年(1888年)5月13日～昭和41年(1966年)3月6日 生奈良県 名本名＝藤岡長和(ふじおか・ながかず) 学東京帝国大学法科大学政治科〔大正3年〕卒 歴奈良県の旧家に生まれる。内務省に入り、昭和8年佐賀県、9年和歌山県、11年熊本県各知事を歴任。14年退官し、南都銀行取締役となる。俳句をたしなみ、「かつらぎ」創刊より参加。21年より毎日新聞大和俳壇選者。句集に「玉骨句集」、句文集「瑠璃」がある。 賞奈良県文化賞〔昭和37年〕 家妹＝高橋英子(歌人), 義弟＝高橋克己(農芸化学者)

藤川 幸助　ふじかわ・こうすけ　歌人
大正10年(1921年)10月21日～平成18年(2006年)12月29日 出大阪府 学市岡商〔昭和13年〕卒 歴昭和27年フジカワ洋服店社長。歌人として「アララギ」「林泉」で活躍し、自然や日常生活に視点を据えた、写実性の高い作品で評価を得た。35年香川アララギ会代表、「新アララギ」同人。平成3年香川県歌人会会長、12年理事長を務め、四国新聞読者文芸歌壇の常任選者も担当した。歌集に「青峯」「黄峯」などがある。

藤川 忠治　ふじかわ・ちゅうじ　歌人
明治34年(1901年)2月20日～昭和49年(1974年)4月3日 生新潟県佐渡郡羽茂村(佐渡市) 学東京帝国大学国文科卒 歴佐渡の造り酒屋に生まれる。旧制新潟高在学中に河野慎吾主宰の歌誌「とねりこ」同人となる。東京帝大では大学短歌会に所属。昭和4年「歌と評論」を創刊・主宰。8年卒業論文「正岡子規」を刊行。法政大学予科などで教鞭を執り、26年信州大学教授。41年定年退官。のち鶴見大学教授などを務めた。歌集に「胎動」「練馬南町」「かりばね」などがある。

藤川 碧魚　ふじかわ・へきぎょ　俳人
大正9年(1920年)6月15日～平成7年(1995年)

6月24日 生北海道旭川市 名本名＝藤川純一 学明治大学商学部卒 歴北海道電力に勤務し、定年後北興電業に勤め、昭和60年定年退職。俳句は22年より作句。24年富安風生・西本一都の手ほどきを受け、25年「新樹」に入会。「若葉」を経て、35年「白魚火」に所属。52年俳人協会会員。句集に「しろきのんど」「雪地獄」「澪標」がある。 賞白魚火賞〔昭和45年〕

藤崎 久を　ふじさき・ひさお　俳人

大正10年（1921年）1月15日～平成11年（1999年）2月24日 生熊本県熊本市 名本名＝藤崎久男 学日本大学法文学部法律学科〔昭和19年〕卒, 日本大学大学院経済政策研究科〔昭和21年〕中退 歴昭和21年世界動態研究所勤務、30年熊本市教育委員を経て、34年から熊本県議を3期。48年より九州東海大学講師。一方、俳人としては25年より「菜殻火」「阿蘇」に参加。53年「ホトトギス」同人、56年から「阿蘇」主宰。句集に「風間」「花明」「依然霧」「露霜」、著書に「産業構造の変遷」がある。 勲勲五等瑞宝章〔平成3年〕 賞熊日文学賞（第24回）〔昭和57年〕「風間」, 朝日俳壇年間最優秀賞（昭和60年度）

藤崎 美枝子　ふじさき・みえこ　俳人

大正5年（1916年）1月1日～平成9年（1997年）10月27日 出東京都 名本名＝藤崎ミヱ 学東京府立第六高女〔昭和8年〕卒, 東京女子美術専修科〔昭和9年〕修了 歴昭和22年頃より「玉藻」「ホトトギス」に投句。30年より「冬野」に投句。55年「ホトトギス」同人。59年「晴居」創刊に参加。平成8年より「冬野」婦人集選者、日本伝統俳句協会参与などを務めた。句集に「下萌」「初花」。 賞福岡市文学賞（第18回）〔昭和63年〕 家伯父＝土岐善麿（歌人）

藤沢 典子　ふじさわ・のりこ　俳人

昭和3年（1928年）7月2日～平成20年（2008年）11月 生旧朝鮮忠清南道 出京都府中郡新町 学大阪市金蘭会高女〔昭和21年〕卒, 菊花女学校専門部美術科日本画部〔昭和23年〕中退 歴昭和30年小説家・藤沢恒夫と結婚。31年俳句を始め、グループ紫会に入会、38年「七曜」同人。「天狼」に移り、60年会友。句集に「常夜燈」「妻たちの時間」などがある。 家夫＝藤沢恒夫（小説家）

藤沢 古実　ふじさわ・ふるみ　歌人

明治30年（1897年）2月28日～昭和42年（1967年）3月15日 生長野県上伊那郡箕輪村三日町上棚（上伊那郡箕輪町） 名本名＝藤沢実（ふじさわ・みのる）, 別号＝葉山雫, 天田平三, 木曽馬吉 学東京美術学校彫刻科〔大正15年〕卒 歴明治40年高等小学校を修了して上京、鼻緒問屋に奉公したが帰郷。43年母校の高等科に進み、恩師の影響で短歌に目を開く。大正3年土田耕平を頼って上京、神田正則英語学校3年に編入するとともに、土田を通して島木赤彦の知遇を得、土田や赤彦、横山重らと起居を共にして歌誌「アララギ」の編集を手伝った。筆名は土田命名の葉山雫、赤彦命名の木曽馬吉を経て、10年藤沢古実と改めた。やがて「アララギ」編集の中心を担うようになり、12年選者。この間、9年転校先の藤沢中学を卒業して東京美術学校彫刻科に入学。14年「処女峯」で帝展に初入選。15年師・赤彦が死の床につくと病床で後事を託され、そのデスマスクを制作した。昭和2年第一歌集「国原」を刊行。3年若年の彫刻モデルとの恋愛が新聞沙汰となり「アララギ」を追われたが、5年師の高弟として「赤彦全集」（全8巻）を完成させた。14年より「国土」を創刊・主宰。一方、彫刻家としては、4年塊人社結成に参加。9年「静立」で帝展特選となり、12年帝展から改組した新文展無鑑査。20年5月の東京大空襲でアトリエを焼失したが、戦後も日展に出品を続け、たびたび入選した。41年中断していた「国土」を再々刊するも、翌年心筋梗塞で急逝した。

藤島 宇内　ふじしま・うだい　詩人

大正13年（1924年）4月7日～平成9年（1997年）12月2日 生兵庫県豊岡市 学慶応義塾大学経済学部〔昭和25年〕卒 歴在学中から詩作を始め、「三田文学」「歴程」に参加。卒業後ルポライターとして活動を始め、昭和57年沖縄で数ケ月間生活する。沖縄問題、在日朝鮮人問題、同和問題などへの差別問題に取り組み、日米安保体制下の新植民地主義による日本のアジアへの経済的侵略を厳しく告発。また韓国の抵抗詩人・金芝河の「五賊」を最初に翻訳し紹介した。著書に「日本の民族運動」「朝鮮人」「第三次日米安保体制の開幕」、詩集に「谷間より」「もしも美しいまつ毛の下に」などがある。

藤島 茶六　ふじしま・ちゃろく　川柳作家

明治34年（1901年）2月5日～昭和63年（1988年）11月12日 生東京市京橋区新富町（東京都中央区） 名本名＝藤島広司（ふじしま・ひろし）, 別号＝柳蛙洞 歴大正7年頃より新聞・雑誌の川柳欄に投稿し、「都新聞」の都柳壇を中心に頭角を現す。15年尾藤三笠、鈴木利二郎、木村あき坊と川柳すずめ吟社を結成し、機関誌「すずめ」を発刊。昭和6年同誌廃刊。7年「以良加」同人。戦時中は川柳界から遠ざかったが、昭和30年代に復帰。名の読み方を「ちゃろく」から「さろく」に改め、東京の川柳界を代表する一人となった。川柳人協会会長、東都川柳長屋連差配、日本川柳協会会長を歴任した。作品集「川柳全集・藤島茶六」がある。

藤田 あけ烏　ふじた・あけがらす　俳人
昭和13年（1938年）6月1日 ～ 平成16年（2004年）11月5日　生大阪府堺市　名本名＝藤田進（ふじた・すすむ），旧号＝藤田百舌男　歴17歳から俳句をはじめ、昭和39年「鶴」に入会、石田波郷の選を受ける。のち「花実」に入会、同人。61年「鳴」入会、62年同人となり、編集長を務める。平成5年「草の花」を創刊・主宰。「晨」同人。句集に「小冊雑草拾遺」「赤松」「日の辻」がある。　賞鳴賞

藤田 旭山　ふじた・きょくざん　俳人
明治36年（1903年）1月16日 ～ 平成3年（1991年）3月6日　生北海道旭川市　名本名＝藤田国道（ふじた・くにみち）　学明治大学法学部卒　歴大正14年室積徂春門に入り、昭和2年「ゆく春」を創刊、以来投句を続ける。43年「俳海」を創刊・主宰。句集に「旭山第一句集」「虚心抄」「旭山百句」「牛歩六十年」。　賞旭川市文化賞〔昭和28年〕

藤田 三郎　ふじた・さぶろう　詩人
明治39年（1906年）7月1日 ～ 昭和60年（1985年）10月20日　生埼玉県本庄市　学早稲田大学国文科卒　歴佐藤惣之助の「詩之家」に参加。昭和4年渡辺修三らと「リアン」を創刊、編集発行人として活躍。のち平凡社、大船撮影所、台中師範各勤務を経て、終戦。戦後は、26年に第二次「詩之家」復刊に協力、また惣之助研究に力を注いだ。著書に「観念映画」「近代詩話」「佐藤惣之助案内」「佐藤惣之助 詩とその展開」など。

藤田 湘子　ふじた・しょうし　俳人
大正15年（1926年）1月11日 ～ 平成17年（2005年）4月15日　生神奈川県小田原市　名本名＝藤田良久（ふじた・よしひさ）　学工学院工専中退　歴国鉄本社広報部に勤務。昭和17年より作句を始め、18年「馬酔木」入会し、水原秋桜子に師事。23年同誌の新人賞を受け、24年には同人となるなど、同誌の有望新人と目された。30年第一句集「途上」を刊行。32年石田波郷の後を受け、同誌編集長に就任。傍ら、39年より「鷹」を創刊・代表同人。43年「馬酔木」を離れて「鷹」主宰に専念、俳壇でも有数の結社に育て上げた。58年立春の日から3年間毎日10句の作句をする試みに取り組み、61年節分の日に達成、俳壇の大きな話題となった。62年より鈴木真砂女の店・卯波で結社・協会・師系・流派を超え、老若男女の別なく合評重視の席題句会「月曜会」を開催、亡くなる直前まで出席した。潔く男性的な叙情性を追求した句風で知られた。句集に「雲の流域」「白面」「狩人」「春祭」「一個」「去来の花」「神楽」、評論に「水原秋桜子」「俳句全景」「俳句以前」などがある。　賞馬酔木新人賞〔昭和23年〕，馬酔木新樹賞〔昭和26年・29年〕，馬酔木賞〔昭和32年〕，詩歌文学館賞（俳句部門，第15回）〔平成12年〕「神楽」

藤田 伸草　ふじた・しんそう　歌人
明治43年（1910年）4月11日 ～ 平成2年（1990年）9月27日　生茨城県日立市　学茨城県師範本科第一部〔昭和5年〕卒，茨城県師範専攻科〔昭和10年〕卒　歴昭和5年尋常高小訓導、20年国民学校長、45年小学校長を退職、47年十王町議に当選、3期務める。一方36年「吾妹」、38年「中央線」、43年「地平線」に入会。歌集に「自然と住みて」がある。

藤田 武　ふじた・たけし　歌人
昭和4年（1929年）4月29日 ～ 平成26年（2014年）1月　生茨城県稲敷郡龍ケ崎町（龍ケ崎市）　学多賀工業専門学校〔昭和25年〕卒　歴昭和23年「潮音」に入り四賀光子に師事、同誌の選者及び編集委員を務める。33年「環」を創刊、編集発行人。この間、青年歌人会議などに参加して全国的な同人誌運動の主柱を担い、村木道彦や松坂弘ら多くの若手を歌壇に送り出した。

藤田 圭雄　ふじた・たまお　詩人
明治38年（1905年）11月11日～平成11年（1999年）11月7日　生東京市牛込区（東京都新宿区）　学早稲田大学文学部独文科〔昭和5年〕卒　歴平凡社大百科事典編集部を経て、昭和8年中央公論社入社。編集者として「綴方読本」などを編み、戦時下の綴方教育に貢献した。21年実業之日本社に移って「赤とんぼ」を創刊、「ビルマの竪琴」を世に出したことでも知られる。23年中央公論社に復帰し「少年少女」「中央公

論」「婦人公論」各編集部長、出版部長、取締役を歴任。日本児童文学者協会会長、日本童謡協会会長、川端康成記念館館長、川端康成記念会理事長を歴任。一方、読売新聞社主催の“全国小・中学校作文コンクール”の創設にも携わり、長年審査員を務めた。著書は、ライフワークともいうべき「日本童謡史」の他、「解題戦後日本童謡年表」、童謡集「地球の病気」「ぼくは海賊」、童話集「けんちゃんあそびましょ」「山が燃える日」、絵本「ふたつのたいよう」「ひとりぼっちのねこ」「チンチン電車の走る街」、随筆集「ハワイの虹」など多数。 勲勲四等旭日小綬章〔昭和63年〕 賞日本児童文学者協会賞（第12回）〔昭和47年〕「日本童謡史」, 日本児童文学学会賞（第1回）〔昭和52年〕「解題戦後日本童謡年表」, 日本童謡賞〔昭和47年, 52年〕, 巌谷小波文芸賞特別賞（第8回）〔昭和60年〕「日本童謡史」（増補新版）, サトウハチロー賞（第2回）〔平成2年〕

藤田 枕流　ふじた・ちんりゅう　俳人
昭和10年（1935年）8月28日～平成26年（2014年）12月7日 出青森県弘前市 名本名＝藤田功（ふじた・いさお） 学弘前大学文理学部卒 歴昭和49年「渋柿」創刊と同時に参加、50年「草苑」に入会。57年「渋柿園」代表。俳人協会青森県支部長、青森県俳句懇話会副会長、弘前俳句連盟副会長などを歴任した。

藤田 直友　ふじた・なおとも　詩人
明治33年（1900年）12月23日～昭和61年（1986年）1月16日 生富山県富山市 学小樽高商 歴昭和4年「新詩脈」に拠り詩作を始め、「詩と民謡」「門」「山畑」などにも執筆。戦後、青笛詩社を結成して「青笛」を創刊・主宰。浅野徹夫の「新風」、水谷信一の「あらべすく」にも参加した。北日本新聞詩壇選者も務めた。詩集「白い雲の下でも」がある。

藤田 福夫　ふじた・ふくお　歌人
明治45年（1912年）5月8日～平成5年（1993年）5月15日 生大阪府 学京都帝国大学文学部卒 歴今宮中時代から作歌を始め、浪速高在学中の昭和8年「水甕」に加入。京都帝国大学時代「帚木」にも加わる。「水甕」相談役を務め、31年「日本海」を創刊・主宰。合同歌集「群竹」に参加。他に随筆集「野あざみ」「近代歌人の研究」などがある。

冨士田 元彦　ふじた・もとひこ　歌人
昭和12年（1937年）6月26日～平成21年（2009年）12月18日 生旧朝鮮京城 出山形県山形市 学早稲田大学文学部史学科〔昭和35年〕卒 歴昭和35年角川書店に入社。中井英夫の後を受け、「短歌」編集長として前衛短歌運動を推進。47～54年個人誌「雁」を14号まで編集・発行。53年出版社・雁書館を創立。一方、日本映画史家としても活躍。著書に評論集「現代短歌―状況への発言」「冨士田元彦短歌論集―無声短歌史」「現代映画の起点」「日本映画現代史〈1・2〉」「映画作家伊丹万作」「増補日本映画史の創出」「日本映画史の展開・小津作品を中心に」などがある。

藤田 露紅　ふじた・ろこう　俳人
明治36年（1903年）12月7日～昭和61年（1986年）2月11日 生大阪府 名本名＝藤田栄治郎 学高小卒 歴昭和初期より芦田秋双（秋窓）に師事し、俳誌「大樹」同人。戦後は自ら「筧」を創刊・主宰した。句集に「新月」「蜻蛉」「白露」。俳画家としても知られた。

藤谷 多喜雄　ふじたに・たきお　歌人
生年不詳～昭和60年（1985年）1月22日 出滋賀県甲賀郡石部町 歴昭和58年まで京都に住み、京都の俳句グループ・京風会副会長を務めた。24年戦没学生遺稿集出版の際の題名募集で「きけわだつみのこえ」が採用された。

藤波 銀影　ふじなみ・ぎんえい　俳人
明治25年（1892年）7月13日～平成3年（1991年）10月6日 生静岡県庵原郡江尻町 名本名＝藤波銀次郎 学静岡師範卒 歴大正6年俳句を始め、8年「石楠」入会、昭和10年幹部。亜浪没後、「林苑」所属。37年「氷海」同人。54年「狩」創刊と共に同人。静岡県俳句協会委員長も務めた。句集に「長流」。

藤波 孝堂　ふじなみ・こうどう　俳人
昭和7年（1932年）12月3日～平成19年（2007年）10月28日 生三重県伊勢市 名本名＝藤波孝生（ふじなみ・たかお） 学早稲田大学商学部〔昭和30年〕卒 歴昭和42年衆院議員に当選し、以来連続9選。54年大平内閣の労相として初入閣。中曽根康弘の片腕として活躍し、中曽根内閣発足時には官房副長官、第二次内閣、同改造内閣では官房長官を務めた。渡辺美智雄とともに中曽根派の後継候補と目されるなど、次代の自民党を担うニューリーダーの一人であったが、平成元年リクルート事件で受託収賄罪により在宅起訴されて失脚。党を離れ、2年の衆院選では無所属で立候補。5年落選したが、8年自民党公認で返り咲き。12年には無所属で当選し、通算11期務めた。15年政界を引退。俳句をよくし、孝堂の号を持つ文人政治家としても知られ、国文学研究資料館、俳句文学館の建設にも貢献した。句集「神路山」「伊勢湾」。他に「議事堂の朝」などの著書がある。

藤範 恭子　ふじのり・きょうこ　歌人
明治33年（1900年）7月1日～平成1年（1989年）6月28日　[生]高知県高知市　[学]高知第一高女〔大正6年〕卒　[歴]歌誌「心の花」「鶩」等を経て、昭和40年から歌誌「一路」、52年から歌誌「冬芽」「春光」などで活躍した。歌集に「山河を越えて」「藤範恭子集」。

藤林 山人　ふじばやし・さんじん　俳人
大正12年（1923年）4月8日～昭和61年（1986年）3月13日　[生]大阪府河内長野市三日市町　[名]本名＝藤林幸男（ふじばやし・ゆきお）　[学]大阪大学医学専門部卒　[歴]大阪大学助手を経て、昭和31年藤林医院を開業。42年「雪解」入会、皆吉爽雨に手ほどきを受ける。のち「雪解」同人。　[賞]うまや賞〔昭和55年〕

藤原 杏池　ふじはら・きょうち　俳人
大正4年（1915年）2月26日～平成7年（1995年）5月19日　[生]島根県松江市　[名]本名＝藤原恭一　[学]東京高師体育科卒　[歴]昭和21年草水冬詩の手ほどきを受ける。43年「白魚火」に属し西本一都の指導を受ける。「白魚火」「若葉」同人。島根県俳句協会幹事。句集に「潮騒」がある。

藤平 芳雄　ふじひら・よしお　歌人
大正8年（1919年）10月1日～平成20年（2008年）10月29日　[出]富山県高岡市　[学]高岡中中退　[歴]15歳から作歌をはじめ、筏井嘉一に師事。昭和29年より高岡市で布団工場・高岡製綿工場を営む傍ら、作歌を続ける。60年第一歌集「蛇木」を出版。「創生」「短歌時代」「星雲」の選者・顧問も務め、富山県歌人連盟副会長、高岡市歌人クラブ会長を歴任。他の歌集に「風鳴りやまず」「日倉足」がある。

藤松 遊子　ふじまつ・ゆうし　俳人
大正13年（1924年）1月19日～平成11年（1999年）6月28日　[生]佐賀県武雄市朝日町　[名]本名＝藤松直哉　[学]東京大学法学部〔昭和23年〕卒　[歴]昭和22年佐藤漾人に師事。のち「ホトトギス」に投句、高浜虚子に師事。23年「玉藻」に投句、星野立子に師事。34年「ホトトギス」同人。のち深見けん二、今井千鶴子と協力し、「珊」を創刊。句集に「人も蟻も」「少年」「落花」など。

伏見 契草　ふしみ・けいそう　俳人
大正11年（1922年）2月7日～平成6年（1994年）12月20日　[生]大阪府堺市　[名]本名＝伏見真之助　[学]北海道大学農学部畜産学科卒　[歴]栃木県益子町で獣医師を開業。昭和22年「石楠」系の「にぎたま」に入会、桑原月穂の手ほどきを受ける。42年「河」に入会、角川源義に師事。54年進藤一考「人」創刊につき同人として参加。句集に「戌年」「牧暮し」。

藤村 青一　ふじむら・あおいち　詩人
明治41年（1908年）2月27日～平成1年（1989年）4月15日　[生]旧朝鮮　[名]本名＝藤村誠一，川柳名＝亜鈍　[学]関西学院大学卒　[歴]大正末期に生田春月や萩原朔太郎らの影響の下に詩作を始め、堀口大学、安西冬衛に師事。「愛踊」「今日の詩」「椎の木」などに寄稿、戦後は「日本未来派」「詩界」などに拠った。「詩使徒」（「詩文化」と改題）「仮説」「火宅」などを主宰。詩集に「保羅」「秘奥」など。また、戦後は亜鈍の名で川柳の世界でも活動、「詩川柳考」を著した。

藤村 雅光　ふじむら・がこう　詩人
明治29年（1896年）12月25日～昭和40年（1965年）6月30日　[生]香川県高松市馬場町　[学]広島商卒　[歴]父の事業を継いで紙カップの製造販売に従事。戦後大阪市阿倍野区より「詩文化」を実弟の藤村青一や大西鵜之介らと刊行。詩集に「葡萄の房」「曼珠沙華」「ブックマッチ物語」「一本の樹」など。没後、遺稿をあつめた「我が山脈」が創刊された。　[家]弟＝藤村青一（詩人）

藤村 多加夫　ふじむら・たかお　俳人
大正14年（1925年）11月10日～平成23年（2011年）1月13日　[生]福島県福島市　[名]本名＝菅野謙三（かんの・けんぞう）　[歴]日本銀行勤務を経て福島市において家業に従事、安西園茶舗代表。俳句は戦前「寒雷」に投句。昭和24年藤田悌二郎「野火」編集発行人。石田波郷、加藤楸邨に師事。29年「寒雷」同人となり、地区現代俳句協会会長。33年角川源義、志摩芳次郎とともに「河」創会を開き、発起人(50年角川死去により退会)。40年「蛇野」発行。55年「蛇野」を同門の伊藤松風に譲る。この間、49年福島県俳句作家懇話会を設立。61年福島県現代俳句協会の初代会長に就任。福島県文学賞審査員なども務め、福島県の俳句発展、地域の文化興隆に尽力した。句集に「冬木」「切株は雨曖りをり」などがある。 勲勲五等瑞宝章, 藍綬褒章〔平成3年〕 賞福島県芸術賞(第2回)〔昭和49年〕, 福島県文化功労者

藤本 安騎生　ふじもと・あきお　俳人

昭和3年(1928年)3月4日〜平成26年(2014年)3月25日 生兵庫県川西市 名本名＝井戸茂(いど・しげる) 歴昭和54年「運河」に入会して右城暮石に師事。57年運河賞を受け、「運河」同人、平成2年同編集同人。3年「晨」同人。15年句集「深吉野」で俳人協会賞を受賞。奈良県を拠点に活動した。他の句集に「耳石」「高見山」がある。 賞運河賞〔昭和57年〕, 俳人協会賞(第43回)〔平成15年〕「深吉野」

藤本 阿南　ふじもと・あなん　俳人

明治42年(1909年)10月30日〜昭和63年(1988年)5月15日 生奈良県桜井市 名本名＝藤本一男 学畝傍中卒 歴昭和7年永尾宋斤に師事、「早春」に拠る。58年から「早春」主宰。句集に「四季曼荼羅」「春昼秋夜」、評伝に「俳人永尾宋斤」がある。

藤本 映湖　ふじもと・えいこ　俳人

大正10年(1921年)4月4日〜平成12年(2000年)11月10日 生滋賀県大津市 名本名＝藤本一蔵 学京都工電気科卒 歴昭和21年中本紫公創刊の「花藻」編集同人。48年から主宰、平成7年名誉会長。句集に「蚕豆花」「吾子」「象」「貧楽」がある。 賞滋賀県文化奨励賞〔昭和56年〕, 滋賀県文化賞〔平成2年〕

藤本 春秋子　ふじもと・しゅんじゅうし　俳人

大正7年(1918年)3月1日〜昭和60年(1985年)4月18日 出徳島県 名本名＝藤本万平(ふじもと・まんぺい) 歴昭和33年2月浜木綿俳句会を結成、のち同会主宰。「菜殻火」同人。句集「放浪」「鵜の湾」、詩集「人間」のほか「芦屋の墓誌と碑誌」など出版。

藤本 新松子　ふじもと・しんしょうし　俳人

大正8年(1919年)5月22日〜平成15年(2003年)7月8日 生兵庫県 名本名＝藤本輝昌 学大阪青年師範卒 歴昭和21年青嵐俳句会に入会。31年小金まさ魚主宰「赤楊の木」同人。48年「河」同人。53年「人」創刊に参画。55年「赤楊の木」代表となる。句集に「土壌」「晩鐘」がある。

藤本 草四郎　ふじもと・そうしろう　俳人

昭和9年(1934年)10月30日〜平成23年(2011年)8月17日 生大阪府大阪市 名本名＝藤本四郎 学大阪大学医学部卒 歴大阪大学医学部在学中に、阪大医学部俳句会(「いそな」中村若沙師指導)に短期在籍。昭和50年「半夜俳句会」に入会、51年同人。57年岸本如草主宰の死去に伴い、59年より「半夜」主宰を継承。20年体調不良で引退後は名誉顧問となった。句集に「滴々」「點々」「毎日俳句叢書」「ふはり」がある。内科医。

藤森 朋夫　ふじもり・ともお　歌人

明治31年(1898年)7月18日〜昭和44年(1969年)8月29日 生長野県諏訪郡四賀村(諏訪市) 学東北帝国大学法文学部国文科〔昭和4年〕卒 歴日本大学、東京女子大学教授などを歴任。大正12年アララギに入会し島木赤彦に師事する。のち斎藤茂吉に師事。歌集に「冬岡」「笹群」があり、昭和31年から36年にかけて「茂吉研究」を発行。編著に「斎藤茂吉の人間と芸術」がある。国文学研究者としては上代文学研究家としてしられた。

藤森 秀夫　ふじもり・ひでお　詩人

明治27年(1894年)3月1日〜昭和37年(1962年)12月20日 生長野県池田町 名別名＝藤太彦 学東京帝国大学独文科〔大正7年〕卒 歴独文学者として富山高校、金沢大学教授などを歴任。学生時代から詩作を続け、大正6年「異象」を創刊し、8年「こけもも」を刊行。その他の詩集に「フリージア」「稲」など7冊がある。独文学者としてはゲーテやハイネの詩の研究や翻訳がある。また昭和20年6月号から22年3月号まで「童話」に童謡を連載、選者も務めた。「めえめえ児山羊」は今日でも愛唱されている。

藤原 定　ふじわら・さだむ　詩人

明治38年(1905年)7月17日〜平成2年(1990

年）9月17日　生福井県敦賀市　学法政大学文学部哲学科〔昭和5年〕卒　歴法大在学中から小説、随筆を書き、卒業後も「新潮」などに文芸評論を発表。昭和8年法政大学予科および専門部講師に就任。同年「不安の文学」を発表し、12年「文学における人間の生成」を刊行。その間「海豹」「現実」「歴程」などに参加。その後渡満し満鉄調査部、北支那開発会社調査局に勤務。その間17年「現代作家の人間探求」を、19年第一詩集「天地の間」を刊行。21年帰国し、23年法大講師となり、のちに教授となり、44年退職。その間「至上律」「亜細亜詩人」に参加し、29年詩集「距離」を刊行。以後「僕はいる僕はいない」「吸景」「環」などを刊行。32年山室静らと「花粉」（のち「オルフェ」と改題）を創刊し、のち発行人となる。ほかの著書に、評論「萩原朔太郎」「現代作家の人間探究」「ゲーテと世界精神」「詩の宇宙」、訳書に「シュトルム詩集」などがある。　賞日本詩人クラブ賞（第13回）〔昭和55年〕「環」，現代詩人賞（第8回）〔平成2年〕「言葉」

藤原 東川　ふじわら・とうせん　歌人
明治20年（1887年）1月18日～昭和41年（1966年）3月　生兵庫県朝来郡東河村（朝来市）　名本名＝藤原与八郎　歴昭和初期、兵庫県東河村長に就任。5期村長を務めたのち和田山町長を1期務めた。一方農業の傍ら若山牧水門下の歌人として不況で苦しむ農村の人々の思いを約7000首の歌に詠み、歌集「郷愁」「乳木」「山帰来」などを制作。41年死没。平成3年姫路学院女子短期大学教授の上田平雄により郷土を愛した東川の人間像を紹介した「土の歌人 藤原東川（但馬人物誌シリーズ1）」が出版された。

二俣 沈魚子　ふたまた・ちんぎょし　俳人
明治36年（1903年）2月12日～昭和61年（1986年）8月10日　生静岡県小笠郡小笠町下平川　名本名＝二俣律雄　学高小卒　歴静岡県小笠町で理容業を開業。また大正末期より俳句を始め、戦後は「主流」同人。　賞波月賞（昭和55年度）

二松 葦水　ふたまつ・いすい　俳人
大正6年（1917年）7月29日～平成2年（1990年）3月9日　生兵庫県西宮市　名本名＝二松力　学京都工専機械科卒　歴昭和29年大橋越央子の指導を受ける。37年つくし句会で角川源義に師事し、40年「河」入会、42年同人。54年「人」創刊に参加。50年「柴胡」主宰。連歌集「春夢草」がある。

淵上 毛銭　ふちがみ・もうせん　詩人
大正4年（1915年）1月13日～昭和25年（1950年）3月9日　生熊本県葦北郡水俣町（水俣市陣内）　名本名＝淵上喬　学青山学院中学部中退　歴14歳から東京で学生生活を送るが、昭和10年頃から結核性カリエスのため生家で闘病生活をする。14年「九州文学」同人となり、また「日本談義」などに詩作を発表。18年詩集「誕生」を刊行。戦後は「歴程」に参加、また水俣文化会議をおこした。他に「淵上毛銭詩集」がある。

淵田 寛一　ふちだ・かんいち　川柳作家
生年不詳～平成15年（2003年）5月30日　出和歌山県　歴和歌山市の繁華街で料亭・本鳥松を経営する傍ら、川柳や書をたしなみ、“和歌山おどり”や“名流舞踊会”を企画・主宰。約20年に渡って和歌山放送「おはよう奥さん」のパーソナリティーを務め、歯にきぬ着せぬ物言いでも人気を集めた。また毎年、歳末に目抜き通りで大道芸人さながらに座り込み、淵田流・川柳書道を売却して浄財を集め、交通遺児・身障者の救援やナショナルトラスト運動などの支援を行った。句集に「桑」がある。　勲藍綬褒章〔平成4年〕

舟方 一　ふなかた・はじめ　詩人
明治45年（1912年）5月30日～昭和32年（1957年）8月17日　生東京市京橋区東湊町（東京都中央区）　名本名＝足立芳一，筆名＝関正勝，沢貞二郎　歴大正9年に横浜に移住、京浜間で水上生活をおくり小学校中退。浚渫船の船頭・人夫など転々としつつ詩作。昭和7年プロレタリア演劇運動に加わり、横浜青年劇場に参加。同年日本共産党に入党。9年、遠地輝武らの「詩精神」に参加。その前後に赤色メーデー事件で検挙され入獄。10年横浜で「芸術クラブ」創刊に参加。16年「浪漫」に参加・同年ロマン事件で検挙され、20年満期出獄。戦後、共産党に復党し神奈川地方委員会書記、横浜市委員会常務委員などを歴任。また、21年に新日本文学会横浜支部を山田今次らと結成、24年に詩集「わが愛わが斗いの中から」を発表。死後、詩集刊行委員会により「舟方一詩集」が刊行された。

船越 義彰　ふなこし・ぎしょう　詩人
大正14年（1925年）12月27日～平成19年（2007年）3月5日　生沖縄県那覇市　学中野高等無線学校卒　歴昭和35年琉球政府広報課長、43年

琉球電電公社秘書課長、47年KDD沖縄国際通信事務所副参事を歴任。那覇市大綱曳保存会相談役を務めるなど沖縄の古典芸能・風俗に造詣が深く、郷土史に取材した小説を発表。著書に「船越義彰詩集」「きじむなあ物語」「なはわらべ行状記」など。　賞沖縄タイムス芸術選賞文学大賞（第16回）〔昭和56年〕，山之口貘賞（第5回）〔昭和57年〕

船迫 たか　ふなさく・たか　俳人
明治39年（1906年）3月13日～平成10年（1998年）10月4日　生福島県　名本名＝船迫タカ　学宮城女学校英文専攻科卒　歴昭和37年「みちのく」に入会、遠藤梧逸の指導により作句を始める。42年「みちのく」同人。44年「冬草」に入会、以来加倉井秋をの指導を受ける。47年「冬草」同人。60年佐藤鬼房の「小熊座」に入会。63年「小熊座」同人。句集に「雲と金魚」「階」がある。　賞みちのく賞〔昭和46年〕

舟橋 精盛　ふなはし・せいもり　歌人
大正4年（1915年）10月14日～昭和53年（1978年）9月27日　生北海道　歴昭和21年「原始林」創刊に参加、31年選者。26年「山脈」創刊に参加。27年合同歌集「原子林十人」。29年「鴉族」創刊に参加し編集を担当。歌集は「無機」「凍湖」「大熊座」「残日」がある。53年帯広市文化賞受賞。　賞原始林賞（第3回）〔昭和27年〕，帯広市文化賞〔昭和53年〕

船平 晩紅　ふなひら・ばんこう　俳人
明治30年（1897年）7月31日～昭和62年（1987年）1月29日　生富山県　名本名＝船平源蔵（ふなひら・げんぞう）　学富山師範〔大正6年〕卒　歴大正6年、富山師範を出て椚山小、魚津大町小、入善中の各校長を歴任。魚津市、入善町の教育長を務めた。14年に俳人・前田普羅門下となり北溟会を結成。俳誌「辛夷」で活躍した。戦後、昭和46年まで「喜見城」などの選者も務めた。47年「荒海」を創刊、61年まで主宰を務めた。石の華句会、七草句会など、多くの句会を指導し、普羅俳句の伝統と継承に尽くした。著書に「晩紅句集」「晩紅第二句集」「荒海句集」など。　勲勲五等瑞宝章〔昭和48年〕

船水 清　ふなみず・きよし　詩人
大正3年（1914年）8月4日～平成15年（2003年）12月19日　生青森県黒石市　名号＝以南　学新京日満語学院中国語科卒　歴著書に詩集「流離歌」「新しい樹形」「黙示」「渤海史詩鈔」、句集「北極光」、新津軽風土記「わがふるさと」、人物評伝「ここに人ありき」「版画家 下沢木鉢郎」などがある。　賞青森県文芸協会賞〔昭和62年〕

船山 順吉　ふなやま・じゅんきち　俳人
大正6年（1917年）4月25日～昭和58年（1983年）11月27日　生栃木県大田原市佐久山　学高小卒　歴昭和11年森大暁の教えを受ける。木村三男の勧めにより35年「風」入会、42年同人。句集に「遊行柳」。　賞風20周年記念俳句賞〔昭和51年〕

文挟 夫佐恵　ふばさみ・ふさえ　俳人
大正3年（1914年）1月23日～平成26年（2014年）5月19日　生東京府豊多摩郡大久保町（東京都新宿区）　学東京府立第五高女卒　歴昭和9年上川井梨葉の「愛吟」、19年飯田蛇笏の「雲母」に入会。34年「雲母」同人。36年石原八束らと「秋」創刊に参加、平成10年八束没後に主宰を継承。18年退任。25年句集「白駒」で俳壇で最も権威のあるとされる蛇笏賞を最高齢の99歳で受賞し、話題を呼んだ。他の句集に「黄瀬」「葛切」「天上希求」「青愛鷹」などがある。　賞現代俳句協会賞（第12回）〔昭和40年〕，俳句四季大賞（第7回）〔平成19年〕「青愛鷹」，蛇笏賞（第47回）〔平成25年〕「白駒」

冬園 節　ふゆぞの・せつ　詩人
大正12年（1923年）2月11日～平成11年（1999年）7月1日　生徳島県名西郡石井町　名本名＝清重節男　学徳島師範本科〔昭和17年〕卒　歴小・中学校教師を務め、昭和56年退職。傍ら、詩人として活動。詩学研究会に入会して、新人詩人選集に推される。また、同研究会員と「工」「近代詩人」を発行。のち「地球」「焰」に参加、同人となる。詩集に「四つの谷間」「孤独者を葬る唄」「道化の唄」「にんげん模様」などがある。

冬野 清張　ふゆの・せいちょう　歌人
明治32年（1899年）10月11日～平成7年（1995年）7月4日　生長野県　名本名＝城取清晴　学東京歯科医学専〔大正11年〕卒　歴長野県岡谷市で歯科医院を経営。大正12年「香蘭」創刊とともに入会。村野次郎に師事。昭和13年から死の直前まで選者を務める。歌集に「歴日」「漂雲」「緑原」「蒼茫」がある。

冬野 虹　ふゆの・にじ　俳人　歌人
昭和18年（1943年）1月1日～平成14年（2002

年）2月10日　生大阪府　名本名＝四ツ谷順子　歴昭和53年「鷹」に入会し、藤田湘子に師事。62年俳人で夫の四ツ谷龍と二人誌「むしめがね」を創刊。平成9年には日・仏・英の3か国語で発信するホームページ“インターネットむしめがね”を開設。10年カナダの俳人アンドレ・デュエームがフランス語による俳句アンソロジー「国境なき俳句/世界俳句選集」を刊行するにあたり、インターネット上での共同研究に参加する。また、絵画、詩、短歌の作品も多く、詩集の装画や挿画を担当。句集に「雪予報」、歌曲に「あした りすに」、装画担当に「俳句と自然」「慈愛」などがある。　賞鷹新人賞〔昭和55年〕，鎌倉芸術館開館記念歌曲作詩コンクール優秀賞〔平成5年〕　家夫＝四ツ谷龍（俳人）

古川 克巳　ふるかわ・かつみ　俳人

大正2年（1913年）3月3日〜平成12年（2000年）6月13日　生東京都芝区　名本名＝大橋克巳　学日本大学専門部卒　歴昭和12年日野草城に師事して「旗艦」「琥珀」、戦後は「太陽系」同人。また俳句ペンクラブ代表幹事として「俳句世紀」、「俳句往来」などの編集に携わる。29年7月「四季」（のち「俳句ポエム」）を創刊。短詩形交流の会代表も務めた。句集に「風痕抄」「重い虹」、著書に「現代の俳句」「季句の鑑賞」「体験的新興俳句史」などがある。

古川 清彦　ふるかわ・きよひこ　詩人

大正6年（1917年）5月10日 〜 平成14年（2002年）5月16日　生鹿児島県国分町　出徳島県　学東京帝国大学国文学科〔昭和16年〕卒　歴宇都宮大学、文部省、東京学芸大学、国文学研究資料館、昭和女子大学勤務を経て、秋草学園理事。昭和22年「日本未来派」同人となり、のち「龍」「詩界」にも参加。詩集に「歩行」「古川清彦詩集」がある。　勲勲三等瑞宝章〔昭和63年〕

古川 沛雨亭　ふるかわ・はいうてい　俳人

大正13年（1924年）5月18日 〜 平成15年（2003年）11月28日　生東京都台東区浅草　名本名＝古川章吾　歴日本印刷文化協会、光村原色版印刷所を経て、昭和22年都政人協会「都政人」編集長。31年都政出版社設立、社長となる。36年「金剛」創刊に参加、同人。42年編集長、57年主宰、61年「雨上」と改題。著書に「梨花賦」「俳句プロムナード」、句集に「あさきゆめみし」。

古沢 太穂　ふるさわ・たいほ　俳人

大正2年（1913年）8月1日〜平成12年（2000年）3月2日　生富山県大久保町（富山市）　名本名＝古沢太保　学東京外語専修科ロシア語科卒　歴昭和12年結核療養中に俳句を始め、15年「寒雷」創刊とともに同人となった。戦後の26年「道標」を創刊・主宰。30〜61年新俳句人連盟会長を務めた。句集に「三十代」「古沢太穂句集」「捲かるる鷗」「火雲」など。　賞多喜二百合子賞（第12回）〔昭和55年〕「捲かるる鷗」，横浜市文化賞〔昭和58年〕

古島 哲朗　ふるしま・てつろう　歌人

大正14年（1925年）11月5日 〜 平成24年（2012年）8月19日　生福岡県　歴北九州・筑豊炭鉱に勤務の後、昭和39年愛知県に移り県立養護学校などの職員を務め、62年退職。一方、中西輝磨主宰「群炎」に所属し、52年から同誌に短歌時評を執筆。平成4年それらの時評と他雑誌での書評などを収録し「現代短歌を〈立見席〉から読む」を出版。歌集に「歳華」「白雲」「東雲抄」などがある。

古住 蛇骨　ふるずみ・じゃこつ　俳人

大正5年（1916年）4月25日 〜 平成24年（2012年）10月22日　生北海道　名本名＝古住基（ふるずみ・もとえ）　学旧制中学中退　歴戦後、酪農業を営む。昭和6年青木郭公選の新聞俳壇に投句。その後、短歌に転向したが、30年俳句に戻る。「風土」「鶴」「馬酔木」「葦牙」「柏林」などに拠った。ナウマン吟社代表。

古舘 曹人　ふるたち・そうじん　俳人

大正9年（1920年）6月6日〜平成22年（2010年）10月28日　生佐賀県杵島郡北方村（武雄市）　出佐賀県唐津市二の門　名本名＝古舘六郎（ふるたち・ろくろう）　学東京帝国大学法学部〔昭和19年〕卒　歴学徒出陣から復員し、昭和21年太平洋炭礦に入社。43年取締役、44年常務を経て、57年副社長。一方、17年山口青邨に師事。28年「夏草」同人となり、「子午線」創刊に参加。29〜40年「夏草」編集、63年7月から青邨選の代行を務め、青邨死後、平成3年5月の終刊まで「夏草」代表を務めた。昭和54年「砂の音」で俳人協会賞を受賞。他の句集に「ノサップ岬」「海峡」「能登の蛙」「樹下石上」「青亭」、評論集に「大根の葉」「句会の復活」「句会入門」などがある。　賞夏草賞（第2回）〔昭和34年〕「ノサップ岬」，俳人協会賞（第19回）〔昭和54年〕「砂の

音」 家兄＝古舘麦青（俳人）

古舘 麦青　ふるたち・ばくせい　俳人
明治35年（1902年）10月25日～平成3年（1991年）12月8日 生佐賀県唐津市 名本名＝古舘均一 学東京帝国大学工学部建築学科卒 歴昭和13年「若葉」に入門、富安風生に師事。35年「冬草」、43年「若葉」同人。句集に「希見」。家弟＝古舘曹人（俳人）

古橋 千江子　ふるはし・ちえこ　俳人
大正6年（1917年）12月31日～平成17年（2005年）4月30日 生静岡県 名本名＝古橋チヱ子 学浜松市立高女卒 歴昭和33年「環礁」に入会、34年同人。35年「河」に入会、37年同人。賞環礁賞〔昭和37年〕

古屋 秀雄　ふるや・ひでお　俳人
明治40年（1907年）5月26日～平成3年（1991年）1月4日 生奈良県奈良市 歴昭和7年「倦鳥」に入会し、松瀬青々に師事。青々没後「倦鳥」を辞し、18年「鶴」、21年「風」、24年「天狼」同人。現代俳句協会を経て、37年俳人協会に入会し、55年評議員となる。句集に「極」「詩魂」。 賞天狼スバル賞（第7回）〔昭和41年〕

不破 博　ふわ・ひろし　俳人
明治44年（1911年）1月10日～平成6年（1994年）7月20日 生東京都 学東京府立一商卒 歴同文館常務を経て、昭和32年経林書房を設立して社長に就任。49年会長。経営学、社員教育に関係する書籍を出版した。俳人としては、7年松根東洋城に師事し、「渋柿」に入門。のち野村喜舟の指導を受ける。44年から9年間「渋柿」を編集。53年病気のため辞任した。句集に「海南風」「天の樹」「夏闌けぬ」「鳶の笛」などがある。

不破 幸夫　ふわ・ゆきお　俳人
昭和14年（1939年）2月13日～平成26年（2014年）11月13日 出石川県金沢市 学菫台高卒 歴昭和32年大阪白木繊維に入社。35年エレガンス・フワに転じ、37年社長。一方、俳句を黒田桜の園に師事し、「馬酔木」同人。平成20年から石川県俳文学協会会長。また、金沢市消防団連合会会長、加賀鳶はしご登り保存会会長を務めた。 賞北国風雪賞〔平成17年〕，石川県文化功労賞〔平成23年〕

【へ】

別所 直樹　べっしょ・なおき　詩人
大正10年（1921年）8月16日～平成4年（1992年）5月27日 生シンガポール 学上智大学経済科卒 歴新聞、雑誌記者から文筆生活に入った。昭和13年頃から短歌、詩を作り、「アララギ」「日本詩壇」「若草」に投稿、のち「灰」を主宰。18年頃太宰治に師事、「鱒」「詩行動」「新日本詩人」などにも寄稿。詩集「笛と映える泉」「別所直樹詩集」「夜を呼ぶ歌」、評論・評伝に「現代詩鑑賞と作法」「悪魔の聖書」「自殺の美学」「郷愁の太宰治」「太宰治研究文献ノート」などがある。 家母＝築地藤子（歌人）

逸見 茶風　へんみ・さふう　俳人
昭和3年（1928年）8月8日～平成8年（1996年）12月5日 生静岡県 名本名＝逸見平蔵 学高小卒 歴昭和22年作句を始める。24年「石楠」の市川丁子に師事、「三河」に投句。26年太田鴻村に入門、「林苑」「白魚」同人。のち静岡県俳句協会常任委員、「林苑」編集同人、同人会常任幹事を務めた。句集に「茶の花」「萬緑の一葉」、他に「静岡県吟行歳時記」がある。 賞林苑賞〔昭和54年〕

辺見 じゅん　へんみ・じゅん　歌人
昭和14年（1939年）7月26日～平成23年（2011年）9月21日 生富山県富山市 名本名＝清水真弓（しみず・まゆみ），旧姓・旧名＝角川 学早稲田大学文学部仏文科卒 歴角川書店創業者・角川源義の長女で、角川春樹・角川歴彦の姉。父の影響を受け、短歌など諸文学に親しむ。早大2年の時に'60年安保で一時中退、4年間の編集者生活後に再編入して早大仏文科を卒業。昭和45年頃から本格的に文筆業に入り、"不沈戦艦"と呼ばれた大和の最期に新事実を掘り当てた「男たちの大和」で新田次郎文学賞を、シベリア抑留生活の中の挿話を拾い上げた「収容所（ラーゲリ）から来た遺書」で講談社ノンフィクション賞及び大宅壮一ノンフィクション賞を受賞するなど、ノンフィクション作家として活躍。短歌では、39年清水ちとせ主宰「芦笛」に入会。51年第一歌集「雪の座」を刊行。53年馬場あき子主宰「かりん」に創刊同人として参加。63年第三歌集「闇の祝祭」で現代短歌女流賞を受賞した。平成14年出版社・幻戯書房を設立。19年には富山県発の総合文芸誌「弦」を創刊した。歌集に「水祭りの桟橋」「幻花」「天涯の紺」などがある。 賞短歌愛読者賞〔昭和55年〕, 現代短歌女流賞(第12回)〔昭和63年〕「闇の祝祭」, 北日本新聞文化賞〔平成17年〕 家父＝角川源義(俳人・出版人), 弟＝角川春樹(俳人・出版人), 角川歴彦(出版人)

【ほ】

茫 博　ぼう・ひろし　詩人

大正14年(1925年)3月30日～昭和61年(1986年)10月22日 生静岡県焼津市 名本名＝山村博, 筆名＝伊城暁, ぼうひろし 歴伊城暁の筆名で詩を書き始め、「純粋詩」「造形文学」「列島」「新日本文学会」などに参加。その後、茫博の名で「時間」「粘土」「狼」「航程」などに拠った。この間、昭和39年同人誌「EX-VOTO」を創刊。詩集「蟹の島」、共著「静岡履物史」などがある。

保木 春翠　ほうき・しゅんすい　俳人

明治35年(1902年)1月5日～平成3年(1991年)4月7日 生滋賀県高島郡 名本名＝保木信二 学尋高小卒 歴昭和25年皆吉爽雨に師事、「雪解」入門。のち同人。句集に「みづうみ」。 賞滋賀文学会出版賞「みづうみ」, 滋賀県芸術祭俳句部会芸術祭賞(第25回)

坊城 としあつ　ぼうじょう・としあつ　俳人

大正11年(1922年)3月22日～平成22年(2010年)4月10日 生東京市牛込区(東京都新宿区) 名本名＝坊城俊厚 学東京帝国大学理学部卒 歴旧坊城男爵家の当主。昭和19年頃から父母のもとで俳句を始め、25年俳人・高浜年尾の長女である中子との結婚後、「ホトトギス」同人となる。世界各地を旅し、国際色豊かな作品を詠んだ。日本伝統俳句協会理事長を務めた。平成4年「坊城としあつ句集」を刊行した。 家父＝坊城俊賢(貴院議員), 妻＝坊城中子(俳人), 息子＝坊城俊樹(俳人), 岳父＝高浜年尾(俳人)

方等 みゆき　ほうとう・みゆき　詩人

明治29年(1896年)3月1日～昭和33年(1958年)9月8日 生富山県射水郡新湊(射水市) 名本名＝高松翠 学京都女子高等専門学校卒 歴卒業後、船員を務める夫と結婚し二男一女を儲ける。しかし、間もなく夫と死別、郷里の富山に戻り、高岡市立高等女学校の国語教師を務めた。その傍らで詩作を行い、昭和5年「8号のカンバス」が懸賞文芸詩の第一等を受賞。「日本海詩人」や佐藤惣之介主宰の「詩の家」、高林清一主宰の「海」といった詩誌を中心に活躍し、同年9月長谷川時雨主宰の「女人芸術」に「やもめは」を発表して高い評価を受けて以来、中央詩壇でも名を知られるようになった。6年から12年まで「女人詩」を主宰・発行し、後進の指導に当たるとともに生田花世・永瀬清子・深尾須磨子ら女流文学者との交流を深めた。その間、7年に詩集「しんでれら」を出版。やがて、戦時下となって次第に詩から遠ざかり、戦後は東京に住んだ。

保坂 加津夫　ほさか・かずお　俳人

大正11年(1922年)12月12日～平成20年(2008年)7月7日 生群馬県 名本名＝保坂一男 歴俳誌数誌を経て「港」創刊、同人。のち退会。昭和56年現代俳句協会入会。平成6年俳誌「いろり」創刊・主宰となる。群馬県現代俳句協会参与。句集に「自在抄」「会者定離」「どつこいしよ」がある。

保坂 耕人　ほさか・こうじん　歌人

明治42年(1909年)8月30日～平成15年(2003年)6月20日 生山梨県 名本名＝保坂農康(ほさか・たがやす) 歴甲府中時代から作歌を始め、昭和7年「心の花」に入会。佐佐木信綱・治綱・幸綱の3代に師事した。のち同誌編集委員。一方、35年「一路」に入会、48年同誌編集委員。「樹海」同人も務めた。62年「炎樹」を創刊・主宰。山梨県内の小・中・高校で教員を務める傍ら、郷里の風土に根ざした歌を詠み続けた。歌集に「一隅」「岫」「風炎」「風塵抄」、詩画集に「風」がある。 家長男＝保坂紀夫(造形作家)

保坂 春苺　ほさか・しゅんまい　俳人

大正4年(1915年)9月8日～昭和53年(1978年)4月3日 生広島県 名本名＝保坂信吉 学東京大学経済学部卒 歴東大ホトトギス会および成層圏東京句会で中村草田男に、次いで山口青邨にそれぞれ師事し、昭和28年「夏草」同人。同年「子午線」発刊に加わり、同人。31年「萬緑」同人。24～36年の間療養生活。句集に「蟇の黙」、全句集「意識の湖」がある。

保坂 知加子　ほさか・ちかこ　俳人
昭和3年(1928年)1月2日～平成14年(2002年)10月13日　生東京都中野区　名本名＝保坂幸子(ほさか・さちこ)　学東京家政専門学校〔昭和24年〕卒　歴昭和39年「同人」に入会、鈴木鶉衣に師事。50年同人、平成14年主宰となる。一方、昭和48年から彫金アトリエを経営したが、病のため60年閉業。句集に「銀の雫」「雪片」「水のこゑ」などがある。　賞同人700号記念俳句最優秀賞〔昭和56年〕

保坂 文虹　ほさか・ぶんこう　俳人
明治43年(1910年)1月3日～昭和61年(1986年)1月4日　生東京市本郷区(東京都文京区)　名本名＝保坂敏夫(ほさか・としお)　学早稲田工手学校卒　歴「木太刀」「ホトトギス」に投句。昭和6年「春泥」に拠り久保田万太郎、大場白水郎に師事。10年「春蘭」を発行、「春泥」を合併するも渡満のため休刊。42年「春燈」に参加。「文虹句集」がある。

星 迷鳥　ほし・めいちょう　詩人
明治38年(1905年)4月9日～昭和52年(1977年)5月25日　生沖縄県八重山郡大浜町　名本名＝星克(ほし・かつ)　歴小学校の教員を経て郷里沖縄県大浜村役場に入り、同収入役・助役・消防団長を歴任。昭和23年に大浜町長に選出され、さらに八重山民政府議会議員や八重山群島議会議員なども務めた。29年には沖縄立法院議員選挙に立候補して当選。以後、6期に渡って在職し、琉球民主党所属の保守派論客として重きをなした。沖縄の本土復帰直前に立法院議長となり、本土復帰後は初の沖縄県会議長に選ばれた。政治活動の傍ら、星迷鳥の筆名で詩人としても活躍し、沖縄の大衆歌である「安里屋ユンタ」の作詞を手がける。また、写真や蘭の栽培も行い、幅広い趣味を持つ人として知られた。

星島 千歳　ほしじま・ちとせ　俳人
大正12年(1923年)9月12日～平成11年(1999年)3月7日　生東京都江戸川区　名旧姓・旧名＝佐羽　学嘉悦学園実務科卒　歴昭和11年星島野風、母・佐羽雪子に手ほどきを受ける。「青嵐」に投句、のち阿部筲人主宰の「好日」に入会。夫・野風が同誌を継承すると自らも編集を担当。53年野風没後、小出秋光に「好日」を依頼。両親との3人句集に「浮島村」がある。　家夫＝星島野風(俳人)，父＝佐羽蕪杖(俳人)，母＝佐羽雪子(俳人)

星野 明世　ほしの・あきよ　俳人
大正15年(1926年)1月13日～平成19年(2007年)3月21日　生北海道小樽市　名本名＝星野明子，旧姓・旧名＝山本　学東京家政学院卒　歴昭和20年長谷川かな女の門に入り、「水明」に投句。23年俳人・星野紗一と結婚。48年「水明」運営同人。句集に「ねばりひき」「馬橇」「蟇」「青信濃」「袋掛」がある。　賞水明賞，かな女賞，現代俳句協会賞(第41回)〔平成5年〕　家夫＝星野紗一(俳人)，父＝山本嵯迷(俳人)

星野 丑三　ほしの・うしぞう　歌人
明治42年(1909年)10月10日～平成13年(2001年)7月23日　生埼玉県　学東洋大学文学部卒　歴昭和4年香蘭短歌会に入会、村野次郎に師事。師の没後55年より同会代表となる。56年より日本短歌雑誌連盟幹事長、のち理事長。日本歌人クラブ幹事を務めた。また、52年高樹会発足と共に会員。歌集に「九曜」「緑陰集」「風土」「日常」「歳月」、他に合同歌集「高樹」がある。　賞日本歌人クラブ賞(第19回)〔平成4年〕「歳月」

星野 吉朗　ほしの・きちろう　歌人
大正10年(1921年)1月31日～平成18年(2006年)2月13日　生群馬県利根郡　名本名＝高橋吉朗(たかはし・きちろう)　学哈爾浜開拓特別訓練所修了　歴「創作社」同人。作品に歌集「曠野に歌ふ」「高冷地」がある。

星野 暁村　ほしの・ぎょうそん　俳人
明治44年(1911年)1月2日～昭和62年(1987年)6月5日　生新潟県　名本名＝星野重造(ほしの・じゅうぞう)　学高小卒　歴俳画と俳句の「花鳥会」主宰。昭和22年山田青秋、大野三冬、辻岡紀川らの指導を受ける。サンケイ新聞社全国俳句大会で受賞2回。「鹿火屋」同人。　賞関西俳句雑誌連盟年度賞

星野 紗一　ほしの・さいち　俳人
大正10年(1921年)10月31日～平成18年(2006年)6月22日　生埼玉県浦和市(さいたま市)　学拓殖大学商学部〔昭和17年〕卒　歴昭和9年頃より「水明」に投句し、長谷川かな女の門に入る。44年かな女死去により長谷川秋子が主宰を継承すると同誌編集長となり、48年秋子死去により主宰。平成18年病気療養のため勇退した。句集に「ねばりひき」「木の鍵」「鹿の斑」

「置俵」「地上の絵」「鳥の句」など。 賞埼玉文化賞〔平成2年〕 家父＝星野茅村(俳人)，妻＝星野明世(俳人)

星野 慎一　ほしの・しんいち　詩人

明治42年(1909年)1月1日～平成10年(1998年)12月17日 生新潟県長岡市 学東京帝国大学文学部独文学科〔昭和7年〕卒 歴旧制成城高校、埼玉大学、東京教育大学、南山大学教授を歴任。独文学者として、主にリルケを研究し、「若きリルケ」「リルケとロダン」「晩年のリルケ」「ゲーテと鷗外」「ゲーテと仏教思想」や、翻訳「リルケ詩集」「ゲーテ詩集」など著書は数多い。また詩集に「郷愁」「高原」がある。東京教育大学文学部長時代には、筑波学園都市への移転に反対した。他の著書に「俳句の国際性」がある。 賞日本エッセイストクラブ賞(第43回)〔平成7年〕「俳句の国際性」

星野 立子　ほしの・たつこ　俳人

明治36年(1903年)11月15日～昭和59年(1984年)3月3日 生東京市麹町区富士見町(東京都千代田区) 名旧姓・旧名＝高浜 学東京女子大学高等部〔大正13年〕卒 歴高浜虚子の二女として生まれ、大正14年「文学会」の指導的立場にあった星野天知の息子・吉人と結婚。虚子と同じく鎌倉に住み、昭和5年女流俳誌「玉藻」を創刊。9年には「ホトトギス」同人となり、中村汀女と共に女流の双璧との評価を得た。45年脳血せんで倒れて以来、句作と療養の毎日を送った。著作に「立子句集」「実生」「玉藻俳話」「大和の石仏」「虚子一日一句」など多数。 勲勲四等宝冠章〔昭和50年〕 家父＝高浜虚子(俳人)，兄＝高浜年尾(俳人)，弟＝池内友次郎(作曲家)，妹＝高木晴子(俳人)，上野章子(俳人)，娘＝星野椿(俳人)，義父＝星野天知(小説家)

星野 徹　ほしの・とおる　詩人　歌人

大正14年(1925年)8月25日～平成21年(2009年)1月13日 生茨城県稲敷郡江戸崎町(稲敷市) 学茨城大学教育学部英文科〔昭和27年〕卒 歴昭和28年水戸工高教諭を経て、37年茨城大学助手、39年講師、43年助教授、48年教授。平成3年定年退官、茨城キリスト教大学教授。13年退職。一方、詩人、歌人として活動し、昭和22年「アララギ」に入会したが、26年退会。32年「日亜紀」創刊、編集発行人。「湾」同人。平成元年茨城新聞「茨城詩壇」選者。また日本詩人クラブ賞選考委員、現代詩人賞選考委員などを務めた。著書に詩集「PERSONAE」「芭蕉四十一篇」「玄猿」「城その他」「祭その他」、歌集「夏物語」、詩論集「詩と神話」「星野徹詩論集原体験を求めて〈1・2〉」、訳書に「ジョン・ダン詩集」などがある。 勲瑞宝中綬章〔平成17年〕 賞日本詩人クラブ賞(第13回)〔昭和55年〕「玄猿」

星野 麦丘人　ほしの・ばくきゅうじん　俳人

大正14年(1925年)3月4日～平成25年(2013年)5月20日 生東京都葛飾区 名本名＝星野重蔵(ほしの・しげぞう) 学法政大学文学部卒 歴昭和21年「鹿火屋」の昼間槐秋に俳句の手ほどきを受けたが、22年石田波郷に師事し、23年「鶴」に入会。「鶴」復刊後の28年から編集を担当し、53年編集長、61年より主宰。平成8年「雨滴集」で俳人協会賞を受けた。他の句集に「弟子」「寒食」「燕雀」「亭午」「小椿居」などがある。 賞鶴俳句賞〔昭和34年〕，鶴散文賞〔昭和59年〕，俳人協会賞(第36回)〔平成8年〕「雨滴集」，詩歌文学館賞(俳句部門，第25回)〔平成22年〕「小椿居」

星野 麦人　ほしの・ばくじん　俳人

明治10年(1877年)4月13日～昭和40年(1965年)3月12日 生東京府牛込(東京都新宿区) 名本名＝星野仙吉 歴大野酒竹選の「毎日俳壇」、正岡子規選の「日本俳壇」に投稿。子規庵に出入りする一方で硯友社にも出入りし、明治34年晩鐘会を結成して「俳藪」を創刊し、42年「卯杖」と合併し「木太刀」と改称して主宰する。その傍ら古典俳句研究に力を注ぎ「類題百家俳句全集」「俳諧年表」などの編著がある。句集には「あぢさゐ」「草笛」「松の春」また、「紅葉句帳」などの編著もある。

星野 茅村　ほしの・ぼうそん　俳人

明治26年(1893年)2月1日～昭和36年(1961年)9月7日 生埼玉県浦和市 名本名＝星野柳吉 歴長谷川零余子・かな女に師事、「枯野」「水明」の有力作家。同人誌「麗和」を発行。句集に「くぬぎ第一集」「くぬぎ第二集」がある。

法師浜 桜白　ほしはま・おうはく　俳人

明治33年(1900年)10月4日～昭和54年(1979年)4月15日 生青森県八戸市 名本名＝法師浜直吉(ほしはま・なおきち)，別号＝静秋，14世星霜庵 学八戸中学校中退 歴八戸中学校を中退後、教員・村役場勤務を経て、はちのへ新聞社に入社。昭和2年東京日日新聞社に転じ、八戸・新潟・札幌の各通信部や東京本社の地方版編集長などを歴任。その傍ら正風俳諧の前田桜曙門下の俳人としても活躍、20代後半で宗匠となり、各転任地の「東京日々新聞」などで俳句欄を担当した。また俳句誌「白鳥」「銀河」を主宰して後進の指導に当たったほか、東京で点字俳句誌「ともしび」を創刊し盲人への俳句普及に大きく寄与。35年定年退職して帰郷し、岩手放送八戸支社長やデーリー東北新聞社編集顧問などを務めながら新聞やテレビでの俳句指導を行い、42年14世星霜庵の名跡を継承。昭和7年のヒット曲「八戸小唄」の作詞者でもあるが、長年自身の作詞であることを明らかにせず、昭和30年代に入って著作権問題が起きたことから35年作詞者として名のり出、同曲の作詞に伴う権利をすべて八戸市に寄贈した。句集に「桜白句集」「法師浜桜白句集」がある。 賞青森県文化賞〔昭和40年〕, 東奥賞〔昭和46年〕

穂積 忠　ほずみ・きよし　歌人
明治34年（1901年）3月17日～昭和29年（1954年）2月27日 生静岡県 学国学院大学卒 歴女学校教師を経て、三島高女校長となる。一方、韮山中学時代に北原白秋の「詩と音楽」に投稿、認められて門下となり、「日光」「香蘭」「多磨」などに出詠。「多磨」廃刊後は「中央線」に参加。国学院大では折口信夫に師事、民俗学を学んだ。昭和14年第一歌集「雪祭」を刊行、多磨賞、歌人協会賞を受賞した。没後、第二歌集「叢」が弟子たちにより出版された。 賞多磨賞（第1回）, 歌人協会賞 家息子＝穂積隆信（俳優）

細井 魚袋　ほそい・ぎょたい　歌人
明治22年（1889年）1月2日～昭和37年（1962年）11月2日 生千葉県 名本名＝細井子之助 学木更津中卒 歴中学時代から尾上柴舟に師事。卒業後は千葉県、朝鮮総督府、内務省、東京都などに勤めた。大正12年京城で「真人」を創刊。また房総地方の万葉地理を研究し、「褪せゆく生活」「椎葉集」「五十年」などの歌集がある。

細川 加賀　ほそかわ・かが　俳人
大正13年（1924年）2月11日～平成1年（1989年）10月25日 生東京市下谷区（東京都台東区） 名本名＝細川与一郎（ほそかわ・よいちろう） 学専検〔昭和21年〕合格 歴昭和15年肺結核となり、中野療養所時代の18年石野兌に師事、「鶴」に入会。29年「鶴」同人となる。55年「生身魂」で俳人協会賞を受賞。59年「初蝶」を創刊・主宰。他の句集に「傷痕」「玉虫」など。 賞鶴俳句賞（第3回）〔昭和30年〕, サンケイ俳句賞〔昭和32年〕, 俳人協会賞（第20回）〔昭和55年〕「生身魂」

細川 蛍火　ほそかわ・けいか　俳人
大正2年（1913年）7月26日～平成8年（1996年）1月23日 生大阪府 名本名＝細川宣雄 学浪商卒 歴昭和5年高野山青賢院入寺。8年阿闍梨、真言宗勝遍寺住職。40年頃より「ホトトギス」系俳誌「雨月」の大橋桜坡子の指導を受ける。「雨月」同人会長も務めた。句集に「沙羅双樹」。

細川 謙三　ほそかわ・けんぞう　歌人
大正13年（1924年）3月7日～平成20年（2008年）12月25日 生広島県比婆郡西城町（庄原市） 学東京大学法学部卒 歴昭和17年「アララギ」に入会。26年近藤芳美を中心とする「未来」創刊に参加。28年「未来歌集」に参加したが、長期の米国在勤となり、31年より休詠。40年帰国後、復帰し選者となる。58年同人誌「楡」創刊、のち主宰。歌集「秋の歌」「楡の下道」「桜台日々」、評論集「アララギの流域」などがある。賞現代歌人協会賞〔昭和50年〕「楡の下道」

細川 基　ほそかわ・もとい　詩人
明治40年（1907年）10月16日～平成15年（2003年）3月7日 生長野県 歴昭和4年から中西悟堂に師事して詩作に励む。「輪」を主宰。詩集に「悪童生誕」「蟬」、句集「寒卵」、自伝「移植樹」などがある。

細川 雄太郎　ほそかわ・ゆうたろう　詩人
大正3年（1914年）11月27日～平成11年（1999年）2月21日 生滋賀県蒲生郡日野町 名筆名＝青山純一, 別名＝細川裕太郎（ほそかわ・ゆうたろう） 学小卒 歴16歳の時、群馬県内の醸造会社に就職。20歳頃から詩作を始める。昭和14年雑誌「童話と唄歌」に「あの子はたあれ」を発表。海沼実作曲により16年レコード化され、戦中戦後期多くの人々に親しまれた。他の作品に「ちんから峠」などがある。詩誌「葉もれ陽」主宰。

細木 芒角星　ほそき・ぼうかくせい　俳人
明治30年（1897年）9月30日～昭和54年（1979年）2月3日 生島根県 名本名＝細木角造 学

法政大学商学部卒 歴税務署勤務を経て、昭和29年税理士を開業。小学校時代から俳句を学び、吉田冬葉に師事して、「獺祭」創刊に参加。33年より主宰。句集に「此土」がある。

細田 寿郎　ほそだ・じゅろう　俳人
大正1年（1912年）10月2日 ～ 平成17年（2005年）3月3日 生山梨県甲府市 名本名＝細田寿郎（ほそだ・としろう） 学大阪帝国大学医学部〔昭和14年〕卒 歴山梨県病院、日本生命済生会附属病院副院長などを経て、茨木市に細田病院開業。一方、昭和17年飯田蛇笏門下であった叔父・若尾魚黙を介して蛇笏に入門、以来一貫して蛇笏・龍太父子に傾倒。28年「雲母」同人。句集に「冬木」「諸葉」など。

細見 綾子　ほそみ・あやこ　俳人
明治40年（1907年）3月31日 ～ 平成9年（1997年）9月6日 生兵庫県氷上郡芦田村東芦田 名本名＝沢木綾子 学日本女子大学文学部国文科〔昭和2年〕卒 歴結核療養中に医師に勧められ、俳句を始めた。昭和4年「倦鳥」に入会、松瀬青々に師事。21年「風」創刊に参加し、22年結婚。28年「天狼」同人。句集に「桃は八重」「冬薔薇」「雉子」「伎芸天」「曼陀羅」「細見綾子全句集」、随筆集に「俳句の表情」「武蔵野歳時記」など。芸術選奨ほか数々の受賞歴を持つ。勲勲四等瑞宝章〔昭和56年〕 賞芸術選奨文部大臣賞〔昭和50年〕「伎芸天」，茅舎賞（第2回）〔昭和27年〕「冬薔薇」，蛇笏賞（第13回）〔昭和54年〕「曼陀羅」 家夫＝沢木欣一（俳人）

細見 しゅこう　ほそみ・しゅこう　俳人
明治42年（1909年）1月9日 ～ 平成18年（2006年）12月24日 生兵庫県多紀郡多紀町（篠山市） 名本名＝細見武（ほそみ・たけし） 学鳳鳴中〔大正15年〕卒 歴昭和4年中国・広東で下村非文が指導する珠江吟社に入る。「ホトトギス」「九年母」などを経て、22年「若葉」に入会して富安風生に師事。没後は清崎敏郎、鈴木貞雄についた。36年同人、52年近畿若葉同人会長。句集に「須磨」などがある。 賞若葉賞〔昭和35年〕

細谷 鳩舎　ほそや・きゅうしゃ　俳人
大正2年（1913年）12月28日 ～ 平成6年（1994年）4月2日 生山形県 名本名＝細谷大作 学早稲田大学政経学部卒 歴昭和の初め、父友風の手ほどきを受ける。昭和15年「馬酔木」に投句し、水原秋桜子に師事、48年同人となる。山形馬酔木会代表、山形県俳人協会会長、山形新聞俳壇選者も務める。句集に「木樵る音」「雪階」「細谷鳩舎集」など。 賞山形県芸文会議賞，斎藤茂吉文化賞（第31回，昭和60年度）

細谷 源二　ほそや・げんじ　俳人
明治39年（1906年）9月2日 ～ 昭和45年（1970年）10月12日 生東京都新宿区山吹町 名本名＝細谷源太郎，旧号＝碧葉 学工手学校中退 歴工員生活を送りながら大正12年頃内藤辰雄らと労働者文学に携わり、のち口語短歌運動にしたがい、昭和8年俳句に転じる。プロレタリア俳句運動に参加したが、16年の新興俳句弾圧で検挙され懲役2年執行猶予3年に処せられた。戦後北海道に渡って開拓生活をしたが失敗。その後「氷原帯」を創刊、没年まで主宰した。句集「鉄」「砂金帯」や文集「現代俳句の解説」などがある。 賞北海道文化奨励賞〔昭和25年〕，砂川市文化功労賞〔昭和35年〕

穂曽谷 秀雄　ほそや・ひでお　歌人
明治41年（1908年）10月12日～平成12年（2000年）1月30日 生東京都 名本名＝細谷秀雄 歴15歳で山村暮鳥に入門。昭和6年西村陽吉に師事、「芸術と自由」に参加。以後、鳴海要吉の「新緑」「主情派」を経て、39年同志と「芸術と自由」を復刊。平成7年まで編集発行人を務めた。38年新短歌人連盟発足に加わり、4～10年副委員長。昭和47年「現代短歌」編集同人、63年「火の群れ」同人。50年には棟の会を創設した。歌集に「短歌的自伝」「私的短歌考」「昭和新短歌」などがある。 賞新短歌人連盟賞（第5回）〔昭和48年〕

細谷 不句　ほそや・ふく　俳人
明治15年（1882年）4月28日 ～ 昭和25年（1950年）11月20日 生山形県谷地町 名本名＝細谷雄太（ほそや・ゆうた），旧号＝柚翁 学東京帝国大学医科大学〔明治40年〕卒 歴岡田和一郎に師事。大正元年台湾総督府医院医長兼付属医専教授、6年欧州留学、13年千葉医科大学教授、昭和3年東京同愛記念病院耳鼻咽喉科医長を歴任し、戦後退職。俳句は一高俳句会、東京俳句会、海紅堂句会などに参加。河東碧梧桐に師事し、「海紅」同人。句集に「寒林句屑」「日々吟四年間」、著書に「耳鼻咽喉科レントゲン診断及治療」「耳鼻咽喉科診療の実際」など。

帆田 春樹　ほだ・はるき　詩人
明治42年（1909年）11月22日～平成11年（1999

年）8月7日　生神奈川県　名本名＝本田十蔵　学早稲田大学中退　歴昭和17年「野すみれ」を発表し、以後「明け暮れ」「泥ぼこり」「餌食について」「木の着物」「処女行路」「白萩の抄」などを発表したほか、詩や童話の作品もある。

堀田 ひさ江　ほった・ひさえ　俳人
大正6年（1917年）5月21日～平成8年（1996年）2月22日　生大阪府　名本名＝堀田久江　学大阪堺高女卒　歴昭和10年「ホトトギス」系青木稲女の手ほどきを受ける。「麦秋」同人。52年「麦秋」編集兼発行人となる。句集に「山の辺」。

堀田 稔　ほった・みのる　歌人
大正2年（1913年）6月7日～平成7年（1995年）11月1日　生愛知県名古屋市　学熱田中学校中退　歴家業は錺職。県立熱田中学校を二年までで中退して家業を継ぐ。昭和12年白秋に師事して「多磨」入会、その後28年「形成」創刊に参画。歌集に「金の切片」「鎚のおと」「暗室のあかり」がある。　賞日本歌人クラブ推薦歌集（第8回）〔昭和37年〕「金の切片」

堀田 善衛　ほった・よしえ　詩人
大正7年（1918年）7月17日～平成10年（1998年）9月5日　生富山県高岡市　学慶応義塾大学文学部仏文科〔昭和17年〕卒　歴在学中、同人誌「荒地」「山の樹」「詩集」に参加し、詩人として出発。昭和17年国際文化振興会に就職。同年「批評」同人となり詩と詩論を発表。20年中国に派遣され、上海で武田泰淳、石上玄一郎を知る。敗戦後は中国国民党宣伝部に徴用され、22年帰国。同年世界日報社に入社、23年同社解散まで記者を務めた。25年「祖国喪失」を発表。26年「広場の孤独」「漢奸」その他で芥川賞を受賞。その後も国際的視野をもつ作風で「歯車」「歴史」「時間」「記念碑」「橋上幻像」「海鳴りの底から」「審判」「若き日の詩人たちの肖像」「路上の人」、モンテーニュの伝記「ミシェル 城館の人」（全3巻）などの中・長編小説を発表。評論でも幅広く活躍し、52年「ゴヤ」（4部作）で大仏次郎賞を受賞。逗子市に住み、52～63年はスペインで暮らした。　勲スペイン賢王アルフォンソ十世十字勲章〔昭和54年〕　賞芥川賞（第26回）〔昭和26年〕「広場の孤独」「漢奸」，日本芸術院賞（文芸部門，第54回，平成9年度）〔平成10年〕，朝日賞〔平成7年〕

堀 葦男　ほり・あしお　俳人
大正5年（1916年）6月10日～平成5年（1993年）4月21日　生兵庫県神戸市　名本名＝堀務　学東京帝国大学経済学科〔昭和16年〕卒　歴昭和16年岡本圭岳主宰の「火星」に入る。戦後、「金剛」を経て、27年林田紀音夫らと「十七音詩」を創刊。31～37年「風」同人。37年「海程」創刊に参加。大阪読売新聞俳壇選者も務めた。句集に「火づくり」「堀葦男句集」「機械」「残山剰水」「山姿水情」、評論集に「俳句20章」。　賞現代俳句協会賞（第10回）〔昭和37年〕

堀 古蝶　ほり・こちょう　俳人
大正10年（1921年）5月23日～平成9年（1997年）10月6日　生愛知県名古屋市　名本名＝堀健三（ほり・けんぞう）　学神戸商業大学卒　歴戦後、シベリアに抑留された経験を持つ。昭和23年中部日本新聞社入社。ニューデリー特派員、モスクワ特派員、論説委員を歴任。47年2月～58年3月東京新聞「筆洗」欄を担当。俳句はモスクワ時代に始め、43年「風」主宰沢木欣一の手ほどきを受ける。46年「風」入会。50年同人。のち皆川盤水の「春耕」にも入会。著書に「筆洗歳時記」「モスクワ特派員」「ソ連経済と利潤」「俳人松瀬青々」他、句集に「白い花」「烏瓜の花」「わがロシア句集」「為薬」「自註堀古蝶集」など。　賞風賞〔昭和56年〕，俳人協会評論賞（第8回）〔平成6年〕「俳人松瀬青々」

堀井 春一郎　ほりい・しゅんいちろう　俳人
昭和2年（1927年）2月19日～昭和51年（1976年）5月16日　生東京都　学慶応義塾大学文学部卒　歴昭和20年長谷川かな女の「水明」に拠る。25年山口誓子に師事、「天狼」に投句、31年天狼賞を受け同人。この間27年楠本憲吉、清崎敏郎らと「琅玕」を興し、秋元不死男の「氷海」にも参加。48年雑誌「季刊俳句」を創刊。句集に「教師」「修羅」「曳白」がある。　賞天狼賞〔昭和31年〕

堀池 郁男　ほりいけ・いくお　詩人
昭和13年（1938年）1月31日～平成24年（2012年）3月14日　生静岡県　学慶応義塾大学文学部通信教育課程中退　歴昭和33年詩誌「時間」同人。49年文芸誌「セコイア」創刊に参加。詩集に「紅茶の影響」「ノンセンスもどき」がある。　賞静岡県芸術祭詩部門最優秀賞〔昭和49年〕，静岡県詩人賞〔昭和57年〕

堀内 薫　ほりうち・かおる　俳人
明治36年（1903年）12月1日～平成8年（1996年）8月11日　生奈良県添上郡五ケ谷村（奈良市）　名旧号＝小花　学京都帝国大学文学部国文科卒　歴昭和10年頃から「京大俳句」に拠り、平畑静塔の指導を受ける。23年「天狼」「七曜」の発行と共に入会、山口誓子・橋本多佳子に師事。31年「天狼」同人。38年多佳子の死により「七曜」を継承、主宰。平成3年主宰を退く。昭和41～57年甲子園大学助教授、教授も務めた。著書に「堀内薫全句集」「多元俳句一元俳句」「俳句初学覚書」などがある。　賞天狼賞（第3回）〔昭和27年〕

堀内 助三郎　ほりうち・すけさぶろう　詩人
大正6年（1917年）3月5日～平成16年（2004年）7月25日　生石川県鹿西町　学早稲田大学専用部中退, 日本大学予科中退　歴「北国帯」「木々」各同人、のち「北国帯」主宰。平成9年石川詩人会が発足すると初代会長に就任した。詩集に「にるげんつ」「消夏についての一つの私案」「はぎすすきなど」「蛙蟬」、エッセイ集「冬二の風景」。　賞泉鏡花記念金沢市民文学賞（第14回）〔昭和61年〕

堀内 民一　ほりうち・たみかず　歌人
大正1年（1912年）8月30日～昭和46年（1971年）8月15日　生奈良県北葛城郡　学国学院大学文学科〔昭和11年〕卒　歴昭和39年同人誌「花梨」を創刊。著書に「かむなび」「万葉の恋歌」などがあり、大和迢空会に尽力した。また、名城大学教授も務めた。

堀内 通孝　ほりうち・みちたか　歌人
明治37年（1904年）1月1日～昭和34年（1959年）4月7日　生東京都　学慶応義塾大学卒　歴中学時代から歌を作り、大正10年アララギに入会。斎藤茂吉に師事した。三菱銀行に勤務しながら作歌、昭和16年刊行の「丘陵」や「北明」などの歌集がある。

堀内 雄之　ほりうち・ゆうし　俳人
昭和3年（1928年）10月23日～平成5年（1993年）3月20日　生愛媛県　名本名＝堀内久雄　学松山経専卒　歴昭和21年父・堀内素延の手ほどきを受ける。石井吟社に拠る。38年「糸瓜」、39年「若葉」、42年「岬」入会。46年「若葉」「岬」同人。59年「初花」創刊・主宰。句集に「絣解く」「年の春」がある。　賞岬賞〔昭和48年〕

堀内 豊　ほりうち・ゆたか　詩人
大正9年（1920年）12月25日～平成15年（2003年）8月6日　出高知県土佐市　学高知工卒　歴高知県施設農協連参事、高知県職業安定審議委員を務めた。傍ら詩を詠み、詩集に「夜に焚く歌」「土佐湾」「異聞風の良寛」などがある。

堀内 羊城　ほりうち・ようじょう　俳人
明治40年（1907年）3月20日～平成11年（1999年）2月8日　生宮崎県都城市　名本名＝堀之内勝治　学旧制市立商業〔昭和3年〕卒　歴昭和4年「ゆく春」に入門、戦後「自鳴鐘」「舵輪」「胴」等の同人となる。28年「季節」同人。37年「橘」主宰。38年北九州芸術祭俳句大会選者。50年旧国鉄筑前垣生駅前に句碑が建立された。52年色紙短冊個展開催。句集に「妻子周辺」「縮遠鏡」「鞭」がある。　賞俳句往来賞〔昭和28年〕, 全日本俳句文学賞〔昭和29年〕, 季節功労賞〔昭和52年〕

堀江 伸二　ほりえ・しんじ　歌人
明治41年（1908年）11月21日～平成11年（1999年）4月15日　生神奈川県　学東洋大学専門部東洋文学科卒, 日本大学高師地理歴史科卒　歴栃木県内小中学校校長、教育委員会指導主事、成美学園女子校校長を務めた。一方、昭和14年「ポトナム」に入会、平野宣紀に師事。15年「花実」同人。47年「草地」創設に参加し、同誌編集委員に。主宰の植木正三に師事。歌集に「杉群」「草山」「小さき家」など。

堀川 喜八郎　ほりかわ・きはちろう　詩人
大正11年（1922年）3月15日～平成22年（2010年）12月9日　生熊本県鹿本郡鹿北町（山鹿市）　学熊本逓信講習所〔昭和15年〕卒　歴太平洋戦争に出征し、ビルマ戦線に従軍した。昭和40年「燎原」を創刊・主宰。46年第1回九州詩人祭を熊本市で開催するなど、九州の詩壇を牽引した。詩集に「夏の錘」「公園」「惜日抄」「水の地方」「黒い傘」「幻の農夫」などがある。　賞熊日文学賞（第12回）〔昭和45年〕「夏の錘」, 九州文学賞（第11回）〔昭和53年〕「水の地方」, 荒木精之文化賞〔平成11年〕, 熊本県芸術功労者〔平成14年〕

堀口 定義　ほりぐち・さだよし　詩人
大正3年（1914年）2月1日～平成17年（2005年）5月11日　生埼玉県熊谷市　学一高卒, 東京帝

国大学法学部政治学科〔昭和16年〕卒　歴御徒町駅に勤めながら勉学して専検に合格し、昭和9年一高に入る。15年行政・外交の高等文官試験にパスし、16年大蔵省に入省。35年熊本国税局長、36年国税庁徴収部長を経て、39年直税部長。40年原子燃料公団、42年動力炉核燃料事業団の各理事。44年関西の忠勇社長となり、50年相談役。51年から大阪証券金融社長を務めた。在阪中に詩を書き始め、初作「ぴったり来ない」と「弾道」によって53年日本詩人クラブ賞を受賞。他の詩集に「船と玉葱」「失意の神たち」「悪夢」「大地」「四季」「世紀末」などがある。　勲勲三等旭日中綬章〔昭和59年〕　賞日本詩人クラブ賞（第11回）〔昭和53年〕「ぴったり来ない」「弾道」

堀口 星眠　ほりぐち・せいみん　俳人
大正12年（1923年）3月13日～平成27年（2015年）2月2日　生群馬県碓氷郡安中町（安中市）　名本名＝堀口慶次（ほりぐち・けいじ）　学東京帝国大学医学部〔昭和21年〕卒　歴東大附属病院物療内科を経て、昭和30年安中市で開業。一方、俳句は18年「馬酔木」に入会して水原秋桜子に師事。26年馬酔木新人賞を受け、27年同人。この頃、軽井沢森の家を中心に大島民郎、岡谷公二、相馬遷子らと清新な風景句を作り、"高原俳句"と呼ばれる。56年秋桜子の生前の指名により同誌を継承・主宰。59年「橡（とち）」を創刊・主宰。平成21年、24年ぶりの句集「テーブルの下に〈上下〉」を出版。また、昭和56年～平成23年毎日新聞「毎日俳壇」の選者を務めた。他の句集に「火山灰の道」「営巣期」「青葉木菟」「樹の雫」「祇園祭」などがある。　賞馬酔木新人賞〔昭和26年〕，馬酔木賞〔昭和33年〕，俳人協会賞（第16回）〔昭和51年〕「営巣期」　家娘＝三浦亜紀子（俳人）

堀口 大学　ほりぐち・だいがく　詩人
明治25年（1892年）1月8日～昭和56年（1981年）3月15日　生東京市本郷区（東京都文京区）　名号＝十三日月，馬麗人　学慶応義塾大学仏文科〔明治44年〕中退　資日本芸術院会員〔昭和32年〕　歴中学卒業後、新詩社に参加し、与謝野鉄幹に師事する。明治44年慶大を中退し、外交官であった父・九万一の任地メキシコに行き、以後父の転勤にともない大正14年まで、ベルギー、スペイン、ブラジル、ルーマニアなどを歩く。その間、第一詩集「月光とピエロ」を8年に刊行する一方、7年に訳詩集「昨日の花」を刊行し、14年には大規模なフランス詩の訳詩集「月下の一群」を刊行、昭和の口語詩の方向を決定づけた。翻訳は詩ばかりでなく、ポール・モーランの「夜ひらく」などの小説も多い。また、雑誌「パンテオン」「オルフェオン」を編集し後進を育てた。自作には「新しき小径」「人間の歌」「夕の虹」「月かげの虹」などの詩集の他、「パンの笛」などの歌集もある。32年日本芸術院会員、45年文化功労者に選ばれ、54年文化勲章を受けた。　勲勲三等瑞宝章〔昭和42年〕，文化勲章〔昭和54年〕　賞文化功労者〔昭和45年〕，読売文学賞（詩歌・俳句賞，第10回）〔昭和33年〕「夕の虹」，日本翻訳文化賞（第24回）〔昭和62年〕「ジャン・コクトー全集」　家父＝堀口九万一（外交官），娘＝堀口すみれ子（詩人）

堀越 義三　ほりこし・よしぞう　詩人
大正12年（1923年）2月26日～平成15年（2003年）5月19日　生岩手県　学根室実業学校卒　歴新聞記者の傍ら詩作を続け、昭和26年釧路で「感情以後」を創刊。29年札幌に移り井村春光、木津川昭夫らと休刊中の「野性」を復刊。のち函館に転居し「だいある」同人となったが、再び札幌に戻り「札幌百点」「北海公論」などの編集長となる。この間、38年「詩の村」を創刊、編集・発行にあたる。59年札幌で現地詩人の会を発足。平成10年まで機関誌「現地」の発行人を務め、若手詩人の発掘に努めた。著作に結城庄司追悼誌「笑顔と怒りと」がある。

本郷 隆　ほんごう・たかし　詩人
大正11年（1922年）7月4日～昭和53年（1978年）12月19日　生秋田県　学東京帝国大学心理学科卒　歴中央公論社に勤務し、また「歴程」同人。「三田文学」「無限」「ぴえろた」などに詩論などを発表し、現代詩の構造や機能をめぐる言語美学的研究家として注目される。詩論集「石果集」がある。　賞歴程賞（第9回）〔昭和46年〕「石果集」

本庄 快哉　ほんじょう・かいさい
川柳作家
大正11年（1922年）～平成23年（2011年）2月2日　出島根県松江市　名本名＝本庄新一郎（ほんじょう・しんいちろう）　歴松江番傘川柳社会長、島根県川柳協会副理事長を務めた。句集に「蒼穹」がある。

本庄 登志彦　ほんじょう・としひこ　俳人
昭和3年（1928年）9月29日～平成19年（2007年）12月1日　生北海道函館市　学北海道大学

法経学部経済学科〔昭和26年〕卒 歴三和銀行、東洋信託銀行に勤め、昭和60年日本火災海上保険融資部顧問。この間、19年「壺」主宰の斎藤玄に師事。同誌編集同人、同人会幹事を務め、57年退会。58年「双眸」を創刊・主宰。句集に「志帆」「知音」などがある。

本田 真一　ほんだ・しんいち　詩人
大正6年(1917年)8月4日～昭和62年(1987年)5月8日 出熊本県八代市中島町 名筆名＝鷹辻笛夫(たかつじ・ふえお) 学八代中〔昭和10年〕卒, 熊本県立商第二部〔昭和11年〕卒 歴昭和13年内務省球磨川改修事務所を振り出しに筑後川、遠賀川、下筌ダムの工事事務所に勤め、46年川辺川ダム工事事務所副所長で退職。一方、昭和13年から詩作を続け、詩誌「地方派」「九州文学」「詩と真実」同人。詩集に「河伯亭詩集」「娑婆巡邏曲」がある。 賞熊日文学賞〔昭和50年〕

本多 静江　ほんだ・せいこう　俳人
大正9年(1920年)8月19日～平成13年(2001年)1月31日 生福井県福井市江上町 名本名＝本多汪 学福井師範卒 歴戦時中従軍5年、シベリアに3年抑留され、復員後、教育界に奉職。小学校校長を務めた。昭和29年「雪解」、30年「鶴」入門。のち石田波郷の死により「鶴」を退会。33年から「雪解」同人。63年福井県俳句作家協会会長。句集に「雪浪」「別れ霜」「本多静江集」、句集文「一族一詠」、評論に「教育直言」「教育一念」「教育不滅」など。 賞雪解賞(第2回)〔昭和34年〕, 福井県文化賞〔平成7年〕

本多 利通　ほんだ・としみち　詩人
昭和7年(1932年)～平成1年(1989年)6月4日 出宮崎県延岡市 歴昭和30年詩誌「花束」を創刊、「白鯨」を経て、みえのふみあき・杉谷昭人らと「赤道」を創刊、「詩学」「九州文学」「龍舌蘭」にも作品を発表。第一詩集「火の椅子」中の「雨あがりの昇天」は、真壁仁編「詩の中にめざめる日本」(岩波書店)に収められた。また45年の第三詩集「火の枝」が、第21回H氏賞と第1回高見順賞の候補作になった。他に第二詩集「形象と沈黙」、第四詩集「鳥葬」、「老父抄」シリーズなどがある。 家弟＝本多寿(詩人)

本多 柳芳　ほんだ・りゅうほう　俳人
大正9年(1920年)5月20日～平成10年(1998年)3月10日 生福井県三国町 名本名＝本多義弘 学気象技術官養専卒 歴富士測候所、福井測候所勤務を経て、北陸電力に入社。昭和53年定年退職、公職諸団体役員となる。朝鮮軍在籍中の18年初秋に作句を始めて以来、皆吉爽雨門下。「ついたち会」を経て、21年「雪解」創刊時に入会し、27年同人。福井県雪解会幹事、三国町文化協議会常任理事、福井県俳句作家協会幹事、日本現代詩歌文学館振興会評議員なども務める。句集に「蟹場」「爽籟」、「哥川の生涯」などがある。

本保 与吉　ほんぼ・よきち　歌人
明治39年(1906年)5月16日～平成12年(2000年)10月10日 生北海道札幌市 学滝川中卒 歴昭和2年「覇王樹」、23年「原始林」に参加。選者のほか道歌人会幹事。38～42年日本短歌雑誌連盟主事。44年前川佐美雄に師事し「日本歌人」同人、選者。45年八戸市に移住、46年「清遠短歌会」を結成。56年～平成5年青森県短歌大会選者を務めた。歌集に「北限禾本」「黄昏漏刻」「月下の籟」「地に風そばへ」などがある。 賞青森県芸術文化振興功労章〔平成10年〕

本間 香都男　ほんま・かずお　俳人
明治42年(1909年)1月17日～平成12年(2000年)2月11日 生新潟県 名本名＝本間一男(ほんま・かずお) 学東京高等工芸学校木材工芸科卒 歴大阪府立大学教授、大阪教育大学教授を歴任。一方、昭和27年「蘇鉄」創設以来これに拠り、山本古瓢の指導を受ける。平成2年主宰となり、8年名誉主宰。俳人協会評議員も務めた。著書に句集「追想」、句文集「旅」「旅2」、随筆「俳句とテクネ」がある。

【ま】

米田 一穂　まいた・かずほ　俳人
明治43年(1910年)3月29日～平成6年(1994年)5月6日 生青森県十和田市 学八戸中卒 歴大正14年八戸旧派に入門。昭和3年長谷川かな女に師事し、5年「水明」創刊に参加。26年退会。29年「萬緑」に入会し、34年同人となる。句集に「起伏地帯」「雉子の綺羅」。 賞萬緑賞(第9回)〔昭和37年〕, 角川俳句賞(第20回)〔昭和49年〕, 青森県文化賞, 青森県褒賞, 十和田褒章

前 登志夫　まえ・としお　歌人　詩人
大正15年（1926年）1月1日 ～ 平成20年（2008年）4月5日　生奈良県吉野郡秋野村（下市町）　名本名＝前登志晃（まえ・としあき），筆名＝安騎野志郎　学同志社大学商学科〔昭和23年〕中退　資日本芸術院会員〔平成17年〕　歴吉野山中で林業を営む家に二男として生まれたが、兄がビルマで戦死したため、25代目当主を継ぐ。モダニズム詩人として出発、「日本未来派」「詩学」などに詩を発表し、昭和23年小島信一らと「新世代詩人」を、27年郷土文芸誌「望郷」、詩誌「詩豹」を創刊。31年詩集「宇宙駅」刊行した。一方、30年より前川佐美雄に師事、作歌活動を開始。33年帰郷後は家業の林業に従事する一方、執筆活動も続け、39年第一歌集「子午線の繭」を刊行。42年より歌と民俗の研究集団・山繭の会を主宰した。55年「ヤママユ」を創刊。吉野の風土を背景に、土俗的な生命観を持った独自の短歌世界を構築した。52年「縄文紀」で迢空賞、平成9年「青童子」で読売文学賞を受けるなど受賞も多く、17年日本芸術院賞・恩賜賞。同年日本芸術院会員。他の歌集に「霊異記」「樹下集」「鳥獣虫魚」「前登志夫歌集」「流転」「鳥総立」、評論・随想に「吉野紀行」「山河慟哭」「存在の秋」、エッセイ集に「吉野日記」などがある。　賞日本芸術院賞・恩賜賞〔平成17年〕，短歌愛読者賞（第3回）〔昭和51年〕「童蒙」，迢空賞（第12回）〔昭和53年〕「縄文紀」，詩歌文学館賞（第3回）〔昭和63年〕「樹下集」，斎藤茂吉短歌文学賞（第4回）〔平成5年〕「鳥獣虫魚」，読売文学賞（詩歌俳句賞，第49回，平成9年度）〔平成10年〕「青童子」，現代短歌大賞（第26回）〔平成15年〕，毎日芸術賞（第46回）〔平成17年〕「鳥総立」

前川 佐美雄　まえかわ・さみお　歌人
明治36年（1903年）2月5日～平成2年（1990年）7月15日　生奈良県北葛城郡新庄町忍海　学東洋大学東洋文学科〔大正14年〕卒　資日本芸術院会員〔平成1年〕　歴大正10年竹柏会に入門し佐佐木信綱に師事。昭和3年プロレタリア短歌の「新興歌人連盟」結成を呼びかけ、アララギ派と対決するが、のち新芸術派に転じ、歌集「植物祭」によって新芸術運動の第一人者と認められた。9年「日本歌人」創刊（16年廃刊）。以後、象徴主義と大和の美を統一した世界を築き、現代短歌に深い影響を与えた。この間歌集「大和」「白鳳」「天平雲」を刊行。25年「日本歌人」を復刊。45年関東に移住し、従来のロマン主義とは異なる平淡な歌風を示すようになった。「朝日新聞」歌壇選者。その後の歌集に「金剛」「捜神」「白木黒木」「松杉」など、評論に「秀歌十二月」「日本の名歌」などがある。平成15年生誕100年を記念して前川佐美雄賞が創設される。　賞迢空賞（第6回）〔昭和47年〕「白木黒木」　家妻＝前川緑（歌人）

前川 菁道　まえがわ・せいどう　俳人
昭和10年（1935年）11月9日 ～ 平成22年（2010年）12月14日　生奈良県　名本名＝前川道麿（まえがわ・みちまろ）　学関西大学法学部法律学科卒　歴昭和44年「かつらぎ」に投句を始める。48年「かつらぎ」同人を経て、54年「かつらぎ」推薦作家に選ばれる。阿波野青畝を唯一の師として師事した。56年より「サンケイ新聞」奈良俳壇の選者を務めた。

前川 知賢　まえかわ・ともかた　詩人
明治40年（1907年）6月12日 ～ 平成5年（1993年）2月8日　生三重県上野市　名本名＝前川勘夫　学京都帝国大学哲学科〔昭和5年〕卒　歴幼時に朝鮮に渡り、早くに母を失い父の手で育てられる。引き揚げ後は名張高定時制、久居農に勤務。昭和40年中京大学教授。同年詩誌「原始林」を創刊・主宰。43年東海現代詩人会を結成、後進の育成に努めた。詩集に「去るもの残るもの」「渡る」「天の魚」「生々流転」、著書に「現代詩人と言語論」「西条八十論」などがある。

前川 緑　まえかわ・みどり　歌人
大正2年（1913年）5月20日～平成9年（1997年）5月21日　生兵庫県尼崎市　名本名＝前川緑子　歴昭和11年「日本歌人」に入会、同人となる。歌集に「みどり抄」「麦穂」、随筆集に「ふるさとの花こよみ・奈良」がある。　家夫＝前川佐美雄（歌人）

前川 むー　まえかわ・むいち　詩人
昭和12年（1937年）～平成13年（2001年）1月23日　生京都府京都市　名本名＝前川勝彦　学洛南中卒　歴製箱業の見習社員など職を転々。その間朱雀高校分校に学び、部落解放運動に投じた。傍ら小説、詩作を続け、昭和35年「京都文芸」に「この道の向こうに生まれたい」を発表。月刊詩誌「do」も発行。著書に「蜂のムサシ」がある。

前田 鬼子　まえだ・きし　俳人
明治43年（1910年）11月3日 ～ 昭和62年（1987

年）7月20日　生埼玉県熊谷市　名本名＝前田昌晴　学日本大学文学部卒　歴松原地蔵尊に師事して戦前「句と評論」同人。また嶽墨石らと「俳句評論」を発行した。戦後は「海流」（のち「新暦」）同人。昭和22年9月「俳句文学」を創刊・主宰。句集に「破風の歌」「無帽の歌」がある。

前田 圭史　まえだ・けいし　俳人
明治35年（1902年）5月8日～平成3年（1991年）5月19日　生島根県八束郡大庭村　名本名＝前田貞明　学島根師範本科第一部卒　歴昭和8年から俳句を始め、9年「鹿火屋」を経て、13年「城」に拠る。15年同人となり、32年編集発行人。47年島根俳句協会を設立し、会長。49年から「城」主宰。句集に「東風」「野梅」「偕老」など。

前田 伍健　まえだ・ごけん　川柳作家
明治22年（1889年）1月5日～昭和35年（1960年）2月11日　生香川県高松市　名本名＝前田久太郎, 前号＝五剣, 五健　学高松中卒　歴中学卒業後、伊予鉄道電気に入社。所属部署の他に、沿線の催しを軽妙な絵と文でPRするなど宣伝分野でも活躍。伊予鉄道電気野球部マネジャーも務め、大正13年野球大会後の相手チームとの懇親会で隠し芸の腕比べとなった折に即興で歌詞を考え選手を踊らせたが、これがのちに“野球拳”として全国に広まった。愛媛県における川柳の第一人者として知られ、昭和22年県内の結社をまとめて愛媛県川柳文化連盟を結成、初代会長となった。毎年、命日2月11日に近い日曜日に遺徳を忍んで“伍健まつり”と題した川柳大会が行われる。

前田 雀郎　まえだ・じゃくろう　川柳作家
明治30年（1897年）3月27日～昭和35年（1960年）1月27日　生栃木県宇都宮市旧脇本陣　名本名＝前田源一郎, 別号＝榴花洞　学宇都宮市立商業学校卒　歴家業の足袋商を手伝い、大正5年「演芸画報」読者文芸川柳に入選、上京して講談社に入った。のち都新聞記者となり20年勤めた後会社員。川柳は少年時代から作り、阪井久良岐に師事したが、川柳の俳諧性を主張して破門。柳誌「句集」「せんりゆう」を発刊。昭和16年日本川柳協会創立委員長。30年川柳丹若会柳誌「句集」を「せんりゆう」と改め復刊。著書に「榴花洞日録」「句集ふるさと」「川柳と俳諧」「川柳探求」「川柳学校」などがある。賞宇都宮市文化功労章

前田 禅路　まえだ・ぜんじ　俳人
明治43年（1910年）1月21日～昭和63年（1988年）6月10日　生愛媛県　名本名＝前田善治（まえだ・ぜんじ）　学立命館大学予科中退　歴米田双葉子、永田黙泉を経て、昭和51年吉野義子、大野林火に師事。53年「星」創刊に参画。54年星の会会長、56年「星」同人。

前田 鉄之助　まえだ・てつのすけ　詩人
明治29年（1896年）4月1日～昭和52年（1977年）11月18日　生東京市本郷区本郷（東京都文京区）　名筆名＝前田春声（まえだ・しゅんせい）　学正則英語学校高等部〔大正4年〕中退　歴早くから詩作をし、前田春声の号で投書を始める。三木露風、柳沢健の知遇を得て、露風主宰「未来」に詩を発表、大正8年には柳沢主宰「詩王」同人となる。9年第一詩集「韻律と独語」を刊行。12年詩洋社を設立して春声の号から本名の鉄之助に改め、13年「詩洋」を創刊。昭和5年「南洋日日新聞」主筆としてシンガポールに渡り、7年帰国。12年詩洋社より「全日本詩集」第1巻を刊行。17年日本文学報国会詩部会常任幹事。18年「詩洋」は休刊となったが、31年復刊を果たした。他の詩集に「蘆荻集」「海辺の家」などがある。

前田 透　まえだ・とおる　歌人
大正3年（1914年）9月16日～昭和59年（1984年）1月13日　生東京都新宿区　学東京帝国大学経済学部〔昭和13年〕卒　歴昭和14年応召、南方に転戦して21年帰還。26年父夕暮没後「詩歌」の編集発行を継承。従軍中のティモール島体験と、戦後、文化大革命前後に7回訪中しての体験をうたった作品などで知られた。成蹊大学教授、明星大学教授を歴任。また48、49、57、58、59年の歌会始選者で、現代歌人協会理事を務めた。歌集に「漂流の季節」「煙樹」「銅の天」、評論集に「評伝前田夕暮」「短歌と表現」「律と創造」など。　賞日本歌人クラブ推薦歌集（第15回）〔昭和44年〕「煙樹」, 迢空賞（第15回）〔昭和56年〕「冬すでに過ぐ」　家父＝前田夕暮（歌人）, 母＝狭山信乃（歌人）

前田 普羅　まえだ・ふら　俳人
明治17年（1884年）4月18日～昭和29年（1954年）8月8日　生東京府芝区（東京都港区）　名本名＝前田忠吉, 別号＝清浄観子　学早稲田大学英文科中退　歴大学中退後、裁判所書記を7年間務め、大正5年時事新聞社に入社。のち報

知新聞社に移り、富山支局長などを務める。昭和4年に退社し、以後俳句に専念。俳句は大正2年に「ホトトギス」雑詠に入選し、原石鼎とともに高浜虚子の称賛を得る。3年「ホトトギス」課題句選者。15年池内たけしに代わって「辛夷」選者となり、昭和4年より同誌主宰。25年東京へ戻った。句集に「普羅句集」「春寒浅間山」「飛驒紬」「能登青し」などがある。

前田 正治　まえだ・まさはる　俳人
大正2年（1913年）8月16日 ～ 平成10年（1998年）1月30日　生大阪府大阪市　学京都帝国大学法学部〔昭和12年〕卒　歴昭和24年関西学院大学助教授、26年教授、56年名城大学教授を歴任。著書に「日本近世村法の研究」など。また俳人としては、遠山麦浪の「獅林」に入会、17年「寒雷」に入り、加藤楸邨に師事。23年「楕円律」を創刊。37年「獅林」の選句を継承し主宰。句集に「比叡」「白鳥」「北嶺」がある。　賞寒雷清山賞（第9回）

前田 夕暮　まえだ・ゆうぐれ　歌人
明治16年（1883年）7月27日 ～ 昭和26年（1951年）4月20日　生神奈川県大住郡大根村南矢口（秦野市）　名本名＝前田洋造　学中郡中中退　歴中学を中退した頃から文学に傾倒し、明治37年上京、尾上紫舟に師事して車前草結成に参加。39年には白日社を創立し、41年パンフレット「哀楽」を刊行。「文章世界」「秀才文壇」などの編集をしながら、43年「収穫」を刊行、自然主義歌人として脚光をあびる。44年には「詩歌」を創刊し、大正元年には「陰影」を刊行。8年から山林業についたが、13年「日光」創立に参加し、14年「原生林」を刊行。以後自由律短歌運動に挺身した。ほかの歌集に「生くる日に」「水源地帯」「耕土」「夕暮遺歌集」などがあり、「前田夕暮全歌集」（至文堂）「前田夕暮全集」（全5巻, 角川書店）が刊行されている。　家妻＝狭山信乃（歌人）, 長男＝前田透（歌人）

前田 芳彦　まえだ・よしひこ　歌人
大正13年（1924年）1月13日 ～ 平成12年（2000年）11月12日　生新潟県佐渡　学東京外事専卒　歴昭和21年に白日社に入り「詩歌」に出詠。新歌人会、泥の会に参加。30年より作歌を中断、42年「詩歌」復刊に加わり編集同人となる。十月会、舟の会に参加。「青天」代表も務めた。歌集に「彼我」「像たち」「浮遊する日」「短歌の呼ぶ殺人」、評論集に「喪家の律」、他に研究「小説の中の歌と歌びと」などがある。

前田 嵐窓　まえだ・らんそう　俳人
明治41年（1908年）10月10日 ～ 昭和60年（1985年）9月13日　生広島県　名本名＝前田重雄（まえだ・しげお）　学小卒　歴大正12年「鴻東」より「石楠」を経て、昭和27年「天狼」入会。28年「七曜」入会、同人。34年「星雲」句会創始主宰。43年県天狼会副会長。　賞呉市文化功労章〔昭和44年〕

前田 律子　まえだ・りつこ　俳人
大正5年（1916年）8月29日 ～ 平成10年（1998年）5月11日　生兵庫県神戸市　学神戸市立第二高女卒　歴昭和27年俳誌「さいかち」に入会。44年同人。47年「其桃」同人。句集に「双龍譜」「山河」、俳句紀行文集「旅四篇」がある。

前野 博　まえの・ひろし　歌人
明治45年（1912年）3月16日 ～ 平成21年（2009年）10月30日　出京都府　学広島文理科大学科文学部国語・国文学科卒　歴湊川女子短期大学教授を務めた。三田国際短歌コンクールを開催するなど、短歌の国際化に力を尽くした。　賞兵庫県ともしびの賞

前野 雅生　まえの・まさお　俳人
昭和4年（1929年）8月10日 ～ 平成14年（2002年）6月26日　生東京都台東区浅草　名本名＝前野進（まえの・すすむ）　学国学院大学文学部卒　歴昭和30年「ぬかご」に入会、安藤姑洗子に師事。32年同人、35年編集長を経て、62年副主宰、平成2年主宰。句集に「母校」「陰祭」「本籍」「星宿」など。　賞ぬかご新人賞〔昭和32年〕, ぬかご賞〔昭和45年〕

前原 東作　まえはら・とうさく　俳人
大正4年（1915年）4月28日～平成6年（1994年）5月29日　生愛媛県松山市　出鹿児島県鹿児島市　学九州帝国大学医学部卒　歴昭和5年鹿児島一中俳句会（月明会）に入会し俳句を始める。8年「仙人掌」（のち「覇王樹」）を編集発行。大学在学中、吉岡禅寺洞の口語俳句「天の川」に参加。15年より18年にかけて「天の川」を編集。30年弟の前原誠と現代語俳句誌「形象」を創刊。同年整形外科を開業。平成7年「前原東作全句集」が刊行された。　家弟＝前原誠（俳人）

前原 利男　まえはら・としお　歌人
明治33年（1900年）9月9日 ～ 昭和60年（1985

年）3月22日　生岡山県津山市　歴染色工芸作家で歌人としても活躍。大正9年尾上柴舟の「水甕」に入社、のち同人・相談役。また「近畿水甕」を主宰。歌集に「草炎」「素彩」「手描友禅」がある。

前原 弘　まえはら・ひろむ　歌人
明治35年（1902年）8月10日 ～ 平成3年（1991年）1月14日　出京都府　歴宮津市立日ケ谷小学校、京都府加悦町立与謝小学校校長を務める。昭和24年「丹後歌人」創刊に参加。29年「形成」に入会し、木俣修に師事。47年から丹後歌人会会長。天橋立百人一首の選歌などに尽力した。賞宮津市文化賞〔昭和61年〕

前原 誠　まえはら・まこと　俳人
昭和3年（1928年）6月12日 ～ 昭和55年（1980年）12月25日　出鹿児島県川辺郡知覧町　学鹿児島大学医学部卒　歴昭和30年兄の前原東作と現代語俳句誌「形象」を創刊、編集を担当した。鹿児島県議も務めた。　家兄＝前原東作（俳人）

前山 巨峰　まえやま・こほう　俳人
大正2年（1913年）10月1日 ～ 昭和59年（1984年）3月13日　生栃木県足利市高松町　歴昭和15年「泥濘」を創刊、19年「ぬかるみ」と改題して主宰した。群馬県俳句作家協会副会長を務めた。句集に「蟇」「印度塵却」、従軍記に「泥濘二百八十里」がある。

真壁 仁　まかべ・じん　詩人
明治40年（1907年）3月15日 ～昭和59年（1984年）1月11日　生山形県山形市　名本名＝真壁仁兵衛　歴高等小学校卒業後、農業につく。高村光太郎に師事し、昭和7年処女詩集「街の百姓」を上梓。戦前、生活綴方事件で検挙される。農民文学懇話会「地下水」主宰。山形に定住し、東北の風土、農民生活に根ざした作品が多く、ほかの詩集に「青猪の歌」「日本の湿った風土について」「氷の花」「冬の鹿」「紅花幻想」「みちのく山河行」などがあり、評論に「弾道下のくらし」「詩の中にめざめる日本」「黒川能」「斎藤茂吉の風土」「吉田一穂論」「修羅の渚 宮沢賢治拾遺」などがある。また、山形県国民教育研究所長を長年務めるなど教育面でも活躍した。その方面の著書に「野の教育論」「野の文化論」（全5巻）がある。“野の思想家”と呼ばれ、没後、真壁仁野の文化賞が創設された。平成12年東北芸術工科大学東北文化研究センターより雑誌「真壁仁研究」が創刊される。　賞斎藤茂吉文化賞〔昭和38年〕，毎日出版文化賞（第36回）〔昭和57年〕「みちのく山河行」

槇 晧志　まき・こうし　詩人
大正13年（1924年）10月8日 ～ 平成19年（2007年）11月10日　生青森県　出山口県　名本名＝今田光秋（いまだ・みつあき）　学国学院大学中退　歴海軍予備学生応召中に戦傷。戦後、文筆活動に入り、現代詩、ラジオドラマ、児童図書、美術評論、史話など執筆。昭和30年宮沢章二と共に紅天社を設立、現代詩を中心とした「朱樓」を創刊。のち多彩な同人によって綜合文芸誌の刊行に努めた。著書に詩集「善知鳥」、児童文学「とべ花よとんでおくれ」「おりづるのうた」などの他、「世界の文化遺産」「古代文化遺産・古代史考」「児童文学」「文章構成法」などがある。PL学園女子短期大学教授、山村女子短期大学教授・図書館長を経て、名誉教授。日本伝承史文学会理事長。

槇 さわ子　まき・さわこ　詩人
昭和14年（1939年）3月7日 ～ 平成23年（2011年）8月21日　生東京都　名本名＝佃牧子　学梁川高卒　歴昭和57年「般若」で福島県文学賞、平成10年「月夜のアトリエ」で福島民報出版文化賞、16年「祝祭」で丸山薫賞を受賞。福島県文学賞審査委員、福島民報出版文化賞専門委員を務めた。他の詩集に「半熟卵の月」「神さまの木」などがある。　賞福島県文学賞（第35回）〔昭和57年〕「般若」，福島民報出版文化賞（第22回）〔平成10年〕「月夜のアトリエ」，太田玉茗賞「湖の空」，丸山薫賞（第11回）〔平成16年〕「祝祭」

牧 章造　まき・しょうぞう　詩人
大正5年（1916年）6月27日 ～ 昭和45年（1970年）10月3日　生東京都大田区大森　名本名＝内田正基　学神奈川県立工業学校〔昭和4年〕卒　歴昭和14年満州に渡り、「満州詩人」で活躍。戦後、「時間」などに参加し、28年北海道・足寄に移る。詩集に「礫」「虻の手帳」「罠」がある。　賞日通ペンクラブ賞（第1回）〔昭和27年〕

牧 ひでを　まき・ひでお　俳人
大正6年（1917年）1月16日 ～ 昭和62年（1987年）3月8日　生山口県玖珂郡由宇町神東公門所　名本名＝村岡英雄　学松山高商卒　歴昭和30年頃松山市で製紙会社を経営、その後、名古屋市に移って事業を興し、のち東京に転じる。俳句歴は15年「寒雷」創刊とともに楸邨に師事。戦後は「風」にもしばしば執筆、兜太の最も早い理解者でもあった。「寒雷」「海程」同人。句集に「杭打って」「牧ひでを句集」、著作に「金子兜太論」がある。

槇 弥生子　まき・やよいこ　歌人

昭和6年（1931年）7月13日～平成27年（2015年）5月19日　生東京都町田市　名本名＝森本早百合（もりもと・さゆり）　学二松学舎大学国文科卒　歴森本治吉に師事、昭和21年「白路」に入会、22年同人。28年「醍醐」同人となり、編集委員、選者を務めた。50年第一歌集「ふりむくことなし」を出版、51年同書で短歌公論処女歌集賞を受賞した。平成7年「砦」、16年「開耶」を創刊。他の歌集に「穴居願望」「太古の魚になりたい」「猩々舞」「神話」「美男葛」「刻の花々」「ゆめのあとさき」、著書に「はじめに歌ありき」「丈夫願望」などがある。　賞短歌公論処女歌集賞〔昭和51年〕「ふりむくことなし」

牧 羊子　まき・ようこ　詩人

大正12年（1923年）4月29日～平成12年（2000年）1月　生大阪府大阪市　名本名＝開高初子（かいこう・はつこ），旧姓・旧名＝小谷　学奈良女高師物理化学科〔昭和19年〕卒　歴市岡高等女学校から奈良女子高等師範に進み、物理化学を専攻。卒業後は母校の市岡高女教師を務めた。戦後は大阪大学の伏見康治研究室に在籍後、寿屋に勤務。はじめ、「蠟人形」「新大阪」に詩を投稿、戦後、「山河」同人となり、「現代詩」「えんぴつ」などにも参加。27年開高健と結婚し、長女誕生により同社を退社した際、入れ替わりに夫が同社宣伝部に入った。30年東京、47年茅ケ崎市に転居。この間、29年詩集「コルシカの薔薇」を刊行し、46年に「人生受難詩集」を刊行。他に詩集「天使のオムレツ」「聖文字・蟲」、評伝「金子光晴と森三千代」、エッセイ集「自作自演の愉しみ」「めんどり歌いなさい」などがある。また、料理の名人としても知られ「おかず咄」「味を作る人々の歌」「おいしい話つくって食べて」などの著書もある。ラジオ・新聞での人生相談も手がけ、テレビの料理番組にも出演した。　家夫＝開高健（小説家），娘＝開高道子（エッセイスト）

牧石 剛明　まきいし・ごうめい　俳人

昭和2年（1927年）1月2日～平成24年（2012年）4月14日　生神奈川県小田原市　名本名＝牧石昭治　学東洋大学文学部卒　歴昭和18年「獺祭」に拠り、21年「あざみ」同人。のち「顔」代表同人。句集に「種子の譜」「待光」「聲韻」がある。

牧野 愛子　まきの・あいこ　俳人

大正12年（1923年）10月7日～平成17年（2005年）1月31日　生神奈川県　学横須賀高女卒　歴昭和23年より皆川白陀の指導を受け、「末黒野」に投句。「末黒野」同人。　賞末黒野年度賞〔昭和29年〕

牧野 径太郎　まきの・けいたろう　詩人 俳人

大正11年（1922年）9月22日～平成22年（2010年）1月5日　生秋田県　名本名＝牧野忠雄，号＝火中　学明治大学文学部文芸科卒　歴16歳で萩原朔太郎に師事。明治大学在学中に知念栄喜、柳井道弘らと詩誌「帰郷者」を創刊。その後、林富士馬の「天性」と合併して「まほろば」となる。戦後は短歌研究社に入り、編集長も務めた。林と文芸誌「新現実」を創刊、同発行人。俳誌「鈴」「紺」同人。詩集に「拒絶」「祈願」「生きている」「翁草」「草花の翔舞」「野鳥礼賛」、小説に「戦場のボレロ」などがある。

牧野 文子　まきの・ふみこ　詩人

明治37年（1904年）1月7日～昭和58年（1983年）6月8日　生大阪府大阪市　学神戸女学院大学部中退　歴著書に「イタリア紀行・三部作」、詩集「あめんぼのゆめ」、編著に多田等観著「チベット滞在記」、訳書にフォスコ・マライーニ「ヒマラヤ真珠」「チベット」などがある。

牧野 まこと　まきの・まこと　俳人

明治44年（1911年）2月8日～昭和62年（1987年）9月18日　生愛知県名古屋市　名本名＝牧野亮　歴昭和23年「游魚」を創刊し、主宰。「ホトトギス」同人。句集に「吾子」。

牧野 寥々　まきの・りょうりょう　俳人

明治45年（1912年）3月3日～平成14年（2002年）5月22日　生東京市本所区（東京都練馬区）　名本名＝牧野由之助　学法政大学商科卒　歴昭和5年松根東洋城に師事、「渋柿」に入会。のち代表同人、選者。句集に「草炎」「鮟鱇の眼」「雲団々」「帆満々」「昭和終焉」「さい果て」。

牧港 篤三　まきみなと・とくぞう　詩人

大正1年（1912年）9月20日～平成16年（2004年）4月14日　生沖縄県那覇市辻町　学沖縄県

立工〔昭和5年〕卒　歴昭和15年沖縄朝日新聞に入り、沖縄新報勤務を経て、23年沖縄タイムスに入社。編集局雑誌編集局次長、取締役、文化事業局長、常務、専務を歴任し、のち論説委員。53年相談役。この間、25年沖縄戦を民間の視点から記録した共著「鉄の暴風」を出版。58年には沖縄戦を記録したフィルムを米国公文書館から買い取る1フィート運動の会設立に参加、記録映画「沖縄戦」製作に携わった。沖縄文化協会会長も務めた。著書に「沖縄精神風景」「沖縄自身との対話・徳田球一伝」「幻想の街・那覇」、詩集に「無償の時代」などがある。

槇本 楠郎　まきもと・くすろう　歌人

明治31年（1898年）8月1日 〜 昭和31年（1956年）9月15日　生岡山県吉備郡福谷村　名本名＝槇本楠男　学早稲田大学予科中退　歴農業に携わりながら文学を学び、大正11年詩集「処女林のひびき」を、14年編著「吉備郡民謡集」を刊行。のち児童文学面でプロレタリア文学運動に参加し「プロレタリア児童文学の諸問題」「プロレタリア童謡講話」、童謡集「赤い旗」を昭和5年に刊行。日本のファッショ化が進んだ10年から11年にかけては「新児童文学理論」や「仔猫の裁判」などの童話集を多く刊行。戦後は共産党に入党、児童文学者協会で活躍するなど、生涯を民主的、芸術的児童文学のためのたたかいに捧げた。歌集に「婆婆の歌」（無産者歌人叢書）がある。　家娘＝槇本ナナ子（童話作家）

真久田 正　まくた・ただし　詩人

昭和24年（1949年）5月29日 〜 平成25年（2013年）1月17日　出沖縄県石垣市　学八重山高卒　歴詩集に「真帆船のうむい」がある。　賞海洋文学大賞（童話部門, 第4回）〔平成12年〕, 新沖縄文学賞（第27回）〔平成13年〕, 沖縄タイムス芸術選賞奨励賞（第39回）〔平成16年〕

正岡 陽炎女　まさおか・かげろうじょ　俳人

明治19年（1886年）11月13日〜昭和42年（1967年）1月15日　生高知県　名本名＝正岡辰雌（まさおか・ときめ）　学札幌北星女学校〔明治33年〕卒, 神戸頌栄保姆伝習所〔明治41年〕修了　歴高知県の出身だが、幼児に生家が洪水の被害に遭い、明治30年に一家で北海道に渡った。札幌北星女学校や神戸頌栄保姆伝習所に学んだのち、保母として青森県弘前の若葉幼稚園に勤務。のち、結婚して一時期を東京で暮らすが、病を得て北海道に帰り、正岡家に復籍した。大正11年頃から俳誌「枯野」を主宰する長谷川零余子に師事して俳句をはじめ、同誌の同人として活躍。昭和3年に零余子が没後すると、その夫人で女流俳人の長谷川かな女の門下に移り、6年以降はかな女が発刊した「水明」に拠った。26年北海道美唄に零余子・かな女の句碑を建立。また、同年「水明」系の俳誌として「暁水」を創刊した。30年水明賞を受賞。　賞水明賞〔昭和30年〕

正木 不如丘　まさき・ふじょきゅう　俳人

明治20年（1887年）2月26日 〜 昭和37年（1962年）7月30日　生長野県上田　名本名＝正木俊二, 旧号＝零筑子　学東京帝国大学医科大学〔大正2年〕卒　歴大正9年パリのパスツール研究所に留学、帰国後慶応義塾大学医学部助教授となった。11年朝日新聞に小説「診療簿余白」を連載、作家としてデビュー。以後昭和初期にかけ専門知識を生かした探偵小説「県立病院の幽霊」「手を下さざる殺人」「果樹園春秋」などのほか「木賊の秋」「とかげの尾」と多くの大衆小説も手がける。傍ら、昭和の初めから信州富士見高原療養所を経営、所長を務めた。同療養所は「風立ちぬ」の堀辰雄、婚約者の矢野綾子、竹久夢二らが入院したことや、久米正雄の小説「月よりの使者」の舞台として知られる。一方、独協中学在学中から俳句を始め、河東碧梧桐選「日本俳句」に投句。大学に入ってからは中断したが、のち療養所内の雑誌「高原人」に作品を発表、俳人としても活躍した。句集に「不如丘句歴」がある。

政田 岑生　まさだ・きしお　詩人

昭和10年（1935年）7月5日〜平成6年（1994年）6月29日　生広島県安佐郡祇園村（広島市）　歴高校時代から詩誌「季節」を発行。昭和29年より東京海上火災保険に勤務する傍ら、31年季節社として「罠」、32年書肆季節社として「洪水」を創刊。39年「襤褸」創刊。45年歌人・塚本邦雄と面会して以来、出版社その他第三者との折衝を引き受けるなど塚本の作家活動をマネージメントし、100を越える著書の編集・装丁を担当、その創作活動を支えた。詩集「政田岑生詩集」がある。

正田 涼園子　まさだ・りょうえんし　俳人

明治38年（1905年）1月2日 〜 昭和61年（1986年）5月8日　生富山県　名本名＝正田亀次郎（まさだ・かめじろう）　歴富山県高岡地区の

「辛夷会」「ホトトギス会」の最高責任者として指導的役割を果たし、後進の育成に務めた。高岡市民功労者。

正富 汪洋　まさとみ・おうよう　詩人　歌人
明治14年（1881年）4月15日～昭和42年（1967年）8月14日　生岡山県邑久郡本庄村　名本名＝正富由太郎　学哲学館卒　歴大正7年詩誌「新進詩人」を創刊。教職についたこともあるが、生涯にわたって詩作する。明治38年の清水橘村との共著「夏びさし」をはじめ「小鼓」「豊麗な花」「月夜の海」「世界の民衆に」など多くの詩集がある。戦後は日本詩人クラブの結成および発展に尽力した。

真下 喜太郎　ました・きたろう　俳人
明治21年（1888年）6月9日～昭和40年（1965年）8月13日　生群馬県前橋市　学慶応義塾大学理財科卒　歴大正6年高浜虚子の長女真砂子と結婚、以後虚子に師事し「ホトトギス」に投句。戦時中、私立東北振興青年学校長などをする。戦後、俳諧文庫会主任などを歴任。「歳時記脚註」「続歳時記脚註」の著がある。　家岳父＝高浜虚子（俳人）

桝岡 泊露　ますおか・はくろ　俳人
明治30年（1897年）11月3日～昭和57年（1982年）3月6日　生大阪府　歴大正3年野村泊月に勧められて句作、大橋桜坡子らと淀川俳句会をつくり「ホトトギス」に拠った。昭和33年青木稲女の「麦秋」後継主宰となる。句集に「旅から旅へ」がある。

増田 恵美子　ますだ・えみこ　歌人
大正15年（1926年）1月7日～平成15年（2003年）11月30日　生三重県　歴歌誌「砂金」「ぽせいどん」に所属。昭和48年歌集「海幻記」を出版。49年三重県文化奨励賞を受ける。一方、津市に市立図書館を開設する運動を行い実現させ、56年から4年間三重県教育委員長も務めた。歌集に「すくらむぶる」など。　賞三重県文化奨励賞〔昭和49年〕

増田 晴天楼　ますだ・せいてんろう　俳人
明治37年（1904年）5月19日～昭和36年（1961年）5月21日　出奈良県大和高田市　名本名＝増田辰蔵　歴葛城文庫を経営し、大和高田市史編纂委員、俳文学会会員を務めた。俳句は、大正12年より野田別天楼に師事し「曼荼羅」「雁来紅」同人。戦後は、大和芭蕉遺蹟研究会を主宰して、大和路の芭蕉遺蹟を踏査した。著書に「大和路の芭蕉遺蹟」がある。

増田 達治　ますだ・たつじ　俳人
昭和3年（1928年）1月17日～平成2年（1990年）1月31日　生静岡県静岡市　名本名＝久保田達治（くぼた・たつじ）　学豊川海軍工廠乙種中中退　歴昭和21年佐野瓢雨に教えを受ける。23年大野林火を知り「浜」入会、32年同人。句集に「独行」「芦台刈」。　賞浜賞〔昭和27年〕

増田 手古奈　ますだ・てこな　俳人
明治30年（1897年）10月3日～平成5年（1993年）1月10日　生青森県南津軽郡蔵舘村（豊科町）　名本名＝増田義男，別号＝義人　学東京帝国大学医学部〔大正7年〕卒　歴大正12年水原秋桜子、高野素十らと共に高浜虚子に学ぶ。昭和3年父の死にあい、6年帰郷し医院開業。同年俳誌「十和田」を創刊し、主宰。9年「ホトトギス」同人。句集に「手古奈句集」「夜の牡丹」「合歓の花」「定本増田手古奈句集」「山荷葉」「つらつら椿」、随筆集に「雑記帳」「十和田雑詠鑑賞」がある。　勲青森県褒章〔昭和37年〕，勲五等瑞宝章〔昭和44年〕　賞青森県文化賞〔昭和36年〕，東奥賞〔昭和48年〕　家従兄弟＝村上三良（俳人）

増田 八風　ますだ・はっぷう　歌人
明治13年（1880年）4月4日～昭和32年（1957年）5月20日　生三重県朝明郡小島村（菰野町）　名本名＝増田甚治郎　学東京帝国大学文学部独文科〔明治40年〕卒　歴東京帝大在学中より「馬酔木」及びその後継誌「アカネ」に短歌、翻訳、小説などを発表。明治42年八高講師を経て、44年教授となり、昭和20年に退官するまで長くドイツ語を講じた。この間、大正12～14年ドイツに留学。10年依田秋圃や浅野梨郷らと「歌集日本」を創刊、古代和歌に関する研究も発表した。

増田 文子　ますだ・ふみこ　歌人
大正9年（1920年）5月13日～平成11年（1999年）1月15日　生旧朝鮮大邱　歴女学校時代より作歌し、昭和12年「ポトナム」同人。21年「古今」創刊に参加、44年「閃」を創刊し代表となる。55年柴舟会常任幹事。歌集に「喜劇」「碧」、評論に「阿部静枝論」がある。

増田 美恵女　ますだ・みえじょ　俳人
大正1年（1912年）～昭和35年（1960年）11月18日　生埼玉県秩父郡両神村　名本名＝増田いね，旧姓・旧名＝飯塚　歴看護婦学校を卒業したのち満州に渡り、開拓地の看護婦・助産婦として活躍。ここで開拓団の青年と結婚して3児をもうけるが、敗戦のために夫と離別し、昭和21年子供とともに命からがら帰国した。その後、埼玉県熊谷市の増田平四郎と再婚し、銘茶の販売などで生計をたてた。一方、女流俳人としても活動し、29年には俳人・田島一宿らとともに俳誌「高唱」を創刊。以後、作句に励むとともに同誌の発行にも尽力した。満州での体験を詠んだものに秀句が多い。

増田 雄一　ますだ・ゆういち　俳人
明治44年（1911年）3月6日～平成2年（1990年）6月27日　生東京市浅草区（東京都台東区）　名本名＝増田一雄　学東京逓信講習所卒　歴佐藤甘棠に手ほどきを受け、後川島奇北に本格的に指導を受ける。戦中「紺」に投句。戦後は「鹿火屋」同人。句集に「出羽山神」。　賞鹿火屋新人賞

増谷 龍三　ますたに・りゅうぞう　歌人
昭和5年（1930年）1月3日～平成8年（1996年）5月27日　生北海道池田町　学帯広農専卒　歴昭和26年「山脈」入会。27年「新墾」入社、小田観蛍に師事、後に選者。39年菱川善夫を中心に北海道青年歌人会設立、40年同人誌「素」を創刊、編集発行。45年現代短歌・北の会創立に参加、57年「素」を解散し「岬」を創刊、代表となる。道歌人会幹事を経て委員。歌集に「北の創世紀」。　賞北海道歌人会賞（第3回）〔昭和34年〕，新墾賞

増渕 一穂　ますぶち・かずほ　俳人
大正1年（1912年）8月22日～平成1年（1989年）1月24日　出栃木県宇都宮市　名本名＝増渕律　学東洋大学卒　歴今市高、宇都宮工、宇都宮高の国語教師を務める。この間、昭和27年「夏草」入門、同人。34年から朝日新聞栃木俳壇選者を務める。句集に「藍甕」、編書に「朝日新聞栃木俳壇第1、2選集」、随想に「実作に思う」。賞夏草功労賞〔昭和48年〕

町 春草　まち・しゅんそう　俳人
大正11年（1922年）4月3日～平成7年（1995年）11月13日　生東京都　名本名＝町和子（まち・かずこ）　学東京服飾美校卒　歴幼時から書を始め、飯島春敬門下で学ぶ。昭和19年春草の号を受け、21年日本書道美術院の第1回再建書道展仮名部門で最高賞を受賞。28年最初の個展を開き、以後“書の近代化”に挑む。36年から海外でも活躍し、56年招かれてパリの国立装飾美術館で個展。著書は「平安書道芸術の人びと」「たのしい書」「花のいのち・墨のいのち」書道芸「書芸の瞬間」などの他、俳人として句集「紅梅」も。日舞・花柳流、地唄舞いの名取でもある。　勲フランス芸術文化勲章シュバリエ章〔昭和60年〕　家弟＝町春秀（書家），息子＝まちひろし（イラストレーター）

町垣 鳴海　まちがき・なるみ　俳人
大正7年（1918年）6月1日～平成14年（2002年）2月2日　生兵庫県　名本名＝町垣一己，旧姓・旧名＝鍛冶　学農林学校卒　歴昭和13年兵役入隊。17年句作を始め、20年「馬酔木」「浜木綿」「狐火」などに拠る。23年「天狼」「七曜」入会、26年「七曜」同人、37年「天狼」同人、平成3年「天狼」編集委員、6年「天狼」終刊で「天狼神戸支部」を引き継ぎ「昴」発足。句集に「滾る」がある。　賞天狼賞（第13回）〔昭和37年〕

町田 しげき　まちだ・しげき　俳人
明治42年（1909年）8月6日～平成9年（1997年）4月5日　生東京都大田区馬込　名本名＝町田基　学早稲田大学政経学部卒　歴日本郵船勤務、千葉海運産業社長を経た後、俳句に専念。昭和11年村山古郷、38年大野林火の手ほどきを受ける。翌年「浜」入門、44年同人。句集に「しげき句集」「わたつみ」「梅」がある。　賞浜同人賞（第25回）〔平成1年〕

町田 志津子　まちだ・しずこ　詩人
明治44年（1911年）2月6日～平成2年（1990年）2月20日　出静岡県沼津市　名本名＝飯塚しづ　学実践女専国文科卒　歴昭和25年北川冬彦の詩誌「時間」の同人となる。29年第1回時間賞を受賞し、第一詩集「幽界通信」を刊行。詩集に「町田志津子詩集」「飛天」、詩と随想集「潮の華」がある。　賞時間賞（第1回）〔昭和29年〕，北川冬彦賞（第2回）〔昭和42年〕

松井 如流　まつい・じょりゅう　歌人
明治33年（1900年）3月31日～昭和63年（1988年）1月16日　生秋田県横手市　名本名＝松井郁次郎（まつい・いくじろう）　学秋田准教員

養成所卒 歴吉田苞竹に師事して書を学び、書家として大成し、のち日展参与。短歌は大正14年「覇王樹」に入社、橋田東声に師事。東声没後は臼井大翼に師事、大翼没後「覇王樹」責任者。著書に「松井流書法」「中国書道史随想」、歌集「水」など。 勲勲三等瑞宝章〔昭和51年〕 賞日本芸術院賞〔昭和39年〕

松井 青雨　まつい・せいう　俳人
大正3年（1914年）12月22日～平成2年（1990年）8月7日 生奈良県北葛城郡 名本名＝松井清太郎 学陸士卒 歴山内遊糸の手ほどきを受け、昭和39年「蘇鉄」入会、山本古瓢に師事。42年「蘇鉄」同人。 賞蘇鉄新人賞〔昭和42年〕，蘇鉄年度賞〔昭和46年〕

松井 利彦　まつい・としひこ　俳人
昭和2年（1927年）2月5日～平成18年（2006年）12月29日 生岐阜県岐阜市 学立命館大学文学部国文科〔昭和25年〕卒，名古屋大学大学院〔昭和36年〕修了 歴岡山大学教授、聖徳学園岐阜教育大学教授、東海女子短期大学教授を経て、名古屋女子大学教授。戦後、近代俳句・俳論史の研究に入り、「正岡子規の研究」「近代俳論史」「昭和俳句の研究」「軍医森鷗外」など多数の研究書を発表。昭和55年俳人協会評議員。56年より山口誓子主宰「天狼」の編集長となり、平成6年3月誓子死後、6月に終刊するまで務めた。同年～15年「天伯」を創刊・主宰。「風」同人。句集に「美濃の国」「紙すきうた」がある。 賞風賞〔昭和36年〕，文部大臣賞〔昭和51年〕「正岡子規の研究」，岐阜県文化顕賞〔昭和42年〕

松井 満沙志　まつい・まさし　俳人
大正7年（1918年）3月12日～平成8年（1996年）9月26日 生北海道瀬棚郡瀬棚町 名本名＝松井仁 学日本通信学園卒 歴25歳の時満州に渡り、敗戦で小樽に。小樽市役所職員として定年まで勤務後、日本赤十字社に勤めて退職した。この間「雲母」主宰の飯田蛇笏に師事、49年「雲母」同人、のち小樽支社代表。小樽俳句協会設立に加わり、平成3年会長となる。5年「白露」に入会。句集に「海」がある。 賞北海道新聞俳句賞（第3回）〔昭和63年〕「海」

松浦 桜貝子　まつうら・おうばいし　俳人
大正5年（1916年）11月21日～昭和60年（1985年）10月12日 生広島県 名本名＝松浦潔（まつうら・きよし） 学大社中卒 歴昭和21年「鹿火屋」、27年「俳句地帯」、52年「獺祭」入会。42年「地帯」、53年「鹿火屋」「獺祭」同人。46年島根県労基局人蔘俳句会結成、指導。のち大社俳句会副会長。

松浦 篤男　まつうら・とくお　歌人
大正15年（1926年）7月23日～平成22年（2010年）6月12日 生徳島県名西郡神山町 名本名＝松浦徳男（まつうら・とくお） 歴農家に7人きょうだいの長男として生まれる。昭和12年ハンセン病を発症、病状の悪化や両親の死をきっかけに、37年高松市の国立療養所大島青松園に入園。同園徳島県人会会長を務めた。短歌作りに励み、松浦篤男名義で歌集「朝光の島」「海あかり」がある。国の隔離政策の誤りが認めた、平成13年のハンセン病訴訟熊本判決以後は、本名で各種のフォーラムなどに参加し、ハンセン病への正しい理解や元患者への差別解消を訴えた。

松尾 あつゆき　まつお・あつゆき　俳人
明治37年（1904年）6月16日～昭和58年（1983年）10月10日 生長崎県北松浦郡佐々町 名本名＝松尾敦之（まつお・あつゆき），旧姓・旧名＝小野敦之 学長崎高商〔大正14年〕卒 歴明治41年4歳の時に松尾家の養子となる。大正14年長崎高商を卒業して教師となり、昭和3年より荻原井泉水に師事。20年8月長崎の大浦食料営団勤務中に被爆、妻と3人の子どもも失った。その体験を句に詠むが連合国軍総司令部（GHQ）の検閲で発表を禁止され、一部は21年末に発行された井泉水主宰の「層雲」に発表されたものの、占領終了後の30年に句集「長崎」が刊行されるまでほとんど知られることはなかった。この間、24年句友の内島北朗のいた長野県に移り住み、36年まで屋代東高校の英語教師や松代高校教頭などを務める傍ら、長野県原水爆被災者の会会長としても活動。退職後は長崎に帰郷し、47年句集「原爆句抄」を出版した。没後の平成20年、屋代東高校時代の教え子である竹村あつおにより未発表句を含む約6600句を収めた句集「花びらのような命」が刊行された。 賞層雲賞〔昭和17年〕

松尾 いはほ　まつお・いわお　俳人
明治15年（1882年）4月15日～昭和38年（1963年）11月22日 生京都府京都市 名本名＝松尾巌（まつお・いわお） 学京都帝国大学医学部〔明治41年〕卒 歴大正2年京都帝国大学医学部内科助教授、6～9年米国に留学、9年教授、昭和

3〜7年附属医院長、12年退官。大阪女子高等医専理事、理事長、附属病院長も務めた。胆石症の権威。著書に「開腹術の前後」「胆石及び胆道の疾患」「胆石の発生と其治療の根本義」「消化器疾患の一般治療」などがある。一方、京都帝国大学在学中、大谷句仏の運座に参加。昭和4年「蜻蛉会」を創立、五十嵐播水、鈴鹿野風呂らに学んだ。また高浜虚子に師事、7年「ホトトギス」同人。妻静子との句集「摘草」「春炬達」「金婚」などがある。 家妻＝松尾静子（俳人）

松尾 宇邨　まつお・うそん　俳人
昭和6年（1931年）7月31日〜平成8年（1996年）8月30日 生鹿児島県 名本名＝松尾襄次 学鹿児島大学卒 歴旧制一中時代兄・松尾白魚の手ほどきを受け、芭蕉に傾倒。昭和30年「萬緑」を経て、35年角川源義に師事、「河」入会。37年同人。38年鹿児島県俳人協会設立に参与。鹿児島県俳協の「海紅豆II」など編集に携わった。

松尾 春光　まつお・しゅんこう　俳人
大正7年（1918年）2月25日〜平成8年（1996年）6月7日 生香川県三野町 学西南学院中退 歴昭和37年「同人」入会、40年選者。41年上顎悪性腫瘍の手術を受ける。句集に「春光」。

松尾 馬奮　まつお・ばふん　川柳作家
明治19年（1886年）3月15日〜昭和40年（1965年）9月19日 生青森県三戸町 名本名＝松尾庄次郎（まつお・しょうじろう） 学三戸尋常高小卒 歴明治36年より三戸銀行に勤務、はじめは給仕であったが同銀行初代頭取松尾長之丞に認められて事務員となり、大正元年には同副支配人に就任。その傍ら、大正中期から川柳をはじめ、「東奥日報」柳壇などにも投稿して高い評価を得た。15年長谷川霜鳥と共に三戸川柳吟社を結成し、その初代会長となった。青森柳壇の重鎮として活躍し、青森川柳社顧問・三戸川柳会会長などを務めて川柳の普及と後進の育成に尽力、“陸奥の快翁”とあだ名された。36年にその喜寿を祝賀する川柳大会が盛大に開かれ、同年川柳作家としてはじめて青森県文化賞を受賞。句集に「翁」などがある。 賞青森県文化賞〔昭和36年〕

松尾 ふみを　まつお・ふみお　俳人
大正11年（1922年）3月26日〜平成8年（1996年）11月18日 生京都府 学早稲田大学法学部〔昭和22年〕卒 歴日本レース、神明精機を経て、昭和48年京都新聞社に入社、57年定年退職。俳句は18年「ホトトギス」入門。一時中断するが32年に復帰。53年「かつらぎ」に入門。58年「かつらぎ」同人に推薦された。この間「東山」「芹」「玉藻」「馬酔木」に投句。句集に「松尾ふみを集」。

松尾 まさの　まつお・まさの　歌人
大正4年（1915年）〜平成17年（2005年） 歴60歳を過ぎて短歌を始め、「コスモス」に入会して吉田草二に師事。歌集にビルマ戦線で失った夫を歌った「ビルマの鷗」がある。

松岡 貞総　まつおか・さだふさ　歌人
明治21年（1888年）7月15日〜昭和44年（1969年）6月23日 生埼玉県本庄市 学東京帝国大学医学部〔大正6年〕卒 歴大正11年新宿武蔵野病院耳鼻科部長を経て、昭和22年東京都町田に耳鼻咽喉科医院を開業。36年休業して文筆活動に専念。一方、少年時代より作歌に親しみ、大正15年医学文芸誌「匙」を創刊。また歌誌「常春」に拠り、昭和14年「醍醐」創刊・主宰。歌集に「山彦」「雲の如く」「黒潮」「那智」などがある。

松岡 繁雄　まつおか・しげお　詩人
大正10年（1921年）4月30日〜平成3年（1991年）12月8日 生秋田県 学高小卒 歴戦時中は南方へ渡り、負傷後帰郷。昭和21年北海道に渡り、雨竜郡浅野炭鉱に勤務しながら労働詩を書く。23年高江常雄、浅香進一、関谷文雄と「炭鉱四人詩集」を刊行、その中の長編詩「英さん」が亀井文夫監督の映画「女一人大地を行く」の原作となる。38年「詩の村」創立同人として参加、54年からは同誌の編集・発行にあたる。詩集に「風信」（48年）、「瞽女おろし」（57年）がある。

松岡 辰雄　まつおか・たつお　歌人
明治37年（1904年）5月15日〜昭和30年（1955年）8月23日 生青森県青森市 学高等小学校中退 歴大正9年国鉄に勤務し、仙台鉄道教習所を修了、12年車掌となる。13年青森駅改札掛に勤務替となる。15年全日本鉄道従業員組合の結成に参加。昭和2年解雇され、日農青森県連合会の書記となり、昭和4年共産党に入党。同年の4.16事件で検挙され懲役5年に処せられた。出獄後は印刷の外交員などをし、14年青森購買組合を組織して活動中の16年に検挙され、約6ケ月拘留される。出獄後は短歌を作り、21年青森県歌人協会の設立に参加した。歌集に「松岡辰雄歌集」「新生に題す」がある。

松岡 凡草　まつおか・ぼんそう　俳人
明治33年（1900年）3月1日～昭和58年（1983年）1月13日　生愛媛県北条市辻　名本名＝松岡政義（まつおか・まさよし）　学東京商科大学〔大正13年〕卒　歴大正13年勧業銀行に入行。14年病気の為に帰郷し、仙波花叟に師事。昭和2年上京して松根東洋城の「渋柿」に入門。27年同誌の代表同人の一人となり、44年より発行・編集を担当した。

松岡 六花女　まつおか・りっかじょ　俳人
明治37年（1904年）9月9日～平成8年（1996年）4月17日　生愛媛県松山市　名本名＝松岡君江　学松山高女卒　歴昭和30年「渋柿」入会。のち「渋柿」代表同人。

松垣 昧々　まつがき・まいまい　俳人
明治25年（1892年）～昭和52年（1977年）　名本名＝松垣重敬（まつがき・しげたか）　学中津中学〔明治44年〕卒　歴大正3年荻原井泉水が主催する俳句誌「層雲」の同人となり、15年句集「石は黙す」を発刊。中津史談会を組織して郷土史研究と俳句の指導にあたった。著作に「中津地方の句塚」「扇城俳壇史話」がある。放浪の俳人・種田山頭火と親しく、自宅・昧々居に山頭火を招きもてなした。

松木 利次　まつき・としじ　俳人
大正15年（1926年）4月15日～平成19年（2007年）1月11日　生神奈川県横浜市　歴昭和27年「俳句饗宴」創刊に同人として参加。32年「麦」に入会、同人となったが、中島斌雄が亡くなると退会。宮城県俳句協会会長、顧問を務めた。賞宮城県芸術祭文芸賞〔昭和46年〕，宮城県芸術祭賞〔昭和49年〕

松倉 正枝　まつくら・まさえ　俳人
大正7年（1918年）6月2日～平成3年（1991年）3月17日　生神奈川県　学山脇高女卒　歴昭和46年東早苗主宰「七彩」入門、50年同人。　賞七彩大会賞〔昭和47年〕，七彩賞〔昭和52年〕

松崎 鉄之介　まつざき・てつのすけ　俳人
大正7年（1918年）12月10日～平成26年（2014年）8月22日　生神奈川県横浜市　名本名＝松崎敏雄（まつざき・としお）　学横浜商専卒　歴昭和12年横浜商業専門学校在学中から「馬酔木」に投句。14年大野林火に師事し、「石楠」に入会。15年応召、22年シベリアから復員し、同年「浜」に同人参加。24年より東京国税局に勤務。45年退職後は税理士として東京・銀座に事務所を開いた。57年師の逝去により「浜」を継承・主宰。平成5～14年俳人協会会長。25年「浜」を終刊させた。句集に「鉄線」「信篤き国」「歩行者」「長江」「黄河」「東籬の菊」「花楷樹」などがある。　賞石楠賞〔昭和16年〕，浜同人賞〔昭和55年〕，俳人協会賞（第22回）〔昭和57年〕「信篤き国」，詩歌文学館賞（俳句部門，第18回）〔平成15年〕「長江」

松崎 豊　まつざき・ゆたか　俳人
大正10年（1921年）12月12日～平成18年（2006年）3月26日　生福井県福井市　学福井第一高小卒　歴古美術商。俳句を兄・松崎丘秋に習い、昭和11年から句作を始める。12年より皆吉爽雨選「山茶花」「花がたみ」に投句。13年「すずしろ」に参加、森川暁水に師事。15年「天香」に入会して三谷昭にも学んだ。戦後は「すずしろ」を改題した「風土」や、中西舗土らの「家郷」を経て、37年多田裕計の「れもん」、41年柴田宵曲の「谺」同人。44年「面」に参加、のち同人。62年「雷魚」創刊に参加した。共著「俳句のすすめ」「現代俳句を学ぶ」「虚子物語」「俳句解釈と鑑賞辞典」などがある。

松沢 昭　まつざわ・あきら　俳人
大正14年（1925年）3月6日～平成22年（2010年）8月13日　生東京府北豊島郡滝野川町（東京都北区）　学法政大学経済学部〔昭和21年〕卒　歴父は「雲母」同人であった俳人の松沢鍬江。学徒動員時代の昭和19年から句作を始め、21年飯田蛇笏に師事して「雲母」に投句、28年同人。36年「秋」、39年「四季」を創刊・主宰。平成12年から6年間、現代俳句協会会長を務めた。句集に「神立」「安曇」「父ら」「山処」「安居」「麓入」「乗越」「飛」「麗」、評論集に「現代秀句の評釈」「現代秀句の鑑賞」などがある。賞現代俳句大賞（第8回）〔平成20年〕　家父＝松沢鍬江（俳人）

松沢 鍬江　まつざわ・しゅうこう　俳人
明治24年（1891年）11月20日～昭和50年（1975年）4月12日　生茨城県　名本名＝松沢静三，旧号＝詠風　歴豪農の後継ぎとして生まれるが、大正7年家出同然に上京。警視庁巡査を経て、東京市に勤務。大正11年増田龍雨を識り雪中庵系の俳句に親しみ詠風と号した。15年飯田蛇笏に師事し、鍬江と改号。以後「雲母」によって句作にはげみ、昭和13、16年の2回にわたり寒夜句三昧個人賞受賞。蛇笏選の「春夏秋冬」欄で活躍。句集に「鍬江句集」「白毫」「春秋高」がある。　家息子＝松沢昭（俳人）

松下 次郎　まつした・じろう　詩人
大正8年（1919年）7月3日～昭和61年（1986年）12月3日　出東京都　学慶応義塾大学卒　歴元朝日新聞記者。昭和41年7月～42年10月日本新聞労働組合連合（新聞労連）委員長。また、詩誌「日本未来派」編集長を務めた。58年の浦和市長選に革新統一候補で出馬。詩集に「時計の符牒」がある。

松下 千里　まつした・ちさと　詩人
昭和26年（1951年）～昭和63年（1988年）3月11日　生東京都　学早稲田大学文学部卒　歴はじめ詩人として出発し、のち文芸評論に転じる。詩集に「赤頭巾ちゃんの私的ディテール」。賞群像新人文学賞優秀賞（第27回・評論部門）〔昭和59年〕「生成する『非在』―古井由吉をめぐって」　家夫＝松下育男（詩人）

松下 千代　まつした・ちよ　俳人
昭和21年（1946年）10月25日～平成22年（2010年）10月29日　生埼玉県　名本名＝光山千代（こうやま・ちよ）　歴昭和54年「河」に入会、57年同人。平成元年河賞を受賞。句集に「浮動」がある。　賞河賞〔平成1年〕

松下 昇　まつした・のぼる　詩人
昭和11年（1936年）3月11日～平成8年（1996年）5月6日　生奈良県　学東京大学大学院人文科学研究科独文専攻〔昭和38年〕修士課程修了　歴神戸大学講師となり、学園紛争のさなかに、独自の大学改革運動を押し進めて懲戒免職。以後、詩作に専念し、作品として「六甲」「包囲」「松下昇表現集」がある。

松田 常憲　まつだ・つねのり　歌人
明治28年（1895年）12月1日～昭和33年（1958年）3月13日　生福岡県甘木市秋月町　学国学院大学高師部国漢科卒　歴教員生活をしながら、中学時代から短歌を作り、大正6年「水甕」に参加、のち同誌3代目主宰者となる。15年「ひこばえ」を刊行。他の歌集に「三径集」「好日」「春雷」「凍天」「長歌自叙伝」「秋風抄」などがある。昭和22年教員を辞し、以後は著作に専念した。長歌体で新生面を開拓し、「長歌自叙伝」は芸術院賞候補に挙げられた。　家長女＝春日真木子（歌人）

松田 解子　まつだ・ときこ　詩人
明治38年（1905年）7月18日～平成16年（2004年）12月26日　生秋田県仙北郡荒川村　名本名＝大沼ハナ（おおぬま・はな），旧姓・旧名＝松田ハナ　学秋田女子師範〔大正13年〕卒　歴秋田県・荒川銅山の鉱夫長屋に貧しい炭鉱夫の娘として生まれる。鉱山事務所で働き、苦学して小学校教師となるが、労働歌を歌い、社会の矛盾を詩で表現するといった教育が問題となり、大正15年上京。江東地区の工場で働き、間もなく社会運動家の大沼渉と結婚。昭和3年3月の共産党大弾圧で夫と共に検挙される。日本プロレタリア作家同盟に加わり、5年雑誌「女人芸術」に「全女性進出行進曲」が作詩入選。次いで小説、詩、随筆、評論を次々と発表した。9年久保栄らと「文芸街」を創刊。作品に母親をモデルに鉱山で暮らす一女性の苦闘を描いた「おりん口伝」、戦時中に多くの中国人労働者が死亡した花岡鉱山事件に取材した「地底の人々」の他、「女性線」「朝の霧」「回想の森」などがある。一方、感想評論集「子供とともに」を出版するなど、児童問題にも関心を深めた。詩集に「辛抱づよい者へ」「列」「松田解子詩集」。家夫＝大沼渉（社会運動家）

松田 福枝　まつだ・ふくえ　俳人
大正6年（1917年）6月10日～平成3年（1991年）8月2日　生福井県　学東京家政大学中退　歴3年ほど和田魚里の手ほどきを受ける。昭和50年「握手」入会。　賞握手賞〔昭和53年〕

松田 みさ子　まつだ・みさこ　歌人
大正11年（1922年）12月24日～平成15年（2003年）6月8日　生大阪府　歴20歳より作歌し「どうだん」に入会、清水千代に師事するが、昭和23年退会、渡辺順三の「人民短歌」に入会する。36年「新日本歌人」常任幹事。「十月会」会員でもあり多摩歌話会委員を務めた。歌集に「乱気流」「未明海流」など。

松田 毛鶴　まつだ・もうかく　俳人
明治13年（1880年）～昭和33年（1958年）　生群馬県藤岡市上日野　名本名＝松田鎮（まつだ・たまき）　学群馬師範〔明治39年〕卒　歴教師の傍ら郷土史研究に従事し、「上毛及上毛人」「毛野」「上毛文化」などに多くの論文を発表。文字瓦・羊子三を発見し、多古碑の“羊”人名説を確証付けた。「群馬県多野郡誌」では「名勝古跡」の編集などに携わり、晩年には「藤岡町誌」の執筆、編集も行った。俳人・毛鶴としても著名。

松田 幸雄　まつだ・ゆきお　詩人
昭和2年(1927年)3月25日〜平成25年(2013年)4月29日　生千葉県印旛郡　名本名＝松田幸雄(まつだ・ゆきお)　学慶応義塾大学経済学部〔昭和24年〕卒　歴三井物産に勤務する傍らで詩作を続け、「地球」「青」「南方」の同人として活動。昭和41年「詩集1947―1965」で室生犀星賞、平成14年D.H.ロレンス「鳥と獣と花」の訳詩で日本詩人クラブ詩界賞を受賞。他の詩集に「日輪王」「夕映えを讃えよ」、訳詩集に「ディラン・トマス詩集」、その他に「アメリカ・インディアン神話」などの青土社神話シリーズがある。　賞室生犀星詩人賞(第6回)〔昭和41年〕「詩集1947―1965」, 日本詩人クラブ詩界賞(第2回)〔平成14年〕「鳥と獣と花」

松田 淑　まつだ・よし　俳人
大正11年(1922年)3月1日〜平成10年(1998年)9月25日　生広島県　名本名＝松田淑子(まつだ・よしこ)　学実践女専国文科卒　歴昭和43年「同人」に入門、菅裸馬・高橋金窗・有馬籌子らの指導を受ける。50年同人選者。

松谷 繁次　まつたに・しげじ　歌人
大正13年(1924年)2月21日〜平成16年(2004年)12月20日　出石川県　学横浜高工卒　歴学生時代に短歌を始め、昭和20年「新歌人」の創刊に参加。52年「凍原」を創刊・主宰。平成13年石川県歌人協会会長。歌集に「無限遠点」「正面線図」「雑木林」などがある。　賞石川県文化功労賞〔平成13年〕, 日本歌人クラブ北陸地域ブロック優良歌集賞(平成16年度)「雑木林」

松永 伍一　まつなが・ごいち　詩人
昭和5年(1930年)4月22日〜平成20年(2008年)3月3日　生福岡県三潴郡大木町　学八女高〔昭和24年〕卒　歴中学教師と農業の傍ら、詩作と農民運動を始める。昭和25年「交叉点」を創刊、26年「母音」に参加。32年上京し、「民族詩人」を創刊、新日本文学会に入会したが、のち組織を離れ、独自の著述活動を行う。民俗学・歴史学・文学の垣根を越えた著作で注目され、子守唄の研究でも知られた。45年「日本農民詩史」(全5巻)で毎日出版文化賞特別賞を受賞。詩集に「くまそ唄」「ムッソリーニの脳」「割礼」「松永伍一詩集」、評論・随筆に「日本の子守唄」「底辺の美学」「一揆論」「聖地紀行」「土魂のうた」「天正の虹」「聖性の鏡」「ペトロ岐部」「落人伝説の里」「実朝游魂」「川上音二郎」「蝶は還らず」などがある。　賞毎日出版文化賞特別賞(第24回)〔昭和45年〕「日本農民詩史」

松永 涼暮草　まつなが・りょうぼそう　俳人
明治38年(1905年)5月11日〜平成2年(1990年)6月14日　生福島県福島市　名本名＝松永雄四郎　学旧制商業卒　歴昭和3年より「ホトトギス」に投句。24年「夏草」に入会、山口青邨に師事。34年「夏草」同人。句集に「すずくれぐさ」。　賞夏草功労賞〔昭和48年〕

松根 東洋城　まつね・とうようじょう　俳人
明治11年(1878年)2月25日〜昭和39年(1964年)10月28日　生東京都築地(東京都中央区)　出愛媛県宇和島市　名本名＝松根豊次郎, 号＝秋谷立石山人　学京都帝国大学法科大学〔明治38年〕卒　資日本芸術院会員〔昭和29年〕　歴祖父は伊予宇和島藩家老・松根図書。松山中学時代に漱石を知り、句作を始める。明治38年京都帝大卒業後、宮内省に入り、式部官、宮内書記官、帝室審査官などを歴任。碧梧桐の新傾向に対抗して虚子らと定型句を主張し、「ホトトギス」「国民俳壇」などに句作を発表。大正4年「渋柿」を創刊して主宰する。5年、一時小説に走った虚子が「国民俳壇」の選者に復帰したことにより、以後、虚子および「ホトトギス」と訣別した。8年宮内省を退官し、以後俳句に専念。昭和29年芸術院会員となったが、生前に句集はなく、没後の41年から42年にかけて「東洋城全句集」(全3巻)が刊行された。ほかに「漱石俳句研究」「俳諧道」「黛」「薪水帖」などの著書がある。　勲勲三等瑞宝章〔昭和39年〕　家祖父＝松根図書(伊予宇和島藩家老)

松野 加寿女　まつの・かずじょ　俳人
明治35年(1902年)4月1日〜昭和57年(1982年)3月3日　生東京都　名本名＝松野加寿(まつの・かず), 旧姓・旧名＝五代　学日本女子大学国文学科〔大正12年〕卒　歴大正末より俳句。昭和2年松野自得と結婚。3年から「さいかち」の編集発行を担当し、15年女性雑詠選者。50年自得没後、主宰。句集に「花菜集」。また19年日本茶道学会教授、21年同会印可教授を務

めた。 家夫＝松野自得（俳人）

松野 自得　まつの・じとく　俳人

明治23年（1890年）2月17日～昭和50年（1975年）7月7日　生群馬県　学東京美術学校日本画科卒　歴山内多門、小室翠雲両師に絵画を学び、帝展入選など日本画家として活躍。大正6年、一時埼玉県比企郡玉川村の龍蔵寺住織となる。のち帰郷し、父の後を継いで、赤城山最善寺の住職となる。俳句は初め「ホトトギス」に拠り、高浜虚子に師事した。昭和3年主宰誌「さいかち」を創刊。36年群馬県文化賞、44年群馬県文化功労賞受賞。句集に「自得俳句集」「第二自得句集」、著作に「自得随筆集」がある。賞群馬県文化賞〔昭和36年〕，群馬県文化功労賞〔昭和44年〕　家妻＝松野加寿女（俳人）

松野 谷夫　まつの・たにお　歌人

大正10年（1921年）1月18日～平成5年（1993年）9月13日　生佐賀県大和町　学東亜同文書院大学〔昭和18年〕卒　歴朝日新聞社に入社。「朝日アジアレビュー」編集長などを歴任。中国問題評論家としての著書に「はるかなる周恩来」がある。一方東亜同文書院在学中に「アララギ」に入会、以後断続的に作歌を続けた。25年上京し「未来」入会。「アララギ」「未来」会員。歌集に「急報鈴」「青天の雲」など。

松葉 直助　まつば・なおすけ　歌人

明治41年（1908年）12月8日～平成9年（1997年）11月8日　生栃木県足利郡山辺村（足利市）　歴昭和7年「心の花」に出詠、のち「一路」に移る。21～24年歌誌「瀬波」を主宰。47年「長流」創刊に参加、編集委員。平成7年「冬雷」入会。著書に「テル子と文明」「比企の岡」、歌集に「那畔」「冬庭」「惜冬」「在るがままに」「晩春」などがある。　賞足利市民文化賞〔昭和59年〕

松橋 英三　まつはし・えいぞう　俳人

明治42年（1909年）10月16日～平成13年（2001年）1月25日　生北海道留萌市　名本名＝松橋英蔵　学函館商〔昭和4年〕卒　歴商家の跡継ぎに生まれる。昭和34年廃業、39年留萌酒販協同組合に入り、のち専務理事。一方、俳誌に投稿を続け、7年「雲母」に入会、飯田蛇笏に師事。24年「雲母」同人。39年蛇笏門下・石原八束の「秋」の同人、のち伊藤凍魚主宰「氷下魚」同人。留萌俳句協会長、留萌市文化協会長、市社会教育委員などを務めた。平成4年、昭和61年から63年までの約1000句を収めた処女句集「松橋英三全句集」を出版。　賞雲母寒夜句三昧個人賞〔昭和23年〕，留萌市文化賞〔昭和44年〕，秋賞（第9回）〔昭和47年〕，北海道新聞俳句賞正賞（第7回）〔平成4年〕「松橋英三全句集」

松原 地蔵尊　まつばら・じぞうそん　俳人

明治30年（1897年）10月10日～昭和48年（1973年）10月7日　生富山県氷見郡阿尾村阿尾　名本名＝松原重造　学東京商科大学〔大正12年〕卒　歴小池銀行に勤務し営業部長、山一証券大阪支店長、本社常任監査役幹事長などを歴任。大正4年、5年頃から「ホトトギス」に投句し、昭和2年「境地」を創刊・主宰。6年「句と評論」を創刊し、新興俳句運動の重要な一翼をになう。戦後は「海流」を創刊、26年「新暦」と改題して主宰。45年「松原地蔵尊句集」を刊行した。

松原 信孝　まつばら・のぶたか　歌人

昭和5年（1930年）3月5日～平成18年（2006年）8月1日　生千葉県市川市　歴昭和20年末に復員、作歌を始める。25年山口茂吉に師事し「アザミ」会員となり、33年師の没後「童牛」創刊に参加。のち「冬潮」を創刊・主宰。「層」同人。歌集に「冬潮」「愛日」「智鏡集」などがある。

松原 敏　まつばら・びん　詩人

大正14年（1925年）3月21日～平成21年（2009年）2月26日　生山梨県甲府市　出富山県　名本名＝松原敏夫（まつばら・としお）　学高岡高商〔昭和20年〕卒　歴山梨県で生まれ、昭和13年父の退官に伴いその郷里である富山県に移住。学生時代は病気のため徴兵が延期され、そのまま敗戦を迎えた。22年富山新聞社に入社。32年学芸部長、37年事業部長兼務、38年地方部長兼論説委員、39年社会部長兼論説委員、43年機構改革により北国新聞編集委員、45年編集局次長、48年営業局長、51年富山本社報道局長、53年金沢本社論説副委員長。57年退社。詩人、俳人としても活動し、平成3年個人誌「B」を創刊。9年石川詩人会創設に参画して理事長、11年会長。詩誌「洲」、俳誌「陸」同人でもあった。

松原 文子　まつばら・ふみこ　俳人

明治43年（1910年）2月9日～平成13年（2001年）1月17日　生鳥取県　学鳥取県立高女卒　歴昭和17年岡田機外に入門。同年7月立机受号。師没後、25年「踏青」に入会。27年中村草田男に師事し、31年「萬緑」同人。句集に「あけぼ

の」がある。 賞萬緑賞〔昭和34年〕

松原 三夫　まつばら・みつお　歌人
明治43年(1910年)7月17日～平成16年(2004年)1月29日 生愛知県 名本名＝三浦三夫(みうら・みつお) 学東京帝国大学文学部国文学科〔昭和10年〕卒 歴青島日本高等女学校、愛知県第一高等女学校、明和高校、愛知県立看護短期大学を経て、昭和47年椙山女学園大学文学部教授。60年定年退職し、名誉教授。一方、八高短歌会で石井直三郎に師事し、8年「水甕」会員となる。38年より水甕支社誌「名古屋通信」を発刊し、42年水甕社選歌編集担当幹事を経て、運営委員。歌集に「養苑期」「連翹期」「時の花」「桜木の下」、著書に「歌心点描」「歌人叢攷・正徹以後」「中世の歌人」などがある。 賞梨郷賞(第11回)〔平成14年〕

松原 良輝　まつばら・よしてる　詩人
昭和6年(1931年)6月3日～平成18年(2006年)1月 生北海道帯広市 学十勝農土木科卒 歴昭和25年谷克彦、平沢剛一郎、吉川洋司らと帯広詩話会を結成。29年清水康雄の呼びかけにより詩誌「Kapsel」(全12号)の編集・発行に従事した。35年吉川、鷲巣繁男と「詩酋長」を創刊した。

松村 英一　まつむら・えいいち　歌人
明治22年(1889年)12月31日～昭和56年(1981年)2月25日 生東京都 名号＝松村彩花 歴15歳で空穂に師事。大正6年から「国民文学」を編集、運営。後に主宰。「短歌雑誌」などの編集も手がける。また大日本歌人協会等の運営に携わり、宮中歌会始選者を務めた。日本歌人クラブ、現代歌人協会名誉会員。歌集に「春かへる日に」「露原」「山の井」「樹氷と氷壁」「松村英一全歌集」、評論に「現代短歌の志向」「現代短歌の話」など。 賞日本歌人クラブ推薦歌集(第5回)〔昭和34年〕「松村英一歌集」

松村 巨湫　まつむら・きょしゅう　俳人
明治28年(1895年)2月21日～昭和39年(1964年)7月23日 生東京市浅草区(東京都台東区) 名本名＝松村光三 歴大正4年より臼田亜浪に師事し、昭和3年「清渟集」を創刊、10年「樹海」と改題し、死に至るまで主宰した。36年には「俳荀苑」を創刊。晩年は口語体を踏まえた「格はいく」を唱導した。句集に「真穂」「樹」「古径」「十六夜」、他の著書に「現代俳句表現辞典」などがある。

松村 蒼石　まつむら・そうせき　俳人
明治20年(1887年)10月2日～昭和57年(1982年)1月8日 生滋賀県蒲生郡清水鼻 名本名＝松村増次郎(まつむら・ますじろう) 学小学校〔明治31年〕卒 歴大正14年「雲母」に入り、飯田蛇笏に師事。戦後は「玉虫」を発行した。昭和48年蛇笏賞を受賞。句集に「寒鶯抄」「露」「春霰」「雪」「雁」などがある。 賞蛇笏賞(第7回)〔昭和48年〕「雪」，山盧賞(第9回)〔昭和48年〕

松村 武雄　まつむら・たけお　俳人
大正11年(1922年)11月17日～平成13年(2001年)12月17日 生東京都 学早稲田大学中退 歴昭和46年「沖」入会、能村登四郎、林翔に師事。51年「沖」同人。52年より今泉宇涯市川俳諧教室で連句実作に携わる。56年連句懇話会発足と同時に入会し、同会幹事となる。句集に双子の兄で詩人の北村太郎に捧げた「雪間」がある。丸善石油常務を務めた。 家兄＝北村太郎(詩人)

松村 ひさき　まつむら・ひさき　俳人
大正12年(1923年)3月1日～平成14年(2002年)12月3日 生徳島県 名本名＝松村久樹(まつむら・ひさき) 学青年学校卒 歴昭和24年「松苗」に投句、宮下歌梯に師事。29年「松苗」同人。 賞徳島県俳句連盟大会賞，徳島県民文芸俳句部門最優秀賞，芭蕉祭全国大会賞

松村 又一　まつむら・またいち　詩人
明治31年(1898年)3月25日～平成4年(1992年)9月30日 生奈良県高市郡明日香村 学畝傍中中退 歴家業を継ぎ、農耕の傍ら前田夕暮に入門し、詩歌同人として活躍。同誌解散後詩に転じ、詩話会会員となる。昭和2年上京して文筆活動に入り、招かれてコロムビア、キング、東芝等のレコード会社の専属作詞家として歌謡作品を発表。詩は「日本詩人」「私達」「雲」「詩人連邦」等に発表、農民詩の草分け的存在である。詩集に「畑の午餐」「野天に歌ふ」「漂泊へる農夫」「日本の母」、民謡集に「一つ嚢」「風と鶫」など。 賞日本レコード大賞功労賞〔平成2年〕 家妻＝松村君代(歌人)

松村 みね子　まつむら・みねこ　歌人
明治11年(1878年)2月10日～昭和32年(1957年)3月19日 生東京府麻布(東京都港区麻布三河台) 名本名＝片山広子(かたやま・ひろ

こ), 旧姓・旧名＝吉田広子　[学]東洋英和女学校卒　[歴]佐佐木信綱に師事し、「心の花」に歌文を発表。大正5年第一歌集「翡翠」を刊行。旧派歌人的残滓を脱した理知的な歌風を樹立。一方、大正初年より鈴木大拙夫人ビアトリスの指導でアイルランド文学に親しみ、松村みね子の筆名で翻訳に専念。シングやダンセニイの戯曲を翻訳・刊行し高い評価を得た。また、芥川龍之介の詩「相聞」などの対象として知られ、堀辰雄の「聖家族」「楡の象」のモデルとされる。他に歌集「野に住みて」、随筆集「燈火節」など。　[賞]日本エッセイストクラブ賞（第3回）〔昭和30年〕「燈火節」　[家]夫＝片山貞次郎（日本銀行理事）

松村 黙庵　まつむら・もくあん　俳人

明治35年（1902年）3月3日〜平成6年（1994年）3月1日　[生]山形県　[名]本名＝松村正美　[学]宮生小卒　[歴]昭和14年中村素山に師事。15年「白あざみ」に参加、19年同誌を主宰するが、27年終刊。同年「楽浪」に参加し、32年同人会長。42年角川源義に師事し、「河」入会、44年同人、53年退会。51年進藤一考に師事し、54年「人」同人、同年同人会顧問。この間46年より俳人協会会員。句集に「白あざみ」「銀婚」「不忘山」がある。　[賞]上山市功績章〔昭和54年〕, 人功労賞〔昭和55年〕

松村 茂平　まつむら・もへい　詩人

大正5年（1916年）3月30日 〜 平成14年（2002年）4月29日　[生]福井県坂井郡丸岡町　[名]本名＝小林末二郎　[学]陸軍航空士官学校卒　[歴]戦後文学を志す。詩集に「椽の下のコオロギ」「紙骨」「夢」、小説に「蓮如の炎」「真説・明智光秀」「鉄の城 本願寺顕如」、評論に「絶滅戦争大提言」「敗北の法則」などがある。　[賞]埼玉文芸賞奨励賞（第6回）〔昭和50年〕「紙骨」

松本 雨生　まつもと・うせい　俳人

大正6年（1917年）1月3日〜平成8年（1996年）12月12日　[生]東京都港区　[名]本名＝松本重喜　[学]中卒　[歴]昭和7年永田竹の春の勧めで「螢火」に入会、9年加藤しげるの「紺」創刊に参画。復員後の22年「寒雷」に入会、のち同人。45年に森澄雄の「杉」創刊に参画、以来同人会幹事長。平成4年「忍冬」を創刊・主宰。句集に「童顔」「素袍」「浦島」「出雲」など。　[賞]杉賞〔昭和54年〕

松本 光生　まつもと・こうせい　俳人

昭和3年（1928年）2月11日 〜 平成24年（2012年）5月28日　[生]鳥取県気高郡気高町（鳥取市）　[名]本名＝松本光雄　[学]神戸大学経済学部〔昭和28年〕卒　[歴]昭和26年「ホトトギス」に初入選。40年就職により中断していた句作を再開。高浜年尾、稲畑汀子に師事して「ホトトギス」に投稿する。「ホトトギス」「山茶花」「桑海」各同人。川崎重工業理事を務めた。句集に「郷愁」がある。

松本 三余　まつもと・さんよ　俳人

明治34年（1901年）8月19日 〜 昭和63年（1988年）5月6日　[生]石川県　[名]本名＝余所次郎（よそ・じろう）　[学]尋常小学校中退　[歴]「ホトトギス」系の諸俳誌を経て、昭和49年「風呂吹」を創刊し、主宰。著書に「野風呂歳時記」「一句鑑賞」「句の旅・加能越」など。

松本 穣葉子　まつもと・じょうようし　俳人

明治33年（1900年）12月13日 〜 平成3年（1991年）5月31日　[生]鳥取県気高郡　[名]本名＝松本儀範　[学]高小卒　[歴]大正7年俳句を始める。「ホトトギス」「山茶火」「雪解」同人。句集に「穣」、句謡集に「やまかげ」がある。民謡「貝殻節」の作詞者でもある。

松本 真一郎　まつもと・しんいちろう　俳人

明治44年（1911年）11月25日 〜 平成6年（1994年）12月12日　[生]京都府京都市　[名]雅号＝榉青　[学]神戸高商中退, 四条商卒　[歴]呉服問屋に10年勤めた後に家業の呉服商を継ぐ。俳句は昭和初期から始め、10年「ホトトギス」虚子選に初入選。23年青木月斗門の星野空外に師事。35年東京に転居。44年「花辻」入会、田中巻子に師事。49年「花辻」同人。56年京都転居。句文集「天の梯子」がある。　[賞]俳人協会全国俳句大会賞〔昭和49年〕

松本 翠影　まつもと・すいえい　俳人

明治24年（1891年）6月2日 〜 昭和51年（1976年）3月6日　[生]千葉県　[名]本名＝松本半次郎　[歴]松戸中在学中から秋元洒汀に俳句を学び、東京豊山中に転じて内藤鳴雪の門に入る。早大に入ったが、家業の材木商を継ぐため帰郷し、明治44年洒汀と「平凡」を創刊。大正3年上京し、税務署等に勤める傍ら、6年には岡本癖三酔らと「新緑」を創刊、翌年「ましろ」と改題して昭和14年まで続刊した。同年自ら主宰して「みどり」を創刊、没後も嗣子章三が続刊している。著作に「俳壇・俳人・俳風景」、句集に「まつかさ」がある。

松本 澄江　まつもと・すみえ　俳人
大正10年（1921年）3月25日～平成18年（2006年）3月1日　生東京市京橋区（東京都中央区）　名本名＝寺沢スミエ（てらさわ・すみえ）　学宮城県立第一高女〔昭和13年〕卒，曽根家政学院卒　歴昭和16年「ホトトギス」に投句、高浜虚子に師事。26年遠藤梧逸主宰の「みちのく」創刊に参画、同人。29年富安風生主宰の「若葉」同人。50～58年平泉芭蕉祭俳句大会の選者を務めた。60年「風の道」創刊・主宰。句集に「紙の桜」「冬香水」「鏡」「天つ日」「花押」「西施桜」。　賞みちのく賞（第2回）〔昭和30年〕

松本 正気　まつもと・せいき　俳人
明治37年（1904年）3月27日～平成3年（1991年）8月14日　生長崎県　名本名＝松本正喜　学大阪歯科医専卒　歴大正9年より句作、青木月斗に入門し、「同人」選者。10年「桜鯛」創刊、戦時強制廃刊。21年「春星」創刊・主宰。

松本 泰二　まつもと・たいじ　俳人
大正6年（1917年）9月6日～平成7年（1995年）5月10日　生埼玉県蓮田市　学早稲田大学附属高工土木工学科卒　歴東京都庁、新宿区役所勤務を経て、退職。俳句は昭和30年「馬酔木」同人の篠田悌二郎の手ほどきを受ける。42年「野火」同人、のち同人会長となる。句集に「蘖」「一路」がある。　賞野火鍛練会賞〔昭和50年〕，野火賞〔昭和50年〕

松本 たかし　まつもと・たかし　俳人
明治39年（1906年）1月5日～昭和31年（1956年）5月11日　生東京市神田区猿楽町（東京都千代田区）　名本名＝松本孝　歴室生流座付の能役者の家系に生まれ、小学校卒業後、能の稽古に励む傍ら、家庭教師について勉学する。14歳の時肺尖カタルとなり、その療養中「ホトトギス」を読み、俳句に興味を抱く。大正12年以後高浜虚子に師事し、昭和4年「ホトトギス」同人となる。10年「松本たかし句集」を刊行し、以後「鷹」「弓」「野守」を刊行。戦後は21年に「笛」を創刊し、28年刊行の「石魂」で読売文学賞を受賞。他の著書に随筆集「鉄輪」「俳能談」などがある。　賞読売文学賞（詩歌俳句賞，第5回）〔昭和28年〕「石魂」　家妻＝松本つや女（俳人），父＝松本長（能楽師），弟＝松本恵雄（能楽師）

松本 秩陵　まつもと・ちつりょう　俳人
大正5年（1916年）1月23日～平成1年（1989年）11月29日　生埼玉県　名本名＝松本正寿（まつもと・まさじゅ）　学日本大学専門部経済科卒　歴昭和6年長兄田村睦村の手ほどきを受け、「ホトトギス」「欅」に投句。36年「欅」、53年「ホトトギス」同人。50年「ゆしま」主宰。句集に「珊瑚礁」。　賞池内たけし句作50年記念大会賞

松本 千代二　まつもと・ちよじ　歌人
明治37年（1904年）10月17日～平成7年（1995年）3月31日　生千葉県茂原市　学東京帝国大学文学部美学美術史学科卒　歴昭和6年以来教員生活に入り、県立高校長、千葉県教育研究所長等を歴任し、39年退職。大正末年頃から「日光」に投稿。北原白秋の選を受け、昭和10年「多磨」創刊に参加し、解散まで所属。28年「形成」創刊に参加し、39年退会。同年「地中会」に入会。40年「地平線」を創刊したが、57年に解体、同年「存在」創刊。歌集に「霧の阪」「駱駝の瘤」「石の声」など。

松本 常太郎　まつもと・つねたろう　歌人
明治32年（1899年）4月17日～平成6年（1994年）2月18日　生東京都　学東京工高卒　歴昭和17年高田浪吉に師事し、「金曜会誌」「桧」「川波」に拠る。師の没後、42～57年「川波」の編集発行人を務めた。「川波」同人。歌集に「楝花風」「蒼丘」「山上の雲」「春秋」「成るままに」がある。

松本 つや女　まつもと・つやじょ　俳人
明治31年（1898年）6月20日～昭和58年（1983年）7月4日　生岩手県紫波郡矢巾町高田　名本名＝松本ツヤ，旧姓・旧名＝高田　学看護婦養成所卒　歴昭和4年俳人・松本たかしと結婚。夫の影響で高浜虚子に師事して「ホトトギス」に投句。夫が「笛」を創刊するとこれに拠り、発行事務に携わった。夫没後は「笛」客員。句集に「春蘭」がある。　家夫＝松本たかし（俳人）

松本 利昭　まつもと・としあき　詩人
大正13年（1924年）12月11日～平成16年（2004年）6月22日　生兵庫県高砂市　名本名＝松本博（まつもと・ひろし）　学育英商工卒　歴歯

科技工士を経て、戦後独力で少年写真新聞社を始め5社を設立。一方、昭和35年在来の生活児童詩の非詩性を指摘し、新しい児童詩（主体的児童詩）を提唱。著書に「松本利昭詩集・風景ゼロ」「悟空太閤記」「春日局」（全3巻）、「木曽義仲」「巴御前」「松本利昭詩全集」、「あたらしい児童詩をもとめて」「主体的児童詩教育の理論と方法」など。

松本 帆平　まつもと・はんぺい　詩人
明治38年（1905年）4月18日 ～ 平成1年（1989年）12月2日　出栃木県　名本名＝松本文雄（まつもと・ふみお）　学東京学芸大学卒　歴主著に「予言の虹」「虫のゐどころ」「風紋」「草莽抄」「万葉の草苑」「あの夕日」「残照」「野ごころ」など。雑誌「定形詩人」「児童文学」「草原」「詩謡春秋」などに作品を発表した。

松本 昌夫　まつもと・まさお　歌人
明治34年（1901年）9月6日 ～ 昭和59年（1984年）1月17日　生福岡県柳川市　学東洋大学卒　歴大正10年「曠野」を創刊し、のち「新興歌人」「新時代」などを創刊。14年「荊薇の道」を、15年「河畔の素描」を刊行。昭和4年「新短歌風景」を創刊するなど、歌人として幅広く活躍する。他の歌集に「防雪林」「海鹿島」などがある。

松本 豊　まつもと・みのる　歌人
大正5年（1916年）1月15日～平成5年（1993年）8月18日　生和歌山県　歴昭和11年より「香蘭」「紀伊短歌」に所属するが、41年近畿地方の歌友と「夢」短歌会を結成し、歌誌「夢」を発行する。

松本 門次郎　まつもと・もんじろう　歌人
明治39年（1906年）2月25日 ～ 平成12年（2000年）3月27日　生広島県呉市　名別名＝小松原健（こまつばら・けん）　学広島師範〔昭和5年〕卒　歴16歳頃から作歌を始め、新聞投稿で若山牧水を知る。同じ頃に同人誌「揺籃」を発行。昭和8年「吾妹」に入会、生田蝶介に師事。33年「潮音」に入会、四賀光子に師事する。43年「底流」を創刊。この間、呉歌人協会を設立、初代会長を務めた。歌集に「合掌の葉」「草丘」「春耳」、他に合同歌集「呉八景」がある。　賞呉市文化功労賞〔昭和42年〕

松本 木綿子　まつもと・ゆうし　俳人
大正9年（1920年）10月2日～平成6年（1994年）6月11日　生高知県　名本名＝松本有（まつもと・たもつ）　学京都帝国大学工学部土木工学科〔昭和18年〕卒　歴国鉄工事局長を経て、間組常務。俳句は昭和21年から始め、22年「曲水」に入門、45年同人。句集「岬」がある。　賞水巴賞〔昭和52年〕

松本 陽平　まつもと・ようへい　俳人
昭和2年（1927年）10月28日 ～ 平成7年（1995年）11月1日　生熊本県八代市　名本名＝植平和男　歴昭和39年「河」入会。57年「朝霧」を創刊・主宰。NHK学園俳句講座講師を務める。句集に「信濃の火」「祭旗」、入門書に「俳句初心山河」がある。

松本 亮太郎　まつもと・りょうたろう　歌人
明治40年（1907年）4月27日 ～ 平成2年（1990年）11月25日　生秋田県　歴昭和10年「多磨」創刊とともに入会。28年「形成」、42年「地平線」同人。57年3月から同志と「万象」創刊。歌集「雪の面型」がある。

松山 敦　まつやま・あつし　詩人
昭和3年（1928年）11月17日 ～ 平成16年（2004年）12月16日　生群馬県前橋市　名本名＝松山昭三　学昭和医科大学〔昭和23年〕中退, 慶応義塾大学通信教育学部　歴結核のために昭和医科大学を中退し、慶応義塾大学通信教育学部で文学を学ぶ。昭和35年詩誌「犀」を創刊、評論や詩作を中心に活動。37年上毛新聞「上毛詩壇」選者。没後の平成17年、妻で詩人の曽根ヨシの手により遺稿集「明けの書斎」が刊行された。　家妻＝曽根ヨシ（詩人）

松山 白洋　まつやま・はくよう　歌人
明治12年（1879年）3月20日 ～ 昭和42年（1967年）7月13日　生高知県高知市　名本名＝松山秀美（まつやま・ひでみ）　学東京専門学校国漢文科卒　歴早くに父を亡くしたため、少年時代は母とともに親戚の間を転々とする。若い頃から「明星」に投稿して与謝野鉄幹にその詩才を認められ、「新声」「曙光」「新小説」などの雑誌に新体詩や文章を発表。東京専門学校国漢文科を卒業後は教師となり、奈良県の十津川中学に勤務した。大正6年土佐日々新聞の発刊のため郷里・高知に帰るが、中途にして計画は頓挫。以後はそのまま同地に残って政界・財界で活躍し、高知市議や高知商工会議所理事などを歴任した。傍ら、郷土史の研究も進め、昭和

2年寺石正路の後を継いで土佐史談会会長となり、機関紙「土佐史談」に「土佐歌人群像」などの論文を発表。38年会長職を辞した後は高知県文化財専門委員、高知家庭裁判所調停員などを務めた。また、叔母である松山高が創立した清和女学校でも長きにわたって教鞭を執った。著書に「浦戸港の沿革と其の史蹟」「放送土佐史談」などがある。 賞高知県文教協会出版文化賞〔昭和31年〕「歌人群像」 家叔母＝松山高(教育家)

まど・みちお　詩人

明治42年(1909年)11月16日〜平成26年(2014年)2月28日 生山口県徳山市(周南市) 名本名＝石田道雄(いしだ・みちお) 学台北工土木科〔昭和4年〕卒 歴台湾総督府道路港湾課などに勤務後、応召。この間、昭和9年児童誌「コドモノクニ」に投稿した童謡が北原白秋選で特選になり、童謡を作りはじめる。戦後は婦人画報社に入り、のち、国民図書刊行会に移り「チャイルドブック」の編集に携わる。この頃より幼児雑誌、ラジオなどで童謡を発表するように。38年初の作品集「ぞうさん まど・みちお子どもの歌100曲集」を出版。以後も「日本児童文学」「チャイルドブック」などに多くの作品を発表。代表作に「ぞうさん」「ふたあつ」「バナナのうた」「おさるがふねをかきました」「やぎさん ゆうびん」「一ねんせいになったら」など多数。詩集に「てんぷらぴりぴり」「風景詩集」「しゃっくりのうた」、「まど・みちお詩集」(全6巻)、“戦争協力詩”2編が掲載されている「まど・みちお全詩集」がある。平成6年日本人で初めて国際アンデルセン賞作家賞を受賞した。 賞芸術選奨文部大臣賞(第43回, 平成4年度)〔平成5年〕「まど・みちお全詩集」, 日本芸術院賞(第59回, 平成14年度)〔平成15年〕, 野間児童文芸賞(第6回)〔昭和43年〕「てんぷらぴりぴり」, 日本児童文学者協会賞(第16回)〔昭和51年〕「植物のうた」, サンケイ児童出版文化賞(第23回)〔昭和51年〕「まど・みちお詩集」(全6巻), 川崎市文化賞〔昭和51年〕, 児童文化功労者賞(第22回)〔昭和55年〕, 児童福祉文化賞〔昭和55年〕「風景詩集」, 巌谷小波文芸賞(第4回)〔昭和56年〕, ダイエー童謡大賞(第1回)〔昭和60年〕, 小学館文学賞(第35回)〔昭和61年〕「しゃっくりうた」, 産経児童出版文化賞(大賞, 第40回)〔平成5年〕「まど・みちお全詩集」, 路傍の石文学賞(文学賞特別賞, 第16回)〔平成6年〕「まど・みちお全詩集」, 国際アンデルセン賞(作家賞)〔平成6年〕, 神奈川文化賞(第47回)〔平成10年〕, 朝日賞(平成10年度)〔平成11年〕, 日本絵本賞(第4回)〔平成11年〕「キリンさん」, 丸山豊記念現代詩賞(第11回)〔平成14年〕「うめぼしリモコン」 家妹＝鎮西春江(歌人)

真殿 皎　まどの・こう　詩人

昭和2年(1927年)4月6日〜平成17年(2005年)1月25日 生茨城県 名本名＝大貫錦弥 学茨城キリスト教短期大学中退 歴茨城キリスト教短期大学在学中の昭和26年、小説「鬼道」で第2回新潮社文学賞を受賞。その後、「近代文学」に小説を発表。29年以後は主に詩に転じる。花粉の会「オルフェ」創刊、同人。小説集に「鬼道」、詩集に「旅に出よう」「鈴坂夕映」「一路平安」などがある。

真鍋 蟻十　まなべ・ぎじゅう　俳人

明治24年(1891年)9月16日〜昭和57年(1982年)4月29日 生長崎県壱岐郡芦辺町 名本名＝真鍋儀十(まなべ・ぎじゅう) 学長崎師範卒, 明治大学法学部卒 歴普選運動に身を投じ、拘禁を60数回も受けたが、昭和5年民政党から代議士に初当選し、以後6回当選。内閣売春対策審議会委員、自民党風紀衛生対策特別委員会委員などを務めた。俳人としては逓信省役人時代から片岡奈王に私淑、富安風生の指導を受け、27年「ホトトギス」入選。高浜虚子に師事し、のち同人となる。句集に「都鳥」がある。また芭蕉研究家としても知られ、代議士時代から深川芭蕉庵関連の資料を収集。56年4月江東区にオープンした芭蕉記念館に約3000点にのぼるそのコレクションをそっくり寄贈した。 勲勲二等旭日重光章〔昭和48年〕

真鍋 呉夫　まなべ・くれお　俳人

大正9年(1920年)1月25日〜平成24年(2012年)6月5日 生福岡県遠賀郡岡垣村(岡垣町) 名号＝天魚 学文化学院文学部〔昭和17年〕中退 歴福岡県で生まれ、同県と中国で少年時代を過ごす。14年矢山哲治、阿川弘之、島尾敏雄、那珂太郎らと同人誌「こおろ」(のち「こをろ」と改称)を創刊。両親の影響で俳句を始め、応召前年の16年、“遺書のつもり”で第一句集「花火」を刊行した。17年応召のため文化学院文学部を中退。21年「午前」を創刊。24年上京、文筆生活に入る。27年現在の会を結成。この間、「サフォ追慕」で第21回、「天命」で第22回芥川賞候補。檀一雄に兄事し、63年その交流を描いた「評伝 火宅の人―檀一雄」を刊行。最晩年の平成24年には檀との交流を軸にした小説集「天馬漂白」を出した。俳句は結社に属さず、那珂らとの連句・俳句の会、雹の会に加わって作句。句集「雪女」で歴程賞と読売文学賞、「月魄」で蛇笏賞と日本一行詩大賞を受賞した。 賞歴程賞（第30回）〔平成4年〕「雪女」，読売文学賞（詩歌俳句賞，第44回）〔平成5年〕「雪女」，蛇笏賞（第44回）〔平成22年〕「月魄」，日本一行詩大賞（第3回）〔平成22年〕「月魄」

間部 隆　まなべ・たかし
⇒佐伯 昭市（さえき・しょういち）を見よ

真鍋 美恵子　まなべ・みえこ　歌人
明治39年（1906年）1月18日 ～ 平成6年（1994年）9月29日　生岐阜県岐阜市　学東洋高女〔大正12年〕卒　歴昭和元年「心の花」に入会。印東昌綱に師事。「女人短歌」創刊より参加。歌集は現代歌人協会賞の「玻璃」、日本歌人クラブ推薦歌集の「羊歯は萌えゐん」をはじめ、「徑」「白線」「朱夏」「密糖」「雲熟れやまず」「彩秋」「真鍋美恵子全歌集」など。　賞現代歌人協会賞（第3回）〔昭和34年〕「玻璃」，日本歌人クラブ推薦歌集（第17回）〔昭和46年〕「羊歯は萌えゐん」，ミューズ女流文学賞（第5回）〔昭和59年〕

間野 捷魯　まの・かつろ　詩人
明治38年（1905年）5月4日 ～ 平成12年（2000年）11月11日　生岡山県高梁市中井町　名本名＝横山捷魯（よこやま・かつろ）　学岡山師範学校卒　歴教員の後、労働文化業務に従事、戦後農村の文化向上運動に尽力した。昭和2年ごろから宮崎孝政に師事、「詩原始」「鬣」「一樹」創刊、「動脈」「詩作」同人として作品を発表。戦後、新日本文学会に属した。晩年まで現役最長老の詩人として創作活動を続け、平成12年8月に新詩集「年輪」を出した。他の詩集に「体温」「間野捷魯詩集」「歳月」などがある。

馬淵 美意子　まぶち・みいこ　詩人
明治29年（1896年）3月16日 ～昭和45年（1970年）5月28日　生兵庫県神戸市　歴幼年時代より絵を志し、有馬生馬に師事。二科展に4回出品したが絵を断念して詩作に転じる。以後「歴程」同人として活躍。昭和27年「馬淵美意子詩集」が刊行された。　家夫＝庫田叕（画家）

丸谷 才一　まるや・さいいち　俳人
大正14年（1925年）8月27日 ～平成24年（2012年）10月13日　生山形県鶴岡市　名本名＝根村才一（ねむら・さいいち）　学東京大学文学部英文学科〔昭和25年〕卒　資日本芸術院会員〔平成10年〕　歴大学卒業後、大学院に籍をおく傍ら高校講師になり、28年から40年まで国学院大学に勤務。英文学者としてジョイスやグリーンなど多くを翻訳。27年「秩序」を創刊し、35年「エホバの顔を避けて」を刊行。42年「笹まくら」で河出文化賞を、43年「年の残り」で芥川賞を、47年「たった一人の反乱」で谷崎潤一郎賞を、48年「後鳥羽院」で読売文学賞を受賞するなど受賞多数。芥川賞銓衡委員も務めた。平成10年日本芸術院会員、18年文化功労者に選ばれ、23年文化勲章を受章。小説、評論、随筆、翻訳、対談と幅広く活躍し、古典論、文章論、国語問題にも造詣が深い。安東次男、大岡信、岡野弘彦らと歌仙を巻き、「歌仙」「浅酌歌仙」「とくとく歌仙」「すばる歌仙」「歌仙の愉しみ」などを遺した。11年25年がかりで王朝和歌を選定し直した「新々百人一首」を刊行した。　勲文化勲章〔平成23年〕　賞芥川賞（第59回）〔昭和43年〕「年の残り」，芸術選奨文部大臣賞（平成1年度）〔平成2年〕，文化功労者〔平成18年〕，大仏次郎賞（第26回）〔平成11年〕「新々百人一首」，菊池寛賞（第49回）〔平成13年〕，朝日賞（平成15年度）　家妻＝根村絢子（劇評家）

丸山 一松　まるやま・いちまつ　歌人
大正2年（1913年）1月1日～平成4年（1992年）5月22日　生新潟県　歴小学校卒業後、畳店で奉公見習中に石黒清介と出会い、作歌指導を受ける。いくつかの歌誌を経て、「短歌文学」同人。歌集に「東路の空」「畳の四季」など。

丸山 海道　まるやま・かいどう　俳人
大正13年（1924年）4月17日 ～平成11年（1999年）4月30日　生京都府京都市　名本名＝丸山尚（まるやま・ひさし），旧姓・旧名＝鈴鹿　学京都大学文学部国文選科卒　歴鈴鹿野風呂の二男として幼少より句作。昭和23年「京鹿子」復刊と共に編集に携わり、46年野風呂逝去後「京鹿子」主宰。同誌を全国有数の俳句結社誌に育てた。象徴主義的作風で知られ、句集に「新雪」「獣神」「青嶺」「露千乃」「寒雁」「風媒花」「遊行」などがある。また、「俳句歳時記」の編纂や京都市左京区の野風呂記念館の建設など俳句の普及にも尽力した。　家妻＝丸山佳子（俳人），父＝鈴鹿野風呂（俳人）

丸山 薫　まるやま・かおる　詩人
明治32年（1899年）6月8日 ～ 昭和49年（1974年）10月21日　生大分県大分町（大分市）　出愛知県豊橋市　学東京帝国大学国文科〔昭和3年〕中退　歴海にあこがれ東京高等商船学校に入学するが、病気で中退し、三高から東大に進む。東大在学中、第九次「新思潮」や「椎の木」に参加し、昭和7年「帆・ランプ・鷗」を刊行。9年堀辰雄らと「四季」を創刊し、10年「幼年」で文芸汎論詩集賞を受賞。20年から3年間山形県西村山郡西山村に疎開し、小学校教師の傍ら詩作をつづけ、24年から愛知大学に勤務、34年教授となる。その間、32年に第10回の中日文化賞を受賞。42年「四季」を復刊してその経営に尽力する。「鶴の葬式」「物象詩集」「点鐘鳴るところ」「北国」「仙境」「花の芯」「連れ去られた海」「月渡る」などの詩集の他、小説集「蝙蝠館」、「丸山薫全集」（全5巻, 角川書店）などがある。平成5年には英訳書も出版された。6年愛知県豊橋市により丸山薫賞が創設された。　賞文芸汎論詩集賞（第1回）〔昭和10年〕「幼年」, 中日文化賞（第10回）〔昭和32年〕

丸山 しげる　まるやま・しげる　俳人
大正7年（1918年）11月2日 ～ 平成23年（2011年）8月27日　生東京都　名本名＝丸山茂　学日本大学工学部建築学科〔昭和17年〕卒　歴昭和17年建設会社・島藤組に就職。18年入営、満州、フィリピンで兵役につく。21年復員後、会社に復帰。26年1級建築士の資格を取得。48年定年の後、日創設計常務に就任。53年退社し、1級建築士事務所を設立した。俳句は、26年「馬酔木」入会。28年富安風生に師事し、29年「若葉」に入門。星野立子指導による建築学会の句会にも参加。「冬草」主宰の加倉井秋をにも師事し、34年入会、57年から5年間編集長を務めた。63年俳誌「雅山房」を創刊、雅山房俳句会主宰。同時に俳誌「みちのく」に副主宰兼編集長として入会、10年間務めた。「みちのく」退会後は「雅山房通信」に主宰誌を改名。この間、3年俳人協会評議員。句集に「雅山房集序」「爾雅樹」、川柳句集に「独り善がり」、共編に「武蔵野吟行案内」「芭蕉吟行案内」など。賞冬草賞〔昭和54年〕　家長女＝メグ丸山（写真家）

丸山 修三　まるやま・しゅうぞう　歌人
明治37年（1904年）3月16日 ～ 平成2年（1990年）7月15日　生兵庫県　学京都府立医科大学卒　歴大正13年「アララギ」に入会し土田耕平に師事。その死後は森山汀川に従う。昭和9年藤原東川と猟矢短歌会を創設、戦後但丹歌人会を結成し「雪線」を発行する。「関西アララギ」分裂後は鈴江幸太郎の「林泉」に参加し、選歌の一部を担当。歌集に「栃の木」「歴日」「雑木山」「雑木原」がある。

丸山 昌兵　まるやま・しょうへい　歌人
大正7年（1918年）3月1日～平成13年（2001年）11月29日　生群馬県　歴昭和9年「水甕」会員。13年「赤城嶺」「山どり」等に入会、同人となる。16年内藤鋠策を中心に「抒情詩」を発行し同人。21年須永義夫等と「短歌文学」を創刊、編集同人となる。26年群馬県歌人クラブ常任委員を経て、60年副会長。また前橋市民短歌会会長を務めるなど県歌壇の振興に尽力した。歌集に「明野」「未明の森」「冬虹」「青き山」がある。　賞群馬県文化奨励賞〔平成10年〕

丸山 忠治　まるやま・ちゅうじ　歌人
明治33年（1900年）5月3日 ～ 昭和61年（1986年）3月1日　生長野県上水内郡信濃町　歴並木秋人の「常春」「ひこばえ」同人、次いで楠田敏郎の「文珠蘭」同人で歌作を続け、昭和27年「短歌新潮」を創刊・主宰した。のち木村捨録の「林間」同人。歌集「湖霧」「山湖」「風樹」「冬湖」「彩霞」など。　家息子＝丸山日出夫（歌人）

丸山 日出夫　まるやま・ひでお　歌人
昭和5年（1930年）9月17日 ～ 平成12年（2000年）10月29日　生東京都　学長野農高卒　歴昭和23年より父・忠治に師事。「信濃短歌」（24年に「信濃新題」と改題）。61年父没後、同誌発行人。歌集に「水平線」「たかまる潮」「湖畔の秋」「蒼穹」「蟬しぐれ」などがある。　家父＝丸山忠治（歌人）

丸山 豊　まるやま・ゆたか　詩人
大正4年（1915年）3月30日～平成1年（1989年）8月8日　生福岡県八女郡広川村　学久留米医専〔昭和12年〕卒　歴久留米で育ち、明善中学校在学中より詩作を始め、「ぽえむ」「驕児」「糧」「叙情詩」などに参加。昭和9年第一詩集「瑠璃の乳房」を刊行。15年軍医として応召、北ビルマ（現・ミャンマー）のミイトキーナ戦闘から21年奇跡的に生還。同年久留米市に小児科医院を開業。傍ら22年より詩誌「母音」を主宰し、戦争体験を根底に据えた叙事詩を多数発表。九州朝日放送取締役、久留米市公平委員長なども務め、社会的に幅広く活躍。57年老人病院を開設。著書に詩集「白鳥」「未来」「地下水」「草刈」「愛についてのデッサン」「丸山豊全詩集」、エッセイ集「月白の道」、「丸山豊全散文集」など。平成3年から白鳥忌が営まれている。4年丸山豊記念現代詩賞（久留米市）が創設された。　賞九州文学賞（第6回）〔昭和23年〕「斧」，久留米市文化賞〔昭和48年〕，西日本文化賞〔昭和49年〕，日本現代詩人会先達詩人〔平成1年〕

丸山 佳子　まるやま・よしこ　俳人
明治41年（1908年）1月10日～平成26年（2014年）6月17日　生奈良県　名本名＝丸山ハツ子（まるやま・はつこ）　学依那古技芸学校研究科卒　歴昭和15年頃より「京鹿子」創始者の鈴鹿野風呂や松尾いはほの指導を受け、17年「ホトトギス」に初入選。23年「京鹿子」復刊と同時に入会。29年野風呂の二男である丸山海道と結婚した。句集に「緋衣」「虎の巻」「白寿」などがある。　賞京都俳句作家協会賞〔昭和29年〕，京鹿子大作賞（第1回）〔昭和30年〕，京鹿子賞〔昭和32年〕　家夫＝丸山海道（俳人），義父＝鈴鹿野風呂（俳人）

丸山 良治　まるやま・りょうじ　歌人
大正6年（1917年）5月20日～昭和58年（1983年）10月11日　生長野県　歴若くして筏井嘉一に従い「蒼生」に入会。戦後「定型律」を経て昭和28年「創生」復刊に参加、選者・編集委員として活躍。45年創生賞、58年筏井賞を受賞。歌集に「しなの」がある。　賞創生賞〔昭和45年〕，筏井賞〔昭和58年〕

万造寺 斉　まんぞうじ・ひとし　歌人
明治19年（1886年）7月29日～昭和32年（1957年）7月9日　生鹿児島県日置郡羽島村（いちき串木野市）　学東京帝国大学英文科〔明治45年〕卒　歴中学時代から「新声」などに投稿し、のち新詩社に参加。「明星」を経て「スバル」に参加し、大正3年「我等」を創刊。この時から短歌のみならず小説や翻訳面でも活躍する。大正6年愛媛県立西条中学英語教師となり、自己所有地を農民に開放し、京都へ移り、京都帝国大学で学び京都府立三中、梅花女専、京都師範、大谷大学教授などを歴任。昭和6年歌誌「街道」を創刊。歌集に「憧憬と漂泊」「蒼波集」などがあり、随筆集に「春を待ちつゝ」などがある。

【み】

見市 六冬　みいち・むとう　俳人
大正1年（1912年）8月2日～平成10年（1998年）8月11日　生大阪府大阪市　名本名＝見市正（みいち・ただし）　学関西大学経済学部卒　歴昭和21年「萬緑」創刊により入会、以来中村草田男に師事。32年「萬緑」同人。48年「五葉秀」を但馬美作より引継ぎ主宰。38年俳人協会会員、50年幹事、63年評議員。兵庫県俳句協会常任理事なども務めた。句集に「千舟」「沐日浴月」「田嚢」など。　賞萬緑賞〔昭和47年〕

三浦 義一　みうら・ぎいち　歌人
明治31年（1898年）2月27日～昭和46年（1971年）4月10日　生東京都　出大分県大分市　学早稲田大学〔大正9年〕中退　歴中学時代、短歌「維新の会」同人。アララギ派。早稲田大学を中退して大分に帰り九州電力を経て、昭和2年上京、政治活動に入る。7年皇道日本の建設を目的とする大亜義盟を組織。9年三井合名会社顧問・益田孝を不敬罪で恐喝し、検挙・起訴される。10年国策社を創立、雑誌「国策」を刊行。14年政友会総裁中島知久平の狙撃を計画するが失敗。16年大東塾顧問。雑誌「ひむがし」を創刊。戦後は追放解除後、右翼運動の育成に尽力、また政財界の黒幕として活動し、日本橋室町に事務所を構えたことから“室町将軍”の異名をとった。歌集に「当観無常」「玉鉾の道」「悲天」がある。　家父＝三浦数平（大分市長）

三浦 紀水　みうら・きすい　俳人
大正11年（1922年）3月10日～平成1年（1989年）7月6日　生愛知県　名本名＝三浦正俊　学東京高師中退　歴昭和15年「石楠」入会、同系「三河」「林苑」等で手ほどきを受ける。当時「石楠」指導担当の大野林火を知り師事する。21年復員と共に「浜」入会。23年「浜」同人。「現代俳句」「俳句研究」等に作品発表。10年の休俳の後復帰。　賞浜賞〔昭和42年〕

三浦 孝之助　みうら・こうのすけ　詩人
明治36年（1903年）12月9日～昭和39年（1964年）3月28日　生富山県　学慶応義塾大学英文科卒　歴慶応大学教授。シュールレアリスムの詩誌「馥郁タル火夫ヨ」に参加、イヴァン・

ゴル「シュールレアリスム宣言」を初めて翻訳。「詩と詩論」「文芸レビュー」に拠った。編著「西脇順三郎詩集」がある。

三浦 恒礼子　みうら・こうれいし　俳人
明治39年（1906年）11月20日 ～ 平成2年（1990年）11月15日　生兵庫県佐用郡西庄村　名本名＝三浦忠義（みうら・ただよし）　学逓信官吏練習所教育科卒　歴昭和9年皆吉爽雨、高浜虚子に師事。「山茶花」同人を経て、21年皆吉爽雨主宰の「雪解」創刊と共に同人。26年「椿」を創刊し主宰。40年俳人協会会員。句集に「白魚火」「野蝶」「道後」「杖国」。　勲勲四等瑞宝章〔昭和53年〕

三浦 秋葉　みうら・しゅうよう　俳人
大正11年（1922年）3月8日～平成3年（1991年）5月17日　生宮崎県児湯郡　名本名＝三浦昇　学台南師範卒　歴昭和14年釈瓢斎師の主宰する「趣味」に投句。その後「ホトトギス」「寒雷」「馬酔木」を経て、野見山朱鳥の「菜殻火」に拠った。朱鳥没後、40年より「雲母」に参加し飯田龍太に師事。54年主宰誌「遠野火」を創刊。句集に「絢爛」がある。　賞雲母選賞（第7回）〔昭和58年〕

三浦 秋無草　みうら・しゅむそう
川柳作家
明治38年（1905年）4月28日 ～ 平成1年（1989年）8月16日　生愛媛県松山市　名本名＝三浦成章（みうら・なりあき）　学同志社大学文学部〔昭和6年〕卒　歴大学時代から川柳に興味を持ち、柳誌「京都番傘」に参加。卒業後、旧制中学の英語教師を務める傍ら、「番傘川柳」本社で編集に携わった。西日本各地を転々とした後、昭和25年帰郷し、松山北高教諭に。35年から朝日新聞愛媛版の「伊予川柳」選者を務めた。また愛媛県川柳文化連盟理事、まつやま吟社顧問を歴任し、川柳文学の普及向上に尽くした。

三浦 忠雄　みうら・ただお　歌人
生年不詳～平成15年（2003年）12月17日　歴関登久也に師事。小学校教師の傍ら、前衛的な歌人として活動。個人誌「無方」を発行した。岩手県歌人クラブ副会長を務め、日本現代詩歌文学館北上協力会に“おらだズの詩歌学会”と名づけたことでも知られた。歌集に「さびしき神」などがある。

三浦 美知子　みうら・みちこ　俳人
明治42年（1909年）1月30日 ～ 平成6年（1994年）7月31日　生石川県　学東京女高師文科卒　歴昭和5年以来成蹊高女、立教女学院で教師を務め、51年退職。若い頃から俳句を好み、32年中村草田男に師事。38年同人、48年俳人協会会員、平成4年「萬緑」森の座同人。また散文を国文学者の西尾実に学び、福田清人の指導を受ける。のち童話を書き始め、作品を専門雑誌に投稿。また同人誌にも参加。平成元年80歳の時童話集「赤い風船」を出版。2年2冊目の童話集「ピーちゃん」を自費出版。他に句文集「南瓜日記」「冬の濤」、句集「桃明り」などがある。賞萬緑新人賞（昭和37年度）　家夫＝三浦俊輔（画家）

三浦 光世　みうら・みつよ　歌人
大正13年（1924年）4月4日 ～ 平成26年（2014年）10月30日　生東京市目黒（東京都目黒区）学小頓別小〔昭和14年〕卒　歴東京に生まれ、昭和2年北海道滝上村に移住。14年北海道小頓別院通運送社に事務員として勤務。15年中頓別営林局署毛登別事務所に採用、19年旭川営林局に移る。30年に寝たきりで闘病していた堀田綾子と知り合い、34年に結婚。39年三浦綾子の「氷点」が朝日新聞1000万円懸賞小説に当選し、以後、綾子は作家生活に入る。41年営林局を退職し、口述筆記や取材旅行に同行するなど病気がちな妻の作家活動を支えた。平成10年旭川市に三浦綾子記念文学館が開館。11年綾子死去。14年より同文学館館長を務めた。一方、アララギ派の歌人で「昭和万葉集」に名を連ね、昭和46年からは日本基督教団発行の「信徒の友」短歌欄の選者を務める。また趣味の将棋はアマ5段の腕前で、19年北海道将棋連盟理事長に就任。著書に「吾が妻なれば—三浦光世集」「少年少女の聖書ものがたり」や妻との共著「愛に遠くあれど」「太陽はいつも雲の上に」がある。　家妻＝三浦綾子（小説家）

みえの・ふみあき　詩人
昭和12年（1937年）～平成25年（2013年）3月19日　生大分県大分市　名本名＝三重野文明　歴昭和30年旭化成に入社。延岡支社技術情報室勤務を経て、宮崎県産業支援財団コーディネーター。傍ら、宮崎県の詩誌「花束」「白鯨」「赤道」に参加、田中詮三と二人誌「律」を出す。昭和38年処女詩集「少女キキ」を刊行。平成9年より神戸市の詩誌「乾河」に50編以上の詩やエッセイを寄せた。他の詩集に「虻」「野いちご」「方法」「雨だれ」「春 2004」、著書に「『白鯨』『赤道』の詩人たち」がある。

三ケ尻 湘風　みかじり・しょうふう　俳人
大正5年（1916年）10月28日～昭和60年（1985年）7月26日　生埼玉県　名本名＝三ケ尻茂　歴昭和17年原田浜人に師事。20年「石楠」へ入会、臼田亜浪に師事。41年「蜜」創刊同人。42年「河」入会。53年「人」創刊同人。53年「あとりゑ」創刊・主宰。句集に「木守柿」「冬紅葉」「洗心」などがある。

三木 アヤ　みき・あや　歌人
大正8年（1919年）4月22日～平成22年（2010年）3月28日　生香川県　学国学院大学文学部〔昭和29年〕卒　歴30歳のとき、2児の幼児を抱えながら大学入学を決心。卒業後、35歳で公立高校の教師となる。その後、東海銀行からカウンセラーにと請われ、精神分析を勉強。大正大学、東京女子大学の非常勤講師を経て、山王教育研究所講師。著書に「箱庭療法」「自己への道」「女性の心の謎」などがある。一方、短歌は「多磨」を経て、「コスモス」創刊に参加。歌集に「地底の泉」「白臘花」などがある。

三木 朱城　みき・しゅじょう　俳人
明治26年（1893年）8月6日～昭和49年（1974年）12月26日　生香川県小豆郡土庄村　名本名＝三木脩蔵　学高松商業卒　歴大正4年南満州鉄道入社。のち満州電信電話に勤務。大正末期より高浜虚子に師事し、「ホトトギス」同人。在満中は「平原」「柳絮」「俳句満州」等を主宰。引揚げ後は、岡山市に居住し、昭和22年8月大塚素堂の創刊した「旭川」を継承主宰。句集に「ねぢあやめ」「柳絮」「吉備路」「朱城句文集」がある。

三鬼 実　みき・みのる　歌人
明治39年（1906年）4月20日～昭和60年（1985年）8月31日　生岩手県盛岡市　学東京帝国大学経済学部卒　歴日本電気硝子に勤務し、専務などを歴任。歌人としても知られ、昭和6年岡山巌の「歌と観照」創刊に参加し、44年巌没後、同誌を継承し主宰となる。歌集に「あめりか紀行」「古都の歌」などがある。

三木 露風　みき・ろふう　詩人
明治22年（1889年）6月23日～昭和39年（1964年）12月29日　生兵庫県揖西郡龍野町（たつの市）　名本名＝三木操，別号＝羅風　学早稲田大学中退，慶応義塾大学文学部〔明治44年〕中退　歴中学時代から同人誌で活躍し、3年の時詩歌集「夏姫」を自費出版。早大在学中の明治42年第二詩集「廃園」を刊行、以後、冥想的、神秘的な象徴詩人として北原白秋と並び称された。大正9～13年まで北海道トラピスト修道院で生活を送り、熱烈なカトリック詩を残す。他の詩集に「寂しき曙」「白き手の猟人」「幻の田園」「信仰の曙」「神と人」など。童謡「赤とんぼ」の作詞家としても有名。「三木露風全集」（全3巻，同全集刊行会）がある。　勲勲四等瑞宝章〔昭和40年〕

三国 玲子　みくに・れいこ　歌人
大正13年（1924年）3月31日～昭和62年（1987年）8月5日　生東京府北豊島郡滝野川町（東京都北区）　名本名＝中里玲子　学川村女学院〔昭和16年〕卒　歴昭和18年より鹿児島寿蔵に師事。20年「潮汐」に入会、22年より「アララギ」に参加。「新歌人会」「青年歌人会議」などに参加。のち「求青」編集人。女性として初めて朝日歌壇時評を執筆した。62年自ら命を絶った。歌集に「空を指す枝」「蓮歩」「晨の雪」など。　賞新歌人会賞〔昭和29年〕「空を指す枝」，短歌研究賞（第15回）〔昭和54年〕「永久にあれこそ」，ミューズ女流文学賞（第3回）〔昭和57年〕，現代短歌女流賞（第11回）〔昭和62年〕「鏡壁」　家父＝三国慶一（彫刻家）

三沢 浩二　みさわ・こうじ　詩人
昭和6年（1931年）4月29日～平成18年（2006年）8月27日　出岡山県岡山市　名本名＝三沢信弘　学岡山大学法文学部　歴就実高教諭を務める傍ら、岡山県詩壇を代表する詩人の一人として活躍。県文学選奨審査員、吉備路文学館理事などを務めた。　賞福武文化賞〔平成15年〕

三沢 たき　みさわ・たき　俳人
明治34年（1901年）3月11日～平成20年（2008年）5月13日　出山梨県　歴90歳で俳句を始める。みずみずしい感性の句を詠み続け、103歳で句集「立雛」を出版した。

三品 千鶴　みしな・ちず　歌人
明治43年（1910年）11月28日～平成15年（2003年）3月24日　生京都府　学京都女子高専卒　歴女専在学中、吉沢義則、大井広の指導を受け、昭和6年「潮音」に入る。太田水穂、四賀光子について本格的に作歌を開始。「潮音」幹部同人、選者を経て、顧問。「玻璃」主宰。近江百人一首の普及にも努めた。歌集「水煙」「梅の花笠」、歌文集「叡山」、歌学書「近江の歌枕紀行」がある。

三島 素耳　みしま・そじ　俳人
明治37年（1904年）5月8日～平成5年（1993年）5月1日　生石川県小松町　名本名＝三島外二（みしま・そとじ）　学東京大学理学部卒　歴生命保険会社アクチュアリー、生命保険文化研究所、厚生年金基金役員、近畿大学講師などを歴任。俳句は昭和10年代に始める。30年「南風」入会、34年同人。54年俳句協会会員。句集に「末座」がある。　賞南風賞〔昭和47年〕

三嶋 隆英　みしま・りゅうえい　俳人
昭和3年（1928年）7月30日～平成22年（2010年）10月2日　生広島県　名本名＝三嶋隆英（みしま・たかひで）　学大阪高医卒　歴岡山県の父祖からの医業を継ぎ、開業医となる。昭和38年京都へ転勤。俳句は、25年水原秋桜子、山口草堂に師事。35年原柯城を擁し、角南星燈らと「風雪」創刊。42年「馬酔木」同人。平成6年「風雪」を主宰継承するが、21年12月の50周年600号で終刊した。句集に「鞭木」「いのれくすれ」「遠海」「迅速」「自選 三嶋隆英句集」など、評論集に「俳句山河」がある。　賞馬酔木新樹賞〔昭和33年〕，馬酔木新人賞〔昭和40年〕

御庄 博実　みしょう・ひろみ　詩人
大正14年（1925年）3月5日～平成27年（2015年）1月18日　生山口県岩国市　名本名＝丸屋博（まるや・ひろし）　学岡山大学医学部卒　歴東京・代々木病院、倉敷市・水島博病院を経て、広島共立病院名誉院長。昭和20年8月原爆投下2日後の広島に入り、入市被爆した。戦後、医学を志す傍ら、御庄博実の筆名で詩作を始め、峠三吉らと親交を深めて広島で反戦文学運動を起こす。郷里・岩国での結核療養中に岩国の米軍基地から朝鮮戦争へ出撃する戦闘機を“虫”になぞらえた反戦詩を発表、占領軍批判のかどで逮捕されたこともある。上京後は、'60年安保運動に参加して亡くなった樺美智子さんの死因のデモ隊側検証作業にも従事した。52年広島に戻り、広島共立病院院長として被爆者医療に力を注いだ。詩誌「火皿」同人。詩集「御庄博実詩集」「原郷」「ふるさと―岩国」や、本名で「公害にいどむ」「大気汚染と健康」などの著書がある。　賞日本現代詩人会先達詩人〔平成21年〕

水上 章　みずがみ・あきら　俳人
明治41年（1908年）12月1日～平成2年（1990年）10月21日　生東京市日本橋区（東京都中央区）　名本名＝林一郎（はやし・いちろう）　学旧制商業3年中退　歴昭和2年西尾朱由の手ほどきを受け、「同人」に入会。17年「火星」、24年「俳句作家」同人。53年現代俳句協会入会。賞火星賞，関西俳誌連盟年度賞

水上 多世　みずかみ・かずよ　詩人
昭和10年（1935年）4月1日～昭和63年（1988年）10月3日　生福岡県八幡市（北九州市八幡東区）　学八幡中央高卒　歴私立尾倉幼稚園教諭時代から児童詩、童話を書き、夫平吉と児童文学誌「小さい旗」主宰。少年詩集「馬でかければ」「みのむしの行進」、童話「ぼくのねじはぼくがまく」「ごめんねキューピー」、戦争絵本「南の島の白い花」、短歌集「生かされて」などがある。小学校教科書に「あかいカーテン」「ふきのとう」「金のストロー」「馬でかければ」「つきよ」が採用された。没後、夫の編集による「みずかみかずよ全詩集 いのち」が出版された。　賞愛の詩キャンペーン金賞一席〔昭和49年〕「愛のはじまり」，北九州市民文化賞〔昭和56年〕，丸山豊記念現代詩賞（平成7年度）〔平成8年〕　家夫＝水上平吉（朝日新聞編集委員）

水上 赤鳥　みずかみ・せきちょう　歌人
明治28年（1895年）5月28日～昭和56年（1981年）11月29日　生福岡県糸島郡志摩町師吉　名本名＝水上健二（みずかみ・けんじ）　歴大正6年「創作」に入会し、若山牧水に師事。昭和3年「ぬはり」創刊とともに同人。47年より主幹。歌集に「更生」「わが戦後」。　家息子＝水上健也（読売新聞会長）

水上 正直　みずかみ・まさなお　歌人
明治38年（1905年）12月28日～平成7年（1995年）4月18日　生静岡県清水市　学東京帝国大学法学部卒　歴旧制静岡高校より大正14年東大法学部入学と同時に「潮音」入社。太田水穂、四賀光子に師事。「潮音」選者、常任幹部。昭和49年より日本歌人クラブ幹事、のちに会長を務める。歌誌「木曜」代表。歌集に「既来之」「訪中記」、合同歌集に「高樹第一、第二、第三集」がある。元三菱商事参与。

水城 孝　みずき・たかし　歌人
大正9年（1920年）8月21日～平成15年（2003

年）6月20日　生静岡県　学明治大学中退　歴昭和12年頃より作歌を始め、「日本短歌」に投稿。14年「多磨」に入会。20年「菩提樹」に入会、大岡博に師事。25年「林間」発足に参加。41年「十字路」創刊・主宰。歌集に「青径集」「流砂」「水煙」「化石湖」「遠韻」などがある。

水城 春房　みずき・はるふさ　歌人
昭和17年（1942年）5月7日～平成15年（2003年）6月20日　生福岡県北九州市　名本名＝小倉高徳　学国学院大学文学部卒　歴17歳で作歌を始める。国学院大学のころ加藤克巳に師事。39年「個性」入会、同誌編集同人を経て、角宮悦子主宰「はな」に入会した。歌集に「心象水栽培」「禾春院絹歌」「有髪の鯉魚」などがある。　賞埼玉文化奨励賞〔昭和48年〕，埼玉文芸賞（第12回）〔昭和56年〕「禾春院絹歌」

水口 郁子　みずぐち・いくこ　俳人
大正15年（1926年）2月15日～平成9年（1997年）7月30日　生神奈川県横浜市　学東京女子専門学校家政科中退　歴昭和40年グループに誘われ俳句の手ほどきを受けた。41年「浜」入会。大野林火に師事。46年「貝寄風」、47年「浜」、62年「方円」同人。句集に「綾織」がある。　賞浜賞〔昭和47年〕

水口 幾代　みずぐち・いくよ　歌人
大正3年（1914年）7月8日～平成7年（1995年）5月16日　生新潟県　出北海道　名本名＝田中寿満子　学函館高女〔昭和6年〕卒　歴4歳で函館に移る。函館高女在学中、釈迢空の歌に衝撃を受ける。「吾が嶺」「多磨」「月光」「女人短歌」「コスモス」などを経て、昭和31年夫の芥子沢新之介と「いしかり」を創刊。41年夫の死去とともに終刊するが46年復刊し以後主宰する。歌集に「早春」「雪国の絵本」「未完の悲笳」「胡笳」「散華頌」「水口幾代歌集」がある。　賞札幌市民芸術賞，北海道新聞文学賞〔昭和56年〕「散華頌」　家夫＝芥子沢新之介（歌人）

水口 孤雁　みずぐち・こがん　俳人
明治37年（1904年）5月16日～平成3年（1991年）1月23日　生奈良県　名本名＝水口美三郎（みずぐち・とみさぶろう）　学奈良県巡査教習卒　歴昭和25年サンケイ俳壇で皆吉爽雨を知り、「雪解」に入会。「雪解」同人。　賞雪解功労賞〔昭和41年〕

水口 千杖　みずぐち・せんじょう　俳人
大正7年（1918年）3月8日～平成6年（1994年）3月4日　生和歌山県和歌山市　名本名＝水口和男　学関西大学専門部法律学科卒　歴昭和14年田辺むさしの手ほどきを受け、「若葉」に投句。28年「春燈」に所属。名古屋春燈句会に所属。45年俳人協会会員。著書に俳句入門書「献立と俳句」、句集に「初珈琲」がある。会社役員を務めた。

水口 洋治　みずぐち・ようじ　詩人
昭和23年（1948年）4月21日～平成25年（2013年）8月31日　生大阪府大阪市　学大阪市立大学〔昭和47年〕卒　歴「詩人会議」「大阪詩人会議」を経て、「Po」を創刊・主宰。ほかに「風」「橋をわたす」創刊に参加。「関西文学」同人。甲子園短期大学助教授、関西詩人協会事務局長を務めた。詩集に「僕自身について」「夜明けへの出発」「水口洋治詩集」（日本詩人叢書69）「ルナール遍歴譚」、詩写真集に「花たちの詩」、評論に「三好達治論」「おはなし大阪文学史」などがある。

水田 清子　みずた・せいこ　俳人
明治45年（1912年）1月8日～平成25年（2013年）1月4日　生東京都　出千葉県鴨川市　学東京府立第八高女〔昭和4年〕卒　歴昭和45年富安風生、勝又一透に師事。50年「若葉」「岬」「朝」同人。城西大学理事長を務めた。句集に「石蕗の花」「高麗堤」「安房山」「九十九里」などがある。　勲旭日小綬章〔平成20年〕　家夫＝水田三喜男（政治家），二女＝水田宗子（文芸評論家）

水谷 一楓　みずたに・いっぷう　歌人
明治37年（1904年）6月28日～平成4年（1992年）3月11日　生三重県桑名市大福　名本名＝水谷信一　歴大正13年頃から歌会研究会を催す。昭和2年4月「金雀枝」を創刊・主宰。4年「潮音」に一時入社。中部日本歌人会創立より委員。三重県歌人クラブ顧問。桑名市文化功労者表彰。歌集に「鈴鹿嶺」「金雀枝選集」がある。　賞桑名市文化功労者，Y氏文学賞

水谷 砕壺　みずたに・さいこ　俳人
明治36年（1903年）10月24日～昭和42年（1967年）10月3日　生徳島県　名本名＝水谷勢二（みずたに・せいじ）　学関西学院高商卒　歴昭和10年「青嶺」「ひよどり」「走馬燈」の三誌を合

併し新興俳句運動の拠点として「旗艦」を創刊。新興俳句弾圧後も「琥珀」を発行し、戦後は「太陽系」を創刊していち早く新興俳句復興にしたがうなど、終始新興俳句の影の功労者として尽力した。句集に「水谷砕壷句集」がある。

水谷 晴光　みずたに・せいこう　俳人

明治37年（1904年）11月20日～昭和58年（1983年）11月19日　生愛知県　名本名＝水谷鉦一（みずたに・しょういち）　学法政大学経済学部卒　歴昭和10年「馬酔木」入門、25年同人。句集に「飛騨格子」。　賞馬酔木賞〔昭和18年・24年〕

水谷 春江　みずたに・はるえ　歌人

明治44年（1911年）2月11日～平成9年（1997年）8月22日　生三重県四日市市市浜町　名旧姓・旧名＝山北　学四日市高女〔昭和3年〕卒　歴四日市高女時代に作歌を開始。昭和5年高級船員の夫と結婚、夫の転勤に伴い大牟田市、神戸市に転居。歌誌「六甲」に所属するが、18年夫が戦死したため3人に子どもたちと四日市市に帰郷。25年「まゆみ」に入会して作歌を再開。「まゆみ」廃刊後は「声調」に所属した。戦死した夫を詠んだ歌を数多く残した。歌集に「紅梅山房」「観音像」がある。

水谷 福堂　みずたに・ふくどう　歌人

明治41年（1908年）3月5日～平成10年（1998年）11月11日　生三重県鵜川原村池底（菰野町池底）　名本名＝水谷武雄　歴大正15年下野村小学校に勤務し、昭和12年高野山で得度して僧籍に入る。13年満州に教員として渡り、21年帰国後は公立学校で教鞭を執った。一方、23年頃から作歌を始め、佐藤佐太郎主宰の「歩道」に所属。45年「国民文学」に入り、松村英一に師事。53年同人。松村の没後は大場寅郎、遠山繁夫に師事した。歌集に「福王の宮」「奥の院」がある。

水納 あきら　みずな・あきら　詩人

昭和17年（1942年）4月30日～昭和63年（1988年）7月24日　出沖縄県平良市（宮古島市）　名旧姓・旧名＝玉城昭一　学国学院大学文学部卒　歴大学卒業後、出版社に勤務。数年後に独立して那覇市でオリジナル企画を設立、代表を務める。斬新で鋭敏な感覚で多くの出版・編集を手がけた。詩人でもあり、昭和49年第一詩集「お通し」を出版。他の詩集に「イメージで無題」「世乞」「日々草」「たった一言のためのMENU」「水納あきら全詩集」などがある。

水野 源三　みずの・げんぞう　詩人

生年不詳～昭和59年（1984年）2月　生長野県埴科郡坂城町　歴昭和21年夏、9歳の時に集団赤痢に感染、42度の高熱が3週間続き脳性マヒに冒され、体も動かず言葉も話せない重度の身障者となる。25年聖書に触れてから、母の示す50音図にまばたきを送ることによって自分の意志を文字に表し、聖書研究や優れた詩を作る。15歳で洗礼を受けた後も信仰の詩を作り続け、38歳のときに第一詩集「わが恵み汝に足れり」を出版。“まばたきの詩人”として全国に知られる。それらの詩は、59年6月の「み国をめざして」まで4冊の詩集にまとめられ、出版部数は合計20万部、個人の詩集としては異例のベストセラーになった。また訳書が海外にも紹介されている。

水野 吐紫　みずの・とし　俳人

大正6年（1917年）8月30日～平成6年（1994年）1月20日　生岐阜県岐阜市　名本名＝水野寿夫　学東京医専卒　歴内科医。中学時代から作句し、昭和38年「年輪」投句から本格的に俳句を始める。42年「風土」入会、44年同人。45年「雷鳥」「貝寄風」同人、48年俳人協会会員。55年「風土竹間集」に推される。56年「つちくれ」創刊・主宰。岐阜県俳人協会幹事。句集「大舟小舟」、随筆集「石の上にも三年」がある。

水野 波陣洞　みずの・はじんどう　俳人

明治30年（1897年）11月3日～昭和55年（1980年）11月20日　生愛知県名古屋市　名本名＝水野繁松　歴昭和26年から句誌「はまなす」主幹、29年から主宰。

水野 蓮江　みずの・はすえ　俳人

大正7年（1918年）7月24日～平成13年（2001年）3月16日　生大阪府　学大阪府立女師範本科卒　歴昭和15年角田拾翠の手ほどきを受け、「山茶花」「雪解」に投句。のち皆吉爽雨の指導を受ける。43年角田拾翠の「いてふ」創刊と共に入会。44年「いてふ」同人、49年「雪解」同人。　賞いてふ賞〔昭和48年〕

水野 美知　みずの・よしとも　歌人

大正2年（1913年）11月23日～平成14年（2002年）9月28日　学早稲田大学哲学科支那哲学専攻卒　歴昭和9年窪田空穂門下となり、「槻の木」同人。戦後一時「槻の木」発行人を務めた。

中国文学研究家としても知られた。歌集に「去来潮」「忘言集」「渾沌」「幻化」などがある。

水橋 晋　みずはし・すすむ　詩人

昭和7年（1932年）8月30日 ～ 平成18年（2006年）2月20日　[生]富山県滑川市　[学]慶応義塾大学文学部仏文科卒　[歴]出版社勤務。中学3年の頃から富山在住の高島順吾に師事。慶大進学後は、江森国友、堀川正美、三木卓らと「氾」に拠って活動。「三田詩人」「骨の火」「三田評論」などにも投稿し、江森らと「南方」を出す。詩集に「悪い旅」「海で朝食」「はじまる水」「大梟を夫に持った曽祖母」、訳詩集に「R.ブローティガン詩集」がある。詩誌「巡」、翻訳詩紹介誌「quel（ケル）」を主宰した。　[賞]現代詩人賞（第15回）〔平成9年〕「大梟を夫に持った曽祖母」

水原 秋桜子　みずはら・しゅうおうし　俳人

明治25年（1892年）10月9日 ～昭和56年（1981年）7月17日　[生]東京市神田区猿楽町（東京都千代田区）　[名]本名＝水原豊, 別号＝喜雨亭, 白鳳堂　[学]東京帝国大学医学部〔大正7年〕卒　[資]日本芸術院会員〔昭和41年〕　[歴]東京帝大血清化学教室、産婦人科教室を経て、昭和3年昭和医専教授となり、宮内省侍医療御用掛を務める。また、家業の産婦人科病院、産婆学校の経営にも携わった。俳句は、大正8年「ホトトギス」に入り、高野素十、山口誓子、阿波野青畝とともに「ホトトギス」の4S時代といわれる黄金時代を築いた。昭和6年虚子のとなえる客観写生に対して主観写生を主張、虚子とは袂を分かち、9年からは「馬酔木」を主宰。37年から16年間、俳人協会会長を務め、53年名誉会長となる。38年日本芸術院賞受賞、41年日本芸術院会員。句集は「葛飾」をはじめ20集を数え、多数の評論や随筆集もあるが、54年には「水原秋桜子全集」（全21巻, 講談社）が完結している。[勲]勲三等瑞宝章〔昭和42年〕　[賞]日本芸術院賞〔昭和38年〕　[家]妻＝水原しづ（俳人）, 長男＝水原春郎（俳人）, 孫＝徳田千鶴子（俳人）

水町 京子　みずまち・きょうこ　歌人

明治24年（1891年）12月25日～昭和49年（1974年）7月19日　[生]香川県高松市　[名]本名＝甲斐みち　[学]東京女高師国文科〔大正4年〕卒　[歴]在学中、尾上柴舟の指導を受け「水甕」に参加。のち古泉千樫の門に入り青垣会に参加。大正14年「草の実」を創刊し、12年歌集「不知火」を刊行。昭和10年より「遠つひと」を主宰。この間、淑徳女学校、桜美林学園で国語教師を務めた。他の歌集に「水ゆく岸にて」など。

溝口 章　みぞぐち・あきら　詩人

昭和8年（1933年）1月16日 ～ 平成25年（2013年）2月11日　[出]静岡県菊川市　[学]法政大学卒　[歴]詩誌「PF」主宰。常葉学園橘中学校長、静岡県詩人会会長を務めた。著書に詩集「戦史・亡父軍隊手牒考」「鏡の庭」「公孫樹の下で」「船団に灯がともる」「'45年ノート残欠」「禁忌の布」「微光の海」「残響」「樹木人」、評論「伊東静雄」「三好達治論」などがある。　[賞]中日詩賞（第40回）〔平成12年〕「'45年ノート残欠」

溝部 節子　みぞべ・せつこ　俳人

明治34年（1901年）2月28日 ～ 平成4年（1992年）3月15日　[生]長野県長野市　[学]東京府立第三高女卒　[歴]昭和45年「風」入会、53年同人。句集に「雪螢」。　[賞]風新人賞〔昭和52年〕

三田 忠夫　みた・ただお　詩人

明治45年（1912年）7月29日 ～ 平成8年（1996年）　[生]栃木県足利郡山辺町（足利市）　[学]山辺高小卒　[歴]栃木県山辺町役場に勤め、昭和28年合併後は足利市職員となり、48年定年退職。傍ら、18歳で詩作を始め、5年文芸誌「横顔」を発行。「上毛詩人」「日本詩壇」などの同人となり、「鴉群」「下野詩人」「器」などを主宰した。詩集に「隕石博物館」などがある。　[賞]栃木県文化功労者〔昭和56年〕

三田 澪人　みた・れいじん　歌人

明治27年（1894年）1月7日 ～ 昭和41年（1966年）1月2日　[生]愛知県一宮市　[名]本名＝柴田儀雄　[歴]早くから「創作」などに歌を発表し、26歳で名古屋新聞記者となる。大正10年歌集「水脈」を刊行。12年「短歌」を創刊。戦時中は中部日本新聞南方総局長に就任。24年「暦象」を創刊・主宰した。没後の42年「朝鳥夕鳥」が刊行された。

三谷 昭　みたに・あきら　俳人

明治44年（1911年）6月5日 ～ 昭和53年（1978年）12月24日　[生]東京都　[学]東京府立五中卒　[歴]昭和5年素人社に入り「俳句月刊」を編集し、11年赤坂区役所嘱託となり「赤坂区史」の編纂をする。15年の新興俳句事件に連座。16年実業之日本社に入社、以後二十余年にわたり、「ホープ」編集次長、「新女苑」「オール生活」編集長などを歴任した。俳人としては21年新俳句人連盟を結成。37年より47年まで現代俳句協会幹事長、会長を歴任した。著書に句集「獣身」や「現代の秀句」など。 賞現代俳句協会功労賞（第1回）〔昭和51年〕

三谷 晃一　みたに・こういち　詩人
大正11年（1922年）9月7日 〜 平成17年（2005年）2月23日 生福島県安達郡本宮町 学小樽高商〔昭和15年〕卒 歴昭和12年頃から詩作を始める。21年復員後、福島民報社に入社。25年詩誌「銀河系」創刊、26年には「竜」にも加わり、「新抒情派」宣言を起草した。31年第一詩集「蝶の記憶」を出版。32年会津詩人協会を設立、詩誌「馬」に参加。39年「地球」に参加、のち同人。51年には郡山、東京で詩画展を開催した。54年取締役論説委員長を最後に福島民報社を退社。以後、H氏賞、現代詩人賞などの選考委員を務め、合唱曲の作詞などを含めた創作活動を続けた。詩集に「さびしい繭抄」「長い冬みじかい夏」「きんぽうげの歌」「蝶の記憶」「野犬捕獲人」「ふるさとにかえれかえるな」「河口まで」、合唱曲に「ふるさと詠唱」「こうりやま讃歌」などがある。 賞福島県文学賞（詩, 第9回）〔昭和31年〕「蝶の記憶」, 丸山薫賞（第10回）〔平成15年〕「河口まで」

道菅 三峡　みちすが・さんきょう　俳人
明治42年（1909年）2月27日 〜 昭和61年（1986年）4月24日 生広島県山県郡戸河内町 名本名＝道菅巧 学中学校卒 歴戦後は森林組合長を務める。一方昭和4年頃より俳句を作り始め、「草茎」、のち「季節」同人。自らも「もみじ」を主宰した。 賞季節功労賞〔昭和52年〕, 季節賞〔昭和53年〕, 梅の門賞〔昭和53年〕

道部 臥牛　みちべ・がぎゅう　俳人
明治17年（1884年）9月28日 〜 昭和38年（1963年）3月10日 生千葉県 名本名＝道部順（みちべ・じゅん） 歴明大教授、東京医専教授を歴任。主著に「ゲーテ研究」。また、生活俳句をかかげ、臥牛の号で「初雁」を主宰した。句集に「乾草は匂ふ」「自像」ほか。

道山 草太郎　みちやま・そうたろう　俳人
明治30年（1897年）2月17日 〜 昭和47年（1972年）2月13日 生福島県 名本名＝道山茂兵衛 学早稲田大学文学部英文科中退 歴大正11年原石鼎系俳誌「桔槹」の創刊に加わり、以後没するまで同誌の経営に生涯を傾けた。石鼎門における東北の雄といわれ、句集に「鼎門句集」「桔槹句集」などがある。

三井 菁一　みつい・せいいち　俳人
明治45年（1912年）4月4日 〜 平成9年（1997年）12月30日 生静岡県 名本名＝三井正一（みつい・しょういち） 学静岡商卒 歴昭和12年「しろそう」「広場」に入会。戦後は俳句ペンクラブ、「俳句人」などの同人を経て、「鷹」「小鹿」各同人。のち「岳」に拠る。 賞口語俳句協会賞〔昭和38年〕, 小鹿賞

三井 葉子　みつい・ようこ　詩人
昭和11年（1936年）1月1日 〜 平成26年（2014年）1月2日 生大阪府布施市（東大阪市） 名本名＝山荘幸子（やまじょう・さちこ） 学相愛女子短期大学卒 歴相愛女子短期大学に入学した昭和29年、小野十三郎主催の夜の詩会に参加。35年詩誌「ブラックパン」同人。51年「浮舟」で第1回現代詩女流賞、平成11年「草のような文字」で詩歌文学館賞を受けた。また、62年から約2年間、大阪文学協会理事長を務めた。他の詩集に「白昼」「沼」「春の庭」「菜庭」「句まじり詩集 花」、随筆集に「つづれ刺せ」「二輌電車が登ってくる」などがある。 賞現代詩女流賞（第1回）〔昭和51年〕「浮舟」, 詩歌文学館賞（第14回）〔平成11年〕「草のような文字」, 小野市詩歌文学賞（第1回）〔平成21年〕「句まじり詩集 花」

三石 勝五郎　みついし・かつごろう　詩人
明治21年（1888年）11月25日 〜 昭和51年（1976年）8月19日 生長野県南佐久郡臼田村 学早稲田大学英文科〔大正2年〕卒 歴中学時代から詩作、早大卒業後朝鮮に遊び、釜山日報記者などを経て大正10年「スフィンクス」発刊、11年西田天香の一燈園に入り托鉢行脚した。14年東京で易占をしたが戦災後帰農。詩集「佐久の歌」「散華楽」「火山灰」の他、「詩伝・保科五無斉」、詩文集「信濃閼伽流山」などがある。

光岡 一芽　みつおか・いちが　俳人
明治34年（1901年）5月24日 〜 平成1年（1989年）6月16日 生広島県 名本名＝光岡始（みつおか・はじめ） 学東京美術学校〔昭和2年〕卒 歴鳥取県女子師範学校や山口、広島県内の中学教師、広島文教女子大学教授などを歴任。昭和57年名誉教授。俳人としても活躍し、15年水田のぶほ・千代子に師事。21年「土筆」同人、41年「さいかち」に入会、47年同人。句集

に「春夏秋冬」。 賞広島文化賞〔昭和61年〕

満岡 照子　みつおか・てるこ　歌人
明治25年（1892年）7月21日～昭和41年（1966年）7月13日 生北海道白老町 名本名＝満岡テル，筆名＝落葉秋子，白樺秋子 歴明治40年頃から独学で短歌を作りはじめ、郷里北海道内の新聞などに投稿。のち、与謝野鉄幹・晶子夫妻や若山牧水・前田夕暮らに指導を受け、歌誌「詩歌」「芸林」「青空」などにも作品を発表した。晩年は東京に住んだ。歌集に「火の山」「火山灰地」などがある。

光岡 良二　みつおか・りょうじ　歌人　詩人
明治44年（1911年）～平成7年（1995年）4月29日 歴ハンセン病患者としての心境を短歌、詩などで表現。歌集「深冬」「古代微笑」「水の相聞」などがある。

三越 左千夫　みつこし・さちお　詩人
大正5年（1916年）8月24日～平成4年（1992年）4月13日 生千葉県香取郡大倉村（佐原市大倉） 名本名＝三津越幸助（みつこし・こうすけ） 学旧制中卒 歴雑誌記者などを経て詩作に専念する。「薔薇科」などの同人となり、童謡・童詩誌「きつつき」を主宰。またNHK「音楽夢くらべ」の詩の選と補選を12年間する。詩集に「柘榴の花」「夜の鶴」などがあり、童話に「あの町この町、日が暮れる」「ぼくはねこじゃない」「かあさんかあさん」などがある。

密田 靖夫　みつた・やすお　俳人
昭和5年（1930年）～平成15年（2003年）11月22日 出石川県金沢市 学金沢大学 歴北陸銀行へ入行。退職後、古俳諧・俳諧連句を学ぶ。平成10年「芭蕉・北陸道を行く」で泉鏡花記念金沢市民文学賞を受賞。著書に「漂泊の一群」「月花の吟唱」「風狂路通」「芭蕉・金沢に於ける十日間」、自撰俳諧集「新・芥子の花」などがある。 賞泉鏡花記念金沢市民文学賞〔平成10年〕「芭蕉・北陸道を行く」

光永 峡関　みつなが・かいせき　俳人
大正13年（1924年）6月22日～平成18年（2006年）6月18日 生岐阜県 学早稲田大学国文学科卒 歴昭和15年「石楠」臼田亜浪の手ほどきを受ける。40年「風」の沢木欣一に師事、同人。50年「なると」創刊に参加、62年代表。平成元年「阿波あぜみち」を創刊、5年まで同俳句会を主宰した。一方、徳島県の民放アナウンサーの草分けでもあり、昭和27年四国放送開局の試験電波を担当。46年テレビ「おはようとくしま」の初代司会者を務めた。 賞徳島県俳句連盟賞・結社賞

三橋 鷹女　みつはし・たかじょ　俳人
明治32年（1899年）12月24日～昭和47年（1972年）4月7日 生千葉県成田町（成田市） 名本名＝三橋たか子，旧号＝東鷹女 学成田高女卒 歴与謝野晶子に師事し、のち若山牧水に師事して作歌する。のち俳句に転じ原石鼎に師事。昭和4年「鹿火屋」に入り、さらに「鶏頭陣」に参加するが13年退会。その後は「俳句評論」に参加した。15年「向日葵」を、16年「魚の鰭」を刊行。他の句集に「白骨」「羊歯地獄」などがある。立子、汀女、多佳子とともに女流の“4T”と称された。

三橋 敏雄　みつはし・としお　俳人
大正9年（1920年）11月8日～平成13年（2001年）12月1日 生東京都八王子市 学実践商〔昭和14年〕卒 歴昭和12年渡辺白泉らの同人誌「風」に参加し新興俳句運動を推進、13年同誌に発表した“戦火想望俳句”が山口誓子に絶賛され新興俳句無季派の新人として注目される。その後「広場」「京大俳句」に参加。西東三鬼に師事した。戦後、21年運輸省航海訓練所採用試験に合格。同所練習船事務長として勤務の傍ら、「激浪」「断崖」同人。37年「天狼」、38年「面」、40年「俳句評論」同人となり、のち「壚坶(ローム)」監修。この間、47年海上勤務を離れ平河会館支配人となり、53年退職。以後、作句・評論活動に専念。平成11年から読売俳壇選者を務めた。句集に「まぼろしの鱶」「真神」「しだらでん」「弾道」「鷓鴣」「巡礼」「長濤」「畳の上」「三橋敏雄全句集」、評論に「現代俳句の世界」（全16巻）などがある。 勲勲四等瑞宝章〔平成3年〕 賞現代俳句協会賞（第14回）〔昭和42年〕，蛇笏賞（第23回）〔平成1年〕「畳の上」

三星 山彦　みつほし・やまひこ　俳人
明治34年（1901年）2月13日～平成3年（1991年）4月18日 生和歌山県伊都郡高野村 名本名＝三星義二（みつぼし・よしじ） 歴村役場に勤務していた17、8歳頃から俳句に親しみ、昭和2年「ホトトギス」に投句を始めるとともに高浜虚子に師事。以来投句を続け、24年同人。この間高野山俳句会、橋本市民俳句会、淡路島の

洲本ホトトギス会などを指導、愛好者を育て、また33〜63年朝日新聞和歌山版選者も務めた。平成元年初句集を自費出版。　賞高野町文化賞〔昭和55年〕

三ツ谷 平治　みつや・へいじ　歌人

大正6年（1917年）5月10日 〜 平成13年（2001年）12月12日　生青森県鰺ケ沢町　歴少年時代に青森県・鰺ケ沢町の歌誌「和船」に入会。昭和10年満州に渡り、満鉄社員に。傍ら、作歌を続け、11年「満州短歌」、15年「短歌中原」同人となり八木沼丈夫に師事。21年中国から帰還。34年「潮汐」同人となり鹿児島寿蔵に師事。写実を重視しながらも叙情性を包み込んだ独自の歌風を形成した。50年「青森アララギ」を経て、58年利根川保男、三国玲子らと「求青」（のち「群緑」）創刊。運営委員兼選者を務めた。45年には日本歌人クラブ青森県委員、平成元年〜11年青森県歌人懇話会会長。県歌壇の牽引役を務め、歌人の育成などに尽力した。歌集に「鵲抄」「雪どけの街」「岬に立ちて」「北京の壺」「昭和残照」などがある。　賞青森県文化賞〔平成4年〕，東奥賞〔平成12年〕

御津 磯夫　みと・いそお　歌人

明治35年（1902年）4月24日 〜 平成11年（1999年）6月28日　生愛知県　名本名＝今泉忠男　学東京慈恵会医科大学医学部内科小児科専攻卒　歴昭和4年愛知県御津町に開業。一方、大正10年「アララギ」に入会。昭和7年三河アララギ会を創立し、29年「三河アララギ」を創刊・主宰。歌集に「陀兜羅の花」「わが冬葵」「御津磯夫歌集」、歌論集に「引馬野考」「海浜独唱」などがある。　勲勲五等双光旭日章〔昭和50年〕

見留 貞夫　みとめ・さだお　俳人

昭和12年（1937年）10月6日 〜 平成10年（1998年）8月5日　生千葉県　歴昭和58年「朝」入会、岡本眸の指導を受ける。61年同人となる。句集に「一色」がある。　賞朝賞（第7回）〔平成1年〕

皆川 白陀　みながわ・はくだ　俳人

大正3年（1914年）2月20日 〜 平成5年（1993年）9月8日　生秋田県河辺郡雄和町　名本名＝皆川正蔵（みながわ・しょうぞう）　学小卒　歴12歳で農奉公。昭和4年頃から地方新聞へ投句。21年「末黒野」創刊に参加し、25年主宰。また29年から「鶴」同人。句集に「露ぶすま」「遠山河」「母郷かな」。

皆川 盤水　みながわ・ばんすい　俳人

大正7年（1918年）10月25日 〜 平成22年（2010年）8月29日　生福島県いわき市　名本名＝皆川正巳（みながわ・まさみ）　学巣鴨高商卒，日本大学法学部〔昭和16年〕卒　歴昭和13年兄・皆川二桜（「鹿笛」所属）、叔父・山田孤舟（「獺祭」所属）の指導を受ける。戦前、大連汽船に勤務の時、高山峻峰、金子麒麟草らに師事。戦後「かびれ」「雲母」に投句。33年「風」同人。34年現代俳句協会員、40年幹事、46年俳人協会幹事、56年監事。41年より「春耕」主宰。句集に「積荷」「銀山」「板谷」「山晴」「寒靄」「自註・皆川盤水集」「山海抄」、著書に「俳壇人物往来」「山野憧憬」「芭蕉と茂吉の山河」「新編月別歳時記」「新編 俳句表現辞典」「地名俳句歳時記」など。　賞俳人協会賞（第33回）〔平成5年〕「寒靄」　家兄＝皆川二桜（俳人）

湊 八枝　みなと・やえ　歌人

明治41年（1908年）3月6日 〜 平成16年（2004年）8月6日　生新潟県新潟市　歴女学校時代より作歌。昭和2年吉植庄亮に師事し「橄欖」に入会。21年同門の歌人・野地曠二と結婚。同年会津八一、相馬御風、田崎仁義を顧問に、夫と「新潟短歌」を創刊、編集発行人となる。新潟県歌人クラブ会長も務めた。歌文集「花供養」がある。　賞新潟日報文化賞〔平成7年〕　家夫＝野地曠二（歌人）

湊 楊一郎　みなと・よういちろう　俳人

明治33年（1900年）1月1日 〜 平成14年（2002年）1月2日　生北海道小樽市稲穂町　名本名＝久々湊与一郎（くくみなと・よいちろう）　学東京外国語学校専修科露語科修了，中央大学法学部〔大正13年〕卒　歴昭和4年司法試験合格、弁護士となる。傍ら、6年松原地蔵尊らと「句と評論」を創刊。新興俳句運動の拠点の一つとなった。戦後、「俳句人」「現代俳句研究」を経て、44年三橋鷹女らと「羊歯」を創刊。著書に「俳句文学原論」。　賞現代俳句協会大賞（第3回）〔平成2年〕

港野 喜代子　みなとの・きよこ　詩人

大正2年（1913年）3月25日 〜 昭和51年（1976年）4月15日　生兵庫県神戸市須磨区舞子　学大阪府立市岡高女卒　歴昭和9年港野藤吉（機械設計技術者）と結婚。戦時中、夫の郷里舞鶴に疎開して詩作を始め23年「日本未来派」同人となり、25年大阪に帰り大阪文学学校講師を務めながら、詩・児童文学を発表。27年詩集「紙芝居」、30年「魚のことば」を出版した。サークル活動や社会運動でも活躍、婦人層に親しまれた。ほかに詩集「草みち」「凍り絵」、共著「日本伝承の草花の遊び」がある。

南 典二　みなみ・つねじ　俳人
昭和3年（1928年）1月26日 ～ 平成25年（2013年）10月8日　学金沢高師文科一部卒　歴昭和26年石川県の高校教師となり、桜丘高校長を務めた。63年退職。一方、「雪垣」創刊者の中西舗土に師事、風土愛に基づく俳句を発表した。平成2年から10年間、石川県俳文学協会会長。また、北国新聞朝刊「文芸喫茶」俳句選者も務めた。句集に「青蘆」「畷」がある。　賞北国文化賞〔平成15年〕

南 信雄　みなみ・のぶお　詩人
昭和14年（1939年）5月18日 ～ 平成9年（1997年）1月11日　生福井県丹生郡越前町　名本名＝武藤信雄　学福井大学卒　歴高校教師を経て、仁愛短期大学教授。「木立ち」同人。昭和60年福井県詩人懇話会結成に尽力、県内の詩、文学界の発展に貢献した。主な詩集に「蟹」「長靴の音」「漁村」などがある。　賞中日詩賞（第7回）〔昭和42年〕「長靴の音」，東海現代詩人賞（第6回）〔昭和49年〕「漁村」，福井県文化奨励賞〔平成8年〕

南 ふじゑ　みなみ・ふじえ　俳人
大正7年（1918年）3月19日 ～ 平成20年（2008年）12月23日　生香川県　学香川女子師範卒　歴昭和44年「馬酔木」に投句、水原秋桜子に師事。同年佐野まもるに師事、「海郷」に入会。59年「橡」入会。60年「群青」に同人参加、滝佳杖に師事。61年「狩」入会、平成9年同人。　賞群青賞〔昭和61年〕

南 るり女　みなみ・るりじょ　俳人
明治41年（1908年）2月11日 ～ 平成4年（1992年）3月29日　生愛媛県喜多郡　名本名＝南政子（みなみ・まさこ）　学嘉悦学園卒　歴大正末から俳句を始める。戦後は「ホトトギス」「玉藻」に所属し、昭和53年「ホトトギス」同人。句集に「るり女句集」、文集に「つゆくさ」がある。

南川 周三　みなみかわ・しゅうぞう　詩人
昭和4年（1929年）3月3日～平成19年（2007年）12月26日　生東京都　名本名＝井上章（いのうえ・あきら）　学東京大学文学部〔昭和28年〕卒，東京大学大学院修了　歴東京女学館短期大学教授を経て、東京家政大学教授。詩誌「日本未来派」の編集発行人を務めた。著書に「南川周三詩集」「断想詩論」、「南禅寺」「芸術論」「造形美論」「美の歩廊」などがある。

南出 陽一　みなみで・よういち　川柳作家
明治43年（1910年）5月4日～平成5年（1993年）3月14日　出米国カリフォルニア州バカビル　学和歌山高商卒　歴番傘川柳同人、昭和45年から20年間朝日新聞和歌山版の川柳選者を務めた。著書に「せんりゅう街のうた」他。

皆吉 爽雨　みなよし・そうう　俳人
明治35年（1902年）2月7日 ～ 昭和58年（1983年）6月29日　生福井県福井市丸岡町　名本名＝皆吉大太郎（みなよし・だいたろう）　学福井中〔大正8年〕卒　歴大正8年大阪の住友電線製造所に入社後、高浜虚子に入門し「ホトトギス」に投句。11年「山茶花」を創刊し編集責任者となる。昭和7年「ホトトギス」同人。11年「山茶花」雑詠選者となり、19年の廃刊まで編集・選者を担当。戦後、20年東京支店開設のため上京。21年俳誌「雪解」を創刊・主宰。24年住友を退社、以後句作に専念。36年俳人協会創立とともに参加し、専務理事を経て、53年副会長に就任。句集「雪解」「寒林」「雲板」「緑蔭」「雁列」「寒柝」「三露」「花幽」「自選自解・皆吉爽雨句集」の他、「花鳥開眼」「近世秀句」「わが俳句作法」「皆吉爽雨著作集」（全5巻）など著書多数。　勲勲四等旭日小綬章〔昭和54年〕　賞蛇笏賞（第1回）〔昭和42年〕「三露」　家息子＝皆吉志郎（洋画家），孫＝皆吉司（俳人）

見沼 冬男　みぬま・ふゆお　歌人
明治33年（1900年）5月22日～昭和46年（1971年）1月22日　生埼玉県北足立郡大宮町（さいたま市）　名本名＝西角井正慶（にしつのい・まさよし）　学国学院大学国文科〔大正11年〕卒　歴折口信夫に師事。昭和10年国学院大学教授。記紀歌謡、万葉集などの民俗学的研究、神楽歌の研究にも業績をあげた。また大宮市氷川神社宮司も務めた。著書に「神楽研究」「神楽歌研究」「村の遊び」「祭祀概論」「古代祭祀と文学」、編著に「年中行事辞典」などがある。「アララギ」「白鳥」を経て、「多磨」に拠り、見沼冬男の号で歌もよくした。　勲紫綬褒章〔昭和42年〕

岑 清光　みね・せいこう　歌人　詩人
明治27年（1894年）11月10日～平成6年（1994年）7月23日　生群馬県安中市　名本名＝清水暉吉（しみず・てるきち）　学カリフォルニア大学中退　歴大正4年渡米、朝日新聞記者として活躍。幼時より詩歌に親しみ、「文章世界」などに投稿。昭和初年頃に「詩神」を編集・主宰。28年篁短歌会を設立、「篁」を創刊・主宰。著書に「七曜メルヘン」、歌集に「柊の花」「光香」「無何有」「遊戯」「自恣」「向日葵」「自愛」「青春ラプソデイ」「紫むくげ」、詩集に「自画像」などがある他、翻訳書多数。

嶺 治雄　みね・はるお　俳人
昭和6年（1931年）5月9日～平成20年（2008年）6月5日　生東京都　名本名＝東条徹（とうじょう・とおる）　学文化学院文学科〔昭和30年〕卒　歴新聞社編集委員を務める。昭和32年浅原六朗に師事。38年俳句と人間の会に所属。41年「春燈」に入門、安住敦に師事。平成16年退会して大嶽青児、西嶋あさ子と3人による代表同人季刊誌「澁」を創刊した。この間、昭和55年俳人協会の月刊機関紙「俳句文学館」企画編集委員となり、平成8～19年編集長。句集に「身命」がある。　賞春燈賞〔昭和52年〕

嶺 百世　みね・ももよ　俳人
明治40年（1907年）3月16日～平成6年（1994年）7月27日　生福岡県遠賀郡　名本名＝嶺モモコ　学福岡女専家政科卒　歴結婚後、東京に住む。昭和29年「駒草」入門、42年同人。48年俳人協会会員。山吹句会会員。句集に「沙羅」がある。　賞駒草賞〔昭和53年〕

峰尾 北兎　みねお・ほくと　俳人
大正4年（1915年）3月31日～平成11年（1999年）9月22日　生東京都八王子市　名本名＝峰尾吾作（みねお・ごさく）　学日本大学法科卒　歴昭和11年青木月斗に師事、「同人」に拠る。45年「同人」選者、61年「同人」発行人兼編集担当。「旅と俳句」同人。俳句に現代仮名遣い導入を主張。句集に「白影」「紅虹」「黄鳥」「自註・峰尾北兎集」など。　賞旅と俳句同人賞〔昭和52年〕

峯村 国一　みねむら・くにいち　歌人
明治21年（1888年）12月12日～昭和52年（1977年）4月28日　生長野県小県郡　名号＝白影　学上田中卒　歴長く銀行員を務め、終戦後郷里の村長などを歴任。歌は「文庫」に投稿し、明治44年太田水穂の「同人」に参加、次いで若山牧水の「創作」に参加し、大正4年「潮音」の創刊に参加。歌集に「玉砂集」「沢霧」や文集「短歌こぼれ話」などの著書がある。

峰村 香山子　みねむら・こうざんし　俳人
明治35年（1902年）9月8日～昭和60年（1985年）9月7日　生群馬県北群馬郡伊香保町　名本名＝峰村祐幸（みねむら・すけゆき）　学尋常科卒　歴大正6年金子刀水、7年村上鬼城の手ほどきを受ける。昭和15年松根東洋城の「渋柿」会員。35年吉田未灰主宰「やまびこ」に入会、同人会長。　賞やまびこ傾斜賞〔昭和50年〕

峯村 英薫　みねむら・ひでしげ　歌人
明治35年（1902年）3月24日～平成3年（1991年）3月21日　生長野県小県郡富士山村（上田市）　学東京帝国大学法学部〔昭和15年〕卒　歴加島銀行勤務ののち、昭和4年野村銀行に入行。堀切・丸の内各支店長などを経て、29年専務、34年副頭取、38年会長を歴任。43年顧問となる。56年西大和開発取締役に就任。また、歌誌「潮音」に拠る歌人としても著名で、大正12年太田水穂に師事し、以来「潮音」「禅」などへ出詠。歌集に「峯村英薫歌集」がある。　勲藍綬褒章〔昭和40年〕, 勲二等瑞宝章〔昭和47年〕

三野 虚舟　みの・きょしゅう　俳人
明治43年（1910年）10月18日～平成5年（1993年）11月30日　生東京都新宿区高田馬場　名本名＝三野英彦（みの・ひでひこ）　学東京帝国大学工学部冶金学科〔昭和9年〕卒　歴三井金属中央研究所長、神岡鉱業、印刷工技術研究所代表取締役、岩井通商会長を歴任。昭和48年駒沢大学教授に就任し、58年定年退職後は川村女子短期大学講師となる。一方、15年ごろ「夏草」に入会、山口青邨の指導を受ける。28年同人となる。「天為」「屋根」同人。46年俳人協会会員。句集に「石の花」「火焰樹」がある。　賞夏草功労賞〔昭和38年〕

三野 混沌　みの・こんとん　詩人
明治27年（1894年）3月20日～昭和45年（1970年）4月10日　生福島県石城郡平窪村曲田　名本名＝吉野義也　学磐城中卒, 早稲田大学英文科中退　歴山村暮鳥、草野心平との交友を経て昭和2年「銅鑼」「先駆」の同人となり、3年「学校」の同人となる。戦後は26年より「歴程」に参加。詩集は2年「百姓」を刊行。以後「ある品評会」「阿武隈の雲」などを刊行。　家妻＝

吉野せい(小説家)

蓑部 哲三　みのべ・てつぞう　歌人
明治40年(1907年)2月27日～昭和56年(1981年)1月29日　生宮崎県宮崎市　名本名＝蓑部鉄蔵　学宮崎中〔大正13年〕卒　歴小学校教師、裁判所勤務を経て、司法書士事務所を開く。昭和3年「アララギ」に入会。地方一筋に生き、宮崎県歌壇の草分け的存在だった。歌集に「山川集」「黄道光」がある。

美馬 風史　みま・ふうし　俳人
明治42年(1909年)2月27日～平成7年(1995年)4月10日　名本名＝美馬一清(みま・かずきよ)　学京都帝国大学文学部英文科〔昭和8年〕卒　歴昭和21年小山白楢と「祖谷」を創刊し、49年から62年まで主宰。34年から「ホトトギス」同人。52年から2年間、四国女子大学の初代文学部長を務めた。

宮 静枝　みや・しずえ　詩人
明治43年(1910年)5月27日～平成18年(2006年)12月25日　生岩手県江刺市　名筆名＝南城幽香(なんじょう・ゆうこう)　学岩谷堂高女卒　歴詩集に「菊花昇天」「花綵列島」、随想集に「雲は還らず」、著書に「馬賊と菜の花」などがある。　賞晩翠賞〔平成4年〕「山荘 光太郎残影」　家二男＝みやこうせい(エッセイスト)

宮 柊二　みや・しゅうじ　歌人
大正1年(1912年)8月23日～昭和61年(1986年)12月11日　生新潟県北魚沼郡堀之内町(魚沼市)　名本名＝宮肇(みや・はじめ)　学長岡中卒　資日本芸術院会員〔昭和58年〕　歴昭和7年上京し、北原白秋に師事。10年「多磨」の創刊に加わり、白秋の秘書となる。14年富士製鋼所に入社したがすぐに応召、18年帰還し、35年まで富士製鉄勤務。その間、多磨賞、多磨力作賞を受賞。21年「群鶏」を刊行。27年「多磨」が廃刊となり翌年「コスモス」を創刊。31年「定本宮柊二全歌集」で毎日出版文化賞を、36年「多く夜の歌」で読売文学賞を、51年「独石馬」で迢空賞を受賞し、51年には日本芸術院賞を受賞した。歌集「小紺珠」(23年)「山西省」(24年)、評論集「埋没の精神」「机のチリ」「石梨の木」などの他、「定本宮柊二短歌集成」(講談社)、「宮柊二集」(全10巻・別巻1, 岩波書店)がある。　勲紫綬褒章〔昭和56年〕　賞日本芸術院賞(第33回・文芸部門)〔昭和51年〕, 毎日出版文化賞(第11回)〔昭和31年〕「定本宮柊二全歌集」, 読売文学賞(第13回・詩歌・俳句賞)〔昭和36年〕「多く夜の歌」, 新潟日報歌壇賞〔昭和37年〕, 迢空賞(第10回)〔昭和51年〕「独石馬」　家妻＝宮英子(歌人)

宮 英子　みや・ひでこ　歌人
大正6年(1917年)2月23日～平成27年(2015年)6月26日　生富山県富山市　名旧姓・旧名＝滝口英子(たきぐち・ひでこ)　学東京女高師〔昭和15年〕卒　歴在学中、尾上柴舟に和歌文学を学び、昭和12年北原白秋主宰の「多磨」に入会。卒業後岸和田高女、神奈川県立第一高女に勤務。19年宮柊二と結婚。28年「コスモス」創刊に参加、旧姓の滝口英子を筆名として編集事務に従事。44年第一歌集「婦負野」を出版。61年夫の没後、本名の宮英子を使い、「コスモス」発行人となった。平成5～23年新潟日報読者文芸選者。20年には宮中歌会始の召人を務めた。他の歌集に「葱嶺の雁」「花まゐらせむ」「幕間—アントラクト」「南欧の若夏」「海嶺」「やがての秋」「西域更紗」「青銀色」などがある。　賞コスモス賞〔昭和39年〕, 日本歌人クラブ推薦歌集(第16回)〔昭和45年〕「婦負野」, 短歌研究賞(第36回)〔平成12年〕「南欧の若夏」, 詩歌文学館賞(短歌部門, 第20回)〔平成17年〕「西域更紗」, 現代短歌大賞〔平成25年〕　家夫＝宮柊二(歌人), いとこ＝滝口修造(詩人)

宮井 港青　みやい・こうせい　俳人
大正9年(1920年)7月25日～平成6年(1994年)12月9日　生大阪府岸和田市　名本名＝宮井冨久三　学中学卒　歴瓦問屋業を営み、のち廃業。俳句は昭和17年戦場で始め、「山茶花」に投句。21年「雪解」主宰の皆吉爽雨に師事。27年「雪解」同人。40年俳人協会員となる。同年俳誌「貝よせ」を創刊・主宰(56年廃刊)。俳人協会関西支社常任委員、関西雪解会顧問。句集に「甍」他。　賞雪解賞〔昭和41年〕

宮内 林童　みやうち・りんどう　俳人
昭和3年(1928年)1月1日～平成11年(1999年)10月19日　生山口県徳山市公園区　名本名＝宮内寛昭　歴昭和20年「嵐」に入会。58年俳誌「草炎」同人、のち編集長。62年「四季」入会、のち同人。25年より種田山頭火の足跡を訪ねる。山頭火ふるさと会常任理事、新南陽市文化協会理事を歴任。　賞草炎評論賞〔昭和59年〕

宮岡 計次　みやおか・けいじ　俳人
昭和2年（1927年）5月23日～平成8年（1996年）2月28日　[生]東京都　[学]玉川大学文学部〔昭和26年〕中退　[歴]三鷹市役所勤務の傍ら、昭和33年加倉井秋を指導により作句を始める。35年「風」入会、沢木欣一に師事。45年同人となり、編集担当。52年から東京新聞「むさしの俳壇」の選者を務めた。句集に「赤土」「山蚕」。　[賞]風賞〔昭和48年〕，風30周年記念賞〔昭和51年〕

宮岡 昇　みやおか・のぼる　歌人
昭和6年（1931年）2月14日～平成9年（1997年）6月3日　[生]埼玉県入間市　[学]飯能実業高卒　[歴]昭和31年「未来」入会、近藤芳美に師事。56年ぶどうの会結成。「ポポオ」同人。歌集に「樹液」「冬の雁」「樫に鳴る風」「霜天」「泥と太陽」「黒き葡萄」などがある。　[賞]埼玉文芸賞奨励賞〔昭和48年〕「樹液」，角川短歌賞〔昭和48年〕「黒き葡萄」

宮川 鶴杜子　みやがわ・かくとし　俳人
大正4年（1915年）1月6日～昭和59年（1984年）7月4日　[生]岐阜県　[名]本名＝宮川鶴年（みやがわ・かくとし）　[学]多治見工業学校彫刻科卒　[歴]昭和10年「ホトトギス」俳人太田如水の指導を受ける。「ホトトギス」「糸瓜」「玉藻」に投句。後、「牡丹」で加藤霞村に師事。12年「稚児岩」を発刊。のち「游魚」「恵那」に所属。岐阜県作家協会員。

宮川 翠雨　みやかわ・すいう　俳人
大正1年（1912年）9月28日～昭和62年（1987年）1月12日　[生]青森県　[名]本名＝宮川武弘（みやかわ・たけひろ）　[学]青森師範〔昭和7年〕卒　[歴]昭和10年から俳句を始め、「石楠」に拠る。戦後、「暖鳥」同人を経て、「河口」を主宰。[賞]青森県文化賞〔昭和43年〕

宮川 久子　みやかわ・ひさこ　歌人
大正8年（1919年）3月25日～平成13年（2001年）5月　[生]熊本県熊本市　[歴]昭和30年ごろから作歌に励む。32年第3回角川短歌賞候補。41年「未決書類」で熊日文学賞を受賞。49年歌誌「桑の実」を創刊・主宰（平成2年廃刊）。他の歌集に「光ほのか」「連灯」「寒蘭」などがある。[賞]熊日文学賞（第8回）〔昭和41年〕「未決書類」

宮城 亜亭　みやぎ・あてい　川柳作家
明治25年（1892年）～昭和40年（1965年）　[出]京都府　[名]本名＝宮城達三　[学]宮津中卒　[歴]昭和2年「番傘」宮津支部に入会。3年「大阪朝日新聞」の京滋柳壇選者となる。7年機関誌「かさまつ」を創刊。著作に「完本川柳末つむ花」がある。

宮城 謙一　みやぎ・けんいち　歌人
明治42年（1909年）6月19日～昭和42年（1967年）2月9日　[生]東京市麻布区（東京都港区）　[学]早稲田大学国文科卒　[歴]毎日新聞記者を経て、明大教授。短歌は昭和4年新短歌詩「赤道」創刊。21年「新日本歌人協会」創刊とともに参加し、のち常任幹事・選者となる。28年「短詩形文学」を創刊。歌集に「みち来る潮の」「冬の日」「春の雪」など。没後「宮城謙一全歌集」が刊行された。　[賞]渡辺順三賞（第1回）〔昭和55年〕

宮城 白路　みやぎ・はくろ　俳人
明治44年（1911年）11月2日～平成19年（2007年）3月10日　[生]静岡県　[名]本名＝宮城捨男　[学]早稲田大学国文科卒　[歴]昭和3年三橋光波子に入門、同年「志ろそう」を創刊・編集するが、15年廃刊となる。10年俳句音楽を提唱し、原石鼎、富安風生、水原秋桜子らの知遇を得る。52年「風土」同人となり、57年より「花辻」主宰。[賞]石川桂郎賞（随筆）〔昭和56年〕

宮口 笛生　みやぐち・てきせい　川柳作家
大正15年（1926年）3月17日～平成22年（2010年）10月1日　[名]本名＝宮口賢治（みやぐち・けんじ）　[歴]奈良新聞の「奈良柳壇」選者を務めた。

三宅 酒壺洞　みやけ・しゅこどう　俳人
明治35年（1902年）～昭和57年（1982年）4月7日　[名]本名＝三宅安太郎　[歴]仙厓和尚の研究家として知られ、句誌「層雲」の同人。放浪の俳人、種田山頭火とも親交があり、筑紫豊とともに福岡の文化財保護の車の両輪だった。

三宅 萩女　みやけ・はぎじょ　俳人
明治38年（1905年）3月24日～平成4年（1992年）12月20日　[生]東京都港区三田　[名]本名＝三宅弥寿子　[学]東京府立第三高女卒　[歴]大正14年高浜虚子に師事し、「ホトトギス」に投句。中断を経て、昭和32年「芹」で再開。41年富安風生に入門、「若葉」同人となる。句集に「玉虫」「陶鈴」。

宮坂 斗南房　みやさか・となんぼう
川柳作家
大正8年（1919年）3月26日〜平成9年（1997年）5月12日 生神奈川県横浜市 名本名＝宮坂義一（みやさか・ぎいち） 学東京商科大学〔昭和16年〕卒 歴住友本社に入社と同時に海軍に入隊。主計大尉で終戦。復員後、住友商事入社。燃料課長として住友グループ初の石油業務を担当、燃料本部の基礎を固めた。本社調査役、調査情報室長、理事などを歴任。退社後、大和投資顧問の顧問、九州産業大学教授、国際武道大学教授、常葉学園富士短期大学教授を経て、八千代国際大学講師。俳句、川柳の世界でも活躍。著書に「ビジネスを制する情報力の研究」「いま一番見習いたいシェルの国際経営戦略」、「男はつらいぜビジネスマン川柳」など。

宮崎 安汀　みやさき・あんてい　俳人
大正6年（1917年）9月21日 〜 平成21年（2009年）6月16日 生東京都 名本名＝宮崎利明（みやさき・としあき） 学明治大学商科専卒 歴昭和20年「春燈」創刊と共に入会、久保田万太郎、安住敦に師事した。

宮崎 郁雨　みやざき・いくう　歌人
明治18年（1885年）4月5日 〜 昭和37年（1962年）3月29日 生新潟県 名本名＝宮崎大四郎（みやざき・だいしろう） 学函館商業卒 歴明治40年函館に移り、石川啄木と相知る。啄木夫人の妹と結婚し、啄木没後は函館啄木会、啄木文庫の設置、啄木一族の墓所設定に尽力する。大正12年味噌製造の家業を継ぎ、また社会事業にも尽くす。著書に「函館の砂—啄木の歌と私と」「郁雨歌集」などがある。 賞函館市文化賞〔昭和33年〕 家義兄＝石川啄木（歌人）

宮崎 甲子衛　みやざき・かしえ　歌人
大正7年（1918年）7月16日 〜 平成16年（2004年）3月10日 出新潟県長岡市 歴昭和23年柏崎市の国立療養所入所後、吉野秀雄選の新聞歌壇、「アララギ」などに投稿。27年吉野秀雄選による歌誌「砂丘」を同人と共に創刊。39年から騰誌編集発行責任者、選者も兼ねた。歌集に「林彩集」「紅陵集」がある。

宮崎 華蒐　みやざき・かしゅう　俳人
明治43年（1910年）1月8日〜平成3年（1991年）10月27日 生神奈川県藤沢市 名本名＝宮崎高重 学陸軍経理学校卒 歴昭和22年川村柳月に師事して「ちまき」に入会し、25年同人。41年秋元不死男に師事、46年「氷海」同人。53年鷹羽狩行主宰「狩」創刊に当り、同人参加。句集に「斧」。

宮崎 健三　みやざき・けんぞう　詩人
明治44年（1911年）3月8日 〜 昭和62年（1987年）12月15日 生富山県高田市熊野町 学東京文理科大学国文科卒 歴昭和60年まで和光大学教授。中学3年ごろから詩作を始め、主に「東京」に投稿。また、昭和初年、自ら「北冠」を創刊・主宰した。詩集に「北涛」「鬼みち」「古典」「類語」などがある。 賞日本詩人クラブ賞（第16回）〔昭和58年〕「類語」

宮崎 康平　みやざき・こうへい　詩人
大正6年（1917年）5月7日〜昭和55年（1980年）3月16日 生長崎県島原市 名本名＝宮崎一章（みやざき・かずあき），幼名＝懋，旧筆名＝宮崎耿平 学早稲田大学文学部〔昭和15年〕卒 歴在学中東宝文芸課に入社し、文芸・演劇活動を始め、三好十郎に師事。昭和15年長兄の死去により郷里の島原市に帰り、南旺土木社長などを歴任。戦後、島原鉄道常務として会社の再建に当たるうち25年に過労から失明した。しかし、「九州文学」編集委員・世話人として、詩・ドラマ・小説を発表、失明をのりこえて活躍。また、その後再婚した和子夫人の協力で古代史を独自の立場で研究し、邪馬台国が島原半島に存在したと主張する「まぼろしの邪馬台国」を「九州文学」に発表、42年には講談社から刊行されて第1回吉川英治賞を受賞。43年からは長崎深江町に西海風土農研深江農場をつくり、無農薬野菜などの普及にも当たった。詩集に「茶昆の唄」があり、なかでも「島原の子守唄」「落城の賊」が有名。 家妻＝宮崎和子（土と文化の会会長），孫＝宮崎香蓮（女優）

宮崎 重作　みやざき・じゅうさく　俳人
大正3年（1914年）1月10日 〜 平成10年（1998年）12月14日 生富山県黒部市 歴昭和10年頃から句作を始める。28年岩谷孔雀に師事して「極光」編集発行人を務めた。48年「葦」を創刊・主宰。現代俳句協会評議員。句集に「花曼荼羅」「葦杭」「西壺」「葦の水」、合同句集に「昭和俳句選集」などがある。 賞川西市民賞〔昭和60年〕

宮崎 丈二　みやざき・じょうじ　詩人
明治30年（1897年）1月6日 〜 昭和45年（1970

年）3月25日　生千葉県銚子市　学専修大学中退　歴「白樺」の影響を受けて文学に関心を抱く。画家としては大正8年草土社展に入選し、同人となる。9年中川一政らと「詩」を創刊し「冬が来た」「機関車」などを発表。13年「爽やかな空」を刊行。昭和2年「河」を主宰。他の詩集に「太陽の娘」「白猫眠る」「燃える翼」「独坐」などがある。

宮崎 孝政　みやざき・たかまさ　詩人
明治33年（1900年）10月11日～昭和52年（1977年）5月9日　生石川県鹿島郡徳田村（七尾市）学七尾中中退　歴室生犀星に師事。大黒貞勝、瀬川重礼と詩誌「森林」を創刊、田中清一の「詩神」などに詩を発表、編集も担当。廃刊後郷里七尾の山王神社に身を寄せた。詩集に「風」「鯉」「宮崎孝政詩集」がある。

宮崎 東明　みやざき・とうめい　漢詩人
明治22年（1889年）3月～昭和44年（1969年）9月18日　生大阪府大東市　名本名＝宮崎喜太郎　学京都府立医学専門学校卒　歴大正6年大阪で医院開業。詩を藤沢黄坡に学び、書、南画、篆刻、吟詩をそれぞれ師に就いて学び、居を五楽庵と号した。会員2万5000人の関西吟詩同好会会長を務め、吟詩教本50余冊を編集、作詩便覧、入門講座を東京吟友社から刊行、「東明詩集」（全8巻）がある。戦後大阪道徳講座会を創立して会長。没後夫人の宮崎渓蘭が関西吟詩同好会会長を継いだ。

宮崎 信義　みやざき・のぶよし　歌人
明治45年（1912年）2月24日～平成21年（2009年）1月2日　生滋賀県坂田郡息長村（米原市）学横浜専門学校高等商業科〔昭和9年〕卒　歴父は警察官で、2歳の時に殉職した。昭和9年国鉄に入る。18年応召して中国戦線に送られ、21年復員。42年神戸駅長を最後に国鉄を退職した。この間、6年「詩歌」に入り、前田夕暮に師事して口語自由律短歌を学んだ。石原純の「立像」、逗子八郎「短歌と方法」にも参加。戦時下の弾圧で多くの自由律歌人が歌風を文語定型に改める中でも節を曲げず、24年「新短歌」を創刊・主宰。平成14年「新短歌」を光本恵子主宰「未来山脈」と合併、同代表を務めた。歌集に「流域」「夏雲」「交差路」「急行列車」「梅花忌」「和風土」「二月の火」「太陽はいま」「地に長く」「千年」などがある。　賞短歌研究賞（第31回）〔平成7年〕「『地方系』二十首」

宮崎 安右衛門　みやざき・やすえもん
詩人
明治21年（1888年）2月20日～昭和38年（1963年）1月16日　生福井県武生町　学小学校2年中退　歴16歳で上京し独学で英語を勉強。また東京神学社に学びキリスト教の伝道をする。その傍ら詩作を発表し「永遠の幼児」「出家と聖貧」「貧者道」などがある。

宮崎 譲　みやざき・ゆずる　詩人
明治42年（1909年）6月19日～昭和42年（1967年）12月31日　生佐賀県嬉野村　歴昭和10年大阪で上林猷夫らと詩誌「魂」を創刊。11年池田克己、上林、中室員重、渋江周堂らと詩誌「豚」（のち「現代詩精神」と改題）に拠る。戦後は詩誌「日本未来派」に属した。詩集に「竹槍隊」「神」がある。

宮崎 芳男　みやざき・よしお　歌人
明治34年（1901年）9月1日～平成1年（1989年）5月26日　生北海道　歴昭和5年創刊の「新墾」と「潮音」の会員となり、小田観蛍に師事。35年「新墾」編集発行人、57年代表を務める。「潮音」選者。歌集に「冬冴」「無限」「北辰」「地下鉄」「雪天」がある。

宮沢 章二　みやざわ・しょうじ　詩人
大正8年（1919年）6月11日～平成17年（2005年）3月11日　生埼玉県三田ケ谷村（羽生市）学東京帝国大学文学部美学科〔昭和18年〕卒　歴高校教師をした後、昭和26年から文筆活動に入る。「赤門文学」「朱楼」に参加し、38年から47年まで童謡誌「むぎばたけ」主宰。「四季」派の叙情詩の影響を受け、豊かな叙情の中にも知的な要素が入った詩が多い。校歌、社歌などの作詞も手がけた。大宮市教育委員会委員長なども務めた。詩集に「あんぶくの臍」「蓮華」「埼玉風物詩集」「空存」「出発の季節」「前進の季節」「風魂歌」「宮沢章二詩集」、童謡集「知らない子」、童謡論「童謡の中の人生」などがある。　賞日本童謡賞〔昭和47年〕，埼玉文化賞〔昭和51年〕，下総皖一音楽賞（第2回・特別賞）〔平成2年〕

宮地 佐一郎　みやじ・さいちろう　詩人
大正13年（1924年）9月6日～平成17年（2005年）3月8日　生高知県高知市　学法政大学国文科卒　歴亀井勝一郎に師事し、「野中一族始末書」で大仏次郎の知遇を得る。「闘鶏絵図」「宮

地家三代日記」「菊酒」で直木賞候補となる。同郷の先覚者・坂本龍馬に傾倒。編述に「坂本龍馬全集」「中岡慎太郎全集」、著書に「日本ではじめて株式会社を創った男・坂本龍馬」「海援隊誕生記」など。

宮下 歌梯　みやした・かてい　俳人
明治39年（1906年）10月8日～昭和59年（1984年）3月3日　生徳島県徳島市　名本名＝梶太郎（かじ・たろう）　学富田尋常小学校〔大正8年〕卒　歴徳島市役所を経て、徳島師範学校、徳島大学に勤務。大正15年俳誌「倦鳥」に入会、松瀬青々に師事。21年「松苗」を創刊し主宰。徳島新聞俳壇選者を務めた。句集に「月」「露と霜」。　勲藍綬褒章〔昭和57年〕

宮下 翠舟　みやした・すいしゅう　俳人
大正2年（1913年）4月2日～平成9年（1997年）3月21日　生東京市本所区（東京都墨田区）　名本名＝宮下正次（みやした・しょうじ）　学早稲田高工機械工学科卒　歴昭和4年俳句を始める。7年「鹿火屋」、8年「ホトトギス」、12年「馬酔木」に投句。18年富安風生に師事、「若葉」に拠る。28年同人。同年「春嶺」創刊に参与し、同人。57年主宰。句集に「秋嶺」「追儺豆」「鵙の贄」、句文集に「海女のゐる風景」「雪ごもり」、編著に「岸風三楼の世界」など。　賞若葉賞（第10回）〔昭和37年〕

宮下 麗葉　みやした・れいよう　俳人
明治43年（1910年）6月5日～平成8年（1996年）2月7日　生東京都墨田区　名本名＝宮下清四郎　学府立三中中退　歴昭和4年自己流で作句を始める。8年柏崎夢香主宰「山彦」入門、11年同人。21年富安風生主宰「若葉」入門。42年岸風三楼主宰「春嶺」入門、44年同人。46年「若葉」同人。54年若葉同人会幹事。

宮田 要　みやた・かなめ　俳人
大正15年（1926年）4月5日～平成15年（2003年）11月2日　生東京都　学東京盲学校師範部卒　歴昭和29年「原人」に投句。30年「鶴」入会、石田波郷、石塚友二に師事。37年同人。53年「末黒野」、54年「琅玕」入会。

宮田 春童　みやた・しゅんどう　俳人
昭和10年（1935年）3月11日～平成24年（2012年）11月20日　生長崎県佐世保市　名本名＝宮田敏之　学西南学院大学中退　歴昭和24年より作句を開始。「木賊」「雪解」「青」などを経て、37年から「若葉」主宰の富安風生に師事。47年より「春嶺」の岸風三楼に師事。50年「若葉」「春嶺」同人。句集に「枇杷の花」がある。　賞俳人協会全国俳句大会賞〔昭和53年〕

宮田 思洋　みやた・しよう　俳人
明治34年（1901年）9月14日～昭和59年（1984年）10月23日　生滋賀県彦根市　名本名＝宮田常蔵（みやた・つねぞう），画号＝宮田紫陽　歴16歳の春にコック見習いとなり、5年後に東京に出て洋食店のコックに。昭和12年ふる里に帰ってレストランを開店。大正14年から能楽の修業を始め、金春流太鼓、幸流小鼓、葛野流大鼓などを研鑽。昭和22年片山家に入門し、23年師範に。28年彦根薪能を興し、22回続ける。俳人でもあり、東京で高浜虚子に師事、京都観世句会を育てた。野草研究の他、史実に明るく著書に「彦根城とその附近」「伝説の彦根」などがある。　賞彦根市功労者賞〔昭和48年〕　家二男＝実川紀（能楽師）

宮田 隆　みやた・たかし　詩人
大正2年（1913年）～昭和57年（1982年）7月8日　生島根県隠岐郡　歴島根県庁勤務の傍ら日本詩人クラブ、日本音楽著作権協会などに所属して詩作。新民謡や歌謡曲の作詞も多く、昭和39年東京五輪の際にヒットした「東京五輪音頭」などを作詞した。著書に「ふるさとに歌う」など。

宮田 蕪春　みやた・ぶしゅん　俳人
昭和4年（1929年）～平成14年（2002年）7月14日　出鹿児島県吉松町　名本名＝宮田武俊（みやた・たけとし）　学国学院大学　歴大学在学中から俳句を詠み、高浜虚子に師事。帰郷後、高校で教鞭を執る傍ら、昭和38年俳句グループ鹿児島玉藻会を結成。平成13年まで俳誌「鹿児島玉藻」を500号刊行した。「ホトトギス」同人。句集に「月の噴煙」がある。

宮田 戊子　みやた・ぼし　俳人
明治21年（1888年）8月7日～昭和35年（1960年）3月10日　生千葉県　名本名＝宮田保，別号＝神畑勇　歴長い新聞社勤務を経て出版社に入り、校閲の権威。松根東洋城に俳句を師事、「渋柿」に拠った。新興俳句勃興期に離脱、昭和10年「現代俳句」に転じ、21年「璞」を創刊・主宰した。著書に「俳句の故事解説」「大成歳時記」「近代俳句研究」「正岡子規の新研究」「新修歳時記」編著「新興俳句の展望」、大槻憲二との共著「一茶の精神分析」などがある。

宮田 益子　みやた・ますこ　歌人

大正4年(1915年)12月18日～昭和46年(1971年)10月25日　生新潟県新潟市　学帯広裁縫女学校卒　歴帯広市に移住。昭和2年から作歌し、「潮音」「新墾」に入会。13年中国へ渡り、21年引き揚げる。24年「女人短歌」競詠で歌壇に登場。29年山名康郎らと「凍土」を創刊。41年「新凍土」創刊。北海道歌人会創立以来の幹事で、北海道文学館理事も務めた。歌集に「雪卍」「藻岩嶺」など。

宮田 美乃里　みやた・みのり　歌人

昭和45年(1970年)11月23日～平成17年(2005年)3月28日　生静岡県静岡市　歴大学在学中からフラメンコダンサーとしてイベント等に参加。卒業後は講師として活動するが、ストレスから体調を崩し、踊りを続けられなくなる。その後、一時中断していた歌作を再開し、平成14年歌集「花と悲しみ」を出版。同年左胸に乳癌が発見され、医師から乳房切除を勧められたが治療を拒否、その意思を新聞紙上で表明し論議を呼んだ。15年癌が進行したため、左の乳房を切除。手術後、自身の半生記「乳がん 私の決めた生き方」を出版。16年荒木経惟が写真を担当したヌード写真歌集「乳房、花なり。」を刊行。同年歌集「死と乙女」を発表。手術後は抗癌剤や放射線などによる一切の治療を受けない道を選び、17年3月に亡くなった。「乳房、花なり。」を読み衝撃を受けた作家・森村誠一によりモデル小説「魂の切影」が書かれた。

宮地 伸一　みやち・しんいち　歌人

大正9年(1920年)11月29日～平成23年(2011年)4月16日　生東京府南千住(東京都荒川区)　学東京府立大泉師範〔昭和15年〕卒　歴昭和15年東京府立大泉師範を卒業して教職に就くが、17年応召。北満州から南方に送られ、セレベス島で敗戦を迎えた。復員後は葛飾区の公立中学に勤務。この間、15年「アララギ」に入会、土屋文明選歌欄に出詠。39年第一歌集「町かげの沼」を刊行。47年「アララギ」選者となる。平成10年「アララギ」廃刊に伴い「新アララギ」を創刊、代表に就任した。他の歌集に「夏の落葉」「潮さす川」などがある。　賞短歌研究賞(第7回)〔昭和44年〕「海山」,短歌新聞社賞(第12回)〔平成17年〕「続葛飾」

宮地 数千木　みやち・やちぎ　歌人

明治21年(1888年)5月21日～昭和52年(1977年)1月28日　生三重県　学東京帝国大学理学部植物学科〔大正2年〕卒　歴土佐の国学者・宮地春樹の子孫に当たる。東京帝国大学理学部植物学教室で藤井健次郎に師事。大正初年頃に淑徳高等女学校の博物科教員となり、職員室で席が隣であった国語科教員・島木赤彦の影響で短歌をはじめ、「アララギ」に入会。大正6年より慶応義塾医科大学勤務となり、8年には当時新設されたばかりの松本高校教授に就任。この時に赤彦より「またひとり人へりにけり神垣の宮地数千木も信濃に行くも」の一首を贈られた。昭和初年ドイツに留学。その後は信州大学で教鞭を執った。松本に移ってからは研究や校務に忙殺され、長らく作歌のほうから遠ざかったが、24年頃より再開し、51年歌集「山上の菫」を刊行した。

宮津 昭彦　みやつ・あきひこ　俳人

昭和4年(1929年)11月10日～平成23年(2011年)1月10日　生神奈川県横浜市　学神奈川県立商工実習学校〔昭和22年〕卒　歴昭和20年県立商工実習学校在学中、当時同校教諭であった大野林火に師事し、「浜」入会。22年住友海上火災保険に入社、以後静岡・東京・岡山・西宮と転勤。平成元年定年退職。この間、昭和27年「浜」同人。「塔の会」会員。平成9年「遠樹」で俳人協会賞。14年俳人協会理事長に就任。著書に、句集「積雲」「来信」「暁蜩」「自註シリーズ・宮津昭彦集」、共著に「現代俳句案内」、編著に「昭和俳句文学アルバム9―大野林火の世界」などがある。　賞浜賞(第2回・4回)〔昭和24年・26年〕,浜同人賞(第6回)〔昭和46年〕,俳人協会賞(第37回)〔平成9年〕「遠樹」

宮永 真弓　みやなが・まゆみ　歌人

明治36年(1903年)11月14日～昭和61年(1986年)12月29日　生宮崎県東諸県郡国富町　学早大文学部中退　歴昭和5年朝日新聞入社。企画・通信・調査各部長、福岡総局長、34年テレビ西日本取締役、37年宮崎日日新聞代表取締役社長、47年会長を歴任。歌集に「婀娜なる花」「海から聞える笛」などがある。　勲勲三等瑞宝章〔昭和49年〕

宮野 小提灯　みやの・こじょうちん　俳人

明治28年(1895年)9月25日～昭和49年(1974年)7月7日　生岩手県盛岡市　名本名＝宮野藤吉　歴16歳で俳句を志し、大正3年頃よりホトトギスに投句。昭和5年「夏草」を創刊、山口青邨を選者に迎え、自らは編集経営に当たった。

30年「ホトトギス」同人、33年岩手日報文化賞受賞。句集に「矮鶏」がある。 賞岩手日報文化賞〔昭和33年〕

宮原 阿つ子　みやはら・あつこ　歌人
明治40年（1907年）10月19日～昭和60年（1985年）3月22日 生長野県 学上田高女専攻科〔昭和3年〕修了 歴中等学校教員となる。6年「常春」に所属し、作歌開始。11年「潮音」所属。30年夫・茂一が「白夜」を創刊、36年夫の死去により代表となる。歌集「黒耀」「紫閃」「崑崙」がある。

宮原 包治　みやはら・かねはる　歌人
昭和3年（1928年）12月2日～平成8年（1996年）8月6日 生神奈川県 歴昭和35年新ジャーナル社編集部に入社。専務・編集長を務め退社。一方、26年「一路」入会、36年退会、48年復社。50年相沢一好、池田純義らと同人誌「面」を創刊、編集代表となる。「晶」「銀座短歌」編集人。歌集に「日月の河」「天鈴」など。

宮原 双馨　みやはら・そうけい　俳人
明治40年（1907年）7月6日～平成1年（1989年）11月1日 生東京都 名本名＝宮原国城 学大阪外国語大学独語科卒 歴昭和11年より塚原夜潮の手ほどきを受け、引続き水原秋桜子に師事。25年「早苗」編集兼発行人、36年「馬酔木」同人。51～61年広島俳句協会長を務めた。句集に「待宵」。 勲藍綬褒章〔昭和60年〕 賞広島県文化功労者〔昭和55年〕，広島市文化功労者〔昭和58年〕

宮部 鱒太　みやべ・ますた　俳人
大正6年（1917年）3月6日～平成24年（2012年）1月3日 生熊本県熊本市 名本名＝宮部増範（みやべ・ますのり） 学早稲田大学政治経済学部〔昭和15年〕卒 歴昭和15年北辰電機製作所に入社。23年柏工業を設立、36年社長に就任。40年解散。この間、27年「京鹿子」に入門して鈴鹿野風呂に師事。38年俳誌「夜行」を創刊。44年「海程」に入会。自由律俳句に徹した。句集に「槐」「樽」「風塵」などがある。幕末の志士・宮部鼎蔵の曽孫に当たる。 賞熊本県芸術功労者〔平成9年〕，荒木精之文化賞（第18回）〔平成10年〕

宮前 蕗青　みやまえ・ろせい　俳人
明治43年（1910年）12月10日～平成9年（1997年）9月14日 生大阪府大阪市 名本名＝宮前市太郎 学関西高等工学校卒 歴昭和8年「ホトトギス」に投句。9年初入選、高浜虚子に師事。23年「諷詠」創刊と共に入会。のち同人。以来、後藤夜半、後藤比奈夫に師事。句集に「野火」「神戸まつり」「海開」がある。

宮本 栄一郎　みやもと・えいいちろう　歌人
明治43年（1910年）3月1日～平成7年（1995年）8月1日 生千葉県木更津市 学早稲田大学教育学部卒 歴大学在学中「水甕」に入り、柴舟・常憲に師事。昭和38年「結晶」創刊・主宰。歌集に「朝凪」「瑞葉」「総の国びと」「二つの橋」「果実」「春の庭」、合同歌集に「ひかり野」「わが山河」「千葉風土歌集」、他に研究書がある。 家息子＝宮本春樹（海上保安庁長官）

宮本 道　みやもと・おさむ　詩人
明治42年（1909年）8月21日～昭和63年（1988年）6月26日 生山口県下関市 学第一早稲田高等学院文科〔昭和7年〕修了 歴第一早稲田高等学院在学中にフランス詩に熱中。同じ頃、福田正夫に師事して福田主宰の詩誌「焰」同人となる。戦後、「焰」の復刊を計る。昭和51年詩集「霧」を刊行した。没後、遺稿集「宮本道作品集 山野抄」が編まれた。 賞福田正夫賞特別賞（第4回）〔平成2年〕

宮本 修伍　みやもと・しゅうご　俳人
大正2年（1913年）8月19日～平成21年（2009年）5月2日 生米国ワシントン州シアトル 名本名＝宮本文雄 歴昭和7年詩誌「なぎさ」同人となる。16年東京芝浦電気中央研究所職員句会「新酒」結成に参加するが敗戦と同時に消滅。48年「雲母」に入会、55年国際俳誌「俳・HAI」発行に参加。61年「富士ばら」同人。平成2年国際俳句交流協会参与。同会機関誌「HI」編集委員。10年「連句＆俳句とらいあんぐる」を創刊・主宰。句集に「己が眼」「琴の爪」「Dancing Warblers」などがある。

宮本 鈴　みやもと・すず　俳人
大正5年（1916年）11月2日～昭和62年（1987年）8月30日 生滋賀県 学滋賀県立彦根高女卒 歴昭和43年阪急俳句教室で山口誓子に師事。「天狼」会友。 賞関西俳句大会賞〔昭和56年〕

宮本 善一　みやもと・ぜんいち　詩人
昭和18年（1943年）1月8日～平成12年（2000

年）9月4日　出石川県　学松任農高卒　歴農業の傍ら15年間農協の営農指導員として水田を共同経営する大型農業を推進した。平成3年農協を退職後、農業に専念。一方、若い頃国鉄金沢車掌区に勤めていた詩人・浜口国雄を知り詩作の道に。「詩と評論」「笛」を主宰。また水田の水管理の苦労を後世に残そうと、排水口の水止尻（みとじり）石を集め石塚を造る。農村の風土を題材にした叙情性あふれる作品を多く発表。詩集に「金太郎あめ」「宮本善一詩集」「百姓の足の裏」「もぐらの歌」「郭公抄」などがある。　賞小熊秀雄賞〔平成5年〕「郭公抄」

宮本 時彦　みやもと・ときひこ　川柳作家
大正9年（1920年）1月4日～平成13年（2001年）3月8日　出高知県伊野町　名本名＝宮本義彦　学大阪薬専卒　歴昭和12年中学を卒業して大阪の三越に入社。上司にさそわれたのがきっかけで川柳を始める。19年応召したが病を得て内地送還。戦後帰郷し、高知県香美郡野市町の“筏川柳社”や吾川郡伊野町の“漣川柳会”の創立に参加したが、24年病が再発、5年ほど療養生活を送る。この間、23年推されて大阪番傘川柳本社同人、29年には帆傘川柳社同人となる。また58年には高知新聞の「高新文芸・柳壇」の選者として活躍。62年8月川柳歴50年の集大成として作品974句を集成した句集「ながれ」を出版した。

宮本 白土　みやもと・びゃくど　俳人
明治43年（1910年）10月16日～昭和62年（1987年）8月12日　生鳥取県　名本名＝宮本愍雄（みやもと・たみお）　学大正大学仏教学科卒　歴昭和10年「土上」入会。12年「鶴」創刊に参加し、石田波郷、石塚友二に師事。29年「鶴」同人。54年朝日新聞とっとり俳壇選者となる。

宮本 由太加　みやもと・ゆたか　俳人
明治44年（1911年）9月17日～平成8年（1996年）4月25日　出島根県松江市　名本名＝宮本泰　学東京帝国大学経済学部〔昭和9年〕卒　歴俳誌「天行」「地表」「狩人」を刊行。平成元年有馬朗人とともに国際俳句交流協会副会長に選出された。

宮脇 臻之介　みやわき・しんのすけ　歌人
明治44年（1911年）7月23日～昭和59年（1984年）1月19日　生長野県駒ケ根市中沢　名本名＝宮脇至　学伊那中卒　歴昭和8年より教職、13年朝鮮平安北道の教員、終戦直後ソ連軍俘虜となり22年帰国。以来伊那谷の各地で教員。短歌は12年「多磨」入会、終刊後28年「形成」創刊に参画、主要同人となる。58年木俣修主宰没後「形成」選者。歌集に「廃れたる峠」「無韻の章」「風は秋」、随想歌論集に「人間の歌」「続人間の歌」がある。

宮脇 白夜　みやわき・はくや　俳人　詩人
大正14年（1925年）8月20日～平成21年（2009年）7月3日　生広島県佐伯郡厳島町（廿日市市）　名本名＝宮脇厳雄（みやわき・いつお）　学慶応義塾大学経済学部〔昭和25年〕卒　歴大学在学中の昭和21年、中村草田男主宰の「萬緑」創刊に参加。結核のため句作を中断するが、42年「萬緑」に復帰し、45年から運営委員、50年から編集を担当。師の没後、「中村草田男全集」（全18巻）の編集にあたった。平成3年「萬緑」を離れ、「方舟」を創刊・主宰。著書に「中村草田男論」、句集に「方舟」「天使」、詩集に「小さな墓標」などがある。　賞萬緑新人賞〔昭和43年〕，萬緑賞〔昭和47年〕

明神 健太郎　みょうじん・けんたろう　歌人
明治39年（1906年）6月8日～昭和60年（1985年）8月17日　生高知県高岡郡佐川町　学佐川高小〔大正11年〕卒　歴斗賀野村役場勤務、行政書士を経て、昭和18～44年高知新聞佐川支局通信員。郷土史家として、高吾北地方の歴史を研究。著書に「土佐太平記」「佐川郷史」「斗賀野村史」「高北の郷土文化史」など。歌人としても活躍し、短歌教室を開いたこともある。歌集に「ふるさとの花がたみ」「寂光集」「散りたる花々」などがある。小学校6年間一言も言わず通したといわれるほど寡黙であった。　賞高知県出版文化賞（第14回）「ふるさとの花がたみ」

明珍 昇　みょうちん・のぼる　詩人
昭和5年（1930年）3月20日～平成14年（2002年）3月13日　生大阪府東大阪市　学関西大学卒，関西大学大学院文学研究科修了　歴昭和22年頃から詩作を始め、「日本未来派」「律動」「関西文学」同人となり、小野十三郎、杉山平一に師事。詩集に「日時計」「夕陽の柩」「平群抄」「したたる夏に」「中空の櫂」など、評論に「近代詩の展開」「評伝安西冬衛」「小野十三郎論」などがある。

三次 をさむ　みよし・おさむ　歌人
昭和18年（1943年）6月29日～昭和50年（1975

年）11月　歴昭和45年「冬雷」入会、木島茂夫に師事。49年角川短歌賞次席となる。独房の鉄格子の内で作歌、50年刑死。

三好 潤子　みよし・じゅんこ　俳人
大正15年（1926年）8月15日～昭和60年（1985年）2月20日　生大阪府大阪市　名本名＝三好みどり　学大阪女学院高女卒　歴戦後榎本冬一郎の「群蜂」に参加し、昭和28年「天狼」に投句。「群蜂」を辞し本格的に誓子に師事。41年「天狼」同人。著書に「夕凪橋」「澪標」「是色」「花吹雪」などがある。　賞天狼コロナ賞（第1回）〔昭和39年〕

三好 達治　みよし・たつじ　詩人
明治33年（1900年）8月23日～昭和39年（1964年）4月5日　生大阪府大阪市東区南久宝寺町　学東京帝国大学仏文科〔昭和3年〕卒　資日本芸術院会員〔昭和38年〕　歴陸軍士官学校を大正10年に中退し、三高、東京帝大へと進む。在学中「青空」「椎の木」「亜」などに参加。昭和4年ゾラ「ナナ」を翻訳刊行し、5年第一詩集「測量船」を刊行。「詩と詩論」「四季」「文学界」などに加わり、抒情詩人として活躍。日本語の伝統を近代に生かした独自の詩風で、昭和詩壇の古典派代表詩人となり、14年「艸千里」「春の岬」で詩人懇話会賞を受賞。27年日本芸術院賞を受賞し、37年「定本三好達治全詩集」で読売文学賞を受賞。その他の代表作に詩集「南窗集」「一点鐘」「寒柝」、評論随筆集「夜沈々」、評論「萩原朔太郎」、句集「柿の花」など。「三好達治全集」（全12巻, 筑摩書房）、「三好達治詩全集」（全3巻, 筑摩書房）がある。平成18年三好達治賞が創設された。　賞日本芸術院賞（文芸部門・第9回）〔昭和27年〕, 詩人懇話会賞（第2回）〔昭和14年〕「艸千里」「春の岬」, 読売文学賞（詩歌・俳句賞・第14回）〔昭和37年〕「定本三好達治全詩集」

三由 淡紅　みよし・たんこう　俳人
明治10年（1877年）～昭和34年（1959年）　生愛媛県風早郡北条村（松山市）　名本名＝三由忠太郎　歴5歳の時に父を失って愛媛県北条村から松山に移る。15歳の時に絣会社に勤めるとその頭取だった俳人・村上霽月の知遇を得、その下で毎晩学問を教わり、やがて俳句の道を歩き出す。絣の仲買や薬局を生業としながら、最晩年まで句作に励んだ。郷土愛が深く、私費を投じて愛媛県鹿島の振興に尽力した。

三好 豊一郎　みよし・とよいちろう　詩人
大正9年（1920年）8月25日～平成4年（1992年）12月12日　生東京都八王子市横山町　学早稲田大学専門部政経科〔昭和17年〕卒　歴昭和12、3年ごろより詩作を始め、14、5年ごろ雑誌「ル・バル」に参加。18年小西六写真に就職するが、肺結核のため退社。戦後「荒地」同人として出発。詩集に「囚人」「小さな証」「三好豊一郎詩集」「林中感懐」「寒蟬集」「夏の淵」などがある。　賞詩学新人賞〔昭和24年〕「囚人」, 無限賞（第3回, 昭和50年度）「三好豊一郎詩集」, 高見順賞（第14回）〔昭和59年〕「夏の淵」

三輪 青舟　みわ・せいしゅう　俳人
明治27年（1894年）7月25日～昭和58年（1983年）11月11日　生愛知県江南市　名本名＝三輪英聡　歴大正4年「渋柿」創刊とともに松根東洋城に師事、以後一貫して渋柿に所属。渋柿代表同人兼選者。句集に「畦縦横」「露四隣」がある。

【む】

向井 泉石　むかい・せんせき　俳人
明治44年（1911年）3月23日～平成1年（1989年）2月9日　生東京市本郷区（東京都文京区）　名本名＝向井正吉　学旧制高専中退　歴昭和4年安藤姑洗子に師事、のち「ぬかご」同人。30年より業界紙俳壇選者。句集に「石語」。　賞ぬかご年度賞〔昭和47年〕

向井 太圭司　むかい・たけし　俳人
大正1年（1912年）8月11日～平成5年（1993年）8月5日　生三重県　名本名＝向井毅　学関西学院大学高等商業学部卒　歴昭和15年「熊野」に投句、平松いとゞの指導を受ける。22年「かつらぎ」に入門、阿波野青畝に師事する。「かつらぎ」「熊野」「黄鐘」同人。句集に「やち坊主」「野外オペラ」がある。

向井 毬夫　むかい・まりお　歌人
昭和4年（1929年）8月19日～平成23年（2011年）11月22日　生神奈川県横浜市　名本名＝片山陽之介　学横浜市立経専卒　歴小学校教師を経て、聖ケ丘教育福祉専門学校美術講師。短歌は横浜市立経専在学中に渡辺順三に師事。昭和24年新日本歌人協会に入会、新聞「赤旗」

短歌欄選者、「新日本歌人」選者・同人・編集発行人を歴任。歌集に「風漣」「古代抄」や、古代史研究書「万葉方位線の発見」などがある。

武川 忠一　むかわ・ちゅういち　歌人
大正8年（1919年）10月10日～平成24年（2012年）4月1日　[生]長野県諏訪郡上諏訪町（諏訪市）　[学]早稲田大学文学部国文科〔昭和21年〕卒　[歴]昭和15年早稲田大学専門部に入り、在学中から窪田空穂・章一郎父子に師事。21年「まひる野」創刊に参加。30年青の会に加わり、同会は青年歌人会議、東京歌人集会へと発展。34年第一歌集「氷湖」を出版。57年「まひる野」を退会し、「音」を創刊・主宰。同年「秋照」で迢空賞。平成2年まで早稲田大学教授を務めた。昭和62年～平成15年宮中歌会始詠進歌選者。人間の内面を深く見つめた叙情的な作風で知られる。他の歌集に「窓冷」「青釉」「地層」「緑稜」「翔影」、研究書「土岐善麿」「窪田空穂研究」などがある。　[賞]日本歌人クラブ推薦歌集（第6回）〔昭和35年〕「氷湖」，迢空賞（第16回）〔昭和57年〕「秋照」，詩歌文学館賞（第12回）〔平成9年〕「翔影」，現代短歌大賞（第30回）〔平成19年〕「窪田空穂研究」

麦田 穣　むぎた・ゆずる　詩人
昭和28年（1953年）～平成15年（2003年）6月28日　[生]徳島県海部郡海部町鞆浦　[歴]気象予報官の傍ら、詩人として活動。詩誌「地球」「楽市」同人。詩集に「風祭」「新しき地球」「龍」「南極のあかとんぼ」など。　[賞]東海現代詩人賞（第20回）〔平成1年〕「新しき地球」，日本海文学大賞（詩部門，第6回）〔平成7年〕「龍」

六車 井耳　むぐるま・せいじ　俳人
明治41年（1908年）9月17日～平成2年（1990年）7月24日　[生]大阪府大阪市　[名]本名＝六車清次　[学]神戸高商卒　[歴]昭和8年「同人」に入会。青木月斗、菅裸馬に師事。16年「同人」選者。33年「うぐいす」第1回十朱鈔選者。62年「うぐいす」主宰。　[賞]同人賞（第4回）〔昭和55年〕

向山 隆峰　むこうやま・りゅうほう　俳人
大正9年（1920年）11月8日～平成8年（1996年）5月28日　[生]鳥取県岩美郡　[名]本名＝向山敏　[学]世田谷高電気科〔昭和24年〕卒　[歴]昭和28年山口青邨の手ほどきを受ける。41年「夏草」同人、同年編集同人。平成4年「屋根」創刊に参加。句集に「稲羽」「穭田」「向山隆峰集」。[賞]夏草新人賞〔昭和37年〕，夏草功労賞〔昭和52年〕

武者小路 実篤　むしゃのこうじ・さねあつ　詩人
明治18年（1885年）5月12日～昭和51年（1976年）4月9日　[生]東京府麴町区元園町（東京都千代田区）　[名]筆名＝無車，不倒翁　[学]東京帝国大学社会学科中退　[資]帝国芸術院会員〔昭和12年〕　[歴]武者小路子爵家に生まれる。学習院時代、トルストイに傾倒し、また志賀直哉、木下利玄らを知り、明治43年「白樺」を創刊。白樺派の代表作家となり、「お目出たき人」「世間知らず」「わしも知らない」「その妹」などの作品を発表。この頃、自由と自然を愛して人道主義を主張し、大正7年同志と宮崎県に“新しき村”を作ったが、14年村を離れた。この間、「幸福者」「友情」「第三隠者の運命」「或る男」「愛慾」などを残す。昭和14年新たに“新しき村”を埼玉県に作る。戦後は公職追放の処分を受けたが、24年「心」を創刊し、「真理先生」を連載して文壇にカムバックし、晩年には「一人の男」を完成させた。詩集に「詩百篇」「詩集」「無車詩集」「歓喜」「人生の特急車の上で一人の老人」などがあり、野菜の絵に「仲良きことは美しき哉」と添えた色紙でもよく知られている。[勲]文化勲章〔昭和26年〕　[賞]文化功労者〔昭和27年〕，菊池寛賞（第2回）〔昭和14年〕　[家]父＝武者小路実世（子爵），兄＝武者小路公共（外交官），三女＝武者小路辰子（国文学者）

牟田口 義郎　むたぐち・よしろう　詩人
大正12年（1923年）5月11日～平成23年（2011年）1月22日　[生]神奈川県横須賀市　[学]東京帝国大学文学部フランス文学科〔昭和23年〕卒　[歴]昭和23年朝日新聞社に入社。32～35年カイロ支局長、43～46年パリ支局長。帰国後、論説委員として社説を担当。57年退社、成蹊大学教授、平成3年東洋英和女学院大学教授を歴任。地中海学会会長、中東調査会常任理事、中東報道者の会会長などを兼務。また、昭和10年代半ばに詩を書き始め、「詩学」「ポエトロア」「植物帯」などに作品を発表。著書に「地中海のほとり」「中東への視角」「アラブの覚醒」「石油に浮かぶ国―クウェートの歴史と現実」「旅のバルコニーから」「カイロ」「物語 中東の歴史」「中東の風のなかへ」「あの夏の光のなかへ」「地中海世界を見た日本人」などがある。　[勲]勲四等旭日小綬章〔平成8年〕

武藤 元之　むとう・もとゆき　俳人
大正13年（1924年）10月19日～平成16年（2004年）7月9日　生佐賀県　歴昭和17年海軍甲種飛行予科練習生、20年復員。27年海上自衛隊入隊。50年定年退官し、丸一に入社。57年退職、愛知県鮓商環境衛生同業組合事務局長。平成6年退職したのち、俳句を始める。7年「遠矢」入会、11年同人。12年俳人協会会員。句集に「海鳴り」がある。

宗田 千燈　むねた・せんとう　俳人
明治33年（1900年）1月5日～昭和60年（1985年）2月15日　生大阪府大阪市東区道修町　名本名＝宗田良吉郎（むねた・りょうきちろう）　学早稲田大学商学部卒　歴三菱倉庫、三菱信託銀行、岡三証券に勤める。大正6年青木月斗に入門。改造社版俳句歳時記夏之部、同人第1～3句集の編集に参加。昭和11年2月～19年2月「斗」主宰、「同人」編集長。

宗政 五十緒　むねまさ・いそお　歌人
昭和4年（1929年）2月26日～平成15年（2003年）1月27日　生岡山県岡山市　学京都大学文学部〔昭和28年〕卒, 京都大学大学院文学研究科国語学国文学専攻〔昭和33年〕博士課程修了　歴龍谷大学文学部助教授を経て、昭和45年教授。平成9年名誉教授。この間、昭和47～48年米国ハーバード大学研究員。早くから京都の本屋仲間記録の重要性に着目し「京都書林仲間記録」にまとめ出版。ほかに京都市左京区の円光寺の木製活字調査などを行い、出版文化史研究の第一人者として知られた。また近世文学の井原西鶴や伴蒿蹊、元政、六如らを俗文学と雅文学の両面から研究し、「都名所図会」などの挿絵から風俗や文化を読み解く独特の研究を進めた。55年からは京都に伝わる年中行事「都をどり」の作詞・考証に携わった。主著に「西鶴の研究」「日本近世文苑の研究」「近世京都出版文化の研究」「江戸時代の和歌と歌人」「近世の雅文学と文人」などがある。一方、歌人として43年歌誌「あけぼの」を創刊し、主宰・編集。歌集に「風見鶏南にむく時」「わが日本列島」などがある。　賞京都新聞文化賞（第41回）〔平成9年〕

武良 山生　むら・さんせい　俳人
明治43年（1910年）5月20日～平成7年（1995年）4月25日　生長野県更埴市　名本名＝村山隆英（むらやま・たかえ）　学屋代中卒　歴長野県庁勤務を経て、更埴市助役。更埴市総合美術協会理事長。俳句は昭和32年「浜」主宰大野林火の指導を受ける。37年「浜」同人。38年俳人協会会員、51年長野県俳人協会副会長、62年顧問。句集に「林檎花摘み」がある。　賞浜賞〔昭和35年〕

村 次郎　むら・じろう　詩人
大正5年（1916年）5月4日～平成9年（1997年）11月10日　生青森県八戸市　名本名＝石田実　学慶応義塾大学文学部仏文科卒　歴戦前から戦後にかけ「四季」「歴程」「詩学」など中央詩壇で活躍。昭和26年家業の旅館を継ぐため、詩人を廃業。以後は、棟方志功や種差海岸の自然、鮫神楽を全国に紹介することに尽力。作品に、詩集「忘魚の歌」「風の歌」などがある。

村井 和一　むらい・かずいち　俳人
昭和6年（1931年）7月11日～平成23年（2011年）3月13日　出東京都　学早稲田大学国文科〔昭和29年〕卒, 早稲田大学政治経済学部経済学科〔昭和31年〕卒　歴昭和29年早稲田大学国文科を卒業後、同大政治経済学部経済学科に編入して、31年卒業。日本造船工業会に入り、理事、事務局長、常務理事、顧問を歴任、平成9年退職。俳句は、昭和31年職場の「弥生俳句会」に入会し、幡谷東吾に師事。43年「花実」を創刊、次に「存」を創刊・終刊した。早大関係者の俳句集団「西北の森」には、51年の創刊から参加。平成4年千葉県現代俳句協会副会長、16年会長。9年より現代俳句協会副会長。句集に「洪笑美族」「未然」「敗北主義・正編」「もてなし」、評論集に「連用詩形」「修羅の座標」「俳壇三悪七不思議」などがある。

村井 憲太郎　むらい・けんたろう　歌人
明治42年（1909年）3月25日～昭和54年（1979年）1月7日　生旧朝鮮全羅北道竜潭　学国学院〔昭和4年〕卒　歴昭和3年「香蘭」入会、筏井嘉一に師事。15年12月筏井を擁して「蒼生」を結成、筏井没後「創生」代表。19年5月応召、21年1月復員し家業に専念。47年8月第1回筏井賞受賞。歌集に「すがれ野」「四十谿」「望郷抄」「三縁洞歌集」「村井憲太郎歌集」がある。　賞筏井賞（第1回）〔昭和47年〕

村磯 象外人　むらいそ・しょうがいじん　歌人
明治23年（1890年）4月16日～昭和52年（1977年）3月12日　生東京都　学日本大学商科卒　歴

鉄道省、交通営団などに勤務。明治40年ごろより作歌。大正3年に白日社に入社、のち「橄欖」に転じ戦後は「原始林」「林間」に属す。歌集は橄欖叢書第三編「交響」に佐野翠坂、福井久雄、小笠原文夫と参加。

村尾 香苗　むらお・かなえ　俳人
明治45年（1912年）5月15日 ～ 平成3年（1991年）11月18日　生静岡県浜松市　学国学院大学国文科卒　歴昭和14年俳句を始める。25年「馬酔木」、「野火」入会。31年「野火」編集担当、37年同人会世話人。句集に「夜の雁」「教師歴」。

村岡 空　むらおか・くう　詩人
昭和10年（1935年）7月8日 ～ 平成17年（2005年）3月16日　生大阪府大阪市　名本名＝村岡慶治（むらおか・よしはる）　学高野山大学中退　歴昭和30年河出書房、32年美術出版社勤務の傍ら、詩人として活動。35年第一詩集「あいうえお」を刊行。50年全国の詩人を訪ね、独立で「日本の詩」（全23巻）を編集。51年光明寺の住職となった。著書に「愛撫の画家」「人間はいかに死ぬべきか」「弘法大師空海全集」「嵯峨大覚寺」「般若心経秘鍵入門」など。

村上 昭夫　むらかみ・あきお　詩人
昭和2年（1927年）1月5日～昭和43年（1968年）10月11日　生岩手県気仙沼郡矢作町　学岩手中学校卒　歴戦時中ハルビンで官史生活、敗戦でシベリア抑留2年。帰国後盛岡郵便局に勤めた。昭和25年結核となり療養生活。戦後詩を書き始め「首輪」「Lá」の会に所属。詩集にH氏賞受賞の「動物哀歌」がある。　賞晩翠賞（第8回）〔昭和42年〕「動物哀歌」, H氏賞（第18回）〔昭和43年〕「動物哀歌」

村上 一郎　むらかみ・いちろう　歌人
大正9年（1920年）9月24日 ～ 昭和50年（1975年）3月29日　生東京市麹町区飯田町（東京都千代田区）　名別名＝井頭宣満　学東京商科大学〔昭和18年〕卒　歴大正12年関東大震災により宇都宮へ移る。昭和18年東京商大を卒業後、海軍士官となり終戦をむかえる。戦後は久保栄に師事して「日本評論」の編集に携わるが、レッド・パージにあい、以後文筆に専念する。31年「典型」を創刊、39年には個人誌「無名鬼」を創刊、その間「試行」同人となる。著書に「久保栄論」「日本のロゴス」「明治維新の精神過程」「北一輝論」や小説「東国の人びと」「武蔵野断唱」、歌集「撃攘」などの他、「村上一郎著作集」（全12巻）がある。

村上 可卿　むらかみ・かきょう　歌人
明治31年（1898年）～昭和55年（1980年）　出広島県　学岩国中卒　歴25歳の時に家業である造り酒屋を継ぐ。傍ら、古典研究と短歌に励み、大正10年歌人の若山牧水に師事。文人蔵元として知られ、歌人の吉井勇、俳人の種田山頭火、画家の小杉放庵らも来訪した。万葉集研究家でもあり、通説を覆す論文も発表。和書を中心に5000冊にのぼる蔵書を持った。また柳井市の沖にある鵜島を所有し、陸軍船舶工兵隊が同島を借り受けた時に謝礼を申し込まれると、同島に師の牧水を案内した際に詠まれた歌の碑を建てることを願い、昭和19年自然岩に刻まれた歌碑を建立した。歌集に「慈光集」がある。

村上 菊一郎　むらかみ・きくいちろう　詩人
明治43年（1910年）10月17日～昭和57年（1982年）7月31日　生広島県御調郡三原町（三原市）　学早稲田大学文学部仏文科〔昭和10年〕卒　歴生家は広島県三原の造り酒屋。昭和12年商工省勤務。18年大東亜省通訳官補、24年早稲田大学講師、27年助教授、32年教授、56年定年退職し名誉教授。ボードレールの研究者・翻訳者として有名。訳詩集にボードレール「悪の華」（昭11年）「ランボオ詩鈔」（23年）などがあるほか、自作の詩集「夏の鶯」「茅花集」他がある。

村上 杏史　むらかみ・きょうし　俳人
明治40年（1907年）11月4日 ～ 昭和63年（1988年）6月6日　生愛媛県温泉郡中島町　名本名＝村上清　学東洋大学卒　歴大正6年渡韓し、新聞記者となる。昭和6年「ホトトギス」に初入選。以後高浜虚子の指導を受ける。30年「ホトトギス」同人。36年「柿」主宰。句集に「北辺」「高麗」「玄海」「木守」「朝鶴」など。愛媛ホトトギス会会長、松山俳句会会長なども務めた。

村上 賢三　むらかみ・けんぞう　歌人
明治29年（1896年）11月8日 ～ 昭和63年（1988年）10月5日　出三重県　学金沢医科大学〔大正10年〕卒　歴金沢医科大学教授を経て、金沢大学教育学部教授、学生部長など歴任。石川県歌人協会会長、歌誌「雷鳥」主宰。歌集に「双樹以後」。　勲勲三等瑞宝章〔昭和45年〕　家長男＝村上誠一（歌人）

村上 耕雨　むらかみ・こうう　俳人　歌人
明治17年（1884年）3月20日～昭和53年（1978年）3月21日　生三重県三重郡菰野町田口新田　名本名＝村上国市　学菰野十二ケ村組合高等小学校高等科卒　歴4歳で父を失い、母の手一つで育てられる。高小時代に担任として歌人・俳人であった藤井鬼白と出会い、影響を受ける。卒業後、大阪や名古屋への出奔を繰り返したのち、小学校教師となる。大正11年四日市商教諭、前橋中教諭、桑名中教諭を経て、昭和7年再び四日市商教諭。11年退職。37年婦人会から俳句・短歌指導を依頼され、水晶会として句会・歌会・吟行を重ねた。同時に過去の句稿・歌稿の整理にも着手し、最晩年の10年間で11冊にのぼる歌句集を編んだ。著書に「私の懺悔録」「仏教随筆〈前後〉」、歌句集「水晶」、歌集「葉鶏頭」、句集「岩清水」「紫陽花」などがある。

村上 三良　むらかみ・さんりょう　俳人
明治44年（1911年）1月1日～平成16年（2004年）9月4日　生青森県青森市　名本名＝村上愛一　学新潟医科大学卒　歴新潟医科大学在学中より作句を始め、同大教授だった高野素十の指導を受ける。昭和21年より従兄弟である増田手古奈主宰の「十和田」編集に従事、28年発行者兼編集者。30年「ホトトギス」同人。平成5年「十和田」終刊に伴い、「花林檎」を創刊・主宰。句集に「花林檎」「秋茄子」「月冷え」「後の月」がある。　賞青森県文化賞〔昭和58年〕，青森県褒賞〔昭和61年〕　家従兄弟＝増田手古奈（俳人）

村上 しゅら　むらかみ・しゅら　俳人
大正8年（1919年）10月3日～平成6年（1994年）8月7日　生青森県黒石市　名本名＝村上常一（むらかみ・つねいち）　学函館高等水産製造科中退　歴学校を病気中退し、家業の古美術商を継ぐ。昭和21年加藤憲曠に俳句の手ほどきを受け、「すすき野」創刊に参加。31年「鶴」入会し、のち同人。34年「北鈴」を創刊し、発行人。30年代中頃から活躍し、“風土俳句”の語を定着させる。37年俳人協会会員。56年から一時「林」副主宰。59年「北鈴」解散後発病し、「鶴」、俳人協会などを退会して俳壇から遠ざかる。句集に「鶏舞」「村上しゅら集」など。　賞角川俳句賞（第5回）〔昭和34年〕，鶴俳句賞〔昭和35年〕，八戸市文化賞（第1回）〔昭和38年〕

村上 新太郎　むらかみ・しんたろう　歌人
明治33年（1900年）10月28日～昭和44年（1969年）2月12日　生大阪府　学大阪貿易学校卒　歴若山牧水の「創作」を経て、尾山篤二郎に師事。後に前川佐美雄らと「日本歌人」と興し、昭和26年「薔薇」を創刊・主宰。平田春一の「三土会」に参加。歌集に「李愁」「緑夜」がある。

村上 冬燕　むらかみ・とうえん　俳人
大正3年（1914年）12月8日～平成9年（1997年）7月12日　生宮城県仙台市　名本名＝村上正固（むらかみ・まさかた）　学名古屋大学医学部卒　歴昭和13年加藤かけいの「巌」に拠る。23年山口誓子の「天狼」に転じ、33年同人。51年「樅」を創刊し、主宰。俳人協会愛知支部長、顧問も務めた。句集に「跨線橋」「北方人」「茉莉花」「無音絃」「雪嘆窪」「閑羅瀬」。

村上 博子　むらかみ・ひろこ　詩人
昭和5年（1930年）9月24日～平成12年（2000年）5月2日　生東京都　学慶応義塾大学文学部仏文科卒　歴「山の樹」「竪琴」同人。詩集に「秋の紡ぎ歌」「ハーレムの女」「冬のマリア」「セロファン紙芝居」など。

村上 甫水　むらかみ・ほすい　俳人
明治31年（1898年）7月13日～昭和62年（1987年）12月24日　生愛媛県新居浜市　名本名＝村上浦人（むらかみ・うらんど）　学愛媛師範本科第二部卒　歴昭和18年「さいかち」に入会、松野自得の手ほどきを受ける。21年「さいかち」同人。句集に「古稀」「喜びの寿」。

村上 美枝　むらかみ・みえ　俳人
大正9年（1920年）1月1日～平成19年（2007年）5月4日　生岐阜県　学椙山女学院卒　歴昭和45年「天狼」入会、会友として山口誓子に師事。51年「樅」に入会、同人。のち「七曜」「森」に拠る。　賞樅武人賞〔昭和55年〕

村木 雄一　むらき・ゆういち　詩人
明治40年（1907年）10月3日～昭和62年（1987年）9月22日　生旧樺太大泊　出北海道小樽市　学小樽商業卒　歴戦前の一時期、村野四郎、春山行夫らの詩誌「新領土」に所属。戦後は詩壇を離れたが、詩の大衆化を願って月刊「にじゅうえん詩集」を発行。多くの詩人に発表の場を与えた。昭和14年「ダンダラ詩集」刊行以来、「愛のさまざま」「ポジエラの風」など十数冊の詩集がある。

村越 化石　むらこし・かせき　俳人
大正11年（1922年）12月17日～平成26年（2014年）3月8日　生静岡県志太郡岡部町　名本名＝村越英彦（むらこし・ひでひこ）　歴静岡県の裕福な家に生まれる。昭和9年ハンセン病が発病し離郷。一時東京の病人宿を転々とし、のち群馬県草津湯之沢を経て、16年草津・楽泉園に入園。俳句は東京時代より始め、楽泉園「栗の花句会」（のち「高原俳句会」に改称）に入会、「鴫野」に投句。24年大野林火句集「冬雁」に感動、「浜」へ入会。28年「浜」同人。45年眼疾再発、全盲となるが高原俳句会を指導。平成14年には63年ぶりの里帰りを果たした。句集に「独眼」「山国抄」「端坐」「筒鳥」「八十路」など。　勲紫綬褒章〔平成3年〕　賞浜賞（第5回）〔昭和27年〕，角川俳句賞（第4回）〔昭和33年〕「山間」，俳人協会賞（第14回）〔昭和49年〕「山国抄」，蛇笏賞（第17回）〔昭和58年〕「端坐」，詩歌文学館賞（第4回）〔平成1年〕「筒鳥」，点字毎日文化賞（第27回）〔平成2年〕，山本健吉文学賞（俳句部門，第8回）〔平成20年〕「八十路」

村崎 凡人　むらさき・ぼんじん　歌人
大正3年（1914年）1月12日～平成1年（1989年）5月10日　生徳島県徳島市　名本名＝村崎凡人（むらさき・ただひと）　学早稲田大学文学部国文学科〔昭和12年〕卒　歴早大在学中より窪田空穂に師事し、歌誌「槻の木」同人に。早稲田図書出版員を経て、戦後村崎学園理事長。徳島文理大学、徳島文理大学短期大学部各副学長を務めた。著書に歌集「風俗」の他、「比島敗戦記」「御歌人としての後鳥羽上皇」「評伝窪田空穂」などがある。　勲藍綬褒章〔昭和47年〕，勲三等旭日中綬章〔昭和60年〕　家祖母＝村崎サイ（教育家）

村沢 夏風　むらさわ・かふう　俳人
大正7年（1918年）11月14日～平成12年（2000年）11月29日　生東京市京橋区月島（東京都中央区）　名本名＝村沢喜八郎（むらさわ・きはちろう）　学保善商卒　歴昭和18年「鶴」入会。石田波郷の門下に入り、「鳴」、「壺」同人を経て、28年「鶴」同人。村山古郷の死により62年「嵯峨野」主宰。俳人協会評議員を務めた。句集に「寒影」「山望」「彩雲」「独坐」、著書に「石田波郷の俳句」など。漫画家としても知られ、共著に「漫画 俳句入門」がある。　賞鶴俳句賞〔昭和33年〕，鶴賞（文章部門）〔昭和40年〕，俳人協会賞（第29回）〔平成1年〕「独坐」

村瀬 さつき女　むらせ・さつきめ　俳人
明治41年（1908年）2月5日～平成5年（1993年）1月27日　生岐阜県各務原市　名本名＝村瀬レン　学岐阜高女卒　歴昭和35年「日輪」薄多久雄の手ほどきを受ける。38年「日輪」同人。「萬緑」「天狼」にも出句。句集に「春疾風」「花擬宝珠」。　賞日輪賞〔昭和41年〕，黄道賞（第1回）〔昭和50年〕

村田 脩　むらた・おさむ　俳人
昭和3年（1928年）4月25日～平成22年（2010年）8月9日　生北海道函館市　出山口県大津郡油谷町（長門市）　名旧姓・旧名＝鐘崎　学山口高〔昭和24年〕卒，東京大学文学部倫理学科〔昭和27年〕卒，東京大学大学院修了　歴昭和29年より双葉学園勤務。傍ら高等学校の教科書や国語辞典の編集執筆に参加。48年双葉学園教頭兼理事。51年狛江市教育委員。一方、24年東大ホトトギス会で作句、同時に中村汀女の「風花」に入会。26年キリスト教カトリックに入信。28年「風花」同人、のち編集長を務めたが、62年脳梗塞のため入院し、編集長を辞任。平成元年「風花」同人を辞退した。この間、昭和48年俳人協会幹事、53年理事、平成5年常務理事、11年名誉会員。句集「野川」「破魔矢」、「俳句入門・はじめのはじめ」などがある。　賞風花賞〔昭和33年〕

村田 邦夫　むらた・くにお　歌人
大正3年（1914年）～平成19年（2007年）6月18日　歴歌人・国文学者であった佐佐木信綱の最晩年に、秘書として約20年間を仕える。信綱の出身地・鈴鹿市が資料館建設を計画した際には遺族との仲立ち役を務め、約30年間にわたって資料整理のために神奈川県の自宅から鈴鹿に通い続けた。「佐佐木信綱資料館収蔵品図録」編纂にも関わった。「心の花」会員。著書に「近代短歌要解」などがある。

村田 敬次　むらた・けいじ　歌人
大正15年（1926年）1月24日～平成1年（1989年）12月5日　生東京都　名本名＝村田圭司　学東洋大学専門部国語漢文科卒　歴大学在学中に作歌、昭和19年「アララギ」入会、杉田嘉次に師事。戦後一時期中絶し「アララギ」退会。52年「槐」創刊・主宰。56年以降「みよし野短歌会」講師。歌集に「歴年」「海風吟」「落日燦」がある。

村田 周魚　むらた・しゅうぎょ　川柳作家
明治22年（1889年）11月17日～昭和42年（1967年）4月11日　生東京市下谷区上車坂（東京都台東区）　名本名＝村田泰助，別号＝暁雪，海月堂，鯛坊　学東京薬学学校〔明治42年〕卒，早稲田大学中退　歴明治44年警視庁衛生部勤務、薬業界との関係に貢献。俳人の父に従い運座に出席、句を作った。38年柳樽寺川柳会の井上剣花坊に師事、大正2年「大正川柳」同人、9年八十島勇魚らと柳誌「きやり」創刊。のち「きやり」は全国を代表する川柳誌となった。著書に「鯛の鱗」「全国著名売薬史」「周魚句集」「川柳雑話」など。昭和43年「きやり」吟社が周魚賞制定。　賞川柳文化賞（第1回）〔昭和41年〕

村田 とう女　むらた・とうじょ　俳人
明治39年（1906年）10月15日～昭和61年（1986年）2月5日　生岩手県　名本名＝村田トウ子　学岩手県立花巻高女卒，東京実践専攻科中退　歴昭和12年「夏草」に入会、28年同人。42年夫妻句碑が子柴太により建立。　賞夏草功労賞〔昭和52年〕

村田 春雄　むらた・はるお　詩人
大正13年（1924年）11月10日～平成5年（1993年）3月24日　生東京都　学目黒無線電信講習所卒　歴教職に就く。戦後「新詩人」「ルネサンス」に詩を投稿、のち「BUOY」「第一書」「海市」「日本未来派」に関係し、昭和40年代半ばより亡くなるまで「陸」を主宰。また「岩礁」「詩界」「詩人倶楽部」などに関与した。詩集に「業火」「月雪花の霊」「窓に関する空集合」「村田春雄詩集」などがある。

村田 芳水　むらた・ほうすい　俳人
大正7年（1918年）4月28日～平成22年（2010年）6月30日　生東京都　名本名＝村田一三男（むらた・ふみお）　学陸士（第53期），中央大学経済学部卒　歴昭和20年目賀田思水に師事。51年「青潮」「偕行」主宰、東海文化新聞俳壇選者。

村田 正夫　むらた・まさお　詩人
昭和7年（1932年）1月2日～平成23年（2011年）11月25日　生東京都豊島区池袋　学早稲田大学第一法学部〔昭和29年〕卒　歴「新日本詩人」「現代詩の会」などを経て、昭和30年「潮流詩派」を創刊・主宰。戦後詩での社会派の一拠点となる。のち現代詩歌文学館評議員、「詩と思想」編集参与、「潮流詩派」編集発行人。詩集に「黄色い骨の地図」「東京の気象」「戦争の午後」「村田正夫詩群1940—80」、評論に「社会性の詩論」「戦後詩人論」「詩人の姿勢」などがある。　家妻＝麻生直子（詩人）

村田 利明　むらた・りめい　歌人
明治29年（1896年）12月25日～昭和51年（1976年）1月16日　生東京都　名本名＝村田利明（むらた・としあき）　学明治大学卒　歴大正12年「アララギ」に入会し、島木赤彦に師事する。昭和28年「アララギ」を退会し、以後「川波」「やちまた」などに拠り、のち白塔短歌会を主宰する。歌集に「早瀬」「昆虫」「立像」などがある。

村野 芝石　むらの・しせき　俳人
大正10年（1921年）10月25日～平成10年（1998年）8月1日　生大阪府　名本名＝村野喜代治　学市岡商卒　歴昭和28年住友商事俳句同好会入会。29年「雪解」の皆吉爽雨に師事。38年同人。32年「うまや」同人。34年「懸巣」同人。賞大阪市民文化祭賞大阪市長賞

村野 四郎　むらの・しろう　詩人
明治34年（1901年）10月7日～昭和50年（1975年）3月2日　生東京府北多摩郡北多摩村上染屋（東京都府中市）　学慶応義塾大学経済学部理財科〔昭和2年〕卒　歴昭和2年理研コンツェルン本社に入社。25年理研電解工業を設立し専務、のち社長に就任。一方、幼少の頃から文学環境にめぐまれ、中学時代に井泉水の「層雲」に自由律俳句を発表。大学に入って詩作に転じ、大正15年第二次「炬火」同人となり、第一詩集「罠」を刊行。その後、「旗魚」「新即物性文学」「文学」「新領土」などに拠って詩作をつづけ、14年「体操詩集」を刊行し文芸汎論詩集賞を受賞。戦後は「現代詩」「GALA」「季節」各同人を経て、独自の詩の道を歩み、34年「亡羊記」で読売文学賞を受賞。ほかに、詩集「抒情飛行」「予感」「実在の岸辺」「抽象の城」「蒼白な紀行」「村野四郎全詩集」「芸術」、評論集「牧神の首輪」「今日の詩論」「現代詩を求めて」「現代詩のこころ」「秀句鑑賞十二ケ月」などがある。日本現代詩人会会長も2期務めた。　賞文芸汎論詩集賞（第6回）〔昭和14年〕「体操詩集」，読売文学賞（詩歌・俳句賞，第11回）〔昭和34年〕「亡羊記」　家父＝村野寒翠（俳人），兄＝村野次郎（歌人），村野三郎（詩人）

村野 次郎　むらの・じろう　歌人
明治27年（1894年）3月19日～昭和54年（1979

年）7月16日　[生]東京府南多摩郡多摩村（東京都多摩市）　[名]本名＝田中次郎，旧姓・旧名＝村野，旧号＝染次郎　[学]早稲田大学商学部〔大正8年〕卒　[歴]大正2年北原白秋に師事し、「地上巡礼」「烟草の花」「曼陀羅」「ザムボア」に参加。12年「香蘭」を創刊し、昭和10年主宰。13年「樗風集」刊行。以後「村野次郎歌集」「明宝」「角筈」と歌集4冊。32年歌会始召人となる。46年明宝ビルを建設。　[家]父＝村野寒翠（俳人），弟＝村野三郎（詩人），村野四郎（詩人）

村松 喜恵子　むらまつ・きえこ　俳人
大正5年（1916年）3月1日～平成20年（2008年）9月22日　[生]山梨県　[学]山梨県立女学校卒　[歴]昭和25年堤俳一佳に師事。「裸子」「玉藻」「芹」「雪」に投句。29年「裸子」同人。　[賞]裸子賞〔昭和52年〕，裸子年度賞〔昭和54年〕

村松 武司　むらまつ・たけし　詩人
大正13年（1924年）7月8日～平成5年（1993年）8月28日　[生]旧朝鮮京城　[学]京城中〔昭和18年〕卒　[歴]祖父母の代に朝鮮に入植した一家に育ち、戦後初めて日本に来る。「純粋詩」「造形文学」を編集。のち「数理科学」編集長の傍ら、栗生楽泉園の機関誌「高原」選者としてハンセン病患者に詩を教えた。詩集に「怖ろしいニンフたち」「朝鮮海峡・コロンの碑」「祖国を持つもの持たぬもの」などがある。

村松 友次　むらまつ・ともつぐ　俳人
大正10年（1921年）1月30日～平成21年（2009年）3月16日　[生]長野県小県郡丸子町　[名]俳名＝村松紅花（むらまつ・こうか）　[学]東洋大学文学部二部国文学科〔昭和37年〕卒，東洋大学大学院文学研究科〔昭和42年〕博士課程修了　[歴]東洋大学短期大学教授を務め、平成元年学長に就任。4年退職、名誉教授。「奥の細道」の研究で知られ、著書に「芭蕉の作品と伝記の研究」「蕪村集〈鑑賞日本の古典〉」「古人鑽仰」「花鳥止観」「曽良本おくのほそ道の研究」「芭蕉の手紙」「蕪村の手紙」「一茶の手紙」「俳句のうそ」「芭蕉翁正筆奥の細道」「おくのほそ道の想像力」「謎の旅人曽良」などがある。俳人としては太平洋戦争中に木村蕪城に俳句を学び、昭和19年高浜虚子、25年高野素十に師事。24～31年「夏炉」発行。52年から「雪」選者、のち主宰。句集に「簗守」「木の実われ」がある。　[賞]俳人協会評論賞〔昭和61年〕「芭蕉の手紙」

村松 ひろし　むらまつ・ひろし　俳人
大正3年（1914年）8月31日～平成13年（2001年）8月21日　[生]神奈川県　[名]本名＝村松博　[学]旧制中卒　[歴]改造社の「俳句研究」に投句、水原秋桜子、山口誓子に私淑する。昭和24年「氷海」創刊に参加、翌年同人。その後「子午線」に参加、退会。49年「畦」に同人参加するが56年退会。53年「狩」創刊同人となる。句集に「姫娑羅」「明月草」「杉の床柱」がある。

村松 正俊　むらまつ・まさとし　詩人
明治28年（1895年）4月10日～昭和56年（1981年）9月20日　[生]東京市芝区（東京都港区）　[学]東京帝国大学美学科卒　[歴]東大在学中は第五次「新思潮」同人。卒業後は文芸誌「種蒔く人」「文芸戦線」などの同人として、アナキズム系の評論、詩を発表。また独、仏、ギリシャ、ラテン語に通じ、プラトン「国家」、ジャン・ジョーレス「仏蘭西大革命史」、シュペングラー「西洋の没落」などを翻訳。詩集に「現在」「蛇」「朝酒」、評論集に「無価値の哲学」「見失なわれた日本」などがある。　[賞]日本翻訳出版文化賞（第8回）〔昭和46年〕「シュペングラー『西欧の没落』の完訳」

村山 一棹　むらやま・いっとう　俳人
明治37年（1904年）4月20日～平成2年（1990年）5月27日　[生]京都府天田郡　[名]本名＝村山寿夫　[学]関西甲種商業中退　[歴]昭和8年「うまや」創刊と共に入会、皆吉爽雨に師事。10年「うまや」、18年「山茶花」、23年「雪解」、31年「東山」、58年「ホトトギス」同人。句集に「鶴歩」「雲海」。

村山 葵郷　むらやま・ききょう　俳人
明治33年（1900年）7月17日～昭和36年（1961年）2月19日　[生]京都府京都市　[名]本名＝村山清三郎，別号＝村山星残楼　[歴]京都新聞社に勤務。青年期より「懸葵」に投句、昭和初期に「中心」「草上」同人。7年志田素琴の「東炎」に代表同人として参加。戦後は実弟古郷の「べんがら」を支援した。京都新聞俳壇の選者を務め、「鴨川」を創刊・主宰。句集に「春暁」がある。　[家]妹＝村山たか女（俳人），弟＝村山古郷（俳人）

村山 古郷　むらやま・こきょう　俳人
明治42年（1909年）6月19日～昭和61年（1986年）8月1日　[生]京都府京都市下京区仏具屋町　[名]本名＝村山正三（むらやま・しょうぞう）　[学]

国学院大学国文科〔昭和14年〕卒　歴保善商業教諭を経て日本郵船に勤務。俳句は少年時代、兄・葵郷の手ほどきを受け、「懸葵」「俳星」に投句。昭和6年上京。「草上」同人を経て、7年「東炎」同人となる。戦後21年「べんがら」を、27年「たちばな」を創刊したが、30年石田波郷の知遇をえて「鶴」同人となる。53年山路閑古のあとを継いで20世鴫立庵庵主。句集「天水桶」「軒」「西京」「華甲」「かくれ蓑」「金閣」「古京」などのほか「大須賀乙字伝」「石田波郷伝」「俳句もわが文学」(全3巻)などがあり、造詣の深い俳句史の面でも「大正俳壇史」「昭和俳壇史」の他、53年に芸術選奨を受けた「明治俳壇史」などがある。56年より「嵯峨野」主宰、また俳句文学館の建設にも力をそそいだ。　勲勲四等瑞宝章〔昭和60年〕　賞芸術選奨文部大臣賞(文学・評論部門・第29回)〔昭和53年〕「明治俳壇史」　家兄＝村山葵郷(俳人),妹＝村山たか女(俳人)

村山 白雲　むらやま・はくうん　川柳作家

大正11年(1922年)5月31日～平成15年(2003年)10月7日　生秋田県秋田市大町　名本名＝村山兵太郎(むらやま・ひょうたろう)　学日本大学工学部電気工学科〔昭和20年〕中退　歴病気のために大学を中退。家業の質店を継ぎ、昭和30年秋田市質屋組合長に就任。秋田市青年会議所専務理事、秋田市防犯組合連合会会長、川柳研究社幹事などを歴任。一方、病気療養中に川柳に親しみ、杉川柳会を主宰、秋田刑務所で川柳の指導を続けた。著書に「質屋夜話」がある。

村山 秀雄　むらやま・ひでお　俳人

大正9年(1920年)11月5日～平成12年(2000年)10月11日　生山形県長井市　学日本大学医学部卒　歴日大医学部産婦人科教室助手、第一生理学教室勤務を経て、村山医院院長に。一方、昭和43年中学の恩師で碧梧桐の流れをくむ俳人佐藤柊波の手ほどきを受ける。46年「氷海」入会。同年「氷壁」、52年「氷海」同人。53年「狩」創刊同人として参加。句集に「壺」「雪囲い」、評論随筆「俳句のすすめ」がある。　賞長井芸術文化賞〔昭和58年〕,毎日俳壇賞〔平成2年〕,山形県芸術会議賞〔平成4年〕

村山 道雄　むらやま・みちお　歌人

明治35年(1902年)3月31日～昭和56年(1981年)12月10日　生兵庫県　学東京帝国大学法学部政治学科〔大正14年〕卒　歴昭和20年官選の山形県知事に就任、22年からは公選で2期務めた。34年に山形全県区から参院議員に当選(当選1回)。アララギ派の歌人で「山形」「蔵王」などの歌集がある。　勲勲二等旭日重光章〔昭和47年〕

牟礼 慶子　むれ・けいこ　詩人

昭和4年(1929年)2月1日～平成24年(2012年)1月29日　生東京都　名本名＝谷田慶子(たにだ・けいこ),旧姓・旧名＝殿岡　学実践女子専卒　歴昭和26年大阪で谷田昌平主宰の「青銅」に参加。29年上京し、「荒地」に加わる。35年「来歴」を刊行し、以後、「魂の領分」「日日変幻」「夜の中の鳥たち」「ことばの冠」などを刊行。平成5年評伝「鮎川信夫 路上のたましい」で第1回やまなし文学賞を受けた。　賞やまなし文学賞(研究評論部門,第1回)〔平成5年〕「鮎川信夫 路上のたましい」　家夫＝谷田昌平(文芸評論家)

室生 犀星　むろう・さいせい　詩人

明治22年(1889年)8月1日～昭和37年(1962年)3月26日　生石川県金沢市裏千日町　名本名＝室生照道,雅号＝魚眠洞　学金沢高小〔明治35年〕中退　資日本芸術院会員〔昭和23年〕　歴少年時代から文学に傾倒し、詩や俳句を「北国新聞」などに投稿する。明治45年「スバル」に詩3編を発表して注目され、大正3年萩原朔太郎らと「卓上噴水」を、5年には「感情」を創刊し、7年「愛の詩集」を刊行。同年「抒情小曲集」を刊行し、近代抒情詩の一頂点を形成した。以後、詩人、作家、随筆家として幅広く活躍。小説の分野では9年「性に目覚める頃」を刊行、昭和9年に「あにいもうと」を発表し、文芸懇話会賞を受賞。15年「戦死」で菊池寛賞を受賞。戦後も死の直前まで活躍し、32年「杏っ子」で読売文学賞を、34年「かげろうの日記遺文」で野間文芸賞を受賞した。随筆の分野での作品も多く、「随筆女ひと」「わが愛する詩人の伝記」などがあり、ほかに「室生犀星全詩集」「室生犀星全集」(全12巻・別巻2,新潮社)がある。35年には室生犀星詩人賞が設定された。また、没後の52年「室生犀星句集(魚眠洞全句)」が刊行された。平成14年生誕地の金沢市千日町に室生犀星記念館が開館。　賞菊池寛賞(第3回)〔昭和15年〕,毎日出版文化賞〔昭和34年〕「わが愛する詩人の伝記」　家妻＝室生とみ子(俳人),長女＝室生朝子(随筆家)

室生 とみ子　むろう・とみこ　俳人
明治28年（1895年）7月10日～昭和34年（1959年）10月18日　生石川県金沢市　歴金沢市新堅町尋常小学校の訓導を務めた。大正7年2月室生犀星と結婚、職を退く。詩人竹村俊郎の推薦により「風流陣」に参加。著書に「しぐれ抄」、没後室生犀星の編による「とみ子発句集」がある。　家夫＝室生犀星（詩人）

室賀 杜桂　むろが・とけい　俳人
明治29年（1896年）11月28日～平成6年（1994年）1月29日　生兵庫県西宮市　出兵庫県神戸市　名本名＝室賀国威（むろが・くにたけ）　学神戸高商〔大正8年〕卒　歴大正9年福島紡績に入社。昭和13年取締役、18年常務、同年専務、22年社長、42年会長、45年再び社長、46年相談役、47年監査役、52年相談役、58年名誉顧問を歴任。一方、俳人としては、9年野村泊月に師事、「ホトトギス」「山茶花」投句。泊月逝去後「関圭草」主宰。「桐の葉」に投句。28年以降阿波野青畝に師事。「かつらぎ」同人。　勲藍綬褒章〔昭和35年〕，勲三等旭日中綬章〔昭和42年〕

室積 純夫　むろずみ・すみお　歌人
昭和20年（1945年）5月28日～平成1年（1989年）4月10日　生山口県　歴19歳より作歌し、昭和44年「歩道短歌会」に入会、佐藤佐太郎に師事。52年度歩道賞受賞。56年「歩道」編集委員。歌集「高架路」がある。　賞歩道賞（昭和52年度）

室積 徂春　むろずみ・そしゅん　俳人
明治19年（1886年）12月17日～昭和31年（1956年）12月4日　生滋賀県大津市松本　名本名＝室積尚，旧姓・旧名＝増永，別号＝平明居主人，碌々子　歴明治31年13歳で岡野知十に師事し、34年「半面」の創刊に参加。のち佐藤紅緑に師事し「とくさ」の編集に従事する。昭和2年「ゆく春」を創刊。編著に「ゆく春第一句集」「ゆく春第二句集」がある。　家兄＝室積煙霞郎（俳人），妻＝室積波那女（俳人）

室積 波那女　むろずみ・はなじょ　俳人
明治21年（1888年）5月20日～昭和43年（1968年）7月22日　生愛媛県宇和島市　名本名＝室積ハナ　歴大正6年室積徂春と結婚。徂春の「ゆく春」創刊を援け、夫亡きあと「ゆく春」を主宰した。　家夫＝室積徂春（俳人）

【め】

目迫 秩父　めさく・ちちぶ　俳人
大正6年（1917年）3月24日～昭和38年（1963年）3月18日　生神奈川県横浜市　名本名＝目迫文雄　学神奈川県立商工実習学校商業部〔昭和9年〕卒　歴昭和16年、勤務先に俳句部が出来、その指導を、かつての学校の師でもあった大野林火に依頼したのがはじまりで、以後林火に師事。「石楠」に投句。21年林火主宰「浜」創刊と同時に参加。24年野沢節子・佐野俊夫との合同句集「暖冬」を、31年句集「雪無限」を上梓。33年現代俳句協会賞を受賞。　賞現代俳句協会賞〔昭和33年〕

【も】

望月 こりん　もちずき・こりん
⇒安藤 まどか（あんどう・まどか）を見よ

持田 勝穂　もちだ・かつほ　歌人
明治38年（1905年）3月9日～平成7年（1995年）6月25日　生福岡県福岡市博多区上鰯町　名本名＝持田勝男　歴長く西日本新聞社に勤務、文化部次長、調査部長を務めた。「赭土」「香蘭」を経て、昭和10年より北原白秋に師事、「多磨」創刊に参加、終刊後28年「形成」創刊に参画。平成6年からは「波濤」を編集・発行。歌集「近代の靄」「紙魚のごとく」、「評伝・筑紫歌都子・まぼろしの琴」など多彩な著述活動を展開した。　賞福岡市文化賞（第1回）〔昭和51年〕

茂木 岳彦　もてぎ・たけひこ　俳人
大正13年（1924年）4月1日～昭和61年（1986年）1月27日　生埼玉県大里郡妻沼町　名本名＝茂木武彦　歴長野県下諏訪町で寿司屋を営む。また俳誌「海程」「未完現実」「花」などの同人で、句集に「今生」がある。　賞海程年間大賞（第1回）

本岡 歌子　もとおか・うたこ　俳人
大正4年（1915年）12月7日～平成20年（2008年）7月13日　出富山県東礪波郡福野町（南砺

市）　名本名＝本岡歌（もとおか・うた）　学日本女子大学家政科卒　歴高浜虚子に師事し、虚子の死後は高野素十に師事。句集に「雪晴」「惜春」「草紅葉」がある。　勲藍綬褒章　賞金沢市文化活動賞〔昭和57年〕　家夫＝本岡三郎（郷土史家），兄＝篠塚繁（国税庁次長）

本木 紀久代　もとき・きくよ　俳人
明治42年（1909年）2月11日～平成10年（1998年）7月14日　生東京市神田区（東京都千代田区）　学日本高女卒　歴昭和20年「春燈」創刊号より入門。久保田万太郎、安住敦に師事。25～28年春燈婦人句会を結成し、同会の機関誌「紫苑」の編集にあたる。54年俳人協会会員となるが、のち退会。句集に「遠花火」など。　家養子＝成瀬桜桃子（俳人）

本島 高弓　もとじま・たかゆみ　俳人
大正1年（1912年）9月13日～昭和30年（1955年）8月17日　生東京市浅草区（東京都台東区）　学日本大学経済科中退　歴昭和13年「春蘭」に加わり俳句への関心を深めたが、新興俳句に共鳴し15年には日野草城の「旗艦」に参加、その後雑誌「琥珀」同人となる。16年同人誌の「日月」を創刊、19年には加宮貴一と共著の句集「吾子と吾夢」を上梓。戦後は「太陽系」「火山系」などで活躍、27年には富沢赤黄男を擁して高柳重信と「薔薇」を創刊。一方、大野我羊の「芝火」「俳句世紀」「東虹」などの編集に従事し、晩年は句集出版の酩酊社を自営。句集に前著の他、「幸矢」と「斜陽」がある。

本橋 定晴　もとはし・さだはる　俳人
大正9年（1920年）10月15日～平成24年（2012年）3月26日　生東京都台東区　学文化学院文学科卒　歴昭和17年「さいかち」入会、松野自得に師事し、同誌同人、編集部員。「天穹」を主宰した。

本橋 仁　もとはし・じん　俳人
大正15年（1926年）1月3日～平成23年（2011年）1月21日　生埼玉県　名本名＝本橋仁（もとはし・まさし）　学東京大学工学部冶金学科卒　歴昭和25年富士見高原療養所入院中、正木不如丘の奨めで作句。山口青邨、木村蕪城に師事私淑。同年「夏炉」に入会。30年には「夏草」入会、34年同人。後「夏炉」同人となる。36～40年「夏草」編集担当。句集に「轉生」「返照」「露光」「此岸」「狐円」がある。　賞夏草功労賞〔昭和48年〕

本宮 鼎三　もとみや・ていぞう　俳人
昭和3年（1928年）1月22日～平成10年（1998年）12月3日　生静岡県静岡市　名本名＝本宮金孝　学静岡逓信講習所卒　歴俳誌「天狼」を創刊。「遠星集」に投句。昭和32年「氷海」参加、のち同人。46年上田五千石と畦の会結成、48年「畦」を創刊、編集長を務めた。平成10年1月「かなえ」を創刊・主宰した。句集「櫂」「欝金」「一情」「瑠璃」などがある。

本宮 哲郎　もとみや・てつろう　俳人
詩人
昭和5年（1930年）11月17日～平成25年（2013年）12月18日　生新潟県西蒲原郡小池村（燕市）　歴昭和23年「雲母」に入会して飯田蛇笏・龍太父子に師事。28年北川冬彦のネオリアリズム詩運動に参加、「時間」同人。35年度「雲母寒夜句三昧」（優秀八作家）の一人に選ばれる。52年「河」同人。56年斉藤美規主宰「麓」創刊に参加。平成12年句集「日本海」で俳人協会賞を受けた。他の句集に「雪嶺」「信濃川」「伊夜日子」などがある。　賞新潟日報俳壇賞（第39回・56回）〔昭和43年・51年〕，河賞〔昭和60年〕，俳句研究賞（第1回）〔昭和61年〕「雪国雑唱」，麓賞〔昭和63年〕，俳人協会賞（第40回）〔平成12年〕「日本海」

本山 卓日子　もとやま・たくひこ　俳人
大正12年（1923年）6月28日～平成17年（2005年）12月16日　生東京都　名本名＝本山卓彦（もとやま・たかひこ）　学京都高等工芸学校人造繊維科〔昭和18年〕卒　歴日本合成化学工業、京都大学化学研究所研究員、昭和高分子取締役を経て、昭和54年昭和電工新事業開発部顧問。のち、本山技術士事務所所長。一方、鈴鹿野風呂から俳句の指導を受け、23年「京鹿子」復刊と共に参加、同人となる。「京鹿子」同人会会長、参与。著書に「接着のひみつ」「おもしろいプラスチックのはなし」など多数。

物種 鴻両　ものだね・こうりょう　俳人
昭和4年（1929年）1月9日～平成20年（2008年）9月6日　生大阪府　名本名＝物種克巳　学堺商卒　歴昭和29年中村若沙に師事。46年「ホトトギス」同人。54年「逢坂」主宰。

百崎 つゆ子　ももさき・つゆこ　俳人
大正9年（1920年）11月5日～平成24年（2012年）3月28日　生佐賀県　名本名＝岸川ツユ子

（きしかわ・つゆこ）　学東京女子高等学園卒　歴昭和18年頃に「ホトトギス」系俳人である父・百崎刀郎の手ほどきを受ける。河野静雲に師事。44年江口竹亭主宰「万燈」同人、55年「ホトトギス」同人。佐賀ホトトギス会を主宰した。　家父＝百崎刀郎（俳人）

百瀬 博教　ももせ・ひろみち　詩人

昭和15年（1940年）2月20日 ～ 平成20年（2008年）1月27日　生東京都柳橋　学立教大学　歴東京・柳橋に侠客の二男として生まれる。大学在学中の19歳頃から赤坂の高級ナイトクラブ・ニューラテンクォーターで用心棒を務める。その後、石原裕次郎の知遇を得てボディガードとなり、28歳の時に拳銃不法所持で秋田刑務所に下獄し、6年を過ごす。出獄後、詩集「絹半纏」を刊行、山本健吉の絶賛を受けた。またPRIDEなど格闘プロデューサーとしても活躍し、アントニオ猪木のストラテジック・プランナーとして猪木詩集「馬鹿になれ」「INOKI ROCK」をプロデュースした。他の著書にサイデンステッカーと東京を歩きながら対談した「私の東京」や「不良日記」「プライドの怪人」「裕次郎時代」「昭和不良写真館」などがある。

桃谷 容子　ももたに・ようこ　詩人

昭和24年（1949年）～平成14年（2002年）　学帝塚山大学卒　歴桃谷順天堂会長を務めた桃谷勘三郎の四女。小学校から大学までを帝塚山学院に学び、大学では国文学を専攻。24歳で結婚し、夫の赴任に伴いポーランドで2年間を過ごした。平成元年第一詩集「黄金の秋」を発表、同書で福田正夫賞を受賞。他の詩集に「カラマーゾフの樹」「野火は神に向って燃える」がある。　賞福田正夫賞（第3回）〔平成1年〕「黄金の秋」，神戸ナビール文学賞（第2回）〔平成7年〕「カラマーゾフの樹」　家父＝桃谷勘三郎（桃谷順天堂会長）

桃原 邑子　ももはら・ゆうこ　歌人

明治45年（1912年）3月4日 ～ 平成11年（1999年）6月8日　生沖縄県中頭郡与那城村　学沖縄県女子師範〔昭和4年〕卒　歴沖縄で戦争を経験し、長男を失う。沖縄県小学校教師を経て、戦後熊本へ移り、昭和46年教師を退くまで約30年小学校教師を務めた。6年「詩歌」に入会、前田夕暮に師事。29年香川進の「地中海」に入会、地中海沖縄支社長として指導に当たる。大分の「歌帖」、熊本の「南風」にも所属。42年に歌集「夜光時計」を出版して以来、子を失った悲しみを歌にたくしてきた。ほかに「水の歌」「沖縄」がある。　賞熊日文学賞（第21回）〔昭和54年〕「水の歌」，熊本県芸術功労者〔平成2年〕

森 一郎　もり・いちろう　俳人

大正12年（1923年）4月19日 ～ 平成3年（1991年）10月21日　生奈良県　学東京文理科大学英文学科卒　歴昭和30～44年日比谷高校で受験指導にあたり、40年「試験に出る英単語」を出版。デル単、シケ単と呼ばれて受験生に愛用され、1200刷以上を重ね、1320万部を超える大ベストセラーとなる。関西学院大学を経て、奈良産業大学教授。著書は他に「試験に出る英熟語」など。一方、詩や俳句を作り、50年「運河」に入会、52年同人となる。詩集に「ふるさと」、句集に「土蛙」がある。　賞運河新人賞〔昭和51年〕

森 英介　もり・えいすけ　詩人

生年不詳～昭和26年（1951年）　出山形県　歴終戦後間もなく上京。キリスト教への入信をはさんで、詩作に専念。詩集「火の聖女」は、その詩魂の烈しさから高村光太郎の絶賛を受けたが、出版に至らなかった。失意のうち故郷山形にもどり、活字工となり、昭和26年無名のまま34歳で亡くなった。55年「火の聖女」が30年ぶりに出版された。

森 菊蔵　もり・きくぞう　詩人

昭和2年（1927年）5月4日～平成9年（1997年）2月21日　出群馬県　名筆名＝槍一之　歴昭和58年行政改革をすすめる市民の会を結成、代表幹事。世界青少年交流協会常務理事、東京企画社長も務めた。24年にできた秘書制度の第1期生で、代議士秘書経験者。一方、数多くのCMソングを作詞。詩集に「百花」「未来」「風韻」「青春」など。

森 句城子　もり・くじょうし　俳人　詩人

昭和2年（1927年）1月11日 ～ 平成19年（2007年）11月26日　生北海道岩内郡岩内町　名本名＝森静朗（もり・しずろう）　学日本大学大学院金融論専攻〔昭和34年〕博士課程修了　歴昭和42～43年米国カリフォルニア大学に留学。日本大学商学部教授を経て、平成3年商学部長、のち通信教育部長を歴任。著書に「金融自由化の落し穴」「庶民金融思想史体系」「日本の金融構造」などがある。俳句が趣味で、昭和18年「鹿火屋」の原石鼎に入門。のち同人。他に詩集「マネー正気と狂気」、随筆集「人生の忘れもの」などがある。 賞全作家文学賞（奨励賞, 平成9年度）〔平成10年〕「マネー」

森 薫花壇 もり・くんかだん 俳人
明治24年（1891年）11月14日～昭和51年（1976年）3月6日 生愛媛県 名本名＝森福次郎 歴18歳ごろより句作、河東碧梧桐の「海紅」、荻原井泉水の「層雲」に投句。昭和7年富安風生を選者に「糸瓜」を創刊、傍ら12年「若葉」に投句し24年同誌同人。地元新聞、放送関係の俳壇の選者として地方文化にも尽くした。句集に「蟹目」「凌霄花」がある。

森 恒生 もり・こうせい 俳人
明治36年（1903年）4月16日～昭和59年（1984年）3月21日 生大阪府 名本名＝森恒一郎（もり・つねいちろう） 学天王寺商卒 歴大正末期「早春」系作家に就き作句勉強。以後、戦中を長く作句中断する。再開始後「寒雷」「河」等を遍歴。48年「運河」入会。50年同人。 賞俳人協会関西大会賞〔昭和47年〕

森 笑山 もり・しょうざん 俳人
明治45年（1912年）7月4日～昭和59年（1984年）8月20日 生静岡県 名本名＝森健一郎（もり・けんいちろう） 学高小卒 歴昭和52年「風土」入会、神蔵器の指導を受ける。54年同人。 賞静岡県芸術祭奨励賞〔昭和53年〕

森 澄雄 もり・すみお 俳人
大正8年（1919年）2月28日～平成22年（2010年）8月18日 生兵庫県揖保郡旭陽村（姫路市網干） 出長崎県長崎市 名本名＝森澄夫（もり・すみお） 学長崎高商〔昭和15年〕卒, 九州帝国大学法文学部経済学科〔昭和17年〕卒 資日本芸術院会員〔平成9年〕 歴父は歯科医で、森冬比古の名で俳句を詠み、「ホトトギス」「笛」に属した。長崎高等商業学校在学中から加藤楸邨に師事。九州帝国大学法文学部に進むと本格的に句作を始め、昭和15年「寒雷」創刊と同時に入会。17年大学卒業と同時に応召、19年南方戦線へ赴任。ボルネオ島では“死の行軍”で飢えやマラリアに苦しめられたが、50人の小隊から47人が亡くなる中で、奇跡的に生還を果たした。21年復員。戦後は英語教師となり、29年第一句集「雪櫟」を刊行。45年「杉」を創刊・主宰。また、31～46年「寒雷」の編集を担当した。52年「鯉素」で読売文学賞、62年「四遠」で蛇笏賞を受賞。平成9年日本芸術院賞・恩賜賞。同年日本芸術院会員、17年文化功労者に選ばれる。飯田龍太、金子兜太らと並んで昭和から平成を代表する俳人であり、妻への愛や子どもなど日常生活を題材に、清新で格調高い作風で知られた。昭和63年妻を亡くし、平成7年には脳出血で倒れて半身不随となったが、最晩年まで句作を続け、境地を深めた。句集「花眼」「浮鷗」「餘白」「白小」「花間」「深泉」や、人に贈った序文や帯を集めた「句業贍望」、「澄雄俳談百題〈上下〉」「俳句のいのち」「俳句に学ぶ」「俳句燦々」などがある。 勲紫綬褒章〔昭和62年〕, 勲四等旭日小綬章〔平成5年〕, 勲三等瑞宝章〔平成13年〕 賞日本芸術院賞・恩賜賞〔平成9年〕, 文化功労者〔平成17年〕, 読売文学賞（詩歌・俳句部門, 第29回）〔昭和52年〕「鯉素」, 蛇笏賞（第21回）〔昭和62年〕「四遠」, 毎日芸術賞（第40回, 平成10年度）〔平成11年〕「花間」「俳句のいのち」 家長男＝森潮（洋画家）, 長女＝森あゆ子（日本画家）, 二男＝森洋（陶芸家）

森 清松 もり・せいまつ 俳人
大正14年（1925年）8月14日～平成17年（2005年）6月2日 生富山県下新川郡上原村（入善町） 学富山師範卒 歴富山師範卒業後、入善町、黒部、魚津市などの小中学校で教鞭を執る。傍ら、丹念に各地を回り、郷土史の調査に当たった。また学生時代に前田普羅に俳句を学び、「季節」同人。「寒湖」にも所属した。著書に「富山の文学碑」「人生五十年」「花いかだ」「入善むかし話」「富山県の文学碑とむかし話」「楽しい入善の盆踊音頭」などがある。

森 荘已池 もり・そういち 詩人
明治40年（1907年）5月3日～平成11年（1999年）3月13日 生岩手県盛岡市 名本名＝森佐一 学東京外国語大学ロシア語科〔昭和2年〕中退 歴昭和3年岩手日報に入社し、学芸欄を担当。14年に退社し、文筆業に専念。18年「山畠」「蛾と笹舟」で直木賞受賞。この間、大正14年岩手県歌人協会、岩手県詩人協会を組織。15年草野心平の「銅鑼」に萩原恭次郎らと参加、詩を発表する。宮沢賢治とは亡くなるまで10年の親交があり、著書に「宮沢賢治の肖像」「私たちの詩人宮沢賢治」、編著に「宮沢賢治全集」などがある。 賞直木賞（第18回）〔昭和19年〕「山畠」「蛾と笹舟」, 宮沢賢治賞（第4回）〔平成6年〕

森 楢栄　もり・ならえ　俳人

明治24年（1891年）4月27日～昭和61年（1986年）7月23日　[生]兵庫県　[学]常島高女〔明治42年〕卒　[歴]昭和25年丹平商会取締役、32年社長、44年会長。俳人としても知られ、俳誌「海紅」の幹部同人。句集に「残照」。

森 白象　もり・はくしょう　俳人

明治32年（1899年）5月31日～平成6年（1994年）12月26日　[生]愛媛県　[名]本名＝森寛紹（もり・かんしょう）　[学]関西大学法学部〔大正15年〕卒，高野山大学密教学科〔昭和5年〕卒　[歴]昭和17年大阪・普賢院住職、のち宝聚院住職。55年高野山真言宗総本山金剛峯寺第406世座主となり、のち高野山真言宗管長に就任。大僧正。一方、俳句に親しみ高浜虚子、富安風生の知遇を得て、24年「ホトトギス」同人。27年「若葉」同人となる。著書に「弘法大師と其の数」「三教指帰講義」など。句集に「高野」「遍路」「仏法僧」がある。

森 洋　もり・ひろし　俳人

昭和6年（1931年）～平成13年（2001年）5月25日　[生]神奈川県　[名]本名＝森博　[歴]生みの親を知らずに育つ。小説家になるのが夢だったが、高卒後職を転々とし、東京・山谷に辿り着く。日雇い労働をしながら句作を続け、昭和51年酒やギャンブルに溺れていく仲間を見兼ね俳句を生活の支えにと呼びかけて第1回山谷俳句会を開いた。以後、山谷俳人として活動を続け、平成2年には岩崎母郷と「山谷二人集」を出版、話題に。13年123人の作品853句が収められた句会25周年句集「やまわらふ」の完成直後に亡くなった。

森 総彦　もり・ふさひこ　俳人

大正6年（1917年）5月12日～昭和42年（1967年）11月18日　[生]千葉県　[歴]学生時代より句作に励み、東京・砂町に開業して石田波郷を識り、入門。「鶴」同人として活躍するほか、一時期鶴発行所の責任者も務めた。句集に「贋福耳」「青梅」がある。

森 三重雄　もり・みえお　俳人

大正10年（1921年）1月12日～平成9年（1997年）12月29日　[生]三重県　[出]東京都　[学]東京文理大学文学部英語英文学科卒　[歴]お茶の水女子大附属中・高校教諭を経て、埼玉医科大学教授。のち名誉教授。俳句は、昭和43年中村一朗に就き作句開始。49年より3年間一朗主宰誌「三山」の編集担当となるが、主宰死亡により終刊。50年「麻」に参加、主宰の菊池麻風に師事。59年「未来図」創刊に参加、平成6年まで編集長。同年より同人会長。句集に「森三重雄句集」「桑の影」がある。　[賞]未来図賞〔昭和63年〕，麻賞〔平成2年〕

森 道之輔　もり・みちのすけ　詩人

大正10年（1921年）7月5日～平成13年（2001年）11月21日　[生]福岡県大牟田市　[学]鉄道教習所卒　[歴]はじめ「若草」に投稿。「文芸汎論」などを経て、戦後、国鉄詩人連盟の中心になって活躍。「詩学」「新日本文学」「新日本詩人」などに作品を発表。のち「詩行動」「創造」の創刊に参加。「柵」同人。詩集に「春望」「寝ても覚めても」「一日の過ごし方」「蘖」などがある。

森 三千代　もり・みちよ　詩人

明治34年（1901年）4月19日～昭和52年（1977年）6月29日　[生]愛媛県宇和島　[出]三重県宇治山田（伊勢市）　[学]東京女高師中退　[歴]大正13年東京女高師在学中に金子光晴と結婚し、光晴らの詩誌「風景」に参加。昭和2年詩集「龍女の眸」、光晴との共著「鱶沈む」を刊行。3年から7年にかけて、光晴と中国、東南アジア、パリを放浪旅行する。12年「小紳士」を「文芸」に発表して文壇にデビュー。15年第一小説集「巴里の宿」刊行。戦後は全身リューマチのため半臥の状態が続いた。他の作品に「金色の伝説」「小説和泉式部」「巴里アポロ座」「豹」などがある。　[賞]新潮社文芸賞〔昭和18年〕「小説和泉式部」　[家]夫＝金子光晴（詩人），長男＝森乾（フランス文学者）

森 みつ　もり・みつ　詩人

大正11年（1922年）3月20日～昭和42年（1967年）7月15日　[生]北海道札幌市　[名]旧姓・旧名＝阿部　[学]札幌高女卒　[歴]及川家の長女に生まれるが幼くして事業に失敗した父と生別。教員を経て、北海道農業会、食糧公団などに勤務。昭和16年処女作「雪の哀願」を更科源蔵の推薦で「北方文芸」に掲載。その後も郷里の北海道で太平洋戦争の敗戦まで逢坂瑞穂・小島雅代らと同人誌「木雫」発刊して作品を発表。18年謄写版刷りの詩集「花咲きぬ」を出す。この頃結婚して阿部姓を名乗るが夫は戦死する。戦後は「至上律」「野性」「核」に参加。27年再婚して森姓となり、夫の任地・日高管内の新冠町へ移って詩作を続ける。35年「北海道讃歌」に応募して首席当選し伊福部昭が作曲した。この間、北海道婦連協常任理事、日高婦連協会長などを務める。没後の43年詩集「微笑思慕」が刊行された。

森 有一　もり・ゆういち　俳人
明治31年（1898年）4月13日～昭和59年（1984年）10月30日　生岐阜県南武芸村跡部　歴岐阜県の南武芸村に生まれたが、大正15年名古屋市に転住し、衣類問屋を開業。名古屋では2度も戦災に遭い、昭和20年郷里にほど近い美濃町に帰住。22年50歳になって、若い頃から親しんでいた日本画を武者小路実篤に師事、33年第1回個展を名古屋で開いた。また17歳のころから始めた俳句にも造詣深く、「層雲」や「紅紅」に投稿、自由律俳句の道に進み、種田山頭火と親交があった。句集に「山川句集」がある。ほかに俳句・詩・随筆などを掲載した個人誌「リンゴ」「いも」「山川」などを刊行した。

森岡 貞香　もりおか・さだか　歌人
大正5年（1916年）3月4日～平成21年（2009年）1月30日　生島根県松江市　学山脇高女卒　歴陸軍軍人の長女で、父の赴任地である松江市で生まれる。父の転任に従い、台北、東京、旧満州で暮らした。昭和7年竹柏会、9年「ポトナム」に入会。10年結婚したが、21年戦地より復員した夫と死別。24年「女人短歌」創刊に参加し、28年第一歌集「白蛾」を出版。31年現代歌人協会創立に際して発起人となる。同年主宰の小泉苳三の死去により「ポトナム」を退会。同人雑誌「灰皿」「律」を経て、43年より「石畳」を創刊・主宰した。平成9年「女人短歌」を終刊。「女人短歌」の中心メンバーで発行人も務めるなど、戦後の女流短歌を牽引した。4年「百乳文」で迢空賞、12年現代短歌大賞を受賞。他の歌集に「未知」「甃」「珊瑚数珠」「夏至」などがある。　賞日本短歌雑誌連盟賞「白蛾」，迢空賞（第26回）〔平成4年〕「百乳文」，現代短歌大賞（第23回）〔平成12年〕「定本 森岡貞香歌集」，斎藤茂吉短歌文学賞（第12回）〔平成13年〕「夏至」

森川 暁水　もりかわ・ぎょうすい　俳人
明治34年（1901年）9月27日～昭和51年（1976年）6月15日　生大阪府大阪市裏新町　名本名＝森川正雄　学尋常小卒　歴大正末期より句作に入り、高浜虚子に師事し、「ホトトギス」「泉」同人となる。また「山茶花」の選者をし、「火林」「すずしろ」「風土」「雲海」などを主宰したことがある。句集に「黴」「淀」「澪」などがある。

森川 邇朗　もりかわ・ちかお　歌人
明治43年（1910年）9月25日～平成7年（1995年）6月25日　生千葉県　歴昭和6年「橄欖」に入会。数年後退会し、17年「東金短歌会」を主宰。25年第二次「珊瑚礁」参加。35年「白鷺」創刊に参加。41年歌誌「土偶」創刊。45年第1回療養文芸賞受賞。47年死刑囚小原保の歌集「十三の階段」を編集。歌集に「土偶」「無」「相聞」「仄」「温」「ただの人」などがある。　賞療養文芸賞（第1回）〔昭和45年〕「土偶」

森川 平八　もりかわ・へいはち　歌人
大正4年（1915年）11月8日～昭和63年（1988年）2月28日　生東京都　学早稲田大学国文科〔昭和17年〕卒　歴窪田空穂に師事し、「槻の木」入会。「まひる野」を経て、新日本歌人協会に参加、渡辺順三に師事する。「短詩形文学」同人。歌集「北に祈る」「地に描く」の他、「短歌文法入門」などがある。

森川 芳一　もりかわ・よしかず　俳人
大正5年（1916年）1月25日～平成12年（2000年）9月16日　生奈良県　学高小卒　歴昭和22年大橋桜坡子の手ほどきを受ける。46年「四季」入会。　賞四季新人賞〔昭和53年〕

森口 茶山　もりぐち・さざん　俳人
大正2年（1913年）12月17日～平成12年（2000年）5月10日　生兵庫県　名本名＝森口清　学神岡尋常小卒　歴昭和32年「蘇鉄」入会。36年同人となる。56年より神岡町公民館に於いて俳句教室の指導に当る。　賞蘇鉄同人賞〔昭和41年〕

森定 南楽　もりさだ・なんらく　俳人
明治43年（1910年）3月3日～昭和63年（1988年）6月8日　生岡山県久米郡加美村　名本名＝森定慈紹（もりさだ・じしょう）　学大谷大学〔昭和9年〕卒　歴中学を出てすぐ仏門に入る。昭和9年より天台宗研究のため比叡山専修院へ入り、延暦寺執行、叡山学院教授、同学院長を経て、56年三千院第60世門主に就任。探題も務め、大僧正。また梵語研究の権威としても知られる。高浜虚子との交友から句作もたしなみ、44年「ホトトギス」同人となる。

森田 和夫　もりた・かずお　詩人
大正14年（1925年）9月25日～平成18年（2006

年）3月31日　[生]富山県婦負郡呉羽町（富山市）　[学]富山高卒，金沢大学医学部卒　[歴]開業医の長男として生まれる。富山赤十字病院などに勤務した後、昭和33年内科・産婦人科医を開業。一方、旧制富山高時代から詩作を続け、42年第一詩集「夜の歌」を刊行。43年富山現代詩サークルを結成し、詩誌「ある」を創刊・主宰。また37年無名だった水墨画家・篁牛人と知り合い、自宅をアトリエとして提供するなど画業を援助した。60年自宅にあった作品263点を富山市に寄贈、平成元年篁牛人記念美術館が設立された。詩集に「北の海」「廃駅」「果樹園」「さい果ての別離」など。

森田 かずや　もりた・かずや　俳人

昭和4年（1929年）2月16日 ～ 平成23年（2011年）7月29日　[生]埼玉県川口市　[名]本名＝森田一也（もりた・かずや）　[学]専修大学，労働学院修了　[歴]昭和22年旧制中学在学中、渡辺水巴創刊「曲水」の高木雨路に師事。習作時代を経て、34年「曲水」に復帰。38年同人誌「銀河」を主宰発行するが、43年「曲水」の編集参加により終刊。その後、「曲水」編集長から編集顧問となった。句集に「春岬」「冬岬」「青岬」「秋岬」、評論集に「局水の抒情」などがある。印刷会社を経営した。　[賞]水巴賞（第19回）〔昭和42年〕

森田 宗人　もりた・そうじん　俳人

大正4年（1915年）6月5日～平成19年（2007年）2月7日　[生]東京都青梅市　[名]本名＝森田宗一（もりた・そういち）　[学]東京帝国大学法律学科〔昭和16年〕卒　[歴]昭和19年東京地裁判事、22年東京少年審判所少年審判官、24年最高裁家庭局付判事補、29年広島家裁判事、30年最高裁家庭局第3課長、34年東京家裁判事。48年自主退官、49年弁護士登録。一高・東大時代から少年問題に関心を持ち、家庭裁判所の創設以来裁判官として非行少年問題や青少年健全育成の仕事に専念、少年法の起草にも参画した。退官後も弁護士会少年問題委員会初代委員長を務めた他、核廃絶をはじめ広く人権・平和の運動に取り組んだ。また俳句を富安風生に師事、「若葉」同人でもあった。

森田 峠　もりた・とうげ　俳人

大正13年（1924年）10月16日～平成25年（2013年）6月6日　[生]大阪府北河内郡四条村野崎（大東市）　[出]大阪府大阪市東区森之宮東之町　[名]本名＝森田康秀（もりた・やすひで）　[学]国学院大学国文科〔昭和24年〕卒　[歴]昭和17年鶯柳の号で「誹諧」初入選、「ホトトギス」に入る。19年岡安迷子に師事、師に伴われて長野県小諸に高浜虚子を訪ね、峠の号をもらう。26年より「かつらぎ」に投句、27年より編集担当、編集長を経て、平成2年阿波野青畝より主宰を継承。この間、昭和38年俳人協会に入会、53年理事、のち副会長を経て、顧問。54～58年大阪俳人クラブ会長。60～63年俳文学会誌「連歌俳諧研究」の編集委員。句集に「避暑散歩」「三角屋根」「逆瀬川」「森田峠作品集」「雪紋」「葛の崖」など、研究書に「青畝句集『万両全釈』」「三冊子を読む」がある。　[賞]尼崎市民芸術奨励賞〔昭和49年〕，俳人協会賞（第26回）〔昭和61年〕「逆瀬川」，大阪府文化芸術功労賞〔平成3年〕，詩歌文学館賞〔平成16年〕

森田 透石　もりた・とうせき　俳人

大正10年（1921年）10月7日 ～ 平成19年（2007年）10月1日　[生]大阪府　[名]本名＝森田寿男　[歴]戦後、山口誓子に師事。「閃光」「天狼」「関西断崖句会」「激流」を経て、「樫」創刊同人。現代俳句協会関西地区幹事、のち顧問。句集に「道標」がある。

森田 ヤエ子　もりた・やえこ　詩人

昭和2年（1927年）～平成16年（2004年）5月25日　[生]新潟県湯沢町　[歴]20歳の頃に産炭地であった山田市に移住、三菱上山田炭鉱の売店で働く。炭労の機関紙に発表していた詩が日本のうたごえ本部の目にとまり、日本労働史上最大の三井三池闘争を目のあたりにして同闘争での炭鉱労働者を描いた労働歌「がんばろう」を作詞。同僚の荒木栄が作曲した同曲は労働運動の代表的な愛唱歌となり、安保反対デモなどでも歌われた。以後、荒木とのコンビで「俺たちの胸の火は」「団結おどり」などを残した。また筑豊の記録作家・上野英信と知り合い、九州サークル研究会に入会。詩の他にルポ、短編小説、評論なども発表。58年荒木の生涯を描いた評伝「この勝利ひびけとどろけ」を刊行した。

守田 椰子夫　もりた・やしお　俳人

大正12年（1923年）5月30日 ～ 平成21年（2009年）1月31日　[生]兵庫県尼崎市　[名]本名＝守田茂（もりた・しげる）　[学]同志社専門学校法経部〔昭和18年〕卒　[歴]昭和23年職場の俳句会で伊丹三樹彦を知り、指導を受けた。土岐錬太郎の「アカシヤ」に参加、日野草城の選を受ける。24年「青玄」創刊に参加、34年無鑑査同人となり、47年から編集担当。「青玄」終刊後は「暁」創刊に同人参加。句集に「愉快な街」「わいわい」「てくてく」「それから」「こきこき」などがある。 賞青玄賞, 青玄特別賞, 青玄評論賞〔昭和56年〕

森田 良正　もりた・よしまさ　歌人
明治32年（1899年）11月1日～昭和62年（1987年）10月31日 生広島県福山市 学岡山県立工業学校〔大正7年〕卒 歴大正7年台湾総督府技手、昭和3年「国民文学」に入会、松村英一に師事。21年引き揚げる。22年「晩鐘」に入り、35年から主宰。広島県歌人協会顧問。歌集に「太田川」「夾竹桃の街」。 賞広島県文化賞（第1回）〔昭和55年〕, 広島市文化功労賞〔昭和56年〕

森竹 竹市　もりたけ・たけいち　詩人　歌人
明治35年（1902年）2月23日～昭和51年（1976年）8月3日 生北海道白老 名アイヌ名＝イタクノト, 歌号＝筑堂 学小卒 歴アイヌ民族を代表する詩人の一人。大正8年白老駅駅夫となり、以後北海道各駅の貨物係をしながら歌を詠む。昭和10年退職、故郷白老に戻り、漁業および簡易食道を経営。傍ら北海道アイヌ協会常任監事、北海道ウタリ協会顧問、白老町立白老民俗資料館初代館長を歴任。12年詩集「原始林」を自費出版し、強制同化と差別に悩む若いアイヌの思想と心情を表現した。他に「レラコラチ風のように 森竹竹市遺稿集」がある。

森野 ゆり　もりの・ゆり　歌人
昭和22年（1947年）～平成12年（2000年）3月14日 生長野県下伊那郡高森町 名本名＝浜つたえ 学飯田風越高〔昭和41年〕卒 歴長野県の歌誌「未来山脈」創刊時から参加し、新短歌作品に情熱を傾け、同誌の中心的存在だった。平成12年第一歌集「いのちにいいいちにち」の刊行と同時に病没した。 賞新短歌健詠賞

森原 智子　もりはら・ともこ　詩人
昭和9年（1934年）1月21日～平成15年（2003年）1月6日 生埼玉県 名本名＝船木智子（ふなき・ともこ） 学川村学園短期大学卒 歴10代から詩誌「vou」「地球」「秋田文学」などに詩作を発表。結婚後、秋田県に移り、放送局のキャスターを経験。上京後はフリーライターとしても活動。詩集に「鳥の木」「十一断片」「スローダンス」などがある。

森村 浅香　もりむら・あさか　歌人
明治45年（1912年）3月4日～平成23年（2011年）8月6日 生群馬県 歴昭和22年「鶏苑」同人。28年加藤克巳と「近代」を創刊。35年「藍」創刊。歌集に「青き花」「銀の道」「苦桃」「草蓬蓬」「睦月の髪」「琅玕の海」など。共同歌集に「五季」がある。 賞日本歌人クラブ推薦歌集（第6回）〔昭和35年〕「五季」 家夫＝豊田三郎（小説家）, 長女＝森村桂（小説家）

森本 治吉　もりもと・じきち　歌人
明治33年（1900年）1月10日～昭和52年（1977年）1月12日 生熊本県熊本市新町 学東京帝国大学国文科〔大正15年〕卒 歴大正9年五高在学中「白路」創刊。帝大在学中「アララギ」入会。昭和21年「白路」を復刊し社主。日大、中央大などで教鞭をとり、二松学舎大学名誉教授となる。上代国文学会理事、日本歌人クラブ理事。万葉集の専門的な研究及び普及活動と、歌作及び作歌指導活動を両立。歌集「晩鐘」「耳」「伊豆とみちのく」の他、「万葉美の展開」など万葉集研究書多数。

森本 之棗　もりもと・しそう　俳人
明治17年（1884年）3月4日～昭和51年（1976年）9月3日 生岡山県津山市 名本名＝森本嘉一 歴明治38年頃、句作をはじめ、日本新聞に投句。のち松瀬青々の門に入り、「宝船」改題「倦鳥」の同人として活躍。石川県小松市に住み、小松製作所の支配人。昭和6年小松で主宰誌「越船」を創刊、後進の指導にあたる。句集に「栗の花」「越船」（第1集～第3集）「松の芯」（第1集～第3集）がある。

森谷 均　もりや・きん　編集者
明治30年（1897年）6月2日～昭和44年（1969年）3月29日 生岡山県笠岡市 名本名＝森谷均（もりや・ひとし） 学中央大学商科〔大正9年〕卒 歴生家は大地主。中央大学商科在学中、神原泰と知り合い絵画に目覚める。卒業後は東洋紡績に勤務する一方、小出楢重らと交流し、絵画グループを結成。昭和9年退社して上京、斎藤昌三の要請で経営危機に陥っていた書物展望社に入社し、その再建を手伝う。10年独立し、京橋で昭森社を創業。小出楢重の遺稿絵入り随筆集「大切な雰囲気」を処女出版とし、以後、主に詩歌集や美術・文芸書を手がけた。同年自社PR雑誌「木香通信」を創刊。また、風巻景次郎らの協力のもと、国文学関係の書籍

も出版した。一方、13年太白書房を設立し、大衆小説の刊行も行う。20年4月空襲で事務所を失うが、敗戦後の21年神田神保町に移転して出版業を再開。事務所の階下には喫茶店「らんぼお」、隣にはアテネ画廊を併設し、「近代文学」の同人や三島由紀夫、武田泰淳らの会合に利用された。同年窪川鶴次郎、菊池章一を編集者に招いて雑誌「思潮」を創刊。35年「金子光晴全集」の企画・出版を開始、36年「本の手帖」、41年「詩と批評」などの文芸誌も発行した。酒好きで白髪の風貌から、武田泰淳によって"神田のバルザック"と綽名を付けられた。

森屋 けいじ　もりや・けいじ　俳人
昭和4年(1929年)3月20日～平成2年(1990年)8月11日　生秋田県　名本名＝森屋慶治　学高小卒　歴昭和28年「辛夷」「雲母」に投句。36年石川桂郎に師事し、「風土」入会。40年「風土」同人。　賞風土賞〔昭和36年〕

守屋 青桐　もりや・せいとう　俳人
大正7年(1918年)7月28日～平成1年(1989年)5月26日　生岡山県笠岡市　名本名＝守屋宗一　学県立笠岡商業学校卒　歴昭和15年「曲水」及び「倦鳥」に投句。のち「曲水」同人。句集に「麻保良」。　賞水巴賞〔昭和47年〕

守屋 霜甫　もりや・そうほ　俳人
昭和2年(1927年)1月25日～平成3年(1991年)7月8日　生東京都　名本名＝守屋正次郎　学尋常高小卒　歴昭和34年「氷海」秋元不死男に師事、44年同人。54年「狩」同人参加、鷹羽狩行に師事。

森山 啓　もりやま・けい　詩人
明治37年(1904年)3月10日～平成3年(1991年)7月26日　生新潟県岩船郡村上本町　名本名＝森松慶治(もりまつ・けいじ)　学東京帝国大学文学部美学科〔昭和3年〕中退　歴東大在学中にプロレタリア文学運動に加わり、詩集「隅田河」(発禁)「潮流」、評論集「芸術上のレアリズムと唯物論哲学」「文学論」「文学論争」を刊行。昭和11年「文学界」同人となり、作家として再出発。以後、「収穫以前」「日本海辺」「遠方の人」などを発表。18年「海の扉」で新潮社文芸賞を受賞。戦後は郷里の小松に在住し、「青梅の簾」「市之丞と青葉」「野菊の露」「生と愛の真実」などを刊行。　賞北国文化賞〔昭和32年〕，小松市文化賞〔昭和44年〕，中日文化賞〔昭和58年〕

森山 耕平　もりやま・こうへい　歌人
大正3年(1914年)6月15日～平成7年(1995年)6月24日　生岩手県東磐井郡室根村　名本名＝千葉完　歴久慈、花巻両農林事務所長などを務め、昭和47年退職。15年尾山篤二郎系の関徳弥に師事。21年「歌と随筆」「風林」編集同人。26年佐藤佐太郎の「歩道」に入会、同人。31年「岩手短歌」を創刊、編集同人代表。岩手県歌人クラブ会長。歌集に「汗滴」がある。

森山 一　もりやま・はじめ　詩人
明治43年(1910年)12月15日～昭和55年(1980年)6月29日　生長野県上伊那郡高遠町(伊那市)　学東洋大学東洋文学科中退　歴17歳頃より佐藤惣之助に師事し、「詩之家」同人。詩集に「冷下地層」「熱風」「青い潮」「愛の夜明け」「どんこう」「花と車椅子」などがある。また、長い道の会代表として進行性筋ジストロフィー症患者の支援活動に取り組んだ。

森山 夕樹　もりやま・ゆうき　俳人
昭和6年(1931年)1月2日～平成10年(1998年)12月12日　生福岡県　名本名＝森山浩爾　学青山学院大学英文科中退　歴「馬酔木」「南風」を経て、昭和45年「沖」創刊と共に入会。48年「沖」同人。62年「門」創刊入会し、同人。平成10年「沖」退会。句集に「しぐれ鹿」「花屋敷」「葡萄の木」「道草」がある。　賞沖賞〔昭和56年〕，門賞〔昭和63年〕

森脇 一夫　もりわき・かずお　歌人
明治40年(1907年)5月10日～昭和53年(1978年)3月25日　生米国ハワイ州　出広島県　学東京高師研究科卒，日本大学文学部国文科卒　歴訓導、教諭を経て、日本大学教授となる。歌人としては、昭和3年「ぬはり」に入会、菊池知勇に師事。21年「風景」(のち「街路樹」と改題)を創刊し、主宰。著書に歌集「斎庭」「風紋」「学園荒れたり」「感情旅行」、研究書に「万葉集の解釈と鑑賞」「近代短歌の感覚」「若山牧水研究」などがある。

森脇 善夫　もりわき・よしお　歌人
明治41年(1908年)2月22日～昭和63年(1988年)　生大阪府大阪市　学京都帝国大学経済学部〔昭和7年〕卒　歴昭和7年山陰合同銀行に入行。のち常務。一方、早くから短歌を好み、3年第二期「詩歌」に参加。松江で「山陰詩歌」創刊した他、17年島根県翼賛歌人会、43年島根県文芸協会創設に参画するなど、山陰文壇の中心的役割を果たした。歌集に「湖の誕生」「湖の頌」「彩湖」がある。

毛呂 清春　もろ・きよはる　歌人
明治10年（1877年）4月18日～昭和41年（1966年）9月5日　生京都府　学国学院大学卒　歴京都の神官の家に生まれる。浅香社に入り、同じ萩之舎門下の林信子と結婚。妻信子は萩にゆかりのある歌集「萩のこぼれ葉」を刊行している。明治36年丸岡桂らと「莫告藻」を創刊。天の橋立の岩滝町の神社の神主となり、同地に与謝野鉄幹・晶子の歌碑を建立。与謝野門下として終生歌を詠み続けた。

諸橋 和子　もろはし・かずこ　俳人
大正11年（1922年）2月7日～昭和61年（1986年）11月15日　生東京都　学東京府立第六高等女学校卒　歴昭和27年より「鹿火屋」主宰原コウ子の手ほどきを受ける。「鹿火屋」同人。賞鹿火屋賞〔昭和43年〕

【や】

矢ケ崎 千枝　やがさき・ちえ　俳人
昭和4年（1929年）7月12日～平成2年（1990年）7月21日　生東京都　学国立音楽学校師範科卒　歴昭和30年加倉井秋をに師事。　賞冬草賞〔昭和39年〕

矢川 澄子　やがわ・すみこ　詩人
昭和5年（1930年）7月27日～平成14年（2002年）5月29日　生東京都　学東京女子大学英文科卒, 学習院大学独文科卒, 東京大学文学部美学美術史学科中退　歴昭和44年ころより文筆活動に入り、同時に英仏独語の翻訳も手がける。著書に創作集「架空の庭」「兎とよばれた女」「失われた庭」、詩集「ことばの国のアリス」「アリス閑吟抄」「愛の詩」、評論「反少女の灰皿」「野溝七生子というひと」「アナイス・ニンの少女時代」、訳書にブレヒト「暦物語」、ギャリコ「トンデモネズミ大活躍」「七つの人形の恋物語」「雪のひとひら」、ジャン・ド・ブリュノフ「ぞうのババール」、「矢川澄子作品集成」（書肆山田）など多数。34年渋沢龍彦と結婚するが、43年離婚。平成7年「おにいちゃん―回想の渋沢龍彦」を出版。

八木 偲月女　やぎ・しげつじょ　俳人
明治44年（1911年）7月8日～平成5年（1993年）10月17日　生富山県　名本名＝八木一枝（やぎ・いちえ）　学和洋女子専中退　歴茶道教授。昭和12年頃から俳句を始め、「鹿苗」「ほととぎす」「夏草」「十和田」に所属。30年「夏草」同人となり、35年から「夏草」のみになる。51年俳人協会会員。のち無所属。夫婦句集「鉱山住（やまずみ）」がある。　賞夏草功労賞〔昭和52年〕　家夫＝八木みのる（俳人）

八木 蔦雨　やぎ・ちょうう　俳人
明治29年（1896年）10月28日～昭和57年（1982年）3月26日　生神奈川県　名本名＝八木太郎左衛門　歴大正11年臼田亜浪に師事。昭和6年「石楠」幹部。「河原」「白魚」同人。著書に「自選句集満目緑地」「久保沢こぼれ話」「城山夜話」。

八木 浩子　やぎ・ひろこ　俳人
昭和5年（1930年）1月7日～平成14年（2002年）8月2日　生神奈川県　学横浜高女卒　歴昭和46年「曲水」入会、同時に「曲水」地方支社白馬会入会、鈴木桜子に師事。「曲水」水巴会幹事。

八木 摩天郎　やぎ・まてんろう　川柳作家
明治35年（1902年）3月～昭和55年（1980年）4月2日　生大阪府堺市　名本名＝八木均　学早稲田大学法学部〔明治12年〕卒　歴堺市役所社会課勤務を経て、大阪府職員に転じ昭和27年退職。一方堺市立公民病院勤務時代、麻生路郎と出会い川柳の道に入り、退職後は路郎主宰の川柳雑誌社に参画。のち川柳塔社参事、堺川柳会主宰。傍ら郷土史家としても活躍し、郷土誌6冊を著した。平成4年13回忌を記念し、女婿の浅村寛により遺稿集が自費出版された。

八木 三日女　やぎ・みかじょ　俳人
大正13年（1924年）7月6日～平成26年（2014年）2月19日　生大阪府堺市　名本名＝下山ミチ子（しもやま・みちこ）　学大阪女高医専〔昭和21年〕卒　歴医学生時代に作句を始める。卒業後、八木眼科医院開業。一方、昭和35年「縄」創刊、発行人、39年「花」創刊、発行人、のち代表。戦後の前衛俳句での女性旗手的存在だった。句集に「紅茸」「赤い地図」「八木三日女句集」「落葉期」「石柱の賦」「私語」ほか。堺市の与謝野晶子顕彰活動の代表者で、57年晶子をうたう会を結成、代表世話人を務める。与謝野晶子文芸館と詩碑建立にも尽力した。

八木 林之助　やぎ・りんのすけ　俳人
大正10年（1921年）12月8日 ～ 平成5年（1993年）7月28日　生東京市本郷区（東京都文京区）　学京橋商〔昭和14年〕卒　歴第一書房、双葉書苑を経て、昭和25年日本出版販売に入社。51年常務、55年専務、57年副社長、63年国際航業会長を歴任。また14年富士見高原療養所入院中に俳句を始め、「曲水」に投句、河合清風子、冨田与士の指導を受ける。29年「鶴」入会。句集に「八木林之助第一句集」「青霞集」。　賞鶴賞〔昭和36年〕

八木沢 高原　やぎさわ・こうげん　俳人
明治40年（1907年）5月23日 ～ 平成6年（1994年）4月19日　生栃木県黒磯市　名本名＝八木沢松樹（やぎさわ・しょうじゅ）　学大田原中卒　歴昭和7年「駒草」創刊号より投句し、阿部みどり女に師事。55年から主宰。句集に「冬雁」「自註・八木沢高原集」「天窓」。

八木沢 光子　やぎさわ・てるこ　俳人
大正3年（1914年）6月18日 ～ 昭和60年（1985年）4月26日　生広島県広島市　名本名＝八木沢光（やぎさわ・てる）　学宮城県立第二高女卒　歴昭和8年「駒草」入門、阿部みどり女に師事。42年同人。　賞駒草賞〔昭和56年〕

八木橋 雄次郎　やぎはし・ゆうじろう　詩人
明治41年（1908年）12月21日～昭和59年（1984年）8月14日　生秋田県横手市　学秋田師範卒，旅順師範専攻科卒　歴昭和20年まで旧満州で小学校教師を務め、戦後文筆生活に入る。この間、昭和の初めより満州文学の建設に力を尽くし、9年詩誌「鵲」の発行人となる。日本詩壇とも交流し、「新領土」「セルパン」などに寄稿。戦後29年詩誌「雲」の編集発行人になる。また、作文教育を中心とした国語教育の研究・指導に携わり、作文の会会長、日本国語教育学会理事長などを歴任。著書に「石の声」、詩集に「鷲」「地下茎」、童話集「南瓜と兵隊」などがある。

八木原 祐計　やきわら・ゆうけい　俳人
昭和2年（1927年）9月22日 ～ 平成24年（2012年）8月21日　生長崎県　歴旧制高校時代結核で療養し、俳句を始める。のち日野草城に師事。「青玄」「アカシヤ」を経て、「海程」「鋭角」同人。句集に「真珠島」「絶景」「砂の合唱」「海の声」などがある。　賞海程賞〔昭和53年〕，長崎県文学賞（第2回）〔昭和57年〕，佐世保文学賞（第8回）〔平成1年〕「砂の合唱」

矢沢 宰　やざわ・おさむ　詩人
昭和19年（1944年）～昭和41年（1966年）3月11日　生中国江蘇省　出新潟県見附市　歴貧しい農民の子として育ち、小学生の時に戦地から復員した父から感染して腎臓結核を発病。昭和33年13歳で三条結核病院小児科に入院、死に直面する中で、生のあかしとして詩と日記を書き始める。38年5年ぶりに退院して栃尾高に進み、文芸部に所属。40年腎臓結核が再発、41年には劇症肝炎に犯され、21歳で夭逝した。病のために学校にまともに通えなかったが、独学で約500編の詩を遺し、遺稿集「それでも」、遺稿詩集「光る砂漠」がまとめられた。のち18歳以下を対象に全国から創作詩を募集する矢沢宰賞が制定された。鶴見正夫「若いいのちの旅」のモデル。

矢沢 孝子　やざわ・たかこ　歌人
明治10年（1877年）5月6日 ～ 昭和31年（1956年）4月13日　生兵庫県篠山町（篠山市）　出大阪府大阪市　名本名＝矢沢たか　学堂島女学校中退　歴父没後、母の再婚で大阪に移住。早くから中村良顕に短歌を学び、その後新詩社に入り「スバル」に発表。以後「創作」「珊瑚礁」などにも発表し、明治43年歌集「鶏冠木」を、大正3年「はつ夏」を刊行。「鶏冠木」は愛欲表現を理由に発禁になった。のち作風を一転し「あけび」や「阿迦雲」など根岸短歌会系の雑誌に関係した。

矢嶋 歓一　やじま・かんいち　歌人
明治31年（1898年）10月8日 ～ 昭和45年（1970年）3月23日　生静岡県静岡市　名本名＝庄直兄　歴大正9年「尺土」に参加、以後「短歌雑誌」「吾妹」に参加し、14年「文珠蘭」を創刊。昭和3年「詩歌」に参加して前田夕暮に師事する。歌集に「山帰来」や「疾風」（いずれも共著）などがあり、「現代作歌辞典」を大正14年に編んだ。

矢代 東村　やしろ・とうそん　歌人
明治22年（1889年）3月11日 ～ 昭和27年（1952年）9月13日　生千葉県　名本名＝矢代亀広，旧号＝都会詩人　学青山師範〔明治43年〕卒　歴卒業後から大正10年まで小学校教員を務め、その間日本大学専門部法科に学び、弁護士試験に合格し、11年弁護士を開業した。歌は「東京朝日新聞」に投稿し、大正元年白日社に入社して前田夕暮に師事。多くの雑誌を経て13年「日光」の創刊に参加。昭和3年新興歌人連盟に、4年プロレタリア歌人連盟に参加。8年「短歌評論」を創刊。17年の「短歌評論」グループ事件で検挙され5ケ月拘留された。21年新日本歌人協会が設立され「人民短歌」の創刊とともに活動を再開した。歌集に「一隅より」「早春」があり、没後の29年「矢代東村遺歌集」が刊行された。　賞日本歌人クラブ推薦歌集(第1回)〔昭和30年〕「矢代東村遺歌集」　家長女＝小野弘子(歌人)

安江 不空　やすえ・ふくう　歌人

明治13年(1880年)1月2日～昭和35年(1960年)3月23日　生奈良県　名本名＝安江廉介, 別号＝秋水　学東京美術学校中退　歴明治33年根岸短歌会に加わり「馬酔木」「アカネ」を経て、43年関西同人根岸短歌会を結成。また画家としても一家をなした。没後の昭和39年「安江不空全歌集」が刊行された。

安江 緑翠　やすえ・りょくすい　俳人

大正12年(1923年)1月1日～平成12年(2000年)12月2日　生岐阜県　名本名＝安江政　学滝兵青年学校卒　歴昭和16年「つばき」入会。17年大野林火著「現代の秀句」を読み感銘し、「雲母」「辛夷」「石楠」に投句。21年「浜」入会。22年「貝寄風」創刊に参加、同人。50年「貝寄風」同人会会長。53年「浜」同人。句集に「枯野の家」。　賞貝寄風同人賞〔昭和56年〕

安岡 正隆　やすおか・まさたか　歌人

大正14年(1925年)2月4日～平成12年(2000年)2月13日　生高知県香美郡香北町　学法政大学文学部卒　歴昭和14年から短歌を作り始め、36歳の時歌人・木俣修に師事。師の主宰する「形成」第一同人(幹部同人)となり、高知支部長も務めた。60年大栃高校校長を最後に40年間の教師生活を退職後、短歌月刊誌「南国短歌」を主宰、四国最大規模を誇る短歌誌に発展させた。一方、高知出身の将軍・山下奉文研究家として知られ、「人間山下奉文」「君は異国に果つるとも」を執筆。ライフワークとして鹿持雅澄の研究にも取り組む。歌集に「人生抄」「雪の炎」「旅と人生」がある。　勲勲四等瑞宝章〔平成7年〕

安田 章生　やすだ・あやお　歌人

大正6年(1917年)3月24日～昭和54年(1979年)2月13日　生兵庫県　学東京帝国大学国語国文学科卒　歴昭和21年父青風と「白珠」創刊、知的抒情を掲げる。39年「藤原定家研究」により文学博士。歌集に「樹木」「茜雲」「表情」「明日を責む」「旅人の耳」「日月長し」「安田章生全歌集」、研究・歌論書に「現代歌論」「歌の深さ」「西行」などがある。　賞大阪府文芸賞〔昭和22年〕「茜雲」, 日本歌人クラブ推薦歌集(第13回)〔昭和42年〕「明日を責む」, 短歌研究賞(第14回)〔昭和53年〕「心の色」　家父＝安田青風(歌人)

安田 青風　やすだ・せいふう　歌人

明治28年(1895年)3月8日～昭和58年(1983年)2月19日　生兵庫県揖保郡石海村(太子町)　名本名＝安田喜一郎(やすだ・きいちろう)　学姫路師範卒　歴大正4年「詩歌」に入り夕暮に師事。昭和2年「水甕」に移り柴舟、直三郎に師事。21年長男章生と「白珠」を創刊・主宰する。歌集に「春鳥」から「立岡山」に至る6冊があり、歌論に「短歌入門」がある。　賞大阪芸術賞〔昭和39年〕　家長男＝安田章生(歌人), 孫＝安田純正(歌人)

安田 杜峰　やすだ・とほう　俳人

昭和5年(1930年)1月11日～平成2年(1990年)9月23日　生福岡県　名本名＝安田昌史　学明治工専卒　歴「石楠」同人だった父沐雨の影響を受け、「石楠」末期に投句。昭和33年肺結核再発以後「浜」「地帯」に投句再開。34年「地帯」同人。38年「橋」創刊に同人参加。48年「浜」同人。　賞俳句研究雑詠年度賞〔昭和35年〕

安田 尚義　やすだ・なおよし　歌人

明治17年(1884年)4月19日～昭和49年(1974年)12月24日　生宮崎県児湯郡　学早稲田大学高等師範部卒　歴鹿児島県立第一中学校に長年勤めたのち宮崎県文化財委員会委員長。大正2年「潮音」に加わり、峯村国一、小田観蛍と並んで太田水穂の高弟三羽ガラスといわれた。同誌顧問、選者を務めた。昭和2年「山茶花」を創刊。歌集「群落」「尾鈴嶺」、随筆集「森の男」「安田尚義著作選集」などがある。上杉鷹山の研究家でもあった。

安田 蚊杖　やすだ・ぶんじょう　俳人

明治27年(1894年)9月18日～昭和48年(1973年)7月11日　生東京府　名本名＝安田和重　学

東京農林〔大正2年〕卒　[歴]浅川高小で教鞭を執り、のち東京府農事試験場技手となった。大正8年安田善衛の二女・桂と入婿結婚し、以後安田系銀行などの要職を歴任。俳句は昭和3年高浜虚子に入門し、「ホトトギス」同人となる。遺句集「雪女郎」がある。

安武 九馬　やすたけ・きゅうま　川柳作家
明治39年(1906年)9月7日～平成5年(1993年)5月4日　[出]福岡県福岡市　[名]本名＝安武孝一(やすたけ・こういち)　[学]西南学院中学部〔大正15年〕卒　[歴]ゑり孝社長、会長。大阪番傘川柳本社九州総局長の他、読売本社時事川柳選者、朝日新聞川柳選者も務めた。句集「まほろ」がある。

保永 貞夫　やすなが・さだお　詩人
大正8年(1919年)～平成10年(1998年)　[生]東京都　[学]アテネ・フランセ　[歴]佐藤一英、那須辰造に師事し、詩学・国文学・児童文学などを学ぶ。主著に詩集「タマリスク」、ノンフィクション児童図書「七人の日本人漂流民」や伝記「聖徳太子」「新渡戸稲造」「コロンブス」などがある。翻訳にも活躍。

安永 信一郎　やすなが・しんいちろう
歌人
明治25年(1892年)1月20日～平成3年(1991年)5月4日　[出]熊本県熊本市　[学]熊本市立実業補習学校〔明治44年〕卒　[歴]大正4年尾上柴舟に師事、「水甕」入会。戦後「草雲雀」「椎の木」を創刊・主宰。熊本放送などの歌壇選者を務めた。歌集に「一年」「大門」「連山」など。　[勲]勲五等瑞宝章〔昭和50年〕　[賞]熊本市文化功労賞〔昭和24年〕，荒木精之文化賞(第4回)〔昭和59年〕　[家]長女＝安永蕗子(歌人)，二女＝永畑道子(ノンフィクション作家)

安永 蕗子　やすなが・ふきこ　歌人
大正9年(1920年)2月19日～平成24年(2012年)3月17日　[生]熊本県熊本市　[名]号＝安永春炎(やすなが・しゅんえん)　[学]熊本県女子師範専攻科〔昭和15年〕卒　[歴]歌人・安永信一郎の長女で、生まれた日に庭に芽吹いていた蕗の薹から“蕗子”と名付けられる。評論家・ノンフィクション作家の永畑道子は実妹。教職を経て、昭和30年父が主宰する「椎の木」に入会、作歌の傍ら編集を担当(平成3年より主宰)。昭和31年「棕櫚の花」50首で第2回角川短歌賞を受賞。33年歌人アンソロジー・新唱十人に選出、35年歌誌「極」同人となり、塚本邦雄、岡井隆、寺山修司らと交流を持った。37年第一歌集「魚愁」で熊本日日新聞文学賞。平成3年「冬麗」で迢空賞、5年「青湖」で詩歌文学館賞を受賞。10年より宮中歌会始の選者を務めた。昭和53年～平成24年読売西部歌壇選者。また、昭和32年町春草に師事して日本書道美術院に属し、書家としても活動。53年熊本県教育委員、60年同委員長。他の歌集に「草炎」「蝶紋」「朱泥」「藍月」「讃歌」「くれなゐぞよし」「褐色界」「天窓」、評論集に「幻視流域」、エッセイ集に「書の歳時記」「風やまず」などがある。生涯を独身で通した。　[賞]角川短歌賞(第2回)〔昭和31年〕「棕梠の花」，熊本日日新聞文学賞(第4回)〔昭和37年〕「魚愁」，熊本県文化懇話会賞(第13回)〔昭和53年〕「蝶紋」，現代短歌女流賞(第4回)〔昭和54年〕「朱泥」，短歌研究賞(第23回)〔昭和62年〕「花無念」，西日本文化賞(第48回)〔平成1年〕，迢空賞(第25回)〔平成3年〕「冬麗」，詩歌文学館賞(短歌部門，第8回)〔平成5年〕「青湖」，荒木精之文化賞〔平成17年〕　[家]父＝安永信一郎(歌人)，妹＝永畑道子(ノンフィクション作家)

安楽岡 萍川　やすらおか・ひょうせん
俳人
明治38年(1905年)4月1日～平成3年(1991年)10月20日　[生]愛知県幡豆郡西尾町　[名]本名＝安楽岡太市　[学]尋常高小卒　[歴]大正中期に俳句を始める。昭和22年「若葉」の富安風生に師事。42年「若葉」、48年「岬」同人。句集に「赤馬」。　[賞]岬賞〔昭和54年〕

八十島 稔　やそしま・みのる　詩人　俳人
明治39年(1906年)9月23日～昭和58年(1983年)1月20日　[生]福岡県嘉穂郡嘉穂町　[名]本名＝加藤英弥(かとう・しげみ)　[学]研修英語学校卒　[歴]「文芸汎論」で活躍し、のち北園克衛らと「VOU」を創刊、シュールリアリスムを標榜した。戦時中の合唱曲「朝だ、元気で」をはじめ200曲以上の歌曲の作詞者でもある。晩年は、自宅の庭に植えられた草花を見つめた詩句随筆集「花の曼陀羅(まんだら)」の執筆に心血をそそぎ、9巻まで完成していた。詩集に「紅い羅針盤」「海の花嫁」「蛍」など。また俳句は「青芝」の同人で、句集に「秋天」「柘榴」などがある。

矢田 枯柏　やだ・こはく　俳人
明治30年（1897年）8月1日 ～ 昭和44年（1969年）2月3日　生北海道　名本名＝矢田栄一　学明治大学中退　歴大正10年臼田亜浪門に入り、昭和初期の「石楠」編集に携わる。その後小樽・帯広・芦別・札幌などを転住、この間、「あかとき」「柏」「草人」などを創刊・主宰。また芦別炭鉱の機関誌「あしべつ」を編集した。句集に北海道俳句集「木華」「雪線」「春濤」「枯野」などがある。

矢田 未知郎　やだ・みちお　俳人
大正9年（1920年）5月13日 ～ 昭和60年（1985年）9月23日　生東京市豊多摩郡千駄ケ谷町（東京都渋谷区）　名本名＝荒井実　学今宮工業学校専科電気工事科卒, 陸軍経理部教育校〔昭和20年〕卒　歴戦後、富士電機製造に勤めたのち、曽根商店取締役、奈良油脂工業経理課長、関西染工場経理・総務部長などを手がけた。また俳句は「火星」「水鳥」「新樹」などの同人として活躍。

八森 虎太郎　やつもり・とらたろう　詩人
大正3年（1914年）6月12日 ～ 平成11年（1999年）10月24日　生岩手県花巻市　名本名＝古川武雄　学日本大学拓殖科別科卒　歴昭和10年与田準一らの「チチノキ」に参加、11年「童魚」同人。16年「詩洋」同人。同年中国へ渡り、「上海文学」に参加。戦後、札幌へ引き揚げ、22年池田克己とともに「日本未来派」を創刊し、28年まで発行人。またアイヌ民俗の採集に尽力。詩集に「コタン遠近」がある。

柳沢 健　やなぎさわ・けん　詩人
明治22年（1889年）11月3日 ～ 昭和28年（1953年）5月29日　生福島県会津若松　学東京帝国大学仏法科〔大正4年〕卒　歴逓信省、朝日新聞社などに勤務し、外遊1年半後外務省に入り、フランス大使館書記、ポルトガル代理公使などを歴任。退官後は文化、外交評論家として活躍した。在学中より詩作を続け、大正3年「未来」同人となり「果樹園」を刊行。5年「詩人」を創刊。他の著書に詩集「海港」（共著）「柳沢健詩集」、訳詩集「現代仏蘭西詩集」、評論集「現代之詩及詩人」などがある。

柳沢 子零女　やなぎさわ・しれいじょ　俳人
明治36年（1903年）11月15日 ～ 昭和62年（1987年）1月1日　生埼玉県　名本名＝柳沢レイ　学埼玉県立川越高女卒　歴昭和22年山口青邨に師事、「夏草」同人。　賞夏草功労賞

柳田 暹暎　やなぎだ・せんえい　歌人
大正6年（1917年）7月9日 ～ 平成12年（2000年）11月10日　出東京都　学龍谷大学文学部〔昭和16年〕卒　歴昭和21年立命館高校教諭、29～47年立命館大学に転勤、立命館大学財務部長、48年京都学園大学、相愛女子大学、池坊短期大学の非常勤講師。一方、園城寺学問所に専念。17年三井寺教学部長を経て、園城寺学問所長、法泉院住職大僧正。34年ロックフェラー財団の援助により渡米、米国スタンフォード大学経営セミナーに参加、全米視察。また28年短歌結社歌樹社を設立、京都新聞近江文芸短歌選者としても活躍。著書に歌集「序説日本の文学」がある。

柳田 知常　やなぎだ・ともつね　俳人
明治41年（1908年）5月26日 ～ 平成7年（1995年）1月25日　生岐阜県大垣市　名別名＝柳田知常（やなぎだ・ちじょう）　学東京帝国大学国文学科〔昭和5年〕卒　歴各地の中学教諭を経て、昭和22年金城女子専門学校教授、47年から金城学院大学長、のち名誉教授となる。大正14年キリスト教入信。倉田百三主宰の「生活者」に参加。また俳誌「橋」を主宰し、句集に「梅雨坂」など。著書に「コスモスと鰯雲」「岩野泡鳴論考」「作家と宗教意識」「めだか随筆」「遠景と近景 昭和初年の文学と思想の状況」など。

柳原 極堂　やなぎはら・きょくどう　俳人
慶応3年（1867年）2月11日 ～ 昭和32年（1957年）10月7日　生伊予国（愛媛県松山市）　名本名＝柳原正之, 初号＝碌堂　学松山中中退　歴正岡子規のもとで句作し、明治30年松山で「ほととぎす」を創刊して編集経営にあたる。39年「伊予日日新聞」を再発刊させる。昭和7年上京して「鶏頭」を創刊するが、17年廃刊して故郷に帰って子規会を結成し、もっぱら子規の顕彰にあたった。著書に句集「草雲雀」や「友人子規」「子規の話」などがある。

柳本 城西　やなぎもと・じょうせい　歌人
明治12年（1879年）4月4日 ～ 昭和39年（1964年）2月29日　生愛知県豊橋町　名本名＝柳本満之助　学東京医専卒　歴静岡で医院を開業し、のち陸軍軍医となる。早くから伊藤左千夫に歌を学び、「馬酔木」「アカネ」を経て「アラ

ラギ」に参加。明治41年「犬蓼」を創刊し昭和39年迄598号を刊行。没後の歌集に「犬蓼」がある。

柳原 白蓮　やなぎわら・びゃくれん　歌人

明治18年（1885年）10月15日～昭和42年（1967年）2月22日　生東京都　名本名＝宮崎燁子（みやざき・あきこ），旧姓・旧名＝柳原燁子（やなぎわら・あきこ）　学東洋英和女学校〔明治43年〕卒　歴元老院議長を務めた伯爵・柳原前光の二女で、生母は東京・柳橋の芸者。大正天皇の従妹にあたる。子爵・北小路随光の養女となり、同家の嗣子・資武と結婚して一児をもうけたが、明治38年離婚。41年東洋英和女学校に入学、在学中から佐佐木信綱に師事した。同校卒業後の44年、24歳年上の筑豊の炭鉱王・伊藤伝右衛門と再婚。屋根を銅でふいた“あかがね御殿”に住み、美貌と才能から“筑紫の女王”と謳われたが、世間では貧窮する実家と成金との間に成立した政略結婚と噂され、自身も大正4年に刊行した第一歌集「踏絵」で、夫との満たされない思いを歌った。10年7歳下の東京帝国大学新人会の学生であった宮崎龍介と恋愛関係に陥り、新聞に夫に対する公開絶縁状を発表。“世紀の恋愛”として大きな話題を呼び、兄・柳原義光は貴院議員を辞職し、宮崎も新人会を除名された。12年宮崎と結婚。昭和10年より歌誌「ことたま」を創刊・主宰。太平洋戦争で息子が戦死し、戦後は平和運動にも取り組んだ。他の著書に歌集「幻の華」「紫の海」「流転」「地平線」や、詩歌集「几帳のかげ」、自伝的小説「荊棘の実」などがある。　家夫＝宮崎龍介（社会運動家・弁護士），父＝柳原前光（元老院議長・伯爵），息子＝北小路功光（美術史家），叔母＝柳原愛子（大正天皇生母）

柳瀬 茂樹　やなせ・しげき　俳人

昭和4年（1929年）～平成14年（2002年）6月15日　生岐阜県大垣市　学大垣高卒　歴戦後より宅地建物取引業を営む。傍ら「南風」同人、「伊吹」の指導委員として活躍。平成3年に第一句集「柳瀬茂樹句集」を出版した。

やなせ・たかし　詩人

大正8年（1919年）2月6日～平成25年（2013年）10月13日　生東京都　出高知県香美郡在所村（香美市）　名本名＝柳瀬嵩（やなせ・たかし）　学東京高等工芸学校図案科〔昭和14年〕卒　歴東京生まれ、大正13年に父の急死で高知県に転居する。東京高等工芸学校図案科を卒業後、兵役に就き、敗戦を中国大陸で迎える。昭和21年復員して高知新聞社に入社。22年上京し、三越宣伝部のデザイナーとなる。28年4コマのCM漫画「ビールの王様」を描き漫画家として活動を開始。童画、絵本の世界でも活躍し、「詩とメルヘン」「いちごえほん」編集長を務めた。44年「PHP」に大人向けの童話「アンパンマン」を発表。1980年代に絵本が子どもたちの人気を集め、63年から始まったテレビアニメ「それいけ！ アンパンマン」は大ヒットを記録、スペイン、ブラジル、東南アジアでも放映される。19年10月創刊の季刊誌「詩とファンタジー」の責任編集を務める。また、舞台美術や放送作家も仕事も手がけ、昭和37年いずみたくが作曲した「手のひらを太陽に」は音楽の教科書に掲載されるなど歌い継がれている。詩集「愛する歌」「やなせたかし全詩集」、童謡詩集「希望の歌」などがある。平成23年東日本大震災の被災地支援のために「陸前高田の松の木」を作詞・作曲した。　勲勲四等瑞宝章〔平成3年〕　賞日本童謡賞特別賞（第19回）〔平成1年〕，児童文化功労者賞（第39回）〔平成12年〕，日本童謡賞（第31回）〔平成13年〕「希望の歌」

柳瀬 留治　やなせ・とめじ　歌人

明治25年（1892年）1月2日～昭和63年（1988年）12月9日　生富山県　学日本大学〔大正15年〕卒　歴大正5年「創作」に入り、若山牧水に師事。8年「朝の光」で窪田空穂に師事。昭和4年「短歌草原」創刊。歌集「雑草」「真葛葉」「立山」「山」の他、「橘曙覧歌考」「山旅五十年」などがある。

矢野 克子　やの・かつこ　詩人

明治38年（1905年）9月30日～平成6年（1994年）6月30日　出沖縄県名護市名護　学沖縄県立第一高女卒　歴共産党員であった兄のため進学をあきらめ、教員矢野酉雄と結婚。夫に従い鹿児島から満州などを転々。戦後東京世田谷区に“共悦マーケット”を設立。これから上る資金を基に詩誌「共悦」を発行を続けた。沖縄の生んだ“情熱の詩人”とされ19冊の詩集を出版。　家兄＝徳田球一（日本共産党書記長・衆院議員）

矢野 絢　やの・けん　俳人

明治37年（1904年）7月12日～平成8年（1996年）1月12日　生島根県益田市　学浜田高女卒　歴昭和30年「鶴」入会、石田波郷、石塚友二に師事。35年「鶴」同人。50年「泉」、55年「林」

に参加。句集に「糟糖」「今里」「露庵」など。 賞泉同人賞〔昭和52年〕

矢野 聖峰　やの・せいほう　俳人
大正4年（1915年）9月8日～平成21年（2009年）12月　生愛媛県　名本名＝矢野行弘（やの・ゆきひろ）　学四谷学院卒　歴昭和9年富安風生に師事。35年「馬酔木」に投句。39年「早苗」同人、45年「早苗」同人を辞退。　賞馬酔木新樹賞〔昭和49年〕

矢野 滴水　やの・てきすい　俳人
大正7年（1918年）9月25日～平成23年（2011年）9月24日　生佐賀県　名本名＝矢野好弘（やの・よしひろ）　学高小卒　歴昭和25年「ホトトギス」系の渡辺島果に手ほどきを受ける。西日本新聞俳壇の加藤楸邨選を経て、43年「氷海」の秋元不死男に師事。49年同人。師の没後、53年「狩」創刊に同人参加した。句集に「玄海」がある。　賞関西俳句大会賞〔昭和54年〕

矢野 文夫　やの・ふみお　詩人
明治34年（1901年）5月16日～平成7年（1995年）12月16日　生神奈川県小田原市　出岩手県一関市　名画号＝矢野茫土（やの・ぼうど）　学早稲田大学文学部中退　歴詩集に「鴉片の夜」「硫黄」「伊吹」、訳詩にボードレール「悪の華」がある。邦画荘を主宰し、美術批評家としても活躍。著書に「夜の歌―長谷川利行とその芸術」「ヴィーナスの神話」「東山魁夷―その人と芸術」などがある。

矢野 蓬矢　やの・ほうし　俳人
明治29年（1896年）9月13日～昭和56年（1981年）2月19日　出大阪府大阪市　名本名＝矢野兼三（やの・けんぞう）　学関西大学法学部〔大正8年〕卒　歴大正10年内務省入省。昭和13年富山県知事。スマトラ西海岸州陸軍司政長官を経て、19年公職を離れた。蓬矢の俳号で俳句活動に専念、俳誌「志賀」を主宰。著書に随筆「漬物石」、句集「赤道標」などがある。「ホトトギス」同人。

矢野 峰人　やの・ほうじん　詩人
明治26年（1893年）3月11日～昭和63年（1988年）5月21日　生岡山県久米北条郡大倭村神代（津山市）　名本名＝矢野禾積（やの・かずみ），筆名＝翠峰, 水歌, 愁羊, 水夢, 冬川みねを　学三高卒, 京都帝国大学英文科〔大正7年〕卒　歴京都帝国大学在学中の大正8年、詩集「黙禱」を刊行。大学院を修了後、大谷大学、続いて三高の教授に就任。「近代英文学史」を刊行した15年、台湾総督府により英国留学を命じられオックスフォード大学で学ぶ。帰国後は台北帝国大学教授に就任。その後文学部長となり、この間詩集「幻塵集」や訳詩集「しるえっと」および「近英文芸批評史」などを刊行。22年帰国して、同志社大学教授に就任。23年「蒲原有明研究」を刊行。26年という東京都立大学教授、32年総長、36年東洋大学学長を歴任した。詩集や英文学関係の書物の他に「新・文学概論」などの著書もあり、日本近代詩の研究者としても知られる。また、三高の愛唱歌「行春哀歌」の作詞者でもある。

八幡 城太郎　やはた・じょうたろう　俳人
明治45年（1912年）3月26日～昭和60年（1985年）1月4日　生神奈川県相模原市上鶴間　名本名＝神部宣要　学早稲田大学文学部国文科卒　歴昭和18年青柳寺住職となる。日野草城の「旗艦」に拠り、24年「青玄」創刊に参加。28年「青芝」を創刊し、主宰。句集に「相模野抄」「念珠の手」「まんだらげ」「阿修羅」「飛天」、随筆集に「俳句半代記」など。

藪内 柴火　やぶうち・さいか　俳人
明治43年（1910年）3月19日～平成6年（1994年）1月6日　生広島県呉市　名本名＝藪内輝雄（やぶうち・てるお）　学大阪都島工業機械科卒　歴住友電工、阪神伸銅所、山科精工所、滋賀ファスナーを経て、昭和49年エヌワイツールを設立、58年退任。8年住友電工勤務の頃、大橋桜坡子に師事、作句を始めるが戦争中一時中絶。戦後京都雪解会に入り皆吉爽雨に師事。「雪解」「雨月」「うまや」同人となる。「麦秋雪菜集」選者、京都雪解句会主宰。句集に「琴坂」「藪内柴火集」がある。　勲藍綬褒章, 勲五等双光旭日章

藪田 義雄　やぶた・よしお　詩人
明治35年（1902年）4月13日～昭和59年（1984年）2月18日　出神奈川県小田原市　学法政大学英文科卒　歴詩誌「生誕」「エクリバン」「詩の座」「沙羅」を創刊。大正7年より北原白秋門下となり、晩年の白秋の秘書を務め、また日本音楽著作権協会理事、詩と音楽の会副会長も務めた。詩集に「白沙の駅」「岸花」「水上を恋ふる歌」「散華頌」「藪田義雄全詩集」、著書に「評伝・北原白秋」「わらべ唄考」「夏鶯」などがある。他、民謡集、歌劇・合唱曲など多数。

藪本 三牛子　やぶもと・さんぎゅうし
俳人
明治34年（1901年）2月7日 ～ 昭和62年（1987年）1月12日　生和歌山県伊都郡高野口町名倉　名本名＝藪本良一（やぶもと・りょういち）　学和歌山県立師範学校卒　歴和歌山県各地に小学校教諭を務め、昭和22年退職。高野口機工協同組合専務理事も務めた。この間、8年に松瀬青々主宰の「倦鳥」に入門。24年山口誓子に師事して「天狼」に入会。句集に「野峰」「柿山」。　賞天狼コロナ賞〔昭和56年〕

矢部 榾郎　やべ・ほだろう　俳人
明治15年（1882年）4月4日 ～ 昭和39年（1964年）3月10日　生福島県　名本名＝矢部保太郎　学福島師範卒　歴長沼小学校長、須賀川図書館長を務めた。大正2年「軒の栗」を主宰し、11年「桔槹」創刊と同時に雑詠選者となる。古俳諧の研究者としても知られ、「たよ女全集」「福島県俳人事典」ほか著作が多い。

山内 栄二　やまうち・えいじ　詩人
大正4年（1915年）2月8日～平成21年（2009年）3月6日　生宮城県遠田郡小牛田町（美里町）　名本名＝山内栄治（やまうち・えいじ）　学室蘭工業学校卒　歴昭和10年同人誌「小屋」に参加して詩作をはじめる。13年「山脈」（のち「石狩平原」）同人。戦後は更科源蔵の「野性」創刊に参加し、同人。25年全道労協の結成に参加し、27～37年初代事務局次長を務めた。また、22～30年栗山町議に2選。47年北海道労働文化協会を設立、61年会長、平成17年まで理事長。北海道美術文化振興協会理事長なども務めた。詩集に「陽とともに」「愛の記録」「河」、著書に「民衆の光と影」「流氷のかんざし」などがある。　賞北海道文化賞〔平成4年〕

山内 照夫　やまうち・てるお　歌人
昭和2年（1927年）1月28日 ～ 平成24年（2012年）4月2日　生東京市浅草区（東京都台東区）　歴昭和21年佐藤佐太郎に師事。歩道短歌会に入会。58年退会し、運河の会設立に参加、運営同人となる。61年現代歌人協会会員。歌集に「海光」「霧氷樹林」「太陽風」「石火の光」「晩霜」などがある。

山内 方舟　やまうち・ほうしゅう　俳人
明治36年（1903年）3月7日～平成2年（1990年）11月10日　生静岡県小笠郡　名本名＝山内和夫　学静岡商卒　歴昭和30年富士瓦斯役員。47年「麻」主宰菊池麻風に師事。50年「泉」創刊に入会、小林康治の指導を受ける。句集に「白甕」。　賞麻俳句賞〔昭和51年〕

山内 令南　やまうち・れいなん
⇒斧田 千晴（おのだ・ちはる）を見よ

山尾 三省　やまお・さんせい　詩人
昭和13年（1938年）～平成13年（2001年）8月28日　生東京市神田区（東京都千代田区）　学早稲田大学文学部西洋哲学科〔昭和35年〕中退　歴昭和42年国分寺のコミューン・部族に参加。無農薬野菜の販売などに携わり、指導者の一人となったが解散。48年暮、家族と共にインド・ネパールの聖地巡礼に出る。50年長本兄弟商会の設立に参加。信仰のある生活を確信したこと、縄文杉に魅せられたことから、52年屋久島へ一家5人と移住。自給自足の生活をしながら“白川山の里づくり”をはじめ、詩作と祈りの日々を送った。著書に「聖老人」「野の道」「ジョーがくれた石」「びろう葉帽子の下で」「森羅万象の中へ」「屋久島のウパニシャッド」など。

山岡 直子　やまおか・なおこ　俳人
昭和4年（1929年）7月17日 ～ 平成11年（1999年）7月20日　生山梨県　学寝屋川高女卒　歴昭和40年「雨月」主宰の大橋桜坡子の指導を受ける。43年「雨月」同人。46年桜坡子没後は大橋敦子に師事。　賞雨月新人賞〔昭和50年〕

山上 樹実雄　やまがみ・きみお　俳人
昭和6年（1931年）7月22日 ～ 平成26年（2014年）8月6日　生大阪府大阪市　名本名＝山上公夫（やまがみ・きみお），旧姓・旧名＝黒川　学大阪大学医学部〔昭和34年〕卒　歴昭和22年「学苑」に投句。23年「馬酔木」に入会、24年「南風」に拠り、山口草堂に師事。30年「南風」、32年「馬酔木」同人となる。45年山上眼科医院を開業。平成16年より「南風」代表を務めた。句集に「真竹」「白蔵」「山麗」「翠微」「四時抄」、共同執筆に「山口草堂の世界」などがある。　賞学苑賞〔昭和25年〕，秋桜子賞（南風）〔昭和30年〕，馬酔木新人賞〔昭和31年〕，南風賞〔昭和41年・50年〕，俳人協会賞（第35回）〔平成7年〕「翠微」，山本健吉文学賞（俳句部門，第3回）〔平成15年〕「四時抄」，俳句四季大賞（第3回）〔平成15年〕「四時抄」

山上 次郎　やまがみ・じろう　歌人
大正2年（1913年）1月1日～平成22年（2010年）3月13日　生愛媛県宇摩郡土居町（四国中央市）　名別名＝地涌山人，童馬堂人　学三島中〔昭和5年〕卒　歴昭和24年愛媛県経済農協連理事。26年社会党より愛媛県議に当選、42年まで3期務めた。一方、斎藤茂吉を師と仰ぎ、「斎藤茂吉研究—明治篇・大正篇」「斎藤茂吉の恋と歌」「斎藤茂吉の生涯」などを著して茂吉の研究家としても知られた。平成5～14年愛媛新聞文芸短歌欄選者。著書に歌集「やまじ風」、「茂吉をたずねて」「子規の書画」「非戦論者安藤正楽の生涯」などがある。　賞愛媛出版文化賞〔平成1年〕「一茶と山中家の人々」，愛媛新聞賞〔平成8年〕　家おじ＝安藤正楽（歴史学者）

山上 ゝ泉　やまがみ・ちゅせん　歌人
明治13年（1880年）10月6日～昭和26年（1951年）3月3日　生長野県　名本名＝山上智海，旧姓・旧名＝佐々木覚之介　学哲学館〔明治39年〕卒　歴「中学文壇」主筆、立正大学教授などを歴任。日蓮宗の僧正でもあった。歌集に「久遠の春」「虚空」「寂光」などがあり、研究書に「日本文学と法華経」などがある。　家父＝佐々木真古人（国学者）

山川 朱実　やまかわ・あけみ
⇒北見 志保子（きたみ・しおこ）を見よ

山川 瑞明　やまかわ・たまあき　詩人
大正14年（1925年）2月19日～平成22年（2010年）1月14日　出愛媛県　学龍谷大学文学部英文学科〔昭和23年〕卒　歴昭和46年京都女子大学文学部教授に就任。59年より1年間、米国マサチューセッツ州立大学客員研究員。平成元年京都女子大学名誉教授、梅花女子大学教授。一方、昭和22年「裸像」「おりおん」に、23年「サンドル」「YOU」「造形文学」に詩作品を発表。32年文芸誌「SAR」創刊。「ラビーン」同人。詩集に「青い風」「ある季節」「午後の花模様」、編著書に「ホイットマンとディキンスン」などがある。

山川 柳子　やまかわ・りゅうこ　歌人
明治16年（1883年）2月13日～昭和51年（1976年）12月14日　生東京都　名旧姓・旧名＝長谷川　学お茶の水高女補修科〔明治33年〕卒　歴在学中より佐佐木信綱に師事し「心の花」に参加。昭和15年「短歌人」同人となり、また「火の鳥」にも参加。句集に7年刊の「木苺と影」をはじめ「さきくさ」「母と子」などがある。

山岸 巨狼　やまぎし・きょろう　俳人
明治43年（1910年）3月22日～平成9年（1997年）4月28日　生北海道余市町　名本名＝佐藤次郎（さとう・じろう）　学高小卒　歴北海道拓殖銀行に勤務の傍ら俳句に取り組む。昭和6年「石楠」と「時雨」に参加。12年「時雨」は「葦牙」と改題。47年主幹・長谷部虎杖子死去により推されて後継主幹となる。56～60年北海道俳句協会代表。句集に「雪鳴」「夕焼」。

山岸 澄子　やまぎし・すみこ　俳人
大正10年（1921年）11月29日～平成13年（2001年）9月24日　生奈良県　学大阪女子高医専卒　歴昭和43年「かつらぎ」に入門、阿波野青畝に師事し、52年同人となる。「黄鐘」同人でもある。句文集に「初旅」がある。　賞全国俳句大会賞（第18回）

山岸 珠樹　やまぎし・たまき　俳人
昭和5年（1930年）1月25日～平成21年（2009年）10月2日　出新潟県糸魚川市　名本名＝山岸繁義（やまぎし・しげよし）　学高小卒　歴昭和39年「南風」に入会し、山口草堂に師事。48年「南風」同人。56年「麓」創刊に同人参加。JAひすいいなほ俳句会会長も務めた。遺句集に「をとこ花」がある。　賞南風新人賞〔昭和48年〕，新潟県俳句作家協会賞〔昭和55年〕

山口 一秋　やまぐち・いっしゅう　俳人
明治36年（1903年）11月10日～平成7年（1995年）12月31日　生大阪府堀江　名本名＝山口周市　学大阪外国語学校卒　歴昭和9年「麦笛」吉本冬男の手ほどきを受ける。11年「山茶花」同人。11年綿業俳句会で、高浜年尾に師事。15年紀元2600年献詠大会受賞。33年有善句会で後藤夜半・比奈夫に師事。53年「ホトトギス」同人。句集に「寿老」「花うすらひ」。

山口 英二　やまぐち・えいじ　俳人
大正3年（1914年）3月21日～昭和62年（1987年）4月8日　生東京都　名本名＝山口英三（やまぐち・よしぞう）　歴東京・西蒲田で古書籍業・麒麟書房を営みながら俳句を学ぶ。昭和30年幡谷東吾の指導下に「花実」入会。34年「河」に参加、54年「人」同人。　賞河新人賞〔昭和38年〕，角川俳句賞（第10回）〔昭和39年〕「古書守り」

山口 華村　やまぐち・かそん　俳人

明治37年（1904年）7月15日～平成11年（1999年）12月26日　[生]静岡県引佐郡　[名]本名＝山口繁夫（やまぐち・しげお）　[学]豊橋商中退　[歴]山口木材店代表取締役、山口一級建築士事務所取締役、富士建築取締役などを歴任。一方、大正9年郷土俳句会加入、12年以降病気で休詠。昭和47年「林苑」入会、50年同人。47年「河」入会、50年同人。同年「青樹」入会、56年同人。52年「あざみ」に入会、54年同人。53年「にいばり」、54年「こだち」各同人。49年細江俳句会責任者、52年細江町文化協会俳句部責任者となり、年間合同句集「細江」を発行。句集に「山柿」がある。

山口 寒甫　やまぐち・かんぽ　俳人

明治39年（1906年）2月11日～昭和60年（1985年）1月27日　[生]千葉県松戸市南花島　[名]本名＝山口寛輔　[学]日本大学国文学科卒　[歴]千葉県立松戸高校、専修大松戸高校などで教壇に立つ。昭和8年頃より俳句を作り始め、15年「縷紅」創刊同人。戦後は「花俳句」「東虹」同人。句集に「素顔」がある。　[賞]春蘭賞〔昭和15年〕，東虹文化賞〔昭和40年〕，芝火賞〔昭和48年〕

山口 季玉　やまぐち・きぎょく　俳人

大正10年（1921年）6月20日～平成17年（2005年）1月24日　[生]長崎県　[名]本名＝山口善太郎（やまぐち・ぜんたろう）　[学]工業青年学校卒　[歴]昭和43年「馬酔木」に投句。黒木野雨の指導を受ける。44年「棕梠」入会、下村ひろしに師事し、「棕梠」「鶴」に投句。46年「棕梠」同人、56年「鶴」同人。　[賞]棕梠新人賞〔昭和46年〕，俳人協会関西俳句大会賞〔昭和46年〕

山口 笙堂　やまぐち・しょうどう　俳人

大正3年（1914年）3月23日～平成7年（1995年）7月5日　[生]千葉県君津郡　[名]本名＝山口照道　[学]智山専修学院卒　[歴]大正14年成田山新勝寺で得度。鹿野山神野寺住職。俳句は昭和8年報知互選俳句の投句に始まり、22～36年成田探勝会主幹として素十、虚子、立子、年尾、晴子、汀子に師事。34年「ホトトギス」同人。「かつらぎ」同人、53年俳人協会会員、62年日本伝統俳句協会会員。句文集「神野寺」「新聞俳句」の他、ビルマその他の慰霊法要集13冊などがある。　[賞]毎日俳壇賞〔昭和50年〕

山口 水青　やまぐち・すいせい　俳人

大正4年（1915年）4月14日～昭和58年（1983年）1月18日　[生]福島県会津若松市馬場上之町　[名]本名＝山口茂樹（やまぐち・しげき）　[学]若松商卒　[歴]昭和9年高橋華江、佐藤竹路らに俳句を学び、「東炎」「春泥」「東南風」「若葉」「みちのく」などに投句したのち、48年「河」入会して角川源義に師事。「鷺草」特別同人。句集に「カキ屋ぐらし」「中国」がある。　[賞]読売懸賞俳句虚子選第1席〔昭和14年〕，福島県文学賞〔昭和39年〕「カキ屋ぐらし」

山口 聖二　やまぐち・せいじ　俳人

明治33年（1900年）10月5日～昭和60年（1985年）4月　[生]鹿児島県垂水市　[名]本名＝山口成二，旧号＝山口草虫子　[学]同志社大学哲学科卒　[歴]戦前は京城で中学校教諭。戦後引き揚げ、日向学院短期大学教授を務めた。俳人としては、昭和8年「天の川」同人を経て、「崖」創刊。26年「天街」創刊。以後、「薔薇」「萬緑」「形象」「海程」各同人を経る。句集に「蛇の髯」「流人惨歌」「天地有愁」など。

山口 誓子　やまぐち・せいし　俳人

明治34年（1901年）11月3日～平成6年（1994年）3月26日　[生]京都府京都市上京区　[名]本名＝山口新比古（やまぐち・ちかひこ），戸籍名＝新彦　[学]東京帝国大学独法科〔大正15年〕卒　[歴]大正10年「ホトトギス」入会、高浜虚子に師事。東大在学中、東大俳句会に参加、水原秋桜子の影響を受ける。15年～昭和17年住友合資会社に勤務。4年「ホトトギス」同人。7年第一句集「凍港」を刊行。10年「馬酔木」同人。新興俳句運動の指導者として活躍。23年より「天狼」を主宰。32年～平成5年朝日俳壇選者。他の句集に「黄旗」「炎昼」「七曜」「激浪」「遠星」「青女」「和服」「方位」「一隅」「不動」など、俳論集に「俳句諸論」「子規諸文」「芭蕉諸文」「俳句の復活」などがあるほか、「山口誓子全集」（全10巻，明治書院）も刊行されている。　[勲]紫綬褒章〔昭和45年〕，勲三等瑞宝章〔昭和51年〕　[賞]日本芸術院賞（第43回）〔昭和62年〕，文化功労者〔平成4年〕，中日文化賞（第2回）〔昭和24年〕，大阪市民文化賞〔昭和31年〕，兵庫県文化賞〔昭和61年〕，朝日賞〔平成1年〕，関西大賞（第5回）〔平成2年〕　[家]妻＝山口波津女（俳人），弟＝下田実花（俳人）

山口 青邨　やまぐち・せいそん　俳人
明治25年（1892年）5月10日～昭和63年（1988年）12月15日　生岩手県盛岡市　名本名＝山口吉郎（やまぐち・きちろう），初号＝泥邨　学東京帝国大学工科大学採鉱科〔大正5年〕卒　歴古河鉱業、農商務省を経て、大正10年東京帝国大学助教授、昭和12年2月から14年4月までベルリンへ留学。同年6月東京帝国大学教授に。28年に定年退官。俳句は大正11年高浜虚子に師事し、秋桜子らと東大俳句会を興す。12年「芸術運動」を発刊。昭和4年「ホトトギス」同人、長く同人会長を務め、62年名誉会長に。この間、昭和5年から「夏草」を主宰。9年東大ホトトギス会を興し学生の指導にあたる。毎日俳壇選者。平成元年北上市の日本現代詩歌文学館に遺族から資料が寄贈された。句集に「雑草園」「雪国」「露団々」「花宰相」「庭にて」「冬青空」「粗餐」「不老」「寒竹風松」、随筆に「花のある随筆」「春籠秋籠」「わが庭の記」「回想の南瓜」「三艸書屋雑記」など。　勲勲三等旭日中綬章〔昭和43年〕　賞岩手日報文化賞〔昭和58年〕

山口 草堂　やまぐち・そうどう　俳人
明治31年（1898年）7月27日～昭和60年（1985年）3月3日　生大阪府大阪市北区堂島　名本名＝山口太一郎（やまぐち・たいちろう），別名＝山口泰一郎　学早稲田大学文学部ドイツ文学専攻科中退　歴昭和6年、水原秋桜子の「馬酔木」に参加し、10年から大阪支部の会報を「南風」とかえ、59年夏まで主宰。句集に「帰去来」「漂泊の歌」「行路抄」などがある。　賞馬酔木賞〔昭和9年〕，蛇笏賞（第11回）〔昭和52年〕「四季蕭嘯」

山口 素人閑　やまぐち・そじんかん　俳人　詩人
明治37年（1904年）5月8日～昭和61年（1986年）12月13日　生茨城県　名本名＝山口義孝（やまぐち・よしたか）　歴大正7年より作句し、「泉」「杉」「星座」の各同人を経て、昭和27年「樹海」に入会し、松村巨湫に師事。のち無監査同人、編集長となる。31年6月「夜明」を創刊し、以来没時まで主宰。俳句の他、短歌、詩、作詞もよくし、日本詩人連盟副会長、日本音楽著作権協会評議員などを歴任した。戦時中のヒット曲「軍国子守唄」の作詞者として有名。句集に「青い起伏」、民謡集に「筑波は晴れて」がある。

山口 茶梅　やまぐち・ちゃばい　俳人
昭和2年（1927年）8月6日～平成2年（1990年）2月23日　生岩手県　名本名＝山口正二郎　学旧制中卒　歴昭和25年臼田亜浪、50年大野林火に師事。54年「浜」同人。　賞浜賞（昭和53年度）

山口 超心鬼　やまぐち・ちょうしんき　俳人
大正14年（1925年）3月19日～平成22年（2010年）12月29日　生大阪府　名本名＝山口稠夫　学京都府立医科大学〔昭和24年〕卒　歴昭和31年「天狼」入会、山口誓子に師事。47年俳人協会会員。49年「天狼」同人。平成2年俳人協会評議員。6年山口の死去により「天狼」が終刊、「鉾」を創刊・主宰。毎日新聞紀州俳壇選者、近鉄和歌山カルチャー教室講師も務めた。句集に「変貌」「遠天」「誓子星」「過客」「暫」などがある。内科医。　賞天狼コロナ賞〔昭和45年〕

山口 哲夫　やまぐち・てつお　詩人
昭和21年（1946年）8月6日～昭和63年（1988年）5月29日　生新潟県三島郡越路町　学早稲田大学文学部日本文学科〔昭和47年〕卒　歴昭和44年早大在学中に友人の勧めで詩作を始め、45年現代詩手帖賞を受賞。46年第一詩集「童顔」を刊行。同人誌「邪飛」を主宰した。他の詩集に「妖雪譜」がある。没後、遺作として「山口哲夫全詩集」（小沢書店，全1巻）が刊行された。　賞現代詩手帖賞（第10回）〔昭和45年〕

山口 俊雄　やまぐち・としお　俳人
明治42年（1909年）5月6日～平成3年（1991年）1月4日　生京都府北桑田郡　学立命館大学専門部商業科卒　歴昭和21年「宿雲」入会。26年「石笛」創刊・主宰、31年終刊。43年「歩道」創刊により、編集同人として参加。48年「歩道」代表同人となる。59年休刊。

山口 白甫　やまぐち・はくほ　俳人
明治41年（1908年）11月15日～昭和63年（1988年）5月16日　生大阪府　名本名＝山口勝蔵（やまぐち・かつぞう）　学旧制商専卒　歴「山茶花」「ホトトギス」に投句し、昭和7年大橋桜坡子に師事。10年「かつらぎ」同人。のち「雨月」同人会長。

山口 波津女　やまぐち・はつじょ　俳人
明治39年(1906年)10月25日〜昭和60年(1985年)6月17日　[生]大阪府大阪市北区中之島　[名]本名＝山口梅子(やまぐち・うめこ), 旧姓・旧名＝浅井　[学]清水谷高女卒　[歴]昭和2年に山口誓子の弟子となり、3年に誓子と結婚。「ホトトギス」「馬酔木」投句を経て、13年「馬酔木」同人。23年、誓子が創刊した「天狼」の同人となる。句集に「良人」「天楽」。　[家]夫＝山口誓子(俳人)

山口 風車　やまぐち・ふうしゃ　俳人
明治33年(1900年)4月27日〜昭和60年(1985年)12月26日　[生]愛知県八名郡玉川村　[名]本名＝山口三男蔵　[歴]昭和8年頃より、関口古風、松野自得に俳句を学び、のち「さいかち」同人。51年俳人協会会員。句集に「八重桜」がある。[賞]烏帽子賞(昭和11年度)

山口 峰玉　やまぐち・ほうぎょく　俳人
大正11年(1922年)4月24日〜平成24年(2012年)5月5日　[生]奈良県　[名]本名＝山口忠平　[学]旧制中中退　[歴]昭和25年「かつらぎ」の阿波野青畝に師事し、42年「かつらぎ」同人、平成9年特別同人。大和俳句協会会長、毎日新聞「大和俳壇」選者などを務めた。句集に「杉薫る」「宿墨」がある。

山口 茂吉　やまぐち・もきち　歌人
明治35年(1902年)4月11日〜昭和33年(1958年)4月29日　[生]兵庫県多可郡　[学]中央大学〔大正13年〕卒　[歴]明治生命に入社。同年「アララギ」入会、島木赤彦に学び後斎藤茂吉に師事。昭和21年東京歌話会結成。23年「アザミ」創刊・主宰。27年以降「斎藤茂吉全集」の編集校訂に携わる。歌集「赤土」など5冊。

山崎 一象　やまざき・いちぞう　俳人
大正15年(1926年)5月22日〜平成5年(1993年)5月22日　[生]東京都足立区西新井　[名]本名＝山崎市造　[学]専修大学卒　[歴]昭和26年為成菖蒲園の指導を受ける。29年「欅」復刊に参加、以来池内たけしに師事。足立俳同連盟副会長も務めた。句集に「耳順」。

山崎 一郎　やまざき・いちろう　歌人
大正5年(1916年)3月12日〜昭和55年(1980年)　[生]神奈川県藤沢市　[学]中央大学経済学科〔昭和18年〕卒　[歴]昭和12年「創作」に入社。15年南支に応召、病気帰還。歌は長谷川銀作に師事。敗戦後短歌同人誌「灰皿」「泥」にも参加、また「寒暑」を発行。歌集に「街川」「壁の花」がある。

山崎 栄治　やまざき・えいじ　詩人
明治38年(1905年)8月9日〜平成3年(1991年)8月27日　[生]佐賀県伊万里町　[学]東京外国語学校仏語科卒　[歴]19歳のときから詩作を始め、矢内原伊作らとの同人誌「同時代」や「歴程」に作品を発表。昭和31年処女詩集「葉と風との世界」を発表。40年第二詩集「聚落」で高村光太郎賞、58年「山崎栄治詩集」で読売文学賞・詩歌俳句賞を受賞した。「歴程」同人。25年より横浜国大で約30年間教え、ランボー、リルケなどの訳詩がある。　[賞]高村光太郎賞(第7回)〔昭和39年〕「聚落」, 読売文学賞(詩歌俳句賞, 第34回)〔昭和58年〕「山崎栄治詩集」

山崎 剛平　やまざき・ごうへい　歌人
明治34年(1901年)6月2日〜平成8年(1996年)7月8日　[生]兵庫県赤穂郡上郡町　[学]早稲田大学国文科〔大正15年〕卒　[歴]早大在学中の大正15年、窪田空穂主宰「槻の木」を創刊。昭和10年大学同級の仲間である浅見淵、古志太郎と文芸専門書肆・砂子屋書房を創業、処女出版は浅見の推薦で外村繁の第一小説集「鵜の物語」とした。以後、「第一小説集叢書」として仲町貞子「梅の花」、和田伝「平野の人々」、太宰治「晩年」、尾崎一雄「暢気眼鏡」を皮切り、榊山潤、庄野誠一、井上友一郎、田畑修一郎、森三千代、徳田一穂、森山啓といった新進作家の第一小説集を世に送り出し、昭和10年代の文芸出版において確かな足跡を記した。また、窪田空穂「忘れぬ中に」、徳田秋声「灰皿」、岩本素白「山居俗情」といった随筆集も刊行。20年閉店、敗戦直前に郷里へ帰った。晩年、回想記「若き日の作家」「老作家の印象」を執筆した。歌集「挽歌」、小品集「水郷記」などがある。

山崎 蒼平　やまざき・そうへい　川柳作家
昭和6年(1931年)9月9日〜平成25年(2013年)11月16日　[生]東京都　[名]本名＝山崎晋(やまざき・すすむ)　[歴]昭和26年川上三太郎(蒼蒼亭)に雅号を蒼平と命名され、27年「川柳研究」幹事となる。48年中村冨二を主幹に迎えて「人」を創刊、同人。平成9年川柳蒼の会を創立・主宰、また、「隗」を創刊・主宰。16〜25年神奈川新聞「神奈川柳檀」選者を務めた。

山碕 多比良　やまざき・たひら　歌人
明治34年（1901年）10月13日～平成4年（1992年）1月1日　出愛知県名古屋市　名本名＝山碕良平　歴大正9年9月より依田秋圃に師事。「歌集日本」を経て、昭和6年「武都紀」創刊に参加。秋圃没後、40年8月より編集発行人を務め、のち主幹となる。歌集に「峡雲」「澗下水」「白苔集」「観自在」「朔風に謳ふ」「織女の記」「設楽原」がある。

山崎 敏夫　やまざき・としお　歌人
明治34年（1901年）7月30日～昭和53年（1978年）4月3日　生東京都　学京都帝国大学文学部国文科〔大正15年〕卒　歴八高時代石井直三郎に師事し、歌誌「青樹」を経て「水甕」で活躍。愛知県立第一高女学長などを経て、昭和39年愛知県立女子大学学長、41年愛知県立大学学長。退官後の44年4月から52年9月まで椙山女学園大学短期大学部教授を務めた。著書は「新古今和歌集新釈」などの他、歌集「春の舗道」「花火」「ゆき」など。　勲勲二等瑞宝章〔昭和47年〕

山崎 央　やまざき・なかば　詩人
明治42年（1909年）2月21日～昭和60年（1985年）8月12日　出神奈川県　学横浜国立大学卒　歴代表作に「創造文学概論」「生の焔」など。「日本海溝」「森」の同人。

山崎 美白　やまざき・びはく　俳人
昭和6年（1931年）4月2日～平成3年（1991年）1月31日　生石川県鳳至郡能登町　名本名＝山崎民治郎　学金沢大学教育学部一乙修了　歴昭和30年「若葉」入門、36年同人。44年北陸中日俳壇選者。52年柳田村本両寺境内に句碑建立。61年「ホトトギス」同人。句集に「荒磯住」。　賞室生犀星俳文学賞〔昭和41年〕

山崎 方代　やまざき・ほうだい　歌人
大正3年（1914年）11月1日～昭和60年（1985年）8月19日　生山梨県右左口村（甲府市）　学右左口尋常高小〔昭和4年〕卒　歴農林業に従事。16歳の頃、歌を始め「水甕」「一路」に在籍したが応召中断。戦闘で右眼失明左眼微視となる。戦後「工人」「泥の会」「寒暑」「うた」に参加。歌集に「方代」「右左口（うばぐち）」「こおろぎ」「迦葉」がある。生涯独身で、放浪の歌人といわれたが、昭和47年知人の中国料理店主に招かれ、鎌倉に転居、晩年までの13年間方代艸庵で暮らした。鎌倉ではファンも多く、独特の存在だった。没後、山崎方代を語り継ぐ会が結成され、雑誌「方代研究」が発行されている。平成13年写真集「方代さん」が出版される。「山崎方代全歌集」（不識書院）、随筆集「青じその花」がある。　賞角川短歌愛読者賞（第1回）〔昭和50年〕「めし」

山崎 真言　やまざき・まこと　歌人
明治37年（1904年）7月15日～平成7年（1995年）2月1日　生千葉県　名本名＝山崎誠　学国学院大学卒　歴大正12年大学在学中、折口信夫（釈迢空）を中心として鵠社を結成、14年5月「くぐひ」を創刊、編集発行の任に当る。昭和37年10月「くぐひ」を復刊。著作に「曙覧の研究」、歌集に「夜香花」「続夜香花」がある。

山崎 みのる　やまさき・みのる　俳人
昭和5年（1930年）12月1日～平成23年（2011年）7月25日　生高知県　名本名＝山崎稔（やまさき・みのる）　学高知商卒　歴昭和37年「諷詠」に入会、後藤夜半に師事。51年後藤比奈夫に師事。52年より「諷詠」編集委員、同人。

山崎 雪子　やまざき・ゆきこ　歌人
大正11年（1922年）1月11日～平成15年（2003年）10月11日　生大阪府堺市　学奈良女高師文科〔昭和17年〕卒　歴大阪府教育委員会社会教育課参事、日本民家集落博物館館長を経て、追手門学院大学、花園大学、仏教大学各非常勤講師、堺女性大学学長を務める。傍ら歌を詠み、「橙」主宰。著書に「社会教育・生涯学習」、共著に「新教育行政論」「現代女性の生き方」、歌集に「時間の炎」「雨ひかる」がある。

山崎 百合子　やまざき・ゆりこ　俳人
昭和8年（1933年）8月1日～平成6年（1994年）8月25日　生群馬県安中市　学安中高卒　歴17歳から俳句を始める。著書に「死刑囚からの恋うた」、句集に「百合子句集」「洗ひ髪」。

山崎 寥村　やまさき・りょうそん　俳人
明治43年（1910年）8月30日～平成7年（1995年）1月10日　生島根県　名本名＝山崎繁雄　学高小卒　歴農業の傍ら、大正15年作句を始め、昭和3年「城」創刊より同誌に拠り、のち主幹。「ホトトギス」には虚子没年まで投句。その間、「夏炉」に入会、同人。47年島根県俳句協会が設立され常任幹事、53年副会長、のち会長。朝日新聞しまね俳壇選者。句集に「卯の花」「繭の里」。

山崎 和賀流　やまざき・わがる　俳人
昭和13年(1938年)11月27日～昭和49年(1974年)3月16日　生岩手県　名本名＝山崎孝　歴中学卒業後、和菓子職見習のあと昭和32年より自営。同年「夏草」入会。37年「浜」入会。48年「奥羽山系」で角川俳句賞を受賞。「浜」「北鈴」「草笛」同人。遺句集「奥羽山系」がある。賞角川俳句賞(第19回)〔昭和48年〕「奥羽山系」

山沢 英雄　やまざわ・ひでお　川柳研究家
明治42年(1909年)4月25日～平成2年(1990年)12月23日　出東京都　学北海道大学医学部卒　歴古川柳研究の第一人者で、研究誌「古川柳研究」を創刊。また「誹風柳多留」(全5巻)、「誹風柳多留拾遺〈上下〉」(岩波書店)などの校訂を手がけた。

山路 閑古　やまじ・かんこ　川柳研究家
明治33年(1900年)10月13日～昭和52年(1977年)4月10日　生静岡県静岡市鷹匠町　名本名＝萩原時夫(はぎわら・ときお)　学東京帝国大学理学部卒　歴東京高等商船学校などを経て、共立女子大学教授となった。川柳を阪井久良岐に、俳句を高浜虚子に、俳諧連句を根津芦丈に学び、古川柳研究では第一人者といわれた。昭和37年神奈川県・大磯町の鴫立庵第19代庵主となり、在庵15年に及んだ。著書に「古川柳」「末摘花夜話」「古川柳名句選」「鴫立庵記」などがある。

山地 曙子　やまじ・しょし　俳人
大正2年(1913年)12月7日～平成12年(2000年)1月2日　生福岡県北九州市　名本名＝山地晟(やまじ・あきら)　学京城薬学専門学校卒　歴朝鮮・蔚山で家業の薬局を開業。昭和20年引き揚げ、九州・小倉で薬局など幅広く事業を展開、22年山地薬局代表取締役、33年ユウヤク代表取締役、40年ホクヨー代表取締役。一方、12年ホトトギス初入選、以来高浜年尾・稲畑汀子の指導を受ける。48年「ホトトギス」同人。俳人協会色紙展出品。日本伝統俳句協会参事を務めた。句集に「花蔭」がある。勲紺綬褒章〔昭和56年〕

山下 喜美子　やました・きみこ　歌人
明治44年(1911年)2月16日～平成2年(1990年)11月23日　生栃木県足尾　歴大正元年京都に移る。昭和3年五島茂・美代子を知り、「心の花」入会。7年山下陸奥と結婚。44年陸奥没後「一路」を継承主宰。女人短歌会常任委員も務めた。歌集に「薔薇の位置」「約束」「幻樹」がある。　賞日本歌人クラブ推薦歌集(第7回)〔昭和36年〕「約束」　家夫＝山下陸奥(歌人)

山下 源蔵　やました・げんぞう　歌人
明治44年(1911年)1月1日～平成11年(1999年)4月19日　生鹿児島県　学日本大学法文学部文学科国文学専攻卒　歴教師を経て、東京都教育庁勤務、菊華高校校長、日本大学本部員などを務めた。昭和2年「水甕」に入ったが、復活「詩歌」に転じ、次いで「エラン」「せきれい」と移る。戦後は「次元」創刊に参加し、一時発行人。42年短歌生活社を創設、翌年「短歌生活」を創刊・主宰する。歌集に「転変」「わが環境」「四季の窓」「相思樹」「夢」があり、他に合同歌集、及び「短歌鑑賞・百人百趣」などの著作がある。

山下 寿美　やました・すみ　俳人
大正9年(1920年)10月2日～平成11年(1999年)3月25日　生石川県輪島　名本名＝山下すて　学輪島高女卒　歴昭和25年「ホトトギス」入門。33年「若葉」入門、富安風生に師事、のち同人。35年「冬草」入門、加倉井秋をの指導を受け、40年「冬草」同人。62年「朝」入会、岡本眸に師事し、63年同人。のち無所属。句集に「眉」がある。　賞冬草賞〔昭和42年〕

山下 清三　やました・せいぞう　詩人
明治40年(1907年)1月16日～平成3年(1991年)3月5日　生鳥取県鳥取市　名本名＝山下清蔵　歴児童文学に「日本の鬼ども」(全5巻)「日本の動物たち」(全2巻)「山陰の子供」「鳥取県の民話」、詩集に「花粉とパイプ」「白銀の大山」など。

山下 竹揺　やました・ちくよう　俳人
大正7年(1918年)3月21日～平成12年(2000年)12月22日　生東京都青梅市　名本名＝山下健一　学高小卒　歴昭和23年「ホトトギス」、32年「馬酔木」に投稿、水原秋桜子の指導を受ける。48年「馬酔木」同人、59年退会し、「橡」に同人参加。句集に「籬畔」がある。　賞毎日俳壇賞〔昭和41年〕, 馬酔木新人賞〔昭和47年〕, 橡賞(第1回)〔昭和59年〕

山下 敏郎　やました・としろう　歌人
大正3年(1914年)11月1日～平成24年(2012年)8月31日　出長崎県長崎市　名本名＝山下重敏(やました・しげとし)　学鹿児島高商卒,

鹿児島経済大学卒　歴昭和49年「鹿児島アララギ」創刊に加わり、鹿児島県内のアララギ派の指導的な役割を担った。鹿児島混声合唱団団長、県合唱連盟理事長なども歴任。歌集に「坂の上の町」などがある。　勲勲五等瑞宝章

山下 秀之助　やました・ひでのすけ　歌人
明治30年(1897年)11月29日～昭和49年(1974年)4月4日　生鹿児島県鹿児島市　学東京帝国大学医学部〔大正11年〕卒　歴札幌鉄道病院に長年勤務。昭和33年東京に転住。「創作」「潮音」「橄欖」を経て、戦後「原始林」を創刊。歌集8冊、随筆集2冊。宮中歌会始選者。　賞北海道文化賞〔昭和27年〕

山下 富美　やました・ふみ　歌人
大正14年(1925年)3月24日～平成24年(2012年)8月20日　生徳島県徳島市　歴女学校時代より作歌を始め、昭和28年「徳島歌人」、29年「水甕」に入会して河合恒治に師事。のち「四国水甕」編集委員。33年「人像標的」50首が第1回短歌研究新人賞推薦第1席を受賞。平成20年2月まで徳島新聞「歌集を読む」の評を担当した。歌集に「人像紋様」「夢の笛」がある。　賞短歌研究新人賞推薦第1席(第1回)〔昭和33年〕「人像標的」50首, 水甕賞〔昭和46年〕, 日本歌人クラブ四国地区優良歌集賞(第6回)〔平成14年〕「夢の笛」

山下 碧水　やました・へきすい　俳人
明治42年(1909年)8月12日～平成9年(1997年)10月6日　生静岡県　名本名＝山下正義　学高小卒　歴昭和10年代に新聞投句の経験あるも中断。30年代に岩城啼月に師事。49年「みちのく」同人。54年「樹氷」同人。　賞週刊サンケイ賞〔昭和49年〕, 樹氷賞〔昭和54年〕

山下 陸奥　やました・むつ　歌人
明治28年(1895年)12月24日～昭和42年(1967年)8月29日　生広島県尾道市　学東京高商中退　歴大正8年住友合資会社に入社。上司の川田順の勧めで竹柏会に入り新井洸、木下利玄に師事。昭和3年退職して上京、佐佐木信綱らのもとで「心の花」の編輯に従う。4年青栗短歌会を結び、やがて「一路」を創刊、生涯にわたる。歌集に「春」「平雪」「冬霞」「生滅」「光体」、評論集に「短歌の表現と技巧」「短歌の探求」など。　賞日本歌人クラブ推薦歌集(第9回)〔昭和38年〕「生滅」　家妻＝山下喜美子(歌人)

山城 寒旦　やましろ・かんたん　俳人
明治27年(1894年)10月28日～昭和61年(1986年)3月7日　生福岡県　名本名＝山城安太郎(やましろ・やすたろう)　歴公民館主事、短大事務長を歴任。青木月斗、野見山朱鳥に師事。「菜殻火」同人。　賞俳人協会九州大会賞・朝日新聞社賞, 日経俳壇賞, 福岡市文学賞

山城 賢孝　やましろ・けんこう　歌人
昭和10年(1935年)4月6日～平成26年(2014年)4月21日　生沖縄県国頭郡伊江村　学琉球大学卒　歴昭和20年沖縄戦で姉を失う。沖縄県、奈良県で高校教師を務めた後、46年創刊の沖縄の郷土月刊誌「青い海」2代目編集長を務めた。「アララギ」会員。著書に「大和路の万葉を歩く」「ニライの島うた」、歌集に「下弦の月」などがある。

山田 あき　やまだ・あき　歌人
明治33年(1900年)1月1日～平成8年(1996年)11月14日　生新潟県東頸城郡浦川原村　名本名＝坪野ツイ, 旧筆名＝南信乃　学高田高女〔大正4年〕卒　歴昭和4年渡辺順三・坪野哲久らのプロレタリア歌人同盟に参加。6年坪野哲久と結婚。11年「鍛冶」創刊、後「航海者」と改題。51年「氷河」創刊。歌集に「紺」「飛泉」「流花泉」「山河無限」「牀上の月」「遺響」など、また編著に紡績女工歌集「糸のながれ」がある。家夫＝坪野哲久(歌人)

山田 今次　やまだ・いまじ　詩人
大正1年(1912年)10月20日～平成10年(1998年)10月3日　生神奈川県横浜市　学神奈川県立商工実習学校機械科卒　歴「プロレタリア詩」「文学評論」などに詩作を投稿し、戦後は新日本文学会、新日本詩人に参加。横浜で「時代人」「芸術クラブ」「鳩」などを主宰、発行。昭和23年発表の「あめ」で注目される。のち、「歴程」編集長、横浜市民ギャラリー館長を務めた。詩集に「行く手」「でっかい地図」などがある。

山田 恵美子　やまだ・えみこ　俳人
明治44年(1911年)11月30日～昭和62年(1987年)4月30日　生高知県　学東京女子大学卒　歴昭和36年東京女子大俳句研究会白塔会で山口青邨の指導を受ける。46年「夏草」入会、55年同人。　賞夏草新人賞〔昭和54年〕

山田 牙城　やまだ・がじょう　詩人
明治35年(1902年)1月15日～昭和62年(1987年)12月17日 生佐賀県佐賀市 名本名＝山田弘(やまだ・ひろむ) 学佐賀工業卒 歴川崎造船、九州電力などに勤務。大正10年誌誌「燃ゆる血潮」を主宰。のち「心象」「影」などを創刊。昭和13年「九州文学」創刊に参加。詩集に「死と絶望の書」「十二月の歌」「愛国歌」「菫花歌」。 賞福岡市文化賞〔昭和57年〕

山田 かまち　やまだ・かまち　詩人
昭和35年(1960年)7月21日～昭和52年(1977年)8月10日 生群馬県高崎市赤坂町 歴昭和52年17歳の夏に群馬県高崎市の自宅でエレキギターの練習中に感電死と見られる事故で死亡。小学生時代から死ぬまでに描き遺した千枚近い絵やデッサンに出合った画廊経営者の広瀬毅郎がその表現に打たれ、平成4年2月に高崎市・観音山麓の画廊の隣に個人美術館、山田かまち水彩デッサン美術館を開く。小、中学時代に同級生だったロック歌手・氷室京介などに紹介されたことから全国の若者の関心を集め、週末になると多くの若者が訪れる場所となる。4年12月なだいなだ編「悩みはイバラのようにふりそそぐ―山田かまち詩画集」が出版され、5年4月には両親によって「17歳のポケット」が刊行された。15年その生涯を映画化した「KAMACHI」(望月六郎監督)が公開された。

山田 かん　やまだ・かん　詩人
昭和5年(1930年)10月27日～平成15年(2003年)6月8日 生長崎県長崎市 名本名＝山田寛(やまだ・ひろし) 歴旧制中学3年の時に長崎で被爆、原爆症で父と妹を失う。戦後、長崎県立図書館に勤務する傍ら、詩作を始め、被爆体験を原点に平和を訴える作品を発表。昭和29年第一詩集「いのちの火」を出版。33年「鯨と馬」で第1回現代詩新人賞を受賞した。43～52年反原爆詩誌「炮氓(ほうぼう)」を主宰。その後、個人誌「草土」を刊行。詩誌「列島」「現代詩」会員、旧九州文学同人。作品は他に「記憶の固執」「予感される闇」「長崎原爆・論集」などがある。平成2年長崎県立図書館を退職。賞現代詩新人賞(第1回)〔昭和33年〕「鯨と馬」

山田 月家　やまだ・げっか　俳人
明治38年(1905年)1月26日～昭和61年(1986年)10月17日 生富山県東礪波郡福野町(南砺市) 名本名＝山田克巳(やまだ・かつみ) 歴大正末期に福野糸瓜会に入会。松瀬青々、森本嚢之、前田普羅、室生砺川らの指導を受け、「ホトトギス」「辛夷」「芹」「蕗」「医王」「花鳥」などの俳誌に関わる。昭和61年「花鳥」同人となったが、同年に没した。

山田 賢二　やまだ・けんじ　詩人
昭和3年(1928年)8月26日～平成24年(2012年)8月9日 生愛知県名古屋市 出岐阜県大垣市 学明治大学〔昭和22年〕中退 歴昭和23年大垣共生銀行に入行。55年検査役、63年退社。平成元年未来工業常勤監査役。大垣女子短期大学講師、岐阜経済大学講師などの他、岐阜女子大学の岐阜学会のメンバーでもあり、岐阜県文芸祭実行委員、岐阜市大垣市各文芸祭実行委員長を歴任。銀行在職中から現代詩を専門とし、詩作活動を続け、歌曲、合唱曲、学校校歌など多数創作。また、歴史や芸術史などの調査研究を行い、地域の芸術活動、ミュージカル制作なども行った。詩集「魑魅魍魎」、随筆「歴史・芸能回り舞台」などがある。 賞小島信夫文学賞知事賞〔平成16年〕

山田 穣二　やまだ・じょうじ　俳人
大正9年(1920年)9月21日～平成3年(1991年)12月27日 生宮城県 学早稲田大学政経学部〔昭和19年〕卒 歴河北新報社に入社し、論説委員長、東京支社長を歴任して、昭和53年退社。在学中から俳句を始め、「海程」創刊に参加。「海程」「俳句饗宴」「鷹」同人。 賞俳句饗宴賞〔昭和53年〕, 宮城県俳句賞(第4回)〔昭和54年〕, 宮城県芸術祭文芸賞〔昭和54年〕

山田 清三郎　やまだ・せいざぶろう　詩人
明治29年(1896年)6月13日～昭和62年(1987年)9月30日 生京都府京都市下京区間之町通竹屋町 歴小学校を6年で中退、さまざまな労働に従事した後プロレタリア文学運動に参加。大正11年「新興文学」を創刊。「種蒔く人」「文芸戦線」同人。昭和4年全日本無産者芸術連盟(ナップ)結成の際、中央委員、「戦旗」編集責任者。「幽霊読者」「小さい田舎者」などを発表。6年共産党に入党。6年と9年の2度にわたり5年の獄中生活。転向後満州国生活5年、ソ連抑留生活5年を経て帰国。31年共産党に再入党。32～33年「転向記」(3巻)を刊行。松川事件、白鳥事件などの救援運動で活躍。58年「プロレタリア文化の青春像」を刊行。ほかに、歌集「囚衣」、短編小説集「五月祭前後」、評論集「日本プロレタリア文芸運動史」「プロレタリア文学史」などがある。

山田 千城　やまだ・せんじょう　俳人
明治36年（1903年）8月9日 ～ 昭和52年（1977年）3月1日　[生]大阪府　[名]本名＝山田信四郎　[学]大阪外国語大学英語科卒　[歴]昭和10年より句作、はじめ木津蕉陰に、次いで長谷川素逝の指導を受ける。素逝没後は橋本鶏二に師事して「年輪」同人。虚子にも学んで34年に「ホトトギス」同人。句集に「焼岳」がある。

山田 喆　やまだ・てつ　俳人
明治31年（1898年）9月10日 ～ 昭和46年（1971年）5月3日　[出]新潟県三条市　[名]本名＝山田徹秀　[歴]昭和7年京都に出て、陶芸を学ぶ。22年富本憲吉らと新匠美術工芸会設立。文人趣味的な作風で注目され、38年芸術選奨を受ける。また俳句もよくし、大正中期から塩谷鵜平に師事。ほかに篆刻を小沢碧童に学んだ。「青い地球」同人。著書に句文集「風塵集」「陶房閑話」など。　[家]長男＝山田光（陶芸家）

山田 土偶　やまだ・どぐう　俳人
明治29年（1896年）5月14日 ～ 昭和58年（1983年）12月21日　[生]東京市浅草区（東京都台東区）　[名]本名＝山田徳兵衛（10代目）（やまだ・とくべえ）　[学]中央商〔明治44年〕卒　[歴]生家は正徳元年（1711年）創業の人形玩具問屋・吉徳。大正9年家業を継承し10代目店主となる。また、日本人形史の研究家で、著書に「新編日本人形史」「人形百話」「吉徳これくしょん」などがある。一方、深川正一郎、石塚友二の知遇を得て俳句をはじめ、高浜虚子より土偶の号をうけた。「土偶句集」（全4巻）がある。　[勲]黄綬褒章〔昭和31年〕，勲五等双光旭日章〔昭和41年〕　[家]三男＝山田徳兵衛（11代目）（吉徳社長）

山田 具代　やまだ・ともよ　俳人
大正9年（1920年）5月16日 ～ 平成5年（1993年）1月6日　[生]山口県下松市　[学]徳山高等女学校卒　[歴]昭和22年「さいかち」入門、松野自得、松野加寿女に師事。「さいかち」「其桃」同人。句集に「具代句集」「現身」。　[賞]さいかち賞〔昭和36年・39年・41年〕

山田 野理夫　やまだ・のりお　詩人
大正11年（1922年）7月16日 ～ 平成24年（2012年）1月24日　[生]宮城県仙台市　[名]本名＝山田徳郎（やまだ・のりお）　[学]東北帝国大学文学部〔昭和23年〕卒　[歴]大学で農業史を専攻。東北地方をテーマとした小説、評伝、詩などを執筆した。宮城県史編纂委員を務めた。著書に「山田野理夫詩集」「柳田国男の光と影—佐々木喜善伝」「怪談の世界」「東京きりしたん巡礼」「荒城の月—土井晩翠と滝廉太郎」「日本音紀行」などがある。　[賞]農民文学賞（第6回）〔昭和36年〕「南部牛追唄」

山田 秀人　やまだ・ひでと　詩人
昭和24年（1949年）1月16日 ～ 昭和58年（1983年）6月13日　[生]福岡県大牟田市　[名]筆名＝ドンパック　[歴]3歳で進行性筋ジストロフィーを発症し、昭和35年11歳の時に仙台市の国立療養所西多賀病院に入院。難病と闘いながら詩を書き続け、"ドンパック"の筆名で「あいのぽえむ」「あなたの白い夜に」「蒼ざめた午後に」の3冊の詩集を出版した。50年弟らと企画団体・ありのまま舎を設立。筋ジスの実態を訴えた映画「車椅子の青春」にもインタビュアーとして出演。58年34歳で亡くなった。平成17年、没後20年を記念して遺稿集「愛と孤独の詩」が刊行された。　[家]弟＝山田富也（ありのまま舎専務理事）

山田 弘子　やまだ・ひろこ　俳人
昭和9年（1934年）8月24日 ～ 平成22年（2010年）2月7日　[生]兵庫県朝来郡和田山町（朝来市）　[名]旧姓・旧名＝谷本弘子（たにもと・ひろこ）　[学]武庫川女子短期大学英文科〔昭和33年〕卒　[歴]小学校時代より「草笛」で作句。昭和21年頃から創作活動に参加するが、結婚により中断。45年創作を再開し「ホトトギス」に投句、高浜年尾、稲畑汀子に師事。48年「木兎」の京極杞陽主宰に師事。56年同人。62年伝統俳句協会創立に参加。平成7年「円虹」を創刊。15年NHK俳壇選者。句集に「螢川」「こぶし坂」「懐」「春節」「草蟬」「残心」「十三夜」などがある。　[賞]雨月新人賞〔昭和51年〕，雨月推薦作家賞（5回），日本伝統俳句協会賞（第2回）〔平成3年〕「去年今年」，兵庫県文化賞〔平成14年〕，日本詩歌句大賞（第3回）〔平成19年〕「残心」，日本伝統俳句協会賞（第19回）〔平成20年〕「十三夜」

山田 不染　やまだ・ふせん　俳人
大正4年（1915年）2月16日 ～ 平成6年（1994年）4月17日　[生]大阪府大阪市　[名]本名＝山田市郎（やまだ・いちろう）　[学]京都帝国大学法学部〔昭和12年〕卒　[歴]昭和22年山田商店社長、のち会長に。一方、22年高浜年尾に入門して俳句を始める。「山茶花」同人のち、49年「ホトトギス」同人。60年日本伝統俳句協会会員。句集に「夏山」「水仙島―夫婦句集」。

山田 文男　やまだ・ふみお　俳人
明治43年（1910年）3月6日 ～ 昭和59年（1984年）2月9日　生神奈川県　名本名＝山田文雄　学二松学舎専中退　歴昭和17年療養中の清瀬病院より「馬酔木」に投句、併せて篠田悌二郎主宰「初鴨」を暫く学び、院内誌で木津柳芽選を受ける。23年「馬酔木」同人。句集に「朴の花」。　賞馬酔木新人賞〔昭和23年〕

山田 文鳥　やまだ・ぶんちょう　俳人
大正7年（1918年）8月8日～昭和57年（1982年）5月25日　生愛媛県　名本名＝山田彦邦　学青年学校卒　歴昭和24年森薫花壇の手ほどきを受ける。29年「季刊せきれい」創刊主幹、53年月刊に改め主宰。53年鷹羽狩行に師事。55年「狩」会友。

山田 碧江　やまだ・へきこう　俳人
明治27年（1894年）2月20日 ～ 昭和60年（1985年）4月22日　生福井県　名本名＝山田慶雄（やまだ・のぶお）　学明治小卒　歴アサカ理研大企業会長。俳句は碧江と号し、「にひはり」「馬酔木」に投句。昭和10年俳誌「中川」を発行、のち「葛飾」に改名。「鶴」同人。

山田 蒲公英　やまだ・ほこうえい　俳人
明治34年（1901年）2月16日 ～ 昭和47年（1972年）3月27日　生長野県下諏訪町　名本名＝山田仁（やまだ・まさし）　歴大正4年から俳句を始め、6年「海紅」に拠り、中塚一碧楼に師事した。昭和6年から家業の製糸業に専念、12年「海紅」に復帰。14年「梶の葉」を発行した。戦後は「海紅同人句録」「青い地球」などに句作を続けた。「蒲公英句集」がある。

山田 正弘　やまだ・まさひろ　詩人
昭和6年（1931年）2月26日 ～ 平成17年（2005年）8月10日　生東京都　名本名＝梅原正弘　学文化学院文学部卒　歴昭和29年詩誌「氾」の創刊に参加、清新な詩人の一人として注目される。脚本家として活躍し、吉田喜重監督の「エロス＋虐殺」「告白的女優論」「さらば夏の光」を手がけた。他の脚本作品にテレビ「ウルトラQ」「ウルトラマン」「中学生日記」「とおりゃんせ」「いけずごっこ」などがある。

山田 みづえ　やまだ・みずえ　俳人
大正15年（1926年）7月12日 ～ 平成25年（2013年）5月18日　生宮城県仙台市　名前名＝井戸みづえ　学日本女子大学国文科〔昭和19年〕中退　歴国文学者・山田孝雄の二女。大学を中退して結婚、井戸姓となるが、昭和30年離婚。32年石田波郷に師事して「鶴」に入会、35年同人。36年山田姓に戻る。50年句集「木語」で俳人協会賞。54年俳誌「木語」を創刊・主宰。平成16年終刊。5～16年河北新報「河北俳壇」選者を務めた。他の句集に「忘」「手甲」「草譜」「味爽」「中今」、随筆に「忘・不忘」「花双六」などがある。　賞角川俳句賞（第14回）〔昭和43年〕「梶の花」，鶴風切賞（第14回）〔昭和45年〕，俳人協会賞（第15回）〔昭和50年〕「木語」　家父＝山田孝雄（国語学者），兄＝山田忠雄（国語学者），山田英雄（日本史学者），山田俊雄（国語学者）

やまだ 紫　やまだ・むらさき　詩人
昭和23年（1948年）9月5日 ～ 平成21年（2009年）5月5日　生東京都世田谷区　名本名＝白取三津子（しらとり・みつこ）　歴デザイン事務所に勤める傍ら漫画を描き始め、昭和44年「COM」第3回新人賞を「鳳仙花」で受賞しデビュー。46年「ガロ」入選。以降、女流漫画家の先駆けとして精力的に作品を発表。日常生活の中の女性の心をさりげなく描いた作品で男性にも人気がある。平成18年京都精華大学マンガ学部専任教授に就任。代表作に「性悪猫」「しんきらり」「Blue Sky」「御伽草子」、エッセイ集「満天星みた」、漫画とエッセイの作品集「愛のかたち」、詩画集「樹のうえで猫がみている」などがある。

山田 百合子　やまだ・ゆりこ　歌人
明治32年（1899年）7月6日～平成7年（1995年）12月21日　生東京都　名本名＝山田ユリ　学女子学習院卒　歴在学中に尾上柴舟の手ほどきを受ける。昭和2年宇都野研に師事、「自禱」に入会。同誌解散後の4年「勁草」発刊に同人として参加。23年6月「勁草」の戦後復刊以来主宰。歌集に「幼瞳」「影」「波」「残雪」「野路」がある。

山田 諒子　やまだ・りょうこ　俳人
昭和6年（1931年）12月6日 ～ 平成24年（2012年）10月23日　生山形県山形市　学山形高女卒　歴昭和44年「氷海」に入門し、秋元不死男、上田五千石に師事。48年「畦」創刊に参加。平

成14年「春塘」創刊代表となったが、19年退任した。句集に「屈折率」「私のマリア月」「無響音」などがある。 賞畦新人賞（第1回）〔昭和54年〕，畦賞（第3回）〔昭和56年〕

山田 良行　やまだ・りょうこう　川柳作家
大正11年（1922年）10月8日～平成11年（1999年）3月15日 生旧満州遼寧省営口 出石川県 名本名＝山田良行（やまだ・よしゆき） 学ハルビン医科大学卒 歴昭和21年金沢市に復員し、医師として金沢市立病院内科に勤務。「きたぐに」主幹。平成元年より日本川柳協会理事長。北国川柳社会長、山田衛生コンサルタント事務所所長なども務めた。監修に「いずこもおなじ 平成家族川柳」がある。

山田 麗眺子　やまだ・れいちょうし　俳人
明治36年（1903年）11月12日～平成8年（1996年）10月16日 生愛知県名古屋市 名本名＝山田政一 歴大正12年～昭和17年新聞記者を務め、愛知新聞主筆代理となる。18～21年科学工業新聞社課長。俳句は、大正9年臼田亜浪に師事し、「石楠」入会、昭和12年同人。21年「南風」創刊・主宰。句集に「冬海」「大王崎」「渓谷」「黒海」「白樺」「讃岐野」「桂林」「南西諸島」「南西諸島以後」「山田麗眺子全句集」など。

大和 雨春　やまと・うしゅん　俳人
大正3年（1914年）5月3日～平成12年（2000年）6月4日 生兵庫県 名本名＝大和鎮男（やまと・しずお） 学加古川中卒 歴昭和12年社内俳壇の東洋吟社を創刊。22年同志と俳誌「彩雲」を創刊、終始日野草城に師事する。26年「青玄」「河」「草苑」を経て、50年「鹿火屋」同人。

大和 克子　やまと・かつこ　歌人
大正10年（1921年）6月1日～平成23年（2011年）12月30日 生東京市深川区（東京都江東区） 歴昭和16年「日本歌人」に入会し、前川佐美雄に師事。29年「短歌人」に入会、38年編集委員。43年同人誌「ENU」の発行責任者となり、9号まで刊行。歌集に「無花果家族」「胡桃浦置文」「夢畔風土記」などがある。

山名 康郎　やまな・やすろう　歌人
大正14年（1925年）12月15日～平成27年（2015年）6月18日 生北海道空知郡南富良野村（南富良野町） 学明治大学中退 歴昭和23年北海道新聞社に入社。稚内支局長、本社地方部次長、同地方委員を経て、56年編集委員。61年定年退職。歌人としては、父が歌人であった影響で、14年「潮音」に入会して太田水穂、四賀光子に師事。29年中城ふみ子の歌集「乳房喪失」出版に協力、「潮音」「新墾」を脱会して中城や宮田益子らと「凍土」を創刊。同年北海道歌人会を設立。一時作歌を中断したが、43年「潭」を創刊。51年「潮音」に復帰、60年より同誌選者。同年第一歌集「冬の旗」を出版。62年より「花林」を創刊・主宰した。61年～平成9年北海道新聞日曜文芸欄の短歌選者、昭和61年～平成22年北海道新聞短歌賞選考委員を務めるなど、北海道歌壇の発展や後進の育成に貢献。18年第三歌集「冬の骨」で日本歌人クラブ賞を受けた。他の歌集に「冬の凪」、著書に「短歌ノート」「中城ふみ子の歌」などがある。 賞日本歌人クラブ賞（第33回）〔平成18年〕「冬の骨」，北海道文化賞〔平成21年〕 家父＝山名薫人（歌人）

山中 暁月　やまなか・ぎょうげつ　俳人
明治36年（1903年）11月4日～平成7年（1995年）10月15日 生栃木県下都賀郡 名本名＝山中才一郎 学文部省中等教員検定試験国漢科合格 歴大正14年「渋柿」の同人となり、東洋城、喜舟、山冬子の指導を受ける。句集に「鐘愛」「百千鳥」がある。

山中 たから　やまなか・たから　俳人
明治44年（1911年）8月3日～昭和60年（1985年）12月4日 生宮崎県 名本名＝山中宝一（やまなか・ほういち） 学東京慈恵会医科大学卒 歴昭和26年より作句。「椎の実」「菜殻火」同人。49年「握手」に同人として参加。 賞椎の実作家賞，日向市文化功労賞，握手賞

山中 智恵子　やまなか・ちえこ　歌人
大正14年（1925年）5月4日～平成18年（2006年）3月9日 生愛知県名古屋市西区下薗町本重町角 学京都女子専門学校国文科〔昭和20年〕卒 歴昭和21年「オレンヂ」創刊に参加し、前川佐美雄に師事。「日本歌人」復刊にかかわり、31年第1回日本歌人賞を受賞。32年第一歌集「空間格子」を刊行。34年塚本邦雄らと「極」を発刊、前衛短歌運動にも参加した。39年より村上一郎創刊の「無名鬼」に作品を発表。60年亡き夫を歌った「星肆」で迢空賞。古典と前衛短歌に立脚、確固たる思想性を美しい韻律と言葉により表現。歌を“禁じられた遊び”として受けとめ、感情のあからさまな表白を自らに禁ずることで、高い調べを奏でる唯一の歌人、と評さ

れた。歌集に「紡錘」「みずかありなむ」「虚空日月」「短歌行」「風騒思女集」「神末」「玉藻鎮石」「玲瓏之記」、評論集に「三輪山伝承」「斎宮女御徽子女王」「斎宮志」「存在の扇」など。 賞日本歌人賞(第1回)〔昭和31年〕, 現代短歌女流賞(第3回)〔昭和53年〕「青章」, 短歌研究賞(第20回)〔昭和59年〕「星物語」, 迢空賞(第19回)〔昭和60年〕「星肆」, 前川佐美雄賞〔平成17年〕「玲瓏之記」

山中 散生　やまなか・ちるう　詩人

明治38年(1905年)5月7日～昭和52年(1977年)9月11日　出愛知県　名本名＝山中利行　学名古屋高商卒　歴名古屋高商在学中、フランス文学者横部得三郎(詩人西脇順三郎の従兄弟)に師事。卒業後はNHK名古屋支局に勤務した。傍ら、西脇順三郎、滝口修造らとともに日本におけるシュールレアリスム運動を推進し、詩人・実作者として昭和4～30年アヴァンギャルド詩誌「CINE」を主宰。10年には「山中散生詩集」を刊行した。またアンドレ・ブルトン、ポール・エリュアール、ハンス・ベルメールといった海外シュールレアリストの著書の翻訳・紹介にも努めた。特にブルトン、エリュアールとは親しく文通し、11年ブルトン、エリュアール共著の「童貞女受胎」を訳刊。また、彼らの編集した「シュールレアリスム事典」にも“日本のシュールレアリスト”として掲載された。マン・レイら海外の前衛写真家を紹介したことでも知られ、10年下郷羊雄、山本悍右、坂田実、田島二男らとなごや・ふおと・ぐるっぺを結成。12年には滝口とともに「海外超現実主義作品展」を開催し、多くの前衛画家・写真家に影響を与えた。著書に「L'echange surrealiste」「シュルレアリスム 資料と回想」「ダダ論考」などがある。

山中 鉄三　やまなか・てつぞう　歌人

大正8年(1919年)8月21日～平成15年(2003年)4月4日　生山口県徳山市　学早稲田大学国文科卒　歴大学在学中に窪田空穂・会津八一に学び、「槻の木」に参加。昭和30年「山口県短歌」を創刊・主宰。日本歌人クラブ委員、山口県歌人協会代表などを歴任。歌集に「流光」「天花」「くさまくら」「オリエントの歌」「黄土微韻」、歌文集に「衣々の歌」などがある。 勲勲四等瑞宝章〔平成4年〕

山中 不艸　やまなか・ふそう　俳人

明治41年(1908年)9月21日～平成2年(1990年)1月13日　生和歌山県日高郡御坊町　名本名＝山中三郎　学日高中卒　歴御坊町役場に入り、昭和48年市立図書館長で退職。この間、28年「馬酔木」「南風」「鶴」に投句。32年「鶴」、33年「南風」、54年「鶴」同人。また26年間に亘り、朝日新聞和歌山版俳句選者を務めた。句集に「汐木」がある。 賞南風賞〔昭和37年〕, 御坊市文化賞(第1回)〔昭和51年〕

山之口 貘　やまのくち・ばく　詩人

明治36年(1903年)9月11日～昭和38年(1963年)7月19日　生沖縄県那覇区東町大門前(那覇市)　名本名＝山口重三郎(やまぐち・じゅうざぶろう)　学沖縄一中〔大正3年〕中退　歴中学中退後、大正11年に上京したが、翌12年の関東大震災で一度帰郷し、15年に再上京して詩作に専念、佐藤春夫の知遇を得る。「歴程」同人となるが、就職、離職、失業、放浪の状態が15年ほど続く。昭和13年「思弁の苑」を、15年「山之口貘詩集」を刊行。14年から23年にかけて東京府職業紹介所に勤務、以後は文筆生活に入る。33年「定本山之口貘詩集」を刊行し、34年に高村光太郎賞を受賞。没後、山之口貘賞が設けられた。 賞高村光太郎賞(第2回)〔昭和34年〕「定本山之口貘詩集」, 沖縄タイムス賞〔昭和38年〕

山畑 禄郎　やまはた・ろくろう　俳人

明治40年(1907年)7月24日～昭和62年(1987年)2月7日　生東京市浅草区(東京都台東区)　学日本大学専門部経済科卒　歴昭和4年「土上」入会、10年同人となるが、16年俳句事件では検挙をまぬがれた。24年「天狼」同人参加。新俳句人連盟、現代俳句協会を経て、46年俳人協会入会。55年俳人協会評議員。句集に「円座」。

山村 金三郎　やまむら・きんざぶろう　歌人

大正14年(1925年)6月3日～平成15年(2003年)5月2日　生滋賀県　学国学院大学卒　歴昭和18年国学院大学予科入学以来、折口信夫(釈迢空)に師事して「鳥船」に入会。迢空没後は30年「地中海」に入会、香川進に師事。同誌常任委員、滋賀県歌人協会副代表幹事などを務めた。歌集に「漣」「東寺炎上」、文集に「近江路の万葉」などがある。

山村 公治　やまむら・こうじ　歌人

大正8年(1919年)3月4日～平成3年(1991年)10月30日　生奈良県　学奈良師範〔昭和13年〕

卒　歴薫英高校校長、奈良県音楽芸術協会副会長、生駒市音楽芸術協会会長などを歴任。また、昭和19年「アララギ」入会、のち選者を務める。歌集に「草の風」「羊追ふ民」「ビルかげの道標」。

山村 湖四郎　やまむら・こしろう　歌人
明治28年（1895年）12月11日～昭和60年（1985年）7月14日　生長野県東筑摩郡芳川村（松本市）　学青山学院高等部卒　歴昭和9年「創作」に入会、若山喜志子、のち長谷川銀作・阿部太に師事。28年「朝霧」を創刊・主宰。歌集に「彩雪」「野茨」「柊の花」がある。

山村 順　やまむら・じゅん　詩人
明治31年（1898年）1月25日～昭和50年（1975年）12月22日　生東京市神田区錦町（東京都千代田区）　歴大正13年「羅針」を創刊し「旅」「暮春自傷」「曇り日の参加」などの詩作を発表。同年水木弥三郎との共著「青い時」を刊行し、15年「おそはる」を刊行。他の詩集に「水兵と娘」「空中散歩」「花火」などがある。

山室 静　やまむろ・しずか　詩人
明治39年（1906年）12月15日～平成12年（2000年）3月23日　生鳥取県鳥取市粟谷町　出長野県佐久市　学東北帝国大学法文学部美学科〔昭和16年〕卒　歴昭和2年に上京、岩波書店などに勤務。プロレタリア科学研究所研究員の時に平野謙、本多秋五と知り合う。7年ごろから文芸批評を始め、「明治文学研究」の編集を担当。13年東北帝大に入学。14年「現在の文学の立場」を刊行。戦後、長野県小諸市で青少年教育のための高原学舎を設立し、堀辰雄らと季刊誌「高原」を創刊。21年「近代文学」同人となり、24年上京。文芸評論家として活躍。日本女子大学教授として児童文学を講じる。ヨーロッパ・北欧神話、アンデルセン、ヤンソンの「ムーミン」シリーズなどの翻訳紹介の他、島崎藤村、小川未明、宮沢賢治など詩人の研究・評論がある。48年「山室静著作集」（全6巻）で第1回平林たい子文学賞を、50年「アンデルセンの生涯」で毎日出版文化賞を受賞。ほかに「北欧文学の世界」「島崎藤村—生涯と言葉」「ひっそりと生きて—詩と回想」「聖書物語」、詩集「時間の外で」、訳詩集「タゴール詩集」「峡湾と牧場の国から」、短編集「遅刻抄」、「山室静自選著作集」（全10巻，郷土出版社）など著訳書多数。「オルフェ」同人。　家父＝山室藤城（漢詩人）

山本 いさ翁　やまもと・いさお　俳人
大正14年（1925年）9月30日～平成12年（2000年）4月16日　生大阪府　名本名＝山本勇男　学旧制工業学校卒　歴昭和26年結核療養所入院時代に中村若沙に師事して入門。のち「いそな」（のち「未央」）「柿」「ホトトギス」に所属。「柿」同人。日本伝統俳句協会評議員を務めた。句集に「少年工」がある。

山本 遺太郎　やまもと・いたろう　詩人
明治44年（1911年）6月22日～平成13年（2001年）8月29日　出岡山県岡山市　学岡山一商卒　歴昭和23年岡山県総合文化センターに入り、のち文化課長として文化事業を広く手がけた。一方、21年作家の藤原審爾と文芸誌「文学祭」を創刊。22年吉田研一、吉塚謹治、永瀬清子らと詩誌「詩作」を創刊し、戦後の岡山文学の基礎を作った。54～59年岡山オリエント美術館初代館長。61年～平成5年吉備路文学館初代館長。岡山県詩人協会理事長、イット同人会代表、岡山県文学選奨総合審査委員、坪内譲治文学賞審査委員など多くの要職を歴任した。詩集に「楽府」、エッセイ「岡山の文学アルバム」「鶏肋集」など。　賞岡山出版文化賞〔昭和52年〕，岡山文化賞〔昭和53年〕，三木記念賞〔昭和62年〕

山本 格郎　やまもと・かくろう　詩人
大正2年（1913年）3月22日～平成10年（1998年）1月19日　出兵庫県　学神戸商科大学卒　歴第二次「灌木」同人。日本詩人クラブ理事を務めた。詩集に「天の乳房」「風紋」がある。

山本 嘉将　やまもと・かしょう　歌人
明治41年（1908年）10月24日～平成4年（1992年）12月24日　生鳥取県岩美郡大茅村（鳥取市）　学東京高師研究科卒　歴鳥取県内の小・中・高等学校の教壇に立ち、昭和30年鳥取図書館長、39年八頭高校長、43年夙川学院短期大学、神戸学院女子短期大学講師のち教授。48年国立国文学研究資料館調査委員。この間、県内の多くの学校の校歌を作詞。また近世の文学、特に和歌の研究を重ね、13年には窪田空穂に師事。戦後は無所属となり独自の活動を続け、鳥取文芸協会会長や鳥取県歌人協会会長などを歴任。また、学術研究の傍ら郷土文化の開発進展に尽力。著書に「香川景樹論」「明窓」「清流」など。勲勲四等瑞宝章　賞鳥取市文化賞〔昭和53年〕

山本 和夫　やまもと・かずお　詩人
明治40年（1907年）4月25日～平成8年（1996年）5月25日　生福井県小浜市　学東洋大学倫理学東洋文学科〔昭和4年〕卒　歴大学時代から詩作を始め「白山詩人」「三田文学」などに関係し、昭和13年刊行の「戦争」で文芸汎論詩集賞を受賞。以後「仙人と人間との間」「花のある村」「花咲く日」「亜細亜の旗」などの詩集や、童話集「戦場の月」「大将の馬」を刊行。戦時中は陸軍将校として中国で過ごす。戦後は東洋大学で児童文学を講じ、児童文学作家として活躍。「トナカイ」創刊に参加、「魔法」同人。小浜市に「山本和夫文庫」を設立し、読書運動に尽力。福井県立若狭歴史民俗資料館館長も務めた。他の著書に小説「一茎の葦」「青衣の姑娘」、児童文学「町をかついできた子」「燃える湖」「海と少年—山本和夫少年詩集」「シルクロードが走るゴビ砂漠」、詩集「峠をゆく」「ゲーテの椅子」「影と共に」、評論「国木田独歩研究ノート」「子規ノート」「芭蕉ノート」などがあり、詩人、作家、評論家として幅広く活躍した。賞文芸汎論詩集賞（第6回）〔昭和14年〕「戦争」　家妻＝露木陽子（詩人）

山本 柑子　やまもと・かんし　俳人
明治42年（1909年）2月19日～昭和59年（1984年）12月20日　生和歌山県海草郡下津町橋本　名本名＝山本忠一（やまもと・ただかず）　学高小卒　歴昭和31年岩根冬青、今川凍光に師事。たちばな俳句会をつくる。45年「天狼」会友、53年「天狼」同人。　賞天狼コロナ賞〔昭和52年〕

山本 悍右　やまもと・かんすけ　詩人
大正4年（1915年）3月30日～昭和62年（1987年）4月2日　生愛知県名古屋市　学名古屋商〔昭和4年〕卒　歴実家は名古屋の写真材料店で、店にアマチュア写真家グループ・青憧社があった。東京のアテネフランセで学び、昭和12年北園克衛の前衛詩人グループ・VOUクラブ同人に。同年山中散生と、13年後藤敬一郎と知りあい、のちにシュールレアリスム詩誌「夜の噴水」を創刊。14年ナゴヤ・フォトアバンガルドに参加。15年「フォトタイムス」に坂田稔により作品3点掲載。22年後藤敬一郎らと写真家集団・VIVI社を結成。25年第10回美術協会展に出品。30年「VOU」形象展出品。31年実験グループ・ESPACEを結成。33年前衛詩人協会の結成に参加、年刊アンソロジー「鋭角・黒・ボタン」に詩、写真を発表。

山本 寛太　やまもと・かんた　歌人
明治42年（1909年）6月23日～平成16年（2004年）11月8日　生山梨県　歴中学時代より作歌を始め、昭和4年「青垣」に入会して新田寛に師事。のち同人、選者。傍ら46年「水門」を創刊、編集する。歌集に「北緯49度」「川堀」「江東集」「利根川」「真菰」がある。　賞日本歌人クラブ賞（第25回）〔平成10年〕「真菰」

山本 紅童　やまもと・こうどう　俳人
大正15年（1926年）3月1日～平成22年（2010年）11月11日　生山梨県　名本名＝山本弘道（やまもと・ひろみち）　学甲府工卒　歴昭和24年加賀美子麓の指導を受け、「麓会」会員。25年「裸子」に投句、39年同人。「裸子」同人会幹事も務めた。句集に「自涼」がある。

山本 古瓢　やまもと・こひょう　俳人
明治33年（1900年）3月20日～平成2年（1990年）1月14日　生滋賀県甲賀郡　名本名＝山本皓章（やまもと・こうしょう）　歴独学で俳句を学び、昭和27年俳誌「蘇鉄」を創刊・主宰。37年俳人協会に入会。句集に「町川」「風林抄」「鳥雲抄」「小春賦」「雪嶺抄」「杖吟抄」。

山本 嵯迷　やまもと・さめい　俳人
明治27年（1894年）9月1日～昭和48年（1973年）2月25日　生福井県鳥羽村　名本名＝山本信夫　歴長谷川零余子、かな女に師事して、「枯野」「水明」で活躍。沢本知水の弟。東京興信所社長。句集に「ばらの虫」「風蘭の帖」「山本嵯迷全句集」がある。　家父＝沢本知水（俳人），妹＝長谷川秋子（俳人）

山本 詩翠　やまもと・しすい　俳人
大正14年（1925年）8月10日～平成7年（1995年）3月22日　生愛知県豊橋市　名本名＝山本重男　学鉄道教習所専修部卒　歴国鉄退職後、洋品店を経営。俳句は昭和21年「石楠」系俳人市川丁子の手ほどきを受ける。22年「林苑」入会。32年「風」入会。33年「林苑」同人。36年「風」同人。48年俳人協会会員。句集に「童画」がある。　賞風賞〔昭和37年〕，林苑賞〔昭和56年〕

山本 修之助　やまもと・しゅうのすけ　俳人
明治36年（1903年）2月1日～平成5年（1993年）

1月25日 生新潟県佐渡郡 学佐渡中卒 歴佐渡奉行の本陣を務めた旧家の11代当主。漢学者だった父・静古が収集した古文書、写本、玩具、島の民謡や民話、伝説などをもとに約20年かけ「佐渡叢書」16巻を刊行。他に島の人形芝居やわらべ唄、観光案内書、佐渡の百年史など数10冊を自費出版し、島の歴史と文化の第一級資料の復刻なども行った。また俳人でもあり、昭和20年「馬酔木」に入会。佐渡新報俳壇選者も務めた。句集に「春雪」「海見ゆる坂」。 家父＝山本静古（漢学者）

山本 千之　やまもと・せんし　俳人

昭和4年（1929年）1月2日～平成18年（2006年）8月4日 生愛知県豊橋市 名本名＝山本輝夫（やまもと・てるお） 学名古屋大学教育学部教育心理〔昭和30年〕卒，名古屋大学大学院教育学研究科〔昭和32年〕修士課程修了 歴昭和34年法務省法務総合研究所を経て、37年電通に入社。大阪支社マーケティング局マーケティング・ディレクター、市場分析部長，電通リサーチ大阪支社長、資料部長を経て、第一ディレクター室長。平成元年姫路独協大学外国語学部教授。一方、俳人としては昭和22年「林苑」に入会して太田鴻村に師事。45年赤尾兜子主宰「渦」に同人参加。平成9年「一粒」創刊代表。句集に「あゆみ」「軌跡」「遠花火」などがある。

山本 武雄　やまもと・たけお　歌人

大正2年（1913年）11月24日～平成15年（2003年）9月5日 出兵庫県神戸市 歴昭和8年「六甲」創刊と同時に入会し、26年より編集主宰。56年発病により編集を退く。兵庫県歌人クラブ幹事、神戸新聞歌壇選者を務めた。歌集に「終発車」「朴の花」がある。 賞神戸市文化賞〔昭和59年〕

山本 太郎　やまもと・たろう　詩人

大正14年（1925年）11月8日～昭和63年（1988年）11月5日 生東京都大田区大森 学東京大学文学部独文学科〔昭和25年〕卒 歴高校卒業後、海軍予備学生として魚雷艇の特攻要員となる。大学卒業後は「アトリエ」編集長などを務め、のち法政大学教授。昭和24年「零度」を創刊、25年「歴程」同人となり、29年「歩行者の祈りの唄」を刊行。48～49年日本現代詩人会長を務めた。詩集に「ゴリラ」「覇王紀」「単独者の愛の唄」「糺問者の惑いの唄」「譚詩集」、評論集に「詩のふるさと」、詩画集「スサノヲ」、紀行「サハラ放浪」などがある。53年「山本太郎詩全集」（全4巻，思潮社）を出版。 賞高村光太郎賞（第4回）〔昭和36年〕「ゴリラ」，読売文学賞（第21回）〔昭和44年〕「覇王紀」，歴程賞（第13回）〔昭和50年〕「ユリシーズ」「鬼文」 家父＝山本鼎（画家），伯父＝北原白秋（詩人）

山本 哲也　やまもと・てつや　詩人

昭和11年（1936年）5月7日～平成20年（2008年）3月12日 生福岡県福岡市 学国学院大学文学部〔昭和35年〕卒 歴修猷館高校、福岡高校で国語教師を務める傍ら、詩作に励み、昭和38年現代詩手帖賞、42年福岡県詩人賞を受賞。58年第一経済大学助教授を経て、教授。平成8～14年詩と批評誌「九」を北川透と共同編集。また昭和62年～平成8年西日本新聞で西日本詩時評を担当。九州芸術祭文学賞の福岡市地区選考委員も務め、評価の低かった大道珠貴の原稿を強く推して第一席にし、のちに芥川賞作家となった大道が世に出るきっかけの一つを作った。詩集に「連禱騒々」「冬の光」「静かな家」「一篇の詩を書いてしまうと」、論集に「詩という磁場」「詩が、追いこされていく」などがある。 賞現代詩手帖賞（第3回）〔昭和38年〕，福岡県詩人賞〔昭和42年〕，福岡市文学賞（第3回，昭和47年度），福岡市文化賞（文学部門）〔平成7年〕

山本 友一　やまもと・ともいち　歌人

明治43年（1910年）3月7日～平成16年（2004年）6月9日 生福島県福島市 学福島中〔昭和3年〕卒 歴福島中学3年の大正14年、石川啄木の歌集を読んで感激し作歌を始める。昭和4年上京して博進館に入社。同年「国民文学」に入り松村英一に師事。6年満州へ渡り、敗戦まで軍用鉄道の建設業務に従事。16年第一歌集「北窓」を刊行。21年引き揚げ。22年新歌人集団結成に参加。28年香川進らと歌誌「地中海」を創刊。33年角川書店宣伝課長となり、取締役経理部長を経て、45年在籍のまま多摩文庫常務に出向。48年角川文庫流通センター社長。51年研究社出版社長となり、53年同社の傍系として英文学以外の一般文芸書の刊行を目的に九芸出版を設立して社長に就任した。57年師の逝去により「国民文学」を離れた。歌集に「布雲」「日の充実」「続日の充実」など。50年度より度々、宮中歌会始選者を務めた。 賞日本歌人クラブ推薦歌集（第14回）〔昭和43年〕「九歌」，現代短歌大賞（第6回）〔昭和58年〕「日の充実」「続・日の充実」

山本 肇　やまもと・はじめ　俳人
大正5年（1916年）2月4日～昭和63年（1988年）3月10日　生鳥取県　名本名＝山本正市（やまもと・しょういち）　学高小卒　歴昭和9年ハンセン病となり、以来長島愛生園で療養。23年梶井枯骨の指導を受ける傍ら、「鳴野」「雪解」に投句。29年「鶴」入会。のち同人。句集に「山本肇句集」「最終船」「海の音」。　賞風切賞〔昭和32年〕，鶴賞〔昭和37年〕

山本 治子　やまもと・はるこ　歌人
大正10年（1921年）4月5日～平成6年（1994年）3月5日　歴父は社会運動家で衆院議員を務めた山本宣治。生まれながら両手と左足に障害を持ち就学せず家庭教師に学んだ。のち短歌の道に入り18歳の時短歌誌「潮音」の同人に。平成3年父の生誕100年を機に初めて歌集「清明の季」を出版した。　賞潮音賞〔平成3年〕，紫式部市民文化賞〔平成3年〕「清明の季」　家父＝山本宣治（衆院議員）

山本 ひでや　やまもと・ひでや　俳人
明治42年（1909年）12月8日～平成4年（1992年）9月30日　生東京都　名本名＝山本英也（やまもと・ひでや）　学東京帝国大学法学部法律科〔昭和9年〕卒　歴昭和9年逓信省に入省。28年日本電信電話公社職員局長、31年経理局長（理事）、35年総務理事。俳人としても有名で、13年頃北京市北新華街公館で遠藤梧逸より俳句の手ほどきを受ける。戦中中断後、29年電々青桐会に加わり、富安風生、大橋越央子に師事。「若葉」「みちのく」同人。　勲勲二等瑞宝章〔昭和55年〕

山本 広治　やまもと・ひろじ　歌人
明治44年（1911年）5月1日～平成4年（1992年）4月16日　生滋賀県　学中央大学〔昭和10年〕卒　歴日銀勤務を経て、昭和20年西武自動車入社、24年常務。28年より衆院議員秘書を務め、32年近江鉄道代表、37年西武自動車販売代表。46年西武バス、西武タクシー各社長。また、歌人としては、17年「創作」に入社。若山喜志子、大悟法利雄に師事。のち「創作」選者を務める。歌集に「モスクワの虹」「遠き潮騒」。著書に「大東亜地域の交通」「バス屋のつぶやき」がある。　勲藍綬褒章〔昭和54年〕，勲三等旭日中綬章〔昭和59年〕

山本 藤枝　やまもと・ふじえ
⇒露木 陽子（つゆき・ようこ）を見よ

山本 歩禅　やまもと・ほぜん　俳人
大正7年（1918年）2月9日～平成3年（1991年）3月8日　生石川県金沢市　名本名＝山本直太（やまもと・なおた）　学京都帝国大学法学部〔昭和17年〕卒　歴昭和15年京大ホトトギス会に入り、16年長谷川素逝に師事。23年阿波野青畝に師事し、「かつらぎ」同人。42年かつらぎ推薦作家選考委員となる。句集に「森の鹿」。

山本 真畝　やまもと・まうね　俳人
大正3年（1914年）4月14日～平成12年（2000年）9月25日　生広島県　学北京皇典講究所　歴昭和46年「萬緑」入会、中村草田男に師事。53年同人。16年山東日華文芸研究会廟同人。54年萬緑句会幹事。　賞萬緑新人賞〔昭和52年〕

山本 牧彦　やまもと・まきひこ　歌人
明治26年（1893年）3月1日～昭和60年（1985年）8月24日　生兵庫県豊岡市　名本名＝山本茂三郎　学豊岡中卒　歴幼い頃から文学者を志したが断念、明治45年独学で医術開業歯科試験に合格し、大正7年京都で歯科医院を開業。昭和10年京都市歯科医師会長。17～22年京都市議を務めた。一方、大正末から淵上白陽の主宰していた「白陽」などに写真を発表して注目を集め、「芸術写真研究」「カメラ」などにも作品を発表。戦後は写真からは離れて歌人として活躍、昭和20年「新月」に入会、田中常憲没後の28年より同誌主宰、56年名誉顧問。写真集に「山本牧彦写真画集」、歌集に「日本の天」「菩提樹」などがある。

山本 道生　やまもと・みちお　俳人
昭和5年（1930年）3月9日～平成19年（2007年）8月23日　出石川県金沢市　学富山師範卒　歴昭和25年北国新聞社に入社。45年退社し、同年北陸ビイジェイエムに入社。営業部長、常務を経て、55年専務。60年頃から俳句を始め、俳誌「あらうみ」同人となり、平成16年から石川県俳文学協会会長に就任。他に石川県ウエイトリフティング協会名誉会長、一泉野球部OB会長、金沢ケーブルテレビネット取締役などを務めた。

山本 康夫　やまもと・やすお　歌人
明治35年（1902年）10月27日～昭和58年（1983年）5月30日　生長崎県諫早市　名本名＝山本

安男 学東京新聞学院卒 歴大正13年尾上柴舟に師事。昭和4年中国新聞入社と同時に広島短歌会を結成。編集局速記、校閲各部長を経て定年退社。5年、広島で短歌誌「処女林」(翌年「真樹」に改題)を創刊。日本歌人クラブ中国地区幹事。歌集に「菅原」「広島新象」「秋光」「生命讃歌」、歌論集に「短歌の真実」「歌話との随想」など。

山本 雄一　やまもと・ゆういち　歌人
明治36年 (1903年) 4月6日 ～ 昭和47年 (1972年) 8月8日 生東京都八王子市 歴大正10年「潮音」に入会して太田水穂に師事、のち鈴木北渓と「短歌街」を創刊。昭和21年1月「むさしの」を創刊・主宰(のち「新暦」と改題)。34年サンケイ新聞「都下版歌壇」選者。歌集に「歴程」「底流抄」がある。

山本 悠水　やまもと・ゆうすい　俳人
大正10年 (1921年) 1月24日 ～ 平成20年 (2008年) 1月30日 生岡山県 名本名＝山本茂 学旧高専中退 歴昭和42年「鶴」系俳人の樋口清紫の手ほどきを受ける。45年「麻」に入会、菊池麻風に師事。句集に「峠神」がある。 賞麻俳句賞〔昭和53年〕

山本 陽子　やまもと・ようこ　詩人
昭和18年 (1943年) 3月26日 ～ 昭和59年 (1984年) 8月 生東京都世田谷区 学日大芸術学部映画科〔昭和38年〕中退 歴昭和41年創刊の同人詩誌「あぽりあ」に参加。43年詩人の菅谷規矩雄が雑誌「現代詩手帖」時評で詩「『i』と間隙」を取り上げて知られるようになる。52年唯一の詩集「青春―くらがり」を刊行、その後の作品は自分で焼却。東京・目白の公団住宅に一人住まいし、安田生命ビルの掃除婦として働いていた。59年死去。62年七月堂から「山本陽子遺稿集」が出された。

山森 三平　やまもり・さんぺい　詩人
大正11年 (1922年) ～ 平成9年 (1997年) 7月5日 生北海道札幌市北一条 学陸軍経理学校卒 歴昭和24年詩誌「詩人街」を創刊し、編集発行人となる。傍ら、43年春陽会の山岡実の指導により絵画に傾倒し、個展を開催。54年渡仏。グランション・ミエールの美校で、主にクロッキー・デッサン等の基礎学を学ぶ。「詩人街」「詩宴」「壺」「歴象」同人。詩集に「虚無の季節」、著書に「想像する旅」がある。

やまや・のぎく　俳人
大正2年 (1913年) 11月23日 ～ 平成12年 (2000年) 10月14日 生東京都品川区大井町 名本名＝谷川ヒサ 学実践女専国文科・研究科卒 歴昭和30年「曲水」入門、渡辺桂子に師事。33年立川市民俳句会創立幹事。句集に「紙の蝶」「冬麗」「冬泉」などがある。 家夫＝谷川水車(俳人)

山家 竹石　やんべ・ちくせき　俳人
明治43年 (1910年) 3月30日 ～ 平成9年 (1997年) 1月30日 生宮城県 名本名＝山家武 学逓信官吏練習所行政科卒 歴昭和27年阿部みどり女に師事。31年「駒草」同人。48年宮城県芸術協会員。51年宮城県俳句クラブ副会長を務めた。 賞一力五郎賞〔昭和34年〕, 駒草賞〔昭和38年〕, 宮城県芸術祭文芸賞〔昭和55年〕

【ゆ】

湯浅 桃邑　ゆあさ・とうゆう　俳人
大正8年 (1919年) 2月25日 ～ 昭和56年 (1981年) 4月14日 生東京都品川区 名本名＝湯浅忠男(ゆあさ・ただお) 学旅順工科大学 歴旅順工大在学中「ホトトギス」に投句。東京に帰省中終戦を迎える。昭和21年ホトトギス社に入社。22年上野泰子らと新人会を結成し、高浜虚子に師事。24年「ホトトギス」同人、27年同人会幹事、のち「ホトトギス」編集長を25年間務めた。編纂にホトトギス900号記念「ホトトギ同人句集」がある。

結城 哀草果　ゆうき・あいそうか　歌人
明治26年 (1893年) 10月13日 ～ 昭和49年 (1974年) 6月29日 生山形県山形市下条町 名本名＝結城光三郎(ゆうき・みつさぶろう), 旧姓・旧名＝黒沼 歴初めは土岐哀果(善麿)の「生活と芸術」に投稿したが、大正3年斎藤茂吉の門に入り「アララギ」に入会、15年選者となる。昭和4年第一歌集「山麓」を出版。24年「山塊」、30年「赤光」を創刊・主宰。37年山形県芸術文化会議を創設し会長。43年斎藤茂吉記念館の初代館長に就任した。他の歌集に「すだま」「群峰」「まほら」「おきなぐさ」「結城哀草果全歌集」、随筆に「村里生活記」「哀草果村里随筆」(3巻)などがある。 勲紫綬褒章〔昭和41年〕, 勲三等瑞宝章〔昭和49年〕 家三男＝結城晋作

（歌人）

結城 健三　ゆうき・けんぞう　歌人
明治33年（1900年）2月9日～平成7年（1995年）3月17日 生山形県宮内町 学旧制中卒 歴少年雑誌投稿家として歌作を始め、中学卒業後、新聞社や県庁に勤めながら、作歌活動をつづける。「詩歌」「国民文学」「覇王樹」を経て、昭和22年「えにしだ」を創刊・主宰。斎藤茂吉記念館副理事長も務める。歌集に「寒峡」「月夜雲」、評論に「子規の文学精神」「子規への径」「結城健三の小歌論」など。 勲勲五等瑞宝章 賞斎藤茂吉文化賞（第9回，昭和38年度） 家息子＝結城よしを（作詞家）

結城 昌治　ゆうき・しょうじ　俳人
昭和2年（1927年）2月5日～平成8年（1996年）1月24日 生東京都 名本名＝田村幸雄（たむら・ゆきお） 学早稲田専門学校法科〔昭和24年〕卒 歴昭和23年に検察事務官となったが、間もなく発病。24年に早稲田専門学校を卒業すると東京療養所に入院し、石田波郷、福永武彦を知り、句作を始める。句集に「歳月」「金色」がある。のち小説家となり、38年「夜の終る時」で日本推理作家協会賞を、45年「軍旗はためく下に」で直木賞を、60年「終着駅」で吉川英治文学賞を受賞。推理小説、スパイ小説、ハードボイルド小説と幅広く活躍した。 勲紫綬褒章〔平成6年〕 賞直木賞（第63回）〔昭和45年〕「軍旗はためく下に」

結城 晋作　ゆうき・しんさく　歌人
大正15年（1926年）2月18日～平成25年（2013年）3月8日 生山形県 学本沢青年学校 歴アララギ派の歌人・結城哀草果の三男。昭和24年父に従って「山塊」に入会。30年仲間と「赤光」を創刊し編集委員となる。50年主宰の哀草果没後、題名を「山麓」と改め、発行所を自宅に移して、以後編集発行に従事。平成元年～22年山形新聞「やましん歌壇」選者。11年から斎藤茂吉記念全国大会運営委員も務めた。歌集に「春を呼ぶ雨」、合同歌集に「赤光歌集」「山麓歌集」がある。 賞斎藤茂吉文化賞（第53回）〔平成19年〕 家父＝結城哀草果（歌人）

結城 青龍子　ゆうき・せいりゅうし　俳人
明治41年（1908年）5月30日～平成6年（1994年）8月19日 生茨城県 名本名＝結城隆一（ゆうき・たかいち） 学東京外国語学校仏語部文科卒 歴昭和29年富安風生に師事、「若葉」に投句。38年投句中断。大野林火のみなと句会に出席。後に43年景山筍吉に師事、「草紅葉」に拠る。「草紅葉」同人。句集に「青龍」。

結城 ふじを　ゆうき・ふじお　詩人
大正14年（1925年）8月11日～平成17年（2005年）2月17日 生山形県鶴岡市 名本名＝結城芙二男 学山形工業学校卒 歴歌人の父や童謡詩人の兄・結城よしをの影響を受け、詩作を始める。兄の戦病死によって休刊した童謡誌「おてだま」を昭和23年に復刊、主宰する。全国唯一の月刊童謡作詞研究誌として評価され、日本作詩家協会の同人賞受賞。平成17年急逝し、同誌も665号で廃刊となった。詩謡集に「青春手巾」があり、童謡に「つんとうつらら」「ゆかいなまちのふうせんや」など。 賞日本童謡協会賞（昭和35年度） 家父＝結城健三（歌人），兄＝結城よしを（詩人）

結城 美津女　ゆうき・みつじょ　俳人
大正9年（1920年）12月4日～平成19年（2007年）10月25日 生山形県 名本名＝結城美津（ゆうき・みつ） 学旧制高女卒 歴昭和16年より「若葉」入門、のち「若葉」「春嶺」同人。句集に「毛糸玉」がある。 賞俳人協会全国大会文部大臣奨励賞

湯川 達典　ゆがわ・たつのり　詩人
大正10年（1921年）6月30日～平成16年（2004年）1月8日 出長崎県新魚目町 名本名＝湯川達 学京都帝国大学文学部〔昭和18年〕卒 歴高校教師の傍ら、戦前から詩作を始める。著書に詩集「とある日の歌」「流れのほとり」「人びとの中で」「ろうそくの火」「湯川達典詩集」、共著「太平洋合同詩集、ビル・ソロウの歌」、評論集「文学の市民性」などがある。

湯木 風乃子　ゆき・かぜのこ　俳人
昭和5年（1930年）2月21日～平成14年（2002年）12月23日 生広島県広島市南区 名本名＝湯木良平（ゆき・りょうへい） 学旧制工専卒 歴昭和46年田淵十風子に師事、「雷斧」同人。「雷斧夭夭集」選者を務めた。 賞筆の俳句全国大会大会賞〔昭和52年・53年・54年〕

柚木 衆三　ゆき・しゅうぞう　詩人
昭和5年（1930年）1月5日～昭和54年（1979年）10月22日 生北海道増毛郡増毛町 名本名＝川浪武男 学札幌逓信講習所卒 歴増毛郵便局勤務の傍ら詩作し、昭和26年第一詩集「うた

ごえは風に燃えて」を出す。27年から北海道の同人誌「流域」「風土」「朔風」などに参加。評論「郷土文学の新しい視点」が注目を浴びる。その後「留萠文学」「全逓北海道文学」誌や詩誌「未完成」、山岳会誌「未踏」に詩や評論を発表。著書に詩集「暑寒・わが青春の山」、評論集「白い縦走路」やライフワークとなった「全逓北海道文学運動史覚え書」など。没後「柚木衆三評論集」が刊行された。

柚木 治郎　ゆき・じろう　俳人
昭和3年（1928年）2月19日～平成8年（1996年）4月5日　生東京都足立区　名本名＝若林辰男　学法政大学英文科〔昭和25年〕卒　歴昭和26年東京電力入社。29年宇田零雨に俳句連句を師事する。42年赤松柳史に俳画俳句を師事。翌年「砂丘」同人。49年編集副委員長となる。56年「あした」同人参加。俳画展出品受賞。句集に「閃光」「青雲」「独楽」がある。　賞砂丘賞〔昭和42年〕

行沢 雨晴　ゆきざわ・うせい　俳人
大正12年（1923年）2月3日～平成22年（2010年）8月2日　生大阪府　名本名＝行沢治郎　学大阪工業大学電気工学科卒　歴昭和16年より作句。吉田週歩、三木朱城の指導を受ける。21年「雪解」入門。のち「懸巣」代表。句集に「ふたかみ」「草魚」「行沢雨晴集」がある。

行広 清美　ゆきひろ・きよみ　俳人
大正2年（1913年）2月16日～平成1年（1989年）12月13日　生広島県福山市　学東京帝国大学法学部〔昭和12年〕卒　歴逓信省に入り、昭和35年電電公社資材局長、37年理事、43年電気通信総合研究所理事長を歴任。旧六高在学中、「東炎」同人吉田寸草教授の要請により六高俳句会を復活。逓信省に入って富安風生に師事。「若葉」「みちのく」同人。句集に「踊る乞食」「花野富士」。　勲勲二等瑞宝章〔昭和58年〕，西ドイツ功労勲章一等功労十字章〔昭和60年〕　賞草樹会南原賞〔昭和45年〕

由比 晋　ゆひ・しん　歌人
大正15年（1926年）12月15日～平成18年（2006年）9月4日　生東京都　名本名＝進藤晋一（しんどう・しんいち）　歴歌集に「石の上の影」「自画像」「ひとり歌へる」がある。

油布 五線　ゆふ・ごせん　俳人
明治41年（1908年）12月25日～平成2年（1990年）8月14日　生大分県臼杵市　名本名＝油布清　歴昭和3年上京、鵜沢四丁に学び句作。14年臼田亜浪の「石楠」入会。同誌廃刊後「皿」「燐」に拠ったが、41年「蜜」を創刊して51年まで主宰。「俳句人」「八幡船」を経て、「再会」「蜜」所属。句集に「善人」「蘚苔類」「油布五線句集」などがある。

湯室 月村　ゆむろ・げっそん　俳人
明治13年（1880年）10月10日～昭和44年（1969年）8月15日　出大阪府能勢郡山田村　名本名＝湯室浅右衛門　歴18歳で青木薬舗に奉公し、青木月斗に師事。「日本新聞」「ホトトギス」などに投稿し、のち「車百合」「カラタチ」「同人」などに参加。月斗没後の昭和28年「うぐいす」を創刊・主宰。句集に「能勢」があり、田園作家として知られた。

湯本 喜作　ゆもと・きさく　歌人
明治33年（1900年）3月26日～昭和49年（1974年）1月11日　生岡山県岡山市　学京都帝国大学経済学部〔大正14年〕卒　歴安田銀行に入り、昭和26年日本海陸運輸専務。のち副社長を務めた。傍ら、早くから歌誌「水甕」に所属し、異色歌人の実証的研究に取り組んだ。歌集に「緑廊」「ちぎれ雲」「道はるか」、評論に「短歌論考」「愚庵研究」「アイヌの歌人」「近代異色歌人像」などがある。

百合山 羽公　ゆりやま・うこう　俳人
明治37年（1904年）9月21日～平成3年（1991年）10月22日　生静岡県浜松市伝馬町　名本名＝百合山又三郎　学浜松商〔大正12年〕卒　歴大正11年高浜虚子門下に入り、池内たけしの指導を受ける。昭和6年水原秋桜子と共に虚子門を去る。8年「馬酔木」同人。11年「海坂」を相生垣瓜人と主宰。現代俳句協会を経て、44年俳人協会員、のち評議員。句集に「春園」「故園」「寒雁」「楽土」、随筆集に「有玉閑話」がある。　賞馬酔木賞〔昭和38年〕，蛇笏賞（第8回）〔昭和49年〕「寒雁」，葛飾賞〔平成4年〕

【よ】

横内 菊枝　よこうち・きくえ　歌人
明治43年（1910年）10月21日～平成6年（1994年）11月3日　生東京都　学高女卒　歴高女卒

業の頃から今井邦子に師事し、椰の葉歌話会に入会。昭和11年「明日香」創刊より同人として参加。歌集に「寒紅梅」「春の譜」がある。

横尾 登米雄　よこお・とめお　歌人
明治31年（1898年）1月10日～昭和62年（1987年）7月17日　学大倉商卒　歴昭和12年「現実短歌」入会。23年「歩道」に入り、佐藤佐太郎に師事。歌集に「遠小波」。

横瀬 末数　よこせ・すえかず　歌人
明治36年（1903年）6月10日～昭和53年（1978年）12月18日　生三重県三重郡川越町　名本名＝横瀬末一　学中央大学専門部法学科〔昭和5年〕卒，大同学院〔昭和10年〕卒　歴中央大学在学中に作歌を始める。昭和9年満州にわたり大同学院に学ぶ。10年卒業、満州国高等官試補となり、熱海省参事官、囲場県副県長などを務めた。戦後、抑留生活を送り、22年帰国。23年から暁学園に勤務。事務嘱託、同高校教諭、副校長を経て、同短期大学講師、同大学教授として国文学を講じた。一方、26年アザミ短歌会に入会して作歌を再開。33年「童牛」創刊に参画、同誌の重鎮として活躍した。歌集に「断層」「陶の枕」などがある。

横田 茂　よこた・しげる　俳人
大正4年（1915年）3月31日～平成16年（2004年）11月3日　生埼玉県　学国学院大学高師部〔昭和12年〕卒　歴昭和20年埼玉県長瀞町の宝登山神社社司、21年宮司。51年埼玉県神社庁長、のち神社本庁長老。一方、俳人として44年「河」に入会、47年同人。54年「人」創刊に参加、同人。

横田 専一　よこた・せんいち　歌人
明治42年（1909年）3月6日～平成3年（1991年）1月5日　生茨城県行方郡　学千葉医科大学〔昭和7年〕中退　歴昭和13年五島茂の「立春」に入会、その後「蒼生」「花宴」「創生」を経て、32年「橋」創刊、編集発行責任者。また29年「十月会」を結成、代表者となる。歌集に「通風筒」「めたぼりずむ」「風土」「芳香族」「柘榴」など。

横田 操　よこた・みさお　俳人
明治42年（1909年）3月28日～昭和60年（1985年）11月2日　生熊本県熊本市　学大阪府立大手前高等女学校中退　歴「好日」同人。同誌の昭和47年度阿部筲人賞、57年度の好日賞を受けた。50年より俳人協会会員。　賞阿部筲人賞（昭和47年度），好日賞（昭和57年度）

横谷 清芳　よこたに・せいほう　俳人
大正5年（1916年）4月20日～平成1年（1989年）3月18日　生石川県能美郡　名本名＝横谷澄　学金沢高等工業機械工学科卒　歴「山茶花」「雨月」「ホトトギス」に投句。「雨月」「あらうみ」同人。「雨月」運営、編集委員を務める。

横溝 養三　よこみぞ・ようぞう　俳人
大正8年（1919年）8月19日～平成1年（1989年）2月18日　生東京都　歴昭和12年「俳句と旅」の犬塚楚江の手ほどきを受ける師没後28年中村草田男に師事し「萬緑」入会。36年同人。「萬緑」運営委員。句集に「脚立」「鱵の顔」。　賞萬緑新人賞〔昭和35年〕，萬緑賞〔昭和41年〕，角川俳句賞（第17回）〔昭和46年〕

横道 秀川　よこみち・しゅうせん　俳人
明治43年（1910年）2月22日～平成10年（1998年）6月2日　出北海道岩見沢市　名本名＝横道英雄（よこみち・ひでお）　学北海道帝国大学工学部土木工学科〔昭和7年〕卒　歴昭和7年北海道庁に入る。22年北海道開発局土木試験所長を経て、28年北海道大学工学部教授。48年定年退官。47年日本学術会議会員。秀川の俳号を持ち、俳誌「水明」同人。54年より俳誌「雪嶺」を主宰した。句集に「青き繁殖」「狼煙」など。　勲勲二等瑞宝章〔昭和57年〕　賞水明賞〔昭和38年〕

横山 うさぎ　よこやま・うさぎ　俳人
明治24年（1891年）1月～昭和43年（1968年）11月23日　生東京市芝区二本榎（東京都港区）　名本名＝横山嘉久造　学明治学院卒　歴郵便局長。父の右石に俳句を習い、南柯吟社の句会に出席、巌谷小波、内藤鳴雪、武田鶯塘らに師事、「南柯」同人。昭和10年新興俳句運動に共鳴、「草山」を創刊・主宰した。句集に「草山」がある。

横山 左知子　よこやま・さちこ　俳人
大正12年（1923年）4月7日～昭和61年（1986年）1月5日　生岩手県一関市　名本名＝横山幸子（よこやま・さちこ）　学岩手県立女学校卒　歴昭和30年横山うさぎの手ほどきを受ける。34年「河」入会、角川源義に師事。53年進藤一考の「人」創刊によりこれに転じ、のち同人。句集に「女の絵」などがある。　賞河新人賞〔昭和38年〕，河賞〔昭和52年〕

横山 信吾　よこやま・しんご　歌人
明治35年（1902年）1月13日～平成1年（1989年）12月4日　生茨城県　学慶応義塾大学法学部卒　歴中学卒業前から作歌。大学在学中に香蘭詩社に入会、村野次郎に師事。傍ら慶応短歌会に参加。のち「香蘭」選者。歌集に「拾遺・青春歌」「遅れた春」「行路の人」がある。

横山 青娥　よこやま・せいが　詩人
明治34年（1901年）12月25日～昭和56年（1981年）12月20日　生高知県安芸郡安芸町（安芸市）　名本名＝横山信寿（よこやま・のぶじゅ）　学早稲田大学文学部国文科〔昭和2年〕卒　歴大正10年西条八十の門下生となり、大正15年から昭和9年にかけて「愛誦」を編集主宰する。また「昭和詩人」にも参加し、大正12年刊行の「黄金の灯台」や「蒼空に泳ぐ」「海南風」などの詩集により、海洋詩人と称された。昭和元年童謡詩人会に入会、のち「コドモノクニ」などに童謡を発表する。20年帰郷し、26年再上京して本郷学園教員となり、のち昭和女子大学教授となる。国文学者としては「日本押韻学綱要」「日本詩歌の形態学的研究」「和歌日本の系図」などの著書がある。

横山 たかし　よこやま・たかし　俳人
昭和8年（1933年）8月～平成20年（2008年）3月24日　生宮城県角田市　名本名＝横山卓夫　歴昭和27年「俳句饗宴」に参加。のち「木語」「きたごち」同人。著書に「手描地図—横山たかし集」、句集「独航船」がある。

横山 武夫　よこやま・たけお　歌人
明治34年（1901年）12月15日～平成1年（1989年）8月22日　出青森県青森市　学慶応義塾大学経済学部〔大正13年〕卒　歴青森商業学校で教鞭をとり、木造中、青森中各校長、青森県中央児童相談所長、県教委社会教育課長、総務課長を経て、昭和27年から副知事を3期。37年県立図書館長、50年棟方志功記念館館長。青森県文化財保護協会、青森県文化振興会議各会長も務める。また歌人としても知られ、「アスナロ」を主宰し、歌集に「山よ湖」「山を仰ぐ」「太陽光」「白木蓮」などがある。　勲紺綬褒章，勲三等旭中綬章　賞青森県文化賞

横山 白虹　よこやま・はくこう　俳人
明治32年（1899年）11月8日～昭和58年（1983年）11月18日　生東京市本郷区西方町（東京都文京区）　出山口県大津郡深川町湯本　名本名＝横山健夫（よこやま・たけお）　学九州帝国大学医学部〔大正13年〕卒　歴福岡県の三好中央病院院長、日炭高松病院長を経て、小倉市で外科医院を開業。昭和22年医業から遠ざかり、小倉市議会議員、同議長、全国市議長会副会長などを歴任し、北九州市誕生と同時に北九州市文化連盟会長も務めた。一方、中学時代から俳句を作り、昭和2年吉岡禅寺洞門に入り、「天の川」の編集を担当。12年から俳誌「自鳴鐘」を主宰、新興俳句を脱し、新情緒主義を標榜。27年「天浪」同人。48年から現代俳句協会会長。句集に「海堡」「空港」「旅程」「横山白虹全句集」がある。　勲勲五等双光旭日章〔昭和52年〕　家父＝横山健堂（文筆家），妻＝横山房子（俳人），長男＝横山哲夫（長崎大学学長），四女＝寺井谷子（俳人）

横山 仁子　よこやま・ひとこ　俳人
明治40年（1907年）9月20日～平成6年（1994年）12月4日　生石川県小松市　学小松高女卒　歴昭和3年朝鮮に渡り、のち満州に移住し、21年帰国。俳句は29年細見綾子の手ほどきを受け「風」入会。38年同人。句集「砂山」がある。　賞風賞〔昭和41年〕

横山 房子　よこやま・ふさこ　俳人
大正4年（1915年）1月21日～平成19年（2007年）9月1日　生福岡県小倉市（北九州市小倉北区）　学鎮西高女〔昭和6年〕卒　歴昭和10年より「天の川」に投句して吉岡禅寺洞に師事。12年横山白虹の「自鳴鐘」創刊に参加、13年白虹と結婚。29年「女性俳句」創刊に加わり、33年「天狼」に同人参加。白虹の没後の59年、遺言により「自鳴鐘」主宰を継承。句集に「背後」「侶行」「一揖」などがある。　家夫＝横山白虹（俳人），長男＝横山哲夫（長崎大学学長），四女＝寺井谷子（俳人）

横山 林二　よこやま・りんじ　俳人
明治41年（1908年）12月20日～昭和48年（1973年）2月25日　生東京市芝区（東京都港区浜松町）　名本名＝横山吉太郎，旧号＝賀茂水　学早稲田大学政経学部卒　歴大正13年荻原井泉水に師事、「層雲」に入ったが、栗林一石路らとプロレタリア俳句運動に参加。昭和5年「層雲」脱退、「俳句前衛」「プロレタリア俳句」「俳句の友」を創刊、廃刊後の9年一石路らと「俳句生活」を創刊、編集に従事。16年俳句弾圧事件で投獄された。戦後は新俳句人連盟常任委員、「道標」同人。

吉井 勇　よしい・いさむ　歌人
明治19年（1886年）10月8日～昭和35年（1960年）11月19日　生東京府芝区高輪南町（東京都港区）　学早稲田大学政経科中退　資日本芸術院会員〔昭和23年〕　歴父は海軍軍人の吉井幸蔵、祖父は維新の元勲として知られる吉井友実で、伯爵家の二男として生まれる。大学を中退して明治38年新詩社に入り、「明星」に短歌を発表したがのち脱退、耽美派の拠点となったパンの会を北原白秋らと結成。また42年には石川啄木らと「スバル」を創刊したあと、第一歌集「酒ほがひ」、戯曲集「午後三時」を出版、明治末年にはスバル派詩人、劇作家として知られる。大正初期には「昨日まで」「祇園歌集」「東京紅燈集」「みれん」「祇園双紙」などの歌集を次々と出し、情痴の世界、京都祇園の風情、人生の哀歓を歌い上げ、「いのち短し恋せよ少女」の詞で知られる「ゴンドラの唄」の作詞なども手がけた。その後も短編・長編小説、随筆から「伊勢物語」等の現代語訳など多方面にわたる活動を続けた。昭和30年古希を祝って京都・白川のほとりに歌碑が建てられ、没後は“かにかくに祭”が営まれる。他の代表歌集に「鸚鵡石」「人間経」「天彦」「形影抄」などがある。　家父＝吉井幸蔵（海軍軍人・伯爵），祖父＝吉井友実（政治家）

吉井 忠男　よしい・ただお　歌人
明治37年（1904年）10月13日～昭和62年（1987年）8月25日　生群馬県前橋市　歴大正14年「青樹」に参加、同誌の「水甕」合併で「水甕」同人に。日本歌人クラブ名誉会員、柴舟会幹事。歌集は「青春断片」「人間と海豚」「月と椰子蟹」など。　賞柴舟賞〔昭和51年〕

吉井 莫生　よしい・ばくせい　俳人
明治40年（1907年）4月21日～昭和60年（1985年）10月12日　生大阪府大阪市東区北浜　名本名＝吉井欣治（よしい・きんじ）　学東京帝国大学法学部〔昭和6年〕卒　歴毎日新聞社に入社、主に編集局に勤務し学生新聞部長などを歴任。俳句は高浜虚子、富安風生に師事、俳誌「ホトトギス」「若葉」同人。著書に「中学生のための現代俳句鑑賞」の他、句集「山川」「晩鐘」など。毎日新聞多摩・武蔵野版の多摩俳壇選者も務めた。

吉植 庄亮　よしうえ・しょうりょう　歌人
明治17年（1884年）4月3日～昭和33年（1958年）12月7日　生千葉県印旛郡　名号＝愛剣　学東京帝国大学経済科〔大正5年〕卒　歴父・庄一郎経営の中央新聞に勤務し、大正10年文芸部長になり、のち政治部に移る。13年帰郷し、印旛沼周辺の開墾事業に着手。昭和11年衆院議員となり百姓代議士として活躍、3選したが戦後公職追放となった。歌は明治33年頃から「新声」などに投稿し、金子薫園に師事。大正10年「寂光」を刊行し、11年「橄欖」を創刊。13年「日光」同人となり、昭和3年「くさはら」を刊行。他の歌集に「大陸巡遊吟」「開墾」「風景」「霜ぶすま」などがあり、随筆集に「馬と散歩」「百姓記」などがある。　家父＝吉植庄一郎（衆院議員）

吉浦 豊久　よしうら・とよひさ　詩人
昭和15年（1940年）5月5日～平成25年（2013年）7月17日　生富山県富山市　歴富山市で和菓子店を営み、29歳で詩作に目覚める。北日本新聞「北日本文芸」詩壇に投稿し、高島順吾に師事。昭和47年第一詩集「桜餅のある風景」を刊行。平成10年北陸地方の有志と詩誌「ネット21」を創刊、編集同人となる。17年に発足した富山県詩人協会の設立準備に携わり、同副会長を務めた。他の詩集に「或る男」「或いは、贋作のほとりに佇む十七夜」がある。

吉江 冬一郎　よしえ・とういちろう　詩人
大正10年（1921年）11月6日～平成22年（2010年）10月18日　生長崎県　名本名＝吉田安弘　学早稲田大学法科卒　歴高校教師、島原鉄道役員室長、長崎県文化財保護指導委員などを務めた。「岬」「九州詩人」同人。詩集に「水ノ宿」「火の宿」などがある。　賞長崎県文学賞（第3回）「風アンソロジー」

吉岡 一作　よしおか・いっさく　俳人
大正15年（1926年）10月9日～平成12年（2000年）9月19日　生東京都　学国際外語英文科卒　歴昭和25年「夏草」同人となり長沢英楽に師事、作句を始める。27年「夏草」に投句。42年「旅と俳句」、43年「多磨」創刊に参加、以来関成美に師事。

吉岡 恵一　よしおか・けいいち　俳人
明治42年（1909年）10月9日～平成4年（1992年）11月14日　生佐賀県多久市　学東京帝国大学法学部〔昭和8年〕卒　歴昭和8年内務省入省。24年全国選挙管理委員会事務局長、27年静岡県副知事、33年人事院事務総長、38年日本消

防検定協会理事長、47年地方財政審議会委員、58年地方行財政調査会理事長、61年中央選挙管理委員会委員長を歴任。また、「雪解」同人の俳人でもあり、句集に「ななかまど」がある。賞雪解賞〔昭和55年〕

吉岡 禅寺洞　よしおか・ぜんじどう　俳人
明治22年（1889年）7月2日 ～ 昭和36年（1961年）3月17日　出福岡県箱崎町　名本名＝吉岡善次郎, 旧号＝禅寺童, 禅寺堂　歴10代から「ホトトギス」に投句。大正2年25歳で「九州日報」選者となり、8年「天の川」創刊。俳句革新運動に参加して、無季俳句欄を設け、昭和11年「ホトトギス」を除名された。戦後は口語俳句を勧め、33年口語俳句協会を結成した。句集に「銀漢」「新墾」など。

吉岡 富士洞　よしおか・ふじどう　俳人
明治25年（1892年）5月14日 ～ 昭和50年（1975年）3月24日　生静岡県　名本名＝吉岡久　歴碧梧桐の新傾向に加わったが、非定型に不満を抱いて離れ、「石楠」「石鳥」に加わる。「かまつか」同人を経て昭和38年「銀の富士」を創刊。句集に「銀嶺」がある。

吉岡 実　よしおか・みのる　詩人
大正8年（1919年）4月15日～平成2年（1990年）5月31日　生東京都墨田区本所　学本所高小〔昭和9年〕卒　歴高等小学校卒業後、彫刻家を夢みたが果たさず医書出版南山堂に勤務し、その傍ら夜学に通う。昭和15年召集を受け、詩歌集「昏睡季節」を刊行して応召し、20年に復員。30年「静物」を刊行。34年「僧侶」でH氏賞を受賞、また清岡卓行らと「鰐」を創刊（37年まで）。51年「サフラン摘み」で高見順賞を、59年「薬玉」で藤村記念歴程賞を受賞。戦後は筑摩書房に勤め、本の装幀家としても有名である。他の著書に「うまやはし日記」「土方巽頌」などがある。　賞H氏賞（第9回）〔昭和34年〕「僧侶」, 高見順賞（第7回）〔昭和51年〕「サフラン摘み」, 歴程賞（第22回）〔昭和59年〕「薬玉」

吉岡 龍城　よしおか・りゅうじょう　川柳作家
大正12年（1923年）3月29日 ～ 平成21年（2009年）5月22日　生熊本県下益城郡松橋町（宇城市）　名本名＝吉岡辰喜（よしおか・たつき）　学日本大学法文学部〔昭和18年〕卒　歴昭和25年吉岡商店代表取締役を経て、33年より熊本装器専務。一方、兄の吉岡五竹、弟の吉岡茂緒も川柳作家で、兄の影響で小学校の頃から川柳を詠む。25年大島濤明主宰の川柳噴煙吟社創立に参加、45年会長を継ぐ。全日本川柳協会会長、理事長も務めた。著書に「入門教室川柳みちしるべ」などがある。　賞熊本県芸術功労者〔平成15年〕, 荒木精之記念文化功労者〔平成19年〕　家兄＝吉岡五竹（川柳作家）, 弟＝吉岡茂緒（川柳作家）

吉川 堯甫　よしかわ・ぎょうほ　俳人
明治30年（1897年）5月28日 ～ 昭和58年（1983年）12月21日　生神奈川県座間市座間　名本名＝吉川積善（よしかわ・せきぜん）　学横浜商業卒　歴昭和26年俳誌「若葉」誌友。富安風生、遠藤梧逸、清崎敏郎に師事。「若葉」「みちのく」同人。句集に「麦の穂」。

吉川 清江　よしかわ・きよえ　俳人
昭和4年（1929年）9月27日 ～ 平成21年（2009年）4月28日　生東京都国分寺市　出静岡県　歴昭和51年「氷海」に入会、53年「氷海」終刊。同年「狩」に創刊と共に入会、56年同人。句集に「狩衣」。

吉川 金一郎　よしかわ・きんいちろう　歌人
明治44年（1911年）7月30日 ～ 平成9年（1997年）5月3日　生東京都　歴昭和7年「青垣」に入会、橋本徳寿に師事。のち編集委員・選者。歌集に「火口原」「此岸」「道草」がある。　賞日本短歌雑誌連盟賞〔昭和28年〕「火口原」

吉川 静夫　よしかわ・しずお　詩人
明治40年（1907年）8月28日 ～ 平成11年（1999年）4月10日　生北海道札幌市　学駒沢大学卒　歴小学校長を経て、昭和11年「追分月夜」で作詞家としてデビュー。戦後、岡晴夫「青春のパラダイス」、三浦光一「落葉しぐれ」、三沢あけみ「島のブルース」、森進一「女のためいき」、青江三奈「池袋の夜」、津村謙「流れの旅路」、竹山逸郎「熱き泪を」などのヒット作を出した。　賞日本詩人連盟賞（特賞, 第5回）〔昭和45年〕「池袋の夜」, 日本レコード大賞（20周年記念顕彰, 第20回）〔昭和53年〕, 日本レコード大賞（特別賞, 第25回）〔昭和58年〕

吉川 翠風　よしかわ・すいふう　俳人
昭和2年（1927年）7月25日 ～ 平成19年（2007年）6月25日　生神奈川県　名本名＝吉川利雄, 雅号＝吉川利洲（よしかわ・りしゅう）, 吉川翠石(よしかわ・すいせき), 茶名＝吉川宗隆(よしかわ・そうりゅう)　歴「嵯峨野」同人、鳴立庵同人。第1回嵯峨野エッセイ賞、現代文化賞などを受賞。句集に「古稀」がある。

吉川 禎祐　よしかわ・ていゆう　歌人
大正5年(1916年)3月14日 ～ 昭和63年(1988年)11月25日　生宮城県仙台市　歴昭和15年傷痍軍人宮城療養所に療養中作歌を始め、17年「多磨」に入会。28年「多磨」解散後「コスモス」創刊に参加、53年選者団に入る。　賞コスモス短歌会O先生賞〔昭和29年〕, コスモス賞〔昭和44年〕, 宮城県短歌クラブ賞〔昭和58年〕

吉川 道子　よしかわ・みちこ　詩人
昭和12年(1937年)1月19日 ～ 昭和63年(1988年)7月20日　出富山県　学魚津高卒　歴詩集に「旅立ち」「漁火の歌」「海市」「うた一揆」などがあり、他に「アジア現代詩集」第4集に作品が収録されている。「地球」「日本海詩人」に所属。

吉川 陽子　よしかわ・ようし　俳人
明治44年(1911年)2月20日 ～ 平成4年(1992年)3月22日　生三重県度会郡　名本名＝吉川芳三　学県商卒　歴昭和7年堀朱雀門の手ほどきを受け、8年「草上」に投句、10年同人。21年「古志」(現・「季節」)、34年「鶴」、60年「初蝶」入会。54年「夾竹桃」主宰。句集に「白息」「稲雀」。　賞尼崎市文化功労賞〔昭和58年〕

吉崎 志保子　よしざき・しおこ　歌人
昭和2年(1927年)4月15日～没年不詳　生東京市浅草区(東京都台東区)　歴昭和31年夫の転勤に伴って岡山県備前市へ。43年難病のスモン病にかかる。治癒してからは近くの神社などへ出かけ、その中で見かけた神社の古文書を解読したことから郷土史に興味を持つようになる。55年短歌が縁で正宗白鳥の弟・正宗敦夫と出会う。敦夫が歌友に出した書簡集「くひなのおとづれ」を元に調査、研究を進め、平成2年著書「正宗敦夫の世界」を出版。歌集に「しるびやしじみ」「サフランの蕊」などがある。「樹木」同人。

吉沢 一葎　よしざわ・いちりつ　俳人
明治44年(1911年)11月19日 ～ 平成8年(1996年)3月26日　生長野県南佐久郡　名本名＝吉沢律治　学南佐久農林卒　歴昭和38年「白魚火」を主宰する西本一都に師事して作句をはじめる。39年「白魚火」、53年「若葉」同人。句集に「導乳管」「かなんばれ」。　賞白魚火賞〔昭和57年〕

吉沢 卯一　よしざわ・ういち　俳人
大正4年(1915年)1月25日～平成9年(1997年)6月10日　生富山県黒部市　学京都帝国大学医学部卒　歴軍医を経て、静岡県立中央病院、富山赤十字病院勤務、昭和53年開業。一方、俳句は9年「馬酔木」入門。30年「霜林」加入、35年に同人。また34年「燕巣」、36年「馬酔木」同人となる。44年俳人協会会員。50年富山県俳句連盟会長。俳人協会評議員なども務めた。句集に「雪国」「冬銀河」「老鶯」、随筆集「寒椿」がある。　賞北日本新聞文化功労賞〔昭和55年〕, 富山県文化表彰〔昭和58年〕

吉沢 ひさ子　よしざわ・ひさこ　俳人
明治29年(1896年)3月10日 ～ 平成2年(1990年)8月26日　生東京市日本橋区浜町(東京都中央区)　名本名＝吉沢久　学日本橋高等女学校卒　歴大正6年長谷川零余子の手ほどきを受け、のち「水明」同人。句集に「あじさい」。

吉塚 勤治　よしずか・きんじ　詩人
明治42年(1909年)5月7日 ～ 昭和47年(1972年)4月18日　生岡山県岡山市　学京都帝国大学英文科中退　歴六高存学中「窓」に参加、詩作を始め、「辛巳」に拠った。戦後は新日本文学会に入り「新日本文学」「新日本詩人」「現代詩」「詩学」などに詩やエッセイを書いた。詩集に「あかまんまの歌」「鉛筆詩抄」「日本組曲」「頑是ない歌」「吉塚勤治詩抄」のほか「茫々二十六年」がある。

吉田 蛙石　よしだ・あせき　俳人
明治41年(1908年)12月10日～昭和58年(1983年)5月31日　生京都府　名本名＝吉田康雄(よしだ・やすお)　学尋常高小卒　歴昭和6年「懸葵」系同人粟津水棹の手ほどきを受ける。23年「花藻」入会、25年同人。39年「河」入会。53年「人」創刊と同時に入会、同人となる。

吉田 一穂　よしだ・いっすい　詩人
明治31年(1898年)8月15日 ～ 昭和48年(1973年)3月1日　生北海道上磯郡釜谷村(木古内町)　出北海道古平郡古平町　名本名＝吉田由雄　学早稲田大学文学部英文科〔大正9年〕中退　歴中学時代に文学を志し、早大在学中、同人雑誌に発表した短歌が片上伸に認められる。大学中退後、生活のために童話や童謡を多く書き、大正13年童話集「海の人形」を刊行。その一方で「日本詩人」などに詩や詩論を書き、15年第一詩集「海の聖母」を刊行。北原白秋に認められ、白秋主幹の「近代風景」に詩や評論を発表。また春山行夫らの「詩と詩人」同人となり、昭和初期の現代詩確立に寄与した。昭和7年「新詩論」を創刊。戦争中の15年から19年にかけて信生堂に絵本の編集長として勤務、この間「ぎんがのさかな」などの童話集や絵本を刊行。戦後は「未来者」など3冊の詩集と詩論集「黒潮回帰」を刊行する一方「Critic」「反世界」を創刊したり、早大、札幌大谷女子短期大学で詩学の集中講義をして、孤高の立場から純粋詩を守った。東洋のマラルメを自称し、自ら戒名“白林虚籟居士”とつけた。他に長編詩「白鳥」、詩集「故園の書」「稗子伝」、「定本吉田一穂全集」(全3巻, 小沢書店)などがある。

吉田 一穂　よしだ・いっぽう　俳人
明治45年(1912年)1月23日～平成3年(1991年)8月28日　生福岡県遠賀郡　名本名＝吉田一芳(よしだ・かずよし)　学福岡県産業組合学校〔昭和7年〕卒　歴昭和7年八幡信用金庫組合(八幡市信用金庫の前身)に入る。35年専務理事、37年理事長、38年北九州八幡信用金庫に名称変更、61年会長。また、22年頃から俳句を始め、25年「雪解」入会、29年同人。句集「菖蒲」、随筆「せんだんの花」がある。　勲黄綬褒章〔昭和51年〕, 勲四等瑞宝章〔昭和57年〕

吉田 えいじ　よしだ・えいじ　俳人
大正14年(1925年)3月10日～平成7年(1995年)7月10日　生北海道十津川町　名本名＝吉田英治(よしだ・ひでじ)　学北海道大学医学専門部卒　歴滝川市立病院内科医長を経て、内科小児科医を開業。俳句は昭和29年「アカシヤ」に入会。土岐錬太郎の手ほどきを受ける。45年「木理集」同人。句集に「煮凝」。　賞浄錬賞〔平成1年〕, 滝川市文化功労賞

吉田 慶治　よしだ・けいじ　詩人
大正13年(1924年)2月19日～平成6年(1994年)9月9日　出岩手県盛岡市　学岩手青年師範卒　歴葛巻中、城西中教頭などを務め、昭和49年退職。「アリューシャン」に所属。詩集に「あおいの記憶」「青の標識」「黄の景の中の白い風」「今も見る夢」などがある。　賞晩翠賞(第5回)〔昭和39年〕「あおいの記憶」

吉田 鴻司　よしだ・こうじ　俳人
大正7年(1918年)7月21日～平成17年(2005年)10月26日　生静岡県静岡市　名本名＝吉田鋼二郎(よしだ・こうじろう)　学明治大学中退　歴小学校の頃から俳句を始める。昭和11年「土上」に投句し、12年嶋田青峰に師事。戦後「かびれ」「鶴」に参加。31年「季節」を経て、33年「河」創刊に参加、のち同人。句集に「神楽舞」「山彦」「自註・吉田鴻司句集」「頃日」、編著に「角川源義の世界」など。　賞河賞〔昭和34年〕, 秋燕賞(第2回)〔昭和52年〕, 俳人協会賞(第34回)〔平成6年〕「頃日」

吉田 好太　よしだ・こうた　俳人
明治45年(1912年)1月25日～昭和57年(1982年)2月6日　生奈良県　名本名＝吉田好太郎　学奈良県立商業学校卒　歴昭和40年「河鹿」入会、同人。

吉田 朔夏　よしだ・さくか　俳人
大正10年(1921年)5月29日～平成3年(1991年)7月9日　生埼玉県飯能市　名本名＝吉田茂　学東京高師体育科卒　歴昭和24年福田蓼汀を知り「山火」に入会。31年同人。句集に「白露光」。　賞山火賞〔昭和34年〕

吉田 静子　よしだ・しずこ　俳人
大正10年(1921年)11月10日～平成19年(2007年)4月24日　生東京都　学新宿精華学院卒　歴昭和32年「野火」に入会して篠田悌二郎に師事。37年「野火」同人。　賞野火賞〔昭和47年〕

吉田 次郎　よしだ・じろう　歌人
明治39年(1906年)9月22日～平成13年(2001年)3月9日　生茨城県　学東京歯科大学卒　歴大正14年「アララギ」入会。のち「常春」「ひこばえ」「山柿」を経て、昭和16年「橄欖」入会。選者、運営委員、茨城支社長、顧問を務めた。ほかに「八雲」、46年「茨城歌人」に所属。61年同会長。茨城歌人会会長、茨城文化団体連合理事などを歴任。歌集に「春寒」「無辺光」「苔庭」「落慶」「白道」などがある。一方、歯科医師として地域医療に従事する傍ら、八郷町議会議長、八郷町町長を2期務めた。　勲勲五等双光旭日章　賞茨城文学賞〔昭和53年〕「無辺光」, 茨城県文化功労賞, 茨城新聞社賞〔平成4年〕「白道」

吉田 漱　よしだ・すすぐ　歌人
大正11年(1922年)3月11日～平成13年(2001

年）8月21日　生東京都　名筆名＝利根光一（とね・こういち）　学東京美術学校〔昭和22年〕卒　歴昭和22年「アララギ」入会。26年近藤芳美を中心とする「未来」創刊に参加。28年「未来歌集」刊行に加わる。歌集に「青い壁画」「FINLANDIA」「あけもどろ」、著書に「近藤芳美私註」「歌磨」「土屋文明私記」「中村憲吉論考」「『赤光』全注釈」「『白き山』全注釈」、利根光一名義の著書に「テルの生涯」など。美術史家としても活躍した。　賞短歌研究賞（第31回）〔平成7年〕「『バスティーユの石』25首」，斎藤茂吉短歌文学賞（第9回）〔平成10年〕「『白き山』全注釈」

吉田 寸草　よしだ・すんそう　俳人
明治15年（1882年）1月30日～昭和40年（1965年）3月28日　生岡山県上道郡政津村（岡山市）　名本名＝吉田貞一，別号＝寸草亭丁乙　学東京帝国大学卒　歴明治42年に第六高等学校講師となり、次いで大正8年同教授に就任。この間、同校の教官で組織された俳句会「六六会」に入り、俳人・国文学者の志田素琴に指導を受けたほか、大須賀乙字にも学んだ。はじめは俳句雑誌「懸葵」に属したが、のち素琴が創刊した「東炎」に移り、その主要同人として活躍。また西村燕々の「唐辛子」では課題句選を担当した。戦後は岡山大学で講師をしながら句作を続け、内藤吐天が主宰する「早蕨」に拠ったほか、「光芒」などの選者を務めた。句集に「東薇」がある。

吉田 靖治　よしだ・せいじ　詩人
昭和10年（1935年）4月7日～平成26年（2014年）9月21日　出島根県簸川郡湖陵町（出雲市）　名号＝吉田西志（よしだ・さいし）　学島根大学〔昭和33年〕卒　歴公立中学教師を経て、書道塾を経営。詩誌「光年」同人で、詩集「白い馬」「白夜のあとに」がある。

吉田 草風　よしだ・そうふう　俳人
大正3年（1914年）4月26日～平成13年（2001年）1月26日　生奈良県　名本名＝吉田作広　学奈良県立商卒　歴昭和24年「宿雲」同人。28年「蘇鉄」創刊と共に同人として参加、山本古瓢に師事する。「蘇鉄」運営委員、同関西支部常任委員、関西俳詩連盟常任委員等を務めた。　賞蘇鉄賞〔昭和34年〕

吉田 速水　よしだ・そくすい　俳人
明治44年（1911年）2月13日～平成12年（2000年）6月8日　生愛媛県　名本名＝吉田速水（よしだ・はやみ）　学大阪商科大学卒　歴大正12年兄・八東穂の手ほどきを受ける。「ホトトギス」「馬酔木」を経て、昭和33年「若葉」入門。36年同人。他に「岬」同人、「糸瓜」同人。　賞若葉賞〔昭和44年〕

吉田 隆雄　よしだ・たかお　俳人
明治45年（1912年）6月19日～昭和61年（1986年）1月4日　生和歌山県　学和歌山県立師範学校卒　歴元小中学校教師。昭和41年「蘇鉄」に入門、44年同人。　賞蘇鉄同人賞〔昭和54年〕

吉田 忠一　よしだ・ちゅういち　俳人
明治35年（1902年）1月21日～昭和39年（1964年）10月29日　生大阪府大阪市北区　名別号＝破軍星　学今宮工業印刷科卒　歴大阪で写真製版所を経営し、大正11年頃「倦鳥」に属し、昭和11年「断層」を、18年「海境」を創刊。24年「青玄」創刊とともに同人となる。句集に「潮州」「転蓬」などがある。

吉田 哲星子　よしだ・てつせいし　俳人
明治42年（1909年）4月3日～平成14年（2002年）3月12日　生埼玉県　名本名＝吉田太一　学工業学校卒　歴昭和16年「玉藻」投句。21年「若葉」入会、富安風生に師事。のち「緑人集」創刊。30年「獺祭」同人。33年「群星」発行主宰。

吉田 冬葉　よしだ・とうよう　俳人
明治25年（1892年）2月25日～昭和31年（1956年）11月28日　生岐阜県中津川市苗木　名本名＝吉田辰男　学育英中卒　歴明治42年上京し大須賀乙字に師事。「懸葵」「常磐木」「海紅」などに拠って句作をする。大正14年「獺祭」を創刊・主宰。句集に「故郷」「望郷」などがある。　家妻＝吉田ひで女（俳人）

吉田 なかこ　よしだ・なかこ　俳人
明治39年（1906年）3月1日～昭和61年（1986年）6月28日　生東京府南葛飾郡亀戸町（東京都江東区）　名本名＝吉田ナカ，別号＝吉田雅泉　学府立第一高等女学校高等科国文科卒　歴昭和18年より石田波郷に師事して俳句を学ぶ。のち「鶴」同人。句集に「箏の塵」。

吉田 ひで女　よしだ・ひでじょ　俳人
明治26年（1893年）4月10日～昭和59年（1984年）11月2日　生千葉県　歴夫・吉田冬葉の没

後、俳誌「獺祭」を継承した。 [家]夫＝吉田冬葉（俳人）

吉田 宏　よしだ・ひろし　歌人
大正12年（1923年）11月28日～平成4年（1992年）10月11日 [生]徳島県徳島市 [歴]海軍航空隊のパイロット時代に、遺書代わりとして短歌を詠みはじめる。戦後も産婦人科医の傍ら作歌を続け、前川佐美雄に師事。45年「山の辺」を創刊・主宰。歌集に「夕冷えの階」「ふたつ星」がある。

吉田 北舟子　よしだ・ほくしゅうし　俳人
大正1年（1912年）8月1日～昭和48年（1973年）10月24日 [名]本名＝吉田平次郎 [歴]結核療養時代に俳句を知り、波郷、楸邨と親交を結んで「馬酔木」に投句。戦後「寒雷」の復刊に協力し、昭和25年ごろより暖響欄に発表。43年より没するまで寒雷暖響会幹事長を務め、また現代俳句協会の幹事でもあった。句集に「雪割燈」がある。

吉田 正俊　よしだ・まさとし　歌人
明治35年（1902年）4月30日～平成5年（1993年）6月23日 [生]福井県福井市 [学]東京帝国大学法学部〔昭和3年〕卒 [歴]昭和3年石川島造船所自動車部に入社。27年常務、37年専務、40年東京いすゞ自動車会長、47年相談役。歌人としては「アララギ」に入会、土屋文明に師事。のち選者となり、発行人。平成5年歌会始の召人に選ばれる。歌集に「朱花片」「天沼」「黄茋集」「くさぐさの歌」「霜ふる土」「流るる雲」「淡き靄」「朝の霧」がある。 [勲]勲三等瑞宝章〔昭和49年〕 [賞]日本歌人クラブ推薦歌集（第11回）〔昭和40年〕「くさぐさの歌」, 読売文学賞詩歌俳句賞（第27回）〔昭和50年〕「流るる雲」, 迢空賞（第22回）〔昭和63年〕「朝の霧」

吉田 松四郎　よしだ・まつしろう　歌人
明治42年（1909年）3月13日～平成7年（1995年）2月1日 [生]神奈川県横浜市 [学]国学院大学中退 [歴]昭和3年杉浦翠子を知り、「香蘭」に入会。8年翠子創刊の「短歌至上主義」に参加。38年同誌を退き、木俣修の「形成」に入会。49年「忘暦集」で第1回日本歌人クラブ賞を受賞。他の歌集に「冬篁」がある。 [賞]日本歌人クラブ賞〔昭和49年〕（第1回）「忘暦集」

吉田 瑞穂　よしだ・みずほ　詩人
明治31年（1898年）4月21日～平成8年（1996年）12月18日 [生]佐賀県 [学]佐賀師範〔大正7年〕卒 [歴]佐賀県の教員となり、大正15年上京。昭和33年に杉並区の小学校長を退職するまでの41年間を教員としてすごす。作文教育、ことに児童詩教育に業績を残す。著書に「小学生詩の本」「小学生作文の本」がある。詩人としては椎の木社に参加し、7年「僕の画布」を刊行、ほかに51年に芸術選奨を受賞した「しおまねきと少年」や「海辺の少年期」「空から来た人」などがある。校長退職後は杉並区立済美教育研究所に勤務。また57年まで大和女子短期大学講師も務めた。 [賞]芸術選奨文部大臣賞〔昭和51年〕「しおまねきと少年」 [家]長女＝吉田翠（洋画家）

吉田 朗　よしだ・ろう　詩人
大正13年（1924年）6月26日～平成18年（2006年）11月24日 [生]秋田県秋田市 [学]海軍電測学校普通科〔昭和18年〕卒, 秋田県立大野台農事講習所〔昭和23年〕卒 [歴]昭和20年復員後、23年鳥海山麓の開拓農場に入植するが挫折、故郷の秋田に戻って週刊新聞の記者となる。やがて秋田で初の月刊文化誌の刊行を任され、31年秋田文化出版社を設立。月刊誌「秋田文化」を発行した。一方、ライフワークとして47年から横8センチ、縦10センチほどの豆本「秋田ほんこの会」を発行。秋田の民俗文化を伝えるものを中心に歌集や版画集などを出した。著書に「いなか出版社の夕暮れは」「反骨の肖像 私の戦後文化誌」、詩集に「わが河口の伝説」「ある日戦争がはじまった」「草萌の季節」などがある。 [家]長男＝吉田総耕（秋田文化出版社社長）

吉田 露文　よしだ・ろぶん　俳人
明治35年（1902年）12月24日～平成2年（1990年）12月2日 [生]埼玉県熊谷市 [名]本名＝吉田文三 [学]大倉商卒 [歴]昭和4年熊谷泉吟社に入会、「ホトトギス」に投句。6年「凌霄花」編集担当。22年「夏草」に投句、山口青邨に師事。28年年同人。58年熊谷市俳人協会副会長。句集に「日曜閑暇」。 [賞]夏草功労賞〔昭和47年〕

吉永 素乃　よしなが・その　詩人
昭和5年（1930年）7月10日～平成24年（2012年）5月14日 [生]山口県徳山市（周南市） [名]本名＝重永倍子 [学]徳山高女卒 [歴]昭和57年豊川市に移転後本格的に詩作に取り組み、詩人・岩瀬正雄に師事。詩集に「不意の鹿」「未完の神話」「叛乱または氾濫」「飛天」などがある。 [賞]中日詩賞（第34回）〔平成6年〕「未完の神話」

吉永 淡草　よしなが・たんそう　俳人
明治44年(1911年)3月2日～平成9年(1997年)1月30日　生岡山県　名本名＝吉永寅男　学鉄道省教習所専門部土木科卒　歴昭和5年嶋田青峯に師事。46年「嵯峨野」創刊同人。　賞嵯峨野2周年大会近畿放送賞〔昭和48年〕, 嵯峨野5周年大会主宰特選賞〔昭和51年〕

吉野 重雄　よしの・しげお　詩人
昭和10年(1935年)11月4日～平成26年(2014年)3月19日　出東京都杉並区　学岩手大学学芸学部卒　歴岩手県内で小学校教師を務め、昭和53年県立教育センター研究員、57年同教育経営室長、59年同副主幹、61年同研究部長を経て、63年葛巻小学校、平成3年河北小学校、6年仙北小学校の各校長。5年岩手県道徳教育研究会会長、6年岩手県協力指導組織研究会会長。また、詩誌「堅香子(かたかご)」同人代表や岩手県詩人クラブ会長などを務め、岩手県内詩壇の発展に寄与した。

吉野 鉦二　よしの・しょうじ　歌人
明治37年(1904年)1月23日～昭和62年(1987年)11月11日　生愛知県名古屋市　学名古屋市立商〔大正10年〕卒　歴大正8年作歌をはじめ、9年「白明」、11年「枳殻」を創刊。昭和8年白秋門に入り、10年「多磨」創刊に参加。16年多磨賞を受賞。28年「形成」創刊に加わる。歌集に「山脈遠し」「時間空間」「鎮魂私抄」「寒露」がある。　賞多磨賞〔昭和16年〕, 日本歌人クラブ推薦歌集(第3回)〔昭和32年〕「山脈遠し」

芳野 年茂恵　よしの・ともえ　俳人
大正14年(1925年)1月8日～平成10年(1998年)2月12日　生宮崎県　学旧制県立高女卒　歴昭和24年「椎の実」主宰の神尾季羊に師事。42年「椎の実」同人。48年「蘭」入会、野沢節子に師事。52年「蘭」同人。　賞宮日新聞読者文芸賞〔昭和41年〕, 椎の実年間賞〔昭和42年〕

吉野 秀雄　よしの・ひでお　歌人
明治35年(1902年)7月3日～昭和42年(1967年)7月13日　生群馬県高崎市　学慶応義塾大学経済学部〔大正13年〕中退　歴大正13年肺患のため慶大を退学、以後終生療養独修。歌は正岡子規「竹乃里歌」によって触発され、会津八一に師事。良寛を敬愛、「良寛和尚の人と歌」を著し、万葉良寛調ともいうべき歌風を確立した。昭和21年「創元」創刊号に掲載された「短歌百餘草」で歌名を高め、26年私家版の第一歌集「天井凝視」を刊行。34年「吉野秀雄歌集」で読売文学賞を、42年には「やわらかな心」「心のふるさと」で第1回迢空賞を受けた。他の歌集に「苔径集」「寒蟬集」「早梅集」「含紅集」などがある。　賞芸術選奨文部大臣賞(文学評論部門, 第18回)〔昭和42年〕「含紅集」, 読売文学賞(詩歌俳句賞, 第10回)〔昭和34年〕「吉野秀雄歌集」, 迢空賞(第1回)〔昭和42年〕「やわらかな心」「心のふるさと」　家息子＝吉野壮児(小説家)

吉野 弘　よしの・ひろし　詩人
大正15年(1926年)1月16日～平成26年(2014年)1月15日　生山形県酒田市　学酒田商〔昭和17年〕卒　歴昭和18年から37年まで酒田、柏崎、東京で会社員生活、以後フリーのコピーライター。戦後、労働組合運動で過労のため結核を発病、療養の間に詩を書き始める。28年より「櫂」同人。32年第一詩集「消息」を限定出版。46年第四詩集「感傷旅行」で読売文学賞、平成2年第十詩集「自然渋滞」で詩歌文学館賞を受賞。分かり易い言葉を用いて日常生活における人間の温かみを描いた叙情詩が持ち味で、満員電車の中で若い女性が老人に席を譲る際の微妙な心を掬い上げた「夕焼け」や、結婚式でスピーチよく引用される「祝婚歌」などの詩で知られる。国語の教科書に取り上げられた作品も多い。他の詩集に「幻・方法」「北入曽」「陽を浴びて」「贈るうた」などがある。　賞読売文学賞(詩歌俳句賞, 第23回)〔昭和46年〕「感傷旅行」, 詩歌文学館賞(第5回)〔平成2年〕「自然渋滞」

吉野 昌夫　よしの・まさお　歌人
大正11年(1922年)12月19日～平成24年(2012年)7月1日　生東京都品川区　学東京帝国大学農学部農業経済学科〔昭和22年〕卒　歴昭和17年「多磨」に入会、木俣修に師事。28年「形成」創刊に参画、58年師の没後は長く編集責任者を務めた。平成5年同誌解散。9年第六歌集「これがわが」で短歌新聞社賞を受けた。他の歌集「遠き人近き人」「夜半にきこゆる」「あはくすぎゆく」「ひとりふたとせ」「昏れゆく時も」「ひつそりありし」、評論「木俣修作品史」「白秋短歌の究極」「木俣修の秀歌」「北原白秋の秀歌」などがある。農林省を経て、農林漁業金融公庫に勤務した。　賞短歌新聞社賞(第4回)〔平成9年〕「これがわが」

吉野 義子　よしの・よしこ　俳人
大正4年（1915年）7月13日 ～ 平成22年（2010年）12月6日　生台湾台北　出愛媛県松山市　学同志社女専英文科〔昭和9年〕中退　歴台湾の台北に生まれ、愛媛県松山市に育つ。昭和8年同志社女専英文科に入学するが、9年結婚のため中退。23年「浜」入会、大野林火主宰に師事、29年同人となる。54年「星」を創刊・主宰。現代俳句協会員を経て、37年俳人協会入会。愛媛県俳句協会副会長も務め、51年～平成14年愛媛新聞夕方俳壇、文芸俳句選者。3年国際俳句交流会理事。13年俳人協会名誉会員。88歳を超えた15年12月号の300号・25周年で「星」は終刊した。句集に「くれなゐ」「はつあらし」「鶴舞」「花真」「流水」「むらさき」などがある。賞浜同人賞〔昭和47年〕，愛媛県教育文化賞〔平成4年〕

吉原 幸子　よしはら・さちこ　詩人
昭和7年（1932年）6月28日 ～ 平成14年（2002年）11月28日　生東京都新宿区　学東京大学文学部仏文科〔昭和31年〕卒　歴昭和31年劇団四季に入団し、アヌイ「ユーリディス」などに出演。32年退団。39年第一詩集「幼年連禱」で室生犀星賞を受賞。49年詩集「オンディーヌ」と「昼顔」で高見順賞を受賞。恋愛や裏切りを主題に肉感性豊かな言葉で表現した作品を数多く発表した。53年米国アイオワ大学International Writing Program（4ケ月間）に招かれて参加。58年より詩人の新川和江と共に季刊詩誌「現代詩ラ・メール」を創刊、編集・発行者を務め、女性詩人の作品発表や紹介に力を入れた。平成5年4月40号で終刊。「歴程」同人。エッセイ・童話・翻訳などにも携わった他、モダンダンスの演出、作曲家や歌手と組んでリサイタルを開くなど、詩作以外にも多彩な活動を見せた。他の著書に詩集「発光」、エッセイ「花を食べる」「人形嫌い」などの他、「吉原幸子全詩」（全2巻）がある。　賞室生犀星詩人賞（第4回）〔昭和39年〕「幼年連禱」，高見順賞（第4回）〔昭和49年〕「オンディーヌ」「昼顔」，萩原朔太郎賞（第3回）〔平成7年〕「発光」　家兄＝吉原信之（三陽商会創業者）

吉原 赤城子　よしはら・せきじょうし　俳人
大正3年（1914年）7月24日～平成5年（1993年）10月23日　生群馬県　名本名＝吉原三四郎　学鉄道教習所卒　歴国鉄職員、市議、市部課長を経て収入役。俳句は昭和33年三鷹市役所の蝸中句会で加倉井秋をに師事したのに始まり、同年「冬草」同人。54年俳人協会会員。句集に「深吉野」、ヨーロッパ紀行集に「セーヌに釣る」がある。　賞冬草功労賞〔昭和59年〕，冬草賞〔昭和60年〕

吉村 草閣　よしむら・そうかく　歌人
明治43年（1910年）12月20日 ～ 平成2年（1990年）4月30日　生愛知県　名本名＝吉村安三　歴15歳頃から作歌。昭和36年「歩道」に入会、佐藤佐太郎に師事。また同年より「鳳凰」を創刊・主宰した。歌集に「道くさの歌」がある。

吉村 信子　よしむら・のぶこ　俳人
昭和4年（1929年）10月31日 ～ 平成1年（1989年）6月13日　生中国上海　学広島女学院専門学校卒　歴昭和26年夫吉村馬洗の手引により俳句を始める。31年「さいかち」入会、44年同人。句集に「空華抄」「涅槃西風」。　賞広島市短詩型文芸大会広島市長賞〔昭和51年〕，中国新聞社賞〔昭和53年〕　家夫＝吉村馬洗（俳人）

吉村 馬洗　よしむら・ばせん　俳人
大正10年（1921年）9月27日 ～ 平成21年（2009年）4月17日　生広島県三次市　名本名＝吉村晋（よしむら・すすむ）　学陸軍飛行学校卒　歴昭和21年広島市でもくせい俳句会を結成。31年「さいかち」に入門、松野自得・加寿女の指導を受ける。41年「さいかち」同人。平成元年「創生」を創刊・主宰。　賞木下夕爾賞（広島県知事賞）〔昭和41年〕　家妻＝吉村信子（俳人）

吉村 ひさ志　よしむら・ひさし　俳人
大正15年（1926年）8月5日 ～ 平成18年（2006年）2月5日　生群馬県高崎市連雀町　名本名＝吉村久　学早稲田大学専門部商科卒　歴昭和40年「ホトトギス」同人・市村不先の手ほどきを受けた後、高浜年尾、稲畑汀子の指導を受ける。「ホトトギス」「桑海」同人。俳誌「桑海」編集長及び課題句選者、62年より主宰。　賞上毛文学賞（第1回，昭和40年度）〔昭和41年〕

吉村 英夫　よしむら・ひでお　詩人
生年不詳～昭和63年（1988年）8月13日　出大阪府堺市　歴戦中から詩を書き出し、昭和33年「風物詩」を創刊。36年から詩誌「RAVINE」同人。日本詩人クラブ、日本現代詩人会各会員。「古都好日」などの詩集がある。

吉本 青司　よしもと・あおし　詩人
大正2年（1913年）1月17日～平成7年（1995年）6月14日　生高知県高岡郡横畠村　名本名＝吉本愛博　学高知師範〔昭和9年〕卒　歴高知県の小中学校教師を務め、昭和45年高知市立南海中学校長を最後に退職。詩誌「オリーザ」を主宰。詩集に「夏路、登攀」「日々の歌」「標的」「美しい河」「愛せよと」、エッセイに「ローマン派の詩人たち」「一絃琴」、小説に「虹立つ」がある。　賞高知県出版文化賞〔昭和31年〕，高知県文化賞〔昭和56年〕

吉本 和子　よしもと・かずこ　俳人
昭和2年（1927年）4月～平成24年（2012年）10月9日　生東京都　学東京第一師範本科〔昭和21年〕卒　歴評論家・吉本隆明の妻で、平成8年より斎藤慎爾、宗田安正の勧めで作句。句集に「寒冷前線」「七耀」がある。　家夫＝吉本隆明（評論家），長女＝ハルノ宵子（漫画家），二女＝よしもとばなな（小説家）

吉本 隆明　よしもと・たかあき　詩人
大正13年（1924年）11月25日～平成24年（2012年）3月16日　生東京都中央区月島　学東京工業大学電気化学科〔昭和22年〕卒　歴米沢高工在学中、詩集「草奔」を刊行。大学卒業後、いくつかの中小企業に勤めるが、組合運動が原因で退職。昭和29年「マチウ書試論」でデビュー。32年から45年まで長井・江崎特許事務所に勤務。その間「固有時との対話」「転位のための十篇」などの詩集を自家版で刊行。31年武井昭夫との共著「文学者の戦争責任」を刊行し反響をよび、転向問題、現代の政治問題などを追究、花田清輝らと論争を繰り広げる。36年谷川雁・村上一郎と共に「試行」を創刊、39年から単独編集。その批評活動は、単に文芸評論にとどまらず、同時代全体を見すえた提言の意味合いが強く、ノンセクト・ラジカルズを中心に、広範な読者層の支持を得た。'60年安保では全学連主流派と共に闘う。学園紛争時には著作集がバイブル視された。'80年代以降は“現在とは何か”をめぐり、「空虚としての主題」「マス・イメージ論」「ハイ・イメージ論」「南島論」などを発表、サブ・カルチャー全般に対しても考察を重ね、“元・教祖”として若者向け雑誌に登場もする。「現代批評」「荒地」同人。他の主著に「高村光太郎」「言語にとって美とはなにか」「共同幻想論」「源実朝」「心的現象論序説」「『反核』異論」「宮沢賢治」「日本人は思想したか」「最後の親鸞」「柳田国男論」「吉本隆明が語る戦後55年」「老いの流儀」「超『20世紀論』」「ひきこもれ」「夏目漱石を読む」「現代日本の詩歌」「心的現象論」などがある。　賞荒地詩人賞〔昭和29年〕「転位のための十篇」，近代文学賞（第1回）〔昭和34年〕「アクシスの問題」「転向ファシストの詭弁」，藤村記念歴程賞（第41回）〔平成15年〕「吉本隆明全詩集」，小林秀雄賞（第2回）〔平成15年〕「夏目漱石を読む」，宮沢賢治賞（第19回）〔平成21年〕　家妻＝吉本和子（俳人），長女＝ハルノ宵子（漫画家），二女＝よしもとばなな（小説家）

吉屋 信子　よしや・のぶこ　俳人
明治29年（1896年）1月12日～昭和48年（1973年）7月11日　生新潟県新潟市　出栃木県　名筆名＝宗有為子（むね・ういこ）　学栃木高女〔明治45年〕卒　歴父は地方官吏で新潟県に生まれ、明治34年から父の転勤により栃木県で少女期を送る。栃木高女在学中から少女雑誌に投稿し、43年童話「鳴らずの太鼓」が「少女界」の懸賞で1等に入選。大正4年作家を志して上京。5年「少女画報」に送った「花物語」の第一話「鈴蘭」が女学生の好評を博し、以来13年頃までシリーズとして書き継ぎ少女小説作家として人気を確立。昭和2年「主婦之友」に「空の彼方へ」を連載、以後は大衆向けの小説へと進み、「女の友情」「一つの貞操」「理想の良人」「男の償い」「女の階級」などを次々に発表、12年に発表した「良人の貞操」は大きな話題を呼んだ。晩年は歴史小説を執筆して新境地を開いた。また、戦時中に俳句を始め、宗有為子の名で「鶴」に投句。のち高浜虚子門に入り、本名で「ホトトギス」に投句した。「吉屋信子句集」がある。　勲紫綬褒章〔昭和45年〕　賞菊池寛賞（第15回）〔昭和42年〕　家姪＝吉屋敬（洋画家）

愿山 紫乃　よしやま・しの　俳人
明治42年（1909年）11月28日～平成5年（1993年）2月7日　生奈良県　名本名＝愿山喜美代（よしやま・きみよ）　学奈良女子師範卒　歴昭和42年皆吉爽雨に師事、「雪解」に拠る。45年亀井糸游主宰「うまや」に入会。　賞うまや努力賞〔昭和50年〕

吉行 理恵　よしゆき・りえ　詩人
昭和14年（1939年）7月8日～平成18年（2006年）5月4日　生東京都　名本名＝吉行理恵子（よしゆき・りえこ）　学早稲田大学文学部日

本文学科〔昭和37年〕卒　歴小説家の吉行エイスケ、美容師の吉行あぐりの二女で、兄は小説家の吉行淳之介、姉は女優の吉行和子。昭和32年早稲田大学に入学した頃から詩作を始め、「歴程」などに参加。38年第一詩集「青い部屋」を刊行。以後「幻影」「夢のなかで」「吉行理恵詩集」を刊行し、42年「夢のなかで」で田村俊子賞を受賞。一方、40年頃から創作も始め、46年童話「まほうつかいのくしゃんねこ」で野間児童文芸推奨作品賞を、56年飼い猫と暮らす生活を淡々と描いた小説「小さな貴婦人」で芥川賞を受賞した。猫好きとして知られ、猫や双子の姉妹など極端に限定されたモチーフを繰り返して描き、独自の幻想的世界を作り上げた。他の著書に「迷路の双子」「黄色い猫」「猫の見る夢」など。　賞芥川賞（第85回）〔昭和56年〕「小さな貴婦人」, 円卓賞（第2回）〔昭和40年〕「私は冬枯れの海にいます」, 田村俊子賞（第8回）〔昭和42年〕「夢のなかで」　家父＝吉行エイスケ（小説家）, 母＝吉行あぐり（美容師）, 兄＝吉行淳之介（小説家）, 姉＝吉行和子（女優）

与田 準一　よだ・じゅんいち　詩人

明治38年（1905年）8月2日～平成9年（1997年）2月3日　生福岡県山門郡瀬高町上庄本町（みやま市）　名旧姓・旧名＝浅山　学上庄尋常高小〔大正9年〕卒　歴高小卒後、18歳から4年間小学校教師をしながら雑誌「赤い鳥」に童話や童謡を投稿。昭和3年上京、北原白秋門下に。5年から「赤い鳥」「コドモノヒカリ」などの編集を担当し、8年初の童謡集「旗・蜂・雲」を出版。25年から10年間日本女子大学児童科の講師を務め、37年日本児童文学者協会会長に就任。サンケイ児童出版文化大賞、野間児童文芸賞ほか受賞多数。代表作は「五十一番めのザボン」「十二のきりかぶ」など。「与田準一全集」（全6巻）がある。　賞児童文化賞（第1回）〔昭和14年〕「山羊とお皿」, 児童福祉文化賞奨励賞〔昭和42年〕, サンケイ児童出版文化賞（第14回）〔昭和42年〕「与田準一全集」（全6巻）, 野間児童文芸賞（第11回）〔昭和48年〕「野ゆき山ゆき」, 赤い鳥文学賞特別賞〔昭和51年〕, 日本児童文学学会賞特別賞（第8回）〔昭和59年〕「金子みすゞ全集」（編）, モービル児童文化賞（第25回）〔平成2年〕

依田 由基人　よだ・ゆきと　俳人

大正5年（1916年）4月26日～平成15年（2003年）8月9日　生山梨県甲府市　名本名＝依田肇（よだ・はじめ）　歴昭和11年飯田蛇笏、のち飯田龍太に師事。「雲母」同人を経て、平成5年「白露」に入会。句集に「遠富士」「霧氷富士」。

米口 実　よねぐち・みのる　歌人

大正10年（1921年）12月9日～平成25年（2013年）1月15日　生兵庫県姫路市鷹匠町　学東京大学文学部国語国文学科〔昭和23年〕卒　歴姫路中学在学中の昭和15年、北原白秋主宰「多磨」に入会。東京帝国大学文学部国語国文学科に進み、19年12月学徒動員で入隊。20年9月召集解除。22年戦争で途絶えていた東大短歌会の設立発起人となった。23年中部日本新聞社に入社したが、24年腎臓結核のため帰郷。姫路市で高校教師となり、兵庫県教育委員会事務局課長、公立高校長を経て、57年神戸常盤短期大学教授。歌人としては、28年「形成」創刊に同人参加。一時作歌を中断したが、38年「形成」に復帰。平成5年「眩」を創刊した。8～23年神戸新聞「神戸新聞文芸」選者。兵庫県歌人クラブ代表も務めた。著書に歌集「広葉かがやく」「ソシュールの春」「落花抄」「流亡の神」「惜命」、評論「短歌における日常性」「現代短歌の文法」などがある。　勲勲五等双光旭日章〔平成4年〕　賞神戸市文化賞〔平成5年〕, 兵庫県文化賞〔平成11年〕

米沢 弓雄　よねざわ・ゆみお　俳人

昭和10年（1935年）5月26日～平成10年（1998年）8月5日　生大阪府大阪市阿倍野区　学神戸商船大学商船学部航海科〔昭和33年〕卒　歴昭和33年航海訓練所助手を経て、37年海技大学校出向。43年助教授、53年教授。平成7年校長。一方、俳句は昭和35年三橋敏雄により作句。37年津田清子主宰の「沙羅」に投句。52年「花曜の会」に拠り、54年「花曜」同人、63年同誌同人会長を務めた。現代俳句協会幹事、関西地区会議議長などを歴任。

米沢 吾亦紅　よねざわ・われもこう　俳人

明治34年（1901年）3月20日～昭和61年（1986年）7月3日　生長崎県長崎市小菅町　出長崎県佐世保市山県町　名本名＝米沢忠雄（よねざわ・ただお）　学九州帝国大学工学部造船科卒　歴大阪鉄工所の造船技師を経て、昭和24年名村造船に入社、のち専務となる。俳句は中学時代から作り、6年から「馬酔木」に参加、10年同人となる。31年馬酔木燕巣会を結成し、33年「燕巣」を創刊・主宰。句集に「童顔」「老樹」など。　賞馬酔木賞, 馬酔木功労賞

米住 小丘子　よねずみ・しょうきゅうし　俳人
昭和7年（1932年）8月7日～平成10年（1998年）3月13日　生三重県名張市　名本名＝米住敏　学立命館大学文学部卒　歴教育界に奉職。恵那市立長島小学校長を最後に退職。俳句は、昭和46年新谷しげるに師事し、47年「風花」に入会。53年桝田泊露門下となる。54年「麦秋」同人。55年父・三丘没後の「あすなろ」主宰。句集に「夕陽ケ丘」がある。

米田 栄作　よねだ・えいさく　詩人
明治41年（1908年）6月15日～平成14年（2002年）8月5日　生広島県広島市　名本名＝米田栄　歴大正13年詩誌「南方詩人」「序曲」を刊行。昭和7年から百田宗治の主宰する詩誌「椎の木」に作品を発表。広島で被爆し、戦後、峠三吉らと詩誌「地核」を発行。のち被爆体験を基にした「川よ とわに美しく」「未来にまでうたう歌」「八月六日の奏鳴」を出版。36年から20年間にわたる寡作な空白期を経て、57年「鬼のいろいろ」を執筆、活動を再開。「碧落抄」と題する一連のシリーズに結実する。広島県詩人協会代表幹事も務めた。

米田 双葉子　よねだ・そうようし　俳人
明治43年（1910年）2月28日～平成13年（2001年）12月18日　出愛媛県宇和島市　名本名＝米田兼光　学愛媛師範〔昭和4年〕卒　歴昭和4年鶴島小訓導、23年大内浦小学校校長、26年岩松小学校校長、29年南宇和教育事務所長、32年鬼北中学校校長を経て、42年退職。一方、8年「渋柿」に入会、松根東洋城に師事。のち選者同人となり、平成2～11年主宰。著書に「俳句あれこれ」「松根東洋城と岡田燕子」、句集に「青嵐」「鰯雲」などがある。　勲勲五等双光旭日章

米田 利昭　よねだ・としあき　国文学者
昭和2年（1927年）1月6日～平成12年（2000年）4月13日　生東京都　学東京大学国文学科〔昭和23年〕卒　歴大学在学中、東大アララギ会を結成して雑誌「芽」を発行。昭和29年都立北高教諭、41年宇都宮大学講師、43年助教授を経て、46年教授に就任。退官後、駒沢女子大学教授。著者に「斎藤茂吉」「土屋文明」「戦争と歌人」「歌人松倉米吉」「石川啄木」「わたしの漱石」など。

米田 登　よねだ・のぼる　歌人
大正8年（1919年）6月29日～平成5年（1993年）3月20日　出滋賀県蒲生町　歴中学在学中の昭和9年「詩歌」に入会、前田夕暮に師事。夕暮没後、28年香川進創刊の「地中海」に参加。34年父・米田雄郎の死を機に「好日」に移り、編集発行を担当する。歌集に「思惟環流」がある。　家父＝米田雄郎（歌人）

米田 雄郎　よねだ・ゆうろう　歌人
明治24年（1891年）11月1日～昭和34年（1959年）3月5日　生奈良県磯城郡川西村　名本名＝米田雄還　学早稲田大学中退　歴明治44年白日社に入社、前田夕暮に師事。以来夕暮の死まで「詩歌」で作歌。大学中退後、大正7年滋賀県蒲生郡桜川村の極楽寺住職となり、歌人、宗教家として活動。15年滋賀県歌人連盟を結成、昭和27年「好日」創刊、後進の指導にもあたる。また同年滋賀文学会をつくり、初代会長に就任、文芸の発展に尽力した。歌集「日没」「朝の挨拶」「青天人」他。平成5年「米田雄郎全歌集」が刊行される。　家息子＝米田登（歌人）

米谷 静二　よねたに・せいじ　俳人
大正10年（1921年）9月3日～平成1年（1989年）4月7日　生東京市日本橋区（東京都中央区）　学東京帝国大学理学部地理学科〔昭和19年〕卒　歴昭和23年「馬酔木」に投句。28年「ざぼん」を創刊し、主宰。32年「馬酔木」同人。59年「橡」を創刊。句集に「霧島」「青鳩」「福寿星」。

米満 英男　よねみつ・ひでお　歌人
昭和3年（1928年）3月19日～平成24年（2012年）2月19日　生大阪府　学立命館大学国文学科卒　歴昭和33年引野収の「短歌世代」創刊同人。38年吉田弥寿夫らと同人誌「鴉」発刊。塚本邦雄をリーダーとする関西青年歌人会の世話人となり、現代短歌運動に参加。のち「海馬」編集、「黒曜座」編集代表。歌集「遊神帖」「游以遊心」、著書「円虹への羇旅」などがある。

米本 重信　よねもと・しげのぶ　歌人
明治42年（1909年）7月12日～平成9年（1997年）7月4日　生千葉県　歴旧制中学時代より作歌し、大正11年「橄欖」創刊と同時に入会、吉植庄亮に師事。昭和2年「土筆」を創刊・主宰。また北原白秋らの「短歌民族」の創刊に加わる。戦後「橄欖」を復刊、編集発行にあたり、選者と運営委員を兼任。55年「天雲」を創刊。歌集に「処女林」「山守」がある。

米谷 祐司　よねや・ゆうじ　詩人
昭和9年（1934年）1月8日～平成23年（2011年）12月23日　[生]北海道小樽市　[歴]昭和39年札幌で出版社を経営する傍ら、数人の仲間と会社を起こし、小樽のタウン誌「月刊おたる」を創刊して代表。国内タウン誌の先駆け的存在で、2度の廃刊危機を乗り越え、平成18年3月通算500号を迎えた。1970～80年代の小樽運河埋め立て問題では、埋め立てに反対した小樽運河を守る会の発起人の一人となった。また、詩人としても活動し、同人誌「核」に参加。昭和42年に始まった“おたる潮まつり”の企画に携わり、三波春夫が歌ったテーマ曲「おたる潮音頭」の作詞も手がけた。詩集に「甘い文明」「海の甘くなるとき」「花と虚無」「北方で果てよ」などがある。

米山 敏雄　よねやま・としお　歌人
昭和7年（1932年）1月2日～平成12年（2000年）12月19日　[生]新潟県　[学]新潟大学教育学部　[歴]昭和27年「アザミ」に入会し、山口茂吉に師事。36年師没後その後継誌である「表現」創刊に加わり、礒幾造に師事。また41年「魚野」創刊に参画。歌集に「曇る雪野」「山霧」など。　[賞]表現賞（第3回）〔昭和40年〕，魚野賞（第1回）〔昭和42年〕

米山 久　よねやま・ひさ　歌人
明治30年（1897年）1月～昭和56年（1981年）2月9日　[出]石川県金沢市　[学]石川県立第一高女〔大正3年〕卒　[歴]昭和初期から婦人参政権運動に携わり、昭和21年4月、戦後初の衆院選挙では石川全県区でトップ当選した。また、歌人としても活躍、歌集「あけぼの」「白蓉」などを出版している。

米納 三雄　よのう・みつお　歌人
大正15年（1926年）4月2日～平成23年（2011年）10月29日　[出]熊本県上益城郡御船町　[学]陸士〔昭和20年〕中退，熊本青年師範〔昭和24年〕卒，慶応義塾大学文学部通信教育課程〔昭和29年〕卒　[歴]昭和26年中学教師となり、52年東竹原中学、55年中島中学、58年益城中学の校長を歴任。62年退職。この間、34年宮柊二主宰の「コスモス」に入会。平成6年より「槙」主宰。熊本県歌人協会副会長も務めた。歌集に「五月」「楝の花」がある。　[賞]コスモス短歌会O先生賞（第10回）〔昭和38年〕，熊日短歌大会天賞〔昭和54年〕，熊日文学賞〔昭和63年〕「楝の花」，熊本県芸術功労者

四方 章夫　よも・あきお　詩人
昭和14年（1939年）11月26日～平成13年（2001年）12月29日　[生]福島県　[名]本名＝秋山茂　[学]大阪市立大学文学部〔昭和38年〕卒　[歴]著書に「方法としての衣」「文学における共同制作」「前衛詩詩論」、詩集に「市街のプロソディ」「消えた街」「市街それぞれ」など。

【ら】

蘭 繁之　らん・しげゆき　詩人
大正9年（1920年）5月20日～平成20年（2008年）3月11日　[生]青森県弘前市　[名]本名＝藤田重幸（ふじた・しげゆき）　[歴]装丁芸術家、詩人、版画家など多彩な顔を持ち、昭和40年より緑の笛豆本の会を主宰。原稿集めから、縦9センチ、横7センチの豆本の装丁・造本までをすべて手作りで仕上げ、平成16年の終刊までに422集を出版した。NHK「みんなのうた」でボニージャックスが歌った「雪の音」（曲・西脇久夫）の作詞も手がけた。批判を込めた社会派の詩も数多く、詩集に「藍抒情」、句集「蘭繁之作品集」などがある。　[家]妻＝川村慶子（詩人）

【り】

立仙 啓一　りっせん・けいいち　詩人
大正3年（1914年）3月28日～昭和56年（1981年）12月12日　[生]高知県香美郡夜須町　[学]東京外国語学校英文科中退　[歴]小学校時代、詩人の岡本弥太の薫陶を受ける。高知新聞、朝日新聞高知支局で記者をしたのち、高知農業高校、高知工業定時制などの講師を務め、退職後は英語塾・立仙塾を開いた。傍ら詩人として活躍、「真鶴」「心象」「砂時計」「昼夜」「真贋」などに作品を発表した。

【ろ】

六本 和子　ろくもと・かずこ　俳人
明治44年（1911年）9月25日～平成20年（2008年）2月9日　囲出大阪府大阪市　囲学大手前高女卒　囲歴昭和29年「馬酔木」に投句、殿村菟絲子の指導を受ける。31年「女性俳句」、34年「鶴」に入会、47年「万蕾」創刊同人となる。平成7年「万蕾」が休刊、8年「絵硝子」創刊同人。10年より無所属。句集に「黄繭」「藤袴」がある。囲賞万蕾群青賞〔昭和54年〕　囲家長女＝永方裕子（俳人），長男＝六本佳平（東京大学名誉教授）

六角 文夫　ろっかく・ふみお　俳人
昭和4年（1929年）8月1日～平成12年（2000年）8月17日　囲生栃木県　囲歴昭和35年俳誌「雲母」入会。「雁」主宰、NHK学園俳句講座講師、「雲母」同人を経て、平成5年「白露」に入会。句集（共著）に「花句会」「羽音」。囲賞雲母賞〔昭和49年〕

【わ】

若井 三青　わかい・さんせい　歌人
昭和4年（1929年）4月5日～平成6年（1994年）2月18日　囲生新潟県　囲名本名＝若井三晴（わかい・みつはる）　囲学新潟大学芸術学科卒　囲歴昭和41年鹿児島寿蔵に師事して「潮汐」に入会、52～55年編集に従事。45年寿蔵や木俣修、佐藤佐太郎らの筆墨展・四照花会を創設、運営に当たった。57年「求青」創刊に参加、編集同人。平成元年「青花」を創刊・主宰。歌集に「青花」がある。囲賞潮汐賞〔昭和42年〕，潮汐大賞〔昭和53年〕

若色 如月　わかいろ・じょげつ　俳人
大正6年（1917年）11月22日～平成11年（1999年）1月1日　囲生茨城県　囲名本名＝若色実継（わかいろ・みつぎ）　囲歴戦中より俳句に手を染め、「筆つばな」に入会。昭和30年同人、32年編集同人となる。35年石田波郷の門を叩き「鶴」に入会。39年「土」創刊。50年「鶴」同人。52年「琅玕」発足と同時に参加、同人会長を務めた。55年「鶴」同人を辞退。平成11年句集「夢」が出版された。

若木 一朗　わかき・いちろう　俳人
大正8年（1919年）1月17日～平成17年（2005年）1月28日　囲生秋田県　囲名本名＝若木重和　囲学秋田商卒　囲歴昭和22年シベリア抑留から帰国。23年福田蓼汀に師事、俳句を始める。30年「山火」同人。40年俳人協会に入会。現代俳句選集編集委員、俳人協会会員名鑑編集委員を務めた。句集に「霧雪」「霧雪茫々」がある。囲賞山火賞（第3回）〔昭和33年〕，福田蓼汀賞〔平成2年〕

若浜 汐子　わかはま・しおこ　歌人
明治36年（1903年）9月13日～平成11年（1999年）3月26日　囲生大阪府　囲名本名＝大窪梅子　囲学駒沢大学大学院上代文学専攻〔昭和31年〕修士課程修了　囲歴立正安国会を創立した田中智学の二女として、明治36年大阪に生まれ、のち鎌倉で育つ。幼少より歌作にはげみ、43年8歳で海上比左子に師事。昭和2年「アララギ」入会。21年「白路」入会、編集同人。52年「白路」主宰。この間、2年に27歳で夫と死別。自立すべく18年から教師を務めながら、31年大学院を修了。41年国士舘大学文学部教授となり、53年定年退職。歌集に「日本琴」「結び松」「五百重浪」、歌文集「隠岐吟懐」、著書に「万葉植物原色図譜」「万葉旅情」「万葉の山河」など多数。囲家父＝田中智学（仏教学者）

若林 南山　わかばやし・なんざん　俳人
明治44年（1911年）8月31日～平成14年（2002年）2月27日　囲生岡山県都窪郡　囲名本名＝若林輝夫　囲学上海東亜同人書院卒　囲歴張家口蒙彊銀行で「馬酔木」系句会に参加。昭和37年「志紀俳句会」を創設、「ホトトギス」同人の山下豊水に入門。42年豊水の主宰した「河内野」編集長となり、4代の主宰を支えた。のち大橋桜坡子、下村非文に師事。「山茶花」「ホトトギス」同人。句集に「南船北馬」「金婚」、句文集に「俳句のよろこび」「俳句のしおり」などがある。

若林 牧春　わかばやし・ぼくしゅん　歌人
明治19年（1886年）9月11日～昭和49年（1974年）6月29日　囲生東京都町田市　囲名本名＝岡部軍治，旧姓・旧名＝若林　囲学青山師範〔明治40年〕卒　囲歴兄は東京府町田町長を務めた若林文平。明治43年岡部家の婿養子となり、岡部姓を名のる。北原白秋に師事し、「朱欒」「地上巡礼」「烟草の花」「多磨」などに参加。昭和28年中央線会友となり、40年歌集「冬鶯集」を刊行した。　[家]兄＝若林文平（町田町長）

若山 いく子　わかやま・いくこ　歌人
大正8年（1919年）4月3日～平成3年（1991年）5月7日　[出]静岡県沼津市　[学]沼津高女卒　[歴]夫の若山旅人が主宰する「創作」の選者を務めた。　[家]夫＝若山旅人（歌人）

若山 喜志子　わかやま・きしこ　歌人
明治21年（1888年）5月28日～昭和43年（1968年）8月19日　[生]長野県　[名]本名＝若山喜志，旧姓・旧名＝太田　[歴]若くして文学を志し、太田水穂の紹介で明治45年若山牧水と結婚。昭和3年牧水の死に会い「創作」代表となり、43年逝去するまで女流歌人の代表として活躍。歌集は「無花果」ほか計6冊あり、56年「若山喜志子全歌集」が刊行された。　[家]夫＝若山牧水（歌人），長男＝若山旅人（歌人），二男＝若山富士人（歌人），妹＝潮みどり（歌人），義弟＝長谷川銀作（歌人）

若山 旅人　わかやま・たびと　歌人
大正2年（1913年）5月8日～平成10年（1998年）3月14日　[生]長野県塩尻市　[出]静岡県沼津市　[学]横浜高工建築学科〔昭和10年〕卒　[歴]住友本社工作課勤務を経て、戦後、若山旅人設計事務所創設。昭和43年父・牧水が主宰した歌誌「創作」発行人に推され、47年設計事務所を閉じ、「創作」を引き継ぐ。平成3年静岡県沼津市の若山牧水記念館館長。歌集に「若山旅人歌集」「白い霧」。　[家]父＝若山牧水（歌人），母＝若山喜志子（歌人），妻＝若山いく子（歌人），弟＝若山富士人（歌人）

若山 富士人　わかやま・ふじと　歌人
大正10年（1921年）4月～平成10年（1998年）1月21日　[出]静岡県　[歴]歌人・若山牧水の二男。平成7年父が創刊した「創作」代表。　[家]妻＝若山とみ子（歌人），父＝若山牧水（歌人），母＝若山喜志子（歌人），兄＝若山旅人（歌人）

脇野 素粒　わきの・そりゅう　俳人
明治45年（1912年）1月24日～昭和49年（1974年）6月26日　[生]鹿児島県鹿児島市田上町　[歴]鹿児島県立第一師範学校、後に鉄道に勤務。昭和5年頃から俳句の手ほどきを受ける。俳句、短歌、詩、雑文等を鉄道界、万朝報等に投稿。戦後、俳誌「若葉」「郁子」に入会。35年俳誌「新南風」主宰。著書に西郷隆盛の南島での流人生活の跡をくまなく訪ね、多くの新資料を発見した労作「流魂記―奄美大島の西郷南洲」、自費出版の「エラブの礁」などがある。

脇本 星浪　わきもと・せいろう　俳人
昭和7年（1932年）6月17日～平成19年（2007年）10月23日　[生]鹿児島県鹿屋市　[名]本名＝脇本重寛（わきもと・しげひろ）　[学]鹿児島大学教育学部〔昭和30年〕卒　[歴]昭和28年「ざぼん」の同人となり、また「馬酔木」「鶴」で俳句を学ぶ。39年「鷹」同人。51年同人誌「雄視界」発行。57年俳誌「茶話綴」発行。60年俳誌「竹」発行。平成元年より俳誌「朱欒」を主宰。4～6年鹿児島県俳人協会会長。句集に「暖流」「羽化」などがある。

脇山 夜誌夫　わきやま・よしお　俳人
大正15年（1926年）12月13日～平成17年（2005年）2月19日　[生]佐賀県北波多村　[名]本名＝脇山正大　[歴]富永寒四郎の指導を受け句作を始める。昭和32年「寒雷」に入会。九州龍谷短期大学で教鞭をとる傍ら、唐津市で俳句講座を開いた。「富士ばら」「筀」同人。平成2年約30年間の作品を集大成した処女句集「日の流れ」を出版。9年佐賀県俳句協会会長。　[賞]佐賀県文学賞俳句部門一席〔昭和54年〕，佐賀県文学賞随筆部門一席〔昭和55年〕，佐賀文化功労賞〔平成8年〕

和光 歯公　わこう・しこう　俳人
明治34年（1901年）12月25日～平成8年（1996年）2月24日　[名]本名＝和光和江　[学]東京歯科医専卒　[歴]甲府市内で歯科病院を開業。30代後半に俳句を始め、地元紙に投稿。同郷の俳人・飯田蛇笏に師事する。60年間の自選句を集めた「紋紋 色葉」が最初で最後の句集となる。

若生 真佐江　わこう・まさえ　詩人
大正9年（1920年）～平成18年（2006年）6月18日　[生]神奈川県逗子市　[歴]葵詩書財団、東京出版新芸象所属。詩集に「復活祭」「樹林小径」、著書「道―更級日記をたどりて」などがある。

鷲巣 繁男　わしす・しげお　詩人
大正4年（1915年）1月7日～昭和57年（1982年）7月27日　[生]神奈川県横浜市　[名]別号（漢詩文）＝不羣　[学]横浜商業学校〔昭和7年〕卒　[歴]ギリシャ正教徒の家庭に生まれ、幼児洗礼を受ける。作家を志して小島政二郎に弟子入りしたが挫折。昭和15年から富沢赤黄男に師事して句作をする。兵役を経て、戦後21年北海道雨滝郡沼田町五ケ山開拓地に入植、職を転々とした。23年ごろ詩作に転じ、「歴程」「饗宴」同人となる。25年第一詩集「悪胤」を刊行。47年埼玉県へ移住。同年第10回歴程賞を、56年第12回高見順賞を受賞。宗教詩人といわれ、主な詩集に「末裔の旗」「蛮族の眼の下で」「定本・鷲巣繁男詩集」「行為の歌」、評論集に「呪法と変容」などがある。 賞歴程賞（第10回）〔昭和47年〕「定本・鷲巣繁男詩集」, 高見順賞（第12回）〔昭和56年〕「行為の歌」

鷲野 蘭生　わしの・らんせい　俳人
明治45年（1912年）2月29日 ～ 平成8年（1996年）10月2日　生島根県　名本名＝鷲野嘉治　学安来高小卒　歴昭和7年永井瓢斉の手ほどきを受ける。30年「かつらぎ」に拠り、阿波野青畝の指導を受けた。56年連句懇話会会員。

和田 光利　わだ・あきとし　俳人
明治36年（1903年）11月22日 ～ 平成3年（1991年）6月13日　生山形県鶴岡市　名旧号＝和田秋兎死　学高小卒　歴9歳のとき、荻原井泉水の「新しき俳句の作り方」を読んで感銘を受け、大正12年「層雲」に参加。「層雲」中期の代表作家となる。第一句集「月山」から「遠矢の鷹」まで自選句集11冊がある。　賞荻原井泉水賞〔昭和44年〕

和田 英子　わだ・えいこ　詩人
大正15年（1926年）11月4日 ～ 平成24年（2012年）3月21日　生兵庫県神戸市長田区庄山町　歴昭和45年第一詩集「みじかい飛翔」を刊行。平成23年まで現代詩神戸研究会を約40年間主宰、神戸の現代詩の興隆に貢献した。他の詩集に「立ちどまる日日」「点景」「単線の周辺」「神戸市街図」「わが造成地」などがある。　賞神戸市文化賞〔平成9年〕, 兵庫県文化賞〔平成18年〕

和田 御雲　わだ・ぎょうん　俳人
明治23年（1890年）10月28日～昭和43年（1968年）4月25日　生東京都　名本名＝和田久左衛門　歴臼田亜浪に師事し「石楠」の最高幹部。大正11年井上日石の「千鳥」解消後「水郷」を創刊。これを主宰し、「水鳥」と改題して続刊7年半。昭和12年日石の「石鳥」に合併。句集に「水郷」がある。

和田 悟朗　わだ・ごろう　俳人
大正12年（1923年）6月18日 ～ 平成27年（2015年）2月23日　生兵庫県神戸市　学大阪大学理学部〔昭和23年〕卒　歴奈良女子大学理学部教授を務めた。一方、昭和27年頃から句作し「坂」「俳句評論」「渦」の創刊時から同人として活躍。のち「白燕」「風来」代表。52年から現代俳句協会関西地区議長、のち副会長。平成3年から大阪俳人クラブ会長。句集に「七十万年」「現」「山壊集」「諸葛菜」「桜守」「法隆寺伝承」「和田悟朗句集」「少間」「即興の山」「坐忘」「含密祭」「風車」、評論集に「現代の諷詠」「俳人想望」「俳句と自然」「赤尾兜子の世界」、エッセイ集に「活日記」「俳句文明」などがある。　勲勲三等旭日中綬章〔平成11年〕　賞現代俳句協会賞（第16回）〔昭和44年〕, 兵庫県文化賞〔平成4年〕, 現代俳句大賞（第7回）〔平成19年〕, 読売文学賞（詩歌俳句部門, 第64回）〔平成25年〕「風車」

和田 山蘭　わだ・さんらん　歌人
明治15年（1882年）4月6日 ～ 昭和32年（1957年）1月13日　生青森県北津軽郡松島村（五所川原市）　名本名＝和田直衛　学青森師範〔明治36年〕卒　歴師範時代から作歌をはじめ金子薫園に師事。24歳の時、同郷の加藤東籬とともに短歌結社・蘭菊会を結成。のち若山牧水に師事して「創作」に参加。加藤らと東北新社を興し、活版印刷歌誌「東北」を発行。大正2年上京して教員生活に入り、3年処女歌集「落日」を刊行。他の歌集に「酒壺」「きさらぎ」「松風」「津軽野」などがある。また書家としても知られた。　賞東奥賞〔昭和31年〕

和田 茂樹　わだ・しげき　国文学者
明治44年（1911年）4月12日 ～ 平成20年（2008年）4月29日　生愛媛県温泉郡道後湯之町（松山市）　学京都帝国大学国語国文科〔昭和11年〕卒　歴京都一商、京都一中教員を経て、昭和18年愛媛師範助教授、教授、24年愛媛大学助教授、のち教授。52年定年退官。53年松山商科大学教授を経て、56年子規記念博物館の初代館長に就任。15年間務め、平成8年退任。著書に「愛媛文学の史的研究」「俳人の書画美術7 子規」などがある。　勲勲三等旭日中綬章〔昭和59年〕　賞愛媛県教育文化賞〔昭和53年〕, 松山市栄誉賞（第1回）〔平成14年〕

和田 周三　わだ・しゅうぞう　歌人
大正2年（1913年）2月26日 ～ 平成11年（1999年）7月16日　生京都府京都市　名本名＝和田繁二郎（わだ・しげじろう）　学立命館大学法文学部国文学科〔昭和18年〕卒, 立命館大学大学院国文学修了　歴立命館大学予科教授、立命館大学教授、大谷女子大学教授を歴任。短歌は昭和8年「ポトナム」に入会、小泉苳三に師事。23年より同誌の編集に携わり、のち選者。著書に「芥川龍之介」「近代文学創成期の研究」「現代短歌の構想」「明治前期女流作品論」、歌集に「微粒」「雪眼」「環象」「揺曳」「暁闇」「春雷」などがある。　勲勲三等瑞宝章〔昭和60年〕　賞柴舟会賞〔昭和57年〕

和田 祥子　わだ・しょうこ　俳人
大正14年（1925年）1月4日 ～ 平成21年（2009年）6月7日　生中国青島　学東京桜蔭高等女学校卒　歴昭和25年「馬酔木」、26年「海坂」へ投句。水原秋桜子、相生垣瓜人、百合山羽公に師事。44年「馬酔木」同人。平成3年羽公より「海坂」主宰を継承、11年まで務めた。　賞馬酔木新人賞〔昭和43年〕, 馬酔木賞〔昭和59年〕

和田 暖泡　わだ・だんぽう　俳人
大正7年（1918年）7月8日～平成1年（1989年）2月15日　生東京都豊島区　名本名＝和田正（わだ・ただし）　学都立園芸高卒　歴昭和18年中国海南島で句作を初め、21年復員。22年皆吉爽雨に師事、33年「雪解」同人。「雪解」編集に携わる。句集に「林相」。　賞雪解賞〔昭和35年〕

和田 徹三　わだ・てつぞう　詩人
明治42年（1909年）8月4日 ～ 平成11年（1999年）6月27日　生北海道余市郡余市町　名筆名＝龍木煌　学小樽高商〔昭和6年〕卒　歴伊藤整と共に百田宗治主宰「椎の木」同人となり、昭和10年処女詩集「門」を刊行。「日本未来派」などを経て、31年から「湾」主宰。英文学ではH.リードの研究で有名。49～55年北海道薬科大学教授。モダニズム、英詩、実存哲学、インド哲学等に影響を受けた形而上詩を書く。代表作「永遠―わが唯識論」はドイツ語に翻訳された。他の詩集に「金属の下の時間」「唐草物語」「白い海藻の街」「虚」少年詩集「緑のアーチ」長編詩集「神話的な変奏・自然（じねん）回帰」「和田徹三全詩集」「和田徹三全集」（全6巻, 沖積舎）など。　賞日本詩人クラブ賞（第12回）〔昭和54年〕「和田徹三全詩集」

和田 敏子　わだ・としこ　俳人
大正12年（1923年）2月7日 ～ 平成15年（2003年）10月31日　生広島県　学広島市高女卒　歴昭和20年原爆で夫を始め多くの身内を失い、心の支えとして俳句を始める。29年より「雨月」に投句。31年同人。54年「雨月」推薦作家首位。句集に「忘れ潮」「光陰」。

和田 博雄　わだ・ひろお　俳人
明治36年（1903年）2月17日 ～昭和42年（1967年）3月4日　生埼玉県川越市　学東京帝国大学法学部英法科〔大正14年〕卒　歴農林省に入省。昭和16年企画院事件に連座して逮捕される。20年9月復職し、10月農政局長となり、戦後の農政改革に従事。21年第一次吉田内閣の農相、22年片山内閣の国務相、経済安定本部長官、物価庁長官。片山内閣総辞職後、社会党に入党。27年以来、岡山1区から衆院議員に6回当選。この間、29年左派社会党書記長、国際局長を経て、39年初代副委員長となる。41年政界を引退。俳人としては、「早蕨」の内藤吐天に師事し、句集に「冬夜の駅」「白雨」があるが、42年句会に向かう途中芝公園の路傍で死去した。

渡瀬 満茂留　わたせ・まもる　俳人
明治45年（1912年）7月25日 ～ 平成2年（1990年）8月28日　生三重県　学安東中卒　歴朝日新聞記者を経て、伊勢新聞に転じ、報道部長、編集局長、論説主幹を歴任。この間、昭和38年山口草堂に師事、41年「南風」同人。49年「琥珀」を創刊し、主宰。句集に「冬鴉」。　賞南風賞〔昭和48年〕, 南風四百号記念評論賞〔昭和52年〕, 三重県Y氏文学賞

渡辺 昭　わたなべ・あきら　俳人
昭和5年（1930年）6月30日 ～ 平成26年（2014年）12月8日　生徳島県　学徳島商卒　歴昭和29年職場句会を通じ皆吉爽雨門に入り、32年「雪解」同人。45年「沖」に入会。能村登四郎、林翔に師事し、48年「沖」同人、のち編集長、同人会長。句集に「流藻晩夏」「早春望野」などがある。　賞沖賞〔昭和55年〕

渡辺 朝次　わたなべ・あさじ　歌人
明治42年（1909年）12月2日 ～ 平成2年（1990年）6月28日　生山梨県　歴昭和12年「覇王樹」に入会、のち選者。45年「関西覇王樹」を創刊し、編集発行人。歌集に「地下茎」「雪比良」「忍冬」「無患樹」「樹下石上」「北斗北窓」「自啄」

がある。

渡辺 伊志　わたなべ・いし　俳人
大正12年（1923年）3月30日～平成7年（1995年）5月25日　生神奈川県横浜市　学横浜女子商卒　歴昭和54年から小枝秀穂女に俳句を師事。54年「蘭」入会。58～63年連句の指導を受け、60年「俳句饗宴」入会、62年同人。63年「秀」創刊と同時に「蘭」退会。平成3年「女性俳句」入会、同年3月「秀」幹部同人。句集に「白扇」がある。

渡辺 於兎男　わたなべ・おとお　歌人
大正4年（1915年）1月13日～平成6年（1994年）2月8日　生石川県金沢市　歴昭和8年より西条八十の「臘人形」に拠り、戦後「人民短歌」「鶏苑」「灰皿」同人。29年「コスモス」を経て、31年福戸国人と「冬炎」を発刊。33年福戸の没後「砂金」を改題創刊・主宰。歌集に「残雪」「雪あかり」「雪花」「雪虫」「雪線」「雪霊」がある。

渡辺 久二郎　わたなべ・きゅうじろう　歌人
明治24年（1891年）5月23日～昭和59年（1984年）1月4日　生新潟県西頸城郡青海町（糸魚川市）　学松本教育実〔昭和4年〕卒　歴坑夫の父親とともに各地を転々。苦学して松本教育実業を卒業。上京後、小堀甚二・平林たい子夫妻、坪野哲久・山田あき夫妻の知遇を得、昭和11年「鍛冶」創刊に際して編集同人となる。18年「歌と歌」同人。19年開拓農業の道に入るが、戦後は兄が経営するセメント会社に勤務。26年「郷土」、43年「地中海」、56年「木かげ」各同人。49年東京都大田区教育委員となり、51年同委員長を務めた。没後、歌文集「むねん」が出版された。　家二男＝なべおさみ（俳優）

渡辺 桂子　わたなべ・けいこ　俳人
明治34年（1901年）7月5日～昭和59年（1984年）7月25日　生東京市芝区松本町（東京都港区）　名本名＝渡辺きく，旧姓・旧名＝長谷川　学東京高女卒　歴昭和3年渡辺水巴に師事、4年水巴と結婚。27年より水巴の遺した「曲水」を引継ぎ主宰となる。37年俳人協会会員、55年名誉会員。句集に「吉野雛」「吾亦紅」がある。　家夫＝渡辺水巴（俳人），二女＝渡辺恭子（俳人）

渡辺 砂吐流　わたなべ・さとる　俳人
明治32年（1899年）3月10日～平成3年（1991年）7月18日　生山口県　名本名＝渡辺了（わたなべ・さとる）　学大倉商〔大正10年〕卒　歴大正5年「層雲」に参加。荻原井泉水門下で、長年にわたる種田山頭火との交流でも知られる。句集に「年輪」、句文集に「年輪残照」。　賞荻原井泉水賞〔昭和39年〕，寿老賞〔昭和50年〕

渡辺 志水　わたなべ・しすい　俳人
明治42年（1909年）10月18日～昭和62年（1987年）3月12日　生千葉県安房郡鋸南町　名本名＝渡辺竹治郎（わたなべ・たけじろう）　学東京大学法学部卒　歴昭和30年「楪吟社」入会。35年「鶴」入会、石田波郷に師事。波郷没後、石塚友二に師事、「楪」「鶴」同人。のち「楪」編集長。太田市文化協会会長も務めた。句集に「菜種梅雨」「忘れ潮」。　賞太田市文化功労賞

渡辺 修三　わたなべ・しゅうぞう　詩人
明治36年（1903年）12月31日～昭和53年（1978年）9月9日　生宮崎県延岡市　学早稲田大学英文科中退　歴在学中に「街」を創刊し、のち佐藤惣之助に教わり「詩と詩論」などに詩作を発表。昭和11年からは郷里の延岡で農場経営の傍ら「九州文学」に所属して詩作を続けた。詩集に3年刊行の「エスタの町」をはじめ「ペリカン嶋」「農場」「谷間の人」などがある。

渡辺 順三　わたなべ・じゅんぞう　歌人
明治27年（1894年）9月10日～昭和47年（1972年）2月26日　生富山県富山市千石町　学富山中〔明治40年〕中退　歴13歳の時上京、神田の家具商の小僧となる。大正3年窪田空穂の「国民文学」創刊に参加。のち口語歌運動に専念し、14年に「芸術と自由」を創刊したのをはじめさまざまなプロレタリア短歌運動を展開した。昭和16年検挙される。戦後は新日本歌人協会創立のメンバーとなり、21年機関紙「人民短歌」を創刊。24年「新日本歌人」に改題後も一貫して民衆短歌の道を歩いた。著書は、歌集「貧乏の歌」「生活を歌ふ」「烈風の街」「日本の地図」「波動」、評論・研究書「定本・近代短歌史」「石川啄木・その生活と芸術」「秘録・大逆事件」など多数。

渡辺 春天子　わたなべ・しゅんてんし　俳人
明治44年（1911年）3月20日～平成7年（1995年）10月7日　生新潟県北蒲原郡　名本名＝渡辺寅作　学高小卒　歴昭和6年浜口今夜の門人

となる。10年「句と評論」入会。13年「広場」同人となる。16年俳句事件により作句中断。46年「風土」入会、49年同人、51年新潟支部長。句集に「風城」「彩」。

渡辺 信一　わたなべ・しんいち　俳人
明治40年(1907年)3月30日～平成8年(1996年)9月16日　生新潟県　学新潟大学医学部研究科卒　歴昭和16年「まはぎ」に入門し浜口今夜、中田みづほ、高野素十に指導を受ける。のち「芹」「雪」に所属。句集に「みの虫」「芦の花」「喜寿」がある。

渡辺 信一郎　わたなべ・しんいちろう　川柳研究家
昭和9年(1934年)12月23日～平成16年(2004年)2月4日　生東京都　名別名＝葬露庵主人　学早稲田大学卒　歴都立高校で国語を教える傍ら古川柳研究、江戸庶民文化研究に携わる。昭和40年から古川柳研究会会員。著書に「川柳江戸行商〈上下〉」「川柳江戸の食物誌」「川柳江戸の食べ物細見」「川柳江戸女の一生」「江戸の女たちのトイレ」「江戸の生業事典」「江戸の化粧」「江戸の閨房術」「江戸の性愛術」、共著に「日本の奇書」などがある。

渡辺 苔波　わたなべ・たいは　俳人
大正4年(1915年)7月3日～平成3年(1991年)7月15日　生東京市浅草区(東京都台東区)　名本名＝渡辺由郎　学小学校高等科卒　歴昭和16年渡辺水巴に師事、17年「曲水」同人。39年熱海市俳句人協会長就任。同年「氷海」入会、42年同人。句集に「苔波句帖」。　賞熱海市文化功労賞〔昭和42年〕

渡辺 鶴来　わたなべ・つるき　俳人
大正13年(1924年)1月15日～平成23年(2011年)4月28日　生東京都　名本名＝渡辺源治(わたなべ・げんじ)　歴旧制中学卒。昭和14年自然律俳誌「北斗」会員となり、奥村四絃人の教えを受ける。19年同誌廃刊。地方公務員を務めていたが、その頃出張先の神戸・鳴尾飛行場附近の古本店で見た本で、安住敦を知り、39年安住が主宰する「春燈」入門した。句集に「一月」がある。　賞春燈賞(昭和50年度)

渡辺 堂匠　わたなべ・どうしょう　俳人
大正12年(1923年)6月20日～平成15年(2003年)9月27日　生静岡県　名本名＝渡辺武(わたなべ・たけし)　学静岡師範(旧)中退　歴昭和37年グループに依る月例俳句会を発足。43年「獺祭」同人の小林鹿郎の指導を受け、同誌誌友。48年「獺祭」同人。　賞NHK静岡放送年間俳句優秀賞〔昭和54年〕

渡辺 とめ子　わたなべ・とめこ　詩人　歌人
明治15年(1882年)7月17日～昭和48年(1973年)6月8日　生東京都　名本名＝渡辺留子　学お茶の水女学校　歴明治34年結婚するが、大正7年に死別し、のち「心の花」に参加。14年歌集「高原」を刊行。昭和3年「火の鳥」を創刊。他の歌集に「立春」「原型」などがある。　賞木下利玄賞(第6回)〔昭和19年〕　家父＝大山巌(陸軍大将・元帥・公爵)

渡部 信義　わたなべ・のぶよし　詩人
明治32年(1899年)9月5日～昭和63年(1988年)12月20日　生福島県大沼郡高田町(会津美里町)　歴「文章倶楽部」に詩を投稿。大正9年上京、12年頃から春日庄次郎、松本淳三らと知り左傾。14年「灰色の藁に下がる」を出版。その後は「文芸戦線」や「農民」に詩、小説を発表。戦後、農民詩人として吉本隆明や松永伍一らに再評価された。詩集に「土の言葉」「日本田園」などがある。

渡辺 梅郷　わたなべ・ばいきょう　俳人
大正11年(1922年)5月12日～平成3年(1991年)8月13日　生東京都青梅市吉野梅郷　名本名＝渡辺千鶴　学技能者養成所青年課卒　歴昭和18年「ホトトギス」同人上林白草居に師事、「ホトトギス」「草」に拠る。27年「草」、40年「山火」同人。句集に「谿騒」。

渡辺 白水　わたなべ・はくすい　俳人
明治41年(1908年)8月5日～平成9年(1997年)2月12日　生静岡県　名本名＝渡辺忠雄　学東京帝国大学法学部卒　歴大正13年原田浜人の手ほどきを受け、戦後「俳句春秋」、同系の同人誌「東京俳句春秋」を経て、38年「曲水」入会。一時「麻」に投句。41年「曲水」同人。43年「草樹会」入会。48年「曲水」幹事。　賞曲水大作賞〔昭和47年〕

渡辺 白泉　わたなべ・はくせん　俳人
大正2年(1913年)3月24日～昭和44年(1969年)1月30日　生東京市赤坂区(東京都港区)　名本名＝渡辺威徳　学慶応義塾大学経済学部〔昭和11年〕卒　歴16歳頃から句作をし「馬酔

木」「句と評論」「風」「広場」「京大俳句」「天香」などで新興俳句運動を推進する。昭和15年京大俳句弾圧事件に連座し、以後は古典俳句研究に専念。41年「渡辺白泉集」を刊行した。

渡辺 蓮夫　わたなべ・はすお　川柳作家
大正8年（1919年）8月26日 ～ 平成10年（1998年）4月15日　生東京市小石川区（東京都文京区）　歴昭和17年文部省在籍中に同室の田辺幻樹を通じて川柳の道に入り、18年川柳研究社幹事。19年毎日新聞社東京本社に入社。「川柳研究」句会部長、編集長を経て、51年幹事長。53年毎日新聞全国版に「まいにち川柳」を開設して選者となり、全国に川柳愛好家を広めた。平成3年退任。編著書に川柳全集「川上三太郎」「渡辺蓮夫」、句集「三十年」「一期一会」などがある。

渡辺 春輔　わたなべ・はるすけ　俳人
明治43年（1910年）8月20日 ～昭和58年（1983年）6月1日　生東京市下谷区池之端（東京都台東区）　学東京府立工芸学校中退　歴東京朝日新聞社、日本評論社、お茶の水書房、創元社、平凡社に勤め、平凡社では「俳句歳時記」（全5巻）の編集に従事。昭和9年「愛吟」に入会して上川井梨葉に師事。16年「愛吟」の後継誌である「円画」で清水丁三の指導を受け、45年同誌後継の神辺鼕々主宰「新川」では編集を担当。この間、36年石原八束の「秋」に同人参加。句集に「よき日のうた」「似せものしぐれ」がある。

渡辺 宏　わたなべ・ひろし　詩人
昭和5年（1930年）10月30日 ～ 平成3年（1991年）8月24日　出山形県山形市　学山形大学教育学部卒　歴余目高校長、山形北高校長、県立博物館館長などを歴任。詩人としても活躍した。「山形文学」編集委員、「東北詩人」同人。著書に「六稜の青春」ほか。

渡辺 風来子　わたなべ・ふうらいし　俳人
明治40年（1907年）11月7日 ～昭和62年（1987年）3月5日　生福島県二本松市館野　名本名＝渡辺進（わたなべ・すすむ）　学日本大学工学部建築学科卒　歴司法省に入省し、昭和11年渡満。戦後、シベリア抑留を経て、22年帰国。この間、鈴木花蓑に俳句を学び、13年から宇田零雨の「草茎」に入会。49年「鶴」同人となる。句集に「阿多々羅」「阿多々羅抄」がある。

渡辺 文雄　わたなべ・ふみお　俳人
昭和21年（1946年）11月13日～平成22年（2010年）4月19日　生新潟県　学小千谷高定時制卒　歴昭和39年志城柏主宰の「花守」に入会。43年「風」入会。54年「花守」編集担当。55年「風」同人。56年「花守」同人。のち「古志」に所属した。　賞風新人賞〔昭和54年〕，花守賞〔昭和55年〕

渡辺 浮美竹　わたなべ・ふみたけ　俳人
明治40年（1907年）10月28日 ～平成8年（1996年）4月6日　生埼玉県　名本名＝渡辺文武　学秩父農林卒　歴昭和7年金子伊昔紅の「雁坂」に拠り「馬酔木」、「浜」を経て、30年「麦」入会、同人。49年小林康治の「泉」創刊に参加。55年康治の「林」創刊に参加。のち「氷室」同人。　賞麦作家賞（昭和32年度），泉同人賞〔昭和54年〕，埼玉文学賞〔昭和49年〕

渡部 抱朴子　わたなべ・ほうぼくし　俳人
昭和3年（1928年）2月16日 ～ 平成23年（2011年）5月5日　生愛媛県　名本名＝渡部盛幹（わたなべ・もりもと）　学愛媛師範卒　歴昭和34年より「渋柿」代表同人であった父・渡部杜羊子の指導を受け、35年「渋柿」入門。句集に「天籟」「地籟」がある。教師。　家父＝渡部杜羊子（俳人）

渡辺 勝　わたなべ・まさる　俳人
昭和7年（1932年）6月11日 ～ 平成25年（2013年）7月15日　生埼玉県　学東京大学文学部〔昭和31年〕卒，東京大学大学院〔昭和33年〕修了　歴昭和33年熊本大学助手、40年埼玉大学助教授を経て、50年教授。俳人でもあり、平成9年「比較俳句論 日本とドイツ」で俳人協会評論賞を受けた。他の著書に「ヘルマン・ヘッセと日本人」、句集「回廊」などがある。　勲瑞宝中綬章〔平成24年〕　賞俳人協会評論賞（第12回）〔平成9年〕「比較俳句論 日本とドイツ」

渡辺 未灰　わたなべ・みかい　俳人
明治22年（1889年）11月11日～昭和43年（1968年）11月25日　生東京市浅草区東三筋町（東京都台東区）　名本名＝渡辺正男　学大倉商卒　歴東京市役所、横浜市役所勤務を経て、自ら文具商、食料品店を営んだ。俳句を高浜虚子に学び、「国民新聞」「ホトトギス」などに投句。大正初期新進と目され、後に岡本癖三酔らの「新緑」同人となる。一時「草汁」を創刊・主宰、他に「東京日日新聞」の俳壇選者を務めた。晩年は実業に専念し、句作から遠ざかった。著書に「未灰句集」がある。

渡辺 みかげ　わたなべ・みかげ　俳人
明治37年（1904年）1月9日～平成2年（1990年）12月5日　生三重県　名本名＝渡辺了乂（わたなべ・あきはる），別号＝深影　学四日市商卒　歴大正8年「文章世界」俳句欄で内藤鳴雪選に初入選。10年「鹿火屋」入会、昭和17年同人、23年編集委員。同年「雪解」同人。30年「鹿火屋」特別同人、32年編集部員、48年監事、53年顧問。　賞鹿火屋賞〔昭和27年〕

渡辺 幹雄　わたなべ・みきお　歌人
大正6年（1917年）～平成11年（1999年）5月5日　生栃木県宇都宮市　学広島文理科大学卒　歴小山城南高校校長などを経て、昭和48～58年栃木県教育長。57年栃木県立博物館長を兼務。歌人としても活躍し、「白木綿」「たかむら」を主宰。研究書に「とちぎの短歌」などがある。　勲勲三等瑞宝章〔平成1年〕　賞下野文学大賞（第2回）〔昭和63年〕「たかむら」

渡辺 幸子　わたなべ・ゆきこ　俳人
明治35年（1902年）11月3日～平成2年（1990年）12月13日　生熊本県熊本市　学熊本県立第一高女〔大正8年〕卒　歴昭和13年「ホトトギス」「玉藻」に投句。23年「風花」に参加。28年渡辺倫太と「地平」を創刊。句集に「花鳥戯画」、随筆集に「青岬」。

渡辺 嘉子　わたなべ・よしこ　俳人
明治40年（1907年）2月13日～平成10年（1998年）7月20日　生福島県三春町　名本名＝渡辺トメ　学三春高等女学校〔大正12年〕卒　歴昭和29年「雲母」系鈴木白祇に師事、「雲海」創刊より参加。36年「雲母」入会。のち「白露」の広瀬直人に師事。句集に「しぐれ鴨」「藍と紺」がある。　賞雲海賞〔昭和51年〕

渡辺 よしたか　わたなべ・よしたか　歌人
明治31年（1898年）9月28日～昭和58年（1983年）1月2日　生熊本県　歴大正12年「アララギ」に入社、島木赤彦に師事する。15年「あぢさゐ」を創刊・主宰。歌集に「八重雲」「北海の歌」「悠久の天」がある。

渡部 柳春　わたなべ・りゅうしゅん　俳人
大正15年（1926年）3月9日～平成11年（1999年）1月13日　生福島県　名本名＝渡部春雄　学会津農林卒　歴昭和24年富安風生に師事。加藤楸邨門準同人。「響焰」「やまびこ」同人。のち「峠」に拠る。句集に「盆地唱和」。　賞福島県文学賞（俳句，第18回）〔昭和40年〕「盆地唱和」，福島県俳句賞（第6回）〔昭和59年〕「癌に死す」

渡辺 倫太　わたなべ・りんた　俳人
明治43年（1910年）2月3日～平成2年（1990年）11月5日　生岐阜県岐阜市　名本名＝渡辺芳夫（わたなべ・よしお）　学京都帝国大学経済学部卒　歴出版社編集部勤務。昭和17年加藤しげるの「平野」に投句、22年中村汀女の指導を受け「風花」に参加。のち渡辺幸子らと「風花」を離れ28年「地平」を創刊・主宰。新俳句人連盟に入り「麦」にも加わった。現代俳句協会幹事。「渡辺倫太句集」がある。

渡辺 れいすけ　わたなべ・れいすけ　俳人
大正4年（1915年）4月26日～平成10年（1998年）8月18日　生新潟県北蒲原郡　名本名＝渡辺礼輔（わたなべ・れいすけ）　学東北帝国大学国文学科卒　歴朝日新聞社に入社。中国特派員、ソ連抑留を経て、帰国。のち財団法人スポーツ会館常務理事、財団法人余暇開発センター参与。昭和8年姫路高校の友人・香西照雄の勧めで句作を始める。大学時代、小宮豊隆、阿部次郎、阿部みどり女、井上白嶺の指導を受けるが結社には所属しなかった。42年草樹会会員。剣新俳壇選者。56年俳人協会会員、のち同協会企画編集委員。句集に「龍潜む」「李杜の山河」がある。

和知 喜八　わち・きはち　俳人
大正2年（1913年）4月25日～平成16年（2004年）10月23日　生東京都町田市　名旧号＝和知樹蜂　学中央大学法科卒　歴昭和12年頃より樹蜂と号して「馬酔木」に投句。15年「寒雷」創刊に参加し、加藤楸邨に師事。27年同人。勤務する日本鋼管川崎製鉄所の現実を「煙突の下」と題して詠い上げた。33年職場の仲間と同人誌「響焰」を創刊。休刊を経て44年復刊させ、50年から主宰。平成9年主宰を退く。句集に「和知喜八句集」「同齢」「羽毛」「川蟬」「父の花火」がある。　賞清山賞（第2回）〔昭和45年〕，現代俳句大賞（第4回）〔平成16年〕

和智 美佐枝　わち・みさえ　詩人
昭和19年（1944年）～平成15年（2003年）5月19

日　生京都府京都市　学国学院大学文学部卒　歴小学校教師となり埼玉県川口市立幸町小学校、飯塚小学校、戸塚小学校、十二月田小学校などに勤務し、平成15年退職。傍ら詩人として活動、詩集に「伝説」「至福の歌」などがある。同年5月蜘蛛膜下出血により逝去。9月「メタセ恋アに―和智美佐枝詩集」が出版された。

没年順人名一覧

1950年（昭和25年）

淵上 毛銭 441
細谷 不句 449

1951年（昭和26年）

磯崎 藻二 50
臼田 亜浪 83
岡 麓 110
片山 邁 140
金子 薫園 150
川上 小夜子 157
塩入 夢幻子 246
清水 かつら 258
杉野 紫筍 271
原 石鼎 415
原 民喜 415
前田 夕暮 456
森 英介 506
山上 丶泉 521

1952年（昭和27年）

大橋 松平 107
蒲原 有明 166
久坂 葉子 184
草野 天平 185
沢本 知水 245
土井 晩翠 344
矢代 東村 514

1953年（昭和28年）

池田 克己 36
伊東 音次郎 55
伊東 静雄 56
大島 庸夫 99
斎藤 茂吉 224
釈 迢空 263
杉浦 伊作 270
高木 斐瑳雄 293
田辺 杜詩花 323
峠 三吉 345
畑中 秋穂 404
人見 勇 421
柳沢 健 517

1954年（昭和29年）

岩松 文弥 75
江島 寛 90
鹿島 鳴秋 137
香取 秀真 147
神戸 雄一 167
斎藤 香村 222
桜田 角郎 232
富松 良夫 353
中城 ふみ子 365
穂積 忠 448
前田 普羅 455

1955年（昭和30年）

太田 水穂 101
恩地 孝四郎 131
北見 志保子 176
相良 宏 230
高島 高 295
高橋 淡路女 298
竹中 九十九樹 313
田島 柏葉 316
中野 三允 369
松岡 辰雄 463
本島 高弓 505

1956年（昭和31年）

会津 八一 4
青木 敏彦 6
浅井 十三郎 13
小泉 苳三 201
酒井 広治 226
篠原 句瑠璃 249
杉江 重英 271
高村 光太郎 304
並木 秋人 380
西村 燕々 387
日野 草城 421
槇本 楠郎 459
松本 たかし 470
室積 徂春 504
矢沢 孝子 514
吉田 冬葉 546

1957年（昭和32年）

青柳 菁々 6
甘田 五彩 21
荒川 同楽 25
荒津 寛子 26
石田 マツ 46
尾上 柴舟 129
下村 海南 262
杉田 鶴子 271
鈴木 一念 276
関 登久也 285
滝沢 秋暁 308
内藤 鋠策 355
舟方 一 441
増田 八風 460
松村 みね子 468
万造寺 斉 475
柳原 極堂 517
和田 山蘭 556

1958年（昭和33年）

青木 稲女 5
石井 柏亭 40
石原 雁子 46
乾 直恵 62
井上 信子 64
加藤 非魯子 145
北 山河 173
金原 省吾 183
佐藤 紅鳴 236
佐藤 眉峰 238
武内 利栄 310
田中 不及 322
土屋 竹雨 336
永石 三男 359
中野 鈴子 370
西村 白雲郷 387
福戸 国人 432
方等 みゆき 445
松田 常憲 465
松田 毛鶴 465
山口 茂吉 524
吉植 庄亮 542

1959年（昭和34年）

足立原 斗南郎 17
石川 道雄 43
泉 芳朗 49
石上 露子 51
植村 諦 80
大鹿 卓 98
小野 房子 129
金石 淳彦 148
川路 柳虹 160
木村 好子 181
清沢 清志 182
河野 慎吾 204
小林 英俊 213
佐佐木 治綱 233
佐々木 有風 233
真田 喜七 240
島田 逸山 255
杉本 寛一 272
鈴木 杏村 277
高浜 虚子 303
橘 宗利 317
徳永 寿 348
富岡 犀川 351
鳴海 要吉 382
堀内 通孝 451
三由 淡紅 495
室生 とみ子 504
米田 雄郎 552

1960年（昭和35年）

江森 盛弥 92
岡田 平安堂 114
菊山 当年男 169
岸上 大作 170
小池 亮夫 201
小牧 暮潮 216
佐藤 清 235
佐藤 渓 236
佐藤 緑葉 240
清水 信 259
菅沼 宗四郎 269
杉浦 翠子 270
杉田 作郎 271
谷 鼎 324
筑網 臥年 329
中村 正子 376
林 鰌児 411
平尾 静夫 424
前田 伍健 455
前田 雀郎 455
増田 美恵女 461
宮田 戊子 491
安江 不空 515
吉井 勇 542

1961年（昭和36年）

江戸 さい子 91
大堀 昭平 108
小笠原 洋々 112
片山 敏彦 140
加藤 順三 144
金沢 種美 148
葛原 しげる 186
栗生 純夫 194
栗林 一石路 195
小杉 余子 208
下川 儀太郎 261
伊達 得夫 318
萩原 蘿月 398
星野 茅村 447
増田 晴天楼 460
村山 葵郷 502
吉岡 禅寺洞 543

1962年（昭和37年）

飯田 蛇笏 32
岩田 潔 73
大場 白水郎 106
小笠原 文夫 112
西東 三鬼 222
佐藤 杏雨 235
柴田 元男 251
高田 浪吉 296
高橋 鏡太郎 299
竹中 久七 313
富沢 赤黄男 351
林 容一郎 413
藤森 秀夫 440
細井 魚袋 448
正木 不如丘 459
宮崎 郁雨 489
室生 犀星 503

1963年（昭和38年）

- 伊藤 保 58
- 伊藤 凍魚 58
- 大谷 忠一郎 102
- 岡崎 えん 111
- 岡本 大夢 117
- 尾山 篤二郎 131
- 柏原 和男 137
- 軽部 烏頭子 155
- 久保田 万太郎 191
- 佐佐木 信綱 233
- 佐野 青陽人 241
- 島崎 曙海 255
- 鈴木 豹軒 280
- 関 圭草 285
- 田中 善徳 321
- 津田 治子 336
- 橋本 多佳子 399
- 原口 喜久也 415
- 松尾 いはほ 462
- 道部 臥牛 482
- 宮崎 安右衛門 490
- 目迫 秩父 504
- 山之口 貘 532

1964年（昭和39年）

- 石川 信夫 42
- 植松 寿樹 80
- 大野 万木 106
- 菊池 庫郎 168
- 国松 ゆたか 188
- 小杉 放庵 208
- 近藤 益雄 219
- 斎藤 俳小星 223
- 佐藤 春夫 238
- 島 東吉 254
- 清水 房之丞 260
- 隅田 葉吉 284
- 高群 逸枝 305
- 田村 木国 328
- 徳永 夏川女 348
- 中村 正爾 373
- 永山 一郎 378
- 額賀 誠志 390
- 橋爪 健 398
- 服部 担風 406
- 浜中 柑児 410
- 林 信一 412
- 原田 譲二 416
- 松根 東洋城 466
- 松村 巨湫 468
- 三浦 孝之助 475
- 三木 露風 477
- 三好 達治 495
- 柳本 城西 517
- 矢部 榾郎 520
- 吉田 忠一 546

1965年（昭和40年）

- 麻生 路郎 16
- 阿藤 伯海 17
- 天野 美津子 22
- 安西 冬衛 28
- 伊藤 和 59
- 岩田 昌寿 74
- 大黒 富治 97
- 大越 吾亦紅 98
- 岡崎 北巣子 111
- 河井 酔茗 156
- 岸本 水府 172
- 木下 夕爾 178
- 久保田 不二子 191
- 蔵原 伸二郎 194
- 栗原 潔子 195
- 正田 篠枝 265
- 角 鴎東 283
- 高草木 暮風 293
- 高橋 元吉 302
- 高見 順 304
- 中 勘助 356
- 中塚 たづ子 367
- 奈切 哲夫 379
- 萩原 麦草 397
- 波多野 晋平 404
- 福田 律郎 432
- 藤井 樹郎 434
- 藤村 雅光 439
- 星野 麦人 447
- 真下 喜太郎 460
- 松尾 馬奮 463
- 宮城 亜亭 488
- 吉田 寸草 546

1966年（昭和41年）

- 秋山 秋紅蓼 11
- 荒木 暢夫 25
- 有本 銘仙 27
- 石川 暮人 42
- 井上 多喜三郎 64
- 太田 耳動子 100
- 梶浦 正之 137
- 勝田 香月 141
- 神生 彩史 154
- 川田 順 161
- 神原 克重 166
- 木下 笑風 178
- 芥子沢 新之介 200
- 郡山 弘史 205
- 小宮 良太郎 217
- 佐藤 漾人 239
- 佐野 丶石 241
- 柴田 宵曲 250
- 下村 槐太 262
- 春秋庵 準一 264
- 高橋 晩甘 301
- 高浜 天我 303
- 滝沢 亘 308
- 田中 波月 322
- 田辺 若男 323
- 中島 哀浪 363
- 中野 秀人 370
- 藤岡 玉骨 435
- 藤原 東川 441
- 三田 澪人 481
- 満岡 照子 483
- 毛呂 清春 513
- 矢沢 宰 514

1967年（昭和42年）

- 相生垣 秋津 3
- 赤城 さかえ 8
- 安藤 姑洗子 29
- 伊賀 ふで 34
- 石川 きぬ子 41
- 磯部 尺山子 51
- 織田 枯山楼 126
- 遠地 輝武 132
- 柏崎 夢香 137
- 兼松 蘇南 151
- 蒲池 歓一 153
- 神山 杏雨 154
- 窪田 空穂 189
- 山宮 允 245
- 島 秋人 253
- 鐸木 孝 278
- 高橋 潤 300
- 武島 羽衣 311
- 竹田 小時 312
- 館山 一子 319
- 辻田 東造 335
- 中野 杉生人 369
- 中村 三山 373
- 野上 彰 391
- 橋田 一夫 398
- 花田 比露思 407
- 菱山 修三 420
- 広津 里香 427
- 藤沢 古実 436
- 正岡 陽炎女 459
- 正富 汪洋 460
- 松山 白洋 471
- 水谷 砕壺 479
- 宮城 謙一 488
- 宮崎 譲 490
- 村田 周魚 501
- 森 総彦 508
- 森 みつ 508
- 柳原 白蓮 518
- 山下 陸奥 527
- 吉野 秀雄 548
- 和田 博雄 557

1968年（昭和43年）

- 青木 幸一露 5
- 青木 此君楼 5
- 阿部 筲人 19
- 伊福部 隆輝 67
- 今井 白水 67
- 内海 泡沫 86
- 大橋 越央子 107
- 大村 呉楼 109
- 川上 三太郎 157
- 喜谷 六花 175
- 木下 友敬 178
- 木村 緑平 181
- 木山 捷平 181
- 蔵 月明 193
- 敬天 牧童 200
- 今田 久 218
- 佐川 雨人 230
- 佐藤 義美 239
- 多田 不二 317
- 谷口 古杏 325
- 西方 国雄 385
- 根津 蘆丈 391
- 野中 木立 393
- 花岡 謙二 406
- 浜田 到 409
- 広瀬 操吉 427
- 広野 三郎 427
- 村上 昭夫 498
- 室積 波那女 504
- 横山 うさぎ 540
- 若山 喜志子 555
- 和田 御雲 556
- 渡辺 未灰 560

1969年（昭和44年）

- 有馬 草々子 27
- 石田 波郷 45
- 伊藤 整 57
- 岡山 巌 118
- 奥 栄一 120
- 金戸 夏楼 151
- 川浪 磐根 162
- 小林 郊人 213
- 阪本 越郎 229
- 清水 清山 259
- 須賀 是美 268
- 高野 悦子 297
- 玉木 愛子 326
- 長島 蠣 364
- 中原 綾子 371
- 長谷川 かな女 401

支部 沈黙 403
林 桐人 412
原 阿佐緒 414
比良 暮雪 423
福島 小蕾 430
藤森 朋夫 440
松岡 貞総 463
宮崎 東明 490
村上 新太郎 499
森谷 均 511
矢田 枯柏 517
湯室 月村 539
渡辺 白泉 559

1970年（昭和45年）

天春 梧堂 21
生田 花世 35
今関 天彭 69
大山 広光 110
岡田 刀水士 114
岡本 圭岳 116
尾崎 孝子 123
尾崎 迷堂 123
小野 茂樹 128
小宅 圭介 130
加賀谷 凡秋 133
片桐 顕智 139
金子 不泣 150
菊岡 久利 167
国木田 虎雄 187
西条 八十 221
坂本 遼 230
杉田 嘉次 271
椙本 紋太 273
高木 蒼梧 293
高野 はま 298
高橋 掬太郎 298
多田 鉄雄 317
谷 馨 324
長尾 辰夫 360
中村 柊花 373
行方 沼東 380
野見山 朱鳥 395
長谷川 銀作 401
葉山 耕三郎 414
細谷 源二 449
牧 章造 457
馬淵 美意子 473
三野 混沌 486
宮崎 丈二 489
矢嶋 歓一 514

1971年（昭和46年）

青木 穠子 5
青柳 瑞穂 7
飯尾 峭木 30
井浦 徹人 34
筏井 嘉一 34
井上 健太郎 63
岩木 躑躅 72
上林 白草居 79
内田 百閒 84
大沢 春子 98
大橋 桜坡子 107
加畑 吉男 152
黒田 忠次郎 198
佐野 規魚子 240
菅 裸馬 268
鈴鹿 野風呂 275
染谷 十蒙 290
滝 けん輔 307
塚山 勇三 333
唐笠 何蝶 345
中野 弘一 369
日夏 耿之介 421
堀内 民一 451
三浦 義一 475
見沼 冬男 485
宮田 益子 492
山田 喆 529

1972年（昭和47年）

新井 声風 24
安藤 一郎 28
伊藤 鞬平 57
犬塚 春径 62
遠藤 貞巳 93
大野 我羊 104
加藤 しげる 143
川島 つゆ 161
菊池 知勇 168
小関 茂 209
児山 敬一 217
酒井 黙禅 227
沢 ゆき 243
清水 はじめ 260
鈴木 頑石 276
鈴木 鶉衣 277
鈴木 芳如 281
高田 保馬 296
高村 豊周 305
千勝 重次 329
津軽 照子 333
富田 野守 352
豊田 君仙子 354
中村 雨紅 371
西出 うつ木 386
長谷部 虎杖子 403
原田 浜人 417
深野 庫之介 428
福島 閑子 430
道山 草太郎 482
三橋 鷹女 483
山田 蒲公英 530
山本 雄一 537
吉塚 勤治 544
渡辺 順三 558

1973年（昭和48年）

渥美 芙峰 17
天野 宗軒 21
飯岡 幸吉 30
井上 草加江 63
井上 康文 65
岩見 静々 75
上田 保 77
上野 泰 79
大島 栄三郎 98
小田 観蛍 126
尾張 穂草 131
木下 春 178
草野 鳴嵒 185
斎賀 琴子 221
坂井 徳三 226
サトウ・ハチロー 238
白鳥 省吾 266
末次 雨城 268
鈴木 梅子 276
スズキ・ヘキ 280
関 みさを 285
巽 聖歌 318
田中 午次郎 319
為成 菖蒲園 328
中川 静村 361
中谷 寛章 367
中本 紫公 376
中本 恕堂 377
西岡 十四王 384
丹羽 洋岳 389
橋詰 一郎 398
長谷川 秋子 400
平田 春一 424
平出 吾邦 424
松原 地蔵尊 467
安田 蚊杖 515
山本 嵯迷 534
横山 林二 541
吉田 一穂 544
吉田 北舟子 547
吉屋 信子 550
渡辺 とめ子 559

1974年（昭和49年）

赤松 柳史 9
阿部 静枝 18
池内 たけし 38
石田 三千丈 45
岩佐 東一郎 72
上田 穆 78
臼井 喜之介 82
歌見 誠一 83
浦野 敬 88
上窪 清 88
燕石 猷 93
大成 竜雄 104
大元 清二郎 109
小川 太郎 119
尾崎 喜八 123
川上 梨屋 157
川村 柳月 165
河原 直一郎 165
菅野 昭彦 165
草村 素子 185
国井 淳一 187
窪川 鶴次郎 189
河野 静雲 204
佐伯 仁三郎 225
佐藤 南山寺 237
竹田 凍光 312
中村 耿人 372
中村 孝助 373
中村 春逸 373
南原 繁 383
野村 牛耳 395
橋本 花風 399
橋本 夢道 400
林 柳波 413
人見 東明 421
深尾 須磨子 428
福田 須磨子 431
藤川 忠治 435
丸山 薫 474
三木 朱城 477
水町 京子 481
宮野 小提灯 492
安田 尚義 515
山崎 和賀流 526
山下 秀之助 527
結城 哀草果 537
湯本 喜作 539
若林 牧春 554
脇野 素粒 555

1975年（昭和50年）

石川 桂郎 41
石田 あき子 44
伊波 冬子 66
江口 渙 89
音喜多 古剣 128
小原 六六庵 130
加来 琢磨 134
鹿児島 やすほ 136
笠井 栖乙 136
加藤 将之 146

角川 源義 146
門田 ゆたか 147
金子 光晴 151
久保井 信夫 189
古宇田 ふみ 203
篠原 梵 250
清水 比庵 260
鈴木 十郎 277
純多摩 良樹 284
田中 喜四郎 320
辻 まこと 334
対馬 完治 335
壺井 繁治 339
中田 みづほ 366
中村 忠二 375
名和 三幹竹 382
服部 嘉香 406
林原 耒井 413
福田 栄一 430
松沢 鍬江 464
松野 自得 467
三次 をさむ 494
村上 一郎 498
村野 四郎 501
山村 順 533
吉岡 富士洞 543

1976年（昭和51年）

浅野 純一 14
有本 芳水 27
生田 蝶介 35
石川 銀栄子 41
石原 万戸 48
礒永 秀雄 50
伊波 南哲 66
岩谷 孔雀 75
小笠原 二郎 112
小川 博三 119
荻原 井泉水 120
小野 昌繁 129
金子 無患子 151
木村 不二男 180
後藤 夜半 212
近藤 忠義 220
坂本 小金 229
狭山 信乃 242
四賀 光子 246
城 左門 264
須沢 天剣草 275
相馬 遷子 289
高野 素十 297
高橋 俊人 301
寺田 京子 343
内藤 吐天 356
永井 叔 358
西川 林之助 385
ぬやま・ひろし 390
野間 郁史 394
初井 しづ枝 405
浜口 国雄 409
久松 潜一 420
福島 和男 430
藤居 教恵 434
堀井 春一郎 450
松本 翠影 469
三石 勝五郎 482
港野 喜代子 484
武者小路 実篤 496
村田 利明 501
森 薫花壇 507
森川 暁水 509
森竹 竹市 511
森本 之棗 511
山川 柳子 521

1977年（昭和52年）

秋元 不死男 10
浅原 六朗 15
浅利 良道 15
飯村 亀次 33
池本 利美 39
石原 吉郎 47
稲垣 足穂 60
犬飼 志げの 62
牛山 一庭人 82
江良 碧松 93
仰木 実 94
大木 惇夫 96
大熊 信行 97
太田 耕人 100
大塚 金之助 102
大家 増三 109
長田 恒雄 123
加藤 まさを 146
金子 伊昔紅 149
金子 麒麟草 150
菊池 剣 168
草野 駝王 184
熊田 精華 192
栗田 九霄子 194
黒木 野雨 197
坂本 篤 229
白山 友正 267
杉浦 冷石 271
高橋 良太郎 303
谷村 博武 325
土岐 錬太郎 348
殿岡 辰雄 350
富田 狸通 352
中山 輝 378
新国 誠一 383
野場 鉱太郎 394
長谷川 朝風 402
星 迷鳥 446
前田 鉄之助 455
松垣 昧々 464
峯村 国一 486
宮崎 孝政 490
宮地 数千木 492
村磯 象外人 497
森 三千代 508
森本 治吉 511
山路 閑古 526
山田 かまち 528
山田 千城 529
山中 散生 532

1978年（昭和53年）

綾部 白夜 23
五百旗頭 欣一 34
一瀬 直行 53
今井 康子 68
上田 英夫 78
植村 武 81
内島 北朗 83
大竹 孤悠 102
岡村 二一 116
岡本 潤 117
小田嶋 十黄 127
小野 連司 129
影山 銀四郎 135
加藤 今四郎 142
木津 柳芽 172
北園 克衛 174
木村 三男 180
車谷 弘 196
五島 美代子 211
杉原 竹女 272
杉山 市五郎 274
高橋 玄一郎 299
竹尾 忠吉 311
武村 志保 314
寺門 一郎 342
中井 克比古 357
中村 欣治朗 372
中村 若沙 373
西尾 桃支 384
西垣 脩 384
能村 潔 395
早瀬 譲 414
平松 竈馬 426
舟橋 精盛 442
保坂 春苺 445
本郷 隆 452
三谷 昭 481
村上 耕雨 499
森脇 一夫 512
山崎 敏夫 525
横瀬 末数 540
渡辺 修三 558

1979年（昭和54年）

浅野 梨郷 14
芦田 高子 15
麻生 磯次 16
阿南 哲朗 18
石田 玲水 46
石原 沙人 46
一戸 謙三 53
岩本 修蔵 75
上野 壮夫 79
江口 喜一 89
江口 榛一 90
大田黒 元雄 101
景山 筍吉 135
影山 正治 135
春日井 瀇 138
加藤 愛夫 142
木原 孝一 179
上月 乙彦 203
小島 清 207
佐藤 一英 234
佐藤 念腹 237
嶋田 洋一 256
高木 一夫 292
高浜 年尾 303
滝口 修造 307
竹村 まや 314
多胡 羊歯 315
檀上 春清 329
手島 一路 341
富安 風生 353
中野 重治 369
中村 古松 373
新島 栄治 383
服部 直人 406
蕗谷 虹児 429
福永 武彦 433
藤浦 洸 435
法師浜 桜白 447
細木 芒角星 448
村井 憲太郎 497
村野 次郎 501
安田 章生 515
柚木 衆三 538

1980年（昭和55年）

赤木 公平 8
阿部 襄 20
阿部 みどり女 20
泉 甲二 49
市川 東子房 52
大村 主計 109
大脇 月甫 110

岡田 鯨洋 113
岡田 徳次郎 114
小田 英 126
小野 蒙古風 129
金井 有為郎 148
金尾 梅の門 148
鎌田 敬止 152
蒲池 由之 153
黒田 三郎 198
甲田 鐘一路 203
小金 まさ魚 205
斎藤 玄 222
さかもと・ひさし 230
椎木 嶋舎 245
塩尻 青笳 246
時雨 音羽 247
白木 豊 266
鈴木 幸輔 277
角 青果 284
高木 秀吉 292
多田 裕計 317
田中 冬二 322
田村 了咲 328
寺崎 浩 342
土居 南国城 344
土岐 善麿 347
外山 卯三郎 354
中河 幹子 361
中島 杏子 363
福永 耕二 432
前原 誠 457
水野 波陣洞 480
宮崎 康平 489
村上 可卿 498
森山 一 512
八木 摩天郎 513
山崎 一郎 524

1981年（昭和56年）

赤尾 兜子 7
阿部 小壺 19
飯田 莫哀 32
石毛 郁治 43
石中 象治 46
井戸川 美和子 59
伊吹 高吉 67
今岡 晃久 69
上山 英三 81
馬詰 柿木 87
大岡 博 96
加川 文一 134
勝 承夫 140
加藤 凍星 145
川瀬 一貫 161
京極 杞陽 181
黒瀬 勝巳 197
桑原 圭介 199
五所 平之助 208
小柳 透 217
小山 白楢 218
斎藤 喜博 222
品川 柳之 248
清水 八束 261
鈴江 幸太郎 275
高桑 義生 294
竹田 琅玕 312
田崎 秀 315
洞外 石杖 345
豊田 次雄 354
中原 勇夫 371
鳴戸 海峡 382
西島 麦南 386
能登 秀夫 393
福田 紀伊 430
福田 柳太郎 432
福永 清造 432
堀口 大学 452
松村 英一 468
水上 赤鳥 478
水原 秋桜子 481
蓑部 哲三 487
村松 正俊 502
村山 道雄 503
矢野 蓬矢 519
湯浅 桃邑 537
横山 青娥 541
米山 久 553
立仙 啓一 553

1982年（昭和57年）

足立 重刀士 17
阿比留 ひとし 18
雨宮 昌吉 22
板垣 家子夫 51
一条 徹 52
今枝 蝶人 69
上田 敏雄 78
宇田 木瓜庵 83
内田 博 84
内田 守人 85
梅原 啄朗 88
榎本 冬一郎 92
大野 三喜雄 106
大野 林火 106
大畑 専 108
岡 雨江 110
岡崎 義恵 112
岡田 利兵衛 115
小川 素光 119
小原 渉 130
角山 勝義 134
鹿児島 寿蔵 135
春日 こうじ 138
片山 雲雀 140
加藤 静代 143
蒲池 正紀 153
川本 臥風 165
菊池 麻風 169
岸 風三楼 170
北垣 一柿 173
北畠 八穂 175
肝付 素方 181
倉田 行人子 193
小林 純一 214
五味 保義 216
近藤 冬人 220
斎藤 湯城 225
佐々木 一止 232
佐藤 総右 237
佐野 岳夫 241
沢田 はぎ女 244
塩山 三九 246
進藤 忠治 267
瀬戸 白魚子 287
高崎 正秀 294
高橋 耕雲 299
高橋 春燈 300
高橋 英子 302
滝口 武士 308
竹内 隆二 311
武田 太郎 312
竹中 郁 313
田中 令三 323
土田 杏仙 336
手代木 啞々子 341
外塚 杜詩浦 350
冨谷 春雷 353
直江 武骨 356
永海 兼人 359
長尾 和男 359
中村 舒雲 374
中村 千尾 375
縄田 林蔵 382
南江 治郎 382
二唐 空々 384
西村 哲也 387
西山 春潮 388
西脇 順三郎 388
新田 充穂 389
日塔 聡 389
野川 秋汀 392
長谷 草夢 400
畠山 千代子 404
桝岡 泊露 460
松野 加寿女 466
松村 蒼石 468
真鍋 蟻十 472
三宅 酒壺洞 488
宮田 隆 491
村上 菊一郎 498
八木 蔦雨 513
山田 文鳥 530
吉田 好太 545
鷲巣 繁男 555

1983年（昭和58年）

赤石 茂 7
渥美 実 17
安部 宙之介 19
猪狩 哲郎 35
磯野 莞人 51
一乗 秀峰 52
市橋 鐸 53
井手 逸郎 54
今井 南風子 68
今岡 碧露 69
岩上 とわ子 72
潮田 武雄 82
榎本 梅谷 92
遠藤 はつ 93
大崎 租 98
大鶴 竣朗 103
大場 寅郎 106
岡田 有年女 112
岡安 迷子 118
沖 青魚 120
尾添 静由 126
小田原 霞堂 127
片桐 庄平 139
加藤 かけい 143
可児 敏明 149
金子 のぼる 150
上川 幸作 154
仮屋 安吉 155
川戸 飛鴻 162
神田 南畝 165
喜志 邦三 169
木俣 修 179
熊谷 武至 192
今 官一 218
斎藤 豊人 224
相良 義重 230
作山 暁村 231
佐沢 波弦 234
佐竹 弥生 234
島内 八郎 254
新免 忠 268
菅野 春虹 269
砂長 かほる 283
高田 新 296
高室 呉龍 305
高柳 重信 306
滝 仙杖 307

田口 白汀 309
武田 無涯子 312
龍岡 晋 318
辰巳 利文 318
民井 とほる 327
都築 益世 335
寺山 修司 343
奈加 敬三 357
中川 浩文 361
中桐 雅夫 361
中村 草田男 372
野原 水嶺 394
野村 喜舟 395
英 美子 407
早川 幾忠 410
原田 樹一 416
樋口 賢治 419
福本 鯨洋 433
船山 順吉 442
牧野 文子 458
松尾 あつゆき 462
松岡 凡草 464
松本 つや女 470
丸山 良治 475
水谷 晴光 480
皆吉 爽雨 485
三輪 青舟 495
安田 青風 515
八十島 稔 516
山口 水青 522
山田 土偶 529
山田 秀人 529
山本 康夫 536
横山 白虹 541
吉川 堯甫 543
吉田 蛙石 544
渡辺 春輔 560
渡辺 よしたか 561

1984年（昭和59年）

相沢 節 3
東 早苗 15
阿部 太 20
井垣 北城 34
石川 一成 41
石原 舟月 46
伊藤 啓山人 56
伊藤 公平 56
伊馬 春部 67
今井 湖峯子 68
江口 季雄 90
大島 蘇東 99
大伴 道子 103
大野 静 105
大野 誠夫 105
岡村 民 116
恩地 淳一 132
各務 於菟 133
香川 修一 133
笠原 若泉 136
上代 晧三 137
川崎 三郎 159
川崎 林風 160
川原 利也 163
北村 青吉 176
木村 無想 181
久保 晴 189
久保島 孝 189
倉重 鈴夢 193
黒田 喜夫 197
慶光院 芙沙子 200
河野 春三 204
笹沢 美明 234
佐野 まもる 241
猿丸 元 243
柴田 白葉女 251
柴谷 武之祐 251
渋沢 渋亭 252
清水 昇子 259
下田 実花 262
瀬戸内 艶 287
高橋 麻男 298
高安 国世 306
滝井 折柴 307
武石 佐海 310
龍野 咲人 318
徳本 和子 348
利根川 保男 349
富田 砕花 351
長江 道太郎 359
中川 宋淵 361
中津 泰人 367
中西 悟堂 367
中原 海豹 371
野田 宇太郎 393
野長瀬 正夫 393
原 三郎 414
半藤 弦 418
檜野 子草 421
平井 三恭 423
平木 二六 424
福森 柊園 433
星野 立子 447
前田 透 455
前山 巨峰 457
真壁 仁 457
松本 昌夫 471
水野 源三 480
宮川 鶴杜子 488
宮下 歌梯 491
宮田 思洋 491
宮脇 臻之介 494
森 恒生 507
森 笑山 507
森 有一 509
八木橋 雄次郎 514
藪田 義雄 519
山田 文男 530
山本 柑子 534
山本 陽子 537
吉田 ひで女 546
渡辺 久二郎 558
渡辺 桂子 558

1985年（昭和60年）

相生垣 瓜人 3
相川 紫芥子 3
青木 よしを 6
朝吹 磯子 15
足立 巻一 16
足立 公平 16
飯塚 秀城 32
池上 浩山人 36
石川 白湫 42
一円 黒石 52
市川 一男 52
伊藤 明雄 55
井上 正一 64
岩尾 美義 72
植原 抱芽 80
潮田 朝水 82
内田 滋子 84
内山 亜川 85
梅田 靖夫 88
遠入 たつみ 93
大中 祥生 104
岡田 銀渓 113
岡田 耿陽 113
緒方 昇 114
音成 京子 128
小原 牧水 130
笠原 てい子 136
片岡 恒信 139
加藤 朝男 142
鎌田 薄氷 152
神辺 鼕々 167
京極 杜藻 182
葛原 妙子 186
河野 閑子 203
小谷 心太郎 209
小山 都址 218
権守 桂城 221
嵯峨 柚子 226
更科 源蔵 242
塩沢 沫波 246
茂野 六花 247
篠崎 之浪 248
島本 久恵 257
清水 乙女 258
清水 正一 259
清水 水車 259
下村 保太郎 263
新城 太石 267
新屋敷 幸繁 268
菅生 沼畔 269
杉 敦夫 270
杉田 俊夫 271
鈴木 富来 280
瀬戸 哲郎 287
千賀 一鵠 287
宗 武志 288
田岡 雁来紅 291
高仲 不墨子 297
高橋 鈴之助 300
田中 けい子 320
田吹 かすみ 326
玉貫 寛 326
田丸 夢学 327
丹沢 豊子 329
津田 汀々子 335
筒井 松籟史 337
土居 不可止 344
堂山 芳野人 346
中川 龍 361
中島 蕉園 363
中野 立城 370
中村 漁波林 372
中村 信一 374
中村 知秋 375
仲村 八鬼 376
新村 青幹 383
西本 秋夫 387
野地 曠二 392
野尻 遊星 392
波止 影夫 398
藤田 三郎 437
藤谷 多喜雄 438
藤本 春秋子 440
前田 嵐窓 456
前原 利男 456
松浦 桜貝子 462
三ケ尻 湘風 477
三鬼 実 477
峰村 香山子 486
宮原 阿つ子 493
明神 健太郎 494
三好 潤子 495
宗田 千燈 497
八木沢 光子 514
矢田 未知郎 517
八幡 城太郎 519
山口 寒甫 522
山口 聖二 522
山口 草堂 523

山口 波津女 524
山口 風車 524
山崎 央 525
山崎 方代 525
山田 碧江 530
山中 たから 531
山村 湖四郎 533
山本 牧彦 536
横田 操 540
吉井 莫生 542

1986年（昭和61年）

青山 鶏一 7
鮎川 信夫 23
荒木 久典 25
有坂 赤光車 26
飯島 鶴城 30
石川 まき子 42
石塚 悦朗 44
石塚 友二 44
石田 いづみ 45
出井 知恵子 48
市川 享 52
井手 則雄 54
伊藤 源之助 56
伊藤 梧桐 56
井上 かをる 63
伊吹 玄果 66
岩木 安清 72
上田 麦車 78
内海 繁 86
梅沢 糸川 87
遠所 佐太夫 93
及川 一行 94
大平 数子 108
大堀 たかを 109
岡崎 清一郎 111
岡田 海市 112
緒方 茂夫 113
岡野 直七郎 115
小川 安夫 119
小口 幹翁 121
小沢 仙竹 124
尾関 栄一郎 125
甲斐 虎童 132
潟岡 路人 139
片山 楸江 140
勝木 新二 140
加藤 知世子 145
加藤 真暉子 145
金井 冬雲 148
金子 扇踊子 150
木口 豊泉 169
岸田 有弘 170
北野 平八 175
木下 常太郎 178
久下 史石 183
工藤 汀翠 187
後藤 是山 211
小林 きそく 213
斎藤 茅輪子 223
酒井 鱒吉 227
坂本 俳星 230
佐藤 英麿 238
佐藤 洸世 239
佐野 翠坡 241
椎野 八朔 245
塩野谷 秋風 246
繁延 いぶし 247
篠田 悌二郎 249
篠原 巴石 249
島崎 和夫 255
清水 千代 260
下村 ひろし 263
城 佑三 264
上甲 平谷 264
杉本 修羅 273
助信 保 275
鈴木 煙浪 276
鈴木 凡哉 281
砂川 長城子 283
関口 火竿 286
高井 対月 291
高橋 藍川 302
多田 一荘 316
辰巳 秋冬 318
塚原 巨矢 332
津川 五然夢 333
津村 草吉 340
手塚 武 342
寺下 辰夫 343
伴野 龍 354
豊田 村雀 354
豊田 まこと 354
永田 春峰 366
中西 二月堂 368
仲西 白渓 368
中本 庄市 377
丹生石 隆司 384
西野 信明 386
萩野 卓司 397
橋詰 沙尋 398
長谷川 建 401
長谷川 ゆりえ 402
花田 いそ子 407
馬場 邦夫 408
浜川 宏 408
林 鶯水城 410
原田 種茅 417
久松 酉子 420
日高 紅椿 420
冷水 茂太 422
平岩 米吉 423
平野 威馬雄 425
平野 直 425
平松 措大 426
福田 恭子 431
房内 幸成 433
藤田 直友 438
藤田 露紅 438
藤林 山人 439
二俣 沈魚子 441
保坂 文虹 446
正田 涼園子 459
松下 次郎 465
丸山 忠治 474
道菅 三峡 482
宮 柊二 487
宮永 真弓 492
村田 とう女 501
村山 古郷 502
茂木 岳彦 504
森 楢栄 508
諸橋 和子 513
山口 素人閑 523
山城 寒旦 527
山田 月家 528
横山 左知子 540
吉田 隆雄 546
吉田 なかこ 546
米沢 吾亦紅 551

1987年（昭和62年）

相沢 静思 3
青木 俊夫 6
秋山 黄夜 11
足立 八洲路 17
天野 松峨 21
荒 芙蓉女 23
新井 紅石 24
有田 静昭 26
池原 魚眠洞 38
石井 花紅 40
石塚 友風子 44
石田 漣 45
石原 春嶺 47
伊藤 雪女 59
稲垣 きくの 60
伊与 幽峰 70
入江 昭三 71
鵜沢 宏 82
薄井 薫 82
榎田 柳葉女 91
大川 益良 96
大高 富久太郎 101
小勝 亥十 115
岡本 無漏子 118
小国 宗碩 122
小田 鳥迷子 126
川端 麟太 163
川辺 止水 163
川本 けいし 165
神庭 松華子 166
北 一平 172
北中 日輪男 175
北野 登 175
木村 葉津 180
久原 喜衛門 188
香西 照雄 203
小佐治 安 206
斎藤 勇 222
作間 正雄 231
佐藤 佐太郎 236
品川 滸堂 248
下村 非文 263
住宅 顕信 284
高木 恭造 292
高木 貞治 292
高橋 金窗 299
高橋 新吉 300
高橋 希人 302
高原 博 304
田子 水鴨 315
田中 光峰 320
田中 七草 321
田中 茗児 322
田中 螺石 323
田林 義信 325
常石 芝青 338
出牛 青朗 341
富田 住子 351
富永 眉峰 352
長倉 義光 362
中島 月笠 363
中野 喜代子 369
楢崎 泥華 380
西垣 卍禅子 385
野田 理一 393
長谷川 四郎 401
長谷川 双魚 402
幡谷 東吾 405
林 一夫 410
林 加寸美 410
一ツ橋 美江 421
日野 晏子 422
平島 準 424
弘田 義定 427
深川 正一郎 428
福井 圭児 429
富士 正晴 434
船平 晩紅 442
星野 暁村 446
本田 真一 453
前田 鬼子 454

牧 ひでを 457
牧野 まこと 458
三国 玲子 477
宮川 翠雨 488
宮崎 健三 489
宮本 鈴 493
宮本 白土 494
村上 甫水 499
村木 雄一 499
森田 良正 511
柳沢 子零女 517
薮本 三牛子 520
山口 英二 521
山田 恵美子 527
山田 牙城 528
山田 清三郎 528
山畑 禄郎 532
山本 悍右 534
横尾 登米雄 540
吉井 忠男 542
吉野 鉦二 548
渡辺 志水 558
渡辺 風来子 560

1988年（昭和63年）

青木 綾子 5
青木 歳生 5
青木 辰雄 5
青木 泰夫 6
秋沢 猛 9
秋山 清 11
阿久津 善治 12
浅井 火扇 12
安住 敦 15
新井 反哺 24
家木 松郎 34
池田 日野 37
池田 芳生 38
井沢 唯夫 39
伊豆 三郷 48
市村 不先 54
今井 鴻象 67
今井 久子 68
今村 米夫 70
岩泉 晶夫 71
植田 多喜子 77
上村 孫作 81
臼田 九星 83
宇都宮 静男 85
江渕 雲庭 92
大熊 輝一 97
太田 明 100
大津 禅良 102
大場 美夜子 107
大畑 南海魚 108
緒方 無元 114
奥田 七橋 121
奥田 雀草 121
奥野 曼荼羅 122
小熊 一人 122
加倉井 秋を 134
加藤 鎮司 145
加野 靖典 152
木佐森 流水 169
岸田 稚魚 171
北島 醇酔 174
北住 敏夫 174
北野 民夫 175
草野 心平 184
久須 耕造 186
楠本 憲吉 186
久保 実 189
黒木 清次 197
桑原 武夫 199
桑原 兆堂 200
耕 治人 202
河野 春草 204
小林 貞一朗 215
小森 真瑳郎 217
近藤 東 218
近藤 いぬゐ 219
近藤 白亭 220
坂口 春潮 227
坂本 碧水 230
佐々木 麦童 233
佐藤 悠々 239
佐野 貴美子 241
佐野 四郎 241
沢野 起美子 244
塩田 紅果 246
篠塚 寛 248
下田 閑声子 262
菅原 克己 269
杉原 裕介 272
杉本 零 273
杉山 羚羊 275
鈴木 しげを 277
鈴木 敏子 279
住吉 青秋 284
高折 妙子 292
高木 餅花 293
高崎 小雨城 294
高橋 奇子 299
高橋 伸張子 300
高橋 柳畝 302
竹谷 しげる 315
立木 大泉 318
田吹 繁子 326
玉手 北肇 327
津久井 理一 333
常見 千香夫 338
坪野 哲久 340
融 湖山 347
冨長 蝶如 352
中島 斌雄 364
仲田 喜三郎 365
仲田 二青子 366
中村 公子 372
中村 汀女 375
鍋谷 慎人 380
庭田 竹堂 390
野村 冬陽 396
畠山 弧道 403
浜坂 星々 409
林 霞舟 410
原 コウ子 414
原 通 415
春山 他石 417
引野 收 419
平中 歳子 424
平野 長英 425
福田 蓼汀 432
福本 木犀子 433
藤島 茶六 436
藤本 阿南 440
前田 禅路 455
松井 如流 461
松下 千里 465
松本 三余 469
水上 多世 478
水納 あきら 480
宮本 道 493
村上 杏史 498
村上 賢三 498
森川 平八 509
森定 南楽 509
森脇 善夫 512
柳瀬 留治 518
矢野 峰人 519
山口 青邨 523
山口 哲夫 523
山口 白甫 523
山本 太郎 535
山本 肇 536
吉川 禎祐 544
吉川 道子 544
吉村 英夫 549
渡部 信義 559

1989年（昭和64年／平成1年）

赤木 健介 8
足達 清人 17
阿部 秀一 19
安倍 正三 19
阿部 青鞋 19
安生 長三郎 28
池田 風信子 38
伊沢 信平 39
石川 昌子 42
石塚 まさを 44
市村 逃水居 54
伊藤 毬江 59
井上 淑子 63
今牧 茘枝 70
入江 好之 71
岩間 正男 75
植田 青風子 77
上田 三四二 78
潮原 みつる 82
内野 たくま 85
梅沢 一栖 87
梅本 弥生 88
遠藤 梧逸 93
大江 昭太郎 95
大河原 皓月 96
小串 伸夫 120
奥田 白虎 121
小山 誉美 130
鍵谷 幸信 134
加藤 守雄 146
香取 佳津見 147
門脇 白風 147
神谷 瓦人 154
川上 朴史 157
川口 敏男 158
川島 炬士 160
菊川 芳秋 167
菊島 常二 167
菊池 恒一路 168
木曽 晴之 172
北小路 功光 174
国崎 望久太郎 188
国吉 有慶 188
隈 治人 191
栗山 理一 196
小飯田 弓峰 201
河野 愛子 203
小林 麦洋 215
小村 定吉 217
紺屋 畯作 221
酒井 真右 226
阪口 涯子 227
阪口 保 227
坂田 嘉英 228
佐藤 誠 239
佐藤 真砂良 239
沢村 光博 245
篠田 一士 249
篠原 清子 249
渋谷 定輔 252
志摩 みどり 254
志摩 芳次郎 254
嶋袋 全幸 257

菅谷 規矩雄 269
杉浦 舟山 270
杉本 北柿 273
高田 敏子 296
高橋 北斗 302
田川 速水 306
竹内 武城 310
月原 橙一郎 333
手塚 久子 342
戸恒 恒男 349
中尾 寿美子 359
長岡 弘芳 360
中根 昔巳 368
中村 隆 375
永山 富士 378
中山 勝 378
那須 乙郎 379
生井 武司 380
西村 公鳳 387
西矢 籟史 388
野島 真一郎 392
橋本 徳寿 400
土生 暁帝 408
林 圭子 411
早瀬 信夫 414
原田 種夫 416
半田 信子 418
東山 圭 418
藤範 恭子 439
藤村 青一 439
細川 加賀 448
本多 利通 453
増渕 一穂 461
松本 秩陵 470
松本 帆平 471
丸山 豊 474
三浦 紀水 475
三浦 秋無草 476
光岡 一芽 482
宮崎 芳男 490
宮原 双馨 493
向井 泉石 495
村崎 凡人 500
村田 敬次 500
室積 純夫 504
守屋 青桐 512
行広 清美 539
横谷 清芳 540
横溝 養三 540
横山 信吾 541
横山 武夫 541
吉村 信子 549
米谷 静二 552
和田 暖泡 557

1990年（平成2年）

会田 綱雄 4
浅野 晃 13
荒垣 外也 25
石井 清子 40
伊藤 四郎 57
伊東 竹望 58
犬丸 秀雄 62
今村 俊三 70
入江 湖舟 71
海老沢 粂吉 92
大川 つとむ 96
大木 格次郎 97
太田 かをる 100
太田 雅峯 100
太田 浩 101
大塚 白菊 103
大谷 従二 110
岡部 文夫 116
小高根 二郎 127
落合 実子 127
落合 典子 127
おの・ちゅうこう 128
折笠 美秋 131
折戸 彫夫 131
加田 貞夫 138
加藤 知多雄 144
加藤 芳雪 145
川崎 琴愁 159
河西 新太郎 162
川野 順 162
川村 濤人 164
神林 信一 166
木内 進 167
木尾 悦子 167
菊池 光彩波 168
木沢 光捷 169
北岡 伸夫 173
北川 冬彦 173
北嶋 虚石 174
北見 恂吉 176
北村 開成蛙 176
北村 南朝 177
久保田 博 191
栗原 嘉名芽 195
桑本 春耀 200
小島 昌勝 208
小谷 可和意 209
小林 左近 214
小林 嗣幸 214
西条 嫩子 221
酒井 ひろし 226
桜木 俊晃 232
島田 みつ子 256
神保 光太郎 268
杉村 聖林子 272
杉本 春生 273
杉本 三木雄 273
杉山 参緑 274
鈴木 静夫 277
関根 牧草 287
大悟法 利雄 291
高藤 馬山人 296
高橋 荘吉 300
田口 雅生 309
竹内 温 310
竹下 翠風 311
武田 全 312
多田隈 卓雄 317
立花 豊子 317
辻 淑子 334
土屋 文明 337
壺田 花子 339
寺元 岑詩 343
鳥見 迅彦 351
富田 ゆかり 352
伴野 渓水 353
永井 東門居 357
中川 薫 360
長迫 貞女 362
中津 賢吉 367
中村 柳風 376
長安 周一 377
南部 憲吉 383
野田 節子 393
則武 三雄 396
橋本 鶏二 399
花田 哲行 407
羽根田 薫風 408
早川 亮 410
林 夜寒楼 413
平川 巴竹 424
深谷 光重 429
藤田 伸草 437
藤原 定 440
二松 葦水 441
前川 佐美雄 454
増田 達治 460
増田 雄一 461
町田 志津子 461
松井 青雨 462
松永 涼暮草 466
松本 亮太郎 471
丸山 修三 474
三浦 恒礼子 476
水上 章 478
六車 井耳 496
村山 一棹 502
森屋 けいじ 512
矢ヶ崎 千枝 513
安田 杜峰 515
山内 方舟 520
山口 茶梅 523
山沢 英雄 526
山下 喜美子 526
山中 不艸 532
山本 古瓢 534
油布 五線 539
吉岡 実 543
吉沢 ひさ子 544
吉田 露文 547
吉村 草閣 549
渡瀬 満茂留 557
渡辺 朝次 557
渡辺 みかげ 561
渡辺 幸子 561
渡辺 倫太 561

1991年（平成3年）

相田 みつを 4
青木 就一郎 5
青野 竹紫 6
秋山 珠樹 11
浅原 ちちろ 14
阿部 恭子 20
安藤 香風 29
安藤 美保 30
池内 友次郎 38
井関 冬人 50
一条 和一 52
井手 文雄 55
伊能 秀記 63
井上 靖 65
井ノ本 勇象 66
入沢 白鳥 71
上田 静栄 77
宇野 渭水 86
榎島 沙丘 90
御池 恵津 94
大江 満雄 96
太田 鴻村 100
大西 柯葉 104
大野 梢子 105
岡田 芳彦 115
岡本 富子 117
落合 京太郎 127
加藤 岳雄 146
金谷 信夫 149
唐木 倉造 155
川村 たか女 164
君島 夜詩 179
木村 虹雨 180
木村 嘉長 181
清原 麦子 183
黒部 草波 198
桑原 月穂 199
小林 俠子 213

小春 久一郎 215
桜井 博道 232
佐藤 岩峰 235
佐野 野生 242
篠田 秋星 249
柴田 清風居 250
柴生田 稔 252
島田 美須恵 256
下川 まさじ 262
生野 幸吉 265
菅原 友太郎 270
逗子 八郎 275
鈴木 無肋 282
鷹野 清子 297
田口 省悟 309
嶽 一灯 309
竹内 一笑 310
竹本 青苑 315
谷 邦夫 324
田淵 十風子 326
千賀 浩一 329
土屋 サダ 336
坪田 正夫 339
藤後 左右 345
東城 士郎 346
十時 延子 349
中川 一政 360
永田 竹の春 366
中山 伸 378
西本 一都 388
楡井 秀孝 389
野口 立甫 392
野間 宏 394
芳賀 檀 397
橋本 比禎子 400
波多野 爽波 404
塙 毅比古 407
林 秀子 412
東川 紀志男 418
平沢 貞二郎 424
深作 光貞 428
藤田 旭山 437
藤波 銀影 438
古舘 麦青 444
古屋 秀雄 444
保木 春翠 445
前田 圭史 455
前原 弘 457
松岡 繁雄 463
松倉 正枝 464
松田 福枝 465
松本 穣葉子 469
松本 正気 470
三浦 秋葉 476
水口 孤雁 479
三星 山彦 483
峯村 英薫 486
宮崎 華蒐 489
村尾 香苗 498
森 一郎 506
守屋 霜甫 512
森山 啓 512
安永 信一郎 516
安楽岡 萍川 516
山口 俊雄 523
山崎 栄治 524
山崎 美白 525
山下 清三 526
山田 穣二 528
山村 公治 532
山本 歩禅 536
百合山 羽公 539
横田 専一 540
吉田 一穂 545
吉田 朔夏 545
若山 いく子 555
和田 光利 556
渡辺 砂吐流 558
渡辺 苔波 559
渡辺 梅郷 559
渡辺 宏 560

1992年（平成4年）

赤石 信久 7
秋光 泉児 10
朝倉 南海男 13
浅見 青史 15
安達 真弓 17
阿刀 与棒打 17
綾女 正雄 23
阿波野 青畝 28
井口 荘子 35
池月 一陽子 36
伊津野 永一 54
伊藤 嘉夫 59
井上 光晴 64
今井 つる女 68
岩津 資雄 74
上田 都史 78
鵜沢 覚 81
浦井 文江 88
扇谷 義男 94
大原 三八雄 108
岡本 春人 117
小沢 游湖 125
小高 倉之助 127
小田切 野鳩 127
小椰 精以知 128
加賀 聴風子 133
加賀美 子麓 133
梶井 枯骨 137
金子 生史 150
かのう・すゝむ 152
上山 如山 154
河合 俊郎 156
河口 信一郎 158
川口 登 158
河野 穣 162
河原 冬蔵 163
北村 太郎 177
木村 栄次 179
木村 捨録 180
吉良 蘇月 183
久保田 月鈴子 190
栗山 渓村 196
桑島 玄二 199
見学 玄 200
合田 丁字路 203
小林 康治 213
小林 義治 215
小森 白芒子 217
佐伯 郁郎 225
阪口 穣治 227
佐川 英三 230
佐々木 左木 232
佐沢 寛 234
沢田 蘆月 244
品川 良夜 248
品田 聖平 248
柴田 冬影子 250
柴田 光子 251
柴野 民三 251
清水 素生 259
清水 凡亭 260
下村 照路 263
須ケ原 樗子 270
鈴木 国郭 277
鈴木 繁雄 277
角田 拾翠 284
諏訪 優 284
関谷 忠雄 287
そや・やすこ 290
高橋 秀一郎 300
武田 亜公 311
武田 寅雄 312
竹貫 せき女 313
立花 春子 317
田中 克己 320
田中 規久雄 320
田辺 ひで女 323
谷口 小糸 325
田畑 比古 325
千種 ミチ 330
土屋 二三男 336
堤 平五 338
中島 栄一 363
中島 彦治郎 364
永田 紫暁子 365
永田 東一郎 366
中谷 朔風 367
中西 弥太郎 368
中村 春芳 373
中村 草哉 374
長谷 岳 377
成田 駿太郎 381
根来 塔外 390
野竹 雨城 393
野呂 春眠 397
橋 閒石 398
橋川 敏孝 398
橋本 住夫 399
橋本 武子 400
畑 和子 403
浜 喜久夫 408
浜田 陽子 409
林 紫楊桐 412
引間 たかし 419
日吉 登美女 422
平田 羨魚 424
広岡 可村 426
福岡 南枝女 429
別所 直樹 444
松村 又一 468
丸山 一松 473
水谷 一楓 479
溝部 節子 481
三越 左千夫 483
南 るり女 485
三宅 萩女 488
三好 豊一郎 495
山碕 多比良 525
山本 嘉将 533
山本 ひでや 536
山本 広治 536
吉岡 恵一 542
吉川 陽子 544
吉田 宏 547

1993年（平成5年）

相葉 有流 4
青山 ゆき路 7
県 多須良 8
赤堀 五百里 9
秋葉 ひさを 10
秋山 夏樹 11
天野 忠 21
新井 旧泉 23
安藤 寛 29
泉 幸吉 49
磯江 朝子 50
磯部 国子 51
市橋 友月 53
伊藤 真砂常 59
稲田 定雄 61

井上 岩夫 63
伊吹 六郎 67
入江 元彦 71
岩田 吉人 74
氏家 夕方 82
江口 竹亭 90
頴田島 一二郎 91
及川 貞 94
逢坂 敏男 95
大久保 巌 97
大島 徳丸 99
大塚 茂敏 103
大野 恵造 105
大橋 一苧 107
小田 弘 126
笠松 久子 136
桂 樟蹊子 141
加藤 楸邨 143
加藤 拝星子 145
加藤 春彦 145
金子 澄峰 150
金田 紫良 151
亀山 恭太 155
川出 宇人 157
河北 斜陽 157
神田 秀夫 165
岸野 不三夫 171
岸本 千代 172
喜多 牧夫 173
北川 わさ子 174
杏田 朗平 182
草鹿 外吉 184
葛原 繁 186
久保 斉 189
黒須 忠一 197
河野 繁子 204
小坂 順子 206
児玉 実用 210
木庭 俊子 213
小林 春水 214
近藤 忠 220
坂本 泰堂 229
佐々木 伝 233
佐藤 憲吉 236
佐藤 重美 237
里見 玉兎 240
沢木 隆子 243
示日 止三 251
志摩 一平 253
志摩 海夫 253
清水 恒子 260
葉 紀甫 268
鈴木 啓蔵 277
薄 敏男 279
砂見 爽 283
曽祇 もと子 288
相馬 信子 289
高木 石子 293
高野 六七八 298
高橋 紫光 300
田中 茂哉 321
田辺 正人 323
田室 澄江 328
築地 藤子 333
寺尾 道元 342
戸板 康二 344
遠山 光栄 347
殿内 芳樹 350
土橋 治重 350
富岡 掬池路 351
友竹 辰 353
中井 英夫 358
永井 ふさ子 358
中島 大 364
中塚 檀 367
長野 秋月子 369
中山 梟月 378
夏目 漠 379
仁智 栄坊 389
野村 梅子 395
芳賀 秀次郎 397
秦 美穂 403
服部 翠生 405
服部 嵐翠 406
林田 恒利 413
昼間 槐秋 426
藤井 孝子 434
藤田 福夫 438
堀 葦男 450
堀内 雄之 451
前川 知賢 454
増田 手古奈 460
松野 谷夫 467
松本 豊 471
三島 素耳 478
皆川 白陀 484
南出 陽一 485
三野 虚舟 486
向井 太圭司 495
村瀬 さつき女 500
村田 春雄 501
村松 武司 502
八木 偲月女 513
八木 林之助 514
安武 九馬 516
山崎 一象 524
山田 具代 529
山本 修之助 534
吉田 正俊 547
吉原 赤城子 549
愿山 紫乃 550
米田 登 552

1994年（平成6年）

安積 得也 16
阿部 十三 19
荒川 よしを 25
安西 均 28
井内 勇 33
碇 登志雄 35
石川 魚子 41
石川 日出雄 42
伊藤 正斉 56
稲垣 法城子 60
井上 史葉 63
岩崎 孝生 73
内山 寒雨 85
有働 木母寺 86
梅田 桑弧 87
梅田 康人 88
瓜生 敏一 88
大関 不撓 99
大竹 きみ江 102
大西 民子 104
大貫 迪子 104
大山 澄太 110
岡部 豊 116
香川 弘夫 133
鹿住 晋爾 138
川島 彷徨子 161
岸 麻左 170
岸田 隆 171
喜多村 鳩子 176
木部 蒼果 179
木村 修康 180
榑沼 けいー 196
黒岩 有径 196
黒川 巳喜 196
黒川 路子 197
黒田 恵子 198
桑原 視草 199
小出 ふみ子 202
向野 楠葉 204
後藤 綾子 210
琴陵 光重 212
近藤 潤一 219
坂田 信雄 227
猿田 禾風 242
塩川 三保子 246
嶋 杏林子 253
島村 茂雄 257
清水 寥人 261
菅井 冨佐子 269
菅田 賢治 275
鈴木 貞二 279
鈴木 ゆりほ 282
角南 星燈 283
関根 弘 286
曽宮 一念 290
大悟法 進 291
高橋 柿花 300
竹中 皆二 313
田所 妙子 319
田村 昌由 328
辻野 準一 335
堤 俳一佳 338
角田 独峰 339
坪井 かね子 339
出口 舒規 341
東福寺 薫 346
遠山 繁夫 347
中尾 彰 359
中川 未央 361
中台 泰史 366
永野 孫柳 370
名取 思郷 379
西川 青濤 385
西山 冬青 388
野村 洛美 396
長谷川 博和 402
馬場 移公子 408
浜口 忍翁 409
林 秋石 411
林 みち子 412
原 柯城 414
春山 行夫 417
広瀬 一朗 426
福原 十王 433
伏見 契草 439
不破 博 444
細谷 鳩舎 449
米田 一穂 453
前原 東作 456
政田 岑生 459
松村 黙庵 469
松本 真一郎 469
松本 常太郎 470
松本 木綿子 471
真鍋 美恵子 473
三浦 美知子 476
水口 千杖 479
水野 吐紫 480
岑 清光 486
嶺 百世 486
宮井 港青 487
村上 しゅら 499
室賀 杜桂 504
森 白象 508
八木沢 高原 514
矢野 克子 518
藪内 柴火 519
山口 誓子 522
山崎 百合子 525
山田 不染 529
山本 治子 536

結城 青龍子 538
横内 菊枝 539
横山 仁子 541
吉田 慶治 545
若井 三青 554
渡辺 於兎男 558

1995年（平成7年）

青柳 薫也 6
阿片 瓢郎 8
秋山 花笠 10
秋山 牧車 11
安立 恭彦 17
飯田 藤村子 32
石黒 白萩 43
伊藤 海彦 55
稲垣 陶石 60
岩井 愁子 71
岩城 之徳 72
岩本 六宿 75
上田 秋夫 76
植村 銀歩 80
右城 暮石 82
江頭 彦造 89
江川 千代八 89
大島 鋸山 98
大友 淑江 103
大星 たかし 108
大森 久慈夫 109
大屋 正吉 109
岡田 壮三 113
岡山 たづ子 118
小田 保 126
河村 盛明 164
川村 虫民 164
菊地 磨壮 169
岸 誠 170
北本 哲三 177
工藤 紫蘇 187
久保 紫雲郷 188
熊谷 優利枝 192
倉田 素香 193
小岩井 隴人 202
河野 南畦 204
小崎 碇之介 206
小寺 正三 210
古明地 実 217
近藤 巨松 219
西塔 松月 223
相良 平八郎 230
佐久間 東城 231
桜井 勝美 231
桜井 天留子 232
桜井 増雄 232
佐藤 野火男 237
重清 良吉 247
渋谷 重夫 252
島田 等 256
島村 久 257
志水 圭志 259
城谷 文城 267
菅沼 五十一 269
杉山 岳陽 274
鈴木 京三 276
鈴木 春江 280
須磨 直俊 283
曽谷 素也 289
高田 堅舟 295
高橋 素水 301
田木 繁 307
但馬 美作 316
田代 俊夫 316
忠地 虚骨 317
巽 巨詠子 318
谷川 雁 324
田村 九路 327
塚本 久子 333
鶴岡 冬一 340
鶴見 正夫 341
手嶋 双峰 341
東郷 久義 346
戸川 稲村 347
轟 蘆火 349
富永 貢 352
長井 貝泡 358
永瀬 清子 365
中村 清四郎 374
中村 房舟 375
行方 寅次郎 380
西尾 栞 384
西山 誠 388
野沢 節子 392
野村 花鐘 395
服部 大渓 405
平井 光典 423
平本 くらら 426
広瀬 反省 427
福田 清人 431
福田 たの子 431
藤井 亘 435
藤川 碧魚 435
藤原 杏池 439
冬野 清張 442
堀田 稔 450
町 春草 461
松本 泰二 470
松本 千代二 470
松本 陽平 471
水上 正直 478
水口 幾代 479
光岡 良二 483
美馬 風史 487
宮本 栄一郎 493
武良 山生 497
持田 勝穂 504
森川 邇朗 509
森山 耕平 512
柳田 知常 517
矢野 文夫 519
山口 一秋 521
山口 筐堂 522
山崎 真言 525
山崎 寥村 525
山田 百合子 530
山中 暁月 531
山本 詩翠 534
結城 健三 538
吉田 えいじ 545
吉田 松四郎 547
吉本 青司 550
渡辺 伊志 558
渡辺 春天子 558

1996年（平成8年）

相原 まさを 4
秋山 幸野 12
浅井 喜多治 12
鮎貝 久仁子 23
飯島 正 31
猪口 節子 35
池田 可宵 36
池田 澄子 37
池田 純義 37
池田 富三 37
石栗 としお 43
石野 梢 46
泉 漾太郎 49
井出 一太郎 54
伊東 放春 59
岩崎 睦夫 73
植木 火雪 76
上村 占魚 80
宇佐美 雪江 81
宇田 零雨 83
及川 均 94
大石 逸策 95
大木 実 97
大久保 橙青 97
太田 青丘 100
大谷 畦月 102
大類 林一 110
岡 より子 111
奥田 一峯 121
小野 十三郎 128
風間 啓二 136
狩野 登美次 152
岸 政男 170
北村 仁子 177
久保 ともを 189
桑原 三郎 199
小池 次陶 201
越郷 黙朗 207
小菅 三千里 208
小林 英三郎 213
小林 素三郎 215
小布施 江緋子 215
古宮 三郷 216
近藤 一鴻 219
坂巻 純子 228
佐藤 朔 236
佐野 青城 241
猿橋 統流子 243
重松 紀子 247
篠塚 しげる 248
島田 さかゑ 255
薄 多久雄 278
関 久子 285
摂津 幸彦 287
高久田 橙子 293
高橋 友鳳子 302
滝 春一 307
田鎖 雷峰 308
田中 三水 321
谷野 予志 325
玉置 石松子 326
千原 草之 331
塚本 烏城 332
土橋 義信 336
綱田 酔雨 338
寺本 知 343
内藤 まさを 356
中田 重夫 365
永田 蘇水 366
中村 月三 372
中村 笙川 374
成田 嘉一郎 381
二宮 冬鳥 389
野村 慧二 395
長谷川 浪々子 402
長谷部 俊一郎 403
馬場 園枝 408
樋口 清紫 419
藤井 逸郎 434
逸見 茶風 444
細川 蛍火 448
堀田 ひさ江 450
堀内 薫 451
増谷 龍三 461
松井 満沙志 462
松尾 宇邨 463
松尾 春光 463
松尾 ふみを 463
松岡 六花女 464
松下 昇 465

松本 雨生 469
三田 忠夫 481
宮岡 計次 488
宮下 麗葉 491
宮原 包治 493
宮本 由太加 494
向山 隆峰 496
矢野 絢 518
山崎 剛平 524
山田 あき 527
山田 麗眺子 531
山本 和夫 534
結城 昌治 538
柚木 治郎 539
吉沢 一葎 544
吉田 瑞穂 547
和光 歯公 555
鷲野 蘭生 556
渡辺 信一 559
渡辺 浮美竹 560

1997年（平成9年）

赤堀 秋荷 9
赤松 月船 9
穴井 太 17
新井 均二 23
荒木 利夫 25
有沢 雨石 26
安藤 雅郎 29
飯塚 田鶴子 32
五十嵐 肇 34
井桁 蒼水 37
井沢 子光 39
石塚 真樹 44
今西 久穂 70
岩佐 静堂 72
上田 五千石 77
上原 朝城 79
梅沢 和記男 87
江国 滋酔郎 90
江連 白潮 91
海老根 鬼川 92
大野 良子 106
大森 葉子 109
岡 みゆき 110
岡田 隆彦 113
加倉井 只志 134
勝又 木風雨 141
金井 直 148
神尾 季羊 153
神原 泰 166
菊地 新 167
木戸 白鳥子 177
君本 昌久 179
桑門 つた子 198
小井土 公梨 202
今野 空白 221
嵯峨 信之 225
佐々木 妙二 233
佐藤 兎庸 237
佐藤 文男 239
重石 正巳 247
志水 賢太郎 259
上西 重演 265
白木 英尾 266
鈴木 蚊都夫 276
鈴木 康文 277
鈴木 詮子 278
鈴木 白祇 279
鈴木 丙午郎 280
鈴木 正和 281
曽根崎 保太郎 289
高内 壮介 292
高田 三坊子 296
高田 高 296
高野 邦夫 297
田上 石情 304
武内 夕彦 310
竹村 晃太郎 314
只野 幸雄 317
舘野 翔鶴 319
田中 順二 321
玉置 保巳 327
都筑 省吾 335
鶴丸 白路 340
寺門 仁 342
徳山 暁美 349
中 火臣 356
長井 盛之 358
中川 石野 361
永田 耕衣 365
中村 真一郎 374
中本 苳子 377
中矢 荻風 377
永山 嘉之 379
西池 涼雨 384
錦 三郎 385
西谷 しづ子 386
西山 禎一 388
野村 清 395
野村 泰三 396
野村 久雄 396
長谷川 耿子 401
服部 忠志 406
埴谷 雄高 407
林 光雄 412
日高 正好 420
平井 乙麿 423
平畑 静塔 425
深谷 昌彦 428
藤崎 美枝子 436
藤島 宇内 436
細見 綾子 449
堀 古蝶 450
前川 緑 454
町田 しげき 461
松葉 直助 467
水口 郁子 479
水谷 春江 480
三井 菁一 482
南 信雄 485
宮岡 昇 488
宮坂 斗南房 489
宮下 翠舟 491
宮前 蕗青 493
村 次郎 497
村上 冬燕 499
森 菊蔵 506
森 三重雄 508
山岸 巨狼 521
山下 碧水 527
山森 三平 537
山家 竹石 537
吉川 金一郎 543
吉沢 卯一 544
吉永 淡草 548
与田 準一 551
米本 重信 552
渡辺 白水 559

1998年（平成10年）

相沢 一好 3
秋山 しぐれ 11
荒川 法勝 25
有賀 世治 26
飯岡 亨 30
飯島 蘭風 32
井尾 望東 34
石井 貫木子 40
石井 勉次郎 41
石倉 啓補 43
石塚 正也 44
石橋 槐子 46
石原 八束 47
稲吉 楠甫 61
井上 杉香 63
今泉 宇涯 68
井本 農一 70
岩下 ゆう二 73
岩淵 欽哉 75
植地 芳煌 76
上田 幸法 76
上藤 京子 80
上村 忠郎 81
江口 恭平 89
榎本 栄一 91
太田 安定 100
大滝 清雄 101
大坪 三郎 103
大橋 たつを 107
大屋 棋司 109
岡田 蒴子 114
奥山 甲子男 122
小沢 満佐子 125
小幡 九龍 130
甲斐 雍人 132
香川 進 133
笠原 和恵 136
片岡 つとむ 139
加藤 勝三 143
加藤 文男 145
亀井 糸游 155
河合 木孫 157
菅 第六 165
北沢 瑞史 174
木村 孝 180
栗原 米作 195
黒田 桜の園 198
桑原 志朗 199
小崎 夏宵 206
小谷 舜花 209
小松 北溟 216
佐伯 昭市 225
佐藤 さち子 237
里見 宜愁 240
渋沢 孝輔 252
島 みえ 254
庄司 圭吾 264
支路遺 耕治 267
杉山 葱子 274
鈴木 晶 276
鈴木 穀雨 277
住田 栄次郎 284
関口 比良男 286
曽田 勝 289
高橋 啓秋 299
高森 文夫 305
武井 久雄 310
武田 年弘 312
武原 はん女 313
多田 梅子 316
舘野 たみを 319
田中 鬼骨 320
田中 菅子 321
玉利 浮葉 327
田村 隆一 328
茶木 滋 331
徳永 山冬子 348
直井 烏生 356
長島 弘 364
中野 嘉一 368
中村 嘉良 376
中山 礼治 379
西田 春作 386

西村 直次 387
服部 伸六 405
浜 梨花枝 408
林田 紀音夫 413
疋田 寛吉 419
日美 井雪 422
藤井 清 434
藤江 韮菁 435
船迫 たか 442
星野 慎一 447
堀田 善衛 450
本多 柳芳 453
前田 正治 456
前田 律子 456
松田 淑 466
見市 六冬 475
水谷 福堂 480
見留 貞夫 484
宮崎 重作 489
村野 芝石 501
本木 紀久代 505
本宮 鼎三 505
森山 夕樹 512
保永 貞夫 516
山田 今次 527
山本 格郎 533
横道 秀川 540
芳野 年茂恵 548
米沢 弓雄 551
米住 小丘子 552
若山 旅人 555
若山 富士人 555
渡辺 蓮夫 560
渡辺 嘉子 561
渡辺 れいすけ 561

1999年（平成11年）

阿久根 純 12
浅賀 渡洋 13
天野 隆一 22
安藤 佐貴子 29
安養 白翠 30
飯沼 喜八郎 33
池上 不二子 36
池田 時雄 37
石川 冬城 42
石原 三起子 47
市来 勉 52
一叩人 54
伊藤 聚 55
伊藤 登世秋 58
伊藤 柏翠 58
伊藤 雪雄 59
稲葉 直 61
乾 鉄片子 62
犬塚 堯 62
井上 雪 65
今泉 忘機 68
上野 章子 79
上野 晴夫 79
内田 歳也 84
江口 源四郎 89
大神 善次郎 96
大野 紫陽 105
大橋 嶺夫 108
岡本 師走 117
岡本 丹生庵 117
小川 千賀 119
押切 順三 125
勝又 一透 141
加藤 康人 143
加藤 松薫 144
金子 金治郎 150
河合 凱夫 155
川越 蒼生 159
川崎 克 159
岸川 鼓虫子 170
木島 茂夫 171
北川 絢一朗 173
鬼頭 旦 178
木戸口 金襖子 178
清崎 敏郎 182
轡田 進 187
久米 はじめ 192
栗間 耿史 196
黒田 白夜草 198
小山 南史 218
斎藤 宵路 223
坂田 文子 228
貞弘 衛 234
佐藤 砂地夫 236
佐藤 正敏 239
狭山 麓 242
三宮 たか志 245
信夫 澄子 250
島上 礁波 254
嶋田 峰生 256
清水 康雄 261
下田 稔 262
進藤 一考 267
杉村 彩雨 272
鈴木 寿郎 279
須知 立子 282
須永 義夫 283
高島 茂 294
高瀬 善夫 295
高橋 貞俊 299
高橋 大造 301
高橋 渡 303
高屋 窓秋 306
田川 飛旅子 306
田口 由美 309
田中 極光 320
田中 朗々 323
田原 古巌 326
丹野 正 329
長 光太 331
塚本 武史 333
土家 由岐雄 337
寺尾 俊平 342
寺島 珠雄 343
豊島 年魚 349
飛田 辛子 355
中村 路子 376
中山 周三 378
西川 満 385
西田 忠次郎 386
長谷川 湖代 401
原 裕 415
原田 喬 416
平光 善久 426
広瀬 ひろし 427
樋渡 瓦風 427
福地 愛翠 432
藤崎 久を 436
藤田 圭雄 437
藤松 遊子 439
冬園 節 442
星島 千歳 446
細川 雄太郎 448
帆田 春樹 449
堀内 羊城 451
堀江 伸二 451
増田 文子 460
丸山 海道 473
御津 磯夫 484
峰尾 北兎 486
宮内 林童 487
桃原 邑子 506
森 荘已池 507
八森 虎太郎 517
山岡 直子 520
山口 華村 522
山下 源蔵 526
山下 寿美 526
山田 良行 531
吉川 静夫 543
若色 如月 554
若浜 汐子 554
和田 周三 557
和田 徹三 557
渡辺 幹雄 561
渡部 柳春 561

2000年（平成12年）

相沢 等 3
天春 又春 21
飴山 実 22
荒井 文 24
荒木 古川 25
荒木 忠男 25
飯島 晴子 31
五十嵐 播水 34
池田 草舎 37
池永 衛二 38
石井 桐陰 40
和泉 風光子 49
伊藤 あかね 55
乾 修平 62
乾 裕幸 62
岩崎 勝三 73
岩橋 柊花 74
岩鼻 笠亥 74
岩村 蓬 75
植木 正三 76
内野 蝶々子 85
生方 たつゑ 86
大網 信行 95
大槻 九合草 103
大野 岬歩 105
小笠原 龍人 112
岡安 恒武 118
小河原 志都 120
荻原 映雰 120
小原 菁々子 130
片岡 慶三郎 138
加藤 省吾 144
加藤 草杖 144
加藤 温子 145
金丸 桝一 152
鎌田 立秋子 153
河合 未光 156
川西 白柿 162
菊地 凡人 169
北川 想子 173
木村 守 180
楠本 信子 187
国谷 喜美子 188
熊谷 静石 191
熊谷 とき子 192
隈元 いさむ 192
黒川 笠子 197
桑島 あい 198
小坂 螢泉 206
小島 花枝 207
児玉 南草 210
後藤 安弘 212
小林 周義 214
小松 瑛子 216
小松 耕一郎 216
薩摩 忠 234
佐藤 脩一 237
鮫島 春潮子 242
椎名 書子 245

志城 柏 247
島 恒人 253
島崎 光正 255
島津 亮 255
清水 ゑみ子 258
城 一峯 264
白石 昂 266
菅原 一宇 269
鈴木 勝 281
鈴間 斗史 282
駿河 白灯 284
瀬戸 青天城 287
仙波 龍英 288
相馬 蓬村 289
高木 すみれ 292
高木 晴子 293
高橋 たか子 301
高橋 畔舟 301
武井 京 309
武久 和世 314
田中 清太郎 321
玉出 雁梓幸 326
田村 哲三 327
辻 征夫 334
津田 八重子 336
土山 紫牛 337
筒井 富栄 337
手塚 七木 342
寺井 文子 342
東条 素香 346
土蔵 培人 349
殿村 菟絲子 350
豊永 ひさゑ 355
永井 陽子 358
中田 樵杖 366
中野 陽路 370
奈良橋 善司 380
成田 敦 381
成嶋 瓢雨 381
鳴海 英吉 382
錦 米次郎 385
西野 理郎 386
西山 小鼓子 388
根本 喜代子 391
野口 定雄 392
野田 詠子 393
長谷川 草々 402
長谷川 良市 402
畠山 譲二 403
畑村 春子 405
林 荒介 411
半崎 墨縄子 417
福井 研介 429
福田 晴介 431
藤本 映湖 440
古川 克巳 443
古沢 太穂 443
穂曽谷 秀雄 449
本保 与吉 453
本間 香都男 453
前田 芳彦 456
牧 羊子 458
松本 門次郎 471
間野 捷魯 473
丸山 日出夫 474
宮本 善一 493
村上 博子 499
村沢 夏風 500
村山 秀雄 503
森川 芳一 509
森口 茶山 509
森野 ゆり 511
安江 緑翠 515
安岡 正隆 515
柳田 暹暎 517
山地 曙子 526
山下 竹揺 526
大和 雨春 531
山室 静 533
山本 いさ翁 533
山本 真畝 536
やまや・のぎく 537
吉岡 一作 542
吉田 速水 546
米田 利昭 552
米山 敏雄 553
六角 文夫 554

2001年（平成13年）

青柳 照葉 6
秋沢 流火 10
秋月 豊文 10
朝倉 和江 13
阿部 太一 19
阿部 正路 20
新井 章 23
有冨 光英 26
有馬 いさお 27
安藤 五百枝 28
飯田 棹水 32
石沢 三善 43
出岡 実 48
岩永 三女 74
上野 さち子 79
右原 厖 86
梅木 嘉人 87
衛藤 泰功 91
岡井 省二 111
岡田 嘻太雄 113
岡野 等 115
小鹿原 斗筲 115
小川 太郎 119
小熊 ときを 122
小倉 緑村 122
春日井 政子 138
勝又 水仙 141
葛山 たけし 142
加藤 久雄 145
神山 裕一 154
川上 春雄 157
川口 常孝 158
川崎 覚太郎 159
上林 猷夫 166
菊池 正 168
北 光星 172
北島 瑠璃子 174
木田橋 石人 175
喜多幅 寿郎 176
城門 次人 177
草野 戎朗 184
窪田 章一郎 190
久保田 正文 191
熊谷 詩城 191
熊沢 正一 192
倉片 みなみ 193
黒沢 武子 197
桑原 廉靖 200
小池 文子 201
小暮 政次 206
小島 梅雨 207
小寺 比出子 210
後藤 利雄 211
小中 英之 212
児仁井 しどみ 212
桜井 青路 231
佐藤 緑芽 240
沢木 欣一 243
島田 敏子 256
杉浦 明平 270
鈴木 貫介 276
関根 黄鶴亭 286
園田 夢蒼花 290
高瀬 一誌 295
高橋 銀次 299
高橋 沐石 302
竹内 てるよ 310
竹田 善四郎 312
竹久 昌夫 314
舘野 烈風 319
田中 大治郎 321
田畑 美穂女 325
田村 奈津子 328
中条 雅二 331
柘植 芳朗 334
土屋 克夫 336
寺島 栄一 343
暉峻 桐雨 344
東条 源四郎 346
東野 大八 346
戸叶 木耳 347
戸田 禾年 349
友常 玲泉子 353
長倉 閑山 362
中込 純次 362
永坂 田津子 362
中島 大三郎 364
中野 菊夫 369
中野 詩紅 369
長野 規 370
中村 苑子 374
中村 抜刀子 375
中村 やよい 376
西村 一平 386
新田 千鶴子 389
野上 柳子 391
野口 里井 392
野中 丈義 393
能村 登四郎 396
橋田 一青 398
橋本 風車 400
土生 重次 408
林 富士馬 412
林谷 広 413
原田 種良 417
平野 宣紀 425
星野 丑三 446
本多 静江 453
前川 むー 454
松橋 英三 467
松原 文子 467
松村 武雄 468
丸山 昌兵 474
水野 蓮江 480
三橋 敏雄 483
三ツ谷 平治 484
宮川 久子 488
宮本 時彦 494
村松 ひろし 502
森 洋 508
森 道之輔 508
山尾 三省 520
山岸 澄子 521
山本 遺太郎 533
吉田 次郎 545
吉田 漱 545
吉田 草風 546
米田 双葉子 552
四方 章夫 553

2002年（平成14年）

相川 南陽 3
明石 長谷雄 8
明石 洋子 8
秋永 放子 10

安東 次男 29
生田 友也 35
池沢 晃子 36
池田 耳風 36
石岡 雅憲 41
石田 耕三 45
石原 伯峯 47
市原 克敏 53
一丸 章 53
伊藤 信吉 57
宇佐見 英治 81
鵜沢 信子 82
内城 道興 83
打田 早苗 84
占部 一孝 88
江上 七夫介 89
大西 桑風 104
大橋 宵火 107
大原 勉 108
岡村 嵐舟 116
小川 斉東語 118
荻野 須美子 120
荻野 泰成 120
落合 敏 127
小山 正孝 131
海城 わたる 132
開発 秋酔 132
桂 歌之助 141
加藤 覚範 143
加藤 和美 143
金井 広 148
加納 一郎 152
上釜 守善 154
唐川 富夫 155
川口 咲子 158
川口 淀村 158
川田 朴子 161
木山 みさを 181
桐生 栄 183
久保 陽道 189
倉橋 弘躬 194
栗林 千津 195
高阪 薫生 203
小島 真一 207
小林 金次郎 213
小林 武雄 214
小林 善雄 215
小室 善弘 217
斎藤 史 223
坂井 建 226
佐藤 鬼房 235
佐藤 百扇 238
真田 風来 240
沢田 清宗 244
沢田 みどり 244
柴田 忠夫 250
島田 幸造 255
清水 杏芽 258
杉本 寛 273
鈴木 初江 279
鈴木 半風子 280
千川 あゆ子 288
滝口 雅子 308
田口 一穂 309
田熊 健 309
田中 隆尚 323
谷口 雲崖 325
塘 柊風 338
戸井田 慶太 344
富小路 禎子 352
永井 由清 359
中尾 無涯 360
中山 幹雄 379
西片 征風 385
能美 丹詠 391
野上 久人 391
浜田 蝶二郎 409
原 汀歩 415
尾藤 静風 420
日向 あき子 422
冬野 虹 442
古川 清彦 443
保坂 知加子 446
前野 雅生 456
牧野 寥々 458
町垣 鳴海 461
松村 ひさき 468
松村 茂平 469
水野 美知 480
湊 楊一郎 484
宮田 蕪春 491
明珍 昇 494
桃谷 容子 506
矢川 澄子 513
八木 浩子 513
柳瀬 茂樹 518
湯木 風乃子 538
吉田 哲星子 546
吉原 幸子 549
米田 栄作 552
若林 南山 554

2003年（平成15年）

赤堀 春江 9
阿部 北阪子 20
有賀 辰見 27
石原 次郎 47
泉 とし 49
糸屋 鎌吉 60
乾 涼月 62
岩瀬 正雄 73
内田 まきを 85
浦野 芳南 88
大岩 徳二 95
大岡 頌司 96
大島 たけし 99
岡本 差知子 117
小原 俊一 130
加藤 燕雨 142
川井 玉枝 156
川口 比呂之 158
岸部 秋燈子 171
木下 子龍 178
草間 時彦 185
櫛引 唯治 186
久芳 木陽子 188
窪田 般弥 190
小泉 紫峰 201
小出 文子 202
河野 友人 205
児玉 潤松 209
五島 茂 211
小松崎 爽青 216
坂田 苳子 227
坂本 一胡 229
桜井 琢巳 231
佐藤 磐根 235
佐藤 風人 238
猿山 木魂 242
沢村 芳翠 244
篠田 長汀 249
柴田 基孝 251
渋谷 行雄 252
志摩 聡 254
嶋西 うたた 257
清水 汪夕 258
清水 賢一 259
正田 稲洋 265
白井 青野 265
杉本 雷造 274
鈴木 助次郎 278
鈴木 真砂女 281
鈴木 ゆき子 282
鈴木 柳太郎 282
関 水華 285
関川 竹四 286
高嶋 健一 294
高浜 きみ子 303
高山 雍子 306
田口 孝太郎 309
竹岡 範男 311
竹腰 八柏 311
田坂 光甫 315
多田 智満子 316
多田 薙石 316
千葉 仁 330
千代田 葛彦 331
塚原 麦生 332
ツネコ 338
露木 陽子 340
鶴田 栄秋 340
寺師 治人 343
戸川 晴子 347
鳥羽 とほる 350
飛松 実 350
とべ・しゅん 351
豊山 千蔭 355
中 寒二 356
中西 舗土 368
中原 忍冬 371
楢崎 六花 380
新田 祐久 389
沼波 美代子 390
野上 荻泉 391
野辺 堅太郎 394
野谷 竹路 396
畑中 不来坊 404
服部 八重女 406
原口 枇榔子 415
原条 あき子 416
東 明雅 418
日沼 よしゑ 421
平井 照敏 423
平松 草山 426
福沢 武一 430
福田 白影 431
藤井 艸眉子 434
藤本 新松子 440
淵田 寛一 441
船水 清 442
古川 沛雨亭 443
保坂 耕人 445
細川 基 448
堀内 豊 451
堀越 義三 452
増田 恵美子 460
松田 みさ子 465
三浦 忠雄 476
三品 千鶴 477
水城 孝 478
水城 春房 479
密田 靖夫 483
宮田 要 491
麦田 穣 496
宗政 五十緒 497
村山 白雲 503
森原 智子 511
山崎 雪子 525
山田 かん 528
山中 鉄三 532
山村 金三郎 532
山本 武雄 535
依田 由基人 551
和田 敏子 557

渡辺 堂匠 559
和智 美佐枝 561

2004年（平成16年）

浅野 英治 14
浅野 右橘 14
阿部 幽水 21
荒井 孝 24
有野 正博 27
井伊 文子 30
飯島 宗一 31
伊沢 元美 39
石垣 りん 41
石田 勝彦 45
石原 素子 47
一瀬 稔 53
伊藤 幸也 56
伊藤 康円 59
稲月 螢介 61
井上 たか子 63
磐城 菩提子 72
岩波 香代子 74
内田 南草 84
大滝 修一 101
丘本 風彦 116
岡山 六月市 118
小串 歌枝 120
小田 尚輝 126
春日井 建 138
桂 信子 141
角川 照子 147
狩野 満子 152
神谷 久枝 154
川崎 洋 160
河郁 文一郎 164
衣更着 信 169
岸 霜蔭 170
木島 始 172
木村 臥牛 180
木村 蕪城 180
清原 日出夫 183
久保田 慶子 190
栗林 種一 195
小瀬 渺美 209
小林 孝虎 214
斎藤 邦明 222
酒井 忠明 226
篠崎 圭介 248
島田 修二 255
島田 ばく 256
清水 みつる 261
下郡 峯生 262
白井 麦生 266
神 瓶子 267
真行寺 四郎 267
鈴木 六林男 281
瀬川 芹子 285
瀬在 苹果 287
平 赤絵 291
滝 峻石 307
滝川 名末 307
田中 佐知 320
田中 裕明 322
千葉 艸坪子 330
忠海 光朔 331
津村 典見 340
鳥居 雨路子 355
鳥居 おさむ 355
中村 純一 373
中村 将晴 376
長森 光代 377
成瀬 桜桃子 381
西山 寿 388
野北 和義 392
長谷川 泉 400
早川 邦夫 410
早崎 明 410
林 かつみ 411
林 安一 412
原子 公平 416
原田 郁 416
広部 英一 427
藤井 緑水 435
藤田 あけ烏 437
堀内 助三郎 451
牧港 篤三 458
松田 解子 465
松谷 繁次 466
松原 三夫 468
松本 利昭 470
松山 敦 471
湊 八枝 484
宮崎 甲子衛 489
武藤 元之 497
村上 三良 499
森田 ヤエ子 510
山本 寛太 534
山本 友一 535
湯川 達典 538
横田 茂 540
渡辺 信一郎 559
和知 喜八 561

2005年（平成17年）

相川 やす志 3
浅井 あい 12
浅野 敏夫 14
浅野 美恵子 14
浅野 明信 14
あしみね・えいいち 15
阿部 慧月 18
新井 佳津子 23
新井 英子 24
有馬 籌子 27
粟津 松彩子 28
池上 樵人 36
石曽根 民郎 44
磯辺 芥朗 51
伊藤 勝行 55
井上 寛治 63
今泉 勇一 69
今村 泗水 70
江間 章子 92
扇畑 忠雄 94
大井 恵夫 95
大原 登志男 108
沖山 智恵子 120
奥田 博之 121
片山 花御史 139
勝尾 艸央 140
加藤 三七子 146
河 草之介 155
河合 恒治 156
河合 照子 156
川崎 むつを 160
河村 静香 164
北原 政吉 176
橘高 薫風 177
草野 比佐男 185
串田 孫一 185
工藤 幸一 187
倉田 春名 194
栗原 貞子 195
小石沢 克已 201
木庭 克敏 213
紺野 幸子 221
阪田 寛夫 228
佐藤 一夫 235
佐藤 和夫 235
佐藤 房儀 238
清水 衣子 258
清水 径子 258
菖蒲 あや 265
鈴木 昌平 278
高島 筍雄 295
高峯 離葉 304
武田 頴二郎 311
田崎 賜恵 316
田中 恵理 319
田中 北斗 322
知念 栄喜 330
ちば 東北子 330
塚本 邦雄 332
辻本 斐山 335
角田 一 339
寺崎 玄兎 342
戸張 みち子 350
富重 かずま 351
豊増 幸子 355
鳥海 昭子 355
中井 正義 358
長沢 美津 362
中本 幸子 376
名倉 八重子 379
福田 甲子雄 430
藤田 湘子 437
古橋 千江子 444
細田 寿郎 449
堀口 定義 451
牧野 愛子 458
松尾 まさの 463
真殿 皎 472
三谷 晃一 482
宮沢 章二 490
宮地 佐一郎 490
宮田 美乃里 492
村岡 空 498
本山 卓日子 505
森 清松 507
山口 季玉 522
山田 正弘 530
結城 ふじを 538
吉田 鴻司 545
若木 一朗 554
脇山 夜誌夫 555

2006年（平成18年）

青井 史 4
青木 千秋 5
安立 スハル 30
飯田 善国 32
池田 竹二 37
石川 盛亀 42
泉 比呂史 49
泉国 夕照 50
茨木 のり子 66
今辻 和典 69
植田 重雄 77
宇佐見 蘇骸 81
内川 幸雄 83
梅田 真男 87
大沢 ひろし 98
大島 博光 99
大庭 華洋 106
岡沢 康司 112
小川 双々子 119
小川原 嘘帥 119
小山内 時雄 124
小田 龍吉 126
笠原 古畦 136
片瀬 博子 139
金光 洋一郎 149
金子 皆子 151

上村 肇 154
川辺 古一 163
木内 彰志 167
清岡 卓行 182
熊坂 年成 192
くらた・ゆかり 194
桑田 青虎 199
小出 秋光 202
小山 直嗣 218
近藤 芳美 220
斎藤 忘 224
坂村 真民 228
真田 亀久代 240
篠塚 興一郎 249
篠原 樹風 249
柴田 白陽 251
志摩 直人 254
清水 峯雄 261
城米 彦造 265
城美 貞介 265
新明 紫明 268
すぎき・あつしろ 271
鈴鹿 俊子 275
鈴木 石夫 276
鈴木 亨 279
宗 左近 288
園部 雨汀 290
高木 善胤 293
高野 喜久雄 297
高橋 延児 298
高橋 徳衛 301
高松 光代 304
竹内 邦雄 310
谷川 水車 324
田沼 文雄 325
築地 正子 332
筒井 義明 337
津根元 潮 339
鶴田 義直 340
鶴見 和子 341
富田 潦子 351
長島 正雅 363
永田 耕一郎 365
夏堀 茂 379
西村 数 387
萩原 季葉 397
肥田埜 勝美 420
福田 陸太郎 431
藤川 幸助 435
星野 吉朗 446
星野 紗一 446
細見 しゅこう 449
松井 利彦 462
松崎 豊 464
松原 信孝 467
松原 良輝 468
松本 澄江 470
三沢 浩二 477
水橋 晋 481
光永 峡関 483
宮 静枝 487
森田 和夫 509
山中 智恵子 531
山本 千之 535
由比 晋 539
吉田 朗 547
吉村 ひさ志 549
吉行 理恵 550
若生 真佐江 555

2007年（平成19年）

青木 重行 5
赤井 淳子 7
赤堀 碧露 9
秋山 巳之流 12
芥川 瑠璃子 12
浅田 雅一 13
阿部 保 19
阿部 英雄 20
阿部 良雄 21
飯泉 葉子 32
飯田 龍太 33
池田 まり子 38
伊沢 恵 39
石 昌子 39
石原 透 47
出海 溪也 48
伊東 悦子 55
今井 風狂子 68
大櫛 静波 97
大島 民郎 99
大須賀 魚師 99
大塚 陽子 103
大坪 孝二 103
大南 テイ子 109
岡崎 筍林 111
岡田 武雄 113
小瀬 洋喜 125
小野 興二郎 128
鍵岡 勉 134
風木 雲太郎 136
梶川 雄次郎 137
鹿島 四潮 137
河合 克徳 156
川島 喜代詩 160
岸本 吟一 172
北島 白蜂子 174
北村 泰章 176
木下 美代子 178
国見 純生 188
高 千夏子 202
小島 隆保 207
小西 甚一 212
近藤 実 220
坂間 晴子 228
坂本 明子 229
坂本 不二子 230
朔多 恭 231
佐藤 要人 239
沢田 早苗 244
嶋崎 専城 255
島村 野青 257
白井 洋三 266
杉野 草兵 271
杉本 清子 272
関川 喜八郎 286
醍醐 育宏 291
高橋 謙次郎 299
竹ノ谷 ただし 313
竹村 温夫 314
竹本 白飛 315
土屋 正夫 337
坪内 美佐尾 339
東郷 喜久子 346
時実 新子 348
長沢 ふさ 362
中嶋 信太郎 364
中台 春嶺 366
中山 秋夫 377
成田 小五郎 381
成田 千空 381
沼口 蓬風 390
畠中 哲夫 404
花井 千穂 406
原 一雄 414
原 三猿子 414
菱川 善夫 420
火村 卓造 422
平井 梢 423
平間 真木子 426
深井 いづみ 428
福井 桂子 429
福島 直球 430
福永 鳴風 433
藤波 孝堂 438
船越 義彰 441
星野 明世 446
本庄 登志彦 452
槇 晧志 457
松木 利次 464
南川 周三 485
宮城 白路 488
村上 美枝 499
村田 邦夫 500
森 句城子 506
森田 宗人 510
森田 透石 510
山本 道生 536
結城 美津女 538
横山 房子 541
吉川 翠風 543
吉田 静子 545
脇本 星浪 555

2008年（平成20年）

秋谷 豊 10
秋山 幹生 11
浅賀 魚木 13
浅川 広一 13
天岡 宇津彦 21
新井 盛治 24
有川 美亀男 26
井桁 白陶 37
井沢 正江 39
石川 経子 42
石崎 素秋 43
伊藤 白潮 58
稲松 錦江 61
井上 俊夫 64
弥冨 栄恒 70
伊良子 正 71
上野 久雄 79
大越 雪堂 98
太田 一郎 100
太田 青舟 101
岡崎 澄衛 111
尾沢 紀明 124
鍵岡 正謹 134
筧 槇二 135
片岡 千歳 138
片山 貞美 140
加藤 仙太郎 144
倉地 与年子 194
黒田 達也 198
鯉江 一童子 201
古賀 忠昭 205
五喜田 正巳 205
木暮 剛平 205
児島 孝顕 207
小島 禄琅 208
後藤 軒太郎 211
後藤 安彦 211
近藤 克 219
斎藤 大雄 223
桜井 滋人 231
沢田 五郎 244
椎橋 清翠 245
嶋野 国夫 257
清水 基吉 261
下村 梵 263
杉原 幸子 272
角 直指 283
瀬底 月城 287

醍醐 志万子 291
高瀬 隆和 295
高橋 喜久晴 298
武田 隆子 312
田中 芥子 320
田中 佳宏 322
田辺 香代子 323
谷 迪子 324
千葉 龍 330
猶野 耕一郎 356
中 拓夫 357
仲川 幸男 361
中村 孝一 372
中山 知子 378
ナナオサカキ 380
成瀬 正俊 382
南日 耿平 383
延平 いくと 394
野村 玉枝 396
浜 明史 408
浜田 知章 409
林 徹 412
東淵 修 418
平川 雅也 424
深川 宗俊 428
福岡 竜雄 429
福中 都生子 433
藤沢 典子 436
藤平 芳雄 439
保坂 加津夫 445
細川 謙三 448
前 登志夫 454
松永 伍一 466
三沢 たき 477
南 ふじゑ 485
嶺 治雄 486
村松 喜恵子 502
本岡 歌子 504
物種 鴻両 505
百瀬 博教 506
山本 哲也 535
山本 悠水 537
横山 たかし 541
蘭 繁之 553
六本 和子 554
和田 茂樹 556

2009年（平成21年）

相野谷 森次 4
阿部 岩夫 18
阿部 完市 18
天彦 五男 22
新井 悠二 25
伊沢 秋家 39
石井 登喜夫 40
石塚 滴水 44
伊藤 てい子 58
猪股 国直 65
猪股 静弥 65
上野 勇一 79
内田 園生 84
江川 虹村 89
遠藤 寛太郎 93
大江 真一路 96
太田 絢子 100
岡 昭雄 110
尾形 仂 114
岡部 六弥太 116
奥 美智子 120
門倉 訣 147
金井 秋彦 147
金子 きみ 149
神谷 九品 154
川崎 展宏 159
きくち・つねこ 168
菊地 貞三 168
木村 玄外 180
清部 千鶴子 183
吉良 任市 183
久保 草洋 188
小市 巳世司 201
小出 きよみ 202
合田 遊月 203
小島 啓司 208
小谷 薫風 209
小森 行々子 217
斎藤 祥郎 223
笹井 宏之 232
佐藤 志満 237
島本 正斉 257
白井 真貫 266
杉山 十四男 274
関戸 靖子 286
添田 博彬 289
高井 北杜 291
高島 順吾 294
高島 征夫 295
鷹野 青鳥 297
高野 美智雄 298
高橋 千之 301
田口 三千代子 309
近木 圭之介 329
遠丸 立 346
戸田 和子 349
永井 博文 358
中川 きよし 360
中島 双風 363
新関 一杜 383
橋本 草郎 399
浜田 美泉 409
浜名 志松 410
林 翔 411
原 三千代 415
広川 義郎 426
冨士田 元彦 438
星野 徹 447
前野 博 456
松原 敏 467
宮崎 安汀 489
宮崎 信義 490
宮本 修伍 493
宮脇 白夜 494
村松 友次 502
森岡 貞香 509
守田 椰子夫 510
矢野 聖峰 519
山内 栄二 520
山岸 珠樹 521
やまだ 紫 530
吉岡 龍城 543
吉川 清江 543
吉村 馬洗 549
和田 祥子 557

2010年（平成22年）

飯島 正治 31
庵 達雄 34
池原 錬昌 39
石塚 郷花 44
石本 隆一 48
和泉 克雄 48
礒 幾造 50
磯村 英樹 51
一原 九糸 53
伊吹 夏生 67
今川 乱魚 69
井本 木綿子 70
岩井 久美恵 71
岩垣 子鹿 72
岩村 牙童 75
宇都木 水晶花 85
有働 亨 86
大井戸 辿 95
大信田 つとむ 98
大高 弘達 101
大野 新 105
岡田 夏生 113
小澤 克己 124
小沢 謙三 124
小竹 由岐子 127
栫 路人 135
片岡 繁男 138
片山 新一郎 140
加藤 克巳 143
金井 充 148
金子 青銅 150
上井 正司 153
蒲生 直英 155
川上 隆司 157
川崎 彰彦 159
川島 喜由 160
川島 千枝 161
河田 忠 161
河野 裕子 162
川畑 火川 163
衣川 砂生 178
日下部 正治 184
久礼田 房子 196
黒崎 善四郎 197
小坂 太郎 206
小佐田 哲男 207
近藤 とし子 220
斎藤 小夜 222
斎藤 庸一 225
坂戸 淳夫 228
佐野 蒼魚 241
沢 聡 243
沢井 我来 243
沢田 緑生 244
柴田 午朗 250
島 匠介 253
清水 たみ子 260
新家 杏香 267
鈴木 只夫 279
鈴木 英夫 280
高瀬 武治郎 295
高野 寒甫 297
滝沢 伊代次 308
竹山 広 315
立岩 利夫 319
田原 千暉 326
玉城 澄子 327
玉城 徹 327
鶴田 正義 340
外川 飼虎 347
長井 通保 357
中尾 杏子 359
中川 菊司 360
中川 鼓朗 360
中島 可一郎 363
中村 田人 375
新倉 美紀子 383
西 一知 384
沼田 一老 390
野木 径草 392
萩原 康次郎 397
羽柴 雪彦 399
長谷川 史郊 401
長谷川 冬樹 402
服部 菰舟 405
林 善衛 413
引地 冬樹 419
髭野 無々 419
古舘 曹人 443

坊城 としあつ 445
堀川 喜八郎 451
前川 菁道 454
牧野 径太郎 458
松浦 篤男 462
松沢 昭 464
松下 千代 465
三木 アヤ 477
三嶋 隆英 478
皆川 盤水 484
宮口 笛生 488
村田 脩 500
村田 芳水 501
森 澄雄 507
山上 次郎 521
山川 瑞明 521
山口 超心鬼 523
山田 弘子 529
山本 紅童 534
行沢 雨晴 539
吉江 冬一郎 542
吉野 義子 549
渡辺 文雄 560

2011年（平成23年）

安達 しげを 16
阿部 子峡 18
阿部 ひろし 20
荒井 正隆 24
飯野 栄儒 33
石井 とし夫 40
石田 比呂志 45
一見 幸次 54
市村 究一郎 54
稲荷 島人 61
井上 美子 65
岩井 三窓 71
上田 周二 77
撫尾 清明 85
江藤 暁舟 91
扇畑 利枝 94
大出 蕭々子 95
多 久麻 105
長田 白日夢 123
小野 ゑみ 128
斧田 千晴 129
鏡 愁葉子 133
金丸 鉄蕉 151
川口 汐子 158
川端 弘 163
神原 教江 166
岸田 衿子 171
蔵 巨水 193
倉林 ひでを 194
小島 宗二 207
児玉 輝代 210
ことり 212
小林 波留 215
小山 和郎 217
斎藤 嘉久 225
桜井 哲夫 232
佐佐木 由幾 233
茂 恵一郎 247
島 朝夫 253
島田 陽子 256
清水 昶 258
首藤 基澄 264
菅原 多つを 269
鈴木 信夫 279
鈴木 敏幸 280
瀬木 慎一 285
関口 青稲 286
宗 秋月 288
曽我 六郎 289
高木 智 292
高木 青二郎 292
高橋 克郎 298
只野 柯舟 317
竹馬 規雄 330
千曲 山人 330
千代 国一 331
富田 潮児 352
冨山 俊雄 353
豊田 清史 354
中沢 文次郎 362
長島 三芳 364
中戸川 朝人 367
仲俣 新一 371
中道 風迅洞 371
鍋島 幹夫 380
西岡 正保 384
羽田 岳水 403
畑崎 果実 404
浜本 千寿 410
樋笠 文 418
藤村 多加夫 439
藤本 草四郎 440
辺見 じゅん 444
本庄 快哉 452
槇 さわ子 457
丸山 しげる 474
宮地 伸一 492
宮津 昭彦 492
向井 毬夫 495
牟田口 義郎 496
村井 和一 497
村田 正夫 501
本橋 仁 505
森田 かずや 510
森村 浅香 511
矢野 滴水 519
山崎 みのる 525
大和 克子 531
米谷 祐司 553
米納 三雄 553
渡辺 鶴来 559
渡部 抱朴子 560

2012年（平成24年）

赤松 蕙子 9
赤山 勇 9
秋山 未踏 12
浅井 多紀 13
浅野 正 14
新井 豊美 24
有田 忠郎 26
井内 多津男 33
糸 大八 55
伊藤 孟峰 59
今井 杏太郎 67
岩田 笑酔 74
上津原 太希子 78
植松 文子 80
内山 登美子 85
江原 光太 92
遠藤 睦子 93
大井 康暢 95
大西 静城 104
岡田 鉄 114
岡部 桂一郎 115
岡本 高明 117
奥田 晴義 121
小沢 変哲 125
織野 健一 131
各務 章 133
加藤 郁乎 142
金森 柑子 149
川原 寂舎 163
川村 ハツエ 164
神原 栄二 166
木津川 昭夫 177
国武 十六夜 188
河野 仁昭 204
光部 美千代 205
駒走 鷹志 216
斉藤 昭 223
斉藤 美規 224
酒井 友二 226
坂本 梅子 229
柴田 茫洋 251
嶋田 摩耶子 256
下村 梅子 262
首藤 三郎 263
白石 哲 266
杉本 恒星 273
杉山 平一 274
砂井 斗志男 283
滝 佳杖 306
竹中 碧水史 313
竹村 文一 314
土屋 巴浪 336
徳永 民平 348
徳丸 峻二 348
冨田 みのる 352
中島 玄一郎 363
中谷 五秋 367
中村 翠湖 374
成瀬 有 382
野田 寿子 393
八田 木枯 405
兵頭 まもる 422
古島 哲朗 443
古住 蛇骨 443
堀池 郁男 450
牧石 剛明 458
松本 光生 469
真鍋 呉夫 472
丸谷 才一 473
宮田 春童 491
宮部 鱒太 493
武川 忠一 496
牟礼 慶子 503
本橋 定晴 505
百崎 つゆ子 505
八木原 祐計 514
安永 蕗子 516
山内 照夫 520
山口 峰玉 524
山下 敏郎 526
山下 富美 527
山田 賢二 528
山田 野理夫 529
山田 諒子 530
吉永 素乃 547
吉野 昌夫 548
吉本 和子 550
吉本 隆明 550
米満 英男 552
和田 英子 556

2013年（平成25年）

赤石 憲彦 7
飯島 耕一 31
生田 和恵 35
石黒 清介 43
磯貝 碧蹄館 50
伊藤 松風 56
稲垣 瑞雄 60
稲葉 峯子 61
上崎 暮潮 76
宇咲 冬男 81
柿山 陽一 134
金田 弘 149
金子 阿岐夫 149

河野 頼人 163
神田 工 165
楠瀬 兵五郎 186
小林 清之介 214
斎藤 梅子 222
笹本 正樹 234
佐藤 祐禎 239
佐野 美智 242
柴田 トヨ 250
鈴木 飛鳥女 276
鈴木 鷹夫 278
鈴木 孝 278
須藤 徹 282
岨 静児 290
鷹島 牧二 295
高松 文樹 304
田谷 鋭 329
塚腰 杜尚 332
筑波 杏明 333
辻井 喬 334
津田 嘉信 336
寺田 弘 343
塔 和子 345
長沢 一作 362
仲嶺 真武 371
畠山 義郎 404
原田 青児 416
榛谷 美枝子 417
樋口 游魚 419
久方 寿満子 419
福田 基 431
藤井 常世 434
星野 麦丘人 447
真久田 正 459
松田 幸雄 466
みえの・ふみあき 476
水口 洋治 479
水田 清子 479
溝口 章 481
南 典二 485
本宮 哲郎 505
森田 峠 510
やなせ・たかし 518
山崎 蒼平 524
山田 みづえ 530
結城 晋作 538
吉浦 豊久 542
米口 実 551
渡辺 勝 560

2014年（平成26年）

雨宮 雅子 22
安藤 まどか 29
泉田 秋硯 48
板津 堯 51
伊丹 公子 52
稲垣 道 60
稲葉 真弓 61
猪俣 千代子 66
今川 洋 69
岩崎 豊市 73
岩田 宏 74
植田 かおる 76
上田 渓水 76
上原 白水 80
江口 季好 90
遠藤 みゆき 93
大岳 水一路 102
大橋 敦子 107
小黒 恵子 122
尾崎 昭美 123
長田 等 123
小宅 容義 130
片岡 文雄 139
角 光雄 142
加藤 水万 144
神尾 久美子 153
川北 憲央 158
菊地 良江 169
木島 松穹 171
倉田 紘文 193
桑原 立生 200
古賀 まり子 205
小高 賢 209
礽 雄二 210
下村 和子 262
鈴木 保彦 282
宋 岳人 288
田井 安曇 290
高田 文利 296
高橋 爾郎 300
高橋 宗伸 301
田中 収 319
田中 不鳴 322
谷口 亜岐夫 324
鎮西 春江 331
堤 高嶺 338
那珂 太郎 357
中村 明子 371
中山 純子 378
西村 尚 387
西銘 順二郎 387
花田 英三 407
浜田 十四郎 409
林 昌華 411
稗田 菫平 418
吹田 朝児 429
藤田 武 437
藤田 枕流 438
藤本 安騎生 440
文挾 夫佐恵 442
不破 幸夫 444
松崎 鉄之介 464
まど・みちお 472
丸山 佳子 475
三浦 光世 476
三井 葉子 482
村越 化石 500
八木 三日女 513
山上 樹実雄 520
山城 賢孝 527
吉田 靖治 546
吉野 重雄 548
吉野 弘 548
渡辺 昭 557

2015年（平成27年）

青戸 かいち 6
綾部 仁喜 22
伊勢田 史郎 50
伊藤 竹外 58
井上 博 64
小川 アンナ 118
奥成 達 121
長田 弘 124
川口 美根子 159
佐藤 いづみ 234
塩野崎 宏 246
進 一男 282
津田 清子 335
豊田 都峰 354
仁尾 正文 384
橋本 光石 399
堀口 星眠 452
槇 弥生子 458
御庄 博実 478
宮 英子 487
山名 康郎 531
和田 悟朗 556

都道府県別索引

【北海道】

青戸 かいち 6
赤石 憲彦 7
秋山 しぐれ 11
阿久根 純 12
浅野 明信 14
安達 しげを 16
阿部 慧月 18
安倍 正三 19
阿部 みどり女 20
阿部 幽水 21
荒 芙蓉女 23
有坂 赤光車 26
伊賀 ふで 34
石川 きぬ子 41
石黒 白萩 43
石田 勝彦 45
一原 九糸 53
糸 大八 55
伊東 音次郎 55
伊藤 整 57
伊藤 雪女 59
稲月 螢介 61
井上 靖 65
伊吹 玄果 66
入江 好之 71
岩田 潔 73
岩田 宏 74
氏家 夕方 82
潮原 みつる 82
宇野 渭水 86
榎本 梅谷 92
江原 光太 92
太田 絢子 100
大坪 孝二 103
大原 登志男 108
岡沢 康司 112
小野 連司 129
鍵谷 幸信 134
笠松 久子 136
加藤 愛夫 142
金谷 信夫 149
金子 きみ 149
鎌田 薄氷 152
河 草之介 155
川島 千枝 161
川端 麟太 163
川原 利也 163
川村 濤人 164
河邨 文一郎 164
河原 直一郎 165
上林 猷夫 166
木内 進 167
岸 誠 170
木島 茂夫 171
北 光星 172
北沢 瑞史 174
北見 恂吉 176
木津川 昭夫 177
清原 日出夫 183
工藤 紫蘇 187
小飯田 弓峰 201
越郷 黙朗 207
小関 茂 209
後藤 軒太郎 211
小中 英之 212
小林 孝虎 214
小柳 透 217
近藤 潤一 219
斎藤 玄 222
斎藤 大雄 223
坂井 建 226
坂田 文子 228
桜井 勝美 231
桜田 角郎 232
佐藤 洸世 239
佐藤 緑芽 240
更科 源蔵 242
塩野崎 宏 246
塩野谷 秋風 246
時雨 音羽 247
島 恒人 253
島村 茂雄 257
下村 保太郎 263
城美 貞介 265
白井 洋三 266
白山 友正 267
新明 紫明 268
鈴木 丙午郎 280
鈴木 ゆき子 282
瀬戸 哲郎 287
園田 夢蒼花 290
高井 北杜 291
高木 青二郎 292
鷹島 牧二 295
高橋 掬太郎 298
高橋 耕雲 299
高橋 貞俊 299
高橋 畔舟 301
田口 一穂 309
田口 孝太郎 309
竹内 てるよ 310
武内 夕彦 310
武田 隆子 312
竹村 まや 314
田中 けい子 320
田中 北斗 322
谷口 亜岐夫 324
玉手 北肇 327
田村 哲三 327
田村 昌由 328
千葉 仁 330
忠海 光朔 331
長 光太 331
津川 五然夢 333
鶴岡 冬一 340
手代木 啞々子 341
寺師 治人 343
寺田 京子 343
東郷 喜久子 346
土岐 錬太郎 348
直江 武骨 356
長島 弘 364
中城 ふみ子 365
中村 路子 376
中山 周三 378
中山 勝 378
新田 充穂 389
庭田 竹堂 390
野原 水嶺 394
長谷川 四郎 401
長谷部 虎杖子 403
林 容一郎 413
原 汀歩 415
原子 公平 416
榛谷 美枝子 417
樋口 賢治 419
樋口 游魚 419
菱川 善夫 420
日沼 よしゑ 421
比良 暮雪 423
藤川 碧魚 435
藤田 旭山 437
舟橋 精盛 442
古住 蛇骨 443
星野 明世 446
本庄 登志彦 452
本保 与吉 453
増谷 龍三 461
松井 満沙志 462
松橋 英三 467
松原 良輝 468
三浦 光世 476
水口 幾代 479
満岡 照子 483
湊 楊一郎 484
宮崎 芳男 490
村木 雄一 499
村田 脩 500
森 旬城子 506
森 みつ 508
森竹 竹市 511
矢田 枯柏 517
山岸 巨狼 521
山名 康郎 531
山森 三平 537
柚木 衆三 538
横道 秀川 540
吉川 静夫 543
吉田 一穂 544
吉田 えいじ 545
米谷 祐司 553
和田 徹三 557

【青森県】

赤石 信久 7
赤木 健介 8
池田 風信子 38
一戸 謙三 53
糸屋 鎌吉 60
稲垣 道 60
今泉 勇一 69
上村 忠郎 81
大久保 巌 97
太田 耳動子 100
太田 青舟 101
大橋 たつを 107
小笠原 二郎 112
小山内 時雄 124
音喜多 古剣 128
加藤 凍星 145
川崎 むつを 160
河村 静香 164
菊岡 久利 167
北畠 八穂 175
櫛引 唯治 186
工藤 汀翠 187
小泉 紫峰 201
小松 北溟 216
今 官一 218
桜井 哲夫 232
佐野 翠坡 241
神 瓶子 267
杉野 草兵 271
関川 竹四 286
高木 恭造 292
竹田 小時 312
寺山 修司 343
中 寒二 356
中道 風迅洞 371
夏堀 茂 379
成田 小五郎 381
成田 千空 381
鳴海 要吉 382
二唐 空々 384
丹羽 洋岳 389
畑中 秋穂 404
花田 哲行 407
原 三千代 415
原子 公平 416
福井 桂子 429
藤田 枕流 438
船水 清 442
法師浜 桜白 447

米田 一穂 453
槇 晧志 457
増田 手古奈 460
松尾 馬奮 463
松岡 辰雄 463
三ツ谷 平治 484
宮川 翠雨 488
村 次郎 497
村上 三良 499
村上 しゅら 499
横山 武夫 541
蘭 繁之 553
和田 山蘭 556

【岩手県】
荒川 法勝 25
内城 道興 83
江間 章子 92
遠藤 梧逸 93
及川 均 94
大信田 つとむ 98
大西 民子 104
小田 観蛍 126
加賀 聴風子 133
香川 弘夫 133
片山 新一郎 140
菊池 恒一路 168
菊池 正 168
菊池 知勇 168
木村 臥牛 180
久保 紫雲郷 188
熊谷 静石 191
佐伯 郁郎 225
佐々木 麦童 233
佐藤 鬼房 235
狭山 麓 242
沢野 起美子 244
柴田 冬影子 250
菅原 多つを 269
鈴木 寿郎 279
関 登久也 285
高橋 掬太郎 298
高橋 爾郎 300
高村 光太郎 304
嶽 一灯 309
多田 一荘 316
巽 聖歌 318
田村 了咲 328
寺崎 浩 342
富田 砕花 351
畑中 秋穂 404
平野 直 425
藤井 逸郎 434
堀越 義三 452
松本 つや女 470
三鬼 実 477
宮 静枝 487
宮野 小提灯 492
村上 昭夫 498
村田 とう女 501
森 荘已池 507
森山 耕平 512
八森 虎太郎 517
矢野 文夫 519
山口 青邨 523
山口 茶梅 523
山崎 和賀流 526
横山 左知子 540
吉田 慶治 545
吉野 重雄 548

【宮城県】
朝吹 磯子 15
阿部 静枝 18
伊沢 信平 39
石崎 素秋 43
石塚 滴水 44
一条 和一 52
伊藤 幸也 56
伊藤 四郎 57
岩田 昌寿 74
岩間 正男 75
内田 滋子 84
梅沢 一栖 87
及川 一行 94
扇畑 利枝 94
大河原 皓月 96
奥田 七橋 121
春日 こうじ 138
加藤 文男 145
門脇 白風 147
狩野 満子 152
川原 寂舎 163
菅野 昭彦 165
菊地 新 167
工藤 幸一 187
駒走 鷹志 216
佐伯 昭市 225
佐々木 一止 232
佐藤 鬼房 235
佐藤 清 235
佐藤 佐太郎 236
佐藤 さち子 237
柴田 光子 251
島田 幸造 255
嶋田 摩耶子 256
白鳥 省吾 266
菅原 一宇 269
菅原 克己 269
菅原 友太郎 270
杉村 彩雨 272
鈴木 貞二 279
スズキ・ヘキ 280
平 赤絵 291
高橋 大造 301
高橋 たか子 301
高橋 北斗 302
玉城 徹 327
ちば 東北子 330
津田 汀々子 335
土井 晩翠 344
新国 誠一 383
長谷部 虎杖子 403
支部 沈黙 403
畠山 千代子 404
原 阿佐緒 414
半崎 墨縄子 417
村上 冬燕 499
山内 栄二 520
山田 穣二 528
山田 野理夫 529
山田 みづえ 530
山家 竹石 537
横山 たかし 541
吉川 禎祐 544

【秋田県】
阿部 北陬子 20
阿部 正路 20
安藤 五百枝 28
石塚 悦朗 44
石田 三千丈 45
石田 玲水 46
今川 洋 69
大黒 富治 97
大越 吾亦紅 98
大島 栄三郎 98
小笠原 洋々 112
岡田 夏生 113
岡野 等 115
荻原 映雰 120
押切 順三 125
小瀬 洋喜 125
加賀谷 凡秋 133
鎌田 立秋子 153
北本 哲三 177
木村 不二男 180
熊谷 詩城 191
小坂 太郎 206
小佐治 安 206
児玉 澗松 209
斎藤 湯城 225
坂本 梅子 229
佐々木 左木 232
佐々木 妙二 233
佐藤 英麿 238
沢木 隆子 243
城 一峯 264
進藤 忠治 267
菅 裸馬 268
鈴木 幸輔 277
曽我 六郎 289
高木 すみれ 292
高瀬 武治郎 295
高橋 友鳳子 302
高橋 喨吉 303
武田 亜公 311
竹貫 せき女 313
巽 巨詠子 318
角田 独峰 339
寺崎 浩 342
成田 嘉一郎 381
西村 哲也 387
畠山 義郎 404
樋渡 瓦風 427
本郷 隆 452
牧野 径太郎 458
松井 如流 461
松岡 繁雄 463
松田 解子 465
松本 亮太郎 471
皆川 白陀 484
村山 白雲 503
森屋 けいじ 512
八木橋 雄次郎 514
吉田 朗 547
若木 一朗 554

【山形県】
阿部 岩夫 18
阿部 子峡 18
阿部 太一 19
阿部 保 19
阿部 襄 20
新井 悠二 25
有沢 雨石 26
飯野 栄儒 33
板垣 家子夫 51
岩松 文弥 75
打田 早苗 84
遠藤 みゆき 93
大熊 信行 97
大竹 孤悠 102
大類 林一 110
鏡 愁葉子 133
片岡 千歳 138
金子 阿岐夫 149
蒲生 直英 155
川崎 三郎 159
菊地 凡人 169
北島 白蜂子 174
栗田 九霄子 194
黒田 喜夫 197
後藤 利雄 211

斎藤 勇 222
斎藤 邦明 222
斎藤 香村 222
斎藤 茂吉 224
酒井 忠明 226
佐藤 憲吉 236
佐藤 総右 237
佐藤 漾人 239
山宮 允 245
神保 光太郎 268
鈴木 啓蔵 277
純多摩 良樹 284
関 みさを 285
高橋 宗伸 301
竹尾 忠吉 311
田村 九路 327
丹野 正 329
土屋 竹雨 336
土屋 巴浪 336
鳥海 昭子 355
中村 嘉良 376
永山 一郎 378
行方 寅次郎 380
名和 三幹竹 382
錦 三郎 385
西田 忠次郎 386
西村 直次 387
日塔 聡 389
芳賀 秀次郎 397
長谷川 耿子 401
長谷川 ゆりえ 402
林谷 広 413
原田 樹一 416
冨士田 元彦 438
細谷 鳩舎 449
細谷 不句 449
真壁 仁 457
松村 黙庵 469
丸谷 才一 473
村山 秀雄 503
森 英介 506
山田 諒子 530
結城 哀草果 537
結城 健三 538
結城 晋作 538
結城 ふじを 538
結城 美津女 538
吉野 弘 548
和田 光利 556
渡辺 宏 560

【福島県】
青戸 かいち 6
阿久津 善治 12
安達 真弓 17
荒木 忠男 25
猪狩 哲郎 35
井桁 蒼水 37
石川 日出雄 42
石原 素子 47
井手 則雄 54
伊藤 松風 56
伊藤 凍魚 58
伊藤 真砂常 59
宇田 零雨 83
江川 千代八 89
大島 鋸山 98
大島 庸夫 99
大関 不撓 99
大滝 清雄 101
大谷 忠一郎 102
大森 久慈夫 109
尾崎 孝子 123
長田 弘 124
門田 ゆたか 147
金丸 鉄蕉 151
川上 隆司 157
川上 春雄 157
菊地 貞三 168
木下 春 178
木村 虹雨 180
草野 戎朗 184
草野 心平 184
草野 比佐男 185
黒須 忠一 197
桑原 兆堂 200
小林 金次郎 213
近藤 冬人 220
今野 空白 221
斉藤 昭 223
斎藤 庸一 225
相良 義重 230
佐久間 東城 231
作山 暁村 231
佐藤 南山寺 237
佐藤 祐禎 239
沢 聡 243
志摩 みどり 254
白木 英尾 266
菅野 春虹 269
杉山 平一 274
鈴木 梅子 276
鈴木 敏子 279
鈴木 初江 279
高久田 橙子 293
高瀬 善夫 295
高橋 紫光 300
竹谷 しげる 315
只野 柯舟 317
田中 冬二 322
寺田 弘 343
豊田 君仙子 354
中根 昔巳 368
永山 嘉之 379
並木 秋人 380
西川 満 385
西山 春潮 388
額賀 誠志 390
野川 秋汀 392
野地 曠二 392
長谷部 俊一郎 403
埴谷 雄高 407
引地 冬樹 419
平野 長英 425
福原 十王 433
藤村 多加夫 439
船迫 たか 442
槇 さわ子 457
松永 涼暮草 466
三谷 晃一 482
道山 草太郎 482
皆川 盤水 484
三野 混沌 486
柳沢 健 517
矢部 榾郎 520
山口 水青 522
山本 友一 535
四方 章夫 553
渡部 信義 559
渡辺 風来子 560
渡辺 嘉子 561
渡部 柳春 561

【茨城県】
相野谷 森次 4
青木 辰雄 5
青木 千秋 5
秋永 放子 10
安藤 姑洗子 29
飯泉 葉子 32
飯沼 喜八郎 33
池田 日野 37
石塚 真樹 44
石塚 友風子 44
石田 いづみ 45
乾 修平 62
今井 鴻象 67
上野 壮夫 79
潮田 朝水 82
浦井 文江 88
海老根 鬼川 92
大越 雪堂 98
大高 弘達 101
大高 冨久太郎 101
大津 禅良 102
大野 我羊 104
大野 誠夫 105
大野 三喜雄 106
加倉井 秋を 134
加倉井 只志 134
軽部 烏頭子 155
川崎 琴愁 159
川村 ハツエ 164
神原 栄二 166
神原 教江 166
きくち・つねこ 168
木村 修康 180
木村 三男 180
古宇田 ふみ 203
小林 義治 215
小松崎 爽青 216
斎藤 嘉久 225
桜井 琢巳 231
佐々木 伝 233
佐藤 岩峰 235
佐藤 佐太郎 236
佐藤 誠 239
佐藤 悠々 239
佐藤 要人 239
猿田 禾風 242
沢 ゆき 243
椎木 嶋舎 245
椎名 書子 245
篠塚 寛 248
嶋崎 専城 255
清水 みつる 261
下村 照路 263
菅沼 宗四郎 269
鐸木 孝 278
高野 素十 297
高橋 麻男 298
滝 けん輔 307
田口 白汀 309
武石 佐海 310
田崎 秀 315
多田 不二 317
立花 春子 317
舘野 烈風 319
塚本 武史 333
筑波 杏明 333
寺門 仁 342
戸恒 恒男 349
友常 玲泉子 353
長倉 義光 362
成嶋 瓢雨 381
沼田 一老 390
野口 里井 392
橋詰 一郎 398
長谷川 建 401
幡谷 東吾 405
塙 毅比古 407
原 裕 415
平本 くらら 426
福地 愛翠 432

藤田 伸草 437
藤田 武 437
星野 徹 447
松沢 鍬江 464
真殿 皎 472
山口 素人閑 523
結城 青龍子 538
横田 専一 540
横山 信吾 541
吉田 次郎 545
若色 如月 554

【栃木県】
相田 みつを 4
青木 幸一露 5
安生 長三郎 28
飯田 善国 32
石川 暮人 42
泉 漾太郎 49
市村 不先 54
植木 火雪 76
上野 勇一 79
浦野 敬 88
江連 白潮 91
大出 蕭々子 95
大谷 畦月 102
大場 美夜子 107
岡崎 清一郎 111
岡安 恒武 118
影山 銀四郎 135
柏崎 夢香 137
菊地 磨壮 169
菊池 麻風 169
木島 松穹 171
国井 淳一 187
熊田 精華 192
栗林 千津 195
桑原 月穂 199
河野 愛子 203
小杉 放庵 208
小菅 三千里 208
小森 真瑳郎 217
斎藤 宵路 223
坂田 信雄 227
坂本 俳星 230
佐野 規魚子 240
篠原 巴石 249
柴田 トヨ 250
渋谷 行雄 252
島 みえ 254
島田 さかゑ 255
清水 比庵 260
宋 岳人 288
曽祇 もと子 288
相馬 蓬村 289
高内 壮介 292
高田 高 296
高野 悦子 297
高野 はま 298
舘野 たみを 319
谷 邦夫 324
津久井 理一 333
角田 一 339
手塚 武 342
手塚 七木 342
外塚 杜詩浦 350
中島 大三郎 364
生井 武司 380
新村 青幹 383
橋田 一青 398
長谷川 浪々子 402
火村 卓造 422
平島 準 424
船山 順吉 442
前田 雀郎 455
前山 巨峰 457
増渕 一穂 461
松葉 直助 467
松本 帆平 471
三田 忠夫 481
八木沢 高原 514
山下 喜美子 526
山中 暁月 531
吉屋 信子 550
六角 文夫 554
渡辺 幹雄 561

【群馬県】
新井 均二 23
新井 盛治 24
有川 美亀男 26
飯塚 秀城 32
石井 貫木子 40
石田 マツ 46
磯部 尺山子 51
伊藤 信吉 57
大井 恵夫 95
大島 徳丸 99
大槻 九合草 103
大野 恵造 105
岡田 刀水士 114
小川 安夫 119
荻野 泰成 120
小沢 満佐子 125
おの・ちゅうこう 128
門倉 訣 147
狩野 登美次 152
神山 杏雨 154
川上 梨屋 157
川崎 彰彦 159
川島 喜由 160
木下 子龍 178
倉林 ひでを 194
黒岩 有径 196
黒崎 善四郎 197
木暮 剛平 205
冴 雄二 210
小山 和郎 217
斎藤 喜博 222
佐藤 風人 238
佐藤 緑葉 240
沢田 五郎 244
品川 滸堂 248
清水 素生 259
清水 房之丞 260
清水 寥人 261
正田 稲洋 265
砂長 かほる 283
須永 義夫 283
高草木 暮風 293
高橋 元吉 302
滝沢 亘 308
但馬 美作 316
忠地 虚骨 317
田沼 文雄 325
土屋 文明 337
中沢 文次郎 362
中島 彦治郎 364
中村 公子 372
新島 栄治 383
萩原 康次郎 397
林 柳波 413
原 一雄 414
原 三郎 414
平川 雅也 424
保坂 加津夫 445
星野 吉朗 446
堀口 星眠 452
真下 喜太郎 460
松田 毛鶴 465
松野 自得 467
松山 敦 471
丸山 昌兵 474
岑 清光 486
峰村 香山子 486
村越 化石 500
森 菊蔵 506
森村 浅香 511
山崎 百合子 525
山田 かまち 528
吉井 忠男 542
吉野 秀雄 548
吉原 赤城子 549
吉村 ひさ志 549

【埼玉県】
相沢 静思 3
相沢 節 3
青山 鶏一 7
秋谷 豊 10
浅見 青史 15
阿部 完市 18
綾部 白夜 23
新井 旧泉 23
新井 紅石 24
荒井 正隆 24
飯島 鶴城 30
庵 達雄 34
石川 信夫 42
石田 あき子 44
市川 享 52
猪俣 千代子 66
宇咲 冬男 81
牛山 一庭人 82
内田 まきを 85
内野 たくま 85
内野 蝶々子 85
梅沢 一栖 87
梅沢 糸川 87
梅沢 和記男 87
大熊 輝一 97
大西 桑風 104
大西 民子 104
大畑 南海魚 108
岡田 壮三 113
岡本 潤 117
岡安 迷子 118
荻野 須美子 120
小串 歌枝 120
小澤 克己 124
笠原 若泉 136
加藤 朝男 142
加藤 覚範 143
加藤 和美 143
加藤 克巳 143
加藤 仙太郎 144
金井 充 148
金子 伊昔紅 149
金子 扇踊子 150
金子 皆子 151
神山 裕一 154
河合 凱夫 155
川口 美根子 159
川島 つゆ 161
久保 陽道 189
小林 嗣幸 214
小室 善弘 217
斎藤 俳小星 223
酒井 真右 226
桜井 滋人 231
佐野 青城 241
柴田 白陽 251
渋谷 定輔 252
柴生田 稔 252

島村 野青 257
清水 杏芽 258
清水 たみ子 260
杉浦 翠子 270
杉本 清子 272
関口 火竿 286
関口 比良男 286
染谷 十蒙 290
高橋 秀一郎 300
高橋 春燈 300
滝川 名末 307
竹本 青苑 315
田子 水鴨 315
田中 佳宏 322
千勝 重次 329
千代田 葛彦 331
常見 千香夫 338
出牛 青朗 341
中津 賢吉 367
永塚 幸司 367
中野 三允 369
西出 うつ木 386
野口 立甫 392
馬場 移公子 408
浜 梨花枝 408
林 昌華 411
引間 たかし 419
肥田埜 勝美 420
深野 庫之介 428
深谷 昌彦 428
福田 柳太郎 432
藤田 三郎 437
星野 丑三 446
星野 紗一 446
星野 茅村 447
堀口 定義 451
前田 鬼子 454
増田 美恵女 461
松岡 貞総 463
松下 千代 465
松本 泰二 470
松本 秩陵 470
三ケ尻 湘風 477
見沼 冬男 485
宮岡 昇 488
宮沢 章二 490
茂木 岳彦 504
本橋 仁 505
森田 かずや 510
森原 智子 511
柳沢 子零女 517
横田 茂 540
吉田 朔夏 545
吉田 哲星子 546
吉田 露文 547
和田 博雄 557
渡辺 浮美竹 560
渡辺 勝 560

【千葉県】

相川 南陽 3
相葉 有流 4
秋葉 ひさを 10
浅野 美恵子 14
麻生 磯次 16
飯田 藤村子 32
飯村 亀次 33
池上 浩山人 36
石井 とし夫 40
石川 一成 41
石毛 郁治 43
伊藤 源之助 56
伊藤 公平 56
伊東 竹望 58
伊藤 登世秋 58
伊藤 白潮 58
伊藤 和 59
井上 かをる 63
今井 杏太郎 67
今川 乱魚 69
今関 天彭 69
井本 農一 70
岩上 とわ子 72
鵜沢 覚 81
遠藤 貞巳 93
大橋 一荢 107
小川 斉東語 118
小河原 志都 120
沖山 智恵子 120
小熊 一人 122
長田 白日夢 123
小高 倉之助 127
小椰 精以知 128
尾張 穂草 131
片山 貞美 140
勝又 木風雨 141
香取 佳津見 147
香取 秀真 147
金田 紫良 151
かのう・すゝむ 152
加畑 吉男 152
鎌田 敬止 152
川島 炬士 160
神原 克重 166
木内 彰志 167
小出 秋光 202
甲田 鐘一路 203
五喜田 正巳 205
小林 左近 214
斎賀 琴子 221
坂巻 純子 228
坂本 小金 229
佐野 野生 242
嶋田 摩耶子 256
嶋野 国夫 257
真行寺 四郎 267
鈴木 国郭 277
鈴木 康文 277
鈴木 鶉衣 277
鈴木 富来 280
鈴木 正和 281
鈴木 真砂女 281
鈴木 勝 281
千川 あゆ子 288
高橋 謙次郎 299
高橋 徳衛 301
館山 一子 319
谷村 博武 325
田谷 鋭 329
竹馬 規雄 330
土屋 正夫 337
唐笠 何蝶 345
中台 春嶺 366
中村 孝助 373
中村 房舟 375
中本 苳子 377
行方 沼東 380
根本 喜代子 391
野上 柳子 391
野村 久雄 396
萩原 季葉 397
橋本 徳寿 400
長谷川 泉 400
馬場 園枝 408
林 夜寒楼 413
細井 魚袋 448
松田 幸雄 466
松原 信孝 467
松本 翠影 469
松本 千代二 470
水田 清子 479
道部 臥牛 482
三越 左千夫 483
三橋 鷹女 483
見留 貞夫 484
宮崎 丈二 489
宮田 戊子 491
宮本 栄一郎 493
森 総彦 508
森川 邇朗 509
矢代 東村 514
山口 寒甫 522
山口 笙堂 522
山崎 真言 525
吉植 庄亮 542
吉田 ひで女 546
米本 重信 552
渡辺 志水 558

【東京都】

相川 やす志 3
相沢 一好 3
会田 綱雄 4
青木 稲女 5
青木 就一郎 5
青木 よしを 6
阿片 瓢郎 8
秋山 花笠 10
秋山 黄夜 11
秋山 夏樹 11
芥川 瑠璃子 12
浅井 火扇 12
浅賀 魚木 13
浅川 広一 13
安住 敦 15
安積 得也 16
足立 巻一 16
阿刀 与棒打 17
阿部 完市 18
阿部 筲人 19
阿部 青鞋 19
阿部 ひろし 20
阿部 良雄 21
甘田 五彩 21
天彦 五男 22
雨宮 昌吉 22
雨宮 雅子 22
綾部 仁喜 22
鮎貝 久仁子 23
鮎川 信夫 23
新井 佳津子 23
新井 声風 24
新井 反哺 24
新井 英子 24
荒川 よしを 25
有賀 世治 26
有川 美亀男 26
有冨 光英 26
安藤 一郎 28
井伊 文子 30
飯岡 亨 30
飯島 正 31
飯塚 田鶴子 32
井内 多津男 33
井垣 北城 34
五十嵐 肇 34
生田 和恵 35
生田 友也 35
池上 不二子 36
池沢 晃子 36
池月 一陽子 36
池田 澄子 37
池田 草舎 37
池田 時雄 37
井桁 白陶 37

池田 まり子 38
池内 友次郎 38
伊沢 恵 39
井沢 子光 39
伊沢 元美 39
石井 柏亭 40
石垣 りん 41
石川 桂郎 41
石川 昌子 42
石塚 まさを 44
石野 梢 46
石原 透 47
石本 隆一 48
出岡 実 48
和泉 克雄 48
礒 幾造 50
磯貝 碧蹄館 50
磯村 英樹 51
市川 東子房 52
市来 勉 52
一乗 秀峰 52
一条 徹 52
一瀬 直行 53
市原 克敏 53
市村 究一郎 54
一叩人 54
伊津野 永一 54
伊藤 聚 55
伊藤 海彦 55
伊藤 柏翠 58
伊藤 康円 59
井戸川 美和子 59
乾 鉄片子 62
伊能 秀記 63
今泉 忘機 68
今川 乱魚 69
今牧 荔枝 70
今村 米夫 70
弥冨 栄恒 70
入江 元彦 71
入沢 白鳥 71
岩佐 東一郎 72
岩崎 勝三 73
岩崎 孝生 73
岩見 静々 75
岩村 蓬 75
上田 渓水 76
上田 五千石 77
上田 周二 77
上田 麦車 78
上林 白草居 79
植松 寿樹 80
宇佐美 雪江 81
潮田 武雄 82
薄井 薫 82
内山 亜川 85
宇都木 水晶花 85
梅田 桑弧 87
梅田 真男 87
梅田 靖夫 88
江口 渙 89
江口 季好 90
江国 滋酔郎 90
頴田島 一二郎 91
海老沢 粂吉 92
江森 盛弥 92
燕石 猷 93
遠藤 はつ 93
遠藤 睦子 93
及川 貞 94
大網 信行 95
大川 つとむ 96
大木 格次郎 97
大木 実 97
大沢 春子 98
大島 たけし 99
大島 民郎 99
太田 一郎 100
太田 かをる 100
大滝 修一 101
大田黒 元雄 101
大竹 きみ江 102
大塚 金之助 102
大塚 茂敏 103
大伴 道子 103
多 久麻 105
大場 白水郎 106
大堀 昭平 108
岡 雨江 110
岡 麓 110
岡崎 えん 111
岡田 隆彦 113
尾形 仂 114
岡田 鉄 114
小勝 亥十 115
小鹿原 斗脊 115
小川 太郎 119
小川 千賀 119
小川原 嘘帥 119
荻原 井泉水 120
奥成 達 121
小熊 ときを 122
尾崎 昭美 123
尾崎 喜八 123
小沢 変哲 125
小沢 游湖 125
小高根 二郎 127
小田嶋 十黄 127
落合 敏 127
小野 茂樹 128
小野 房子 129
小幡 九龍 130
小宅 容義 130
小山 正孝 131
恩地 孝四郎 131
笠原 てい子 136
風間 啓二 136
鹿島 鳴秋 137
春日井 政子 138
勝 承夫 140
加藤 郁乎 142
加藤 勝三 143
加藤 楸邨 143
加藤 松薫 144
加藤 知多雄 144
加藤 温子 145
加藤 真暉子 145
角川 源義 146
角川 照子 147
金井 直 148
金子 麒麟草 150
金子 薫園 150
金子 澄峰 150
神生 彩史 154
神谷 九品 154
川井 玉枝 156
河合 未光 156
川上 三太郎 157
川上 梨屋 157
川口 咲子 158
川口 比呂之 158
川崎 洋 160
川路 柳虹 160
川島 喜代詩 160
川田 順 161
川端 弘 163
河原 冬蔵 163
川村 柳月 165
川本 けいし 165
神田 秀夫 165
蒲原 有明 166
神原 泰 166
神辺 鼕々 167
菊島 常二 167
菊池 庫郎 168
岸田 衿子 171
岸田 稚魚 171
岸野 不三夫 171
木島 松穹 171
木津 柳芽 172
北小路 功光 174
喜谷 六花 175
北野 民夫 175
北野 登 175
木田橋 石人 175
北村 開成蛙 176
喜多村 鳩子 176
北村 太郎 177
北村 仁子 177
鬼頭 旦 178
木下 笑風 178
木下 常太郎 178
木原 孝一 179
京極 杞陽 181
清崎 敏郎 182
草野 天平 185
草間 時彦 185
串田 孫一 185
葛原 妙子 186
轡田 進 187
国木田 虎雄 187
久保 ともを 189
久保島 孝 189
久保田 慶子 190
久保田 月鈴子 190
窪田 章一郎 190
窪田 般弥 190
久保田 博 191
久保田 万太郎 191
倉片 みなみ 193
倉田 素香 193
倉田 春名 194
栗原 嘉名芽 195
久礼田 房子 196
榑沼 けい一 196
黒川 笠子 197
黒沢 武子 197
黒田 忠次郎 198
桑門 つた子 198
慶光院 芙沙子 200
見学 玄 200
小池 文子 201
小市 巳世司 201
小出 文子 202
高 千夏子 202
河野 南畦 204
小暮 政次 206
小坂 順子 206
小島 清 207
五所 平之助 208
小高 賢 209
谺 雄二 210
五島 茂 211
五島 美代子 211
琴陵 光重 212
小林 康治 213
小林 純一 214
小林 清之介 214
小林 貞一朗 215
小林 善雄 215
小牧 暮潮 216
小松 瑛子 216
近藤 東 218
近藤 いぬゐ 219

近藤 白亭 220
近藤 実 220
紺野 幸子 221
西条 嫩子 221
西条 八十 221
斎藤 小夜 222
斎藤 茅輪子 223
斎藤 史 223
坂井 建 226
酒井 ひろし 226
酒井 鱒吉 227
坂本 一胡 229
坂本 不二子 230
相良 宏 230
作間 正雄 231
桜井 博道 232
佐佐木 治綱 233
薩摩 忠 234
佐藤 磐根 235
佐藤 和夫 235
佐藤 朔 236
サトウ・ハチロー 238
佐藤 房儀 238
佐藤 文男 239
佐藤 正敏 239
里見 宜愁 240
里見 玉兎 240
真田 風来 240
猿山 木魂 242
沢井 我来 243
沢田 みどり 244
椎橋 清翠 245
塩沢 沫波 246
塩山 三九 246
茂 恵一郎 247
篠田 悌二郎 249
篠原 樹風 249
信夫 澄子 250
柴田 宵曲 250
柴田 白葉女 251
柴田 茫洋 251
柴田 元男 251
柴野 民三 251
渋沢 渋亭 252
島 朝夫 253
島 東吉 254
島田 ばく 256
島田 みつ子 256
島田 陽子 256
清水 昶 258
清水 かつら 258
清水 衣子 258
清水 径子 258
清水 はじめ 260
清水 凡亭 260
清水 基吉 261
清水 康雄 261
下川 まさじ 262
下田 閑声子 262
春秋庵 準一 264
城 左門 264
生野 幸吉 265
菖蒲 あや 265
城米 彦造 265
新免 忠 268
須賀 是美 268
菅谷 規矩雄 269
杉田 俊夫 271
杉田 嘉次 271
杉野 紫筍 271
杉村 彩雨 272
杉本 寛一 272
杉本 零 273
逗子 八郎 275
鈴木 一念 276
鈴木 蚊都夫 276
鈴木 京三 276
鈴木 杏村 277
鈴木 繁雄 277
鈴木 静夫 277
鈴木 助次郎 278
鈴木 詮子 278
鈴木 鷹夫 278
鈴木 白祇 279
鈴木 春江 280
鈴木 芳如 281
鈴木 凡哉 281
鈴木 真砂女 281
鈴木 柳太郎 282
須藤 徹 282
諏訪 優 284
瀬木 慎一 285
関根 黄鶴亭 286
関根 弘 286
関谷 忠雄 287
仙波 龍英 288
宗 武志 288
曽宮 一念 290
醍醐 育宏 291
高折 妙子 292
高木 一夫 292
高桑 義生 294
高島 茂 294
高瀬 一誌 295
高田 堅舟 295
高田 新 296
高田 敏子 296
高田 浪吉 296
高橋 鏡太郎 299
高橋 鈴之助 300
高浜 年尾 303
高村 光太郎 304
高村 豊周 305
高柳 重信 306
田川 飛旅子 306
田鎖 雷峰 308
田口 雅生 309
竹下 翠風 311
武島 羽衣 311
竹田 善四郎 312
竹中 久七 313
竹村 晃太郎 314
田島 柏葉 316
多田 梅子 316
多田 智満子 316
龍岡 晋 318
舘野 翔鶴 319
田中 午次郎 319
田中 収 319
田中 佐知 320
田中 順二 321
田中 清太郎 321
田中 不鳴 322
田中 朗々 323
田辺 香代子 323
田辺 ひで女 323
谷川 水車 324
玉置 石松子 326
田村 隆一 328
築地 正子 332
塚原 巨矢 332
塚山 勇三 333
津軽 照子 333
柘植 芳朗 334
辻 まこと 334
辻 征夫 334
辻井 喬 334
津田 八重子 336
土家 由岐雄 337
筒井 富栄 337
堤 平五 338
鶴見 和子 341
寺尾 俊平 342
寺門 一郎 342
寺島 栄一 343
寺島 珠雄 343
戸板 康二 344
遠山 光栄 347
融 湖山 347
戸叶 木耳 347
外川 飼虎 347
戸川 稲村 347
土岐 善麿 347
徳山 暁美 349
豊島 年魚 349
戸田 和子 349
利根川 保男 349
殿村 菟絲子 350
戸張 みち子 350
富岡 掬池路 351
富田 淙子 351
富小路 禎子 352
伴野 渓水 353
豊田 村雀 354
鳥居 雨路子 355
鳥居 おさむ 355
直井 烏生 356
中 火臣 356
中 勘助 356
中井 克比古 357
永井 東門居 357
中井 英夫 358
長岡 弘芳 360
中川 一政 360
中川 菊司 360
長倉 閑山 362
中島 月笠 363
中島 斌雄 364
仲田 喜三郎 365
中田 樵杖 366
永田 東一郎 366
中塚 檀 367
中西 弥太郎 368
中野 菊夫 369
中野 喜代子 369
長野 秋月子 369
長野 規 370
中原 海豹 371
中村 明子 371
中村 雨紅 371
中村 春芳 373
中村 信一 374
中村 真一郎 374
中村 千尾 375
中村 抜刀子 375
中村 将晴 376
長森 光代 377
長安 周一 377
中山 知子 378
中山 幹雄 379
名取 思郷 379
成田 駸太郎 381
成瀬 正俊 382
鳴海 英吉 382
南部 憲吉 383
新関 一杜 383
西垣 卍禅子 385
西片 征風 385
西山 誠 388
楡井 秀孝 389
沼波 美代子 390
ぬやま・ひろし 390
野竹 雨城 393

野村 梅子 395
能村 登四郎 396
野村 洛美 396
野谷 竹路 396
芳賀 檀 397
萩野 卓司 397
萩原 季葉 397
橋本 光石 399
橋本 多佳子 399
長谷川 秋子 400
長谷川 かな女 401
長谷川 湖代 401
長谷川 博和 402
畑 和子 403
畠山 弧道 403
畠山 譲二 403
波多野 爽波 404
畑村 春子 405
服部 直人 406
服部 八重女 406
服部 嘉香 406
花岡 謙二 406
花田 いそ子 407
花田 英三 407
早川 幾忠 410
林 圭子 411
林 富士馬 412
原田 種茅 417
半藤 弦 418
疋田 寛吉 419
久方 寿満子 419
菱山 修三 420
一ツ橋 美江 421
檜野 子草 421
日野 草城 421
冷水 茂太 422
平井 梢 423
平井 照敏 423
平岩 米吉 423
平木 二六 424
平野 威馬雄 425
平間 真木子 426
昼間 槐秋 426
広津 里香 427
広野 三郎 427
深作 光貞 428
福田 栄一 430
福田 紀伊 430
福田 律郎 432
福中 都生子 433
藤井 孝子 434
藤井 常世 434
藤崎 美枝子 436
藤島 茶六 436
藤田 圭雄 437
舟方 一 441
文挾 夫佐恵 442
古川 克巳 443
古川 沛雨亭 443
不破 博 444
坊城 としあつ 445
保坂 知加子 446
保坂 文虹 446
星島 千歳 446
星野 立子 447
星野 麦丘人 447
星野 麦人 447
細川 加賀 448
細谷 源二 449
穂曽谷 秀雄 449
堀井 春一郎 450
堀内 通孝 451
堀口 大学 452
前田 鉄之助 455
前田 透 455
前田 普羅 455
前野 雅生 456
槇 さわ子 457
牧 章造 457
槇 弥生子 458
牧野 寥々 458
増田 雄一 461
町 春草 461
町田 しげき 461
松岡 貞総 463
松沢 昭 464
松下 次郎 465
松下 千里 465
松根 東洋城 466
松野 加寿女 466
松村 英一 468
松村 巨湫 468
松村 武雄 468
松村 みね子 468
松本 雨生 469
松本 澄江 470
松本 たかし 470
松本 常太郎 470
丸山 しげる 474
丸山 日出夫 474
三浦 義一 475
三浦 光世 476
三国 玲子 477
水上 章 478
水田 清子 479
水原 秋桜子 481
三谷 昭 481
三橋 敏雄 483
南川 周三 485
嶺 治雄 486
峰尾 北兎 486
三野 虚舟 486
宮岡 計次 488
宮城 謙一 488
三宅 萩女 488
宮崎 安汀 489
宮下 翠舟 491
宮下 麗葉 491
宮田 要 491
宮地 伸一 492
宮原 双馨 493
三好 豊一郎 495
向井 泉石 495
武者小路 実篤 496
村井 和一 497
村磯 象外人 497
村上 一郎 498
村上 博子 499
村沢 夏風 500
村田 敬次 500
村田 周魚 501
村田 春雄 501
村田 芳水 501
村田 正夫 501
村田 利明 501
村野 四郎 501
村野 次郎 501
村松 正俊 502
牟礼 慶子 503
本木 紀久代 505
本島 高弓 505
本橋 定晴 505
本山 卓日子 505
百瀬 博教 506
森 三重雄 508
森川 平八 509
森田 宗人 510
守屋 霜甫 512
諸橋 和子 513
矢ケ崎 千枝 513
矢川 澄子 513
八木 林之助 514
安田 蚊杖 515
保永 貞夫 516
矢田 未知郎 517
柳田 暹暎 517
柳原 白蓮 518
やなせ・たかし 518
山内 照夫 520
山尾 三省 520
山川 柳子 521
山口 英二 521
山崎 一象 524
山崎 蒼平 524
山崎 敏夫 525
山沢 英雄 526
山下 竹揺 526
山田 土偶 529
山田 正弘 530
やまだ 紫 530
山田 百合子 530
大和 克子 531
山畑 禄郎 532
山村 順 533
山本 太郎 535
山本 ひでや 536
山本 雄一 537
山本 陽子 537
やまや・のぎく 537
湯浅 桃邑 537
結城 昌治 538
柚木 治郎 539
由比 晋 539
横内 菊枝 539
横溝 養三 540
横山 うさぎ 540
横山 白虹 541
横山 林二 541
吉井 勇 542
吉岡 一作 542
吉岡 実 543
吉川 清江 543
吉川 金一郎 543
吉崎 志保子 544
吉沢 ひさ子 544
吉田 静子 545
吉田 漱 545
吉田 なかこ 546
吉野 重雄 548
吉野 昌夫 548
吉原 幸子 549
吉本 和子 550
吉本 隆明 550
吉行 理恵 550
米田 利昭 552
米谷 静二 552
若林 牧春 554
和田 御雲 556
和田 暖泡 557
渡辺 桂子 558
渡辺 信一郎 559
渡辺 苔波 559
渡辺 鶴来 559
渡辺 とめ子 559
渡辺 梅郷 559
渡辺 白泉 559
渡辺 蓮夫 560
渡辺 春輔 560
渡辺 未灰 560
和知 喜八 561

【神奈川県】

相沢 等 3
青木 重行 5

赤堀 五百里 9
赤堀 春江 9
秋元 不死男 10
浅井 多紀 13
足立 八洲路 17
足立原 斗南郎 17
荒井 文 24
安藤 佐貴子 29
飯岡 幸吉 30
飯島 蘭風 32
飯田 莫哀 32
池田 竹二 37
石井 花紅 40
石井 清子 40
石岡 雅憲 41
石川 冬城 42
伊豆 三郷 48
稲垣 きくの 60
井上 康文 65
今辻 和典 69
岩井 久美恵 71
岩橋 柊花 74
植木 正三 76
上野 章子 79
上野 泰 79
鵜沢 信子 82
鵜沢 宏 82
内山 登美子 85
遠藤 寛太郎 93
扇谷 義男 94
大井戸 辿 95
大島 民郎 99
大貫 迪子 104
大野 林火 106
大南 テイ子 109
大屋 正吉 109
小笠原 文夫 112
岡田 海市 112
岡部 豊 116
小串 伸夫 120
小倉 緑村 122
小黒 恵子 122
尾崎 迷堂 123
小沢 謙三 124
折笠 美秋 131
加倉井 秋を 134
筧 槇二 135
笠原 古畦 136
片岡 慶三郎 138
片山 楸江 140
加藤 拝星子 145
上井 正司 153
川島 彷徨子 161
川戸 飛鴻 162
川辺 古一 163
川村 たか女 164
木村 孝 180
杏田 朗平 182
草鹿 外吉 184
草間 時彦 185
熊沢 正一 192
熊田 精華 192
栗原 米作 195
黒田 恵子 198
小泉 苳三 201
河野 南畦 204
郡山 弘史 205
古賀 まり子 205
小島 宗二 207
小杉 余子 208
古宮 三郷 216
小宮 良太郎 217
近藤 一鴻 219
権守 桂城 221
坂間 晴子 228
笹沢 美明 234
佐藤 真砂良 239
真田 喜七 240
佐野 貴美子 241
佐野 美智 242
塩野崎 宏 246
四賀 光子 246
篠原 清子 249
渋谷 重夫 252
島田 修二 255
清水 基吉 261
下田 稔 262
庄司 圭吾 264
進藤 一考 267
菅井 冨佐子 269
杉原 幸子 272
杉山 羚羊 275
鈴鹿 俊子 275
鈴木 貫介 276
鈴木 頑石 276
鈴木 十郎 277
鈴木 亨 279
鈴木 信夫 279
鈴木 英夫 280
鈴木 柳太郎 282
関根 牧草 287
高井 対月 291
高木 晴子 293
高野 邦夫 297
高野 はま 298
高橋 銀次 299
高橋 俊人 301
高橋 希人 302
滝 春一 307
竹内 隆二 311
谷 鼎 324
千葉 艸坪子 330
茶木 滋 331
築地 藤子 333
壺田 花子 339
洞外 石杖 345
十時 延子 349
とべ・しゅん 351
鳥見 迅彦 351
中 拓夫 357
永井 東門居 357
中島 可一郎 363
中島 大 364
長島 三芳 364
永田 竹の春 366
中谷 五秋 367
中戸川 朝人 367
西岡 正保 384
野口 定雄 392
野沢 節子 392
萩原 蘿月 398
橋本 徳寿 400
浜田 蝶二郎 409
人見 勇 421
日吉 登美女 422
藤田 湘子 437
帆田 春樹 449
堀田 善衛 450
堀江 伸二 451
前田 夕暮 456
牧 羊子 458
牧石 剛明 458
牧野 愛子 458
松木 利次 464
松倉 正枝 464
松崎 鉄之介 464
水口 郁子 479
宮坂 斗南房 489
宮崎 華蒐 489
宮津 昭彦 492
宮原 包治 493
向井 毬夫 495
牟田口 義郎 496
村松 ひろし 502
目迫 秩父 504
森 洋 508
八木 蔦雨 513
八木 浩子 513
矢野 文夫 519
八幡 城太郎 519
藪田 義雄 519
山崎 一郎 524
山崎 央 525
山田 今次 527
山田 文男 530
吉川 堯甫 543
吉川 翠風 543
吉田 松四郎 547
若生 真佐江 555
鷲巣 繁男 555
渡辺 伊志 558

【新潟県】

会津 八一 4
青木 綾子 5
青木 歳生 5
青木 泰夫 6
青柳 薫也 6
浅井 十三郎 13
荒垣 外也 25
石黒 清介 43
石塚 正也 44
石塚 友二 44
板津 堯 51
江口 源四郎 89
江間 章子 92
大場 寅郎 106
岡山 たづ子 118
小田 龍吉 126
角山 勝義 134
鹿住 晋爾 138
片桐 庄平 139
勝又 水仙 141
加藤 知世子 145
金子 生史 150
金子 のぼる 150
金子 不泣 150
木口 豊泉 169
桐生 栄 183
熊谷 とき子 192
栗林 種一 195
芥子沢 新之介 200
小島 真一 207
小村 定吉 217
小山 直嗣 218
小山 白楢 218
斉藤 美規 224
酒井 友二 226
佐々木 有風 233
佐藤 紅鳴 236
佐藤 重美 237
佐藤 念腹 237
佐藤 野火男 237
茂野 六花 247
志城 柏 247
品田 聖平 248
篠田 秋星 249
島 秋人 253
下村 梵 263
鈴木 豹軒 280
関口 青稲 286
高野 喜久雄 297
高橋 伸張子 300
田中 けい子 320

田辺 若男 323
千代 国一 331
対馬 完治 335
筒井 松籟史 337
鶴見 正夫 341
内藤 鈑策 355
中野 弘一 369
中村 純一 373
中村 正爾 373
中山 礼治 379
奈良橋 善司 380
西方 国雄 385
西脇 順三郎 388
羽柴 雪彦 399
長谷川 冬樹 402
浜 喜久夫 408
浜本 千寿 410
春山 他石 417
樋口 清紫 419
広川 義郎 426
蕗谷 虹児 429
藤川 忠治 435
星野 暁村 446
星野 慎一 447
本間 香都男 453
前田 芳彦 456
丸山 一松 473
水口 幾代 479
湊 八枝 484
宮 柊二 487
宮崎 郁雨 489
宮崎 甲子衛 489
宮田 益子 492
本宮 哲郎 505
森田 ヤエ子 510
森山 啓 512
矢沢 宰 514
山岸 珠樹 521
山口 哲夫 523
山田 あき 527
山田 喆 529
山本 修之助 534
吉屋 信子 550
米山 敏雄 553
若井 三青 554
渡辺 久二郎 558
渡辺 春天子 558
渡辺 信一 559
渡辺 文雄 560
渡辺 れいすけ 561

【富山県】

安養 白翠 30
家木 松郎 34
筏井 嘉一 34
岩木 安清 72
内島 北朗 83
逢坂 敏男 95
大橋 越央子 107
小田 尚輝 126
鹿島 四潮 137
角川 源義 146
金尾 梅の門 148
河村 盛明 164
木村 玄外 180
くらた・ゆかり 194
坂田 嘉英 228
佐野 青陽人 241
沢木 欣一 243
沢田 はぎ女 244
篠塚 しげる 248
篠原 句瑠璃 249
杉江 重英 271
すぎき・あつしろ 271
高崎 正秀 294
高島 順吾 294
高島 高 295
高橋 柳畝 302
高橋 良太郎 303
高峯 離葉 304
滝口 修造 307
多胡 羊歯 315
千原 草之 331
中条 雅二 331
寺崎 玄兎 342
中島 杏子 363
仲俣 新一 371
中山 輝 378
鍋谷 慎人 380
野村 玉枝 396
橋本 花風 399
稗田 菫平 418
福永 鳴風 433
藤田 直友 438
藤平 芳雄 439
船平 晩紅 442
古沢 太穂 443
辺見 じゅん 444
方等 みゆき 445
堀田 善衛 450
正田 涼園子 459
松原 地蔵尊 467
松原 敏 467
三浦 孝之助 475
水橋 晋 481
宮 英子 487
宮崎 健三 489
宮崎 重作 489
本岡 歌子 504
森 清松 507
森田 和夫 509
八木 偲月女 513
柳瀬 留治 518
山田 月家 528
吉浦 豊久 542
吉川 道子 544
吉沢 卯一 544
渡辺 順三 558

【石川県】

相川 やす志 3
青山 ゆき路 7
浅井 あい 12
浅野 晃 13
浅野 敏夫 14
飴山 実 22
井上 雪 65
今川 乱魚 69
岡田 蒴子 114
岡部 文夫 116
小竹 由岐子 127
尾山 篤二郎 131
開発 秋酔 132
勝尾 艸央 140
勝木 新二 140
金戸 夏楼 151
上川 幸作 154
上山 如山 154
河北 斜陽 157
川西 白柿 162
木沢 光捷 169
熊谷 優利枝 192
蔵 月明 193
蔵 巨水 193
黒田 桜の園 198
小谷 舜花 209
佐野 丶石 241
島田 逸山 255
支路遺 耕治 267
杉原 竹女 272
高島 筍雄 295
高橋 玄一郎 299
千葉 龍 330
津田 嘉信 336
坪野 哲久 340
冨田 みのる 352
内藤 まさを 356
長沢 美津 362
中西 悟堂 367
中西 舗土 368
中村 笙川 374
中本 恕堂 377
中山 純子 378
西村 一平 386
西村 公鳳 387
新田 祐久 389
野村 喜舟 395
橋 閒石 398
浜田 知章 409
林 徹 412
広津 里香 427
福岡 竜雄 429
福田 陸太郎 431
福中 都生子 433
不破 幸夫 444
堀内 助三郎 451
松谷 繁次 466
松原 敏 467
松本 三余 469
三浦 美知子 476
三島 素耳 478
密田 靖夫 483
南 典二 485
宮崎 孝政 490
宮本 善一 493
室生 犀星 503
室生 とみ子 504
山崎 美白 525
山下 寿美 526
山田 良行 531
山本 歩禅 536
山本 道生 536
横谷 清芳 540
横山 仁子 541
米山 久 553
渡辺 於兎男 558

【福井県】

青木 此君楼 5
青柳 菁々 6
石川 銀栄子 41
伊与 幽峰 70
大橋 敦子 107
岡山 六月市 118
潟岡 路人 139
片山 雲雀 140
木村 捨録 180
桑原 武夫 199
光部 美千代 205
後藤 安弘 212
西塔 松月 223
嵯峨 柚子 226
酒井 ひろし 226
酒井 広治 226
阪本 越郎 229
狭山 信乃 242
沢本 知水 245
瀬戸 白魚子 287
高見 順 304
竹中 皆二 313
多田 裕計 317
田原 古巌 326
坪内 美佐尾 339

東条 源四郎 346
土蔵 培人 349
戸田 禾年 349
長江 道太郎 359
中谷 朔風 367
中野 重治 369
中野 鈴子 370
能村 潔 395
畠中 哲夫 404
浜口 国雄 409
林 みち子 412
林 光雄 412
林原 耒井 413
平沢 貞二郎 424
広部 英一 427
深谷 光重 429
藤井 清 434
藤原 定 440
本多 静江 453
本多 柳芳 453
松崎 豊 464
松田 福枝 465
松村 茂平 469
南 信雄 485
皆吉 爽雨 485
宮崎 安右衛門 490
山田 碧江 530
山本 和夫 534
山本 嵯迷 534
吉田 正俊 547

【山梨県】

青柳 瑞穂 7
秋山 秋紅蓼 11
渥美 芙峰 17
飯田 蛇笏 32
飯田 龍太 33
石原 舟月 46
石原 次郎 47
石原 八束 47
一瀬 稔 53
井上 史葉 63
井上 たか子 63
今井 白水 67
今井 湖峯子 68
上野 久雄 79
大石 逸策 95
大村 主計 109
尾沢 紀明 124
小野 昌繁 129
加賀美 子麓 133
加藤 楸邨 143
小石沢 克已 201
河野 友人 205
小島 花枝 207
小林 きそく 213
小林 周義 214
小林 波留 215
古明地 実 217
坂本 篤 229
佐野 四郎 241
清水 賢一 259
清水 八束 261
関 水華 285
曽根崎 保太郎 289
高室 呉龍 305
武井 久雄 310
田中 鬼骨 320
丹沢 豊子 329
塚原 麦生 332
筒井 義明 337
堤 高嶺 338
堤 俳一佳 338
鶴田 栄秋 340
土橋 治重 350
中込 純次 362
羽田 岳水 403
原 三千代 415
東山 圭 418
福田 甲子雄 430
藤井 樹郎 434
保坂 耕人 445
細田 寿郎 449
松原 敏 467
三沢 たき 477
村松 喜恵子 502
山岡 直子 520
山崎 方代 525
山本 寛太 534
山本 紅童 534
依田 由基人 551
渡辺 朝次 557

【長野県】

青木 敏彦 6
浅田 雅一 13
浅原 六朗 15
阿部 十三 19
新井 章 23
荒井 孝 24
有賀 辰見 27
飯島 宗一 31
飯島 正治 31
井内 勇 33
池上 樵人 36
石曽根 民郎 44
市村 迯水居 54
井出 一太郎 54
伊東 悦子 55
伊藤 梧桐 56
稲垣 陶石 60
岩崎 睦夫 73
岩波 香代子 74
臼田 亜浪 83
内川 幸雄 83
大島 博光 99
太田 雅峯 100
太田 青丘 100
太田 水穂 101
岡 みゆき 110
岡村 民 116
岡村 二一 116
小口 幹翁 121
小沢 仙竹 124
小田 英 126
小原 俊一 130
片桐 顕智 139
金井 有為郎 148
金子 金治郎 150
神林 信一 166
菊池 光彩波 168
喜多 牧夫 173
清沢 清志 182
清原 日出夫 183
金原 省吾 183
窪田 空穂 189
久保田 不二子 191
久保田 正文 191
熊坂 年成 192
栗生 純夫 194
栗林 一石路 195
黒木 野雨 197
小出 きよみ 202
小出 ふみ子 202
小井土 公梨 202
小岩井 隴人 202
小島 啓司 208
小林 侠子 213
小林 郊人 213
五味 保義 216
坂戸 淳夫 228
桜井 青路 231
佐藤 一夫 235
佐藤 眉峰 238
四賀 光子 246
渋沢 孝輔 252
島崎 和夫 255
島崎 光正 255
島田 敏子 256
清水 昇子 259
清水 水車 259
清水 清山 259
清水 千代 260
鈴木 石夫 276
住吉 青秋 284
関川 喜八郎 286
瀬在 苹果 287
瀬戸 青天城 287
相馬 遷子 289
相馬 信子 289
田井 安曇 290
高仲 不墨子 297
高橋 玄一郎 299
高橋 素水 301
高橋 渡 303
田川 速水 306
滝沢 伊代次 308
滝沢 秋暁 308
武井 京 309
武田 太郎 312
武村 志保 314
立木 大泉 318
龍野 咲人 318
田中 芥子 320
田中 茂哉 321
千曲 山人 330
塚原 巨矢 332
土屋 克夫 336
土屋 二三男 336
堤 高嶺 338
東城 士郎 346
東条 素香 346
東福寺 薫 346
轟 蘆火 349
殿内 芳樹 350
鳥羽 とほる 350
富岡 犀川 351
長沢 ふさ 362
中原 忍冬 371
中村 柊花 373
新倉 美紀子 383
西山 冬青 388
根津 蘆丈 391
野村 冬陽 396
橋爪 健 398
橋本 比禎子 400
羽根田 薫風 408
林 鵞水城 410
林 翔 411
林 安一 412
日夏 耿之介 421
平出 吾邦 424
福沢 武一 430
福本 木犀子 433
藤沢 古実 436
藤森 朋夫 440
藤森 秀夫 440
冬野 清張 442
細川 基 448
正木 不如丘 459
松尾 あつゆき 462
丸山 忠治 474
丸山 良治 475
水野 源三 480

溝部 節子 481
三石 勝五郎 482
峯村 国一 486
峯村 英薫 486
宮原 阿つ子 493
宮脇 臻之介 494
武川 忠一 496
武良 山生 497
村松 友次 502
森野 ゆり 511
森山 一 512
山上 ヽ泉 521
山田 蒲公英 530
山村 湖四郎 533
山室 静 533
吉沢 一葎 544
若山 喜志子 555
若山 旅人 555

【岐阜県】
安立 恭彦 17
天岡 宇津彦 21
石田 漣 45
石原 三起子 47
伊藤 あかね 55
伊藤 勝行 55
伊藤 嘉夫 59
乾 涼月 62
伊吹 夏生 67
今西 久穂 70
上田 都史 78
上窪 清 88
大塚 白菊 103
大野 万木 106
大脇 月甫 110
小川 双々子 119
長田 等 123
小瀬 洋喜 125
落合 実子 127
斧田 千晴 129
各務 於菟 133
加藤 郁乎 142
加藤 水万 144
加藤 岳雄 146
可児 敏明 149
金子 青銅 150
川出 宇人 157
河田 忠 161
北川 想子 173
北原 政吉 176
木戸 白鳥子 177
黒川 路子 197
桑島 あい 198
小池 亮夫 201
小池 次陶 201
小瀬 渺美 209
小林 麦洋 215
小森 行々子 217
近藤 東 218
沢田 早苗 244
沢田 蘆月 244
篠田 長汀 249
篠田 一士 249
志摩 聡 254
清水 汪夕 258
薄 多久雄 278
高島 征夫 295
高橋 啓秋 299
高橋 千之 301
滝井 折柴 307
田口 省悟 309
田口 由美 309
田中 光峰 320
田中 令三 323
塚腰 杜尚 332
遠山 繁夫 347
冨長 蝶如 352
内藤 吐天 356
永井 博文 358
長尾 和男 359
成田 敦 381
成瀬 桜桃子 381
野原 水嶺 394
長谷川 双魚 402
長谷川 朝風 402
浜口 忍翁 409
早崎 明 410
尾藤 静風 420
日向 あき子 422
平光 善久 426
福戸 国人 432
松井 利彦 462
真鍋 美恵子 473
水野 吐紫 480
光永 峡関 483
宮川 鶴杜子 488
村上 美枝 499
村瀬 さつき女 500
森 有一 509
安江 緑翠 515
柳田 知常 517
柳瀬 茂樹 518
山田 賢二 528
吉田 冬葉 546
渡辺 倫太 561

【静岡県】
明石 洋子 8
県 多須良 8
赤堀 碧露 9
渥美 実 17
阿部 英雄 20
石垣 りん 41
石原 吉郎 47
井上 靖 65
今井 久子 68
岩崎 豊市 73
岩田 笑酔 74
岩永 三女 74
植田 重雄 77
榎田 柳葉女 91
大井 康暢 95
大岡 博 96
大沢 ひろし 98
大須賀 魚師 99
大畑 専 108
小笠原 龍人 112
小川 アンナ 118
沖 青魚 120
長田 恒雄 123
小田 弘 126
落合 京太郎 127
勝田 香月 141
勝又 一透 141
加藤 省吾 144
加藤 草杖 144
加藤 まさを 146
金井 秋彦 147
金井 広 148
神谷 久枝 154
川越 蒼生 159
木部 蒼果 179
清部 千鶴子 183
吉良 任市 183
国谷 喜美子 188
窪川 鶴次郎 189
車谷 弘 196
桑原 立生 200
児山 敬一 217
笹本 正樹 234
佐藤 砂地夫 236
佐藤 脩一 237
佐野 蒼魚 241
佐野 岳夫 241
柴田 清風居 250
島村 久 257
下川 儀太郎 261
菅沼 五十一 269
杉原 幸子 272
杉本 三木雄 273
杉山 市五郎 274
杉山 岳陽 274
杉山 葱子 274
杉山 十四男 274
鈴木 晶 276
鈴木 しげを 277
鈴木 只夫 279
鈴木 保彦 282
園部 雨汀 290
高野 寒甫 297
高橋 喜久晴 298
高橋 奇子 299
滝 仙杖 307
竹岡 範男 311
田中 波月 322
長沢 一作 362
長島 蠣 364
中村 清四郎 374
中村 苑子 374
中村 やよい 376
中山 秋夫 377
野木 径草 392
野田 詠子 393
野村 清 395
榛原 駿吉 397
萩原 麦草 397
長谷川 銀作 401
花井 千穂 406
英 美子 407
林田 恒利 413
原田 浜人 417
藤波 銀影 438
二俣 沈魚子 441
古橋 千江子 444
逸見 茶風 444
茫 博 445
穂積 忠 448
堀池 郁男 450
増田 達治 460
町田 志津子 461
水上 正直 478
水城 孝 478
溝口 章 481
三井 菁一 482
宮城 白路 488
宮田 美乃里 492
村尾 香苗 498
村越 化石 500
本宮 鼎三 505
森 笑山 507
矢嶋 歓一 514
山内 方舟 520
山口 華村 522
山路 閑古 526
山下 碧水 527
百合山 羽公 539
吉岡 富士洞 543
吉川 清江 543
吉田 鴻司 545
若山 いく子 555
若山 旅人 555
若山 富士人 555
渡辺 堂匠 559
渡辺 白水 559

【愛知県】
青木 穠子 5
浅野 右橘 14
浅野 梨郷 14
荒川 同楽 25
安藤 香風 29
安藤 美保 30
飯島 宗一 31
猪口 節子 35
池原 錬昌 39
伊沢 秋家 39
石 昌子 39
市橋 鐸 53
一見 幸次 54
伊藤 啓山人 56
伊藤 正斉 56
伊藤 毬江 59
稲垣 法城子 60
稲垣 瑞雄 60
稲葉 真弓 61
稲吉 楠甫 61
井上 淑子 63
今泉 宇涯 68
今西 久穂 70
岩泉 晶夫 71
岩瀬 正雄 73
臼田 九星 83
歌見 誠一 83
内山 寒雨 85
江口 季雄 90
大鹿 卓 98
大島 蘇東 99
太田 鴻村 100
太田 浩 101
大野 紫陽 105
岡田 耿陽 113
落合 典子 127
小原 牧水 130
小原 渉 130
影山 正治 135
梶浦 正之 137
春日井 建 138
春日井 瀇 138
加藤 今四郎 142
加藤 燕雨 142
加藤 かけい 143
加藤 康人 143
加藤 鎮司 145
加藤 春彦 145
加藤 久雄 145
加藤 芳雪 145
加藤 将之 146
加藤 守雄 146
金子 光晴 151
兼松 蘇南 151
神谷 瓦人 154
河合 恒治 156
河合 俊郎 156
河口 信一郎 158
岸 霜蔭 170
岸 政男 170
木曽 晴之 172
衣川 砂生 178
熊谷 武至 192
熊沢 正一 192
黒川 巳喜 196
鯉江 一童子 201
高阪 薫生 203
小島 昌勝 208
小島 禄琅 208
児玉 輝代 210
小林 春水 214
小林 素三郎 215
小山 南史 218
近藤 巨松 219
坂口 春潮 227
桜井 増雄 232
桜木 俊晃 232
佐藤 一英 234
佐藤 兎庸 237
沢田 緑生 244
塩川 三保子 246
篠崎 之浪 248
志水 圭志 259
志水 賢太郎 259
白井 麦生 266
杉 敦夫 270
杉浦 伊作 270
杉浦 明平 270
杉浦 冷石 271
鈴木 飛鳥女 276
鈴木 煙浪 276
鈴木 穀雨 277
鈴木 孝 278
鈴木 半風子 280
鈴木 ゆりほ 282
須知 立子 282
千賀 一鵠 287
高木 蒼梧 293
高木 斐瑳雄 293
高木 餅花 293
高橋 克郎 298
高橋 荘吉 300
高屋 窓秋 306
滝 峻石 307
竹内 温 310
武田 年弘 312
田中 収 319
田中 規久雄 320
田中 三水 321
都筑 省吾 335
富田 潮児 352
富安 風生 353
伴野 龍 354
永井 陽子 358
永坂 田津子 362
中野 嘉一 368
中村 若沙 373
中山 伸 378
名倉 八重子 379
成瀬 正俊 382
成瀬 有 382
野場 鉱太郎 394
野間 郁史 394
長谷川 良市 402
服部 翠生 405
服部 担風 406
浜田 美泉 409
早瀬 信夫 414
春山 行夫 417
久松 潜一 420
広瀬 一朗 426
堀田 稔 450
堀 古蝶 450
牧野 まこと 458
松原 三夫 468
丸山 薫 474
三浦 紀水 475
水谷 晴光 480
水野 波陣洞 480
三田 澪人 481
御津 磯夫 484
三輪 青舟 495
安楽岡 萍川 516
柳本 城西 517
山口 風車 524
山碕 多比良 525
山田 賢二 528
山田 麗眺子 531
山中 智恵子 531
山中 散生 532
山本 悍右 534
山本 詩翠 534
山本 千之 535
吉永 素乃 547
吉野 鉦二 548
吉村 草閣 549

【三重県】
赤堀 秋荷 9
浅野 英治 14
天春 梧堂 21
天春 又春 21
有馬 籌子 27
伊藤 明雄 55
伊藤 韃平 57
今岡 晃久 69
今村 泗水 70
岩井 愁子 71
磐城 菩提子 72
岩津 資雄 74
岩本 修蔵 75
植地 芳煌 76
内田 歳也 84
内田 南草 84
生方 たつゑ 86
岡井 省二 111
岡田 嘻太雄 113
岡本 師走 117
奥田 博之 121
奥野 曼荼羅 122
奥山 甲子男 122
片山 邁 140
葛山 たけし 142
川口 常孝 158
川崎 克 159
菊山 当年男 169
岸本 水府 172
北住 敏夫 174
北園 克衛 174
木戸口 金襖子 178
久須 耕造 186
倉田 行人子 193
黒部 草波 198
小崎 夏宵 206
小西 甚一 212
近藤 忠 220
阪口 保 227
桜井 天留子 232
佐佐木 信綱 233
塩田 紅果 246
柴生田 稔 252
嶋田 洋一 256
清水 乙女 258
清水 正一 259
角 鷗東 283
高田 三坊子 296
高橋 沐石 302
田上 石情 304
田中 七草 321
田中 不及 322
田丸 夢学 327
柘植 芳朗 334
戸川 晴子 347
富田 住子 351
冨山 俊雄 353
豊田 次雄 354
中井 正義 358
中川 鼓朗 360
中田 重夫 365
仲西 白渓 368
中野 杉生人 369
中村 古松 373
錦 米次郎 385

西本 秋夫 387
橋本 鶏二 399
八田 木枯 405
服部 大渓 405
土生 暁帝 408
日美 井雪 422
広岡 可村 426
福森 柊園 433
藤波 孝堂 438
前川 知賢 454
増田 恵美子 460
増田 八風 460
水谷 一楓 479
水谷 春江 480
水谷 福堂 480
宮地 数千木 492
向井 太圭司 495
村上 賢三 498
村上 耕雨 499
森 三重雄 508
森 三千代 508
横瀬 末数 540
吉川 陽子 544
米住 小丘子 552
渡瀬 満茂留 557
渡辺 みかげ 561

【滋賀県】
飯田 棹水 32
一円 黒石 52
伊藤 雪雄 59
犬飼 志げの 62
井上 多喜三郎 64
大野 新 105
大橋 桜坡子 107
大橋 宵火 107
北川 絢一朗 173
北川 冬彦 173
木俣 修 179
草野 鳴嵒 185
小林 英三郎 213
小林 英俊 213
下村 和子 262
瀬川 芹子 285
関戸 靖子 286
竹村 文一 314
塚本 邦雄 332
富永 貢 352
中村 翠湖 374
中村 正子 376
中村 柳風 376
那須 乙郎 379
西村 燕々 387
野田 理一 393
野村 泰三 396
橋詰 沙尋 398
藤居 教恵 434
藤谷 多喜雄 438
藤本 映湖 440
保木 春翠 445
細川 雄太郎 448
松村 蒼石 468
宮崎 信義 490
宮田 思洋 491
宮本 鈴 493
室積 徂春 504
山村 金三郎 532
山本 古瓢 534
山本 広治 536
米田 登 552

【京都府】
赤石 茂 7
浅賀 渡洋 13
浅野 純一 14
天野 忠 21
荒木 久典 25
荒木 利夫 25
有馬 いさお 27
粟津 松彩子 28
安立 スハル 30
飯島 晴子 31
石川 魚子 41
磯野 莞人 51
稲垣 足穂 60
井ノ本 勇象 66
伊良子 正 71
上田 都史 78
上田 穆 78
植村 武 81
臼井 喜之介 82
江口 喜一 89
大江 真一路 96
大家 増三 109
岡田 平安堂 114
岡本 大夢 117
奥田 白虎 121
織野 健一 131
鍵岡 勉 134
景山 筍吉 135
桂 樟蹊子 141
加藤 克巳 143
川口 汐子 158
川辺 止水 163
菊地 良江 169
木島 始 172
北 山河 173
北川 わさ子 174
北島 瑠璃子 174
木村 葉津 180
日下部 正治 184
草村 素子 185
久米 はじめ 192
黒瀬 勝巳 197
敬天 牧童 200
河野 仁昭 204
小寺 比出子 210
小中 英之 212
佐藤 杏雨 235
猿橋 統流子 243
城米 彦造 265
杉本 寛 273
杉本 北柿 273
鈴鹿 俊子 275
鈴鹿 野風呂 275
駿河 白灯 284
そや・やすこ 290
高木 智 292
高松 光代 304
竹内 一笑 310
竹村 文一 314
田畑 比古 325
玉置 保巳 327
長 光太 331
豊田 都峰 354
永井 由清 359
中西 二月堂 368
中本 紫公 376
南江 治郎 382
南日 耿平 383
西野 信明 386
西野 理郎 386
西村 尚 387
西山 禎一 388
野尻 遊星 392
野田 節子 393
野村 花鐘 395
畑中 不来坊 404
浜 明史 408
早川 亮 410
平中 歳子 424
福永 清造 432
藤浦 洸 435
藤沢 典子 436
前川 むー 454
前野 博 456
前原 弘 457
松尾 いはほ 462
松尾 ふみを 463
松本 真一郎 469
丸山 海道 473
三品 千鶴 477
宮城 亜亭 488
村山 一棹 502
村山 葵郷 502
村山 古郷 502
毛呂 清春 513
山口 誓子 522
山口 俊雄 523
山田 清三郎 528
吉井 勇 542
吉田 蛙石 544
和田 周三 557
和智 美佐枝 561

【大阪府】
青木 俊夫 6
赤石 信久 7
明石 長谷雄 8
朝倉 和江 13
浅野 正 14
足立 公平 16
有田 静昭 26
飯尾 峭木 30
池田 芳生 38
井沢 唯夫 39
石川 経子 42
石川 道雄 43
石栗 としお 43
石原 万戸 48
泉 幸吉 49
泉 比呂史 49
石上 露子 51
稲垣 足穂 60
井上 草加江 63
井上 俊夫 64
茨木 のり子 66
井本 木綿子 70
岩井 三窓 71
岩鼻 笠亥 74
上田 静栄 77
植原 抱芽 80
上藤 京子 80
植松 文子 80
宇佐見 英治 81
江戸 さい子 91
大野 梢子 105
大橋 嶺夫 108
大村 呉楼 109
大山 広光 110
岡本 圭岳 116
岡本 差知子 117
岡本 春人 117
奥 美智子 120
奥田 一峯 121
小野 十三郎 128
香川 修一 133
梶川 雄次郎 137
桂 信子 141
加藤 順三 144
加藤 菲魯子 145
金沢 種美 148
亀山 恭太 155
河井 酔茗 156

神田 南畝　165
喜志 邦三　169
岸本 吟一　172
君本 昌久　179
楠本 憲吉　186
河野 春三　204
小金 まさ魚　205
小島 梅雨　207
小谷 心太郎　209
小寺 正三　210
後藤 綾子　210
後藤 夜半　212
小春 久一郎　215
斎藤 祥郎　223
阪田 寛夫　228
柴谷 武之祐　251
島田 陽子　256
島本 久恵　257
下田 実花　262
下村 槐太　262
釈 迢空　263
白井 青野　265
新家 杏香　267
杉本 雷造　274
鈴木 六林男　281
住田 栄次郎　284
角田 拾翠　284
曽谷 素也　289
高木 青二郎　292
高木 善胤　293
高橋 延児　298
高安 国世　306
竹腰 八柏　311
武田 無涯子　312
竹田 琅玕　312
竹中 九十九樹　313
竹中 碧水史　313
辰巳 秋冬　318
立岩 利夫　319
田中 克己　320
田中 菅子　321
田中 裕明　322
田中 茗児　322
田中 螺石　323
谷口 小糸　325
谷野 予志　325
田畑 美穂女　325
玉木 愛子　326
民井 とほる　327
辻野 準一　335
辻本 斐山　335
都築 益世　335
ツネコ　338
津根元 潮　339
津村 草吉　340
寺本 知　343
寺元 岑詩　343
峠 三吉　345
徳永 夏川女　348
戸田 禾年　349
奈加 敬三　357
中川 石野　361
中川 未央　361
西垣 脩　384
西村 白雲郷　387
西本 一都　388
西矢 籟史　388
西山 寿　388
根来 塔外　390
野村 慧二　395
橋川 敏孝　398
長谷川 草々　402
土生 重次　408
浜坂 星々　409
林 信一　412
原 柯城　414
原 コウ子　414
東川 紀志男　418
東淵 修　418
日野 晏子　422
広瀬 反省　427
広瀬 ひろし　427
福島 閑子　430
藤川 幸助　435
藤田 あけ烏　437
藤田 福夫　438
藤田 露紅　438
藤林 山人　439
伏見 契草　439
藤本 草四郎　440
冬野 虹　442
細川 蛍火　448
堀田 ひさ江　450
前田 正治　456
牧 羊子　458
牧野 文子　458
桝岡 泊露　460
松田 みさ子　465
見市 六冬　475
水口 洋治　479
水野 蓮江　480
三井 葉子　482
宮井 港青　487
宮崎 東明　490
宮前 蕗青　493
明珍 昇　494
三好 潤子　495
三好 達治　495
六車 井耳　496
宗田 千燈　497
村岡 空　498
村上 新太郎　499
村野 芝石　501
物種 鴻両　505
森 恒生　507
森川 暁水　509
森田 峠　510
森田 透石　510
森脇 善夫　512
八木 摩天郎　513
八木 三日女　513
矢沢 孝子　514
矢野 蓬矢　519
山上 樹実雄　520
山口 一秋　521
山口 草堂　523
山口 超心鬼　523
山口 白甫　523
山口 波津女　524
山崎 雪子　525
山田 千城　529
山田 不染　529
山本 いさ翁　533
行沢 雨晴　539
湯室 月村　539
吉井 莫生　542
吉田 忠一　546
吉村 英夫　549
米沢 弓雄　551
米満 英男　552
六本 和子　554
若浜 汐子　554

【兵庫県】

相生垣 瓜人　3
相生垣 秋津　3
赤井 淳子　7
赤尾 兜子　7
足立 重刀士　17
天野 隆一　22
有本 芳水　27
有本 銘仙　27
安藤 まどか　29
五百旗頭 欣一　34
五十嵐 播水　34
泉 とし　49
和泉 風光子　49
伊勢田 史郎　50
伊丹 公子　52
井上 杉香　63
井上 美子　65
岩木 躑躅　72
岩淵 欽哉　75
上田 英夫　78
上田 三四二　78
植村 銀歩　80
内田 園生　84
内海 繁　86
内海 泡沫　86
江川 虹村　89
榎本 栄一　91
大星 たかし　108
岡田 徳次郎　114
岡田 利兵衛　115
岡部 桂一郎　115
岡本 富子　117
奥田 雀草　121
遠地 輝武　132
上代 皓三　137
片山 花御史　139
加藤 三七子　146
金田 弘　149
亀井 糸游　155
河合 照子　156
川口 汐子　158
川口 敏男　158
川口 登　158
岸上 大作　170
北野 平八　175
北村 青吉　176
北村 南朝　177
木村 栄次　179
久下 史石　183
久坂 葉子　184
倉地 与年子　194
倉橋 弘躬　194
上月 乙彦　203
河野 閑子　203
河野 慎吾　204
後藤 安彦　211
ことり　212
小林 武雄　214
小布施 江緋子　215
近藤 忠義　220
坂本 明子　229
坂本 遼　230
貞弘 衛　234
猿丸 元　243
沢井 我来　243
繁延 いぶし　247
柴田 白葉女　251
示日 止三　251
嶋田 峰生　256
下村 和子　262
白井 真貫　266
杉田 鶴子　271
相本 紋太　273
杉山 平一　274
鈴木 信夫　279
隅田 葉吉　284
摂津 幸彦　287
醍醐 志万子　291
高嶋 健一　294
高瀬 隆和　295

高橋 淡路女 298
高浜 天我 303
竹田 凍光 312
竹中 郁 313
只野 幸雄 317
谷 迪子 324
玉出 雁梓幸 326
千種 ミチ 330
寺井 文子 342
飛松 実 350
豊永 ひさゑ 355
豊増 幸子 355
中島 双風 363
中嶋 信太郎 364
永田 耕衣 365
中台 泰史 366
中村 隆 375
中村 忠二 375
縄田 林蔵 382
西尾 桃支 384
西山 小鼓子 388
ぬやま・ひろし 390
能登 秀夫 393
野間 宏 394
橋詰 沙尋 398
橋本 風車 400
初井 しづ枝 405
服部 嵐翠 406
馬場 邦夫 408
浜田 陽子 409
林 秀子 412
原条 あき子 416
引野 收 419
髭野 無々 419
広瀬 操吉 427
深尾 須磨子 428
福井 圭児 429
福島 直球 430
福田 晴介 431
藤島 宇内 436
藤本 安騎生 440
藤本 新松子 440
藤原 東川 441
二松 葦水 441
細見 綾子 449
細見 しゅこう 449
堀 葦男 450
前川 緑 454
前田 律子 456
町垣 鳴海 461
松本 利昭 470
馬淵 美意子 473
丸山 修三 474
三浦 恒礼子 476
三木 露風 477
港野 喜代子 484
村山 道雄 503
室賀 杜桂 504
森 澄雄 507
森 楢栄 508
森口 茶山 509
守田 椰子夫 510
矢沢 孝子 514
安田 章生 515
安田 青風 515
山口 茂吉 524
山崎 剛平 524
山田 弘子 529
大和 雨春 531
山本 格郎 533
山本 武雄 535
山本 牧彦 536
米口 実 551
和田 英子 556
和田 悟朗 556

【奈良県】

阿波野 青畝 28
安西 冬衛 28
池田 克己 36
石井 桐陰 40
磯部 国子 51
稲葉 直 61
今岡 碧露 69
岩垣 子鹿 72
植田 青風子 77
植村 諦 80
上村 孫作 81
右原 厖 86
浦野 芳南 88
大元 清二郎 109
大屋 棋司 109
丘本 風彦 116
鍵岡 正礒 134
片岡 つとむ 139
川北 憲央 158
川瀬 一貫 161
北中 日輪男 175
小山 都址 218
佐川 英三 230
島本 正斉 257
清水 信 259
清水 恒子 260
関 圭草 285
岨 静児 290
高橋 英子 302
辰巳 利文 318
津田 清子 335
寺尾 道元 342
富田 ゆかり 352
中川 静村 361
中川 浩文 361
中島 栄一 363
中台 泰史 366
中谷 寛章 367
中村 三山 373
中村 草哉 374
丹生石 隆司 384
西川 林之助 385
野長瀬 正夫 393
畑崎 果実 404
深井 いづみ 428
藤岡 玉骨 435
藤本 安騎生 440
藤本 阿南 440
古屋 秀雄 444
堀内 薫 451
堀内 民一 451
前 登志夫 454
前川 佐美雄 454
前川 菁道 454
増田 晴天楼 460
松井 青雨 462
松下 昇 465
松村 又一 468
丸山 佳子 475
水口 孤雁 479
宮口 笛生 488
森 一郎 506
森川 芳一 509
安江 不空 515
山岸 澄子 521
山口 峰玉 524
山村 公治 532
吉田 好太 545
吉田 草風 546
愿山 紫乃 550
米田 雄郎 552
和田 悟朗 556

【和歌山県】

石橋 槐子 46
井関 冬人 50
乾 裕幸 62
今井 風狂子 68
上山 英三 81
榎本 冬一郎 92
岡田 有年女 112
岡田 鯨洋 113
岡本 無漏子 118
奥 栄一 120
加田 貞夫 138
仮屋 安吉 155
河合 木孫 157
木佐森 流水 169
喜多幅 寿郎 176
木下 美代子 178
栗山 渓村 196
河野 繁子 204
小崎 碇之介 206
小佐田 哲男 207
小谷 薫風 209
佐藤 春夫 238
嶋 杏林子 253
嶋西 うたた 257
下村 海南 262
城 佑三 264
関 久子 285
高橋 金窗 299
高橋 藍川 302
高松 文樹 304
田木 繁 307
田林 義信 325
玉置 保巳 327
田村 木国 328
檀上 春清 329
土田 杏仙 336
土橋 義信 336
土山 紫牛 337
露木 陽子 340
出口 舒規 341
外山 卯三郎 354
豊田 まこと 354
長井 貝泡 358
中村 知秋 375
鳴戸 海峡 382
浜中 柑児 410
林 善衛 413
平畑 静塔 425
平松 竈馬 426
福本 鯨洋 433
淵田 寛一 441
松本 豊 471
水口 千杖 479
三星 山彦 483
藪本 三牛子 520
山中 不艸 532
山本 柑子 534
吉田 隆雄 546

【鳥取県】

天野 松峨 21
綾女 正雄 23
池原 魚眠洞 38
池本 利美 39
石原 雁子 46
石原 伯峯 47
伊福部 隆輝 67
今井 康子 68
恩地 淳一 132
岸田 隆 171
木村 蕪城 180
京極 杜藻 182
楠本 信子 187

栗原 潔子 195
佐伯 仁三郎 225
佐竹 弥生 234
末次 雨城 268
鈴間 斗史 282
田熊 健 309
谷口 雲崖 325
千賀 浩一 329
津村 典見 340
中本 幸子 376
野村 牛耳 395
則武 三雄 396
浜田 十四郎 409
原 通 415
松原 文子 467
松本 光生 469
松本 穣葉子 469
宮本 白土 494
向山 隆峰 496
山下 清三 526
山室 静 533
山本 嘉将 533
山本 肇 536

【島根県】
浅井 喜多治 12
安部 宙之介 19
天野 宗軒 21
荒木 古川 25
石川 白湫 42
石川 まき子 42
泉田 秋硯 48
伊東 放春 59
伊藤 孟峰 59
岩本 六宿 75
岩谷 孔雀 75
梅本 弥生 88
遠所 佐太夫 93
大谷 従二 110
岡 より子 111
岡崎 澄衛 111
岡田 銀渓 113
尾添 静由 126
金森 柑子 149
神庭 松華子 166
北垣 一柿 173
栗間 耿史 196
桑原 視草 199
佐川 雨人 230
柴田 午朗 250
葉 紀甫 268
曽田 勝 289
田室 澄江 328
富田 野守 352
永海 兼人 359
中尾 彰 359
中田 みづほ 366
能美 丹詠 391
野上 久人 391
原 石鼎 415
福島 小蕾 430
藤原 杏池 439
細木 芒角星 448
本庄 快哉 452
前田 圭史 455
宮田 隆 491
宮本 由太加 494
森岡 貞香 509
矢野 絢 518
山崎 寥村 525
吉田 靖治 546
鷲野 蘭生 556

【岡山県】
青野 竹紫 6
赤木 公平 8
赤松 月船 9
秋山 巳之流 12
芦田 高子 15
東 早苗 15
阿藤 伯海 17
阿部 良雄 21
有本 芳水 27
安東 次男 29
飯島 耕一 31
石倉 啓補 43
石原 春嶺 47
磯江 朝子 50
井手 逸郎 54
犬丸 秀雄 62
岩佐 静堂 72
上野 晴夫 79
宇佐見 蘇骸 81
内田 百閒 84
大岩 徳二 95
大山 澄太 110
岡野 直七郎 115
岡本 高明 117
尾上 柴舟 129
笠井 栖乙 136
梶井 枯骨 137
桂 歌之助 141
金光 洋一郎 149
川口 汐子 158
川崎 展宏 159
川本 臥風 165
岸 風三楼 170
木山 捷平 181
児仁井 しどみ 212
紺屋 畯作 221
西東 三鬼 222
坂田 苳子 227
坂本 明子 229
塩尻 青笳 246
清水 比庵 260
白石 哲 266
角南 星燈 283
住宅 顕信 284
高木 石子 293
鷹野 清子 297
竹本 白飛 315
田辺 正人 323
谷口 古杏 325
塘 柊風 338
寺尾 俊平 342
時実 新子 348
冨谷 春雷 353
中桐 雅夫 361
永瀬 清子 365
中村 耿人 372
長谷 岳 377
新田 千鶴子 389
服部 忠志 406
早瀬 譲 414
原田 譲二 416
人見 東明 421
平井 乙麿 423
平田 春一 424
平野 宣紀 425
平松 草山 426
平松 措大 426
福井 研介 429
前原 利男 456
槇本 楠郎 459
正富 汪洋 460
間野 捷魯 473
三沢 浩二 477
宗政 五十緒 497
森定 南楽 509
森本 之棗 511
森谷 均 511
守屋 青桐 512
矢野 峰人 519
山本 遺太郎 533
山本 悠水 537
湯本 喜作 539
吉塚 勤治 544
吉田 寸草 546
吉永 淡草 548
若林 南山 554

【広島県】
赤城 さかえ 8
赤松 蕙子 9
秋光 泉児 10
麻生 路郎 16
新井 豊美 24
石井 勉次郎 41
石原 沙人 46
出井 知恵子 48
市川 一男 52
今井 南風子 68
梅田 康人 88
江口 恭平 89
扇畑 忠雄 94
大岡 頌司 96
大木 惇夫 96
大成 竜雄 104
大原 三八雄 108
大平 数子 108
岡山 巌 118
小田 保 126
小田原 霞堂 127
海城 わたる 132
角 光雄 142
加藤 しげる 143
金石 淳彦 148
蒲池 由之 153
唐川 富夫 155
川崎 展宏 159
木下 夕爾 178
葛原 しげる 186
葛原 繁 186
栗原 貞子 195
黒田 三郎 198
桑田 青虎 199
近藤 芳美 220
坂井 徳三 226
阪口 穣治 227
坂本 泰堂 229
朔多 恭 231
佐藤 渓 236
島 匠介 253
正田 篠枝 265
菅生 沼畔 269
杉原 裕介 272
菅田 賢治 275
助信 保 275
須沢 天剣草 275
須磨 直俊 283
高藤 馬山人 296
高橋 潤 300
高橋 晩甘 301
高原 博 304
高山 雍子 306
多田 薙石 316
田中 喜四郎 320
田淵 十風子 326
長 光太 331
辻 淑子 334
綱田 酔雨 338
坪田 正夫 339
手塚 久子 342
峠 三吉 345

友竹 辰 353
豊田 清史 354
中津 泰人 367
中村 漁波林 372
中本 庄市 377
楢崎 泥華 380
野中 丈義 393
延平 いくと 394
長谷川 史郊 401
林 紫楊桐 412
林 徹 412
原 民喜 415
深川 宗俊 428
福田 恭子 431
藤井 艸眉子 434
藤井 亘 435
保坂 春苺 445
細川 謙三 448
前田 嵐窓 456
政田 岑生 459
松浦 桜貝子 462
松田 淑 466
松本 門次郎 471
三嶋 隆英 478
御庄 博実 478
道菅 三峡 482
光岡 一芽 482
宮脇 白夜 494
村上 可卿 498
村上 菊一郎 498
森田 良正 511
森脇 一夫 512
八木沢 光子 514
藪内 柴火 519
山下 陸奥 527
山本 真畝 536
湯木 風乃子 538
行広 清美 539
吉村 馬洗 549
米田 栄作 552
和田 敏子 557

【山口県】

赤松 蕙子 9
秋山 幹生 11
浅原 ちちろ 14
有馬 草々子 27
生田 蝶介 35
池田 可宵 36
磯村 英樹 51
井上 信子 64
井本 農一 70
植田 多喜子 77
上田 保 77
上田 敏雄 78
上野 さち子 79
江良 碧松 93
大中 祥生 104
大庭 華洋 106
尾崎 迷堂 123
加川 文一 134
河野 頼人 163
川村 虫民 164
岸 麻左 170
岸田 有弘 170
岸部 秋燈子 171
木下 友敬 178
木山 みさを 181
久芳 木陽子 188
倉重 鈴夢 193
桑原 圭介 199
今田 久 218
清水 昶 258
杉浦 舟山 270
杉村 聖林子 272
杉本 春生 273
田中 隆尚 323
近木 圭之介 329
筑網 臥年 329
鎮西 春江 331
手嶋 双峰 341
堂山 芳野人 346
富重 かずま 351
中川 薫 360
中川 宋淵 361
中野 陽路 370
西野 理郎 386
野上 萩泉 391
橋本 武子 400
波多野 晋平 404
原田 青児 416
福田 蓼汀 432
藤井 緑水 435
藤江 韮菁 435
槇 晧志 457
牧 ひでを 457
まど・みちお 472
御庄 博実 478
宮内 林童 487
宮本 道 493
村田 脩 500
室積 純夫 504
山田 具代 529
山中 鉄三 532
横山 白虹 541
吉永 素乃 547
渡辺 砂吐流 558

【徳島県】

生田 花世 35
市橋 友月 53
一原 九糸 53
井上 博 64
今枝 蝶人 69
上崎 暮潮 76
馬詰 柿木 87
大櫛 静波 97
太田 明 100
大西 柯葉 104
小野 ゑみ 128
河野 穣 162
桑原 三郎 199
桑本 春耀 200
河野 春草 204
斎藤 梅子 222
斎藤 祥郎 223
坂本 不二子 230
佐沢 波弦 234
佐沢 寛 234
佐野 まもる 241
志摩 直人 254
鈴江 幸太郎 275
瀬戸内 艶 287
高井 北杜 291
滝 佳杖 306
武原 はん女 313
武久 和世 314
富永 眉峰 352
長島 正雅 363
仲田 二青子 366
仁尾 正文 384
西川 青濤 385
野上 彰 391
橋本 夢道 400
浜川 宏 408
福田 白影 431
福田 基 431
富士 正晴 434
藤本 春秋子 440
冬園 節 442
古川 清彦 443
松浦 篤男 462
松村 ひさき 468
水谷 砕壺 479
宮下 歌梯 491
麦田 穣 496
村崎 凡人 500
山下 富美 527
吉田 宏 547
渡辺 昭 557

【香川県】

赤松 柳史 9
赤山 勇 9
秋山 幸野 12
荒木 暢夫 25
安藤 雅郎 29
石塚 郷花 44
和泉 風光子 49
稲葉 峯子 61
井上 正一 64
大西 静城 104
小野 蒙古風 129
香川 進 133
片岡 恒信 139
河西 新太郎 162
衣更着 信 169
久保井 信夫 189
桑島 玄二 199
桑原 志朗 199
香西 照雄 203
合田 丁字路 203
笹本 正樹 234
柴田 忠夫 250
島津 亮 255
鈴木 無肋 282
砂井 斗志男 283
田岡 雁来紅 291
竹内 邦雄 310
武内 利栄 310
月原 橙一郎 333
坪井 かね子 339
壺井 繁治 339
飛田 辛子 355
中河 幹子 361
南原 繁 383
西池 涼雨 384
橋本 住夫 399
樋笠 文 418
吹田 朝児 429
藤村 雅光 439
前田 伍健 455
松浦 篤男 462
松尾 春光 463
三木 アヤ 477
三木 朱城 477
水町 京子 481
南 ふじゑ 485

【愛媛県】

相原 まさを 4
池内 たけし 38
石井 登喜夫 40
石田 波郷 45
伊藤 竹外 58
稲荷 島人 61
今井 つる女 68
入江 湖舟 71
岩城 之徳 72
上原 白水 80
大江 昭太郎 95
大野 岬歩 105
大野 静 105
奥田 晴義 121

織田 枯山楼 126
小野 興二郎 128
小原 六六庵 130
加納 一郎 152
神尾 季羊 153
川口 淀村 158
木村 好子 181
国松 ゆたか 188
久保 斉 189
合田 遊月 203
河野 仁昭 204
坂村 真民 228
坂本 碧水 230
品川 柳之 248
品川 良夜 248
篠崎 圭介 248
篠原 梵 250
島上 礁波 254
上甲 平谷 264
白木 豊 266
鈴木 敏幸 280
高橋 新吉 300
高浜 虚子 303
武田 寅雄 312
田坂 光甫 315
立花 豊子 317
田中 極光 320
田辺 杜詩花 323
玉貫 寛 326
土居 南国城 344
土居 不可止 344
塔 和子 345
東野 大八 346
徳永 山冬子 348
徳永 民平 348
富沢 赤黄男 351
冨田 みのる 352
富田 狸通 352
長井 通保 357
永井 ふさ子 358
永井 叔 358
中川 きよし 360
仲川 幸男 361
中塚 たづ子 367
永野 孫柳 370
中野 立城 370
中村 草田男 372
中矢 荻風 377
中山 梟月 378
西岡 十四王 384
二宮 冬鳥 389
波止 影夫 398
林 桐人 412
兵頭 まもる 422
弘田 義定 427
深川 正一郎 428
堀内 雄之 451
前田 禅路 455
前原 東作 456
松岡 凡草 464
松岡 六花女 464
松根 東洋城 466
三浦 秋無草 476
南 るり女 485
三由 淡紅 495
村上 杏史 498
村上 甫水 499
室積 波那女 504
森 薫花壇 507
森 白象 508
森 三千代 508
柳原 極堂 517
矢野 聖峰 519
山上 次郎 521
山川 瑞明 521
山田 文鳥 530
吉田 速水 546
吉野 義子 549
米田 双葉子 552
和田 茂樹 556
渡部 抱朴子 560

【高知県】
秋沢 猛 9
秋沢 流火 10
伊丹 公子 52
乾 直恵 62
岩村 牙童 75
上田 秋夫 76
植田 かおる 76
右城 暮石 82
宇田 木瓜庵 83
大江 満雄 96
岡崎 筍林 111
岡崎 義恵 112
岡村 嵐舟 116
片岡 千歳 138
片岡 文雄 139
片山 敏彦 140
川田 朴子 161
北見 志保子 176
北村 泰章 176
清岡 卓行 182
楠瀬 兵五郎 186
国見 純生 188
小谷 可和意 209
小松 耕一郎 216
佐藤 いづみ 234
沢村 芳翠 244
沢村 光博 245
三宮 たか志 245
島崎 曙海 255
清水 峯雄 261
杉本 恒星 273
砂川 長城子 283
高橋 柿花 300
武田 頴二郎 311
竹村 温夫 314
田所 妙子 319
谷 馨 324
常石 芝青 338
殿岡 辰雄 350
西 一知 384
仁智 栄坊 389
野島 真一郎 392
野中 木立 393
橋田 一夫 398
林 鮪児 411
久松 酉子 420
平尾 静夫 424
藤範 恭子 439
堀内 豊 451
正岡 陽炎女 459
松本 木綿子 471
松山 白洋 471
宮地 佐一郎 490
宮本 時彦 494
明神 健太郎 494
安岡 正隆 515
やなせ・たかし 518
山崎 みのる 525
山田 恵美子 527
横山 青娥 541
吉本 青司 550
立仙 啓一 553

【福岡県】
相川 紫芥子 3
青井 史 4
秋山 清 11
荒津 寛子 26
有野 正博 27
安西 均 28
井尾 望東 34
井口 荘子 35
池田 富三 37
石田 比呂志 45
出海 溪也 48
泉 甲二 49
磯辺 芥朗 51
一丸 章 53
伊藤 てい子 58
稲田 定雄 61
井上 寛治 63
伊吹 高吉 67
伊馬 春部 67
岩田 吉人 74
上津原 太希子 78
上原 朝城 79
内田 博 84
占部 一孝 88
瓜生 敏一 88
江上 七夫介 89
江藤 暁舟 91
仰木 実 94
大神 善次郎 96
大鶴 竣朗 103
大友 淑江 103
大堀 たかを 109
岡 昭雄 110
岡田 武雄 113
緒方 無元 114
岡田 芳彦 115
岡部 六弥太 116
小川 素光 119
小田切 野鳩 127
音成 京子 128
小原 菁々子 130
各務 章 133
鹿児島 寿蔵 135
鹿児島 やすほ 136
片瀬 博子 139
金井 冬雲 148
加野 靖典 152
神尾 久美子 153
川上 小夜子 157
川上 朴史 157
菊池 剣 168
木村 緑平 181
国崎 望久太郎 188
久保 晴 189
黒田 達也 198
黒田 白夜草 198
桑原 廉靖 200
河野 静雲 204
向野 楠葉 204
古賀 忠昭 205
小島 隆保 207
木庭 俊子 213
小森 白芒子 217
今田 久 218
斎藤 豊人 224
酒井 黙禅 227
鮫島 春潮子 242
椎野 八朔 245
柴田 基孝 251
志摩 海夫 253
島崎 光正 255
清水 ゑみ子 258
下村 梅子 262
下村 非文 263
杉本 修羅 273
杉山 参緑 274
角 直指 283

角 青果 284
宗 左近 288
添田 博彬 289
高崎 小雨城 294
鷹野 青鳥 297
高野 美智雄 298
田代 俊夫 316
多田 智満子 316
田中 善徳 321
津田 治子 336
手島 一路 341
遠丸 立 346
十時 延子 349
豊山 千蔭 355
那珂 太郎 357
長井 盛之 358
中桐 雅夫 361
長迫 貞女 362
中野 詩紅 369
中野 秀人 370
中村 欣治朗 372
中村 月三 372
中村 春逸 373
中村 田人 375
鍋島 幹夫 380
楢崎 六花 380
西田 春作 386
野北 和義 392
野田 宇太郎 393
野田 寿子 393
野見山 朱鳥 395
秦 美穂 403
花田 比露思 407
林 霞舟 410
原 三猿子 414
原田 喬 416
原田 種夫 416
平井 光典 423
平田 羨魚 424
福永 武彦 433
古島 哲朗 443
松田 常憲 465
松永 伍一 466
松本 昌夫 471
真鍋 呉夫 472
丸山 豊 474
水上 多世 478
水上 赤鳥 478
水城 春房 479
嶺 百世 486
持田 勝穂 504
森 道之輔 508
森山 夕樹 512
安田 杜峰 515
安武 九馬 516
八十島 稔 516
山地 曙子 526
山城 寒旦 527
山田 秀人 529
山本 哲也 535
横山 白虹 541
横山 房子 541
吉岡 禅寺洞 543
吉田 一穂 545
与田 準一 551

【佐賀県】
安藤 寛 29
碇 登志雄 35
井手 文雄 55
犬塚 堯 62
犬塚 春径 62
弥冨 栄恒 70
撫尾 清明 85
江頭 彦造 89
江口 季好 90
江口 竹亭 90
太田 耕人 100
大森 葉子 109
片岡 繁男 138
川浪 磐根 162
岸川 鼓虫子 170
北 一平 172
北島 醇酔 174
木下 友敬 178
久原 喜衛門 188
栗山 理一 196
小井土 公梨 202
笹井 宏之 232
島内 八郎 254
白石 昂 266
宗 秋月 288
高田 文利 296
高田 保馬 296
多田 鉄雄 317
津田 治子 336
鶴丸 白路 340
徳永 寿 348
永石 三男 359
中尾 寿美子 359
中島 哀浪 363
中島 玄一郎 363
永田 蘇水 366
中原 勇夫 371
野田 寿子 393
林 加寸美 410
原田 種良 417
平川 巴竹 424
藤松 遊子 439
古舘 曹人 443
古舘 麦青 444
松野 谷夫 467
宮崎 譲 490
武藤 元之 497
百崎 つゆ子 505
矢野 滴水 519
山崎 栄治 524
山田 牙城 528
吉岡 恵一 542
吉田 瑞穂 547
脇山 夜誌夫 555

【長崎県】
阿比留 ひとし 18
有田 忠郎 26
池田 耳風 36
井手 則雄 54
伊東 静雄 56
井上 光晴 64
入江 昭三 71
梅原 啄朗 88
大川 益良 96
太田 安定 100
大坪 三郎 103
大野 良子 106
小国 宗碩 122
小田 鳥迷子 126
小山 誉美 130
風木 雲太郎 136
蒲池 歓一 153
上村 肇 154
川崎 林風 160
隈 治人 191
小坂 螢泉 206
近藤 益雄 219
阪口 涯子 227
下村 ひろし 263
白石 昂 266
城谷 文城 267
宗 武志 288
竹山 広 315
橘 宗利 317
徳本 和子 348
中尾 杏子 359
中尾 無涯 360
中川 龍 361
永田 耕一郎 365
永田 紫暁子 365
中西 悟堂 367
中原 綾子 371
中村 孝一 372
奈切 哲夫 379
西谷 しづ子 386
林 富士馬 412
原口 喜久也 415
半田 信子 418
福田 清人 431
福田 須磨子 431
藤浦 洸 435
松尾 あつゆき 462
松本 正気 470
真鍋 蟻十 472
宮崎 康平 489
宮田 春童 491
森 澄雄 507
八木原 祐計 514
山口 季玉 522
山下 敏郎 526
山田 かん 528
山本 康夫 536
湯川 達典 538
吉江 冬一郎 542
米沢 吾亦紅 551

【熊本県】
青柳 照葉 6
秋山 牧車 11
足達 清人 17
阿部 小壺 19
石中 象治 46
伊吹 六郎 67
岩下 ゆう二 73
上田 幸法 76
上村 占魚 80
内田 守人 85
有働 亨 86
有働 木母寺 86
衛藤 泰功 91
大久保 橙青 97
緒方 茂夫 113
緒方 昇 114
小山 誉美 130
甲斐 虎童 132
柿山 陽一 134
蒲池 正紀 153
河野 裕子 162
菅 第六 165
木尾 悦子 167
岸本 千代 172
城門 次人 177
木村 守 180
木村 無想 181
清原 麦子 183
吉良 蘇月 183
草野 駝王 184
蔵原 伸二郎 194
耕 治人 202
木庭 克敏 213
坂村 真民 228
重松 紀子 247
島田 美須恵 256
首藤 基澄 264
高群 逸枝 305
武田 全 312

多田隈 卓雄 317
谷川 雁 324
中村 汀女 375
西島 麦南 386
浜名 志松 410
早川 邦夫 410
林田 紀音夫 413
東 明雅 418
平井 三恭 423
藤崎 久を 436
淵上 毛銭 441
堀川 喜八郎 451
本田 真一 453
松本 陽平 471
宮川 久子 488
宮部 鱒太 493
森本 治吉 511
安永 信一郎 516
安永 蕗子 516
横田 操 540
吉岡 龍城 543
米納 三雄 553
渡辺 幸子 561
渡辺 よしたか 561

【大分県】

秋山 珠樹 11
浅利 良道 15
穴井 太 17
阿南 哲朗 18
阿部 太 20
池永 衛二 38
磯崎 藻二 50
伊藤 保 58
稲田 定雄 61
猪股 国直 65
猪股 静弥 65
今村 俊三 70
宇都宮 静男 85
江口 榛一 90
江渕 雲庭 92
遠入 たつみ 93
大橋 松平 107
岡本 丹生庵 117
小宅 圭介 130
加来 琢磨 134
神田 工 165
倉田 紘文 193
児玉 南草 210
後藤 是山 211
佐藤 溪 236
佐藤 義美 239
重石 正巳 247
篠原 樹風 249
下郡 峯生 262
首藤 三郎 263
首藤 基澄 264
大悟法 進 291
大悟法 利雄 291
滝口 武士 308
田中 恵理 319
田原 千暉 326
田吹 かすみ 326
田吹 繁子 326
塚本 久子 333
花田 比露思 407
葉山 耕三郎 414
松垣 昧々 464
丸山 薫 474
三浦 義一 475
みえの・ふみあき 476
油布 五線 539

【宮崎県】

池田 純義 37
梅木 嘉人 87
柏原 和男 137
金丸 桝一 152
神尾 久美子 153
神田 工 165
神戸 雄一 167
久保 草洋 188
黒木 清次 197
嵯峨 信之 225
真田 亀久代 240
沢田 清宗 244
重清 良吉 247
篠塚 興一郎 249
志摩 一平 253
杉田 作郎 271
高野 美智雄 298
高森 文夫 305
富松 良夫 353
長尾 辰夫 360
野辺 堅太郎 394
橋本 草郎 399
服部 伸六 405
福島 和男 430
堀内 羊城 451
本多 利通 453
三浦 秋葉 476
みえの・ふみあき 476
嚢部 哲三 487
宮永 真弓 492
武者小路 実篤 496
安田 尚義 515
山中 たから 531
芳野 年茂恵 548
渡辺 修三 558

【鹿児島県】

阿久根 純 12
朝倉 南海男 13
阿部 恭子 20
石田 耕三 45
泉 芳朗 49
稲松 錦江 61
井上 岩夫 63
今辻 和典 69
岩尾 美義 72
榎島 沙丘 90
大崎 租 98
大岳 水一路 102
椨 路人 135
上釜 守善 154
川畑 火川 163
肝付 素方 181
国武 十六夜 188
久保 草洋 188
児島 孝顕 207
児玉 実用 210
佐藤 志満 237
鮫島 春潮子 242
塩入 夢幻子 246
志摩 芳次郎 254
進 一男 282
高木 秀吉 292
竹田 琅玕 312
玉利 浮葉 327
鶴田 正義 340
鶴田 義直 340
寺下 辰夫 343
暉峻 桐雨 344
藤後 左右 345
東郷 久義 346
猶野 耕一郎 356
永田 春峰 366
夏目 漠 379
ナナオサカキ 380
西村 数 387
沼口 蓬風 390
長谷 草夢 400
浜田 到 409
原口 枇榔子 415
日高 紅椿 420
福田 たの子 431
福永 耕二 432
房内 幸成 433
古川 清彦 443
前原 東作 456
前原 誠 457
松尾 宇邨 463
万造寺 斉 475
宮田 蕪春 491
山口 聖二 522
山下 源蔵 526
山下 敏郎 526
山下 秀之助 527
脇野 素粒 555
脇本 星浪 555

【沖縄県】

あしみね・えいいち 15
井伊 文子 30
石川 盛亀 42
泉国 夕照 50
伊波 南哲 66
伊波 冬子 66
国吉 有慶 188
嶋袋 全幸 257
釈 迢空 263
新城 太石 267
新屋敷 幸繁 268
鈴木 昌平 278
瀬底 月城 287
玉城 澄子 327
知念 栄喜 330
中島 蕉園 363
仲嶺 真武 371
西銘 順二郎 387
花田 英三 407
浜田 十四郎 409
船越 義彰 441
星 迷鳥 446
牧港 篤三 458
真久田 正 459
水納 あきら 480
桃原 邑子 506
矢野 克子 518
山城 賢孝 527
山之口 貘 532

【外地】

秋月 豊文 10
秋山 未踏 12
井沢 正江 39
礒永 秀雄 50
犬塚 堯 62
井上 寛治 63
井上 健太郎 63
井上 光晴 64
岩下 ゆう二 73
内田 園生 84
江島 寛 90
扇畑 忠雄 94
大塚 陽子 103
大野 新 105
大原 勉 108
小川 太郎 119
甲斐 雍人 132
笠原 和恵 136
加藤 静代 143

川上 隆司 157
川口 美根子 159
川崎 覚太郎 159
川野 順 162
川村 虫民 164
菊川 芳秋 167
菊池 正 168
北嶋 虚石 174
君島 夜詩 179
木村 玄外 180
清岡 卓行 182
窪田 般弥 190
隈元 いさむ 192
近藤 とし子 220
近藤 芳美 220
今野 空白 221
斎藤 忠 224
相良 平八郎 230
佐佐木 由幾 233
真田 亀久代 240
清水 ゑみ子 258
上西 重演 265
葉 紀甫 268
薄 敏男 279
砂見 爽 283
滝口 雅子 308
田口 三千代子 309
竹内 武城 310
田崎 賜恵 316
伊達 得夫 318
田中 大治郎 321
千代田 葛彦 331
塚本 烏城 332
ツネコ 338
寺田 京子 343
徳丸 峻二 348
冨田 みのる 352
永田 耕一郎 365
中村 草田男 372
西銘 順二郎 387
野呂 春眠 397
埴谷 雄高 407
浜口 国雄 409
浜田 到 409
林 かつみ 411
林 秋石 411
林 徹 412
林田 紀音夫 413
原田 郁 416
原田 青児 416
福岡 南枝女 429
福島 和男 430
藤沢 典子 436
冨士田 元彦 438
藤村 青一 439
別所 直樹 444
増田 文子 460
南出 陽一 485
宮本 修伍 493
村井 憲太郎 497
村木 雄一 499
村松 武司 502
森脇 一夫 512
矢沢 宰 514
山田 良行 531
吉野 義子 549
吉村 信子 549
和田 祥子 557

戦後詩歌俳句人名事典

2015年10月25日　第1刷発行

発 行 者／大高利夫
編集・発行／日外アソシエーツ株式会社
〒143-8550 東京都大田区大森北 1-23-8 第3下川ビル
電話 (03)3763-5241(代表) FAX(03)3764-0845
URL http://www.nichigai.co.jp/

発 売 元／株式会社紀伊國屋書店
〒163-8636 東京都新宿区新宿 3-17-7
電話 (03)3354-0131(代表)
ホールセール部(営業) 電話 (03)6910-0519

電算漢字処理／日外アソシエーツ株式会社
印刷・製本／株式会社平河工業社

《中性紙三菱クリームエレガ使用》

ISBN978-4-8169-2567-2　Printed in Japan,2015